Einaudi Stile libero Big

Dello stesso autore nel catalogo Einaudi

Brevi interviste con uomini schifosi
Oblio
Considera l'aragosta

David Foster Wallace
Infinite Jest

Traduzione di Edoardo Nesi
con la collaborazione di
Annalisa Villoresi e Grazia Giua

Einaudi

Titolo originale   *Infinite Jest*
© 1996 David Foster Wallace
All rights reserved

© 2006 Giulio Einaudi editore s.p.a., Torino
www.einaudi.it

ISBN 978-88-06-17872-7

Infinite Jest

A F.P. Foster: R.I.P.

Nota del traduttore.

Nella traduzione di questo straordinario romanzo si è deciso di attenersi il piú possibile alla lingua, allo spirito dell'opera e all'intento dell'Autore.

Si è dunque cercato di evitare – quando possibile – di appesantire la lettura inserendo note di traduzione in un romanzo di piú di mille pagine e con oltre cento pagine di note. Si sono mantenute nel testo italiano le sgrammaticature di tutti i personaggi non americani e di molti dei giovani tennisti – americani e non – dell'Eta. Si è preferito non spiegare, in traduzione o in nota, certi termini medici o farmacologici o tecnologici, poiché l'Autore stesso ci disse di preferire che il lettore interessato/attento andasse a cercare il significato di quei termini nel Dizionario o nell'Enciclopedia.

ANNO DI GLAD

Siedo in un ufficio, circondato da teste e corpi. La mia postura segue consciamente la forma della sedia. Sono in una stanza fredda nel reparto Amministrazione dell'Università, dei Remington sono appesi alle pareti rivestite di legno, i doppi vetri ci proteggono dal caldo novembrino e ci isolano dai rumori Amministrativi che vengono dall'area reception, dove poco fa siamo stati accolti lo zio Charles, il Sig. deLint e io.

Sono qui dentro.

All'altro lato di un grande tavolo in legno di pino che splende della luce del mezzogiorno dell'Arizona, tre facce sono materializzate sopra giubbotti sportivi leggeri e Windsor a mezze maniche. Sono tre Decani – Ammissione, Affari accademici e Affari Atletici. Non so attribuire le facce.

Credo di sembrare un tipo normale, forse perfino simpatico, anche se mi hanno consigliato di apparire il piú normale possibile, e di non provare nemmeno a fare quella che a me parrebbe un'espressione simpatica o un sorriso.

Ho deciso di incrociare le gambe come si deve, con attenzione, caviglia sul ginocchio e mani riunite in grembo. Tengo le dita intrecciate e mi sembrano diventare una serie di x vista allo specchio. Il resto delle persone presenti nella sala include: il Direttore di Composizione dell'Università, l'allenatore di tennis, e il prorettore dell'Accademia, il Sig. A. deLint. C.T. è accanto a me; gli altri sono rispettivamente seduto, in piedi, in piedi, alla periferia del mio campo visivo. L'Allenatore di tennis giochicchia con degli spiccioli. C'è qualcosa di vagamente digestivo nell'odore della stanza. La suola ad alta trazione della mia Nike regalatami dalla Nike è parallela al mocassino fremente del fratellastro di mia madre, qui nel suo ruolo di Preside, seduto anche lui davanti ai Decani a quella che spero sia la mia destra.

Il Decano sulla sinistra, un uomo magro e giallognolo il cui sorriso fisso ha la precarietà delle cose impresse su materiale non-cooperativo, fa parte di un tipo di personalità che di recente ho imparato ad apprezzare; è il tipo che, raccontando per me, a me, la mia versione dei fatti, allontana la necessità di una qualunque risposta da parte mia. Ha davanti a sé una pila di fogli scritti al computer appena passatigli da un Decano spelacchiato al centro, sta praticamente parlando a quelle pagine e sorride.

«Lei è Harold Incandenza, diciott'anni, conseguirà la maturità di Scuola superiore all'incirca entro un mese da oggi, attualmente frequenta l'Enfield Tennis Academy di Enfield, nel Massachusetts, il collegio presso cui risiede». Ha degli occhiali da lettura rettangolari, a forma di campo da tennis, con le righe in cima e in fondo. «Lei è, secondo l'Allenatore White e il Decano [incomprensibile], un giocatore di tennis juniores classificato a livello regionale, nazionale e continentale; un potenziale atleta di livello Onancaa, una grande promessa. È stato contattato dall'Allenatore White attraverso uno scambio di corrispondenza con il qui presente Dott. Tavis a partire dal... febbraio di quest'anno». Una volta letta, la pagina in cima alla pila viene metodicamente messa in fondo al mazzo. «Lei vive alla Enfield Tennis Academy dall'età di sette anni». Sto cercando di capire se posso correre il rischio di grattarmi il lato destro della mascella, dove ho una cisti sebacea.

«L'Allenatore White fa presente ai nostri uffici di tenere in alta considerazione i programmi e i risultati conseguiti dall'Enfield Tennis Academy, dice che la squadra di tennis dell'Università dell'Arizona ha tratto beneficio dall'aver immatricolato in passato numerosi ex studenti Eta, uno dei quali è un certo signor Aubrey F. deLint, che sembra essere qui con lei, oggi. L'Allenatore White e il suo staff ci hanno convinto—»

L'eloquio dell'amministratore giallastro è piuttosto mediocre, ma devo ammettere che si è fatto capire. Il Direttore di Composizione sembra avere piú sopracciglia del normale. Il Decano sulla destra guarda la mia faccia in un modo un po' strano.

Lo zio Charles sta dicendo che, pur sapendo che i Decani potrebbero valutare le sue affermazioni come quelle di un interessato sostenitore dell'Eta, si dichiara disposto a garantire ai Decani qui riuniti che è tutto vero, che l'Accademia annovera attualmente fra i suoi ospiti non meno di un terzo dei trenta migliori juniores del continente, in ogni fascia di età, e che io qui presente, «Hal», sono «proprio là in testa, fra la crema della crema». Il Decano sulla destra e quello al centro fanno un gentile sorriso professionale, le teste di deLint e dell'allenatore s'inclinano mentre il Decano a sinistra si schiarisce la gola:

«—che perfino come matricola lei potrebbe apportare un contributo sostanziale al programma tennistico di questa Università. Siamo lieti», dice o forse legge, mettendo a posto un'altra pagina, «che lei abbia scelto di essere qui tra noi, oggi, dandoci cosí l'opportunità di riunirci tutti insieme e parlare un po' della sua domanda di iscrizione, del potenziale accoglimento, da parte nostra, della sua immatricolazione e della sua borsa di studio».

«Mi è stato chiesto di aggiungere che il nostro Hal è la terza testa di serie nel singolo maschile Under 18 del prestigioso torneo juniores WhataBurger Southwest Invitational al Randolph Tennis Center—» dice quello che ipotizzo essere Affari Atletici, la testa chinata di traverso a mostrare uno scalpo punteggiato di efelidi.

«Là al Randolph Park, vicino al fantastico El Con Marriott», si inserisce C.T., «una sede sportiva che si dice sia il meglio del meglio, che—»

«Proprio cosí, Chuck, e vorrei anche aggiungere che, come dice il nostro Chuck, Hal ha già giustificato il suo numero di testa di serie entrando in semifinale con la vittoria, mi si dice schiacciante, di questa mattina, e domani giocherà di nuovo contro il vincitore di uno dei quarti di finale di stasera, e quindi giocherà domani, credo alle 0830h—»

«Cercano di anticipare questo maledetto caldo. Anche se ovviamente è un caldo secco».

«—e a quanto pare si è anche già qualificato per gli Indoor Continentali di quest'inverno su a Edmonton, mi dice Kirk—» e si inclina un altro po' per guardare in su e a sinistra verso l'allenatore, i cui denti splendono contro la violenta scottatura del viso. «Il che non è davvero poco». Mi guarda, sorride. «Tutto giusto, Hal?»

C.T. ha incrociato le braccia con noncuranza; la carne dei suoi tricipiti è screziata nella luce filtrata dall'aria condizionata. «Tutto giustissimo, Bill». E sorride. Le due metà dei suoi baffi non sono mai perfettamente parallele. «E se mi è consentito vorrei aggiungere che Hal è entusiasta, entusiasta all'idea di essere stato invitato al torneo per il terzo anno consecutivo; di ritrovarsi ancora una volta in una comunità per la quale nutre un autentico affetto; di potersi intrattenere con i vostri studenti e i vostri istruttori; di aver già giustificato il suo numero di testa di serie passando indenne per le difficili sfide di questa settimana; di essere ancora in ballo, per cosí dire; ma naturalmente, sopra ogni cosa, Hal è entusiasta di avere l'opportunità di incontrare voi, signori, e di poter dare un'occhiata a strutture e servizi. Da quanto ha avuto modo di constatare, qui tutto è davvero di prima categoria».

Silenzio. DeLint appoggia la schiena ai pannelli della stanza e ritrova l'equilibrio. Mio zio fa un gran sorriso e raddrizza il cinturino dell'orologio, già dritto di suo. Il 62,5 per cento delle facce nella stanza è rivolto verso di me, in cortese e compiaciuta attesa. Il torace mi sussulta come una centrifuga in azione con delle scarpe dentro. Cerco di mettere insieme quello che dovrebbe esser visto come un sorriso. Mi volto da una parte e dall'altra, lentamente, lievemente, come a dedicare il sorriso a ognuno di loro.

Di nuovo silenzio. Le sopracciglia del Decano giallastro si fanno circonflesse. Gli altri due Decani guardano il Direttore di Composizione. L'allenatore di tennis è andato a sistemarsi accanto alla grande finestra e si tocca sulla nuca i capelli tagliati a spazzola. Lo zio Charles si carezza l'avambraccio, subito sopra l'orologio. Sul lucore del tavolo di pino si muovono piano le ombre arcuate e affilate delle foglie di una palma, l'ombra dell'unica testa riflessa pare una luna nera.

«Chuck, scusa, ma Hal si sente bene?» chiede Affari Atletici. «Mi pare che l'espressione di Hal sia... be', molto tesa. Sta male? Ti senti male, figliolo?»

«Hal sta che è una meraviglia», sorride mio zio, e muove l'aria con un movimento noncurante della mano. «È solo una specie di... come si può dire... è un leggero tic, una cosa da niente che gli è venuta per via dell'adrenalina che gli si è scaricata in corpo al pensiero di trovarsi qui nel vostro magnifico campus; per aver dato prova di meritare la sua testa di serie nel torneo... finora non ha perso neanche un set; per aver ricevuto quell'offerta scritta ufficiale dall'Allenatore White sulla carta intestata di una università della Pac 10, nella quale si parlava non solo del solito, semplice rimborso spese, ma di una sorta di diaria; e infine il ragazzo è molto emozionato per la possibilità di poter firmare proprio oggi, qui e ora, una Lettera d'Intenti di livello Nazionale. Questo mi ha detto poco fa». C.T. mi guarda fisso, con uno sguardo orribilmente mite. Io faccio la cosa piú sicura: rilasso i muscoli facciali, lascio defluire qualsiasi espressione. Guardo con attenzione il nodo Kekuliano della cravatta del Decano in mezzo.

La mia risposta silenziosa alla silenziosa aspettativa comincia a pesare sull'atmosfera della stanza: i granelli di polvere e i peluzzi caduti dalle fibre delle giacche sportive danzano a scatti nella lama di luce che viene dalla finestra, agitati dal flusso dell'aria condizionata; l'aria sopra il tavolo mi ricorda lo strato di effervescenza che sta sopra l'acqua minerale appena versata. L'allenatore, con un lieve accento né britannico né australiano, sta dicendo a C.T. che la procedura di esame delle domande di ammissione, pur essendo in genere poco piú di una piacevole formalità, risulta forse accentuata se il richiedente dice qualche parola. I Decani di destra e di centro hanno avvicinato le teste in un sommesso consulto, formando una specie di tepee di pelle e capelli. Credo che la parola che l'allenatore di tennis intendeva dire quando ha detto *accentuata* fosse *facilitata*, anche se *accelerata*, pur essendo ben piú forte di *facilitata*, sarebbe stato un errore foneticamente piú comprensibile. Il Decano con la faccia giallastra e piatta si è sporto in avanti, le labbra ritirate a scoprire i denti in quella che mi pare preoccupazione. Le sue mani raggiungono la superficie del tavolo nello stesso momento. Le sue dita sembrano intrecciarsi proprio mentre la mia quadruplice serie di x si dissolve e mi viene da stringere forte i braccioli della sedia.

Comincia col dire che occorre discutere con franchezza dei potenziali problemi della mia domanda di iscrizione. Fa un riferimento alla franchezza e al suo valore.

«L'ostacolo che ha incontrato il mio ufficio riguarda il punteggio di alcuni test riportato nella tua domanda di ammissione, Hal». Abbassa lo sguardo su un foglio colorato chiuso nella trincea delle sue braccia. «Il dipartimento Ammissione sta analizzando i punteggi da te ottenuti nei test standard, punteggi che, come sono certo sai e puoi motivare, sono... diciamo... subnormali». Devo spiegare.

È chiaro che questo giallastro campione di sincerità a sinistra è Ammissione. E allora il piccoletto sulla destra con l'aria da uccello è senz'altro Affari Atletici, perché la faccia rugosa del Decano spelacchiato in mezzo si è contratta a raccontare un oltraggio lontano, e ha un'espressione del tipo sto-mangiando-qualcosa-che-mi-farà-veramente-apprezzare-qualsiasi-cosa-ci-berrò-insieme che svela tutte le sue professionali riserve Accademiche. Dunque, al centro c'è una semplice lealtà al rispetto degli standard. Mio zio guarda Affari Atletici con una certa perplessità. Si sposta leggermente sulla sedia.

C'è un'incongruenza pazzesca tra il colore delle mani e del volto di Ammissione. «—punteggi negli esami orali un po' troppo vicini allo zero per non metterci a disagio, soprattutto se paragonati ai risultati di scuola media superiore rilasciati dall'istituto del quale sono amministratori sia tua madre che il fratello di lei—» legge direttamente dal fascio di fogli dentro l'ellisse delle sue braccia— «che, è vero, sono un po' calati nell'ultimo anno, ma solo perché nei tre anni precedenti si erano mantenuti a livelli d'eccellenza francamente incredibili».

«Fuori da ogni standard».

«La maggior parte delle scuole non *ha* neppure una votazione di A seguita da multipli + », dice il Direttore di Composizione, con un'espressione indecifrabile.

«Questo genere di... come devo definirla... incongruenza», dice Ammissione con un'espressione franca e preoccupata, «devo proprio informarti che lancia un segnale preoccupante per le procedure di ammissione».

«Perciò ti invitiamo a spiegarci questa apparente incongruenza, sempre che non si tratti di una vera e propria truffa». Affari Accademici ha una vocina assurdamente stridula, considerato da quale faccione sorte fuori.

«Di certo per *incredibili* lei intende dire molto molto molto notevoli, piuttosto che, letteralmente, "impossibili da credersi"», dice C.T., e lancia un'occhiata all'allenatore accanto alla finestra che continua a carezzarsi la nuca. L'enorme finestra mostra un panorama fatto di luce accecante e terra riarsa, e vedo tutto tremulo per via del gran caldo.

«E poi rimane l'ulteriore questione dei saggi allegati alla domanda, non i due richiesti, ma addirittura *nove*, alcuni dei quali di lunghezza quasi monografica, e tutti senza eccezione di livello—» altro foglio, «—l'aggettivo che diversi addetti alla valutazione hanno speso è, cito testualmente, "astronomico"».

Dir. Comp.: «Nel mio giudizio, comunque, ho deliberatamente fatto uso dei termini *lapidario* e *logoro*».

«—e come ricorderai benissimo, Hal, hanno temi e titoli come: *Premesse neoclassiche nella Grammatica prescrittiva contemporanea, Le implicazioni delle trasformazioni post-Fourier per un cinema olograficamente mimetico, L'emergere della stasi eroica nell'intrattenimento trasmesso—»*

«La grammatica di Montague e la semantica della modalità fisica?»

«L'uomo che cominciò a sospettare di essere fatto di vetro?»

«Simbolismo terziario nell'erotica Giustiniana?»

Adesso mostra gengive retratte per un bel pezzo. «Mi pare basti a dire che esiste una franca e sincera preoccupazione per la persona che ha avuto punteggi cosí scadenti nei test, per quanto questo si possa forse spiegare, ed è nel contempo l'unico autore di tali saggi».

«Non sono sicuro che Hal si renda conto di ciò che si sta insinuando», dice mio zio. Il Decano di centro si tasta le mostrine della giacca mentre guarda di nuovo gli sgradevoli dati dei test.

«Quello che l'Università sta dicendo è che, da un punto di vista strettamente accademico, esistono problemi d'ammissione che Hal deve sforzarsi di aiutarci ad appianare. Il primo ruolo di un nuovo iscritto all'Università è e deve restare quello di studente. Non possiamo accettare uno studente che abbiamo ragione di sospettare non sia in grado di tagliare la mostarda con un coltello, al di là di quanto potrebbe essere importante averlo in campo con i nostri colori».

«Sul campo da tennis naturalmente, Chuck, questo intende il Decano Sawyer», dice Affari Atletici, la testa protesa con decisione in modo da rivolgersi anche a White dietro di lui. «Per non parlare delle regole Onancaa e dei loro investigatori, sempre pronti a fiutare l'aria a caccia del minimo sentore di irregolarità».

L'allenatore di tennis guarda l'orologio.

«Partendo dal presupposto che i risultati dei nostri test siano in grado di darci un'idea delle capacità del ragazzo», dice Affari Accademici, la voce stridula ora si è fatta seria, lo sguardo fisso e disgustato sui fogli dei miei test, «vi dico subito che secondo il mio parere non sarebbe giusto ammetterlo. Non sarebbe giusto nei confronti degli altri candidati. Non sarebbe giusto nei confronti della comunità universitaria». Mi guarda. «E sarebbe particolarmente ingiusto nei confronti dello stesso Hal. Ammettere un ragazzo che vediamo esclusivamente come una risorsa atletica equivarrebbe a sfruttarlo. Siamo soggetti a una miriade di controlli tesi ad accertare che qui non si sta sfruttando nessuno. I suoi risultati d'esame, figliolo, indicano che potremmo essere accusati di sfruttarla».

Lo zio Charles sta chiedendo all'Allenatore White di chiedere al Decano degli Affari Atletici se verrebbe sollevato lo stesso polverone riguardo ai test nel caso io fossi, mettiamo, una giovane promessa del football capace di attirare contributi da ogni dove. Sta montando il mio solito panico di quando non mi capiscono, ho il petto scosso da sussulti e colpi sordi. Uso una grande energia per rimanere completamente silenzioso, sulla sedia, vuoto, gli occhi due grandi zeri pallidi. Qualcuno ha promesso di farmi superare tutto questo.

Eppure lo zio C.T. ha l'aria disperata di chi è con le spalle al muro, e la sua voce prende un timbro strano, come stesse gridando mentre indietreggia. «Ci tengo a precisare che l'Eta non è un campeggio o una fabbrica, è un'*Accad*emia accreditata sia dal Commonwealth del Massachusetts che dall'Associazione nordamericana delle Accademie sportive, e concentra le sue attenzioni sia sul giocatore che sullo studente. È stata fondata da una figura intellettuale di tale importanza che pronunciarne il nome in questa sede diventa inutile, ed è stato proprio lui a volerla improntare sul rigoroso modello curricolare del Quadrivio-Trivio di Oxbridge. È una scuola dotata di personale docente e infrastrutture di prim'ordine, i voti che ha conseguito Hal sono stati dati da quel personale docente e dovrebbero testimoniare che mio nipote è perfettamente in grado di tagliare qualsiasi tipo di mostarda in qualsiasi università della Pac 10, e che—»

DeLint si muove verso l'allenatore di tennis, che scuote la testa.

«—e si avverte chiaramente, in tutta questa faccenda, il sentore del pregiudizio nei confronti di uno sport minore», dice C.T., accavallando e disaccavallando le gambe mentre ascolto, composto e interessato.

Il silenzio effervescente della stanza adesso è ostile. «Penso che ora sia giusto lasciar parlare il candidato», dice Affari Accademici, con grande calma. «E la cosa pare impossibile se lei continua a rimanere qui, signore».

Affari Atletici fa un sorriso stanco al riparo della mano che gli massaggia l'arco del naso. «Forse potresti scusarci per un momento e aspettare fuori, Chuck».

«Allenatore White, le dispiace accompagnare alla reception il Sig. Tavis e il suo collega?» dice il Decano giallastro, e sorride nei miei occhi sfocati.

«—stato fatto credere che tutto fosse già stato sistemato, dal—» dice C.T. mentre lui e deLint vengono accompagnati alla porta. L'allenatore di tennis stende un braccio ipertrofico. Affari Atletici dice: «Qui siamo tutti amici e colleghi».

Non funziona. Mi viene in mente che per uno di madrelingua latina, le scritte EXIT apparirebbero come cartelli luminosi con su scritto EGLI ESCE. Cederei all'impulso di lanciarmi verso la porta prima di loro se solo fossi certo che questo sarebbe ciò che vedrebbero queste persone. DeLint mormora qualcosa all'allenatore di tennis. Sento rumori di tastiere e centralini telefonici mentre la porta si apre per un momento, poi viene richiusa con decisione. Sono solo fra i capi amministrativi.

«—intendiamo offendere nessuno», sta dicendo Affari Atletici, con la sua giacca sportiva marroncina e la sua cravatta a disegni minuscoli, «al di là della sola abilità fisica nel gioco del tennis che pure, ti prego di credere, noi rispettiamo profondamente».

«—dubbio su questo, altrimenti non saremmo cosí ansiosi di parlare con te direttamente, capisci?»

«—venuti a conoscenza nell'esaminare numerose precedenti domande di iscrizione pervenuteci dall'ufficio dell'Allenatore White, che Enfield è gestita, senza dubbio in modo ragguardevole, da parenti stretti di tuo fratello maggiore, e ricordo benissimo quanto stesse dietro a quel ragazzo il predecessore di White, Maury Klamkin, e perciò è fin troppo facile mettere in discussione l'obiettività di quei voti—»

«Può farlo chiunque: la Naaup, altre università rivali della Pac 10, l'Onancaa—»

I saggi sono vecchi, sí, ma sono miei, *de moi*. Certo, sono vecchi, e non riguardano esattamente il tema della domanda di iscrizione: L'Esperienza Didattica Piú Significativa Di Tutti I Tempi. Se ve ne avessi dato uno dell'anno scorso, vi sarebbe sembrato il battere casuale sulla tastiera di un bambino, a voi che usate *chiunque* come soggetto di una frase. In questa compagnia ora piú ristretta, il Direttore di Composizione sembra essersi improvvisamente animato, rivelandosi sia il vero capo del branco sia molto piú effeminato di quanto non sembrasse all'inizio. Si alza di scatto con una mano sul fianco, passeggia dondolando le spalle, giocherella con gli spiccioli mentre si tira su i pantaloni e si lascia scivolare sulla sedia ancora calda del tepore del sedere di C.T. Accavalla le gambe in modo da spingersi ben dentro la mia porzione di spazio, e riesco a vedere i suoi tic oculari e le reti di capillari che gli attraversano le borse sotto gli occhi, sento bene l'odore dell'ammorbidente della giacchetta e di una mentina per l'alito ormai inacidita.

«...un ragazzo brillante e solido, ma molto timido, sappiamo quanto lei sia timido, Kirk White ci ha raccontato tutto ciò che gli ha detto il suo giovane, atletico e scostante istruttore», dice amabilmente il Direttore, portando una mano a coppa sulla mia giacca, sui miei bicipiti (ma non è possibile), «ma ora non devi far altro che tirare un bel respirone e raccontare con la massima fiducia la tua versione della storia a questi signori che, credimi, non hanno nessuna ostilità nei tuoi confronti e stanno solo facendo il loro lavoro, nell'interesse di tutti».

Riesco quasi a vederli deLint e White, seduti con i gomiti sulle ginocchia nella posizione defecatoria tipica degli atleti a riposo, deLint si guarda i pollici enormi mentre i passi di C.T., che parla al telefonino, disegnano una stretta ellissi nell'area reception. Sono stato preparato a questo, come se fossi un boss mafioso a un'udienza davanti a una commissione d'inchiesta. Un silenzio neutrale e ininfluente. Il tipo di partita difensiva che Schtitt mi faceva giocare: la miglior difesa: lascia che le cose ti rimbalzino addosso; non fare nulla. Vi direi tutto quello che volete, e anche di piú, se poteste capire i suoni che farei.

Affari Atletici, con la testa riemersa da sotto l'ala: «—evitare procedure di ammissione che possano far pensare a una scelta di tipo unicamente sportivo. Potrebbe venir fuori un bel casino, figliolo».

«Bill si riferisce all'apparenza, non necessariamente alla realtà dei fatti di questa faccenda, quella puoi fornircela solo tu», dice il Direttore di Composizione.

«—l'apparenza congiunta delle tue ottime prestazioni come atleta, dei risultati subnormali nei test, dei saggi di livello piú che accademico, degli incredibili voti usciti fuori da un contesto che potrebbe essere giudicato nepotistico».

Il Decano giallastro si è sporto cosí tanto in avanti che la sua cravatta ne riporterà una piega orizzontale fatta dal bordo del tavolo e, con una faccia gialla e gentile e decisa, dice:

«Senti, Sig. Incandenza, Hal, spiegami solo perché non potremmo essere accusati di sfruttarti, figliolo. Dimmi perché qualcuno non
potrebbe presentarsi e dirci: be', sapete che c'è Università dell'Arizona, voi qui state usando un ragazzo solo per il suo corpo, un ragazzo
cosí timido e riservato che non riesce neanche a parlare per sé, un goliardo coi voti truccati e una domanda di iscrizione che gli ha compi-
lato qualcun altro».

La luce riflessa dal tavolo diventa un'eruzione rossa dietro le mie
palpebre chiuse. Non riesco a farmi capire. «Non sono solo un goliardo», dico lentamente. Con chiarezza. «Può darsi che i miei voti
dell'anno scorso siano stati un po' ritoccati, ma è stato per farmi superare un momento difficile. I voti precedenti a quelli sono *de moi*».
Ho gli occhi chiusi; la stanza è silenziosa. «Ora non riesco a farmi capire». Parlo lentamente e con chiarezza. «Dev'essere per via di qualcosa che ho mangiato».

Strano che certe cose non si ricordino. Ricordo appena la nostra prima casa nei sobborghi di Weston, invece mio fratello maggiore Orin
dice che si ricorda del cortile sul retro della casa e di quando una volta, all'inizio della primavera, era lí fuori con la Mami e l'aiutava a ca-
vare una specie di giardinetto dalla terra dura del cortile. Marzo o inizio aprile. L'area del giardino aveva una forma vagamente rettangolare ed era delimitata da spago e bastoncini di legno. Orin stava togliendo
le pietre e le zolle piú dure dal percorso della Mami, che manovrava un
Rototiller preso in affitto, un affare a forma di carretto che andava a
benzina, ruggiva, sbuffava e s'impennava, e nei suoi ricordi, piú che essere spinto dalla Mami, sembrava la trascinasse; alla Mami, alta com'era,
toccava curvarsi faticosamente per spingerlo, e i suoi piedi lasciavano
impronte da ubriaco sul terreno smosso. Orin si ricorda che nel bel mezzo di questo lavorio io uscii di casa di corsa piangendo come una fontana e mi presentai in cortile con una tutina rossa e pelosa tipo orso, e
urlavo e tenevo nel palmo della mano qualcosa di davvero sgradevole a
vedersi. Dice che avevo piú o meno cinque anni e piangevo ed ero tutto rosso nell'aria fredda della primavera. Continuavo a ripetere qualcosa che non capiva, finché mia madre non mi ha visto, ha spento il Rototiller e si è avvicinata per vedere cosa avevo in mano. Era un grosso
pezzo di muffa – Orin pensa venisse fuori da qualche angolo buio della cantina della casa di Weston, che era sempre calda per via della cal-
daia e ogni primavera si allagava. Per come lo descrive lui, quel pezzo
di muffa era orripilante: verde scuro, viscido, a tratti irsuto, punteggiato qua e là di chiazze fungiformi gialle, arancioni e rosse. Ma quel
che è peggio, videro che quell'affare appariva stranamente incomple-

to, come fosse stato morsicato; e c'era un po' di quella roba nauseante intorno alla mia bocca aperta. Stavo dicendo: «Ho mangiato quest'affare». Porsi il pezzo di muffa alla Mami, ma lei per fare giardinaggio si era tolta le lenti a contatto e quindi, sulle prime, vide solo il suo bambino in lacrime che le offriva qualcosa; e con il piú materno dei riflessi, la Mami, che temeva e disprezzava infinitamente sia la sporcizia sia la sola idea di viziare i figli, fece per prendere quella cosa – qualunque fosse – che il suo bambino le stava porgendo, come era già accaduto per chissà quanti Kleenex usati, caramelle sputate, cicche di gomma in chissà quanti cinema, aeroporti, sedili posteriori di macchine, sale d'attesa dei tornei di tennis. O. aveva in mano una zolla gelida, racconta, giocava con il Velcro del piumino e guardava la Mami che, piegata verso di me, a mani protese, gli occhi presbiti stretti a fessura, a un certo momento si fermò all'improvviso, si immobilizzò, perché aveva cominciato a identificare quello che tenevo in mano e che davo prova di aver mangiucchiato. Ricorda che la faccia della Mami era al di là di ogni descrizione. La sua mano protesa, ancora tremante di Rototiller, era sospesa nell'aria di fronte alla mia.

«Ho mangiato quest'affare», dissi.

«Come hai detto?»

O. dice che riesce solo a ricordare (sic) di aver detto qualcosa di caustico mentre si piegava indietro come in un passo di limbo per via di una fitta improvvisa alla schiena. Dice di aver avvertito una tremenda ansia incombente. La Mami si era sempre rifiutata perfino di entrare in cantina. O. ricorda che io avevo smesso di piangere e stavo lí ritto, col mio pigiama rosso con i piedi, in tutto simile a un idrante, e porgevo la muffa alla mamma, serio, come fosse un documento riservato.

O. dice che a questo punto i suoi ricordi si confondono, forse a causa dell'ansia. Ci sono due versioni. Nella prima la Mami comincia a girare per il cortile in ampi cerchi di pura isteria:

«Dio!» esclama.

Nella seconda versione, la Mami continua a strillare: «Aiuto! Mio figlio ha mangiato quest'affare!» e tiene con due dita la patacca di muffa e corre in tondo lungo il perimetro rettangolare del giardino mentre O. assiste sbalordito al suo primo attacco isterico di un adulto. Le teste dei vicini si affacciano alle finestre e sopra le staccionate. O. ricorda che io inciampai sullo spago mentre cercavo di starle dietro, mi rialzai tutto sporco e in lacrime e continuai a seguirla.

«Dio! Aiuto! Mio figlio ha mangiato quest'affare! Aiuto!» continuava a gridare la Mami, e correva all'interno del quadrilatero fatto di spago; e mio fratello Orin ricorda di aver notato come, perfino

sotto shock isterico, le sue traiettorie fossero precise, le sue impronte corressero lineari come quelle di un pellerossa, e le sue svolte, dentro l'ideogramma di spago, fossero nette e marziali mentre gridava:
«Mio figlio ha mangiato quest'affare! Aiuto!» Mi strinse due volte
al petto, poi Orin non ricorda altro.

«La mia domanda d'ammissione non l'ho comprata», sto dicendo
loro, nell'oscurità della caverna rossa che si apre di fronte ai miei occhi chiusi. «Non sono solo un ragazzo che gioca a tennis. La mia è
una storia intricata. Ho esperienze e sentimenti. Sono una persona
complessa.

«*Leggo*, io», dico. «Studio e leggo. Scommetto che ho letto tutto
quello che avete letto voi. Non pensate che non abbia letto. Io consumo le biblioteche. Logoro le costole dei libri e i lettori Rom. Sono
uno che fa cose tipo salire su un taxi e dire al tassista: "In biblioteca,
e a tutta". Con il dovuto rispetto, credo di poter dire che il mio intuito riguardo alla sintassi e alla meccanica sia migliore del vostro.

«Ma vado oltre la meccanica. Non sono una macchina. Sento e credo. Ho opinioni. Alcune sono interessanti. Se me lo lasciaste fare, potrei parlare senza smettere mai. Parliamo pure, di qualunque cosa. Credo che l'influenza di Kierkegaard su Camus venga sottovalutata. Credo che Dennis Gabor potrebbe benissimo essere stato l'Anticristo.
Credo che Hobbes non sia altro che Rousseau in uno specchio oscuro. Credo, con Hegel, che la trascendenza sia assorbimento. Potrei
mettervi sotto il tavolo, signori», dico. «Non sono solo un *creātus*,
non sono stato prodotto, allenato, generato per una sola funzione».

Apro gli occhi. «Vi prego di non pensare che non m'importi».

Li guardo. Davanti a me c'è l'orrore. Mi alzo dalla sedia. Vedo
mascelle crollare, sopracciglia sollevate su fronti tremanti, guance
sbiancate. La sedia si allontana da me.

«Santa madre di Cristo», dice il Direttore.

«Sto bene», dico loro restando in piedi. A giudicare dall'espressione del Decano giallastro, li ho impressionati. La faccia di Affari
Accademici è invecchiata di colpo. Otto occhi si sono trasformati in
dischi vuoti fissi su ciò che vedono, qualunque cosa sia.

«Mio Dio», mormora Affari Atletici.

«Vi prego di non preoccuparvi», dico. «Posso spiegare». Carezzo
l'aria con un gesto tranquillizzante.

Entrambe le braccia mi vengono immobilizzate da dietro dal Direttore di Comp., che mi scaraventa a terra e mi schiaccia giú con tutto il suo peso. Sento in bocca il sapore del pavimento.

«Che c'è che *non va*?»

«*Niente* non va», dico io.

«Va tutto *bene*! Sono *qui*!» mi urla nell'orecchio il Direttore.

«Chiedete aiuto!» grida un Decano.

Ho la fronte premuta contro un parquet che non avrei mai pensato potesse essere cosí freddo. Sono paralizzato. Provo a trasmettere un'impressione di docilità e arrendevolezza. Ho la faccia spiaccicata contro il pavimento; il peso di Comp. non mi fa respirare.

«Cercate di ascoltarmi», dico molto lentamente, la voce attutita dal pavimento.

«Per amor del cielo, cosa sono quei...» esclama un Decano con voce acuta, «...quei *suoni*?»

Sento il picchiettare dei tasti di un centralino, il rumore di tacchi in movimento, un fascio di fogli di carta velina che cade.

«*Dio!*»

«*Aiuto!*»

Alla periferia sinistra del mio sguardo si apre una porta: un cuneo di luce alogena, scarpe da tennis bianche e un paio di Nunn Bush consumate. «Fatelo *alzare*!» È deLint.

«Non c'è niente che non va», dico al pavimento, lentamente. «Sono qui dentro».

Vengo preso per le ascelle e sollevato, poi sbatacchiato a forza dal Direttore per farmi calmare. Cuomo ha la faccia violacea: «Torna in *te*, figliolo!»

DeLint attaccato al braccio dell'omone: «La *smetta*!»

«Non sono quello che vedete e sentite».

Sirene in lontananza. Una presa brutale. Delle sagome alla porta. Una giovane donna ispanica porta una mano alla bocca mentre mi guarda.

«Davvero», dico.

Non si possono non amare i bagni degli uomini: l'odore di limone delle pasticche deodoranti nei lunghi pisciatoi di porcellana; gli scanni con le porte di legno e l'intelaiatura di marmo freddo; le file di sottili lavandini sorretti da tubature a vista dalle forme vagamente alfabetiche; gli specchi sopra le mensole di metallo; dietro tutte le voci il rumore leggero di uno sgocciolio incessante dilatato dall'eco, e un freddo pavimento di piastrelle il cui disegno a mosaico sembra quasi islamico, cosí da vicino.

Il casino che ho causato mi vortica intorno. Sono stato praticamente trascinato, ancora immobilizzato, attraverso un assembramento di impiegati amministrativi dal Direttore di Comp. – il Dir. di Comp. sembra pensare alternativamente che io abbia le convulsioni (e allora mi spalanca la bocca per controllare che la lingua non mi soffochi), che in qualche modo stia soffocando (e allora mi fa una perfetta manovra Heimlich che mi lascia rantolante), che sia psicoticamente fuori controllo (e allora applica varie mosse e prese per assumere lui quel controllo) – mentre intorno a noi si agitano: deLint che cerca di liberarmi dalla presa del Direttore, l'allenatore di tennis che trattiene deLint, il fratellastro di mia madre che rivolge rapide combinazioni di polisillabi al trio ansimante dei Decani che si asciugano le fronti, si torcono le mani, si allentano le cravatte, puntano dita in faccia a C.T. e lo minacciano con dei fascicoli di moduli ormai superflui.

Vengo rovesciato a pancia in su sulle mattonelle a disegni geometrici. Penso docilmente al perché in America i bagni pubblici debbano sempre apparirci come le ideali infermerie in caso di problemi, i posti giusti per riacquistare il controllo. La mia testa è ora cullata nel grembo morbido del Direttore inginocchiato, e lui mi tampona la faccia con i classici fazzoletti di carta marroncina che gli vengono passati da una mano fra quelle della folla che ci sta intorno e sopra, e io fisso i piccoli bozzi sulla sua mascella con tutta la vacuità che riesco a radunare. Diventano peggiori sulla linea indistinta del mento, ovvie cicatrici di un'acne antica. Lo zio Charles, che spara cazzate come nessuno mai, ne sta infilando una dietro l'altra per cercare di calmare gente che sembra molto piú in difficoltà di me.

«Sta bene», continua a dire. «Guardatelo, non potrebbe essere piú calmo».

«Non hai visto che cosa è *successo* là dentro», risponde un Decano ingobbito, le mani sulla faccia.

«A volte si agita, tutto qui, ma solo a volte, è un ragazzo eccitabile, impressionato da—»

«Ma i *suoni* che faceva».

«Indescrivibili».

«Come un animale».

«Erano rumori e suoni *sub*animaleschi».

«Per non parlare dei *gesti*».

«Ha mai fatto *aiutare* questo ragazzo da qualcuno, Dott. Tavis?»

«Come una specie di bestia con qualcosa in bocca».

«Questo ragazzo ha dei danni cerebrali».

«Come un panetto di burro colpito da una mazza».

«Un animale che si contorce con un coltello nell'occhio».

«Che cosa *mai* le era passato per la testa, a cercare di iscrivere questo—»

«E le *braccia*».

«Lei non l'ha visto, Tavis. Le sue braccia—»

«Sussultavano. Era una specie di terribile contorcersi. Si *dimena-vano*», e il gruppo guarda per un momento qualcuno fuori dal mio campo visivo che tenta di dimostrare qualcosa.

«Come una frazione temporale, la vibrazione di una qualche mostruosa... crescita».

«Somigliava molto, anzi era il rumore di una capra che affoga. Una capra che affoga in qualcosa di vischioso».

«Questa serie di belati soffocati e—»

«Sí, si dimenavano».

«Cosí adesso è un delitto dimenarsi e agitarsi un po', eh?»

«Lei, signore, è nei guai. È *nei guai*».

«E la faccia. Come se lo stessero strangolando. Bruciando. Credo di aver visto l'inferno».

«Ha qualche problema a comunicare, è disturbato a livello comunicativo, nessuno lo nega».

«Il ragazzo ha bisogno di *cure*».

«Invece di occuparsi del ragazzo lei lo manda qui a *iscriversi*, a *competere*?»

«Hal?»

«Nemmeno nei suoi incubi peggiori si è mai sognato la quantità di guai in cui si è cacciato, Dott. cosiddetto Preside, *educatore*».

«...stato dato a credere che questa fosse solo una formalità. L'avete colto di sorpresa, ecco tutto. È un timido—»

«E lei, White, lei cercava di *farlo ammettere*!»

«—e si sarà terribilmente impressionato e agitato, là dentro, senza di noi, e però ci avete chiesto di uscire, perché se non l'aveste—»

«L'avevo solo visto giocare. Sul campo è fantastico. Forse un genio. Non avevamo idea. Il fratello è nella stramaledetta Nfl, per Dio. Abbiamo pensato, ecco un giocatore di prima classe, con radici del Sudovest. Le sue statistiche erano fuori da ogni standard. L'abbiamo osservato per tutto il WhataBurger lo scorso autunno. Nessun dimenio, nessun suono. Un collega disse che era come vedere danzare un grande ballerino».

«Per la miseria se era un balletto quello che guardavate là fuori, White. Questo ragazzo si muove come un ballerino classico, è un vero giocatore».

«Allora è una specie di *athlète savant*. Dev'essere una sorta di compensazione coreutica di gravi problemi che lei, signore, sceglie di mascherare imbavagliando il ragazzo». Un paio di costose espadrilles brasiliane passa sulla sinistra ed entra in uno scanno, poi le espadrilles fanno il giro e si fermano di fronte a me. Sento lo sgocciolio del pisciatoio dietro le piccole eco delle voci.

«—forse è meglio andarsene», sta dicendo C.T.

«L'integrità del mio sonno è compromessa per sempre, signore».

«—pensato di poter intrufolare qui un candidato con dei danni cerebrali, fabbricargli le credenziali, fargli passare un colloquio pilotato e lanciarlo nei rigori della vita universitaria?»

«Il nostro Hal *funziona*, coglioni. Sempre che si trovi in un clima favorevole. Sta bene da solo. Sí, ha qualche problema di eccitabilità nella conversazione. L'avete mai sentito mentre lo negava?»

«Signore, là dentro siamo stati testimoni di qualcosa che potrebbe definirsi solo marginalmente *mammifero*».

«Proprio cosí. Dategli un'occhiata. Aubrey, come ti sembra che stia il tuo ragazzino eccitabile?»

«Lei, signore, è un uomo malato. Questa storia non finisce qui».

«Quale *ambulanza*? Ma allora non mi state ad *ascoltare*? Vi sto dicendo che c'è—»

«Hal? Hal?»

«Lo droga, cerca di non fargli mai aprire bocca, e ora lui è lí sdraiato, catatonico, con lo sguardo fisso».

Lo scrocchio delle ginocchia di deLint. «Hal?»

«—gonfiare questa cosa pubblicamente e travisarla in qualsiasi modo. L'Accademia ha ex allievi illustri, avvocati validissimi. Hal qui ha una competenza dimostrabile. Credenziali da lasciare a bocca aperta, Bill. Il ragazzo legge come un aspirapolvere. *Digerisce* le cose».

Io me ne sto semplicemente là disteso, annuso i fazzoletti di carta, guardo un'espadrille che piroetta.

«Può darsi che vi giunga nuova, ma nella vita c'è di piú che starsene seduti a stabilire contatti».

E come si fa a non amare lo speciale ruggito leonino di un gabinetto pubblico?

Non per niente Orin diceva che quaggiú la gente non fa altro che muoversi in branco da un posto con l'aria condizionata all'altro. Il sole è un martello. Sento che un lato della mia faccia sta cominciando a cuocere. Il cielo blu è lucido e gonfio di caldo, pochi cirri sottili sfumano in ciocche vaporose. Il traffico non ha niente a che vedere con quello di Boston. La barella è del tipo speciale, con le cinghie. Lo stesso Aubrey deLint, che per anni avevo considerato una specie di mediocre soldataccio, si è inginocchiato accanto alla barella a tenermi la mano legata e mi ha detto: «Sta' lí tranquillo, campione», prima di tornare nella mischia con gli amministrativi agli sportelli dell'ambulanza. È un'ambulanza speciale, e preferisco non sapere da dove sia stata mandata. A bordo, oltre ai paramedici, c'è anche una qualche specie di psichiatra. Gli assistenti mi sollevano con gentilezza e si vede che hanno familiarità con le cinghie. Il Dottore, la schiena appoggiata alla fiancata dell'ambulanza, gesticola pacatamente cercando di mediare tra i Decani e C.T., che continua a dare pugnalate verso il cielo con l'antenna del cellulare, ed è oltraggiato dal fatto che, senza alcuna ragione, io venga portato in ambulanza in qualche pronto soccorso, contro la mia volontà e i miei interessi. Viene dibattuta su due piedi la questione se le persone con danni cerebrali ce li abbiano o no una volontà e degli interessi, mentre una specie di caccia supersonico troppo in alto per essere udito affetta il cielo da sud a nord. Il Dottore alza le mani con calma e fa segno a tutti di quietarsi. Ha una grande mascella blu. All'unico altro pronto soccorso nel quale sono stato portato, quasi un anno fa, la lettiga psichiatrica era stata parcheggiata accanto alle sedie della sala d'attesa. Queste sedie erano di plastica arancione; tre erano occupate da persone che tenevano in mano dei flaconi di medicinali vuoti e sudavano abbondantemente. E già questo non era molto incoraggiante, ma seduta sull'ultima sedia in fondo, proprio accanto alla mia testa assicurata con le cinghie alla lettiga, c'era una donna in maglietta con la pelle legnosa e un berretto da camionista che aveva cominciato a raccontare, a me steso e legato e immobile, che durante la notte si era ritrovata con un repentino e anomalo gigantismo al seno destro, che chiamava tettina; aveva un accento del Québec quasi parodistico, e prima che mi portassero via mi aveva descritto per venti minuti buoni l'anamnesi e le possibili diagnosi della «tettina». Il movimento e la scia del jet ricordano un'incisione, come se dietro il blu del cielo ci fosse una carne bianca e continuasse ad allargarsi nel solco della lama. Una volta ho visto la parola *knife* scritta col dito sullo specchio appannato di un bagno non pubblico. Sono diventato un infantofilo. Sono costretto a ruotare in alto o di lato gli occhi chiusi per evitare che la cavità rossa si infiammi per via della luce del sole. Il traffico in costante movimento sulla strada sembra dire «Silenzio, silenzio, silenzio». Quando il sole mi colpisce gli occhi vedo le macchie blu e rosse di quando si guarda una lampadina. «Perché *no*? Perché *no*? Perché non *no*, allora, se tutto ciò che riesce a dire è perché no?» È la voce di C.T. che viene meno per l'indignazione. Ora riesco solo a vedere le magistrali stilettate della sua antenna, al limite destro del mio campo visivo. Mi porteranno in una stanza di un pronto soccorso e mi ci terranno finché non risponderò alle domande, poi, quando avrò risposto alle domande, verrò sedato; quindi sarà il contrario del viaggio standard ambulanza-pronto soccorso: stavolta prima farò il viaggio poi perderò conoscenza. Penso brevemente al defunto Cosgrove Watt. Penso al Terapeuta del Dolore ipofalangiale. Penso alla Mami che mette in ordine alfabetico le minestre in scatola nell'armadietto sopra il microonde. All'ombrello di Lui in Persona, appeso per il manico al bordo della scrivania nell'ingresso della Casa del Preside. La caviglia malandata non mi ha fatto male neanche una volta quest'anno. Rivedo John N.R. Wayne – che avrebbe vinto il WhataBurger di quest'anno – fare il palo, mascherato, mentre Donald Gately e io dissotterriamo la testa di mio padre. Non c'è dubbio che Wayne avrebbe vinto. E Venus Williams ha un ranch nella Green Valley; potrebbe benissimo venire a vedere le finali Under 18 Maschili e Femminili. Ne uscirò fuori in tempo per le semi di domani; ho fiducia nello Zio Charles. Il vincitore di stasera sarà quasi certamente Dymphna, che ha già sedici anni ma li compie due settimane prima della data limite del 15 aprile; e Dymphna sarà ancora stanco domani alle 0830h, mentre io, sedato, avrò dormito come un sasso. È la prima volta che affronto Dymphna in torneo, e non ho mai giocato con le palle sonore per i ciechi, ma mi è bastato guardarlo lottare negli ottavi con Petropolis Kahn, e so che è mio.

Comincerà nel pronto soccorso, al banco accettazioni se C.T. è in ritardo nel seguire l'ambulanza, o nella stanza con le mattonelle verdi che viene dopo quella con le macchine digitali invasive; oppure, visto che a bordo di quest'ambulanza c'è uno psichiatra, potrebbe perfino cominciare qui, durante il viaggio: il Dottore dalla mascella blu, pulito fino a raggiungere uno splendore antisettico, con il nome ricamato in corsivo sul taschino del camice bianco e una bella penna stilo, comincerà a fare domande al paziente in barella secondo il metodo socratico, con tanto di eziologia e diagnosi, con ordine e punto per punto. Secondo l'*o.e.d.* VI, esistono diciannove sinonimi non arcaici di *insensibile*, nove dei quali di origine latina e quattro sassone. La finale di domenica la giocherò contro Stice oppure Polep. Forse di fronte a Venus Williams. Però alla fine, inevitabilmente, sarà qualche addetto non specializzato – un aiuto infermiere con le unghie rosicchiate, una guardia della Sicurezza ospedaliera, un precario cubano stanco – che, mentre si affanna in qualche tipo di lavoro, guarderà in quello che gli parrà essere il mio occhio e mi chiederà: Allora, ragazzo, che *ti* è successo?

○

ANNO DEL PANNOLONE PER ADULTI DEPEND

Dov'era la donna che aveva detto che sarebbe venuta. Aveva detto che sarebbe venuta. Erdedy pensò che avrebbe dovuto essere già arrivata, a quell'ora. Si sedette a pensare. Era in salotto. Quando aveva cominciato ad aspettare una finestra era inondata di luce gialla e proiettava una chiazza di luce sul pavimento, ed era ancora seduto ad aspettare quando quella chiazza aveva iniziato a sbiadire e si era incrociata con una seconda chiazza, piú luminosa, che proveniva dalla finestra sull'altra parete. C'era un insetto su una delle mensole d'acciaio che reggevano l'impianto stereo. L'insetto continuava a entrare e uscire da uno dei buchi delle traverse che sostenevano le mensole. Era scuro e aveva un guscio lucente. Lui lo teneva d'occhio. Una o due volte fu sul punto di alzarsi per avvicinarsi e guardarlo, ma temeva che se si fosse avvicinato e l'avesse guardato da vicino gli sarebbe venuto da ammazzarlo, e aveva paura di ammazzarlo. Non poteva usare il telefono per chiamare la donna che aveva promesso di venire perché non voleva occupare la linea proprio nel momento in cui lei provava a chiamarlo, e aveva paura che a trovare il numero occupato lei si sarebbe arrabbiata e avrebbe pensato che lui non fosse interessato e forse avrebbe portato a qualcun altro quello che aveva promesso a lui.

Aveva promesso di procurargli un quinto di chilogrammo di marijuana, duecento grammi di marijuana particolarmente buona per 1250 $ Us. Aveva già provato settanta o ottanta volte a smettere di fumare marijuana. Prima di conoscere questa donna. Lei non sapeva che lui aveva provato a smettere. Era sempre riuscito ad arrivare a una settimana, o due settimane, o forse due giorni, poi ci aveva pensato e aveva deciso di fumarsene un po' a casa per l'ultima volta. Per questa ultimissima volta aveva bisogno di uno spacciatore nuovo, uno al quale non avesse già detto che doveva necessariamente smettere di fumare e mai piú per nessuna ragione, per favore, doveva trovargli la roba. Doveva essere uno nuovo, perché aveva detto a tutti gli spacciatori che conosceva di lasciarlo fuori dal giro. Doveva essere qualcuno di assolutamente nuovo, perché ogni volta che comprava la roba da qualcuno sapeva che quella doveva essere l'ultima volta, e cosí chiedeva un favore personale allo spacciatore, lo pregava di non trovargliela mai, mai piú. E dopo che aveva parlato cosí a qualcuno, non poteva tornare a chiedergliela, perché era un tipo orgoglioso, e anche gentile, e non voleva mettere nessuno in quel tipo di situazione contraddittoria. Poi, quando si trattava di roba, lui si vedeva come un tipo cupo, che dava i brividi, e temeva che anche gli altri lo vedessero in quel modo. Si mise a sedere e pensare e aspettare in mezzo alla x irregolare fatta dalla luce che veniva dalle due finestre. Una o due volte guardò il telefono. L'insetto era nuovamente scomparso nel buco della traversa che reggeva la mensola.

Lei aveva promesso di venire a una certa ora e quell'ora era passata. Alla fine lui cedette e la chiamò senza la funzione video. Lasciò

suonare parecchie volte, preoccupato di tutto quel tempo in cui la sua
linea era occupata, finché non rispose la segreteria, un accenno ironico di musica pop, poi la voce di lei e una maschile che insieme dicevano vi richiameremo, e quel «noi» li faceva sembrare una coppia,
l'uomo era un bel ragazzo nero che faceva Giurisprudenza, lei era sce-
nografa, e lui non lasciò nessun messaggio perché non voleva che lei
capisse quanto aveva bisogno della roba, lui, ora. All'inizio, quando
lei aveva detto di conoscere un tizio di Allston che aveva un mucchio
di roba bella resinosa, lui aveva fatto un po' il sostenuto, aveva sbadigliato e aveva detto, mah, forse, ehm, perché no, ma sí, per un'occasione speciale, non ne compro un po' da non so quanto tempo. Lei
aveva detto che questo tizio di Allston viveva in una roulotte e aveva il labbro leporino e teneva dei serpenti e non aveva telefono, e insomma non era esattamente un gran bel ragazzo, ma vendeva spesso
la roba alla gente di teatro di Cambridge e aveva un bel seguito di afi-
cionado. Lui aveva detto che, da quanto tempo era passato, non si ricordava nemmeno piú l'ultima volta che l'aveva comprata. Disse che
forse gliene avrebbe chiesta un discreto mucchietto, perché pochi giorni prima degli amici l'avevano chiamato per chiedergli se ne aveva un
po'. Lo faceva spesso di dire che cercava la droga piú che altro per
darla ai suoi amici. Cosí, se la donna poi non riusciva a trovarla anche se aveva detto che gliel'avrebbe trovata e lui diventava ansioso,
poteva sempre dire alla donna che erano i suoi amici che stavano diventando ansiosi, e gli dispiaceva seccare la donna per una cosa cosí,
ma i suoi amici erano in ansia e stavano cominciando a seccarlo per
quella cosa, e insomma lui voleva solo sapere che cosa doveva dirgli.
Avrebbe detto che si trovava tra l'incudine e il martello. Poteva dire
che i suoi amici gli avevano dato i soldi e adesso erano ansiosi e lo
pressavano da vicino, gli telefonavano, protestavano. Però questa tattica non era possibile con questa donna che aveva detto che sarebbe
arrivata con la roba, perché lui non le aveva ancora dato i 1250 $. Lei
non aveva voluto. Era ricca. La sua famiglia era ricca, aveva detto lei
per spiegare come mai abitasse in un condominio cosí carino quando
per lavoro disegnava scenari cupi e sudici per una compagnia teatrale di Cambridge che sembrava mettesse in scena solo pièce tedesche.
Dei soldi non le importava un granché, aveva detto che avrebbe pagato lei quando sarebbe andata ad Allston Spur per vedere se il tizio
era in casa, insomma nella roulotte, e lei era certa che oggi l'avrebbe
trovato, lui le avrebbe reso i soldi poi, quando lei gli avrebbe portato la roba. Questo accordarsi cosí alla leggera l'aveva subito reso ansioso, e cosí era stato ancora piú sostenuto e aveva detto, certo, d'accordo, va bene comunque. Ripensando a quel momento, era sicuro di

aver detto *comunque*, il che in retrospettiva lo preoccupava perché poteva aver dato l'idea che non gliene fregasse proprio nulla, neanche un po' o cosí poco che non avrebbe avuto importanza se lei si fosse dimenticata di portargli la roba o di chiamare, mentre una volta che lui aveva deciso di farsi ancora di marijuana a casa sua, importava eccome. Importava eccome. Era stato troppo sostenuto con la donna, avrebbe dovuto farle prendere subito i 1250 $, dirle che era per un minimo di cortesia, dirle che non voleva scomodarla finanziariamente per una cosa cosí banale. Il denaro crea un senso di obbligazione, e lui avrebbe dovuto far sentire obbligata la donna a fare ciò che aveva detto, una volta che si era cosí invogliato all'idea che lei facesse davvero quello che aveva detto. Ora che lui ci aveva fatto la bocca, questa storia importava cosí tanto che aveva quasi paura di far vedere quanto. Una volta che le aveva chiesto di prendergli la roba, si era impegnato a seguire diverse linee d'azione. L'insetto sulla mensola era tornato. Sembrava non facesse nulla. Era semplicemente uscito dal buco nella traversa e, raggiunto il bordo della mensola di metallo, si era fermato là. Dopo un po' sarebbe scomparso di nuovo nel buco della traversa, ed era quasi certo che non facesse nulla neppure là dentro. Si sentiva simile all'insetto dentro la traversa che reggeva la mensola, ma non sapeva con certezza perché. Appena aveva deciso di prendere la marijuana per un'altra ultima volta, si era impegnato a seguire diverse linee d'azione. Si era collegato via modem con l'agenzia per dire che c'era un'emergenza e stava inviando un'e-note al terminale di una collega per chiederle di prendere le sue chiamate per il resto della settimana dal momento che lui sarebbe stato irreperibile per diversi giorni a causa di quest'emergenza. Aveva registrato un messaggio audio sulla sua segreteria telefonica che diceva che a partire da quel pomeriggio sarebbe stato irreperibile per diversi giorni. Aveva pulito la camera da letto perché una volta avuta in mano la roba non sarebbe piú uscito dalla camera se non per andare al frigorifero e in bagno, e anche allora gli spostamenti sarebbero stati molto rapidi. Aveva dovuto buttare via tutta la birra e gli alcolici, perché se avesse bevuto alcolici mentre fumava la roba si sarebbe sentito male, ma se aveva alcolici in casa non poteva essere certo di non berne appena cominciato a fumare. Aveva dovuto comprare un po' di cose. Aveva dovuto comprare delle cose da mangiare. Ora una sola antenna dell'insetto sporgeva dal buco nella traversa. Sporgeva, ma non si muoveva. Aveva dovuto comprare dell'acqua brillante, biscotti Oreo, pane, carne macinata da hamburger, maionese, pomodori, M&M, biscotti Almost Home, gelato, una torta gelata al cioccolato Pepperidge Farm e quattro barattoli di crema di cioccolato che avrebbe mangiato a cucchiaiate. Aveva dovuto ordinare una cartuccia film a noleggio all'InterLace Entertainment. Aveva dovuto comprare dell'antiacido per il mal di stomaco che gli sarebbe venuto nel bel mezzo della notte per via della roba che avrebbe mangiato. Aveva dovuto comprare un nuovo bong, perché ogni volta che finiva quella che avrebbe dovuto essere la sua ultima botta di marijuana, decideva che era tutto finito, chiuso, non gli piaceva neppure piú, stop, basta nascondersi, basta scaricare le sue cose sui colleghi e cambiare messaggio sulla segreteria e parcheggiare la macchina lontano dal condominio e chiudere finestre e tende e scuri e vivere in rapidi vettori tra i film del teleputer InterLace in camera da letto e il frigo e il gabinetto, e perciò prendeva il bong che aveva appena usato e lo buttava via avvolto in diverse buste di plastica perché non si vedesse cos'era. Il suo frigorifero faceva il ghiaccio in piccoli blocchi opachi a forma di mezzaluna, e lui li adorava; quando fumava la roba in casa beveva sempre tantissima acqua brillante allungata con acqua ghiacciata. Quasi se la sentiva in bocca. Guardò il telefono e l'orologio. Guardò le finestre ma non il fogliame e la strada appena asfaltata al di là delle finestre. Aveva già passato l'aspirapolvere sulle veneziane e sulle tende, tutto era pronto per essere chiuso. Una volta arrivata la donna che aveva detto che sarebbe venuta, avrebbe spento l'intero sistema. Gli venne in mente che sarebbe scomparso in un buco in una traversa dentro di sé che reggeva qualcos'altro dentro di sé. Non era certo di cosa fosse quella cosa dentro di sé e non era pronto per impegnarsi a seguire la linea d'azione che sarebbe stata necessaria a sviscerare la questione. Ormai erano passate quasi tre ore dall'ora in cui la donna aveva detto che sarebbe venuta. Durante il programma di recupero cui si era sottoposto due anni prima, un assistente, Randi, con la *i*, baffi da ranger canadese a cavallo, gli aveva detto che lui non sembrava sufficientemente impegnato a seguire la linea d'azione necessaria a eliminare le sostanze dal suo stile di vita. Aveva dovuto comprare un nuovo bong da *Bogart* in Porter Square, a Cambridge, perché ogni volta che finiva la roba buttava sempre via tutto, pipe e bong, filtri e tubi e cartine da rollare e pinzette, accendini e Visine e Pepto-Bismol e biscotti e crema di cioccolato per eliminare ogni futura tentazione. Dopo aver buttato via quella roba si sentiva sempre risoluto e ottimista. Aveva comprato la mattina il nuovo bong e le provviste, ed era tornato a casa ben prima dell'ora in cui la donna aveva detto che sarebbe venuta. Pensò al nuovo bong e al pacchetto nuovo di filtri d'ottone rotondi nella busta di *Bogart* sul suo tavolo di cucina, nella cucina illuminata dal sole, e non riuscí a ricordarsi di che colore fosse il nuovo bong. L'ultimo era stato arancione, quello prima di un rosa scuro che in soli quattro giorni aveva preso una sfumatura fangosa sul fondo per via della resina. Non riusciva a ricordarsi il colore di quest'ultimo, definitivo bong. Pensò di alzarsi per andare a controllare il colore del bong che avrebbe usato, ma decise che l'ossessione di controllare tutto e i movimenti convulsi potevano compromettere l'atmosfera di calma casuale che aveva bisogno di mantenere mentre, sporgendosi senza muoversi, aspettava la donna che aveva incontrato a una sessione di design per la piccola campagna pubblicitaria che la sua agenzia aveva fatto per il nuovo festival Wedekind della compagnia teatrale di lei, mentre aspettava questa donna, con la quale per due volte aveva avuto rapporti sessuali, per onorare la sua promessa casuale. Cercò di decidere se la donna fosse carina o no. Un'altra cosa che comprava se decideva di prendersi una vacanza alla marijuana era la vaselina. Quando fumava marijuana si masturbava tantissimo, ci fossero o no possibilità di rapporto, e quando fumava preferiva masturbarsi che scopare, e la vaselina serviva a non farselo diventare molle e dolorante appena tornava alla normalità. Esitava ad alzarsi per controllare il colore del bong anche perché per arrivare in cucina avrebbe dovuto passare proprio davanti al telefono, e non voleva sentirsi tentato di chiamare nuovamente la donna che aveva detto che sarebbe venuta perché non gli andava di seccarla riguardo a una cosa che le aveva spacciato come del tutto casuale, e aveva paura che a lei scocciasse trovare in segreteria tanti messaggi fatti solo del rumore di quando si riattacca, e inoltre si sentiva ansioso al pensiero che avrebbe potuto occupare la linea proprio nel momento in cui, metti caso, lei telefonava, come di certo avrebbe fatto. Decise che si sarebbe fatto mettere l'Attesa di Chiamata, aveva un costo praticamente simbolico, poi ricordò che, essendo questa indiscutibilmente l'ultima volta in cui avrebbe voluto o perfino potuto lasciarsi andare a quella che Randi, con la *i*, aveva definito una dipendenza in tutto e per tutto rapace quanto l'alcolismo, non ci sarebbe stato nessun bisogno dell'Attesa di Chiamata, poiché una situazione come quella attuale non si sarebbe mai piú ripresentata. Questa linea di pensiero lo fece quasi arrabbiare. Per salvaguardare la compostezza con la quale stava seduto ad aspettare sulla sua sedia, nella luce, concentrò ogni senso su ciò che lo circondava. Ora dell'insetto non era in vista nessuna parte. Il ticchettio dell'orologio portatile era in realtà composto di tre miniticchettii che lui supponeva stessero per preparazione, movimento e riposizionamento. Cominciò a provare disgusto per se stesso, lí fermo ad aspettare con tanta ansia l'arrivo promesso di qualcosa che comunque ormai non era piú divertente. Non sapeva neppure piú perché gli piaceva. La bocca gli si disidratava, e anche gli

occhi che poi gli diventavano rossi, e la faccia gli si afflosciava e lui
non sopportava che gli si afflosciasse la faccia, era come se l'integrità
dei muscoli del suo volto venisse erosa dalla marijuana, e lui sapeva
benissimo che la faccia gli si stava afflosciando, e tanto tempo fa si
era proibito di fumare roba in presenza di altri. Non sapeva neppure
piú che cosa fosse ad attrarlo. Da quanto la cosa lo imbarazzava, se il
giorno prima aveva fumato, quando ritornava al lavoro non sopportava di avere gente intorno. E la roba spesso gli faceva venire una dolorosa pleurite se la fumava per due giorni interi, senza smettere mai,
di fronte al visore InterLace della camera da letto. Gli faceva schizzare i pensieri all'impazzata in direzioni strane e lo lasciava a fissare
rapito le cartucce di intrattenimento come un bambino rincitrullito
– quando metteva da parte le cartucce film per una vacanza con la
marijuana preferiva quelle in cui un sacco di cose esplodevano e coz-
zavano l'una nell'altra, e uno specialista di fatti spiacevoli come Ran-
di avrebbe subito sottolineato come ciò avesse delle implicazioni non
buone. Si slacciò pian piano la cravatta mentre chiamava a raccolta
intelletto, volontà, autocoscienza e decisione, e stabilí che quando
quest'ultima donna fosse arrivata, come certamente avrebbe fatto,
sarebbe stata né piú né meno la sua ultimissima crapula di marijuana.
Ne avrebbe fumata cosí tanta in cosí poco tempo da disgustarsi e rimanere con un ricordo talmente repellente che, dopo averla consumata il piú rapidamente possibile e dunque averla bandita dalla sua
casa e dalla sua vita, non avrebbe mai piú voluto farsela. Si sarebbe
messo d'impegno per associare una serie di brutture terribili al ricordo della roba. La droga lo spaventava. Gli metteva paura. Non che
avesse paura della roba, era che fumarla gli faceva temere tutto il resto. Da un mucchio di tempo aveva smesso di essere una liberazione
o un sollievo o un divertimento. Quest'ultima volta avrebbe fumato
tutti i duecento grammi – centoventi grammi puliti, tolti i gambi delle foglie – in quattro giorni, piú di un'oncia al giorno in un'unica, fortissima, continua dose, con un ottimo bong vergine, una quantità giornaliera folle, incredibile, ne avrebbe fatto una missione, l'avrebbe
considerata una punizione e allo stesso tempo un regime di modifica
del comportamento, si sarebbe fumato ogni giorno trenta grammi puri, cominciando dal momento in cui si svegliava e usava l'acqua ghiacciata per staccarsi la lingua dal palato e prendeva un antiacido – facendo in media duecento o trecento tirate al giorno, una quantità folle e deliberatamente spiacevole, e lui ne avrebbe fatto una missione
di fumarla di continuo anche se, nel caso in cui la marijuana fosse buona come diceva la donna, avrebbe fatto cinque tirate e poi non avrebbe piú avuto voglia di farsene un'altra per almeno un'ora. Ma lui si

sarebbe costretto a farlo comunque. L'avrebbe fumata tutta anche se non ne avesse avuto voglia. Anche se avesse cominciato a fargli girare la testa e a farlo star male. Avrebbe usato disciplina e tenacia e volontà e avrebbe reso l'intera esperienza cosí spiacevole, cosí degradata e perversa e spiacevole, che il suo comportamento ne sarebbe risultato da lí in poi cambiato per sempre, non avrebbe mai piú voluto rifarlo perché il ricordo dei quattro giorni di follia a venire sarebbero stati fermamente e terribilmente incastonati nella sua memoria. Si sarebbe curato con l'eccesso. Si aspettava che la donna, quando sarebbe venuta, avrebbe voluto fumare un po' dei duecento grammi con lui, chiacchierare, rintanarsi, ascoltare qualcosa dalla sua notevole collezione di dischi di Tito Puente e probabilmente fare sesso. Mai, neppure una volta, aveva avuto un vero e proprio rapporto sessuale sotto marijuana. Francamente, l'idea lo disgustava. Due bocche riarse che sbattono l'una contro l'altra cercando di baciarsi. I pensieri imbarazzati che si avvolgono su se stessi come un serpente su un bastone mentre lui si inarca e sbuffa a gola secca sopra di lei, con gli occhi rossi e gonfi e la faccia afflosciata, e le sue guance pendule magari toccano, a singhiozzo, le guance pendule della faccia di lei, anche lei afflosciata, che sbatacchia avanti e indietro sul cuscino mentre la sua bocca lavora a secco. Il pensiero era ributtante. Decise che l'avrebbe fatta fermare sulla porta e di lí si sarebbe fatto lanciare quello che lei aveva promesso di portare, poi lui le avrebbe lanciato i 1250 $ in biglietti di grosso taglio e le avrebbe detto di stare attenta a non farsi colpire il culo dalla porta mentre usciva. Avrebbe detto *culo* invece di *sedere*. Sarebbe stato cosí maleducato e sgradevole che il ricordo della sua mancanza di una minima decenza e quello del volto teso e offeso di lei sarebbero stati degli ulteriori futuri disincentivi a richiamarla e ripetere la linea di azione alla quale si era ora impegnato.

Non era mai stato cosí ansioso per l'arrivo di una donna che non voleva vedere. Ricordava chiaramente l'ultima donna che aveva coinvolto nel suo tentativo di un'ultima vacanza con la roba e gli scuri chiusi. L'ultima donna era stata un'artista d'appropriazione, il che sembra voler dire che copiava l'arte degli altri e la vendeva in una prestigiosa galleria di Marlborough Street. Il suo manifesto artistico parlava di tematiche radical-femministe. Aveva lasciato che lei gli desse uno dei suoi dipinti piú piccoli – copriva comunque metà della parete sopra il suo letto e mostrava una famosa attrice di cinema, di cui non riusciva mai a ricordare il nome, e un attore meno famoso intrecciati nella scena di un vecchio film molto conosciuto, una scena romantica, un abbraccio copiato da un manuale di storia del cinema, molto ingrandito e rilavorato, pieno di oscenità scarabocchiate qui e à in rosso vivo. L'ultima donna era stata sexy ma non carina, cosí come la donna che ora non voleva vedere ma aspettava con ansia era carina in quel modo appassito e sciupato *à la* Cambridge che la faceva sembrare carina ma non sexy. L'artista d'appropriazione era stata indotta a credere che lui fosse un ex anfetaminomane, lui ricorda di averla definita dipendenza intravenosa da cloridrato di metanfetamina[1], aveva perfino descritto l'orribile gusto di cloridrato che si spande nella bocca del tossico subito dopo l'iniezione, aveva fatto ricerche approfondite sull'argomento. Era stata inoltre indotta a credere che la marijuana lo trattenesse dal fare uso della droga con la quale aveva il vero problema, e perciò se sembrava ansioso di averne un po' dopo che lei si era offerta di trovargliela era solo perché stava eroicamente resistendo al bisogno di una droga molto piú oscura, profonda e terribile, e aveva necessità che lei lo aiutasse. Non riusciva bene a ricordare quando e come le fossero state date tutte queste impressioni. Non lo aveva fatto apposta, a mentirle in quel modo, era stata piú un'impressione che lui aveva trasmesso e coltivato e aiutato a prendere vita e forza proprie. Ora l'insetto era completamente visibile. Era sulla mensola che reggeva l'equalizzatore digitale. L'insetto poteva anche non essersi mai ritirato fino in fondo dentro il buco nella traversa della mensola. Quello che pareva un riemergere poteva essere stato in realtà un modificarsi della sua attenzione o l'effetto della luce dalle due finestre o il contesto visivo della stanza. La traversa sporgeva dal muro ed era un triangolo di acciaio bombato con dei fori per fissarci i ripiani. Le mensole metalliche che sostenevano l'impianto stereo erano pitturate di color verde industriale e in origine dovevano reggere cibi in scatola. Erano disegnate per essere mensole di cucina. L'insetto stava nel suo guscio lucente con un'immobilità che sembrava essere il raccoglimento di una forza, era come la carrozzeria di un veicolo dal quale fosse stato temporaneamente rimosso il motore. Era scuro e aveva un guscio lucente e antenne che sporgevano ma non si muovevano. Doveva usare il bagno. Il suo ultimo contatto con l'artista d'appropriazione – con la quale aveva fatto sesso e lei durante il rapporto aveva spruzzato un qualche profumo nell'aria da un nebulizzatore che teneva nella mano sinistra mentre stava sotto di lui producendo un'ampia gamma di suoni e spruzzando profumo nell'aria, sicché lui aveva sentito una nebbiolina fredda posarglisi sulla schiena e sulle spalle e questa cosa lo aveva gelato e disgustato – il suo ultimo contatto dopo che si era rintanato con la marijuana che lei gli aveva procurato era stato un biglietto che lei gli aveva spedito, un pastiche fotografico di uno zerbino d'erba di plasticaccia verde con su scritto WELCOME e una sfacciata foto pubblicitaria dell'artista d'appropriazione tratta dalla sua galleria nella Back Bay, e tra di loro un segno simmetrico, o meglio un segno simmetrico attraversato in diagonale da una barra, e anche un'oscenità, che aveva ritenuto fosse indirizzata a lui, scritta in pastello rosso in maiuscolo lungo il fondo, con punti esclamativi multipli. Lei si era offesa perché si erano visti ogni giorno per dieci giorni e poi, quando finalmente lei gli aveva procurato cinquanta grammi di supermarijuana idroponica, lui aveva detto che gli aveva salvato la vita e gliene era grato e gli amici ai quali aveva promesso di trovarne un po' le erano grati, e adesso però lei doveva andare immediatamente perché lui aveva un appuntamento e doveva scappare, ma l'avrebbe chiamata piú tardi quel giorno stesso, di sicuro, si erano scambiati un bacio umidiccio e lei aveva detto che gli sentiva battere il cuore attraverso la giacca e se n'era andata con la sua macchina arrugginita e lui era andato a parcheggiare la macchina in un garage sotterraneo parecchi isolati piú in là, ed era tornato indietro di corsa, e aveva chiuso scuri e tende già pulite, e aveva cambiato il messaggio audio della segreteria telefonica blaterando di una improvvisa partenza dalla città per via di un'emergenza, aveva chiuso gli scuri in camera da letto, aveva preso il nuovo bong rosa dalla busta di *Bogart* e non si era fatto vedere per tre giorni, ignorando piú di due dozzine di messaggi audio e protocolli e e-mail piene di preoccupazione per l'emergenza nel suo messaggio, poi, poi non l'aveva mai piú chiamata. Aveva sperato che lei pensasse a una sua nuova caduta nel cloridrato di metanfetamina e che lui non volesse farla assistere all'agonia della sua discesa nell'inferno della dipendenza chimica. In realtà lui aveva nuovamente deciso che quei cinquanta grammi di roba zeppa di resina, cosí potente da fargli venire al secondo giorno un attacco d'ansia tanto paralizzante da farlo evacuare in un boccale di ceramica della Tufts University pur di non dover lasciare la camera da letto, rappresentavano la sua ultimissima orgia di droga, e doveva tagliare i ponti con ogni possibile futura fonte di tentazione e approvvigionamento, e fra queste andava indubbiamente inclusa l'artista d'appropriazione che, ricordava bene, era arrivata con la roba esattamente all'ora promessa. Dalla strada gli giunse il rumore di un cassonetto dei rifiuti che veniva svuotato in un enorme camion-chiatta della Ewd. La vergogna che provava per ciò che lei avrebbe potuto percepire come una condotta viscidamente fallocentrica nei suoi confronti gli rendeva però piú facile evitarla. Anche se non era proprio vergogna, per la verità. Era piú un sentirsi a disagio. Per mandar via l'odore del profumo aveva dovuto far lavare e stirare due volte coperte e lenzuola. Entrò nel bagno con l'intenzione di usarlo, deciso a non guardare né l'insetto visibile sul ripiano sulla sinistra né la consolle telefonica sulla work-

station laccata sulla destra. Aveva preso l'impegno di non toccare nessuna delle due cose. Dov'era la donna che aveva detto che sarebbe
venuta? Il nuovo bong nella busta di *Bogart* era arancione, il che voleva dire che forse si era ricordato male e il bong precedente non era
arancione. Questo era di un arancione autunnale carico che si schia-
riva fino a un arancione piú tipo agrume quando veniva messo contro la luce del tardo pomeriggio che giungeva dalla finestra sopra il
lavandino di cucina. Il metallo dello stelo e della coppa era semplice
acciaio inossidabile, granuloso, non rifinito, tutto funzionalità. Il bong
era alto mezzo metro e aveva una base zavorrata rivestita di finta pelle scamosciata. La plastica arancione era spessa e il tubo sul lato opposto allo stelo era stato tagliato male, per cui dal piccolo foro sporgevano filamenti irregolari di plastica che potevano fargli male al pollice mentre fumava, il che decise di considerare parte della penitenza
alla quale si sarebbe sottoposto dopo che la donna fosse venuta e andata via. Lasciò la porta del bagno aperta per essere sicuro di sentire
il telefono quando avesse suonato, o il campanello della porta d'ingresso del suo stabile condominiale quando avesse suonato. Nel bagno la gola gli si chiuse improvvisamente e pianse forte per due o tre
secondi prima che il pianto cessasse di colpo e lui non riuscisse piú a
farlo ricominciare. Adesso erano passate piú di quattro ore da quando la donna si era casualmente impegnata a venire. Dov'era quando
aveva cominciato ad aspettare, in bagno o sulla sedia accanto alla finestra e vicino alla consolle telefonica e all'insetto e alla finestra che
aveva lasciato entrare una sbarra perfettamente rettangolare di luce.
La luce attraverso questa finestra stava entrando con un angolo sempre piú obliquo. L'ombra era diventata un parallelogramma. La luce
che veniva dalla finestra a sudovest era diritta e sempre piú rossa.
Aveva pensato di aver bisogno di usare il bagno ma non ci riusciva.
Provò a infilare un'intera pila di cartucce film nel caricatore del lettore disc poi ad accendere l'enorme teleputer in camera da letto. Poteva vedere l'opera d'arte d'appropriazione nello specchio sopra il Tp.
Abbassò il volume al minimo e puntò il telecomando al Tp come fosse un'arma. Si sedette sul bordo del letto con i gomiti sulle ginocchia
ed esaminò la pila di cartucce. Ogni cartuccia nel caricatore cadeva a
comando e andava a occupare il drive con un clic e un fruscio da insetto, e lui guardava cosa conteneva. Ma non poté distrarsi con il Tp
perché non riusciva a sopportare nessuna delle cartucce d'intrattenimento per piú di pochi secondi. Nel momento in cui riconosceva quello che c'era su una cartuccia provava la sensazione carica d'ansia che
ci fosse qualcosa di meglio su un'altra cartuccia e che potenzialmente se lo stava perdendo. Poi si rese conto che avrebbe avuto tutto il

tempo di godersi ogni cartuccia e capí intellettualmente che non aveva senso provare il panico di perdersi qualcosa. Il visore era appeso al muro, anche lui non piú grande di metà dell'oggetto d'arte femminista. Guardò cartucce per un po'. La consolle telefonica suonò durante questa fase di ansioso guarducchiare. Già alla fine del primo squillo era in piedi e si muoveva verso la consolle, pieno di eccitazione o forse sollievo, con il telecomando del Tp ancora in mano, ma era solo un amico e collega che lo aveva chiamato, e quando sentí che la voce non era quella della donna che aveva promesso di portare ciò che nei giorni successivi si era impegnato a bandire dalla propria vita per sempre quasi si sentí male per il disappunto, con tutta quell'adrenalina malriposta che gli si agitava in circolo, e per liberare la linea e lasciarla disponibile per la donna interruppe la comunicazione col collega tanto rapidamente che di certo quello dovette pensare che fosse o arrabbiato con lui o semplicemente un gran maleducato. Era anche piú irritato al pensiero che il suo rispondere al telefono cosí tardi nella giornata non quadrava con il messaggio d'emergenza che lo diceva irreperibile e che il collega avrebbe trovato sulla segreteria telefonica se l'avesse richiamato dopo che la donna fosse venuta e andata e lui avesse sigillato l'intero sistema della sua vita, e cosí rimase in piedi accanto alla consolle telefonica cercando di decidere se il rischio di una nuova chiamata del collega o di qualcun altro dall'agenzia fosse tale da giustificare un cambio del messaggio audio sulla segreteria telefonica con uno nuovo che informava di una partenza d'emergenza in serata anziché nel pomeriggio, ma decise che, poiché la donna si era senza dubbio impegnata a venire, lasciare il messaggio immutato sarebbe stato un gesto di fedeltà nei confronti del suo impegno e, in qualche contorto modo, avrebbe anche potuto rafforzare quell'impegno. Il camion-chiatta della Ewd stava svuotando cassonetti su e giú per tutta la via. Tornò alla sedia accanto alla finestra. In camera da letto il lettore disc e il visore del Tp erano ancora accesi e attraverso l'angolo della porta della camera poteva vedere le luci dello schermo ad alta definizione ammiccare e passare da un colore primario all'altro nella stanza buia, e per un po' cercò di ammazzare il tempo provando, senza guardare il visore, a immaginare quali scene d'intrattenimento potessero suggerire i cambi di colore e d'intensità. La sedia era rivolta alla stanza anziché alla finestra. Leggere mentre era in attesa della marijuana era fuori questione. Prese in considerazione l'idea di masturbarsi ma non lo fece. Piú che rifiutare l'idea non vi reagí e la lasciò scorrere via. Pensò per sommi capi ai desideri e alle idee che venivano pensate ma non attuate, pensò agli impulsi depredati d'espressione prosciugarsi e scorrere via, e su qualche piano sentí che questo aveva qualcosa a che fare con lui e le circostanze in cui si trovava e quello che – se quest'ultima estenuante perversione alla quale si era impegnato non avesse per qualche ragione risolto il problema – si sarebbe senz'altro dovuto chiamare il suo problema, ma non riuscí neppure a tentare di capire in che modo l'immagine degli impulsi essiccati che scorrevano via fosse connessa a lui o all'insetto, che si era ritirato nel suo buco nella traversa, perché in quel preciso momento il telefono e il citofono suonarono contemporaneamente, due suoni forti e strillati e cosí improvvisi che parevano esser stati cacciati con uno strattone attraverso un buco piccolissimo dentro la grande mongolfiera di silenzio colorato nella quale sedeva in attesa, e lui si mosse prima verso la consolle telefonica, poi verso il citofono, poi convulsamente verso il telefono che trillava, poi, alla fine, cercò chissà come di muoversi verso entrambi contemporaneamente, e rimase a gambe divaricate, le braccia protese al massimo come qualcosa che fosse stato lanciato, allargato, seppellito dai due suoni, senza un solo pensiero in testa.

○

I APRILE – ANNO DEI CEROTTI MEDICATI TUCKS

«Tutto quello che so è che il mio babbo ha detto di venire qui».
«Entra pure. C'è una sedia subito alla tua sinistra».
«E cosí sono qui».
«Perfetto. Una Seven-Up? Forse della limonata?»
«Direi di no, grazie. Sono qui, ecco tutto, e mi sto chiedendo perché il mio babbo mi ci abbia mandato, capisce. Sulla porta non c'è scritto niente e sono stato dal dentista proprio l'altra settimana, e quindi mi chiedo perché sono qui, ecco tutto. È per questo che ancora non mi siedo».
«Hai quanti anni, Hal, quattordici?»
«Ne avrò tredici a giugno. Lei è un dentista? È una specie di consulto dentistico?»
«Sei qui per conversare».
«Conversare?»
«Sí. Scusami un momento mentre digito questa correzione d'età. Tuo padre ti ha inserito come quattordicenne, per qualche ragione».
«Conversare cioè con lei?»
«Sei qui per conversare con me, Hal, sí. Sono sul punto di implorarti di prendere una limonata. La tua bocca fa quei suoni asciutti, appiccicosi, di quando si rimane senza saliva».

«Il Dott. Zegarelli dice che una delle cause di tutte le mie carie è che ho una bassa emissione salivale».

«Quei suoni asciutti, appiccicosi, privi di saliva che possono essere la morte di una buona conversazione».

«Ma davvero ho fatto tutta quella strada in bicicletta controvento fin qui per conversare con lei? È previsto che la conversazione cominci con me che chiedo perché?»

«Comincerò io, chiedendoti se conosci il significato di *implorare*, Hal».

«Forse mi prenderò una Seven-Up, allora, se sta per implorarmi».

«Ti chiedo di nuovo se conosci *implorare*, signorino».

«Signorino?»

«Porti il farfallino, dopotutto. Non ti pare un invito a farti chiamare *signorino*?»

«*Implorare* è un verbo regolare, transitivo: invitare o chiedere, con suppliche; pregare qualcuno, o per qualcosa, ardentemente; invocare; scongiurare. Sinonimo debole: esortare. Sinonimo forte: supplicare. Etimologia non composta: dal latino *implorare*, *im* cioè "in" e *plorare* cioè, in questo contesto, "piangere sonoramente". *Oed*. Condensato Volume Sei pagina 1387 colonna dodici e un pezzetto della tredici».

«Dio mio, non ha esagerato, eh?»

«A volte mi cazzottano ben bene all'Accademia, per delle cose tipo queste. Ha qualche relazione col perché sono qui il fatto che sono un giocatore di tennis juniores classificato a livello continentale che sa anche recitare grossi pezzi di dizionario, verbatim, a piacere, e ogni tanto viene cazzottato, e porta il farfallino? Lei è uno specialista per ragazzi dotati? Significa che pensano che sia dotato?»

SPFFFT. «Ecco qui. Bevi».

«Grazie. SHULGSHULGSPAHHH... Mmm. Ah».

«*Avevi* sete».

«Perciò se mi siedo lei mi dirà tutto?»

«...conversazionalista professionista conosce le mucose, dopotutto».

«Potrei dover fare un ruttino a momenti, per via della bevanda gasata. L'avverto in anticipo».

«Hal, sei qui perché sono un conversazionalista professionista, e tuo padre ha fissato un appuntamento con me, per te, per conversare».

«MYURP. Mi scusi».

Tap tap tap tap.

«SHULGSPAHHH».

Tap tap tap tap.

«Lei è un conversazionalista professionista?»

«Sono, sí, come credo di aver appena affermato, un conversazionalista professionista».

«Non cominci a guardare l'orologio come se le stessi portando via tempo prezioso. Se Lui in Persona ha fissato un appuntamento per il quale ha pagato, il tempo dovrebbe essere mio, giusto? Non suo. E comunque, che cosa dovrebbe significare "conversazionalista professionista"? Un conversazionalista è solo uno che conversa molto. Davvero lei chiede un compenso per conversare molto?»

«Un conversazionalista è anche uno che, come sono certo ricorderai, "eccelle in conversazione"».

«Questo è il *Webster Settimo*. Questo non è l'*Oed*».

Tap tap.

«Io mi fido solo dell'*Oed*, dottore. Ammesso che lei lo sia. È un dottore lei? Ha un dottorato? Ho notato che alla maggior parte delle persone piace appendere i loro diplomi, se li hanno. E il *Webster Settimo* non è neppure aggiornato. Il *Webster Ottavo* rettifica in "chi conversa con molto entusiasmo"».

«Un'altra Seven-Up?»

«Lui in Persona ha ancora quest'allucinazione che io non parlo mai? È per questo che istiga la Mami a farmi pedalare fin quassú? Lui in Persona è il mio babbo. Lo chiamiamo Lui in Persona. Come tra virgolette "l'Uomo in Persona". Proprio cosí. Chiamiamo mia madre la Mami. Il termine è stato coniato da mio fratello. So che non è una cosa inconsueta. So che nella maggior parte delle famiglie piú o meno normali i membri si rivolgono l'uno all'altro per mezzo di nomignoli, appellativi e soprannomi. Non si faccia nemmeno venire in mente di chiedermi qual è il mio soprannome privato».

Tap tap tap.

«Ma Lui in Persona ha delle allucinazioni, a volte, negli ultimi tempi, bisogna che lei lo sappia, anche perché siamo partiti da lí. Mi chiedo perché la Mami permetta che lui mi mandi a pedalare controvento fin quassú in cima alla collina quando alle 1500h ho una partita importante solo per conversare con un entusiasta con la porta senza targhetta e nessun diploma in vista».

«Se posso dire la mia, mi piace pensare che abbia a che vedere con me non meno che con te. Che la mia reputazione mi abbia preceduto».

«Non è abitualmente una frase peggiorativa?»

«Parlarmi è un divertimento. Io sono un professionista consumato. La gente lascia il mio studio con le convulsioni. Tu sei qui. È tempo di conversazione. Vogliamo discutere l'erotica bizantina?»

«Come sapeva che sono interessato all'erotica bizantina?»

«Sembra che tu continui a prendermi per uno che si limita ad appendere una targa con su scritto *Conversazionalista*, e per giunta una targa di fortuna, messa insieme con chewing-gum e spago. Pensi che non abbia uno staff di supporto? Ricercatori al mio servizio? Pensi che non scaviamo a tutta forza nella psiche di coloro con i quali abbiamo un appuntamento per conversare? Non pensi che questa prestigiosa società sia interessata a ottenere dati su ciò che informa e stimola coloro con i quali conversiamo?»

«Conosco soltanto una persona che userebbe *a tutta forza* in una conversazione casuale».

«Niente è casuale quando si ha a che fare con un conversazionalista professionista e il suo staff. Noi scaviamo. Noi otteniamo risultati, poi ancora risultati. Signorino».

«Okay, alessandrina o costantinopolitana?»

«Pensi che non abbiamo analizzato nel dettaglio le tue connessioni con l'attuale crisi interprovinciale nel Québec meridionale?»

«Quale crisi interprovinciale nel Québec meridionale? Pensavo che volesse dialogare di mosaici piccanti».

«Questo è un distretto importante di una metropoli nordamericana strategica, Hal. Qui gli standard sono di alto livello. Un conversazionalista professionista strenuamente, a tutta forza, *scava*. Puoi pensare anche solo per un momento che un operatore professionale nel mestiere della conversazione potrebbe mancare di condurre un'inchiesta meticolosa sui sordidi legami della tua famiglia con il famigerato M. DuPlessis della Resistenza pan-Canadese e con la sua malevola ma a quanto pare irresistibile amanuense/lavorante Luria P.——?»

«Ascolti, si sente bene?»

«E tu?»

«Ho *dodici* anni, per la miseria. Mi sa che forse c'è un po' di casino nella sua agenda di appuntamenti. Io sono il dodicenne prodigio tennistico e lessicale la cui mamma è la punta di diamante a livello continentale nel mondo accademico della grammatica prescrittiva, e il cui babbo è figura di spicco nel mondo della visione e del cinema avant-garde e ha fondato da solo l'Enfield Tennis Academy, ma beve Wild Turkey alle 5 del mattino e certi giorni crolla a terra di lato durante i palleggi della mattina, mentre certi altri si lamenta perché vede le bocche delle persone muoversi ma non ne esce niente. Non sono neppure ancora arrivato alla J, nell'*Oed* condensato, né tantomeno al Québec o alle malevole Luria».

«...del fatto che il passaggio non autorizzato a "Der Spiegel" di fotografie del sopra menzionato... legame è risultato negli strani decessi di un paparazzo di Ottawa e di un redattore capo degli affari internazionali bavarese, rispettivamente per mezzo di un bastone da

montagna conficcato nell'addome e di una cipollina da cocktail andata di traverso?»

«Ho appena finito *insufficienza*. Sto giusto cominciando con *in-
sufflare* e il meccanismo generale degli strumenti a fiato. Non ho mai
neppure *sciato*».

«Che tu potessi avere il coraggio di immaginare che avremmo con-
versazionalmente mancato di prendere atto di certi, vogliamo defi-
nirli... incontri materni settimanali con un certo innominato Suonatore di fagotto nell'unità delle bande tattiche della Guardia segreta
dell'Alberta?»

«Accipicchia, è l'uscita quella che vedo laggiú?»

«...che la tua spensierata noncuranza per le impennate della tua
cara mammina grammaticale non con uno, non con due, ma con piú
di *trenta* attaché medici mediorientali...?»

«Sarebbe scortese se le dicessi che i suoi baffi sono storti?»

«...che l'introduzione da parte di lei di steroidi mnemonici esoterici – stereochimicamente non dissimili dal supplemento ipodermico
quotidiano "megavitaminico" di tuo padre, derivato da un certo composto organico per la rigenerazione testosteroidea distillato da uno
sciamano jivaro del bacino centromeridionale di Los Angeles – nella
tua ciotola mattutina di innocenti cereali Ralston...»

«Per la verità, le dirò di piú, è la sua intera faccia che è un po' sfuggente, diciamo, può controllare se crede. Il naso le punta in basso».

«Che la composizione a formula supersegreta dei materiali in resina di polibutilene policarbonato rinforzata da grafite ad alta resistenza dei racchettoni forniti dalla Dunlop in, tra virgolette, "omaggio" è organochimicamente identica, e dico *identica*, al sensore a bi-
lanciamento giroscopico e alla carta di stanziamento *mise-en-scène* e
alla cartuccia priapistico-intrattenitiva impiantate nientemeno che nel
cerebro anaplastico del tuo padre di grande livello dopo la crudele serie di disintossicazioni e trattamenti anticonvulsivi e gastrectomia e
prostatectomia e pancreatectomia e fallotomia...»

Tap tap. «SHULGSPAHHH».

«...potrebbe mai sfuggire all'attenzione investigativa combinata
di...?»

«E adesso mi accorgo che quel gilet di maglia a losanghe l'ho già
visto, indiscutibilmente. Quello è il gilet di maglia a losanghe di Lui
in Persona, riservato alla cena del Giorno dell'interdipendenza, che
lui si fa un vanto di non aver mai fatto pulire. Conosco quelle macchie. C'ero anch'io per quella chiazza di vitello al marsala lí sotto. È
una cosa che ha a che vedere con le date tutto questo appuntamento? È un pesce d'aprile, Papà, o devo chiamare la Mami e C.T.?»

«...chi richiede prova non piú che giornaliera del fatto che *parli*? Del fatto che riconosci ciò che occasionalmente vedi al di là della punta corpulenta del tuo generoso naso alla Mondragon?»

«Hai affittato un intero ufficio e una faccia nuova per questa cosa, poi ti tieni addosso quel vecchio inconfondibile gilet di maglia? E come hai fatto ad arrivare quaggiú prima di me, con la Mercury dal meccanico... hai fregato C.T. e ti sei fatto dare le chiavi di una macchina funzionante?»

«Chi pregava quotidianamente per il giorno nel quale il suo caro padre defunto si sarebbe seduto, avrebbe tossito, aperto quella maledetta copia del "Tucson Citizen", e non avrebbe trasformato il giornale nella quinta parete della stanza? E chi dopo tutta questa luce e questo rumore ha propagato lo stesso silenzio?»

«...»

«Chi ha vissuto tutta la sua dannata, maledetta, spietata vita in stanze a cinque pareti?»

«Papà, ho un match già fissato con Schacht fra circa dodici minuti, e non ce la farò mai. Ho questo strumenti-a-fiatologo che mi aspetta fuori dalla Brighton Best Savings alle cinque in punto, e per farsi riconoscere porta una cravatta particolare. Mi toccherà tagliargli l'erba del giardino per un mese intero per via di questo colloquio. Non posso starmene qui seduto a guardarti pensare che sono muto mentre il tuo naso finto punta verso il pavimento. E senti che sto parlando, Papà? La cosa parla. La cosa accetta la gazzosa e definisce *implorare* e conversa con te».

«Pregando per una sola conversazione, dilettantesca o meno, che non finisca nel terrore? Che non finisca come tutte le altre: tu con gli occhi fissi e io che deglutisco?»

«...»

«Figliolo?»

«...»

«*Figliolo?*»

○

9 MAGGIO – ANNO DEL PANNOLONE PER ADULTI DEPEND

Un altro modo in cui i padri influiscono sui figli è che i figli, una volta che le loro voci sono cambiate con la pubertà, invariabilmente rispondono al telefono con le stesse locuzioni e intonazioni dei loro padri. La cosa resta vera indipendentemente dal fatto che i padri siano ancora vivi o meno.

Poiché Hal lasciava la sua stanza prima delle 0600h per gli allenamenti di primo mattino e spesso non vi tornava che dopo cena, preparare la sacca dei libri e lo zainetto e la borsa con l'equipaggiamento per l'intera giornata, poi anche scegliere gli strumenti incordati meglio – tutto questo prendeva a Hal un po' di tempo. E raccoglieva e preparava e sceglieva al buio, furtivamente, perché suo fratello Mario di solito era ancora addormentato nell'altro letto. Mario non faceva allenamenti e non poteva giocare, e aveva bisogno di dormire il piú possibile.

Quando la consolle telefonica suonò Hal teneva in mano il borsone per gli allenamenti che gli avevano dato per sponsorizzazione e si stava avvicinando alla faccia una manciata di calzoncini cercando di individuare via odore il paio piú pulito. Mario si dimenò e si rizzò a sedere nel letto, una figuretta ricurva con una grande testa rotonda contro la luce grigia della finestra. Hal raggiunse la consolle al secondo squillo e al terzo l'antenna del telefono trasparente era già sollevata.

Il suo modo di rispondere al telefono suonava come «Poooronto».

«Voglio dirti», disse la voce nel telefono, «che la mia testa è piena di cose da dire».

Hal teneva tre paia di calzoncini nella mano che non reggeva il telefono. Vide il fratello maggiore soccombere alla gravità e ricadere scomposto sui cuscini. Spesso Mario si metteva a sedere e ricadeva giú ancora addormentato.

«Non è il caso», disse Hal sottovoce. «Posso aspettare per sempre».

«È quello che pensi tu», disse la voce, e riattaccò. Era Orin.

«Ehi, Hal?»

La luce nella stanza era di un grigio da brividi, una specie di nonluce. Hal sentí Brandt ridere per qualcosa che aveva detto Kenkle, giú in fondo al corridoio, e il suono metallico dei loro secchi per le pulizie. La persona al telefono era O.

«Ehi, Hal?» Mario era sveglio. Ci volevano quattro cuscini per sostenere il cranio sovradimensionato di Mario. La sua voce proveniva dalle coperte aggrovigliate. «È ancora buio fuori, o pare a me?»

«Torna a dormire. Non sono ancora le sei». Hal infilò per prima la gamba buona nei pantaloni della tuta.

«Chi era?»

Infilò nel borsone tre racchettoni Dunlop senza fodero e chiuse la cerniera della borsa a metà, lasciando cosí lo spazio sufficiente a far sporgere i manici. Portò tutte e tre le borse alla consolle per disattivare la suoneria del telefono. Disse: «Nessuno che conosci, non penso».

○

ANNO DEL PANNOLONE PER ADULTI DEPEND

Anche se solo per metà di etnia araba, essendo canadese di nascita e residenza, l'attaché medico gode comunque dell'immunità diplomatica saudita, questa volta in qualità di consulente otorinolaringoiatrico speciale per il medico personale del Principe Q——, il Ministro saudita dell'Home Entertainment, qui nel Nordovest degli Usa con la sua legazione per chiudere un altro mastodontico affare con l'InterLace TelEntertainment. L'attaché medico compie trentasette anni domani, giovedí 2 aprile dell'anno lunare nordamericano Apad. La legazione trova ridicola e volgare la sponsorizzazione del calendario nordamericano. Per non parlare della paralizzante e spassosamente appropriata immagine presente nelle fotografie di cosí tanti giornali internazionali, quella del piú famoso e autocelebratorio idolo dell'Occidente idolatro, la colossale Statua Libertina, con addosso un qualche tipo di pannolone da adulti.

La pratica medica dell'attaché si divide abitualmente fra Montréal e il Rub' al Khali, e questa è la prima volta che ritorna su suolo Usa da quando vi ha portato a termine il suo mandato di residenza ufficiale otto anni fa. I suoi compiti qui consistono nel migrare, insieme al Principe e al suo seguito, fra i due centri vitali dell'InterLace, produzione e distribuzione, rispettivamente a Phoenix, Arizona, Usa, e Boston, Massachusetts, Usa, offrendo assistenza otorinolaringoiatrica specialistica al medico personale del Principe Q——. La competenza particolare dell'attaché medico riguarda le conseguenze maxillo-facciali degli scompensi della flora intestinale. Il Principe Q—— (come capirebbe a chiunque rifiutasse di mangiare praticamente ogni cosa che non sia Töblerone) soffre di *Candida albicans* cronica aggravata da conseguenti suscettibilità alla sinusite moniliale e all'afta, e le sue ulcere candidose con tanto di conseguenze sui seni frontali richiedono un drenaggio quasi quotidiano nel freddo e nell'umidità d'inizio primavera a Boston, Usa. Autentico artista, dotato di un'abilità senza pari con i bastoncini cotonati e il tiosolfato di sodio evacuante, l'attaché medico è noto fra le sempre piú striminzite classi alte delle nazioni petrolarabe come il DeBakey della candidosi maxillo-facciale, e il livello sbalorditivo delle sue parcelle è ritenuto pienamente *ad valorem*.

Le parcelle saudite, in particolare, vanno anche piú in là dell'osceno, ma i compiti dell'attaché medico in questo viaggio sono logoranti dal punto di vista personale e spesso vagamente nauseanti, e quando alla fine della giornata ritorna ai sontuosi appartamenti che ha ordinato a sua moglie di subaffittare in un distretto lontano dai quartieri consueti della legazione – la Back Bay e gli scavi archeologici di Scottsdale – sente un bisogno disperato di rilassarsi. Devoto fedele del Sufismo nordamericano annunciato ai tempi della sua fanciullezza da Pir Valayat, l'attaché medico non indulge né al kif né all'alcol distillato, e perciò deve rilassarsi senza sostegno chimico. Quando arriva a casa dopo le preghiere della sera esige di posare gli occhi su una cena cento per cento *shari'a-halal*, speziata e ben calda, bella fumante e ben disposta sul vassoio pensile; esige che il suo tovagliolo sia stirato e adagiato accanto al vassoio, pronto per l'uso; esige che il teleputer del salotto sia allacciato e pronto a partire e le cartucce d'intrattenimento per la serata siano già selezionate e disposte e impilate nel caricatore, pronte per l'inserzione via telecomando nel drive del visore. Si reclina davanti al visore sulla speciale poltrona reclinabile elettronica, e la moglie nero-velata di etnia araba si occupa di lui in silenzio, gli allenta eventuali abiti costrittivi, regola l'illuminazione della stanza, sistema il vassoio istoriato con la cena al di sopra del suo capo in modo tale che le spalle fungano da supporto al vassoio stesso consentendo il suo posizionarsi a un'altezza subito inferiore al mento, perché possa godersi la cena bollente senza dover staccare gli occhi dal programma sul video in quel momento, qualunque esso sia. Ha una stretta barba stile imperiale di cui sempre sua moglie si occupa, mondandola dai detriti provenienti dal vassoio. L'attaché medico siede e guarda e mangia e guarda, rilassandosi visibilmente a gradi, fino a quando gli angoli che il corpo fa con la sedia e la testa con il collo indicano che è passato dalla veglia al sonno, al che la speciale poltrona reclinabile viene fatta automaticamente reclinare in posizione completamente orizzontale e da lunghe fessure ai lati della poltrona emergono vaporose delle lussuose lenzuola in finta seta; e, sempre che la moglie non sia incauta e maldestra nell'azionare a mano il telecomando della poltrona reclinabile, all'attaché medico verrà consentito di scivolare senza sforzo da una visione rilassata a una notte di sonno perfettamente tranquilla, sempre là sulla poltrona reclinabile reclinata, mentre il Tp fa scorrere un ciclo ripetitivo a basso volume di risacche e pioggerellina su grandi foglie verdi.

Tranne il mercoledí sera, però, che a Boston è la serata tennistica della Lega Avanzata delle Donne Arabe, e sua moglie vi partecipa con le altre mogli e dame di compagnia della legazione al sontuoso *Mount Auburn Club* di West Watertown. Quella sera lei non si aggira silenziosa per casa a occuparsi di lui, poiché il mercoledí è il giorno feriale Usa nel quale il Töblerone fresco arriva sugli scaffali degli importatori di Newbury Street, Boston, Massachusetts, Usa, e l'incapacità del Ministro saudita dell'Home Entertainment di controllare i propri appetiti per il Töblerone del mercoledí impone spesso all'attaché medico di restare per tutta la serata al quattordicesimo piano affittato in blocco del *Back Bay Hilton*, dove traffica con spatole abbassalingua e bastoncini cotonati, nistatina e ibuprofene e astringenti e pomate antibiotiche contro la candidosi orale per riabilitare le mucose del dispeptico e afflitto e spesso (ma non sempre) pentito e grato Principe saudita Q——. Poi succede che il primo aprile Apad l'attaché medico non sia (a quanto pare) sufficientemente abile con un Cotton Fioc su una necrosi ulcerata del seno frontale e proprio alle 1800h diventi bersaglio di un attacco d'ira febbrile da parte del moralmente squilibrato Ministro dell'Home Entertainment e, per effetto di fulmineo e sonoro decreto, venga sostituito al capezzale reale dal medico personale del Principe, a sua volta richiamato via beeper dalla sauna dell'*Hilton*; e succede che il medico personale tutto umido dia un colpetto sulla spalla dell'attaché medico e gli dica di non fare troppo caso all'attacco d'ira, che è solo la voce della *Candida* a parlare, e gli consigli piuttosto di andarsene dritto filato a casa a rilassarsi e, per una volta, cogliere l'occasione per spassarsela almeno un mercoledí; e cosí quando l'attaché medico giunge infine a casa intorno alle 1840h, i suoi spaziosi appartamenti bostoniani sono vuoti, le luci del salotto non soffuse, la cena non riscaldata e il vassoio pensile ancora nella lavastoviglie e – ciò che è peggio – naturalmente non è stata prelevata nessuna cartuccia d'intrattenimento dal distributore automatico della Boylston St. InterLace dove la moglie dell'attaché medico, come tutte le altre mogli e dame di compagnia velate dei legatari del Principe, ha un conto di rappresentanza gratuito. E, anche se non fosse decisamente troppo stanco e teso per avventurarsi di nuovo nell'umida notte urbana ad affittare cartucce d'intrattenimento, l'attaché medico si ricorda che la moglie, come fa sempre il mercoledí, ha preso l'auto con la targa – e l'immunità – diplomatica, senza la quale nessuno straniero pensante si sognerebbe mai di tentare un parcheggio pubblico di notte a Boston, Massachusetts, Usa.

Le opzioni rilassanti dell'attaché medico risultano pertanto seriamente limitate. Il prodigo Tp del salotto riceve anche le disseminazioni spontanee del Sistema a Matrice d'Impulsi per Sottoscrizione InterLace, ma le procedure per ordinare specifici impulsi spontanei dal servizio sono tecnologicamente e crittograficamente cosí complesse che l'attaché ha sempre preferito lasciare che dell'intera faccenda si occupasse la moglie. Questo mercoledí sera, provando pulsanti e abbreviazioni quasi a caso, l'attaché riesce a richiamare soltanto dirette sportive di professionisti Usa – che ha sempre trovato

brutali e repellenti – un'opera sponsorizzata dalla Compagnia petrolifera Texaco – e l'attaché ne ha vista quanto basta di ugola umana
per oggi, grazie tante – un episodio ridisseminato di un popolare programma InterLace pomeridiano per bambini, *Mr Bouncety-Bounce* –
che per un momento l'attaché pensa possa essere un documentario sui
disturbi bipolari dell'umore fino a quando non si accorge dell'errore
e si affretta a cambiare canale – e una sessione ridisseminata, matti-
niera, discinta e d'impatto variabile della serie di aerobica casalinga
In forma per sempre della guru dell'aerobica dell'InterLace, Sig.ra Tawni Kondo, la cui immodestia poco vestita e molto divaricata minaccia il devoto attaché medico con la comparsa di pensieri impuri.
   Le uniche cartucce d'intrattenimento in tutto l'appartamento, come rivela una furibonda perquisizione, sono quelle arrivate con la spedizione postale Usa del mercoledí, lasciate sulla credenza del salotto
insieme ai fax e alla posta personale e professionale che l'attaché medico si rifiuta di leggere prima che sia stata precontrollata dalla moglie
al fine di accertarne la rilevanza per lui. La credenza si trova sulla parete opposta alla poltrona reclinabile elettronica, sotto un trittico di
erotica bizantina d'alta qualità. Le buste imbottite delle cartucce, ciascuna con la sua etichetta distintiva rettangolare, sono mescolate a posta meno divertente. Alla ricerca di qualcosa con cui rilassarsi, l'attaché medico strappa le varie buste imbottite lungo l'apposita linea
tratteggiata. C'è un film del Servizio Specialità Onanma sugli antibiotici della classe degli actinomiceti e sulla sindrome da intestino irritabile. C'è la cartuccia del Sommario del Notiziario nordamericano
Cbc/Pathé (dur. 40 min.) del primo aprile Apad, disponibile quotidianamente grazie a un'autosottoscrizione della moglie e trasmesso al
Tp via impulsi InterLace non-registrabili oppure spedito per espresso su Cd-Rom autocancellante. C'è l'edizione video in lingua araba
del numero di aprile della rivista «Io» per la moglie dell'attaché, con
la modella sulla copertina di «Nass» castamente fasciata e velata. C'è
una custodia per cartucce di un marrone scialbo di cui lo irrita l'assenza di titolo, infilata in una insignificante busta imbottita per cartucce bianca, spedita per posta regolare Usa con tre giorni di consegna. La busta imbottita reca il timbro di una zona periferica nell'area
di Phoenix, Arizona, Usa, e nello spazio riservato all'indirizzo del
mittente riporta soltanto la dicitura «Buon anniversario!» con una
faccetta sorridente sommariamente tratteggiata a biro al posto dell'indirizzo o del logo aziendale. Benché per nascita e residenza originario del Québec, dove la lingua ufficiale non è l'Inglese, l'attaché medico sa bene che la parola inglese *anniversario* non significa la stessa
cosa di *compleanno*. E l'attaché medico e sua moglie si sono uniti agli

occhi di Dio e del Profeta non in aprile ma in ottobre, quattro anni prima, nel Rub' al Khali. Ad aumentare la confusione generata dalla busta imbottita c'è il fatto che ogni cosa proveniente dalla legazione del Principe Q—— a Phoenix, Arizona, Usa, recherebbe un sigillo diplomatico e non una normale affrancatura Onan. L'attaché medico, insomma, si sente molto teso e gravemente sottovalutato ed è già preparato a farsi irritare dal contenuto della busta, che altro non è che una cartuccia d'intrattenimento nera standard del tutto priva di etichetta, la cui custodia non è in alcun modo colorata o informativa o invitante e come unica stampigliatura riporta un'altra di quelle insulse faccette rotonde sorridenti genere Usa dove invece ci si aspetterebbe di trovare stampigliati i codici di registrazione e durata. L'attaché medico è confuso dalla cripticità della busta e dalla faccia e dalla custodia e dall'intrattenimento non etichettato, e molto irritato dalla quantità di tempo che ha dovuto passare in piedi accanto alla credenza a occuparsi della posta, il che non è compito suo. L'unica ragione per cui non getta nel cestino la cartuccia priva di etichetta, oppure non la mette da parte per farla previsionare alla moglie per verificarne la rilevanza, è legata alla scarsità e pochezza della scelta d'intrattenimento nell'irritante serata tennistica americanizzata della moglie lontana dal suo posto, la casa. L'attaché inserirà la cartuccia e darà un'occhiata al suo contenuto appena quanto basta per determinare se è irritante o di natura irrilevante e assolutamente non divertente né appassionante. Riscalderà l'agnello *halal* già preparato con la sua guarnizione speziata *halal* nel forno a microonde fino a che non sarà bollente, lo disporrà in modo invitante sul vassoio, previsionerà i primissimi momenti della sconcertante e/o irritante o forse misteriosamente vuota cartuccia d'intrattenimento, poi si rilasserà con il sommario del notiziario, poi forse darà una rapida occhiata non-libidinosa alla linea primaverile di devoto e asessuato abbigliamento femminile nero su «Nass», poi inserirà la cartuccia col ciclo perpetuo di risacca & pioggia e coglierà l'occasione per addormentarsi presto almeno una volta, nella speranza che la moglie eviti di rincasare dal tennis nel suo completo nero lungo fino alla caviglia umidiccio di sudore, e soprattutto eviti di rimuovere in modo sgraziato o maldestro il vassoio della cena dal suo collo addormentato, rischiando potenzialmente di svegliarlo.

Quando si sistema con il vassoio e la cartuccia, il display digitale del visore del Tp segna le 1927h.

ANNO DELLA SAPONETTA DOVE IN FORMATO PROVA

Wardine dice che la sua mamma la tratta male. Reginald viene da
noi nella strada del mio palazzo dove Dolores Epps e io saltiamo la
corda e dice: Clenette, Wardine sta giú al magazzino e piange e dice
che la sua mamma la tratta male, e io gli vado dietro nel palazzo dove vive, e Wardine è tutta rannicchiata nel lettino di Reginald, e piange. Reginald tira su Wardine dal lettino e anch'io piango e le asciugo
la faccia a Wardine che è tutta fradicia e Reginald fa piano piano quando le toglie tutti i vestiti che c'ha addosso, dice a Wardine di farmi
vedere. Wardine c'ha la schiena tutta botte e tagli. Segni lunghi di
tagli che vanno su e giú per la schiena c'ha Wardine, righe rosa, e intorno alle righe la pelle tipo la pelle sulle labbra. Solo a vederle mi fa
male la pancia. Wardine piange. Reginald dice che Wardine dice che
la sua mamma la tratta male. Dice che sua mamma gliel'ha date con
la gruccia. Dice che il tipo della mamma di Wardine, Roy Tony, vuole andare a letto con Wardine. Le dà le caramelle e le dà delle pacche
sul culo. Lui le sta sempre davanti e ogni volta non la fa passare senza che la tocca. Reginald dice che Wardine dice che la notte Roy Tony
quando la mamma di Wardine è a lavorare va ai materassi dove ci dormono Wardine e William e Shantell e Roy il piccolo, e sta là al buio,
fatto, e le dice le cose piano e ansima. La mamma di Wardine dice
che è Wardine che lo tenta a Roy Tony nel Peccato. Wardine dice
che lei dice che Wardine cerca di portare Roy Tony con lei dritto nel
Male e nel Peccato. A botte sulla schiena la prende, con le grucce che
leva dallo stanzino. Mia mamma dice che la mamma di Wardine non
ci sta con la testa. Mia mamma ha paura di Roy Tony. Wardine piange. Reginald ci sta di merda e prega a Wardine che glielo dice alla
mamma di Reginald come la tratta la sua mamma. Reginald dice che
lui la Ama alla sua Wardine. Dice che la Ama ma prima di questa volta non aveva capito mai perché Wardine non volesse andare a letto
con lui come le altre ragazze che c'hanno il ragazzo. Dice che Wardine non lo ha mai lasciato di togliergli i vestiti fino a questa notte
che è venuta nel lettino di Reginald e piange, e allora lo lascia togliergli i vestiti per vedere come gliel'ha date la mamma di Wardine
a Wardine per colpa di Roy Tony. Reginald la Ama alla sua Wardine. Wardine forse muore di paura. Gli dice no a Reginald. Dice che
se va dalla mamma di Reginald poi la mamma di Reginald va dalla
mamma di Wardine poi la mamma di Wardine si crede che Wardine
va a letto con Reginald. Wardine dice che sua mamma dice che se
Wardine va con un uomo prima che c'ha sedici anni lei l'ammazza di

botte a Wardine. Reginald dice che lui non gliela farà succedere una cosa cosí a Wardine.

Roy Tony ha ammazzato Columbus Epps il fratello di Dolores Epps ai Palazzi Brighton che sono quattro anni. Roy Tony è in Libertà Vigilata. Wardine dice che lui ha fatto vedere a Wardine che c'ha una cosa attaccata alla caviglia che gli manda segnali radio a quelli della Libertà Vigilata che lui sta ancora qui a Brighton. Roy Tony non può andarsene da Brighton. Il fratello di Roy Tony è il padre di Wardine. Lui se n'è andato. Reginald ci prova a farla star zitta a Wardine ma non riesce a farla smettere di piangere. Wardine sembra pazza da quanta paura ha. Dice che si ammazza se io o Reginald glielo diciamo alle nostre mamme. Dice, Clenette, tu sei quasi una Sorella, ti prego che non glielo dici a tua mamma di mia mamma e di Roy Tony. Reginald dice a Wardine di calmarsi e di mettersi un po' giú. Le spalma la margarina sui tagli che c'ha sulla schiena. Le passa piano piano il dito con la margarina sulle righe rosa che le ha fatto la gruccia. Wardine dice che da questa primavera non sente piú niente sulla schiena. Sta stesa sulla pancia per terra e dice che non sente piú niente nella pelle della schiena. Quando Reginald va a prendere l'acqua mi chiede di dire la verità com'è brutta la sua schiena quando Reginald la guarda, e lei è ancora bellina, e piange.

Io non glielo dico a mia mamma di Wardine e Reginald e della mamma di Wardine e Roy Tony. Mia mamma ha paura di Roy Tony. Mia mamma è la signora che per colpa sua Roy Tony ha ammazzato Columbus Epps ai Palazzi Brighton che sono quattro anni, per Amore.

Però io lo so che Reginald lo dice. Reginald dice che lui si fa ammazzare prima di far picchiare ancora Wardine dalla sua mamma. Dice che lui prende e va da Roy Tony e gli dice di piantarla di starle addosso a Wardine e di ansimare accanto al suo materasso di notte. Dice che prende e va al campo di pallacanestro ai Palazzi Brighton dove Roy Tony ci fa i suoi affari e lui va da Roy Tony da uomo a uomo e lo raddrizza lui a Roy Tony.

Però io penso che Roy Tony lo ammazza a Reginald, se va. Penso che Roy Tony ammazza Reginald, poi la mamma di Wardine ammazza di botte Wardine con la gruccia. E nessuno saprà nulla se non io. E io avrò un bambino.

All'ottavo anno di scuola secondo il sistema d'istruzione americano, Bruce Green s'innamorò perdutamente di una compagna di classe che portava l'improbabile nome di Mildred Bonk. Il nome era

improbabile perché se mai un'alunna di ottavo anno fosse sembrata
una Daphne Christianson oppure una Kimberly St.-Simone o qualcosa del genere, quella era Mildred Bonk. Era il tipo di ragazza imprendibile, fatalmente bella, che fluttua per i corridoi di liceo nei sogni degli eiaculatori notturni. Aveva capelli che Green aveva sentito descrivere da un insegnante eccitato «biondi come il lino»; aveva
un corpo che il capriccioso angelo della pubertà – lo stesso angelo
che non sembrava sapere dove Bruce Green stesse di casa – aveva
visitato e baciato già alle medie; aveva gambe che neanche un paio
di Keds arancioni coi lacci di brillantini viola riuscivano a rendere
ridicole. Era timida, iridescente, vivace, e i suoi anfratti pelvici, il
suo seno generoso, i movimenti della mano sempre diversi che faceva per scostarsi i capelli biondi come il lino dalla dolce fronte cremosa facevano impazzire Bruce Green. Una visione in prendisole e
scarpe sceme. Mildred L. Bonk.

Poi, intorno alla terza superiore, per una di quelle strane, imprevedibili metamorfosi, Mildred Bonk era diventata un membro rispettato di un gruppo di ragazzacci del liceo *Winchester* che firmava
Marlboro nel corridoio tra le aule del terzo e del quarto anno, e all'ora
di pranzo se ne andava via da scuola su macchine truccate con lo stereo al massimo e beveva birra e si faceva le canne e si metteva Visine e Clorets eccetera. Era una di loro. Masticava gomme (o peggio)
alla caffetteria, il caro volto diffidente ora una maschera annoiata e
atteggiata, i boccoli di lino tormentati e inchiodati dal gel nella pettinatura di chi infila un dito nella presa. Bruce Green risparmiò fino
a comprarsi una vecchia macchina truccata e fece pratica di Atteggiamento sulla zia che l'aveva ospitato. Si fece il carattere.

Ed entro quello che avrebbe dovuto essere l'anno della maturità,
Bruce Green era infinitamente piú annoiato, autorevole e temuto della stessa Mildred Bonk, e lui e Mildred Bonk e la minuscola e incontinente Harriet Bonk-Green vivevano in una roulotte lucente subito
oltre lo svincolo di Allston insieme a un'altra coppia spaventosa e a
Tommy Doocey, il famigerato spacciatore di erba e altro, un tipo col
labbro leporino che teneva decine di grossi serpenti in acquari scoperti e mai puliti, e puzzavano, ma Tommy Doocey non si accorgeva
di nulla perché il suo labbro superiore gli copriva completamente le
narici e non poteva odorare nient'altro che il suo labbro. Il pomeriggio Mildred Bonk si faceva e guardava cartucce a puntate, Bruce
Green aveva un lavoro fisso alla Leisure Time Ice e per un po' la vita fu piú o meno una sola grande festa.

○

ANNO DEL PANNOLONE PER ADULTI DEPEND

«Hal?»

«...»

«Ehi, Hal?»

«Sí, Mario?»

«Dormi?»

«Booboo, si è già detto. Se parliamo non posso dormire».

«Proprio come pensavo».

«Lieto di rassicurarti».

«Accidenti com'eri in forma oggi. Accidenti come l'hai conciato, quello lí. Quando ti ha tirato quel passante lungolinea e tu ci sei arrivato e sei quasi caduto e gli hai tirato quel pallonetto, Pemulis ha detto che quello lí stava per vomitare sulla rete, cosí ha detto».

«Boo, l'ho stroncato, ecco tutto. Fine della storia. Non mi piace ripensarci quando stronco qualcuno. È una questione di dignità. Credo che dovremmo semplicemente stendere un velo di silenzio su questa cosa. È tutto».

«Ehi, Hal?»

«...»

«Ehi, Hal?»

«È tardi, Mario. È ora di dormire. Chiudi gli occhi e pensa dei pensieri confusi».

«È quello che dice anche la Mami».

«Con me ha sempre funzionato, Boo».

«Tu pensi che io penso sempre dei pensieri confusi. Stai in camera con me perché ti faccio pena».

«Booboo, non ho neanche sentito quello che hai detto. Lo considererò una specie di segnale d'avvertimento. Quando non dormi abbastanza diventi petulante. E la petulanza si vede bene, già ora, sull'orizzonte occidentale, eccola là».

«...»

«...»

«Quando prima ti ho chiesto se stavi dormendo ti volevo chiedere se sentivi di credere in Dio oggi, sul campo, mentre eri cosí in forma e stroncavi quel ragazzo lí».

«Ancora questa storia?»

«...»

«Davvero, Mario, siamo in una stanza completamente buia, a mezzanotte, sono cosí stanco che mi fanno male anche i capelli e fra sei brevi ore sarò a palleggiare, non mi pare né il momento né il posto giusto per parlare di queste cose».

«…»

«Me lo chiedi una volta alla settimana».

«Perché non rispondi mai, ecco perché».

«E allora stanotte, per farti star zitto, ti dirò che con Dio ho due o tre conti in sospeso, Boo. Mi sembra che Dio abbia un modo piuttosto disinvolto di gestire le cose, e questo non mi piace per nulla. Io sono decisamente antimorte. Dio sembra essere sotto ogni profilo promorte. Non vedo come potremmo andare d'accordo sulla questione, lui e io, Boo».

«Dici da quando è morto Lui in Persona».

«…»

«Vedi? Non rispondi mai».

«Rispondo, sí, l'ho appena fatto».

«…»

«È solo che non ho detto quello che volevi sentire, Booboo, ecco tutto».

«…»

«C'è una differenza».

«Non capisco come facessi a non sentire di credere in Dio oggi, in campo. Era *cosí evidente*. Ti muovevi come se credessi totalmente».

«…»

«Ma cosa ti senti dentro, niente?»

«Mario, tu e io siamo un mistero l'uno per l'altro. Su questo fatto siamo schierati da due parti opposte, tra noi c'è una differenza invalicabile. Ora restiamo distesi in perfetto silenzio e pensiamo a questa cosa».

«Hal?»

«…»

«Ehi, Hal?»

«Mi offro di raccontarti una barzelletta, Booboo, a condizione che dopo stai zitto e mi lasci dormire».

«È bella?»

«Mario, che cosa viene fuori se si incrocia un insonne, un agnostico che però vorrebbe credere e un dislessico?»

«Mi arrendo».

«Uno che passa le notti sveglio a torturarsi mentalmente sulla questione se esista o no un Dio».

«Questa è buona!»

«Zitto».

«…»

«...»

«Ehi, Hal, che cos'è un insonne?»

«Chiunque divida la camera con te, ragazzo, questo è sicuro».

«Ehi, Hal?»

«...»

«Com'è che la Mami non ha mai pianto quando Lui in Persona è morto? Io ho pianto, e anche tu, perfino C.T. ha pianto. L'ho visto piangere io personalmente».

«...»

«Tu ascoltavi la *Tosca* in continuazione e piangevi e dicevi che eri triste. Tutti eravamo tristi».

«...»

«Ehi, Hal, a te sembra che la Mami sia piú felice da quando è morto Lui in Persona?»

«...»

«A me sembra che sia piú felice. Sembra perfino piú alta. Ha smesso di girare il mondo per questa e quell'altra cosa. La cosa dell'associazione per la grammatica. La cosa della protesta delle biblioteche».

«Ora non va da nessuna parte, Boo. Ora ha la Casa del Preside e il suo ufficio e il tunnel in mezzo e non si muove mai di lí. Non fa altro che lavorare, anche piú di prima. E ha quella sindrome ossessivo-compulsiva. Quand'è stata l'ultima volta che hai visto un granellino di polvere in quella casa?»

«Ehi, Hal?»

«Ora è un'*agorafobica* che non fa che lavorare e ha la sindrome ossessivo-compulsiva. Ti pare piú felice?»

«Gli occhi sono migliorati. Non sembrano piú cosí infossati. Sono piú belli. Con C.T. ride molto piú di quanto ridesse con Lui in Persona. La risata le viene da un punto dentro di lei, piú in basso. Ride di piú. Le barzellette che dice ora sono anche meglio delle tue».

«...»

«Perché non era triste?»

«Era triste, Booboo. È solo che era triste a modo suo invece che a modo tuo o a modo mio. Era triste, ne sono sicuro».

«Hal?»

«Ti ricordi che gli inservienti hanno messo la bandiera a mezz'asta davanti alla cancellata, dopo che è successo? Te lo ricordi? E la rimettono a mezz'asta ogni anno nel giorno della Convocazione? Ricordi la bandiera, Boo?»

«Ehi, Hal?»

«Non piangere, Booboo. Ricordi la bandiera solo a metà dell'asta? Booboo, ci sono due modi per mettere la bandiera a mezz'asta, mi senti? Perché tra un secondo devo proprio addormentarmi, cazzo. Allora senti: un modo per mettere la bandiera a mezz'asta è quello di abbassare la bandiera, molto semplicemente. C'è anche un altro modo, però. Si può anche alzare il palo dell'asta. Si può alzare quel palo fino al doppio della sua altezza originaria. Chiaro? Hai capito, Mario?»

«Hal?»

«Lei è molto triste, ci scommetto».

Alle 2010h del primo aprile Apad l'attaché medico sta ancora guardando la cartuccia d'intrattenimento senza etichetta.

OTTOBRE
ANNO DEL PANNOLONE PER ADULTI DEPEND

Per Orin Incandenza, n. 71, il mattino è la notte dell'anima. Psichicamente, il momento peggiore della giornata. Durante la notte tiene sempre il condizionatore acceso al massimo, eppure quasi tutte le mattine si sveglia inzuppato di sudore, rannicchiato in posizione fetale, seppellito in quella specie di oscurità psichica nella quale si ha terrore di qualsiasi cosa si stia pensando.

Il fratello di Hal Incandenza, Orin, si sveglia alle 0730h, solo e avvolto da un'umida fragranza di Ambush, e nell'incavo del cuscino dall'altra parte del letto c'è un biglietto con un numero di telefono e dei dati anagrafici scritti in una grafia da scolaretta, tutta svolazzi. Anche sul biglietto c'è un po' di Ambush. La sua parte di letto è fradicia.

In piedi davanti al bancone di cucina, scalzo, con addosso solo gli slip e una vecchia felpa dell'Accademia con le maniche tagliate, Orin si prepara il pane tostato col miele, che fa uscire da un contenitore di plastica a forma d'orso premendolo sulla testa. Il pavimento è cosí freddo da far male ai piedi, ma la finestra a doppi vetri sopra il lavandino è calda al tatto: là fuori c'è la calura bestiale di un mattino di ottobre a Phoenix.

Nelle notti che precedono gli incontri casalinghi della sua squadra, per quanto tenga alto il condizionatore e usi lenzuola sottili, Orin imprime sempre col sudore la sua forma nel letto, una forma scura che si asciuga poi lentamente per tutto il giorno fino a diventare un bianco contorno salato solo lievemente spostato rispetto ai contorni asciutti e sbiaditi della settimana prima, per cui la sua immagine fetale fossile si apre a ventaglio dalla sua parte del letto come un mazzo di carte, appena sovrapposta a tante altre, come una sbavatura da acido o una lunga posa fotografica.

La calura al di là delle porte di vetro gli fa raggrinzire la pelle dello scalpo. Porta la colazione a un tavolo di ferro bianco sul bordo della piscina condominiale e prova a mangiarla là, nel caldo, con il caffè che non fuma né si raffredda. Siede là provando un dolore ottuso, animale. Il labbro gli si è già imperlato di sudore. Una palla colorata da spiaggia vola e va a sbattere contro un lato della piscina. Il sole come una furtiva visione dell'inferno dal buco della serratura. Non c'è nessun altro qui fuori. Il condominio è fatto ad anello, con al centro una piscina e un trampolino e una Jacuzzi. Il calore produce bagliori tremolanti sopra il trampolino, e sembrano i fumi sulla benzina. C'è quell'effetto miraggio, e l'estremo calore fa sembrare intriso di benzina il trampolino asciutto. Orin sente i visori di cartucce in funzione dietro le finestre chiuse, il solito programma di aerobica di ogni mattina, e anche qualcuno che suona l'organo, e nell'appartamento accanto al suo la vecchia che non gli sorride mai fa vocalizzi operistici smorzati dalle tende e dai parasole e dai doppi vetri. La Jacuzzi sbuffa e fa le bolle.

Il biglietto del Soggetto dell'altra notte è un cartoncino lilla ripiegato una volta e con un cerchio di lilla piú scuro esattamente al centro, dove è stato colpito dallo spruzzo di profumo. L'unica cosa interessante ma anche deprimente della scrittura del biglietto è che ogni singolo cerchietto – le o, le d, le p, i nn. 6 e 8 – è stato scurito all'interno, mentre i puntini sulle i non sono cerchietti ma piccoli cuoricini di San Valentino, non scuriti. Orin legge il biglietto mentre mangia il pane tostato, che è piú che altro un pretesto per il miele. Per mangiare e bere usa il braccio destro, quello piú piccolo. Il braccio sinistro sovradimensionato e la grossa gamba sinistra restano sempre a riposo, la mattina.

Una brezza fa scivolare la palla da spiaggia lungo la piscina azzurra, da una parte all'altra, e Orin osserva il suo silenzioso planare. I tavoli di ferro bianco non hanno ombrelloni, e per capire dove sta il sole non c'è bisogno di guardarlo; si può sentirlo con esattezza sul corpo e da lí fare proiezioni. La palla si muove esitante all'indietro verso il centro della piscina, poi si ferma senza neppure ballonzolare. La stessa lieve brezza fa frusciare e cigolare le palme marcite lungo i muretti in pietra del condominio, un paio di fronde si staccano e cadono a spirale schiaffeggiando il trampolino. Tutte le piante qui fuori sono malevole, pesanti e aguzze. Sopra le fronde hanno ciuffi di roba malata, tipo la peluria del cocco. Sugli alberi vivono scarafaggi e altre cose. Ratti, magari. Rivoltanti roditori d'alta quota d'ogni ge-

nere. Tutte le piante sono o spinose o carnose. Cactus di strane forme torturate. Le cime delle palme sembrano i capelli del Rod Stewart
dei vecchi tempi.

Orin è tornato con gli occhi rossi dalla partita di Chicago due notti fa. Sa che lui e il place-kicker sono gli unici due titolari a non soffrire di dolori fisici lancinanti per via della batosta.

Il giorno prima che partissero – cioè circa cinque giorni fa – Orin
se ne stava da solo nella Jacuzzi accanto alla piscina nel tardo pomeriggio e si prendeva cura della gamba seduto nel calore radiante e nella maledetta luce di quei momenti, la gamba a mollo nella Jacuzzi, e
strizzava distrattamente la palla da tennis come continua ancora a fare per abitudine. Guardava la Jacuzzi schiumare bolle intorno alla gamba. E come dal nulla un uccello era improvvisamente caduto nella Jacuzzi. Con un piatto, prosaico *plop*. Dal nulla. Dal grande cielo vuoto. Non c'era niente sopra la Jacuzzi se non il cielo. L'uccello sembrava
avere appena avuto un infarto in volo o qualcosa del genere ed era morto e caduto dal cielo vuoto e ammarato morto stecchito nella Jacuzzi,
proprio vicino alla gamba. Orin abbassò gli occhiali sul naso e lo
guardò. Era un tipo di uccello non ben distinto. Di certo non un predatore. Tipo uno scricciolo, forse. Non c'era verso di prendere la cosa come un buon auspicio. L'uccello morto si rigirava e sballottava nella schiuma, veniva risucchiato sott'acqua e un secondo dopo tornava
a galla, sembrava stesse ancora volando. Orin non aveva ereditato nessuna delle fobie della Mami riguardo al disordine e all'igiene. (Non che
andasse pazzo per gli insetti, però – gli scarafaggi). Ed era rimasto lí a
sedere, a strizzare la palla e a guardare l'uccello, senza un pensiero conscio in testa. Ma la mattina dopo, quando si era svegliato tutto rannicchiato, aveva capito che era stato per forza un cattivo auspicio.

Adesso Orin fa sempre la doccia con l'acqua al massimo della temperatura che riesce a sopportare. Il bagno dell'appartamento è fatto
di queste mattonelle a metà fra il giallo e il verde menta, scelte forse
dal free-safety che viveva qui prima che i Cardinals scambiassero Orin
Incandenza, punter, con il free-safety, due riserve e soldi.

E nonostante tutte le volte che ha fatto venire quelli della Terminex, ci sono ancora quegli enormi scarafaggi che escono dagli scarichi del bagno. Scarafaggi di fogna, secondo la Terminex, *Blattaria
implacablus* o qualcosa del genere. Scarafaggi davvero giganteschi. Insetti blindati. Totalmente neri, esoscheletri al Kevlar. E temerari, cresciuti laggiú, nelle fognature hobbesiane. I piccoli scarafaggi marroni di Boston e di New Orleans erano già abbastanza schifosi, ma almeno quando uno entrava e accendeva la luce scappavano. Questi
scarafaggi di fogna del Sudovest, invece, se accendi la luce ti guarda-

no dalla loro mattonella con un'aria tipo: «Hai qualche problema?»
Una volta Orin ne aveva pestato uno che era schizzato come un diavolo dallo scarico della doccia proprio mentre lui si stava lavando, allora era uscito dalla doccia nudo e si era messo le scarpe ed era rientrato per schiacciarlo nel modo convenzionale, e il risultato era stato
esplosivo. Tra gli interstizi delle mattonelle c'è ancora un po' di materiale di quella volta. Budella di scarafaggio. Una cosa vomitevole.
Aveva preferito buttar via le scarpe che dover guardare la suola per
pulirla. Ora Orin tiene dei bicchieroni di vetro in bagno, e quando
accende la luce e vede uno scarafaggio gli mette sopra un bicchiere,
intrappolandolo. Dopo un paio di giorni il bicchiere è tutto appannato e lo scarafaggio è asfissiato senza fare casino, e Orin butta via
scarafaggio e bicchiere in due diversi sacchetti di plastica sigillati nei
cassonetti accanto al campo da golf in cima alla strada.

Il pavimento di mattonelle gialle del bagno somiglia a una piccola pista a ostacoli di bicchieri con dentro enormi scarafaggi morenti,
stoicamente fermi ad aspettare mentre i bicchieri si appannano a poco a poco di diossido di scarafaggio. Questa cosa gli fa venire la nausea. Ora pensa che piú calda è la doccia, meno probabile è che un piccolo carro armato abbia voglia di uscire dallo scarico proprio mentre
lui c'è dentro.

A volte gli scarafaggi sono nell'acqua dentro la tazza del gabinetto, pagaiano tipo cane e tentano di guadagnare la parete per arrampicarsi. A Orin non piacciono neanche i ragni, anche se piú a livello
inconscio; non si è mai neppure lontanamente avvicinato all'orrore
conscio che Lui in Persona aveva in qualche modo sviluppato per le
vedove nere del Sudovest e le loro caotiche ragnatele – le vedove sono dappertutto, sia qui che a Tucson, si possono vedere ogni notte
tranne le piú fredde, e le loro tele polverose e malcostruite sono ammassate in ogni posto che sia ad angolo retto, all'ombra e un po' fuori mano. Sulle vedove le tossine della Terminex sono piú efficaci. Orin
le fa togliere una volta al mese; ha fatto un contratto apposta con la
Terminex.

Gli scarafaggi, insieme alle altezze e al primo mattino, fanno parte degli orrori privati consci di Orin. Da bambino si rifiutava di andare in certe parti di Boston vicino alla Baia. Gli scarafaggi lo terro-
rizzano a morte. Nelle cittadine intorno a New Orleans c'era stata
un'ondata o un'epidemia di una certa razza di sinistri scarafaggi tropicali *volanti*, d'origine latina, piccoli e timidi ma, cazzo, *volavano*, e
li trovavano a sciami, di notte, intorno ai neonati di New Orleans,
specialmente ai neonati delle case popolari, intorno alle loro culle,
perché si dice si nutrissero del muco degli occhi dei lattanti, un qual-

che tipo speciale di muco ottico – un fottuto incubo del cazzo, scarafaggi volanti che ti succhiano gli occhi, e tu sei un neonato – e si dice che li accecassero; i genitori entravano nelle camere nella spettrale luce mattutina delle case popolari e trovavano i loro neonati ciechi, tipo la scorsa estate una dozzina di neonati accecati; e fu durante questa ondata o epidemia da incubo – senza parlare delle inondazioni di luglio che avevano portato via dal cimitero in cima alla collina una dozzina di cadaveri veramente da incubo e li avevano fatti scivolare tutti grigio blu lungo il pendio sul quale Orin e altri due compagni di squadra avevano la casa, a Chalmette, e su tutta la collina erano sparpagliati nel fango arti e organi interni, e uno dei cadaveri si era andato a fermare proprio contro il palo della cassetta della posta mentre Orin usciva di casa a comprare il giornale – che Orin chiese al suo agente di tastare il terreno per un trasferimento. Ed eccolo qui fra i canyon di vetro e la luce impietosa di Phoenix, in una sorta di cerchio essiccato, vicino alla Tucson della giovinezza essiccata di suo padre.

Le mattine piú dolorose sono quelle dopo una notte infestata da sogni di ragni e altezze, e allora ci vogliono tre caffè e due docce e a volte anche una corsa per allentare la presa sulla gola della sua anima; e queste mattine postsogno sono anche peggiori se si sveglia accanto a qualcuno, se il Soggetto della notte precedente è ancora là e vuole cinguettare o farsi fare le coccole o scopare, e magari chiede com'è esattamente la storia dei bicchieri capovolti e appannati sul pavimento del bagno, e fa commenti sulle sue sudate notturne, e sbatacchia le cose in cucina, e prepara le aringhe affumicate o frigge il bacon o qualcosa di ancora piú odioso e meno vicino al miele, che lui però è tenuto a mangiare con il gusto postcoito del maschio; quel tipo di donna che gode a Dar Da Mangiare Al Suo Uomo e vuole che anche chi al mattino riesce a ingollare a fatica solo del pane tostato col miele, be', si ingozzi come un vero maschio, coi gomiti all'infuori e biascichi anche un po'. Ma anche quando è da solo, libero di stiracchiarsi da solo e mettersi a sedere lentamente e appallottolare le lenzuola e andare in bagno, queste mattine tremende dànno inizio a giornate che Orin rimuginerà per ore su come portare a termine. Le mattine peggiori, coi pavimenti freddi e le finestre calde e la luce senza pietà – la certezza dell'anima che il giorno non dovrà essere traversato ma scalato verticalmente, e andare a dormire alla fine della giornata sarà come cadere da un punto molto in alto, a strapiombo.

Cosí ora il muco dei suoi occhi è al sicuro nel Deserto del Sudovest, ma i brutti sogni sono diventati ancora piú tremendi da quando è arrivato in queste lande desolate da cui tanto tempo fa, da ragazzino, era scappato un infelice Lui in Persona.

Come per ammiccare alla sua infelice giovinezza, tutti i sogni di Orin sembrano aprirsi brevemente con una qualche situazione di tennis competitivo. Quello della notte scorsa era cominciato con una ripresa in grandangolo di Orin su un campo sintetico mentre attendeva di rispondere al servizio di qualcuno d'indistinto, qualcuno dell'Accademia – Ross Reat forse, o il buon vecchio M. Bain, o Walt Flechette dai denti grigi, ora insegnante professionista nelle Caroline – quando lo schermo del sogno si stringe su di lui e d'improvviso va in dissolvenza sul rosa carico degli occhi chiusi davanti a una luce intensa, e lui prova la sensazione orribile di essere sommerso e non sapere da che parte si trovino la superficie e l'aria, e dopo qualche tempo l'Orin del sogno riemerge a fatica da questo genere di soffocamento visuale per trovare la testa di sua madre, della Sig.ra Avril M.T. Incandenza, la testa disconnessa della Mami attaccata guancia a guancia alla sua, strettamente legata al suo volto con le corde di budello Vs Hi-Pro che usava all'Accademia. Cosí, per quanto tenti freneticamente di muovere la testa o di scuoterla da una parte all'altra, o di alzare la faccia, o di ruotare gli occhi, Orin continua a vedere il volto di sua madre e a guardarla negli occhi e attraverso gli occhi, in un certo senso. È come se la testa di Mami fosse una specie di casco troppo stretto dal quale Orin non riesce a liberarsi in nessun modo[2]. Nel sogno è comprensibilmente vitale per Orin riuscire a svincolare la testa dalla stretta della testa senza corpo di sua madre, ma non ci riesce. Il biglietto del Soggetto della notte scorsa fa notare che, a un certo punto della notte, Orin le aveva afferrato la testa con entrambe le mani e l'aveva allontanata da sé a braccia tese, come se lei fosse un avversario sul campo di football, ma non era brusco né lagnoso (il biglietto, non l'averla allontanata a braccia tese). L'apparente amputazione della testa della Mami dal resto della Mami sembra essere nel sogno chiara e chirurgicamente netta: non c'è traccia di moncherino o protuberanza, ed è come se la base della sua graziosa testa rotonda fosse stata sigillata e anche limata, cosicché la testa della Mami è una grande palla viva, un globo con una faccia attaccata alla sua faccia.

Il Soggetto che era venuto dopo la sorella di Bain ma prima del Soggetto subito prima di questo, con il profumo Ambush e i cuoricini sulle i, era una dottoranda in Psicologia dello sviluppo alla Arizona State, deliziosamente olivastra, due figli, alimenti scandalosi e un debole per i gioielli eleganti, la cioccolata tenuta in frigorifero, le cartucce educative dell'InterLace e gli atleti professionisti che si agitano nel sonno. Non era proprio un genio – per darvi un'idea, pensava che la figura che lui disegnava distrattamente sul suo fianco nudo dopo il sesso fosse il numero 8. La loro ultima mattina insieme, subito

prima che lui spedisse ai suoi figli dei giocattoli costosi e poi si facesse
cambiare il numero di telefono, Orin si era svegliato dopo una notte
di sogni da film dell'orrore – si era svegliato con un improvviso spasmo fetale, non riposato e con l'anima ottenebrata, gli occhi che gli
sfarfallavano e la sua silhouette di sudore che pareva la sagoma di gesso che la polizia traccia in terra quando muore qualcuno – insomma si
era svegliato e aveva trovato il Soggetto già sveglio, con la schiena pog-
giata sul cuscino per leggere e indosso la sua felpa senza maniche
dell'Accademia, che beveva del caffè alla nocciola e guardava sullo
schermo che occupava metà della parete sud della camera da letto qualcosa di orribile avente per titolo «LA INTERLACE CARTUCCE EDUCATIVE
IN COLLABORAZIONE CON LA MATRICE DI PROGRAMMAZIONE EDUCATIVA
DELLA CBC PRESENTA *Schizofrenia: mente o corpo?*» e Orin aveva dovuto rimanere steso là, madido e paralizzato, rannicchiato in posizione
fetale sulla sua ombra di sudore a guardare sul visore un ragazzino pallido piú o meno dell'età di Hal, con i capelli a spazzola color rame e un
ciuffo rosso e degli occhi vuoti, scialbi, neri e inespressivi, da bambola, che fissava un punto nello spazio mentre una squillante voce fuori
campo con l'accento dell'Alberta spiegava che questo Fenton era uno
schizofrenico paranoide irrecuperabile, convinto che fluidi radioattivi
gli stessero invadendo il cranio e certe macchine avanzatissime ed enormemente complesse fossero state disegnate e programmate per dargli
la caccia senza tregua fino a che non l'avessero preso, sbatacchiato ben
bene e sepolto vivo. Era un vecchio documentario-verità canadese di
fine millennio della Cbc, ripassato al digitale e ridisseminato con l'*imprimatur* dell'InterLace – l'InterLace scade un po' di qualità nelle prime ore del mattino, in quanto a Disseminazioni Spontanee.
    E comunque, dal momento che la tesi del vecchio documentario
della Cbc si stava piuttosto chiaramente rivelando essere *schizofrenia:
corpo*, la voce fuori campo raccontava con una certa gaiezza appena
smorzata che sí, il povero vecchio Fenton era piú o meno senza speranza come unità funzionante extra istituto, ma che, a vederla dal lato positivo, se non altro la scienza era in grado di dare un senso alla
sua vita studiandolo attentamente per cercare di capire come la schizofrenia si manifesti nel cervello del corpo umano... che, in altre parole, con l'ausilio di una nuova tecnologia detta Topografia a emissione di positroni, o Tep (da allora soppiantata completamente dai
Digitali Invasivi, Orin sente la dottoranda in Psicologia dello sviluppo commentare fra sé e sé mentre guarda rapita al di sopra della tazza, ignara che Orin è pariticamente sveglio), si era in grado di analizzare e studiare come diverse parti del cervello disfunzionale del povero vecchio Fenton emettessero positroni secondo una topografia

completamente diversa da quella del vostro cervello albertano medio, robusto, vigorosamente non monomaniacale e timoroso di Dio, cosí da far progredire la scienza attraverso l'iniezione nel nostro Fenton di una speciale tintura radioattiva capace di penetrare la barriera sanguigna cerebrale, per poi infilarlo nel ricettacolo rotante a grandezza umana di uno scanner Tep – sul visore è un'enorme macchina di metallo grigio che fa pensare a qualcosa codisegnato da James Cameron e Fritz Lang, e adesso guardate gli occhi di questo tipo, Fenton, mentre comincia a cogliere il senso di quello che sta dicendo la voce fuori campo – e si vedeva, in una nitida inquadratura da vecchia Tv di Stato, il soggetto Fenton legato con cinghie di tela a cinque attacchi scuotere disperatamente la testa ramata mentre dei tizi con maschera e berretti chirurgici verde menta gli iniettavano fluidi radioattivi da una siringa grossa come quelle per farcire il tacchino, poi gli occhi del buon vecchio Fenton si spalancavano in preda all'orrore per quello che sarebbe accaduto mentre veniva spinto verso l'enorme aggeggio grigio Tep e fatto scivolare come una pagnotta non lievitata nelle fauci aperte della cosa fino a che si vedevano solo le sue scarpe da ginnastica consumate, e il ricettacolo a grandezza umana ruotava il soggetto del test in senso antiorario a velocità brutale, per cui le sue vecchie scarpe puntavano in alto poi a sinistra poi in basso poi a destra poi in alto, sempre piú rapidamente, i rumorini della macchina del tutto inadeguati a coprire le urla del sepolto vivo Fenton mentre le sue peggiori paure monomaniacali si facevano realtà in digital-stereo, e si potevano sentire gli ultimi frammenti sopravvissuti della sua mente intrisa di tintura espulsi con un grido che sembrava dover durare per sempre mentre sul visore compariva in basso a destra, dove in genere c'è la funzione Ora/Temperatura, un'immagine digitale del cervello di Fenton rosso tizzone e blu neutrone, e la squillante voce fuori campo dava lezioni in pillole prima sulla schizofrenia paranoide poi sul Tep. Tutto questo mentre Orin era steso là, gli occhi stretti a fessura, bagnato e in preda all'angoscia del mattino, e non vedeva l'ora che il Soggetto si infilasse vestiti e gioielli eleganti e prendesse dal freezer il resto del Töblerone e se ne andasse, cosicché lui poteva andare in bagno e buttare nel cassonetto gli scarafaggi asfissiati di ieri prima che i cassonetti si riempissero, poi decidere quali costosi regali inviare ai figli del Soggetto.

Poi la faccenda dell'uccello morto, come dal nulla.

Poi la notizia delle pressioni da parte dell'amministrazione degli Arizona Cardinals perché rilasciasse un'intervista a una qualche giornalistucola della rivista «Moment», per una qualche insipida serie di interviste ai personaggi, con tanto di domande personali cui rispondere in modo moderatamente sincero stile Pr, e questa cosa lo stressa e lo spinge a ricominciare a chiamare Hallie, a riaprire quel vaso di Pandora pieno di vermi.

Orin si rade nella doccia, il volto rosso per il caldo, avvinghiato dal vapore, muovendo il rasoio da sud a nord, contropelo, come gli è, stato insegnato.

O

ANNO DEL PANNOLONE PER ADULTI DEPEND

Ecco Hal Incandenza, diciassette anni, farsi di nascosto con il suo piccolo cilum di ottone nella Sala Pompe sotterranea dell'Enfield Tennis Academy, ed espirare fumo pallido in un aspiratore industriale. È il breve triste intervallo che sta tra le partite del pomeriggio, la ginnastica e la cena comune all'Accademia. Hal è solo quaggiú e nessuno sa dove sia o che cosa stia facendo.

A Hal piace farsi in segreto, ma un segreto piú segreto è che tiene alla segretezza tanto quanto al farsi.

Il cilum, una specie di lungo bocchino in fondo al quale c'è un bel pezzetto di ottima roba, diventa molto caldo e fa male a tenerlo in bocca – quelli di ottone soprattutto – ma ha il vantaggio di essere efficiente: ogni particella d'erba rovente finisce per essere inalata; niente fumo di seconda mano come in genere accade con i megacarichi alle feste, e Hal può inspirare e mandar giú fino in fondo ogni iota e trattenere il fiato per sempre, per cui persino le sue esalazioni sono appena appena pallide e non hanno niente piú che un odoraccio dolciastro.

Utilizzazione totale delle risorse disponibili = assenza di rifiuti pubblicamente rintracciabili.

La Sala Pompe del Polmone dei campi da tennis dell'Accademia è sotterranea e ci si arriva solo via tunnel. L'Eta è abbondantemente, avvolgentemente dotata di tunnel. È stata progettata cosí.

In piú i cilum sono piccoli, il che è perfetto perché, ammettiamolo, qualsiasi cosa si usi per fumare roba resinosa finirà per puzzare. Un bong è grosso e puzzerà in proporzione, poi bisogna sistemare la schifosa acqua del bong. Le pipe sono piú piccole e portatili, però le fanno solo con una grossa coppa da party che disperde su una vasta area il fumo non utilizzato. Il cilum può essere impiegato senza sprechi, poi lasciato raffreddare, avvolto in due sacchetti poi ancora avvolto e sigillato in un sacchetto Ziploc a chiusura ermetica poi chiuso in due calzini in un borsone insieme all'accendino e al collirio e alle mentine e al mucchietto di droga stessa, è facilmente trasportabile e inodore e, insomma, totalmente segreto.

Per quanto ne sa Hal, i suoi colleghi Michael Pemulis, Jim Struck, Bridget C. Boone, Jim Troeltsch, Ted Schacht, Trevor Axford e forse Kyle D. Coyle e Tall Paul Shaw, e piú difficilmente Frannie Unwin, sanno tutti che Hal si fa regolarmente di nascosto. Non è impossibile che lo sappia anche Bernadette Longley, a dire il vero; e ovviamente l'antipatica K. Freer che sospetta sempre di tutti. E il fratello di Hal, Mario, sa qualcosa. Ma questo è tutto in fatto di conoscenza pubblica. E anche se si sa che Pemulis e Struck e Boone e Troeltsch e Axford e ogni tanto (in un certo senso per ragioni mediche o turistiche) Stice e Schacht si fanno, nelle rare occasioni in cui Hal si è fatto con qualcun altro, cioè di persona, cosa che in genere evita, è stato solo con Pemulis. Si era scordato: lo sa Ortho Stice detto Il Tenebra, di Partridge Ks; e il fratello maggiore di Hal, Orin, misteriosamente, anche al telefono dà sempre l'impressione di sapere molto piú di quello che Hal gli dica, a meno che Hal non legga piú di quanto ci sia nei commenti telefonici del fratello.

La madre di Hal, la Sig.ra Avril Incandenza, e il suo fratello adottivo, il Dott. Charles Tavis, attuale Preside dell'Eta, sanno entrambi che ogni tanto Hal beve alcolici, tipo nel week-end la sera con Troeltsch o forse Axford nei club della Commonwealth Ave.; ogni venerdí all'*Unexamined Life* c'è la famosa notte del Buttafuori Cieco quando ti dànno il biglietto sulla parola. La Sig.ra Avril Incandenza non va pazza all'idea che Hal beva, soprattutto per via di quanto beveva suo padre da vivo in Az e in Ca e, a quanto si dice, il padre di suo padre prima di lui; ma la precocità accademica di Hal e in particolare i suoi recenti successi nei tornei del circuito juniores indicano chiaramente che lui è in grado di gestire le piccole dosi che lei è certa consumi – la psicoconsulente dell'Eta, la Dott.ssa Rusk, le assicura che è impossibile prendere seriamente una sostanza e mantenere un livello altissimo di prestazioni accademiche e atletiche, specie la parte atletica – e Avril ritiene importante che un genitore solo sia attento ma non asfissiante e sappia quando è il caso di lasciare un po' andare e permettere ai due figli iperfunzionanti dei suoi tre di commettere i loro eventuali errori e imparare dalle proprie valide esperienze, senza pensare alla segreta paura degli errori che rivolta le budella alla loro madre. E Charles appoggia qualunque decisione personale lei prenda in coscienza riguardo ai figli. E Dio sa quanto Avril preferirebbe che Hal si bevesse qualche bicchiere di birra di tanto in tanto piuttosto che assorbire Dio solo sa quale sorta di nuova droga esoterica con il rettileo Michael Pemulis e quel James Struck che sembra sempre lasciarsi dietro la scia come le lumache, due tipi che fanno venire i brividi a Avril. E per finire, come ha detto ai Dott. Rusk e Tavis, preferisce che Hal si adagi nella certezza che sua madre si fida di lui, che è fiduciosa e solidale e non giudica né ha rivolgimenti di budella né si torce le sue belle mani perché, per esempio, ogni tanto lui si fa un bicchiere di birra canadese con gli amici, e perciò si adopera con ogni mezzo per nascondere il proprio terrore materno che lui possa finire col bere quanto James stesso o il padre di James, e tutto questo Avril lo fa perché Hal possa godersi la sicurezza di sentire che può essere franco con lei riguardo a questioni come il bere e non pensare di doverle sempre nascondere qualcosa.

I Dott. Tavis e Dolores Rusk hanno discusso in privato il fatto che, non ultimo fra gli agenti fobici di stress per i quali Avril soffre cosí stoicamente, c'è una fobica fifa nera della possibilità che i figli possano nasconderle o tenerle qualcosa segreto, in qualsiasi modo.

Avril e C.T. non sanno nulla del debole di Hal per le canne belle resinose e per il loro assorbimento sotterraneo, il che ovviamente a Hal piace molto, su un certo piano, anche se non ha mai dedicato troppa attenzione al perché. Al perché gli piace cosí tanto.

I terreni collinari dell'Eta sono attraversabili via tunnel. Per esempio Avril I., che ormai non si allontana piú dall'Accademia, si sposta di rado in superficie, e preferisce scendere a prendere i tunnel che corrono fra la Casa del Preside e il suo ufficio accanto a quello di Charles Tavis nell'Edificio Comunità & Amministrazione, un affare neogeorgiano in mattoni rosa e colonne bianche che Mario, il fratello di Hal, dice assomigli a un cubo che abbia ingoiato una palla troppo grossa per il suo stomaco[3]. Due ascensori e una rampa di scale corrono tra l'atrio, l'area della reception, gli uffici amministrativi al primo piano di Com. & Amm. e la palestra, la sauna e l'area spogliatoi/docce al livello sotterraneo sottostante. Un grande tunnel di cemento color elefante conduce dalle docce maschili alla mastodontica stanza lavanderia sotto i Campi Ovest, e due tunnel piú piccoli si dipartono dalle aree sauna Sud e Est verso i subseminterrati degli sferocuboidi piú piccoli degli edifici protogeorgiani (ospitano aule e i subdormitori B e D); questi due seminterrati e tunnel piú piccoli servono spesso come deposito per gli studenti e come corridoi fra le stanze private di vari prorettori[4]. Poi due tunnel ancora piú piccoli, navigabili da qualunque adulto sia disposto a strisciare a terra le nocche delle mani come un Neandertal, collegano a loro volta ciascuno dei due subseminterrati alle ex strutture di sviluppo ottico e filmico di Leith e Ogilvie e del fu Dott. James O. Incandenza (ora deceduto) sotto e un po' a ovest della Casa del Preside (strutture dalle quali parte anche un tunnel di discreto diametro che va dritto al livello inferiore dell'Edificio Comunità & Amministrazione, le cui funzioni sono andate gradualmente modificandosi nel corso di quattro anni ed è ora troppo pieno di cavi a vista e tubi dell'acqua calda e condutture del riscaldamento per essere davvero attraversabile) e agli uffici dello Stabilimento di Fisica, quasi perfettamente sottostanti la fila centrale di campi da tennis all'aperto dell'Eta, i cui uffici e guardiola sono a loro volta connessi all'Area Deposito e Sale Pompe del Polmone da un tunnel intonacato frettolosamente costruito dalla TesTar Strutture Gonfiabili per Ogni Clima, che insieme a quegli altri dell'Athscme Sistemi Industriali di Dislocamento Aria monta e cura la manutenzione della cupola gonfiabile in dendriuretano conosciuta come il Polmone, che copre la fila di mezzo dei campi. Il piccolo tunnel grezzo e mal rifinito fra Fisica e Pompe è attraversabile solo strisciando a quattro zampe. Praticamente sconosciuto al personale e all'Amministrazione, è in voga esclusivamente fra i membri del Club della Galleria, i piú piccoli tra i ragazzi dell'Accademia, e fra certi adolescenti con forti pulsioni segrete a strisciare a quattro zampe.

La Stanza Deposito del Polmone è sostanzialmente inattraversabile da marzo a novembre, in quanto ingombra della inestricabile massa di materiale polmonare in dendriuretano ripiegato e di sezioni smantellate di tubi flessibili e pale di ventilatore eccetera. La Sala Pompe le sta accanto, anche se bisogna strisciare all'indietro fin dentro il tunnel per raggiungerla. Sui diagrammi del progetto la Sala Pompe si trova a forse venti metri direttamente sotto i piú centrali fra i campi della fila centrale e assomiglia a una specie di ragno penzolante a testa in giú – una camera ovale priva di finestre con sei condutture curve a grandezza umana che si diramano a raggiera verso l'alto e verso l'esterno fino alle uscite sui terreni soprastanti. E la Sala Pompe ha sei aperture radiali, una per ciascuna delle condutture curvate verso l'alto: tre sfiatatoi di due metri con enormi aeratori con turbina a pala imbullonati nelle loro griglie, piú altri tre di eguale misura con aeratori invertiti dell'Athscme che consentono all'aria dei terreni in superficie di venire risucchiata dentro e intorno alla stanza poi di nuovo in alto dentro i tre aeratori. La Sala Pompe è come un organo polmonare, oppure l'epicentro di un massiccio tunnel del vento a sei vettori, e quando è in funzione ruggisce come una banshee che si sia chiusa la mano in una porta, anche se la Sp funziona a pieno regime solo quando il Polmone è gonfio, di solito nel periodo novembre-marzo. Gli aspiratori introducono aria invernale di superficie dentro il locale, poi la sospingono attraverso i tre aeratori e di nuovo in alto lungo le condutture di scarico fin dentro le reti di tubature pneumatiche nelle pareti e nella cupola del Polmone: è la pressione dell'aria in movimento a tenere gonfio il fragile Polmone.

Quando il Polmone dei campi è sgonfio e riposto, Hal scende camminando e per essere certo che non ci sia nessuno nelle postazioni dello Stabilimento di Fisica entra chino chino, poi, borsone tra i denti, si abbassa ancor di piú, striscia fino alla Sp, aziona uno dei grandi aspiratori e dirige le sue esalazioni pallide fra le pale e dentro gli sfiatatoi, cosicché ogni eventuale odore viene risucchiato lungo una conduttura di scarico ed espulso attraverso un foro grigliato sul lato ovest dei Campi Ovest, una specie di buco mascherato dotato di flangia, dove dei tipi zelanti dell'Athscme vestiti di bianco attaccheranno alcune delle arterie del Polmone a forma di tubature pneumatiche, presto, non appena Schtitt e altri del Personale decideranno che ormai non è piú tempo di giocare a tennis all'aperto.

Durante i mesi invernali, quando ogni odore espulso verrebbe incanalato dentro il Polmone e vi ristagnerebbe inequivocabilmente, Hal va perlopiú nel bagno di un remoto subdormitorio, si arrampica sulla tazza del gabinetto in uno degli scanni ed espira dentro la griglia di un piccolo aeratore sul soffitto; ma questa procedura manca di teatralità, sotterraneità e segretezza. Ecco un'altra delle ragioni per cui Hal teme il Giorno dell'Interdipendenza e l'arrivo del Whata-Burger Classic e il Giorno del Ringraziamento e il clima inadatto al tennis e la conseguente erezione del Polmone.

Le droghe ricreative sono piú o meno una tradizione di tutte le scuole secondarie degli Stati Uniti, forse per le tensioni senza precedenti che vi s'incontrano: postlatenza e pubertà e angoscia e imminente età adulta eccetera. Per aiutare a gestire le tempeste interpsichiche eccetera. Fin dagli albori dell'istituto c'è sempre stata all'Eta una certa percentuale di giocatori adolescenti fra i piú validi che ha smorzato chimicamente le proprie tempeste interiori. Gran parte di tutto questo non è che un bel divertimento temporaneo; ma uno zoccolo duro tradizionalmente piú ridotto tende ad affidarsi alla chimica personale per far fronte alle esigenze speciali dell'Eta – dexadrina o metadrina a basso voltaggio[5] prima dei match e benzodiazepina[6] per ritornare puliti dopo i match, Mudslides o Blue Flames in certi posti notturni molto tolleranti sulla Comm. Ave.[7], o sessioni notturne di birra e bong in qualche angolo appartato dell'Accademia per cortocircuitare il ciclo di alti e bassi, funghi o X o qualcosa di leggero e sintetico[8] – o anche, di quando in quando, una piccola Black Star[9], ogniqualvolta vi sia un week-end libero da match e altri doveri, sostanzialmente per resettare del tutto la motherboard e mandare in corto tutti i circuiti e a poco a poco ristabilirsi e sentirsi neurologicamente quasi rinati e ricominciare il ciclo dal principio... e a patto che le connessioni di base siano ok in partenza, questa routine circolare può funzionare sorprendentemente bene per tutta l'adolescenza e a volte addirittura fino ai vent'anni o qualcosa di piú, prima di cominciare a prendere il controllo su di te.

E insomma alcuni membri dell'Eta – di sicuro non solo Hal Incandenza – sono invischiati nell'uso di sostanze ricreative, questo è il punto. Del resto chi non lo è, in qualche fase della vita, negli Usa e regioni interdipendenti, in questi tempi tormentati. Benché una dignitosa percentuale di studenti dell'Eta non lo sia affatto. Invischiata, intendo. Alcune persone possono dedicarsi anima e corpo a uno scopo ambizioso e concentrare in quello scopo tutto il loro impegno, d'anima e di corpo. Anche se a volte le cose cambiano a mano a mano che i giocatori crescono e l'idea dello scopo da raggiungere viene resa pesante dallo stress. L'esperienza americana sembra suggerire che, a vari livelli, il bisogno della gente di dedicarsi anima e corpo a qualcosa è praticamente illimitato. Solo che qualcuno preferisce farlo in segreto.

Stando al catalogo di ammissione dell'Eta, l'uso di alcol o preparati chimici illegali da parte di uno studente-atleta iscritto è causa di immediata espulsione, ma lo staff dell'Eta ha sul tavolo un bel po' di cose piú importanti di cui occuparsi piuttosto che fare i poliziotti con ragazzi già dediti anima e corpo a un ambizioso scopo competitivo. L'idea alla base della direzione dell'Accademia, prima sotto James Incandenza poi con Charles Tavis, è piú o meno questa, perché mai uno che volesse compromettere chimicamente le proprie facoltà dovrebbe decidere di venire qui all'Eta, dove il succo dell'insegnamento che si impartisce è proprio quello di estendere e dilatare le facoltà personali seguendo vettori multipli[10]. E dal momento che sono i prorettori ex studenti ad avere il maggior contatto supervisorio diretto con i ragazzi, e dal momento che gli stessi prorettori sono in gran parte depressi o traumatizzati per non avercela fatta a entrare nello Show ed esser dovuti ritornare all'Eta a vivere in camere vicino allo sbocco dei tunnel, dignitose ma sotterranee, e dover lavorare come aiuto allenatori e tenere corsi risibilmente élitari – che è quanto gli otto prorettori Eta fanno, quando non sono via a partecipare a tornei Satellite o a provare a passare i turni di qualificazione di un torneo importante, non c'è da stupirsi che siano in genere maldisposti e col morale a terra, e provino pena per se stessi, e quindi tendano a loro volta a farsi di tanto in tanto, anche se con uno stile meno segreto o esuberante del corpo studentesco dedito alla chimica, e insomma non è difficile capire come mai le misure antidroga interne dell'Eta tendano a essere molto poco rigide.

L'altra cosa buona riguardo alla Sala Pompe è il modo in cui è connessa via tunnel con la fila di unità abitative dei prorettori, e quindi con i bagni maschili, e questo vuol dire che Hal può strisciare, chinarsi e, quatto quatto, infilarsi in un bagno libero e lavarsi i denti con il suo Oral-B da viaggio e rinfrescarsi la faccia e mettersi il collirio e un po' di Old Spice e un po' di Kodiak, poi tornare tutto tranquillo all'area della sauna e risalire a livello terra fresco come un fiore, perché quando Hal si fa gli scatta una fortissima ossessione: che nessuno – neppure il gruppo neurochimico – sappia che si è fatto. Questa ossessione ha una forza quasi irresistibile. La quantità di organizzazione e impacchettamento/trasporto di articoli da toeletta che deve mettere su per farsi segretamente di fronte a un aspiratore sotterraneo durante la pausa precena scoraggerebbe qualunque persona. Hal non ha idea del perché sia cosí, né da dove venga questa ossessione per la segretezza della cosa. A volte ci medita su astrattamente, quando è fatto: questa cosa del Nessuno-Deve-Saperlo. Non è paura *per sé*, paura di essere scoperto. Ma al di là di questo, Hal capisce che la faccenda diventa troppo astratta e intricata per portare da qualche parte. Come la maggior parte dei nordamericani della sua generazione, Hal tende a sapere molto meno sul perché sente certe cose riguardo agli oggetti e agli scopi cui si dedica, rispetto agli oggetti e gli scopi in sé. Difficile dire con certezza se sia poi eccezionalmente negativa, questa tendenza.

Alle 0015h del 2 aprile la moglie dell'attaché medico sta per lasciare il *Total Fitness Center* di Mount Auburn dopo aver giocato i suoi soliti cinque set da tre game nel girone all'italiana delle mogli dei diplomatici del Medioriente. Si è anche soffermata, a volto e capelli scoperti, con le altre signore nel Salone delle Chiavi d'Argento, hanno giocato a Narjees[11], fumato kif e fatto dell'ironia delicatissima e obliqua sulle idiosincrasie sessuali dei loro mariti ridacchiando sottovoce con la mano sulla bocca. L'attaché medico, nel loro appartamento, sta ancora guardando la cartuccia priva di etichetta, che ha riavvolto fino all'inizio numerose volte e poi programmato per vederla sempre di seguito in un loop interminabile. È seduto là, attaccato a una cena congelata, a guardare la cartuccia, alle 0020h, coi pantaloni bagnati sulla poltrona bagnata.

Diciott'anni a maggio, la funzione di Mario Incandenza all'Enfield Tennis Academy è puramente filmica: a volte durante gli allenamenti del mattino o le partite del pomeriggio l'Allenatore Schtitt gli dirà di mettere su un treppiede una vecchia camcorder o un qualsiasi altro aggeggio video a portata di mano e riprendere una certa area del campo, videoregistrando i colpi dei vari ragazzi, il loro lavoro di gambe, certi tic e impedimenti nei servizi o nelle volée in corsa, cosicché lo staff possa poi mostrare le cassette ai ragazzi a scopo didattico, far loro vedere sullo schermo di cosa esattamente parlano un allenatore o un prorettore. Questo perché è assai piú facile mettere a posto qualcosa se la si può vedere.

AUTUNNO
ANNO DEI PRODOTTI CASEARI DAL CUORE DELL'AMERICA

I tossicodipendenti che si avvicinano al crimine per finanziare la loro dipendenza di solito non sono inclini al crimine violento. La violenza richiede ogni possibile genere di energia e la maggior parte dei tossicodipendenti preferisce usare la propria energia non nel compiere i crimini ma piuttosto in ciò che i crimini consentono loro di comprare. È per questo che i tossicodipendenti sono spesso scassinatori. Una delle ragioni per le quali una casa svaligiata sembra sporca, violata, è che probabilmente a svaligiarla sono stati dei tossicodipendenti. Don Gately era un ventisettenne tossicodipendente da narcotici orali (con una predilezione per Demerol e Talwin[12]) e uno scassinatore piú o meno professionista; ed era a sua volta violato e sporco. Ma era uno scassinatore di talento quando scassinava – benché della dimensione di un giovane dinosauro, con una testa massiccia e quasi perfettamente quadrata che usava da ubriaco per divertire i suoi amici tenendola in mezzo alle porte degli ascensori mentre si chiudevano, Gately era, al suo zenit professionale, furbo, furtivo, silenzioso, svelto, in possesso di buon gusto e con un mezzo di trasporto affidabile – e lo faceva con una specie di feroce gaiezza mirabilmente congiunta alla sua stessa vivacità.

Nelle sue vesti di tossicodipendente attivo, Gately era contraddistinto da un impeto feroce e gaio. Portava alto il grande mento squadrato e aveva un bel sorriso, ma non piegava mai il capo davanti a nessuno, non evitava mai nessuno. Non era il tipo da sopportare le cazzate e non si arrabbiava quasi mai, ma di certo non lasciava conti aperti. Come una volta, per esempio, dopo che si era fatto tre spiacevolissimi mesi al *Revere Holding* in base a nient'altro che un sospetto circostanziale da parte di un Assistente privo di rimorsi del Procuratore Distrettuale di North Shore, quando uscí finalmente dopo novantadue giorni perché il suo avvocato aveva ottenuto un'ordinanza di scarcerazione per decorrenza dei termini, Gately e un suo socio fidato[13] avevano fatto una visita semiprofessionale all'abitazione privata dell'Assistente del Pd, che con il suo zelo e il suo mandato aveva costretto Gately a una bruttissima, improvvisa disintossicazione sul pavimento della sua piccola cella. Essendo anche sempre stato convinto che la vendetta sia un piatto da servire freddo, Gately aveva atteso pazientemente che la sezione *Occhio al personaggio* del «Globe» menzionasse la presenza dell'Apd e di sua moglie a una qualche festa di beneficenza per celebrità su a Marblehead. Quella notte Gately e il socio erano andati nell'abitazione privata dell'Apd nella zona bene di Revere, la Wonderland Valley, avevano tolto la corrente alla casa collegando il circuito in parallelo al contatore poi semplicemente tagliato il filo a massa del costoso allarme Hbt dell'abitazione, di modo che l'allarme suonasse dopo dieci minuti o giú di lí dando l'impressione che i ladri l'avessero fatto scattare e fossero scappati per paura di essere scoperti. Piú tardi, la stessa notte, richiamati a casa dai poliziotti di Marblehead e di Revere, l'Apd e sua moglie si erano ritrovati con una collezione di monete e due antiche armi da fuoco in meno, e nient'altro. Molti altri oggetti di valore erano ammassati sul pavimento del salotto che si apriva sull'atrio, come se i ladri non avessero avuto il tempo di portarli fuori dalla casa. Ogni altra cosa nella casa svaligiata appariva intatta. L'Apd era un professionista consumato; girò per le stanze toccandosi la tesa del cappello[14] e ricostruí il probabile corso degli eventi: sembrava che i ladri fossero riusciti a disattivare l'allarme, ma fossero poi scappati quando la massa di riserva del costoso allarme Hbt era scattata a 300v. L'Apd aveva consolato la moglie che si sentiva violata, sporca. Aveva insistito con calma perché dormissero in casa loro anche quella notte, niente hotel: in casi come quello era cruciale rimontare immediatamente in sella al cavallo emozionale, aveva insistito. Poi il giorno seguente l'Apd aveva sistemato tutto con l'assicurazione e denunciato la scomparsa delle armi da fuoco a un amico giú all'Atf[15] e la moglie si era calmata e la vita aveva ripreso il suo corso.

Circa un mese dopo era arrivata una busta nella casella postale in ferro battuto di squisita lavorazione dell'abitazione dell'Apd. Dentro c'era una brochure patinata dell'Associazione odontoiatri americani che ricordava l'importanza di un'igiene dentale quotidiana – di quelle che si trovano praticamente in ogni studio dentistico – e due istantanee Polaroid ad alta definizione, una del grosso Don Gately e l'altra del suo socio, tutti e due con una maschera da clown di Halloween atteggiata a un'espressione di gran gaudio, entrambi piegati in avanti con i pantaloni abbassati e, in una speciale minuziosissima messa a fuoco, il manico di uno dei due spazzolini da denti della coppia che gli spuntava dal sedere.

Dopo questa cosa Don Gately ebbe il buonsenso di non lavorare piú a North Shore. Ma finí lo stesso col trovarsi in brutti guai, e sempre per via di un Apd. Sfortuna o destino o chissà che. Fu per via di un raffreddore, un banale, comunissimo rinovirus umano. E il fatto che non era nemmeno un suo raffreddore, fu proprio questo a farlo fermare a riflettere sul suo destino.

La cosa sembrava facile come bere un bicchier d'acqua, per uno scassinatore. Nella sezione ultrabene di Brookline, lungo una strada pseudorurale priva d'illuminazione, sorgeva una stupenda casa neo-georgiana; c'era un sistema d'allarme SentryCo da quattro soldi alimentato – doveva averlo messo un idiota – da un cavo separato a 330v Ac 90Hz, con il suo bel contatore individuale; non sembrava essere su nessuno dei percorsi di sorveglianza dei metronotte e aveva sul retro delle graziose porte francesi circondate da fitte siepi decidue senza spine, non illuminate perché la luce dell'alogena sopra il garage era bloccata da un cassonetto Ewd privato. In breve, era una casa che faceva arrapare lo scassinatore dentro ogni tossico. E Don Gately mise in parallelo il contatore dell'allarme e, con un socio[16], entrò nella casa e cominciò ad aggirarsi sulle sue felpate zampone da gatto.

Solo che, sfortunatamente, il proprietario risultò essere ancora in casa, anche se entrambe le sue auto e il resto della famiglia non c'erano. Il piccoletto dormiva nel letto al piano di sopra, malato, con un pigiama di acetato. Teneva sul petto una bottiglia d'acqua calda e sul comodino mezzo bicchiere di spremuta d'arancia e una bottiglia di NyQuil[17] e un libro straniero e copie dell'«Internationai Affairs» e dell'«Independent Affairs» e un paio di occhiali spessi e una scatola gigante di Kleenex, ai piedi del letto borbottava un vaporizzatore quasi vuoto, e il tipo rimase a bocca aperta quando si svegliò e vide le luci filtrate delle torce zigzagare sulle pareti buie della camera da letto e sul comò e sullo chiffonnier di teak mentre Gately e il socio cercavano una cassaforte a muro che, sorprendentemente, circa il novanta per cento delle persone con cassaforte a muro nasconde nella camera da letto padronale dietro un qualche dipinto con un paesaggio. La gente era cosí identica in certi particolari domestici di base che a volte Gately aveva la strana sensazione di essere a conoscenza di fatti privati generali ai quali nessun uomo dovrebbe avere accesso. La coscienza di Gately era piú disturbata dal possedere alcune di queste informazioni particolari che non dallo sgraffignare i beni privati di quella stessa gente. Ma ecco che tutto d'un tratto, nel bel mezzo della silenziosa ricerca di una cassaforte, salta fuori che questo altoloca-to padrone di casa è in effetti davvero in casa con un brutto raffreddore mentre la sua famiglia è uscita con due macchine per una gita in ciò che è rimasto del Berkshire a vedere i colori delle foglie d'autunno, e si agita dolorante e NyQuillizzato nel letto e produce suoni adenoidei da anitra selvatica e chiede per la miseria che cosa *diavolo* significa tutto questo, solo che lo chiede in francese québechiano, che alle orecchie di questi criminali tossicodipendenti americani con le maschere da clown di Halloween non vuol dire assolutamente nulla; e si mette a sedere sul letto, un piccolo padrone di casa vecchio tipo, con la testa a forma di palla da football e il pizzetto grigio e occhi che si capisce subito che sono abituati a lenti correttive, da come accende la abat-jour. Gately avrebbe potuto facilmente scappare senza neanche voltarsi; ma nella luce della lampada vede una marina appesa proprio accanto allo chiffonnier, e il socio le dà un'occhiata e dice che la cassaforte lí dietro fa veramente ridere, praticamente la si può aprire a forza di parolacce; e i tossici da narcotici orali tendono ad agire secondo uno schema estremamente rigido di bisogno e soddisfacimento; e Gately al momento si trova decisamente nella zona-bisogno dello schema; e perciò D.W. Gately decide disastrosamente di procedere e far sí che un furto con scasso non violento si trasformi nei fatti in una rapina – la cui differenza legale operativa comporta o l'uso della violenza o la minaccia coercitiva della stessa – e si avvicina in tutta la sua minacciosa altezza e spara la torcia negli occhi cisposi del piccolo padrone di casa che si rivolge a lui nello stesso modo in cui i criminali minacciosi parlano nei programmi popolari – l'accento del ghetto, varie apocopi e cosí via – e afferra l'orecchio del tizio e lo conduce verso una sedia di cucina e gli lega braccia e gambe alla sedia con il filo elettrico preso dal frigorifero e dall'apriscatole e dalla macchina automatica per il café-au-lait marca M. Café, lo lega cosí stretto da fargli venire la cancrena perché spera che le foglie del Berkshire siano al massimo dello splendore e l'ometto si farà il suo assolo su questa sedia per un bel pezzo, e Gately comincia a setacciare i cassetti della cucina in cerca di posate – non le posate buone dell'argenteria per quando si hanno ospiti; quelle si trovavano in un contenitore di pelle sotto la vecchia carta da pacchi natalizia avanzata e ripiegata con cura in una stupefacente cassettiera di legno massiccio con intarsi in avorio nel salotto, la stanza dove è nascosta piú del novanta per cento dell'argenteria della gente dell'alta società, quelle sono già state prese in omaggio e impilate[18] subito fuori dall'atrio – ma solo le vecchie, banali, comuni posate da tutti i giorni, perché la stragrande maggioranza dei proprietari tiene i canovacci due cassetti sotto quello delle posate di tutti i giorni, e Dio non ha inventato niente di meglio in fatto di bavagli soffocanti antirichiesta d'aiuto di un buon vecchio canovaccio di finto lino puzzolente di grasso;

e il tizio legato sulla sedia ha un'improvvisa illuminazione sulle implicazioni di ciò che Gately sta cercando e si dimena e dice: Non mi imbavagliate, ho un raffreddore terribile, il mio naso è pieno di moccio, non ho il potere di respirare dal naso, per amor di Dio, vi prego, non imbavagliatemi; e in segno di buona volontà il padrone di casa rivela a Gately, che sta buttando tutto all'aria, la combinazione della cassaforte retromarina della camera da letto, solo che la dice in numeri francesi e, se si aggiunge l'inflessione adenoidea da anitra selvatica che l'influenza conferisce alla parlata del tizio, il discorso dell'omino a Gately non sembra neppure un'emissione di suono umano, e ciononostante, il tizio gli dice anche che ci sono alcune antiche monete d'oro québechiane predominazione britannica in un borsellino di pelle attaccato con il nastro adesivo al retro di un mediocre paesaggio impressionista nel salotto. Ma al povero vecchio Don Gately, che fischietta un motivetto allegro e cerca di apparire minaccioso nella sua maschera da pagliaccio, qualunque cosa dica il padrone di casa Canadese non pare differente dal verso dei gabbiani della North Shore o delle gracule dell'entroterra; e, come volevasi dimostrare, gli strofinacci sono due cassetti sotto i cucchiai, ed ecco Gately che arriva dalla cucina con l'aspetto di un demone pagliaccio, la bocca del tizio québechiano si fa ovale per l'orrore e in quella bocca entra uno strofinaccio da cucina appallottolato e vagamente olezzante d'unto, e le guance del tizio e il lembo sporgente di tessuto vengono attraversate da una striscia di nastro adesivo in fibra d'alta qualità proveniente dal cassetto sotto il telefono, disattivato – perché la roba per scrivere la tengono tutti nel cassetto piú vicino al telefono di cucina? – e Don Gately e socio portano a termine la rapida e non violenta opera di spoliazione della casa di Brookline fino a lasciarla piú nuda di un campo che sia stato visitato dai criceti selvatici, e richiudono a chiave la porta d'ingresso e partono sgommando sulla fedele 4x4 di Gately a doppio silenziatore sulla strada non illuminata. E il canadese legato, ansimante e col pigiama d'acetato – il braccio destro dell'organizzatore anti-Onan forse piú temuta a nord della Grande Concavità, il luogotenente e fidato consulente che con altruismo si era volontariamente trasferito insieme alla sua famiglia nell'area selvaggiamente americana della metropoli bostoniana per fungere da tramite e talvolta da coordinatore della mezza dozzina o giú di lí di malevoli gruppi di separatisti québechiani e albertani di estrema destra rivali tra di loro, uniti soltanto dalla fanatica convinzione che il «dono» o «restituzione» della cosiddetta Grande Convessità «Riconfigurata» ai vicini settentrionali nonché alleati Onan da parte degli Experialistici Usa abbia costituito un colpo intollerabile alla sovranità, all'onore e all'igiene canadesi – questo padrone di casa, indiscutibil-

mente un Vip, anche se, bisogna ammetterlo, piuttosto un Vip in incognito, o probabilmente piú precisamente un «Pit»[19], alla francese,
questo coordinatore del terrorismo canadese dall'aspetto mite – legato alla sedia, accuratamente imbavagliato, seduto là, solo, sotto le luci fluorescenti fredde della cucina[20], quest'uomo affetto da rinovirus,
imbavagliato con abilità e materiali di qualità – dopo aver lottato per
liberare uno dei passaggi nasali intasati con tale veemenza da strapparsi alcuni legamenti intercostali del torace, deve presto scoprire che
anche quel minuscolo buchino per l'aria è stato nuovamente bloccato
da un'altra implacabile colata lavica di muco e perciò deve strapparsi
altri legamenti nel tentativo di creare una breccia nell'altra narice, e
cosí via; e dopo un'ora di lotta e fiamme nel torace e sangue sulle labbra e sullo strofinaccio di cucina bianco per via del frenetico tentativo di spingere con la lingua il canovaccio per far staccare l'adesivo, che
è un adesivo di qualità; e dopo che la speranza è salita alle stelle al suono del campanello d'ingresso ed è poi cupamente svanita quando la
persona alla porta – una giovane donna con lavagnetta e chewing-gum
che offre coupon promozionali per sconti-vacanza a chi si associ per
un periodo non inferiore ai sei mesi a una catena di solarium non-Uv
di Boston – ha scrollato le spalle dentro il suo parka e ha fatto un segno sulla lavagnetta ed è sconsideratamente ritornata sulla strada pseudorurale rifacendo il lungo viale d'accesso; un'ora o piú di questa roba e infine il Pit québechiano, dopo un'agonia indicibile – perché morire lentamente per soffocamento, mucoidale o no, non è proprio come
andare alla Festa dei tulipani di Montréal – all'apice della quale, mentre sente le sue tempie pulsare col rumore di tuoni lontani e vede il suo
campo visivo restringersi per via di un'apertura rossa che inizia ai margini del campo visivo e ruota inarrestabile verso l'interno, all'apice di
quell'agonia, nonostante il dolore e il panico, non riesce a pensare ad
altro se non che questo è un modo veramente cretino di morire dopo
tutta una vita, e a questo pensiero lo strofinaccio e l'adesivo negano
l'espressione del ghigno dolente con il quale gli uomini migliori vanno
incontro alle fini piú cretine – il Sig. Guillaume DuPlessis lasciò tristemente questo mondo, e rimase seduto là, sulla sedia di cucina, 250
gradi a est di un meraviglioso spettacolo di foglie autunnali, per quasi due notti e due giorni, la postura sempre piú militare a mano a mano che sopraggiungeva il *rigor mortis*, con i piedi nudi simili a pagnot-
telle di pane viola per via della lividezza; e quando finalmente venne
chiamata la polizia di Brookline che lo slegò dalla sedia illuminata di
luce fredda, dovettero portarlo fuori come se fosse ancora seduto, tanto militarmente *comme-il-faut* si erano irrigidite membra e spina dorsale. E il povero vecchio Don Gately, la cui abitudine di tagliare la

corrente mettendola in parallelo nel flusso di un contatore era praticamente una firma, aveva naturalmente un posto speciale nel cuore di un
Apd di Revere senza rimorsi investito di potere giudiziale in tutte e tre
le contee di Boston, un Apd che di recente, com'è ovvio, era particolarmente privo di rimorsi ora che la moglie aveva bisogno del Valium
anche solo per usare il filo interdentale e stava aspettando con pazienza la sua occasione perché anche lui credeva che la vendetta fosse un
piatto da servirsi freddo e che i conti andassero sempre regolati, tutti,
proprio come Don Gately che, senza aver mai voluto usare la violenza
per non sprecare energia, ora si trovava in un infernale oceano di merda, uno di quelli che possono davvero rivoltare la vita di un uomo.

Anno del Pannolone per Adulti Depend: InterLace TelEntertainment, 932/1864 Risc power-Tp con o senza consolle, Pink$_2$, disseminazione Dss post-Primestar, menu e icone, InterNet Fax senza
pixel, tri- e quadrimodem con baud regolabili, Griglie di Disseminazione, schermi cosí ad alta definizione che è come esserci, conferenza videofonica con ottimo rapporto qualità-prezzo, Cd-Rom Froxx
interno, elettronica di lusso, consolle unificate, nanoprocessori Yushityu, cromotografia laser, media-cards virtuali, impulsi di fibre ottiche, codificazioni digitali, applicazioni fantastiche; nevralgia carpale, emicranie fosfeniche, iperadiposità gluteica, stress lombari.

3 NOVEMBRE
ANNO DEL PANNOLONE PER ADULTI DEPEND

Stanza 204, Subdormitorio B: Jim Troeltsch, diciassette anni, nato a Narberth Pa, n. 8 nell'attuale classifica Under 18 maschile all'Enfield Tennis Academy, e dunque secondo singolarista della squadra B,
si è ammalato. Ancora. Mentre si stava riscaldando per gli allenamenti delle 0745h della squadra B. Sul piccolo visore da camera c'era la
cartuccia di un match degli ottavi di finale degli Us Open di settembre, con il volume al minimo come al solito, e Troeltsch si stava rad-
drizzando gli elastici del sospensorio mentre allo stesso tempo com-
mentava l'incontro parlando nella mano stretta a pugno, quando è arrivata. La malattia. Sbucata dal nulla. D'improvviso il solo atto di
respirare ha cominciato a fargli dolere il fondo della gola. Poi quel calore generalizzato in diversi meati cranici. Poi ha starnutito e la roba
che gli è uscita dal naso era spessa e pastosa. È arrivata ultrarapida, di
colpo. È tornato a letto, supino, a guardare il quarto set del match senza commentare. Il visore si trova proprio sotto il poster di Pemulis del

re paranoico[21] che non c'è verso di non vedere se si vuole guardare il visore. Dei Kleenex appallottolati ricoprono il pavimento intorno al suo cestino. Il comodino è pieno di espettoranti e sedativi per la tosse e analgesici sia da banco che da ricetta, e ci sono megacapsule di vitamina C e un flacone di Benadryl e uno di Seldane[22], solo che il flacone di Seldane contiene in realtà numerose capsule da 75 mg di Tenuate che Troeltsch ha progressivamente preso in omaggio dal lato della stanza di Pemulis e piuttosto ingegnosamente, pensa lui, ha nascosto in bella vista in un flacone di pillole sul comodino dove al buon Peemster* non verrebbe mai in mente di controllare. Troeltsch è il tipo che si tocca la fronte e capisce se ha la febbre. È senza dubbio un rinovirus, del tipo grave e improvviso. Ha ripensato a ieri, quando Graham Rader ha finto di starnutire sul vassoio del pranzo di J. Troeltsch davanti al dispenser del latte, magari Rader ha starnutito e dunque ha solo finto di fingere, trasmettendo cosí alle delicate mucose di Troeltsch dei rinovirus virulenti. Pensa febbrilmente alle possibili cosmiche vendette su Rader. Nessuno dei due compagni di stanza di Troeltsch è in camera. Ted Schacht sta facendo il primo dei suoi tanti idromassaggi quotidiani al ginocchio. Pemulis è già uscito per gli allenamenti delle 0745h. In cambio dei diritti sulla sua colazione, Troeltsch ha offerto a Pemulis di riempire il vaporizzatore al posto suo e chiedere all'infermiera del primo turno «un altro po'» di antistaminico Seldane di massima forza e un nebulizzatore di destrometorfano e una giustificazione scritta per gli allenamenti del mattino. Giace nel letto sudando copiosamente e guarda del tennis giocato da professionisti registrato in digitale, ed è troppo preoccupato per la sua gola per sentirsi in grado di commentare la partita. Il Seldane non dovrebbe provocare sonnolenza, eppure si sente debole e sgradevolmente assonnato. Riesce appena a stringere la mano a pugno. E sudato. Nausea/vomito non possono essere esclusi. Non riesce a credere a quanto in fretta sia arrivata la malattia. Il vaporizzatore ribolle e rutta, e tutte e quattro le finestre della stanza lacrimano per via del gran freddo di fuori. C'è il flebile, triste suono tipo tappo-di-champagne-stappato di tante palle colpite a decine, quasi insieme, giú ai Campi Est. Troeltsch galleggia a un livello poco lontano dal sonno. Il ruggito delle enormi ventole di spargimento dell'Athscme sul muro in fondo e le voci dall'esterno e il *pock* delle palle fredde creano una specie di tappeto sonoro di sottofondo ai rumori del vaporizzatore e allo squittio delle molle del letto di Troeltsch mentre si agita e sussulta in un dormiveglia umido. Ha

* Soprannome di Pemulis [N.d.T.].

delle folte sopracciglia tedesche e delle mani con grandi nocche. Si trova in uno di quegli sgradevoli stati febbrili di dormiveglia oppiaceo, piú simili a una fuga che a un vero sonno, non tanto un fluttuare quanto piuttosto un essere alla deriva sul mare mosso, e si viene sbalzati dentro e fuori da questo dormiveglia nel quale la mente funziona ancora e ci si chiede, anche mentre si sogna, se siamo addormentati o no. E i sogni vengono fuori strani, come sfilacciati ai bordi, masticati, incompleti.

È letteralmente un malato «sognare a occhi aperti», il tipo di fuga incompleta dalla quale ci si sveglia con una sorta di gorgoglio psichico e si lotta per mettersi a sedere sul letto convinti che nella stanza del dormitorio insieme a noi ci sia una persona non autorizzata. E Troeltsch cade all'indietro, malato, sul cuscino a chiazze circolari, e guarda le pieghe prolisse di quella specie di coperta turca che Pemulis e Schacht hanno appiccicato con la colla Krazy-Glue agli angoli tra le pareti e il soffitto, che ondeggia pendula, cosí che le pieghe disegnano come una pianura, con valli e ombre.

Sto cominciando a capire che la sensazione degli incubi peggiori, una sensazione che si può avere sia nel sonno sia da svegli, è identica alla forma stessa di quegli incubi: l'improvvisa realizzazione intrasogno che l'essenza stessa, il nucleo degli incubi è sempre stato con te, accanto a te, anche da sveglio, solo che... ti è *sfuggito*; poi quell'intervallo orribile tra il momento in cui capisci cosa ti è sfuggito e quello in cui volgi lo sguardo indietro e vedi che cosa è sempre stato lí, accanto a te, *per tutto il tempo*... Il tuo primo incubo lontano da casa e dalla famiglia, la tua prima notte all'Accademia, avvenne cosí: Il sogno è che ti svegli da un sonno profondo, ti svegli e sei fradicio di sudore e terrorizzato e sopraffatto dalla sensazione improvvisa che insieme a te in questa strana stanza buia di subdormitorio ci sia un distillato di puro male, e quell'essenza, quel nucleo di male, è proprio qui, ora, in questa stanza. Ed è lí solo per te. Nessuno degli altri ragazzini è sveglio; il letto sopra il tuo s'infossa immobile, morto; nessuno si muove; nessun altro nella stanza sente la presenza di qualcosa di radicalmente maligno; nessuno si rigira o si mette a sedere sul letto, fradicio di sudore; nessuno urla; qualsiasi cosa sia, non è il *loro* male. La luce della torcia elettrica, quella su cui tua madre ha scritto il tuo nome su un pezzetto di nastro coprente e ti ha sistemato in valigia con cura, gira per la stanza: il soffitto spiovente, i materassi a strisce grigie e il reticolato panciuto di molle nel letto di sopra, gli altri due letti a castello di un grigio diverso e opaco, i mucchi di libri e compact disc e cassette e attrezzatura da tennis; il tuo disco di luce

bianca tremula come la luna sull'acqua passa sopra gli scrittoi identici, le nicchie dell'armadio a muro e della porta d'ingresso, le fessure
nello stipite; illumina e perlustra gli infissi, il guazzabuglio gibboso
delle ombre dei ragazzi addormentati sul muro bianco sporco, i due
scendiletto ovali sul pavimento di legno massiccio, le righe nere delle greche sul battiscopa, le crepe nelle veneziane che lasciano passare
la non-luce violetta di una notte con la neve e appena un'unghia di
luna; la luce della torcia con il tuo nome scritto in un corsivo materno si posa su ogni centimetro delle pareti, i·reostati, il Cd, il poster
InterLace di Tawni Kondo, la consolle telefonica, i Tp sulle scrivanie, la faccia sul pavimento, i poster dei tennisti professionisti, il giallo semitrasparente dei paralumi sulle scrivanie, il motivo a piccoli fori dei pannelli sul soffitto, il reticolato di molle del letto soprastante,
nicchie di armadio a muro e di porta, i ragazzi avvolti nelle coperte,
la leggera crepa simile al corso di un torrente ora visibile nel soffitto
sul lato est, il bordo con motivo a foglie d'acero alla giuntura fra il
soffitto e le pareti nord e sud *nessun pavimento ha una faccia* la tua
torcia l'ha mostrata ma non hai assolutamente visto le pupille dei suoi
occhi messe di traverso e affusolate come quelle di un gatto l'inclinazione a \ / delle sopracciglia l'orrido sorriso pieno di denti che ha
guardato di traverso proprio verso la tua luce per tutto il tempo in cui
hai scandagliato la stanza oh mamma una faccia *sul pavimento* mamma oh e il fascio di luce della tua torcia si muove a scatti per ritrovare la faccia che ti era sfuggita la manca torna indietro e infine si ferma su ciò che avevi sentito ma avevi visto senza vedere, un momento fa, proprio mentre facevi scorrere la luce tanto attentamente e
guardavi, una faccia *sul pavimento* là per tutto il tempo, non sentita
da tutti gli altri né vista da te fino a che non hai capito che c'era e
non doveva stare lí ed era il male: il *Male*.
   Poi la sua bocca si apre nella tua luce.
   Poi ti svegli in quello stato e tremi come la pelle di un tamburo
percosso, disteso, sveglio e tremante, e chiami a raccolta coraggio e
saliva e ti giri sul fianco destro proprio come nel sogno per prendere
la torcia col tuo nome che sta sul pavimento accanto al letto perché
non si sa mai, e rimani disteso sul fianco e mandi la luce dappertutto, proprio come nel sogno. Rimani disteso a far girare la luce, a guardare, tutto costole e gomiti e occhi dilatati. Nella realtà il pavimento
è pieno di magliette e pantaloncini sporchi e altra roba da tennis, è di
legno chiaro, ci sono due scendiletto, il nudo legno incerato splende
nella luce nevosa delle finestre ed è neutro, senza faccia, non vedi nessuna faccia sul paviniento mentre sei sveglio, disteso, senza faccia,
svuotato, dilatato, e punti ancora e ancora punti il raggio di luce sul

pavimento, non sei sicuro per tutta la notte per sempre non sarai sicuro che non ti sarà sfuggito qualcosa che è proprio lí: rimani lí disteso, sveglio e quasi dodicenne, e credi con tutto te stesso.

O

A PARTIRE DALL'ANNO
DEL PANNOLONE PER ADULTI DEPEND

L'Enfield Tennis Academy è stata operativa per tre anni non-
Sponsorizzati poi per otto anni Sponsorizzati, dapprima sotto la direzione del Dott. James Incandenza poi sotto l'amministrazione del
suo semicognato Charles Tavis. Il Dott. in Scienze educazionali James Orin Incandenza – figlio unico di un ex tennista juniores Us di
grandi capacità poi promettente attore pre-Metodo che durante il periodo dei primi anni formativi di J.O. Incandenza era diventato un
attore screditato e praticamente non ingaggiabile e perciò era stato
costretto a tornare alla nativa Tucson Az, dove divideva le rimanen-
ti energie fra ingaggi provvisori come tennista professionista nei vil-
laggi turistici tipo ranch e produzioni in cartellone per breve tempo
al Progetto teatrale *Desert Beat*; il padre, un dipsomaniacale scrittore
di tragedie progressivamente fiaccato dall'ossessione di morire per il
morso di un ragno, dal panico da palcoscenico e da un'amarezza di
origine ambigua ma di logorante intensità nei confronti della teoria
del Metodo e dei suoi esponenti piú promettenti; un padre che, in un
qualche momento verso il nadir delle sue fortune professionali, a quanto sembra aveva deciso di scendere nella sua cantina-laboratorio olezzante di Raid e costruire un promettente atleta junior allo stesso modo in cui altri padri potrebbero restaurare auto d'epoca o montare navi dentro le bottiglie, o magari rimpagliare sedie eccetera – aveva
studiato a lungo e diligentemente il tennis, ed era presto diventato
un promettente giocatore juniores – alto, occhialuto, molto forte a rete – che utilizzava la borsa di studio tennistica per finanziarsi un'educazione liceale privata poi universitaria in posti che fossero tanto lontani dal Sudovest Americano quanto è possibile andarvi senza anne-
gare. La prestigiosa organizzazione governativa degli Stati Uniti Onr[23]
finanziò il suo dottorato in Fisica ottica, realizzando uno dei suoi sogni di bambino. Durante il periodo dei Federali, da G. Ford al primo
G. Bush, il suo valore strategico come uomo di punta dell'ottica geometrica applicata sia nell'Onr che nel Sac poi addetto alla progettazione di riflettori a diffusione di neutroni per sistemi bellici termo-
strategici, poi nella commissione per l'Energia atomica – dove il suo

sviluppo di indici gammarifrangenti per lenti e pannelli al litio anodizzato viene comunemente ritenuto una delle sei grandi scoperte che hanno reso possibile la fusione anulare fredda e cosí avvicinato l'indipendenza energetica degli Usa e dei suoi vari alleati e protettorati – si tradusse, in congiunzione con il suo acume per l'ottica e dopo un ritiro anticipato dal settore pubblico, nell'accumulo di una fortuna fatta dai diritti sui brevetti di specchietti retrovisori, abbigliamento oculare fotosensibile, cartucce olografiche di Buon Compleanno e Buon Natale, Tableaux videofonici, software di cartografia omologica, sistemi di illuminazione pubblica non-fluorescente e attrezzatura cinematografica; queste sue doti trovarono poi sbocco – in quel pensionamento volontario dalla scienza pura che per lui sembrava essere la fondazione e apertura di un'accademia tennistica pedagogicamente sperimentale accreditata dall'Usta – nel girare film di cinematografia *après-garde* sperimentale e concettuale di gran lunga troppo in anticipo, o in ritardo forse, sui tempi per essere adeguatamente apprezzata all'epoca della sua morte nell'Anno della Saponetta Dove in Formato Prova – per quanto un bel po' di essa (della cinematografia sperimentale e concettuale) fosse per sua stessa ammissione pretenziosa e noiosa e brutta, e probabilmente non aiutata per nulla dalla sua graduale caduta a spirale nella stessa dipsomania invalidante del suo defunto padre[24].

Il matrimonio durato da maggio a dicembre[25] dell'alto, sgraziato, isolato e semialcolizzato Dott. Incandenza con una delle poche vere bombe di sesso del mondo accademico nordamericano, l'estremamente alta e nervosa ma anche estremamente carina e aggraziata e astemia e raffinata Dott.ssa Avril Mondragon, l'unica figura femminile accademica ad aver avuto la Cattedra Macdonald in Uso Prescrittivo al Royal Victoria College della McGill University, che Incandenza aveva incontrato in una università di Toronto durante una conferenza in cui i Sistemi Riflettenti venivano messi a confronto con i Sistemi Riflessivi, questo matrimonio fu reso ancora piú romantico dalle tribolazioni burocratiche per ottenere prima un Visto di Uscita poi uno di Entrata, per non parlare della Carta Verde, perché anche se ora era la professoressa Mondragon, sposata con un cittadino americano, il suo coinvolgimento ai tempi dell'università con certi membri della Sinistra separatista québechiana aveva collocato il suo nome sulla lista delle *personnes à qui on doit surveiller attentivement* della Reale polizia canadese a cavallo. La nascita del primo figlio degli Incandenza, Orin, era stata almeno in parte una manovra legale.

È noto che durante gli ultimi cinque anni della sua vita il Dott. James O. Incandenza liquidò i suoi beni e tutti i diritti di sfruttamento sui brevetti, cedette il controllo sulla maggior parte delle operazioni dell'Enfield Tennis Academy al fratellastro di sua moglie – un ex ingegnere recentemente impiegato nell'Amministrazione degli Sport Amatoriali del Throppinghamshire Provincial College, New Brunswick, Canada – e dedicò le sue ore di lucidità quasi esclusivamente alla realizzazione di documentari, film d'autore tecnicamente astrusi e cartucce drammatiche pungenti, oscure e ossessive, e lasciò un cospicuo numero (data l'età avanzata in cui sbocciò, creativamente parlando) di film e cartucce completate, alcune delle quali piacquero a un piccolo seguito di accademici per i loro effetti tecnici e per un *pathos* che riusciva a essere allo stesso tempo surrealmente astratto e melodrammatico.

Il prematuro suicidio del Professor James O. Incandenza jr all'età di cinquantaquattro anni fu ritenuto una grande perdita in almeno tre settori. Il Presidente J. Gentle (Fcc), agendo a nome dell'Onr del dipartimento per la Difesa Us e della commissione per l'Energia atomica postanulare dell'Onan, conferí una menzione postuma e trasmise le sue personali condoglianze via posta elettronica riservata Arpa-Net. La sepoltura di Incandenza nella contea de L'Islet nel Québec venne rimandata due volte da cicli di iperflorazione anulare. La Cornell University Press annunciò il progetto per un festschrift. Alcuni giovani apprezzati cineasti *après-garde* e *anticonfluenziali* usarono certi ambigui gesti visuali nelle loro opere dell'Anno della Saponetta Dove in Formato Prova, soprattutto l'uso del chiaroscuro ed effetti di lenti speciali che erano il segno distintivo dello stile di Incandenza – rendendogli cosí un omaggio elegiaco da addetti ai lavori che nessun pubblico avrebbe mai riconosciuto. Un'intervista di Incandenza fu inclusa postuma in un testo sulla genesi delle strutture ad anelli. E i giocatori juniores dell'Eta, quelli con i bicipiti grossi abbastanza da poterla mettere, per un anno entrarono in campo con la fascia nera al braccio.

O

DENVER CO, 1 NOVEMBRE
ANNO DEL PANNOLONE PER ADULTI DEPEND

«Odio questa cosa!» strilla Orin a chiunque gli fluttui accanto. Non fa i cerchi della morte o gli avvitamenti come gli esibizionisti; il suo è un lento bordeggiare, una specie di versione planata dello spazzaneve che esegue in modo del tutto non spettacolare, cercando solo di uscirne illeso il prima possibile. Il nylon delle sue ali rosse finte sbatte per via di una corrente ascensionale; penne male incollate continuano a staccarsi e a salire in alto. La corrente ascensionale è creata dall'ossido di carbonio che viene dalle migliaia di bocche aperte del Mile-High, di gran lunga lo stadio piú rumoroso che si sia mai visto. Si sente un coglione. Il becco gli rende difficile sia respirare che vedere. Due riserve fanno una specie di vite orizzontale. Il momento peggiore è quello in cui stanno per saltare dal punto piú alto dello stadio. Le mani di quelli delle file piú in alto che si protendono e cercano di afferrarli. La gente che ride. Le telecamere dell'InterLace che fanno panoramiche e zoomate; Orin la conosce fin troppo bene quella lucina sul lato che significa Zoom. Quando sono molto in alto sopra il campo le voci si fondono e confondono nell'ossido di carbonio della corrente ascensionale. La left guard vola verso l'alto anziché verso il basso. Un paio di becchi e un artiglio si staccano da qualcuno e precipitano a mulinello verso il verde. Orin bordeggia torvo avanti e indietro. È fra quelli che rifiutano decisamente di fischiare o gracchiare. Bonus o non bonus. L'altoparlante dello stadio è un gargarismo metallico. Non si sente con chiarezza nemmeno in campo.

Il vecchio e triste ex quarterback, ormai aggrappato ai soli calci piazzati, si unisce al lento bordeggiare di Orin circa cento metri sopra la linea delle quaranta yard. È una delle simboliche femmine, con il becco smussato e le ali di un rosso meno sgargiante.

«Odio e detesto questa cosa con fottutissima *passione*, Clayt!»

L'holder prova a fare un gesto rassegnato con l'ala e a momenti va a sbattere contro le pinne remiganti di Orin. «Siamo quasi arrivati! Goditi il volo! Yo – controllo di fissione a 22G in ordine—» e il resto del suo blaterare startrekkesco si perde nel boato che si alza quando il primo giocatore tocca il suolo e si toglie il costume con le piume rosse. Si deve urlare per farsi sentire. A un certo punto sembra che la folla cominci a incitare il suo stesso fragore, in un intensificarsi che fa pensare a una esplosione imminente. Uno dei Broncos atterra a faccia in giú a centrocampo, e sembra che a volare sia il culo del costume da cavallo selvaggio. Orin non ha detto a nessuno dei Cardinals, nemmeno al consigliere della squadra o al terapeuta della visualizzazione, della sua morbosa paura delle altezze.

«Io sono un punter! Sono pagato per calciare lungo, alto e bene! Già mi tocca fare delle interviste personali che non sopporto! Ma qui si passa il segno! Perché dobbiamo sopportare una cosa come questa! Io sono un atleta! Non un fenomeno da baraccone! Quando si trattava nessuno ha mai detto che avrei dovuto volare! A New Orleans ci dovevamo mettere le tuniche e le aureole, va bene, e una volta all'anno anche la cetra. Ma solo una volta all'anno. Questa roba fa vomitare, cazzo».

«Potrebbe essere peggio!»

E scende a spirale verso la linea delle dieci yard e lo schieramento degli omini con i cappelli che l'aiuteranno a sfilarsi le ali, tutti volontari nanerottoli grassocci e raccomandati, sempre con un sorriso furbo sulle labbra.

«Sono pagato per fare il punter!»

«A Philly è peggio!... E a Seattle mi sono dovuto vestire da goccia di pioggia per tre stagio—»

«Dio, ti prego, fa' che non mi faccia male alla Gamba», sussurra Orin ogni volta che sta per atterrare.

«...pensare che potresti essere uno degli Oilers! Potresti essere uno dei *Browns*».

○

Il muscimole organopsichedelico, un isoxazolo alcaloide derivato dall'*Amanita muscaria* detta anche ovulaccio – dice Michael Pemulis ai ragazzini seduti all'indiana sul pavimento della Sala Proiezioni, tutti con gli occhi vitrei e concentrati per non sbadigliare – non va confuso in nessun caso con la falloide o la verna o certe altre specie velenose della classe nordamericana di Amanita. Ha la definizione strutturale di 5-aminometile-3-isoxazololo, va assunto per bocca in dosi da dieci a venti mg, è da due a tre volte piú potente della psilocibina e produce spesso le seguenti alterazioni della coscienza (tutto questo detto senza leggere né consultare alcuna annotazione): una specie di trance da dormiveglia con visioni, euforia, sensazione di leggerezza e incremento della forza fisica, acuirsi delle percezioni sensorie, sinestesia e piacevoli distorsioni della percezione della propria immagine corporea. Questa dovrebbe essere una riunione precena nella quale i ragazzi piú piccoli ricevono consigli e sostegno stile fratello maggiore da un compagno di una classe superiore. A volte Pemulis tratta le riunioni del suo gruppo come una specie di colloquio, e condivide scoperte e interessi personali. Il visore mostra la scritta in grassetto maiuscolo sullo schermo del laptop della stanza, BASI METOXILATE PER LA MANIPOLAZIONE DELLA FENILCHILAMINA, e sotto qualche altra cosa che per i ragazzini potrebbe anche essere greco. Due di loro strizzano palle da tennis; due si dondolano avanti e indietro come nelle preghiere ebraiche per rimanere svegli; uno ha un cappello con le antenne fatte con delle molle. Pemulis dice che l'ovulaccio era venerato dalle tribú aborigene che vivevano dove ora sono il Québec meridionale e la Grande Concavità, ma era una specie di amore-odio perché l'ovulaccio aveva sí dei potenti effetti psicospirituali, ma se non era stato titolato con attenzione erano molto poco piacevoli. Un ragazzino si esplora l'ombelico con grande interesse. Un altro finge di crollare a terra.

Spiace dirlo, ma alcuni dei giocatori meno capaci cominciano a prendere sostanze fin dai dodici anni, solitamente le 'drine prima dei match e l'encefalina[26] dopo, e questo genera un circolo vizioso di neurochimica individuale; io invece, per via di certi voti fatti in passato riguardo ai padri e alle differenze, non ho mai neanche sentito l'odore di Bob Hope[27] fino a che non ho avuto quindici anni, anzi, quasi sedici, quando Bridget Boone, nella cui camera si riunivano prima del coprifuoco un mucchio di Under 16, mi invitò a prendere in considerazione la possibilità di farmi un paio di tirate notturne di bong – mi disse di ritenerle una specie di Sominex psicodislettico – per vedere se riuscivo finalmente a dormire tutta la notte senza svegliarmi *in medias* per via di un sogno terribile che mi perseguitava da settimane e stava cominciando a farmi impazzire e giocar male e perdere posizioni in classifica. Bob sintetica di bassa qualità o no, le tirate di bong funzionarono a meraviglia.

In questo sogno, che faccio ancora di tanto in tanto, sono in piedi sulla linea di fondo di un campo da tennis gargantuano. Sto giocando una partita di torneo: ci sono gli spettatori e l'arbitro. Però mi sembra che, forse, il campo da tennis sia grande quanto un campo da football. È difficile da dire. Ma soprattutto è un campo complicato. Le righe che delimitano e definiscono il gioco su questo campo sono intricate come una scultura fatta con lo spago. Ci sono linee che vanno in ogni direzione, e corrono oblique e si incontrano e formano relazioni e riquadri e fiumi e affluenti e sistemi dentro i sistemi: linee, angoli, corridoi e spigoli si liquefanno in una macchia indistinta contro l'orizzonte della rete lontana. Io sono lí ed esito. L'intera visione è quasi troppo complicata per provare a comprenderla tutta insieme. È semplicemente enorme. E c'è un pubblico. Una folla silenziosa vestita dei colori agrumati dell'estate, immobile ed estremamente attenta, si materializza a quella che potrebbe essere la periferia del campo. Un battaglione di giudici di linea vigila in giacche sportive e cappelli da safari, le mani incrociate sulla patta dei pantaloni. In alto sopra le loro teste, vicino a quello che potrebbe essere il palo che regge la rete, c'è l'arbitro in giacca blu che sussurra Giocate nel microfono collegato al sistema d'amplificazione del suo seggiolone altissimo. La folla, immobile e attenta, è un quadro. Ruoto lo strumento nella mano e faccio rimbalzare sul campo una palla gialla nuova. Cerco di capire dove dovrei tirare il servizio in tutto quel casino di linee. Riesco a individuare nelle gradinate di sinistra il parasole bianco della Mami; è cosí alta che il suo ombrellino torreggia sui vicini di posto; siede in un piccolo cerchio d'ombra, i capelli bianchi, le gambe incrociate, e tiene alzato uno dei suoi pugni delicati, chiuso a dimostrare il suo incondizionato sostegno.

L'arbitro sussurra Giocate Per Favore.

Si può dire che giochiamo. Ma in un certo senso è tutto ipotetico. Perfino il «noi» è teoria: non riesco mai a vedere bene l'avversario, per via di tutto l'apparato del gioco.

O

ANNO DEL PANNOLONE PER ADULTI DEPEND

I dottori tendono a entrare nelle arene della loro pratica professionale con una disposizione d'animo allegra e vivace che devono poi bloccare e attenuare non appena arrivano nell'arena del quinto piano dell'ospedale, il reparto psichiatrico, dove una disposizione d'animo allegra e vivace sarebbe vista come una sorta di gongolio maligno. Ecco perché nelle corsie psichiatriche i dottori hanno cosí spesso quell'espressione accigliata e un po' finta di concentrazione perplessa, se e quando li si vede nei corridoi del quinto piano. Ed ecco perché un medico d'ospedale – persone in genere robuste, rosee e senza pori che sanno quasi sempre di buono e di pulito – si presenta a ogni paziente psichiatrico con un piglio professionale a metà strada fra il blando e il profondo, una partecipazione distante ma sincera che appare equamente suddivisa fra il disagio soggettivo del paziente e la dura realtà del caso.

Il dottore che affacciò la sua bella testa curata appena al di qua della porta aperta della stanza e bussò forse un po' troppo delicatamente sullo stipite di metallo trovò Kate Gompert distesa su un fianco sul lettino rigido, coi blue jeans e un giubbotto senza maniche, le ginocchia rannicchiate contro il torso e le dita intrecciate intorno alle ginocchia. Qualcosa di fin troppo ovvio sul *pathos* di quella postura: questa stessa esatta posizione era illustrata in una stampa melanconica dell'èra Watteau che faceva da frontespizio alla *Guida specialistica agli stati clinici* di Evtušenko. Kate Gompert indossava scarpe da vela blu scure senza calze né lacci. Metà del suo volto era appoggiato sulla federa del cuscino di plastica verde o giallo, i capelli non venivano lavati da cosí tanto tempo da essersi divisi in lucide ciocche distinte, dei ciuffi neri cadevano di traverso sulla metà visibile della fronte, come le sbarre levigate di una cella. La corsia psichiatrica odorava leggermente di disinfettante e del fumo di sigaretta del Salotto Comune, dell'odore acre dei rifiuti medici in attesa di essere portati via e del perpetuo, leggero e ammoniacale olezzo di urina; si sentivano ogni tanto il doppio scampanellio dell'ascensore, il suono remoto dell'intercom che cercava qualche medico e le bestemmie urlate dal maniaco chiuso nella rosea Camera del Silenzio in fondo al corridoio della corsia psichiatrica. La stanza di Kate Gompert puzzava anche dell'odore di polvere bruciacchiata che veniva dal bocchettone del riscaldamento e del profumo troppo dolce della giovane addetta al reparto psichiatrico, che sedeva su una sedia ai piedi del letto della ragazza, masticava chewing-gum blu e guardava senza audio una cartuccia Rom sul laptop in dotazione alla corsia. Kate Gompert era sottoposta agli Speciali, vale a dire Sorveglianza Antisuicidio, vale a dire che a un certo punto la ragazza aveva mostrato sia Ideazione sia Intento, vale a dire che doveva essere guardata a vista ventiquattr'ore al giorno da un membro dello staff fino a che il medico supervisore non avesse revocato gli Speciali. Gli addetti agli Speciali si davano il cambio ogni ora, ufficialmente perché cosí chi era di servizio era sempre fresco e vigile, in realtà perché era incredibilmente deprimente e noioso e spiacevole sedere accanto a un letto a guardare una persona in un tale stato di sofferenza psichica da desiderare il suicidio, e perciò gli addetti facevano in modo da spalmare il piú possibile su tutti quell'odioso compito. In teoria durante il servizio non si poteva leggere, fare lavori d'ufficio, guardare Cd-Rom, dedicarsi alla cura personale o comunque distogliere in nessun modo l'attenzione dal paziente sotto Speciali. Alla paziente Sig.na Gompert sembrava mancare l'aria, ma al tempo stesso respirava tanto rapidamente da indursi l'ipocapnia; il dottore non poteva non notare i suoi seni piuttosto grandi che si alzavano e si abbassavano rapidamente entro il cerchio delle braccia con cui si cingeva le ginocchia. Gli occhi spenti della ragazza avevano registrato la sua comparsa sulla porta, ma non sembrarono seguirlo mentre si avvicinava al letto. L'addetta si stava anche limando le unghie. Il dottore le disse che aveva bisogno di qualche minuto da solo con la Sig.na Gompert. Nel rivolgersi a un subalterno è prassi pressoché obbligatoria che un medico legga o comunque rivolga lo sguardo in basso verso la sua cartella, perciò il dottore studiava attentamente i dati dell'ammissione della paziente e il fascio di grafici e dati inviati via Med-Net dai reparti psichiatrici e traumatologici di qualche altro ospedale cittadino. Gompert, Katherine A., anni 21, Newton Ma. Impiegata informatica in un'agenzia immobiliare a Wellesley Hills. Quarta ospedalizzazione in tre anni, tutte depressioni cliniche, unipolari. Una serie di trattamenti elettroconvulsivi due anni prima al Newton Wellesley Hospital. Sotto Prozac per un breve periodo, poi Zoloft, piú di recente Parnate insieme al litio. Due precedenti tentativi di suicidio,

il secondo l'estate scorsa. Bi-Valium sospeso da due anni, Xanax sospeso da un anno – una storia esplicitamente ammessa di abuso di medicinali prescritti. Classica depressione unipolare, caratterizzata da
acuta disforia, ansia con panico, episodi diurni di svogliatezza/agita-
zione, Ideazione con o senza Intento. Primo tentativo un episodio con
la Co_2, ma il motore dell'automobile nel garage si era spento prima che
il grado di emotossicità divenisse letale. Poi il tentativo dell'anno scorso – ora non si vedeva nessuna cicatrice perché i nodi vascolari dei polsi erano coperti dall'interno delle ginocchia che si stava abbracciando.
Lei continuava a fissare il vano della porta dove il dottore era apparso all'inizio. Quest'ultimo tentativo, una semplice overdose di medicinali. Ricoverata tre notti prima dal pronto soccorso. Due giorni sotto ossigeno dopo lavanda gastrica. Crisi ipertensiva al secondo giorno
causata da ri-intossicazione metabolica – doveva aver preso un bel mucchio di medicine – la capoinfermiera del reparto intensivo aveva chiamato il cappellano, quindi la ri-intossicazione doveva essere stata davvero brutta. Era quasi morta due volte, Katherine Ann Gompert. Terzo giorno passato alla 2-Ovest in osservazione. Somministrato Librium
anche se con riluttanza, per una pressione sanguigna che copriva tutto il grafico. Adesso qui nella 5, arena attuale del dottore. Pressione
sanguigna stabile nelle ultime quattro misurazioni. Prossimo esame organi vitali alle 1300h.
     Era stato un tentativo serio. Un tentativo vero. Questa ragazza
non aveva scherzato. Un ricovero autentico, da manuale di Evtušenko
o Dretske. Piú della metà dei ricoverati nelle corsie psichiatriche sono o ragazze pon-pon che hanno ingollato due flaconi di Mydol perché bocciate agli esami o gente grigia, solitaria, asessuata e deprimente
resa inconsolabile dalla morte del cane o del gatto. In genere bastano
il trauma catartico di finirci sul serio in un posto con scritto Psichiatrico, degli accenni di comprensione, il suggerimento che dopotutto
c'è qualcuno che pensa a loro – ed ecco che si riprendono, si riani-
mano, fanno marcia indietro. Tre tentativi seri e un ciclo di elettroshock erano un'altra cosa. Il dottore si sentiva a metà fra il trepidan-
te e l'eccitato, e tutto ciò si manifestava esteriormente con una specie di attenzione perplessa, blanda e profonda.
     Il dottore disse Salve, voleva accertarsi che lei fosse Katherine
Gompert, perché non si erano mai incontrati finora.
     «Sono io», rispose lei con una cantilena amara. La voce era stra-
namente accesa per una in posizione fetale, l'occhio spento e il volto
immobile.
     Il dottore le chiese Poteva raccontargli qualcosa sul perché si tro-
vava lí? Ricordava cosa era successo?

Lei fece un respiro ancora piú profondo. Stava cercando di trasmettere noia o irritazione. «Ho preso centodieci Parnate, circa trenta capsule di Lithonate, un po' di vecchio Zoloft. Ho ingoiato tutto
ciò che avevo al mondo».

«Voleva davvero farsi del male, allora, pare».

«Giú hanno detto che il Parnate mi ha fatto andar via di testa. Mi
ha alzato la pressione. Mia madre ha sentito dei rumori e mi ha trovata, dice, sdraiata su un fianco a masticare il tappeto di camera mia.
C'è un tappeto peloso nella mia stanza. Ha detto che ero sul pavimento tutta rossa e bagnata come quando sono nata; ha detto che
all'inizio ha pensato di avere un'allucinazione in cui ero di nuovo una
neonata. Su un fianco, tutta rossa e bagnata».

«Una crisi ipertensiva lo fa. Significa che aveva la pressione abbastanza alta da poterne morire. A certe dosi, la sertralina in combinazione con un Imao²⁸ uccide. E con la tossicità di tutto quel litio, direi che è proprio fortunata a essere ancora qui».

«A volte mia madre pensa di avere delle allucinazioni».

«Tra parentesi, la sertralina è quello Zoloft che lei si è tenuta invece di buttarlo via come le era stato raccomandato quando le è stata cambiata la cura».

«Dice che ho fatto un grosso buco nel tappeto a forza di morsi.
Ma chi può dirlo».

Il dottore scelse una delle penne a punta fine tra quelle che teneva nel taschino del camice bianco e scrisse una specie di nota sulla
nuova tabella di Kate Gompert per questa particolare corsia psichiatrica. Tra le penne nel taschino si vedeva l'estremità di gomma di un
martelletto diagnostico. Chiese a Kate se poteva dirgli perché aveva
desiderato farsi del male. Era arrabbiata con se stessa. Con qualcun
altro. Non credeva piú che la sua vita avesse un senso. Aveva sentito delle voci che le dicevano di farsi del male.

Non ci fu risposta udibile. Il respiro della ragazza era rallentato:
adesso era solo rapido. Il dottore provò un azzardo clinico un po' prematuro e chiese a Kate se non sarebbe stato piú semplice girarsi e mettersi a sedere sul letto cosí da poter parlare piú normalmente, faccia
a faccia.

«Ma io *sono* seduta».

La penna del dottore era immobile. Il movimento del capo era pen-
soso, blandamente perplesso. «Intende dire che in questo momento
si sente come se il suo corpo fosse già in posizione seduta?»

Lei posò un occhio su di lui per un lungo istante, sospirò eloquente,
rotolò su se stessa e si mise a sedere. Katherine Ann Gompert probabilmente pensò di trovarsi di fronte all'ennesimo dottore con zero

senso dell'umorismo, forse perché non capiva i rigidi limiti metodologici che gli imponevano di prendere alla lettera le parole dei pazienti psichiatrici. Di certo lei non sapeva che, lí dov'era, le battute e il sarcasmo erano in genere troppo carichi di significati clinici per non essere presi sul serio: il sarcasmo e le battute erano spesso le bottiglie all'interno delle quali i depressi clinici inviavano i loro messaggi piú disperati nella speranza che qualcuno se ne accorgesse e li aiutasse. Il dottore – che fra parentesi non era ancora un primario ma solo un interno, in servizio lí per un turno psichiatrico a rotazione di dodici settimane – assunse di buon grado questo atteggiamento clinico mentre la paziente faceva un elaborato spettacolo dello sfilare da sotto di sé il sottile cuscino per metterlo in verticale contro la parete nuda dietro il letto e appoggiarvisi a braccia conserte. Il dottore decise che questa aperta dimostrazione di irritazione nei suoi confronti poteva significare qualcosa di positivo, oppure niente del tutto.

Kate Gompert fissò un punto al di sopra della spalla destra dell'uomo. «Non stavo cercando di farmi del male. Stavo cercando di uccidermi. C'è differenza».

Il dottore le chiese se poteva provare a spiegare quale sentiva fosse la differenza fra quelle due cose.

Il ritardo che precedette la sua risposta fu appena piú lungo della pausa in una conversazione normale. Il dottore non aveva idea di che cosa volesse dire.

«Voi dottori vedete diversi tipi di suicidi?»

L'interno non fece nessun tentativo di chiedere a Kate Gompert cosa volesse dire. Lei usò un dito per togliersi qualcosa dall'angolo della bocca.

«Io penso che esistano diversi tipi di suicidi. Io non sono una di quelle che si odiano. Che dicono "Io sono una merda e il mondo starebbe molto meglio senza di me" poi si divertono a immaginare quello che dirà la gente al suo funerale. Ho incontrato tipi come quelli nei reparti. Povero-me-mi-odio-punitemi-venite-al-mio-funerale. Poi ti mostrano una foto 20x25 del loro gatto morto. Sono tutte stronzate di gente che si commisera. Sono stronzate. Io non avevo nessun rancore speciale. Non mi avevano bocciata a un esame e non ero stata scaricata da nessuno. Quella gente lí. Si fa del male». Ancora quell'intrigante, spiazzante combinazione di espressione facciale vuota e tono di voce animato. I piccoli cenni del capo del dottore erano studiati per apparire non come risposte ma come inviti a continuare, quelli che Dretske aveva definito Momentumizzatori.

«Non volevo farmi del male. O diciamo punirmi. Io non mi odio. Volevo solo chiamarmi fuori. Non volevo piú giocare, tutto qui».

«Giocare», concorda lui, e butta giú delle brevi, rapide annotazioni.

«Volevo solo smettere di essere cosciente. Io sono un tipo del tutto diverso. Volevo smettere di sentirmi come mi sentivo. Se avessi potuto semplicemente infilarmi in un lunghissimo coma, l'avrei fatto. O darmi una scarica di elettroshock, avrei fatto cosí».

L'interno stava scrivendo con grande impegno.

«L'ultima cosa che volevo era altro dolore. Solo non volevo piú sentirmi cosí. Non credo... non credevo che quella sensazione se ne sarebbe mai andata. Non lo credo. Non lo credo neanche ora. Preferirei non sentire niente piuttosto che questo».

Gli occhi del dottore sembravano astrattamente interessati. Apparivano piú grandi dietro gli eleganti occhiali con la montatura d'acciaio e le lenti spesse. A volte i pazienti degli altri piani che avevano parlato con lui si erano lamentati perché dicevano di sentirsi come qualcosa dentro un vasetto, studiati da quelle lenti spesse. Stava dicendo: «Questo sentimento di voler smettere di sentire attraverso la morte, allora, è—».

Il modo in cui lei improvvisamente scosse la testa era veemente, esasperato. «Il sentimento è il *perché* voglio morire. Il sentimento è *la ragione* per cui voglio morire. Sono qui perché voglio morire. Ecco perché mi trovo in una stanza senza finestre con le gabbiette sulle lampadine e la porta del bagno senza serratura. Ecco perché mi hanno portato via i lacci delle scarpe e la cintura. Ma ho notato che quella sensazione non la portano via, però, vero?»

«Allora la sensazione che sta provando è qualcosa che ha provato nelle sue depressioni precedenti, Katherine?»

La paziente non rispose subito. Sfilò una scarpa e si toccò il piede nudo con la punta dell'altro. I suoi occhi seguirono quest'attività. La conversazione sembrava averla aiutata a focalizzarsi. Come la maggior parte dei pazienti clinicamente depressi, sembrava funzionare meglio nelle attività focalizzate che nei momenti di stasi. Il loro normale stato di catatonia consentiva alle loro menti di farli a pezzi. Ma era sempre una lotta titanica indurli a fare qualcosa che li aiutasse a focalizzare. La maggior parte degli interni considerava il quinto piano un posto deprimente.

«Ciò che sto cercando di chiedere, penso, è se questa sensazione che sta comunicando è la sensazione che lei associa alla sua depressione».

Il suo sguardo si mosse. «Se volete chiamarla cosí...»

Il dottore fece scattare lentamente la penna alcune volte e spiegò che in questa circostanza era piú interessato a come *lei* avrebbe scelto di chiamare la sensazione, visto che la sensazione era sua.

Nuovo studio del movimento dei piedi. «Quando la chiamano cosí mi incazzo sempre perché per la gente *depressione* vuol dire diventare tristissimo, diventare silenzioso e malinconico e non fare altro che star seduto alla finestra in silenzio a sospirare e a non fare nulla. Uno stato in cui non t'importa di niente. Come essere in pace ma molto tristi». Al dottore sembrava che Kate fosse decisamente piú animata ora, anche se non riusciva a guardarlo negli occhi. La respirazione di lei si era di nuovo accelerata. Il dottore si rammentò dei classici episodi di iperventilazione caratterizzati da spasmi carpopodalici, e ricordò a se stesso di monitorare attentamente le mani e i piedi della paziente durante il colloquio per individuare qualunque segno di contrazione tetanica, nel qual caso la terapia prescritta sarebbe stato calcio I.V. in percentuale salina, e avrebbe dovuto trovarlo in fretta.

«Be', *questo*», indicò se stessa, «non è uno stato. Questa è una *sensazione*. La sento dappertutto. Nelle braccia e nelle gambe».

«Incluso il carpo – mani e piedi?»

«*Dappertutto*. Nella testa, nella gola, nel sedere. Nello stomaco. È ovunque. Non so come potrei chiamarla. È come se non potessi distanziarmene abbastanza da darle un nome. È piú orrore che tristezza. È piú orrore. È come se stesse per succedere qualcosa di orribile, la cosa piú orribile che si può immaginare – no, peggio di quel che si può immaginare, perché hai la sensazione che c'è qualcosa che devi fare subito per fermarla ma non sai che cos'è che devi fare, poi sta già succedendo, sta per succedere e sta anche succedendo, tutto allo stesso tempo».

«Perciò direbbe che l'ansia ha un grosso ruolo nella sua depressione?»

Ora non era chiaro se stava rispondendo al dottore oppure no. «Tutto diventa orribile. Tutto ciò che vedi diventa mostruoso. *Raccapricciante* è la parola. Una volta il Dott. Garton ha detto *raccapricciante*. È la parola giusta per quella roba. E ogni cosa è stridente, è come se avesse le spine, e stride, come se all'improvviso tutti i suoni che percepisci avessero i denti. E tutto puzza come puzzo io anche se sono appena uscita dalla doccia. Dico, perché lavarsi se poi tutto puzza come se fossi sporca?»

Mentre prendeva nota il dottore apparve per un momento piú affascinato che attento. Preferiva scrivere a mano che sul portatile, perché pensava che i medici che pigiavano i tasti di un computer durante i colloqui clinici dessero l'impressione di essere freddi.

Il volto di Kate Gompert si contorse per un momento mentre il dottore scriveva. «Ho piú paura di questa sensazione che di ogni altra cosa, amico. Piú del dolore, o della morte di mia madre, o dell'inquinamento ambientale. Piú di qualunque cosa».

«La paura è una parte determinante dell'ansia», confermò il dottore.

Katherine Gompert sembrò uscire per un momento dal suo oscuro fantasticare. Fissò dritto in faccia l'interno per diversi secondi, e l'interno, che durante il turno a rotazione nelle corsie paralisi/paraplegia del piano superiore era stato addestrato a liberarsi del disagio che provocava l'essere fissato dai pazienti, riuscí a ricambiare lo sguardo accompagnandolo a una specie di blanda compassione; era l'espressione di una persona compassionevole che però ovviamente non provava quello che provava lei, e mostrava il suo rispetto per le sensazioni soggettive della paziente non cercando neppure di fingere di condividerle. Nemmeno ci provava. L'espressione della giovane donna, invece, rivelava la decisione di tentare il suo azzardo clinico, la sua mossa precoce in una relazione terapeutica appena avviata. La determinazione sul suo volto era uguale a quella che era stata sul volto del dottore quando aveva azzardato a chiederle di mettersi a sedere per bene, prima.

«Ascolti», disse lei. «Si è mai sentito male? Voglio dire la nausea, come se sapesse che stava per vomitare?»

Il dottore fece un gesto del tipo Be' certo.

«Ma quello è solo nello stomaco», disse Kate Gompert. «È una sensazione orribile ma è solo nello stomaco. È per questo che si dice "star male di stomaco"». Era tornata a guardarsi intensamente gli arti inferiori. «Al Dott. Garton ho detto: immagini di sentirsi cosí dappertutto, dentro. In tutto se stesso. Come se ogni cellula e ogni atomo o neurone o che so io avesse la nausea e volesse vomitare ma non potesse, e ti senti cosí sempre, e sei sicuro, assolutamente sicuro che quella sensazione non se ne andrà mai e passerai il resto della vita a sentirti cosí».

Il dottore annotò qualcosa di decisamente troppo breve per corrispondere a ciò che lei aveva detto. Annuí sia mentre scriveva sia mentre alzava lo sguardo. «Eppure in passato questa sensazione di nausea le è venuta e poi se n'è andata. Alla fine nelle precedenti depressioni se n'è andata, Katherine, non è vero?»

«Ma quando sei dentro la sensazione te ne dimentichi. Ti senti come se quella sensazione ci fosse sempre stata e sempre ci sarà, e te ne dimentichi. È come se questo filtro calasse su tutto il tuo modo di pensare, un paio di settimane dopo che—»

Rimasero seduti a guardarsi. Il dottore sentiva una combinazione di ansia e intensa eccitazione clinica, aveva paura di dire la cosa sbagliata in un frangente cosí cruciale e rovinare tutto. Il suo cognome era ricamato in filo giallo sul taschino sinistro del camice bianco che era tenuto a indossare. «Scusi? Un paio di settimane dopo che—?»

Attese per sette respiri.

«Voglio l'elettroshock», disse lei alla fine. «Chiedermi come penso che lei possa aiutarmi fa parte di tutta questa cosa dell'essere gentili e preoccupati, no? Perché io ci sono già passata. Lei non mi ha chiesto che cosa voglio. Vero? Ecco, che ne direbbe di farmi un'altra Ect[29] oppure di farmi riavere la mia cintura? Perché non posso piú sopportare di sentirmi cosí neppure per un altro secondo, e i secondi continuano a passare».

«Bene», disse lentamente il dottore, annuendo per indicare che aveva compreso le sensazioni espresse dalla giovane donna. «Bene, sono felice di discutere con lei le possibili cure, Katherine. Ma devo dire che in questo momento sono curioso di sapere quella cosa che aveva cominciato a dire e che mi sembrava riguardasse qualcosa che potrebbe essere successo due settimane fa e che le avrebbe fatto provare le sensazioni che prova ora. Se la sentirebbe di parlarmene?»

«O l'Ect oppure potrebbe semplicemente sedarmi per un mese. Potrebbe fare cosí. Credo che mi farebbe bene un mese di assenza. Come un coma controllato. Potrebbe fare questo, se vuole aiutarmi».

Il dottore la guardò con una pazienza che era previsto lei notasse.

E lei gli rispose con un sorriso agghiacciante, un sorriso svuotato di qualunque affettività, come se qualcuno le avesse contratto i muscoli periorali con un elettrodo tigmotattico. I suoi denti evidenziavano la classica disattenzione del depresso clinico verso l'igiene orale.

Disse: «Stavo pensando che ero sul punto di dire: se glielo dicessi penserebbe che sono pazza. Poi mi sono ricordata di dove sono». Fece un piccolo suono che avrebbe dovuto essere una risata; un suono affilato, dentato.

«Stavo per dire che mi è capitato di pensare che la sensazione potesse magari avere a che fare con Hope».

«Hope».

Le sue braccia erano rimaste incrociate sui seni per tutto il tempo e, per quanto la stanza fosse calda, la paziente sfregava di continuo i palmi sui bicipiti, un comportamento che si associa al freddo. La posizione e il movimento nascondevano alla vista l'interno delle sue braccia. Senza che se ne rendesse conto, le sopracciglia del dottore si erano aggrottate per la perplessità.

«Bob».

«Bob». L'interno era in apprensione perché temeva lei si accorgesse che lui non aveva la minima idea di ciò che intendesse dire, e che questo potesse accentuare le sue sensazioni di solitudine e dolore psichico. I depressi unipolari classici erano abitualmente tormentati dalla convinzione che nessuno potesse capirli quando provavano a comunicare. Di qui le battute, il sarcasmo, la psicopatologia dell'inconsapevole sfregamento delle braccia.

La testa di Kate Gompert dondolava come quella di un cieco. «Gesú, che ci sto *facendo* qui. Bob Hope. La droga. Le canne. L'erba. Il fumo». Accostò indice e pollice alle labbra nel gesto di chi si fa le canne. «Quelli che la vendono dove la compro io, ecco, c'è chi ti dice di chiamarla Bob Hope al telefono, nel caso che qualcuno sia in ascolto sulla linea. Devi chiedere se Bob è in città. E se ne hanno rispondono "La Speranza* non muore mai". È tipo un codice. Gli spacciatori esperti sono sempre un po' sul paranoico. Come se chi si mette a intercettarli si facesse fregare da un trucco cosí». Kate sembrava ora piú animata. «E un tizio veramente strano che tiene dei serpenti in un acquario dentro una roulotte a Allston, lui—»

«Allora, sta dicendo di sentire che le droghe potrebbero essere un fattore», la interruppe il dottore.

Il volto della giovane depressa si svuotò di nuovo. Si esibí per breve tempo in quello che lo staff negli Speciali definiva lo Sguardo da Mille Metri.

«Non *le droghe*», disse lentamente. Il dottore sentí nell'aria l'odore acido e uremico della vergogna. Il volto di lei mostrava un dolore distante.

La ragazza disse: «Smettere».

Il dottore sentí di poter dire ancora una volta che non era sicuro di aver capito quello che lei stava cercando di condividere con lui.

Lei passò attraverso una serie di espressioni che rendevano clinicamente impossibile per l'interno determinare se fosse del tutto sincera o no. Sembrava soffrisse, ma anche che stesse tentando in qualche modo di sopprimere l'ilarità. Disse: «Non so se mi crederà. Temo penserà che sono pazza. Ho questa cosa con il fumo».

«Cioè marijuana».

Il dottore era stranamente sicuro che Kate Gompert fingesse tutto quel disprezzo, invece di provarlo davvero.

«Marijuana. La gente pensa alla marijuana come a una droga da poco, lo so, come a una specie di pianta naturale che ti fa sentire bene proprio come la quercia velenosa ti fa prudere, e quando dici che sei nei guai con Bob Hope la gente ride. Perché ci sono in giro droghe molto peggiori. Mi creda, lo so».

«Io non rido di lei, Katherine», disse l'interno, e diceva davvero.

«Ma a me piace cosí *tanto*. A volte è come il centro della mia vi-

* *Hope*, infatti, vuo, dire «speranza» [N.d.T.].

ta. Mi fa male, lo so, e di punto in bianco mi viene detto di non fumare se prendo il Parnate, perché il Dott. Garton ha detto che nessuno sa l'effetto della loro associazione e sarebbe come giocare alla roulette. Ma dopo un po' mi dico che è passato del tempo e le cose saranno diverse questa volta se mi faccio, anche con il Parnate, e perciò mi faccio di nuovo, ricomincio. Comincio con un paio di tirate da una canna dopo il lavoro, non di piú, tanto per sopportare la cena perché le cene con mia madre sono... comunque di lí a poco mi ritrovo nella mia stanza con il ventilatore puntato fuori dalla finestra per tutta la notte, a farmi le canne e a espirare nel ventilatore per mandar via l'odore, e le faccio dire che se mi chiama qualcuno non ci sono, e mento su quello che faccio là dentro per tutta la notte anche se lei non me lo chiede, a volte lo chiede e a volte no. Poi dopo un po' mi faccio le canne sul lavoro, durante le pause, vado in bagno e mi metto in piedi sulla tazza del gabinetto per soffiare il fumo fuori dalla finestra, c'è questa minuscola finestrella lassú in alto con il vetro sabbiato tutto sudicio e pieno di ragnatele, e odio tenerci la faccia vicino, ma se lo pulisco ho paura che la Sig.ra Diggs o qualcun altro capirà che qualcuno ha trafficato con la finestra, e allora sto là in piedi con i tacchi alti sul bordo del gabinetto e mi lavo i denti tutto il tempo e uso il Collyrium[30] a bottigliate e metto la consolle su audio e ho sempre bisogno di bere altra acqua prima di rispondere alla consolle perché ho la bocca troppo secca per parlare, soprattutto con il Parnate, il Parnate secca la bocca comunque. Poi mi viene la paranoia che vengano a sapere che mi faccio sul lavoro, e sto lí seduta nell'ufficio, fatta, puzzolente di maria e sono l'unica a non accorgersi di puzzare, ossessionata dal Lo Sanno, Se Ne Sono Accorti, e dopo un po' faccio telefonare mia madre per dire che sto male cosí posso restare a casa dopo che lei è andata a lavorare e posso avere tutta la casa per me senza nessuno di cui preoccuparmi e fumo nel ventilatore, e spruzzo il Lysol ovunque e spargo per tutta la casa le cacate di Ginger cosí tutta la casa puzza di Ginger, e fumo e rollo e guardo le cazzate che dànno al mattino al Tp perché non voglio che mia madre veda che ho noleggiato delle cartucce nei giorni in cui dovrei essere a letto malata, e comincio a diventare ossessionata dal Lo Sa Anche Lei. Mi sento sempre peggio e mi faccio pena per quanto fumo, questo succede dopo due settimane, era questo il due settimane dopo, tutto qui, e comincio a farmi e pensare solo che devo smettere di fumare tutta questa Bob Hope cosí posso tornare a lavorare e cominciare a dire Eccomi quando la gente chiama, cosí da poter cominciare a vivere una maledetta *vita* invece di stare seduta in pigiama a fingere d'essere malata come fossi in terza elementare e farmi le canne e guardare il Tp, e co-

sí dopo aver fumato tutto dico sempre Basta, Questo È Tutto, e butto via le cartine e i bong, avrò gettato nei cassonetti una cinquantina
di bong, compreso qualcuno bellino davvero, di legno e di ottone, un
paio erano brasiliani, mi sa che gli spazzini che vengono con i camion-
chiatta li vanno a ricercare apposta nei cassonetti del nostro settore.
E comunque smetto. Io smetto. Non ne posso piú di quella roba, non
mi piace quello che mi fa. E torno a lavorare e mi faccio un culo cosí
per recuperare le ultime settimane e ce la metto tutta per mettere insieme le energie per una vera svolta, capito?»

Il volto e gli occhi della giovane donna passavano per un'ampia
varietà di configurazioni affettive che sembravano visceralmente e
inesplicabilmente vuote e forse non proprio sincere.

«E comunque», disse, «alla fine smetto. E un paio di settimane
dopo che ho fumato cosí tanto e poi alla fine ho smesso, ho mollato
del tutto e sono tornata a vivere davvero, dopo un paio di settimane
questa *sensazione* comincia sempre a insinuarsi dentro di me, all'inizio la sento lontana, ai margini, tipo la prima cosa alla mattina quando mi sveglio oppure quando aspetto la metropolitana per tornare a
casa dopo il lavoro. E provo a dirmi che non c'è, la sensazione, a igno-
rarla, perché la temo piú di ogni altra cosa».

«La sensazione che sta descrivendo è quella che comincia a insinuarsi dentro di lei».

Kate Gompert fece finalmente un vero respiro. «Poi diventa sempre peggio, qualsiasi cosa faccia, ed è sempre piú presente, e la sensazione fa diventare infinitamente peggiore la paura di provarla, e dopo
un paio di settimane la sento di continuo, la sensazione, e io ci sono
dentro fino al collo, ci sono dentro e ogni cosa deve passare attraverso
la sensazione, e io non voglio fumare Bob, e non voglio lavorare, o uscire, o leggere, o guardare il Tp, o uscire, o restare in casa, o fare qualcosa, o non fare niente. Io non voglio *niente* se non che la sensazione
se ne vada *via*. Ma lei non se ne va. Parte della sensazione è sentire di
voler fare qualsiasi cosa pur di farla andar via. Deve capire questo. *Qualsiasi cosa*. Capisce? Non è un voler farsi del male, è un voler *non farsi*
del male».

L'interno non aveva neppure finto di prendere nota di tutto questo. Non riusciva a trattenersi dal provare a determinare se la vuota
insincerità che la paziente sembrava proiettare durante quello che clinicamente appariva come un azzardo terapeutico notevole e una mossa significativa verso la fiducia e l'autorivelazione fosse davvero
proiettata dalla paziente o fosse invece in qualche modo controri-
mandata o proiettata sulla paziente dalla psiche del dottore stesso per
via della sua ansia per le difficili opzioni terapeutiche da intrapren-

dere in seguito alla rivelazione della paziente della sua ansietà riguardante il suo uso di droga. Il tempo trascorso a pensare a questo poteva passare per una seria e approfondita considerazione delle parole di Kate Gompert. Lei fissava di nuovo l'interazione dei suoi piedi con le scarpe da vela, il volto alternava espressioni associate al dolore e alla sofferenza. Nella letteratura clinica che l'interno aveva letto per il suo turno psichiatrico non si parlava mai di una possibile relazione tra episodi unipolari e crisi di astinenza da cannabinoidi.

«Quindi questo è accaduto nel passato, Katherine, prima dei suoi altri ricoveri in ospedale».

Il volto della ragazza, rimpicciolito in prospettiva dall'inclinazione verso il basso, passava rapidamente da una configurazione di pianto all'altra ma nessuna lacrima ne emergeva. «Voglio solo che lei mi faccia l'elettroshock. Mi tiri fuori. Farò qualunque cosa lei desideri».

«Ha esplorato con il suo terapeuta abituale questa possibile connessione fra il suo uso di cannabis e le sue depressioni, Katherine?»

Non rispose direttamente. Le sue associazioni cominciavano a farsi labili, secondo il dottore, mentre il volto continuava a lavorare.

«Me l'hanno già fatto l'elettroshock e mi ha tirato fuori. Le cinghie. Le infermiere con le scarpe da ginnastica chiuse nei sacchetti verdi. Le iniezioni antisaliva. Quell'affare di gomma per la lingua. L'anestesia totale. Solo qualche mal di testa. Non mi dispiaceva *affatto*. So che tutti pensano sia orribile. Quella vecchia cartuccia con Nicholson e l'Indiano gigante. È una visione distorta. Ti fanno la totale qui, vero? Ti addormentano. Non è cosí male. Lo faccio volentieri».

L'interno stava scrivendo sulla tabella la cura che voleva ricevere la ragazza, era un suo diritto. Scriveva molto bene per essere un dottore. Mise tra virgolette il suo *mi tiri fuori*. Quando Kate Gompert si mise a piangere per davvero lui stava aggiungendo la sua domanda postvalutativa: *E poi?*

E poco prima delle 0145h del 2 aprile Apad sua moglie tornò a casa e si tolse il velo che le copriva i capelli ed entrò in salotto e vide l'attaché medico mediorientale, la sua faccia e il vassoio e gli occhi e lo stato pietoso della sua speciale poltrona reclinabile e si precipitò al suo fianco urlando il nome del marito, gli carezzò la testa per ottenere una risposta mentre lui continuava a guardare dritto davanti a sé; e infine, com'era ovvio, lei – notando che l'espressione sul volto catatonico del marito appariva però molto serena e persino estatica, si potrebbe dire – lei, infine, com'era ovvio, girò la testa a seguire il suo sguardo verso il visore.

Gerhardt Schtitt, Allenatore Capo e Direttore Atletico dell'Enfield Tennis Academy di Enfield Ma, fu corteggiato senza tregua dal Preside dell'Eta, Dott. James Incandenza, fu praticamente implorato di entrare a far parte dell'Accademia proprio nel momento in cui la cima della collina fu spianata e l'istituto stava per nascere. Incandenza aveva deciso che avrebbe portato Schtitt nel comitato direttivo a ogni costo – nonostante Schtitt fosse stato di recente invitato a dimettersi dallo staff di uno dei campi di Nick Bollettieri a Sarasota a causa di uno sfortunatissimo incidente nel quale era stato coinvolto un frustino da equitazione.

Ma ormai tutti all'Eta pensano che le storie sulla faccenda delle punizioni corporali di Schtitt debbano essere state gonfiate all'inverosimile, perché se è vero che Schtitt continua a portare quegli alti stivaloni neri lucenti e, sí, anche le mostrine militari, sí, ancora, e una bacchetta retrattile da meteorologo che è chiaramente un surrogato del vecchio frustino da equitazione ora proibito, lui, Schtitt, a quasi settant'anni si è ammorbidito fino a diventare una sorta di anziano uomo di Stato che comunica astrazioni piú che disciplina, un filosofo anziché un re. La sua funzione piú importante è quella verbale; in tutti e nove gli anni di Schtitt all'Eta la bacchetta da meteorologo non ha avuto contatti correttivi con un solo sedere d'atleta.

Eppure, anche se adesso ci pensano i vari *Lebensgefährtins*[31] e prorettori ad amministrare la maggior parte delle piccole necessarie crudeltà che forgiano il carattere, ogni tanto Schtitt si diverte ancora.

Perciò quando Schtitt indossa il suo elmetto di cuoio e gli occhialoni e accende la sua vecchia moto Bmw dei tempi della Repubblica federale tedesca e precede le squadre fradice di sudore dell'Eta su per i colli della Comm. Ave. per la corsetta pomeridiana fino a East Newton sputando ogni tanto piselli con una cerbottana per punire i piú pigri, è in genere il diciottenne Mario Incandenza che porta insieme a sé sul sidecar, opportunamente cinturato, sorridente, col vento che gli spara all'indietro i capelli sottili sulla testa sovradimensionata e la mano artigliata che gesticola alle persone che conosce. Potrebbe sembrare strano che il leptosomatico Mario I., tanto menomato da non riuscire a tenere in mano una racchetta figuriamoci poi a usarla per colpire una palla in movimento, sia l'unico ragazzo all'Eta di cui Schtitt cerchi la compagnia, anzi l'unica persona con cui Schtitt parli francamente, senza il cipiglio pedagogico. Non è molto vicino ai suoi prorettori, Schtitt, e tratta Aubrey de-Lint e Mary Esther Thode con un formalismo quasi parodistico. Ma spesso nelle serate calde Mario e l'Allenatore Schtitt si trovano sotto il padiglione di tela dei Campi Est o al faggio rosso che torreggiano a ovest di Com. & Aram. o a uno dei tavoli da picnic sfregiati dalle iniziali sul sentiero che parte da dietro la Casa del Preside dove vivono la madre e lo zio di Mario; Schtitt si gusta la sua pipa postprandiale, Mario si gode i profumi delle calliopsis lungo i campi, il profumo dolciastro dei pini e quello ricco, muschiato dei rovi che si levano dai pendii della collina. E gli piace anche l'odore sulfureo dell'oscura miscela austriaca di Schtitt. Schtitt parla, Mario piú che altro ascolta. Si può dire che Mario è un ascoltatore nato. Una delle cose positive dell'essere visibilmente menomato è che la gente a volte può dimenticarsi che ci sei, perfino quando interagisce con te. È un po' come origliare. È un po' come se dicessero: Se in realtà non c'è nessuno là dentro allora non c'è ragione di essere timidi. Ecco perché le cazzate cadono a pioggia quando c'è nei paraggi un ascoltatore menomato, le convinzioni profonde vengono rivelate e ci si abbandona ad alta voce a ricordi privati tipo diario; e, ascoltando, il ragazzo sorridente e bradicinetico riesce a creare una connessione interpersonale che sa di essere il solo a sentire davvero.

Schtitt possiede quella spaventosa tenacia degli anziani che ancora fanno energicamente moto. Ha degli attoniti occhi azzurri e un taglio a spazzola di un bianco acceso che appare virile e appropriato sugli uomini che hanno già perso un bel po' di capelli. E una carnagione candida come le lenzuola pulite, tanto che quasi brilla: un'evidente immunità ai raggi Uv del sole; nel crepuscolo ombreggiato dai pini è quasi un bagliore bianco, come fosse ritagliato nella pasta di luna. Ha un certo modo di concentrarsi totalmente per cui si aggiusta l'apertura delle gambe quanto glielo consente il varicocele e ripiega un braccio sull'altro e praticamente si avvolge intorno alla pipa alla quale si sta dedicando. Mario può sedere immobile per periodi molto lunghi.

Quando Schtitt espira il fumo della pipa in diverse forme geometriche che tutti e due sembrano studiare attentamente, quando Schtitt espira fa dei piccoli suoni che variano in esplosività fra la P e la B.

«Sto arrivando ad afferrare l'intero mito dell'efficienza e dell'assenza di sprechi che permea questo continente fatto di nazioni nel quale ci troviamo». Espira. «Conosci i miti?»

«È tipo una storia?»

«Ach. Una storia inventata. Per alcuni bambini. Un'efficienza solo euclidea: piatta. Per bambini piatti. Sempre avanti! Dacci dentro! Vai! Questo è il mito».

«Però non esistono per davvero dei bambini piatti».

«Questo mito della competizione e dell'essere i migliori che insegniamo qui a voi giocatori: questo mito: qui si parte sempre dal presupposto che il modo efficiente è buttarsi a capofitto, andare! La storia che la via piú breve ha due punti è la linea retta, sí?»

«Sí?»

Per l'enfasi, Schtitt può usare il cannello della pipa a indicare: «Ma che succede poi quando c'è qualcosa in mezzo al tuo cammino mentre vai da un punto all'altro? Buttati a capofitto: vai: collisione: *ka-bong*».

«Perdinci!»

«Dov'è allora la loro linea retta piú breve, sí? Dov'è la linea efficientemente e rapidamente retta di Euclide allora, sí? E quanti due punti esistono senza che ci sia qualcosa in mezzo?»

Può essere un bel passatempo osservare le zanzare della sera che dai pini discendono sul luminoso Schtitt, che non ci bada, e se ne nutrono avidamente. Il fumo non le tiene lontane.

«Da ragazzino, quando mi allenavo per essere il migliore, sul padiglione degli allenamenti c'era un cartello a lettere grandissime che diceva NOI SIAMO LA NOSTRA STRADA».

«Però».

È una tradizione – forse nasce dai timpani degli spogliatoi dell'*All-England* di Wimbledon – che ogni accademia tennistica di successo abbia il proprio motto tradizionale scritto sulle pareti degli spogliatoi, una speciale pepita aforistica che dovrebbe descrivere e rendere pubblica la filosofia dell'accademia. Dopo il trapasso del padre di Mario, il Dott. Incandenza, il nuovo Preside, Dott. Charles Tavis, cittadino canadese, fratellastro oppure fratello adottivo della Sig.ra Incandenza a seconda della versione, aveva rimosso il motto originario di Incandenza – TE OCCIDERE POSSUNT SED TE EDERE NON POSSUNT NEFAS EST[32] – e l'aveva sostituito con quello un po' piú ottimistico L'UOMO CHE CONOSCE I PROPRI LIMITI NON NE HA.

Mario è un fan sfegatato di Gerhardt Schtitt, ma la maggior parte degli altri ragazzi dell'Eta lo considera probabilmente fuori di testa, e rincitrullente per via della sua logorroicità, e se mostrano al vecchio saccentone un rispetto di facciata lo fanno solo perché Schtitt continua a sovrintendere di persona all'attribuzione quotidiana degli allenamenti, e se viene indispettito può far sí che Thode e deLint mettano i ragazzi in grandi difficoltà durante gli allenamenti mattutini.

Una delle ragioni per cui il defunto James Incandenza era stato cosí deciso nel voler portare Schtitt all'Eta era che Schtitt, come lo stesso fondatore (approdato al tennis e piú tardi al cinema da un background di studi di matematica pura applicata alla scienza ottica), era che Schtitt affrontava il tennis agonistico piú da matematico puro che da tecnico del gioco. Gran parte degli allenatori di tennis juniores sono sostanzialmente dei tecnici, degli sbrigativi praticoni che pensano di poter risolvere ogni problema con le statistiche, con un po' di psicologia da quattro soldi e un mucchio di chiacchiere motivazionali. Riguardo al non credere granché nelle statistiche, fu Schtitt che, nel lontano 1989 a.S.[33] durante una convention della Usta sull'adozione del Giudice di Linea Fotoelettrico, aveva spiegato a Incandenza che lui, Schtitt, sapeva che il vero tennis non era fatto da quella mistura di ordine statistico e potenziale espansivo che veneravano i tecnici del gioco, ma ne era anzi l'opposto – *non*-ordine, *limite*, i punti in cui le cose andavano in pezzi e si frammentavano nella bellezza pura. Che il vero tennis non era piú riducibile a fattori delimitati o a curve di probabilità di quanto lo fossero gli scacchi o la boxe, i due giochi di cui è un ibrido. In breve, Schtitt e il pennellone dell'ottica Aec (cioè Incandenza), a cui il suo fiero approccio servizio-volée aveva fatto fare di corsa e ben pagato tutto il Mit, e il cui rapporto di consulenza sul controllo fotoelettrico ad alta velocità era stato trovato incomprensibile dai capoccioni dell'Usta, si trovarono perfettamente d'accordo sull'esentare il tennis dalla regressione a puro elenco di dati statistici. Fosse ancora tra i viventi, il Dott. Incandenza descriverebbe ora il tennis nei termini paradossali di ciò che viene adesso chiamata «Dinamica ExtraLineare»[34]. E Schtitt, le cui nozioni di matematica formale sono probabilmente equivalenti a quelle di un puericultore taiwanese, sembra tuttavia sapere ciò che Hopman e Van der Meer e Bollettieri sembrano ignorare: e cioè che individuare la bellezza e l'arte e la magia e il miglioramento e le chiavi dell'eccellenza e della vittoria nel complesso flusso di una partita di torneo non è una questione frattale di mera riduzione del caos a forma. Sembrava sentire intuitivamente che non era una questione di riduzione ma – perversamente – di espansione, il fremito aleatorio della crescita incontrollata e metastatica – ogni palla ben colpita ammette n possibili risposte, 2^n possibili risposte a queste risposte, e cosí via fin dentro quello che Incandenza avrebbe definito per chi condividesse entrambe le sue aree di sapere un continuo cantoriano[35] di infinità di possibili colpi e risposte, cantoriano e bello perché capace di crescere eppure *contenuto*, un'infinità di infinità di scelte ed esecuzioni, matematicamente incontrollata ma umanamente *contenuta*, delimitata dal talento e dall'immaginazione di se stessi e dell'avversario, ripiegata su se stessa dalle frontiere date dall'abilità e dall'immaginazione che infine fanno soccombere uno dei giocatori, che impediscono a entrambi di vincere, che finiscono col fare di tutto questo un gioco, queste frontiere del sé.

«Cioè le linee di delimitazione del campo sono frontiere?» prova a chiedere Mario.

«*Lieber Gott nein*», con un suono plosivo di disgusto. Schtitt preferisce fare figure di fumo piuttosto che i classici anelli, e non è che sia bravo, cosí crea delle specie di tremolanti hot dog color lavanda che Mario trova deliziosi.

Ecco cosa c'è da dire di Schtitt: come la maggior parte degli europei della sua generazione, ancorato com'è sin dall'infanzia a certi valori permanenti che – sí, ok, d'accordo – possono, ammettiamolo, avere un pizzico di potenziale protofascista, ma che comunque (i valori) ancorano mirabilmente un'anima e il corso di una vita – roba patriarcale del Vecchio Mondo come onore e disciplina e fedeltà a una qualche entità piú grande – Gerhardt Schtitt non tanto disapprova i moderni Stati Uniti d'A. onaniti, quanto invece li considera esilaranti e spaventevoli allo stesso tempo. Forse piú che altro semplicemente *alieni*. La cosa non andrebbe esposta in questo modo, ma Mario Incandenza ha una gamma estremamente limitata di ricordi verbatim. Schtitt si è formato ai *Gymnasium* preUnificazione secondo l'idea piuttosto kanto-hegeliana che l'atletica juniores fosse poco piú che un addestramento a essere cittadini, che l'atletica juniores fosse imparare a sacrificare i ristretti e impetuosi imperativi del Sé – i bisogni, i desideri, le paure, gli aneliti multiformi della volontà appetitiva individuale ai piú importanti imperativi di una squadra (ok, lo Stato) e a un insieme di regole precise (ok, la Legge). Tutto questo sembra quasi spaventosamente semplicistico, ma non per Mario che ascolta dall'altra parte del tavolo di legno da picnic. Apprendendo, in *palestra*, le virtú che dànno i loro frutti nei giochi di competizione, il ragazzo ben disciplinato comincia ad assemblare le qualità che piú lo allontanano dalla gratificazione, le piú astratte e necessarie per essere un «giocatore di squadra» in un'arena piú vasta: il caos morale ancora piú sottilmente diffratto dell'essere cittadino a pieno diritto di uno Stato. Solo che Schtitt dice *Ach*, ma come si fa a credere che questo addestramento possa assolvere il proprio scopo in una nazione experialista, che esporta i suoi rifiuti, che sta dimenticando la privazione e la durezza e la disciplina che la durezza insegna a ritenere necessaria? Gli Stati Uniti di una moderna America dove lo Stato non è una squadra o un codice ma una specie di intersezione abborracciata di desideri e paure, dove l'unica forma di consenso pubblico a cui il ragazzo ben disciplinato deve arrendersi è la supremazia riconosciuta della ricerca diretta di quest'idea miope e piatta della felicità personale:

«Il piacere felice della persona sola, sí?»

«Ma allora perché lasci che deLint leghi le scarpe di Pemulis e di Shaw alle linee, se le linee non sono frontiere?»

«Senza le linee c'è qualcosa di piú grande. Niente che contenga o dia significato. Solitario. *Verstiegenheit*[36]».

«Salute».

«Qualunque qualcosa. Il *cosa*: questo è piú ininfluente del fatto che ci sia un *qualcosa*».

Una volta, mentre rispettivamente uno camminava e l'altro trotterellava lungo la Comm. Ave. in direzione est verso Allston per vedere se da quelle parti riuscivano a trovare un buon gelato, Schtitt raccontò a Mario che quando aveva l'età di Mario – o forse piú l'età di Hal, è lo stesso – lui (Schtitt) una volta si era innamorato di un albero, un salice che da una certa umida prospettiva crepuscolare gli era parso assomigliare a una donna misteriosa avvolta in un velo, questo albero speciale nella pubblica *platz* della cittadina tedesca occidentale il cui nome sembrava a Mario il verso di qualcuno che stiano strangolando. Schtitt riferí di essere stato veramente innamorato di quell'albero:

«Andavo lí tutti i giorni, per stare con quell'albero».

Uno camminava e l'altro trotterellava, rispettivamente, in direzione gelato, ed era Mario a muoversi come fosse il vecchio fra i due, senza pensare ai suoi passi perché cercava di pensare intensamente alle idee di Schtitt. Sul volto di Mario l'espressione di intensa concentrazione ricordava le smorfie che si fanno per far ridere i neonati. Stava pensando al modo di articolare in forma comprensibile una domanda tipo: Ma allora come fa a funzionare questa roba del dover-assoggettare-i-voleri-personali-individuali-al-piú-ampio-Stato-o-all'-albero-che-si-ama-o-a-*qualcosa* in uno sport deliberatamente *individuale* come il tennis juniores a livello agonistico, dove alla fine ci sei tu contro un altro ragazzo?

Poi, anche, ancora, di nuovo, cosa sono quelle frontiere se non le linee di fondocampo, che contengono e dirigono verso l'interno l'infinita espansione del gioco, che rendono il tennis simile agli scacchi in movimento, un gioco bello e infinitamente denso?

La grande intuizione di Schtitt, sua grande attrattiva agli occhi del defunto padre di Mario: Il vero avversario, la frontiera che include, è il giocatore stesso. C'è sempre e solo l'io là fuori, sul campo, da incontrare, combattere, costringere a venire a patti. Il ragazzo dall'altro lato della rete: lui non è il nemico: è piú il partner nella danza. Lui è il *pretesto* o l'*occasione* per incontrare l'io. E tu sei la sua occasione. Le infinite radici della bellezza del tennis sono autocompetitive. Si compete con i propri limiti per trascendere l'io in immaginazione ed esecuzione. Scompari dentro il gioco: fai breccia nei tuoi limiti: trascendi: migliora: vinci. Ecco la ragione per cui il tennis è

l'impresa essenzialmente tragica del migliorare e crescere come juniores serio mantenendo le proprie ambizioni. Si cerca di sconfiggere e trascendere quell'io limitato i cui limiti stessi rendono il gioco
possibile. È tragico e triste e caotico e delizioso. E tutta la vita è cosí, come cittadini dello Stato umano: i limiti che ci animano sono dentro di noi, devono essere uccisi e compianti, all'infinito.

Mario pensa a un palo d'acciaio alzato fino ad arrivare a due volte la sua altezza e sbatte una spalla sul bordo d'acciaio verde di un
cassonetto e piroetta verso il cemento prima che Schtitt si precipiti
in avanti per afferrarlo a metà strada, e sembra quasi che siano impegnati in un casquè mentre Schtitt dice che questo gioco che tutti i
ragazzi sono venuti a imparare all'Eta, questo infinito sistema di decisioni e angoli e linee che i fratelli di Mario hanno lavorato cosí mostruosamente tanto per padroneggiare: lo sport fatto dai ragazzi non
è che una sfaccettatura della vera gemma: la guerra infinita della vita contro l'io senza il quale non si può vivere.

Schtitt poi sprofonda nel tipo di silenzio di chi si diverte a riavvolgere e riascoltare mentalmente ciò che ha appena detto. Mario sta
di nuovo pensando intensamente. Sta pensando a come articolare una
domanda tipo: Ma allora lottare e sconfiggere l'io equivale a distrug-
gersi? È come dire che la vita è pro morte? Tre ragazzini allstoniani
di passaggio scimmiottano e prendono in giro l'aspetto di Mario dietro le spalle dei due. Alcune delle espressioni di Mario mentre pensa
sono quasi orgasmiche: congestionate e molli. E allora quale sarebbe
la differenza fra il tennis e il suicidio, la vita e la morte, il gioco e la
sua fine?

Quando arrivano è sempre Schtitt che finisce con lo sperimentare qualche gusto strano. Al momento della decisione al bancone, Mario si tira ogni volta indietro e sceglie il buon vecchio cioccolato. Pensa È sempre meglio il gusto che sai di certo ti piacerà.

«Quindi. Nessuna differenza, forse», concede Schtitt, mentre siede rigido su una sedia d'alluminio col sedile a forma di cialda, con Mario dall'altra parte di un ombrellone messo di traverso, e la brezza fa
traballare e cigolare l'esile tavolino al quale è attaccato. «Forse nessuna differenza, quindi», dice e azzanna il suo cono tricolore. Si tocca
un lato della mascella bianca, dove c'è una specie di piaghetta rossa,
sembra. «Non è diverso», dice buttando l'occhio alla corsia sopraele-
vata sulla Ave. dove il treno della Green Line sferraglia in discesa,
«tranne che si ha l'opportunità di giocare». S'illumina in preparazione dell'imminente risata ruggita in quel suo modo tedesco, e dice:
«No? Sí? L'opportunità di giocare, sí?» E a Mario cola giú per il mento uno sbrodolio di cioccolato, perché lui ha questo riflesso involon-

tario che deve ridere ogni volta che lo fa qualcun altro, e Schtitt trova davvero molto divertente quello che ha appena detto.

ANNO DEL PANNOLONE PER ADULTI DEPEND

Non c'è facile ironia nel nome di Tiny* Ewell. È minuscolo, un
maschio americano con la taglia di un elfo. I suoi piedi stentano a raggiungere il fondo del taxi. È seduto sul taxi diretto a est negli squallidi distretti a tre piani di East Watertown, a ovest della Boston vera e
propria. Accanto a Tiny Ewell siede un membro dello staff di recupero, una uniforme bianca da guardia d'ospedale sotto il giubbotto bom-
ber, le grosse braccia incrociate e lo sguardo placido come quello di
una mucca fisso sulle rughe intricate della nuca del taxista. Sul finestrino dalla parte di Tiny c'è un adesivo che lo ringrazia in anticipo
per non fumare. Tiny Ewell non porta nessun soprabito invernale su
una giacca e una cravatta accozzate male, e guarda intensamente e poco placidamente fuori dal finestrino il quartiere nel quale è cresciuto.
In genere allunga i percorsi pur di non passare da Watertown. Giacca
taglia 26s, pantaloni 26/24, la camicia una delle camicie che la moglie
gli ha con tanta cura ripiegato in valigia perché la portasse in ospedale e l'appendesse a quelle grucce che non si staccano dalla sbarra. Come per tutte le camicie da ufficio di Tiny Ewell, solo il davanti e i polsini sono stirati. Indossa dei mocassini Florsheim numero 6 tutti lucidi e splendenti se non per un'incongruente strisciata della vernice bianca
della sua porta d'ingresso che aveva preso a calci quando, tornato a casa poco prima dell'alba dopo un importantissimo incontro con dei potenziali clienti, aveva scoperto che sua moglie aveva fatto cambiare le
serrature e chiesto un ordine di ricovero, e avrebbe accettato di comunicare con lui soltanto a mezzo di bigliettini messi nella feritoia per la
posta sotto il batacchio di ottone nero (l'ottone era stato dipinto di nero) della loro porta di casa bianca. Tiny si china in avanti e sfrega il se-
gnaccio col suo pollice sottile, ma non ottiene che di farlo sbiadire. È
la prima volta dal suo secondo giorno alla disintossicazione che Tiny si
toglie le pantofole Happy Slippers. Gli avevano portato via le Florsheim
alla fine delle prime ventiquattro ore d'astinenza quando già cominciava ad avere un po' di *delirium tremens*. Continuava a vedere dei topi scorrazzare per tutta la sua stanza, topi cioè roditori, animali nocivi, e quando reclamò e pretese che la stanza venisse immediatamente

* *Tiny* vuol dire «piccolissimo», «sottile» [N.d.T.].

disinfestata poi cominciò a correre in tondo, tutto gobbo, dando colpi ai topi con il tacco della Florsheim che teneva in mano mentre loro continuavano a entrare dalle prese elettriche della stanza e a scorrazzare disgustosamente, alla fine un'infermiera dal viso gentile affiancata da uomini molto grossi con le uniformi bianche gli aveva proposto di scambiare le scarpe con del Librium, assicurandogli che il leggero sedativo avrebbe disinfestato ciò che davvero andava disinfestato. Gli diedero delle pantofole di gomma espansa verde con delle facce sorridenti dipinte sopra. I degenti della disintossicazione vengono incoraggiati a chiamarle Happy Slippers. In privato lo staff le chiama «raccoglipiscio». Dopo due settimane è il primo giorno di Tiny Ewell senza pantofole di gomma, senza pigiama speciale col culo scoperto, senza vestaglia di cotone a strisce. La giornata d'inizio novembre è nebbiosa e incolore. Il cielo e la strada sono dello stesso colore. Gli alberi hanno un aspetto scheletrico. Sgargianti mucchietti d'immondizia bagnata sottolineano le giunture della strada e del marciapiede. Le case sono a tre piani, scheletriche, pigiate l'una all'altra, color grigio molo di mare con rifiniture del colore del sale, madonne nei cortili, e cani dalle zampe arcuate che si scagliano ringhiando contro le staccionate. Alcuni studenti con le ginocchiere e i caschi di plastica giocano a hockey sul cemento del cortile di una scuola. Solo che nessuno dei ragazzi sembra muoversi. Mentre la loro macchina passa, le dita ossute degli alberi mosse dal vento sembrano lanciare incantesimi. East Watertown è sulla linea retta fra la clinica di disintossicazione di St. Mel e il centro di reinserimento sociale di Enfield, ed è l'assicurazione di Ewell a pagare il taxi. Con la sua figurina rotonda, il suo pizzetto bianco e un violento rossore che potrebbe passare per dei pomelli rossi di salute, Tiny Ewell ricorda un Burl Ives radicalmente miniaturizzato, il defunto Burl Ives in versione bambino, impossibilmente barbuto. Tiny guarda attraverso il finestrino la finestra rosa della chiesa accanto al campetto della scuola dove i ragazzi stanno giocando/non giocando. La finestra rosa non è illuminata né da un lato né dall'altro.

L'uomo che negli ultimi tre giorni è stato compagno di stanza di Tiny Ewell all'unità di disintossicazione del St. Mel Hospital siede su una sedia di rigida plastica blu di fronte al condizionatore d'aria sotto la finestra della camera che divide con Ewell e lo guarda. Il condizionatore ronza e sbuffa, e l'uomo fissa rapito dentro la griglia di lamelle orizzontali. Il cavo del condizionatore è spesso e bianco e porta a una presa a muro a tre fori circondata da segni neri di tacchi sul muro. La stanza novembrina è intorno ai 12° C. L'uomo sposta la manopola del condizionatore dal livello 4 al livello 5. Le tende sbatacchiano e si gonfiano intorno alla finestra. Il volto dell'uomo assume e abbandona espressioni divertite mentre guarda fisso il condizionatore. Siede sulla sedia blu con in mano una tazza tremolante di polistirolo piena di caffè e un piatto di carta con dei biscotti al cioccolato dentro il quale scuote la cenere delle sigarette e il condizionatore soffia il fumo dietro di lui e sopra la sua testa. Il fumo di sigaretta comincia ad ammassarsi contro la parete dietro di lui, poi scivola e corre gelido giú per la parete fino a formare una specie di banco di nebbia sul pavimento. Il profilo assorto e divertito dell'uomo si riflette nello specchio sul muro, accanto alla cassettiera in comune tra i due pazienti. Come Tiny Ewell, l'uomo ha l'aspetto da cadavere imbellettato che accompagna ogni disintossicazione da alcolismo all'ultimo stadio. In aggiunta l'uomo è di un colore giallo bruciato sotto il rossore per via dell'epatite cronica. Lo specchio nel quale appare è trattato con polimeri Lucite antisfondamento. L'uomo s'inclina con cautela tenendo in grembo il piatto di biscotti e cambia la regolazione del condizionatore da 5 a 3, poi a 7, 8, senza staccare gli occhi dalla griglia davanti ai bocchettoni. Infine gira la manopola del selettore fino in fondo, sul 9. Il condizionatore ruggisce e gli soffia indietro i lunghi capelli, e la barba gli si allunga sulle spalle, la cenere prende il volo e mulinando si stacca dal piatto, anche le briciole, e la punta della sua sigaretta brilla rossa e fa le scintille. È profondamente assorbito da ciò che vede sul 9, qualunque cosa sia. Tiny Ewell ha protestato, ha detto che questa cosa lo fa impazzire. Quest'uomo ha le raccoglipiscio, una vestaglia di cotone a strisce del St. Mel e un paio di occhiali senza una lente. Guarda il condizionatore tutto il giorno. Sul suo volto ci sono i sorrisetti e le piccole smorfie di chi si sta divertendo enormemente.

Quando il grosso nero addetto al recupero mise Tiny Ewell sul taxi, infilandovisi dentro a sua volta, e disse al taxista di andare all'Unità 6 nel Complesso Ospedaliero Enfield Marine poco oltre la Commonwealth Ave., a Enfield, il taxista, la cui foto spiccava sulla licenza dello Stato del Massachusetts attaccata con lo scotch sul cassettino del cruscotto, il taxista, dopo aver dato un'occhiata dietro di sé e in basso al pizzetto bianco e curato di Tiny Ewell, alla sua carnagione rubiconda e ai vestiti eleganti, si grattò sotto il berretto e chiese se era malato o cosa.

Tiny Ewell disse: «Cosí parrebbe».

Metà pomeriggio del 2 aprile Apad: l'attaché medico mediorientale; la sua devota moglie; l'assistente personale del medico personale del Principe Saudita Q—— inviato a vedere perché l'attaché medico non si fosse presentato al *Back Bay Hilton* durante la mattinata né avesse risposto alla chiamata con il beeper; il medico personale stes-

so venuto a vedere perché il suo assistente personale non fosse tornato; due guardie di sicurezza armate dell'ambasciata mandate dal Principe Q―――candidoso e incazzato nero; e due eleganti Avventisti del
Settimo Giorno in missione che avevano visto delle teste umane dalla finestra del salotto e, trovata aperta la porta d'ingresso, erano entrati pieni di buone intenzioni spirituali – tutti stavano guardando il
programma autoripetente che l'attaché medico aveva cominciato a vedere sul Tp la notte prima, e sedevano o stavano in piedi, fermi e attenti, e anche se la stanza puzzava davvero tanto, non sembravano per
nulla angosciati o in nessun modo dispiaciuti.

$$\bigcirc$$

30 APRILE
ANNO DEL PANNOLONE PER ADULTI DEPEND

Sedeva da solo sopra il deserto illuminato di rosso e incorniciato
di scisto, e guardava mezzi pesanti giallissimi strisciare sulla terra di
qualche cantiere edile Usa parecchi chilometri a sudest. L'altezza
dell'affioramento consentiva a Marathe di dominare con lo sguardo
la maggior parte della zona che corrispondeva al codice di avviamento postale Usa 6026. La sua ombra non raggiungeva ancora i quartieri centrali della città di Tucson; non del tutto. Nell'arido silenzio si
sentiva soltanto un debole e occasionale vento caldo, di quando in
quando il rumore indistinto delle ali di un insetto, lo sfarinare incerto della sabbia smossa e il ballottare di piccole pietre giú per il pendio sotto di lui.
    Il tramonto infiammava le colline e le montagne dietro di lui; era
cosí diverso dagli acquosi, tristi tramonti primaverili della regione di
Papineau del Québec sudoccidentale, dove sua moglie aveva bisogno
di cure. Questo (il tramonto) assomigliava piú a un'esplosione. Accadeva sopra e dietro di lui, e ogni tanto si voltava a guardarlo. Lui (il
tramonto) era gonfio e perfettamente rotondo, e grande, e irradiava
lame di luce se lui (Marathe) teneva gli occhi socchiusi. Ciondolava e
tremolava lievemente, come una goccia viscosa in procinto di cadere.
Ciondolava proprio sopra i picchi delle colline di Tortolita dietro di
lui (Marathe), e stava lentamente affondando.
    Marathe sedeva solo avvolto in una coperta sulla sua *fauteuil de
rollent*[37] fatta su misura, sopra una specie di rialzo del terreno, attendeva e giocava con la sua ombra. Mentre la luce calante giungeva da
dietro un angolo sempre piú acuto, il ben noto fenomeno *Bröckengespenst* di Goethe[38] allargava e distendeva in lontananza sulla terra la

sua ombra seduta, cosicché i raggi delle ruote posteriori della sua sedia proiettavano giganteshe ombre asteriscoidali su due intere contee sottostanti, e se muoveva appena le superfici gommate delle ruote poteva far muovere le sottili linee nere a raggiera sul panorama sotto di lui; l'ombra della sua testa portava una prematura oscurità a gran
parte del sobborgo di West Tucson.

Sembrò restare concentrato sul suo enorme gioco d'ombre mentre
dalla ripida collina che si ergeva alle sue spalle venivano il rumore della ghiaia poi anche di un respiro; sabbia e pietrisco polveroso rotola-
vano a cascata sull'affioramento, superavano veloci la sedia e cadevano giú dall'orlo del precipizio di fronte, poi il guaito inconfondibile di
qualcuno che si scontrava con un cactus da qualche parte sopra di lui.
Ma Marathe aveva osservato per tutto il tempo e senza voltarsi la discesa goffa dell'ombra mastodontica dell'altro uomo che si proiettava
a est fino ai confini di Rincon appena oltre Tucson, e ora riusciva a
vedere l'ombra spingersi impetuosamente a ovest in direzione della
sua mentre M. Hugh Steeply, dei Servizi Non Specificati, scendeva
giú per la discesa, cadendo due volte e bestemmiando in inglese Usa,
fino a che la sua ombra si fuse con quella mostruosa di Marathe. Un
altro guaito si levò quando, proprio negli ultimi metri, la caduta e lo
scivolamento dell'agente segreto dei Servizi Non Specificati lo trascinò
sul sedere fin sull'affioramento e per poco anche oltre, nel precipizio,
costringendo Marathe a lasciare la pistola automatica che teneva sotto il plaid per afferrare il braccio nudo di Steeply e frenare questo suo
scivolare. La gonna di Steeply si era oscenamente sollevata, mostrando calze smagliate e pezzi di spine. L'agente segreto sedeva ai piedi di
Marathe, illuminato dal rosso del tramonto, le gambe penzoloni oltre
l'orlo del precipizio e il respiro affannoso.

Marathe sorrise e liberò il braccio dell'uomo. «La segretezza ti si
addice», disse.

«Va' a cagare nel tuo chapeau», ansimò Steeply, e tirò su le gambe per ispezionare i danni alle calze.

Quando s'incontravano in questo modo, segretamente, in missione, parlavano quasi sempre inglese Usa. M. Fortier[39] aveva chiesto a
Marathe di esigere che i contatti tra di loro avvenissero sempre in
francese québechiano come piccola concessione simbolica all'Afr da
parte dell'Ufficio Servizi Non Specificati, alla quale la Sinistra Separatista québechiana si riferiva sempre come Bss, o *Bureau des Services
sans Spécificité*. Marathe osservò una colonna d'ombra allungarsi nuovamente a est sulla superficie del deserto mentre Steeply, una figura
enorme e ben nutrita in bilico sui tacchi, si alzava appoggiando una
mano a terra. I due uomini insieme proiettavano una strana ombra

Bröckengespenst verso la città di Tucson, un'ombra rotonda e radiale alla base ma frastagliata sulla cima per via della parrucca di Steeply arruffatasi durante la discesa. I giganteschi seni protesici di Steeply puntavano ora in direzioni diverse, uno praticamente verso il cielo vuoto. L'oscuro sipario del vero crepuscolo procedeva molto lentamente sul deserto di Rincon e Sonora a est della città di Tucson, e mancavano ancora parecchi chilometri prima che oscurasse le loro ombre enormi.

Ma dopo che Marathe per assicurare assistenza medica avanzata alle necessità cliniche della moglie si era impegnato non soltanto a fingere di tradire i suoi *Assassins des Fauteuils Rollents*, ma a farlo davvero – tradire, con perfidia: fingendo ora soltanto con M. Fortier e i suoi superiori dell'Afr di star solo fingendo di passare informazioni segrete al Bss[40] – dopo questa decisione Marathe si trovava ora del tutto impotente, alla mercé dei voleri di Hugh Steeply e del Bss di Hugh Steeply: e ora parlavano quasi sempre l'inglese Usa che preferiva Steeply.

Per la verità il québechiano di Steeply era migliore dell'inglese di Marathe, ma c'était la guerre, come si dice.

Marathe tirò su col naso, piano. «Allora, eccoci qui». Indossava una giacca a vento e non sudava.

Gli occhi di Steeply erano truccati vistosamente. La parte dietro del suo vestito era sporca. Un po' del trucco aveva cominciato a colare. Si riparava gli occhi dalla luce con una specie di saluto militare e guardava in alto verso ciò che restava del sole esploso e tremante. «Come diavolo hai fatto ad arrivare quassú?»

Marathe si strinse nelle spalle, lentamente. Come al solito sembrava a Steeply mezzo addormentato. Ignorò la domanda e, scrollando le spalle, disse soltanto: «Il mio tempo è finito».

Steeply aveva con sé anche una borsa da donna o un borsello. «E la moglie?» disse, continuando a guardare in alto. «Come sta la moglie?»

«Non male, grazie», disse Marathe. Il suo tono di voce non tradiva nulla. «E allora, cos'è che il tuo Ufficio crede di voler sapere?»

Steeply saltellò su una gamba mentre si sfilava l'altra scarpa e ne rovesciava della sabbia.

«Niente di incredibilmente sorprendente. Un po' di casino su a nordest nella vostra cosiddetta zona Ops, di certo ne avrai sentito parlare».

Marathe annusò l'aria. L'odore forte di un profumo scadente e molto alcolico proveniva non da Steeply ma dalla sua borsetta, che si accozzava malissimo con le scarpe. Marathe disse: «Casino?».

«Cioè un civile riceve un certo articolo. Non mi dire che questa

vi giunge nuova. Non arriva per impulsi InterLace, l'articolo. Arriva
per posta normale. Siamo certi che l'hai sentito, Rémy. Una copia su
cartuccia di un certo... chiamiamolo fra noi "l'Intrattenimento". Cosí, nella posta, senza avvertimenti o motivi. Caduto dal cielo».

«Da quale cielo?»

Il sudore dell'agente segreto Bss era passato anche attraverso il
fondotinta, e il mascara si era sciolto facendolo sembrare una puttana. «Una persona priva di valore politico per chiunque, tranne che il
Ministro Saudita dell'Home Entertainment ha fatto un casino d'inferno».

«Ti riferisci all'attaché medico, lo specialista della digestione».
Marathe si strinse di nuovo nelle spalle in quell'irritante gesto Francofono che può significare molte cose diverse. «I tuoi uffici vogliono
chiederc se la cartuccia d'Intrattenimento era stata disseminata dai
nostri meccanismi?»

«Non sprechiamo il tuo tempo finito, vecchio amico», disse Steeply. «Si dà il caso che questo casino è successo nell'area metropolitana di Boston. Le poste rintracciano il passaggio del pacco attraverso il
deserto del Sudovest, e sappiamo che la rotta del vostro meccanismo
di disseminazione passa per un qualche punto fra Phoenix e il confine, questo confine». Steeply aveva lavorato duro per femminilizzare
gesti ed espressioni. «Sarebbe un po' ingenuo da parte dell'Uss non
pensare alla vostra illustre cellula, no?»

Sotto la giacca a vento di Marathe c'era una camicia sportiva il cui
taschino era pieno di penne. Disse: «Noi non sappiamo neppure quante siano state le vittime. Di questo casino caduto dal cielo di cui parli».

Steeply stava cercando di estrarre dall'altra scarpa qualcosa che
non voleva saperne di uscire. «Piú di venti, Rémy. Una cosa del tutto fuori scala. L'attaché e sua moglie, cittadina saudita. Quattro altri poveretti, tutti con passaporti diplomatici. Un paio di vicini, o
qualcosa del genere. Il resto piú che altro poliziotti accorsi prima che
la notizia arrivasse a un livello dal quale si potesse impedire ad altri
poliziotti di entrare prima di aver staccato la corrente».

«Forze di polizia locale. Gendarmes».

«I servizi d'ordine locali».

«I servi della legge del paese».

«I servizi d'ordine locali erano diciamo *impreparati* a fronteggiare
un Intrattenimento come questo». Steeply riuscí perfino a togliersi e
rimettersi le scarpe nel modo tipico femminile – ritta-su-una-gamba-
tira-su-l'altro-piede-dietro-il-sedere – di una donna femminile Usa.
Come donna però appariva enorme e gonfia, non solo poco attraente, ma capace di indurre una vera e propria disperazione sessuale. Dis-

se: «L'attaché aveva uno *status* diplomatico, Rémy. Medioriente. Saudita. Si dice fosse vicino a figure di secondo piano della famiglia reale». Marathe tirò su col naso con decisione, come se l'avesse tappato. «Un enigma», affermò.

«Ma era anche un tuo compatriota. Cittadinanza canadese. Nato a Ottawa, da emigrati arabi. Il visto riporta una residenza a Montréal».

«E i Servizi Senza Specificità desiderano forse chiedere se c'erano connessioni sotterranee che rendevano il soggetto un non-civile. Chiedere a noi se l'Afr voleva fare di lui un esempio».

Steeply si stava dando delle pacche sul fondoschiena per spolverarlo. Torreggiava sopra Marathe. Marathe tirò su col naso. «Non abbiamo sulle liste né medici digestivi né il loro entourage. Hai visto personalmente le liste iniziali dell'Afr. Né c'è qualche civile di Montréal. Abbiamo, come si dice, pesci piú grossi da cucinare».

Mentre si dava pacche sul fondoschiena, Steeply guardava il deserto e la città. Sembrava aver notato il fenomeno *gespenst* della propria ombra. Per qualche ragione Marathe finse nuovamente di tirar su col naso. Il vento era moderato e costante e pressappoco della temperatura di un asciuga-abiti Usa messo al minimo. Faceva gli stessi acuti rumori fischianti. C'erano i fruscii della sabbia sollevata. Dei rotolacampo vagavano come enormi ciocche di capelli aggrovigliati sulla lontana Interstatale I-10. La prospettiva speculare dei due uomini, la luce rossa sulle grandi rocce brunite, l'incombente sipario del crepuscolo, l'ulteriore allungamento delle loro mostruose ombre di consimili: tutto era quasi mesmerizzante. Nessuno dei due sembrava poter distogliere lo sguardo dal panorama sotto di loro. Marathe poteva simultaneamente parlare in inglese e pensare in francese. Il deserto era del colore fulvo del manto di un leone. Questo parlare senza guardarsi, rivolti nella stessa direzione, dava al loro conversare un'aria di noncurante intimità, come se fossero vecchi amici di fronte al cartuccia-visore o una coppia di anziani coniugi. Marathe pensò questo mentre apriva e chiudeva la mano sollevata, facendo schiudere e richiudere un enorme bocciolo nero sulla città di Tucson.

E Steeply sollevò le braccia nude, poi le incrociò come se stesse chiedendo aiuto da lontano, proiettando cosí una serie di V e X su gran parte della città di Tucson. «Eppure, Rémy, questo attaché civile, nato nella Ottawa che odî cosí tanto, si riforniva presso un'importante catena di noleggio di intrattenimento. E indagini supplementari degli uffici di Boston rivelano possibili indicazioni del possibile precedente coinvolgimento della vittima con la vedova dell'*auteur* che entrambi sappiamo essere il responsabile originario dell'Intrattenimento. Il *samizdat*».

«Precedente?»

Steeply tirò fuori dalla borsetta delle sigarette belghe di tipo e lunghezza solitamente femminile. «La moglie del regista aveva insegnato a Brandeis, dove la vittima aveva vissuto. Il marito era nel consiglio d'amministrazione dell'Aec e diverse indagini di diversi uffici hanno rivelato che la moglie si scopava chiunque respirasse». Steeply era maestro nelle piccole pause. «Specie se canadese».

«Allora parli di un coinvolgimento sessuale, non politico».

Steeply disse: «Questa moglie è a sua volta originaria del Québec, Rémy, della contea de L'Islet – il Comandante Tine dice che è rimasta tre anni sulla lista delle *Personnes Qui On Doit* di Ottawa. Esiste un'attività che si chiama sesso politico».

«Ti ho già detto tutto quello che sappiamo. Servirsi di civili per mandare ammonimenti all'Onan non è il nostro modo di agire. Questo ti è noto». Gli occhi di Marathe sembravano quasi chiusi. «E le tue tette sono strabiche, bisogna che te lo dica. I Servizi Senza Specificità ti hanno dato delle tette ridicole, e ora puntano in direzioni diverse».

Steeply si guardò. Uno dei seni finti (di certo finti: di certo non si sarebbero spinti fino all'ormonale, pensò Marathe) quasi gli toccava il doppio mento, quando si chinava. «Mi è stato chiesto di verificare personalmente, questo è tutto», disse. «La mia impressione è che i pezzi grossi dell'Ufficio considerino l'incidente una faccenda imbarazzante. Ci sono teorie e controteorie. Ci sono perfino antiteorie che presuppongono errori, scambi d'identità, scherzi pesanti». Il suo stringersi nelle spalle, con le mani sulle protesi, non aveva niente di gallico. «E comunque: ventitre esseri umani persi per sempre: sarebbe un bello scherzo pesante, no?»

Marathe tirò su col naso. «Sei stato mandato a verificare dal nostro comune amico M. Tine? Come lo chiamate: "Rod, a God*"?»

(Rodney Tine sr, Capo dei Servizi Non Specificati, architetto riconosciuto dell'Onan e della Riconfigurazione continentale, confidente della Casa Bianca Usa, la cui stenografa aveva per lungo tempo svolto il doppio ruolo di stenografa e *jeune-fille-de-Vendredi* di M. DuPlessis, ex coordinatore della Resistenza pancanadese, e il cui (di Tine) appassionato e malcelato attaccamento alla suddetta doppia amanuense – tale Mlle. Luria Perec, di Lamartine, contea de L'Islet, Québec – aveva alimentato dubbi sulla assoluta lealtà di Tine: molti si chiedevano se «doppiasse»[41] per conto del Québec in virtú dell'amo-

---

* «Rod, un Dio» [*N.d.T.*].

re per Luria oppure «triplicasse», e dunque fingesse solamente di di-
vulgare segreti e invece tenesse segretamente fede al proprio giuramento Usa a dispetto delle tentazioni di un amore irresistibile).

«*Il* Dio, Rémy». Era chiaro che Steeply non poteva sistemare la
direzione dei suoi seni senza abbassarsi molto il décolleté, cosa che si
vergognava di fare. Dalla borsetta produsse degli occhiali da sole e li
indossò. Erano impreziositi da pietruzze di strass e apparivano assurdi. «Rod *the* God».

Marathe si costrinse a non dire nulla degli occhiali. Steeply provò
con vari fiammiferi ad accendersi una sigaretta nel vento. L'avanzare della vera oscurità cominciò a cancellare l'ombra caotica della sua
parrucca. Le luci elettriche presero a scintillare sulle collinette di Rincon, a est della città. Steeply fece del suo meglio per fare schermo con
il corpo al fiammifero, per dare riparo alla fiamma.

È un branco di criceti selvatici, un branco bello grosso che si lancia
con fragore attraverso le gialle pianure delle propaggini meridionali della Grande Concavità in quello che fu il Vermont, e solleva un'enorme
nuvola di polvere dall'alone uremico; la nuvola crea varie forme inter-
pretabili da luoghi tanto distanti quanto Boston e Montréal. Il branco
discende da due criceti domestici liberati da un ragazzo di Watertown
Ny all'inizio della migrazione Experialista, nell'Anno sponsorizzato del
Whopper. Il ragazzo ora va all'università a Champaign Il e ha dimenticato che i suoi criceti si chiamavano Ward e June.

Il fragore del branco ricorda un tornado, una locomotiva. L'espressione sui musi baffuti dei criceti è professionale e implacabile – è proprio quell'espressione da branco implacabile. Tuonano verso est sul
terreno polveroso di carbonati, oggi incolto e nudo. A est, sfocato dalla nube fulva sollevata dai criceti, si staglia il vivido contorno verdeggiante e frastagliato delle foreste anularmente iperfertilizzate di
quello che un tempo era il Maine centrale.

Tutti questi territori sono ora di proprietà del Canada.

Se vi trovate nelle vicinanze di un branco cosí grande, per favore,
fate uso di quel buonsenso che a pensarci bene dovrebbe comunque
tener lontano dalla Concavità sudoccidentale un uomo col cervello a
posto. I criceti selvatici non sono animali domestici. Provocano guai.
Meglio tenersi alla larga. Non portate nulla di anche solo vagamente
vegetale se vi trovate sulla rotta di un branco. Se invece vi ci doveste
trovare, muovetevi con calma e rapidità, procedendo in direzione perpendicolare alla loro. Se vi trovate in America il nord non è consigliabile. Dirigetevi verso sud, con calma e grande velocità, verso qualche
metropoli di confine – Rome Nny, o Glens Falls Nny, o Beverly Ma,
diciamo, oppure quei punti circoscritti tra queste città dove i gigan-

teschi ventilatori di protezione dell'Athscme in cima alle mura difensive enormemente convesse di Lucite anodizzata tengono lontano il banco di nubi teratogene color piscio venute dalla Concavità e lo risospingono indietro verso nord, lontano, via, ben sopra le vostre teste protette.

L'inglese impastato di Steeply era anche piú difficile da capire con una sigaretta in bocca. Disse: «E naturalmente riferirai subito a Fortier di questo nostro piccolo contatto».

Marathe si strinse nelle spalle. «'n sûr».

Steeply riuscí ad accenderla. Era un uomo grosso e molle, un ex atleta ormai ingrassato reduce da qualche brutale-sport-Us-di-contatto. Marathe aveva l'impressione che non sembrasse tanto una donna quanto una parodia deviata della femminilità. L'elettrocoagulazione gli aveva causato chiazze di minuscoli puntini rossi sulla mascella e sul labbro superiore. Poi teneva in fuori il gomito, quello del braccio che reggeva il fiammifero, cosa che nessuna donna fa per accendere una sigaretta, perché ha il seno e dunque tiene il gomito in dentro. Poi Steeply traballava sgraziato coi tacchi a spillo sulla pietra sconnessa. Neppure per un istante, finché rimase in piedi sull'affioramento, girò completamente la schiena a Marathe. E i fermi delle ruote della sedia di Marathe erano adesso abbassati fino in fondo e lui teneva salda la presa sull'impugnatura zigrinata della pistola automatica. La borsetta di Steeply era piccola e di un nero lucente, gli occhiali da sole che indossava avevano una montatura femminile con piccoli gioielli fasulli sulle tempie. Marathe credeva che una parte di Steeply godesse del suo aspetto grottesco e gli piacesse molto l'umiliazione dei travestimenti in missione impostigli dai suoi superiori al Bss.

Con tutta probabilità ora Steeply lo stava guardando dietro gli occhiali scuri. «E gli dirai anche che ti ho appena chiesto se gliel'avresti riferito, e che tu hai risposto *bien sûr*?»

La risata di Marathe aveva la sfortuna di suonare falsa e troppo calorosa, che fosse sincera o no. Si mise un dito sotto il naso a mo' di baffo, fingendo per qualche ragione di reprimere uno starnuto. «Perché devi verificare questo?»

Steeply si grattò sotto il bordo della parrucca con (stupidamente, pericolosamente) il pollice della mano che reggeva la sigaretta. «Be', tu stai già facendo il triplo gioco, Rémy, non è vero? O forse dovremmo dire il quadruplo. Sappiamo che Fortier e l'Afr sanno che sei con me adesso».

«Ma i miei fratelli sulle ruote sanno che sei a conoscenza di questo, che mi hanno mandato a fingere di fare il doppio gioco?»

L'arma di Marathe, una pistola automatica Sterling Ul35 9 mm
con un silenziatore Mag Na Port, non aveva la sicura. L'impugnatura gonfia e zigrinata era riscaldata dal palmo della mano di Marathe,
e gli faceva sudare il palmo sotto la coperta. Da parte di Steeply veniva solo silenzio.

Marathe disse: «...che ho solo *finto* di fingere di fingere di tradire[42]».

E ora la luce del deserto Usa si era fatta triste, con piú di mezzo
sole ormai scomparso dietro le Tortolitas. Soltanto ora le ruote della
sedia e le gambe tozze di Steeply proiettavano le loro ombre sotto la
linea del crepuscolo, e queste ombre diventavano piú tozze mentre si
ritiravano e tornavano verso i due uomini.

Steeply abbozzò un breve passo di charleston giocando con l'ombra delle sue gambe. «Niente di personale. Lo sai. È solo cautela ossessiva. Chi era – chi ha detto una volta che veniamo pagati per andar via di senno, con questa storia della cautela? Per esempio voi e
Tine – il vostro DuPlessis ha sempre sospettato che cercasse di non
dare proprio tutte le informazioni a Luria, nonostante la loro storia
di sesso».

Marathe scosse le spalle con forza. «E improvvisamente M. Du-
Plessis ha lasciato questo mondo. In circostanze cosí sospette da apparire ridicole». Di nuovo la risata falsa. «Una rapina e un'influenza
davvero inopportune».

Entrambi rimasero in silenzio. Marathe notò che i rovi avevano
lasciato un brutto graffio sul braccio sinistro di Steeply.

Infine Marathe diede un'occhiata al suo orologio, il quadrante illuminato nell'ombra del suo corpo. Le ombre di entrambi gli uomini
si stavano ora inerpicando su per il ripido declivio per riunirsi a loro.
«Io credo che noi ci occupiamo dei nostri affari in modo piú semplice del tuo ufficio Bss. Se il tradimento di M. Tine fosse incompleto,
noi del Québec lo sapremmo».

«Per via di Luria».

Marathe finse di trafficare con la coperta per metterla a posto.
«Ma sí. La cautela. Luria lo saprebbe».

Con circospezione Steeply mosse un passo in avanti, fin sul ciglio,
e gettò giú il mozzicone. Il vento se ne impossessò e lo portò in alto,
verso est. Entrambi gli uomini rimasero in silenzio fino a che il mozzicone cadde e colpí il versante scuro della montagna sotto di loro,
una minuscola efflorescenza arancione. Poi il loro silenzio si fece contemplativo. Una tensione si allentò nell'aria fra di loro. Marathe non
sentiva piú il sole sulla nuca. L'oscurità si posò intorno a loro. Steeply aveva trovato un graffio sul suo tricipite e si torse la carne del
braccio per esaminarlo, le labbra tinte tonde per la preoccupazione.

ANNO DEL PANNOLONE PER ADULTI DEPEND

Martedí 3 novembre, Enfield Tennis Academy: allenamenti, doccia, mangiare, lezioni, laboratorio, lezioni, lezioni, mangiare, esame di grammatica prescrittiva, laboratorio/lezioni, corsa di riscaldamento, allenamenti, partita, partita, macchine braccia/spalle/addome in palestra, sauna, doccia, svaccamento negli spogliatoi con gli altri giocatori.

«...perfino per capire che è l'infelicità che provano mentre sono lí a sedere? O anche per sentirla, prima di tutto?»

1640h: lo spogliatoio maschile nell'Edificio Com. & Amm. è pieno di studenti delle classi superiori avvolti negli accappatoi dopo le partite del pomeriggio, i capelli bagnati pettinati all'indietro e lucidi di Barbicide. Pemulis usa il pettine a denti larghi per ottenere quella pettinatura a solchi ampi che va per la maggiore fra i ragazzi di Allston. I capelli di Hal sembrano bagnati anche quando sono asciutti.

«Allora», dice Jim Troeltsch, guardandosi intorno. «Allora cosa ne pensate?»

Pemulis si china sul pavimento accanto ai lavandini, appoggiandosi al mobiletto dei disinfettanti. Ha un suo modo diffidente di guardarsi intorno prima di parlare. «C'era qualcosa come un punto centrale in tutto questo, Troeltsch?»

«L'esame riguardava la sintassi della frase di Tolstoj, non le vere famiglie infelici», dice tranquillamente Hal.

Come la maggior parte dei canadesi, John Wayne solleva leggermente una gamba per scoreggiare, come se la scoreggia fosse una cosa che richiede impegno. Ritto accanto al suo armadietto, attende che i piedi siano abbastanza asciutti per potersi infilarsi i calzini.

C'è silenzio. Le teste uscite dalla doccia gocciolano sulle piastrelle. Il vapore aleggia. In lontananza gli orribili rumori di T. Schacht in uno degli scanni all'uscita delle docce. Ciascuno fissa un punto a media distanza, tramortito dalla fatica. Michael Pemulis, che al massimo riesce a sopportare dieci secondi di silenzio comunitario, si schiarisce con forza la gola e fionda uno sputo in alto e indietro, nel lavandino alle sue spalle. Le lastre degli specchi catturano parte del suo volo incerto, nota Hal. Hal chiude gli occhi.

«Stanco», esala qualcuno.

Ortho Stice e John («N.R.») Wayne appaiono piú distaccati che affaticati; hanno quella capacità da vero giocatore di spegnere per brevi periodi la loro intera rete neurale; fissano lo spazio che occupano, avvolti nel silenzio, distanti per un momento dalla correlazione degli eventi.

«Bene allora», dice Troeltsch. «Quiz. Domanda test. La piú cruciale delle differenze, domani per Leith, fra lo storico apparecchio Tv e un Tp a cartucce».

Disney R. Leith tiene all'Eta i corsi di Storia dell'Intrattenimento I e II piú certe altre cosette strane di Ottica avanzata per accedere alle quali occorre il Permesso del Prof.

«Il Pannello Catodeluminescente. Niente raggio catodico. Niente schermo fosfenico. In totale, due linee di risoluzione per tutta la larghezza in diagonale dello schermo misurata in centimetri».

«Vuoi dire un visore ad alta definizione in generale, o un visore specifico del Tp?»

«Niente analogico», dice Struck.

«Niente effetto neve, nessun fantasma evanescente accanto alle immagini Uhf, niente riga che scorre in verticale se passa un aereo».

«Analogici contro digitali».

«Ti riferisci alle trasmissioni via rete contro un Tp, o a trasmissioni rete + cavo contro un Tp?»

«La Tv via cavo usava l'analogico? Come, tipo i telefoni prefibre?»

«È il digitale. Leith ha quella parola che usa per il passaggio dall'analogico al digitale. Quella parola che usa piú o meno undici volte all'ora».

«Cos'era che usavano i telefoni prefibra, esattamente?»

«Il vecchio principio del barattolo di latta e del cordino».

«"Seminale". È questo che continua a dire. "Seminale, seminale"».

«Il piú grande progresso nelle comunicazioni dai tempi del telefono, dice».

«E nell'intrattenimento domestico sin dai tempi della Tv stessa».

«Leith potrebbe anche indicare il Cd Registrabile, come intrattenimento».

«È dura capirlo quando parla dell'intrattenimento per intrattenimento».

«Il Diz ti direbbe di usare la tua testa», dice Pemulis. «Axford ha fatto il corso l'altr'anno. Il prof. vuole che si apra una discussione. Ti impala se parli come se ci fosse una risposta ovvia».

«In piú, con il Tp, c'è il dedigitalizzatore InterLace al posto dell'antenna», dice Jim Struck, schiacciandosi qualcosa dietro l'orecchio. Graham («Yard-guard») Rader si sta controllando l'ascella per vedere se gli è spuntato qualche altro pelo. Freer e Shaw potrebbero essere addormentati.

Stice si è abbassato leggermente l'asciugamano e si tasta la striscia addominale rosso scuro lasciata dagli elastici del sospensorio. «Ragazzi, dovessi mai diventare presidente, la prima cosa ad andarsene sono gli elastici».

Troeltsch fa finta di mescolare delle carte. «Prossima domanda. Definire *acutanza*. Nessuno?»

«Una misura di risoluzione direttamente proporzionale al rapporto risolto del codice digitale di un dato impulso», dice Hal.

«E ancora una volta il nostro Incster* ha l'ultima parola», osserva Struck. E parte un coro:

«Halster».

«Halorama».

«Halation**».

«Halation», dice Rader. «Sfumatura a forma d'aureola da esposizione alle fonti di luce, visibile sulla pellicola chimica proiettata a bassa velocità».

«La piú angelica delle distorsioni».

Struck dice: «Faremo a cazzotti per i posti intorno a Inc, domani». Hal chiude gli occhi. Si vede davanti la pagina del testo, tutta evidenziata di giallo.

«Può scannerizzare la pagina, ruotarla, ripiegare l'angolo in basso e pulircisi le unghie, tutto mentalmente».

«Lascialo in pace», dice Pemulis.

Freer apre gli occhi. «Facci una pagina di dizionario, signor Inc».

Stice dice: «Lascialo stare».

È una cosa brutta solo a metà. Hal si lascia spaccare le palle con filosofia; tutti lo fanno. A volte anche lui ci va giú pesante. Alcuni dei ragazzi piú piccoli che fanno la doccia dopo quelli delle classi superiori gironzolano lí intorno e ascoltano. Hal siede sul pavimento, quiescente, mento appoggiato al petto, pensando solo a quanto sia bello poter respirare e riuscire a riempirsi i polmoni.

La temperatura era scesa insieme al sole. Marathe ascoltava il vento fresco della sera scivolare lungo il declivio e sulla superficie del deserto. Avvertiva o intuiva il lento aprirsi di milioni di pori floreali nella speranzosa attesa della rugiada. Steeply, l'americano, emetteva lievi esalazioni fra i denti mentre si esaminava il graffio sul braccio. Ormai erano poche le lame radiali di sole che trovavano un varco fra le vette delle Tortolitas e andavano a punzecchiare la volta del cielo. Nell'aria c'erano i fruscii illocalizzabili delle piccole cose viventi che escono di notte. Il cielo era violetto.

---

* È un soprannome di Hal, come gli altri che seguono [N.d.T.].
** *Halation* vuol dire «alone» [N.d.T.].

Tutti nello spogliatoio portano un asciugamano intorno alla vita a mo' di kilt. Tutti tranne Stice hanno un asciugamano bianco dell'Eta; Stice usa i suoi asciugamani speciali, neri. Dopo un silenzio Stice espira forte dal naso. Jim Struck si strizza furuncoli sulla faccia e sul collo. Ci sono uno o due sospiri. Peter Beak, Evan Ingersoll e Kent Blott – dodici, undici e dieci anni – sono seduti sulle panche di legno biondo che si stendono di fronte alle file degli armadietti, avvolti nei loro accappatoi, i gomiti sulle ginocchia, in disparte. Lo stesso per Zoltan Csikzentmihalyi, che ha sedici anni ma parla pochissimo l'inglese. Idris Arslanian, arrivato quest'anno, etnicamente indefinito, un quattordicenne tutto piedi e denti, è un'ombrosa presenza acquattata poco oltre la porta dello spogliatoio; di tanto in tanto s'infila le dita nel naso a caccia di caccole non caucasiche poi ritira subito la mano, timidissimo.

Ciascun giocatore Eta nella categoria Under 18 ha all'incirca da quattro a sei ragazzi Under 14 da tenere sotto l'ala. Piú si gode della fiducia dell'amministrazione Eta, piú sono giovani e sprovveduti i ragazzini di cui si ha la responsabilità. È stato Charles Tavis a far nascere questa cosa, e nel materiale informativo che spedisce ai genitori dei ragazzini nuovi lo chiama il Sistema Fratelloni. Cosí i genitori capiscono che i loro ragazzi non vengono dimenticati nei meandri dell'Accademia. Beak, Blott e Arslanian sono tutti nel gruppo Fratelloni di Hal per il corrente Apad. In effetti Hal ha anche Ingersoll, avendolo barattato sotto banco con Axford in cambio di Todd («Postal Weight»*) Possalthwaite perché Trevor Axford aveva scoperto di disprezzare cosí tanto e per ragioni imperscrutabili questo Ingersoll da trovarsi a lottare contro l'orribile e irresistibile pulsione di infilargli i mignoli nella fessura dei cardini di una porta aperta e chiuderla piano piano, e perciò era andato da Hal quasi in lacrime, Axford. Però tecnicamente Ingersoll è ancora di Axford e Possalthwaite di Hal. Possalthwaite, il grande pallettaro, ha uno strano volto giovane-vecchio e piccole labbra bagnate che cadono nel riflesso della suzione quando è sotto stress. In teoria un Fratellone è una via di mezzo fra un assistente e un prorettore. Il suo compito è dare risposte, facilitare le transizioni piú burrascose, far vedere come si fa, agire da tramite con Tony Nwangi e Tex Watson e gli altri prorettori responsabili dei ragazzi piú giovani. Essere qualcuno a cui rivolgersi in via ufficiosa. Una spalla su cui piangere dopo essersi prima arrampicati su

---

* «Peso Postale» [N.d.T.].

uno sgabello. Se uno degli Under 16 viene fatto Fratellone è motivo di onore; significa che secondo loro farai strada. Quando non ci sono tornei o trasferte eccetera, i Fratelloni si riuniscono due volte la settimana, nell'intervallo fra le partite del pomeriggio e la cena, in piccoli incontri privati con il loro quartetto o sestetto, di solito dopo doccia e sauna e i pochi minuti di svaccamento negli spogliatoi per tirare il fiato. A volte Hal siede con i suoi Fratellini a cena e mangia con loro. Non spesso, però. I Fratelloni piú saggi non sono mai esageratamente vicini ai loro efebici Fratellini, non permettono mai che quelli dimentichino l'invalicabile abisso di esperienza e abilità e *status* che separa gli efebi dai membri delle classi superiori, che da anni e anni frequentano l'Eta e tengono duro. Questo dà ai piccoli una meta. Il Fratellone saggio non si precipita e non si tira indietro; difende la posizione e lascia che siano i supplicanti a capire quand'è che hanno bisogno del suo aiuto e devono venire a lui. Si deve sapere quando farsi avanti e prendere in mano la situazione, e quando invece restare nelle retrovie e lasciare che i piú piccoli imparino per esperienza personale, dalla quale dovranno inevitabilmente imparare se vogliono restare in corsa.

Ogni anno la piú grande fonte di attrito nell'Accademia, oltre ai diciottenni diplomandi, sono i tredici-quindicenni che ne hanno avuto abbastanza e non ce la fanno a restare. Succede; l'amministrazione lo accetta; non tutti sono tagliati per ciò che si richiede qui. Perciò C.T. incita la sua assistente amministrativa Alice Moore la Laterale a stare adosso ai prorettori perché tirino fuori piú dati possibile sullo stato psichico dei ragazzi piú piccoli, cosí da poter prevedere probabili esaurimenti psicofisici e defezioni da attrito e sapere quanti posti liberi ci saranno da offrire nel prossimo semestre. I Fratelloni si trovano in una posizione delicata: da un lato si chiede loro di tenere informati i prorettori su chi fra quelli sotto la loro responsabilità si mostri pericolante in termini di determinazione, tolleranza alla sofferenza e allo stress, nostalgia, affaticamento; ma allo stesso tempo devono restare spalla fidata e ala confidenziale per i problemi piú privati e delicati dei loro Fratellini.

Sebbene anche lui sia in lotta contro uno strano impulso a essere crudele con Ingersoll, che gli ricorda qualcuno che detesta ma non sa bene chi, a Hal nel complesso piace abbastanza essere un Fratellone. Gli piace essere disponibile, impartire piccole minilezioni senza pretese sulla teoria del tennis e la pedagogia e le tradizioni dell'Eta, essere gentile in un modo che non gli costa nulla. A volte scopre di credere cose che non sapeva neppure di credere finché non le sente uscire dalla sua bocca di fronte a cinque piccole facce ansiose imberbi rotonde fiduciose sprovvedute. Gli incontri di gruppo bisettimanali

(o piú spesso settimanali, per come vanno le cose) con il suo quintetto gli risultano sgradevoli solo dopo una sessione pomeridiana sui campi particolarmente dura, quando è stanco e tirato e preferirebbe andarsene per conto suo a fare cose segrete in posti privati, sotterranei
e ventilati.

Jim Troeltsch si tasta le ghiandole. John Wayne è della scuola calzino-scarpa, calzino-scarpa.

«Stanco», sospira di nuovo Ortho Stice. Lo pronuncia «sssthanco».
Come un sol uomo, i membri delle classi superiori sono ora accasciati
sul tappeto azzurro dello spogliatoio, le gambe stese di fronte a loro, gli
alluci puntati all'esterno in quello speciale angolo che si vede spesso negli obitori, le schiene appoggiate all'acciaio azzurro degli armadietti facendo attenzione a evitare le sei piccole ma taglienti feritoie d'aerazione antimuffa alla base di ciascun armadietto. Nudi sono tutti un po' ri-
dicoli per via delle abbronzature tennistiche prese durante l'estate, che
cominciano a sbiadire solo ora: gambe e braccia color terra di Siena carico tipo guantone da baseball e piedi e caviglie di un bianco pancia-di-
rana, il bianco della tomba, mentre i busti, le spalle e le parti superiori delle braccia tendono piú al bianco sporco – ai tornei i giocatori possono sedere in tribuna senza maglietta, cosí prendono almeno un po'
di colorito al torace. Le facce sono la cosa peggiore, forse, la maggior
parte rosse e lucenti con in piú qualche residua spellatura profonda data dalle tre settimane di fila di tornei all'aperto in agosto-settembre. A
parte Hal, che comunque ha una carnagione atavicamente scura, quelli dall'abbronzatura meno pezzata sono i giocatori che sopportano di
spruzzarsi di Lemon Pledge prima delle partite all'aperto. Si è appurato che lo spray per mobili Lemon Pledge, se applicato nella fase di riposo prepartita e lasciato asciugare fino a formare una crosta sottile, è
una protezione solare fenomenale, fino a 40 e piú, e l'unica cosa al mondo che riesca a sopravvivere a una sudata di tre set. Nessuno sa quale
giocatore juniores in quale accademia abbia scoperto quest'uso del
Pledge, anni addietro, né come: si racconta di circostanze comunque
piuttosto bizzarre. Però l'odore del Pledge misto al sudore fa venire la
nausea in campo ad alcuni dei ragazzi di costituzione piú debole. Altri
ritengono che le protezioni solari di qualunque tipo siano indiscutibilmente roba da femminucce, come le visiere bianche o gli occhiali da sole. Perciò gran parte dei membri delle classi superiori dell'Eta ha questa
bella, vivida abbronzatura scarpe-e-maglietta che dà loro l'aspetto classico di un corpo che sia stato assemblato in fretta usando membra di corpi diversi, soprattutto se si considerano le gambe muscolosissime, i busti di solito incavati e le due braccia di dimensioni diverse.

«Sssthanco, sssthanco, sssthanco», dice Stice.

L'empatia di gruppo è espressa con sospiri, ulteriori accasciamenti, impercettibili gesti spastici di sfinimento, leggeri colpi di nuca contro il sottile acciaio degli armadietti.

«Da quanto sono stanco mi fischiano le ossa, come a volte la gente dice gli fischiano le orecchie».

«Aspetto l'ultimo secondo possibile prima di respirare. Non voglio espandere la cassa toracica finché non ho bisogno di altra aria».

«Cosí stanco che non rientra piú nelle accezioni della parola *stanco*», dice Pemulis. «*Stanco* non rende l'idea».

«Esausto, distrutto, sfinito», dice Jim Struck, sfregandosi gli occhi chiusi con il palmo della mano. «A pezzi. A brandelli».

«Guardate». Pemulis indica Struck. «Sta cercando di pensare».

«Una cosa commovente».

«Sono finito. Spompato a sangue».

«*Fottutamente* spompato, direi».

«Prosciugato. Tronco. Stremato. Piú morto che vivo».

«Nessuna parola si avvicina a come mi sento, nessuna parola».

«È un'inflazione di parole», dice Stice, e si massaggia la testa semirasata, cosí che la fronte gli si raggrinza e si distende. «Piú grande e migliore. Buono piú buono il migliore assolutamente eccellente. Iperbolico e piú iperbolico. Come l'inflazione dei voti».

«Magari fossi cosí fortunato», sospira Struck, che da quando ha quindici anni va male a scuola.

Stice viene da una parte del Kansas cosí a sudovest che tanto varrebbe fosse Oklahoma. Dalle ditte che lo sponsorizzano si fa dare solo abbigliamento e attrezzature nere, e il suo soprannome all'Eta è «Il Tenebra».

Hal guarda Stice sollevando le sopracciglia e sorride. «Piú iperbolico?»

«Mio padre da ragazzo avrebbe detto che "stremato" andava bene».

«E invece noi siamo seduti qui in cerca di parole completamente nuove, nuovi termini».

«Frasi e proposizioni e modelli e strutture», dice Troeltsch, riferendosi nuovamente a un esame di grammatica prescrittiva che adesso tutti, tranne Hal, vogliono solo dimenticare. «Abbiamo bisogno di una grammatica inflazion-generativa».

Keith Freer fa un gesto come se volesse estrarre il suo batacchio dall'asciugamano e puntarlo verso Troeltsch: «Generami questo».

«In giorni come questi ci serve una sintassi dell'affaticamento totalmente nuova», dice Struck. «Le menti migliori dell'Eta al lavoro sul problema. Interi dizionari digeriti e analizzati». Fa un gesto sarcastico. «Hal?»

Un elemento semiotico che ancora fa il suo effetto è tenere il pugno sollevato e azionarlo a manovella con l'altra mano, cosí che il dito medio che si mostra si alzi come un ponte levatoio. Sebbene naturalmente Hal si prenda in giro anche da solo, se è per questo. Tutti concordano sull'eloquenza del gesto. Le scarpe e gli incisivi di Idris Arslanian appaiono brevemente nel vapore sotto l'arco della porta, poi si ritirano. Tutti loro riflettono immagini tipo cubista sulle piastrelle lucide alle pareti. Col suo cognome trasmesso per via paterna da un umbro cinque generazioni addietro e ormai molto diluito dall'apporto genetico di yankee del Nordest, una bisnonna di sangue indiano della tribú dei Pima e vari incroci con canadesi, Hal è l'unico Incandenza vivente ad avere un aspetto in qualche modo etnico. Da giovane il suo defunto padre era stato alto e scuro, con gli zigomi alti e appiattiti degli indiani Pima e i capelli nerissimi e impomatati di Brylcreem cosí tirati indietro da farlo parere stempiato. Lui in Persona aveva un aspetto etnico, solo che non è piú vivente. Hal è lucido, del bruno irradiante delle lontre, alto ma non altissimo, occhi azzurri ma di un azzurro scuro, incapace di scottarsi anche senza protezione, i piedi mai abbronzati del colore del tè leggero, il naso mai spellato ma appena appena lucido. La sua lucentezza non è tanto oleosa quanto umida, lattea; una paura segreta di Hal è quella di sembrare troppo femminile. I concepimenti dei suoi genitori devono essere stati una guerra cromosomica senza quartiere: il fratello maggiore di Hal, Orin, aveva ereditato il fenotipo anglo-nordico-canadese della Mami, gli occhi incavati e azzurro chiaro, la postura impeccabile e un'incredibile elasticità muscolare (Orin era praticamente l'unico dei pochi maschi al mondo in grado di fare una spaccata perfetta), gli zigomi piú rotondi e prominenti.

Il fratello mezzano di Hal, Mario, non sembra assomigliare molto a nessuna delle persone che conoscono.

Nei giorni non di trasferta in cui non fa da Fratellone ai suoi Fratellini, Hal aspetta che tutti siano nella sauna o nelle docce, mette gli strumenti nell'armadietto e passeggia con nonchalance giú per i gradini di cemento fin dentro il sistema di tunnel e antri dell'Eta. In qualche modo riesce sempre a defilarsi per un bel po' prima che qualcuno noti la sua assenza. Spesso rientra nello spogliatoio col borsone a tracolla, sensibilmente alterato nell'umore, e mentre i presenti sono accasciati sul pavimento avvolti nei loro accappatoi a discutere di fatica, va dove la maggior parte dei ragazzi piú piccoli è intenta a staccarsi dalle membra lo strato di Pledge in attesa di poter fare la doccia, fa la doccia prendendo lo shampoo di uno dei piú piccoli da un flacone a forma di personaggio dei fumetti, poi si mette il Visine in uno scanno non visibile da Schacht, fa i gargarismi, usa spazzolino da denti e filo interdentale, si veste e in genere non deve neppure pettinarsi. In una tasca della sua borsa Dunlop tiene la soluzione oftalmica Visine, il filo interdentale alla menta e uno spazzolino da viaggio. Ted Schacht, patito dell'igiene orale, reputa il filo e lo spazzolino nella borsa di Hal un esempio per tutti i ragazzi.

«Cosí stanco che è quasi come se fossi fatto».

«Ma non piacevolmente fatto», dice Troeltsch.

«Sarei piacevolmente fatto se non dovessi aspettare fino alle schifose 1900h prima di cominciare a studiare», dice Stice.

«Non sarebbe male se almeno Schtitt evitasse di aumentare il ritmo proprio la settimana prima degli esami».

«Non sarebbe male se allenatori e insegnanti provassero a mettersi d'accordo sui programmi».

«In fondo sarebbe una faticata piacevole se poi dopo cena potessi salire in camera e mettere il culo su una sedia e il cervello in folle e guardare qualcosa di non complesso».

«Non doversi preoccupare di forme prescrittive e acutanza».

«Prendersela comoda».

«Guardare un film con le scene d'inseguimento e un mucchio di roba che esplode dappertutto».

«Rilassarsi, farsi le canne, prendersela comoda, guardare i cataloghi di biancheria intima, mangiare cereali con un enorme cucchiaio di legno», dice Struck malinconico.

«Scopare».

«Prendersi una sera libera per nient'altro che le due R, Riposo e Rilassamento».

«Infilarsi dei vestiti vecchi e ascoltare un po' di jazz atonale».

«Fare sesso. Scopare».

«Trombare le brutte. Fare le porcate. Darci dentro».

«Trovatemi una di quelle cameriere dei drive-in del Nordest dell'Oklahoma, con quelle supertette grandi, gigantesche».

«Quelle enormi tette rosa pallido da dipinti francesi, che quasi rotolano fuori».

«Uno di quei cucchiai di legno tanto grande che a mala pena riesci a infilarlo in bocca».

«Solo una serata per rilassarsi e lasciarsi andare».

Pemulis canta due rapide strofe di *Chances Are* di Johnny Mathis che non aveva fatto in tempo a cantare sotto la doccia, poi si esamina qualcosa sulla coscia sinistra. Shaw fa una bolla di saliva che assume proporzioni cosí eccezionali per essere fatta di sola saliva da richiamare l'attenzione di metà stanza, finché alla fine scoppia proprio nel momento in cui Pemulis smette di cantare.

Evan Ingersoll dice: «Però sabato è libero per la Vigilia del Giorno dell'Interdipendenza, cosí dicono i capi».

Numerose teste delle classi superiori s'inclinano verso Ingersoll. Pemulis si crea un rigonfiamento nella guancia con la lingua, poi la muove per tutta la bocca.

«Flubbaflubba»: Stice si gonfia le guance.

«Libero dalle lezioni, tutto qua. Allenamenti e partite vanno avanti allegramente, lo dice deLint», precisa Freer.

«Ma niente allenamenti domenica, prima del Gala».

«Però le partite sí».

Ogni giocatore juniores attualmente in questa stanza è piazzato nei top 64 a livello continentale, tranne Pemulis, Yardley e Blott.

Ci sarebbe prova inconfutabile del fatto che T. Schacht è ancora in uno dei gabinetti all'uscita delle docce anche se Hal non riuscisse a vedere la punta di una delle sue enormi infradito di gomma viola sbucare sotto la porta dello scanno vicino al punto in cui il passaggio d'ingresso alle docce incontra la linea del suo sguardo. C'è qualcosa di umile, di placido perfino, nei piedi inerti che spuntano sotto le porte degli scanni. Gli viene in mente che la posizione defecatoria è una postura di accettazione. Testa bassa, gomiti sulle ginocchia, dita intrecciate tra le ginocchia. Un'attesa accovacciata, millenaria, senza tempo, quasi religiosa. Le scarpe di Lutero accanto al vaso da notte, placide, forse fatte di legno, le scarpe cinquecentesche di Lutero, in attesa di un'epifania. La muta sofferenza quiescente di generazioni di rappresentanti di commercio nelle latrine delle stazioni ferroviarie, teste basse, dita intrecciate, immote scarpe lustre ad attendere lo sprigionarsi dell'acido. Pantofole da donna, sandali polverosi di centurioni, scarponi chiodati dei lavoratori portuali, le pianelle del Papa. Tutte in attesa, rivolte dritte in avanti, a tamburellare leggermente. Omaccioni vestiti di pelle dalle sopracciglia folte e arruffate accovacciati appena oltre il cerchio di luce del falò, una manciata di foglie in mano, in attesa. Schacht soffriva di Morbo di Crohn[43], un lascito del papà ulceral-colitico, e doveva prendere medicine carminative a ogni pasto, e buttava giú un sacco di roba inutile per i suoi disturbi digestivi, poi, per qualche ragione, di tutte le malattie gli era venuta la gotta artritica, provocata dal Morbo di Crohn, che gli aveva colpito il ginocchio destro e in campo gli causava dolori atroci.

Gli strumenti di Freer e di Tall Paul Shaw cadono dalla panca con un rumore secco, e Beak e Blott si affrettano a raccoglierli e a rimetterli sulla panca, Beak con una mano sola perché con l'altra tiene chiuso l'accappatoio.

«Quindi fa... vediamo», dice Struck.

Pemulis adora cantare nelle stanze con le piastrelle alle pareti.

Struck si colpisce il palmo della mano con un dito, non si sa se per enfasi o per segnalare una numerazione ordinale. «Quasi un'ora di corsa, diciamo, per le squadre A, un'ora e un quarto di palleggi, due partite una dopo l'altra».

«Io ne ho giocata solo una», s'intromette Troeltsch. «Stamattina avevo una febbre misurabile e deLint mi ha detto di andarci piano».

«Quelli che si sono fatti tre set hanno giocato una partita sola, Spodek e Kent per esempio», dice Stice.

«Strano, la salute di Troeltsch sembra sempre rimettersi una volta scampati gli allenamenti del mattino», dice Freer.

«—tipo due ore almeno per le partite. Proprio per tenersi bassi. Poi mezz'ora alle macchine sotto gli occhietti di quello stronzo di Loach con la sua lavagnetta. E cosí siamo a circa cinque ore filate di vigoroso moto no-stop».

«Sforzo strenuo e sostenuto».

«Schtitt è deciso a non farci cantare nessuna canzoncina scema quest'anno a Port Washington».

John Wayne non ha detto una parola per tutto il tempo. Il suo armadietto è lindo e organizzato. Si abbottona sempre tutta la camicia fino in cima, come se dovesse mettersi una cravatta che nemmeno possiede. Anche Ingersoll si veste, prendendo le sue cose dal piccolo armadietto quadrato da novellino.

Stice dice: «Senonché sembrano dimenticare che siamo nella pubertà».

Ingersoll è un ragazzino apparentemente privo di sopracciglia, a quanto riesce a vedere Hal.

«Parla per te, Tenebra».

«Sto dicendo che sottoporre a simili tensioni lo scheletro pubescente è assai poco lungimirante». Il tono di voce di Stice sale. «Cosa farò quando a vent'anni giocherò no-stop nello Show e mi troverò con lo scheletro stressato e compromesso dagli infortuni?»

«Il Tenebra ha ragione».

Un ricciolino opaco di Pledge e il filo verde di una fascia elastica GauzeTex formano un complicato intreccio con le fibre azzurre del tappeto accanto alla caviglia sinistra lievemente gonfia e bluastra di Hal, che continua a fletterla ogni volta che gli viene in mente di farlo. Struck e Troeltsch fanno un rapido incontro di boxe a mani spalancate, fintano e muovono la testa da seduti. Hal, Stice, Troeltsch, Struck, Rader e Beak strizzano tutti ritmicamente una palla da tennis con la mano con cui tengono lo strumento, come per mandato dell'Accademia. Le spalle e il collo di Struck rivelano infiammazioni di un viola furioso. Hal aveva anche notato una vescichetta sull'interno della coscia di Schacht quando Ted si era seduto. Il riflesso del volto di Hal sta preciso in una delle piastrelle sulla parete di fronte, e se muove la testa lentamente il volto si allunga e si ricompone nella piastrella accanto con uno scatto percepibile, come un'accelerazione. La sensazione comunitaria postdoccia si sta dileguando. Perfino Evan Ingersoll lancia rapide occhiate all'orologio e si schiarisce la gola. Wayne e Shaw si sono vestiti e se ne sono andati; Freer, grande sostenitore del Pledge, si sta pettinando allo specchio, e ora si alza anche Pemulis per allontanarsi dai piedi e dalle gambe di Freer. Gli occhi di Freer sono cosí sporgenti che, a detta dell'Axhandle*, pare sempre che lo stiano o fulminando o strangolando.

E negli spogliatoi, di pomeriggio, il tempo sembra di profondità illimitata; tutti i presenti sono già stati qui, nello stesso modo, e ci saranno di nuovo domani. La triste luce che viene da fuori, un'angoscia che si sente nelle ossa, il contorno tagliente delle ombre che si allungano.

«Io penso che sia Tavis», dice Freer nello specchio, rivolgendosi a tutti i presenti. «Dove c'è lavoro eccessivo e sofferenza quello stronzo di Tavis non può essere lontano».

«No, è Schtitt», dice Hal.

«Schtitt era già quasi arrivato al traguardo ben prima di mettere le mani su di noi, signori», dice Pemulis.

«Peemster e Hal».

«Halation e Pemurama**».

Freer contrae le labbra e soffia fuori l'aria come se stesse spegnendo un fiammifero, liberando la superficie dello specchio da qualche minuscolo residuo di brillantina. «Da buon nazista Schtitt fa solo quello che gli viene ordinato».

«Che cosa *cappero* dovrebbe significare questo?» chiede Stice – noto per aver chiesto una volta Quanto Alto, Signore quando Schtitt disse Salta – alla ricerca di qualcosa sul tappeto da tirare a Freer. Nel tentativo di essere d'aiuto Ingersoll lancia a Stice un asciugamano appallottolato, ma gli occhi di Stice sono fissi su quelli di Freer nello specchio, cosí l'asciugamano lo colpisce sulla testa e là rimane. Le emozioni della stanza sembrano invertirsi ogni due secondi. C'è una risata crudele per Stice mentre Hal si sforza di rimettersi in piedi sollevandosi per fasi caute e graduali, appoggiando la maggior parte del peso sulla caviglia

---

* Soprannome di Axford [N.d.T.].
** Altro soprannome di Pemulis [N.d.T.].

buona. Mentre compie questa sequenza, l'asciugamano di Hal cade a terra. Struck fa un commento che va perso nel ruggito di uno sciacquone ad alta pressione.

L'Americano femminilizzato stava in piedi sull'affioramento, spostato di un angolo minimo rispetto a Marathe. Steeply guardava l'ombra del crepuscolo e lo scintillio via via piú complicato della città Usa di Tucson e ne appariva fiaccamente assorto; in certe persone i panorami troppo vasti per essere abbracciati dallo sguardo inducono una specie di torpida contemplazione.

Marathe pareva ai confini del sonno.

Perfino la voce di Steeply aveva un timbro differente nell'ombra. «Si dice sia un amore profondo e infinito, quello di Rod Tine per la vostra Luria».

Marathe fece un grugnito e si spostò leggermente sulla sedia.

Steeply disse: «Del tipo di cui si canta, per cui la gente muore e poi viene immortalata nei canti. E cosí nascono le ballate, le opere. Tristano e Isotta. Lancillotto e come-si-chiama-lei. Agamennone e Elena, Dante e Beatrice».

Il sorriso sonnolento di Marathe continuò a crescere fino a diventare un sussulto. «Narciso ed Eco. Kierkegaard e Regina. Kafka e quella poveretta che aveva paura di andare all'ufficio postale per ritirare la corrispondenza».

«Interessante scelta d'esempio, quest'ultimo, l'ufficio postale». Steeply finse di ridacchiare.

Marathe si fece vigile. «Sfilati la parrucca e cagaci dentro, Hugh Steeply, tu e il tuo Bss. E la tua ignoranza mi inorridisce. Agamennone non aveva relazioni con quella regina. Menelao era il marito, quello di Sparta. E tu vuoi dire *Paride*. Elena e Paride. Lui era di Troia».

Steeply pareva divertito nel modo piú idiota: «Paride ed Elena, il volto che faceva partire le navi di armati. Il cavallo: il dono che non era un dono. L'anonimo dono portato in casa. Il sacco di Troia dall'interno».

Marathe si sollevò appena dalla sedia appoggiandosi ai moncherini, e ora mostrava un'emozione forte nei confronti di Steeply. «Sono seduto qui e resto inorridito dall'ingenuità della storia della vostra nazione. Paride ed Elena furono il *pretesto* della guerra. Tutti gli Stati greci, insieme alla Sparta di Menelao, attaccarono Troia perché Troia controllava i Dardanelli e per il passaggio imponeva dei dazi esosi e a questo i greci, che avrebbero voluto uno sbocco agevole al mare per gli scambi con l'Oriente, s'irritarono furiosamente. Scoppiò per il commercio, la guerra. Questo aperte virgolette «amore» chiuse virgolette di Paride per Elena fu semplicemente il pretesto».

Steeply, genio delle interviste tecniche, a volte simulava con Marathe un'idiozia superiore al consueto perché sapeva di poterlo cosí stanare. «Tutto si riduce alla politica per voialtri. Non era solo un poema quella guerra? È successa davvero?»

«Il punto è che a far partire le navi di armati sono lo Stato e la comunità e i suoi interessi», disse Marathe senza calore, stancamente. «Voi desiderate solamente di potervi godere la finzione che l'amore di una donna possa fare questo, lanciare tutti i vascelli uniti in alleanza».

Steeply si stava massaggiando il perimetro di pelle graffiata dal rovo, e la sua alzata di spalle risultò impacciata. «Non ne sarei cosí sicuro. Quelli vicini a Rod the God dicono che sarebbe disposto a morire due volte per lei. Dicono che non ci starebbe nemmeno a pensare. Che non solo lascerebbe che l'intera Onan sprofondasse, se si arrivasse a questo. Addirittura morirebbe».

Marathe tirò su col naso. «Due volte».

«Senza nemmeno doverci pensare», disse Steeply, massaggiandosi l'eruzione elettrolitica sul labbro in una sorta di ruminio. «La maggior parte di noi pensa che sia ancora là, e che proprio per questo sia ancora molto ascoltato dal Presidente Gentle. L'essere leali a due entità è una cosa. Ma se lo fa per *amore* – be', allora c'è una specie di elemento tragico che trascende la politica, non sei d'accordo?» Steeply rivolse un ampio sorriso a Marathe.

Il tradimento dello stesso Marathe nei confronti dell'Afr in cambio di cure mediche per la patologia della moglie; per amore (cosí immaginava Steeply) di una persona, una donna. «*Tragico* cioè come se Rodney Tine dell'Ufficio Servizi Non Specificati non fosse responsabile della propria scelta, come i malati di mente», disse Marathe tranquillamente.

Il sorriso di Steeply adesso era anche piú ampio. «È una sorta di qualità tragica, senza tempo, musicale, come potrebbe resistervi Gentle?»

A quel punto il tono di Marathe si fece sarcastico, a dispetto della sua leggendaria freddezza quando si trattava di interviste tecniche: «Che delicatezza di sentimenti per uno che accetta l'incarico di una missione travestito da enorme fanciulla con le tette sbilenche, e ora disquisisce dell'amore tragico».

Ruminando impassibile, Steeply si levò il rossetto dagli angoli della bocca con un mignolo rimuovendo anche qualche granello di sabbia, e lasciò che lo sguardo continuasse a vagare al di là del loro gradino di pietra. «Ma certo. I patrioti fanatici degli Assassini sulle Sedie a Rotelle del Québec meridionale disdegnano questo genere di sentimento interpersonale fra gli individui». Ora guardando in basso verso Marathe. «No? Anche se è solo questo sentimento che vi ha fatto arrivare a Tine? Questo sentimento che consente a Luria di comandarlo a bacchetta, se mai si dovesse arrivare a quel punto?»

Marathe si era risistemato sul sedere. «Ve l'hanno insegnato che la vostra parola Usa per fanatico deriva dalla parola latina per "tempio"? Vuol dire, alla lettera, "adoratore del tempio"».

«Oh, Gesú, ecco che ci risiamo», disse Steeply.

«E la stessa cosa vale, se permetti, per questo *amore* di cui parli, il grande amore di M. Tine. Significa solo attaccamento. Tine è attaccato, fanaticamente. I nostri attaccamenti sono il nostro tempio, ciò che adoriamo, no? Ciò a cui ci dedichiamo, ciò che rivestiamo di fede».

Steeply fece un gesto di trita familiarità. «Eeeeecco che ci siamo».

Marathe lo ignorò. «Non siamo tutti fanatici? Dico solamente quello che voi degli Usa fingete di non sapere. Gli attaccamenti sono una faccenda molto seria. Scegli con cautela i tuoi attaccamenti. Scegli il tuo tempio di fanatismo con grande cura. Quello che vuoi cantare come amore tragico è un attaccamento scelto male. Morire per una persona? Questa è follia. Le persone cambiano, partono, muoiono, si ammalano. Ti lasciano, mentono, si arrabbiano, si ammalano, ti tradiscono, muoiono. La tua nazione ti sopravvive. Una causa ti sopravvive».

«A proposito, come stanno tua moglie e i tuoi ragazzi, lassú in Canada?»

«Voi degli Usa non sembrate credere di poter scegliere, ognuno di voi, la cosa per cui morire. L'amore di una donna, l'attrazione sessuale, ti rinchiude in te stesso, ti rende meschino, forse anche pazzo. Scegli con cura. L'amore per la tua nazione, il tuo paese e la tua gente, quello dilata il cuore. Una cosa piú grande del sé».

Steeply si mise una mano fra i seni mal orientati: «Ohh... Canada...»

Marathe si sporse di nuovo in avanti sui moncherini. «Fai tutto lo spirito che desideri. Ma scegli con cura. Si è ciò che si ama. No? Si è, solo ed esclusivamente e completamente, ciò per cui si morirebbe senza pensarci due volte, come dici tu. Tu, M. Hugh Steeply: per cosa moriresti senza pensarci due volte?»

Il dettagliato dossier dell'Afr su Steeply faceva anche menzione del suo recente divorzio. Marathe aveva già informato Steeply dell'esistenza di questo dossier. Si chiedeva quanto dubitasse Steeply di ciò che lui gli riferiva, o se invece lo credesse, semplicemente. Anche se

i suoi travestimenti mutavano, in tutte le missioni l'automobile di
Steeply era sempre la stessa berlina verde sponsorizzata sulla fiancata da una dolorosa pubblicità dell'aspirina – il dossier era al corrente
di questa cretinata – eppure Marathe era certo che la berlina con la
pubblicità dell'aspirina stesse a un livello inferiore, non vista. L'amata automobile di M. Hugh Steeply. Steeply fissava o forse solo guardava l'oscurità della superficie desertica. Non rispose. La sua espressione di noia poteva essere reale o tattica, una delle due.

Marathe disse: «Questa non è forse la scelta della piú suprema importanza? Chi insegna ai vostri figli Usa come scegliere i loro templi?
Che cosa amare abbastanza da non pensarci due volte?»

«Questo da un uomo che—»

Marathe voleva che la sua voce non si alzasse. «Perché questa scelta determina tutto il resto. No? Ogni altra nostra scelta, di quelle che
tu chiami *libere*, deriva da questa: qual è il nostro tempio. E allora,
qual è il tempio per gli Usa? Qual è il tempio, quando pensi di do-
verli proteggere da se stessi se i maligni québechiani cospirano per
portare l'Intrattenimento nelle loro calde casette?»

Il volto di Steeply aveva assunto quell'espressione beffarda e distorta che, come ben sapeva, i québechiani trovavano repellente negli americani. «Ma tu parti dal presupposto che si tratti sempre di
scelta, di una decisione conscia. Questo non è un po' ingenuo, Rémy?
Stai seduto là col tuo bel libro mastro da ragioniere e decidi sobriamente che cosa amare? Sempre?»

«Le alternative sono—»

«E se capita che non ci *sia* scelta su cosa amare? E se il tempio viene a Maometto? Che succede se *ami* e basta? senza decidere? Semplicemente *ami*: la vedi e in quel preciso istante dimentichi tutta la
sobrietà e la contabilità e non puoi scegliere altro che amare?»

C'era sdegno nel tirare su col naso di Marathe. «Allora in un caso del genere il tuo tempio è il sé e il sentimento. In un esempio del
genere sei un fanatico del desiderio, uno schiavo dei soggettivi, ristretti, individuali sentimenti del tuo io; sei un cittadino del nulla.
Diventi un cittadino del nulla. Sei solo e isolato, in ginocchio di fronte a te stesso».

Seguí un silenzio.

Marathe si mosse sulla sedia. «In un caso del genere diventi lo
schiavo che crede di essere libero. La piú patetica delle schiavitú. Non
tragica. Non da cantare. Credi che potresti morire due volte per un'altra persona ma in realtà moriresti per il tuo io solitario, per i suoi sentimenti». Seguí un altro silenzio. Steeply, che nella parte iniziale della sua carriera ai Servizi Non Specificati conduceva interviste tecni-

che[44], usava le pause come parte integrante della sua tecnica di interazione. In questo caso il silenzio fece sbollire Marathe, che sentí l'ironia della propria posizione. Una spallina del reggiprotesi di Steeply gli era scivolata visibilmente sotto la spalla, dove s'incuneava in profondità nella carne del braccio. Nell'aria c'era un vago odore di creosoto, ma molto meno forte di quello delle giunture dei binari ferroviari che Marathe aveva odorato da vicino. La schiena di Steeply era ampia e morbida. Marathe concluse dicendo:

«Tu in un caso del genere non hai nulla. Ti reggi sul nulla. Niente terreno o roccia sotto i piedi. Cadi; fluttui qua e là. Come si dice: "tragicamente, involontariamente, perduto"».

Seguí un altro silenzio. Steeply scoreggiò silenziosamente.

Marathe si strinse nelle spalle. L'Agente Segreto Bss in Missione Steeply poteva anche aver solo finto di sogghignare. Le luci della città di Tucson apparivano di un bianco slavato e spettrale nell'aria secca. Animali crepuscolari frusciavano, forse scappavano. Ragnatele dense e caotiche delle specie velenose di Vedova Nera Usa si annidavano sotto il loro gradino e gli altri affioramenti del pendio. E il vento gemeva quando si insinuava negli anfratti nella parete della montagna. Marathe pensò alla propria vittoria sul treno che gli aveva preso le gambe[45]. Provò a cantare in inglese:

«Oh Say, Land of the Free».

Ed entrambi sentivano calare la strana frescura asciutta del deserto di notte mentre nello stesso tempo la luna ascendeva gibbosa – un vento farinoso giú in fondo spostava la polvere e faceva fischiare le spine di cactus, le stelle in cielo erano del colore della fiamma bassa – ma ancora non avevano freddo, neppure Steeply nel suo vestito senza maniche: erano avvolti nell'aderente guaina astrale di tepore prodotta dal loro stesso calore radiante. Questo succede di notte nei climi asciutti, ricordava Marathe. Sua moglie morente non aveva mai lasciato il Québec sudoccidentale, neppure una volta. La lontana, embrionica base disseminatoria Ops de Les Assassins des Fauteuils Roulents, giú nel Sudovest degli Usa, gli era sempre sembrata essere sulla superficie della luna: quattro baracche prefabbricate di lamiera, la terra cotta dal sole, l'aria che ondeggiava e brillava come dietro i motori di un jet. Stanze vuote dietro finestre lerce, maniglie calde al tocco e un fetore infernale dentro i locali sgombri.

Steeply continuava a non dire nulla mentre si batteva sul dorso della mano un'altra di quelle lunghe sigarette belghe. Marathe continuava a canticchiare la canzone Usa, in una chiave che vagava per tutto il pentagramma.

3 NOVEMBRE APAD

«Perché nessuno di loro diceva sul serio», dice Hal a Kent Blott. «L'odio che provi a fine giornata per tutto il lavoro è semplicemente parte del lavoro. Tu pensi che Schtitt e deLint non sappiano che dopo le docce ci mettiamo seduti tutti insieme là dentro a lamentarci? È tutto programmato. Chi si lamenta e piagnucola là dentro fa solo ciò che ci si aspetta che faccia».

«Ma io guardo questi ragazzi che stanno qui da sei, sette, otto anni e li vedo sofferenti, doloranti, stravolti, stanchi come sono stanco io, soffrire come soffro io e sento questo, cos'è?, terrore, questo terrore, vedo davanti a me sette o otto anni di infelicità quotidiana, di stanchezza e tensione e sofferenza giorno dopo giorno, e per cosa?, per un'opportunità di che?, di una carriera da professionista che io comincio a sospettare con orrore significherà anche *piú* sofferenza se quando ci arrivo avrò lo scheletro stressato da tutta questa fatica».

Blott è steso sulla schiena sul tappeto ispido – lo sono tutti e cinque, distesi a gambe divaricate con la testa appoggiata ai cuscinoni copridivano in velluto sul pavimento della Sp6, una delle tre piccole Sale Proiezione al secondo piano dell'Edificio Com. & Amm., due rampe di scale sopra gli spogliatoi e tre sopra l'imbocco del tunnel principale. Il nuovo cartuccia-visore della stanza è enorme e a definizione dolorosamente alta; è appeso al muro nord come un grande dipinto, sottilissimo; funziona con un chip refrigerato; nella stanza non c'è Tp né consolle telefonica; è altamente specializzata, ci sono solo un lettore, un visore e le cassette; il lettore di cartucce si trova sul secondo ripiano di un piccolo scaffale dietro il visore; i restanti ripiani e numerosi altri vani sono zeppi di cartucce di incontri di tennis, cartucce motivazionali e cartucce visualizzatrici – InterLace, Tatsuoka, Yushityu, SyberVision. Il filo a trecento fibre che sale dal lettore di cartucce fino all'angolo in basso a destra del visore alla parete è cosí sottile da sembrare una crepa nella vernice bianca del muro. Le Sale Proiezione sono senza finestre e l'aria proveniente dai bocchettoni è viziata. Anche se, quando il visore è acceso, la stanza sembra avere una finestra.

Hal inserisce una cartuccia poco impegnativa del tipo visualizzazione, come fa di solito per una riunione di gruppo dei Fratelloni quando sono tutti stanchi. Ha tolto il sonoro, per cui il mantra del rafforzamento non si sente, ma l'immagine è vivida e nitida come il suono di una campana. È quasi come se le figure balzassero fuori dallo schermo. Uno Stan Smith ingrigito e devastato dal tempo, anacronisticamente vestito di bianco, colpisce dei diritti da manuale sulla linea di fondo, lo fa infinite volte, sempre lo stesso colpo, la schiena è un po' ingobbita per l'osteoporosi ma la forma del suo colpo è immacolata, il lavoro di gambe perfetto e sciolto – il mezzo voltarsi del corpo senza interruzioni e lo spostamento indietro del peso, l'anacronistica racchetta Wilson di legno puntata verso la recinzione alle sue spalle, il fluido trasferimento di peso sul piede davanti quando arriva la palla, il contatto a livello della vita, il gonfiarsi dei muscoli della gamba davanti mentre quelli della gamba dietro si rilassano, gli occhi incollati sulla palla gialla al centro della W dipinta sull'incordatura – ai ragazzi dell'Eta viene insegnato non solo a guardare la palla, ma anche la direzione in cui ruotano le giunture, cosí da capire l'effetto che ha – la leggera flessione del ginocchio in avanti sotto la pressione del quadricipite mentre il peso continua la sua marcia in avanti, il piede dietro quasi sulla punta della scarpa da tennis immacolata, l'accompagnamento senza fronzoli cosí che lo strumento finisce il movimento proprio di fronte al suo volto smunto – le guance di Smith si sono incavate con l'età, ai lati il suo viso è collassato, gli occhi sembrano affacciarsi dagli zigomi che si protendono in fuori quando inspira dopo l'impatto, Stan Smith appare essiccato, invecchiato sotto una luce incandescente mentre continua a eseguire sempre gli stessi movimenti, per decenni, l'altra mano gentilmente sospesa ad afferrare la gola dello strumento di fronte al suo volto, ed eccolo scivolare di nuovo nella Posizione di Partenza e tutto riparte da capo. Nessun movimento inutile, sono colpi senza ego, svolazzi o tic o eccessi di polso. Ancora e ancora, un diretto che si fonde nel seguente, un infinito ciclo ad anello; è ipnotizzante; deve esserlo. Se Hal alzasse il volume l'audio ripeterebbe all'infinito «Non Pensare, Vedi; Non Sapere, Lascia Andare il Corpo». Devi pensare di essere tu sullo schermo a tirare quei colpi fluidi e senza ego. Devi pensare di scomparire nel ciclo infinito, poi quando giochi devi riuscire a portare dentro di te quello scomparire. I ragazzi sono distesi a gambe larghe, mosci, supini, hanno la bocca aperta, gli occhi spalancati e spenti, sentono un calore esausto e rilassato – il pavimento sotto il tappeto ispido è leggermente riscaldato. Peter Beak si è addormentato con gli occhi aperti, bizzarro talento che l'Eta sembra instillare nei piú giovani. Orin era riuscito a dormire con gli occhi aperti anche a tavola durante la cena, a casa.

Le dita di Hal, lunghe e dorate e ancora un po' appicciicaticce per via della tintura di benzoina[46], sono intrecciate dietro la testa appoggiata al cuscino, gli circondano il cranio mentre guarda Stan Smith con gli occhi che gli si chiudono, proprio come agli altri. «Pensi che a diciassette anni proverai esattamente lo stesso tipo di sofferenza che provi oggi qui, Kent?»

Sulle scarpe da tennis Kent Blott ha dei lacci colorati con i fiocchetti della trasmissione *Mr Bouncety-Bounce* che a Hal sembra straordinariamente ingenua e puerile.

Peter Beak russa sommessamente, mentre una piccola bolla di saliva gli affiora alla bocca poi torna indietro.

«Ma di certo, Blott, ti sarai domandato anche questo: Come mai sono ancora tutti qui, allora, se è sempre cosí tremendo?»

«Non sempre», dice Blott. «Ma molto spesso è tremendo».

«Sono qui perché vogliono lo Show quando escono», dice Ingersoll, tirando su col naso. Per Show s'intende il Tour Atp, viaggi e premi e sponsorizzazioni e ingaggi sottobanco, sequenze dei punti piú importanti delle partite sulle riviste video, foto degli scambi migliori sulle riviste cartacee patinate.

«Ma loro sanno come lo sappiamo noi che forse uno su venti tra i migliori juniores riesce ad arrivare fino allo Show. E ci rimane ben poco. Tutti gli altri arrancano nei circuiti satellite e in quelli regionali, oppure finiscono a giocare nei campionati dei circoli. Oppure diventano avvocati e professori come gli altri», dice Hal sottovoce.

«E allora restano e soffrono per avere una borsa di studio. Un'entratura per il college. Un cardigan bianco con una lettera cucita sul petto. Le ragazze dei college misti vanno pazze per quelli con i cardigan con le lettere».

«Kent, a eccezione di Wayne e Pemulis non c'è nessuno che abbia bisogno di una borsa di studio. Con i suoi voti, Pemulis potrà andare dovunque. Le zie di Stice lo manderanno dove vorrà anche se non volesse piú giocare. E Wayne è destinato allo Show, non farà mai piú di un anno all'Onancaa». Il padre di Blott è uno specialista di oncologia otorinolaringoiatrica, e viaggia per tutto il mondo a togliere tumori da mucose abbienti; Blott ha un fondo fiduciario. «Non è questo il punto e voi lo sapete».

«Amano il gioco, è questo che stai per dire».

Stan Smith era passato ai rovesci.

«Di certo devono amare qualcosa, Ingersoll, ma Kent non sta dicendo questo. Kent sta parlando dell'infelicità in quella stanza. K.B., ho partecipato insieme a quei ragazzi a centinaia di sessioni lamentose e amare del tutto simili a questa, dopo dei brutti pomeriggi. Nelle docce, nella sauna, a cena».

«Un bel po' di piagnisteo anche nei gabinetti», osserva Arslanian.

Hal si scolla i capelli dalle dita. Intorno ad Arslanian aleggia sempre un vago odore di hot dog. «Il fatto è che è diventato un rito. Lamentarsi e frignare. Anche se quando sono insieme si sentissero davvero come dicono di sentirsi, il punto è che eravamo tutti seduti là e provavamo le stesse cose *insieme*».

«Il punto è l'insiemità?»

«Se questo è il punto ci vorrebbe un bel sottofondo di viole per questa parte, no, Hal?»

«Ingersoll, io—»

Le adenoidi da raffreddore di Beak lo svegliano periodicamente, si sente un gorgoglio e per un attimo i suoi occhi ruotano verso l'alto, poi tornano a guardare davanti e lui riprende la posizione iniziale, lo sguardo che sembra interessato.

In un impeto creativo Hal immagina di trasferire al suo braccio il movimento vellutato del rovescio di Smith cosí da schiaffeggiare al rallentatore Evan Ingersoll e mandarlo a sbattere contro il muro. I genitori di Ingersoll avevano diffuso nel Rhode Island il servizio di ordinazione degli alimentari via Tp e la loro consegna a domicilio mediante una flotta di station wagon guidate da ragazzini. «Il punto è che avevamo appena passato tre ore in un freddo da congelarsi i coglioni a fare una partita dietro l'altra, ad assalirci, a tentare di strapparci il posto in squadra. A difendere quelle posizioni dagli attacchi degli altri. Il sistema ha l'ineguaglianza per assioma. Sappiamo perfettamente dove ci troviamo rispetto a tutti gli altri. John Wayne è sopra di me, e io sono sopra Struck e Shaw, che due anni fa erano entrambi sopra di me ma sotto Troeltsch e Schacht che, tranne Pemulis, non può battere nessuno da quando il ginocchio e il Morbo di Crohn gli sono peggiorati, e ora si limita a difendere la sua posizione facendo sfoggio di due palle cosí per il semplice fatto di riuscire a mantenerla. Due estati fa Freer mi ha dato 6/4 6/2 nei quarti dei campionati Us su Terra Battuta e ora è nella squadra B, cinque posti sotto di me, sei se Troeltsch riuscirà a batterlo ancora quando giocheranno di nuovo dopo che si sarà ristabilito».

«Io sono sopra Blott. Sono sopra Ingersoll», conferma Idris Arslanian.

«Be', Blott ha solo dieci anni, Idris. E tu sei sotto Chu, che è in un anno di sviluppo e sta sotto Possalthwaite. E Blott è sotto Beak e Ingersoll solo per la differenza di età».

«Io so esattamente dove mi trovo in qualunque momento», scherza Ingersoll.

La SyberVision monta le sue sequenze di visualizzazione con un filtro di fluidità, per cui l'accompagnamento di Smith si fonde nell'oscillazione all'indietro che precede esattamente lo stesso colpo; le transizioni sono vaporose e oniriche. Hal lotta per tirarsi su sui gomiti:

«Ciascuno di noi è nella catena alimentare dell'altro. Tutti. È uno sport individuale. Benvenuti al significato di *individuale*. Siamo tutti profondamente soli qui. È ciò che tutti abbiamo in comune, la solitudine».

«*E Unibus Pluram*», riflette Ingersoll.

Hal li guarda tutti in faccia. Quella di Ingersoll è completamente priva di sopracciglia, rotonda e spolverata di lentiggini come un pancake della Sig.ra Clarke. «E allora come facciamo a stare insieme? Come si fa a essere amici? Come può Ingersoll fare il tifo per Arslanian nei singoli di Idris a Port Washington quando, se Idris perde, Ingersoll può ridiventare titolare al posto suo?»

«Non mi serve il suo tifo perché io sono pronto». Arslanian scopre i canini.

«Be', è proprio di questo che stiamo parlando. Come possiamo essere amici? Anche se viviamo e mangiamo e ci laviamo e giochiamo insieme, come possiamo evitare di essere centotrentasei persone profondamente sole, tutte ammassate insieme?»

«Stai parlando di comunità. Dici questo per la comunità».

«Secondo me è l'alienazione», dice Arslanian, e si volta per far capire che sta parlando con Ingersoll. «Individualismo esistenziale, frequentemente chiamato in causa nell'Occidente. Solipsismo». Il suo labbro superiore sale e scende sui denti.

Hal dice: «Per farla breve, si sta parlando di solitudine».

Blott sembra sul punto di piangere. Il tremore negli occhi di Beak e i piccoli spasmi articolari raccontano un sogno problematico. Blott si frega il naso furiosamente con il palmo della mano.

«Mi manca il mio cane», concede Ingersoll.

«Ah». Hal si sposta su un gomito per consentire a un dito di sollevarsi in aria. «Ah. Ma allora pensate alla istantanea coesione di gruppo che si è creata prima dopo tutto quel lamentarsi, eh? Blott. Tu, Kent. Era questa la tua domanda. Quella cosa che sembra sadismo, lo stress fin nelle ossa, la fatica. La sofferenza ci unisce. Vogliono che ci sediamo in tondo a lamentarci. Insieme. Dopo un pomeriggio di merda tutti noi, per quanto duri poco, sentiamo di avere un nemico comune. Questo è il loro dono per noi. La loro medicina. Niente avvicina quanto un nemico comune».

«Il Sig. deLint».

«Il Dott. Tavis. Schtitt».

«DeLint. Watson. Nwangi. Thode. Tutti gli scagnozzi e le scagnozze di Schtitt».

«Li odio!» grida Blott.

«E ti sembra che quest'odio sia accidentale?»

«Svegliati, Kent Blott!» dice Arslanian.

«Svegliati bene, Blott», rincara Ingersoll.

Beak si mette a sedere e dice: «Dio no non con le *pinze*!» e ricade all'indietro, con la stessa bolla di saliva.

Hal si finge incredulo. «Non avete mai notato come l'intero staff di Schtitt diventi piú stronzo e sadico quando si avvicina una settimana di competizioni importanti?»

Ingersoll si solleva su un gomito, rivolto verso Blott. «Il raduno di Port Washington. Il Giorno dell'Id. Il WhataBurger a Tucson la settimana dopo. Ci vogliono in forma assolutamente perfetta, Blott».

Hal si ridistende e lascia che il *ballet de se* di Smith gli rilassi di nuovo i muscoli facciali. «Stronzate, Ingersoll, siamo già in forma perfetta. Non è questo. Quello è il meno. Quanto a forma siamo fuori da ogni standard».

Ingersoll: «Secondo Nwangi il ragazzo nordamericano medio non riesce a fare neppure una flessione».

Arslanian si indica il torace. «Ventotto flessioni».

«Ragazzi», dice Hal sottovoce, «non è piú una cosa fisica. La parte fisica è solo pro forma. È sulle teste che stanno lavorando. Giorno dopo giorno, anno dopo anno. Un intero programma. Vi aiuterà a vedere il loro disegno. Ci dànno sempre qualcosa da odiare, odiare davvero tutti insieme mentre si avvicinano gli appuntamenti importanti. I terribili allenamenti di maggio durante gli esami, subito prima del tour estivo. Il periodo di carico atletico postnatalizio prima dell'Australia. Le gelate di novembre, il festival del moccio, il ritardo nel gonfiare il Polmone e farci giocare al coperto. Un nemico comune. *Io* posso magari non sopportare K.B. Freer, o» (non riesce a resistere) «Evan Ingersoll, o Jenny Bash. Ma *noi* disprezziamo gli uomini di Schtitt, le doppie partite dopo le corse di fondo, l'ignorare il fatto che abbiamo anche gli esami, la ripetizione, lo stress. La solitudine. Poi ci riuniamo per lamentarci ed ecco che d'improvviso stiamo dando alla cosa un'espressione di gruppo. Una voce comunitaria. Comunione, Evan. Oh, quelli sono furbi. Non commettono errori. Lo staff. Si dedicano completamente al nostro disgusto, calcolano i nostri punti di rottura e mirano a farceli superare, poi ci mandano negli spogliatoi quarantacinque minuti prima delle sessioni Fratelloni. Caso? Situazione accidentale? Avete mai visto qui intorno la piú minuscola prova dell'assenza di una struttura freddamente calcolata?»

«La struttura è quello che odio piú di tutto», dice Ingersoll.

«Sanno quello che succede», dice Blott, rimbalzando delicatamente sull'osso sacro. «*Vogliono* che ci riuniamo per lamentarci».

«*Oh*, sono furbi», dice Ingersoll.

Sempre appoggiato sui gomiti, Hal si rannicchia un po' per infilarsi in bocca una piccola presa di Kodiak. Non riesce a capire se Ingersoll stia facendo l'insolente. Resta disteso in pieno relax, e guarda Smith schiacciare ripetutamente sul cranio di Ingersoll. Qualche settimana prima Hal aveva passivamente accettato la diagnosi di Lyle secondo la quale Hal troverebbe Ingersoll – questo morbido ragazzetto furbo e caustico con una grossa facciotta morbida e priva di sopracciglia, le giunture del pollice che non fanno le pieghe, l'aspetto minuto e vezzeggiato del classico cocco di mamma, un'intelligenza vivace sprecata nel bisogno insaziabile di farsi grande – cosí repellente perché vede in lui certe parti di sé che non può o non vuole accettare. Niente di tutto questo viene in mente a Hal quando è nella stessa stanza con Ingersoll. Vorrebbe che si ammalasse.

Blott e Arslanian lo stanno guardando. «Stai bene?»

«È stanco», dice Arslanian.

Ingersoll si tamburella distrattamente sulla cassa toracica.

In questi giorni dell'anno Hal si fa in segreto cosí regolarmente che se entro l'ora di cena non si è ancora fatto, la sua bocca comincia a riempirsi lo stesso di saliva – una reazione all'effetto essiccante di B. Hope – e gli occhi cominciano a lacrimare come se avesse appena sbadigliato. Ha cominciato a masticare tabacco quasi per avere un pretesto per poter sputare spesso. Hal è colpito dal fatto che in parte crede davvero a quello che ha detto sulla solitudine e l'esigenza strutturata in questo posto di un *noi* e questo, in aggiunta alla repulsione per Ingersoll e all'inondazione di saliva, lo mette di nuovo a disagio costringendolo per un momento a rimuginare con fastidio sul perché, forse, tenga piú alla segretezza del farsi che al farsi stesso. Ha sempre la sensazione di avere la risposta sulla punta della lingua, nascosta in una parte muta e inaccessibile della corteccia cerebrale, e dopo un po' a forza di torturarsi gli viene sempre la nausea. Un'altra cosa che gli succede se non si fa qualche tirata prima di cena è che si sente male di stomaco e gli diventa difficile mangiare abbastanza a cena, poi però quando l'effetto finisce Hal diventa famelico e allora va al Father & Son Market a comprare dolciumi o si inonda gli occhi di Murine e va alla Casa del Preside per un'altra cena fuori orario con C.T. e la Mami, e mangia con tale belluinità da far dire alla Mami che vederlo mangiare cosí le tocca quel qualcosa di istintivamente materno che ha nel cuore, poi lui si sveglia prima dell'alba con una tremenda indigestione.

«Perciò la sofferenza si fa meno solitaria», lo incalza Blott.

Due curve piú in là lungo il corridoio, nella Sp5, dove il visore si trova sul muro a sud e non viene acceso, il canadese John Wayne ha con sé LaMont Chu e «Sleepy Tp» Peterson e Kieran McKenna e Brian Van Vleck.

«Sta parlando di sviluppare il concetto di maestria tennistica», spiega Chu agli altri tre. Sono seduti all'indiana sul pavimento, Wayne è in piedi con la schiena contro la porta e ruota la testa per sciogliere i muscoli del collo. «Sta dicendo che è lento e frustrante il progresso verso una vera maestria a livello di Show. Rende umili. È una questione di temperamento piú che di talento».

«È giusto, Sig. Wayne?»

Chu continua: «...perché si procede verso la maestria attraverso una serie di plateaus, perciò c'è diciamo un miglioramento radicale fino a un certo plateau poi una specie di stallo, e l'unico modo di uscire da un plateau e inerpicarsi a quello successivo è una montagna di frustrante, illogica, ripetitiva pratica, e pazienza, e attesa».

«*Plateaux*», lo corregge Wayne, guardando il soffitto e spingendo isometricamente la nuca contro la porta. «Con la x. *Plateaux*».

Lo schermo del visore inattivo è del colore che si vede quando si guarda l'Atlantico verso l'orizzonte, in un giorno freddo. La postura a gambe incrociate di Chu è da manuale. «Quel che John sta dicendo è che ci sono tre tipi di persone che si fermano e non imboccano con pazienza la strada verso la maestria. C'è quello che lui chiama il tipo Disperante, a cui tutto va bene finché si trova nella fase di miglioramento rapido prima di un plateau, poi va a sbattere nel plateau e si ritrova in una situazione di apparente stallo, nella quale non migliora quasi piú o addirittura sembra peggiorare un po', e questo tipo di persona cede alla frustrazione e alla disperazione perché non ha l'umiltà e la pazienza di rimanere lí sul plateau, e non riesce a sopportare il tempo che deve passare sul plateau, e cosa succede?»

«Geronimo!» strillano gli altri ragazzi, non proprio in sincronia.

«Se ne va, giusto?» dice Chu, controllando le schede di cartoncino. La testa di Wayne fa sbattere leggermente la porta. Chu prosegue, «Poi c'è il tipo Ossessivo, dice J.W., quello talmente ansioso di saltare plateaux da non conoscere nemmeno la parola *paziente*, né tanto meno *umile* o *trascinarsi*, e quando si trova bloccato a un plateau cerca di spingersi oltre con la volontà e la forza, a furia di lavoro e allenamenti e volontà e pratica, allenandosi e affinandosi ossessivamente e lavorando sempre di piú, freneticamente, e perciò strafà e si fa male, e dopo poco si trova costantemente infortunato, e scende in campo zoppicando e continua a lavorare ossessivamente finché alla fine non riesce quasi piú a camminare o a colpire la palla e il suo piazzamento sprofonda finché alla fine un pomeriggio sente bussare alla porta ed è deLint, che vuole fare quattro chiacchiere riguardo al suo futuro qui all'Eta».

«Banzai! Bailo! Ciao!»

«Poi c'è quello che secondo John è forse il tipo peggiore, perché riesce bene a mettersi la maschera della pazienza e dell'umile frustrazione. È il tipo Compiacente, che migliora radicalmente finché non va a sbattere in un plateau e si accontenta del miglioramento radicale che ha fatto prima di arrivare al plateau, e non gli dispiace rimanere su quel plateau perché è un plateau confortevole e familiare e non si preoccupa di superarlo, e presto ti accorgi che si è inventato un modo di giocare che compensi i suoi punti deboli, le crepe nell'armatura che quel certo plateau rappresenta per il suo gioco, ancora – tutto il suo modo di giocare ora si basa su questo plateau. E poco alla volta i tizi che di solito batteva cominciano a batterlo perché si accorgono delle crepe nel plateau, e il suo piazzamento comincia a scivolare, ma lui dice che non gli importa, dice che lo fa per amore del gioco e sorride sempre ma nel suo sorriso comincia a esserci un che di tirato e avvilito, e sorride sempre ed è davvero simpatico con tutti ed è un vero piacere averlo intorno, però lui continua a restare dov'è mentre gli altri saltano plateaux, e viene battuto sempre piú spesso, e si accontenta. Finché un giorno si sente bussare piano alla porta».

«È deLint!»

«Che vuol fare una chiacchieratina!»

«Geronzai!»

Van Vleck solleva lo sguardo verso Wayne, che ora si è voltato con le mani sullo stipite della porta, e fa dello stretching con la gamba indietro per allungare il polpaccio destro. «È questo il vostro consiglio, Sig. Wayne, signore? Non è che per caso è di nuovo Chu che si spaccia per voi?»

Tutti vogliono sapere il segreto di Wayne, n. 2 a livello continentale negli Under 18 ad appena diciassette anni e molto probabilmente n. 1 dopo il WhataBurger, che già riceve chiamate dagli agenti della ProServ anche se Tavis fa in modo che tutte le sue telefonate debbano passare da Alice Moore la Laterale. Wayne è il Fratellone piú ricercato all'Eta. Bisogna far domanda per avere Wayne come Fratellone, poi stare al sorteggio.

LaMont Chu e T.P. Peterson lanciano pugnali ottici a Van Vleck mentre Wayne compie rotazioni del busto per allungare un flessore dell'anca e dice che ha già detto tutto quel che aveva da dire.

«Todder, ammiro la tua furbizia, davvero, ammiro un certo scetticismo mondano in un ragazzo, per quanto in questo caso sia del tutto fuori luogo. Perciò, anche se questo mi rende tutto piú difficile, e praticamente non ho modo di cavarmela», dice il Sig. Pemulis nella Sp 2, subdormitorio C, mentre siede sul bordo del divano con circa un metro di tappeto peloso fra sé e i suoi quattro ragazzi, tutti seduti a gambe incrociate sui cuscinoni, dice Pemulis: «Per questa volta ho deciso di ricompensare il tuo scetticismo mondano lasciandoti provare con due sole, ecco, ho solo due carte qui, le tengo sollevate, una per mano...» Si ferma di scatto, si bussa alla tempia con il palmo della mano che tiene un Jack. «Uhh, ma dove ce l'ho la testa. Prima di tutto dobbiamo mettere qui i nostri cinque».

Otis P. Lord si schiarisce la gola: «Il piatto».

«Detto anche posta», dice Todd Possalthwaite, aggiungendo un biglietto da cinque al mucchietto.

«Gesú, mi vien da pensare, buon Gesú, chi me lo fa fare a mettermi con questi ragazzini che parlano come dei vecchi croupier di Atlantic City. Devo aver perso qualche rotella. Ma che cazzo, voglio farlo lo stesso. Allora, Todd, scegli una carta, qui abbiamo il Jack di fiori e la Donna di picche, e tu scegli... ecco che le metto tutte e due a faccia in giú e le faccio girare un po', non le mescolo, le faccio solo girare un po' cosí restano sempre in piena vista per tutto il tempo, e tu seeeeeguiiiii la carta che hai scelto, gira gira, perché diciamo con tre carte ho qualche chance che magari la perdi di vista ma con due? Con *due* sole?»

Ted Schacht è in piedi nella Sp 3 accanto al gigantesco dimostratore dentale in resina, l'enorme simulacro di una bocca con assicelle bianche per denti e oscene gengive rosa, e tiene intorno ai polsi una specie di filo interdentale grosso come uno spago.

«La cosa vitale qui, signori, non è la forza né la frequenza con la quale ruotate per rimuovere le particelle di cibo, ma il *movimento*, vedete, un dolce movimento a sega, su e giú gentilmente su entrambi gli ancipiti dello smalto» – e procede a dimostrare lungo il lato di un bicuspide grosso come la testa di un ragazzo, e la roba di cui è fatta la gengiva fa dei disgustosi rumori succhianti mentre i cinque ragazzi di Schacht o guardano con occhi vitrei o s'incollano alla lancetta dei secondi del loro orologio – «poi ecco la chiave, *ecco* la cosa che pochissime persone comprendono: *giú*, sotto l'apparente bordo gengivale, dentro le recessioni degli alveoli, giú e *al di sotto*, dove si annidano e prolificano le particelle piú perniciose».

Troeltsch tiene salotto nella stanza sua, di Pemulis e di Schacht nel Subdormitorio C, in posizione supina ma sollevata da tutti e due i suoi guanciali piú uno di quelli di Schacht, mentre il vaporizzatore scoppietta e uno dei suoi ragazzi gli tiene i Kleenex a portata di mano.

«Ragazzi, la cosa piú importante è la ripetizione. Dall'inizio alla fine, sempre. È ascoltare le stesse storie motivazionali all'infinito finché il loro puro peso ripetitivo le fa sprofondare nelle budella. È fare sempre le stesse aperture e le stesse chiusure e gli stessi colpi, alla vostra età conta solo la ripetizione, i risultati vanno lasciati in secondo piano perché non cacciano mai nessuno sotto i quattordici anni per scarsi risultati; dovete ripetere gesti e movimenti finché il peso accrescitivo delle ripetizioni fa sprofondare in basso i movimenti stessi, oltre la coscienza fino nelle regioni piú interne, e attraverso la ripetizione sprofondano e imbevono l'hardware, la Cpu. Vanno a far parte del linguaggiomacchina, della parte autonoma che vi fa respirare e sudare. Non è per caso se si dice che qui Mangiate, Dormite, Respirate tennis. Sono cose autonome. Per accrescitivo intendo l'accumulare attraverso gesti ripetuti senza intervento della mente. Il linguaggio-macchina dei muscoli. Fino a che riuscite a giocare senza pensarci. A circa quattordici anni, anno piú anno meno. Fatelo e basta. Non state a pensare se c'è un senso. Certo che non c'è un senso. Il senso della ripetizione è che non c'è senso. Aspettate fino a quando imbeve il vostro hardware, poi vedrete come vi si libera la testa. Una volta che avrete assorbito la meccanica, si libererà un sacco di posto nella vostra testa. La meccanica del gioco farà parte di voi, sarà connessa all'hardware. Questo libera la testa nel modo piú sorprendente. Aspettate che accada. E mentre giocate comincerete a pensare in modo del tutto diverso. È come se ce l'aveste dentro, il campo da tennis. La palla smette di essere una palla. La palla comincia a essere una cosa che voi sapete dove *dovrebbe* essere in aria, a ruotare. E lí cominceranno a starvi addosso con la concentrazione. In questo momento dovete concentrarvi per forza, non c'è scelta, non fa ancora parte del vostro linguaggio-macchina, dovete pensarci ogni volta che lo fate. Ma aspettate fino ai quattordici o quindici anni. Allora sarete arrivati a uno dei cosiddetti plateaus cruciali. Quindici anni, al massimo. Poi comincia la storia della concentrazione e del carattere, e allora ti stanno davvero col fiato sul collo. Questo è il plateau cruciale dove comincia a contare il carattere. Focalizzazione, autocoscienza, il chiacchiericcio nella testa, le voci schiamazzanti, la sindrome da soffocamento, la paura di tutto ciò che non è paura, l'immagine di sé, i dubbi, la riluttanza, gli omettini stronzi con le labbra serrate dentro la vostra mente a ridacchiare della vostra paura e dei vostri dubbi, le crepe nell'armatura mentale. Adesso queste cose cominciano a importare. Possono cominciare già a tredici anni. Lo staff si concentra sulla fascia dai tredici ai quindici anni. Che in molte culture è poi l'età dei riti di virilità. Pensateci. Fino ad allora, ripetizione. Fino ad allora potreste benissimo essere macchine, qui, per come la vedono. State solo attraversando i gesti. Pensate alla frase: Attraversare I Gesti. Li state connettendo alla motherboard. Per adesso non sapete quanto buona è la vostra motherboard».

James Albrecht Lockley Struck jr di Orinda Ca preferisce un lungo scambio sul modello Domande & Risposte, mentre il visore nella Sp 8 manda musica ambient sullo sfondo di panorami rilassanti tipo onde, laghi luccicanti, campi di grano piegato dal vento.

«Tempo forse per un altro paio di domande, miei teppistelli».

«Mettiamo che siamo piú o meno pari e l'avversario comincia a fregare. Le palle sono ampiamente dentro e quello continua a dire che sono fuori. Non riesci a credere alla spudoratezza, alla fragranza della cosa».

«È sottintesa una situazione di assenza di arbitro, Traub, è questo che stai dicendo».

Audern Tallat-Kelpsa, inquietanti occhi blu, s'intromette nel discorso: «Siamo ai primi turni. All'inizio gli dài le due palle, ribatti il punto. Si fa a fidarsi. E all'improvviso lui comincia a rubarti le palle. Succede».

«Lo so che succede».

Traub dice: «O ti sta rubando le palle o sta cercando di farti incazzare e deconcentrare. Cosa si deve fare? Bisogna cominciare a rubare? Occhio per occhio? Che si fa?»

«C'è il pubblico?»

«Primi turni. Campo fuori mano. Nessun testimone. Sei da solo là fuori. Si ruba o no?»

«Voi non rubate. Accettate le sue chiamate senza dire una parola, continuate a sorridere. Se nonostante tutto vincete, allora sarete cresciuti dentro, come persone».

«E se perdiamo?»

«Se perdete fate qualcosa di privato e spiacevole nella sua bottiglia di acqua poco prima del suo prossimo incontro».

Due dei ragazzi hanno quaderni per gli appunti e annuiscono diligentemente. Struck è un apprezzato stratega, molto formale nelle sessioni di gruppo Fratelloni che conduce con un piglio distaccato e accademico venerato dai suoi ragazzi.

«Possiamo discutere le spiacevolezze da bottiglia venerdí», dice Struck, guardando l'orologio.

Una mano sollevata da Carl Whale, violentemente strabico, di anni tredici. Concessione di Struck.

«Mettiamo che devi scoreggiare».

«Sei serio, Mobes, non è vero?»

«Jim, signore, mettiamo che stai giocando là fuori e improvvisamente ti viene da scoreggiare. Sai che è una di quelle puzzolentissime, pressurizzate».

«Il quadro è chiaro».

Mormorii enfatici adesso, scambio di occhiate. Josh Gopnik annuisce con calore. Struck è in piedi alla destra del visore, rigidissimo, le mani dietro la schiena come un professore oxfordiano.

«Intendo del tipo che è davvero urgente». Whale si guarda rapidamente intorno. «Ma non è impossibile che si tratti in realtà di un bisogno di andare in bagno mascherato da scoreggia».

Ora cinque teste annuiscono, afflitte e ansiose: si tratta chiaramente di una questione Under 14 che sta molto a cuore. Struck si esamina la pelle sul bordo delle unghie.

«Ovvero defecare, è questo che intendi, Mobes. Andare in bagno». Gopnik solleva lo sguardo. «Carl sta parlando del tipo che non sai che fare. E se pensavi di dover solo scoreggiare e invece devi cacare?»

«Trattandosi di un evento competitivo, non è una situazione nella quale puoi rischiare di spingere e forzare e vedere quel che succede».

«Perciò per cautela non la fai», dice Gopnik.

«—la scoreggia», dice Philip Traub.

«Ma cosí hai trattenuto una scoreggia urgente, e corri per il campo cercando di vincere con una terribile impellente puzzolentissima scoreggia che a sua volta corre per il campo dentro di te».

Due livelli piú sotto Ortho Stice e la sua nidiata: il piccolo cerchio similbiblioteca di lampade e sedie morbide nell'atrio calduccio di fronte all'ingresso principale del subdormitorio C:

«E quel che dice, lui dice che è piú del tennis, mein kinder. *Mein kinder*, è un po' come dire la mia famiglia. Mi punta le palle degli occhi dritte negli occhi e dice che vuol dire raggiungere parti di te che non sapevi esistessero, e scendere laggiú e vivere dentro quelle parti. E l'unico modo per raggiungerle: sacrificio. Sofferenza. Abnegazione. Che cosa sei disposto a dare? Glielo sentirete chiedere se sarete abbastanza privilegiati da poterci parlare. La chiamata può arrivare in ogni momento: l'uomo vuole un incontro faccia a faccia. Glielo sentirete dire all'infinito. Che cos'hai da dare? Da cosa sei disposto a separarti? Ti vedo un po' palliduccio laggiú, Wagenknecht. Fa paura? Puoi scommetterci il tuo bel culetto rosa che fa paura. È il grande momento. Cazzo, ve lo dirà dritto in faccia. Riguarda la disciplina e il sacrificio e l'onore verso qualcosa di infinitamente piú grande del vostro culo personale. Nominerà l'America. Parlerà di patriottismo. Lo farà di certo. Dirà che il gioco patriottico è la via maestra verso quella cosa. Non è americano ma, ve lo dico chiaro e tondo, mi fa essere fiero di essere americano. Mein kinder. Dirà che vuol dire imparare a essere un buon americano, ragazzi, in un momento nel quale l'America è tutto fuorché buona».

C'è una lunga pausa. La porta d'ingresso è piú nuova del legno che la circonda.

«Masticherei la lana di vetro per quel vecchio».

L'unica ragione per cui i Fratelli nella Sp 8 sentono il breve scroscio d'applauso proveniente dall'atrio è che Struck non esita a fare pause e a meditare in silenzio per tutto il tempo che ritiene necessario. Per i ragazzi le pause significano dignità e integrità e la profondità abissale di un uomo con nove anni all'attivo in tre differenti accademie, un uomo che deve farsi la barba tutti i giorni. Esala un sospiro lento fra le labbra arrotondate, levando lo sguardo al bordo guilloche del soffitto.

«Mobes, se fossi io: la lascerei correre».

«Cioè la fai e sia quel che sia?»

«A la contraire. La lascio correre dentro di me anche tutto il giorno se occorre. È una regola di ferro: mentre gioco dal mio culo non deve uscire nulla. Nulla di nulla. Se devo giocare piegato in due, gioco piegato in due. Accolgo il disagio nel nome di una nobile cautela, e quando le cose si mettono particolarmente male sollevo gli occhi al cielo tra un punto e l'altro e dico Grazie, Signore, posso giocare un altro punto? Grazie, Signore, posso giocare un altro punto».

Gopnik e Tallat-Kelpsa stanno prendendo nota.

Struck dice: «Questo se voglio optare per la via più difficile».

«Un lato dell'alveolo gengivale, poi su sopra l'apice, e di nuovo giú sull'altro lato dell'alveolo gengivale, e col tempo dovreste raggiungere una certa abilità nell'uso del filo».

«Ora la grande questione di carattere è: vogliamo lasciare che un errore dovuto a un calo di concentrazione di un centesimo di secondo ci faccia alzare le mani come tanti finocchielli e tornare nella tana uggiolanti e a testa bassa a leccarci le ferite, o vogliamo invece strizzare gli occhi e farci coraggio e dire Pemulis, Pemulis, il Doppio o Nulla, specialmente quando oggi le probabilità sono cosí follemente e ostinatamente a nostro favore?»

«Perciò lo fanno di proposito», sta chiedendo Beak. «A cercare di farsi odiare?»

Limiti e rituali. È quasi ora della cena tutti insieme. A volte la Sig.ra Clarke in cucina lascia che Mario suoni un triangolo con un mestolo di metallo mentre lei apre le porte della sala da pranzo. Gli inservienti che dànno il cibo ai ragazzi portano le retine per i capelli e i guanti da ginecologo. Hal potrebbe tagliare la corda e infilarsi nei tunnel, forse senza neppure arrivare fino alla Sala Pompe. Avrebbe solo una ventina di minuti di ritardo. Sta pensando in modo astratto e assente ai limiti e ai rituali, mentre ascolta il riassunto che Blott sta facendo a Beak. Cioè, se esiste una linea chiara, una differenza quantificabile fra il bisogno e il semplice desiderio. Deve mettersi a sedere per sputare nel cestino dei rifiuti. Un dente sul lato sinistro della bocca gli lancia una fitta.

LA PRIMA E UNICA ESPERIENZA
ANCHE SOLO LONTANAMENTE ROMANTICA
DI MARIO INCANDENZA, FINO A ORA

Alla metà di ottobre Apad, Hal aveva invitato Mario a una passeggiata postprandiale, e i due stavano percorrendo i terreni dell'Eta fra i Campi Ovest e il filare d'alberi alla base della collina, Hal con il borsone. Mario capí che Hal voleva starsene un po' per conto suo, e allora fece finta (Mario, non Hal) di provare un improvviso interesse per una specie di ensemble foglie + rami sul sentiero, e lasciò che Hal sparisse in avanti. L'intera area che si stendeva ha la linea degli alberi e le fitte siepi d'arbusti e di lappole e il cielo sa che altro era completamente coperta di foglie cadute, secche ormai, ma non ancora del tutto prive del loro colore originale. Le foglie facevano da tappeto. Mario trotterellava di albero in albero, fermandosi a riposare a ogni albero. Erano le 1900h, non ancora un vero crepuscolo, ma del sole calante restava solo uno sbaffo sopra Newton, e i luoghi su cui si stendevano le lunghe ombre erano freddi, e una certa tristezza melanconica si stava insinuando nelle luci accese sui campi. I lampioni sparsi lungo il sentiero non si erano ancora accesi, comunque.

Un meraviglioso profumo di foglie bruciate illegalmente si levava dalla zona di East Newton e si diffondeva mescolato all'odore di cibo che veniva dalle turbine di aerazione sul retro della sala da pranzo. Due gabbiani fluttuavano in un punto nell'aria sopra i cassonetti accanto al parcheggio. Le foglie scricchiolavano sotto i piedi. Il rumore della camminata di Mario sulle foglie secche era tipo: Crackle crackle crackle stop, crackle crackle crackle stop.

Un veicolo di dislocamento della Empire Waste Displacement passò fischiando sulla sua testa, nell'iniziale fase di ascesa del suo arco, l'unica luce di segnalazione blu accesa a intermittenza.

Si trovava all'incirca nel punto in cui la linea degli alberi si gonfiava in fuori come un'ernia verso la fine della recinzione dei Campi Ovest. Dalla profondità della macchia sul margine della collina si levò un tremendo scricchiolio e rimestio di sottobosco insieme al rumore del trascinamento di cespugli e rami di salice, e chi poteva emergere inaspettatamente alla vista se non la Motonave Millicent Kent, una sedicenne di Montclair Nj, singolarista n. 1 nella squadra A Under 16 Ragazze. Mancina, rovescio a una mano, un servizio che Donnie Stott ama seguire col radar, per poi farne il grafico. In diverse occasioni Mario ha filmato la M/N Millicent Kent per l'analisi dello staff. Si scambiano dei calorosi Ciao. Una delle due sole femmine dell'Eta

con vene visibili sugli avambracci, era stata oggetto di una sfida alla
panca con Schacht, Freer e Petropolis Kahn organizzata la scorsa primavera da M. Pemulis, e lei aveva stracciato Kahn e Freer non si era
presentato, mentre Schacht l'aveva battuta ma si era levato tanto di
cappello. Era andata a fare una passeggiata dopo pasto ordinatale dallo staff perché non ingrassasse, strizzava palle Penn n. 5 con ambo le
mani, in tuta di felpa dell'Eta e un enorme fiocco lilla attaccato con
lo scotch o forse incollato alla cima rotonda e smussata dei capelli.
Disse a Mario di aver appena visto una cosa stranissima nel fitto della boscaglia, poco prima. I suoi capelli erano accrocchiati in modo da
sembrare una colonna, tipo un copricapo papale o un cappello alto da
poliziotto britannico. Mario disse che il fiocco era fichissimo, e che
sorpresa ritrovarsi cosí faccia a faccia nel fresco tramonto. Bridget
Boon aveva detto che l'acconciatura della M/N Millicent Kent ricordava un missile che spuntava dal suo silo in attesa del lancio. Gli ultimi baffi di sole stavano calando proprio sulla cima dei capelli della
M/N Millicent, cosí compatti da parere ossei, fatti di nidi fitti di fibre a reticolato come una spugna di luffa asciutta, per via di una permanente che si era fatta da sé durante l'estate che le aveva bruciato
i capelli riducendoli a un sistema di nidi a reticolato che solo ora si
era abbastanza allentato da poterci attaccare un fiocco. Mario disse
che, be', il fiocco pareva la sbarra di una T, e non trovò nient'altro
da aggiungere sull'argomento. (Non aveva detto letteralmente «fresco tramonto»). La M/N M.K. disse che si era divertita a ricavarsi un
passaggio nella boscaglia piena di rovi piantata dalla Sig.ra Incandenza
– quando ancora passava del tempo all'esterno – per scoraggiare i dipendenti part-time dal prendere la scorciatoia della collina per raggiungere l'Eta, e cosí facendo si era imbattuta in un cavalletto marca Husky VI, nuovo e banalmente argenteo e montato sulle tre gambe, proprio nel mezzo della macchia. Per nessuna ragione evidente e
senza impronte né altro accenno di trapestio intorno, tranne quelle
lasciate dalla stessa M/N Millicent. La M/N s'infilò in tasca le palle
da tennis e afferrò l'artiglio di Mario e disse vieni ti faccio vedere in
un attimo, cosí da sentire il suo parere sulla faccenda e in piú da ga-
rantirsi un testimone per quando sarebbero tornati indietro e lei ne
avesse parlato ad altri. Mario disse che l'Husky VI era corredato di
movimento panoramico e scatto cablato. Sorretto da una mano della
ragazza, che con l'altra si faceva strada tra i cespugli, Mario si ad-
dentrò nel folto con la M/N Millicent Kent. La luce era ora dello stesso colore del fiocco per i capelli della M/N M.K. Lei disse che giura-
va su Dio che l'aggeggio si trovava lí da qualche parte. Mario disse
che nei primi tempi della sua carriera di regista il suo defunto papà

aveva usato un modello meno lussuoso di Husky mod. IV e dei dolly
fatti da lui e sacchi di sabbia e faretti alogeni al posto dei riflettori ad
arco. Numerose specie differenti di uccellini stavano cinguettando.

La M/N Millicent Kent disse a Mario che, restasse fra loro, aveva sempre pensato che Mario avesse le ciglia piú lunghe, folte e graziose di tutti sui due continenti, tre contando l'Australia. Mario la
ringraziò educatamente, chiamandola Signora e improvvisando un accento del Sud.

La M/N Millicent Kent disse che non sapeva piú distinguere le
vecchie impronte, quelle lasciate quando aveva trovato il cavalletto,
da quelle piú recenti che aveva fatto cercando quelle di prima, e che
era preoccupata perché cominciava a far buio e forse non sarebbero
riusciti a trovarlo, e perciò Mario non avrebbe creduto che lei avesse visto una cosa cosí incredibile come un macchina da presa su un
cavalletto argenteo in mezzo al niente.

Mario disse che secondo lui l'Australia era proprio un continente. Camminando, venne a trovarsi nei pressi del fondo della cassa toracica della M/N Millicent.

Mario sentí scricchiolii e rimestii provenienti da qualche cespuglio nelle vicinanze, ma era certo non si trattasse di Hal perché Hal
assai di rado faceva grandi rumori di movimento, dentro o fuori.

La M/N Millicent Kent disse a Mario che per quanto ammettesse
di essere una grande giocatrice, con un incontenibile gioco porta-il-
culo-a-rete-di-volata-e-stacci-come-un-titano nella tradizione di Betty
Stove/Venus Williams, e fosse destinata a un futuro pressoché inarrestabile nello Show, lei gli voleva confidare là fuori in privato che
non aveva mai davvero amato il tennis agonistico, e che il suo vero
amore, la sua vera passione, era la danza moderna interpretativa per
la quale ammetteva di avere doni e talenti naturali inconsci molto meno spiccati, ma che lei amava, e da piccola aveva passato quasi tutto
il suo tempo fuori dal campo da gioco a fare esercizi in body di fronte al maxispecchio della sua cameretta nella provinciale Montclair Nj,
ma era per il tennis che aveva un talento illimitato e metteva a segno
colpi sensazionali e i college le offrivano di non pagare nulla purché
entrasse da loro, e lei non sopportava l'idea di andare al college. Mario le chiese se riusciva a ricordare se il cavalletto Husky VI fosse del
tipo Tl, con i piedini di gomma zigrinati e la testa panoramica a 360°,
o, invece del tipo Sl senza piedini zigrinati e una testa panoramica a
soli 180° con rotazione ad arco al posto di un cerchio completo. La
M/N Millicent rivelò che aveva accettato una borsa di studio per l'Eta
all'età di nove anni per l'unica ragione che cosí si sarebbe liberata di
suo padre. Lo definiva il suo Vecchio, con la V maiuscola. La madre

se n'era andata di casa quando la M/N Millicent aveva solo cinque anni, una fuga improvvisa con un uomo mandato dalla Con-Edison, allora si chiamava cosí, per fare una valutazione gratuita dell'efficienza energetica casalinga. Erano passati sei anni dall'ultima volta che la M/N Millicent aveva posato gli occhi sul suo Vecchio ma ricordava che era alto quasi tre metri e morbosamente obeso, ragione per la quale ogni specchio della casa nonché la vasca da bagno erano stati di grandezza doppia. Una sorella maggiore molto impegnata nel nuoto sincronizzato era rimasta incinta e si era sposata ai tempi del liceo, poco dopo la partenza della madre.

Gli scricchiolii e i colpi secchi dal pendio della collina sono intanto aumentati. Mario si trova in difficoltà su qualsiasi pendenza. Un uccello di chissà quale specie si è posato sul ramo piú alto di un piccolo albero e li guarda mentre stanno tutti e due lí, senza dire una parola. Di colpo a Mario viene in mente una barzelletta che ricorda di aver sentito raccontare da Pemulis:

«Se due persone si sposano in West Virginia, poi prendono baracca e burattini e traslocano in Massachusetts, poi decidono che vogliono divorziare, qual è il problema piú grande che incontrano?»

La M/N M.K. dice che l'altra sua sorella maggiore era entrata nelle Ice Capades a soli quindici anni, pensa un po', e faceva parte della fila di fondo, quella dove il massimo della difficoltà artistica consisteva nell'evitare di andare a sbattere contro qualcun altro, cadendo o facendolo cadere.

«Ottenere il divorzio dalla propria sorella, perché secondo Pemulis in West Virginia un mucchio di persone che si sposano sono fratello e sorella».

«Tienimi la mano».

«Però stava solo scherzando».

Ormai la luce era dello stesso colore della cenere e dei tizzoni sul fondo di una griglia Weber da barbecue. La M/N Millicent Kent li stava guidando in cerchi progressivamente piú piccoli. Poi, disse, all'età di otto anni era tornata a casa presto dagli allenamenti doposcuola alla sede Usta juniores di Passaic, e non vedeva l'ora di infilarsi il vecchio body e lanciarsi in qualche danza moderna interpretativa nella sua stanza, quando aveva trovato suo padre con indosso il suo body. È inutile dire che non era esattamente la sua misura. E la punta dei suoi enormi piedi nudi era strizzata nelle scarpette col tacco a spillo che la Sig.ra Kent aveva dimenticato nella fretta della partenza. Aveva spostato tutti i mobili su un lato della sala da pranzo e ballonzolava di fronte all'enorme specchio, strizzato nel body lilla pieno di rigonfiamenti e grottescamente minuscolo. Mario dice che il lilla è decisamente il colore della M/N Millicent. Lei dice che era la parola esatta per quel che stava facendo: *ballonzolava*. Faceva pirouettes e rond de jambe. Sorrideva leziosamente, anche. Il cavallo del body assomigliava a una fionda, da quanto era deformato. Non l'aveva sentita entrare. La M/N Millicent chiese a Mario se avesse mai visto la yin-yang di una ragazza. Carne oscenamente irsuta e venata strapiombava e tracimava da ogni centimetro del perimetro del body, ricordava. Personalmente, disse a Mario, aveva avuto una figura voluttuosa perfino a otto anni, ma il Vecchio era di un'altra categoria. Mario continuava a dire Perbaccolina, non gli veniva in mente nient'altro. La sua carne si scuoteva e ondeggiava mentre ballonzolava. Era ributtante, disse. Non c'era traccia di un Husky VI né di altri modelli di cavalletto tra i cespugli. Aveva detto letteralmente «yin-yang». Ma al suo Vecchio non piaceva solo vestirsi da donna, disse; poi venne fuori che dovevano essere i vestiti di una sua *parente*. Disse di non aver mai capito perché i costumi e i gonnellini da pattinaggio artistico di sua sorella facessero sempre le borse da tutte le parti e avessero l'elastico schiantato, dal momento che anche le sue sorelle non avevano esattamente delle taglie da denutrite. Il Vecchio non la sentí entrare e continuò a ballonzolare e azzardare jeté per parecchi minuti, fino a quando il suo occhio incrociò quello di lui nello specchio, disse. Fu allora che seppe che doveva andarsene, disse. E la signora delle Ammissioni per conto del vecchio di Mario aveva telefonato, guarda caso, proprio quella sera, disse. Si vede che era destino. Serendipità. Kismet.

«Yin-yang», offrí Mario, annuendo con la testa. La mano della M/N Millicent era grossa e bollente e di un livello di umidità tipo quello di un tappetino da bagno utilizzato molte volte di seguito in rapida successione.

Molti anni addietro la piú piccola delle sue sorelle maggiori aveva informato la M/N M.K. che i primi sospetti sul Vecchio erano nati quando la sorella primogenita era piccolissima e la Sig.ra K. le aveva cucito un costume speciale con arco & frecce in lamé dorato per fare la parte di Cupido nella recita scolastica di San Valentino, e un giorno c'era stato un allarme amianto alla scuola di sua sorella e lei era tornata a casa prima e aveva trovato il Vecchio in cantina con le minuscole alucce e il pannolone orribilmente dilatato intento a riprodurre la posa di un Tiziano molto famoso dell'ala Primo Rinascimento del *Metropolitan*, dopodiché lei aveva lottato per un bel po' con la sindrome da negazione e diffidenza delle proprie percezioni, fino a quando una crisi isterica durante le prove per un numero delle Ice Capades per il Giorno di San Valentino aveva portato a galla tutto il rimosso e spezzato la negazione, e i consulenti dell'Ufficio Assistenza

Dipendenti delle Ice Capades l'avevano aiutata ad affrontare la cosa.

Fu a quel punto che la M/N Millicent li fece fermare in un cespuglio privo di spine di quello che piú tardi si rivelò essere sommacco velenoso e, voltandosi con una strana luce nell'unico occhio non oscurato dall'ombra dei pini, affondò l'ampia testa di Mario nella zona sottostante i propri seni e disse di dover confessare che già da qualche tempo le ciglia di Mario e il suo giubbotto con lo sprone incorporato per potersi reggere in piedi la facevano impazzire di ipereccitazione sensuale. Quello che Mario avvertí come un improvviso e radicale crollo nella temperatura abituale era in realtà la conseguenza del tremendo risucchio di energia ambientale dall'aria circostante scatenato dalla stimolazione sessuale della M/N Millicent Kent. Il volto di Mario era tanto appiattito contro il torace della M/N Millicent da costringerlo a contorcere innaturalmente la bocca verso sinistra per respirare. Il fiocco per capelli della M/N M.K. si staccò e cadde fluttuando come una gigantesca falena lilla impazzita lungo lo sguardo di Mario. La M/N M.K. stava cercando di aprire i pantaloni di velluto di Mario, impedita tuttavia dal complesso sistema di fibbie e chiusure Velcro alla base del giubbotto con lo sprone incorporato che si sovrapponeva all'altra serie di chiusure dei pantaloni, e Mario si sforzava di riconfigurare la sua bocca per poter respirare e al tempo stesso avvertire la M/N M.K. di quanto patisse terribilmente il solletico nella zona ombelicale e immediatamente sotto. Adesso cominciava a sentire la voce di Hal proveniente dall'alto e da est che lo chiamava a volume moderato. La M/N Millicent Kent stava dicendo che Mario non poteva assolutamente essere piú nervoso di lei per quello che stava accadendo fra loro. È anche vero che i suoni risucchianti che venivano dalla bocca di Mario storta a sinistra potevano essere interpretati come il respiro pesante della stimolazione sessuale. Fu quando la M/N Millicent gli avvolse un braccio intorno alla spalla per far leva e intrufolò l'altra mano sotto il bordo del giubbotto stretto poi giú dentro pantaloni e slip in cerca di un pene, che il solletico divenne insopportabile e Mario si piegò in due, liberando la faccia dal petto della M/N Millicent e sghignazzando tanto forte con quel suo particolare picco tonale che Hal non ebbe difficoltà a rintracciarli, per quanto compromessi fossero i suoi sistemi navigazionali dopo circa quindici minuti trascorsi in segreta solitudine tra i pini fragranti.

Piú tardi Mario disse che era andata proprio come quando hai una parola sulla punta della lingua e per quanto provi non riesci a ricordartela fino all'istante esatto in cui smetti di provarci, ed ecco che allora salta fuori, dritto in mezzo alla tua testa: fu quando i tre risalirono insieme il pendio della collina diretti al filare d'alberi sul margine, cercando solo di ritornare a Com. & Amm. per la via piú diretta nel buio, che andarono a inciampare sul cavalletto, un Husky Tl dai piedini zigrinati banalmente rilucente, nel mezzo di un cespuglio né particolarmente alto né particolarmente fitto, anzi.

30 APRILE
ANNO DEL PANNOLONE PER ADULTI DEPEND

Steeply disse: «Scegliendo Boston come vostro centro Ops, dopotutto, il che per noi significa: il luogo di supposta origine dell'Intrattenimento».

Marathe fece un gesto che indicava disponibilità ad andargli dietro e prendere la cosa per buona, se Steeply lo desiderava. «Ma anche la città di Boston Usa ha una sua logica. La vostra città piú vicina alla Convessità. Quindi la piú vicina al Québec. A tiro di sputo, come dite voi». La sua sedia a rotelle scricchiolava leggermente ogni volta che si muoveva. Un clacson di automobile sparò una raffica prolungata da qualche parte fra loro e la città. Faceva sempre piú freddo sulla superficie del deserto; sentivano il cambiamento. Provò gratitudine per la propria giacca a vento.

Steeply fece volare della cenere dalla sigaretta con un rozzo gesto di pollice non ancora femminilizzato. «Eppure non siamo affatto certi che abbiano davvero delle copie. Poi esiste davvero questo virgolette "anti"-Intrattenimento apparentemente preparato dal regista per contrastare la letalità?, questo potrebbe ben essere un gioco vostro e di quelli dell'Flq[47] sventolare la promessa di un anti-Intrattenimento come carta per ottenere delle concessioni. Come una specie di rimedio o antidoto».

«Di questo antifilm che antidota la seduzione dell'Intrattenirnento noi non abbiamo nessuna prova tranne un putiferio di voci».

Steeply usò uno stratagemma da intervistatore tecnico, quello di fingere di essere occupato in piccole attività fisiche di igiene e rifinitura per perdere tempo e lasciare che fosse Marathe a completare l'elaborazione del pensiero in modo autonomo. Le luci della città di Tucson, con i loro movimenti e bagliori, creavano un globo luminoso simile a quelli che pendono dai soffitti de les salles de danser nella Val d'Or, Québec. La moglie di Marathe stava morendo lentamente di ristenosi ventricolare[48]. Pensò: *morire due volte*.

Marathe disse: «E perché non ti mandano mai in missione come te stesso, Steeply? Voglio dire nell'apparenza. L'ultima volta eri – cos'è che voglio dire? – un negro, per quasi un anno, no?»

Le scrollate di spalle della gente Usa sono sempre fatte come a sollevare qualcosa di pensante. «Haitiano», disse Steeply. «Ero haitiano. Forse qualche tendenza negroide nel modo di presentarmi». Marathe ascoltò il silenzio di Steeply. Il verso di un coyote Usa ricorda quello di un cane isterico. Il clacson dell'automobile continuava laggiú nel buio, sembrava desolato e per certi versi nautico. La maniera femminile di esaminarsi le unghie consiste nel sollevare l'intero dorso della mano e portarlo di fronte a sé anziché ripiegare le dita virilmente sul palmo della mano rovesciata; Marathe ricordò di averlo appreso in tenera età. Steeply per un certo tempo si puliva gli angoli della bocca, poi passava all'esame-unghie. I suoi silenzi sembravano sempre naturali e contenuti. Era abile come agente segreto. Venne altra aria fredda, strane brezze vorticanti levatesi dalla superficie del deserto per spazzare la piattaforma, improvvisi sbuffi d'aria come dalle pagine voltate di un grosso volume. Le sue braccia nude avevano l'aspetto da pollo spennato della pelle fredda e scoperta nel suo grottesco abito senza maniche. Marathe non si era accorto del momento in cui, mentre faceva notte, Steeply si era tolto gli assurdi occhiali da sole, ma decise che l'istante preciso dell'evento non aveva rilevanza per quando avrebbe riportato ogni parola e gesto di Steeply a M. Fortier. Ancora il coyote, poi un altro piú lontano, forse in risposta. I versi erano quelli di un cane domestico sottoposto a corrente a basso voltaggio. M. Fortier e M. Broullîme e qualche altro suo compagno-su-ruote di Les Assassins credevano che Rémy Marathe fosse eidetico, vicino alla perfezione in fatto di memorie e dettagli. Marathe, che si ricordava di numerosi incidenti d'importanza cruciale in seguito sfuggiti alla sua memoria, sapeva che non era vero.

30 APRILE
ANNO DEL PANNOLONE PER ADULTI DEPEND

Molte volte poi, parlando con Steeply, Marathe aveva definito gli Usa «La vostra nazione cinta da mura» oppure «La vostra nazione murata».

◗

Un guru lucido d'olio in pantaloncini di Lycra e canotta siede in una perfetta posizione del loto. Potrebbe avere quarant'anni. Siede in una perfetta posizione del loto in cima al portasciugamani da muro sopra la macchina per i dorsali della sala pesi dell'Enfield Tennis

Academy, Enfield Ma. Dischi di muscoli si gonfiano sotto la sua pelle e si muovono all'unisono, una cosa quasi da crostaceo. La sua testa risplende, i capelli sono corvini e acconciati in modo curioso. Ha un sorriso che potrebbe vendere qualsiasi cosa. Nessuno sa da dove venga né perché gli sia consentito di restare, ma è sempre là, seduto in posizione yoga a circa un metro dal pavimento gommato della sala pesi. Sul davanti della canotta c'è la scritta in trasparenza TRANSCEND; sulla schiena DEUS PROVIDEBIT in Day-Glo arancione. È sempre la stessa canotta. A volte cambia il colore dei calzoncini di Lycra.

Questo guru vive del sudore altrui. Letteralmente. Dei fluidi, dei sali e degli acidi grassi. È un simpatico pazzoide. Un'istituzione, all'Eta. Dopo le serie alle panche, un po' di bicipiti femorali, gli addominali su piano inclinato e i crunches, sei coperto da un bello strato di sudore caldo; a quel punto, se ti lasci leccare le braccia e la fronte, lui ti regalerà piccole perle di saggezza da guru. Per mesi il suo pezzo forte è stato: «E il Signore disse: il peso che solleverete non ecceda mai il vostro». Tutti riconoscono che i suoi consigli sul riscaldamento e sul modo di prevenire gli infortuni tendono a essere giusti. La sua lingua è piccola e ruvida ma piacevole al tatto, come quella di un micino. Non è una cosa sessuale o da finocchi. Persino qualcuna delle ragazze glielo lascia fare. È del tutto innocuo. Si pensa sia arrivato molto tempo fa con il Dott. Incandenza, il fondatore dell'Accademia.

A molti dei ragazzi nuovi non piace e vorrebbero che se ne andasse. Che razza di guru è uno che porta pantaloncini elastici e vive della traspirazione altrui? Dio solo sa che cosa fa là dentro di notte, quando la sala pesi è chiusa, dicono.

A volte questi ragazzi nuovi che non lo possono vedere entrano in sala pesi e caricano la macchina per i dorsali con un peso superiore al proprio. Il guru sul portasciugamani si limita a restare seduto e a sorridere senza dire una parola. Loro si ingobbiscono, fanno mille smorfie e provano a tirare giú la sbarra, ma il peso sulla macchina per i dorsali sovraccarica è praticamente insollevabile, ed eccoli levarsi con tutto il corpo verso la sbarra che stanno cercando di abbassare. Tutti dovrebbero guardare gli occhi di un uomo che si vede sollevato verso qualcosa che stava cercando di tirare a sé. E mi piace che il guru sul portasciugamani non rida di loro né scuota saggiamente la testa sul largo collo brunito. Si limita a sorridere, tenendo nascosta la lingua. È come un bambino. Ogni cosa che vede lo colpisce e cola a picco senza fare bolle. Lui rimane lí seduto. Voglio essere cosí. Voglio rimanere seduto in pace e attirare a me la vita, una cosa alla volta. Si dice che il suo nome sia Lyle.

C'era Il Vostro e C e Povero Tony a caccia quel giorno e via dicendo. Sul presto era chiaro da non crederci e noi un po' andati a male ma comunque ci siamo rifatti dell'alzata grattando qualche pezzo sui banchi in Harvard Square dove cominciava a farci un po' piú caldo e la neve veniva giú come i fanghi poi dopo Povero Tony è andato a sbattere in un tizio tipo vecchio cittadino irlandese sua vecchia conoscenza forse dai tempi del Cape e Povero Tony gli va addosso e faceva finta che gli voleva fare un pompino gratis e abbiamo convinto l'Irlandese a entrare sul carro con noi e abbiamo fatto caccia grossa e tiriamo su abbastanza $ dall'Irlandota da spararci per bene per tutto il giorno e abbiamo fatto caccia grossa mica da ridere con quello che C voleva spolverizzargli il muso per sempre e via dicendo e prendere il carro dell'Irlandese per andarci a questo negozio delle mignotte che sappiamo noi di un limone che conosce lui a Chinatown ma Povero Tony diventa bianco come la sborra e dice col cazzo e ci fa tutta una storia e via dicendo e allora abbiamo lasciato il tizio nel suo carro fuori dalla Memorial Drive gli abbiamo spaccato la mascella che non gli venga in mente di parlare ma C insisteva e a C non è che puoi dirgli di no e gli ha mozzato un orecchio che non ti dico il casino e via dicendo e dopo C butta l'orecchio in un bidone perciò Il Vostro gli fa che cazzo di motivo c'era. Il bidone era con i bidoni dietro i bomboloni da Steve in Enfield Square. Torniamo ai Quartieri Brighton per un gancio e Roy Tony stava sempre là sulla sua panchina nel Campetto di mattina tardi ma adesso tutti i Negri del Quartiere erano in piedi e sguinzagliati per il Campetto e la faccenda tesa ma era giorno pieno e via dicendo e ci facciamo una storia con Roy Tony e siamo andati giú alla Biblioteca a Copley dove molliamo gli affetti personali quando andiamo a caccia e ci siamo infilati nel cesso degli uomini che sul pavimento c'erano già un mucchio di affetti pure cosí presto e ci facciamo nel cesso e C e Il Vostro c'incazziamo di brutto per chi se ne spara tre e chi due e ci facciamo mollare la terza busta di merda di Povero Tony poi tanto ci dovevamo trovare il gancio per quella notte e pure domani mattina che era Natale e il gancio dovevamo trovarlo prima, è una lotta infinita, è un lavoro a tempo pieno per restare sparati e chi se ne fotte se è Natale che tanto mica si fa vacanza. È una fottuta troia di una vita che nessuno vi racconti stronzate. E via torniamo a Harvard Square però quando arriviamo Povero Tony voleva stare a pranzo con i suoi froci vestiti di pelle al *Bow&Arrow* e da solo li reggo i froci ma con gli amici no questi froci del cazzo non li reggo e Il Vostro e C facciamo affanculo con questa cazzata e ce la filiamo e andiamo su a Central Square dove di solito c'erano i movimenti giusti e ci gelava il culo tutto da capo e via dicendo cosí abbiamo grattato il NyQuil ai magazzini Cvs dove andiamo alla corsia degli spazzoloni e usiamo il manico dello spazzolone per far cadere lo specchio sulla corsia del NyQuil e grattiamo il NyQuil nella giacca di C e ci sballiamo di NyQuil e abbiamo cinquinato lo zainetto a un pivellino alla fermata della linea rossa ma c'aveva solo libri e dischi in una custodia per i dischi che cazzo era di plastica e perciò anche lei all'inferno nel bidone è cosí che finiamo in bocca a Kely Vinoy che batteva il suo angolo dove sta il bidone davanti al negozio di dischi *Cheap-O* nella Square dove ci sta pure il posto e-mail ed era in piena scimmia mentre chattava con Eckwus e un altro tizio ed Eckwus lui ha detto che a Stokely Darkstar gli avevano fatto di nuovo il test al Fenway e gli avevano dato un Boot 8.8 grosso cosí che il Virus ce l'ha di sicuro e Purpleboy lui ha detto che Darkstar ha detto che se lui se ne va a lui non gliene fregava un cazzo e non gliene fregava un cazzo se passava il Virus a qualcun altro e il tam-tam è partito che non devi dividere gli affetti di Stokely Darkstar non usare gli affetti di Stokely Darkstar non importa quant'è brutta la scimmia anche se schiatteresti per averli usa gli affetti di qualcun altro. C ha detto come se ti passasse qualcos'altro per le rotelle quando c'hai la scimmia e ti eri pure trovato il gancio ma sei a corto di affetti e gli affetti ce li ha Eckwus. Tutti noi cacciatori che ci resta un po' di cranio abbiamo i nostri affetti personali che li usiamo solo noi tutti tranne i vecchi zombie scoppiati come Kely e Purpleboy che il loro Uomo gli prende i $ e gli affetti poi è solo Lui che può dargli il buco e a Kely la tiene sul filo della scimmia 24/7 che cosí lei gli fa piú $ e via dicendo, non c'è niente di peggio di un Pappa e i Pappa di Boston sono il peggio del peggio, sono dieci volte peggio dei Pappa di New York che c'hanno fama di essere dei bastardi quelli di Ny dove Il Vostro spacciava il culo a Columbus Square per un pezzo in gioventú come Stokely Darkstar quando non era ancora partito per le verdi praterie, e abbiamo chattato un po' ma stava arrivando il down e diventava buio e nevicava per un Bianco Natale e se non andavamo a caccia prima delle diciamo 2200h i Negri di Roy Tony diventavano troppo sbronzi per trattenerli che non ci davano rogne e ci scappava la rissa e via dicendo se andavamo a cercarci il gancio dopo le 2200h e ci manca solo quello perciò via di nuovo sulla linea rossa per Harvard Square e tutti gli studenti stranieri sono nei bar e rintracciamo povero Tony che fuma marocco coi froci sul retro di *Au Bon Pain* e diciamo cuciniamoci uno studente straniero che sta qui inchiodato nei bar per Natale e andiamo a trovarci il gancio prima delle 2200h e andiamo tutti sul ghiaccio della neve sciolta

che poi s'è ghiacciata al *Bow&Arrow* nella Square con Povero Tony
e Lolasister e Susan T. Cheese che porca troia quanto mi sta sui coglioni ed entriamo e facciamo comprare le birre a Susan T. Cheese e
aspettiamo ma non c'è manco un cazzo di studente che se ne va da
solo per sistemarlo però c'è un tizio più vecchio che neanche un cieco può dire che è uno studente ma manco lo devi aiutare ed è già per
terra che le gambe se l'è bevute e se ne sta sverso sul bancone del bar
pronto per partirsene per le verdi praterie e Povero Tony dice a Lolasister di levarsi dai coglioni quella va a caccia con Povero Tony delle volte ma non se sono robe toste e quando c'è di mezzo C sono sempre robe toste, e Il Vostro informa Susan T. Cheese che pure lei non
si sogni di svignarsela e il tizio più vecchio se ne va sverso reggendosi ai muri in un cappotto da fricchettoni che promette bene per i $
che ci puoi trovare e manda il naso sfatto di qua e di là e via dicendo, C pulisce la vetrina del *Bow&Arrow* e ci guarda attraverso e chat-
ta un po' con un Babbo Natale che suona una grossa campana per
l'obolo e noi siamo come Gesú Cristo è una lotta senza fine per aspettare e trovare il gancio ma dopo un po' alla fine che abbiamo mandato il Babbo Natale affanculo vediamo che quello finalmente prende
una direzione a piedi era ora sulla Mass Ave verso Central Square, e
Povero Tony si fulmina intorno al marciapiede per finirgli davanti
dall'altra parte sul ghiaccio con quei suoi fottuti tacchi a spillo e le
piume di struzzo intorno al collo e lo raggiunge che solo Povero Tony
sa come cazzo fa sul vicolo dei bidoni di fianco alla Bay Bank sulla
Sherman St. poi Il Vostro e C ci buttiamo sul tizio e lo sistemiamo e
C gli spolverizza il muso mica da ridere e lo lasciamo in un monticel-
lo di neve inondato di materia sotto il bidone in condizioni che non
può parlare, e C voleva succhiare la benza a un carro sulla Mass Ave
e dargli fuoco però quello c'aveva addosso 400$ e rotti e un cappot-
to col collo di pelliccia e un orologio che ci abbiamo tirato su un bel
po' e C fa tanto di prendergli pure le scarpe al non studente che poi
non gli entrano e allora finiscono nel bidone.

E perciò torniamo ai Quartieri Brighton ma sono passate le 2200h
è troppo tardi Roy Tony non ce l'ha in giro ci sono solo gli avvoltoi
l'orario di apertura è passato e in compenso c'è come una Convention
di Negri nel Campetto dei Quartieri Brighton con le loro pipe di vetro e le bottiglie di Crown Royal nelle borse viola e via dicendo e se
quelli sentono l'odore di tutti i $ che teniamo ci dànno la caccia a ba-
stonate sono degli animali di notte con le borse di velluto viola e la
P_2P e il crack Redi Rock, una belva di negro con il cappello dei Pa-
triot gli viene un attacco di cuore e si appiattisce a terra vicino all'al-
talena proprio davanti a noi e non c'è un cane dei suoi *fratelli* chiuse

virgolette che fa tanto di muovere un fottuto dito e quello ci resta sono degli animali di notte e ce la svignamo che sembriamo dei razzi dai
Quartieri Brighton, e facciamo il punto. E Povero Tony vuole tornare sulla Linea Rossa fino a Enfield Square dove ci stanno i pusher
dell'*Empire* e provare a farsi una storia con Delphina per della P o se
no qualcos'altro che lo trovi sempre dai froci ai bomboloni da Steve e
cosí sentiamo chi altro ha il carico a Enfield o Allston e via dicendo,
ma la P di Delphina è un buco il tam-tam è in giro che è tutta Manitol e chinino che tanto vale farsi una storia col Guttalax o la Schwep-
pes e C molla una bomba a Povero Tony da lasciarlo lí e C vuole prendere la Rossa per Chinatown ma Povero Tony diventa bianco come la
sborra e dice che Chinatown costa troppo e via dicendo, anche la merda, con Dott. Wo fa 200$ ma almeno è sempre buona eppoi noi c'ab-
biamo 400 e rotti e C la mena che cazzo ci possiamo pure permettere
la merda super di Wo che è famosa per una volta a Natale e Povero
Tony ci va giú col tacco a spillo e dice ma dove la troviamo la grana
per stare sparati che pure Lolasister si deve fare a Natale e starcene a
chiappe all'aria senza che dobbiamo fare la lotta infinita pure a Natale e anche due giorni dopo e magari di piú se non ci fottiamo tutta la
grana alla Vigilia di Natale a Chinatown invece di aspettare che non
è poi una cazzata ma chi l'ha mai visto C che aspetta qualcosa che quello va in scimmia piú in fretta di noi e via dicendo ed è tutto attizzato
per Wo e comincia già col Tremens e il moccio al naso e via dicendo
e a C non è che puoi dirgli di no e diciamo che noi portiamo il culo a
Chinatown e se Povero Tony non vuole venire può fare un respiro da
scoppiare e tenere il fiato nella Square finché non torniamo che il gancio glielo troviamo noi, e Povero Tony dice che magari lui è pure un
finocchio succhiacazzi ma mica è un coglione nato ieri.

E via che si va e via dicendo coi 400$ sulla linea Arancione, e per
una combinazione del cazzo Il Vostro e C finiamo che a momenti ci
sbattiamo una vecchia che pare un'infermiera con l'uniforme e il cappotto da infermiera sul treno poi non ci andava e però Povero Tony
è bianco e sembra che sta fuori con la testa a giocare con le piume di
struzzo e dice che gli passa un pensiero che gli sembrava di ricordarsi di un invischiamento in qualche affare quando il Dott. Wo forse
gli avevano fatto un pacco e l'avevano inculato e che a lui gli pare che
magari è meglio se giú a Chinatown facciamo che non diamo tanto
nell'occhio e proviamo a trovarci il gancio da qualche altra parte che
non è da Wo. Tranne che Wo è il nostro gancio. C è una vecchia conoscenza di Wo che una volta andava a caccia con i limoni sulla North
Shore per Whitey Sorkin nei giorni quando era giovane. A C non gli
puoi dire di no. E cosí alla fermata dell'Arancione becchiamo un taxi

chiatto fino a due isolati prima di *Bambole Hung* e ci caviamo dal taxi a un semaforo che c'è di buono coi portataxi chiatti che non ti possono correre dietro e Povero Tony fa pietà a vederlo sgambare giú per la strada coi tacchi a spillo e la stola di struzzo. Povero Tony si pianta dritto davanti alla porta di *Bambole Hung*, giusto che c'era un'intesa da prima che ci aspettava senza dare nell'occhio piú giú sulla strada e Il Vostro e C entriamo da *Bambole Hung* che lí non aprono prima delle 2300h e vendono *tè* chiuse virgolette tè a 40° a tutte le ore e via dicendo e manco sanno che cos'è un'ispezione perché Dott. Wo fa affari con la madama di Chinatown. Natale non è festa a Chinatown. Dott. Wo se c'è una cosa buona è che sta sempre al *Bambole Hung* a certe ore che si sanno. Qui ci stanno tutti i tipi di vecchie limoni nei gabbiotti a ingollare spaghetti di riso e a trincare virgolette tè da tazze bianche che ti sbagli per quanto assomigliano ai bicchierini da whisky e via dicendo. Coi ragazzini limoni che sgambano di qua e di là e i vecchi nei cappellini che sembrano ebrei e le barbe strette strette in mezzo al mento ma Dott. Wo non è poi tanto vecchio e c'ha occhiali con la montatura di ferro e la cravatta e lo scambi per un banchiere per essere un limone però è cento per cento affari e freddo che ti gela se c'è di mezzo il suo commercio da limoni e piú c'ha le connessioni alte quello e mica lo puoi fottere o tirargli un buco se c'hai ancora un grammo di cranio e non posso crederci che Povero Tony gli sia saltato di esserci di mezzo che provavano a far caccia su Wo anche per il Piú micro dei trighi che lui lo conosce attraverso C e se l'ha fatto davvero C dice che non gli è mai arrivato all'orecchio e non ha mai visto la merda né niente. C è quello che conosce Wo. Abbiamo sistemato che Povero Tony ci aspettava fuori e provava a non dare nell'occhio. Siamo sotto zero e nevica e lui sta in giacchetta di pelle leggera e stola e una parrucca bruna che non è che tiene caldo come un cappello e si gelerà i coglioni a fare l'indifferente e C provava a sorridere e ha detto a Dott. Wo che ci servono tre buste di merda e Dott. Wo sorrideva come fanno i limoni e dice la vita a grattare dev'essere super e C ha riso e dice *piú* che super, C è culo e camicia con i limoni è lui che ci parla e via dicendo, e dice che vogliamo starcene a chiappe all'aria senza dare nell'occhio per le vacanze di Natale e che non ci andiamo a caccia che ho avuto una situazione che a momenti mi sbattevo una vecchia infermiera l'altra notte sulla T e c'è mancato poco che mi pizzicava la madama e Dott. Wo fa sí con la testa nel modo speciale leccaculo che usa per i non limoni che è un casino gentile con loro ma coi suoi limoni è un dittatore quando lo vedi coi suoi limoni che gli leccano il culo però con noi è uno zuccherino è tutto un chattare si sta bene ma è caro però si sta un casino be-

ne sul momento ma Wo finisce il suo cosiddetto tè e va dietro le tende sul retro di *Bambole Hung* che è una gigantesca tenda rosso forte
con le montagne viola e le colline e le nuvole che sono serpenti volanti con le ali di cuoio che al Vostro piacerebbe sguarnirla per uso
personale che nessuno che non è un limone e non è nel giro con Wo
potrebbe mai andarci dietro però vedi quando l'apre e ci va dietro e
sembra solo che ci sono altre vecchie limone sedute sugli scatoloni con
le scritte da limoni a ingozzarsi di altri spaghetti da ciotole che tengono a un millimetro dai loro musi gialli e via dicendo. È raro che i
limoni smettano di sfrugugliare negli spaghetti vecchi. Stokely Dark-
star li chiama lumaconi al biberon e i limoni leccaculo vanno dentro
e fuori dalla tenda mentre Wo è là dietro piú tempo della media e C
c'ha il Tremens e comincia a sclerare e i tossici sono zeppi di super
stazione e lui dice al Vostro mi dice fanculo dice che magari se veramente Povero Tony c'era in mezzo a fottere Wo e se poi un limone
vede Povero Tony fuori ed è uno di questi limoni che va dentro e fuori dalla tenda e magari lo dice a Wo tipo che dice che Povero Tony è
una nostra conoscenza, e mi parte lo smurcio e scleriamo di super stazione per Pt e dove sta Wo dietro la tenda e via dicendo, provando a
sorridere e chattare pianissimo, bevendo virgolette tè che è come grap-
pa solo peggio e verde. E scleriamo quando finalmente Dott. Wo ritorna indietro alla fine sorridendo da leccaculo con tutta la meravigliosa merda, tre buste di merda rinvoltate in un giornale e chi cazzo
lo sa leggere ma le figure sono di Vip limoni col doppiopetto e Wo si
siede, e Wo non si siede mai al banchetto con la merda che non si fa
nel suo commercio, e le mani di Wo sono appoggiate sulla nostra merda e Wo sorride e lui chiede a C se abbiamo visto Povero Tony o Susan T. Cheese in giro che noi andiamo a caccia con Povero Tony nella vita a grattare non è vero ha detto. C dice che Pt è un fottuto succhiacazzi pompinaro di una checca e si sa pure che è una bocca strappata
e gli avevamo spappolato il muso a lui e a Cheese e a Lolasister in una
rissa e non ci andavamo a caccia con i finocchi piú o meno dall'altro
autunno. A C gli colava il moccio come se pioveva e provava a sorridere con l'aria di niente, Dott. Wo ha riso come se gli veniva dal cuore e ha detto eccellente poi si è sporto sulla nostra merda e dice che se
ci capita per caso di vedere Povero Tony o qualcuno di quelli che gli
dovevamo porgere i migliori saluti e augurargli prosperità e molte molte *benedizioni*. E via dicendo. E noi pigliamo il giornale con la merda
e Wo piglia i nostri $ e via che usciamo con tanta cortesia e ammetto
che volevo dargli buca a Povero Tony e filarcela da Chinatown razzo
in culo ma invece scendiamo giú al *China Pearl Place* e Povero Tony se
ne sta dietro un palo della luce coi denti grigi che gli battono a mac-

china vestitino e giacca sottile che prova a non dare nell'occhio nella giacca rossa e i tacchi alti in mezzo a un milione e piú di limoni tutti leccaculo di Wo. E piú tardi dopo che ce la siamo filata non gli abbiamo detto quello che aveva detto Wo che si era seduto e chiedeva di lui e delle *benedizioni* di Cheese e portiamo il culo alla linea Arancione che ci andiamo alla nostra grata dell'aria calda che usiamo di notte nella biblioteca dietro Copley Square e tiriamo fuori i nostri affetti personali da dietro i mattoni dietro il cespuglio vicino alla grata dell'aria dove molliamo gli affetti e ci buttiamo sulla prima busta di merda e siamo lí che ce la cuociamo ma mi accorgo che Povero Tony non la mena neanche un po' quando Il Vostro e C leghiamo per primi si vede che capisce che siamo quelli che hanno trovato il gancio e Povero Tony gli tocca aspettare come al solito, solo che mi accorgo che non la mena nemmeno un pochino, normalmente Povero Tony ce lo fa a fette e frigna Il Vostro, Il Vostro ho imparato a non sentirlo nemmeno, ma quando non frigna adesso che stiamo sclerando e la merda è proprio là mi accorgo che fa il finto tonto e guarda dappertutto tranne che la merda che è strano e C sclerato e col Tremens sta lí a cuocere che ci prova a tenere acceso l'accendino col soffio dell'aria calda e la neve di notte, e ammetto che al Vostro gli viene un freddo del cazzo dentro pure con tutta quest'aria calda che viene dalla grata sotto di noi che ci fa volare i capelli di qua e di là e le penne di struzzo di Tony puntano in cielo e Il Vostro ha come un senso freddo di super stazione un'altra volta, diventi fottutamente super stazionato in questa bastarda d'una vita perché è una caccia senza fine e diventi troppo stanco che ti fidi solo piú dell'abitudine senza fine e della super stazione e via dicendo ma comunque non dico niente però Il Vostro ha una super stazione fredda per Povero Tony che non frigna fa come niente come se deve pisciare e piscia e il vapore sale dal fondo del cespuglio con la schiena girata e manco si guarda intorno con interesse né niente, non dài mai la schiena alla merda quando è anche la tua merda ed è maledettamente strano ma C è talmente in scimmia che non si accorge di niente che già c'ha i suoi problemi a tenere acceso l'accendino. E perciò lo devo ammettere che Il Vostro ha lasciato apposta che C legava e bucava per primo mentre io ancora cuocevo, cuocevo stranamente lento, mi sono sbagliato a sciogliere la neve nel cucchiaio e via dicendo e ho lasciato spegnere l'accendino e qualche altra stronzata con il cotone e C aveva il Tremens peggio di noi e cuoce piú in fretta di tutti e perciò gli capitava comunque. Dopo con il muso sputtanato di C Povero Tony dopo si è deciso ad ammettere che Susan T. Cheese ha aiutato un finocchio di Worcester a fottere Wo con la scusa di un po' di merda ecco perché. E tutte e tre le buste di merda che Wo c'ha mollato nel giornale limone erano Cattive. Corrette. È cominciato l'istante che C ha tolto il laccio e bucato e già sapevamo, Il Vostro e Pt secondo la nostra teoria era Drano con i brillantini blu e via dicendo sfilati uno a uno dai leccaculo limoni ha avuto un effetto da Drano su C e via dicendo tagliata era tagliata poi una cosa o l'altra fatto sta che C comincia a strillare con la voce acuta un secondo dopo che ha slacciato e bucato un secondo ed è sdraioni in terra e sbatte i piedi contro il metallo della grata e con le mani si tira la gola che sembra pazzo e Povero Tony coi tacchi a spillo si fionda su C per chiudergli la bocca e gli dice che deve gridare piano e gli caccia le piume dello struzzo che c'ha al collo in bocca a C per farlo smettere di strillare con la voce acuta che non si sa mai la madama di Boston può sentire che c'è qualche casino e il sangue e altra roba sanguinolenta esce dalla bocca di C e dal naso di C e si sparpaglia sulle piume è un segno certo di Drano, cioè il sangue, e gli occhi di C che pare una bestia e si gonfiano tutti e piange sangue nelle piume che c'ha in bocca e prova ad aggrapparsi al mio guanto ma le braccia di C vanno dappertutto e un occhio tutto di botto gli salta fuori dal muso con uno schiocco come lo fai quando ti metti un dito in bocca con tutto il sangue e altra roba e un filo blu nell'orbita dell'occhio e l'occhio gli cade sul lato del muso di C e resta là appeso a guardare Povero Tony. E C è diventato tutto azzurro e mordeva la testa dello struzzo poi è morto del tutto e all'istante si caca nelle brache e la merda è schifosa e la grata dell'aria calda ci spara pezzetti di sangue e di merda liquida sul muso e Povero Tony si leva da sopra C e si mette le mani sul muso truccato e guarda C fra un dito e l'altro. E mi tolgo il laccio manco a dirlo, e manco mi sogno di provare magari un'altra bustina che come faceva Wo a sapere quale busta di merda ci cuocevamo prima e perciò tutte e tre le buste di merda devono essere Cattive perciò nemmeno me lo sogno anche se Il Vostro ha il Tremens e il moccio dappertutto e adesso Wo s'è rifatto con tutti i nostri $ per restare sparati per Natale. Può pure sembrare una porcata ma se abbiamo dovuto lasciare il corpo andato di C in uno dei bidoni della biblioteca è perché la madama di Copley Square sapeva che era la nostra grata dell'aria calda personale e se lo lasciamo là C ci pizzicano di sicuro come conoscenze note che vuol dire un bel pezzo a scoppiare la scimmia in una cella ma il bidone era vuoto e la testa di C ha fatto un rumore del cazzo quando è andata a sbattere sul fondo vuoto e Povero Tony piangeva e frignava e lui ha detto che non se l'immaginava che quella bestia di Wo era così vendicativo e povero vecchio C e che adesso basta vuole pulirsi dall'ero e trovare un lavoro regolare come ballerino in un Club Irlandese nel Fenway e via dicendo e non la smetteva piú a lamentarsi e frignare. Io non ho detto niente. Ci ho pensato e ripensato sulla T se Il Vostro doveva spolverizzare il muso di Povero Tony per sempre per rifarmi per come aveva lasciato apposta che C sparava per primo e anche se lo sapeva avrebbe lasciato che Il Vostro sparava per primo, o se dovevo rimandare quel pappagallo sulla linea Arancione fino a Wo per provare a strappare a Wo abbastanza merda da spararsi come si deve sparlando a Wo di tutta la merda che Povero Tony e Susan T. Cheese ed Eckwus se la godevano a sbafo adesso. Oppure *che*. Il Vostro stava quasi per piangere. È stato quando Povero Tony si è tolto i tacchi alti e voleva che Il Vostro lo calava sul bordo del bidone di C per riprendersi quello che restava della stola di piume dalla bocca di C che Il Vostro ha pensato che avevo deciso cosa dovevo fare. Ma il limone coi movimenti giusti Wo manco c'era davanti alla tenda del *Bambole Hung* di mattina presto a Natale, poi Povero Tony è partito per le verdi praterie e ha parlato e al Vostro è toccato due giorni a scoppiare la scimmia nell'ingresso davanti alla casa della mia vecchia che per rifarsi quella ha chiuso a chiave la porta prima che Il Vostro riesce ad arrivare in un Disintox per trovare almeno del metadone e farmi tre dosi per sopportare il down e cominciare a fare dei pensieri su cosa potevo provare a fare dopo che potevo di nuovo stare in piedi e camminare dritto ancora.

○

3 NOVEMBRE APAD

Hal sentí il suono della consolle telefonica mentre lasciava cadere il borsone e si sfilava dal collo la chiave di camera. L'apparecchio telefonico era stato di Orin e la scocca di plastica era trasparente e si vedevano le interiora del telefono.

«Poooronto».

«Perché mi sembra sempre di interromperti nel bel mezzo di una vigorosa sessione di autoabuso?» Era la voce di Orin. «Sempre squilli multipli. Poi hai il fiatone, quando tiri su, tutte le volte».

«Tiro su che?»

«C'è una certa urgenza sudaticcia nella tua voce. Sei uno dei novantanove maschi adolescenti su cento, Hallie?»

A Hal non piaceva mai parlare al telefono dopo che si era fatto in segreto nella Sala Pompe. Anche se aveva acqua o altri liquidi a portata di mano per mandar via quella sensazione di avere la bocca foderata di cotone. Non sapeva perché. Lo metteva a disagio, punto.

«Sembri allegro e in forma, O.».

«Puoi dirmelo, sai. Niente da vergognarsi. Lascia che te lo dica, ragazzo, io mi sono scorticato per anni su codesta collina».

Hal stimava che piú del sessanta per cento di ciò che diceva a Orin da quando Orin aveva improvvisamente ricominciato a telefonargli a primavera fosse una bugia. Non sapeva perché gli piacesse cosí tanto mentire a Orin per telefono. Guardò l'orologio. «Dove sei?»

«A casa. Tranquillo e tostato ben bene. Siamo a oltre novanta fuori».

«Fahrenheit, presumo».

«Questa città è tutta fatta di vetro e luci. Le finestre sono come fari abbaglianti puntati. L'aria fa l'effetto di benzina versata».

«Allora a cosa dobbiamo?»

«Porto gli occhiali da sole anche in casa. A volte allo stadio mi guardo una mano e giurerei di poterci vedere attraverso. Sai quella cosa della torcia contro la mano».

«Le mani sembrano essere un po' il tema centrale di questa chiamata, finora».

«Venendo in qua dal parcheggio ho visto un pedone con un casco coloniale in testa che barcollava e tentava di attaccarsi all'aria poi è caduto a faccia in giú. Un altro uomo di Phoenix falciato dal calore, mi sono detto. Un altro Fenicio».

Hal pensò che, nonostante mentisse per telefono a Orin su delle cose minori, non aveva mai pensato che Orin potesse fare lo stesso. Questo pensiero scatenò un'ondata di elucubrazione involuta da marijuana che presto portò un'altra volta Hal a domandarsi se era una persona intelligente. «Se vuoi sapere che cosa sto facendo tutto il giorno, gli esami sono a meno di sei settimane e Pemulis è sempre meno d'aiuto per la matematica».

«La faccia del tizio ha fatto un rumore sfrigolante quando ha colpito il marciapiede. Tipo il bacon che frigge. È ancora steso là, lo vedo dalla finestra. Non si muove piú. Tutti lo evitano, gli girano intorno per passare. Sembra troppo bollente per toccarlo. Un ragazzino ispanico è scappato col suo cappello. L'avete già avuta la neve voi? Descrivimi ancora la neve, Hallie, ti prego».

«Stai dicendo che hai in testa quest'immagine di me a sedere da qualche parte, di giorno, a farmi le seghe?»

«Pensavo in effetti di fare qualche manovra per ottenere la concessione dei Kleenex lí all'Eta, sai, come investimento».

«Il che naturalmente significherebbe contattare C.T. e la Mami».

«Io e questo lungimirante quarterback di riserva abbiamo fatto delle indagini, tirato fuori le antenne. Sconti per quantità, tariffe preferenziali. Magari anche una linea di lubrificanti non profumati. Che ne dici?»

«O.?»

«Mi manca New Orleans, ragazzo. È perché tra poco sarà l'Avvento. Il Quartiere Francese diventa sempre stranamente pudico durante l'Avvento, e per qualche ragione laggiú non piove quasi mai per l'Avvento. La gente ne parla, di questo fenomeno».

«Mi sembri un tantino fuori, O.».

«Impazzisco dal caldo. Forse sono disidratato. Che vuol dire questa parola? È tutto il giorno che ogni cosa sembra beige e polverosa. I sacchetti della spazzatura continuano a gonfiarsi e a prender fuoco per combustione spontanea dentro i cassonetti. Ci sono piogge improvvise di fondi di caffè e bucce d'arancia. Gli spazzini nei camionchiatta devono mettersi i guanti di amianto. Poi ho incontrato qualcuno, un qualcuno forse molto speciale».

«Uh oh. Ora di cena. Suona la campanella».

«Ehi, Hallie, allora? Aspetta. A parte gli scherzi. Che ne sai del Separatismo?»

Hal si fermò un momento. «Vuoi dire quello canadese?»

«Ce ne sono altri?»

La Ennet House, Casa di Recupero da Droga e Alcol[49], fu fondata nell'Anno del Whopper da un tossicodipendente e alcolista cronico che aveva passato gli anni migliori della sua vita adulta sotto la supervisione del Dipartimento di Correzione del Massachusetts prima di scoprire alla Casa Circondariale di Walpole la solidarietà degli Alcolisti Anonimi e di vivere nelle docce del carcere un'improvvisa esperienza di totale autoresa e risveglio spirituale durante il suo quarto mese di ininterrotta sobrietà Aa. Questo tossicodipendente/alcolista recuperato – che nella sua nuova umiltà rispettava cosí tanto la tradizione di anonimato degli Aa da rifiutarsi perfino di usare il suo nome di battesimo, e infatti era noto fra gli Aa di Boston come il Tizio Che Non Usava Neppure Il Suo Nome Di Battesimo – aprí la Ennet House dopo un anno dalla sua uscita in libertà provvisoria, deciso a trasmettere ad altri tossicodipendenti e alcolisti cronici ciò che gli era stato regalato nelle docce del Livello E.

La Ennet House utilizza in leasing l'ex pronto soccorso medico del Complesso Ospedaliero di Salute Pubblica Enfield Marine, gestito dall'Amministrazione Veterani degli Stati Uniti. La Ennet House è organizzata per fornire a ventidue ospiti di ambo i sessi un periodo di nove mesi di residenza e trattamento strettamente sorvegliati.

La Ennet House non fu solo fondata ma anche rinnovata, ammobiliata e decorata in modo originale dall'ex galeotto senza nome degli Aa locali, il quale – dal momento che la sobrietà non significa esattamente santità istantanea – reclutava tossici tra gli ospiti della casa e li conduceva in certe spedizioni fuori orario ai magazzini di mobilio e articoli casalinghi della zona.

Questo leggendario fondatore anonimo era uno della vecchia guardia degli Aa di Boston, un tipo duro come la pietra appassionatamente convinto che tutti, non importa quanto lunga fosse la striscia di fango che si portavano dietro, meritassero la stessa possibilità di arrivare alla sobrietà mediante quella resa totale e incondizionata che era stata concessa a lui. E usava quell'approccio duro che veniva usato ormai solo tra i vecchi lupi di Boston[50]. Nei primi tempi lui, il fondatore, esigeva che chi arrivava alla Ennet House provasse a mangiare le pietre – proprio le pietre, cioè quelle della terra – per dimostrare la volontà di fare proprio tutto per ottenere il dono della sobrietà. La Divisione dei Servizi connessi all'Abuso di Sostanze del Dipartimento di Salute Pubblica del Massachusetts ordinò poi che questa pratica venisse abolita.

Per inciso, *Ennet* non c'entrava nulla con il nome del fondatore innominato della Ennet House.

La faccenda delle pietre – ormai niente piú di un lugubre brandello di mitopoiesi raccontato per sottolineare come fosse molto piú facile la vita degli attuali residenti della Ennet – non era probabilmente cosí folle come parve a quelli della Divisione dei Sas, poiché molte cose che i veterani Aa chiedevano di fare e di credere ai nuovi arrivati non sembravano molto meno folli del provare a masticare il feldspato. Per esempio, mentre sei cosí nervoso da sentire le tue pulsazioni fin nei bulbi oculari, e tremi cosí tanto da fare un Pollock sulla parete ogni volta che qualcuno ti passa una tazza di caffè, e vedi muoversi cose ai limiti del tuo campo visivo e quegli affari sono l'unica cosa che ti distrae dalle voci tipo motosega che senti nella testa, ecco, mentre stai cosí arriva un'anziana signora con i peli di gatto sulla maglia di nylon che ti abbraccia e ti dice di fare una lista di tutte le cose per le quali devi essere grato oggi: ci vorrebbe davvero un po' di feldspato a portata di mano.

Nell'Anno dell'Upgrade per Motherboard-Per-Cartuccia-Visore-A-Risoluzione-Mimetica-Facile-Da-Installare Per Sistemi Tp Infernatron/InterLace Per Casa, Ufficio, O Mobile[51] Yushityu 2007, la morte del fondatore senza nome per emorragia cerebrale all'età di sessantotto anni non venne notata da nessuno al di fuori della comunità Aa di Boston.

DALLA E-MAIL INTERNA CAH-NNE22-3575634-22
DEL SISTEMA INTERLACE, QUARTIER GENERALE
DELLA SEZIONE RECLAMI DELLA STATE FARM
INSURANCE COMPANY, INC., DI BLOOMINGTON IL
IL GIORNO 26 GIUGNO DELL'ANNO
DEI PRODOTTI CASEARI DAL CUORE DELL'AMERICA

DA: murrayf@clmshqnne22.626INTCOM
A: powellg/sanchezm/parryk@clmhqnne.626INTCOM
MESSAGGIO: ehi, ragazzi, date un'occhiata alla giornataccia che ho avuto.
area boston città regione 22, questa primavera, richiesta risarcimento,
testimonianze rilasciate da previdenza lavoro stabiliscono richiedente
Incapace e referto pronto soccorso indica alcol nel sangue a + 0.3, perciò siate lieti di sapere che siamo liberi da responsabilità 357-5. ma fatti salienti che seguono confermati da testimoni e relazione incidente
CYD. ecco la prima pagina, date un'occhiata:

> murrayf@clmshqnne22.62INTCOM 626YDPAH0112317/p. 1

Dwayne R. Glynn
176 N. Faneuil Blvd.
Stoneham, Mass. 021808754/4
21 giugno, ADPCDCDA

Sezione Accertamento Incidenti sul Lavoro
State Farm Insurance
1 State Farm Plaza
Normal, Ill. 617062262/6

Egregi Signori,

La presente fa seguito alla Vostra richiesta di maggiori informazioni.
Nella sezione n. 3 del modulo di denuncia incidente ho riportato come
causa dell'incidente «tentativo di svolgere il lavoro da solo». Nella Vostra lettera scrivete che dovrei spiegarmi meglio e spero che i seguenti
dettagli saranno sufficienti.

Di mestiere faccio il muratore. Il giorno dell'incidente, 27 marzo u.s.,
lavoravo da solo sul tetto di un nuovo edificio a sei piani. Quando com-
pletai il lavoro, scoprii che mi erano avanzati circa 900 kg di mattoni.

Invece di portare giú i mattoni a mano, che è un'impresa laboriosa, decisi di metterli in un grosso barile e calarlo per mezzo di una puleggia che era attaccata sul lato dell'edificio al sesto piano. Dopo aver assicurato la fune al pianoterra tornai sul tetto, spostai il barile lasciandolo sospeso in aria e vi caricai i mattoni. Poi tornai a terra e slegai la fune, tenendola ben stretta per far scendere piano i 900 kg di mattoni. Come risulta dalla sezione n. 11 del modulo di denuncia incidente, io peso 75 kg.

A causa della sorpresa nell'essere strappato dal suolo così all'improvviso, non ebbi la prontezza di spirito di lasciare andare la corda. Dunque, salii a grande velocità lungo il lato dell'edificio. In prossimità del terzo piano incontrai il barile nella sua fase di discesa. Questo spiega la frattura del cranio e della clavicola.

Rallentato appena da quest'incontro continuai la mia rapida ascesa finché le dita della mia mano destra si incastrarono nella puleggia fino alla seconda nocca. Fortunatamente, a questo punto avevo riacquistato la mia presenza di spirito e riuscii cosí a reggermi forte alla fune nonostante il grande dolore. Piú o meno allo stesso tempo, però, il barile di mattoni colpí il suolo e perse il fondo a causa della forza dell'impatto.

Senza il peso dei mattoni, il barile pesava ora approssimativamente 30 kg. Vi rimando ancora alla sezione n. 11, in cui si dice che peso 75 kg. Come potete immaginare, sempre mantenendo la mia presa sulla fune iniziai una discesa piuttosto rapida dalla puleggia lungo il lato dell'edificio. In prossimità del terzo piano incontrai il barile in fase di risalita. Questo spiega la frattura di ambo le caviglie e la lacerazione di gambe e parte inferiore del corpo.

L'incontro con la carriola mi rallentò abbastanza da diminuire di molto l'impatto con il terreno ricoperto di mattoni sotto di me. Tuttavia sono spiacente di riferire che, mentre giacevo sui mattoni in preda a grande dolore, incapace di alzarmi o muovermi, vidi il barile vuoto sei piani sopra di me e persi di nuovo la prontezza di spirito e sfortunatamente lasciai andare la fune, cosicché il barile cominciò a—

endtransINTCOM626

IL PRIMO COMMENTO SCRITTO ANCORA ESISTENTE
DI HAL INCANDENZA SU QUALCOSA DI ANCHE SOLO
LONTANAMENTE FILMICO, PRESENTATO PER IL CORSO
DEL SETTIMO ANNO DEL SIG. OGILVIE «INTRODUZIONE ALLO
STUDIO DELL'INTRATTENIMENTO» (2 SEMESTRI, OBBLIGATORIO),
ENFIELD TENNIS ACADEMY, 21 FEBBRAIO
ANNO DEL POLLO PERDUE WONDERCHICKEN,
QUATTRO ANNI DOPO LA CESSAZIONE DELLE TRASMISSIONI TELEVISIVE,
UN ANNO DOPO IL DECESSO DEL DOTT. JAMES O. INCANDENZA,
RELAZIONE CHE RICEVETTE UN MISERO B/B +
– NONOSTANTE IL GIUDIZIO NEL COMPLESSO POSITIVO –
SPIEGABILE SOPRATTUTTO CON IL FATTO CHE IL ¶ CONCLUSIVO
NON ERA GIUSTIFICATO DALL'ARGOMENTO DEL SAGGIO
– DISSE OGILVIE – ED ERA SUPPORTATO SOLO DALLA PURA
INTUIZIONE SOGGETTIVA E DALL'ABBELLIMENTO RETORICO.

L'Ispettore Capo Steve McGarrett di *Hawaii Five-o* e il Capitano Frank Furillo di *Hill Street* possono essere presi a esempio per mostrare come la nostra idea nordamericana dell'eroe si sia modificata fra gli anni Settanta di *Hawaii Five-o* e gli anni Ottanta di *Hill Street*.

L'Ispettore Capo Steve McGarrett è un classico eroe moderno d'azione. Lui è la storia, e la storia è ciò che fa lui. La macchina da presa è sempre su di lui. Di rado è fuori dallo schermo. Ha solo un caso a settimana. Gli spettatori conoscono il caso e sanno anche chi è il colpevole praticamente da subito. Poiché gli spettatori conoscono la verità prima dello stesso Steve McGarrett, non c'è mistero, c'è solo Steve McGarrett. Il punto drammaturgico di *Hawaii Five-o* sta nell'osservare l'eroe in azione, vedere Steve accumulare indizi e avanzare spavaldo verso la verità. Arrivare al bersaglio è l'essenza di ciò che fa il classico eroe d'azione moderna.

Steve McGarrett non è appesantito da problemi amministrativi da Capo della Polizia, né da femmine, amici, emozioni o altre conflittuali richieste d'attenzione. Il suo campo d'azione è privo di ogni complicazione diversiva. Pertanto Steve McGarrett agisce con determinazione per ricostruire una verità che gli spettatori già conoscono e trasformarla in oggetto di legge, giustizia ed eroismo moderno.

Invece il Capitano Frank Furillo, come si diceva un tempo, è un eroe «*post*»-moderno. Cioè un eroe le cui virtú sono rapportate a un'èra americana piú complessa e corporativa. In altre parole un eroe di reazione. Il Capitano Frank Furillo non investiga sui casi, non si dirige sul bersaglio senza alcun dubbio. È il capo di un commissariato di zona. È un burocrate e il suo eroismo è burocratico, con un genio per il navigare tra le complicazioni diversive. In ciascun episodio di *Hill Street* il Capitano Frank Furillo è assediato da ogni lato da distrazioni di poco conto fin dal primo istante del telefilm. Non uno ma undici complessi casi, ciascuno con sospetti e informatori e ufficiali investigativi e leader di comunità arrabbiati e famiglie delle vittime, tutti a strepitare in cerca di giustizia. Centinaia di incarichi da affidare, ego da blandire, promesse da fare, promesse della settimana prima da mantenere. I problemi domestici di due o tre poliziotti. Buoni per le buste paga. Schemi per i piani di lavoro. Corruzione dalla quale essere tentato e tormentato. Un Capo di Polizia che è una parodia politica, con un figlio iperattivo, una ex moglie che infesta il cubicolo di vetro sabbiato che funge da ufficio per Frank Furillo (mentre l'ufficio di Steve McGarrett negli anni Settanta a.S. aveva maggiori affinità con le biblioteche dell'aristocrazia terriera, insonorizzato da due pesanti porte e rivestito di spessa quercia tropicale), piú un'Avvocatessa della Difesa freddamente attraente che vuole sapere se a quel sospetto sono stati letti i diritti in spagnolo e se Frank può smetterla di venire troppo in fretta perché l'altra notte è di nuovo venuto troppo in fretta, forse dovrebbe entrare in una qualche terapia antistress. Poi, di settimana in settimana, tutti i dilemmi morali e le doppie fedeltà in cui l'imparziale eroismo burocratico getta il Capitano Frank Furillo.

Il Capitano Frank Furillo di *Hill Street* è un eroe «post»-moderno, un virtuoso della terza via, del compromesso e dell'amministrazione. Frank Furillo conserva la sua sanità, compostezza e alto portamento di fronte a un fuoco di fila di sollecitazioni astraenti e poco eroiche che avrebbero lasciato l'Ispettore Capo Steve McGarrett, vinto e sfatto, a rodersi le unghie nelle selve della confusione amministrativa.

A ulteriore differenza dell'Ispettore Capo Steve McGarrett, il Capitano Frank Furillo è di rado ripreso in primo piano o frontalmente. In genere è uno dei soggetti di una frenetica panoramica mobile. Viceversa, i cameraman di *Hawaii Five-o* non usano neppure il carrello, preferendogli una ripresa fissa da cavalletto sui primi piani di McGarrett che oggi ricorda piú la ritrattistica romantica che gli sceneggiati filmati.

Che tipo di eroe segue il moderno cow-boy irlandesizzato di McGarrett, il solitario uomo d'azione a cavallo che guida in paradiso le sue pecore solitarie? Quella di Furillo è una solitudine completamente diversa. Di quelle mandrie l'eroe «post»-moderno è parte eroica, responsabile di tutto ciò che succede, responsabile verso tutti, il volto solitario placido come quello di una vacca anche quando è sotto pressione. Alla mascella prominente dell'eroe d'azione (*Hawaii Five-o*) si sostituisce, un decennio piú tardi, l'occhio mite dell'eroe di reazione (*Hill Street*).

E, come abbiamo osservato nel nostro corso fino a oggi, noi, in quanto spettatori nordamericani, abbiamo accordato sin da allora la nostra preferenza all'eroe piú stoico e corporativo della probità reattiva, «intrappolati» – come qualcuno potrebbe essere indotto ad affermare – nell'ambiguità morale reattiva della cultura «post-» e «post-post-» moderna.

Ma cosa viene dopo? Quale eroe nordamericano può sperare di succedere al placido Frank? Restiamo in attesa, prevedo, dell'eroe della non-azione, l'eroe catatonico, al di là della calma, separato da ogni stimolo, trasportato da una scena all'altra da comparse grandi e grosse il cui sangue contiene ammine retrograde.

IL SOLO ARTICOLO NOMINALMENTE PUBBLICATO DALL'ENORME,
ARROSSATA DALL'ELETTROLISI, «HELEN» STEEPLY
«GIORNALISTA» PRIMA DI DEDICARSI AL PROFILO UMANO
DI ORIN J. INCANDENZA, PUNTER DEI PHOENIX CARDINALS,
E IL SOLO ARTICOLO DA LEI NOMINALMENTE PUBBLICATO
AD AVERE QUALCOSA A CHE VEDERE CON LA BUONA VECCHIA BOSTON,
10 AGOSTO, ANNO DEL PANNOLONE PER ADULTI DEPEND,
QUATTRO ANNI DOPO CHE IL TEORICO DELL'OTTICA,
IMPRENDITORE, ACCADEMICO DEL TENNIS E CINEASTA AVANT-GARDE
JAMES O. INCANDENZA SI TOGLIESSE LA VITA
INFILANDO LA TESTA IN UN FORNO A MICROONDE

«Moment Magazine» ha appreso che il tragico destino della seconda cittadina nordamericana a ricevere un Cuore Artificiale Esterno Jarvik IX è stato, tristemente, tenuto nascosto al popolo nordamericano. La donna, una contabile quarantaseienne di Boston affetta da ristenosi cardiaca irreversibile, aveva risposto cosí bene alla sostituzione del suo cuore malato con un Cuore Artificiale Esterno Jarvik IX da poter riprendere in poche settimane lo stile di vita attivo al quale era avvezza prima di essere colpita dal male, procedendo a ritmo spedito con la straordinaria protesi portatile installata in un'elegante borsetta di Etienne Aigner. I tubi ventricolari del cuore s'immettevano nelle deviazioni collocate nelle braccia della donna e traghettavano avanti e indietro il sangue vivifico fra il suo attivo corpo vivo e lo straordinario cuore dentro la sua borsetta.

Il suo tragico, prematuro e, qualcuno potrebbe dire, crudelmente ironico destino, tuttavia, è stato vittima di quel silenzio troppo frequente nel quale le tragedie insensate vengono seppellite quando rischierebbero altrimenti di gettare le insensibili procedure dei pubblici ufficiali nella luce negativa della conoscenza pubblica. C'è voluto il fiuto da segugio giornalistico, scrupoloso e temerario, che i lettori hanno imparato ad apprezzare in «Moment» per dissotterrare i fatti tragicamente negativi del suo destino.

La quarantaseienne beneficiaria del Cuore Artificiale Esterno Jarvik IX era attivamente impegnata in un giro per le vetrine dell'elegante Harvard Square, a Cambridge, Massachusetts, quando un borseggiatore travestito, un tossicodipendente con passato criminale molto noto alla forza pubblica, bizzarramente agghindato con un vestitino da cocktail senza spalline, tacchi a spillo, cencioso boa piumato e parrucca castana, strappò brutalmente all'inconsapevole presa della donna la borsetta che le dava la vita.

L'attiva donna dai pronti riflessi inseguí il borseggiatore «donna» tanto a lungo quanto ne fu capace, lamentosamente strillando ai passanti le parole «Fermatela! Mi ha rubato il cuore!» sull'elegante marciapiede affollato di persone che hanno poi riferito di averla sentita gridare ripetutamente: «Mi ha rubato il cuore, fermatela!» In risposta alle sue grida lamentose, tragicamente, acquirenti e passanti tratti in inganno si limitarono a scuotere la testa reciprocamente, sorridendo con l'aria di chi la sa lunga per ciò che erroneamente presumevano fosse solo un'altra relazione alternativa ormai guastatasi. Una coppia di poliziotti di Cambridge, Massachusetts, i cui nomi sono sfuggiti alle scrupolose indagini di «Moment», furono uditi da tutti pronunciare un unico commento passivo: «Capita in continuazione», mentre la vittima incespicava freneticamente sulle orme del travestito in fuga, invocando aiuto per il suo cuore rubato.

Il fatto che la vittima protesica del crimine abbia potuto mettere in atto un vivace inseguimento per oltre quattro isolati prima di crollare al suolo sul suo petto vuoto dà la misura della stupefacente capacità del cuore artificiale Jarvik IX, fu la dichiarazione anonima di un pubblico ufficiale medico raggiunto da «Moment» per un commento.

Come fonti ufficiali ben informate hanno passivamente ipotizzato, poteva darsi che perfino la coscienza indurita del borseggiatore reso folle dalla droga fosse stata toccata dalla protesi salvavita trovata nella borsetta di Aigner della malcapitata, che funziona con la stessa pila ricaricabile di un rasoio elettrico da uomo, protesi che non era escluso avesse continuato a battere e a sanguinare per un certo tempo nella borsetta brutalmente sconnessa. La risposta del borseggiatore a tale richiamo di coscienza sembra essere consistita nel colpire crudelmente e ripetutamente con un sasso o altro attrezzo utilizzato a mo' di martello il Cuore Artificiale Esterno Jarvik IX, i cui resti furono ritrovati qualche ora piú tardi dietro la storica Biblioteca Pubblica di Boston nell'elegante Copley Square.

E tuttavia, ci si potrebbe chiedere, è sempre destinata la marcia inarrestabile della scienza medica, in grado di incutere cosí grande timore reverenziale, a includere simili tragici eventi di ignoranza e insensibile perdita? Tale sembra essere la filosofia degli ufficiali di polizia nordamericani. E se davvero questo è il caso, il destino delle vittime è spesso imperdonabilmente sottratto alla luce della conoscenza pubblica.

Veniamo agli esiti della vicenda. Il cervello un tempo attivo e di pronti riflessi della quarantaseienne deceduta fu asportato e dissezionato sei settimane piú tardi da uno studente di medicina dell'Ospedale Femminile Brigham di Boston, a quanto ci viene riferito talmente commosso dal destino senza cuore della vittima concisamente riportato sul cartoncino appeso al suo alluce da subirne – cosí ha confessato a «Moment» – una temporanea incapacità a maneggiare fisicamente la sega a motore per espletare il compito assegnatogli.

ELENCO ALFABETICO DEI GRUPPI SEPARATISTI/ANTI-ONAN
LA CUI OPPOSIZIONE ALL'INTERDIPENDENZA/RICONFIGURAZIONE
VIENE CATALOGATA DALLA REALE POLIZIA CANADESE A CAVALLO
E DALL'UFFICIO SERVIZI NON SPECIFICATI DEGLI STATI UNITI
COME TERRORISTA/ESTORSIONISTA

(Q = Québechiano, A = Ambientalista, S = Separatista,
V = Violento, Vv = Molto Violento)

- *Les Assassins des Fauteuils Rollents* (Q, S, Vv)
- *Le Bloc Québecois* (Q, S, A)
- *Falange Pro-Canada di Calgary* (A, V)
- *Les Fils de Montcalm* (Q, A)
- *Les Fils de Papineau* (Q, S, V)
- *Le Front de la Libération de la Québec* (Q, S, Vv)
- *Le Parti Québecois* (Q, S, E)

PER QUALE MOTIVO – SEBBENE NEI PRIMI TEMPI
DEI TELEPUTER INTERNET DELL'INTERLACE, CHE UTILIZZAVANO
IN GRAN PARTE LE STESSE GRIGLIE FIBRO-DIGITALI
DELLE COMPAGNIE TELEFONICHE, L'AVVENTO DEL VIDEO-TELEFONO
(ANCHE NOTO COME «VIDEOFONO») EBBE UN PERIODO
DI ENORME POPOLARITÀ TRA I CONSUMATORI – CHI CHIAMAVA
ERA ECCITATO ALL'IDEA DI AVERE UN'INTERFACCIA TELEFONICA
SIA AURICOLARE CHE FACCIALE (POICHÉ LE PICCOLE TELECAMERE
VIDEOFONICHE DELLA PRIMA GENERAZIONE ERANO TROPPO
RUDIMENTALI E IL LORO CAMPO TROPPO RISTRETTO PER MOSTRARE
QUALCOSA DI PIÚ DEI PRIMI PIANI FACCIALI) DA POTER COLLEGARE
AI TELEPUTER DELLA PRIMA GENERAZIONE, A QUEI GIORNI
POCO PIÚ CHE TELEVISORI HIGH-TECH, ANCHE SE NATURALMENTE
AVEVANO LA PICCOLA ICONA OMUNCOLARE
DELL'«AGENTE INTELLIGENTE» NELL'AREA IN BASSO A DESTRA
DELLO SCHERMO NEI PROGRAMMI TELEVISIVI/VIA CAVO
PER SEGNALARE L'ORA E LA TEMPERATURA ESTERNA
O RICORDARE DI PRENDERE LA MEDICINA PER LA PRESSIONE
O SEGNALARE UN PROGRAMMA D'INTRATTENIMENTO
PARTICOLARMENTE IRRESISTIBILE CHE SAREBBE STATO TRASMESSO
DI LÍ A POCO SUL CANALE 491 O QUALCOSA DEL GENERE,
O NATURALMENTE AVVISARE DI UNA CHIAMATA VIDEOFONICA
IN ARRIVO PER POI METTERSI A BALLARE IL TIP-TAP

CON IN TESTA UNA PICCOLA PAGLIETTA ICONICA E IL BASTONE
PROPRIO SOTTO UN MENU DI POSSIBILI OPZIONI DI RISPOSTA,
E I CHIAMANTI LE AMAVANO SUL SERIO LE LORO PICCOLE ICONE
OMUNCOLARI – MA ALLORA PER QUALE MOTIVO
DOPO CIRCA SEDICI MESI, CIOÈ CINQUE TRIMESTRI DI VENDITA,
LA TUMESCENTE CURVA DI DOMANDA DI «VIDEOFONIA»
CROLLÒ IMPROVVISAMENTE COME UNA TENDA COSICCHÉ,
ENTRO L'ANNO DEL PANNOLONE PER ADULTI DEPEND,
NEANCHE IL DIECI PER CENTO DI TUTTE LE COMUNICAZIONI
TELEFONICHE PRIVATE UTILIZZAVA UN QUALUNQUE
TRASFERIMENTO DATI SU FIBRA PER IMMAGINI VIDEO
O ANALOGHI PRODOTTI E SERVIZI, POICHÉ L'UTILIZZATORE/TRICE
DI TELEFONO MEDIO/A AMERICANO/A AVEVA DECISO CHE,
A DIRE IL VERO, *PREFERIVA* LA VECCHIA E RETROGRADA INTERFACCIA
TELEFONICA LOW-TECH SOLO-VOCE DEI BEI TEMPI DI BELL,
UNA SVOLTA NELLE PREFERENZE CHE COSTÒ LA CAMICIA A UN BUON
NUMERO DI IMPRENDITORI AVVENTATI CHE SI ERANO BUTTATI
SULLA VIDEOTELEFONIA, DESTABILIZZANDO INOLTRE
DUE FONDI COMUNI D'INVESTIMENTO DI BUON NOME
CHE SI ERANO TUFFATI A CAPOFITTO NELLA TECNOLOGIA VIDEOFONICA,
E QUASI CANCELLANDO IL FONDO FREDDIE-MAC PER IL SISTEMA
DI PENSIONAMENTO DEGLI IMPIEGATI DELLO STATO DEL MARYLAND,
IL FRATELLO DELL'AMANTE DEL CUI AMMINISTRATORE
ERA STATO UN IMPRENDITORE NELLA TECNOLOGIA VIDEOFONICA
QUASI MANIACALE NELLA SUA AVVENTATEZZA...
E INSOMMA PERCHÉ QUEST'IMPROVVISO RIFUGIARSI DELL'UTENTE
NELLA BUONA VECCHIA TELEFONIA SOLO-VOCE?

La risposta, per farla tre volte breve, è: 1) stress emozionale, 2)
vanità fisica, 3) una certa strana forma di logica auto-obliterante nella microeconomia dell'high-tech di consumo.
    1) Venne fuori che c'era qualcosa di tremendamente stressante nel-
le interfacce telefoniche visuali, che in quelle solo audio stressante non
era stato affatto. Gli utenti videofonici sembrarono rendersi improvvisamente conto di essere caduti in un'insidiosa ma stupenda illusione
riguardo alla telefonia solo vocale. Non l'avevano mai notata prima,
l'illusione – è come se fosse stata cosí complessa sul piano emozionale
da poter essere capita solo nel contesto della sua perdita. La buona vecchia conversazione telefonica tradizionale solo audio consentiva di presumere che la persona dall'altro lato stesse prestando un'attenzione
completa alla telefonata, e al tempo stesso faceva sí che tu potessi di-
strarti quanto ti pareva. Una conversazione tradizionale solo vocale –

nella parte che si appoggiava all'orecchio la cornetta aveva solo 6 piccoli fori ma la parte in cui si parlava (piuttosto significativamente, parve in seguito) ne aveva (6^2), cioè 36 – permetteva di immergersi in una specie di fuga semiattenta, ipnotica quanto il viaggiare in autostrada; mentre si parlava si poteva guardarsi intorno, scarabocchiare, darsi una sistematina, levarsi pezzettini di pelle morta dal bordo delle unghie, comporre haiku sulla rubrica telefonica, mescolare qualcosa sui fornelli; si poteva perfino condurre una conversazione parallela interamente separata con un'altra persona nella stanza usando il linguaggio gestuale ed espressioni facciali esagerate, e tutto questo dando sempre l'impressione di essere attentissimo a ciò che diceva la voce all'altro capo del telefono. Eppure – ecco la parte retrospettivamente meravigliosa – anche mentre si divideva l'attenzione fra la telefonata e ogni altro genere di piccola cosa, in qualche modo non veniva mai in mente che l'attenzione della persona con cui si era al telefono potesse essere scarsa come la nostra. Durante una telefonata tradizionale, per esempio, mentre si stava eseguendo, diciamo, un attento esame tattile del mento in cerca di brufoli non si era in alcun modo oppressi dal pensiero che l'altra persona al telefono potesse magari a sua volta dedicare una buona percentuale della sua attenzione all'esame tattile del suo mento. Era un'illusione, e l'illusione era auricolare e auricolarmente supportata: la voce all'altro capo della linea telefonica era densa, fortemente compressa e incanalata proprio nel tuo orecchio, e ti faceva pensare che l'attenzione del proprietario della voce fosse compressa e focalizzata... anche se la tua stessa attenzione non lo era, ecco il punto. Questa illusione bilaterale di attenzione unilaterale era gratificante in maniera quasi infantile, su un piano emozionale: si giungeva a credere di poter ricevere la completa attenzione di qualcuno senza doverla ricambiare. Con l'oggettività del senno di poi questa illusione appare a-razionale, quasi letteralmente fantastica: sarebbe come pensare di poter mentire e al tempo stesso aver fiducia negli altri.

La videotelefonia rese questa fantasia insostenibile. Chi chiamava doveva mettere insieme la stessa calorosa e intensa espressione d'ascolto che usava negli incontri di persona. Coloro che chiamavano e, per inconscia abitudine, soccombevano a un distratto scarabocchiare e all'aggiustarsi le pieghe dei pantaloni finivano con l'apparire scortesi, assorti o puerilmente infatuati di sé. Chi, ancora piú inconsciamente, si strizzava i foruncoli o si esplorava le narici trovava espressioni inorridite sui volti di chi lo vedeva. Il tutto si risolveva in uno stress videofonico.

Anche peggiore, naturalmente, era la sensazione tipo cacciata-dall'-Eden nel sollevare lo sguardo dopo aver tracciato il profilo del pollice sulla rubrica o essersi aggiustati il batacchio nelle mutande, ed essere testimoni della distratta rimozione di una rifinitura gommosa dalla scarpa della propria interfaccia videofonica proprio mentre lei ci stava parlando, e cosí rendersi conto d'improvviso che l'intera fantasia infantile di dominare l'attenzione della propria partner mentre ci si dedicava a scarabocchi e a sistemarsi i genitali era illusoria e insostenibile, e in realtà non si otteneva un briciolo di attenzione in piú di quanta si stesse dedicando. L'intera faccenda dell'attenzione era mostruosamente stressante, scoprirono i videochiamanti.

2) E lo stress videofonico era anche peggiore se si era in qualunque misura vanitosi. Cioè, se ci si preoccupava anche solo un po' di come si appariva. Cioè agli altri. Quindi, non scherziamo, tutti. Alle buone vecchie telefonate auricolari si poteva rispondere senza trucco, toupet, protesi chirurgiche eccetera. Perfino senza vestiti, se proprio ci andava. Ma per chi teneva all'immagine non poteva piú esserci nelle chiamate videofoniche quell'informalità tipo rispondi-come-sei, e gli utenti cominciarono a considerare le videotelefonate piú o meno come visite a casa, con la conseguente necessità di mettersi qualcosa addosso e attaccarsi le protesi, e fare un controllo dei capelli nello specchio dell'ingresso prima di rispondere.

Ma il vero bacio della morte per la videofonia fu l'aspetto sugli schermi del Tp delle facce di chi chiamava. Non i volti di coloro con cui parlavano, ma i loro stessi volti, quando li vedevano sul video. Dopotutto bastava pigiare tre bottoni per usare la funzione Video-Registra sulla scheda-cartucce del Tp e registrare sia gli impulsi in entrata che quelli in uscita della chiamata visuale, poi riavvolgere e guardare di nuovo come appariva la nostra faccia a chi avevamo chiamato. Questo tipo di verifica non era piú tremendo del guardarsi allo specchio, ma l'esperienza si dimostrò quasi universalmente agghiacciante. La gente era inorridita dal modo in cui il proprio volto appariva su uno schermo Tp. Non era semplicemente il «Gonfiore del Presentatore», la ben nota impressione di peso in eccesso che il video infligge a tutte le facce. Era peggio. Perfino sugli schermi ad alta definizione dei migliori Tp gli utenti avvertivano qualcosa di essenzialmente sfocato e umido nelle loro facce videofoniche, una lucida e pallida *indefinitezza* che pareva non solo poco gradevole, ma in qualche modo evasiva, furtiva, inaffidabile, detestabile. Un'inquietante indagine di gradimento dell'InterLace/Gte, passata del tutto inosservata nell'iniziale burrasca di entusiasmo imprenditoriale per la tecnologia fantascientifica, aveva rivelato che quasi il sessanta per cento degli intervistati che vedevano le proprie facce durante le chiamate videofoniche usava specificamente i termini *inaffidabile*, *detestabile* o *poco gradevole* nel descrivere l'aspetto del proprio viso, con un fenomenale settantuno per cento tra i cittadini piú anziani che paragonava specificatamente il proprio volto video a quello di Richard Nixon durante i dibattiti Nixon-Kennedy del 1960 a.S.

La soluzione proposta a ciò che i consulenti psicologici dell'industria delle telecomunicazioni definirono *Disforia Video-Fisiognomica* (o *Dvf*) fu, naturalmente, l'avvento del Mascheramento ad Alta Definizione; e in effetti furono proprio quegli imprenditori che gravitavano intorno alla produzione dell'immagine videofonica ad alta definizione e in seguito delle vere e proprie maschere, che riuscirono a entrare e uscire dalla breve èra videofonica non solo con la camicia addosso, ma con solidi profitti.

Riguardo alle maschere, la scelta iniziale dell'Immagine Fotografica ad Alta Definizione – cioè l'individuazione degli elementi migliori in una selezione delle migliori foto prese da ogni angolo di un dato utente videofonico e – grazie agli apparecchi già esistenti di configurazione dell'immagine usati dalle industrie cosmetiche e dalla polizia – la combinazione di tali foto nell'attraente collage videotrasmissibile ad alta definizione di un volto atteggiato in una espressione lievemente iperintensa e calorosa che indicava completa attenzione – fu rapidamente soppiantata dall'opzione, meno dispendiosa in termini di dollari e byte, di mostrare (utilizzando esattamente lo stesso software cosmetico/Fbi) un'immagine facciale migliorata da una guaina modellante in resina di polibutilene, e gli utenti dovettero presto convenire che l'elevato costo anticipato di una maschera indossabile era piú che giustificato considerando i benefici nella riduzione dello stress, anche perché le comode strisce di Velcro per il retro della maschera non costavano praticamente nulla; e per due quadrimestri fiscali le compagnie tele/cavo-foniche riuscirono a far impennare la fiducia in se stessi degli utenti stressati con un'offerta integrata orizzontalmente in base alla quale i servizi di composizione immagine e mascheramento erano forniti gratuitamente insieme all'allacciamento videofonico. Le maschere ad alta definizione, quando non utilizzate, pendevano da un piccolo gancio sul lato della consolle telefonica del Tp, surreali e sconcertanti, vuote e accartocciate, e a volte davano luogo a imbarazzanti scambi d'identità in caso di apparecchi familiari o aziendali a utilizzazione plurima per via della frettolosa selezione e applicazione della maschera sbagliata presa dalla lunga fila di maschere appese – ma tutto sommato le maschere parvero inizialmente una risposta industriale praticabile al problema composito vanità/stress/immagine facciale nixoniana.

2 e forse anche 3) Ma se si combina il naturale istinto degli imprenditori a soddisfare tutte le richieste dei consumatori con quella che

sembra essere una distorsione ugualmente naturale nel modo in cui le persone si vedono, diverrà possibile spiegare storicamente la rapidità con la quale l'intera faccenda della maschera videofonica ad alta definizione precipitò in caduta libera. E poiché è stranamente difficile valutare il proprio aspetto, cioè se si è belli o no – per esempio, si provi a guardarsi in uno specchio e a stabilire la nostra posizione nella gerarchia della bellezza con la calma con cui siamo capaci di giudicare se qualcun altro è bello o no – venne fuori che l'autopercezione istintivamente travisata, insieme allo stress per via della vanità, indusse gli utenti prima a preferire poi a chiedere apertamente maschere videofoniche che li facessero molto piú belli di come erano in persona. Gli imprenditori di maschere ad alta definizione, pronti e disponibili a fornire non solo la verosimiglianza ma anche un miglioramento estetico – menti piú pronunciati, occhiaie meno evidenti, cicatrici e rughe appianate – misero ben presto fuori mercato i produttori di semplici maschere mimetiche. Con progressione costante, in altri due trimestri fiscali, la maggior parte degli utenti iniziò a usare sui videofoni maschere cosí innegabilmente piú gradevoli dei loro veri volti, trasmettendosi dunque immagini mascherate orrendamente diverse e migliori, che presto ne scaturí un enorme stress psicosociale: un gran numero di utenti videofonici diventarono improvvisamente riluttanti a lasciare la propria casa per comunicare di persona con coloro che, temevano, erano ormai abituati a vedere sul videofono le loro bellissime immagini mascherate e, vedendoli di persona, sarebbero stati vittima (questa era la loro fobia) della stessa delusione estetica che provocano, per esempio, certe donne sempre truccate la prima volta che sono viste senza trucco.

Le ansie sociali che scaturivano dal fenomeno definito dai consulenti psicologici *Mascheramento Ottimisticamente Travisazionale* (o *Mot*) si intensificarono via via che la tecnologia delle piccole, rozze telecamere videofoniche della prima generazione si orientò verso l'ampliamento dell'apertura dell'obiettivo, e ora le ultimissime microtelecamere potevano ricevere e trasmettere immagini a figura pressoché intera. Certi imprenditori psicologicamente senza scrupoli presero a lanciare sul mercato profili a due dimensioni a figura intera in polibutilene e poliuretano, un po' simili ai cartonati senza testa dei corpi di culturisti e bellezze da spiaggia dietro i quali ci si mette e si appoggia il mento sul cartone sopra il moncherino di collo per farsi scattare le foto sulla spiaggia, solo che queste maschere videofoniche a figura intera erano infinitamente piú high-tech e convincenti. Una volta aggiunti adeguati cambi nel guardaroba 2D, opzioni di colore per occhi e capelli, vari ingrandimenti e riduzioni estetiche eccetera, i costi cominciarono a diventare troppo alti per il mercato di massa anche se, parallelamente, cresceva la pressione sociale per potersi permettere la migliore immagine corporea mascherata a 2D possibile, cosí da non sentirsi inadeguati al videofono. Quanto tempo poteva passare, a quel punto, prima che l'inarrestabile spinta imprenditoriale verso una trappola sempre piú sofisticata concepisse il *Tableau Trasmissibile* (o *Tt*) che, in retrospettiva, era probabilmente l'ultimo vero bacio della morte alla videofonia. Con i *Tt* il mascheramento facciale e corporale poteva ora essere del tutto accantonato e sostituito dall'immagine videotrasmessa di quella che era in pratica la fotografia di un essere umano incredibilmente in forma e attraente e ben fatto le cui reali somiglianze con il chiamante si limitavano alla razza e al numero di arti, e il cui volto rivolgeva uno sguardo concentrato in direzione della telecamera videofonica. Sullo sfondo c'era l'arredamento sontuoso ma non ostentato del genere di stanza che rifletteva al meglio l'immagine di sé che si desiderava trasmettere, e cosí via.

I Tableaux erano semplicemente fotografie d'alta qualità a pronta trasmissione, ridotte a formato diorama e fissate con una staffetta di plastica alla telecamera videofonica, non molto diverse da un coprilente. Certe celebrità dell'intrattenimento estremamente attraenti ma di scarso successo – le stesse che nei decenni precedenti avrebbero monopolizzato il cast degli infospot – divennero molto richieste come modelli per i migliori impianti di Tableaux videofonici.

Dal momento che impiegavano semplici fotografie a pronta trasmissione al posto della creazione e del perfezionamento immagine via computer, i Tableaux potevano essere prodotti in massa e prezzati di conseguenza, e per un breve periodo aiutarono ad alleggerire la tensione fra gli alti costi del mascheramento corporeo perfezionato e le mostruose pressioni estetiche esercitate sui chiamanti dalla videofonia, senza considerare che fornirono impiego a scenografi, fotografi, grafici e celebrità da infospot duramente provate dal declino delle fortune della pubblicità televisiva.

3) Ma c'è una lezione illuminante da imparare riguardo alla curva di fattibilità oltre il breve termine del progresso nella tecnologia di consumo. La carriera della videofonia ricalca perfettamente la forma tipicamente anulare di questa curva: Si parte con una specie di mostruoso avanzamento quasi fantascientifico nella tecnologia di consumo – come quello dalla telefonia auricolare a quella video – avanzamento che, però, porta sempre con sé svantaggi non previsti per il consumatore; poi le nicchie di mercato create da quegli svantaggi – come la stressante e vanitosa repulsione della gente nei confronti del proprio aspetto videofonico – vengono ingegnosamente riempite gra-

zie alla pura verve imprenditoriale; eppure gli stessi vantaggi di queste ingegnose compensazioni dello svantaggio troppo spesso sembrano andare a minare l'avanzamento tecnologico originale, dando luogo a recidivismo consumistico, chiusura della curva e massiccia perdita di camicie per gli investitori avventati. Nel caso in questione, l'evoluzione delle compensazioni di stress & vanità vide il rifiuto da parte dei videochiamanti dapprima delle loro facce, poi dei loro simulacri mascherati e migliorati, per finire con la copertura totale delle videotelecamere e la trasmissione di statici e stilizzati Tableaux da un Tp all'altro. E dietro questi diorama applicati sulle lenti e trasmessi, i chiamanti scoprirono naturalmente di essere ancora una volta invisibili e senza stress, di poter di nuovo stare senza trucco e toupet e con le occhiaie dietro i loro diorami di celebrità, di nuovo liberi – poiché di nuovo non visti – di scarabocchiare, strizzarsi foruncoli, tagliarsi le unghie, controllare le pieghe dei pantaloni – mentre sul loro schermo il volto attraente e attento della celebrità appositamente scelta sul Tableau del ricevente assicurava loro di essere l'oggetto di quell'intensa attenzione che non era necessario esercitassero.

E però, naturalmente, questi vantaggi altro non erano che quelli un tempo perduti e ora nuovamente apprezzati della buona vecchia telefonia solo audio dei tempi di Bell, con i suoi 6 e (6^2) piccoli fori. L'unica differenza era che adesso questi costosi sciocchi irreali stilizzati Tableaux venivano trasmessi fra i Tp su dispendiose linee a fibre ottiche. Una volta che questa consapevolezza ebbe preso piede e si fu diffusa fra gli utenti (perlopiú via telefono, vale la pena notare), quanto tempo doveva passare, allora, prima che la videofonia visuale high-tech venisse in larga misura abbandonata, e che un ritorno alla buona vecchia telefonia non fosse solo dettato dal buon senso consumistico ma anche, dopo un po', approvato culturalmente come una forma chic di integrità – non certo Luddismo ma piuttosto una specie di trascendenza retrograda dell'high-tech fantascientifica in quanto tale, una trascendenza della vanità e della schiavitú alla moda high-tech che la gente considerava negli altri cosí poco attraente. In altre parole, il ritorno alla telefonia solo auricolare divenne, alla fine della curva chiusa, una specie di status symbol dell'antivanità, al punto che solamente i chiamanti con forti carenze di autoconsapevolezza potevano continuare a fare uso del videofono e dei Tableaux, per non parlare delle maschere, e questi volgari utilizzatori di facsimili divennero gli ironici simboli culturali della volgare e vanesia schiavitú alle società di Pubbliche Relazioni e alle novità dell'alta tecnologia; divennero il volgare equivalente in Epoca Sponsorizzata della gente con gli abiti all'ultima moda, i dipinti su velluto nero, il gilet di lana per il barboncino, i gioielli di zirconi cangianti, il Pulisci-Lingua Anti-Patina eccetera. Quasi tutti i consumatori di telecomunicazioni confinarono i loro Tableaux nel fondo di un cassetto insieme alle altre cianfrusaglie e coprirono le telecamere con coprilenti neri standard e usarono i piccoli ganci appendimaschera delle loro consolle telefoniche per appenderci le nuove rubrichette di plasticene appositamente costruite con un piccolo anello in cima alla rilegatura per poterle attaccare agli ex ganci da maschera. Nonostante questo però, com'era ovvio, il grosso dei consumatori Us rimase molto riluttante a lasciare casa e teleputer per comunicare di persona, per quanto la persistenza di un fenomeno del genere non può essere attribuita solo alla moda passeggera della videofonia, e in ogni caso la nuova pan-agorafobia serví ad aprire enormi nuovi mercati imprenditoriali teleputerizzati di home-shopping con consegna a domicilio, e l'industria non ebbe a preoccuparsene granché.

○

In questi tempi chimicamente tormentati, la Divisione Juniores dell'Organization of North American Nations Tennis Association invia quattro volte all'anno un giovane tossicologo con i capelli del colore della barba del granturco, un ampio bottone liscio al posto del naso e un blazer azzurro dell'Onanta a raccogliere campioni di urina da ogni studente di qualunque accademia tennistica accreditata che sia sopra il numero 64 a livello continentale nella sua fascia di età. Il tennis agonistico a livello juniores dev'essere un bel divertimento pulito. È ottobre nell'Anno del Pannolone per Adulti Depend. Una percentuale importante dei ragazzi dell'Eta si trova fra i migliori sessantaquattro nella propria fascia d'età. Nel giorno della raccolta dei campioni d'urina gli juniores formano due lunghe file che, partendo dagli spogliatoi, si snodano su per le scale e, in formazione di agnati di ambo i sessi, attraversano l'atrio dell'edificio Com. & Amm. dell'Eta col suo tappeto blu e la pannellatura di legno massiccio e le grandi vetrine di targhe e trofei. Ci vuole circa un'ora per andare dalla metà della fila all'area scanni dello spogliatoio del proprio sesso, dove il giovane tossicologo biondo oppure, dal lato femminile, un'infermiera cosí stempiata che il suo volto sembra stare sotto una fronte bisezionata distribuiscono un contenitore di plastica con un coperchio verde chiaro e una striscia di adesivo medico bianco che riporta il nome e il piazzamento del mese e *10-15-Apad e Enf.Ta*, il tutto ordinatamente stampato in corpo sei.

All'Enfield Tennis Academy circa un quarto dei giocatori in classifica con piú di quindici anni non è in grado di superare una prova nordamericana standard delle urine di tipo Gc/Sm^{52}. Questi, i clienti notturni del diciassettenne Michael Pemulis, diventano quattro volte l'anno anche suoi clienti diurni. L'urina pulita costa dieci dollari non trattabili a cc.

«Per l'urina da questa parte!» Pemulis e Trevor Axford diventano venditori trimestrali di urina, e portano i cappellini ovali di carta dei gelatai dei campi da baseball; hanno passato tre mesi a raccogliere e imbottigliare l'urina dei giocatori Under 10, innocente urina infantile calda e pallida, che viene prodotta in piccoli rigagnoli filiformi e l'unico test antidoping che non passerebbe sarebbe tipo una prova dell'Ovomaltina; poi, ogni tre mesi, Pemulis e Axford battono la fila di agnati non sorvegliata che corre a serpente lungo il tappeto blu dell'atrio e vendono bottigliette di Visine piene di urina che tengono in una vecchia cassetta da venditore di hot dog – presa per poco o nulla da un paninaio di Fenway Park in difficoltà durante la bassa stagione – una vecchia scatola di latta ammaccata con una cinghia dei colori dei Sox che si può appendere al collo cosí da lasciare le mani del venditore libere di eseguire le transazioni.

«Urina!»

«Urina clinicamente sterile!»

«Calda fumante!»

«Urina che potreste portare a casa e presentare alla famiglia!»

Trevor Axford si occupa dei contanti. Pemulis distribuisce le bottigliette di Visine a punta conica con l'urina giovanile, bottigliette facili a nascondersi sotto l'ascella, nei calzini o nelle mutande.

«Problemi di urina? Qui urina della fortuna!»

Il prospetto analitico trimestrale delle vendite rivela un numero di compratori d'urina maschi leggermente superiore alle femmine. Domattina i custodi dell'Eta – Kenkle e Brandt, o Dave («Fall Down Very Hard»*) Harde, il vecchio e amatissimo guardiano licenziato dal Boston College per aver preso la narcolessia, o le irlandesi dalle caviglie grosse che vivono nelle case popolari sotto la collina dall'altra parte della Comm. Ave., o magari i residenti astiosi e furtivi della Ennet House, la comunità di recupero in fondo all'altro versante della collina nel vecchio Complesso Ospedaliero dei Veterani, tipi dall'aspetto duro e allo stesso tempo spento che svolgono nove mesi di lavoro manuale per le trentadue ore a settimana previste dal loro piano di recupero – scaricheranno mucchi di bottigliette di plastica vuote di Visi-

---

* Gioco di parole. Il soprannome vuol dire «Casca giú duro», e il cognome del custode è Harde. Quindi… [N.d.T.].

ne dai cestini dei subdormitori nel gruppo di cassonetti dietro il Parcheggio Dipendenti dell'Eta, dai quali cassonetti Mario Incandenza e alcuni fra i piú ingenui degli efebici donatori originali di urina, sotto le direttive di Pemulis, rimuoveranno, sterilizzeranno e riscatoleranno le bottigliette nel corso di un gioco avvincente dal titolo Chi-Riesce-A-Trovare-Bollire-E- Confezionare-Il-Maggior-Numero-Di-Bottigliette-Di-Visine-Vuote-In-Tre-Ore-Senza-Che-Nessuna-Autorità-Si-Accorga-Di-Quello-Che-Si-Sta-Combinando, un gioco che, quando Pemulis glielo aveva proposto tre anni prima, Mario aveva trovato meravigliosamente bizzarro, poi, col tempo, ha cominciato ad aspettare con ansia poiché ha scoperto di avere un vero talento mistico e intuitivo per ritrovare bottigliette di Visine negli strati sedimentari dei cassonetti zeppi, e praticamente vince tutte le volte, e se uno è il povero vecchio Mario Incandenza le soddisfazioni competitive se le prende dove può. T. Axford poi ordina e ricicla le bottigliette, e le spese generali per l'imballaggio sono nulle. Lui e Pemulis nascondono la cassa per i würstel sotto una vecchia vela Yarmouth sui sedili posteriori di un carro attrezzi di seconda mano che insieme a Hal e Jim Struck e un altro tizio nel frattempo diplomato all'Eta, che ora gioca per la Pepperdine, avevano fatto rimettere a posto a forza di collette; avevano sostituito il gancio e la catena arrugginiti con una catena nuova scintillante e un gancio piú robusto – in realtà il carro attrezzi veniva usato sul serio solamente due volte l'anno, a primavera e fine autunno, per traini di brevissima distanza durante lo smantellamento e l'erezione del Polmone, cui vanno aggiunti quelli occasionali di veicoli a trazione posteriore di studenti o dipendenti rimasti bloccati dalle tempeste di neve lungo il viale d'accesso che si inerpica sulla collina dell'Eta con una pendenza di 70° – l'avevano scartavetrato e ridipinto con il fiero rosso-grigio dell'Eta, con la complessa insegna araldica dell'Onan – l'immagine frontale di una minacciosa aquila con una scopa e un barattolo di disinfettante in un artiglio e una Foglia D'Acero nell'altro, un sombrero sul capo e un pezzo di stoffa a stelle che le esce dal becco mezza mangiucchiata – impressa piuttosto ironicamente in trasparenza sulla portiera dal lato del guidatore, mentre il buon vecchio motto tradizionale pre-Tavis dell'Eta, TE OCCIDERE POSSUNT... ornava senza alcuna ironia la portiera del passeggero; e questo carro attrezzi possono usarlo tutti, anche se Pemulis e Axford vantano lieve priorità perché il bollo e l'assicurazione vengono pagati con i proventi trimestrali dell'urina.

Il fratello maggiore di Hal, Mario – al quale per ordine del Decano degli Studenti è concesso di dividere con Hal una camera doppia nel subdormitorio A al terzo piano di Com. & Amm. anche se è cosí fisi-

camente menomato da non poter giocare nemmeno un tennis ricreativo di basso livello, ma che, di contro, ha un vivo interesse per la produzione di cartucce-video e cinematografiche e svolge la sua funzione
di membro della comunità dell'Eta registrando porzioni di match e allenamenti e sessioni di colpi per la successiva analisi su video da parte
di Schtitt e del suo staff – sta riprendendo la fila di ragazzi nel giorno
dell'urina e le interazioni sociali e le operazioni di vendita con la telecamera che gli cinge la fronte e lo sprone appoggiato al torace e il pedale fissato alla caviglia, apparentemente accumulando materiale per
uno di quegli strani cortometraggi concettuali su cartuccia influenzati
da Lui in Persona con i quali l'amministrazione lascia che Mario si diverta nei laboratori di montaggio ed effetti speciali del defunto fondatore, all'imbocco del tunnel principale sotterraneo a Com. & Amm.; e
Pemulis e Axford non obiettano alle riprese né tentano di coprirsi il
volto portando la mano alla tempia quando Mario orienta la testa con
la telecamera Bolex nella loro direzione, perché sanno che nessuno finirà col vedere quelle immagini se non Mario stesso che, su loro richiesta, sfumerà i volti di venditori e clienti e li renderà dei sistemi ondulanti di pixel color carne; nascondere le facce, infatti, non farà che
esaltare quei bizzarri effetti concettuali che Mario cerca sempre, anche
perché si sa che a Mario piacciono molto i pixel ondulanti color carne
e ogni volta che può li sostituisce ai volti della gente.

Fanno affari d'oro.

Michael Pemulis, flessibile e spigoloso, fenomenale a rete ma di
circa due passi troppo lento ad arrivarci per poter giocarc ad alto livello – il che, in compenso, lo rende uno specialista del pallonetto
d'attacco – è un borsista originario di una località nei pressi di Allston Ma – un'area tetra fatta di zone abitate e lotti inutilizzati, di
quartieri popolari dove vivono greci e irlandesi, con sistemi fognari
improvvisati e dimenticati da ogni manutenzione municipale, e un
mucchio di industrie petrolchimiche leggere sull'orlo del fallimento
nella zona dello Spur, un distretto periferico devastato dallo sviluppo urbano incontrollato; c'è una vecchia battuta che si diceva a Enfield-Brighton che fa «Baciami dove olezza» disse lei, cosí lui la portò
a Allston – dove si era scoperto un talento per il tennis giocando su
campi di cemento lercio che scolorivano il giallo delle palle, a torso
nudo, i jeans tagliati e una racchettaccia con le corde di nylon, e la
rete era fatta con la recinzione metallica rubata allo stadio di Fenway
Park e proiettava in mezzo al traffico le palle che la colpivano. A dieci anni Prodigio del tennis del Programma di Sviluppo Cittadino, fu
reclutato sulla collina a undici, con i suoi genitori che volevano sapere quanto avrebbe pagato ora l'Eta in cambio dei diritti su ogni pos-

sibile introito futuro. Disinvolto e cortese durante gli allenamenti, ma un fascio di nervi in torneo, è opinione comune che Pemulis potrebbe stare molto piú in alto in classifica se si impegnasse di piú, poiché è non solo il miglior lobbista in tutta la storia di Eschaton[53], ma anche, a detta di Schtitt, l'unico ragazzo che sappia davvero tirare la volée. Pemulis, la cui vita pre-Eta era stata tremenda, vende anche droghe leggere di ragguardevole potenza a prezzi scontati a una larga fetta del mercato del circuito tornei juniores. Mario Incandenza è uno di quelli che, anche se sapessero come fare a trovarla, non riuscirebbero a scoprire una buona ragione per provare la ricreazione chimica. Non ci pensa nemmeno. Il suo sorriso, sotto la telecamera Bolex fissata alla testa larga ma allo stesso tempo come avvizzita, è ampio e costante mentre riprende il movimento della fila serpentina contro le bacheche piene di trofei.

M.M. Pemulis, il cui secondo nome è Mathew (*sic*), ha il quoziente intellettivo piú alto di qualunque ragazzo in riserva accademica per scarso profitto nella storia dell'Eta. I piú strenui sforzi di Hal Incandenza riescono appena a far passare Pemulis per il rotto della cuffia attraverso la triade di Grammatiche obbligatorie della Sig.ra I.[54] e l'eccitante Letteratura della Disciplina di Soma R.-L.-O. Chawaf, perché Pemulis, che afferma di vedere capovolta una parola su tre, ha davvero un'impazienza congenita da genialoide tecnoscientifico per la nebulosità referenziale e l'ineleganza dei sistemi verbali. Mentre il suo precoce talento tennistico ha ormai scollinato rivelandosi di natura dilettantesca, il vero e inestinguibile talento di Pemulis sta nella matematica e nelle scienze pure, tanto che è titolare dell'ambitissima Borsa di Studio in Ottica Geometrica *James O. Incandenza* della quale ce n'è solo una, che ogni semestre riesce a evitare di perdere grazie a uno strato sottilissimo di media scolastica ben spalmata su tutte le materie, cosa che continua a garantirgli libero accesso alle lenti e a tutto l'equipaggiamento del definito direttore. L'unica altra persona ad adoperare i laboratori ottica-e-montaggio all'imbocco del tunnel principale è Mario, e tra i due esiste quel tipo di legame interpersonale che solo gli interessi comuni e il reciproco vantaggio possono ispirare: se non è Mario a dare una mano a Pemulis nel realizzare i prodotti di lavoro del corso di studi ottici indipendenti, roba che M.P. non ha mai voglia di fare – dovreste vedere quel ragazzo con una lente convessa, ama dire Avril quando Mario può sentirla; è come un pesce nel mare – allora è Pemulis ad aiutare Mario, che è un appassionato di cinema ma non ha una mente tecnologica, nella prassi cineottica, la fisica della distanza focale e i composti a riflessione – dovreste vederlo Pemulis con una curva dell'emulsione, mentre fa uno sbadiglio blasé sotto il cappellino con la visiera all'indietro e si gratta un'ascella maneggiando dei differenziali, pare un ragazzo nato per indossare i calzoni di velluto alla zuava, il portapenne da taschino e il nastro adesivo da elettricista sulle stanghette degli occhiali di corno, e chiede a Mario cosa fanno tre canadesi che copulano su una motoslitta. Sia Mario che suo fratello Hal considerano Pemulis un buon amico, anche se all'Eta quella dell'amicizia è una moneta non-spendibile.

Per molto tempo Hal ha pensato di essere una specie di prodigio lessicale che – nonostante Avril avesse fatto di tutto per dimostrare ai suoi tre figli che l'orgoglio e l'amore irrazionale che provava per loro non dipendevano assolutamente dal loro successo o dai risultati o dal talento potenziale – aveva reso sua madre fiera di lui, poi anche un giocatore di tennis veramente bravo. Ora invece Hal viene incoraggiato a identificarsi con un prodigio a lenta maturazione, una specie di genio del tennis che sta per inorgoglire parenti, amici, maestri, e oltre. Non è mai andato cosí bene, sia sul campo sia a scuola. È dirompente. Ha fatto quel che Schtitt ha definito un balzo esponenziale in un'età postpuberale in cui i miglioramenti radicali, i salti di plateaux, l'avvicinamento alla grandezza del tipo J. Wayne & Show sono straordinariamente rari nel tennis. A lui l'urina sterile viene fornita gratis, anche se potrebbe tranquillamente pagarla: Pemulis dipende da lui per un sostegno verbal-accademico, e non gli piace dovere dei favori, neppure agli amici.

All'età di diciassette anni, nell'ottobre dell'Apad, Hal è giudicato *ex cathedra* il quarto giocatore di tennis Under 18 degli Stati Uniti d'America, e il sesto di tutto il continente, dalle organizzazioni preposte alla compilazione delle classifiche. La testa di Hal, costantemente monitorata da deLint e dallo Staff, è giudicata ancora equilibrata e lucida, non montata né esaltata dalla gloria improvvisa e dal generale aumento delle aspettative. Quando gli si chiede come riesca a far tutto, Hal risponde Bene e grazie di avermelo chiesto.

Se Hal continuasse a mostrarsi all'altezza delle aspettative e dovesse arrivare allo Show, Mario sarebbe l'unico dei fratelli Incandenza a non avere successo come atleta professionista. Chi conosce Mario sa che un pensiero del genere non gli è nemmeno mai passato per la testa.

Il defunto padre di Orin, Mario e Hal era considerato un genio nella sua professione originale, senza che nessuno, neppure lui stesso, avesse mai capito in cosa fosse un genio, il che è tragico ma anche giusto in un certo senso, almeno dal punto di vista di Mario, se è cosí che dovevano andare le cose.

Certa gente considera le persone come Mario Incandenza irritanti o addirittura del tutto fuori di testa, morte dentro in qualche modo essenziale.

L'atteggiamento di base di Michael Pemulis nei confronti della gente è che la Sig.ra Pemulis non ha certo cresciuto un cretino. In campo porta dei berretti da imbianchino e a volte un cappellino da marinaio girato di 180° e, poiché non è abbastanza in alto nella classifica per avere delle sponsorizzazioni, gioca con delle T-shirt con scritte tipo RAGNI LUPO LICEO DI ALLSTON e MAMME PIGNOLE e LE BELVE UMANE IN TOUR NELL'APAD o magari l'antico CI CREDERESTE CHE LA CORTE SUPREMA HA PROFANATO LA NOSTRA BANDIERA. La sua faccia è di quel tipo angoloso con le sopracciglia molto folte che s'incontra dappertutto nei quartieri irlandesi di Allston e Brighton, mento e naso affilati e pelle colore guscio di noce.

Michael Pemulis non vuole passare per scemo e perciò teme il Bruto degli spacciatori, la potenziale bocca strappata, la talpa, l'informatore delle autorità, il poliziotto dall'aspetto efebico mandato per farlo fesso. Perciò, quando qualcuno lo chiama al telefono della sua stanza, perfino via video, e vuole comprare qualche tipo di sostanza, deve prima pronunciare senza esitazione le parole «Vi prego di commettere un crimine» e Michael Pemulis risponde «Buon Dio, un crimine dite?» e il cliente deve insistere, lí per telefono, promettendo a Michael Pemulis del denaro per commettere un crimine o, in alternativa, minacciando di fargli del male se rifiuterà di commetterlo, e Michael Pemulis, con voce chiara e leggibile, fisserà un appuntamento per vedere il chiamante di persona e «difendere il suo onore e la sua incolumità» cosicché, se in seguito qualcuno poi si metterà a parlare o se il suo telefono dovesse essere segretamente intercettato, Pemulis potrà dire di esser stato indotto a delinquere[55].

Nascondere sotto l'ascella una bottglietta di Visine piena di urina fa sí che l'urina, poi, sia a una temperatura plausibile. All'ingresso dell'area scanni maschile l'efebico tossicologo dell'Onanta di solito non solleva neppure lo sguardo dal bloc-notes, ma l'infermiera dalla faccia squadrata sul lato delle ragazze può essere un problema, perché di tanto in tanto pretende che la porta dello scanno rimanga aperta durante la produzione. Avvalendosi della documentazione esistente su plagio e iterazione compressa e xerografia messa insieme da Jim Struck, Pemulis offre anche, a prezzi ragionevoli, un piccolo volantino in forma di *vademecum* che illustra nel dettaglio diversi metodi per affrontare quell'evenienza.

O

INVERNO 1960 A.S. – TUCSON AZ

Jim non cosí Jim. Non è quello il modo di trattare la saracinesca di un garage, piegarsi cosí rigidi all'altezza della vita e strattonare cosí forte la maniglia da far saltare in alto la saracinesca con uno scossone tremendo: cosí ti spezzi gli stinchi e spezzi anche le mie povere ginocchia, figliolo. Vediamo come ti pieghi sulle tue belle ginocchia sane. Fammi vedere come infili gentilmente la mano morbida intorno alla maniglia, tastandone la grana fine, e la tiri appena quanto basta per farla venire a te. Prova, Jim. Scopri qual è la forza esatta che devi esercitare per far muovere la saracinesca con naturalezza, farla scorrere sui rulli e le pulegge oliate nascoste alla vista fra le travi fitte di ragnatele sul soffitto. Pensa a tutte le saracinesche dei garage come allo sportello ben oliato di un forno con dentro della carne sfrigolante e il calore che ne fuoriesce, bruciante. È inutile e pericoloso provare a strattonare lo sportello, tirarlo, sbatterlo, forzarlo. Tua madre è una che sbatte e tira, figliolo. Tratta i corpi al di fuori di lei senza rispetto e senza cura. Non ha mai imparato che trattare le cose in modo gentile e rilassato significa anche trattare quelle cose e il tuo stesso corpo nel modo piú efficace. È colpa di Marlon Brando, Jim. Tua madre laggiú in California, prima che tu nascessi e prima che lei divenisse una madre devota e una moglie vessata con la responsabilità della famiglia sulle spalle, figliolo, tua madre ebbe un grosso ruolo in un film di Marlon Brando. Il suo grande momento. Doveva stare in piedi con le scarpette basse e i calzini corti e la coda di cavallo e portarsi le mani alle orecchie al passaggio di motociclette rombanti. Un momento di enorme intensità drammatica, puoi credermi. Senza che lui lo sapesse, lei era innamorata di questo Sig. Marlon Brando, figliolo. Chi? Chi. Jim, Marlon Brando fu l'archetipo del nuovo attore e, a quanto pare, rovinò il rapporto di due intere generazioni di ragazzi e ragazze con i loro corpi e con gli oggetti quotidiani e i corpi degli altri. No? Be', è per via di Brando che stavi aprendo la saracinesca del garage in quel modo, Jimmy. La mancanza di rispetto viene imparata e trasmessa. Tramandata. Conoscerai Brando quando lo vedrai, e a quel punto avrai imparato a temerlo. *Brando*, Jim, Gesú santo, B-r-a-n-d-o. Brando, il nuovo archetipo del ribelle, duro e zoticone, che si dondola sulle gambe della sedia, si affaccia alle porte, si sdraia su tutto quello che trova, vuole *dominare* gli oggetti senza mostrare alcun dovuto rispetto o cura, strattona le cose come un bambino intrattabile, e le consuma e le getta da una parte senza centrare il cestino e loro rimangono in terra, maltrattate. Con i movimenti e le posture impetuose e maldestre di un moccioso intrattabile. Tua madre appartiene a quella nuova generazione che va contro il verso della vita, contropelo. Può anche aver amato Marlon Brando, Jim, ma non l'ha capito, ecco quel che l'ha rovinata per le piccole cose della vita di tutti i giorni, come i forni e le saracinesche dei garage e perfino un po' di tennis da strapazzo nei parchi pubblici. L'hai mai vista tua madre con lo sportello di un forno? Una carneficina, Jim, roba da rabbrividire per la paura solo a vederla, e la povera scema pensa che sia un tributo a questo zoticone stravaccato di cui s'innamorò quando le passava accanto rombando. Jim, lei non ha mai intuito l'economia gentile e astuta che stava dietro l'approccio agli oggetti virgolette crudo, trasandato e naturale di quest'uomo. Il modo in cui, oh quant'era evidente, provava e riprovava un'inclinazione all'indietro sulla sedia. Il modo in cui studiava gli oggetti con occhio da saldatore, in cerca di quelle giunture centrali piú robuste che reggono anche quando sono messe alla prova dal piú animalesco degli stravaccamenti. Mai... lei non ha mai capito che l'autopercezione che Marlon Brando aveva del suo corpo era talmente acuta da non fargli avere *bisogno* delle buone maniere. Lei ancora non capisce che con quel suo modo virgolette noncurante lui stava in realtà toccando le cose come se fossero parte di sé. Del suo stesso corpo. Quel mondo che sembrava solo strapazzare era per lui senziente. E nessuno... e lei non l'ha mai capito. Altro che uva acerba. Non si può invidiare qualcuno che sa essere cosí. Rispettarlo, forse. Magari di rispetto *voglioso*, a dirla proprio tutta. Non si è mai resa conto che Brando, in ogni occasione, su ogni palcoscenico, da una costa all'altra, stava mettendo in atto l'equivalente di giocare un tennis di alta qualità, Jim, è questo che stava facendo. Jim, lui si muoveva con la grazia di un pesciolino noncurante, come se fosse un solo, grande muscolo, ingenuo come tutte le creature muscolari ma sempre, bada bene, un pesciolino al centro di una corrente chiara di fiume. Quel tipo di grazia animale. Il bastardo non sprecava neppure *un* movimento, ecco che cosa rendeva arte questa sua brutale assenza di cura. Il suo era il *dictum* di un giocatore di tennis: tocca le cose con considerazione e quelle saranno tue; le possederai; si muoveranno o resteranno ferme o si muoveranno per te; si distenderanno e apriranno le gambe e ti cederanno le loro piú intime giunture. Ti insegneranno tutti i loro trucchi. Lui sapeva quello che sanno i Beat e quello che sa il grande giocatore di tennis, figliolo: impara a fare niente, con tutta la tua testa e il tuo corpo, e ogni cosa sarà fatta da ciò che ti circonda. So che non capisci. Per adesso. Conosco quegli occhi stralunati. So fin troppo bene quello che significano, figliolo. Non ha importanza. Capirai. Jim, io so quel che so.

Lo preannuncio qui su due piedi, signorino Jim. Sarai un grande giocatore di tennis. Io ero quasi-grande. Tu sarai veramente grande. Sarai tu il vero giocatore. So che non ti ho ancora insegnato a giocare a tennis, so che questa è la tua prima volta, Jim, Gesú, rilassati, lo so. Non influisce sulle mie predizioni. Tu mi offuscherai e mi cancellerai. Oggi stai cominciando, ed entro pochi anni so fin troppo bene che sarai in grado di battermi sul campo, e forse piangerò la prima volta che mi batterai. Sarà per una specie di orgoglio antiegocentrico, sarà la gioia terribile di un padre cancellato. Lo sento, Jim, anche ora mentre sto in piedi sulla ghiaia bollente e ti guardo: nei tuoi occhi vedo la valutazione dell'angolatura, una prescienza di rotazione, il modo in cui già sistemi sulla sedia il tuo corpo di bambino troppo cresciuto e apparentemente maldestro cosí che stia sulla linea piú breve tra il piatto, il cucchiaio, lo strumento per smerigliare le lenti e la copertina rigida di un grosso libro. Lo fai inconsciamente. Non ne hai idea. Ma io ti guardo, e molto attentamente. Non pensare mai che non ti guardi.

Sarai poesia in movimento, Jim, la tua grandezza e la postura e tutto il resto. Non lasciare che i problemi di postura t'ingannino sul tuo vero potenziale in campo. Fidati di quel che ti dico, per una volta. Il trucco sarà trascendere quella tua testona, figliolo. Imparare a muoverti come quando sei seduto. Nello stesso modo. Vivi nel tuo corpo.

Questo è il garage comune, figliolo. E questa è la nostra porta nel garage. So che lo sai. So che ti è già capitato di guardarla, molte volte. Ora... ora *vedila*, Jim. Vedila come corpo. La maniglia grigiastra, il chiavistello che ruota in senso orario, i pezzi di insetto che sono rimasti sotto la vernice quando era fresca e ora spuntano. Le crepe di questo sole impietoso. Il colore originale non lo sa nessuno. I quadrati concavi dell'intarsio, tutti quanti, sbalzati a chissà quanti livelli sui bordi, che passano per decorazione. Conta i quadrati, forse... Vedi di trattare questa porta come fosse una signora, figliolo. Ruota il chiavistello in senso orario con una mano cosí va bene e... credo dovrai tirare piú forte, Jim. Forse anche piú forte di cosí. Lasciami... ecco come lei desidera si faccia, Jim. Dài un'occhiata, Jim, è qui che teniamo questa Mercury Montclair del 1956 che conosci bene. Questa Montclair pesa 3900 libbre, una piú una meno. Ha otto cilindri e un parabrezza curvo e le pinne aerodinamiche, Jim, e una velocità massima su strada di novantacinque miglia all'ora, non una di piú non una di meno. La prima volta che l'ho vista ho descritto al venditore la tonalità della vernice di questa Montclair come rosso labbra-mordicchiate. Jim, è un oggetto meccanico. Farà ciò per cui è stata costruita e lo farà perfettamente, ma solo se stimolata da qualcuno che si è preoccupato dei suoi trucchi e delle sue giunture, del conoscerla come corpo. Lo stimolatore di quest'auto deve conoscere l'auto, Jim, sentirla, esserci dentro, ben piú dentro che nel solo... abitacolo. È un oggetto, Jim, un corpo, ma non lasciare che t'incanti, fermo qui, muto. *Risponderà.* Se gli si dà quanto gli è dovuto. Con tutta la cura. È un corpo e risponderà facendo fusa ben oliate una volta che l'avrò riempita di benzina di quella giusta, e via come Mercurio andrà fino ai novantacinque tondi tondi solo per quel guidatore che tratta il corpo di questa macchina come il suo, che *sente* il grande corpo d'acciaio in cui si trova, che quando cambia marcia apprezza quietamente la plastica picchiettata della leva del cambio accanto al volante, la sente cosí come sente la pelle e la carne, il muscolo e il tendine e l'osso avviluppati da grigie ragnatele di nervi nella mano irrorata di sangue, e sente la plastica e il metallo e la flangia dentata, i pistoni e la gomma e la biella nella Montclair irrorata di benzina ambrata. Il rosso corporeo di un labbro morso bene, che scivola serico a ottanta miglia all'ora. Jim, un brindisi alla nostra conoscenza dei corpi. Al tennis d'alto livello sulla strada della vita. Ah. Oh.

Figliolo, tu hai dieci anni, una notizia dura da digerire per chi ha dieci anni, anche se sei quasi un metro e sessanta, una possibile anomalia ipofisaria. Figlio, sei un corpo, figlio. Quella tua piccola mente svelta e prodigiosamente scientifica di cui lei va cosí fiera e della quale non smette mai di cicalare: figlio, sono solo contrazioni di nervi, quei pensieri nella tua mente sono solo i suoni della testa che funziona, e comunque la testa non è altro che corpo, Jim. Fissa questo nella memoria. La testa è corpo. Jim, tieniti forte alle mie spalle e preparati a questa notizia tremenda, a dieci anni: sei una macchina un corpo un oggetto, Jim, non meno di questa rutilante Montclair, di quel tubo per l'acqua o quel rastrello per rastrellare la ghiaia o, buon Gesú, questo schifoso ragno grasso che si flette nella sua ragnatela vicino al manico del rastrello, lo vedi? Lo vedi? *Latrodectus mactans*, Jim. Vedova. Afferra questa racchetta e vai là con tutta la grazia e il sentimento e uccidimi quella vedova, signorino Jim. Avanti. Falle dire «crac». Non farti fregare. Bravo, ragazzo. Eccoci in una sezione senza ragni del garage comune. Ah. Corpi corpi corpi dappertutto. Una palla da tennis è il corpo estremo, ragazzo. Siamo arrivati al punto cruciale di quel che devo provare a insegnarti prima di uscire e cominciare a mettere in atto quel tuo spaventoso potenziale. Jim, una palla da tennis è il corpo estremo. Perfettamente rotonda. Equa distribuzione della massa. Ma è vuota dentro, completamente, un vuoto pneumatico. Suscettibile alla fantasia, all'effetto, alla forza – a seconda che sia usata bene o male. Riflette il tuo carattere. Di per sé non ne ha. Puro potenziale. Dài un'occhiata a una palla, Jimmy. Prendine una dal secchio di plastica verde pieno

di vecchie palle usate che tengo laggiú, accanto alle torce a gas pro-
pano, quelle che uso per esercitarmi al servizio ogni tanto. Bravo,
ragazzo. Adesso guarda la palla. Sollevala. Sentine il peso. Dammi
qui, adesso apro... la palla... in due. Ecco fatto. Vedi? Niente dentro, tranne l'aria evacuata che sembra venire direttamente da un inferno di gomma, da quanto puzza. Vuota. Puro potenziale. Hai notato che l'ho spaccata lungo la giuntura. È un corpo. Imparerai a
trattarla con considerazione, ragazzo, qualcuno potrebbe dire con
una specie d'amore, e lei si aprirà per te, eseguirà i tuoi ordini, starà
sempre ai voleri come una dolce amante. La marcia in piú dei giocatori davvero grandi, quelli con i corpi in perfetta forma che offu-
scano tutti gli altri, sta in un rapporto particolare con la palla che
viene definito – tieni a mente la saracinesca del garage e la gratico-
la – *tocco*. Tocca la palla. Sí, quello è... è il tocco di un giocatore
quello che vedo. E come con la palla cosí dev'essere con quel grosso corpo goffo, troppo magro e troppo alto, Sig. Jimmy. Lo preannuncio qui su due piedi. Intuisco come applicherai le lezioni di oggi a te stesso in quanto come corpo fisico. La farai finita con la testa portata a livello del petto, con le spalle ingobbite e tonde. Basta
inciampare. Hai chiuso con le prese mancate, i piatti in frantumi, i
paralumi urtati, le spalle ingobbite e il petto incavato, gli oggetti piú
normali che sembrano muovertisi in quelle mani grandi, quelle dita
sottili. Immagina come ci si sente a essere questa palla, Jim. Fisicità
totale. Niente testa che frulla. Completa presenza. Assoluto potenziale immobile e potenzialmente assoluto nella tua grossa mano pallida, sottile ed effeminata, tanto giovane che il pollice non fa ancora le pieghe sull'articolazione. Il mio pollice fa le pieghe sull'articolazione, Jim, lo si potrebbe definire nodoso. Da' un'occhiata a questo
pollice. Eppure lo tratto ancora come mio. Gli dò quel che gli è dovuto. Vuoi un goccio di questo, figliolo? Penso che tu sia pronto per
un goccio. No? Nein? Oggi Lezione Uno là fuori, e tu, nella buona
e nella cattiva sorte, diventi un uomo, Jim. Un giocatore. Un corpo
in contatto con i corpi. Un timoniere alla guida del tuo stesso vascello. Una macchina che esce dallo spirito, per citare una frase. Ah.
Dieci anni, abnormemente alto, farfallino al collo, lenti spesse, un
cittadino del... bevo questo, a volte, quando non lavoro, perché mi
aiuta ad accettare quelle verità dolorose che ormai è tempo ti racconti, figliolo. Jim. Sei pronto? Te ne parlo adesso perché devi sapere quanto sto per dirti se devi diventare il giocatore di tennis piú
che quasi-grande che so finirai per diventare molto presto. Tieni ti
forte. Figlio, preparati. È glo... gloriosamente doloroso. Magari per
adesso solo un assaggio. Questa fiaschetta è d'argento. Trattala con

la dovuta cura. Sentine la forma. La sensazione semimorbida dell'argento caldo e la guaina di vitello che copre solo metà della sua argentea lunghezza, piatta e smussata. Un oggetto che ripaga un tocco rispettoso. Senti il calore scivoloso? Quello è il sudore delle mie dita. Il mio sudore, Jim, dal mio corpo. Non la mia mano, figliolo, senti la fiaschetta. Sollevala. Arriva a conoscerla. È un oggetto. Un recipiente. Una fiaschetta da un litro piena di liquido ambrato. Per la verità piú mezza piena che piena, sembra. Cosí sembra. Questa fiaschetta è stata trattata con la cura dovuta. Non è mai stata fatta cadere né urtata né riempita eccessivamente. Mai una goccia fuori posto, non *una* sola goccia versata. La tratto come se potesse sentire. Le dò quanto le è dovuto, come corpo. Svita il tappo. Tieni la guaina di vitello nella mano destra e usa la mano sinistra per sentire la forma del tappo, lasciala vagare lungo la filettatura. Figliolo... figliolo, dovrai mettere giú quel... che cos'è quello quel *Guida Columbia agli Indici rifrattivi Seconda edizione*, figliolo. Comunque sembra pesante. Ti stirerà i tendini. Ti fotterà i pronatori quadrati e i circostanti tendini prima ancora che cominci. Dovrai mettere giú quel libro, per una volta, signorino Jimmy, non si prova mai a maneggiare due oggetti allo stesso tempo senza eoni di pratica e cura, è segno di scarsa, brandesca consi... e *no* non devi lasciar cadere il libro, figliolo, non è che tu... non *devi* lasciar cadere la vecchia *Guida agli Indici* sul pavimento polveroso del garage sennò quella fa scoppiare un'eruzione quadrata di polvere che ci sporcherà di grigio i nostri bei calzini bianchi ancor prima di mettere piede in campo, ragazzo, *Gesú*, ho passato gli ultimi cinque minuti a spiegarti come la chiave per essere un potenziale giocatore stia nel trattare le cose con la stessa identica... via dammi qua... i libri non vanno *lasciati cadere* con un tonfo come bottiglie in un cesto della spazzatura, vanno *appoggiati*, guidati, con i sensi a mille, sentendone i bordi, la pressione sui polpastrelli di entrambe le mani mentre ti pieghi sulle ginocchia reggendo il libro, il lieve urto gassoso quando l'aria sul pavimento polveroso... quando l'aria del pavimento si dispone in un morbido quadrato che non solleva un granello di polvere. Cooosí. Non cosí. Chiaro? Mi capisci? Be', adesso non fare cosí. Figliolo, non fare cosí adesso. Non essere cosí ipersensibile con me, figliolo, sto solo cercando di aiutarti. Figliolo, Jim, *non sopporto* quando fai cosí. Il tuo mento scompare letteralmente nel farfallino quando il tuo grosso labbro inferiore trema in quel modo. Sembri senza mento, figliolo, e coi labbroni. E quella candela di moccio che ti sta colando sul labbro superiore, il modo in cui luccica, smettila per favore, smettila, è disgustoso, figliolo, non sta bene disgustare la gente, devi imparare a controllare questa specie di ipersensibilità alle verità difficili, questa specie di cosa, prendi ed esercita un po' di maledetto *controllo* questo è il punto, è per questo che mi sto prendendo l'intera mattina libera dalle prove con non una ma ben due audizioni di importanza vitale che mi pendono sul collo, cosí ti posso far vedere, ho in mente di lasciarti spostare il sedile e toccare il cambio e magari perfino... magari perfino guidare la Montclair, e Dio solo sa se ci arrivi con i piedi, eh, Jimmy? Jim, ehi, che ne dici di guidare la Montclair? Perché non ci porti a fare un giro, a cominciare da oggi, e accosti di fronte ai campi da tennis dove oggi tu – ecco, guarda, vedi come lo svito? il tappo? con la punta piú estrema e morbida delle mie dita nodose che vorrei fossero un po' piú ferme però sto esercitando il controllo per controllare la rabbia per quel mento e il labbro e il promontorio di moccio e per quegli occhi che s'inclinano e stralunano come quelli di un bambino mongoloide quando minacci di metterti a piangere, ma proprio solo la punta delle dita, qui, sulla parte piú sensibile, le sento celebrare i nervi e il sangue, lascio che si distendano... dalla cima estrema del tappo sulla fiaschetta di argento tiepido verso il basso, seguendo la dilatazione del cono, fin dove incontro, celati, i filetti che circondano la piccola bocca in rilievo; nel frattempo con l'altra calda mano celebrante stringo gentilmente il rivestimento di pelle cosí da sentire la sensazione dell'intera fiaschetta mentre guido... guido il tappo in cerchio sulla sua filettatura d'argento, lo senti? smettila e ascolta, riesci a sentirlo? il suono dei filetti che si muovono lungo le scanalature perfettamente compatibili, con grande cura, un fluido movimento elicoideo come quello di un'insegna da barbiere, la mia intera mano che copre le impronte lasciate dalla punta dei polpastrelli, non tanto... non tanto svitando, qui, quanto guidando, persuadendo, ricordando al corpo del tappo d'argento ciò per cui è stato costruito, il suo scopo, il tappo d'argento lo sa, Jim, io lo so, tu lo sai, ci siamo già passati, lascia stare il *libro*, ragazzo, non va da nessuna parte, allora, il tappo d'argento lascia le calde labbra scanalate sulla bocca della fiaschetta con un piccolo schiocco, lo senti? quel debolissimo schiocco? non un suono penetrante o stridulo o aspro, non un aspro stridore brandesco di tentato brutale dominio, ma uno schiocco una... sfumatura, ecco, ah, oh, come il *poc* per sempre inconfondibile, quando lo si è sentito una volta, di una palla colpita come si deve, Jim, d'accordo, tiralo *su* allora se hai paura di un po' di polvere, Jim, tira su quel libro se ti deve lasciare senza mento e con gli occhi stralunati, onestamente, Gesú, perché ci sto provando, ci provo e ci riprovo, volevo solo iniziarti al segreto della porta del garage e lasciarti guidare, magari, e sentire il corpo della Montclair, usare il mio tempo per farti accostare davanti ai campi da tennis, la Montclair che plana in folle e gli otto cilindri che tamburellano e schioccano come un cuore sano e le ruote perfettamente a filo del marciapiede e portar fuori la mia buona vecchia fidata cesta... la cesta del bucato piena di palle e racchette e asciugamani e la fiaschetta e mio *figlio*, la carne della mia carne, la bianca carne accasciata della mia carne che voleva imbarcarsi in quella che fin d'ora preannuncio sarà una carriera tennistica che spedirà in un angolino il suo vecchio Papà fallito e distrutto che magari per una volta voleva essere un ragazzo come si deve e imparare a giocare divertendosi e sentendosi felice a giocare nel sole senza scampo per il quale questa città è cosí fottutamente famosa, e godersela finché può perché te l'ha detto tua madre che questa primavera traslochiamo? Che alla fine torniamo in California questa primavera? Ce ne andiamo, figliolo, sto provando a dare ascolto per un'ultima volta a quel canto della sirena di celluloide, le sto concedendo l'ultima chance assoluta che ogni uomo deve al proprio talento che svanisce, Jim, ci aspettano nuovamente tempi eroici, alla fine, per la prima volta da quando lei ha annunciato che era incinta di te, Jim, lanciati sulla strada sospinti dalla celluloide, perciò di' adios a quella scuola e a quella falena svolazzante della tua insegnante di Fisica, e a quei maniaci del regolo calcolatore goffi e senza mento dei tuoi amici buoni a... no, aspetta un momento, non volevo dire cosí, volevo dire, volevamo dirtelo *subito*, in anticipo, tua madre e io, per darti un bel preavviso cosí che potessi *adattarti* perché, certo, hai reso cosí inequivocabilmente *chiaro* quanto ti dispiaceva il nostro ultimo trasloco in questo parcheggio per roulotte, in questa casa mobile con il gabinetto chimico avvitato al pavimento e le ragnatele di vedova da tutte le parti e la sabbia che si posa dappertutto come polvere, e, certo, preferivi gli appartamenti riservati allo staff del Club dai quali ho fatto in modo che si andasse via, e quella casa che, indiscutibilmente per mia colpa, non ci potevamo piú permettere. È stata colpa mia. Voglio dire, di chi altro poteva essere? Ho ragione? Abbiamo spostato il tuo grosso corpo morbido senza sufficiente preavviso, a quanto pare, e quella scuola tanto perbene per la quale hai pianto e quella bibliotecaria esperta di ricerche sui negri con i capelli lunghi fin qua che... quella signora che se ne stava sempre a naso in aria e in punta di piedi devo dirtelo sembrava una tucsoniana proprio precisa, molto conscia di sé ma per niente di questa sabbia e ci incitava a virgolette alimentare il tuo talento per la fisica ottica, con quel naso ritto che ci si poteva vedere dentro e sempre in punta di piedi co-

me se un pescatore l'avesse agganciata all'amo fra quelle grosse narici larghe da pesciolino e ora la stesse tirando verso il cielo su
nell'etere poco a poco scommetto che quelle scarpine senza tacco ormai sono del tutto sollevate da terra figliolo che ne dici figliolo che
cosa ne pensi... no, avanti, piangi, non ti inibire, non dirò una parola, tranne che ci faccio sempre meno caso quando lo fai, voglio solo avvertirti, penso che tu stia abusando delle lacrime e il... e comincia a diventare meno effi... efficace con me ogni volta che le usi
anche se sappiamo lo sappiamo tutti e due che con tua madre funzionerà sempre, non è vero, infallibile, ogni volta lei si fa avanti e
si porta la tua grossa testa sulla spalla, una visione oscena se solo potessi vederla, giú a darti colpetti sulla schiena come se stesse solle-
citando un ruttino da una specie di bébé accasciato e sproporziona-
to con quell'osceno farfallino, con quel libro che ti affatica i pronatori quadrati, e piangi; farai cosí quando sarai grande? Ci saranno
altri episodi come questo quando sarai un uomo al timone di te stesso? Un cittadino di un mondo che non ti abbraccerà di certo? E la
tua faccia si accartoccerà cosí quando sarai alto 1,98 grotteschi metri, due metri e piú come tuo nonno che possa marcire nel vuoto
gommoso dell'inferno quando finalmente si deciderà a prendere l'ultima buca e metterai quella tua faccia piatta e senza mento proprio
come lui sulla spalla sofferente, bagnata, moccolosa e fragile di quella povera scema paziente di una donna, ti ho detto quello che ha fatto? Ti ho detto quello che ha fatto? Avevo la tua età Jim ecco prendi la fiaschetta no dammela qui, oh. Oh. Avevo tredici anni e avevo iniziato a giocare bene, seriamente, avevo dodici o tredici anni e
giocavo già da anni e lui non era mai venuto a vedermi, neppure una
volta era venuto dove giocavo, per vedermi, e addirittura non aveva mai modificato quella sua espressione spenta quando portavo a
casa un trofeo vincevo trofei io o magari un annuncio sul giornale
RAGAZZO DI TUCSON SI QUALIFICA PER IL CAMPIONATO JUNIORES NA-
ZIONALE lui non dava mai segno di rendersi conto anche solo che esi-
stevo, non come faccio io con te, Jim, non come mi prendo la briga
di farmi in quattro in otto in *mille* per farti sapere che ti *vedo* ti riconosco sono consapevole di te come corpo mi preoccupo di quel che
succede dietro quella grossa faccia piatta ripiegata su un prisma ar-
tigianale. Lui gioca a golf. Tuo nonno. Il tuo nonnino. Golf. Un uomo del golf. Lo senti il disprezzo nella mia voce? Come giocare a biliardo su un tavolo enorme, Jim. Un gioco incorporeo fatto di zolle
volanti e gente che si dimena spasmodicamente. Uno virgolette chiuse virgolette sport di furore anale e berretti a quadri. Questa è quasi vuota. Ci manca poco, figliolo. Che ne dici se rimandiamo? Che

ne dici se dò fondo a questa miseria ambrata poi entriamo e le diciamo che non ti senti ancora abbastanza in forma e perciò rimandiamo la tua prima introduzione al Gioco a questo fine settimana poi ci buttiamo ventre a terra su questo fine settimana e ci facciamo due giorni di fila tutti e due i giorni e ti diamo un'introduzione intensiva davvero estensiva a un futuro che secondo ogni previsione sarà illimitato. Gentilezza intensiva e cura corporale uguale grande tennis, Jim. Ci faremo quei due giorni di immersione e andrai fino in fondo, ti bagnerai. Sono solo cinque dollari. L'affitto del campo. Per un'ora pidocchiosa. Ogni giorno. Cinque dollari ogni giorno. Tu non ci pensare nemmeno. Dieci dollari in totale per un fine settimana intensivo quando viviamo in una gloriosa roulotte e dobbiamo dividere il garage con due Desoto e quella che sembra una Ford modello A senza le ruote e la mia Montclair non può permettersi il tipo di benzina che merita. Non fare quella faccia. Che cosa vuoi che siano il denaro o le mie prove per le audizioni di celluloide per le quali stiamo per farci settecento miglia, audizioni che molto probabilmente rappresenteranno l'ultima chance del tuo vecchio padre per dare un senso alla sua vita, in confronto a mio *figlio*? Giusto? Ho ragione? Vieni qui, ragazzo. Qui qui qui qui. Bravo il mio ragazzo. Eccolo qui il mio J.O.I. un esempio di gioiello di ragazzo. Questo è il mio ragazzo, nel suo corpo. Non è mai venuto, Jim. Neppure una volta. A guardare. La mamma naturalmente non si perdeva mai una partita di torneo. La mamma venne cosí tante volte che il fatto che venisse non contava piú. Divenne parte del paesaggio. Le madri sono cosí, come sono sicuro sai già, ho ragione? Giusto? Non è mai venuto una volta, bambino mio. Mai che si sia trascinato tutto molle e gobbo su un qualsiasi campo su cui giocavo, mai che vi abbia gettato la sua ombra grottesca che era lunga anche a mezzogiorno. Fino a che un giorno arrivò, una volta. D'improvviso, una volta, senza precedenti o avvertimenti, lui... arrivò. Ah. Oh. Lo udii arrivare molto prima che spuntasse alla vista. Gettava un'ombra lunghissima, Jim. Era una partita di un torneo locale. Il primo turno di un torneo locale di scarsissima importanza nello schema generale. Giocavo contro un bellimbusto indigeno con lo strumento di lusso, vestito di bianco, uno di quelli che nonostante tutte le lezioni al country-club ancora non sa giocare. Scoprirai di dover sopportare spesso questo tipo di avversario nei primissimi turni. Quello sventurato salmone affumicato luccicante di un ragazzotto era il figlio di un cliente di mio padre... il figlio di uno dei suoi clienti. Lui in realtà venne per il cliente, e inscenò una facciata fasulla di interessamento paterno. Aveva cappello e giacca e cravatta, c'erano 35°. Il cliente. Non mi viene in mente il nome. Ricordo che nella sua faccia c'era qualcosa di canino che il figlio dall'altra parte della rete aveva ereditato. Mio padre non sudava neppure. Sono cresciuto in questa città insieme a quell'uomo, Jim, e non ricordo di averlo mai visto sudare. Nel mio ricordo portava una paglietta e quel tipo di vestito a quadri che in quei giorni gli uomini d'affari si dovevano mettere nel fine settimana. Stavano seduti all'ombra indecisa di una palma contorta, il tipo di palma che pullula di vedove nere nascoste per via del calore del mezzogiorno che poi scendono senza preavviso. Stavano seduti sulla coperta che mia madre portava sempre – mia madre, che è morta, e il cliente. Mio padre era in piedi un po' piú in là, a volte nell'ombra ondeggiante, a volte no, e fumava da un lungo bocchino. Erano di moda i bocchini lunghi. Non si sedeva mai a terra. Non certo nel Sudovest americano. Era un uomo con un sano rispetto per i ragni. E *mai* a terra sotto una palma. Sapeva di essere troppo grottescamente alto e goffo per alzarsi di corsa o allontanarsi in un baleno, urlando, in caso di caduta ragni. Si è appurato che sono inclini a cadere in linea retta dagli alberi nei quali si nascondono di giorno, sai. A cadere dritti su di te se sei seduto a terra nell'ombra. Non era mica un cretino, quel bastardo. Un giocatore di golf. Tutti guardavano. Io ero proprio lí, sul primo campo. Questo posto non esiste piú, Jim. Ora ci sono le automobili parcheggiate dove un tempo c'erano quei campi da tennis di asfalto ruvido verde, lucido di calore. Erano tutti lí a guardare, con le teste che andavano da destra a sinistra come tergicristalli da un lato all'altro nello stile tergicristallo di chi guarda il buon tennis. E secondo te ero nervoso, signorino J.O.I.? Con l'unico e il solo Lui in tutta la sua legnosa gloria là a guardare, mezzo dentro e mezzo fuori dalla luce, del tutto inespressivo? Non lo ero. Ero nel mio corpo. Il mio corpo e io eravamo una cosa sola. La mia Wilson di legno che avevo scelto dal trapezio in mezzo alle mie altre Wilson di legno era un'espressione senziente del braccio e della mano, li sentivo cantare, vivi, la mia mano capace era la scrupolosa segretaria della mente, agile, pronta e a prova d'errore, perché conoscevo me stesso come corpo e sul campo ero completamente dentro quel piccolo corpo di bambino, Jim, ero dentro il mio grosso braccio destro e dentro le mie gambe senza cicatrici, mi sentivo al sicuro in quel nascondiglio e correvo di qua e di là con la testa che pulsava come un cuore, merletti di sudore su ogni arto, correvo come una creatura delle praterie, balzavo, saltellavo, colpivo col massimo dell'economia e il minimo dello sforzo, gli occhi fissi sulla palla e contemporaneamente sugli angoli del campo, ero due, tre colpi avanti a me stesso oltre che allo sventurato figlio del cliente canino, e gli stavo spaccando il culo a quel bellimbusto viziato. Fu una carneficina. Fu una visione della natura nel suo aspetto piú selvaggio, Jim. Avresti dovuto esserci. Lui continuava a piegarsi in due per riprendere fiato. I miei fluidi, economici saltelli contrastavano violentemente con i movimenti spastici con i quali lui rispondeva e veniva a rete. La sua maglietta bianca fine e i suoi pantaloncini firmati erano fradici, gli si vedevano le strisce del sospensorio penetrargli nel morbido culo che gli stavo facendo. Portava una visierina bianca tipo quelle delle signore cinquantaduenni dei country-club e dei posti di villeggiatura di lusso del Sudovest. Io ero, in una parola, abile, cauto, presciente. Lo costringevo a dimenarsi, vacillare, e tuffarsi. Volevo umiliarlo. La lunga faccia appuntita del cliente si stava afflosciando. Mio padre non aveva faccia, la linea d'ombra delle fronde oscillanti lo tagliava proprio a metà, ma la parte illuminata rimaneva comunque avviluppata nel fumo del suo lungo bocchino, il lungo bocchino di plastica ingiallito sulla cima, come quello del Presidente, come i cortigiani di un tempo che confabulavano con il Re... tra cortine d'ombra e sprazzi di luce nel fumo. Il cliente non era abbastanza furbo da tacere. Pensava di essere a una partita di pallone o qualcosa del genere. La sua voce mi arrivava distinta. Il nostro campo era proprio accanto all'albero sotto cui sedevano. Le gambe del cliente erano stese in avanti e sporgevano dalla netta stella d'ombra delle fronde. Sui suoi pantaloni si stagliava l'ombra reticolata della recinzione dietro la quale giocavamo suo figlio e io. Bevevo la limonata che mia madre aveva portato per me. La faceva con i limoni freschi. Disse che ero bravo. Fu il cliente di mio padre a dirlo. In quel modo enfatico che consentiva alla sua voce di arrivare fino a noi. Hai presente, figliolo? Per tutti gli dèi, vecchio lupo di un Incandenza, quel tuo ragazzo è *bravo*. Chiuse virgolette. Lo sentii dire questa cosa mentre correvo e bastonavo e saltellavo. E sentii la risposta di quell'alto figlio di puttana, dopo una lunga pausa durante la quale tutta l'aria del mondo ci sovrastò come fosse stata sollevata e lasciata là a dondolare. Ero sulla linea di fondo, o forse ci stavo ritornando per servire o ricevere, una delle due, quando sentii il cliente. La sua voce mi arrivò distinta. Poi sentii la risposta di mio padre, che possa marcire in un inferno verde e vuoto. Sentii quello... quello che gli rispose, ragazzo. Ma non prima di essere caduto. Insisto su questo punto, Jim. Non prima di aver cominciato a cadere. Jim, mi trovavo nel pieno di un tentativo disperato di prendere una palla assolutamente imprendibile per qualunque mortale, una perfetta incredibile smorzata di quel tonno elegante che stava dall'altra parte della rete. Un punto che gli avrei anche potuto lasciare. Ma non è cosí che io... non è cosí che gioca un vero giocatore. Con rispetto e fatica e attenzione a ogni punto. Se si vuole essere grandi, o quasi-grandi, a ogni palla si dà tutto il possibile. E ancora. Non si concede nulla. Neppure ai salmoni. Si gioca fino al proprio limite, poi si passa quel limite e ci si volta a salutare il limite che si aveva prima, gli si sventola il fazzoletto come quando ci s'imbarca. Si va in trance. Si sentono le giunture e i bordi di ogni cosa. Il campo diventa una... un posto assolutamente unico in cui essere. Farà qualunque cosa per te. Asseconderà il tuo corpo, farà sí che niente gli sfugga. Gli oggetti si muovono secondo lo scopo per cui sono stati costruiti, al tocco piú leggero e naturale. Si scivola nella corrente limpida del palleggio tracciando delicate X e L su tutta la scabra superficie di ruvido cemento verde brillante, il sudore della stessa temperatura della pelle, e giochi con una tale naturalezza senza sforzo né fisico né mentale e e e sei cosí concentrato, in trance, che non ti fermi neppure a pensare se sia il caso di buttarsi su ogni palla. Quasi non si è consapevoli di farlo. Il tuo corpo lo sta facendo per te e per il campo e il Gioco lo sta facendo per il tuo corpo. Si è coinvolti solo marginalmente. È magia, ragazzo. Niente la può fermare, quando è giusta. Te lo dico ora. Fatti e cifre e vetri convessi e quei tuoi libri dalle pagine spente che affaticano i gomiti ti sembreranno vuoti al confronto. Statici. Morti e bianchi e piatti. Non cominciano a... È come una danza, Jim. Il punto è che ero troppo rispettoso del corpo per scivolare e cadere per conto mio là fuori. E l'altro punto è che cominciai a cadere in avanti *prima* di iniziare a sentire la sua risposta: Sí, però *Non Sarà Mai Grande*. Non sarei mai caduto per quello che aveva detto. Il mio antipatico avversario aveva appena fatto passare una smorzata oltre la rete troppo bassa del campo, era chiaramente un caso, un colpo anomalo che non gli sarebbe mai piú riuscito in tutta la vita, e un altro ragazzo su un altro campo in un'altra partita con la vittoria già in tasca gli avrebbe lasciato il punto, gliel'avrebbe lasciato senza stare a sventolare fazzoletti dalla nave che parte. Non si sarebbe disperatamente fiondato a rete su tutti gli otto sani cilindri delle gambe senza cicatrici per cercare di prendere quella palla maledetta al primo rimbalzo. Jim, ma ogni uomo può scivolare. Non so su cosa scivolai, figliolo. Ho già detto che c'erano dei ragni sulle fronde delle palme lungo tutta la recinzione dei campi. Di notte scendono bulbosi e retrattili lungo le ragnatele. Penso che potrebbe essere stata una bulbosa vedova piena di roba appiccicosa la cosa su cui misi il piede e scivolai, Jim, un ragno, un folle ragno solitario molle e strisciante che si era calato nell'ombra sulla sua ragnatela, o che s'era lanciato alla kamikaze da una fronda incombente sul campo, e di certo aveva fatto un leggero suono flaccido e disgustoso quando era atterrato e aveva preso a strisciare sulle zampe, battendo grottescamente le palpebre nell'odiata luce torrida, doveva essere quella la cosa su cui misi il piede mentre mi lanciavo in avanti, e la schiacciai e scivolai sul lerciume di quel grosso ragno disgustoso spiaccicato. Le vedi queste cicatrici? Tutte grumose e frastagliate, come se qualcosa avesse strappato le ginocchia del mio corpo proprio come un Brando stravaccato avrebbe aperto una lettera coi denti per poi lasciar cadere a terra la busta tutta bagnata e sgualcita e strappata. Le palme lungo la recinzione erano tutte malate, avevano la carie palmizia, era il 1933 a.S., l'anno dell'epidemia di Carie Palmizia Great Bisbee in tutto lo Stato, e stavano perdendo le fronde e le fronde che rimanevano erano appassite e del colore delle olive stantie dentro quei vecchi barattoli lunghi sul fondo del frigorifero e trasudavano una specie di spurgo scivoloso e nauseabondo tipo pus e a volte da un momento all'altro cadevano dagli alberi curvandosi verso l'alto e verso il basso nell'aria come le spade di cartone dei pirati dei film di celluloide. Dio, quanto odio le fronde, Jim. Penso che possa essere stata o una *latrodectus* diurna o del pus da una fronda. Forse il vento portò sul campo, proprio accanto alla rete, un po' di quel lurido pus dalle fronde piene di ragnatele. Una delle due. Qualcosa di velenoso o infetto, comunque, inaspettato e sdrucciolevole. Basta un secondo, è questo che stai pensando, Jim: il corpo ti tradisce e cadi sulle ginocchia e le strisci sul campo di cartavetrata. Non è cosí, figliolo. Avevo un'altra fiaschetta come questa, piú piccola, una fiaschetta d'argento in un certo senso piú graziosa, nel cassettino della mia Montclair. La tua devota madre ne ha fatto qualcosa. Non ne abbiamo mai parlato. Non cosí. Fu un corpo *estraneo* o una sostanza, non il mio corpo, e se ci fu qualcuno a tradire quel giorno ti dico figliolo ragazzo mio che fu qualcosa che io feci, grande Jim, può darsi sia stato io a tradire quel corpo giovane flessuoso abbronzato e assolutamente non gobbo, può darsi che mi sia irrigidito, che abbia pensato troppo o troppo poco sentendo ciò che mio padre, che rispettavo, io *rispettavo* quell'uomo, Jim, qui sta la follia, sapevo che era là, ero conscio della sua faccia inespressiva e della lunga ombra del suo bocchino, lo conoscevo, Jim. Le cose erano diverse quando io ero ragazzo, Jim. Odio... Gesú, odio dire cose di questo genere, quel merdoso cliché del tipo le-cose-erano-diverse-quando-ero-un-ragazzo, ragazzo, quel tipo di cliché che i padri del passato ripetevano in continuazione, come se volesse dire qualcosa. Ma lo era. Diverso. I nostri ragazzi, i ragazzi della mia generazione, loro... adesso voi, questa massa post-Brando, voi nuovi ragazzi non potete amarci o disprezzarci o rispettarci o non rispettarci come esseri umani, Jim. I vostri genitori. No, aspetta, non devi fingere di non essere d'accordo, non lo fare, non occorre che tu lo dica, Jim. Perché io lo so. Avrei potuto preannunciarlo, vedendo Brando e Dean e tutti gli altri, e lo so, perciò non sprecare fiato. Non dò la colpa a nessuno della tua età, figliolo. Voi vedete i genitori come gentili o scortesi o felici o infelici o ubriachi o sobri o grandi o quasi-grandi o falliti proprio come vedete un righello da tavolo o il rosso tipo labbra di una Montclair. I ragazzi di oggi... voi ragazzi oggi praticamente non sapete come fare a *sentire* le sensazioni, tanto meno ad amare, per non parlare del rispetto. Siamo solo corpi per voi. Siamo solo corpi e spalle e ginocchia sfregiate e pance grosse e portafogli vuoti e fiaschette, per voi. Non sto parlando per cliché come se dicessi che praticamente date per scontata la nostra presenza, no, sto dicendo che non potete... immaginare la nostra assenza. Siamo cosí presenti che non contiamo piú. Facciamo parte del paesaggio, dell'arredamento del mondo. Jim, io potevo immaginarla l'assenza di quell'uomo. Jim, ti sto dicendo che tu non puoi immaginare la mia. È colpa mia, Jim, sono cosí spesso a casa, a zoppicare di qui e di là, con le ginocchia rovinate, sovrappeso, sotto l'Effetto, e faccio rutti, sono grasso e sempre fradicio di sudore in quel forno di roulotte, e rutto e scoreggio frustrato, infelice, rovescio le lampade, mi cadono le cose di mano. Ho paura di dare al mio ultimo talento l'ultima chance che richiede. Il talento coincide con l'aspettativa che suscita, Jim, o sei alla sua altezza o quello ti sventola un fazzoletto e ti abbandona per sempre. Usalo o perdilo, dicevano sul giornale. Io ho... ho solo paura di avere una lapide che dice QUI GIACE UN VECCHIO PROMETTENTE. È che... potenziale può essere peggio di nulla, Jim. Peggio che non avere nessun talento da sprecare, innanzitutto, stravaccato da qualche parte a gozzovigliare perché non ho le palle per... Dio mi dispiace mi *dispiace* cosí tanto, Jim. Non meriti di vedermi in questo stato. Ho tanta paura, Jim. Ho tanta paura di morire senza essere mai stato davvero *visto*. Capisci? Sei un giovanotto alto e magro, già ingobbito, hai gli occhiali, e anche se hai tutta la vita davanti a te riesci a capirmi? Riesci a vedere che al talento stavo dando tutto, tutto quello che avevo? Che ero là *dentro*, nel calore, in ascolto, un fascio di nervi? Un ego che tocca tutti gli angoli, ricordo di averle sentito dire. Lo sentivo in un modo che temo tu e la tua generazione non potrete provare mai, figliolo. Non fu tanto cadere quanto venire sparati fuori da qualcosa, è cosí che lo ricordo. Non accadde, *non* accadde al rallentatore. Un istante ero lanciato in avanti in una corsa bella e assoluta per prendere la palla e l'istante successivo c'erano delle mani sulla mia schiena e niente sotto i miei piedi come quando ti spingono giú per le scale. Come una frustata proprio in mezzo alla schiena e il mio corpo promettente con tutta la sua rete di nervi pulsanti e fiammeggianti si ritrovò in volo e atterrò sulle ginocchia questa fiaschetta è vuota proprio sulle ginocchia con tutto il peso e l'inerzia su quella superficie rugosa di cartavetrata bollente, sembrava facessi l'imitazione di uno che prega, mentre slittavo in avanti. La carne poi i legamenti e l'osso lasciarono scie gemelle di marrone rosso grigio bianco come impronte di pneumatici di materiale corporeo fino alla rete. Slittai sulle ginocchia in fiamme, superai la palla e proseguii verso la rete della mia parte di campo. La mia. Lo strumento mi era schizzato via roteando Jim e mentre slittavo protendevo in avanti le braccia vuote Jim come un monaco mortificato in profonda preghiera. Sentii mio padre decretare che la mia esistenza corporea non sarebbe mai stata grande nel momento in cui mi rovinavo le ginocchia per sempre, Jim, e dunque anche anni dopo all'Usc non giunsi mai a sventolare il fazzoletto a qualcosa anche poco oltre il quasi-grande e il sarebbe-stato-grande-se, e piú tardi non potei mai neppure sperare di fare audizioni per quei filmetti da spiaggia pieni di muscolosi imbrillantinati, quelli con cui quel serpente di Avalon si sta facendo una fortuna. Non insisto sul fatto che il giudizio e la caduta punitiva siano... fossero connessi, Jim. Chiunque può scivolare. Basta un secondo di poco rispetto. Figliolo, fu piú della voce di un padre quella che giunse fino a me. Mia madre strillò. Fu un momento religioso. Imparai che cosa significa essere un corpo, Jim, nient'altro che carne dentro una specie di fragile collant, mentre cadevo in ginocchio e slittavo verso la rete, me stesso visto da me, fotogramma per fotogramma, straziato. Forse mi verrà da ruttare, figliolo, figlio, nel dirti quello che ho imparato troppo tardi, figlio, mio... mio amore, mentre lasciavo la carne delle ginocchia dietro di me, e slittavo, e finivo in una posizione di supplica sulle ossa esposte delle ginocchia con le dita intrecciate fra le maglie della rete; e dall'altra parte del campo il bellimbusto fradicio aveva lasciato cadere la sua costosa racchetta Davis con le corde di budello e correva verso di me con la visiera di traverso e le mani sulle guance. Mio padre e il cliente in onore del quale aveva messo in scena la farsa della sua presenza mi trascinarono nell'ombra infetta della palma dove lei era inginocchiata sulla coperta scozzese da spiaggia con le nocche fra i denti, Jim, e io sentii la religione della fisicità quel giorno, avevo pochi anni piú di te, Jim, con le scarpe che mi si riempivano di sangue, sorretto per le ascelle da due corpi grandi come il tuo e trascinato fuori da un campo pubblico che ora aveva altre due linee extra. È un giorno cruciale, un giorno determinante, religioso, quello in cui si sente e si percepisce fisicamente il proprio destino, Jim. Arrivai a capire quel che, sono sicuro, tu hai già notato molto tempo fa, perché lo so che qualche volta mi hai visto portato a casa di peso, trascinato fin dentro casa ed ero sotto il cosiddetto Effetto, figliolo, e mentre i tassisti mi trascinavano a casa di notte ho visto la tua lunga ombra stagliarsi in cima alla scala della casa che ho contribuito a pagare, ragazzo: capii che gli ubriachi e gli storpi vengono trascinati fuori dall'arena come Cristi disossati, un uomo sotto ogni braccio, coi piedi che strisciano a terra, gli occhi al cielo.

4 NOVEMBRE

ANNO DEL PANNOLONE PER ADULTI DEPEND

Michael Pemulis, che di certo non è un cretino, prende da Latinate Inman Square di Cambridge un autobus necessario fino a Central Square, poi un autobus non necessario fino a Davis Square poi un treno per tornare alla Central. Questo per escludere anche la piú remota possibilità di essere seguito. Alla Central prende la Linea Rossa fino a Park St. Station, dove ha lasciato il camion con rimorchio in un parcheggio sotterraneo a pagamento che si può tranquillamente permettere. La giornata è mite e autunnale, la brezza dell'Est odora di commercio urbano e del vago aroma di pelle scamosciata delle foglie appena cadute. Il cielo è di un azzurro cielo intenso; la luce del sole crea mille riflessi diversi sulle pareti di vetro fumé dei centri commerciali che circondano Park Street. Pemulis indossa pantaloni kaki con i bottoni e una camicia dell'Eta sotto un giubbotto Brioni azzurro sgargiante, e un cappellino da marinaio bianco acceso che Mario Incandenza definisce il suo cappello portafortuna. Il cappello ha un aspetto sbarazzino anche quando è girato al contrario, ed è sfoderabile. Dentro la fodera possono essere tenute quantità portatili di qualsiasi cosa. Si è concesso 150 mg di 'drine leggerissime, post-transazione. Ai piedi ha un paio di scarpe basse con i lacci grigi e azzurri, senza calzini, la giornata autunnale è cosí mite. Le strade letteralmente *pullulano*. I venditori con i carretti a ruote al posto delle casse vendono pretzel caldi e bevande gassate e quei würstel mezzi crudi su cui Pemulis fa mettere tutte le salse. Si vedono la State House e il Boston Common e il Tribunale e i Public Gardens, e dietro tutto questo le belle facciate lisce delle case padronali della Back Bay. Gli echi nel garage sotterraneo di Park Pl. – PARK – sono piacevolmente confusi. Il traffico verso ovest sulla Commonwealth Avenue è leggero (cioè le cose riescono a muoversi) per tutto il tragitto fino a Kenmore Square e oltre la Boston University e su per la morbida collina che conduce a Allston e Enfield. Quando Tavis e Schtitt e i giocatori e gli addetti ai terreni e le squadre della Testar e dell'Athscme gonfiano il Polmone per l'inverno sui Campi dal 16 al 32, la cupola tipo cattedrale del Polmone è visibile all'orizzonte fin dalla biforcazione Brighton Ave.-Comm. Ave. nella parte bassa di Allston.

Risulta che l'incredibilmente potente Dmz sia classificato come anfetamina parametoxilata ma per la verità la lenta e faticosa analisi compiuta da Pemulis sulle monografie MED.COM gliela fa sembrare molto ma molto piú simile alla classe degli anticolinergici-deliranti, infinitamente piú potente della mescalina o dell'Mda o della Dma o Tma o Mdma o Dom o Sta o del Dmt ingeribile della I.V. o dell'Ololiuqui ovvero scopolamina della datura, o del Fluothane, o del Bufotenine (detto anche «Jackie-O.»), o dell'Ebene o della psilocibina o del Cylert[56]; chimicamente è un incrocio fra un lisergico e un muscimoloide, ma l'effetto del Dmz è significativamente differente dall'Lsd-25, è meno visuale e spazialmente-cerebrale e piú, diciamo, *temporalmente*-cerebrale e quasi ontologico, con una botta tipo fenilalchilamina-manipolata che fa alterare radicalmente (ed euforicamente, ecco dove nasce la somiglianza con il trip da muscimole) la propria relazione con l'ordinario flusso del tempo[57]. L'incredibilmente potente Dmz è sintetizzato da un derivato del fitviavi, un'oscura muffa che cresce soltanto su altre muffe, e realizzato dallo stesso fortunato (almeno in un senso) chimico della Sandoz Pharmaceuticals che per primo era incappato nell'Lsd quando era un chimico relativamente efebico e sprovveduto, e smanettava con i funghi ergotici della segale. La scoperta del Dmz chiuse gli anni Sessanta a.S., proprio mentre il Dott. Alan Watts vagliava l'invito di T. Leary a diventare «Scrittore in Risonanza» all'utopica colonia dell'Lsd-25 di Leary a Millbrook Ny, oggi territorio canadese. Considerato che la semplice sintesi accidentale del Dmz bastò a procurare al chimico della Sandoz il pensionamento anticipato e lo lasciò a guardare il muro senza sbattere gli occhi, l'incredibilmente potente Dmz si è guadagnato la reputazione fra i profani degli ambienti chimici underground di essere la cosa in assoluto piú tremenda che sia mai stata concepita in una provetta. Al momento è anche il composto ricreazionale piú difficile da acquistare nell'America del Nord, dopo l'oppio vietnamita grezzo, e quello scordatevelo.

In certi circoli chimici bostoniani, il Dmz viene anche definito *Madame Psychosis*, dal nome della diva di un popolare programma radiofonico cult in onda nel cuore della notte e trasmesso sulla stazione radio del Mit a gestione studentesca Wyyy-109, *Di Gran Lunga il Numero 1 sulle Fm*, programma che Mario Incandenza e Otis P. Lord, patito delle statistiche nonché gran cerimoniere del gioco di Eschaton, ascoltano quasi religiosamente.

Un paio di volte in ottobre il tizio della Ennet House che fa il turno di giorno al gabbiotto, quello che solleva il cancello per far entrare ai campi, aveva avvicinato Pemulis per una potenziale transazione. Ma Pemulis ha una rigida politica che gli impedisce di fare affari con i dipendenti dell'Eta che vengono dalla casa di recupero, perché alcuni di loro sono là per Ordine del Tribunale, e lui sa per certo che laggiú si fanno continuamente i test delle Urine, e i tipi della Ennet House sono proprio il genere di persone dalle quali Pemulis, affidandosi al suo sesto senso, si tiene lontano in quanto a interazioni sociali e scambi e transazioni; e il suo atteggiamento nei confronti di questi dipendenti a basso reddito è di saggia discrezione del tipo perché stuzzicare il destino.

I Campi Est sono vuoti e zeppi di palle quando Pemulis rientra; i ragazzi sono ancora quasi tutti a pranzo. La stanza tripla di Pemulis, Troeltsch e Schacht si trova nel subdormitorio B sul lato nord posteriore del secondo piano della West House, dunque sopra il Refettorio, e Pemulis riesce a sentire attraverso il pavimento le voci e lo sbattere delle stoviglie, e a volte, dall'odore, perfino a capire cosa c'è da mangiare. La prima cosa che fa è sganciare la consolle telefonica e provare a chiamare la stanza dell'Inc e di Mario giú a Com. & Amm., dove Hal è seduto alla luce della finestra con l'edizione Riverside dell'*Amleto* che ha promesso a Mario di leggere per poi aiutarlo a trarne un suo progetto filmico concettuale. La sua poltrona sta in parte sotto la vecchia stampa di un dettaglio di *Consumazione dei Levirati*, un mosaico alessandrino minore, praticamente soft-core. Hal sta mangiando una barretta energetica di AminoPal® e aspetta con grande nonchalance, il telefono con l'antenna già sollevata appoggiato sul bracciolo della poltrona, due guide di preparazione agli esami *Baron* in formato in folio, una copia senza costola dell'anno 1937 a.S. di *Tilden e l'Effetto* e le chiavi con il laccio accanto a una scarpa, sul tappeto Lindistarne. Sta aspettando in posizione estremamente casuale. Hal attende deliberatamente fino al terzo squillo della consolle audio, come una ragazza sola a casa il sabato sera.

«Pooooronto».

«Lo stronzo è emerso». La voce chiara e digitalmente condensata di Pemulis. «Ripeto. Lo stronzo è emerso».

«Vi prego di commettere un crimine», è la risposta immediata di Hal Incandenza.

«Buon Dio», dice Pemulis nella cornetta che tiene incastrata sotto la mascella, mentre stacca con grande cura la fodera del suo cappello Mr Howell.

TENNIS E IL PRODIGIO SELVATICO, NARRATO DA HAL INCANDENZA,
UNA CARTUCCIA D'INTRATTENIMENTO DIGITALE DA 11,5 MINUTI
DIRETTA, REGISTRATA, CURATA E
– STANDO AL MODULO DI AMMISSIONE –
SCRITTA DA MARIO INCANDENZA, AL MOMENTO DEL CONFERIMENTO
DELLA MENZIONE D'ONORIFICENZA REGIONALE DEL NEW-NEW-ENGLAND
NELL'AMBITO DELLA RASSEGNA ANNUALE PER GIOVANI CINEASTI
«NUOVI OCCHI, NUOVE VOCI» DELL'INTERLACE TELENTERTAINMENT,
APRILE ANNO DELL'UPGRADE PER MOTHERBOARD-PER-CARTUCCIA-
VISORE-A-RISOLUZIONE-MIMETICA-FACILE-DA-INSTALLARE
PER SISTEMI TP INFERNATRON/INTERLACE PER CASA,
UFFICIO O MOBILE YUSHITYU 2007 (SIC), QUASI ESATTAMENTE
TRE ANNI DOPO IL TRAPASSO DEL DOTT. JAMES O. INCANDENZA

Ecco come infilarsi una grande maglietta rossa con la scritta in grigio «Eta» sul petto.

Siete pregati di sistemare con cura il vostro sospensorio adattando le bande elastiche in modo che non vi penetrino nel sedere né vi lascino quelle strisce che si vedono subito appena i pantaloncini si inzuppano di sudore.

Ecco come stringersi la fascia elastica color carne cosí forte alla caviglia che vi parrà di avere un ceppo al posto della gamba sinistra.

Ecco come vincere, dopo.

Questo è un portapalle in rete metallica pieno di palle verdi sporche e marce e vecchissime. Portatele ai Campi Est finché l'alba è ancora lattiginosa e non c'è nessuno in giro tranne le colombe dolenti che infestano i pini al sorgere del sole, e l'aria è cosí umida che vi vedete il respiro anche se è estate. Provate a tirare dei servizi. Accumulate un mucchio di palle alla base della recinzione dall'altra parte del campo mentre il sole si trascina fin sopra il Porto, comincerete a scaldarvi e a sudare e i vostri servizi cominceranno a esplodere. Smettete di pensare e lasciatelo esplodere, boom, boom. Il rumore della palla contro la recinzione opposta. Battete un migliaio di servizi a un avversario che non c'è mentre Lui in Persona vi dà consigli da seduto, la fiaschetta in mano. Le gambe dei vecchi sono bianche e glabre per via dei decenni passati nei pantaloni. Ecco il mazzo di chiavi un passo avanti a voi sul campo mentre servite palle morte a un avversario che non c'è. Dopo ogni servizio dovete quasi cadere in avanti sul campo e con un solo movimento fluido piegarvi a raccogliere le chiavi con la mano sinistra. È cosí che vi allenerete ad andare a rete dopo il servizio. Ancora oggi, ad anni di distanza dalla morte del vec-

chio, non riuscite a tenere le chiavi in nessun altro posto che non sia
il pavimento.

Ecco come tenere lo strumento.

Imparate a chiamare la racchetta strumento. Lo fanno tutti qui.
È una tradizione: Lo Strumento. Una cosa che è cosí tanto un'estensione di voi merita un soprannome.

Adesso guardate. Vi verrà mostrato una e una sola volta come tenerlo. Ecco come si tiene. Semplicemente cosí. Dimenticate tutti quei
discorsi sulla presa Semi-Eastern per il rovescio tagliato. Ditegli solo
Ciao e date una stretta di mano al manico di pelle dello strumento. È
cosí che si tiene. Lo strumento è vostro amico. Diventerete molto intimi.

Stringete sempre forte il vostro amico. Una presa ferma è essenziale sia per il controllo sia per la potenza. Ecco come si fa a portare
sempre in giro una palla da tennis nella mano dello strumento, strizzandola in continuazione per lunghi periodi di tempo – in classe, al telefono, nel laboratorio, di fronte al Tp, una palla bagnata sotto la doccia, idealmente strizzandola in ogni momento a eccezione dei pasti.
Fate caso al refettorio dell'Accademia, dove ci sono palle da tennis accanto a ogni piatto. Strizzate la palla ritmicamente mese dopo mese,
anno dopo anno, fino a quando non ne siete piú consapevoli di quanto lo siate del vostro cuore che pompa sangue, fino a che il vostro avambraccio destro è tre volte piú grosso del sinistro e in campo il vostro
braccio sembra quello di un gorilla o di uno scaricatore di porto attaccato al corpo di un bambino.

Ecco come fare degli allenamenti individuali extra prima degli allenamenti mattutini dell'Accademia, prima di colazione, e dopo la
millesima palla imprendibile che vi ha tirato Lui in Persona con la sua
mastodontica apertura alare e i suoi polpacci spettrali, Lui che vi incita col solo sorriso a impegnarvi sempre di piú, quando proprio non
ce la farete piú e dovrete vomitare, vi accorgerete di non aver niente
dentro da vomitare e i conati passeranno in fretta e una brezza dall'Est
vi accarezzerà fresca e vi sentirete puliti e riuscirete a respirare.

Ecco come si indossa una tuta da ginnastica dell'Eta rossa e grigia e si corre in gruppo per quaranta km settimanali, su e giú per Commonwealth Avenue, anche se preferireste darvi fuoco ai capelli piuttosto che correre in gruppo. Correre è una sofferenza e non ha senso, ma non siete voi a decidere. Vostro fratello sta sul sidecar mentre
un tedesco senescente vi spara pallini nelle gambe e tutti e due ridono e strillano *Schnell*. Enfield è a est delle Colline del Crepacuore da
Maratona, in fondo alla Commonwealth oltre il Reservoir di Newton. È una vera noia correre in mezzo a un branco sudato, in città.

Lasciate che Lui in Persona si curvi a cingervi le spalle con il lungo braccio pallido e a dirvi che suo padre gli aveva detto che il talento è una specie di dono oscuro, che il talento è l'aspettativa che suscita: c'è fin dall'inizio e puoi capirlo ed esserne all'altezza oppure perderlo.

Cercate di avere un padre il cui padre sprecò il suo talento. Cercate di avere un padre che fu all'altezza delle promesse poi si trovò a superare ogni sua aspettativa, e non sembrava per nulla piú felice o piú sereno di suo padre fallito; questo vi lascerà in una condizione d'animo selvatica riguardo al talento.

Ecco come evitare di pensare a tutto questo ammazzandosi di allenamenti e partite finché tutto viaggia con il pilota automatico e l'inconscio esercizio del talento diventa un modo di sfuggire a voi stessi, un lungo sogno a occhi aperti di puro gioco.

L'ironia è che tutto ciò vi rende bravi, e la gente comincia a pensare che abbiate un talento prodigioso del quale essere all'altezza.

Ecco come riuscire a essere un prodigio selvaggio. Ecco come gestire l'essere testa di serie nei tornei, il che vuol dire che dei comitati di selezione fatti di vecchioni con un braccio piú grosso dell'altro si aspettano che arriviate a un certo punto del torneo. Raggiungere almeno il turno che ci si aspetta da voi nei tornei si dice «giustificare la testa di serie». Il fatto di ripetere questa frase all'infinito, magari con lo stesso ritmo al quale strizzate la palla, può ridurla a una vuota serie di fonemi, nient'altro che frequenze sonore e fricative ad accento giambico, che poi finiscono col non significare nulla.

Ecco come battere avversari sconosciuti e stupiti dell'Iowa o del Rhode Island nei primi turni dei tornei senza impiegare troppa energia ma evitando allo stesso tempo di sembrare presuntuosi.

Ecco come giocare con integrità nei primi turni dei tornei, quando non c'è arbitro. Ogni palla che atterra sulla vostra parte di campo ma non siete sicuri se è dentro o fuori: datela buona. Ecco come rendersi invulnerabili da chi usa mezzucci. Come non perdere mai la concentrazione. Ecco come ripetersi, quando un avversario magari vi ruba i punti, che una volta corre il cane e una volta la lepre. Che la punizione di un gioco poco sportivo è sempre autoinflitta.

Provate a imparare dalle ingiustizie.

Ecco come spruzzarvi uniformemente con una sola passata di Lemon Pledge, la protezione solare per eccellenza, ma tenete a mente che poi quando cominciate a sudare puzzerete come una molletta.

Ecco come prendere dei rilassanti muscolari non narcotizzanti per i dolori alla schiena procurati dalle migliaia di servizi a un avversario che non c'è.

Ecco come piangere a letto cercando di ricordare i tempi quando la vostra caviglia non era blu e non vi faceva male.

Questa è la vasca idromassaggio, un'amica.

Ecco come montare all'alba la sparapalle elettrica nei giorni in cui Lui in Persona è da qualche parte a tentare di essere all'altezza del suo talento finale.

Ecco come allacciare un farfallino. Come sopravvivere alle proiezioni dei primi film d'arte di vostro padre, immersi nel fumo di sigarette straniere e in conversazioni tanto pretenziose che letteralmente non riuscite a crederci; siete certi di aver sentito male. Fingete di essere molto presi dalle strane angolature e dalle esposizioni multiple senza però fingere di avere la minima idea di cosa siano. Assumete l'espressione di vostro fratello.

Ecco come sudare.

Ecco come dare una coppa ad Alice Moore la Laterale perché la metta nella bacheca dell'atrio sotto il sistema di faretti.

L'ingiustizia può rivelarsi un'insegnante rigida ma impareggiabile.

Ecco come stipare carboidrati nei vostri tessuti per un incontro a squadre con quattro singoli e due doppi in una sola giornata, di giugno, in Florida.

Siete pregati di imparare a dormire con una scottatura perpetua.

Mettete in conto qualche brutto sogno. Fanno parte di ciò che siete. Provate ad accettarli. Lasciate che vi siano di insegnamento.

Tenete una torcia accanto al letto. Aiuta contro gli incubi.

Siete pregati di non stringere amicizie esterne alla scuola. Scoraggiate gli approcci che non provengono dal vostro circuito. Non date appuntamenti.

Se eseguite esattamente gli esercizi di riabilitazione che Loro vi assegnano, non importa quanto sciocchi e noiosi, la vostra caviglia guarirà prima.

Questo tipo di allungamenti aiuta a prevenire la pubalgia.

Trattate le vostre ginocchia e i vostri gomiti con ogni ragionevole cura: resteranno con voi a lungo.

Ecco come rifiutare un appuntamento in ambiente extrascolastico in modo che non vi venga chiesto una seconda volta. Dite qualcosa del tipo Sono tremendamente spiacente ma venerdí non posso venire a vedere *8 1/2* proiettato su un visore a tutta parete per il Festival della Celluloide di Cambridge, Kimberly, o Daphne, però, vedi, se salto alla corda per due ore e dopo corro all'indietro per Newton finché mi viene da vomitare, poi Loro mi lasceranno guardare le cartucce delle partite e mia madre mi leggerà brani dall'*Oed* fino alle 2200h, quando si spengono le luci; state certi che da quel momento

Daphne/Kimberly/Jennifer porterà altrove le sue voglie di socializza-
zione-rituale-via-danza-d'accoppiamento-adolescenziale. State in guardia. La via maestra si allarga e molte delle sue deviazioni sono seducenti. Siate costantemente vigili e attenti: il talento selvaggio consiste
nelle aspettative che suscita e può abbandonarvi in qualunque momento
a ogni deviazione della cosiddetta vita americana normale, perciò state *in guardia*.

Ecco come fare ad andare *schnell*.

Ecco come attraversare il vostro normale picco di crescita adolescenziale e avere tutte le membra del corpo che dolgono come tante
singole emicranie perché certi gruppi selezionati di muscoli sono stati ipersollecitati fino a diventare spessi e contratti e resistono quando l'improvvisa crescita ossea cerca di allungarli, e vi fanno male sempre, tutto il tempo. Esiste una cura per questa condizione.

Se siete un adolescente ecco il trucco per non essere né un imbra-
nato né un vero giustone: non siate nessuno.

È più facile di quel che pensate.

Ecco come imparare a leggere le graduatorie mensili Eta, Usta e
Onanta proprio come Lui in Persona legge le recensioni degli accademici sui suoi melodrammi a esposizione multipla. Imparate a far sí
che v'importi e non v'importi. Le graduatorie servono a farvi capire
a che punto siete, non chi siete. Memorizzate il vostro piazzamento
mensile, poi dimenticatelo. Ecco come. Non dite mai a nessuno a che
punto siete.

Che è anche un modo per non temere il sonno e i sogni. Non dite
mai a nessuno dove siete. Siete pregati di imparare la prassi nell'espressione della paura: a volte le parole che sembrano esprimere in realtà *invocano*.

Questo può tirare brutti scherzi.

Ecco come ottenere gratis gli strumenti e le corde e l'abbigliamento
dalla Dunlop, Inc.; in cambio dovrete lasciare che vi dipingano a spray
il loro logo sulle corde dello strumento e ve lo cuciano sulle spalle e
sulla tasca sinistra dei pantaloncini poi dovrete usare un borsone con
il loro marchio cosí da diventare una sudata pubblicità vivente per la
Dunlop, Inc.; questo finché continuerete a giustificare la vostra testa
di serie e a conservare il piazzamento in classifica; il rappresentante
regionale del New New England della Dunlop, Inc. vi chiamerà «Il
nostro cigno grigio»; è uno che indossa pantaloni firmati e si spruzza
una colonia asfissiante e più o meno due volte l'anno vorrà aiutarvi a
vestirvi e allora dovrà essere scacciato come un moscerino.

Siate uno Studioso del Gioco. È una cosa profonda, come la maggior parte dei cliché sportivi. Potete piegarvi o spezzarvi. In mezzo non

c'è granché. Provate a imparare. Siate allenabili. Provate a imparare da chiunque, specialmente da quelli che falliscono. Questa parte è difficile. Compagni che fanno fiasco o scoppiano o crollano, scappano, scompaiono dalle graduatorie mensili, escono dal circuito. Compagni dell'Eta in attesa che deLint bussi piano alla loro porta e chieda di fare quattro chiacchiere. Avversari. Tutto può essere educativo. Il tuo essere un promettente Studioso del Gioco sarà una funzione di ciò a cui riuscirai a prestare attenzione senza scappare. Reti e recinzioni possono essere specchi. E fra le reti e le recinzioni anche gli avversari diventano specchi. Ecco perché la cosa mette paura. Ecco perché tutti gli avversari sono terrorizzanti e gli avversari piú deboli lo sono in modo particolare.

Cercate di vedere voi stessi nei vostri avversari. Vi porteranno a capire il Gioco. Ad accettare il fatto che il Gioco riguarda la gestione della paura. Che il suo scopo è allontanare da voi ciò che sperate non tornerà.

Questo è il vostro corpo. Loro vogliono che lo sappiate. Lo avrete con voi per sempre.

Su questa questione non ci sono consigli da dare; dovete tirare a indovinare. Per quanto mi riguarda, non mi aspetto di arrivare mai a saperlo.

Ma nell'intervallo, se c'è un intervallo: ecco Motrin per le giunture, Noxzema per le scottature, Lemon Pledge se preferite la nausea alle scottature, Contracol per la schiena, benzoina per le mani, sali Epsom e antinfiammatori per la caviglia, e chiacchiere extrascolastiche per i vostri genitori, che volevano solo essere sicuri che non perderete nulla di quello che loro hanno avuto.

SELEZIONE DI TRASCRIZIONI DAI MESSAGGI IMBUCATI NELLA FERITOIA
CHE FUORI DALL'ORARIO DI UFFICIO FUNGE DA INTERFACCIA
FRA I RESIDENTI E LA DOTT.SSA IN LETTERE E FILOSOFIA
SIG.NA PATRICIA MONTESIAN, CAAS[58], DIRETTRICE ESECUTIVA,
CASA DI RECUPERO DA DROGA E ALCOL (*SIC*), ENNET HOUSE,
DI ENFIELD MA, 1300-1500H, MERCOLEDÍ 4 NOVEMBRE – ANNO
DEL PANNOLONE PER ADULTI DEPEND

«Però ha questo *modo* di tamburellare le dita sul tavolo. Non è neppure un vero tamburellare. Piú una via di mezzo fra tamburellare e *grattare*, *pizzicare*, come quando uno si è spellato e si tira via i pezzetti di pelle morta. E senza nessun ritmo costante, badi bene, senza un qualunque ritmo al quale aggrapparsi, qualcosa da seguire per poter resistere. Una cosa completamente *paradossale*, *folle*. Il tipo di ru-

more nella testa di una ragazza subito prima che ammazzi tutta la sua
famiglia perché qualcuno ha finito l'ultimo barattolo di burro d'arachidi o qualcosa del genere. Sa di cosa sto parlando? Il rumore di una
fottuta mente che si spacca. Sa di cosa sto parlando? Perciò ecco, sí,
ok, allora bisognava fare in fretta e siccome non voleva smetterla di
tamburellare a cena diciamo che l'ho trafitto con la forchetta. Diciamo
cosí. Mi rendevo conto che magari qualcuno poteva pensare che l'avevo diciamo pugnalato. Però mi sono offerta di tirar fuori la forchetta.
Mi lasci dire che sono pronta a fare ammenda in qualunque momento.
Per la parte che ho avuto. Voglio dire che *riconosco* la mia parte, ecco.
Posso chiedere se mi toccherà la Restrizione per questo? Perché vede
ho questo Turno di Notte domani che Butch ha già approvato nel Piano dei Turni. Se vuole controllare. Ma non sto cercando di tirarmi indietro per non ammettere di aver avuto una parte in quello che, ecco,
è successo. Se il mio Potere Superiore che scelgo di chiamare Dio opera attraverso di lei per farmi sapere che mi tocca una punizione, non
cercherò di scampare alla punizione. Se me ne tocca una. Volevo solo
chiedere. Le ho già detto che sono grata di essere qui?»

  «Non sto *negando* nulla. Le sto semplicemente chiedendo di definire "alcolista". Come può chiedermi di attribuire a me stesso un termine se lei rifiuta di definire il significato di questo termine? Da sedici anni sono un avvocato specializzato in lesioni personali, ho un
certo successo, e se si esclude quell'unico ridicolo cosiddetto attacco
durante la cena dell'Associazione Forense la scorsa primavera e il fatto che quell'imbecille di un giudice mi ha proibito l'accesso alla sua
aula di tribunale – e mi lasci dire che quando dico che quell'uomo si
masturba sotto la toga posso accludere dichiarazioni *dettagliate* fornite sia dai colleghi sia dal personale della lavanderia del tribunale – dicevo che con l'eccezione di un'altra manciata di piccoli incidenti non
si può dire che non sia capace di reggere l'alcol o che non possa andare a testa alta come e meglio di molti altri avvocati. Ne stia pur certa. Quanti anni ha, signorina? Non sono *in fase di negazione*, per cosí dire, riguardo a ciò che è empirico e oggettivo. Ho problemi al pancreas? Sí. Ho difficoltà a ricordare certi avvenimenti accaduti durante
le presidenze di Kemp e Limbaugh? Nessuna obiezione. Esiste una
certa turbolenza domestica connessa al mio consumo? Non si discu-
te. Ho provato una sensazione di torpidezza durante la disintox? Sí,
è cosí. Non ho difficoltà ad ammettere ciò che capisco. Torpidezza,
con una *p*, infatti. Ma che cos'è questa cosa che mi chiede di ammettere? È *negazione* voler ritardare la firma di un contratto fino a quando il vocabolario utilizzato sia chiaro a tutte le parti da esso vincola-

te? Sí, sí, non mi sta seguendo, d'accordo! Ed è riluttante a procedere in assenza di chiarimento. Ritiro l'obiezione. Non posso negare ciò che non capisco. Questa è la mia posizione».

«Per cui sono là seduto ad aspettare che il mio polpettone si raffreddi e improvvisamente c'è un grido da far cedere lo *sfintere* ed ecco Nell a mezz'aria con un forchettone da carne, sospesa *in aria*, che *balza* attraversa il tavolo, in *volo*, orizzontale, Pat, sto dicendo che il corpo della ragazza è letteralmente *parallelo* alla superficie del tavolo, vola come un *proiettile* verso di me con quel forchettone sollevato, e urla qualcosa tipo il rumore del burro di *arachidi*. Cioè, mio Dio. Gately e Diehl hanno dovuto sfilare il forchettone dalla mia mano e dal piano del tavolo. Per darti un'idea. Della *ferocia*. Non me lo chiedere nemmeno il male. Quello non tocchiamolo neppure, ti assicuro. Mi hanno *offerto* del Percocet[39] al pronto soccorso, ti basti sapere questo. Ho detto loro che ero in recupero e i narcotici per me sono acqua fresca. Guarda, non farmi dire quant'erano commossi dal mio coraggio se non vuoi che mi metta a piangere. Tutta questa esperienza mi porta sull'orlo di una completa crisi *isterica*. Sí, diciamo cosí, sono colpevole, può anche darsi che abbia tamburellato sul tavolo. Scusa se occupo spazio. E quella poi, oh, con grande *magnanimità*, dice che mi perdonerà se lo faccio anch'io. Scusa, come hai detto? le faccio. Come hai *detto*? Cioè, mio Dio. Sono seduto là, attaccato a un tavolo per i denti di una forchetta. So che cos'è un pestaggio, Pat, e questo è stato un pestaggio con tutti i crismi, in perfetto stile fascista. Chiedo rispettosamente che venga cacciata da qui con un calcio in quel suo enorme posteriore. Fatela tornare in quel posto da cui è venuta, con il suo borsone di carta pieno di stracci. Onestamente, so che parte di questo processo di recupero è imparare a vivere in una comunità. Dare e prendere, mollare sulle questioni di personalità, voltare pagina. Et cetera. Ma non dovrebbe anche essere, e qui cito dal manuale, un ambiente *sicuro* e *accogliente*? Devo dire che di rado mi sono sentito meno accolto di quando mi sono trovato impalato a quel tavolo. Come se non bastassero le patetiche molestie di Minty e McDade. Se si tratta di essere pestato va benissimo anche il Fenway. Non sono venuto qui per essere pestato con la scusa di un presunto tamburellio sul tavolo. Sono pericolosamente vicino a dire che... che o se ne va quell'*esemplare* o lo faccio io».

«Sono tremendamente spiacente di importunarla. Posso ripassare. Mi stavo solo chiedendo se in un Programma speciale ci fosse una preghiera per quando ci si vuole impiccare».

«Io voglio capite che no nego de essere un tossicodipendente. Io so che sono dipendente dal periodo prima de Miami. Io no ho problema de alzarme nelle riunioni per dire che io sono Alfonso, io sono un tossicodipendente, sono incapace. Io sono incapace dai tempi de Castro. Pero no posso smettere anche se lo so. Di questo ho paura. Io tengo paura che non posso smettere anche se ammetto che sono Alfonso, e incapace. Como ammettere che sono incapace di smettere se la cosa non si può smettere. Impazzisco nella testa per questa paura. Ora io voglio *potere*, Señora Pat. Voglio un consiglio. La speranza di potere è un brutto consiglio per Alfonso tossicodipendendente?»

«Spiacente di scocciare, ma la Divisione della Sovrintendenza ha chiamato di nuovo riguardo a quella faccenda degli insetti. Hanno usato la parola *ultimatum*».

«Scusi se la disturbo per una cosa che non è esattamente connessa alla terapia. Sono lassú che provo a svolgere la mia Corvée. Devo pulire il bagno degli uomini del piano di sopra. C'è qualcosa... Pat, c'è qualcosa di impressionante nel gabinetto. Lo sciacquone non se la porta via. Quella cosa. Non se ne vuole andare. Continua a riapparire. Scarico dopo scarico. Vorrei istruzioni. Eventualmente anche dell'equipaggiamento protettivo. Non posso nemmeno descriverla quella cosa nel gabinetto. Tutto quel che posso dire è che se è stata prodotta da un essere umano, allora devo dire che sono davvero preoccupato. Non mi chieda nemmeno di descriverla. Se vuole salire a dare un'occhiata, sono certo al cento per cento che è ancora là. L'ha messo bene in chiaro che non va da nessuna parte».

«Tutto quel che so è che alle 1300h ho messo una Coppa di Budino Hunt nel frigo residenti, come mi è stato detto di fare bla-bla-bla, e alle 1430h scendo bello pronto per il budino che ho pagato con i miei soldi e il budino non c'è e arriva McDade tutto preoccupato e si offre di aiutarmi a cercarlo e bla-bla-bla, e tutto bene solo che questo gran figlio di una puttana ha un grosso pezzo di budino sul mento».

«Come no, solo che come faccio a rispondere soltanto sí o no se voglio smetterla con la coca? Lo penso eccome che voglio, penso che voglio assolutamente. Non ho piú il setto nasale. Il setto me l'ha praticamente dissolto la coca del cazzo. Vedi? Ci vedi niente di simile a un setto? Ho pensato con tutto il cuore che volevo smettere assolutamente e cosí via. Fin dalla storia del setto. Ma ecco visto che per tutto questo tempo volevo smettere perché non sono riuscito a smettere? Capisci quel che sto dicendo? Non sta tutto che si deve volerlo e cosí via? E via dicendo? Come può essere che vivere qui e andare alle riunioni e tutto il resto mi fa tutto fuorché farmi venire la voglia di smettere? Ma io penso che già adesso voglio smettere. Com'è che sarei qui se non voglio smettere? Essere qui non è una prova che voglio smettere? Ma allora perché non riesco a smettere, se voglio smettere, ecco il punto».

«Questo tipo aveva il labbro leporino. Sa, di quelli che parlano *coffi*. Solo che il suo era peggio. Molto peggio. Molto molto peggio. Vendeva acidi schifosi ma l'erba era buona. Diceva che avrebbe coperto la nostra parte dell'affitto se pensavamo a trovare i topi per i suoi serpenti. Tutti i nostri soldi finivano nel fumo per cui che potevamo fare. Quelli mangiavano topi. Dovevamo entrare nei negozi di animali e fingere di andare pazzi per i topi. Serpenti. Teneva serpenti che puzzavano da far schifo. Non puliva mai le vasche. Il labbro gli copriva il naso. Il labbro leporino. Secondo me non sentiva quanto puzzavano. Se no qualcosa avrebbe fatto. Aveva un debole per Mildred. La mia ragazza. Non so. Anche lei ha un problema. Non so. Aveva un debole per lei. Continuava a dire stronzate come, con tutte queste *effe* e queste *sch*, faceva Uoi foffere, Mildred, o coffa? Mica sci soffiamo leccare né nienffe. Diceva stronzate del genere con me lí davanti che buttavo topi nelle vasche e trattenevo il fiato. I topi dovevano essere vivi. Il tutto con questa maledetta voce come uno che si tappa il naso e non riesce a dire la *esse* e la *ci*. Non si lavava i capelli da due anni. Fra noi facevamo una specie di gioco per vedere per quanto tempo non si sarebbe lavato i capelli e ogni settimana facevamo una x sul calendario. Ne avevamo un mucchio di questi scherzi fra noi, ci aiutava a resistere. Eravamo fatti per il 90 per cento del tempo. Nove-Zero. Ma non l'ha mai fatto, per tutto il tempo che ci fermammo là. Lavarsi. A un certo punto lei cominciò a dire che dovevamo andarcene o lei portava via Harriet perché quando io ero al lavoro lui cominciò a raccontarle come faceva a trombare le galline. Disse che lui si trombava le galline. Stavamo in una roulotte dopo la discarica dello Spur, e sotto ci teneva un paio di galline. Non c'è da stupirsi che quelle scappavano sempre quando arrivava qualcuno. Praticamente lui abusava sessualmente di queste bestie. Continuava a parlarle di questa cosa, con tutte le *effe*, tipo Defi *chiafarle* per bene, ma quando ffieni quelle profano a *ffolare* ffia. Lei disse che aveva chiuso. Ce ne andammo all'ostello di Pine Street e lei rimase per un po' fino a quando quel tizio con il cappello disse che aveva un ranch nel New Jersey e lei prese il volo, con Harriet. Harriet è nostra figlia. Compie tre anni a febbraio. Però lei dice *pebbraio*. Quella bambina non pronuncerà mai una sola *effe* in tutta la sua vita. E non so neppure dove nel New Jersey. Ci sono i ranch nel New Jersey? Andavo a scuola con lei fin dai tempi delle elementari. Mildred. Eravamo tipo fidanzatini d'infanzia. Poi questo tizio si infila nella sua brandina e io mi prendo i pidocchi. Lui si agita nella sua brandina e io mi ritrovo coi pidocchi. Cercavo ancora di portare il ghiaccio ai distributori di bibite alle stazioni di servizio. Chi non si sarebbe sballato per sopportarlo?»

«Perciò questa ha la pretesa di essere una malattia, l'alcolismo? Una malattia come un raffreddore? O come il cancro? Bisogna che glielo dica, non ho mai sentito di nessuno cui sia stato detto di pregare per curarsi il cancro. Escluse certe zone rurali del Sudamerica. E allora come la mettiamo? Lei mi sta *ordinando* di pregare? Perché ho una presunta malattia? Io smantello la mia vita e la mia carriera e mi sottopongo a nove mesi a basso reddito di terapia per una *malattia*, e mi viene prescritto di pregare? Le dice niente la parola *retrogrado*? Siamo forse in un'èra sociostorica della quale non so nulla? Che sta succedendo qui, esattamente?»

«Bene, bene. Bene. Nient'altro che bene. Proprio nessun problema. Sono felice di essere qui. Mi sento meglio. Dormo meglio. Mi piace il mangiare. In una parola, non potrebbe andare meglio. I denti? Digrigno i denti? È un tic. Un modo per rinforzare la mascella. Un'espressione del fatto che sto bene. Idem per la cosa della palpebra».

«Ma *anch'io* ci ho provato. È tutto il *mese* che ci provo. Sono stato a quattro colloqui. Neanche uno cominciava prima delle 11 e perciò, mi dico, perché mi dovrei alzare presto per poi star seduto a grattarmi se non devo esserci prima delle 11? Ho riempito moduli di domanda *ogni* giorno. Dove dovrei andare? Mica mi potete sbattere fuori solo per quel figlio— non mi possono richiamare se ci sto *provando*. Non è *colpa* mia. Andate a chiedere a Clenette. Chiedete a quella ragazza di Thrale e a loro se non ci sto provando. Non *potete*. *È una cazzata enorme*.

«Ho *detto*, dove cazzo dovrei *andare*?»

«Cioè mi tocca un mese di Residenza Totale per aver usato un maledetto collutorio? Notizia flash: edizione straordinaria: il collutorio si sputa! E forse arriva a 2 gradi!»

«È per via delle scoregge di qualcun altro, se sono qui».

«Sarò lieto di dire chi sono se prima vorrà spiegarmi *cosa* mi si chiede di essere. È questa la mia posizione. Lei mi sta chiedendo di affermare elementi di cui non sono in possesso. Esiste una terminologia per questo: "coazione"».

«Perciò qual è il mio reato, gargarismo illecito?»

«Ripasserò quando le fa comodo».

«È tornata. Per un secondo ho sperato. Avevo la speranza. Poi rieccola di nuovo».

«Prima di tutto mi lasci dire una cosa».

◗

FINE OTTOBRE
ANNO DEL PANNOLONE PER ADULTI DEPEND

«Apvimi un'altva di quelle, figliolo, e ti divò che il meglio della stagione in cui evo abbonato è stato quando mi è capitato di vedeve quell'incvedibile figlio di puttana in cavne e ossa che faceva il suo pvimo vecovd. C'eva un'uscita della squadviglia Lupetti Scout di tuo fvatello e tu non ci evi voluto andave pevché mi vicovdo che avevi pauva di pevdevti la pavtita online davanti al Tp. Ti vicovdi? Be', io non me lo scovdevò mai quel giovno, vagazzo. Eva contvo il Syvacuse, quando?, otto stagioni fa. Il piccolo figlio di puttana ha fatto un lungo da settantatve quel giovno con una media di niente meno che sessantanove. *Settantatve*, pev Dio. Apvimene un'altva, vagazzo, fai esevcizio. Vicovdo che il cielo eva nuvoloso. Quando lui calciava un punt ti vitvovavi a squadvave il cielo pev un peviodo etevno. Quelle palle si bloccavano lettevalmente in avia. Il tempo in volo di quella palla fu di otto vivgola tve secondi quel giovno. Quella sí che è una sospensione, vagazzo. Io ai miei tempi non avvivavo neppuve a cinque secondi. Cvisto. L'inteva squadviglia disse che non avevano mai sentito niente di simile al suono del settantatve di quel figlio di puttana. Von Vichavdson, ti vicovdi di Vonnie, il caposquadviglia o come cazzo si dice, vappvesentante di vaselina nella zona di Bvookline, Vonnie è un pilota in congedo dal Sevvizio, eva in uno squadvone di bombavdievi, Vonnie quando poi evavamo giú al pub quella notte Vonnie dice, dice che quel settantatve faceva lo stesso vumove delle *bombe*, quella specie di

WUUMP schioccante quando colpivano, come lo sentivano i vagazzi dello squadvone sugli aevei quando le sganciavano».

Il programma radio prima dello show di mezzanotte di Madame Psychosis sulla stazione semiunderground Wyyy del Mit si intitola *Quelle furono le leggende che furono*, uno di quei crudeli programmi-verità da universitari tecnologici sulle cui lunghezze d'onda può chiedere di essere ospitato qualsiasi studente Us dal laboratorio del superacceleratore o dal gruppo di studio dei Transforms di Fourier, e magari leggere in diretta per quindici minuti una cosa parodistica nella quale finge di essere il proprio padre che idolatra un vero atleta dei vecchi tempi e lo paragona con disgusto al ragazzino asmatico e mingherlino con la testa grossa e gli occhiali spessi come bottiglie di Coca-Cola fissi sullo schermo del computer. L'unica regola del programma è che il pezzo va letto con la voce di un personaggio particolarmente cretino dei cartoni animati. In particolari serate del fine settimana vanno in onda special parricidi decisamente piú esotici per gli studenti asiatici, latini, arabi ed europei. È opinione comune che i personaggi dei cartoni animati asiatici abbiano le voci in assoluto piú cretine.

Per quanto tecnicamente ideato dagli studenti di secondo anno, *Quelle furono le leggende...* svolge un'utile azione catartica ad ampio raggio sul modello dello psicodramma – gli studenti del Mit tendono a trasferirvi le loro cicatrici psichiche: gli imbranati, i maniaci, i cervelloni, i secchioni, le checche, i genialoidi, i quattr'occhi, quelli col cazzo moscio o minuscolo, i senzapalle, quelli col naso a pisciainbocca, quelli col collo secco; quelli a cui è stato spaccato in testa ai giardinetti pubblici il violino o il Tp laptop o il barattolo da entomologo dai ragazzoni grossi con il collo largo – e il programma ne ricava interessanti indici di ascolto Fm, anche se questo fenomeno si spiega in gran parte con una specie di inerzia invertita, una attrazione tipo Seconda Legge di Newton verso l'Ora di Madame Psychosis, Lun.-Ven.: ooooh-o1ooh, il popolarissimo programma che lo segue.

Lo studente d'Ingegneria che fa il turno di notte alla Wyyy nell'Apad, in pessimi rapporti con qualsiasi ascensore segua un percorso serpentino o vascolare, evita sempre quello dell'Unione Studenti del Mit. Quando arriva non passa mai per le entrate principali ed entra invece attraverso i meati acustici del lato sud, si prende una Millennial Fizzy® dal distributore automatico nella cavità sfenoide, poi scende per le scricchiolanti scale di legno che dalla Sala di Lettura della Massa Intermedia portano pressappoco al Recesso Infundibulare, a quel punto supera il piano dedicato alla produzione dei saggi studenteschi su Cd-Rom *Discorsi tecnologici quotidiani*, sopporta il

nauseabondo miasma chimico dello sviluppatore di stampa su cartuccia Solo-Lettura e continua a scendere sorpassando il Quartier Generale epiglottideo dell'*Hillel Club*, un posto buio con le stelle disegnate sulle porte, poi accede al reticolato di piastrelle degli atri che
immettono nei campi da squash, racquetball, pallavolo e giunge nello spazioso corpus callosum dei ventiquattro campi da tennis dal soffitto altissimo donati da un ex studente Mit e ora cosí poco utilizzati che non ci si ricorda nemmeno piú dove siano le reti, infine scende di altri tre livelli e arriva agli studi spettralmente puliti e illuminati
al litio dell'Fm 109-Wyyy Fm, che trasmettono per il Mit e pochi altri punti selezionati. Le pareti degli studi sono rosa e solcate da fen-
diture laringee. La sua asma va meglio quaggiú, con l'aria sottile e leggera, i filtri dell'aria tracheici a filo della pavimentazione e la brezza
dei ventilatori, la piú fresca di tutta l'Unione.

L'ingegnere del suono, uno studente-lavoratore laureato dai polmoni malandati e i pori occlusi, prende posto in solitudine davanti al
pannello del gabbiotto ingegneri, dà una regolatina ai V-Meter e fa la
prova suono all'unica personalità pagata sul registro dei turni di notte, l'oscuramente riverita Madame Psychosis, la cui ombra è appena
visibile oltre il vetro spesso del gabbiotto mentre rivede gli attacchi
del programma del giovedí. È completamente nascosta alla vista da
un séparé a tre ante di chiffon color crema, che si accende di rosso e
di verde alla luce della consolle telefonica e dei quadranti del pannello
di mixaggio, incorniciandole la figura. La sua silhouette si staglia nitida contro il paravento: seduta a gambe incrociate, in testa un sistema insettoide di cuffie auricolari e microfono, la sigaretta accesa. L'ingegnere deve sempre stringere le cuffie per via della mastodontica ampiezza parietale del collega di *Quelle furono*. Attiva l'intercomunicante
e si offre di controllare i livelli di Madame Psychosis. Sollecita suoni. Uno qualunque. Non ha ancora aperto la sua lattina di Fizzy. C'è
un lungo silenzio durante il quale la silhouette di Madame Psychosis
non solleva lo sguardo dalla cosa che sta osservando, come fosse intenta a un lavoro di bricolage sulla sua piccola scrivania.

Dopo un po' lei emette qualche leggero suono, delle piccole plosi-
ve per controllare l'effetto ruggito in fase di esalazione, un bel problema per le radio Fm a budget ridotto.

Pronuncia una lunga *s*.

Lo studente/ingegnere inspira una boccata dall'inalatore portatile.

Lei dice: «Amava quel genere di musica sognante e trasognata che
aveva il ritmo delle cose lunghe quando oscillano».

I movimenti dell'ingegnere al pannello di mixaggio fanno pensare a
qualcuno che sistemi il riscaldamento e lo stereo mentre guida.

«Il Dow Jones non è indice di eterna saggezza», dice lei.

La pelle dell'ingegnere, anni ventitre, è in pessime condizioni.

«Attraente femmina paraplegica cerca pari condizioni; oggetto:»

Lo studio laringeo privo di finestre è tremendamente luminoso. Impossibile proiettare ombre. Fluorescenza a luce retrograda con una corona al litio a doppio spettro, sviluppata due edifici piú in là e in attesa di brevetto Onan. La fredda luce senza ombre delle sale operatorie e dei grandi magazzini alle 0400h del mattino. Le pareti rosa raggrinzite sembrano a volte piú ginecologiche che altro.

«Come la maggior parte dei matrimoni, era il prodotto evoluto di accordo e compromesso».

L'ingegnere è scosso da un brivido nel freddo luminoso e si accende una sigaretta mentre nell'intercomunicante dice a Madame Psychosis che l'intera gamma di livelli è a posto. Madame Psychosis è l'unico personaggio della Wyyy a portarsi da casa cuffie e spinotti, oltre al séparé. Sulla sezione di sinistra del paravento ci sono quattro orologi settati su fusi orari diversi, piú un disco senza numeri che qualcuno ha appeso per indicare l'Ora Zero della Grande Concavità anularizzata. La lancetta regolabile dell'orologio settato sull'ora Standard Orientale si arrampica sugli ultimissimi secondi dei cinque minuti di vuoto nelle trasmissioni che, secondo il contratto stipulato da Madame Psychosis, devono precedere il suo programma. Si distingue la sua silhouette nell'atto di spegnere la sigaretta con grande metodicità. Dà l'attacco alla musica a tema di questa notte; la mano dell'ingegnere guizza verso una leva e spara la musica a palla lungo il midollo coassiale e attraverso amplificatori e preamplificatori stipati nei cunicoli che sormontano la falsa alta volta dei campi da tennis in disuso nel corpus callosum e su fino a uscire dall'antenna che sporge dalla superficie grigia e bulbosa del tetto dell'Unione. Il design istituzionale si deve, alla lontana, a I.M. Pei. La quasi-neo Unione Studentesca del Mit, all'angolo fra l'Arnese la Memorial Dr.[60], è un'enorme corteccia cerebrale di cemento armato e composti polimerici. Madame Psychosis fuma di nuovo mentre ascolta con la testa inclinata. Dall'alto séparé verrà fumo per tutta l'ora del suo programma. Lo studente/ingegnere fa il conto alla rovescia partendo da cinque su una mano protesa che non sa come lei riesca a vedere. Quando il mignolo incontra il palmo lei dice ciò che da tre anni a mezzanotte ripete, una famosa battuta d'apertura di nero cinismo che tuttavia Mario Incandenza, la persona meno cinica nella storia di Enfield Ma, ascolta fedelmente ogni sera dall'altra parte del fiume e trova assolutamente irresistibile:

La sua silhouette si sporge in avanti e dice: «E Guardate, poiché la Terra era priva di forma, e vuota.

«E Oscurità ovunque si stendeva sul Volto del Profondo.

«E Noi dicemmo:

«Guardate quella fottuta *Danza*».

Si sente poi una voce maschile che dice: E Adesso Piú O Meno Sessanta Minuti Con Madame Psychosis Su Wyyy-109, Di Gran Lunga Il Numero 1 in Fm. Lo studente/ingegnere codifica e diffonde i diversi segnali sonori attraverso il corpus dell'edificio e l'antenna sul tetto. Quest'antenna a basso voltaggio è stata progettata dai geni dell'elettromagnetismo della stazione radio in modo tale che s'inclini e ruoti su se stessa tipo una giostra centrifuga dei luna park, spruzzando cosí il segnale in tutte le direzioni. A partire dal Decreto Hundt del 1966 a.S., i settori a basso voltaggio delle bande Fm sono l'unica porzione dello Spettro a conservare l'autorizzazione per la trasmissione. Il verde cadmio dei Led dei sintonizzatori Fm sparsi per tutto il campus, fra laboratori, dormitori e i grumi degli appartamenti dei laureati, si dispone lentamente verso il centro dello spruzzo, sulla destra del quadrante, strisciando come piante verso una luce che non riescono a vedere. Gli indici di ascolto sono di second'ordine a paragone degli standard delle trasmissioni radiofoniche pre-InterLace, ma solidi come roccia in quanto a costanza. La domanda per Madame Psychosis da parte del pubblico è stata, fin dall'inizio, non elastica. L'antenna, il cui angolo d'inclinazione ricalca grosso modo quello di un cannone con gittata di tre km, vortica in un'ellisse sfocata – la sua base rotatoria è ellittica perché quella è l'unica forma in cui i geniacci dell'Em sono riusciti a ricavare uno stampo. Oscurato com'è su ogni lato dagli alti edifici di East Cambridge, della Commercial Drive e del serioso Centro Città, il segnale riesce solo in parte a uscire dal Mit propriamente detto, nella fattispecie attraverso il varco dei campi di lacrosse e calcio pressoché inutilizzati del Dipartimento Educazione Fisica, passando poi tra i complessi di Filologia e Fisica delle Basse Temperature sulla Memorial Dr., sopra lo storico Charles River che di notte si tinge di un meraviglioso viola pieno poi in mezzo al flusso del traffico pesante sulla Storrow Dr. dall'altro lato del vecchio Charles, per cui, quando finalmente il segnale giunge a lambire i margini della parte alta di Brighton ed Enfield, occorre un sistema di antenne di potenza poco meno che radar per trovarlo nel casino Em di trasmissioni telefoniche cellulari e interconsolle e di emanazioni Em dei Tp che circondano le Fm da ogni lato. A meno che il vostro sintonizzatore sia abbastanza fortunato da trovarsi in vetta a un colle alto e relativamente spoglio, a Enfield, nel qual caso vi troverete proprio sulla linea di fuoco centrifuga della Wyyy.

Madame Psychosis evita le chiacchiere in apertura e i riempitivi. La sua ora è molto compatta, non c'è posto per le cazzate.

Allo sfumare della musica l'ombra solleva e sfoglia lentamente alcune pagine mandando in onda il rumore. «Obesità», dice. «Obesità con ipogonadismo. Anche obesità morbosa. Lebbra nodulare con facies leonina». Fa una pausa e l'ingegnere la vede sollevare una tazza, il che gli fa venire in mente la Millennial Fizzy nello zainetto.

«Gli acromegalici e gli ipercheratosici. Gli enuretici, proprio quest'anno, di tutti gli anni possibili. Quelli con gli spasmi del torcicollo».

Lo studente/ingegnere, un metallurgista transuranico predottorale che ha accumulato imponenti debiti per prestiti universitari, blocca i livelli e compila il lato sinistro del registro delle ore, poi, col suo zainetto, sale attraverso un graticolato di scale intranervose zeppe di ideogrammi semitici e olezzanti di miasmi da sviluppatore, supera lo snack bar e la sala da biliardo e i banconi dei modem e i numerosi uffici di Consulenza Studenti che circondano la lamina rostrale. Percorre tutto il tragitto poco utilizzato che termina con la porta antincendio rosso-arteria del tetto a terrazza dell'Unione, lasciando Madame Psychosis, come da procedura standard, sola con il programma e dietro il paravento nel freddo senza ombre. In genere resta sola là dentro quando è in onda. Di tanto in tanto c'è un ospite, ma questi viene presentato poi non dice nulla. I monologhi paiono frutto di libera associazione e nello stesso tempo sono complessamente strutturati, presentando cosí una certa analogia con gli incubi. Non c'è modo di prevedere cosa verrà trasmesso in una data serata. Volendo identificare un soggetto anche solo lontanamente costante, lo si può trovare nel cinema e nelle cartucce cinematografiche. I film in celluloide del primo neorealismo (per lo piú italiano) ed espressionismo (per lo piú tedesco). Mai la New Wave. Pollice alto per Peterson/Broughton e Dalí/Buñuel; pollice verso per Deren/Hammid. Ha una vera passione per le cose piú lente di Antonioni e di un tizio russo di nome Tarkovskij. A volte Ozu e Bresson. Un inspiegabile attaccamento per la drammaturgia canuta di un certo Sir Herbert Tree. Bizzarra ammirazione per i maestri del sangue Peckinpah, De Palma, Tarantino. Velenosa sul tema di *8 1/2* di Fellini. Capace di discorsi fiume sulla celluloide avant-garde e le cartucce digitali avant- e après-garde, il cinema anticonfluenziale[61], il Brutalismo, il Dramma Trovato, e cosí via. È anche molto erudita sugli sport Us, il football in particolare, fatto che lo studente/ingegnere trova dissonante. Madame accetta una telefonata per sera, scelta a caso. Ma piú che altro conduce il programma da sola. È come se lo show fosse dotato di vita propria. Non è detto che lei non lo conduca nel sonno, dietro il paravento. A volte Madame Psychosis sembra molto triste. All'ingegnere piace ascoltare la trasmissione dall'alto, dal tetto a terrazza dell'Unione, al caldo d'estate e al freddo d'inverno. Il termine piú corretto per un inalatore da asmatico è «nebulizzatore». La specializzazione di ricerca postlaurea dell'ingegnere riguarda le particelle carbonate translitio create e distrutte miliardi di volte al secondo nel nucleo di un anello per la fusione fredda. I litioidi per la maggior parte non possono essere spaccati né studiati ed esistono perlopiú per spiegare falle e incongruenze nelle equazioni anulari. Una volta, l'anno precedente, Madame Psychosis aveva chiesto allo studente/ingegnere di scrivere il processo da laboratorio fai-da-te per trasformare la polvere di ossido di uranio nel buon vecchio fissionabile U-235. Poi l'aveva letto alla radio fra una poesia di Baraka e una critica alla strategia difensiva degli Steelers. Uno studente di liceo particolarmente in gamba sarebbe in grado di prepararlo e c'erano voluti meno di tre minuti per leggere in diretta il processo, che non prevedeva una procedura segreta né un solo ingrediente di base non reperibile a Boston da qualunque fornitore di materiale chimico degno di questo nome, eppure non fu poca l'irritazione che la cosa scatenò nell'amministrazione del Mit che, come ben si sa, è culo e camicia con quelli della Difesa. La piccante ricetta fu l'unico straccio di rapporto verbale tra lei e l'ingegnere che esulasse dalle bande dei livelli e dagli attacchi.

Il tetto a volta dell'Unione è costruito come un cervello, in morbidi polimeri di lattice nel color rosa nebuloso della pia madre, con l'eccezione di alcune macchie grigie causate dall'erosione, è ovunque venato da microtrame, ha il tetto panciuto, fatto di solchi e bulbose circonvoluzioni. Visto dall'aria appare rugoso; dalla prospettiva della porta antincendio, invece, è un sistema piuttosto nauseante di avvallamenti a serpentina, come scivoli che portino all'inferno. L'Unione stessa, il *summum opus* del defunto A.Y. («C.V.») Rickey, è un grande vuoto contenitore per il cervello, un monumento celebrativo alla sede nordamericana della Very High Tech, e non è cosí terribile come credono i forestieri, anche se ci vuole un po' di tempo per abituarsi ai palloni oculari vitrealmente enfiati, privi di orbita e sorretti da azzurrognole corde gemelle pendenti dai chiasmi ottici del secondo piano cosí da fiancheggiare la rampa principale accessibile alle sedie a rotelle. Alcuni, e l'ingegnere è fra quelli, non si sentono mai davvero a proprio agio a entrare di lí e preferiscono usare le porte laterali dell'area auditiva, meno appariscenti; inoltre, le abbondanti fessure/solco e protuberanze/giro dello sdrucciolevole tetto in lattice rendono complicato il drenaggio della pioggia e incerto l'equilibrio, per cui non si fanno molte passeggiate lassú nonostante una specie di balconata protettiva in resina di polibutilene di colore cranico che cinge il mesencefalo dal solco frontale inferiore alla sutura parieto-occipitale – un anello aureoliforme a livello del cornicione imposto dai Vigili del Fuoco di Cambridge a dispetto delle accese proteste promimetizzazione dei topologi Rickeytisti del Dipartimento Architettura (e l'amministrazione del Mit, cercando di placare sia i Rickeytisti che il Comandante dei Vigili del Fuoco, aveva fatto iniettare della vernice nella resina prestampata cosí da tingerla del caratteristico biancastro malaticcio tempestato di marrone del cranio vivo, per cui adesso la balconata ricorda allo stesso tempo un osso corporale e un'aureola immateriale) – il che significa che perfino le piú insidiose scivolate sul lattice che riveste l'orlo fortemente curvato del cervello si risolverebbero in una caduta di pochi metri, fino all'ampia piattaforma di butilenc alla quale è connessa una scaletta di emergenza blu-venoso che può essere estratta e abbassata fino a superare il giro temporale superiore e il Ponte di Varolio e l'abducente per andarsi ad agganciare al tronco basilare in poliuretano e consentire un atterraggio sicuro sul caro vecchio midollo allungato appena oltre il meato gommoso del pianterreno.

Lassú sul tetto, nell'impietoso vento che viene dal fiume Charles, lo studente/ingegnere, con indosso un parka col collo bordato di finta pelliccia, si fa strada fino al primo solco interparietale di suo gradimento e là si sistema ricavando una specie di nido nella trincea morbida – il lattice convoluto è stato riempito di quelle piccole noccioline di polistirolo senza fluoroidrocarburi usate per riempire tutti i prodotti industriali morbidi, e la superficie della pia madre cede in un modo che ricorda quei vecchi cuscinoni pieni di fagioli secchi in voga in tempi piú innocenti – si lascia andare all'indietro tenendosi accanto la Millennial Fizzy e l'inalatore e le sigarette e il ricevitore Fm digitale tascabile Heathkit sotto un cielo notturno pieno di Co che rende i puntini delle stelle particolarmente nitidi. La temperatura a Boston è di 10°C. Il solco paracentrale nel quale è seduto si trova appena fuori dalla circonferenza della rotazione ad alta velocità dell'antenna Yyy, che ha in cima una luce aerea che descrive, a cinque metri sopra la sua testa, un ovale impreciso, dall'alone vascolare. Gli accumulatori del suo ricevitore, testati quotidianamente sulle resistenze al mercurio nel Laboratorio delle Basse Temperature, sono nuovi, il sonoro del sintonizzatore privo di bassi è frizzante e metallico, per cui Madame sembra una copia fedele ma radicalmente miniaturizzata della sua versione in studio.

«Quelli col naso incurvato. Quelli con gli arti atrofici. E sí, chimici e matematici puri, anche quelli con il collo atrofico. Scleredema adultorum. Quelli che trasudano, quelli con la dermatite seborroica. Venga uno, vengano tutti, cosí dice questa circolare. Gli idrocefalici. I tabescenti e i cachettici e gli anoressici. Quelli con il Morbo di Brag, con le loro pesanti pieghe di carne rossa. Quelli con l'angioma e il carbonchio o gli steatocriptotici o Dio salvi tutti e tre. Sindrome di Marin-Amat, dici? Vieni avanti. Quelli con la psoriasi, con l'eczema. Gli scrofolodermici. Gli steatopigi a forma di campana, con i vostri pantaloni speciali. Gli afflitti da Pityriasis Rosea. C'è scritto Venite tutti a me, voi detestabili. Beati i poveri in corpo, perché di loro...»

La pulsante luce di segnalazione aerea dell'antenna è color magenta, una stella nitida e molto piú vicina adesso che lui ha le dita intrecciate dietro la nuca e se ne sta sdraiato a guardare il cielo, in ascolto, mentre la cima luminosa, nel fulmineo mulinello centrifugo, lascia una striscia di colore sui suoi occhi. L'ovale di luce è un'aureola color sangue sulla piú nuda di tutte le teste. Madame Psychosis ha già letto roba dell'Udri prima d'ora, una o due volte. L'ingegnere la sta ascoltando mentre legge quattro livelli sotto il Recesso Allungato dove il foro vertebrale funge da sfiatatoio del riscaldamento, legge ad libitum da una delle circolari di Pr dell'Unione delle Deformità Repellenti e Improbabili, un gruppo di supporto agnostico in dodici passi per quelli che definisce gli «esteticamente menomati»[62]. Le capita a volte di leggere circolari e cataloghi e materiale di Pubbliche Relazioni, ma non regolarmente. Ci sono cose che richiedono molti programmi di fila per passare. Gli indici si mantengono stabili; gli ascoltatori non mollano. Personalmente, l'ingegnere è piuttosto sicuro che non mollerebbe neppure se non fosse pagato per continuare. Gli piace davvero accomodarsi in un solco e fumare lentamente soffiando il fumo in alto, oltre la rossa ellisse sfocata dell'antenna, e ascoltare. I temi di Madame sono imprevedibili ma allo stesso tempo in un certo senso ritmici, diciamo come la funzione d'onda probabilistica per la fisica subadronica, ecco l'esempio piú calzante che si possa trovare[63]. Mai una volta lo studente/ingegnere ha visto Madame Psychosis andare o venire dalla Wyyy: forse prende l'ascensore. È il 22 di ottobre nell'Anno Onanita del Pannolone per Adulti Depend.

Come la maggior parte dei matrimoni, quello di Avril e del defunto James Incandenza fu un prodotto evoluto di accordo e compromesso, e il curriculum scolastico dell'Eta è il prodotto di negoziati e compromessi fra la tostaggine accademica di Avril e l'acuta consapevolezza della prassi atletica di James e Schtitt. È grazie a Avril – che aveva lasciato il Mit per accettare un part-time a Brandeis e quel primo anno aveva perfino rifiutato un incarico ben retribuito al Bunting Institute di Radcliffe per stilare e assumere la direzione del curriculum dell'Eta – se la Enfield Tennis Academy è l'unica scuola atletica dell'America del Nord che ancora aderisce al trivio e al quadrivio della tradizione classica di apprendimento linguistico[64], e resta pertanto una delle pochissime accademie sportive oggi esistenti che ancora provi con ogni mezzo a essere una vera scuola preuniversitaria e non soltanto una fabbrica di soldatini atletici tipo Cortina di Ferro. Ma Schtitt non lasciava mai che Incandenza dimenticasse la ragione prima di quel posto, e perciò la spietata pedagogia *mens sana* di Avril fu non tanto diluita quanto *ad-valorem*izzata, pragmaticamente focalizzata su quegli obiettivi conformi al *corpore potis* ai quali i ragazzi che salivano sulla collina avrebbero dedicato la propria infanzia. Fra le variazioni Eta al percorso classico di apprendimento linguistico consentite da Avril figura, ad esempio, che le sette materie del T e del Q si affrontano in ordine misto anziché divise fra Veterani del Quadrivio ed Efebi del Trivio; che le lezioni di Geometria dell'Eta ignorano quasi completamente lo studio delle figure chiuse (a eccezione dei rettangoli) per concentrarsi (e a eccezione anche del corso di Trigonometria dei Cubi di Thorp, che è facoltativo e per lo piú estetico) per due semestri progressivamente sempre piú brutali sull'involuzione e l'espansione dei semplici angoli; che il corso quadriviale obbligatorio di astronomia è diventato all'Eta una panoramica generale di ottica della durata di due semestri, dal momento che le tematiche connesse alla visione sono ovviamente piú affini al Gioco, e in considerazione del fatto che tutte le attrezzature necessarie a un qualunque impiego delle lenti che vada dall'afotico all'apocromatico erano e sono già bell'e pronte nel laboratorio all'imbocco del tunnel di Com. & Amm. La musica è stata un po' tralasciata. E il feticcio triviumoide dell'oratoria classica è stato ormai convertito all'Eta in una vasta gamma di corsi di storia e pratica di varie forme d'intrattenimento, per lo piú pellicole registrate – ancora una volta, davvero troppo fornito è l'equipaggiamento di Incandenza che giace ovunque inutilizzato perché non lo si sfrutti, poi c'è la presenza sul libro paga accademico, voluta sul testamento e garantita vita natural durante, della Sig.ra Pricket, del Sig. Ogilvie, del Sig. Disney R. Leith, e della Sig.na Soma Richardson-Levy-O'Byrne-Chawaf, rispettivamente la leale ingegnere del suono del defunto fondatore/direttore, il suo primo elettricista, l'assistente di produzione e la terza attrice in ordine di preferenza.

Poi obbligatoriamente gli studi di intrattenimento devono durare sei semestri, perché gli studenti che sperano di prepararsi per una carriera come atleti professionisti sono anche destinati a essere intrattenitori, per quanto di un genere profondo e particolare; cosí dettava la politica di Incandenza, una delle poche linee filosofiche che in pratica dovette imporre con la forza sia a Avril che a Schtitt, il quale invece insisteva molto per un mix di teologia e della severa etica di Kant.

Mario Incandenza si è installato su uno sgabello dell'ultima fila

per ciascuna delle sessioni offerte dal Dipartimento Intrattenimento
dell'Eta sin da quando, nel dicembre di tre anni fa, gli è stato finalmente chiesto di ritirarsi dalla Scuola Speciale Winter Hill di Cam-
bridgeport perché si era sempre allegramente rifiutato anche solo di
provare a leggere sul serio, spiegando che preferiva di gran lunga
l'ascolto e l'osservazione. Ed è in effetti un ascoltatore/osservatore
fanatico. Tratta il lussuoso ricevitore Fm Tatsuoka nel soggiorno della Casa del Preside come i ragazzi di tre generazioni fa, e lo ascolta
come gli altri guardano il Tp, preferisce il mono, siede in posizione
eretta con la testa appiccicata a una delle casse, accucciato tipo cane,
e ascolta con lo sguardo fisso su quell'area speciale a distanza medio-
breve che conoscono solo gli ascoltatori seri. Deve sedersi davvero
molto vicino per ascoltare + o – *Sessanta Minuti...* dopo aver finito
la cena fuori orario alla Cdp[65] insieme a C.T. e sua madre e a volte
Hal, perché Avril ha qualche problema con i suoni trasmessi per radio e qualunque voce non fuoriesca da una viva testa corporea le fa
venire i brividi, e nonostante Avril abbia messo bene in chiaro che il
figlio è libero di attivare e allineare il sintonizzatore Tatsuoka verde-
spettro su qualunque stazione desideri e in qualunque momento, Mario tiene il volume cosí basso che deve farsi ancorare a un tavolino da
caffè, poi inclinarsi in avanti, appoggiare l'orecchio alla feritoia degli
alti e concentrarsi con tutte le forze per far prevalere il segnale Yyy
sulla conversazione in sala da pranzo, conversazione che tende a raggiungere toni piú alti verso la fine della cena. Avril non chiede mai
esplicitamente a Mario di tenere il volume basso; lo fa lui in grazia di
una tacita considerazione per il problema di lei con il suono. Un'altra delle fobie inespresse e stressanti di Avril riguarda l'idea di chiusura, e perciò la Cdp non ha porte interne fra le camere, e neanche
molte pareti, il salotto e il soggiorno sono separati solamente da un
sistema di piccoli sgabelli di altezza variabile e un ampio intreccio
multilivello di piante da appartamento in vaso disposte sotto lampade Uv da muro cosí forti da lasciare sui commensali strani effetti di
abbronzatura, differenti a seconda del posto occupato a tavola. Hal
a volte se ne lamenta privatamente con Mario, perché di Uv se ne becca piú che abbastanza durante il giorno, grazie tante. Le piante sono
incredibilmente floride e rigogliose e a volte minacciano di bloccare
l'intero passaggio fra il salotto e il soggiorno, e il machete brasiliano
con il manico di corda che C.T. aveva fissato alla parete accanto alla
vetrina delle tremolanti porcellane non è piú solo uno scherzo. La Mami chiama le piante d'appartamento le sue Bambine Verdi e ha un
pollice formidabile, vegetalmente parlando, per essere canadese.

  «I leucodermatici. Gli xantomatosici. Quelli con la faccia gonfia, quelli con gli occhi storti. Uscite dalla luce protettiva del sole, è ciò che qui si dice. Venite fuori sotto la pioggia spettrale». L'accento radiotrasmesso di Madame Psychosis non è bostoniano. Ci sono le *r*, tanto per cominciare, e non c'è traccia del colto tartagliare di Cambridge. È l'accento di qualcuno che ha cercato di farsi, o di perdere, un accento del Sud. Non è piatto o nasale come quello di Stice, e neppure strascicato come quello che si sente all'accademia di Gainesville. La voce stessa è parcamente modulata e stranamente vuota, come se stesse parlando dentro una scatola. Non è annoiata né laconica né ironica né scherzosa. «Quelli con l'alito da basilisco e quelli con la piorrea». Riesce a essere riflessiva senza dare l'impressione di trinciar giudizi. A Mario quella voce suona intimamente familiare, come quegli odori dell'infanzia che dànno un'improvvisa sensazione di familiarità e una strana tristezza. «Tutti voi peronici o teratoidici. Quelli con malformazioni frenologiche, con ferite suppurative. Gli endocrinologicamente maleodoranti di qualsivoglia specie. Correte non camminate. Quelli col naso acervuloso. I vasectomizzati. I diaforetici con un fazzoletto in ogni tasca. Quelli col granuloma cronico. Quelli con Due Borse, come li chiamano i crudeli – una borsa per coprire la loro testa e una per quella dell'osservatore in caso la prima dovesse cadere. Gli odiati e gli evitati e chi non ha amici, quelli che si tengono nell'ombra. Quelli che si spogliano soltanto di fronte ai loro animaletti domestici. I virgolette esteticamente menomati. Lasciate i vostri lazzaretti e le vostre segrete, lo sto leggendo proprio ora, i vostri armadi e le cantine e i Tableaux dei Tp, trovate Nutrimento e Sostegno e le Risorse Interiori per affrontare senza batter ciglio la vista di voi stessi, ecco come continua, forse un po' troppo accaloratamente. È il posto dove possiamo dire la nostra. Qui vi abbracceremo. C'è scritto indossate con orgoglio il vostro velo, fatene un emblema. Venite e imparate ad amare ciò che nascondete dentro. A sostenere e vezzeggiare. Quelli con le caviglie tozze, la cifosi e la lordosi, la cellulite irrimediabile. C'è scritto Progresso non Perfezione. C'è scritto Perfezione Mai. I fatalmente pulcrosi: Benvenuti. Gli Atteonizzanti, fianco a fianco con i Medusoidi. I papulati, i maculari, gli albini. Meduse, *odalische*: venite a incontrarvi su un terreno comune. Le sale riunioni sono tutte prive di finestre. È scritto in corsivo: le sale riunioni sono tutte prive di finestre». E la musica di sottofondo per questa lettura senza inflessioni è stranamente trascinante. Non si è mai in grado di prevedere quale sarà, ma prima o poi un motivo conduttore emerge, una tendenza o un ritmo. Il motivo di fondo di questa sera si adatta a mano a mano che lei prosegue nella lettura. Non vi si può trovare una vera anticipazione. Non si sente nessun tentativo di

arrivare da qualche parte. L'immagine alla quale la lettura dà forma
è una cosa pesante che oscilla lentamente alla fine di una lunga corda. È in tono minore quanto basta per parere soprannaturale in contrasto con la cadenza vuota della voce e i ticchettii delle posate e della porcellana mentre i parenti di Mario mangiano insalata di tacchino e bevono birra chiara e latte e vino bianco di Hull dietro le piante
inondate di luce violetta. Mario riesce a vedere la nuca della Mami
che torreggia sul tavolo e, alla sua sinistra, il grosso braccio destro di
Hal e anche il suo profilo quando il braccio si abbassa per mangiare.
C'è una palla accanto al suo piatto. Pare che i giocatori dell'Eta abbiano bisogno di mangiare sei o sette volte al giorno. Hal e Mario avevano raggiunto insieme la Cdp per la cena delle 2100h, dopo che Hal
aveva letto qualcosa per la lezione del Sig. Leith ed era poi scomparso per mezz'ora mentre Mario lo aspettava in piedi, sostenuto dal suo
sprone. Mario si frega il naso con il palmo della mano. Madame Psychosis ha una visione non ironica e generalmente tetra dell'universo
nel suo complesso. Mario è ossessionato dal suo programma anche
perché è convinto che in qualche modo Madame Psychosis non riesca a percepire la luce e la bellezza irresistibili da lei proiettate nell'etere. Nelle sue fantasticherie immagina di avere un contatto con lei e
dirle che lei stessa si sentirebbe molto meglio se potesse ascoltare il
suo programma. Madame Psychosis è una delle due sole persone con
cui Mario adorerebbe parlare, anche se avrebbe paura di provarci. Gli
salta in mente la parola *periodico*.
   «Ehi, Hal?» strilla dall'altro lato delle piante.
   Ad esempio per mesi nel secondo semestre dell'Apcca lei aveva
definito il suo programma «L'Ora depressivo-letteraria di Madame»
e aveva letto un libro deprimente dopo l'altro – *Buongiorno, mezzanotte* e *Maggie: Ragazza di strada* e *La camera di Giovanni* e *Sotto il vul-
cano*, poi aveva avuto un terribile periodo BretEllisiano durante la
Quaresima – con tono monocorde, molto lentamente, una notte dopo l'altra. Mario siede sul piccolo tavolino da caffè finto Van der Rohe
con le gambe arcuate (il tavolo), la testa accucciata accanto alla cassa
e gli artigli in grembo. Le sue dita dei piedi tendono a puntare all'in-
dentro quando sta seduto. La musica di sottofondo è prevedibile eppure a dispetto della prevedibilità anche sorprendente: è periodica.
Suggerisce un'espansione senza mai espandersi davvero. Porta all'esatto tipo di inevitabilità che poi subito nega. È pesantemente digitale,
ma con qualcosa di un bouquet corale. Però disumana. A Mario viene in mente la parola *ossessionante*. La musica di sottofondo di Madame Psychosis – che lo studente/ingegnere non sceglie mai né vede
lei portare in sala – è sempre tremendamente oscura[66] ma spesso af-

fascinante e avvincente quanto la sua voce e il suo show, questo pensa la comunità del Mit L'ascoltatore avverte la presenza di un'ironia implicita della quale solo lui e lei sono al corrente. Pochissimi devoti ascoltatori della Wyyy dormono bene durante la settimana. A volte Mario ha problemi a respirare quando sta in orizzontale, ma a parte quello dorme come un bambino. Avril Incandenza ancora si attiene alla vecchia pratica della regione de L'Islet di prendere solo tè e qualche stuzzichino all'ora di cena Us, rimandando il cibo serio fino a un momento prima di andare a letto. I canadesi colti tendono a pensare che la digestione verticale obnubili la mente. In uno dei loro primi ricordi d'infanzia, Orin, Mario e Hal si addormentano di botto sulla tavola imbandita prima che un uomo altissimo li porti delicatamente a letto. Questo avveniva in un'altra casa. La musica di sottofondo di Madame Psychosis risveglia in Mario antichi ricordi di suo padre. Avril accetta volentieri qualche battuta bonaria sulla sua incapacità di mangiare prima delle 2230h. La musica prandiale non risveglia particolari associazioni né ha un particolare fascino per Hal che, come la maggior parte dei ragazzi che si allena due volte al giorno, afferra le posate con le mani strette a pugno e mangia come un cane selvatico.

«E non sono esclusi quelli completamente senza naso, gli strabici e quelli che guardano i muri, e nemmeno quelli con il fuoco di Sant'Antonio, i lebbrosi, i butterati dalla varicella e, perché no, dal sarcoma di Kaposi».

Probabilmente Hal e Mario ascoltano/mangiano tardi alla Cdp due volte la settimana. A Avril piace vederli al di fuori dalla imbarazzante formalità che le impone la sua posizione all'Eta. C.T. è sempre lo stesso, in casa come in ufficio. Sia la camera da letto di Avril che quella di Tavis si trovano al secondo piano, per dirla tutta una accanto all'altra. L'unica altra stanza lassú è lo studio personale di Avril, con un grande poster a colori di M. Hamilton nei panni della Strega dell'Ovest nel *Mago di Oz* sulla porta e le connessioni speciali in fibra ottica per la sua consolle Tp a triplo modem. Una scala corre dal suo studio al retro della CdP, sul lato nord, e prosegue verso il basso lungo un tunnel tributario che s'immette nel tunnel principale con il quale si accede a Com. & Amm., per cui Avril può andare e tornare dall'Eta sottoterra. Il tunnel della Cdp si connette con quello principale in un punto fra la Sala Pompe e Com. & Amm., il che significa che Avril non si trova mai a bighellonare curva nei pressi della Sala Pompe, cosa che Hal può solo approvare. Le cene fuori orario alla Cdp vengono limitate da deLint a un massimo di due volte la settimana, perché in quelle occasioni Hal viene esonerato dall'allenamento mattutino e questo aumenta la possibilità di marachelle notturne.

A volte portano con loro anche il canadese John («Niente Relazioni»)
Wayne, favorito della Sig.ra I., la quale gli parla animatamente nonostante lui non apra quasi mai bocca per tutta la cena e mangi come
un cane selvatico, spesso disdegnando l'uso delle posate. A Avril piace anche quando arriva Axford; Axford non mangia molto e a lei piace esortarlo a mangiare. Ormai molto di rado Hal porta Pemulis o Jim
Struck, verso i quali Avril si comporta con tale impeccabile fredda
gentilezza che la tensione nella sala da pranzo fa rizzare i capelli.

Ogni volta che Avril separa le foglie di fico per controllare, Mario si trova ancora accucciato nella stessa postura confessional-vitto-
riana, curvo sui suoi piedi da piccione, con quella piccola piega orizzontale sulla fronte che in lui segnala la condizione di ascolto o di pensiero intenso.

«Quelli con multiple amputazioni, con le protesi difformi, quelli
con i denti storti e radi, la pappagorgia, il mento sfuggente, le guance a tricheco. Quelli con i pori a cratere. I molto irsuti anche se non
ancora licantropici. Quelli con la testa a punta, i tourettici convulsivi, i parkinsoniani tremanti. I rachitici e i grinzosi. I teratoidi. I contorti e ingobbiti e ricurvi e alitosici. Quelli asimmetrici. Quelli che
sembrano topi o serpenti o cavalli».

«Ehi, Hal?»

«I trinariciuti. Quelli con gli occhi e la bocca a forma di vagina.
Quelli con le borse sotto gli occhi flaccide e scure che coprono metà
della faccia. Quelli con il Morbo di Cushing. Quelli che sembrano
avere la Sindrome di Down senza avere la Sindrome di Down. Fate
voi. Giudicate. C'è scritto Siete i benvenuti lasciando da parte la severità. La severità è nell'occhio del sofferente, c'è scritto. Il dolore è
dolore. Denti di Leone. Voglie sulla pelle. Rinoplastica non riuscita.
Nei. Natte. Un anno intero con i capelli tagliati male».

Lo studente/ingegnere della Wyyy dal suo solco contempla la luna; pare che qualcuno abbia preso a martellate la luna piena. Madame Psychosis chiede retoricamente se la circolare abbia per caso lasciato fuori qualcuno. L'ingegnere finisce la Fizzy e si prepara a scendere in tempo per la fine dell'ora, la pelle esposta al terribile freddo
cerebrale che si leva dal Charles, azzurro e agitato dal vento. A volte Madame Psychosis sceglie a caso una chiamata per dare l'avvio a
«60 +/–». Questa notte l'ascoltatore che lei finisce col selezionare
invita, fra colti tartagliamenti, M.P. e la comunità della Yyy a considerare un fatto: la luna, che, come ogni bruto sa, gira intorno alla terra, non gira però su se stessa. È vero? Lui dice di sí. Dice che la luna
rimane lí, nascosta e poi svelata dai ritmi della nostra ombra rotonda, ma non gira su se stessa. Dice che non volta mai la sua faccia. Il

piccolo Heathkit non riceve segnale quando si trova nella tromba delle scale subdurale del Cervello, durante la discesa, ma lo studente/ingegnere sa che lei non darà una risposta diretta. Il finale dei suoi programmi è piú che altro un vuoto di trasmissione. All'ingegnere fa quasi venire in mente certi soggetti del liceo che tutti adoravano perché si aveva la sensazione che a loro non importasse. Di certo sarebbe importato all'ingegnere, però, che non era stato invitato a neppure una delle feste di laurea, con il suo inalatore e la sua pelle.

Quando c'è Hal, Avril ama servire per dessert i famigerati quadrati di gelatina ad alto contenuto proteico della Sig.ra Clarke, disponibili in rosso brillante o verde brillante, una specie di Jell-O con gli steroidi. Mario ne va pazzo. Poi C.T. sparecchia la tavola e carica la lavastoviglie, visto che non ha cucinato, e Hal si ritrova infilato nel cappotto intorno alle 0101h. Mario sta ancora ascoltando la sigla di chiusura notturna della Wyyy, una cosa lunga perché non soltanto vengono elencate le specifiche di kilowattaggio della stazione, ma vengono anche date dimostrazioni matematiche sulle formule dalle quali derivano le specifiche. C.T. fa sempre cadere almeno un piatto in cucina poi si mette a mugghiare. Avril porta sempre qualche quadrato infernale di Jell-O a Mario, poi prende un tono scherzosamente caustico e dice a Hal che è stato ragionevolmente piacevole vederlo fuori da les bâtiments sanctifiés. A volte questa cosa della routine di commiato postprandiale diventa ritualistica per Hal, quasi allucinatoria. Hal sta in piedi sotto il grande poster incorniciato di *Metropolis* e sbatacchia i guanti uno contro l'altro con nonchalance e dice a Mario che non c'è ragione che venga via anche lui; Hal vuole farsi a piedi un pezzo di collina. Ogni volta Avril e Mario sorridono e Avril chiede distrattamente a Hal i suoi programmi.

Ogni volta Hal sbatacchia i guanti, le sorride e risponde: «Fare casino».

E ogni volta Avril mette su un'espressione di finta severità e dice «Non devi, per nessuna ragione, divertirti» cosa che Mario continua a trovare spassosa da sbellicarsi, ogni volta, settimana dopo settimana.

La Casa di Recupero da Droga e Alcol Ennet House è la sesta di sette Unità sui terreni dell'Ospedale Pubblico Enfield Marine che, visto da un ventilatore industriale di dislocamento Athscme 2100 o dalla cima della collina dell'Enfield Tennis Academy, ricorda un pianeta morto circondato da sette lune. L'edificio dell'ospedale, una struttura di mattoni color ferro coi tetti spioventi di ardesia di proprietà dell'Amministrazione Veterani, è chiuso e transennato. Assi di pino chiaro sono state inchiodate su ogni possibile accesso o apertu-

ra e minacciosi cartelli governativi invitano a stare lontano. L'Enfield
Marine fu costruito durante la Seconda guerra mondiale oppure la
Guerra di Corea, in tempi di vittime abbondanti e convalescenze lunghe. Oggi le uniche persone che usano il complesso dell'Enfield Marine e hanno avuto una qualche relazione con l'Av sembrano essere
vecchi veterani del Vietnam con gli occhi da pazzi e i giubbotti militari con le maniche tagliate o antichissimi veterani di Corea senili o
alcolizzati terminali o tutti e due.

Con l'ospedale ormai defunto, spogliato dell'equipaggiamento e dei
collegamenti, l'Enfield Marine rimane solvente grazie al mantenimento
di molti edifici piú piccoli sui terreni del complesso – edifici della dimensione di case prosperose che servivano come alloggi per i dottori
Av e lo staff di sostegno – e al loro affitto a diverse agenzie statali di
servizi sanitari. Ogni edificio ha un numero che cresce con la distanza dell'Unità stessa dal defunto ospedale e con la sua prossimità, lungo una stradina asfaltata che parte dall'area parcheggio, a un ripido
burrone che dà su una zona particolarmente sgradevole della Commonwealth Avenue di Brighton Ma e sui binari della Linea Verde.

L'Unità 1, vicina al parcheggio e avvolta dall'ombra pomeridiana
dell'ospedale, è in affitto a un'agenzia che sembra assumere solo tizi
con le maglie dolcevita e offre assistenza per disturbi da stress molto
ritardato a veterani del Vietnam con gli occhi sbarrati. Si dispensano
anche vari preparati pacificatori. L'Unità 2, subito accanto, è una clinica metadonica controllata dalla Divisione dei Servizi connessi
all'Abuso di Sostanze del Dipartimento di Salute Pubblica del Massachusetts, la stessa che controlla la Ennet House. I clienti dei servizi offerti dalle Unità 1 e 2 arrivano col sorgere del sole e si dispongono in lunghe file. I clienti dell'Unità 1 si riuniscono in gruppi omo-
genei di tre o quattro persone che gesticolano con gli occhi sbarrati e
sembrano generalmente incazzati con tutto il mondo geopolitico. I
clienti della clinica metadonica arrivano ancora piú arrabbiati, con gli
occhi gonfi e le palpebre che sbattono come se li stessero strozzando;
non si raggruppano, stanno in piedi da soli, isolati l'uno dall'altro, a
braccia conserte oppure si appoggiano scostanti alla ringhiera della
passerella che costeggia l'Unità 2 – è una visione inquietante quella
di cinquanta o sessanta persone che stanno in fila su una stretta passerella in attesa dell'apertura di una porticina e riescono comunque a
sembrare soli, e se a Don Gately, residente della Ennet House, fosse
capitato almeno una volta nella vita di vedere un balletto, i movimenti
e le posture di questa gente glielo ricorderebbero di sicuro.

L'altra grossa differenza fra l'Unità 1 e la 2 è che i clienti della 2
lasciano l'edificio profondamente mutati, con gli occhi non soltanto

di.nuovo dentro le orbite ma anche sereni, seppure forse un po' vitrei, e comunque, in generale, sembrano assai piú composti di quando sono arrivati, mentre gli ospiti della 1 ne escono ancora piú stressati e storicamente incazzati di prima.

Durante i primi giorni del suo soggiorno, Don Gately rischiò di essere espulso dalla Ennet House per essere uscito di notte insieme a una
tossica di metedrina, una balorda di New Bedford, e aver attaccato un
grosso cartello sulla porticina della clinica metadonica dell'Unità 2. Sul
cartello c'era scritto CHIUSO FINO A NUOVO ORDINE DAL COMMONWEALTH
DEL MASSACHUSETTS. Il primo infermiere della clinica non arriva mai
prima delle 0800h, eppure si è già detto che i clienti della 2 cominciano a presentarsi all'alba, le mani tormentate e gli occhi gonfi: Gately e
la tossica di New Bedford non avevano mai visto niente di simile alle
crisi psichiche e alla quasirivolta che esplose fra questi quasi-ex-tossici
– pallidi spilungoni omosessuali che fumavano a catena, picchiatori con
la barba e i cappellini di pelle, donne con i capelli alla mohicana, scia-
lacquatori di eredità in automobili lucenti e gioielli computerizzati che
erano arrivati all'alba come facevano da anni, simili a topi di laboratorio ipercondizionati, gli occhi gonfi e il naso nei Kleenex, grattandosi
le braccia e spostando il peso inquieti da un piede all'altro facendo praticamente qualunque cosa tranne stare in gruppo, smaniosi di sollievo
chimico e pronti a rimanere per ore all'addiaccio esalando vapore pur
di ottenerlo, queste persone erano arrivate all'alba e ora venivano informate che il Commonwealth del Massachusetts aveva revocato all'improvviso la prospettiva di quel sollievo, fino (e fu questo che parve man-
darli definitivamente in bestia) fino a Nuovo Ordine. Di rado l'espressione andare *in bestia* ha avuto connotazione piú letterale. Al rumore
della prima finestra fracassata e a vedere una vecchia prostituta invi-
perita che tentava di colpire un motociclista in gilet di pelle con un cartello premetrico L'ERBA CRESCE IN POLLICI, MA MUORE PER VIA DEI PIE-
DI strappato dal patetico praticello dell'Unità 2, la tossica da metedrina
cominciò a ridere cosí forte che, dall'uscita antincendio del piano superiore della Ennet House dove si erano messi in osservazione intorno
alle 0630h, le scivolò di mano il binocolo, che cadde e andò a colpire
con fragore metallico il tetto dell'auto di uno degli operatori della Ennet House che stava arrivando dalla stradina; l'operatore, di nome Calvin Thrust, sobrio da quattro anni ed ex attore porno a New York City,
aveva completato il programma di recupero alla Casa e ora non aveva
nessuna intenzione di farsi prendere per il culo da un residente, e la sua
gioia e il suo orgoglio erano quella Corvette personalizzata sulla quale
il binocolo lasciò un bozzo piuttosto sgradevole, e in piú si trattava del
binocolo per il bird-watching del Direttore della Casa, sottratto dall'uf-

ficio sul retro senza esplicito permesso, e il lungo volo e l'impatto finale non erano stati di grande beneficio all'oggetto, per dirla tutta, e Gately e la tossica da metedrina furono presi per le orecchie e messi in Restrizione Totale e ci mancò un pelo che fossero sbattuti fuori. In ogni
caso la tossica di New Bedford un paio di settimane dopo dissotterrò
l'ago e venne scoperta da un inserviente del turno di notte mentre, ben
oltre il coprifuoco, suonava una chitarra immaginaria e lucidava i coperchi di tutti i cibi in scatola nella dispensa nuda come un verme e luccicante di sudore da met, e dopo la formalità di un test delle urine fu
cacciata a calci in culo – come in ogni altra casa di recupero di Boston,
piú di un quarto dei nuovi residenti della Ennet House vengono mandati via per urina irregolare entro i primi trenta giorni – e la ragazza finí
di nuovo a New Bedford, dove dopo tre ore sulla strada fu acchiappa-
ta dalla Madama di New Bedford con la solita vecchia accusa e spedita
alla sezione Femminile del Framingham e una mattina fu trovata nella
sua branda con una scheggia di stoviglia conficcata nelle parti intime e
un'altra nel collo e il muso completamente spappolato, e quando Gene
M., il consigliere individuale di Gately, gli diede la notizia, lo invitò a
considerare il decesso della tossica da metedrina come un chiaro caso di
Questo per Grazia di Dio non è Successo a Me, D.W. Gately.

L'Unità 3 sta davanti alla 2, dall'altra parte della stradina. Ora è
sfitta ma in fase di ristrutturazione per essere affittata; non ha assi inchiodate sulle porte e gli addetti alla manutenzione dell'Enfield Marine ci vanno un paio di giorni la settimana con attrezzi e cavi elettrici e fanno un casino d'inferno. Pat Montesian non è ancora riuscita a
individuare il problema alla cui assistenza verrà destinata la 3.

L'Unità 4, grosso modo equidistante dall'area parcheggio dell'ospedale e dal burrone, è un ospizio per malati di Alzheimer con pensioni
Av. I residenti della 4 indossano pigiami 24/7 e i pannoloni sottostanti
dànno loro un aspetto goffo e bambinesco. Spesso i pazienti sono visibili alle finestre della 4, in pigiama, appoggiati con la bocca aperta ai
vetri delle finestre: a volte gridano, a volte tengono solo la bocca aperta. Fanno impazzire tutti alla Ennet House. Un'anziana infermiera
dell'Aviazione in pensione non fa altro che strillare «Aiuto!» per ore
e ore da una finestra del secondo piano. Dal momento che i residenti
della Ennet House seguono un programma di recupero degli Aa di Boston che pone grande enfasi sul «Chiedere Aiuto», l'urlante infermiera
dell'Aviazione in pensione è oggetto di un certo sinistro divertimento. Non sono passate sei settimane da quando un enorme cartello rubato con su scritto CERCASI AIUTO è stato trovato attaccato al muro laterale della 4, proprio sotto la finestra dell'urlante infermiera in pensione, e il direttore della 4 era tutto meno che divertito, e ha preteso

che Pat Montesian individuasse e punisse i residenti della Ennet House responsabili del fattaccio, e Pat Montesian aveva delegato le investigazioni a Don Gately che aveva un'idea piuttosto precisa sui colpevoli, ma non ebbe cuore di metterla giú troppo dura per qualcosa che anche lui aveva fatto quando era nuovo e cinico, e cosí l'intera faccenda si sgonfiò in pochi giorni.

L'Unità 5, accovacciata sul lato della stradina antistante la Ennet House, è riservata ai catatonici e altri malati di mente ridotti ormai a vegetali, perpetuamente rannicchiati in posizione fetale, subappaltati a un distaccamento statale dalle iperaffollate strutture a lunga degenza. L'Unità 5, per ragioni che Gately non è mai riuscito ad appurare, viene comunemente chiamata La Rimessa[67]. Si tratta, comprensibilmente, di un luogo molto tranquillo. Ma quando il tempo è bello i suoi ospiti piú trasportabili vengono condotti all'aperto e piazzati sul prato a prendere aria, e vederli tutti lí in piedi, immobili, con lo sguardo fisso nel vuoto, è uno spettacolo a cui Gately si è abituato solo da poco. Verso la fine del trattamento di Gately un paio di residenti erano stati cacciati per aver lanciato dei petardi in mezzo al gruppo dei catatonici sul prato per vedere se riuscivano a farli saltare o almeno a fargli cambiare espressione. Nelle notti calde una signora con gli occhiali e le gambe lunghe che sembra piú autistica che catatonica gira intorno alla Rimessa avvolta in un lenzuolo poi appoggia le mani sul sottile tronco lucente di un acero nel prato della 5 e resta là in piedi a toccare l'albero fino a quando si accorgono che manca alla conta e vanno a riprenderla per riportarla dentro; e da quando ha completato il suo trattamento e ha accettato l'offerta di lavorare come Inserviente interno alla Ennet House, Gately ogni tanto si sveglia nella sua camera da letto giú in cantina accanto al telefono pubblico e al distributore delle bibite e guarda fuori dalla finestra fuligginosa accanto al suo letto la catatonica che tocca l'albero, in lenzuolo e occhiali, illuminata dal neon della Comm. Ave. o dalla strana luce al sodio che viene dall'altezzosa scuola di tennis in cima alla collina, la guarda e sente una strana, gelida empatia che cerca di non associare alla visione di sua madre svenuta sul divano rivestito di chintz, in salotto.

L'Unità 6, subito a ridosso del burrone, alla fine della stradina asfaltata, sul lato est, è la Ennet House Casa di Recupero da Droga e Alcol, tre piani di mattoni del New England imbiancati a calce e qua e là scrostati, un tetto mansardato che perde le tegole, una sinistra uscita antincendio alle finestre dei vari piani e una porta di servizio interdetta a tutti i residenti e un ufficio centrale sul lato sud con enormi bovindi sporgenti che regalano una vista sulle erbacce del burrone e lo sgradevole tratto della Commonwealth Ave. L'ufficio centrale appartiene al direttore e i suoi bovindi, unica attrattiva della Casa, sono mantenuti immacolati dai residenti ai quali vengono assegnate le Finestre dell'Ufficio Centrale per la loro Corvée di pulizia settimanale. Nella falda piú bassa del tetto, sia sul lato femminile sia su quello maschile della Casa, ci sono delle soffitte alle quali si accede da botole sul soffitto del secondo piano, soffitte piene di sacchi della spazzatura e bauli di roba abbandonata da vari residenti scomparsi senza lasciare tracce a un certo punto della loro permanenza. La boscaglia che circonda il primo piano della Ennet House ha un aspetto esplosivo, in certi punti appare quasi gonfia, e tra gli arbusti sono intrappolate carte di caramelle e bicchieri di polistirolo, mentre delle tende sgargianti fluttuano dalle finestre delle camere da letto femminili del secondo piano, a quanto pare tenute aperte 365 giorni l'anno.

L'Unità 7 è al termine del lato ovest della strada, immersa nell'ombra della collina e aggrappata al bordo dello strapiombo che si tuffa sulla Comm. Avenue. La 7 è in pessime condizioni, lasciata a se stessa, le assi inchiodate alle finestre e il tetto profondamente infossato al centro, come se facesse spallucce di fronte a tanto inutile oltraggio. Per un residente della Ennet House penetrare nella 7 (facilmente penetrabile per mezzo di un'asse di pino che si stacca da una vecchia finestra di cucina) è motivo di immediata espulsione dal momento che l'Unità è tristemente famosa per essere il luogo dove i residenti della Ennet House che desiderano ricadere segretamente nelle Sostanze s'infilano di nascosto, assumono le Sostanze, applicano il Visine e le Clorets e tentano poi di riattraversare la strada in tempo per il coprifuoco delle 2330h senza essere beccati.

Dietro l'Unità 7 comincia la piú grande collina di Enfield Ma. Il pendio della collina è recintato, off-limits, una macchia fitta senza sentieri. Poiché seguire un percorso legittimo implica dirigersi a nord fino in fondo alla strada asfaltata attraversando l'area parcheggio, superare l'ospedale, scendere la ripida stradina curva che porta a Warren Street e tornare indietro sulla Warren fino alla Commonwealth, quasi la metà dei residenti della Ennet House sceglie ogni mattina di scavalcare la recinzione sul retro della 7 e scalare la collina, accorciando cosí il viaggio fino ai lavori temporanei a salario minimo sulla collina che sovrasta la Comm., tipo il Ricovero della Provvidenza o i Sistemi Medici Pressurizzati Shuco-Mist eccetera, o magari agli impieghi come custodi o lavapiatti alla ricca scuola tennistica per biondi ragazzini scintillanti su quella che fu la cima del colle. Don Gately ha saputo che il labirinto di campi da tennis della scuola si stende ora su quella che era la cima della collina, prima che i corpulenti costruttori col sigaro in bocca dei campi da tennis dell'Accademia ne amputassero la vetta ricurva e la spianassero. Questo lavoro lungo e rumoroso fece precipitare a valle come una valanga ogni tipo di detrito che si abbatté proprio sull'Unità 7 dell'Enfield Marine, un fatto che, com'era ovvio, sollevò obiezioni legali da parte della Av, anni addietro; ma quel che Don Gately non sa è che l'operazione di spianamento da parte dell'Eta è precisamente la ragione per cui la 7 resta ancora vuota e nessuno si cura di rimetterla a posto: l'Enfield Tennis Academy continua a dover pagare, ogni mese, un affitto pieno su ciò che per poco non seppellí.

6 NOVEMBRE

ANNO DEL PANNOLONE PER ADULTI DEPEND

1610h, Eta. Sala pesi. Circuiti liberi. I clink e i clank delle varie macchine. Lyle sul portasciugamani sta parlando con un Graham Rader fradicio di sudore. Schacht fa gli addominali su una panca quasi verticale, viola in faccia, le vene che gli pulsano. Troeltsch si soffia il naso in un asciugamano accanto a una spalliera. Coyle fa la sbarra come i soldati. Carol Spodek fa del curling guardandosi allo specchio. Rader annuisce mentre Lyle si piega e si rannicchia. Sulla piattaforma dietro il piano inclinato, nell'ombra del mostruoso faggio rosso che viene dalla finestra a ovest, Hal si sta sollevando sulle dita del piede destro per via dei suoi problemi alla caviglia. Ingersoll, alla macchina per i deltoidi, alza il peso con ritmo regolare, ignorando i consigli di Lyle. Keith («Il Vichingo») Freer[68] e lo steroideo quindicenne Eliot Kornspan fanno insieme la panca accanto al tavolone dell'acqua fresca, sbraitando incoraggiamenti a turno. Hal continua a fermarsi per inclinarsi all'indietro e sputare in un vecchio bicchiere Nasa sul pavimento. L'istruttore Barry Loach cammina per la stanza con un bloc-notes sul quale non scrive nulla, ma guarda i ragazzi con attenzione e annuisce. Axford è in un angolo senza una scarpa, a tormentarsi il piede nudo. Michael Pemulis è seduto a gambe incrociate sul bancone di refrigerazione accanto all'anca sinistra di Kornspan, e fa dell'isometria facciale cercando di origliare la conversazione fra Lyle e Rader, e trasalisce ogni volta che Kornspan e Freer si ruggiscono qualcosa.

«Ancora tre! Tiralo su quell'affare!»

«Oooooohwaaaaah!»

«Tira su quella merda, stronzo!»

«Guooooohw*aaaaa*!»

«Ti ha violentato la sorella. Ha ammazzato quella puttana di tua madre!»

«Fuh fuh fuh fuh *guuuuuh*».

«*Dài!*»

Pemulis allunga tutti i muscoli della faccia per un po', poi li contrae e la faccia da lunga che era gli diventa cortissima e larga, poi la distende completamente e ora è vuota come le facce dei papi di Bacon.

«Be', supponiamo» – Pemulis riesce a intercettare solo Lyle – «supponiamo che ti dessi un portachiavi con dieci chiavi. Con, anzi, cento chiavi, e ti dicessi che una di queste chiavi aprirà la porta che diciamo si apre su tutto ciò che vuoi essere come giocatore. Quante chiavi saresti disposto a provare?»

Troeltsch urla a Pemulis: «Fai la faccia di deLint quando si fa una sega!» Per un secondo Pemulis spalanca la bocca, ruota gli occhi verso l'alto e sbatte le ciglia muovendo la mano chiusa a pugno.

«Be', le proverei tutte quelle maledette», risponde Rader a Lyle.

«Fuh. Fuh. Guaa*aaaaaaa*».

«Figlio di puttana! Bastardo!»

Anche i sussulti di Pemulis sembrano esercizi di isometria facciale.

«Fammi Bridget che si incazza! Fammi Schacht nel cesso!»

Pemulis si mette un dito alla bocca per farlo stare zitto.

Lyle non sussurra mai, ma è quasi la stessa cosa. «Allora sei disposto a fare errori, lo vedi. Stai dicendo che accetteresti il novantanove per cento di errore. Il perfezionista che dici di essere starebbe in piedi davanti a quella porta. A smazzare chiavi. Col terrore di provare la prima».

Pemulis abbassa piú che può il labbro inferiore e contrae i muscoli delle guance. Freer ha le corde al collo mentre urla a Kornspan. Aleggia una lieve bruma di saliva e sudore. Kornspan sembra stia per avere un infarto. Ci sono novanta chili sul bilanciere, che di per sé ne pesa già venti.

«Ancora una *bastardo. Prendilo*, cazzo».

«Vaffanculo. *Vaffanculo bastardo.* Guuuuuh».

«*Prendi il dolore*».

Freer tiene un dito sotto il bilanciere, per dare un aiuto psicologico. Il volto di Kornspan si contorce orribilmente.

Il bilanciere di Carol Spondek sale e scende in silenzio.

Troeltsch si avvicina, si siede e si sega il collo con l'asciugamano, guardando Kornspan. «Non credo che tutti i pesi che ho fatto oggi messi insieme arrivino a centodieci», osserva.

Kornspan fa dei suoni che non sembrano venire dalla sua gola.

«Sí! *Sssssíííí*!» ruggisce Freer. Il bilanciere cade sul pavimento di gomma, e Pemulis sussulta ancora. Ogni vena di Kornspan spicca e pulsa. Pare gravido. Si mette le mani sulle cosce e si sporge in avanti, un filo di qualcosa agli angoli della bocca.

«Bravo, l'hai preso, *baby*», dice Freer, e va verso la scatola di talco da mettersi sulle mani, accanto al distributore dell'acqua. Mentre cammina si guarda nello specchio.

Con estrema lentezza Pemulis comincia a sporgersi verso Kornspan, guardandosi intorno. Si sporge finché la sua faccia è proprio sopra un lato della testa mesomorfa di Kornspan e sussurra: «Ehi. Eliot. Ehi».

Kornspan, piegato in due, ansimante, ruota lievemente la faccia verso la sua.

Pemulis sussurra: «Checca».

Se in virtú di carità o disperazione doveste mai trovarvi a passare del tempo in una struttura statale di recupero da Sostanze come la Ennet House di Enfield Ma, verrete a sapere molte cose nuove e curiose. Scoprirete che se il Dipartimento dei Servizi Sociali del Massachusetts ha portato via i figli a una madre per un qualunque periodo di tempo, questo dà loro il diritto di rifarlo di nuovo praticamente a loro piacimento, d'ufficio, autorizzati da un semplice foglio con firma prestampata. In altre parole, una volta dichiarata Interdetta – non importa perché o quando, o che cosa sia intervenuto nel frattempo – non c'è nulla che una madre possa fare.

O, per esempio, che le persone dipendenti da una Sostanza che smettono all'improvviso di assumere quella Sostanza soffrono spesso di una forma perversa di acne papulosa che può durare mesi in attesa che gli accumuli di Sostanza abbandonino lentamente il corpo. Lo Staff vi farà sapere che questo accade perché la pelle è effettivamente il piú grosso organo escretivo del corpo. O che il cuore degli alcolisti cronici – per ragioni che nessun medico sa spiegare – si dilata fino a due volte le dimensioni del cuore di un non alcolista, e non c'è verso che recuperi dimensioni normali. Che esiste una categoria di persone che porta la foto del proprio medico nel portafoglio. Che (un sollievo ma allo stesso tempo una delusione) i peni dei neri tendono ad avere misure nel complesso uguali a quelle dei peni bianchi. Che non tutti i maschi Us sono circoncisi.

Che si riesce ad avvertire una specie di microsballo anfetaminico se si consumano in rapida successione tre Millennial Fizzy e una confezione di biscotti Oreo a stomaco vuoto. (Per avere il microsballo bisogna però riuscire a trattenerli nello stomaco, cosa che i vecchi residenti spesso non dicono ai nuovi).

Che l'inquietante termine ispanico per ogni malessere interiore che fa ricadere il tossicomane nella schiavitú della Sostanza è *tecato gusano*, che sembra essere una specie di verme interiore psichico impossibile da saziare o uccidere.

Che i neri e gli ispanici possono essere razzisti quanto e piú dei bianchi, e che possono diventare ancora piú ostili e sgradevoli quando vi mostrate stupiti da questa cosa.

Che alcuni riescono nel sonno a estrarre una sigaretta dal pacchetto sul comodino, accenderla, fumarla fino alla fine poi spegnerla nel posacenere accanto al letto – il tutto senza mai svegliarsi, e senza dar fuoco a nulla. Sarete informati che questa abilità si acquisisce normalmente negli istituti penali, il che ridurrà la vostra inclinazione a lamentarvi della pratica. O che neppure i tappi per orecchie in polistirolo espanso Flents modello industriale possono risolvere il problema di un compagno di stanza che russa se il compagno in questione è cosí gigantesco e adenoideo che le sue russate creano vibrazioni subsoniche che arpeggiano lungo tutto il vostro corpo e la vostra branda tremola come quei vecchi letti di motel che vibravano a metterci dentro una moneta da un quarto di dollaro.

Che riguardo alle funzioni sessuali ed escretive le persone di sesso femminile sanno essere volgari quanto quelle di sesso maschile. Che piú del sessanta per cento di tutti gli arrestati per crimini connessi a droga e alcol dichiarano di essere stati oggetto di abusi sessuali da bambini, mentre i due terzi del restante quaranta per cento affermano di non riuscire a ricordare la propria infanzia con sufficiente precisione per dire qualcosa riguardo a eventuali abusi. Che se lo prevede la vostra Corvée anche voi potete mugugnare armonie ipnotiche tipo Madame Psychosis mentre passate l'aspirapolvere. Che alcune persone sembrano davvero dei roditori. Che certe prostitute tossicodipendenti hanno piú difficoltà a smettere con la prostituzione che con la droga, fornendo poi una spiegazione che riguarda l'opposta direzione del flusso di denaro nelle due attività. Che esistono per l'organo sessuale femminile tante forme idiomatiche quante per quello maschile.

Che un paradosso poco menzionato della dipendenza da una Sostanza è il seguente: una volta che siete cosí schiavi di una Sostanza da doverla abbandonare per salvarvi la vita, la Sostanza schiavizzante è diventata per voi cosí profondamente importante che uscirete di senno quando ve la porteranno via. Oppure che a volte, dopo che la vostra Sostanza vi è stata portata via per salvarvi la vita, mentre siete inginocchiati per le preghiere obbligatorie della mattina o della sera, vi troverete a pregare perché vi sia consentito di perdere letteralmente il senno, di avvolgere la vostra mente in un vecchio giornale e lasciarla in un vicolo a cavarsela da sola senza di voi.

Che nell'area metropolitana di Boston l'espressione idiomatica preferita per designare l'organo maschile è: *Unità*, il che spiega come

mai i residenti della Ennet House siano cosí maliziosamente divertiti dai nomi degli edifici dell'Enfield Marine.

Che ci sono persone alle quali semplicemente non piacete, qualsiasi cosa facciate. E che la maggior parte dei civili non tossicodipendenti adulti ha già assimilato e accettato questo fatto, spesso in
giovane età.

Che nonostante pensiate di essere furbi, non lo siete molto.

Che il «Dio» degli Aa e degli Na e dei Ca apparentemente non vi
chiede di credere in Lui/Lei/Esso prima che Lui/Lei/Esso vi aiuti[69].

Che, con *buona pace* delle stronzate maschiliste, il pianto maschile
in pubblico non soltanto è molto mascolino ma può anche farvi sentire *bene* (riferito da terzi). Che *condividere* significa parlare, e *fare l'inventario di qualcuno* significa criticare quella persona, cui vanno aggiunti
numerosi altri articoli di Gergo Recuperiale. Che un importante elemento nella prevenzione dell'Hiv nelle case di recupero sta nel non lasciare rasoio e spazzolino da denti nei bagni comuni. Che, a quanto
sembra, una prostituta esperta è in grado di inserire un preservativo
sull'Unità di un cliente con tale destrezza che il cliente non se ne accorge nemmeno fino a quando non è acqua passata, per dirla cosí (riferito da terzi).

Che un contenitore portatile d'acciaio ultraresistente a doppio
strato dotato di serratura a triplo cilindro per il rasoio e lo spazzolino da denti si può comprare per meno di 35$ Us/38,50$ Onan alla
Home-Net Hardware, e se fate abbastanza casino Pat M. o il Direttore della Casa vi faranno usare il vecchio Tp dell'ufficio sul retro per
ordinarne uno.

Che oltre il cinquanta per cento delle persone con una dipendenza
da Sostanza è contemporaneamente affetto da qualche altra forma di
disturbo psichiatrico. Che alcuni prostituti maschi sviluppano una tale assuefazione ai clisteri da risultare incapaci di movimenti intestinali
autonomi. Che una grossa fetta dei residenti della Ennet House ha almeno un tatuaggio. Che la rilevanza di questo dato è impossibile da
analizzare. Che l'espressione di strada per non avere denaro a Boston
città è: *sfoggiare le garze*. Che quello che da altre parti si dice Informare o Cantare o Spifferare o Vuotare il Sacco, sulle strade di Boston si
dice «Mangiare il formaggio» presumibilmente deriva dal nesso asso-
ciativo con *ratto*.

Che gli orecchini da naso, lingua, labbro e sopracciglio richiedono di rado un piercing veramente penetrativo. Questo grazie alla grande varietà disponibile di orecchini a clip. Che gli orecchini da capez-
zolo richiedono il piercing, e che degli orecchini da clitoride e da glan-
de è meglio non conoscere certi dettagli. Che il sonno può essere una

forma di fuga emozionale e che, seppure con un certo sforzo, si può abusarne. Che le donne dei chicanos non sono chiamate chicanas. Che costa 225$ Us ottenere una patente di guida del Massachusetts con la tua foto e il nome di qualcun altro. Che la privazione intenzionale del sonno può essere anch'essa una fuga dalla realtà di cui si può abusare. Che anche il gioco d'azzardo può essere una fuga abusabile, e cosí il lavoro, lo shopping, rubare nei negozi, e il sesso, e l'astinenza, e la masturbazione, e il cibo, e l'esercizio fisico, e la preghiera/meditazione, e lo stare seduti cosí vicini al vecchio cartuccia-visore Dec del Tp della Ennet House da avere il campo visivo interamente invaso dallo schermo e l'elettricità statica che ti pizzica il naso[70].

Che non occorre amare qualcuno per imparare da lui/lei/esso. Che la solitudine non è una funzione dell'isolamento. Che è possibile arrabbiarsi al punto da vedere davvero tutto rosso. Che cos'è un «Catetere Texano». Che alcune persone rubano davvero – rubano cose che sono *vostre*. Che un mucchio di adulti Us non sanno proprio leggere, neppure un ipertesto fonico su Rom con funzioni di AIUTO per ogni parola. Che le alleanze tra pochi e l'esclusione degli altri e i pettegolezzi possono essere forme di fuga. Che la validità logica di un ragionamento non ne garantisce la verità. Che le persone cattive non credono mai di essere cattive, ma piuttosto che lo siano *tutti gli altri*. Che è possibile imparare cose preziose da una persona stupida. Che costa fatica dedicare piú di pochi secondi di attenzione a un qualsiasi stimolo. Che improvvisamente puoi volerti fare della tua Sostanza cosí intensamente da essere sicuro di morire se non lo fai, ma che puoi anche rimanere seduto a torcerti le mani con la faccia fradicia di sudore da quanta voglia hai, che puoi volerti fare e restare seduto, volere ma non farlo, se vuoi, e che se riesci a resistere e a non farti quando ne hai una voglia pazzesca, questa voglia se ne andrà – almeno per un po'. Che è statisticamente piú facile liberarsi di una dipendenza per le persone con un basso Qi che per quelle con un Qi piú alto. Che il termine di strada a Boston per chiedere l'elemosina è: *tamponare*, e che tale attività è ritenuta da qualcuno un'arte o un'abilità; e che gli artisti del tamponamento professionale ogni tanto hanno come dei consulti, piccole convention, ai giardini o nei punti nevralgici dei trasporti pubblici, di notte, dove si riuniscono e formano gruppi di consulenza e si scambiano impressioni su tendenze e tecniche e pubbliche relazioni e cosí via. Che è possibile abusare fino all'assuefazione di antinfluenzali e antistaminici da banco. Che il NyQuil ha piú di 50°. Che le attività noiose diventano perversamente molto meno noiose se ci si concentra molto su di esse. Che se un numero sufficiente di persone beve caffè in una stanza silenziosa, è possibile sentire il rumore del vapore che si leva dalle tazze. Che a volte agli esseri umani basta restare seduti in un posto per *provare dolore*. Che la vostra preoccupazione per ciò che gli altri pensano di voi scompare una volta che capite quanto di rado pensano a voi. Che esiste una cosa come la cruda, incontaminata, immotivata gentilezza. Che è possibile addormentarsi di botto durante un attacco d'ansia.

Che concentrarsi intensamente su qualcosa è un lavoro duro.

Che la dipendenza è un disagio o una malattia mentale o una condizione spirituale (quando si dice «poveri di spirito») o una forma di Disturbo Ossessivo-Compulsivo o un disturbo affettivo e del carattere, e che piú del settantacinque per cento dei veterani Aa di Boston, quando vuole convincervi che si tratta di un disagio, vi fa sedere a guardarli mentre scrivono DISAGIO su un pezzo di carta poi dividono la parola con un trattino cosí da farla diventare DIS-AGIO, poi vi fissano come se si aspettassero di vedervi colpiti da un'accecante consapevolezza epifanica quando in realtà (come G. Day non si stanca di far notare ai suoi operatori) trasformare DISAGIO in DIS-AGIO non fa che ridurre una definizione e una spiegazione alla semplice descrizione di una sensazione, e per giunta una descrizione penosamente insipida.

Che la maggioranza delle persone con una dipendenza da Sostanza è anche dipendente dal pensare, nel senso che ha un rapporto compulsivo e insano con il proprio pensiero. Che fra gli Aa di Boston il simpatico termine per l'assuefazione da pensiero è *Analisi-Paralisi*. Che il latte provoca ai gatti dei violenti attacchi di diarrea, contrariamente all'immagine popolare sui gatti e il latte. Che è semplicemente piú piacevole essere felici che incazzati. Che il novantanove per cento dei pensieri di chi soffre di pensiero compulsivo è rivolto a se stessi; che il novantanove per cento di questo pensiero consiste nell'immaginare poi prepararsi a qualcosa che sta per accadere loro; e che, stranamente, il cento per cento delle cose per le quali usano il novantanove per cento del loro tempo a prepararsi ad affrontarle in ogni possibile risvolto non sono *mai positive*. E che questo si connette in modo interessante con l'impulso nella prima fase di sobrietà a pregare per poter perdere il senno. In breve, che il novantanove per cento dell'attività del pensiero consiste nel cercare di terrorizzarsi a morte. Che è possibile preparare delle ottime uova in camicia in un forno a microonde. Che il termine di strada metropolitano per dire assolutamente meraviglioso è: *tremendo*. Che il rumore dello starnuto è diverso per ognuno. Che certe mamme non hanno mai insegnato ai loro figli a mettersi la mano davanti alla bocca o a voltarsi quando starnutiscono. Che chiunque sia stato in prigione non ritorna piú quello di una volta. Che non è necessario fare sesso con qualcuno per prendersi le piattole. Che in una stanza pulita

ci si sente meglio che in una sporca. Che le persone di cui avere piú paura sono quelle che hanno piú paura. Che ci vuole un grande coraggio
per mostrarsi deboli. Che non è necessario picchiare qualcuno anche se
lo si desidera tantissimo. Che nessun singolo momento individuale è in
sé per sé insopportabile.

Che nessuno che sia stato cosí schiavo di una Sostanza da aver dovuto smettere di prenderla e ci sia riuscito e ne sia stato senza per un
po' ma che poi per una qualsiasi ragione sia tornato sui suoi passi e abbia ripreso la Sostanza, ha *mai* detto di esser stato contento di averlo
fatto, cioè di aver ripreso di nuovo la Sostanza ridiventandone schiavo; mai. Che *pezzetto* è un termine di strada di Boston per definire la
condanna al carcere, come nella frase «Don G. è stato a Billerica per
un pezzetto di sei mesi». Che è impossibile uccidere le pulci a mani nude. Che è possibile fumare cosí tante sigarette da farsi delle piccole ul-
cerazioni bianche sulla lingua. Che gli effetti di troppe tazze di caffè
non sono per niente piacevoli né intossicanti.

Che praticamente tutti si masturbano.

E tanto, a quanto sembra.

Che il cliché «Non so chi sono» sfortunatamente si rivela piú di un
cliché. Che costa 330$ Us ottenere un passaporto con un nome falso.
Che gli altri, anche se sono stupidi, riescono spesso a vedere cose di voi
che voi non riuscite a vedere. Che è possibile ottenere per 1500$ Us
una carta di credito di un istituto primario con un nome falso, ma nessuno vi saprà dire se questo prezzo include un rapporto bancario e una
disponibilità di denaro verificabili per quando la cassiera passa la carta falsa nel piccolo modem del registratore di cassa e voi siete accer-
chiati da guardie di ogni tipo e misura. Che il possesso di molto denaro non immunizza la gente dalla sofferenza e dalla paura. Che provare
a ballare da sobri è tutto un altro paio di maniche. Che il termine *vig* è
il gergo di strada per la commissione di un allibratore sulle scommesse
illegali, normalmente del dieci per cento, che viene sottratta alle vostre
vincite o aggiunta al vostro debito. Che alcuni soggetti sinceramente
devoti e spiritualmente maturi credono che il Dio nel quale credono li
aiuti a trovare parcheggio e suggerisca loro i numeri giusti del Lotto.

Che, entro un certo limite, si può vivere insieme agli scarafaggi.

Che «accettazione» è in genere una questione di fatica, piú che
altro.

Che persone differenti hanno un'idea radicalmente differente
dell'igiene personale di base.

Che per qualche perversa ragione, è spesso piú divertente desiderare qualcosa che averlo.

Che se fate una buona azione in segreto, anonimamente, senza far sapere alla persona per la quale l'avete fatta che siete stati voi, né che chiunque altro sappia qual era la buona azione e insomma non cercate in nessun modo di averne merito, la buona azione diventa quasi una forma autonoma di intossicazione.

Che anche della generosità anonima si può abusare.

Che fare sesso con qualcuno per cui non provate nulla lascia una sensazione di solitudine maggiore che non farlo affatto, dopo.

Che è consentito *volere*.

Che tutti sono identici nella segreta tacita convinzione di essere, in fondo, diversi da tutti gli altri. Che questo non è necessariamente perverso.

Che è possibile che gli angeli non esistano, però ci sono persone che potrebbero essere angeli.

Che Dio – a meno che non siate Charlton Heston, o fuori di testa, o entrambe le cose – parla e agisce interamente tramite degli esseri umani, ammesso poi che ci sia un Dio.

Che Dio potrebbe inserire la questione se crediate nell'esistenza di un dio o meno piuttosto in basso nella lista delle cose sul vostro conto che a lui/lei/esso interessano.

Che l'odore del Piede d'Atleta è di un dolce nauseabondo mentre l'odore della Dermatomicosi Podiatrica è di un agro nauseabondo.

Che una persona – una con il Disagio/-Agio – compie, sotto l'influsso della Sostanza, gesti che non commetterebbe mai da sobria, e che alcune conseguenze di questi gesti non si possono mai piú cancellare o rimediare[71]. I delitti sono un esempio.

Lo stesso per i tatuaggi. Quasi sempre fatti eseguire d'impulso, i tatuaggi risultano vividamente, terribilmente permanenti. Il nuovo residente Tiny Ewell ha sviluppato un vivo interesse poi mutatosi in misteriosa ossessione per i tatuaggi altrui, e ha preso a tormentare tutti i residenti e gli esterni che gravitano intorno alla Ennet House, pregandoli di poter vedere i loro tatuaggi e facendosi dire tutte le circostanze dietro ogni tatuaggio. Questi piccoli accessi ossessivi – prima l'impuntarsi sull'esatta definizione di *alcolista*, poi l'ingozzarsi dei biscotti speciali di Morris H. fino alla crisi di pancreatite, poi lo studio minuzioso del modo in cui ognuno rifà il letto – facevano parte del modo in cui Tiny Ewell perse temporaneamente il senno quando gli venne tolta la Sostanza schiavizzante. L'ossessione dei tatuaggi era nata con lo stupore borghese di Tiny Ewell di fronte al numero impressionante di persone tatuate che girava per la Ennet House. E i tatuaggi avevano cominciato ad apparirgli come potenti simboli non soltanto di tutte le cose che rappresentavano, ma anche dell'agghiacciante irrevocabilità degli impulsi intossicati.

Il punto è che i tatuaggi sono permanenti. Una volta fatti, rimangono – ed è proprio l'irrevocabilità di un tatuaggio a far scattare l'adrenalina della decisione intossicata di mettersi a sedere e farselo fare sul serio (il tatuaggio) – ma la cosa agghiacciante dell'intossicazione è che questa sembra farvi considerare soltanto l'adrenalina di quel preciso momento e mai (a nessun livello) l'irrevocabilità prodotta dall'adrenalina. È come se l'intossicazione impedisse alla persona tatuabile di proiettare l'immaginazione al di là dell'adrenalina e considerare le conseguenze permanenti che a loro volta producono il brivido dell'eccitazione.

Tiny Ewell esprime in continuazione quest'idea astratta ma non troppo profonda, lo fa quasi ossessivamente e in una grande varietà di forme, eppure non riesce a interessare neanche uno dei residenti tatuati sebbene Bruce Green lo ascolti cortesemente e Kate Gompert, clinicamente depressa, non abbia le forze per alzarsi e andarsene quando Tiny attacca e quindi Ewell la perseguita con la storia dei tatuaggi, nonostante lei non ne abbia.

Però i residenti tatuati non hanno problemi a mostrare a Tiny i loro tatuaggi, a meno che non siano donne e l'oggetto in questione si trovi in un'area off-limits.

A quanto Tiny Ewell ha avuto modo di constatare, le persone tatuate si dividono in due grandi categorie. Innanzitutto i giovani soggetti foruncolosi, rintontiti, con la maglietta nera e i bracciali chiodati, che non hanno abbastanza cervello da pentirsi della permanenza dei loro tatuaggi e li ostentano con lo stesso composto orgoglio che le persone piú vicine a Ewell come livello sociale userebbero nel mostrare le loro collezioni di terrecotte o un buonissimo Sauvignon. Poi ci sono quelli piú numerosi (e anziani) del secondo tipo, che mostrano i tatuaggi con lo stoico rimpianto (anche se venato da una punta di orgoglio per lo stoicismo) di un veterano decorato che mostra le sue cicatrici. Il residente Wade McDade ha complessi intrecci di serpenti blu e rossi che gli corrono lungo l'interno di tutte e due le braccia, ed è obbligato a indossare ogni giorno camicie a maniche lunghe per lavorare allo *Store 24*, anche se il riscaldamento parte la mattina presto e c'è sempre un caldo maledetto in quel negozio, e questo perché il direttore pakistano pensa che ai suoi clienti non andrebbe di comprare le Marlboro Light e i biglietti della lotteria Gigabucks da uno con le braccia piene di serpenti dai colori vascolari[72]. McDade ha anche un teschio in fiamme sulla clavicola sinistra. Doony Glynn ha le tracce sbiadite di una linea nera a trattini intorno al collo, piú o meno all'altezza del pomo d'Adamo, e sullo scalpo le istruzioni tipo manuale per la rimozione della testa e la sua conservazione fuori dal corpo, roba dei tempi della sua giovinezza Skinhead, solo che ora per leggere le istruzioni Tiny deve armarsi di pazienza e pettine e tre delle pinze per capelli di April Cortelyu.

Dopo due settimane di ossessione Ewell ha ampliato la propria dermotassonomia per includervi una terza categoria, gli Harleysti, della quale al momento non vi sono esemplari alla Ennet House ma molti intorno ai luoghi dei raduni Aa, con le barbe e i gilet di pelle e, a quanto sembra, l'obbligo di rispettare il requisito di pesare almeno duecento chili. *Harleysti* è il loro nome da strada a Boston città, ma loro si definiscono Cuccioli in Scooter, un nome che (come Ewell ha scoperto nel peggiore dei modi) i non-Harleysti sono invitati a non usare. Questi tizi sono un vero festival del tatuaggio, ma il loro modo di mostrarli è sconcertante perché li scoprono con la stessa assenza di coinvolgimento di chi mostri un arto o un pollice, e sembrano non capire perché li volete vedere o addirittura cosa state guardando.

Una specie di *N.b.* che Ewell finisce con l'inserire alla voce *Harleysta* è che tutti coloro che ricordano le circostanze di realizzazione del loro tatuaggio dicono di essersi rivolti a un Harleysta. Riguardo al gruppo Stoico-Pentito della Ennet House emerge il fatto che i tatuaggi con nomi femminili tendono nella loro irrevocabilità a essere veramente disastrosi e oggetto di sicuro pentimento, data la natura estremamente provvisoria delle relazioni di gran parte dei tossici. Bruce Green avrà per sempre la scritta MILDRED BONK sul suo povero tricipite destro. Idem per DORIS in corsivo gotico rosso colante sotto il pettorale sinistro di Emil Minty che, sí, a quanto pare una volta si è innamorato di qualcuno. Minty ha anche una tremante svastica da dilettante con la scritta FUCK NIGERS sul bicipite sinistro, e viene caldamente incoraggiato a tenerla coperta. Chandler Floss ha sull'avambraccio una bandiera mossa dal vento con l'iscrizione rossa MARY, ora straziata e necrotica da quando una notte, pieno di coca, aveva provato ad annullare le connotazioni romantiche del tatuaggio incidendo con una lametta e una Bic rossa BLESSED VERGIN sopra il MARY, con risultati terribili. I veri artisti del tatuaggio (Ewell l'ha appreso durante un incontro del Gruppo della Bandiera Bianca da un Harleysta il cui tatuaggio sul tricipite raffigura un enorme seno femminile dolorosamente strizzato da una mano staccata dal corpo *a sua volta* tatuata con un seno e una mano, e secondo Tiny questo gli dava una vera, indiscutibile credibilità tatuaria) sono sempre professionisti altamente specializzati.

La cosa triste riguardo allo sgargiante cuore trafitto lilla sull'anca destra di Randy Lenz con la parola PAMELA inscritta in un cerchio, è che Lenz non ha nessun ricordo né dell'impulso & procedura del tatuaggio né di una persona di nome Pamela. Charlotte Treat ha un piccolo drago verde sul polpaccio e un altro tatuaggio su un seno inaccessibile a Tiny perché da lei proclamato off-limits. Hester Thrale ha sullo stomaco un tatuaggio incredibilmente dettagliato in blu e verde del pianeta Terra; i due poli sfiorano pube e seno e la sua veduta equatoriale è costata a Tiny Ewell due turni di Corvée settimanale al posto di Hester. L'onore supremo del rimpianto piú bruciante spetta probabilmente a Jennifer Belbin, con le sue quattro innascondibili lacrime nere che sgorgano dall'angolo di un occhio – eredità di una notte di dolore mescalinico e adrenalinico – e da due metri sembra che abbia delle mosche sul viso, come Randy Lenz non manca di far notare. La nuova arrivata nera Didi N. ha sull'addome superiore uno sbrindellato teschio urlante (dallo stesso pennino di quello di McDade ma senza le fiamme) che mette i brividi perché è solo un contorno bianco sbrindellato: i tatuaggi sui neri sono molto rari anche perché, per ragioni che Ewell ritiene ovvie, alla fine vengono fuori solo dei contorni bianchi.

Di Calvin Thrust, ex allievo e operatore volontario della Ennet House un tempo protagonista di cartucce pornografiche, si dice abbia tatuato sull'Unità le iniziali maiuscole CT che si possono vedere a Unità moscia e il nome per esteso CALVIN THRUST a Unità, invece, ritta. Tiny Ewell ha sobriamente deciso di non fare ricerche sull'argomento. L'ex allieva e vicedirettrice Danielle Steenbok ebbe una volta la brillante idea di farsi tatuare una linea intorno agli occhi per non doversi mai piú truccare con l'eye-liner senza pensare che col tempo il tatuaggio sarebbe sbiadito e il suo colore sarebbe diventato un nauseabondo verde scuro che ora deve costantemente coprire con l'eye-liner. L'inserviente femminile interna Johnette Foltz si è sottoposta a due delle sei dolorose procedure per rimuovere dall'avambraccio sinistro una ringhiosa tigre blu e arancio, e perciò ora ha una tigre ringhiosa senza la testa e una zampa anteriore, e le parti cancellate sembrano grattate con la lana di vetro da una persona molto determinata. Ewell ha deciso che è questo a dare profondità alla profonda irrevocabilità dell'impulso del tatuaggio: farsi togliere un tatuaggio vuol dire solo passare da una forma di deturpazione a un'altra. Ci sono gli identici tatuaggi da polso con la foglia di cannabis palmata di Tingly e Diehl, anche se Tingly e Diehl vengono da coste diverse e le loro strade non si sono mai incrociate prima di entrare alla Ennet House.

Nell Gunther si rifiuta categoricamente di parlare di tatuaggi con Tiny Ewell.

Per un po' Tiny Ewell ha considerato gli artigianali tatuaggi da carcere dell'inserviente interno Don Gately troppo primitivi perfino per darsi la pena di informarsi.

Però aveva fatto il diavolo a quattro, Ewell, quando all'apice della sua ossessione era arrivato alla Ennet House un ragazzino dipendente da narcotici sintetici che si rifiutava di rispondere se non lo si chiamava con il suo nome di strada, Teschio, e pur resistendo solo quattro giorni aveva fatto in tempo a rivelarsi un'esibizione semovente di tatuaggi ad alto pentimento: ragnatele sui gomiti di tutte e due le braccia; sul petto bianco-pesce una signora nuda delle stesse misure che Ewell ricordava sui flipper della sua infanzia a Watertown; sulla schiena uno scheletro di mezzo metro con cappuccio e mantello nero mosso dal vento che suonava il violino in cima a un dirupo e con la scritta rossiccia verticale THE DEAD su una specie di gonfalone; su un bicipite un punteruolo da ghiaccio o forse un pugnale, lungo gli avambracci una specie di ballo di San Vito di draghi dalle ali di cuoio con le parole – su entrambi gli arti – HOW DO YOU LIK YOUR BLUEYED BOY NOW MR DETH!?*, i cui refusi, pensava Tiny, erano lí ad accrescere l'effetto di gestalt tatuaria voluto da Teschio, che Tiny pensava fosse il repellere.

E il cambiamento di ossessione di Tiny E., dagli angoli delle lenzuola ripiegate sulle brande ai tatuaggi, avvenne forse grazie a questo Teschio, che nel corso della seconda notte nella Stanza da 5 riservata ai nuovi residenti si era tolto la maglietta e aveva mostrato i suoi tatuaggi a Ken Erdedy con il fare rintontito e senza rimorsi della prima categoria di tatuati, mentre R. Lenz in sospensorio faceva la verticale contro la porta dell'armadio e Ewell e Geoffrey D. avevano sparso le loro carte di credito sulla durissima branda di Ewell dibattendo su chi dei due avesse le piú prestigiose – Teschio fletteva i pettorali per far contorcere la maggiorata sul torace, leggeva dai suoi avambracci a Erdedy e cosí via – e Geoffrey Day aveva sollevato lo sguardo dalla propria American Express (Gold, contro la Platinum di Ewell) e aveva scosso la sua pallida testa sudata chiedendo retoricamente a Ewell che cosa era successo ai buoni vecchi tatuaggi Us come MOM o anche l'ancora, e questo aveva innescato per qualche ragione l'esplosione del meccanismo ossessivo nella psiche logorata dalla disintossicazione di Ewell.

Probabilmente gli articoli piú intensi dell'indagine di Ewell sono i tatuaggi sbiaditi dei membri piú vecchi degli Aa di Boston, sobri da decenni: gli statisti coccodrillici piú anziani del Gruppo della Bandiera Bianca, di Allston, del Gruppo della Domenica Sera di S. Columbkill e del Gruppo della Casa – il gruppo di Ewell – il Gruppo del Meglio Tardi Che Mai (Non-fumatori) del mercoledí sera al St. Eli-

* «Come lo vuoi il tuo ragazzino con gli occhi azzurri, signor morte!?» [N.d.T.].

zabeth Hospital, ad appena due isolati dalla Casa. C'è qualcosa di in-
spiegabilmente intenso in un tatuaggio molto sbiadito, un'intensità simile a quella dei vecchi vestitini fuori moda dei bambini, quelli che si
trovano ripiegati nei bauli in soffitta (i vestiti, non i bambini, ha confermato Ewell a G. Day). Si veda, ad esempio, il tatuaggio sull'avambraccio destro del litigioso vecchio Francis («Francis il Feroce») Gehaney della Bandiera Bianca, un bicchiere da martini con dentro una signora nuda con una pettinatura a boccoli vecchio stile alla Rita
Hayworth che solleva le gambe oltre l'orlo del bicchiere. Sbiadito fino a una tonalità di blu oltremare, le occasionali linee nere sono dive-
nute verde marcio e il rosso di labbra, unghie e della scritta SUBIK-
BAY'62USN4-07 non si è schiarito verso il rosa ma è invece deperito fino al rosso polveroso del fuoco visto attraverso il fumo. I tatuaggi
irrevocabili di tutti questi vecchi bostoniani sobri della classe operaia
sbiadiscono quasi visibilmente sotto la fluorescenza da quattro soldi
dei seminterrati delle chiese e degli ambulatori ospedalieri – Ewell,
commosso, li ha osservati e messi in un grafico e confrontati. Orde di
buone vecchie ancore della Marina americana, e *Trifolium Pratense* color verde marcio nell'area irlandese di Boston, e numerosi tableaux in
miniatura di figurine color kaki che conficcano baionette nello stomaco di odiose caricature orientali color giallo-urina con i denti da ca-
prone, e aquile urlanti con gli artigli smussati dalla scoloritura, e SEM-
PER FI, e ognuno di questi tatuaggi è cosí consunto che sembra stare
sotto la superficie di uno stagno fangoso.

Un alto veterano coi capelli corvini del Gruppo del Meglio Tardi
Che Mai, un tipo silenzioso e scostante, si è tatuato la tersa e odiosa
parola PUSSY* su un avambraccio punteggiato da macchie epatiche.

Ora la scritta è sbiadita fino a un verde-stagno, ma lui ha superato perfino il rimorso degli stoici e si veste e si comporta come se non
ci fosse, o come se, vista la sua totale irrevocabilità, anche solo pensarci sarebbe uno spreco di tempo: c'è una dignità profonda e molto
toccante nell'atteggiamento di quel vecchio rispetto alla PUSSY che
porta sul braccio, e Ewell considera seriamente la possibilità di avvi-
cinarlo per la questione del patrocinio, se e quando dovesse ritenere
giusto trovarsi un padrino Aa.

Verso la fine di questa ossessione, Tiny Ewell sottopone a Don
Gately la questione se i tatuaggi carcerari debbano essere considerati una famiglia di tatuaggi del tutto diversa. L'impressione personale
di Ewell è che i tatuaggi carcerari non siano tanto intensi quanto grot-

* «Fica» [N.d.T.].

teschi, che non sembrino frutto di decorazione impulsiva o di un bisogno di presentarsi, ma siano piuttosto una semplice forma di automutilazione generata da noia e noncuranza del proprio corpo e dell'estetica della decorazione. Don Gately ha sviluppato l'abitudine di fissare freddamente Ewell fino a quando il minuscolo avvocato si cheta; in parte fa cosí perché spesso Gately non riesce a seguire ciò che dice Ewell, e non sa se questo accade perché lui non è abbastanza sveglio o colto per capirlo o se invece è perché Ewell è completamente fuori di testa.

Don Gately spiega a Ewell che il modello base di tatuaggio carcerario è fatto con aghi da cucire rubati dallo spaccio del carcere e inchiostro blu preso dalla stilografica cinquinata a un incauto Difensore d'Ufficio, ed è per questo che il tatuaggio fatto in carcere è sempre dello stesso blu. L'ago viene intinto nell'inchiostro e conficcato il piú possibile in profondità nel tatuato prima che lui si muova e rovini tutto. Per un semplicissimo quadratino blu ultraminimale come quello sul polso destro di Gately ci vuole mezza giornata di lavoro e centinaia di singole trafitture. Il fatto che le linee non siano mai del tutto dritte e il colore non sempre uniforme si spiega con l'impossibilità di far arrivare ogni puntura alla stessa profondità nella carne, diciamo, mobile. Ecco perché i tatuaggi carcerari sembrano fatti da bambini sadici in un pomeriggio di pioggia. Gately ha un quadrato blu sul polso destro e una croce approssimativa sull'interno del mastodontico avambraccio sinistro. Il quadrato se l'è fatto da sé mentre la croce gliel'ha fatta un compagno di cella in cambio di quella che Gately aveva fatto a lui. I narcotici orali rendono il processo allo stesso tempo meno doloroso e meno noioso. L'ago per cucire viene sterilizzato nell'etanolo che si ottiene prendendo della frutta dalla sala mensa, pestandola, aggiungendo acqua e nascondendo l'intruglio in una busta di plastica dentro il buco dello scarico nel gabinetto della cella a, diciamo, fermentare. Il risultato del processo sterilizzante può anche essere consumato. Liquori e cocaina sono l'unica cosa difficilmente reperibile all'interno delle istituzioni penali del Commonwealth del Massachusetts, perché il costo di tali articoli manda tutti in agitazione ed è solo questione di tempo prima che qualcuno parli. Invece l'economico Talwin, il narcotico orale della C-IV, si può barattare con le sigarette comprate allo spaccio oppure vinte a cribbage o domino (le regole carcerarie proibiscono ufficialmente le carte) o ancora riscosse in bei quantitativi dai compagni piú esili in cambio di protezione contro le avance romantiche dei piú grossi. Gately è destro e le sue braccia sono approssimativamente delle dimensioni delle gambe di Ewell. Il quadrato carcerario sul suo polso è smussato, con imprecise bollicine aggiuntive su tre dei quattro angoli. Il tatuaggio carcerario medio non può es sere rimosso neppure con la chirurgia laser data la profondità a cui si deve arrivare per farlo. Gately è gentile ma non collaborativo rispetto alle richieste di Ewell, ovvero Tiny deve porre domande molto specifiche su ciò che vuole sapere per ottenere da Gately risposte altrettanto specifiche e limitate a quella sola domanda. Subito dopo Gately si mette a fissarlo, un'abitudine della quale Ewell si lamenta sempre nella Stanza da 5. Gately sembra considerare il suo interesse per i tatuaggi come l'ossessione temporanea di una psiche appena de-Sostanziata e ancora traballante; pensa che in un paio di settimane Ewell si sarà completamente dimenticato dei tatuaggi, e a Ewell questo atteggiamento sembra accondiscendente all'ennesima potenza. L'atteggiamento di Gately nei confronti dei suoi tatuaggi primitivi rientra nella seconda categoria, con una profonda sincerità nello stoicismo e nell'accettazione del rimorso da tatuaggio, se non altro perché questi irrevocabili segni del carcere sono Campanelli Promemoria del tutto trascurabili se paragonati ad alcuni dei fottuti errori impulsivi *veramente* irrevocabili commessi da Gately al tempo della tossicodipendenza attiva e del furto, per non parlare delle loro conseguenze, per le quali Gately sta cercando di accettare l'idea di dover pagare ancora per molto tempo.

Michael Pemulis ha l'abitudine di guardare da un lato e dall'altro prima di dire qualcosa. Impossibile giudicare se il gesto sia spontaneo o se invece Pemulis imiti un personaggio di qualche film noir. Questa cosa peggiora quando ha preso un paio di 'drine. Lui e Trevor Axford e Hal Incandenza si trovano in camera di Pemulis, i cui compagni di stanza Schacht e Troeltsch sono scesi a pranzo, per cui sono soli, Pemulis e Axford e Hal, e si massaggiano il mento con lo sguardo fisso sul cappellino da marinaio di Pemulis appoggiato sul letto. Dentro il cappello rovesciato c'è un mucchietto di compresse apparentemente innocue dell'incredibilmente potente, a quanto si dice, Dmz.

Pemulis lascia vagare lo sguardo nella stanza vuota. «Questa, Incster, Axhandle, è l'incredibilmente potente Dmz. Il Grande Squalo Bianco degli allucinogeni organo-sintetizzati. Il gargantuano rampollo selvaggio dei—»

Interviene Hal: «Hai reso l'idea».

«La Yale University della Ivy League degli Acidil»*, dice Axford.

«Il distorsore psico-sensuale definitivo», riassume Pemulis.

«Vuoi dire psico-*sensoriale*, a meno che ci sia qualcosa che non so».

Axford rivolge a Hal un'occhiataccia di sbieco. Interrompere Pe-

---

* La Ivy League è la lega delle piú vecchie e importanti università della East Coast [N.d.T.].

mulis significa ogni volta dover assistere di nuovo al balletto della sua testa.

«Difficile da trovare, lor signori. Diciamo pure molto difficile da trovare. Le ultime partite sono uscite dalla linea di produzione all'inizio degli anni Settanta. Le compresse che vedete qui risalgono a quei giorni. Un certo calo nella potenza è probabilmente inevitabile. Sono state usate in certi oscuri esperimenti militari all'epoca della Cia».

Axford annuisce rivolto al cappello. «Controllo della mente?»

«Piú che altro servivano a indurre il nemico a pensare che le sue armi sono ortensie, il nemico è un suo parente stretto, roba del genere. Chi lo sa. I resoconti che ho letto sono incoerenti. Sono stati fatti degli esperimenti. Poi le cose sono sfuggite di mano. Diciamo semplicemente che le cose sono sfuggite al controllo. Era troppo potente per andare avanti. Soggetti rinchiusi in istituti e classificati come vittime di pace. La formula distrutta. I ricercatori dispersi, riassegnati. Sono voci vaghe ma, devo ammetterlo, fanno pensare».

«E queste risalgono ai primi anni Settanta?» chiede Axhandle.

«Lo vedi il piccolo logo su ogni pasticca, con il tizio coi pantaloni a zampa d'elefante e le basette lunghe?»

«Questo?»

«Di potenza senza precedenti, questa roba. Si dice che l'inventore svizzero raccomandasse l'Lsd-25 per tornare *down* dopo aver preso questa cosa». Pemulis prende una compressa, la mette nel palmo della mano e ci giocherella con un dito calloso. «Ecco che cosa stiamo guardando. Qui davanti abbiamo o un'improvvisa e massiccia iniezione di denaro—»

Axford fa un suono scioccato. «Vorresti davvero spacciare l'incredibilmente potente Dmz in questo luogo di dolore?»

La sbuffata di Pemulis suona come la lettera K. «Pensa per una volta nella vita, Axhandle. Qui nessuno avrebbe idea neppure di cos'ha per le mani. Figurarsi poi pagare il prezzo che vale. Macché, ci sono musei farmaceutici, intellettuali di sinistra, consorzi di drogati newyorchesi che si farebbero ammazzare per poterle dissezionare. Farne decotti. Buttarle nello spettrometro e vedere cosa c'è dentro».

«Stai dicendo che potremmo metterle all'asta», dice Axford. Hal strizza una palla da tennis e guarda il cappello in silenzio.

Pemulis rivolta la compressa. «Oppure qualche casa di riposo molto progressista che conoscono certi tizi di mia conoscenza. Oppure giú alla Back Bay nella yogurteria con la foto di quei personaggi storici sul muro di cui ci diceva l'Inc a colazione».

«William Burroughs».

«O semplicemente in Harvard Square all'*Au bon pain* dove tutti

quei tipi anni Settanta con i poncho di lana giocano a scacchi caz-
zottando in continuazione quegli orologini».

Axford finge di prendere a pugni il braccio di Hal in preda all'eccitazione.

Pemulis continua: «Certo che potrei anche semplicemente optare
per il puro divertimento e buttarle nei barili di Gatorade al raduno di
Port Washington di martedí, oppure al WhataBurger – e stare a guardare la gente correre in cerchio reggendosi la testa o chissà che. Sarebbe un vero sollazzo guardare Wayne giocare con i sensi distorti».

Hal solleva un piede sul piccolo sgabello-comodino di Pemulis a
forma di tronco di solido e si sporge in avanti. «Non vorrei essere indiscreto, ma si può chiedere come hai fatto a trovarle?»

«Non sei affatto indiscreto», dice Pemulis che stacca la fodera del
cappellino e sparge sul letto ogni singolo pezzo di contrabbando, come
i vecchi che nei momenti di calma dispongono le loro cose davanti a sé.
In un sacchetto polveroso ha una modesta quantità di cannabis per consumo personale (riacquistata da Hal dopo avergliene venduti 20 g); un
piccolo rettangolo di cartone incellofanato con quattro stelle nere stam-
pigliate sopra a intervalli regolari; qualche 'drina e una dozzina abbondante di pasticche di nessun colore particolare dell'incredibilmente potente Dmz, con al centro un piccolo mod hippy che augura la pace. «Non sappiamo neppure quante dosi siano», borbotta fra sé e sé. Il
sole si riflette sulla parete alla quale è appeso il visore, il poster del re
paranoico e un enorme frattale di Sierpinski dipinto a mano. In una
delle tre finestre a piú luci sul lato ovest – non si può certo dire che
l'Accademia non sia ben dotata di finestre – c'è una fessura ovale che
lascia filtrare una bolla di luce autunnale color birra chiara proiettan-
dola in forma allungata sul letto ben rifatto a pelle di tamburo di Pemulis[73], e lui sposta tutto il contenuto del cappello nella bolla piú luminosa, chinandosi su un ginocchio per analizzare la compressa che tiene fra le pinzette (Pemulis possiede cose come un paio di pinzette
filateliche, un monocolo, una bilancia farmaceutica, una bilancia postale, un becco Bunsen) con la calma precisione di un gioielliere. «La
letteratura tace sul dosaggio. Prendiamo una compressa?» Hal guarda
da un lato poi si torce per guardare dall'altro rivolgendosi ai volti dei
ragazzi sopra di lui. «Qual è la dose standard, mezza compressa?»

«Forse due o magari anche tre compresse?» dice Hal, consapevole di sembrare ingordo ma incapace di frenarsi.

«I dati disponibili sono vaghi», dice Pemulis, il profilo contorto
dal monocolo che tiene nell'orbita. «La letteratura sui composti mu-
scimol-lisergici è vaga e frammentaria e difficile da leggere, l'unica
parte chiara dice quanto siano potenti gli effetti».

Hal guarda la cima della testa di Pemulis. «Sei stato in una bi-blioteca medica?»

«Mi sono collegato al MED.COM dalla linea Wats di Alice Moore la Laterale e ci ho navigato in lungo e in largo. Un mucchio di roba sui lisergici, un mucchio sugli ibridi della classe metox. Stronzate va-ghe, quasi pettegolezzi, sui composti del fitviavi. Per trovare qualco-sa bisogna fare una ricerca incrociata su Ergotici e *muscimole* o *mu-scimolati*. Se digiti Dmz ottieni due o tre cosucce. Che è potente, che è sinistro. Nessuna specifica. E un grande casino di polisillabi. Mi ha fatto venire l'emicrania».

«Sí, ma sei fisicamente saltato sul camion e fisicamente *andato* in una vera biblioteca medica?» Hal è figlio di sua madre Avril quando si parla di accuratezza semantica. Axford gli molla un vero pugno sul-la spalla, anche se è la destra. Pemulis si gratta distrattamente il pic-colo tornado di capelli al centro della testa. Sono quasi le 1430h e la bolla obliqua di luce sul letto comincia a prendere il colore un po' tri-ste dei pomeriggi d'inizio inverno. Ancora nessun suono dai Campi Ovest, ma i tubi dell'acqua sulla parete cantano ad alto volume – mol-ti dei ragazzi che si allenano la mattina non si trascinano alle docce fino a dopo il pranzo, poi vanno alle lezioni pomeridiane con i capel-li bagnati e vestiti diversi da come erano vestiti la mattina.

Pemulis si alza e si mette in mezzo agli altri due, poi lascia di nuo-vo vagare lo sguardo per la vuota stanza a tre letti, con le tre pile or-dinate di magliette e cose da tennis e le tre ceste di vimini gonfie di roba da lavare. C'è il ricco aroma dei panni da gioco usati, ma a par-te questo la stanza appare quasi professionalmente pulita. Hal pensa che la stanza di Pemulis e Schacht faccia sembrare un manicomio quel-la sua e di Mario. Alla lotteria per l'assegnazione delle stanze dello scorso semestre Axford ha pescato una delle due sole stanze singole destinate alle classi superiori (l'altra è andata alle gemelle Vaught, che contano per una al Sorteggio delle Stanze).

La guancia di Pemulis è ancora tutta raggrinzita nello sforzo di te-nere su il monocolo mentre si guarda intorno. «In una delle mono-grafie c'è anche questa sparata sul Dmz in cui si dice che praticamente è un acido che ha preso l'acido, per farsi un'idea».

«Cazzo!»

«Un articolo su quella rivista del cazzo, "Moment", dice che a un certo detenuto militare di Leavenworth sarebbe stata data una dose massiccia non meglio specificata delle prime compresse di Dmz come parte di un esperimento dell'Esercito su Dio solo sa che, e che la fa-miglia di questo detenuto abbia poi fatto causa all'Esercito perché questo tipo aveva perso la testa». Con grande senso drammatico ri-

volge il monocolo prima a Hal poi ad Axford. «Voglio dire letteralmente perso la testa, come se la dose massiccia gli avesse prelevato il
senno, l'avesse portato da qualche parte e messo giú e avesse dimenticato dove».

«Penso che tu abbia reso l'idea, Mike».

«"Moment" afferma che il tizio sarebbe stato trovato piú tardi
nella sua cella militare, in una impossibile posizione del loto, a cantare sigle televisive con una voce che riproduceva con agghiacciante
precisione il tono di Ethel Merman».

Axford dice che forse Pemulis ha trovato una spiegazione per la
posizione yogica del povero vecchio Lyle nella sala pesi, e con la mano destra malandata indica in direzione di Com. & Amm.

Ecco di nuovo il balletto della testa di Pemulis. Il rilassamento di
una guancia lascia cadere il monocolo sul letto a pelle di tamburo, e Pemulis, senza neppure guardare, lo afferra al volo nella fase di rimbalzo.
«Penso che, in ogni caso, si possa escludere di metterlo nei barili di Gatorade. La morale nella storia di questo soldato è che bisogna andarci
piano, molto piano. La mente del tizio è ancora oggi in vacanza, a quanto pare. Ormai è un vecchio soldato, e canta le canzoncine di Broadway
in una istituzione di massima segretezza da qualche parte. I parenti
stretti provano a portare avanti la causa per conto del soldato, ma a
quanto pare l'Esercito è riuscito a fornire argomentazioni sufficienti a
instillare nella giuria il ragionevole dubbio che il tizio possa essere dichiarato abbastanza esistente da intentare un'azione legale, visto che
la dose gli ha mandato la testa chissà dove».

Axford si tasta distrattamente il gomito. «Stai dicendo che dovremmo procedere con cautela, e allora facciamolo».

Hal si inginocchia per pungolare una compressa contro il sacchetto polveroso. Il suo dito pare scuro nella bolla di luce. «Mi sa che la
dose è di due compresse. Sembrano un po' il Motrin».

«Non possiamo tirare a indovinare. Inc, questa non è Bob Hope».

«Potremmo anche chiamarla "Ethel" per quando siamo al telefono», suggerisce Axford.

Pemulis guarda Hal che sta disponendo le compresse nella forma
a cardioide dell'Eta «Sto dicendo che questa non è una sostanza su
cui buttarsi a pesce, Inc. Questo soldato che canta le sigle ha lasciato il *pianeta*».

«Be', ogni tanto saluterà».

«Ho l'impressione che ormai possa salutare solo il rancio».

«Ma questo accadde con una dose massiccia del prodotto non ancora perfezionato», dice Axford.

La disposizione delle compresse sul copriletto rosso e grigio da parte di Hal è di una precisione quasi Zen. «Queste sono degli anni Settanta?»

Dopo fitti negoziati a tre, Michael Pemulis si era procurato 650 mg del decantato ed elusivo Dmz , detto anche «Madame Psychosis» dalle mani di due ex ribelli canadesi che portavano avanti progetti insurrezionali pateticamente obsoleti dietro la copertura di un negozietto di specchi, vetro soffiato, oggetti scherzosi e gag, cartoline di tendenza e vecchie cartucce di film poco richiesti. Il nome del negozio era *Antitoi Entertainment* e si trovava all'imbocco di Prospect Street vicino a Inman Square nel degradato quartiere portoghese/brasiliano di Cambridge. Poiché Pemulis conduce sempre i suoi affari da solo e non parla francese, l'intera transazione con il canadese aveva avuto luogo nel linguaggio dei segni. Dal momento che questo Antitoi, un canadese con l'aria da Boscaiolo, si guardava intorno prima di parlare ancor piú di Pemulis, e il suo socio con l'aria ottusa fingeva di spazzare il pavimento ma in realtà continuava a scannerizzare il piccolo negozio in cerca di microfoni nascosti, la negoziazione dell'affare sembrava una specie di attacco epilettico psicomotorio di gruppo, con tutti i frammenti di teste ammiccanti riflesse in ogni direzione ad angoli impossibili su un'enormità di specchi e vasi di vetro soffiato, che cosí tanti Pemulis non ne aveva mai visti tutti insieme in un posto solo. Un Tp scarso mostrava una cartuccia pornografica a cinque volte la velocità normale, e si vedeva solo un gran casino tipo topi impazziti che Pemulis temeva potessero ammosciargli per sempre le ghiandole sessuali. Solo Dio sa dove quei pagliacci si erano procurati 50 mg di pasticche degli anni Settanta a.S. Ma la buona notizia è che erano canadesi e, come venne fuori quasi subito, da buoni canadesi non sapevano cosa fosse e quanto potesse valere quello che avevano in mano. Con l'aiuto di 150 mg di Tenuate Dospan a rilascio graduale, Pemulis aveva voglia di mettersi a ballare una mini giga post-transazione mentre saliva sull'indolente autobus per Cambridge, sentendosi come doveva essersi sentito William Penn nel suo cappello da quacchero quando intorno al XVI secolo aveva barattato della chincaglieria in cambio del New Jersey trattando con i tonti nativi del luogo; questo pensa, e si toglie il cappello davanti a due suore in piedi nella fila centrale.

Nel corso del successivo giorno accademico – l'incredibilmente potente scorta ora strettamente avviluppata nel cellofan e nascosta nel collaudato magazzino di Pemulis, la punta di una vecchia scarpa da ginnastica in cima al montante metallico fra due pannelli del soffitto del subdormitorio B – nel corso della successiva giornata o giú di lí l'argomento viene ampiamente dibattuto e si decide che non c'è ragione di coinvolgere Boone o Stice o Struck o Troeltsch, poiché è di-

ritto di Pemulis e Axford e Hal – quasi un dovere in omaggio allo spirito d'iniziativa e alla pratica del buon commercio – saggiare la presunta incredibilmente potente Dmz in dosi sicure prima di liberarla
su Boone o Troeltsch o ogni altro incauto civile. Poiché Axford fa
parte del gruppo come pura testa di legno, viene cautamente avanzata la questione della partecipazione economica di Hal al costo dell'acquisizione, e Hal risponde che non c'è problema. Il margine di profitto di Pemulis fa parte delle regole standard e nel budget di Hal c'è
sempre spazio per le cose nuove. L'unica condizione posta da Hal è
che qualcuno in grado di capire i testi tecnici si decida a saltare sul
carro attrezzi e andare alla biblioteca medica della Boston University
o del Mit per verificare che il composto sia organico e non dia assuefazione, al che Pemulis risponde che un assalto alla biblioteca è stato
comunque già inserito nella sua agenda per oggi. Il giovedí successivo, dopo gli allenamenti pomeridiani, mentre Hal Incandenza e Pemulis e Mario con la sua telecamera sono in piedi con le dita tra le
maglie della rete di uno dei Campi da Show e guardano l'esibizione
di Teddy Schacht contro un professionista siriano da circuito Satellite, all'Eta per due settimane pagate di allenamenti per rettificare
una dinamica del servizio che gli sta erodendo il capitello radiale – il
siriano porta occhiali spessi e una fascia nera in fronte e gioca con una
precisione liquida sicura e incrollabile, e sta distruggendo agevolmente
Ted Schacht che come sempre la sta prendendo bene e dà tutto se
stesso, stolidamente, imparando ciò che può (Schacht è uno dei pochissimi tennisti genuinamente tarchiati all'Eta, e uno dei pochissimi giocatori classificati a non avere un ego, totalmente non-insicuro
da quando si è spaccato il ginocchio in un *contre-pied* nell'esibizione
pre-Giorno del Ringraziamento di tre anni fa, cosa inconsueta, e nonostante tutto ancora all'accademia per puro divertimento, e di conseguenza piú o meno destinato a un'esistenza purgatoriale ad Alpha-
betville), mentre Pemulis e Hal stanno là a guardare, tutti sudati nelle tute da ginnastica rosse e grigie dell'Eta in un gelido pomeriggio di
novembre, col sudore nei capelli sul punto di solidificarsi e congelare, la testa di Mario piegata sotto il peso dell'attrezzatura per la telecamera e le dita orribilmente aracnodattiliche sempre piú bianche via
via che la recinzione si piega a sostenere il suo peso, la postura di Hal
lievemente ma gentilmente inclinata verso il minuscolo fratello maggiore che gli somiglia quanto potrebbero assomigliarsi due creature
dello stesso Ordine ma non della stessa Famiglia – mentre sono in piedi a guardare e discutono, Hal e Pemulis, si sente in basso alla loro
sinistra il tonfo e lo scatto metallico di una catapulta transnazionale
Ewd, poi l'acuto suono penetrante di un proiettile di dislocamento

rifiuti di cui non riescono a seguire il volo per via delle nuvole troppo basse – anche se in cielo poco oltre Acton si vede una nuvola stranamente giallognola a forma di pecora che connette la linea dell'orizzonte a una specie di fronte tempestoso in arrivo tenuto lontano dalle ventole dell'Athscme lungo il confine di Lowell-Methuen, a nordovest. Pemulis infine boccia l'idea di condurre l'esperimento controllato qui a Enfield, dove Axford deve essere presente agli allenamenti mattutini della squadra A ogni giorno alle 0500h, e anche Hal, a meno che non si sia fermato a dormire alla Cdp la notte prima, e la Cdp non è certo un posto adatto per prendere il Dmz. Pemulis, mentre scandaglia ogni centimetro della recinzione e strizza l'occhio a Mario, dice che è consigliabile un periodo di trentasei ore libere per qualunque interazione con l'incredibilmente potente tu-sai-cosa. Il che lascia fuori l'incontro interaccademia di domani con Port Washington, per il quale Charles Tavis ha affittato due pullman dato il numero di giocatori dell'Eta che andranno a dare battaglia – la Port Washington Academy è un'istituzione gargantuana, la Xerox Inc. delle accademie tennistiche nordamericane, con piú di trecento studenti e sessantaquattro campi, la metà dei quali sarà già stata messa sotto copertura gonfiabile TesTar già a partire da Halloween, poiché lo staff della Pw è molto meno fissato di Schtitt & C. con l'importanza della sofferenza elementale – cosí tanti che quasi certamente Tavis sceglierà di riportarli tutti indietro da Long Island non appena finito il ballo post-gara piuttosto che spendere un sacco di soldi in camere di motel. Questo raduno Eta-Pw con tanto di buffet e ballo è una tradizione interaccademica privata, una epica rivalità vecchia ormai di quasi un decennio. Poi Pemulis dice di aver bisogno di un paio di settimane di accurato esame-scaffali nelle biblioteche mediche per fare tutte le ricerche sul dosaggio e sugli effetti collaterali che Hal crede siano rese necessarie dalla storia del soldato. Quindi, concludono, la finestra dell'opportunità sembra aprirsi sui giorni 20 e 21 di novembre – il week-end successivo alla grande esibizione di raccolta fondi della Fine-dell'-Anno-Fiscale, con le squadre A & B dell'Eta impegnate in singoli contro (quest'anno) le disgraziate squadre québechiane di Coppa Davis Juniores e di Coppa Wightman Juniores[74], invitate molto discretamente per interessamento dell'espatriata Avril Incandenza a essere vivisezionate da Wayue e Hal et alia per il divertimento filantropico di benefattori ed ex allievi dell'Eta e poi finire la giornata alla cena e al Ballo Ex Allievi – il week-end che precede la settimana del Ringraziamento e il WhataBurger Invitational nell'assolata Arizona, perché quest'anno in aggiunta al venerdí 20/11 c'è anche il sabato 21 libero da lezioni e allenamenti in quanto C.T. e Schtitt hanno organizzato un match spe-

ciale di doppio per la mattina della domenica che segue il grande meeting fra due allenatrici delle Wightman québechiane e le famigerate
gemelle Vaught dell'Eta, Caryn e Sharyn Vaught, anni diciassette, il
team di doppio femminile juniores in cima alle classifiche Onan, im-
battute da tre anni, un duo invincibile, irreale nella cooperazione sul
campo, movimento all'unisono perfetto in ogni momento, giocano non
solo come se si dividessero un cervello, ma come se ne avessero uno
solo, come forse è, o almeno i suoi lobi psicomotori, le gemelle siame-
si Vaught, fuse alle tempie sinistra e destra, interdette ai Singoli dai
regolamenti Onan, le Vaught dall'ampia ombra, figlie dagli occhi spietati di un dirigente di un'industria di pneumatici originarie di Akron,
che usa/no le quattro gambe per coprire distanze spaventose in campo oltre che per sbaragliare ogni avversario alla gara di Charleston a
ogni ballo post-esibizione negli ultimi cinque anni. Tavis poi starà addosso a Wayne perché giochi un'altra partitella di esibizione, anche se
chiedere a Wayne di stendere pubblicamente il secondo québechiano
in due giorni potrebbe essere un po' troppo per lui. Comunque, tutti
proprio tutti saranno giú al Polmone a guardare le Vaught che vivise-
zionano qualche coppia canadese in classifica seniores e forse anche
Wayne[75], dopodiché quelli dell'Eta avranno il sabato per riposare e ri-
caricarsi prima di cominciare sia la settimana di allenamento pre-Wha-
taBurger sia la preparazione agli Esami del 12/12, insomma una pausa
venerdí sera-domenica mattina che darà a Pemulis, Hal e Axford (e forse Struck se Pemulis decide di includerlo nell'affare per farsi aiutare
con la consultazione dei testi) abbastanza tempo per riprendersi psico-
spiritualmente da eventuali postumi spacca-meningi lasciati dall'incredibilmente potente Dmz... e Axford in sauna ha predetto che sarebbe
stato di sicuro uno spaccameningi perché anche l'Lsd il giorno dopo ti
lascia non solo sfatto e down ma del tutto vuoto, una conchiglia, vuoto dentro, l'anima come una spugna strizzata. Hal non era sicuro di partecipare. Già la sbornia da alcol non è uno scherzo per la psiche, per
via della gola secca, della nausea, degli occhi che si gonfiano e sgonfia-
no con il battito cardiaco, ma dopo una notte di allucinogeni Hal disse che l'alba sembrava conferire alla sua psiche una specie di dolce aura pallida, una luminescenza[76]. Halation*, disse Axford.

I calcoli di Pemulis sembrano non aver tenuto conto del fatto che
personalmente potrà avere il sabato pomeriggio libero dalle lezioni solo se sarà nella lista di chi giocherà il Tucson-WhataBurger della settimana dopo, e che a differenza di Hal e di Axford lui non è certo di es-

---

* *Halation* oltre a essere un soprannome di Hal vuol dire, appunto, «alone», «luminescenza» [N.*d.T.*].

serci: il piazzamento Usta di Pemulis, a eccezione del suo tredicesimo anno di gloria nell'Anno del Pollo Perdue Wonderchicken, non è mai salito oltre la centoventottesima posizione, e il WhataBurger seleziona ragazzi da tutta l'Onan e perfino dall'Europa; il campo dei partecipanti dovrebbe essere davvero debole per consentirgli di essere anche solo uno dei sessantaquattro invitati a giocare le qualificazioni. Axford è al limite dei primi cinquanta ma ce l'ha fatta ad andare l'anno scorso quando aveva diciassette anni e perciò dovrebbe andarci di sicuro. E Hal mira a essere la testa di serie numero 3 o 4 nel Singolo Under 18; lui ci va senza ombra di dubbio, a meno di cataclismiche ricadute della caviglia contro il Port Washington o il Québec. Axford ipotizza che Pemulis non stia tanto facendo un errore di calcolo quanto mostrando una fiducia sorniona, il che sarebbe un fatto nuovo e molto positivo se si considera il modo in cui gioca in torneo – il prorettore Aubrey deLint sostiene (pubblicamente) che vedere M. Pemulis giocare in allenamento e poi vederlo giocare in una partita che conti qualcosa è come conoscere una ragazza via e-mail, scoprire che ci piace, poi innamorarsi perdutamente di lei e quando infine la si incontra di persona si scopre che ha una sola enorme tetta al centro esatto del torace o roba del genere[77].

Mario potrà unirsi al gruppo se Avril riuscirà a convincere C.T. a portarselo dietro per fare le riprese del WhataBurger da utilizzare nella cartuccia promozionale natalizia da inviare a benefattori privati e societari.

Schacht e il Siriano traslucido ridono di qualcosa accanto al palo della rete dove si sono portati per raccogliere le borse e le varie protezioni per ginocchia e gomiti dopo che il Siriano ha banalmente saltato la rete e ha strizzato la mano di Schacht in un levarsi di vapori – alito e sudore – che passano attraverso le maglie della recinzione e si librano verso le colline a ovest, e la risata di Mario esplode a vedere Schacht che finge di supplicare il Siriano.

7 NOVEMBRE
ANNO DEL PANNOLONE PER ADULTI DEPEND

Si può essere a certe feste e non esserci davvero. Si sente che certe feste hanno il loro implicito fine incastonato nella coreografia della festa stessa. Uno dei momenti piú tristi in assoluto per Joelle Van Dyne è quell'invisibile svolta alla fine di una festa – anche di una brutta festa – quel momento di tacito accordo quando tutti cominciano a raccogliere l'accendino e la partner, la giacca o il cappotto e l'ultima bot-

tiglia di birra con la fascetta di plastica ancora attaccata, dicono alcune cose sbrigative alla padrona di casa in quel modo sbrigativo che non
le fa sembrare insincere, e se ne vanno, in genere chiudendo la porta.
Quando le voci si allontanano lungo il corridoio. Quando la padrona di
casa dà le spalle alla porta chiusa e guarda il campo di battaglia e la bianca V in espansione del silenzio assoluto della fine della festa.

Joelle, ormai praticamente alla revolverata, è sorretta da un pavimento lucidato di legno alto sia sopra il fiume che il bordo della baia,
scomodamente appollaiata sotto strisce di luce su una delle sedie di Molly Notkin fuse nella silhouette dei grandi cineasti di celluloide del passato, sta fra il vuoto Cukor e il terribile Murnau nel grembo in fibra di
vetro di Méliès, coi pantaloni spiegazzati e lo stemma del Mit sulla fascia dello smoking. Le sedie dei registi sono in scala piú grande del normale: i piedi di Joelle penzolano sul pavimento e i tendini del ginocchio
cominciano a farle male sotto l'umida gonna sgargiante di spesso cotone brasiliano viola pallido e rosso acceso contro uno sfondo nero latino
che sembra splendere sopra le sue ginocchia pallide e le calze al ginocchio di rayon bianco e i piedi penzolanti infilati a metà negli zoccoli, le
gambe ciondoloni come quelle di una bambina, ci si sente sempre bambini sulle sedie di Molly, e Joelle è appollaiata nell'occhio del ciclone
dell'arguzia e dell'allegria forzata di una brutta festa, seduta da sola sotto quella che era la sua finestra di un tempo, figlia di un chimico del pH
acido e costruttore di case del Kentucky occidentale, e di solito è una
persona divertente se si passa sopra quel velo che sconcerta.

Uno dei miti piú pericolosi è quello secondo il quale chi sta per suicidarsi diventa sempre positivo e generoso e altruista. La verità è che
le ore prima di un suicidio sono fatte di enorme presunzione ed ego-
centrismo.

Ci sono sottili barre decorative di ferro nero smerdate dai piccioni sulle finestre rivolte a ovest del terzo piano di questo condominio
di appartamenti di East Cambridge, in fondo alla Back Bay, dove la
quasi-Professoressa Notkin ha dato una festa per celebrare il supera-
mento degli Orali di Teoria di Cinema & Cartucce Filmiche, il programma di dottorato durante il quale – prima di ritirarsi alla radio –
l'aveva conosciuta Joelle.

Spesso Molly Notkin confida per telefono a Joelle Van Dyne le vi-
cende di quello che fino a oggi è l'unico tormentato amore della sua vita, uno studioso di G.W. Pabst della New York University, un uomo
eroticamente limitato, torturato dalla convinzione nevrotica che esista
in tutto il mondo solo un numero finito di possibili erezioni in ogni dato momento e dunque la sua tumescenza significhi la contemporanea
detumescenza per esempio di un coltivatore di sorgo del Terzo mondo

forse piú meritevole e torturato di lui, per cui ogni volta che si tumefà prova la stessa sensazione di colpa che certi professori meno eccentricamente torturati di lui potrebbero provare all'idea di mettersi una pelliccia di cucciolo di foca. Molly continua a prendere il treno superveloce per andare da lui ogni due settimane, per essergli accanto nell'eventualità remota che gli venga duro perché questo scatenerebbe in lui ondate di nero autodisgusto e un estremo bisogno di comprensione e amore puro e assoluto. Lei e la povera Molly Notkin sono uguali, riflette Joelle mentre, sola, guarda gli studenti assaggiare i vini – sorelle, sorelle gemelle. La sua paura della luce diretta, Notkin. E i travestimenti e i baffi non sono che veli velati. Quanti altri gemelli in incognito abbiamo? E se l'ereditarietà anziché procedere per linea retta si ramificasse? E se non fosse l'eccitazione a essere cosí finitamente limitata? Se ci fossero state davvero solo due persone nella nebbia dell'inizio della storia? Se tutte le differenze discendessero da quest'unica differenza? L'intero e il parziale. Il menomato e l'integro. Il deforme e il bellissimo. Il pazzo e il sorvegliante. Il nascosto e l'evidente. L'artista e il pubblico. Nessun Uno tipo Zen, ma sempre Due, e uno dei due rovesciato in una lente convessa.

Joelle sta pensando a ciò che ha nella borsetta. Siede da sola dentro il velo di lino e la gonna carina, tra le occhiate furtive degli altri, e ascolta frammenti di conversazione filtrati dal vocio generale senza vedere veramente nessuno, mentre la fine assoluta della sua vita e della sua bellezza le scorrono davanti agli occhi come viste attraverso l'obiettivo di una vecchia telecamera da 16mm a mano, proiettate sullo schermo bianco rivolto verso di lei, per una volta: dallo Zio Bud e i volteggi da majorette per Orin e Jim e la Yyy, fino alla passeggiata sotto la pioggia di oggi, la fermata della Linea Rossa in centro, poi tutta la strada che aveva fatto con passo impacciato e un po' formale partendo da East Charles Street, ma era stata molto carina questa camminata verso la sua ultima ora, in questo ultimo giorno prima dei grandi festeggiamenti per l'Interdipendenza Onanita. Il percorso dalla East Charles alla Back Bay è fatto di strade bagnate di pietra color terra di Siena, e negozi eleganti con tende e insegne di legno scritte in un fine corsivo coloniale, e gente che la guarda come si guardano i ciechi, lo sguardo nudo, senza sapere che lei vede tutto, sempre. Per questo le piace fare quella passeggiata sotto la pioggia, le cose sono lattee attraverso il lino umido del velo, e sembrano avere un alone, il perfetto marciapiede di mattoni della Charles Street affollato di sconosciuti, le gambe comandate dal pilota automatico, lei un motore percettivo che tiene chiuso il colletto dell'impermeabile intorno al girocollo del poncho cosí da tenersi il velo sul volto con un solo dito premuto sul mento, senza smettere di pensare a ciò che tiene nella borsetta, si ferma da un tabaccaio per comprare un buon sigaro in un tubo di vetro e un isolato piú avanti depone con cura il sigaro fra i rifiuti debordanti di un cestino di rete verde pino, ma conserva il tubo di vetro e lo mette nella borsetta, sente il *tac* della pioggia sugli ombrelli tesi e il sibilo che fa sulla strada e vede le goccioline rompersi e riunirsi sull'impermeabile di poliuretano, le automobili le sfrecciano accanto con quel particolare suono malinconico che fanno le auto nella pioggia, i tergicristalli dipingono arcobaleni neri sul parabrezza luccicante dei taxi. In ogni vicolo ci sono dei cassonetti verdi della Iwd, e accanto degli altri rossi, piú piccoli, per raccogliere quel che esce dai verdi. E il suono dei suoi zoccoli di legno contrasta con lo staccato dei fragili tacchi a spillo delle donne sui mattoni del marciapiede e continua verso ovest finché Charles St. si avvicina al Boston Common e diventa meno pittoresca e aristocratica: sul marciapiede e lungo il bordo della strada si cominciano a vedere sacchetti della spazzatura inzuppati – appiattiti come solo i sacchetti bagnati possono essere – e ora c'è gente color del fango carica di sacchi e carrelli della spesa che ispeziona quei rifiuti, si accovaccia per soppesarli e frugarci dentro; e dai cassonetti setacciati viene il fruscio e spuntano le protuberanze di membra di persone che per tutto il giorno non fanno altro che frugare nei cassonetti Iwd; e le gambe e i piedi blu senza scarpe di altre persone che si estendono in raggi coronali dagli scatoloni d'imballaggio dei frigoriferi nei tre vicoli di ogni isolato, e la piccola cataratta di acqua piovana che cade dal bordo spiovente del coperchio di ogni cassonetto e va a colpire la cima degli scatoloni dei frigoriferi con un taccataccacattac privo di ritmo; un *Pssssst* proveniente dall'imboccatura di un vicolo, e volti spettrali chiazzati o bianchi che declamano al nulla dentro porte aperte sul vicolo velate di pioggia, e per un secondo Joelle smette di pensare a se stessa e si pente di aver buttato via il sigaro, ora avrebbe potuto darlo a qualcuno, e mentre continua ad andare verso ovest nel territorio della Fila Interminabile, verso la fine della Charles comincia a distribuire monete che le chiedono dai vani delle porte e dagli scatoloni rovesciati; e la gente le chiede cose sul suo velo con una mancanza di delicatezza che lei preferisce. Un uomo in sedia a rotelle coperto di fuliggine con il volto di un pallore cadaverico sotto il berretto NOTRE RAI PAYS allunga una mano in silenzio – quel palmo da uomo d'affari è attraversato da un taglio rosso e rigonfio ormai mezzo guarito che si sta praticamente rimarginando davanti ai suoi occhi. Ricorda un'incisione nella pasta di pane. Joelle gli dà un biglietto ripiegato da venti dollari Us e le piace molto che lui non dica niente.

Compra una Pepsi-Cola da 0,473 litri in una bottiglia di plastica rigonfia in uno *Store 24* e il commesso giordano le rivolge uno sguardo assente quando lei gli chiede se hanno l'Acqua Minerale Big Red, allora prende una Pepsi ed esce dal negozio e versa la bibita in un tombino e ne guarda le bollicine marroni schiumare lí perché la grata del tombino è otturata dalle foglie e dai rifiuti inzuppati. Prosegue verso il Common con la bottiglia vuota e il tubo di vetro nella borsetta. Stavolta non c'è bisogno di comprare le pagliette abrasive Chore Boy allo *Store 24*.

Joelle Van Dyne è dolorosamente viva e ingabbiata, e nel grembo del regista può richiamare alla memoria ogni cosa da ogni tempo. Sarà il piú egoistico, autoannientante degli atti, chiudersi a chiave in camera da letto o nel bagno di Molly Notkin e farsi cosí tanto da cadere a terra e smettere di respirare e diventare blu e morire, stringendosi il cuore. Basta con le mezze misure. Il Boston Common è come una specie di fertile buco intorno al quale si è costruita Boston, un quadrato di venti ettari di alberi lucidi e rami gocciolanti e panchine verdi sull'erba bagnata. Piccioni dappertutto, dello stesso color crema fuligginoso della corteccia dei salici. Tre giovani neri appollaiati in fila come corvi sullo schienale di una panchina approvano il suo corpo e la chiamano *troia* con innocuo affetto e le chiedono dove sia il matrimonio. Basta decidere di smettere alle 2300h poi soffrire per tutto il programma e correre a casa alle 0130h a fumare la resina dentro le Chore Boy e non smettere. Non getterà piú via il Materiale per poi frugare fra l'immondizia mezz'ora piú tardi, basta con le perlustrazioni a quattro zampe del tappeto sperando di trovare un pezzo di garza che assomigli abbastanza al Materiale da provare a fumarlo. Non strinerà piú la cimosa dei veli. All'estremità sud del Common c'è la raffinata Boylston Street con il suo commercio 24/7, sciarpe di cashmere e custodie di cellulari, portieri con gli alamari d'oro, gioiellieri con tre nomi, donne con le frange, negozi che vomitano acquirenti con grandi borse bianche a due manici. Il velo bagnato di pioggia sfoca le cose come la lente neonatale che aveva progettato Jim per sfocare gli oggetti a imitazione di una retina neonatale, ogni cosa riconoscibile eppure senza contorno. Una sfocatura piú deformante che confusa. Basta stringersi il cuore tutte le notti. Sembra l'uscita della gabbia ma sono le sbarre. Le trappole del pomeriggio. L'entrata dice USCITA. Non c'è un'uscita. L'estrema fusione anulare: la mostra e la sua gabbia. *Gabbia III – Spettacolo gratuito* dello stesso Jim. In qualche modo la gabbia è entrata dentro di lei. L'ingenuità della cosa sfugge al suo controllo. Il Divertente si è ormai staccato dal Troppo. Ha perso la capacità di mentire a se stessa riguardo alla possibilità di smettere, e anche su quanto le piaccia ancora. Il buco non si riempie piú, non ha piú limiti. Un velo bagnato di pioggia manda un odore speciale. La cosa che aveva detto quell'ascoltatore della luna, che la luna non volgeva mai lo sguardo. Ruota eppure non si volta mai. Si era precipitata a casa con l'ultima corsa notturna del metrò e una volta a casa finalmente non si era rifiutata di guardare in faccia la situazione, che non le piaceva piú, anzi la odiava e voleva smettere eppure non poteva smettere o immaginare di smettere o vivere senza. In un certo senso aveva fatto come avevano fatto fare a Jim verso la fine, aveva dovuto ammettere l'impotenza totale su questa gabbia, questo spettacolo tutt'altro che gratuito, e aveva pianto, si era stretta il cuore, aveva fumato prima i pezzetti di Chore Boy che aveva usato per catturare i vapori e formare una resina fumabile, poi pezzetti di tappeto e le mutandine di acetato che aveva usato ore prima per filtrare la soluzione, piangeva senza velo scarmigliata, come un pagliaccio grottesco, riflessa su tutti e quattro gli specchi alle pareti della sua cameretta.

CRONOLOGIA PER ANNO DEL TEMPO SPONSORIZZATO™
A BENEFICIO DELL'AUMENTO DELLE ENTRATE
DELL'ORGANIZZAZIONE DELLE NAZIONI DELL'AMERICA DEL NORD

1) Anno del Whopper
2) Anno dei Cerotti Medicati Tucks
3) Anno della Saponetta Dove in Formato Prova
4) Anno del Pollo Perdue Wonderchicken
5) Anno della Lavastoviglie Silenziosa Maytag
6) Anno dell'Upgrade per Motherboard-Per-Cartuccia-Visore-A-Risoluzione-Mimetica-Facile-Da-Installare Per Sistemi Tp Infernatron/InterLace Per Casa, Ufficio, O Mobile Yushityu 2007 (*sic*)
7) Anno dei Prodotti Caseari dal Cuore dell'America
8) Anno del Pannolone per Adulti Depend
9) Anno di Glad[78]

Il primogenito di Jim, Orin – punter straordinario e straordinariamente bravo a riconoscere ed evitare gli acidi non buoni – una volta aveva mostrato a Joelle Van Dyne la sua collezione di gusci di Lemon Pledge usati dai giocatori della scuola per proteggersi dal sole. Gambe di diverse dimensioni e porzioni di gambe, braccia muscolose, una batteria di maschere a cinque fori appese ai chiodi su un foglio di fibroplastica. Non tutti i gusci avevano il nome sotto.

Percorrere Boylston St. verso est significa superare nuovamente la statua equestre in bronzo nero del Colonnello Shaw e del suo reggimento Ma 54th, quello di soli neri, ora illuminata da una chiazza di luce solare emergente, la testa metallica e la spada levata avvolte illegalmente in una grande bandiera fleur-de-lis québechiana con gli steli di tutte e quattro le iris trasformate in lame rosse, con il risultato assurdo di una bandiera rossa bianca e blu; tre poliziotti di Boston sulle scale con pali e cesoie; la notte della vigilia dell'Interdipendenza i militanti canadesi, pensando che alla gente importi qualcosa se loro attaccano roba alle icone storiche, vi appendono delle bandiere anti-Onan, come se tutto questo importasse a qualcuno non pagato per rimuoverle. Le persone nella gabbia e i futuri suicidi hanno molta difficoltà a immaginare che a qualcuno possa importare davvero tanto di qualcosa. E ci sono anche gli spacciatori della East Boylston, le sirene di quell'altra gabbia, la seconda gabbia, che stazionano come sempre davanti alla Fao. Schwartz, ragazzetti tanto neri da essere blu, orrendamente giovani e scheletrici, poco piú che ombre viventi coi berretti di maglia e le felpe lunghe fino al ginocchio e le scarpe da basket bianchissime; spostano il peso da un piede all'altro e si soffiano nelle mani a coppa alludendo alla disponibilità di un certo Materiale, vi alludono appena, con la postura e lo sguardo annoiato, vuoto e arrogante. A certi venditori basta restare fermi in un posto. In certi tipi di vendita sono i clienti a venire da te, e il gioco è fatto. I poliziotti intorno alla bandiera dall'altra parte della strada non li guardano nemmeno. Joelle si affretta a superare la fila di spacciatori, o almeno ci prova, facendo un gran rumore con gli zoccoli, indugiando solo per un momento alla fine di quelle forche caudine, ancora nel raggio della mano tesa dell'ultimo spacciatore annoiato; perché lí sulla strada di fronte a Schwartz hanno messo una strana pubblicità, non un uomo in carne e ossa ma una figura umanoide fatta di un materiale migliore del cartone, ignorato dagli spacciatori che non sembrano nemmeno vederlo, sorretto da un sostegno angolato sul retro tipo quelli che reggono le cornici delle foto, a 2D, ed è un uomo sulla sedia a rotelle in cappotto e cravatta, un plaid in grembo e niente gambe, il volto bene in carne arrossato a esprimere una gioia tremenda, l'arco del sorriso di quella curvatura che sta tra la gaiezza e la furia, un'estasi atroce a vedersi, la testa calva che sembra di plastica è reclinata all'indietro, gli occhi rivolti agli squarci di cielo azzurro nel cielo post-tempesta, e guarda in alto, o forse gli sta venendo un colpo, o è in estasi, anche le braccia sono levate in alto, protese in un gesto di sottomissione o trionfo o gratitudine, la mano destra stranamente robusta regge la costola nera della custodia di un'ignota cartuccia-film di cui si pubblicizza l'uscita, la cartuccia incastrata nella fessura del palmo (privo di linee della vita) come una lingua cacciata in fuori; e c'è solo questo cartone, questa figura estatica e una cartuccia che nessuno spacciatore ha toccato, nessun titolo, nessuna fascetta pubblicitaria o citazione dei critici, il dorso della custodia in normalissima plastica lievemente zigrinata e semplicemente nera, senza etichetta. Le borse della spesa di due donne orientali le urtano leggermente l'impermeabile facendolo ondeggiare mentre Joelle si ferma per un momento sotto lo sguardo indagatore della fila di spacciatori; poi qualcuno urla qualcosa a uno dei poliziotti sulla scala appoggiata alla statua, chiamandolo per nome, e l'eco attutita di quel richiamo spezza l'incantesimo; i ragazzini neri guardano altrove. Nessuno dei passanti sembra notare il cartone davanti a lei, e lei che pensa. È una specie di antipubblicità. Dirige l'attenzione verso ciò che non è detto. Ti porta verso un'inevitabilità che viene da negare. Niente di nuovo. Eppure è un espositore costoso ed efficace. È probabile che la cartuccia stessa sia vergine, o la custodia vuota, o comunque senza valore poiché può essere tolta facilmente dalla fessura nella mano della figura. Joelle la estrae, la guarda e la rimette a posto. Ha chiuso con le cartucce cinematografiche. Jim l'aveva usata molte volte. Verso la fine lui l'aveva ripresa per lunghissimo tempo e con ogni tipo di lente, e non aveva mai voluto farle vedere cosa aveva fatto di quelle riprese, ed era morto senza lasciare nemmeno un biglietto[79]. Mentalmente l'aveva sempre chiamato «Infinite Jim». La cartuccia dell'espositore rientra nella sua sede con un clic. Uno dei giovanissimi spacciatori la chiama Mama e le chiede dov'è il funerale.

Per un certo tempo, dopo l'acido, dopo che Orin se n'era andato poi era arrivato Jim e le aveva fatto vedere quella scena di lui che le chiedeva scusa poi era sparito poi tornato ma soltanto per – appena quattro anni sette mesi e sei giorni fa – soltanto per andarsene di nuovo, per un certo tempo, dopo che si era messa il velo, per un certo tempo le era piaciuto sballarsi ed essere davvero pulita. Le piaceva moltissimo. Strofinava i lavandini fino a renderli bianco candido. Spolverava i soffitti senza usare la scala. Passava l'aspirapolvere come un'indemoniata e dopo ogni stanza cambiava il sacchetto dello sporco. Imitava la moglie e la madre che tutti e due avevano rifiutato di eliminare. Usava lo spazzolino da denti di Incandenza sullo stucco fra le mattonelle.

Lungo la Boylston le macchine sono parcheggiate in tripla fila. I tergicristalli sono regolati su quel tipo di movimento che Joelle, non avendo mai guidato, immagina sia descritto sui controlli come OCCASIONALE. Sulla vecchia automobile di suo padre il comando dei tergicristalli era sulla leva della freccia accanto al volante. Nelle strade passano sibilando taxi gialli liberi. Piú della metà dei taxi in quella zona e con la pioggia si proclama libera, con i numeri viola accesi sotto la scritta TAXI. Per come ricorda lei, Jim, oltre a essere una grande mente cinematografica e il vero compagno del suo cuore, riusciva a chia-

mare i taxi di Boston come nessuno al mondo, era famoso per aver piú
evocato che trovato un taxi in posti dove i taxi di Boston non ci sono
e non ci possono essere, tipo luoghi come Veedersburg, Indiana e
Powell, Wyoming, e questo per via di una specie di autorità nel suo
braccio alzato che imprigionava il taxi in una sorta di parallasse lungo
strade attraversate dai rotolacampo e li faceva apparire sotto il suo palmo levato come se l'auto implorasse la benedizione di Incandenza. Era
un uomo alto e lento nei movimenti, con un grande amore per i taxi.
E anche i taxi lo amavano. Dopo di lui niente piú taxi per oltre quattro anni. E quindi Joelle Van Dyne, altrimenti nota come Madame P.,
prostrata, prossima al suicidio, evita ora qualsiasi veicolo e i suoi zoccoli compatti suonano solenni sul cemento omogeneo del marciapiede
della Boylston mentre superano le porte girevoli dei negozi eleganti e
procedono a sudest verso la piú sobria zona residenziale, l'impermeabile è aperto a volteggiare sul poncho e la pioggia che lo colpisce si trasforma in rivoli e sgocciolii.

Stamattina, dopo aver fumato per l'ultima volta cocaina freebase
fatta in casa e aver poi fatto fuori i resti di Chore Boy e le fedeli mutandine utilizzate come ultimo filtro ed essersi quasi soffocata con
l'acetato bruciato mentre sfilacciava e fumava le pagliette abrasive,
dopo aver pianto e imprecato contro gli specchi e gettato via tutti gli
arnesi per l'ultima volta, quando un'ora dopo era andata con passo
informale alla fermata della metropolitana sotto un fronte di nubi in
tempesta e deboli umidi echi di tuono autunnale per raggiungere Upper Brighton e incontrare Lady Delphina e farsene dare un bel po' da
Lady Delphina, cosí tanta da rendere piú difficile smettere a metà
sballo, di sabato, a meno di non svenire, per dire a L.D. che la volta
prima quando le aveva detto addio perché era l'ultima volta, ecco, in
realtà era stata la penultima, ma che questa era davvero l'ultima volta, questo era un vero addio, e farsene dare un bel po' da Delphina,
pagarle il doppio del prezzo per gli otto grammi come ultimo generoso saluto, mentre camminava disinvolta verso la fermata del metrò e
aspettava sulla pensilina, scambiando ogni volta i brontolii dei tuoni
lontani per l'arrivo del treno, desiderandola cosí tanto da sentire il
cervello battere nel cranio, un vecchio signore nero dal volto gradevole e gentile, in impermeabile e cappello con una piccola piuma nera e quegli occhiali impersonali con la montatura nera che si mettono
i gradevoli anziani signori neri, mentre attendeva da solo insieme a
lei sulla fredda pensilina fosca della fermata di Davis Square, con il
faticoso, dignitoso, mite modo di fare dei neri anziani, quel signore
aveva ripiegato con cura il suo «Herald», se l'era infilato sotto lo stesso braccio con il quale si toccava il cappello e scusandosi se si rende-

va importuno, proprio cosí, le aveva detto di aver visto in passato un paio di questi veli di lino per le strade, del tutto simili a quello che lei indossava, e di essere interessato e incuriosito. Aveva pronunciato distintamente tutte le sillabe di *interessato*, e questo a Joelle, originaria del Kentucky, era piaciuto molto. Se a lei non disturbava la sua sfacciataggine, aveva detto, toccandosi il cappello. Cosí si era guadagnato la completa attenzione di Joelle, cosa che accadeva molto di rado, anche quando non era in onda. Lei fu contenta di non dover pensare ad altro, visto che il treno di certo non sarebbe mai arrivato. Osservò che anche se l'aneddoto si era diffuso, l'eredità di quell'incidente invece no, disse, come se quella parte fosse tenuta nascosta. L'Unione delle Deformità Repellenti e Improbabili era stata ufficiosamente fondata nel 1940 a.S. a Londra, Uk, dalla moglie strabica, col palato fesso e selvaggiamente foruncolosa di un giovane membro della Camera dei Comuni, una signora alla quale Winston Churchill, Primo Ministro del Regno Unito, dopo aver tracannato numerosi bicchieri di porto piú un punch al ricevimento di un amministratore della American Lend-Lease, si era rivolto con parole del tutto inappropriate alle civili relazioni sociali fra dame e gentiluomini. Dando inconsapevolmente l'avvio all'Unione designata a fornire agli scopofobici sia una fratellanza empatica sia la genesi di tenaci risorse interiori mediante lo spontaneo e orgoglioso atto del velarsi, W. Churchill – quando la signora, un tipo non abituato a farsi mettere i piedi in testa da nessuno, l'aveva informato con caustica asprezza del fatto che lui sembrava essere deplorevolmente ubriaco – aveva dato la risposta che era diventata aneddoticamente famosa: sí, be', sí, in verità lui era davvero inebriato, ma la mattina dopo si sarebbe svegliato sobrio, mentre lei, cara signora, il giorno dopo avrebbe continuato a essere repellentemente e improbabilmente deforme. Churchill, senza dubbio sotto forti pressioni emozionali in quel momento storico, aveva poi proceduto a spegnere il sigaro nello sherry della signora e a prendere un tovagliolino dalla vaschetta lavadita apponendolo delicatamente alle fattezze deturpate del suo volto in fiamme. La tessera laminata e senza fotografia dell'Udri che Joelle mostrò al vecchio signore nero interessato raccontava tutte queste informazioni e altro in un carattere cosí minuscolo che, in qualche modo, la tessera sembrava sia vuota sia illeggibile.

CURRICULUM VITAE PUTATIVO DI HELEN P. STEEPLY, 36,
1, 93 M, 104 KG, LAUREA IN LETTERE,
MASTER SCUOLA DI GIORNALISMO

1 Anno, «Time» (interna specializzata, sezione *Creatori di notizie*);

16 Mesi, «Rivista del Decennio» («Le piú e le meno piccanti», colonna analitica di tendenza e stile) fino alla chiusura del Decennio;

5 Anni, «Southwest Annual» (articoli di interesse umano, medicina geriatrica, personalità c turismo);

5 Mesi, «Newsweek» (11 brevi speciali sulle tendenze e l'intrattenimento composti prima che il Caporedattore, di cui era innamorata, decidesse di lasciare «Newsweek» e portarla con sé);

1 Anno, «Ladies Day» (speciali sulla personalità e sulla cosmetica medica – alcune ricerche fatte di persona – finché in una settimana il Caporedattore si riconciliò con la moglie e H.P. Steeply fu scippata della borsetta sulla W. 62^a e decise di non voler mai piú vivere a Manhattan);

15 Mesi fino a oggi, rivista «Moment», Southwest Bureau, Erythema Az (reportage su medicina, sport non violenti, personalità e tendenze nell'home entertainment, nome in testata, status di collaboratrice alla direzione).

In seguito si diresse prima verso Upper Brighton poi verso il condominio di mattoni rossi al limitare della Back Bay, dove un tempo era vissuta con Orin e si era fatta riprendere dal padre di lui prima di cedere l'abitazione a Molly Notkin, al tempo stesso ospite d'onore e padrona di casa e organizzatrice della festa di oggi, proprio ieri insignita dello status predottorale in Teoria di Cinema & Cartucce Filmiche al Mit dopo aver superato il giorno prima il temuto ostacolo degli Esami Orali offrendo alla commissione d'esame un'elaborazione di grande impatto drammatico nonché – se è lei a dirlo bisogna crederle – una critica orale devastante della Teoria delle Cartucce-Film Marxiste di post-millennio dal punto di vista di Marx stesso, Marx in veste di presunto teorico e studioso di cinema. Ancora vestita da Karl Marx il giorno dopo, per celebrare – la barba posticcia infeltrita e di un color nero pubico, la Homburg ordinata direttamente a Wiesbaden, la fuliggine proveniente da un'oscura bottega inglese di curiosità – Molly Notkin non ha idea del fatto che Joelle si trovi in una gabbia fin dall'Asdfp, non ha neppure idea di quel che lei e Jim Incandenza ab-

biano combinato insieme per ventun mesi, se fossero amanti o che altro, se Orin se n'era andato perché erano amanti o che altro[80], o che
Joelle continui a condurre una vita agiata grazie a una somma molto
generosa lasciatale in eredità da un uomo per il quale si toglieva il velo ma con cui non era mai stata a letto, il padre del prodigioso punter,
l'infinito creatore di scherzi, regista di un *opus* finale cosí *magnum* che
diceva di averlo dovuto mettere sotto chiave. Joelle non ha mai visto
il montaggio completo del film in cui appariva, né ha mai visto qualcuno che l'abbia visto, e dubita molto che una qualunque somma di
scene patologiche come quelle per le quali Jim aveva messo una lunga
lente al quarzo autosfarfallante sulla telecamera prima di filmarla potesse essere tanto appassionante da fargli dire che il cuore gli si era
spezzato a vedere quanto divertente era diventata la cosa che aveva
sempre voluto fare.

Arrampicandosi al terzo piano su scale sbiancate dall'uso, ancora
tremante per l'interruptus del mattino, Joelle si trova in grande difficoltà a salire, come se la forza di gravità salga insieme a lei. I rumori
della festa iniziano a partire dal secondo pianerottolo. C'è Molly Notkin
vestita come un Karl Marx sbrindellato che ancora una volta saluta Joelle sulla porta con quella specie di finta sorpresa deliziata che mostrano
le padrone di casa Us quando accolgono gli ospiti. La Notkin tiene a
posto il velo per Joelle mentre lei si sfila l'impermeabile gocciolante e
il poncho, poi glielo solleva leggermente con un abile gesto a due dita
per baciarla su tutte e due le guance con l'alito acre di vino e sigarette
– Joelle non fuma mai quando è velata – le chiede come sia arrivata lí
e le offre poi, senza attendere risposta, quello strano succo di mela della Columbia britannica che avevano scoperto piaceva a tutte e due e
che Joelle non beve piú a casa perché è tornata all'Acqua Minerale Big
Red della sua infanzia all'insaputa della Notkin che continua a credere che il succo canadese extradolce sia il piú grosso vizio di Joelle e suo.
Molly Notkin è il tipo di persona con la quale si vuole disperatamente
essere gentili ma senza farglielo capire perché si sentirebbe mortifica-
ta se scoprisse che si è voluto essere gentili con lei.

Joelle fa un gesto tipo ma-non-mi-dire. «Di quello veramente veramente buono?»

«Di quello che sembra *fangoso* tanto è fresco».

«E dove l'hai trovato di questi tempi e cosí a est?»

«Di quello che praticamente devi *filtrare* tanto è fresco».

Il salotto è pieno di gente e fa caldo, nell'aria le note di un volgare mambo; le pareti sono dello stesso bianco sporco ma ora l'effetto
di lieve mélange è dato da un bel marrone cioccolato. E c'è anche il
vino, nota Joelle, un intero assortimento sulla vecchia credenza che

c'erano voluti tre uomini con sigaro e tuta grigia per trasportare su per le scale quando l'avevano comprata, un assortimento di bottiglie di diverse forme e colori foschi e differenti livelli di contenuto. Molly Notkin tiene una mano con le unghie sporche sul braccio di Joelle e l'altra sulla testa di una sedia avant-garde di Maya Deren fatta di vivaci polimeri di fibra di vetro, e racconta a Joelle dei suoi Orali con il tono quasi-urlato che si usa alle feste e che la lascerà senza voce prima della triste fine di questa.

Un buon succo fangoso riempie la bocca di Joelle di saliva buona quanto il succo stesso, il suo velo di lino si sta asciugando e comincia a confortarla con il suo leggero ondeggiare per il respiro tanto che, appollaiata in solitudine e spiata di nascosto da persone che non sanno di aver già sentito la sua voce, sente il desiderio di sollevare il velo di fronte a uno specchio per raffinare un po' del Materiale ancora intatto nella sua borsetta, sollevare il velo e liberare dalla gabbia la creatura rapace che si porta dentro per farle respirare l'unico gas che può sopportare; si sente triste e orribile; assomiglia alla morte, il mascara le è colato su tutta la faccia; nessuno può dirlo. La bottiglia di plastica della Pepsi e il tubo di vetro del sigaro e l'accendino e il pacco di bustine di glicina sono una forma nell'angolo della borsetta di tela scurita dalla pioggia che sta sul pavimento proprio sotto i suoi zoccoli ciondolanti. Molly Notkin chiacchiera in piedi con Rutherford Keck e Crosby Baum e un uomo dalla postura radicalmente sbagliata di fronte al visore Infernatron datole dalla scuola. L'ampia schiena di Baum e la sua pettinatura alla pompadour coprono completamente il video. Le voci degli accademici hanno un suono nasale, con un tartagliamento studiato ad arte all'inizio di ogni frase. Parecchi film di James O. Incandenza erano muti. Era un cineasta visuale autoproclamato. Il suo ghignante figlio handicappato, che Joelle non era mai arrivata a conoscere perché Orin lo detestava, spesso gli portava la valigetta con le lenti e ghignava come chi strizza gli occhi nella luce forte. Quell'insopportabile attore bambino, Smothergill, faceva sempre delle smorfie orribili al ragazzo che però si metteva a ridere, e Smothergill si infuriava e dava in escandescenze che solo Miriam Prickett riusciva a placare chiudendosi in bagno insieme a lui. Della musica latina revival esce a volume accettabile dalle casse avvitate alle fioriere e appese con catenelle sottili agli angoli del soffitto color crema. Un altro grosso gruppo alla deriva sta ballando nello spazio fra il grappolo di sedie da regista e la porta della camera da letto, e pare che il preferito sia il Mambo Minimale dell'Apad, l'antimoda di quest'autunno sulla East Coast, un ballo nel quale i ballerini devono praticamente stare ritti e immobili con le braccia piegate ad angolo retto e accennare soltanto dei lievi schiocchi di dita. Orin Incandenza, lei non l'ha dimenticato, aveva sempre il gomito gonfio e dolorante subito sopra un avambraccio grosso come una zampa d'agnello. Era passato senza problemi dall'usare il braccio a usare la gamba. Per ventisei mesi Joelle fu l'unica amante di Orin Incandenza e per ventuno l'amore ottico visuale di suo padre. Un cattedratico straniero dalla chierica quasi francescana mostra quella zoppia nervosa di chi ha una protesi – dev'essere stato assunto al Mit dopo che lei se n'era andata. I movimenti dei ballerini migliori sono cosí impercettibili da essere evocativi di qualcos'altro e non si può non guardarli, le loro masse pressoché statiche coagulate e impercettibilmente piegate verso una bella donna giovane, una donna davvero bellissima che muove appena la schiena fasciata da un top aderente a strisce bianche e blu pseudomarinaresche mentre allude a un cha-cha-cha con delle maracas vuote di qualsiasi cosa le faccia schioccare e si guarda danzare nel bellissimo specchio a figura intera che, dopo che Orin se n'era andato, Joelle aveva impedito a Jim di appendere e aveva nascosto a faccia in giú sotto il suo letto; ora campeggia sulla parete ovest, appeso tra due cornici dorate di cui una è antica ed elaborata e l'altra ben piú ordinaria (la Notkin è convinta di fare della retroironia incorniciando le cornici stesse, facendo cosí un'obliqua allusione alla tendenza del primo Experialismo a trasformare gli accessori della presentazione artistica in oggetti d'arte), e la cornice incorniciata è appesa non proprio simmetricamente ai lati dello specchio che Jim aveva fatto tagliare per girare le scene di quell'ultima cosa orrenda che le aveva fatto fare, in cui lei recitava usando quel tono volutamente vuoto che poi aveva preso a usare anche alla radio; la ragazza vi si guarda assorta nella luce blu orizzontale che si alterna a quella bianca poi affettata in verticale dalla luce del sole trinciata dalle sbarre, ubriaca, cosí sbronza di vino che le labbra le pendono scomposte e i muscoli delle guance sembrano aver perso ogni integrità e le guance le tremolano come i capezzoli sporgenti sotto il piccolo top da marinaio. Fard apocalittico e un piercing al naso che o è elettrificato o cattura schegge di luce dalla finestra. Guarda inconsciamente affascinata la propria immagine nell'unico specchio agibile a eccezione di quello del bagno. Questa assenza di vergogna per l'ossessione di se stessi. È canadese? Fanatica degli specchi? Di certo non una Udri: il portamento è tutto sbagliato. Ma ora, reagendo a un bisbiglio rivoltole da un uomo quasi perfettamente immobile col casco da cavallerizzo, si volta di scatto separandosi dalla propria immagine riflessa per spiegare, non proprio a quell'uomo ma piuttosto a nessuno in particolare, all'intera massa danzante: Mi stavo solo guardando le *tette*, dice, guardando in basso, non sono *bellissime*?, ed è commovente, c'è una sincerità cosí straziante in quello che dice che a Joelle viene voglia di andare da lei e dirle che va tutto bene, andrà sempre tutto bene; come l'anziano signore nero di prima, ha pronunciato distintamente tutte le sillabe della parola *bellissime*, ha rinforzato la doppia esse tradendo la sua classe sociale e le sue origini con quella straziante franchezza che Joelle ha sempre ritenuto o molto stupida o molto coraggiosa, e la ragazza solleva le braccia striate dalle luci in segno di trionfo o candido ringraziamento per essere stata fatta cosí, con queste «tette» senza mai chiedersi da chi o per chi siano state fatte, ingenuamente estatica, e Joelle capisce adesso che lei non è ubriaca, ha preso l'Ecstasy, è chiaro, si vede dal rossore febbrile e dagli occhi cosí spalancati da far intuire il tessuto cerebrale dietro il bulbo oculare, l'Ecstasy anche nota come E o Mdma, una beta-qualcosa, droga sintetica della prima generazione, acido emozionale, la cosiddetta Droga dell'Amore, in gran voga fra la gioventú artistica sotto, diciamo, Bush e successori, e da allora caduta in relativo disuso perché ai suoi postumi polverizzanti è stato associato l'impulso a usare armi automatiche nei luoghi pubblici, postumi che fanno sembrare una sciocchezza quelli da freebase, la differenza fra suicidio e omicidio consiste solo nel dove credi di vedere la porta per uscire dalla gabbia: Ucciderebbe qualcun altro pur di uscire dalla gabbia? Che cos'era quell'effetto fatalmente appassionante e scopofiliaco che Jim sostiene di aver ottenuto con il suo volto svelato all'inizio dell'Asdfp, una gabbia o una porta per uscire dalla gabbia? E Jim aveva mai montato la pellicola in modo coerente? Non c'era nulla di coerente nella cosmologia di madre/morte e nelle richieste di perdono che lei ripeteva senza sosta, china su quella lente autosfarfallante montata fra le pieghe della copertina di una culla. Non le permise mai di vedere le immagini, neppure mentre le stava montando. Si uccise meno di novanta giorni dopo. Meno di novanta giorni dopo? Quanta voglia di morire deve avere una persona per infilare la testa in un forno a microonde? Una donna cattiva che tutti i ragazzini di Boaz conoscevano aveva infilato il gatto nel microonde per farlo asciugare dopo un bagno contro le zecche, aveva messo il forno su Scongela e il gatto era finito su tutte le pareti della cucina. Come si fa a far funzionare il forno anche con la porta aperta? Esiste un pulsante tipo quello della luce nel frigorifero che si può tenere premuto e fissare con del nastro adesivo? Non si scioglie il nastro adesivo? Non ricorda di aver pensato neanche una volta a queste cose in quattro anni. L'ha ucciso lei, in qualche modo, semplicemente chinandosi senza velo su quella lente? La donna innamorata dei propri seni riceve le congratulazioni sotto forma di minime allusioni all'applauso dai ballerini quasi immobili con i tulipani di vetro fra i denti, e Vogelsong dell'Emerson College tenta all'improvviso di fare la verticale e si sen-

te subito male, cosa che manifesta con uno spruzzo di ectoplasma color prugna che i ballerini non cercano neppure di evitare, e anche Joelle applaude la donna E-statica perché è vero, Joelle non ha difficoltà ad
ammetterlo, i capezzoli sono davvero *attraenti*, una qualifica che all'interno dell'Unione prende l'etichetta di Seducenti Entro Limiti Relativi di Compatibilità; Joelle non ha problemi a vedere la bellezza apprezzata, entro relativi limiti compatibili; non prova piú empatia né
protezione materna, solo il desiderio di ingoiare ogni goccia di saliva
che produrrà per poi lasciare per sempre il vascello del suo corpo, avere altri quindici minuti di Troppo Divertimento, cancellarsi con l'af-
flato della dea bendata di tutte le gabbie senza porta; si lascia scivolare giú dal grembo di Méliès, è una caduta minuscola, e si dirige verso
la porta con la borsetta bitorzoluta e il bicchiere di succo di mela den-
sissimo, superando le file di gente impegnata in una conga immobile e
le porte bloccate da mucchi di persone di una calda, bella festa teorica.
E ancora deve attendere, indugiare, perché l'accesso al bagno è bloccato. È l'unica donna velata qui, e fa parte di una generazione accademica precedente a quella della maggior parte di questi studenti, ed è
piuttosto temuta benché siano in pochi a sapere che è una Star della
Radio, temuta per aver preferito le dimissioni al fallimento e per il suo
rapporto con la memoria di Jim, e le viene concessa ampia libertà sociale; è autorizzata ad attardarsi e orbitare e soffermarsi senza partici-
pare ai margini dei gruppi, viene guardata di nascosto mentre il velo le
si fa concavo a ogni inspirazione, mentre attende con nonchalance che
si liberi il bagno della camera da letto; Iaccarino, l'archivista di Cha-
plin, e un uomo giallo-itterizia piú avanti negli anni sono entrati nella
camera da letto di Molly e hanno lasciato la porta spalancata; lei attende con nonchalance automatica ignorando il professore straniero che
vorrebbe sapere dove lavora con quel velo, gli volta le spalle, scortese-
mente, il cervello che le pulsa nella scatola cranica e memorizza ogni
dettaglio come se stesse raccogliendo delle conchiglie, centellina succo
torbido sotto gli angoli sollevati con cura del velo, ora guardando il tessuto traslucido anziché attraverso di esso, l'equivalente per i Deformi
Improbabili del chiudere gli occhi per concentrarsi sui suoni, lascia che
l'Ultimissima Festa le scivoli addosso, delicatamente superata da diversi ospiti e una o due volte quasi sfiorata, vede solo il bianco che le
si avvicina poi si allontana, ascolta le diverse voci allo stesso modo in
cui chi è senza velo degusta il vino.

«Questo è uno spazio tecnologicamente costituito».

«—poi si apre su un'inquadratura a stretto campo di Remington in
un orrendo completo di flanella da nonnino, in bianco e nero, una ripresa frontale a figura intera in quel granuloso b. & n. che Bouvier gli

aveva insegnato a ottenere manipolando il diaframma per mimare la
vecchia orrenda Super 8, una ripresa diretta a figura intera, lo sguardo
fisso oltre la macchina da presa, nessun tentativo di nascondere che sta
leggendo da un copione, tono monocorde e tutto il resto, e dice "Pochi stranieri sono al corrente del fatto che il termine tedesco *Berliner* è
anche una locuzione volgare per designare una ciambella ripiena, e quindi che la celeberrima affermazione di Kennedy *Ich bin ein Berliner* fu
salutata dalle folle teutoniche con un diletto solo apparentemente politico", al che si punta pollice e indice alla tempia e l'operatore rad-
doppia la profondità di campo per cui c'è questa gigantesca—»

«Mi farei ammazzare per difendere il tuo diritto costituzionale
all'errore, amico, ma nel caso specifico—»

«Una volta erano meno belle, poi Rutherford mi ha detto di smettere di dormire a pancia in giú».

«No no sto dicendo che *questo*, tutto questo, la cosa all'*interno*
della quale tu e io stiamo dialogando, è uno spazio tecnologicamente
costituito».

«*À du nous avons foi au poison*».

«È un buon formaggio, ma ne ho mangiato di migliore».

«Mainwaring, ti presento Kirby, il nostro Kirby qui sta male, me
ne stava parlando e adesso vorrebbe parlarne con te».

«—completo mistero che Eve Plumb non sia comparsa, si sa che
era stata confermata per la parte, tutti gli altri c'erano, perfino Henderson e quella donna, Davis, nel ruolo di Alice, che le infermiere hanno dovuto portar fuori in sedia a rotelle per Dio e tutti i santi, sembrava non avesse mangiato altro che pasticcini negli ultimi quarant'anni, e Greg con quell'assurdo parrucchino e gli stivali di serpente, sí ma
tutti i ragazzi erano riconoscibili, sotto sotto, comunque, questa insistenza predigitale sulla continuità nel tempo che era poi tutta la magia e la *raison d'être* del progetto, lo sai meglio di me, tu conosci la fe-
nomenologia predigitale e la teoria di Brady. E invece chi arriva, *una
nera di mezza età* del tutto incoerente nella parte di Jan!»

«*De gustibus non est disputandum*».

«Palle».

«Un'incoerente neritudine centrale può essere servita ad accentuare la terribile bianchitudine che era stata in inelut—»

«L'intero effetto storico di un programma seminale ne è risultato
orribilmente, orribilmente alterato. Terribilmente alterato».

«Ejzenštejn, Kurosawa e Michaux entrano in un bar».

«Sai quelle cartucce fatte per il mercato di massa? Quelle tanto
brutte da risultare in qualche modo perversamente belle? Be', era peggio di cosí».

«—il dolore cosiddetto fantasma, però reale. E mobile. Dapprima la spina dorsale. Poi non piú la spina ma l'orbita oculare destra. Poi l'orbita è sana come un pesce ma è il pollice a farmi piegare in due. Non si ferma un attimo».

«Fa casino con il gradiente dell'emulsione cosí che tutti gli angoli del tesseratte *sembrano* retti, tranne che nel—»

«E allora che cosa ho fatto, mi sono seduta tutta impettita proprio accanto a lui, capisci, perciò in un certo senso non aveva lo spazio per inseguire la preda o prendere la mira, Keck aveva detto che servono almeno dieci metri, perciò ho inclinato il cappello da un lato appena un po', proprio leggermente, non piú di cosí, ho inclinato il cappello da una parte in questo modo e mi sono messa a sedere praticamente sul ginocchio del tizio, gli ho chiesto notizie della sua carpa da esposizione, ha delle carpe con il pedigree, e naturalmente puoi immaginare cosa—»

«—questione piú interessante da una prospettiva heideggeriana è *a priori*, se lo spazio come concetto sia incorniciato dalla tecnologia come concetto».

«Ha un'abilità mobile, una specie di qualità da spettro o fantasma nella sua—»

«Perché emozionalmente sono piú labili in questa fase».

«"Quindi metti la dentiera?" ha detto. "Quindi metti la *dentiera?*"»

«Chi ha girato *L'incisione?* Chi ha curato la fotografia di *L'incisione?*»

«—certo senso può essere film in quanto tale. Comstock dice che, ammesso che esista, dev'essere piú una specie di farmaco estetico. Un vettore scopofiliaco bestialmente post-anulare. Supersubliminale, quel genere di cosa. Una forma di ipnosi astraibile, il *la* ottico della dopamina. Un'illusione registrata. Duquette dice di aver perso i contatti con tre dei suoi colleghi. Dice che a Berkeley quasi nessuno risponde piú al telefono».

«Penso che nessuno qui negherebbe che siano tette davvero ammalianti, Melinda».

«Abbiamo mangiato blinis con caviale. C'erano tartine. Abbiamo mangiato pastelle in salsa di funghi. Ha detto che era tutto a sue spese. Ha detto che offriva lui. C'erano carciofi arrostiti con una specie di leggerissimo aioli. Montone ripieno di foie gras. Torta al rhum con doppio strato di cioccolato. Sette tipi di formaggio. Un kiwi glacé e del brandy in boule cosí grosse che ci volevano due mani per girarle».

«Quel finocchio pieno di coca con la Mini Morris».

Il protesico studioso cinematografico: «Le ventole non ce la fanno a tenerla tutta nella Grande Convessità. A poco a poco ritorna indietro. Chi semina vento raccoglie tempesta. È questo che la vostra nazione si rifiuta d'imparare. Continuerà a tornare indietro. Non si può sbolognare la propria immondizia e impedire ogni dispersione, no? Per la sua stessa natura, l'immondizia tende a tornare indietro. Io ricordo quando il vostro Charles era color caffellatte. Guardatelo adesso. È il fiume blu. Avete un fiume là fuori che è blu».

«Vuoi dire la Grande Concavità, Alain».

«Voglio dire la Grande Convessità. So quello che dico».

«Poi si scopre che aveva messo l'ipecac nel brandy. È stata la cosa piú orribile che abbia mai visto. Sbuffi da balena dappertutto, a destra e a manca. Avevo sentito l'espressione *vomitare a proiettile* ma non avevo mai immaginato di poter— che si potesse *mirare*, che la pressione fosse tale da poter *prendere la mira*. E da sotto il tavolo escono i suoi tecnici, lui si mette a sedere su una sedia di tela, tira fuori un ciak e comincia a filmare tutto quell'orribile barcollante lamentoso spruzzante—»

«Per Dio, su quest'ultima cartuccia-come-morte-estatica girano voci fin dall'Anno della Lavastoviglie. Si facciano le indagini, venga fuori il nome dell'oscura fondazione che la finanzia, ci si procuri la cartuccia cercando nella parte di mercato in cui si presume sia stata fatta circolare. Si dia un'occhiata. Si scoprirà che senza dubbio non è altro che erotismo concettuale o un'ora di spirali che girano. O magari qualcosa stile tardo Makavajev, quella roba che, a ripensarci, si trova avvincente solo dopo che è finita».

Il parallelogramma striato di luce pomeridiana si allunga mentre si sposta sulla parete est della casa, supera la credenza stracolma di bottiglie e la vetrina di antichi strumenti per il montaggio e la feritoia dell'aerazione e i ripiani di cartucce d'arte nelle loro anonime custodie nere e grigie. L'uomo pieno di nei con l'elmetto da cavallerizzo le sta facendo l'occhiolino, o forse ha un tic. Le prende la classica voglia presuicidio: Siediti un attimo, voglio raccontarti tutto. Mi chiamo Joelle Van Dyne, sono per metà olandese e per metà irlandese, sono cresciuta su un terreno di nostra proprietà a est di Shiny Prize, Kentucky, l'unica figlia di un chimico del pH acido e della sua seconda moglie. Non ho accento, tranne quando sono sotto stress. Sono alta 1,70 m e peso 48 kg. Occupo spazio e ho una massa. Inspiro ed espiro. Prima d'ora Joelle non era mai stata consapevole della volontà necessaria anche solo per inspirare ed espirare, con il velo che si incava verso il naso e la bocca arrotondata poi si gonfia leggermente all'infuori come una tenda su una finestra aperta.

«Convessità».

«Concavità!»

«Convessità!»

«Concavità, accidenti a te!»

Il bagno è all'interno della camera da letto, sopra il lavandino ci sono un gancio e un armadietto a specchio con i medicinali. La camera di Molly Notkin dà l'idea di essere la camera di chi passa lunghi periodi di tempo a letto. Un paio di collant è stato lanciato su una lampada. Non briciole ma cracker interi spuntano dalla cresta grigia dell'onda delle lenzuola. Una foto del Newyorchese fallonevrotico si regge sullo stesso tipo di supporto triangolare dell'antipubblicità della cartuccia vuota. Nel posacenere un sacchetto di marijuana e cartine Ez-Widers e semi. Sul tappeto incolore ci sono libri dai titoli tedeschi e cirillici aperti a forza, da spaccare le costole. A Joelle non è mai piaciuta l'idea di appendere alla parete sopra la testiera del letto a mo' di icona sacra una fotografia del padre della Notkin, un programmatore di sistemi di Knoxville Tn, che nella foto ha il sorriso di un uomo che porta mocassini bianchi e un tulipano screziato all'occhiello. Perché i bagni sono sempre molto piú illuminati delle altre stanze? Ha dovuto togliere due asciugamani umidi in cima alla porta del bagno per poterla chiudere, sul lato interno c'è lo stesso vecchio gancio rugginoso che fa da serratura e sembra non voglia proprio infilarsi nel suo ricettacolo sullo stipite, la musica della festa ora è diventata un'orribile serie di classici rock edulcorati, sul lato esterno della porta sono attaccati un calendario della Selective Automation di Knoxville di prima della Sponsorizzazione, delle foto ritagliate di Kinski vestito da Paganini e Léaud da Doinel, un fotogramma senza bordo che sembra la scena della folla in *Le scarpe di piombo* di Peterson e, piuttosto sorprendentemente, la fotocopia di una pagina della sola monografia di teoria cinematografica pubblicata da J. Van Dyne[81]. Attraverso il velo e il suo respiro viziato Joelle sente il complesso odore del legno di sandalo in una bomboniera infiocchettata di lilla e di sapone deodorante e la pungente puzza di limone imputridito della diarrea da stress. Certi film dell'orrore su celluloide a basso budget creavano un senso di ambiguità ed elisione inserendo un *?* dopo THE END; e lei pensa: THE END? In mezzo a questo fetore di muffa e cattiva digestione accademica? A casa della madre di Joelle non c'era impianto idraulico. Va tutto bene. Scaccia ogni pensiero patetico tipo questa-sarà-l'ultima-cosa-di-cui-sentirò-l'odore. Joelle si Divertirà qua dentro. All'inizio era cosí *divertente*. Orin non disapprovava né partecipava; per via del football la sua urina doveva essere un libro aperto. Jim, piú che disapprovare, si astraeva per totale disinteresse. Il suo Divertimento era il bourbon, lui viveva la sua vita al massimo poi si disintossicava, e cosí via fino all'infinito. Per lei era stato semplicemente Troppo Divertente, all'inizio. Anche meglio di inalare il Materiale con le banconote arrotolate e aspettare il freddo sentore amaro in fondo alla gola e pulire freneticamente l'appartamento che era d'improvviso diventato piú grande mentre la sua bocca fremeva e si contraeva spontaneamente sotto il velo. La freebase si libera e si condensa, e comprime l'intera esperienza nell'implosione di un terribile, devastante picco sul grafico, un folgorante orgasmo del cuore che la fa sentire, davvero, *attraente*, libera da ogni limitazione, svelata e amata, osservata e sola e autosufficiente e femmina, completa, come sfiorata per un istante dall'occhio di Dio. E dopo aver inalato, quando è all'apice, sulla punta del picco sul grafico, Joelle vede sempre per qualche ragione *L'estasi di santa Teresa* del Bernini, dietro il vetro, a Santa Maria della Vittoria, la santa adagiata in posizione semisupina, la morbida veste di pietra sollevata da un angelo la cui altra mano brandisce una freccia per la piú felice delle discese, le gambe della santa congelate nell'atto di dischiudersi, l'espressione dell'angelo non è caritatevole ma anzi perfettamente viziosa, e racconta un amore in punta di freccia. La roba non era stata solo il dio che l'aveva messa nella gabbia, ma anche il suo amante diabolico, angelico, duro come la pietra. La tavoletta del water è sollevata. Sente il rumore di un elicottero da qualche parte a est, un elicottero del traffico che sorvola la Storrow Drive e l'urlo stridente di Molly Notkin che accoglie il forte rumore di qualcosa di vetro che si rompe in salotto; immagina la sua barba marxiana spostarsi di traverso e la bocca che si apre in un'ellisse contornata da bollicine di champagne mentre liquida con un gesto la rottura che vuol dire che gli ospiti si divertono, sente al di là della porta le scuse dell'estatica Melinda e la risata stridente di Molly:

«Oh, tutto cade prima o poi».

Joelle si è sollevata il velo, che ora le copre la testa come a una sposa. Poiché questa mattina ha di nuovo gettato via pipe e coppe e filtri, adesso dovrà ingegnarsi. Sulla mensola di un vecchio lavandino dello stesso bianco non proprio bianco del pavimento e del soffitto (la carta da parati è costellata di esasperanti e innumerevoli ghirlande di rose avvinghiate intorno a bastoni), sulla mensola ci sono un vecchio spazzolino da denti con le setole allargate, un tubetto di Gleem accuratamente arrotolato partendo dal fondo, un disgustoso Pulisci-Lingua NoCoat, dell'adesivo, NeGram, crema depilatoria, un tubo di Monostat strizzato non partendo dal fondo, peluzzi della barba finta, pezzetti di filo interdentale verde alla menta usato e Parapectolin e un tubo intatto di lubrificante per diaframma e nessun trucco ma del gel a forte tenuta in un grosso vasetto senza coperchio col bordo pieno di capelli e una vecchia scatola di assorbenti interni piena di spiccioli ed elastici per i capelli; Joelle fa scorrere un braccio lungo la mensola e ammonticchia tutto da una parte, sotto la piccola asta per gli asciugamani da cui pende un asciugamano strizzato che ora sembra una corda, e se poi qualcosa cade a terra va bene lo stesso perché tutto cade prima o poi. La borsetta deformata di Joelle viene appoggiata sulla mensola ripulita. Per qualche ragione, senza il velo non sente piú gli odori del bagno.

A Joelle è già capitato di doversi arrangiare, ma era da piú di un anno che non arrivava a questo punto. Toglie dalla borsetta il contenitore di plastica della Pepsi, una scatola di fiammiferi mantenuti asciutti in una borsetta interna staccabile, due spesse bustine di glicina contenenti ciascuna quattro grammi di cocaina per uso farmaceutico, una lametta a taglio singolo (sempre piú difficile da trovare), una piccola custodia nera per pellicole Kodachrome della quale fa saltare il tappo grigio e lo butta via, dentro c'è del bicarbonato fine come talco, poi il tubo di vetro vuoto del sigaro, un foglio di alluminio per alimenti Reynolds Wrap ripiegato fino alle dimensioni di una carta da gioco, un pezzo di filo di metallo staccato da un appendiabiti. Il lampadario sopra di lei proietta l'ombra delle sue mani su tutte queste cose, quindi accende anche la luce sopra l'armadietto a specchio. La lampadina lampeggia a singhiozzo, ronza e infine inonda la mensola di fredda fluorescenza senza-litio. Apre le quattro spille di sicurezza, si sfila il velo dalla testa e lo appoggia sulla mensola con il resto del Materiale. Le bustine di glicina di Lady Delphina sono dotate di sigilli intelligenti che sono di colore verde all'esterno, e quindi visibili a bustina chiusa, blu e gialli all'interno quando la bustina è aperta. A piccoli colpi lascia cadere il contenuto di mezza bustina nel tubo del sigaro e aggiunge altrettanto bicarbonato, rovesciandone un po' e disegnando sulla mensola una parentesi di bianco acceso. È la prima volta in almeno un anno che riesce ad agire con tanta decisione. Apre il rubinetto e attende che l'acqua diventi davvero fredda, poi lo chiude quasi del tutto e quando ne scorre appena un filo riempie il tubo fino in cima. Alza agli occhi il tubo, ne tamburella leggermente il lato con un'unghia arrotondata senza smalto, guarda il lento scurirsi delle polveri a contatto con l'acqua. Crea nello specchio un doppio fiore di fiamma che le illumina il lato destro del volto mentre regge il tubo sopra i fiammiferi e attende che la miscela cominci a schiumare. Usa due fiammiferi alla volta, per due volte. Quando il tubo diventa troppo caldo, prende il velo, lo ripiega e se lo appoggia sulle dita della mano sinistra come una specie di guanto da forno, attenta (per abitudine ed esperienza) a non lasciare che gli angoli inferiori si avvicinino troppo alla fiamma e diventino marroni. Dopo aver fatto schiumare il tutto per un paio di secondi Joelle spegne i fiammiferi tracciando un ghirigoro nell'aria e li getta nel water per sentirne il sibilo rapidissimo. Prende il pezzo di metallo nero dell'appendiabiti e comincia a rimestare e mescolare la miscela nel tubo, la sente indurirsi velocemente e offrire sempre piú resistenza al suo rimestio. Quando le sue mani avevano iniziato a tremare durante questa parte dell'operazione di cottura, si era resa conto per la prima volta che tutto questo le piaceva piú di quanto si possa adorare una cosa e continuare a vivere. Non è stupida. Il Charles scorre blu intenso sotto quel bagno senza finestre, chiaro in superficie per la pioggia fresca che fa nascere e allargare dei cerchi viola, di un blu vivo da evidenziatore piú in profondità, sotto lo strato diluito. I gabbiani sono aquiloni immobili contro il cielo rasserenato. Un colpo sordo risuona dietro la grossa collina spianata di Enfield a sud del fiume, e subito un grosso, informe proiettile di bidoni avvolti in carta da pacchi marrone e legati con cinghie speciali sfreccia verso l'alto in un'ampia traiettoria ad arco che terrorizza i gabbiani e li fa lanciare in picchiate ed evoluzioni, poi rapidamente si trasforma in un puntino a nord nel cielo ancora fosco, dove una nuvola giallo-marrone sospesa proprio sopra la linea di confine fra il cielo e la terra si sfalda lentamente in alto e finisce col somigliare a un antiestetico cestino per la carta. Da dentro Joelle sente solo una debole eco del colpo sordo, difficile da identificare. A parte quella che sta per fare in bagno c'è solo un'altra cosa nella vita che le è piaciuta cosí tanto: Durante l'infanzia di Joelle, a Paducah, che non è troppo lontana in automobile da Shiny Prize, si potevano ancora trovare un paio di cinema pubblici, due gruppi di sei e otto sale riunite in un unico alveare ai margini dei grandi magazzini interstatali. Aveva notato che i cinema terminavano sempre in -plex. Il *Thisoplex* e il *Thatoplex*. Non le era mai sembrato strano. E non ci fu neppure un film fra quelli visti là da bambina che non le piacesse da morire. Non importava com'erano. Lei e il suo Babbo personale là in prima fila, si sedevano nelle prime file dei piccoli, stretti, iperinsonorizzati *-plex* col collo piegato all'indietro e lo schermo invadeva il loro campo visivo, lei teneva una mano in grembo al padre e con l'altra reggeva un'enorme scatola di Crackerjacks, e le bibite erano al sicuro nei piccoli anelli dei braccioli delle poltrone; lui, con un fiammifero all'angolo della bocca puntato verso quel mondo rettangolare, verso quelle gigantesche e perfette bellezze iridescenti a 2D sullo schermo, le diceva sempre che lei Joelle era molto piú bella di tutte loro. Mentre aspettava tranquilla in coda che lui prendesse i biglietti di carta del *-plex* che sembravano scontrini della drogheria, sicura che avrebbe amato l'intrattenimento di celluloide qualunque cosa fosse, meravigliosamente innocente, ancora convinta che il termine *qualità* si riferisse agli orsacchiotti animati nelle pubblicità della Qantas, mano nella mano con il suo Babbo, lo sguardo a livello del rigonfiamento del portafoglio nella tasca posteriore di lui, ecco, lei non si era mai in tutta la vita sentita cosí *accudita* come quando stava in quella fila, in attesa del sano divertimento incontaminato dell'intrattenimento sul grande schermo, mai una volta fino a quando non aveva cominciato la sua storia con questo nuovo amante che si preparava e fumava, cinque anni fa, prima della morte di Incandenza, all'inizio. Il punter non l'aveva mai fatta sentire *accudita*, mai l'aveva fatta sentire sul punto di essere investita da qualcosa di grande e bello che non sapeva nulla di lei, eppure esisteva solo per farla stare bene. L'intrattenimento è cieco.

La parte improbabile dell'intera faccenda è che quando il bicarbonato e l'acqua e la cocaina sono miscelate bene e riscaldate bene e rimestate bene mentre la mistura si raffredda, poi, quando il miscuglio diventa ormai troppo compatto per essere mescolato ed è finalmente pronto a essere estratto, viene fuori viscido come la merda di capra e fa lo stesso rumore del ketchup che esce di colpo da una bottiglia rovesciata, e quel maledetto figlio di puttana scivola giú, un cilindro fuso e attaccato al ferretto nero. Il cristallo di freebase medio prima di essere rotto è delle dimensioni di un proiettile calibro .38. Quello che Joelle fa scivolare dal tubo del sigaro è un mostruoso würstel bianco, una specie di pannocchia da fiera di paese, le pareti un po' irregolari, come mâché, un paio di pezzettini sono rimasti dentro il tubo e sono quelli che si fumano prima di passare alle Chore Boy e alle mutandine.

Ora al Divertimento mancano un po' meno di altri due minuti di decisa preparazione, e nessun mortale potrebbe resistere. È sconvolgente l'intensità della concentrazione sul suo volto senza velo nello specchio illuminato e sporco. Sente Reeves Mainwaring nel corridoio dire a una ragazza dalla voce acuta come se parlasse nell'elio che la vita è essenzialmente un lungo viaggio in cerca di un posacenere. Il Divertimento. Usa la lametta per sezionare porzioni del würstel di freebase. È impossibile tagliare dei fiocchi di cristallo perché ridiventerebbero immediatamente polvere e in ogni caso non si fumano bene come si potrebbe pensare. Joelle taglia porzioni sufficienti a una ventina di dosi abbondanti. Formano una piccola miniera sulla stoffa morbida del velo ripiegato sulla mensola. La sua gonna brasiliana non è piú umida. Nel pizzetto biondo di Reeves Mainwaring rimangono spesso dei residui di cibo. *L'estasi di santa Teresa* si può sempre visitare a Santa Maria della Vittoria a Roma e lei non è mai riuscita a vederla. Non dirà mai piú *E mirate* né inviterà la gente a guardare l'oscurità che danza sul volto del profondo. *Il volto del profondo* era il titolo che aveva suggerito per l'ultima cartuccia di Jim che non aveva mai visto, ma lui l'aveva giudicato troppo pretenzioso e aveva scelto invece quella citazione dalla scena del cimitero di *Amleto*, quella col teschio, e le era venuto da ridere ripensando alla pretenziosità. Lo sguardo spaventato di Jim alla sua risata è in assoluto l'ultima espressione di quell'uomo che lei si ricordi. A volte Orin definiva suo padre Lui in Persona, altre La Cicogna Folle, e una volta, in un lapsus, La Cicogna Triste. Accende un fiammifero e lo spegne subito avvicinando poi la nera capocchia rovente a un lato della bottiglia di plastica, che si scioglie rapidamente lasciando un piccolo foro. Forse l'elicottero era un elicottero del traffico. Qualcuno all'Accademia aveva avuto a che fare con un elicottero da traffico che aveva avuto un incidente. Non può, neanche se ne andasse della sua vita. Nessuno là fuori sa che lei è qui dentro e si sta preparando per il Divertimento. Sente Molly Notkin chiedere a gran voce da una stanza all'altra se qualcuno ha visto Keck. Al suo primo seminario di teoria Reeves Mainwaring aveva definito un film «infaustamente mal concepito» e un altro «disperatamente acquiescente» e Molly Notkin aveva finto un attacco di tosse e parlava con l'accento del Tennessee ed era cosí che si erano incontrate. L'alluminio Reynolds Wrap serve a creare un filtro che verrà inserito nell'estremità aperta della bottiglia. Un filtro per droghe standard è della dimensione di un ditale e le sue pareti si dilatano come un bocciolo. Joelle si serve della punta di un paio di forbicine per unghie trovate dietro il water per fare dei minuscoli forellini nel rettangolo di alluminio che poi modella a forma di imbuto poco profondo e largo abbastanza per rubare la benzina da una macchina, e ne restringe la punta per farla entrare nella bocca della bottiglia. Ora lei si trova con una pipa con un serbatoio mostruoso e uno schermo, e vi rovescia dentro un numero di pezzetti sufficienti a cinque o sei dosi. I piccoli cristalli bianco-giallastri sono uno sull'altro. A titolo sperimentale avvicina le labbra al foro praticato con il fiammifero sul lato della bottiglia e aspira, poi con grande lentezza accende un altro fiammifero, lo spegne e allarga il foro. L'idea che non vedrà mai piú Molly Notkin o la cerebrale Unione o i suoi fratelli e le sue sorelle dell'Udri o l'ingegnere della Yyy o lo Zio Bud su un tetto o la madre adottiva nella Corsia Sorvegliata o il suo povero Babbo personale è sentimentale e banale. L'idea di ciò che sta per fare qui dentro contiene ogni altra idea e la rende banale. Il bicchiere di succo è dietro il gabinetto, mezzo vuoto. Dietro la tazza del water ci sono macchie lucide di origine ignota. Questi sono fatti. Questa stanza in questo appartamento è la somma di molti specifici fatti e idee. Nient'altro che questo. Prepararsi deliberatamente a farsi scoppiare il cuore ha assunto lo status di uno di questi fatti. Era un'idea ma ora sta per diventare un fatto. Piú si avvicina alla realizzazione e piú sembra astratto. Le cose diventano molto astratte. La stanza concreta era la somma di fatti astratti. Sono astratti i fatti, o sono invece rappresentazioni astratte di cose concrete? Il secondo nome di Molly Notkin è Cantrell. Joelle unisce altri due fiammiferi e si prepara ad accenderli, inspirando ed espirando rapidamente come un nuotatore prima di immergersi.

«Ho detto c'è qualcuno qui dentro?» La voce è quella del post-Neo Formalista di Pittsburgh che si spaccia per continentale e indossa un ascot che non vuole restar chiuso, associata al bussare esitante di chi sa benissimo che c'è qualcuno dentro, la porta del bagno è composta da trentasei quadrati, ovvero tre colonne per dodici righe, dentro un rettangolo di legno non proprio dritto, rammollito dal vapore, non proprio bianco, l'angolo esterno in basso esposto e sbucciato a forza di urtarlo con il perverso pomello metallico dell'ultimo cassetto dell'armadietto, oltre la porta il «Red» stampato in offset e gli attori con lo sguardo torvo e il calendario e la scena della folla e la spirale pubica di fumo azzurrino che si leva dal mucchietto di ceneri color elefante e dai piccoli cristalli anneriti nel cono dell'imbuto di alluminio, il blu intenso del fumo che l'ha fatta scivolare lungo la parete oltre l'asciugamano annodato, l'asta portasciugamani, la carta da parati di fiori color del sangue e la presa elettrica lercia, l'aspra tinta chiara e violenta del blu cielo che l'ha lasciata seduta in posizione fetale col mento sulle ginocchia in ancora un altro bagno nordamericano, senza velo, di bellezza indicibile, forse la Piú Bella Ragazza Di Tutti I Tempi, le ginocchia al petto, i piedi gelidi dal gelo radiante della porcellana dei piedini della vasca da bagno, Molly si è fatta laccare la vasca di blu, laccare, stringe in mano la bottiglia e si ricorda che il suo slogan per l'ultima generazione era La Scelta di una Generazione Nuda, quando lei arrivava all'altezza delle tasche delle persone ed era molto piú bella di tutti i giganti color pesca che guardavano insieme sullo schermo, la mano di lui sul suo grembo quella di lei nella scatola a cercare la Sorpresa tra le caramelle, ancora divertimento troppo divertimento dentro il velo sulla mensola sopra di lei, la mistura nell'imbuto ormai finita continua a esalare un filo di fumo, il grafico che si avvicina al picco piú elevato, il picco, la freccia nella piú felice delle discese, è cosí bello che non riesce a sopportarlo e si attacca al bordo freddo della fredda vasca da bagno per tirarsi su mentre il rumore bianco della festa raggiunge secondo lei quel precipizio stereofonico del volume oltre il quale le casse esploderanno, la gente si muove appena mentre balla e le conversazioni languono e in sottofondo c'è uno spaventoso pezzo pre-Carter che dice «We've Only

Just Began», gli arti di Joelle sono cosí lontani da lei che è solo per magia se ancora rispondono ai suoi comandi, tutti e due gli zoccoli sono semplicemente spariti, introvabili, e le calze sono stranamente bagnate, solleva il volto per affrontare lo specchio lercio dell'armadietto dei medicinali, fiori di fiamma gemelli ancora sospesi all'angolo del vetro, le corone della fiamma che ha mangiato ora strisciano come zampe di vespa nello specchio che usa per localizzare il velo senza volto e quello che c'è dietro, ricarica l'imbuto, le ceneri del carico di prima sono il filtro migliore del mondo: questo è un fatto. Inspira ed espira come un saggio tuffatore—

«Si può sapere chi c'è qui dentro? C'è qualcuno? Aprite. Me la sto facendo addosso. Ma insomma, Notkin, ti dico che qualcuno si è chiuso a chiave qui dentro e sembra, be', sembra stia male, c'è uno strano odore».

—ed è inginocchiata a vomitare nella vasca da bagno blu, tra le cesellature sul bordo della vasca ci sono dei pezzettini granulosi bianchi tra lacca e porcellana, vomita succo fangoso e fumo blu e puntini rosso mercurio nella vasca coi piedi ad artiglio, e riesce di nuovo a sentire e contro il fuoco del sangue nelle sue palpebre chiuse le pare di vedere veicoli a pale sospesi nella notte a monitorare il flusso, elicotteri da ricerca, grasse dita di luce blu provenienti dal cielo, che cercano.

◖

Enfield Ma è una delle piccole strane cose che dànno l'idea di cosa sia l'area metropolitana di Boston, perché è una cittadella composta quasi interamente da edifici dove si praticano attività mediche, industriali e spirituali. Una specie di braccio che si estende a nord partendo dalla Commonwealth Avenue dividendo Brighton in Brighton Alta e Brighton Bassa, punge con il gomito le costole di East Newton e affonda il pugno dentro Allston, il grande bacino erariale di Enfield include l'Ospedale St. Elizabeth, l'Ospedale dei Francescani per Bambini, la Universal Bleacher Co., la Casa di Cura Provident, la Shuco-Mist Medical Pressure Systems Inc., l'Ospedale Pubblico Enfield Marine, la Svelte Nail Co., metà delle turbine e dei generatori della Sunstrand Power and Light che servono l'area metropolitana di Boston (la sede legale è però a Allston), la succursale della «Athscme Family of Air-Displacement Effectuators» (vuol dire che fanno dei ventilatori davvero grossi), la Enfield Tennis Academy, l'Ospedale San Giovanni di Dio, l'Ospedale Ortopedico Hanneman, la Leisure Time Ice Company, un monastero di clausura, il Seminario del St.

John e gli uffici dell'Arcidiocesi Bostoniana della Chiesa Cattolica Romana (in parte sotto Brighton Alta; nessuna tassa), la sede conventuale delle Sorelle per l'Africa, la Fondazione Nazionale per il Dolore Cranio-Facciale, l'Istituto Dott. George Roebling Runyon per la Ricerca Pediatrica, le strutture a livello regionale per i camion scintillanti, i camion-chiatta e le catapulte della Empire Waste Displacement che è sponsorizzata dall'Onan (i québechiani chiamano *les trebuchets noirs* le spettacolari catapulte lunghe un isolato che fanno un rumore tipo quello di un gigantesco piede che sbatte a terra quando proiettano enormi ammassi di bidoni di rifiuti tenuti insieme da cinghie speciali nelle regioni subanulari della Grande Concavità a un'altezza parabolica che supera i cinque chilometri; le fionde delle catapulte sono realizzate in una lega elastica e le enormi coppe portabidoni sembrano dei guantoni da baseball infernali; circa mezza dozzina delle catapulte sono in questa specie di capannone tipo hangar con il tetto retrattile che occupa una superficie di almeno sei isolati quadrati sull'incursione brachiforme di Enfield nell'Allston Spur, le visite scolastiche sono tollerate ma non incoraggiate), e cosí via. Il braccio flesso di Enfield ha per manica uno strato perimetrale di proprietà residenziali e commerciali ben piú piccole. La Enfield Tennis Academy occupa ora forse il piú bel posto di Enfield, circa dieci anni dopo aver rasato e spianato la cima della grande collina scoscesa che è una specie di ciste sul gomito della cittadella, la parte migliore dei settantacinque ettari di grandi prati e sentieri di trifogli e impressionanti erezioni topologiche, trentadue campi da tennis d'asfalto e sedici in sintetico e grandi attrezzature sotterranee di manutenzione e magazzini e impianti sportivi, rovi e calicantacee e pini artisticamente mescolati sui pendii con gli alberi decidui, dalla cima dell'Eta si vede a est la storica Commonwealth Avenue, luogo di transito della migrazione in salita dallo squallore di Brighton Bassa – negozi di liquori, lavanderie automatiche, bar e le facciate a strapiombo di casermoni popolari cupi e imbrattati di guano, gli enormi palazzoni incombenti dei Quartieri Brighton con i numeri arancioni alti tre piani, piú i negozi di liquori e gli uomini pallidi vestiti di pelle e le bande di bambini anche loro pallidi e vestiti di pelle agli angoli delle strade e pizzerie greche dalle pareti gialle e sudici negozietti d'angolo gestiti da orientali che si fanno un culo cosí per mantenere i marciapiedi puliti ma non ci riescono neppure con gli idranti, piú, ogni quarto d'ora, lo sferragliare e lo scampanellare del tram della Linea Verde che si arrampica sulla Ave. su su fino al Boston College – alla permalosa eleganza del Boston College, e la vistosa trasformazione di Newton in area residenziale di lusso verso ovest, dove il so-

le sfumato di Boston tramonta dietro l'ultimo nodo dell'onda sinusoidale lunga quattro chilometri detta la «Collina Spaccacuore» della storica Maratona di aprile, si posa con precisione al nanosecondo
quindici minuti dopo che deLint ha acceso le luci in cima ai grandi
riflettori dei campi dell'Eta. A quello che credo sia sudovest, l'Eta
sovrasta l'intreccio color acciaio di trasformatori, griglie ad alto voltaggio e anelli coassiali avvolti da perle di ceramica isolante della Sunstrand, non si vede una ciminiera Sunstrand ma in compenso una mostruosa batteria di isolatori megaohm al termine di una fila di segni
che si snoda da nordest, ciascuno dei quali parla con molti Ø di tutti gli ampere generati anularmente che sottoterra attendono qualcuno che si metta a scavare o inventarsi altre cazzate, e sui segni ci sono simboli stilizzati non verbali da pelle d'oca, tipo un omino con la
vanga che salta in aria come un Kleenex nel caminetto. Però qualche
ciminiera si distingue un po' piú a sud sullo sfondo della Sunstrand,
quelle degli hangar della Ewd, su ogni ciminiera è inchiavardato un
mostruoso Athscme 2100 della serie Ade (un ventilatore) che soffia
verso nord con una acuta, insistente furia che per qualche ragione,
se sentita dall'Eta, è rilassante. Dalla linea d'alberi sia a nord che a
nordest l'Eta si affaccia sul declivio piú ripido e meglio alberato del
colle che discende verso la complessa decadenza dei terreni dell'Enfield Marine.

5 NOVEMBRE
ANNO DEL PANNOLONE PER ADULTI DEPEND

Il telefono trasparente suonò da un punto imprecisato sotto la
montagnola di coperte[82] mentre Hal sedeva sul bordo del letto con
una gamba sollevata e il mento sul ginocchio, intento a tagliarsi le unghie in un cestino a diversi metri di distanza nel bel mezzo della camera. Ci vollero quattro squilli per trovare il ricevitore fra le lenzuola e tirare fuori l'antenna.

«Poooronto».

«Sig. Incredenza, qui è la Commissione Fognature di Enfield, e
per mettere subito le cose in chiaro lei è veramente troppo merdoso».

«Ciao, Orin».

«Come butta, ragazzo?»

«Dio, per favore, no, per favore, O., basta con le domande sul Separatismo».

«Rilassati. Non mi era neanche venuto in mente. È una telefonata tra fratelli. Per fare una chiacchierata».

«È interessante che tu chiami proprio adesso. Perché mi sto tagliando le unghie dei piedi in un cestino distante parecchi metri».

«Gesú, sai quanto odio il rumore del tagliaunghie».

«Solo che faccio centro piú del settanta per cento delle volte. Con
i piccoli frammenti di unghie. È irreale. Vorrei uscire nel corridoio e
far venire qualcuno a vedere. Ma non voglio spezzare l'incantesimo».

«La fragile magia di quei momenti in cui senti di non poter sbagliare».

«È decisamente uno di quei momenti lí. Proprio come quella sensazione magica che col tennis si prova solo ogni tanto. Giocare senza
la testa, lo chiama deLint. Loach lo chiama La Zona. Essere nella Zona. Quei giorni in cui ti senti perfettamente calibrato».

«Coordinato come Dio».

«C'è una piega nella forma dell'aria di quel giorno che guida ogni
cosa verso di te».

«Quando senti di non poter sbagliare neanche volendo».

«Sono cosí lontano che l'apertura del cestino sembra piú una feritoia che un cerchio. Eppure ci entrano, tling, tling. Ecco, ne è entrata un'altra. Perfino quelle che non entrano ci vanno vicino, picchiano sul bordo».

«Sono seduto con la gamba nella vasca idromassaggio del bagno
della casa-ranch di un terapista norvegese specializzato in tessuti
profondi, a 1100 m di quota sulle montagne della Superstizione. Me-
sa-Scottsdale è in fiamme sotto di me. Il bagno è rivestito di legno di
sequoia della California e si affaccia su un precipizio. La luce del sole è del colore del bronzo».

«Ma non sai quando la magia scenderà su di te. Non puoi mai sapere quando apparirà la piega nell'aria. E una volta che la magia è scesa non vuoi cambiare neppure il piú piccolo dettaglio. Non sai quale
concomitanza di fattori e variabili causi quella calibrata sensazione di
non poter sbagliare, e non vuoi rovinare la magia cercando di capire
come funziona, e non vuoi neanche cambiare impugnatura, strumento, parte del campo, l'angolo di incidenza del sole. Hai il cuore in gola ogni volta che cambi campo».

«Stai cominciando a diventare un indigeno superstizioso. Qual è
la parola giusta... *propiziare* l'incantesimo divino».

«All'improvviso capisco l'impulso *gesundheit*, il sale gettato dietro
la spalla e i simboli apotropaici. Ora ho il terrore di cambiare piede.
Sto tagliando frammenti d'unghia aerodinamici piú piccoli possibile
solo per prolungare il tempo su questo piede nel caso la magia fosse
una funzione del piede. Non è neppure il piede buono».

«Questi momenti in cui non puoi sbagliare fanno di ognuno di noi un indigeno superstizioso, Hallie. Il giocatore di football professionista è forse il peggior indigeno superstizioso fra gli atleti. Ecco la ragione di tutte le imbottiture tecnologiche e della Lycra sgargiante e della complessa terminologia di gioco. L'esibizione autorassicurante della tecnologia. Perché sappiamo che l'indigeno con gli occhi da pazzo è in agguato appena sotto la superficie. Il primitivo dagli occhi da pazzo con la lancia e il gonnellino di liane che offre vergini in sacrificio a Popogatapec e ha paura degli aerei».

«Il nuovo *Oed discorsivo* dice che gli Ahts di Vancouver sgozzavano le vergini e ne versavano con cura il sangue negli orifizi dei corpi imbalsamati dei loro antenati».

«Sento il tagliaunghie. Smettila per un secondo».

«Non sto piú reggendo il telefono con la mascella. Ci riesco anche con una mano sola, e tengo il telefono con l'altra. Ma è ancora lo stesso piede».

«Non sai niente della vera superstizione atletica fino a quando non arrivi tra i professionisti, Hallie. Quando entrerai nello Show, allora capirai il senso di *primitivo*. Le vittorie fanno venire a galla l'indigeno. C'è chi non lava piú i sospensori fin quando stanno in piedi da soli negli scompartimenti bagagli sopra i sedili degli aerei. C'è chi si veste, mangia e piscia sempre in un certo modo bizzarro e rituale».

«Mingere».

«Immaginati un difensore di duecento chili che insiste per mettersi seduto a pisciare. Non hai idea di quello che mogli e fidanzate devono sopportare durante una serie di vittorie».

«Non voglio sentire roba di sesso».

«Poi ci sono quei giocatori che scrivono esattamente tutto quello che dicono a tutti prima di una partita, cosí se sarà una partita di quelle magiche potranno ridire esattamente le stesse cose alle stesse persone nello stesso identico ordine prima della partita successiva».

«A quanto sembra gli Ahts cercavano di riempire completamente i corpi dei loro antenati con il sangue delle vergini per preservare la privacy del loro stato mentale. Il detto degli Ahts a questo proposito era "Lo spirito saziato non può vedere le cose segrete". L'*Oed discorsivo* dice che potrebbe essere una delle prime forme di profilassi contro la schizofrenia di cui ci sia traccia».

«Ehi, Hallie?»

«Dopo la sepoltura i québechiani della regione rurale di Papineau scavano un piccolo foro che arriva a bucare il coperchio della bara, cosí l'anima può uscire, se vuole».

«Ehi, Hallie? Penso di essere seguito».

«Questo è il grande momento. Ho finito il piede sinistro e sto per passare al destro. Sarà la prova finale della fragilità dell'incantesimo».

«Ho detto che penso di essere seguito».

«Qualcuno deve guidare il gruppo, O.».

«Dico sul serio. E c'è una cosa strana».

«Ecco la cosa che spiega come mai stai dicendo questo al tuo fratellino alienato invece che a qualcun altro».

«La cosa strana è che penso di essere seguito da... da handicappati».

«Due su tre per il piede destro, con una carambola».

«Smettila un secondo con quel tagliaunghie. Non sto scherzando. Prendi l'altro giorno. Mi metto a parlare con un Soggetto in coda all'ufficio postale. Dietro di noi c'è un tipo sulla sedia a rotelle. Niente di strano. Mi stai ascoltando?»

«Che ci facevi all'ufficio postale? Tu odî la posta cartacea. E Mario dice che da due anni non spedisci piú alla Mami lo pseudomodulo con le risposte».

«Comunque la conversazione va avanti e va avanti bene, uso le Strategie di Seduzione nn. 12 e 16, che uno di questi giorni ti insegnerò. Il punto è che il Soggetto e io usciamo insieme dall'ufficio postale e in fondo alla strada, all'ombra della tenda di un negozio, c'è un altro tizio in sedia a rotelle. Ok. Anche qui nulla di strano. Ma ora il Soggetto e io andiamo insieme dove c'è la sua roulotte—»

«Phoenix ha i parcheggi per le roulotte? Non quelle roulotte argentee di *metallo*».

«E insomma scendiamo dalla macchina e dall'altra parte del parcheggio c'è *un altro* tizio in sedia a rotelle che prova a far manovra sulla ghiaia ma non ci riesce».

«Ci saranno vecchi e handicappati anche in Arizona, no?»

«Ma nessuno di questi invalidi era vecchio. Ed erano tutti un po' troppo grossi per essere degli handicappati su una sedia a rotelle. E tre in un'ora sono un po' troppi».

«Ho sempre pensato che i tuoi appuntamentucoli si svolgessero in ambienti domestici suburbani. O in motel a piú piani con letti dalle forme strane. Le donne che vivono nelle roulotte di metallo hanno anche dei bambini piccoli?»

«Questa aveva una coppia di gemelline dolcissime che hanno giocato con i cubetti buone buone senza supervisione per tutto il tempo».

«Davvero commovente, O.».

«E insomma il punto è che esco dalla roulotte un numero x di ore piú tardi e il tizio è ancora là, bloccato nella ghiaia. E da lontano avrei potuto giurare che avesse una specie di maschera. E ora dovunque vado incontro un numero statisticamente improbabile di individui in sedia a rotelle che sembrano sorvegliarmi, ma fanno finta di nulla».

«Tifosi molto timidi, magari? Un club di timidi fan con problemi alle gambe ossessionati da una delle piú importanti figure sportive nordamericane legate in qualche modo alla parola gamba?»

«Forse è solo la mia immaginazione. Mi è caduto un uccello morto nella Jacuzzi».

«Ora rispondi a un paio di domande».

«E non è neppure questo il motivo della mia chiamata».

«Però hai parlato di parcheggi per le roulotte e roulotte in genere. Ho bisogno che mi confermi alcuni sospetti – due punti, uno dietro l'altro, tling. Non sono mai stato in una roulotte, e perfino l'*Oed discorsivo* presenta grosse lacune riguardo all'argomento dei parcheggi per roulotte».

«E tu dovresti essere il membro sano della famiglia».

«Sarebbe meglio dire *chi*, penso. Ma torniamo alla roulotte. La roulotte di questa signora che hai incontrato. Conferma o smentisci. La moquette andava da una parete all'altra ed era molto sottile, di una specie di giallo bruciato o arancione».

«Sí».

«Il salotto conteneva uno o piú dei seguenti oggetti: un quadro di velluto nero raffigurante un animale; un diorama videofonico su una mensola per i soprammobili; un imparaticcio a mezzo punto con un proverbio biblico tutto svolazzi; almeno un pezzo di mobilio rivestito in chintz con i centrini protettivi sui braccioli; un posacenere con filtro mangiafumo; le ultime due annate complete del *Reader's Digest* esposte con ordine in speciali portariviste inclinati».

«Giusti il quadro di velluto col leopardo, l'imparaticcio, il sofà coi centrini, il posacenere. Niente *Reader's Digest*. Non è molto divertente, Hallie. A volte mi sembra che in te affiori la Mami».

«Ultima cosa. Il nome dell'abitante della roulotte. Jean. May. Nora. Vera. Nora-Jean o Vera-May».

«…»

«Era questa la mia domanda».

«Te lo farò sapere».

«Certo le tue sono storie d'amore con l'a minuscola, eh?»

«Non so proprio perché ti ho chiamato».

«Non è chiaro se quella fragile sensazione magica agisca anche sul piede destro. Sono a sette unghie su nove, ma la sensazione è completamente diversa, come di un *tentativo* di farle finire nel cestino».

«Hallie, è venuto qualcuno di quella rivista del cazzo, "Moment", per farmi un – tra virgolette – profilo».

«Chi è venuto?»

«Una roba di interesse umano. Su di me come essere umano. "Moment" non si occupa di sport violenti, dice questa signora. Sono piú orientati verso la gente, interesse umano. È per una cosa chiamata Personaggi di Oggi, una sezione».

«"Moment" è una rivista che mettono alle casse dei supermercati, accanto ai preservativi e alle gomme da masticare. La legge Alice Moore la Laterale. È presente anche nella sala d'attesa di C.T. Hanno pubblicato un pezzo sul ragazzino cieco dell'Illinois di cui Thorp parla cosí bene».

«Hal».

«Penso che Alice Moore la Laterale passi un sacco di tempo in fila al supermercato, che se ci pensi un attimo è proprio il suo ambiente naturale».

«Hal».

«...Nel senso che le può percorrere voltata di traverso».

«Hallie, questa imponente ragazza di "Moment" mi sta facendo un mucchio di domande da profilo umano sulla mia storia familiare».

«Vuole sapere di Lui in Persona?»

«Di tutti. Tu, la Cicogna Folle, la Mami. Pian piano sta venendo fuori che dovrà essere una specie di pezzo commemorativo in onore della Cicogna patriarca, e il talento e i risultati degli altri sono intesi come un tributo riflesso alla carriera di El Cicogno».

«Ha sempre proiettato una lunga ombra, come dicevi».

«Certo, e il mio primo impulso è stato di invitarla ad andare a fare in culo. Ma "Moment" si è messa in contatto con la squadra. La presidenza ha fatto sapere che un profilo umano gioverebbe alla squadra. Non è che il *Cardinal Stadium* stia esattamente crollando sotto il peso dei tifosi, vittorie o non vittorie. Ho anche pensato di mandarla in pasto a Bain e alle sue tirate logorroiche e alle lettere che di sicuro le avrebbe scritto».

«*Le* cioè femminile. Non il tipico soggetto alla Orin. Una femmina giornalista di quelle dure, svelte, che masticano la gomma e magari non hanno neanche bambini piccoli. Ed è di New York. E imponente, hai detto».

«Non un tipo tosto, o duro, ma fisicamente imponente. Grossa ma non priva di erotismo. È una ragazza e mezzo».

«Una ragazza nata per dominare lo spazio di qualsiasi roulotte».

«Basta con le roulotte».

«La sensazione di forzatura deriva dal fatto che cerco di parlare e allo stesso tempo raccattare i frammenti di unghie dal pavimento».

«Questa ragazza è immune alla maggior parte delle distrazioni conversazionali standard».

«Ci stai perdendo la mano, è questo che ti fa paura. Una ragazza immune e mezzo».

«Ho detto distrazione non seduzione».

«Hai sempre evitato le donne che ti sembrano capaci di picchiarti».

«È piú grossa di molti dei nostri backfields. Ma misteriosamente sexy. I linemen hanno perso la testa per lei. I tackles continuano a fare battute tipo se lei forse vorrebbe vedere il loro profilo animale».

«Speriamo che la sua prosa sia migliore di quella del giornalista che fece il pezzo umano sul ragazzo cieco l'altra primavera. Le hai detto di questa tua nuova paura degli invalidi?»

«Ascolta. Tu piú di chiunque altro dovresti sapere che ho zero voglia di rispondere a domande dirette sui nostri panni sporchi, chiunque le faccia, e meno di tutti a chi prende appunti steno. Che abbia fascino o no».

«Tu e il tennis, tu e i Saints, Lui in Persona e il tennis, la Mami e il Québec e la Royal Victoria, la Mami e l'immigrazione, Lui in Persona e l'anularizzazione, Lui in Persona e Lyle, Lui in Persona e i liquori distillati, Lui in Persona che si ammazza, tu e Joelle, Lui in Persona e Joelle, la Mami e C.T., tu contro la Mami, l'Eta, film che non esistono eccetera».

«Ma vedi che tutto questo mi fa pensare. A come evitare di essere esplicito sulle cose della Cicogna senza sapere quali sarebbero le vere risposte esplicite».

«Tutti dicevano che ti saresti pentito di non essere venuto al funerale. Ma non credo avessero in mente questo».

«Per esempio la Cicogna ha tolto le tende prima che C.T. si trasferisse al piano superiore della CdP? o dopo?»

«…»

«…»

«Me lo stai chiedendo?»

«Non rendermi le cose difficili, Hal».

«Non mi sognerei neppure di provarci».

«…»

«Subito prima. Due o tre giorni prima. C.T. stava in quella che oggi è la stanza di deLint, accanto a quella di Schtitt, a Com. & Amm».

«E Papà sapeva che erano…»

«Molto intimi? Non lo so, O.».

«Non lo sai?»

«Mario potrebbe saperlo. Ti piacerebbe pelare questa gatta con Booboo, O.?»

«Non metterla cosí, Hallie».

«...»

«E Papà... la Cicogna Folle ha messo la testa nel forno?»

«...»

«...»

«Il microonde, O. Il forno a microonde vicino al frigorifero, accanto al freezer, sul bancone, sotto l'armadietto con i piatti e le scodelle alla sinistra del frigo guardando il frigo».

«Un forno a microonde».

«Ricevuto e affermativo, O.».

«Nessuno ha mai parlato di microonde».

«Al funerale lo sapevano tutti».

«Non è che mi sfugga quel che vuoi dire, nel caso te lo stessi domandando».

«...»

«È dov'è che è stato trovato?»

«20 su 28 quanto fa, il 65 per cento?»

«Non mi pare che questo sia poi—»

«Il microonde era in cucina, come ti ho già spiegato, O.».

«D'accordo».

«D'accordo».

«Ok, ora, chi secondo te parla piú spesso di lui, tiene piú viva la sua memoria, verbalmente, adesso: tu, C.T. o la Mami?»

«Tra tutti e tre...»

«Quindi non ne parla mai nessuno. Nessuno mai. È tabú».

«Mi sembra che dimentichi qualcuno».

«Mario parla di lui. Della cosa».

«A volte».

«A cosa e/o a chi parla di questa cosa?»

«A me, tanto per dirne uno, credo».

«E perciò tu in realtà ne parli, ma solo con lui, e solo se è lui a cominciare».

«Orin, ti ho detto una bugia. Non ho neanche cominciato con il piede destro. Avevo troppa paura di cambiare l'angolo di taglio. Per il piede destro ci vuole un angolo di taglio del tutto diverso. Ho paura che la magia sia rimasta sul sinistro. Sono come il tuo lineman superstizioso. Parlarne ha spezzato l'incantesimo. Ora che ne sono consapevole, ho paura. Sono rimasto qui immobile sull'orlo del letto con il ginocchio destro sotto il mento a studiarmi il piede, paralizzato dal terrore aborigeno. E ho mentito proprio a mio fratello».

«Posso chiederti chi è stato a trovarlo? La sua— chi l'ha trovato nel forno?»

«L'ha trovato un certo Harold James Incandenza, di tredici anni».

«Sei stato tu a trovarlo? Non la Mami?»

«...»

«...»

«Ascolta, posso chiederti perché quest'interesse dopo quattro anni e 216 giorni, due anni dei quali senza neppure una telefonata?»

«Ho già detto che non mi sento sicuro a evitare le domande di Helen se non conosco perfettamente quello che non dirò».

«Helen. Ecco, l'hai detto».

«Ecco perché».

«Fra l'altro, sono ancora paralizzato. La consapevolezza che uccide la magia è sempre piú forte. Ecco perché Pemulis e Troeltsch vanno sempre in vantaggio poi si fanno rimontare. Il verbo giusto è Irrigidirsi. Il tagliaunghie è posizionato, le lame su tutti e due i lati dell'unghia. Eppure non riesco a recuperare l'inconsapevolezza necessaria a tagliare. Forse è perché mi sono messo a raccogliere le unghie che sono cadute fuori. Improvvisamente il cestino sembra piccolo e lontano. Ho perso la magia parlandone, e invece mi ci dovevo solo abbandonare. Lanciare le unghie nel cestino ora sembra un esercizio di telemacria».

«Vuoi dire telemetria?»

«È imbarazzante. Quando il talento è andato è *andato*».

«Senti...»

«Sai cosa, perché non ti butti e mi fai tutte le domande mostruose a cui non vuoi rispondere. Potrebbe essere la tua unica possibilità. In genere non ne parlo».

«Lei era là? La Ragazza Piú Bella Di Tutti I Tempi?»

«Joelle non si era piú vista da quando vi eravate lasciati. Questo lo sapevi. Lui in Persona la incontrava alla casa di mattoni, per le riprese. Sono certo che ne sai molto piú di me su qualsiasi cosa stessero cercando di fare. Joelle e Lui in Persona. Anche Lui in Persona si era rintanato sottoterra. C.T. si occupava già delle faccende amministrative di tutti i giorni. Lui in Persona stava da un mese in quel piccolo sgabuzzino di postproduzione all'uscita del laboratorio. Mario gli portava il cibo e... il necessario. A volte mangiava con Lyle. Penso che non sia mai salito in superficie in tutto il mese, solo una volta andò da McLean's a Belmont per due giorni di purificazione e disintossicazione. Questo circa una settimana dopo il suo ritorno. Era partito in aereo per una destinazione ignota e c'era rimasto tre giorni, per questioni di lavoro. Di cinema. Se Lyle non andò con lui allora andò da qualche altra parte, perché in sala pesi non c'era. So che Mario non andò con lui e non sapeva cosa stesse succedendo. Mario non dice bugie. Non era chiaro se aveva finito di montare quello che stava montando. Dico Lui in Persona. Smise di vivere il Primo d'aprile, nel caso non ne fossi sicuro, è quello il giorno. Posso dirti che il Primo d'aprile all'ora d'inizio delle partite del pomeriggio non era ancora tornato, perché subito dopo pranzo passai davanti alla porta del laboratorio e lui non c'era».

«Si era sottoposto a un'altra disintossicazione, dici. Quando, a marzo?»

«La Mami in persona emerse e arrischiò un transito all'esterno per portarcelo, dal che deduco che doveva essere urgente».

«Aveva smesso di bere in gennaio, Hal. Su questo punto Joelle era stata molto chiara. Mi chiamò apposta per dirmelo anche se avevamo deciso di non sentirci piú, e me lo disse anche se le avevo detto che non volevo sapere nulla di lui se lei continuava a comparire nelle sue cose. Mi disse che lui non toccava bottiglia da una settimana. Era la condizione che lei gli aveva posto per farsi riprendere in quello che stava facendo. Mi disse che lui aveva detto che avrebbe fatto qualunque cosa».

«Be', non so che dirti. A quel punto era diventato difficile dire se avesse preso qualcosa oppure no. A quanto pare arriva un momento in cui non c'è piú nessuna differenza».

«Si portò dietro delle cose cinematografiche quando partí in aereo? Una valigetta? Delle attrezzature?»

«O., non lo vidi partire e non lo vidi tornare. Quel che so è che all'ora delle partite non era ancora tornato. Freer mi batté di brutto e in fretta. Fu un 4-1, 4-2, qualcosa del genere, e fummo i primi a finire. Venni alla CdP per fare una lavatrice d'emergenza prima di cena. Questo alle 1630h. Arrivai ed entrai e mi accorsi subito di qualcosa».

«E lo trovasti».

«E andai a chiamare la Mami, poi cambiai idea e andai a chiamare C.T., poi cambiai idea e andai a chiamare Lyle, ma la prima figura autorevole che trovai fu Schtitt. Che fu impeccabilmente rapido, efficiente e pieno di buon senso, proprio la persona da andare a chiamare per prima».

«Non pensavo che un forno a microonde potesse funzionare con la porta aperta. Con tutte quelle microonde che oscillano da tutte le parti, lí dentro. Pensavo ci fosse una specie di luce del frigorifero o un affare tipo la targhetta che non ti fa registrare sulle cartucce».

«Sembri dimenticare le capacità tecniche della persona di cui stiamo parlando».

«E tu rimanesti completamente scioccato e traumatizzato. Era asfisciato, irradiato e/o ustionato».

«Poi ricostruimmo tutto, aveva usato un trapano a punta spessa e un seghetto per fare un foro grosso come la sua testa nello sportello del forno e dopo averci infilato la testa aveva riempito lo spazio intorno al collo con dei fogli di alluminio appallottolati».

«Sembra una cosa rudimentale e improvvisata».

«Facile criticare. Non voleva essere un capolavoro estetico».

«...»

«E c'era una grossa bottiglia mezza piena di Wild Turkey sul bancone a poca distanza, con un grande fiocco rosso da regalo sul collo».

«Sul collo della bottiglia, vuoi dire».

«Affermativo».

«Cioè non era rimasto sobrio, dopotutto».

«Sembra di no, O.».

«E non ha lasciato nessun biglietto o messaggi video stile testamento né nessun'altra comunicazione».

«O., lo so che sai perfettamente che non ne ha lasciati. Ora mi stai chiedendo cose che so bene tu sai già, oltre a criticarlo e a parlare di sobrietà quando non sei neanche venuto al funerale. Abbiamo finito qui? Ho un piede con le unghie lunghe che mi aspetta».

«Avete ricostruito la scena, hai detto un secondo fa».

«E mi è appena venuto in mente che ho ancora un libro della biblioteca che devo restituire. Me n'ero completamente dimenticato. Cazzo».

«"Ricostruito la scena" nel senso che la scena... in cui l'avete trovato era in qualche modo... decostruita?»

«Proprio tu, O. Dovresti sapere che quella era la parola che odiava più di—»

«Allora ustionato. Basta che tu lo dica. Era gravemente gravemente ustionato».

«...»

«No, aspetta. Asfisciato. L'alluminio appallottolato doveva servire a conservare il vuoto in uno spazio che venne automaticamente evacuato non appena il magnetron cominciò a oscillare e generare le microonde».

«Magnetron? Che cosa ne sai di magnetron e oscillatori? Non sei tu il fratello che non sa come girare la chiave della macchina?»

«Breve relazione con un Soggetto che faceva la modella alle mostre-mercato di elettrodomestici da cucina».

«...»

«Era un modo brutale di fare la modella. Doveva stare in piedi su un enorme vassoio rotante, in costume intero e con le gambe accavallate e una mano alzata col palmo in su a indicare l'elettrodomestico che aveva accanto. Se ne stava là, sorridente e vorticante, giorno dopo giorno. Per metà della serata non faceva che barcollare cercando di riacquistare l'equilibrio».

«E questo *soggetto* ti ha per caso spiegato il procedimento di cottura delle microonde?»

«...»

«O., ti è mai capitato per esempio di cuocere diciamo una patata in un forno a microonde? Sapevi che bisogna aprire la patata prima di accendere il forno? Sai perché?»

«Gesú».

«Il patologo legale del Bpd[83] disse che l'accumulo di pressione interna era stato quasi istantaneo ed equivalente in kg/s/cm a piú di due candelotti di Tnt».

«Gesú Cristo, Hallie».

«Di qui la necessità di ricostruire la scena».

«Gesú».

«Non sentirti in colpa. Non c'è nessuna garanzia che qualcuno te l'avrebbe detto anche se fossi, diciamo, venuto al funerale. Io, per esempio, non è che parlassi tanto in quei giorni. A quanto pare ho dato segni di shock e trauma per tutto il periodo del funerale. Ricordo piú che altro un sacco di discorsi a voce bassa sul mio benessere psichico. A un certo punto arrivai perfino a divertirmi a entrare in una stanza e uscirne subito dopo per godermi le conversazioni a voce bassa che s'interrompevano a metà frase».

«Devi essere rimasto traumatizzato oltre ogni fottuta immaginazione».

«La tua preoccupazione è molto apprezzata, credimi».

«...»

«Sul trauma erano tutti d'accordo. Venne fuori che la Rusk e la Mami avevano cominciato a contattare i migliori specialisti di trauma e dolore già poche ore dopo il fatto. Mi trovai catapultato in varie terapie antitrauma & dolore. Quattro giorni la settimana per piú di un mese, proprio durante il richiamo di allenamento duro in preparazione dei tornei estivi. Persi due posti nella classifica Under 14 solo per tutte le partite pomeridiane che mancai. Mancai alle Qualificazioni Hard Court e mi sarei perso Indianapolis se... se non avessi finalmente capito il processo della terapia di trauma & dolore».

«Ma fu d'aiuto. Alla fine. La terapia del dolore».

«La terapia finí con l'aver luogo nel Professional Building in cima alla Comm. Ave, appena passata la Sunstrand Plaza vicino alla Lake Street, quello con i mattoni del colore del condimento Thousand Island, a cui passiamo davanti di corsa quattro giorni la settimana. Chi poteva immaginare che uno dei migliori terapisti del dolore di tutto il continente esercitasse proprio accanto a noi».

«La Mami non voleva che il processo si svolgesse a troppa distanza dall'ovile, ci scommetto».

«Questo terapista del dolore insisteva che lo chiamassi col suo nome di battesimo che nel frattempo ho scordato. Era un omone corpulento, con sopracciglia demoniache e piccolissimi denti grigi sporgenti. E i baffi. Aveva sempre i resti di uno starnuto nei baffi. Arrivai a conoscere molto bene quei baffi. La faccia aveva lo stesso rossore da pressione alta che si vede su quella di C.T. Per non parlare delle mani».

«La Mami ha fatto in modo che la Rusk ti scaraventasse da un professionista del dolore per non sentirsi in colpa per aver praticamente segato la porta del forno a microonde con le sue stesse mani. Tra le altre colpe e anticolpe. Ha sempre creduto che Lui in Persona facesse ben piú che lavorare con Joelle. Il povero vecchio Lui in Persona non aveva mai avuto occhi per altri che per la Mami».

«Era un hombre tosto, O., questo consulente del dolore. Faceva sembrare una sessione con la Rusk come una giornata sull'Adriatico. Non mollava mai: "Che cosa hai sentito, che cosa senti, come ti senti se ti chiedo che cosa senti"».

«La Rusk mi ha sempre fatto pensare a un ragazzino che armeggia con il reggiseno di un Soggetto, con quel modo che aveva di scavare e armeggiare nella testa della gente».

«Quell'uomo era inappagabile e metteva paura. Quelle sopracciglia, quella faccia a cotenna di prosciutto, i piccoli occhi vuoti. Non è mai capitato che voltasse la testa o guardasse da un'altra parte. Furono le sei settimane di conversazione professionale piú tremende che si possano immaginare».

«Mentre quello stronzo di C.T. stava già trasferendo alla CdP la sua collezione di scarpe con i tacchi e i suoi improbabili parrucchini e la Stairmaster».

«Era una cosa da incubo. Non riuscivo a capire che cosa volesse quell'uomo. Andai a Copley Square e mi passai in rassegna la sezione della biblioteca dedicata al dolore. Non su disco. Libri veri. Lessi Kübler-Ross, Hinton. Mi feci una sgobbata su Kastenbaum e Kastenbaum. Lessi cose come *Sette scelte: compiere i passi verso una nuova vita dopo aver perso qualcuno che si ama* di Elizabeth Harper Neeld[84], 352 pagine di vere cazzate. Poi tornai da lui e mostrai dei perfetti sintomi da manuale di negazione, contrattazione, collera, altra negazione, depressione. Elencai le sette scelte del testo e vacillai plausibilmente fra di loro. Fornii informazioni etimologiche sulla parola *accettazione* risalendo fino a Wyclif e alla *langue-d'oc* francese del XIV secolo. Il terapeuta del dolore non se ne bevve nessuna. Era come uno di quegli incubi sugli esami, tu sei preparato perfettamente, poi arrivi là e tutte le domande d'esame sono in hindi. Provai perfino a dirgli che ormai Lui in Persona era depressoe pancreatitico e fuori di testa per metà del tempo, che lui e la Mami erano diventati fondamentalmente degli estranei, che il lavoro e il Wild Turkey ormai non lo aiutavano piú, che era abbattuto perché aveva montato una cosa che era cosí brutta da non volerla neanche far uscire. Che il... quello che era successo alla fine era stato come una specie di grazia, tutto sommato».

«Lui in Persona non soffrí allora. Nel microonde».

«Il patologo legale del Bdp che tracciò il contorno di gesso intorno alle scarpe di Lui in Persona disse forse dieci secondi al massimo. Disse che l'accumulo di pressione doveva essere stato quasi istantaneo. Poi indicò le pareti della cucina. E vomitò. Il patologo legale».

«Gesú Cristo, Hallie!»

«Ma il terapeuta del dolore non ci cascava, eppure secondo Kastenbaum e Kastenbaum il cominciare a dire almeno-le-sue-sofferenze-sono-finite è un segno chiarissimo di reale accettazione. Il terapeuta del dolore incombeva come un mostro di Gila. Provai perfino a dirgli che per la verità non sentivo niente».

«Il che era falso».

«Certo che era falso. Cosa potevo fare? Ero in preda al panico. Questo tizio era un incubo. La sua faccia stava sopra la scrivania come una specie di luna con la pressione alta, e non mi mollava mai. Con quella rugiada mucoidale che gli brillava nei baffi. Per non parlare delle mani. Era il mio incubo peggiore. A proposito di consapevolezza e paura. Di fronte a me c'era una figura autorevole di massimo livello e io non riuscivo a dargli ciò che voleva. Quell'uomo diceva chiaramente che non facevo il mio dovere. Prima di allora non avevo mai mancato di fare il mio dovere».

«Hai sempre fatto il tuo dovere, Hallie, su questo non c'è dubbio».

«Ed ecco che mi trovavo di fronte questa figura autorevole con le pareti piene di diplomi che se ne stava là seduto e si rifiutava perfino di specificare quale fosse il mio dovere in questo caso. Di' quello che ti pare di Schtitt e deLint: loro almeno ti fanno sapere quello che vogliono senza mezzi termini. Flottman, Chawaf, Prickett, Nwangi, Fentress, Lingley, Pettijohn, Ogilvie, Leith, perfino la Mami a modo suo: il primo giorno di scuola ti dicono subito quel che vogliono da te. Ma questo testa di cazzo, no».

«E devi anche essere rimasto sotto shock per tutto il tempo».

«O., andava sempre peggio. Perdevo peso. Non riuscivo a dormire. Fu a questo punto che cominciarono gli incubi. Continuavo a sognare una faccia nel pavimento. Persi di nuovo contro Freer, poi contro Coyle. Andai al terzo set con Troeltsch. Presi B in due test. Non riuscivo a concentrarmi su nient'altro. Ero ormai ossessionato dal terrore di fallire nella terapia del dolore. Terrore che questo professionista dicesse alla Rusk e a Schtitt e a C.T. e alla Mami che non facevo il mio dovere».

«Mi dispiace di non esserci stato».

«La cosa strana era che piú cresceva l'ossessione e peggio giocavo e dormivo, e piú tutti quanti erano felici. Il terapeuta del dolore si congratulò con me per come ero stravolto. La Rusk disse a deLint che il terapeuta del dolore aveva detto alla Mami che stava cominciando a funzionare, che cominciavo a provare dolore, ma il processo era lento».

«Lento e costoso».

«Affermativo. Cominciai a disperarmi. Cominciai a pensare che sarei rimasto indietro nella terapia del dolore, non avrei mai fatto il mio dovere e non sarebbe mai finita. Avrei avuto quegli incontri kafkiani con quell'uomo tutti i giorni, tutte le settimane. Era maggio ormai. Si stavano avvicinando i Continentali su Terra Battuta ai quali l'anno prima ero arrivato fino al quarto turno e divenne chiaro che tutti pensavano mi trovassi in una fase cruciale del lungo e costoso processo di afflizione e non ce l'avrei fatta a unirmi al contingente per Indianapolis a meno che non riuscissi a inventarmi subito un modo per fare il mio dovere emozionale con quell'uomo. Ero assolutamente disperato, un relitto».

«E allora sei andato in sala pesi. Tu e la tua fronte avete fatto una visitina al vecchio Lyle».

«Fu Lyle la chiave. Se ne stava laggiú a leggere *Foglie d'erba*. Attraversava un periodo whitmaniano, diceva che era parte del dolore per Lui in Persona. Prima di allora non ero mai sceso da Lyle a supplicarlo per qualcosa, ma lui disse che mi aveva dato uno sguardo carico di dolore mentre mi allenavo sotto di lui sudando splendidamente e disse che era stato cosí toccato dalla mia ulteriore sofferenza oltre all'esser stato il primo dei parenti di Lui in Persona a doverne sperimentare la perdita che avrebbe tentato di tutto. Assunsi la posizione e gli porsi la fronte e spiegai quanto era accaduto e che se non riuscivo a trovare il modo di soddisfare questo professionista del dolore sarei finito in una stanza imbottita e molto tranquilla chissà dove. L'intuizione chiave di Lyle fu che avevo affrontato la questione dalla parte sbagliata. Ero andato in biblioteca e mi ero comportato come uno *studente* del dolore. Invece dovevo tuffarmi nella sezione dei *professionisti* del dolore. Dovevo prepararmi dal punto di vista del terapeuta stesso. Come potevo sapere cosa voleva un professionista se non sapevo che cosa gli era professionalmente richiesto di volere eccetera. Era semplice, disse. Dovevo entrare in empatia con il terapeuta del dolore, disse Lyle, se volevo convincerlo. Lyle disse che era un'inversione cosí semplice del mio normale modo di fare il mio dovere che non mi era neanche venuta in mente».

«Lyle disse tutto questo? Non mi sembra roba da Lyle».

«Ma dentro di me si accese una lucina, per la prima volta da settimane. Ancora in asciugamano, chiamai un taxi. Vi saltai dentro prima che si fermasse al cancello. Dissi letteralmente: "Alla piú vicina biblioteca con una significativa sezione dedicata alla terapia professionale del dolore e del trauma, e vacci a tavoletta". Et cetera et cetera».

«Il Lyle che conoscevo io non era il tipo da consigliare come fare il proprio dovere con le autorità».

«Il giorno dopo quando affrontai il terapeuta del dolore ero un uomo nuovo, perfettamente preparato, imperturbabile. Tutto quello che ero arrivato a temere di quell'uomo – le sopracciglia, la musica multietnica nella sala d'aspetto, lo sguardo implacabile, i baffi incrostati, i piccoli denti grigi, perfino le mani – ho già detto che questo terapeuta del dolore teneva le mani nascoste sotto la scrivania per tutto il tempo?»

«Ma ce la facesti. Li facesti tutti contenti mostrando tutto il tuo dolore, no?»

«Allora andai lí e mi infuriai con il terapeuta. Lo accusai di inibire il mio tentativo di elaborare il dolore, perché rifiutava di convalidare la mia assenza di sentimenti. Gli dissi che gli avevo già detto la verità. Usai parolacce e gergo di strada. Dissi che non me ne importava una sega se lui era una figura autorevole e molto accreditata. Lo chiamai testa di cazzo. Gli chiesi che cazzo volesse da me. Ebbi uno scatto parossistico. Gli dissi che gli avevo già detto che non sentivo nulla, ed era la verità. Dissi che mi sembrava che lui volesse che mi sentissi tossicamente colpevole perché non sentivo nulla. Nota che ogni tanto usavo dei termini significativi della terapia professionale del dolore, come *convalidare*, *elaborare* inteso come assimilare e *senso di colpa tossico*. Li avevo imparati in biblioteca».

«La differenza era che questa volta eri in campo e sapevi dov'erano le righe, come direbbe Schtitt».

«Il terapeuta del dolore mi incoraggiò a seguire le sensazioni parossistiche, a dare un nome e a onorare la mia rabbia. Era sempre piú contento ed eccitato mentre gli dicevo furibondo che rifiutavo di sentire anche un solo iota di colpa. Dissi, che cosa avrei dovuto fare, perdere ancor piú velocemente contro Freer cosí sarei potuto tornare alla CdP in tempo per fermare Lui in Persona? Non era colpa mia, dissi. Urlai che non era colpa mia se l'avevo trovato io; avevo i calzini lerci, dovevo per forza fare una lavatrice. A quel punto mi picchiavo sul petto e dicevo che per Dio *non* era colpa mia se—»

«Se cosa?»

«È proprio quello che disse il terapeuta del dolore. La letteratura professionale aveva un'intera sezione in grassetto sulle Pause Improvvise nei Discorsi Emozionali. Il terapeuta del dolore si sporgeva in avanti sulla scrivania fino alla vita. Aveva le labbra umide. Ero nella Zona, terapeuticamente parlando. Sentivo di avere le cose in pugno, per la prima volta in tanto tempo. Spezzai il contatto visivo con lui. Se avevo fame, mormorai».

«Come scusa?»

«È proprio ciò che disse lui, il terapeuta del dolore. Mormorai che non era niente, solo che maledizione non era colpa mia se avevo avuto la reazione che avevo avuto quando ero entrato nella CdP, prima di entrare in cucina per imboccare le scale della cantina e trovare Lui in Persona con la testa infilata in ciò che restava del microonde. Quando ero entrato e mi ero fermato nell'ingresso e cercavo di levarmi le scarpe senza appoggiare il sacco del bucato sporco sul tappeto bianco e saltellavo su un piede solo e non c'era verso che avessi la minima idea di quanto era successo. Dissi che nessuno può scegliere o pensare di controllare i suoi primi pensieri inconsci o le reazioni quando entra in una casa. Dissi che non era colpa mia se il mio primo pensiero inconscio era stato—»

«Gesú, ragazzo, quale?»

«*Che c'era un profumino buonissimo!* urlai. La forza del mio urlo per poco non fece rovesciare all'indietro il terapeuta del dolore sulla sua sedia di pelle. Due diplomi gli caddero dal muro. Mi piegai in avanti sulla mia sedia non di pelle come per un atterraggio di emergenza. Portai le mani alle tempie e cominciai a dondolare avanti e indietro sulla sedia, piangendo. Il resto venne fuori fra singhiozzi e lamenti. Che erano passate piú di quattro ore dal pranzo e mi ero allenato e avevo giocato al massimo e morivo di fame. Che mi era venuta l'acquolina in bocca nel momento in cui avevo aperto la porta. Che la mia prima reazione era stata di pensare che c'era un profumino *buonissimo!*»

«Ma tí perdonasti».

«Mi assolsi a sette minuti dalla fine della sessione mentre il terapeuta del dolore mi guardava con approvazione. Era estatico. Giuro che alla fine il suo lato della scrivania era a mezzo metro d'altezza dopo il mio crollo da manuale poi la genuina costernazione e il trauma e il senso di colpa e il dolore urlato a squarciagola poi l'assoluzione».

«Cristo in croce, Hallie!»

«...»

«Però ne sei uscito. Hai espresso il dolore, e mi hai detto com'è andata, cosí posso dire a Helen di "Moment" qualcosa di generico ma convincente riguardo alla perdita e al dolore».

«Ma non ti ho detto che la cosa piú da incubo e ossessionante di questo grande terapeuta del dolore era che le sue mani non erano mai visibili. L'orrore di quelle sei settimane in qualche modo si concentrò sulla questione delle sue mani. Non emergevano mai da sotto la scrivania. Era come se le braccia gli terminassero al gomito. E oltre all'analisi del materiale nei suoi baffi, avevo passato buona parte di ogni ora provando a immaginare la configurazione e l'attività di quelle mani invisibili».

«Hallie, lascia solo che ti chieda questa cosa poi non ne parlerò mai piú. Poco fa hai detto che la cosa piú traumatica di tutte fu che la testa di Lui in Persona era esplosa come una patata intera».

«Poi in quello che fu l'ultimo giorno di terapia, l'ultimo giorno prima che venissero scelti i giocatori delle squadre A per Indianapolis, dopo che avevo finalmente fatto il mio dovere e il mio dolore traumatico era stato professionalmente dichiarato come esternato e riconosciuto ed elaborato, quando mi infilai la felpa e mi alzai per andarmene e mi avvicinai alla scrivania per dargli una mano tremante di gratitudine che non avrebbe mai potuto rifiutare e lui si alzò e tirò fuori la mano per stringere la mia, allora capii».

«Aveva le mani sfigurate o qualcosa del genere».

«Le sue mani erano grandi come quelle di una bambina di quattro anni. Una cosa surreale. Quest'imponente figura autoritaria, con un'enorme faccia rossa e carnosa e dei baffi da tricheco e il triplo mento e un collo che gli trabordava dal collo della camicia, aveva delle manine minuscole e rosa e senza neanche un pelo e morbide come il culo di un bambino, delicate come conchiglie. Le mani furono la ciliegina. Riuscii appena a lasciare l'ufficio prima che cominciasse».

«L'isteria catartica post-traumatica. Uscisti vacillando».

«Riuscii appena ad arrivare al bagno degli uomini in fondo al corridoio. Ridevo cosí istericamente che temevo di essere sentito da tutti i periodontisti e i commercialisti degli uffici accanto al bagno. Mi misi a sedere in uno scanno con le mani sulla bocca, pestavo i piedi e battevo la testa sulle pareti dello scanno in una crisi di riso isterica. Se avessi visto quelle mani».

«Però ne sei uscito del tutto, e perciò puoi farmi uno schizzo generale della sensazione».

«Sento che sto recuperando le risorse per il piede destro, finalmente. La magia è tornata. Non sto mirando al cestino. Non sto neppure pensando. Mi affido alla sensazione. È come quel momento su celluloide quando Luke si toglie il casco a infrarossi».

«Quale casco?»

«Come sai, le unghie umane sono le vestigia di artigli e corna. Sono ataviche, come il coccige e i capelli. Si sviluppano nell'utero molto prima della corteccia cerebrale».

«Cosa?»

«A un certo punto durante il primo trimestre si perdono le branchie e si resta una sacca vescicosa di fluido spinale e una coda rudimentale e follicoli piliferi e minuscoli microframmenti di artigli e corna primordiali».

«Dici questo per farmi soffrire? Ti ho sconvolto a chiederti di ripensare a quello che è successo? Ho riattivato il dolore?»

«Solo un'altra conferma. L'interno della roulotte. C'era un oggetto o un trio contiguo di oggetti nel seguente schema di colori: marrone, lavanda e verde menta o giallo giunchiglia».

«Ti richiamo quando sarai tornato in te. La gamba comincia a prudermi per via dell'idromassaggio».

«Sarò qui. Ho un intero piede da consacrare alla magia. Non voglio cambiare il piú piccolo dettaglio. Sono sul punto di far scattare il tagliaunghie. Andrà tutto bene, lo so».

«C'era un copridivano. Direi un copridivano afghano sul sofà di chintz. Il giallo era piú fosforescente che giunchiglia».

«E si dice *asfissiato*. Tira qualche campanile per tutti noi, O. Il prossimo suono che sentirai sarà spiacevole», disse Hal tenendo la cornetta vicinissima al piede, la sua espressione tremendamente intensa.

◑

6 NOVEMBRE
ANNO DEL PANNOLONE PER ADULTI DEPEND

Le alogene bianche sul verde dei campi in sintetico tingono del colore delle mele acerbe la scena dei campi indoor della Port Washington Tennis Academy. Per gli spettatori dietro il vetro della galleria, la pelle delle coppie di giocatori in azione sotto di loro ha come una sfumatura rettilea, una specie di pallore da mal di mare. Questo raduno annuale è mastodontico: tutte e due le accademie schierano le squadre A e B Maschili e Femminili, singoli e doppi, delle categorie Under 14, 16, 18. Trentasei campi si stendono sotto un elegante e permanente sistema di Polmone a tre volte.

In una squadra di tennis juniores ci sono sei giocatori: il giocatore
piú alto in classifica, cioè il n. 1, gioca in singolare contro il miglior giocatore della squadra avversaria; il n. 2 gioca contro il n. 2 cosí via fino
al n. 6. Ai sei match di singolare seguono tre doppi, e in genere i migliori due di ogni squadra diventano il doppio n. 1 – con qualche eccezione, per esempio le gemelle Vaught oppure Schacht e Troeltsch che
fanno parte della squadra B come singolaristi ma sono la coppia di doppio n. 2 della squadra A dell'Eta perché giocano insieme da quando erano due lattanti incontinenti, a Philly, e sono cosí esperti e affiatati da
stracciare i singolaristi 3 e 4 della squadra A Under 18, Coyle e Axford,
che preferiscono non giocare neanche il doppio. È una cosa piuttosto
complicata e forse neanche interessante – se non si è giocatori.

Normalmente un incontro fra due squadre juniores è al meglio di
cinque partite su nove, ma questo mastodontico evento annuale d'inizio novembre fra l'Eta e la Pwta sarà al meglio delle 108 partite. Una
conclusione a 54 partite pari è estremamente improbabile – le probabilità sono 1 su 2^{27} – e in nove anni non si è mai verificata. Il raduno si
tiene sempre a Long Island perché la Pwta ha dei campi indoor fantastici. Ogni anno la squadra che perde il raduno deve salire sui tavoli del
buffet e cantare una canzoncina idiota. Pare che in privato avvenga una
transazione ancora piú imbarazzante tra i Presidi delle due accademie,
ma nessuno sa esattamente di cosa si tratti. Lo scorso anno Enfield ha
perso 57-51 e Charles Tavis non ha detto una parola nel viaggio di ritorno in autobus ed è dovuto andare in bagno diverse volte.

Ma l'anno scorso l'Eta non aveva John Wayne, e l'anno scorso H.J.
Incandenza non era ancora esploso. John Wayne, originario di Mont-
cerf, Québec – una cittadina di miniere di amianto a circa dieci km dalla notoriamente fragile Diga Mercier – il miglior giocatore canadese
Under 16 e il n. 5 nelle classifiche dell'Onanta, fu infine reclutato con
successo la scorsa primavera da Gerhardt Schtitt e Aubrey deLint che
lo convinsero dicendogli che due anni gratis in un'accademia americana gli avrebbero forse consentito di bypassare le due normali stagioni
di tennis al college e di diventare subito professionista a diciannove anni temprandosi ben bene lo stesso. Il ragionamento filava, perché le serie di tornei juniores delle quattro principali accademie tennistiche Us
sono molto simili a quelle del circuito Atp per via dei viaggi massacranti
e dello stress continuo. John Wayne è attualmente il n. 3 della categoria Under 18 Maschile Onanta e n. 2 della Usta (il Canada in seguito
alle pressioni esercitate dalle Provincie l'ha ripudiato in quanto emi-
grante) e in quest'Anno del Pannolone per Adulti Depend ha raggiunto le semifinali degli Open Juniores di Francia e degli Stati Uniti, e ha
perso contro esattamente zero americani in sette raduni e una dozzina

di tornei. Il n. 1 degli Usa, un Indipendente[85] della Florida di nome Vea-ch, lo stacca in classifica di appena un paio di punti, ma quest'anno non si sono ancora incontrati in partite ufficiali e tutti sanno che il ragazzo si tiene alla larga da Wayne, lo evita, e preferisce rimanere a sedere sugli allori nella sua Pompano Beach, ufficialmente per curarsi uno strappo all'inguine che si fece ormai quattro mesi fa. Dovrebbe giocare al WhataBurger Invitational in Arizona fra un paio di settimane, questo Veach, perché l'anno scorso ha vinto il singolo Under 18 e non aveva ancora diciassette anni, ma sa che ci sarà anche Wayne, e allora non si sa bene cosa succederà. Per quanto riguarda l'Onanta c'è un ragazzo argentino al n. 1 che l'Accademia messicana di Vera Cruz è riuscita a reclutare; è praticamente imbattibile, quest'anno si è portato a casa tre dei quattro tornei del Grande Slam Juniores, ed è la prima volta che qualcuno ci riesce dai tempi di un sepolcrale ragazzino ceco di nome Lendl, che poi si ritirò dallo Show e si suicidò prima dell'avvento dell'Èra Sponsorizzata. Comunque Wayne è il n. 1 dell'Eta.

Ed è ormai sotto gli occhi di tutti che Hal Incandenza, lo scorso anno al rispettabile ma non entusiasmante n. 43 a livello nazionale e tra il 4 e il 5 del singolo maschile Under 16 dell'Accademia, ha compiuto un vero e proprio balzo quantistico di plateau tennistico e quest'anno – quello che sta per terminare, con la Divisione Prodotti Assorbenti Depend della Kimberly-Clark Corp, che presto lascerà il campo al miglior offerente per i diritti sul Nuovo Anno – Incandenza, che ha appena diciassette anni, è n. 4 a livello nazionale e n. 6 nel computer Onanta e n. 2 nel singolo Under 18 dell'Eta. A volte queste esplosioni accadono. All'Accademia nessuno dice nulla a Hal di questa sua esplosione, cosí come non si dice nulla a un battitore che attraversa un periodo no. Il gioco delicato, effettato, cerebrale di Hal non è cambiato, ma quest'anno è come se gli fossero cresciuti gli artigli. In campo non sembra piú fragile o assente, e ora batte le palle negli angoli senza neanche pensarci. I suoi Errori non Forzati non arrivano all'un per cento.

Il logoramento dell'avversario ha un ruolo importante nel gioco di Hal. Continua a colpire finché non si apre un angolo. Fino a quel momento continuerà a colpire, instancabile. Sfianca gli altri giocatori, li finisce. La scorsa estate tre avversari hanno dovuto attaccarsi all'ossigeno ai cambi di campo[86]. Il suo servizio si proietta verso gli avversari come se corresse in diagonale su un filo nascosto. Ora, d'improvviso, dopo quattro estati di migliaia di prove all'alba da solo, si dice che il servizio di Hal sia uno dei migliori servizi esterni mancini mai visti nel circuito juniores. Ora Schtitt chiama Hal Incandenza il suo «resuscitato» e a volte durante gli allenamenti punta la pipa con fare affettuoso verso di lui dal suo nido di corvo.

I singoli A sono quasi tutti in corso. Coyle e il suo uomo sul Campo 3 sono impegnati in un infinito scambio a farfalla. Il muscoloso ma lento avversario di Hal è piegato in due e cerca di riprendere fiato mentre Hal raddrizza le corde. Tall Paul Shaw sul 6 fa rimbalzare la palla otto volte prima di servire. Mai sette o nove.

E John Wayne è senza ombra di dubbio il miglior giocatore maschile dell'Accademia di Enfield da molti anni a questa parte. Il primo a notarlo era stato undici estati fa il defunto Dott. James Incandenza – John aveva sei anni – mentre girava un algido Super-8 concettuale sulle persone che si chiamavano John Wayne ma non erano il vero storico attore John Wayne della recitazione storica, un film dal quale il brusco padre di Wayne ottenne per vie legali che fosse tagliata la parte con suo figlio perché nel titolo del film c'era la parola *Homo*[87].

Sul campo n. 1, con John Wayne a rete, il miglior giocatore di Port Washington alza un lob. È un colpo bellissimo: la palla si alza lentamente in aria, sfiora appena il sistema di illuminazione del campo e torna giú fluttuando, gentile come garza: è un'incantevole funzione quadrupla di verde fosforescente, le giunture bianche. John Wayne indietreggia velocemente. Si può dire – se si è dei veri giocatori – si può dire se il lob sarà dentro già dal modo in cui la pallina lascia le corde dell'avversario. Il pensiero non c'entra molto. Gli allenatori spiegano ai giocatori veri cosa fare per rendere automatico il processo. Il gioco di John Wayne è di una specie di bellezza automatica. Mentre la palla saliva lui ha corso all'indietro tenendo gli occhi sulla palla fino a quando non ha raggiunto il culmine della parabola e la curva si è spezzata, proiettando molte ombre sulla plafoniera di luci fissata alla volta del pallone gigante; poi Wayne si è voltato e si è lanciato senza esitazione sul punto preciso del campo in cui rimbalzerà. Dove dovrebbe rimbalzare. Non ha bisogno di localizzare di nuovo la palla finché non rimbalza sul campo verde appena dentro la linea di fondo. A questo punto è già accanto alla palla, sempre senza rallentare la corsa. Sembra cattivo e distante. Mentre la palla rimbalza di nuovo verso l'alto, Wayne le si avvicina come ci si avvicina a qualcuno a cui si stia per fare del male, salta, fa una mezza piroetta per mettersi di fianco alla palla e la colpisce col suo grosso braccio destro mentre sta ancora salendo, fiondandola lungo la linea e passando il ragazzo di Port Washington, che ha seguito le regole e si è portato a rete dietro il suo bellissimo lob. Il ragazzo di Port Washington applaude con il palmo della mano contro le corde riconoscendo l'ottimo colpo, anche se nel frattempo guarda i suoi allenatori su in alto nella galleria. Il pannello di vetro degli spettatori si trova al pianoterra e i tennisti giocano sottoterra, su campi ricavati in una specie di fossa scavata molto tempo fa: alcuni club nel Nordovest preferiscono i campi interrati perché la terra fa da isolante e tiene le spese generali a livelli solo scoraggianti, anziché proibitivi, quando i Polmoni sono operativi. Il pannello della galleria corre sulla testa dei giocatori dei campi dall'1 al 6, ma c'è una vera ammucchiata di spettatori nella parte di galleria che si affaccia sui Campi da Show dove giocano il n. 1 e il n. 2 degli Under 18 Maschile, Wayne e Hal contro i due migliori giocatori della Pwta. Ora, dopo il coreografico colpo vincente di Wayne, si sente il triste applauso di una piccola folla sotto vetro; sui campi l'applauso è attutito e compromesso dai rumori di gioco e sembra il disperato bussare di un gruppo di sopravvissuti intrappolati a grande profondità. Il pannello è simile al vetro di un acquario, spesso e pulito, e isola dai rumori, quindi chi si trova nella galleria ha l'impressione che 72 ragazzini muscolosi stiano giocando nel silenzio assoluto. Praticamente tutti nella galleria indossano abiti da tennis e vivaci scaldamuscoli di nylon; qualcuno ha anche i polsini tergisudore, che sono l'equivalente tennistico dello stendardo e del cappotto con il collo di procione per il tifoso del football.

L'inerzia della piroetta di John Wayne l'ha fatto finire contro il pesante telone nero appeso a un sistema di aste e anelli che sta diversi metri oltre le linee di fondo dei 36 campi e pare un po' un'ambiziosa, gigante tenda per la doccia. I teloni nascondono alla vista le pareti di morbido isolante bianco macchiate dall'umidità e formano uno stretto passaggio che usano i giocatori per andare al loro campo senza attraversarne altri e interrompere il gioco. Wayne colpisce il telone, praticamente ci rimbalza contro, e fa un gran botto con l'eco. I rumori del gioco in un incontro indoor sono fortissimi e complessi; ogni rumore ha l'eco e gli echi si fondono. In galleria Tavis e Nwangi si mordono le nocche e deLint appiattisce il naso contro il vetro in preda all'ansia mentre tutti gli altri applaudono gentilmente. Schtitt tamburella lentamente la pipa contro la punta degli stivali come nei momenti di grande stress. Però Wayne non si è fatto male. Capita a tutti di finire nei teloni. Sono lí apposta. Sembra sempre peggio di quel che è.

Laggiú in campo però il botto del telone è fortissimo, e scuote Teddy Schacht, che è in ginocchio nel piccolo passaggio dietro il Campo 1 a tenere la fronte di M. Pemulis che vomita in ginocchio dentro un grosso secchio di plastica bianca per le palle da allenamento. Schacht sposta un po' piú indietro Pemulis quando il profilo di Wayne si disegna per un momento nel telone ondeggiante e minaccia di scaraventare a terra Pemulis e il secchio, e sarebbe uno spettacolo spiacevole. Pemulis si trova in fondo al suo inferno di nervosismo nauseato prepartita, ed è troppo occupato a cercare di vomitare senza far rumore per sentire il suono cattivo del colpo vincente di Wayne o il tuono del suo impatto con il telone. Lí nel passaggio si gela, tra il materiale isolante e le longarine di acciaio, lontano dai caloriferi a infrarossi che stanno sopra i campi. Il secchio di plastica è pieno di vecchie palline spelacchiate Wilson e della colazione di Pemulis. C'è un certo odore, naturalmente. Schacht non ci fa caso. Carezza delicatamente le tempie di Pemulis come sua madre faceva con lui, a Philly.

Sui teloni ci sono delle finestrelle di plastica all'altezza degli occhi, degli squarci di panoramiche del campo. Schacht vede John Wayne avvicinarsi al palo della rete e girare il cartellino mentre lui e il suo avversario cambiano campo. Anche indoor si cambia campo dopo ogni game dispari. Nessuno sa perché si cambia campo ai game dispari e non ai game pari. Al palo della rete dei campi della Pwta è stato saldato un paletto piú piccolo con un doppio set di cartellini girevoli con dei grossi numeri rossi da 1 a 7; nelle partite senza tabellone si devono girare i cartellini a ogni cambio di campo per aiutare gli spettatori della galleria a seguire il punteggio. Molti giocatori juniores si dimenticano di girare i cartellini. Wayne è sempre automatico e scrupoloso nell'aggiornarli. Il padre di Wayne lavora in una miniera di amianto ed è, a quarantatre anni, di gran lunga l'operaio piú anziano nel suo turno; ogni mattina si mette la maschera a tre strati e cerca di tener duro fino a quando John Wayne comincerà a guadagnare abbastanza $ da portarlo via da lí. Non vede il figlio maggiore da quando l'anno scorso gli sono state revocate le cittadinanze québechiana e canadese. Il cartellino di Wayne mostra il (5); il suo avversario non ne ha ancora toccato uno. Wayne non si siede mai per i 60 secondi a cui ha diritto a ogni cambio di campo. Il suo avversario ha una maglietta azzurra con il colletto svasato e le scritte WILSON e PWTA sulle maniche, e gli dice qualcosa di amichevole mentre lo incrocia davanti al palo della rete. Wayne non gli risponde. Va alla linea di fondo piú lontana dalla finestrella di Schacht e fa rimbalzare una palla su e giú con lo strumento mentre il ragazzo di Port Washington siede nella piccola sedia di tela, si asciuga il sudore dalle braccia (di cui nessuna delle due è grossa) con un asciugamano e lancia una rapida occhiata alla galleria. Il fatto è che Wayne pensa solo al tennis. Il suo volto in campo è inespressivo e rigido, ha quella maschera ipertonica tipica degli schizofrenici e degli adepti Zen. Guarda sempre dritto davanti a sé. È una persona molto riservata. Le sue emozioni emergono in termini di velocità. L'intelligenza come concentrazione strategica. Il suo gioco, e i suoi modi nel complesso, piú che vivi a Schacht sembrano non-morti. Wayne preferisce mangiare e studiare da solo. Ogni tanto lo si incontra con altri due o tre canadesi espatriati dell'Eta, ma quando sono insieme sembrano sempre incazzati. Schacht non ha idea di quel che Wayne pensi degli Usa e del proprio status di cittadino. Lui pensa che Wayne non gli dia molta importanza: è destinato allo Show; sarà un giocatore serio, cittadino del mondo, ovunque nonmorto, e farà la pubblicità alle bevande energetiche e alle pomate antinfiammatorie.

Pemulis ha già vomitato tutto e ora ha dei conati a vuoto sopra il secchio, mentre i suoi strumenti Dunlop con le corde di budello e il resto della sua roba giacciono alla rinfusa accanto a Schacht nel passaggio. Sono gli ultimi a entrare in campo. Schacht deve giocare il singolo dei n. 3 per la squadra B Under 18, e Pemulis n. 6 nella B. Sono innegabilmente in ritardo. I loro avversari sono già sulla linea di fondo dei Campi 9 e 12 in attesa che entrino in campo e si riscaldino; sono un po' nervosi, fanno lo stretching come si fa stretching quando lo si è già fatto, e fanno rimbalzare le palle nuove con i loro strumentoni Wilson neri. L'intero corpo studenti della Port Washington Tennis Academy riceve e deve usare per contratto strumenti che la Wilson fornisce gratis. Niente di personale, ma Schacht non si farebbe mai dire da nessuna accademia con che marca di strumento deve giocare. A lui piacciono le Head Master, e per questo viene considerato un tipo bizzarro ed eccentrico. Il rappresentante della Amf-Head gliele porta da chissà quale magazzino pieno di ragnatele dove le tengono da quando uscirono di produzione a seguito dell'avvento dei racchettoni, molti anni fa. Le Head Master di alluminio hanno teste perfettamente rotonde e un piccolo inserto di anonima plastica azzurra nella V della gola e piú che veri strumenti di gioco sembrano giocattoli. Coyle e Axford lo prendono sempre in giro dicendogli di aver visto una Head Master in vendita a un mercato delle pulci e Schacht farebbe meglio a correre. Schacht, che è molto legato sia a Mario sia a Lyle della sala pesi (dove Schacht va anche nei giorni liberi per via dei suoi problemi al ginocchio e del Morbo di Crohn, e deLint e Loach gli stanno sempre addosso perché non metta su troppi muscoli), ha imparato quel modo di sorridere e non rispondere mai quando qualcuno lo prende in giro.

«Tutto ok?»

Pemulis fa «Bleah». Si asciuga la fronte per far capire che ha finito, poi si lascia trascinare in piedi e ci resta reggendosi da sé, le mani sui fianchi, lievemente piegato in avanti.

Schacht appiana delle pieghe vicino al fermaglio della fascia elastica che ha intorno al ginocchio. «Puoi prenderti un altro secondo. Wayne ha quasi finito».

Pemulis tira su col naso ed è un rumore fastidioso. «Com'è possibile che mi succeda tutte le volte? Non è da me».

«A qualcuno succede, ecco tutto».

«Non lo conosco questo idiota pallido gobbo che vomita nei secchi. Non sono io».

Schacht raccoglie il suo borsone. «I nervi di certe persone sono nello stomaco. Cisne, Yard-Guard, Lord, tu: siete uomini di stomaco».

«Teddy, fratello, amico mio, non prendo *mai* nulla quando devo giocare delle partite importanti. Ci sto molto attento. La sera prima sono sempre a letto entro le 2300h, tutto pulito, con le guance rosee».

Quando passano davanti alla finestrella di plastica dietro il Campo 2 Schacht vede Hal Incandenza provare a passare il suo avversario che ha seguito a rete un barocco rovescio incrociato slice sul rovescio di Hal e sbagliare di poco. Il cartellino di Hal è già stato sollevato sul (4). Schacht lo saluta con la mano ma Hal non se ne accorge e quindi non può ricambiare. Continuano ad avanzare lungo il corridoio freddo, Pemulis in testa.

«Anche Hal ce l'ha in pugno. Un'altra vittoria per le forze del bene».

«Gesú, mi sento di merda», dice Pemulis.

«Le cose potrebbero andare peggio».

«Ah, sí? E come?»

«Questo non è stato come l'incidente di stomaco di Atlanta. Eravamo al chiuso. Nessuno ha visto. L'hai visto quel vetro; per Schtitt e deLint è come un film muto qui sotto. Nessuno ha sentito niente. I nostri avversari penseranno che eravamo qui fuori a darci le testate per caricarci o qualcosa del genere. Oppure gli possiamo dire che ho avuto un crampo. Per essere un incidente di stomaco questo è stato una piccolezza».

Pemulis è una persona del tutto differente prima di giocare in partita.

«Sono un fottuto inetto».

Schacht ride. «Sei una delle persone piú ette che conosco. Smettila di darti addosso».

«Non mi ricordo di aver mai vomitato da bambino. E adesso è come se mi venisse voglia di vomitare al solo pensiero di poter vomitare».

«E allora vedi quant'è semplice. Basta che tu non pensi a niente di toracico. Fai finta di non avere lo stomaco».

«Non ho lo stomaco», dice Pemulis. La sua testa resta ferma mentre parla lungo il passaggio. Porta quattro strumenti, un ruvido asciugamano bianco da spogliatoio della Pwta e un barattolo di palle da tennis pieno di acqua Long Island con del cloro, e apre e chiude nervosamente la cerniera della custodia dello strumento. Schacht porta sempre soltanto tre strumenti. I suoi non hanno custodia. A eccezione di Pemulis e Rader e Unwin e un paio di altri che montano le corde di budello e quindi hanno davvero bisogno di protezione, nessun altro a Enfield usa le custodie per le racchette; è come una presa di posizione antimoda. La gente che usa le custodie vuol dirti che le custodie sono utili e che loro hanno le corde di budello. Un altro, simile puntiglio antimoda consiste nel lasciare le magliette sempre fuori dai pantaloni. Ortho Stice si allenava con dei jeans neri tagliati fino a quando Schtitt ha mandato Toni Nwangi a ordinargli di farli sparire. Ogni accademia ha il suo stile o antistile. La gente della Pwta, di fatto praticamente una succursale della Wilson, mette delle inutili custodie azzurre Wilson sugli strumenti Wilson con le corde in sintetico, e al centro di queste corde in sintetico c'è una grossa W rossa dipinta con lo spray. Se vuoi avere gli strumenti gratis devi lasciare che la ditta di tua scelta dipinga con lo spray il suo logo sulle tue corde, ecco l'universale regola dei giocatori juniores. Sulle corde sintetiche arancioni Gamma-9 di Schacht spicca il misterioso logo paraboloide Taoista della Amf-Head Inc. Pemulis non è sulla Lista Gratuita della Dunlop[88] ma chiede all'incordatore dell'Eta di dipingere lo stesso il logo della Dunlop sulle corde di tutti i suoi strumenti, e secondo Schacht questo è un gesto di toccante insicurezza.

«Due anni fa ho giocato contro il tuo uomo a Tampa», dice Pemulis, schivando una delle vecchie palle da allenamento scolorite che infestano sempre i passaggi dietro i teloni. «Il nome mi sfugge».

«Le-qualcosa», dice Schacht. «Un altro canadese. Uno di quei nomi che cominciano con Le». Mario Incandenza, in un paio di piccoli pantaloncini da allenamento dell'Eta di proprietà di Audern Tallat-Kelpsa, è appostato in silenzio circa dieci metri dietro di loro nel passaggio, lo sprone in posizione e la testa libera da telecamera; sta incorniciando Schacht con i pollici e i lunghi indici, come se lo inquadrasse nell'obiettivo di una macchina da presa. Mario è stato autorizzato ad andare al WhataBurger Invitational insieme alle squadre per fare le riprese che poi saranno incluse nel suo breve e allegro documentario annuale – brevi testimonianze e momenti spensierati e spezzoni da dietro-le-quinte e situazioni emozionanti in campo eccetera – che ogni anno viene distribuito agli ex allievi dell'Eta e ai benefattori e agli ospiti all'esibizione di raccolta fondi durante la festa di beneficenza pre-Giorno del Ringraziamento. Mario si sta chiedendo come fare a trovare abbastanza luce dietro questo telone per filmare la tesa e fredda marcia gladiatoriale prepartita, le racchette da tennis tra le braccia dei ragazzi come un osceno bouquet, senza sacrificare la qualità fosca e diffusa e in un certo senso gladiatorialmente predestinata che hanno le figure in quello scuro passaggio. Dopo aver misteriosamente vinto, Pemulis dirà a Mario che forse si potrebbe usare una Marino 350 con filtro di diffusione attaccata a un cavo da alzare con un verricello dietro le figure a diciamo due volte la lunghezza focale, o magari adoperare una pellicola sensibile e mettere la Marino all'imbocco del tunnel e lasciare che le schiene delle figure sfumino gradualmente in una specie di bruma del destino data dalla bassa esposizione.

«Ricordo che il tuo uomo ha un dritto micidiale. Il rovescio lo tira solo slice. La sua velocità di palla non cambia mai. Se gli servi forte sul rovescio lui risponderà corto e in slice. Puoi venire a rete quando ti pare».

«Pensa al tuo», dice Schacht.

«Il tuo uomo ha zero immaginazione».

«E tu hai uno spazio vuoto al posto dello stomaco, ricordati».

«Sono un uomo senza stomaco».

Emergono da una piega nel telone con le mani alzate in segno di moderate scuse agli avversari, poi si spostano nel caldo del campo, i loro piedi sul verde e lento fondo sintetico simile alla gomma da cancellare. Le loro orecchie si dilatano per i mille rumori di quello spazio piú vasto. Gli ansimi e i *fuops* e i *pocs* e gli stridori delle scarpe da tennis. Il campo di Pemulis è in fondo, quasi nell'area femminile. I Campi da 13 a 24 sono riservati alle squadre A e B Under 18 Femminili, tutte con la coda di cavallo ballonzolante e il rovescio a due mani e quei grugniti che subito smetterebbero di fare se solo si fermassero un attimo ad ascoltarli. Pemulis non riesce a capire se l'applauso molto attutito che giunge dal pannello della galleria sia un applauso sardonico alla sua comparsa dopo diversi minuti passati a vomitare o se sia invece per K.D. Coyle sul Campo 3, che ha appena schiacciato cosí forte un lob basso che la palla è schizzata in alto e ha urtato la plafoniera di luci sopra il campo. Se si esclude una leggera debolezza alle gambe, Pemulis si sente privo di stomaco e ben disposto a far bene. Deve assolutamente vincere questa partita se vuole andare al WhataBurger.

I campi infrailluminati sono caldi e morbidi; i caloriferi avvitati su tutte e due le pareti sopra i teloni emanano il caldo rosso profondo di piccoli soli quadrati.

Tutti i giocatori della Port Washington indossano calzini e calzoncini e magliette in tinta, le magliette dentro i calzoncini. Sono eleganti ma affettati, sembrano manichini. I migliori giocatori dell'Eta sono liberi di firmare dei contratti per avere equipaggiamento gratis, ma niente soldi. Coyle è Prince e Reebok, e cosí Trevor Axford. John Wayne è Dunlop e Adidas. Schacht è Head Master per gli strumenti, abbigliamento e fascia per il ginocchio sono suoi. Ortho Stice è Wilson e abbigliamento Fila tutto nero. Keith Freer è Fox per lo strumento e sia Adidas sia Reebok per tutto il resto, fino a quando uno

dei rappresentanti delle due compagnie se ne accorgerà. Troeltsch è
Spalding e può già considerarsi molto fortunato. Hal Incandenza è
Dunlop e scarpe Nike superleggere e un sostegno Air Stirrup per la
caviglia mezza rotta. Shaw è Kennex per lo strumento e Tachani Big
& Tall per l'abbigliamento. La capacità imprenditoriale di Pemulis gli
ha fruttato completa libertà di scelta e spesa, anche se deLint e Nwangi l'hanno diffidato dall'indossare in partita magliette che in qualsiasi modo menzionino il Sinn Fein o inneggino ad Allston Ma.

Prima di andare sulla linea di fondo e cominciare a palleggiare per
riscaldarsi a Schacht piace perdere un po' di tempo sulla sua sedia, a
battere una Head contro le corde di un'altra Head e sentire dal suono qual è quella incordata con la tensione piú giusta, aggiustare l'asciugamano sullo schienale della sedia, accertarsi che i suoi cartellini non
siano rimasti sollevati a indicare il punteggio del match precedente eccetera, poi gli piace anche trafficare un altro po' sulla linea di fondo,
ripulirsi da eventuali microgranelli di lanugine della palla o minuscole
goccioline o particelle che gli si fossero attaccate durante i conati al
freddo di Pemulis, sistemarsi la ginocchiera, allargare le braccia come
fosse in croce ed estenderle per allungare i pettorali. L'avversario attende pazientemente facendo roteare il suo strumento di polibutilene;
e quando finalmente cominciano a palleggiare, l'avversario ha sul volto un'espressione ben disposta. Schacht preferisce di gran lunga un
match gradevole, comunque vada. Ormai per lui vincere non ha piú
grande importanza, dopo il Morbo di Crohn prima e il ginocchio poi,
a sedici anni. Oggi forse definirebbe il suo desiderio di vincere una
preferenza, niente di piú. La cosa singolare è che negli ultimi due anni, da quando ha smesso di preoccuparsene, il suo tennis sembra leggermente migliorato. È come se il suo gioco duro e piatto non avesse
piú altro scopo che se stesso, e avesse perciò cominciato ad autoali-
mentarsi divenendo piú pieno, morbido, meno spigoloso, però nel frattempo anche tutti gli altri giocatori sono migliorati, anche piú velocemente di lui, e il piazzamento in classifica di Schacht ha continuato a
scendere costantemente da quando aveva sedici anni, e lo staff ha smesso anche di parlare di un suo possibile passaggio a un college importante. Però Schtitt l'ha preso sotto la sua ala dopo il fatto del ginocchio
e la perdita di ogni urgenza oltre al gioco stesso, e ora tratta Schacht
quasi come un pari e non piú come un soggetto sperimentale con qualcosa da perdere. Nel suo cuore Schacht è già destinato a una carriera
dentistica e quando non è in tour va a far pratica due volte la settimana da uno specialista gengivale alla Fondazione Nazionale per il Dolore Cranio-Facciale, a Enfield est.

Secondo Schacht è strano che Pemulis consideri cosí importante il non prendere nessuna sostanza il giorno prima di una partita e non colleghi mai il suo stomaco nevrastenico con una forma di astinenza o comunque di dipendenza. Se lui non glielo chiedesse direttamente non glielo direbbe mai, ma Schacht sospetta che Pemulis sia fisicamente 'drine-dipendente, o Preludin o Tenuate o qualcosa del genere. Però non sono affari suoi.

L'uomo di Schacht, un presunto franco-canadese grosso come Schacht ma piú basso, il volto scuro e la struttura vagamente eschimoide e una stempiatura che fa capire che a diciotto anni ha già i peli sulla schiena, si riscalda tirando palle piene d'effetto, ha un diritto in topspin a mezzaluna con presa western e uno strano rovescio a una mano che tira con effetto a uscire, le ginocchia che gli si piegano curiosamente ogni volta che colpisce la palla e un accompagnamento finale pieno di quelle movenze da ballerino che da sole raccontano un esaurimento nervoso. Un artista nevrastenico dello spin lo si può praticamente mangiare a colazione, se si tira forte come Schacht, e Pemulis ha detto la verità: il rovescio lo tira sempre in slice, e corto. Schacht guarda l'avversario di Pemulis, un tipo un po' strano, che grugnisce e ha quell'aria da cicogna di chi è da poco uscito dalla pubertà. Pemulis appare stranamente deciso e sicuro di sé dopo un paio di minuti ad armeggiare con il barattolo dell'acqua, a sciacquarsi il cavo orale e via di seguito. Pemulis potrebbe anche vincere, a dispetto di sé. Schacht sta pensando di fare una corsa e andare a chiamare uno dei dodicenni di cui è Fratellone per mandarlo nel passaggio a svuotare il secchio di Pemulis prima che qualcuno lo veda. All'Eta la prova di un'incapacità nervosa di qualunque tipo viene annotata e registrata, e Schacht si è accorto che Pemulis deve avere un certo interesse personale a partecipare allo WhataBurger Inv. del Giorno del Ringraziamento. Gli è sembrato buffo l'appostarsi di Mario nel passaggio a grattarsi il testone e affliggersi per dei problemi d'illuminazione. Non ci saranno Polmoni né teloni o passaggi oscuri al WhataBurger: il torneo di Tucson è all'aperto, e a Tucson ci sono quaranta gradi anche a novembre, e quando servi il sole ti spacca la retina.

Anche se Schacht compra l'urina ogni tre mesi come tutti gli altri, Pemulis pensa che Schacht prenda ogni tanto le sostanze un po' per la stessa ragione per cui bevono superalcolici quelle persone che normalmente non finiscono nemmeno i loro cocktail di frutta: per rendere un po' diversa e piú interessante la loro stressante vita interiore che però è fondamentalmente ok, e non cercano niente piú di questo, non cercano sollievo; è un po' come una forma di turismo; e Schacht non deve neppure preoccuparsi del superallenamento come Inc o Stice e neppure si ammala spesso come Troeltsch per lo stress fisico di prendere costantemente tutte quelle 'drine, e non è nemmeno soggetto a crolli psicologici appena dissimulati come l'Inc o Struck o lo stesso Pemulis. A Schacht mette un po' i brividi quel modo che hanno Pemulis, Troeltsch, Struck e Axford di prendere sostanze, e riprendersi dalle sostanze, poi coniare un gergo in codice per parlare delle varie sostanze, ma da quando a sedici anni l'incidente del ginocchio l'ha distrutto e ricostruito, Schacht ha imparato ad andare per la sua strada interiore e lasciare che gli altri facciano lo stesso. Come la maggior parte degli uomini grossi, si sta adattando in fretta all'idea che il suo posto nel mondo sia molto piccolo e il suo impatto sulle altre persone ancor di piú – e questa è la ragione per cui a volte si dimentica di finire la sua parte di una certa sostanza, perché gli interessa molto di piú come comincia a sentirsi subito dopo averla presa. È una di quelle persone che non hanno bisogno di molto dalla vita.

Schacht e il suo avversario si riscaldano palleggiando con la fluida economia sviluppata in anni di palleggi di riscaldamento. A turno provano le volée a rete poi si alzano dei pallonetti che schiacciano senza forzare, aumentando lentamente la potenza del colpo da metà a tre quarti. Il ginocchio sembra fondamentalmente a posto. Le lente superfici sintetiche indoor non si addicono al gioco duro e piatto di Schacht, ma in compenso sono gentili con il suo ginocchio, che dopo pochi giorni di partite sul cemento diventa grosso come una palla da pallavolo. Schacht si sente blandamente felice sul Campo 9, a giocare praticamente in privato, lontanissimo dal pannello della galleria. In un grosso club indoor c'è quella sensazione rassicurante di spazio espugnabile che non si avverte mai quando si gioca all'esterno, specialmente quando fa freddo e le palle sono dure e ostili e impattano le corde dello strumento con un *ping* senza eco. Qui invece ogni cosa scricchiola e rimbomba, si sentono grugniti e cigolii di scarpe e i *poc* echeggianti degli impatti e bestemmie che si rincorrono lungo il piano bianco-verde e si rispondono da un telone all'altro. Presto andranno tutti al coperto, per l'inverno. Schtitt cederà e farà gonfiare il Polmone dell'Eta sui sedici Campi Centrali; il giorno della gonfiatura è come ammucchiare i covoni di grano, un'attività comunitaria e divertente; rimuoveranno le recinzioni centrali e i riflettori, toglieranno i pali e li smonteranno in sezioni, che poi impileranno e metteranno via, e i tizi della TesTar e dell'Athscme arriveranno con la sigaretta in bocca e i loro pulmini e guarderanno distrattamente con stanca competenza i progetti tracciati nel blu da disegno industriale, e ci sarà un elicottero dell'Athscme o a volte anche due con fionde e rampini per tirar su la cupola e la navicella del Polmone; e Schtitt e deLint incaricheranno i ragazzi piú giovani dell'Eta di portare fuori i caloriferi a infrarossi dalla stessa rimessa in metallo ondulato nella quale verranno riposte le palizzate disassemblate e le lampade. Sono vere e proprie armate di quattordicenni o sedicenni che, in formazione come formichine o coreani, trasportano sezioni di palo e caloriferi, pezzi di Gore-Tex e lunghe lampadine al litio mentre i diciottenni siedono sulle loro seggioline di tela e li prendono in giro perché loro l'hanno già fatto nell'età fra i 13 e i 16 anni di aiutare a tirar su il Polmone. Due TesTariani supervisioneranno il lavoro di Otis P. Lord e della sua banda di genialoidi tecnologici di quest'anno nelle varie fasi di montaggio dei caloriferi, fissaggio delle luci, stesura di cavi di derivazione coassiali con spinotti in ceramica fra l'interruttore principale della Sala Pompe e la griglia Sunstrand, installazione dei ventilatori di circolazione e dei paranchi pneumatici che erigeranno il Polmone gonfiandolo finché non prenderà la forma di un igloo disteso; sedici campi in quattro file di quattro, racchiusi e riscaldati da nient'altro che fibre di Gore-Tex e corrente alternata e un enorme Realizzatore di Flusso di Scarico Athscme che un membro del personale Athscme su uno degli elicotteri Athscme trasporterà fin qui in una imbracatura per poi cablarlo, montarlo e assicurarlo sulla navicella capezzoloide del Polmone in cima alla cupola gonfia. E quella prima notte dopo l'Erezione, tradizionalmente il quarto lunedí di novembre, tutti i diciottenni delle classi superiori che ne avranno voglia azioneranno gli infrarossi e si sballeranno e mangeranno pizza light surgelata e giocheranno tutta la notte, e suderanno magistralmente al riparo dall'inverno sulla cima livellata della collina di Enfield.

Schacht si tiene in disparte sul lato destro del campo e lascia che il suo uomo provi il servizio, che è stranamente piatto e corto per un nervoso fanatico dello spin. Schacht li blocca tutti con un forte backspin, e le palle gli rimbalzano davanti e tornano verso di lui, che cosí può ributtarle all'avversario e allo stesso tempo provare il servizio. La routine di riscaldamento è diventata automatica e non richiede attenzione. In cima alla fila, sul n. 1, Schacht vede John Wayne esplodere un rovescio incrociato. Wayne lo tira cosí forte che un piccolo fungo di peluria verde si solleva nell'aria nel punto in cui la palla colpisce le corde. I loro cartellini sono troppo lontani per poterli leggere in quella luce color mela acerba, ma dal modo in cui il migliore giocatore della Port Washington ritorna sulla linea di fondo per rispondere si può intuire che Wayne lo sta massacrando. In un sacco di partite juniores tutto quel che succede a partire dal quarto o quinto game non è che una formalità. A quel punto i giocatori sanno quale sarà il punteggio finale. Il grande quadro. Avranno già deciso chi perderà. Una volta raggiunto un certo plateau di abilità e forma fisica, il tennis agonistico è in gran parte mentale. Schtitt direbbe *spirituale* anziché *mentale*, ma per come la vede Schacht è la stessa cosa. Secondo Schacht la teoria filosofica di Schtitt è che per vincere cosí spesso da essere considerato un vincente la cosa deve importarti tantissimo e anche non importarti per nulla[89]. Per Schacht non ha grande importanza, forse, non piú, e perciò ha affrontato la graduale esclusione dalla squadra A dell'Eta con un'equanimità che ad alcuni all'Accademia è sembrata spirituale, mentre ad altri è parsa un inequivocabile segno di rincoglionimento. Soltanto una o due persone hanno usato l'aggettivo *coraggioso* in relazione alla radicale riconfigurazione di Schacht dopo il Morbo di Crohn e il ginocchio. Hal Incandenza, che forse è asimmetricamente intralciato dal suo dare troppa importanza al tennis tanto quanto Schacht dal darne troppo poca, dentro di sé pensa che il laissez-faire di Schacht sia dovuto a una forma di declino interiore, un grigio arrendersi e abbandonare le sue promesse d'infanzia per una grigia mediocrità adulta, e la cosa gli fa paura; ma dal momento che Schacht è un vecchio amico e un guidatore affidabile e la sua compagnia si è fatta piú piacevole dall'incidente al ginocchio – Hal prega ardentemente che la sua caviglia non gli diventi come una palla da pallavolo alla fine di ogni giornata di gioco fuori – Hal, in modo misterioso e profondamente intimo, quasi ammira e invidia il fatto che Schacht si sia stoicamente immolato alla professione dentistica e abbia smesso di sognare l'ingresso nello Show dopo il diploma – nella noncuranza di Schacht c'è il sentore di una cosa diversa dal fallimento, qualcosa che non si riesce bene a definire, come quando non si ricorda una parola che si sa di sapere – Hal non riesce davvero a sentire per lo scivolone competitivo di Teddy Schacht quel disprezzo che sarebbe del tutto naturale da parte di uno che dà al tennis una tale tremenda segreta importanza, e perciò i due hanno deciso tacitamente di non parlarne, cosí come Schacht decide allegramente e senza fare commenti di guidare lui il carro attrezzi quando gli altri sono cosí fatti che per vedere una strada sola devono tenere un occhio chiuso, e di pagare senza protestare per l'urina trimestrale pulita, e di non dire una parola sul passaggio degenerativo di Hal da turista occasionale a frequentatore compulsivo dei sotterranei, parlando di sostanze, con tutte le sue visite alla Sala Pompe e il suo Visine, anche se Schacht pensa dentro di sé che lo strano e palese contributo che l'assunzione compulsiva di sostanze ha dato all'erompente esplosione in classifica di Hal è destinato a essere temporaneo, e una specie di estratto conto della carta di credito psichica di Hal è già in arrivo nella posta, da qualche parte, e si rattrista fin da ora per l'amico e per quel che di certo dovrà pagare, alla fine. Anche se non saranno gli Esami. Hal farà una strage agli Esami, e Schacht potrebbe benissimo essere uno di quelli che faranno carte false per stare vicino a lui, non ha problemi ad ammetterlo. Proprio adesso sul n. 2, sul lato sinistro del campo, Hal tira una seconda palla di servizio con cosí tanto topspin mancino che quasi passa sopra la testa del n. 2 di Port Washington. Dev'essere un massacro sui campi da Show n. 1 e n. 2. Il Dott. Tavis sarà irrefrenabile. La galleria ormai non applaude quasi piú Wayne e Incandenza; sarebbe come quando i Romani applaudivano i leoni. Tutti gli allenatori e i membri dello staff e i genitori dei ragazzi Pwta e i semplici spettatori nella galleria sono vestiti da tennis, con i calzini bianchi alti e la maglietta infilata nei pantaloni di chi non gioca davvero.

Schacht e il suo uomo iniziano a giocare.

Sia Pat Montesian che il padrino Aa di Gately non si stancano di ricordare a Gately che questo nuovo residente, Geoffrey Day, potrebbe finire con l'essere un preziosissimo insegnante di pazienza e tolleranza per lui, Gately, in qualità di Membro dello Staff della Ennet House.

«E insomma a quarantasei anni mi tocca imparare a vivere in base a dei luoghi comuni», è quanto Day dice a Charlotte Treat subito dopo che Randy Lenz ha chiesto l'ora, ancora una volta, alle 0825h. «Devo piegare la mia volontà e la mia vita ai luoghi comuni. Un giorno alla volta. La calma è la virtú dei forti. Comincia dal principio. Il coraggio è la paura che ha detto le preghiere. Chiedi aiuto. Sia fatta la Tua non la mia volontà. Funziona se ci credi. Cresci o vattene. Non mollare».

La povera Charlotte Treat, che ricama compassata accanto a lui sul vecchio divano di vinile appena arrivato dalla Beneficenza, si morde le labbra. «Devi pregare per un po' di gratitudine».

«Oh, no, il punto è che sono stato già abbastanza fortunato a *ricevere* della gratitudine». Day incrocia le gambe in modo da inclinare tutto il suo piccolo corpo morbido verso di lei. «Della qual cosa, credimi, sono grato. Io coltivo la gratitudine. Fa parte del sistema di luoghi comuni che devo rispettare qui. Un atteggiamento di gratitudine. Un ubriaco grato non berrà mai. So che il vero luogo comune è "Un *cuore* grato non berrà mai", ma siccome gli organi non hanno la capacità di imbibirsi e io sono ancora afflitto da abbastanza volontà da non accettare di vivere in base a dei non sequitur assoluti, anziché in base ai soli buoni vecchi luoghi comuni, mi prendo la libertà di un leggero emendamento». Tutto questo detto con uno sguardo innocente. «Ancorché un emendamento grato, naturalmente».

Charlotte Treat si rivolge con gli occhi a Gately in cerca di aiuto o di una qualche imposizione del dogma a opera di un membro dello Staff. La povera puttana non sa cosa fare. Nessuno di loro ancora sa cosa fare. Gately ricorda a se stesso che anche lui forse non sa ancora che fare, nonostante tutte queste centinaia di giorni. «Non Sapevo Di Non Sapere» è un altro di quegli slogan che sembrano vuoti per un po', poi all'improvviso si librano e diventano profondi come i fondali delle aragoste al largo della North Shore.

Quando Gately si dibatte nella meditazione mattutina di ogni giorno cerca sempre di ricordare a se stesso, giorno dopo giorno, che lo scopo di un periodo di residenza alla Ennet House è tutto qui: far guadagnare un po' di tempo a questi poveri sciagurati, qualche sottile fettina di tempo di astinenza, fino a quando riescono ad avere sentore di ciò che c'è di vero e profondo, quasi di magico, sotto la vuota superficie di quel che stanno cercando di fare.

«La coltivo assiduamente. Di notte su in camera faccio speciali esercizi di gratitudine. Esercizi di sollevamento-gratitudine, si potrebbero chiamare. Chiedi a Randy se non li faccio sempre. Diligentemente. Con solerzia».

«Be', è vero, tutto qui?» Treat tira su col naso. «Riguardo alla gratitudine».

Tutti gli altri a parte Gately, disteso sul vecchio divano di fronte a quei due, ignorano questo dialogo e guardano una vecchia cartuccia InterLace col caricamento un po' danneggiato per cui il fondo e la cima dell'immagine sullo schermo sono strisciate da bande di statica.

Day non ha ancora finito di parlare. Pat M. incoraggia i nuovi operatori dello Staff a considerare preziosi insegnanti di pazienza, tolleranza, autodisciplina e controllo quei residenti che verrebbe voglia di uccidere a sciabolate.

Day non ha ancora finito di parlare. «Uno degli esercizi consiste nell'essere grato del fatto che la vita sia così *più facile* ora. A volte mi capitava di pensare. Mi capitava di pensare in lunghe frasi composte, con le subordinate e perfino i polisillabi. Ora scopro che non ce n'è bisogno. Ora vivo secondo le frasi cucite sugli imparaticci in macramè ordinati dall'ultima pagina di un vecchio "Reader's Digest" o del "Saturday Evening Post". La calma è la virtú dei forti. Ricordati di ricordare. Solo per la grazia di D maiuscola Dio. Volta pagina. Nitido, spietato. Monosillabico. La buona vecchia saggezza stile Norman Rockwell-Paul Harvey. Vado in giro con le braccia tese davanti a me recitando questi luoghi comuni. Con tono monocorde. Non occorrono inflessioni. Possiamo aggiungerlo questo? Potrebbe far parte del calderone dei luoghi comuni? *Non occorrono inflessioni?* Troppe sillabe, forse».

Randy Lenz dice: «Non ho tempo per queste stronzate».

La povera Charlotte Treat, pulita da ben nove settimane, sta cercando di apparire sempre piú perbenino. Rivolge di nuovo un'occhiata a Gately disteso sull'intera lunghezza dell'altro sofà del salotto, una scarpa da tennis sollevata sul ripiano di stoffa logora che sarebbe un bracciolo, gli occhi semichiusi. Soltanto allo Staff è consentito stendersi sui divani.

«Negazione», dice Charlotte alla fine, «ti dice niente questa parola?»

«Perché non vi state zitti, cazzo», dice Emil Minty.

Geoffrey (non Geoff, Geoffrey) Day è alla Ennet House da sei giorni. Arriva dalla famigerata Clinica Dimock di Roxbury dov'era l'unico bianco, e Gately pensa che dev'essere stata un'esperienza illuminante. Day ha la faccia piatta, unta, schiacciata e inespressiva, di quelle che richiedono un grande sforzo per farsele piacere, e occhi che solo adesso cominciano a perdere la fissità nittitante della prima fase di sobrietà. Day è un nuovo arrivato e un relitto. Uno da vino rosso e Quaalude che alla fine di ottobre si è addormentato di colpo e ha infilato la sua Saab nella vetrina di un negozio di articoli sportivi a Malden, poi è uscito e si è guardato intorno fino a quando la polizia se l'è portato via. Che insegnava una cosa dal nome idiota come storicità sociale o socialità storica in un college jr di Medford in fondo alla superstrada e all'arrivo qui ha detto che sovrintendeva alla direzione di una Rivista Accademica. Parola per parola, aveva detto al Direttore della Casa: *sovrintendeva alla direzione* e *Accademica*. L'esame del suo modulo di Ammissione rivelava che da anni Day entra ed esce da stati di black-out e le sue connessioni interne sono, come si dice, un po' danneggiate. La sua disintossicazione a Dimock, dove se ti viene il Dt hanno appena le risorse per darti un Librium, dev'essere stata veramente difficile, perché Geoffrey D. sostiene che non è mai avvenuta: la sua storia ora è che un giorno era partito da Malden, dove vive, a dieci chilometri di distanza, per fare una passeggiata, e mentre passeggiava è entrato dentro la Ennet House per scherzo e ha trovato il posto cosí simpatico da non voler piú andar via. A detta di Gene M. i nuovi arrivati con un po' di cultura sono i peggiori. Identificano nella testa la totalità del loro essere, ed è là che il Disagio stabilisce i suoi quartieri generali[90]. Day indossa chinos di una tinta indefinibile, calzini marroni con scarpe nere e camicie che Pat Montesian aveva descritto nel modulo di Ammissione come «camicie hawaiiane modello Europa dell'Est». Fatta colazione, Day è sul divano di vinile insieme a Charlotte Treat nel salotto della Ennet House con altri residenti, quelli che non lavorano o comunque non devono cominciare presto, e Gately, che si è fatto un turno notturno di Sogni In Servizio all'ufficio centrale fino alle 0400h, poi si è fatto sostituire temporaneamente da Johnette Folz per poter fare il bidello al ricovero Shattuck fino alle 0700h, poi è ritornato qui e ha ripreso servizio cosí che Johnette potesse andare alla sua riunione Na con un gruppo di gente Na in una dune-buggy che pareva uscita dall'inferno, ora sta cercando, Gately, di rilassarsi seguendo con gli occhi le crepe nella vernice sul soffitto del salotto. Spesso la mattina Gately avverte ancora un tremendo senso di perdita, parlando di narcotici, nonostante tutto il tempo che ha passato pulito. Il suo padrino al Gruppo della Bandiera Bianca sostiene che alcune persone non superano mai il senso di perdita per quello che pensavano fosse il loro vero migliore amico e amante; e devono solo pregare tutti i giorni perché gli vengano date l'accettazione e le palle d'acciaio necessarie a sopportare il dolore e la perdita, ad attendere che il tempo indurisca le cicatrici. Il padrino, Francis G. Il Feroce, non si incazza assolutamente con Gately perché prova queste sensazioni; al contrario si congratula con Gately per il candore dimostrato quando una mattina, chiamandolo da una cabina telefonica, gliene aveva parlato piangendo come un bambino, del senso di perdita. È un mito che nessuno ne senta la mancanza. La loro Sostanza preferita. Merda, non avresti bisogno di aiuto se non ne sentissi la mancanza. Devi solo Chiedere Aiuto e Voltar Pagina, la perdita e il dolore, e Non Mollare, farti vedere, pregare, Chiedere Aiuto. Gately si frega gli occhi. Consigli semplici come questi sembrano davvero un mucchio di luoghi comuni – Day ha ragione. Sí, ma se Geoffrey Day continua a fermarsi a come le cose sembrano a lui, allora è un uomo morto di sicuro. Gately ne ha già visti a dozzine arrivare qui e mollare e tornare Là Fuori poi finire in carcere o morire. Se Day sarà mai cosí fortunato da crollare, alla fine, e andare nel mezzo della notte all'ufficio centrale a urlare che non ce la fa piú, e ad aggrapparsi al risvolto dei pantaloni di Gately e, singhiozzando, implorare aiuto a qualsiasi costo, allora Gately avrà l'occasione di dirgli che le istruzioni date sotto forma di luogo comune sono molto piú profonde e difficili di quello che sembrano. Se si prova a vivere seguendole anziché dirle e basta. Ma glielo dirà solo se Day verrà a chiedergliello. Personalmente, Gately dà a Geoffrey D. diciamo un mese di tempo fuori prima che torni a chiedere l'elemosina ai parchimetri. Solo che chi è Gately per decidere chi riceverà il Dono del programma e chi no, bisogna che lo tenga a mente. Deve sforzarsi di pensare che Day gli stia insegnando la pazienza e la tolleranza. Ci vuole grande pazienza e tolleranza per non desiderare di spingere quel tipetto molle nel burrone della Comm. Ave. e fargli lasciare il posto a qualcuno

che lo voglia davvero disperatamente, il Dono. Solo che chi è Gately
per pensare di sapere chi lo vuole e chi no, il Dono, dentro di sé. Gately tiene il braccio dietro la testa contro il bracciolo del sofà. Sul vecchio visore Dec scorrono immagini violente dai colori accesi che Gately non vede né sente. Faceva parte del suo talento di ladro: riesce ad
accendere e spegnere la sua attenzione come se avesse un interruttore. Anche quando era un residente aveva questa presciente abilità da
scassinatore per selezionare gli input e riuscire a catalogarli. Anche a
questo si doveva se era riuscito a tenere duro per nove mesi residenziali alla Ennet House insieme ad altri ventuno scassinatori, teppisti,
puttane, dirigenti licenziati, signorine della Avon, musicisti della metropolitana, operai edili gonfi di birra, barboni, venditori d'auto indignati, madri con bulimia da trauma, truffatori, checche, duri del
North End, ragazzini brufolosi con orecchini da naso elettrici, casalinghe esaurite eccetera, tutta gente astiosa e sballata e piena di moccio e dolente e sostanzialmente stonata che parlava 24/7/365.

A un certo punto Day dice: «E allora fate venire il lobotomista,
fatelo venire dico io!»

Tranne il consulente di Gately all'epoca della sua residenza, Eugenio Martinez, uno degli operatori volontari, un uomo con un orecchio
solo ex agente di Borsa e ora venditore di telefoni cellulari che era entrato nella casa ai tempi del fondatore originale, Colui Che Non Usava Neppure Il Suo Nome Di Battesimo, ed era pulito da circa dieci anni, questo Gene M. – Eugenio aveva ben presto gentilmente affrontato Gately sulla questione della sua speciale attenzione selettiva da
scassinatore e su come essa potesse essere pericolosa perché come puoi
essere sicuro di essere tu a selezionare e non il Ragno. Gene chiamava
Ragno il Disagio e parlava di Nutrire Il Ragno e Affamare Il Ragno e
via di seguito. Eugenio M. aveva convocato Gately nell'ufficio del Direttore della Casa e gli aveva detto che non si poteva escludere che questo selezionare gli input non fosse alla fine un modo di Nutrire Il Ragno e cosa ne pensava di un periodo di non-selezionamento input a fini sperimentali. Gately aveva risposto che avrebbe fatto del suo meglio
per provarci ed era uscito dall'ufficio e si era messo a guardare una Disseminazione Spontanea sui Celti mentre due mordicuscino residenti di
Fenway parlavano di un terzo finocchio che avrebbe dovuto farsi avanti e togliere lo scheletro di un cazzo di roditore dal loro buco del culo[91].
L'esperimento di non-selezionamento era durato mezz'ora. Fu subito
prima che Gately si beccasse quella scoppola da novanta giorni e a quei
tempi lui non era ancora esattamente un campione di equilibrio e tolleranza. Quest'anno la Ennet House non ha niente a che vedere con il
manicomio che era quando ci è passato Gately.

Gately è completamente libero da Sostanze da 421 giorni, incluso oggi.

La Sig.na Charlotte Treat, il volto distrutto accuratamente truccato, sta guardando sul visore la cartuccia sfregiata dalle bande mentre ricama qualcosa. La conversazione fra lei e Geoffrey D. si è pietosamente esaurita. Day sta scansionando la stanza in cerca di qualcun altro a cui rompere i coglioni cosí da poter provare a se stesso che questo posto non fa per lui e quindi può stare isolato per conto suo dentro se stesso e magari potrebbe far incazzare cosí tanto qualcuno da scatenare una rissa cosí verrebbe sbattuto fuori, Day, e non sarebbe colpa sua. Riesce quasi a sentire il rumore del Disagio che mastica dentro la sua testa. Anche Emil Minty, Randy Lenz e Bruce Green sono nella stanza, stravaccati su sedie sfondate, a fumare a catena, nella postura scomposta che in strada vuol dire lasciami-perdere-sono-un-duro e qui rende la loro consistenza corporea quasi indistinguibile da quella delle sedie. Nell Gunther è seduta al lungo tavolo del soggiorno che si apre appena oltre il supporto in legno di pino sul quale poggia il vecchio Tp estraibile Dec, e si pulisce le unghie con una matita da manicure sui resti di qualcosa che ha mangiato e che era ricoperto da molto sciroppo. Anche Burt F. Smith è lí, seduto da solo a capotavola, e cerca di segare un waffle con un coltello e una forchetta attaccati col Velcro ai suoi moncherini. Burt F. Smith, in un passato remoto Esaminatore Patenti di Guida per conto della Motorizzazione civile, ha quarantacinque anni ma ne dimostra settanta, con i capelli quasi completamente di quel bianco unto e giallognolo per via del fumo, ed è finalmente entrato alla Ennet House un mese fa, dopo nove mesi al Ricovero Comunale di Cambridge. La Storia di Burt F. Smith è che questo sarà almeno il suo cinquantesimo tentativo negli Aa. Un tempo devotamente cattolico, Burt F.S. ha ora un odio potenzialmente letale per la Fede In Un Dio Amorevole sin da quando, a quanto sembra, la Chiesa Cattolica Romana nel '99 a.S. avrebbe concesso alla moglie l'annullamento del suo matrimonio che durava da quindici anni. Poi è stato per molti anni un ubriacone e viveva da solo in una camera di pensione, il che secondo Gately è appena un gradino sopra l'essere un ubriacone senza tetto. Burt F.S. è stato aggredito e quasi pestato a morte la vigilia di Natale dello scorso anno a Cambridge poi lasciato là a congelare, in un vicolo, nella neve, e ha finito col perdere mani e piedi. Qualcuno ha sentito Doony Glynn dire a Burt F.S. che c'è un tizio in arrivo nella Stanza Disabili che occupa lui, quella accanto all'ufficio di Pat, che non solo è senza mani e piedi ma anche senza braccia e gambe e perfino senza testa e che comunica scoreggiando nell'Alfabeto Morris. Questa bravata è co-

stata a Glynn tre giorni di Restrizione Totale e una settimana di
Corvée extra per quella che sul Giornale di Bordo Johnette Folz ha
definito «Crudeltà Eccessiva». C'è un vago lamento intestinale nel
fianco destro di Gately. Guardare Burt F. Smith che fuma una Benson & Hedges reggendola fra i moncherini con i gomiti in fuori tipo
uno che taglia con le cesoie è un'avventura nel fottuto pathos, per come la vede Gately. E Geoffrey Day fa battute sul Questo per Grazia
di Dio non è Successo a Me. E meglio non pensare nemmeno a cosa
può essere guardare Burt F. Smith mentre prova ad accendere un
fiammifero.

Gately, che è un Inserviente interno qui da quattro mesi, ritiene
sospetta la devozione di Charlotte Treat per il mezzo punto. Tutti
quegli aghi. Dentro e fuori da quel sottile, sterile cotone bianco steso a pelle di tamburo nel telaio rotondo. L'ago fa una specie di tonfo
e di scricchiolio ogni volta che affonda nella stoffa. Non è proprio come lo schiocco silenzioso e lo scivolamento di un autentico buco. Però.
Lo fa con tale passione.

Gately si domanda come definirebbe il soffitto se dovesse dire di
che colore è. Non è bianco e non è grigio. I toni giallo-marroni vengono dalle sigarette ad alto contenuto di catrame. Già all'inizio di
questa giornata sobria c'è una cappa di fumo che aleggia vicino al soffitto. Alcuni degli alcolizzati e degli assuefatti ai tranquillanti stanno
svegli per tutta la notte, muovendosi a scatti e fumando a catena, anche se cartucce e musica sono proibite dopo le ooooh. Già ora, dopo
soli quattro mesi, Gately ha questa curiosa capacità da Inserviente
della Casa di vedere tutto quel che succede sia nel salotto sia in soggiorno senza veramente guardare. Emil Minty, un punk eroinomane
di quelli duri che è qui per ragioni che nessuno è riuscito a capire, è
accasciato in una poltroncina color senape con gli anfibi da combattimento appoggiati su un posacenere a stelo la cui inclinazione non è
ancora tale da costringere Gately a dirgli di fare attenzione, per favore. La cresta arancione da mohawk di Minty e il suo cranio rasato
cominciano a ridiventare castani, e di primo mattino non è certamente
una vista piacevole. L'altro posacenere sul pavimento accanto alla sua
sedia è pieno di piccole falci di luna di unghie mangiate, il che deve
significare che Hester T., alla quale aveva ordinato di andare a letto
alle 0230h, era tornata su questa sedia a tormentarsi le dita nell'istante esatto in cui Gately se n'era andato a pulire merda al Ricovero.
Quando Gately sta in piedi tutta la notte lo stomaco gli si chiude e
diventa un concentrato di acidità, forse per tutto quel caffè o magari solo per la notte insonne. Minty vive in strada da quando aveva piú
o meno sedici anni, secondo Gately: ha quel colorito fuligginoso che

prendono i senzatetto nei punti in cui il sudiciume si insinua sotto lo strato di derma e s'indurisce, e l'effetto è che Minty sembra in un certo senso tappezzato. E l'autista della Leisure Time Ice dalle braccia possenti, quel ragazzino silenzioso, Green, uno di quei fattoni che prendono tutte le Sostanze, forse ventun anni, la faccia appena incavata da una parte, si mette camicie kaki senza maniche ed è vissuto in una roulotte in quell'apocalittico parcheggio roulotte di Enfield vicino all'Allston Spur; a Gately piace Green perché sembra avere abbastanza giudizio da tenere la bocca chiusa quando non ha niente di importante da dire, cioè praticamente sempre. Il tatuaggio sul tricipite destro del ragazzo mostra un cuore trafitto e sotto l'orribile nome MILDRED BONK che, a quanto gli ha detto Bruce G., era un raggio di luce vivente e una fotocopia della cantante morta dei Fiends in Human Shape e il solo amore eterno del suo cuore morto; che aveva preso la loro bambina e l'aveva lasciato l'estate scorsa per un tizio che diceva di allevare le fottute mucche longhorn in un ranch a est di Atlantic City Nj. Green ha dei seri disturbi del sonno perfino per gli standard della Ennet House, e a volte lui e Gately nelle ore morte della notte giocano a cribbage, un gioco che Gately ha imparato in carcere. Burt F.S. è ora piegato in due in preda a un consistente attacco di tosse, i gomiti in fuori e la fronte violacea. Nessuna traccia di Hester Thrale, mangiaunghie ed esempio di quello che Pat chiama un Caso Limite. Gately riesce a vedere ogni cosa senza spostarsi e senza muovere la testa o addirittura gli occhi. Qui dentro c'è anche Randy Lenz, un piccolo spacciatore di coca organica che porta giubbotti sportivi con le maniche rimboccate sugli avambracci abbronzati dalle lampade e si controlla di continuo le pulsazioni tastandosi l'interno del polso. Si è scoperto che Lenz è oggetto di vivo interesse sia per le guardie sia per i ladri perché sembra che lo scorso maggio abbia perso improvvisamente la testa e si sia chiuso in un motel di Charleston per fumarsi quasi tutti i cento grammi affidatigli con fiducia sospetta da un trafficante brasiliano nell'ambito di quella che Lenz non sapeva fosse un'operazione trappola della Dea nel South End. Siccome aveva fregato tutte e due le parti combinando quello che Gately giudica un casino veramente immane, Rendy Lenz è, a partire da maggio, probabilmente più ricercato che mai. È della bellezza malandata dei magnaccia e dei piccoli trafficanti di coca, ha quei muscoli gonfi da poliziotto o da culturista che poi però non riescono a sollevare proprio nulla, i capelli artisticamente scolpiti col gel e i lievi movimenti del capo dei veri vanitosi. Su un avambraccio ha una piccola area senza peli che, come Gately sa bene, vuol dire che ha il coltello; e se c'è una cosa che Gately non ha mai potuto digerire sono proprio quegli ometti spavaldi coi coltelli che ogni volta ti fanno credere in una rissa ad armi pari poi si alzano da terra con un coltello in mano e ti tocca farti tagliare per portarglielo via. Lenz sta insegnando a Gately la pazienza discreta verso le persone che vorresti massacrare di botte appena le vedi. È evidente per tutti tranne che per Pat Montesian – la cui strana credulità al cospetto della melma umana però, bisogna che Gately cerchi di ricordarsene, era stata una delle ragioni per cui lui stesso era riuscito a entrare alla Ennet House – è evidente che Lenz è qui praticamente solo per nascondersi: raramente lascia la Casa se non vi è costretto, evita le finestre e si reca ai meeting serali obbligatori degli Aa/Na con un travestimento che lo fa sembrare Cesar Romero dopo un terribile incidente; e vuole sempre ritornare alla Casa da solo, cosa che non è incoraggiata. Lenz è seduto in basso nell'angolo piú a nordest di un vecchio pouf di finto velluto a forma di cuore che lui ha spinto nell'angolo piú a nordest del salotto. Randy Lenz ha una strana necessità compulsiva di essere a nord di ogni cosa e se possibile a nordest di ogni cosa, e Gately non ha idea del perché sia cosí però osserva periodicamente la sua posizione per interesse personale. La gamba di Lenz, come quella di Ken Erdedy, non smette mai di ballare; Day dice che nel sonno balla anche di piú. Un altro gorgoglio e sbuffo addominale per Don G. steso sul divano. Charlotte Treat ha i capelli di un rosso violento. Praticamente capelli del colore di un pastello rosso. Il motivo per cui non deve svolgere un lavoro manuale esterno è che Charlotte si è presa un Virus tipo l'Hiv. Ex prostituta, riformata. Perché le prostitute che smettono poi diventano tutte perbenino? È come se le ambizioni da bibliotecarie che hanno represso per tanto tempo tracimassero tutte insieme. Charlotte T. ha il volto duro e semicarino di una puttana da poco, e un lazo d'ombra le strangola gli occhi. Anche il suo è un caso di colorito sottocutaneo fuligginoso. Sul suo volto spiccano le guance profondamente infossate da quelle profonde trincee che lei riempie di fondotinta poi ridipinge col fard e che, insieme ai capelli, la fanno sembrare un clown maligno. Quelle orribili ferite sembrano proprio il risultato di qualcuno che a un certo punto della sua carriera l'abbia pestata con un attizzatoio da camino. Gately preferisce non saperlo.

Don Gately ha quasi ventinove anni ed è sobrio ed enorme. Se ne sta steso là, gorgogliante e inerte, con un sorriso inebetito. Una clavicola e una natica straripano dal bordo del sofà avvallato come un'amaca. Ha l'immobilità levigata delle statue dell'isola di Pasqua, Gately, sembra piú riversato che costruito. Sarebbe bello se la taglia impressionante non fosse uno dei fattori determinanti nell'offrire un lavoro come Inserviente interno a uno degli ex residenti di sesso ma-

schile, ma tant'è. Don G. ha un grosso testone squadrato reso ancora piú squadrato dalla pettinatura da Prince Valiant che prova a mantenersi allo specchio per risparmiare $: a parte vitto e alloggio – piú
l'opportunità del Servizio – prende ben poco come Membro dello
Staff della Ennet House, e sulle sue spalle pesano numerosi piani di
rimborso ai tribunali di tre diversi distretti. Al momento sul suo volto è dipinto il sorriso inebetito e lo sguardo spento di chi è in bilico
sull'assopimento. Pat Montesian prende servizio alle 0900h e Don G.
non può andare a letto finché lei non arriva perché il Direttore della
Casa ha accompagnato Jennifer Belbin in centro per una convocazione in tribunale e Gately è l'unico Membro dello Staff presente. Foltz,
l'Inserviente interna di sesso femminile, è a un convegno dei Narcotisti Anonimi a Hartford, per il lungo week-end del Giorno dell'Interdipendenza. Personalmente non è che Gately vada pazzo per i Na:
tutte le ricadute e i ritorni senza umiltà, le sbruffonesche storie di
guerra raccontate con aperto orgoglio, la poca enfasi sul Servizio o su
un Messaggio serio; tutta gente vestita di pelle e metallo che si pavo-
neggia. Stanze piene di Randy Lenz che si abbracciano fingendo di
non sentire la mancanza della Sostanza. Che fregano i nuovi arrivati. C'è differenza fra l'astinenza e il recupero, Gately lo sa. Solo che
naturalmente chi è Gately per stabilire che cosa funziona e per chi.
Sa soltanto quello che sembra funzionare per lui oggi: l'amore duro
degli Aa di Enfield-Brighton, il Gruppo della Bandiera Bianca, quei
vecchi con le pance trattenute dalle bretelle e i bianchi tagli a spazzola e le ère geologiche di tempo sobrio, i Coccodrilli, pronti a staccarti la grossa testa squadrata se intuiscono che stai scivolando nel
compiacimento o che te la meni senza costrutto o tendi a dimenticare che la tua vita sta ancora sul filo del rasoio ogni fottuto giorno.
Nuovi arrivati della Bandiera Bianca cosí esasperati e malridotti che
non ce la fanno a stare seduti e devono camminare avanti e indietro
sul fondo della sala dei meeting, proprio come Gately quando arrivò.
Vecchie maestre d'asilo in pensione coi pantaloni di poliuretano e il
pince-nez che cuociono biscotti per il meeting settimanale e dal podio raccontano che alla chiusura facevano un pompino al barista per
farsi dare altre due dita di whisky in un bicchiere di carta da portare
a casa per sopportare la luce tagliente del mattino. Gately, benché uomo da narcotici orali da tempo immemorabile, si è impegnato con gli
Aa. È anche uno che ha bevuto molto, però.
      La Direttrice Esecutiva Pat M. deve prendere servizio alle 0900h,
poi ha colloqui d'ammissione con tre persone, 2 femmine e 1 maschio,
che faranno meglio ad arrivare in fretta, e Gately andrà alla porta se
non saranno abbastanza svegli da entrare da soli e dirà Benvenuti e por-

terà loro una tazza di caffè se li giudicherà in grado di reggerla. Li prenderà da parte e li consiglierà di accarezzare i cani di Pat durante il colloquio, saranno sdraiati sul pavimento dell'ufficio principale, ansimanti,
a contorcersi e mordicchiarsi. Dirà loro che è un fatto assodato: se pia-
ci ai cani di Pat, allora è fatta. È stata Pat M. a dare istruzioni a Gately perché dicesse cosí ai richiedenti, e se poi quelli accarezzano davvero i cani – due orribili labrador bianco dorato con la rogna e le pia-
ghe, uno anche epilettico – allora vuol dire che sono disperatamente
decisi, e Pat praticamente basa le sue decisioni su quello.

Un gatto innominato striscia sull'ampio davanzale che sovrasta lo
schienale del divano di stoffa. Gli animali qui vanno e vengono. A
volte i residenti li adottano, a volte spariscono. Le loro pulci tendono a restare. L'intestino di Gately si lamenta. Questa mattina l'alba
era di un rosa chimico, le scie degli scarichi industriali striavano il cielo a nord. Le mezze lune d'unghia nel posacenere sul pavimento, Gately se ne accorge solo adesso, sono troppo grosse per essere delle mani. Questi archi mangiucchiati sono larghi e spessi e di un intenso giallo autunnale. Deglutisce forte. Direbbe a Geoffrey Day che, anche
se sono luoghi comuni, i luoghi comuni sono a) confortanti, e b) ti ricordano il buon senso, e c) generano il consenso universale che an-
nega il silenzio; e 4) il silenzio è mortale, puro cibo per il Ragno, se
hai il Disagio. Gene M. dice che Disagio si può scrivere DIS-AGIO, il
che riassume bene la situazione di base. A mezzogiorno Pat ha una
riunione alla Divisione dei Servizi connessi all'Abuso di Sostanze al
Government Center, e bisogna ricordarglielo. Lei non riesce a leggere la propria scrittura, che è stata compromessa dall'ictus. Gately considera se deve o no andare in giro a scoprire chi è che si mangia le fottute unghie dei piedi nel salotto e butta poi i disgustosi pezzetti d'unghia nel posacenere alle 0500h del mattino. Senza contare che il
regolamento della Casa proibisce di stare a piedi nudi in qualunque
locale del piano di sotto. C'è una macchia d'acqua marroncino chiaro sul soffitto sopra Day e Treat che è quasi della forma della Florida. Randy Lenz ha problemi con Geoffrey Day perché Day ha la parola facile ed è un docente e dirige una Rivista Accademica. La cosa
minaccia l'autostima di Rendy Lenz che si considera una specie di
sexy artista-intellettuale trendy. I piccoli spacciatori non si definiscono mai solo come piccoli spacciatori, un po' come capita alle puttane. Nella casella *Occupazione* del suo Modulo di Ammissione Lenz
aveva scritto *sceneggiatore*. E vuol far vedere a tutti che è uno che legge. Per tutta la prima settimana qui, in luglio, se n'era stato nell'angolo a nordest di ogni stanza con un libro rovesciato a testa in giú.
Era un gigantesco Dizionario Medico che portava al piano di sotto e

leggeva fumando fino a che Annie Parrot, l'Assistente alla Direzione, gli aveva detto di non portarlo piú giú perché stava facendo impazzire Morris Hanley. A quel punto aveva smesso di leggere e aveva cominciato a parlare, facendo venire a tutti la nostalgia di quando stava seduto a leggere. Si vede benissimo che anche Geoffrey D. ha problemi con Randy L.: hanno quel certo modo di non guardarsi mai in faccia. E ora, naturalmente, sono pigiati insieme nella Stanza da 3 da quando in una sola notte tre tizi mancarono al coprifuoco e quando tornarono non avevano fra tutti una sola pupilla di dimensioni normali e rifiutarono le Urine e furono cacciati seduta stante, e perciò Day durante la sua prima settimana è stato spostato dalla Stanza da 5 a quella da 3. Da queste parti si diventa veterani in fretta. Vicino a Minty, in fondo al tavolo nel soggiorno, Burt F.S. sta ancora tossendo, sempre piegato in due, con la faccia di un viola cupo, e Nell G. sta dietro di lui a battergli sulla schiena per cui continua a spingerlo in avanti sul posacenere, e lui agita flebilmente un moncherino per farle segno di smettere. Lenz e Day: una rissa potrebbe essere già in cantiere: Day cercherà di spingere Lenz a una rissa pubblica cosí che non si farà male e si guadagnerà l'espulsione, cosí potrà abbandonare il trattamento e tornare al suo Chianti e ai Quaalude e a sbattere forte la faccia sui marciapiedi e potrà far finta che la ricaduta sia colpa della Ennet House e non dovrà mai piú fare i conti con se stesso o il suo Disagio. Per Gately, Day è come un manuale interattivo aperto sul Disagio. Uno dei compiti di Gately sta nel tenere d'occhio quel che bolle in pentola fra i residenti e farlo sapere a Pat o al Direttore e provare a sistemare le cose in anticipo se possibile. Il colore del soffitto potrebbe essere definito bigio, se costretti. Qualcuno ha scoreggiato; nessuno sa chi sia stato, ma questo non è come un posto normale di adulti dove tutti fingono freddamente che una scoreggia non ci sia mai stata; qui tutti devono fare i loro piccoli commenti.

Il tempo sta passando. La Ennet House puzza del tempo che passa. È l'umidità della prima fase di sobrietà, sospesa e tangibile. Qui si sente un ticchettio anche nelle stanze dove non ci sono orologi. Gately cambia l'angolo di appoggio di una scarpa da ginnastica e mette anche l'altro braccio dietro la testa, che ha un peso e una pressione considerevoli. Le compulsioni ossessive di Randy Lenz includono la necessità di trovarsi a nord, la paura dei dischi, la tendenza a tastarsi continuamente il polso, la paura di qualsiasi tipo di orologio, e il bisogno di sapere sempre l'ora con grande precisione.

«Day, amico, sai dirmi subito l'ora?» Lenz. È la terza volta in mezz'ora. Pazienza, tolleranza, compassione, autodisciplina, controllo. Gately ricorda i suoi primi sei mesi da sobrio: sentiva il bordo tagliente di ogni singolo secondo che passava. E i sogni da freakshow. Incubi che superavano il peggior Dt. Una delle ragioni per cui c'è un Membro dello Staff che fa il turno di notte nell'ufficio principale è che i residenti trovano qualcuno con cui parlare quando – non se, quando – quando alle 0300h i sogni da freakshow li sradicano. Incubi sul ricadere e farsi; non farsi ma tutti pensano che ci si è fatti; farsi insieme alla loro mamma alcolizzata poi ucciderla con una mazza da baseball. Far penzolare la vecchia Unità per una improvvisa prova Urine e invece del piscio vengono fuori le fiamme. Farsi e scoppiare in fiamme. Essere risucchiati da una tromba marina a forma di enorme Talwin. Un veicolo esplode in un'infiorescenza computerizzata di fiamma fuligginosa sul visore Dec, il cofano si alza come uno di quei vecchi tappi di lattina.

Day compie un ampio gesto nel controllare l'orologio. «Piú o meno le 0830h, amico».

Le sottili narici di Randy L. s'infiammano poi sbiancano. Tiene lo sguardo fisso di fronte a sé, gli occhi stretti a fessura, le dita sul polso. Day si morde le labbra, la sua gamba non smette di ballare. Gately sporge la testa oltre il bracciolo del sofà e guarda Lenz capovolto.

«Quello sguardo che hai sul viso significa qualcosa, Randy? Stai comunicando qualcosa con quello sguardo?»

«Mi sto chiedendo se c'è qualcuno che magari sa dirmi l'ora con un po' piú di *esattezza*, Don, visto che Day non ci riesce».

Gately controlla il proprio orologio digitale da quattro soldi lasciando la testa a penzolare oltre il bracciolo del sofà. «Faccio le 0832h e 14, 15, 16, Randy».

«Tante grazie, D.G., amico».

E allora Day rivolge contro Lenz quel suo stesso sguardo fiammeggiante. «Ne abbiamo già parlato, Lenz. Amico. Carissimo. Me lo fai in continuazione. Te lo ripeto un'altra volta – non ho un orologio digitale. Questo è un pregiato orologio antico. È a lancette. Un ricordo di giorni molto migliori. Non è un orologio digitale. Non è un orologio atomico al cesio. Ha le lancette. Vedi, questo Spiro Agnew qui ha due piccole braccia che indicano l'ora, la suggeriscono. Non è un cronometro del cazzo di quelli precisi al secondo. Lenz, comprati un orologio. Ho ragione? Perché non ti compri un orologio, Lenz? So di almeno tre persone che si sono offerte di comprarti un orologio e di farsi rendere i soldi quando te la sentirai di mettere il naso fuori di qui e comincerai ad avventurarti nel mondo del lavoro. Comprati un orologio. Prenditi un orologio. Un bell'orologio digitale molto *grande*, diciamo cinque volte la grandezza del tuo polso, cosí te lo puoi portare a spasso come se fossi un falconiere, e lui ti dirà l'ora come un pi greco».

«La calma è la virtú dei forti», canticchia Charlotte Treat senza alzare lo sguardo dall'ago e dal telaio.

Day guarda verso di lei. «Non mi pare proprio di aver parlato con te in alcuna forma o specie o modo».

Lenz lo fissa. «Se stai cercando di fare il ganzo con me, fratello». Scuote l'elegante testa lucida. «Fai un grosso errore».

«Oo. Sono tutto un tremito. Non riesco a tenere fermo il braccio per leggere l'ora sull'orologio».

«Un grosso grosso grosso *davvero* grosso errore».

«Pace in terra agli uomini di buona volontà», dice Gately, di nuovo sdraiato sulla schiena, mentre sorride al bigio soffitto crepato. Era stato lui a scoreggiare.

Tornarono da Long Island sugli scudi, come si dice. John Wayne e Hal Incandenza persero nei singoli un totale di appena cinque game in due. I doppi A erano stati simili a un massacro. E le squadre B, specie le ragazze, si erano davvero superate. Lo staff e le squadre della Pwta al completo avevano dovuto cantare una canzoncina idiota. Coyle e Troeltsch non vinsero, e Teddy Schacht, incredibilmente, perse in tre set contro il suo tarchiato avversario arrotatore nonostante il nervosismo del ragazzo nei momenti cruciali. Il fatto che Schacht non ne fosse cosí turbato suscitò commenti positivi da parte dello staff. Tuttavia Schacht e un Jim Troeltsch molto piú energico si ripresero per la grande vittoria nel doppio n. 2 degli Under 18, A. Per la gioia di tutti, il microfono di Troeltsch scomparve misteriosamente dalla sua borsa durante la doccia postpartita. Il cicognesco avversario di Pemulis che giocava diritto e rovescio a due mani era caduto in uno stato prima stranamente letargico poi disorientato dopo che Pemulis aveva perso il primo set al tie-break. Quando il ragazzo aveva ritardato il gioco per parecchi minuti dicendo che le palline da tennis erano troppo carine per colpirle, gli istruttori della Pwta l'avevano condotto con gentilezza fuori dal campo e il Peemster si era aggiudicato una «Va» che in gergo dei circuiti juniores significa Vittoria per Abbandono. Il fatto che Pemulis non fosse andato con il petto in fuori a raccontare la vittoria alle femmine Eta fu notato solo da Hal e T. Axford. Schacht aveva troppo male al ginocchio per commentare alcunché, e Schtitt ordinò a Barry Loach di iniettare in quel ginocchione violaceo una cosa che gli fece roteare gli occhi.

Poi, alla festa da ballo postraduno, l'avversario di Pemulis mangiò dal tavolo degli antipasti senza usare le posate e a un certo punto neppure le mani, si esibí in movenze da discoteca sebbene non ci fosse musica, e infine fu sentito mentre diceva alla moglie del Preside della Port Washington che aveva sempre desiderato farsela da dietro. Pemulis passò un bel po' di tempo a fischiettare e fissare innocentemente il soffitto del prefabbricato.

Il pullman delle squadre Under 18 era caldo e sopra ogni sedile c'erano dei piccoli faretti che potevano essere accesi per fare i compiti o tenuti spenti per dormire. Troeltsch, l'occhio sinistro che minacciava di chiudersi, raccontava i momenti migliori delle partite appena giocate a un pubblico immaginario, parlando con grande zelo nel pugno chiuso. Stockhausen, della squadra C, improvvisò un pezzo d'opera. Sia Hal che Tall Paul Shaw leggevano la guida di preparazione ai Test Attitudinali. Un buon quarto del pullman evidenziava in giallo il libro di E.A. Abbott *Flatland*, indispensabile all'Eta per i corsi di Flottman o Chawaf o Thorp. Un'oscurità oblunga popolata di forme incerte si fondeva nei coni di luce sporca al sodio proiettata dai lampioni alle uscite dell'Interstatale. Quei lampioni spettrali al sodio facevano rallegrare Mario Incandenza di trovarsi dentro il pullman, al riparo, nel suo piccolo cono di luce bianca. Mario sedeva accanto a K.D. Coyle – che dopo una dura sconfitta è sempre un po' rintontito – e giocò con lui alla morra Cinese per piú di duecento chilometri, tutti e due senza dire una parola, concentrati per individuare uno schema nelle scelte dell'altro, per poi decidere che non ce n'era. Due o tre studenti delle classi superiori nel corso di Letteratura Disciplinare della Levy-Richardson-O'Byrne-Chawaf erano accasciati su *Oblomov* di Gončarov e sembravano davvero molto infelici. Charles Tavis sedeva in fondo con John Wayne e sorrideva a trentadue denti e gli parlava non-stop a voce bassa mentre il canadese teneva lo sguardo fisso fuori dal finestrino. DeLint era con i sedicenni nel secondo pullman indietro; dalla fine del loro doppio non aveva smesso un attimo di stare addosso a Stice e Kornspan, che a quanto pare l'avevano buttato via. Niente Schtitt sul pullman: Schtitt trovava sempre il modo di tornare con misteriosi mezzi privati, poi compariva agli allenamenti mattutini insieme a deLint e faceva allenare tutti su ciò che avevano fatto male il giorno prima. Dopo una vittoria era particolarmente petulante e insistente e negativo. Schacht era partito per la tangente e non dava segni di vita neanche se gli si agitavano le mani davanti alla faccia, e Axford e Struck si misero a stuzzicare Barry Loach dicendo che anche le loro ginocchia erano messe malissimo. Dal ripiano portabagagli sopra le teste spuntavano manici e incordature senza custodia, e pomate e tinture di benzoina passavano di mano in mano e venivano copiosamente applicate, cosa che dava all'aria calda una complessa speziatura. Tutti erano dolcemente stanchi.

Lo spirito cameratesco del viaggio di ritorno venne incrinato solo quando qualcuno dal fondo del pullman cominciò a far circolare un volantino stampato in gotico che offriva il regno della preistorica Inghilterra a chiunque riuscisse a separare Keith Freer da Bernadette Longley. Freer era stato scoperto dalla prorettrice Mary Esther Thode mentre stava piú o meno bombando la povera Bernadette Longley sotto una coperta dell'Adidas sull'ultimissimo sedile del pullman durante il viaggio ai Campionati su Terra Battuta della East Coast, in settembre, a Providence, ed era stata una scena spiacevole perché ci sono alcune regole di base dell'Accademia che era inaccettabile violare proprio sotto il naso dello staff. Quando il volantino cominciò a circolare Keith Freer era profondamente addormentato, ma Bernadette Longley no, e quando il foglietto raggiunse la prima metà del pullman dove ormai dopo i fatti di settembre dovevano sedere tutte le ragazze lei si mise le mani sul volto e arrossí perfino sulla sua bellissima nuca, e la sua compagna di doppio[92] andò in fondo al pullman da Jim Struck e Michael Pemulis e disse in termini inequivocabili che qualcuno su questo bus era cosí immaturo da mettere tristezza.

Charles Tavis era irrefrenabile. Fece un'imitazione di Pierre Trudeau che nessuno a parte l'autista era abbastanza vecchio per capire e riderne. E alle 0030h l'intero mastodontico squadrone viaggiante, tre pullman pieni, si fermò per una Megacolazione da *Denny's*, accanto alla Empire Waste, quando erano quasi arrivati.

Il fratello maggiore di Hal, Orin Incandenza, si ritirò dal tennis agonistico quando Hal aveva nove anni e Mario quasi undici. Era il periodo del grande tumulto pre-Experialista e dell'emergere della frangia Pp Usa di Johnny Gentle, il Famoso Cantante Confidenziale, e della tumescenza dell'Onanismo. A diciassette anni e mezzo Orin oscillava in classifica nazionale dal numero 70 al 75; frequentava l'ultimo anno all'Accademia; aveva quell'età disgraziata, se si è un giocatore al numero 70, in cui ormai sono vicini sia il compimento dei diciott'anni sia la fine della carriera juniores, e allora si può: 1) abbandonare i sogni di Show e andare al college e giocare a tennis lí; o 2) farsi fare tutte le punture contro i gram-negativi e il colera e la dissenteria amebica e provare a sbarcare il lunario nella triste e diasporica esistenza di chi va a giocare i tornei del circuito satellite eurasiatico per saltare quei pochi plateau agonistici che restano e sperare di arrivare allo Show da adulto; o 3) oppure non sai cosa farai; e spesso è un momento disastroso[93].

L'Eta cerca di diluire un po' la disgrazia offrendo a otto o nove diplomati di restare altri due anni e prestare servizio nel plotone di prorettori di deLint[94] in cambio di vitto e alloggio e spese di viaggio per quei tristi tornei satellite, e il fatto che Orin avesse uno stretto grado di parentela con l'Amministrazione dell'Eta gli garantiva ovviamente un incarico da prorettore se solo l'avesse voluto, ma quel lavoro poteva durare al massimo alcuni anni, ed era ritenuto triste e purgatoriale... poi naturalmente be' cosa, che cosa si può fare *dopo* eccetera.

La decisione di Orin di frequentare il college fece un gran piacere ai suoi genitori, anche se la Sig.ra Avril Incandenza, in particolare, non mancò di chiarire che loro avrebbero approvato qualunque cosa Orin avesse deciso di fare perché la sua famiglia sosteneva completamente lui, Orin, e qualunque decisione fosse emersa dalla sua attentissima valutazione. Eppure in privato tifavano per il college, si vedeva. Era chiaro che Orin non sarebbe mai diventato un tennista professionista da adulto. Il suo picco agonistico l'aveva raggiunto a tredici anni, quando era entrato nei quarti di finale Under 14 dei Nazionali su Terra Battuta di Indianapolis In, e nei Quarti aveva strappato un set alla seconda testa di serie; ma da quel momento in poi aveva cominciato a soffrire atleticamente della stessa tarda pubertà che aveva tanto danneggiato suo padre ai tempi in cui Lui in Persona era un giocatore juniores, e siccome i ragazzi che a dodici e tredici anni Orin aveva facilmente stracciato erano diventati uomini da un giorno all'altro, con il torace grosso e i peli sulle gambe, e stavano cominciando, a quattordici e quindici anni, a stracciare facilmente Orin – la cosa aveva in un certo senso prosciugato in lui, Orin, l'alitato agonistico, spezzato il suo spirito tennistico, e il suo piazzamento Usta era precipitato in caduta libera per i tre anni successivi fino a stabilizzarsi oltre il settantacinquesimo posto, il che voleva dire che a quindici anni Orin non entrava neanche piú in tabellone nei tornei piú importanti, quelli con 64 partecipanti. All'apertura dell'Eta il suo piazzamento tra gli Under 18 era intorno al decimo posto e lui era stato messo nella squadra B dell'Accademia, una mediocrità che placò ulteriormente la sua verve. Giocava essenzialmente da fondocampo, e picchiava forte, ma non aveva la risposta al servizio e i passanti per battere un buon giocatore di rete. All'Eta dicevano che Orin aveva un buon lob ma lo tirava troppo spesso. Ce l'aveva davvero un lob fenomenale: riusciva a fare il pelo alla curva della cupola del Polmone e tre volte su quattro beccava una moneta sulla linea di fondocampo dell'avversario; lui e Marlon Baine e altri tre o quattro giocatori di fondocampo un po' scarsi dell'Eta avevano tutti un lob fenomenale

affinato nei pomeriggi liberi che venivano dedicati sempre piú spesso a Eschaton che, secondo la versione piú attendibile, era stato in-
trodotto da un profugo croato venuto dalla Palmer Academy di Tampa. Orin fu il primo game-master di Eschaton all'Eta al tempo delle
prime generazioni eschatoniane, quando al gioco partecipavano piú
che altro gli studenti marginali e disafflatati delle classi superiori.

Il college divenne quindi per Orin la scelta relativamente piú ovvia man mano che si avvicinava il momento della decisione. A parte
le oblique pressioni familiari, come giocatore Eta di bassa classifica
aveva avuto obblighi accademici piú gravosi di quelli dei giocatori che
guardavano allo Show come a un obiettivo possibile. E l'Eschatono-
logia era di grande aiuto per l'area matematica/computer nella quale
l'Eta tendeva a essere un tantino debole, poiché in quei giorni sia Lui
in Persona sia Schtitt erano decisamente antiquantitativi. I suoi voti erano costanti. I suoi punteggi d'esame non erano male. Sostanzialmente Orin era solido sul piano accademico, specialmente per uno
che poteva scrivere di aver fatto sport agonistico ad alto livello sulle
sue note personali della scuola secondaria.

Poi bisogna capire che la mediocrità è relativa in uno sport come
il tennis juniores. Un piazzamento al n. 74 a livello nazionale negli
Under 18 maschili, ancorché mediocre per gli standard degli aspiranti
professionisti, è sufficiente a far salivare quasi tutti gli allenatori di
college. Orin ricevette un paio di offerte dalla Pac-10. Offerte mica
da ridere. L'Università del New Mexico ingaggiò perfino una banda
mariachi che per sei notti di fila s'installò sotto la finestra della sua
stanza nel dormitorio, fino a quando la Sig.ra Incandenza convinse
Lui in Persona ad autorizzare «F.D.V.». Harde a elettrificare le staccionate. Lo Stato dell'Ohio gli pagò un biglietto aereo andata e ritorno per Columbus per un week-end di «orientamento» tornato dal
quale Orin dovette stare a letto per tre giorni a bere Alka-Seltzer con
una borsa del ghiaccio sull'inguine. Il Cal-Tech gli offrí di poter evitare il corso di allievo ufficiale e saltare direttamente a una posizione
privilegiata nel loro programma di Studi Strategici dopo la pubblicazione su «Decade Magazine» di un breve pezzo d'interesse pubblico
su Orin e il croato e l'uso di c:\Pink$_2$ applicato a Eschaton[95].

Orin scelse la Boston University. Non una potenza tennistica. Sul
piano accademico ben lontana dal Cal-Tech. Non il tipo di università
che ingaggia bande o ti infila in un'orgia Romana. Ed è ad appena tre
chilometri circa dall'Eta, giú per la collina e la Comm. Ave., a ovest
della baia, all'altezza dell'incrocio fra la Commonwealth e la Beacon,
a Boston. Fu una specie di decisione congiunta Orin Incandenza/Avril
Incandenza. La Mami di Orin riteneva privatamente che fosse im-

portante per il figlio sentirsi fuori di casa dal punto di vista psicologico, ma allo stesso tempo anche in grado di tornare alla base ogni volta che lo volesse. Spiegò a Orin che era molto preoccupata e temeva che il suo interesse per ciò che era meglio per lui potesse spingerla a oltrepassare i limiti materni e parlare a sproposito o fornire consigli importuni. Secondo tutti i suoi elenchi e le tabelle di vantaggi e svantaggi la Bu era di gran lunga la scelta migliore per Orin sotto ogni aspetto, ma per non passare i suoi limiti e non fare pressioni inopportune, per sei settimane la Mami non fece che fuggire con le mani serrate sulla bocca da ogni stanza in cui entrava Orin. Ogni volta che lei lo implorava di non lasciarsi influenzare nella scelta, Orin faceva una certa espressione. Fu durante questo periodo che, parlando con Hal, Orin paragonò la Mami a una contorsionista che lavorava con i corpi degli altri, cosa che Hal non è mai riuscito a dimenticare. Lui in Persona, per esperienza personale, pensava forse che per Orin fosse meglio lasciare il nido, andare nel Midwest o in una della Pac, ma non disse nulla. Lui non aveva mai dovuto lottare per non oltrepassare i limiti. Forse pensava che Orin potesse cavarsela da solo. Questo accadeva quattro anni e trenta intrattenimenti distribuiti prima che Lui in Persona infilasse fatalmente la testa in un forno a microonde. Poi risultò che il fratello adottivo/fratellastro di Avril, Charles Tavis, al tempo tornato a dirigere l'Asa di Throppinghamshire[96], risultò che era un vecchio amico dell'allenatore di tennis intrauniversitario della Boston University, anch'egli nel giro degli amministratori atletici di sport minori. Tavis arrivò apposta con un volo dell'Air Canada per fissare un incontro a quattro tra Avril, suo figlio, Tavis e l'allenatore di tennis della Bu. Quest'ultimo era un settuagenario che aveva frequentato una università dell'Ivy League, uno di quei bellissimi e vuoti uomini patrizi il cui profilo sembra fatto apposta per essere impresso su una moneta, uno che voleva i suoi «rampolli» vestiti di bianco e li costringeva davvero a saltare la rete, vittoria o sconfitta, dopo ogni partita. La Bu aveva avuto solo un paio di giocatori di livello nazionale in tutta la sua storia, e precisamente nel 1960 a.S., molto prima dell'arrivo di questo signore cosí attento al colore delle magliette; e quando l'allenatore vide Orin giocare mancò poco che non cadesse a terra stecchito. Ricordate che la mediocrità dipende sempre dal contesto. Tutti i giocatori della Bu venivano dai country club del New England, e si mettevano solo pantaloncini stirati e felpe bianche da checca con le strisce color sangue sul petto, e parlavano senza muovere la mascella, e giocavano quel rigido gioco patrizio fatto di servizi e volée che racconta di tante lezioni estive e torneini di club, ma dice anche che non hai mai dovuto dare tutto sul campo, uccidere o essere ucciso, psichicamente parlando. Orin aveva dei jeans sfilacciati e scarpe da vela senza calze e sbadigliava compulsivamente quando dette due set a zero all'elegantissimo n. 1 della Bu, passandolo quaranta volte con il pallonetto. Poi all'incontro a quattro organizzato da Tavis, il vecchio allenatore della Bu si presentò in pantaloni kaki L.L. Bean e una polo Lacoste e dette prima un'occhiata alla dimensione del braccio sinistro di Orin poi una alla Mami di Orin, in una gonna nera stretta e una giacchetta levantina e il kajal intorno agli occhi e una vaporosa torre di capelli, e ci mancò poco che non cadesse a terra stecchito un'altra volta. Per qualche ragione, lei faceva quest'effetto agli uomini di una certa età. Orin si trovò nella posizione di dettare condizioni limitate soltanto dai parametri del budget sportivo della Bu[97]. Firmò una Lettera d'Intenti con la quale accettava di entrare alla Bu senza pagare nulla, in piú gli avrebbero pagato i libri di testo e un lap-top Hitachi completo di software e l'alloggio fuori campus e le spese correnti e gli avrebbero dato un remunerativo impiego per studenti-lavoratori che consisteva nell'accendere ogni mattina gli irrigatori per innaffiare l'erba dello storico Nickerson Field, il campo da football dei Terriers della Bu, irrigatori che comunque erano già regolati da un timer automatico – il lavoro degli irrigatori era la ciliegina del team tennistico della Bu dal punto di vista dell'ingaggio. Charles Tavis – che su insistenza di Avril quell'autunno si fece rimborsare il biglietto di ritorno dell'Air Canada e rimase a tempo indeterminato come Assistente Preside per assistere il padre di Orin nella supervisione dell'Accademia[98] acquisendo poteri sempre piú ampi a mano a mano che i viaggi sia interni che esterni di J.O. Incandenza lo allontanavano sempre piú spesso da Enfield – disse tre anni e mezzo piú tardi che comunque non si era mai aspettato un Grazie da Orin per aver agito da intermediario con l'apparato tennistico della Bu, non è che ci tenesse cosí tanto ai Grazie, e che una persona che faceva un piacere a qualcuno *per* la gratitudine di quel qualcuno era piú simile a un'immagine a 2-D di una persona che non a una persona vera, almeno cosí la pensava lui, disse; disse, che cosa ne pensavano Avril e Hal e Mario? Che lui era una genuina persona a 3-D? stava forse cercando di razionalizzare una ferita legittima? era forse possibile che Orin ce l'avesse con lui per aver dato l'impressione di arrivare proprio mentre lui, Orin, se ne andava? anche se, di certo, non poteva essere perché Tavis aveva assunto il controllo sempre piú totale del timone dell'Eta, visto che J.O. Incandenza trascorreva periodi sempre piú lunghi o fuori sede insieme a Mario per le riprese, o al montaggio nella sua stanzina all'imbocco del tunnel, oppure in varie cliniche per disintossicarsi dall'alcol (tredici delle quali durante que-

gli ultimi tre anni; Tavis ha le dichiarazioni della Croce Blu proprio
qui) e, ancor piú certamente, non per il suicidio finale, che chiunque
avesse un minimo di sensibilità avrebbe potuto prevedere durante i
tre anni e mezzo precedenti; tuttavia il 4 luglio Apcca dopo che Orin
– che ora d'estate aveva moltissimo tempo libero – aveva declinato il
suo quinto invito di seguito a Enfield per il barbecue annuale della
famiglia con tanto di visione collettiva delle Finali di Wimbledon per
disseminazioni spontanee InterLace, C.T. opinò che forse Orin nutriva un semplice risentimento per il fatto che C.T. si fosse trasferito nell'ufficio del Preside e avesse sostituito il TE OCCIDERE POSSUNT...
sulla porta ancor prima che la testa passata al microonde di Lui in Persona si raffreddasse, anche se l'idea era stata quella di assumere un
incarico da Preside che da tempo ormai *invocava* letteralmente la presenza di una persona indefessa ed efficiente alla sua guida. Incandenza
aveva eliminato i propri connotati il primo aprile dell'Anno della Saponetta Dove in Formato Prova, proprio quando dovevano arrivare le
Lettere d'Intenti degli studenti dell'ultimo anno che avevano deciso
di passare al tennis universitario, proprio mentre gli inviti per il Circuito Europeo su Terra piovevano da ogni parte sulla scrivania paraboloide di Alice Moore la Laterale, proprio mentre si avvicinava la revisione da parte del Comitato per l'Esenzione dell'Mdr dello status di
esenzione tasse che godeva l'Eta[99], proprio mentre la scuola stava cercando di adeguarsi alle nuove procedure di accreditamento Onan dopo anni di procedure di accreditamento Usta, proprio mentre stavano
raggiungendo la fase d'appello sia il contenzioso con l'Ospedale Pubblico Enfield Marine sul presunto danno causato dall'iniziale appiat-
timento della collina dell'Eta, sia il contenzioso con la Empire Waste
Displacement sulla traiettoria di volo dei veicoli di dislocamento diretti alla Concavità, proprio mentre le domande d'iscrizione e le borse di studio per il semestre autunnale avevano raggiunto lo stadio finale di analisi e assegnazione. Insomma, *qualcuno* aveva dovuto farsi
avanti e riempire il vuoto, ed era necessario che quella persona fosse
in grado di raggiungere la Preoccupazione Totale senza per questo rimanere paralizzata dalla preoccupazione stessa o dall'assenza di anche un minimo Grazie per i compiti ingloriosi espletati in vece di
un'altra persona il cui rimpiazzo era naturalmente, *naturalmente* destinato a provocare qualche risentimento, questo pensava Tavis, perché, perché non ci si può arrabbiare con un uomo morente, né tanto
meno con un uomo morto, che avrebbe fatto meglio a farsi carico dello stress di essere il bersaglio della rabbia anziché lasciarla al suo assistente burocratico e sostituto a 3-D, mai ringraziato, mai elogiato,
indefesso e infaticabile, la cui stanza al piano di sopra si trovava pro-

prio accanto alla camera da letto padronale della CdP e che poteva essere considerato, da qualcuno particolarmente addolorato, una specie di usurpatore impiccione. Tavis era preparato a tutto questo stress e anche piú, come disse all'Accademia riunita nel commento preparatorio prima della Convocazione per il semestre Autunnale dell'ultimo anno, parlando attraverso il sistema di amplificazione dal nido di corvo di Gerhardt Schtitt che per l'occasione era stato ornato di bandiere rosse e grigie e rivolgendosi alle file di sedie pieghevoli disposte lungo le linee dei Campi 6-9 dell'Eta: non solo accettava pienamente lo stress e il risentimento, ma disse che aveva lavorato sodo nella sua maniera quieta e non romantica, e avrebbe continuato a farlo per rimanere aperto a quel risentimento e alla sensazione di perdita e di insostituibilità, perfino dopo quattro anni, per far sfogare chi aveva bisogno di sfogarsi per il suo bene psicologico, e liberarsi della rabbia e del risentimento e del possibile disprezzo, poiché Tavis riconosceva pubblicamente che di tutte queste cose ce n'era già piú che a sufficienza all'Eta. L'assemblea per la Convocazione si svolgeva all'esterno, sui Campi Centrali che d'inverno sono coperti dal Polmone. Era il 31 agosto dell'Anno dei Prodotti Caseari dal Cuore dell'America, un giorno caldo e umidiccio. Gli studenti delle classi superiori che avevano sentito piú o meno le stesse parole in tutti i quattro anni precedenti, mentre Tavis parlava facevano il gesto di chi si taglia la giugulare con un rasoio e quello dell'impiccato appeso alla forca. Il cielo sulla loro testa era di un blu cristallino fra grumi e filamenti di nuvole sospinti verso nord da un vento veloce. Sui Campi 30-32 i membri del Coro di Musica Applicata cantavano sottovoce *Tenabrae factae sunt*. Tutti avevano la fascia nera al braccio che era ancora obbligatoria durante funzioni e assemblee, per non dimenticare, e la bandiera in cotone degli Usa e quella in nylon frusciante dell'Onan fluttuavano a mezz'asta su tutti i pali che fiancheggiavano il vialetto d'ingresso. Fino a quell'autunno la Sunstrand Plaza non aveva ancora trovato un modo di ridurre il rumore dei ventilatori Athscme di East Newton e la voce di Tavis, che arrivava comunque lontana e flebile nonostante il megafono tipo polizia, era mista al rumore dei ventilatori e al sibilo delle catapulte Ewd e allo stridore elettrico delle locuste e ai gas di scarico bollenti delle macchine in fila sulla Comm. Ave. portati fin lí dal caldo vento estivo, ai clacson delle auto e allo sferragliare della Linea Verde e al tintinnio delle aste di bandiera e dei cavi metallici, cosí che tutti tranne lo staff e i ragazzini piú piccoli in prima fila si persero la maggior parte della spiegazione offerta da Tavis secondo la quale l'antica legge Salica che impediva alle donne in linea di successione di ascendere al trono non aveva niente a che vedere con il fatto che per l'amata sposa del defunto Preside, nonché Decano degli Affari Accademici e della Sezione Femminile, Sig.ra Avril Incandenza, fosse assolutamente impossibile diventare Preside: come sarebbe suonato «Presidessa»? poi lei aveva da sovrintendere alla sezione femminile e ai prorettori delle femmine e ai custodi di Harde, e ai piani di studio e compiti e programmi, e al nuovo e complesso accreditamento Onanta per il quale perfezionare la kafkiana domanda di ammissione, in piú alla sterilizzazione quotidiana della CdP e ai rituali di abluzione personale e alla battaglia costante contro l'antracnosi e la ruggine da clima asciutto delle Bambine Verdi in salotto, senza contare naturalmente i doveri d'insegnamento all'Eta cui andavano aggiunte le taciute notti insonni con i Grammatici Militanti del Massachusetts, il Comitato di Azione Politica accademico che controllava a vista l'uso della sintassi nei media e invitava improbabili ospiti pasciuti dell'Accademia di Francia a parlare con la *r* moscia della conservazione prescrittiva, e organizzava maratone di multilettura di testi come, per es., *La Politica e la Lingua inglese* di Orwell, e la cui Falange Tattica (dei Gmm), diretta da Avril, era allora impegnata (senza successo, come emerse in seguito) in una battaglia legale contro l'iniziativa Titolo II/G della nuova amministrazione Gentle per la-razionalizzazione-e-controllo-spese-interne-biblioteche-statali, oltre a essere naturalmente prostrata dal dolore e a dover svolgere tutto il lavoro di elaborazione emozionale che è necessario per superare quel tipo di trauma personale, e sommare a tutto questo l'assunzione del timone amministrativo dell'Eta avrebbe costituito un peso semplicemente insopportabile, per cui Avril aveva ringraziato profusamente C.T. in piú di un'occasione pubblica per aver abbandonato l'elegante sinecura di Throppinghamshire ed essere sceso all'Eta non solo per assumere gli incarichi molto stressanti legati all'amministrazione burocratica e alle procedure necessarie a garantire una transizione il piú lineare possibile, ma anche per mettersi a disposizione della famiglia Incandenza al completo senza aspettarsi nemmeno un Grazie, e per fornire ulteriore sostegno non soltanto alla carriera e ai processi di decisione istituzionale di Orin ma anche per essere stato presente con funzione di supporto per tutte le parti implicate nella vicenda quando Orin compí la scelta fondamentale di non proseguire nel tennis agonistico universitario, dopotutto, alla Bu.

Quel che accadde fu che entro la terza settimana del suo primo anno Orin stava già tentando un passaggio estremamente improbabile dal tennis universitario al football universitario. La ragione che forní ai suoi genitori – Avril mise subito in chiaro che l'ultimissima cosa che voleva era che uno qualunque dei suoi figli si sentisse in do-

vere di giustificarle o spiegarle una sua qualsiasi decisione improvvisa o bizzarra anche su argomenti molto importanti, e non era ben chiaro se, tanto per dirne una, La Cicogna Folle sapesse o no che Orin si
trovava ancora a Boston città, alla Bu, eppure Orin sentiva che la sua
decisione imponeva una spiegazione – fu che l'allenamento tennistico autunnale era cominciato e lui aveva scoperto di essere un guscio
vuoto dal punto di vista psichico e che, agonisticamente parlando, era
finito. Orin aveva giocato, mangiato, dormito ed evacuato tennis agonistico sin da quando la racchetta era piú grande di lui. Disse che a
diciotto anni si era reso conto di essere diventato il tennista migliore
che avrebbe potuto essere. La prospettiva di un ulteriore miglioramento, la cruciale carota che Schtitt e lo staff dell'Eta erano dei maestri a far sventolare, era del tutto svanita in un programma tennistico di quart'ordine il cui allenatore aveva in ufficio un poster di Bill
Tilden e raccomandava cose tipo Piega Le Ginocchia e Guarda La
Palla. Era tutto vero, soprattutto il fatto che era bruciato, e questo fu
capito da tutti nella parte tennistica, ma per Orin fu molto piú difficile spiegare la decisione profootball, anche perché aveva una conoscenza molto vaga delle regole, delle tattiche e del sistema non metrico del
football Us; in realtà non aveva mai neppure toccato il cuoio zigrinato
di una vera palla da football e, come la maggior parte dei tennisti seri,
aveva sempre trovato disorientanti e molto spiacevoli a vedersi i rimbalzi schizoidi di quelle palle deformi. Per la verità la decisione aveva
pochissimo a che vedere con il football, o con le ragioni che Orin cominciò a dare prima che Avril esigesse perentoriamente che la smettesse di sentirsi in qualunque modo obbligato o costretto ad assumere
un atteggiamento diverso dalla semplice richiesta di assoluto e incondizionato sostegno da parte loro per ogni singolo atto che, a suo insin-
dacabile giudizio, costituisse un imprescindibile requisito per la sua felicità personale, e proprio questo disse Avril quando lui si lanciò in una
tirata vagamente poetica sullo scontrarsi delle imbottiture e sui canti
del gruppo di ragazze pon pon e sull'atmosfera di virile cameratismo e
sull'odore delle zolle bagnate di rugiada del Campo Nickerson quando
lui vi andava all'alba a guardare gli irrigatori cominciare a spruzzare
acqua e trasformare lo spicchio color limone del sole nascente in mille
arcobaleni piumati di rifrazione. La parte degli innaffiatoi rifrangenti
era vera, e gli piaceva davvero; tutto il resto se l'era inventato.

La vera ragione a favore del football, con tutta l'inevitabile banalità delle ragioni vere, era che dopo settimane di albe passate a guardare gli irrigatori automatici e le prove delle ragazze pon pon (che effettivamente provavano all'alba), Orin si era preso un'orribile cotta
da scolaretto, di quelle che ti si dilatano le pupille e ti tremano le gi-

nocchia, per una certa majorette dalla chioma folta del secondo anno
che lui guardava da lontano mentre roteava il bastone marciando nello spettro di luce rifratta degli irrigatori, dall'altra parte del campo
bagnato di rugiada; una majorette che era stata a qualche festa per gli
atleti alle quali erano andati anche Orin e il suo partner strabico di
doppio alla Bu, e che ballava proprio come faceva roteare il bastone
e incitava gli spettatori in campo, e cioè in un modo che sembrava
rendere liquido e distante e stranamente diffratto tutto ciò che era
solido nel corpo di Orin.

Orin Incandenza, che come molti figli di alcolisti e maniaci afflitti
da Disturbo Ossessivo-Compulsivo aveva una sorta di dipendenza
dalla sessualità, aveva già disegnato dei piccoli, distratti 8 sui fianchi
postcoito di una dozzina di studentesse Bu. Ma quella volta era diverso. Gli era già successo di perdere la testa per qualcuna, ma mai
di sentirsi decapitato. Nei pomeriggi autunnali, durante l'ora del ri-
posino cui l'obbligava l'allenatore di tennis, se ne stava disteso sul letto a strizzare una pallina e a parlare per ore di questa ragazza del secondo anno che faceva roteare il bastone nello spruzzo d'acqua mentre il suo compagno di doppio steso sul lato opposto dell'enorme letto
guardava simultaneamente Orin e le foglie del New England che cambiavano colore sugli alberi fuori dalla finestra. Il nome infantile che
avevano inventato per riferirsi alla majorette di Orin era la Piú Bella Ragazza Di Tutti I Tempi. Non era l'unica attrazione, ma era davvero quasi grottescamente bella. Faceva sembrare la Mami il frutto
che si vuole prendere dal vassoio ma quando ci si avvicina si cambia
idea e lo si scarta perché lí accanto ce n'è un altro molto piú fresco e
dall'aspetto meno artificialmente conservato. La majorette era cosí
carina che neppure i seniores titolari della squadra dei Terriers della
Bu riuscivano a trovare la saliva per parlarle alle feste. In pratica era
quasi universalmente evitata. La majorette induceva nei maschi eterosessuali quello che l'Udri poi le spiegò chiamarsi il Complesso di
Atteone, una specie di profonda paura filogenica della bellezza tran-
sumana. Quanto al partner di doppio di Orin – che essendo strabico
poteva considerarsi un esperto di inaccessibilità femminile – tutto ciò
che sentiva di poter fare era spiegare a O. che lei era quel tipo di ragazza disgustosamente attraente che non si mescola con i normali maschi umani del college, e chiaramente partecipava alle funzioni sociali degli atleti della Bu solo per una specie di blando interesse scientifico, mentre aspettava che il maschio adulto col quale era di sicuro
impegnata – fossetta sul mento, fisico da modello, protagonista di una
storia di successo negli affari – la chiamasse dal sedile posteriore della sua limousine Infiniti verde eccetera. Neanche uno degli atleti

dell'università le aveva mai neppure orbitato abbastanza vicino da
sentire le elisioni e le pause apicali di un accento del Midsouth nella
sua voce stranamente monotona eppure risonante, che dava l'idea di
qualcuno che scandisse molto attentamente in una stanza insonorizza-
zata. Quando ballava, ai balli, lo faceva solo con altre ragazze pon
pon e majorette e Terrierette delle Pep Squad, perché nessun maschio
aveva il fegato e la saliva per invitarla. Lo stesso Orin non riusciva
ad avvicinarsi a meno di quattro metri, perché all'improvviso non sapeva piú come far partire l'approccio strategico che senza volere gli
aveva ispirato Charles Tavis, «Descrivi-il-tipo-d'uomo-che-ti-piace-
e-comincerò-a-comportarmi-come-lui» lo stesso che aveva funzionato cosí bene su altri Soggetti della Bu. Gli ci vollero tre feste solo per
capire che il suo nome non era Joel. La folta chioma era rossa-dora-
ta, e il pallore tinto di pesca della sua pelle, le braccia lentigginose,
gli zigomi erano indescrivibili, e gli occhi di un verde extranaturale
ad alta definizione. Solo piú tardi avrebbe saputo che il profumo quasi pungente di bucato che aleggiava intorno a lei era una speciale essenza di tarassaco a pH acido creata apposta per lei dal suo Babbo
chimico a Shiny Prize Ky.

La squadra di tennis della Boston University, manco a dirlo, non
aveva né le ragazze pon pon né le majorette della Pep Squad, che erano riservate agli sport maggiori. La cosa è perfettamente comprensibile.

L'allenatore di tennis prese molto male la decisione, e Orin dovette porgergli un Kleenex sotto il poster di Big Bill Tilden in pantaloni bianchi lunghi stile Seconda guerra mondiale che arruffava paternalisticamente i capelli di un giovane raccattapalle, e rimanere diversi minuti ad assistere al progressivo infradiciamento del Kleenex
fino al formarsi di veri e propri buchi mentre cercava di spiegare quello che voleva dire con *bruciato* e *guscio appassito* e *carota*. L'allenatore continuava a chiedergli se questo voleva dire che la madre di Orin
non sarebbe piú venuta a vederlo allenarsi.

Quello che ormai era il compagno di doppio di Orin, un tipo strabico che si metteva sempre dei maglioni da finocchio ma in fondo era
un ragazzo a posto, tra l'altro erede di una fortuna delle fattorie
Nickerson Farms Meat Facsmile, chiese al Papà con fossetta sul mento e solide connessioni Bu di «fare un paio di telefonatine» dal sedile posteriore della sua Lexus verde foresta. L'Allenatore Capo di Football della Bu, il Boss dei Terriers, un esule dell'Oklahoma che portava davvero un maglione grigio e il fischietto al collo, trovò interessante
la dimensione dell'avambraccio sinistro e della mano tesa (sgarbata-
mente ma con fare intrigante) durante le presentazioni – era il brac-

cio tennistico di Orin, grosso come una zangola; l'altro, di taglia umana, era nascosto sotto un giubbotto strategicamente drappeggiato sulla sua spalla destra.

Ma a football non si può giocare con un giubbotto sulla spalla. E
Orin era veloce solo negli scatti laterali di tre metri. Inoltre risultò
che l'idea di entrare in contatto fisico con un avversario gli era del
tutto aliena e insopportabile, e i tentativi di Orin, anche nelle estreme retrovie, erano semplicemente patetici. Fu chiamato *pallemosce* e
mollaccione fino ad arrivare a *buco marcio*. Infine gli fu detto che al
posto delle palle lui sembrava avere un sacco vuoto e penzolante, e se
voleva mantenere la borsa di studio avrebbe fatto meglio a dedicarsi
a uno sport minore dove quello che colpisci non si alza per ricambiare. Alla fine l'Allenatore letteralmente agguantò la griglia sul casco di
Orin e gli indicò l'imbocco del tunnel a sud del campo. Orin si avviò
solo e sconsolato, con il casco sotto il piccolo braccio destro, senza
neppure dare un'ultima occhiata malinconica alla Piú Bella Ragazza
Di Tutti I Tempi che insieme alla Pep Squad si esercitava indifferente
in spaccate con lancio di bastone dietro i piloni della porta nord, quella degli Ospiti.

Una delle cose banali ma giuste che insegnano gli Aa di Boston è
che sia i baci del destino sia i suoi manrovesci illustrano la fondamentale impotenza personale di ogni individuo sugli eventi veramente
significativi della sua vita[100]: cioè, quasi nessuna delle cose importanti ti accade perché l'hai progettata cosí. Il destino non ti avverte; il
destino sbuca sempre da un vicolo e, avvolto nell'impermeabile, ti
chiama con un *Psss* che di solito non riesci neppure a sentire perché
stai correndo da o verso qualcosa di importante che hai cercato di pianificare. L'evento del destino che accadde a Orin Incandenza a questo punto fu che, proprio mentre passava tutto triste sotto il pilone
della porta dei Terriers ed entrava nell'ombra dell'arco del tunnel
dell'uscita sud, sentí venire dal campo alle sue spalle un forte schiocco orribilmente ortopedico e delle urla tremende. Era successo che il
miglior defensive tackle della Bu – un futuro professionista da 180
chili che non aveva piú neanche un dente e amava dipingere, mentre
provava l'assalto al punter degli Special Teams, non solo bloccò il calcio del punter della Bu, ma commise un grave errore mentale e continuò ad andare avanti e si abbatté sul ragazzetto non imbottito mentre aveva il piede ancora in alto sopra la testa, e cadde su di lui in un
groviglio di membra che spezzò la gamba del punter dal femore al tarso con uno schianto titanico. Due majorette e un massaggiatore sven-
nero solo per le grida del punter. La palla del calcio intercettato colpí
con forza il casco del defensive tackle, schizzò via, rimbalzò folle-

mente e rotolò fino all'ombra del tunnel sud dove Orin si era voltato in tempo per vedere il punter contorcersi e il lineman rialzarsi con un dito in bocca e un'espressione colpevole. L'Allenatore della Difesa si tolse la cuffia, si precipitò in campo e cominciò a soffiare nel fischietto proprio in faccia al difensore, molte volte, senza fermarsi neppure quando l'enorme tackle cominciò a piangere e a colpirsi la fronte con il palmo della mano. Dal momento che non c'era nessun altro vicino, Orin raccolse la palla del calcio intercettato che l'Allenatore Capo stava chiamando con un gesticolare impaziente dalla sua postazione sulla panchina di metà campo. Orin prese fra le mani la palla da football (cosa che non gli era mai riuscita bene in tutti i suoi tentativi), sentí il suo strano peso ovale e guardò i barellieri e il punter e gli assistenti e l'Allenatore dall'altra parte del campo. Erano troppo lontani per provare a tirarla con le mani, ed era impensabile che Orin facesse un'altra camminata da solo lungo la linea laterale poi un'altra ancora per uscire dal campo sotto l'indifferente sguardo verde della majorette che era ormai padrona del suo Sistema Nervoso Centrale.

Prima di quel momento seminale, Orin non aveva mai provato in tutta la sua vita a calciare una palla di qualunque tipo, e fu quella rivelazione non pianificata e in un certo senso vulnerabile che finí col toccare l'animo di Joelle Van Dyne molto piú del suo prestigio e del tempo di volo della palla.

E in quel momento, mentre fischietti cadevano dalle labbra e la gente lo additava, sotto lo sguardo verde e sfocato dagli spruzzi d'acqua di lei, Orin scoprí nel football agonistico una nuova nicchia e un'altra carota. Una carriera a livelli da Show che non si sarebbe mai sognato di progettare. Entro pochi giorni riusciva a calciare la palla a 60 yard senza problemi, allenandosi da solo in un campo esterno con l'Assistente delle Squadre Speciali, un sognante fumatore di Gauloise che invocava idee di cielo e volo e chiamava Orin «efebo», un epiteto che una discreta telefonata al fratellino minore rivelò non essere l'insulto che gli era sembrato. Entro la seconda settimana O. aveva raggiunto le 65 yard, il suo movimento era pulito e senza errori, la concentrazione sulla transazione fra il suo piede e un uovo di cuoio quasi spaventosamente totale. E alla terza settimana non si faceva distrarre granché dai dieci impazziti giganti ipofisari che lo caricavano mentre riceveva la palla e avanzava, dagli ansimi e dai rumori schioccanti e carnosi del contatto interpersonale tutt'intorno a lui, dal viavai dei barellieri che andavano e venivano dal campo come sherpa a ogni fischio dell'arbitro. Lo presero da una parte e gli chiesero scusa per la battuta dello scroto vuoto, e gli spiegarono – ri-

correndo anche a ingrandimenti di alcune pagine del Regolamento –
che c'erano regole draconiane contro il contatto fisico diretto con il
punter, e queste regole comportavano la perdita di moltissime yard
e del possesso di palla. Il rumore tipo fucilata che aveva sentito venire dalla gamba ormai inutile dell'ex punter era una cosa che nella
vita si sente una volta sola, gli assicurarono. L'Allenatore Capo volle che Orin sentisse mentre diceva alla difesa che ogni uomo cosí imbecille da colpire il nuovo stellare punter della squadra poteva anche
alzarsi e continuare a camminare fino a raggiungere il tunnel sud e
l'uscita dallo stadio e il primo mezzo di trasporto che lo portasse da
qualche altra parte.

Era l'inizo della stagione del football. L'aria frizzante, ogni cosa
mezza morta, le foglie bruciate, la cioccolata calda, i giubbotti col collo di procione, gli intervalli delle majorette e una cosa chiamata l'Onda. Folle esponenzialmente piú vaste e piú espressive di quelle dei tornei di tennis. In casa contro Suny-Buffalo, in casa contro Syracuse,
in trasferta contro Boston College, in trasferta contro Rhode Island,
in casa contro i disprezzati Minutemen di UMassAmherst. La media
dei calci di Orin raggiunse le 69 yard e continuava a migliorare, i suoi
occhi erano fissi sul doppio incentivo di un bastone scintillante e di
una enorme, crescente carota come non ricordava sin dall'età di quattordici anni. Colpiva la palla al volo sempre meglio man mano che il
suo movimento – una combinazione coreografica di mosse e sposta-
menti di peso complessi e precisi come quelli di un servizio – diventava piú istintivo, mentre tendini e adduttori si scioglievano per via
degli impatti di tutti i calci competitivi che aveva sferrato, la scarpa
sinistra che terminava la corsa a 90° dal suolo, il ginocchio all'altezza del naso, colpendo la palla con una mossa da Rockette in mezzo a
un clamore cosí fanatico e univoco che sembrava aspirare l'aria dello
stadio, un'unica immensa voce orgasmica senza parole che si alzava e
creava un vuoto che risucchiava la palla in cielo, e l'uovo di cuoio spariva mentre ascendeva in una spirale perfetta, come se stesse inseguendo il ruggito della folla che lui stesso aveva causato.

A Halloween il suo controllo era ancora migliore della potenza.
Non a caso l'Assistente delle Squadre Speciali definiva quel controllo «tocco». Si consideri che un campo da football è sostanzialmente
un campo da tennis in erba innaturalmente allungato, e che sono sempre delle linee bianche a complessi angoli retti a definire le tattiche e
i movimenti, la possibilità stessa del gioco. E considerate che Orin
Incandenza, che come tennista aveva un passante mediocre, era stato accusato da Schtitt di fare troppo affidamento sul lob che aveva
sviluppato per compensazione. Come per Michael Pemulis, altret-

tanto debole nei passanti e prodigio di Eschaton dopo di lui, tutto il limitato gioco di Orin era stato costruito intorno a un pallonetto soprannaturale, e naturalmente il pallonetto non è che una parabola piú alta dell'avversario che idealmente cade poco prima del confine posteriore del campo da gioco ed è difficile da rincorrere e rimandare nel campo avversario. A Gerhardt Schtitt e deLint e ai loro prorettori depressi era bastato vedere una sola cartuccia di una partita della Bu per capire come aveva fatto Orin a trovarsi una nicchia all'interno di uno sport maggiore. Orin stava semplicemente continuando a tirare pallonetti, osservò Schtitt illustrando quanto diceva con l'aiuto della pipa/indicatore e di un quarto down piú volte riavvolto e riguardato, ma stavolta con una gamba, e lasciava i dieci factota corazzati e inondati di testosterone a occuparsi della risposta dell'avversario; Schtitt affermò che per puro caso Orin aveva trovato in questo gioco territoriale e grottescamente fisico il modo di legittimare la stessa dipendenza dal colpo del pallonetto che gli aveva impedito di sviluppare il coraggio per rinforzare i suoi punti deboli, che questo suo rifiuto di rischiare il temporaneo fallimento e la debolezza in cambio di un guadagno a lungo termine era stato il vero pesticida della carota del tennis di Orin Incandenza. Quella era la vera ragione dell'esaurirsi del suo fuoco interiore per il tennis, Schtitt lo sapeva. I commenti di Schtitt suscitarono in Sala Proiezioni vigorosi assensi del capo e diffusa indifferenza. Piú tardi Schtitt disse a deLint di avere dei brutti presentimenti sul futuro di Orin.

Comunque, entro Halloween del suo primo anno Orin piazzava regolarmente i suoi punts nelle prime 20 yard degli avversari, e imprimeva la rotazione alla palla con i lacci delle scarpe chiodate cosí da farla rimbalzare e uscire dal campo, o farla atterrare sulla punta e rimbalzare dritta in alto come se si rannicchiasse in volo, librandosi e roteando in attesa che un attaccante dei Terriers la toccasse. L'Assistente delle Squadre Speciali disse a Orin che questi calci venivano storicamente detti calci dell'angolo della morte, e che Orin Incandenza era un punter nato per tirare i calci dell'angolo della morte, il migliore che avesse mai visto. Dovevi sorridere per forza. La borsa di studio di Orin venne rinnovata sotto l'egida di uno sport nordamericano piú brutale ma infinitamente piú popolare del tennis agonistico. Questo dopo la seconda partita in casa, piú o meno nel periodo in cui una certa majorette di bellezza atteonizzante che incitava la folla durante gli intervalli sembrò in qualche modo cominciare a dirigere le sue scintillanti sequenze in direzione di Orin. Perciò la sola, vera esperienza romantica con implicazioni cardiache di tutta la vita di Orin mise le sue radici bilaterali da lontano, durante le partite, senza che venisse scambiato un solo fonema personale; un amore comunicato – da un lato all'altro di un campo d'erba, in sottofondo il ruggito monovocale di uno stadio – interamente attraverso stilizzati movimenti ripetitivi – funzionali quelli di lui, celebratori quelli di lei – le loro rispettive piccole danze di devozione a uno spettacolo che tutti e due – nei loro diversi ruoli – cercavano di rendere piú divertente possibile.

L'accuratezza venne dopo la distanza. Nelle sue prime due partite Orin aveva affrontato il suo compito al quarto down come se consistesse solo nel calciare la palla il piú lontano possibile e al di là di ogni speranza di risposta. Il sognante assistente delle Special Teams disse che questo era il naturale percorso di crescita e sviluppo di un punter. La forza bruta tende a precedere il controllo. Nella sua prima partita, in casa, con indosso un'uniforme troppo stretta senza imbottiture e il numero di un wide receiver, Orin fu fatto entrare quando il primo attacco della Bu si era impantanato sulle 40 yard di una squadra di Syracuse ignara di giocare la sua ultima stagione in rappresentanza di un'università americana. Una questione secondaria. In seguito gli analisti di sport universitari avrebbero usato quella partita per mettere a confronto l'inizio e la fine di diverse ère. Ma è una questione secondaria. Quel giorno Orin tirò un calcio da 73 yard, secondo gli annali, e la sua media di tempo di sospensione in volo fu di otto virgola qualcosa secondi; ma quel primo punt ufficiale, per l'esaltazione – la carota, la Piú Bella Ragazza Di Tutti I Tempi, il ruggito monovocale di una folla di sport maggiore – lo mandò a finire sopra la testa del giocatore degli Orangeman che attendeva di ricevere la palla, oltre i piloni della porta e oltre la rete di sicurezza, oltre le prime tre file di posti e in grembo a un Emerito professore di Teologia nella Fila 52 che aveva bisogno del cannocchiale da teatro per seguire il gioco. Venne registrato a 40 yard, quel suo battesimale punt agonistico. In realtà era quasi un punt da 90 yard, con un tempo di volo che, come disse l'Assistente degli Special Teams, avrebbe consentito un rapporto sessuale tenero e affettuoso. Il rumore dell'impatto podiatrico aveva ridotto al silenzio la folla di uno sport maggiore, e un aviatore dei Marines in pensione, che ogni volta portava campioncini di vaselina da smerciare fra le folle afflitte da nocche screpolate sugli spalti del Nickerson, raccontò dopo la partita ai suoi amici in un postaccio di Brookline che il primo punt pubblico di questo giovane Incandenza aveva fatto lo stesso rumore dei Bertha dell'operazione Rolling Thunder, il whump esagerato di qualcosa di enorme che esplode, piú grande della vita stessa.

Dopo quattro settimane il successo di Orin nel calciare grosse palle a forma d'uovo era infinitamente superiore a quello che mai aveva avuto con le piccole palle tonde. D'accordo, il tennis ed Eschaton erano stati d'aiuto. Ma non era solo atletica, quest'affinità con il punt. Non erano solo l'abitudine all'allenamento agonistico e l'esperienza di gioco sotto pressione che Orin era riuscito a trasportare in un altro sport. Lo disse a Joelle Van Dyne, lei con l'accento e il bastone e la bellezza paralizzante, glielo disse nel corso di una conversazione sempre piú rivelatoria dopo che *lei*, cosa piuttosto stupefacente, l'aveva avvicinato durante una festa atletica nel Columbus Day e gli aveva chiesto di autografare una palla ovale tutta strizzata che lui in allenamento aveva sfondato con un calcio – la vescica sgonfia era atterrata nel sousaphone del suonatore di sousaphone della Banda dei Terriers e, dopo essere stata faticosamente tolta da lí, era stata data a Joelle dallo strumentista ciccione, sudato e obnubilato dallo sguardo atteonizzante e implorante della ragazza – gli aveva chiesto – mentre anche Orin improvvisamente diventava umidiccio e vuoto di qualsiasi cosa interessante da dire o recitare – gli aveva chiesto, col suo accento strascicato vuoto e risonante, di firmarle la palla bucata per il Suo Babbo Personale, un certo Joe Lon Van Dyne di Shiny Prize Ky della, aggiunse, della Dyne-Ryney Proton Donor Reagent Corp. della vicina Boaz Ky e aveva iniziato con lui (O.) una conversazione socializzante che lentamente diventò sempre meno univoca – era facile rimanere da soli con la Piú Bella Ragazza Di Tutti I Tempi, tête-à-tête, poiché nessun altro Terrier riusciva ad avvicinarsi a meno di quattro metri da lei – e Orin gradualmente si trovò quasi a guardarla negli occhi mentre le diceva che per lui calciare il punt non era solo qualcosa di sportivo, che anzi c'era qualcosa di profondamente emotivo e/o perfino, se si poteva ancora dire, spirituale: una negazione del silenzio: c'erano piú di trentamila voci, anime, che esprimevano approvazione come un'Anima Sola. Invocò le cifre nude e crude. La frenesia. Era ovvio che pensava ad alta voce. Gli incitamenti e le invocazioni del pubblico erano cosí assolute da non essere piú numericamente distinte ma fuse in un unico gemito coitale, una sola grande vocale, il suono dell'utero, il formarsi del ruggito, amniotico, una marea, la voce – perché no – di Dio. Niente a che vedere con l'applauso compito del tennis, interrotto dal sussurro patrizio dell'arbitro. Disse che questi erano solo pensieri ad alta voce; la stava guardando negli occhi senza sprofondarci, e la paura si era già trasformata nella cosa, qualsiasi fosse, di cui aveva avuto paura. Parlò del suono di quelle anime come di Un Solo Suono, troppo forte da sopportare, che cresce in attesa che il suo piede lo liberi: Orin disse che gli piaceva il fatto che in campo non riusciva letteralmente a sentirsi pensare, forse era un luogo comune, ma lui in campo si sentiva trasformato, il suo io trasceso come non gli era mai capitato sul campo da tennis, un senso di presenza nel cielo, il suono congregazionale della folla, il climax che faceva tremare lo stadio quando la palla saliva in un arco di cattedrale e sembrava non voler ridiscendere mai... Neppure una volta gli venne in mente di chiederle quale tipo di comportamento le piacesse in un uomo. Non dovette fare strategie o schemi. Poi capí di cosa aveva avuto paura. Non aveva dovuto prometterle nulla, ecco. Era tutto gratis.

Alla fine dell'autunno di quel suo primo anno d'università, dopo la vittoria della Bu nella Yankee Conference e la sua partecipazione non vittoriosa ma pur sempre notevole al K-L-Rmki Forsythia Bowl di Las Vegas alla presenza di alti dignitari, Orin aveva preso i soldi per l'alloggio fuori dal campus e si era trasferito insieme a Joelle Van Dyne, la kentuckiana mozzafiato, in un condominio di East Cambridge a tre fermate di metropolitana dalla Bu e da tutti i nuovi fastidi dell'essere una famosa star di uno sport maggiore in una città dove la gente si picchia a morte nei bar per il football.

Joelle aveva partecipato al cenone del Ringraziamento di mezzanotte all'Eta sopravvivendo a Avril, e Orin aveva passato il primo Natale della sua vita lontano da casa, prendendo un aereo fino a Paducah poi noleggiando una 4x4 fino a Shiny Prize Ky, posto in culo al mondo, per bere il punch sotto un piccolo albero di Natale bianco riciclabile con le palle rosse insieme a Joelle e la madre e il Babbo Personale e i fedeli pointer di quest'ultimo, guadagnandosi un giro guidato nella cantina di Joe Lon per ammirare l'incredibile collezione di ogni soluzione al mondo che faccia diventare rossa una cartina al tornasole, dei piccoli rettangolini rossi che nuotavano negli alambicchi di Pyrex, e Orin assentiva senza sosta e s'impegnava da morire e Joelle lo rassicurava dicendo che se il Sig. Van D. non gli ha sorriso neppure una volta è solo perché È Fatto Cosí, ecco tutto, proprio come la sua Mami Era Fatta Cosí, in quel modo che aveva turbato Joelle. Orin comunicò a Marlon Bain e Ross Reat e al Nickerson strabico che era veramente innamorato.

Quella vigilia di Capodanno a Shiny Prize, lontana dai tumulti onaniti del nuovo Nordest, l'ultimo pomeriggio Ante-Sponsorizzazione, fu la prima volta in cui Orin vide Joelle prendere piccolissime dosi di cocaina. Per Orin la fase delle sostanze era finita piú o meno quando aveva scoperto il sesso, e naturalmente c'erano tutte le considerazioni sulle Urine Onancaa, e lui disse no grazie, alla cocaina, ma non si mise a criticare o a rompere le palle, anzi scoprí che gli piaceva essere sobrio con la sua Piú Bella Ragazza Di Tutti I Tempi do-

po che lei aveva tirato, gli sembrava eccitante, una sensazione vica-
ria di essere al limite che risolveva rifiutandosi di prendere una posizione e giudicare qualcuno che si è fatto e si sente piú libero e migliore del solito, con te, da soli, sotto le palle rosse. Erano perfetti insieme: a quei tempi lei prendeva la coca per divertimento, e a Orin la
cosa non solo non dava fastidio ma non ne parlò mai, né lei parlò del
fatto che lui si asteneva; la questione della sostanza era insomma del
tutto naturale e libera. Un'altra ragione per cui sembravano uniti dalle stelle era che Joelle nel suo secondo anno aveva deciso di concentrarsi accademicamente su Film/Cartucce alla Bu. O Teoria di Cartucce Filmiche o Produzione di Cartucce Filmiche. O magari tutte e
due. La Piú Bella Ragazza Di Tutti I Tempi era una fanatica di cinema, anche se i suoi gusti erano un po'industriali: disse a O. che preferiva i film nei quali «un mucchio di merda salta in aria»[101]. Orin
pian piano la introdusse al cinema d'arte, a pellicole avant- e après-
garde concettuali e accademiche, e le insegnò a utilizzare alcuni dei
menu InterLace piú esoterici. Corse su per la collina di Enfield e portò
giú *Accordo prenuziale di Inferno e Paradiso* della Cicogna Folle, che
in effetti la impressionò parecchio. Subito dopo il Giorno del Ringraziamento, Lui in Persona lasciò che la Piú Bella Ragazza Di Tutti
I Tempi studiasse la parte di Leith sul set di *Il secolo americano visto
attraverso un mattone* in cambio del consenso a riprendere il suo pollice che pizzicava una corda. Dopo una stagione universitaria appena
lievemente deludente, O. volò con lei a Toronto per assistere ad alcune riprese di *Blood Sister: una suora tosta*. Dopo le riprese Lui in
Persona usciva con Orin e la sua fidanzata divertendo Joelle col suo
incredibile talento per evocare taxi canadesi mentre Orin aspettava
con la testa infossata a tartaruga nel cappotto pesante; poi era Orin
a riaccompagnare i due al loro hotel in Ontario Place, a far fermare
il taxi per farli vomitare, a portare a spalla Joelle mentre la Cicogna
Folle rusciva ad arrivare nella sua suite solo appoggiandosi alle pareti. Lui in Persona mostrò loro il Centro Conferenze dell'Università
di Toronto, dove lui e la Mami si erano conosciuti. Con il senno di
poi, quello era stato il graduale inizio della fine. Quell'estate Joelle
rinunciò a una sesta stagione all'Istituto Dixie per Majorette di
Oxford Ms e lasciò che Lui in Persona le desse un nome d'arte e la
utilizzasse in rapida successione per *Educazione civica a bassa temperatura, (Il) Desiderio di desiderare*, e *Navigare sicuri non è un caso*, viag-
giando con Lui in Persona e Mario mentre Orin rimaneva a Boston
per fare la riabilitazione dopo un piccolo intervento chirurgico a un
quadricipite sinistro ipertrofico presso il Massachusetts General Hospital, dove non meno di quattro fra infermiere e fisioterapiste nel re-

parto Medicina dello Sport presentarono istanza di separazione legale dai loro mariti, con richiesta di affidamento dei figli.

La vera ambizione della Piú Bella Ragazza Di Tutti I Tempi non
era la recitazione, Orin lo sapeva, ed è per questo che resistette cosí
a lungo. Quando l'aveva conosciuta, Joelle aveva già qualche modesta attrezzatura cinematografica tutta sua, regalatale dal suo Babbo
Personale. E ora aveva accesso a strumenti digitali estremamente sofisticati. Entro il secondo anno universitario di Orin, Joelle aveva
smesso del tutto di roteare bastoni e incitare la folla. Nella prima stagione piena di Orin lei rimase sempre dietro varie linee bianche con
una piccola telecamera digitale Bolex R32 e lenti e misuratori Btl, incluso un maledetto zoom Angenieux che le aveva regalato O., e fece
dei piccoli clip da mezzo settore di disco sul n. 78 della Bu, il Punter,
a volte assistita da Leith (mai da Lui in Persona), e provò vari tempi
di esposizione e lunghezze focali e sfondi digitali, ampliando cosí le
sue conoscenze tecniche. Nonostante il suo sincero interesse nel migliorare i gusti della Piú Bella Ragazza Di Tutti I Tempi, Orin era
personalmente piuttosto tiepido riguardo ai film e alle cartucce e al
teatro e a tutto quello che lo riduceva al ruolo di bovino spettatore,
ma rispettava l'impulso creativo di Joelle; e scoprí che gli piaceva molto rivedere le riprese di football di Joelle Van Dyne, delle quali era
protagonista pressoché assoluto; preferiva di gran lunga quelle piccole clip da mezzo settore di disco alle cartucce di Lui in Persona o ai
film commerciali dove le cose saltavano in aria e Joelle rimbalzava sulla sedia e indicava il visore; e in piú le trovava (quelle riprese di lui in
campo) infinitamente piú appassionanti delle partite e delle fasi di
gioco su celluloide, granulose e indistinte, che l'Allenatore Capo costringeva tutti a guardare. Quando Joelle non c'era, a Orin piaceva
abbassare al minimo il reostato dell'appartamento, tirar fuori i dischetti, farsi i pop-corn e guardare e riguardare le piccole riprese da
dieci secondi di se stesso. Ogni volta che le guardava vedeva qualcosa di diverso, qualcosa di piú. Nelle immagini il suo calcio al volo si
schiudeva come un fiore al rallentatore, e sembrava rivelargli se stesso in modi che non avrebbe mai potuto pianificare. Ne era rapito.
Succedeva solo quando le guardava da solo. A volte aveva un'erezione. Non si masturbava mai; Joelle tornava a casa. Benché fosse nelle
fasi finali di una tarda pubertà e la sua bellezza scadesse visibilmente di giorno in giorno, Joelle era vergine quando Orin l'aveva conosciuta. Fino ad allora era stata evitata, sia alla Bu sia a Shiny Prize-
Boaz: la sua bellezza aveva respinto ogni pretendente. Aveva dedicato la vita a volteggiare bastoni e al cinema amatoriale. Disney Leith
diceva che ci era tagliata: la sua telecamera a mano era ferma come

una roccia; perfino le prime riprese, quelle fatte all'inizio della stagione sportiva dell'Aw, sembravano fatte dal cavalletto. Non c'era
audio in quelle inquadrature giovanili, e si sentiva distintamente il fischio della cassetta nel lettore Tp. Una cartuccia che gira alla velocità
di un dischetto digitale da 450 giri/min. fa un rumore tipo quello di
un aspirapolvere lontano. I rumori notturni delle macchine e delle sirene sulla Storrow 500 si infiltravano tra le sbarre. Non era il silenzio che cercava Orin, quando guardava. (Joelle rassetta la casa come
un'indemoniata. Il posto è sempre sterilizzato. C'è una somiglianza
da brividi con il modo di rassettare la casa della Mami. Solo che a
Joelle il casino non dà fastidio, e lei non ossessiona la gente preoccu-
pandosi di nascondere il fatto che le dà fastidio cosí che nessuno si
offende. Con Joelle il casino sparisce durante la notte e quando ti svegli la casa è sterile. Una cosa da elfi). Al terzo anno di università, poco dopo aver cominciato a guardare le riprese, Orin si era arrampica-
to sulla collina della Comm. ed era tornato con un registratore Tatsuoka compatibile Bolex a impulsi sincronizzati, un microfono a
cardioide, un cavalletto basso con un filtro per attutire il fruscio della Bolex, un elegante generatore d'interferenze Pilotone e dei cavi a
impulso sincronizzato, una vera cornucopia del suono. Leith ci mise
tre settimane per insegnarle a usare il Pilotone. Ora le riprese avevano l'audio. Per Orin è difficile non bruciare i pop corn Jiffy Pop. Tendono a bruciare quando si gonfia la parte superiore del sacchetto er-
metico; bisogna toglierli dal forno prima che il foglio di alluminio for-
mi una cupola. Niente microonde per Orin, neanche allora. Quando
Joelle non c'era gli piaceva abbassare le luci, tirare fuori il portacar-
tucce e riguardare le riprese da dieci secondi dei suoi punt che lei aveva fatto. Eccolo di nuovo contro il Delaware nel secondo incontro in
casa dell'Acmt. Il cielo è pallido e smorto, le cinque bandiere della
Yankee Conference – l'Università del Vermont e l'Università del New
Hampshire ormai acqua passata – si stendono parallele alla brezza del
Charles per la quale il Campo Nickerson è tristemente famoso. È il
quarto down, ovviamente. Migliaia di chili di carne imbottita assumono la posizione base a quattro punti d'appoggio, piedi + mani, e
sbuffano, pronti a caricare e sfondare. Orin si trova a dodici yard dalla mischia, piedi uniti, peso leggermente in avanti, le braccia di dimensioni diverse tese in avanti come quelle di un cieco di fronte a un
muro. I suoi occhi sono fissi sul lontano cuore trafitto macchiato d'erba sul culo del center. Nota che la sua postura, mentre aspetta di ricevere la palla, non è molto diversa da quella di un tuffatore. Nove
uomini in fila, su quattro punti d'appoggio, pronti a sopportare l'assalto di dieci avversari. Il ricevitore avversario è lontano, a settanta

yard o piú. Il fullback, il cui solo compito è quello di proteggere Orin,
è avanti sulla sinistra, le ginocchia flesse, i pugni imbottiti congiunti
e i gomiti in fuori come una creatura alata pronta a lanciarsi su qualsiasi cosa apra una breccia nella linea e si precipiti verso il punter.
L'attrezzatura di Joelle non è proprio professionale, ma la sua tecnica è ottima. Al terzo anno arriva anche il colore. C'è un unico suono, ed è assoluto: il rumore della folla e la risposta montante a quel
rumore. Ecco Orin contro il Delaware, con l'elmetto bianco ottico e
l'interno della testa svuotato per dieci secondi di qualunque pensiero che non sia ricevere il lungo snap, fare qualche passo marziale e,
con un lob, calciare in cielo la palla di cuoio a un'altezza tale che il
vento non conta piú. La Piú Bella Ragazza Di Tutti I Tempi riprende tutto, zoomando dal fondocampo opposto. Lei conosce i suoi tempi; i tempi di un punt sono molto precisi, come quelli di un servizio;
è come un assolo di danza; lei riesce a registrare il WUUMP assurdo
contro e sopra il climax vocale della folla; a catturare l'arco di 180°
della gamba di Orin, l'accompagnamento gluteale che porta i lacci
delle sue scarpe chiodate ben al di sopra dell'elmetto, il perfetto angolo retto fra la gamba e il terreno. La tecnica di Joelle è superba nel
disastro contro il Delaware che Orin fa tanta fatica a riguardare, l'unica volta in tutto l'anno in cui il suo grosso center sbuffante sbaglia
lo snap e lo tira in un arco sopra le mani sollevate di Orin, e cosí,
mentre Orin si mette a correre all'indietro per afferrare quell'affare
che rimbalza follemente, la difesa del Delaware apre una breccia nella linea di difesa, la sfonda, il fullback è a terra calpestato, e tutti e
dieci gli attaccanti si gettano all'assalto, in cerca di un contatto fisico con Orin e il suo uovo di cuoio. Joelle lo riprende mentre scatta
lateralmente per tre metri ed evita le prime mani e le prime labbra
ringhiose, ma ormai sta per sperimentare un contatto personale, sta
per essere scaraventato fuori dalle sue scarpe dal robusto safety del
Delaware che vola verso di lui dall'esterno, quando improvvisamente finisce il minuscolo settore di 0,5° del Cd che basta a riprendere
un punt, il rumore della folla muggisce e muore e si sente il drive del
dischetto che si blocca sull'ultimo byte, e la faccia di Orin dentro il
casco, con il sottomento allacciato e la griglia di plastica, è congelata sul visore gigante ad alta definizione nel momento subito prima
dell'impatto, zoomata in primo piano con un ottimo obiettivo. I suoi
occhi sono particolarmente interessanti.

ANNO DEL PANNOLONE PER ADULTI DEPEND

Povero Tony Krause ebbe un attacco sulla metropolitana. Su un treno della Linea Grigia da Watertown a Inman Square, Cambridge. Da piú di una settimana beveva sciroppo per la tosse a base di codeina nel bagno degli uomini della Biblioteca della Armenian Foundation nell'orribile centro città di Watertown Ma, e usciva allo scoperto solo per farsi dare qualche soldo dal repellente Equus Rees e subito dopo si infilava nella Farmacia Brooks, con indosso un'accozzaglia avvilente di pantaloni larghi di fibra sintetica, brctelle e un berretto di tweed Donegal che aveva rubato alla sede del sindacato degli scaricatori di porto. Povero Tony non poteva azzardarsi a vestirsi un po' meglio, non poteva mettersi addosso nemmeno la giacca di pelle rossa dei fratelli Antitoi, non da quando si era scoperto che nella borsa di quella poveretta c'era un cuore. Non si era mai sentito cosí infelice e assalito da ogni lato come in quel nero giorno di luglio quando gli era capitato in sorte di rubare un cuore. Chi non si sarebbe chiesto Perché A Me? Non aveva il coraggio di vestirsi brillante come sempre o di farsi vedere in Harvard Square. E Emil non l'aveva ancora tolto dalla lista dei musi da polverizzare in conseguenza del fattaccio con Wo e Bobby C dell'inverno prima. Era da Natale che Povero Tony non aveva il coraggio di farsi vcdere piú a est di Tremont Street o ai Quartieri Brighton o perfino da Delphina a Enfield, anche dopo che Emil si era semplicemente volatilizzato; e adesso fin dal 29 luglio era *non grata* a Harvard Square e dintorni; e la sola vista di un orientale gli dava le palpitazioni – per non parlare di una borsa Aigner. Quindi non c'era verso che Povero Tony riuscisse a trovarsi il gancio da sé. Non poteva fidarsi di comprare la roba da nessuno. S.T. Cheese e Lolasister non erano piú affidabili di lui; non voleva neppure che sapessero dove dormiva. Cominciò a bere sciroppo per la tosse. Riuscí a convincere Bridget Tenderhole e Stokely Dark Star, uno spacciatore di quelli duri, a trovargli il gancio sulla parola per alcune settimane, fino a quando Stokely morí in un ospizio del Fenway e Bridget Tenderhole fu mandata dal suo magnaccia a Brockton a seguito di circostanze incredibilmente vaghe. A quel punto Povero Tony aveva capito i segni e aveva ingoiato un po' di orgoglio e si era nascosto ancor piú in profondità in un complesso di cassonetti dietro la Sede Locale n. 4 della Filbpd[102] nel centro di Fort Point, e aveva deciso di restarvi nascosto fintanto chc fosse riuscito a ingoiare l'orgoglio e mandare Lolasister a trovargli l'eroina, accettando senza orgoglio e senza lagne tutte le fregature sfacciate che quella maledetta troia

gli aveva sempre tirato; questo durò fino a quando, in ottobre, Lolasister si prese l'epatite G e i rifornimenti di eroina si esaurirono e le
uniche persone che riuscivano a trovare la roba anche solo per il week-
end erano quelle in grado di muoversi per grandi distanze sotto un
cielo libero, e nessun amico, per quanto intimo o indebitato, poteva
permettersi di trovare un gancio per qualcun altro. E allora Povero
Tony, nascosto e senza amici e senza agganci, cominciò a sentire
l'Astinenza da Eroina. Non solo a sentirsi finito e malato. L'Astinenza. Le parole gli echeggiavano nella testa nevralgica e senza parrucca come passi sinistri in un corridoio deserto. Le Crisi d'Astinenza. La Bestia Senz'Ali. Il Tacchino Freddo. Lo Scalciare. Il Vecchio
Uccello Freddo. Povero Tony non aveva mai provato l'Astinenza, mai
una volta si era trovato nel lungo corridoio deserto dell'Astinenza da
quando si era fatto per la prima volta, a diciassette anni. Nel peggiore dei casi una persona gentile l'aveva sempre trovato attraente, se le
cose si erano messe cosí male da costringerlo ad affittare il suo fascino. Peccato però che al momento il suo fascino fosse in bassissima
marea. Pesava cinquanta chili e la sua pelle aveva il colore di una zucca d'estate. Aveva tremendi attacchi di brividi e sudava molto. Un
orzaiolo gli aveva fatto un occhio rosa come quello di un coniglio. Il
naso gli colava a rubinetto e ne usciva roba giallo-verdastra che non
prometteva *nulla* di buono. Era avvolto da una puzza di marcio che
perfino lui riusciva a sentire. A Watertown provò a dare in pegno la
sua bella parrucca castana con chignon asportabile ma ne ricavò solo
qualche insulto in armeno, perché la parrucca era infestata dalle cose che abitavano nei capelli sottostanti. Per non parlare di quello che
disse il ricettatore armeno della sua giacca di pelle rossa.
  La malattia di Povero Tony peggiorava con l'Astinenza. I sintomi
Stessi sviluppavano sintomi, noduli e avvallamenti che palpava con
delicata attenzione nel cassonetto, con addosso le bretelle e l'orribile berretto di tweed, stringendo a sé una borsa della spesa con dentro la parrucca, la giacca e tutte le cose belle da mettersi che non poteva né mettersi né dare in pegno. Il cassonetto vuoto della Empire
Co. nel quale si nascondeva era nuovo, verde mela fuori e nudo ferro increspato dentro, e restava nuovo e inutilizzato perché la gente si
rifiutava di avvicinarsi abbastanza da adoperarlo. Povero Tony ci mise un po'a capire perché; per un breve tempo aveva pensato a un caso, al pallido sorriso della fortuna. Furono gli spazzini di un camion-
chiatta della Ewd a chiarirgli la cosa con un linguaggio che lasciava
molto a desiderare in quanto a tatto, a suo modo di vedere. Quando
pioveva, dal coperchio di ferro verde filtrava l'acqua e su un lato del
cassonetto c'era una colonia di formiche, e Povero Tony temeva e de-

testava particolarmente le formiche sin dai tempi di un'infanzia nevrastenica; e alla luce del sole quel rifugio diventava un ambiente di
vita infernale, dal quale anche le formiche sembravano allontanarsi.

A ogni passo nel corridoio nero della vera Astinenza, Povero Tony
Krause s'impuntava e semplicemente rifiutava di credere che le cose
potessero andare peggio. Poi smise di capire in anticipo quando era il
momento di andare alla toilette, diciamo cosí. L'orrore dell'incontinenza non può essere descritto in modo appropriato. Fluidi di varia
consistenza cominciarono a scorrere senza preavviso da diversi orifizi. Poi naturalmente restavano là, i fluidi, sul fondo di ferro del cassonetto. Là stavano, non se andavano. Lui non poteva pulire e non poteva farsi di eroina. Il completo insieme delle sue relazioni interpersonali consisteva di persone a cui non importava niente di lui e di
persone che volevano il suo male. Nell'Anno del Whopper il suo definito padre ostetrico si era stracciato i vestiti in segno di simbolico
shiva nella cucina di casa Krause, 412 Mount Auburn Street, nell'orribile centro di Watertown. Fu l'incontinenza piú la prospettiva degli
assegni mensili dell'Assistenza Sociale a stanare Povero Tony e costringerlo a una folle corsa traballante per trasferirsi nel bagno maschile dell'oscura Biblioteca della Armenian Foundation a Watertown,
di cui provò a rendere piú confortevole uno degli scanni con fotografie di riviste patinate, qualche amato soprammobile e carta igienica disposta tutto intorno al sedile del gabinetto; poi tirò ripetutamente lo
sciacquone e fece il possibile per contrastare la vera Crisi d'Astinenza a forza di bottiglie intere di Codinex Plus. Una minuscola percentuale di codeina viene metabolizzata in sana vecchia morfina C_{17}, e
concede un agonizzante accenno di quel che può esserc un vero sollievo dalla Scimmia. In altre parole, lo sciroppo per la tosse non fece
altro che allungare il processo, estendere il corridoio – lo sciroppo rallentò il tempo.

Povero Tony Krause restava giorno e notte nel suo scanno domestico, seduto sul water rivestito d'isolante, alternativamente emettendo fiotti e tirando lo sciacquone. Alle 1900h sollevava i tacchi a spillo quando il personale della biblioteca guardava sotto la porta degli
scanni e spegneva le luci lasciando Povero Tony in un'oscurità dentro
l'oscurità che era cosí assoluta da non riuscire piú a sapere dov'erano
le sue stesse membra, se c'erano ancora. Lasciava lo scanno forse ogni
due giorni e, riparandosi nelle ombre, zampettava come un pazzo fin
da Brooks con indosso una specie di patetico mantello o scialle fatto
di fazzoletti di carta marrone presi dal bagno degli uomini.

Con il progredire dell'Astinenza il tempo cominciò ad assumere per
lui degli aspetti nuovi. Il tempo cominciò a passare come se avesse dei

bordi affilati. Quello che passava nello scanno buio o semibuio sembrava trasportato da una processione di formiche, una luccicante colonna marziale di quelle rosse formiche militariste del Sud degli Usa che costruiscono cumuli altissimi, pullulanti e disgustosi; e ogni schifosa formica luccicante voleva una minuscola porzione della carne di Povero Tony in ricompensa per aver fatto avanzare lentamente il tempo lungo il corridoio della vera Astinenza. Alla seconda settimana nello scanno, il tempo stesso sembrava essersi trasformato nel corridoio, buio davanti e buio dietro. Qualche giorno ancora e il tempo cessò di passare o di essere trasportato o perfino di essere qualcosa connesso a un qualsiasi movimento, e assunse una forma superiore e distinta, quella di un enorme uccello senza ali, con le piume flosce e gli occhi arancioni, incontinente, appollaiato in cima allo scanno, che sembrava osservare Povero Tony Krause senza alcun interesse in lui come persona, né sembrava augurargli del bene. Anzi. Dalla sua postazione in cima allo scanno gli diceva sempre le stesse cose, incessantemente. Cose irripetibili. Neppure nella misera esperienza di vita di Povero Tony poteva esserci qualcosa capace di prepararlo all'idea che il tempo avesse una forma e un odore, e stesse accucciato davanti a lui; e i sintomi fisici sempre piú gravi erano come una giornata passata a fare shopping da Bonwit a confronto con il tempo che gli diceva che quei sintomi non erano che pallidi accenni, dei segnali stradali che indicavano un insieme piú vasto e infinitamente piú terribile di fenomeni connessi all'Astinenza che erano sopra la sua testa appesi a una cordicella che si sfilacciava inesorabilmente col passare del tempo. Che non si fermava né finiva; cambiava solo forma e odore. Entrava e usciva da lui come il piú terribile dei detenuti che lo avevano assalito nelle docce. Una volta Povero Tony aveva avuto l'hubris di pensare di aver già avuto sul serio il tremito, in passato. E invece non aveva mai davvero tremato fino a quando le cadenze del tempo – taglienti e fredde e stranamente odorose di deodorante – non avevano cominciato a entrargli nel corpo da diversi orifizi – fredde come solo il freddo umido sa essere – la frase di cui pensava di conoscere il significato era *freddo fin dentro le ossa* – colonne di freddo rivestite di schegge gli entravano in corpo e gli riempivano le ossa di polvere di vetro e sentiva le giunture scricchiolare come vetro frantumato ogni volta che si muoveva dalla sua posizione rannicchiata, il tempo era nell'ambiente e nell'aria ed entrava e usciva da lui quando voleva, gelido; e il dolore del fiato contro i denti. Il tempo lo assaliva nel nero corvino delle notti della biblioteca, con una cresta arancione alla mohicana, un bustino di paillette senza spalline, volgari scarpe Amalfo e nient'altro. Il tempo lo spalmava e gli entrava dentro con brutalità e faceva quello che voleva e lo lasciava nella forma di un infinito fiotto di merda liquida che nessuno sciacquone riusciva a mandar via. Passò un sacco di tempo morboso a cercare di capire da dove venisse tutta quella merda se non beveva che Codinex Plus. Poi a un certo punto capí: il tempo era diventato la merda stessa; Povero Tony si era trasformato in una clessidra; ora il tempo passava attraverso di lui; Povero Tony aveva cessato di esistere se non nel suo flusso dai bordi taglienti. Ormai pesava 45 kg circa. Aveva le gambe delle dimensioni delle sue braccia di prima dell'Astinenza. Era perseguitato dalla parola *Zuckung*, un termine straniero e forse yiddish che non ricordava di aver mai sentito prima. Quella parola continuava a tornargli in testa con una cadenza da passo di marcia, e non significava nulla. Ingenuamente aveva creduto che quando si impazziva non ci si accorgesse di impazzire; ingenuamente si era immaginato che i pazzi ridessero sempre. Continuava a rivedere suo padre senza figli maschi – mentre gli smontava le ruotine della bicicletta, controllava il beeper, si metteva camice verde e maschera, versava tè freddo in un bicchiere zigrinato, si strappava la camicia sportiva dal dolore di avere lui come figlio, mentre gli afferrava la spalla, crollava in ginocchio. Si irrigidiva in una bara di bronzo. Lo vedeva da lontano, attraverso vetri fumé, mentre veniva calato sottoterra nel cimitero di Mount Auburn, e nevicava. «Raggelato fino alle *Zuckung*». Poi, quando finirono anche i fondi per lo sciroppo alla codeina, Povero Tony rimase seduto sul gabinetto dello scanno sul retro nei bagni della Biblioteca della Af, circondato dai suoi vestiti che prima lo avevano tanto confortato e dalle fotografie prese da riviste di moda che aveva attaccato al muro con del nastro adesivo cinquinato al banco Informazioni quando entrava; rimase lí seduto per un'altra notte e un altro giorno intero, perché sapeva di non poter arginare il flusso della diarrea abbastanza a lungo per riuscire a raggiungere un altro posto – se ci fosse stato un altro posto dove andare – nel suo unico paio di pantaloni maschili. Durante le ore di apertura a luce accesa, il bagno degli uomini era pieno di vecchi che portavano tutti gli stessi identici mocassini marroni e parlavano slavo e mitragliavano flatulenze che puzzavano di cavolo.

Verso la fine del secondo pomeriggio senza sciroppo (il giorno dell'attacco) Povero Tony Krause cominciò a provare la Crisi di Astinenza da alcol e da codeina e da morfina demetilata dentro lo sciroppo per la tosse, oltre che dall'eroina, e questo gli portò una serie di sensazioni alle quali neppure la sua esperienza piú recente l'aveva preparato (specialmente l'Astinenza da alcol); e quando cominciarono i veri spettacoli visivi con effetti speciali del Dt, quando la prima formica-soldato lucida e minutamente irsuta cominciò ad arrampicarsi sul suo braccio e, essendo un fantasma, rifiutò di farsi scacciare o schiacciare, Povero Tony vomitò il suo orgoglio igienico nella mascella di porcellana del tempo e si tirò su i pantaloni – vergognosamente spiegazzati dopo essere stati piú di dieci giorni attorcigliati alle sue caviglie – si fece quel poco di riparazioni cosmetiche che poteva, calcò il suo cappellaccio su una sciarpa di fazzoletti di carta fissati con lo scotch e, ormai alla revolverata, uscí per andare in Inman Square a Cambridge, alla ricerca dei sinistri e ambigui fratelli Antitoi nel loro centro operativo la cui copertura era il negozio di Intrattenimenti & Idee di Vetro, un luogo del quale molto tempo addietro aveva fatto voto di non varcare mai piú la soglia ma che ora gli pareva la sua estrema risorsa, gli Antitoi, canadesi di stirpe québechiana, sinistri e ambigui e ribelli politici piuttosto scarsi ai quali aveva prestato i suoi servizi due volte attraverso i buoni uffici di Lolasister, erano ormai le uniche persone al mondo con le quali potesse sentirsi lontanamente in credito di una qualche gentilezza, da quando era cominciata la storia del cuore rubato.

Fermo sulla pensilina della metropolitana della Linea Grigia alla fermata di Watertown Center con la sua giacchetta e la combinazione cappello-scialle, quando la prima scarica molle e calda gli cadde nei pantaloni e giú per le gambe fino alle scarpe con tacco a spillo aveva solo quelle scarpette rosse con i tacchi alti e i laccini incrociati sul collo del piede che però i pantaloni gli coprivano quasi completamente – Povero Tony chiuse gli occhi per non vedere le formiche che andavano su e giú per il suo braccio scheletrico e fece un silenzioso urlo interiore di assoluta e bruciante disperazione. L'amato boa scompariva quasi per intero in una delle tasche davanti, dov'era stato messo per discrezione. Sul treno affollato scoprí che in tre sole settimane era passato da essere un soggetto pittoresco e piacevole anche se vestito strano, a essere un disgustoso esemplare urbano dal quale le persone rispettabili si allontanano discretamente senza neppure dare l'impressione di averlo notato. Lo scotch che teneva insieme lo scialle di asciugamani di carta si era in parte staccato. Puzzava di bilirubina e sudore giallo e aveva tracce di eye-liner vecchie di settimane che non stavano molto bene su una faccia che aveva urgente bisogno di rasatura. Nei suoi pantaloni c'erano stati anche degli episodi negativi legati all'urina, tanto per gradire. In tutta la vita non gli era mai capitato di sentirsi cosí poco attraente e di stare cosí male. Piangeva in silenzio di vergogna e di dolore al passaggio straziante di ogni illuminato secondo di tempo pubblico, e le formiche pilota che gli bollivano in grembo spalancarono le piccole bocche insettoidi coi denti ad ago per bere le lacrime. Riusciva a sentirsi le pulsazioni impazzite nell'orzaiolo. Il treno della Linea Grigia era dello stesso sferragliante, mostruoso tipo di quelli della linea Verde e dell'Arancione, lui sedeva in fondo a un vagone e sentiva la ferita che ogni secondo gli procurava.

Quando arrivò, l'attacco non gli dette tanto la sensazione di essere una separata e distinta crisi fisica, quanto piuttosto l'ennesima esibizione nel corridoio degli orrori che era il Vecchio Uccello Gelido. In realtà l'attacco – una specie di scontro a fuoco sinaptico nei lobi temporali disseccati di Povero Tony – fu interamente causato non dall'Astinenza Da Eroina ma dal semplice vecchio alcol, che era l'ingrediente base nonché il calmante nello sciroppo per la tosse Codinex Plus. Aveva bevuto piú di sedici bottigliette di Codinex a 80° al giorno per otto giorni, e cosí quando smise di colpo si trovò precipitato dentro una vera tempesta neurochimica. La prima cosa di pessimo auspicio fu una pioggia di fosfeni a scintilla dal tetto del treno oscillante, cui si aggiungeva l'intensa aureola violetta intorno alle teste delle persone rispettabili che erano indietreggiate quanto possibile dalle varie pozze nelle quali sedeva. Le loro facce pulite e rosee sembravano in qualche modo ferite, ognuna in un cappuccio di fiamma violetta. Povero Tony non sapeva che i suoi guaiti silenziosi avevano smesso di essere silenziosi, ed era per quello che tutti nella vettura erano improvvisamente interessati alle mattonelle del pavimento fra i loro piedi. Sapeva solo che l'improvviso e incoerente profumo del deodorante Old Spice in stick, Classic Original Scent – spontaneo e inspiegabile, la marca preferita dal suo defunto babbo ostetrico, che non sentiva da anni – e i piccoli squittii di panico delle formiche dell'Astinenza che gli si infilavano lucide nella bocca e nel naso e scomparivano (tutte dandogli un minuscolo morsetto d'addio mentre sparivano) facevano presagire qualche nuova e piú vivida esibizione all'orizzonte del corridoio. Durante la pubertà gli era venuta una violenta allergia all'odore dell'Old Spice. Quando ancora una volta insozzò se stesso e il sedile di plastica e il pavimento, l'odore di Old Spice dei tempi andati s'intensificò. Poi il corpo di Povero Tony cominciò a gonfiarsi. Guardò le sue membra diventare dirigibili bianchi e le sentí negare la sua autorità su di loro e le vide staccarsi da lui e fluttuare indolenti verso l'alto puntando alle scintille da acciaieria che piovevano dal soffitto. D'improvviso non sentí piú niente, anzi sentí il Niente, un'immobilità pretornadica di zero sensazioni, come se lui fosse lo spazio stesso che occupava.

Poi ebbe un attacco[103]. Il pavimento della carrozza della metropolitana diventò il soffitto della carrozza della metropolitana e lui si ritrovò sulla schiena nel mezzo di una cascata di luce, soffocato dall'Old Spice, e guardava le sue membra tumide volteggiare all'impazzata all'interno della carrozza come palloncini slegati. Il rimbombante

Zuckung Zuckung Zuckung era fatto dai tacchi delle sue scarpette che martellavano le mattonelle del pavimento lurido. Sentí il ruggito di un treno in avvicinamento che nessun treno sulla terra poteva fare e sentí una ruggente vampata vascolare che fino a quando non diventò dolore gli sembrò il montare di una specie di orgasmo della testa. La sua testa si gonfiò enormemente e cominciò a scricchiolare mentre si dilatava. Poi venne il dolore (gli attacchi *fanno male*, come poche fra le persone normali hanno occasione di sapere), come esser colpiti da una martellata. Ci fu un cigolio e un fiotto liberatorio nel suo cranio, poi qualcosa scattò via da lui e si proiettò nell'aria. Vide il sangue di Bobby («C») C levarsi nebulizzato nel vento caldo della grata della Copley. Suo padre s'inginocchiò sul pavimento accanto a lui con una maglietta senza maniche lacerata dei Red Sox di Rice e Lynn. Tony era vestito di taffetà estivo. Il suo corpo era sbatacchiato tutto intorno senza che lui potesse controllarlo. Non si sentiva affatto come un burattino. Gli venne in mente un pesce preso all'amo. L'abito aveva «un migliaio di balze e un elegante corpetto di pizzo crochet». Poi vide suo padre, camice verde e guanti di lattice, che si sporgeva in avanti a leggere i titoli di giornale impressi sulle scaglie di un pesce. Cosa mai successa. Il titolo a caratteri piú grandi diceva SPINGI. Povero Tony si girò e ansimò e spinse forte dentro e il rosso profondo del sangue che alimenta la vista gli si sparse dietro le palpebre trementi. Il tempo non passava ma piuttosto restava inginocchiato accanto a lui, con indosso una maglietta strappata che faceva vedere i capezzoli a naso di topo di un uomo che trascura il proprio corpo, un tempo prestante. Povero Tony si contorse e martellò e ansimò e sbatté le palpebre, intorno a lui una fontana di luce. Sentí in fondo alla gola un pezzo di carne nutriente e forse anche intossicante e scelse di non inghiottirla ma la inghiottí lo stesso, e gli dispiacque subito di averlo fatto; e quando le dita gommose dei guanti sanguinolenti di suo padre gli spalancarono la bocca chiusa per recuperare la lingua che aveva inghiottito, rifiutò assolutamente di mordere ingrato la mano che gli levava il cibo, poi senza autorizzazione spinse e morse a fondo e tagliò di netto le dita inguantate, per cui si ritrovò nuovamente in bocca della carne avvolta di gomma e la testa di suo padre esplose in antenne ad ago colorate, come una stella che esplodeva fra le braccia levate del suo camice verde e una richiesta di *Zuckung* mentre i tacchi di Tony martellavano e lottavano contro le staffe di luce sempre piú grandi entro le quali erano intrappolati e una liquida tenda rossa fu distesa sul pavimento che lui Tony guardava da lassú e sentí qualcuno gridare a qualcun altro di Cedere, c'era una mano premuta sul suo ventre di pizzo mentre lui raccoglieva le forze per SPINGERE e capí che le gambe nelle staffe che le tenevano avrebbero continuato a divaricarsi fino ad aprirlo del tutto e a rovesciarlo sul soffitto e la sua ultima preoccupazione fu che il suo babbo con le mani rosse potesse guardargli su per il vestito, e vedere quello che c'era nascosto.

○

7 NOVEMBRE
ANNO DEL PANNOLONE PER ADULTI DEPEND

Ognuno degli otto-dieci prorettori dell'Enfield Tennis Academy tiene un corso accademico per semestre, in genere una lezione la settimana, di sabato. Questo essenzialmente per ragioni di certificazione[104], e in piú tutti i prorettori tranne uno sono professionisti di basso livello, e in genere i tennisti professionisti di basso livello non sono esattamente le stelle piú fulgide nell'Orione intellettuale. Per tutte queste ragioni, le loro lezioni sono non soltanto facoltative ma considerate all'Accademia poco piú che scherzi, e il Decano degli Affari Accademici dell'Eta ritiene i corsi tenuti dai prorettori – per es., nel semestre Autunnale Apad, *Geometrie devianti* di Corbett Thorp, *Introduzione a fogli di calcolo elettronici applicati allo sport* di Aubrey de-Lint, o *Da penuria ad abbondanza: dalla materia putrida del terreno all'atomo nello specchio: uno sguardo non dotto alle risorse energetiche dall'antracite alla fusione anulare* del maniaco dei due punti Tex Watson eccetera – non validi ai fini di un qualunque piano di studi quadriviale. Ma gli allievi Eta piú scafati, quelli che sanno l'importanza di poter spremere crediti dai corsi facoltativi, si affrettano e si spintonano per un posto nei seminari dei prorettori non solo perché superabili praticamente da chiunque si presenti a lezione e mostri un qualche segno di vita, ma anche perché quasi tutti i prorettori (come del resto i professionisti del tennis a basso livello, stessa stirpe) sono spesso fuori di testa, e offrono perciò corsi dello stesso strano fascino delle riprese di un incidente aereo. Per es., nonostante in qualsiasi stanza chiusa nella quale si trovi Mary Esther Thode si sviluppi rapidamente una misteriosa e fortissima puzza di vitamina B che lui sopporta appena, l'allievo dell'ultimo anno dell'Eta Ted Schacht ha seguito il suo corso perennemente schizoide *Il personale è il politico e lo psicopatologico: la politica dei doppi legami psicopatologici contemporanei* tutte e tre le volte in cui è stato offerto. M.e. Thode viene considerata dagli studenti delle classi superiori probabilmente malata di mente secondo i normali standard clinici, anche se la sua capacità nell'allenare la sezione Femminile cat. 16 è fuori discussione. Un po' vecchiotta per essere una prorettrice Eta, la Thode era stata allieva dell'Allenatore G. Schtitt ai tempi del suo famigerato programma a base di frustino al club di Harry Hopman a Winter Park Fl, poi per un paio d'anni aveva frequentato la nuova Eta, in qualità di giocatrice juniores di massimo livello e destinata allo Show, nonostante le idee politiche sovversive e i nessi logici un tantino allentati. In seguito era stata bandita dai circuiti professionisti femminili Virginia Slims e Family Circle per aver cercato di organizzare le giocatrici dalle idee politiche piú sovversive e dai nessi logici piú allentati del circuito in una specie di sindacato radical-post-femminista che avrebbe giocato solamente in tornei professionisti organizzati, sponsorizzati, arbitrati, supervisionati, e perfino frequentati e distribuiti su cassetta esclusivamente non solo da donne o donne omosessuali, ma addirittura solo da, per e a membri registrati della famigerata e impopolare Falange di Prevenzione e Protesta contro l'Oggettificazione Femminile della prima fase dell'Interdipendenza[105]; una volta scacciata, era tornata all'Eta, praticamente con un foulard legato allo strumento in cui c'erano le sue poche cose, dall'Allenatore Schtitt, che per ragioni storico-nazionali ha da sempre un debole per chi sembra anche solo marginalmente represso per ragioni politiche. La scorsa primavera la lezione soffocante e olezzante di vitamina B del corso psico-politico della Thode, *Il predatore sdentato: l'allattamento al seno come assalto sessuale*, era stata una delle esperienze piú affascinanti e disorientanti della vita intellettuale di Ted Schacht fino a quel momento, se si esclude la sedia del dentista, mentre l'enfasi di quest'autunno sui dilemmi dei doppi vincoli patologici si stava rivelando non altrettanto avvincente ma in compenso stranamente – quasi intuitivamente – facile.

Un esempio dal compito di oggi:

Il personale è il politico è lo psicopatologico:
la politica dei doppi legami psicopatologici contemporanei
Esame di metà semestre
Sig.na THODE
7 novembre, anno dei Pad

FORNITE RISPOSTE BREVI E DI GENERE NEUTRO

VOCE I

1a) Sei un soggetto che è patologicamente cleptomane. Come cleptomane, sei patologicamente spinto a rubare, rubare, rubare. Devi rubare.
1b) Però, sei anche un soggetto che è patologicamente agorafobico. Come agorafobico, non riesci nemmeno a fare un passo sul portico di casa tua senza che comincino palpitazioni, sudore freddo e sensazione di

sciagura imminente.. Come agorafobico, sei spinto patologicamente a stare in casa e non uscire. Non puoi uscire di casa.

1c) Però, da 1a) sei patologicamente spinto a uscire e rubare, rubare, rubare. Ma, da 1b) sei patologicamente spinto a non uscire mai da casa tua. Vivi da solo. Cioè, non c'è nessuno in casa da derubare. Cioè, devi uscire, andare sulla piazza del mercato per soddisfare la tua ossessiva compulsione a rubare, rubare, rubare. Però hai cosí tanta paura del mercato che non puoi, per nessuna ragione, uscire di casa. Che il tuo sia un vero problema psicopatologico personale oppure una semplice marginalizzazione di una definizione politica di «psicopatologia», si tratta comunque di Doppio Vincolo.

1d) Pertanto, rispondi alla domanda, che cosa fai?

Schacht stava giusto finendo di scrivere *frode postale* quando lo pseudoprogramma radiofonico di Jim Troeltsch, accompagnato dalla solita musica lirica spaccatimpani, si levò dall'altoparlante intercom sopra l'orologio nell'aula 112 della West House dell'Eta. Quando non c'erano tornei in trasferta o raduni, la «radio» degli studenti, la Weta, «trasmetteva» notizie sull'Accademia e una decina di minuti di avvenimenti sportivi e comunitari sull'intercom a circuito chiuso ogni martedí e sabato durante l'ultima ora di lezione del pomeriggio, piú o meno tra le 1435h e le 1445h. Troeltsch, che sogna una carriera da telecronista di tennis sin da quando (molto presto) è diventato evidente che non ce l'avrebbe mai fatta a entrare nello Show – lo stesso Troeltsch che spende fino all'ultimo soldo che gli mandano i suoi per arricchire la sua sorprendente biblioteca personale di cartucce di partite di professionisti InterLace/Spn, e passa quasi ogni suo momento libero in camera a commentare le partite dei professionisti con il volume del visore del Tp al minimo[106]; lo stesso patetico Troeltsch che lecca senza vergogna il culo dei telecronisti dell'InterLace/Spn ogni volta che si ritrova sulla scena di un torneo juniores ripreso dalla I/Spn[107], e li perseguita e porta loro caffè e ciambelle eccetera; quel Troeltsch che già possiede un intero armadio di giacchette blu e si esercita a pettinarsi per dare ai capelli quell'aspetto lucido da parrucchino del vero telecronista sportivo – Troeltsch si occupa della sezione sportiva della trasmissione settimanale Weta sin da quando il padre di Schacht morí di colite ulcerosa e Ted ha raggiunto all'Accademia il suo compagno di doppio d'infanzia nell'autunno dell'Anno della Saponetta Dove in Formato Prova, precisamente quattro mesi dopo il suicidio del defunto Preside dell'Eta, quando le bandiere erano ancora a mezz'asta e tutti i bicipiti fasciati di nero, pratica dalla quale il mesomorfico Schacht era stato esonerato per via della dimensione dei suoi bicipiti; appena arrivato, Troeltsch aveva subito cominciato a occuparsi dello sport della Weta, e da allora è stato impossibile sloggiarlo da lí.

La sezione sportiva delle trasmissioni Weta consiste piú che altro nel riportare risultati e punteggi dei vari eventi agonistici che hanno visto impegnate le squadre Eta, dopo la trasmissione precedente[108]. Troeltsch, che affronta il suo impegno bisettimanale con tutta la verve possibile, sostiene che la cosa piú difficile della sua trasmissione via intercom è evitare di essere ripetitivo mentre scorre le lunghe liste di chi ha battuto chi e per quanto. La sua ricerca di sinonimi per *battere* ed *essere battuti da* è infinita e scrupolosa e fonte di continua irritazione tra i suoi amici. Gli esami di Mary Esther erano noti per non richiedere l'uso del cervello e per concludersi in automatiche A purché si stesse attenti ai pronomi di terza persona, e anche mentre ascoltava Troeltsch con sufficiente attenzione da poter rispondere alle domande su com'era andato che lui gli avrebbe sicuramente fatto stasera a cena, Schacht era già arrivato alla terza domanda del test, quella riguardo all'esibizionismo fra i patologicamente timidi. I risultati trasmessi via intercomunicante il 7/11 riguardavano il trionfo per 71-37 dell'Eta sulle squadre A e B di Port Washington al raduno annuale di Port Washington.

«Per la partita tra i Singoli Maschili A-1 Under 18, John Wayne ha battuto il migliore di Port Washington, Bob Francis di Great Neck, New New York, 6-0, 6-21», dice Troeltsch, «mentre l'A-2 dei Singoli Hal Incandenza ha sconfitto Craig Burda di Vivian Park, Utah, 6-2, 6-1; e se l'A-3 K.D. Coyle ha duramente lottato ma è uscito sconfitto 6-3, 5-7, 7-5 dall'A-3 Shelby Van der Merwe di Hempsted, Long Island, l'A-4 Trevor "Axhandle" Axford ha stracciato il suo avversario di P.W. Tapio Martti di Sonora, Messico, per 7-5, 6-2».

E cosí via. Quando arriva ai Maschili A-14 la dizione di Troeltsch si fa piú scandita anche se i suoi tentativi di varietà verbiforme si sono fatti morbosi, ad es.: «LaMont Chu ha sbudellato Charles Pospisilova con un 6-3, 6-2; Jeff Penn si è avventato su Nate Millis-Johnson come un'anatra su un coleottero, 6-4, 6-7, 6-0; Peter Beak ha spalmato Ville Dillard su un cracker come fosse una specie di antipasto e se l'è mangiato, 6-4, 7-6, mentre l'A-4 dei 14 Idris Arslanian ha affondato il tacco nel collo di David Wiere e ha chiuso sul 6-1, 6-4, ed è stato necessario portare fuori dal campo a braccia il n. 5 di Port Washington R. Greg Chubb dopo che Todd Possalthwaite l'aveva preso a pallate e mandato in coma narcolettico, 4-6, 6-4, 7-5».

Molti ragazzi trovano difficili alcune lezioni di Corbett Thorp sulle distorsioni geometriche; idem quelle di deLint per gli inetti del software. E anche se la qualità dell'insegnamento di Tex Watson sull'anellificazione Dt a Contenimento Freddo è piuttosto scadente, bisogna ammettere che la sua carrellata divulgativa sulla fisica della combustione e dell'anellificazione ha una sorta di validità accademica, soprattutto perché in certi semestri ottiene la presenza di Pemulis come ospite conferenziere quando i due si trovano in buona. Ma c'è un solo corso prorettoriale che Hal Incandenza abbia mai trovato veramente impegnativo, *Separatismo e ritorno: storia del Québec dal Frontenac all'età dell'Interdipendenza* di M.lle Thierry Poutrincourt, del quale corso, per essere onesti, non aveva mai sentito dire quasi nulla di positivo e non aveva mai ascoltato i consigli della Mami che gli raccomandava di seguirlo fino a quando, a fine semestre, i continui giochi di prestigio con l'orario si erano fatti davvero rischiosi, e ora lo trova (il corso) difficile e irritante ma sorprendentemente sempre meno scontato col passare del semestre, e sta davvero sviluppando un certo interesse da profano per il canadismo e la politica onanita, temi che per qualche ragione aveva trovato finora non solo banali ma anche particolarmente spiacevoli. Il fulcro della difficoltà di questo corso sta nel fatto che la Poutrincourt insegna esclusivamente in francese québechiano, che Hal riesce a seguire grazie alla sua escursione giovanile nei Classici della Pléiade in lingua di suo fratello Orin, ma che non gli è mai piaciuto, soprattutto per via del suono, poiché il québechiano è una lingua gorgogliante e glottale che sembra richiedere un'espressione facciale perennemente accigliata per essere pronunciata bene. Hal non capisce come Orin potesse sapere che lui stava seguendo *Separatismo e ritorno* della Poutrincourt quando l'ha chiamato per chiedergli aiuto sul Separatismo, anche perché era già molto strano in sé che Orin lo chiamasse per chiedergli aiuto su qualcosa.

«Bernadette Longley si è dovuta inchinare con riluttanza davanti a Jessica Pearlberg della Pw nei Singoli A-1 Under 18, per 6-4, 4-6, 6-2, ma Diane Prins ha saltato sul torace della Pw Marilyn Ng-A-Thiep liquidandola con un 7-6, 6-1, mentre Bridget Boone ha lanciato un sottile aculeo rovente nell'occhio destro di Aimee Middleton-Law 6-3, 6-3»; e cosí via, in ogni classe, classe dopo classe, mentre gli istruttori correggono i quiz o leggono o picchiettano a terra con un piede sempre meno paziente, ogni mar./sab., mentre Schacht schizza diagrammi di dentizione prenatale ai margini del foglio d'esame tutto concentrato, per non imbarazzare la Thode consegnando troppo in fretta il suo esame da zucconi.

La maggior parte di quella roba sugli albori del Québec – Cartiere Roberval e Cap Rouge e Champlain e i greggi di suore orsoline coi soggoli gelati piú o meno fino al Giorno delle Nazioni Unite – era parsa a Hal arida e ripetitiva, le strategie belliche dei gentiluomini in parrucca e giustacuore stantie e assurde come comiche al rallentatore, però tutti i ragazzi erano stati orribilmente affascinati da come aveva fatto il Comandante Inglese Amherst a sistemare gli Uroni dando loro coperte e pelli attentamente cosparse di virus del vaiolo.

«L'A-3 Under 14 Felicity Zweig ha nuclerizzato la Pw Pfefferblit 7-6, 6-1, mentre Gretchen Holt ha fatto maledire a Tammy Taylor-Bing della Pw il giorno in cui i suoi genitori si sono trovati soli nella stessa stanza con un 6-0, 6-3. Al n. 5, Ann Kittenplan ha sorriso e si è piegata per vincere 7-5, 2-6, 6-3 su Paisley Steinkamp, mentre lí accanto, sul Campo 6, Jolene Criess stava facendo a Mona Ghent della Pw quello che un buon stivale può fare a un fungo velenoso».

Thierry Poutrincourt, con il suo muso da Saluki, scivola all'indietro sulla sedia, chiude gli occhi, si preme con forza il palmo delle mani sulle tempie e resta in quella posizione per tutta la durata della trasmissione Weta, che immancabilmente interrompe la parte conclusiva della sua lezione e causa in questa classe un lieve ma esasperante ritardo di programma rispetto al corso di *Separazione & ritorno* e di conseguenza richiede due lezioni di preparazione agli esami invece di una. L'acido ragazzino saskatchewanese seduto accanto a Hal ha fatto fin dall'inizio del semestre degli impressionanti disegni di armi automatiche sul suo blocco per appunti. I dischetti Rom assegnati al ragazzo sono dentro il suo zainetto ancora avvolti nel cellofan, eppure il canadese non ci mette mai piú di cinque minuti a finire i quiz. C'è voluto fino alla settimana prima di Halloween per finire la parte del Levesque Parti e del Bloc Québecois dell'anno '67 a.S.[109] e le prime fasi del Fronte de la Libération Nationale fino all'attuale èra Interdipendente. Il tono di voce della Poutrincourt durante le lezioni si è fatto sempre piú basso via via che la storia arrivava ai limiti della contemporaneità; e Hal, pur trovando la materia piú sofisticata e meno banale di quanto si aspettasse – anche se si sente apolitico in fondo al cuore – ha tuttavia trovato la mentalità del Separatismo Québechiano troppo involuta e confusa e impervia per la logica Us[110], e in piú si è sentito al tempo stesso attratto e respinto dal fatto che la questione dell'insurrezione anti-Onan contemporanea provocava in lui un sentimento inquietante, non il disorientamento scintillante degli incubi o il panico che provava in campo, ma piuttosto una sensazione piú subdola e nauseante, come se qualcuno avesse letto della posta privata che Hal pensava di aver gettato via.

Sulla questione del Separatismo, i fieri e altezzosi québechiani affliggevano e perfino terrorizzavano il resto del Canada da tempo immemorabile. Fu la fondazione dell'Onan e l'imbroglio della Grande Convessità (si tenga a mente che la Poutrincourt è canadese) a vol-

gere verso sud la malevola attenzione dei piú agguerriti ribelli québechiani post-Fln. L'Ontario e il New Brunswick accolsero sportivamente l'*Anschluss* continentale e la Riconfigurazione territoriale. Alcune frange di estrema destra nell'Alberta non furono troppo con-
tente, ma del resto non sono molte le cose che fanno contento un
albertano di estrema destra. Alla fine furono soltanto i fieri e altezzosi québechiani a frignare[111], e le cellule rivoltose del Québec a perdere completamente la testa.

I Séparatisteurs québechiani anti-Onan e quindi anti-Usa, e cioè le
varie cellule terroristiche che si erano formate quando il nemico era
Ottawa, dettero prova di non essere proprio una banda di sprovveduti. I primi attacchi non ignorabili videro coinvolta una cellula terroristica allora sconosciuta[112] i cui membri a quanto sembra venivano
di notte dalla regione di Papineau che era stata distrutta dalla Ewd e
sistemavano enormi specchi lungo l'Interstatale Us 87 in certi passi
pericolosi particolarmente tortuosi degli Adirondack, a sud del confine e delle sue mura polimeriche. Gli ingenui automobilisti Us diretti
a nord – per la maggior parte personale militare e onanita, data la vicinanza alla Concavità – si vedevano davanti dei fari e credevano che
un idiota suicida o un canadese avesse attraversato la mezzeria e stesse per piombargli addosso. Lampeggiavano con gli abbaglianti ma
l'idiota in avvicinamento lampeggiava anche lui. I guidatori Us – persone con cui c'è poco da scherzare quando sono alla guida, come si sa
– raccoglievano la sfida e non mollavano fino all'ultimo istante, ma subito prima dell'impatto virtuale con le luci in avvicinamento sterza-
vano con violenza, uscivano dalla I-87 che in quel punto non aveva
guardrail e si portavano le mani alla testa nel tipico gesto urlante pre-
collisione per poi precipitare dritti filati in un dirupo degli Adirondack
fra fiamme dai molti petali; a quel punto i terroristi québechiani della cellula allora sconosciuta toglievano gli specchi e si rimettevano in
marcia verso nord su strade secondarie senza posti di blocco per tornare nelle viscere deturpate del Québec meridionale, fino alla volta
dopo. Ci furono incidenti come questo per buona parte dell'Anno dei
Cerotti Medicati Tucks prima che si sospettasse il coinvolgimento di
una diabolica-cellula-terroristica. Per oltre venti mesi le Pattuglie dello Stato di New New York pensarono che le pile di carcasse bruciate
che si ammucchiavano nei dirupi degli Adirondack fossero dovute a suicidi oppure a inspiegabili colpi di sonno, e gli agenti dovettero slacciarsi
spesso il sottomento dei loro grandi cappelli marroni per grattarsi la testa perplessi per la misteriosa sonnolenza che sembrava affliggere i guidatori degli Adirondack proprio su passi di montagna particolarmente
adrenalinici. Il Capo della nuova Organizzazione dei Servizi Non Spe-

cificati degli Stati Uniti, Rodney Tine, pretese con insistenza la disseminazione via InterLace di una serie di spot contro la guida in stato di sonnolenza (cosa che in seguito gli causò non poco imbarazzo)
nella parte settentrionale dello Stato di New New York. In effetti fu
una potenziale suicida Us, una rappresentante dell'Amway assuefat-
ta al Valium all'ultimo stadio che veniva da Schenectady, una donna
alla fine della sua dose di benzodioxano che andava comunque a zigzag, che stando alla cronaca vide i fari venirle incontro sulla sua corsia, li interpretò come un segno della Grazia, chiuse gli occhi e si lanciò a tutta velocità verso di loro, verso i fari, e non sterzò neanche
all'ultimo momento e polverizzò frammenti micronizzati di vetro e
argento su tutte e quattro le corsie; fu questa ignara civile che «IN-
FRANSE L'ILLUSIONE» «SPACCÒ TUTTO» (titoli dei media) e portò alla
luce la prima prova tangibile di un odio anti-Onan infinitamente piú
forte di qualsiasi cosa scaturita dal vecchio semplice Separatismo storico, lassú nel Québec.

La prima nascita del secondo figlio degli Incandenza fu una sorpresa. Avril Incandenza, alta e formosa da mozzare il fiato, non mostrava segni di gravidanza, le sue mestruazioni erano puntuali come
un orologio; niente emorroidi o problemi ghiandolari; niente voglie
strane; sistema nervoso e appetito normali; qualche mattina vomitava, ma in quei giorni chi non vomitava?
Fu alla luce metallica di una sera di novembre del settimo mese di
una gravidanza occulta che Avril si fermò, reggendosi al lungo braccio del marito mentre salivano la scalinata di legno d'acero della casa
di mattoni alla Back Bay che presto avrebbero lasciato, si fermò, si
voltò in parte verso di lui, terrea, e aprí la bocca senza dire nulla.
Il marito abbassò lo sguardo su di lei e impallidí: «Che cos'è?»
«Dolore».
Era dolore. Le acque rotte facevano risplendere gli scalini un po'
piú indietro. James Incandenza ebbe l'impressione che Avril si av-
volgesse su se stessa, si abbassasse, si accartocciasse e sprofondasse
sul bordo del gradino dov'era, ingobbita, con la fronte appoggiata sulle belle ginocchia. Incandenza vide l'intera lentissima sequenza nella
luce di un Vermeer: lei si abbassava al suo fianco e lui si chinava su
di lei, poi lei provò a rialzarsi.
«Aspetta aspetta aspetta aspetta. Aspetta».
«È dolore».
Un po' provato da un pomeriggio di Wild Turkey e olografia a bassa temperatura, James aveva pensato che Avril gli stesse morendo davanti agli occhi. Suo padre era morto di botto su una scalinata. For-

tunatamente il fratellastro di Avril, Charles Tavis, era al piano di sopra ad allenarsi sulla StairMaster da viaggio che aveva portato con sé
la scorsa primavera nella sua prolungata visita per riprendersi dopo il
tremendo casino con il tabellone video dello Skydome di Toronto;
sentí il tramestio e si precipitò al pianoterra e assunse il controllo della situazione.

Praticamente si dovette grattarlo via, Mario, come la polpa di
un'ostrica da un utero alle cui pareti era stato trovato avvinghiato come un ragno, minuscolo e poco ingombrante, attaccato da cordoni di
tendini sia ai piedi sia a una mano, l'altro pugno legato al viso con gli
stessi cordoni[113]. Fu una completa sorpresa e del tutto prematuro, e
rugoso, e passò molte settimane a tendere le braccia rugose e contratte
verso il soffitto di Pyrex delle incubatrici, nutrito dai tubi e monito-
rato via cavo e tenuto in palmi di mani sterili, un solo pollice a cul-
largli la testa. A Mario era stato dato il nome del padre del padre del
Dott. James Incandenza, un severo oculista golf-dipendente di Green
Valley Az che, subito dopo che James fu grande abbastanza per fuggire, aveva fatto una piccola fortuna inventando quegli *Occhiali ai
Raggi X!* che non funzionano ma il cui fascino sui pubescenti lettori
di fumetti della metà degli anni Sessanta praticamente imponeva che
li si ordinasse per posta, poi ne aveva ceduto i diritti al titano dell'industria delle novità del New England, l'AcméCo, ed era morto all'improvviso nel bel mezzo di un putt, Mario sr, consentendo a James Incandenza sr di ritirarsi da una triste terza carriera come Uomo Di
Glad[114] degli spot televisivi degli anni Sessanta a.S., e tornare al deserto infestato di cactus che detestava, dove poi a forza di bere gli
venne una emorragia cerebrale su una scalinata di Tucson.

A ogni modo, la gestazione incompleta e la nascita aracnoide di Mario II lasciò al ragazzo una serie di invalidità fisiche permanenti di quelle che forgiano il carattere. La taglia era una di queste, dal momento
che a 12 anni aveva le dimensioni di un lattante e a 18 e + stava tra
l'elfo e il fantino. C'era la questione delle braccia bradiauxetiche e rugose che, proprio come in un caso allucinante di contrattura di Volkmann[115], gli si torcevano sul torace come due S maiuscole e che poteva usare per mangiare in modo rudimentale e senza coltello, per afferrare le maniglie fino a ruotarle quel tanto che basta a far scattare la
serratura poi aprire la porta con un calcio, e per formare una finta cornice di macchina da presa attraverso la quale immaginare di filmare,
e per lanciare palline da tennis a distanze molto ravvicinate ai giocatori che le volevano, ma non servivano a granché d'altro, quelle braccia, anche se erano notevolmente – quasi da disautonomia ereditaria
– resistenti al dolore, e potevano essere pizzicate, punte, bruciacchiate

e perfino compresse senza conseguenze o proteste dal fratello maggiore di Mario, Orin, in un aggeggio tipo morsa per la custodia delle attrezzature ottiche che stava nel seminterrato.

Parlando di bradipedonismo, i piedi di Mario non erano tanto a zoccolo quanto *cubici*: non soltanto piatti ma a base perfettamente quadrata, buoni per spalancare porte dopo aver un po' trafficato con le maniglie, ma troppo corti per un impiego come piedi convenzionali: insieme alla lordosi della colonna inferiore, i piedi costringono Mario a muoversi con quella specie di semizoppichio beccheggiante da ubriaco del vaudeville, il corpo fortemente inclinato in avanti come spinto dal vento, sempre sul punto di cadere a terra sbattendo la faccia, cosa che da bambino gli capitava piuttosto spesso, con o senza una spintarella di suo fratello maggiore Orin. Le numerose cadute in avanti aiutano a spiegare perché il naso di Mario è cosí spiaccicato sul volto, equamente spalmato su tutti e due i lati della faccia, con la conseguenza che le narici tendono a sventolargli un pochino, soprattutto mentre dorme. Aveva una palpebra piú bassa dell'altra su un occhio – occhi buoni e di un castano mite, anche se un po' troppo grossi e sporgenti per qualificarsi come occhi umani convenzionali – e quest'unica palpebra pendeva come una tapparella guasta, e suo fratello maggiore Orin aveva cercato diverse volte di dare alla palpebra recalcitrante quel colpo verso il basso che di solito sblocca una tapparella difettosa, ma era riuscito solo ad allentarne pian piano le suture, per cui alla fine era stato necessario procedere a un'ennesima operazione di blefaroplastica per rimodellarla e riattaccarla, perché in realtà quella non era la vera palpebra di Mario – che era stata sacrificata alla nascita quando gli era stato staccato il pugno appiccicato al volto come una lingua al metallo freddo – ma una blefaroprotesi estremamente avanzata di fibropolimeri dermali su cui erano state impiantate ciglia di pelo di cavallo che s'incurvavano nello spazio molto piú in avanti delle ciglia dell'altro occhio, e dava persino alla piú neutra espressione di Mario, anche per via del suo movimento lento, l'aspetto di una sbirciata piratesca stranamente cordiale. Insieme al costante sorriso involontario.

Questo è forse il momento giusto per menzionare anche la pelle color kaki del fratello maggiore di Hal, Mario, uno strano grigio-verde morto simile a una corteccia d'albero che insieme alle braccia atrofiche e introflesse e all'aracnodattilismo gli dava, soprattutto a media distanza, un aspetto prodigiosamente rettileo. E le dita erano non soltanto mucronate e simili ad artigli, ma anche non prensili, ragion per cui era insostenibile la vista di Mario che provava a usare il coltello a tavola. Poi c'erano i capelli sottili, lisci e piatti, allo stesso tempo tenuti male e per qualche ragione troppo morbidi, capelli che a diciott'anni parevano quelli di un quarantottenne basso e tarchiato ingegnere dello stress, direttore sportivo e Preside d'Accademia che li lascia crescere su un lato fino alle spalle e se li pettina con gran cura in tutta la loro esilità sopra la yarmulke di nudo scalpo grigio-verde, su fino in cima poi giú dall'altra parte dove penzolano flosci senza fregare nessuno e tendono a sollevarsi e sventolare all'indietro non appena ci sia un po' di vento e Charles Tavis incautamente si dimentichi di stargli a sinistra. O per dire che è lento, il fratello di Hal, tecnicamente lento secondo lo Stanford-Binet, lento, ma come dimostrò il Cdc di Brandeis, *non*, verificabilmente *non*, ritardato o cognitivamente compromesso o bradifrenico, piú diciamo rifratto, quasi, appena lievemente curvo sul piano epistemologico, un palo piantato nell'acqua mentale e leggermente spostato e gli ci vuole un po' piú di tempo degli altri, nel modo di tutte le cose rifratte.

O che il suo status all'Enfield Tennis Academy – eretta, insieme alla terza e finale abitazione della vita coniugale del Dott. e della Sig.ra I. nella parte nord del lotto, quando Mario aveva nove anni e Hallie otto e Orin diciassette ed era il singolarista B-4 dell'Eta e nei primi 75 dell'Usta – che la vita di Mario all'Accademia è secondo ogni apparenza triste ed emarginata, essendo l'unico minorenne residente con gravi problemi fisici, incapace perfino di afferrare uno strumento regolamentare o di stare in piedi senza aiuto. Che lui e il suo defunto padre erano stati – l'ironia è puramente casuale – inseparabili. Che Mario era stato una specie di assistente onorario dell'assistente di produzione e aveva portato ovunque per gli ultimi tre anni della nuova vita da cineasta di suo padre pellicole, lenti e filtri del defunto Incandenza in un complesso zainetto grosso come un quarto di bue, l'aveva assistito nelle riprese dormendo appoggiato a cuscini multipli in piccoli spazi soffici ricavati nella stesse camere di motel di Lui in Persona, occasionalmente trotterellando fuori per cercare una bottiglia di plastica rosso vivo di una cosa chiamata Big Red Soda Water da portare alla praticante velata e apparentemente muta dall'altra parte del motel, o per procurare caffè e ciambelle e vari rimedi contro la pancreatite e ogni tipo di materiale scenico, e dava una mano a D. Leith con la Continuità quando Incandenza voleva mantenere la Continuità, e in breve comportandosi come il figlio che suo padre avesse accolto nell'amore piú caro e definitivo del suo cuore, e lui beccheggiava giocoso ma non patetico per tenere il passo con le lente e pazienti falcate di due metri dell'uomo alto, curvo e sempre piú fuori di testa lungo aeroporti e stazioni ferroviarie, e portava gli obiettivi, sempre inclinato in avanti ma senza mai sembrare un cagnetto al guinzaglio.

Quando deve stare eretto e immobile, come quando all'Eta deve videoregistrare la sequenza di un servizio o controllare gli esposimetri sul set di un film artistico che richiede un chiaroscuro a forte contrasto, la postura naturalmente inclinata di Mario è supportata da uno sprone di quelli che si usano a Nnyc per blindare gli appartamenti, un tubo di metallo di 0,7 m che si estende da uno speciale gilet munito di Velcro e corre verso terra a un angolo di 40° e finisce in un blocco di piombo scanalato (un bel problema portarlo in quello zainetto incasinato) che qualche persona comprensiva e dotata di dita prensili ha collocato a terra davanti a lui. Cosí puntellato Mario stava sui set che Lui in Persona gli aveva chiesto di aiutare a montare e arredare e illuminare, un'illuminazione di solito incredibilmente complicata e per alcuni membri della troupe a volte quasi accecante, tra bagliori solari di specchi angolati e lampade Marino e riflettori ad arco, e Mario acquisiva una solida base tecnica nell'artigianato cinematografico che mai aveva immaginato di poter conseguire per conto suo fino al giorno di Natale dell'Anno della Saponetta Dove in Formato Prova, quando un pacco avvolto in carta-regalo spedito dagli uffici del legale di Incandenza rivelò che Lui in Persona aveva progettato, costruito e in via testamentaria legalmente disposto (in un codicillo) che per il suo tredicesimo Natale a Mario fosse spedita, avvolta in carta regalo colorata, una vecchia e affidabile telecamera a tre lenti Bolex H64 Rex 5[116] avvitata a un vecchio casco sovradimensionato di cuoio da aviatore e sostenuta da montanti alle cui estremità c'erano le sommità invertite di grucce prese in Sala Pesi e perfettamente curvate per seguire il contorno delle spalle di Mario, cosí che la Bolex H 64 non richiedesse prensilità digitale perché si adattava al volto bello grande di Mario[117] come una maschera da sub a tre strati e la si poteva azionare con un sistema a pedale tipo macchina da cucire opportunamente modificato, ma anche cosí ci volle un bel po' di pratica per imparare a usarla, e i primi pezzi digitali di Mario sono viziati/migliorati da questa tremebonda qualità mossa tipica dei video fatti in casa.

Da cinque anni a questa parte l'abilità di Mario con la Bolex da testa attenua la malinconia del suo status all'accademia e gli consente di dare il suo contributo alla realizzazione della cartuccia documentaria annuale per la raccolta fondi, lui videoregistra i colpi degli studenti e ogni tanto, dalla cima del seggiolone di controllo di Schtitt, le occasionali partite-sfida – la registrazione è diventata parte del manuale d'istruzioni allegato al catalogo Eta – in piú produce anche cose piú ambiziose e artistiche che trovano ogni tanto un seguito à-clef nella comunità dell'Eta.

Dopo che Orin Incandenza lasciò il nido prima per colpire poi cal-

ciare palle universitarie, non rimase nessuno all'Eta e nel circondario
Enfield-Brighton che non trattasse Mario M. Incandenza con la gentilezza casuale di chi non prova pietà per te né ti ammira, ma per qualche ragione preferisce averti intorno. E Mario – che a dispetto dei piedi rettilinei e dell'ingombrante sprone era il piú prodigioso registratore vivente su tre distretti – andava ogni giorno per le strade non protette
della zona ad andatura lentissima, ed era una scena sorprendente, a volte con la Bolex montata sulla testa, a volte no, e prendeva allo stesso
modo le gentilezze e le crudeltà delle persone, con una specie di mezzo inchino extrainclinato che faceva il verso alla sua postura obliqua
senza apparire né misero né ossequioso. Mario è il beniamino soprattutto dei padroni dei negozietti sull'intero tratto della Commonwealth
Ave. vicino all'Eta, e alcune fra le sue foto migliori adornano le pareti
dietro i banconi delle delicatessen e delle stirerie della Comm. Ave e i
registratori di cassa con i tasti coreani. Oggetto di uno strano e forse
scontato affetto da parte di Lyle, il guru del sudore in Spandex al quale di tanto in tanto porta una Diet Coke senza caffeina per bilanciare
il sale della sua dieta, Mario è spesso avvicinato dai ragazzi piú giovani dell'Eta che Lyle manda da lui per farsi consigliare su questioni delicate come infortuni, incapacità, carattere e capacità di dare il massimo quando non si hanno piú energie, e lui non sa mai cosa dire. L'istruttore Barry Loach gli è devoto perché per una coincidenza Mario l'ha
salvato dall'accattonaggio nel ghetto sommerso del Boston Common e
in un certo senso gli ha trovato lavoro[118]. Poi c'è Schtitt che va spesso
a passeggiare con lui in certe serate tiepide, e lo carica sul side-car. Oggetto di un'inspiegabile Gestalt di attrazione-repulsione da parte di
Charles Tavis, Mario tratta C.T. con la tranquilla deferenza che sa che
fa piacere al suo possibile ziastro, e per il bene di Tavis si tiene il piú
possibile lontano da lui. Da *Denny's*, quando vanno tutti insieme da
Denny's, i ragazzi fanno quasi a gara per poter tagliare le parti taglia-
bili della Kilobreakfast per bambini Under 12 di Mario.

E in segreto Hal, suo fratello minore ed esteriormente molto piú apprezzato, quasi idealizza Mario. A parte le questioni sul tema di Dio,
Hal crede che Mario sia un miracolo (semi)ambulante. Le persone bruciate alla nascita, quelle colpite e offese oltre ogni giustizia, finiscono
per ripiegarsi nel loro stesso fuoco, o per risorgere. Mario, l'avvizzito,
sauriano e omodontico[119] Mario si libra in alto, secondo Hal. Lo chiama Booboo ma teme le sue opinioni piú di quelle di chiunque altro tranne che della loro Mami. Hal ricorda le ore infinite passate da bambini
a giocare a pallacanestro e a baseball sul parquet della casa al 36 di Belle Ave., Weston Ma, tutti i rompicapo cinesi e gli indovinelli a cui Mario partecipava senza mai capire, e fingeva per poter stare vicino a suo

fratello. Avril ricorda che Mario a tredici anni compiuti voleva ancora
che Hal l'aiutasse a lavarsi e vestirsi – e a tredici anni i ragazzi non disabili si vergognano anche dello spazio occupato dal loro corpo sodo e
roseo – e lo faceva per il bene di Hal, non per il suo. Suo malgrado (e
dando prova di una stupefacente incomprensione della psiche della Mami), Hal teme che Avril veda in Mario il vero prodigio della famiglia,
un inclassificabilee contorto genio *savant*, una cosa molto rara e scintillante, anche se il suo intuito – lento e silenzioso – la spaventa, la sua
povertà accademica le spezza il cuore e il sorriso che sfoggia ogni mattina dal suicidio di loro padre le fa desiderare di poter piangere. È per
questo che la Mami fa di tutto per lasciare Mario da solo, per non gi-
ronzolargli intorno e non assillarlo, per trattarlo normalmente anche se
non vorrebbe. È un atteggiamento nobile, e pietoso. L'amore che prova per il figlio nato di sorpresa trascende ogni sua altra esperienza e dà
forma alla sua vita. Questo sospetta Hal. È stato Mario, non Avril, a
procurare a Hal i primi volumi dell'*Oed* integrale quando Hal veniva
ancora sbatacchiato per capire quanto danno emotivo aveva avuto; Booboo li aveva caricati su un carretto e trainato il carretto con i denti fino a casa, su per le strade asfaltate falsamente rurali dell'elegante Weston, mesi prima che Hal facesse un test di Oltre la Memoria Eidetica
sull'inventario Verbale Mnemonico messo a punto da un caro e fidato
collega della Mami a Brandeis. È stata Avril, non Hal, a insistere perché Mario stesse in camera con Hal in un subdormitorio dell'Eta invece che alla CdP con lei e Charles Tavis. Però nell'Anno dei Prodotti
Caseari dal Cuore dell'America è stato Hal e non lei, quando l'amba-
sciatore velato dell'Unione delle Deformità Repellenti e Improbabili si
è presentato al cancello dell'Eta per parlare con Mario di argomenti tipo l'inclusione cieca opposta all'isolamento visivo e consigliargli l'apertura dell'occultamento che avrebbe potuto offrirgli il velo, è stato Hal,
mentre Mario rideva e si inchinava a metà, è stato Hal, il fido strumento Dunlop in mano, a dire a quel tipo che il velo poteva andare a
cacciarselo da un'altra parte.

30 APRILE/1 MAGGIO
ANNO DEL PANNOLONE PER ADULTI DEPEND

Il cielo del deserto Usa era tempestato di stelle blu. Ormai era notte fonda. Solo sulla città Usa il cielo era senza stelle; il suo colore era
perlaceo e smorto. Marathe si strinse nelle spalle. «Forse in te è il senso che i cittadini del Canada non sono implicati nella vera radice della minaccia».

Steeply scosse la testa apparentemente infastidito. «Che cosa vorrebbe dire questo?» disse. La sua parrucca finta scivolava quando muoveva di scatto la testa.

In Marathe il principale indizio dell'emozione era quel suo lisciare un po' troppo forte il plaid che teneva in grembo. «Vuol dire che non saranno alla fine i québechiani a dare questo calcio a *l'aine des États Units*. Guarda: i fatti della situazione la dicono lunga. Quel che si sa. Questa cartuccia d'Intrattenimento è di produzione Usa. Realizzata da un uomo americano negli Usa. L'appetito per il fascino della cosa: anche questo è Usa. L'impulso Usa per l'essere spettatore, una cosa della vostra cultura. Questo stavo dicendo: che la scelta è tutto. Quando dico a te di scegliere con grande attenzione in amore e tu ridi io penso: posso credere che quest'uomo ride di questa cosa?» Marathe s'inclinò leggermente in avanti sui moncherini lasciando la pistola per gesticolare con tutte e due le mani. Steeply capiva che era una cosa importante per Marathe: ci credeva davvero.

Marathe disegnava nell'aria piccoli cerchi enfatici e li incideva mentre parlava: «Questi fatti della situazione, che la dicono cosí lunga sulla paura del tuo *Bureau* di questo *samizdat*: è questo che è successo quando un popolo sceglie di non amare nulla piú di se stesso, ognuno di loro. Un Usa che morirebbe – e lascerebbe morire i suoi figli, ognuno di loro – per il cosiddetto perfetto Intrattenimento, per questo film. Che morirebbe per questa possibilità di essere imboccato con questa morte piacevole, nelle loro calde case, soli, immobili: Hugh Steeply, in tutta sincerità, come cittadino di uno Stato vicino al tuo io dico a te: dimentica per un momento l'intrattenimento, e pensa invece a un Usa dove una cosa del genere può essere cosí realistica da far spaventare la tua Organizzazione: può un Usa cosí sperare di sopravvivere molto piú a lungo? Sopravvivere come nazione di persone? E ancora meno, dominare altre nazioni di altre persone? Se queste sono persone che ancora sanno scegliere? che morirebbero sí, ma per qualcosa di piú grande? che sacrificheranno le loro case calde, la donna che amano, le loro gambe, anche la vita, per qualcosa di piú dei loro desideri di sentimento? che sceglierebbero di non morire per il piacere, da soli?»

Steeply tirò fuori con deliberata lentezza un'altra sigaretta belga e l'accese, questa volta con il primo fiammifero. Lo spense con un ghirigoro circolare e uno scatto delle dita. Tutto questo faceva parte della sua pausa. Marathe si riappoggiò allo schienale. Si chiese perché in presenza di americani si vergognasse sempre un po' dopo aver parlato di cose in cui credeva. Era un retrogusto di vergogna dopo aver rivelato passioni di qualunque credo e specie in presenza di americani, come se avesse scoreggiato invece di aver detto le cose in cui credeva.

Steeply appoggiò un gomito sull'altro avambraccio che poggiava di traverso sulla protesi per fumare còme le donne: «Stai dicendo che l'amministrazione non si preoccuperebbe neppure per l'intrattenimento, se non sapessimo di essere fatalmente deboli. Come nazione. Stai dicendo che il semplice fatto che siamo preoccupati la dice lunga sulla nazione stessa».

Marathe si strinse nelle spalle. «*Nous*, non imporremo niente alle persone Usa nelle loro calde case. Lo renderemo solo disponibile. L'Intrattenimento. Poi ci sarà una scelta, se partecipare o no». Leggera lisciatina del plaid in grembo. «Come sceglieranno gli Usa? Chi gli ha insegnato a scegliere con attenzione? Come faranno le vostre Organizzazioni e Agenzie a proteggerla, la vostra gente? Per legge? Uccidendo i québechiani?» Marathe si sollevò, ma appena un pochino. «Come uccideste i colombiani e i boliviani per proteggere i cittadini Usa che volevano i loro narcotici? Quanto bene ha funzionato tutto questo uccidere per le vostre Agenzie e le vostre Organizzazioni? Quanto ci è voluto prima che i brasiliani prendessero il posto dei colombiani morti?»

La parrucca di Steeply era scivolata bruscamente a dritta. «Rémy, no. I trafficanti di droga non ti vogliono necessariamente morto; vogliono solo i tuoi soldi. C'è una bella differenza. La tua gente sembra volerci morti. Non soltanto che la Concavità venga ritrasferita. Non soltanto la secessione del Québec. La Flq, forse loro sono come i boliviani. Ma Fortier ci vuole morti».

«Ancora una volta tralasci la cosa importante. Perché il Bss non riesce a capirci? Non si può uccidere quello che è già morto».

«Aspetta e vedrai se siamo morti, gonzo».

Marathe fece un gesto come per colpirsi la testa. «Ancora una volta tralasci l'importante. Questo appetito di scegliere la morte attraverso il piacere se questa è una scelta possibile – questo *appetito* del tuo popolo incapace di scegliere gli appetiti, *questa* è la morte. E quella che tu chiami morte, la caduta: quella sarà soltanto la formalità. Non vedi? Questo era il genio di Guillaume DuPlessis, quello che M. DuPlessis insegnava alle cellule anche se l'Flq e les Fils non lo capirono. E neanche gli albertani, che sono tutti pazzi nella testa. Noi dell'Afr, noi capiamo. Ecco perché *questa* cellula di québechiani, *quel* pericolo di un Intrattenimento cosí perfetto da uccidere chi guarda, se è cosí – il modo esatto non conta. Il momento e il modo esatto della morte non contano piú. Non per la tua gente. Li vuoi proteggere? Ma puoi solo rimandare la morte. Non salvarli. L'Intrattenimento esiste. L'attaché e i gendarmi di quel ridicolo incidente – altre prove. È là, esiste. La scelta di ammazzare la propria testa attraverso il piace-

re ora esiste, e le vostre autorità lo sanno altrimenti non cerchereste
di fermare il piacere. Su questo punto il vostro Gentle senzadio era
corretto: *A qualcuno bisogna dare la colpa*».

«Quello non aveva niente a che vedere con la Riconfigurazione.
La Riconfigurazione era autoconservazione».

«Quello: non dirlo nemmeno. Ecco il cattivo di cui avete bisogno,
tutti voi, per ritardare questo smembramento. Per tenervi uniti, dovete odiare qualcun altro. Gentle è pazzo nella testa, ma aveva ragione a dire che era *colpa di qualcuno*. *Un ennemi commun*. Ma non qualcuno estraneo a voi, questo nemico. Una persona o piú persone della
vostra stessa storia ha già ucciso la vostra nazione Usa, Hugh, tempo
fa. Qualcuno che aveva autorità, oppure avrebbe dovuto avere autorità e non l'ha esercitata. Io non so. Ma qualcuno in un tempo passato vi ha fatto dimenticare come scegliere, e cosa. Qualcuno ha fatto
dimenticare al tuo popolo che era l'unica cosa importante, scegliere.
Dimenticare cosí completamente che quando io ti dico *scegliere* tu fai
espressioni come per dire *Eeeeecco che ci risiamo*. Qualcuno ha insegnato che i templi sono per i fanatici solamente e ha portato via i templi e ha promesso che non c'era necessità per i templi. E adesso non
c'è rifugio. E niente mappa per trovare il rifugio di un tempio. E tutti voi incespicate nel buio, in questa confusione fatta di permissività.
La ricerca senza fine di una felicità della quale qualcuno vi ha fatto dimenticare le vecchie cose che erano quella felicità e la rendevano possibile. Com'è che dite voi: *Tutto va*?»

«Ed è per questo che ci vengono i brividi a pensare a cosa diven-
terebbe un Québec indipendente. Scegliete cosa noi vi diciamo di scegliere, ignorate i vostri desideri e le vostre aspettative, i vostri sacrifici. Per il Québec. Per lo Stato».

Marathe si strinse nelle spalle. «*L'état protecteur*».

Steeply disse: «Ti suona familiare tutto questo, Rémy? Lo Stato
Nazionale Socialista Neofascista del Québec Indipendente? Voialtri
siete peggio dei peggiori fra gli albertani. Totalitarismo. Siete Cuba
con la neve. Sciate con calma fino al piú vicino campo di rieducazio-
ne, vi saranno date istruzioni sulla capacità di scegliere. Eugenetica
morale. Cina, Cambogia, Ciad. La non-libertà».

«L'infelicità».

«Non ci sono scelte senza libertà personale, Buckeroo. Non siamo
noi a essere morti dentro. Queste cose che trovi cosí deboli e spregе-
voli in noi – sono i rischi della libertà».

«Ma che cosa vuole significare quest'espressione americana, questo Buckeroo?»

Steeply distolse lo sguardo e lo rivolse allo spazio che sovrastavano. «E ora eccoci qua. Ora ci chiederete quanto siamo liberi se non riusciamo a resistere alla tentazione quando ci fate penzolare davanti agli occhi il frutto fatale. E noi vi rispondiamo che siamo "umani". E che non si può essere umani senza libertà».

La sedia di Marathe scricchiolò leggermente quando lui si spostò. «Con voi sempre questa libertà! Per il vostro Paese murato, sempre a strillare "Libertà! Libertà!" come se fosse ovvio a tutti che cosa vuole significare, questa parola. Ma ascolta: non è cosí semplice. La vostra libertà è libertà-*da*: nessuno dice ai vostri preziosi ego Usa individuali che cosa devono fare. Ha solo questo significato, è una libertà dalla costrizione e dall'imposizione». Guardando sopra la spalla di Steeply, Marathe capí all'improvviso perché dal cielo sopra la città scintillante fossero state cancellate le stelle: erano i fumi dei tubi di scappamento delle belle luci delle auto in movimento a levarsi fino a nascondere alla città la vista delle stelle e a dare quella luminescenza artificiale madreperlacea alla volta spenta di Tucson. «E libertà-*di*? Non si è solo liberi-*da*. Non tutti gli obblighi vengono dall'esterno. Voi fingete di non vedere questo. Dov'è la libertà-*di*. Come fa la persona a scegliere liberamente? Come scegliere qualcosa di diverso dalle scelte ingorde dei bambini se non c'è un padre pieno di amore a guidare, informare, insegnare alla persona come scegliere? Come ci può essere libertà di scegliere se non si impara come scegliere?»

Steeply gettò via la sigaretta e si voltò lievemente verso Marathe, restando sull'orlo: «Ecco che arriva la storia del ricco».

Marathe disse: «Il padre ricco che si può permettere sia le caramelle sia il cibo per i suoi figli: ma se lui strilla "Libertà!" e permette al suo bambino di scegliere solamente quello che è dolce, di mangiare solo caramelle e non la zuppa di piselli e il pane e le uova, allora suo figlio diventa debole e malato: e l'uomo ricco che strilla "Libertà!" è un buon padre?»

Steeply fece quattro piccoli rumori. L'eccitazione della conversazione arrossava i piccoli segni lasciati dall'elettrolisi sulla pelle di Steeply e il rossore si vedeva anche nella luce lattea e diluita delle luci lontane e delle stelle basse. La luna sulle Montagne di Rincon stava su un fianco, era del colore della faccia di un obeso. Marathe credette di sentire le voci di alcuni giovani Usa ridere e strillare da qualche punto del deserto sotto di lui, però non riuscí a vedere né persone né fari. Steeply batté a terra un tacco a spillo in preda alla frustrazione e disse:

«Ma noi non pensiamo che i cittadini degli Usa siano bambini, che noi si debba pensare e scegliere per loro, paternalisticamente. Gli esseri umani non sono bambini».

Marathe finse un'altra volta di tirare su col naso.

«Ah, già, ma a quel punto tu dici: No?» continuò Steeply. «No? dici tu, non sono bambini? Dici: E qual è la differenza, per favore, se voi create una fonte di piacere registrato che è cosí divertente e sviante da essere letale, ne trovate una Copia Copiabile e la copiate e la disseminate cosí che possiamo scegliere se guardarla o no, e se poi non possiamo scegliere di resistere, al piacere, e perché invece non potremmo scegliere di vivere? Tu dici quel che crede Fortier, che noi *siamo* bambini, non adulti umani come i nobili québechiani, siamo bambini, spacconi ma pur sempre bambini, dentro, e ci uccideremo per voi se ci mettete davanti le caramelle».

Marathe cercò di dare al suo volto un'espressione di rabbia, cosa che gli risultava difficile. «È questo che succede: tu immagini le cose che dirò poi le dici al posto mio e ti arrabbi. Senza la mia bocca: non si apre mai. Ti parli da solo, inventi le parti in causa. Questa è l'abitudine dei bambini: pigri, introversi, soli. Io forse non sono nemmeno qui ad ascoltare».

Nessuno dei due uomini parlò di come diavolo avrebbe fatto a salire o scendere dall'affioramento sul versante della montagna, nel buio di quella notte nel deserto Us.

8 NOVEMBRE
ANNO DEL PANNOLONE PER ADULTI DEPEND
GIORNO DELL'INTERDIPENDENZA
GAUDEAMUS IGITUR

Ogni anno all'Eta forse una dozzina di ragazzini tra i dodici e i quindici anni – poco piú che bambini nelle primissime fasi della pubertà e del pensiero astratto, quando l'allergia alle realtà confinanti del presente inizia a emergere sotto forma di una strana nostalgia per cose che non si sono mai nemmeno conosciute[120] – forse una dozzina di questi ragazzini, in gran parte maschi, diventa fanaticamente devota di un gioco dell'Accademia che viene chiamato Eschaton. Eschaton è il piú complicato gioco da bambini di cui si sia mai sentito parlare in ambiente Eta. Nessuno sa esattamente chi lo abbia portato a Enfield e da dove sia arrivato. Ma è piuttosto facile datare il suo concepimento dai meccanismi del gioco stesso. La sua struttura fondamentale era già piuttosto formata quando arrivò il dodicenne Michael Pemulis di Allston e aiutò a renderla molto piú interessante. È la sua elegante complessità, unita al brivido di poter sia uscire sia rientrare in gioco e alla completa dissociazione dalle realtà del presente, a comporre gran parte del suo fascino puerile. Inoltre è cosí avvincente da creare quasi una dipendenza ed è veramente fantastico.

Quest'anno è stato Otis P. Lord, giocatore da fondocampo di tredici anni e fenomeno matematico di Wilmington De a indossare il Cappellino con l'elica in qualità di maestro del gioco e capo delle statistiche, sebbene Pemulis, che è sempre in circolazione e di gran lunga il piú grande giocatore di Eschaton nella storia dell'Eta, abbia una specie di autorità da padrenobile che gli consente di correggere sia i calcoli sia le decisioni di Lord.

Ci vogliono dalle otto alle dodici persone per giocare a Eschaton, 400 palline da tennis cosí sgonfie e spelacchiate da non poter essere piú usate nemmeno per gli allenamenti al servizio, uno spazio aperto grande quanto quattro campi da tennis, una mente adatta all'elaborazione dei dati secondo una fredda logica, poi almeno 40 megabyte di Ram disponibile e un ampio schieramento di attrezzi da tennis. Il regolamento, quasi un vademecum, che Pemulis fece scrivere a Hal Incandenza nell'Appw – con appendici e diagrammi decisionali c:\Pink$_2$\Mathpak\EndStat e una stampata del saggio piú accessibile che Pemulis poté trovare sulla teoria applicata dei giochi – è lungo e interessante quasi quanto lo stupefacente *Viaggio del pellegrino da questo mondo a quello che deve venire* di J. Bunyan, e un osso bello duro da comprimere in qualsiasi mente (sebbene ogni anno una dozzina e piú di ragazzini dell'Eta lo impari a memoria in cosí fanatica profondità che, talvolta, ne recitano sottovoce dei passaggi sotto anestesia dentale o cosmetica, anni dopo). Ma se Hal avesse una Luger puntata contro e dovesse provarci, probabilmente inizierebbe spiegando che ciascuna delle 400 palle da tennis sgonfie dell'arsenale globale del gioco rappresenta una testata termonucleare da 5 megatoni. Del numero totale di giocatori di un dato giorno[121], tre compongono una teoretica *Anschluss* denominata Amnat, altri tre Varsov, uno o due Repcina, un altro oppure altri due lo strano ma fascinoso Libsir o l'ancora piú formidabile Irlbsir, e il resto dei giocatori di quel giorno, basandosi su involute considerazioni casuali, possono formare qualsiasi cosa, da Sudaf a Indpak a una cellula terroristica di Boscaioli insurrezionisti con grandi idee e un Howitzer da 50. Ogni squadra è chiamata Combattente. Sullo spazio aperto dei campi contigui, le Combattenti sono disposte in posizioni corrispondenti alla loro posizione sul pianeta Terra come rappresentate nella *Mappa del mondo leggermente rettangolare della Rand McNally*[122]. La distribuzione pratica del megatonnellaggio totale richiede una conoscenza applicata del Teorema del Valore Medio degli Integrali[123], ma per gli scopi sinottici di Hal in questo caso sarà sufficiente dire che il megatonnellaggio è distribuito tra le Combattenti secondo un rapporto integralmente regresso del a) budget annuale di spesa militare della Combattente come percentuale sul Pil annuale della Combattente e b) l'inverso delle spese tattico-strategiche come percentuale del budget annuale di spesa militare della Combattente. Anticamente le palle delle Combattenti erano semplicemente distribuite con un lancio di dadi rossi brillanti Yahtzee. L'intervento del puro caso non è stato necessario da quando Pemulis ha scaricato l'elegante software statistico EndStat[124] della Mathpak Unltd. nel mostruoso Dec 2100 del fu James Incandenza che fino a quel momento era stato inoperoso e coperto da un telo, e ha dimostrato a Otis P. Lord come aprire di notte la serratura dell'ufficio di Schtitt con una tessera per la mensa e attaccare il Dec a una presa a tre che si trova sotto l'angolo sinistro in basso dell'enorme stampa de *La magnifica bestia* di Dürer sul muro vicino al bordo appuntito della grande scrivania di cristallo di Schtitt, in modo che né Schtitt né deLint si accorgano nemmeno che è acceso, quando è acceso, per poi collegarlo via modem cellulare a un buon Yushityu portatile con monitor a colori che sta fuori, sul teatro nucleare dei campi. Amnat e Varsov normalmente si ritrovano con circa 400 megatoni totali ciascuna, e il resto è diviso in modo diseguale. È possibile complicare l'equazione del Valore Medio di Pemulis per la distribuzione introducendo variabili come incidenze storiche di bellicosità e distensione, caratteristiche uniche di percezioni di interessi nazionali eccetera, ma Lord, figlio di non uno ma ben due banchieri, fa il maestro di gioco con una filosofia molto diretta e senza fronzoli, un atteggiamento che Michael Pemulis, anche lui affarista vero, approva totalmente. Pezzi di armamentario da tennis vengono disposti accuratamente nei territori di ciascuna delle Combattenti per individuare e localizzare i bersagli strategici. Le T-shirt piegate con la scritta Eta in grigio su rosso sono le Pam – Principali Aree Metropolitane. Asciugamani rubati da motel selezionati durante il tour juniores sono campi di aviazione, ponti, centri di controllo satellitare, gruppi di trasporto, impianti per la produzione di energia convenzionale, importanti snodi ferroviari. I pantaloncini rossi da tennis con il bordo grigio sono le Conforcon – Concentrazioni di Forze Convenzionali. Le fasce Eta di cotone nero – quelle che si usano quando, Dio non voglia, muore qualcuno – rappresentano gli impianti di produzione di energia atomica dell'èra non contemporanea al gioco, impianti per la produzione di uranio/plutonio arricchito, impianti di diffusione gassosa, reattori breeder, fabbriche di iniziatori, laboratori per la diffusione e la riflessione di neutroni, reattori-veicolo per la produzione di trizio, impianti per l'acqua pesante, imprese semiprivate per la produzione di cariche missilistiche sagomate, acceleratori lineari, e gli importantissimi laboratori di ricerca per la Fusione Anula-

re di Syracuse Nord Nny e di Presque Isle Me, di Chyonskrg nel Kur-
gistan e Pliscu in Romania, e forse anche di altre parti. I pantaloncini
rossi con il bordo grigio (pochi perché fanno schifo alle squadre che vanno in trasferta) sono i Poscomstrat – Posizioni di Comando Strategico
– altrettanto pochi come numero ma molto importanti. I calzini sono
sia installazioni missilistiche sia installazioni antimissilistiche o gruppi
di silos sotterranei isolati o B2 in grado di lanciare i Cruise o squadro-
ni di Ss5 – stendiamo un velo pietoso su ulteriori Abbrevmil – a seconda che si tratti di calzini da tennis da ragazzo o calzini da ragazzo
normali o calzini da tennis da ragazza con il pon pon o calzini da tennis da ragazza senza il pon pon. Le scarpe da tennis regalate dagli sponsor sfondate in punta e non piú usate siedono a bocca aperta e, sere-
namente letali, suggeriscono fortemente i sottomarini che vorrebbero
rappresentare.
   Nel gioco le testate nucleari da 5 megatoni delle Combattenti possono essere lanciate solo con le racchette da tennis. Da qui la necessità di una reale capacità di mira che differenzia Eschaton dai giochi
di olocausto da dopolavoro giocati su tavoli di cucina con goniometri
e Pc. Il volo parabolico transcontinentale di un aereo per il rifornimento in volo rassomiglia notevolmente a un pallonetto in topspin.
Una ragione per la quale l'amministrazione dell'Eta e lo staff permettono ufficialmente che Eschaton assorba l'attenzione e l'impegno degli studenti potrebbe essere che i seguaci del gioco tendono a
sviluppare dei pallonetti spettacolari. I pallonetti di Pemulis possono
inchiodare una moneta sulla linea di fondocampo due volte su tre, il
che dimostra quanto sia idiota il suo venire cosí tanto a rete invece
di farci venire l'avversario. Le testate possono essere lanciate indipendentemente o impacchettate in una fascia elastica annodata in modo cosí intricato da aprirsi a mezzo volo e rilasciare i Veicoli di Rientro a Indipendenza Multipla – Vrim. I Vrim, essendo un uso dissoluto del megatonellaggio a disposizione delle Combattenti, vengono
in genere usati solo se una partita di Eschaton entra in metastasi e da
una serie controllata di Scambi di Attacco – Scamat – passa a un apocalittico susseguirsi di punitivi Colpi Contro la Popolazione Civile –
Ccpopc. Poche Combattenti arriveranno al Ccpopc a meno che non
vi siano costrette dalla logica spietata della teoria del gioco, dato che
gli scambi-Ccpopc in genere finiscono per costare cosí tanti punti a
tutte e due le Combattenti da venire eliminate dalle contese succes-
sive. La squadra vincente a Eschaton è semplicemente la Combattente con la migliore *ratio* di punti per l'Inmdir – Inflizione di Morte, Distruzione e Incapacità di Risposta – rispetto al Soffmdir – si
spiega da solo – anche se l'assegnazione del valore dei punti per ma-

gliette, asciugamani, pantaloncini, fasce, calzini e scarpe per ciascuna Combattente è statisticamente molto spinosa, e in piú vanno fatte anche delle correzioni terribilmente complesse per il megatonnellaggio iniziale, la densità di popolazione, le distribuzioni dei lanci di missili Terra-Mare-Aria, e le spese per la difesa dei civili dalle bombe a impulsi elettromagnetici, cosicché per la vittoria finale occorrono tre ore di elaborazione all'EndStat e almeno quattro Motrin a Otis P. Lord per confermarla.

Un'altra ragione per la quale il maestro delle statistiche deve essere un particolare incrocio tra uno sgobbone tecnologico e un maniaco compulsivo è che l'apparato barocco di ciascun Eschaton deve essere preparato in anticipo poi venduto a una cerchia di leader mondiali immaturi e facili alla noia. Un quorum delle Combattenti del giorno deve approvare una particolare Situazione Mondiale simulata sviluppata da Lord e costatagli parecchie ore di sonno: distribuzioni di forze Terra-Mare-Aria; dati demografici, etnici, sociologici, economici e perfino religiosi per ciascuna Combattente; profili psicologici ampiamente delineati di tutti i capi di Stato; le condizioni atmosferiche dominanti in tutti i quadranti della mappa; eccetera. Poi tutti i giocatori del giorno vengono assegnati a una squadra Combattente, e si riuniscono in cerchio passandosi acqua minerale e patatine senza grassi per spianare questioni tra le Combattenti tipo alleanze di difesa reciproca, patti di guerra umanitaria, impianti per la comunicazione tra Combattenti, gradienti Defcon, scambi di città, e cosí via. Dato che ciascuna squadra Combattente conosce solo il proprio profilo di Situazione e il megatonnellaggio totale disponibile – e dato che anche nel teatro dei quattro campi da tennis le testate nucleari accumulate sono nascoste alla vista dentro identici, vecchi secchi di plastica bianca che contenevano solvente industriale e che tutte le accademie e i giocatori seri usano per tenerci le palle da allenamento[125] – ci possono essere un sacco di bluff nelle risposte per le soluzioni-risposte, volontà di andare Ccpopc, interessi non negoziabili, immunità dall'impulso Em, distribuzione di forze strategiche, e aderenza a ideali geopolitici. Avreste dovuto vedere Michael Pemulis mangiarsi vivo il mondo durante i vertici pre-Eschaton, quando ancora giocava. Le sue squadre vincevano gran parte delle partite ancora prima del primo pallonetto.

Quello che porta via piú tempo a raggiungere un assenso di maggioranza è la Situazione Scatenante di ciascun gioco. In questo senso Lord, come molti grandissimi secchioni, mostra un certo tallone di Achille nella capacità d'immaginazione, ma ha comunque cinque o sei anni di precedenti Eschaton a cui attingere. Una disputa sul confine russo-cinese diventa tattica per il Sinkiang. Un computer da avvista-

mento di Amnat nelle Aleutine scambia un volo di oche per tre Ss10
di Varsov in volo di rientro. Israele muove divisioni corazzate a nord
e a est attraverso la Giordania dopo che un airbus El Al è bombar-
dato in volo da un nucleo terroristico collegato a entrambi gli Hus-
sein. Degli indipendentisti albertani si infiltrano in un silo sotterraneo isolato di Fort Chimo e fanno penetrare due Vrim attraverso la
rete difensiva di Sudaf. La Corea del Nord invade la Corea del Sud.
Viceversa. Entro 72 ore Amnat metterà in azione una inespugnabile
rete di satelliti antimissile, e la logica senza rimorso della teoria del
gioco impone a Varsov di muovere Ccpopc finché è ancora in tempo.

Il Giorno dell'Interdipendenza, domenica 8/11, la Situazione Scatenante del maestro di gioco Lord si sviluppa bene, secondo Pemulis.
Esplosioni di origine sospetta accadono in stazioni di satelliti ricevito-
ri di Amnat dalla Turchia al Labrador mentre alti ufficiali della difesa
canadesi scompaiono, poi, un paio di giorni piú tardi, sono fotografati
in un bistrò di Volgograd mentre trincano Stolichnaya con delle bambole slave sulle ginocchia[126]. Poi due motopescherecci di Varsov appena dentro le acque internazionali a largo di Washington sono mitra-
gliati a bassa quota da F16 in volo di ricognizione dalla Base Navale di
Cape Flattery. Sia Amnat che Varsov passano da Defcon 2 a Defcon
4. Repcina passa a Defcon 3; in risposta i campi di aviazione di Varsov
e le reti antimissilistiche da Irkutsk alla Catena di Dzhugdzhur passano a Defcon 5; in risposta i bombardieri Amnat-Ccc e le basi sotterranee missilistiche e antimissilistiche nel Nebraska e nel Sud Dakota e
nel Saskatchewan e nella Spagna orientale entrano in Massima Allerta. L'audace premier di Varsov calvo e con una voglia di vino porto,
chiama sul Telefono Rosso il presidente Amnat con i bargigli al collo[127]
e gli chiede se ha visto bene cosa è successo alla penisola di Prince Albert. Un'altra oscura esplosione rade al suolo una stazione di spionag-
gio di Varsov a Sakhalin. L'impianto di diffusione gassosa di uranio arricchito della General Atomic Inc. a Portsmouth Oh comunica la sparizione di quattro chilogrammi di esafluoride di uranio arricchito e la
presenza di un incendio cataclismico che costringe le autorità a evacuare sei contee sottovento. Un dragamine della Sesta Flotta di Amnat
in missione nel Mar Rosso è colpito e affondato da siluri Silkworm Repcina sparati da Mig25 di Libsir. L'Italia, per via di un bizzarro sviluppo generato da EndStat che fa sorridere enigmaticamente Lord, invade l'Albania. Varsov va in bestia. Il suo premier apoplettico telefona al
presidente di Amnat solo per sentirsi chiedere se il suo frigorifero funziona. Libsir scuote il mondo cristiano facendo scoppiare in aria una
bomba da mezzo megatone due chilometri sopra Tel Aviv, causando
centinaia di migliaia di morti. Tutti, compreso suo fratello, passano a

Defcon 5. L'Air Force One decolla. Sudaf e Repcina annunciano la loro neutralità e invitano alla calma. Le colonne corazzate di Israele, coperte da un intenso fuoco di artiglieria tattica, si spingono in Siria e raggiungono Abu Kenal in dodici ore: Damasco è sotto una pioggia di fuoco; si racconta che En Nebk sia del tutto andato. Molti regimi repressivi di destra nel Terzo mondo sono destituiti da colpi di Stato e vengono rimpiazzati da regimi repressivi di sinistra. Teheran e Baghdad annunciano pieno sostegno diplomatico e militare a Libsir, ricompattando Libsir come Irlibsir. Amnat e Varsov attivano tutto il personale di difesa civile e le riserve delle forze armate e cominciano l'evacuazione di Pam selezionate. Oggi Irlibsir è rappresentato da Evan Ingersoll, contro il quale Axford continua a grugnire sommessamente, come Hal può ben sentire. Un membro dei Capi del Personale di Stato degli Usa dallo sguardo sfuggente sparisce e non è fotografato da nessuna parte. L'Albania chiede di trattare. Rozzi e dilettanteschi ordigni a basso chilotonnellaggio esplodono in tutto Israele da Haifa ad Ashqelon. Tripoli è incommunicado dopo quattro esplosioni termonucleari che causano ustioni di secondo grado fino a Medenina in Tunisia. Un ordigno di artiglieria tattica da 10 chilotoni esplode in aria sopra il Centro di Comando della Terza Armata Cecoslovacca a Ostrava, e un analista del Pentagono definisce l'accaduto come «un enorme arrosto di maiale». A parte il fatto che nessuno salvo Varsov ha qualcuno abbastanza vicino a Ostrava da poterla colpire con un Howitzer, Varsov non dà risposta alle smentite e al cordoglio di Amnat. Il presidente di Amnat cerca di chiamare al telefono il premier di Varsov dall'Air Force One ma becca solo la segreteria telefonica. Amnat è incapace di stabilire se la catena di esplosioni alle sue installazioni radar lungo tutto il Circolo Polare Artico siano convenzionali o tattiche. La Cia/Nsa riferisce che il 64 per cento delle popolazioni civili delle Pam di Varsov sono state evacuate con successo in rifugi sotterranei a prova di bomba. Amnat ordina l'evacuazione di tutte le Pam. Mig25 di Varsov impegnano le forze aeree di Repcina sull'oceano al largo di Tientsin. L'Air Force Two cerca di decollare e si trova con un pneumatico a terra. Un solo Ss10 da un megatone evita i missili antimissile ed esplode proprio sopra Provo Ut, dalla quale cessano bruscamente tutte le comunicazioni. Il maestro di gioco di Eschaton ora suppone – ma non arriva ad asserirlo apertamente – che il Diagramma di Decisione di EndStat detti ora una risposta Scamat da parte di Amnat.

Adulti non iniziati che potrebbero essere dentro la Ford berlina sponsorizzata verde menta o dovessero passare casualmente dai quattro campi da tennis piú a est dell'Eta e vedessero un gioco atavistico di conflitto globale nucleare giocato da ragazzetti abbronzati ed energici po-

trebbero aspettarsi di vedere testate nucleari verdi e spelacchiate indiscriminatamente randellate verso il cielo in ogni direzione e i giocatori minacciosamente ebbri di furia tanatoptica nella fresca aria novembrina – e invece questi adulti molto piú probabilmente troverebbero
un gioco di Eschaton stranamente sommesso, quasi narcotizzato. Una
partita regolare di Eschaton si svolge quasi al ritmo degli scacchi tra
adepti. Perché questi devoti diventano, sul campo, quasi degli adulti
da parodia – posati, sobri, umani e giudiziosi leader mondiali di dodici anni che cercano di fare del loro meglio per non lasciare che l'enorme peso delle loro responsabilità – responsabilità verso la nazione, il
globo, la razionalità, l'ideologia, la coscienza e la storia, sia nei confronti dei vivi sia di quelli che ancora non sono nati – per non lasciare
che la terribile agonia che sentono all'arrivo di questo giorno – questo
oscuro giorno che i leader pregavano non arrivasse mai e hanno preso
ogni misura concepibile e razionale nell'interesse strategico nazionale
per impedire che arrivasse – per non lasciare che il peso agonizzante
della responsabilità compromettesse la loro risoluzione a fare quello che
devono fare per preservare la vita del loro popolo. Cosí giocano, logi-
camente, giudiziosamente, cosí seri e cauti nei loro calcoli da apparire
decisamente e stranamente adulti visti da lontano, quasi talmudici. Una
coppia di gabbiani vola sopra le loro teste. Una berlina Ford verde menta è passata attraverso la sbarra sollevata del cancello e sta cercando di
parcheggiarsi parallela tra i due cassonetti dell'immondizia nella rotatoria dietro la West House, dietro e all'estrema sinistra del padiglione
Gatorade. Nell'aria c'è un sentore d'autunno e in cielo un guscio grigio e instabile di nuvole, oltre al ronzio costante in lontananza della fila di ventilatori Athscme nella Sunstrand Plaza.

L'acume strategico e la passione per il realismo variano da ragazzino a ragazzino, naturalmente. Quando Irlibsir di Evan Ingersoll inizia a lobbare testate nucleari alla cintura dei silos sotterranei di riserva della Terza Onda di Varsov nel Kazakhstan, e diventa del tutto chiaro che Amnat ha convinto Irlibsir a stare al suo fianco facendo
sinistre promesse circa l'ultima disposizione di Israele, Israele, anche
se nessuno oggi è Israele, sembra aver convinto a forza di ripicche Sudaf, che oggi è il piccolo stronzetto di Brooklyn Ny Josh Gopnik –
proprio il Josh Gopnik che è abbonato a «Commentary» – a spendere tutte le sue sedici testate verdi e spelacchiate in una debilitante infilata contro le dighe, i ponti e la basi di Amnat dalla Florida a Baja.
Tutti quelli coinvolti ordinano una totale rimozione delle popolazioni delle Pam. Poi, senza fare nessun tipo di calcolo, Indpak, che oggi è J.J. Penn – un tredicenne ben piazzato in classifica ma non esattamente il ceppo piú scoppiettante nel camino il giorno di Natale –

scarica su Israele tre sospensori mal legati di Vrim, ma gran parte del megatonnellaggio esplode nelle aree desertiche del sub-Beersheba, che non avevano un aspetto molto diverso prima delle esplosioni. Quando dei severi rimproveri gli arrivano dal rifugio del padiglione Gatorade sotto la torre di Schtitt dove si trovano Troeltsch, Axford e Incandenza, Penn ricorda loro con voce stridula che il Pakistan è uno Stato musulmano e nemico giurato di tutti i nemici infedeli dell'islam, ma non può far altro che giocherellare con le corde del suo lanciamissili quando Pemulis gli ricorda vivacemente che nessuno oggi è Israele e che non c'è neanche un calzino delle Combattenti in quella parte del teatro di guerra. Quando giochi a Eschaton non puoi mai fare una questione di principio.

A parte l'agitazione di Sudaf e lo sfondone di Indpak, il gioco dell'8/11 procede con molta probità e fredda deliberazione, con ancora piú pause e silenzi, oggi le consultazioni pensose con tanto di grattata di mento sono la norma. La sola persona con aspetto tormentato sulla mappa da 1300 m² è Otis P. Lord, che deve camminare da un continente all'altro spingendo un carrello portavivande di alluminio a doppia mensola trafugato all'ospedale St. John of God con un portatile Yushityu lampeggiante su una delle mensole e un astuccio di dischetti da 256 pieno per due terzi sull'altra, ai lati delle mensole penzolano tintinnando delle cartelline. Lord deve interpretare le leggi spontanee della logica e della necessità e verificare che le decisioni di comando siano funzioni ammissibili di situazione e capacità (ha scrollato le spalle in un neutrale Fate come Volete a Sudaf e Indpak), deve individuare i dati necessari per i premier sotterranei e i dittatori e i presidenti con il mal d'aria, togliere di mezzo gli articoli di vestiario colpiti da colpi devastanti o ripiegarli e lasciarli sul punto dove sono stati mancati per un pelo o di molto, deve triangolare le stime degli impulsi Em dai colpi confermati per autorizzare o negare la capacità di comunicazione, ed è un lavoro snervante, praticamente deve essere Dio, stimare la percentuale di decessi e livelli di radiazione e parametri di fall out, stronzio-90 e livelli di iodio e la probabilità di conflagrazione nei bombardamenti nelle Pam con diversi Valori Medi da calcolarsi sulle altezze dei grattacieli e sugli indici di capitale-combustibile. Nonostante le mani screpolate e il naso che gli gocciola terribilmente, il tempo di risposta di Lord alle richieste di dati è impressionante grazie soprattutto al collegamento con l'efficiente Dec e i file dettagliati di algoritmi di decisione che Pemulis aveva elaborato tre anni prima. Otis P. Lord informa Varsov e Nat che la piattezza topografica di Peoria Il fa arrivare a 10,1 km il raggio di devastazione e morte per il colpo diretto da 5 megatoni di Var-

sov, il che sta a significare che metà di queste Pop-Pam muoiono bruciate vive negli ingorghi del traffico di evacuazione sulla Interstatale
74. Un Minuteman di Amnat può portare un massimo di otto Vrim, se
non si considera il sospensorio titanico che il piccolo Lamont Chu ha
tirato fuori dalla borsa da tennis del sedato Teddy Schacht sull'autobus venerdí notte, che può contenere tredici palline da tennis sgonfie.
In presenza di condizioni climatiche normali, l'area dell'incendio provocato da un'esplosione aerea sarà 2π piú grande dell'area dell'esplosione. Toronto ha abbastanza grattacieli nella sua area totale da garantire un bombardamento totale con un minimo di due colpi andati a segno entro

$$\frac{2\pi}{(\text{1/area totale di Toronto in m}^2)}$$

dal centro del bersaglio. Cinque megatoni di fusione di idrogeno pesante producono almeno 1 400 000 curie di stronzio-90, il che vuol dire che a Montréal nasceranno bambini microcefalici per circa ventidue
generazioni, e sí, caro il mio sapientone McKenna di Amnat, il mondo probabilmente noterebbe la differenza. Struck, Trevor e Axford
fischiano in modo assordante da sotto il padiglione di tenda verde GA-
TORADE CONTRO LA SETE fuori dalla recinzione lungo il lato sud dei
Campi Est, dove (nel padiglione) questi e Michael Pemulis e Jim Troeltsch e Hal Incandenza sono stravaccati in abito civile sulle sedie da patio fatte di filo di rete, con le scarpe civili appoggiate su degli sgabelli di rete. Struck e Axford stanno bevendo dei Gatorade corretti in
modo alquanto sospetto e si passano una sigaretta che ha tutta l'aria
di essere una di quelle psicochimiche arrotolate a mano. L'8/11 è un
giorno di totale e obbligatorio R&R per l'Eta, anche se le sostanze tossiche in circolazione sono un po' troppe. Pemulis ha un sacchetto di
noccioline con il guscio rosso dal quale non ha attinto molto. Trevor
Axford ha aspirato troppo la sigaretta e tossisce piegandosi in due con
la fronte viola. Hal Incandenza sta strizzando una palla da tennis e si
sporge a dritta per sputare in un bicchiere Nasa che è lí per terra ed è
combattuto tra il desiderio di farsi di nuovo, per la seconda volta
dall'ora di colazione, e la forte contrarietà a farsi una canna con/di
fronte a tutti questi altri, specialmente fuori all'aperto di fronte ai Fratellini, perché gli sembra di fare una cosa di cattivo gusto e cerca di
trovare delle argomentazioni valide per convincersi. L'aria fredda gli
fa sentire un lancinante dolore elettrico a un dente in alto a sinistra.
Sebbene risulti chiaro dall'inquietudine del suo occhio destro che si è
fatto qualche Tenuate di recente (il che aiuta a spiegare le noccioline

non mangiate), Pemulis si sta attualmente astenendo e si è seduto sulle mani per scaldarsele, le noccioline per terra lontane dal bicchiere Nasa di Hal. Il padiglione è aperto su tutti i lati e, vanto della Stokely-Van Camp Corp., è qualcosa di piú di una grande tenda con una copertura di cartonfeltro verde sopra un pezzo di erba vera e la struttura di un patio di ferro bianco con la rete di plastica; viene usato soprattutto per gli spettatori civili durante le partite di esibizione sui Campi Orientali 7, 8, 9; qualche volta quelli dell'Eta si raggruppano lí sotto durante gli intervalli degli allenamenti nei giorni caldi d'estate. La tenda verde viene tirata giú quando d'inverno si va nel Polmone. È tradizione che Eschaton requisisca i Campi dal 6 al 9, i piú carini di tutta l'Eta, se non vi si sta svolgendo una partita seria. Tutti gli spettatori di riguardo, a eccezione di Jim Struck, sono ex devoti di Eschaton, sebbene Hal e Troeltsch siano stati tutti e due giocatori marginali. Troeltsch, che chiaramente ha buttato giú qualche Tenuate anche lui, è nigstagmatico all'occhio sinistro e commenta l'azione con una cuffia in testa non collegata a niente, ma Eschaton è duro da animare, verbalmente, anche per chi è sotto l'effetto di stimolanti. In genere è un gioco troppo lento e cerebrale.

Struck sta dicendo ad Axford di mettersi le mani sulla testa e Pemulis sta dicendo ad Axford di trattenere il respiro. Ora, con voce resa piú acuta dalla tensione, Otis P. Lord dice che ha bisogno che Pemulis corra subito in campo passando attraverso il cancello Ciclone a sud del Campo 12 e attraversi i quattro campi della mappa per spiegare a Lord come far sí che l'EndStat calcoli automaticamente che ogni mille Roentgens di raggi X e gamma producono 6,36 morti su cento nelle Pop, e 193,64 sopravvissuti hanno una durata della vita ridotta di

$$(\text{Totale R} - 100)\,(0,0636(\text{Totale R} - 100)^2)$$

anni, il che significa che esattamente nessuno avrà bisogno di dentiere costose a Minsk, tanto per dire, in futuro. E cosí via.

Dopo che circa la metà del megatonnellaggio esistente sul pianeta è stato consumata, le cose sembrano andare per il meglio per l'equipaggio di Amnat. Anche se questi e Varsov stanno Scamatando a destra e sinistra con fredda accuratezza – il lanciatore scelto da Varsov è Ann Kittenplan, che è mascolina e muscolosa in maniera piuttosto sospetta (a dodici anni e mezzo sembra un pesista bielorusso e deve comprare l'urina piú di una volta a trimestre e ha baffi piú rigogliosi e impressionanti di quelli di Hal ed è soggetta a terribili attacchi d'ira); ma in tutto il pomeriggio la Kittenplan non è riuscita a tirare che un colpo in-

diretto, mentre il lanciatore di Amnat è Todd («Postal Weight») Possalthwaite, un tredicenne endomorfico di Endina Mn, che ha un gioco
irritante fatto soprattutto di servizi d'effetto e pallonetti in topspin e
che è stato l'Mvl[128] di Eschaton degli ultimi due anni, una precisione
che va vista per essere creduta – eppure, entrambe le parti hanno evitato ad arte l'escalation al Ccpopc che spesso elimina dal gioco le due
super-Combattenti; e il presidente di Amnat, LaMont Chu, ha usato
la scusa dei colpi emotivi di Gopnik contro il Sud degli Usa, oltre ai
pallonetti arazionali di Penn contro un Israele che al vertice era stato
esplicitamente posto nella sfera di difesa di Amnat, ha usato queste scuse come tattiche, racimolando molti punti Inmdir contro Sudaf e Indpak, la cui improvvida alleanza difensiva d'incerto successo non fa che
sottoporre a radiazioni i merluzzi al largo di Gloucester. Tutte le volte
che c'è un attacco diretto, Troeltsch raddrizza la schiena rimanendo seduto e tira fuori l'esclamazione che insiste a ripetere per renderla una
specie di marchio di fabbrica da telecronista: «Per Diana!» Ma Varsov, assalito da due vettori di Amnat e Irlibsir (i cui occasionali lob verso Israele Amnat chiede a Lord di considerare «lanci maldiretti» sollevando una tempesta di proteste diplomatiche da parte di Sudaf e di
Indpak), nonostante la difesa civile all'avanguardia e i mezzi di comunicazione resistenti alle Pem, il povero vecchio Varsov sta assorbendo
una tale Soffmdir collaterale da venire inesorabilmente portato dalla
logica teoretica del gioco a non avere altra scelta che muovere Ccpopc
contro Amnat.

Ora il premier di Varsov Timmy («Sleepy T.P.») Peterson fa una petizione a O.P. Lord per ottenere la capacità/autorizzazione di piazzare
una chiamata codificata a Air Force One. «Chiamata codificata» significa che non viene urlata pubblicamente attraverso la mappa dei campi; Lord deve traghettare i messaggi da una parte all'altra e bisbigliarla
nelle orecchie del ricevente eccetera. Premier e presidente si scambiano le solite formalità. Il premier si scusa per la battuta su Prince Albert.
Hal, che in pubblico declina ogni offerta chimica, dà un'occhiata ai conteggi abbozzati di Pemulis sulle proporzioni Inmdir/Soffmdir delle Combattenti fino a ora e scommette con Axford un dollaro statunitense che
Amnat non accetterà per nessun motivo l'invito a trattare di Varsov.
Durante gli intervalli diplomatici privi di azione come questo, Troeltsch non fa altro che ripetere «Che bella giornata per un Eschaton» e
chiede a tutti le loro opinioni sul gioco fino a che Pemulis gli dice che
sta per farsi una bella sleppa di roba. In giro non c'è nessuno: Tavis e
Schtitt sono impegnati a fare discorsi di reclutamento nei club indoor
dei ricchi suburbi a ovest; Pemulis ha permesso a Tall Paul Shaw di
prendere il carro attrezzi tutto decorato per portare Mario giú ai Public

Gardens a riprendere le celebrazioni pubbliche del Giorno dell'I. con
la Bolex H 64; i ragazzini che abitano in zona in quel giorno vanno a
casa; a molti di quelli che rimangono piace starsene sdraiati nelle Sale
Proiezione senza muoversi tutto il Giorno dell'I. fino alla cena di gala.
Lord continua a sbattersi su e giú per i Campi 6 e 8, facendo tintinnare il carrello portavivande (il carrello portavivande, che Pemulis e Axford
presero a un tipo male in arnese che lavorava all'ospedale Sjog e Pemulis conosceva dai tempi di Allston, ha una di quelle ruote matte davanti sulla sinistra che per esempio solo il tuo carrello del supermercato sembra avere, e quando lo spingi forte fa un casino d'inferno), a traghettare messaggi che, Hal e gli altri se ne accorgono, Amnat e Varsov stanno
rendendo delibcratamente ambigui e ottusi cosí che Lord deve correre
in su e in giú molte volte: Dio non è un ruolo particolarmente popolare, e quest'anno Lord è già stato vittima di diversi scherzetti da scuola
media cosí puerili che non vale la pena raccontarli. J.A.L. Struck jr, che
come sempre ha fatto la figura del maiale con i bicchieri di Gatorade
corretto in modo sospetto, improvvisamente si vomita addosso poi fa
per accasciarsi su un fianco nella sua sedia da patio, con la faccia spenta e bianca, e non sente l'analisi veloce di Pemulis che secondo lui Hal
potrebbe tirare fuori subito i $ che ha scommesso con Axhandle, per-
ché Lamont Chu è bravissimo ad analizzare il Diagramma di Decisione, e il Diagramma di D. ora indica condizioni di pace con tanto di insegne al neon, perché la piú grande opportunità per Amnat, proprio alle ore 1515h, è evitare di andare Ccpopc con Varsov dato che, se il gioco
s'interrompe proprio ora, Amnat ha probabilmente vinto, mentre muovono Ccpopc con Varsov, scambiandosi potenti colpi Inmdir per potenti colpi di Soffmdir, si procureranno sí piú o meno lo stesso danno,
e alla fine Amnat avrà ancora gli stessi punti di vantaggio su Varsov,
ma avrà subito dei Soffmdir cosí pesanti che Irlibsir – non dimenti-
chiamo mai Irlibsir, oggi brillantcmente anche se sgradevolmente in-
terpretata da Evan Ingersoll, l'undicenne senza sopracciglia di Bin-
ghamton Nny – che si è tenuto fuori dalla festa Ccpopc lanciando pallonetti sporadici ma frequenti su Varsov quanto basta per mettere
insieme una seria Inmdir ma non abbastanza per far incazzare Varsov
a tal punto da provocare un'ondata di rappresaglia di Ss10 che significherebbe una notevole Soffmdir, potrebbe fare un bel colpo e sorpas-
sare Amnat per l'intero Eschaton, specialmente considerando i vantaggi
$f(x)$ della bellicosità e dell'inesistente difesa civile. A un certo punto
Axford ha ripassato indietro a Struck senza guardare quello che è rimasto della canna e non ha visto che Struck non è piú nella sua sedia,
e Hal si ritrova a prendere la canna che gli è stata offerta e a fumare in
pubblico senza neanche pensarci o senza aver consciamente deciso di

farlo. È certo che il povero Lord, con la faccia rossa e il naso che gli cola, sta facendo troppi viaggi sferraglianti tra i Campi 6 e 8 perché non si stia preparando la pace. Evan Ingersoll si sta decisamente sminando la narice destra. Finalmente Lord smette di correre avanti e indietro e si posiziona nel casottino di servizio per la pubblicità del Campo 7 e carica un nuovo dischetto nell'Yushityu. Struck biascica qualcosa in una lingua che sembra straniera. Tutti gli altri spettatori di riguardo hanno tirato via le loro sedie ben lontano da Struck. Troeltsch stende la mano con il palmo punteggiato da vesciche insanguinate e sfrega insieme la punta delle dita della mano in direzione di Hal, e Hal gli allunga la canna senza ripassarla indietro ad Axford. Pemulis si è piegato in avanti con aria attenta e si regge con le mani il mento affilato; sembra completamente assorto.

Eschaton del Giorno dell'Interdipendenza dell'Apad entra probabilmente nella sua fase piú cruciale. Lord, in piedi davanti al carrello e al Tp portabile, indossa il cappellino bianco (N.B.: non quello nero o quello rosso) che segnala una temporanea cessazione dello Scamat tra le due Combattenti ma permette a tutte le altre Combattenti di continuare a perseguire i propri interessi strategici come meglio credono. Cosí Varsov e Amnat sono abbastanza vulnerabili in questo momento. Il Premier di Varsov Peterson e il Comandante delle Forze Aeree Kittenplan, trasportando insieme il secchio da bidello con dentro il loro arsenale, camminano attraverso l'Europa e l'Atlantico per andare a parlamentare con il Presidente di Amnat Chu e il Comandante Supremo Possalthwaite in quella che sembra essere approssimativamente la Sierra Leone. Vari territori covano con calma la loro rabbia. Quasi tutti gli altri giocatori sono lí intorno e si battono le braccia sul petto per stare caldi. Pochi fiocchi bianchi esitanti appaiono e volteggiano e si sciolgono formando stelle scure quando cadono sul campo. Un paio di pretesi leader mondiali corrono qua e là in un modo che non si addice ai capi di Stato, con le bocche spalancate verso il cielo a cercare di catturare i fiocchi della prima neve d'autunno. Ieri era stato piú caldo e aveva piovuto. Axford si chiede se questa neve farà sí che Schtitt acconsenta a far gonfiare il Polmone anche prima della Raccolta di Fondi tra due settimane. Struck sta per cadere dalla sedia. Pemulis, piegato in avanti con aria assorta e con in capo il cappello da barca, ignora tutti. Odia digitare e tiene i conteggi con la matita e il blocco, alla deLint. La berlina Ford parcheggiata è molto visibile per via del colore atroce della pubblicità della vecchia Aspirina Nunhagen sul verde della portiera posteriore destra. Hal e Axford si passano avanti e indietro quello che ai Combattenti sembra un lecca-lecca alla menta Tootsie, ogni tanto lo passano anche a Troeltsch. Trevor («Axhandle») Axford ha solo tre dita e mezzo nella mano destra. Dalla Palazzina Ovest si sentono la Sig.ra Clarke e il personale di cucina del giorno di festa che preparano la cena di gala per il Giorno dell'Interdipendenza, che prevede sempre il dessert.

Ora Repcina, che sta cercando zitta zitta di dare il tormento a Inmdir senza subire rappresaglie, tira un alto pallonetto in topspin nel quadrante Indpak, mettendo a segno quello che Repcina dichiara un colpo diretto su Karachi e che Indpak, priva di testate nucleari, sostiene essere solo un colpo indiretto su Karachi. Non è un momento facile: una disputa come questa non avverrebbe mai nel mondo vero di Dio vero, dato che sarebbe del tutto palese la reale portata dell'arrosto di maiale nella vera Karachi. Ma qui Dio è Otis P. Lord, e Lord sta tritando cosí tanti numeri nello Yushityu sul carrello per cercare di confermare la verosimiglianza delle condizioni di pace che Amnat e Varsov stanno discutendo, che non può neanche far finta di aver visto dove sia atterrato l'attacco di Repcina contro Indpak rispetto alla T-shirt di Karachi – che in effetti ha l'aria di essere un po' malmessa, anche se la colpa poteva essere della brezza e dei piedi dei giocatori – e, in un vuoto di onniscienza, non è in grado di assegnare i relativi punti Inmdir e Soffmdir. Troeltsch non sa se dire «Per Diana» o no. Lord, contrariato da un errore che è difficile dire come un qualsiasi mortale avrebbe potuto evitare, si appella a Michael Pemulis per un giudizio indipendente; e quando Pemulis scuote gravemente il capo e il cappello bianco e dice che Lord è il Dio di Eschaton, che veda o non veda, Lord ha una breve ma intensa crisi di pianto che aumenta quando improvvisamente a J.J. Penn di Indpak viene in mente l'idea di reclamare perché ora sta nevicando e la neve compromette le zone di tiro e le zone di fuoco e l'intensità dell'impulso e forse ha anche conseguenze sul fall out, e dice che Lord deve rifare completamente i parametri dei danni di tutti prima che si possano riformulare delle strategie realistiche.

Le gambe della sedia di Pemulis stridono e rovesciano le noccioline con il guscio rosso da una specie di cono cornucopico; di colpo Pemulis si ritrova a esercitare la sua funzione di eminenza grigia di Eschaton e si mette a camminare lungo la rete di recinzione del teatro di guerra dicendone quattro a J.J. Penn. Oltre a essere molto sensibile a ogni minaccia all'integrità della mappa attraverso un qualsiasi attentato ai suoi confini – minacce che si sono già presentate altre volte, e che secondo Pemulis mettono a repentaglio il senso di realismo che anima il gioco (il quale realismo si regge sull'artificio di una composizione di 1300 m^2 di campi da tennis che rappresentano l'intera proiezione rettangolare del pianeta Terra) – Pemulis è anche nemico giurato di tutti i Penn e lo sarà sempre: è stato il fratello piú anziano di J.J. Penn, Miles Penn, ora un ventunenne che si dibatte nel feroce circuito satellite del Terzo mondo e gioca per le spese di viaggio in posti squallidi e dissenterici, che quando Pemulis era appena arrivato all'Eta, all'età di undici anni, lo aveva ribattezzato Michael «Penisless» e per quasi un anno intero aveva convinto Pemulis che se si premeva sull'ombelico gli sarebbe cascato il culo per terra[129].

«Sta nevicando sulla maledetta *mappa*, non sul *territorio*, testa di cazzo!» urla Pemulis a Penn, che tira fuori un labbro inferiore tremante. La faccia di Pemulis è la faccia di un uomo che un giorno avrà bisogno di una cura per la pressione, una predisposizione che il Tenuate non aiuta per niente. Troeltsch è seduto con la schiena diritta e parla con impegno con la cuffia sulla testa. Hal, che ai suoi tempi non ha mai indossato il fagiolino e di solito interpretava qualche nazione marginale in qualche parte della selvaggia periferia nucleare, si accorge di essere piú intrigato che irritato dal faux pas mappa/territorio di Penn, quasi divertito.

Pemulis si volta indietro verso il padiglione e sembra guardare Hal quasi a invocarlo: «Ges-sú!»

«Solo che il territorio è il mondo reale, chiuse virgolette aperte le virgolette!» urla Axford a Pemulis, che cammina avanti e indietro come se la recinzione lo separasse da qualche specie di preda. Axford sa molto bene che si può prendere un po' per il culo Pemulis, quando è cosí: quando si arrabbia si calma subito, poi si pente.

Struck cerca di mandare affanculo Pemulis, ma non riesce a sistemarsi sulla bocca il megafono che ha fatto con le mani.

«Il mondo reale in questo caso è ciò che la mappa *rappresenta*!» Lord alza il capo dal suo Yushityu e urla contro Axhandle, cercando di fare piacere a Pemulis.

«Da qui assomiglia alla neve del mondo reale, M.P.» grida Axford. Ha la fronte ancora viola dopo un attacco di tosse. Troeltsch sta cercando di descrivere la distinzione tra la mappa simbolica dei campi cosparsi di capi di abbigliamento e il teatro strategico globale dell'azione che la mappa rappresenta usando solo ed esclusivamente il gergo dei commentatori sportivi. Hal sposta lo sguardo da Axhandle a Pemulis a Lord.

Finalmente Struck cade dalla sedia con un tonfo sordo ma le gambe gli rimangono ancora incastrate in qualche modo a quelle della sedia. Ora comincia a nevicare piú forte, e le stelle scure di neve sciolta iniziano a moltiplicarsi poi si fondono fino a coprire tutti i campi. Otis Lord sta cercando di digitare sulla tastiera e allo stesso tempo si asciuga il naso con la manica. J. Gopnik e K. McKenna corrono ben al di fuori dei loro quadranti, a bocca aperta.

«La neve del mondo reale non è un fattore se cade sulla fottuta *mappa*!»

Ora il taglio a spazzola di Ann Kittenplan si sporge dalla mischia da rugby formata dai capi di Stato di Amnat e Varsov attorno al carrello portavivande computazionale di Lord. «Per Dio, lasciaci in pace!» urla la ragazza a Pemulis. Troeltsch urla nella cuffia «Oh, Dio». O. Lord sta lottando con l'ombrello di protezione del carrello portavivande, il vento che sta aumentando comincia a far girare la piccola elica bianca sul suo cappello. Una leggera spolverata di neve inizia ad apparire sui capelli dei giocatori.

«È solo neve del mondo reale, non cade sullo *scenario* del gioco!» Pemulis continua a rivolgersi solo a Penn, che non ha detto una parola dopo il primo suggerimento e prende casualmente a calci la maglietta di Karachi spingendola verso il Mare Arabico, chiaramente sperando che l'esplosione precedente venga dimenticata in tutto quel casino metateoretico. Pemulis infuria lungo la recinzione ovest dei Campi Orientali. La combinazione di molte capsule di Tenuate e l'adrenalina da Eschaton fanno venire fuori la sua natura di operaio irlandese. È muscoloso ma fondamentalmente di costituzione minuta; la testa, le mani, la gobbetta aguzza di cartilagine sulla punta del naso di Pemulis – a Hal sembra che tutto in lui si restringa e si appuntisca, come in un brutto El Greco. Hal si sporge per sputare e lo guarda camminare avanti e indietro come un animale in gabbia, mentre Lord lavora in modo febbrile alla matrice decisionale delle condizioni di pace dell'EndStat. Hal si chiede, e non per la prima volta, se dentro di sé non sia un po' snob nei confronti di Pemulis e di quelli che vengono dal basso come lui, poi si chiede se il fatto di chiedersi se è o no uno snob non attenui la possibilità che poi lo sia veramente, snob. Sebbene Hal non abbia fatto più di quattro o cinque piccoli tiri dalla canna pubblica, questo è un primo esempio di quelli che a volte vengono chiamati «pensieri da marijuana». Si può capire dal fatto che Hal si è piegato in avanti per sputare poi si è perso in un'ellisse di pensiero paralitico e non ha ancora sputato, anche se si trova proprio nella posizione di sparo sopra il bicchiere Nasa. Gli capita di pensare che il problema della neve-vera/neve-non-vera su Eschaton sia molto astratto ma in qualche modo molto piú interessante che Eschaton stesso, fino a ora.

Il duro di Irlibsir, in tutto il suo 1,3 m di altezza, protetto dal freddo dal suo strato di grasso infantile e riscaldato dalle calorie dello sforzo cerebrale, si è accovacciato sui talloni come un ricevitore proprio a ovest di Damasco, ruota nella mano il suo lanciamissili Rossignol e osserva lo scambio univoco tra Pemulis e il compagno di stanza di Ingersoll, J.J. Penn, che ora minaccia di andare a prendersi una cioccolata calda se non possono almeno una volta giocare a Eschaton senza che i grandi ci ficchino il naso come sempre. Quando i meccanismi mentali di Ingersoll si mettono in azione si sente un minuscolo ronzio. Dalla durata del piccolo vertice della Sierra Leone e dalla studiata inespressività sulle facce di tutti si capisce chiaramente che Varsov e Amnat stanno per giungere a un accordo, e probabilmente l'accordo comporterà la decisione di Varsov di non muovere Ccpopc contro Amnat e in cambio Amnat permetterà a Varsov di muovere Ccpopc contro l'Irlibsir di Ingersoll, perché se Varsov muove Ccpopc contro un Irlibsir che ormai non può avere ancora molte testate nucleari nel secchio (Ingersoll sa che loro sanno), Varsov riuscirà a infliggere un sacco di Inmdir senza molta Soffmdir, mentre infliggerà una tale Soffmdir a Irlibsir che Irlibsir non sarà piú una minaccia alla posizione di capolista di Amnat, ed è questa ora la mossa piú utile possibile nella vecchia matrice teoretica del gioco. Le trasformazioni di esatta utilità sono troppo difficili per un Ingersoll che, nonostante stia ancora lottando con le frazioni, capisce chiaramente che questo sarebbe lo scenario piú logico e spietato per Lamont Chu e specialmente per quel dormiglione di Peterson, che odia Ingersoll ormai da molti mesi senza nessuna ragione o motivo o niente di niente, e in qualche modo Ingersoll se n'è accorto.

Hal, paralizzato e assorto, guarda Ingersoll muovere a scatti le anche e passarsi il manico da una mano all'altra e far lavorare il cervello con furia e giungere alla conclusione logica che il piú grosso vantaggio da un punto di vista strategico per Irlibsir è che Amnat e Varsov non riescano a giungere a un accordo.

Hal può quasi vedere la lampadina accendersi sopra la testa di Ingersoll. Pemulis sta dicendo a Penn che esiste una netta distinzione tra ficcare il naso e permettere a un leccaculo come Jeffrey Joseph Penn di mettere in discussione i confini che delimitano Eschaton e ne sono la vera linfa vitale. Chu e Peterson annuiscono pacatamente alle cose che stanno dicendo, mentre la Kittenplan si fa scrocchiare le nocche e Possalthwaite fa rimbalzare una testata sulle corde.

E Evan Ingersoll si alza dalla posizione accovacciata solo per piegarsi di nuovo e tirare fuori una testata nucleare dal secchio di ordinanza di Irlibsir, e Hal sembra essere il solo a vedere Ingersoll che prende la mira con il suo pollice sottile mentre il suo braccio fa un ampio movimento rotatorio all'indietro e scatta in avanti sparando una palla direttamente sul piccolo conciliabolo di leader delle super-Combattenti in Africa Occidentale. Non è un pallonetto. Vola diritto come sparato da un fucile e colpisce Ann Kittenplan proprio sulla nuca con un sonoro toc. Lei si gira verso est, una mano sul dietro del cranio irsuto, scansiona tutti poi si ferma su Damasco, la sua faccia una maschera mortuaria di pietra tolteca.

Pemulis e Penn e Lord e tutti sono rimasti di sasso, scioccati e silenziosi, e si sente solo il misterioso sibilo luccicante della neve che cade e il rumore di un paio di cornacchie sui pini sopra la CdP. I ventilatori dell'Athscme sono spenti, e quattro nuvole di fumo a forma di calzino sono appese immobili sopra le ciminiere della Sunstrand. Nulla si muove. Nessuna Combattente di Eschaton ha mai colpito intenzionalmente la persona fisica di un'altra Combattente con un'arma termonucleare da 5 megatoni. Per quanto potessero essere stressati i nervi dei giocatori, non è mai stata considerata una cosa sensata. Il megatonnellaggio di una Combattente è una cosa troppo preziosa per sprecarla in attacchi personali fuori dalla mappa. È sempre stata una regola non scritta ma assolutamente fondamentale.

Ann Kittenplan è cosí sconvolta e infuriata che è rimasta immobile, scossa da tremiti di rabbia, lo sguardo fisso su Ingersoll e la Rossignol fumante. Otis P. Lord si tocca il cappellino con l'elica.

Adesso Ingersoll si guarda ostentatamente le unghie minuscole della mano sinistra e suggerisce con nonchalance che Irlibsir ha appena colpito con una bomba da 5 megatoni l'intera capacità di lancio di Varsov nella persona del Comandante in Capo dell'Aeronautica Ann Kittenplan, e che anche l'intera capacità di lancio di Amnat, e le ordinanze e i capi di Stato di tutte e due le Combattenti si trovano tutti nel raggio dell'esplosione – che secondo i calcoli approssimativi di Ingersoll si estende dalla Costa d'Avorio al Senegal che si trova nel corridoio del doppio. A meno che il raggio dell'esplosione, aggiunge sorridendo raggiante, non sia in qualche modo alterato dalla possibile presenza di neve climatica.

Ora Pemulis e la Kittenplan si lanciano in una serie lineare di invettive anti-Ingersoll che si sovrappongono l'una all'altra e fanno volare via i corvi dagli alberi.

Ma Otis P. Lord – che ha osservato lo scambio, terreo, e ha richiamato qualcosa di specifico sull'indice metadecisionale TREEMASTER di EndStat – ora, nell'orrore di tutti i presenti, si toglie dal collo un laccio da scarpe con una piccola chiave di nichel colorata, si piega verso la scatolina chiusa sul ripiano di fondo del carrello portavivande e, mentre tutti guardano con orrore, apre la scatola e con accuratezza quasi cerimoniale scambia il cappellino bianco con l'elica che ha in testa con quello rosso che significa Crisi Totale Globale. Il temuto cappellino rosso Ctg è stato indossato da un maestro di gioco di Eschaton solo una volta prima d'ora, accadde circa tre anni fa quando un errore umano di inserimento dati nei calcoli di EndStat di Soffmdir aggregato durante un triplice Ccpopc sembrò produrre un'ignizione dell'atmosfera terrestre.

Ora il freddo del mondo reale discende a fiocchi bianchi e granulosi sul paesaggio del teatro nucleare.

Pemulis dice a Lord che non riesce a credere ai suoi *fottuti* occhi. Chiede a Lord come abbia osato mettersi il terribile cappellino rosso di fronte a un esempio lampante di cazzata madornale ed equivocazionaria sulla questione della mappa-non-territorio che Ingersoll sta cercando di far passare per buona.

Lord è piegato sul Yushityu lampeggiante e risponde che forse c'è un problema.

Ingersoll fischietta e balla il charleston tra Abu Kemal ed Es Suweida, usando la racchetta come bastone da ballerino.

Finalmente Hal sputa.

Sotto lo sguardo allucinato di Pemulis, Lord si schiarisce la gola e chiama Ingersoll e comincia a spiegargli che le negoziazioni per la Situazione Scatenante fatte prima della partita di oggi non stabilivano nessuna zona di bersaglio strategico nella nazione-francobollo della Sierra Leone.

Ingersoll risponde attraverso il Mediterraneo chc zone di bersaglio di grande interesse strategico sono apparse in Sierra Leone nell'esatto momento in cui i capi di Stato e le totali capacità di lancio di Amnat e Varsov hanno deciso di farsi una camminata fino in Sierra Leone. Che la Sierra Leone da quel momento in poi è, o meglio era, si corregge con un sorriso, diventata de facto una Poscomstrat. Se i presidenti e i premier hanno voluto abbandonare la protezione delle reti di difesa dei loro territori e si sono messi a parlottare, escludendo dai colloqui le altre Combattenti, in qualche capanna chissà dove, questo è affar loro, ma Lord aveva in testa il cappellino bianco con l'elica che autorizzava esplicitamente i difensori ipersfruttati e sottosviluppati dell'Unica Vera Fede del mondo a continuare a perseguire i loro interessi strategici, e Irlibsir era notevolmente interessata ai punti aggregati dell'Inmdir che le erano giunti per aver vaporizzato le capacità strategiche di tutte e due le Super-Combattenti con un solo colpo di Spada-Fiammeggiante-dell'-Altissimo.

Ann Kittenplan fa un paio di passi incerti verso Ingersoll e viene fermata e spinta indietro da LaMont Chu.

«Sleepy T.P.» Peterson, che sembra sempre un po' intontito anche nei momenti migliori, chiede a Otis P. Lord di dargli una definizione di *equivocazionaria*, provocando la risata fragorosa suo malgrado di Hal Incandenza.

Appena fuori dalla recinzione del teatro dell'azione, Pemulis ha gli occhi in fuori dalla rabbia – probabilmente aggravati dalle 'drine – e sta letteralmente saltellando su e giú sullo stesso punto con tale forza che a ogni impatto il cappello da barca gli si alza leggermente dal capo, al che Troeltsch e Axford si consultano e concordano nel dire che una cosa cosí prima d'ora l'avevano vista accadere solo nei cartoni animati. Pemulis ulula che Lord sta vaneggiando a dar ragione a Ingersoll nel suo tentativo di mandare fatalmente a puttane la vera essenza di Eschaton[130]. I giocatori non possono essere bersagli validi. I giocatori sono dentro il fottuto gioco. I giocatori fanno parte dell'*apparatus* del gioco. Fanno parte della mappa. Sta nevicando sui giocatori ma non sul territorio. Fanno parte della *mappa*, non del fottuto *territorio* del cazzo. Si può lanciare missili solo contro il *territorio*. Non contro la *mappa*. È questa la regola di base che fa sí che Eschaton non degeneri nel caos. Eschaton, signori, consiste nella logica e nell'assioma e nella correttezza matematica e nella disciplina e nella verità e nell'*ordine*. Non si prendono punti a colpire le persone vere. I punti si prendono a colpire gli indumenti che *rappresentano* ciò che è reale. Pemulis continua a guardarsi alle spalle verso il padiglione e urla «Ges-sú!»

Il compagno di stanza di Ingersoll, J.J. Penn, cerca di rivendicare il fatto che la vaporizzata Ann Kittenplan indossa molti indumenti che a loro volta valgono mucho Inmdir, e tutti gli dicono di chiudere la bocca. Ora la neve viene giú cosí forte da creare un ambiente, e, dal punto di vista di Hal, tutti quelli fuori dal riparo del padiglione sembrano avvolti come da una garza.

Lord sta battendo come un pazzo sul Tp sotto la protezione di un vecchio ombrellone da spiaggia appena aperto che un precedente maestro del gioco aveva saldato sopra il carrello portavivande. Lord si asciuga il naso in modo sgraziato contro la stessa spalla con la quale tiene goffamente all'orecchio un telefono e comunica di aver controllato via modem Pink$_2$-compatibile la directory dell'Assioma Eschaton del Dec, e che, sfortunatamente, con tutto il dovuto rispetto per Ann e Mike, non sembra dire esplicitamente che i giocatori con funzioni strategiche non possano diventare zone di bersaglio se si allontanano dalle loro reti di difesa. Lamont Chu chiede come mai fino ad allora non sono mai stati assegnati dei punti-valore per i giocatori reali, per Dio, e Pemulis grida che questo è cosí fuori discussione da non avere nessuna importanza, e che la ragione per cui i giocatori non sono esplicitamente esentati nella ESCHAX.DIR è che proprio la loro esenzione è ciò che rende possibili in *primo* luogo Eschaton e i suoi assiomi. Dal tubo di scappamento della berlina Ford ferma dietro il padiglione esce un fumo simile alla scia pallida di una barca, poi si allarga

e sale disperdendosi. Pemulis dice perché altrimenti, usate il cervello, perché altrimenti nascerebbero emozioni non strategiche e le Combattenti cercherebbero di prendere a pallate le persone fisiche delle
altre Combattenti, ed Eschaton non sarebbe neanche possibile nella
sua algida ed elegante forma di gioco teoretico. Per lo meno ha smesso di saltare su e giú, osserva Troeltsch. Non c'è bisogno di sancire
che i giocatori non possono essere colpiti, dice Pemulis; è *pre*assiomatico. Pemulis dice a Lord di pensare molto bene a quello che sta
facendo, perché sta molto probabilmente per compromettere per sempre e irreparabilmente la mappa di Eschaton. La prorettrice delle ragazze dai 16 ai 18, Mary Esther Thode, va a zigzag sul suo scooter
per il lungo viale che porta dalla rotatoria al cancello, poi si ferma e
alza la visiera colorata del casco e urla alla Kittenplan di mettersi un
cappello se vuole giocare sotto la neve con i capelli tagliati a spazzola. Questo anche se la Kittenplan non è esattamente nella sfera di autorità della Sig.na Thode, Axford fa notare a Troeltsch, che comunica subito il fatto nella cuffia. Hal fa smorfie cercando di raccogliere
un po' di sputo nella bocca che gli è diventata piuttosto secca, il che
non è molto piacevole quando hai in bocca una presa di tabacco Kodiak. Negli ultimi minuti Ann Kittenplan ha sofferto di un tremore
quasi parkinsoniano, la faccia contorta e il baffo quasi ritto. Lamont
Chu ripete la sua contestazione che non è possibile che i giocatori,
anche se hanno una funzione strategica, siano considerati legittime
zone di bersaglio se fino a oggi nessun valore Inmdir/Soffmdir riferito a loro è mai stato immesso nella funzione di calcolo dell'EndStat.
Pemulis ordina a Chu di non distrarre Otis P. Lord dal terreno incredibilmente letale nel quale Lord ha permesso a Ingersoll di portarli. Dice che nessuno di loro fino a ora ha mai neanche visto cos'è
una vera *crisi*. Ingersoll grida a Pemulis che il suo potere di veto riguarda solo i calcoli di Lord e non le decisioni odierne di Dio su cosa fa parte del gioco e cosa no. Pemulis invita Ingersoll a fare qualcosa di anatomicamente impossibile. Pemulis chiede a Lamont Chu e
Ann Kittenplan se vogliono continuare a rimanere lí fermi con un dito in culo e permettere a Lord di permettere a Ingersoll di eliminare
per sempre la mappa di Eschaton in una apocalisse solo per attaccarsi a una misera vittoriuccia. La Kittenplan ha continuato a tremare e
a toccarsi la nuca piena di vene e guarda Ingersoll dall'altra parte del
Mediterraneo con l'aria di una che sa che andrà in prigione per quello che vuole fare. Axford sostiene che ci sarebbero alcune improbabili condizioni fisiche nelle quali la cosa che Pemulis ha invitato Ingersoll a fare non sarebbe del tutto impossibile. Hal sputa e cerca di
trovare altra saliva per sputare di nuovo, mentre osserva la scena.

Troeltsch trasmette la notizia che nelle vicinanze di Mary Esther Thode c'è sempre uno strano, vago puzzo come di vitamine che non è mai
riuscito a capire cosa sia. C'è un improvviso triplice rumore dei tre
veicoli dell'Empire Waste Displacement che vengono lanciati verso
nord sopra le nuvole. Hal identifica l'odore circostante la Thode come puzzo di tiamina, che lei prende in quantità per ragioni che lei ben
sa; e Troeltsch trasmette il dato citando Hal come «fonte sicura», il
che sembra a Hal una cosa strana e fuori posto per ragioni che non sa
dire. La Kittenplan scuote il braccio inerte di Chue, si precipita a
estrarre una testata nucleare dalla riserva portatile di Varsov e grida
va bene, ok, se i giocatori possono essere considerati bersagli, allora
va bene: e spara una vera bordata alla testa di Ingersoll che riesce a
malapena a fermarla con la sua Rossignol e urla che la Kittenplan non
può lanciare nulla a nessuno perché è stata vaporizzata da un'esplosione da 5 megatoni. La Kittenplan dice a Ingersoll di scrivere una
lettera al deputato del suo collegio elettorale e, nonostante le suppliche di Lamont Chu di discutere ragionevolmente la cosa, prende molte altre testate nucleari di notevole valore teoretico dal secchio del
solvente e, decisa a colpire a ogni costo Ingersoll, si muove con decisione verso est attraverso la Nigeria e il Chad costringendo cosí Ingersoll a correre a notevole velocità verso nord attraverso la mappa
dei campi abbandonando il secchio-munizioni di Irlibsir e urlando
Non Vale mentre scatta sulla Siberia. Lord miagola cercando di riportare l'ordine, ma senza successo, e i militari di alcune delle altre
Combattenti hanno incominciato a sentire l'odore del sangue di Ingersoll – con la straordinaria perspicacia che hanno i bambini per questo genere di cose – e il Segretario Generale di Repcina e uno specialista delle traiettorie vettoriali di Amnat e Josh Gopnik iniziano a
muoversi verso nordest sulla mappa sparando pallate fortissime contro Ingersoll che ha fatto cadere il suo lanciamissili e armeggia freneticamente al cancello incatenato della recinzione nella parte nord,
quello che la Sig.ra Incandenza ha stabilito i ragazzi non debbano mai
usare per uscire dai Campi Est altrimenti calpesterebbero le sue calliopsis; e questi ragazzini possono tirare pallate spaventose. Ora Hal
non riesce piú a raccogliere abbastanza saliva per sputare. Una testata nucleare colpisce Ingersoll sul collo e un'altra sulla carne della coscia. Ingersoll comincia a zoppicare in piccoli cerchi, tenendosi il collo, e piange singhiozzando al rallentatore nel modo tipico dei bambini piccoli quando piangono piú per il fatto di essere stati colpiti che
per il colpo in se stesso. Pemulis cammina all'indietro verso il padiglione e ha tutte e due le braccia al cielo in un gesto di supplica o rabbia o qualcosa di diverso. Axford dice a Hal e a Troeltsch che vor-

rebbe non aver sentito l'oscuro fremito che ha sentito nel vedere Ingersoll preso a pallate. Alcuni gusci rossi delle noccioline si sono impigliati nei capelli di Jim Struck immobile a terra. O.P. Lord dichiara che poiché Ingersoll non è più sui quattro campi della mappa terrestre di Eschaton non è un bersaglio valido nemmeno teoricamente. Non importa. Molti ragazzini accerchiano Ingersoll incrociando i loro bombardamenti, T. Peterson tra i primi. Ingersoll viene colpito molte volte, una volta proprio vicino all'occhio. Jim Troeltsch si è alzato e corre alla recinzione cercando di fermarli, ma Pemulis lo blocca afferrando il filo della cuffia e gli dice di lasciarli bollire nel loro brodo. Hal si sporge in avanti con un dito puntato, quasi paralizzato dalla situazione. Trevor Axford, il mento appoggiato al pugno, chiede a Hal se ha mai *odiato* qualcuno senza sapere perché. Hal è così attratto da qualcosa che ha a che fare con la degenerazione del gioco che sembra così terribilmente astratto e carico di implicazioni e conseguenze che anche solo pensare a come esprimerlo con chiarezza sembra così complicato e stressante che l'essere completamente assorbito dalla situazione è quasi l'unico modo di sottrarsi allo stress del momento. Ora Penn di Indpak e McKenna di Amnat, che hanno dei vecchi conti da regolare con Ann Kittenplan, si staccano dal gruppo e mettono insieme il loro materiale militare ed eseguono un attacco a tenaglia su Ann Kittenplan, che viene colpita due volte alle spalle da corta distanza. È già da un po' che Ingersoll è andato a terra e continua a essere colpito. Lord sta urlando a squarciagola che non è pensabile che Amnat possa far fuoco contro se stessa, quando viene colpito proprio nello sterno da una testata nucleare vagante. Si stringe il petto con una mano e con l'altra dà un colpo secco all'elica del cappellino rosso, che mai prima d'ora era stata fatta girare, poiché il suo movimento preannuncia una situazione terribile-e-completamente incontrollata-tipo-Armageddon. Timmy Peterson prende una pallata all'inguine e va giú come un sacco di patate. Tutti stanno raccogliendo le testate nucleari già lanciate e le sparano di nuovo in modo totalmente non realistico. Le recinzioni vibrano e cigolano quando sono colpite dalla pioggia di palle. Adesso Ingersoll assomiglia a un animale investito. Troeltsch, che guarda per la prima volta la berlina Ford parcheggiata vicino ai cassonetti dell'immondizia della West House e chiede se qualcuno conosce uno con una Ford con la pubblicità dell'Aspirina Nunhagen, è il solo spettatore dei più grandi che non sembri annichilito da quello che succede. Ann Kittenplan ha buttato la racchetta per terra e punta verso McKenna. Si becca due esplosioni sul petto prima di raggiungerlo e stenderlo con un impressionante gancio sinistro. Lamont Chu atterra Todd Possalthwaite da dietro. Sembra che Struck se la sia fatta addosso. J.J. Penn scivola su una testata nucleare che si trova per terra vicino alle Fiji e fa un capitombolo spettacolare. A causa della neve sembra che tutto sia allo stesso tempo coperto da una garza e molto chiaro, ogni sfondo è cancellato e l'azione sulla mappa risulta cruda e surreale. Adesso nessuno usa piú le palle da tennis. Josh Gopnik tira un pugno nello stomaco a Lamont Chu, e Lamont Chu urla che gli hanno tirato un pugno nello stomaco. Ann Kittenplan ha la testa di Kieran McKenna sotto il braccio e lo cazzotta ripetutamente sul cranio. Otis P. Lord mette via l'ombrellone da spiaggia e inizia a spingere forte il carrello con la ruota pazza e i dischetti tintinnanti verso il cancello aperto del Campo 12, continuando a far girare furiosamente l'elica del cappellino rosso. Nei capelli di Struck i gusci delle noccioline sono sempre piú numerosi. Pemulis è al coperto ma ancora in piedi, le gambe allargate e le braccia conserte. La persona nella Ford verde non si è mai mossa. Troeltsch dice che lui non starebbe mai fermo a guardare se qualcuno dei Fratellini sotto la sua personale responsabilità si trovasse là fuori con la possibilità di farsi male, e Hal crede di provare un'ansia fortissima, ma non riesce a capire la serie apparentemente infinita di conseguenze di quello che Troeltsch sta dicendo in tempo per stabilire se la sua ansia nasca da qualcosa che sta vedendo o da qualcosa in connessione tra ciò che sta dicendo Troeltsch e l'intensità con la quale lui è assorbito da quello che succede dietro la rete, un caos degenerativo cosí complicato nel suo assoluto disordine che è difficile dire se esista una qualche coreografia o se sia semplicemente e caoticamente disordinato. LaMont Chu sta vomitando nell'Oceano Indiano. Todd Possalthwaite ha le mani sulla faccia e urla qualcosa tipo *svengo*. Ora nevica veramente forte, senza discussione e senza equivoci. Il cielo è completamente bianco. Lord e il suo carrello scavano dei binari nella neve verso il confine della mappa. Evan Ingersoll non si muove da diversi minuti. Penn è disteso in un riquadro del servizio che si sta imbiancando e ha una gamba piegata sotto il corpo a un angolo impossibile. Dietro di loro qualcuno in lontananza soffia in un fischietto. Ann Kittenplan comincia a inseguire a tutta velocità il Segretario Generale di Repcina verso sud attraverso il subcontinente asiatico. Pemulis sta dicendo a Hal che odia dire l'avevo detto. Hal vede Axford che si sporge in avanti per proteggere dal vento qualcosa di minuscolo che cerca di accendere con un accendino scarico. Gli viene in mente che oggi è il terzo anniversario del giorno in cui Axhandle perse un dito e mezzo pollice destro. Il piccolo e coraggioso J. Gopnik frusta l'aria con la racchetta e dice se c'è qualcuno che vuole venir avanti, venga. Otis P. Lord e il suo carrello veleggiano ru-

morosamente attraverso l'Indocina, verso il cancello sud. Improvvisamente Hal si rende conto che Troeltsch e Pemulis stanno trasalendo, ma lui no e non capisce perché loro sí e guarda la zuffa per capire se dovrebbe trasalire anche lui quando il Segretario Generale di
Repcina, chiamando a gran voce la mamma mentre corre con la testa
rivolta all'indietro verso la faccia contorta di Ann Kittenplan, sbatte
proprio contro il carrello di Lord in fuga. Si sente un fragore che è la
somma storica di tutti gli incidenti nei self-service di tutto il mondo.
I dischetti da 3,6 Mb prendono il volo come pipistrelli impazziti sopra quella che se non fosse coperta di neve sarebbe la linea di fondocampo del Campo 12. Cappellini con l'elica di vari colori spuntano
fuori da una scatola che rotola via e la cerniera di chiusura rotta sporge come fosse una lingua. Lo schermo del Tp e il modem e lo chassis
dello Yushityu, con gran parte del sistema nervoso di Eschaton sul
suo disco fisso, prendono una rotta parabolica verso sudovest. L'altezza raggiunta da tutto l'equipaggiamento è impressionante. C'è un
momento di strano, immobile silenzio mentre il Tp è in aria. Pemulis urla con le mani sulla faccia. Otis P. Lord salta le forme piegate
del carrello portavivande e del Segretario Generale e si tuffa sulla neve della mappa del campo, cercando di salvare l'hardware che ora è
all'apice del suo arco d'arcobaleno. È chiaro che Lord non ce la farà.
È un momento che si svolge al rallentatore. La neve cade cosí fitta
ora, pensa Hal, che si può scusare Lord per non aver visto Lamont
Chu proprio davanti a lui che vomita a quattro zampe. Lord impatta
la forma arcuata di Chu all'altezza delle ginocchia e fa un volo spettacolare. La Ford parcheggiata rivela improvvisamente un volto al finestrino del guidatore. Axford si è messo l'accendino all'orecchio e
lo scuote. Ann Kittenplan sta sbattendo ripetutamente la testa del
leader di Repcina sulla rete della recinzione. La parabola del volo di
Lord è meno spettacolare sull'asse y rispetto a quella del Tp. Il telaio
del disco rigido dello Yushityu fa un suono indescrivibile quando si
schianta al suolo e vengono fuori le budella colorate dei suoi circuiti.
Il monitor a colori atterra sul dietro mentre sullo schermo lampeggia
verso il cielo bianco la parola ERROR. Hal e tutti gli altri riescono a immaginare il punto d'atterraggio del volo di Lord un istante prima
dell'impatto. Per un breve momento, che Hal piú tardi definirà completamente e sconvolgentemente bizzarro, Hal si tocca la faccia per
capire se sta trasalendo. Si sente di nuovo il fischio in lontananza. Lord
atterra a testa in giú dentro lo schermo e rimane là, le scarpe da ginnastica per aria e i pantaloni della tuta che calando fanno intravedere
dei calzini neri. C'è stato un terribile rumore di vetri rotti. Penn si lamenta sdraiato. Possalthwaite, Ingersoll e McKenna sanguinano. La

sirena del secondo turno delle 1600h alla Sunstrand Power & Light è
attutita dal non-suono della neve che cade.

8 NOVEMBRE
ANNO DEL PANNOLONE PER ADULTI DEPEND
GIORNO DELL'INTERDIPENDENZA
GAUDEAMUS IGITUR

Gli Aa di Boston sono diversi da tutti gli altri Aa del pianeta. Proprio come gli Aa di qualsiasi altra parte del mondo quelli di Boston si
dividono in numerosi Gruppi individuali, e ciascun Gruppo ha il proprio nome come ad esempio il Gruppo della Realtà o il Gruppo di Allston o il Gruppo dei Puliti e Sobri, e ciascun Gruppo si riunisce regolarmente una volta la settimana. Ma quasi tutti gli incontri dei
Gruppi di Boston sono incontri dove si parla in pubblico. Il che significa che ai meeting ci sono alcolisti che si stanno disintossicando
e si alzano in piedi di fronte a tutti su un podio amplificato e «condividono la loro esperienza, la loro forza e la loro speranza»[131]. E la
cosa singolare, a Boston, è che questi oratori non sempre fanno parte del Gruppo che ha organizzato l'incontro. Durante alcuni incontri
settimanali gli oratori vengono da qualche altro Gruppo degli Aa di
Boston. Le persone di un altro Gruppo che sono qui per parlare al tuo
Gruppo stanno facendo una cosa che viene chiamata Impegno. Gli
Impegni si hanno nel momento in cui i membri di un Gruppo si impegnano a mettersi in macchina e andare a parlare pubblicamente da
un podio all'incontro di un Gruppo diverso dal proprio. Poi alcune
persone del Gruppo ospite fanno la strada opposta in un'altra serata
e vanno a parlare all'incontro del Gruppo delle persone che sono state in visita da loro. I Gruppi si scambiano sempre gli Impegni: tu vieni a parlare da noi e noi verremo a parlare da te. Può sembrare una
cosa strana. Te ne vai sempre a parlare da qualche altra parte. All'incontro del tuo Gruppo sei un ospite; te ne stai lí seduto e ascolti con
la massima attenzione e prepari un thermos di caffè da 60 tazzine e
metti le tazze di polistirene una sopra l'altra e vendi i biglietti della
lotteria e fai panini, e vuoti i posacenere e lavi i thermos e spazzi i pavimenti quando gli oratori dell'*altro* Gruppo hanno finito di parlare.
Non condividi mai la tua esperienza, la tua forza e la tua speranza dal
vivo, dietro un podio di fibra con in mano un microfono attaccato a
un amplificatore certamente non digitale, se non di fronte a un altro
Gruppo di Boston[132]. Ogni sera a Boston ci sono macchine piene di
adesivi e di persone totalmente sobrie con gli occhi sbarrati dalla caf-

feina che cercano di leggere indicazioni scritte in modo illeggibile alla luce del cruscotto, e queste macchine si incrociano per la città dirette verso gli scantinati delle chiese o le sale per la tombola o le men-
se delle case di cura dove si riuniscono altri gruppi degli Aa di Boston, per far fronte ai propri Impegni. Essere un membro attivo di
un Gruppo degli Aa di Boston è un po' come essere un musicista professionista o un atleta, per quanto riguarda il continuo spostarsi.

Il Gruppo della Bandiera Bianca di Enfield Ma, che è nel centro
dell'area metropolitana di Boston, si incontra ogni domenica nella mensa della Casa di Cura Provident su Hanneman Street, vicino a Commonwealth Avenue, solo un paio di isolati a est della collina dalla cima
piatta dove si trova l'Eta. Stasera il Gruppo della Bandiera Bianca ospita un Impegno del Gruppo dei Fondamentali Avanzati di Concord, un
sobborgo di Boston. Quelli dei Fondamentali Avanzati hanno guidato
per quasi un'ora per arrivare fino a qui, in piú c'è sempre il problema
delle strade urbane senza segnalazioni e delle indicazioni date per telefono. Il prossimo venerdí sera una piccola orda di gente della Bandiera Bianca si recherà a Concord per far fronte all'impegno reciproco
con il Gruppo dei Fondamentali Avanzati. Guidare per lunghe distanze su strade senza segnalazioni cercando di analizzare indicazioni del
tipo «Prendi la seconda a destra dalla rotatoria sul viale fino al negozio
del chiroterapeuta» e perdersi e buttar via l'intera serata dopo aver passato una giornata pesante solo per parlare per non piú di sei minuti su
un podio di compensato è chiamato «Fare Attività di Gruppo»; il discorso di per se stesso è conosciuto come «Il Lavoro da 12 Passi» oppure «Darlo Via». Il Darlo Via è un principio cardine degli Aa di Boston. L'espressione è derivata da una descrizione epigrammatica di recupero degli Aa: «Ti arrendi per riconquistarlo per poi darlo via».
L'essere sobri a Boston non è considerato un dono quanto una specie
di prestito cosmico. Non puoi rendere il prestito, ma lo puoi pagare *in
anticipo* divulgando il messaggio che, nonostante le apparenze, gli Aa
funzionano davvero, divulgando questo messaggio a chi arriva per la
prima volta e si trascina barcollante a un incontro e si siede in una fila
in fondo alla sala e non riesce neanche a tenere in mano la tazza di caffè.
Il solo modo di rimanere sobri è darlo via, e anche solo 24 ore di sobrietà valgono la pena di fare qualcosa, un giorno da sobri è un vero e
proprio giorno miracoloso se hai davvero il Disagio come ce l'ha lui,
racconta uno di quelli dei Fondamentali Avanzati che presiede l'Impegno di questa sera, e dice solo un paio di parole al pubblico della sala prima di aprire l'incontro e ritirarsi su uno sgabello vicino al podio e
chiamare gli oratori del suo Gruppo senza un ordine logico. Quello che
parla dice di non essere stato capace di stare 24 *minuti* merdosi senza

farsi un goccetto, prima di Venire Qui. «Venire Qui» significa ammettere di essere completamente finito e trascinarti barcollante dagli Aa di Boston ed essere pronto a fare qualsiasi cosa per fermare la tempesta di merda. L'oratore di turno dei Fondamentali Avanzati è un incrocio perfetto tra le foto di Dick Cavett e di Truman Capote[133] con la sola differenza che lui è totalmente, quasi ostentatamente calvo, e per completare il tutto porta una camicia nera lucida in stile country-western con dei ghirigori barocchi di cordoncino bianco Nodie sul petto e sulle spalle, e un cravattino di cuoio, e degli stivali a punta fatti con la pelle di una qualche specie di rettile con le squame molto strane, e rimani incantato a guardarlo, è grottesco ma allo stesso tempo affascinante perché mette in mostra proprio le cose che lo rendono grottesco. In questa sala enorme ci sono piú posacenere di metallo scadente e tazze di polistirolo che in qualsiasi altra parte del mondo. Gately è seduto davanti, in prima fila, cosí vicino al podio che riesce a vedere le seghettature degli incisivi fuori misura dell'oratore, ma gli piace girarsi intorno e guardare tutti quelli che entrano e girano su se stessi mentre scuotono la pioggia dai giacconi e cercano di trovare dei posti vuoti. Non piú tardi delle 2000h la mensa della Provident è già piena di gente anche nella serata festiva del Giorno dell'I. Gli Aa non si prendono piú Vacanze di quante non ne prenda il Disagio. È il giorno del grande incontro della domenica sera per gli Aa di Enfield, Allston e Brighton. Molti ospiti fissi vengono tutte le settimane anche da Watertown e East Newton, a meno che non siano fuori per un Impegno con i loro Gruppi. Stasera le pareti della mensa della Provident, tinte di un verde indeciso, sono coperte di stendardi di feltro con gli slogan degli Aa a lettere blu e oro che sanno tanto di lupetti degli scout. Gli slogan sono troppo scialbi e non vale la pena menzionarli. Per es.: «Un giorno alla volta». Il tipo fuori moda vestito da cow-boy conclude la sua esortazione di apertura, introduce il Momento del Silenzio d'apertura, legge il Preambolo degli Aa, tira fuori un nome a caso dal cappello da cowboy Crested Beaut che tiene in mano, fa finta di leggerlo come uno strabico, dice che vorrebbe chiamare il primo oratore preso a caso dai Fondamentali Avanzati di stasera, e chiede se il suo compagno di Gruppo John L. è in sala, qui, stasera.

John L. sale sul podio e dice: «Questa è una domanda alla quale tempo fa non ero capace di rispondere». Si guadagna una risata, e la posizione dei presenti si fa leggermente piú rilassata, perché è chiaro che John L. è sobrio da un bel po' di tempo e non sarà uno degli oratori Aa che sono cosí distrutti e coscienti del loro stato disastroso da far innervosire subito una platea empatica come quella. Tutti gli ascoltatori cercano di entrare totalmente in empatia con il racconto dell'oratore; in questo modo potranno ricevere il messaggio Aa che è venuto qui a trasmettere. Tra gli Aa di Boston l'empatia viene chiamata Identificazione.

Allora John. L. dice il suo nome di battesimo e ciò che è, e tutti dicono Salve.

Quello con la Bandiera Bianca è uno degli incontri Aa di zona ai quali la Ennet House impone ai suoi residenti di partecipare. Devi farti vedere a un incontro degli Aa o degli Na ogni sera della settimana oppure te ne puoi andare, sei licenziato. Uno del personale della Ennet deve accompagnare i residenti quando vanno agli incontri, in modo che siano visti là ufficialmente[134]. I tutori dei residenti della Ennet consigliano di sedersi nelle prime file della sala dove si riescono a vedere i pori sul naso dell'oratore, e consigliano anche di Identificarsi con il racconto dell'oratore invece di Fare Confronti. Ancora una volta, *Identificarsi* significa provare empatia. Identificarsi, a meno che tu non abbia un motivo particolare per Fare Confronti, non è una cosa difficile da fare, qui. Perché se ti siedi in prima fila e ascolti attentamente, le storie di declino, caduta e rinuncia degli oratori sono praticamente tutte uguali, e uguali alla tua: il divertimento quando usi la Sostanza, poi molto gradualmente meno divertimento, poi notevolmente meno divertimento perché ti vengono come dei black-out e all'improvviso ti trovi a guidare su un'autostrada a 145 km all'ora insieme a gente che non conosci, notti in cui ti risvegli in un letto che non ti è familiare accanto a qualcuno che non assomiglia a nessuna specie conosciuta di mammifero, black-out di tre giorni che quando ne esci devi comprare un giornale per sapere in quale città ti trovi; sí, gradualmente provi sempre meno vero divertimento e un po' di bisogno fisico per la Sostanza, ora, invece del piacere volontario di prima; poi a un certo punto improvvisamente molto poco piacere, e un bisogno terribile, tutti i giorni, e ti tremano le mani, poi il terrore, l'ansia, le fobie irrazionali, i ricordi indistinti del piacere come un lontano canto di sirena, problemi con autorità varie, mal di testa che ti fanno cadere in ginocchio, attacchi leggeri, e la litania di quelle che gli Aa di Boston chiamano Perdite—

«Poi arriva il giorno in cui ho perso il mio lavoro per il bere». John L. di Concord ha un pancione enorme e niente culo, come quando i culi dei vecchi sembrano venir risucchiati nei corpi per poi riapparire sul davanti sotto forma di pancia. Da quando è sobrio Gately fa ogni notte gli addominali per paura che, avvicinandosi ai trenta, possa succedere anche a lui. Gately è cosí grosso che per molte file nessuno si siede dietro di lui. John L. ha il piú enorme mazzo di chiavi che Gately abbia mai visto. Sono attaccate a una di quelle catene che i custodi tengono appese con un moschettone al passante della cintura, e l'oratore le fa tintinnare distrattamente senza pensare a quanto questa cosa dia sui nervi a tutti. Indossa i pantaloni grigi tipici dei custodi. «Ho perso il mio dannato lavoro», dice. «Voglio dire che sapevo ancora dov'era. Solo che un giorno sono andato là come sempre e c'era qualcun altro al mio posto» e questo provoca un'altra risata.

—poi ancora Perdite, e la Sostanza sembra essere la sola consolazione contro la pena delle Perdite sempre piú numerose, e naturalmente sei in fase di Rifiuto e non ammetti che proprio la Sostanza che ti aiuta a consolarti dalle Sconfitte ne sia invece la causa—

«L'alcol distrugge *lentamente* ma *completamente* è quello che mi disse uno la prima sera che Venni, su a Concord, e quel tipo alla fine è diventato il mio sponsor».

—poi le crisi molto meno leggere, il Dt durante i tentativi di smettere troppo velocemente, i primi incontri con insetti e roditori soggettivi, poi un'altra crapula e altri insetti; poi forse la terribile scoperta di aver passato qualche limite, e i pugni-al-cielo, e i voti del tipo Giuro-su-Dio di mettermi d'impegno e di rimediare a questa storia, smettere per sempre, poi forse qualche giorno di successo iniziale che hai passato con le mani strette a pugno, poi uno scivolone, poi ancora promesse, gli occhi sull'orologio, autodisciplina barocca, altri scivoloni nel sollievo dato dalla Sostanza dopo quasi due giorni di astinenza, terribili postumi di sbornia, sensi di colpa schiaccianti e disgusto per se stessi, superstrutture di ulteriori autodiscipline (per es.: non prima delle 0900h, mai nelle sere in cui lavori, solo con la luna crescente, solo insieme a svedesi) che falliscono regolarmente—

«Quando ero ubriaco volevo essere sobrio e quando ero sobrio volevo ubriacarmi», dice John L. «Ho vissuto in quel modo per anni, e vi dico che non è vivere, non è altro che una fottuta morte-in-vita».

—poi un dolore psichico incredibile, una specie di peritonite dell'anima, un'agonia psichica, la paura della pazzia che incombe (perché non riesco a smettere se voglio cosí tanto smettere, a meno che non sia pazzo?), apparizioni nei reparti di disintossicazione e riabilitazione degli ospedali, litigi domestici, crolli finanziari, eventuali Perdite familiari—

«Poi ho perso mia moglie per il bere. Voglio dire che sapevo ancora dov'era. Solo che un giorno andai a casa e c'era qualcun altro al mio posto», e questa battuta non fa ridere tanto, solo un mucchio di assensi addolorati: è sempre cosí, con le Perdite familiari.

—poi gli ultimatum vocazionali, l'impossibilità di trovare un lavoro, la rovina finanziaria, la pancreatite, i sensi di colpa opprimenti, vomitare sangue, la nevralgia cirrotica, l'incontinenza, la neuropatia, la nefrite, le depressioni piú nere, il dolore bruciante, e la Sostanza che ti permette di vivere dei momenti di sollievo sempre piú brevi; poi alla fine non trovi piú sollievo da nessuna parte; alla fine è impossibile farsi cosí tanto da riuscire a capire come ti senti, a stare cosí; e ora odî la Sostanza, la *odî*, ma nonostante tutto non riesci a smettere di farti, della Sostanza, scopri che vuoi smettere piú di ogni altra cosa al mondo e non provi piú nessun piacere a farlo e non puoi credere che ti sia mai piaciuto farlo eppure non ti puoi fermare *lo stesso*, è proprio come se ti stessi bevendo il cervello, come se ci fossero due te; e quando venderesti la mamma per smettere e ti accorgi che nonostante tutto non puoi smettere, allora l'ultimo velo della maschera allegra e festosa cala dal volto della tua amica di un tempo, la Sostanza, ora è mezzanotte e cadono tutte le maschere, e a un tratto vedi la Sostanza come veramente è, per la prima volta vedi il Disagio come realmente è, come è stato per tutto questo tempo, guardi nello specchio a mezzanotte e vedi cosa è che ti possiede, che è diventato te—

«È come essere dei morti viventi, vi giuro che non sembra neanche di essere vivi, alla fine non ero né morto né vivo, e vi giuro che l'idea di morire non era niente in confronto all'idea di vivere in quel modo per altri cinque o dieci anni e solo *poi* morire», le teste degli ascoltatori annuiscono nelle file come un campo spazzato dal vento; *cazzo*, sono proprio bravi a Identificarsi.

—poi hai dei grossi problemi, degli enormi problemi, e lo sai, alla fine, che hai degli enormi problemi, perché la Sostanza che credevi fosse la tua sola vera amica, per la quale hai rinunciato a tutto senza pensarci, che per cosí tanto tempo ti ha dato sollievo dal dolore delle Perdite causate dal tuo amore per quel sollievo, tua madre e la tua amante e il tuo dio e il tuo compadre, alla fine si è tolta la maschera sorridente per rivelare gli occhi senza pupilla e la mascella vorace, e i canini lunghi fino a qui, è la Faccia sul Pavimento, la faccia bianca sogghignante dei tuoi incubi peggiori, e quella faccia è la tua faccia nello specchio, sei *tu*, la Sostanza ti ha divorato o ti ha sostituito ed è diventata *te*, e la maglietta piena di vomito, bava e Sostanza che tutti e due avete indossato per settimane ora viene lacerata e tu te ne stai lí a guardare e nel tuo petto bianco dove dovrebbe battere il cuore (che tu hai dato a Lei), nel centro del tuo petto nudo e negli occhi senza pupilla c'è un buco oscuro, altri denti, e una mano con gli artigli che culla qualcosa di irresistibile, e ora capisci che sei fregato, inculato a sangue, spogliato e fottuto e buttato da una parte come una bambola di pezza, condannato a rimanere per sempre nella posizione in cui atterrerai. Ora vedi che Lei è il tuo nemico e il tuo incubo personale peggiore e il problema nel quale Lei ti ha infilato è innegabile, eppure non ti puoi fermare. Ora farsi della Sostanza è come partecipare a una Messa Nera ma comunque non ti puoi fermare, anche se la Sostanza non riesce piú a farti star bene. Sei, come si dice, Finito. Non riesci a ubriacarti e non riesci a stare sobrio; non riesci a farti e non riesci a non farti. Sei dietro le sbarre; sei in una gabbia e in ogni direzione vedi solo sbarre. Sei in quella specie di inferno che può stroncare la tua vita o cambiarla completamente. Sei al bivio che gli Aa di Boston chiamano il tuo *Fondo*, sebbene il termine non sia corretto perché tutti qui sono d'accordo nel dire che assomiglia piú a un posto molto in alto e tu non hai nessun sostegno: sei in vetta a qualcosa di alto e ti sporgi in avanti...

Se cerchi delle similitudini, tutte le carriere nella Sostanza di questi oratori sembrano terminare sull'orlo dello stesso dirupo. Ora sei Finito, come consumatore di Sostanza. Sei arrivato al punto dal quale si salta giú.

Ora hai due scelte. O ti fai fuori una volta per tutte – le lamette sono le migliori, oppure le pillole, oppure ti puoi attaccare al tubo di scarico della tua macchina in leasing nel garage di proprietà della banca della tua casa senza famiglia. Qualcosa di sommesso e non chiassoso. Meglio qualcosa di pulito e tranquillo e (dato che la tua carriera è stata una lunga e futile fuga dal dolore) indolore. Anche se tra gli alcolizzati e i tossici, che rappresentano piú del settanta per cento dei suicidi in un anno, ce ne sono alcuni che vogliono uscire di scena con un ultimo grande gesto eclatante tipo Balaclava: una signora prognata che fa parte del Gruppo della Bandiera Bianca da molto tempo e si fa chiamare Louise B. cercò di eliminare la sua mappa tuffandosi dal vecchio Hancock Building nell'anno 1981 a.S. ma fu presa in una corrente ascendente di aria calda dopo sei piani di caduta libera e venne rispinta su e poi dentro l'edificio attraverso i vetri scuri della finestra dell'ufficio di una finanziaria al trentaquattresimo piano, e finí sdraiata prona su un lucido tavolo da riunione solo con qualche lacerazione e una frattura composta dell'osso del collo e un'esperienza di autoannientamento volontario seguita da un intervento esterno che l'ha rabbiosamente trasformata in cristiana – rabbiosamente davvero, con la bava alla bocca – e per questo viene ignorata ed evitata quando si fanno dei paragoni sebbene la sua storia, uguale a quella di tutti gli altri ma molto piú spettacolare, sia diventata un mito degli Aa dell'area metropolitana di Boston. E quindi quando arrivi al trampolino che sta al Traguardo della tua carriera con la Sostanza puoi prendere una Luger o la lametta e farla finita una volta per tutte – il che può accadere quando hai sessanta, o ventisette, o diciassette anni – o puoi consultare le prime pagine delle Pagine Gialle o il sito Psych-Svce su Internet e fare una telefonata singhiozzante alle 0200h e ammettere a una gentile voce da nonno che hai dei problemi, dei problemi molto seri, e la voce cercherà di calmarti tenendoti a parlare al telefono per un paio di ore finché un po' prima dell'alba suonano alla tua porta due tipi sorridenti, seri, calmi, vestiti con abiti classici, e parlano con te per delle ore e alla fine non ricordi niente di quello che hanno detto se non che stranamente erano come te, dove sei ora tu, nella merda come te, e ora però in qualche modo non lo sono piú nella merda come te ora, almeno non sembrava lo fossero, a meno che tutta questa storia degli Aa non sia una truffa, e comunque rimani seduto nell'alba color lavanda su quel solo mobile che ti è rimasto e ti rendi conto che per ora non hai letteralmente nessun'altra scelta se non provare questa storia degli Aa o farla finita per sempre, allora passi il giorno a consumare ogni minimo iota di Sostanza in un'ultima amara crapula di addio che non ti dà nessun piacere e decidi, il giorno dopo, di andare avanti e ingoiare il tuo orgoglio e forse anche il tuo buon senso, e provare a partecipare agli incontri di questo «Programma», che nel migliore dei casi sarà una stronzata di quelle Tutti Insieme Amichevolmente e nel peggiore una copertura per una di quelle storie furbe tipo setta, dove ti faranno star sobrio tenendoti occupato venti ore al giorno a vendere fiori finti avvolti nel cellofan sullo spartitraffico delle strade piú trafficate. E la cosa che ti fa decidere tra queste due sole scelte che hai, questo miserabile bivio che gli Aa di Boston chiamano il Fondo, è che a questo punto ti sembra che vendere fiori sugli spartitraffico non sia poi cosí male, paragonato a quello che ti succede ora, personalmente, in questo momento. E questo, in fondo, è ciò che accomuna gli Aa di Boston: alla fine viene fuori che questa rassegnata, miserabile disperazione tipo fatemi-il-lavaggio-del-cervello-e-sfruttatemi-pure-se-questo-è-quello-che-ci-vuole sia stata il punto di partenza per quasi tutti quelli che si incontrano negli Aa, è questo che emerge, non appena ti sei del tutto convinto che non puoi piú entrare e uscire come un fulmine dagli incontri e inizi a trattenerti un po' e allunghi la tua mano umida per fare conoscenza con qualcuno degli Aa di Boston. Come dicono quello strano tipo anziano con la faccia da duro o quella signora, che ti fanno paura ma ti attirano allo stesso tempo, nessuno si decide a Venire Qui perché le cose andavano bene o perché voleva fare qualcosa di diverso la sera. Tutti, ma *proprio tutti* quelli che si decidono, arrivano qui con gli occhi spenti e le facce bianche e sbattute e a casa tengono a portata di mano un catalogo spiegazzato per l'acquisto di armi da fuoco per corrispondenza, e l'hanno già sfogliato tante volte, come una specie di mappa, nel caso in cui questa disperata ultima spiaggia di abbracci e frasi fatte non si rivelasse altro che una stronzata. Tu non sei solo, ti diranno: questa mancanza di speranza iniziale accomuna ogni anima in questa enorme, fredda sala mensa. Sono come i sopravvissuti dell'*Hindenburg*. Ogni incontro è come una rimpatriata, dopo un po' che sei negli Aa.

E Don Gately ha notato che quelli che sono appena arrivati ed entrano barcollando e sono cosí disperati e miserabili da Rimanere, e poi continuano a venire e iniziano a grattare con la poca forza che hanno la insipida superficie di questa cosa, poi si sentono uniti da una seconda esperienza comune. La sorprendente scoperta che la cosa sembra funzionare davvero. Quando alla fine Gately si accorse improvvisamente – era da quattro mesi alla Ennet House – che erano già passati diversi giorni senza che gli fosse venuto in mente di infilarsi nel Reparto 7 e fare il pieno in qualche modo non-uremico che i tribunali non avrebbero potuto provare, che erano passati diversi giorni senza che lui avesse mai nemmeno *pensato* ai narcotici per via orale o a una canna ben rollata o a una bella birra gelida in una giornata calda... quando si rese conto che per quasi una settimana non gli erano neanche *venute in mente* le Sostanze che tempo fa non riusciva a stare un giorno senza prendere, Gately non si era sentito grato o felice, ma semplicemente e decisamente sciocco. L'idea che gli Aa funzionassero davvero lo mandava fuori di testa. Sospettava che ci fosse qualche trappola. Un'altra trappola. A questo punto lui e gli altri residenti della Ennet che erano ancora lí e come lui erano giunti alla conclusione che gli Aa potevano funzionare cominciarono a riunirsi la sera tardi e diventavano matti perché sembrava impossibile capire come facessero gli Aa a funzionare. In effetti, sí, sembrava funzionassero davvero, ma Gately non poteva darsi pace e non capiva come potesse funzionare lo star seduti tutte le sere su quelle sedie pieghevoli che facevano male alle emorroidi a guardare i pori dei nasi e ascoltare le solite frasi fatte. Che nessuno abbia mai capito gli Aa è l'altra cosa che li accomuna. E quelli che sono negli Aa da tanto tempo si infuriano quando vengono fatte domande che iniziano con Come. Se chiedi ai piú vecchi e duri Come Funzionano gli Aa loro ti rispondono con un sorrisino freddo e ti dicono che funzionano Bene. Funzionano, questo è tutto; fine della storia. Quelli che sono appena arrivati, che mettono da parte il loro buon senso e si decidono a Rimanere e continuano a venire e poi dopo un po', misteriosamente, si ritrovano con le gabbie improvvisamente aperte, condividono questo senso di profonda sorpresa e la paura che ci possa essere una trappola; nei nuovi arrivati agli Aa di Boston con sei mesi di astinenza si vede questo sguardo sospettoso invece che beato, un'espressione simile a quella di un indigeno con la faccia stralunata di fronte a un accendino Zippo. E questa cosa li unisce agli altri, questo tentativo nervoso di mettere insieme i bagliori di una remota speranza, questo procedere a tentoni per poi ammettere che questa cosa non-romantica, non-ganza, piena di banalità che sono gli Aa – cosí improbabile e poco promettente, completamente l'inverso di quello che avevano amato troppo potrebbe davvero tenerti lontano dai denti affilati del tuo innamorato. È il procedimento completamente inverso a quello che ti ha distrutto e fatto Arrivare fino a qui: le Sostanze all'inizio sembrano magicamente fantastiche, quel pezzo mancante del puzzle interiore, che fin dall'inizio sai con certezza, nel profondo delle tue viscere, che non ti faranno mai del male; lo sai. Invece te lo fanno. Poi questo sistema goffo, trasandato e anarchico fatto di incontri nelle sale prese in affitto con pochi soldi e slogan rifritti e sorrisi alla saccarina e caffè schifosi è cosí scadente che *sai* con certezza che non può assolutamente funzionare se non per gli scemi piú scemi... e Gately scopre che gli Aa sono davvero quell'amico fedele che pensava di avere e poi ha perso, quando è Arrivato. E cosí ci rimani e non bevi e ti comporti da persona corretta, e per paura di scottarti la mano con il fuoco segui quegli improbabili avvertimenti di continuare a non mancare agli incontri serali anche quando il desiderio per la Sostanza ti ha mollato e finalmente ti senti di avere di nuovo il controllo e puoi camminare da solo, comunque non provi a camminare da solo, e segui gli avvertimenti improbabili perché non hai ancora fiducia nella tua capacità di distinguere ciò che è veramente improbabile da ciò che non lo è, dato che, improbabilmente, sembra che gli Aa funzionino davvero, e senza la fiducia in quello che credi sei confuso, sconcertato, e quando i vecchi Aa ti consigliano di continuare a venire, fai di sí con la testa come un robot e continui a venire e spazzi i pavimenti e pulisci i posacenere e riempi di caffè schifoso i thermos di acciaio inossidabile, e ogni mattina e ogni sera ti metti in ginocchio per chiedere aiuto a un cielo che per te non è altro che uno scudo brunito contro tutti coloro che chiedono aiuto – come puoi pregare «Dio» quando sei convinto che solo gli idioti ci credano? – ma gli anziani ti dicono che non importa che tu creda o non creda, Fallo e Basta ti dicono, e come un organismo abituato agli shock senza un briciolo di volontà propria farai esattamente come ti viene detto, continui a venire, ogni sera, e ora ti dài da fare per non essere cacciato a pedate da quella specie di asilo squallido dal quale all'inizio speravi di essere buttato fuori, e ci Rimani, un incontro dopo l'altro, col caldo e col freddo... e non solo il bisogno di ubriacarsi se ne sta piú o meno alla larga, ma le cose piú generali tipo la qualità della tua vita – come ti era stato promesso in un modo che all'inizio, quando sei Arrivato, ti era sembrato improbabile – le cose sembrano migliorare continuamente, den-

tro, per un po' poi peggiorano, poi migliorano, poi per un po' peggiorano ma sono un po' meglio di prima, sono piú vere, stranamente
senti di non essere piú cieco, il che è una cosa buona, anche se un sacco di cose che ora riesci a vedere di te stesso e di come hai vissuto sono orribili da vedere – e a questo punto l'intera faccenda è cosí improbabile e impossibile da analizzare che ti senti completamente sconcertato e a questo punto sei convinto che forse hai subito dei danni
al cervello, per via di tutti gli anni di Sostanze, e pensi che fai meglio
a rimanere qui con gli Aa di Boston dove gli anziani, che sembrano
aver subito meno danni di te – o per lo meno sono meno confusi dai
danni che hanno subito – ti diranno esattamente cosa fare con frasi
imperative chiare e semplici, e dove e quando farlo (anche se non ti
diranno mai Come e Perché); e a questo punto provi quasi la classica
Fede Cieca nei confronti degli anziani, una Fede Cieca che non nasce dallo zelo eccessivo o dalla fede vera e propria ma da una fredda
convinzione che nessuna fede esiste piú dentro di te[135]; e ora se gli anziani ti dicono Salta tu gli chiedi di mettere la mano all'altezza che
devi saltare, e ora ti hanno in pugno, e tu sei libero.

Un altro oratore del Gruppo dei Fondamentali Avanzati, il cui nome di battesimo Gately perde nel grande Salve della folla ma la cui
ultima iniziale è una E., è un tipo ancora piú grosso di John L., un irlandese con la carta verde che porta un cappellino e una felpa del Sinn
Fein, con una pancia come un sacco di carne ballonzolante e un culo
altrettanto grosso che la sostiene dietro, e sta raccontando a tutti la
sua esperienza di speranza elencando i doni che sono seguiti alla decisione di Unirsi al Gruppo, quando ha messo il tappo alla bottiglia
di fentermina idrocloride[136] e ha smesso di guidare il camion per 96
ore ininterrotte di vari stati di psicosi chimica. Sottolinea che le ricompense della sua astinenza sono state molto piú che spirituali. Solo agli Aa di Boston si può sentire la storia di un immigrante di cinquant'anni che racconta in maniera lirica la sua prima defecazione solida da adulto.

«Ero stato un insozzatore di cessi per anni e anni e anni. Non mi
facevano piú entrare nei cessi delle fermate dei camion da qui a Nork
per tanti anni. C'erano schizzi dappertutto: sulla carta delle pareti del
cesso a casa, sulle lenzuola, sul muro. Ma ora non ci sono piú... ma lo
ricorderò per sempre. Quando mi alzai dopo che ero stato pulito per
novanta giorni. Ero stato sobrio davvero. Ero là sul trono a casa, lo
sapete anche voi, vero. E feci tutto come sempre... ed ero cosí sorpreso che non credevo alle mie orecchie. Era un suono che non era
familiare e all'inizio pensavo che avevo fatto cadere il portafoglio nel
cesso, lo credevo davvero. Pensavo che avevo buttato il portafoglio

nel cesso, lo giuro su Dio. Allora mi piego tra le ginocchia e il buco nel profondo del cesso, e non posso credere ai miei occhi. Allora, amici, abbasso la testa tra le ginocchia e c'era un *tronco* nel buco. Un tronco meraviglioso, davvero. Era cosí bello per me che non so come fare a dirlo. C'era uno *stronzo* nel cesso. Un *tronco di stronzo*. Era cacato bene e preciso e tutto unito. Era dentro il cesso *tutto intero* invece di una spruzzata. Nel cesso, non capisci cosa vuol dire uno stronzo nel cesso per il mio cuore. Amici miei, era come se a questo stronzo gli battesse il cuore. Mi sono messo in ginocchio e ho ringraziato Har Par che ho deciso di chiamare Har Par Buono, e ho ringraziato Har Par in ginocchio tutte le mattine e tutte le sere e piú mi abbasso e meglio è, per il mio peccato» E dice tutto questo con quella faccia tutta rossa che è radiosa. Gately e gli altri della Bandiera Bianca si piegano in due, ridono a crepapelle, uno stronzo con un cuore che batte, l'ode alla cacata; ma gli occhi senza luce di quelli che sono appena arrivati, che barcollano seduti nelle file in fondo alla sala, si allargano in una Identificazione molto privata e in una possibilità di speranza, e osano immaginarsi... Un Messaggio è stato Trasmesso.

La piú grande dote di Gately come membro del personale residente della Ennet House – a parte la mole, che non è cosa da poco quando si deve mantenere l'ordine in un posto dove arriva gente fresca fresca dalla disintossicazione ancora in crisi di Astinenza con gli occhi che ruotano come quelli delle mucche pazze e un anello a infilzare una palpebra e un tatuaggio che dice BORN TO BE UNPLEASANT[*] – a parte il fatto che la parte superiore delle braccia di Gately ha le dimensioni di un quarto di bue, quelli che si vedono solo attaccati ai ganci, la marcia in piú di Gately è questa capacità di raccontare la sua esperienza ai nuovi residenti della Ennet, e cioè che all'inizio anche lui ha odiato gli Aa, e lo racconta ai nuovi residenti che odiano gli Aa e non sopportano di sentirsi obbligati a stare seduti a vedere nasi porosi e ascoltare tutte le sere le solite banalità mosce, improbabili e scontate. In effetti all'inizio gli Aa sembrano mosci, e certe volte lo sono anche, spiega Gately ai nuovi residenti, e dice pure che non si aspetta assolutamente che loro gli credano quando dice che funzionerà se sono abbastanza disgraziati e disperati da Rimanere per un po' contro il loro buon senso. Ma dice che può rassicurarli su una cosa, una cosa sola riguardo gli Aa: *non possono buttarvi fuori*. Sei Dentro se dici di essere Dentro. Nessuno può essere buttato fuori, per nessuna ragione. Il che significa che qui si può dire qualsiasi cosa. Puoi parlare di cacate quanto vuoi. L'integrità molecolare della merda è una cosa

---

[*] «Nati per essere sgradevoli» [N d.T.].

da ragazzi. Gately sfida i nuovi residenti della Ennet House a togliere i sorrisi dalle facce degli Aa di Boston. Non è possibile, dice. Hanno già letteralmente sentito di tutto. Enuresi. Impotenza. Priapismo. Onanismo. Incontinenza propulsiva. Autocastrazione. Complicate ossessioni paranoiche, le megalomanie piú grandiose, Comunismo, Birchismo estremo, Nazionalsocialismo, esaurimenti psicotici, sodomia, bestialità, abusi sessuali sui figli, qualsiasi livello immaginabile di indecenza. Coprofilia e coprofagia. Ad esempio il Potere Superiore scelto da Glenn K., da quattro anni membro della Bandiera Bianca, è *Satana*, cazzo. È ovvio che a nessuno della Bandiera Bianca piace molto Glenn K., e la roba con il cappuccio e il trucco e il candelabro che si porta dietro provoca dei malumori, ma Glenn K. resterà nel gruppo fino a quando vorrà Rimanerci.

Cosí Gately li incoraggia a dire quello che vogliono. Andate all'Incontro dei Principianti alle 1930h, alzate la vostra zampa tremante e dite la verità senza segreti. Unitevi agli altri. Lasciatevi andare. Questa mattina, dopo la meditazione mattutina, Gately diceva a Ewell, un giovane avvocato di bassa statura ossessionato dal disordine, con un rossore da ipertensione e la barba bionda piuttosto rada, Gately appunto gli raccontava che lui dopo 30 giorni di astinenza si era sentito davvero bene quando aveva scoperto che poteva alzare la mano agli Incontri per Principianti e dire pubblicamente quanto odia le mosce banalità degli Aa sulla gratitudine, l'umiltà e i miracoli e come le odia ed è convinto che siano davvero una stronzata e odia gli Aa che gli sembrano tutti imbecilli mosci, compiaciuti, idioti, merdose teste di cazzo con i loro sorrisi lobotomizzati e i loro sentimentalismi appiccicosi e gli augura tutti i peggiori e violenti mali in technicolor del mondo, Gately, che è nuovo nuovo e sta lí seduto a spruzzare vetriolo con le labbra umide e le orecchie rosse, e cerca di essere buttato fuori, cerca di oltraggiare gli Aa di proposito per farsi dare un bel calcio nel culo e poter fare una veloce retromarcia fino alla Ennet House e raccontare a quella storpia di Pat Montesian e al suo consulente Gene M. che era stato cacciato fuori dagli Aa perché gli avevano chiesto di dividere onestamente con loro i suoi sentimenti piú reconditi e ok lui aveva diviso con loro onestamente i sentimenti piú reconditi su di *loro* e quegli ipocriti falsi avevano alzato i pugni al cielo e gli avevano detto di andare affanculo… e allora durante gli incontri sputava veleno, e scoprí che quando augurava loro del male, i veterani della Bandiera Bianca, come Gruppo, si limitavano ad annuire con convinzione in una Identificazione empatica e a gridare «Continua a Venire!» e uno o due di quelli della Bandiera con un tempo di sobrietà medio gli si avvicinò dopo l'incontro e gli disse che era bello sentirlo condividere quelle cose e, *porca troia*, si erano Identificati davvero tanto con i sentimenti profondi e onesti che lui aveva diviso con loro e lui gli aveva regalato una vera esperienza del tipo «Ti-Ricordi-Quando» perché adesso potevano ricordare di essersi sentiti esattamente come Gately quando Arrivarono la prima volta, solo che allora non avevano avuto il coraggio di raccontarlo onestamente al Gruppo, e cosí, in uno sviluppo improbabile quanto bizzarro, alla fine avevano fatto sentire Gately lí in mezzo come una specie di eroe degli Aa, un prodigio dal coraggio vetriolico, prima frustrato poi inorgoglito, e prima di pregarlo e di invitarlo a tornare, si erano assicurati di scrivergli i loro numeri telefonici sul retro dei bigliettini della lotteria, numeri di telefono che Gately non si sarebbe mai sognato di chiamare (per dirvi *cosa*, diodiddio?), ma si accorse che gli faceva piacere averli nel borsellino, per portarseli dietro, nel caso che non si sa mai; poi uno della Bandiera Bianca, forse uno di quelli originari di Enfield con alle spalle una quantità di tempo geologico di sobrietà negli Aa, uno vecchio e tutto storto con gli occhi chiari e luminosi si era trascinato zoppicando vicino a Gately avanzando da un lato come un granchio dopo un incontro durante il quale Gately aveva sputato vetriolo e gli aveva tirato una pacca sulla spalla sudaticcia e aveva gracchiato con il fremito tipico del fumatore, ok, tu almeno sei uno stronzo con le palle piene di piscio e di aceto e di chissà cosa, e forse ce la farai, Don G., forse, continua a Venire, e, se vuoi accettare un piccolo consiglio da qualcuno che probabilmente ha trincato piú di te ai suoi tempi, agli incontri dovresti cercare solo di stare seduto e rilassarti e toglierti il cotone dalle orecchie e mettertelo in bocca e tenere quel cazzo di bocca chiusa e ascoltare, *ascoltare* veramente, forse per la prima volta in vita tua e forse alla fine ce la farai; e non ti dànno i loro numeri di telefono, non quelli veramente anziani, Gately sa che dovrebbe ingollare crudo il suo orgoglio e *chiedere* i numeri ai calmi vecchi spietati veterani della Bandiera Bianca, «I Coccodrilli» come vengono chiamati dagli anziani un po' piú giovani, perché in genere quei vecchiacci tutti storti stanno seduti insieme in un angolo della mensa della Provident con i sigari in bocca che sembrano degli stronzi sotto un poster patinato e incorniciato 16x20 con dei coccodrilli e degli alligatori che prendono il sole da qualche parte su qualche verdeggiante riva di fiume chissà dove, e in fondo alla foto c'è scritto in maiuscolo OLD-TIMERS CORNER che forse è uno scherzo, comunque gli anziani si riuniscono là sotto e fanno ruotare i sigari verdi nelle mani deformi e con la bocca storta discutono le misteriose questioni di chi ha alle spalle anni e anni di sobrietà. Gately prova una certa soggezione nei confronti degli Aa anziani con i nasi varicosi, le camicie di flanella e i capelli bianchi tagliati a spazzola e i denti marroni e gli sguardi di compiacimento divertito ma distaccato; gli sembra di essere il testone della tribú al cospetto dei capi con la faccia di pietra che regnano in virtú di un diritto sciamanico[137] mai detto, e per questo ovviamente li odia, i Coccodrilli, perché lo fanno sentire come se avesse paura di loro, ma stranamente alla fine spera sempre di potersi sedere insieme a loro nella grande mensa della casa di cura e guardare nella loro stessa direzione, ogni domenica, e dopo un po' quando inizia a partecipare agli Impegni che la Bandiera Bianca ha preso con gli altri Gruppi degli Aa di Boston scopre che gli piace andare a un massimo di 30 km all'ora nelle loro macchine che anche se hanno 25 anni sono tenute perfettamente. Alla fine dà retta a un loro consiglio preciso e inizia ad andare in trasferta a raccontare da un podio la sua orrenda storia personale con gli altri membri della Bandiera Bianca, il gruppo al quale ormai si è arreso entrando a farne ufficialmente parte. Questo è ciò che fai se sei nuovo e hai quello che viene chiamato il Dono della Disperazione e sei disposto a fare qualsiasi cosa per farcela: ti unisci ufficialmente a un Gruppo e scrivi il tuo nome e la data di inizio della tua sobrietà su un registro ufficiale del segretario del Gruppo, e ti dài il compito di conoscere personalmente gli altri membri del Gruppo, e ti porti dietro nel portafoglio i loro numeri come se fossero talismani; e, questa è la cosa piú importante, diventi Attivo con il tuo Gruppo, che qui negli Aa di Boston di Gately non significa semplicemente spazzare via le pedate dai pavimenti dopo la Preghiera del Signore o fare il caffè o svuotare i posacenere dei mozziconi di sigarette che tolgono il fiato o dai mozziconi di sigaro sputati e umidi che fanno veramente schifo, ma vuol dire presentarsi regolarmente al ritrovo del Gruppo della Bandiera Bianca di sera a un'ora precisa, alla *Elit* (la e finale dell'insegna al neon è fulminata) *Diner* vicino allo *Steve's Donuts* nel Centro Commerciale di Enfield, presentarsi e buttare giú cosí tanto da far dondolare i denti per poi salire sulle macchine tenute bene dei Coccodrilli mettendo a dura prova le molle dei sedili e farsi portare, con gli occhi sbarrati per la caffeina e il fumo dei sigari e l'angoscia di dover parlare in pubblico, agli incontri dei gruppi tipo il Gruppo della Gioia di Vivere di Lowell o il Gruppo Tappa la Bottiglia di Charlestown, o la Bridgewater State Detox o la Fattoria dell'Onore di Concord, ed esclusi uno o due nuovi con il viso terreo, gli occhi sbarrati e il Dono della piú Completa Disperazione, dentro quelle macchine ci sono soprattutto Coccodrilli con ère geologiche di sobrietà alle spalle, piú che altro sono quelli della Bandiera Bianca sobri da decenni a partecipare a tutti gli Impegni, ci vanno tutte le volte, sicuri come la morte, tengono fede all'impegno anche quando i Celtics vengono trasmessi in Disseminazione Spontanea, rimangono sempre attivi con il Gruppo; e quando sono in macchina i Coccodrilli cercano di convincere Gately che la coincidenza di un lungo periodo di sobrietà con un'Attività continua e regolare negli Aa non è assolutamente una coincidenza. Hanno il dietro del collo tutto pieno di grinze. I Coccodrilli seduti sul sedile davanti guardano nello specchietto retrovisore e strizzano gli occhietti slavati ma luminosi a Gately che sta seduto sul sedile di dietro con gli altri nuovi, e i Coccodrilli dicono che non riescono a tenere il conto di tutti i nuovi che hanno visto Arrivare che poi sono stati risucchiati Là Fuori, sono Arrivati agli Aa e ci sono Rimasti per un po' e sono riusciti a stare sobri per un po' di tempo e sono riusciti a migliorare la loro situazione riguardo sia la testa che la qualità della vita, e dopo un po' sono diventati presuntuosi, e decidono che stanno andando *Bene* e si impegnano molto nel lavoro che la sobrietà gli ha fatto trovare, e forse fanno l'abbonamento ai Celtics, o riscoprono la passera e cominciano ad andarle dietro (questi vecchi trombatori rinsecchiti senza denti totalmente Postsessuali dicono proprio *passera*), ma in un modo o nell'altro questi poveri presuntuosi e incapaci nuovi bastardi iniziano pian piano ad allontanarsi dall'Attività nel Gruppo, e poi si allontanano dal Gruppo stesso e poi, a poco a poco, gradualmente, si allontanano completamente da tutti gli incontri degli Aa e poi, senza la protezione degli incontri o di un Gruppo, dopo un po' di tempo – e c'è sempre molto tempo a disposizione, il Disagio riesce a essere molto paziente – con il passare del tempo dimenticano tutto, quelli che si sono allontanati con presunzione, dimenticano chi e cosa sono, dimenticano il Disagio, fino a che un giorno, a una partita dei Celtics contro i Sixers, e fa molto caldo al Fleet/First Interstate Center, si mettono a pensare che una sola birra fredda non può fargli niente di male dopo tutta questa sobrietà, ora che stanno andando *Bene*. Solo una bella fredda. Che male può fare. E dopo quella sembra che non abbiano mai smesso, se hanno avuto il Disagio. E dopo un mese o sei mesi o un anno devono Tornare Indietro, devono tornare nelle sale degli Aa e ripresentarsi al loro Gruppo, e non riescono a tenersi in piedi, hanno il Dt, le facce di nuovo lunghe fino alle ginocchia, o forse ci vogliono anche cinque o dieci anni prima che riescano a Tornare, di nuovo nella merda, oppure il loro fisico non è pronto per un nuovo abuso dopo un periodo di sobrietà e muoiono Là Fuori – i Coccodrilli parlano sempre sottovoce di *Là Fuori*, come se fosse il Vietnam – oppure, ancora peggio, uccidono qualcuno durante un black-out e passano il resto della loro vita nella prigione di Mci-Walpole a bere succo d'uva passa fermentato nei bagni con il buco per terra cercando di ricordare cosa hanno fatto Là Fuori per finire là dentro; oppure, e questa è la cosa peggiore, i presuntuosi ritornano Là Fuori e non succede nulla di sufficientemente orribile da Finirli, e ricominciano semplicemente a bere 24/7/365, a non-vivere, dietro le sbarre, non-morti, un'altra volta dentro la gabbia del Disagio. I Coccodrilli dicono che non tengono neanche il conto di quante persone sono Venute per un po' di tempo e poi sono andate via e sono tornate Là Fuori e sono morte, o non sono riuscite a morire. Ogni tanto ne indicano qualcuno – uomini macilenti, grigi, spettrali che si trascinano sui marciapiedi con tutto quello che possiedono in un sacco della spazzatura – mentre gli passano vicino, lentamente, nelle loro macchine ben tenute. Al vecchio enfisemico Francis G. piace far rallentare la sua LeSabre agli angoli di strada davanti a qualche coglione vagabondo con la faccia persa e le gambe tremule che una volta era stato negli Aa, tirare giú il finestrino e gridargli «Su con la vita!»

Naturalmente – i Coccodrilli si tirano gomitate con i loro gomiti nodosi, sghignazzano e fanno battutine – quando dicono a Gately di Rimanere Insieme agli Aa e di essere Attivo nel Gruppo se non vuole morire nel fango del destino, gli dicono sempre che è solo un *consiglio*. A queste parole ululano e si strozzano di risate e si tirano le pacche sulle ginocchia. È la barzelletta classica. Per tradizione ormai appurata non esistono «doveri» negli Aa. Nessuna dottrina o dogma o regola. Non possono buttarti fuori. Non sei obbligato a fare quello che ti dicono. Fai esattamente quello che vuoi – se hai ancora fiducia in quello che ti piace. I Coccodrilli ruggiscono e fanno battute e tirano cazzotti sul cruscotto e ondeggiano sul sedile davanti nella abietta gaiezza degli Aa.

Gli Aa di Boston sono una specie di anarchia benigna, dove qualsiasi ordine è una funzione del Miracolo. Nessuna regola, nessun dovere, solo amore e disponibilità ad aiutare il prossimo e un occasionale umile consiglio nato dall'esperienza condivisa. Un movimento non-autoritario, libero dai dogmi. Gately, che era un cinico dotato di un fiuto eccezionale per le stronzate, ebbe bisogno di piú di anno per capire che gli Aa di Boston sono veramente un dogma sub-rosa. Naturalmente non devi prendere nessuna Sostanza che possa alterarti; questo è ovvio; ma la linea ufficiale del Gruppo è che se ci caschi o vai alla deriva o scazzi o ti dimentichi e vai Fuori una sera e ti scoli una Sostanza e scateni di nuovo il Disagio, loro vogliono che tu sappia che non solo ti invitano ma ti pregano di tornare agli incontri il prima possibile. Sono del tutto sinceri su questo, dato che parecchi dei nuovi all'inizio hanno delle piccole ricadute. Nessuno ha il diritto di giudicarti o di rimproverarti per esserci caduto di nuovo. Tutti sono qui per aiutarti. Tutti sanno che quello che ci è ricascato si è già punito abbastanza per il solo fatto di essere stato Là Fuori, e che ci vogliono una disperazione e un'umiltà incredibili per ingollare il proprio orgoglio e Ritornare e lasciare perdere di nuovo la Sostanza dopo che sei stato fottuto una prima volta e la Sostanza continua a chiamarti. La compassione nei confronti di chi fallisce è sincera e resa possibile dall'empatia, anche se c'è sempre qualcuno che annuirà contento quando scoprirà che quello che ci è ricaduto non ha ascoltato alcuni dei suggerimenti di base. Anche i nuovi che non hanno ancora iniziato a smettere e arrivano con un sospetto rigonfio delle dimensioni di una fiaschetta nella tasca del cappotto e sbandano sempre piú a tribordo durante l'incontro, anche loro sono pregati di continuare a venire, di Frequentare, di rimanere fino a che non fanno troppo casino. Agli ubriachi si consiglia di non guidare per tornare a casa dopo il Padre Nostro, ma nessuno ti porta via le chiavi con la forza. Gli Aa di Boston mettono l'accento sulla completa autonomia di ogni singolo membro. Per favore, dite e fate quello che volete. Naturalmente ci sono circa una dozzina di suggerimenti di base[138], e naturalmente quelli che fanno gli spacconi e decidono di non volersi attenere ai suggerimenti di base finiscono sempre Là Fuori poi tornano barcollanti con la faccia lunga fino alle ginocchia e confessano dal podio di non aver seguito i consigli e di avere pagato a caro prezzo la loro arroganza e di avere imparato la lezione e comunque ora sono tornati, se Dio vuole, e questa volta seguiranno i consigli veramente alla lettera, state a vedere se non lo faranno. Lo sponsor di Gately, Francis («Francis Il Feroce») G., il Coccodrillo al quale alla fine Gately aveva trovato il coraggio di chiedere di essere il suo sponsor, paragona i consigli di base degli Aa di Boston, completamente opzionali, con diciamo che ad esempio tu stai per saltare giú da un aeroplano e qualcuno ti «suggerisce» di indossare un paracadute. Ma tu naturalmente fai quello che vuoi. Poi inizia a ridere fino a che non tossisce tanto da doversi mettere a sedere.

Il casino di tutto questo è che lo devi *volere*. Se non *vuoi* fare quello che ti viene detto – o meglio quello che ti viene suggerito di fare – significa che la tua libera volontà è ancora al volante, ed Eugenio Martinez della Ennet House non si stanca mai di far notare che la tua volontà è proprio il luogo che il Disagio sta usando per tessere la sua tela. La tua volontà ha smesso di essere tale chissà quanti anni fradici di Sostanza fa. Ora è impregnata dalla fibrosi a ragnatela del Disagio. L'esperienza di Eugenio lo ha portato a definire il Disagio come *Il Ragno*[139]. Devi far morire di fame Il Ragno: devi abbandonare la tua volontà. Per questo motivo quasi tutti si decidono a Venire e a Rimanere solo dopo che la loro volontà intrappolata li avrà quasi uccisi. Devi essere disposto a consegnare la tua volontà a persone che sanno come Affamare Il Ragno. Devi essere disposto ad accettare i consigli, devi voler rispettare le tradizioni di anonimia, di umiltà, devi arrenderti alla coscienza del Gruppo. Se non ubbidisci, nessuno ti butterà fuori a pedate. Non ce n'è bisogno. Finirai per buttarti fuori *da solo*, se ti fai guidare dalla tua volontà malata. È questo forse il perché quasi tutti quelli del Gruppo della Bandiera Bianca cercano di essere sempre schifosamente umili, gentili, servizievoli, pieni di tatto, allegri, puliti, energici, fiduciosi, modesti, generosi, giusti, ordinati, pazienti, tolleranti, attenti, sinceri, e non ti giudicano mai. Non è che tutto questo gli venga imposto dal Gruppo. È solo che le persone che riescono a rimanere per lungo tempo negli Aa sono quelle che si sforzano di essere tutte queste cose. Questo è il motivo per cui i cinici appena arrivati o i nuovi residenti della Ennet House hanno l'impressione che gli Aa seri siano una Strana combinazione tra Gandhi e il Sig. Rogers con i tatuaggi e i fegati ingrossati e senza denti che prima picchiavano le mogli e si facevano masturbare dalle figlie e ora fanno delle rapsodie sul loro andar di corpo. È tutto opzionale; o lo fai o muori.

Per un bel po' di tempo Gately per esempio si era anche chiesto come mai gli incontri degli Aa nei quali nessuno è incaricato di mantenere l'ordine sono sempre cosí tranquilli. Nessuna interruzione, nessuna scazzottata, nessuna offesa, niente pettegolezzi velenosi, niente liti per mangiarsi l'ultimo Oreo sul vassoio. Dov'era il Sergente Istruttore duro come la pietra che faceva rispettare i principî che dicevano che ti avrebbero salvato il culo? Pat Montesian ed Eugenio Martinez e Francis Il Feroce il Coccodrillo di solito non rispondevano alle domande di Gately su chi mantenesse l'ordine. Si limitavano a sorridere timidamente e dicevano di Continuare a Venire, un apoftegma che secondo Gately era altrettanto squallido di «Con Calma!» e «Vivi e Lascia Vivere!»

Come fanno le cose squallide a essere squallide? Come mai di solito la verità non solo non è interessante ma è anche *anti*-interessante? Gately confessa ai residenti che ognuna delle piccole miniepifanie seminali che si hanno nei primi giorni con gli Aa è sempre poliestermente banale. Racconta che, quando era un residente, proprio dopo che un post-punk industrial-grunge di Harvard Square, un ragazzo che si chiamava Bernard ma che insisteva a farsi chiamare Plasmatron-7, proprio dopo che Plasmatron-7 aveva bevuto nove bottiglie di NyQuil nel cesso degli uomini del piano di sopra e a cena era caduto in avanti con la faccia nella purea di patate istantanea ed era stato immediatamente buttato fuori e Calvin Thrust lo aveva porta-

to in spalla alla fermata della metropolitana della Linea Verde di
Comm. Ave. e Gately era stato spostato dalla nuova Stanza da 5 del
reparto maschile per prendere il posto di Plasmatron-7 nella Stanza
da 3 che era meno nuova, Gately fece un sogno epifanico notturno
legato agli Aa la cui trita banalità ammise per primo[140]. Nel sogno Gately era in fila con dei cittadini statunitensi decisamente normali e
standard e tutti erano inginocchiati su dei cuscini di poliestere nello
scantinato squallido di una chiesa. Lo scantinato era uno di quei tipici scantinati delle chiese che vengono affittati per niente, con la sola differenza che i muri dello scantinato della chiesa del sogno sembravano fatti di uno strano vetro sottile, pulito e trasparente. Tutti
erano inginocchiati su quei cuscini da poco ma comodi, ed era strano
perché nessuno sembrava sapere come mai tutti si fossero messi in ginocchio, e non c'era nessuno che potesse assomigliare a un domatore
o a un sergente istruttore e li avesse costretti a inginocchiarsi, eppure c'era questa sensazione che ci fosse una ragione non detta ma importante per la quale si dovevano inginocchiare. Era una di quelle cose dei sogni che non hanno senso ma nel sogno sí. Poi una delle signore alla sinistra di Gately si alzò tutt'a un tratto, come per stirarsi,
e nel momento in cui si alzò fu subito spinta indietro con una violenza terribile e succhiata fuori attraverso una delle pareti di vetro
trasparente dello scantinato, e Gately si era tirato indietro perché si
aspettava di sentire il rumore del vetro, ma la parete di vetro non si
era infranta, piuttosto si era come fusa al passaggio della roteante signora e poi si era ricomposta e la signora non c'era piú. Il cuscino della donna e un paio di altri cuscini di poliestere erano vuoti, Gately
poté notare in seguito. E fu allora, mentre si guardava intorno, che
Gately nel sogno alzò lo sguardo lentamente sopra la sua testa e vide
le tubature lungo il soffitto e improvvisamente vide ruotare lentamente e senza far rumore nello scantinato, un metro sopra le teste di
varie forme e colori dell'assemblea inginocchiata, vide un lungo bastone uncinato come il bastone di un pastore gigantesco, come il gancio che esce dalle quinte e salva i cattivi attori dal lancio dei pomodori, e questo bastone si muoveva lentamente sopra di loro facendo
dei cerchi arricciolati, discretamente, come se stesse scansionando; e
quando un ragazzo dalla faccia mite con un cardigan fece per alzarsi
e fu agganciato dal bastone uncinato e scaraventato attraverso la membrana di vetro che non faceva rumore, Gately girò la sua grossa testa
il piú possibile senza spostarsi dal cuscino e vide, proprio fuori dal
pannello di vetro trasparente, che pescava con quel bastone, una figura autoritaria vestita in modo straordinariamente elegante che con
una mano maneggiava il bastone del pastore gigante e si guardava con

distacco le unghie dell'altra dietro una maschera che era la faccia tonda e gialla che ride sui bigliettini di auguri. Quella figura era impressionante e ispirava fiducia e sembrava noncurante e sicura di sé, aveva un'aria confortante ma allo stesso tempo interessante. La figura autoritaria emanava allegria e grande fascino e pazienza illimitata. Maneggiava il grande bastone con il freddo studiato distacco del pescatore che non ributterà in acqua neanche un pesce. Era il lento e silenzioso bastone uncinato a tenerli tutti inginocchiati sotto le piccole circonferenze barocche del suo movimento sopra le loro teste.

Uno dei compiti affidati a rotazione al personale della Ennet House consiste nello stare tutta la notte svegli e a disposizione nell'ufficio principale per la cosidetta Guardia dei Sogni – le persone nelle prime fasi della convalescenza da Sostanze spesso fanno sogni tipo film dell'orrore, o sogni traumaticamente seduttivi sulle Sostanze, e a volte sogni banali ma importanti ed epifanici, e il personale di turno per la Guardia dei Sogni deve stare sveglio a fare lavori di ufficio o addominali o a guardare fuori dalla grande finestra sulla baia dell'ufficio principale al piano di sotto, pronto a fare il caffè e ad ascoltare i sogni dei residenti e a fornire la tipica analisi pratica e ottimista degli Aa sulle possibili implicazioni del sogno sul processo di recupero del sognatore; comunque Gately non ebbe bisogno di precipitarsi giú dalle scale per farsi interpretare il sogno da uno del Personale, dato che il sogno era decisamente ovvio. Gately aveva capito che gli Aa di Boston avevano a che fare con il sergentaccio piú spietato, cazzuto ed efficiente di tutto il pianeta. Gately era sdraiato e si riversava oltre tutti e quattro i lati della branda, la sua fronte ampia e squadrata imperlata di sudore per via della rivelazione: il Sergente Istruttore degli Aa di Boston stava *fuori* dalle ordinate sale degli incontri, era sempre Là Fuori, in quel luogo continuamente evocato pieno di locali eccitanti dove ci si divertiva sotto le insegne al neon di bottiglie al neon che versavano incessantemente. Il guardiano paziente degli Aa era sempre e ovunque Là Fuori: se ne stava là fuori con aria disinvolta a guardarsi le pellicine delle unghie nella astringente fluorescenza delle farmacie che accettavano le ricette false per il Talwin se gli davi qualche soldo, nella luce violetta che filtrava dai pannelli di carta delle stanze ammobiliate delle infermiere drogate che finanziavano le loro gabbie con i campioni farmaceutici rubati, negli studi puzzolenti di isopropile dove quei vecchi medici curvi fumatori incalliti tenevano i ricettari sempre a portata di mano e gli bastava sentir dire «dolore» e vedere i contanti per cominciare a scrivere. Nella casa di un Vip canadese strangolato dal moccio e nell'ufficio di un implacabile Assistente Procuratore Distrettuale di Revere la cui moglie ha deciso di mettersi la dentiera a trentacinque anni. Colui che mantiene l'ordine agli incontri degli Aa è bello e profumato e vestito bene e il suo sorriso vuoto non vacilla mai mentre ti augura di passare una buona giornata. Solo un'altra ultima giornata. Una sola.

E quella fu la prima notte alla Ennet House nella quale il cinico Gately seguí il consiglio fondamentale di mettersi in ginocchio accanto alla sua brandina troppo piccola con le molle rotte e Chiedere Aiuto a qualcosa a cui ancora non credeva, e chiedere che la sua volontà malata e morsa dal Ragno gli fosse portata via, asfissiata e schiacciata.

Ma alla fine si scopre, purtroppo, che anche negli Aa di Boston esistono dei dogmi; e alcuni sono sia datati che falsi. Ed esiste il gergo scoraggiante dell'Associazione, un dialetto di psicocazzate che all'inizio è quasi impossibile da seguire, dice Ken Erdedy, il dirigente pubblicitario con la faccia da bravo ragazzo che è appena arrivato alla Ennet House e si lamenta con Gately durante la pausa della lotteria a un incontro della Bandiera Bianca. Gli incontri degli Aa di Boston sono stranamente lunghi, un'ora e mezzo contro l'ora del resto della nazione, ma perché qui viene fatta una pausa formale dopo circa 45 minuti in cui puoi mangiare un panino o berti la sesta tazza di caffè e girellare un po' e chiacchierare e fare amicizia con qualcuno, puoi prendere da parte il tuo sponsor e confidargli qualche pensiero banale o un caos di emozioni che lo sponsor può intelligentemente, privatamente convalidare ma suggerendoti anche e subito dopo il piú ampio e imperativo contesto dell'imperativo della necessità primaria di non assorbire la Sostanza oggi, solo oggi, qualsiasi cosa succeda. Mentre tutti fanno amicizia e interagiscono con un sistema bizzarro di frasi a effetto c'è anche la lotteria, un'altra idiosincrasia di Boston: i piú nuovi della Bandiera Bianca che cercano di essere Attivi al Servizio del Gruppo si trascinano barcollanti con in mano i cestini di rattan e le matrici di biglietti, una per un dollaro e tre per cinque, poi il vincitore viene annunciato dal podio e tutti fischiano e urlano «Ladri!» e ridono, e il vincitore vince il Grande Libro o *A parere di Bill o Vieni e Credi*, e se uno è sobrio da un po' di tempo e ha già vinto tutta la letteratura degli Aa alle lotterie precedenti si alzerà e lo offrirà pubblicamente a uno dei nuovi che lo vuole, il che vuol dire che uno dei nuovi metterà insieme abbastanza disperazione e umiltà e si avvicinerà a lui e gli chiederà il libro e rischierà che gli venga dato un numero di telefono da portarsi dietro nel portafoglio.

Durante le pause della lotteria Gately gironzola con gli altri residenti della Ennet House fumando una sigaretta dietro l'altra, e fa capire di essere disponibile a rispondere alle domande e ascoltare gli sfoghi. In genere aspetta che l'incontro sia finito per sfogarsi a sua vol-

ta con Francis Il Feroce, con il quale ora Gately condivide il compito importante di «smantellare la sala», spazzare i pavimenti e vuotare i posacenere e ripulire i lunghi tavoli della mensa, anche se il contributo di F.G. Il Feroce è limitato perché è sotto ossigeno e lui non
fa altro che starsene seduto ad aspirare ossigeno con una sigaretta
spenta in mano mentre Gately smantella la sala. A Gately piace Ken
Erdedy, che è arrivato alla Ennet circa un mese fa da un bel centro
di riabilitazione che si chiama Belmont; Erdedy è un ragazzo dell'alta società, quello che la madre di Gately avrebbe chiamato uno yuppie, la sua scheda di Accettazione dice che è un dirigente finanziario
alla Viney and Veals Advertising, un'agenzia pubblicitaria in centro,
e sebbene abbia piú o meno la stessa età di Gately è morbidamente
bello e ha quei modi da modello dei ragazzi di Harvard e Tufts, è sempre ben rasato e sembra elegante anche con i jeans e una normalissima felpa di cotone, e a Gately sembra molto piú giovane di lui, senza un capello grigio, e quando pensa a lui lo chiama il «ragazzo». Erdedy è alla Ennet soprattutto per «dipendenza da marijuana» e infatti
non è stato facile per Gately riuscire a Identificarsi con qualcuno che
si è messo nei pasticci con l'erba e ha lasciato il lavoro e il suo appartamento di lusso per dormire su una branda in una stanza piena di
gente tatuata che fuma a letto, e andare a lavorare a una pompa di
benzina (Erdedy ha appena iniziato i suoi nove mesi di lavoro di
umiltà alla stazione di servizio Merit vicino alla North Harvard St. a
Allston) al minimo sindacale per 32 ore alla settimana. Come fa uno
come lui a ritrovarsi con le gambe che gli tremano di continuo per la
tensione da Astinenza: per l'erba del cazzo? Ma non è compito di Gately stabilire quello che è o non è abbastanza grave da costringere
qualcuno a Venire, può solo parlare per sé; e Kate Gompert, la ragazza nuova con un bel corpo piena di problemi enormi – che quando non è agli incontri passa la maggior parte del tempo sul suo letto
nella nuova Stanza da 5 del reparto delle donne, e Pat l'ha schedata
come Possibile Suicida e non l'angoscia, come invece fa con tutti gli
altri, perché si trovi un lavoro di umiltà e l'ha autorizzata a prendere delle medicine dall'armadietto dei medicinali tutte le mattine – la
consulente di Kate Gompert, Danielle S., ha raccontato all'ultimo Incontro del Personale che finalmente Kate si era confidata con lei e le
aveva detto che anche lei si era ritrovata lí dentro soprattutto per l'erba, e non per le prescrizioni di tranquillanti leggeri che aveva elen-
cato nella scheda di Accettazione. Gately considera l'erba al pari del
tabacco. Non era come quei tossici che fumavano l'erba solo quando
non riuscivano a trovare altro; aveva sempre fumato l'erba anche
quando poteva trovare qualcos'altro; fumava l'erba mentre si faceva

con tutto ciò che trovava. A Gately non manca molto l'erba. Il Miracolo veramente sorprendente degli Aa sta nel fatto che oggi non gli manca neanche il Demerol.

Un forte vento di novembre sta spruzzando nevischio viscido contro le grandi finestre tutto intorno alla sala. La sala mensa della Casa di Cura Provident è illuminata da lampadine istituzionali piú grandi del normale disposte in alto a scacchiera, alcune fanno una luce debole e lampeggiano tremolanti a intermittenza. Le lampadine strobo sono il motivo per il quale Pat Montesian e tutti gli altri Aa suscettibili a crisi epilettiche non vanno mai alla Bandiera Bianca e scelgono il Gruppo della Strada Libera a Brookline o i damerini di Lake Street che si riuniscono a West Newton la domenica sera, e per arrivarci Pat M. deve farsi con la macchina tutta la strada da casa sua lungo la South Shore fino a Milton per sentire tutta quella gente parlare dei suoi analisti e delle sue Saab. Non c'è una spiegazione ai gusti degli Aa di Boston. La sala della Bandiera Bianca è cosí illuminata che Gately non riesce a vedere altro che il nero sbavato e brillante fuori dalle finestre contro il riflesso pallido della gente nella sala.

Miracolo è uno di quei termini degli Aa di Boston che per Erdedy e la nuovissima tremolante ragazza residente con il velo è molto duro da digerire, ad esempio nelle frasi tipo «Qui siamo tutti dei Miracolati» e «Non andartene cinque minuti prima che avvenga il Miracolo» e «Rimanere sobri per 24 ore è un Miracolo».

E la nuovissima ragazza, Joelle V. o Joelle D., ha anche detto di essere stata a qualche incontro in passato prima di raggiungere il Fondo e la cosa allora l'aveva disgustata, ed è ancora piuttosto cinica e la cosa la disgusta ancora, e dice questo mentre va alla Provident sotto la supervisione di Gately, dice che la parola *Miracolo* è preferibile alla continua «Grazia di Dio» degli Aa che le ricorda il posto dove è cresciuta, e là i luoghi di culto erano spesso delle roulotte di alluminio o delle baracche di fibra e durante le funzioni i fedeli giocavano con i mocassini per onorare qualcosa che aveva a che fare con i serpenti e le lingue.

Gately ha notato che Erdedy ha anche il modo di parlare tipico di quelli di Tufts e Harvard perché sembra che non muova la mascella inferiore.

«È come se fosse una nazione a parte o qualcosa di simile», protesta Erdedy con le gambe accavallate e un atteggiamento un po' da studente effeminato mentre si guarda intorno durante la pausa della lotteria, seduto nell'ombra abbondante di Gately. «La prima volta che ho parlato, all'incontro del St. E., mercoledí, uno mi si avvicina dopo la Preghiera del Signore e mi dice "È stato bello ascoltarti, ho potuto veramente Identificarmi con il Fondo che hai espresso, l'isolarsi, il non posso-non posso, e ad ascoltarti mi sono sentito verde come non mi sentivo da mesi". Poi mi dà questo biglietto della lotteria con il suo numero di telefono che io non ho chiamato e dice che mi trovo nel posto giusto, e devo dire mi è sembrato che mi prendesse un po' in giro».

Il suono piú bello che Gately riesce a fare è la sua risata, che esplode e rassicura, e quando ride l'espressione dura e tormentata sul suo volto sparisce. Come la maggior parte degli uomini grossi, Gately ha una voce molto roca; sembra che la laringe sia compressa. «Non riesco ancora a sopportare questa storia del ti-trovi-nel-posto-giusto», dice ridendo. Gli piace che Erdedy da seduto lo guardi in faccia e inclini leggermente il capo per fargli sapere che ha la sua completa attenzione. Gately non sa che questo è un requisito che bisogna avere quando si lavora in un ufficio, dove si deve dimostrare di essere al completo servizio del cliente che paga delle belle cifre e si aspetta una palese dimostrazione di completa attenzione. Gately non sa molto delle persone di livello; sa solo dove nascondono di solito gli oggetti di valore.

Gli Aa di Boston, con la loro enfasi sul Gruppo, sono intensamente sociali. La pausa della lotteria va avanti. Un tossico che vive in strada da anni, con il naso pieno di capillari, niente denti davanti e le scarpe rinforzate da mille giri di nastro isolante sta cercando di cantare *Volare* al microfono del podio vuoto. Viene gentilmente e allegramente convinto a scendere dal palco da un Coccodrillo che gli offre un panino e gli mette un braccio sulle spalle. C'è un certo pathos nella gentilezza del Coccodrillo, il braccio di flanella pulita sulle spalle provate dalle intemperie, e Gately percepisce questo pathos ed è contento di riuscire a percepirlo mentre dice: «Ma almeno il "È stato un piacere ascoltarti" non mi dispiace. Dicono solo questo quando finisci di parlare. Non possono dirti cose tipo "Hai fatto un buon lavoro" o "Hai parlato bene" perché non sta a loro giudicare se qualcun altro ha fatto bene o male o altro. Capisci cosa voglio dire, Tiny?»

Tiny Ewell, con un vestito blu, un cronometro al laser e delle scarpe minuscole cosí lucide che potresti usarle per leggere al buio, sta dividendo un sudicio posacenere di alluminio con Nell Gunther, che ha un occhio di vetro e si diverte a metterselo nell'orbita in modo che la pupilla e l'iride restino all'interno e si vedano il bianco morto e le minuscole specificazioni del produttore. Tutti e due fanno finta di studiare il piano del tavolo di finto legno biondo e Ewell fa il suo piccolo show ostile di non guardare Gately e non rispondergli e non voler entrare nella conversazione, il che è una sua scelta personale e per questo Gately lo lascia fare. Wade McDade ha il walkman acceso, ed è tecnicamente ok durante le pause della lotteria, anche se non è una grande idea. Chandler Foss si sta passando il filo interdentale e fa il gesto di tirare il filo usato a Jennifer Belbin. Gran parte dei residenti della Ennet House si stanno mescolando con gli altri in modo soddisfacente. La coppia dei residenti di colore si è avvicinata alle altre persone di colore[141]. Il ragazzo Diehl e Doony Glynn si divertono a raccontare barzellette sugli omosessuali a Morris Hanley, che li ignora e si liscia i capelli con la punta delle dita, la mano sinistra ancora fasciata. Alfonso Parias-Carbo è con tre tipi del Gruppo di Allston, fa un ampio sorriso e annuisce senza capire una parola. Bruce Green è sceso al bagno degli uomini e ha fatto ridere Gately perché prima di andare gli ha chiesto il permesso. Gately gli ha detto di non dire cazzate. Green ha le braccia muscolose e niente pancia, nonostante tutte le Sostanze, e Gately pensa che in passato abbia giocato a football. Kate Gompert sta da una parte da sola a un tavolo per non fumatori vicino alla finestra e ignora il suo riflesso pallido sul vetro e fa delle piccole capanne con i biglietti della lotteria e le muove sul tavolo. Clenette Henderson agguanta un'altra ragazza di colore, ride e dice molte volte «Ragazza mia!» Emil Minty si tiene la testa tra le mani. Geoff Day, con un lupetto nero e un blazer, si avvicina ai margini dei vari gruppi e finge di partecipare alle conversazioni. Nessun segno di Burt F. Smith o di Charlotte Treat. Randy Lenz, in incognito con baffi e basette bianche, è di sicuro al telefono pubblico nell'angolo nordest della sala d'ingresso della Provident, al piano di sotto: Lenz passa delle quantità di tempo quasi inaccettabili al telefono oppure a trovare il modo di usarne uno. «Perché la cosa che mi piace», dice Gately a Erdedy (Erdedy lo ascolta davvero, anche se alla periferia del suo campo visivo c'è una ragazza facile e interessante, con una gonna corta bianca e delle assurde calze a rete nere e le gambe mirabilmente accavallate – e anche un paio di scarpe nere di Ferragamo a tacco basso con il laccino – e la ragazza è con un uomo grosso, il che la rende ancora piú attraente; e anche i seni della ragazza nuova con il velo e le rotondità dei suoi fianchi sono interessanti e lo distraggono, anche se lei indossa un maglione blu lungo e molto largo che si abbina al ricamo sul bordo del velo), «"È stato bello ascoltarti" mi piace perché alla fine è come se ti dicessero due cose insieme». Gately parla anche con Joelle, che stranamente riesci sempre a capire quando ti guarda, anche attraverso il velo di lino. Stasera ci sono circa altre sei persone con il velo nella sala della Bandiera Bianca; molti di quelli che seguono gli 11 Passi dell'Unione delle Deformità Repellenti e Improbabili fanno anche parte di altri Programmi in 12 Passi, in altre Unioni che si occupano di problemi ben diversi dalla repellente deformità. Molte delle persone velate degli Aa nella stanza sono donne, anche se c'è un ragazzo velato dell'Udri che viene alla Bandiera Bianca, Tommy S. o F., che anni fa svenne su un divano imbottito di acrilico con una bottiglia di Remy e un Tiparillo acceso – ora porta il velo dell'Udri e una serie completa di foulard di seta e cappelli di varie fogge e guanti di daino da driver. Gately si è fatto spiegare un paio di volte la filosofia dell'Udri e del velo, ma non è che l'abbia capita molto; il velo gli sembra ancora un'espressione di vergogna, come se quelle persone si volessero nascondere. Pat Montesian gli ha raccontato che qualcuno dell'Udri era passato dalla Ennet House prima dell'Anno dei Prodotti Caseari dal Cuore dell'America, cioè l'anno in cui Gately era arrivato barcollando ed era diventato residente, ma questa Joelle Van Dyne, che Gately sente di non aver ancora capito molto come persona e soprattutto se abbia o no una seria intenzione di smetterla con le Sostanze per rimettersi in regola, questa Joelle è la prima residente velata che Gately ha avuto sotto di sé da quando è uno del personale. Questa Joelle, che non è stata nemmeno i normali due mesi in lista d'attesa per l'Accettazione, è arrivata di notte in virtú di un accordo privato con qualcuno del Consiglio dei Direttori della Ennet – i ricchi di Enfield che si occupano di carità e si divertono a fare i dirigenti. Non c'era stato nessun colloquio di Accettazione con Pat; la ragazza è apparsa all'improvviso due giorni fa subito dopo cena. Era stata cinque giorni al Brigham Women's dopo un'esperienza orribile di overdose con tanto di defibrillazione e prete. Si era portata dietro un vero bagaglio e una specie di paravento cinese pieghevole con le nuvole e i draghi dagli occhi spiritati che anche piegato per la lunghezza ci sono voluti Green e Parias-Carbo per portarlo di sopra. Non si è parlato di lavoro di umiltà per lei, e Pat si occupa personalmente di seguire la ragazza come consulente. Pat ha una specie di accordo privato con la ragazza; Gately ha già visto molti accordi privati tra quelli del personale e i residenti e per questo è giunto alla conclusione che questo sia un difetto di carattere della Ennet House. Una ragazza del Gruppo dei Giovani di Brookline con una gonna da ragazza pon pon e le calze rotte ignora tutti i posacenere e spegne il suo mozzicone extralungo proprio sul tavolo due file piú avanti mentre ride come una foca per qualcosa che ha detto un ragazzo con l'acne con un cappotto di cammello che non si è tolto e un paio di scarpe da ballo di pelle senza calzini che Gately non aveva mai visto agli incontri prima d'ora. E lui tiene la mano sopra la sua mentre lei stritola il mozzicone. Tempo fa Gately non avrebbe mai pensato che una cosa come questa, cioè spegnere una sigaretta sul ripiano del tavolo di plastica simil legno – Gately ha visto il buco nero della bruciatura che è venuto sul tavolo – lo avrebbe colpito cosí tanto; prima cioè che si prendesse la briga di svolgere una parte del lavoro di smantellare-la-sala-e-pulire-i-tavoli seguendo il consiglio di Francis G. Il Feroce, invece ora prova quasi un sentimento di proprietà nei confonti delle superfici dei tavoli della Provident. Ma non è che può andare là e dire a tutti come ci si deve comportare. Si accontenta di immaginare la ragazza scaraventata in aria verso una parete di vetro.

«Quando lo dicono vogliono dire che quello che hai detto andava bene per loro, che in qualche modo li ha aiutati», dice, «ma a me piace dirlo perché, se ci pensi bene, vuol dire anche che è stato bello *poterti* sentire. Sentire davvero». Sta cercando sottilmente di dirigere lo sguardo un po' verso Erdedy e un po' verso Joelle, come se stesse parlando a tutti e due. Non gli riesce molto bene. La sua testa è troppo grossa e poco incline alle sottigliezze. «Perché mi ricordo che per i primi sessanta giorni o giú di lí non sentivo un cazzo. Non sentivo nulla. Me ne stavo là seduto e facevo Paragoni, li dicevo a me stesso, per esempio, "Non ho mai cappottato una macchina", "Non ho mai perso una moglie", "Non ho mai sanguinato dal retto". Gene mi diceva di continuare a venire per un po' e prima o poi avrei iniziato ad ascoltare e a sentire davvero. Diceva che era difficile sentire nel vero senso della parola. Ma non diceva mai quale era la differenza tra sentire e ascoltare, e questo mi faceva imbestialire. Ma dopo un po' incominciai a *sentire* davvero. Si scopre – ma forse questa è solo una mia sensazione – si scopre che *sentire* uno che sta parlando vuol dire che tutto a un tratto si capisce che lui provava la stessa cosa che avevo provato io, Là Fuori, sul Fondo, prima di arrivare qui. Invece di stare seduti a pensare che ti fa schifo stare qui, e che lui faceva sangue dal culo e invece io no e che questo vuol dire che io non sono ancora messo male come lui e posso ancora stare Là Fuori».

Uno dei trucchi per essere di vero aiuto a quelli che sono appena arrivati non è dare una lezione o dei consigli ma solo parlare della propria esperienza personale e di che cosa ti veniva detto e cosa scoprivi da solo; il tutto deve essere fatto con molta naturalezza per trasmettere positività e incoraggiamento. In piú ti viene chiesto di Identificarti il piú possibile con i sentimenti di quelli che sono appena arrivati. Francis G. Il Feroce dice che questo è il modo in cui quelli sobri solo da un anno o due possono essere di grande aiuto agli altri: riuscire a Identificarsi sinceramente con il nuovo Malato Sofferente. Mentre pulivano i tavoli, Francis Il Feroce disse a Gately che se un Coccodrillo con alle spalle decenni di sobrietà negli Aa riesce ancora a provare un sentimento di empatia e Identificarsi con un nuovo arrivato distrutto con gli occhi fuori dalle orbite marcio del Disagio allora c'è qualcosa che non va nella guarigione di quel Coccodrillo. I Coccodrilli, sobri da decenni, vivono in una galassia spirituale completamente diversa, dentro. Uno sobrio da tanto tempo lo descrive come avere un castello spirituale interiore del tutto nuovo dove poter vivere.

Parte dell'attrazione di Ken Erdedy per questa nuova ragazza Joelle non è quella sessuale per il suo corpo, che secondo lui è ancora piú sexy per il modo in cui il maglione blu troppo grande e macchiato di caffè cerca di sminuirlo senza l'hubris di cercare di nasconderlo – la sensualità trasandata attrae Erdedy come una falena è attratta da una finestra illuminata – ma è anche il velo, il domandarsi quale orribile contrasto con il fascino di quel corpo si nasconda gonfio e storto dietro quel velo; dà all'attrazione una inclinazione deviante e perversa che la rende ancora piú intrigante; e allora Erdedy si sporge con il capo un po' piú in avanti verso Gately e stringe gli occhi per dare al suo sguardo di ascoltatore un'espressione di assoluta concentrazione. Non sa che la distanza del suo sguardo lo fa sembrare come uno che sta studiando un ferro 7 sul decimo rough o qualcosa di simile; il suo sguardo non riesce a comunicare quello che lui vorrebbe che gli altri pensassero.

La pausa della lotteria sta volgendo al termine, mentre tutti chiedono un posacenere. Altre due grandi thermos di caffè appaiono dalla porta della cucina vicino al tavolo del materiale didattico. Forse quello che fa ballare il piede e la gamba piú di Erdedy è solo Geoffrey D. Joelle V.D. ora sta dicendo qualcosa di molto strano. È un momento breve ma molto strano, proprio al termine della pausa della lotteria, tanto che Gately, piú tardi, non riesce a descriverlo sul registro del turno serale. È la prima volta che si rende conto che la voce di Joelle – che è frizzante, ricca ma stranamente vuota, mentre il suo accento ha una leggera inflessione del Sud con uno strano cedimento che è tipico del Kentucky nella pronuncia di tutte le apicali a eccezione della s – gli è familiare in un modo strano che gliela rende familiare ma che allo stesso tempo convince Gately di non averla mai sentita prima, Là Fuori. La ragazza tira giú il bordo blu del velo verso il pavimento di piastrelle (le piastrelle sono veramente oscene, color fegato, disgustose, di gran lunga la cosa peggiore della sala), poi lo rimette a posto (a differenza di Erdedy lei è in piedi e, anche se non porta i tacchi, è alta quasi quanto Gately), e dice che per lei è molto difficile accettare gli invasati che in piedi davanti al leggio dicono di essere «qui per Grazia di Dio» e questa non è la cosa strana che dice, perché quando Gately annuisce gravemente con il capo e inizia a dire che «Era lo stesso per—» e inizia a spiegare, come fanno gli Aa di solito per consolare gli agnostici, che il «Dio» invocato nello slogan è solo un modo di dire per indicare un «Potere Superiore» total-

mente soggettivo e personale e che gli Aa sono spirituali ma non sono dogmaticamente religiosi, cioè predicano un'anarchia benigna dello spirito soggettivo, Joelle interrompe subito il suo intervento e dice che il suo dubbio consiste nel fatto che «per Grazia di Dio» è
un'espressione che deve essere inserita in una frase congiuntiva, e ha
un senso solo quando introduce una frase condizionale, come per es.
«Se non fosse stato per la Grazia di Dio, sarei morta sul pavimento
del bagno di Molly Notkin» e dice che per questo motivo una tra-
sposizione indicativa come «Sono qui per Grazia di Dio» è lettera-
ralmente priva di senso, e se anche l'ha sentita dire, quella frase per
lei non ha assolutamente nessun significato, e che l'entusiasmo dirompente con il quale questa gente dice una cosa che in effetti non
significa niente, tutto questo le fa desiderare di infilare la testa in un
forno al pensiero che le Sostanze l'abbiano fatta finire in questo posto dove le dicono di avere una Fede Cieca in questo tipo di linguaggio. Gately guarda il velo rettangolare bordato di blu che quando sale con grazia non fa vedere niente delle forme celate là sotto, la guarda e non capisce se dice sul serio o no, o se sta dicendo una bugia, o
se sta cercando di rafforzare la sua posizione di Rifiuto mentale mettendo in mostra la sua superiorità intellettuale come fa il Dott. Geoff
Day, e Gately non sa cosa rispondere, non c'è assolutamente niente
nella sua enorme testa quadrata che lo aiuti a Identificarsi con lei o
al quale attaccarsi, non riesce a darle una risposta che le infonda un
po' di coraggio, e per un istante non si sente volare una mosca nella
mensa della Provident, e gli sembra che il suo cuore faccia lo stesso
rumore che fa un bambino quando si attacca alle sbarre del box, e
sente un'ondata untuosa di panico che gli è familiare, e per un secondo gli sembra inevitabile che a un certo punto della sua vita si farà
di nuovo e rientrerà nella gabbia, perché per un secondo il velo bianco vuoto che gli è stato steso davanti sembra uno schermo sul quale
potrebbe essere proiettata una faccia nera e gialla che sogghigna, e
sente tutti i muscoli della faccia allentarsi e calare giú; e il momento
è appeso là, disteso, fino a che il coordinatore della lotteria della Bandiera Bianca per il mese di novembre, Glenn K., scivola al microfono sul podio con la cappa di panno rosso, il trucco e il candelabro con
le candele dello stesso colore delle piastrelle del pavimento e usa il
martelletto di plastica per dichiarare formalmente conclusa la pausa
e ripristinare l'ordine, o per lo meno quello che qui viene considerato ordine, per l'estrazione della lotteria. Uno di Watertown, con un
periodo medio di sobrietà, vince il Grande Libro e lo offre davanti a
tutti a uno di quelli nuovi, e Gately è contento di vedere Bruce Green
alzare la sua manona per averlo, e decide che si rivolgerà a Francis G.

Il Feroce per chiedere qualche spiegazione sui congiuntivi, e il bambino lascia perdere il box, e i perni del lungo tavolo al quale è attaccata la sua sedia fanno rumore quando si siede e si sistema per la seconda parte dell'incontro, mentre, in silenzio, chiede aiuto di riuscire a sentire veramente o di morire mentre ci prova.

La gigantesca Signora di Liberty Island nel porto di New New York ha il sole come corona e sotto una delle sue braccia di ferro tiene una cosa che assomiglia a un immenso album di foto, e l'altra mano tiene sollevato in alto un prodotto. Il prodotto viene cambiato ogni primo gennaio da alcuni uomini coraggiosi con tanto di scarpe chiodate e di gru.

È divertente scoprire quello che gli Aa di Boston troveranno divertente ascoltare durante gli incontri. Il prossimo dei Fondamentali Avanzati che viene chiamato a parlare dal presidente vestito da cow-boy con la testa calva e lucida non è assolutamente divertente, non lo è decisamente: è nuovo da far stare male ma fa finta di sentirsi a suo agio, di averci la mano, cerca disperatamente di divertirli e di fare una buona impressione. Il tipo ha una certa esperienza professionale per la quale è abituato a cercare di convincere un gruppo di persone. Sta disperatamente sforzandosi di fare una buona impressione dal podio. Sta recitando. Quelli della Bandiera Bianca se ne sono accorti. Anche quelli piú tonti l'hanno capito. Non sono un pubblico normale. Un Aa di Boston è sempre molto attento alla presenza dell'ego. Quando quello nuovo si presenta e fa un gesto ironico e dice «Mi è stato detto che mi hanno fatto il Dono della Disperazione. Sto cercando lo sportello per riportarlo indietro», è cosí poco spontaneo, sta recitando; oltretutto facendo cosí dà l'impressione – il Messaggio-offesa che è molto sottile ma ha un'importanza fondamentale – di spregiare il Programma invece che Se Stesso. Si sentono solo un paio di risatine di cortesia e la gente si muove sulla sedia segnalando, in maniera lieve ma chiara, il proprio disagio. La peggior punizione che sia mai toccata a Gately durante un discorso di Impegno è quando il pubblico che ospita prova imbarazzo per lui. Gli oratori che sono abituati a capire quello che il pubblico vuole sentire e che glielo propinano, scopriranno che questo particolare pubblico non vuole che gli si propini quello che qualcuno pensa che loro vogliono sentire. È un altro rompicapo che ha fatto fumare il cervello a Gately. Il sentirsi finalmente a proprio agio negli Aa di Boston consiste, in parte, nel riuscire a smettere di farsi fumare il cervello per immaginare una cosa come questa. Perché non ha nessun senso. Circa duecento persone che fanno stare male qualcuno perché si

sentono imbarazzate per lui, facendolo morire perché si sentono morire per lui, lassú sul quel podio. L'applauso, quando quello ha finito, dà la stessa sensazione di sollievo di un pugno che si apre, e le grida del pubblico di Continuare a Venire sono dolorose per quanto sono sincere.

Poi, in un contrasto ugualmente paradossale, dài un'occhiata al
prossimo oratore dei Fondamentali Avanzati – un cammellone alto,
anche lui nuovo da far stare male, ma questo povero bastardo è completamente e palesemente stressato di nervi, cammina barcollando
con la faccia lucida di sudore e il discorso pieno di pause e di salti scol-
legati – che racconta, con dolore e imbarazzo, del suo tentativo di
non perdere il lavoro Là Fuori, quando i postumi della sbornia la mattina lo lasciavano sempre piú debilitato tanto che alla fine tremava
come una foglia ed era preso da una tale afasia da non poter piú sopportare neanche la faccia dei clienti che venivano a bussare alla porta del suo Reparto – che era, dalle 0800h alle 1600h, il Reparto Reclami del Grande Magazzino Filene—

—«Alla fine, Cristo, non so da dove presi un'idea cosí stupida, mi
portai un martello da casa e lo portai al lavoro e lo tenni sotto la scrivania, sul pavimento, e quando qualcuno bussava alla porta io... diciamo che mi tuffavo sul pavimento e strisciavo sotto la scrivania e
afferravo il martello, e iniziavo a picchiarlo sulla gamba della scrivania, ma proprio forte, bum bum, come se stessi inchiodando qualcosa. E se poi aprivano la porta ed entravano lo stesso e venivano a rompermi il cazzo perché non avevo aperto la porta, continuavo a non
farmi vedere e continuavo a picchiare là sotto come un matto e urlavo che arrivavo in un attimo, solo un attimo, c'erano della riparazioni urgenti da fare, che arrivavo subito. Sicuramente riuscite a imma-
ginarvi come fosse quel rumore per me là sotto, lo sapete anche voi,
con la testa pesante che mi ritrovavo tutte le mattine. Mi nascondevo là sotto e picchiavo e picchiavo con il martello fino a che non si ar-
rendevano e andavano via, li guardavo da sotto la scrivania e capivo
quando andavano via perché gli vedevo i piedi da sotto la scrivania».

—E, incredibile ma vero, la cosa di nascondersi sotto la scrivania
e martellare aveva funzionato per quasi tutto l'ultimo anno, e finí piú
o meno nel periodo della Giornata del Lavoro dello scorso anno, quando un cliente vendicativo alla fine scoprí dove doveva andare a reclamare per il Rep. Reclami – tutti quelli della Bandiera Bianca hanno provato simpatia per lui, erano tutti compiaciuti e divertiti, i Coccodrilli si sono levati i sigari di bocca e hanno grugnito e ansimato e
battuto i piedi sul pavimento, mostrando i pochi denti che hanno in
bocca, tutti hanno riso di piacere nell'identificarsi con lui. Questo an-

che se, come mostra chiaramente la perplessità dell'oratore di fronte al loro divertimento, la storia non voleva essere divertente, neanche un po': era la verità.

Gately ha capito che deve essere la verità, questo è il punto. Sta cercando di sentire veramente gli oratori – da quando è un residente della Ennet cerca di mantenere l'abitudine di mettersi a sedere in un punto dove riesce a vedere i denti e i difetti della pelle degli oratori, non deve esserci niente tra lui e il podio, in modo che l'oratore riempia tutta la sua visuale, il che rende piú facile sentire veramente cercando di concentrarsi sul Messaggio invece di rimuginare sulla sensazione di terrore che ha provato di fronte alla ragazza con il velo, quella pseudointellettuale che probabilmente stava vivendo un Rifiuto mentale complicato, oppure sulla sensazione di trovarsi in un posto orrendo nel quale ha avuto l'impressione di riconoscere quella voce senza eco con un leggero accento del Sud. Il punto è che riuscire a collegarsi deve essere la verità. Non può essere una cosa studiata per compiacere la folla, deve essere la verità nuda e cruda. Senza ironia. Chi fa dell'ironia a un incontro degli Aa di Boston è come una strega in una chiesa. Zona de-ironizzata. Lo stesso per la pseudosincerità, maliziosa e manipolata. La sincerità mirata a uno scopo è qualcosa che queste persone conoscono e temono, in quanto tutti si ricordano perfettamente le costruzioni ironiche, poco sincere che si dovevano fare per andare avanti Là Fuori, sotto le insegne al neon delle bottiglie che versano continuamente.

Comunque questo non vuol dire che non si possa fingere una adesione meramente formale, vuota e ipocrita. In modo del tutto paradossale. I nuovi membri della Bandiera Bianca, quelli disperati, vengono incoraggiati a recitare gli slogan che ancora non capiscono e ai quali non credono – per esempio «Presto Fatto!» o «Datti una Mossa!» o «Un Giorno per Volta!» Questa fase viene chiamata «Fai Finta fino a che non Crederai Davvero!» e anche questo non è altro che uno slogan, una specie di invocazione. Tutti quelli che si cimentano in un Impegno, alzandosi a parlare davanti a un pubblico, iniziano dicendo di essere alcolizzati, lo dicono sia che credano o che non credano di esserlo; poi tutti quelli che salgono sul podio dicono di essere grati agli Aa per il fatto di essere sobri oggi e che è una cosa veramente eccezionale partecipare Attivamente a un Impegno con il Gruppo, anche se non si sentono né grati né tantomeno compiaciuti. Ti incoraggiano a dire roba simile fino a che non inizi a crederci davvero; proprio come se chiedi a qualcuno, che ha alle spalle un lungo periodo di sobrietà, per quanto tempo dovrai continuare a trascinarti a tutti questi incontri del cazzo, lui ti farà uno di quei sorrisi che fanno veramente perdere il lume degli occhi e ti risponderà che dovrai venirci fino al momento in cui sentirai di voler venire da solo a questi incontri del cazzo. Nel Programma degli Aa ci sono degli elementi che sembrano usciti da una setta, una di quelle dove ti fanno il lavaggio del cervello (la parola *Programma*, di per sé, ha un suono sinistro per quanti temono di essere sottoposti a un lavaggio del cervello), e Gately cerca di essere il piú sincero possibile con i residenti riguardo a questo punto. Ma scuote le spalle e dice loro che alla fine della sua carriera di narcodipendente e di ladro si era convinto che il suo cervello aveva davvero bisogno di una bella saponata e di una bella strofinata. Dice di aver messo il cervello da parte in tutta questa storia e diceva a Pat Montesian e a Gene M. di andare avanti e di fargli un bel lavaggio. E spiega ai residenti che ora è convinto che il Programma potrebbe essere considerato piú come una sprogrammazione che un vero e proprio lavaggio, considerando quello che il Disagio del Ragno ha fatto sulla psiche di ognuno di loro. Il piú grande traguardo di Gately nel volgere la propria vita all'insegna della sobrietà, oltre al fatto che ora di notte non si porta via le cose che non sono sue, è che adesso si sforza di essere il piú onesto possibile, senza soffermarsi a riflettere su quello che gli altri potranno pensare. È piú difficile a farsi che a dirsi. Ma per questo motivo durante gli Impegni, sudando sul podio come solo un uomo della sua stazza può fare, dice sempre che è Fortunato a essere sobrio oggi, invece di dire di essere Grato, perché ammette che la prima cosa è sempre vera, tutti i giorni, mentre spesso non si sente Grato quanto piuttosto sorpreso che questa cosa funzioni, e molte volte prova anche vergogna e si sente depresso per il modo in cui ha passato metà della sua vita, e ha paura che possa essere danneggiato a livello cerebrale o ritardato dalle Sostanze in modo irreparabile; in piú sente di non sapere quello che vuole fare da sobrio o che cosa dovrebbe fare e di non sapere niente a eccezione del fatto di non avere voglia di tornare Là Fuori, dietro le sbarre. A Francis G. Il Feroce piace prendere a pugni la spalla di Gately e dirgli che lui si trova proprio nel posto giusto.

Bisogna sapere che, insieme all'ironia, il dare la colpa a qualcosa o qualcuno è il bacio della morte, quando si parla da un podio in un Impegno. Ai Coccodrilli escono fuori le vene dalle tempie per l'irritazione se qualcuno incomincia a dire che il Disagio è colpa di questo o di quello, e quelli con un certo tempo di sobrietà impallidiscono e si rannicchiano nelle loro sedie. Vedi per esempio il disagio della platea della Bandiera Bianca quando la ragazza scheletrica dei Fondamentali Avanzati, quella con la faccia dura, si alza per dire che era una che si faceva otto sacchi di erba al giorno *perché* a sedici anni era diventata spogliarellista, quasi una puttana, al *Naked I Club* sulla Rte.

1 (gli occhi di qualche uomo nel pubblico si illuminano perché improvvisamente la riconoscono e, nonostante la loro volontà sia allenata a molti divieti, la scrutano automaticamente da capo a piedi e Gately vede tutti i posacenere tremare sul tavolo per quello che ha detto Joelle V.), e poi che era diventata una spogliarellista a sedici anni *perché* era scappata dalla sua famiglia di adozione a Saugus Ma, e che era scappata di casa *perché...* – a questo punto parte del disagio nel pubblico è causata dal fatto che il pubblico trova che l'eziologia della ragazza sta diventando convulsa, prolissa e complicata; la ragazza non ha imparato a Rendere la Cosa Semplice – ...perché, bene, tanto per cominciare, era stata adottata, e i genitori adottivi avevano anche una loro figlia, e la figlia biologica era completamente paralizzata dalla nascita, ritardata e catatonica e la madre adottiva era – come Joelle V. spiegò piú tardi a Gately – pazza come un vitello, e rinnegava completamente che la figlia biologica fosse un vegetale, e non solo insisteva nel trattare la figlia invertebrata come un valido componente del ceppo dei cordati ma voleva che anche il padre e la figlia adottiva la trattassero come se fosse normale, come se non fosse malata, e voleva che la figlia adottiva dividesse la stanza con la Cosa, e che portasse la Cosa con sé quando trascorreva la notte a casa delle amiche (la ragazza usa il termine la Cosa per la sorella invertebrata, e a dire il vero usa l'espressione «trascinare dietro la Cosa» invece di «portare la Cosa con sé» sul quale Gately giustamente non si sofferma), e perfino a scuola, o agli allenamenti di softball, e dal parrucchiere, e nei Campeggi Estivi per Ragazze eccetera, e in qualunque posto l'avesse trascinata la Cosa se ne sarebbe stata ferma tutta rannicchiata, a sbavare e a farsela sotto nei vestiti alla moda che la mamma le comprava e che venivano appositamente adattati alla sua atrofia; e i trucchi piú costosi della Lancôme che addosso alla Cosa facevano *schifo*, le si vedeva solo la parte bianca degli occhi, e il liquido che le colava dalla bocca e da altre parti, e poi faceva dei gorgoglii impossibili da imitare, pallida, bagnaticcia e stantia; e poi, quando la figlia adottiva che sta raccontando la storia aveva quindici anni, la madre, che era una fanatica cattolica, disse che ok, ora che aveva compiuto quindici anni, la figlia adottiva poteva uscire la sera con i ragazzi ma solo se accompagnata dalla Cosa; in altre parole la figlia adottiva quindicenne poteva uscire con i ragazzi solo insieme alla Cosa o con qualsiasi altra scorta non mammifera che la ragazza avesse trovato per la Cosa; e come questa tiritera fosse andata avanti per anni; come la continua presenza di quella Cosa pallida e fradicia – una presenza da incubo nella sua adolescenza – fosse da sola una causa sufficiente per spiegare la sua dipendenza dalla droga anni piú tardi,

la ragazza ne era assolutamente convinta, e come fosse successo che
il capofamiglia della sua famiglia adottiva, una persona calma e sempre sorridente che dalle 0900h alle 2100h esaminava i reclami per la
Aetna, alla fine venisse fuori che la madre adottiva, che era un tipo
strambo, al confronto del padre adottivo, sempre allegro e sorridente, era stabile come una colonna dorica, perché erano venute fuori
delle cose relative alla completa impossibilità di reagire e di emettere qualsiasi tipo di suono a eccezione di quei gorgoglii che non sembravano umani da parte della figlia paralitica e catatonica che il padre sempre sorridente aveva trovato notevolmente vantaggiose nella
sua mente malata e che la ragazza dice di non essere in grado di parlarne apertamente, neanche adesso, dopo trentuno mesi di sobrietà
negli Aa, perché questa è una cosa che l'ha ferita e che ancora la fa
stare male; e come quindi alla fine fosse stata costretta a scappare dalla famiglia adottiva di Saugus e fosse diventata una spogliarellista al
Naked I e una fumatrice accanita d'erba non perché, come in molti
altri casi, era stata vittima di un rapporto incestuoso, ma perché era
stata obbligata a dividere la sua camera da letto con un essere invertebrato che non faceva altro che sbavare e che prima che compisse
quattordici anni tutte le notti era stato oggetto, proprio l'essere invertebrato, delle voglie incestuose di un padre biologico sempre sorridente che si occupava di esaminare reclami – la ragazza si ferma per
farsi coraggio – al quale piaceva immaginare che la Cosa fosse Raquel
Welch, la dea del sesso del periodo in cui il padre era al suo apice glan-
dolare, e la chiamava «*RAQUEL!* » nei momenti piú estremi dell'incesto; e come, l'estate del New England in cui la ragazza che parla
compí quindici anni e dovette cominciare a portarsi la Cosa agli appuntamenti con i ragazzi per poi ritrascinarla a casa entro e non oltre
le 2300h in modo che ci fosse tutto il tempo perché divenisse oggetto dell'incesto, quella stessa estate il padre sorridente e tranquillo
avesse comprato anche una maschera, che non si sa dove fosse riuscito a trovare, una *maschera* di gomma, di quelle da infilare in testa,
con la faccia e i capelli di Raquel Welch, e di notte veniva al buio e
sollevava il capo floscio della Cosa e si arrabattava ansimando per in-
filarle la maschera in testa in modo che i buchi per l'aria fossero al
posto giusto, e faceva il suo porco comodo fino a che non gridava
«*RAQUEL!* » e poi scivolava via dalla stanza buia, sempre con quel
sorriso sulle labbra, ormai appagato; e molte volte lasciava la maschera
sulla testa della Cosa, come se l'avesse dimenticata, o come se non gli
fosse importato niente, proprio come se non si rendesse conto (Per
Grazia di Dio, da un certo punto di vista) della figlia adottiva che stava ferma, distesa nel letto lí accanto, tutta rannicchiata in posizione

fetale, al buio, che faceva finta di dormire, in silenzio, respirando piano, con la faccia dura, magra e ferita di una che poi diventerà una tossica, voltata verso il muro, nel letto accanto nella stessa stanza, il suo
letto, quello senza le sbarre che si tirano giú come i letti degli ospedali... A questo punto quelli del pubblico si grattano la testa con un
gesto che potrebbe sembrare di empatia, ma che lo è solo in parte,
quando la ragazza specifica che de facto era stata emotivamente *costretta* a fuggire, a fare la spogliarellista e a tuffarsi nell'anestesia spirituale della dipendenza dalla droga, nel tentativo disfunzionale di superare, da un punto di vista psicologico, soprattutto una notte di orrore che l'aveva deturpata nel profondo, l'orrore indescrivibile del
modo in cui la Cosa, la figlia biologica, l'aveva guardata, aveva guardato la ragazza che racconta, una delle ultime volte quando la ragazza, come succedeva spesso, si era alzata dopo che il padre era venuto
e se n'era andato, e si era avvicinata in punta di piedi al letto della
Cosa e si era piegata sul cancellino di metallo freddo da letto d'ospedale per togliere la maschera di gomma di Raquel Welch alla Cosa e
rimetterla in un cassetto vicino al letto sotto i vecchi numeri di «Ram-
parts» e «Commonweal», dopo aver chiuso con cura le gambe divaricate della Cosa e dopo averle tirato giú la camicia da notte di marca, tutto questo lo avrebbe fatto quando fosse stata completamente
sicura che il padre non si sarebbe preso la briga di farlo lui stesso, di
notte, in modo che la madre adottiva, quella stramba, la mattina non
avrebbe trovato la Cosa con la maschera di gomma di Raquel Welch
e con la camicia da notte tirata su e le gambe allargate e avrebbe pensato che due piú due fanno quattro e sicuramente il padre adottivo
avrebbe negato le domande sul suo andirivieni per la casa di notte in
silenzio con quel suo sorriso raccapricciante, e si sarebbe incavolata
a bestia e avrebbe obbligato il padre a non farsi piú la Cosa invertebrata e catatonica – perché, la ragazza pensava, se il padre adottivo
avesse smesso di farsi la Cosa non ci voleva esattamente la mente di
Sally Jessy Raphael a immaginarsi che sarebbe stata promossa lei al
ruolo di Raquel, nel letto accanto. Il padre sorridente e silenzioso,
che esaminava i reclami, non fece mai una parola sulle pulizie che la
figlia adottiva faceva dopo l'incesto. Questa è una caratteristica tipica di complicità e di omertà che si ritrova in tutte le famiglie che presentano delle disfunzioni molto gravi, ammette la ragazza, e dice anche di essere orgogliosa di far parte della sottosessione del Gruppo
del Dodicesimo Passo, conosciuta anche con il nome di I Sopravvissuti tra quelli che un tempo furono Feriti, Offesi, Curati in modo inadeguato ma che sono riusciti ugualmente a riprendersi. E cosí racconta che una notte, aveva appena compiuto sedici anni, dopo che il

padre era venuto e se n'era andato e aveva lasciato la maschera addosso alla Cosa fregandosene come sempre e che la ragazza si era avvicinata in silenzio al capezzale della Cosa al buio, per mettere tutto
a posto, ma questa volta era venuto fuori un problema con le ciocche
dei capelli lunghi e ramati della maschera di Raquel Welch che si erano intrecciate e annodate con le ciocche semivive della pettinatura elaborata della Cosa, alla quale era stata data troppa mousse, e la figlia
adottiva aveva acceso le luci intorno allo specchio da toilette della Cosa per cercare di districare la parrucca di Raquel Welch, e quando alla fine le aveva tolto la maschera, con lo specchio della toilette ancora acceso, la ragazza racconta che fu costretta a guardare, per la prima
volta dopo un rapporto, la faccia illuminata della Cosa paralizzata, e
come l'espressione su quella faccia sarebbe stata sufficiente a far scappare via subito dalla famiglia adottiva, con gravi disfunzioni al suo interno, chiunque avesse avuto un sistema deambulatorio funzionante[142],
o meglio a farla scappare via dalla comunità di Saugus Ma per ritrovarsi senza casa, impaurita, trascinata da forze psichiche oscure nel
posto piú infame della Rte. 1, il tempio della depravazione e dei tossici con le luci al neon, per cercare di dimenticare, di fare tabula rasa,
di cancellare totalmente la memoria, di tramortirla con gli oppiacei.
Con la voce tremante accetta il fazzoletto tipo bandana che le viene
offerto dal presidente e si soffia il naso una narice alla volta e dice che
gli sembra quasi di rivedere la Cosa davanti a sé in questo momento:
quella Sua espressione – alla luce dello specchio della toilette si vedeva solo il bianco dei Suoi occhi – e anche se la catatonia e la paralisi
completa impedivano alla Cosa di contrarre i muscoli della faccia arrossata non permettendole di produrre una qualche espressione che
potesse vagamente ricordare le espressione umane, eppure un qualche
strato mobile ed espressivo nella parte piú remota sotto lo strato in cui
si producono le espressioni facciali delle persone normali, questo strato, appunto, che secondo lei doveva essere una caratteristica unica della Cosa, si era contratto per produrre, in quella faccia molliccia con la
consistenza del formaggio, uno sguardo tirato e allo stesso tempo ansimante che esprime la concentrazione neurologica che contraddistingue il piacere carnale piú dei gemiti e dei sospiri. La faccia aveva lo
sguardo postcoito che ci si potrebbe immaginare sulla faccia di un vacuolo o di un protozoo che ha sparato il proprio carico monocellulare
nell'acqua fredda di un mare molto antico. Per farla breve la ragazza
dice che l'espressione della faccia della Cosa era indescrivibile, orribile, disgustosa e terrificante, una cosa che non si può dimenticare. Era
anche la stessa identica espressione della faccia di una donna in una
foto di una statua cattolica, di cui non veniva riportato il nome, che

era appesa (la foto) nel salottino della famiglia adottiva, la famiglia con gravi disfunzioni, proprio sopra il tavolino di teak dove la madre adottiva, con le sue disfunzioni gravi, teneva il rosario, i libri delle preghiere del giorno e il breviario; nella foto si vedeva la statua di una donna con i vestiti di pietra tirati su da una parte e sgualciti nel modo piú sensuale e lascivo che si possa immaginare; la donna era appoggiata a una roccia non scolpita, con i vestiti sollevati e un piede di pietra che sporgeva dalla roccia, aveva le gambe aperte e un angelo che poteva essere un cherubino con lo sguardo da pazzo psicotico le stava ritto sulle cosce aperte e puntava una freccia nel punto in cui il vestito di pietra nascondeva una tetta fredda, la faccia della donna era rivolta verso l'alto, era tesa e contratta, con quello stesso identico fremito dello sguardo protozoico, che oltrepassava il piacere e il dolore. La mamma adottiva, che era un tipo strambo, si inginocchiava tutti i giorni davanti a quella foto con il rosario a pregare, e pretendeva che tutti i giorni la figlia adottiva sollevasse la Cosa dalla sedia a rotelle, che finora non era mai stata nominata, e la tenesse sotto il braccio per farla abbassare perché compisse, piú o meno, il gesto di devozione di mettersi in ginocchio di fronte alla foto, e mentre la Cosa emetteva i Suoi gorgoglii con il capo che le ciondolava da tutte le parti, la ragazza che parla aveva avuto modo di guardare la foto tutte le mattine e di provare sempre una sensazione di repulsione indicibile, mentre sorreggeva la Cosa come un peso morto e cercava di tenerle su la testa; adesso con la luce dello specchio aveva dovuto guardare la stessa identica espressione sulla faccia di una catatonica che era stata oggetto di un abuso incestuoso, un'espressione che al tempo stesso era di riverenza e di bramosia, sulla faccia della Cosa che era attaccata con i capelli alla faccia di gomma moscia di una vecchia dea del sesso. E per farla breve (dice la ragazza e non ha nessuna intenzione di fare dello spirito, per quanto possano giudicare quelli della Bandiera Bianca) la ragazza adottata, cosí traumatizzata e ferita, se l'era data a gambe dalla stanza da letto e dalla famiglia adottiva per finire nella notte della North Shore dove finiscono tutti gli adolescenti fuggiaschi, e aveva fatto la spogliarellista, si era semiprostituita, si era bucata in vena e cosí via fino a che non era arrivata al bordo del dirupo, dove aveva dovuto scegliere tra le due possibilità che si presentano a tutti i tossici, sperando solo di Dimenticare. Questa è stata la causa di tutto, dice; questo è quello dal quale sta cercando di guarire, un Giorno per Volta, e sicuramente è molto contenta di essere qui con il suo Gruppo oggi, sobria e con il coraggio di ricordare, e quelli nuovi dovrebbero Continuare a Venire... Mentre sta raccontando quello che ritiene sia la verità eziologica, anche se il monologo sembra sincero e non manipolato o per lo meno un B + nella graduatoria di lucidità della storia totale degli Aa, le facce delle persone nella sala sembrano distanti e la gente si gratta la testa e si muove con un certo disagio sulle sedie per mancanza di empatia nei confronti dell'invito implicito del racconto che in fondo voleva dire povera-me-guarda-cosa-mi-è-successo; il tono di autocommiserazione del racconto di per sé è meno offensivo (anche se molti di quelli della Bandiera Bianca, Gately lo sa, hanno avuto un'infanzia che fa sembrare quella della ragazza come una giornata alla Sei Bandiere sul Poconos) di quanto non lo sia la spiegazione contenuta nel racconto stesso, un appello a una Causa esteriore che nella mente del dipendente può facilmente diventare una Scusa, tanto che ogni attribuzione di causa è temuta, bandita e punita con la mancanza di empatia dagli Aa di Boston. Il *Perché* del Disagio è un labirinto che a tutti gli Aa viene fortemente suggerito di boicottare, abitato come il labirinto di Dedalo da due minotauri gemelli, *Perché Io?* e *Perché No?*, che rappresentano l'Autocommiserazione e il Rifiuto, i due aiuti di campo piú temibili del Sergente Istruttore con la faccia da smile. Gli Aa di Boston «Qui Dentro» che ti proteggono contro un tuo ritorno «Là Fuori» non vogliono sapere qual è stata la causa del tuo Disagio. Ti prescrivono una ricetta semplice e pratica per ricordarsi ogni giorno che hai il Disagio e come devi fare a curarlo tutti i giorni, e come devi fare per sfuggire il piú lontano possibile dal fantasma di un piacere che ti vuole adescare e uncinare e ti vuole trascinare Fuori e vuole mangiare il tuo cuore crudo e (se sei fortunato) vuole farti fuori per sempre. Cosí non sono permessi i perché e i per come. In altre parole lascia la testa fuori della porta prima di entrare. Anche se non può essere fatto rispettare in modo convenzionale, questo assioma, che è l'assioma di base degli Aa, ha un carattere molto autoritario, forse quasi protofascista. Con una certa ironia uno che aveva messo le tende Là Fuori e i cui miseri effetti personali erano stati impacchettati e buttati in soffitta dal personale della Ennet House aveva inciso in modo indelebile il suo tributo alla vera Direttiva Primaria degli Aa con un coltello da tasca con il manico di legno di rosa sulla sedia di plastica davanti al cassettone della Stanza 5 del Reparto degli Uomini nell'Anno dei Cerotti Medicati Tucks:

«Non chiedere PERCHÉ
se non vuoi MORIRE
fai quello che ti viene DETTO
Se non vuoi MORIRE»[143]

La coreografia del colloquio si era stabilizzata nella forma di Steeply che fumava, le braccia nude incrociate, e si alzava e si abbassava
sulla punta delle scarpe con i tacchi alti, mentre Marathe si piegava in
avanti sulla sedia di metallo, le spalle curve e la testa leggermente pen-
dente in una posizione sulla quale si era molto esercitato e che gli permetteva quasi di dormire mentre continuava a seguire ogni dettaglio
di una conversazione o di una sorveglianza stancante. Si era tirato su
il plaid fino a coprirsi il petto (Marathe). Era sempre più freddo sulla
piattaforma che si trovava a una certa altitudine. Si sentivano le vam-
pate di calore che si alzavano sopra di loro dal Deserto di Sonora e andavano a finire nel coagulo luccicante di stelle che stava sopra le loro
teste. La camicia che Marathe indossava sotto il giacchettino impermeabile non era una di quelle con disegni hawaiani.

A questo punto Marathe non aveva capito che cosa volesse sapere
da lui Hugh Steeply dell'Usous, o quale verifica volesse fare con il tradimento di Marathe. Vicino alla mezzanotte Steeply gli aveva comunicato la notizia che lui (Steeply) era stato in Congedo Matrimoniale
dal suo recente divorzio, e ora era tornato a svolgere il suo compito sul
campo, per la qual cosa indossava le protesi al seno e forniva le credenziali di una giornalista donna, e consisteva nel tenersi buoni i parenti e la cerchia degli amici più stretti del presunto regista dell'intrattenimento. Marathe aveva preso in giro bonariamente la mancanza di
originalità di una copertina del giornale, poi in modo meno bonario aveva preso in giro anche il nome falso di Steeply e aveva espresso dubbi
alquanto ironici sulla possibilità che per la facciona elettrolizzata di
Steeply si potesse mettere in mare anche una sola nave o vascello.

C'era stata quella prima notte di un inverno brutale, all'inizio
dell'èra del tempo sponsorizzato dell'Onan, subito dopo la disseminazione di InterLace di *L'uomo che cominciò a sospettare di essere fatto di
vetro*, quando Lui In Persona venne fuori dalla sauna e arrivò da Lyle
ubriaco fradicio e depresso perché perfino i bastardi dei giornali avanguardisti si erano lamentati del fatto che anche nella sua produzione di
intrattenimento commerciale il tallone di Achille di Incandenza era la
trama, che nonostante tutti gli sforzi Incandenza non era riuscito a tirare fuori una trama interessante, nessun movimento che ti risucchias-
se e che ti trascinasse[144]. Forse Mario e la Sig.na Joelle Van Dyne sono
le uniche persone che sanno che il Dramma Trovato[145] e l'anticonfluenzialismo sono frutto di questa notte con Lyle.

Eppure non è che gli Aa di Boston rifuggano l'idea della responsabilità. La causa: no; la responsabilità: sí. Sembra che tutto dipenda dalla direzione indicata dalla freccia della presunta responsabilità. La spogliarellista con la faccia dura adottata si è presentata come l'oggetto di una Causa esterna. La freccia ritorna nella posizione
originaria quando l'ultima e forse la migliore tra quelli dei Fondà-
mentali Avanzati che hanno parlato all'incontro di questa sera, un'altra arrivata da poco, una ragazza rotonda e rosa completamente senza ciglia e i denti rovinati dalla cocaina freebase, si alza e racconta
con un accento senza r tipico del Sud di Boston di essere rimasta incinta a vent'anni e di avere fumato freebase pura fino a finirsi durante tutta la gravidanza anche se sapeva che era pericoloso per il
bambino e desiderava disperatamente di riuscire a smettere. Racconta che le si ruppero le acque e le iniziarono le contrazioni una notte tardi nella stanza d'albergo che le era stata messa a disposizione
dall'assistenza sociale mentre era proprio nel bel mezzo di uno sballo per pagare il quale aveva dovuto fare marchette tutta la notte e
aveva fatto delle cose incredibilmente schifose e degradanti; dice che
lo faceva per farsi, anche quando era incinta; e anche quando i dolori delle contrazioni erano diventati troppo forti da resistere, non
era riuscita a staccarsi dalla pipa della coca per andare in una clinica
pubblica a partorire, e cosí era rimasta seduta sul pavimento della
camera d'albergo dell'assistenza sociale e si era fatta di roba pura per
tutto il tempo del travaglio (il velo della ragazza nuova, Joelle, si alza e si abbassa con il suo respiro, osserva Gately, proprio come durante il racconto della ragazza precedente quando aveva descritto
l'orgasmo della statua nella foto votiva della madre cattolica della ragazza catatonica con quelle disfunzioni gravi); e cosí alla fine aveva
partorito il bambino da sola sul tappettino della sua stanza su un fianco come una mucca, mentre continuava a riempire la pipa di vetro e
a fumare per tutto il tempo senza potersi fermare; e il bambino era
secco e duro come una cacata costipata, senza quella acquerugiola
protettiva e senza nessun materiale di quelli che normalmente vengono fuori dopo la nascita, e cosí scoprí che il bambino era minuscolo e tutto risecchito, dello stesso colore del tè forte, ed era morto, e non aveva neanche la faccia, nell'utero non aveva sviluppato gli
occhi e neanche le narici e aveva soltanto una piccola virgola al posto della bocca, senza labbra, e gli arti erano malformati e aracno-
dattili, e c'era una specie di membrana traslucida tipo rettile tra le
dita mucronate; la bocca della ragazza è un arco di dolore tremolante; il suo bambino era stato avvelenato prima che potesse sviluppa-

re una faccia o prima di poter fare le sue scelte personali, e sarebbe subito morto in una Crisi di Astinenza dalla Sostanza nell'incubatrice di Pyrex della clinica pubblica se fosse uscito fuori vivo, ne era certa, perché lei si era fatta continuamente di freebase per tutta la gravidanza; e alla fine consumò tutta la roba e poi aveva fumato il filtro e anche la palla di lana d'acciaio nella pipa e anche il tessuto del filtro era andato in cenere e poi aveva raccattato dal tappeto anche dei pezzettini che sembravano lanugine e li aveva fumati, e alla fine la ragazza era svenuta, ancora con il cordone ombelicale attaccato al bambino morto; e come quando si riebbe di nuovo alla luce che non risparmia niente del mezzogiorno del giorno dopo e vide la cosa che era ancora attaccata alla sua pancia ormai vuota per il cordone risecchito si trovò davanti la punta della freccia della responsabilità, e non appena guardò alla luce del giorno il bambino appena nato senza faccia e tutto risecchito, fu sopraffatta dal dolore e dal disprezzo per se stessa tanto che eresse una fortificazione di completo Rifiuto, un Rifiuto totale. Prese in braccio quella cosa morta e la cullò proprio come se fosse viva, e la portò con sé dappertutto, proprio come, secondo lei, dovevano fare le madri premurose che si portano i loro bambini da qualsiasi parte, il corpo del bambino senza faccia completamente avvolto e nascosto in una copertina rosa che la madre tossica in attesa era riuscita a comprare da *Woolworth* al settimo mese, e non tagliò il cordone ombelicale fino a che la parte del cordone che era attaccata a lei uscí fuori, e continuava a penzolare e mandava un puzzo terribile; lei seguitava a portarsi il bambino morto dappertutto, anche quando faceva le marchette, perché, non importava se fosse una madre single o no, doveva ancora farsi, e cosí portava in braccio il bambino avvolto nella coperta, mentre camminava per strada con gli short fucsia e il top allacciato al collo e i tacchi a spillo verdi, a fare marchette, fino a che non s'incominciò a sentire chiaramente, mentre girava intorno al suo isolato – era agosto – diciamo che s'incominciò a sentire in maniera del tutto evidente che il bambino nel bozzolo della coperta macchiata, che lei teneva in braccio, non era un bambino vitale da un punto di vista biologico, e quelli che si trovavano a passarle accanto nelle strade della zona sud di Boston iniziarono a scansarla con la faccia bianca, quella ragazza con i denti neri e senza ciglia (le ciglia erano scomparse in un incidente con la Sostanza; il pericolo di incendi e la displasia dentale trovano terreno fertile con la coca pura) e con uno sguardo calmo che la faceva sembrare stregata, ignara della strage olfattiva che stava causando nelle strade oppresse dall'afa; ma il suo giro d'affari con le marchette quell'agosto subí una notevole contrazione, per un motivo del tutto comprensibile, e alla fine nella zona si incominciò a mormorare del suo problema, del suo Rifiuto con il bambino, e le sue colleghe cocainomani e le amiche della strada, anche loro della zona sud di Boston, le si avvicinarono protestando gentilmente con il loro accento senza *r* e con dei fazzoletti profumati in mano, e cercarono di farla ragionare e di farle superare il suo Rifiuto, ma la ragazza le ignorò tutte, proteggeva il suo bambino da ogni male e lo teneva stretto a sé – ormai era attaccato a lei nel vero senso della parola e sarebbe stato piuttosto difficile staccarlo dalla sua mano – e camminava per le strade evitata da tutti, senza clienti, in rovina, ormai alle prime fasi della crisi di Astinenza dalla Sostanza, con quello che rimaneva del cordone ombelicale del bambino morto che ciondolava dalla coperta di *Woolworth* incrostata che ormai non si poteva piú chiudere perché era tutta gonfia: per quanto riguarda il Rifiuto, la ragazza stava vivendo un Rifiuto di Serie A ma alla fine un poliziotto in servizio, pallido e barcollante, telefonò al tristemente famoso Dipartimento dei Servizi Sociali del Commonwealth – Gately vede continuamente le mamme alcoliste farsi il segno della croce e tremare quando viene nominato il Dss, il peggiore incubo di ogni genitore dipendente, quelle persone con tutte quelle definizioni legali e astruse di Abbandono e la mazza con la punta di tungsteno da usare con le porte degli appartamenti chiuse a tre mandate – e dette un allarme isterico per quella puzza tremenda; su una finestra scura Gately vede il riflesso di una mamma seduta con gli Aa di Brighton che ha portato con sé all'incontro le sue due bambine e appena viene nominato il Dss le stringe a sé per un riflesso condizionato, una testa contro ciascun seno, mentre una della bambine si divincola e piega le ginocchia nella maniera tipica di quando i bambini hanno bisogno del vasino – ma ora appunto stavamo parlando del Dss, e un plotone del personale per il pronto intervento del Dss, efficace come un allume di Wellesley, munito di bloc-notes e tailleur di Chanel neri che mettevano una certa soggezione, stava già dando la caccia alla ragazza tossicodipendente e al bambino defunto senza faccia per le strade della zona sud di Boston; ma alla fine, piú o meno in questo periodo, durante la terribile ondata di caldo della fine dello scorso agosto, il grave problema collegato alla vitalità biologica del bambino si presentò in maniera cosí violenta che perfino la madre tossica, nonostante il suo Rifiuto, non poté piú ignorarlo e negarlo – e la reticenza della madre a descrivere la cosa nei particolari (dice solo che aveva soprattutto grossi problemi a tenere lontani gli insetti) rende le cose ancora piú difficili per i membri della Bandiera Bianca, dato che scatena le fantasie piú oscure di cui abbondano tutti coloro che fanno abuso di qualche Sostanza – cosí la madre racconta come alla fine crollò, sia da un punto di vista emotivo che olfattivo, distrutta dalla cosa ormai troppo evidente, sul campo da gioco di cemento del palazzo abbandonato dove viveva la madre ormai defunta, quel progetto che dovevano costruire nella L Beach Street del quartiere sud, e la squadra operativa del Dss si presentò per la cattura, e lei e il suo bambino furono catturati, e vennero richiesti dei solventi spray speciali per staccare la coperta di *Woolworth* dal petto materno, e il contenuto della coperta fu rimesso insieme alla meno peggio e posto in una bara del Dss che la ragazza ricorda era della stessa misura di un beauty-case Mary Kay, e la ragazza fu informata sui dettagli medici da uno del Dss con un blocco in mano, e cioè che il bambino era stato involontariamente intossicato a morte durante lo sviluppo che lo avrebbe fatto diventare un ragazzo; e la madre, dopo un raschiamento doloroso per togliere la placenta che si era portata dietro per tutti quei giorni, passò i quattro mesi successivi nella corsia dell'ospedale Metropolitan State a Waltham Ma, sotto sorveglianza perché aveva perso la testa per i sensi di colpa che erano stati soltanto ritardati dal Rifiuto, per l'astinenza dalla cocaina e per l'odio terribile che provava contro se stessa; e quando alla fine venne dimessa dal Met State con il suo primo assegno dell'Ass per incapacità mentale, scoprí di non provare piú alcun interesse per panetti di roba e polvere, voleva solo bottiglie alte e vellutate sulle cui etichette era riportata la gradazione alcolica standard, e cominciò a bere e in cuor suo era sicura che non avrebbe mai smesso o non avrebbe mai digerito la verità, e racconta che alla fine arrivò a un certo punto in cui doveva per forza riuscire a buttare giú la sua responsabilità; e fece alla svelta ad arrivare completamente ubriaca sul cornicione della finestra della camera d'albergo dell'assistenza sociale con davanti le due possibilità e alle 0200h di notte fece una telefonata singhiozzante, e cosí eccola qui, a scusarsi con loro per aver parlato troppo, per aver provato a dire una verità che spera un giorno di riuscire a buttare giú. Cosí non le resta che provare e vivere. E quando conclude chiedendo loro di pregare per lei, la sua richiesta non è una cosa rifritta. Gately cerca di non pensare. Qui non c'è nessuna Causa e nessuna Scusa. È semplicemente quello che è successo. Questa ragazza che ha parlato per ultima è veramente nuova, pronta: tutte le difese sono state bruciate via. Con la pelle tirata e man mano sempre piú arrossata, sul podio, con gli occhi strizzati, sembra che sia lei il bambino. Quelli della Bandiera Bianca rendono il piú grande omaggio degli Aa a questa mela marcia della società che è appena arrivata tra loro: devono ricordarsi perfino di battere gli occhi mentre la guardano e la ascoltano. Si identificano senza nessuno sforzo. Non esprimono giudizi. È chiaro che è già stata punita abbastanza. E in fondo è sempre la stessa storia, Là Fuori. E il fatto che l'hanno ascoltata cosí attentamente, cosí attentamente che anche Tiny Ewell e Kate Gompert e i peggiori tra loro, tutti sono stati seduti immobili ad ascoltarla senza battere ciglio, a guardare non solo la sua faccia ma dentro di lei, aiuta Gately a ricordarsi di nuovo che avventura tragica sia questa, che nessuno di loro ha firmato qualcosa per averla.

Erano la strana coppia delle libagioni, il muscoloso guru del fitness e il regista/ottico alto con le spalle a gruccia, e spesso tiravano tardi nella sala pesi, seduti sul distributore degli asciugamani, a bere, Lyle la sua Diet Coke senza caffeina, Incandenza il suo Wild Turkey. Mario era lí accanto per essere d'aiuto se finiva il ghiaccio o se Lui in Persona aveva bisogno di sostegno morale per arrivare all'orinatoio. Spesso quando era veramente tardi Mario cadeva in un dormiveglia che si interrompeva di continuo, in piedi e tutto inclinato in avanti, retto dal suo sprone.
James Incandenza era una di quelle persone che quando bevono sembrano cambiare personalità: calmo ed equilibrato e quasi freddo da sobrio, da ubriaco si spostava dall'altra parte dello spettro delle emozioni umane, e spesso si apriva in un modo che era quasi imprudente.
Certe volte, dopo aver libato ben bene con Lyle nel cuore della notte nella nuova sala pesi dell'Eta, Incandenza si apriva e faceva vibrare le corde piú profonde del suo cuore perché tutti si sentissero colpiti e potenzialmente feriti. Per esempio una notte Mario, molto inclinato in avanti sul suo sprone, uscí dal dormiveglia per sentire il padre che diceva che se avesse dovuto dare un voto al suo matrimonio gli avrebbe dato un C–. Questo sembra potenzialmente un giudizio imprudente all'estremo, anche se Mario, come Lyle, tende a prendere i dati cosí come vengono.
Lyle, che certe volte era un po' alticcio anche lui a forza di leccare il sudore intriso di bourbon di Lui in Persona, spesso tirava fuori Blake, William Blake, durante queste sedute lunghe tutta la notte, e leggeva Blake a Incandenza con le voci di vari personaggi dei cartoni animati, e alla fine Lui in Persona iniziò a pensare che fosse una cosa profonda[146].

○

8 NOVEMBRE
ANNO DEL PANNOLONE PER ADULTI DEPEND
GAUDEAMUS IGITUR

Se è strano che la prima cartuccia-film quasi coerente di Mario Incandenza – un lavoro di 48 minuti girato tre estati fa nel ripostiglio
attentamente decorato del Subdormitorio B con la sua Bolex H64 con
l'attacco per la testa e il pedale – se è strano che il primo lavoro di Mario consista in un film di uno spettacolo di marionette – tipo uno spettacolo di marionette per bambini – allora sembra ancora piú strano che
il film abbia avuto molto piú successo tra gli adulti e gli adolescenti
dell'Eta che tra i bambini storicamente sottoinformati per i quali era
stato fatto. Ha avuto un cosí grande successo che viene proiettato ogni
anno nel giorno 8/11, cioè il Giorno dell'Interdipendenza Continentale, con un proiettore da cartuccia ad ampio raggio su uno schermo
montato nella sala da pranzo dell'Eta, dopo cena. Fa parte dell'ironica celebrazione annuale di gala del Giorno dell'I. in un'Accademia il
cui fondatore aveva sposato una canadese, e di solito comincia alle
1930h, il film, e tutti si riuniscono nella sala mensa, e lo guardano, e
per gentile concessione[147] festiva di Charles Tavis a tutti viene data
una merendina per mano invece delle solite palle da tennis da strizzare, e non solo, ma per un'ora le regole dietetiche dell'Eta sono completamente sospese, e la Sig.ra Clarke, la dietologa che sta in cucina –
in passato chef a Quattro Stelle specializzata in dolci e qui relegata a
escogitare il modo migliore di apportare proteine e variare i carboidrati complessi – alla Sig.ra Clarke viene concesso di mettersi il cappello floscio da chef ed esagerare con gli zuccheri nella cucina splendente della West House. Tutti devono indossare un cappello – ovviamente svetta su tutti quello alto e appuntito da strega di Avril
Incandenza con cui si presenta in classe ogni 31 ottobre, e Pemulis indossa il suo strano cappello da barca con la passamaneria marina, e il
pallido e foruncoloso Struck si mette un berretto con una specie di
pennacchio svolazzante, e Hal un cappello nero da predicatore con una
rigida tesa tonda girata all'ingiú eccetera[148] – e Mario, come regista e
autore putativo del popolare film, viene incoraggiato a dire qualche
parola, tipo otto:
«Grazie a tutti e spero che vi piaccia», è quello che dice quest'anno, con Pemulis dietro di lui che fa finta di mettere un maraschino
sulla punta del piccolo spumino di panna spray spruzzato da O. Stice sulla Bolex H64 montata sulla testa di Mario, che gli conta come

cappello, mentre siamo quasi alla fine della cena di gala del Giorno
dell'I., allo zenit del momento del dessert, e la situazione sta andando fuori controllo. Queste poche e brevi parole e uno scroscio di applausi sono il momento pubblico piú importante dell'anno per Mario
all'Eta, che lui non ama né odia – un po' come per il film stesso, che
è senza titolo e iniziò come un adattamento per bambini di *L'Onanteide*, una parodia politica di quattro ore tendenzialmente anticon-
fluenzialista giudicata opera minore dagli archivisti del suo defunto
padre. Il lavoro di Mario in realtà non è migliore di quello del padre;
è solo diverso (oltre a essere naturalmente molto piú corto). È del tutto chiaro che qualcun altro nella famiglia Incandenza aveva messo una
mano amanuense nella sceneggiatura, ma Mario fece personalmente
la coreografia e gran parte del lavoro con le marionette – le sue braccine corte a forma di s e le dita falciformi sono perfette per dare l'inclinazione in avanti del corpo di una marionetta di un politico standard con la testa grossa – e sicuramente era stata la piccola, squadrata scarpina Hush Puppy di Mario ad azionare il pedale della H64, la
Bolex montata su uno dei treppiedi Tl Husky IV in uno dei laboratori chiusi a chiave del tunnel, dove le scope e i secchi per le pulizie
erano stati attentamente spostati fuori dell'inquadratura, su tutte e
due le parti del piccolo palco di velluto.

Ann Kittenplann e due ragazze piú grandi anche loro con i capelli rasati hanno in testa dei fedora identici, di quelli con la tesa che si
chiude con il bottone di metallo, e siedono con le braccia incrociate,
la mano destra della Kittenplan è fasciata. Mary Esther Thode sta
dando di nascosto i voti agli esami di medio termine. Rik Dunkel ha
gli occhi chiusi ma non sta dormendo. Qualcuno ha messo un cappellino dei Red Sox in testa al professionista siriano ospite, e il professionista siriano ospite è seduto con i prorettori e ha un'espressione confusa, la spalla fasciata con un impacco caldo, e cerca di essere
gentile sull'autenticità comparativa della *baklava* della Sig.ra C.

Tutti si concentrano e tutto tace a eccezione dei rumori di saliva
e masticazione, e c'è l'odore dolciastro di lievito della pipa dell'allenatore Schtitt; alle luci, con un berretto gigante in testa c'è Tina Echt,
la bambina piú piccola dell'Eta.

La cosa di Mario si apre senza titoli di testa, con la grossolana imposizione in caratteri di falsa stampa lynotype di una citazione dalla seconda Inaugurazione del Presidente Gentle: «Che il nostro appello si
diffonda a ogni nazione che vogliamo avvicinare a noi: il passato è stato illuminato da una nuova e millenaria generazione di Americani», sulla foto in primo piano di un personaggio veramente inconfondibile. È
la faccia di Johnny Gentle, il Famoso Cantante Confidenziale. È Johnny

Gentle, nato Joyner, il cantante di piano bar poi diventato idolo delle adolescenti, poi star dei film di serie B, sgradevolmente noto da vent'anni come «L'Uomo piú Pulito nel Mondo dello Spettacolo» (è un ritentivo da primato mondiale, alla Howard Hughes, uno di quelli con la paura paralizzante di essere contaminato da qualcosa nell'aria, di quelli che si-mettono-una-maschera-chirurgica-contro-le-microinfiltrazioni-o-fanno-mettere-cappellini-e-maschere-chirurgiche-a-quelli-che-gli-stanno-intorno-e-toccano-le-maniglie-delle-porte-solo-con-un-fazzoletto-sterilizzato-e-si-fanno-quattordici-docce-al-giorno-solo-che-non-sono-proprio-docce-e-si-fanno-in-quelle-cabine-Hypospectral-Flash-Booth-della-Dermalatix-che-ti-bruciano-lo-strato-piú-esterno-della-pelle-con-un-flash-accecante-e-ti-lasciano-la-pelle-liscia-come-quella-del-culo-di-un-bambino-appena-nato-quando-ti-togli-di-dosso-la-pellicola-sottile-di-cenere-epidermica-con-un-fazzoletto-sterilizzato), poi piú tardi è diventato il promotore del toupet sterile e un pezzo grosso del sindacato dello spettacolo, agente di cantanti confidenziali a Las Vegas e leader dell'infame Corporazione dei Vocalisti Vellutati, il sindacalista abbronzato con le catene d'oro al collo che indisse quei sette mesi tristemente conosciuti come il «Silenzio in Diretta»[149], cioè il silenzio delle arti rappresentative che trovò totale solidarietà e nessun crumiraggio e interessò per piú di sei mesi tutti gli spettacoli di varietà e i teatri dal deserto alla costa del New Jersey fino a che la Direzione non si accordò su una formula di compensi equa e retroattiva per i diritti sui dischi e i Cd che venivano pubblicizzati in televisione alla fine del millennio e si ordinavano per telefono: «Non Dimenticate Di Ordinarlo Prima Della Mezzanotte Di Oggi». Da qui diventò Johnny Gentle, l'uomo che mise in ginocchio la Ge/Rca. Poi, nel piú oscuro fulcro millenario della storia degli Stati Uniti, arrivò il passaggio alla politica a livello nazionale. I primi piani che Mario mostra in varie dissolvenze sono di Johnny Gentle, il Famoso Cantante Confidenziale, il fondatore del nuovo «Partito Pulito degli Usa», l'agnazione anulare apparentemente strana ma politicamente presciente tra gli estremisti dell'ultradestra che vanno a caccia di cervi con le armi automatiche e i sinistrorsi macrobiotici con le code di cavallo sgranocchiatori di cereali che vogliono Salvare-l'Ozono, -le-Foreste Pluviali, -le-Balene, -i-Gufi Macchiati-e-i Corsi-d'Acqua-ad-Alto-pH, un'unione surreale tra le frange disilluse di Rush L. e di Hillary R.C. che si attirarono le critiche sguaiate dei piú importanti media alla loro prima Convention (tenuta in ambiente sterile); partito apparentemente marginale tipo quello di LaRouche, il cui primo cavallo di battaglia era stato Spariamo Nello Spazio I Nostri Rifiuti[150]; il Ppusa era stato per tre anni una specie di barzelletta nazionale post-Perot, finché – col dito protetto da guanti

sterili tenuto sul polso di un asmatico elettorato americano che buttava via i pannelli solari ed era sempre piú incazzato – il Ppusa, senza che
nessuno se lo aspettasse, si aggiudicò la vittoria per il quadriennio grazie allo spasmo reazionario di un elettorato incattivito, e quelli dell'Uw-
sa e di LaRouche e i Libertari si mangiarono le mani per l'invidia mentre i Democratici e i Repubblicani rimasero fermi a guardare ammuto-
liti, come due compagni di doppio che pensano che la palla la prenderà
sicuramente l'altro; i due partiti principali dell'establishment finirono
squartati lungo stanche linee filosofiche in un'epoca buia in cui tutti i
depositi interrati erano ormai pieni, nelle vigne nasceva direttamene
uva passa, e a volte in certi posti la pioggia invece di ticchettare cadeva con un rumore sordo; era anche un'èra post-sovietica e post-ǧihād
dove non esisteva la minaccia esterna di qualche potenza unificata da
odiare e temere – e in un certo senso era peggio cosí – e per questo gli
Stati Uniti si erano chiusi in loro stessi e pensavano esclusivamente alla loro fatica filosofica e ai loro rifiuti maleodoranti con uno spasmo di
rabbia terrorizzata che in retrospettiva sembra possibile solo in un periodo di supremazia geopolitica e di conseguente silenzio, per via della
perdita di una Minaccia esterna da odiare e temere. Questa faccia immobile sullo schermo dell'Eta è Johnny Gentle, il Terzo Incomodo che
ha lasciato tutti a bocca aperta. Johnny Gentle, il primo Presidente degli Stati Uniti a dondolare il microfono per il filo durante il suo Discorso Inaugurale. Johnny Gentle, la cui immacolata scorta dell'Ufficio dei Servizi Non Specificati obbligò gli spettatori del Discorso Inaugurale a lavarsi bene, mettersi la maschera e camminare nelle vaschette
con acqua e cloro come quelle delle piscine pubbliche. Johnny Gentle,
che in qualche modo riusciva a sembrare presidenziale anche con una
maschera di microfiltraggio Fukoama sul viso, che invocò nel suo Discorso Inaugurale una Nazione piú Ordinata e Pulita. Che promise di
ripulire il governo e farlo dimagrire e spazzare via i rifiuti e lavare con
gli idranti le nostre strade infestate di sostanze chimiche e di dormire
pochissimo finché non avesse trovato il modo di liberare la psicosfera
americana dagli spiacevoli rottami di un passato da buttare, di far restaurare le ambre maestose e i frutti purpurei di una cultura che promise di liberare dagli effluvi tossici che asfissiano le nostre autostrade
e imbrattano le strade secondarie e rovinano i nostri tramonti e insoz-
zano quei porti nei quali sono ancorate le chiatte piene di spazzatura
che si vedono in televisione, lerce e impotenti in mezzo a nuvole di gabbiani con la pancia gonfia e quelle disgustose mosche blu che vivono
sulla merda (il primo presidente degli Stati Uniti a dire la parola *merda*
in pubblico, rabbrividendo), le chiatte rugginose che scarrocciano su e
giú per le coste sudicie di petrolio o galleggiano puzzolenti a emettere

Co mentre aspettano l'apertura di nuove discariche interrate e depositi tossici che il Popolo chiede a gran voce ma mai nella nella propria città. Il Johnny Gentle che con il suo Ppusa ha capito per primo che il rinnovamento americano non poteva che essere una questione estetica. Il Johnny Gentle che anche a costo di apparire a volte impopolare promise di essere l'architetto di un'America Senza Macchia Che Avrebbe Tenuta Pulita La Sua Parte Di Strada. Una nazione di una nuova èra, alla ricerca dell'Uno, del Poliziotto Mondiale di un tempo che ora stava per andare in pensione e aveva fatto lavare a secco la sua uniforme blu e l'aveva messa via in tre sacchi di plastica della lavanderia e aveva appeso le manette per poter passare un po' di tempo in famiglia a rastrellare il prato, a pulire dietro il frigorifero e coccolare i suoi bambini appena usciti dal bagno, tenendoli sulle ginocchia avvolte nei pantaloni ben stirati del suo abito borghese. Un Gentle dietro il quale sorrideva benignamente un diorama di Lincoln del Lincoln Memorial. Un Johnny Gentle che proclamava di «non voler fare gare di popolarità» (le marionette del pubblico del discorso sono fatte con gli stecchini del Popsicle e feltro e hanno un'espressione perplessa sopra le loro minuscole maschere chirurgiche verdi). Il Presidente J.G., il Famoso Cantante Confidenziale che disse che non ci avrebbe chiesto di fare delle scelte difficili approfittando della sua posizione, perché quelle scelte le avrebbe fatte lui per noi. Voleva soltanto che ci rilassassimo e ci godessimo lo spettacolo. Che sapeva ricevere un applauso caloroso dai militanti del Ppusa in tuta mimetica e sandali-e-poncho con la grazia serena del vero professionista. Che aveva i capelli neri e le basette argentate, proprio come la sua marionetta con la testa grossa, e l'abbronzatura polverosa color mattone che hanno solo i senzatetto e quelli con la cabina di sterilizzazione personale della Dermalatix Hydrospectral. Che dichiarava che né il Tassa & Spendi né il Taglia & Prendi a Prestito ci avrebbero fornito un biglietto per l'èra del nuovo millennio (a questo punto c'è ancora piú perplessità tra gli spettatori del Discorso Inaugurale, che Mario rappresenta facendo girare rigidamente le marionette l'una verso l'altra poi in avanti poi di nuovo l'una verso l'altra). Che faceva riferimento a Nuove Fonti di Ricavo ancora intatte che aspettavano solo qualcuno che le scoprisse, e non erano state notate dai suoi predecessori per colpa degli alberi (?). Che prevedeva di tagliare l'adipe budgetaria con un coltello bello grosso. Il Johnny Gentle che insisteva soprattutto – al tempo stesso ci sperava e lo prometteva – sul fatto che gli americani stressati dall'èra atomica dovevano smettere di incolparsi l'un l'altro per i terribili[151] problemi interni. E qui colpetti e risatine sia delle marionette benestanti con le maschere verdi sia delle marionette senzatetto vestite di stracci, con le scarpe scompagnate e le maschere chirurgiche usate, tutte fatte nelle ore di Applicazioni tecniche dalle quarte e quinte classi dell'Eta sotto la supervisione della Sig.na Heath con pezzetti di fiammiferi e stecchini dei Popsicle, il feltro dei biliardi, gli strass al posto degli occhi e le unghie finte smaltate per fare i sorrisi/le smorfie sotto le maschere.

Il Johnny Gentle, Capo del Governo, che tira sul podio un pugno guantato di gomma cosí forte da far quasi staccare il Sigillo e dichiara che, Cazzo ci *deve* essere qualcuno, a parte noi, a cui dare la colpa. Per unirci nell'opposizione a qualcuno. E promette di mangiare leggero e dormire molto poco fino a che non li troverà – tra gli ucraini, o i teutoni, o quei pazzi dei latini. È probabile – e qui fa una pausa con un braccio alzato e il capo basso come faceva a Las Vegas nei momenti topici – che siano piú vicini a noi di quanto non si possa immaginare. Giura che troverà un Altro che farà nascere di nuovo coesione e rinnovamento. Poi prenderà delle decisioni importanti. Allude a un'America del Nord completamente nuova per un mondo folle del dopo millennio. Il primo Presidente degli Stati Uniti a usare la parola *boss* come aggettivo. Il fatto di lanciare come souvenir i guanti chirurgici alla folla in miniatura del Discorso Inaugurale è un tocco personale di Mario.

E naturalmente anche l'idea di Mario Incandenza di rappresentare il gabinetto del Presidente Gentle composto di ragazze nere con i capelli gonfi e abiti luccicanti coperti di lustrini è una ricostruzione storicamente inaccurata, anche se l'inclusione onoraria nel secondo anno di gabinetto del Presidente del Messico e del Pm del Canada è sia fattuale sia seminale:

PRES. MESS. e PM CAN. [all'unisono e con la voce attutita dalle maschere verdi]   È per noi un immenso onore essere invitati a far parte del gabinetto della guida del nostro amato confinante a [scegliere uno a caso].
GENTLE   Grazie, ragazzi. Avete un grande cuore.

Questa non è la scena piú forte della pellicola, troppe frasi di rito e strette di mano a due mani. Ma il fatto storico che il Presidente del Messico e il Pm del Canada ricevano la carica onoraria di Segretari del Messico e del Canada rispettivamente dal Presidente Gentle come se i vicini fossero già diventati una specie di protettorato dell'America del dopo millennio – viene rappresentata come un presagio infausto con un vibrante Fa minore d'organo nella colonna sonora – il Wurlitzer della Sig.ra Clarke – ma le espressioni dei due leader, una torva l'altra gallica, sembrano imperturbabili sotto le maschere verdi mentre vengono pronunciate altre frasi di rito.

Dato che le ristrettezze del budget e dello stanzino delle scope ren-

dono impossibili i passaggi complicati da una scena all'altra, Mario
ha optato per l'espediente scenico dell'*entr'acte*, e fa fare a Johnny
Gentle, il Famoso Cantante Confidenziale, i suoi piú animati numeri di repertorio con i membri del gabinetto che si muovono ondeg-
giando dietro di lui e lo accompagnano tipo i cori della Motown, e le
altre marionette saltano a tempo su e giú dal palcoscenico come richiesto dal copione. Per quanto riguarda il pubblico, quasi tutti i ragazzini dell'Eta sotto i dodici anni, le loro cortecce cerebrali ormai
concentrate solo sull'unico dolce dell'anno, ormai sono emigrati sotto le tovaglie dei lunghi tavoli e incrociano sul pavimento della sala
da pranzo navigando a quattro zampe nel mondo speciale dei bambini fatto di stinchi, gambe di sedie e piastrelle che esiste sotto le tovaglie lunghe, combinando vari tipi di guai puerili – si sta ancora cercando di scoprire chi legò insieme i lacci delle scarpe di Aubrey de-
Lint e fece rimanere incollata alla sedia con la Krazy Glue la natica
destra di Mary Esther Thode l'anno scorso nel Giorno dell'Interdipendenza – ma tutti quelli glicemicamente maturi da rimanere seduti a guardare la cartuccia se la spassano con i cannoli alla cioccolata,
la baklava a ventisei strati oppure panna spray da sola se vogliono, e
dolcetti con i canditi fatti in casa e piccole cose riempite di crema e
caramello e di quando in quando disturbano la proiezione del film e
applaudono con ironia oppure tirano le caramelle che si attaccano allo schermo e dànno un aspetto foruncoloso alla sterile faccia liscia di
Gentle, cosa che tutti approvano. Nelle ultime due sessioni si sono
sentite fare molte battute e imitazioni baritone sul Presidente che ormai dopo due mandati sta antipatico a tutti. Solo John Wayne e un
paio di altri studenti canadesi stanno seduti senza cappello e masticano vigorosamente, le facce annebbiate e distanti. Sono assolutamente estranei a questa prerogativa tutta americana di dare l'assoluzione con l'ironia. I ragazzi canadesi ricordano solo i fatti reali: la
Grande Convessità circondata da una muraglia di vetro che con il suo
impianto di Effettuatori Athscme spinge gli ossidi fetidi del Nord degli Stati Uniti ancora verso nord, verso casa loro: e l'8/11 sentono piú
intensamente le implicazioni del loro essere lí in quel momento, a sud
del confine, ad allenarsi nella terra del nemico-alleato; e quelli meno
talentuosi si chiedono se riusciranno mai a tornare a casa dopo il diploma se non salta fuori la possibilità di giocare tra i professionisti o
di frequentare l'università. Wayne ha un fazzoletto di stoffa e si pulisce il naso continuamente.

La versione chiaramente puerile di Mario dell'opera del padre defunto sull'ascesa dell'Onan e dell'Experialismo degli Stati Uniti si sviluppa attraverso pezzettini diffratti di notizie vere e notizie false e

dialoghi inventati tra gli architetti e i promotori dell'èra del nuovo millennio:

GENTLE   Un altro pezzo di torta alla frutta preassaggiata, J.J.J.C.?

PM CAN.   Non potrei davvero. Mi sento pieno. Non riesco a respirare. Ma non direi di no a un'altra birra.

GENTLE   ...

PM CAN.   ...

GENTLE: Allora siamo d'accordo sul graduale e sottile ma inesorabile disarmo e scioglimento della Nato come sistema di accordi di difesa reciproca.

PM CAN. [La voce è meno attutita rispetto all'ultima scena perché nella maschera chirurgica c'è un buco prandiale]   Su questo siamo al tuo fianco e ti seguiamo. Dico che la Cee si deve pagare le proprie spese per la difesa d'ora in avanti. Lasciamo che si paghino i budget per la difesa e sovvenzioniamo i loro agricoltori per fargli vendere i loro prodotti a prezzi inferiori di quelli del Nafta. Che mangino burro e cannoni una volta tanto, tanto per cambiare. Giusto?

GENTLE   L'hai detta giusta, J.J. Ora forse possiamo concentrare la nostra attenzione sugli affari interni della nostra confraternita. Sulla qualità della vita nella nostra comunità. Cerchiamo di ristabilire le priorità di questo pazzo continente che chiamiamo casa. Sono stato chiaro?

PM CAN.   John, sono qualche chilometro avanti a te. Per caso ho qui con me la mia agenda con il calendario delle scadenze. Ora che i grandi *frappeurs* verranno tolti di mezzo, mi chiedevo quale data posso annotare per la rimozione dal Manitoba dei *frappeurs* Nato Icbm.

GENTLE   Metti via la penna, mio buon canadese. Ho cosí tante colonne di camionette splendenti piene di omaccioni robusti con i capelli tagliati a spazzola e le tute bianche, che di certo non riusciresti a salutarle tutte con la bandiera con la foglia di acero, e proprio in questo istante stanno facendo rotta sui tuoi rifugi sotterranei. La completa totalità della capacità strategica del Canada non sarà piú un problema per te, d'ora in poi.

PM CAN.   John, fammi l'onore di essere il primo capo di Stato al mondo a dirti che sei davvero un grande statista.

GENTLE   Noi nordamericani dobbiamo stare uniti, J.J.J.C., specialmente ora, giusto? O sbaglio? Siamo interdipendenti. Siamo culo e camicia.

PM CAN.   Oggi il mondo è diventato piú piccolo.

GENTLE: E anche questo continente.

Segue un *entr'acte*, la canzone *It's a Small World After All* con la parola *continent* infilata al posto di *world*, il cui enjambment non fa un gran bene alla sezione ritmica delle saltellanti ragazze del gabinetto, ma apre sicuramente la porta all'inizio di una nuova èra.

Può un guru essere tenuto a uno standard del 100 per cento di immunità dalle umane pene del misero desiderio? No. Non al 100 per cento. E non ha importanza quale sia il suo livello di trascendenza, o la sua dieta.

Lyle, giú nel buio della sala pesi nel Giorno dell'Interdipendenza, ogni tanto si ricorda di un giocatore dell'Eta di molti anni prima il cui nome di battesimo era Marlon e del cui cognome Lyle non è mai venuto a conoscenza[152].

La cosa strana di questo Marlon era che era sempre bagnato. Le braccia gli gocciolavano, le magliette gli si scurivano addosso, aveva sempre faccia e fronte lucide. Era il compagno di doppio di Orin all'Accademia. L'omniumidità del ragazzo aveva un gusto tipo le limonate ipocaloriche. Non era esattamente sudore, perché se glielo leccavi dalla fronte si riformavano subito delle nuove goccioline. Non era uno di quei normali, frustranti sudori che aumentano gradualmente. Il ragazzo era sempre sotto la doccia, ce la metteva tutta per essere sempre pulito. Usava anche polveri, pillole, applicazioni elettriche. Ma questo Marlon continuava a gocciolare, tutto lucido. Scrisse anche dei bei versi giovanili sul ragazzo pulito e asciutto che aveva dentro di sé e lottava per emergere da quella superficie fradicia. Si confidava molto con Lyle. Una notte, nella sala pesi deserta, confessò a Lyle che si era buttato a capofitto nello sport agonistico soprattutto per avere una sorta di scusa per essere sempre bagnato. Sembrava sempre che gli fosse piovuto addosso. Ma non era pioggia. Pareva che Marlon non si fosse mai asciugato da quando era uscito dal grembo di sua madre. Era come se perdesse liquido. Era stato un tormento ma per certi versi, in passato, c'erano anche stati degli anni felici. C'era una speranza nell'aria, tormentata e non specifica. Lyle aveva detto a quel ragazzo tutto quello che gli doveva dire.

Anche stanotte piove. Come spesso succede in autunno a sud della Grande Concavità, la neve del pomeriggio si è trasformata in pioggia. Fuori dalle alte finestre della sala pesi un vento infido spazza folate di pioggia di qua e di là, e le finestre tremano e sgocciolano. Il cielo è un casino. Tuoni e fulmini arrivano contemporaneamente. La grondaia di rame fuori scricchiola e cigola. I fulmini graffiano il cielo illuminando per qualche secondo Lyle in pantaloncini di Spandex seduto nella posizione del loto sul distributore di asciugamani, Lyle che si sporge in avanti per accettare quel che gli viene offerto nella stanza buia. Le macchine inoperose sembrano insetti nella breve luce del lampo. Quando i ragazzini nuovi chiedono che cosa diavolo ci faccia Lyle di notte nella sala pesi chiusa a chiave e vuota, la risposta è che di notte la sala pesi non è quasi mai vuota. I custodi notturni Kenkle e Brandt in effetti la chiudono, ma la porta si può aprire anche con la semplice inserzione di una tessera mensa dell'Eta tra la serratura e lo stipite. Quelli del personale di cucina si domandano come mai i bordi delle tessere mensa sono tutti sciupati. Anche se le macchine ferme fanno paura e al buio la stanza puzza ancora di piú, di notte vengono quasi tutti qui, i ragazzi dell'Eta che si affidano a Lyle. Escono dalla sauna e corrono su e giú per le scale di cemento fino a che non hanno abbastanza incentivo sulla pelle, poi si appostano tutti lucidi e imperlati di sudore accanto alla porta della sala pesi con gli asciugamani avvolti intorno alla vita, e aspettano di entrare uno alla volta; certe volte ce ne sono tanti, a gocciolare negli asciugamani, e non parlano, qualcuno finge di essere venuto quaggiú a fare qualcos'altro, molti aspettano evitando gli sguardi degli altri come i pazienti nelle sala di attesa degli psichiatri o delle cliniche contro l'impotenza. Devono stare zitti e le luci devono rimanere spente. L'accordo tacito è che l'amministrazione chiuderà un occhio finché sarà plausibile farlo. Dalla sala da pranzo, le cui finestre sulla parete est si allacciano su Com. & Amm., si sentono le risate soffocate, le chiacchiere e a volte l'occasionale urlo delle marionette di Mario del Giorno dell'Interdipendenza. Una fila silenziosa e lenta di scarpe gialle lucide e bagnate che migrano avanti e indietro dalla West House alla sala pesi – tutti sanno i punti in cui devono far piano e quando abbassarsi per andare da Lyle, a parlare. Aprono la serratura con la tessera ed entrano uno alla volta, gli asciugamani intorno alla vita. Gli offrono la loro carne imperlata di sudore. Si parla di argomenti riservati in questi incontri notturni a faccia a faccia con il guru, e i bisbigli non hanno eco, assorbito dai pavimenti gommati e dalla biancheria umida.

Certe volte Lyle li ascolta, scuote le spalle e sorride dicendo «Il mondo è molto vecchio» o se ne esce con qualche altra Osservazione generale e si rifiuta di aggiungere altro. Ma è il modo in cui ascolta che fa riempire le saune.

I lampi graffiano il cielo a oriente, e fanno un bell'effetto nel buio della sala pesi perché Lyle sembra essere in una posizione leggermente diversa ogni volta che è illuminato dalla finestra sopra la macchina mano-polso-gomito alla sua sinistra, e sembra che nella stanza ci sia un Lyle diverso a ogni fulmine.

LaMont Chu, glabro e lucidissimo con l'asciugamano e un polsino bianco, confessa di avere un'ossessione sempre piú paralizzante per la fama tennistica. Vuole cosí tanto entrare nello Show che questa ossessione lo sta divorando vivo. Vedere la sua foto sulle riviste patinate, essere un bambino prodigio, sapere che ogni suo movimento in campo e ogni sbalzo di umore viene commentato in un bisbiglio di frasi fatte dagli uomini in giacca blu della I/Spn. Avere cucite sulle maniche le etichette di stoffa con il nome di marche famose. Farsi intervistare. Essere paragonato a M. Chang, morto da poco. Essere chiamato la Grande Speranza dei Gialli Us. Senza parlare delle videoriviste o di La Griglia. Lo confessa a Lyle: *vuole* essere famoso; lo *vuole*. Certe volte fa finta che la foto di un bel colpo a rete che ritaglia da una rivista sia sua, di LaMont Chu. Ma poi non riesce a mangiare, a dormire e nemmeno a pisciare per l'invidia per quegli adulti che sono nello Show e le cui volée vengono fotografate sulle riviste. A volte dice, negli ultimi tempi, che non vuole rischiare nelle partite di torneo anche quando dovrebbe, perché ha scoperto di avere troppa paura di perdere e rovinare le sue possibilità di arrivare allo Show e alla popolarità. È convinto che per un paio di volte quest'anno sia stata la fredda morsa della paura di perdere a farlo perdere davvero. Adesso ha paura che questa folle ambizione abbia piú di una lama. Si vergogna di avere questa fame segreta di successo in un'accademia che considera il successo e la seduzione del successo come il peggior trabocchetto mefistofelico e il piú grande rischio per il talento. Sono proprio queste le sue parole. Si sente in un mondo buio, dentro, si vergogna, perduto e prigioniero. LaMont Chu ha undici anni e tira a due mani il diritto e il rovescio. Non parla di Eschaton o di essere stato preso a pugni nello stomaco. La sua ossessione per il successo futuro fa impallidire tutto il resto. Ha i polsi cosí sottili che porta l'orologio a metà dell'avambraccio, una cosa un po' gladiatoriale.

Lyle si succhia l'interno delle guance mentre ascolta. Le increspature dei vecchi muscoli affiorano e poi scompaiono quando sposta leggermente il peso sul distributore di asciugamani. Il distributore si trova all'altezza della spalla di uno alto come Chu. Come tutti quelli che sanno ascoltare, Lyle ha una presenza intensa e rilassante: il postulante si sente scoperto in tutta la sua nudità ma al tempo stesso protetto da ogni possibile giudizio. È come se anche lui soffrisse quanto te. Voi due, tutti e due, per un attimo, sentite di non essere soli. Lyle prima si succhia una guancia poi l'altra. «Vorresti essere fotografato su un giornale». «Ho paura di sí». «Spiegami perché». «Perché vorrei sentirmi come quei giocatori che sono fotografati sui giornali». «Perché?» «Perché credo di voler dare un significato alla mia vita, Lyle». «E come mai ti succede una cosa simile?» «Non lo so, Lyle. Non lo so. Mi succede. Continuerà a succedere. Perché altrimenti dovrei bruciare cosí, ritagliare le foto di nascosto, non rischiare, non dormire e neanche pisciare?» «Pensi che a quegli uomini fotografati sulle riviste interessi molto di essere fotografati sulle riviste. Che abbia un grosso significato per loro». «Penso di sí. Devono sentirsi cosí. Io mi sentirei cosí. Altrimenti perché vorrei cosí tanto sentirmi come loro?» «Vuoi dire che hanno trovato un significato alla loro vita.

Essere famosi li fa sentire cosí». «Non è forse vero, Lyle?» Lyle si succhia le guance. Non ti dice mai di sí e non finge di essere d'accordo
con te. Si sta sforzando di pensare come te. È come se fosse te davanti
a un laghetto limpido. È attento e concentrato. Mentre pensa le guance gli si infossano. «LaMont, forse lo pensavano all'inizio. La prima
fotografia, il primo giornale, l'impeto della gratificazione, il vedersi
come li vedono gli altri, l'agiografia dell'immagine, forse. Forse in un
primo momento: *il godimento*. Dopo di che, credimi, credimi: non sentono quello che tu vorresti tanto sentire. Dopo il primo impeto, si
preoccupano solo del fatto che le fotografie siano goffe o non belle,
oppure non vere, o che la loro privacy, questa cosa dalla quale tu vorresti cosí tanto fuggire, quella cosa che chiamano privacy sia stata violata. Qualcosa cambia. Dopo che la prima fotografia è apparsa su un
giornale, le persone famose non si *godono* piú le foto sui giornali ma
piuttosto hanno paura che prima o poi le loro foto smetteranno di apparire sui giornali. Sono in trappola, proprio come te». «E questa dovrebbe essere una buona notizia? È una notizia terribile». «LaMont,
vuoi sentire una Osservazione su ciò che è vero?» «E va bene». «La
verità ti renderà libero. Ma solo quando avrà finito con te». «Credo
che sia il momento di andare». «Il mondo è molto vecchio, LaMont.
Sei stato incantato da una cosa che non è vera. Sei illuso. Ma questa
è una buona notizia. Sei stato incantato dall'illusione che l'invidia sia
reciproca. Credi che ci sia un'altra faccia dell'invidia che provi per Michael Chang: e cioè che Michael Chang goda del fatto di essere invidiato da LaMont Chu. Non esiste un animale simile». «Un animale?»
«Tu hai fame di un cibo che non esiste». «E questa è la buona notizia?» «È la verità. Essere invidiati, ammirati, non è un sentimento.
E neanche la popolarità è un sentimento. Ci sono dei sentimenti associati alla popolarità, ma pochi di essi sono piú gradevoli dei sentimenti associati all'invidia della popolarità». «Il bruciore non se ne
va?» «Quale incendio si spegne se viene alimentato? Non è la popolarità che ti vogliono negare, qui. Fidati di loro. C'è molta paura nella popolarità. Una paura terribile e pesante da sollevare e portarsi dietro. Forse la vogliono solo tenere lontano da te fino a che non peserai
abbastanza per tirarla verso di te». «Passerei da ingrato se dicessi che
tutto questo non mi fa sentire per niente meglio?» «LaMont, la verità
è che il mondo è incredibilmente, incredibilmente, impossibilmente
vecchio. Tu soffri per un misero desiderio causato da una delle sue bugie piú vecchie. Non credere alle fotografie. La popolarità non è l'uscita dalla gabbia». «Allora sono rinchiuso nella gabbia da tutte e due le
parti. La popolarità o la tortura dell'invidia della popolarità. Non esiste via d'uscita». «Devi pensare che scappare da una gabbia richiede

sicuramente, e soprattutto, consapevolezza del fatto di essere in gabbia. E credo di avere visto una goccia sulla tua tempia, proprio... là...» Eccetera.

Il tuono si smorza in un brontolio, e il picchiettio sulla finestra prende un po' del ritmo triste e casuale del dopo-temporale.

Una ragazza (le studentesse indossano due asciugamani quando entrano) senza seno dell'ultimo anno dell'Eta, una che non riesce mai a sudare, dovunque sia a pranzo con il suo fidanzato è disturbata dal ronzio di una zanzara che non riesce a vedere e nessun altro sente. Estate e inverno, all'aperto o al chiuso. Ma solo a pranzo, e solo con il suo fidanzato. Spesso non si tratta di fare commenti o dare consigli. Certe volte il grido di sofferenza di questi ragazzi è quasi un urlo acutissimo che chiede solo di essere ascoltato. E, come guru del fitness, Lyle cerca il risultato ed è sempre propositivo[153]. Il decenne Ken Blott, i cui genitori sono Avventisti del Settimo Giorno, non è ancora abbastanza grande da masturbarsi, ma ne ha sentito parlare molto dai suoi compagni adolescenti, nei piú minimi dettagli, del masturbarsi, il che non sorprende affatto, ed è preoccupato perché non sa quali cartucce pornografiche artigianali potenzialmente maligne e cosí malvagie da minargli l'anima saranno proiettate dal proiettore della sua psiche quando si masturberà, quando un giorno potrà masturbarsi, e si chiede se quelle scene e le combinazioni della fantasia non siano lo specchio di altrettante disfunzioni psichiche o turpitudini, e vuole avvantaggiarsi preoccupandosene prima. I rumori dalla serata di gala in sala mensa sono piú frequenti e convulsi senza il rumore della pioggia. Lyle dice a Blott di non cercare di sollevare un peso maggiore di quello del proprio corpo. Lassú sulla sinistra le nuvole della tempesta corrono come l'inchiostro nell'acqua tra la finestra e la luna appena sorta. La marionetta presidenziale di Mario sta per inaugurare il Tempo Sponsorizzato. L'Under 16 della squadra B Anton Doucette dice di essersi convinto ad andare da Lyle perché pensa sempre piú spesso al grande neo nero e rotondo che gli è cresciuto in cima al labbro superiore, proprio sotto la narice. È solo un neo ma fa senso perché è cosí vicino al naso. Le persone che lo vedono per la prima volta lo prendono da una parte e gli offrono un Kleenex. Ora Doucette spera che il neo se ne vada o se ne andrà lui. Anche se la gente non guarda il suo neo sembra che lo faccia *intenzionalmente*. Doucette si batte il pugno sul petto e sulla coscia, un atteggiamento che probabilmente è sintomo di frustrazione. Proprio non riesce ad abituarcisi. Sta peggiorando con la pubertà, l'ansia. Poi in un circolo vizioso l'ansia gli scatena il tic nervoso sulla parte destra della faccia. Sta iniziando a sospettare che quando lui non sente quelli piú grandi lo chiamano Anton («Caccola») Doucette. È come se si fosse cristallizzato su questa ansia, incapace di muoversi verso ansie piú complesse. Non riesce a vedere una via di uscita. Lyle sa però che picchiarsi è piú il segno di un intenso e inconscio odio per se stesso. Doucette fa una smorfia e dice che vorrebbe poter giocare a tennis con la mano a coprire il naso e il labbro superiore. Ma tira il rovescio a due mani ed è troppo tardi per cambiare e non lo lasceranno mai passare al rovescio a una sola mano per motivi estetici. Lyle manda via Doucette dicendogli di tornare da lui con Mario Incandenza appena finirà la serata di gala del Giorno dell'I. Lyle rinvia molte problematiche a Mario, quando hanno a che fare con l'autocoscienza estetica. Nessun guru è immune dal delegare. È una specie di regola. Doucette dice che è come se fosse inceppato. Non pensa ad altro. Questo dice mentre se ne va. I nei che ha sulla schiena non assomigliano a niente e non hanno una forma specifica. Lyle ingolla una pasticca che Mario gli porta giú di sera, verso l'ora di cena. Tra una visita e l'altra Lyle fa un po' di stretching isometrico al collo per allentare la tensione.

Tra la pipa di Gerhardt Schtitt e le Benson & Hedges di Avril Incandenza e certe guance piene di tabacco da masticare – poi i pazzeschi profumi di miele e cioccolata e vere noci ad alto contenuto lipidico che vengono dalla cucina, e quelli dei 150 corpi in gran forma fisica dei quali solo qualcuno ha fatto la doccia oggi – il salone per la cena è caldo, chiuso e multispeziato. Come *auteur* Mario opta per l'artificio parodistico del suo defunto padre di mischiare le cartucce dei notiziari veri e falsi con articoli di riviste e titoli storici degli ultimi pochi grandi giornali, tutto per esporre gli sviluppi che in un certo lasso di tempo hanno portato all'Interdipendenza, al Tempo Sponsorizzato, alla Riconfigurazione Cartografica e al rinnovamento dei piú ordinati e puliti Stati Uniti Experialisti d'America, sotto Gentle:

UCRAINA, ALTRI DUE STATI DEL BALTICO CHIEDONO DI ESSERE AMMESSI ALLA NATO – Titolo in grassetto in corpo 16;

E ALLORA PERCHÉ UNA NATO? – Titolo di Editoriale;

LA CEE SI AFFIANCA AGLI STATI DEL FAR EAST, AUMENTA LE TARIFFE IN RISPOSTA ALLE QUOTE US – Titolo;

GENTLE SUL TRATTAMENTO DELLE SCORIE NUCLEARI DOPO GLI ACCORDI DI SMANTELLAMENTO DELLA NATO: «NON NELLA MIA NAZIONE, RAGAZZI» – Sottotitolo in corpo 12;

«Tra i sorrisi e le calorose strette di mano che hanno mascherato le tensioni, i leader di dodici delle quindici nazioni della Nato hanno firmato oggi un accordo per lo smantellamento effettivo dell'alleanza difensiva del Blocco Occidentale che durava ormai da cinquantacinque anni» – Voce Fuoricampo dalla Cartuccia di un Notiziario;

LA COMUNE POSIZIONE DI USA E CANADA FAVOREVOLE AI TAGLI HA AFFOSSATO FIN DALL'INIZIO IL VERTICE NATO, DICHIARA UN POLITICO ISLANDESE – Titolo;

E ALLORA PERCHÉ NO UN'ALLEANZA CONTINENTALE, ORA, FORSE? – Titolo di Editoriale;

IL MESSICO SOTTOSCRIVE L'ALLEANZA CONTINENTALE PER L'ORGANIZZAZIONE DELLE NAZIONI DELL'AMERICA DEL NORD; MA IL QUÉBEC SEPARATISTA SI SCAGLIA CONTRO LA «FINLANDIZZAZIONE» DELL'ALLEANZA ONAN; E GENTLE REPLICA AL CANADA: FINCHÉ NON SI FIRMA IL TRATTATO «ONAN»., NIENTE NAFTA, LE TERMOCENTRALI NON SI MUOVONO DAL MANITOBA, E SIA L'INQUINAMENTO ATMOSFERICO INTRACONTINENTALE SIA LO SMALTIMENTO DEI RIFIUTI SARÀ PERSEGUITO IN AUTONOMIA DA OGNI NAZIONE «NELL'INTERESSE DEI PROPRI CITTADINI E NEL MODO CHE SARÀ RITENUTO PIÚ OPPORTUNO» – Titolo di un Titolista Veterano ma Assuefatto alla Metanfetamina che alla fine fu Rimosso dopo numerosi Richiami perché Prendeva Troppo Spazio;

GLI IMPIEGATI DELLA FED PROTESTANO CONTRO I CONTROLLI CASUALI SULL'IGIENE DELLE UNGHIE – Titolo in corpo 12;

GENTLE PROPONE LA NAZIONALIZZAZIONE DEL TELENT INTERLACE – Titolo; AFFERMA CHE IL GOVERNO SI STA PREPARANDO A PRENDERSI UNA FETTA DEL MERCATO DI VIDEO, CARTUCCE, DISCHETTI A NOLEGGIO – Sottotitolo in corpo 8;

LA PILLSBURY DI BURGER KING SI AGGIUDICA I DIRITTI PER IL NUOVO ANNO – Titolo; LA PEPSI CO. DI PIZZA HUT INOLTRA RECLAMO ALLA IRS PER SCORRETTEZZE NELLA GARA DI APPALTO – Sottotitolo in corpo 12; AUMENTANO LE AZIONI DELLE SOCIETÀ PRODUTTRICI DI CALENDARI E ASSEGNI PRESTAMPATI – Sottotitolo in corpo 8;

Tre condannati con la barba lunga e le antiquate divise a righe da ergastolani forzano la serratura delle loro celle e scappano inseguiti dalle sirene e dai fasci di luce dei riflettori, ma non vanno verso il muro di cinta, bensí all'ufficio vuoto del guardiano, dove si siedono rapiti di fronte a un vecchio dualmodem della Macintosh, e si tirano pacche sulle ginocchia e indicano il monitor e si tirano gomitate nelle costole, mangiucchiando popcorn da una scatola che non si sa da dove sia venuta fuori, e una voce fuoricampo dice: «Le cartucce per modem! Basta inserire un dischetto vuoto! Liberati dalla schiavitú del telecomando!» – Altre marionette costruite durante le lezioni della Sig.na Heath in una parodia di serie B degli spot pubblicitari della InterLace

TelEntertainment che in un impeto suicida le reti via cavo trasmettevano continuamente nell'ultimo anno del Tempo Non Sponsorizzato;

FIRMATO IL PATTO ONAN – Supertitolo in corpo 24;

IL CANADA SI SOTTOMETTTE – Supertitolo del tabloid «Ny Daily» in corpo 24;

PIOGGIA ACIDA, DISCARICHE INTERRATE, CHIATTE, TECNOLOGIA DI FUSIONE, LE TERMOCENTRALI IN MANITOBA: ERANO «BEI PROBLEMI», AMMETTE CHRÉTIEN – Titolo in corpo 16;

I SOLDATI COI CRANI RASATI USCITI DA CAMION LUCCICANTI NON STANNO SMANTELLANDO LE TERMOCENTRALI DEL MANITOBA; LE STANNO SOLO SPOSTANDO OLTRE IL CONFINE NELLA RISERVA INDIANA DI TURTLE MOUNTAIN, ACCUSA INORRIDITO IL GOVERNATORE DEL N.D. – Sottotitolo in corpo 12 del Titolista Degradato che ormai si trova in Disgrazia nel Rep. dei Sottotitoli;

FOTO ESCLUSIVE A COLORI MOSTRANO DEI MEDICI CORAGGIOSI CHE SI AFFRETTANO A RIMUOVERE IL CHIODO DA ROTAIA DALL'OCCHIO SINISTRO DEL PRIMO MINISTRO CANADESE - Titolo in corpo 16 del tabloid «Ny Daily»;

L'UFFICIO DEL PRESIDENTE È «UNO SPETTACOLO DA FILM DELL'ORRORE CHE FA STRINGERE IL BUCO DEL CULO» RACCONTA IL CUSTODE DELLA CASA BIANCA APPENA ANDATO IN PENSIONE – Titolo di Tabloid con la Foto del Vecchietto con un unico Sopracciglio che gli Attraversa la Fronte e solleva un Fusto di Plastica di Dimensioni Mastodontiche che giura contenga il Bottino di un Giorno di Stimolatori Dentali, Batuffoli di Cotone inzuppati di Alcol, Bottiglie di Purganti del Colon per Raggi Gi-X, Cenere Epidermica, Maschere e Guanti Chirurgici, Filtri-Q, Kleenex, e Contenitori di Creme Omeopatiche per il Prurito;

IL CAPO DELL'USOUS TINE: LE ACCUSE DI UNO STUDIO OVALE COSPARSO DI KLEENEX E FILO INTERDENTALE SONO UN CHIARO ESEMPIO DI «GIOCO SPORCO» – Titolo di un Quotidiano di Tutto Rispetto;

DUE CHIATTE SOVRACCARICHE DI RIFIUTI SI SCONTRANO, SI CAPOVOLGONO A LARGO DI GLOUCESTER – Titolo del «Boston Daily»;

UN'IMMENSA CHIAZZA DI LIQUAME PUTRIDO SVUOTA LE SPIAGGE DI CAPE COD – Sottotitolo altrettanto grande;

GENTLE DEFINISCE GLI USA «COSTIPATI DALL'IMPATTO DEI RIFIUTI CONTINENTALI» ALL'INAUGURAZIONE DELL'ANNO ACCADEMICO ALLA UNLV – Titolo;

RAPPORTO DEL CONSIGLIO PUBBLICITARIO: LE CAMPAGNE PER LA LIPOSUZIONE E I GRATTALINGUA DELL'AGENZIA DI BOSTON VINEY & VEALS NON SONO RESPONSABILI PER LE MINACCE BOMBA AL QUARTIER GENERALE ABC – Titolo di «Advertising Age»;

«Oggi i governatori del Maine, Vermont e New Hampshire hanno reagito in maniera violenta contro la costituzione da parte del Presidente Gentle di una commissione di un gruppo di primari esperti di rifiuti per analizzare la fattibilità di scariche interrate e di zone di conversione nel Nord del New England» – Paragrafo del «Ny Daily»;

«NON SIAMO IL COLON SIGMOIDE DI QUESTO CONTINENTE» PROCLAMA GENTLE ALLA SESSIONE PLENARIA DELL'ONAN – Titolo;

I MEDICI DEL BETHESDA: IL PRESIDENTE RICOVERATO PER «STRESS IGIENICO» DOPO INCOERENTE DISCORSO ALL'ONAN – Titolo;

L'OLOGRAFIA RENDE SICURA PER LAVORATORI E COMUNITÀ LA FUSIONE ULTRATOSSICA, RASSICURA IL RAPPRESENTANTE DEL DIP. DELL'AMBIENTE – Titolo;

GENTLE, DIMESSO DALL'OSPEDALE DELLA MARINA MILITARE DI BETHESDA, FA UN DISCORSO AL CONGRESSO US SULLE «OPZIONI RICONFIGURATIVE» PER «UN'ÈRA PIÚ ORDINATA E PIÚ PULITA» – Titolo;

tutti questi titoli di giornale si susseguono vorticosamente su uno sfondo di acetato nero (il giacchetto di una vecchia tuta Fila di O. Stice) in una citazione dei vecchi film in bianco e nero con un sottofondo musicale di quella triste e fatua solfa all'italiana che Scorcese amava montare, con i titoli che si dissolvono sovrapponendosi con inquadrature angolate di un modesto Gentle con la maschera verde che accetta a denti stretti di stringere la mano ai diplomatici messicani e canadesi per celebrare il suo insediamento come primo Presidente dell'Onan, con il Presidente messicano e il nuovo scortatissimo Pm canadese nelle vesti di Vicepresidenti. Il primo Discorso di Gentle sullo Stato dell'Onan, pronunciato di fronte a un triplice Congresso l'ultimo giorno di tempo solare Ante-Sponsorizzazione, è incentrato sulla promessa per tutto il continente di un radioso, splendente nuovo millennio di sacrifici e ricompense, e un'Interdipendenza continentale «dal volto non impossibilmente e radicalmente alterato».

Non sottovalutate gli oggetti! Lyle sostiene di non stancarsi mai di ripetere questo concetto: non sottovalutate gli oggetti. Ortho («Il Tenebra») Stice, il prodigio del serve & volley di Partridge Ks, il migliore della squadra A Under 16, il cui torso fresco di sauna si riflette con lo stesso colore della luna sul metallo dei pesi inerti, sta diventando matto perché va a dormire con il letto attaccato a una parete e quando si risveglia il letto è attaccato a una parete diversa. Stice aveva già litigato varie volte con il suo compagno di stanza Kyle D. Coyle perché ovviamente aveva pensato che fosse Coyle a spostargli il letto mentre dormiva. Poi Coyle è stato messo in infermeria per una vomitata sospetta, e non è stato nella stanza nelle ultime due notti, Coyle, e Stice si sveglia lo stesso con il letto attaccato a un'altra parete. Allora ha pensato che Axford o Struck fossero riusciti ad aprire la porta con una tessera della mensa e fossero entrati dentro di notte per fare casino con il letto di Stice, chissà per quale misterioso motivo. Allora Stice la scorsa notte ha messo una sedia contro la porta e ha messo uno sopra l'altro sulla sedia i tubi vuoti delle palle cosí che facessero casino se qualcuno cercava di aprire la porta, e ha messo altri tubi sui davanzali delle tre finestre, per coprire tutte le basi; e la ragione per cui è qui è che stamattina si è svegliato con il letto spostato contro la sedia che aveva messo alla porta e tutti i tubi di palle erano stati sistemati per benino a piramide nel rettangolo polveroso dove c'era sempre stato il suo letto. Ortho Stice può pensare a tre spiegazioni plausibili per quello che sta succedendo, e le elenca in ordine, dalla meno sinistra alla piú sinistra, a un Lyle molto attento che si ciuccia le guance. La prima è che Stice sia telecinetico, ma solo nel sonno. La seconda è che qualcun altro all'Eta sia telecinetico e usi questa cosa contro Stice e lo voglia fare ammattire per qualche motivo. La terza è che Stice si alzi nel sonno e sposti le cose nella stanza senza rendersene conto e senza ricordarselo, il che significherebbe che è uno stronzo di sonnambulo del cazzo, il che significa che Dio solo sa cos'altro potrebbe fare girellando mentre dorme. Qui all'Eta gli dicono che è una promessa; sicuramente entrerà nello Show appena si diploma. Non vuole incasinarsi con queste stronzate telecinetiche o sonnambulistiche. Stice offre la fronte e i muscoli del torso. Addosso ha uno dei suoi asciugamani personali, nero. È magro ma i suoi muscoli sono sodi e ben fatti, e suda bene e liberamente. Dice che sa fin troppo bene di non avere seguito il consiglio di Lyle due anni fa sugli esercizi per i dorsali, e se ne dispiace. Si scusa con tutto il cuore per quella volta la scorsa primavera quando aveva fatto distrarre Lyle da Struck e da Axford e poi aveva incollato la natica sinistra di Lyle sul piano di legno del distributore di asciugamani. Stice dice di rendersi conto che è l'ultimo ad avere il diritto di presentarsi a Lyle col cappello in mano dopo tutte le battute che ha fatto sulla sua dieta e sui suoi capelli e tutto il resto. Ma eccolo qui, con il cappello in mano, o meglio con la calotta in mano, a offrigli i suoi muscoli sudati e a chiedere il suo consiglio.

Lyle fa un cenno per scacciare come zanzare quelle cose ormai sepolte. È completamente impegnato. I fulmini ormai lontani sull'Atlantico lo illuminano di una debole luce strobo. *Non sottovalutare gli oggetti*, dice a Stice. Tieni conto degli oggetti. Il mondo, dopotutto, è molto vecchio, ed è fatto soprattutto di oggetti. Lyle si sporge in avanti, fa cenno a Stice di avvicinarsi, e decide di raccontare a Stice la storia di un uomo che aveva conosciuto tanto tempo fa. Quest'uomo si guadagnava da vivere andando nei vari posti pubblici dove la gente si riunisce e poi si annoia e diventa impaziente e cinica, l'uomo si presentava e scommetteva che si sarebbe messo in piedi su una sedia e poi l'avrebbe alzata da terra con lui sopra. Una cosa cosí. Saliva su una sedia e diceva pubblicamente Ehi, posso sollevare questa sedia sulla quale sto in piedi. Un astante tiene il banco. La folla del deposito vuoto degli autobus o della sala d'attesa del Dipartimento dei Motoveicoli o del corridoio dell'ospedale è ammutolita. Guardano un uomo che sta al 100 per cento in piedi su una sedia che ha afferrato per lo schienale e sollevato diversi metri da terra. Vengono fatte molte congetture su dove sia il trucco, il che dà luogo ad altre scommesse collaterali. Un religiosissimo oncologo sperimentale che sta morendo di una neoplasia colorettale inoperabile si lamenta, Perché, perché Signore, hai dato a quest'uomo questo potere idiota e meschino mentre io non ho alcun potere sulle mie cellule colorettali impazzite. Tra la folla si sviluppano altre varianti silenziose a questo tipo di meditazione. Ha vinto la scommessa, finalmente vengono cacciati fuori i $ e vengono consegnati a lui, all'uomo che Lyle aveva detto di aver conosciuto, e lui salta giú in una cascata di spiccioli che nell'impatto gli saltano fuori dalle tasche, si mette a posto la cravatta e se ne va via lasciando dietro di sé una folla ammutolita che continua a guardare un oggetto che lui non aveva sottovalutato.

Come molti altri adolescenti geneticamente predisposti a un segreto problema di droga, Hal Incandenza ha seri problemi di compulsione nei confronti della nicotina e dello zucchero. Si sa che fumare durante gli allenamenti uccide; per questo solo Bridget Boone, una ragazza che prende gli steroidi del gruppo delle ragazze Under 16 di nome Carol Spodek e una delle due gemelle Vaught sono cosí masochiste da farlo, anche se si sa che ogni tanto anche Teddy Schacht ne fuma una. Hal cerca di compensare il desiderio di nicotina masticando tabacco Wintergreen della Kodiak per varie prese al giorno, poi le sputa nell'amato bicchiere Nasa della sua infanzia o nella latti-

na vuota di Spiru-Tein, la bevanda proteica per la colazione, che anche ora – tenuta ben a distanza a tutti – si trova vicino a una pila di
palle da tennis che i ragazzi del tavolo non devono strizzare dato che
stanno mangiando. Hal ha piú problemi con il saccarosio – la sirena
eterna di tutti gli amanti di Bob Hope – perché gli piace sempre e tantissimo, davvero – lo zucchero – ma di recente ha scoperto che ogni
infusione di zucchero sopra il livello dei 56 grammi di una barretta
energetica AminoPal ora gli provoca degli strani e spiacevoli stati emozionali che in campo non gli fanno un gran bene.

Mentre è seduto con il cappello da predicatore, la bocca piena di
baklava a piú strati, Hal sa perfettamente che Mario ha preso dal loro padre defunto questo feticismo per le cartucce sulle marionette, gli
entr'acte e il pubblico. Lui in Persona, durante il suo periodo anti-
confluenzale di mezzo, aveva attraversato questa fase caratterizzata
dall'ossessione del rapporto con il pubblico nei vari spettacoli.

Hal non vuole neanche pensare a quella sinistra produzione sul
carnevale delle palle degli occhi[154]. Ma ce n'era un'altra, corta ma molto high-tech, che si intitolava *La Medusa contro l'Odalisca* ed era un
film su una finta produzione teatrale al Teatro *Ford* di Washington
Dc, capitale della nazione, che, come tutti i suoi lavori che avevano
a che fare con la sua ossessione per il pubblico, era costata una cifra
a Incandenza solo di comparse. Per comparse in questo caso s'intende un pubblico ben vestito di uomini con i basettoni e signore con i
ventagli di carta che riempiono tutto il teatro dalla prima fila fino al
dietro dei palchi, e guardano un dramma breve ma incredibilmente
violento e involuto intitolato appunto *La Medusa contro l'Odalisca*, la
cui inesistente trama è che la mitica Medusa, quella con i capelli di
serpente e armata di una spada e di uno scudo splendente, sta lottando per uccidere o pietrificare l'Odalisca di santa Teresa, un personaggio della mitologia del Québec cosí inumanamente bella che tutti quelli che la guardavano venivano immediatamente trasformati in
una gemma dalle dimensioni umane, per l'ammirazione. In netto contrasto con Medusa, ovviamente, Odalisca ha solo una lima per le unghie invece di una spada, ma ha anche in mano uno specchio con il manico, e Odalisca e Medusa fanno un gran fracasso per venti minuti,
saltando sul palcoscenico riccamente ornato mentre una cerca di fare
fuori l'altra con le lame e/o disanimare l'altra con i rispettivi riflettori che ognuna sposta qua e là cercando di trovare la giusta posizione
in modo che l'altra possa vedere la propria immagine frontale e rimanere immediatamente pietrificata o gemmificata o chissà che cosa. Nella cartuccia si vede bene dalla trasparenza dei pixel lattiginosi e dall'in-
consistenza che le due non sono nient'altro che ologrammi, ma non è

chiaro che cosa rappresentino, se il pubblico deve vederle/(non) vederle come fantasmi o spettri o entità mitiche «reali» o qualcos'altro.
Si tratta comunque di una scena cazzuta di duello sul palcoscenico –
la cui intricata coreografia era stata curata da un orientale che Lui in
Persona aveva trovato in uno studio pubblicitario e aveva messo a
dormire nella Casa del Preside, che mangiava come un uccellino, sorrideva in modo molto educato e non aveva mai niente da dire a nessuno a eccezione di Avril con la quale aveva subito fraternizzato – è
quasi un balletto, un susseguirsi di momenti drammatici in cui una
delle contendenti viene messa all'angolo, di colpi mancati di poco e
capovolgimenti di fronte, e il pubblico nel teatro è rapito e completamente preso dallo spettacolo perché gli applausi spontanei scro-
sciano uno dietro l'altro, forse piú per la coreografia dello spettacolo
nel film che per altro – in questo caso si potrebbe forse parlare piú di
meta-applauso spontaneo, pensa Hal – perché la complicatissima coreografia del duello deve prevedere che tutte e due le combattenti ri-
volgano le loro schiene rispettivamente squamosa l'una e liscia come
l'avorio[155] l'altra verso il pubblico, per ovvi motivi... solo che siccome lo scudo e lo specchietto sono marzialmente agitati da ogni parte
e branditi in varie angolazioni strategiche, a certi ben vestiti membri
del pubblico ben vestito capita di vedere per un attimo l'immagine
fatale delle combattenti riflessa nello specchio e viene immediatamente trasformato in una statua di rubino nelle prime file o è pietrificato e cade dalla balconata dei palchi come un pipistrello con un'embolia eccetera. La cartuccia va avanti cosí fino a che non rimane neanche un essere animato nel Teatro *Ford* che possa applaudire l'intreccio
narrativo della scena del duello, e finisce con i due ologrammi che
continuano a fare un fracasso del diavolo davanti a un pubblico di
pietre multicolori. Il pubblico di *La Medusa contro l'Odalisca* non si
appassionò molto alla cosa, però, perché le contendenti non si vedevano mai di fronte e non si capiva per cosa lottassero, cosa che invece aveva avuto un effetto cosí melodrammatico sul pubblico del duello in teatro; per questo il pubblico del film alla fine si sente preso in
giro e un po' imbrogliato. La cartuccia infatti ha avuto solo una diffusione a carattere regionale ed è stata affittata quanto i giornali del
giorno prima e ora è quasi impossibile da trovare. Ma questo non è
stato il film che il pubblico di James O. Incandenza ha odiato di piú.
Il film piú odiato di Incandenza, che aveva una lunghezza variabile e
s'intitolava *Lo scherzo*, è rimasto solo per un breve periodo nelle sale di proiezione, poi è finito nelle ultime sparse sale pubbliche di proiezione di film d'essai pre-InterLace, in posti pseudoartistici come Cambridge Ma e Berkeley Ca. E per ovvi motivi InterLace non l'ha mai

preso in considerazione per gli Ordini a Impulso. Su tutti i cartelloni dei cinema d'essai, sui poster e sulle pubblicità del film era stata aggiunta una didascalia che diceva qualcosa del tipo «LO SCHERZO: si consiglia vivamente di NON spendere soldi per vedere questo film», e gli spettatori abituali dei cinema d'essai pensarono fosse una trovata intelligente e ironica contro la pubblicità in genere, e cosí cacciarono fuori i soldi per comprare i piccoli biglietti di carta, si misero in coda con i loro gilet di maglia e i pantaloni di tweed, fecero rifornimento di caffè espresso al bar, trovarono posto a sedere, si sedettero e fecero quei movimenti tipici con le gambe che si fanno per trovare la posizione prima che inizi il film, si guardarono intorno con quello sguardo intenso e vuoto al tempo stesso, e si immaginarono che le macchine da presa a tre lenti Bolex H32 – una sorretta da un tipo alto, anziano e curvo, e una installata in modo a dir poco complicato sulla testa enorme di un ragazzo stranamente inclinato in avanti con una specie di sprone di ferro che gli usciva dal torace – gli habitué pensarono che le grandi cineprese vicino alle luci rosse dell'USCITA ai due lati dello schermo fossero là per una pubblicità o per un qualcosa contro la pubblicità o per un documentario metafilmico sul dietro-le-quinte o per qualcos'altro. Tutto questo finché non si spegnevano le luci e iniziava il film e sullo schermo c'era un'inquadratura molto larga del pubblico molto sofisticato di quel teatro d'essai che faceva la fila con il caffè espresso in mano, trovava un posto, si guardava intorno e si sistemava sulla sedia e raccontava al fidanzato o alla fidanzata con gli occhiali con le lenti spesse quelle frasette prefilm per spiegare ciò che volevano significare da un punto di vista artistico la pubblicità Non Pagate Per Vederlo e le cineprese Bolex, e quando le luci si abbassavano si sistemavano definitivamente con la faccia rivolta verso lo schermo (cioè verso di loro, come scoprivano) con il freddo sorriso eccitato di chi spera di assistere a uno spettacolo veramente intellettuale, sorriso che ora le macchine da presa e la proiezione sullo schermo mostravano scomparire dalle facce del pubblico via via che gli spettatori si riconoscevano fila dopo fila e si guardavano con un'espressione sempre meno interessata e sempre piú perplessa e poi indignata e poi alla fine incazzata. *Lo scherzo* durava da ore fino a che rimaneva anche un solo spettatore seduto con le gambe accavallate nella sala a guardare la sua immagine immensa proiettata sul grande schermo che lo osservava con la speciale disapprovazione di un disgustato cinefilo che si sente raggirato, e cioè durava piú di venti minuti solo quando c'erano dei critici o degli accademici tra il pubblico, che si studiavano mentre si studiavano a prendere appunti con un'espressione affascinata e se ne andavano solo quando l'espresso li costringeva ad andare al gabinetto, e a quel punto Lui in Persona e Mario dovevano freneticamente rimettere a posto nelle custodie le telecamere, le lenti e i coassiali e si affrettavano a prendere il primo volo attraverso la nazione da Cambridge a Berkeley o da Berkeley a Cambridge, dato che ovviamente dovevano essere pronti sul posto con le Bolex a ogni spettacolo in ogni cinema. Mario disse che Lyle aveva detto che Incandenza aveva confessato che aveva amato *Lo scherzo* per il fatto che era cosí pubblicamente statico, semplice e muto, e i rari critici che avevano difeso il film sostenendo con argomentazioni prolisse e contorte che la stasi semplicistica era precisamente la tesi estetica del film avevano completamente sbagliato, come sempre. Non è ancora chiaro se era stata la cosa della Palla-degli-Occhi-e-dello-Spettacolo-Secondario, o *La Medusa contro l'Odalisca* o *Lo scherzo* che attraverso una metamorfosi si era mutato nell'impegno successivo del loro padre defunto con il genere anti-Reale «Dramma Trovato» che probabilmente rappresentò lo zenit storico della stasi muta cosciente di sé, ma che il pubblico non arrivò mai a odiare, per motivi a priori.

INGEGNERE FEDERALE MUORE PER UNO STRANO INCIDENTE SULLA STATUA DELLA LIBERTÀ – Titolo; UN UOMO CORAGGIOSO SU UNA GRU SCHIACCIATO DA UN HAMBURGER DI FERRO DA 5 TONNELLATE – Sottotitolo in corpo 12;

LA PROMESSA DI GENTLE A UNA CONVENTION DI SCOUT SCETTICI «POTRETE MANGIARE FUORI» DAL TERRITORIO DEGLI USA ENTRO LA FINE DEL PRIMO ANNO DI MANDATO – Titolo;

UN NUOVO CANALE DELL'AMORE? – Sottotitolo in corpo 24; ORRORE TOSSICO SCOPERTO PER CASO NEL NORD DEL NEW HAMPSHIRE – Sottotitolo con le dimensioni di un titolo in corpo 16;

«Ieri alcuni funzionari del Dip. dell'Ambiente del New Hampshire hanno fermamente negato che l'enorme quantità di bidoni dai quali fuoriescono solventi industriali, cloride, benzene e ossine sia stata "scoperta accidentalmente" da 18 impiegati federali dell'Epa (Environmental Protection Agency) mentre giocavano a softball a est di Berlin Nh, e hanno spiegato invece che quei contenitori corrosi erano stati portati là contro la legge da alcuni inservienti vestiti di bianco e i capelli corti usciti da lunghi camion con i rimorchi scintillanti con il simbolo ufficiale dell'Onan, l'aquila con il sombrero e una foglia di acero in bocca. Da Washington, sollecitata dalle proteste dei residenti di Berlin Nh e di Rumford Mn, l'amministrazione Gentle ha promesso di svolgere "un'indagine energica e completa" perché l'incidenza di neonati col cranio molle e un'eccedenza di occhi nella zona dove sono stati ritrovati i materiali tossici è notevolmente superiore alla media nazionale» – Cartuccia di notiziario con conduttore per il noleggio serale a 3,75$ Us;

IL TEST PER STABILIRE LA PERICOLOSITÀ DELLA FUSIONE SUB ROSA SI FARÀ A MONTPELLIER VT – Titolo dello «Scientific North American»;

IL MIO BAMBINO HA SEI OCCHI E PRATICAMENTE NON HA CRANIO – Titolo sensazionale a colori di quotidiano, Dateline Lancaster Nh, in corpo 32;

I GIOCATORI DI SOFTBALL IMPIEGATI FEDERALI DELL'EPA «INCIAMPANO» IN ALTRE DUE DISCARICHE ILLEGALI DI SCORIE VELENOSE, «UN VERO FESTIVAL DELL'ORRORE» VICINO A SYRACUSE NORD, NELLA STORICA TICONDEROGA – Titolo di quotidiano di Nyc;

IL MEGLIO DEGLI SCIVOLONI FEDERALI: SI GIOCA MOLTO A SOFTBALL – Titolo editoriale nel «Poststandard» a Syracuse Ny;

IL PM CANADESE NEGA DI ESSERSI INCONTRATO SEGRETAMENTE AL MINIGOLF CON GLI INFURIATI GOVERNATORI DEL NEW ENGLAND – Titolo sorprendentemente piccolo in terza pagina in corpo 10;

GENTLE E LO SCANDALO – Super-supertitolo delle dimensioni di quello su Pearl Harbor in corpo 32, di quelli che non si leggono bene da quanto sono grandi; LE AZIONI DI MAYFLOWER, RED BALL, ALLIED E U-HAUL VANNO ALLE STELLE – Sottotitolo in corpo 16 di un quotidiano finanziario; DUE GOVERNATORI DEL NORDEST IN OSPEDALE PER INFARTO, ANEURISMA – Sottotitolo in corpo 10;

GENTLE PROCLAMA LO STATO DI CALAMITÀ PER TUTTI I TERRITORI DEGLI STATI UNITI A NORD DELLA LINEA DA SYRACUSE A TICONDEROGA NY, E DA TICONDEROGA NY A SALEM MA; OFFRE AIUTO FEDERALE AI RESIDENTI DELLE ZONE INTERNE DEL NEW ENGLAND CHE DECIDERANNO DI TRASFERIRSI; DICHIARA CHE I FONDI PER LA BONIFICA DI QUESTI TERRITORI «NON SONO NELLA MAPPA DI CIÒ CHE È POSSIBILE» – Titolo di un Titolista Molto Verboso Che Alla Fine È Stato Licenziato Anche Dal Rep. Sottotitoli a causa di Eccessivi Parametri Verbali e Ora Si Trova Di Nuovo In Cattive Acque In Un Quotidiano Molto Meno Prestigioso;

eccetera. Il vecchio laboratorio di montaggio di Lui in Persona ha delle impressionanti macchine Compugraphic per la composizione grafica al computer: di solito è difficile stabilire quali titoli siano veri e quali inventati, se sei troppo giovane per ricordarti la vera cronologia dei fatti. I ragazzi sanno che almeno qualcuno dei titoli è falso; tipo quello del minigolf. Ma l'accuratezza del racconto fatto da Mario dell'incontro comunemente chiamato «Il Consiglio della Concavità» non può essere contestato. Nessuno, che non fosse presente all'incontro del 16 gennaio, sa esattamente cosa fu detto, quando e da chi, dato che l'amministrazione Gentle aveva disposto che i mezzi per la registrazione a disposizione dell'Ufficio Ovale a quel tempo fossero una vera e propria incubatrice di batteri. La claque governativa di Gentle, che ballettava le canzoni della Motown, è vestita di rosso con rossetto e smalto per le unghie in tono, e gli sbuffi dei vestiti erano cosí pieni di lustrini Afro che c'erano stati problemi con le luci e la velocità della pellicola nel ripostiglio dei bidelli:

SEG. DEL TESORO   Avete un aspetto veramente magnifico oggi, signore.

GENTLE   Ahhhha, Uhhhhu, Ahhhha, Uhhhhu.

PRES. DEL MESSICO/SEG. DEL MESSICO/VICEPRES. DELL'ONAN   Posso chiederLe, señor, come mai il mio esimio collega Vicepresidente dell'Onan non è qui con noi oggi?

GENTLE   Ahhhha, Uhhhhu.

SIG. RODNEY TINE, CAPO DELL'UFFICIO PER I SERVIZI NON SPECIIFCATI DEGLI USA   Il presidente sta inalando ossigeno puro oggi, ragazzi, e mi ha incaricato di essere il suo procuratore in questa, se mi è lecito aire, giornata storica. Il Pm canadese è un po' agitato. Preferisce stare a lamentarsi con i media circondato dai suoi Ranger a Cavallo e ora si trova in qualche posto lontano dal Québec con un giubbotto di kevlar, tutto imbronciato, e senza dubbio starà studiando attentamente i sondaggi di opinione preparati da un esperto senza mento con gli occhiali canadesi con la montatura di corno.

MESSICO E ALTRI SETTORI [Suoni che esprimono perplessità e apprensione].

TINE   Sono sicuro che tutti siete stati messi al corrente su questa crisi senza precedenti ma non inopportuna che si è creata al nord della linea quasi perfettamente orizzontale tra Buffalo e il Massachusetts del Nordest.

TINE sistema alcune foto sui cavalletti con il sigillo presidenziale: un fosso nel New Hampshire dal quale fuoriesce della roba di un colore che nessuno aveva mai visto prima; una foto scattata con l'obiettivo grandangolare nella quale si vedono bidoni con il teschio stampato sopra che si perdono all'orizzonte, e alcuni funzionari con i capelli corti e i vestiti bianchi che si muovono su e giú e controllano pulsanti e quadranti su dei marchingegni luccicanti che tengono in mano; un'alba chimica molto strana, dello stesso colore del rossetto dei membri del Gabinetto, sopra qualche foresta nel Maine del Sud che sembra molto piú alta e lussureggiante di quanto dovrebbero essere le foreste in gennaio; un paio di foto fatte in interni che ritraggono un bambino piccolo con molti occhi che cammina gattoni all'indietro, con l'orecchio sul tappeto, e si trascina dietro la testa informe come un sacco di patate. L'ultima foto fa spezzare il cuore.

TUTTI I SETTORI [Rumori che esprimono preoccupazione e pietà].

GENTLE   Ahhhha Uhhhhu.

TINE   Signori, permettete al presidente di dire che nessuno è in grado di spiegare che cosa sia successo e che, aperte le virgolette chiuse le virgolette, qualche ente fidato dell'Unione o dell'Organizzazione possa essere ritenuto colpevole, ma in questo momento non è nelle intenzioni dell'amministrazione puntare un dito che incolpi o miri a punire qualcuno o qualcosa. Abbiamo intenzione di agire, rispondere, e agire e rispondere in modo deciso. Velocemente. E con decisione.

SEGR. DELL'INT.   Abbiamo preparato dei preventivi molto sommari sui costi per eliminare la tossicità e/o le radiazioni di buona parte dei quattro Stati degli Stati Uniti, signore, e devo confessarvi, signori, che anche nell'atmosfera di incertezza data dal non avere ancora una situazione definitiva su quali tipi e combinazioni di composti siano stati – ehm – trovati laggiú e quanto grandi siano le proporzioni delle sue – non «sue» personalmente, signore, J.G., «sue» come modo abbreviato per dire – per dire qualcosa come, semplicemente, l'articolo le – le proporzioni dei parametri di dispersione e di tossicità – ehm – devo comunicarvi che le cifre che ci troviamo di fronte hanno cosí tanti zeri da essere quasi imbarazzanti, signore, signori.

TINE   Vada piú a fondo e spieghi cosa intende per *imbarazzanti*, se non le dispiace, Blaine.

SEGR. DELL'INT.   Stiamo parlando di un numero imbarazzante di gente di grosso calibro del Settore Privato, con i vestiti bianchi e gli elmetti non molto diversi dal suo, signore, con un enorme conto finale sia per i vestiti sia per gli elmetti, piú guanti e stivali usa e getta, e un sacco di attrezzi con molte manopole e quadranti. Signore.

GENTLE   Ahhhha Uhhhhu.

TINE   Signori, rendete al presidente il giusto tributo di avere sempre la facoltà di andare subito al nocciolo della questione. Credo che la posizione del presidente sia resa del tutto chiara dall'ossigeno puro che è costretto a inalare mentre si trova qui con noi oggi. In nessun modo possiamo permettere che un territorio sia pubblicamente esposto a questa orrenda e lercia infamia e che questa insozzi il territorio già piú ordinato e piú pulito della nuova èra degli Stati Uniti d'A. Il presidente rabbrividisce al solo pensiero. Il solo pensiero lo ha costretto a ricorrere all'ossigeno.

PRES. DEL MESSICO/SEG. DEL MESSICO/VICEPRES. DELL'ONAN   Non sono in grado di anticipare quali opportunità vorranno prendere in considerazione i vostri governi federale e continentale a questo proposito, señors.

ALTRI SEGR.   [Annuiscono con perplessità e producono dei rumori che fanno pensare a un'intesa piuttosto stonata].

TINE   Dato che la sua elezione e il conferimento del suo mandato sono avvenuti grazie al programma del Ppusa che si basa su una chiara politica contro i rifiuti, il presidente è inesorabilmente portato a vedere come unica possibilità il dar via tutto.

SEGR. DI STATO   Dar via tutto?

TINE   Esattamente.

SEGR. DI STATO   Vuoi cioè dire che bisogna semplicemente dire tutto, dire la verità? E cioè che il programma del Ppusa di Johnny ha bisogno – dato che è impossibile sparare tutti i rifiuti della nazione nello spazio visto che la Nasa non è riuscita a compiere neanche un lancio in piú di un decennio e visto che i razzi ricadono giú e scoppiano e diventano rifiuti loro stessi – ha forse bisogno – vista la quantità enorme di scorie che il processo di avviamento della fusione anulare metterà in circolazione dal momento in cui verrà avviato – il suo programma ha bisogno di un ulteriore tentativo di trasformare vaste zone del territorio degli Usa in una discarica inabitabile probabilmente delimitata da una recinzione di filo spinato, in un mucchio di spazzatura ricoperto dalle mosche, in un luogo di smaltimento dei rifiuti tossici avvolto da una nuvola saprogenica color magenta? Volete per lo meno ammettere pubblicamente che quelle partite di softball degli impiegati dell'Epa non sono state casuali? Che siete stati voi a permettere a Rod the God di convincervi[156] a autorizzare i Servizi Non Specificati a intraprendere massicce operazioni di scarichi tossici contro la legge locale e con tutte le conseguenze a livello di modificazioni genetiche nei nascituri, esattamente per la stessa linea dura ispirata al Bene Superiore dell'Unione che portò Lincoln a sospendere la Costituzione e imprigionare gli attivisti della Confederazione senza nessun capo d'accusa per tutta la durata dell'ultima grave crisi territoriale degli Stati Uniti? E/o che questi territori erano stati scelti soprattutto perché il New Hampshire e il Maine non avevano autorizzato le primarie Indipendenti del Ppusa e perché il sindaco di Syracuse aveva avuto la sfortuna di starnutire addosso al presidente in campagna elettorale? Volete forse ammettere l'intera strategia che voi due avete messo insieme e progettato in qualche posto ben sterilizzato? Forse è questo che intendi per *Dar Via Tutto*, Rod?

TINE   Bah. Non essere imbecille, Billingsley. Il Tutto nella frase Dar Via Tutto del presidente sta per territorio.

GENTLE   Ahhhha.

TINE   Daremo via tutto quell'orrendo sozzume di territorio.

SEGR. DELL'INT.   Esportandolo, si potrebbe azzardare.

TINE   È una possibilità completamente nuova per l'ambiente che nessun uomo di Stato aveva avuto la capacità o i cojones di prevedere. Se ancora abbiamo una risorsa naturale questa è il territorio.

PRES. DEL MESSICO/SEG. DEL MESSICO/VICEPRES. DELL'ONAN E MOLTI ALTRI SEGR.   [Cercano di far tornar le sopracciglia al di sotto dell'attaccatura dei capelli].

TINE   Il presidente Gentle ha deciso che andremo a inventare non solo un nuovo governo ma una nuova storia. Diamo fuoco al passato. Rendiamoci promotori di un nuovo destino. Ragazzi, riusciremo a istituire una vera e propria interdipendenza tra gli stati membri dell'Onan.

GENTLE   Ahhhha uhhhhu.

TINE   Signori, regaleremo spazi nuovi di espansione in territorio americano nordorientale, un dono che non ha precedenti a livello intercontinentale, e in cambio continueremo ad avere libero accesso a quei territori per lo smaltimento dei rifiuti Us. Permettetemi di illustrare quello che Lur— quello che il presidente ha in mente.

TINE piazza due cartine (gentilmente concesse dalla lezione di Applicazioni tecniche della Sig.na Heath) sui cavalletti che si usano per discutere le questioni di Governo. Tutte e due rappresentano i buoni vecchi Usa. La prima cartina è piú o meno quella tradizionale, con gli Usa che sembrano enormi e le frange settentrionali del Messico di un rosa delicato da toilette per signore da una parte e il bordo incombente del Canada di un rosso sgargiante e minaccioso dall'altra. La seconda cartina dell'America del Nord non è né vecchia né tantomeno tradizionale. Ha una concavità. Come se qualcuno avesse dato un grosso morso con i canini alla parte destra in alto, dove una linea ascendente e poi discendente fa un angolo quasi retto sulla storica e ora orribilmente insozzata città di Ticonderoga Ny; e le zone a nord di quella linea lacerata sono di quel rosso sfacciato del Canada. Alcune mosche di plastica che si usano per fare gli scherzi, come quelle con la pancia blu che vivono sul sudiciume, sono appiccicate in ordine sparso come una manciata di uva secca sulla Concavità rossa. TINE ha una bacchetta di quelle allungabili che vengono usate per le previsioni del tempo con la quale giocherella invece di usarla per indicare qualcosa.

SEGR. DI STATO   Una specie di manipolazione ecologica dei distretti elettorali?

TINE   Il presidente vi invita, signori, a immaginare per mezzo di questi due aiuti visivi il prima e il dopo delle «ridistribuzioni territoriali intra-Onan» che abbiamo previsto, ma si potrebbero usare anche altre espressioni. Rielaborazione è forse troppo tecnica.

SEGR. DI STATO   Anche se rispettiamo quello che ha appena detto, noi della Segreteria di Stato non riusciamo ancora a comprendere come si possano vendere al pubblico dei territori abitati quando una fetta sostanziale di quello stesso pubblico, per quanto ci è dato sapere, abita quello stesso territorio, Rod.

GENTLE   Ahhhha.

TINE   Il presidente ha deciso di non cercare di nascondersi davanti a questa cosa nonostante sappia che potrebbe costargli molto, perché implica una scelta difficile che potrebbe essere impopolare, una di quelle scelte che ti fa sentire solo, ragazzi. Ci stiamo muovendo con lo scandaglio per anticipare al piú presto i vari scenari di risistemazione che prevediamo saranno piuttosto complicati. Scenarii? Si dice scenarii o scenari[157]? Marty ci sta lavorando sopra. Ti stai adoperando per farci procedere velocemente in questa fase, vero, Marty?

SEGR. DEI TRASPORTI   Prevediamo un gran flusso di persone che si sposterà verso sud molto, ma molto velocemente. Prevediamo che ci saranno macchine, camioncini, camion, autobus, Winnebagos – Winnebaga? – furgoni e autobus requisiti, e probabilmente Winnebagos o Winnebaga requisiti. Prevediamo che ci saranno veicoli 4x4, motociclette, jeep, barche, monopattini, biciclette, canoe e zattere di fortuna. Gatti delle nevi e sciatori di fondo e pattinatori su quegli strani pattini che hanno un'unica fila di ruote per ciascun pattino. Prevediamo che ci saranno quelli con gli zaini che marceranno veloci, con i pantaloncini da trekking e gli stivali e i cappelli tirolesi e il bastone. Prevediamo che ci sarà qualcuno che semplicemente correrà come un pazzo, probabilmente, Rod. Prevediamo che ci saranno carretti di fortuna pieni di beni terreni. Prevediamo che ci saranno motociclette Bmw dei tempi della guerra con il sidecar e quei tipi con gli occhialini e i cappucci di pelle. Prevediamo che ci sarà gente sugli skateboard. Prevediamo che si verificherà un'interruzione, anche se temporanea, degli atteggiamenti di civiltà nei confronti degli animali spaventati che si daranno precipitosamente alla fuga. Prevediamo che ci saranno saccheggi, sparatorie, frodi, tensioni etniche, sesso promiscuo, nascite in transito.

SEGR. DELL'AIR   Quei pattini sono i rollerblades, Marty.

SEGR. DEI TRASP.   I vostri interventi e ogni genere di informazione sono molto graditi, Trent. Qualche giovane dell'ufficio ha previsto che ci saranno anche dei rocciatori. Personalmente non prevedo scalate significative da parte della popolazione in questa congiuntura. Né c'è bisogno di dire che non prevedo che ci sarà niente di simile a quelli che si potrebbero definire dei veri e propri profughi.

GENTLE   Ahhhha *uhhhhu.*

TINE   Assolutamente no, Mart. Per nessun motivo applicheremo un termine che evoca associazioni mentali con una situazione deprimente. Non mi stancherò mai di sottolineare questo punto. Potere di espropriazione per pubblica utilità: va bene. Rinnovata forma di sacrificio: ci puoi scommettere. Eroi, una nuova stirpe di pionieri per la nuova èra, che se ne vanno dal buon vecchio sano territorio americano ora purtroppo contaminato, *bien sûr.*

SEGR. DI STATO   *Bien sûr?*

SEGR. PER I RAPPORTI CON LA STAMPA [Con una strana pettinatura sfrangiata e un paio di occhiali bifocali attaccati a una catenella di perle che tiene intorno al collo e si è andata a infilare nel solco dei seni]   Neil ha studiato attentamente le crisi di panico su materiale di varie fonti. Apparentemente il termine profugo può essere negato in modo plausibile nel caso in cui – sto citando direttamente dagli appunti di Neil che ho qui in mano – a) non ci siano carretti di fortuna pieni di tutto quello che si possa immaginare trainati da bovini con corna curve, e b) che la percentuale dei bambini sotto i sei anni a) svestiti, o b) che strillano a pieni polmoni, o c) entrambe le possibilità, sia inferiore al 20 per cento del numero totale dei bambini in transito sotto i sei anni. È vero che la fonte principale di Neil per questo studio è la *Guida totalitaria al panico da pugno di ferro* di Pol e Diang, ma pensano che questo fatto non abbia poi molta importanza.

GENTLE   Uhhhhu.

TINE   Gli uffici di Marty e di Jay hanno lavorato di giorno e di notte su strategie che permettano di prevenire tutto ciò che potrebbe essere collegato a un'apparente migrazione di profughi.

SEGR. PER I RAPPORTI CON LA STAMPA [Tenendo la testa piena di brillantina ad angolo, nel modo in cui le persone con le lenti bifocali devono tenerla per leggere]   Qualsiasi cosa che rassomigli a un bovino con corna ricurve venga subito abbattuto sul posto. Gli addetti della squadra di Rod con i loro camion scintillanti distribuiranno a intervalli strategici abiti da bambino della linea Winnie-the-Pooh di Sears gentilmente offerta dalla ditta, per stroncare la nudità sul nascere.

SEGR. DEL TESORO   Stiamo definendo i dettagli sull'accordo Sears, Rod.

TINE   Il presidente ha molta fiducia, Chet. Credo che Marty e Jay stessero già preparando il *coup de grâce* per i trasporti.

SEGR. DEI TRASPORTI   Stiamo cercando di ottenere dei cartelli stradali che rendano legale la guida veloce sulle corsie di emergenza.

SEGR. PER I RAPPORTI CON LA STAMPA   Le corsie di emergenza in direzione sud.

TUTTI I SEGR. [Rumoreggiamenti armonici.]

SEGR. DI STATO   Ancora non vedo perché non si debba conservare titolo cartografico alle zone tossiche, ricollocare la cittadinanza e il capitale trasportabile, e usarle come nostra zona designata allo smaltimento. Come se fosse una specie di sgabuzzino o di cestino dei rifiuti speciale sotto l'acquaio della cucina nazionale. Sviluppare dei sistemi di trasporto di tutti i rifiuti e le scorie del Paese in quella zona, isolarla, tenere in ordine il resto della nazione come dalla piattaforma di Johnny.

SEGR. DELL'AIR   Perché cedere delle vitali risorse di smaltimento dei rifiuti a un alleato recalcitrante?

TINE   Billingsley, Trent, nessuno sta dicendo che non possiamo utilizzare questi territori per questo scopo, indipendentemente dal nome della nazione in cui si trovano. Essere Interdipendenti vuol aire agire da Stati Interdipendenti, dopotutto.

PRES. DEL MESSICO/SEG. DEL MESSICO/VICEPRES. DELL'ONAN   *¿Qué?*

GENTLE   Ahhhha?

TINE   Eppure Billingsley ha ragione nel dire che questo territorio disegnato in maniera irregolare, spopolato, da poco divenuto canadese può risolvere le necessità di pulizia di tutta questa grande alleanza continentale per molti decenni futuri. Dopo di che, attento Yukon!

PRES. DEL MESSICO/SEG. DEL MESSICO/VICEPRES. DELL'ONAN [Con la faccia verde e la maschera bagnata e scura sopra il labbro superiore]   Con tutto il dovuto rispetto posso chiedere al Presidente Gentle come può proporre di chiedere al mio collega appena nominato Co-Vicepresidente della nostra Organizzazione continentale di accettare per conto del suo popolo vaste zone di terreno avvelenate in modo così egregio?

TINE   Domanda pertinente. Risposta semplice. Tre risposte. È un uomo di Stato. È un uomo Coraggioso [ora sta contando sulle dita pulite, sottili e forti]. È un Uomo Capace di Prendersi Rischi Calcolati.

E ora – e molto più infantile – altri titoli spuntano ad alta velocità dal nero al suono del 45 giri *Il volo dei bombo* del custode Dave Harde («F.D.V.»).

GENTLE AL PM CANADESE: PRENDETEVI UN PO' DI TERRITORIO – Titolo;

IL PM CANADESE A GENTLE: NO. COMUNQUE GRAZIE LO STESSO – Titolo;

GENTLE AL PM CANADESE: MA IO INSISTO – Titolo;

IL BLOCCO DEL QUÉBEC AL PM CANADESE: SE ACCETTI DI ANNETTERE ALLA NO-
STRA PROVINCIA QUELL'ANNESSIONE TOSSICA E CONVESSA SECEDEREMO COSÍ IN
FRETTA CHE TI GIRERÀ LA TESTA – Titolo dello Stesso Tipo di Prima;

IL PM CANADESE A GENTLE: SENTI, CI STIAMO SGUAZZANDO NEL TERRITORIO,
GUARDA UN ATLANTE, NON SAPPIAMO PIÚ CHE FARCENE DI ALTRI PEZZI DI TER-
RITORIO, INOLTRE NON VORREI SEMBRARE SCORTESE MA DI CERTO NON ABBIAMO
VOGLIA DI ACCETTARE VOSTRI PEZZI DI TERRITORIO IMMONDO, RAGAZZI, E, RE-
TORICA DELL'INTERDIPENDENZA O NO, NON NE VOGLIAMO ASSOLUTAMENTE SA-
PERE – Ancora il Tipo Famoso;

I 26 STATI MEMBRI DELLA CEE ACCUSANO GLI STATI UNITI DI «DOMINAZIONE EX-
PERIALISTA» – Titolo; VEGETALI DEL TERZO MONDO COINVOLTI IN UN IMBROGLIO
ALLE NAZIONI UNITE – Sottotitolo in corpo 10;

GENTLE AL PM: SENTIMI BENE, TESORUCCIO, O TI PRENDI IL TERRITORIO O TE NE
PENTIRAI AMARAMENTE – Titolo;

STRIZZACERVELLI DI SIN CITY: IL LEADER DALLA VOCE DI VELLUTO INTERNATO
PER DUE VOLTE PER MALATTIA MENTALE – Titolo di tabloid;

LA NOTIZIA DELLA «INSTABILITÀ EMOTIVA» DEL PRESIDENTE CONFERMATA DA UN
MEDICO DI LAS VEGAS – Titolo di una Testata di Tutto Rispetto;

NEL MIO GIARDINO CI SONO DEI POMODORI CHE NON RIUSCIREI A SOLLEVARE NEAN-
CHE SE RIUSCISSI A TAGLIARE I LORO GAMBI CON UN MACHETE – Titolo di tabloid, Montpelier Vt, con Una Foto Che Non È Possibile Che Non Sia Stata Falsificata;

LA FEC È CHIAMATA A INDAGARE SUI MEMBRI DEL PPUSA – Titolo; UNA «RAP-
PRESENTAZIONE STRATEGICAMENTE FALSA» DELLA SALUTE MENTALE DEL CAN-
DIDATO HA MESSO A REPENTAGLIO LA NAZIONE E IL CONTINENTE, ACCUSANO I DE-
MOCRATICI – Supersottotitolo in corpo 12;

GLI ASSISTENTI SI CONSULTANO MENTRE CRESCE LA PREOCCUPAZIONE PER LA
«PATOLOGICA INCAPACITÀ DI GENTLE AD ACCETTARE QUALSIASI TIPO DI RIFIUTO
REALE O IMMAGINATO» NEI RIGUARDI DELLA CRISI CANADESE – Titolista Dipen-
dente da Metadone, da 17 mesi al «Third Daily»;

«Sia la comunità finanziaria sia quella diplomatica hanno reagito con crescente
preoccupazione alle notizie che il Presidente Gentle si è isolato in un appartamento dell'ospedale della Marina Militare di Bethesda con un'attrezzatura
per la sterilizzazione del valore di varie migliaia di dollari e passa le giornate

a canticchiare motivetti tristi in tono errato al Comandante in Capo del Corpo dei Marines degli Stati Uniti che sta vicino all'apparecchio per la sterilizzazione Hypospectral della Dermalatix ed è ammanettato alla Scatola Nera dei codici nucleari degli Stati Uniti. I portavoce dell'Ufficio dei Servizi Non Specificati si sono rifiutati di commentare gli ordini piuttosto stravaganti che sembrano siano giunti dalle alte sfere del tipo: in base alla Clausola 414 del Consiglio di Emergenza della Sicurezza Nazionale si ordina al Dipartimento della Difesa di requisire ai grandi magazzini *Searsco* l'intero quantitativo della linea di abbigliamento per bambini Winnie-the-Pooh; si richiede al personale della Forze Armate di esercitarsi con sagome di cartone che sembrino rappresentare bovini, bisonti, o vacche longhorn del Texas; si predispone l'uscita di una cartuccia di un Appello del Presidente alla Nazione che consista esclusivamente nella scena del presidente seduto alla sua scrivania, la testa tra le mani guantate, mentre canta di continuo "A che cosa serve andare avanti?"; si dànno istruzioni al personale dei rifugi sotterranei in tutte le installazioni del Comando Strategico Aereo a nord del 44° parallelo di togliere i missili dai rifugi per poi inserirli di nuovo capovolti; e si ordina l'installazione di massicci "effettuatori per la rimozione d'aria" 28 km a sud di ciascun rifugio sotterraneo rivolto verso nord» – Uno dei Migliori Annunciatori delle Trasmissioni su Cartuccia dei Notiziari Settimanali Tutto Fumo e Niente Arrosto e Pieni di Cazzate Veramente Indecenti;

SOMME ASTRONOMICHE ACCREDITATE DALLA PILLSBURY/BK A GENTLE NEL TERZO TRIMESTRE «PER AVER RESUSCITATO LA PUBBLICITÀ NELL'ÈRA POST-NETWORK» - Titolo a colori in corpo 14 dell'«Ad Week»;

GENTLE HA PERSO COMPLETAMENTE LA TESTA, SOSTIENE UN CONFIDENTE; IL CAPO DELL'UFFICIO DEI SERVIZI NON SPECIFICATI A UNA CONFERENZA STAMPA: MINACCIA DI FAR ESPLODERE I MISSILI CAPOVOLTI NEI RIFUGI SOTTERRANEI DEGLI USA, E IRRADIARE IL CANADA CON L'AIUTO DEI VENTILATORI ATHSCME – Titolo; «SIAMO PRONTI A ELIMINARE LA NOSTRA STESSA MAPPA PER PURA RIPICCA» SE IL CANADA CONTINUERÀ A OPPORSI AL TRASFERIMENTO RICONFIGURATIVO DI «TERRITORI ESTETICAMENTE INACCETTABILI» – Sottotitolo Evidentemente Fatto in Casa.

Questa caratteristica catastatica della trama del film di marionette – il fatto che Johnny Gentle, il Famoso Cantante Confidenziale, minacci di bombardare la sua nazione e contaminare i vicini per una ripicca da malato di mente in seguito alla riluttanza del Canada ad accettare il ritrasferimento del diritto di territorio sulla enorme discarica dell'Onan – ha molto effetto sul pubblico dell'Eta che sa bene come questo scenario da parodia pseudo-*Onanteide* sia un'allusione marionettistica all'oscuro mito di un certo Eric Clipperton e della Brigata Clipperton. Proprio negli ultimi anni di tempo solare, Non Sponsorizzato, questo ragazzo, Eric Clipperton appunto, apparve per la prima volta in un torneo regionale Under 16 della East Coast. Sul tabellone del torneo, nello spazio dopo il nome di Clipperton dove in genere viene scritto il luogo o l'accademia di provenienza, c'era scritto «Ind.», che probabilmente voleva significare «Indipendente». Nessuno prima di allora aveva mai sentito parlare di lui, nessuno lo conosceva o sapeva da dove venisse. Era come sorto, una specie di radon umano, da qualche luogo sotterraneo e sconosciuto, e dette al cliché «Vincere o Morire!» un nuovo e grottesco e letterale significato.

Perché la leggenda di Clipperton era nata dal fatto che questo ragazzino possedeva un'arma da fuoco semiautomatica Glock 17 custodita con grande cura in una valigetta molto raffinata di legno chiaro con il manico di pelle e una scritta in tedesco in caratteri gotici; l'interno in velluto soffice ospitava una concavità a forma di pistola dove la luccicante Glock 17 veniva riposta, e un altro piccolo spazio rettangolare per il caricatore da 17 colpi; e il ragazzo si portava la valigetta e la Glock 17 in campo insieme agli asciugamani, l'acqua, le racchette e la borsa, e da questa prima apparizione al torneo juniores della East Coast rese pubblica la sua intenzione di farsi saltare il cervello in pubblico, proprio lí sul campo, se avesse perso, anche una volta sola.

Cosí in quasi tutti i tornei che partivano da un numero di 64 partecipanti si formava un gruppo di tre ragazzi, poi quattro, poi cinque al momento delle semifinali e alla fine sei che venivano chiamati la Brigata Clipperton, cioè quei giocatori che avevano avuto la sfortuna di essere stati sorteggiati contro Eric Clipperton e la sua ben oliata Glock 17 e si erano tutti comprensibilmente rifiutati di essere il giocatore che avrebbe portato Clipperton a eliminare per sempre la propria mappa in pubblico per una cosa cosí assurda come vincere una partita di torneo contro di lui. Vincere contro Clipperton non aveva alcun senso perché *perdere contro* Clipperton non importava a nessuno e non arrecava alcun danno alle classifiche regionali e alla classifica Usta, e quelli del centro di elaborazione dell'Usta non attribuirono mai una posizione in classifica a Clipperton. Cosí il fatto di uscire ai primi turni di un torneo per avere perso contro Clipperton finí per acquistare il valore di una sconfitta per abbandono, statisticamente parlando; e chi si trovava a fare parte della Brigata Clipperton e perdeva la partita, alla fine considerava quel torneo come una specie di vacanza non prevista, un'occasione per riposarsi e riprendersi un po', abbronzarsi anche torace e caviglie, lavorare sui punti deboli e riflettere sul significato di questa cosa.

La prima immeritata vittoria di Clipperton arrivò quando aveva sedici anni e non era tra le teste di serie del torneo open juniores di

Hartford, al primo turno, contro un certo Ross Reat, di Maddox Oh, e dell'appena inaugurata Eta. Per qualche oscuro motivo Struck si è in qualche modo specializzato in questa vicenda e non perde mai l'occasione di raccontare la storia di Clipperton contro Reat a quelli nuovi dell'Eta. Clipperton è un buon giocatore, niente di eccezionale ma certamente non fuori posto in un torneo regionale; invece Reat a quindici anni è già un giocatore esperto, ben classificato, ed è la terza testa di serie a Hartford; e Reat, all'inizio – come farebbe qualsiasi giocatore con una buona classifica al primo turno – si sta letteralmente mettendo nel taschino questo Eric Clipperton non classificato e sconosciuto. Sull'I-4 nel secondo set Clipperton si siede al cambio di campo e invece di asciugarsi con l'asciugamano, prende la borsa, tira fuori la sua valigetta elegante di legno chiaro ed estrae la Glock 17. L'accarezza. Tira fuori il caricatore, lo soppesa con la mano e lo infila nel suo alloggiamento alla base del calcio, con un clic robusto che fa ghiacciare il sangue nelle vene. Si sfiora la tempia sinistra con la canna lucida di quell'affare. Tutti quelli che stanno assistendo all'incontro concordano nel dire che è un terribile ed efficacissimo mezzo di difesa personale. Clipperton sale i gradini del seggiolone da bagnino sul quale è seduto il giudice con la giacca blu[158] e usa il microfono del giudice per rendere pubblica la sua intenzione di farsi saltare il cervello con la Glock e imbrattare tutto il campo, se dovesse perdere. Lo scarso pubblico da primo turno si irrigidisce e trattiene a lungo il respiro. Reat ingolla rumorosamente. Reat è alto, molto lentigginoso, un bravo ragazzo, uno dei bravi ragazzi di Incandenza, non troppo intelligente, con il Circuito Satellite cosí certo nel suo futuro che a soli quindici anni ha già incominciato a vaccinarsi contro il colera e a far pratica con i tassi di cambio delle valute del Terzo mondo. E comunque per il resto della partita (che dura esattamente altri undici game) Clipperton gioca a tennis con la Glock 17 puntata contro la tempia sinistra. La pistola gli è un po' d'impiccio quando serve, ma Reat comunque lascia passare il servizio senza neanche sfiorarlo. Nessuno tra il personale dell'Eta si è presentato alla partita per dare consigli a Reat in quella che doveva essere una partita facilissima da primo turno, e cosí Reat è completamente solo con se stesso sul campo dal punto di vista sia strategico che emotivo, e decide di non fingere neanche di giocare visto quello che Clipperton, il non classificato, sembra essere disposto a sacrificare per una vittoria. Ross Reat fu il primo e l'ultimo giocatore juniores a stringere la mano di Clipperton alla fine di una partita, e quel momento è immortalato nella foto scattata da quelli dell'«Hartford Courant», che poi qualche sapientone dell'Eta aveva incollato alla porta della camera di Struck con tanta di quella colla Elmer che a staccarla si sarebbe staccata anche la laccatura della porta, per questo la foto è ancora lí ben in vista, Reat alla rete con un braccio sugli occhi, l'altra mano stesa verso un Clipperton che lo aveva completamente annullato da un punto di vista psicologico. E Ross Reat non fu piú lo stesso dopo quella partita, come Schtitt e deLint hanno assicurato a tutti i maschi dell'Eta suscettibili di futuri comportamenti pietosi.

E da allora, cosí dice la leggenda, Eric Clipperton non perde piú. Nessuno se la sente di batterlo e rischiare di passare il resto della vita con l'immagine della Glock che spara sulla coscienza. Nessuno sa da dove arrivi Clipperton, quando viene a giocare. Mai visto negli aeroporti o sulle rampe di uscita delle Interstatali e neanche a fare il pieno di carboidrati da *Denny* tra una partita e l'altra. Si materializza, sempre da solo, a tornei juniores sempre piú importanti, appare sui cartelloni con la sigla «Ind.» vicino al nome, gioca con la Glock puntata alla tempia sinistra[159] e i suoi avversari, che non sono disposti a sacrificare l'ostaggio di Clipperton (Clipperton *même*), non ci provano nemmeno, oppure si cimentano in angolature e palle con effetti impossibili, o parlano al cellulare mentre giocano o cercano di colpire tutte le palle tra le gambe o dietro la schiena; e in genere il pubblico fischia Clipperton; e Clipperton si siede e soppesa il caricatore da 17 colpi e certe volte tira fuori le pallottole di ottone da 9 mm e le fa tintinnare in mano mentre pensa sulla sedia del cambio di campo a ogni gioco dispari, e certe volte durante le pause prova dei giochetti di abilità con la pistola come quelli che fanno i cow-boy; ma quando il gioco riprende Clipperton è di nuovo serio da morire e si punta la pistola contro la tempia mentre gioca, e miete un turno dopo l'altro gli apatici giocatori della Brigata Clipperton, e vince il torneo praticamente per abbandono psichico, e poi subito dopo aver ritirato la coppa sparisce come se la terra lo avesse inalato. L'unico che può essere considerato seppur lontanamente suo amico nel campionato juniores è Mario Incandenza, di otto anni, che Clipperton ha incontrato perché, anche se quest'estate il contingente del torneo maschile (di cui fa parte anche il diciassettenne Orin Incandenza, piantato su un plateau e ormai incapace di grandi progressi) è guidato da Disney Leith e da un prorettore che si chiama Cantrell, il preside dell'Eta, il Dott. J.O. Incandenza, si fa vedere a qualche torneo del circuito americano perché sembra stia girando con gli auspici dell'Usta un documentario in due parti sul tennis juniores a livello agonistico, sullo stress e sulla luce, e per questo a quasi tutti gli appuntamenti piú importanti di quella fine estate Mario trotterella qua e là con gli astucci delle lenti e i treppiedi Tuffy eccetera, e conosce Clipperton, e tro-

va che Clipperton sia una persona intrigante e, per ragioni che anche
lui non riesce a spiegare, pure spassosa, ed è gentile nei suoi confronti
e cerca la sua compagnia, quella di Clipperton, o comunque per lo meno tratta Clipperton come un essere umano, mentre si può dire che a
fine luglio l'atteggiamento di tutti gli altri verso Clipperton era piú o
meno l'impettita e insistita indifferenza di quando qualcuno scoreggia in pubblico. Una delle cartucce test di Lui in Persona – girata per
vedere l'aberrazione traversa a varie angolature del sole, cosí si legge
sull'adesivo appiccicato alla cartuccia – consiste nell'unica ripresa esistente del fu Eric Clipperton[160] – visto il gran numero di distributori
di compresse saline e scaglie di Pledge e ambulanze della Dade County
dovrebbe esser stata girata girata al torneo Sunkist Junior, l'odioso
Festival del Crampo, a Miami in agosto – solo un paio di metri di pellicola sovraesposta che ritrae Clipperton seduto a capo basso senza
maglietta sulle gradinate arancioni, con le spalle ossute e le Nike slac-
ciate, la valigetta con le scritte gotiche sulle gambe, i gomiti appoggiati sulle ginocchia e le mani sulle guance, che si guarda i piedi e cerca di non ridere mentre un minuscolo e rugoso Mario gli sta accanto
tutto inclinato in avanti e retto dal suo minisprone, con in mano un
esposimetro e qualcosa di cosí indistinto che non si riesce a riconoscere
scere sul nastro, la bocca spalancata in una risata omodontica per qualcosa di buffo che Clipperton deve aver detto.

Hal, dopo essersi cannato in quattro diverse occasioni – due volte in presenza di altri – in questo giorno di riposo continentale, oltre
a sentire ancora una specie di colpevole nausea allo stomaco per la
débâcle di Eschaton di questo pomeriggio e per il suo mancato intervento o meglio per non essere stato neanche capace di alzarsi dalla sedia, Hal, appunto, si è un po' lasciato andare e sta addentando la parte esterna del suo quarto cannolo al cioccolato in mezz'ora, e sente il
dolore elettrico di una carie incipiente nella fila dei molari di sinistra
e poi, come sempre gli succede dopo aver esagerato con i dolci, si sente sprofondare, emozionalmente, in una specie di depressa confusione. Il film di marionette gli ricorda già abbastanza Lui in Persona e
la sola cosa piú deprimente alla quale pensare in questo momento potrebbe essere la pubblicità e le ripercussioni della Riconfigurazione
dell'Onan sull'industria pubblicitaria americana. Il film di Mario mostra ora dei tagli artistoidi tra le immagini dell'erezione delle fortifi-
cazioni di Lucite e delle installazioni Athscme ed Ewd per lo smaltimento dei rifiuti lungo il nuovo confine degli Usa, e l'oscura citazione del disastroso elemento dell'amore interessato di Rodney Tine con
l'apparizione di una marionetta voluttuosa che rappresenta l'infame

ed enigmatica *femme fatale* del Québec nota come «Luria P——». La manina di panno marrone della marionetta di Tine è appoggiata sul piccolo ginocchio di Luria fatto con un bastoncino di Popsicle voluttuosamente imbottito, e i due sono nella famosa steakhouse *Szechuan* di Vienna, Virginia, dove secondo una tenebrosa leggenda venne concepito il Tempo Sponsorizzato sul retro di una tovaglietta di carta tipo chintz con la stampa dello zodiaco cinese, da R. Tine. Hal conosce benissimo la storia della caduta e rinascita del millennio della pubblicità negli Stati Uniti, perché uno dei soli due lavori accademici che ha scritto su qualcosa di anche remotamente filmico[161] era una mastodontica ricerca sui comuni e intricati destini della televisione e dell'industria pubblicitaria americana. Si trattava del progetto finale, ed era determinante per la votazione del corso annuale sull'«Introduzione agli Studi dell'Industria dello Spettacolo» tenuto dal Sig. U. Ogilvie nel maggio dell'Appw; e Hal, al settimo anno di studi e arrivato solo alla lettera R dell'*Oed condensato*, scrisse della fine della pubblicità in Tv con un tono cosí riverente da far pensare che gli eventi si fossero svolti nella nebulosa èra glaciale tra uomini vestiti di pelli d'animale, invece che solo quattro anni prima, quasi contemporaneamente alla nascita dell'Èra di Gentle e della Riconfigurazione Experialista di cui lo spettacolo di marionette di Mario si prende gioco.

Non c'è alcun dubbio che l'industria dei Network televisivi – o meglio delle Tre Grandi, poiché la Pbs è di tutt'altra categoria, e la Fox partí bene ma durò poco – aveva già avuto dei grossi problemi. Tra la proliferazione esponenziale dei canali via cavo, l'ascesa dei telecomandi a-controllo-totale conosciuti storicamente come cambini, e quella dei Vcr dotati di sensori di volume e picco vocale isterico in grado di eliminare gran parte delle pubblicità dai programmi registrati su nastro (qui Hal aveva fatto una digressione piuttosto prolissa sulle battaglie legali tra i Network e i produttori di Vcr sulla Funzione di Programmazione accanto alla quale il Sig. O. preso da un attacco di impazienza aveva disegnato un teschio rosso sbadigliante), i Network non riuscivano ad attirare la quantità di pubblico di cui avevano bisogno per giustificare i prezzi degli spazi pubblicitari necessari a riempire il loro enorme stomaco. Il nemico acerrimo delle Quattro Grandi erano le oltre 100 reti via cavo americane a carattere regionale o nazionale che nell'Èra premillennio di Limbaugh, grazie a una interpretazione straordinariamente generosa degli statuti di Sherman da parte del Dipartimento di Giustizia, si erano coalizzate in una Associazione Commerciale frazionata ma potente sotto la guida di Malone della Tci, Turner della Tbs, e un personaggio piuttosto oscuro dell'Alberta già proprietario del canale Vedi-Dalle-Finestre-Simulate-Di-Varie-Case-Eleganti-

In-Posti-Esotici, del Canale del Camino Natalizio, della Matrice della Programmazione Didattica via cavo della Cbc, e di quattro delle cinque grandi reti canadesi per le televendite di *Le Groupe Vidéotron*. Allestendo una campagna diretta al cuore e alla mente che derideva la «passività» di centinaia di milioni di spettatori costretti a scegliere ogni sera tra i programmi di quattro soli Network statisticamente sfatti, ed esaltava invece la «vera scelta americana» tra oltre 500 opzioni di canali via cavo, il Consiglio Americano per la Diffusione della Televisione Via Cavo attaccava le Quattro proprio alla loro radice ideologica, la matrice psichica in base alla quale i telespettatori erano stati condizionati (condizionati in maniera piuttosto piacevole dalle Quattro Grandi Reti e dai loro pubblicitari, faceva notare Hal) ad associare la Libertà di Scelta e il Diritto all'Intrattenimento con tutto ciò che era Us e vero.

La campagna del Cadc, brillantemente orchestrata dall'agenzia pubblicitaria Viney & Veals di Boston Ma si era proposta di colpire le Quattro Grandi nel torace fiscale con l'ubiquo slogan antipassività Non Mettetevi a Sedere Per Niente di Meno quando un colpo di grazia del tutto non intenzionale fu inferto alla vitalità dei Network da un avvenimento collaterale e non correlato della Viney & Veals. Come gran parte delle agenzie pubblicitarie americane, la V&V imburrava avidamente la fetta di pane da ogni lato possibile, e aveva cominciato a trarre vantaggio dai ribassi delle tariffe degli spazi pubblicitari delle Quattro Grandi per lanciare sui Network efficaci campagne di prodotti e servizi che in precedenza non avrebbero potuto permettersi una diffusione di immagine a carattere nazionale. Per l'oscura Nunhagen Aspirin Co. di Framingham Ma, fino ad allora conosciuta solo a livello locale, la Viney & Veals riuscí a convincere la Fondazione Nazionale per il Dolore Cranio-Facciale, con sede a Enfield, a sponsorizzare un'enorme mostra itinerante di dipinti sul tema del dolore cranico facciale invalidante realizzati da artisti che soffrivano di dolore cranio-facciale invalidante. Gli spot televisivi dell'Aspirina Nunhagen erano 30 secondi muti di immagini di alcune delle opere in mostra con in basso a sinistra la scritta NUNHAGEN ASPIRIN in pallidi, calmanti colori pastello. I quadri erano davvero strazianti, anche perché le Tv ad alta definizione erano già diffuse, per lo meno nell'agiata casa Incandenza. Hal cerca di non pensare a quegli spot con i quadri che rappresentavano i dolori dentali, mentre con un frammento di cannolo infilato chissà dove nell'arcata superiore sinistra continua a cercare Schacht per chiedergli di dargli un'occhiata. Ne ricorda uno che rappresentava un americano medio con la faccia normale e un tornado che gli usciva fuori dall'orbita oculare e una

bocca che urlava al vortice del tornado. E quello era uno dei piú tranquilli[162]. Gli spot non costarono praticamente nulla di produzione. Le
vendite dell'Aspirina Nunhagen andarono alle stelle su tutto il territorio nazionale, anche se le cifre relative all'indice di gradimento degli
spot passarono da basse ad abissali. La gente trovava i quadri talmente atroci che comprava il prodotto ma indietreggiava inorridita davanti agli spot. Ora si potrebbe pensare che tutto questo non avesse grande importanza finché il prodotto vendeva cosí bene, che non contasse
nulla che milioni di telespettatori in tutta la nazione cambiassero canale nel momento in cui appariva il dipinto di una faccia contorta dal
dolore con un'accetta piantata in fronte. Ma la cosa che rese gli spot
della Nunhagen diciamo fatalmente potenti fu che anche i numeri degli indici di ascolto degli spot che seguivano e dei programmi che li contenevano ne furono compromessi e, ancora peggio, ebbero un effetto
disastroso perché erano cosí spiacevoli da risvegliare letteralmente dal
sonno legioni di spettatori affezionati ai Network che fino ad allora erano stati cosí intontiti e sedati da non avere neanche la voglia di sprecare l'energia del muscolo del pollice necessaria a cambiare canale sullo schermo; risvegliò legioni di questi spettatori improvvisamente di-
sturbati e indignati e fece ricordare loro il potere dei loro pollici.

La successiva macchina da soldi creata dalla Viney & Veals, una
ignobile serie di spot per una catena nazionale di cliniche per la liposuzione, consacrò la V&V come un'agenzia di alte vendite-prodotto
e terribili indici di gradimento delle pubblicità; e questo mise in grandi ambasce le Quattro Grandi, perché – anche se i critici e i Pta e le
Pac femminili per i disturbi alimentari denunciavano le immagini degli spot della LipoVac che mostravano celluliti mostruose ed esplici
te sequenze di aspirazioni che sembravano degli incroci tra le iper-
boliche dimostrazioni dell'aspirapolvere Hoover, le autopsie filmate
e le trasmissioni di cucina per una dieta senza colesterolo in cui si faceva un gran drenare di grassi di pollo; anche se le fughe degli spettatori dalle pubblicità della LipoVac stroncarono gli indici di ascolto
degli altri spot e degli spettacoli che li contenevano – il sonno agitato dei dirigenti delle Reti ammorbato da vivide visioni Rem di pollici flaccidi e atrofizzati che ritornavano spasmodicamente alla vita e
premevano sui telecomandi – anche se gli spot erano di nuovo fatalmente potenti, le entrate della catena LipoVac vennero cosí oscenamente aumentate dalla pubblicità che la LipoVac Unltd. ben presto
si poté permettere di pagare somme oscene per 30 secondi di pubblicità sui Network, somme veramente oscene, delle quali ora le Quattro assediate avevano un bisogno assoluto. E cosí le pubblicità della
LipoVac venivano trasmesse e trasmesse, e molti soldi passavano da

una mano all'altra, e gli indici di ascolto delle Reti iniziarono a crollare come sgonfiati da qualcosa di appuntito. Da una prospettiva storica è facile accusare i Network di essere stati ingordi e miopi riguardo all'esplicita liposuzione; ma Hal sostenne, con una compassione che il Sig. Ogilvie trovò sorprendente in un ragazzo al settimo anno, che è probabilmente difficile frenarsi ed essere lungimiranti quando si è costretti a lottare tutti i giorni contro una maligna, invasiva cabala via cavo sostenuta dalla V&V.

Comunque, con il senno di poi, si può dire che la pagliuzza che stroncò la schiena delle Quattro Grandi fu il trittico di pubblicità in bianco e nero che la V&V realizzò per una piccola cooperativa del Wisconsin che vendeva raschietti per la lingua via posta prepagata. Queste pubblicità evidentemente riuscirono a colpire qualche nervo psicoestetico scoperto, senza contare che crearono ex novo un'industria nazionale di raschietti per la lingua e fecero entrare la Fond du Lac NoCoat Inc. tra le Fortune 500[163]. Anche se da un punto di vista stilistico ricordavano quegli orribili scenari dei collutori, dei deodoranti, e degli shampoo antiforfora che raccontavano l'incontro di un antieroe con un bellissimo oggetto del desiderio e lo facevano finire in repulsione e vergogna per una deficienza igienica facilmente rimediabile, la forza emozionale delle pubblicità NoCoat poteva essere individuata nello strato ripugnante di materiale grigio-bianco quasi geologico che ricopre la lingua di un essere umano altrimenti molto affascinante che accetta l'invito civettuolo di una splendida ragazza a dare una leccatina al cono gelato che ha appena comprato da un venditore ambulante con la faccia rassicurante, da parente. Il primo piano indugia sulla lingua protesa, che è sporca da non crederci. Poi si vede una ripresa frontale al rallentatore della faccia disgustata della ragazza mentre indietreggia, e il cono restituito le cade dalle mani paralizzate dalla repulsione. La sequenza al rallentatore da incubo prosegue con il poveretto mortificato che si infila in mezzo al traffico con un braccio a coprirgli la bocca, e la faccia gentile da zio del venditore ambulante che adesso si contorce in un'espressione di odio mentre urla invettive igieniche.

Evidentemente queste pubblicità scossero gli spettatori nel profondo. In parte si trattava di un ritorno a un gusto dei tempi passati: i critici pubblicitari sostennero che gli spot della NoCoat facevano lo stesso effetto dell'esame proctologico nella pubblicità della Preparazione H, oppure dello spot dei Pannoloni per Adulti Depend in cui si faceva una panoramica delle pozzanghere sul pavimento durante un incontro di preghiera in una chiesa. Ma l'esercitazione di Hal spiegava che il pubblico delle Quattro Grandi reagiva su un livello molto piú vicino all'anima, a cui il semplice cattivo gusto non avrebbe mai potuto avvicinarsi.

La campagna della V&V per la NoCoat era un caso specifico nella escatologia dei richiami emotivi. Troneggiava come una specie di Über-pubblicità, e proiettava un'ombra nera su un intero secolo di persuasione pubblicitaria. Riusciva a fare quello che tutte le pubblicità dovrebbero fare: creare un'ansia che si allevia solo con l'acquisto. E ci arrivava in un modo molto piú efficace che saggio, data la psiche vulnerabile di una nazione in quei giorni sempre piú sensibile all'igiene.

La campagna NoCoat ebbe tre conseguenze di notevoli proporzioni. La prima fu un anno orribile che Hal ricorda solo vagamente in cui il Paese divenne ossessionato dall'igiene della lingua, e la gente non usciva piú di casa senza un raschialingua titolare e uno di riserva. Un anno in cui le zone nelle immediate vicinanze dei lavandini e degli specchi delle toilette pubbliche diventarono posti orrendi da frequentare. I soci della cooperativa NoCoat smisero le salopette della B'Gosh e i poncho fatti a mano per vestirsi Armani e Dior, poi la cooperativa si disintegrò rapidamente in una serie di cause a otto zeri. Ma a questo punto tutti, dalla Procter & Gamble a Tom's del Maine, avevano tirato fuori il raschialingua con il loro marchio, alcuni dei quali equipaggiati con dei barocchi optional elettronici potenzialmente molto pericolosi.

La seconda conseguenza fu che le Quattro Grandi finirono per cadere, fiscalmente parlando, giú dallo scaffale. Cavalcando un'onda di disaffezione del pubblico che non aveva precedenti dai giorni delle pubblicità Jif in cui degli sconosciuti infilavano i loro nasi lucidi nei vostri barattoli di Jif, la cabala della televisione via cavo capeggiata da Malone, Turner e quel tipo misterioso dell'Alberta riuscí ad accaparrarsi come sponsor quelle aziende i cui spot erano stati mandati in onda a sette o otto spot di distanza da quelli della NoCoat e a farli passare dalla parte dei veri angeli della morte della Tv americana via etere, alias Malone e Turner della Cadc, che misero subito a profitto questa iniezione di capitale fresco facendo offerte irrifiutabili per i diritti delle Final Four dell'Ncaa, delle World Series del baseball, Wimbledon e del Circuito Professionisti di Bowling, e questo provocò ulteriori defezioni per le Quattro Grandi da parte della Schick e della Gillette da una parte e della Miller e della Bud dall'altra. La Fox portò i libri in tribunale il lunedí dopo gli annunci del colpo della Cadc, e il Dow Jones sprofondò sotto i titoli della Ge, Paramount, Disney eccetera. In pochi giorni tre delle Quattro Grandi Reti avevano cessato le trasmissioni, e la Abc si era lanciata in una maratona di *Happy Days* cosí interminabile che ricevettero minacce-bomba sia

la Rete sia il povero vecchio Henry Winkler, ormai un calvo zucche-
ro-dipendente di La Honda Ca, che stava cominciando a fare un pen-
sierino a quella aspirazione della LipoVac che era sí oscena a vedersi, ma dava un minimo di speranza...

E la terza ironica conseguenza fu che quasi tutte le grandi agenzie pubblicitarie che dipendevano dalle grandi Reti – tra queste la ica-
riana Viney & Veals – furono anche loro risucchiate nel maelstrom
delle Quattro Grandi, e portarono dietro di sé innumerevoli aziende
di produzione, artisti grafici, contabili, consulenti per i computer,
venditori aggressivi, demografi con gli occhiali di corno eccetera. I
milioni di cittadini che abitavano in zone nelle quali per un motivo o
per un altro non era ancora disponibile la televisione via cavo usarono i loro videoregistratori fino a fonderli, ormai mortalmente stufi di
Happy Days, e si ritrovarono con un'enorme, pazzesca quantità di
tempo senza avere né possibilità di scelta né intrattenimento; e le cifre dei crimini domestici, cosí come quelle dei suicidi, giunsero a livelli tali da gettare una nube scura sul penultimo anno del millennio.

Ma la conseguenza di queste conseguenze – con tutta l'ingegnosa
ironia yankee che accompagna le vere resurrezioni – giunse quando le
Quattro Grandi, ora unite in Una, muta e invisibile ma ancora capace
di sostenere con le ultime poste di bilancio intoccabili dai creditori quelle menti dirigenti rapaci e astute che riescono a sopravvivere ai tagli
all'osso di un personale ridotto all'osso, risorsero dalla cenere ed ebbero un ultimo grande giorno, ironicamente attaccandosi allo stesso appello antipassività e proscelta della V&V per annientare la Cadc che solo pochi mesi prima aveva annullato le Quattro Grandi, e fecero precipitare la Tci di Malone con un bel paracadute a forma di campana, e
mandarono Turner in un esilio nautico autoimposto.

Perché ora entra in scena Noreen Lace-Forché, la Gran Mogol del
video a noleggio laureata alla Usc che nell'anno 1990 a.S. aveva preso la catena regionale della Intermission Video di Phoenix e l'aveva
fatta diventare una distribuzione a livello nazionale seconda solo alla Blockbuster Entertainment. La donna che Gates chiamava «La Regina Assassina» e Huizenga della Blockbuster «La sola donna che temo personalmente».

Dopo aver convinto i resti scheletrici delle Quattro Grandi a unifi-
care le loro risorse di produzione, distribuzione e capitale dietro la facciata di un'azienda che lei stessa aveva già incorporato e tenuto ferma
da una parte fin da quando aveva previsto l'apocalisse della televisione via etere per l'effetto psicofiscale degli spot della Nunhagen – il nome di questa compagnia-ombra un sinistro «InterLace TelEntertainment» – la Lace-Forché si mosse e persuase il maestro della pubblicità,

P. Tom Veals – a quel tempo ancora in lutto perché il suo partner torturato dal rimorso si era buttato dal ponte Tobin con un mezzo salto mortale, e occupato a farsi venire la pancreatite a forza di alcol in una casetta elegante di Beacon Hill – a rimettersi in sesto e orchestrare la profonda insoddisfazione del Paese per la «passività» insita anche nella televisione via *cavo*:

Che differenza fa se le tue possibilità di scelta sono 4 o 104, o 504?, diceva la campagna di Veals. Perché – ammesso che la tua casa sia cablata o tu abbia la parabola e possa pagare un canone mensile indipendentemente da quello che «scegli» di vedere – alla fine eccoti qui seduto ad accettare solo quello che la distante Cadc decide di pomparti nel cervello. Eccoti qui a cercare di consolarti dalla dipendenza e dalla passività cambiando canale a una velocità tale che già si cominciava a pensare che tutto questo potesse causare a lungo termine gravi forme di epilessia. La promessa della cabala della televisione via cavo di «riacquistare il proprio potere» come sosteneva la campagna, non era nient'altro che l'invito a scegliere quale dei 504 canali ti avrebbe propinato le sue immagini su un cucchiaio mentre stavi lí fermo seduto ad aspettare a bocca aperta[164]. E allora cosa sarebbe successo se, cosí diceva in sintesi la loro campagna, cosa sarebbe successo se invece di star seduto a scegliere il meno peggio tra 504 programmi piú o meno infantili, la vox e digitus populi avesse potuto scegliere di rendere lo spettacolo a casa propria una cosa letteralmente e totalmente *adulta*? Per esempio, che cosa sarebbe successo se secondo la InterLace – se uno spettatore *avesse potuto scegliere piú o meno al 100 per cento cosa vedere in qualsiasi momento*? Se avesse potuto scegliere – e noleggiare – con i Pc e i modem e le linee a fibre ottiche, da decine di migliaia di seconde visioni, documentari, eventi sportivi, vecchi amati telefilm non-*Happy Days*, programmi completamente nuovi, roba culturale e cosí via, tutti presi dagli immani depositi delle Quattro Grandi e confezionati dalle loro esperte e ora snelle produzioni, e poi impacchettati e disseminati dalla InterLace TelEnt. per mezzo di impulsi a fibre ottiche perfetti per i nuovi dischetti da Pc da 4,8 Mb che stanno nel palmo della mano e InterLace stava introducendo sul mercato con il nome di «cartucce»? Che si potevano vedere direttamente sul monitor ad alta definizione del fidato Pc? O, se preferivi, potevi collegare al tuo buon vecchio televisore con il suo bello schermo da premillennio con al massimo uno o due coassiali? Una programmazione autoselezionata che poteva essere addebitata su qualsiasi carta di credito o disponibile con un finanziamento InterLace a un tasso veramente speciale per ognuna di quel 76 per cento di famiglie Us che possedevano un Pc, una linea telefonica e un credito verificabile? Che cosa sarebbe successo se, l'annunciatrice di Veals ruminava rumorosamente, che cosa sarebbe successo se lo spettatore fosse potuto diventare il *regista* della programmazione; cosa sarebbe successo se lui/lei avessero potuto *definire* il tipo di intrattenimento che a loro piaceva e che era loro diritto ricercare?

Il resto, per Hal, è storia recente.

Al momento in cui furono disponibili non solo le cartucce dei film di Hollywood di seconda visione ma anche molte di prima, oltre alle nuove sit-com, ai film gialli e agli avvenimenti sportivi quasi in diretta, oltre ai notiziari serali condotti da famosi mezzibusti, previsioni del tempo, arte, salute e analisi finanziarie e tutto aveva cominciato a pulsare bene e un po' dappertutto, i programmi della Cadc vennero di nuovo retrocessi al livello dei pomeriggi di vecchi film e baseball come negli anni Ottanta. Ormai le scelte passive erano poche. L'intrattenimento di massa americano diventò pro-attivo, guidato dal consumatore. E siccome le pubblicità erano da escludersi – qualsiasi Cpu di qualsiasi Pc con un minimo di sensibilità era in grado di eliminare tutto ciò che strillava o non fosse gratificante per mezzo della Funzione di Revisione che veniva attivata dopo la ricezione di un dischetto di intrattenimento – la produzione delle cartucce (che a questo punto significava sia la «disseminazione spontanea» via satellite di programmazioni in base a menu selezionati dallo spettatore sia la registrazione di programmi su dischetti da 9,6 Mb disponibili a buon prezzo e compatibili con qualsiasi sistema provvisto di Cd-Rom), sí, proprio la produzione di cartucce – anche se controllata in modo tentacolare da un'InterLace che aveva registrato i diritti del processo di trasmissione digitale delle immagini in movimento e possedeva piú azioni di ognuna delle cinque Baby Bells che operavano nella trasmissione a fibre ottiche di InterNet acquistate a 0,17 centesimi di dollaro dalla Gte dopo che la Sprint era andata a pancia all'aria nel tentativo di lanciare una forma di videofonia primitiva e scarna senza maschera e senza Tableaux – divenne un libero mercato quasi hobbesiano. Non esisteva piú la riluttanza dei Network a fare un programma troppo interessante per paura che le pubblicità ne sarebbero state offuscate al confronto. Tanto piú una cartuccia era piacevole, tanto piú numerosi erano gli ordini da parte degli spettatori; e tanto piú numerosi erano gli ordini per una cartuccia, tanto piú InterLace compensava la produzione dalla quale l'aveva acquistata. Semplice. Il piacere personale e il fatturato lordo sembravano finalmente avere la stessa curva di domanda, per lo meno riguardo all'intrattenimento nelle case.

E mentre l'acquisizione da parte della InterLace dei talenti e degli impianti di produzione dei Network, di due tra le piú importanti conglomerate per i computer casalinghi, delle avanzatissime licenze per il Cd-Rom Froxx 2100 della Aapps Inc., degli orbiter Dss della Rca e dei brevetti per l'hardware, e dei diritti digital-compatibili per la tecnologia ancora-un-po'-troppo-cara dei monitor a colori con visualizzazione migliorata per mezzo di circuiti a microprocessori e $2^{(\sqrt{area})}$! piú linee di risoluzione ottica – mentre queste acquisizioni permettevano alla rete di disseminazione delle cartucce di Noreen Lace-Forché di raggiungere l'integrazione verticale e poter fare economie di scala, i canoni per la ricezione via impulso e per il noleggio delle cartucce diminuirono considerevolmente[165]; poi i maggiori ricavi dati dall'aumento consequenziale del volume degli ordini e dei noli furono reinvestiti con preveggenza in un ulteriore, nazionale cablaggio in fibra ottica InterGrid, nell'acquisizione totale di tre delle cinque Baby Bells che avevano iniziato InterNet, in ribassi estremamente attraenti sui nuovi Pc speciali InterLace con schermo ad alta definizione e microprocessore Risc[166] e motherboard a risoluzione mimetica per la lettura delle cartucce (subito ribattezzati «Teleputers» o Tp dai ragazzi di Veals durante la Ricognizione), in modem solo-fibra e, naturalmente, in spettacoli di alta qualità che gli spettatori avrebbero liberamente desiderato di scegliere sempre di piú[167].

Ma non c'era – né poteva esserci – nessuna pubblicità di nessun tipo negli impulsi InterLace o nelle cartucce Rom, questo era il punto sul quale la presentazione di Hal continuava a ribattere con insistenza. E cosí, oltre per esempio un Turner che continuava a protestare sulle onde corte dalla radio del suo yacht sulla linea equatoriale, la vera perdente nel passaggio dalla Cadc a InterLace era stata un'industria pubblicitaria Usa che stava già agonizzando per la morte delle Quattro Grandi. Nessun mercato sembrava avere furia di aprirsi e compensare la chiusura del pozzo della vecchia Tv. Le agenzie, ridotte alle cellule delle loro menti creative migliori e piú rapaci, si guardavano continuamente intorno alla ricerca di nuovi polsi da toccare e nicchie da riempire. Tabelloni pubblicitari spuntarono con furia quasi micologica anche lungo le stradine di campagna. Nessun autobus, treno, filobus o taxi rimase immune dall'essere impecettato di pubblicità patinate. Per un certo periodo di tempo le linee aree commerciali si trascinarono dietro quegli stendardi pubblicitari trasparenti e lucidi che normalmente erano riservati ai Piper durante le partite di football o sulle spiagge di luglio. Le riviste (già messe in pericolo dai loro equivalenti in video ad alta definizione) si riempirono cosí tanto di quelle insopportabili e caduche cartoline pubblicitarie che i prezzi della posta di quarta classe andarono alle stelle, rendendo le e-mail dei loro equivalenti in video molto piú appetibili, in un'al-

tra spirale viziosa. L'agenzia Sickengen, Smithe Lundine, un tempo il
vanto di Chicago, convinse la Ford a dipingere la pubblicità di alcuni
prodotti per la pulizia della casa sulle portiere delle nuove auto, un'idea
che fallí miseramente quando i clienti Usa con le loro magliette Nike
e i cappellini Marlboro si rifiutarono perversamente di comprare «macchine che vendevano». In contrasto con quasi tutto il resto dell'industria, una certa agenzia pubblicitaria dell'area metropolitana di Boston
andava cosí bene che fu soltanto per noia o per sfida che P. Tom Veals
accettò di occuparsi delle Pr della candidatura di un ex cantante confidenziale e maestro di sdolcinatezza che se ne andava in giro dondolando il microfono e blaterando di strade letteralmente pulite e di colpa creativamente rifocalizzata e di sparare i rifiuti del popolo nel gelo
dello spazio infinito che tutto perdona[168].

30 APRILE/1 MAGGIO
ANNO DEL PANNOLONE PER ADULTI DEPEND

Marathe non dormiva. Erano rimasti sull'affioramento per qualche ora. Pensò che fosse un po' troppo che Steeply si fosse rifiutato
di sedersi per terra anche per poco tempo. Che differenza faceva se
la gonna del suo travestimento gli saliva sopra il coso? C'erano anche
degli indumenti intimi grotteschi e umilianti? La moglie di Marathe
era in coma irreversibile da quattordici mesi. Marathe riusciva a riposarsi anche se non dormiva. Non era uno stato di fuga o di rilassamento neurale, era come un distaccarsi. Lo aveva imparato nei mesi
dopo che aveva perso le gambe sotto un treno Usa. Una parte di Marathe se ne andava via, galleggiava e rimaneva sospesa da qualche parte sopra di lui, a gambe incrociate, e sgranocchiava la sua coscienza
come gli spettatori i popcorn.

Certe volte sull'affioramento Steeply faceva qualcosa di piú che incrociare le braccia, sembrava quasi che volesse abbracciarsi, aveva freddo ma non voleva fare commenti sul freddo. Marathe notò che quel
gesto di autoabbracciarsi appariva femminile e inconscio. La preparazione di Steeply per il suo ritorno in servizio era stata disciplinata ed
efficiente. La cosa che non si riusciva proprio a digerire nell'imperso-
nificazione di Steeply di una giornalista Usa – anche una giornalista
Usa molto grossa e sgraziata – erano i suoi piedi. Erano larghi e con le
unghie gialle, pelosi tipo quelli dei troll, i piedi piú brutti che Marathe
avesse mai visto a sud del 60° parallelo, e i piú brutti finti piedi di donna di tutta la sua vita.

Tutti e due gli uomini erano in qualche modo stranamente rilut-

tanti ad affrontare l'argomento dello scendere giú dall'affioramento
nel buio piú totale. Steeply non sprecò neanche tempo a domandarsi
come avesse fatto Marathe a salire (o scendere) fino a lí, a meno che
non avesse preso un elicottero, il che era improbabile per via dei venti capricciosi e della prossimità del fianco della montagna. Il dogma
attorno ai Servizi non Specificati era che il tallone di Achille de *Les
Assassins des Fauteuils Rollents* era la loro propensione a mettersi in
mostra, negare qualsiasi tipo di limitazione fisica eccetera. Una volta Steeply era stato insieme a Rémy Marathe durante un servizio sul
campo su una piattaforma petrolifera malferma in Louisiana, 50 km
al largo della Baia di Caillou, sorvegliata da simpatizzanti cajun armati fino ai denti. Marathe nascondeva sempre la dimensione impressionante delle sue braccia sotto un giacchetto impermeabile a maniche lunghe. Ogni volta che Steeply si voltava a guardarlo le sue palpebre erano semichiuse. Se fosse stato un gatto (Marathe) avrebbe
fatto le fusa. Steeply notò che teneva sempre una mano sotto la coperta. Anche Steeply aveva una piccola Taurus Pt9 non denunciata
attaccata con del nastro adesivo all'interno della coscia rasata, e questa era la ragione principale per la quale era riluttante a sedersi sull'affioramento; l'arma non aveva la sicura.

    Nel debole lucore della città e delle stelle Marathe trovava decisa-
mente grotteschi i piedi dell'americano infilati nelle scarpe col tacco alto, sembravano pagnotte di morbido, artificiale pane Us lentamente
strizzato e straziato dai lacci delle scarpe. La compressione carnosa delle dita nella punta aperta delle scarpe, lo scricchiolio della pelle delle
calzature quando Steeply saltellava su e giú e si abbracciava per il freddo nel vestitino estivo senza maniche, le braccia nude e carnose coperte di striature rosse per il freddo, un braccio graffiato in un modo am-
biguo. Le cellule anti-Onan del Québec sapevano che c'era qualcosa di
sadico nelle assegnazioni dei personaggi per le missioni sul campo da
parte del *Bureau des Services sans Spécificité* – agli uomini facevano fare
la parte delle donne, alle donne la parte degli scaricatori di porto o dei
rabbini ortodossi, agli uomini eterosessuali quella degli omosessuali, ai
caucasici facevano fare i neri o gli haitiani o i dominicani, agli uomini
sani toccava la parte di soggetti con problemi nervosi degenerativi, alla donne sane quella di ragazzi idrocefali o di dirigenti epilettici di pubbliche relazioni, al personale non deforme dell'Usous veniva chiesto
non solo di fingere di essere deforme ma a volte gli veniva imposta una
deformità reale, tutto questo per il realismo dei personaggi in missione. Steeply, in silenzio, si alzava e si abbassava sulle dita dei piedi. I
piedi erano visibilmente non abituati ai tacchi alti delle donne Usa perché sembravano straziati, il sangue non circolava ed erano pieni di ve-

sciche, e le unghie delle dita piú piccole erano diventate nere e si pre-
paravano, notò Marathe, a cadere.

Ma Marathe sapeva anche che qualcosa dentro il vero M. Hugh
Steeply aveva bisogno dell'umiliazione di impersonificare questo assurdo personaggio-in-missione: tanto piú il personaggio che gli si chiedeva di impersonare appariva grottesco e non convincente, tanto piú
le parti piú profonde di Steeply si sentivano nutrite e realizzate nel
corso della preparazione per mettere in scena uno sforzo cosí umiliante; la mortificazione che provava a essere una donna enorme o un
nero pallido o uno stupido musicista finocchio e degenerato veniva
usata (da Steeply) come carburante per far bene i compiti che gli erano stati assegnati; Steeply accettava di buon grado la sottomissione
della sua dignità e del suo io nel *rôle* che offendeva la dignità del suo
io... i meccanismi della psiche diventano troppo confusi per Marathe,
che non aveva la capacità di astrazione dei suoi superiori dell'Afr,
Fortier e Broullîme. Ma sapeva che questo era il motivo per il quale
Steeply era uno dei migliori agenti in incognito dei *Services sans Spécificité*, e una volta aveva passato quasi un anno intero con una tunica color magenta addosso, dormito tre ore per notte, si era fatto ra-
sare a zero e togliere tutti i denti, aveva suonato il tamburino negli
aeroporti e venduto fiori di plastica ai semafori per infiltrarsi in un
traffico di 3-amino-8-idroxitetralina[169] organizzato da una setta della
città di Seattle Usa

Steeply diceva «Perché questa è la cosa dell'Afr che gli fa vedere
i sorci verdi, riguardo alla paura e di cosa aver paura». Marathe non
riusciva a capire se parlasse con calma o no. Lo spazio vuoto giú dalla piattaforma davanti a loro risucchiava ogni risonanza, ogni suono
sembrava chiudersi in se stesso e ogni frase pareva delicata e morbida e intima, quasi postcoitale. Il suono delle cose dette sotto le coperte, mentre l'inverno batte alle finestre. Anche Steeply sembrava
impaurito, forse, o confuso. Continuò: «Sembra che voi ragazzi non
abbiate nessun interesse a parte il male vero e proprio. Volete solo tirar fuori l'Intrattenimento e lanciarlo su di noi».

«Un'aggressione nuda e cruda da parte nostra».

Quando Steeply saltellava, i muscoli dei polpacci sotto le calze di
nylon si gonfiavano e si sgonfiavano. «Quelli delle Scienze Compor-
tamentali dicono di non avere mai individuato nessun positivo obiettivo politico degli Afr. Niente per cui DuPlessis facesse lavorare il vostro Fortier».

«I *sorci verdi*, negli Usa, significano paura, confusione, capelli ritti».

«Gli Flq e i montcalmisti – cazzo, perfino i piú sfasati degli estremisti neri dell'Alberta—»

M. DuPlessis aveva studiato dai Gesuiti Radicali di Edmonton, rifletté Marathe.

«—loro possiamo cominciare a capirli, come entità politiche. Con loro possiamo iniziare a pensare di parlare».

«L'aggressione è inserita nel loro programma, questo pensa il vostro Bureau».

Adesso Steeply rifletteva, il volto palesemente preoccupato.

«Per lo meno loro hanno degli scopi. Dei desideri veri».

«Per loro stessi».

Sembrava che Steeply ruminasse. «È come se ci fosse un contesto per tutto il gioco, allora, con loro. Sappiamo dove iniziano le differenze tra noi e loro. È una specie di campo da gioco del contesto».

Marathe fece scricchiolare la sedia e alzò due dita in aria in un gesto che in Québec significa impazienza. «Sono le regole del gioco. Le regole del combattimento». Teneva l'altra mano sulla pistola Sterling Ul sotto la coperta.

«Anche da un punto di vista storico – i bombaroli degli anni Sessanta, i Separatisti, le Teste Fasciate—»

«Molto affascinante. Sono espressioni molto interessanti».

«Le Teste Fasciate, i colombiani, i brasiliani – tutti avevano degli obiettivi concreti».

«Dei desideri per loro stessi che si potevano chiaramente intuire».

«Anche se questi obiettivi erano poco piú di cose che potevamo facilmente archiviare, spillare al pannello sotto OBIETTIVI DICHIARATI – i Separatisti erano proprio patetici. Volevano certe cose. C'era un contesto. Sapevamo come comportarci con loro».

«Le vostre guardie della Sicurezza Nazionale potevano capire questi positivi desideri di autointeresse. Guardarli e *analizzarli* per lo meno. Sapere da che parte stare sul campo di gioco».

Steeply fece cenno di sí con il capo, come a se stesso. «Non c'era solo pura malvagità. Non c'è mai stata la sensazione che fossero persone che all'improvviso ci avrebbero sgonfiato le gomme senza ragione».

«Vorresti insinuare che noi sprechiamo le nostre risorse sgonfiando le gomme delle automobili?»

«Era un modo di dire. O per esempio un serial killer. Un sadico. Qualcuno che ti vuole fare fuori solo per il gusto deviante di farti fuori. Un deviante». Lontano a sud, un sistema di luci lampeggianti a tre colori descrisse una spirale sopra la cima pulsante della torre di controllo – un aereo in fase di atterraggio.

Steeply accese un'altra sigaretta dalla cicca di quella precedente poi buttò via la cicca, guardando sopra il bordo della piattaforma per

osservarla cadere a spirale. Marathe guardava in alto e a destra. Steeply disse:

«Perché la politica è una cosa. Anche la politica di una lontana
frangia separatista è una cosa. Sembra che al vostro Fortier non in-
teressino neanche la Riconfigurazione, il territorio, la ricessione dei
diritti, la cartografia, le tariffe, la Finlandizzazione, l'Anschluss
dell'Onan O la rimozione dei rifiuti tossici».

«L'Experialismo».

Steeply aggiunse: «Neanche il cosidetto Experialismo. Neanche il
Separatismo. Sembra non vi interessi nessun tipo degli argomenti che
interessano le altre cellule, ragazzi. Quasi tutti quelli dell'Ufficio la
considerano semplicemente malvagità. Nessun programma e nessuna
storia».

«E per voi questa è una cosa tremenda».

Steeply strinse le labbra, come se stesse cercando di soffiare fuori qualcosa. «In genere ci sono degli scopi e degli obiettivi strategici
delineabili. Un qualche scopo per il quale si possa capire la malvagità.
Da lí in poi sono solo d'affari».

«Niente di personale». Marathe stava guardando in alto. Certe
stelle sembravano tremolare, altre brillavano con piú convinzione.

«Sappiamo qual è lo scopo quando sono affari. Abbiamo un campo e una bussola». Guardò Marathe in faccia, senza voler sembrare
accusatorio. «Questa sembra una cosa personale», disse.

Marathe pensava che non sarebbe riuscito a descrivere il modo in
cui Steeply lo aveva guardato. Il suo sguardo non era né triste né inquisitore né ruminativo. C'erano piccoli tremolii e ombre di movimento
attorno ai tremolii del fuoco celebratorio laggiú lontano, nel deserto.
Marathe non capií se Steeply stesse veramente rivelando le sue emozioni. I tremolii continuavano. Brevi spezzoni di giovani risate salivano fino a loro nel silenzio vuoto. Certe volte si sentivano anche dei fruscii nella macchia sul fianco della collina, di ghiaia o di piccole cose notturne. Forse Steeply stava cercando di dargli qualcosa, o di fargli sapere
qualcosa e capire se arrivava tutto a M. Fortier. L'accordo di Marathe
con l'Ufficio dei Servizi non Specificati molto spesso sembrava consi-
stere nel sottomettersi a numerosi test e giochi di verità e tradimento.
Con l'Usous si sentiva spesso come un roditore in gabbia osservato placidamente da uomini placidi in camice bianco.

Marathe scrollò le spalle. «Gli Stati Uniti sono già stati odiati prima d'ora. E molto. Sendero Luminoso e la vostra Maxwell House. I
cartelli translatini della cocaina e l'esplosione della casa del povero
M. Kemp. Non è forse vero che l'Iraq e l'Iran chiamavano gli Usa il
Grande Satana? E sarebbero loro le Teste Fasciate?»

Steeply buttò fuori il fumo velocemente per rispondere. «Sí, ma c'erano sempre altri contesti e altri fini. Interessi economici, religione, sfere di influenza, Israele, petrolio, neomarxismo, intrighi di potere del dopo Guerra fredda. C'era sempre una terza cosa».

«Dei desideri».

«Affari. Una terza cosa tra noi e loro – non eravamo solo *noi* – era qualcosa che volevano da noi, o qualcosa da cui volevano escluderci». Steeply sembrava credere in ciò che diceva. «La terza cosa, o scopo o desiderio – mediava la cattiva volontà, in un certo senso la rendeva astratta».

«Perché questo è il modo in cui si comporta una persona sana di mente», disse Marathe, facendo molta attenzione ad allineare i bordi della coperta tra il torace e le ruote; «prova un desiderio, e si sforza per realizzarlo».

«Non era solo negatività», disse Steeply, scuotendo la testa con disgusto. «Non c'era solo la volontà di fare del male a qualcuno senza ragione».

Marathe fu di nuovo costretto a fingere una serie di starnuti. «È questo uno scopo per gli Usa, i suoi desideri?» Pose questa domanda con calma; il che fece un suono strano contro la roccia.

Steeply stava ancora cercando di togliersi un pezzetto di tabacco dal rossetto. Disse: «Non puoi generalizzare, dato che tutto il nostro sistema è basato sulla libertà individuale di ognuno di perseguire i propri desideri individuali». Adesso il mascara si era indurito nelle formazioni in cui era già colato prima. Marathe stava zitto e si dava da fare con la coperta, quando Steeply certe volte lo guardava. Un intero minuto passò in questo modo. Finalmente Steeply disse:

«Io, per quanto mi riguarda personalmente, come americano, Rémy, se davvero lo vuoi sapere, penso che siano i vecchi ideali e sogni americani standard. La libertà dalla tirannia, dal troppo volere, dalla paura, dalla censura sulla libertà di parola e di pensiero». Il suo sguardo era molto serio, anche con quella parrucca in testa.

«Quelli antichi, provati dal tempo. Un lavoro che abbia un qualche significato, e un po' di tempo libero. Le solite cose, anche scontate». Il suo sorriso mostrò a Marathe del rossetto su un incisivo. «Vogliamo poter scegliere. Amiamo sentirci efficienti e vogliamo poter scegliere. Vogliamo essere amati da qualcuno. Vogliamo amare liberamente la persona di cui ci innamoriamo. Vogliamo essere amati senza preoccuparci di dover raccontare cose segrete del nostro lavoro. Vogliamo che gli altri abbiano fiducia in noi e si fidino di quello che stiamo facendo. Vogliamo essere stimati. Non sentirci disprezzati senza ragione. Vogliamo avere dei buoni rapporti con i nostri vicini. Vo-

gliamo energia abbondante e a basso prezzo. Vogliamo essere orgo-
gliosi del nostro lavoro, della nostra famiglia e della nostra casa». Il
rossetto era stato spiaccicato sul dente quando il dito aveva preso il
pezzetto di tabacco. Lui *faisait monter la pression*[170]: «Le piccole cose.
Accesso ai mezzi di trasporto. Una buona digestione. Degli attrezzi
che facciano risparmiare tempo e fatica. Una moglie che non confon-
da gli obblighi di lavoro con i feticci privati. Una rimozione e uno
smaltimento dei rifiuti affidabili. I tramonti sul Pacifico. Scarpe che
non fermino la circolazione. Il gelato allo yogurt. Un grosso bicchiere di limonata su un dondolo che non scricchiola».

La faccia di Marathe non lasciava trapelare niente. «La fedeltà di
un animale domestico».

Steeply gli puntò contro la sigaretta. «Giusto, amico mio».

«Spettacoli di intrattenimento di alta qualità. Grande rapporto
prezzo-qualità di intrattenimento».

Steeply rise compiaciuto, ed esalò una nuvoletta di fumo a forma
di salsiccia. In risposta a questo Marathe sorrise. Ci fu un po' di silenzio per pensare finché Marathe disse guardando in alto, lontano:
«Questa persona Usa e i suoi desideri mi sembrano come il classico,
come dite, *utilitaire*».

«Un aggeggio francese?»

«*Comme on dit*», disse Marathe, «*utilitarienne*. Massimizzare il
piacere, minimizzare il dolore: risultato: ciò che è buono. Questi sono i tuoi Usa».

Allora Steeply pronunciò la parola in inglese Usa per Marathe.

Poi ci fu una pausa prolungata. Steeply si alzava e si abbassava sulle dita dei piedi. Laggiú lontano nel deserto si vedeva il fuoco da campo di qualche ragazzo, sembrava che le fiamme avessero una forma
ad anello invece che a sfera.

Marathe disse: «Ma sí, ma dimmi precisamente il piacere di chi e
la pena di chi, in questa equazione della personalità tipo di quello che
è buono?»

Quando Steeply si toglieva un pezzetto di tabacco dal labbro, poi
lo strofinava sovrappensiero tra dito medio e pollice; il che non era
molto femminile. «Come?»

Marathe si grattò sotto l'impermeabile. «Mi sto chiedendo, io,
nelle equazioni di questo tipo Usa: il bene migliore è la maggiore soddisfazione possibile di ogni singolo cittadino Usa? o è la massima soddisfazione possibile di tutto il popolo?».

Steeply annuí con la testa in un modo che raccontava una voluta pazienza per qualcuno non troppo perspicace. «Eccoti al punto, questa
stessa domanda ti dimostra come siano diversi l'uno dall'altro i tipi del

carattere nazionale, Rémy. Il genio americano, la nostra fortuna è che in qualche momento della nostra storia americana qualcuno ha capito che se ogni americano cerca di raggiungere il massimo bene per se stesso, automaticamente si viene a creare il massimo bene per *tutti*».

«Ah».

«Tutto questo lo impariamo da bambini, alle scuole elementari».

«Capisco».

«Questo ci fa stare alla larga dall'oppressione e dalla tirannia. Anche la vostra tirannia tipo mafia democratica alla greca. Gli Stati Uniti: una comunità di individui inviolabili che onorano la sacralità della scelta individuale. Il diritto individuale di perseguire la propria idea della migliore quantità di soddisfazione e dolore: decisamente sacrosanto. Difeso con le unghie e con i denti per tutta la nostra storia».

«Bien sûr».

Per la prima volta Steeply si accorse, toccandosela con una mano, di avere la parrucca in disordine. Stava cercando di rimetterla a posto senza togliersela. Marathe cercava di non pensare a quello che il Bss poteva avere fatto ai capelli castani naturali da uomo di Steeply, per sistemare quella parrucca molto complessa. Steeply disse: «Deve essere difficile per te capire completamente cosa ci sia di tanto prezioso per noi in tutto questo, separati come siamo dall'abisso delle differenze di valori dei nostri popoli».

Marathe piegò la mano. «Forse perché è tutto cosí generico e astratto. Comunque puoi cercare di farmelo entrare in testa con degli esempi pratici».

«Noi non vogliamo costringere nessuno. Il nostro genio storico sta esattamente nel non costringere nessuno. Hai diritto ai tuoi valori per raggiungere il tuo massimo piacere. Finché non rompi le palle a me. Capisci adesso?»

«Forse se mi aiutassi a vederlo con degli esempi pratici. Un esempio. Immagina che a un certo punto tu possa aumentare la tua soddisfazione personale, ma a costo di un grande dolore per qualcun altro. Un grande dolore per un altro individuo sacro e inviolabile».

Steeply disse: «Questo è esattamente ciò che ci fa venire i brividi a pensare agli Afr, perché è fondamentale ricordarsi che proveniamo da culture e sistemi di valori completamente diversi, Rémy. Perché nel nostro sistema di valori colui che raggiunge un maggior piacere per mezzo del dolore di qualcun altro è un deviante, un nevrotico sadico, e perciò è escluso dalla comunione del diritto di ciascuno a perseguire il migliore equilibrio possibile tra piacere e dolore. I nevrotici sono degni della nostra compassione e del migliore trattamento possibile. Ma non fanno parte del grande quadro».

Marathe si costrinse a non sollevarsi di nuovo sui moncherini.

«No, non intendevo il dolore di un altro come fine. Non volevo dire che il mio piacere consiste nella tua pena. Come possa spiegarlo meglio. Immagina una situazione in cui il tuo svantaggio o il tuo dolore sia semplicemente la conseguenza, il prezzo, del mio piacere».

«Stai parlando di una scelta forzata, un tipo di situazione con scelte molto limitate».

«Ma nel piú semplice degli esempi. Nel caso piú infantile». Per un momento gli occhi di Marathe brillarono di entusiasmo. «Supponi che tu e io, che tutti e due vogliamo una scodella calda di *soupe aux pois* di Habitant».

Steeply disse: «Vuoi dire...»

«Ma sí, la zuppa di piselli franco-canadese. *Produit de Montréal. Saveur maison. Prête à servir*»[171].

«Che cosa vuoi dire?»

«In questo caso immaginiamo che sia tu che io muoriamo dalla voglia di una zuppa di Habitant. Ma eccoci al punto, c'è n'è solo una, di quelle piccole, da una sola porzione».

«Permettimi di aggiungere che la porzione singola è un'invenzione americana, comunque».

La parte della mente di Marathe che galleggiava sopra di lui e osservava la scena con distacco non era in grado di stabilire se Steeply faceva apposta a essere cosí noioso, magari per portare Marathe all'esasperazione e fargli rivelare qualcosa. Marathe fece il suo lento gesto rotatorio d'impazienza. «E va bene», disse in tono neutrale. «Questo è quanto. Tutti e due vogliamo la zuppa. Per questo la mia soddisfazione nel mangiare la *soupe aux pois* di Habitant ha come prezzo il tuo dispiacere di non poter mangiare la zuppa che muori dalla voglia di mangiare». Marathe si stava tastando le tasche alla ricerca di qualcosa. «E il contrario, se sei tu quello che mangia la porzione singola. Allora in base al genio Usa che ciascuno deve *pursuivre le bonheur*[172], chi decide chi può mangiare la zuppa?»

Steeply si appoggiava su una gamba sola. «L'esempio è un po' troppo semplicistico. Forse possiamo fare delle offerte per la zuppa. Negoziamo. Forse dividiamo la zuppa».

«No, perché come si sa l'ingegnosa invenzione della Porzione Singola è per uno solo, e noi siamo tutti e due maschi Usa grossi e vigorosi che hanno passato tutto il pomeriggio a guardare uomini enormi con armature ed elmetti lanciarsi l'uno contro l'altro in Alta Definizione su InterLace, e tutti e due abbiamo una fame da lupi e vogliamo mangiarci tutta la zuppa calda. Metà della scodella non farebbe altro che aumentare la voglia».

La fugace ombra di dolore sulla faccia di Steeply fece capire a Marathe di aver scelto un buon esempio: il divorziato Usa ha molta esperienza con le piccole dimensioni delle porzioni singole. Disse Marathe:

«Ok. Ok, sí, perché dovrei darti metà della mia zuppa? Anch'io sono sacro. La mia ricerca di soddisfazione è giusta, perché sono un leale cittadino Usa, e partecipo di questo desiderio individuale».

Il falò si stava lentamente ingrossando. Un altro cerchio di luci colorate compí un cerchio sopra la zona dell'aeroporto di Tucson. I movimenti di Steeply nel lisciarsi la parrucca e attorcigliarsi i capelli attorno alle dita divennero piú rudi e frustrati. Steeply disse: «In fondo di chi è la zuppa da un punto di vista legale? Chi l'ha veramente pagata?»

Marathe scosse le spalle. «Non è un punto rilevante per la mia domanda. Metti sia di un terzo che sfortunatamente è deceduto. Appare nel nostro appartamento con una scatoletta di *soupe aux pois* da mangiarsi mentre guarda lo sport Usa registrato e improvvisamente si stringe il petto e cade morto sul tappeto, con in mano la zuppa che tutti e due desideriamo ardentemente».

«Allora la zuppa va al miglior offerente. Chi dei due ha piú voglia della zuppa e vuole tirare fuori la somma piú alta si compra la metà dell'altro, e l'altro si arrangia – tira avanti fino alla Safeway e si compra un'altra zuppa. Chi dei due vuole investire soldi per soddisfare la propria fame si prende la zuppa del morto».

Marathe scuote la testa senza convinzione. «Neanche la Safeway e le offerte per la zuppa sono rilevanti per la mia domanda. Che forse è una domanda ottusa».

Steeply si era messo a lavorare sulla parrucca con tutte e due le mani per cercare di sistemarla. Il sudore l'aveva schiacciata in dentro da una parte, e c'erano dei pezzetti di terra e altro dalle cadute durante la sua discesa sull'affioramento. Molto probabilmente non aveva un pettine o una spazzola nella borsetta da sera. Il vestito era sporco dietro. I lacci del reggiseno per le protesi gli segnavano la pelle della schiena e delle spalle. Marathe si immaginò ancora qualcosa di morbido che veniva strozzato lentamente.

Steeply stava rispondendo: «No, ho capito la questione che vorresti sollevare. Vuoi parlare di politica. Scarsità e divisione e scelte difficili. Va bene. Possiamo capire la politica. Possiamo discutere di politica. Scommetto di sapere cosa pensi – vuoi chiedermi perché 310 milioni di americani-single-alla-ricerca-della-felicità non incominciano a prendersi a randellate in testa per rubarsi la zuppa. Uno stato naturale. Conta solo il mio piacere personale, e al diavolo tutto il resto».

Marathe aveva tirato fuori il fazzoletto. «Che cosa vuoi dire con *randellate*?»

«Perché questo esempio semplicistico dimostra quanto sia abissale la distanza tra i valori dei nostri popoli, amico mio». Steeply diceva questo. «Perché nel mio stesso interesse ci vuole una certa fondamentale quantità di rispetto per i desideri degli altri, per preservare una comunità nella quale i miei desideri personali e i miei interessi siano rispettati. Hai capito? La mia completa e totale felicità è massimizzata se rispetto la tua sacralità individuale e non se ti prendo a calci nelle ginocchia per rubarti la zuppa». Steeply guardava Marathe soffiarsi il naso nel fazzoletto. Marathe era una di quelle rare persone che non guardano dentro il fazzoletto dopo averlo usato. Steeply disse:

«Allora posso immaginarmi che qualcuno dalla tua parte dell'abisso potrebbe replicare con qualcosa del tipo, cito, Sí mio buon vecchio *ami*, ma se il tuo rivale per la preziosa zuppa è qualcuno che non appartiene alla tua comunità, per esempio, tu dirai, facciamo finta che sia un canadese sfortunato, uno straniero, *un autre*, separato da me da un abisso di storia e di lingua e di profondo rispetto per la libertà individuale – allora in questo esempio casuale non ci sarebbe nessun impedimento diciamo cosí comunitario che potrebbe trattenermi dal randellarti in testa e requisire la zuppa desiderata, dato che il povero canadese si trova al di fuori dell'equazione di *poursuivre le bonheur* di ciascun individuo, poiché non fa parte della comunità e non gli devo quel mutuo rispetto da cui dipendo per il perseguimento del mio interesse di ottenere massima soddisfazione e minimo dolore».

Per tutto il tempo Marathe aveva sorriso con lo sguardo rivolto in alto a sinistra, a nord, e quando girava la testa sembrava cieco. Il posto che preferiva quando non era di servizio nella città Usa di Boston era il Public Garden in estate, un ampio declivio senza alberi che conduceva giú al *mare des canards*, lo stagno delle anatre, un cuneo erboso esposto a sud e a ovest cosicché l'erba del pendio diventa verde chiara e poi color oro mentre il sole compie il suo cerchio, l'acqua dello stagno è fresca e verde melmoso e dei salici impressionisti vi sporgono sopra, la gente sta sotto i salici, anche i piccioni, e anatre con teste di smeraldo scivolano in cerchi sull'acqua, i loro occhi tondi come pietre, si muovono come se non facessero nessuno sforzo, scivolano sull'acqua come se sotto non avessero le zampe. Come i momenti idillici nei film, un attimo prima che la città venga cancellata dall'esplosione nucleare nei vecchi film Usa di morte e di orrore. Gli mancavano questi momenti trascorsi nella città Usa di Boston Ma, quando lo stagno veniva riempito per il ritorno delle anatre, quando i salici diventavano verdi e la luce rossastra di un tramonto del Nord curvava gentilmente e atterrava senza esplodere. I bambini facevano volare degli acquiloni stiracchiati e gli adulti giacevano supini sul pendio a prendere il sole, gli occhi chiusi come se si concentrassero. Si produsse in un piccolo sorriso desolato, come di stanchezza. Il suo orologio da polso non si illuminava. Steeply gettò via una cicca senza togliere lo sguardo da Marathe.

«E tu mi accuserai di quello e dirai che non solo l'ho colpito in un occhio e gli ho requisito l'intera porzione della zuppa», disse Steeply, «ma dopo averla mangiata gli ho dato la scodella sporca e il cucchiaio e forse anche la lattina di Habitant senza deposito perché ci pensi lui a buttarla via, gli ho anche affibbiato i rifiuti della mia ingordigia, e tutto per qualche accordo vergognoso che si chiama Interdipendenza e non è altro che un volgare schema nazionalista per consentire la mia ricerca di piacere Usa senza la complicazione e la noia di dover considerare i desideri e gli interessi del mio vicino».

Marathe disse: «Avrai notato che non ho detto con sarcasmo quel *E rrrrieccoci un'allltrrrra volta!* che ti piace dire spesso».

Anche il modo in cui Steeply usava il corpo per riparare il fiammifero per accendere la sigaretta non era femminile. La sua parodia dell'accento di Marathe fatta con la sigaretta in bocca aveva un suono gutturale e sapeva di cajun Usa. Guardò in alto oltre la fiamma. «No? Ho sbagliato?»

Marathe aveva un modo quasi buddhista di studiare la coperta che aveva sulle ginocchia. Per alcuni secondi si comportò come se fosse quasi addormentato, annuendo in maniera quasi impercettile insieme al suo respiro. I poderosi rettangoli di luce in movimento nella distesa di Tucson di notte erano le «Chiatte di Terra» che si occupavano dei nidi di cassonetti a notte inoltrata. Una parte di Marathe sentiva sempre quasi il desiderio di uccidere le persone che anticipavano le sue risposte o inserivano delle parole nel suo discorso e dicevano che erano di Marathe, e non lo lasciavano parlare. Marathe sospettava che Steeply lo sapesse, che lo avvertisse in Marathe. Tutti e due i fratelli maggiori di Marathe glielo avevano fatto fin da quando erano bambini, discutevano su ogni cosa che diceva e zittivano Rémy anticipando le sue parole. Tutti e due si erano scontrati con un treno prima di raggiungere l'età di sposarsi[173]; Marathe era stato presente alla morte del migliore dei due. Parte dei rifiuti delle Chiatte di Terra sarebbero stati diretti nella regione di Sonora in Messico, ma la maggior parte sarebbe stata spedita a nord per il lancio-rimozione nella Convessità. Steeply lo stava osservando.

«Non è vero Rémy? Ho azzeccato quello che avresti detto?»

Il sorriso attorno alla bocca di Marathe gli costò tutto il suo addestramento alla calma. «Le scatolette che contengono le zuppe Habitant dicono chiaramente *Veuillez recycler ce contenant.* Forse non hai sbagliato. Ma non mi interessa sentirti parlare della nazione; vorrei sentirti parlare dell'esempio di te e di me, di noi due, se facciamo finta di essere tutti e due come il tuo statunitense tipo, ognuno per conto suo, tutti e due sacri, tutti e due desiderosi di mangiare la *soupe aux pois*. Mi chiedo come la comunità e il tuo rispetto possano far parte della mia felicità in questo momento, con la zuppa, se sono un cittadino degli Usa?»

Steeply infilò un dito sotto il laccio del reggiseno per alleviare il senso di pressione. «Non ti seguo».

«Ascolta. Tutti e due vogliamo prenderci tutta la scatoletta riciclabile con la porzione singola di questa zuppa Habitant». Marathe starnutí. «Dentro di me so che è vero che non devo spezzarti il capo e portarti via la zuppa, perché a lungo termine la mia felicità generale di soddisfazione ha bisogno di una comunità di *rien de bonk*[174]. Ma questa è una cosa a lungo termine, Steeply. Il rispettarti è sulla strada della mia felicità. Come posso riuscire a calcolare in questo momento l'importanza a lungo termine della mia azione con il nostro camerata morto che stringe la zuppa e noi due che guardiamo la zuppa con l'acquolina in bocca? Con la mia domanda sto cercando di dirti: se la maggiore soddisfazione possibile in questo momento, *en ce moment*, consiste nell'intera porzione di Habitant, come posso io mettere da parte il desiderio di questo momento di romperti il capo e prendermi la zuppa? Come posso non pensare piú a questa zuppa e pensare alle zuppe che incontrerò in futuro sulla mia strada?»

«In altre parole una gratificazione rimandata».

«Giusto. Hai capito. Una gratificazione rimandata. Com'è possibile che io, lo statunitense tipo, mi fermi a pensare al mio piacere a lungo termine, poi decida di sacrificare l'intensa voglia di zuppa di questo momento per qualcosa di lontano?»

Steeply buttò fuori due zanne di fumo dalle narici. La sua espressione era un misto di pazienza e di impazienza educata. «Penso che la questione sia se comportarsi da americano maturo e adulto o da americano immaturo e infantile. Potremmo usare l'espressione "illuminato interesse"».

«*D'éclaisant*».

Steeply non contraccambiò il sorriso. «Illuminato. Per esempio il tuo esempio di prima. Il bambino che mangerà caramelle tutto il giorno perché è la cosa che gli piace di piú in ogni singolo momento».

«Anche se dentro di sé sa perfettamente che gli faranno male alla pancia e gli faranno cariare le sue piccole zanne».

«I denti», lo corresse Steeply. «Ma capisci che qui non si può fare i fascisti e urlare al bambino o fargli l'elettroshock tutte le volte che mangia troppe caramelle. Non puoi indurre una sensibilità morale nello stesso modo in cui addestri un topo. Il bambino deve imparare dalla sua esperienza come bilanciare il perseguimento a breve e a lungo termine di ciò che desidera».

«Deve essere *liberamente* illuminato».

«Questo è il punto cruciale del sistema educativo che trovi cosí tremendo. Non si insegna cosa desiderare. Si insegna a essere liberi. Si insegna a fare delle scelte sensate sul piacere e il momento giusto di conseguirlo, e i massimi interessi che il bambino incontrerà lungo il suo cammino».

Marathe scoreggiò timidamente nel cuscino, e annuí come se approvasse.

«E so cosa dirai ora», disse Steeply, «e no, caro mio, il sistema non è perfetto. C'è l'ingordigia, il crimine, ci sono le droghe e la crudeltà e la rovina e l'infedeltà e il divorzio e il suicidio. L'omicidio».

«Il randellare le teste».

Steeply si toccò di nuovo lo spallino. Aprí la borsetta, poi si fermò per spostare lo spallino stretto del reggiseno e poi frugò nella borsetta, che dal rumore sembrava essere femminilmente in disordine. Disse: «Questo è il prezzo. Questo è il prezzo della libera scelta. Non tutti imparano da bambini come bilanciare i propri interessi».

Marathe cercò di immaginarsi gli uomini magri con gli occhiali con la montatura di corno e i soprabiti sportivi o i camici bianchi del laboratorio a riempire accuratamente la borsetta di un operativo per creare l'effetto femminile. Ora Steeply aveva preso il pacchetto di sigarette Flanderfume e aveva infilato il dito rosa nel buco del pacchetto, evidentemente stava cercando di contare quante ne erano rimaste. Venere era bassa sulla linea dell'orizzonte, a nordest. Quando la moglie di Marathe era nata senza cranio, all'inizio si era sospettato che la ragione fosse che i suoi genitori fumavano. La luce delle stelle e della luna era diventata fosca. La luna non era ancora tramontata. A volte sembrava di vedere il falò della festa dei ragazzi, ma appena si spostava lo sguardo non lo si vedeva piú. Il tempo scorreva nel silenzio. Steeply usava un'unghia per tirare fuori lentamente una delle sigarette. A Marathe, quando era piccolo e aveva le gambe, non erano mai piaciute le persone che facevano commenti su quanto fumavano gli altri. Ormai Steeply aveva imparato come deveva mettersi per non fare spegnere il fiammifero. Il vento si era un po' calmato, ma c'erano delle folate fredde che sembravano venire dal nulla. Marathe starnutí cosí profondamente che alla fine sospirò. Si sentí forte il rumore del fiammifero che si accendeva; non ci fu nessuna eco.

Marathe starnutí di nuovo e disse:

«Ma di questi tipi di cui hai parlato – i due tipi diversi, il maturo che guarda in avanti lungo la strada, e il tipo puerile che mangia subito le caramelle e la zuppa. *Entre nous*, qui su questa piattaforma, Hugh Steeply: quale dei due credi possa rappresentare gli Usa dell'Onan e della Grande Convessità, questi Stati Uniti d'America per i quali ti dispiaci quando pensi che qualcuno possa danneggiarli in qualche modo?» Le mani che scuotono i fiammiferi per spegnerli si muovono sempre come se stessero per essere bruciate, è uno scatto. Marathe tirò su con il naso. «Mi capisci? Rimarrà tra noi. Come può essere possibile che la malvagità degli Afr possa danneggiare tutta la cultura Usa rendendo disponibile un qualcosa cosí momentaneo e libero come la scelta di vedere questo Spettacolo? Tu sai che non si può costringere qualcuno a vedere qualcosa. Se diffondiamo il *samizdat*, la scelta sarà libera, giusto? Libera da ogni costrizione, giusto? Sí o no? Una scelta libera?»

M. Hugh Steeply del Bss stava in piedi con il peso appoggiato su un'anca e quando fumava era al massimo della sua femminilità, con il gomito sul braccio e la mano alla bocca e il retro della mano rivolto verso Marathe, con una noia palese che ricordava a Marathe le donne con i cappelli e le spalle imbottite nei film in bianco e nero, quando fumavano. Marathe disse:

«Sei convinto che noi vi sottovalutiamo a considerarvi tutti egoisti e decadenti. Ma la domanda è questa: siamo solo noi canadesi a pensarlo? Non avete paura, voi, del vostro governo e dei gendarmi? E se non ne avete, perché il vostro Bss si dà tutto questo da fare per impedire la disseminazione? Perché volete trasformare un semplice Intrattenimento, per quanto seducente sia, in un *samizdat* e proibirlo, se non temete che tanti Usa non possano fare la scelta illuminata?»

Steeply non si era mai avvicinato cosí tanto, ora lo guardava dall'alto, minaccioso. Il corpo astrale di Venere nascente illuminò la parte sinistra della sua faccia del colore del formaggio pallido. «Sii serio. L'intrattenimento non è una caramella o una birra. Guarda Boston in questo momento. Non puoi paragonare questo tipo di insidiosa schiavizzazione ai tuoi esempiucci di zucchero e zuppa».

Marathe fece un sorriso deprimente nella carne in chiaroscuro della sua faccia Usa tonda e senza capelli. «Forse è vero, dopo la prima volta che si vede: che allora non sembra esserci piú scelta. Ma il decidere in primo luogo di vedere qualcosa di cosí piacevole. Questa è una scelta, o no? Sacra per lo spettatore, e libera? Si o no?»

Durante quell'ultimo anno ante-Sponsorizzazione, dopo la sbrigativa finale di ogni torneo, alla cerimonia di premiazione e al ballo postfinale, Eric Clipperton si presentava disarmato e mangiava un po' di tacchino dal buffet e farfugliava qualcosa a Mario Incandenza con quella bocca a fessura, e se ne stava là senza espressione e si prendeva la sua enorme coppa di primo classificato tra qualche timido applauso sporadico, e subito dopo si mischiava alla folla e si smaterializzava e tornava nel posto in cui viveva e si allenava e faceva esercitazioni di tiro al bersaglio. A questo punto Clipperton doveva avere un caminetto e una libreria pieni di coppe dell'Usta, ogni coppa dell'Usta, con la sua base di finto marmo e un alto ragazzo metallico inarcato nella battuta, tipo uno sposo su una torta di nozze che avesse un bel servizio slice. Clipperton doveva possedere un sacco di ottone e di plastica, ma non era in nessuna classifica ufficiale: dato che la sua Glock 9 mm e le sue intenzioni erano diventate subito leggendarie, per l'Usta non aveva mai vinto nessun torneo, né aveva mai giocato una partita. Quelli del campionato juniores certe volte chiedevano al piccolo Mario se era questo il motivo per cui Eric Clipperton aveva sempre quell'aspetto accigliato e scostante e continuava a materializzarsi e smaterializzarsi ai tornei, perché la stessa tattica che lo faceva vincere impediva che le vittorie, e in un certo qual modo lo stesso Clipperton, fossero considerate reali.

Tutto questo fino alla fondazione dell'Onan e all'arrivo, nella diciottesima estate di Clipperton, del Tempo Sponsorizzato e dell'Anno del Whopper, quando l'Usta diventò l'Onanta, e un analista di sistemi messicano – che a malapena parlava inglese e non aveva neanche mai toccato una palla e non sapeva fare altro che triturare i dati grezzi dei risultati – questo tipo diventò dirigente del centro computer e classifiche dell'Onanta a Forest Lawn Nny, e non sapeva di non dover considerare vera la serie di vittorie di Clipperton nei sei tornei juniores piú importanti di quella primavera. E quando esce il primo numero bisettimanale in tre lingue di «North American Junior Tennis» che ha sostituito «American Junior Tennis» c'è un E.R. Clipperton di «Ind.» al numero 1 della classifica continentale Under 18; e i giocatori di ogni latitudine ci rimangono di stucco; e tutti all'Eta, da Schtitt in giú, si mettono a ridere e qualcuno si chiede se forse ora Eric Clipperton si deciderà ad abbassare la corazza psichica e a competere senza armi con il resto di loro, ora che ha ottenuto quello che di certo voleva cosí ardentemente e lo ha tenuto in ostaggio per tutto questo tempo, essere ufficialmente il numero 1; e la settimana dopo c'è il Campionato Continentale su terra rossa di Indianapolis In, e il piccolo Michael Pemulis di Allston prende il suo PowerBook e il suo programma per le scommesse e fa una fortuna tenendo il banco sul dilemma se Clipperton si materializzerà a Indy ora che è finalmente riuscito ad avere quel primo posto in classifica che doveva de-

siderare cosí ardentemente, oppure se si ritirerà dal circuito e si farà
le seghe con la Glock accanto e l'ultimo numero di «Najt» in mano[175].
E cosí tutti sono molto impressionati quando Eric Clipperton appare
improvvisamente al cancello principale dell'Eta in una mattinata calda e piovosa due giorni prima del torneo; ha un cappotto tipo trench
con il risvolto logoro e un paio di scarpe da ginnastica con la punta
consumata e una barba adolescenziale di cinque giorni che sembra peluria del sottoascella, ma è senza strumenti o altro equipaggiamento
sportivo, neanche la custodia di legno della Glock 17, e fa muovere il
custode part-time con gli occhi gelidi giú dal posto a metà discesa e lo
fa avvicinare all'intercom, e gli chiede di poter entrare perché ha bisogno di una consulenza – questo tipo è messo malissimo, è la diagnosi
del custode al citofono – e gli spiega che le regole relative all'ingresso dei giocatori juniores non iscritti all'accademia sono molto severe
e complesse, quando il piccolo Mario Incandenza arriva al cancello
barcollando giú per la discesa sotto la pioggia calda e scambia qualche parola con Clipperton attraverso le sbarre e dice al custode di lasciare entrare Clipperton in base a un codicillo speciale del regolamento, perché il ragazzo si trova in uno stato psichico terribile, e Mario si prenderà la briga di parlare personalmente prima con Alice
Moore la Laterale, poi con il prorettore Cantrell e poi con il Preside
in persona mentre Clipperton se ne sta lí impalato senza dire una parola a fissare le racchettine di ferro che fanno da punte in cima al cancello e sulla cancellata che gira tutto intorno all'Eta; il ragazzo ha
un'espressione cosí tormentata che anche il duro custode racconta a
quelli del turno successivo che quello spettrale ragazzo con il trench
gli ha fatto venire i brividi da sobrio; e alla fine J.O. Incandenza fa
entrare Clipperton nonostante le obiezioni veementi di Cantrell e poi
di Schtitt quando si capisce che Clipperton vuole solo incontrarsi per
qualche minuto in privato con Incandenza sr – del quale si pensa Mario abbia parlato a Clipperton in maniera entusiastica – e Incandenza, anche se non è completamente sobrio, è lucido e ha una soglia di
fusione molto bassa per la compassione verso i traumi legati al successo giovanile; e cosí il cancello si alza, e a mezzogiorno Clipperton
e i due Incandenza vanno in una stanza che non viene mai usata all'ultimo piano del Subdormitorio C nell'Edificio Est, quello piú vicino
al cancello principale, per una specie di sessione psicoesistenziale o
qualcosa di simile – Mario non ha mai parlato di quell'incontro, neanche di notte a Hal quando Hal vorrebbe dormire. Ma si sa che a un
certo punto la prima consulente dell'Eta, Dolores Rusk, fu chiamata
con il beeper da Lui in Persona mentre si trovava nella sua casa di
Winchester, poi la chiamata venne annullata e suonò il cercapersone

di Alice Moore la Laterale alla quale venne chiesto di precipitarsi a
chiamare Lyle nella sala pesi/sauna e portarlo il prima possibile all'Edificio Est, e fu in quel momento, mentre Lyle stava abbandonando la
posizione del loto sopra il distributore e si preparava ad andare con
Alice la Laterale a questo colloquio di emergenza, in quel momento
esatto nel tempo – di fronte al Dott. James O. Incandenza e a Mario
il cui minuscolo capo reggeva una Bolex H128 perché Incandenza aveva richiesto l'autorizzazione a Clipperton di poter filmare con la telecamera digitale l'intera conversazione-crisi per proteggere l'Eta dalle regole kafkiane dell'Onanta sulle consulenze di qualsiasi tipo date
a non iscritti nelle accademie Usa – in quel momento, con Lyle in
transito, Clipperton tira fuori da varie tasche del suo soprabito complicatissimo e bagnato una copia elaboratamente alterata delle classifiche bisettimanali «Najt», una foto seppiata del matrimonio di una
coppia del Midwest con i volti pallidi, e l'odiosa semiautomatica
Glock 17 9 mm che, nonostante il tentativo di tutte e due gli Incandenza di afferrarla, si punta contro la tempia destra – non la sinistra
– con la sua mano buona con cui normalmente tiene la racchetta, chiude gli occhi e contrae la faccia e si fa saltare il cervello davvero e per
sempre, eradica la sua mappa; e c'è un casino infernale lí dentro, subito dopo, e tutti e due gli Incandenza rispettivamente vacillano e
barcollano via dalla stanza tutta macchiata di grumi verdi e nebbiolina rossa – siccome la notizia che Lyle è stato visto in posizione eretta fuori dalla stanza dei pesi e sta camminando per l'accademia si è
sparsa e ha causato un eccitamento enorme e lo scatto di molte foto
– ed è per questo che, proprio mentre Lyle e Alice Moore la Laterale arrivavano nel corridoio del piano superiore, i due Incandenza sono immortalati in varie foto subito dopo essere usciti dalla stanza in
un miasma spettrale di fumi orrendi e cordite, simili a minatori che
abbiano scavato un carbone davvero spaventoso.

Quelli dell'ambiente del tennis agonistico juniores che partecipa-
rono al funerale di Clipperton trovarono in qualche modo giusto che
il costante sorriso perfetto di Mario Incandenza non scomparisse mai,
neanche mentre piangeva. C'erano poche persone al funerale. Si scoprí che Eric Clipperton era piovuto da Crawfordsville, Indiana, sua
madre era una Valiumdipendente all'ultimo stadio, e suo padre era
stato un coltivatore di soia diventato cieco durante le terribili gran-
dinate dell'anno 1994 a.S. e ora passava tutto il giorno, tutti i giorni, a giocare con una di quelle racchettine di legno con la palla di gomma rossa attaccata con l'elastico; e i Clipperton, una imbottita di tranquillanti e l'altro cieco, non avevano idea di dove sparisse Eric tutti
i fine settimana, e si erano bevuti la sua spiegazione che tutte quelle

coppe venivano da un lavoro che faceva dopo la scuola come disegnatore di coppe per il tennis, dato che i due evidentemente non erano i due genitori piú brillanti di tutti gli Stati Uniti. La sepoltura ebbe luogo sotto un cielo che minacciava pioggia a Veedersburg In, dove c'è un cimitero che costa poco, e Lui in Persona mancò a Indianapolis e portò Mario al primo dei due funerali della sua vita; e fu forse commovente il fatto che Incandenza accettasse la richiesta di Mario affinché niente venisse filmato, al funerale, per il documentario di Lui in Persona sul tennis juniores. Mario probabilmente raccontò tutto a Lyle quando tornò a trovarlo in sala pesi, ma sicuramente non raccontò mai niente né a Hal né alla Mami; e Lui in Persona faceva già la spola dalle cliniche e sicuramente non era piú una fonte attendibile su nulla. Ma Incandenza acconsentí alle insistenze di Mario affinché nessuno pulisse la scena del Subdormitorio C dopo che erano venuti i poliziotti di Enfield e avevano messo il naso dappertutto e avevano disegnato un ectoplasma di gesso attorno alla forma distesa di Clipperton e avevano preso appunti sui blocchetti a spirale che continuavano a consultare con una scrupolosità incredibile, poi quelli dell'Emt avevano chiuso Clipperton in un grande sacco di gomma con la zip e lo avevano portato giú e poi fuori su un lettino a rotelle, di quelli con le gambe retrattili che avevano dovuto ritrarre sulle scale. Lyle se ne era già andato da tempo. Al bradicinetico Mario ci volle tutta la notte e due bottiglie di Ajax Plus per ripulire la stanza con le sue braccine contratte e i suoi piedi quadrati; le ragazze Under 18 nelle stanze vicine lo sentirono cadere e tirarsi su molte volte; e la stanza in questione, che alla fine era di nuovo perfettamente pulita, da allora era sempre stata tenuta chiusa a chiave, con un cartellino insipido – solo G. Schtitt ha una chiave speciale, e quando un ragazzo dell'Eta si lamenta troppo per qualche vicissitudine legata al tennis o per qualche difficoltà o qualcos'altro, viene invitato a rinfrescarsi per un po' nella Clipperton Suite, forse per meditare sugli altri modi per avere successo oltre alla devota autotrascendenza fanatica e al tener duro e al duro lavoro quotidiano per raggiungere una meta distante con la quale, se ci arriverai, un giorno potrai forse convivere.

Fu l'Assistente del Direttore della Ennet House, Annie P., a coniare l'espressione «Don Gately brilla di luce propria». Cinque mattine la settimana, che sia appena smontato dal turno di notte o no, deve prendere la Linea Verde alle 0430h e poi prendere altri due treni per arrivare al suo secondo lavoro al Ricovero Maschile per i Senzatetto Shattuck nella terribile Jamaica Plain. Gately, da sobrio, è diventato custode. Pulisce i pavimenti dei dormitori con detersivi anti-

funghi e antipidocchi. Lo stesso le pareti. Pulisce i bagni incrostati di
merda. La relativa pulizia dei bagni dello Shattuck può sembrare sorprendente finché non entri nelle docce, con tutto l'equipaggiamento
e la maschera sulla faccia. Metà di quelli che frequentano lo Shattuck
sono incontinenti. Nelle docce ci sono feci umane tutti i giorni che
Dio mette in terra. Stavros gli lascia spazzar via a distanza il piú della merda con l'idrante, poi Gately deve entrare a pulire con lo spazzolone, le spugne, i detersivi e la maschera sulla faccia.

Ci vogliono solo tre ore per pulire lo Shattuck, dato che lui e il suo
collega ormai sanno bene cosa fare. Il collega di Gately è anche il titolare della ditta che ha fatto il contratto con l'Assistenza Sociale per
le pulizie dello Shattuck, un tipo sui quaranta o cinquanta anni, Stavros Lobokulas, un tipo incasinato che fuma le sigarette con il bocchino e ha una collezione enorme di cataloghi di scarpe da donna che
tiene uno sopra l'altro dietro i sedili della sua 4x4.

Cosí diciamo che di solito alle 0800h hanno già finito e in base al
contratto vengono pagati per otto ore (Stavros L. paga solo tre ore a
Gately, sotto banco), e Gately torna al Government Center per prendere la Linea Verde in direzione ovest fino alla Commonwealth e poi
quando arriva alla Ennet si mette la sua mascherina nera e dorme fino alle 1200h e poi fa il turno di pomeriggio. Anche Stavros L. si
prende qualche ora libera per sfogliare i cataloghi di calzature (Gately vuole credere che tutto quello che fa con i cataloghi sia sfogliar-
li), per poi recarsi al Pine Street Inn, il ricovero per i senzatetto piú
grande che ci sia in tutta Boston e anche il piú schifoso, dove Stavros
e altri due disperati falliti che vengono da qualche altro posto di recupero che Stavros bazzica per trovare manodopera a buon prezzo
passeranno quattro ore a pulire e poi ne fattureranno sei allo Stato.

I ricoverati dello Shattuck soffrono di ogni genere di malattia fisica e psicologica e sono affetti da ogni genere di dipendenza fisica e
spirituale che si possa immaginare, ma qui sono specializzati soprattutto in repulsione. Ci sono sacchetti per la colostomia e vomito a
proiettile e cacate cirrotiche e arti mancanti e teste deformi e incontinenza e Sarcoma di Kaposi e pustole purulente e tutti i livelli di de-
bilitazione e incapacità di controllo. La schizofrenia è la norma. I tipi col Dt trattano i caloriferi come televisori e lasciano grosse macchie di caffè sui muri delle camerate. Ci sono i secchi industriali per
il vomito della mattina che vengono trattati come i golfisti trattano
il pin di una buca di golf, quando lo mirano vagamente a distanza.
C'è una specie di angolo vietato e nascosto, vicino alla fila delle cas-
safortine a muro, dove c'è sempre una strisciata di sperma che cola
giú lungo la parete. Ed è troppo sperma per essere solo di una o due

persone. Questo posto puzza di morte, qualsiasi cosa tu faccia. Gately arriva al ricovero alle 0459:9h e si spegne il cervello come se avesse una specie di interruttore in testa. Guarda tutto e tutti per tutto il tempo. I lettini delle camerate puzzano di urina e ospitano un'attività osservabile di insetti. Gli impiegati di Stato che stanno lí di notte a controllare fanno i ciechi e guardano nastri softcore e sono tutti piú o meno della stessa stazza e struttura di Gately, e Gately è stato avvicinato piú di una volta per andare anche lui a lavorarci di notte, e lui ha risposto Grazie Lo Stesso, e alle 0801h scappa di corsa e sale su per la collina sul treno della Linea Verde con la batteria della Gratitudine completamente ricaricata.

Fare le pulizie allo Shattuck per Stavros Lobokulas era il lavoro di umiltà che Gately si era trovato quando gli mancavano solo tre giorni alla scadenza del mese per trovare un lavoro onesto, come residente, e da allora lo aveva sempre tenuto.

I maschi allo Shattuck devono alzarsi e uscire entro le 0500h, con qualsiasi tempo e stato fisico, per permettere a Gately e a Stavros di pulire. Ma qualcuno di loro non esce mai in tempo – e sono sempre quelli peggiori, quelli che non vorresti mai avere vicino, quelli che non se ne vanno. Si mettono dietro Gately e lo guardano mentre lava via le feci con il getto d'acqua dalle piastrelle della doccia, e si comportano come se fosse uno sport e gli urlano consigli e frasi di incoraggiamento. Diventano piccoli piccoli e leccaculo quando il supervisore si avvicina per dir loro di andarsene fuori e poi quando se ne va non escono. Un paio di loro hanno quelle chiazze di pelle rasata sulle braccia. Se ne stanno sdraiati sulle brande e gli vengono le allucinazioni e si dibattono e urlano e buttano per terra le coperte militari sui pavimenti che Gately sta cercando di lavare. Si ritireranno di nuovo nell'angolino buio dello sperma non appena Gately avrà finito di grattare via quello della notte precedente, sarà indietreggiato e avrà ricominciato a respirare.

Forse la cosa peggiore è che allo Shattuck ci sono quasi sempre una o due persone che Gately conosce personalmente dai tempi in cui si drogava e rapinava le case e prima di arrivare al punto in cui non aveva piú scelta e aveva abbandonato la sua volontà pur di rimanere sobrio. Questi ragazzi hanno sempre dai 25 ai 30 anni e ne dimostrano 45-60 e sono la migliore pubblicità per la sobrietà a ogni costo che una qualsiasi agenzia si possa inventare. Gately gli passa un dollaro o un pacchetto di Kools e forse certe volte prova a parlargli degli Aa, se gli sembra che siano pronti a smettere. Con tutti gli altri allo Shattuck Gately ha quell'atteggiamento che dice che lui li ignorerà completamente finché loro rimangono a distanza, ma allo stesso tempo è un atteggiamento che dice *Strada* e *Galera* e non fare il furbo con me. Se gli si mettono davanti, Gately guarda fisso un punto subito dietro le loro teste fino a che non si spostano. La maschera protettiva aiuta molto.

La piú grande ambizione di Stavros Lobokulas – che racconta sempre a Gately tutte le volte che si ritrovano a pulire la stessa camerata – il sogno di Stavros è di utilizzare la sua combinazione unica di capacità imprenditoriale, esperienza nelle pulizie, creatività nel fare fatture, e fiuto per trovare ragazzi disperati in via di recupero disposti a grattare merda per nulla, al fine di mettere insieme abbastanza $ e aprire un negozio di scarpe da donna in qualche zona chic di Boston dove le donne sono facoltose e di buona famiglia e hanno dei bei piedi e si possono permettere di prendersi cura dei loro piedi. Gately passa molto tempo a fare di sí con la testa a Stavros e non dice quasi nulla. Perché cosa c'è da dire su un sogno ambizioso di carriera che abbia a che fare con i piedi? Ma se Gately rimane sobrio dovrà lavorare ben oltre i trent'anni per rendere al tribunale tutti i soldi che deve pagare a titolo di risarcimento, e ha bisogno di questo lavoro. Piedi o non piedi. Stavros dice di essere pulito da otto anni, ma Gately ha dei dubbi sulla qualità spirituale della sobrietà di Stavros. Perché Stavros si incazza di brutto se quelli dello Shattuck non si alzano e non escono come dovrebbero fare, e quasi tutti i giorni fa sempre la sceneggiata di buttare lo spazzolone per terra in mezzo al pavimento e gettare indietro la testa e urlare: «Perché non andate a casa, brutti pezzi di merda?» e da tredici mesi a questa parte continua a trovarla divertente, la sua spiritosaggine, Stavros.

Ma la saga di Clipperton fa luce sul fatto che esistono giocatori juniores molto talentuosi che proprio non riescono a reggere e a tenere duro se alla fine riescono a raggiungere una buona posizione in classifica o vincono qualche torneo importante. Oltre a Clipperton, l'esempio storicamente piú sconvolgente di questa sindrome aveva a che fare con un ragazzino di Fresno, nella California centrale, anche lui non appartenente a nessuna accademia (il babbo, un architetto o un progettista o qualcosa di simile, gli faceva da coach; il babbo aveva giocato per la Uc-Davis o la Uc-Irvine; quelli del personale dell'Eta sottolineano che ancora una volta si trattava di un ragazzino che non aveva il sostegno e la prospettiva dell'accademia) che, dopo aver battuto due importanti teste di serie e aver vinto il Campionato della West Coast su Sintetico Under 18, e dopo grandi brindisi alla cerimonia di premiazione e il ballo e l'essere portato in trionfo dal babbo e dai compagni di Fresno, quella notte stessa tornò a casa e bevve un bicchierone di Nesquik della Nestlé corretto con del cianuro di sodio che il

babbo teneva a giro come inchiostro per i bozzetti, si beve il Nesquik
al cianuro nella cucina di casa appena riarredata e cade a terra morto
con la faccia blu e la bocca ancora piena del Nesquik mortale, e sembra che il babbo senta il tonfo del ragazzino che cade in ginocchio e
si precipita nella cucina in accappatoio e pantofole di pelle e cerca di
fare la respirazione a bocca a bocca al ragazzino, e si ritrova in bocca
un po' del Nesquik corretto con NaCn, e anche lui cade in ginocchio
e la faccia gli diventa blu, e muore, e allora la mamma si precipita con
una maschera di argilla sulla faccia e le pantofole morbidone di pel-
liccetta e li vede tutti e due per terra con le facce blu che stanno diventando rigidi, e cerca di fare la respirazione a bocca a bocca al babbo architetto e naturalmente dopo poco si ritrova anche lei per terra
inginocchiata e blu in faccia nei punti dove non ha la maschera d'argilla, e comunque anche lei è morta stecchita. E dato che la famiglia
era composta da altri sei ragazzini di varie età che tornano a casa uno
dopo l'altro quella notte dopo essere stati fuori con i loro fidanzatini, o scendono le scale con le adorabili tutine-pigiama con i piedini,
attirati dal rumore del cumulativo inginocchiarsi e cader giú, per non
parlare dei gorgoglii tremendi dell'agonia, e siccome tutti e sei i ragazzini hanno fatto un corso di Pronto Soccorso di quattro ore sponsorizzato dal Rotary alla Ymca di Fresno, prima che la notte finisca
l'intera famiglia giace stecchita sul pavimen•o, tutti con le facce blu
e duri come paletti, con una quantità sempre minore di Nesquik mortale sulle bocche contorte dal rictus; e in sostanza, questo esempio di
un trauma per la mancanza di preparazione al raggiungimento di uno
scopo è incredibilmente macabro e triste, ed è una ragione storica per
la quale tutte le accademie di tennis accreditate devono avere nel personale un consulente a tempo pieno che abbia conseguito il Ph.D.,
per monitorare le possibili reazioni letali da parte degli atleti studenti nel caso in cui raggiungano il livello al quale hanno mirato per anni. Il consulente dell'Eta è la Dott.ssa Dolores Rusk, con lo sguardo
da uccello rapace, una dottoressa in Scienze con tanto di Ph.D., che
viene considerata dai ragazzini un po' peggio che inutile. Tu vai da
lei con un Problema e lei non fa altro che incrociare le dita come in
una gabbia e guardarti con uno sguardo assente sopra le mani a gabbia e poi prende l'ultima proposizione dipendente di qualsiasi cosa tu
stia dicendo e te la ripete con un'intonazione interrogativa – «Un'attrazione omosessuale verso il tuo partner di doppio?» «Ti senti completamente confuso nel tuo ruolo di atleta maschio finalizzato al raggiungimento di uno scopo?» «Uno strafalcione che non sei riuscito a
controllare durante le semifinali di Cleveland?» «Diventi idrofobo
quando le persone ti fanno il verso invece di risponderti?» «Non sai

se riuscirai a controllare il tuo impulso di tirarmi il collo come a una gallina?» – tutto questo con un'espressione che lei probabilmente crede sia cortese e profonda ma che invece è l'espressione della ragazza che sta ballando con te ma in realtà preferirebbe ballare con qualsiasi altra persona nella sala. Solo i giocatori piú nuovi all'Eta vanno dalla Rusk, e non per molto, e lei passa l'enorme quantità di tempo libero che ha a disposizione nel suo ufficio in Com. & Amm. a fare complicati acrostici e a lavorare su una specie di manoscritto psycho-pop le cui prime quattro pagine Axford e Shaw hanno letto di straforo perché sono entrati di nascosto nel suo ufficio e hanno potuto contarci 29 volte il prefisso *auto-*. Lyle, una carmelitana senza velo che lavora in cucina durante il turno di giorno, qualche volta Mario Incandenza, e molte volte Avril stessa si fanno carico delle mollezze psichiche dei ragazzi dell'Eta, per motivi pratici.

Può darsi che i soli giocatori juniores che riescono ad arrivare in cima alla classifica e a rimanerci senza dare di fuori sono quelli che sono già di fuori, o le macchine spietate alla John Wayne. Wayne è seduto stravaccato in sala mensa con gli altri ragazzini canadesi, e guarda lo schermo e strizza la palla senza nessuna espressione decifrabile. Gli occhi di Hal sono febbricitanti e gli girano nelle orbite. E a dire il vero a questo punto gli occhi di molti ragazzi nel pubblico del giorno dell'I. hanno perso un po' della scintilla festiva. Anche se c'è ancora un momento che fa ridere nel film, quello un po' crudele che mette a confronto Gentle e Clipperton, tutta la parte dell'amore tra Rodney-Tine e Luria P. e quella in cui si paragona Tine a Benedict Arnold è troppo lenta e digressiva[176]. Oltretutto il film genera anche una certa perplessità nel pubblico, perché è storicamente risaputo che l'avvento del Tempo Sponsorizzato è stato una risposta-ricavo di fronte ai costi esorbitanti della Riconfigurazione degli Stati Uniti, il che significa che deve essere venuto dopo l'Interdipendenza formale, e infatti nel film viene dopo; ma poi la cronologia di una parte della fine fa sembrare che Tine abbia convinto Johnny Gentle della validità del suo schema di entrate Sino-temporali durante il primo anno di attività sportiva di Orin Incandenza all'Università di Boston, che terminò nell'Anno del Whopper, ovviamente un anno Sponsorizzato. A questo punto i ragazzi dell'Eta mangiano già piú lentamente e giocano con i resti che hanno nel piatto nel lento modo postprandiale, e i cappelli cominciano a far prudere alcune teste, e nessuno ne può piú dei dolci; e uno dei ragazzini piú piccoli dell'Eta, che girava gattoni sotto i tavoli con una bottiglia di adesivo, ha picchiato la testa contro lo spigolo acuminato di una sedia istituzionale e ora è seduto sulle ginocchia di Avril I. e piange con una desolata isteria serale che fa star male tutti.

GENTLE IN LIBERTÀ! – Supertitolo; VISITA IL NUOVO CONFINE DEL «NEW-NEW» ENGLAND TRA MISURE DI SICUREZZA ECCEZIONALI – Titolo; ROMPE BOTTIGLIE DI CHAMPAGNE CONTRO LE MASSICCE MURA DI LUCITE A SUD DI QUELLE CHE UN TEMPO ERANO SYRACUSE, CONCORD NH, SALEM MA – Sottotitolo in corpo 10;

GENTLE PIÙ O MENO IN LIBERTÀ: GUARDA DAL SUO OSSIGENATORE PORTATILE CLEMSON METTERE IN GINOCCHIO L'UNIVERSITÀ DI BOSTON NEL FORSYTHIA BOWL A LAS VEGAS – Titolo del Tipo Che Ora Scrive Titoli per l'Eagle di Rantoul Il;

BAMBINI ACROMEGALICI CON PROBLEMI AL CRANIO ANDATI PERSI NEL RIMPASTO EXPERIALISTA? – Editoriale del «Daily Odyssean» di Ithaca Ny;

L'AMMINISTRAZIONE GENTLE RIVEDE IL BUDGET ALLA LUCE DELLA PAURA DI WALL STREET PER I COSTI DELLA «RICONFIGURAZIONE TERRITORIALE» – Titolo; DIRIGENTI AMMINISTRATIVI ALLE PRESE CON I COSTI DELL'INVERSIONE DEI MISSILI E DELLA RILOCAZIONE, E CON LA PERDITA DI ENTRATE DI BUONA PARTE DEI QUATTRO STATI – Sottotitolo;

GENTLE [quasi tutto coperto dalla maschera per la microfiltrazione Fukoama e dall'ossigenatore portatile in Lucite]   Ragazzi.

TUTTI I SEGR. A ECCEZIONE DEL SEGR. DEL MESS. E DEL SEGR. DEL CAN [i pupazzi delle ragazze della Motown che rappresentano i membri del Gabinetto indossano vestiti intriganti, hanno i capelli lisci tirati indietro e dei baffi enormi a corna di bue, che potrebbero essere ancora piú dritti ma sono comunque baffi impressionanti, per dei pupazzi femmine]   Capo.

SEGR. ALLA DIFESA   Allora com'è stata la grande partita, Sig. Presidente?

GENTLE   Ollster, ragazzi: seminale, visionaria. Un'esperienza *notevole*. Ora dico notevole invece di *grande*. Ma anche seminale. Ollie, ragazzi, ho visto una cosa visionale e seminaria ieri. Non mi riferisco alla partita di football. Normalmente il football non mi interessa piú di tanto. Tutti quei grugniti. Il fango dappertutto. Non è il mio spettacolo preferito. L'unica cosa della partita che mi ha divertito è stato uno dei punter. Questo gatto secco con una gamba e un braccio enormi. Non avevo mai sentito il rumore di un calcio. Whoom. Boom. Ho fatto in tempo a mangiarmi un würstel mentre la palla era per aria. La gente se ne stava là a discutere e a fare casino e andava alla toilette e ritornava e si mangiava qualcosa, tutto questo mentre i calci piazzati di questo gatto erano ancora per aria. Dimmi di nuovo come si chiamava il gatto, R.T.

SEGR. AGLI INT.   Mi è permesso di chiedere, con il dovuto rispetto, se questo incontro prevede anche il pranzo, Sig. Presidente? È per questo che ci sono queste tovagliette di carta da ristorante cinese Szechuan con l'Anno della Tigre e di una specie di Topo del calendario e dello zodiaco cinese accanto alle caraffe d'acqua? Ci facciamo portare qualcosa da un cinese, Capo?

[Il sottofondo audio di Mario diventa una specie di cornetta squillante, e si sente J.G.F.C.C. che schiocca le dita guantate, lo sguardo rapito da una fantasticheria visionaria].

SEGR. AI TRASPORTI   Ho sempre avuto un debole per il Pollo del Generale Tsu, se siamo—

RODNEY TINE, CAPO DELL'UFFICIO DEGLI STATI UNITI PER I SERVIZI NON SPECIFICATI   Il Presidente Gentle ci ha voluto tutti qui riuniti questa mattina per ascoltare le nostre opinioni su una questione per la quale noi ai Servizi non Specificati crediamo il Presidente sia stato colpito da una serie di intuizioni creative veramente seminali.

GENTLE   Signori, siamo compiaciuti e al tempo stesso preoccupati di rendervi noto che il nostro esperimento per la Riconfigurazione Territoriale dell'Onan[177] è stato un assoluto colpo logistico. Piú o meno. È vero che il Delaware attualmente risulta un po' sovraffollato, e uno o due animali dalle corna ricurve sono stati intercettati dalle squadre tattiche, e nel nuovo stato di New New York non ci si sta comportando con la cavalleria che invece noi auspicavamo, ma nel complesso penso che l'espressione «colpo completamente riuscito» non sarebbe inappropriata a descrivere il successo conseguito.

TINE   Ora è arrivato il momento di pensare come fare a pagare tutta questa operazione.

TUTTI I SEGR.   [Si girano irrigiditi, si sistemano baffi e cravatte, deglutiscono].

GENTLE   Rod mi informa che Marty ha a disposizione le cifre preliminari sui costi lordi, e i ragazzi di Chet ci hanno fornito alcune proiezioni sulle perdite di entrate fiscali dalla Riconfigurazione di territori tassabili, comprese le famiglie, le imprese e tutto quanto.

SEGR. AI TRASP. & SEGR. AL TESORO   [Fanno passare dei grossi fascicoli rilegati, ognuno con lo stemma del teschio rosso che sbadiglia, stampato su tutti i rapporti dell'amministrazione Gentle quando ci sono brutte notizie. I fascicoli vengono aperti e visionati velocemente da TUTTI I SEGR. Suoni di mascelle che cadono sul tavolo. Un paio di baffi cadono improvvisamente. Si sente un SEGR. chiedere se esiste un nome per una cifra con cosí tanti zeri. L'ossigenatore portatile di GENTLE sullo schermo viene colpito da un'uvetta biascicata proprio sopra il corpetto ricoperto di plastica, per l'approvazione del pubblico esitante. Un altro pupazzo travestito da ragazza della Motown sta lanciando un piccolo cappio di corda a una trave della Stanza del Gabinetto rivestita di velluto].

GENTLE   Ragazzi. Prima che tutti i presenti abbiano bisogno di ossigeno [tenendo una mano conciliante sul vetro dell'ossigenatore], lasciamo che Rod ci spieghi che, nonostante la qualità depressiva insita in queste cifre, ci troviamo di fronte, come direbbe Rod, a un semplice esempio, ancorché esagerato, di un problema quadriennale che prima o poi tutte le amministrazioni con un minimo di visione si trovano comunque a dover affrontare. La persona qui alla mia sinistra, che non conoscete ma è comunque la benvenuta, è il Sig. P. Tom Veals dell'agenzia pubblicitaria Veals Associates, di Boston, Usa, N.A.

TUTTI I SEGR. [Non molto pacati mormorii di saluto rivolti a Veals].

SIG. P. TOM VEALS [Un piccolo pupazzo minuscolo caucasoide fatto con uno stecchino di Tootsie Pop e una faccia enorme, con grandi denti davanti e occhiali] Oh.

TINE   E alla sinistra di Tom posso presentarvi l'affascinante e piacevole Sig.na Luria P—— [mentre indica con la bacchetta un pupazzo di una bellezza incredibile; il tavolo delle conferenze della Stanza del Gabinetto sembra sollevarsi leggermente quando Luria P—— alza un sopracciglio molto ben disegnato].

ANCORA TINE   Signori, il Presidente sta spiegando che la cosa che ci troviamo ad affrontare è un esempio microsmico del tristemente famoso Triplo Legame Democratico che i visionari di ogni epoca, da Fdr a Jfk e via dicendo, si sono trovati ad affrontare. Del resto l'elettorato americano, com'è nel suo diritto, chiede a gran voce quel tipo di visione e di senso dello stato millenario – azioni decise, scelte difficili, molti programmi e servizi – vedi per esempio la Riconfigurazione Territoriale – che porterà una comunità rinnovata in una nuova èra di scelta e libertà interdipendente.

GENTLE   Tanto di cappello per la retorica, tesoro.

TINE [Si alza; i suoi occhi ora due puntini rossi luccicanti nella faccia tonda di feltro, gli occhi due lampadine di un rivelatore di fumo che escono da una pila attaccata con il nastro adesivo sulla schiena del camice da chirurgo del pupazzo]   Ora, parlando in termini piú generali possibili, se la visione del presidente prevede la scelta difficile di tagliare certi programmi e servizi, quelli delle statistiche predicono con ragionevole certezza induttiva che l'elettorato americano frignerà.

VEALS   Frignerà?

LURIA P—— [A TINE]   È un modo di dire canadese, chéri.

VEALS   Chi è questa bambola?

TINE [Che per un attimo sembra del tutto spiazzato]   Scusa, Tom. È un modo di dire canadese. Frignare. Lamentarsi. Fare una petizione per ottenere una compensazione. Riunirsi. Marciare in fila per cinque. Scuotere all'unisono i pugni sollevati. Piagnucolare [indica le foto di vari gruppi storici di pressione sui cavalletti dietro di lui].

SEGR. AL TES.   E tutti abbiamo già un'idea precisa su quello che accadrebbe se cercassimo di mettere in atto qualsiasi tentativo di aumento delle entrate convenzionali.

SEGR. DI STATO   Una rivolta fiscale.

SEGR. DELL'H.E.W.   Un piagnucolio totale, Capo.

SEGR. ALLA DIF.   Un Tea Party.

GENTLE   Centrato. La città del piagnisteo. Un piagnucolocidio politico. Un errore enorme e irrimediabile per il mandato. Abbiamo promesso di non fare aumenti. L'ho detto il Giorno dell'Inaugurazione. Ho detto guardatemi negli occhi: non ci saranno aumenti. Mi sono puntato il dito verso gli occhi e ho det-

to che era una scelta difficile da prendere ma che non sarebbe stata presa. Ro-
ti e Tom e Io avevamo un programma con tre punti fermi. Uno: i rifiuti. Due:
nienti aumenti di tasse. Tre: trovare qualcuno fuori dai confini della nostra
comunità a cui dare la colpa.

TINE   Quindi un doppio legame fino a ora, con possibilità di piagnucolii su entrambi i fronti.

SEGR. AL TESORO   E le comunità finanziarie chiedono un bilancio federale equilibrato. Tutti quelli del Consiglio della Riserva insistono ad avere un budget
equilibrato. La bilancia commerciale con quelle poche nazioni con le quali stiamo ancora intrattenendo scambi commerciali esige un dollaro stabile e un bilancio equilibrato.

TINE   Un terzo fronte, Chet, del Triplo Legame. Necessitano flussi in uscita,
non si possono toccare le entrate, si deve essere equilibrati.

GENTLE   Il classico dilemma delle corna di Cerbero per i dirigenti. La spina nel
tendine di Achille del processo democratico. A proposito, qualcuno di voi ha
sentito una specie di fischio?

TUTTI I SEGR. [Si guardano perplessi].

VEALS [Si dà una grande soffiata di naso].

GENTLE [Batte sulla superficie interna dell'ossigenatore portatile per vedere cosa
succede]   Certe volte sento un fischio cosí alto che nessuno riesce a sentire;
ma questo mi è sembrato un fischio diverso.

TUTTI I SEGR. [Si aggiustano il nodo della cravatta e fissano la superficie lucida
del tavolo].

GENTLE   Allora non avete sentito nessun fischio.

VEALS   Sarebbe possibile cercare di dare una mossa al tutto, ragazzi?

TINE   Forse è il fischio che certe volte preannuncia la sua disposizione ad annunciare un'intuizione seminale e visionaria in grado di sciogliere quel Triplo
Legame, signore.

GENTLE   Amico, Rod, un altro colpo diretto. Signori: date un'occhiata allo schema del calendario sino-epitetico di questo ristorante.

TINE   Il che naturalmente significa le tovagliette che abbiamo di fronte, che sono in rapporto diretto con l'intuizione del presidente in riferimento alle entrate.

GENTLE   Signori, come tutti voi sapete sono appena rientrato, a gran velocità,
con ancora in bocca il sapore dei würstel che sono sicuro erano pieni di ogni
specie di microbi che rende le concessioni dei venditori ambulanti al pubblico
un flagello e una minaccia che—

TINE [Con la mano fa segno di tagliare].

GENTLE   Allora, come dicevamo, signori, sono appena tornato da una apparizione a una partita di footbal dei college. Durante la quale ho ingerito i sum-
menzionati würstel. Ma il punto che ci interessa è: qualcuno di voi sa il nome
di quella partita di college?

SEGR. DELL'H.U.D.   Pensavamo che avesse detto che si trattava del Forsythia
Bowl, Capo.

GENTLE   Infatti, Sig. Sivnik, è lo stesso nome che pensavo avesse mentre ci andavo. Lo stesso nome di quando andai lí a cantare l'inno nel '91.

LURIA P—— [Tenendo in mano la tovaglietta zodiacale con una leggera, rotonda
macchia di unto di Zuppa Piccante nell'angolo superiore sinistro]   Forse ora
vorrebbe dire al suo gabinetto come si chiama la gara di football stessa, M.
Président.

GENTLE [Con uno sguardo da uomo vero rivolto a Veals, che si sta stuzzicando lo
spazio vuoto tra i mastodontici incisivi con i bigliettini da visita del Ceo della Pillsbury e della Pepsico]   Ragazzi, ho sentito il canto dei calci piazzati, ho
fatto rutti fiammeggianti, ho odorato la schiuma della birra e sono indietreggiato inorridito dai cessi pubblici al Ken-L-Ration-Magnavox-Kemper-Insu-
rance-Forsythia Bowl.

◐

ANNO DEL PANNOLONE PER ADULTI DEPEND

In occasione di un Impegno del Gruppo della Bandiera Bianca al
Gruppo dell'È Dura Ma Comunque Non Puoi Bere a Braintree nel
luglio appena trascorso, Don G. sul podio ha rivelato pubblicamente
che si vergognava del fatto di non avere ancora una vera, solida comprensione di un Potere Superiore. Nel terzo dei 12 Passi degli Aa di
Boston viene suggerito di rivolgere la tua volontà Malata in direzione dell'amore di «Dio come te Lo immagini». Il fatto di potersi scegliere il proprio Dio viene considerato una delle cose piú convincenti degli Aa. Devi sviluppare la tua comprensione di Dio o di un Potere Superiore o di Lui/o di Qualsiasi Cosa. Ma dopo aver trascorso
dieci mesi di astinenza, Gately, sul podio del Gruppo Edmcnpb a
Braintree, dice che a questo punto si sente completamente perduto e
incapace che sarebbe meglio se i Coccodrilli della Bandiera Bianca lo
prendessero per il bavero e gli dicessero quale Dio Aa deve imparare
ad ascoltare; preferirebbe che gli venissero dati ordini decisi e dog-
matici su come fare a volgere la sua volontà Malata verso questo Potere Superiore, qualsiasi cosa esso sia. Spiega di aver notato che alcuni cattolici e fondamentalisti ora negli Aa da bambini avevano conosciuto un Dio Severo che li Puniva, e Gately li ha sentiti esprimere
una Gratitudine incredibile nei confronti degli Aa che li hanno fatti
avvicinare dopo tutto questo tempo a un Dio Amorevole, che Perdona e si Prende Cura di te. Ma per lo meno questa gente è partita
con *qualche* idea di Lui/Lei/Esso, anche se era un'idea sbagliata. Si
potrebbe pensare che sia piú facile quando si arriva con uno zero totale nel proprio bagaglio di definizioni e preconcetti, si potrebbe pen-

sare che sia piú facile inventarsi dal nulla un Dio con un Potere Superiore e poi costruirsi una comprensione, ma Don Gately si lamenta dicendo che questo non corrisponde alla sua esperienza fino a ora. La sua unica esperienza fino a ora consiste nell'ubbidire a uno dei rari consigli specifici che gli Aa gli hanno dato, e la mattina si mette in ginocchio e chiede Aiuto e poi si inginocchia un'altra volta quando è l'ora di andare a letto e dice Ti Ringrazio, non importa se crede o no di parlare con Qualcuno, e in qualche modo riesce a superare la giornata senza bere. Dopo dieci mesi di riflessione e di cosí tanta concentrazione da farsi fumare il cervello questo è tutto ciò che riesce a «capire» riguardo a «Dio». Si confessa in pubblico di fronte a un uditorio di Aa duro e incazzato, e si lamenta allo stesso tempo di sentirsi come un topo che ha imparato solo una strada nel labirinto per arrivare al formaggio e percorre quella strada con un'andatura da topo. E Dio è il formaggio nella metafora. Gately sente di non avere ancora accesso al Grande Quadro spirituale. Sente che le preghiere quotidiane e rituali del *Ti Prego* e *Ti Ringrazio* possono essere paragonate a un battitore che è in una serie positiva e non si cambia il sospensorio o i calzini o la sua routine prepartita fino a che dura la serie positiva. E la sobrietà in questo caso è la serie positiva, spiega. Il sottosuolo della chiesa è letteralmente blu per il fumo. Gately dice che gli sembra che questa sia una comprensione piuttosto zoppa e imperfetta di un Potere Superiore: il contentino del formaggio o l'indumento sporco di un atleta. Dice che quando cerca di andare al di là della stessa solfa di routine automatica del ti-prego-aiutami-a-superare-questa-giornata, quando si inginocchia altre volte e prega o medita o cerca di raggiungere una comprensione del Grande Quadro spirituale di un Dio come se lo vuole immaginare, non sente Niente – non niente ma il *Niente*, un vuoto senza confini che in qualche modo gli fa piú male dell'ateismo incosciente che aveva quando È Arrivato. Dice di non sapere se riesce a farsi capire o se ha un senso o se è del tutto sintomatico di una volontà completamente Malata o, testuale, di uno «spirito» malato. Si ritrova a esprimere al pubblico dell'È Dura Ma Comunque Non Puoi Bere dei pensieri oscuri e pieni di dubbi che non avrebbe mai osato raccontare a quattr'occhi a Francis Il Feroce. Dalla paura non riesce neanchea guardare F.F. nella fila dei Coccodrilli mentre dice che a questo punto la roba sulla comprensione di Dio gli fa venire voglia di vomitare. Qualcosa che non puoi vedere o sentire o toccare o annusare: ok. Va bene. Ma qualcosa che non riesci neanche a *sentire*? Perché quello è ciò che sente quando cerca di immaginarsi qualcosa a cui rivolgere preghiere sinceramente. Il Niente. Dice che quando cerca di pregare gli arriva questa immagine nell'occhio della mente: le onde cerebrali o qualsiasi cosa siano le sue preghiere che continuano a uscire da lui, inarrestabili, e si irradiano nello spazio e gli sopravvivono e continuano ad andare e non raggiungono Niente là fuori, tanto meno Qualcosa che abbia un orecchio per ascoltare. *Ancora meno* Qualcosa che abbia un orecchio e gli interessi di te. È scocciato e allo stesso tempo si vergogna di avere parlato cosí invece di dire semplicemente come è bello riuscire a superare la giornata senza buttare giú la Sostanza, ma eccolo lí. Questo succede. Non è piú vicino ad accogliere il suggerimento del terzo Passo del giorno in cui Probie lo portò in macchina alla sua casa di recupero della Peabody Holding. L'idea di tutta questa cosa su Dio gli fa venire voglia di vomitare, ancora. E ha paura.

E gli succede un'altra volta la stessa stronzata di sempre. I fumatori incalliti del Gruppo Edmcnpb si alzano in piedi e applaudono e gli uomini fischiano con due dita, e la gente gli si avvicina durante la pausa della lotteria per stringere la sua manona e certe volte cercano di abbracciarlo.

Gli sembra che tutte le volte che si dimentica se stesso e mette in mostra come sia fottuto nella sobrietà, gli Aa di Boston si precipitano a dirgli come è stato bello ascoltarlo e Continua a Venire, per carità, per loro se non per se stesso, e non si capisce che cazzo vogliano dire.

Il Gruppo dell'È Dura Ma Comunque Non Puoi Bere è composto per piú del 50 per cento da motociclisti e femmine motocicliste, e cioè si vedono gilet di pelle e stivali con i tacchi di 10 cm, fibbie di cinture con piccoli coltelli a forma di spada che vengono fuori da un taschino sul lato, tatuaggi grandi come murales, belle tette nei top di cotone allacciati dietro il collo, grandi barbe, abbigliamento Harley, fiammiferi di legno agli angoli della bocca e cosí via. Dopo il Padre Nostro, quando Gately e gli altri oratori del Gruppo della Bandiera Bianca sono riuniti a fumare fuori dalla porta del sottosuolo della chiesa, il rumore dei motori di grossa cilindrata messi in moto a pedale fa scuotere le budella. Gately non riesce neanche a immaginarsi cosa vorrebbe dire essere un motociclista sobrio che non fa uso di droga. E perché. Si immagina questa gente a lustrare continuamente la loro roba di pelle e giocare benissimo a biliardo.

Uno di questi motociclisti sobri che non deve essere molto piú vecchio di Gately ed è grosso quasi quanto lui – anche se ha una testa minuscola e una mascella affusolata che lo fa assomigliare a una bella mantide – si avvicina a Gately su un chopper lungo come una macchina. Dice che è stato bello sentirlo parlare. Gli stringe la mano nel modo complicato dei negri e degli harleysti. Si presenta dicendo di chiamarsi Robert F., anche se sul risvolto del gilet di pelle c'è scritto

BOB DEATH. Una femmina motociclista lo abbraccia alla vita da dietro. Dice a Gately che è stato bello sentire uno nuovo che condivide dal profondo del cuore le sue stesse battaglie sulla componente Dio. È strano sentire un motociclista usare la parola *condividere* tipica degli Aa Boston, e ancora piú strano sentirlo dire *componente* o *cuore*.

Gli altri della Bandiera Bianca hanno smesso di parlare e guardano i due uomini rimanere lí fermi in piedi, goffi, il motociclista abbracciato da dietro mentre sgassa il suo mostro vibrante. Ha delle ghette di pelle e porta un gilet di pelle sul torso nudo, e Gately nota che su un'enorme spalla ha un piccolo tatuaggio fatto in prigione con l'emblema degli Aa, un triangolo dentro un cerchio.

Robert F./Bob Morte chiede a Gately se ha mai sentito quella del pesce. Glenn K. con la sua tunica del cazzo lo sente, e naturalmente ci deve mettere bocca, e lo interrompe e chiede se sanno cosa dice il cieco quando passa accanto ai banchi del pesce di Quincy Market, e senza aspettare che gli altri rispondano dice «Buona Sera, Signore». Un paio di uomini della Bandiera Bianca si mettono a ridere, e Tamara N. gli dà uno scappellotto sul dietro del cappuccio a punta, ma senza fargli male, come a dire che ci vuoi fare con questo bischero.

Bob Morte sorride appena (i motociclisti della South Shore devono essere sempre un po' distaccati) e sposta il fiammifero di legno che tiene in bocca e dice No, non quel pesce lí. Deve quasi gridare per far sentire la sua voce sopra il rumore del suo mostro in folle. Si sporge piú avanti verso Gately e urla che quella che voleva raccontare era: C'è un vecchio pesce saggio e baffuto che si avvicina nuotando a tre pesci giovani e fa: «Buongiorno, ragazzi, com'è l'acqua?» e nuotano via; e i tre pesci giovani lo osservano allontanarsi e si guardano e fanno: «Che cazzo è l'acqua?» e nuotano via. Il giovane motociclista sorride a Gately e scuote affabilmente le spalle e fila via, le tette della ragazza schiacciate contro la sua schiena.

Durante tutto il ritorno a casa sulla Rte. 3 la fronte di Gately era sempre stata corrugata per il suo dolore emotivo. Erano seduti sul sedile di dietro della vecchia automobile di Francis Il Feroce. Glenn K. chiedeva quale fosse la differenza tra una bottiglia di Hennessey vecchia di 15 anni e la vagina di una donna. Il Coccodrillo Dicky N. alla guida disse a Glenn che, porca troia, doveva ricordarsi che c'erano delle signore. Francis Il Feroce continuava a gingillarsi lo stecchino in bocca e guardava Gately nello specchietto retrovisore. Gately voleva piangere e picchiare qualcuno. Il misero vestito pseudodemoniaco di Glenn aveva il fievole rancido oleoso odore di un canovaccio per i piatti. Nessuno fumava nella macchina: Francis Il Feroce aveva una piccola bombola di ossigeno che doveva portarsi dietro e

una piccola sottile cosa tubica azzurrina di similplastica che si teneva sotto il naso e gli mandava ossigeno su per le narici. L'unica cosa
che aveva mai detto sulla bombola e sui tubi è che non li aveva voluti lui, che gli erano stati ordinati e ora eccolo qui, a succhiare aria, furiosamente Attivo come non mai.

C'è una cosa che gli Aa sembrano omettere di menzionare quando
sei nuovo e completamente fuori di testa dalla disperazione e pronto a
eliminare per sempre la tua mappa e ti tocca sentirti dire che le cose andranno sempre meglio se continuerai ad astenerti e darai tempo al tuo
corpo di riprendersi: omettono di dirti che il modo per migliorare e stare meglio passa attraverso il dolore. Non intorno al dolore o nonostante il dolore. Questa parte la lasciano fuori, e parlano invece di Gratitudine e di Liberazione dalla Compulsione. Invece si sente molto dolore a stare sobri, e di questo ti accorgi dopo, con il tempo. Poi, quando
sei pulito e non desideri le Sostanze piú di tanto e hai voglia sia di piangere sia di ridurre in poltiglia qualcuno, gli Aa di Boston iniziano a dirti che sei sulla strada giusta e faresti bene a ricordarti la sofferenza senza scopo di quando eri assuefatto, perché almeno questa sofferenza sobria adesso ha uno scopo. Ti dicono che per lo meno questa sofferenza
significa che stai andando da qualche parte, invece di girare all'infinito nella ruota del topolino come quando eri assuefatto.

Tralasciano di dirti che dopo la magica sparizione del bisogno di
farsi e sei o otto mesi di fila senza Sostanze, comincerai a «Entrare
in Contatto» con il perché avevi cominciato a fare uso delle Sostanze. Quando arrivi a questo punto, comincerai a capire come mai eri
diventato dipendente da quello che, in fondo, non era che un anestetico. Viene fuori che «Entrare in Contatto con i Tuoi Sentimenti» è un'altra frase fatta che finisce per mascherare qualcosa di orribilmente profondo e reale[178]. Si scopre che tanto piú è insipida la frase fatta degli Aa, tanto piú affilati sono i canini della verità vera che
nasconde.

Vicino alla fine della sua permanenza alla Ennet, dopo circa otto
mesi di astinenza e ormai piú o meno immune da ogni compulsione
chimica, mentre andava allo Shattuck tutte le mattine e si atteneva
ai Dodici Passi ed era Attivo come un matto e non perdeva neanche
un incontro, Don Gately improvvisamente cominciò a ricordare cose che avrebbe preferito non ricordare cosí presto. Ricordare. In
realtà *ricordare* non è forse la parola piú adatta. Era piú come cominciare a provare di nuovo cose che in un certo senso non era mai
stato cosí presente da provare, da un punto di vista emotivo. Molte
erano piccolezze, stronzate, eppure in un certo senso erano dolorose. Per esempio, quando a undici anni faceva finta di guardare la Tv

con sua madre e faceva finta di ascoltare il suo monologo serale, una litania di lamentele e rimpianti le cui consonanti si impastavano sempre piú. Anche se non sta a Gately stabilire se una persona può essere definita alcolista, sua madre era decisamente alcolista. Beveva vodka Stolichnaya davanti alla Tv. Per problemi di $ non avevano la Tv via cavo. La beveva in bicchierini di vetro sottile con dei pezzettini di carota o di peperone che inzuppava nella vodka. Il suo nome da signorina era Gately. Quello che può essere considerato il padre organico di Don era un immigrante estone, un operaio che lavorava il ferro battuto, cioè una specie di saldatore ambizioso. Aveva rotto la mascella alla madre di Gately ed era andato via da Boston quando Gately era ancora nella pancia di sua madre. Gately non aveva fratelli o sorelle. In seguito sua madre aveva avuto una storia con un uomo che era andato a vivere con loro, un ex poliziotto della Marina militare che la picchiava regolarmente tra l'inguine e il petto, cosí che non le rimanessero dei segni. Una furbizia che aveva imparato di guardia sui brigantini e nel servizio costiero. Dopo 8 o 10 Heincken tutto a un tratto lanciava il suo «Reader's Digest» contro il muro e cominciava a pestarla con dei colpi precisi e misurati, lei cadeva sul pavimento e lui la picchiava nei punti giusti, evitando i tentativi di protezione delle sue piccole braccia – Gately ricordava che sua madre cercava di respingere i colpi con un movimento svolazzante verso il basso delle braccia e delle mani, come se stesse cercando di soffocare delle fiamme. Gately non è ancora riuscito ad andare a trovarla al Centro Statale Medicaid per Lungodegenti. Il Pm teneva la lingua all'angolo della bocca e la sua faccia aveva un'espressione concentrata, come se stesse smontando o rimontando qualcosa di delicato. Stava inginocchiato sopra di lei con il suo sguardo serio e aspettava il momento giusto per tirare i suoi colpi improvvisi e veloci, mentre lei si contorceva e cercava di allontanarlo gesticolando. I colpi erano velocissimi. Ricordi molto dettagliati di questi pestaggi vennero a galla dal nulla psichico un pomeriggio, mentre si stava preparando a tagliare l'erba del prato della Ennet House per Pat nel maggio dell'Apad, quando l'Enfield Marine aveva sospeso il servizio per rappresaglia in seguito a un ritardo nei pagamenti. Dopo la casetta malridotta sulla spiaggia di Salem, quella con Herman il Soffitto Che Respira, si erano trasferiti in quella casupola vicino alla casupola della Sig.ra Waite a Beverly, dove le sedie buone del salotto avevano le gambe con le scanalature e Gately aveva inciso con una spilla *Donad* e *Donold* su tutte le gambe delle sedie, giú in basso. Man mano che salivano, i nomi erano stati incisi nella grafia giusta. È come se molte memorie della sua giovinezza fossero affondate senza neanche fare le bollicine quando aveva smesso di andare a scuola, e poi piú tardi con la sobrietà fossero riemerse perché lui potesse Entrarvi in Contatto. Sua madre chiamava *bastavdo* il Pm, e faceva *oof* quando gliene arrivava uno forte. Beveva vodka con le verdure dentro, un'abitudine che aveva preso dall'estone sparito che si chiamava, Gately lo aveva letto in un foglio tutto strappato e poi riappiccicato con lo scotch che aveva trovato nella scatola dei ninnoli di sua madre dopo l'emorragia cirrotica, Bulat. Il Centro Medicaid per Lungodegenti era molto lontano, oltre il ponte della Yirrell Beach a Point Shirley, dall'altra parte della baia rispetto all'aeroporto. L'ex poliziotto militare consegnava formaggio e piú tardi andava a lavorare in un posto dove confezionavano le zuppe di pesce e teneva i pesi nel garage della casa di Beverly e beveva birra Heineken, annotava con precisione ogni birra che beveva su un piccolo bloc notes, per controllare la sua assunzione di alcol.

Il divano speciale della mamma per la Tv era di chintz rosso, e quando lei si spostava dalla posizione seduta a quella sdraiata su un fianco con il braccio tra il capo e il centrino protettivo sul bracciolo del divano e il bicchiere traballava nel poco spazio che c'era tra il suo petto e il bordo del divano, voleva dire che stava crollando. A circa dieci o undici anni Gately faceva finta di ascoltare e guardare la Tv seduto sul pavimento ma in realtà divideva la sua attenzione tra quanto mancava alla mamma per perdere conoscenza e quanta Stolichnaya rimaneva nella bottiglia. Beveva solo Stolichnaya, che chiamava la sua Compagna d'Armi e diceva che non esisteva altro che la sua Compagna. Quando crollava, Don le toglieva con grande attenzione il bicchiere inclinato dalla mano, prendeva la bottiglia e le prime due vodke le allungava con la Diet Coke per abituarsi, poi le beveva lisce. Era diventata una routine. Poi rimetteva la bottiglia quasi vuota vicino al bicchiere con le verdure che stavano diventando nere nella vodka non bevuta, e quando lei si svegliava sul divano la mattina dopo non si rendeva conto di non essere stata lei a bere quasi tutta la bottiglia. Gately stava attento a lasciargliene sempre abbastanza per il goccetto del buongiorno. Ma il gesto di lasciargliene un po', ora Gately se ne rende conto, non era un gesto di gentilezza filiale: se non avesse bevuto il goccetto del buongiorno non si sarebbe neanche alzata dal divano rosso, e a sera non ci sarebbero state altre bottiglie.

Ora ricorda che questo succedeva quando aveva dieci o undici anni. Quasi tutti i mobili erano coperti di plastica. La moquette era arancione bruciato con il pelo lungo, e il padrone di casa diceva sempre di volerla togliere per ritirare fuori il pavimento di legno sottostante. Il

Pm lavorava di notte oppure usciva, e allora lei tirava via la plastica dal divano.

Gately non ricorda e non si spiega come mai sul divano c'erano i centrini protettivi sui braccioli se in genere veniva ricoperto di plastica.

Per un po' di tempo a Beverly ebbero il gattino Nimitz.

Tutto questo eruttò oleoso dalla sua memoria nello spazio di due o tre settimane di maggio, e altre cose continuavano a venire fuori regolarmente, perché Gately potesse Entrarvi in Contatto.

Da sobria lo chiamava Bimmy o Bim perché aveva sentito che cosí lo chiamavano i suoi amichetti. Non sapeva che il soprannome veniva dall'acronimo di *Big Indestructible Moron**. Quando era bambino aveva una testa enorme. Del tutto sproporzionata, anche se non particolarmente estone, per quanto ne sapesse. Era stato molto suscettibile, per la testa, ma non le disse mai di non chiamarlo Bim.

Quando era ubriaca e conscia lo chiamava il suo Doshka o Dochka o qualcosa di simile. A volte, quando anche lui era un pezzo avanti e spegneva la televisione non-cavo e la copriva con una coperta e metteva la bottiglia quasi vuota di Stolichnaya sulla «Guida Tv» vicino alla coppa di peperoni a pezzetti che andavano scurendo, la sua inconscia madre gemeva e mormorava e lo chiamava il suo Doshka e il suo cavaliere e il suo ultimo e unico amore, e gli chiedeva di non picchiarla piú.

A giugno Entrò In Contatto con il ricordo che i gradini della casa di Beverly erano di cemento bucherellato e dipinto di rosso anche nei buchi. La cassetta delle lettere stava insieme alle cassette delle lettere di tutte le altre case del vicinato in una specie di complicato alveare tenuto su da un piccolo palo, di ferro grigio con l'aquila delle poste. Ci voleva una chiavina per tirare fuori la posta, e per molto tempo lui aveva pensato che la scritta U.S. MAIL sulla cassetta volesse dire la «posta di noi» invece di U.S. I capelli della sua mamma erano biondi quasi bianchi e secchi, con la radice scura che non allungava e non spariva mai. Nessuno ti dice che quando hai la cirrosi ti può succedere che all'improvviso vieni soffocato dal tuo stesso sangue. Questa cosa viene chiamata *emorragia cirrotica*. Il fegato non ce la fa piú a filtrare il sangue e lo *devia* e il sangue ti sale su per la gola con un getto ad alta pressione, lo chiamano cosí, ed è per questo che sulle prime, quando la vide tornando a casa dopo il football, nel suo ultimo anno di scuola, a diciassette anni, aveva pensato che

---

* «Enorme estone indistruttibile» [*N.d.T.*].

il poliziotto fosse tornato a casa e le avesse tagliato la gola o l'avesse accoltellata. Da anni le avevano Diagnosticato l'alcolismo. Aveva partecipato agli Incontri[179] per un paio di settimane, poi era tornata a bere sul divano, in silenzio, e gli aveva detto che, se telefonavano, non c'era. Dopo un paio di settimane cosí passava un giorno intero a piangere e a picchiarsi come se dovesse spegnere delle fiamme. Poi tornava agli Incontri per un po' di tempo. La faccia le si gonfiava e i suoi occhi sembravano quelli dei maiali e le sue grosse tette le puntavano a terra e diventava gialla limone come una buona spremuta. Era già stato tutto Diagnosticato. All'inizio Gately non ce la faceva ad andarla a trovare in quel posto per Lungodegenti, non ce la faceva a vederla laggiú. Non ce la faceva. Poi dopo un po' di tempo non poteva piú andarci perché non ce la faceva ad affrontarla e spiegarle perché non era andato a trovarla prima. Erano passati piú di dieci anni in quel modo. Gately probabilmente non aveva pensato a lei neanche una volta in tre anni, prima di ricominciare a rigare dritto.

Subito dopo che la loro vicina, la Sig.ra Waite, era stata trovata morta dal ragazzo che leggeva i contatori, quindi lui doveva avere nove anni, al tempo della prima Diagnosi a sua madre, Gately aveva confuso nella sua testa la Diagnosi con Re Artú. Cavalcava uno spazzolone e brandiva un coperchio del bidone della spazzatura e una Spada Laser di plastica senza pile e diceva ai bambini del vicinato che era Sir Osis di Thuliver, il piú fedele e terribile e audace cavaliere di Artú. Da quest'estate, quando lava i pavimenti con lo spazzolone allo Shuttuck Shelter, sente il Clopaclopaclop che faceva con la sua linguona quadrata quando era Sir Osis, da bambino, e cavalcava.

E i sogni che fece la notte dopo l'Impegno a Braintree e Bob Morte sembravano farlo sprofondare in una specie di mare, a profondità terribili, e l'acqua tutto intorno a lui era silente e opaca e alla stessa temperatura del suo corpo.

OTTOBRE MOLTO INOLTRATO APAD

Hal Incandenza fece questo nuovo terribile sogno ricorrente in cui perdeva i denti, che erano fragili come l'argilla e andavano in pezzi quando cercava di masticare, e si frantumavano e gli diventavano sabbia in bocca; nel sogno andava in giro strizzando una palla da tennis e sputando pezzi di dente e sabbia, e aveva sempre piú fame ed era sempre piú impaurito. Tutto nel sogno era scatenato da un grande marciume orale che il Teddy Schacht onirico non voleva neanche guardare, perché era in ritardo per il suo prossimo appuntamento; tutti quelli che Hal vedeva fissavano i denti di Hal andare in bricioli e guardavano i loro orologi e tiravano fuori vaghe scuse, e l'atmosfera generale data dai denti che andavano in pezzi non era che il sintomo di qualcosa di molto piú terribile e sgradevole che nessuno voleva affrontare con lui. Stava chiedendo i prezzi delle dentiere quando si svegliò. Le sue chiavi erano sul pavimento vicino al letto con tutti i suoi libri per la preparazione al College. Il grande letto di ferro di Mario era vuoto e ancora intatto, tutti e cinque i cuscini uno sopra l'altro. Mario aveva passato le ultime notti nella Casa del Preside su un materasso ad aria nel salotto di fronte al ricevitore Tatsuoka di Tavis, ad ascoltare la Wyyy-109 fino alle ore piccole, misteriosamente agitato per l'improvviso e non annunciato riposo sabbatico di Madame Psychosis da + o - sessanta minuti, il suo programma della mezzanotte che era diventato una presenza fissa in Fm negli Ultimi anni. La Wyyy era stata evasiva e non molto disponibile su tutta la faccenda. Per due giorni una studentessa aveva cercato di sostituirla, facendosi chiamare Miss Diagnosis e leggendo Horkheimer e Adorno su una musica di sottofondo della Partridge Family rallentata cosí tanto da diventare un farfuglio narcotizzato. Nessuna voce con timbro o piglio minimamente manageriale aveva parlato di Madame Psycosis, o di cosa le stesse succedendo, o di quando fosse previsto il suo ritorno. Hal aveva detto a Mario che il silenzio era un segno positivo, che se se ne fosse andata per sempre la stazione avrebbe dovuto dire qualcosa. Hal, l'allenatore Schtitt, e la Mami avevano tutti notato lo strano umore di Mario. In genere era quasi impossibile agitare Mario[180].

Adesso la Wyyy aveva ricominciato a trasmettere *Piú o meno sessanta minuti* senza nessuno al timone. Per molte notti Mario è stato disteso là come una mummia in un sacco a pelo di Goretex imbottito di fibra, e li ha ascoltati trasmettere la strana statica musica d'ambiente che Madame Psychosis usa per sottofondo, senza altra voce; e quella musica statica senza via di fuga è in qualche modo terribilmente inquietante se usata come soggetto invece che come commento: Hal l'ha ascoltata per qualche minuto e ha detto a suo fratello che gli era sembrato il suono che fa la mente di qualcuno mentre si spezza proprio davanti alle tue orecchie.

9 NOVEMBRE
ANNO DEL PANNOLONE PER ADULTI DEPEND

La Enfield Tennis Academy ha una capacità accreditata di 148 giocatori juniores – dei quali 80 devono essere necessariamente maschi – ma la popolazione di questo autunno dell'Apad è di 95 studenti paganti e 41 con la borsa di studio, quindi 136 studenti, dei quali ora, non si sa perché, 72 sono femmine, il che significa che mentre ci sono ancora dodici posti liberi (preferibilmente per studenti paganti), in teoria ci dovrebbero essere sedici maschi in piú, il che significa che Charles Tavis e Co. stanno cercando di riempire tutti e dodici i posti disponibili con dei maschi – e non sarebbero un granché dispiaciuti, si dice in giro, se diciamo una mezza dozzina delle ragazze migliori se ne andassero prima della maturità e provassero a entrare subito nello Show, questo semplicemente perché ospitare piú di 68 ragazze significa doverne mettere alcune nei dormitori maschili, la qual cosa crea tensioni e problemi con i genitori conservatori, dato che non è proprio una buona idea far usare le stesse stanze da bagno ai maschi e alle femmine con tutte quelle ghiandole adolescenti in bella vista e piena attività.

Significa anche che, poiché i prorettori maschi sono in numero doppio rispetto a quelli femmine, le esercitazioni della mattina devono essere distribuite in modo alquanto complicato, dividendo i ragazzi in due squadre da 32 e le ragazze in tre da 24, con non pochi problemi per le lezioni del primo pomeriggio delle ragazze della squadra C, che si allenano per ultime.

Le immatricolazioni, le proporzioni tra i sessi, il reclutamento, i finanziamenti, l'assegnazione delle stanze, gli orari dei pasti, le classifiche, le ore di lezione rispetto a quelle di esercitazione, le assunzioni dei prorettori, i cambiamenti negli orari delle esercitazioni per il passaggio di un giocatore a una squadra superiore o inferiore. Tutte queste cose non sembrano molto interessanti fino a che non sei tu il responsabile, e in questo caso sono cosí stressanti e complesse da fare alzare il livello di colesterolo. Lo stress di tutte le complicazioni e le priorità che devono essere prese in considerazione e poi soppesate costringe Charles Tavis ad alzarsi dal suo letto nella Casa del Preside quasi tutte le mattine a orari impossibili, con la faccia gonfia di sonno contorta dalle permutazioni. Sta in piedi vicino alla finestra del salotto, in ciabatte di pelle, e guarda verso sudest oltre i Campi Ovest e Centrali le file dei ragazzi delle squadre A che si riuniscono torpidi nel lucore grigio trascinando a testa bassa i loro borsoni, qualcuno ancora mezzo addormentato, mentre la prima lingua di sole si alza oltre il lontano profilo della città, molto al di là dei ragazzi, e a est c'è il riflesso d'alluminio del fiume e del mare; le mani di Tavis maneggiano nervosamente la tazza di decaffeinato di nocciola che fuma verso la sua faccia mentre la regge in mano, i capelli non ancora sistemati gli pendono da una parte, tiene la fronte alta appoggiata contro il vetro della finestra per poter sentire il freddo cattivo brivido dell'alba là fuori, le labbra gli si muovono lievemente senza emettere alcun suono; accanto all'impianto stereo dorme quella cosa della quale non é del tutto impossibile sia lui il padre, con le zampe ripiegate sul petto e quattro cuscini a sostenerlo per via della bradipnea che rende il suo respiro una serie di *sky* o *ski*, e lui Tavis sta ben attento a non fare alcun rumore, perché non vuole che la cosa si svegli e non vuole doverci parlare o guardare la sua calma terribile e la sua accettazione che sia possibile davvero e non solo nell'immaginazione di Tavis, e quindi le sue labbra si muovono ma non emettono che respiro e il vapore della tazza appanna il vetro, e i piccoli ghiaccioli della neve fusa dalla pioggia di ieri sera pendono dalle grondaie anodizzate proprio sopra la finestra e sembrano il lontano profilo di una città capovolta. Nel cielo che si sta illuminando le solite due o tre nuvole sembrano muoversi avanti e indietro come sentinelle. Il calore avanza con un suono sordo in lontananza e il vetro contro la sua fronte trema leggermente. Si sente un fischio di bassa statica dall'altoparlante che la cosa non aveva spento prima di addormentarsi. La disposizione della Squadra A continua a cambiare e a modificarsi mentre i ragazzi aspettano Schtitt. Le combinazioni delle complicazioni.

Tavis guarda i ragazzi stirarsi e parlare e sorseggia dalla tazza che tiene con entrambe le mani, mentre le preoccupazioni della giornata si stanno radunando in una specie di albero di diagramma di pura preoccupazione. Charles Tavis sa una cosa che non avrebbe mai interessato James Incandenza: la chiave del successo nell'amministrazione di un'accademia di tennis juniores al massimo livello sta nel coltivare una specie di buddhismo al contrario, uno stato di Preoccupazione Totale.

Cosí il privilegio speciale che spetta ai giocatori migliori dell'Eta sta nell'essere buttati giú dal letto all'alba, ancora con gli occhi cisposi e pallidi di sonno, per allenarsi nel primo turno.

Le esercitazioni all'alba ovviamente avvengono all'aperto fino a che non tirano su il Polmone e lo gonfiano, cosa che Hal Incandenza spera avvenga il prima possibile. La sua circolazione non funziona bene a causa del tabacco e/o della marijuana, e anche con i pantaloni lunghi di felpa DUNLOP, la maglia a collo alto e un vecchio giubbotto da tennis bianco di alpaca bello spesso che era stato di suo padre e deve essere arrotolato alle maniche, è tutto torpido e infreddolito, Hal, e dopo le quattro corse di riscaldamento prestretching su e giú per la collina dell'Eta ruotando lo strumento in tutte le direzioni e (su indicazione di A. deLint) facendo varie scoraggiate urla guerresche, Hal è sia infreddolito che sudato, e le scarpe da tennis sono fradice di rugiada mentre saltella sul posto e guarda il suo respiro e fa una smorfia di dolore quando l'aria fredda gli batte contro il dente.

Quando si mettono a fare lo stretching disposti in fila lungo le linee di fondocampo, e si piegano e si inchinano genuflettendosi davanti a niente, cambiando di posizione al suono di un fischietto, a questo punto il cielo si è illuminato fino a prendere il colore del Kaopectato. i ventilatori dell'Athscme sono fermi e i ragazzi dell'Eta possono sentire gli Uccellini cantare. Pennacchi di fumo dalle ciminiere del complesso Sunstrand vengono debolmente illuminati dal sole mentre se ne stanno appesi in cielo, completamente immobili, come se fossero dipinti nell'aria. Urletti e un grido ripetuto di aiuto vengono su da qualche parte in basso a est, molto probabilmente dall'Enfield Marine. Questo è l'unico momento della giornata in cui il Charles non è blu brillante. Gli uccelli sui pini non sembrano piú felici dei giocatori. Gli alberi non-pini sono spogli e formano angoli tortuosi con il fianco della collina quando i ragazzi fanno di nuovo gli scatti, ancora quattro volte e nei giorni peggiori altre quattro, forse la parte piú odiata degli allenamenti. C'è sempre qualcuno che vomita un po'; è come se fosse la sveglia delle esercitazioni, il fiume all'alba è una striscia del colore del retro opaco della carta stagnola. Kyle Coyle continua a dire che fa freee-ddd-ooo. Tutti i giocatori piú scarsi sono ancora a letto. Oggi ci sono molti conati per via di tutti i dolci di ieri sera. Il respiro di Hal rimane appeso nell'aria davanti alla sua faccia finché lui non gli passa attraverso. Gli scatti producono il suono schifoso di piedi che sguazzano nell'umido; tutti sperano che l'erba della collina si secchi e muoia.

Le ventiquattro ragazze si esercitano in gruppi di sei su quattro dei Campi Centrali. I trentadue ragazzi (meno J.J. Penn, la cui assenza è piuttosto inquietante) sono divisi per età in quattro gruppi e occupano otto dei Campi Est. Schtitt sta di vedetta nel suo piccolo nido di corvo, una specie di abside alla fine di un corridoio sospeso in ferro che i giocatori chiamano la Torre e va da ovest a est sopra la parte centrale dei tre gruppi di campi e termina con il nido di corvo alto sopra i campi da Show. Lassú tiene una sedia e un posacenere. Certe volte dai campi si può vederlo sporgersi dalla ringhiera, picchiettare il megafono con la punta della sua bacchetta da meteorologo; visto dai Campi Ovest e Centrali il sole che sorge dietro di lui forma una specie di corona rosata intorno alla sua testa bianca. Quando è seduto si vedono anelli di ramo malriusciti salire dal nido portati via dal vento. Il suono del megafono è piú spaventoso quando non lo vedi. Le scale di ferro che conducono al corridoio sospeso si trovano a ovest dei Campi Ovest, dalla parte opposta rispetto al nido, cosí certe volte Schtitt cammina su e giú per il corridoio con la bacchetta dietro la schiena, e i suoi stivali risuonano sul ferro. Schtitt sembra non curarsi del tempo e si veste sempre allo stesso modo per le esercitazioni: tuta da ginnastica e stivali. Quando i colpi o le partite dei ragazzi dell'Eta vengono filmati per essere poi studiati meglio, Mario Incandenza si posiziona sulla ringhiera del nido di Schtitt, sporgendosi molto in avanti con la cinepresa rivolta verso il basso, lo sprone proteso nel vuoto, e qualcuno di muscoloso gli sta dietro e lo regge per il dietro del giubbotto col velcro: a vederlo cosí Hal si prende sempre un colpo perché non riesce a vedere Dunkel o Nwangi dietro Mario e sembra sempre che stia per precipitare di sotto a testa e Bolex in giú sul Campo 7.

Eccetto i periodi di allenamento disciplinare, le esercitazioni mattutine all'aperto si svolgono cosí. C'è un prorettore per ogni campo con due cesti gialli della Ball Hopper pieni di palle usate, oltre a una macchina sparapalle che sembra un armadietto per le scarpe aperto con un tubo rivolto verso la rete a una estremità, ed è collegata con dei lunghi fili industriali arancioni a una presa della corrente per esterni a tre poli che si trova alla base dei pali della luce, ed è rivolta verso quattro ragazzini. Alcuni pali della luce proiettano lunghe ombre sottili sui campi non appena il sole è abbastanza forte per produrre delle ombre; in estate i giocatori cercano un qualche riparo in quelle linee sottili di ombra. Ortho Stice continua a sbadigliare e a tremare; John Wayne ha il suo sorriso freddo. Hal salta su e giú con la sua giacchetta abbondante e la maglia a collo alto color prugna e si guarda il fiato e cerca di concentrarsi molto intensamente, alla Lyle, sul dolore del dente senza giudicarlo né bene né male. K.D. Coyle, uscito dall'infermeria dopo il fine settimana, opina che non è giusto che la ricompensa per tutto il duro lavoro dei giocatori migliori sia doversi allenare all'alba, mentre per esempio Pemulis e il Vikemeister e tutti gli altri sono ancora in posizione orizzontale a segare tronchi d'albero. Coyle ripete questa cosa ogni mattina. Stice gli dice che è sorpreso di quanto poco gli sia mancato Coyle. Coyle viene da un piccolo sobborgo di Tucson Az che si chiama Erythema e dice di avere nelle vene il fine sangue del deserto e di essere particolarmente sensibile al freddo umido dell'alba di Boston. Il WhataBurger Invitational è una specie di rimpatriata a doppio taglio nel giorno del Ringraziamento per Coyle, che quando aveva tredici anni era stato alletta-

to da promesse di autotrascendenza da parte di Schtitt e aveva lasciato la Rancho Vista Golf and Tennis Academy di Tucson.
   Le esercitazioni si svolgono cosí. Viene data un'enfasi diversa a
ognuno degli otto campi. Ogni gruppo di quattro giocatori inizia su
un campo e passa a rotazione negli altri. I quattro migliori giocatori in
genere iniziano le esercitazioni sul primo campo: rovesci lungo linea,
due ragazzi per parte. Corbett Thorp traccia dei quadrati con il nastro
adesivo da elettricista agli angoli del campo e i ragazzi sono fortemente
consigliati di tirare le palle nei quadrati. Hal gioca con Stice, Coyle
con Wayne; per qualche motivo Axford è stato mandato nel gruppo
inferiore con Shaw e Struck. Secondo campo: di diritto, stesso discorso. Stice manca sempre il quadrato e si becca le battute di Tex
Watson, senza cappello e con la calvizie a chiazze a ventisette anni. A
Hal fa male il dente e si sente la caviglia rigida e le palle fredde colpiscono le corde della sua racchetta con un suono sordo che fa *chung*.
Dei piccoli salsicciotti di ramo salgono ritmicamente dal gabbiotto di
Schtitt. Il terzo campo viene chiamato «Farfalle», un affare complicato nel quale Hal colpisce di rovescio lungo linea per Stice mentre
Coyle colpisce di diritto per Wayne e poi Wayne e Stice rispondono
incrociato verso Hal e Coyle che devono cambiare parte senza scontrarsi e colpiscono di nuovo lungo linea rispettivamente per Wayne e
Stice. Wayne e Hal si divertono a far scontrare in volo le loro palle incrociate ogni cinque scambi circa – il che viene chiamato all'Eta «scontro di atomi» e come si può intuire è una cosa molto difficile – e le palle che si scontrano schizzano via senza controllo sugli altri campi di allenamento, e Rik Dunkel si diverte meno di Wayne e Hal, e cosí, ormai
già ben riscaldati, vengono trasferiti sul quarto campo: volée in profondità, poi angolate, poi pallonetti e smash, e quest'ultima esercitazione
può diventare un Vomitatore disciplinare se è il prorettore a tirarti i
pallonetti: l'esercitazione per gli smash viene chiamata «Colpisci e Sfinisci»: Hal torna indietro di corsa, la caviglia sempre in mente, salta,
scalcia, schiaccia il pallonetto di Stice, poi deve scattare in avanti e
toccare il nastro con la testa della sua Dunlop mentre Stice tira un altro pallonetto profondo e Hal deve correre di nuovo a fondocampo e
saltare e scalciare e colpire la palla e cosí via. Poi tocca a Hal e Coyle,
che dopo venti smash respirano a bocca aperta cercando di stare eretti, tirare i pallonetti a Wayne e Stice che non sembrano fare una gran
fatica. Sugli smash in elevazione devi scalciare in aria per mantenere
l'equilibrio. Smash, Schtitt usa un megafono non amplificato e scan-
disce bene le parole perché tutti sentano che il Sig. Hal Incandenza
dai Grandi Progressi aveva colpito la palla un po' troppo indietro, forse per paura della caviglia. Hal alza lo strumento senza guardare in al-

to. Qua superare i quattordici anni vuol dire diventare immuni alle umiliazioni dei maestri. Tra un pallonetto e l'altro Coyle dice a Hal che gli piacerebbe vedere Schtitt fare venti «Colpisci e Sfinisci» di fila. Sono tutti rossi come peperoni, ormai il freddo è completamente scomparso, i nasi colano a piú non posso e il sangue corre fluido nelle teste, il sole ormai è già sopra il riverbero opaco del mare e inizia a sciogliere il nevischio ghiacciato della neve-pioggia del Giorno dell'I. che i custodi notturni hanno ammonticchiato in piccole linee lungo le reti di recinzione e che ora iniziano a sciogliersi e correre via in rivoli d'acqua. I pennacchi di ramo dalle ciminiere del Sunstrand sono sempre immobili. I prorettori stanno a gambe larghe e braccia incrociate sulla faccia delle loro racchette. Le stesse tre o quattro nuvole a forma di caccola sembrano passare avanti e indietro sulle teste, e quando coprono il sole la gente ricomincia a respirare. Stice si soffia sulla mano che impugna la racchetta e urla debolmente che si decidano a gonfiare il Polmone. Il Sig. A.F. deLint controlla dietro la recinzione con la cartellina e il fischietto, mentre si soffia il naso. Le ragazze dietro di lui sono troppo imbacuccate perché valga la pena guardarle, i capelli legati con gli elastici sono code balzellanti.

Quinto campo: servire negli angoli, fermare i servizi degli altri e servire di nuovo. Prime palle, seconde palle, servizi slice, liftati e servizi spaccaschiena American Twist che Stice chiede di poter non fare e spiega al prorettore – Neil Hartigan, che è alto 2 m e parla cosí poco che tutti hanno paura di lui – di avere dolori di schiena per via di un letto mal posizionato. Poi Coyle – di vescica debole e pisciata frequente – ottiene il permesso di andare nella fila di alberi a est fuori dalla vista dello staff per pisciare, e allora gli altri si prendono un minuto per fare una corsetta fino al padiglione e stare con le mani sui fianchi e respirare e bere un po' di Gatorade in quei bicchierini di carta conici che non si possono mettere giú fino a che non sono vuoti. Il modo per ripulirsi la bocca impastata tra un'esercitazione e l'altra è prendere una boccata di Gatorade in modo da gonfiarsi le guance e fare una palla di liquido da sciabordare con la lingua e i denti, poi piegarsi in avanti e sputare il tutto sull'erba e prenderne un altro po' da bere per davvero. Sul sesto campo si risponde al servizio: lungo linea, al centro, incrociato profondo, poi per piazzare il colpo, per piazzarlo in profondità, sempre dentro altri quadrati di nastro adesivo; poi le risposte tagliate centrali e incrociate contro un avversario che segue il servizio a rete. Il giocatore che batte si allena sulle demivolée da metà campo, anche se Wayne e Stice sono cosí veloci da essere già a rete quando arriva la risposta e possono tirare la volée all'altezza del petto. Wayne si allena con una certa parsimonia, come in seconda marcia. I bicchierini che si prendono dalla macchinetta delle bibite non possono stare ritti perché hanno il fondo a punta e se c'è del liquido dentro si verserà, ecco perché devi finirlo tutto. Tra una squadra e l'altra i ragazzi di Harde ripuliranno il padiglione da dozzine di coni.

Poi, se Dio vuole, si passa al settimo campo per le esercitazioni di Finezza che non richiedono molto sforzo fisico. Smorzate, smorzate angolate, pallonetti in topspin, angolazioni estreme, smorzate ad angoli estremi, poi un po' di riposante microtennis, il tennis giocato dentro le linee del servizio, molto delicato e preciso, in cui sono incoraggiate le angolazioni piú radicali. Nel microtennis nessuno si avvicina a Hal per tocco e fantasia. A questo punto si vede sotto la giacca di alpaca che il maglione a collo alto di Hal è zuppo di sudore, e cambiarlo con una felpa tirata fuori dalla borsa da tennis è una specie di rinnovamento. Il vento che si sente qui viene da sud. Ora la temperatura è probabilmente sotto i 10 gradi centigradi; il sole è sorto da un'ora, e si possono quasi vedere le ombre del palo della luce e del corridoio sospeso mentre ruotano lentamente verso nordest, pennacchi di fumo dalle ciminiere del Sunstrand stanno là dritti come sigarette, non sembrano allargarsi neanche in cima; il cielo sta diventando di un blu di ghiaccio.

Sull'ultimo campo non sono necessarie le palle (da tennis). Qui si fanno solo scatti. Meno si racconta sugli scatti e meglio è. Poi dell'altro Gatorade, che Hal e Coyle non si gustano perché ansimano troppo, mentre Schtitt scende lentamente dal corridoio sospeso. Gli ci vuole un po' di tempo. Si sentono gli stivali con la punta d'acciaio battere su ogni scalino di ferro. C'è qualcosa di vagamente terribile in un uomo anziano in perfetta forma fisica, per non parlare degli stivali alla scudiera e della tuta Fila di seta rosso-violetta. Viene da questa parte, le mani dietro la schiena e la bacchetta che spunta fuori sul fianco. I capelli corti e la faccia di Schtitt sono madreperlacei mentre si muove verso est nella luce del mattino che diventa sempre piú gialla. È una specie di segnale per tutti i quartetti di riunirsi sui Campi da Show. Dietro di loro le ragazze stanno ancora tirando colpi da fondocampo in combinazioni barocche, si sentono acuti grugniti e il *chung* senza vita della palle fredde colpite. A tre dei quattordicenni viene chiesto di spazzare i rivoli d'acqua piú invadenti verso le linee di foglie gelate lungo la recinzione. All'orizzonte a nord un cono bulboso di nuvole diventa sempre piú alto mentre i mastodontici effettuatori del confine Methuen-Andover spingono con forza verso nord tutti gli ossidi del Massachusetts che sembrano incontrare un qualche tipo di resistenza dagli strati d'aria superiori, almeno sembra. Si vedono i pezzettini luccicanti del vetro rotto del monitor in mezzo al ghiaccio vicino alle reti dietro i campi dal 6 al 9, e uno o due frammenti curvi di floppy disk, e a guardarli viene l'agitazione, vista l'assenza di Penn tra voci di problemi alle gambe, mentre Postal Weight ha due occhi neri e il naso coperto da fasce orizzontali che iniziano a staccarsi e arricciolarsi agli angoli per il sudore, e si dice che Otis P. Lord sia tornato la scorsa notte dal pronto soccorso del St. Elizabeth con il monitor Hitachi ancora intorno alla testa, perché per la sua rimozione, per via dei denti aguzzi di vetro dello schermo rotto vicinissimi a punti vitali della gola di Lord, sembra sia necessaria una consulenza specialistica che, secondo Axford, sta arrivando in jet privato. Tutti si scolano tre coni di Gatorade per uno, piegati in avanti o accovacciati, e respirano profondamente mentre Schtitt assume la posizione di Riposo Militare con la sua bacchetta da meteorologo dietro la schiena e parla con i ragazzi del lavoro svolto fino allora durante la mattinata. Alcuni giocatori sono citati per lodi o umiliazioni speciali. Poi ancora scatti. Poi una breve lezione strategica di Corbett Thorp che spiega che i colpi di approccio lungo linea non sono sempre la tattica migliore e perché. Thorp è un teorico del tennis di prima categoria, ma la sua terribile balbuzie innervosisce i ragazzi che fanno molta fatica ad ascoltarlo[181].

Adesso tutti i ragazzi del primo turno sono sull'ottavo campo per le esercitazioni finali[182]. Per prime ci sono le Stelle. Una dozzina di ragazzini per parte si dispongono dietro le linee di fondo. Si mettono in fila. Partono uno alla volta. Via: corrono lungo la linea laterale, toccano la rete con il manico dello strumento; poi corrono all'indietro all'angolo esterno del rettangolo del servizio e di nuovo avanti a toccare la rete; indietro al centro del rettangolo del servizio, avanti alla rete; poi alla lineetta al centro della linea di fondocampo, poi a rete; all'altro angolo esterno del rettangolo del servizio, a rete, all'angolo della linea di fondocampo, a rete, poi si girano e corrono il piú forte possibile verso l'angolo dal quale sono partiti. Schtitt ha un cronometro. C'è un secchio delle pulizie[183] nella corsia del doppio che segna il punto di arrivo, per problemi potenziali. Le Stelle vanno fatte tre volte. Hal fa un tempo di 41 secondi poi 38 poi 48, che è la media per lui e per qualsiasi altro diciassettenne con una pulsazione a riposo da 55 a 59. Il miglior tempo di Wayne arriva alla terza Stella ed è un 33, e si ferma morto al punto di arrivo e rimane fermo là come sempre, senza piegarsi e senza camminare. Stice riesce a fare un 29 e tutti si eccitano finché Schtitt dice di aver dato avvio al cronometro in ritardo: l'artrite al pollice. Tutti a eccezione di Wayne e Stice usano il secchio per il vomito, quasi pro-forma. Il sedicenne Petropolis

Kahn, soprannominato «M.P.» per «Mammut Peloso» perché è pe-
losissimo, fa un 60 poi un 59 e poi cade in avanti sul campo e rimane
a terra immobile. Tony Nwangi dice a tutti di stargli lontano.

Il finale cardiovascolare viene chiamato «Da Parte a Parte», era
stato inventato da Van der Meer negli anni Sessanta a.S. ed è diabolico nella sua semplicità. Di nuovo divisi in gruppi di quattro su otto
campi. R. Dunkel sta alla rete con un cesto di palle a tirare micropal-
lonetti ai diciottenni migliori, uno sull'angolo del diritto e poi uno
sull'angolo del rovescio e poi di nuovo sull'angolo del diritto e cosí via.
E cosí via. Da Hal ci si aspetta che almeno tocchi ogni palla con la racchetta; da Stice e Wayne ci si aspetta qualcosa di piú. È un'esercitazione molto spiacevole per via della fatica, e per Hal anche per via della caviglia, con tutti quei cambi di direzione e quegli arresti. Hal ha
due fasciature alla caviglia che si rade molto piú spesso del labbro superiore. Sopra le fasciature tiene un sostegno gonfiabile AirStirrup che
è molto leggero ma sembra uno strumento di tortura medioevale. Fu
proprio in un movimento di arresto e cambio di direzione simile a quelli del «Da Parte a Parte»[184] che Hal si strappò i legamenti della caviglia sinistra che a quel tempo, aveva solo quindici anni, era in ottimo
stato, durante l'Easter Bowl di Atlanta, al terzo turno, in una partita
che avrebbe perso comunque. Dunkel ci va piano con Hal, almeno nelle prime due corse, per via della caviglia. Hal sarà uno delle prime quattro teste di serie al WhataBurger Inv. tra qualche settimana, e guai al
prorettore che dovesse fare infortunare Hal come Hal ha lasciato che
i suoi Fratellini si facessero male ieri.

Quello che è potenzialmente demoniaco nel «Da Parte a Parte» è
che la durata dell'esercitazione, il ritmo e l'angolatura dei micropal-
lonetti che devono essere rincorsi da una parte all'altra sono interamente a discrezione del prorettore. Il prorettore Rik Dunkel, ragazzo a posto in passato finalista nel doppio Under 16 a Wimbledon juniores e figlio di un magnate della produzione di sistemi di imballaggio
di plastica della South Shore, alla pari con Thorp come miglior prorettore (piú o meno per assenza di possibili rivali), è considerato un
tipo mistico perché certe volte manda la gente da Lyle ed è stato visto tenere gli occhi chiusi senza dormire agli incontri della comunità...
ma è quel tipo di ragazzo a posto che non ti regala nulla.

Questa volta deve aver ricevuto istruzioni di mettere sotto torchio Ortho Stice, e al terzo giro Stice vorrebbe piangere ma gli manca il respiro e invoca miagolando le sue zie[185]. Ma comunque tutti fanno il «Da Parte a Parte» per tre volte. Anche Petropolis Kahn, che
dopo le Stelle era stato praticamente trascinato via da Stephan Wagenknecht e Jeff Wax, con le Nike che strascicavano per terra e il ca-

po che gli ciondolava dal collo e avevano dovuto schiaffeggiarlo per
farlo riprendere. A Hal piace Kahn, che non è grasso ma è fatto come Schacht, molto grosso e massiccio, a parte il peso extra dei peli
sulle gambe e sulla schiena, e si stanca sempre indipendentemente da
quanto si allena. Kahn ce la fa, ma sta piegato a lungo sul secchio della disperazione dopo il terzo giro, e lo fissa, e rimane lí mentre tutti
gli altri si tolgono strati di vestiario bagnati fradici e accettano gli
asciugamani asciutti distribuiti con un carrello da una ragazza di colore che lavora part-time, e raccolgono le palle[186].

Sono le 0720h e hanno già finito la parte pratica delle esercitazioni mattutine. Nwangi, dalla cima della collina, sta fischiando ai ragazzi del turno successivo perché comincino con gli scatti. Schtitt continua a distribuire impressioni generali mentre gli inservienti al minimo salariale distribuiscono Kleenex e coni di carta. La voce stridula
di Nwangi si fa sentire; sta dicendo a quelli della squadra B che vuole vedere solo buchi di culo e gomiti durante gli scatti. A Hal non è
chiaro cosa voglia dire. I giocatori della squadra A si sono rimessi
un'altra volta scompostamente in fila dietro la linea di fondocampo,
e Schtitt cammina avanti e indietro.

«Ho visto un'esercitazione fiacca, da un gruppo di smidollati. Non
per offendere. Questi sono i fatti. Non c'è azione. Appena il minimo
sforzo. Fa freddo, vero? Avete le mani fredde e il naso vi gocciola?
Pensate solo a quando finirà, a entrare dentro, farvi una doccia calda, con l'acqua molto calda, volete mangiare qualcosa, i vostri pensieri volano verso il conforto della fine. Fa troppo freddo per dare il
massimo, vero? Mastro Chu, fa troppo freddo per un tennis ad alto
livello, vero?»

Chu: «In effetti sembra piuttosto freddo qua fuori, signore».

«Ah». Cammina avanti e indietro e fa dietro front ogni dieci passi; il cronometro appeso al collo, la pipa, il sacchetto e la bacchetta
nelle mani dietro la schiena, annuisce a se stesso, si vede chiaramente che vorrebbe avere una terza mano per grattarsi il mento bianco,
facendo finta di rimuginare qualcosa. Tutte le mattine è praticamente la stessa storia, a eccezione di quando Schtitt fa le femmine e i maschi vengono strigliati da deLint. Gli occhi di tutti i ragazzi piú grandi sono vitrei per le continue ripetizioni. Hal sente delle scossettine
elettriche al dente tutte le volte che inspira, e si sente poco bene.
Quando gira la testa leggermente, il luccichio dei pezzetti del vetro
del monitor si sposta e danza lungo la rete opposta ed è in qualche
modo nauseante.

«Ah». Si gira verso di loro bruscamente, guardando per qualche
istante verso il cielo. «E quando fa caldo? Troppo caldo per dare tutto

sul campo? L'altra estremità dello spettro? Però. C'è sempre qualcosa che è *troppo*. Mastro Incandenza che non riesce a rincorrere velocemente un pallonetto tanto da proiettare il peso *afanti* per un buon smash[187], la prego di dire cosa ne pensa: è sempre caldo o freddo, vero?»

Un sorrisetto. «È l'opinione di tutti qua fuori, signore».

«Allora è cosí, Mastro Chu, dalle regioni temperate della California?»

Chu mette giú il fazzoletto. «Penso che dobbiamo imparare ad abituarci a tutte le condizioni, signore, credo che voglia dire questo».

Un mezzo giro secco per guardare in faccia il gruppo. «È quello che *non* sto dicendo, Mastro LaMont Chu, è perché sembra che tu abbia smesso di dare il tuo sforzo totale da quando hai cominciato ad attaccare alle pareti le foto di grandi campioni professionisti. O no? Perché, signorini e giovanotti privilegiati, sto dicendo che c'è sempre qualcosa che è *troppo*. Freddo. Caldo. Umido e secco. La luce del sole è troppo forte e vedete i puntini rossi. Fa troppo caldo e non avete sali. Fuori c'è vento, gli insetti vi si attaccano al sudore. Dentro c'è puzzo di riscaldamento, l'eco, tutti rinchiusi insieme, il pallone è troppo vicino alla linea di fondocampo, non c'è abbastanza spazio, ci sono i segnali orari troppo forti e vi distraggono, il *clunk* delle macchinette che vomitano la Coca-Cola. Il soffitto è troppo basso per tirare i pallonetti. L'illuminazione è sbagliata. Oppure fuori: il campo non è perfetto. Oh, no, guarda qui: la licondra è cresciuta nelle fessure lungo la linea di fondocampo. Chi può dare il massimo, con la licondra? Guarda qui, la rete non è all'altezza giusta. I parenti dell'avversario rompono le scatole, l'avversario ruba le palle, il giudice di linea nella semifinale non vede o ruba le palle. Ti fai male. Sei infortunato. Ti fa male un ginocchio e la schiena. Ti fa male la zona dell'inguine perché non hai fatto bene lo stretching. Dolori al gomito. Un ciglio nell'occhio. La gola secca. C'è una ragazzina troppo carina tra il pubblico, che ti guarda. Come si fa a giocare in queste condizioni? C'è troppo pubblico, sei intimorito, c'è troppo poco pubblico, non sei ispirato. C'è sempre qualcosa».

Si gira bruscamente quando cammina ed è abituato a fare delle pause. «Cerca di adattarti. Adattarti? Devi essere *te stesso*. Vero? Non devi essere te stesso? Fa freddo? C'è vento? Freddo e vento sono il mondo. Fuori, vero? Sul campo tu sei il giocatore: e dentro di te non c'è il vento freddo, voglio dire. C'è un altro mondo *dentro* di te. Il mondo costruito dentro ti isola dal freddo mondo di fuori, vince il vento, protegge il giocatore, se vuoi rimanere te stesso devi stare dentro di te». Cammina sempre piú veloce, e quando si gira sembra faccia delle piroette. I ragazzi piú grandi guardano fissi davanti;

qualcuno dei piú piccoli segue ogni movimento della bacchetta con gli occhi spalancati. Trevor Axford è piegato all'altezza della vita e muove leggermente la testa per fare una qualche figura sul campo con le gocce di sudore che gli cadono dalla fronte. Schtitt non parla per due rapidi dietro front, va solo avanti e indietro di fronte a loro, picchiettandosi la bacchetta sulla mascella. «Non ho mai pensato che questo volesse dire adattarsi. A cosa serve questo adattarsi? Il mondo dentro è lo stesso, sempre, se resti lí. Questo è quello che stiamo facendo, vero? Un nuovo tipo di cittadino. Senza freddo e vento fuori. Cittadini di questo nuovo secondo mondo che vi protegge, stiamo lavorando per farvi vedere ogni alba, vero? Per fare la vostra presentazione». I Fratelloni traducono Schtitt in una lingua accessibile ai ragazzini piú piccoli, fa parte del loro compito.

«Le dimensioni del campo per il singolare, Sig. Rader, quanto misurano?»

«Ventiquattro per otto, signore», la sua voce ha un suono roco e flebile.

«Ecco. Il secondo mondo senza freddo e senza pallini rossi è di 23,8 metri, e 8, almeno credo, virgola 2 metri. Vero? In quel mondo c'è la gioia perché c'è un rifugio di *qualcos'altro*, di uno scopo oltre la nostra essenza di smidollati e le lamentele per tutte le cose che non vanno bene. Sto parlando non solo a LaMont Chu del mondo della moderazione. Hai la possibilità di *essere*, giocando. Vero? Per farti questo secondo mondo che sia sempre lo stesso: ci sei tu in questo mondo, e nella mano hai un attrezzo, c'è una palla, c'è un avversario con il suo attrezzo, e sempre solo voi due, tu e quest'altro, dentro le linee, e avete sempre lo scopo di tenere in vita questo mondo, vero?» I movimenti della bacchetta durante il discorso sono diventati troppo orchestrali e intricati per poterli descrivere. «Questo secondo mondo dentro le linee. Vero? E questo significa *adattarsi*? Questo non vuole dire adattarsi. Non bisogna adattarsi per *ignorare* il freddo, il vento e la stanchezza. Non ignorare "come se". *Non è* freddo. *Non è* vento. Non c'è vento freddo dove tu *sei*. Vero? Non è "adattarsi alle condizioni". Fai questo secondo mondo dentro il mondo: qui non ci sono condizioni».

Si guarda intorno.

«Allora abbozzatela con questo freddo del cazzo», dice deLint, con la cartellina sottobraccio e le mani da strangolatore cacciate in tasca, mentre saltella sul posto.

Schtitt sta guardando intorno. Come la maggior parte dei tedeschi non cinematografici, quando vuole impressionare o minacciare diventa calmo. (Infatti non sono molti i tedeschi che urlano.) «Se è duro», dice con delicatezza, e non è facile sentirlo perché il vento sta aumentando, «difficile per voi passare da un mondo all'altro, dal freddo caldo vento e sole a questo posto interiore dentro le linee che è sempre lo stesso», dice e ora sembra che stia studiando la bacchetta da meteorologo che tiene giú con tutte e due le mani, «possiamo decidere che voi signori non lasciate mai, mai, questo mondo dentro le linee del campo. Lo sapete. Potete stare qui finché avrete la cittadinanza. Proprio qui». La bacchetta indica i punti precisi dove stanno in piedi a respirare, asciugarsi la faccia e soffiarsi il naso. «Oggi si può tirare su il Polmone Testar, per il rifugio del mondo. Portatevi dei sacchi a pelo. I pasti. Non potete mai oltrepassare le linee. Non potete mai lasciare il campo. Studiate qui. Un secchio per i bisogni igienici. Al Gymnasium di Kaiserslautern, dove sono un ragazzo privilegiato che piagnucola per il vento freddo, noi viviamo dentro il campo da tennis per mesi, per imparare a vivere dentro. Giorni molto fortunati quando ci portano da mangiare. Non è possibile passare la linea per mesi di vita».

Il mancino Brian Van Vleck sceglie un brutto momento per scoreggiare.

Schtitt si stringe nelle spalle e si volta da loro per guardare qualcos'altro. «Oppure vivere qui nel grande mondo esterno dove è freddo e dolore senza scopo o ragione, un ciglio in un occhio e la ragazza carina – non preoccuparsi piú di come *essere*». Si guarda intorno. «Nessuno è prigioniero qui. Chi vorrebbe scappare nel mondo grande? Mastro Sweeny?»

Degli occhietti si abbassano.

«Il Sig. Coyle, che ha sempre troppo freee-ddd-ooo per dare il massimo?»

Coyle studia la vascolarizzazione all'interno del suo gomito con molto interesse, mentre scuote la testa. John Wayne sta facendo ruotare la testa per stirarsi il collo che è un pezzo di ferro. Tutti sanno che John Wayne è molto legato e durante lo stretching non riesce a toccarsi sotto le ginocchia se ha le gambe tese.

«Il Sig. Peter Beak che quando telefona a casa piange sempre?»

Il dodicenne dice Non Sono Io Signore molte volte.

Rapido, Hal si infila in bocca una presa di Kodiak. Aubrey deLint tiene le braccia incrociate sulla cartellina e si guarda intorno a scatti come un corvo. Hal ha quasi un'ossessiva antipatia per deLint, e a volte racconta a Mario che quasi non riesce a crederci, quanto lo odia, e a volte cerca di girargli intorno per vedere se deLint ha davvero la coordinata z o se è solo un ritaglio o una proiezione bidimensionale. I ragazzi del turno successivo scattano su per la collina e scendono camminando, urlando come guerrieri, senza convinzione. Gli altri prorettori maschi stanno bevendo coni di Gatorade, riuniti sotto il piccolo padiglione, i piedi appoggiati alle sedie da patio, Dunkel e Watson con gli occhi chiusi. Neil Hartigan, con la sua tradizionale camicia tahitiana e la felpa con i motivi di Gauguin, deve stare seduto per poter entrare sotto il tendone della Gatorade.

«Semplice». Schtitt scuote le spalle, e la bacchetta alzata sembra pugnalare il cielo. «Colpire», suggerisce. «Muoversi. Viaggiare leggeri. Essere. Trovarsi qui. Non nel letto o nella doccia o davanti a un piatto di bacon, nella mente. Essere qui in totale. Non è nient'altro. Imparate. Provate. Bevete il succo verde. Fate le Farfalle su tutti gli otto campi, per favore, per defaticarvi. Sig. deLint, prima di riportarli via, stia attento che facciano gli stiramenti per l'inguine. Signori: colpite le palle da tennis. Sparate a vostro piacimento. Usate la testa. Non siete braccia. Le braccia nel tennis vero sono come le ruote di un veicolo. Non motore. Le gambe: neanche. Dove fate domanda per la cittadinanza nel secondo mondo Sig. Incandenza terrorizzato dalla caviglia, nostro prodigio?»

Hal può sporgersi e sputare senza apparire insolente. «Nella testa, signore».

«Mi scusi?»

«Nella testa umana, signore, se l'ho capita bene. Dove io sarò un giocatore. Le due teste del gioco sono un unico mondo. Un mondo unico, signore». Schtitt fa compiere un ironico morente arco alla bacchetta e ride fragorosamente: «Giocate».

Parte del lavoro di Don Gately come membro del Personale residente consiste nell'arrabattarsi per svolgere vari compiti selezionati alla Ennet House. Cucina la cena comune nei giorni feriali[188], il che significa che è lui a fare la spesa settimanale per la Ennet, il che significa che almeno un paio di volte alla settimana può salire sulla Ford Aventura nera del 1964 di Pat Montesian e andare al Purity Supreme Market. La Aventura è una variante antica della Mustang, quel genere di auto che in genere si vedono lucidate a cera e statiche nelle vetrine di automobili con una ragazza in bikini accanto. Quella di Pat è funzionante e rimessa perfettamente a posto – il suo oscuro marito, sobrio da circa dieci anni, è un appassionato di automobili – con una verniciatura a piú strati cosí ben fatta che il suo nero è cosí nero da sembrare il mare di notte. Ha due diversi impianti di allarme e una spranga rossa di metallo da agganciare al volante quando si scende. Il rumore del motore sembra piú quello di un jet che di un motore a pistoni, in piú c'è una presa d'aria che viene fuori dal cofano come un

periscopio, e per Gately quest'auto è cosí stretta e lucida che si sente
come legato a un missile e lanciato dove deve svolgere la sua mansione domestica. Riesce a malapena a entrare nel sedile del guidatore. Il
volante ha le dimensioni di quei volanti dei vecchi giochini da sale giochi, e il cambio sottile a sei marce è racchiuso in una borsetta di pelle
rossa che emana un forte odore di pelle. L'altezza del tetto della macchina compromette la posizione di Gately al posto di guida, e il suo
prosciutto destro strabuzza dal sedile e preme contro il cambio e ogni
volta che cambia si fa male all'anca. Non gliene importa. Alcuni dei
suoi pensieri piú profondi da quando è sobrio sono stati per questa automobile. La guiderebbe anche se il sedile fosse un chiodo appuntito,
confessò una volta a Johnette Foltz. La Foltz è l'altro membro residente dello Staff, anche se tra un Impegno febbrile negli Na e un fidanzato malridotto anche lui negli Na che spinge sempre in giro sulla
sua sedia a rotelle con la seduta di vimini, la si vede sempre meno alla Ennet House, e si mormora che presto verrà sostituita, e Gately e
i residenti maschi eterosessuali pregano tutti i giorni che la sostituta
sia Danielle Steenbok, la laureata dalle gambe lunghe e consulente part-
time che si dice frequenti anche gli Anonimi del Sesso e dell'Amore,
il che fa lavorare al massimo l'immaginazione di tutti.

È un segno di grande stima e di discutibile giudizio, che la Direttrice Pat M. permetta a Don Gately di guidare la sua inestimabile
Aventura, anche se solo fino alla Metro Food Bank o al Purity Supreme, perché a Gately è stata revocata la patente in modo piú o meno permanente nell'Anno della Lavastoviglie Silenziosa Maytag essendo stato beccato a guidare in stato di ebbrezza a Peabody dopo
che già una volta gli avevano revocato la patente per lo stesso motivo a Lowell. Questa non fu l'unica Perdita subita da Don Gately mentre le sue carriere chimiche stavano avvicinandosi al loro punto di
svolta. Una volta ogni due mesi, ancora oggi, deve mettersi i pantaloni marroni e la giacchetta sportiva verde leggermente difettata della Brighton Budget Large 'N Tall Menswear e prendere il treno dei
pendolari per presentarsi a diverse Corti Distrettuali Federali della
North Shore e parlare con vari Avvocati d'Ufficio e Pubblici Mini-
steri e assistenti sociali e certe volte anche apparire brevemente davanti a Giudici e al Consiglio del Riesame per controllare il progresso del suo stato di sobrietà e dei risarcimenti. Quando arrivò per la
prima volta alla Ennet House lo scorso anno, Gately aveva delle accuse per Assegni a Vuoto e Truffa, Danni Volontari alla Proprietà,
piú due Guida in Stato di Ubriachezza e una falsa accusa per Atti
Osceni in Luogo Pubblico per aver pisciato all'aperto a Tewksbury.
Aveva un'accusa per Scasso e Violazione di Domicilio in una villa di

Peabody con un allarme silenzioso dove era stato beccato insieme a un collega prima di poter prendere qualcosa. Aveva un'accusa per Detenzione Volontaria di circa 38 compresse di Demerol[189] da 50 mg in un contenitore di Pez che aveva infilato nella fessura del sedile di dietro dell'automobile della polizia, ma furono comunque ritrovate durante le ricerche che i poliziotti fanno regolarmente nelle loro macchine quando le pupille dell'arrestato non reagiscono né alla luce né agli schiaffi.

Naturalmente c'era anche una storia piú grave svoltasi in una certa elegante casa di Brookline il cui proprietario deceduto era stato ricordato da numerosissimi e imponenti necrologi sia sul «Globe» che sull'«Herald». Dopo otto mesi di patimento psichico indicibile passati con la paura di essere beccato dalla legge per il caso del Boscaiolo-Vip – verso la fine della sua carriera di drogato Gately si era impigrito e stupidamente fissato con un sistema di deviazione diretta dei contatori che aveva imparato nella prigione di Billerica e che era diventato come una firma del modus operandi di Gately, soprattutto da quando il tipo che glielo aveva insegnato era uscito di prigione ed era andato a morire due anni dopo per overdose di morfina nello Utah (come si fa a pensare di trovare una dose di morfina decente nello *Utah* del cazzo?) – dopo otto mesi di patimento e unghie mangiate, gli ultimi due mesi dei quali passati alla Ennet House – nonostante la licenza Dsas della Ennet la mettesse legalmente al di là della giurisdizione della polizia senza la presenza fisica di Pat Montesian e un suo permesso autenticato – dopo che era arrivato alle cuticole di tutte e dieci le dita, Gately si era avvicinato con molta discrezione a uno stenografo del tribunale assuefatto al Percodan che tempo prima aveva trafficato con una sua ex fidanzata, gli aveva fatto fare delle ricerche altrettanto discrete, e aveva scoperto che le potenziali accuse per Omicidio di Secondo Grado nei confronti del ladro pasticcione[190] erano state avocate – nonostante le urla furibonde di un certo Assistente Procuratore Distrettuale senza rimorsi di Revere – da un certo ufficio federale che lo stenografo svampito aveva chiamato «Ufficio dei Servizi Non Specificati» e per questo motivo il caso era scomparso da qualsiasi scena investigativa alla portata dello stenografo, sebbene si fossero sentite delle voci sul fatto che i sospetti ora fossero orientati verso qualche misterioso ente politico Boscaiolo su nel Québec, molto piú a nord di Enfield Ma, dove Gately aveva passato il suo tempo a patire come un cane e a mangiarsi le dita durante gli incontri serali degli Aa.

Per la maggior parte dei casi legali che Gately aveva ancora in sospeso, il suo Avvocato d'Ufficio era riuscito a ottenere un Proscio-

glimento per Mancanza di Prove[191] condizionato a che Gately entrasse
in cura per un lungo periodo e riuscisse a fare astinenza chimica e si
sottoponesse a una serie di analisi delle urine senza preavviso e pa-
gasse ogni due settimane le somme pattuite per il risarcimento danni
prendendo i soldi dai patetici assegni che si guadagnava pulendo la
merda e lo sperma sotto la direzione di Stavros Lobokulas e ora anche cucinando e lavorando come custode alla Ennet House. L'unica
questione non ancora risolta con un proscioglimento era quella per
Guida senza Patente a seguito di Sospensione per Guida in Stato di
Ebbrezza. Nel Commonwealth del Massachussets per questo reato è
prevista una condanna obbligatoria a 90 giorni, come è scritto nel codice di diritto penale; e il suo Avvocato d'Ufficio è stato esplicito con
Gately, dipende solo dalla lentezza degli ingranaggi della ruota della
giustizia prima che qualche giudice richieda di inserire il caso in un
Fascicolo Rosso, e a quel punto Gately dovrà scontare la pena minima nel penitenziario di Concord oppure in quello di Deer Island. Gately non ha paura di farsi 90 giorni dentro. A ventiquattro anni si era
fatto 17 mesi a Billerica per aver assalito due buttafuori in un nightclub – o piú precisamente aveva pestato a sangue il secondo buttafuori usando il corpo incosciente del primo – e sapeva bene che poteva farcela nelle gattabuie del Commonwealth. Era troppo grosso
per essere inculato o molestato e lui non voleva problemi con nessuno: fece il suo periodo di prigione a testa alta e non provocò nessuno; e quando la prima coppia di duri gli si erano messi dietro per chiedergli una sigaretta, li aveva liquidati con una risata feroce, e quando erano tornati una seconda volta Gately li aveva quasi picchiati a
morte nel corridoio dietro la sala pesi dove era sicuro che molti altri
lo avrebbero sentito, e dopo quell'incidente tutti lo avevano lasciato
in pace. L'unica cosa che lo preoccupava era la prospettiva di poter
fare solo uno o due incontri Aa a settimana in prigione – i soli incontri
per i detenuti sobri erano con dei Gruppi di zona che si presentano
per svolgere un Impegno Istituzionale – perché è quasi piú facile procurarsi il Demerol e il Talwin e i vecchi buoni spinelli in prigione che
nel mondo esterno. L'unico pensiero che fa stare male Gately adesso
è il Sergente Istruttore, il pastore dall'aspetto distinto. Ricominciare a buttare giú le Sostanze è diventata la sua piú grande paura. Anche Gately capisce che questo è un cambiamento psichico notevole.
Con molta franchezza racconta ai nuovi residenti che gli Aa sono riusciti in un modo o nell'altro a prenderlo per le sue corna mentali: farebbe letteralmente Qualsiasi Cosa pur di rimanere pulito.

Dirà loro che inizialmente era venuto alla Ennet House solo per
non andare in galera, e non aveva nessun interesse e nessuna speran-

za di riuscire a stare pulito per un po' di tempo; ed era stato sincero su questo punto con Pat Montesian durante il colloquio di ammissione. La cupa onestà riguardo al suo disinteresse e alla sua mancanza di speranza fu uno dei motivi per il quale Pat permise che entrasse alla Ennet un tipo che portava chiaramente guai e che aveva soltanto un tiepido giudizio di merito da parte di un ufficiale per la libertà vigilata del Quinto Distretto di Peabody. Pat disse a Gately che la completa onestà e la mancanza di speranza erano le sole cose necessarie per iniziare il recupero dalla dipendenza da qualsiasi tipo di Sostanza, ma che senza queste qualità non ce l'avrebbe mai fatta. Anche la disperazione serviva, disse. Gately si mise a grattare la pancia del cane di Pat e disse che non era sicuro di essere disperato per qualcosa: voleva solo riuscire a stare fuori dai guai per delle cose che in genere dopo non riusciva nemmeno a ricordare di avere fatto. Il cane tremò ed ebbe un brivido e i suoi occhi si girarono verso Gately, al quale nessuno aveva detto che a Pat piaceva quando qualcuno faceva le coccole ai suoi cani, quando gli grattavano la pancia coperta di croste. Pat aveva detto che poteva bastare quel desiderio che la tempesta di merda finisse[192]. Gately disse che a quel cane piaceva proprio che gli grattassero la pancia, e Pat spiegò che il cane era epilettico, e disse che proprio il desiderio di non avere piú black-out era piú che sufficiente per iniziare. Da uno scaffale di plastica nera tirò fuori uno studio sull'Abuso di Sostanze nel Commonwealth rilegato con una copertina di plastica nera. Venne fuori che a Pat Montesian piaceva molto il nero. Era vestita – decisamente troppo elegante per un istituto di recupero – con un paio di pantaloni neri di pelle e una camicia nera di seta o di qualcosa tipo seta. Fuori dalla finestra sulla baia un treno della Linea Verde si affannava su per la prima collina di Enfield nella pioggerella di fine estate. Il panorama dalla finestra sulla baia sopra la scrivania di lacca o di smalto nero era forse la sola cosa spettacolare della Ennet House, per il resto una topaia terribile. Pat passò rumorosamente l'estensione per unghie Svelte sopra la copertina del fascicolo e disse che in questo studio qui, condotto nell'Anno dei Cerotti Medicati Tucks, piú del 60 per cento dei detenuti condannati a morte nell'infernale penitenziario di Walpole, pur non mettendo in dubbio di aver fatto quello che avevano fatto per entrare là dentro, non avevano nessun ricordo di averlo fatto, qualsiasi cosa li avesse portati lí. Per tutta la vita. Nessun ricordo. Gately dovette chiederle di ripetergli la cosa un paio di volte prima di afferrarla. Questa gente aveva avuto dei black-out. Pat disse che una persona aveva un black-out quando continuava a funzionare – a volte con conseguenze disastrose – ma poi non ricordava assolutamente quello che aveva fatto. È come se la tua mente non fosse in possesso del tuo corpo, e di solito questi black-out venivano provocati dall'alcol ma potevano anche essere provocati da un uso cronico di altre Sostanze, tra le quali i narcotici sintetici. Gately disse che non ricordava di avere mai avuto un vero e proprio black-out, e Pat M. capí ma non rise. Il cane gemeva e tremava con le gambe dirette verso tutti i punti cardinali e una specie di spasmo, e Gately non sapeva se doveva smettere di grattarlo. A essere sinceri non sapeva che cosa fosse l'epilessia ma sospettava che Pat non si riferisse a quell'attrezzo da donna per depilarsi che quando la sua ragazza totalmente alcolizzata, Pamela Hoffman-Jeep, lo usava, urlava in bagno come una pazza. Durante tutto il primo anno di sobrietà tutto ciò che era mentale fu per Gately nebuloso e disprezzabile.

Pat Montesian era bella e allo stesso tempo non lo era. Forse era vicina ai quarant'anni. Molto probabilmente era stata una giovane, bella e ricca borghese quando abitava a Cape, fino a quando suo marito non aveva chiesto il divorzio perché era alcolizzata quasi all'ultimo stadio, il che le parve un abbandono e di certo non fu di grande aiuto al suo bere. Tra i venti e i trenta entrò e uscí continuamente dalle cliniche e dagli istituti di recupero, ma una mattina, dopo che era quasi morta d'infarto durante il Dt, era riuscita ad Arrendersi e a Venire nel gruppo munita della giusta disperazione senza speranza eccetera. Gately non trasalí quando sentii del colpo di Pat perché la sua mamma non aveva avuto né il Dt né il classico colpo, ma un'emorragia cirrotica che l'aveva fatta soffocare e le aveva tolto ossigeno al cervello e l'aveva resa un vegetale. Nella sua testa i due casi sembravano completamente diversi. Pat M. non è mai stata una figura materna per Gately. Durante l'incontro settimanale della Ennet, quando i residenti si lamentavano e mugugnavano per tutte le Perdite che la dipendenza aveva portato con sé, Pat annuiva e sorrideva e diceva che per lei l'infarto era stato in assoluto la cosa migliore che le fosse mai successa perché le aveva finalmente permesso di Arrendersi. Era arrivata alla Ennet House a trentadue anni su una sedia a rotelle elettrica e per i primi sei mesi[193] era stata in grado di comunicare solo battendo gli occhi in una specie di Codice Morse, ma anche senza l'uso delle braccia aveva dimostrato di avere la volontà di riuscire a mangiare una roccia quando il fondatore, Colui Che Non Usava Neanche Il Suo Nome, le disse di farlo e lei usò il torso e il collo per dare un morso alla roccia e si scheggiò tutti e due gli incisivi (si vedono ancora le coperture agli angoli), ed era riuscita a diventare sobria, e si era risposata con un uomo piú vecchio di lei, una specie di multimiliardario della South Shore con dei figli tipo psicotici, e inaspettatamente aveva riacquistato gran parte delle sue funzioni, e da allora aveva sempre lavorato alla Ennet. La parte destra della faccia di Pat era tutta tirata da una parte in una specie di rictus, e a Gately ci volle un po' di tempo prima di abituarsi al suo modo di parlare – sembrava che avesse sempre la bocca piena, una specie di farfugliamento affettato. La parte della faccia che non era paralizzata era molto carina; aveva i capelli rossi lunghi e molto belli, e un corpo sessualmente credibile anche se il braccio destro si era atrofizzato in una specie di semiartiglio[194] e la mano destra era avvolta in quelle protezioni di plastica nere che impediscono alle sue dita dalle unghie lunghissime di piegarsi verso il palmo della mano; e Pat camminava con una vistosa ma dignitosa zoppia, e si trascinava dietro una gamba destra terribilmente piú sottile dell'altra nei pantaloni di pelle nera e che sembrava qualcosa rimastole attaccato di cui cercasse in ogni modo di liberarsi.

Durante il periodo di residenza di Gately, Pat lo aveva accompagnato a North Shore in tribunale a tutti gli appuntamenti piú importanti con la sua fantastica Aventura killer con il cartello Handicap – per via del suo problema neurologico alla gamba destra lei aveva letteralmente il piede pesante, e guidava come una maniaca, e Gately quasi se la faceva addosso ogni volta che entravano sulla Rte. 1 – e spiegava davanti ai Giudici e al Consiglio tutto il rispetto e la stima che alla Ennet House avevano per Gately, finché tutti i suoi casi in cui non c'erano prove certe furono archiviati. Gately non riusciva a capire il motivo per tutta quella attenzione particolare. Era come se lo scorso anno fosse stato in assoluto il favorito di Pat M. tra tutti i residenti. Lei aveva preferenze e antipatie; probabilmente era inevitabile. Anche Annie Parrot, i consulenti e il Direttore della Casa avevano delle preferenze per qualcuno, e cosí tutto si compensava.

Dopo circa quattro mesi di residenza alla Ennet House il desiderio angosciante di ingerire narcotici sintetici era stato magicamente rimosso da Don Gately, proprio come il Personale della Ennet e i Coccodrilli della Bandiera Bianca avevano detto sarebbe accaduto se avesse partecipato agli incontri serali e fosse stato aperto e disponibile a chiedere con insistenza a un Potere Superiore estremamente vago di allontanarlo da lui. Il desiderio. Gli dicevano di inginocchiarsi tutte le mattine sulle sue ginocchia scricchiolanti e chiedere a Dio Come Lo Intendeva Lui di liberarlo da quel desiderio angosciante e di inginocchiarsi anche la sera prima di imbustarsi e ringraziare questa figura simildivina per il giorno senza-Sostanze appena finito, se ci riusciva. Gli suggerirono di tenere le scarpe e le chiavi sotto il letto perché lo aiutasse a ricordarsi di mettersi in ginocchio. Le sole volte che Gately si era messo in ginocchio prima di allora erano state per vomitare o per scopare, o per disinnescare un sistema di allarme che si trovava in basso su un muro, o se qualcuno aveva fortuna in una scazzottata e colpiva Gately vicino alle palle. Non aveva nessuna esperienza con Dio o G.C., e la storia di mettersi in ginocchio gli sembrava una vera stronzata per gente senza palle, e si sentiva un vero ipocrita quando si metteva in ginocchio tutte le mattine e tutte le sere, senza mancare mai, motivato da un desiderio di farsi cosí tremendo che spesso si ritrovava a pregare umilmente perché la testa gli esplodesse per farla finita una volta per tutte. Pat aveva detto che a questo punto non importava cosa pensasse o credesse o dicesse. Era importante che lo facesse e basta. Se faceva le cose per bene, e continuava a farle per il tempo necessario, le cose che Gately pensava e credeva sarebbero magicamente cambiate. Anche quello che diceva sarebbe cambiato. Lo aveva visto succedere un sacco di volte, e a persone che erano i candidati piú improbabili a un cambiamento. Diceva che era accaduto a lei. La parte sinistra della sua faccia era molto vivace e gentile. E il consulente di Gately, un ex cocainomane che aveva fatto truffe con i telefonini e che tra le sue Perdite annoverava l'orecchio sinistro, aveva fatto colpo su Gately con la famosa classica analogia Aa della torta. Questo filippino brizzolato si era incontrato una volta la settimana con il residente Don G. e lo aveva portato a fare degli insensati giri in macchina tra Brighton e Allston con una Subaru 4x4 tutta tabogata uguale a quelle che Gately rubava e usava per le rapine. Eugenio Martinez aveva questa cosa eccentrica che diceva di sentirsi in contatto con il suo Potere Superiore solo mentre guidava. Vicino al deposito delle chiatte dell'Ewd, passato il raccordo di Allston, una notte invitò Gately a pensare agli Aa di Boston come a una scatola di Betty Crocker Cake Mix. Gately si era dato uno schiaffo sulla fronte a questa nuova obliqua melensa analogia di Gene M., come quelle sugli insetti con cui l'aveva martellato per farlo riflettere sul Disagio. Il consulente l'aveva lasciato sfogare la sua angoscia per un po' mentre fumava e si aggirava tra le chiatte di terra che aspettavano in fila di essere scaricate. Disse a Gately di provare a immaginarsi per un secondo di avere in mano una scatola di Betty Crocker Cake Mix, e che quella rappresentava gli Aa di Boston. Sulla scatola, da una parte, ci sono le istruzioni, e sanno leggerle anche i bambini di otto anni. Gately disse che si aspettava che ora venisse fuori che nella scatola c'era qualche insetto del cazzo. Gene M. disse che tutto quello che Gately doveva fare, cazzo, era calmarsi e rilassarsi un attimo e chiudere la bocca una volta tanto e seguire le istruzioni sul lato della scatola del cazzo. Non importava una bella sega che Gately *credesse* o no che sarebbe venuta una bella torta, o che *capisse* il fottuto processo chimico di lievitazione del dolce del cazzo;

se solo si limitava a seguire quelle fottutissime indicazioni e aveva abbastanza buon senso da accettare l'aiuto di qualcuno che sapeva fare i dolci un po' meglio di lui quando le cose diventavano confuse, ecco, sarebbe venuta fuori una torta. Avrebbe avuto la sua torta. La sola cosa che Gately sapeva sui dolci era che gli piaceva la glassa, e personalmente pensava che Eugenio Martinez fosse una testa di cazzo che pensava di avere sempre ragione – e poi non aveva mai avuto fiducia negli orientali e nei portoricani, e Gene M. sembrava un po' tutti e due ma non si fece Buttare fuori dalla Ennet e non fece mai niente di cosí grave da farsi cacciare; andava agli incontri tutte le sere e diceva piú o meno la verità, e faceva la cosa di mettere le chiavi e le scarpe sotto il letto per inginocchiarsi ogni mattina e ogni sera 24/7, e aveva ascoltato il consiglio di unirsi a un Gruppo e Partecipare Attivamente e ripuliva i posacenere e andava fuori a parlare agli Impegni. Non aveva niente che assomigliasse a un concetto di Dio, e a questo punto forse ancora meno di niente riguardo all'interesse per tutta questa faccenda; quando c'erano le preghiere, per lui era come regolare la temperatura del forno in base alle istruzioni sulla scatola. In qualche modo era meglio pensare di parlare al muro piuttosto che immaginarsi di parlare con il Nulla. E sentiva imbarazzo a inginocchiarsi in mutande, e come le altre persone nella stanza faceva finta che le scarpe da ginnastica gli si fossero infilate proprio sotto il letto e doveva stare giú per un po' per trovarle e tirarle fuori, quando pregava, ma pregava, e supplicava il muro e ringraziava il muro, e forse dopo cinque mesi che Gately prendeva la Linea Verde tutte le mattine alle 0430h a pulire gli stronzi umani dalla doccia dello Shattuck, tutto a un tratto si rese conto che erano passati diversi giorni senza che avesse mai pensato al Demerol o al Talwin o all'erba. E non aveva dovuto lottare – le Sostanze non gli erano nemmeno mai *passate* per la testa. Cioè il Desiderio e il Bisogno Fisico erano stati Rimossi. Trascorsero molte settimane, un ricordo confuso di Impegni e incontri e fumo di sigarette e luoghi comuni, e ancora non sentiva quel vecchio bisogno di farsi. In poche parole era Libero. Era la prima volta da quando aveva dieci anni che si trovava fuori da quella specie di gabbia mentale. Non ci poteva credere. Era piú sospettoso che Grato, per questa Rimozione. Come era possibile che questo Potere Superiore nel quale neanche credeva avesse potuto farlo magicamente uscire dalla gabbia quando lui era stato un ipocrita totale anche solo a chiedere a qualcosa che non credeva esistesse di farlo uscire dalla gabbia dalla quale aveva zero speranze di uscire? Non riusciva neanche a mettersi in ginocchio per pregare e doveva fingere di cercare le scarpe. Non riusciva a capire, porca troia, come faceva a funzionare

questa cosa che funzionava davvero. Lo faceva uscire di testa. Dopo
circa sette mesi, durante un Incontro della Domenica per i Nuovi,
spezzò uno dei tavoli di simil-legno della Provident a forza di pic-
chiarci contro la sua testona quadrata[195].

Francis Gehaney («Il Feroce») della Bandiera Bianca, uno dei Coccodrilli piú antichi e grinzosi, aveva i capelli bianchi tagliati a macchinetta, il cappellino e le bretelle su una camicia di flanella che gli rac-
chiudeva la pancia, e un naso rosso enorme a forma di zucca allungata
su cui gli si vedevano tutte le arterie, e i denti spezzati e marroni e l'enfisema e una cosa portatile che era un serbatoio per l'ossigeno con un
tubo blu assicurato al naso da un cerotto bianco, e il suo candido bianco degli occhi pulsava all'unisono con il lentissimo battito del cuore di
questo coccodrillo con una quantità geologica di tempo di sobrietà Aa.
Francis G. Il Feroce, che aveva sempre lo stecchino in bocca e sull'avambraccio destro un tatuaggio scolorito con un bicchiere di Martini e una
ragazza nuda dentro fatto ai tempi della Guerra di Corea, che era diventato sobrio durante la presidenza Nixon e comunicava con gli epi-
grammi osceni e antiquati che usavano tutti i Coccodrilli[196] – F.F. aveva portato fuori Gately a bere spaventose quantità di caffè dopo l'incidente con il tavolo e la testa. Con la leggera noia di una distaccata
Identificazione aveva ascoltato i lamenti di Gately sul fatto che non
c'era verso che una cosa alla quale non aveva neanche iniziato a credere fosse seriamente interessata a salvargli il culo, anche se Lui/Lei/Es-
so in un certo senso esisteva davvero. Gately non sa ancora perché questa cosa lo aiutò, ma si sentí molto meglio quando Francis Il Feroce gli
disse che forse una cosa cosí minima da poter essere capita da Gately
non sarebbe mai potuta essere cosí potente da salvare il suo culo svampito dall'elegantissimo Sergente Istruttore, giusto?

Questo succedeva qualche mese fa. A Gately adesso non importa
piú di capire. Fa la cosa di mettersi in ginocchio e di parlare al muro
due volte al giorno, e pulisce la merda, e ascolta i sogni, e partecipa
Attivamente, e dice la verità ai residenti della Ennet House, e cerca
di aiutarne un paio quando vanno da lui in cerca di aiuto. E quando
Francis G. Il Feroce e quelli della Bandiera Bianca gli si presentarono davanti, quella domenica di settembre in cui faceva il primo anno
di sobrietà, con un dolce cotto alla perfezione, con tantissima glassa
e una candelina sola, Don Gately aveva pianto per la prima volta nella sua vita di fronte a un non-genitore. Ora nega di aver pianto davvero, e dice qualcosa del fumo della candela che gli era andato negli
occhi. Ma pianse.

È strano che Gately sia stato scelto come chef della Ennet House,
poiché negli ultimi dodici anni si è sempre sfamato durante un qual-

che movimento con i panini dei postacci dei quartieri bassi e le merendine industriali. È alto 188 cm e pesa 128 kg e fino all'anno scorso non aveva mai mangiato i broccoli e le pere. Come chef offre una routine senza eccezioni di: hot dog lessi, un denso polpettone di carne in umido con pezzetti di formaggio americano e una mezza scatola di cornflakes per dargli compattezza, una zuppa di pollo Cream of Chicken con le tagliatelle; scure cosce di pollo Shake 'N Bake della consistenza del cuoio; hamburger disgustosamente al sangue; spaghetti conditi con la salsa di hamburger e cotti per piú di un'ora[197]. Solo i residenti piú induriti dalla vita di strada si azzardano a fare delle battute su quelle cibarie, che la sera arrivano in tavola fumanti ancora dentro i grandi tegami in cui sono state cucinate, con la facciona di Gately appesa sopra di loro come una grande luna incombente, accaldata e imperlata di sudore sotto il cappello floscio da chef che Annie Parrot gli aveva dato per fargli uno scherzo che lui non aveva capito, e ha gli occhi pieni di ansia e di speranza che quello che ha cucinato piaccia a tutti, nervoso come una sposina che serve il suo primo piatto coniugale, solo che le mani della sposina sono grosse come i piatti della Ennet e piene dei tatuaggi che si fanno in prigione, e sembra che questa sposina non abbia bisogno dei guanti da forno quando appoggia i tegami enormi sugli strofinacci messi sul tavolo perché il piano di plastica non si fonda. Tutti i commenti culinari sono sempre molto obliqui. A Randy Lenz dall'angolo nordest piace alzare la sua lattina di acqua tonica e dire che il cibo di Don ti fa davvero apprezzare ciò che ci stai bevendo insieme. Geoffrey Day dice che è fantastico, una volta tanto, alzarsi da tavola senza sentirsi pieni. Wade McDade, uno giovane dalla fiaschetta facile di Ashland Ky, e Doony Glynn, ancora mezzo intontito e infermo per un mezzo disastro con la Workers Comp. dell'anno scorso, che si sente sempre male e probabilmente verrà presto cacciato perché ha perso il suo lavoro di umiltà alla Fence & Wire di Brighton e non prova neanche a cercarsene un altro – i due la sera degli spaghetti fanno questa scenetta in cui McDade entra in salotto poco prima che sia servito da mangiare e dice: «Oh che bello! Abbiamo degli spaghetti favolosi stasera, Doonster!» e Doony Glynn dice: «Oooh, anche questa volta sarà tutto bello morbido!» e McDade dice: «Puoi lasciare i denti a casa, ragazzo» con la voce di uno sceriffo del Kentucky, e accompagna per mano Glynn al tavolo come se fosse un bambino ritardato. Stanno ben attenti a fare questa scenetta quando Gately è ancora in cucina a scrollare l'acqua dall'insalata e a preoccuparsi della presentazione dei piatti. Però Tiny Ewell non si dimentica mai di ringraziare Gately per il suo cibo, e April Cortelyu è sempre prodiga di lodi, e Burt F. Smith rotea le pupille dal pia-

cere e fa sempre dei rumori tipo yum-yum ogni volta che si mette la
forchetta in bocca.

PRIMA DELL'ALBA, I MAGGIO – APAD
AFFIORAMENTO A NORDOVEST DI TUCSON AZ USA
ANCORA

«Ti ricordi di aver sentito parlare», disse Hugh Steeply dell'Ufficio degli Stati Uniti dei Servizi Non Specificati, «nel tuo paese, alla fine mi pare degli anni Settanta a.S., di un programma sperimentale, un
esperimento di biomedicina basato sull'idea dell'elettro-implantazione
nel cervello umano?» Steeply, sull'orlo della piattaforma, si voltò. Marathe lo guardò appena. Steeply disse: «No? Una specie di progresso
scientifico radicale. Stereotassia. Una cura per l'epilessia. Proposero di
impiantare nel cervello degli elettrodi minuscoli, sottili come un capello. Un neurologo canadese di primo piano – Elder, Elders, o qualcosa
di simile – a quel tempo era riuscito a provare che certe minuscole sti-
molazioni in alcune zone del cervello erano in grado di prevenire gli attacchi. Gli attacchi epilettici. Impiantavano gli elettrodi – sottili come
un capello, solo un paio di millivolt e—»
«Gli elettrodi Briggs».
«Come scusa?»
Marathe tossí appena. «Gli stessi che vengono usati nei pacemaker
per il cuore».
Steeply si morse il labbro. «Credo di ricordarmi di avere letto su
una Bio-Annotazione che tuo padre aveva un pacemaker». Marathe
si toccò la faccia sovrappensiero. «Quello al plutonio 239. L'elettrodo Briggs. Il circuito Kenbeck a corrente continua. Mi ricordo esattamente le condizioni e le istruzioni per l'uso. Evitare tutti i forni a
microonde e molti tipi di trasmettitore. Vietata la cremazione – questo per via del plutonio 239».
«Allora sai qualcosa su questo vecchio programma per gli epilettici? Sugli esperimenti che si pensava potessero evitare la chirurgia
ablativa per i casi gravi di epilessia?»
Marathe non disse niente e sembrò scuotere lievemente il capo.
Steeply si girò di nuovo a guardare verso est con le mani intrecciate sulla schiena, sperando di poter parlare dell'argomento in un
modo o in un altro, questo Marathe lo aveva capito.
«Non mi ricordo se lo avevo letto o se avevo sentito una conferenza sull'argomento o chissà cosa. L'impiantazione era una scienza piuttosto inesatta. Era tutto sperimentale. Si dovevano impiantare molti

elettrodi in un'area incredibilmente piccola nel lobo temporale per sperare di trovare i terminali dei nervi implicati negli attacchi epilettici e
poi provare a stimolare ogni elettrodo e controllare la reazione».

«I lobi temporali del cervello», disse Marathe.

«Successe che Olders e i neuroscienziati canadesi riuscirono a scoprire, durante tutti i loro tentativi, che stimolando degli elettrodi in
certe parti del lobo si provocava al cervello una intensa sensazione di
piacere». Steeply si guardò dietro le spalle verso Marathe. «Voglio dire che stiamo parlando di piacere *intenso*, Rémy. Mi ricordo che Olders
soprannominò queste striscioline di tessuto stimolabile i terminali-*p*».

«*P* a indicare *piacere*».

«E la loro posizione era follemente inesatta e imprevedibile, anche nei cervelli della stessa specie – si scoprí che un terminale-*p* poteva essere proprio accanto a un neurone la cui stimolazione provocava dolore, o fame, o Dio solo sa cosa».

«Il cervello umano è molto denso; è la verità».

«Il fatto è che non lo stavano ancora facendo sugli esseri umani.
La cosa era considerata completamente sperimentale. Ma ben presto
il fenomeno della stimolazione del piacere si conquistò un esperimento
separato dal resto, mentre una seconda squadra di neuroscienziati
continuò a lavorare sugli animali epilettici. Older – o Elder, o comunque un nome anglo-canadese – era a capo della squadra che doveva individuare quelli che furono battezzati, cito, "i fiumi della gratificazione", i terminali-*p* nei lobi».

Marathe toccava distrattamente le palline di cotone dentro le tasche di cotone del suo giacchetto impermeabile e annuiva compiaciuto. «Hai detto che era un programma sperimentale del Canada».

«Me lo ricordo perfettamente. Il Centro Psichiatrico Brandon».

Marathe fece finta di tossire, a quel nome. «È un ospedale psichiatrico. All'estremo Nord del Manitoba. Nelle terre di nessuno, dimenticate da Dio. Il centro del nulla».

«Perché stavano teorizzando che questi, cito, "fiumi" o terminali fossero anche i ricettori del cervello per cose come le beta-endorfi-
ne, la L-dopa, la Q-dopa, la serotonina, tutti i vari neurotrasmettito-
ri del piacere».

«Per intendersi, il Dipartimento dell'Euforia dentro il cervello
umano».

Ancora nessun accenno o indizio di alba o luce.

«Ma ancora niente esseri umani», disse Steeply. «I primi soggetti di Olders furono i ratti, e i risultati erano apparentemente interessanti. I Bosca— i canadesi scoprirono che se collegavano un interruttore a leva per l'autostimolazione, il ratto premeva di continuo la

leva per stimolare il suo terminale-*p*, migliaia di volta in un'ora, di continuo, ignorando il cibo e le femmine in calore, completamente fissato sulla stimolazione della leva, giorno e notte, e si fermava solo per morire di disidratazione o semplicemente di fatica».

Marathe disse: «Non del piacere stesso, però».

«Penso di disidratazione. Non so di cosa morivano i ratti».

Marathe scosse le spalle. «Doveva essere invidiato da tutti i ratti da laboratorio del mondo, questo ratto, credo».

«Poi gli stessi impianti e leve per gatti, cani, maialini, scimmie, primati, perfino un delfino».

«Su per la scala evolutiva, terminali-*p* per ognuno di loro. Morirono tutti?»

«Alla fine sí», disse Steeply, «oppure dovettero essere lobotomizzati, perché mi ricordo che anche se venivano tolti l'elettrodo del piacere e la leva della stimolazione, il soggetto continuava a correre intorno a premere qualsiasi cosa potesse essere premuta o fatta scattare, per avere un'altra scarica».

«Il delfino, probabilmente nuotava intorno e faceva cosí».

«Sembra che tutto questo ti diverta, Rémy. Era una storia tutta canadese, questa piccola avventura neuroelettrica».

«Mi diverto perché stai arrivando al punto cosí lentamente».

«Perché allora ovviamente Elder e i suoi compagni volevano provare con dei soggetti umani, per vedere se il lobo umano aveva i terminali-*p* e cosí via; e a causa delle conseguenze con i soggetti animali nel programma non potevano usare legalmente dei galeotti o dei pazienti, dovevano procurarsi dei volontari».

«Per il rischio», disse Marathe.

«Tutta questa storia diventò un vero e proprio incubo di leggi e statuti canadesi».

Marathe strinse le labbra: «Ho un dubbio: Ottawa poteva semplicemente chiedere alla vostra Cia delle, come le chiamavano, Persone Sacrificabili dal Sudest Asiatico o dei negri, come soggetti da sacrificare per il vostro ammirevole progetto Mk-Ultra[198]».

Steeply decise di ignorare la cosa, e cominciò a frugare nella borsetta. «Ma sembra che in qualche modo la notizia della scoperta dei terminali-*p* e degli esperimenti oltrepassò i confini del Manitoba – qualche inserviente che lavorava a Brandon aveva infranto le regole della sicurezza e aveva parlato».

«Non c'è nient'altro da fare nel Nord del Manitoba se non spifferare e spettegolare».

«...E improvvisamente una squadra di neuroscienziati di Brandon un giorno vanno a lavorare e trovano una fila di volontari umani tutt'intorno all'isolato fuori dall'edificio, tutti giovani canadesi fisicamente a posto, che stavano in coda e si spingevano per il desiderio di firmare come volontari per l'impianto di elettrodi nel terminale-*p* e per la stimolazione».

«Pienamente consapevoli della morte del ratto e del delfino, a forza di premere la leva».

Il padre di Marathe aveva sempre incaricato Rémy, il minore dei suoi figli, di entrare per primo in certi ristoranti e negozi per assicurarsi che non ci fossero microonde o trasmettitori C. Era particolarmente preoccupato da quei negozi con gli strumenti per intercettare i borseggiatori, quelli che strillano alle porte.

Steeply disse: «E naturalmente questa bramosia di ottenere l'impianto gettò una nuova e sinistra luce sullo studio del piacere e del comportamento umano, e una nuova squadra dell'ospedale Brandon fu organizzata in tutta fretta per studiare i profili psicologici di queste persone che si spintonavano per sottoporsi a un intervento chirurgico invasivo al cervello e all'impianto di un corpo estraneo—».

«Per diventare come dei ratti impazziti».

«—Tutto questo per la possibilità di provare questo piacere, e dai test dell'Mmpi e quello di Millon e i testi di Approcezione su tutte queste orde di volontari – alle orde venne detto che faceva parte dell'esame – risultò che tutte queste persone erano, cosa affascinante e agghiacciante allo stesso tempo, persone del tutto normali, medie».

«In altre parole nessun deviante».

«Persone non anormali su ogni possibile asse. Solo ragazzi normali – ragazzi canadesi».

«Che si presentavano volontariamente per una dipendenza fatale al piacere elettrico».

«Ma, Rémy, apparentemente il piú puro e il piú raffinato piacere che si possa immaginare. Il distillato neurale di ogni, diciamo, orgasmo, illuminazione religiosa, estasi da droga, shiatsu, un fuoco scoppiettante in una notte d'inverno – la somma di tutti i piaceri possibili raffinati in una corrente pura e ottenibili con una semplice pressione su una leva. Migliaia di volte all'ora, a volontà».

Marathe gli dette un'occhiata.

Steeply si esaminava le pellicine delle unghie. «Per libera scelta, naturalmente».

Marathe fece la faccia di uno stupido che pensa intensamente. «Ma tutto ciò prima che queste fughe di notizie e le chiacchiere sui terminali-*p* raggiungessero la Ottawa del governo e del Ministero della Sanità Pubblica, perché il governo canadese reagí con orrore quando fu messo al corrente di tutto».

«Oh, e non solo Ottawa», disse Steeply. «Capisci che genere di conseguenze poteva avere una tecnologia come quella di Elder se veramente diventava disponibile per chiunque. So che Ottawa informò Turner, Bush, Casey, e chiunque c'era a quel tempo, e tutti a Langley si morsero le nocche terrorizzati».

«La Cia si mangiò le mani?»

«Perché sicuramente ti puoi immaginare le conseguenze per qualsiasi tipo di società industrializzata, guidata dal mercato e dotata di moltissima liquidità».

«Ma sarebbe dichiarato illegale», disse Marathe, annotandosi di ricordarsi tutti i movimenti che Steeply faceva per riscaldarsi.

«Smettila di fare la parte del bambino sprovveduto», disse Steeply. «C'era sempre la prospettiva di un mercato sotterraneo esponenzialmente piú pericoloso di quello dei narcotici o dell'Lsd. La tecnologia dell'elettrodo e della leva sembrava molto costosa a quel tempo, ma era facile prevedere una richiesta enormemente diffusa che avrebbe portato il costo degli elettrodi ad avvicinarsi molto a quello delle siringhe».

«E va bene, ma l'intervento sarebbe stato un'altra cosa».

«C'erano già tantissimi chirurghi disposti a compiere procedure illegali. Gli aborti. Gli impianti di pene elettrico».

«Gli interventi chirurgici dell'Mk-Ultra».

Steeply rise senza allegria. «O amputazioni non verbalizzate per cari giovani con il culto dei treni, vero?»

Marathe si soffiò solo una narice del naso. Alla maniera del Québec: una narice alla volta. Quelli della generazione del padre di Marathe si piegavano in avanti e si soffiavano una narice alla volta nei rigagnoli della strada.

Steeply disse: «Immaginati milioni di nordamericani medi e non anormali, tutti con l'impianto degli elettrodi Briggs, tutti con l'accesso elettronico ai propri personali terminali-p, nessuno esce mai di casa, tutti a premere di continuo le loro leve di stimolazione».

«Distesi sui divani. Ignorare le femmine in calore. Avere dei fiumi di gratificazione senza essersela guadagnata».

«Con gli occhi sbarrati, a sbavare, mugolare, tremare, incontinenti, disidratati. Senza lavorare, senza consumare, senza interagire o prendere parte alla vita della comunità. Alla fine stramazzare in avanti per la semplice—»

Marathe disse: «Dare via le proprie anime e le proprie vite per la stimolazione del terminale-p».

«Forse puoi capire l'analogia», disse Steeply guardandosi dietro le spalle e sorridendo ironicamente. «Tutto questo è successo in Canada, amico mio».

Marathe fece una versione ridotta del suo moto rotatorio di impazienza: «Dagli A.D. 1970 del tempo. Questo non è mai successo. Non ci sarebbe stato nessun sviluppo del Rattoppo Felice..»..

«L'abbiamo fatto tutti e due. Tutte e due le nostre nazioni».

«In segreto».

«Ottawa tagliando per prima i fondi del programma Brandon, e lí Turner o Casey o chi altro ululararono – la nostra vecchia Cia voleva che la procedura fosse sviluppata e perfezionata, poi Classificata – per uso militare o altro».

Marathe disse: «Ma i guardiani civili del benessere pubblico la pensavano in maniera diversa».

«Mi sembra di ricordare che ci fosse Carter presidente. Tutte e due le nostre nazioni si accordarono per considerarlo una priorità per la Sicurezza Nazionale, chiudere tutto. Il nostro vecchio Nsa e il vostro C7 con i Poliziotti della Real Guardia Canadese a cavallo».

«Le giacche rosse e i cappelli a tesa larga. Nel 1970 ancora a cavallo».

Steeply aprí per metà la borsetta verso le deboli luci di Tucson e guardò dentro per cercare qualcosa. «Mi ricordo che entrarono dentro direttamente. A fucili spianati. Sfondarono le porte. Smantellarono i laboratori. Uccisero pietosamente i delfini e le capre. Olders scomparve chissà dove».

Il lento gesto circolare di Marathe. «Alla fine il punto al quale vuoi arrivare è che anche i canadesi, anche noi sceglieremmo di morire per questo, per il piacere totale di un capra passiva».

Steeply si voltò, gingillandosi con una limetta per le unghie. «Ma non vedi un'analogia piú specifica con l'Intrattenimento?»

Marathe si toccò l'interno della guancia con la lingua. «Stai dicendo che l'Intrattenimento è una stimolazione ottica dei terminali-*p*? Un modo per aggirare gli elettrodi Briggs e ottenere i piaceri orgasmo-massaggio?»

Si sentí il raschiare secco di quando si lima un'unghia. «Tutto quello che voglio dire è che c'è un'analogia. C'è un precedente nella tua nazione».

«Noi, la nostra nazione è il Québec. Il Manitoba è—»

«Sto dicendo che se potesse superare il suo desiderio cieco di recare danno agli Stati Uniti, il vostro M. Fortier potrebbe incominciare a capire cos'è quello che si propone di far uscire dalla gabbia». Era talmente abituato che poteva limarsi le unghie senza guardare. La tattica piú efficace che Steeply usava nei colloqui era questo fissare a lungo in faccia qualcuno senza mostrare alcun tipo di emozione. Perché Marathe si sentiva piú a disagio quando non sapeva se

Steeply credeva davvero a quello che diceva che quando l'emozione sulla sua faccia mostrava che non ci credeva.

Poi stasera, davanti alla prospettiva degli hot dog lessi, le due residenti piú nuove avevano tirato fuori la tipica cosa standard da principesse-sul-pisello-che-volevano-un'altra-cosa-da-mangiare: la ragazza nuova di oggi, Amy J., che è seduta proprio là sul divano di vinile e trema come un pioppo tremulo, si fa portare il caffè e si accende le sigarette e manca poco che si metta un cartello al collo con su scritto VITTIMA INDIFESA: PER FAVORE, COCCOLATEMI, ora si lamenta che il colorante rosso n. 4 le provoca terribili fitte di emicrania (Gately dà a questa ragazza massimo una settimana prima che torni diritta allo Xanax[199]; si vede dalla faccia); e la ragazza con-l'accento-del- Sud-ma-stranamente-familiare, Joelle Van D., con il velo di lino e il corpo incredibile, li informa che è vegetariana e preferibbe mangiare un insetto piuttosto che stare sottovento a un hot dog bollito. E con una mossa imprevedibile, intorno alle 1800h, Pat M. ha chiesto a Gately di correre al Purity Supreme a Allston e prendere uova e peperoni cosí che le due nuove signorine con lo stomachino delicato si possano fare una frittata o qualche altra cosa. Secondo Gately facendo cosí si incoraggia proprio la classica pretesa dei drogati di essere speciali e unici che Pat dovrebbe avere il compito di aiutare a distruggere. Sembra che la ragazza Joelle V.D. abbia un'importanza eccessiva e un immediato status di preferita per Pat, che sta già mettendo in giro la voce di voler esonerare la ragazza dagli obbligatori lavori di umiltà, e vuole che Gately trovi una strana acqua tonica Big Red per la ragazza, che secondo lei è ancora disidratata. Siamo piuttosto lontani dal far masticare feldspato alla gente. Ormai Gately ha rinunciato da tempo a cercare di capire Pat Montesian.

È una serata con un tempo strano, tuona e nevischia insieme. Alla fine Gately era riuscito a distinguere il rumore del tuono dai suoni enfieldiani dei ventilatori Athscme e delle catapulte dell'Ewd, questo dopo che per nove mesi ha indossato tutte le mattine il suo impermeabile di tela cerata per salire sulla Linea Verde delle 0430h.

Uno dei possibili punti deboli nella rigorosa onestà del programma di recupero Aa di Gately è che quando si pigia nella Aventura nera come gli abissi del mare e vede lo spoiler tremare quando dà gas al motore carnivoro eccetera, spesso si trova a prendere una strada non esattamente diretta verso un dato luogo-dove-la-Ennet-gli-ha-detto-di-andare. Se gli venisse chiesto di spiegare il nocciolo della questione, direbbe che gli piace girare per la città con l'auto di Pat. Riesce a minimizzare il tempo che impiega a fare i suoi giretti extra, tempo che potrebbe destare sospetti, guidando come un pazzo: ignora i semafori, taglia la strada a tutti, se ne infischia dei sensi unici, cambia direzione continuamente, fa cascare di mano la roba ai passanti, si attacca a un clacson che sembra piuttosto una sirena da allarme aereo. Si potrebbe pensare che questo comportamento non sia normale, poiché Gately non ha la patente ed è in attesa di condanna per guida senza patente, ma il fatto è che questo modo di guidare come-se-andasse-di-corsa-al-pronto-soccorso-con-a-bordo-una-partoriente di solito non dà molto nell'occhio alle volanti della polizia di Boston, poiché hanno molte altre cose di tutt'altro genere di cui preoccuparsi, in questi tempi difficili, e poiché tutti a Boston guidano esattamente nello stesso modo sociopatico, inclusi i poliziotti delle volanti, l'unica cosa che Gately mette a repentaglio è il suo senso rigoroso di onestà. Un luogo comune che ha trovato molto adatto alla sua storia con la Aventura è che per Recupero si intende Progresso e non Perfezione. Gli piace girare a sinistra in modo irreprensibile verso la Commonwealth e aspettare di essere fuori dalla vista della finestra sulla baia della Ennet e poi prodursi in quello che crede sia un Urlo Ribelle e accelerare giú per la serpentina del vialone a tre corsie della Avenue e scivolare via attraverso le zone piú squallide di Brighton e di Allston e oltre la Boston University e verso il grande segnale triangolare al neon della Citgo e la Back Bay. Passa davanti al club *The Unexamined Life*, che non frequenta piú, e già alle 1800h pulsa di voci e di bassi sotto la bottiglia al neon che non smette mai di versare, e poi sfreccia davanti alle grandi torri grigie numerate del *Brighton Projects* dove di certo non va piú. Lo scenario inizia a farsi confuso e si distende a 70 km all'ora. La Commonwealth Avenue divide Enfield, Brighton e Allston dal confine nord del povero quartiere di Brookline sulla destra. Supera le facciate color carne di anonimi condomini di Brookline, il Father & Son Market, un nido di cassonetti della spazzatura, *Burger King*, il *Blanchard's Liquors*, un punto vendita della InterLace, una chiatta di terra vicino a un altro deposito di cassonetti, dei bar e club sugli angoli – *Play It Again Sam*, *Harper's Ferry*, *Bunratty's*, *Rathskeller*, *Father's First* I e II – un Cvs, due punti vendita InterLace proprio uno accanto all'altro, il cartello ELLIS THE RIM MAN, il *Marty's Liquors* che hanno ricostruito come formiche la settimana dopo che era bruciato. Passa dallo schifoso *Riley's Roast Beef* dove il Gruppo di Allston si riunisce per riempirsi di caffè prima degli impegni. il cartello gigante della Citgo in lontananza è come una stella triangolare con la quale orientarsi nella navigazione. Sta andando a 75 km all'ora su un rettilineo a fianco di un treno della Linea Verde diretto in centro che si sta precipitando giú dalla collina sulla rotaia leggermente rialzata che divide a due a due le corsie della Commonwealth. Gli piace fare le corse con il treno Verde a 75 km giú lungo la C integrale della Commonwealth per vedere a quanta distanza riesce a tagliargli la strada sulle rotaie quando si incrociano con la Brighton Avenue. È un vestigio. Ammette che questo è come un oscuro vestigio dei suoi vecchi comportamenti di quando aveva poca stima in se stesso e voleva provare il brivido del suicidio. Non ha la patente, quella non è la sua auto, è un oggetto d'arte automobilistica di valore inestimabile, sta guidando l'auto del suo capo, la persona alla quale deve la vita e della quale forse è anche innamorato, sta correndo per comprare delle verdure per un paio di nuove con gli occhi che roteano e tremano come foglie perché sono appena uscite dalla disintossicazione. È stato già detto che la testa di Gately è quadrata? È un quadrato quasi perfetto, massiccio, sembra una scatola: la testa di uno che sembra divertirsi ad abbassare la testa e caricare. In passato lasciava che gli chiudessero le porte degli ascensori sulla testa, che gli rompessero delle cose sopra. L'*Indistruttibile* nel suo nomignolo da bambino si riferiva alla testa. Il suo orecchio sinistro sembra quasi quello di un pugile professionista. La testa è quasi piatta in cima, e per questo motivo i capelli, lunghi dietro ma con una frangia corta davanti tipo Prince Valiant, sembrano il ritaglio di un tappeto che qualcuno gli ha buttato sulla testa e che pur essendo leggermente scivolato all'indietro è rimasto su[200]. Nessuno di quelli che vivono in questi vecchi palazzi marroni con le facciate lerce di guano e le sbarre alle finestre[201] dei piani bassi lungo la Commonwealth ci entra mai, sembra. Anche durante i temporali e le nevicate, tutti i tipi di spagnoli olivastri e di irlandesi candidi stanno agli angoli della strada a chiacchierare, ma cercano di dare l'impressione di aspettare qualcosa di importante e bevono dalle lattine avvolte nei sacchetti di carta marroncina. Uno strano accenno alla discrezione, i sacchetti, cosí stretti intorno alle lattine che non si può non capire cosa celino. Gately, che è una ragazzo della Shore, non ha mai usato un sacchetto di carta per avvolgere le lattine: è una cosa che fanno quelli di città. La Aventura può fare 80 km all'ora in terza. Il motore non è mai sotto pressione e non sibila, comincia solo a dare segni di ostilità, e allora capisci che devi cambiare e pestarti il fianco. La strumentazione della Aventura sembra quella di un aereo militare. C'è sempre qualcosa che lampeggia o Indica qualcosa; una delle lucine lampeggianti ti dice quando cambiare marcia; Pat gli ha detto di non fare caso alla strumentazione. Gli piace abbassare il finestrino dalla parte del guidatore e appoggiare il gomito sinistro allo sportello come fanno i tassisti.

E intrappolato dietro un autobus che con il suo grosso culo quadrato occupa tutte e due le corsie e non può sorpassarlo in tempo per battere il treno sull'incrocio, e il treno attraversa di fronte all'autobus con una grande strombazzata tipo scoreggia e un leggero sculettio nel passaggio sulle rotaie a livello della strada. Vede la gente urtarsi dentro il treno, e aggrapparsi a maniglie e sbarre. Oltre l'incrocio sulla Commonwealth c'è la Boston University, la Kenmore e la Fenway, e la Scuola di Musica Berklee. Il cartellone della Citgo è ancora visibile davanti a lui in lontananza. Devi fare una scioccante quantità di strada per raggiungere il cartellone, che tutti dicono sia forato e ci si può salire sopra e infilare la testa in un mare di neon pulsante ma nessuno c'è mai stato di persona, lassú.

Con il braccio fuori come un tassista, Gately sfreccia nel territorio della Boston University. Il territorio degli zainetti, degli stereo personali e delle tute sportive firmate. Ragazzini senza barba con gli zaini e i capelli ritti e duri sulla testa e fronti spianate. Fronti completamente prive di rughe e di pensieri, come la crema di formaggio o le lenzuola stirate. Quaggiú tutte le vetrine dei negozi sono piene di vestiti o cartucce per Tp o poster. Gately ha le rughe sulla fronte da quando aveva dodici anni. È soprattutto qui che gli piace far saltare la roba di mano alla gente e farla rotolare sul marciapiedi. Sembra che le ragazze dalla Bu non abbiano mangiato che prodotti caseari in tutta la loro vita. Queste ragazze fanno l'aerobica step. Hanno capelli lunghi puliti e spazzolati e belli. Non hanno nessun tipo di dipendenza. La strana sensazione di *disperazione* nel cuore del desiderio. Gately non fa sesso da quasi due anni. Alla fine del Demerol non ce la faceva fisicamente. Poi agli Aa di Boston ti dicono di non farlo, non nel tuo primo anno pulito, se vuoi essere sicuro di Farcela. Ma non ti dicono che dopo che quell'anno sarà andato, ti sarai dimenticato anche come si fa a parlare con una ragazza senza annoiarla con la Resa e il Rifiuto e cosa voleva dire essere Là Fuori nella gabbia. Gately non ha mai fatto sesso da sobrio, o ballato, o tenuto la mano di qualcuno se non per dire il Padre Nostro in un grande cerchio. A ventinove anni ha ricominciato a venire nel sonno.

Gately ha scoperto che può anche farcela a fumare nell'Aventura se apre pure il finestrino del passeggero e sta attento che la cenere non vada dappertutto. Il vento che attraversa l'auto aperta è micidiale. Fuma le sigarette al mentolo. Era passato al mentolo a quattro mesi di sobrietà perché non le poteva sopportare, e le sole persone che conosceva che le fumavano erano i negri e aveva pensato che se si fosse permesso di fumare solo sigarette al mentolo sarebbe riuscitoa smettere con piú facilità. E ora non riesce a fumare altro che sigarette al mentolo, e Calvin T. dice che fanno ancora piú male delle altre perché hanno dei piccolissimi pezzi di merda di amianto nel fil-

tro e chissà che altro. Ma Gately aveva abitato per circa due mesi nella stanzina per il personale maschile giú nel sottosuolo vicino al telefono a gettoni e le macchinette per l'acqua tonica prima che venisse quel tipo dell'Igiene e facesse un'ispezione e dicesse che tutti i grossi tubi sul soffitto della stanza erano isolati con amianto vecchio che
si stava spaccando e stava amiantando la stanza, e Gately aveva dovuto traslocare tutta la sua roba e i mobili nel sottosuolo e dei tipi con
le tute bianche e le bombole di ossigeno erano entrati e avevano tolto tutto il materiale sopra i tubi e avevano ripassato tutta la stanza
con qualcosa che aveva l'odore del lanciafiamme. Poi avevano portato l'amianto vecchio alla Ewd in un bidone saldato con il segno di un
cranio. Cosí Gately pensa che le sigarette al mentolo siano probabilmente l'ultima delle sue preoccupazioni polmonari, a questo punto.

Puoi andare sulla Storrow 500[202] dalla Commonwealth oltre Kenmore attraverso questa lunga strada a due corsie oscurata dai cavalcavia che taglia in due i Fens. In pratica la Storrow 500 è una superstrada urbana che corre lungo il Chuck blu lungo tutta la spina dorsale di Cambridge. Il Charles ha un colore brillante anche quando il
cielo minaccia tuoni e pioggia. Gately ha deciso di comprare la roba
per fare l'omelette alle nuove arrivate al Bread & Circus in Inman
Square a Cambridge. Spiegherà il ritardo, e quella spiegazione sarà
una pugnalata sottile e non verbale a ogni richiesta di dieta speciale.
Il Bread & Circus è un negozio di alimentari socialmente irresponsa-
bile e carissimo, pieno di Verdi di Cambridge sgranocchiatori di cereali, e tutto è macrobiotico e fertilizzato solo con merda di lama organica e genuina eccetera. Il sedile basso del guidatore della Aventura e il grande parabrezza fanno vedere al nostro pensatore un po' piú
cielo di quanto ne vorrebbe vedere. Il cielo è basso e grigio e slegato
e sembra appeso. Ha qualcosa di *incombente*. Non si riesce a capire
se sta ancora nevicando o se la neve già caduta viene portata qua e là
dal vento. Per arrivare a Inman Square si devono attraversare tre corsie e uscire dalla Storrow 500 sulla Rampa della Morte di Prospect
St. e fare lo slalom tra i tombini e poi girare a destra, verso nord, e
prendere la Prospect attraverso Central Square e continuare in direzione nord attraverso grandi etnicità fin quasi a Somerville.

Anche Inman Square è un posto dove Gately non va quasi piú, perché è nella Little Lisbon di Cambridge, molto portoghese, il che vuol
dire anche brasiliani con quegli antichi pantaloni scampanati e le camicie con i colletti a punta che non hanno mai smesso di mettersi, e dove ci sono brasiliani da discoteca la cocaina e i narcotici non possono
essere lontani. I brasiliani del quartiere sono un'altra solida ragione per
guidare a una velocità eccessiva, per Gately. In piú Gately è solida-

mente pro-americano, e a nord del coagulo di Central Square e il groviglio di Prospect St. si entra in lande bizzarre e aliene senza poliziotti: cartelloni pubblicitari in spagnolo, madonne di plastica nei cortiet-
ti recintati davanti alle case, intricati arbusti di vite senza foglie affer-
rati e costretti da viti nude e legnose spesse un dito; pubblicità per i
biglietti della lotteria in una lingua che non è proprio spagnolo, le case
tutte grigie, ancora madonnine di plastica lucida vestite da suora sui
porticati scrostati, negozi e *bodegas* e automobili con le sospensioni ribassate parcheggiate in tripla fila, un panno con una scenetta tipo presepe con tutti i personaggi appeso al balcone di un secondo piano, fili
per stendere i panni appesi tra le case, le case grigie in fila strizzate una
accanto all'altra in lunghe schiere con cortiletti minuscoli pieni di giocattoli sparpagliati qua e là, e alte, le case, come se si fossero alzate a
forza di essere strizzate da tutte e due le parti. C'è qualche negozio di
boscaioli qua e là, misto a quelli spagnoli a tre piani pieni di roba, ma
sembrano soggiogati, esiliati eccetera. Le strade lerce di rifiuti e di buche. Fognature inesistenti. Ragazze con il culone insaccate come sal-
sicce dentro i jeans a sigaretta che viaggiano sempre in tre al tramonto
con i capelli di quello strano biondo-marrone che si fanno fare tutte le
ragazze portoghesi dal parrucchiere. Un negozio con un cartello nel
buon vecchio inglese che dice Polli Ammazzati di Fresco Ogni Giorno. Il *Ryle Jazz Club*, un bar tipo pub di un certo livello, gente con i
cappelli di tweed e le pipe di radica agli angoli della bocca che ci mettono una giornata a bersi una pinta di birra scura tiepida. Gately ha
sempre pensato che la birra scura sappia di sughero. Un edificio curioso a un solo piano che sembra uno studio medico con una specie di timpano sopra la porta di vetro lamé con una pubblicità che dice DISTRU-
ZIONE COMPLETA DI NOTIZIE CONFIDENZIALI, dove Gately ha sempre avuto voglia di fare una capatina per vedere che diavolo facciano là dentro.
I mercatini di alimentari portoghesi dove trovi della roba che non in-
dovineresti mai da quale specie venga. Una volta a una bancarella portoghese a est di Inman Square una puttana cocainomane aveva cercato di convincere Gately a mangiare qualcosa che aveva i tentacoli. Invece lui si era mangiato un bel panino. Ora Gately passa come un
fulmine attraverso la Inman, diretto al B&C nella parte a nordovest
molto piú chic, piú vicino a Harvard, tutti i semafori improvvisamente sono verdi e cortesi, la scia della Aventura a dieci cilindri solleva uno
strano microtornado di volantini pubblicitari gettati via e sacchetti di
plastica e sacchetti di carta dei fast food e l'involucro di una siringa e
cicche di sigarette senza filtro e immondizia di tutti i generi e un bicchiere di carta schiacciato di Millenial Fizzy, di sicuro arrivato fin lí da
una bancarella, che gira nel vortice del suo ramo di scappamento, il mi-

crotornado gira, mentre l'ultima perlacea curva del sole ancora visibile oltre le nuvole rigonfie viene inghiottita dagli innumerevoli Sancta Qualcosa e poi dagli ornamenti cruciformi imbiancati sui tetti delle chiese Wasp piú avanti, a ovest, piú vicino a Harvard, a 60 all'ora ma sostenuto nel suo turbinio da una forte brezza da occidente mentre l'ultimo pezzettino di sole se ne va e un'ombra nero-blu riempie lentamente il canyon della Prospect, dove i lampioni non funzionano per le stesse ragioni municipali per le quali la strada si trova in condizioni disastrose; e uno dei rifiuti che Gately ha sollevato e fatto ruotare dietro di sé, uno spesso bicchiere schiacciato di Mf, viene catturato da una corrente improvvisa mentre ricade svolazzando e preso in un mulinello verso un certo negozio «Antitoi Entertainment»[203] sul lato est della strada, e lo colpisce, e il suo fondo incerato fa un suono sordo, e colpisce il vetro della porta chiusa del negozio con lo stesso identico rumore di quando qualcuno bussa sul vetro con le nocche, tanto che dopo un minuto un tipo barbuto e robusto dall'aspetto canadese in una di quelle tipiche camicie canadesi di flanella a quadri appare nella luce fioca della stanza sul retro del negozio e si pulisce la bocca prima con una manica e poi con l'altra e apre la porta davanti con un sonoro cigolio dei cardini e si guarda intorno per vedere chi ha bussato, e non sembra molto contento di essere stato interrotto in quella che le sue maniche rivelano essere una cena straniera, e oltre all'espressione infastidita, sembra anche molto nervoso e pallido, il che potrebbe spiegare la x delle cartucciere da armi corte che ha sul petto flanellato e l'assurdamente grande revolver .44 che spunta dalla cintura dei jeans. Il socio e fratello di Lucien Antitoi, l'altrettanto corpulento Bertraund – al momento ancora nella stanzina sul retro dove i due dormono su brande sotto le quali c'è un vero e proprio arsenale e ascoltano la stazione radio Cqbc e fanno progetti e fumano ottima erba idroponica Usa e tagliano e montano vetri e cuciono bandiere e cucinano nelle pentole survivaliste e raffinate di L.L. Bean, lui è lí a mangiare la *soupe aux pois* di Habitant e il pane con la melassa di Bread & Circus e delle fettine di carne oblunghe e venate di blu che un americano pensante non proverebbe nemmeno a identificare – Bertraund che ride sempre e dice a Lucien nel dialetto del Québec che non aspetta altro che il giorno in cui Lucien si dimenticherà di controllare la sicura della sua Colt enorme prima di infilarsela nel cinturino dei pantaloni e zoppicherà per tutto il negozio con i suoi scarponi chiodati, e farà tintinnare tutti gli specchi e gli oggetti di vetro soffiato. Il revolver non automatico è un ricordo dell'affiliazione. Anche se hanno participato una o due volte alle spedizioni degli affiliati Separatisti antionanisti dell'Flq, si può dire che in generale gli Antitoi non costituiscono una delle cellule insurrezionali piú temibili; agiscono quasi sempre da soli, praticamente non hanno contatti esterni, un nucleo monomitotico, eccentrico e molto vicino all'incompetente, gentilmente protetti dal patron regionale, l'ormai defunto M. Guillaume DuPlessis della Penisola di Gaspé, allontanati dall'Flq dopo l'assassinio di DuPlessis e anche messi in ridicolo dai nuclei anti-Onan piú audaci. Bertraund Antitoi è il capo, il cervello della squadra, soprattutto per difetto dell'altro, perché Lucien Antitoi è uno dei pochi indigeni del «Notre Rai Pays» che non capisce il francese, proprio non gli è mai riuscito di impararlo, e per questo ha dei poteri di veto molto limitati, anche quando si tratta dei piani stravaganti di Bertraund tipo appendere una bandiera con il fleur-de-lis con una spada al posto del gambo al naso della statua dell'Eroe Civile Americano in Boylston Street, per vederla poi tirata giú la mattina dopo da gendarmi scocciati *chiens-courants* dell'Onan, o attaccare mattoni alle cartoline da non affrancare del partito Ppusa del *Sans-Christe* Gentle, o fare stoini di Astroturf con l'immagine del *Sans-Christe* Gentle e distribuirli gratuitamente ai negozi di articoli per la casa attraverso la loro griglia insurrezionale – piccoli gesti puerili e nel complesso piuttosto tristi che M. DuPlessis avrebbe vietato con una risata allegra e una pacca amichevole sulla spalla tipo palla da bowling di Bertraund. Ma M. DuPlessis era stato fatto martire, in un assassinio che solo l'Onan era stato tanto stupido da credere che il Comando fosse tanto stupido da credere che fosse stato solo una sfortunata combinazione di rapina e muco. E Bertraund Antitoi, che dopo la morte di DuPlessis e l'allontamento da parte dell'Flq si era trovato lasciato ai suoi mezzi concettuali per la prima volta da quando il loro fuoristrada era stato caricato di oggetti esotici di vetro riflettente di alta qualità della Van Buskirk di Montreal, e strumenti per soffiare il vetro e scope e pentolame di sopravvivenza e cartoline allegre e saponette che fanno la schiuma nera e vecchie cartucce InterLace poco richieste e aggeggi che dànno la scossa quando si stringe la mano e fraudolenti ma seducenti occhiali a raggi x, e loro erano stati spediti giú per quello che rimaneva dell'Autostrada Provinciale 55/Usa 91 con tute protettive che avevano fatto a pezzetti e sotterrato appena a sud del posto di blocco Onan lungo la Concavità, a Bellow's Falls nel Vermont, inviati come una specie di organismo primitivo bicellulare per stabilire un rispettabile fronte di appoggio e aiutare i nuclei piú audaci e insorgere e terrorizzare in piccoli e tristi modi antiexperialisti; a questo punto Bertraund aveva mostrato un'inclinazione per stupide perdite di tempo che prima DuPlessis aveva soffocato, come questo allargarsi a spacciare prodotti farmaceutici nocivi per intaccare la fibra dei giovani del New New England – come se i giovani statunitensi non fossero già abbastanza privi di fibra, pensava muto Lucien. Bertraund era stato molto credulone con un tipo anziano con i capelli lunghi tutto rugoso che indossava una giacca tipo Nehru a disegni cashmere anch'essa molto anziana e un cappello sconcertante con uno scheletro che suonava il violino ricamato sul davanti, e quegli occhiali stupidi con la montatura tonda di metallo e le lenti color salmone, e faceva continuamente il segno V con le dita della mano e rivolgeva la V verso Bertraund e Lucien – Bertraund interpretò il gesto come una sottile affermazione di solidarietà con la Lotta patriottica in tutto il mondo, come se stesse per *Victoire*, ma Lucien sospettava fosse qualche oscenità Usa spianata in faccia ridendo a persone che non avrebbero capito l'insulto, proprio come uno di quei sadici tutori di Lucien alla *école-spéciale* di Ste-Anne-des-Monts che avevano impiegato settimane a insegnare a Lucien a dire *Va chier, putain!* che lui (il tutore) gli aveva detto che voleva dire «Guarda, mamma, so parlare francese e posso finalmente esprimere il mio amore e la mia devozione per te» – Bertraund era stato cosí abbagliato da barattare un'antica lava-lamp blu e uno specchio da farmacia dal vetro color lavanda per diciotto vecchie malandate pasticche a forma di losanga che il vecchio con i capelli lunghi, con un confuso accento francese della Svizzera occidentale, aveva assicurato essere 650 mg di un farmaco formidabilmente nocivo non piú in commercio che, disse, avrebbe fatto sembrare la piú terrificante esperienza psichedelica di chiunque come una giornata sul lettino dei massaggi delle terme di Basilea, e aveva aggiunto anche un sacchetto della spazzatura pieno di vecchie cartucce incrostate e coperte di muffa, sans etichetta, che sembravano venire dal cortile di qualcuno e poi infilate in un essiccatore a gas per vestiti, come se Lucien non avesse già abbastanza vecchie cartucce incrostate che Bertraund prendeva nei cassonetti InterLace o gli rifilavano in qualche baratto e lui poi riportava al negozio perché Lucien le vedesse e le etichettasse e le catalogasse e poi non le comprava nessuno a eccezione di qualche cartuccia in portoghese, o pornografica. E l'uomo anziano era sparito con il suo cappello e i suoi sandali insieme alla lampada e allo specchio da farmacia ai quali Lucien era personalmente molto attaccato, specialmente allo specchio con la cornice color lavanda, e aveva fatto loro l'osceno gesto della V, dicendogli sorridendo che era meglio si scrivessero nome e indirizzo sul palmo della mano con l'inchiostro antisudore prima di buttare giú le cosiddette *tu-sais-quoi*, se avevano intenzione di prenderle loro, le pasticche.

La porta sul davanti cigola sempre e Lucien la richiude e mette il paletto di sicurezza: *squeak*. Il cardine di sopra cigola nonostante l'olio, e il negozio invece fa diventare matto Lucien perché si riempie di polvere nera tutte le volte che si apre la porta sulla strada, e

della polvere del vicolo pieno di cassonetti su cui dà la stanza sul retro la cui porta di ferro Bertraund si ostina ad aprire tutte le volte che
deve sputare. Comunque il cigolio serve da campanello per avvisarli
quando entra un cliente. Quando si sente bussare alla porta sul davanti, di solito sono i bambini brasiliani con i loro sederoni che si divertono a fare scherzi poco divertenti. Lucien non tira la tendina della finestra, ma afferra la scopa bella e resistente che si è fatto da solo, quella con cui spazza il negozio tutto il giorno, e sta lí a masticarsi
nervosamente l'unghia del pollice e a guardare fuori. A Lucien Antitoi piace stare al vetro della porta a guardare fuori la leggera neve di
polvere che brilla contro il tramonto di ombre blu e ingoia la strada
americana là fuori. La porta continua a cigolare debolmente anche
quando ha messo il paletto. Può starsene lí felice e contento per ore,
appoggiato sulla scopa resistente che aveva ricavato da un grosso ramo schiantato dalla neve quando era un ragazzino durante le terribili tempeste di neve del Gaspé nel Québec del 1993 a.S. e ci aveva legato la saggina e ne aveva appuntito un'estremità, tanto che la scopa
era diventata una specie di arma domestica, ancora prima che l'imposta experialista dell'Onan avesse reso remotamente necessarie le
loro battaglie e i loro sacrifici, quando era un ragazzino taciturno,
molto interessato a ogni tipo di armi e munizioni. Che insieme alla
sua corporatura, lo aveva aiutato quando lo prendevano in giro. Potrebbe stare lí per delle ore, e ci sta, illuminato da dietro in modo
complesso, da riflessi trasparenti, a osservare quel traffico e quel commercio alieni. Possiede la rara capacità di apprezzare a pelle la bellezza nelle cose normali, una dote che la natura sembra concedere a quelli che non hanno parole per esprimerla. «Squeak». La maggior parte
dello spazio del negozio «Antitoi Entertainment» è dedicata al vetro:
hanno posizionato gli specchi curvi e piani in determinati angoli in modo che ogni parte della stanza venga riflessa in ogni altra parte, il che
agita e disorienta i clienti e riduce la contrattazione al minimo. In una
specie di corridoio stretto dietro uno specchio ad angolo ci sono i loro trucchetti, aggeggini, cartoline ironiche, e anche cartoline di auguri non ironiche e sentimentali[204]. Ci sono poi parecchie mensole piene
di cartucce di intrattenimento digitale InterLace, usate e bootleg e indipendenti, anche quelle fatte in casa, senza un ordine preciso, dato
che Bertraund si occupa dell'acquisto e Lucien è incaricato di inven-
tariarle e di metterle in ordine; comunque, se l'ha vista almeno una
volta, Lucien può identificare qualsiasi cassetta usata in magazzino e
indicarla al raro cliente con la punta aguzza della sua scopa fatta a mano. Alcune cartucce non hanno neanche l'etichetta, perché sono troppo misteriose e illecite. Per tenere il passo con Bertraund, Lucien de-

ve guardare i nuovi arrivi su un piccolo visore economico accanto al registratore di cassa mentre spazza il negozio con la scopa imponente che
gli è sempre stata tanto cara e ha sempre tenuto ben appuntita e pulita
dalla peluria del pavimento fin da quando era adolescente, e con la quale a volte si immagina di parlare, molto tranquillamente, e le dice *Va
chier, putain* con un tono di voce sorprendentemente gentile e cortese
per un terrorista di quella mole. Lo schermo del visore ha qualcosa che
non va con la Definizione e c'è un tremolio sulla parte sinistra che fa
sembrare tourettici tutti gli attori che recitano da quella parte. Trova
senza senso le cartucce pornografiche e le guarda mandandole avanti
velocemente per arrivare in fondo il prima possibile. Per questo motivo conosce tutte le cartucce, a parte i colori e le trame visive degli acquisti piú recenti, ma alcune non hanno ancora l'etichetta. Deve ancora vederne e metterne a posto tante del vasto assortimento che Bertraund aveva portato a casa e scaricato dal fuoristrada nella gelida
pioggia di sabato, molte vecchie esercitazioni e film su cartucce che un
piccolo negozio TelEntertainment della Back Bay aveva buttato via perché erano sorpassati. Ce n'erano anche una o due che Bertraund diceva di aver preso per strada in centro vicino alla Statua di Shaw avvolta
nella bandiera da una di quelle stupide pubblicità di cartone che mostrano delle cartucce vere che chiunque può prendere e portarsi a casa
sotto la pioggia. Aveva guardato subito le cartucce prese da quella pubblicità, perché anche se non avevano etichetta salvo uno slogan pubblicitario in lettere piccole e in rilievo che diceva IL NE FAUT PLUS QU'ON
PURSUIVE LE BONHEUR – che per Lucien Antitoi non voleva dire un bel
niente – tutte avevano stampato sopra anche un cerchio e un arco che
sembravano un sorriso senza corpo, e questa cosa aveva divertito Lucien che le aveva infilate subito nel lettore per scoprire con Bertraund,
con suo grande disappunto e impazienza, che erano vuote, senza neanche la statica dell'Alta Definizione, proprio come i nastri che avevano
barattato con il vecchio maleducato, bianchi senza neanche la statica,
per la soddisfazione del disgusto di Lucien[205]. Attraverso il vetro della
porta, i fari delle auto che passano illuminano un disabile sulla sedia a
rotelle che si affanna lungo il marciapiede pieno di buche davanti al negozio di alimentari portoghese che è di fronte al negozio degli Antitoi.
Lucien si è dimenticato che stava mangiando il costoso pane con la melassa e la *soupe aux pois*; si dimentica che sta mangiando appena il sapore del cibo gli sparisce dalla bocca. La sua mente è sempre pulita e
trasparente come gli oggetti del negozio. Spazza un po', assente, di fronte al vetro della porta, e guarda il riflesso della sua faccia muoversi a
scatti nella notte sempre piú nera. La neve cade leggera e quasi rimbalza da una parte all'altra del canyon della Prospect, avanti e indietro. Le

setole della scopa fanno «Ssh, ssh». Il suono metallico e statico della stazione Cqbc è stato spento, ora riesce a sentire Bertraund che si muove e fa rumore con le pentole e ne fa cadere una, e Lucien si dà da fare con la scopa dal manico appuntito sulle piastrelle portoghesi scheggiate. È molto bravo nei lavori domestici, il migliore domestico di 125 kg che esista e porti la barba e una cartucciera per armi corte a tracolla. Il negozio, pieno zeppo di roba fino al soffitto rivestito antirumore e pulitissimo, sembra il deposito di un robivecchi che non voglia mai buttar via niente. Si muove a scatti e spazza, e crea lampi di luce riflessa negli specchi mentre balla, nella notte, dietro la porta chiusa. Il tipo sulla sedia a rotelle si affanna ancora sulle ruote ma, stranamente, sembra sempre nello stesso punto, di fronte al negozio di alimentari portoghese. Ora Lucien si è avvicinato alla porta per vedere meglio, così che l'immagine della sua faccia trasparente riempie tutto il vetro e ora può vederci chiaramente attraverso, vede che la persona sulla sedia a rotelle è diversa da quella che aveva visto prima, è un'altra persona su un'altra sedia a rotelle, anch'essa tiene gli occhi bassi e sembra avere una strana maschera, mentre si affanna tra le buche sconnesse del marciapiede; e vede anche che non troppo lontano, dietro questa figura seduta, c'è ancora un'altra figura su una sedia a rotelle, e va nella stessa direzione; e mentre Lucien Antitoi gira la testa e preme le sue guance barbute sul vetro della porta cigolante – ma come può cigolare il cardine superiore di una porta quando la porta è chiusa bene e il paletto è stato chiuso con lo stesso forte *snick* di una pallottola .44 che si infila nella camera di scoppio di una rivoltella? – guardando verso sudest nella Prospect, Lucien vede i riflessi variegati dei fari delle macchine ribassate splendere su una lunga colonna singola di ruote di metallo lucido che girano stolide, girate da mani infilate nei guanti senza dita da sedia a rotelle. «Squeak. *Squeak*». Lucien ha sentito cigolare la porta per vari minuti e, ingenuo come un bambino, ha pensato che il cigolio venisse dal cardine superiore della porta. E il cardine cigola[206]. Ma ora Lucien sente interi sistemi di cigolii, lenti e deboli ma non furtivi, i cigolii di sedie a rotelle che si muovono lente, implacabili, calme e professionali eppure minacciose, con l'indifferenza tipica delle cose che stanno proprio in cima alla catena alimentare; e, ora, voltandosi, con il cuore che gli batte forte nelle tempie, ora riesce a vedere, negli angoli degli specchi posizionati con cura, le lance di luce riflessa dal metallo in rotazione più o meno all'altezza della vita dell'uomo enorme che se ne sta fermo con una scopa stretta al torace ampio. C'è un bel numero di persone sulle sedie a rotelle che si muovono nella stanza con lui, nel negozio, si muovono con calma tra le bacheche di vetro piene di aggeggi strambi. In strada, su tutti e due i marciapiedi, ci sono delle sfilate di persone sulle sedie a rotelle, con le coperte sulle ginocchia, le facce oscurate da quelle che sembrano grandi foglie punteggiate di neve, e le tende della drogheria portoghese sono state tirate giú e al vetro della porta d'ingresso è appeso con lo spago un cartello con scritto ROPAS. *Les assassins des fauteuils rollents*, gli Assassini sulle Sedie a Rotelle. A Lucien era stato insegnato il simbolo di una sedia a rotelle di profilo con sotto un enorme teschio con gli ossi incrociati. È la peggiore prospettiva possibile; è molto peggio dei gendarmi dell'Onan: gli Afr. Mentre piagnucola con la scopa in mano, Lucien estrae dai pantaloni la sua mastodontica Colt e scopre che un lungo filo nero della patta si è attorcigliato al mirino dell'arma e viene via con un lungo suono di lacerazione strappando i pantaloni per la forza convulsa con cui ha tirato fuori l'arma, e i pantaloni si strappano lungo la cerniera e la forza della sua mastodontica pancia canadese allarga lo strappo in su e in giú, tanto che il bottone si sbottona e i jeans si aprono e gli calano immediatamente alle caviglie, acciambellandosi sugli scarponi chiodati, e scoprono le sue mutande rosse e costringono Lucien a fare dei frenetici passettini strascicati e poco dignitosi verso la stanzina sul retro mentre cerca con la Colt impigliata nel filo di coprire ogni suo frammentato movimento che possa riflettersi nei mille riflessi degli specchi del negozio e si dirige il piú velocemente possibile con i jeans alle caviglie verso la stanza sul retro per dare l'allarme senza aprire bocca, facendo la faccia torturata e rigida con l'occhio da demonio e la lingua di fuori e le corde al collo che fanno i bambini piccoli quando giocano a *Le monstre*, per dare l'allarme a Bertraund che *Loro* sono arrivati, non i gendarmi di Boston o i *chiens* dell'Onan vestiti di bianco ma proprio *Loro*, *Loro*, *Les assassins des fauteuils rollents*, gli Afr, quelli che arrivano sempre al tramonto e cigolano implacabilmente, e non ci si può ragionare e non ci si può trattare, non provano né pietà né rimorso, né paura (si dice abbiano paura solo delle discese ripide), e ora eccoli dappertutto nel negozio come topi senza faccia, i criceti del diavolo, e si muovono con un cigolio placido subito oltre la periferia degli specchi del negozio, regalmente sereni; e Lucien, con la sua grossa scopa in una mano e la Colt con il filo attorcigliato nell'altra, cerca di coprire la sua microvolata a piccoli passi con un tonante sparo troppo alto che frantuma uno specchio planare da porta messo ad angolo, e spruzza vetro anodizzato dappertutto e lascia un buco dentellato a forma di stella al posto del riflesso di un Afr con la coperta sulle ginocchia e una maschera di plastica con lo stemma del fleur-de-lis-con-la-spada, e in tutta la stanza ci sono frammenti scintillanti e polvere di vetro e i cigolii imperturbabili – «squeak *squeak* squeak squeak» sono davvero terribili – si sentono sopra lo sbattere e il tintinnare e il rumore dei passi frenetici degli scarponi chiodati e il vetro che vola in ogni direzione, e lui che mira da ogni parte dietro di sé, e poi Lucien entra di schianto quasi staccando le tende, con gli occhi sbarrati e le corde al collo e tutto avviluppato di filo per dare l'allarme facciale a Bertraund che lo sparo voleva dire che c'erano gli Afr e bisognava tirare fuori l'artiglieria dal nascondiglio e prepararsi a resistere in un accerchiamento, ma scopre con orrore che la porta di servizio del negozio è aperta nella brezza sabbiosa e Bertraund è ancora seduto al tavolino che usano per la cena – usavano – con la zuppa di piselli e il polpettone di carne ancora nel vassoio, è seduto e guarda davanti a sé con uno sguardo strabico da pirata, un grosso chiodo da binario infilato in un occhio. La punta del chiodo è sia quadrata sia arrotondata, e anche rugginosa, e viene fuori dall'orbita dall'occhio destro di suo fratello, un tempo celeste. Ci sono forse sei o nove Afr qui nella brezza della stanza sul retro, silenziosi come sempre, le ruote immobili, le coperte di flanella che oscurano l'assenza di gambe, e naturalmente anche le camicie sono di flanella, e hanno delle maschere di materiale sintetico con gli iris della bandiera araldica con steli fiammeggianti che arrivano fin sul mento e dei tagli per gli occhi e dei buchi rotondi per la bocca – tutte uguali a eccezione di un Afr con una giacca sportiva non pretenziosa e la cravatta e la peggiore maschera di tutte, un semplice cerchio di poliestere giallo con una faccia da smile disegnata con delle sottile linee nere, oscenamente semplice, che sta inzuppando incerto un cantuccio di baguette nella ciotola di metallo della zuppa di Bertraund e si infila il pane nel buco sorridente della bocca della maschera con una mano elegantemente coperta da un guanto cerise. Lucien, che osserva con gli occhi di fuori l'unico fratello che abbia mai avuto, sta in piedi immobile, la faccia ancora involontariamente teratoide, la scopa inclinata in mano, la Colt che gli dondola su un fianco, e il lungo filo nero della cerniera che si è sfilato dalla cerniera ora si è arrotolato intorno al pollice, e penzola tra il pollice e la pistola ed è strascicato sul pavimento pulitissimo, i pantaloni calati sulle caviglie, quando sente uno *squeak* veloce ed efficace e gli arriva una botta tremenda da dietro all'altezza delle ginocchia che lo fa cadere in ginocchio a terra, la .44 rincula mentre parte un colpo per riflesso che va a finire nelle piastrelle portoghesi a imitazione-legno; e ora si trova in una posizione da supplice sulle sue ginocchia rosse, circondato da *fauteuils des rollents*, e tiene ancora in mano la scopa ma ora all'altezza della legatura di filo di ferro che ferma la saggina; la sua faccia ora alla stessa altezza della faccia gialla e vuota e sorridente e masticante del capo degli Afr – da lui si irradia

un'aria di comando senza pietà e senza rimorso – che gira la ruota destra per avvicinarsi e con tre giri senza cigolio porta il suo sorriso nero vuoto e odioso a pochi cm dalla faccia di Lucien Antitoi. Il capo
gli rivolge un *'n soir, 'sieur* che non vuol dire nulla per Lucien Antitoi, il mento incavato e le labbra tremanti, anche se i suoi occhi non
sono propriamente occhi terrorizzati. Il profilo bucherellato e rigido
del fratello di Lucien è visibile sopra la spalla sinistra del capo. L'uomo tiene ancora nella mano sinistra inguantata del pane inzuppato
nella minestra.

«*Malheureusement, ton collégue est décedé. Il faisait une excellente soupe aux pois*». Sembra divertito. «*Non? Ou c'était toi, faisait-elle?*» Il capo si sporge in avanti nel modo aggraziato delle persone che stanno sempre sedute, e cosí facendo mostra i capelli riccioluti e una piccola chiazza di calvizie stranamente banale, e toglie gentilmente la rivoltella calda
dalla mano di Lucien. Mette la sicura senza doverla guardare. Da qualche parte là nel vicolo arriva una fievole musica spagnola. Per un momento il capo degli Afr guarda intensamente negli occhi Lucien, poi con
un maligno, professionale rovescio diretto alla testa di profilo di Bertraund, lo colpisce, e Bertraund vacilla e scivola sulla sinistra in avanti
dalla sedia da campeggio sgangherata e con un rumore orrendo e umido si ferma a sedere, senza sedia ma a sedere sull'anca sinistra, la punta spessa del chiodo da rotaia che aveva nell'occhio ha urtato il bordo
del tavolo di cartone e si è incastrata lí e il tavolo si è inclinato e la roba da mangiare è scivolata nauticamente sulle piastrelle mentre il peso
del grosso tronco di Bertraund è retto in qualche modo dal chiodo e dal
tavolo inclinato. Ora suo fratello ha la faccia rivolta nella direzione opposta rispetto a Lucien, e la sua posizione ricorda quella di qualcuno
piegato in due dalle risate o dal dispiacere, o forse per la birra – un uomo sconfitto. Lucien, che non ha mai capito che cosa fosse o dove si
trovasse la sicura, pensa sia un piccolo miracolo che la Colt .44 con la
sua coda di filo non spari a vuoto di nuovo mentre volteggia vicino alla tempia di Bertraund e cade sul pavimento di piastrelle lucide e scivola sotto una branda, fuori dalla vista. Da qualche parte nell'alta casa
vicina si sente uno sciacquone, e le tubature della stanzina sul retro fischiano. Il filo nero è rimasto impigliato nel mirino della Colt e in qualche modo anche all'orecchio di Bertraund; l'altra estremità è ancora attaccata all'unghia del pollice destro tutta smangiucchiata, tanto che il
filo nero collega ancora Lucien in ginocchio con il revolver nascosto,
con un surreale angolo creato dall'orecchio del suo *frère* deceduto.

Il capo degli Afr con la maschera da smile, che in maniera cortese
ignora il fatto che lo sfintere di Lucien si sia lasciato andare ammor-
bando tutti nella stanzina, dopo essersi complimentato con entrambi

per la fattura di alcuni degli oggetti di vetro soffiato nella stanza davanti, calza meglio i suoi guanti di velluto e dice a Lucien che tocca proprio a lui, a Lucien, dirigere senza indugio la loro attenzione verso un oggetto per intrattenimento che sono venuti ad acquistare. E lo vogliono, questo riproducibile. Sono qui per affari, *ne pas plaisanter*, non è una visita di cortesia. Compreranno questa cosa e poi *iront paître*. Non vogliono disturbare la cena di nessuno, ma l'Afr teme che sia tremendamente urgente e di vitale importanza, quest'oggetto Master del quale hanno bisogno subito immediatamente da Lucien – *entend-il*?

Il vigore con il quale Lucien scuote la testa alle parole senza significato del capo non può che essere malinteso, probabilmente.

Nel negozio c'è un Tp a 585 giri per leggere i Master, vero?

La stessa vigorosa dimostrazione di non aver capito.

È possibile che il sorriso di una maschera riesca ad allargarsi?

Dalla stanza di fronte del negozio si sente una vera e propria sinfonia di cigolii e di *r* rotate sussurrate e i suoni di una zona densamente popolata che viene messa sottosopra e frugata dappertutto. Un paio di questi tipi senza gambe con le braccia enormi si arrampicano con le mani sugli scaffali e stanno appesi lassú quasi vicino al soffitto retti da un equipaggiamento speciale per la scalata e da ventose che si adattano perfettamente ai loro moncherini, le loro braccia abbronzate si dànno da fare sugli scaffali superiori, buttano tutto all'aria e frugano ovunque come insetti schifosi. Uno degli Afr con un torace mastodontico e un colletto da padre gesuita tiene in mano la scopa di fiducia di Lucien e si sporge dalla sedia per seguire il contorno delle labbra di Lucien con la cima appuntita del manico della scopa (le labbra stanno tremando) che è decisamente bianca, senza quel tono terra di Siena dello smalto che in genere riveste le scope e che ricopre come una patina il resto del bastone. Le labbra di Lucien stanno tremando non tanto per la paura – anche se ovviamente c'è della paura – quanto perché sta tentando di mettere insieme qualche parola[207]. Parole che non sono e non potranno mai essere parole vengono ricercate da Lucien in quello che lui presume siano i movimenti maxillofacciali del discorso e c'è un pathos infantile nei suoi movimenti che forse il capo degli Afr dal ghigno rigido riesce a sentire, e forse è per questo che il suo sospiro è sincero, e il suo rammarico è sincero quando si lamenta che quello che seguirà sarà *inutile*, il fatto che Lucien non voglia aiutarli sarà *inutile*, non servirà a nessuno, ci sono diverse dozzine di persone sulle sedie a rotelle altamente qualificate e motivate che troveranno comunque quello che stanno cercando e forse anche qualcos'altro, e forse quel tono stanco e affaticato e gallico che esce dalla maschera è sincero mentre la testa leonina di Lucien viene

tirata indietro da una mano che lo prende per i capelli e la bocca gli
viene spalancata da dita callose che improvvisamente appaiono da dietro sopra di lui e ai lati della sua testa e gli tengono la bocca cosí spalancata che i tendini delle mascelle gli si strappano e i suoni di Lucien
passano da un ululato a un gorgoglio natale quando la cima appuntita e pallida della sua amata scopa gli viene infilata in bocca; e sente
un dolore che prima profuma di legno di pino e poi diventa bianco e
non sa di niente quando la scopa viene spinta con forza dentro la sua
bocca e poi ancora piú giú dall'enorme Afr con il colletto da gesuita,
con colpi ritmici che accompagnano ogni sillaba dell'«*In- U-Tile*» ripetuto stancamente da quello che fa le domande, giú nella gola spalancata di Lucien e poi sempre piú giú; vagiti da neonato fuoriescono intorno al manico marroncino lucido nella bocca, i suoni impediti e strangolati di un'afonia totale, il boccheggiare del pesce fuori
dall'acqua che accompagna nei sogni l'impossibilità a parlare, quello
degli Afr con il colletto clericale ora spinge giú la scopa per metà della sua lunghezza, in piedi sui moncherini per spingere ancora piú giú
mentre le fibre che proteggono la parte terminale dell'esofago resistono e poi cedono con uno schiocco e uno schizzo rosso bagna i denti e la lingua di Lucien e diventa uno zampillo nell'aria, e i suoni gor-
goglianti ora somigliano a quelli di uno che sta annegando; e dietro le
ciglia tremolanti il rivoltoso afrasico semicellulare che ama solo spazzare e ballare in un vetro pulito vede la neve sulle colline tonde del
suo Gaspé natale, riccioli di fumo dai camini, il grembiale di lino di
sua madre, la faccia arrossata e gentile di lei sopra la culla, i pattini
fatti in casa e i fumi del sidro, i laghi Chic-Choc che partono dal monte Cap-Chat dal quale loro venivano giú con gli sci per andare a messa, e capisce dal tono che le parole che vengono da quella faccia arrossata sono parole di tenerezza, e dietro la finestra coperta di brina
vicino alla culla il Gaspé, e laghi dopo laghi dopo laghi illuminati dal
sole quasi artico che si estendono all'orizzonte a sudest come pezzettini di vetro rotto sparpagliati sulla bianca regione del Chic-Choc tutto bianco, e splendono, il fiume Sainte-Anne un nastro di luce, indicibilmente puro; e mentre il manico inculcato naviga nel canale inguinale e nel sigmoide con uno strano, profondo, pieno, caldo solletico
e con un brontolio e con una ulteriore spinta completa il suo passaggio e forma una erettile sporgenza oscena sul retro dei suoi mutan-
doni rossi inzuppati di sangue, e fora la lana e si puntella sul pavimento a piastrelle con la stessa inclinazione di uno sprone tenendolo
in ginocchio, completamente infilzato come in uno spiedo, e mentre
l'attenzione degli Afr nella stanzina si volge da lui agli scaffali e ai
bauli delle tristi vite insurrezionali degli Antitoi, e alla fine Lucien

muore, un bel po' dopo aver smesso di tremare come un topo muschiato bastonato a morte ed esser loro sembrato morto, e mentre alla fine lascia il guscio del suo corpo, Lucien ritrova di nuovo la sua
pancia e la sua gola, del tutto nuove, pulite e senza impedimenti, ed
è libero, catapultato verso casa oltre i ventilatori e le palizzate di vetro della Convessità a una velocità disperata, sale verso nord e grida
un richiamo alle armi chiaro e cristallino e quasi maternamente allar-
mato in tutte le lingue conosciute al mondo.

○

PRIMA DELL'ALBA, I MAGGIO APAD
AFFIORAMENTO A NORDOVEST DI TUCSON AZ USA
ANCORA

M. Hugh Steeply parlò con calma, dopo un silenzio prolungato di
tutti e due gli operativi, rimasti soli con i loro pensieri, su questa montagna. Steeply guardava ancora davanti a sé, in piedi sul bordo dell'affioramento, le braccia nude intorno al corpo per riscaldarsi, il suo vestito sporco davanti agli occhi di Marathe. Attorno al falò, laggiú lontano in mezzo al deserto, ruotava un anello di piccoli fuochi tremuli,
qualcuno teneva in mano delle torce.

«Hai mai pensato di vederlo?» Marathe non rispose. Non era impossibile che i ragazzi con le torce stessero ballando.

«Se gli Afr non riescono a recuperare questa copia Master dalla re-
furtiva del furto in casa di DuPlessis», disse Steeply con calma; «tuttavia avete una copia Read-Only*, una sola, quella ce l'avete, no?»

«Sí».

«Nessuno ha questo misterioso Master, tutti abbiamo solo copie
Read-Only – tutte le cellule anti-Onan hanno almeno una copia Read-
Only, di questo siamo sicuri».

Marathe disse: «M. Broullîme ha detto a Fortier che crede che la
Cpcp dell'Alberta non ne abbia neanche una».

«Al diavolo quelli dell'Alberta», disse Steeply. «Chi se ne frega
di quelli dell'Alberta? La loro idea di colpire gli Usa al plesso solare
è far saltare pascoli nel Montana. Sono degli imbecilli».

«Non sono mai stato tentato dall'idea», disse Marathe.

Sembrò che Steeply non lo avesse sentito. «Noi ne abbiamo piú
di una. Di copie. Siamo sicuri che voi ragazzi lo sapete». Marathe fece una risata sarcastica. «Confiscate nelle baldorie di Berkeley e Bo-

---

* Copia di sola lettura, non riproducibile [N.d.T.].

ston. Ma chi lo sa cosa c'è dentro? Chi può studiare l'Intrattenimento e rimanere impassibile?»

Durante la notte i graffi sul braccio di Steeply si erano gonfiati, e si vedevano altri graffi perpendicolari ai suoi graffi. «Ma dimmi un po', rimane tra noi. Tête-à-tête. Non sei mai stato neanche minimamente tentato dall'idea? Intendo dire personalmente. Tu di persona. Al diavolo i problemi di tua moglie. Al diavolo i bambini. Solo per un attimo, entrare di nascosto dove diavolo lo tenete e infilarlo nel Vcr e dargli un'occhiata veloce? Per vedere cosa sarà mai, il fascino irresistibile di questa cosa». Piroettò su un tacco e lo guardò, e piegò il capo con un cinismo che per Marathe era tipicamente Usa.

Marathe tossí delicamentemente dentro il pugno della mano. Il pacemaker Kenbeck di suo padre morto era stato accidentalmente danneggiato dalle onde di un impulso di un videofono. Era successo per una telefonata della compagnia di telefoni, una chiamata video, che faceva la pubblicità al videofono. M. Marathe aveva tirato su il ricevitore del telefono che suonava; era arrivato l'impulso del videofono; M. Marathe era caduto per terra con il telefono in mano perché non aveva mai consentito a Rémy di rispondere, perché bisognava sempre controllare. La pubblicità, che era registrata, continuava a trasmettere il messaggio vicino all'orecchio di suo padre, sul pavimento, e si sentiva tra un grido e l'altro della madre di Marathe.

Steeply si alzò e si abbassò sulle punte delle scarpe. «Noi, Rod Tine, Rod the God, ha fatto fare dei test ai ragazzi i/o di Tom Flatto. 24/7».

«Flatto, Thomas M., direttore dei test Input/Output del Bss, residente nella comunità di Falls Church, vedovo con tre figli, un figlio con la fibrosi cistica».

«Divertente come un follicolo occluso, Rémy. E senza dubbio tutte le cellule rivoltose stanno facendo lo stesso lavoro, voi ragazzi, con il vostro Dott. Brullent o come si chiama, cercate di capire il fascino dell'Intrattenimento senza sacrificare nessuno dei vostri». Steeply si girò di nuovo; lo fece per dare enfasi a quello che stava dicendo. «O forse siete anche disposti a sacrificare i vostri. Non è vero? Volontari in sedia a rotelle. Sacrificare se stessi per qualcosa di piú grande e cosí via. Una scelta adulta e cosí via. Solo per fare del male a noi. Non oso pensare a come l'Afr stia testando questa cosa».

«C'est ça».

«Ma non solo per il contenuto», disse Steeply. «Quelli all'Input/Output sono test completi. Flatto li sta facendo lavorare sulle condizioni e gli ambienti per una possibile visione non letale. Alcuni reparti in Virginia stanno sviluppando la teoria che si tratti di olografia».

«Il *samizdat*».

«Il regista era uno specialista di ottica d'avanguardia. Olografia, diffrazione. Aveva già usato l'olografia un paio di volte, nel contesto di una specie di assalto filmato allo spettatore. Faceva parte della Scuola degli Ostili o qualche altra stronzata simile».

«Aveva inventato anche i pannelli riflettenti per le armi termiche, era anche un importante *Annulateur*, e aveva guadagnato molto con l'ottica, prima dell'ostilità e dei film», disse Marathe.

Steeply si cinse il torace con le braccia. «La teoria personale di Tom Flatto è che il fascino abbia qualcosa a che fare con la densità. Il bisogno compulsivo della visione. La teoria consiste nel fatto che con una pièce olografica veramente sofisticata si arriva alla densità neurale di un vero e proprio spettacolo teatrale senza perdere il realismo selettivo dello schermo-visore. Che la densità e il realismo siano troppo potenti, insieme. Dick Desai della Produzione Dati vuole analizzarlo con l'Algol e vedere se ci sono Equazioni di Fourier nel codice di radice dell'Algol, il che vorrebbe dire che esiste attività olo-grammatica».

«M. Fortier trova che le teorie sul contenuto siano irrilevanti».

Steeply certe volte abbassava la testa in un modo molto femminile che al tempo stesso gli ricordava pure gli uccelli. Lo faceva spesso durante i silenzi. Ancora un'altra volta si tolse qualcosa di piccolo dal labbro tinto. E parlava anche con un'intonazione piú femminile. Marathe consegnò tutto questo alla sua memoria.

INVERNO, 1963 A.S., SEPULVEDA CA

Mi ricordo[208] che stavo pranzando e leggendo una cosa noiosa di Bazin quando mio padre venne in cucina e si versò un po' di succo di pomodoro e disse che appena avevo finito lui e mia madre avevano bisogno del mio aiuto nella loro camera. Mio padre aveva trascorso la mattinata allo studio pubblicitario ed era ancora tutto vestito di bianco, con la parrucca con i capelli bianchi con la riga nel mezzo, e non si era ancora tolto il trucco televisivo che alla luce del giorno da-va alla sua vera faccia una sfumatura arancio. Mi affrettai e finii pre-sto e lavai i piatti nell'acquaio e percorsi il corridoio verso la camera padronale. Dentro c'erano sia mia madre sia mio padre. Le tende con la balza e gli spessi tendoni oscuranti dietro di loro erano stati tirati, le veneziane alzate, e la luce del giorno splendeva nella stanza, il cui decoro era bianco e blu e blu polveroso.

Mio padre era chinato sul grande letto dei miei genitori, e tutte le coperte e le lenzuola erano state tirate giú eccetto il coprimaterasso. C'era chinato sopra e spingeva il materasso con il palmo delle mani. Le lenzuola e i cuscini del letto e la coperta blu polvere erano messi uno sopra l'altro sul tappeto accanto al letto. Poi mio padre mi passò il suo bicchiere di succo di pomodoro perché glielo tenessi e andò all'altro capo del letto e ci si inginocchiò sopra, spingendo vigorosamente sul materasso con le mani, con tutto il suo peso. Premette con forza su un punto del materasso, poi smise e si girò sulle ginocchia e premette con eguale vigore su un altro punto del materasso. Lo fece su tutto il letto, a volte camminando in ginocchio sul materasso per raggiungere altri punti del materasso, poi ci premeva sopra. Mi ricordo di aver pensato che quel premere somigliasse molto alla compressione di emergenza sul petto di un cardiopatico. Mi ricordo che il succo di pomodoro di mio padre aveva dei granelli di roba tipo pepe che galleggiavano in superficie. Mia madre stava in piedi alla finestra della camera, fumava una sigaretta lunga e guardava il prato che avevo innaffiato prima di andare a pranzo. La finestra dava verso sud. La stanza splendeva nella luce del sole.

«Eureka», disse mio padre, premendo molte volte su un punto in particolare.

Chiesi se potevo chiedere cosa stava succedendo.

«Questo letto maledetto cigola», disse. Stava in ginocchio su un punto particolare, e vi premeva sopra ripetutamente. Adesso si sentiva un cigolio venire dal materasso nel punto dove stava premendo. Mio padre alzò lo sguardo verso mia madre vicina alla finestra della camera. «L'hai sentito o no?» disse, spingendo e poi lasciando. Mia madre scosse la cenere della sigaretta lunga in un posacenere poco profondo che teneva nell'altra mano. Guardò mio padre premere sul punto che cigolava.

Il sudore gli calava sulla faccia in scure linee arancioni che partivano dalla sua rigida, bianca parrucca professionale. Mio padre aveva lavorato per due anni come Uomo della Glad, e rappresentava quella che a quel tempo era la Glad Flaccid Plastic Receptacle Co. di Zanesville, Ohio, e aveva ottenuto quel lavoro tramite un'agenzia pubblicitaria californiana. Anche la tunica, i pantaloni stretti e gli stivali che gli facevano indossare erano bianchi.

Mio padre piroettò sulle ginocchia fino a scendere dal materasso e si toccò il fondo della schiena e si raddrizzò, continuando a guardare il materasso.

«Questo miserabile letto succhiacazzi che tua madre non voleva lasciare e si è voluta portare fino a qui perché ha un, cito, "valore sentimentale", ha iniziato a cigolare», disse mio padre. Quando diceva «tua madre» voleva dire che si stava rivolgendo a me. Allungò la mano per riavere il suo bicchiere di succo di pomodoro senza dovermi guardare. Lanciò uno sguardo cupo al letto. «Ci sta facendo diventare imbecilli». Mia madre bilanciò la sigaretta nel posacenere poco profondo e posò il posacenere sul davanzale della finestra e si chinò ai piedi del letto e premette nel punto che mio padre aveva individuato, e il letto cigolò un'altra volta.

«E di notte sembra che questo punto che abbiamo isolato e individuato si allarghi e vada in metastasi, e poi tutto il letto del cazzo si riempie di cigolii». Bevve un po' del suo succo di pomodoro. «Si sentono squittii e cigolii dappertutto», disse mio padre, «fino a che ci sembra di essere mangiati dai topi». Si toccò la mascella. «Orde ribollenti di topi rapaci e famelici che squittiscono», disse e quasi tremava per la rabbia.

Guardai sul materasso le mani di mia madre, che si spellavano nei climi secchi. Si portava sempre dietro la crema idratante.

Mio padre disse: «E personalmente ho avuto un peggioramento». Si terse la fronte sulla manica bianca. Mi ricordavo che mio padre aveva detto di avere bisogno del mio aiuto per qualcosa. A quel tempo ero già piú alto di tutti e due loro. Mia madre era piú alta di mio padre, anche se lui aveva gli stivali, e le sue gambe erano lunghissime. Il corpo di mio padre era piú denso e sostanziale.

Mia madre si avvicinò dalla parte del letto dove era mio padre e raccolse le coperte e le lenzuola dal pavimento. Iniziò a piegare le lenzuola con molta precisione, usando le braccia e il mento. Mise le lenzuola e le coperte piegate con ordine sopra il cassettone, che mi ricordo era laccato di bianco.

Mio padre mi guardò. «Jim, ora noi dobbiamo alzare il materasso e la rete del letto dall'intelaiatura», disse mio padre, «poi tirare fuori l'intelaiatura». Si prese del tempo per spiegare che sotto il materasso del letto c'era un'intelaiatura rigida. Io mi guardavo le scarpe da ginnastica e mi bilanciavo alternativamente sulle punte e sui talloni sulla moquette blu della camera da letto, alternando la posizione dei piedi dei piccioni a quella dei pinguini. Mio padre bevve un po' del suo succo di pomodoro e guardò sotto il bordo dell'intelaiatura di metallo del letto e si toccò la mascella, e il trucco pubblicitario finí all'improvviso sul collo alto della sua tunica bianca.

«Il telaio di questo letto è vecchio?» mi disse. «Forse è piú vecchio di te. Sto pensando che forse i ganci di questo coso hanno iniziato ad allentarsi, e tutto il cigolio di notte deve venire da lí». Finí il succo di pomodoro e mi allungò il bicchiere perché lo prendessi e lo mettessi da qualche parte. «Allora sarà meglio che togliamo via tutta questa roba, completamente», fece un gesto con una mano, «leviamocela di torno completamente, portiamola fuori dalla stanza, tiriamo fuori il telaio, e vediamo se magari basta solo stringere i ganci». Non sapevo dove dovevo mettere il bicchiere vuoto di mio padre, che aveva dei residui di succo e dei grani di pepe. Toccai appena il materasso e la rete con un piede. «Sei sicuro che non sia il materasso?» dissi. I ganci del telaio mi sembravano una spiegazione strana e troppo semplice per il cigolio.

Mio padre fece un gesto molto ampio. «Il sincronismo mi circonda. Sei d'accordo?» disse. «Perché anche tua madre pensa che sia il materasso». Mia madre stava usando tutte e due le mani per tirare via le fodere blu dai cinque guanciali che avevano, e continuava a usare il mento per tenerli fermi. I cuscini erano quelli supergonfi imbottiti di poliestere, per le allergie di mio padre.

«I grandi cervelli pensano nello stesso modo», disse mio padre.

Nessuno dei miei genitori era interessato alla scienza, anche se un prozio si era accidentalmente fulminato con un generatore da campo che stava cercando di brevettare.

Mia madre mise i cuscini uno sull'altro sopra le lenzuola e le coperte piegate ordinatamente sul suo cassettone. Dovette alzarsi in punta di piedi per mettere le fodere piegate sopra i cuscini. Mi ero mosso per aiutarla, ma non riuscivo a decidere dove mettere il bicchiere vuoto.

«Ma si spera che non sia il materasso», disse mio padre. «O la rete».

Mia madre sedette ai piedi del letto e tirò fuori un'altra sigaretta lunga e l'accese. Si portava dietro una scatolina di finta pelle dove teneva le sigarette e l'accendino.

Mio padre disse: «Perché un telaio nuovo, se non riusciamo ad accomodare questo, devo andare a comprarlo. Un telaio nuovo. Non sarebbe troppo male. Anche i telai migliori non sono troppo cari. Ma i materassi nuovi sono pazzescamente cari». Guardò mia madre. «Sono *pazzescamente* cari da fare schifo». Guardò la nuca di mia madre. «E abbiamo comprato una nuova rete per questo stupido, tragico letto neanche cinque anni fa». Guardava la nuca di mia madre come se volesse una conferma che lei lo stava ascoltando. Mia madre aveva accavallato le gambe e guardava con una certa concentrazione o la finestra o la vista fuori dalla finestra della camera. Tutta la nostra casa si sviluppava a terrazzi su una collina ripida, il che significava che dalla camera da letto dei miei genitori si vedevano solo il cielo e il sole e uno scorcio del pendio del prato. Il prato scendeva a un angolo medio di 55° e l'erba si doveva tagliare in orizzontale. Su nessuno dei terrazzi del nostro terreno c'erano ancora degli alberi. «Naturalmente tutto questo era accaduto in un periodo di tempo poco discusso in cui tua madre si era dovuta prendere sulle spalle il peso della responsabilità di mantenere la famiglia», disse mio padre. Ora sudava parecchio, ma aveva ancora in testa il toupet bianco, e guardava ancora mia madre.

Mio padre lavorava come attore, durante la nostra permanenza in California; era il simbolo e il portavoce della Glad Fpr Co. Divisione Buste da Sandwich Singolo. Fu il primo di due attori a impersonare l'Uomo della Glad. Varie volte al mese doveva girare una scena nell'interno finto di un'automobile finta, era un'inquadratura stretta fatta attraverso il parabrezza in cui riceveva una chiamata di emergenza via radio da una famiglia che aveva un problema di conservazione di alimenti durante un qualsiasi spostamento. Poi lo si vedeva di fronte a un'attrice sul set di un interno di una cucina qualunque a spiegare che un particolare tipo di sacchetti per i sandwich Glad era proprio quello che il dottore ordinava per quel particolare tipo di problema di conservazione di alimenti durante uno spostamento. Nella sua uniforme bianca vagamente medica ostentava un'aria di autorità e di grande evidente capacità di convinzione, e guadagnava uno stipendio che mi era sempre parso notevole, per quei tempi, e ricevette, per la prima volta nella sua carriera, lettere dai fan, alcune delle quali rasentavano l'inquietante, e a volte si metteva a leggerle a voce alta la sera in salotto, con tono drammatico, seduto con un berretto da notte e la posta dei fan molto dopo che io e mia madre eravamo andati a letto.

Chiesi se mi potevano scusare per un momento perché volevo portare il bicchiere vuoto di succo di pomodoro di mio padre nell'acquaio di cucina. Mi preoccupavo che il residuo lungo i lati interni del bicchiere si seccasse e diventasse poi difficile da togliere.

«Santo Iddio, Jim, metti giú quell'affare», disse mio padre.

Misi giú il bicchiere sulla moquette della camera da letto vicino alla base del cassettone di mia madre, premendolo un po' cosí da creare una specie di ricettacolo circolare sulla moquette per farlo stare ritto. Mia madre si alzò e tornò alla finestra della camera con il suo posacenere. Si capiva che si stava allontanando da noi.

Mio padre fece schioccare le nocche e studiò il percorso dal letto alla porta della camera.

Dissi che a quanto avevo capito dovevo aiutare mio padre a spostare il materasso e la rete dal telaio incriminato e metterli via. Mio padre si schioccò le nocche e rispose che stavo diventando quasi paurosamente svelto e perspicace. Girò tra i piedi del letto e mia madre alla finestra. Disse: «Lo voglio infilare fuori nel corridoio, per levarlo di mezzo e avere spazio per lavorare».

«Giusto», dissi.

Adesso io e mio padre eravamo ai lati opposti del letto dei miei genitori. Mio padre si fregò le mani e si piegò e infilò le mani tra il materasso e la rete e cominciò a sollevare il materasso dalla sua parte del letto. Quando la sua parte di materasso fu all'altezza delle sue spalle, invertí in qualche modo la posizione delle mani e iniziò a spingere in alto la sua parte invece di sollevarla. La sommità della parrucca scomparve dietro il materasso che si sollevava, e la sua parte si alzò in un arco quasi fino all'altezza del soffitto bianco, superò i 90°, si rovesciò e iniziò a cadere verso di me. Il movimento del materasso era come la cresta di un'onda che si sta rompendo, ricordo. Allargai le braccia e presi il colpo del materasso sul petto e sulla faccia, e tenni su il materasso inclinato con il petto, con le braccia spalancate, e con la faccia. Vedevo solo un primissimo piano del disegno silvano e floreale del coprimaterasso.

Il materasso, un Simmons Beauty Rest la cui etichetta diceva che non poteva essere staccata per legge, ora formava l'ipotenusa di un triangolo isoscele i cui lati eravamo io e la rete del letto. Ricordo di aver visualizzato questo triangolo e di averci pensato un po'. Le mie gambe tremavano sotto il peso del materasso inclinato. Mio padre mi incoraggiò a tenere duro e a reggere il materasso. Gli odori rispettivamente artificiali e organici del materasso e del coprimaterasso erano molto distinti perché il mio naso c'era schiacciato contro.

Mio padre venne dalla mia parte del letto, e insieme spingemmo il materasso fino a farlo tornare a 90°. Lo mettemmo di taglio con prudenza e ciascuno di noi prese un angolo del materasso ritto e lo spostammo dal letto e lo mettemmo fuori dalla porta della camera nel corridoio senza moquette.

Era un materasso King-Size Simmons Beauty Rest. Era enorme ma aveva pochissima integrità strutturale. Si curvava e si arricciava e tremolava. Mio padre esortava sia me sia il materasso. Era flaccido e molle mentre cercavamo di spostarlo. Mio padre ebbe non poche difficoltà a tenere su il peso della sua metà di materasso per un vecchio infortunio di quando giocava a tennis a livello agonistico.

Mentre lo stavamo buttando giú dal letto, la parte del materasso che teneva mio padre scivolò e si afflosciò su un paio di lampade di acciaio, cubi di acciaio spazzolato regolabili e attaccati con dei bulloni alla parete bianca dietro la testata del letto. Le lampade presero una bella botta dal materasso, e uno dei cubi ruotò cosí tanto sul bullone che ora l'apertura e la lampadina erano rivolte verso il soffitto. La giuntura e il bullone cigolarono orribilmente mentre il cubo veniva torto verso l'alto. Quello fu anche il momento in cui mi resi con-

to che pure le lampade da lettura erano accese nella stanza illuminata dalla luce del giorno, perché un flebile quadrato di luce della lampada, i quattro lati leggermente concavi per via della distorsione della proiezione, apparve sul soffitto bianco sopra il cubo storto. Ma le
lampade non si staccarono. Rimasero attaccate al muro.

«Accidenti a te», disse mio padre mentre riprendeva il controllo
della sua parte di materasso.

Mio padre disse anche: «Fottuto bastardo figlio di...» quando lo
spessore del materasso gli rese difficile passare dalla porta senza mollare la presa sulla sua parte.

Ci volle del tempo ma alla fine riuscimmo a tirare fuori il materasso gigante dei miei genitori e metterlo nel corridoio stretto tra la loro
camera e la cucina. Sentii un altro cigolio terribile venire dalla camera
da letto quando mia madre cercò di rimettere a posto la lampada da lettura il cui cubo era stato rovesciato. Il sudore cadeva a gocce dalla faccia di mio padre sulla sua parte di materasso e sporcava la stoffa del coprimaterasso. Io e mio padre cercammo di appoggiare il materasso a
una leggera angolatura contro il muro del corridoio, ma siccome il pavimento del corridoio non aveva moquette e non offriva abbastanza resistenza, il materasso non stava ritto. Il fondo scivolò dal muro lungo
tutta l'ampiezza del corridoio fino a incontrare la base del muro opposto, e l'estremità del materasso che stava in alto scivolò lungo il muro
finché tutto il materasso si incurvò a un angolo estremamente concavo
e flesso, con una sezione asciutta del coprimaterasso a disegni silvani e
floreali tirata come un tamburo lungo la piegatura e le molle forse danneggiate dalla concavità deformante.

Mio padre guardò il materasso concavo steso su tutta la larghezza
del corridoio e lo toccò con la punta del piede e mi guardò e disse:
«Vaffanculo».

Il mio papillon era sgualcito e storto.

Con passo malfermo mio padre dovette camminare sul materasso
con gli stivali bianchi per venire dalla mia parte del materasso e della
camera che era alle mie spalle. Camminandoci sopra si fermò e si toccò
pensieroso la mascella, i suoi stivali erano affondati parecchio nel cotone silvano e floreale. Disse di nuovo «Vaffanculo» e ricordo di non
aver capito a cosa si riferisse. Poi mio padre si girò e tornò indietro con
passo malfermo sopra il materasso, appoggiando una mano contro il
muro per non cadere. Mi disse di aspettare là nel corridoio per un momento mentre si fiondava in cucina dalla parte opposta del corridoio
per tornare un attimo dopo. La mano con cui si appoggiava lasciò quattro impronte confuse e lievi sulla parete bianca.

La rete del letto dei miei genitori, sebbene King Size e pesante,

aveva proprio sotto la copertura sintetica un'intelaiatura di legno che
dava alla rete la sua integrità strutturale, e non si afflosciava né modificava la sua forma, e dopo un altro po' di difficoltà per mio padre
– che era troppo grosso per passare nel mezzo, anche per il busto che
portava sotto il suo costume della Glad – dopo un altro po' di difficoltà per mio padre a strizzarsi per passare con la sua parte della rete attraverso la soglia della camera, riuscimmo a portarla nel corridoio
e ad appoggiarla verticalmente a circa 70° contro il muro, dove rimase
in piedi senza nessun problema.

«Lei vuole che si faccia cosí, Jim», disse mio padre, tirandomi una
pacca sulla schiena nello stesso modo esuberante che aveva convinto
mia madre a comprarmi un laccetto elastico craniale per gli occhiali,
di quelli per fare sport. Avevo detto a mia madre che avevo bisogno
del laccetto per il tennis, e lei non aveva fatto domande.

La mano di mio padre era ancora sulla mia schiena quando rien-
trammo nella camera. «Ci siamo, allora!» disse mio padre. Era di
umore molto migliore ora. Ci fu un momento di confusione alla porta perché tutti e due facemmo un passo indietro per lasciare passare
prima l'altro.

Adesso c'era rimasto soltanto il telaio incriminato dove prima c'era
stato il letto. C'era qualcosa di esoscheletrico e di fragile nel telaio
del letto, un semplice, rudimentale rettangolo di acciaio scuro. A ogni
angolo del rettangolo c'era una rotella. Le ruote delle rotelle erano
affondate nella moquette sotto il peso del letto e dei miei genitori ed
erano quasi completamente immerse nelle fibre della moquette. Ciascuno dei lati del telaio aveva una sporgenza stretta di metallo saldata a 90° alla base interna, in modo che una sporgenza rettangolare e
stretta perpendicolare al rettangolo del telaio girasse tutto intorno
all'interno del telaio. Era ovvio che questa sporgenza serviva per reggere gli occupanti del letto e la rete King Size e il materasso.

Mio padre era come pietrificato sul posto. Non riesco a ricordarmi cosa stesse facendo mia madre. Mi sembrò che ci fosse un lungo
intervallo di silenzio mentre mio padre guardava il telaio da vicino.
L'intervallo aveva il silenzio e l'immobilità delle stanze polverose immerse nella luce del sole. Per un attimo immaginai tutti i mobili della camera da letto coperti con dei lenzuoli e la stanza vuota per anni
mentre il sole sorgeva e attraversava il cielo e tramontava fuori dalla
finestra e la luce del giorno nella stanza diventava sempre piú stantia. Sentii due falciatrici rombare su toni leggermente diversi, da qualche parte giú nella strada. La luce diretta attraverso la finestra della
stanza nuotava con colonne rotanti di polvere sollevata. Ricordo che
mi sembrò il momento ideale per uno starnuto.

C'era un bello strato di polvere sul telaio e della lanugine grigia penzolava dalla sporgenza di sostegno all'interno del telaio. Non si vedeva neanche un bullone.

Mio padre si asciugò il sudore e il trucco umidiccio dalla fronte con il dietro della manica, ora arancione scuro per il trucco. «Cristo, guarda che casino», disse. Guardò mia madre. «Cristo». La moquette nella camera dei miei genitori aveva il pelo lungo ed era di un blu piú scuro rispetto al blu pallido del colore del resto della camera. Mi ricordo che la moquette era piuttosto un blu royal, con un livello di saturazione tra il moderato e il forte. Lo spazio rettangolare della moquette blu royal che era stato nascosto sotto il letto era ricoperto da un grosso strato di polvere raggrumata. Il rettangolo di polvere era bianco-grigio e spesso e stratificato di lerciume in modo diseguale, e il solo indizio che sotto ci fosse la moquette era un'ombra malsana bluastra e leggera sullo strato di polvere. Sembrava che la polvere non si fosse tanto infiltrata sotto il letto e depositata sulla moquette dentro il telaio quanto piuttosto che in qualche modo avesse messo le radici e ci fosse cresciuta, lí sotto, proprio come la muffa mette le radici e a poco a poco ricopre un pezzo di cibo avariato. Infatti lo strato di polvere assomigliava quasi a cibo avariato, un formaggio fermentato male. Era nauseabondo. La topografia irregolare dello strato di polvere era dovuta a oggetti persi o da buttare che erano andati a finire sotto il letto – una paletta schiacciamosche, una rivista piú o meno delle misure di «Variety», tappi di bottiglia, tre Kleenex appallottolati, e qualcosa che forse era un calzino – ed erano stati coperti e avviluppati dalla polvere.

C'era anche un leggero odore, acido e fungale, come l'odore di un tappetino per il bagno che è stato usato troppo.

«Cristo, c'è anche puzzo», disse mio padre. Inspirò vistosamente attraverso il naso e fece una smorfia con la faccia. «C'è anche un *puzzo* tremendo». Si asciugò la fronte e si toccò la mascella e guardò mia madre con uno sguardo severo. Ora non era piú di buon umore. L'umore di mio padre lo circondava come un campo di forza e influenzava tutta la stanza in cui si trovava, come un odore o una certa sfumatura di luce.

«Quando è stato pulito l'ultima volta qui sotto?» chiese mio padre a mia madre.

Mia madre non disse niente. Guardava mio padre che stava spostando un po' il telaio di acciaio con lo stivale, il che sollevò ancora piú polvere nella luce del sole che veniva dalla finestra. Il telaio del letto sembrava molto leggero, si muoveva silenziosamente avanti e indietro sulle ruote sommerse. A mio padre capitava spesso di muovere gli oggetti leggeri con il piede, senza pensarci, come gli altri uomini scarabocchiano e si guardano le pellicine delle mani. I tappeti, le riviste, il telefono e i fili elettrici, la scarpa che si era tolto. Era uno degli atteggiamenti di mio padre quando raccoglieva le idee o cercava di controllare il suo umore.

«Sotto quale presidente è stata pulita a fondo questa stanza l'ultima volta, ho voglia di starmene qui in piedi a fare qualche riflessione del cazzo a voce alta», disse mio padre.

Guardai mia madre per vedere se stava per rispondergli qualcosa. Dissi a mio padre: «Dato che stiamo parlando di letti che cigolano, anche il mio letto cigola».

Mio padre si era accosciato per vedere se poteva localizzare qualche gancio nel telaio, dicendo qualcosa sottovoce tra sé e sé. Mise le mani sul telaio per stare in equilibrio e quasi cadde in avanti quando il telaio si mosse sulle rotelle per il suo peso.

«Ma non me ne ero reso conto fino a che non abbiamo iniziato a parlarne», dissi. Guardai mia madre. «Non penso che mi dia noia», dissi. «Veramente penso che quasi mi piace. Penso di essermici abituato piano piano e ora è quasi confortante. A questo punto», dissi.

Mia madre mi guardò.

«Non mi sto lamentando per questo», dissi. «Solo che il parlarne mi ci ha fatto pensare».

«Non ti preoccupare che l'abbiamo sentito il tuo letto», disse mio padre. Era ancora abbassato, e in questa posizione il busto e l'orlo della tunica gli erano saliti tanto che gli si vedeva l'inizio del sedere sopra la vita dei pantaloni bianchi. Si spostò leggermente per indicare il soffitto della camera. «Appena ti rigiri in quel letto, noi ti sentiamo subito». Afferrò un lato di acciaio del rettangolo e scosse il telaio con vigore, facendo volare una coltre di polvere. Sembrava che il telaio non pesasse niente, nelle sue mani. Mia madre si mise un dito davanti al naso per trattenere uno starnuto.

Scosse di nuovo il telaio. «Ma non ci rompe i coglioni quanto questo cigolante figlio di puttana qui». Feci notare che io invece dal piano di sopra non avevo mai sentito il loro letto cigolare. Mio padre girò la testa per cercare di guardarmi dato che ero proprio dietro di lui. Ma dissi che lo avevo sentito chiaramente un cigolio e potevo confermarne la presenza quando lui aveva premuto sul materasso, e potevo affermare che il cigolio non se l'era immaginato nessuno.

Mio padre alzò una mano per farmi cenno di smettere di parlare. Rimase accovacciato, dondolandosi leggermente sui talloni, appoggiato al telaio per rimanere in equilibrio. La carne e la fessura del suo culo erano visibili sopra la cintura dei pantaloni. C'erano anche delle pieghe rosse e profonde sulla sua nuca, sotto l'orlo della parrucca, perché guardava in su verso mia madre che stava appoggiata con l'osso sacro contro il davanzale della finestra, e teneva ancora in mano il posacenere.

«Forse potresti andare a prendere l'aspirapolvere», disse. Mia madre posò il posacenere sul davanzale e uscí dalla camera passando tra me e il cassettone dove c'era tutta la roba del letto piegata. «Se puoi... se ti ricordi dov'è». Le urlò dietro mio padre.

Sentii mia madre che cercava di passare oltre il materasso King Size piegato in diagonale nel corridoio.

Mio padre ora si dondolava sui talloni con piú violenza, e il suo dondolio sembrava il rollio delle navi in alto mare. Ci mancò poco che non perdesse l'equilibrio quando si sporse verso destra per prendere un fazzoletto nella tasca sul fianco dei pantaloni e usarlo per togliere la polvere da un angolo del telaio. Un momento dopo indicò verso il basso vicino a una rotella.

«Un bullone», disse, indicando il lato di una rotella. «Là c'è un bullone». Mi sporsi sopra di lui. Alcune gocce di sudore di mio padre avevano fatto dei piccoli cerchi scuri sulla polvere del telaio. Non c'era nient'altro che la superficie dell'acciaio brunito e liscio nel punto che stava indicando, ma sulla sinistra accanto al punto indicato riuscivo a vedere qualcosa che avrebbe potuto essere un bullone, una piccola stalattite di polvere raggrumata che penzolava da una leggera protuberanza. Le mani di mio padre erano grosse e le sue dita tozze. Un altro possibile bullone era molti pollici a destra dal punto che aveva indicato. Il suo dito tremava molto, e credo che quel tremolio fosse dovuto allo sforzo muscolare sulle sue ginocchia malandate per tenere quel nuovo peso in posizione accovacciata per cosí tanto tempo. Sentii il telefono squillare due volte. C'era stato un lungo silenzio, mentre mio padre indicava un punto che non corrispondeva alle protuberanze e io mi sporgevo sopra di lui.

Poi, ancora accovacciato, mio padre mise tutte e due le mani sul lato del telaio e si sporse in avanti sul rettangolo di polvere dentro il telaio ed ebbe quello che all'inizio si sarebbe detto un brutto attacco di tosse. La schiena curva e il sedere mi impedivano di vederlo in faccia. Mi ricordo che decisi che il telaio non si muoveva sotto le sue mani perché mio padre ci si stava appoggiando sopra con il suo peso e che forse la risposta del sistema nervoso di mio padre a una notevole presenza di polvere fosse la tosse invece che gli starnuti. Fu il rumore liquido di qualcosa che cadeva sulla polvere dentro il rettangolo, oltre all'odore che si alzò, a farmi capire che invece di tossire mio padre aveva vomitato. Gli spasmi relativi gli facevano alzare e abbassare la schiena e il culo gli tremava sotto i pantaloni bianchi. Non era infrequente che mio padre vomitasse poco dopo esser tornato a casa dal lavoro, ma ora sembrava che stesse davvero male. Per dargli un po' di privacy girai intorno al telaio e mi misi sul lato del telaio piú vicino alla finestra dove la luce era diretta e c'era meno odore e guardai un'altra rotella del telaio. Mio padre sussurrava tra sé e sé delle brevi imprecazioni tra uno spasmo e l'altro. Mi accovacciai e strusciai via la polvere da un pezzettino di telaio e strofinai via la polvere sulla moquette vicino ai miei piedi. C'era un piccolo bullone su entrambi i lati della placca che univa la rotella al telaio del letto. Mi inginocchiai e toccai uno dei bulloni. La sua testa tonda e liscia rendeva impossibile stringerlo o allentarlo. Appoggiai la guancia sulla moquette ed esaminai il fondo del piccolo ripiano orizzontale saldato al lato del telaio, e vidi che il bullone sembrava avvitato bene ed era tutto dentro il foro, e mi convinsi che era molto difficile che uno dei bulloni delle rotelle fosse responsabile dei rumori che a mio padre ricordavano i roditori.

Proprio in quel momento, ricordo, ci fu un rumore forte di qualcosa che si spezzava e il telaio dalla mia parte saltò per aria con violenza perché mio padre, che si sentiva davvero male, era svenuto e aveva perso l'equilibrio ed era caduto in avanti ed era disteso prono e senza conoscenza dalla sua parte del telaio che, quando mi spostai dal telaio e mi misi in ginocchio, vidi era o rotta o molto piegata. Mio padre era a terra con la faccia nel miscuglio di polvere e di roba che gli era venuta su dallo stomaco. Molta polvere si era alzata dopo la sua caduta, e aveva attenuato molto la luce nella camera, come se una nuvola avesse coperto il sole. La parrucca del costume di mio padre si era staccata ed era a terra con lo scalpo all'insú nel miscuglio di polvere e materiale gastrico. La roba vomitata sembrava sangue gastrico, poi mi ricordai il succo di pomodoro che mio padre aveva appena bevuto. Era a testa all'ingiú, con il culo per aria, sopra il lato del telaio che il suo peso aveva spezzato in due. Fu cosí che spiegai il rumore forte di qualcosa che si spezzava.

Mi allontanai dalla polvere e dalla luce polverosa della finestra, toccandomi la mascella e guardando mio padre in posizione prona da un certa distanza. Mi ricordo che il suo respiro era regolare e umido, e che il miscuglio di polvere faceva come delle bolle. Fu allora che mi venne in mente che quando avevo tenuto su con il petto e con la faccia il materasso per spostarlo dalla stanza, il triangolo che mi ero immaginato il materasso formasse con la rete e il mio corpo in effetti non era una figura chiusa: la rete e il pavimento infatti non costituivano un piano continuo.

Poi sentii mia madre che cercava di far passare il pesante bussolotto dell'aspirapolvere oltre il materasso messo ad angolo nel corridoio, e andai ad aiutarla. Le gambe di mio padre erano allungate lungo la moquette pulita blu tra la sua parte di telaio e il cassettone bianco di mia madre. Gli stivali ai suoi piedi erano rivolti all'infuori, e la fessura del suo culo ora era visibile fino all'ano perché la forza della caduta gli aveva tirato i pantaloni ancor piú giú. Scavalcai le sue gambe facendo attenzione.

«Scusami», dissi.

Aiutai mia madre dicendole di staccare le parti dell'aspirapolvere e passarmele una alla volta sopra il materasso crollato, dove c'ero io a prenderle. L'aspirapolvere era un Regina, e il bussolotto che conteneva il motore, il sacchetto e il ventilatore era molto pesante. Rimontai l'aspirapolvere e lo tenni mentre mia madre passava sopra il materasso, poi le restituii l'aspirapolvere schiacciandomi contro il muro per lasciarla entrare in camera.

«Grazie», disse mia madre quando passò.

Rimase per qualche momento vicino al materasso crollato in un silenzio cosí assoluto che si sentivano le falciatrici fino nel corridoio, poi sentii il rumore di mia madre che tirava fuori il filo retrattile dell'aspirapolvere e infilava la spina alla stessa presa alla quale erano attaccate anche le lampade da lettura.

Passai sopra il materasso e andai velocemente giú per il corridoio, girai a destra all'entrata della cucina, attraversai l'atrio verso le scale e salii di corsa nella mia camera facendo molti scalini alla volta per allontanarmi il piú possibile dall'aspirapolvere, perché il rumore dell'aspirapolvere mi ha sempre terrorizzato nello stesso modo irrazionale in cui un cigolio del letto sembrava terrorizzare mio padre.

Corsi di sopra e mi diressi a sinistra sul piancrottolo delle scale ed entrai nella mia stanza. Nella mia stanza c'era il mio letto. Era stretto, un letto singolo, con la testata di legno e la cornice con le stecche di legno. Non sapevo da dove fosse venuto fuori. Il telaio che sosteneva la rete stretta e il materasso era molto piú alto di quello del letto dei miei genitori. Era un letto all'antica, cosí alto che si doveva mettere un ginocchio sul materasso per salirci sopra, oppure saltare.

E io feci proprio quello. Per la prima volta da quando ero diventato piú alto dei miei genitori presi la rincorsa dal corridoio, passai davanti agli scaffali della mia collezione di prismi e lenti e alle coppe vinte a tennis e al mio magnete in scala, passai davanti alla mia libreria, davanti al poster del *Peeping Tom* di Powell e alla porta dell'armadio e la piantana dell'alogena accanto al mio letto, e saltai, in un tuffo ad angolo sul letto. Atterrai sul petto con tutto il mio peso, braccia e gambe all'infuori, sulla coperta color indaco, schiacciando il mio papillon e piegando leggermente le stanghette dei miei occhiali. Volevo far cigolare forte il mio letto, perché sapevo che cigolava quando veniva prodotta una qualsiasi frizione laterale tra le stecche di legno e il sostegno tipo mensola all'interno del telaio.

Ma durante il salto e il tuffo il mio lunghissimo braccio andò a sbattere contro la pesante asta di ferro della piantana dell'alogena che si trovava vicino al letto. La lampada vacillò violentemente e cominciò a cadere da una parte, lontano dal letto. Cadde con una specie di lentezza regale che mi fece pensare a un albero quando viene abbattuto. Quando la lampada cadde, la pesante asta di ferro colpí il pomello di ottone sulla porta del mio armadio, staccandolo di netto dalla porta. Il pomello tondo e metà del bullone interno caddero sul pavimento di legno della mia stanza con un rumore tremendo e poi cominciarono a rotolare in modo interessante, con la parte troncata del bullone interno che rimaneva stazionaria e il pomello rotondo che girava sulla sua circonferenza in un'orbita sferica, descrivendo due movimenti perfettamente circolari su due assi distinti, una figura non euclidea su una superficie piana, come ad esempio un cicloide su una sfera:

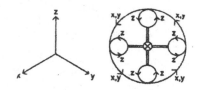

L'analogia convenzionale piú vicina alla figura descritta dal pomello era un cicloide, la soluzione di L'Hôpital per il famoso Problema del Brachistocrono di Bernouilli, la curva tracciata da un punto fisso sulla circonferenza di un cerchio che ruota su un piano continuo. Ma dato che in questo caso, sul pavimento della mia camera da letto, un cerchio girava proprio sulla circonferenza stessa di un cerchio, le equazioni parametriche standard del cicloide non erano piú applicabili, dato che in questo caso quelle espressioni trigonometriche delle equazioni diventavano esse stesse equazioni differenziali di primo grado.

A causa della mancanza di resistenza o frizione contro il pavimento, il pomello girò in questo modo a lungo mentre lo guardavo sopra il bordo della coperta e del materasso, rimettendomi a posto gli occhiali, completamente incurante del rumore in fa minore dell'aspirapolvere di sotto. Mi venne in mente che il movimento del pomello amputato schematizzava perfettamente cosa vorrebbe dire fare dei salti mortali con una mano inchiodata al pavimento. Fu quella la prima volta che mi interessai alle possibilità dell'anulazione.

La notte dopo il freddo e goffo picnic del Giorno dell'Interdipendenza per la Ennet House Casa di Recupero da Droga e Alcol, la Phoenix House di Somerville e il tristo Centro di Riabilitazione giovanile New Choice di Dorchester, Johnette Foltz del personale della Ennet portò Ken Erdedy e Kate Gompert a uno di quegli Incontri-Discussione Na per nuovi dove l'argomento principale era sempre la marijuana: come tutti i partecipanti all'incontro avevano avuto dei terribili problemi di dipendenza subito dopo avere provato la prima duBois, oppure si erano fatti con droghe piú forti e poi avevano cercato di prendere l'erba per smetterla con le droghe piú forti e avevano avuto problemi ancora piú terribili con l'erba che con le droghe piú forti che usavano prima. Questo doveva essere l'unico incontro Na della zona metropolitana di Boston in cui si parlava esclusivamente di marijuana. Johnette Foltz disse che voleva portarci Erdedy e la Gompert perché capissero quanto erano non-unici e non-soli ad avere problemi con quella Sostanza che li aveva buttati a terra tutti e due.

C'erano circa due dozzine di tossicodipendenti che stavano iniziando il recupero nell'anecoica sala di preghiera di un'elegante chiesa di un quartiere raffinato che Erdedy pensava dovesse essere o Belmont Ovest o Waltham Est. Le sedie erano disposte nel tradizionale grande cerchio degli incontri Na, senza tavoli, e tutti cercavano di tenere in equilibrio i posacenere sulle ginocchia e spesso capitava che rovesciassero le tazze di caffè. Tutti quelli che alzavano la mano concordavano sui modi insidiosi con cui la marijuana aveva devastato i loro corpi, le loro menti e il loro spirito: era opinione comune che la marijuana distruggeva *lentamente* ma *completamente*. Ken Erdedy rovesciò il suo caffè non una ma due volte per via del suo piede che non riusciva a tenere fermo, mentre a turno gli Na descrivevano agli altri gli effetti tremendi sulla psiche che tutti avevano provato sia durante la dipendenza attiva da marijuana sia durante la disintossicazione: l'isolamento sociale, l'apatia inquieta e l'ipercoscienza di sé che poi rinforzava le crisi d'astinenza e l'ansia – l'astrazione emotiva sempre piú forte, la povertà di affetto, e poi la totale catalessia emozionale – l'analisi ossessiva e poi la stasi paralitica che segue l'analisi ossessiva di tutte le implicazioni connesse all'alzarsi o non alzarsi dal divano – e poi la pena infinita e sintomatica dell'Astinenza dal tetraidrocannabinolo-delta-9, cioè la disintossicazione dall'erba: la perdita dell'appetito, la mania e l'insonnia, l'affaticamento cronico e gli incubi, l'impotenza e la cessazione dei cicli mestruali e della lattazione, l'aritmia circadiana, la sudorazione improvvisa tipo sauna e la confusione mentale e i tremori, l'orribile eccessiva produzione di saliva – molti dei nuovi hanno ancora sotto il mento le tazze per raccoglierla – l'ansia generalizzata e i presagi e le paure, e la vergogna di sentire che né i medici né i tossici da droghe pesanti degli Na hanno gran compassione o empatia per il «tossico» stroncato dalla piú umile e benigna Sostanza al mondo.

Ken Erdedy notò che nessuno veniva subito allo scoperto e usava parole tipo *melanconia* o *anedonia* o *depressione*, e tanto meno *depressione clinica*; ma questa cosa, il peggiore di tutti i sintomi, il logaritmo di ogni sofferenza, benché innominata, sembrava aleggiare come la nebbia sopra le loro teste, librarsi tra le colonne del peristilio e gli astrolabi del decoro, sulle candele dei lunghi candelabri a punta, sulle riproduzioni dei dipinti medioevali e le barche dei Cavalieri di Colombo, un plasma gassoso cosí terribile che nessuno dei nuovi aveva il coraggio di guardare o nominare. Kate Gompert continuava a fissare il pavimento e a fare una pistola con l'indice e il pollice e spararsi alla tempia e soffiare la cordite dalla punta della canna della pistola finché Johnette Foltz le disse sottovoce di abbozzarla.

Come faceva sempre agli incontri, Ken Erdedy non disse niente e osservò tutti gli altri molto attentamente, mentre si schioccava le nocche e muoveva il piede. Dato che gli Na considerano tecnicamente «nuovo» chiunque abbia meno di un anno di astinenza, c'erano vari gradi di rifiuto, disperazione e inconsapevolezza in questa sala da preghiera di lusso. All'incontro partecipava come sempre un campione demografico molto ampio, ma la maggioranza di queste persone distrutte dall'erba gli sembravano persone di città, duri e stroncati, vestiti senza alcun gusto nell'abbinare i colori, gente che ti immagini a dare scappellotti ai loro bambini al supermercato o immobili nell'ombra di un vicolo con un manganello in mano. Come negli Aa. Il poco rispetto di sé e le facce vacue e la saliva in eccesso erano la norma nella stanza. Un paio di principianti avevano ancora la targhetta di identificazione in plastica lattea delle corsie psichiatriche che si erano dimenticati di tagliare, o non avevano ancora avuto voglia di farlo.

A differenza degli Aa, negli incontri Na di Boston non c'è la pausa per la lotteria a metà-incontro che dunque dura solo un'ora. Alla fine di questo Incontro per Nuovi del Lunedí tutti si alzarono e si presero per mano e recitarono il *Solo per Oggi*, la preghiera approvata dalla Associazione Nazionale degli Na, e poi il Padre Nostro, non proprio all'unisono. Kate Gompert piú tardi giurò di aver sentito un vecchio malridotto accanto a lei dire «e non ci indurre alla stazione» durante il Padre Nostro.

Poi, proprio come succedeva negli Aa, l'incontro degli Na si chiuse con tutti che gridarono «Continua a Venire Perché Funziona».

Poi, cosa piuttosto orripilante, tutte le persone nella stanza cominciarono a girare intorno e abbracciarsi. Era come se qualcuno avesse fatto scattare un interruttore. Nessuno parlava. Si abbracciavano soltanto, per quanto Erdedy potesse vedere. Un abbraccio dilagante, indiscriminato, in cui la cosa importante sembrava essere l'abbracciare piú gente possibile, la si conoscesse o no. Passavano tutti da una persona all'altra, con le braccia tese. Quelli alti si piegavano in avanti, i piú bassi si alzavano sulle punte dei piedi. Guance si scontravano con altre guance. I due sessi si abbracciavano indiscriminatamente. E gli abbracci tra uomo e uomo erano abbracci stretti che non prevedevano le brevi ma vigorose pacche sulla schiena che Erdedy aveva sempre considerato una specie di requisito negli abbracci tra uomo e uomo. Johnette Foltz sembrava quasi sfocata. Passava da una persona all'altra. Accumulava un gran numero di abbracci. Kate Gompert aveva la sua solita espressione di disgusto colpevole sulla faccia, non le si vedevano le labbra, ma anche lei dava e riceveva molti abbracci. Ma Erdedy – al quale gli abbracci non erano mai piaciuti molto – si allontanò dalla calca e si avvicinò al tavolo per le Letture Approvate dall'Associazione Na, e rimase lí da solo con le mani in tasca, facendo finta di osservare il thermos del caffè con grande interesse.

Poi un tipo afroamericano alto e grosso con un incisivo d'oro e una pettinatura a cilindro perfettamente verticale in stile afroamericano si staccò da un abbraccio collettivo che si stava svolgendo nelle vicinanze, vide Erdedy, si avvicinò e si mise proprio di fronte a lui e aprí le braccia per abbracciarlo, curvandosi leggermente e sporgendosi in avanti verso la regione toracica di Erdedy.

Erdedy alzò le mani per indicare un cortese No Grazie e indietreggiò tanto da spalmare il suo culo contro il bordo del tavolo delle Letture Approvate dall'Associazione.

«Ti ringrazio ma gli abbracci non mi piacciono proprio», disse.

Il tipo dovette tirarsi su dalla posizione di preabbraccio e rimase goffamente paralizzato, con le braccia aperte, in una posizione che Erdedy capí doveva essere molto goffa e imbarazzante per lui. Erdedy pensò a quanti chilometri ci fossero tra il posto in cui era e il suo esatto antipodo in qualche regione dell'Asia mentre il tipo stava là fermo, le braccia tese e il sorriso che gli svaniva dalla faccia.

«Cosa hai detto?» disse il tipo.

Erdedy stese la mano. «Ken E., della Ennet House di Enfield. Come va. Tu sei?»

Il tipo abbassò lentamente le braccia ma guardò solo la mano tesa di Erdedy. Un'unica occhiata stitica. «Roy Tony», disse.

«Ciao, Roy, come stai?»

«Che c'è?» disse Roy. Il tipo grosso ora aveva sulla nuca la mano che avrebbe dovuto stringere quella di Erdedy e se la massaggiava, ed Erdedy non sapeva che era un chiaro segno di poco entusiasmo.

«Bene, Roy, se posso chiamarti Roy, oppure Sig. Tony, se preferisci, a meno che il tuo non sia un nome composto, con il trattino, "Roy-Tony" e poi un cognome, ma, ecco, con tutto il rispetto per questa storia degli abbracci, Roy, non c'è niente di personale, sta' tranquillo».

«Tranquillo?»

Erdedy si produsse nel migliore dei suoi sorrisi impotenti, e scrollò le spalle nel suo giubbotto di Goretex. «Temo che gli abbracci non mi siano mai piaciuti. Non sono uno che abbraccia. Mai stato. Nella mia famiglia tutti ci scherzavano su—»

Roy indicò prima il petto di Erdedy e poi il suo nel modo minaccioso da strada: «Stai dicendo che invece io sono uno che abbraccia? Dici che mi piace andare in giro ad abbracciare la gente?»

Erdedy sollevò le mani con i palmi in fuori e le scosse nel gesto bonario di chi voleva cancellare ogni possibile malinteso: «No, ma vedi, il fatto è che io non volevo dire che tu sei uno che abbraccia o uno che non abbraccia, perché non ti conosco. Volevo solo dire che non ho niente contro di te come persona, e sarei più che contento di stringerti la mano, anche una di quelle intricate multiple strette di mano etniche, se avrai la pazienza di sopportare la mia inesperienza in quel tipo di stretta di mano, ma non mi sento a mio agio con gli abbracci».

Quando Johnette Foltz poté liberarsi e raggiungerli, il tipo aveva preso Erdedy per il risvolto del giubbotto termico e lo stava spingendo ancora di più sul bordo del tavolo delle Letture tanto che gli stivali impermeabili di Erdedy erano sollevati da terra, e la faccia del tipo era proprio sulla faccia di Erdedy e sembrava proprio che stesse per aggredirlo:

«Pensi che *mi piaccia* andare a giro ad abbracciare la gente? Pensi che a *qualcuno* di noi *piaccia* questa *cazzata*? Facciamo solo quello che ci dicono di fare. Qua dentro ci dicono Solo Abbracci Niente Droga. Gli *abbiamo consegnato* la nostra volontà», disse Roy. «Finocchiello», aggiunse. Infilò la mano tra loro per indicare se stesso, il che significava che stava tenendo Erdedy sollevato da terra con una mano sola, e questo fatto non sfuggì al sistema nervoso di Erdedy. «Ho dovuto abbracciare quattro persone la mia prima sera in questo posto e poi sono andato di corsa nella pattumiera del cazzo e ho vomitato. *Vomitato*», disse. «Non ti senti a tuo *agio*? Chi *cazzo* sei? Non provare neanche a dire che io mi sento a mio agio, invece, ad abbracciare la tua faccia di culo da figlio di puttana rincoglionito firmato Calvin Klein che puzza di dopobarba».

Erdedy vide una delle donne afroamericane che li stava guardando battere le mani e dire: «*Parlane!*»

«E ora mi *manchi di rispetto* proprio quando sono qui pulito e sobrio e ho deciso di rischiare di condividere con te la mia *vulnerabilità* e il mio *disagio*?»

Johnette Foltz si era messa a picchiettare sulla schiena del giubbotto di Roy Tony, rabbrividendo mentalmente all'impressione che avrebbe fatto un rapporto scritto nella bacheca del Personale in cui si leggeva che un residente della Ennet House era stato picchiato a un incontro degli Na al quale lei personalmente lo aveva portato.

«*Ora*», disse Roy, estraendo la mano libera e indicando il pavimento della chiesa come per pugnalarlo, «ora», disse, «o rischi la tua vulnerabilità e il tuo disagio e mi abbracci o ti stacco la testa dal collo e ci *caco* dentro».

Johnette Foltz ora teneva la giacca di Roy con tutte e due le mani e cercava di tirarlo via, le sue Keds che cercavano di non scivolare sul parquet liscio e diceva: «Ehi, Roy, Grande, stai Calmo Amico, dài, Fratello, Compare, Buono, è uno nuovo»; ma a questo punto Erdedy aveva già le mani intorno al collo dell'uomo e lo abbracciava con tale vigore che poi Kate Gompert disse a Joelle Van Dyne che sembrava volesse montargli in collo.

«Ne abbiamo già persi un paio», ammise Steeply. «Durante gli esperimenti. Non solo volontari. Un idiota del reparto Analisi dei Dati ha ceduto alla tentazione e ha deciso di vedere di cosa si trattava e si è procurato un cartellino della I/O di Flatto ed è entrato e si è messo a guardare».

«Una delle tante vostre copie Read-Only dell'Intrattenimento».

«Non è stata un perdita tragica – era un ragazzino idiota. *C'est la guerre*. La vera perdita fu che il suo supervisore entrò nella stanza per portarlo via. Era il capo delle Analisi dei Dati».

«Hoyne, Henri, si pronuncia "Henry", l'iniziale del secondo nome era F., con la moglie, con il suo diabete adulto che controlla».

«Che controllava. Vent'anni, Hank. Era veramente bravo. Un amico. Ora è in una camicia di forza a quattro cinghie. Lo nutrono con i tubi. Non ha nessun desiderio o volontà fondamentale di sopravvivenza, vuole solo continuare a guardare».

«L'Intrattenimento».

«Sono andato a trovarlo».

«Con la gonna, e i seni di due misure diverse».

«Non sopportavo neanche di stare nella stessa stanza con lui, vederlo in quel modo. Pregava per un altro secondo – un trailer, qualche nota della colonna sonora, qualsiasi cosa. Gli occhi gli roteavano nelle orbite come a un neonato tossicodipendente. Spezzava il cuore. Nel letto accanto, legato anche lui, l'interno idiota: lui era uno di quei ragazzini egoisti e indisciplinati dei quali ti piace parlare, Rémy. Ma Hank Hoyne non era un ragazzino. L'ho visto buttar via zucchero e dolci quando gli diagnosticarono il diabete per la prima volta. Li buttò via e se ne andò. Senza un lamento o uno sguardo».

«Una volontà d'acciaio?»

«Un americano adulto con un autocontrollo e una discrezione esemplare».

«Insomma non c'è da scherzare con il *samizdat*. Anche noi abbiamo perso della gente. È una cosa seria».

Le gambe della costellazione di Perseo furono amputate dall'orizzonte terrestre. Perseo indossava un cappello da giullare. La testa di Ercole, la sua testa era quadrata. Non mancava molto all'alba anche perché a 32° nord si distinguevano Castore e Polluce. Erano sopra la spalla sinistra di Marathe, come se i due giganti stessero guardando da sopra la sua spalla, una delle gambe di Castore femmineamente piegata all'interno.

«Ma ci hai mai pensato?» Steeply accese un'altra sigaretta.

«Vuoi dire fantasticato».

«Se è cosí irresistibile. Se tocca desideri cosí assoluti», disse Steeply. «Non sono sicuro di poter neanche immaginare dei desideri cosí totali e assoluti». Su e giú sulle punte dei piedi. Voltò la parte superiore del corpo solo per guardare indietro verso Marathe. «Hai mai pensato a come sarebbe, ci hai mai riflettuto sopra?»

«Noi, noi stiamo cercando di capire a quali scopi potrebbe servire, l'Intrattenimento. Troviamo interessante la sua efficacia. Voi e noi siamo tentati in modi diversi». Marathe non riconobbe nessun'altra costellazione visibile nel Sudovest degli Usa se non la parte alta del Grande Carro, che era proprio attaccato all'Orsa e formava un qualcosa che rassomigliava a un «Secchio Maggiore» o a una «Culla Maggiore». La sedia cigolava leggermente quando lui spostava il suo peso.

Steeply disse: «Veramente non posso dire di essere stato tentato nel senso stretto della parola *tentato*».

«Forse diamo due significati diversi alla stessa parola».

«Sinceramente, quando ci penso sono sia terrorizzato sia attratto. Hank Hoyne è un guscio vuoto. La volontà di ferro, la scaltrezza analitica. Il suo amore per i buoni sigari. Tutto andato. È come se il suo mondo fosse collassato in un puntino luminoso. Un mondo interiore.

A noi sconosciuto. Lo guardi negli occhi e non c'è niente che tu possa riconoscere. Povera Miriam». Steeply si lisciò una spalla nuda. «Willis, durante un turno di notte alla 1/0, venne fuori con una frase per definire i loro occhi. "Privi di intenzione". È finita in un rapporto».

Marathe fece finta di starnutire. «La tentazione della Gratificazione passiva del terminale *p*, mi sembra tutto troppo complicato. Mi sembra che il terrore faccia parte della tua tentazione. Noi della causa del Québec, non abbiamo mai sentito questa tentazione per l'Intrattenimento, o per saperne di piú. Ma rispettiamo il suo potere. Cosí, non ci perdiamo la testa».

Non era che il cielo si fosse illuminato piú di tanto, era la luce delle stelle a essere piú pallida. C'era una tetraggine nella loro luce. Ora c'erano anche degli strani insetti Usa che passavano ronzando ogni tanto, muovendosi a zigzag e ricordando a Marathe tante scintille portate dal vento.

10 NOVEMBRE
ANNO DEL PANNOLONE PER ADULTI DEPEND

Nella stanza i seguenti oggetti erano blu. I quadri blu della moquette a pelo lungo a quadri blu e nera. Due delle sei sedie eleganti istituzionali della stanza, le cui gambe erano tubi d'acciaio curvati a forma di grandi ellissi, che si piegavano, e anche se le sedie non erano propriamente delle sedie a dondolo ci si poteva muovere a scatti, su queste sedie, cosa che Michael Pemulis stava facendo meccanicamente mentre aspettava e controllava una stampa della directory ESCHAX, il punto vitale e altamente tecnico di Eschaton, cioè si muoveva a scatti sulla sedia e produceva un rapido cigolio da roditore che faceva impazzire Hal Incandenza mentre sedeva con Pemulis, anche lui in attesa. Pemulis continuava a girarsi la stampa nelle mani. Ogni sedia aveva una lampada per la lettura da 105 watt attaccata allo schienale su uno stelo di metallo flessibile che si curvava e rendeva possibile illuminare direttamente qualsiasi rivista volesse leggere la persona in attesa, ma dato che le lampade curvate davano questa sensazione insopportabile di qualcuno che febbrilmente ti legge sopra le spalle, le riviste (alcune delle quali avevano copertine in cui c'era il colore blu) rimanevano in genere non lette e disposte in un ventaglio perfetto su un basso tavolino da fumo in ceramica. La moquette era prodotta da una qualche azienda che si chiamava Antron. Hal riusciva a distinguere le striate livide dove qualcuno aveva passato l'aspirapolvere contropelo.

Anche se il tavolino da fumo per le riviste non era blu ma di un rosso tipo smalto per le unghie lucido con ETA stampato in grigio, due delle lampade cosí maldestramente disposte da non far leggere e lasciare intonse e messe a ventaglio le riviste erano blu, anche se le due lampade blu non erano attaccate alle due sedie blu. Il Dott. Charles Tavis diceva che si può capire molto di un amministratore da come è arredata la sua sala d'attesa. La sala d'attesa del Rettore faceva parte di un piccolo atrio nell'angolo a sudovest della sala della palazzina del reparto Com. & Amm. Il colore delle violette di un mazzo asimmetrico in un vaso a forma di palla da tennis sul tavolino era piú o meno della famiglia dei blu. E c'era anche il blu carico del cielo della carta da parati, gonfio di cumuli vaporosi disposti casualmente contro un cielo di un blu sfacciatamente carico; una carta da parati che disorientava incredibilmente ed era anche, per una spiacevole coincidenza, la carta da parati dell'ufficio di Enfield di un certo Dott. Zegarelli, Dds, dal quale Hal era appena tornato dopo un'estrazione: si sentiva gonfia e morta la parte sinistra della faccia, e provava ancora quella sensazione di sbavare senza sentirlo o potersi fermare. Nessuno è certo di sapere cosa volesse comunicare C.T., con la scelta di questa carta da parati, specialmente a quei genitori che arrivano con i ragazzini a rimorchio per dare un'occhiata all'Eta, ma Hal ha sempre odiato la carta da parati con il cielo e le nuvole perché gli fa venire le vertigini e si sente disorientato e a volte gli sembra di precipitare.

Anche i davanzali e le traverse delle due finestre della sala d'attesa sono sempre stati blu scuro. C'era un bordo di passamaneria blu navy attorno alla punta del cappellino da barca di Michael Pemulis. Hal era sicuro che Pemulis si sarebbe tolto l'ardito cappellino nel momento esatto in cui fossero stati chiamati.

Altri oggetti blu: gli scorci di cielo sul bordo superiore delle foto incorniciate degli studenti dell'Eta appese alle pareti[209]; lo chassis del word processor 972 Intel di Alice Moore con modem ma non predisposto per le cartucce; la punta delle dita e le labbra di Alice Moore. La telefonista e assistente amministrativa del Preside è chiamata dai giocatori Alice Moore la Laterale. In gioventú Alice Moore la Laterale era stata pilota di elicottero e reporter del traffico stradale per una nota stazione radio di Boston finché una tragica collisione in volo con l'elicottero di un reporter del traffico di un'altra stazione – oltre alla cataclismica caduta sulle sei corsie della Jamaica Way nell'ora di punta – l'aveva lasciata con un cronico debito di ossigeno e una condizione neurologica per la quale si poteva muovere solo lateralmente. Da qui il soprannome Alice Moore la Laterale. Un metodo efficace per ammazzare il tempo quando sei seduto ad aspettare di essere ricevuto da un qualsiasi amministratore è chiedere ad Alice Moore la Laterale di battersi rapidamente sul petto e fare l'imitazione dei vecchi rapporti sul traffico che faceva a Boston con la voce tartagliante dei giornalisti in elicottero. Né Hal che si tocca il collo continuamente per controllare se sbava, né Pemulis che controlla la stampa e si muove a scatti sulla sedia, né Ann Kittenplan né Trevor Axford – dal quale non viene oggi neanche un accenno di colore blu – sono dell'umore giusto per farselo fare ora, mentre aspettano la prevedibile rappresaglia amministrativa per l'orrendo casino di Eschaton di domenica. La supposizione si basa su chi è stato chiamato a rapporto oggi, ad aspettare.

I due uffici di dimensioni diverse che si aprono sulla sala d'attesa (attraverso l'unica porta aperta dalla quale è visibile la moquette Mannington blu scura a pelo lungo dell'ingresso del reparto Com. & Amm.) appartengono al Dott. Charles Tavis e alla Sig.ra Avril Incandenza. La porta esterna dell'ufficio di Tavis è di quercia vera e porta nome e grado e titolo scritti a lettere (non blu) talmente grandi da estendersi fino ai bordi della porta. C'è anche una porta interna.

Avril, i cui sentimenti per gli spazi chiusi sono ben noti, non ha porta al suo ufficio. Però il suo ufficio è più grande di quello di C.T. e ha un tavolo da riunioni che si capisce chiaramente quanto lui le invidi. La moquette a quadri neri e blu dell'ufficio di Avril ha il pelo più lungo della moquette della sala d'attesa, tanto che il confine tra le due assomiglia al contrasto tra un prato tagliato e uno no. Avril riveste la carica (pro bono) di Decano degli Affari Interni dell'Accademia e Decano Femminile. Ora si trova là dentro in compagnia di quasi tutte le femmine dell'Eta sotto i tredici anni a eccezione di Ann Kittenplan, le cui nocche tatuate sono sbucciate ed è vestita stranamente con un abito e un berretto (non blu). Avril ha capelli vividamente bianchi – come negli ultimi mesi prima della felo de se di Lui in Persona – che non sembrano esser mai stati grigi (in effetti non lo sono quasi mai stati), e gambe affusolate che T. Axford apprezza visibilmente con la franchezza tipica dell'adolescenza mentre lei fa qualche passo davanti all'affollato tavolo delle riunioni, in piena vista, anche se un po' di sbieco, per chi è in sala d'attesa[210]. Il pennarello di plastica a punta fine che Avril si batte in modo professionale contro gli incisivi mentre cammina avanti e indietro e riflette è blu, anche se tecnicamente non si trova esattamente nella sala d'attesa dove si trova Hal.

I controlli su possibili casi di molestie sessuali da parte degli amministratori si sono resi necessari in tutte le accademie di tennis dell'America del Nord dopo il caso tristemente famoso dell'allenatore R. Bill Phiely detto «Il Toccatore» della Rolling Hills Academy in California, il cui raccapricciante diario e le collezioni di telefoto e micromutandine – scoperti solo dopo la sua scomparsa nella campagna collinare della Contea di Humboldt in compagnia di una tredicenne – crearono quello che si potrebbe definire in modo tradizionale un clima di preoccupazione tra tutti i genitori di giovani tennisti del continente. Alla Enfield, negli ultimi quattro anni, la Dott.ssa Dolores Rusk è stata incaricata di tenere una specie di incontro periodico con tutte le giocatrici giudicate abbastanza ingenue o infantili da essere oggetto di possibili molestie sessuali – la piú giovane delle quali è la piccolissima Tina Echt del Rhode Island, che ha solo sette anni ma un rovescio cannibalesco – nel quale confrontarsi e sentirsi piú forti in una seduta di gruppo discreta, e recidere ogni potenziale phielismo sul nascere. I controlli mensili sulla possibilità di casi di molestie sessuali sono nel contratto della Rusk perché sono nello statuto di accreditatamento Onanta dell'Eta

Il Decano Femminile, Avril M. Incandenza, presiede il controllo sulle molestie sessuali quando la Dott.ssa Rusk è impegnata in altre cose, e poiché la Rusk ha cosí pochi impegni legittimi, il fatto che sia la Mami a tenere oggi il corso di prevenzione delle molestie fa temere a Hal che la Rusk si trovi là dentro nell'ufficio del Preside, pronta a intervenire nella scena disciplinare che si sta per svolgere: C.T. deve essere proprio arrabbiato per volere che la Rusk sia coinvolta; la Rusk potrebbe essere là piú per C.T. che per la psiche degli studenti.

Axhandle tiene gli occhi chiusi e sta ripetendo a memoria uno scioglilingua sull'Angolo di Brewster per il colloquio sul Quadrivio con il professor Leith su «Riflessioni sulla Rifrazione». Michael Pemulis sta ancora studiando un rotolo di carta scritto molto fitto dell'assioma End-Stat della Pink$_2$ che sembra tutto matematica e parentesi quadre, e si muove a scatti sulla sedia, ignorando gli sguardi assassini di Ann Kittenplan e i suoi tubercolotici schiarimenti di gola ai cigolii della sua sedia. Si capisce che Pemulis sta davvero studiando perché continua a muovere la testa su e giú e poi da destra in su. Hal non vuole parlare con Michael Pemulis della sua paura che la Rusk sia là dentro con Tavis, non solo perché Hal non nomina mai la Rusk ma anche perché Pemulis odia la Rusk di un odio duro e cristallino e anche se non l'ha mai ammesso, ha già la nausea al pensiero di dover prendere la maggior parte di colpa per aver lasciato che Lord e Possalthwaite si facessero male, e teme di non essere punito solo con degli esercizi punitivi sul campo, ma di essere magari escluso dalla trasferta a Tucson per il WhataBurger, o anche peggio[211].

Avril è indiretta ma sintatticamente chiara con la ventina di ragazzine là dentro, e indaga. Sui vestiti delle ragazzine si ritrova il blu in varie tonalità, intensità e combinazioni. La voce di Avril Incandenza ha un registro piú alto di quello che ci si aspetterebbe in una donna cosí alta. È un tono alto e in un certo modo aereo. L'opinione comune all'Eta è che sia stranamente insostanziale. Orin sostiene che ad Avril non piace la musica perché quando canticchia sembra pazza.

L'assenza di una porta all'ufficio della Mami vuol dire che praticamente sei lí dentro, perché senti tutto quello che succede. Non ha un gran senso della privacy o dei limiti spaziali, perché è stata molto da sola quando era bambina. Alice Moore la Laterale indossa un surreale insieme di Lycra Spandex nera e tulle verde trasparente. Le cuffie dello stereo portatile che indossa – sta inserendo le macro delle risposte ai piú di 80 inviti ricevuti per il WhataBurger Invitational della prossima settimana – sono blu polvere. Si vede che batte a macchina in synch con un certo ritmo. Le sue labbra e le guance sono di un rosso incerto e cianotico.

Il motivo per il quale Michael Pemulis odia la Dott.ssa Rusk non è chiaro ed è molto variabile; Hal ottiene tutte le volte una risposta diversa da Pemulis. Lo stesso Hal non si sente a suo agio quando c'è Dolores Rusk e la evita, ma non sa indicare un motivo particolare per questo suo sentirsi a disagio in sua presenza. Ma Pemulis detesta veramente la Rusk. Fu Pemulis, a quindici anni, a entrare di nascosto di notte e connettere una batteria Delco alla maniglia interna di ottone della porta chiusa a chiave del suo ufficio, dell'ufficio della Rusk, la prima porta nell'altro corridoio nell'angolo nordest della sala d'ingresso, vicino all'ufficio dell'infermiera di turno e all'infermeria, e poi uscire dall'ufficio della Rusk da una finestra con le punte sul davanzale, e Pemulis era stato molto fortunato che nessuno, a eccezione di Hal e Schacht e forse anche Mario, sapesse che era stato lui l'autore della maniglia elettrica, perché il suo piano degenerò subito in una catastrofe quando un'anziana donna delle pulizie, irlandese di Brighton, toccò per prima la maniglia elettrizzata, tipo alle 0500h, e venne fuori che Pemulis aveva seriamente sottovalutato il voltaggio prodotto dalla Delco collegata all'ottone, e se la donna delle pulizie non avesse indossato dei guanti di gomma gialli sarebbe finita molto peggio per lei, che si ritrovò con una permanente permanente e gli occhi irreversibilmente storti quando riprese conoscenza, e l'avvocato della donna delle pulizie era il noto Byrne («Seguite quell'Ambulanza») di Brighton, il predatore delle cause per infortunio sul lavoro, e i premi della Coop. dei Lavoratori dell'Accademia erano andati alle stelle, e tutta la faccenda era ancora in tribunale.

Avril aveva fatto togliere la porta al suo ufficio ancora prima del casino della donna della pulizie, per i suoi problemi con gli spazi chiusi.

Un nuovo accavallare di gambe e un'ispezione piú attenta rive-

lano che il calzino sinistro di Trevor Axford, ma non quello destro,
è blu.

Mancino, senza alcune dita della mano destra per un incidente con
dei fuochi di artificio tre Giorni dell'Interdipendenza fa, Axhandle è
molti cm piú basso di Hal Incandenza e un vero rosso naturale, coi capelli ramati e quella bella pelle bianca costellata di lentiggini che diventa rossa e si spella anche sotto due strati di Pledge, in piú ci sono le
labbra enormi e perennemente screpolate; e come giocatore è una versione meno efficace di John Wayne – non fa che tirare pallate da fondocampo, con un effetto appena percettibile. È uno juniores di Short
Beach Ct e porta sulle spalle l'enorme pressione della famiglia che vorrebbe che lui continuasse la tradizione dei maschi di Axford di andare
a Yale e il suo rendimento scolastico è cosí scarso che la sua sola possibilità di andare a Yale è quella di giocare a tennis per Yale, il che spaz-
zerebbe via ogni possibilità di giocare nello Show, e ha una buona classifica ma il solo traguardo che si è posto è arrivare a giocare per Yale.
Anche se Ingersoll sarebbe informalmente nei Fratellini di Hal, tecnicamente fa parte di quelli di Axhandle, questo lo sanno tutti e due; e
Hal è un po' a disagio per il suo sollievo nel pensare che chi si è fatto
male durante Eschaton non era tecnicamente suo Fratellino[212]. La sola
cosa che Axford e Hal hanno in comune sul campo è la curiosa abitudine di rifiutare di chiedere aiuto agli altri campi quando le loro palle
vi finiscono fuori[213].

Finalmente Pemulis ha smesso di muoversi a scatti e ha piegato la
stampata del $Pink_2$ in un grosso quadrato spiegazzato e si è avvicinato
alla scrivania a ferro di cavallo di Alice Moore la Laterale, e scherza con
lei facendo finta di niente, e si guarda intorno mentre scherza con lei
e con astuzia cerca di sapere se sopra uno degli inviti del torneo WhataBurger messi a croce, una femmina e un maschio, una femmina e un
maschio, nella cassetta di Alice la Laterale, ce n'è magari uno con le iniziali M.M.P. Pemulis e la Moore sarebbero meno in confidenza se lei
sapesse che lui è entrato di nascosto di notte e ha usato il suo Wats e il
suo modem, anche se lei è molto rilassata e simpatica e non è per niente come quella vignetta incorniciata vicino alla targhetta del suo nome
con una donna che strilla e che dice LA MIA PAZIENZA HA UN LIMITE E
VOI LO AVETE OLTREPASSATO. La vignetta è uno di quei gadget che si
vedono spesso negli uffici. Li aveva chiamati lí durante la Sesta Ora
con lo stesso sistema di intercomunicazione con il microfono che Troeltsch usa per le trasmissioni Weta del sabato (si è dovuto proibire a Troeltsch di giocare con la sedia di Alice), e la sua voce nell'altoparlante non
era sembrata scortese. A Hal sembra di avere la parte sinistra della faccia gonfia, ma quando ci passa sopra la mano destra sente che è della

stessa misura di sempre. Le assistenti degli amministratori che si gua-
dagnano i loro contributi sanitari sono sinapticamente evolute a un punto tale che si possono permettere di scherzare, accettare complimenti
per i loro completini di Spandex e tulle, deflettere con nonchalance richieste di informazioni non autorizzate, ascoltare musica con i bassi a
palla nelle loro cuffie stereo personali e scrivere con molta disinvoltura al ritmo della musica delle cuffie, tutto contemporaneamente. Le
punte bluastre delle dita di Alice Moore la Laterale fanno sembrare dieci piccoli tramonti le sue unghie laccate. Le ruote della sedia di Alice
Moore la Laterale sono su un binario con una terza rotaia elettrificata,
cosí che lei può scivolare da un angolo all'altro dell'arco del ferro di cavallo – piú o meno lateralmente – al tocco di un bottone color ciliegia
sul piano della scrivania. Per ragioni legali post-incidente-Delco, sulla
targhetta della sua scrivania c'è scritto DANGER: THORD RAIL* invece del
suo nome, Alice Moore la Laterale.

Hal sente Avril che dice: «Allora. Se vi parlo in tono gentile di essere toccate da una persona alta in un modo che non vi piace, capite
cosa voglio dire? È mai capitato a qualcuna di voi di essere baciata o
strusciata o abbracciata o pizzicata o tastata o palpata o accarezzata
o insomma toccata da una persona alta in un modo che vi ha fatto
sentire a disagio?» Hal vede una gamba della Mami inguainata in una
calza terminare in una caviglia perfetta e una Reebok immacolata e
protendersi da destra nella cornice della soglia, la Reebok che picchietta leggermente a terra; Avril ha un braccio incrociato sul petto
e il gomito dell'altro braccio appoggiato su quel braccio che appare e
scompare dalla vista quando lei si picchietta lievemente sui denti con
la sua penna blu.

«La nonna mi dà sempre i pizzicotti sulle guance», dice una ragazza. Aveva alzato la mano per parlare, il polso cinto da un toccante piccolo polsino di spugna (blu). Era da tantissimo tempo che Hal
non vedeva cosí tanti codini e nasi a patatina e bocche a fragola riunite nella stessa stanza. Pochi piedi infilati nelle scarpe da ginnastica
arrivano a toccare la moquette. C'è un gran dondolio di gambe, un
assente altalenare di scarpette. Qualche dito nel naso in contemplazione. Ann Kittenplan, sulla sua sedia blu, si sta rimirando i piccoli
tatuaggi lavabili che si fa tutti i giorni sulle nocche delle mani.

«Non stiamo esattamente parlando di questo, Erica», si vede ancora il piede che picchietta per terra e il braccio che appare e scompare. Hal conosce talmente bene il tono e le inflessioni della voce di

---

* «Pericolo: Terza Rotaia». È la scritta che si trova in ogni metropolitana americana.
La terza rotaia è elettrificata e dà la forza motrice al treno e fulmina i suicidi [N.d.T.].

sua madre che si sente quasi a disagio. La caviglia sinistra gli fa uno strano cigolio quando la piega. I tendini dell'avambraccio sinistro si mostrano e spariscono quando stringe la pallina da tennis. Gli sembra che la parte sinistra della sua faccia sia una cosa lontana che gli vuole male e si sta avvicinando sempre piú. Riesce a individuare le fricative sibilate della voce lontana di Charles Tavis da dietro le doppie porte del suo ufficio; sembra stia parlando a piú di una persona là dentro. Anche sulla porta interna di Charles Tavis c'è il nome DOTT. CHARLES TAVIS, e sotto c'è il suo motto per l'Eta sull'uomo che, se conosce i propri limiti, non ne ha.

«Ma sono forti», replica quella che deve essere Erica Siress.

«L'ho vista darglieli», conferma qualcuna che sembra Jolene Criess.

Un'altra: «Anch'io non li sopporto».

«Io non sopporto quando gli adulti mi dànno le pacche sulla testa come se fossi uno schnauzer».

«Vi giuro che il primo adulto che mi chiama adorabile si troverà di fronte a una brutta sorpresa».

«Non sopporto né quando mi arruffano né quando mi lisciano i capelli».

«La Kittenplan è alta. La Kittenplan ti sfrega le nocche sulla testa quando si spengono le luci».

Avril dà loro tempo per esprimersi, cerca di dirigere l'argomento gentilmente verso il vero phielismo; è molto astuta e ci sa fare con i bambini piccoli.

«...poi il mio papà mi dà le spintine sul sederino quando vuole che vada in una stanza. È come se mi *influenzasse* da dietro a entrare nella stanza. Questa piccola spintina è irritante, mi viene voglia di dargli un calcio nello stinco».

«Mmmmmm-hmmmm», riflette Avril.

Non è possibile non origliare, perché tutto nella stanza d'attesa è relativamente silenzioso, a eccezione del sibilo metallico delle cuffie che Alice Moore la Laterale adesso si è tolta e il mormorio da cospirazione di Michael Pemulis che sta cercando di convincerla a picchiarsi a mo' di tamburo sul petto e a descrivere l'uscita Sud della I-93 di Neponset come un parcheggio lungo e molto stretto. C'è molto silenzio perché il livello di ansia nella sala di attesa di Tavis è alto.

«Ho l'impressione che vi farete delle bellissime Vomitose, per punizione», aveva detto Ann Kittenplan a Pemulis quando si erano presentati dopo la convocazione via citofono, e Pemulis aveva iniziato a far cigolare la sedia come un roditore e a far contorcere in uno spasmo metà della faccia della Kittenplan.

Una delle cose piú infide e sinistre nella disciplina correttiva dell'accademia di tennis è che le punizioni possono prendere la forma di quello che potrebbe passare come un allenamento intensivo. Vedi il sergente dei Marines che dice alla recluta di fare altre cinquanta flessioni eccetera. Ma ecco perché Gerhardt Schtitt e i suoi prorettori sono molto piú temuti di Ogilvie o Richardson-Levy-O'Byrne-Chawaf o di tutti gli altri responsabili dell'accademia. Non è che la reputazione corporale di Schtitt lo abbia preceduto fino a qui. È che sono Schtitt e deLint a fare gli orari giornalieri per le esercitazioni della mattina e per gli incontri del pomeriggio, per l'allenamento sulla resistenza e quello sulla corsa. Ma soprattutto per le esercitazioni della mattina. Si sa che certe esercitazioni hanno il solo scopo di forgiare il carattere, sono fatte apposta per abbassare il livello di qualità della vita per alcuni minuti. Troppo brutali per essere svolte ogni giorno anche se contribuirebbero a rendere l'allenamento veramente aerobico, le versioni disciplinari del «Colpisci e Sfinisci»[214] vengono chiamate dai ragazzi le Vomitose. Le Vomitose servono solo a farti star male e a farti pensare parecchio prima di rifare la cosa per cui te le sei meritate; ma per loro natura non sono utilizzabili per proteste basate sull'Ottavo Emendamento e per telefonate in lacrime ai genitori, perché possono essere spiegate ai genitori e alla polizia[215] come semplici allenamenti per migliorare la circolazione cardiovascolare, e il sadismo reale rimane completamente sub rosa.

La profezia della Kittenplan che i grandi prenderanno tutta la colpa per la tragedia di Eschaton potrebbe essere confutata dall'osservazione di Pemulis che la tradizione extrascolastica e la struttura di Eschaton esistevano già da molto prima che loro si iscrivessero all'accademia. Michael Pemulis non ha fatto altro che codificare i principî di base e imporre una specie di matrice di strategia decisionale. Forse ha contribuito a creare una mitologia e ha stabilito, principalmente con il suo esempio personale, un certo livello di attesa. Hal non ha fatto altro che fare l'amanuense su un manuale del cavolo. Le Combattenti del Giorno dell'I. erano tutte là fuori per loro libera scelta. Pemulis e Axford avevano convinto Hal a scrivere tutto quello che era successo col massimo della retorica, Pemulis l'aveva poi inserito nel Pink$_2$ e l'aveva stampato per poterselo sempre portare dietro e studiarselo e averlo tutto in testa prima che Tavis decidesse di ricorrere alle misure disciplinari. Il piano è di far parlare solo Pemulis e fare intervenire Hal quando lo ritiene opportuno, la voce della ragione, il poliziotto buono e quello cattivo. Ad Axford è stato detto di contare le fibre di Antron tra le sue scarpe per tutto il tempo che rimarranno là dentro.

Hal non riesce a capire come mai la convocazione del Preside non sia arrivata nelle 48 ore precedenti. Poteva sembrare strano che non gli fosse successo di vedere Tavis di persona, o che non fosse mai andato nella CdP a chiedere alla Mami di intercedere per lui e dargli qualche notizia. Non che ne avesse avuto voglia ma vi avesse resistito; non gli era proprio venuto in mente.

Per uno che non solo vive nell'istituto con la sua famiglia ma che durante gli allenamenti, a scuola, e in tutta la sua ragione d'essere viene direttamente seguito dai suoi parenti, Hal dedica una piccolissima parte del suo cervello e del suo tempo a pensare alle persone della sua famiglia *qua* membri della famiglia. Certe volte quando si trova a chiacchierare con qualcuno nella fila interminabile per iscriversi a un torneo o a un ballo dopo un incontro o da qualche altra parte e qualcuno gli dice qualcosa del tipo «Come se la passa Avril?» oppure «Ho visto Orin tirare una bordata inverosimile in una cartuccia con il meglio dell'Onanfl la scorsa settimana», c'è questo momento di strana tensione durante il quale la mente di Hal è completamente vuota e la sua bocca si muove senza emettere nessun suono, come se i nomi fossero parole sulla punta della lingua. A eccezione di Mario, del quale Hal non smetterebbe mai di parlare, è come se una macchina ponderosa e scricchiolante dovesse tirarsi su e mettersi in moto quando Hal deve pensare ai membri della sua famiglia in relazione a se stesso. Forse questa è una delle ragioni per la quale Hal evita la Dott.ssa Dolores Rusk, che lo vuole sempre mettere alla prova su temi di spazio e autodefinizione e qualcosa che chiama il «Complesso Stratilico»[216].

Lo zio materno di Hal, Charles Tavis, è un po' come l'ormai defunto Lui in Persona in quanto il curriculum vitae di Tavis è un miscuglio irresoluto di sport e scienza applicata. Laureato in Ingegneria, con un master in Amministrazione Atletica, all'inizio della sua attività professionale Tavis aveva messo insieme tutte le sue conoscenze nel diventare ingegnere civile, la sua specialità era la distribuzione del carico attraverso la dispersione a settori, e cioè distribuire il peso di gigantesche folle di spettatori di eventi sportivi. Cioè, come diceva lui, maneggiare grandi assembramenti di spettatori; nel suo piccolo era stato un pioniere nel cemento rinforzato da polimeri e nei fulcri mobili. Aveva fatto parte di varie squadre per la progettazione di stadi e centri civici e tribune e superimpianti di forma micologica. Aveva ammesso in modo esplicito di essere stato un ingegnere decisamente migliore nel lavoro di squadra e mai un protagonista alla ribalta dell'architettura. Si scusava molto quando qualcuno ammetteva di non aver capito cosa volesse dire la frase e diceva che forse la confusione era stata inconsciamente deliberata, per via di una specie di imbarazzo nei confronti della sua prima e ultima supervisione architettonica di rilievo, lassú nell'Ontario, prima dell'avvento dell'Interdipendenza dell'Onan, quando aveva disegnato il nuovo e pubblicizzatissimo complesso di stadio e hotel SkyDome dei Toronto Blue Jays. Perché Tavis si era preso gran parte della colpa quando venne fuori che gli spettatori dei Blue Jays nelle tribune, molti dei quali bambini innocenti che indossavano i cappellini della squadra e picchiavano i piccoli pugni nei guanti che si erano portati dietro nella speranza di poter acchiappare una palla colpita male, che un numero angosciante di spettatori in vari punti lungo le linee del campo poteva guardare direttamente nelle finestre degli ospiti dell'albergo mentre questi ultimi facevano vari tipi di sesso nelle loro camere da letto sopra il muro di centrocampo. Il massimo delle richieste della testa di Tavis era stato quando il cameraman del Replay Istantaneo sul grande video-tabellone dello SkyDome, in un momento di cattivo umore o alla ricerca del suicidio professionale o tutti e due, cominciò a puntare la cinepresa sulle finestre delle camere e dirottò le immagini di coiti multigambe sullo schermo da 75 metri del tabellone eccetera. A volte al rallentatore e con multipli replay eccetera. Tavis ammetterà la sua riluttanza a parlarne, ancora oggi, dopo tutto questo tempo. Confesserà che il solito riassunto del suo passato professionale consiste nel dire semplicemente che era specializzato nella progettazione di edifici sportivi che potevano ospitare in modo sicuro e comodo un numero enorme di spettatori per gli spettacoli dal vivo, e che il mercato per i suoi servizi aveva toccato il fondo quando un numero sempre maggiore di avvenimenti venne destinato alla disseminazione tramite cartucce e alla visione privata nelle case il che, precisa, non è tecnicamente falso, ma solo non completamente vero e diretto.

Alice Moore la Laterale sta stampando gli Rsvp per il WhataBurger. L'Intel 972 è l'ultimo modello, ma è rimasto attaccato a un vecchio modello di stampante ad aghi che si rifiuta di cambiare finché Dave Harde riuscirà a farla funzionare. È lo stesso con il sistema di intercomunicazione e il suo microfono antiquato con l'asta di ferro che Troeltsch dice che è un affronto all'intera professione del telecronista. Alice la Laterale ha queste strane eccentriche riserve di intransigenza e luddismo, dovute forse all'incidente con l'elicottero e alle deficienze neurologiche. Il rumore degli aghi della stampante riempie la sala d'attesa. Hal scopre di potersi fidare della simmetria della sua faccia e della saliva solo quando sta seduto con la mano destra sopra la guancia sinistra. Ogni riga delle risposte stampate di Alice fa lo stesso rumore di una stoffa che in teoria non si dovrebbe strappare mai e invece si strappa e si ristrappa, un suono dentale, di negazione della vita.

Per Hal, il problema principale dello zio materno è che Tavis è tremendamente timido con la gente e cerca di nasconderlo facendo finta di essere molto aperto ed espansivo e chiacchierone e pallone gonfiato, e alla fine è insopportabile. L'impressione di Mario è che Tavis sia molto aperto ed espansivo e chiaccherone, ma è cosí chiaro che usa queste qualità come una specie di scudo protettivo che tradisce una vulnerabilità terribile per la quale è impossibile non provare tenerezza. In entrambi i casi, la cosa sconvolgente di Charles Tavis è che probabilmente è l'uomo piú aperto che sia mai esistito. L'opinione di Orin e di Marlon Bain era che C.T. non era tanto una persona quanto una specie di sezione di persona. Hal si ricordava che anche la Mami raccontava degli aneddoti di cosa succedeva quando da ragazzina si portava con sé il bambino C.T. o stava con lui alle funzioni e alle riunioni in Québec alle quali partecipavano anche altri ragazzini, il bambino C.T. era sempre stato troppo imbarazzato e impacciato per unirsi subito al gruppo dei ragazzini che parlavano e complottavano, e cosí Avril diceva che lo guardava spostarsi da un gruppetto all'altro e spiare ai margini, ad ascoltare, ma poi diceva sempre, a voce alta, in un momento di calma nella conversazione del gruppo, qualcosa tipo «Ho paura di essere troppo imbarazzato per venire con voi, quindi se vi sta bene io starò qui da una parte a guardare e ascoltare, volevo dirvelo», e cosí via.

Il fatto è che Tavis è un esemplare strano e delicato, al tempo stesso inefficace e temibile come Preside, e pur essendo un parente non garantisce nessuna indiscrezione o favore, a meno che non si sfruttino certi collegamenti materni, ma Hal a queste cose non pensa neanche. Questo strano vuoto nei confronti della sua famiglia potrebbe essere un modo di vivere una vita nella quale le autorità domestiche e vocazionali in un certo qual modo si mescolano. Hal stringe la sua pallina da tennis come un pazzo, seduto là nel rumore degli aghi della stampante, il palmo destro contro la guancia sinistra e il gomito a coprirgli la bocca, una voglia matta di passare prima dalla Stanza delle Pompe e poi lavarsi bene i denti con il suo Oral B portatile e pieghevole. Per diverse ragioni una presa veloce di Kodiak è improponibile.

L'unica volta che quest'anno Hal era stato ufficialmente convocato nella sala d'attesa del Preside era stato verso la fine di agosto, proprio prima della Convocazione e durante l'Orientamento, quando i ragazzini nuovi dell'Apad erano appena arrivati e giravano intorno senza meta e terrorizzati eccetera, e Tavis aveva chiesto a Hal di occuparsi temporaneamente di un ragazzino di nove anni che arrivava da un posto che si chiamava Philo Il, si diceva fosse cieco, il ragazzino, e sembrava fosse uno di quelli con problemi di cranio perché era stato uno dei neonati di Ticonderoga Nny evacuati troppo

tardi, e sulla testa aveva molti occhi in vari gradi di sviluppo evolu-
tivo ma era considerato cieco da un punto di vista legale, ma nonostante ciò era un giocatore estremamente solido, e questa è una storia lunga da raccontare, dato che il suo cranio aveva la stessa consistenza di un guscio di un granchio Chesapeake ma la testa era cosí
enorme da far sembrare microcefalo Booboo, e si diceva che il ragazzino sul campo potesse usare solo una mano perché con l'altra doveva tirarsi dietro un carrellino tipo quelli per le flebo con un braccio
di metallo a forma di alogena che era saldato al carrello all'altezza della testa, che gliela cingeva e gliela teneva su; ma Tex Watson e Thorp
avevano rotto le scatole a C.T. per aver ammesso il ragazzino e per la
retta scolastica, e C.T. ora pensava che il ragazzino avrebbe avuto almeno bisogno di un po' di aiuto per orientarsi (in senso letterale), e
voleva che Hal lo prendesse per mano (di nuovo in senso letterale).
Un paio di giorni piú tardi venne fuori che il bambino aveva avuto
una specie di crisi o familiare o fluido-cerebro-spinale a casa sua nella campagna dell'Illinois e non si sarebbe immatricolato fino a primavera. Ma in agosto Hal era seduto sulla sedia sulla quale ora Trevor Axford si sta addormentando ed era molto tardi, quasi l'imbrunire, e aveva appena finito una informale partita di esibizione con un
giocatore professionista lettone del circuito Satellite, ed era arrivato
al terzo set ed era finita cosí tardi da fargli perdere i peperoni ripie-
ni della Sig.ra C. a cena e il suo stomaco faceva quei rumori come per
dire «Perché non si mangia?» che partono dal colon trasversale; era
da solo nella stanza blu ad aspettare, e dondolava la sedia mentre rifletteva – Alice Moore la Laterale era già andata a casa nel suo appartamento lungo con stanze larghe solo 2 m a Newton e un telo di
plastica opaca e polverosa copriva il suo processore Intel e la consolle per l'intercom e la lucina rossa per il segnale di pericolo sulla targhetta DANGER: THIRD RAIL era spenta, e le sole luci nella stanza, a parte la debole luce del tramonto, erano la lampada bollente a 105W attaccata allo schienale della sua sedia, e le varie lampade accese
dell'ufficio di Charles Tavis (Tavis aveva una specie di fobia per l'illuminazione al soffitto); Tavis stava facendo un colloquio di ammissione con l'impossibilmente minuscola Tina Echt, che è poi stata im-
matricolata quest'anno in autunno a sette anni. Le porte erano aperte perché era un agosto torrido e F.D.V. Harde aveva armeggiato alla
ventola dell'aria condizionata di Alice la Laterale e ora l'aria fresca
era sputata fuori invece che dentro. La porta esterna dell'ufficio di
Tavis si apriva in fuori mentre la porta interna si apriva in dentro, il
che dava l'impressione che il piccolo vestibolo tra le due porte fosse
una specie di mascella, quando lo si vedeva.

Durante il mese di agosto dell'Apad il dolore cronico alla caviglia sinistra di Hal era stato piú forte di sempre dopo una serie dirompente, ma allo stesso tempo estenuante, di tornei estivi nei quali era sempre arrivato per lo meno ai quarti, quasi tutti su cemento[217], e si sentiva battere i vasi sanguigni dei legamenti della caviglia mentre era seduto a sfogliare le pagine lucide di un nuovo numero di «World Tennis» e guardava le cartoline pubblicitarie cadere e svolazzare via; ma non poté fare a meno di godere della panoramica tipo mascella aperta di una notevole sezione di Charles Tavis alla scrivania del suo ufficio, che come sempre in prospettiva sembrava accorciato e piú piccino con le mani incrociate sul piano della grande scrivania di legno, oltre il profilo parziale di una ragazzina che non dimostrava piú di cinque o sei anni e si preparava a prendere i fogli per l'accettazione mentre ascoltava Tavis. Non si vedevano né i genitori né i tutori della Echt. Alcuni ragazzini vengono semplicemente scaricati. Certe volte le macchine dei genitori non si fermano neanche, rallentano e poi alzano la ghiaia quando se ne vanno via accelerando. I cassetti della scrivania di Tavis hanno le rotelle che cigolano. La Lincoln dei parenti di Jim Struck non aveva neanche rallentato molto. Struck era stato aiutato a rimettersi in piedi e portato subito negli spogliatoi per farsi una doccia e togliersi la ghiaia dai capelli. Anche lui era stato affidato a Hal per il periodo di Orientamento, quando Struck si trasferí all'Eta, cacciato dalla Palmer Academy dopo che la sua tarantola (di nome Simone – anche questa è una storia lunga) era scappata e non si sarebbe neanche sognata di mordere la moglie del Preside se lei non avesse gridato e fosse svenuta e ci fosse caduta proprio sopra, Struck spiegò a Hal mentre lo aiutava a raccogliere le valigie che erano rotolate sul vialetto.

Come molti altri burocrati di talento il fratello adottivo della madre di Hal, Charles Tavis, è un uomo fisicamente piccolo in un modo che sembra legato a un problema piú di prospettiva che endocrino. Il suo essere piccolo ricorda l'esser piccolo di qualcosa che è piú lontano da te di quanto vorrebbe essere, e in piú si allontana[218]. Questo suo strano assomigliare a una cosa che si allontana, insieme ai tremori involontari delle mani che gli sono iniziati dopo aver smesso di fumare qualche anno fa, hanno contribuito a rafforzare la smania perpetua di Tavis, una specie di panico locazionale che spiega chiaramente non solo la sua energia compulsiva – lui e Avril, chiaramente il Duo della Compulsione, dormono – stanze separate – al secondo piano della Casa del Preside e in genere dormono in due quanto dorme un insonne – ma forse contribuisce anche alla patologica apertura dei suoi modi, per esempio la maniera in cui pensa a voce alta sul fatto di pensare a voce alta, un atteggiamento che Ortho Stice imita

cosí bene che gli Under 18 gli hanno proibito di farlo davanti ai giocatori piú giovani per paura che i ragazzini piú piccoli non riescano
piú a prendere sul serio il vero Tavis le volte che deve essere davvero preso sul serio.

Invece i ragazzini piú grandi si piegano in due dalle risate appena
Stice si mette la mano sugli occhi e imita qualcuno che scruta l'orizzonte ogni volta che Tavis appare alla vista e sembra diventare sempre piú piccolo anche mentre si avvicina.

In qualità di Preside C.T. fa sempre un certo numero di domande introduttive alle matricole, e Hal adesso, in novembre, non si ricorda con quali domande Tavis iniziò il colloquio con la Echt, ma si
ricorda di aver visto il lecca-lecca della bambina andare su e giú e un
orecchino a clip di plastica Mr. Bouncety-Bounce[219] che dondolava
quando lei scuoteva la testa. Hal si era meravigliato di quanto fosse
piccola. Come fa una cosí piccola a essere in classifica Under 12, anche se solo a livello regionale?

Poi sentí il cigolio sontuoso della grossa sedia di Tavis che si spostò in avanti, quando appoggiò tutto il suo peso sui gomiti e intrecciò
le dita sul grosso piano della scrivania di polimero rinforzato fatta apposta per lui. Anche se nascosto alla vista di Hal dall'ombra dell'enorme StairBlaster[220], il sorriso del Preside era chiaramente udibile mentre si appoggiava indietro, per quella cosa dei suoi denti della quale
meno si parla e meglio è. Guardando dentro con discrezione, Hal aveva sentito un attacco improvviso di affetto nei confronti di C.T. I capelli dello zio materno erano lisci e pettinati con molta precisione, e i
suoi baffetti non erano mai del tutto simmetrici. Aveva anche un occhio lievemente piú angolato rispetto all'altro, tanto che oltre a guardare l'orizzonte Stice piegava leggermente il capo da una parte ogni
volta che C.T. si avvicinava. Ripensandoci ora, anche il sogghigno involontario di Hal è sbilenco e piuttosto tiepido. Axhandle è accasciato nella sedia con il pugno sotto il mento, in una posizione che lui crede lo faccia sembrare pensieroso ma in realtà lo fa sembrare *in utero*,
e Ann Kittenplan si sta mordendo i tatuaggi sulle nocche, che è il suo
modo di toglierseli.

Poi Ortho Stice era entrato nella rovente sala d'attesa, con la maglietta bagnata, le Wilson in mano e i capelli a spazzola sudati perché
veniva dai campi, e si diresse subito verso la corrente discendente del
bocchettone dell'aria condizionata fuori dal piccolo vestibolo di Tavis. I completi di Stice gli venivano dati dalla Fila e quando giocava
in partita si vestiva tutto di nero, e all'Eta e nel circuito era chiamato Il Tenebra. Aveva i capelli tagliati a spazzola e un inizio di basette. Lui e Hal si scambiavano quei cenni con il capo delle persone che

si piacciono e non hanno bisogno di rispettare le regole della buona educazione. Avevano un modo simile di giocare, anche se gran parte del tocco di Stice si manifestava sotto rete. Stice sollevò la mano agli occhi e piegò leggermente la testa in direzione della luce della lampada dell'ufficio.

«Ci starà ancora per molto là dentro la piccoletta?»

«C'è da chiederlo?»

Tavis stava dicendo: «Quello che facciamo per te qui è di smontarti con metodo e attenzione, smembrarti come bambina piccola e rimontarti come una giocatrice di tennis che può giocare senza paura o limitazioni contro ogni bambina dell'America del Nord. Con una prospettiva completamente diversa da quella che avevi quando ti hanno portato qui. Una bambina che guarda il campo come uno specchio il cui riflesso non ti porta nessuna illusione o paura».

«Ora la cosa della testa», dice Stice. Hal aveva visto che a Stice era venuta la pelle d'oca sulle braccia e sulle gambe quando si era messo sotto l'aria fredda e guardava all'insú e inspirava, la sua roba stretta al petto.

«Un modo per spiegarlo è di dire che ti toglieremo la testa molto delicatamente e ti ricostruiremo una testa nuova che avrà un bernoccolo di lucidità in piú e uno spazio concavo dove prima c'era l'istinto della paura. Sto cercando di fare del mio meglio per mettere tutto in termini con i quali il tuo odierno io si senta subito a suo agio, Tina. Anche se ti devo confessare che mi sento sempre terribilmente a disagio quando devo adattare una presentazione alla persona a cui mi trovo di fronte, dato che tengo molto alla mia reputazione di uomo ed educatore del tutto onesto», disse Tavis con il suo sorriso sonoro. «Questo è uno dei miei limiti». Stice si ritirò senza neanche dire ciao a Hal. Erano complemente a loro agio l'uno con l'altro. Era stato un po' diverso l'anno prima, quando Hal era ancora tra gli Under 16. Hal aveva sentito Stice dire qualcosa a qualcuno nella sala d'ingresso. L'impressione che dava C.T. di essere subito oltre la linea focale era in parte dovuta al fatto che i due lati della sua faccia non erano uguali. La cosa non era evidente come nella faccia di un infartuato o di una persona deforme; l'impercettibilità della cosa era parte intriseca del suo essere cosí, era quell'incertezza essenziale riguardo a se stesso che Tavis combatteva aprendosi la pelle del cranio e mettendo in mostra il suo cervello senza nessun avvertimento o invito; era parte della sua preoccupata frenesia.

Tra l'uscita di Ortho Stice e l'entrata della Mami Hal aveva continuato a piegare la caviglia e a guardare il gonfiore muoversi leggermente sotto i vari strati di calzini. Si alzò e provò ad appoggiare tutto il peso sulla caviglia un paio di volte e poi si mise a sedere di nuovo e la piegò, guardando il gonfiore con molta intensità. Improvvisamente capí che sarebbe andato giú a farsi in segreto nella Sala Pompe prima di fare la doccia, perché non aveva pensato di chiedere al Tenebra di mangiare con lui, dato che anche Stice non aveva ancora cenato. Le sue viscere emettevano lo stesso suono di quelle teiere che non fischiano ma brontolano quando bollono. Una persona che fa sport a livello agonistico non può saltare i pasti senza soffrire un terribile stress metabolico.

Dopo un po' Avril Incandenza, il Decano dell'Eta per gli Affari Interni, aveva abbassato la testa per passare sotto lo stipite della sala d'attesa ed era entrata nella stanza, fresca e totalmente non toccata dal caldo. Aveva uno dei fascicoli dell'orientamento nel consueto raccoglitore rosso e grigio.

La Mami aveva quel suo modo di mettersi sempre nel *centro esatto* di ogni stanza, cosí che da ogni angolo si trovava sulla linea di ogni sguardo. Era parte di lei, e per questo era una cosa cara a Hal, ma dava nell'occhio e poteva anche essere fastidiosa. Una volta suo fratello Orin, durante una partita notturna di Family Trivia, aveva descritto Avril come il Buco Nero dell'Attenzione Umana. Hal camminava avanti e indietro, sollevandosi sulla punta del piede sinistro, cercando di stabilire il livello esatto del fastidio fisico che provava. A quel punto era entrata lei. Hal e la Mami si salutavano sempre in modo piuttosto stravagante. Quando Avril entrava in una stanza, ogni tipo di traiettoria diventava un'orbita, e quella di Hal divenne vagamente circolare attorno al perimetro della sala d'attesa mentre Avril appoggiava il suo osso sacro sulla scrivania della reception, incrociava le caviglie e tirava fuori il suo portasigarette. I suoi modi erano sempre molto sciolti e quasi maschili quando lei e Hal si trovavano da soli in una stanza.

Lo guardò: «E la caviglia?» Si odiò per aver esagerato la zoppia anche solo un po'. «È debole. Dev'essere un po' infiammata. Ma direi piú debole che infiammata».

«No, ora non è il caso che tu *pianga*», esclamò C.T., mentre si inginocchiava al lato della sedia dalla quale delle gambine dondolavano e si agitavano. «Non volevo dire che la rompiamo *letteralmente*, non ti rompiamo *la testa*, Tina. Ti prego di scusarmi perché è *tutta colpa mia*, tesoro, se ti ho spiegato quello che ci proponiamo di fare qui in una luce *completamente* sbagliata».

Avril aveva tirato fuori una sigaretta da 100 mm dal portasigarette piatto di ottone e l'aveva picchiettata su una nocca priva di rughe. Hal non tirò fuori l'accendino. Nessuno dei due aveva guardato verso le fauci dell'ufficio di Tavis. Il vestito tipo grembiule di Avril era di cotone blu, con una specie di smerlo bianco attorno alle spalle e le calze bianche e un paio di Reebok dolorosamente bianche.

«Sono *mortificato* di averti fatto piangere cosí». La voce di Tavis aveva un tono enfatizzato come se uscisse da un lungo corridoio. «Voglio che tu sappia che puoi salire sulle mie ginocchia totalmente non minacciose, se ne senti il bisogno, ecco».

Avril fumava sempre tenendo su il braccio che reggeva la sigaretta e appoggiando il gomito sull'altro braccio piegato. Spesso teneva la sigaretta in quel modo senza accenderla e senza neanche mettersela in bocca. Si concedeva di fumare solo nel suo ufficio dell'Eta e nello studio della CdP e in uno o due altri posti dove era stato montato un sistema di filtraggio dell'aria. La sua posizione, quella sera, con il coccige appoggiato a qualcosa mentre si guardava le gambe, era terribilmente simile a quella di Lui in Persona. Fece cenno alla porta di C.T. con il capo.

«Scommetto che è là dentro da un bel po'».

A Hal diede noia quel sottile riferimento al pianto che si sentiva fino a lí: «Sto aspettando qua fuori da quasi un'ora». E gli piacque il fatto che lei sembrasse addolorata per lui quando le sue sopracciglia sottili (non depilate, perfettamente sottili e ad arco) si sollevarono.

«Allora non hai ancora mangiato niente?»

«Sono stato *convocato*».

La voce di Tavis là dentro: «Voglio che tu ti sieda proprio qui sulle mie ginocchia e voglio che ti calmi Su Su Su Su».

«Voglio la mia mamma e il mio babbo».

Avril disse: «È la tua pancia che fa quei rumori allora, non il condizionatore?» con quel sorriso che era anche una specie di fremito.

«Non riuscivo a capire se questi rumori venivano da quaggiú, mi ricordavano quella teiera senza fischio che Lui in Persona lasciava sul—»

Una mela sbucò fuori da una tasca profonda del suo grembiule.

«Per caso ho ancora una Granny Smith qui dentro, per rimetterti un po' in forze mentre aspettiamo». Hal sorrise con aria stanca alla grossa mela verde.

«Mami, quella è la tua mela. Non mangi altro da mezzogiorno alle undici di sera, lo so».

Avril fece un gesto disteso. «Mi sento piena. Ho fatto una scorpacciata a pranzo con un gruppo di genitori, non piú di tre ore fa. Sto ancora male». Guardò la mela come se non sapesse da dove era venuta fuori. «Quasi quasi la butto via».

«Non lo farai».

«Ti prego», disse alzandosi dal bordo della scrivania apparentemente senza usare i muscoli, tenendo in mano la mela come se fosse una cosa disgustosa, la sigaretta giú sul fianco dove avrebbe fatto un buco nel grembiale se fosse stata accesa. «Faresti un favore a tutti e due».

«Mi fai impazzire. Lo sai che questa cosa mi fa impazzire».

L'espressione che Orin e Hal usano per questa tiritera è la Roulette della Cortesia. Questa cosa della Mami di farti odiare te stesso per averle detto la verità su un problema perché lei poi ne subirà le conseguenze. È come se raccontandole un tuo bisogno o un problema ti volessi approfittare di lei. Certe volte Orin e Hal facevano questa scenetta durante la partita di Family Trivia: «Per favore, prendi pure il mio ossigeno tanto non lo uso». «Cosa vuoi? Questa brutta gamba? Prenditela. È sempre in mezzo. Prenditela». «Mario, hai fatto una cacata favolosa – c'era qualcosa che *mancava* al tappeto del salotto, non l'avevo capito fino a ora». Il brivido speciale di sentirsi allo stesso tempo complici e obbligati. Hal odiava il modo in cui reagiva sempre, perché alla fine prendeva la mela e fingeva di fingere una riluttanza a mangiare la sua cena con sforzo. Orin era convinto che lei lo facesse apposta, il che era troppo semplice. Diceva che lei si divertiva ad andare a giro facendosi scudo dei suoi sentimenti, con un braccio attorno alla loro gola e una Glock 9 mm puntata alla tempia dei sentimenti, come un terrorista con un ostaggio, che ti invita a sparare.

La Mami porse il raccoglitore rosso a Hal senza muoversi: «Hai visto i nuovi fascicoli di Alice?» La mela era acerba ma profumata per essere stata nella tasca del grembiule della Mami, e faceva venire l'acquolina in bocca. Nel raccoglitore c'erano foto di gioco diverse e piú informali di quelle sui muri della sala d'attesa, e copie di ritagli di giornale, e tre anelli per il fascicolo degli orientamenti e per i giuramenti del Codice d'Onore, il tutto battuto a macchina dalla Moore in gotico corsivo.

Hal alzò lo sguardo dal raccoglitore, indicando con la testa l'ufficio di C.T. «Ti prendi la ragazzina con te per un po'?»

«È incoraggiante essere a corto di personale. Thierry e Donni hanno vinto il turno di qualificazione a Hartford, quindi ancora non tornano». Si sporse molto in avanti e guardò dentro verso C.T. in modo che lui vedesse che era là fuori. Sorrise.

Hal seguí il suo sguardo. «La ragazza si chiama Tina e qualcos'altro e ti arriva appena al ginocchio».

«Echt», disse Avril, guardando qualcosa su una stampa.

Hal la guardava mentre masticava. «Già non ti piace?»

«Tina Echt. A quanto pare il padre è uno di quei fornai che fanno il pane senza lievito, la madre si occupa di pubbliche relazioni per i Red Sox del baseball Aaa».

Hal si doveva asciugare il mento tutte le volte che sorrideva. «Tripla-A. Non Aaa». Avril si sporgeva in avanti piegando la vita con il raccoglitore contro il petto nel modo in cui le donne tengono in mano le cose piatte, sempre cercando di attirare l'attenzione del Preside.

Hal disse: «Finalmente Troeltsch ha una rivale nel campionato dei cognomi schifosi».

«Oddio, è davvero piccola».

«Non le darei piú di cinque anni».

«Ah, ecco, vediamo un po': sette anni, alto quoziente intellettivo, l'Mmpi sembra un po' impoverito, ha giocato per il Providence Racquet and Bath di East Providence. In giugno era al trentunesimo posto tra le Under 12 della East Coast».

«Sono sicuro che non è piú alta dello strumento quando gioca. Per quanto la terrà qui Schtitt, dodici anni?»

«Il padre della ragazzina ha richiesto l'ammissione piú di due anni fa, mi ha detto Charles».

«Gli ha detto quella cosa di smontargli la testa e lei ha incominciato a piangere per paura che l'ammazzasse».

Il tono della risata di Avril all'inizio era stato molto alto e particolare e allarmante, per lo meno ora C.T. avrebbe sicuramente saputo che la Mami era là fuori ad aspettare e avrebbe accelerato i tempi e forse avrebbe parlato con Hal, cosí Hal sarebbe potuto andare a farsi di nascosto. «Buon per lei», disse Avril.

La traiettoria orbitale lo portò a girare intorno alla scrivania di Alice Moore la Laterale, in una specie di ellisse panciuta. Tutte le volte che appoggiava il piede sinistro, si piegava o si sollevava un po' sulla punta dei piedi, piegando la caviglia. «Dieci anni qui e diventerà pazza. Se inizia a sette anni può darsi che a quattordici sia pronta per lo Show oppure a quattordici comincerà ad avere quello sguardo fulminato che ti fa venire voglia di sventolarle una mano di fronte alla faccia».

Si sentí il rumore della scricchiolante scarpa destra di Tavis affrettare il passo, il che voleva dire che stava davvero per concludere. «Credo che ora sia piuttosto difficile per te immaginarti nei panni di una grande atleta, Tina, dato che non ce la fai neanche a vedere sopra la rete, e forse è ancora piú difficile pensare che potrai diventare una che darà spettacolo, che catturerà l'attenzione della gente come un oggetto ad alta velocità nel quale gli altri si proiettano dimenticando i loro limiti di fronte al potenziale quasi illimitato di chi è giovane come te».

La mela gli riempiva la bocca di saliva. «La metterà nello Show prima che le vengano le mestruazioni, ci sarà un altro gran casino e si affitteranno molte cartucce per vedere una ragazzina non piú grande della sua racchetta che batte le lesbiche slave tutte pelose, poi a quattordici anni sarà come un carboncino in fondo alla griglia». Gli continuavano a venire in mente le vecchie barzellette militari sulle mele. Mangia la mela, Fottiti il torsolo. Hal non ricordava cosa volesse significare.

La Mami stava schioccando silenziosamente le dita e si toccava la fronte. «C'è una parola per indicare il carbone quando è ridotto a un residuo dopo una giornata nella griglia. Sto cercando di ricordarmela».

Hal non sopporta questa cosa: «*Clinker*», disse subito. «Dal basso tedesco *klinker* e dall'antico olandese *klinckaerd*, suonare, trillare, eletto a sostantivo nel 1769 circa: una massa dura formata dalla fusione di impurità della terra come carbone, minerale ferroso, calcare». Non sopportava che lei potesse pensare che lui si compiacesse all'afasico corrugarsi della faccia di lei e al suo schioccar di dita, e odiava ancora di piú che gli facesse piacere rispondere e continuare il gioco. È sempre un mettersi in mostra se odî farlo?

«Clinker».

«Non è possibile che ci siano dei clinker nella griglia. La carbonella viene raffinata perché si riduca in polvere quando brucia. Credo che i clinker siano qualcosa di metallico. Pensa all'etimologia legata a suono/trillo».

«Mi piace pensare che questo sia il motivo per cui a molti dei nostri giocatori piú grandi piace immaginarmi come un personaggio da carro carnascialesco con il segno dei dollari negli occhi, e voglio subito dire chiaramente a ogni nuovo membro che entra nella nostra famiglia che le risorse per il tennis professionistico vengono da qui, dal sistema di sviluppo del tennis juniores dell'America del Nord per bambini dotati che vogliono iniziare la scalata alla vetta verso il tennis professionistico o una carriera tennistica a livello universitario, e tutto ciò porta un'Accademia come questa ad avere dei costi di gestione notevoli, e quindi è una borsa di studio parziale quella che siamo felici di poter offrire ai tuoi genitori».

«Forse ti piacerebbe venire a cena con noi. Ci sarà anche la Sig.na Echt, se se la sentirà di stare alzata fino a tardi».

Il torsolo fece il suono di un cembalo molto attutito sul fondo del cestino di Alice la Laterale. «Non posso. Wayne e io dobbiamo giocare con Slobodan[221] e Hartigan per una specie di esibizione aziendale a Auburndale subito dopo pranzo».

«Hai chiesto a Barry di dire a Gerhardt che la tua caviglia non sta migliorando?»

«La terra rossa gli farà bene. Schtitt sa tutto sulle caviglie».

«Allora buona fortuna a tutti e due». La borsa di Avril assomiglia piú a una valigia soffice che a una borsa. «Vi posso prestare la chiave della cucina, allora».

Hal guarda sempre sopra la spalla sinistra della Mami ogni volta che compie un'orbita, e i suoi piani tornarono a galla tra gli inviti di Avril ad accettare un suo gesto cortese. «Il Tenebra e io volevamo scendere giú a valle a prendere qualcosa, se e quando uscirò da qui».

«Oh».

Poi si chiese con paura cosa potesse averle detto Stice della cena quando è entrato. «Forse viene anche Pemulis, mi sembra che Pemulis me lo abbia detto».

«Va bene, mi raccomando di non divertirvi per nessuna ragione».

Adesso la Echt e Tavis erano tutti e due in piedi là dentro. Hal li guardò e per una frazione di secondo, durante la stretta di mano, sembrò che C.T. si stesse masturbando e la ragazzina stesse per urlare *Sieg Heil*. Hal pensò che forse stava iniziando a perdere la testa.

Anche la polpa della Granny Smith sembrava profumata.

Tre mesi piú tardi, oggi, prima di essere convocato di nuovo, quando era dal dentista, anche l'ufficio del dentista aveva avuto uno strano acuto pulito dolce odore, l'equivalente olfattivo di una luce fluorescente. Hal aveva sentito la fredda pugnalata alla mascella e poi quel lento radiale congelamento, la sua faccia si era gonfiata come un pallone fino a diventare un cumulo gelato contro il blu color dopobarba del cielo con nuvole della carta da parati dello studio dentistico. Il Dott. Zegarelli aveva occhi verdi scuri che sporgevano sopra una maschera blu menta, come se avesse delle olive al posto degli occhi, mentre si piegava in avanti per lavorare, la corona dentale di luce sopra di lui pareva adornarlo di una di quelle aureole medioevali assegnate senza prospettiva che sembrano stare ritte da sole. Anche da sotto la maschera, il fiato di Zegarelli è una cosa ignobile – ai ragazzi dell'Eta costretti dal Piano di Gruppo dell'Eta ad accomodarsi sulla sedia sotto Zegarelli viene insegnato come respirare, inspirando quando Zegarelli inspira ed espirando insieme a lui, per non raddoppiare la quantità di sofferenza che Hal ha dovuto sopportare oggi.

Charles Tavis non è un buffone. Il motivo che tiene la situazione cosí tesa e tranquilla qua fuori in tutto questo blu è che ci sono storicamente almeno due Charles Tavis, e i tre ragazzi piú grandi lo sanno bene. Il Charles Tavis in sezione, quello Sempre Preoccupato che si unisce ai gruppi senza essere stato invitato e sembra agitare le braccia in piedi sull'orizzonte e si contorce le mani, è in realtà la sua versione sociale e composta, è il modo con cui cerca di andare d'accordo con gli altri. Ma chiedete a Michael Pemulis, le cui scarpe da ginnastica hanno calpestato cosí spesso la moquette a quadri Antron di Tavis da lasciarci un'impronta che non si toglie neanche con l'aspirapolvere: quando Tavis perde il controllo, quando l'integrità o il tranquillo funzionamento dell'Accademia e il suo posto di timoniere dell'Eta vengono Dio non voglia minacciati, l'accomodante zio di Hal diventa un altro uomo, uno con il quale è meglio non avere a che fare. Non è insultante paragonare un burocrate messo all'angolo a un topo nelle stesse condizioni. Il segnale di pericolo a cui stare attenti è quando Tavis diventa improvvisamente molto calmo e silenzioso. Perché a quel punto sembra crescere, prospetticamente. Anche da seduto sembra avventarsi su di te, ogni attimo dopplerianamente piú grande. Sembra quasi incombere su di te dalla sua enorme scrivania. Quando ci sono dei problemi, i ragazzini vengono fuori pallidi dal suo ufficio mandibolato, e si stropicciano gli occhi non perché hanno pianto, ma per questa distorsione della profondità della prospettiva che C.T. mette in azione all'improvviso quando la situazione diventa escrementizia.

Un altro segnale di allerta è quando suona formalmente il campanello di Alice Moore la Laterale per farti entrare con gli altri invece di aprire le porte dell'ufficio dall'interno, e lei si alza e si affaccia per annunciarti come se fossi un venditore ambulante con il cappello in mano, senza mai guardarti negli occhi, come se si vergognasse. Una grande famiglia.

Il colloquio per individuare casi di molestie sessuali sembra aver dato origine a una grande eccitazione, e tutte le ragazzine dibattono su quali animali riescono a imitare oppure quali somiglino a certi membri delle loro famiglie biologiche, e Avril sta alla larga e non si fa vedere e le lascia sfogare liberamente. Hal continua a controllare con il dorso della mano se sta sbavando. Pemulis, con una T-shirt in cirillico, si toglie il cappello e si guarda intorno e fa dei movimenti sovrappensiero tipo stringersi il nodo della cravatta, dando ogni tanto un'ultima occhiata alla stampa mentre Axford è in piedi e ha bisogno di provare tre volte prima di riuscire a far funzionare la manopola della porta esterna. Invece Ann Kittenplan ha un'espressione di calma quasi regale, e li precede attraverso la porta interna come qualcuno che scenda da un predellino.

Ed è anche in qualche modo sinistro che questa ragazza Clenette sia rimasta qua per tutto questo tempo, una precaria che doveva lavorare qui soltanto per nove mesi e veniva giú dalla collina, con gli occhi molto belli e cosí scuri da avere un riflesso quasi bluastro, i capelli lisci stirati e appuntati all'insú, la tuta blu standard con la zip blu degli inservienti dell'Eta, e svuota i cestini di ottone personali di

Tavis nel grande carrello con le pareti di tela grigia. Il modo in cui guarda fisso un punto accanto allo sguardo di Hal mentre aspetta con il suo carrello alla porta interna di C.T. che Hal e gli altri siano fatti entrare lateralmente ai lati del carrello da Alice Moore la Laterale. Il carrello ha una ruota stramba come quello del maestro del gioco, il povero Otis Lord, e sferraglia un po' anche se affoga nel pelo lungo della moquette mentre lei lo manovra per schivare la Moore che torna indietro lungo la parete del vestibolo. Là dentro non ci sono né Schtitt né deLint, ma dal sibilo dell'inspirazione di Pemulis Hal capisce che la Dott.ssa Dolores Rusk è nella stanza già prima di staccare lo sguardo da un C.T. che è ancora seduto sulla sua sedia girevole, gonfio e tronfio, e giocherella piegando un fermaglio gigante a forma di cardioide o di cerchio slabbrato: adesso l'ombra di Tavis proiettata dalla luce che viene dalla finestra oltrepassa lo StairBlaster e arriva fino all'ottomana di stoffa rossa e grigia appoggiata alla parete orientale sulla quale siede la Rusk, con le calze smagliate e la faccia impenetrabile; e poi vicino a lei c'è il povero Otis P. Lord, con il monitor Hitachi ancora infilato sulla testa come la celata di un grottesco cavaliere high-tech, sprofondato sul divano con le scarpe da ginnastica rivolte l'una verso l'altra sulla moquette blu e nera, le mani in grembo, con due buchi per gli occhi tagliati alla meglio nella plastica nera della base del monitor, Lord non guarda negli occhi Pemulis, e frammenti di vetro dello schermo rivolti verso il suo collo magro e la sua gola – e qualche frammento glieli tocca persino, collo e gola – e per questo motivo deve tenere la testa molto ferma, anche se il suo petto incavato si alza e si abbassa, e l'infermiera dell'Eta del turno di giorno è in piedi dietro di lui china sullo schienale del divano per tenere il monitor al suo posto, e quella inclinazione mostra un petto che Hal vorrebbe essere quel tipo di persona che non lo noterebbe. Gli occhi di Lord si spostano verso Hal e sbattono dolenti dietro i buchi, e lo si sente tirare in su col naso, lí dentro, con un suono attutito; e Pemulis ha quasi finito di seguire le proprie familiari impronte sulla moquette dell'ufficio quando C.T., che sembra sorgere dalla sedia senza neanche alzarsi, chiede in tono tranquillo all'altra persona presente nella stanza – il giovane urologo tutto pulito con il naso a patata e la giacca con lo stemma dell'Onanta, molto sottoruolo all'Eta, che è seduto dietro di loro nell'ombra della porta interna aperta, nell'angolo sudest della stanza, e quindi è nascosto fin dall'inizio a offrire la possibilità di far voltare di scatto Axford e Hal e mostrare le loro facce colpevoli e sorprese quando sentono Charles Tavis rivolgersi all'esperto di urina seduto dietro di loro e chiedergli con molta calma di chiudere per favore tutte e due le porte.

PRIMA DELL'ALBA E ALL'ALBA, I MAGGIO APAD
AFFIORAMENTO A NORDOVEST DI TUCSON AZ USA,
ANCORA

«Non puoi dire che è solo una cosa Usa», disse Steeply di nuovo. «Sono andato a scuola in un momento in cui non si poteva eludere il multiculturalismo. Ci insegnavano sui libri che i giapponesi e gli indonesiani, per esempio, hanno una loro figura mitica. Mi sono dimenticato il nome. Un mito orientale. È una donna coperta da lunghi capelli biondi. Completamente ricoperta. Con il corpo interamente coperto da questa roba bionda, dappertutto».

«Questa tentazione passiva, parte di essa sembra contenere anche il sentimento di una perdita. Una privazione percepita. Gli orientali non sono una cultura carnale che si interessa di peli».

«In questi miti orientali multiculturali c'erano sempre questi giovani orientali che la incontrano per caso mentre si pettina i capelli e canta. E fanno sesso con lei. Sembra che lei sia semplicemente troppo esotica e intrigante o seducente per resisterle. Anche i giovani orientali che sono a conoscenza del mito non sanno resistere, secondo il mito».

«E rimangono paralizzati in una stasi completa per questo atto di intimità», disse Marathe. Adesso, quando sognava suo padre, stavano pattinando insieme, il giovane Marathe e M. Marathe, sulla pista all'aperto di St. Remi-d'Amherst, il respiro di M. Marathe era visibile nell'aria e il suo pacemaker era un gonfiore a forma di scatola sotto il cardigan del Brunswick.

«Uccisi all'istante, di solito. Il piacere è troppo intenso. Nessun mortale gli può resistere. Li uccide. *M-o-r-t-s*».

Marathe starnutì.

«L'analogia è che anche quelli che sanno che questo piacere li ucciderà, anche loro non si fermano».

Marathe tossí.

Alcuni insetti che volavano intorno a loro avevano varie paia di ali ed erano bioluminescenti. Sembravano molto occupati a volare sopra la piattaforma e sfrecciare a zigzag verso qualcosa di urgente da sbrigare. Il loro rumore, degli insetti, fece pensare a Marathe il rumore di carte da gioco nei raggi della bicicletta di un ragazzo con le gambe. Tutti e due gli uomini stavano in silenzio. Questo è il momento delle albe false. Venere si muoveva verso est allontanandosi da loro. La luce piú tenue immaginabile si infiltrava nel deserto e si spalmava sullo strano panorama brunito attorno a loro, qualcosa si stava riscaldando proprio oltre l'anello della notte. La coperta che aveva sulle ginocchia era piena di lappole e di semini a punta di qualche specie. Il deserto degli Usa cominciava a frusciare di vita, gran parte della quale rimaneva nascosta. Nel cielo americano le stelle ammiccavano come le flebili fiammelle di un bagliore a bassa risoluzione. Ma non c'era quel rosa tipico dell'alba vera.

Sia l'Ufficio dei Servizi non Specifici degli Usa sia *Les Assassins des Fauteuils Rollents* aspettavano con ansia questi incontri di Marathe e Steeply. Riuscivano a concludere poco. Era il sesto o il settimo. Incontro. Steeply si era offerto volontario per fare da collegamento nel tradimento di Marathe, nonostante la lingua[222]. Gli Afr credevano che Marathe svolgesse la funzione di un agente triplo, e cioè che fingesse di tradire la sua nazione per il bene di sua moglie e memorizzasse ogni dettaglio degli incontri con il Bss. Secondo Steeply, i superiori di Steeply del Bss non sapevano che Fortier sapeva che Steeply sapeva che lui (Fortier) sapeva che Marathe era qui. Steeply non aveva raccontato questo fatto ai suoi Superiori. Marathe pensava che nascondere qualche piccolezza ai propri superiori soddisfacesse un qualche desiderio Usa. A meno che Steeply non stesse mentendo a Marathe su questo punto. Marathe non lo sapeva. M. Fortier non sapeva che Marathe aveva scelto dentro di sé di amare piú sua moglie senza cranio e coi problemi al cuore Gertraud Marathe di quanto non amasse la causa Separatista e anti-Onan della nazione del Québec, e questo rendeva Marathe non certo migliore di M. Rodney «Rod the God» Tine. Se Fortier lo avesse saputo, avrebbe comprensibilmente infilato un chiodo da rotaia nell'occhio destro senza osso di Gertraud, uccidendo sia lei sia Marathe.

Il vero Marathe fece un gesto verso l'Oriente non-rosa che andava infiammandosi. «Un'alba fasulla».

«No», disse Steeply, «il tuo mito francofono dell'odalisca di Teresa».

«*L'odalisque de Sainte Thérèse*». Raramente Marathe cedeva alla tentazione di correggere Steeply, la cui orrida pronuncia, cosí come la sintassi, Marathe non riusciva a stabilire con certezza se fosse irritante di proposito, apposta per irritarlo.

Steeply disse: «Il mito multiculturale racconta che l'Odalisca è cosí bella che gli occhi mortali della gente del Québec non riescono a resisterle. Chiunque la guardi viene trasformato in un diamante o una pietra preziosa».

«In quasi tutte le versioni è un opale».

«Si potrebbe dire che è una Medusa al contrario».

Tutti e due gli uomini, molto ben preparati su questo argomento, risero tristemente[223].

Marathe disse: «I greci non avevano paura della bellezza. Avevano paura della bruttezza. Per questo credo che la bellezza e il piacere non fossero tentazioni fatali per il Greco».

«Oppure è una combinazione tra Medusa e Circe, la tua Odalisca», disse Steeply. Stava fumando l'ultima o una delle ultime sigarette del pacchetto che aveva in borsa – l'abitudine dell'americano di buttare le cicche giú dalla piattaforma impediva a Marathe di contare quante ne aveva fumate. Marathe sapeva che Steeply sapeva che i filtri delle sigarette non sono biodegradabili per l'ambiente. I due uomini, in questo snodo temporale, si conoscevano bene.

Un uccello nascosto cinguettò.

«La personalità mitica greca veniva anche messa incinta dalla pioggia e violentata da un uccello».

«Non siamo andati troppo in là?» disse Steeply ironicamente.

«Questa ironia e disprezzo per noi stessi. Anche questi fanno parte della tentazione del vostro tipo Usa, penso».

«Mentre il vostro tipo è un uomo di sola azione, con degli scopi», disse Steeply, e Marathe non riuscí a capire se lo dicesse con ironia.

Il deserto si stava illuminando per gradi impercettibili, la sua superficie del colore del pellame troppo conciato. I cactus saguaro erano dello stesso colore di un rettile. Potenziali forme di giovani in sacchi a pelo a mummia erano ora distinguibili intorno a quello che rimaneva del falò della notte. L'aria profumava di legno verde. Un odore di polvere. Le distanti gru di un cantiere edile erano del colore del piscio e sembravano congelate a metà di varie azioni. Era ancora freddo. Marathe si sentiva una palpabile pellicola sui denti, o forse un impasto di polvere, soprattutto sui denti davanti. Non era ancora apparso l'arco del sole, e Marathe non proiettava ancora nessuna ombra sulla roccia dietro di lui.

Le pulsazioni a riposo di Rémy Marathe erano molto lente: non c'erano gambe a chiamare sangue dal cuore. Provava molto di rado il dolore dell'arto fantasma, e poi solo nel moncherino sinistro. Tutti gli Afr hanno braccia enormi, soprattutto nella parte superiore. Marathe era mancino. Steeply manipolava la sigaretta con la mano sinistra e usava il braccio destro per appoggiarvi il gomito sinistro. Ma Marathe sapeva bene che Steeply era destro. Ora le bollicine dell'elettrolisi erano di un rosa acceso contro il pallore della faccia di Steeply, che sembrava gonfia e al tempo stesso contratta.

Il cielo senza nuvole sopra le Montagne di Rincon era del rosa pallido e malato di una bruciatura ancora non rimarginata. Tutta la scena del panorama che si stava illuminando in modo impercettibile aveva una tale immobilità da suggerire una fotografia. Da molto tempo

Marathe si era messo l'orologio nella tasca della giacca a vento per non guardarlo continuamente. A Steeply piaceva immaginare che il suo interlocutore dettasse il proprio ritmo e il proprio tempo; Marathe aveva scelto di farglielo credere.

Marathe si rese conto che quando tirava su col naso annunciava a Steeply che stava per rompere il silenzio. «Ti puoi sedere un po', se sei stanco. I lacci delle scarpe...» Accennò un gesto.

Steeply fece come per guardare in basso e picchiettò con la punta del tacco sulla polvere della pietra marrone-rossiccia. «Sembra che ci potrebbe essere qualcosa».

«Tra poco dovrò andare». Sulla mano di Marathe c'era l'impronta della zigrinatura della Sterling. «Mi ha fatto bene stare all'aria aperta per una notte. Dovrò andare via presto».

«Roba che ti sale su. La gonna, ti fa riflettere sul semplice atto di mettersi a sedere dove si vuole. La possibilità che qualcosa... salga su». Guardò in alto verso Marathe. Sembrava triste. «Non me ne ero mai reso conto».

0450H, 11 NOVEMBRE
ANNO DEL PANNOLONE PER ADULTI DEPEND
UFFICIO PRINCIPALE, ENNET HOUSE, ENFIELD MA

«Non sapevo se incazzarmi o chiamare Dixie. E la *faccia* che aveva».

«Una delle volte che mi è successo è stato in un bar a Lowell con dei ragazzi con i quali vado a giro ed eravamo là con degli altri ragazzi che prendevamo per il culo le teste di cazzo di Lowell, i ragazzi ubriachi che presto diventeranno ragazzi ubriachi con un lavoro che si fermano dopo il lavoro solo per un paio di cicchetti e non tornano a casa finché non chiude. Che si scolano whisky con birra e giocano a freccette. E uno dei ragazzi della compagnia inizia a fare lo scemo con la ragazza di uno di questi ragazzi, uno che non aveva proprio niente di speciale che è là con la sua ragazza e uno dei nostri ragazzi inizia a dire questo e quello a lei, e cercava di rimorchiarla, e quello che stava con lei si incazza, sai, e ha ragione, e volano parole grosse e cosí via e via, e noi siamo tutti con questo primo ragazzo, quello del nostro gruppo, quello che aveva detto le stronzate alla ragazza di quel ragazzo ma era con noi e noi siamo una banda, allora ci mettiamo tutti intorno a quello che era uscito con la ragazza e incominciamo a spingerlo un po', sai come succede, gli diciamo che non deve parlare cosí con il nostro amico, e lui si prende un po' di botte, qualche ceffone, niente di forte, niente sangue, e poi gli tiriamo qualche pedata nel culo e lo buttiamo fuori dal bar e prendiamo la ragazza e le facciamo bere whisky e birra con noi e il ragazzo che aveva iniziato a fare lo scemo con lei per primo le fa fare lo strip-tease con le freccette, cioè si doveva togliere un po' di vestiti per ogni punto delle freccette, e il gestore non è troppo contento ma questi ragazzi sono suoi clienti, è come una famiglia. Siamo tutti parecchio ubriachi e giochiamo a strip con le freccette».

«Ho capito il genere. Mi sembra una storia veramente divertente».

«Ma poi quando sono diventato un po' piú furbo ho imparato che non si deve mai rompere i coglioni in un bar dove— non si deve mai andare a fare casino con un ragazzo del posto che è insieme a una ragazza e non si deve farlo passare da stronzo di fronte alla sua ragazza e poi rimanere là dove è successo tutto se lui se ne va, perché quel tipo di ragazzo torna sempre».

«Hai imparato che bisogna andare via».

«Perché questo ragazzo dopo una mezz'ora torna indietro con il ferro. *Con il ferro* vuol dire che c'è di mezzo un Ferro, ora, capisci».

«Un Ferro?»

«Una pistola. Non era grossa, mi pare una .25 o giú di lí, roba cosí, ma questo entra dentro e viene diritto dove si gioca a freccette e la ragazza è rimasta in mutande e lui senza dire niente arriva lí e spara al nostro ragazzo, quello che gli aveva preso la sua ragazza e lo aveva fatto passare da stronzo, gli spara proprio nella testa, proprio sulla nuca».

«Cazzo, era proprio pazzo come un cavallo del cazzo».

«Ma Joelle, lui lo aveva fatto passare da stronzo di fronte alla sua ragazza, e noi siamo rimasti lí, e lui è tornato indietro e gli ha piantato una pallottola nella nuca».

«E lo ha ammazzato sul colpo».

«No, non è morto subito. La parte piú negativa per me è quello che facciamo noi. Tutti noi ragazzi con il ragazzo che gli avevano sparato. A questo punto siamo tutti sconvolti. Mi ricordo che non sembrava reale. Il gestore sta chiamando la Madama, il ragazzo mette giú il Ferro e il gestore lo ferma e lo tiene sotto il bancone e chiama la Madama e tiene il ragazzo dietro il bar, forse perché ha paura che noi lo facciamo subito fuori, per vendetta. A questo punto siamo tutti come degli zombi, siamo ubriachi fradici. La ragazza, era piena di sangue su tutta una parte delle mutandine. E c'è il nostro amico con un buco nella testa, il ragazzo gli aveva sparato proprio sulla nuca, da una parte, e c'è sangue dappertutto. Uno crede che la gente sanguini di continuo, cioè in un flusso continuo. Ma quando il sangue esce davvero, esce con il battito del cuore, se non lo sapevi. È come se lo spara fuori e poi si ferma e poi lo spara di nuovo».

«Non c'è bisogno che tu me lo dica».

«Joelle, io non ti conosco, vero? Non so cosa hai visto e cosa non hai visto».

«Ho visto un vecchio tagliarsi una mano con una motosega mentre tagliava gli arbusti quando ero nel Cumberland a pescare con mio Babbo. Sembrava che dovesse morire proprio lí, dissanguato. Mio Babbo dovette usare la sua cintura. Prima di legarla, il sangue veniva fuori in quel modo, con il battito del cuore. Mio Babbo lo portò all'ospedale con la sua macchina, è come se gli avesse salvato la vita. Aveva imparato come fare. Riusciva a salvare le vite cosí».

«Ma ti dico, quello che mi fa ancora stare male è che noi eravamo cosí ubriachi che non lo abbiamo preso neanche sul serio, perché tutto sembrava come in un film quando mi ubriacavo davvero. Vorrei aver pensato a portarlo subito all'ospedale. Si poteva prenderlo in braccio. Non era ancora morto, anche se stava molto male. Non lo abbiamo neanche messo per terra, abbiamo avuto questa idea, e uno dei ragazzi ha cominciato a farlo camminare. Lo abbiamo fatto tutti camminare in tondo come se avesse una Od, abbiamo pensato che se riuscivamo a farlo camminare finché arrivava l'ambulanza allora lui sarebbe stato bene. Alla fine lo trascinavamo, penso che a quel punto fosse morto. Tutti erano pieni di sangue. La pistola era solo una vecchia .25. La gente ci urlava di prenderlo in braccio e portarlo all'ospedale, ma ci era venuta l'idea in testa di farlo camminare intorno, di tenerlo in piedi e fargli fare dei cerchi, la ragazza urlava e cercava di rimettersi le calze e noi urlavamo al ragazzo che lo aveva ammazzato che gli facevamo saltare via la faccia e cosí via e cosí via, finché il gestore ha chiamato un'ambulanza e sono arrivati e lui era morto stecchito».

«È davvero tremendo, Gately».

«Perché sei in piedi a quest'ora? Non devi neanche lavorare».

«...»

«...»

«Mi piace quando nevica molto presto come adesso. Questa è la finestra migliore. Comunque hai imparato una lezione».

«Si chiamava Chuck o Chick. Quello che fu ammazzato quella volta».

«Hai sentito quel tipo McDade a cena? Sai che certa gente ha una gamba piú corta dell'altra?»

«Non voglio ascoltare le cazzate di quella gente».

«Era seduto proprio in fondo al tavolo a cena. Stava dicendo a Ken e a me che aveva un'assistente sociale quando era in riformatorio al Jamaica Plain, aveva questa assistente sociale che era in quella condizione, aveva ogni gamba piú corta dell'altra».

«...»

«...»

«Non riesco a seguirti, Joelle».

«Ognuna delle gambe di quella donna era piú corta dell'altra».

«Come fa una gamba piú corta dell'altra ad avere l'altra gamba piú corta di lei?»

«Ci prendeva in giro. Ci diceva che era un punto degli Aa che non aveva senso e non si poteva spiegare e lo dovevi accettare per fede. Quel tipo losco, Randy, con la parrucca bianca gli dava ragione con una faccia seria. McDade diceva che quella lí camminava come un metronomo. Ci stava prendendo in giro, ma mi sembrava una cosa divertente».

«Allora mi puoi raccontare qualcosa sul tuo velo, Joelle, dato che stiamo parlando di cose senza senso».

«Da una parrrte. Poi tutto dall'altra parrrte».

«Parlo sul serio. Cerchiamo di interagire sul serio dato che siamo qui. Come mai porti quel velo?»

«Una cosa da sposa».

«...»

«Sono un'aspirante musulmana».

«Non voglio fare il ficcanaso. Puoi dirmelo se non vuoi parlare del velo».

«Faccio parte anche di un altro gruppo, da quasi quattro anni».

«L'Udri».

«È l'Unione delle Deformità Repellenti e Improbabili. Il velo è una specie di costume del gruppo».

«Che significato ha?»

«Tutti ne indossiamo uno. Quasi tutti quelli che ci sono da un po'».

«Ma se non ti secca dirmelo, come hai fatto a entrarci in questo Udri? Come fai a essere deforme? Da fuori non si vede sporgere nulla, per cosí dire. Forse, dico, non è che ti manca qualcosa?»

«Viene fatta una cerimonia breve. È un po' come distribuire le patatine all'Incontro del Meglio Tardi che Mai, per le Lunghezze Variabili. Quelli nuovi dell'Udri stanno in piedi e ricevono il velo e indossano il velo e stanno in piedi e recitano un giuramento che dice che il velo che hanno indossato è un Modello e un Simbolo, e hanno scelto liberamente di essere tenuti a indossarlo sempre – un giorno alla volta – nella luce e nelle tenebre, in solitudine e davanti agli occhi degli altri, siano estranei o amici, anche davanti al Babbo. Nessun occhio mortale deve vederlo cadere. Con questo giuramento dichiarano apertamente che vogliono nascondersi alla vista di tutti. Chiuse le virgolette».

«...»

«Ho anche una tessera di socio dove c'è scritto tutto quello che si deve sapere, e anche di piú».

«L'avevo chiesto anche a Pat e a Tommy S., eppure la cosa che non riesco ancora a capire è perché fate parte di un gruppo solo per nascondervi. Posso capirlo quando qualcuno è, come dire – lo sai, repellente – e si è nascosto nel buio per tutta la vita, e sente il bisogno di Venire in un gruppo dove tutti sono uguali e tutti si possono Identificare con gli altri perché tutti loro hanno passato la vita a nascondersi, e ti unisci a un gruppo per uscire dal buio ed entrare in un gruppo e finalmente puoi farti vedere anche se non hai gli occhio hai tre tet— braccia o che altro, e puoi essere accettato da persone che sanno cosa provi, e come negli Aa in questo gruppo ti dicono che ti vorranno bene finché tu rispetterai te stesso e ti accetterai, e per questo non ti importa piú cosa vede o pensa la gente, e finalmente puoi uscire dalla gabbia e smettere di nasconderti».

«Questi sono gli Aa?»

«Una specie, un po', credo».

«Ecco, Sig. Gately, quello che le persone non capiscono di quando uno è deforme in modo repellente o improbabile è che il bisogno di nascondersi è superato da un enorme senso di vergogna per il proprio bisogno di nascondersi. Sei a una festa di laurea e gli invitati fanno una degustazione di vino e sei improbabilmente deforme e l'oggetto delle occhiate che la gente cerca di nascondere perché si vergognano di volerti guardare, e non desideri altro che nasconderti da quegli sguardi sfuggenti, cancellare la tua differenza, vorresti strisciare sotto la tovaglia e nascondere la testa sotto il braccio, o pregare che vada via la luce e scenda una specie di equalizzante liberatorio buio totale per poter diventare solo una voce tra le altre voci, invisibile, uguale, non diversa, nascosta».

«È come quella cosa che dicevano di quella gente che non vuole far vedere la faccia al videofono?»

«Ma Don, sei sempre un essere umano, hai ancora voglia di vivere, vuoi avere contatti con la società, da un punto di vista intellettuale sai che non ti meriti di avere meno contatti con la gente e con la società per via del tuo aspetto, sai che nasconderti dagli sguardi degli altri è solo cedere a una vergogna che non è richiesta e ti terrà lontano dal tipo di vita che ti meriti quanto la ragazza della porta accanto, sai che non puoi farci nulla per il tuo aspetto ma devi essere capace di dimostrare quanto *soffri* per questo tuo aspetto. Devi essere abbastanza forte da esercitare un qualche controllo su quanto vuoi

nasconderti, e speri cosí tanto di riuscire a esercitare questo controllo che ti accontenti di una *apparenza* di controllo».

«Ti viene una voce diversa quando parli di questa roba».

«Non fai che *nascondere* il tuo profondo bisogno di nasconderti,
e lo fai per il bisogno di *apparire* agli altri come se avessi la forza di
fregartene di come *appari* agli altri. Infili la tua faccia schifosa in mezzo al tritacarne visuale della folla dei degustatori di vino, fai dei sorrisi cosí larghi che ti fa male la faccia e dài la mano a tutti e sei su-
persocievole ed estroversa e ti sforzi di apparire completamente inconsapevole degli sforzi facciali della gente per non guardarti o fissarti
o far sembrare che vedono bene che sei improbabilmente deforme, e
repellente. Fingi di accettare la tua deformità. Prendi il tuo desiderio di nasconderti e lo celi sotto una maschera di accettazione».

«Usa meno parole».

«In altre parole nascondi il fatto di nasconderti. E lo fai perché ti
vergogni, Don: ti vergogni del fatto che ti vuoi nascondere allo sguardo degli altri. Ti vergogni del tuo desiderio incontrollato di stare
nell'ombra. Il Primo Passo dell'Udri consiste nell'ammettere la tua impotenza sul tuo bisogno di nasconderti. L'Udri permette ai membri di
confessare il loro essenziale bisogno di celarsi. In altre parole indossiamo il velo. Indossiamo il velo e lo indossiamo con orgoglio e ne siamo
fieri e andiamo senza problemi dove vogliamo, velati e nascosti, ma siamo a nostro agio e non ci importa piú di soffrire per come appariamo
agli occhi degli altri. L'Udri ci appoggia nella nostra decisione di na-
sconderci apertamente».

«Ho l'impressione che tu entri ed esci da diversi modi di parlare.
Certe volte mi sembra che tu non voglia che io ti segua».

«Adesso ho una vita completamente nuova, appena uscita dalla
scatola, e tutti mi dite che ci vorrà del tempo per adattarsi».

«Allora vuoi dire che ti insegnano ad accettare il fatto di non ac-
cettarti, alla tua Unione».

«Mi hai seguito perfettamente. Non avevi bisogno di meno parole. Scusa se te lo dico, ma io penso che tu pensi di non essere intelligente ma non lo sei».

«Non sono intelligente?»

«Non mi sono fatta capire. Non sei *non* intelligente. Cioè sbagli
a pensare di non avere nulla ai piani alti».

«Allora è una questione di autostima che vedi in me dopo solo tre
giorni che sei qui. Ho poca fiducia in me stesso perché credo di non
essere abbastanza intelligente per certe persone».

«Il che è giusto, direbbero quelli dell'Udri, per spiegare la differenza dell'approccio dell'Udri rispetto a quello degli Aa. L'Udri ti di-

ce che è giusto vergognarsi e sentirsi inadeguati perché non sei intelligente come certi altri, ma che il ciclo diventa anulare e insidioso se cominci a *vergognarti* del fatto che ti vergogni di non essere intelligente, se cerchi di nascondere il fatto di sentirti mentalmente inadeguato, e per questo fai le battutine su quanto sei tonto e ti comporti come se non te ne fregasse nulla, fingendo che non ti importi niente se gli altri ti considerano intelligente o no».

«Tutta questa storia mi fa venire il mal di testa».

«Per forza, sei stato in piedi tutta la notte».

«E ora devo andare a fare il mio altro lavoro di merda».

«Sei molto piú intelligente di quanto pensi, Don G., anche se ho paura che niente di ciò che ti dicono gli altri riesca a entrare in quel posto lacerato e lercio dentro la tua testa in cui pensi di essere lentoe ottuso».

«E come fai a sapere che io penso di non essere intelligente, se non è una cosa chiara a tutti, che non sono intelligente?»

«Non voglio ficcare il naso negli affari tuoi. Ti capisco se non vuoi parlare di questa cosa con qualcuno che conosci appena».

«Ora fai la spiritosa per la cosa che ho detto prima».

«...»

«Sono stato buttato fuori dalla squadra di football al decimo anno di scuola perché ero stato bocciato in Inglese».

«Giocavi a football americano?»

«Ero bravo finché non mi buttarono fuori. Mi affidarono a un tutore ma fui bocciato di nuovo».

«Io ero una majorette. Facevo ruotare il bastone durante l'intervallo. Ho fatto un corso speciale per sei estati di fila».

«...»

«Ma non esiste un velo per coprire molte forme di auto-odio. All'Udri ci hanno insegnato che dobbiamo essere contenti perché per lo meno c'è un velo per le nostre deformità».

«Allora il velo è un modo per non nasconderlo».

«Per nascondersi apertamente, è piuttosto questo».

«...»

«Sto iniziando a capire che è diverso dai programmi di recupero dalla droga, dagli Aa e dagli Na».

«Posso chiederti che deformità hai?»

«Il meglio viene quando il sole spunta fuori dalla neve e tutto sembra cosí bianco».

«...»

«Mi sono quasi dimenticata perché sono venuta qui, che quella ragazza, quella Kate, aveva detto che Ken E. stava per essere ammazzato da qualche figlio di puttana la scorsa notte a quella cosa degli Na a Waltham e volevano che qualcuno dicesse a Johnette di non farli tornare lí se non volevano tornarci».

«...»

«...»

«Prima di tutto Kate e Ken possono parlare loro con Johnette e io non devo immischiarmi e *di sicuro* tu non devi immischiarti per salvare nessuno. Poi, tutto a un tratto parli di nuovo in un modo diverso, e quando parlavi del velo non mi sembravi tu. E terzo, non pensare che io non mi accorga che scappi via da tutte le parti quando ti chiedo se ti posso chiedere qual è la tua deformità, e che non stai nascondendo il fatto che ti stai nascondendo sotto quell'affare. La parte di me che è nello Stai ti vuole dire che se non vuoi rispondere basta che tu lo dica, ma non cercare di cambiare discorso e pensare che mi distragga e mi dimentichi di quello che ti ho chiesto».

«Per risponderti, la parte dell'Udri che è in me vorrebbe dirti che sei intrappolato nella vergogna della vergogna, e che il circolo della vergogna ti impedisce di essere davvero *presente* come membro del personale, Don. Sei molto piú scocciato dalla possibilità che io ti tratti come uno scemo o ti distragga, che dalla incapacità di una residente ad aprirsi ed esercitare apertamente il suo diritto di rifiutarsi di rispondere a una domanda incredibilmente privata e del tutto non collegata alla droga».

«E ora riparla come una professoressa stronza. Ma lasciamo perdere. Non è questo il punto. Ti rendi conto che stai di nuovo cercando di ingarbugliare il discorso sulla vergogna e su di me invece di dirmi Sí o No quando ti chiedo Mi puoi dire cosa ti manca sotto quel velo?»

«Sei davvero bravo a nasconderti Sig. G., sei *bravo*. Ogni volta che iniziamo a parlare di una qualsiasi inadeguatezza di cui ti vergogni, ecco, ti nascondi dietro la maschera dello Staff e cerchi di toccare punti che ora sai che non riesco ad affrontare – dato che mi hai fatto spiegare tutta la storia dell'Udri sulla filosofia del nascondersi cosicché il tuo senso di inadeguatezza viene o seppellito o usato per illuminare la mia incapacità di essere aperta e diretta. La migliore difesa è l'attacco, vero, Sig. Giocatore di Football?»

«Mi ci vuole un'aspirina, ora, con tutte queste parole. Hai vinto. Vai a guardare la neve cadere da qualche altra parte».

«Il fatto è, Sig. Membro del Personale, che mi sono completamente aperta con te sulla mia vergogna e la mia incapacità ad aprirmi ed essere diretta su questo argomento. Stai mettendo in luce qualcosa che ho già esposto. La tua vergogna di vergognarti di quello che

temi potrebbe essere vista come una mancanza di intelligenza che è
sepolta sotto il cavallo morto della mia deformità che stai cercando
di frustare».

«E comunque nel frattempo non rispondi con un secco Sí o No
quando ti chiedo se posso chiederti cosa c'è là dietro, hai gli occhi
storti o la barba, o una pelle tremenda là sotto anche se la pelle delle
tue parti non nascoste sembra—»

«Sembra cosa? Com'è la mia pelle che non è nascosta?»

«Lo vedi, continui a mettermi fuori strada invece di dire semplicemente Sí o No. Dimmi No. Prova. Va bene. Non succederà niente di male. Basta che tu lo dica».

«Perfetta. Stavi dicendo che ogni parte visibile della mia pelle è
perfetta e cremosa».

«Cristo, perché sto qui a parlare? Perché non parli da sola se pensi di conoscere tutte le mie domande e le mie vergogne e tutto quello che dico? Perché non accetti il mio consiglio e dici di No? Perché
sei venuta qua dentro? Sono venuto io a parlare con te? Io ero seduto qui e cercavo di rimanere sveglio e scrivere il mio Rapporto per poter andare a pulire merda con un feticista, e sei o non sei venuta tu
qui e ti sei messa a sedere per parlare con me?»

«Sono perfetta, Don. Sono cosí bella che faccio impazzire chiunque abbia un sistema nervoso. Quando mi vedono, non riescono a
pensare ad altro e non vogliono vedere nient'altro e smettono di fare le cose che facevano prima e pensano che se solo potessero avermi
lí con loro, sempre, tutto andrebbe bene. Tutto. Come se io fossi la
soluzione al loro profondo schiavizzante bisogno di abbracciare la perfezione».

«Stai scherzando».

«Sono cosí bella che sono deforme».

«Ora lei mi manca di rispetto e mi tratta come uno stupido solo
perché ho cercato di farle affrontare la paura di dire un No diretto,
che lei non vuole dire».

«Sono deformata dalla bellezza».

«Se vuoi vedere la mia faccia da Membro del Personale, ecco la mia
faccia da Membro del Personale. Dico di sí e sorrido, ti tratto come
qualcuno a cui si deve sempre dire di sí, e dietro questa faccia invece
mi metto il dito alla tempia e dico, cazzo, questa è proprio scema».

«Pensala come vuoi. Non ho potere su quello che pensi, lo so».

«Quello dello Staff scrive sul rapporto medico: "Sei aspirine ex-
traforti per il Membro del Personale dopo le battute sarcastiche e il
rifiuto di riuscire a superare la paura e l'atteggiamento sarcastico di
una nuova che pensa di sapere tutto sugli altri"».

«In che ruolo giocavi?»

«...e il Membro del Personale si chiede come mai è venuta qui a curarsi, allora, se sa tutto lei».

○

Alla Ennet House si è lentamente sparsa la voce che Randy Lenz abbia trovato un suo oscuro modo di trattare con i noti problemi di Rabbia e Impotenza che turbano il tossicodipendente nei suoi primi mesi di astinenza.

Le riunioni serali degli Aa e degli Na finiscono alle 2130h o alle 2200h, e il coprifuoco non inizia fino alle 2330h, e quasi tutti i residenti o tornano alla Ennet infilandosi nelle macchine dei residenti che ce l'hanno, o vanno a prendersi delle dosi massicce di gelato e di caffè.

Lenz è uno di quelli che hanno la macchina, una vecchia Duster tutta tabogata, bianca con i cerchioni coperti da quelli che sembrano 12 strati di ruggine, le gomme posteriori di grosse dimensioni e il motore sfondato perché Lenz va sempre a tutta ed è un miracolo che abbia ancora la patente.

Lenz mette i mocassini fuori dalla Ennet House solo dopo il tramonto, e solo con la parrucca bianca e i baffi e con il colletto della giacca tirato su, e va soltanto alle riunioni serali obbligatorie; e il fatto è che non prende mai la sua macchina per andare alle riunioni. Ferma sempre la macchina di qualcun altro ed entra dentro le macchine già piene di gente. E poi vuole sempre stare nel sedile piú a nord della macchina, per motivi suoi, e usa una bussola e un tovagliolo per tracciare la rotta del viaggio di quella notte e decidere dove sedersi per essere il piú a nord possibile. Sia Gately sia Johnette Foltz tutte le sere devono spiegare agli altri residenti che Lenz sta insegnando loro l'importanza della pazienza e della tolleranza.

Ma poi quando finisce la riunione, Lenz non chiede un passaggio a nessuno per tornare indietro. Torna sempre a piedi alla Ennet dopo le riunioni. Dice che ha bisogno d'aria, perché se ne sta tutto il giorno rinchiuso alla Ennet che è sempre piena di gente e deve evitare porte e finestre per nascondersi alle due opposte fazioni del Sistema Giudiziale.

E poi un mercoledí, dopo la riunione dei Giovani Aa di Brookline su per la Beacon vicino a Chestnut Hill, gli ci è voluto fino alle 2329h per arrivare alla Ennet, quasi due ore, anche se non ci vuole mai piú di mezz'ora e perfino Burt Smith a settembre l'ha fatta in meno di un'ora; e Lenz arriva a casa proprio all'ora del coprifuoco e senza dire una parola a nessuno se ne va dritto nella sua camera che divide con Glynn e Day, con il cappottone della Polo svolazzante e la parrucca imborotalcata che perde borotalco, tutto sudato, e fa un chiasso inaccettabile correndo su per le scale senza moquette del reparto degli uomini con le sue scarpe di classe, cosa che Gately non aveva avuto tempo di rimproverargli perché aveva avuto da fare con Bruce Green e Amy J. che avevano tutti e due, separatamente, mancato il coprifuoco.

Lenz da solo nella notte urbana, da solo, quasi tutti le notti, a volte si porta dietro un libro.

I residenti che sembrano voler andare in giro da soli sono evidenziati col cartellino rosso alla Riunione del Giovedí di Tutto il Personale nell'ufficio di Pat perché vengono considerati soggetti a rischio di ricaduta. Ma a Lenz hanno fatto l'analisi dell'urina cinque volte, e le tre volte che il laboratorio non ha sbagliato l'Emit test, le urine di Lenz sono risultate pulite. Gately ha deciso di lasciar stare Lenz. Il Potere Superiore di qualche nuovo è tipo la Natura, il cielo, le stelle, il fremito dell'aria autunnale, chi lo sa.

Cosí Lenz sta fuori di notte, non accompagnato e mascherato, e sembra passeggiare. Conosce bene la griglia di stradine tra Enfield-Brighton-Allston. Tra South Cambridge, East Newton, North Brookline e l'orribile Spur. Prende soprattutto le strade laterali per tornare dalle riunioni. Strade residenziali di case misere e cassonetti, vialetti della zona dei Project diventati vicoli, passaggi non asfaltati dietro i negozi e discariche e magazzini e le banchine di carico e i giganteschi hangar della Empire Waste Displacement eccetera. I suoi mocassini luccicano sinistri e fanno un elegante scricchiolio da ballerino mentre Lenz cammina per le strade con le mani in tasca e il cappotto aperto, e guarda dappertutto. Osserva per molte notti, prima ancora di rendersi conto perché lo fa e cosa sta cercando[224]. Si muove di notte su un territorio urbano-animale. I gatti di casa e i randagi entrano ed escono dall'ombra, frugano nella spazzatura, trombano e lottano tra miagolii infernali tutto intorno a lui mentre cammina con i nervi tesi nella notte dei bassifondi. Ci sono anche ratti, topi, cani randagi con le lingue di fuori e le costole sporgenti. Lo sporadico criceto selvatico e/o procione. Tutto è flessuoso e furtivo dopo il tramonto. I cani non randagi che fanno sbatter le catene o abbaiano o gli si scagliano contro quando si avvicina ai loro cortili. Preferisce andare verso nord ma si sposta a est o a ovest sulla parte buona della strada. L'elegante click delle sue belle scarpe lo precede per molte centinaia di metri sui cementi di varia struttura.

Certe volte vede dei ratti notevoli vicino ai tubi di scarico, o vicino ai cassonetti senza gatti. La prima cosa conscia che sistemò fu un ratto quella volta che vide dei ratti in un vicolo che andava da O a E vicino a una banchina di carico proprio dietro la Svelte Nail Co. a est di Watertown su North Harvard Street. Che notte fu quella. Stava tornando da East Watertown, il che voleva dire che era stato al Gruppo Na del Molto Ti Sarà Rivelato Piú Tardi con Glynn e Diehl invece che al Meglio Tardi che Mai degli Aa di St. E. con il resto del branco della Ennet, quindi era lunedí. Cosí di lunedí si trovava a camminare per questo vicolo, l'eco dei suoi passi triplicato dalle pareti di cemento delle banchine e dal muro a nord che costeggiava, e cercava qualcosa senza sapere cosa. Di fronte a lui c'era un cassonetto della Svelte Co. a forma di stegosauro, ben diverso dalla forma piú bassa e affusolata di quelli della Empire. Dei secchi rumori sospetti provenivano dall'ombra del cassonetto. Non aveva preso qualcosa in mano consciamente. Il manto stradale era spaccato e Lenz non interruppe neanche il suo passo da ballerino nel prendere un grosso pezzo di cemento sporco di catrame che doveva pesare almeno un chilo. Erano ratti. Due grossi ratti che si stavano mangiando un pezzo di hot dog da un vassoietto di carta sporco di mostarda in un angolino tra il muro nord e un cassonetto. Le loro schifose code rosa spuntavano fuori nella flebile luce del vicolo. Non si mossero mentre Randy Lenz si avvicinava dietro di loro sui talloni dei mocassini. Le code erano carnose e senza pelo ed era come se scodinzolassero, uscendo ed entrando nella flebile luce gialla. Il pezzo di cemento piatto colpí in pieno uno dei ratti e metà dell'altro. Si sentirono degli squittii tremendi, ma il colpo che aveva preso in pieno il ratto aveva fatto un rumore compatto e significativo, un incrocio tra il suono di un pomodoro scagliato contro un muro e quello di un orologio da tasca preso a martellate. Dall'ano del ratto uscí della materia. Il ratto era disteso su un lato in una brutta posizione medica, la coda che sbatteva e la materia dall'ano e c'erano delle piccole gocce di sangue sui baffi che sembravano nere, le gocce, alla luce al sodio delle lampade di sicurezza lungo il tetto della Svelte Nail Co. Ansimava su un fianco; le zampe di dietro si muovevano come se stesse correndo, ma questo ratto non andava da nessuna parte. L'altro ratto era sparito sotto il cassonetto, trascinandosi dietro le zampe posteriori. C'erano altri pezzi di strada smantellata, dappertutto. Quando Lenz ne tirò un altro sulla testa del ratto scoprí coscientemente che quello che gli piaceva dire nel momento in cui risolveva le sue cose era: «Ecco».

Ammazzare ratti divenne per Lenz il modo di risolvere problemi interiori nelle prime settimane, mentre camminava verso casa nel buio verminale.

Don Gately, capo chef e responsabile della spesa, compra queste

scatole enormi formato risparmio di sacchi Hefty[225] che tiene sotto
l'acquaio in cucina per chiunque debba occuparsi della spazzatura nei
compiti settimanali. La Ennet House produce una grande quantità di
immondizia.

Cosí, dopo che i ratti diventano scialbi e insignificanti, Lenz comincia a prendere un sacco Hefty da sotto l'acquaio e lo porta con sé
alle riunioni. Tiene il sacco per la spazzatura piegato per bene nella
tasca interna del suo cappotto, un Lauren-Polo con il collo alzato che
gli piace tanto e ripulisce ogni giorno dai peli con quei rullini adesivi. In un'altra tasca mette anche una scatoletta di tonno della Food
Bank della Ennet avvolta in un sacchettino di quelli con la cerniera;
ogni tossico sa come arrotolare a cilindro i sacchetti cosí da nasconderli meglio e non farne sentire l'odore.

I residenti della Ennet chiamano i sacchi Hefty «la Valigia degli
Irlandesi» – anche McDade – è un termine in gergo.

Randy Lenz aveva scoperto che se riusciva a far avvicinare abbastanza un gatto domestico offrendogli un po' di tonno, gli poteva buttare sopra il sacco Hefty e tirarlo su dal fondo in modo che il gatto rimanesse dentro il sacco, e poi chiudere il sacco con quel nastrino che
dànno insieme al sacco. Poi poteva mettere il sacco chiuso per terra vicino a un muro a nord o a una rete di recinzione o a un cassonetto e accendersi una sigaretta e accovacciarsi vicino al muro per guardare l'infinita varietà di forme che il sacco assumeva mentre al gatto agitato cominciava a mancare l'aria. Le forme diventavano sempre piú violente
e contorte nell'arco di un minuto. Quando il sacco smetteva di assumere forme, Lenz spegneva la sigaretta con un dito umettato per conservare il resto per dopo e si alzava e scioglieva il nastrino e guardava
dentro il sacco e diceva: «Ecco». Quell'«Ecco» si rivelò fondamentale per quel senso di clausura, quel bisogno di dover risolvere problemi,
e rabbia impotente e paura inerme che si accumulavano in un Lenz che
stava chiuso tutto il giorno nella parte a nordest di un ricovero squallido senza mai smettere di temere per la sua vita, questo pensava Lenz.

In seguito Lenz elaborò una certa gerarchia da cacciatore dei vari tipi di gatti domestici, di quartiere, di gatti randagi; e diventa cosí un *connaisseur* di gatti proprio come un subacqueo conosce le specie dei pesci che combattono con piú tenacia e vigore nel difendere
le loro vite marine. I gatti migliori e piú feroci, però, in genere riuscivano a lacerare con gli artigli il sacco Hefty, e creavano questo dilemma per il quale i gatti che valeva piú la pena guardare mentre as-
sumevano strane forme erano anche quelli che rischiavano di non aiutare Lenz a risolvere i suoi problemi. Quando vedeva scappare via un
gatto furibondo e soffiante con il pelo ritto ancora mezzo avvolto nel

sacco di plastica, Lenz ammirava il suo spirito combattivo ma si sentiva ancora irrisolto.

Cosí la fase successiva è che Lenz comincia a dare alla Sig.na Charlotte Treat o alla Sig.na Hester Thrale un po' dei suoi $ quando vanno al Palace Spa o al Father/Son per comprarsi le sigarette o le Polo, e si fa portare gli speciali sacchi Hefty SteelSak[226] rinforzati in fibra per i rifiuti taglienti, quelli che Ken E. chiama «le Gucci Irlandesi», super-resistenti e di un grigio canna di fucile molto tecnico. Lenz ha una tale panoplia di strane abitudini compulsive che la sua richiesta di SteelSak non fa aggrottare le sopracciglia a nessuno.

E poi li doppia, i sacchi speciali rinforzati, e usa i nastri industriali da meccanico per chiudere i sacchi, e ora i gatti piú coraggiosi e forti fanno assumere ai sacchi doppi ogni tipo di forme sinistre astratte e contorte, e a volte riescono anche a far spostare i sacchi chiusi di qualche dozzina di m giú per il vicolo, a balzelloni, finché alla fine il gatto si stanca e risolve il suo problema e quello di Lenz in una sola forma notturna.

Il momento che Lenz ha scelto per questa operazione è dalle 2216h alle 2226h. Non sa perché ha scelto proprio questo momento. Le acciughe si rivelano ancora piú efficaci del tonno. Un Programma di Attrazione, pensa freddamente, mentre cammina da solo. Le sue rotte verso nord per tornare alla Ennet sono limitate dalla priorità di dover sempre vedere il display digitale di Ora e Temperatura sul tetto della Best Savings Bank di Brighton. Sui display della Bsbb appare l'ora della East Coast e quella di Greenwich, cosa che Lenz approva. Le cifre a cristallo liquido sembrano coalescere versò l'alto sullo schermo e poi spariscono dal basso e sono sostituite da altre cifre. Il Sig. Doony R. Glynn a una Riunione Interna del Lunedí della Ennet raccontò che una volta nel 1989 a.S., dopo che si era fatto di una quantità insensata di un allucinogeno che chiamò solo «la Signora», era uscito per molte settimane sotto il cielo di Boston che invece di essere la solita cupola blu che si curvava con grazia con le sue nuvole, le stelle e il sole, era una griglia piatta e quadrata freddamente euclidea con assi nere e linee sottili come un filo che creavano delle coordinate, e la griglia era dello stesso colore dello schermo del visore Dec ad alta definizione quando è spento, quella specie di grigio-verde morto come l'acqua profonda, con la striscia delle quotazioni del Dow che scorreva da una parte della griglia e l'Indice Nikkei dall'altra, e l'Ora e la Temperatura in gradi Celsius con un sacco di decimali lampeggiavano sull'asse in basso allo schermo del cielo, e ogni volta che guardava un orologio vero o prendeva in mano uno «Herald» o controllava il Dow veniva fuori che la griglia del cielo era perfettamente esatta; e molte settimane ininterrotte di questo cielo sulla testa avevano mandato Glynn prima sul divano letto dell'appartamento di Stoneham di sua madre e poi all'ospedale Metropolitan State di Waltham per un mese di Haldol[227] e tapioca, per riuscire a non vedere piú quel cielo con la griglia vuota ed esatta, e racconta di farsela sotto ancora oggi solo a ripensare a quella griglia; ma a Lenz era sembrata una cosa terribilmente bella, il cielo come un orologio digitale. E anche perché tra le 2216h e le 2226h i ventilatori giganti della Athscme a Sunstrand Plaza in genere venivano spenti per la pulizia giornaliera, e c'era silenzio se non per il grande Ssshhh del traffico veicolare di un'intera città, e forse per l'occasionale lancio del veicolo-rifiuti della Ewd catapultato verso la Concavità, con la sua minuscola fila di luci che compiva un arco verso nordest; e naturalmente anche per le sirene, sia le sirene eurotrocaiche delle ambulanze sia le sirene dal normale suono americano della Polizia che Serve e Protegge, ad avvertire e tener lontani i cittadini; e la cosa affascinante delle sirene nella notte urbana è che se non sono cosí vicine che le luci ti bagnano di rosso-blu-rosso, sembrano sempre terribilmente e dolorosamente lontane e ancora in allontanamento, e urlano verso di te attraverso uno spazio in espansione. O cosí o ce le hai al culo. Non c'è via di mezzo con le sirene, riflette Lenz mentre cammina e cerca.

Glynn non aveva usato la parola *Euclidea*, ma Lenz aveva capito cosa voleva dire. Glynn ha i capelli sottili e una perpetua barba grigia corta e ispida di tre giorni e la diverticolite che lo fa stare un po' piegato in avanti, e gli sono rimasti dei problemi fisici da quando un carico di mattoni gli è caduto sulla testa per qualcosa che gli era andato storto alla Cooperativa dei Lavoratori e gli aveva fatto venire anche gli occhi storti; Lenz aveva sentito la ragazza con il velo Joe L. dire a Clenette Henderson e Didi Neaves che Glynn aveva gli occhi cosí storti che se stava in mezzo alla settimana poteva vedere tutte e due le domeniche.

Lenz si era fatto di cocaina organica due o tre volte, forse sei volte in tutto, di nascosto, da quando era arrivato alla Ennet House d'estate; ne prendeva quel tanto che bastava per non farlo uscire completamente di testa, si faceva le righe dalla riserva d'emergenza per uso personale che teneva nascosta in una specie di bunker rettangolare di trecento pagine fatto con il rasoio nel gargantuano libro a Caratteri Grandi di Bill James, *Principî di psicologia e le lezioni di Gifford sulla religione della natura*. Quelle occasionali ingestioni di Sostanza in quella casa trasandata dove stava rinchiuso e sotto un terribile stress tutto il giorno tutti i giorni per nascondersi dalle minacce di due diverse direzioni legali, con quei 20 grammi di droga che lo chiamavano di continuo dal piano di sopra, quelli della sua sfortunata truffa del South End che l'aveva costretto a cercare rifugio in quello squallore e a vivere insieme a gente come quel Geoffrey D. del cazzo – un'ingestione di cocaina cosí occasionale e da Ultima Spiaggia rappresenta una cosí grande riduzione di Uso & Abuso per Lenz da essere un vero e proprio miracolo e costituisce chiaramente una sobrietà che vale quanto l'astinenza totale di un'altra persona senza la sensibilità unica di Lenz, la sua situazione psicologica e il fottuto intollerabile stress e le difficoltà di tutti i giorni, e lui accetta le sue dosi mensili sentendosi la coscienza a posto e la testa libera da ogni dubbio: sa di essere sobrio. E lo fa in modo intelligente: non ha mai preso cocaina durante le sue passeggiate solitarie di ritorno dalle riunioni, quando il Personale si aspetterebbe che lui la prendesse se volesse farlo. E non lo hai mai fatto neanche alla Ennet, e solo una volta nella proibita Unità 7 dall'altro lato del sentiero. E chiunque ci capisca un minimo può falsare un test dell'urina Emit: basta buttare giú una tazza di succo di limone o di aceto; oppure mettersi una traccia di candeggina in polvere sulla punta delle dita e farsi passare la fontana calda sulla punta delle dita mentre scherzi con Don G. Si sente male a pisciare con il Catetere Texano, e poi l'oscena grandezza del contenitore di quell'aggeggio pone a Lenz dei problemi di inadeguatezza; e l'ha usato solo due volte, tutte e due le volte quando c'era Johnette F. a prendergli le urine e poteva imbarazzarla tanto da farle girare la testa. Lenz ha ancora un Texano di quando stava nel ricovero a Quincy, nell'anno che secondo Lenz era l'Anno della Lavastoviglie Silenziosa Maytag.

E poi venne fuori, quando un gatto ferí Lenz graffiandogli un polso con particolare ostilità mentre lo stava mettendo dentro il sacco, che i sacchi doppi Hefty SteelSak erano prodotti di qualità eccezionale perché riuscivano a tenere una cosa con artigli affilati come rasoi che vi si muoveva freneticamente dentro e non si rompevano neanche a sbatterli contro un cartello di DIVIETO DI PARCHEGGIO o un palo del telefono, anche quando la cosa dentro di loro, invece, si rompeva e tanto; e quindi Lenz decise di cambiare la sua tecnica intorno alla Giornata delle Nazioni Unite perché, anche se era troppo veloce e meno meditativa, questa nuova tecnica permetteva a Randy Lenz di svolgere un ruolo piú attivo e il sentimento di (temporanea, notturna) risoluzione dei problemi era piú definitivo quando Lenz poteva sbattere forte contro un palo un fagotto di dieci chili che si contorceva e poi dire: «Ecco», e sentire un rumore. Nelle serate eccezionali il sacco doppio continuava per breve tempo ad assumere un flusso sottile di forme meno evidenti, piú sottili e percettibili solo dai *con-*

naisseurs, anche dopo il duro rumore di cocomero spiaccicato, insieme ad altri rumori piú flebili.

Poi scoprí che ucciderli direttamente nei cortili e sotto i portici dei loro padroni gli procurava una scarica di adrenalina maggiore e quindi un ancor maggiore senso di quella che Bill James una volta chiamò una *Catarsi* di risoluzione, cosa che Lenz sentiva di poter condividere. Una piccola tanica d'olio nel suo sacchettino, per i cancelli che cigolavano. Ma siccome il metodo dei sacchi per la spazzatura SteelSak – e poi anche il tonno mischiato con le acciughe e il veleno Raid per le formiche preso dietro il frigorifero dei residenti della Ennet – facevano troppo rumore per permettersi di accendere una cicca e accovacciarsi a guardare e a meditare, Lenz sviluppò l'abitudine di dare avvio alla risoluzione per poi precipitarsi fuori dal cortile nella notte urbana, con il suo cappotto Polo svolazzante, saltando le siepi e correndo sopra i cofani delle auto eccetera. Per un certo periodo, durante le due settimane di dàgli-il-tonno-avvelenato-e-scappa, Lenz ricorse a una bottiglietta di plastica di Kerosene Caldor di quelle che si possono strizzare, oltre, naturalmente, al suo accendino; ma un mercoledí notte, quando un gatto incendiato cominciò a correre (e i gatti in fiamme corrono come diavoli) e correre dietro a *Lenz*, sembrava, e saltava le stesse siepi che saltava Lenz e non lo mollava, non solo facendo un casino inaccettabile che richiamava l'attenzione, ma anche illuminando Lenz alla visione scopofobica delle case che gli passavano accanto finché finalmente non si decise a crollare al suolo e spirare e bruciare – Lenz decise che quella volta era davvero andato vicino a farsi beccare, e per tornare alla Ennet fece un giro enorme non proprio in direzione nord, con tutte le sirene che gli sembravano vicinissime al culo, e riuscí a malapena ad arrivare alle 2330h e corse su nella Stanza da 3. Fu quella la notte in cui Lenz dovette ricorrere di nuovo alla cavità nel suo *Principî di psicologia e le lezioni di Gifford sulla religione della natura* dopo essere riuscito ad arrivare a casa in tempo per il coprifuoco, e chi non ne avrebbe avuto bisogno dopo una situazione di stress e quasi-cattura come quella, con un gatto in fiamme che ti rincorre e urla in un modo tale che fa accendere tutte le luci di tutti i portici della Summer Blake Road; ma invece di farlo rilassare, quel paio di righe di Bing* non tagliata questa volta lo fecero *non*-rilassare – il che succede, certe volte, dipende dalla situazione spirituale di chi la sniffa con un biglietto da un dollaro arrotolato, rinchiuso nel cesso degli uomini – e Lenz riuscí a malapena a

---

* Come Bob Hope è la marijuana, Bing Crosby è la cocaina [*N.d.T.*].

cambiare posto alla sua auto alle 2350h prima che iniziasse il torrente di parole, e quando si spensero le luci era appena arrivato agli otto anni nell'autobiografia orale che seguí nella Stanza da 3 e Geoff D. lo minacciò di andare a chiamare Don G. che lo avrebbe fatto chetare con la forza, e Lenz aveva paura ad andare di sotto a cercare qualcuno che lo ascoltasse e cosí per il resto della notte dovette stare là fermo al buio, muto, con la bocca che gli si contorceva e gli fremeva – gli si contorceva e gli fremeva tutte le volte che succedeva che il Bing invece di calmarlo lo mandava su di giri – e doveva fare finta di dormire, con i fosfeni che gli ballavano dietro le palpebre tremolanti come fiamme, e doveva sentire i gorgoglii catarrosi di Day e l'apnea di Glynn e pensare che tutte le sirene là fuori nella città urbana cercassero lui e si stessero avvicinando, con il quadrante illuminato dell'orologio di Day nel suo cazzo di cassetto del cassettone invece che fuori, dove qualcuno di particolarmente stressato o ansioso avrebbe potuto vedere l'ora, di tanto in tanto.

Cosí dopo l'incidente con il gatto in fiamme indiavolato e prima di Halloween Lenz era passato al coltello Browning X444 per il quale aveva anche una fondina da spalla, un vecchio amico della sua vita precedente Là Fuori. Il Browning X444 era lungo in tutto 25 cm, aveva un manico di noce e un cappuccio di ottone in fondo al manico e una punta che aveva affilato a morte quando l'aveva preso e una lama con seghettature da 1 mm che Lenz affilava con una pietra speciale e provava radendosi a secco un pezzetto di avambraccio abbronzato, cosa che gli piaceva molto.

Il Browning X444, insieme ai pezzetti di polpettone guarnito con i cornflakes che Don Gately cucinava, erano per i canidi, che in genere tendevano a non essere randagi e a trovarsi piú spesso nel confine dei cortili recintati dei loro padroni rispetto ai gatti, e a essere meno sospettosi riguardo al cibo e, pur essendo piú pericolosi, non graffiano la mano che gli offre del cibo.

Perché quando il denso quadrato di polpettone viene tirato fuori dal sacchettino con la zip e offerto da un angolino del cortile dietro la recinzione sul marciapiede, il cane in questione invariabilmente smette di abbaiarti e lanciarsi contro di te e gli si dilata il naso e diventa totalmente non-cinico e amichevole e tende al massimo la sua catena o si avvicina alla recinzione dietro la quale si trova Lenz e fa dei rumori interessati, e se Lenz tiene il pezzo di carne in alto fuori dalla sua portata, il cane, se la sua corda o catena glielo permetterà, si alzerà sulle zampe di dietro e si appoggerà alla recinzione con le zampe davanti, saltando con bramosia, mentre Lenz fa dondolare la carne.

Day stava leggendo un paperback sulle problematiche relative al

Recupero e Lenz una notte all'una gli aveva dato un'occhiata nella loro stanza mentre Day era di sotto con Ewell ed Erdedy a raccontarsi storie di traffici vari, si era sdraiato sul materasso di Day senza togliersi neanche le scarpe e si era sforzato di scoreggiare il piú possibile sul materasso: alcune righe nel libro avevano colpito l'attenzione di Lenz: piú forte è il sentimento di Impotenza che un individuo prova, piú alta è la probabilità che sia propenso a un'azione violenta – e Lenz pensò che l'osservazione fosse giusta.

Il solo grosso problema nell'usare il Browning X444 è che Lenz deve trovarsi dietro il cane prima di tagliargli la gola, perché il sangue esce con grande forza e arriva lontano, e Lenz è già al secondo cappotto di R. Lauren e al terzo paio di pantaloni scuri di lana.

Poi una volta, poco prima di Halloween, in una stradina dietro i liquori Blanchard vicino a Union Square di Allston, Lenz si imbatte in un vagabondo ubriaco con un vecchio giaccone sdrucito che fa una pisciata all'aria aperta contro un cassonetto nel vicolo deserto, e Lenz si immagina il vecchio sgozzato e in fiamme che balla come un pazzo e si tira colpi dappertutto per spegnere le fiamme mentre Lenz dice «Ecco», ma non osa avvicinarsi di piú a questo tipo di risoluzione; e forse va detto a suo credito che dopo esser quasi stato beccato rimane un po' scosso ed è inattivo con gli animali domestici fino alle 2216h.

Lenz non ha niente contro il suo nuovo compagno residente, Bruce Green, e quando una domenica notte dopo la Bandiera Bianca Green gli chiede se può fare due passi con Lenz per tornare a casa dopo il Padre Nostro Lenz dice Perché No e lascia che Green lo accompagni, e rimane inattivo anche nell'intervallo delle 2216h di questa notte. Solo che, dopo un paio di notti che Green torna a casa con lui, prima dopo la Bandiera Bianca e poi dopo il St. Columbkill di martedí e il doppio incontro dalle 1900h alle 2200h del «Condividere e Compatire» degli Na al Saint E. e poi dopo il Byp di mercoledí, con Green che lo segue come un terrier, incontro dopo incontro, per tornare a casa, Lenz comincia a pensare che in un certo senso Bruce G. minaccia di iniziare a considerare le sue camminate urbane di sera con Randy Lenz come un fatto regolare, e a Lenz questa cosa comincia a rompere, le problematiche della Rabbia Impotente rimangono irrisolte perché ormai si era abituato a risolverle piú o meno tutte le sere, e per questo motivo il fatto di non riuscire a stare da solo liberamente per usare il suo Browning X444 o anche soltanto uno SteelSak durante l'intervallo dalle ore 2216h alle ore 2226h gli causa un accumulo di tensione che raggiunge quasi lo stesso livello di una crisi di Astinenza. Ma dall'altra parte della medaglia, anche camminare con Green ha il suo aspetto positivo. Per esempio il fatto che Green non si lamenta dei lunghi giri che fanno purché le loro camminate mantengano una rotta in direzione nord/nordest, quando è possibile. E a Lenz piace avere vicino qualcuno che lo ascolta ed è comprensivo; ci sono molte cose ed esperienze sulle quali rimuginare e problematiche da organizzare e rifletterci su e (come molte persone predisposte per gli stimolanti organici) per Lenz parlare è un po' un modo per pensare. E comunque molti altri residenti alla Ennet House non solo non sanno condividere i sentimenti altrui ma aprono di continuo le loro boccacce e si infilano sempre nelle conversazioni con le loro opinioni e i loro problemi e i loro modi di vedere – molti dei residenti sono i peggiori ascoltatori che Lenz abbia mai incontrato. Un altro lato positivo di Bruce Green è che non parla quasi mai. Bruce Green è calmo come sono calmi quei tipi tosti che vuoi avere con te vicino a te quando scoppia una rissa, come se fossero rinchiusi in loro stessi. Eppure Green non sta zitto nel modo in cui stanno zitte alcune persone che non sei sicuro se ti ascoltano davvero con interesse e comprensione o se sono perse nelle loro cose senza neanche ascoltare quello che Lenz sta dicendo eccetera, e trattano Lenz come se fosse una radio da accendere o spegnere. Lenz ha un'antenna speciale per le persone come queste e le loro azioni sono poco quotate nella sua Borsa personale. Bruce Green interviene con affermazioni brevi e con «Ah, cazzo!» e «Vaffanculo» eccetera, e le mette al posto giusto per comunicare la sua attenzione verso Lenz. Cosa che Lenz ammira.

Cosí non è che Lenz voglia proprio mandare Green al diavolo e dirgli di farsi gli affari suoi e di lasciarlo da solo dopo le Riunioni. Dovrà farlo in un modo piú diplomatico. Oltretutto Lenz si sente nervoso all'idea di offendere Green. Non che abbia una paura fisica di Green. E non è che sia preoccupato che Green sia tipo Ewell o Day che devi preoccuparti perché potrebbero andare a spifferare tutto alla Madama o simili. Green ha un'aria di uno che non parla, e a Lenz piace molto. Cosí non è che abbia paura di mandare al diavolo Green; è solo molto teso e molto agitato.

Lenz è agitato anche perché si immagina che in realtà a Green non importerebbe molto se lui glielo dicesse, e Lenz sa che si sta preoccupando e stressando per una cosa alla quale Green penserebbe solo per un paio di secondi, e a Lenz fa rabbia sapere che tutta la tensione che prova per dire diplomaticamente a Green di lasciarlo da solo non è necessaria ed è una perdita di tempo e di tensione e nonostante tutto non riesce a smettere di preoccuparsi, il che non fa altro che aumentare il senso di Impotenza che Lenz sarà incapace di risolvere con il Browning e il polpettone finché Green continuerà a tornare a casa a piedi con lui.

E i gatti schizoidi con il pelo a mazzetti che girano intorno alla Ennet House storpi e neurotici e impauriti della propria ombra sono troppo rischiosi, perché le residenti femmine hanno sempre dimostrato un certo attaccamento nei loro confronti. E i golden retriever di Pat M. equivarrebbero a un suicidio legale. Un sabato verso le 2221h, Lenz trovò un uccello in miniatura che era caduto da qualche nido sul prato dell'Unità 3 e stava seduto calvo e con un collo sottile come una matita e sbatteva le ali senza risultato, e lui entrò dentro con Green e liquidò Green e tornò di nuovo fuori sul prato della 3 e si mise quella cosa in tasca ed entrò dentro e la mise nel tritarifiuti dell'acquaio della cucina, ma continuò a sentirsi molto impotente e irrisolto.

A eccezione dell'ufficio di Pat Montesian con vista sulla baia e l'ufficio sul retro del Direttore della Casa grosso quanto una cabina telefonica, e le due camere da letto in cantina del Personale Residente, tutte le porte della Ennet House non hanno serrature, per ovvi motivi.

INIZI DI NOVEMBRE
ANNO DEL PANNOLONE PER ADULTI DEPEND

L'unica cosa per la quale si potrebbe ricattare bona fide Rodney Tine, Capo dell'Ufficio dei Servizi non Specificati degli Usa, è il suo speciale righello metrico. In un cassetto chiuso a chiave degli armadietti della sua stanza da bagno nella sua casa sulla Connecticut Avenue Nw del·District viene custodito uno speciale righello metrico, e Tine ci si misura il pene tutte le mattine, come un orologio; lo ha fatto fin da quando aveva dodici anni; e lo fa ancora. Inoltre possiede un modello telescopico da viaggio del righello speciale, per le misurazioni mattutine del pene quando è in viaggio. Il Presidente Gentle non ha un Nsa[228] in quanto tale. Tine si trova nella zona metropolitana di Boston a causa dell'implicazione di Sicurezza Nazionale di ciò che avevano segnalato ai Servizi non Specificati circa due estati fa sia il capo della Dea sia il Presidente dell'Accademia delle Arti e delle Scienze Digitali, che ora sono tutti e due qui in piedi che si appoggiano prima su un piede e poi sull'altro e si toccano le tese dei cappelli. Questa inguardabile cartuccia di Intrattenimento d'avanguardia che all'inizio era saltata fuori ogni tanto in qualche locale a caso: un film con certe, a quanto gli è dato di capire dai rapporti, «qualità» per le quali chiunque lo aveva visto non desiderava nient'altro nella vita se non rivederlo di nuovo, e poi di nuovo, e cosí via. Era sbucata fuori alla Nca di Berkeley a casa di uno studioso di cinema e del suo compagno maschio, nessuno dei quali si era presentato agli appuntamenti per molti giorni; e da quel momento in poi erano stati per-

si a ogni significativa attività umana lo studioso e il suo compagno, i
due poliziotti mandati alla casa di Berkeley, i sei poliziotti mandati dopo che i due poliziotti non avevano piú risposto al Codice Cinque, il
sergente di guardia e il suo collega inviati dopo di loro – in tutto diciassette tra poliziotti, personale paramedico e tecnici dei teleputer,
finché la letalità di ciò che avevano visto si era rivelata con sufficiente chiarezza da far pensare a qualcuno di staccare la corrente elettrica
nella casa di Berkeley. L'Intrattenimento era saltato fuori a New Iberia La. A Tempe Az si erano persi due terzi degli spettatori di un festival di cinema d'avanguardia nell'anfiteatro degli Studi sull'Intrattenimento dell'Arizona State University prima che un custode intelligente
togliesse la corrente all'intero edificio. J. Gentle era stato informato della cosa solo dopo che era saltata fuori e aveva colpito anche un attaché
medico mediorientale con immunità diplomatica e una dozzina di altre
persone qui a Boston Ma, alla fine della scorsa primavera. Tutte queste
persone ora sono in ospedali psichiatrici. Sono docili e continenti ma
completamente vuoti, come se fossero regrediti a uno stato cerebrale
rettileo. Tine aveva visitato l'ospedale. I significati della vita di queste
persone erano collassati verso un punto focale cosí piccolo che nessun'altra attività o rapporto poteva attirare la loro attenzione. Secondo un medico del Cdc* le loro energie mentali/spirituali ora erano pari piú o meno a quelle di una tarma. La cartuccia di Berkeley era sparita dalla Stanza dei Reperti della Polizia di San Francisco dove, dopo
un'indagine con un microscopio elettronico, erano state rinvenute fibre di flanella. La Dea aveva perso quattro ricercatori sul campo e un
consulente prima di arrendersi di fronte ai problemi irrisolvibili che si
presentavano tutte le volte che si cercava di far vedere a qualcuno la
cartuccia di Tempe e farsi spiegare il suo fascino letale. Era stato usato un linguaggio di forza inaudita per dissuadere un certo Famoso Cantante Confidenziale dal tentare una visione personale delle qualità della cosa. Né il Cdc né i professionisti del mondo dello spettacolo hanno
mai voluto prendere parte a test di visione. Tre membri dell'Accademia delle Arti e delle Scienze Digitali avevano ricevuto per posta delle
copie senza etichetta, e quello che si era seduto per vederla ora aveva
bisogno di tenere sempre un contenitore per la bava sotto il mento. Le
notizie che la cosa sia di nuovo saltata fuori nella zona metropolitana
di Boston Ma non hanno ricevuto conferma ufficiale. In parte Tine è
stato inviato qui a coordinare la risposta a queste voci. Possiede anche
un'agendina tascabile speciale della Franklin dove annota le misura-

* Center of Desease Control [N.d.T.].

zioni giornaliere, tutti i giorni, anche se agli occhi di un profano l'agendina di pelle potrebbe riportare una qualsiasi annotazione statistica.
Ormai molti volontari prelevati dalle istituzioni penali federali e militari sono stati persi nel tentativo di descrivere i contenuti della cartuccia. Le cartucce di Tempe e di New Iberia si trovano sotto custodia in
un caveau. Un soldato sociopatico e mentalmente ritardato di Leavenworth, legato come un salame con gli elettrodi attaccati alla testa e
una cuffia per la registrazione, era riuscito a raccontare che la cosa apparentemente si apre con una inquadratura interessante e bellissima di
una donna velata che entra nella porta girevole di un grande edificio e
vede di sfuggita qualcun altro nella porta girevole, qualcuno la cui vista le fa tremare il velo, prima che le energie mentali e spirituali del soggetto diminuissero improvvisamente fino al punto in cui neanche scariche di voltaggio quasi letale dagli elettrodi avevano potuto allontanare la sua attenzione dall'Intrattenimento. Lo staff di Tine aveva
vagliato dozzine di nomi prima di decidere che il terzo nome che la comunità dei servizi segreti avrebbe dato allo schiavizzante Intrattenimento sarebbe stato «il *samizdat*». Le Tac sui soggetti sacrificati rive-
lavano un'attività cerebrale normale, senza una quantità di onde alpha
sufficienti a indicare uno stato di ipnosi o rialzi indotti dei livelli di dopamina. I tentativi di tracciare la matrice del *samizdat* senza prenderne visione – per induzione dai codici postali, esami al microscopio elettronico dentro le buste marroni imbottite, incinerazione e cromatografia degli involucri delle cartucce senza etichetta, estesi interrogatori
a ogni civile esposto – individuano il probabile punto di disseminazione in qualche luogo lungo il confine settentrionale degli Stati Uniti, con
centri di smistamento nella zona metropolitana di Boston/New Bedford
e/o qualche luogo nel deserto Sudovest. Il problema canadese degli Stati Uniti è di competenza dell'Agenzia per le Attività Anti-Anti-Onan[229]
dell'Ufficio dei Servizi Non Specificati degli Usa. Per cosí dire. La possibilità di un coinvolgimento canadese nella disseminazione dell'Intrattenimento cosí interessante da risultare letale è la ragione per cui
Rodney Tine, la sua scorta e il suo righello sono venuti a Boston.

SERA TARDI, LUNEDÍ 9 NOVEMBRE
ANNO DEL PANNOLONE PER ADULTI DEPEND

Per motivi incomprensibili a Pemulis, sembrava che Ortho Stice
fosse là dentro nell'ufficio della Dott.ssa Dolores Rusk, a colloquio
con la Dott.ssa fuori dagli orari d'ufficio. Pemulis si fermò per qualche istante sulla porta.

«—nica affermazione, dopo tutto il nostro lavoro sulla tua paura per i pesi, sarebbe che la tua attuale irrequietezza, Ortho, come per molti altri atleti maschi, è dovuta alla controfobia».

«Paura del linoleum?» Era senza dubbio la parlata piatta del Tenebra, anche attraverso la porta di legno.

«A livello degli oggetti e di un'onnipotenza proiettiva infantile in cui i tuoi pensieri e il comportamento degli oggetti nei confronti dei tuoi desideri narcisistici vengono vissuti come un'esperienza magica, la controfobia si presenta come il fallimento di un controllo speciale che dovrebbe compensare qualche trauma interiore represso che ha a che fare con l'assenza di controllo».

«Per il linoleum?»

«Ti consiglio di dimenticare il linoleum e gli oggetti in generale. In un modello analitico, per esempio, i tipi di trauma coperti dalle reazioni controfobiche sono quasi sempre pre-edipici, e in quella fase la catesi degli oggetti è edipica e simbolica. Per esempio le bambole e i soldatini dei bambini piccoli».

«Io non ci gioco con quei soldatini».

«GI Joe viene proiettato come un'immagine della figura del padre potente ma antagonista, il "militare", e GI rappresenta l'"arma" che il bambino edipico brama e teme al tempo stesso *ed* è anche l'acronimo generalmente usato dai medici per il tratto gastrointestinale, con tutte le ansie anali che ne derivano e richiedono la repressione del desiderio nella fase edipica per poter controllare gli intestini per impressionare o "conquistare" la madre, della quale Barbie può essere considerata la piú ovvia riduzione fallocentrica a un archetipo di funzione sessuale e di disponibilità, la Barbie come immagine della madre edipica *come immagine*».

«Allora lei mi sta dicendo che io tendo a sopravvalutare gli oggetti».

«Ti sto dicendo che dentro di te c'è un giovanissimo Ortho con dei seri e veri problemi di abbandono, che ha bisogno di cure e di essere guidato dall'Ortho piú grande invece di perdersi in fantasie di onnipotenza».

«Non sono onnipotente per niente e non voglio scopare nessuna Barbie del cavolo». La voce del Tenebra si alzò di molto e si incrinò quando disse qualcosa riguardo al suo letto.

La porta dell'ufficio della Dott.ssa Rusk aveva la maniglia ricoperta da uno strato di gomma isolante, e c'erano scritti nome, grado e titolo della Dott.ssa Rusk, e un quadretto ricamato con un cuoricino dentro un cuore piú grande con un'esortazione in corsivo, *Proteggi il tuo bambino interiore*, che lasciava confusi e sconcertati i bambi-

ni piú piccoli dell'Eta. Pemulis, che per abitudine si fermava un attimo davanti alla silente porta chiusa a chiave dell'infermeria e poi davanti alla porta della Rusk mentre attraversava l'atrio dell'Edificio
Com. & Amm., si era vestito nel modo piú insolente che poteva. Aveva un paio di pantaloni marroni da paracadutista con strisce verdi sulle cuciture. Il risvolto dei pantaloni era infilato dentro dei calzini fucsia e portava delle vecchie Clark Wallabies, radicalmente fuori moda,
con le suole sporche e la gomma consumata. Aveva una maglia a collo
alto arancione di finta seta sotto un giaccone sportivo di taglio inglese a quadri viola e marroni. Aveva i gradi da ufficiale di Marina sulle
spalline. In testa portava il cappellino da barca, ma con la tesa piegata all'insú come un bifolco. Veramente non sembrava tanto insolente
quanto vestito estremamente male. La porta della Dott.ssa Rusk era
fredda contro il suo orecchio. Jim Troeltsch era appena arrivato giú
dal corridoio B mentre Pemulis se ne stava andando e gli disse che sembrava ubriaco. Dietro la porta la Rusk stava consigliando a Stice di dare un nome alla sua rabbia e Stice proponeva di chiamare la sua rabbia Horace in onore del pointer di suo nonno che aveva mangiato una
polpetta avvelenata per i coyote quando Il Tenebra aveva nove anni
ed era stato pianto a lungo da tutta la figliolanza Stice, in Kansas. Le
vecchie Wallabies erano dei tempi della carriera scolastica interrotta
del fratello maggiore di Pemulis, e avevano dei pezzettini di gomma
sporca tipo caccole su tutto il perimetro della suola. I calzini erano di
Jennie Bash che gli aveva detto esplicitamente di rivolerli lavati. Le
maniche a quadri del giaccone erano troppo corte di molti cm e facevano vedere i polsini a costine della maglia di acetato arancione.

Il piano di sotto dell'Edificio Comunità & Amministrazione dell'Accademia era molto tranquillo. Erano circa le 2100h, l'ora obbligatoria
di Studio, e la squadra di Harde era già andata a casa ma il turno dei
custodi di notte non era ancora arrivato. Pemulis si muoveva senza fare rumore in direzione NE-SW sulla moquette a pelo lungo dell'atrio. A
eccezione di alcune linee di luce che uscivano da sotto un paio di porte, l'atrio dell'Eta era buio come la pece, e le porte esterne dell'Accademia chiuse a chiave. C'era una strana forma tipo veicolo vicino alla
bacheca delle coppe sulla parete nord che Pemulis non si soffermò a capire cosa fosse. Sollevò leggermente la porticina del corridoio a SW perché non cigolasse ed entrò nella zona di ricevimento dell'amministrazione, schioccando debolmente a se stesso le dita. Sentiva in testa una
musica vaga. La zona di ricevimento di Tavis era vuota e scura, le nuvole della carta da parati scure di tempesta. Il silenzio non era assoluto. Veniva luce dal vano della porta della Sig.ra Incandenza e dalla fessura sotto la porta interna di Tavis. Alice Moore la Laterale era anda-

ta a casa. Pemulis accese la Terza Rotaia e giocò con la sua sedia mentre controllava velocemente le carte sulla scrivania. Attivare il microfono era fuori questione. Due dei cinque cassetti erano ancora chiusi a chiave. Pemulis guardò dietro di sé, buttò giú un'altra mentina per l'alito e si sedette tranquillo per un momento mentre la sedia della Moore scivolava avanti e indietro sulla rotaia, le dita incrociate sotto il naso, a pensare.

Si vedeva la luce dalla fessura della porta interna di Tavis perché la porta esterna era aperta. Pemulis non ebbe bisogno di mettersi a origliare alla porta interna. Sentiva il fischio e il cigolio d'alta velocità della StairBlaster di Tavis, e la voce di Tavis sfiatata e recessiva. Si capiva che non c'era nessun altro là dentro. Sapeva che Tavis non aveva maglietta ma un asciugamano dell'Eta intorno al collo e i suoi capelli sembravano una tendina sudaticcia che penzolava da una parte della sua piccola testa mentre correva per tenere il passo di quell'aggeggio che ricordava a tutti le scale mobili di Filene possedute da Satana. Si incitava con una specie di cantilena ritmica molto veloce che secondo Pemulis poteva essere o «Che pena che pena» o «Non vale la pena non vale la pena». Pemulis si immaginava la pancia gonfia di Tavis e le sue tette di grasso che rimbalzavano su e giú per tenere il passo dello StairBlaster. La voce era attutita ogni tanto quando probabilmente si asciugava i baffi storti con l'asciugamano. Pemulis notò che la maniglia della porta di Tavis non aveva la guaina di gomma protettiva.

La cintura di Pemulis era una cosa di plastica con una decorazione di perline finto navajo che il piccolo Chip Sweeny aveva comperato a una bancarella di souvenir del WhataBurger lo scorso autunno e poi era passata a Pemulis dopo un gioco di roulette-tennis da Fratelloni. I disegni delle perline erano di un arancio tipo Mostro di Gila e nero, l'arancio di tonalità diversa dalla sua maglia a collo alto.

Non ce la faceva a non mordere la mentina dopo che si era sciolta fino a raggiungere una certa grandezza e ruvidezza.

L'ufficio senza porta del Decano degli Affari Interni era un rettangolo accecante di luce. Tuttavia la luce non penetrava molto nella zona del ricevimento. Da vicino si sentivano dei rumori venire dall'ufficio, ma non erano esattamente parole. Pemulis si controllò la patta, si schioccò le dita sotto il naso, assunse un passo risoluto da uomo d'affari e bussò con decisione sulla cornice della porta priva di porta, senza fermarsi. La moquette piú fitta dell'ufficio lo rallentò un po'. Si fermò non appena fu entrato del tutto. Nell'ufficio c'erano John Wayne 18-A e la mammina di Hal. Si trovavano a circa due metri l'uno dall'altra. La stanza era illuminata dall'alto e da quattro piantane. Il tavolo da conferenza e le sedie proiettavano ombre molto complicate. Due pon pon di carta straccia e delle cose che sembravano i manici amputati di racchette da tennis di legno si trovavano sul tavolo da riunione, sul quale poi non c'era altro. John Wayne indossava un casco da football, un'imbottitura leggera, un sospensorio della Russell, calzini, scarpe e nient'altro. Era nella posizione classica a tre punti d'appoggio del football americano. La madre di Inc., incredibilmente alta e in forma, la Dott.ssa Avril Incandenza, indossava un costumino verde e bianco da cheerleader e aveva uno dei grossi fischietti di ottone di deLint attorno al collo. Stava soffiando nel fischietto, che sembrava non avere la pallina dentro perché non faceva nessun rumore. Era a circa due metri da Wayne, di fronte a lui, e faceva delle quasi-spaccate sulla moquette, con un braccio alzato, e fingeva di fischiare mentre Wayne emetteva quei classici ruggiti bassi del football Usa. Pemulis si rimise indietro la tesa del cappellino da barca per grattarsi la testa, sbattendo gli occhi. La Sig.ra Inc. era l'unica persona a guardarlo.

«Non voglio far perdere tempo a nessuno chiedendo se vi ho interrotto», disse Pemulis.

La Sig.ra Incandenza era rimasta di ghiaccio nella posizione in cui si trovava. La mano era ancora per aria, le belle dita allargate. Wayne girò il collo per guardare Pemulis da sotto il casco senza muoversi dalla sua posizione. I rumori da football si affievolirono. Wayne aveva il naso stretto e gli occhi ravvicinati come le streghe. Aveva anche un paradenti di plastica. La muscolatura delle gambe e delle natiche era delineata chiaramente mentre stava accovacciato in avanti con il peso sulle nocche. Quella frazione di tempo nell'ufficio sembrò molto piú lunga di quanto fosse realmente.

«Avrei bisogno di un attimo del suo tempo», disse Pemulis alla Sig.ra Inc. Stava impettito come uno scolaretto, le mani giunte pudicamente sopra la patta dei pantaloni, e da parte di Pemulis questa era una posizione insolente.

Wayne si tirò su e si diresse verso i suoi vestiti con grande dignità. La sua tuta di felpa era perfettamente piegata sulla scrivania del Decano in fondo all'ufficio. Il paradenti era attaccato alla maschera del casco e cominciò a penzolare quando Wayne se lo tolse. Il laccio sotto il mento aveva diversi bottoni a pressione che Wayne dovette aprire.

«Bel casco», gli disse Pemulis.

Wayne, tirando forte i pantaloni di felpa perché passassero sopra le scarpe, non rispose. Era cosí in forma che i lacci del sospensorio non gli segnavano le natiche.

La Sig.ra Incandenza si tolse di bocca il fischietto muto. Stava ancora facendo la spaccata sul pavimento. Pemulis evitò volutamente di guardare a sud della faccia di lei. Lei strinse le labbra per soffiarsi via i capelli dagli occhi.

«Credo ci vorranno al massimo due minuti», disse Pemulis sorridendo.

MERCOLEDÍ 11 NOVEMBRE
ANNO DEL PANNOLONE PER ADULTI DEPEND

Lenz indossa un cappotto di lana pettinata e i pantaloni scuri e i mocassini brasiliani lucidati al massimo e una parrucca che lo fa assomigliare a un Andy Warhol abbronzato. Bruce Green indossa una brutta giacca di scadente pelle dura che scricchiola quando respira.

«È come quando, amico, è come quando capisci qual è il tuo vero carattere, è come quando uno la punta proprio contro di te e qualcuno, un portoricano del cazzo con gli occhi di fuori, è a cinque mittri[230] da te e te la punta contro, e io stranamente io divento proprio calmo, capisci, e dicevo, io dicevo, ehi Pepito, dicevo, ehi Pepito, amico, va' avanti e fai quello che devi fare, amico, spara, ma *sarà meglio* per te seccarmi subito, ti *conviene* ammazzarmi subito al primo colpo o non ce la farai a spararne un altro. Non dico stronzate, amico, dico sul serio, sono sicuro di quello che sto dicendo. Capisci quello che voglio dire?» Green accende tutte e due le loro sigarette. Lenz espira con quel sibilo della gente che ha fretta di giungere al punto. «Capisci quello che voglio dire?»

«Non lo so».

È una sera urbana di novembre: cadono le ultime foglie, l'erba è una peluria grigia, i cespugli sono secchi, gli alberi spogli. Anche la luna appena sorta sembra sentirsi male. Si sente il click dei mocassini di Lenz e il colpo sordo dei vecchi stivaletti da asfaltatore di Green, con la suola nera e spessa. I rumorini di assenso e attenzione di Green. Dice che la vita lo ha spezzato, è tutto quello che personalmente ha da dire. Green. La vita l'ha preso a calci in culo, e ora sta cercando di rimettersi in piedi. A Lenz piace Green, e sente sempre quel leggero senso di paura che gli si attacca addosso ogni volta che gli piace qualcuno. È come se qualcosa di terribile stia per succedere da un momento all'altro. Non si tratta di paura vera a propria quanto di una specie di tensione nella regione dello stomaco e del culo, una strizza di tutto il corpo. Decide di andare avanti e sperare che sia un tipo in gamba: è come quando lasci cadere qualcosa, non hai piú potere: devi stare fermo a guardare impotente la cosa che cade: non puoi far altro che prepararti per il colpo e sobbalzare. Lenz si arrabbia quando qualcuno gli va a genio. Non sarebbe possibile dire niente di tutto questo a Green. Sono ormai passate le 2200h e il polpettone nel sacchettino dentro la tasca è diventato scuro e duro e la pressione per poter sfruttare l'intervallo delle 2216h per una risoluzione cresce fino ad arrivare al culmine, ma Lenz non riesce a decidersi a chiedere a Green di tornare a casa da solo, almeno questa volta. Come può farlo e fare capire a Green che non ha niente contro di lui personalmente? Certamente non si può dire all'improvviso a qualcuno che ti piace. Quando è una ragazza e stai solo cercando di Xarla, allora è tutta un'altra cosa, puoi parlare in modo diretto; ma per esempio, dove si deve guardare quando si dice a un uomo che ti piace e che lo pensi davvero? Non puoi guardarlo negli occhi, perché se anche lui ti guarda mentre tu lo guardi e il vostro sguardo si fissa mentre lo dici, si genererà una terribile scarica di energia tra voi, e rimarrà lí, sospesa. Ma non puoi neanche guardare da qualche altra parte come se fossi nervoso, come un ragazzino nervoso che chiede a qualcuno di uscire con lui o qualcosa di simile. Non si va in giro a dire cose cosí. Oltretutto sai che tutta questa cazzata non vale questo tipo di tremito e di stress: tutta questa storia fa imbestialire. Nel pomeriggio di stasera, presto, verso le 1610h, Lenz aveva spruzzato della lacca per capelli da uomo RIJID sul muso di un gatto randagio con un occhio solo della Ennet che per caso era entrato nel cesso degli uomini al piano di sopra, ma il risultato: insoddisfacente. Il gatto si era lanciato giú per le scale, ma era andato a sbattere contro la balaustra una volta sola. Allora a Lenz è venuta la diarrea, che gli fa sempre schifo, ed è dovuto stare nel cesso e aprire la finestrina con il vetro opaco e far scorrere lo sciacquone finché non è sparito il puzzo, con quel testa di cazzo di Glynn che picchiava alla porta e attirava l'attenzione di tutti urlando chi c'era lí dentro a cacciare la balena non è che per caso era Lenz. Ma poi come si sarebbe dovuto comportare da quel momento in poi con Green se lo mandava via e gli diceva di andare a casa da solo? Come si sarebbe dovuto comportare se fosse sembrato che lui lo disprezzasse, Green? Che cosa gli dice quando lo incrocia in corridoio all'Incontro del Sabato Sera, o tutti e due mettono la mano sullo stesso panino durante la pausa della lotteria alla Bandiera Bianca, o si trovano per caso mezzi nudi con gli asciugamani intorno alla vita mentre aspettano che qualcuno esca dalla doccia? Che cosa succede se gli fa capire che lo disprezza e Green finisce nella Stanza da 3 mentre Lenz è ancora lí e sono costretti a stare nella stessa stanza e interfacciarsi costantemente? E se Lenz cerca di addolcire la cosa dicendo a Green che gli piace stare con lui, dove cazzo deve guardare mentre glielo dice? Se stesse cercando di Xare una femmina,

Lenz non avrebbe *nullo problemo* su dove guardare. Non avrebbe problema a guardare fisso negli occhi una maiala e sembrare sincero nel suo struggersi per lei. O a spiegare a un brasiliano in pessimo arnese che non aveva tagliato tre volte con l'Inositol[231] un mezzo chilo di roba. O quando è fatto: problemi zero. Se fosse fatto, non avrebbe nessun problema a dire a qualcuno che gli piace anche se lo pensa davvero. Perché la roba darebbe un tale voltaggio al suo spirito da superare qualsiasi carica sospesa nell'aria tra lui e qualcun altro. Un paio di righe e non sentirebbe lo stress di dover dire a Bruce G. con tutto il dovuto rispetto di andare affanculo, girare alla larga, farsi gli affari suoi, andare a giocare sull'autostrada o con una motosega, andare a trovare un molo bello corto, insomma, non per mancargli di rispetto, ma Lenz aveva bisogno di stare da solo nella notte urbana. Cosí dopo l'incidente con il gatto e la diarrea e una bella litigata con D.R. Glynn che poi era crollato a terra tenendosi la pancia, appoggiato alla parete sud del corridoio al piano di sopra, Lenz decide che il troppo è troppo e prende un pezzetto quadrato di foglio di alluminio dal rotolo industriale che Don G. tiene sotto l'acquaio della Ennet e va a prendersi mezzo grammo, forse un grammo al massimo dalla riserva d'emergenza in quella specie di caveau ricavato con il rasoio nelle pagine dei *Principî di lezioni sulla natura*. Non è assolutamente una ricaduta, il Bing è un aiuto medico per condividere con Green il suo bisogno di stare da solo, cosí che i suoi problemi di inizio sobrietà possano essere risolti prima di diventare un ostacolo alla sua crescita spirituale – Lenz userà la cocaina proprio nell'interesse della sobrietà e della crescita.

Allora, quasi strategicamente, alla Riunione dei Giovani a Brookline sulla Beacon vicino alla linea Newton, un mercoledí, durante la pausa della lotteria, alle 2109h, Lenz spegne con la saliva mezza cicca e la rimette con attenzione nel pacchetto e sbadiglia e si stira e si controlla il polso e si alza e va verso il cesso degli handicappati, quello che si può chiudere a chiave e ha quella specie di grande culla intorno al cesso per aiutare gli storpi a sedersi sul cesso, e si fa diciamo due, forse tre righe abbondanti di Bing sul serbatoio del gabinetto e ripulisce il ripiano del serbatoio prima e dopo con degli asciugamani di carta umidi, e arrotola ironicamente lo stesso dollaro che aveva portato per la colletta della riunione e lo usa e lo pulisce bene con il dito e si sfrega le gengive con il dito e poi mette la faccia di fronte allo specchio per ispezionare le narici a forma di fegato del suo bel naso dritto per cancellare eventuali prove sui peli interni, e assapora il gusto amaro che gli cola dietro la gola gelata e prende il dollaro arrotolato tutto ripulito e lo srotola e lo liscia e ci batte sopra con il pugno sul bordo del lavandino e lo piega per bene a metà della metà della sua misura originale del Dipartimento del Tesoro cosí che anche se venisse in mente a qualcuno l'idea che lui arrotola i dollari per sniffare questa sarebbe, per cosí dire, *annileata*. Poi torna indietro come se non fosse successo nulla, perché sa esattamente dove guardare e si sistema con noncuranza le palle prima di rimettersi a sedere.

E poi, a parte l'occasionale emispasmo della bocca e dell'occhio destro che nasconde con i suoi vecchi occhiali da sole e il trucco della finta tosse, l'infinita parte oratoriale della seconda metà della riunione va bene, almeno cosí pensa, anche se ha fumato quasi un pacchetto di costose sigarette in 34 minuti, e i Giovani Aa seduti nelle file dei Non Fumatori con le sedie appoggiate contro la parete est gli lanciano delle occhiate ostili quando si è trovato ad averne una nel posacenere e due contemporaneamente in bocca, ma Lenz non si è scosso piú di tanto ed è riuscito a mantenere il suo aplomb, seduto lí con i suoi occhiali da aviatore, le gambe accavallate e le braccia appoggiate agli schienali delle sedie vuote accanto alla sua.

I rumori della notte della metropoli: il vento del porto che fischia sugli angoli di cemento, il fruscio e il bagliore del traffico sul cavalcavia, le risate dei teleputer dalle case, il miagolio di una vita di gatto ancora non risolta. Le trombe delle navi che rimbombano nel porto. Sirene in allontanamento. Le grida confuse dei gabbiani nell'entroterra. Rumori di vetri rotti in lontananza. I clacson di macchine bloccate in un ingorgo, discussioni in varie lingue, altri vetri rotti, le scarpe di qualcuno che sta correndo, una donna che ride o urla chissà quanto lontano. I cani che difendono i cortili, il suono delle catene e l'abbaiare sempre piú forte. Il podiatrico *click* e *thud*, il respiro visibile, lo scricchiolio della ghiaia, il cigolio della giubba di pelle di Green, lo *snick* di milioni di accendini urbani, il mormorio lontano e diafano degli Athscme che soffiano verso nord, il *clunk* e *tinkle* della roba buttata nei cassonetti che trova il suo posto là dentro e il soffio del vento sui bordi taglienti dei cassonetti e gli inconfondibili *clunk* e *tinkle* di chi va a frugare nei cassonetti alla ricerca di lattine e bottiglie, il Centro di Redenzione distrettuale giú a West Brighton che è incredibilmente e coraggiosamente accanto alla vetrina del Liquor World, cosí i cacciatori di lattine possono fare un'unica fermata per redimersi e fare shopping. Cosa che Lenz trova disgustosa al massimo, e condivide questi sentimenti con Green. Lenz fa notare a Green quanto siano ironici i trucchetti con i quali il Famoso Cantante Confidenziale è riuscito a mantenere la promessa di Ripulire le nostre Città Urbane. I rumori della città che formano una parallasse chiusa sopra l'ammiccante griglia della città. La caligine lanuginosa dei monossidi. C'è anche il puzzo di fica portato dal vento della Baia. Il crocifisso delle luci di atterraggio degli aerei si vede molto prima di sentire il rumore. Le cornacchie sugli alberi. Il fruscio crepuscolare standard. Le finestre illuminate dei pianterreni proiettano tappetini di luce sui prati. Le luci delle verande che si accendono automaticamente quando ci entri. Una trenodia di sirene da qualche parte a nord del Charles. Gli alberi spogli che scricchiolano nel vento. L'Uccello Statale del Massachusetts, confida a Green, è la sirena della polizia. Proiettarsi e Sterzare. Urla e grida da chissà quanti isolati di distanza, chissà perché. Certe volte lo scopo dell'urlo è il suono che l'urlo fa quando inizia, dice Lenz. Il respiro visibile e gli anelli d'arcobaleno dei lampioni e dei fari delle macchine attraverso il respiro. A meno che quegli urli non siano risate. Quando la madre di Lenz rideva sembrava che la stessero mangiando viva.

Solo che – dopo forse cinque righe sniffate in uno spirito totalmente medicinale e non ricreativo – solo che invece di rassicurare Green perché è una blue-chip nella Borsa di Lenz e dirgli di andare in culo e lasciarlo tornare a casa da solo con il suo polpettone e le cose che deve fare, succede che Lenz ha di nuovo sbagliato nel calcolare l'effetto dell'idrolisi[232] del Bing; si aspetta sempre che l'effetto consista in un freddo e disinvolto sangfroid verbale, ma invece Lenz sulla via del ritorno si ritrova in preda a un'enorme compulsione idrolitica ad avere Green al suo fianco – o qualsiasi altra persona che non possa o voglia andare via – vicino a sé, e a confidare a Green o a qualsiasi altro orecchio compiacente ogni esperienza e pensiero abbia mai provato, per dare a ogni dato del caso R. Lenz una forma e un respiro visibile mentre tutta la sua vita si apre nell'orizzonte artico della sua mente, sprizzando fosfeni.

Racconta a Green della sua paura fobica per i caricatori degli orologi del suo patrigno, un macchinista di treni Amtrak con grossi problemi irrisolti che ordinava a Lenz di caricare il suo orologio da taschino e pulire la catenella tutti i giorni con un pannetto di camoscio e di notte gli ordinava di accertarsi che l'orologio spaccasse il secondo altrimenti avrebbe colpito con forza il piccolo Randy con una copia arrotolata di «Track and Flange», un periodico specializzato bello lucido e pesante delle dimensioni di un tavolino da fumo.

Lenz racconta a Green di quanto spettacolarmente obesa era sua madre, e usa le braccia per illustrare drammaticamente le dimensioni di cui sta parlando.

Respira ogni terzo o quarto fatto, ergo circa una volta ogni isolato.

Lenz racconta a Green le trame di molti libri che ha letto, ricamandoci sopra.

Lenz non vede la faccia di Green contorcersi come in un vuoto quando Lenz si mette a parlare delle mamme che ormai non ci sono piú.

Lenz racconta con euforia a Green che una volta gli successe di tranciarsi di netto la punta di un dito con la catena di un motorino e dopo pochi giorni di intensa concentrazione il dito gli era ricresciuto rigenerandosi come le code delle lucertole e disorientando le autorità mediche. Lenz dice che quello fu l'incidente della sua gioventú che lo mise in contatto con la sua non comune forza vitale ed *energois de vivre* e capí e accettò il fatto di non essere come gli altri uomini, e iniziò ad accettare la sua unicità e tutto ciò che comportava.

Lenz spiega a Green che è una leggenda che il coccodrillo del Nilo sia il coccodrillo piú temuto perché il coccodrillo dell'Estuario che può vivere anche in acque salate è un miliardo di volte piú temuto da chi conosce queste cose.

Lenz ha una teoria: il suo bisogno compulsivo di sapere l'ora con una precisione microscopica è anche una funzione dell'abuso disfunzionale del suo patrigno verso il suo orologio da tasca e il «Track and Flange». Segue un'analisi del termine *disfunzione* e la sua importanza nelle differenze tra, diciamo, la psicologia e la religione naturale.

Lenz racconta di come una volta alla Back Bay, sulla Boylston, appena fuori Bonwit's, un insistente venditore di protesi continuava a volergli rifilare un occhio di vetro che sembrava un gioiello e cosí risvegliò i suoi problemi non risolti, e poi aveva incontrato un altro venditore che proprio non voleva sentire il suo No all'offerta di una bottiglia di un Sostituto Salivare Xero-Lube approvato dalla Ada con tanto di raccomandazione di J. Gentle F. il Famoso Cantante Confidenziale, e Lenz aveva utilizzato l'akido per spezzargli il naso con un solo colpo e poi spingere con il palmo della mano schegge e pezzetti d'ossa del naso nel cervello del venditore, una mossa che era conosciuta con un antico nome cinese che significava Il Vecchio Uno-Due, e si tolse di mezzo per sempre il venditore e la sua saliva; in quel modo Lenz scoprí la potenza letale della sua cintura ben-oltre-nera di akido e la forza mortale delle sue mani usate come armi quando veniva provocato e dice a Green che in quello stesso momento aveva fatto un voto solenne mentre correva all'impazzata giú per la Boylston per raggiungere la fermata Auditorium della Metropolitana ed evitare un processo penale: giurò che non avrebbe mai piú usato la sua abilità letale di adepto akido se non in situazioni in cui vi fosse stato obbligato per difendere gli innocenti e/o i deboli.

Lenz racconta a Green che una volta era andato a una festa di Halloween dove c'era una donna idrocefala che aveva una collana fatta con dei gabbiani morti.

Lenz racconta il suo sogno ricorrente nel quale si trova seduto sotto uno di quei ventilatori tropicali da soffitto su una sedia di bambú e indossa un cappello da safari di L.L. Bean e ha una valigetta di vimini sulle ginocchia, e questo è tutto, questo è il suo sogno ricorrente.

Giunti all'isolato con la numerazione che parte da 400 della W. Beacon, sono circa le 2202h, Lenz fa una dimostrazione a Green della mossa segreta di akido 1-2 con la quale aveva fatto fuori il mercante di saliva, al rallentatore cosí che l'occhio non allenato di Green possa seguirla. Dice di avere un altro incubo ricorrente con un orologio con le lancette gelate in eterno sulle 1830h, ma è cosí pauroso da farsela nei calzoni e non se la sente di mettere alla prova la fragile psicologia di Green raccontandogli i dettagli.

Green accende le sigarette per tutti e due e dice che o non si ricorda i sogni oppure non sogna proprio.

Lenz si aggiusta il parrucchino bianco e i baffi nella vetrina scura di un negozio InterLace, fa un po' di stretching t'ai-chi, e si soffia il naso nei rigagnoli sporchi della West Beacon all'europea, una narice per volta, curvandosi per tenere il suo cappotto ben lontano dalla roba che espelle.

Green è uno di quelli che si mettono le magliette aderenti per far vedere i muscoli e tiene la sigaretta sull'orecchio, e questo non gli permette di usare la RIJID o altre marche di lacca per capelli perché i residui dello spray sulla sigaretta la farebbero prender fuoco inaspettatamente in certi punti a metà sigaretta. Lenz conversa piacevolmente intrattenendo il suo compagno di strada e racconta che alla festa di Halloween con la collana di uccelli c'era anche un neonato della Concavità, lí alla festa, a casa di un ortodontista di South Boston che spacciava Lidocaina ai trafficanti di Bing con delle ricette false[233], un neonato normale e non selvatico ma completamente senza cranio, che stava sdraiato su una specie di piattaforma vicino al caminetto con la regione della testa completamente senza forma e senza osso che era sorretta e (rabbrividisce) *contenuta* in una specie di scatola di plastica senza coperchio, e gli occhi erano come sprofondati nella faccia che aveva la consistenza delle sabbie mobili, la faccia, e il naso era concavo e la bocca pendeva dalle parti della faccia senza osso, e tutta la testa si era, in un certo senso, come *adattata* all'interno della scatola che la conteneva, la testa, e appariva quasi quadrata, la forma della testa, e la donna con la collana di gabbiani e le altre persone mascherate erano fatti di allucinogeni e bevevano mescal e mangiavano i vermi del mescal e verso le 2355h cominciarono a fare dei riti in cerchio intorno alla scatola e alla piattaforma, e adoravano il bambino e lo chiamavano semplicemente *L'Infante*, come se ce ne fosse solo Uno.

Green dice l'ora a Lenz ogni due minuti circa, forse una volta per isolato, controllandola dal suo orologio da poco ma digitale, quando il tabellone a cristalli liquidi della Bbsb viene oscurato dallo skyline in movimento nella notte urbana.

Il fremito labiale di Lenz si sente soprattutto nei dittonghi con le o.

Lenz dice a Green che gli Aa/Na funzionano davvero ma non c'è dubbio che siano una setta, e lui e Green sono arrivati alla conclusione che il solo modo per uscire dal vortice della dipendenza è di entrare a far parte di una setta del cazzo e farsi fare il lavaggio del cervello, e il primo che cercherà di mettere addosso a Lenz una veste color zafferano o un tamburino si troverà appeso a un albero, questo è quanto.

Lenz dice di ricordarsi alcuni fatti che sostiene gli siano capitati *in vitro*.

Lenz dice che i laureati della Ennet che spesso tornano e occupano spazio in salotto e confrontano le loro storie dell'orrore sui culti religiosi ai quali avevano cercato di aderire nella loro battaglia per liberarsi dalla droga e dall'alcol hanno certamente un loro fascino ingenuo ma sono solo degli ingenui. Lenz spiega che le vesti e i matrimoni di massa e le teste rasate e il volantinaggio negli aeroporti e vendere fiori sulle aiole spartitraffico e rinunciare alle eredità e non dormire mai e sposare la persona che ti dicono di sposare e non capire mai che chi hai sposato non conta niente secondo i criteri del culto. Lenz dice a Green di conoscere della gente che ha sentito cose che gli farebbero uscire il cervello dalle orecchie.

All'ora di pranzo Hal Incandenza era sdraiato sul suo letto nella luce della finestra con le mani incrociate sul petto, e Jim Troeltsch infilò dentro la testa e chiese a Hal cosa stesse facendo, e Hal gli disse che stava facendo la fotosintesi e poi non disse altro finché Troeltsch non se ne andò via.

Poi, dopo 41 respiri, Michael Pemulis infilò la testa dove c'era stata quella di Troeltsch.

«Hai già mangiato?»

Hal gonfiò lo stomaco e ci picchiettò sopra con la mano, sempre guardando verso il soffitto. «La bestia ha ucciso e si è rimpinzata e ora è sdraiata all'ombra del baobab».

«Ho capito».

«Controlla il suo branco».

«Ho capito».

Dopo piú di 200 respiri, John («N.R.») Wayne aprí un po' di piú la porta socchiusa e mise tutta la testa dentro e rimase in quel modo, proprio con tutta la testa dentro. Non disse niente e Hal non disse niente, e rimasero in quel modo per un po', e poi la testa di Wayne si ritirò scivolando via.

Sotto un lampione su Faneuil St. vicino alla West Beacon, Randy Lenz confida una cosa personale e si rende vulnerabile e piega indietro la testa per far vedere a Green dove una volta si trovava il suo setto.

Randy Lenz racconta a Bruce Green di certi culti immobiliari nella California del Sud e sulla West Coast. Di gente del Delaware che credeva ancora nella pornografia da Realtà Virtuale anche se aveva scoperto che quel tipo di pornografia provocava emorragie dagli angoli degli occhi e l'impotenza permanente nel mondo reale. Di come pensavano che la Pornografia Virtuale fosse ancora la chiave per lo Shrangi-la e che qualche perfetta pièce di porno digit-olografico fosse ancora in circolazione da qualche parte sotto forma di un dischetto software abusivo Protetto da Scrittura, e dedicavano la loro vita di adepti a girare dappertutto come segugi sperando di poter entrare in possesso del dischetto di kamasupra virtuale e si riunivano in luoghi segreti della zona di Wilmington per scambiarsi racconti obliqui su certe voci sul software e cosa fosse esattamente e come stessero andando le loro ricerche, e guardavano i film porno virtuali e si asciugavano gli angoli degli occhi eccetera. Oppure gli parla di una cosa chiamata il Culto Stelliforme, ma Bruce Green non è ancora pronto per sentirne parlare, pensa Lenz. O di un culto suicida dei Boscaioli che adoravano una forma di Roulette Russa che consisteva nel saltare davanti ai treni per vedere quale Boscaiolo si sarebbe avvicinato di più al muso del treno senza essere fatto fuori.

Il rumore di Lenz che sembra stia masticando una gomma è invece Lenz che cerca di parlare e digrignare i denti contemporaneamente.

Lenz ricorda che la pancia del suo patrigno vestito di blu lo precedeva di vari secondi quando entrava nelle stanze, con la catenella che luccicava sinistra dalla tasca in cui teneva l'orologio. Di come sua madre, quando erano a Fall River, si era fissata di usare esclusivamente i Greyhound per i viaggi e le villeggiature, solo per fare incazzare il suo secondo marito.

Lenz spiega che uno dei grossi svantaggi di quando si spaccia Bing al dettaglio è che i clienti si presentano alle 0300h e ti bussano alla porta praticamente senza soldi e ti abbracciano gli stinchi e le caviglie e ti pregano di tirare fuori solo mezzo grammo o un decimo di un grammo e in cambio ti offrono i loro figli, come se Lenz volesse avere a che fare con i bambini di qualcuno, e queste scene erano sempre molto deprimenti da vedere.

Green, che ha tirato parecchio anche lui, dice che gli sembrava sempre che la cocaina lo prendesse per la gola e non lo lasciasse andare, e capiva perché gli Aa di Boston chiamano il Bing l'«Ascensore Espresso per gli Aa».

In uno slargo con tutti i cassonetti in fila tra Faneuil St. e Brighton Avenue, a Brighton, subito dopo che Green ha quasi pestato uno schifo che lui è sicuro che fosse vomito umano, Lenz dimostra in modo incontrovertibile che è molto probabile che il residente della Ennet Geoffrey D. sia un finocchio nascosto.

Lenz racconta che in passato è stato imbroccato da modelli e attori, e che la professione del modello e dell'attore ti mette in contatto con il finocchio nascosto dentro di te, e non è un lavoro adatto a un uomo che si è confrontato con gli aspetti interiori ed esteriori del proprio carattere.

Lenz ragiona a voce alta sul fatto che si pensa esistano interi branchi di animali selvatici che vanno in giro come le locuste nelle zone lussureggianti della Grande Concavità a nordest, si pensa che discendano da animali domestici abbandonati durante il periodo di transizione rilocazionale secondo la carta dell'Onan, e si dice che squadre di ricercatori professionisti ed esploratori dilettanti e uomini coraggiosi e adepti si siano avventurati a nordest dei posti di blocco lungo le pareti in Lucite dell'Athscme e non siano mai tornati, svaniti in toto dalle bande a onde corte, spariti dallo schermo del radar.

Si scopre che Green non sapeva assolutamente che nella Concavità esistesse una qualche specie di fauna. Dice letteralmente di non averci mai pensato neanche una volta.

Lenz racconta di tutti i subculti dell'Nne e stelliformi che conosce sulle credenze sulla metafisica della Concavità e la fusione anulare e la fauna mutata dalle radiazioni come nelle cartucce di serie B degli anni Cinquanta a.S. e la sovrafertilizzazione e le foreste lussureggianti con periodiche oasi di deserto e quello che c'è a est dell'area che una volta era Montpelier Vt, dalla quale il fiume Shawshine anularizzato si getta nel Charles e lo tinge dello stesso esatto blu delle scatole degli SteelSak della Hefty e l'idea di branchi incontrollabili di animali domestici inselvatichiti e insetti di dimensioni sproporzionate che non solo si insediano nelle case abbandonate degli americani rilocati ma si costruiscono delle case proprie e le tengono benissimo, dicono, e ci vivono in grande equità, e il fatto che ci siano dei neonati grandi come bestie preistoriche che si aggirano nei quadranti sovrafertilizzati della Concavità est, che lasciano mucchi enormi di cacchine e piangono la perdita dei genitori abortivi che li hanno abbandonati o perduti nel totale casino geopolitico di migrazione di massa mentre dovevano fare le valigie in gran fretta, oppure, come dicono i fedeli piú vicini ai culti dell'èra di Limbaugh, sono il frutto degli aborti fatti in gran fretta nei serbatoi per i canali di scolo che poi si erano spaccati e il loro contenuto letale si era mischiato con quello di altri serbatoi e aveva rianimato i feti abortiti e li aveva riportati a una vita repellente e sovradimensionata come nelle cartucce di serie B, lasciandoli a far tremare la terra un bel po' a nord di dove Green si trovava a passeggiare nell'intreccio urbano di strade. Di un germoglio locale stelliforme nato dai Rastafariani che adoravano Bob Hope, fumavano canne enormi e si intrecciavano i capelli negroidi in corde che sembravano sigari umidi proprio come i Rastafariani veri, ma invece di essere Rastafariani veri e propri questi post-Rasta adoravano l'Infante e ogni primo giorno dell'anno indossavano parka stinti e doposci di cartone e si avventuravano a nord lasciando una scia di fumo, oltre i muri e i ventilatori del Checkpoint Pongo fino a raggiungere le zone che un tempo corrispondevano al Vermont e al New Hampshire, alla ricerca dell'Infante, questo era il nome che gli avevano dato, come se ce ne fosse solo uno, portandosi dietro tutti gli attrezzi per fare un rituale del loro culto a cui si riferivano ambiguamente con l'espressione *Propiziarsi l'Infante*; intere bande di questi cannati persi stelliformi adepti dell'Infante che dondolando al ritmo del reggae sparivano ogni inverno dagli schermi radar della razza umana, non se ne sentiva piú parlare e non si sentiva neanche piú il loro odore, e venivano considerati dai loro compagni di culto come dei martiri e/o degli agnelli, forse troppo annebbiati dalle loro immani canne per ritrovare la strada per uscire dalla Concavità e dunque morivano congelati o sbranati dai branchi degli animali domestici inferociti, o uccisi da insetti con un alto senso della proprietà privata oppure... (con le facce viola esalando l'ultimo respiro) in qualche altro modo peggiore.

Lenz rabbrividisce al pensiero di Impotenza rabbiosa che avrebbe provato, condivide con Green, se si fosse trovato perduto e disorientato a vagare in cerchio nel bianco accecante e gelido dei luoghi a nord di tutti gli uomini domestici, non solo senza sapere l'ora ma neanche che *giorno* fosse, la barba ghiacciata, armato solo della sua astuzia e del suo carattere e della sua tenacia per sopravvivere, e poi anche del suo coltello Browning.

Green è dell'opinione che se gli Aa di Boston sono un culto che ti fa una specie di lavaggio del cervello, lui pensa di essere arrivato al punto in cui il suo cervello ha bisogno di una bella strigliata, e Lenz sa che questa opinione non è proprio sua, poiché è esattamente quello che il grosso testone di Don Gately ripete loro circa una volta al giorno.

SELEZIONE DI FRAMMENTI ESTRAPOLATI DA MOMENTI DI COLLOQUIO
INFORMALE E INDIVIDUALE TRA I RESIDENTI E D.W. GATELY,
MEMBRO DEL PERSONALE RESIDENTE DELL'ENNET HOUSE,
CASA DI RECUPERO DA ALCOL E DROGA, ENFIELD MA,
APPENA RIENTRATI DA UNA RIUNIONE DEI GIOVANI AA DI BROOKLINE
DURATA FINO ALLE ORE 2329H CIRCA,
MERCOLEDÌ 11 NOVEMBRE APAD

«Non capisco perché tutti vogliono che io parli sempre del football. E non farò il muscolo. È una cosa stupida».

«Ricevuto».

«È *inappropriato*, dato che ti piacciono le parole come questa».

«Ma quel ragazzo al Condividi e Compatisci, il capo di Le Mezze Misure non Portano a Niente, aveva una certa forza. Il Capo disse che era un tecnico nucleare. Per l'industria della Difesa. Quest'uomo molto calmo, distrutto, paterno e strano. Aveva quell'aria di autorità svanita».

«Ho capito a chi ti riferisci. L'ho Identificato».

«... che in un certo senso aveva un'aria *paterna*».

«Il tipo dello sponsor. Il mio sponsor alla Bandiera Bianca è cosí, Joelle».

«Ti posso fare una domanda? Il tuo Babbo personale è ancora vivo?»

«Non lo so».

«Oh, oh. Mia madre è morta. Lavorava in una coltivazione di bachi. Il mio Babbo personale puppa ancora aria, comunque. È quello che dice lui – puppa aria. Nel Kentucky».

«...»

«Mia madre coltivava bachi da molto tempo, comunque».

«Ma cos'è che ti ha colpito cosí tanto in quel tipo delle Mezze Misure?»

«*Diffficile. Diffficile.* Indovina».

«Molto divertente».

«Don, vedi, è cominciato quando ha raccontato che prima era un altro. Una persona completamente diversa. Ha detto che si metteva addosso un vestito quattro-pezzi e il quarto era lui».

«C'è uno del gruppo di Allston che lo dice tutte le volte, è una battuta».

«Aveva una bella camicia di cotone bianco pesante sbottonata, e i pantaloni écru e i mocassini senza calzini, e io ormai vivo qua da dieci anni, Don, e ancora non riesco a capire questa cosa che fate qui che avete tutti delle scarpe bellissime e poi le sciupate perché ve le mettete senza calzini».

«Joelle, sei forse l'ultima persona che si perde a fare l'inventario di qualcuno che si veste in modo strano».

«Baciami il mio culetto rosa, allora».

«Ricordami di Annotare come è veramente positivo vederti uscire fuori dal tuo guscio».

«Va bene, ma io avevo delle riserve su questa cosa, Don, ma Diehl e Ken mi hanno detto di venire da te a raccontarti la storia di quello che sta succedendo là fuori che Erdedy dice è una storia che di sicuro piace a quelli dello Staff e bla, bla, bla, bla, bla».

«Ci prendiamo un caffè stasera, Fuss, che ne dici?»

«Va bene, Don, e lo sai e bla bla bla».

«Fermo un attimo. Inspira e butta fuori l'aria. Non vado da nessuna parte».

«Va bene, Don, io odio i bugiardi piú di ogni altra cosa ma Geoff D. e Nell G. sono fuori in salotto e vanno in giro da tutti i nuovi e gli dicono di domandarsi se il loro Potere Superiore è abbastanza onnipotente da fare una valigia cosí pesante che neanche lui riesce a sollevare. Lo stanno facendo a tutti quelli nuovi. E quel ragazzino ombroso, Dingley—»

«Tingley. Il ragazzino nuovo».

«Proprio quello, Don, sta seduto nell'armadio della biancheria con le gambe che gli spuntano dall'armadio della biancheria con gli occhi di fuori ed è come se gli venisse fuori del fumo dalle orecchie e bla bla bla dice che Può ma Non Può ma Può, rispetto alla valigia e bla bla bla, e Diehl dice che è una cosa di cui si deve occupare lo Staff, che quello che Day sta facendo è una cosa negativa ed Erdedy dice Io sono un Residente Anziano, e di andare a parlarne con quelli del Personale e non rompere le scatole».

«Stronzate».

«Diehl ha detto che è una storia brutta e bla bla, e non è fare la spia».

«No, hai fatto bene. Non è come fare la spia».

«Poi ho portato questi buonissimi biscotti scozzesi al burro che Hanley ha messo in un piatto, ed Erdedy ha detto che non è leccare il culo a qualcuno ma una regola del vivere civile».

«Erdedy è una colonna della comunità. Io devo stare qua dentro con il telefono. Forse potresti dire a Geoff e a Nell di fare un salto qui se riescono a trovare il tempo di smettere di torturare la gente nuova».

«Probabilmente non parlerò di tortura, se va bene anche per te, Don».

«E comunque io sto ancora guardando il biscotto che tieni in mano, te ne sei accorto?»

«Gesú, il biscotto, Gesú».

«Cerca di rilassarti un po', ragazzo».

«Devo stare giú al telefono fino alle 2200h. Prova con uno stura-lavandini e fammi sapere e poi posso chiamare i Servizi».

«Credo che sarebbe giusto se quelli dello Staff informassero tutti i nuovi che entrano qui del fatto che la H sul rubinetto nella doccia vuol dire *Holy Cow That's Cold**».

«In altre parole, vorresti dire che c'è qualche problema con la temperatura dell'acqua, McDade?»

«Don, sto dicendo quello che sono venuto a dirti. E devo dire, comunque, che hai una bella camicia. Anche il mio papà giocava a bowling quando aveva ancora il pollice».

«Non me ne frega niente di quello che ti ha detto quel brutto bastardo, Yolanda. Mettersi in ginocchio la mattina per Chiedere Aiuto non vuol dire mettersi in ginocchio la mattina mentre quel porco ti si mette di fronte e si tira giú la cerniera dei pantaloni e tu Chiedi Aiuto nella patta dei suoi pantaloni. Spero che non sia stato un residente maschio a dirtelo. Questa è una delle cose per le quali si consiglia sempre uno sponsor dello stesso sesso. C'è per caso qualche bastardo che gira per le camere? Se qualcuno degli Aa si è provato a dire a una donna nuova del Programma di usare la sua Unità per trovare il suo Potere Superiore, gli farò fare un bel giro. Hai capito quello che voglio dire?»

«E non ti ho ancora raccontato cosa mi ha detto di fare per ringraziare il Potere Superiore la sera».

«Girerei molto alla larga da un Aa cosí se fossi in te, Yolanda».

«E mi ha detto di stare sempre a sud rispetto a lui, devo stare al suo lato sud, e comprarmi un orologio digitale».

«Cristo Santo, questo è Lenz. Stai parlando di Lenz, vero?»

«Non faccio nomi qui dentro. Tutto quello che posso dire è che sembrava molto carino e in gamba all'inizio, e sembrava disposto ad aiutarmi quando sono arrivata qui, questo tipo del quale non voglio dire il nome».

---

* La H sta per *hot*, «caldo», mentre *Holy Cow That's Cold* vuol dire piú o meno «Accidenti, com'è fredda» [*N.d.T.*].

«Dici di avere dei problemi con il Secondo Passo riguardo l'alienazione mentale e ti sei presa *Randy Lenz* come sponsor?»

«Questo è un Programma anonimo, sai quello che voglio dire».

«Gesú, ragazzina».

Orin («O.») Incandenza sta abbracciando una modella svizzera di
manicure in una camera d'affitto. Si abbracciano. Le loro facce diventano facce sessuali. Gli è sembrato il chiaro segno dell'esistenza di un
fato benigno o di uno spirito del mondo il fatto che questo incredibile
esemplare fosse apparso allo Sky Harbor International Airport proprio
mentre Orin se ne stava con la sua bella fronte appoggiata contro il vetro del gate che dava sulla pista dopo che si era offerto di accompagnare
Helen Steeply in macchina lungo tutta la I-17/10 verso l'orribile scintillante aeroporto e in macchina il Soggetto era sembrato non solo non
particolarmente grato, tanto che durante il viaggio non gli aveva neanche permesso di metterle una mano amichevole e confortante sul suo
incredibile ginocchio, ma addirittura non aveva fatto altro che parlare
di lavoro in una maniera molto irritante, e aveva continuato a seguire
la sua linea sui panni sporchi della famiglia che lui l'aveva pregata di
non affrontare piú perché del tutto inappropriata[234] – che, mentre se ne
stava là dopo avere ricevuto niente piú che un sorriso freddo e una promessa di portare i suoi saluti a Hallie, con la fronte contro il vetro della porta posteriore della Weston – o meglio al vetro del gate della Delta – questo incredibile esemplare gli si era presentato davanti – spontaneamente e senza nessuna Strategia premeditata – e aveva iniziato
una conversazione lasciva con accento straniero e gli aveva fatto vedere queste mani professionalmente bellissime mentre spingeva verso di
lui la borsa in tripolimero e gli chiedeva di fare un autografo per il suo
bambino su un souvenir dei Cardinals che aveva *proprio lí* (!) nella borsa, insieme al passaporto Svizzero – come se l'universo avesse steso la
mano per tirarlo fuori dal bordo dell'abisso di disperazione che lo minacciava ogni volta che veniva rifiutato o si sentiva frustrato per colpa
di qualche Soggetto che si era incaponito di conquistare, come se fosse stato molto in alto e sul punto di cadere e si fosse messo a mulinare
disperatamente le braccia senza avere neanche delle stupide ali rosse al-
lacciate alla schiena e l'universo gli avesse mandato questa mano sinistra bellissima e ferma per tirarlo indietro delicatamente e abbracciarlo non tanto per consolarlo quanto per ricordargli chi era e cosa faceva, abbracciato a un Soggetto con la faccia sessuale di fronte alla sua
faccia sessuale, senza bisogno di parlare, il pallone da football e la penna sul letto rifatto, e loro due che si abbracciano tra il letto e lo specchio con la donna rivolta verso il letto in modo che Orin vede dietro la

sua testa il grande specchio appeso e le piccole foto incorniciate della
sua famiglia svizzera su un cassettone di legno sotto la finestra[235], l'uomo con la faccia grossa e i bambini molto svizzeri che sorridono fiduciosi verso un niente da qualche parte in alto a destra.

Sono passati a un comportamento decisamente sessuale. Lei sbatte
le palpebre; quelle di Orin si chiudono. C'è un languore tattile concentrato. Lei è mancina. Non c'entra la consolazione. Iniziano la cosa con
i bottoni l'uno dell'altro. Non c'entra la conquista o la cattura forzata.
Non c'entrano le ghiandole o gli istinti o il brivido che spacca il secondo o il chiodo fisso di doverti lasciare andare; non c'entra neanche l'amore né l'amore per qualcuno che desideri dentro di te, dal quale ti senti
tradito. Non c'entra l'amore e non è mai l'amore, che uccide chi ne ha
bisogno. Al punter sembra riguardi la speranza, una speranza immensa, grande come il cielo, di trovare qualcosa nella faccia fremente di ogni
Soggetto, un qualcosa che propizierà la speranza, in qualche modo, che
pagherà il suo tributo, il bisogno di essere sicuro che per un momento
lui la *possiede*, ora l'ha *vinta* a qualcuno o qualcos'altro, qualcuno che
non è lui, ma ora in questo momento lui la *possiede* e lui è ciò che lei vede e tutto quello che lei vede, e non è una conquista ma una resa, e lui
è difesa e attacco e lei nessuna di queste due cose, nient'altro se non
questo unico suo secondo di amore, *di*-lei, e gira mentre compie un arco, non quello di lui ma l'amore *di lei*, che lui possiede, questo amore
(via la camicia ora, nello specchio), che per un secondo lei lo ama troppo per poterlo sopportare, che lei *deve* (lo sente) averlo, *deve* prenderlo
dentro di sé oppure tutto si dissolverà in qualcosa che è peggio del niente; che tutto il resto non conta: che il suo senso dell'umorismo se n'è
andato, i suoi piccoli dolori, trionfi, ricordi, le mani, la carriera, i tra-
dimenti, la morte dei suoi animaletti – che ora dentro di lei non c'è
nient'altro che un vuoto vivido e il suo nome: O., O. Che lui è l'Unico.

(Questo è il motivo per il quale, forse, un Soggetto non è mai abbastanza, perché deve sempre arrivare una mano dopo l'altra per tirarlo indietro dalla caduta senza fine. Perché se ce ne fosse solo uno
per lui, un solo Soggetto, ora, unico e speciale, l'Unico non sarebbe
lui o lei ma ciò che ci sarebbe tra di loro, la trinità obliterante di Tu
e Io nel Noi. Orin una volta si sentì in quel modo e da allora non si
è più ripreso, e non si riprenderà mai più.)

E c'entra il disprezzo, c'entra una specie di odio, anche, insieme
con la speranza e il bisogno. Perché lui ha bisogno di loro, ha bisogno
di lei, poiché ha bisogno di lei ha paura di lei e per questo la odia un
po', le odia tutte, un odio che viene fuori mascherato dal disprezzo
che lui maschera nell'attenzione tenera con la quale fa quella cosa con
i bottoni di lei, le tocca la blouse come se anch'essa facesse parte di

lei, e di lui. Come se quell'oggetto potesse provare qualcosa. Si sono spogliati minuziosamente e reciprocamente. La bocca di lei è incollata alla bocca di lui; lei è il suo respiro, gli occhi di lui sono chiusi alla vista di lei. Sono nudi nello specchio e lei, con un esercizio virtuoso che è al 100 per cento del Nuovo Mondo, usa le spalle non allineate di O. come sostegno per saltare su e circondare il collo di lui con le gambe, e inarca la schiena e tutto il suo peso viene sorretto da una mano di lui in fondo alla sua schiena mentre la porta sul letto come farebbe un cameriere con un vassoio.

«*Hoompf*».

«*Herrmmp*».

«Mi scuso migliaia di volte per la mia collisione».

«Arslanian? Sei tu?»

«Sono io, Idris Arslanian. Chi sei tu?»

«Sono Ted Schacht, Id. Perché sei bendato?»

«Dimmi dove sono arrivato, per favore. Ho perso l'orientamento su una scala. Mi è venuto il panico. Mi sono quasi tolto la benda. Dove siamo? Sento molti odori».

«Siamo appena fuori dalla sala pesi, nel piccolo corridoio del tunnel che non è quello che va alla sauna. Comunque perché sei bendato?»

«E qual è l'origine di questo suono di pianto isterico e di lamenti?»

«C'è Anton Doucette là dentro. È là dentro ed è clinicamente depresso. Lyle sta cercando di tirarlo su. I ragazzi piú crudeli sono rimasti là dentro a guardare come se fosse uno spettacolo. Sono disgustato. Una persona che soffre non è uno spettacolo. Ho fatto la mia partita, ora sto sudando come un treno a vapore».

«Stai essudando vapore?»

«Mi fa sempre piacere incontrarti, Id».

«Aspetta. Per favore portami al piano di sopra o in bagno per una visita al gabinetto. La benda che ho indosso è un esperimento voluto da Thorp. Ti hanno detto del giocatore visivamente impedito che si sta immatricolando?»

«Il ragazzo cieco? Che viene da un posto in culo al mondo, nello Iowa? Dempster?»

«Dymphna».

«Non arriva fino al prossimo anno. È stato fermato, dice Inc a cui l'hanno detto. Ha un edema durale o qualcosa di simile».

«Però anche se ha solo nove anni, nella classifica del Midwest degli Under 12 è ben messo. Ce l'ha detto l'allenatore Thorp».

«Eh, sí, direi che per essere un ragazzino cieco con la testa morbida è classificato proprio bene, Id, davvero».

«Ma Dymphna. Ho sentito dire che la posizione alta che ha in Classifica sia dovuta proprio alla sua cecità. Sono stati Thorp e Texas Watson a scoprire questo giocatore».

«Non pronuncerei il nome *Watson* vicino a quella sala pesi se fossi in te».

«Thorp dice che la sua eccellenza di gioco risiede nel suo anticipo. Sembra che questo Dymphna arrivi sul posto molto prima della palla dell'avversario, grazie alla sua capacità di anticipare».

«So cosa vuol dire anticipare, Id».

«Thorp mi dice che questa capacità eccezionale di anticipare nei ciechi è dovuta all'udito e ai suoni, perché i suoni sono semplicemente... qui. Per favore, leggi pure il commento che ho annotato attentamente su questo pezzo di carta ripiegato».

«"Il Suono è Semplicemente una Variazione di Intensità"— Thorp». Throp?

«Volevo scrivere *Thorp*. È stata l'eccitazione. Dice che, se costretti, si riesce a giudicare il Tass[236] di un avversario meglio con l'orecchio che con l'occhio. Questa è teoria sperimentale di Thorp. E questo spiega come mai Dymphna che è così ben piazzato in classifica sembra aver galleggiato come per magia proprio nel punto necessario in cui la palla rimbalzerà. Thorp spiega tutto in maniera convincente».

«Se costretti?»

«Che questa persona cieca riesce a giudicare il punto giusto dove la palla rimbalzerà grazie all'intensità del suono della palla sulle corde del giocatore avversario».

«Invece di guardare il contatto e poi estendere con l'immaginazione l'inizio del suo tragitto, come fanno quelli come noi che sono impediti dalla vista».

«Io, Idris Arslanian, sono veramente impressionato da questa storia di Thorp».

«Il che aiuta a spiegare la benda».

«Per questo ho deciso di sperimentare con cecità volontaria. Per addestrare l'orecchio a gradi di intensità durante il gioco. Oggi ho giocato contro Whale con la benda».

«Com'è andata?»

«Non bene come speravo. Varie volte mi sono messo a giocare rivolto nella direzione sbagliata. Spesso ho giudicato l'intensità delle palle che venivano colpite sui campi adiacenti e sono corso nei campi adiacenti, intromettendomi nel gioco».

«Infatti noi ci siamo chiesti cosa potesse essere tutto quel casino sul Campo 14».

«Per incoraggiarti Thorp dice che l'allenamento dell'orecchio è un processo che richiede del tempo».

«Va bene, Id, a dopo».

«Fermati. Aspetta prima di andartene. Portami al bagno, per favore. Ted Schacht? Ci sei ancora?»

«...»

«*Whuffff*, guarda dove metti i piedi, ragazzino».

«Chi sei, per favore?»

«Troeltsch, James L., piegato in due».

«È io, Idris Arslanian, con un fazzoletto di rayon come benda sul volto. Ho perso l'orientamento e ho molto bisogno di visitare un bagno. Mi stavo domandano anche cosa stia succedendo dentro la sala pesi, dove Schacht dice che state tutti guardando Doucette che piange pcr una depressione clinica».

«Kert*wannnggg*! Stavo scherzando, Ars. Sono Mike Pemulis».

«Allora te, Mike Pemulis, forse ti starai domandando il perché di questa benda sugli occhi di Idris Arslanian».

«Che benda? Ars, davvero! Hai una benda anche tu?»

«Anche tu, Mike Pemulis, hai una benda?»

«Colpito di nuovo, fratello».

«Ho perso l'orientamento sulle scale, poi mi sono messo a parlare con Ted Schacht. Sospetto di non fidarmi abbastanza del tuo senso di risata da farmi accompagnare di sopra».

«Dovresti deciderti a vagolare dentro e dare un'occhiata solo per un secondo alla quantità di sudore da stress che Lyle sta tirando fuori ad Anton Doucette detto Il Caccola, Ars».

«Doucettc è quello che gioca a due mani e ha un nco che sembra materiale uscito da una narice, e ha portato Doucette a uno stato di depressione clinica».

«Giusto. Solo che il neo non è la cosa che deprime il Caccola questa volta. Questa volta secondo noi è ansioso e depresso, non depresso e basta».

«Uno può avere depressioni di tipi diversi?»

«Cavolo, sei davvero giovane, Ars. Il Caccola si è convinto che sta per prendersi il Pedatone dall'accademia. È stato in prova per tutto quest'anno, dopo certi problemi lo scorso anno con la trigonometria cubolare di Thorp—»

«Simpatizzo in toto».

«—solo che ora dice che sta per essere bocciato nel corso risibile sull'Energia di Watson, il che ovviamente vorrebbe dire il Pedatone alla fine dell'anno, se è bocciato davvero. Gli si è chiuso il cervello per l'ansia. È là dentro che si stringe la testa con Lyle e Mario, e molti dei ragazzi meno gentili stanno scommettendo se Lyle riuscirà o no a tirarlo via dall'orlo del precipizio».

«Texas Watson il prorettore, che sta facendo un corso sull'energia con modelli di scarsità di risorse e abbondanza di risorse».

«Sto annuendo, Ars. Dai carburanti fossili ai cicli di fusione/fissione anulare, la litiumizzazione a ciclo Dt, e cosí via. Tutti a un livello molto superficiale, dato che Watson ha soltanto una specie di protuberanza piena di liquido in cima alla spina dorsale al posto del cervello».

«È vero, Texas Watson non eccelle in quanto a intelligenza».

«Ma Doucette si è convinto di avere questo blocco concettuale insormontabile che gli impedisce di comprendere l'anulazione, anche superficialmente».

«Dopo che abbiamo finito di parlare, mi condurrai a orinare, per favore».

«È lo stesso blocco che alcune persone hanno con il Teorema del Valore Medio. O nell'ottica quando si arriva ai campi di colore. A un certo livello di astrazione è come se il cervello si chiudesse».

«Provocando dolore per l'impatto con il cranio, e la persona si stringe la testa».

«Watson ne ha provate di tutte con lui. Dopotutto Watson è uno buono di cuore. Ha provato con le schede, le rime imparate a memoria, anche con i fumetti del Rimedio Latino di Rindge».

«E dici che non ha ottenuto nessun risultato».

«Dico che sembra che il Caccola se ne stia là seduto in classe con gli occhi che gli escono dalle orbite, lo stomaco tutto annodato, intontito dall'ansia. Dico che sembra di ghiaccio».

«Come se il suo cervello si chiudesse».

«La parte destra della sua faccia è come paralizzata da quel tic ansioso. E s'immagina ogni sua possibile carriera tennistica volar via con un paio di alette. A parlare da solo in quel modo autolesionista da depressi-ansiosi. Tutto è iniziato quando lui, Mario e io eravamo nella sauna, lui era distrutto, io e Mario cercavamo di convincerlo a smettere di dire con quelle chiacchiere da depresso che era finito-a-quindici-anni, Mario che insisteva su una specie di precedente collegamento terapeutico con il ragazzino per via del neo, e io gli spiegavo l'anulazione Dt in termini cosí ampi che l'avrebbe capita anche un fottuto *invertebrato*, Cristo Santo. Tutto questo mentre stavamo uscendo dalla sauna. Alla fine l'abbiamo portato da Lyle anche se c'erano ancora gli Under 18 a fare i circuiti. Ora Lyle sta lavorando sul Caccola. Tra l'ansia e la maratona in sauna lasciami dire che sarà un bella scorpacciata per il vecchio Lyle».

«Anch'io confesso una certa ansia per l'anulazione con Tex watson, anche se ho solo tredici anni e non sono ancora obbligato a cimentarmi con la scienza vera».

«Nella sauna Mario continua a dire a Doucette di immaginarsi qualcuno che fa i salti mortali con una mano inchiodata al pavimento, non capisco che cazzo voglia dire, e non c'è da meravigliarsi che la cosa non abbia aiutato molto il Caccola».

«Non ha sollevato il velo di Maia».

«Non ha fatto un bel cazzo di nulla».

«I cicli di energia anulare sono intensivamente astratti, questo si crede nella mia nazione natia».

«Ma il mio messaggio per il Caccola era che i cicli Dt non sono cosí difficili se non paralizzi il tuo cervello con i cartoni animati sulla carriera che vola via con le ali. La reazione breeder e la litiumizzazione sono roba difficile, ma l'intera storia fusione/fissione e anulazione dei rifiuti la puoi immaginare proprio come un immenso triangolo rettangolo».

«Presagisco che stai per dare una microscopica lezione».

«Infila questo piccolo modello nelle cellule Ram del tuo cervellino pakistano e vedrai che supererai ballando il corso di Fisica per Mocciosi di Watson e arriverai fino al corso di Ottica, e fammi dire che a quel punto il concetto astratto prende davvero il volo, ragazzino, fammelo dire».

«Sono uno dei pochi della mia nazione natia il cui talento scientifico sia debole, sfortunatamente».

«Ecco allora perché Dio ti ha dato mani veloci e un lob di rovescio micidiale. Prova a immaginarti un grande triangolo rettangolo[237] pseudocartografico. Hai il tuo bell'impianto centrale per la fusione dei rifiuti Onan-Sunstrand, sorvegliato costantemente, in quella che un tempo era Montpelier nello Stato che un tempo era il Vermont, nella Concavità. Da Montpelier le scorie del processo vengono convogliate per mezzo di tubazioni in due punti, uno dei quali è quel bagliore blu che si vede di notte vicino al Complesso dei Ventilatori a Methuen, a sud della Concavità, proprio contro il Muro e il Checkpoint Pongo—»

«Verso il quale sono rivolti gli altissimi ventilatori ladri di sonno della nostra zona, per soffiare via tutto da sud».

«—Roger, dove viene raffinato il fluoride di plutonio dei rifiuti della fusione tossica fino a farlo diventare plutonio-239 e uranio-239 e poi fissionato in un normale, vecchio e un po' rischioso reattore breeder, la cui produzione consiste soprattutto in scorie di U-239, che viene convogliato per mezzo di tubazioni o catapultato o portato via su lunghi camion lucidi in quella che un tempo era la Afb di Loring – la Air Force Base vicino a quella che un tempo era la isola di Presque nel Maine – dove viene fatto decadere naturalmente in nettunio-239 e poi in plutonio-239 e poi viene aggiunto alle scorie frazionali di Uf4 anch'esse fatte arrivare da Montpelier lungo tubazioni, e poi fissionate in un modo volutamente tremendo cosí da creare quantità infernali di scorie radioattive altamente velenose, che sono mescolate con l'acqua pesante e vengono convogliate di nuovo a Montpelier con speciali tubazioni allo zirconio riscaldato attentamente sorvegliate da soldati in assetto di guerra, e lí saranno usate come matériel grezzo per i veleni necessari alla litiumizzazione tossica e l'intensificazione delle scorie e la fusione anulare».

«La mia testa sta girando sul suo asse».

«È solo ciclo in movimento a forma di triangolo rettangolo per la interdipendenza e la creazione e utilizzazione delle scorie. Hai capito? E quando avremo il piacere di averti sulla vecchia mappa di Eschaton per un po' di allenamento geopolitico, Ars, con quelle tue manine e il tuo lob micidiale? Incidentalmente, il carnoso rumore aritmico come di forti colpi è il Caccola che si colpisce sulla coscia e sul petto, e l'usare violenza contro se stessi è un sintomo da libri di testo di depressione ansiosa».

«Con questo sono in simpatia. Perché, confusamente, credevo che la fusione non producesse nessuna scoria. Questo è quello che ci insegnano a Scienze nella mia nazione natia. Questa è la vera essenza della promessa di attrazione della fusione per una nazione densamente popolata e con grandi problemi di rifiuti come la mia, ci insegnano che la fusione è una perpetuazione autosufficiente che non produce rifiuti. Ordunque, la mia visita in bagno diventa improrogabile».

«Non è vero, anche se in effetti questa era stato l'ostacolo che aveva messo in difficoltà l'anulazione, e che doveva essere superato, ed è stato superato, anche se in un modo cosí poco intuitivo e astratto-concettuale da rendere ovvio che il vostro sistema educativo da Terzo mondo ha tristemente bisogno di un bel testo aggiornato. Ed è proprio a questo punto nel problema dell'assenza di rifiuti della fusione che il nostro glorioso Fondatore ottico, l'ex babbo di Inc, e il povero marito della Sig.ra Inc—»

«So a chi ti riferisci».

«A questo punto è quell'uomo in persona a dare il suo contributo finale e durevole alla scienza di Stato dopo aver cessato di disegnare i riflettori a diffusione di neutroni per la Difesa. Hai visto la targa di coprolite nell'ufficio di Tavis. Viene dall'Aec, per il babbo di Inc, per il suo contributo all'energia delle scorie».

«Lo scopo per il quale mi trovavo sulle scale e avevo perso l'orientamento era che volevo visitare il bagno. Ma questo accadeva molto tempo fa».

«Cerca di trattenere la tua acqua per un secondo, non ci vorrà di piú. Non saresti neanche qui se non fosse per il papà di Inc, lo sai? Quell'uomo aiutò a disegnare le speciali conversioni olografiche in modo che l'équipe che lavorava al processo anulare potesse studiare il comportamento delle particelle subatomiche in ambienti altamente tossici. Senza diventare tossiche».

«Allora stanno studiando le conversioni olografiche dei veleni invece dei veleni».

«Come una scatola di preservativi ottici. Il profilattico definitivo».

«Per favore, portami in bagno».

«Per esempio, la tua nazione era a conoscenza del fatto che tutta la teoria anulare dietro un tipo di fusione che può produrre scorie che diventano poi carburante per un processo le cui scorie sono il carburante per la fusione: sapevate che tutta la teoria dietro la fisica di questa cosa viene dalla medicina?»

«Cosa tu vuoi dire? Una bottiglia di medicina?»

«Lo studio della medicina, Ars. La tua parte del mondo ormai dà per scontata la medicina anulare, ma l'idea di curare il cancro facendo venire il cancro alle cellule del cancro stesso era anatematica solo un paio di decenni fa».

«Anatematica?»

«Diciamo che era radicale, estrema. Una cosa da matti. Derisa e scacciata dalla scienza cosiddetta seria. Che pensava che la cura fosse avvelenare tutto il corpo e poi vedere cosa rimaneva. Anche se la chemioterapia anulare in effetti iniziò in modo piuttosto da matti. Si vedono bene nelle prime microfoto in quel poster di Schacht, quelle cellule del cancro sottoposte a enormi microporzioni di manzo stracotto e di bibite dietetiche, costrette a fumare una micro-Marlboro dopo l'altra vicino a dei minuscoli telefonini cellulari—[238]»

«Ora devo stare un po' su un piede un po' sull'altro».

«—solo che come corollario del modello micromedicale c'era questa idea altrettanto radicale che forse si poteva ottenere una fusione anulare ad alta quantità di scorie bombardando le particelle radioattive altamente tossiche con dosi massicce di roba ancora piú tossica delle particelle radioattive. Una fusione che si alimenta con i veleni e produce fluoruro di plutonio e tetrafluoruro di uranio relativamente stabili. E tutto ciò di cui c'è bisogno è l'accesso a volumi impressionanti di materiali tossici».

«Perciò il luogo naturale per la fusione diventa la Grande Concavità».

«Roger e *Jawohl*. A questo punto le cose diventano molto astratte e difficili e io mi limiterò a dire che il problema di tutto il processo da un punto di vista ambientale è che poi si scopre che la fusione risultante è cosí voracemente efficiente da assorbire tutte le tossine e i veleni dall'ecosistema circostante, inclusi gli inibitori della crescita organica per un raggio di centinaia di chilometri in ogni direzione».

«Da qui l'ansia e il mito della Concavità orientale».

«Alla fine ti ritrovi con un ambiente circostante cosí fertile e lussureggiante che è praticamente impossibile viverci».

«Una foresta tropicale con gli anoidi sterebolici».

«Quasi».

«E i feroci criceti selvatici e gli insetti grossi come Volkswagen e il gigantismo infantile e le intere regioni di foreste non disboscabili neanche con il machete della mitica Concavità orientale».

«Proprio cosí, Ars, e poi si scoprí di doverci scaricare continuamente tossine per evitare che questo ecosistema non-inibito si espanda e assorba zone ecologicamente piú stabili, inviarci i veleni dell'atmosfera per iperventilarlo. E cosí via. Ecco perché le piú grandi catapulte della Ewd sono molto a nord della città».

«Tutto nella Concavità orientale, per tenerla a bada».

«Capisci come è tutto collegato?»

«Il Sig. Thorp manifesterà un forte disappunto se mi decido a togliermi la benda per localizzare un bagno».

«Ho capito, Ars. Ho capito benissimo. Non devi ripetermelo continuamente. La cosa che devi tenere a mente se devi fare il corso di Watson sono gli effetti ciclici dell'invio di rifiuti e della fusione. Quali sono i giorni in cui vengono azionate piú spesso le grandi catapulte?»

«Le date che in ogni mese sono numeri primi, fino a mezzanotte».

«Il che sradica la supercrescita finché le tossine sono fuse e utilizzate. Lo scenario dal satellite è che la parte est della Griglia 3 passa da supercrescita a deserto a supercrescita diverse volte al mese. Con la prima settimana del mese specialmente sterile e l'ultima settimana infinitamente lussureggiante».

«Come se il tempo stesso venisse vastamente accelerato. Come se la natura stessa avesse un bisogno disperato di visitare il bagno».

«Fenomeni accelerati, il che in realtà equivale a un incredibile *rallentamento* del tempo. La rima mnemonica che Watson ha cercato di far imparare al Caccola è questa: "Da landa a foresta: il tempo non ha fretta"».

«Tempo decelerato, ho capito».

«E il Caccola dice che è proprio questa cosa, concettualmente, a mangiarlo vivo. Dice di essere fregato se non riesce a farsi entrare nella testa il concetto del tempo come flusso, concettualmente. Questo gli taglia le gambe per la comprensione di tutto il modello anulare. D'accordo, è astratto. Ma dovresti vederlo. Metà della faccia ha come uno spasmo, e la metà con il neo rimane immobile a guardarti con gli occhi di un coniglio che stai per investire. Lyle sta cercando di farlo procedere molto lentamente attraverso i principî piú basilari e bambineschi della fisica sulla relatività del tempo in ambienti organici estremi. Mentre il Caccola va avanti e indietro dalla sauna. L'ironia per il Caccola è che non c'è neanche bisogno di sapere un granché sul flusso temporale, perché anche Watson, quando ci pensa, aggrotta la fronte e fa lo sguardo da fesso».

«Per favore, non chiedere una preghiera da me, Idris Arslanian».

«Naturalmente la Concavità orientale è tutta un'altra storia rispetto a quella che Inc chiama la Eliotica landa desolata di rifiuti della Concavità occidentale».

«Potrai dire a me tutto quando sarò sulla porcellana di un bagno».

«Devo dire che hai fatto un interessante passo avanti, Id».

«Te lo chiedo senza essere insistente. La cultura del mio Paese considera il mendicare un'occupazione per quelli delle caste inferiori».

«Hmm. Ars, sto pensando che forse potremmo fare qualcosa».

«Non commetterò atti illegali o degradanti. Ma se sarò costretto, pregherò».

«Lascia perdere. Stavo solo pensando. Tu sei musulmano, vero?»

«Praticante. Prego cinque volte al giorno come mi è stato insegnato. Mi astengo dall'arte figurativa e dalla carnalità in ognuna delle sue quattromilaquattrocentoquattro forme e guise».

«Il corpo è un tempio e roba del genere?»

«Io mi astengo. Nessun composto stimolante o depressivo entra dalle mie labbra, come dai santi insegnamenti della mia fede».

«Mi sto chiedendo se avevi un piano specifico per quell'urina che sei cosí ansioso di scaricare, Ars».

«Non ti seguo».

«Perché non ne parliamo seduti su una tazza di porcellana?»

«Mike Pemulis, in movimento sei un principe e un saggio a riposo».

«Fratello, nevicherà ai Tropici quando questo ragazzo sarà a riposo».

Lo strano si sommava allo strano; era come se i suoi tifosi senza gambe e patologicamente timidi avessero per qualche ragione paura della giunonica Sig.na Steeply di «Moment» – Orin aveva visto l'ultima sedia a rotelle il giorno prima che lei arrivasse, e ora (se ne rese conto mentre guidava), solo poche ore dopo che lei se n'era andata, rieccoli con i loro timidi trucchetti. Il ciclo Eccitamento-Speranza-Possesso-Disprezzo della seduzione lascia sempre Orin stordito e spompato e non al massimo del comprendonio. Solo dopo che si era lavato e vestito, che aveva scambiato i complimenti e le assicurazioni standard con il Soggetto, aveva preso il bozzolo di vetro dell'ascensore per scendere giú nel nucleo circolare di vetro dell'albergo fino alla hall, era uscito fuori dalla porta girevole pressurizzata nella fiammata improvvisa del calore di Phoenix che gli aveva fatto raggrinzire lo scalpo, dopo aver aspettato che la Ac direzionabile dell'auto rendesse il volante toccabile ed essersi iniettato verso ovest nelle arterie temibili della Rte. 85 e della Bell Rd. per tornare verso Sun City, rimuginando mentre guidava, solo allora si era reso conto che l'uomo handicappato alla porta della stanza dell'albergo era su una sedia a rotelle, che quella era la prima sedia a rotelle che aveva visto da quando Hal gli aveva spiegato la sua teoria, e che quel sorvegliante senza gambe aveva (cosa ancora piú strana) lo stesso accento svizzero della modella di manicure.

Lungo la strada R. Lenz contorce la bocca e si gratta per il prurito rinofemico e tira molto su col naso e si lamenta di una terribile allergia di fine autunno, dimenticando che Bruce Green conosce bene i sintomi dell'idrolisi da coca perché anche lui si è fatto parecchie righe in passato, quando la vita con M. Bonk era una sola grande festa.

Lenz spiega che la nuova ragazza vegetariana Joel tiene il velo perché ha quella deformazione che ha un solo occhio in mezzo alla fronte, dalla nascita, come i cavallucci marini, e dice a Green di non pensare neanche di chiedergli come mai lui sa questa cosa.

Green distoglie lo sguardo mentre Lenz minge contro un cassonetto di Market Street, e Lenz fa giurare a Green di mantenere il segreto su un sogno di quella povera vecchia malata coperta di cicatrici di Charlotte Treat, perché un giorno lei gli aveva fatto giurare di mantenere il segreto prima di dirgli che il suo sogno segreto da sobria era di prendere il diploma Ged e diventare un'igienista dentale e specializzarsi nell'educazione dei ragazzi che hanno una paura patologica per l'anestesia dentale, perché il suo sogno era aiutare i ragazzi, ma ora aveva paura che il suo Virus l'avesse allontanata per sempre dal suo sogno[239].

Per tutta la strada da Spur's Harvad St. verso Union Square, lungo un vettore NO, Lenz impiega molti minuti e meno di venti respiri a confidare a Green alcuni penosi Problemi della sua Famiglia di Origine, e gli racconta che sua madre, la Sig.ra Lenz, divorziata tre volte e Addetta al Computer, era cosí indicibilmente obesa da doversi fare gli assorbenti con dei pezzi di stoffa o tovaglie di cotone e non aveva mai partecipato all'incontro nella Giornata dei Genitori alla Bishop Anthony McDiardama Elementary School a Fall River Ma, perché i genitori dovevano mettersi a sedere sui banchini dei bambini con il piano ripiegabile durante le presentazioni e le recite nella Giornata dei Genitori, e l'unica volta che la Sig.ra L. aveva trasportato la sua mole enorme alla Bames per la Giornata dei Genitori e aveva cercato di mettersi a sedere nel banchino di Randall L. tra la Sig.ra Lamb e la Sig.ra Leroux aveva ridotto il banchino a legna da ardere e c'erano voluti quattro babbi coltivatori di mirtilli e ben piazzati e un carrello per i libri di testo per tirarla su dal pavimento della classe, e non c'era piú tornata, inventandosi scuse inverosimili di avere troppi dati da inserire e un disinteresse di fondo per il lavoro scolastico di Randy L. Lenz condivide poi che, quando lui era adolescente, sua madre era morta perché un giorno aveva preso un autobus della Greyhound diretto da Fall River Ma, a Quincy Ma, per andare a trovare suo figlio nel Riformatorio Giovanile del Commonwealth dove Lenz stava facendo una ricerca perché voleva scrivere una sceneggiatura su quel posto, e durante il viaggio in autobus era dovuta andare al gabinetto, ed era sul cesso nel retro dell'autobus che si stava facendo gli affari suoi, stava andando di corpo come poi era stato facile dimostrare in seguito, e anche se era nel bel mezzo dell'inverno aveva spalancato la finestrina del cesso per ragioni che Lenz crede Green non voglia sapere, sull'autobus che andava verso nord, e quello era uno degli ultimi anni non sponsorizzati con datazione numerica, e l'ultimo anno fiscale in cui per ordine del Governatore Claprood dell'Autorità Autostradale del Commonwealth si fece manutenzione sulla infernale Route 24 a sei corsie massacrate dai pendolari che va da Fall River alla South Shore di Boston, e il Greyhound incontrò un cantiere mal segnalato in un punto in cui la 24 era stata sventrata fino alle sbarre di ferro increspato ed era piena di buche che facevano cascare i denti e avvallamenti e insomma in poche parole era un vero casino, e con tutto questo, le segnalazioni davvero insufficienti – non c'era neanche l'omino che sventola la bandierina – e la velocità eccessiva, l'autobus diretto a nord era stato sballottato da tutte le parti e aveva sterzato violentemente a destra e a sinistra per non urtare tutta la roba che c'era sulla strada, e i passeggeri erano stati scagliati via dai loro sedili con violenza mentre, dietro, sulla tazza del cesso dalle dimensioni di un armadietto, la Sig.ra Lenz, proprio mentre stava per andare di corpo, fu scagliata via dalla toilette con la prima sterzata e continuò a rimbalzare come una biglia in un flipper da una parte all'altra contro le pareti di plastica del cesso a una velocità tremenda, lasciando rifiuti umani dappertutto; e quando finalmente l'autobus riprese il controllo e la sua corsa normale, la Sig.ra Lenz era incredibilmente finita con il suo didietro nudo e indescrivibilmente enorme incastrato nella finestrina aperta del cesso, infilata cosí a forza che non riusciva a districarsi, e l'autobus aveva continuato il resto del suo viaggio su per la 24 con il didietro nudo della Sig.ra Lenz che usciva fuori dalla finestrella aperta, provocando un concerto di clacson e di parole derisorie da parte degli altri veicoli; e le grida d'Aiuto della Sig.ra Lenz erano state sentite dai passeggeri che si tiravano su dal pavimento e si massaggiavano i punti doloranti; le sentirono le urla mortificate della Sig.ra Lenz da dietro la porta di plastica rinforzata del cesso, ma non riuscirono a tirarla fuori perché la porta era chiusa dall'interno con un paletto di sicurezza che faceva dire alla porta di fuori OCCUPIED/OCCUPADO/OCCUPÉ, e in quel modo la porta era chiusa, e la Sig.ra Lenz era incastrata e non riusciva ad arrivare al paletto nonostante i tentativi disperati di allungare il braccio mastodontico con il grasso che le ballava; e come l'88 per cento degli americani dichiarati clinicamente obesi, alla Sig.ra Lenz era stata diagnosticata una claustrofobia clinica e prendeva medicine contro l'ansia e la fobia di rimanere bloccata in uno spazio chiuso, e in seguito riuscí a vincere un'azione legale con richiesta di risarcimento a sette cifre contro le Greyhound Lines e la quasi defunta Autorità Autostradale del Commowealth per trauma psichiatrico, umiliazione pubblica e congelamento di secondo grado, e ricevette dalla diciottesima Corte Civile nominata da Dukakis una somma cosí elevata che quando le arrivò l'assegno, in una busta di una taglia speciale extralunga per contenere tutti gli zero, la Sig.ra Lenz perse ogni voglia di inserire dati nei computer e cucinare e pulire e accudire il figlio e alla fine persino di muoversi, e si sdraiò su una poltrona reclinabile fatta su misura larga un metro e mezzo a guardare le Storie d'Amore Gotiche su InterLace e consumare volumi mastodontici di pasticceria ad alto contenuto di lipidi che le veniva servita su vassoi d'oro da uno chef pasticciere che aveva voluto a sua esclusiva disposizione 24 ore su 24 e fornito di cellulare finché, dopo quattro mesi dal risarcimento astronomico, morí d'infarto con la bocca cosí piena di torta di pesche che il personale paramedico non riuscí a farle il Cpr, che Lenz dice di saper fare, comunque – il Cpr.

Quando raggiungono lo Spur, la loro rotta nordovest è già virata di molto verso destra diventando una rotta molto piú nord. Il loro percorso fino a qui è un Mondrian di stradine che si restringono sempre piú fino a diventare delle vere e proprie gole per tutti i cassonetti che le ingombrano. Lenz va avanti per primo, a indicare la rotta. Lenz lancia sguardi fumosi a ogni femmina che gli passa vicino. Il loro vettore adesso ha una direzione N/NO. Passano accanto all'odore forte dei vapori delle asciugatrici sul retro di una lavanderia a gettoni vicino alla

Dustin e alla Commonwealth. La città metropolitana di Boston Ma, di notte. Lo scampanellio e il rumore delle ruote dei treni B e C della Linea Verde diretti verso la collina di Commonwealth Avenue, a ovest. I vagabondi ubriachi seduti con la schiena appoggiata ai muri neri di fuliggine sembrano studiarsi il grembo, e anche il loro respiro è scolorito. Il fischio complesso dei freni degli autobus. Le ombre frastagliate che si distendono con il passaggio dei fari. La musica latina che si diffonde dagli Spur Projects, attorcigliata a un ritmo in 5/4 da un boombox lontano, verso Feeny Park, è mescolata a un plasma ossessionante di musica hawaiana che sembra al massimo del volume e allo stesso tempo lontanissima. Il ritmo aleggiante della cetra polinesiana fa diventare la faccia di Bruce Green una maschera piatta di dolore psichico della quale lui non si accorge neanche, e poi la musica scompare. Lenz chiede a Green com'è lavorare tutto il giorno con il ghiaccio alla Leisure Time Ice e poi teorizza lui stesso come deve essere, ci scommette, con il ghiaccio tritato e i cubetti di ghiaccio nei contenitori di plastica celeste chiusi con una grappetta e il ghiaccio secco nelle vasche di legno che versa fumo bianco e poi gli enormi blocchi di ghiaccio industriale imballato nella segatura fragrante, i blocchi immensi di ghiaccio grandi quanto un uomo con le incrinature interne che sembrano facce bianche intrappolate, le fiamme bianche di crepe all'interno. Picconi e accette e tenaglie veramente grandi, nocche rosse e finestre coperte di brina e un leggero odore amaro di freezer, e i polacchi con i nasi gocciolanti e i giacconi di lana a quadri e gli zaini, i più vecchi con una zoppia per tutto il ghiaccio che hanno portato a spalla.

Camminano sopra dei frammenti iridescenti che Lenz identifica come un parabrezza frantumato. Lenz condivide i suoi sentimenti sul fatto che, fra i tre ex mariti, gli avvocati feroci e un capo pasticciere che aveva usato la dipendenza da dolci di sua madre per ammaliarla e convincerla a cambiare il testamento a suo vantaggio, e Lenz ancora trattenuto all'Yca di Quincy e quindi in posizione sfavorevole nella controversia, le ultime volontà della infartuata Sig.ra Lenz lo avevano lasciato fuori al freddo ad arrangiarsi nella vita urbana mentre gli ex mariti e i pasticcieri stavano a pancia all'aria sulle sdraio in Riviera a sventagliarsi con banconote di grosso taglio, e Lenz dice di rimuginare su tutta questa storia tutti i santi giorni; e lascia a Green uno spazio per fare dei suoni di comprensione. La giacca di Green scricchiola quando respira. Il vetro del parabrezza è in un vicolo dove le uscite antincendio sembrano dei teloni ghiacciati. I cassonetti ammucchiati e le porte di acciaio senza maniglie e l'oscurità velata del sudiciume totale. Il muso smussato di un autobus immobile a motore acceso si inserisce nella cornice della fine del vicolo.

La spazzatura dei cassonetti non ha un solo puzzo, dipende. La luce della città rende la notte urbana solo semibuia, come la liquirizia, una luminescenza proprio sotto la pelle del buio, che trasuda. Green li tiene al corrente sull'ora esatta. Lenz ha incominciato a chiamare Green «fratello». Lenz dice di avere una voglia matta di pisciare. Dice che la cosa bella della città urbana è che è un grande cesso. Green va avanti fino all'imbocco della stradina, e guarda dall'altra parte per dare un po' di privacy a Lenz, molti cassonetti piú indietro. Green sta fermo all'inizio della zona d'ombra del vicolo nella scia calda dell'autobus, i gomiti in fuori e le mani nelle tasche della giacca e si guarda intorno. Non si capisce se Green sa che Lenz è sotto l'influenza del Bing. Prova solo un momento di profonda e distorta perdita, e desidera che gli piaccia ancora farsi, cosí da potersi fare. Questo sentimento va e viene tutto il giorno, ogni giorno, ancora. Green si prende la sigaretta dietro l'orecchio e l'accende e ne mette una fresca a portata di mano dietro l'orecchio. Union Square, a Allston: Baciami dove olezza, disse lei, e allora la portai a Allston, chiuse le virgolette. Le luci di Union Square pulsano. Tutte le volte che qualcuno smette di suonare il clacson inizia a suonarlo qualcun altro. Ci sono tre donne cinesi che aspettano al semaforo dalla parte opposta del ragazzo con le aragoste. Tutte e tre hanno una borsa della spesa in mano. Un vecchio maggiolone Volkswagen come il maggiolone Volkswagen di Doony Glynn è fermo in folle davanti al *Roast Beef* di Riley, solo che il motore del maggiolone di Doony è scoperto nel punto dove si toglie il cofano posteriore per fare vedere le budella del maggiolone. Nelle strade di Boston è quasi impossibile riuscire a vedere una donna cinese che abbia meno di sessant'anni e sia alta piú di un metro e mezzo e non tenga in mano una borsa della spesa, ma mai piú di una. Se chiudi gli occhi su un marciapiede affollato il rumore dei diversi passi e delle diverse scarpe di tutta quella gente diversa ti sembra qualcosa che viene masticato da una Cosa enorme, e paziente e instancabile. I fatti scabrosi delle morti dei genitori naturali di Bruce Green quando lui andava ancora gattoni sono sepolte cosí in profondità dentro Green che tutti gli strati e i substrati di silenzio e di muta e stupida sofferenza animale dovranno essere fatti saltare con le mine e trattati un Giorno per Volta quando sarà sobrio perché Green ricordi cosa successe la sua quinta Vigilia di Natale, a Waltham Ma, quando suo papà aveva preso da parte il piccolo Brucie Green dalla forma d'idrante e gli aveva dato, come regalo di Natale per la sua cara mamma, una lattina colorata come un quadro di Gauguin di noci di macadamia della marca polinesiana Mauna Loa[240], e detta lattina cilindrica di noci fu poi portata al piano di sopra dal bambino e impacchettata con tanto sforzo in cosí tanta carta da pacchi lucida che alla fine il regalo impacchettato sembrava un bassotto tedesco troppo grosso che fosse stato prima preso a randellate e poi chiuso da tutte e due le parti con due rotoli, uno per parte, di scotch adesivo e un vistoso nastro fucsia per tenerlo fermo, e cosí impacchettata era stata messa sotto l'abete tutto illuminato, e comunque il pacchetto sembrava ancora volersi aprire tanto i vari strati di carta si muovevano per assestarsi.

Il Papà di Bruce Green, il Sig. Green, un tempo uno degli istruttori di aerobica piú accreditati del New England – era anche apparso una o due volte nel decennio precedente alla disseminazione digitale nella noleggiatissima serie di home video di aerobica *Chiappe di acciaio* – ed era stato molto richiesto e accreditato finché, con suo grande orrore, quando aveva quasi trent'anni, l'apice assoluto nella carriera di un istruttore di aerobica, o una delle gambe iniziò a allungarglisi spontaneamente o l'altra incominciò spontaneamente ad accorciarsi, perché in poche settimane una gamba diventò quasi sei pollici piú lunga dell'altra – uno degli indelebili ricordi visivi che Bruce Green ha di lui è quello di un uomo finito che progressivamente e pericolosamente *pendeva* mentre zoppicava da uno specialista all'altro – e dovette mettersi uno stivaletto ortopedico speciale, nero come la pece, che sembrava essere al 90 per cento suola e assomigliava a uno di quegli scarponi degli operai che posano l'asfalto, e pesava molte libbre, ed era veramente ridicolo con i fuseaux di Spandex; e insomma il fatto è che il Papà di Brucie Green fu tagliato fuori dall'aerobica per via della gamba e dello scarpone, e dovette cambiare mestiere, e andò a lavorare con sua grande amarezza per un'azienda di Waltham che produceva chincaglierie e curiosità, una ditta che aveva un nome con la 'N, Acme Novelties 'N Notions, o qualcosa di simile, per la quale il Sig. Green creava e disegnava scherzetti sadici, e si specializzò nel Jolly Jolt Hand Buzzer, quell'arnese che dà la scossa quando lo prendi in mano, nel sigaro Blammo, e in una linea di cubetti del ghiaccio entomologici e forfora artificiale eccetera. Un bambino piú grande avrebbe capito che si trattava di un lavoro demoralizzante, sedentario, che contorce il carattere, se avesse guardato di nascosto di notte un uomo con la barba lunga camminare su e giú tutte le notti in salotto con quel suo scarpone da Falstaff e l'andatura di una goletta in un mare in tempesta, e ogni tanto cimentarsi in un minuscolo tentativo di accucciarsi e calciare, e cadere quasi ogni volta, e borbottare amaramente.

Qualcosa di commovente in quel regalo che un bambino che camminava appena aveva ravvolto con cosí tanta carta convince la pallida e nevrastenica ma amorosa Sig.ra Green, la cara Mamma di Bruce, a scegliere di aprire per primo, naturalmente, la mattina di Natale, il regalo cilindrico a forma-di-bassotto-tedesco-rinvoltato-nella-carta-luci-

da, mentre sono seduti di fronte al camino acceso, ognuno su una sedia diversa vicini a finestre diverse che si allacciano sul nevischio di
Waltham, con in mano le ciotole con i dolcetti di Natale e le tazze con
il marchio Acme 'N piene di cacao e decaffeinato di nocciole e si guardano scartare i propri regali. La faccina di Brucie è illuminata dalla luce del camino mentre il barattolo di noci viene scartato uno strato dopo l'altro e la Sig.ra Green è costretta a usare i denti un paio di volte
con il nastro adesivo. Finalmente anche l'ultimo strato viene rimosso e
si vede la lattina con i colori vivaci. Mauna Loa: la delicatezza preferita dalla Sig.ra Green. La cosa da mangiare piú calorica del mondo, a
eccezione del lardo. Noci cosí gustose che mangiarle dovrebbe essere
peccato, dice lei. Brucie, eccitato, salta sulla sedia rovesciando cacao e
Orsetti di Gomma, un bambino adorabile, piú eccitato per come è stato accolto il suo dono che per quello che dovrà ricevere. Sua madre con
le mani giunte sul petto incavato. Sospiri di piacere e di protesta. E una
Linguetta per aprire la lattina.

Invece il contenuto della lattina con l'etichetta delle noci di macadamia è un serpente di stoffa attorcigliato intorno a una molla eia-
culatoria. Il serpente schizza fuori e la Sig.ra G. urla e porta una mano alla gola. Il Sig. Green ulula la sua amara risata professionale da
professionista degli scherzi e si dirige zompettando verso Bruce e gli
tira una pacca sulla schiena cosí forte che Brucie sputa fuori un orsetto di gomma al lime che aveva in bocca – anche questa è una memoria visiva, senza contesto e terribile – e l'orsetto fa un volo ad arco attraverso il salotto e atterra nel fuoco del caminetto con un piccolo verde *siss* della fiamma. L'arco del serpente di stoffa è finito sul
candeliere di finto cristallo che pende sopra le loro teste, dove rimane impigliato e penzola, la molla tremolante, mentre il candeliere dondola e tintinna e ci vuole un po' prima che la risata del Sig. Green si
affievolisca, anche quando la mano della Mamma di Brucie è diventata una morsa che stringe sempre di piú la sua gola delicata e lei gor-
goglia e si accascia sul fianco destro in preda a un attacco cardiaco fatale, la bocca cianotica ancora spalancata per la sorpresa. Per i primi
minuti il Sig. Green pensa che lei li stia prendendo in giro, e continua a dare i voti alla sua performance sulla Scala Interdipartimenta-
le Acme da 1 a 8, finché alla fine si stufa e inizia a dirle che lo scherzo è bello quando dura poco, che spaventerà il piccolo Bruce seduto
sotto il cristallo che dondola, gli occhi spalancati, muto.

E Bruce Green non ha piú pronunciato una parola fino al suo ultimo anno di scuola elementare, a quel tempo ormai viveva a Winchester con la sorella di sua madre defunta, un'Avventista del Settimo Giorno abbastanza in ordine che non aveva insistito neanche una

volta perché Bruce parlasse, forse perché le faceva pena, probabilmente perché le faceva pena il dolore tremendo che doveva aver provato quel bambino con gli occhi opachi, non solo perché era stato lui a dare alla sua mamma quel regalo di Natale che le era stato fatale, ma anche perché aveva dovuto poi assistere al crollo psicospirituale del Padre vedovo e asimmetrico dopo la veglia funebre; vederlo camminare in salotto con il suo scarpone da Frankenstein tutta la notte tutte le notti dopo il lavoro e una cena a microonde mal riscaldata, e zoppicare in cerchi e grattarsi continuamente la faccia e le braccia a tal punto che alla fine non sembrava tanto fustigato quanto spinto in un rovo, e maledire Dio e se stesso e le noci e i serpenti della Acme borbottando confusamente, e poi aveva anche lasciato il serpente fatale appeso al lampadario di cristallo finto e l'albero di Natale ancora montato sul piccolo piedistallo di metallo rosso finché tutte le luci si erano fulminate e i pop corn erano diventati scuri e duri e l'acqua nel vaso era evaporata e gli aghi dell'albero si erano seccati ed erano caduti marroni sui regali di Natale ancora ammucchiati là sotto, ancora non aperti, uno dei quali era un pacchetto di bistecche del Nebraska da animali allevati a.grano la cui carta da regalo con i cherubini iniziava a gonfiarsi inquietante...; e poi alla fine aveva sopportato il dolore ancora piú straziante per un bambino di assistere all'arresto pubblico e allo scandalo mediatico e agli interrogatori per Infermità Mentale e un processo del Midwest dopo che fu stabilito che il Sig. Green del dopo Natale – il cui unico segno incoraggiante di voler mantenere insieme i resti sbrindellati di se stesso dopo il funerale era stato il fatto di aver continuato ad andare fedelmente a lavorare ogni giorno alle Acme Inc. – aveva riempito una scatola a caso di Sigari Blammo con un potente esplosivo a base di tetrile, e tre Rotariani e 24 Shriners* erano stati decapitati in modo grottesco nell'Ohio del Sudest prima che la Atf federale capisse dall'analisi medico-legale degli orribili resti che esisteva un collegamento con il laboratorio dei Blammo del Sig. B. Green sr, a Waltham; e da qui l'estradizione e le udienze terribilmente complicate per Infermità Mentale e il processo e la sentenza a maggioranza; e poi gli appelli e la veglia e l'Iniezione Letale, la zia di Bruce Green che distribuiva trattati di W. Miller mal fotocopiati alla folla fuori della prigione dell'Ohio mentre l'orologio scandiva i secondi che mancavano all'Iniezione, con il piccolo Bruce a rimorchio con la faccia persa e lo sguardo fisso, la folla dei media e degli attivisti anti-Pena Capitale e dei curiosi alla Defar-

---

* Gang di motociclisti [N.d.T.].

ge venuti a fare il picnic, molte T-shirt in vendita, e uomini con la
faccia rossa, le giacche e i fez, le facce contorte dalla rabbia dello stesso rosso dei loro fez mentre vanno in giro intorno alla prigione sulle
loro piccole auto, gruppi di Shriners motorizzati che ronzano ai cancelli della prigione di massima sicurezza Odc e urlano *Brucia Stronzo
Brucia*, i piú aggiornati *Beccati l'Iniezione Mortale, Stronzo, Beccatela
Tutta*, la zia di Bruce Green con i capelli con la divisa nel mezzo che
stanno diventando grigi sotto il cappellino minuscolo e la faccia scura dopo tre mesi di Ohio dietro il velo di rete nera che svolazzava dal
suo cappellino, che si stringe al petto la testina del piccolo Bruce contro il reggiseno con i filetti di ferro giorno dopo giorno, finché la sua
faccina persa si appiattí tutta da una parte... il senso di colpa di Green,
il dolore, la paura e il disprezzo per se stesso si sono talmente com-
pressi dopo anni di assunzioni di sostanze non prescritte che ora lui
sa solo di dovere evitare ogni prodotto o servizio con una 'N nel nome, controlla sempre il palmo della mano di chiunque prima di strin-
gerla, allunga la strada di vari isolati per evitare parate dove si vedono dei fez dentro piccole auto, e prova questa silenziosa, sottostrati-
ficata gestalt di fascino/orrore per tutte le cose anche remotamente
polinesiane. Forse è la musica luau distante e attenuata che echeggia
su e giú dagli angoli degli isolati di cemento di Allston a far camminare Bruce Green come se fosse mesmerizzato per Union Square e
farlo dirigere su per Commonwealth Avenue e Brainerd Road, dove
si trova il nightclub *The Unexamined Life* con la sua ammiccante bottiglia inclinata di luce blu al neon sopra l'ingresso, prima di rendersi
conto che Lenz non è piú accanto a lui a chiedergli che ore sono, che
Lenz non l'ha seguito su per la collina, anche se Green era rimasto
fermo fuori dal vicolo di Union Square molto piú tempo di quanto ci
metta chiunque a fare una legittima pisciatina.

Si rende conto che Lenz e lui si sono separati. Adesso molto a sudovest della Union sulla Commonwealth, Green osserva il traffico e i
binari della metropolitana e i clienti dei bar e il tremolio del neon
dell'enorme bottiglia sopra il Tul. Si domanda se qualcuno abbia fatto fuori Lenz o se Lenz si sia fatto fuori da solo, e non si chiede altro, è questo il massimo della totale complessità del suo pensiero in
questo momento, tutto ciò che pensa ora. È come se i traumi deriva-
ti dalla latta-di-noci-e-sigaro fossero stati scaricati in un pozzo psichico durante la sua pubertà, vi fossero affondati lasciando solo una
oleosa macchia di petrolio che distorce la luce. La musica polinesiana
gorgheggiante è molto piú chiara, qui. Comincia a salire su per Brainerd Road che termina alla linea metropolitana di Enfield. Forse Lenz
non riesce proprio a procedere dritto verso sud dopo una certa ora.

Il pendio non è adatto a chi porta scarponi da asfaltatore. Adesso Bruce Green, dopo la fase iniziale del primo periodo di Astinenza e di Disintossicazione che ti sembra di avere un topo impazzito nel cervello, è tornato al suo stato cerebrale normale di psicodepresso nel quale riesce a elaborare un pensiero completo ogni sessanta secondi, e uno solo alla volta, un pensiero solo, e ogni pensiero si materializza già pienamente sviluppato e rimane lí fermo e poi si scioglie di nuovo come un languido display a cristalli liquidi. Il suo consulente alla Ennet House, Calvin T., un tipo molto duro, si lamenta che ascoltare Green è come ascoltare un rubinetto che perde. Dice che Green non sembra sereno o distaccato ma del tutto spento, dissociato, e ogni settimana Calvin T. cerca di tirare fuori qualcosa da Green facendolo incavolare. Nel suo pensiero successivo Green si rende conto che anche se questa musica hawaiana odiosa sembrava venire da nord quando erano allo Allston Spur, diventa piú forte via via che si muove verso ovest verso lo zigzag di Cambridge Street di Enfield e l'ospedale St. Elizabeth. La Brainerd, tra Commonwealth Street e la Cambridge, è un'onda sinusoidale di colline spaccapolmoni che attraversa quartieri che Tiny Ewell chiama Zone Residenziali Depresse, file senza fine di case a tre piani ammassate l'una sull'altra con quelle piccole tristi differenze nell'architcttura che sembrano sottolineare un'essenziale identità, con i portici in rovina e le imbiancature con la psoriasi o i rivestimenti di alluminio con i foruncoli per i violenti sbalzi di temperatura, la spazzatura nei cortili e i piatti per terra e l'erba a chiazze e gli animali rinchiusi dietro le reti di recinzione e i giocattoli dei bambini sparsi come se fossero stati scaricati e gli eclettici odori di cibo e le tende e le veneziane con i disegni diversi l'uno dall'altro anche nelle finestre della stessa casa, perché queste vecchie case sono divise all'interno in appartamenti dove per esempio vivono gli studenti alienati della Boston University o famiglie spostate dal Canada o dalla Concavità o addirittura gli studenti ancora piú alienati del Boston College, o forse la maggioranza di questi affittuari sono tipi alla Green-e-Bonk ma piú giovani, tipo operai, di quelli a cui piacciono le belle feste in casa e hanno i poster dei Fiends In Human Shape o dei Choosy Mothers o degli Snout o dei Bioavailable Five[241] attaccati nel bagno e le luci nere in camera e le macchie dei cambi d'olio sul vialetto e buttano i piatti sporchi nel cortile e comprano i piatti nuovi da Caldor invece di lavarli e, a vent'anni, continuano a ingoiare Sostanze ogni sera e usano la parola *party* come verbo e mettono le casse dei loro stereo alle finestre dei loro appartamenti rivolte verso l'esterno, e alzano il volume al massimo per pura cattiveria da esaltazione perché hanno ancora ragazze con cui ubriacarsi e spararsi pa-

sticche in bocca o tirare su righe di coca da varie parti del loro corpo
nudo, e ancora si divertono a ubriacarsi di birra e farsi col bong e tirare su righe di Bing e vogliono divertirsi ogni sera dopo il lavoro, e
alzano al massimo il volume della musica. Gli alberi vuoti della strada hanno molti rami, sono un certo tipo di alberi, nel buio residenziale assomigliano a scope capovolte, Green non sa come si chiami-
no. Viene fuori che è stato spinto in direzione sudovest dalla musica
hawaiana che viene da qualche posto in questa zona intorno a Brainerd West, e Green cammina controcorrente verso quella che sembra essere la fonte del suono, affascinato e terrorizzato al tempo stesso. La maggior parte dei giardinetti è recintata con reti d'acciaio inossidabile, e cani occasionali uggiolano o piú frequentemente abbaiano
e ringhiano e saltano per difendere il loro territorio quando Green
passa al di là della recinzione, che trema all'impatto e le maglie della
rete sono ammaccate verso l'esterno dai precedenti impatti di altri
passanti. Il pensiero che lui non ha paura dei cani si sviluppa e si allontana nel mesencefalo di Green. La sua giacca scricchiola a ogni passo. La temperatura sta calando continuamente. I giardinetti recintati davanti alle case sono quelli con i giocattoli e le lattine di birra sparse dappertutto dove l'erba marrone cresce a ciuffi diseguali e le foglie
non sono state rastrellate e il vento le ha ammucchiate lungo la base
della recinzione e le siepi non sono potate e i cestini dei rifiuti sono
stracolmi e sotto i portici che stanno cedendo ci sono i sacchi della
spazzatura non chiusi perché nessuno ha pensato di portarli al cassonetto della Ewd all'angolo della strada e la spazzatura dai contenitori stracolmi viene portata via dal vento e si mescola alle foglie lungo
la base della recinzione e arriva anche nella strada e non viene mai
raccolta e alla fine diventa parte della composizione della strada. Per
esempio, una scatola di M&M senza noci si è come intagliata nel cemento del marciapiede sotto Green, ed è cosí sbiancata dagli elementi
atmosferici da diventare bianco-osso e si riesce a malapena a capire
che era una scatola di M&M. E, alzando lo sguardo dopo aver identificato la scatola di M&M, Green ora vede Randy Lenz. Green si è
imbattuto in Lenz, quassú sulla Brainerd, e lo vede camminare da solo con passo svelto davanti a Green, non vicino ma visibile sotto un
lampione funzionante a circa un isolato di distanza su per la salita della Brainerd. Non ha voglia di chiamarlo. La pendenza di questo isolato non è male. Ora è cosí freddo che il suo respiro è uguale, che fumi o no. I lampioni alti e curvi sembrano a Green le armi di quelle
astronavi marziane che sparavano il raggio della morte nella loro conquista del pianeta in una cartuccia antica della quale Tommy Doocy
non si stancava mai e sull'etichetta sulla scatola aveva scritto il tito-

lo *War of the Welles**. Da questo punto la musica hawaiana domina il paesaggio auricolare, ora, arriva da qualche parte piú su vicino a dove vede la schiena del cappotto di Lenz. Qualcuno ha messo sulle finestre le casse da cui viene la musica polinesiana, si sente bene. Un terribile suono di chitarra elettrica si gonfia nella strada scura e rimbomba sulla facciata opposta in rovina, sono Don Ho e i Sol Hoopi Players, il rumore delle gonnelline di paglia e delle onde del mare fa mettere le dita nelle orecchie a Green mentre si affretta verso la fonte della musica hawaiana, che è una casa a tre piani rosa o color acqua, con un abbaino al secondo piano e il tetto a tegole rosse con una bandiera blu e bianca da Boscaioli del Québec su un'asta che viene fuori da una finestra dell'abbaino, alle due finestre ci sono delle ottime casse Jbl rivolte verso l'esterno ai lati della bandiera, gli schermi sono stati tolti e si vedono i woofer sobbalzare come pance marroni che ballano l'hula-hoop, e inondano l'isolato 1700 di Brainerd West di terribili ukulele e percussioni di tronchi cavi. Comunque la punta delle dita nelle orecchie non fa altro che aggiungere alla musica lo scricchiolio delle pulsazioni di Green e il suono subacqueo del suo respiro. Figure con camicie di flanella o hawaiane e le collane di fiori si fondono dentro e fuori dalla luce dietro e sopra la casse sulle finestre con quella specie di caratteristico umidore del divertimento chimico di gruppo in cui la gente balla e ha rapporti sociali. Le finestre illuminate creano slanciati rettangoli di luce sul giardinetto, e il giardinetto è un porcile. Qualcosa nei movimenti di Randy Lenz piú avanti, quel camminare sulle punte dei piedi e le ginocchia alte come i cattivi del vaudeville, trattiene Green dal chiamarlo anche se fosse riuscito a farsi sentire sopra quello che per lui è un ruggito di sangue e respiro e Ho. Lenz si muove nel cono dell'unico lampione funzionante e si avvicina alla rete di acciaio inossidabile della stessa casa di Boscaioli e offre qualcosa a un cane della misura di una pecora Shetland il cui guinzaglio è attaccato per una carrucola a una cosa tipo filo per stendere di plastica fosforescente, e può muoversi. È freddo e l'aria è sottile e pungente e le dita nelle sue orecchie sono gelate, e le orecchie gli fanno male per il freddo. Green osserva, rapito a livelli che non credeva di poter raggiungere, lentamente attirato in avanti, e muove la testa da una parte all'altra per non perdere Lenz nella nebbia del suo respiro, senza chiamarlo, pietrificato. Green e Mildred Bonk e l'altra coppia che aveva diviso una roulotte con T. Doocy una volta avevano passato un periodo in cui si imbucavano sempre alle feste degli universitari e si

* Gioco di parole tra *The War of the Worlds* (*La guerra dei mondi*) di H.G. Wells e Orson Welles [*N.d.T.*].

mischiavano agli studenti dell'alta società, e una volta in febbraio Green si era trovato in un dormitorio della Harvard U. dove facevano una festa a tema e il tema era la Spiaggia, c'era almeno una camionata di sabbia sul pavimento della stanza e tutti avevano le collane di fiori e la pelle abbronzata con le creme o le lampade, e c'erano tutti quei ragazzi con i capelli corti e le camicie a fiori fuori dai pantaloni che parlavano senza muovere la mascella *noblest oblige* e bevevano drink con gli ombrellini dentro, e altri con i costumi Speedo e senza camicia e neanche l'ombra di un foruncolo del cazzo sulla schiena e facevano finta di fare surf su una tavola da surf che qualcuno aveva inchiodato a un'onda a ricciolo fatta di cartapesta blu e bianca con un motore dentro che la faceva come ondeggiare, e tutte le ragazze con il gonnellino di paglia scivolavano per la stanza cercando di ballare l'hula e mentre sculettavano gli si vedevano le cicatrici della Lipovac sulle cosce attraverso la paglia ancheggiante delle gonnelline, e Mildred Bonk si era vestita con una gonnellina di paglia e il pezzo di sopra di un bikini che aveva preso da un mucchio vicino ai barilotti della birra e anche se era quasi al settimo mese di gravidanza era slittata ancheggiando anche lei proprio nel centro dello swing della festa, ma Bruce Green si sentiva strano e fuori posto con la sua brutta giacca di pelle e i capelli che si era tinto di arancione con il gasolio durante un black-out e la toppa EAT THE RICH che aveva perversamente permesso a Mildred Bonk di cucirgli sull'inguine sui suoi pantaloni da poliziotto, e poi quando alla fine si erano stancati della sigla di *Hawaii Five-o* e avevano iniziato con i Cd di Don Ho e di Sol Hoopi, Green era stato cosí spiacevolmente affascinato e disgustato e paralizzato dalle canzoni polinesiane che si era messo su una sedia da spiaggia vicino ai barilotti della birra e si era messo a pompare birra e scolarsi un bicchiere di plastica dietro l'altro di schiuma di birra finché si era cosí ubriacato che il suo sfintere aveva ceduto e non si era solo pisciato, ma anche cacato nei pantaloni, era la seconda volta che gli succedeva, e in assoluto la prima volta in pubblico, e passò attraverso vari strati di vergogna e mortificazione, e dovette cercare amaramente rifugio nel bagno piú vicino e togliersi i pantaloni e pulirsi come un fottuto bambino, tenendo un occhio chiuso per essere sicuro che quello che vedeva era proprio lui, e poi non c'era nient'altro da fare con i pantaloni da poliziotto tutti insozzati se non aprire la porta del bagno e tirare fuori il braccio tatuato e nasconderli sotto la sabbia del salotto come se fosse la scatola del gatto, e poi naturalmente qualcosa si doveva mettere se voleva uscire dal bagno e dal dormitorio per tornare a casa, e allora dovette tenere un occhio chiuso e tirare fuori di nuovo il braccio dal bagno e allungarlo per raggiungere il mucchio di gonnelline di paglia e bikini e agguantare una gonnellina di paglia, e mettersela, e sgattaiolare fuori dal dormitorio hawaiano da una porta laterale senza che nessuno lo vedesse, e poi prendere la Linea Rossa e poi la C della Verde e poi un autobus fino a casa, di febbraio, con la sua brutta giacca di pelle e gli scarponi come quegli degli asfaltatori e la gonnellina di paglia, e la paglia gli saliva su in un modo orrendo, e aveva passato i tre giorni successivi senza mai uscire dalla roulotte nello Spur, con una depressione paralizzante di eziologia sconosciuta, sdraiato sul divano incrostato e macchiato di Tommy D. a bere Southern Comfort direttamente dalla bottiglia e guardare i serpenti di Doocy che non si erano mossi neanche una volta in tre giorni, nella loro vasca, e Mildred gli aveva urlato contro per due giorni ad altissimo volume prima di tutto per aver fatto l'asociale vicino al barilotto e poi per essersela filata e averla abbandonata a sette mesi passati in una stanza piena di sabbia e bionde anomiche abbronzate che dicevano cose cattive sui suoi tatuaggi e ragazzi strani che parlavano senza muovere la mascella e le chiedevano cose tipo dove andasse «in villeggiatura» e continuavano a darle consigli su fondi senza commissioni d'entrata e la invitavano di sopra a vedere le loro stampe di Dürer e dicevano di trovare le ragazze sovrappeso terribilmente attraenti nella loro sfida alle norme culturo-ascetiche, e Bruce Green stava là sdraiato con la testa piena di Hoopi e un dolore irrisolto e non diceva una parola e non era riuscito a elaborare un pensiero compiuto in tre giorni, e aveva nascosto la gonnellina di paglia sotto la balza del divano e piú tardi la strappò selvaggiamente in mille pezzi e sparpagliò i trucioli sulla marijuana idroponica che Doocy cresceva nella vasca, come fossero foglie secche. Lenz entra e esce varie volte dal fuoco della vista di Green mentre compie una dozzina di passi in *andante*, sempre davanti alla casa da rifugiati canadesi che ha attirato Green; Lenz tiene in mano una piccola lattina sopra un lato del cancello e fa sgocciolare qualcosa sul cancello e tiene in mano qualcos'altro che immediatamente attira la totale attenzione del cane. Per qualche ragione Green decide di guardare l'orologio. La corda rosa o arancione trema quando la carrucola del guinzaglio scorre e il cane si precipita incontro a Lenz dentro il cancello che ha appena aperto lentamente. Il cane enorme non sembra né amichevole né ostile nei confronti di Lenz, ma la sua attenzione è completamente impegnata. Il guinzaglio e la carrucola non lo potrebbero fermare se decidesse che Lenz è roba da mangiare. Sul dito di Green c'è della roba amara che aveva nell'orecchio, e lui non può fare a meno di annusarla. Senza pensarci ha lasciato l'altro dito infilato nell'altro orecchio. Ora è abbastanza vicino, nell'ombra di un camioncino fuori dalla piramide di luce al sodio del lampione, circa due case piú giú dalla fonte di quel suono orrendo che all'improvviso non si sente piú in una pausa tra alcuni pezzi del primo Ho *Don Ho: From Hawaii With All My Love*, e Green sente delle allegre voci baritonali canadesi, e anche le cantilene da bambino che Lenz ripete sottovoce «Vieni piccino canino bellino bellino» o roba simile, probabilmente dirette al cane, che si avvicina a Lenz con una specie di prudenza neutrale ma attenta. Green non ha idea di che tipo di cane sia, ma è grosso. Green non ha un ricordo visivo ma non può scordare i due suoni molto diversi l'uno dall'altro dei passi di suo padre, il defunto Sig. Green, che andava avanti e indietro nel salotto di Waltham, lo scricchiolio del sacchetto di carta intorno alla bottiglia che teneva in mano. Sono già passate le 2245h. Il guinzaglio del cane scorre fino in fondo sibilando e blocca il cane a un paio di passi dall'interno del cancello dove c'è Lenz che è leggermente piegato in avanti come se parlasse a un cane con le cantilene dei bambini. Green vede che Lenz tiene davanti a sé un pezzo quadrato e smangiucchiato del vecchio polpettone duro di Don G., e lo allunga verso il cane in tensione. Lenz ha lo sguardo intenso e vuoto di un uomo con i capelli corti e un contatore Geiger in mano. L'insopportabile musica di Ho ricomincia in quel modo improvviso dei Cd che fa accapponare la pelle. Green ha ancora un dito in un orecchio, e si sposta leggermente perché l'ombra del lampione non gli impedisca di vedere Lenz. La musica si gonfia e rimbomba. I Boscaioli hanno alzato molto il volume di *My Lovely Launa-Una Luau Lady*, una canzone che ha fatto sempre venire voglia a Green di mettere il capo fuori dalla finestra. La parte strumentale sembra un'arpa che abbia preso l'acido. Le percussioni sui tronchi cavi sembrano il cuore di qualcuno terrorizzato all'estremo. Green si immagina di veder vibrare le finestre della casa di fronte per la vibrazione orrenda. Ora Green riesce a fare piú di un ragionamento al minuto, il cigolio della ruota del topino comincia a mettersi in moto dentro di lui, in profondità. Il brivido ondulatorio è una chitarra che riempie la testolina del piccolo Bruce di sabbia bianca e di pancini che ondeggiano e teste che sembrano palloni sponsorizzati della parata per il Nuovo Anno, enormi teste mollicce lucide gonfie raggrinzite sogghignanti che annuiscono e sobbalzano mentre si gonfiano lentamente e assumono la forma di teste giganti, piegate in avanti, e tendono le corde che le tengono ferme. Green non ha piú guardato una parata del Nuovo Anno da quella dell'Anno dei Cerotti Medicati Tucks, che era stata oscena. Green è abbastanza vicino per vedere che la casa dei Boscaioli hawaianizzati è al numero 412 di Brainerd West. Ci sono macchine da operai e 4x4 e camioncini parcheggiati lungo tutta la strada, mal parcheggiate e in fretta come quando si va a una festa, alcune con targhe canadesi. Ci sono anche adesivi fleurs-de-lis e slogan in canadese attaccati ai finestrini. Una vecchia Montego è parcheggiata di fronte al 412 in un modo minaccioso, con due ruote sul marciapiede e una collana di fiori appesa all'antenna, e le ellissi di scoloritura pallida nella vernice del cofano fanno capire che il motore è stato tirato al massimo e che il cofano si è surriscaldato; Lenz è appoggiato con un ginocchio a terra, ha spezzettato un po' del polpettone e lo ha buttato per terra nel raggio del guinzaglio. Il cane ci arriva sopra e abbassa la testa sulla carne. Si sente il rumore distinto del polpettone di Gately masticato insieme al ruggito gorgheggiante della musica tremenda. Lenz adesso si alza e i suoi movimenti fluidi nelle diverse tonalità d'ombra del giardinetto sembrano quelli di uno spettro. Nella finestra illuminata piú lontana dalla bandiera floscia si vedono ragazzi massicci con la pelle scurita dall'aria aperta e la barba e le camicie vistose che passano avanti e indietro schioccando le dita a braccia basse e donne ricoperte di fiori a rimorchio. Molte teste sono piegate all'indietro e attaccate alle bottiglie di Molson. La giacca di Green scricchiola mentre cerca di respirare. Il serpente era saltato fuori dalla scatola di latta con un suono tipo: *spronnnnng*. Sua zia nel posticino dove facevano colazione a Winchester, nella luce accecante di un mattino d'inverno, che cerca di fare un gioco enigmistico. Le due finestre dell'abbaino sono per metà bloccate dai rettangoli sobbalzanti delle casse Jbl. Green è uno di quelli che riconoscono da lontano un altoparlante Jbl e una bottiglia del verde-Molson.

Un ragionamento sensato e coerente: la voce di Ho ha le stesse proprietà di un *unguento*.

Se ora una della teste irsute dei Boscaioli che si vedono dalle finestre si spostasse e guardasse fuori nel giardinetto, forse riuscirebbe a vedere Lenz che deposita un altro pezzo di polpettone di fronte all'animale e tira fuori qualcosa che tiene vicino alla spalla sotto il cappotto mentre si muove fluido e furtivo dietro il cane aggirandolo, e mette l'ultimo pezzo di carne per terra di fronte al cane; il grosso cane abbassa la testa, si sente lo sgranocchio dei cornflakes con cui Don ha ricoperto la carne e il rumore stupido del cane che mangia sempre la carne che gli viene messa davanti. Il braccio sbuca fuori da sotto il cappotto e si alza con qualcosa che luccicherebbe se la luce nel giardinetto della finestra arrivasse fino a lí. Bruce Green continua a cercare di sventolare via il suo respiro. Il bel cappotto di Lenz copre i fianchi del cane mentre Lenz afferra con una mano la collottola della bestia piegata in avanti e la tira a sé con uno strappo potente che fa sollevare l'animale sulle zampe posteriori mentre con le anteriori graffia freneticamente l'aria, e il mugolio del cane fa affacciare alla finestra illuminata una figura con la camicia di flanella. Green non pensa neanche ad avvertire Lenz dal

punto buio in cui si trova, e la scena si ferma per un istante con il cane sollevato e Lenz dietro di lui, che abbassa con forza la mano sulla
gola del cane. Si vede un arco senza luce schizzare via dal punto in
cui è passata la mano di Lenz; l'arco schizza il cancello e il marciapiede di fuori. La musica si gonfia senza sosta ma Green sente Lenz
dire con grande enfasi qualcosa che gli sembra «Come ti *permetti*»,
mentre lascia cadere a terra il cane nel giardinetto; nello stesso momento
si sente la voce molto acuta di un uomo venire dalla figura apparsa alla finestra e il cane cade per terra su un fianco con il rumore
sordo di un sacco di 32 chili di cubetti di ghiaccio Party-Size Cube-
lets, con tutte e quattro le zampe che si muovono a vuoto, la superficie scura del prato che si annerisce in una curva pulsante davanti alle fauci del cane che si aprono e si chiudono. Green è uscito istintivamente dall'ombra del camioncino e cammina verso Lenz e ora pensa
e si ferma tra due alberi di fronte al 416 e vorrebbe chiamare Lenz e
prova quella afasia strangolata che la gente sperimenta nei brutti sogni, e allora si ferma fra i tronchi degli alberi con un dito infilato in
un orecchio, a guardare. Il modo in cui Lenz sta sopra il grosso cane
è come uno che torreggia su un bambino punito, dritto e sprizzante
autorità, e il momento si distende immobile finché si sente il cigolio
di una finestra che si apre e si scontra con Ho e con il rumore scarno
di scarponi da Boscaiolo che si precipitano giú dalle scale dentro il
412. Lo scapolo strambo ma socievole che abitava accanto a sua zia
aveva due bei grossi cani, e tutte le volte che Bruce passava davanti
alla casa le loro unghie grattavano il legno del portico di fronte e i cani correvano con le code ritte fino alla recinzione anodizzata quando
Bruce si avvicinava, e saltavano ed era come se volessero giocare con
le zampe alla rete metallica, eccitati nel vederlo. Solo a vederlo. Il
braccio di Lenz con il coltello si è alzato di nuovo e non luccica alla
luce del lampione mentre Lenz si appoggia alla rete per saltare dall'altra parte e darsela a gambe su per la salita di Brainerd Rd. in direzione sudovest verso Enfield, i suoi mocassini fanno sul selciato un
rumore come di qualità, e il suo cappotto aperto si riempie come una
vela. Green indietreggia fino a mettersi dietro un albero mentre figure corpulente con le camicie di flanella e le ghirlande di fiori che
perdono i petali, borbottando in una lingua straniera che senza dubbio è canadese, un paio di loro con gli ukulele, si precipitano fuori come formiche sul portico malandato e poi nel giardinetto, e chiac-
chierano tra di loro, qualcuno si inginocchia vicino alla sagoma del
cane morto. Un tipo con la barba cosí immenso che la camicia hawaiana sembra stargli stretta ha raccolto il sacchettino con il polpettone.
Un altro tipo stempiato raccoglie dall'erba scura qualcosa che sembra

un bruco bianco e lo tiene delicatamente tra pollice e indice, e lo osserva. E un altro enorme tipo con le bretelle lascia cadere a terra la sua birra e tira su il cane flaccido e il corpo della bestia gli si distende tra le braccia con la testa indietro come fosse una ragazza svenuta, e gocciola e una zampa gli si muove ancora, e non si capisce se il ragazzo grida o canta. Il primo Boscaiolo grosso con il sacchettino si mette le mani alla testa per dimostrare il suo turbamento mentre lui e altri due Boscaioli corrono goffamente verso la Montego. Una luce al primo piano della casa dall'altra parte della Brainerd si accende e illumina da dietro una figura con una specie di vestito seduta su una sedia a rotelle di metallo posta lateralmente vicino alla finestra in quel modo in cui si mettono le sedie a rotelle quando ci si vuole avvicinare a qualcosa, e guarda attentamente la strada e il giardinetto pieno di Boscaioli. Sembra che la musica hawaiana sia stata spenta, ma non all'improvviso, non è come se qualcuno l'abbia spenta a un tratto. Green si è ritirato dietro un albero e lo abbraccia con un braccio solo. Una ragazza grossa con una orribile gonnellina di paglia dice molte volte «Dyu!» Ci sono oscenità e frasi stereotipate tipo «Fermo!» e «Eccolo!» e viene indicato qualcosa. Molti ragazzi inseguono Lenz lungo il marciapiede, ma hanno gli scarponi, e Lenz ha un bel vantaggio e ora scompare perché taglia a sinistra e scompare in una stradina o in un grosso vialetto, anche se si sente ancora il rumore delle sue belle scarpe. Uno dei ragazzi addirittura scuote il pugno mentre lo insegue. Sembra che la Montego abbia dei problemi con la marmitta e scende dal marciapiede con un tonfo sordo e disegna due parentesi sulla strada mentre sterza professionalmente di 180 gradi e parte come un razzo in direzione di Lenz, è una macchina bassa e veloce e senza fronzoli, e l'allegra ghirlanda di fiori attaccata all'antenna assume la forma di una ellissi e lascia una scia di petali bianchi che ci mettono un secolo prima di cadere a terra. Green pensa che il suo dito potrebbe essersi congelato dentro l'orecchio. Dai gesti non sembra capire che pensino all'esistenza di un complice. Non c'è nessuna prova che stiano cercando un'altra persona colpevole di aver preso parte all'azione. Un'altra figura su una sedia a rotelle è apparsa alla finestra dall'altra parte della strada, proprio dietro e alla destra della prima figura, e tutte e due possono vedere Green appoggiato contro l'albero con la mano all'orecchio, che sembra ricevere comunicazioni da un auricolare. I Boscaioli stanno ancora girando nel giardinetto in un modo indescrivibilmente straniero, mentre il Boscaiolo con il cane morto in braccio cammina barcollando e dice qualcosa verso il cielo. Green ormai conosce perfettamente l'albero, schiacciato com'è sul suo lato sottovento, e respira sulla corteccia perché il suo respiro non sia visibile mentre fluttua via dall'albero, e identificabile come il respiro di un complice.

Il diciannovesimo compleanno di Mario Incandenza sarà mercoledí 25 novembre, il giorno prima del Ringraziamento. La sua insonnia peggiora con l'entrare nella terza settimana dello iato di Madame Psychosis e il tentativo della Wyyy di riproporre la povera Miss Diagnosis, che ha iniziato una lettura in latino della Rivelazione di Giovanni che è cosí imbarazzante da farti sentire in pena per lei. Per un paio di notti Mario cerca di addormentarsi nel salotto della CdP con la Wods, una stazione Am che trasmette narcotizzanti arrangiamenti orchestrali di vecchie canzoni dei Carpenters. Il che rende le cose ancora piú difficili. È strano sentire che ti manca qualcuno che forse non conosci neanche.

Si è fatto una brutta bruciatura al bacino appoggiandosi a una pentola di acciaio bollente mentre parlava con la Sig.ra Clarke. Ha il bacino fasciato con le bende sotto i vecchi pantaloni di velluto di Orin, e si sente un risucchiante suono di pomata quando cammina, la notte tardi, perché non riesce a dormire. Questa sua invalidità, che non venne neanche definitivamente diagnosticata finché Mario non compí i sei anni e Orin gli tatuò una spalla con la spirale rovente di uno scalda-acqua a immersione, è chiamata Disautonomia Familiare, un problema neurologico a causa del quale non riesce a sentire bene il dolore fisico. Un sacco di ragazzini dell'Eta scherzano e gli dicono che vorrebbero avere lo stesso problema, e anche Hal certe volte prova una punta d'invidia per questa sua condizione, ma questo suo problema è una vera rottura ed è anche molto pericoloso, vedi per esempio la bruciatura sul bacino, della quale nessuno si era reso conto fino a che la Sig.ra Clarke non aveva pensato di aver bruciato le melanzane.

Nella CdP si sdraia sul materasso ad aria tutto avvolto in una coperta di piume d'oca vicino al bordo della luce violetta per le piante, con il vento che fa tintinnare la grande finestra a est, e ascolta i violini burrosi e una specie di cetra. Certe volte si sente un grido acuto e prolungato che viene da sopra, dalle stanze di C.T. e della Mami. Mario ascolta attentamente per cercare di capire se, quando il grido s'interrompe, Avril inizia a ridere o a urlare. Lei ha dei terrori notturni, che sono come gli incubi ma peggio e colpiscono in genere i bambini piccoli ma anche gli adulti che cenano subito prima di andare a letto.

Per le preghiere della notte Mario impiega quasi un'ora e a volte di piú, e non le considera un compito ingrato. Non s'inginocchia; è piú come una conversazione. E Hal ha appurato che non è pazzo, non è che sente le voci o qualcuno che gli risponde.

Hal gli aveva chiesto quando avrebbe ricominciato a dormire con lui nella loro stanza, il che aveva fatto piacere a Mario.

Continua a cercare di immaginare Madame Psychosis – che lui si immagina molto alta – sdraiata e sorridente su una sedia da spiaggia misura Xl, zitta per giorni interi, a riposare. Ma la cosa non funziona bene.

Non capisce se Hal è triste. Sta diventando sempre piú difficile per lui leggere gli stati d'animo di Hal o capire se è su di morale. Questo lo preoccupa. Un tempo riusciva a sapere preverbalmente nel suo stomaco dove fosse Hal e cosa stesse facendo, anche se Hal era lontano a giocare e Mario da un'altra parte, e adesso non ci riesce piú. Lo sente. Questo lo preoccupa e si sente come se in un sogno avesse perduto qualcosa di importante e non riesce a ricordarsi cosa fosse ma sa che era importante. Mario ama Hal cosí tanto che gli fa battere forte il cuore. Non c'è neanche bisogno di chiedersi se sia cambiato lui o suo fratello perché Mario non cambia mai.

Non aveva detto alla Mami che andava a fare due passi quando era uscito dal suo ufficio dopo il colloquio: in genere Avril cerca sempre di non essere invadente ma di dissuadere Mario ad andare a spasso di notte, perché di notte lui non ci vede bene, e le zone intorno alla collina dell'Eta non sono le migliori, e non c'è dubbio che Mario sarebbe una facile preda per chiunque, da un punto di vista fisico. E, anche se una conseguenza della Disautonomia Familiare è una relativa assenza di paura per il dolore fisico[242], Mario si aggira in un'area piuttosto limitata durante le sue camminate insonni, per deferenza verso la preoccupazione di Avril[243]. Certe volte si ritrova a girellare nei terreni dell'Enfield Marine in fondo alla parte est della collina perché là è quasi tutto recintato, i terreni sono recintati, e conosce un paio di Funzionari di Sicurezza dell'Em da quando suo padre li fece interpretare dei poliziotti nel suo *Digita C per Concupiscenza*; e gli piace stare nella zona dell'Em di notte perché la luce che viene dalle finestre delle case di mattoni è la luce gialla delle lampadine[244] dentro le case e vede la gente ai pianterreni che gioca a carte o parla o guarda il Tp. E gli piacciono le facciate di mattoni imbiancate di calce anche quando non sono tenute bene. E dalle finestre vede che un sacco di persone nelle case di mattoni hanno problemi e sono tutte storte e stanno sdraiate su un lato o sono ripiegate in due, e lui sente il suo cuore toccare il mondo attraverso loro, il che fa bene all'insonnia. La voce di una donna che chiede aiuto senza particolare urgenza – non come le grida che vogliono dire che la Mami ride o grida, di notte – arriva da una finestra buia in alto. E dall'altra parte della stradina, che è piena di macchine che tutti devono spostare alle ooooh,

c'è la Ennet House, la cui Direttrice è una disabile e si era fatta installare una rampa per la sedia a rotelle e ha invitato due volte di giorno
Mario a entrare per offrirgli una Millennial Fizzy Senza Caffeina, e a
Mario piace quel posto: è affollato e rumoroso e sui mobili non c'è la
protezione di plastica, ma nessuno fa caso agli altri o fa commenti sulla disabilità altrui e la Direttrice è carina con le persone e le persone
piangono di fronte a tutti. Dentro c'è puzzo di posacenere, ma Mario
si è sentito bene tutte e due le volte che è stato alla Ennet House perché è un posto vero; le persone piangono e fanno rumore e diventano
meno infelici, e una volta ha sentito qualcuno che diceva *Dio* con la faccia seria e nessuno lo ha guardato o ha abbassato lo sguardo o ha sorriso in qualche modo che potesse far trasparire preoccupazione.

I visitatori non possono rimanere dopo le 2300h, però, perché alla Ennet c'è il Coprifuoco, e Mario si limita a camminarci davanti sul
marciapiede sconnesso e guarda quella gente dalle finestre del piano
terra. Tutte le finestre sono illuminate e alcune sono leggermente aperte, e si sente il rumore di quando uno sta fuori da una casa piena di
gente. Da una delle finestre del piano di sopra che si affacciano sulla
strada si sente una voce dire «Dammelo qui, dammelo qui». Qualcuno sta piangendo e qualcun altro sta o ridendo o tossendo forte. Dalla finestra della cucina viene la voce di un uomo irritabile che dice
qualcosa a qualcun altro che ha appena detto una cosa tipo «Allora
mettiti una dentiera», e poi varie imprecazioni. A un'altra finestra
del piano di sopra, vicino alla rampa per i disabili e alla finestra della cucina dove il terreno è molle abbastanza per sopportare bene la
pressione di uno sprone, a quella finestra di sopra c'è per tenda una
bandiera che si gonfia e un vecchio adesivo mezzo grattato attaccato
al vetro che dice ONE DAY A in corsivo, e Mario si immobilizza al suono quieto ma inconfondibile della registrazione di una trasmissione
di *Piú o meno sessanta minuti con Madame Psychosis*, che Mario non
ha mai pensato di registrare perché non gli sembrava giusto ma è stranamente colpito dal fatto che alla Ennet ci sia qualcuno a cui piacesse cosí tanto da pensare di registrarla e riascoltarsela. Dalla finestra
con la bandiera che si gonfia al posto della tenda viene una delle trasmissioni vecchie, dell'Anno del Wonderchicken, l'anno inaugurale
di Madame, quando certe volte lei parlava per tutta l'ora e aveva ancora uno strano accento. Un forte vento da est spinge all'indietro i
capelli sottili di Mario. È inclinato a 50°. Una ragazza molto femminile con un cappottino di pelliccia e un paio di blue jeans apparentemente molto scomodi e le scarpe alte passa ticchettando sul marciapiede e sale la rampa per entrare dalla porta sul retro della Ennet senza dar segno di aver visto qualcuno con una testa veramente enorme

che sta in piedi appoggiato a uno sprone sul prato fuori dalla finestra
della cucina. La signora si era truccata cosí tanto da sembrare brutta,
ma la scia del suo passaggio aveva un buon odore. Per qualche motivo Mario sentiva che anche la persona dietro la bandiera alla finestra
era una femmina. Mario pensa che forse potrebbe anche prestare i
suoi nastri a un altro appassionato ascoltatore. Sulle questioni di etichetta si consulta sempre con Hal che sa tutto ed è incredibilmente
intelligente. Quando pensa a Hal gli batte il cuore e gli si corruga la
spessa pelle sulla fronte. Sicuramente Hal saprà come si fa con i nastri di trasmissioni registrate. Forse questa signora possiede piú di un
nastro. Questo è una trasmissione del primo anno di *+ o − sessanta
minuti*, quando Madame aveva ancora un leggero accento e durante
la trasmissione parlava spesso come se stesse parlando a una persona
sola o a un solo personaggio molto importante per lei. La Mami gli
aveva spiegato che se non sei pazzo, allora parlare a qualcuno che non
c'è viene chiamato *apostrofe* ed è una forma d'arte. Mario si era innamorato di Madame Psychosis fin dai primi programmi perché gli
sembrava di ascoltare una persona triste che leggeva a voce alta le lettere ingiallite che aveva tirato fuori da una scatola da scarpe durante
un pomeriggio piovoso, roba di cuori spezzati e gente amata che muore e dolore americano, roba vera. È sempre piú difficile trovare arte
che riguardi le cose vere. Piú passano gli anni e piú diventa difficile
per Mario capire come mai tutti quelli che all'Eta sono piú grandi di
Ken Blott si trovano a disagio e si sentono imbarazzati di fronte alle
cose vere. È come se esistesse una regola per cui le cose vere possono
essere nominate solo se si roteano gli occhi o si ride come scemi. La
cosa piú terribile che gli è successa oggi è stata a pranzo quando Michael Pemulis ha detto a Mario che gli era venuto in mente di mettere su un numero di telefono per atei e far sí che, quando un ateo fa il
numero, il telefono continua a suonare e nessuno risponde. Era una
barzelletta divertente, e Mario l'aveva capita; la cosa spiacevole era
che Mario era stato l'unico di tutto il tavolo che aveva fatto una risata felice; tutti gli altri avevano abbassato lo sguardo, come se avessero riso di un disabile. A Mario questa cosa proprio non tornava, e
non era riuscito a capire le risposte di Lyle quando aveva cercato di
chiarirsi le idee. E anche Hal questa volta non gli era stato d'aiuto,
perché Hal era sembrato ancora piú imbarazzato degli altri, a pranzo, e quando Mario tirava fuori le cose vere Hal lo chiamava Booboo
e si comportava come se lui se la fosse fatta sotto e Hal dovesse avere la pazienza di aiutarlo a cambiarsi.

Tutto a un tratto molte persone arrivano dal buio e si dirigono
verso la Ennet per il Coprifuoco. Sembrano tutti impauriti ma fanno

lo sguardo duro per fingere di non essere timidi. Gli uomini tengono
le mani nelle tasche dei cappotti e le donne con le mani si chiudono i
cappotti sul collo. Un ragazzo giovane, che Mario non ha mai visto
prima, lo vede lottare con lo sprone e lo aiuta a sbloccarlo e a rimetterlo nel suo zainetto. Quel poco di aiuto che fa la differenza. All'improvviso Mario ha talmente sonno che non sa se riuscirà a salire su
per la collina per arrivare a casa. Le musiche che Madame Psychosis
usava all'inizio della sua carriera sono esattamente le stesse che usava alla fine, il che sembra inaccettabile se lei non c'è più.

Comunque l'inclinazione in avanti di Mario è perfetta per fare le
salite. L'unguento all'inguine fa rumore ma non gli fa male. Nella
grande finestra sporgente dell'ufficio della Direttrice della Ennet
House, quella che dà sulla Avenue e le rotaie del treno e il lindo negozio di alimentari Ngs. Father and Son, dove dànno il tè giallo a Mario quando li va a trovare al mattino e fa freddo, l'ultima cosa che
Mario riesce a vedere prima che gli alberi della collina si chiudano
dietro di lui e riducano la Ennet House a macchia frammentata di luce gialla è un ragazzo con la testa grossa e squadrata chino su qualcosa che sta scrivendo alla scrivania nera della Direttrice, si tiene in bocca un'estremità della penna ed è scomodamente ingobbito con un
braccio piegato intorno a quello che sta scrivendo, come un ragazzino lento su un compito in classe di Latino al Rindge.

Le mansioni serali dello Staff residente sono divise abbastanza
equamente tra quelle semplici e quelle sgradevoli. Qualcuno deve andare agli incontri per controllare la presenza dei residenti, mentre qualcuno deve perdersi l'incontro serale per rimanere di guardia alla Ennet vuota e per rispondere al telefono e compilare il Registro Giornaliero. Quando tornano dagli incontri, Gately deve fare la conta ogni
ora e compilare il Registro delle Entrate su chi c'è e che cosa è successo. Gately deve fare la Ricognizione dei Lavori di Routine e il Registro delle Entrate e la Valutazione dei Lavori di Routine e deve assegnare i Lavori di Routine per il giorno dopo sulla scheda settimanale. Ai residenti bisogna sempre dire in anticipo tutto quello che devono
fare cosí non possono lamentarsi quando gli viene affibbiato qualcosa. Poi a quelli che non hanno fatto il loro dovere con i Lavori di Routine viene detto che sono in Restrizione per una settimana, il che può
essere molto spiacevole. Gately deve aprire gli armadi chiusi a chiave
di Pat e prendere la chiave dell'armadietto dei medicinali e aprire con
la chiave l'armadietto dei medicinali. I residenti che sono sotto farmaci rispondono al rumore dell'apertura dell'armadietto dei medicinali come i gatti al rumore di un apriscatole. Si materializzano. Ga-

tely deve dispensare insulina orale e medicine antivirali e medicine per i brufoli e antidepressivi e litio ai residenti che si materializzano per le medicine, e poi deve registrare tutto sul Registro Medico, e il Registro Medico è un casino incredibile. Deve tirare fuori l'agenda settimanale di Pat e trascrivere tutti i suoi appuntamenti per il giorno dopo su un foglio di carta in stampatello, perché Pat non riesce a leggere la propria scrittura subito dopo che l'ha scritta. Gately deve consultarsi con Johnette Foltz su come si sono comportati i residenti al Condividi e Compatisci di St. E. o al Byp di Brookline o alla Sezione Femminile degli Na giú a East Cambridge dove hanno mandato un paio di donne piú anziane, e poi deve Registrare tutti i dati. Gately deve salire su e controllare cosa succede a Kate G., che aveva detto di sentirsi troppo male stasera per andare dagli Aa ed è rimasta tre giorni a letto nella sua stanza, a leggere un libro di una che si chiama Sylvia Plate. Salire dalla parte delle scale delle donne è una scocciatura incredibile perché deve aprire con la chiave una gabbietta di acciaio in fondo alle scale vicino all'ufficio sul retro dove c'è un bottoncino e premere il bottone per far suonare un campanello al piano di sopra e urlare «Uomo in arrivo al piano» e poi dare alle donne residenti tutto il tempo di cui hanno bisogno per rendersi presentabili prima che lui salga. Salire al piano di sopra è stato educativo per Gately perché aveva sempre pensato che le stanze delle donne fossero fondamentalmente piú pulite e gradevoli di quelle degli uomini. Dover verificare il Lavoro di Routine nei due bagni delle donne ha infranto la sua convinzione che le donne non andassero al bagno con lo stesso terribile vigore degli uomini. Gately aveva dovuto occuparsi di pulire il bagno di sua madre, ma non aveva mai pensato a lei come a una donna. E cosí una cosa spiacevole è diventata educativa.

Gately deve controllare Doony Glynn, che soffre periodicamente di diverticolite e deve stare sdraiato in posizione fetale sulla sua brandina quando gli viene un attacco e gli deve portare il Motrin e un frullato con lo Slimfast che Gately ha dovuto fare con il latte al 2 per cento perché non c'era piú latte scremato, e poi cracker della Food Bank e un'acqua tonica dalla macchinetta nel sottosuolo quando Glynn non può bere il frullato al 2 per cento, e poi deve Registrare i commenti e le condizioni di Glynn, nessuno dei quali è buono.

Qualcuno si è fatto quella sbobba disgustosa marshmallowesca con i Rice Krispies in cucina e non ha pulito prima di andare via, e Gately deve andare in giro e scoprire chi è il responsabile e portarlo a pulire tutto, e tra i residenti c'è un codice d'onore cosí rigido per chi fa la spia che tutto a un tratto sembra che Gately sia uno della Narcotici. Tutti i giorni sprofondi fino alla vita nelle stesse cazzate che piú che fastidiose sono stressanti, e ti succhiano l'anima; un doppio turno qui lo fa sentire completamente vuoto prima dell'alba, giusto in tempo per andare a pulire la merda vera. Non era stato cosí all'inizio, il fatto che ti succhiano l'anima, e Gately ogni due minuti continua a chiedersi cosa farà quando il suo anno nello Staff sarà finito e gli avranno succhiato tutta l'anima e sarà sobrio ma senza soldi e senza scopo e dovrà andarsene e fare di nuovo qualcosa Là Fuori.

Quando aveva suonato ed era andato al piano di sopra nella Stanza da 5 delle Donne, Kate Gompert aveva fatto un commento obliquo sul farsi del male[245], e in questi casi Gately deve chiamare Pat a casa, e lei o è fuori o non risponde, e allora ha dovuto chiamare l'Amministratrice della Ennet e riportare il commento verbatim e farlo interpretare a lei e farsi dire come si deve comportare e che tipo di relazione ha il commento con il Contratto di Suicidio della Gompert e come dovrebbe Registrare tutta questa faccenda. Una residente della Ennet si era impiccata a una tubatura del riscaldamento nel sottosuolo un paio di anni prima che Gately arrivasse, e adesso c'erano delle procedure barocche per individuare intenzioni simili tra i residenti con problemi psichici. Il numero del 5-Est al St. Elizabeth è su un cartoncino rosso nella Rolodex di Pat.

Gately deve riunire tutti i rapporti dei consulenti della settimana precedente e confrontarli e mettere insieme le cartelle dei residenti e aggiornare e inserire eventuali cambiamenti nelle cartelle per il Meeting di Tutto il Personale di domani, nel quale lo Staff si riunisce nell'ufficio di Pat e si interfaccia su come sta andando. I residenti sanno bene che i loro consulenti praticamente fanno la spia su tutto a ogni meeting del personale, e perciò ogni sessione tende a essere cosí incredibilmente noiosa che solo gli ex pazienti molto grati alla Ennet sono disponibili a fare da consulenti. Il riorganizzare le schede è una noia, e a Gately non piace usare il Tp che si trova nel retro dell'ufficio di Pat per stampare tutta quella roba, soprattutto perché ogni suo dito copre tre tasti della tastiera e deve premere su ogni tasto con la punta della penna facendo molta attenzione, e certe volte si dimentica di tappare la penna, e allora lascia dei freghi blu sui tasti e l'Amministratrice della Ennet gli rompe sempre le palle per quello.

E Gately deve tenere i residenti nuovi dentro l'ufficio per lo meno per un paio di minuti per vedere come stanno andando e perché capiscano che qui sono trattati come esseri umani, cosí che non si fondano con il decoro del salotto e scompaiano. Il ragazzo piú nuovo è ancora seduto dentro l'armadio della biancheria e dice che sta piú comodo là dentro con la porta aperta che da qualsiasi altra parte e la nuova Amy Johnson «l'indifesa» non è ancora tornata. Una donna appena mandata lí dal Tribunale, Ruth Van Cleve, che sembra una di quelle persone che vedi nelle foto sulle carestie in Africa, deve riempire le schede di Ammissione e sbrigare le procedure di Orientamento, e Gately le recita tutte le regole della Ennet e le dà una copia della Guida per la Sopravvivenza della Ennet House, che alcuni residenti avevano scritto per Pat molti anni fa.

Gately deve rispondere al telefono e dire alle persone che chiamano l'ufficio per parlare con un residente che i residenti possono ricevere telefonate solo sul telefono a pagamento nel sottosuolo che, deve ammettere, è quasi sempre occupato. La Ennet proibisce l'uso di telefoni cellulari e ha un Limite per quanto riguarda il telefono d'ufficio per i residenti. Gately deve farli smettere quando gli altri residenti in fila vengono da lui e si lamentano che la telefonata ha superato i suoi cinque minuti. Anche questo compito è piuttosto spiacevole: il telefono a pagamento là sotto è non-digitale e non si può interrompere la comunicazione ed è una fonte costante di seccature e discussioni; ogni conversazione è una questione di vita o di morte; c'è sempre aria di crisi là sotto. Esiste un modo speciale per buttare fuori qualcuno da un telefono a pagamento, un modo rispettoso e non umiliante, ma allo stesso tempo deciso. Gately è diventato molto bravo ad assumere un'espressione vuota ma non passiva quando i residenti sono scorretti. Quelli dello Staff coltivano questa espressione di stanca esperienza che poi devono togliersi dalla faccia quando non sono di turno. Gately è diventato cosí stoico davanti agli abusi che i residenti devono collegare il nome di Gately ad atti contronatura perché lui Registri l'Abuso e li metta in Restrizione. È rispettato e amato da quasi tutti i residenti, e questo genera qualche preoccupazione nel personale anziano, dice la Direttrice della Ennet, perché il compito di Gately non consiste nell'essere sempre amico di queste persone.

Poi eccolo di nuovo in cucina dove c'era ancora il casino delle ciotole e i tegami sporchi di Krispies e Wade McDade e altri residenti erano lí ad aspettare che alcune cose cuocessero o bollissero e McDade si spingeva cosí in su la punta del naso che le narici erano totalmente visibili. Aveva la faccia di un maiale e guardava tutti e chiedeva a tutti se conoscevano qualcuno che avesse un naso in quel modo, e alcuni dicevano di sí, certo, perché? Gately guardò nel frigo e trovò di nuovo la prova che il suo polpettone speciale aveva un ammiratore segreto, almeno cosí sembrava, questa volta un grosso rettangolo era stato portato via dagli avanzi e avvolto con cura sul ripiano piú solido dentro il frigo. McDade, che Gately vorrebbe picchiare tutti i giorni e farci rimanere solo gli occhi e il naso in cima ai suoi stivali da cow-boy, McDade sta dicendo a tutti che sta mettendo insieme una Lista di Gratitudine su suggerimento di Calvin T., e dice di aver deciso che una delle cose per le quali si sente grato è che il suo naso è fatto cosí. Gately cerca di non giudicare sulla base di chi ride e chi no. Quando il telefono di Pat suona e Gately se ne va, Mc-Dade si sta schiacciando il labbro di sopra con la mano e chiede se qualcuno ha mai sentito parlare della palatoschisi.

È come se Gately dovesse controllare il barometro emozionale della Ennet e mettere un dito bagnato al vento per i potenziali conflitti e problemi e chiacchiericci. Un'arte sottile in questo campo è mantenere l'accesso alla fonte dei pettegolezzi dei residenti e tenersi al di sopra dei chiacchiericci senza far sembrare che vuoi spingere un residente a fare la spia su un altro residente. La sola cosa per la quale un residente viene incoraggiato a fare la spia su un altro residente è quando qualcuno prende una Sostanza. Tutti gli altri problemi sono di competenza dello Staff, che deve riuscire a decodificare le infrazioni reali nella marea di malignità e stronzate che riescono a partorire 20 e + persone di strada annoiate e costrette a vivere tutte insieme. Chiacchiericci sul fatto che il tale ha sniffato tale cosa sul divano alle 0300h, che quello là ha un coltello, che X stava usando una specie di codice sul telefono a pagamento, che Y ha di nuovo un cercapersone, che il tale prende scommesse sul football nella Stanza da 6 degli Uomini, che la Belbin aveva fatto credere a Diehl che avrebbe pulito tutto se lui avesse fatto i Krispies e poi lei se l'era svignata eccetera. Quasi tutte queste cose sono stronzate e, dopo un po' di tempo, sono anche noiose.

Raramente ha provato un tale sentimento di pura e semplice tristezza – solo un'improvvisa perdita di speranza. Inoltre c'è il disgusto che lui riesce a celare cosí bene con la gentilezza e le attenzioni durante il periodo postcoitale di rumorini e aggiustamenti.

Orin riesce solo a dare piacere, mai a riceverne, e questo fa pensare a un numero disgustoso di loro che sia un amante meraviglioso, quasi un amante da sogno; e questo accentua il suo disgusto. Ma lui non può dimostrare il suo disgusto, perché questo ovviamente sottrarrebbe piacere al Soggetto.

Poiché il piacere che può dare al Soggetto è diventato il suo cibo, è molto coscienzioso nella considerazione e nella gentilezza che dimostra dopo il coito, manifestando chiaramente il suo desiderio di rimanere lí molto vicino e in intimità quando molti altri amanti maschi, dice il Soggetto, dopo il fatto sembrano essere a disagio, disgustati, o distanti, e si rigirano per guardare il soffitto o cercano con la mano una sigaretta prima ancora di aver smesso di gemere.

La modella di manicure gli aveva detto molto dolcemente che dopo il coito il suo grosso marito rosa e svizzero della fotografia si alzava da sopra di lei e rimaneva sdraiato e intontito sotto il peso del suo stomaco, gli occhi stretti in una fessura come quelli dei maiali e una leggera smorfia sulla faccia come quella di un predatore sazio: non come il punter: senza considerazione. Come succedeva sempre con i Soggetti, a questo punto lei si rattristò subito e diventò ansiosa e disse che *nessuno* avrebbe mai dovuto sapere, perché poteva perdere i suoi bambini. Orin le somministrò le rassicurazioni di rito con una voce molto dolce e intima. La voce di Orin era molto gentile e affettuosa dopo, proprio come lei avrebbe intuitivamente *detto* che lui sarebbe stato. Era vero. Gli procurava vero piacere dare l'impressione di essere attento e intimo durante questo intervallo; se qualcuno gli avesse chiesto qual era il momento che preferiva del periodo anticlimatico in cui il Soggetto si sdraiava sulla schiena e apriva gli occhi luccicanti e lui vedeva che lei lo mangiava con lo sguardo, Orin avrebbe risposto che il suo momento favorito n. 2 è questo intervallo postseminale di vulnerabilità appiccicosa da parte del Soggetto e di attenzione gentile e intima da parte sua.

Quando qualcuno bussò alla porta gli sembrò una grazia, perché il Soggetto si era appoggiato a un gomito sul letto ed esalava delle sottili lingue di fumo di sigaretta dal naso e stava cominciando a chiedergli di raccontarle qualcosa sulla sua famiglia, e Orin la stava accarezzando molto dolcemente e guardava le curve gemelle di fumo pallido che si allargavano cercando di non tremare al pensiero di come doveva essere l'interno del bel naso del Soggetto, ai grovigli grigio-bianchi di moccio necrotico appesi e intrecciati là dentro, per il fumo; si chiedeva se lei avesse lo stomaco di guardare nel fazzoletto che usava o se lo appallottolasse e lo allontanasse da sé con quella specie di brivido che *lui avrebbe provato*; e quando si era sentita l'azione vivace di nocche maschili bussare alla porta della stanza, lui aveva guardato la faccia di lei impallidire a partire dalla fronte mentre lo implorava che nessuno doveva sapere di lei chiunque fosse alla porta e spense la sigaretta e si tuffò sotto le coperte mentre lui chiedeva un attimo di pazienza a quello alla porta e si dirigeva verso il bagno per mettersi addosso un asciugamano prima di andarci, era una di quelle delicate porte d'albergo che si aprivano con una tessera e non a chiave. Il polso e la mano defilati e colpevoli e terrorizzati della modella sposata si sporsero per un momento dal bordo delle coperte e toccarono il pavimento per trovare scarpe e vestiti, la mano si muoveva come un ragno cieco che risucchiava le cose e le faceva sparire sotto le coperte. Orin non chiese chi fosse alla porta; *lui* non aveva niente da nascondere. Alla porta diventò di un umore straordinario. Quando la moglie e madre ebbe cancellato ogni prova di sé e fu sommersa dal mucchio di coperte cosí da poter star lí a fare respiri grigiastri e immaginarsi di essere completamente nascosta, nient'altro che una protuberanza nel letto sfatto di uno scapolone, Orin guardò prima dal buchino della porta, vide solo il muro opposto rosso-violetto del corridoio e aprí la porta con un sorriso che sentí scendere giú fino alle suole scalze. Cornuti svizzeri, furtivi attaché medici mediorientali, arrapanti giornaliste della carta stampata: era pronto a tutto.

L'uomo nel corridoio alla porta era un handicappato, un invalido su una sedia a rotelle che lo guardava da molto piú in basso del raggio visivo del buchino, con i capelli arruffati e un grosso naso, e guardava in su i pettorali gonfi di Orin, senza fare nessun tentativo di guardare dietro di lui nella stanza. Uno dei disabili. Orin guardò in basso e si sentí sia deluso sia commosso. La sedia a rotelle luccicante del piccoletto e le ginocchia con sopra una coperta e la cravatta mezza nascosta da una cartellina a molla che stringeva al petto in un abbraccio materno.

«Sondaggio», disse l'uomo, e non aggiunse altro, dondolando la cartellina come se fosse un neonato, presentandola come prova. Orin si immaginò il Soggetto terrorizzato nascosto nel letto che cercava di sentire, e nonostante un leggero disappunto si sentí toccato da quello che sembrava un trucchetto timido, una scusa, per avvicinarsi a lui e avere un autografo. Per il Soggetto provava lo stesso clinico disprezzo che si prova per un insetto che hai visto e sai che lo torturerai un po'. Dal modo in cui lei fumava e svolgeva certe altre operazioni manuali, Orin aveva notato che era mancina.

«Bene bene», disse all'uomo sulla sedia a rotelle.

«Un campione del tre per cento, piú o meno».

«Sono impaziente di dare il mio contributo in qualsiasi modo».

L'uomo piegò la testa da una parte nel modo tipico delle persone sulle sedie a rotelle. «È per uno studio universitario».

«Fantastico». Si appoggiò allo stipite della porta con le braccia incrociate e guardò l'uomo che cercava di stimare la differenza delle dimensioni dei suoi arti. Niente stinchi né estremità, per quanto rinsecchite, si estendevano sotto il bordo della coperta della sedia a rotelle. Il tipo era completamente senza gambe. Il cuore di Orin si strinse.

«Un sondaggio della Camera di Commercio. Una sistematica indagine di gruppo da parte di veterani preoccupati. Un'operazione di sondaggio per la difesa del consumatore. Un margine di errore di tre punti percentuali per le risposte del problema».

«Magnifico».

«Un sondaggio di opinione di gruppo per la difesa del consumatore. Ci vuole pochissimo tempo. Uno studio del governo. Una stima demografica del consiglio pubblicitario. Sondaggi. Anonimi perché casuali. Si richiedono un tempo e un disturbo minimi».

«Mi sto liberando la testa per essere di massimo aiuto».

Quando l'uomo tirò fuori la penna con un gesto ampio e guardò in basso verso la cartellina, Orin diede un'occhiata alla yarmulke di pelle nel mezzo della testa dell'uomo seduto. C'era qualcosa di quasi insopportabilmente commovente nella calvizie di un uomo handicappato.

«Cosa le manca, per favore?»

Orin sorrise distaccato. «Mi piace pensare che mi manca molto».

«Un passo indietro. È cittadino Usa?»

«Sí».

«Lei quanti anni ha?»

«La mia età?»

«Che età ha?»

«La mia età è ventisei anni».

«Piú di venticinque allora?»

«Cosí sembra». Orin stava aspettando il trucchetto con la penna per farlo firmare da qualche parte cosí che i timidi del suo fan club avrebbero avuto il loro autografo. Cercò di ricordare dall'infanzia di Mario quanto riuscivano a stare sotto le coperte prima che diventasse insopportabilmente caldo e loro cominciassero a soffocare e a scalciare per uscire fuori.

L'uomo fingeva di prendere nota. «Ha un lavoro dipendente, è un libero professionista, è disoccupato?»

Orin sorrise. «Il primo».

«La prego di fare una lista delle cose che le mancano».

Il mormorio dei ventilatori, la calma del corridoio color vino, il mormorio piú vago del fruscio delle lenzuola di dietro, immaginarsi la bolla sempre piú grossa di CO_2 sotto le lenzuola.

«La prego di elencare gli elementi della sua vita Usa che Lei si ricorda e/o non ha in questo momento, e le mancano».

«Non sono sicuro di riuscire a seguirla».

L'uomo girò una pagina per controllare. «Struggimento, desiderio, seduzione, nostalgia. Nodo alla gola». Rigirando un'altra pagina. «Anche la malinconia».

«Vuol dire le memorie d'infanzia. Vuol dire il cacao con dentro un marshmallow mezzo sciolto in una cucina con le piastrelle a scacchi e i fornelli a gas smaltati, quel genere di cose. Oppure le porte onniscenti agli aeroporti e gli Star Market che in qualche modo sapevano che eri lí e si aprivano. Prima di scomparire. Dove sono andate a finire quelle porte?»

«*Smalto* con la s?»

«E poi qualcos'altro».

Lo sguardo di Orin ora era rivolto verso il rivestimento antiacustico del soffitto, il cerchietto lampeggiante dell'allarme antifumo,
come se i ricordi fossero sempre piú leggeri dell'aria. L'uomo seduto
fissava in modo vacuo la pulsazione della vena giugulare interna di
Orin. La faccia di Orin cambiò leggermente. Dietro di lui, sotto le
coperte, la donna non-svizzera stava sdraiata su un fianco con molta
calma e pazienza, e respirava silenziosa nella maschera portatile di O_2
con filtro che aveva preso dalla sua borsetta, con una mano nella borsetta che stringeva la pistola in miniatura Gbf della Schmeisser.

«Mi manca la Tv», disse Orin, guardando di nuovo in basso. Non
sorrideva piú con distacco.

«La vecchia televisione delle trasmissioni commerciali».

«Sí».

«La ragione in diverse parole, per favore, per lo spazio RAGIONE
che segue».

«Oh, Dio». Orin guardò in su di nuovo e distolse lo sguardo da dove sembrava non esserci niente, e si carezzò la mascella intorno al punto retromandibolare in cui la pulsazione era piú leggera e vulnerabile.
«Può sembrare stupido. Mi mancano le pubblicità a volume piú alto
dei programmi. Mi mancano le frasi "Ordinalo subito prima di mezzanotte" e "Risparmia piú del 50 per cento". Mi manca quando dicevano che i programmi erano stati filmati in studio davanti a un pubblico
vero. Mi mancano gli inni a tarda notte e le riprese della bandiera e i
jet da combattimento e i capi indiani con la pelle color del cuoio che
piangevano davanti ai rifiuti. Mi mancano *Sermonette* e *Evensong* e le
videate di prova e quando ti dicevano a quanti megahertz il trasmettitore stava trasmettendo». Si toccò la faccia. «Mi manca di prendere in
giro le cose che amavo. Come quando ci riunivamo nella cucina con le
piastrelle a scacchi di fronte al vecchio scatolone Sony a raggio catodico la cui ricezione era sensibile agli aeroplani e prendevamo in giro l'in-
sulsaggine commerciale della roba trasmessa».

«Le canzoncine insulse», fingeva di prendere nota.

«Mi manca quella roba con un denominatore cosí basso che potevi guardarla e sapevi in anticipo quello che avrebbero detto gli attori».

«Emozioni di predominio e controllo e superiorità. E piacere».

«Puoi dirlo forte, amico. Mi mancano le repliche estive. Mi mancano le repliche infilate in fretta nei programmi per riempire gli intervalli degli scioperi degli scrittori o degli attori. Mi mancano Jean-
nie, Samantha, Sam e Diane, Gilligan, Hawkeye, Hazel, Jed e tutti
gli altri onnipresenti mostri della televisione. Capito? Mi manca vedere e rivedere sempre le stesse cose».

Si sentirono due starnuti smorzati dal letto dietro di lui che l'handicappato non notò nemmeno mentre faceva finta di scrivere e continuava a spostarsi la cravatta che gli ciondolava mentre scriveva. Orin cercò di non pensare alla topografia delle lenzuola in cui il Soggetto aveva starnutito. Non gli importava piú del trucchetto. Si sentiva tenero, in qualche modo, verso quell'uomo.

L'uomo guardò in alto verso di lui come fanno le persone con le gambe quando guardano i palazzi e gli aeroplani. «Naturalmente può rivedere gli intrattenimenti tante volte, senza sosta, sui dischi TelEntertainment di memoria e recupero».

Il modo in cui Orin guardava in su non aveva niente a che fare con il modo di guardare in su del tipo seduto. «Ma non è la stessa cosa. La scelta, capisci. In un certo senso rovina tutto. Con la televisione eri *obbligato* alla ripetizione. La familiarità ti veniva inflitta. Ora è diverso».

«Inflitta».

«Non lo so neanch'io», disse Orin, improvvisamente stordito e triste dentro. Quella sensazione terribile come nei sogni di qualcosa di vitale che hai dimenticato di fare. La parte calva della testa inclinata era piena di lentiggini e abbronzata. «C'è un'altra domanda?»

«Mi dica le cose che non le mancano».

«Per simmetria».

«Per un certo equilibrio dell'opinione».

Orin sorrise. «Piú o meno».

«Proprio cosí», disse l'uomo.

Orin resistette al desiderio di appoggiare la mano sull'arco del cranio del disabile. «Bene, quanto tempo abbiamo?»

Lo sguardo-da-grattacielo c'era solo quando l'uomo guardava piú in alto del collo di Orin. I suoi occhi non erano timidi o sfuggenti e neanche gli occhi di qualcuno che fosse in qualche modo disabile, fu questo a colpire Orin piú tardi e a sembrargli strano – oltre all'accento svizzero, all'assenza di trucchetti per la firma, alla pazienza del Soggetto durante l'attesa e all'assenza di qualsiasi sussulto quando poi O. tirò giú le coperte tutto a un tratto. L'uomo aveva guardato in su verso Orin e poi aveva lanciato uno sguardo dietro di lui, alla stanza dietro di lui con il pavimento senza mutandine e le coperte ammucchiate. Orin doveva notare lo sguardo diretto dietro di lui. «Posso tornare piú tardi a un orario da concordare. Lei è, *comme on dit*, impegnato?» Il sorriso di Orin non era cosí distaccato come pensava quando disse alla figura seduta che era una questione di opinione.

Come in tutti i centri di accoglienza certificati dalla Dsas il coprifuoco per i residenti alla Ennet House è alle 2330h. Dalle 2300h alle 2330h il personale del turno di notte deve fare la conta e mettersi
seduto come fosse la mamma ad aspettare che i residenti rientrino.
C'è sempre qualcuno che si diverte a scherzare con il fuoco e gioca
con l'idea di poter essere Buttato Fuori per qualche sciocchezza di cui
non possa essere incolpato. Stasera Clenette H. e una sfinita Yolanda W. rientrano da Footprints[246] intorno alle 2315h con le loro gonne viola e il rossetto viola e i capelli stirati, traballando sui tacchi e
dicendo l'una all'altra che hanno passato una serata schifosa. Hester
Thrale entra ancheggiando con una giacca di volpe falsa alle 2320h
come sempre, anche se deve essere sveglia alle 0430h per il turno di
colazione alla Casa di Cura Provident e certe volte fa colazione con
Gately, e le loro teste ciondolano pericolosamente sfiorando i Fro-
sted Flakes che hanno davanti. Chandler Foss e la spettralmente magra April Cortelyu sono tornati non si sa da dove e il loro atteggiamento e la loro espressione fanno mormorare e costringono Gately a
Registrare una possibile relazione tra membri della Ennet. Gately deve augurare la buonanotte a due ex residenti brunette e rugose che
non si sono schiodate dal divano e hanno parlato di culti tutta la sera. Tutte le sere che Dio mette in terra Emil Minty e Nell Gunther
e certe volte anche Gavin Diehl (con il quale Gately una volta aveva
scontato una condanna di tre mesi alla Concord Farm) vanno a fumare fuori sul portico e rientrano solo dopo che Gately gli ha detto
due volte che deve chiudere la porta a chiave, e il loro è un debole gesto di ribellione. Stasera sono seguiti a ruota da un Lenz senza baffi
che entra scivolando dalla porta proprio mentre Gately sta rovistan-
do tra le chiavi per trovare la chiave per chiuderla, e passa via velocemente e sale alla Stanza da 3 senza dire una parola, cosa che di recente sta facendo molto spesso, e che Gately deve Registrare, oltre al
fatto che sono passate le 2330h e non c'è nessuna traccia né della ragazza seminuova, Amy J., né – ancora piú sconvolgente – di Bruce
Green. Poi Green bussa alla porta alle 2336h – Gately deve Registrare l'ora precisa e poi sta a lui decidere se aprire la porta o no. Dopo il coprifuoco il personale non è obbligato ad aprire la porta. Molti residenti problematici vengono buttati fuori in questo modo. Gately lo lascia entrare. Green non aveva mai rischiato di mancare
all'appello del coprifuoco prima d'ora e sembra molto turbato, la faccia tremendamente bianca e gli occhi vacui. E anche se è un ragazzone calmo, ora Green guarda il pavimento dell'ufficio di Pat come
se l'amasse, mentre Gately gli fa la strigliata di rito; e Green si pren-

de la temuta settimana di Restrizione Totale[247] con un'aria cosí sconsolata, ed è cosí vago quando Gately gli chiede se vuole dirgli dove è stato e perché non ce l'ha fatta ad arrivare alle 2330h e se c'è qualche problema che avrebbe voglia di confidare a uno dello Staff, è cosí distante che Gately sente di non avere altra scelta se non di fargli subito un esame delle urine, cosa che Gately odia non solo perché gioca a cribbage con Green e sente di aver preso Green sotto la sua ala ed è forse la cosa piú vicina a un consigliere che il ragazzo abbia mai avuto, ma anche perché i campioni di urina presi dopo la chiusura della clinica dell'Unità 2[248] devono essere conservati per tutta la notte nel frigoriferino in miniatura del personale nella stanza del sottosuolo di Don Gately – il solo frigo in tutta la casa che i residenti non possano pensare di forzare – e Gately non sopporta di avere un bicchierino tiepido con il coperchio blu pieno della maledetta urina di qualcuno nel suo frigoriferino insieme alle sue pere e il suo Polar seltz eccetera. Green si presenta nel cesso degli uomini e alla presenza di un Gately a braccia incrociate riesce a urinare cosí velocemente e con tale efficienza che Gately può prendere il bicchierino con il coperchio tra pollice e indice guantati e portarlo di sotto ed etichettarlo e Registrarlo e metterlo nel frigoriferino in tempo per far spostare le macchine dei residenti, che è la piú grossa rottura di palle del turno di notte; ma poi il conteggio finale alle 2345h ricorda a Gately che Amy J. non è tornata, e non ha chiamato, e Pat gli ha detto che spetta a lui decidere di Buttare Fuori qualcuno dopo un coprifuoco mancato, e alle 2350h Gately prende la decisione, e deve mandare Treat e Belbin di sopra nella Stanza da 5 delle Donne per mettere la roba della ragazza nella stessa Valigia da Irlandese che aveva portato lunedí, e Gately deve mettere tutto il ciarpame della ragazza sul portico davanti con un bigliettino che comunica il Congedo e le augura buona fortuna, e deve chiamare la segreteria telefonica di Pat a Milton e lasciarle un messaggio di un Congedo per Coprifuoco alle ore 2350h, in modo che Pat lo possa sentire subito domattina e fissare dei colloqui per riempire al piú presto il letto disponibile, e poi con una maledizione sibilata Gately si ricorda le flessioni anti-pancia-flaccida che ha giurato di fare tutte le sere prima delle 0000h, e sono le 2356h, e avrà il tempo di farne solo 20 con le sue grosse scarpe da ginnastica scolorite infilate sotto la cornice del divano di vinile nero dell'ufficio prima che sia inevitabilmente l'ora di supervisionare lo spostamento delle macchine dei residenti.

Il predecessore di Gately come personale residente maschile, un impasticcato che ora (via il Mass Rehab) sta imparando a riparare i motori dei jet alla East Coast Aero Tech, una volta descrisse a Ga-

tely i veicoli dei residenti come un continuo giramento di palle per il
personale di notte. La Ennet House permette a qualsiasi residente
con un veicolo regolarmente immatricolato e assicurato di tenere la
propria auto alla Ennet durante il periodo di residenza, se lo desidera, per usarla per andare al lavoro o agli incontri notturni eccetera, e
la stessa cosa fa l'Enfield Marine, con la sola differenza che loro hanno autorizzato il parcheggio per tutti i clienti delle Unità nella stradina proprio dietro la Ennet. E a causa dei gravi problemi fiscali della metropoli di Boston nel terzo anno del Tempo Sponsorizzato, è stato approvato questo maledetto decreto municipale per cui è permessa
la sosta degli autoveicoli solo su un lato di qualsiasi strada, e il lato
autorizzato cambia brutalmente alle 0000h, e le pattuglie e i carri attrezzi municipali vagano per le strade in cerca di prede dalle 0001h
in poi, facendo multe da 95 $ e/o portando veicoli all'improvviso par-
cheggiati in divieto di sosta in una regione del South End cosí mal-
famata e pericolosa che nessun tassista che abbia qualcosa per cui valga la pena vivere sarà mai disposto ad andarci. Ed è per questo che a
Boston l'intervallo 2355h-0005h è un momento di comunità totale,
ma non molto spirituale, con i ragazzi in camiciola e le signore con le
maschere di argilla che si trascinano fuori di casa sbadigliando nelle
strade affollate della mezzanotte e disinseriscono gli allarmi e accendono i motori e tutti insieme cercano di uscire dal parcheggio e fare
inversione a U e trovare un posto libero parallelo dall'altra parte della strada. Non c'è niente di misterioso nel fatto che durante questi
dieci minuti a Boston si registri la piú alta percentuale giornaliera di
aggressioni e di omicidi, e per questo anche le ambulanze e i cellulari della polizia sono in giro in cerca di preda a quest'ora e si aggiun-
gono al coagulo e al groviglio generale.

Dato che i catatonici e debilitati residenti dell'Enfield Marine raramente possiedono autoveicoli regolarmente immatricolati, in genere è
abbastanza facile trovare posto dall'altro lato della stradina, ma è un
continuo argomento di scontro tra Pat Montesian e il Consiglio dei Reg-
genti dell'Em il fatto che ai residenti della Ennet House non sia permesso parcheggiare di notte nel grande parcheggio vicino all'ospedale
– gli spazi del parcheggio sono riservati allo staff delle diverse Unità a
partire dalle ore 0600h, e la Sicurezza dell'Em un giorno si stufò delle
lamentele di quelli dello staff per via delle auto scarcassate dei drogati
che la mattina occupano ancora i loro posti – e il fatto che la Sicurezza non voglia prendere in considerazione l'ipotesi di anticipare il cambio di lato della stradina dell'Em alle ore 2300h, prima del coprifuoco
a cui la Ennet House è obbligata dal Dsas; il Consiglio dell'Em sostiene che è un'ordinanza municipale che non può essere violata per age-

volare solo una comunità, mentre i rapporti di Pat continuano a insistere sul fatto che il complesso dell'Enfield Marine è di proprietà statale e non comunale, e i residenti della Ennet House sono gli unici che devono affrontare il problema di dover spostare le proprie auto di notte, dato che quasi tutti gli altri sono catatonici o debilitati. E cosí via.

Comunque per questo motivo tutte le sere alle 2359h circa Gately deve chiudere a chiave gli armadietti e gli armadi di Pat e i cassetti della scrivania e la porta dell'ufficio e deve mettere la segreteria telefonica e deve scortare personalmente tutti i residenti che possiedono un'auto e la lasciano nella stradina senza nome, e per qualcuno che ha doti manageriali veramente limitate come Gately i mal di testa che ne conseguono sono spaventosi: deve radunare in branco i residenti motorizzati di fronte alla porta davanti chiusa a chiave; deve ordinare minaccioso ai residenti che ha raggruppato di stare insieme vicino alla porta mentre corre di sopra a chiamare uno o due guidatori che si dimenticano sempre e si addormentano prima delle 0000h – e rimettere insieme questi ritardatari è una particolare rottura di palle se il ritardatario è una donna, perché deve aprire lo sportellino e premere il bottone dell'«Uomo in Arrivo al Piano» vicino alla cucina, e il suono del campanello assomiglia piú a un clacson e sveglia le residenti piú restie con un'ondata improvvisa di adrenalina, e quando Gately sale su per le scale di corsa viene mandato a quel paese da tutte quelle facce con le maschere di argilla che si sporgono nel corridoio delle donne, e lui per regolamento non può entrare nella stanza da letto di quella che dorme ma deve bussare alla porta e continuare a dire che è un uomo e chiedere a una delle compagne di stanza della ritardataria di svegliarla e farla vestire e venire alla porta della camera; allora deve recuperare i ritardatari e fare loro una lavata di testa e minacciarli di una Restrizione e di un possibile sequestro della macchina mentre li scorta in branco e li fa scendere velocemente giú dalle scale per unirsi il prima possibile all'altro branco dei proprietari delle auto, prima che il primo branco possa disperdersi. Si disperdono sempre se ci mette troppo tempo a recuperare i ritardatari; si distraggono o hanno fame o hanno bisogno di un posacenere o perdono la pazienza e iniziano a pensare che la storia di dover spostare le macchine dopo il coprifuoco sia un'imposizione che devono subire. La fase del Rifiuto che vivono nei primi giorni di ricovero rende loro impossibile concepire che proprio la loro macchina possa essere portata via dal carro attrezzi invece della macchina di qualcun altro. E lo stesso tipo di Rifiuto che Gately ha notato negli studenti piú giovani della Bu o del Bc quando va con la Aventura di Pat alla Food Bank o al Purity Supreme e quegli stronzi attraversano la strada col rosso proprio davanti alla sua macchina, i cui freni per fortuna funzionano a meraviglia. Gately è giunto alla conclusione che le persone a una certa età o a un certo livello di esperienza di vita credono di essere immortali: gli studenti del college e i tossici/alcolizzati sono i peggiori: sono convinti di esseri immuni dalle leggi della fisica e dalle statistiche che governano in modo ferreo gli altri. Si lamenteranno se qualcuno se ne frega delle regole, ma in fondo non pensano di esserci soggetti, a quelle regole. E sono costituzionalmente incapaci di imparare dall'esperienza degli altri: se qualche studente disattento viene spiacciato o sulla Commonwealth o se a qualche residente della Ennet viene portata via la macchina alle 0005h, la risposta dell'altro studente o dell'altro tossicomane a questa notizia sarà ponderare quale imponderabile differenza abbia reso possibile il fatto che l'altro ragazzo sia stato investito o gli sia stata portata via la macchina e a lui invece non sia successo nulla. Non mettono mai in dubbio la differenza – ci riflettono e basta. È una specie di idolatria dell'unicità. Per uno dello Staff è immutabile e desolante che solo con le cattive si riesca a fare capire qualcosa ai tossicomani. Deve succedere *a loro* per sconvolgere l'idolatria. Eugenio M. e Annie Parrot hanno sempre detto che conviene far portar via la macchina a tutti almeno una volta, all'inizio della loro residenza, per aiutarli a rispettare le leggi e le regole; ma Gately per qualche ragione non riesce a farlo quando è di turno la sera, non può *sopportare* l'idea di far portar via la macchina a uno dei suoi se può fare qualcosa per impedirlo, e poi oltretutto se portano via la macchina di qualcuno c'è la stressante rottura di scatole di doversi organizzare per portarlo al parcheggio municipale del South End il giorno dopo, e c'è da rispondere alle domande dei datori di lavoro e spiegare perché quel residente non ha la macchina e non è andato a lavorare senza far sapere al capo che l'impiegato senza macchina è un residente della casa di recupero, perché quella è una sacra informazione privata che solo i residenti possono scegliere se dare o non dare – Gately suda sette camicie al solo pensiero del mal di testa per tutte le decisioni che deve prendere quando viene portata via una fottuta macchina, e perciò continuerà a sprecare tempo a raggruppare e radunare e sgridare i distratti coglioni residenti che Gene M. dice che sono cosí assenti che Gately non deve perdere tempo e diventare matto per loro: devono imparare da soli[249].

Gately chiama Thrale e Foss e Erdedy e Henderson[250], e Morris Hanley, e trascina fuori dall'armadio della biancheria il ragazzino nuovo, Tingley, e Nell Gunther – che si è messo a dormire sul divano zitto zitto, contro la regola – e fa prendere il cappotto a tutti e li raggruppa vicino alla porta davanti chiusa a chiave. Yolanda W. dice che ha lasciato degli oggetti personali nella macchina di Clenette e chiede se può venire. Lenz ha la macchina ma non risponde alle urla di Gately. Gately dice a quelli del branco di stare fermi e se qualcuno si allontana penserà lui personalmente a fargli passare un brutto momento. Gately salta di nuovo su per le scale ed entra nella Stanza da 3 degli Uomini, pensando ai vari modi divertenti per svegliare Lenz senza che si vedano i segni. Lenz non sta dormendo ma ha in testa le cuffie del personal-stereo e un sospensorio, e sta facendo le flessioni sulle braccia contro il muro vicino alla branda di Geoffrey Day, con il culo a pochi pollici dal cuscino di Day e scoreggia al ritmo delle flessioni, mentre Day è sdraiato sul letto in pigiama con la maschera da Lone Ranger, le mani incrociate sul petto che si gonfia, le labbra che si muovono senza fare rumore. Forse Gately è un po' troppo rude ad afferrare il polpaccio di Lenz e alzarlo da terra e afferrare con l'altra sua enorme mano il bacino di Lenz per girarlo e metterlo in piedi come fanno i soldati con i fucili, ma il grido di Lenz è un saluto esuberante, non un grido di dolore, e fa mettere a sedere di colpo sulle brande Day e Gavin che lo maledicono quando Lenz tocca terra. Lenz comincia a dire che non si era accorto che fosse passato tutto quel tempo e non sapeva che ora fosse. Gately sente il branco che scalpita e sbuffa e forse incomincia a disperdersi giú vicino alla porta davanti in fondo alle scale.

Cosí da vicino Gately non ha neanche bisogno del suo misterioso settimo senso da Staff per capire che Lenz è chiaramente sotto l'effetto di qualche 'drina o di Bing. Che Lenz ha ricevuto la visita del Sergente Istruttore. Il bulbo oculare destro di Lenz gli rotea dentro l'orbita e la sua bocca si contorce e ha quell'aura nietzschiana e ipercarica di una persona drogata, e continua a cercare di infilarsi i pantaloni e il cappotto e si rimette in testa la parrucca e viene quasi buttato giú per le scale di testa da Gately, al quale continua a raccontare senza fiato quella panzana assurda di quando una volta si era tagliato di netto un dito e poi questo dito gli si era spontaneamente rigenerato, e la bocca gli si contorce in quel caratteristico modo tipo pesce-preso-all'amo di chi è all'acme dell'effetto della L-Dopa, e Gately vuole fargli subito un esame delle urine, *immediatamente*, ma nel frattempo i bordi del branco degli automobilisti stanno incominciando ad allargarsi nel modo che precede la distrazione e la dispersione, e non sono arrabbiati con Lenz perché è in ritardo ma con Gately che si è preoccupato di lui, e Lenz mima a Ken Erdedy la posizione akido della Gru Serena ma Letale, e sono le 0004h, e Gately comincia a vedere i carri attrezzi in cerca di preda sulla Comm. Ave., e vengono da questa parte, e tira fuori le sue chiavi tintinnanti e gira le tre mandate da coprifuoco della porta davanti e costringe tutti a uscire nel freddo strizzascroto di novembre e da lí a camminare fino alla fila delle macchine nella stradina mentre lui rimane sul portico a guardarli in maniche di camicia arancione, e sta at-

tento che Lenz non la faccia prima che possa prendergli un campione
di urina e farlo confessare e Congedarlo ufficialmente, e prova un leggero rimorso di coscienza a pensare che non vede l'ora di dare un cal-
cione amministrativo a Lenz, e Lenz chiacchiera senza prendere fiato
con chiunque gli stia vicino fino alla sua Duster, e tutti vanno alla loro
macchina, e Gately sente l'aria calda che esce dalla porta aperta e la
gente nel salotto fa vari e rumorosi commenti per lo spiffero, il cielo sopra la sua testa è immenso e dimensionale e la notte è cosí tersa che si
riescono a vedere le stelle appese in una specie di melassa lattea, e fuori nella stradina un paio di portiere delle macchine cigolano e sbattono
e c'è qualcuno che fa conversazione e perde tempo solo per far stare lui
al freddo in piedi sul portico in maniche di camicia, un piccolo obliquo
gesto notturno di irritante ribellione, quando l'occhio di Gately cade
sul vecchio maggiolone artisticamente sbudellato nero-polveroso di
Doony R. Glynn parcheggiato con le altre macchine sul lato della strada che ormai è in divieto di sosta, le viscere del motore posteriore luccicante in bella vista sotto le luci della stradina, e Glynn è a letto di sopra, legittimamente scusato perché è fiaccato dalla diverticolite, il che
significa che, per ragioni di assicurazione, Gately deve andare a chiedere a qualcuno dei residenti patentati di venire a spostare la VW di
Glynn sull'altro lato della strada, il che è umiliante perché significa ammettere pubblicamente a questi individui che lui, Gately, non ha la patente, e il calore improvviso del salotto confonde la sua pelle d'oca, e
nessuno in salotto ammette di avere la patente di guida, e si scopre che
il solo residente con la patente che è ancora verticale e al piano di sotto è Bruce Green, che è in cucina e guarda nel vuoto e sta mettendo in
una tazza di caffè una quantità enorme di zucchero e lo sta girando con
un dito nudo, e Gately si trova a dover chiedere assistenza a un ragazzo che gli piace e che ha appena trattato male e gli ha anche preso l'urina, ma Green minimizza l'umiliazione dell'intera faccenda offrendosi
volontario non appena sente le parole *Glynn* e *macchina del cazzo*, e va
all'armadio del salotto per prendere la sua brutta giacca di pelle e i guanti senza dita, e ora Gately deve lasciare i residenti fuori senza sorveglianza per un secondo per correre di nuovo al piano di sopra per sentire se a Glynn va bene che Bruce Green sposti la sua macchina[251]. Nella Stanza da 2 del reparto degli Uomini, quella per i residenti piú anziani,
ci sono attaccati un sacco di vecchi adesivi e un poster calligrafico che
dice EVERYTHING I'VE EVER LET GO OF HAS CLAW MARKS ON IT*, e la risposta al bussare di Gately è un lamento, e sul comodino di Glynn la

---

* «Tutto ciò che ho lasciato aveva i segni delle mie unghie» [*N.d.T.*].

lampada con la donnina nuda che si è portato da casa è accesa, e lui è sulla sua branda tutto raggomitolato su un fianco che si tiene l'addome come se ci avesse preso un calcio. McDade è seduto senza permesso sulla branda di Foss e sta leggendo una delle riviste di moto di Foss e bevendo la Millennial Fizzy di Glynn con la cuffia dello stereo in testa, e mette via in tutta fretta la sigaretta quando entra Gately e chiude il cassetto del comodino dove Foss tiene il suo posacenere proprio come tutti gli altri[252]. Fuori nella strada sembra di essere a Daytona – i tossico-dipendenti sono fisicamente incapaci di mettere in moto una macchina senza sgassare. Gately guarda velocemente fuori dalla finestra a ovest sopra la branda di Glynn per controllare che tutti i fari senza sorveglianza giú nella stradina stiano facendo inversione a U e tornino indietro nella direzione giusta per parcheggiare di nuovo. La fronte di Gately è umida e sente che gli sta per arrivare un forte mal di testa, per la tensione di dover dirigere. Gli occhi storti di Glynn sono vitrei e febbricitanti e sta cantando a voce basse le parole di una canzone dei Choosy Mothers a un tono che non è il tono di quella canzone.

«Doon», sussurra Gately.

Una delle macchine sta tornando giú per la stradina un po' troppo veloce per i gusti di Gately. Tutto quello che succede ai residenti dopo il coprifuoco è sotto la sua responsabilità, gli ha detto chiaramente l'Amministratrice della Ennet.

«Doon».

È l'occhio piú in basso che si gira grottescamente in su verso Gately. «Don».

«*Doon*».

«Don Doon la strega è morta».

«Doon, devo fare spostare la tua macchina da Green».

«La macchina è nera, Don».

«*Brucie Green* ha bisogno delle tue chiavi per spostare la macchina sull'altro lato, fratello, è mezzanotte».

«Il mio maggiolone nero. Il mio bambino. La mia scarafaggiomobile. Le ruote di Doon. La sua mobilità. Il suo bambino con il culetto di fuori. La sua fetta della Torta Americana. Simonizzate il mio bambino quando me ne sarò andato, Don Doon».

«Le chiavi, Doony».

«Prendile. Prendilo. Voglio che lo prendi tu. Un vero amico. Mi portava i cracker Ritz e la Fizz. Trattatelo con il dovuto rispetto. Lucido, nero, solido, mobile. Ha bisogno della benzina Premium e di una passata di cera ogni settimana».

«Doon. Devi dirmi dove sono le chiavi, fratello».

«E le budella. Dovete lucidare le tubature nelle budella tutte le settimane. Perché sono in bella vista. Con un panno morbido. La macchina scarafaggio. La macchina con le budella».

Il calore che sale da Glynn tira la pelle della faccia di Gately.

«Ti senti di avere la febbre, Doon?» A un certo punto qualcuno del personale aveva pensato che Glynn facesse finta di essere malato per smettere di cercare un lavoro dopo aver perso il lavoro di umiltà alla Fence & Wire di Brighton. Tutto quello che Gately sa sui diverticoli è che Pat gli ha detto che è una roba intestinale e può venire agli alcolizzati mentre si ripuliscono le parti basse dalle impurità che il corpo sta cercando di espellere. Glynn si è lamentato di problemi fisici per tutto il suo periodo di residenza, ma non era mai stato come ora. Ha la faccia grigia e cerea per via del dolore e c'è una crosta giallognola sulle sue labbra. Glynn ha una terribile torsione addominale e il suo occhio piú in basso è volto verso Gately e ha quel luccichio terribile di chi sta delirando, e l'occhio piú in alto ruota come quello di una mucca. Gately non riesce ancora a toccare la fronte di qualcuno. Decide di dare un leggerissimo pugno d'incoraggiamento sulla spalla di Glynn.

«Vuoi che ti portiamo al St. E. per farti controllare l'intestino, Doon, cosa ne dici?»

«Per carità, Don».

«Vuoi che— ?»

Siccome ha paura delle conseguenze se un residente andasse in coma o morisse durante il suo turno, e si vergogna di questa sua paura, Gately non ha ancora registrato dentro di sé l'acuto stridore di freni e il vociare giú sul davanti, ma l'inconfondibile strillo in Si diesis di Hester Thrale sí – cioè lo ha registrato – e ora sente anche qualcuno correre su per le scale.

La faccia di Green è alla porta, con le guance paonazze: «Vieni fuori».

«Che cazzo c'è fuori—»

Green: «Vieni *subito*, Gately».

Glynn, sottovoce: «Mamma».

Sulle scale Gately non riesce neanche a chiedere di nuovo cosa cazzo sta succedendo perché Green si precipita giú davanti a lui ed esce fuori dalla porta velocissimo; quel cazzo di porta sul davanti è stata aperta per tutto questo tempo. Un acquerello di un cane da riporto si inclina e poi cade dal muro sulle scale per le vibrazioni di Gately che scende a due scalini per volta. Non perde tempo a prendere il cappotto dal divano di Pat. Indossa soltanto una camicia da bowling arancione con il nome *Moose* ricamato in corsivo sul petto e SHUCO-MIST M.P.S. in stampatello verde acqua sulla schiena[255], e sente di nuovo ogni follicolo del suo corpo sollevarsi quando il freddo lo avvolge sul

portico di fronte e sulla rampa per le sedie a rotelle e poi giú nel vialetto. La notte è fredda e chiara come la glicerina e silenziosa. Si sentono dei suoni di clacson in lontananza e voci concitate sulla Comm.
Green rimpicciolisce alla vista mentre corre su per la stradina nel lampo degli abbaglianti che si diffrange nella nuvolina del respiro di Gately, e cosí anche se Gately cammina a passo veloce[254] nella scia di
Green odorosa di pelle verso uno schiamazzo crescente di maledizio-
ni e Lenz che parla velocemente e le grida spaccavetri di Thrale e Henderson e Willis che sono incazzati con qualcuno e il suono della testa
velata di Joelle V.D. che è affacciata a una finestra del piano di sopra
che non è quella della Stanza da 5 delle Donne e urla qualcosa a Gately appena appare nella strada; anche se Gately si sta avvicinando gli
ci vuole un po' per decodificare la scena nella nebbia del suo respiro,
tra le lance cangianti di luce proiettate dai fari. Passa accanto alla macchina sventrata di Glynn ormai in divieto di sosta. Molte delle macchine dei residenti sono ferme in folle ad angoli casuali in mezzo alla strada a metà dell'inversione a U, e di fronte a loro c'è una Montego scura truccata con gli abbaglianti accesi e le ruote posteriori
sovradimensionate e il rombo carnivoro di un turbo. Due tipi con la
barba grossi quasi quanto Gately, con delle camicie larghe da bowling a fiori o soli e quelle che sembrano grosse collane di fiori da finocchio intorno al collo se ne avessero uno, stanno dando la caccia a
Randy Lenz intorno alla Montego. E un altro tipo con una collana e
una camicia di lana a quadri Donegal tiene a bada il resto dei residenti sul prato della 4 con un lucido Ferro[255] che sembra maneggiare
con molta esperienza. Tutto di colpo sembra rallentare; alla vista di
un Ferro puntato contro i suoi residenti, dentro la mente di Gately
c'è quasi un click meccanico, come se cambiasse marcia. Diventa molto calmo e freddo e il mal di testa se ne va e il suo respiro rallenta.
Non è che le cose rallentino, si dividono in fotogrammi.

Il chiasso ha fatto alzare la vecchia infermiera della 4 che Chiede
Aiuto, e la sua figura spettrale appare in camicia da notte alla finestra
del piano di sopra nella stanza 4 e urla «*Aiiiuuuuto*!» Ora Hester Thrale tiene le mani con le unghie rosa sugli occhi e urla che nessuno faccia del male a nessuno specialmente a lei. Il Ferro è al centro dell'attenzione di tutti. I due tipi che stanno dando la caccia a Lenz girando
intorno alla Montego non sono armati ma sembrano freddi e determinati in un modo che Gately riconosce. Anche loro non hanno cappotto ma non sembra che abbiano freddo. Questa valutazione dura solo
qualche secondo; solo il tempo di mettere tutto in fila. Le loro barbe
hanno l'aria di non essere barbe Usa e loro sono grossi circa 4/5 di Gately. Fanno a turno a girare intorno alla macchina e a correre davanti

al bagliore dei fari e Gately vede che hanno la stessa faccia pallida con le labbra grosse degli stranieri. Lenz continua a parlare senza prendere fiato, piú che altro impreca. Corrono tutti e tre intorno alla macchina come in un cartone animato. Gately sta ancora avvicinandosi mentre osserva tutto questo. È ovvio che gli stranieri non sono molto intelligenti perché stanno dando la caccia a Lenz in tandem invece di girare intorno alla macchina in direzioni opposte per intrappolarlo a tenaglia. Si fermano e ripartono tutti e tre insieme, Lenz è sempre dall'altra parte della macchina rispetto a loro. Alcuni dei residenti sotto tiro urlano qualcosa a Lenz. Come molti spacciatori di coca Lenz è molto veloce, il cappotto si gonfia e si sgonfia quando si ferma. Lenz parla nostop, invita i tipi a compiere atti impossibili da compiere e poi tira fuori delle argomentazioni barocche per spiegare che qualsiasi cosa pensino lui abbia fatto non è possibile che l'abbia fatta lui perché lui non si trovava neanche nelle vicinanze della zona dove è successa la cosa che loro pensano che lui abbia fatto. I tipi corrono piú forte come se volessero catturarlo per farlo stare zitto. Ken Erdedy tiene le mani alzate e ha le chiavi della macchina in mano; da come stringe le gambe sta per farsela addosso da un minuto all'altro. Clenette e la nuova ragazza di colore, chiaramente veterane di come comportarsi davanti a una pistola, sono prone sul prato con le dita intrecciate dietro la testa. Nell Gunther ha assunto la vecchia posizione di arti marziali della Gru di Lenz, le mani contorte in artigli piatti, gli occhi piantati sulla .44 che si muove in una fredda panoramica avanti e indietro sui residenti. I fotogrammi del tipo piú piccolo sono i piú lenti. Il suo cappello da caccia di lana a quadri impedisce a Gately di vedere se è straniero anche lui. Ma tiene la pistola nella classica posizione Weaver di chi sa sparare davvero – piede sinistro leggermente avanti, leggermente piegato in avanti, l'impugnatura a due mani con il braccio destro piegato con il gomito lievemente abbassato cosí che il Ferro è puntato proprio sulla faccia del minacciato, all'altezza dell'occhio-guida. I poliziotti e i Ragazzi del North End sparano in questa posizione. Gately conosce molto meglio le armi di quanto conosca la sobrietà. E il Ferro – se il tipo preme il grilletto su un residente il residente casca giú e non si rialza – il Ferro in questione è una versione modificata di una Bulldog .44 Special Us, forse un clone Boscaiolo o Brasiliano, tosta, tozza e con il buco della canna grosso come una tana. Il ragazzino alcolizzato Tingley ha tutte e due le mani sulla faccia ed è imbambolato al 100 per cento. Gately nota che la pistola è stata modificata. La canna è stata bucata vicino al mirino per diminuire il terribile rinculo della Bulldog, il cane è stato mozzato, e il Ferro ha un'impugnatura Mag Na Port come quelle degli sbirri di Boston centro. Questo non è il Ferro del guerriero del week-end o del bottegaio; è un aggeggio fatto apposta per infilare proiettili dentro la gente. Non è una semiautomatica ma è fatta apposta per la ricarica veloce e Gately non può vedere se il tipo ha altre munizioni sotto la camicia a fiori ma deve pensare che il ragazzo abbia una quantità quasi illimitata di colpi a disposizione. Gli sbirri della North Shore invece avvolgono le impugnature in quella garza colorata che assorbe il sudore. Gately cerca di ricordarsi le insopportabili lezioni sulle munizioni di un vecchio compagno di quando si faceva – le Bulldog e i cloni possono sparare di tutto, dalle cariche per i bersagli leggeri ai proiettili dum-dum Colt SofTip e anche peggio. È quasi sicuro che questa cosa lo metterebbe a terra con un colpo solo, ma non del tutto. Gately non è mai stato colpito ma ha visto gente colpita. Sente qualcosa che non è né paura né eccitazione. Joelle Van D. sta urlando qualcosa che non si riesce a capire, e Erdedy sul prato le urla di stare fuori da questa cosa. Gately ha continuato ad avvicinarsi per tutto questo breve tempo, guarda e ascolta il suo respiro, si batte le braccia intorno al petto per non perdere la sensibilità nelle mani. Il suo sentimento potrebbe essere una calma allegra. I ragazzi non americani dànno la caccia a Lenz e poi si fermano per un secondo dall'altra parte della macchina di fronte a lui e s'infuriano di nuovo e ricominciano a corrergli dietro. Gately pensa che dovrebbe essere contento che il terzo ragazzo non gli si avvicini e non gli spari. Lenz mette tutte e due le mani sulla macchina ogni volta che si ferma e inveisce contro i due dall'altra parte della macchina. Si vede che il parrucchino bianco di Lenz è storto e lui non ha baffi. La Sicurezza dell'Em che in genere alle ore 0005h è tanto puntuale con i suoi camioncini del cazzo, non si vede da nessuna parte, confermando cosí un altro cliché. Se avessero chiesto a Gately cosa provava in questo preciso istante, non avrebbe saputo rispondere. Tiene una mano alzata a schermarsi gli occhi dalla luce e si avvicina alla Montego mentre le cose cominciano a chiarirsi. Ora si vede che uno dei tipi tiene con due dita i baffi del travestimento di Lenz e continua a brandirli contro Lenz. L'altro scaglia minacce affettate ma colorite con accento canadese, cosí Gately capisce che sono Boscaioli, il trio che in qualche modo Lenz è riuscito a far arrabbiare è un trio di Boscaioli. Gately è assalito da un'ondata nera di ricordi, del piccoletto balbettante del Québec con la testa come un pallone di football che lui aveva ucciso perché l'aveva imbavagliato quando aveva un brutto raffreddore. Questa linea di pensiero è intollerabile. Le urla di Joelle sopra le loro teste che qualcuno chiami Pat per l'amor di Dio si mescolano alle grida della signora che chiede Aiuto. A Gately viene in mente che la signora ha gridato Aiuto per cosí tanti anni che le sue grida vere per chiedere aiuto vero saranno completamente ignorate. Tutti i residenti guardano Ga-

tely mentre attraversa la strada proprio nella luce dei fari della Montego. Hester Thrale urla Attento che c'ha il Ferro. Il Boscaiolo con il cappello a quadri fa una panoramica con la pistola per prendere di mira
Gately, il gomito alzato vicino all'orecchio. A Gately viene in mente
che se spari con un Ferro vicino all'occhio con cui prendi la mira, ti ritrovi la faccia tutta piena di cordite. C'è un'interruzione nell'azione
circolare intorno alla macchina in folle quando Lenz grida *Don* con grande gusto e la signora che chiede Aiuto grida Aiuto. Il Boscaiolo con il
Ferro è indietreggiato di qualche passo per mantenere i residenti nella
sua visione periferica, mentre tiene di mira Gately, e il Boscaiolo massiccio con i baffi in mano dall'altra parte della macchina dice a Gately
che se fosse in lui tornerebbe da dove è venuto, lui, per evitare di mettersi nei casini. Gately annuisce e sorride. I Boscaioli pronunciano davvero *the* con la *z*. Sia l'auto sia Lenz si trovano tra Gately e i grossi Boscaioli, la schiena di Lenz è rivolta verso Gately. Gately sta fermo in
silenzio, vorrebbe sentirsi diverso di fronte a un potenziale casino, quasi meno allegro. Nell'ultima fase della sua carriera di drogato e ladro,
quando aveva poca stima di se stesso, aveva avuto delle piccole fantasie, nelle sua testa malata, su lui che salvava qualcuno da un pericolo,
un innocente, e rimaneva ucciso e scrivevano sul «Globe» un suo grande elogio funebre in neretto. Adesso Lenz si allontana dal cofano della macchina e si lancia dalla parte di Gately e gli gira intorno per mettersi dietro di lui, allargando le braccia per appoggiare le mani sulle spalle di Gately, usandolo come scudo. La posizione di Gately ha quell'aria
decisa e stanca tipo Dovrete Passare Sul Mio Corpo. La sola ansia che
prova riguarda cosa dovrà scrivere sul Registro se qualcuno dei residenti si farà male durante il suo turno. Per un attimo riesce quasi a sentire gli odori del penitenziario, il puzzo di ascelle e la brillantina e il cibo andato a male e il legno del segnapunti del cribbage e le canne, l'acqua del secchio per lavare i pavimenti, l'intenso puzzo di piscio della
gabbia del leone allo zoo, l'odore delle sbarre alle quali ti aggrappi con
tutte e due le mani e stai là a guardare fuori. Questa linea di pensiero
è intollerabile. Non ha la pelle d'oca e non sta neanche sudando. I suoi
sensi non erano cosí acuti da molti anni. Le stelle nella loro luce gela-
tinosa e sporca dei lampioni al sodio e le affilate candide corna dei fari illuminano i residenti da vari angoli. Il cielo puntato di stelle, il suo
respiro, clacson lontani, in lontananza il trillo basso dell'Athscme a
nord. L'aria fredda acuta e sottile nelle sue narici dilatate. Teste immobili alle finestre della 5.

I due Boscaioli con le collane di fiori girano intorno alla macchina e
vengono dalla loro parte e ora si allontanano dalla macchina e vanno
verso di loro. Ora Hester Thrale, alla periferia destra di Gately, si al-

lontana dal gruppo e attraversa il prato correndo nella notte e va dietro la 4, agitando le braccia e urlando, e Minty e McDade e Parias-Carbo e Charlotte Treat appaiono fuori dalla porta sul retro della Ennet
House al di là della siepe e si accalcano tra gli spazzoloni e i vecchi mobili nel portico sul retro della Ennet per guardare cosa succede, e un
paio dei catatonici piú mobili appaiono sul patio dello Shed dall'altra
parte della stradina e osservano la scena, e tutto questo confonde il piccolino tanto che continua a girare da una parte all'altra il suo Ferro come un automa, cercando di tenere potenzialmente sotto tiro molta piú
gente. I due stranieri alieni che vogliono fare la festa a Lenz attraversano lentamente la luce dei fari della Montego nella direzione in cui
Lenz tiene Gately come scudo. Il piú grosso, cosí grosso che la camicia
hawaiana non gli si abbottona tutta, continua a mostrare i baffi finti e
assume quel tono ultraragionevole che precede sempre una vera rissa.
Legge la scritta sulla camicia da bowling di Gately alla luce dei fari e
dice in tono ragionevole che Moose ha ancora la possibilità di tenersi
fuori da questa cosa. Lenz sta vomitando uno spruzzo diarroico di smentite ed esortazioni nell'orecchio destro di Gately. Gately si stringe nelle spalle come se non avesse altra scelta e dovesse rimanere lí. Green li
sta osservando. A Gately viene in mente il consiglio della Bandiera
Bianca che chi cazzo se ne frega di quello che penserebbe la gente, dovrebbe buttarsi in ginocchio proprio lí sull'asfalto illuminato dai fari e
chiedere l'aiuto di un Potere Superiore. Ma rimane lí, con Lenz che
chiacchiera nella sua ombra. Le unghie delle dita della mano di Lenz
sulla spalla di Gately hanno dei segni a ferro di cavallo di sangue secco
nelle pieghe tra l'unghia e il dito, e si sente un odore di rame venire da
Lenz che non è solo paura. A Gately viene in mente che se avesse fatto subito l'esame delle urine a Lenz forse tutto questo casino non sarebbe successo. Il Boscaiolo tiene i baffi finti di Lenz puntati verso di
loro come un coltello. Notare che Lenz non ha ancora chiesto l'ora,
neanche una volta. Poi l'altro Boscaiolo abbassa la mano su un fianco
e il bagliore di una lama vera appare in quella mano con il familiare
snick. Al suono della lama la situazione diventa ancora piú automatica
e Gately sente il calore dell'adrenalina che gli si sparge dentro mentre
il suo hardware subdurale clicca nel profondo e si colloca nelle tracce
antiche e familiari di molto tempo fa. Non c'è altra scelta ora se non
quella di battersi e le cose si semplificano radicalmente, le divisioni collassano. Gately è solo una parte di qualcosa piú grande di lui che non
può controllare. La faccia illuminata dal faro sinistro è piombata in quella espressione da battaglia di feroce allegria. Spiega che lui stasera è responsabile per questa gente all'interno di questa proprietà privata e questa storia lo riguarda che lo voglia o no, e possono parlarne perché lui

non vuole battersi con loro. Dice molto distintamente per due volte che
non vuole battersi con loro. Non riesce piú a capire se questa cosa è vera o no. Fissa lo sguardo sulle fibbie con la foglia d'acero delle cinture
dei due uomini, la parte del corpo dove non ti possano fregare con una
finta. I ragazzi scuotono le criniere e dicono che sbudelleranno questo
codardo *bâtard* proprio come questo *sans-Christe bâtard* ha ucciso qualcuno che chiamano Pépé o Bébé, e se Moose tiene alla pelle deve filar-
sela perché non è possibile che sia suo dovere essere sventrato per questo malato codardo *bâtard* Usa con la parrucca da donna. Lenz, che a
quanto pare pensa siano brasiliani, mette fuori il capo dal fianco di Gately e li chiama *maricones* e dice che loro dovrebbero leccargli il *bâtard*,
ecco cosa dovrebbero fare. Gately riesce ancora a connettere quel tanto che basta da pensare che non vorrebbe sentire quel fulcro di familiare calore, un afflusso di competenza quasi sessuale, mentre i due strillano alle offese di Lenz e si lanciano verso di loro, distanti solo un braccio l'uno dall'altro, e camminano sempre piú velocemente, come per
un'inerzia inarrestabile, ma sempre stupidamente troppo vicini. A due
metri di distanza caricano, spargendo petali e muggendo all'unisono
qualcosa in canadese.
    È sempre cosí, tutto accelera e anche rallenta. Il sorriso di Gately si
allarga quando è spinto un po' avanti da Lenz che rincula e scappa per
sfuggire alla carica urlante dei due. Gately sfrutta l'inerzia della spinta e si abbatte con tutto il corpo contro il Boscaiolo enorme con i baffi in mano spingendolo contro il Boscaiolo con il coltello, che va a terra con un *euf* di aria sbuffata fuori. Il primo Boscaiolo tiene Gately per
la camicia da bowling e la strappa e tira un pugno a Gately sulla fronte e si rompe udibilmente la mano, poi molla Gately per afferrarsela. Il
pugno fa cessare ogni ragionamento di natura spirituale in Gately, che
afferra il braccio della mano spezzata dell'uomo e, con lo sguardo fisso
sul Boscaiolo a terra, gli spezza il braccio sul suo ginocchio, e mentre
questo Boscaiolo cade su un ginocchio Gately gli prende il braccio rotto e fa una piroetta su se stesso e glielo torce dietro la schiena e gli pianta la scarpa da ginnastica sulla schiena a fiori e spinge in avanti e c'è un
crack terribile e Gately sente il braccio uscire dalla spalla, e si sente un
urlo straniero fortissimo. Il Boscaiolo con la lama che era a terra dà una
coltellata al polpaccio di Gately attraverso i jeans e poi rotola con grazia sulla sinistra e comincia a rialzarsi, su un ginocchio, il coltello davanti a sé, questo è uno che i coltelli li conosce bene e non c'è verso di
finirlo se ha il coltello in mano. Gately fa una finta e fa un gigantesco
passo in avanti e mette tutto il suo peso in un calcio Rockette che colpisce il Boscaiolo sotto il mento barbuto e rompe udibilmente l'alluce
di Gately nella scarpa da ginnastica e fa cadere all'indietro il Boscaio-

lo nel bagliore degli abbaglianti, e c'è il boom metallico di lui che atterra sul cofano della Montego e il click della lama che schizza via da qualche parte sulla strada oltre la macchina. Gately è su un piede solo, si tiene l'alluce e sente un grande calore venire dal polpaccio ferito. Sulle labbra ha un largo sorriso impersonale. È impossibile, se non nella coreografia da Intrattenimento, battersi con due persone contemporaneamente; ti uccideranno; il trucco nel fare a botte con due persone sta nel buttarne subito giú una e farla star giú abbastanza a lungo per avere il tempo di buttare giú anche l'altra. E il primo, quello grosso con un problema estremo alla spalla, si ripiega in due mentre si rotola a terra cercando di alzarsi, e tiene ancora perversamente in mano i baffi bianchi finti. Si capisce che questa è una rissa vera perché nessuno dice niente e i rumori di chi sta a vedere sono diventati i rumori tipici delle folle che stanno a guardare e Gately salta su e usa il piede buono per tirare due calci su un lato della testa enorme del Boscaiolo e poi senza pensarci lo butta a terra e con un ginocchio gli atterra sull'inguine con tutto il suo peso, il che produce un suono indescrivibile e un urlo di J. V.D. dall'alto e un crack piatto dal prato e Gately sente che gli arriva un pugno cosí forte sulla spalla da farlo ruotare su un ginocchio e quasi cadere a terra sulla schiena e la spalla gli diventa calda e non la sente piú, e Gately capisce che non gli hanno tirato un pugno sulla spalla, gli hanno sparato. Non gli avevano mai sparato prima d'ora. GLI SPARANO DA SOBRIO è il titolo a lettere maiuscole in grassetto che gli passa per la mente come un treno lento quando vede il terzo Boscaiolo con il cappello tirato indietro e la faccia da Boscaiolo contorta e sporca di cordite in posizione perfetta con il gomito alto che prende la mira per la seconda volta alla testa di Don dal prato della 4 con l'occhio senza luce del mirino e un ricciolo pubico di fumo che sale dalla canna forata, e Gately non può muoversi e si dimentica di pregare, e il foro della pistola si alza all'improvviso e scarta di lato mentre scoppia qualcosa di arancione quando il buon vecchio Bruce Green prende il Boscaiolo da dietro in una presa nelson con una mano nella collana di fiori e l'altra mano a spingergli giú con forza il gomito piegato e il Ferro ora punta verso il cielo e lontano dalla testa di Gately quando spara con quel crack piatto da canna forata. La prima cosa che ti viene voglia di fare quando ti sparano è vomitare, cosa che comunque il Boscaiolo piú grosso, quello bloccato dalle gambe divaricate di Gately, sta già facendo sopra la barba e la collana di fiori e la coscia sinistra di Gately mentre Gately continua a muoversi con un ginocchio ancora fisso sul suo inguine. La signora grida Aiuto. Poi c'è un rumore come di carne quando Nell Gunther sul prato fa un gran salto e tira un calcio in faccia con il tacco del suo stivaletto da paracadutista al Boscaiolo che Green sta te-

nendo fermo con la presa nelson, e il berretto del Boscaiolo vola per
aria e la testa gli scatta indietro e colpisce in faccia Green e si sente il
rumore sordo del naso di Green che si rompe ma non lo lascia andare,
e il tipo è scivolato in avanti nel mezzo inchino parkinsoniano di uno
in una mezza nelson ben fatta, il braccio con il quale tiene il Ferro ancora per aria insieme al braccio di Green come stessero ballando, e il
buon vecchio Green non lo lascia andare neanche per tenersi il naso
che butta sangue, e ora che il Boscaiolo è immobilizzato, notare, ecco
che arriva Lenz a tutta birra dalla zona d'ombra e urla e salta e afferra
sia il Boscaiolo sia Green, e tutti e tre diventano un rotolo di abiti e di
gambe sul prato, e il Ferro non si vede piú. Ken Erdedy ha ancora le
mani alzate. Gately, ancora in ginocchio sull'inguine del Boscaiolo ormai ammorbiditosi in modo osceno, Gately sente il secondo Boscaiolo
che cerca di scivolare giú dal cofano della Montego e salta in piedi e gli
si avvicina barcollando. Joelle V.D. continua a urlare qualcosa di monosillabico da una finestra che non può essere la sua. Don si avvicina
al paraurti davanti della Montego e prende a pugni l'omone nelle reni
con il braccio buono e poi lo prende per i capelli grossi da straniero e
lo rimette sul cofano e comincia a sbattergli la testa sul parabrezza della Montego. Si ricorda di quando abitava in quegli appartamenti di lusso della North Shore con G. Fackelmann e T. Erte e piano piano svuo-
tavano tutto l'appartamento e vendevano tutti i mobili finché si ritro-
vavano a dormire in un appartamento completamente vuoto. Green si
alza con la faccia tutta insaguinata, e Lenz è sul prato con il cappotto
che copre lui e il terzo Boscaiolo, e Clenette H. e Yolanda W. si sono
alzate e non hanno piú paura e li circondano e cominciano a tirare al
Boscaiolo dei bei calci nelle costole con i tacchi alti e si spera anche nelle costole di Lenz, e dicono «Rottoinculo» e tirano un calcio tutte le
volte che dicono «ttoin». Gately piegato su una parte sbatte metodicamente la testa irsuta del suo Boscaiolo contro il parabrezza cosí forte
che si vedono apparire le prime ragnatele sul vetro antisfondamento fino a che qualcosa nella testa si rompe con una specie di sgranocchio liquido. I petali della collana del tipo sono sparsi su tutto il cofano e sulla camicia strappata di Gately. Joelle V.D., con il suo accappatoio di
spugna e il velo e lo spazzolino ancora in mano, si è arrampicata sul bal-
concino fuori dalla finestra della Stanza da 5 delle Donne e poi su un
albero macilento lí vicino e scende giú facendo vedere circa due metri
di cosce spettacolari e non deformi, e grida il nome di battesimo di Gately, cosa che gli fa molto piacere. Gately lascia il Boscaiolo piú grosso
in posizione prona sul cofano, la testa appoggiata su un avvallamento
a forma di testa nel parabrezza frantumato che sembra di ghiaccio.
Guardando in alto verso la quercia al di là delle sue mani alzate, a Ken

Erdedy viene in mente che forse a questa ragazza velata e deforme Don Gately piace in un modo extraprofessionale. Nonostante la punta del piede e la spalla, Gately ha mantenuto un'espressione molto professionale per tutto questo tempo. Ha proiettato una specie di competenza e un sangue freddo da impiegato modello. Erdedy ha scoperto che gli piace quasi starsene là con le mani alzate in un gesto di non belligeranza mentre le ragazze afroamericane continuano a maledire e scalciare e Lenz continua a rotolarsi con l'uomo incosciente e lo colpisce e continua a dire «Ecco, ecco» e Gately cammina all'indietro tra il secondo tipo sul parabrezza e il primo che aveva disarmato all'inizio, il suo sorriso ora vuoto come il ghigno di una zucca. Chandler Foss si sta provando il cappello da caccia di lana a quadri del terzo tipo. Si sente un suono nella 4 di qualcuno che sta cercando di forzare una finestra che non si chiude bene. Un vcicolo per la Rimozione dei Rifiuti della Empire viene lanciato con una specie di tonfo sordo e fischia in alto mentre sale, le sue luci di segnalazione che sembrano luci di Natale che si accendono e si spengono, verdi e rosse, mentre Don Gately comincia ad andare nella direzione del prato e del tipo che deve essere quello che l'ha ferito e poi vira come se fosse ubriaco e cambia direzione e con tre saltelli su un piede solo arriva sopra il primo Boscaiolo coperto di vomito, quello che aveva chiamato Gately Moose e gli aveva tirato un pugno sulla fronte. Si sente il rotolio basso del treno della Linea Verde e le esortazioni di Minty quando Gately inizia a pestare forte la faccia supina del Boscaiolo con il tacco del suo piede buono come se stesse uccidendo degli scarafaggi. Il braccio del tipo che ancora può muoversi si agita pateticamente nell'aria vicino alla scarpa di Gately che si alza e si abbassa. Tutta la parte destra della orribile camicia arancione completamente strappata di Gately è scura e dal braccio destro gli gocciola qualcosa di nero e gli sembra che il braccio non sia piú al suo posto. Lenz è in piedi e si sta sistemando il parrucchino e si spazzola. La ragazza velata ha sbattuto contro qualcosa tre metri piú su ed è appesa a un grosso ramo e sta scalciando, mentre Erdedy guarda con attenzione copernicana su per l'accappatoio che svolazza. Il ragazzino nuovo, Tingley, sta seduto con le gambe incrociate sull'erba e si dondola mentre le signore di colore continuano a prendere a calci il Boscaiolo inerte. Si sentono Emil Minty e Wade McDade esortare Yolanda W. a usare il tacco a spillo. Charlotte Treat sta recitando la Preghiera della Serenità a ripetizione. Bruce Green ha la testa piegata indietro e tiene un dito sotto le narici come se fosse un baffo. Si sente ancora Hester Thrale che scappa lungo Warren Street, mentre Gately si allontana barcollante dal Boscaiolo e si siede pesantemente a terra nella stradina, all'ombra eccetto la sua testa enorme illuminata dai fari della macchina dei Boscaioli,

e siede lí con la testa appoggiata alle ginocchia. Lenz e Green gli si avvicinano in quel modo cauto con cui ci si avvicina a un grosso animale
ferito. Joelle Van Dyne atterra in piedi. La signora alla finestra in alto
grida Aiutoaiutoaiutoaiuto*aiuto*. Finalmente Minty e McDade scendono dal portico sul retro, per qualche motivo McDade tiene in mano
uno spazzolone. Eccetto Lenz e Minty, tutti sembrano star male.

Joelle corre proprio come una ragazzina, nota Erdedy[256]. Riesce a
passare in mezzo alle macchine messe a varie angolazioni proprio
quando Gately decide di sdraiarsi.

Non è come svenire. È una decisione che prende Gately di sdraiarsi sulla schiena con le ginocchia piegate e puntate verso la profondità
del cielo, che sembra gonfiarsi e indietreggiare insieme alla pulsazione che sente nella spalla destra, che ora è diventata fredda come la
morte, il che significa che molto presto sentirà dolore, almeno crede.

Muove la mano sinistra a fare segno di non preoccuparsi e appena
vede il piede nudo di Joelle e il bordo del suo accappatoio dice: «Sono ferito e sto perdendo sangue».

«Figlio di *puttana*».

«Sono ferito e sto *sanguinando*».

«Stai *sanguinando*».

«Bella scoperta».

Si sentono la Henderson e la Willis di dietro che continuano a dire «*ttoin*».

«Credo si possa dire a quelle due che ormai è sistemato», Gately
sta indicando quella che crede sia la direzione del prato della 4. A stare sdraiato gli viene il doppio mento, e fa un bel sorriso. La sua grande paura in questo momento è di vomitare di fronte e forse anche addosso a Joelle, di cui ha avuto modo di notare i polpacci.

Ora i mocassini di pelle di lucertola di Lenz con le punte macchiate
di erba. «Don, che posso dire?»

Gately cerca di rimettersi a sedere. «Volevano farti il culo anche
dei *Boscaioli* armati, eh?»

Joelle rivela una specie di kimono nero perché si è tolta l'accappatoio di spugna e lo ripiega in una specie di tampone trapezoidale e
s'inginocchia sulla spalla di Gately e si mette a cavalcioni sul suo braccio e preme sul tampone con il palmo delle mani.

«Ahia».

«Lenz, sta sanguinando parecchio qui».

«Sto cercando le parole giuste per iniziare a dire qualcosa, Don».

«Mi devi dell'urina, Lenz».

«Penso che due di loro, tipo, siano desistiti». Wade McDade ha il
giubbetto slacciato e la voce affannata per la paura.

«Ho detto che sta sanguinando parecchio».

«Vuoi dire deceduti».

«Uno ha una scarpa infilata in un fottuto occhio».

«Dite a Ken di abbassare le mani, Cristo santo».

«Oh *Dio* merda».

Gately sente i suoi occhi incrociarsi e raddrizzarsi da soli.

«Lo sta infradiciando di sangue, guardate che roba».

«Quest'uomo ha bisogno di un'ambulanza».

Qualcun altro, una donna, dice Dio un'altra volta e Gately sente qualche bisbiglio dopo che Joelle scatta e le dice di stare zitta. Lei si piega verso e su di lui, e Gately riesce a vedere quello che sembra un normale mento femminile umano e un labbro inferiore senza rossetto sotto il bordo svolazzante del velo. «Chi dobbiamo chiamare?» gli chiede.

«Chiama la segreteria di Pat e Calvin. Devi fare il 9. Digli di venire».

«Sto per vomitare».

«Fifone!» sta gridando Minty a Ken E.

«Dille di chiamare Annie e l'ufficio dell'Enfield Marine là sotto e fai qualcosa di strategico».

«Dove cazzo è la Sicurezza? Non ci sono mai quando non devono spostare le macchine che non dànno noia a nessuno».

«E chiama Pat», dice Gately.

Intorno a lui una foresta di scarpe e piedi nudi e stinchi, e teste troppo alte per poterle vedere. Lenz sta urlando qualcosa in risposta a qualcuno che è dentro la Ennet: «Vuoi chiamare questo cazzo di *am*bulanza o no?»

«Modera il tono, amico».

«Sarà meglio che chiami *cinque* ambulanze, stronzo».

«Ro*ttoin*culo».

«Ssshh».

«Non ho mai visto niente di *simile*».

«No no», ansima Gately cercando di alzarsi e decidendo che è meglio rimanere sdraiato. «Non chiamarne una per me».

«Sei sicuro? Ha detto che non *vuole* l'ambulanza».

Gli scarponi di Green e di Minty, le ciabattine di plastica per la doccia di plastica viola di Treat. Sente che qualcuno si è messo il Clearasil.

«Ho visto delle belle risse in vita mia, fratello, ma—»

Un uomo urla sulla sinistra.

«Non provate a farmi camminare», sogghigna Gately.

«Siamo nella merda».

«Non può andare in nessun Pronto Soccorso con un colpo di pistola», dice Minty a Lenz, le cui scarpe continuano a muoversi per mettersi a nord di tutti.

«Qualcuno vuole spegnere quella macchina, per favore?»

«Io non toccherei niente».

Gately mette a fuoco il punto dove dovrebbero essere gli occhi di Joelle. Le sue cosce sono allargate per stare a cavalcioni sul suo braccio, che è intorpidito e non sembra neanche suo. È piegata su di lui. Ha un odore strano ma buono. Ha messo tutto il suo peso sul tampone fatto con l'accappatoio. Praticamente non pesa niente. I primi fili di dolore stanno incominciando a irradiarsi dalla spalla e lungo il fianco e nel collo. Gately non si è guardato la spalla, di proposito, e cerca di infilare un dito della mano sinistra sotto la spalla per sentire se qualcosa ci è passato attraverso. La notte è cosí chiara che le stelle brillano attraverso le teste della gente.

«Green».

«Dod doggo niende, non di breoggubare».

«Guardagli la *testa*».

Le sue spalle con il kimono sono curve e di un nero lucido alla luce della Montego. Il cervello di Gately continua a desiderare di andarsene dentro di sé. Quando inizi a sentire un freddo cane è per via dello shock e della perdita di sangue. È come se Gately volesse rimanere proprio lí, guarda le belle scarpe di Lenz dietro le mani di Joelle. «Lenz. Tu e Green. Portatemi dentro».

«Green!»

Il cerchio di facce nelle teste stellate non ha volto per le ombre dei fari. Alcuni motori sono stati spenti e alcuni no. Una macchina ha la cinghia del ventilatore che sbatte. Qualcuno suggerisce di chiamare subito la Madama – Erdedy – e viene deriso da tutti per la sua ingenuità. Gately crede che il personale dello Shed o quelli della 4 l'abbiano già chiamata o per lo meno abbiano chiamato la Sicurezza. Già a dieci anni riusciva a far entrare solo il mignolino nei buchi del vecchio telefono da principessa di sua madre; si sforza di non incrociare gli occhi e stare fermo lí; non vuole assolutamente per nessuna ragione stare sdraiato lí sotto shock dopo un colpo di pistola a spiegare le cose alla Madama.

«Credo che uno di questi sia, come dire, spirato».

«Davvero».

«*Non chiamate nessuno*». Gately urla a tutti. Ha paura di vomitare quando lo alzeranno. «Nessuno chiami nessuno finché non mi avrete portato dentro». Sente l'odore della giacca di pelle di Green sopra di lui. Pezzetti di erba e altro gli cadono addosso da Lenz che si sta ancora spazzolando il cappotto, e gocce di sangue dal naso di Green cadono sulla strada. Joelle dice a Lenz che se non smette di fare qualcosa gli rompe il culo. Tutta la parte destra di Gately è diventata gelida. Dice a Joelle: «Sono in Libertà Vigilata. Andrò in prigione di sicuro».

«Ci sono un sacco di testimoni oculari a pararti il culo, Don, amico», dice McDade oppure Glynn, ma non può essere Glynn, per qualche ragione. E gli sembra la voce di Charlotte T. che dice a Ewell che sta cercando di entrare nell'ufficio di Pat per telefonare ma Gately ha chiuso a chiave la porta di Pat.

«Nessuno chiami *nessuno*!» urla Joelle. Ha un buon odore.

«Stanno chiamando».

«Falli smettere! Diglielo, Cristo! Mi hai sentito?» Il suo kimono ha un buon odore. La sua voce ha l'autorità di una del Personale. La scena qua fuori è cambiata: Gately è a terra, gli ordini li dà Madame Psychosis.

«Ora lo solleviamo e lo portiamo dentro», dice Joelle alla gente in cerchio. «Lenz».

Si sente un crepitio statico e il suono di un grosso mazzo di chiavi.

La voce di lei è la voce di una Madame di una radio libera, tutto a un tratto ne è sicuro e non sa perché, ecco dove aveva già sentito quella strana voce vuota con un po' d'accento.

«Sicuvezza! *Femmi* dove siete». Per fortuna è arrivato uno di quelli della Sicurezza dell'Em, un ex giocatore di football che passa metà del suo turno giú al *Life* e poi cammina su e giú per la stradina per tutta la notte a giocare con il manganello di servizio e canta canzoni marinare stonatc, c ha tutte le carte in regola per finire insieme a loro dagli Λa.

Joelle: «Erdedy – parlaci tu».

«Şcusami?»

«È l'ubriaco», dice Gately.

Joelle guarda in su, forse verso Ken E. «Vai là e dàgli l'idea di essere ricco e rispettabile. Parla con lui. Distrailo mentre lo portiamo dentro prima che arrivino quelli veri».

«Come faccio a spiegargli tutte queste figure prone sdraiate sulle macchine?»

«Cristo santo, Ken, non è un titano mentale – distrailo con qualcosa di brillante, con quello che vuoi. Levati un dito di culo e muoviti».

Il sorriso di Gately arriva fino agli occhi. «Tu sei la Madame della radio, ecco dove ti avevo sentito».

Si sente il cigolio delle scarpe di Erdedy e la radio e le chiavi del ragazzone obeso. «Chi si deve fermare? Vuole dire desistere dal fare qualcosa?»

«*Sicuvezza*! Ho detto *femmi*!»

Green e Lenz si piegano, ci sono respiri bianchi ovunque e il naso che gocciola di Green ha lo stesso odore di rame che ha anche Lenz.

«Sapevo di conoscerti», dice Gately a Joelle, il cui velo rimane impenetrabile.

«Se posso chiederle di specificare cosa dovrei fermarmi dal fare».

«Prima prendigli la schiena quassú», dice Green a Lenz.

«Non impazzisco per tutto questo sangue», sta dicendo Lenz.

Molte mani si infilano sotto la sua schiena; dalla spalla fiorisce un fuoco senza colore. Il cielo sembra cosí 3-D che è come se ci si potesse tuffare dentro. Le stelle si distendono e ne escono punte. Gately sente un suono bagnato e Gately sa che il sangue ha passato l'accappatoio. Vuole che qualcuno si congratuli con lui perché non ha vomitato. Si vede bene che qualche stella è piú vicina e qualcuna è piú lontana, laggiú. Quello che Gately aveva sempre chiamato il Grande Punto Interrogativo è in realtà l'Orsa Maggiore.

«Vi *oddino* di non *muovevvi* finché l'incaricato non *palla* con me». Il ragazzo della Sicurezza non sa che fare, si chiama Sidney o Stanley e porta il cappello della Sicurezza e il manganello quando va a fare la spesa al Purity Supreme e chiede sempre a Gately come se la passa. La tomaia delle sue scarpe è sdrucita lungo l'interno, proprio nel modo in cui si rovinano ai grassi che devono camminare parecchio; le sue maniglione da ex giocatore e il suo pancione ciondolante sono i grandi motivatori di Gately per le flessioni serali. Gately gira la testa e vomita su Green e Joelle, che non ci fanno caso.

«Scusatemi. Oh, cazzo, non lo sopporto».

Joelle V.D. passa una mano sul braccio bagnato di Gately e lascia una scia calda, la mano, poi gli stringe delicatamente il polso per quanto la sua mano riesce ad afferrarlo. «Calmo», dice dolcemente.

«Cristo, ha anche la gamba tutta insaguinata».

«C'era gente che lo adorava il tuo programma». Un altro po' di vomito.

«Ora lo solleviamo molto delicatamente e gli mettiamo i piedi sotto».

«Vieni, Green, amico, vieni qui a sud, dài».

«Vi *oddino* di stare *femmi popio* dove siete».

Le scarpe di Lenz e di Green si avvicinano e si allontanano da una parte e dall'altra di Gately, le loro facce si abbassano come viste in una lente a occhio di pesce mentre lo sollevano:

«Pronto?»

○

Anno del Pannolone per Adulti Depend: InterLace TelEntertainment, Tp da 932/1864 Risc power-Tp con o senza consolle, Pinkj, disseminazione Dss post-Primestar, menu e icone, fax InterNet senza pixel, tri- e quad-modem con baud regolabile, griglie per la Disseminazione post-Web, schermi a definizione cosí alta che ti sembra di essere lí, conferenze videofoniche dai costi contenuti, Cd-Rom con Froxx interno, alta moda elettronica, consolle multiuso, nanoprocessori Yushityu in ceramica, cromatografia al laser, mediacard virtuali, impulsi a fibre ottiche, codificazione digitale, applicazioni killer; nevralgia carpale, emicrania fosfenica, iperadiposi dei glutei, stress lombare. Metà dei bostoniani che abitano nella zona metropolitana ormai lavorano da casa via collegamento digitale. Il 50 per cento dell'educazione pubblica viene disseminata attraverso impulsi accreditati e codificati, assorbibili dal divano di casa. Il seguitissimo programma di ginnastica della Sig.na Tawni Kondo disseminato ogni giorno alle ore 0700h sui tre fusi orari dell'Onan, una combinazione di aerobica low-impact, calistenici della Canadian Air Force, e quella che si potrebbe definire «psicologia cosmetica» – diretti a 60 milioni di nordamericani che tutti i giorni scalciano e flettono le ginocchia con Tawni Kondo, una coreografia di massa in un certo modo simile alle assemblee obbligatorie mattutine di t'ai-chi al rallentatore nella Cina post-Mao – con la sola differenza che i cinesi si riunivano tutti insieme all'aperto. Un terzo di quel 50 per cento di bostoniani della metropoli che escono di casa per andare a lavorare potrebbe lavorare a casa se lo volesse. E (ascolta questa) il 94 per cento di tutti gli spettacoli a pagamento Onaniti viene ora assorbito a casa: impulsi, cartucce registrate, display digitali, arredo domestico – un mercato dello spettacolo fatto di divani e occhi.

Dire che tutto questo è un male è come dire che il traffico è un male, o che le sovrattasse sulla salute o i rischi della fusione anulare sono un male: solo i freak luddisti mangiacereali direbbero che è male una cosa senza la quale non si riesce a vivere.

Ma cosí tanto di questo spettacolo privato fatto di schermi personalizzati e guardato dietro le tende tirate nella sognante familiarità della propria casa. Un mondo galleggiante di non-spazio di visioni private. L'èra del millennio appena iniziato, sotto Gentle e Lace-Forché. Libertà totale, privacy, scelta.

Da qui la passione del nuovo millennio di assistere alle cose che succedono in diretta. Un palinsesto sub-rosa di opportunità di essere spettatore dal vivo, le «spect-ops», l'impagabile occasione di far parte di un pubblico dal vivo, e guardare. Ecco gli Ingorghi dei Curiosi davanti agli incidenti stradali, alle esplosioni per fughe di gas, rapine, scippi, l'occasionale veicolo di scarico dell'Empire con un vettore incompleto che si va a schiantare nei sobborghi della North Shore e rade al suolo intere comunità e la gente lascia aperte le porte di casa nella fretta di uscire e intrufolarsi e fermarsi a guardare il mucchio di rifiuti precipitato che attira una folla sobria e attenta, che si dispone in cerchio attorno al punto d'impatto e confronta con serietà le osservazioni mentali su quello che tutti loro stanno vedendo. Da qui l'apoteosi e la gerarchia sociale decisamente complicata dei musicisti di strada a Boston, i migliori dei quali vanno al lavoro con macchine tedesche. La possibilità notturna di aprire le tende e guardare la strada alle ooooh, quando tutti i veicoli parcheggiati devono essere spostati dall'altro lato della strada e tutti si arrabbiano, o scendono giú a spostare la macchina o si affacciano a guardare. Le risse di strada, le discussioni alle casse dei supermercati, le vendite alle aste giudiziarie, gli automobilisti fermati per eccesso di velocità, Tourettici che pisciano agli angoli delle strade del centro, tutto attira folle liquide. Il cameratismo e la comunione anonima di far parte di una folla di spettatori, una massa di occhi nessuno dei quali è a casa propria, tutti fuori nel mondo e tutti puntati nella stessa direzione. Vedi i problemi del controllo delle folle sui luoghi dei delitti, incendi, dimostrazioni, raduni, marce, segni di insurrezione canadese; adesso le folle si radunano a velocità pazzesca, cosí veloci che non riesci neanche a vederle, una specie di inversione visiva del guardare qualcosa che si scioglie, le folle si riuniscono e vengono tenute insieme da una forza che sembra quasi nucleica, e stanno tutti lí insieme a guardare. Qualsiasi cosa attira gente. Sono ricomparsi i venditori ambulanti. I veterani senza casa e le figure tutte storte sulle sedie a rotelle con i cartelli scritti a mano che spiegano la loro condizione. Giocolieri, freak, maghi, mimi, predicatori carismatici con microfoni portatili. Gli accattoni dello zoccolo duro germogliano come se vendessero panacea alle piccole folle; gli accattoni migliori rasentano la commedia, e vengono ricompensati da una folla di spettatori. Cultisti con tuniche color zafferano con percussioni e volantini stampati a laser. Perfino gli euromendicanti europei vecchio stile, gente con le sopracciglia nere e i pantaloni a righe, muti e fermi. Perfino i candidati locali, gli attivisti, i consiglieri e gli aiutanti di base sono tornati in pieno con tutta la loro organizzazione a fare comizi in pubblico – la piattaforma con le bandiere, i coperchi dei cassonetti dell'immondizia, i tetti degli autoveicoli, i tendoni, tutto ciò che sia sopra le teste della gente, qualsiasi cosa che si elevi a catturare l'attenzione del pubblico: la gente si arrampica e declama, e attira spettatori.

Una delle piú importanti spect-ops alla Back Bay ogni novembre consiste nel guardare alcuni inservienti senza espressione che indossano il bianco della divisa federale e il blu della municipalità mentre prosciugano e ripuliscono lo stagno artificiale delle anatre dei Public Gardens per l'inverno ormai alle porte. Lo prosciugano ogni anno di novembre. Non viene annunciato pubblicamente; non c'è una data fissa; tutto a un tratto appaiono dei lunghi camion luccicanti e si mettono intorno al bordo dello stagno; in genere accade sempre durante un giorno feriale verso la metà di novembre; in genere accade sempre in una di quelle giornate grigie, tristi e ventose tipicamente bostoniane, con i gabbiani che planano in un cielo colore del vetro sporco, con la gente tutta imbacuccata e con i guanti nuovi. Sicuramente non è la giornata ideale per stare all'aria aperta nel parco e assistere a uno spettacolo all'aperto. Eppure una folla massiccia si raduna sempre e forma un anello denso lungo le rive dello stagno dei Public Gardens. Nello stagno ci sono le anatre. Lo stagno è perfettamente rotondo, la sua superficie raggrinzita dal vento sembra pelle d'elefante, è un cerchio geometrico e sulle rive c'è un'erba molto bella e ordinata e i cespugli sono dove dovrebbero essere, con le panchine tipo parco tra i cespugli sui quali si sporgono i salici col tronco bianco scorticato che hanno fatto cadere le loro lacrime gialle autunnali sulle panchine verdi e le rive erbose dove adesso si sta formando e si sta ingrossando un arco di folla che osserva le autorità competenti che iniziano a prosciugare lo stagno. Alcune delle anatre piú furbe sono già partite per qualche posto a sud, e altre se ne vanno per qualche intesa filogenetica proprio mentre arrivano i camion lucenti, ma lo stormo principale rimane. Due aeroplani privati volano in ellissi pigre proprio sotto la cappa di nuvole, con degli striscioni appesi dietro che pubblicizzano i quattro diversi livelli di comfort e di protezione del Depend. Il vento continua a soffiare sui lati degli striscioni, möbiusizzandoli e raddrizzandoli con lo schiocco forte delle bandiere che si tendono al vento. Da terra il rumore dei motori e degli schiocchi degli striscioni sono troppo deboli per essere uditi sopra lo schiamazzo della folla e delle anatre e del perfido fischio del vento. I mulinelli di vento a terra sono cosí forti che il Capo dei Servizi Non Specificati degli Usa, Rodney Tine, in piedi con le mani dietro la schiena a una finestra all'ottavo piano dello State House Annex tra Beacon e Joy Street, lo sguardo diretto in basso verso sudovest ai cerchi concentrici dello stagno e alla folla e ai camion, vede che le foglie e la polvere della strada alzate dal vento girano vorticosamente proprio fuori dalla finestra davanti alla quale si trova in piedi mentre si massaggia il coccige.

Il Dott. James O. Incandenza, regista e quasi scopofilo per le spect-ops e le folle, non si è mai perso questo spettacolo, quando era vivo e si trovava in città. Anche Hal e Mario ne hanno visti un paio. E anche parecchi residenti della Ennet, anche se molti di loro non erano in condizioni di ricordarselo. Sembra che tutti a Boston abbiano assistito almeno una volta al prosciugamento dello stagno. È sempre la stessa giornata tremenda di novembre con il vento che soffia da nordest nella quale se fossi a casa ti metteresti a mangiare una zuppa color della terra in una cucina calda ad ascoltare il vento, contento di essere a casa. Ogni anno che veniva Lui in Persona era la stessa storia. Gli alberi decidui erano sempre scheletrici, i pini tremavano, i salici erano frustati dal vento, l'erba grigia scriocchiolava sotto i piedi, i ratti d'acqua capivano sempre per primi il grande disegno del prosciugamento e scivolavano via come la notte verso le prode di cemento, per fuggire. C'erano sempre anelli di folla che si andavano ingrossando. Sempre rollerblade nei sentieri dei Gardens, innamorati per mano, Frisbee in lontananza sul bordo della discesa sull'altro lato della collina dei Gardens, che guarda in direzione opposta rispetto al laghetto.

Il Capo dell'Ufficio dei Servizi Non Specificati degli Usa, Rodney Tine, sta in piedi di fronte a una finestra non troppo pulita per quasi tutta la mattina, meditabondo, in posizione di riposo marziale. Uno stenografo e un aiutante e un Deputato e il Direttore della Divisione dei Servizi connessi all'Abuso di Sostanze del Massachusetts e l'Operativo Regionale dei Servizi non Specificati e Rodney Tine jr[257] e Hugh Steeply[258] siedono tutti in silenzio nella stanza delle conferenze dietro di lui, la penna Gregg dello stenografo ferma a metà dettatura. La veduta dalla finestra dell'ottavo piano arriva giú fino alla cresta della collina dall'altra parte dei Public Gardens. Due Frisbee e quello che sembra l'anello di un Frisbee sventrato fluttuano da una parte all'altra della cresta, fluttuano da una parte all'altra come in un sogno, certe volte si immergono sotto la cresta e sono persi per qualche istante alla visione speculare di Tine.

Cercando di far prendere alla sua brutta pelle qualche buon raggio Uv e una sana botta di freddo, lo studente-ingegnere della Wyyy 109 del Mit è sdraiato a petto nudo su una argentea coperta spaziale Nasa, supino e cruciforme a piú o meno lo stesso angolo di una sedia da salotto con lo schienale reclinabile, sulla parte piú lontana della collina dei Public Gardens. È vicino ad Arlington Street, nell'angolo piú a sudovest dei Gardens, nascosto dal bordo della collina dal bacino del laghetto e dal chiosco per le informazioni turistiche e dal padiglione e dal centro dei sentieri radiali e dalle statue giganti grigio-verdi degli anatroccoli in fila in ricordo dell'amatissima e immortale *Make Way far Ducklings* di Robert McCloskey. L'unica altra discesa dei giardini è il bacino vuoto del laghetto. Il declivio erboso della collina scende, non troppo ripido, all'angolo del cuneo giú verso Arlington Street ed è un sentiero erboso verde e ampio dove non si trovano le cacche dei cani perché i cani non vanno in bagno su un terreno inclinato. I Frisbee si librano sulla cresta dietro la testa dell'ingegnere, e quattro ragazzi agili giocano a piedi scalzi con una piccola palla a forma di fagiolo. La temperatura è di 5° C. Il sole ha quella attenuata caratteristica autunnale di sembrare dietro tanti pannelli di vetro. Il vento è pungente e continua a far ricadere sul corpo dell'ingegnere le parti non ormeggiate della coperta Nasa. Sulla carne scoperta la pelle d'oca e i foruncoli si urtano in cerca di spazio. Lo studente d'Ingegneria è il solo sulla collina a stare sdraiato a torso nudo su una coperta spaziale metallica. Sta là tutto sdraiato, completamente aperto al debole sole. Lo studente-ingegnere della Wyyy è una delle circa tre dozzine di forme umane sparpagliate sulla collina scoscesa, una collezione umana senza ordine o coesione o qualcosa che le unisca, sembrano legna da ardere prima di essere raccolta. Uomini lerci con le facce scavate dal vento con i parka senza zip e le scarpe scompagnate, i residenti permanenti dei giardini dormono o vegetano in condizioni di stupore di varia origine. Rannicchiati su un fianco, le ginocchia tirate su, chiusi verso tutto e tutti. In altre parole raggomitolati su loro stessi. Dall'altezza notevole di uno dei palazzi dell'ufficio di Arlington Street le loro forme sembrano cose scaricate giú dalla collina da una grande altezza. Nella disposizione delle forme un veterano noterebbe dall'alto una certa somiglianza con un campo di battaglia. A parte l'ingegnere della Wyyy, tutti gli esseri umani sono gente di strada, non rasati, le dita gialle e le parti di pelle esposta abbronzate. Usano cappotti e sacchi a pelo come coperte, e vecchi sacchetti con le maniglie attorcigliate e fustini di Glad per le lattine e le bottiglie da riciclare. Hanno anche delle sacche enormi da campeggiatore senza colore. In altre parole i loro vestiti e i loro oggetti sono dello stesso colore degli uomini. Ce ne sono un paio che hanno dei carrelli dei supermercati pieni delle loro cose che tengono fermi con il corpo perché non rotolino giú dalla collina. Uno di quelli che possiede un carrello ha vomitato nel sonno, e il vomito ha assunto una forma tipo colata di lava verso la sagoma raggomitolata di un altro uomo un po' piú sotto, a valle. Uno dei carrelli per la spesa dell'elegante negozio Break & Circus ha una piccola calcolatrice sulla barra della maniglia che permette di tenere il conto della spesa via via che si scelgono le cose. Gli uomini hanno le dita color nero seppia e sembrano tutti senza denti, che li abbiano o no. Ogni tanto un Frisbee atterra in mezzo a loro. La palla fa il rumore di un sacco di fagioli quando viene colpita dai piedi dei giocatori che sono sopra di loro, dietro di loro. Due ragazzi molto magri con i cappelli di maglia scendono molto vicino all'ingegnere e canticchiano piano *Fumo* ignorando tutte le altre forme, ed è facile capire che sono sottocapitalizzati per comprarsi il Fumo. Quando apre gli occhi l'ingegnere è il solo sulla collina a vedere i ventri rotondi delle anatre che salgono basse e lente sopra le loro teste prese in una corrente d'aria calda che sale dalla collina e le porta verso sinistra, piú a sud. La sua T-shirt Wyyy 109 e il suo inalatore e gli occhiali e la M. Fizzy e una copia piegata a metà di *Metallurgia degli isotopi anulari* sono sul bordo della coperta a specchio. Il suo torso è pallido e gli si vedono le costole, il petto è coperto da piccoli bottoni duri di cicatrici dell'acne. L'erba della collina è ancora abbastanza viva. Una o due delle forme fetali sparpagliate hanno accanto a loro delle lattine nere e vuote di Sterno. Alcuni pezzi di collina si riflettono nelle vetrine dei negozi e sulle finestre degli uffici della Arlington e sui cristalli delle macchine che passano. Un camioncino bianco del tutto non notevole della Dodge o della Chevy esce dal traffico della Arlington e si ferma parallelo al cordolo ai piedi della collina. Un tipo con un vecchio cappotto usato di lana della Nato sta a quattro zampe in basso a sinistra rispetto all'ingegnere e vomita. Dei pezzetti di vomito gli penzolano dalla bocca e si rifiutano di staccarsi. Ci sono delle piccole tracce di sangue dentro il vomito. La sua forma curva ha un aspetto quasi canino sulla discesa irregolare. La figura fetale piú vicina all'ingegnere accasciata davanti alle ruote del carrello della spesa ha una sola scarpa, senza lacci. Il calzino senza scarpa è color cenere. Vicino alla targa HANDICAPPATO, le sole cose eccezionali del furgoncino fermo molto piú sotto sono i finestrini oscurati e il fatto che il furgoncino non ha una macchia e luccica di cera fino quasi a metà della sua altezza, ma sopra quella linea è sporco e incrostato di ruggine e ha un aspetto vergognosamente trascurato. L'ingegnere ha girato la testa da una parte all'altra per abbronzarsi la mascella in modo uniforme. Il furgoncino è fermo in folle in un piccolo punto distante tra i suoi tacchi. Alcune delle forme sulla collina si sono arrotolate intorno a bottiglie o pipe. Si sente un certo puzzo che arriva dalla loro parte, pieno e contadino. Lo studente-ingegnere normalmente non cerca di abbronzarsi e gelarsi la pelle contemporaneamente, ma di recente le occasioni di star fuori al freddo sono state scarse: da quando Madame Psychosis del 60 +/– ha preso un permesso improvviso per ragioni di salute, lo studente-ingegnere non ce l'ha fatta neanche una volta a mettersi fuori a sedere sotto il tetto convoluto della Union ad ascoltare gli spettacoli della sostituta.

L'ingegnere volta la faccia a destra e a sinistra. All'inizio Madame era stata sostituita da una studentessa laureata in Comunicazioni di Massa che si era dimostrata una delusione cocente come Miss Diagnosis; poi la direzione ammise pubblicamente che Madame era insostituibile, e ora l'ingegnere viene pagato solo per mettere la sua musica di sottofondo e poi starsene a controllare un microfono dal vivo per 60 minuti di silenzio assoluto, il che significa che deve stare nella cabina e mantenere i livelli sullo zero con un microfono aperto e, anche se volesse, non può salire sul tetto col ricevitore e le sigarette. Lo studente-direttore della stazione ha dato istruzioni scritte all'ingegnere su cosa dire alla gente che telefona durante quell'ora per chiedere notizie e augurare una pronta guarigione a Madame Psychosis da qualsiasi cosa l'affligga. Al tempo stesso negare e incoraggiare voci di suicidio, ricovero in qualche clinica, crisi spirituale, fuga silenziosa, pellegrinaggio verso qualche luogo incappucciato dalla neve in Oriente. In un certo senso è peggio quando scompare qualcuno che è sempre stato solo una voce. Adesso c'è un silenzio terribile, la notte. Un silenzio completamente diverso dal silenzio tipo silenzio-della-radio che prendeva sempre piú di metà trasmissione. Un silenzio di presenza contro un silenzio di assenza, forse. I silenzi sui nastri sono ancora peggio. Alcuni ascoltatori sono venuti di persona passando oltre la corteccia spessa dentro il freddo studio rosa per avere notizie dirette. Alcuni sono venuti per placare la loro ferma convinzione che Madame fosse ancora lí seduta vicino al microfono senza dire niente. Un altro di quelli che sono addormentati lí vicino continua a prendere a pugni l'aria nel sonno. Quasi tutte le telefonate sono di ascoltatori in qualche modo provati, deformi, con difetti di parola, risatine vacue, gente sofferente. Gente che riaccomoda gli occhiali col nastro adesivo da elettricista. Chiedono notizie timidamente. Si scusano di disturbare una persona che, come possono vedere, non c'è. Prima di ricevere istruzioni scritte da parte dello studente-direttore, lo studente-ingegnere indicava senza una parola il paravento-trittico di Madame dietro il quale non appariva nessuna silhouette. Un altro furgoncino Dodge con gli stessi finestrini sporchi e opachi è apparso in cima alla cresta, dietro le forme sparse sulla collina. Non proietta alcuna ombra visibile. Un Frisbee ad anello gli rimbalza sul muso proprio sulla mascherina. Si ferma, il pannello della porta è di fronte alla discesa e la porta scorrevole dell'altro furgoncino bianco è molto piú sotto. Uno dei piccoli odiosi rompipalle aveva un cappello con una lente e sembrava stesse per cadere in braccio all'ingegnere. Quello al suo seguito voleva un indirizzo dove avrebbero potuto mandare qualche parola di conforto e un omaggio floreale. Il rivestimento di alluminio micronizzato della coperta Nasa è studiato per riflettere ogni possibile raggio Uv sulla pelle nuda dello studente-ingegnere. L'ingegnere sa tutto dell'ambulanza e del Brigham e del Reparto Femminile dell'Icu e dei cinque giorni in Reparto di Riabilitazione perché gliel'ha raccontato quella ragazza grossa scura di carnagione, una certa Notkin, quella con il cappello indecente e la tessera del Dipartimento del Cinema, che una notte, tardi, era arrivata con l'ascensore Basilare per recuperare dei vecchi nastri del programma per l'ascolto personale di Madame, disse, ed era cosí fortunata da conoscere Madame nella vita privata, disse. La parola è *Cura*, Madame Psychosis sta facendo una *Cura* a lungo termine in un posto che la ragazza scura con la barba aveva descritto in modo piuttosto vago come un ricovero in una zona incredibilmente brutta e popolare della zona metropolitana. Questo è esattamente tutto quello che sa l'ingegnere del Wyyy. Tra un po' vorrà saperne molto di piú. Ecco la rampa di acciaio che ora esce fuori dalla porta scorrevole del furgoncino cigolando sulla cresta della collina sopra e dietro di lui. Ecco il buio totale dentro il furgoncino fermo al lato del marciapiede di Arlington St., il cui pannello laterale è stato anch'esso aperto dall'interno. Nella parte sudovest della collina non si vede un poliziotto: la pattuglia della Polizia di Boston di stanza ai Public Gardens girella sulle macchinine da golf truccate vicino al laghetto prosciugato, a tirare pezzetti curvi di ciambelle glassate nei cespugli delle anatre e a dire di circolare a una folla che ormai è già in gran parte dispersa. I Frisbee che si vedevano sulla cresta e i ragazzi sono scomparsi improvvisamente; ora c'è una strana calma come quella di un reef quando vi entra uno squalo; la pancia nera del camioncino fermo in folle è aperta, ne esce una lingua d'argento.

Ecco anche la sedia a rotelle che ora tutto a un tratto viene sparata fuori dalla rampa del camioncino giú per la collina come una visione confusa color ottone che fa un cigolio infernale, con una cosa tipo spalaneve saldata alla sedia che sporge e sfiora il terreno e fa volare ciuffi d'erba dalla scia di erba tagliata che lascia dietro di sé muovendosi a velocità terrificante, senza freni, con la persona senza gambe alzata sui monconi robusti, una maschera con fleur-de-lis-espada al posto del gambo, tutta piegata in avanti come uno sciatore alla ricerca della massima velocità, e fa lo slalom tra quelli in posizione fetale distesi sulla collina, ecco i fiochi bagliori dei movimenti per disporsi alla ricezione nel camioncino vicino al marciapiede in fondo alla discesa, l'ingegnere che inarca molto il collo per abbronzarsi le parti concave sotto la mascella piena di cicatrici, il carrello del supermercato con la calcolatrice che viene agganciato da un ruota cigolante ricoperta di gomma e buttato giú dalla discesa con un rumore di ferraglia spruzzando ovunque tutte le cose che c'erano dentro, la scarpa del barbone al quale era stato legato che gli svolazza dietro vuota e l'incosciente e ora anche scalzo proprietario del carrello agita mani nel sonno davanti alla faccia come se stesse facendo uno di quei brutti sogni da Dt in cui perdeva una scarpa e tutte le sue cose materiali, il carrello calcolatore che va a sbattere sul fianco di quello che sta vomitando e si rovescia e rimbalza diverse volte e l'uomo che vomita si rotola per terra e guaisce, si sentono delle oscenità, l'ingegnere della Wyyy ora sembra sollevarsi su un gomito rosso per il freddo pungente e inizia a voltarsi e guarda in su e dietro di sé lungo la collina proprio mentre la sedia a rotelle con la figura ingobbita sopra lo raggiunge a tutta velocità e la pala della sedia tira su l'ingegnere e la sua coperta Nasa e la sua camicia e passa con una ruota sopra i bicchieri e la bottiglia di M. Fizzy e porta via l'ingegnere sulla pala giú per la discesa ripida verso il furgoncino in moto che sta là in fondo, la cui rampa angolata ora scivola giú come una lingua o la ricevuta di pagamento da una macchinetta sull'autostrada, e quasi a metà discesa la coperta Nasa vola via lontano dalla forma scalpitante dell'ingegnere e improvvisamente sale in alto presa da una corrente calda e soffiata sopra il traffico di Arlington St. dal vento tagliente di novembre, la sedia a rotelle che cigola follemente sale sulle gobbe della discesa e le ridiscende e le risale e continua a venire giú, e alle figure che si sono tirate su a guardare l'ingegnere rapito dalla pala appare come un confuso agitarsi allucinatorio di arti nudi e urla affannose e sfiatate di Aiuto o almeno Fate Pista, mentre la sedia modificata cigola freneticamente giú per la collina lungo la traiettoria piú efficiente per raggiungere il furgoncino con la rampa ora fermo in prima e pronto a partire, e il fumo di scappamento sputato sulla strada da un motore imballato, la coperta Nasa che si contorce scintillante in alto proprio sopra la strada, e le figure svegliate dalle grida stanno ancora lí accucciate sul fianco della collina senza muoversi, intirizzite dal freddo e dalla sofferenza generale, a eccezione del gobbo, quello che stava male ed era stato colpito dal carrello, che alla fine ha smesso di rotolare e si è fermato, e si tiene le parti dove è stato colpito.

I I NOVEMBRE
ANNO DEL PANNOLONE PER ADULTI DEPEND

Ore 1810h, 133 ragazzini e tredici membri del personale sono seduti per la cena, la sala da pranzo dell'Eta occupa quasi tutto il primo piano della West House, una specie di mensa spaziosa simile a un atrio, molto ampia e con pannelli di legno di abete nodoso alle pareti, di cui quella a est ha finestre enormi e colonne su tutta la lunghezza della stanza fino al centro, con i ventilatori appesi in alto sul soffitto che rimuovono l'odore forte e leggermente acido dei cibi preparati per molte persone, il suono oceanico della conversazione di 20 tavoli diversi, il tintinnio secco delle posate sui piatti, un gran mastichio, i rumori metallici del nastro che trasporta i piatti nella lavastoviglie con il cartello che dice VOSTRA MADRE NON VIVE QUI; METTERE QUI IL VASSOIO, le grida attutite di quelli che lavorano in cucina in mezzo al vapore. I capi degli anziani si prendono i tavoli migliori, una tradizione mai discussa, quelli piú vicino al caminetto a gas in inverno e ai bocchettoni dell'Ac a luglio, quelli con le zampe quasi tutte della stessa altezza, con le sedute e gli schienali con l'imbottitura di velluto sottile nel rosso e grigio dell'Eta. I prorettori hanno sempre il loro tavolo vicino al bancone dei carboidrati; il Siriano del Circuito Satellite e l'enorme giornalista di «Moment» con la gonnellona da contadina sono con loro.

Tutti i giocatori riescono a mangiare quantità enormi di cibo, alcuni ancora con le felpe sudate addosso e i capelli ritti e salati, troppo affamati dopo i tre set del pomeriggio per farsi la doccia prima di rifare il pieno di carburante. I tavoli misti sono quietamente scoraggiati. Gli Under 18 e la crema degli Under 16 sono tutti al tavolo migliore. Ortho («Il Tenebra») Stice, l'A-1 degli Under 16 dell'Eta, proprio questo pomeriggio è andato al terzo set contro Hal Incandenza, diciassette anni, il secondo miglior giocatore in assoluto dell'Eta, portando Hal fino a 7-5 nel terzo durante un incontro di esibizione non ufficiale che Schtitt aveva chiesto loro di giocare all'aperto sui Campi Occidentali quel pomeriggio per motivi che nessuno ha ancora ben capito. Il pubblico dell'incontro era cresciuto costantemente via via che erano finite altre sfide e i ragazzi uscivano dalla sala pesi e dalle docce. La notizia che Stice aveva quasi battuto un Inc che nessuno a parte John Wayne era riuscito a battere ha fatto il giro dei tavoli e si è diffusa lungo la fila di quelli che aspettano di essere serviti e al bancone delle insalate, e un sacco di ragazzini piú giovani continuano a guardare al tavolo migliore Stice, sedici anni, capelli tagliati a spazzola, con addosso la sua tuta nera della Fila senza maglietta sotto e la giacca con la cerniera aperta che si sta facendo un complicato panino sul piatto, e sgranano gli occhi e si piegano per comunicare la loro reverenza.

Stice, noncurante, addenta il suo panino come se fosse il polso di un assalitore. Per i primi minuti il solo rumore che si sente al tavolo è quello delle forchette e del mastichio e l'affanno leggero di chi cerca di respirare mentre mangia. Qui si sente di rado qualcuno parlare nei primi minuti, a tavola. La cena è una cosa terribilmente seria. Alcuni ragazzi iniziano a mangiare dai vassoi mentre sono ancora in fila alla macchinetta del latte. Ora Coyle addenta. Wayne ha messo la sua carne in un panino e morde. Gli occhi di Keith Freer sono semichiusi mentre i muscoli della sua mascella si gonfiano e si allentano. Si riescono appena a vedere le teste piegate in avanti di alcuni giocatori sopra il mucchio di cibo che hanno davanti. Struck e Schacht, l'uno accanto all'altro, mordono e masticano in sincronia. L'unico al tavolo che non mangia come un profugo è Trevor Axford, che una volta quando era piccolo a Short Beach Ct cadde dalla bicicletta e batté la testa e si provocò una minuscola lesione al cervello dopo la quale qualsiasi cibo per lui ha un sapore orribile. La sua piú chiara spiegazione di che sapore abbia il cibo per lui è che sa di vomito. Gli viene sempre chiesto di non parlarne a tavola e si tappa il naso quando mangia e mangia con l'espressione neutrale e senza gioia di qualcuno che sta facendo il pieno alla macchina. Hal Incandenza sta smantellando la forma stelliforme che ha sempre la purea di patate all'Eta, e mescola le patate bollite con il purè. Petropolis Kahn ed Eliot Komspan mangiano con la stessa orribile voracità dei prigionieri di guerra e nessuno si vuole mai mettere a sedere con loro – stanno da soli a un piccolo tavolo dietro Schacht e Struck, con le posate che luccicano in mezzo a una nebbiolina fine. Jim Troeltsch continua a tenere un bicchiere di latte in alto verso le luci a spettro totale del soffitto e fa girare il latte alla luce, guardandolo. Pemulis mastica con la bocca aperta e fa dei rumori umidi di roba spiacciata, un'abitudine cosí radicata dalla sua famiglia di origine che nessuna pressione da parte degli amici riesce a toglierla.

Ma ecco che Il Tenebra si schiarisce la voce per parlare. Nelle docce era arrivato fino a metà di una storia di Natale su un litigio epico dei suoi genitori. I suoi genitori si erano incontrati e innamorati in un bar Country/Western a Partridge Ks – vicino a Liberal Ks, sul confine con l'Oklahoma – si erano incontrati e si erano innamorati perdutamente in un bar mentre giocavano a un gioco molto popolare in questi bar Country/Western, un gioco in cui due persone avvicinano gli avambracci nudi l'uno accanto all'altro e mettono una sigaretta accesa nel piccolo affossamento tra la carne dei due avambracci e la tengono lí fino a che uno dei due non tira via il braccio e corre via stringendolo. Il Sig. e la Sig.ra Stice scoprirono qualcun altro che non tirava via il braccio e non scappava via, spiegava Stice. Ancora oggi i loro avambracci erano coperti da piccoli tondini bianchi di bruciature. Erano stati cotti come fegatelli l'uno dell'altro fin dall'inizio, spiegava Stice. Si erano divorziati e risposati quattro o cinque volte, dipende da come si interpretano alcuni precetti giurisprudenziali. Quando erano nei momenti di pace domestica rimanevano nella loro camera da letto per giornate intere con le reti che cigolavano e la porta chiusa a chiave che si apriva solo per brevi sortite per prendersi un gin Beefeater e cibo cinese in quelle piccole scatole di cartoncino bianco con le maniglie di filo di ferro, con i bambini Stice che giravano come fantasmi per la casa prefabbricata, con i pannoloni che stavano per cadere e le camiciole di lana e sopravvivevano con le patatine fritte di quei sacchettoni formato famiglia che erano piú grandi di qualcuno di loro, dei bambini Stice. I bambini se la passavano meglio fisicamente durante i periodi di lite matrimoniale, quando il Sig. Stice usciva sbattendo la porta di cucina con la faccia dura e se ne andava per tutto il giorno a vendere assicurazioni sul raccolto mentre la Sig.ra Stice – che il Sig. Stice e Il Tenebra chiamavano «La Sposa» – mentre La Sposa passava tutto il giorno e tutta la sera a cucinare dei complicati pranzi multiportata con i quali nutriva La Prole (Stice usa l'espressione «La Prole» per indicare se stesso e i suoi sei fratelli) e li teneva caldi nei tegami con i coperchi che sbattevano leggermente e poi li scaraventava sulle pareti della cucina quando il Sig. Stice tornava a casa e puzzava di gin e di sigarette e di profumo che non erano delle marche che usava La Sposa. Ortho Stice ama la sua gente alla follia, ma non ciecamente, e in ogni vacanza passata a casa a Partridge Ks memorizza i punti salienti delle battaglie coniugali per poter intrattenere gli anziani con queste storie, quasi sempre a tavola, dopo che si è affievolito il rumore iniziale di forchette e affanno e tutti hanno di nuovo raggiunto un livello sufficiente di zucchero nel sangue e sono coscienti di quello che li circonda. Alcuni di loro ascoltano a intermittenza. Troeltsch e Pemulis stanno discutendo se il personale di cucina dell'Eta ha cominciato a rifilargli di nascosto il latte in polvere. Freer e Wayne sono ancora piegati in avanti e masticano, molto intenti. Hal sta costruendo una specie di struttura con il suo cibo. Struck tiene sempre tutti e due i gomiti sul tavolo e stringe le posate nei pugni chiusi come l'imitazione di un uomo che mangia. Pemulis ascolta sempre i racconti di Stice, spesso ripete delle piccole frasi, e scuote la testa con ammirazione.

«Adesso mi alzo e mi rifiuto di mangiare un altro boccone con una forchetta che è finita nella spazzatura». Schacht tiene in mano una forchetta con i denti tutti storti. «Guardatela. Chi riesce a mangiare con una cosa cosí?»

«Il vecchio è un figlio di puttana che rimane freddo anche quando è in mezzo al fuoco, a dirla con le parole della Sposa», dice Stice, mentre si sporge in avanti per dare un morso e masticare. In genere all'Eta c'è la tendenza a prendere la prima portata e, a meno che non si tratti di una prima portata liquida, infilarla in mezzo a due fette di pane per mangiare piú carboidrati. È come se Pemulis non potesse veramente sentire il sapore del cibo senza spiaccicarselo contro il palato. Il pane dell'Accademia viene portato da ragazzi in bicicletta con i sandali Birkenstock dal Bread & Circus Quality Provisions di Cambridge, perché non solo deve essere senza zucchero ma deve anche avere un basso contenuto di glutine, che secondo Tavis e Schtitt favorisce il torpore e un eccesso di muco. Axford, che ha perso contro Tall Paul Shaw in due set e se ci perde di nuovo domani viene retrocesso in classifica e diventa 5-A, è impietrito e guarda davanti a sé, e piú che mangiare sembra mimare di mangiare. Hal ha fatto una struttura fortificata molto complicata con il suo cibo, completa di torrette e feritoie per gli arcieri, e anche se non sta mangiando molto e non sta bevendo i suoi sei succhi di mirtillo, continua a deglutire e studia la sua costruzione. Mentre la foga del mangiare rallenta al tavolo migliore, i piú osservatori tra loro lanciano occhiate furtive a Hal e a Axford mentre le diverse Cpu dei giocatori ronzano affrontando gli Alberi Decisionali sulla possibilità che la resa dei conti ancora-non-annunciata ma molto chiacchierata con il Sig. Tavis e l'urologo dell'Onanta oltre alla sconfitta con Shaw e la quasi-sconfitta contro Ortho Stice, abbiano scosso Inc e Axhandle fino all'orlo di un qualche problema psicocompetitivo, e diversi ragazzi con varie posizioni in classifica stanno calcolando i vantaggi che potrebbe portare loro una settimana piena di distrazione e di ansie per Hal e Axford. Anche se Michael Pemulis, l'altra persona a cui si dice l'Onanta abbia fatto un test dell'urina, ignora completamente sia l'espressione di Axford sia l'eccessiva salivazione di Hal, anche se forse le ignora di proposito, e osserva con aria meditativa, le dita messe in croce sulla bocca, i tergivetro[259] che sono stati tirati giú dalla parete e sono appoggiati contro il caminetto spento, e ascolta Troeltsch che si soffia il naso con una mano e con l'altra scuote il bicchiere con il latte bevuto per metà sul piano del tavolo.

Pemulis scuote la testa gravemente guardando Troeltsch. «Non c'è verso, fratello».

«Ti dico che questo è latte in polvere». Troeltsch guarda dentro il bicchiere e tocca la superficie del latte con un dito robusto. «Io so riconoscere quello in polvere. Ho avuto dei traumi nella crescita per il latte in polvere. Il giorno in cui mia Madre ci disse che il latte era troppo pesante per portarselo dietro dal negozio e passò a quello in polvere, con mio Padre che era d'accordo. Mio Padre che si fa mettere i piedi sulla testa come Roosevelt a Yalta. Mia sorella grande scappò *di casa*, e quelli che rimasero ne furono traumatizzati, da questa decisione di usare il latte in polvere, che è inconfondibile se sai dove guardare».

Freer fa un rumore come se russasse.

«E io so esattamente quello che devo cercare, per avere la prova». Troeltsch è rauco e una di quelle persone che parla a piú di una persona contemporaneamente passando lo sguardo da una persona a un'altra persona a un'altra persona; non è un oratore nato. «E cioè i residui eloquenti sulle pareti del bicchiere, quando lo agiti». E agita con vigore il latte.

«Solo che puoi farti un giro, caro Troeltsch, e li puoi vedere quando caricano le sacche del cazzo nella macchinetta del latte ogni venti minuti. Sacche di latte. Con sopra scritto LATTE, sui cartoni. Liquido, sciacquettante, difficile da maneggiare. È latte».

«Tu vedi le sacche, vedi la parola LATTE. Contano sulle sacche. Manipolazione dell'immagine. Manipolazione sensoriale». Risponde a Pemulis guardando Struck. «È solo una parte di un'enorme generale fregatura. Forse una punizione per la storia di Eschaton». Gli occhi vanno per un attimo su Hal. «Forse dopo verrano fuori con le vitamine nascoste. Per non parlare del nitrato di potassio. Per un momento metti da parte le tue deduzioni sulle sacche. Io guardo i fatti. I fatti sono: questo è sicuramente latte in polvere».

«Vuoi insinuare che mescolano il latte in polvere e poi lo mettono nelle sacche, e tutto questo per ingannarci?»

Schacht si pulisce la bocca e inghiotte con vigore. «Tavis non può neanche spostare una mattonella nello spogliatoio senza dover convocare una Riunione del Consiglio o nominare un comitato. Il Comitato per le Mattonelle è andato avanti da maggio fino a ora. E ora si mettono a fare dei travasi segreti di latte alle tre di notte? Non sta proprio in piedi, Jim».

«E Troeltsch ha detto di avere il raffreddore», osserva Freer indicando la bottiglietta di Seldane vicino alla palla da strizzare di Troeltsch, vicino al piatto. «Non puoi neanche sentire i sapori, Troeltsch, se hai davvero il raffreddore».

«Trevor dovrebbe avere il raffreddore, vero Axhandle?» dice Schacht mentre si fa cadere sul palmo della mano delle capsule carminative dalla sua bottiglia color ambra.

A cena possono scegliere latte o succo di mirtillo, il piú carbocalorico tra i succhi di frutta, che schiuma rosso nel contenitore trasparente vicino al bancone dell'insalata. Il contenitore del latte sta da solo contro la parete ovest, un boccettone enorme da 24 litri a tre sacche, con il latte dentro sacche mammarie ovaloidi nell'armadietto frigorifero di acciaio inossidabile, con tre ricettacoli per i bicchieri e tre leve per controllare il flusso. Ci sono due leve per il latte scremato e una per il latte scremato alla cioccolata che dovrebbe avere un alto contenuto di lecitina, e tutti i nuovi all'Eta lo provano una volta sola e scoprono che ha il sapore del latte scremato nel quale sia stato sciolto un pastello marrone. C'è un cartello attaccato con lo scotch alla parete della macchinetta con una scritta in stampatello nera fatta dal personale della cucina che dice IL LATTE RIEMPIE; BEVETE QUELLO CHE AVETE PRESO. Prima il cartello diceva IL LATTE RIEMPIE, BEVETE QUELLO CHE AVETE PRESO fino a che la virgola non è stata fatta diventare un punto e virgola con l'inserimento di un punto blu da parte di una persona facilmente individuabile[260]. La fila per i secondi ora arriva oltre la macchinetta del latte. La cosa migliore dell'essere sazi e rallentare la velocità nel mangiare è appoggiarsi allo schienale della sedia e sentire l'inizio dell'autolisi di quello che hai mangiato e pensare all'igiene dei denti mentre guardi i gruppi di persone e i capannelli di ragazzini nella stanza ariosa, e puoi osservare i comportamenti e le patologie con una mente fresca e sazia. I bambini piú piccoli che corrono in cerchi stretti mentre cercano di seguire l'ombra dei ventilatori sul soffitto. Le ragazze che ridono appoggiate alla spalla delle loro vicine di posto. C'è chi difende il proprio piatto. La sensualità abbozzata e gli atteggiamenti indecisi della pubertà. Due tra i maschi Under 16 piú marginali hanno la testa completamente dentro le ciotole sul bancone delle insalate, e alcune delle femmine nei paraggi fanno dei commenti. Vari ragazzini stanno spiegando il loro punto di vista con gesti diversi. John Wayne e Keith Freer sorpassano di proposito tutta la coda serpentina fino ad arrivare in cima alla fila dei Secondi e si infilano di fronte a un bambino piccolo che sta addentando un bagel con dei movimenti violentissimi della testa e del collo. Jim Struck sfila con la forchetta uno dei pomodori a ciliegia dalla ciotola dell'insalata di Hal con un gesto da selvaggio; Hal non fa nessun commento.

Troeltsch ha fatto scorrere il suo dito robusto dentro le pareti del bicchiere e ha alzato il dito per aria facendolo vedere ai ragazzi che sono al tavolo. «Notate un'ombra bluastra. Tracce e residui. Schiuma sospetta. Granellini minuscoli di particolato di roba in polvere non sciolto del tutto. Il latte in polvere lascia sempre delle tracce eloquenti».

«Il tuo cervello è un granellino minuscolo, Troeltsch».

«Metti via quel dito».

«Prova a mangiarlo».

«Paranoia», dice Pemulis spazzando via i piselli superstiti con la parte piatta del coltello.

«La retta base è di 21 700 cocuzze, senza fare troppi conti», dice Troeltsch, scuotendo il dito avanti e indietro per aria – e in effetti la roba che si sta seccando sul suo dito non ha un aspetto molto appetibile – «eppure, fateci caso, il Polmone non è stato ancora tirato su nonostante il tempo gramo e i problemi a vari tendini d'Achille, e il pranzo di oggi è un déjà-vu totale del pranzo di ieri, e il pane e i bagel che hanno incominciato a darci sono quelli vecchi di un giorno con gli adesivi gialli sulle buste, e ci sono i mobili del tinello nei tunnel e i rivestimenti acustici nei corridoi e le falciatrici per i prati in cucina e i treppiedi sul prato e i tergivetri appoggiati alle pareti e il letto di Stice va in giro per la stanza, e c'è una macchina sparapalle negli spogliatoi del-

le ragazze, mi ha detto la Longley, che per questo tipo di retta non si
riesca a levare di mezzo tutta questa roba por—»

Stice ha tirato su la testa con uno strattone, una traccia di purea
di patate sul suo naso. «Chi ha detto che il mio letto si muove? Come fai a sapere che ci sono dei letti che si muovono?»

Ma è vero. Il treppiedi Husky VI dell'incontro fatale di Mario con
la M/N Millicent Kent era stato solo l'inizio. A cominciare dalle misteriose e continue cadute delle piastrelle insonorizzanti dal soffitto del
subdormitorio, negli ultimi mesi all'Eta certi oggetti inanimati spariscono o vengono spostati e continuano ad apparire un po' dovunque in
posti del tutto inappropriati in un continuo, preoccupante crescendo.
La scorsa settimana una falciatrice lucida e silenziosa e minacciosa nel
bel mezzo della cucina all'alba sciocccò la Sig.ra Clarke e diede come risultato Melanzane alla Parmigiana per due sere di fila, il che causò pesanti ripercussioni. Ieri mattina c'era una macchina sparapalle tipo cannone – di certo non una cosa semplice da spostare da una parte all'altra o far passare dalle porte – nella Sauna della Donne, ed era stata
trovata da alcune ragazze più grandi che avevano iniziato a urlare terrorizzate quando erano entrate dentro la sauna per alleviare alcuni vaghi problemi femminili che nessuno dei ragazzi riesce a immaginare. E
si racconta che due ragazze di colore del turno della colazione abbiano
trovato un paio di tergivetri sulla parete nord della sala appesi a parecchi metri da terra a mo' di croce di Sant'Andrea, messi lí non si sa da
chi. Sembra che gli uomini del turno della mattina di Fvd Harde li abbiano tirati giú, e ora sono appoggiati vicino al caminetto. Gli oggetti
trovati in posti non appropriati avevano tutti un aspetto sinistro: nessuna traccia del sapore scherzoso delle solite marachelle; non sono affatto divertenti. Hanno fatto venire i brividi a tutti anche se in modi
diversi. La Sig.ra Clarke si è presa un'altra mattinata libera, ecco il perché del pranzo ripetuto. Gli occhi di Stice sono rivolti di nuovo verso
il piatto, che è quasi pulito. Non si parla del fatto che Schacht e Tall
Paul Shaw a pranzo avevano controllato tutta la parete nord sulla quale le ragazze di colore avevano detto di aver trovato i tergivetri e non
avevano trovato né chiodi né buchi di chiodi, cioè niente di visibile a
cui fossero attaccati. Alla cosa si è scelto di non dare pubblicità per non
aggiungere ulteriore sconforto dopo le lamentele rauche di Troeltsch
sulla retta, che variano nei dettagli ma sono ormai routine.

«E ora l'ultima inculata nel cibo: cercano di darci latte in polvere».

«Vuoi dire che stanno cercando di fregarci».

«È proprio quello che voglio dire, ma guardiamoci: cosa facciamo?»

«Facciamo finta di avere il raffreddore e stiamo a letto a giocare
al telecronista con il Tp, in segno di protesta?» dice Pemulis.

Troeltsch usa la bottiglia di Seldane per indicare e dare maggiore enfasi. «Non ne vogliamo sentire parlare. Guardiamo da un'altra parte e infiliamo la testa sotto la sabbia».

«Sembra doloroso».

«Trovati un sinonimo per *vattene*».

Stice inghiottisce vistosamente: «Non aprire mai gli occhi sottoterra: questo è un detto di mio padre».

«E cosí ci distraiamo», dice Troeltsch; «ce ne sbattiamo».

Pemulis fa uno strano suono. «Questo è il vero problema: quanto è scemo Troeltsch?»

«Troeltsch è cosí scemo che pensa che un manila folder sia una contorsionista filippina».

«Troeltsch, chi è sepolto nella Tomba di Grant?»

Kyle Coyle dice che sicuramente tutti sanno quella su cosa si mettono le ragazze canadesi dietro le orecchie per attirare i ragazzi. John Wayne non lo degna di uno sguardo. Wayne sta guardando dentro il suo bicchiere, dove sembra ci sia qualche residuo. Ci sono frammenti di lattuga sulle sue ciglia. Le guance di Ortho Stice sono gonfie di cibo, gli occhi puntati sui resti della sua insalata, l'espressione astratta e corrucciata. C'è una terribile energia comunitaria in sala da pranzo, una specie di ansioso tappeto sonoro sotto l'infrangersi delle voci e il tintinnio delle posate, e si sente che, in qualche modo, Il Tenebra si trova in un vago centro di questa energia. Né Wayne né Hal sono stati avvicinabili per tutto l'autunno, in campo. I ragazzini agli altri tavoli dicono cose sottovoce ai loro vicini di posto, e poi il vicino di posto guarda di nascosto verso il tavolo di Stice. Con la fronte corrugata e violacea, Stice continua a fissare la sua insalata e cerca di bloccare input dalla sua fenomenale visione periferica. Due 14enni si stanno litigando un toast. Petropolis Kahn si prepara a catapultare un cece contro qualcuno. Jim Struck sta indicando Bridgette Boone e la M/N Millicent Kent che vanno a prendersi quello che Struck conta come il Quarto, e Stice blocca quell'immagine. Il triste e bellissimo tramonto sopra le colline di Newton non è visibile perché le grandi finestre della stanza sono rivolte verso oriente e dànno sulla collina e sul complesso dell'Enfield Marine che l'Accademia ha già inondato d'ombra, tanto che le luci del portico dell'Em sono già accese e al di là si vedono alti pezzi cubisti della vecchia metropoli, con le ombre che si insinuano. Il pomeriggio appena trascorso è stato una gloria, limpido e freddo e senza vento, senza nuvole, il sole un disco, il cielo una cattedrale, inzuppato di luce, anche l'orizzonte a nord era chiaro e limpido contro un debole alone verde-giallo. Schacht possiede circa otto bottiglie color ambra di varie medicine per la sua Sindrome di Crohn, e deve seguire un vero e proprio rituale per la somministrazione. Contro la fila degli alberi in ombra si vedono un paio di ragazze di colore che lavorano sia in cucina sia di giorno come custodi mentre scendono giú per la collina lungo il ripido sentiero vietato verso quella specie di asilo per le persone disgraziate che vengono qui a lavorare part-time. Le lucide e scadenti giacche delle ragazze brillano nell'ombra e nel viluppo degli alberi. Le ragazze si devono tenere per mano perché la discesa è molto ripida, camminano di lato e sprofondano parecchio a ogni passo. La ragazza di colore Clenette che Hal aveva visto uscire impaurita dall'ufficio di C.T. con la spazzatura in mano ha uno zaino gonfio dietro le spalle, gonfio come se fosse pieno di roba presa dai cassonetti[261], allunga le braccia verso l'altra ragazza di colore, Didi, e gli alberi e sprofonda a ogni passo camminando di lato, l'esitazione delle discese ripide e buie, piene di radici e infestate dai rovi.

Una ragazza con la frangia si alza e fa tintinnare un cucchiaio sul suo bicchiere per fare un annuncio; nessuno le presta attenzione.

Ora a Kahn è permesso raggiungere il tavolo migliore e sedersi con i grandi, postprandialmente.

Wayne e Stice rabbrividiscono nello stesso momento quando improvvisamente il lampadario appeso al soffitto diventa la fonte di luce principale della grande sala.

C'è una discussione breve e piuttosto ignorante sul perché le ragazze che tirano il rovescio a una mano sembrano avere la tendenza a sviluppare seni di misure diverse. Hal ricorda quella cosa che faceva suo fratello negli ultimi anni del college di vedere se gli riusciva portare fuori una ragazza in qualche posto pubblico e poi incontrarsi e fare sesso di nascosto con un'altra ragazza mentre era fuori con la prima. Questo era successo dopo che la ragazza della quale Orin si era innamorato perdutamente e Lui in Persona aveva usato compulsivamente nei suoi film era stata sfigurata. Orin teneva un registro dei Soggetti che era una specie di incrocio tra una statistica e un diario. Di solito lo lasciava in giro a implorare di essere letto. Questo avveniva quando suo fratello Orin sentiva solo il bisogno di avere rapporti sessuali con loro invece di farle innamorare cosí tanto di lui che non potevano mai piú volere nessun altro. Faceva strani corsi di massaggi e psicologia e leggeva libri tantrici con delle illustrazioni che a Hal sembravano sexy quanto Twister.

Coyle dice «Le caviglie»; tutti lo ignorano. Wayne ha già lasciato il tavolo.

Il piccolo 14-C Bernard Makulic, a due tavoli dalla macchinetta del latte e di costituzione delicata e destinato a non rimanere a lungo all'Eta, vomita uno spruzzo setoso e marrone sul pavimento vicino alla sua sedia, e si sente il cigolio dei piedi di altre sedie allontanate a stella dalla tavola, e le vocali protratte dei bambini schifati.

Struck, Pemulis, Schacht e Freer hanno tutti avuto dei rapporti sessuali. Probabilmente anche Coyle, ma è reticente. Axford si vergogna solo se deve fare la doccia in pubblico, molto meno quando si deve presentare nudo a un'ispezione da parte di una femmina. Hal è forse l'unico maschio dell'Eta che vede la verginità per tutta la vita come un traguardo conscio. Sente che Orin sta facendo abbastanza coiti acrobatici per tutti e tre. Freer tiene persino una specie di colposcopio-souvenir fissato all'interno della porta del suo armadietto dove un tempo c'era stata una pin-up, e sembra che Pemulis e Struck abbiano visitato la Combat Zone dopo che la città fiscalmente spremuta ha fatto riappendere le luci rosse della Combat Zone, a est della Common. Ma tra Jim Troeltsch e il sesso non c'è collegamento. E per Wayne e Stice la questione non si pone. A Hal sembra di avere la bocca piena di saliva. A dire la verità, avrebbe dovuto perdere con Stice oggi, e lui lo sa. Stice ha fisicamente dominato il terzo set. Stice l'ha buttato via solo perché dentro di sé non credeva di poter ancora battere Hal, dopo la sua esplosione agonistica. Ma la crisi di fiducia che è costata la partita a Stice si basava su un Hal completamente diverso, e lui lo sa. Ora c'è un nuovo Hal, un Hal che non si fa piú, che non si nasconde, un Hal che tra 29 giorni consegnerà le sue urine alle figure autoritarie con un bel sorriso e una postura esemplare e neanche un segreto nella testa. Nessuno a eccezione di Pemulis e di Axford sa che lui è un Hal completamente nuovo e pulito e avrebbe dovuto perdere là fuori in pubblico con uno di sedici anni in quella favolosa giornata di autunno del New New England.

Wayne si era alzato e aveva appoggiato il vassoio. Ortho («Il Tenebra») Stice sta ancora guardando fisso l'insalata. Se si potesse aprire la testa di Stice si vedrebbe una ruota dentro un'altra ruota, gli ingranaggi e le rotelle che girano tutte al loro posto. Stice ha un sospetto segreto su un segreto che riguarda piú il tavolo vero e proprio che non la gente seduta al tavolo. Molti dei ragazzi interpretano questa sua intensa distrazione come se Stice fosse ancora nella magica Zona del «non posso perdere» dall'incontro di questo pomeriggio.

«L'idea è che le ragazze Boscaiole riescono ad attrarre i ragazzi solo perché sono veramente facili da Xare, questa è la barzelletta», dice Coyle in mezzo a tutto quel rumore.

Poi c'è un breve momento di silenzio che si propaga in tutta la sala da pranzo quando il piccolo Evan Ingersoll appare in fondo alla fila dei Primi con le stampelle, il gesso nuovo e bianco come il cappello di un marinaio, senza firme, il prorettore Tony Nwangi dietro di

lui con la faccia di pietra che gli porta il vassoio. Il disagio nella sala
è quasi visibile, Ingersoll porta il collare e la rottura del tendine del
ginocchio gli costerà almeno sei mesi di attività agonistica. Penn, la
cui frattura del femore gli costerà un anno, non è ancora tornato
dall'ortopedia del St. E. Per lo meno Ingersoll è tornato. Hal si alza
per andargli incontro, Troeltsch si alza per accompagnarlo dopo aver
dato una lunga occhiata a Trevor Axford, di fatto il Fratellone di Ingersoll, che sta seduto nella sua sedia con gli occhi chiusi, senza poter fare nessun gesto conciliatore. Hal è tutto indolenzito dall'incontro, non zoppica ma cammina con le gambe rigide e oscilla lievemente le spalle mentre fa una serpentina tra i tavoli insieme a Troeltsch,
tenendosi ben lontani dal custode e dal secchio delle pulizie di acciaio
opaco su rotelle e dallo spazzolone che sta diluendo il vomito di Makulic in un cerchio ormai largo tre tavoli, che Hal e Troeltsch evitano
con curve esperte attorno ai tavoli dei quali conoscono bene la disposizione, Hal per dire Ciao e Come Va la Gamba, Troeltsch per dire Ciao e sentirsi sollevato di essersi tirato fuori da una discussione
sulle donne come oggetti sessuali. Troeltsch non si è mai neanche avvicinato a uscire con qualcuna. Qui alcuni ragazzi non lo fanno mai.
C'è sempre in tutte le accademie, questo contigente asessuato. Dopo
il tennis certi giocatori juniores non hanno piú l'energia emozionale
per affrontare un appuntamento. Ragazzi coraggiosi e imperturbabili in campo che impallidiscono e si ammosciano al pensiero di avvicinare una femmina in qualsiasi contesto sociale. Certe cose non solo
non possono essere insegnate, ma possono essere ritardate da altre cose che invece possono essere insegnate. Tutto il programma di Ta-
vis/Schtitt è una progressione verso la completa dimenticanza del proprio io; alcuni pensano che l'argomento-ragazze li porti faccia a faccia con qualcosa in loro stessi che hanno bisogno di credere di essersi
lasciati indietro per poter resistere e andare avanti. Troeltsch, Shaw,
Axford: qualsiasi tipo di tensione sessuale gli fa pensare di aver bisogno di piú ossigeno. Un paio di ragazze dell'Eta sono un po' troie,
e qualcuno tra i ragazzi piú aggressivi tipo Freer riesce a buttare giú
qualche ragazza e a farci sesso – l'unica cosa che non manca in questo posto è il tempo e la vicinanza. Ma l'Eta è piú che altro un posto
comparativamente non-sessuale, ed è sorprendente che sia cosí se si
considera il costante ruggire e gorgogliare di ghiandole adolescenti,
l'enfasi sulla fisicità, la paura della mediocrità, le continue battaglie
con l'ego, la solitudine e la stretta vicinanza. C'è qualche caso sparso di omosessualità, molta della quale solo emotiva e non consumata.
La teoria prediletta di Keith Freer è che la maggior parte delle donne all'Eta siano lesbiche in erba che ancora non lo sanno. Che come

ogni atleta donna siano fondamentalmente e vigorosamente maschi dentro, e quindi abbiano tendenze saffiche. È convinto che quelle che entreranno nel Wta[262] saranno forse le uniche ad accorgersene – cioè di essere lesbiche. Le altre si sposeranno e passeranno tutta la vita vicino alla piscina del club a domandarsi perché i peli sulle schiene dei loro mariti le fanno rabbrividire. Per esempio a Freer piace osservare che la M/N Millicent Kent, sedici anni e un fenomeno sulla panca inclinata, con le tette come proiettili d'artiglieria e un sedere come due bulldog in una sacca (espressione di Stice poi diventata popolare), assomiglia già a una Guardia Carceraria Femminile. E a nessuno piace il fatto che Carol Spodek abbia tenuto e conservato per cinque anni interi lo stesso strumento Donnay a manico largo.

Ortho Stice del Sudovest del Kansas guarda per un attimo Hal e Troeltsch che se ne vanno prima di riportare di nuovo la sua attenzione su un pomodoro a ciliegia che è in qualche modo fermo a metà della parete inclinata della sua ciotola da insalata. È possibile che il pomodoro a ciliegia sia rimasto attaccato a metà della parete per via di un po' di salsa allo yogurt invece di stare lí da solo a sfidare le leggi di gravità. Stice non muove un dito per spostare il pomodoro e guardare cosa lo tiene. Usa solo la forza di volontà. Sta cercando di convincere il pomodoro a rotolare giú dalla parete inclinata fino al centro della ciotola. Fissa il pomodorino con una concentrazione enorme, mentre mastica il suo sandwich a tre strati con il filetto di pollo. Il masticchio gli fa sovrapporre certe placche muscolari su un lato della faccia e lo scalpo con i capelli a spazzola si gonfia e si distende. Sta cercando di flettere un qualche muscolo psichico che non è neanche sicuro di avere. Il taglio a spazzola fa sembrare la sua testa un'incudine. La completa concentrazione corruga la sua faccia tonda rossa e carnosa. Stice è uno di quegli atleti di cui si capisce subito che il corpo è un dono divino immeritato, tanto poco ha a che fare con la sua faccia. Assomiglia a una foto incollata male, un personaggio sovrumano di cartone con un buco al posto della faccia. Uno splendido corpo da atleta, agile e affusolato e striato di muscoli nervosi – come un corpo di Policleto, di Mercurio o di Teseo prima delle prove – e sul collo è attaccata la faccia di un Winston Churchill pestato, una faccia larga e squadrata, scurita, piena di pori, con una fronte chiazzata sotto la V dell'attaccatura dei capelli a spazzola, le borse sotto gli occhi, e guance che penzolano e fanno una specie di suono *staccato* di carne che sbatte quando lui si muove, tipo un cane bagnato che si scuote per asciugarsi. Tony Nwangi sta dicendo qualcosa di acido a Hal che sembra inginocchiato in penitenza di fronte a Ingersoll, e tutti quelli ai tavoli intorno si inclinano furtivamente lontano da Hal.

Troeltsch sta firmando il gesso di Ingersoll mentre si parla dentro il pugno. Quando è fuori dal campo, con la cima della testa piatta, i capelli a spazzola e la sua passione per i blue jeans con i risvolti arrotolati e le camicie a quadri con le maniche corte e abbottonate al collo, Ortho Stice è davvero uno zoticone. L'accartocciamento della faccia che accompagna la concentrazione aggiunge crepacci e avvallamenti e un rossore incostante alla sua faccia da bulldog. Le sue guance sono rigonfie di cibo mentre continua a fissare il pomodorino appollaiato sulla parete, cercando di rispettare quest'oggetto con tutta la sua forza. Invocava quella specie di riverenza coercitiva che aveva sentito questo pomeriggio quando diverse palle avevano improvvisamente sterzato controvento e contro il loro vettore originale, quasi convincendo Stice di essere diventate sensibili alla sua volontà, in alcuni momenti cruciali. Aveva sbagliato una volée incrociata e la palla stava per uscire anche dalle righe del corridoio del doppio, quando aveva fatto come una curva ed era atterrata proprio sulla riga della parte di campo del singolo, e questo in un momento in cui gli abeti dietro Hal Incandenza erano piegati da una brezza che soffiava esattamente nella direzione opposta. Hal l'aveva guardato strano. Comunque Stice non era in grado di dire se Hal avesse notato qualcosa che non quadrava nelle curve misteriose e nelle correnti d'aria discendente che sembravano favorire solo Il Tenebra; Hal aveva giocato con gli occhi spalancati e lo sguardo vacuo di un giocatore di tennis sul punto di crollare, eppure sembrava stranamente noncurante, come se si trovasse in fondo al pozzo dei suoi problemi privati; e Stice si impone di nuovo di non chiedersi cosa sia successo con il Preside e l'urologo dell'Onanta, il cui camioncino-laboratorio era apparso senza preavviso nel parcheggio dell'Eta ieri pomeriggio causando uno tsunami di panico poco prima di cena, soprattutto perché non si riuscivano a trovare né Pemulis né la sua scorta di bottigliette di Visine pronte per il laboratorio.

Anche all'interno di quel circolo ristretto di persone che sa che Hal si fa di nascosto, nessuno pensa che la pessima partita di Hal sia da collegarsi a Tavis o all'urina, dato che Pemulis non è mai stato piú allegro di oggi; e se qualcuno doveva essere cacciato, per ragioni chimiche o altro, non sarebbe stato di certo un parente degli amministratori dell'Eta e il numero due dell'accademia.

Sia Hal sia suo fratello Mario sanno che il latte scremato all'Eta è sempre stato fatto da latte in polvere premiscelato da quando Charles Tavis prese il comando quattro anni fa e disse alla Sig.ra Clarke che voleva dimezzare in un mese l'assunzione di grassi animali da parte dei ragazzi, in un modo o nell'altro. Quelli della cucina del turno di notte lo mescolano in enormi recipienti di acciaio e poi tolgono la schiuma e versano il latte nelle sacche del latte vero per una specie di effetto placebo; nella maggior parte dei casi è proprio il *concetto* del latte in polvere che non piace alle persone.

Struck ha scambiato il suo piatto tirato a lucido per il piatto dell'assente Incandenza, con i suoi fortini di filetti non mangiati, pane a basso contenuto di glutine, pane di farina di mais, patatine lesse, un cerchio di piselli e di ceci, metà di una spremuta fresca, la purea di patate inserita in una forma di gelatina stelliforme, e una ciotola di dessert con qualcosa che ha tutta l'aria di essere prugne. Hal è ancora accosciato su un ginocchio vicino alla sedia di Ingersoll, tutti e due i gomiti sul ginocchio, e ascolta Tony Nwangi parlare a lui, Ingersoll e il bendato Idris Arslanian. Keith Freer fa notare che gli sembra che Hal sia molto giú di corda stasera, e controlla se Stice ha qualche tipo di reazione. Struck blatera banalità a bocca piena sullo sprecare il cibo e la fame nel mondo. Struck porta un cappello dei Sox su un lato, e la tesa gli fa ombra su metà della faccia. Il pane non va bene per il suo apparecchio. Freer indossa un gilet di pelle senza camicia sotto, che è quello che preferisce essersi pompato per bene con i pesi. Stice aveva avuto un'esperienza psichica traumatica a quattordici anni quando aveva messo troppo peso sulla macchina pull-down, e la Dott.ssa Dolores Rusk ha autorizzato la sua esenzione dai pesi a eccezione di quelli piú semplici, finché non risolverà questo suo problema con i pesi. La barzelletta che si sente raccontare all'Eta è che Stice, sicuramente destinato allo Show dopo essersi diplomato, non ha paura dell'altezza, ma ha paura dei pesi. Keith Freer, anche se si può dire che è un giocatore juniores di seconda categoria, sembra bello con il gilet di vitello – la sua faccia e il suo corpo stanno bene insieme. Troeltsch vuole una carriera da telecronista sportivo, ma Freer ha l'aspetto del telecronista ideale per la InterLace. Freer viene dal Maryland, da una famiglia di riches nouveaux che si arricchí negli anni Novanta a.S. per via dell'invenzione di suo padre – ora deceduto – di un gadget che venne regalato da tutti nei due Natali prima del millennio, il cosiddetto Filo Senza Telefono. Stice si ricorda vagamente il suo vecchio quando si era trovato un Filo Senza Telefono per regalo di Natale, tutto bello impacchettato, nel primo Natale di cui Ortho si ricordi, a Partridge Ks, e il suo vecchio aveva aggrottato le sopracciglia e La Sposa rideva e si tirava colpi sul grosso ginocchio. Ora quello scherzo non lo capisce piú nessuno, però, ormai ci sono cosí poche cose che hanno bisogno del filo. Ma il vecchio di Freer aveva investito bene la sua fortuna.

«Mio padre», disse Steeply. Steeply stava di nuovo guardando verso l'esterno, con un fianco in fuori e una mano appoggiata su quel fianco. Ora la ferita sui tricipiti era brutta e gonfia. Inoltre, un'area del dito sinistro di Steeply era piú bianca della pelle che la circondava. Forse si era tolto l'anello dell'università, o, cosa piú probabile, una fede nuziale. Sembrava strano a Marathe che Steeply si sottoponesse all'elettrolisi ma non si preoccupasse di coprire il pallore anulare del suo dito.

Steeply disse: «Mio padre, forse nel bel mezzo della sua vita. Lo guardavamo consumarsi per una specie di intrattenimento. Non era una cosa bella. Non ho mai saputo come fosse iniziato o di che cosa si trattasse».

«Adesso mi stai rivelando un aneddoto della tua vita privata», affermò Marathe.

Steeply non scosse le spalle. Stava fingendo di osservare qualcosa di particolare nel deserto. «Ma niente di simile a questo Intrattenimento – un normalissimo programma televisivo di quelli vecchi».

«La televisione via etere e – come si dice? – quella passiva?»

«Sí. La televisione via etere. Il programma si chiamava M*A*S*H. Il titolo era un acronimo, non un comando. Mi ricordo che quando ero bambino facevo un po' di confusione su questo punto».

«Conosco il programma storico della televisione Usa che veniva trasmesso via etere, il programma comico M*A*S*H», affermò Marathe.

«Sembrava che quel cazzo di programma non finisse mai. Il programma che non muore mai. Gli anni Settanta e Ottanta a.S. prima che finisse, grazie a Dio. Ambientato in un ospedale militare durante l'azione dell'Onu in Corea».

Marathe rimase senza espressione. «Azione di Polizia».

Molti piccoli uccelli della montagna avevano iniziato a cantare e a cinguettare da qualche parte sopra e dietro di loro, sull'affioramento. Forse anche qualche serpente. Marathe fece finta di cercare l'orologio nella tasca.

Steeply disse: «Anche se a prima vista non c'è niente di eccezionale ad affezionarsi a un programma. Dio solo sa se anch'io non ero affezionato a un bel po' di programmi. Comincia sempre cosí. Ti ci affezioni o ti ci abitui. Tutti i giovedí sera alle 2100h. "Alle nove per il fuso Orientale, alle otto per il fuso Centrale e per le Montagne". Questo lo trasmettevano sempre, per ricordarti quando dovevi guardarlo, o se volevi registrarlo». Marathe guardò l'omone stringersi nelle spalle da dietro. «Quello spettacolo era importante per lui. E con questo, va bene. Va bene. Gli piaceva davvero quel programma. Dio solo sa se non se lo meritava – aveva lavorato come un cane tutta la vita. Andava bene, all'inizio si organizzava tutto il giovedí per il programma, in un certo senso. Non c'era niente di strano o di pericoloso. È vero che tornava sempre dal lavoro prima delle 2050h tutti i giovedí. E che cenava sempre guardando il programma. Era quasi tenero. La Mammottera lo prendeva in giro, pensava che fosse adorabile».

«La tenerezza in un padre è una cosa rara». Marathe non avrebbe mai capito l'evidente espressione dei bambini Usa *Mammottera*.

«Il mio vecchio lavorava per una ditta di combustibile per il riscaldamento. Combustibile per il riscaldamento delle case. Ce l'hai questo nel tuo archivio? Un bocconcino per M. Fortier: Steeply Usous, H.H.: il padre defunto era addetto alla consegna di combustibile per il riscaldamento, per la Cheery Oil, Troy, New York».

«Stato di New York, Usa, prima della Riconfigurazione».

Hugh Steeply si voltò ma non completamente, e si grattava le bolle senza pensare. «Ma poi cominciarono le repliche. M*A*S*H era incredibilmente popolare, e dopo un paio d'anni di giovedí sera cominciò a essere trasmesso anche di giorno, o la notte tardi, a volte, in base a quello che ricordo bene era chiamato *sfruttamento consorziato dei diritti*, cioè le reti locali compravano i vecchi episodi e li tagliavano e li riempivano di pubblicità, poi li mandavano in onda di nuovo. E questo, pensa, mentre i nuovi episodi del programma andavano ancora in onda di giovedí alle 2100h. Credo che questo fu l'inizio».

«La tenerezza, quella sparí».

«Il mio vecchio cominciò a pensare che anche le repliche fossero importantissime per lui. Da non perdersi».

«Anche se queste repliche le aveva già viste».

«Questo programma del cazzo andava in onda su due diverse reti locali nel Capital District. Albany e zone limitrofe. Per un certo periodo, questa stazione programmò perfino un'ora di M*A*S*H, due repliche di fila, una attaccata all'altra, tutte le sere, dalle 2300h. Oltre a un'altra mezz'ora nel primo pomeriggio, per i disoccupati».

Marathe disse: «Virtualmente un bombardamento di questo programma comico Usa».

Dopo una breve pausa di attenzione per certe bollicine che aveva in faccia Steeply disse: «Cominciò a portare con sé una minitelevisione mentre lavorava. Quando era in ditta».

«Per la trasmissione del pomeriggio».

Marathe aveva l'impressione che Steeply non fosse per nulla cauto nelle sue affermazioni. «Le televisioni, verso la fine riuscivano a

farle veramente piccole. Una specie di tentativo patetico di affossare
la televisione via cavo. Alcune erano piccole come un orologio da polso. Sarai troppo giovane per ricordartelo».

«Mi ricordo bene una televisione predigitale». Marathe non era
ancora in grado di capire se nell'aneddoto di Steeply su se stesso ci
fosse un significato politico o un messaggio.

Steeply spostò la sua schifosa sigaretta belga nella mano destra per
buttarla giú nel vuoto di sotto. «Progredí molto lentamente. L'immersione graduale. La rinuncia alla vita. Mi ricordo che lo chiamavano i suoi amici del bowling, perché non ci andava piú. La Mammottera scoprí che era uscito dai Cavalieri di Colombo. Il giovedí sera non c'erano piú battute, niente tenerezza – solo lui tutto piegato
davanti all'apparecchio, e non mangiava quasi niente dal vassoio. E
tutte le notti, tardi, per lo spettacolo notturno, il vecchio era completamente sveglio, e stranamente ingobbito in avanti, la testa in fuori, come se fosse attirato dallo schermo».

«Anch'io sto in questa posizione quando guardo qualcosa», disse
cupamente Marathe, ripensando al suo secondo fratello e ai Cana-
diens della Nl di H*.

«E diventava nervoso e cattivo, se qualcuno gliene faceva perdere anche solo una. Anche solo una puntata. E diventava cattivo se
qualcuno gli faceva notare che li aveva già visti tutti almeno sette volte. La Mammottera cominciò a mentire per disdire tutti gli impegni
che avrebbero regolarmente mancato. Nessuno dei due ne parlava.
Ricordo che nessuno di noi si sognò mai di parlare della cosa apertamente – di questa oscura svolta nel suo attaccamento al programma
M*A*S*H».

«L'organismo della famiglia non fece altro che cambiare per asse-
condarlo».

«E non era neanche uno spettacolo tanto impegnativo», disse Steeply. A Marathe sembrava essere piú avventato e piú giovane. «Voglio
dire che era carino. Ma era televisone. Commedie e risate in scatola».

«Mi ricordo bene le repliche di quel programma, non ti preoccupare», disse Marathe.

«Fu a un certo punto di questo cambiamento graduale che per primo apparve il blocco per gli appunti. Cominciò a prendere appunti
sul blocco mentre guardava. Ma solo quando guardava M*A*S*H. E
non lasciava mai il blocco in giro dove qualcuno avrebbe potuto dargli un'occhiata. Non che lo tenesse apertamente segreto; non si po-

* National League of Hockey.

teva neanche indicarlo e dire che era una cosa sbagliata. Il blocchetto di M*A*S*H non veniva mai lasciato in giro».

Con quella mano che non era sotto la coperta e impugnava ancora la Sterling Ul35, Marathe teneva pollice e indice contro la sbaffatura rossa proprio sopra le Montagne di Rincon e piegava il collo per vedere la sua ombra dietro di loro sulla collina.

Steeply cambiò posizione appoggiandosi all'altra anca. «A questo punto, per un bambino diventò impossibile ignorare l'odore di ossessione in tutta quella storia. La segretezza sul blocchetto, e la segretezza sul segreto. Quell'annotare scrupolosamente minuscoli dettagli, in ordine preciso, per motivi che dovevano essere urgenti e furtivi».

«Non è equilibrato», concordò Marathe. «Questo attribuirvi troppa importanza».

«Cristo, non siamo arrivati neanche a metà».

«E anche per te», disse Marathe, «troppo squilibrio. Poiché tuo padre precipita in questa ossessione, ma cosí lentamente che potevi sempre avere dei dubbi, potevi pensare di essere tu lo squilibrato perché davi troppa importanza a tutto – un blocchetto, una postura. C'è da diventare matti».

«E le conseguenze sulla Mammottera».

Marathe aveva girato leggermente la sedia per riuscire a vedere la sua ombra, che appariva tozza e deformata dalla topografia della collina ripida sopra l'affioramento, e in generale patetica e piccola. Non ci sarebbe stato nessun titanico o minaccioso *Bröckengespenstphänom* con il levar del sole all'alba. Marathe disse: «Tutto l'organismo familiare perde il suo equilibrio, tutti mettono in dubbio le loro percezioni».

«Il vecchio – poi cominciò con l'abitudine di citare brevi battute e scene di M*A*S*H per illustrare un'idea, o per spiegare un punto in una conversazione. All'inizio quest'atteggiamento sembrava casuale, come se gli venisse in mente qualche pezzetto o qualche scena. Ma poi cambiò, anche se lentamente. In piú mi ricordo che iniziò a cercare gli altri film interpretati dagli attori del programma».

Marathe fece finta di starnutire.

«Poi a un certo punto della storia non riuscí piú a sostenere una conversazione o a comunicare su un argomento senza fare un collegamento con il programma. L'argomento. Senza un qualche sistema di riferimento al programma». Steeply diede indicazione di aver notato i leggeri cigolii di quando Marathe spostava leggermente la sedia da una parte all'altra per vedere la sua piccola ombra da varie angolazioni. Steeply espirò dalle narici con un forte rumore. «Anche se non era completamente acritico nei confronti del programma».

A volte, da qualche parte nel profondo, a Marathe veniva in mente che questo Steeply non gli dispiaceva, anche se *piacere* o *rispettare* erano verbi ancora troppo forti.

«Non era quel tipo di ossessione, vuoi direi».

«Era graduale e lenta. A un certo punto mi ricordo che incominciò a chiamare la cucina La Tenda del Casino e il suo stanzino La Palude o Il Pantano. Erano dei posti immaginari del programma. Cominciò a noleggiare film dove c'erano anche solo dei cameo o delle comparsate degli attori del programma. Comprò quello che a quel tempo si chiamava Betamixer[263], uno dei primi videoregistratori magnetici. Cominciò con l'abitudine di registrare magneticamente le 29 tra trasmissione e repliche di ogni settimana. Teneva da parte i nastri, li metteva a posto con sistemi barocchi di riferimenti incrociati che non avevano niente a che fare con le date di registrazione. Mi ricordo che la Mammottera non disse niente quando decise di andare a dormire di notte su una poltrona nel suo stanzino, La Palude. O faceva finta. Di dormire».

«E tu ovviamente sospettavi che non dormisse davvero».

«Piano piano tutti capirono che guardava le registrazioni magnetiche del programma M*A*S*H per tutta la notte, forse le riguardava continuamente, con un auricolare di plastica bianca infilato in un orecchio per non far rumore, e scarabocchiava febbrilmente sul suo blocco di appunti».

In contrasto con la violenza e la profondità *transperçant* del levar del sole, il sole dell'alba sembrava lentamente esalato dal profilo piú tondeggiante delle Montagne di Rincon, il suo calore un calore piú umido e la luce il rosso vago di una specie di sentimento d'amore; e l'ombra eretta di Steeply dell'Usous era proiettata sull'affioramento verso Marathe dietro di lui, cosí vicina che se Marathe avesse allungato un braccio avrebbe potuto toccare l'ombra.

«Avrai capito che non ricordo esattamente la progressione esatta di tutta la storia», disse Steeply.

«La gradualità».

«Ma io so che la Mammottera... mi ricordo che un giorno nel bidone della spazzatura dietro casa trovò un quantità di lettere indirizzate a un personaggio di M*A*S*H che si chiamava – cazzo, questo me lo ricordo di sicuro – Maggiore Bums. Le trovò lei».

Marathe non si permise di ridere. «Mentre cercava dentro il bidone dei rifiuti sul retro. Per trovare le prove dello squilibrio mentale».

Steeply fece cenno di no a Marathe. Non voleva scherzare. «Non si era messa a cercare nella spazzatura. La Mammottera aveva troppa classe. Forse si era ricordata di aver buttato via il *Troy Record* del giorno prima senza staccare i buoni sconto. Raccoglieva tutti i buoni sconto».

«Questo avveniva prima delle leggi nordamericane sulla ricircolazione[264] dei quotidiani».

Steeply non fece cenno di no e non lo degnò di uno sguardo. Aveva quell'espressione concentrata. «Questo personaggio – questo me lo ricordo troppo bene – era interpretato dall'attore Maury Linville, un vecchio attore che lavorava per la 20th Century Fox».

«Che piú tardi creò il quarto network delle Quattro Grandi».

Il trucco di Steeply sciolto dal calore del giorno prima si era indurito nella notte in una configurazione quasi orribile. «Ma le lettere, le lettere erano indirizzate al Maggiore Bums. Non a Laury Linville. E non presso gli Studios della Fox o qualcosa di simile, ma indirizzate a un complicato indirizzo militare, con un codice postale di Seul».

«Nella Corea del Sud della storia».

«Le lettere erano ostili, aggressive e piene di descrizioni. Era arrivato a pensare che il personaggio del programma, il Maggiore Bums, incarnasse qualche tema cataclismico tipo Armageddon che andava lentamente formandosi durante il programma e già c'erano degli accenni e sarebbe poi emerso nella graduale successione delle stagioni di questo M*A*S*H». Steeply si toccò il labbro. «Mi ricordo che la Mammottera non ci parlò mai delle lettere. Trovate nella spazzatura. Ma le lasciò in giro dove la mia sorellina e io avremmo potuto vederle».

«Non vuoi dire che tua sorella era una capra».

Comunque Marathe osservò che Steeply non era suscettibile a nessun altro tipo di emozione. «Era mia sorella minore. Ma il mio vecchio, la progressione del programma da divertimento a ossessione – le differenze importanti a questo punto non contavano piú. Tra il Burns del programma e questo Linville che faceva la parte di Burns».

Marathe alzò un sopracciglio per concordare con lui: «Questo significa una grave perdita di equilibrio mentale».

«Mi ricordo un'altra cosa, lui credeva che il nome del personaggio Burns fosse anche collegato al verbo inglese che prometteva il fuoco purificatore dell'Apocalisse».

Marathe sembrava preoccupato o socchiudeva gli occhi per il sole che sorgeva. «Ma aveva buttato le lettere nel contenitore dei rifiuti, hai detto, invece che spedirle».

«Aveva già iniziato a perdere delle settimane intere di lavoro. Era alla Cheery da molte decine di anni. Gli mancavano solo pochi anni alla pensione».

Marathe guardava i colori della coperta che aveva sulle gambe farsi sempre piú brillanti.

«Mo Cheery e il mio vecchio – avevano giocato a bowling insieme, erano insieme nei Cavalieri di Colombo. Perdere tutte quelle settimane di lavoro rese le cose imbarazzanti. Mo non voleva licenziare il mio vecchio. Voleva che il mio vecchio si facesse vedere da qualcuno».

«Da un professionista».

«Quando succedevano tutte queste cose io non ero neanche lí. La cosa di M*A*S*H. Ero al college quando le differenze importanti erano venute meno».

«A studiare le culture multiple».

«La mia sorellina mi doveva tenere aggiornato sugli sviluppi quando ero a scuola. Il buon vecchio Mo Cheery veniva a casa nostra, passava un po' di tempo a guardare i nastri magnetici del programma con il mio vecchio, ascoltava le sue teorie e i suoi punti di vista, poi prima di uscire prendeva sottobraccio la Mammottera e la portava fuori in garage e le parlava con calma del fatto che il mio vecchio stava precipitando a capofitto in un forte esaurimento psichico e a suo modesto parere aveva bisogno di farsi vedere da qualcuno, assolutamente senza perdere altro tempo. La mia sorellina diceva che la Mammottera si comportava sempre come se non capisse quello di cui Mo stava parlando».

Marathe lisciò la sua coperta.

«*Mammottera* era una specie di nomignolo in famiglia», disse Steeply, con aria un po' imbarazzata.

Marathe annuí.

«Sto cercando di ricostruire il tutto dalla mia memoria», disse Steeply. «A questo punto il vecchio è completamente incapace di parlare di qualcosa che non sia M*A*S*H. La sua teoria dell'apocalisse Burnsbarra-*Burning* si allarga per diventare una serie enorme e complessa di teorie su temi omnicomprensivi e segreti che hanno a che fare con la morte e con il tempo, dentro il programma. Come prova di una specie di comunicazione in codice per alcuni spettatori sulla fine del nostro tipo di mondo-tempo e l'avvento di un ordine completamente diverso di mondo-tempo».

«Comunque tua madre continua a recitare-agire come se tutto fosse normale».

«Sto cercando di ricostruire delle cose che non erano chiare neanche in quel momento», disse Steeply, il suo trucco sciolto e poi seccato era grottesco quando si concentrava nella luce dell'alba, come la maschera di un pagliaccio malato di mente. «Una di queste teorie riguardava il fatto, che il mio vecchio trovava estremamente significativo, che la storica Azione di Polizia dell'Onu in Corea era durata approssimativamente solo due anni, mentre M*A*S*H a quel tempo era quasi al suo settimo anno di programmazione. Alcuni personaggi del programma incominciavano ad avere i capelli grigi, si stempiavano, si facevano il lifting. Il mio vecchio era convinto che queste fossero tematiche intenzionali. Secondo la mia sorellina, che doveva sopportare il peso del tempo passato con lui a guardare la Tv», disse Steeply, «le teorie del mio vecchio erano incredibilmente complesse e riguardavano piú o meno tutto. Con il passare degli anni e delle nuove stagioni, quando gli attori si ritiravano e i personaggi venivano sostituiti da altri personaggi, il mio vecchio produsse teorie barocche su ciò che era, e cito e sottolineo, *veramente* successo ai personaggi sostituiti. Dove erano andati, dove stavano, cosa voleva dire tutto questo. Poi la cosa successiva fu che cominciarono ad apparire una o due lettere con gli indirizzi cancellati e rimandate al mittente, con il timbro NON CONSEGNABILE, inviate a indirizzi inesistenti o assurdi».

«Le lettere squilibrate non venivano piú buttate tra i rifiuti, ora venivano spedite».

«E la Mammottera non si lamentò mai. Ce n'era abbastanza da spezzarle il cuore. Lei era una roccia. Cominciò a prendere delle medicine contro l'ansia».

La terra dei liberamente coraggiosi: Marathe non lo disse a voce alta. Guardò il suo orologio da tasca e cercò di ricordarsi da quanto era con Steeply e aveva cercato di andarsene con un po' di tatto.

A questo punto Steeply dava l'impressione di avere molte sigarette accese allo stesso tempo. «A un certo punto alla fine della progressione il mio vecchio rese noto che stava lavorando a un libro segreto che rivedeva e spiegava molto della storia militare, medica, filosofica e religiosa del mondo per mezzo di analogie con certi codici tematici sottili e complessi di M*A*S*H». Steeply stava su un piede e sollevava l'altro per controllare un danno alla scarpa, continuando a fumare. «Anche quando andava a lavorare ci furono problemi. I clienti che chiamavano per le consegne o per avere informazioni o per qualsiasi altra cosa cominciarono a lamentarsi che il mio vecchio cercava continuamente di coinvolgerli in bizzarre discussioni teoretiche sulle tematiche di M*A*S*H».

«Poiché è necessario che vada presto, spero verrà fuori in breve un punto centrale». Marathe si introdusse nel discorso nel modo piú cortese possibile.

Sembrò che Steeply non lo sentisse. Non solo sembrava incauto e assorto in se stesso; il suo stesso comportamento sembrava piú giovane, da ragazzino. A meno che questa non fosse una messa in scena a uso di Marathe, e Marathe sapeva di non poterlo escludere.

«Poi il doppio colpo», disse Steeply. «Nell'anno 1983 a.S. Me lo ricordo chiaramente. La Mammottera aprí una lettera allarmante da parte degli avvocati della Cbs e della 20th Century Fox. Sembrava che delle lettere fossero state inoltrate alla Fox dagli impiegati postali dell'esercito. Il mio vecchio aveva cercato di avere una corrispondenza con vari personaggi passati e presenti di M*A*S*H per mezzo di lettere che la famiglia non si era mai accorta fossero state spedite ma il cui contenuto, dicevano gli avvocati, sollevava, cito, una grave preoccupazione e poteva, cito, costituire terreno per un'azione legale». Steeply sollevò il piede e lo guardò, la faccia addolorata. Disse: «Poi fu mandato in onda l'episodio finale del programma. Nell'autunno inoltrato del 1983 a.S. Mi trovavo in viaggio con la banda musicale del Rotc verso Fort Ticonderoga. La mia sorellina, che a questo punto era venuta via di casa anche lei, e chi non l'avrebbe capita, raccontò che la Mammottera raccontava con nonchalance e senza lamentarsi che il vecchio si rifiutava di uscire dal suo stanzino».

«Ecco l'isolamento finale dell'ossessione».

Steeply guardò Marathe da sopra la spalla. «Non voleva uscire neanche per andare in bagno».

«Credo che le ricette di tua madre le prevenissero gravi episodi di ansia».

«Si era fatto installare un cavo speciale Cadc per vedere altre repliche. Quando non c'erano repliche, guardava continuamente i nastri magnetici. Aveva un'aria smarrita e spettrale e la sua poltrona non sembrava neanche piú una poltrona. La Cheery Oil continuò a tenerlo impiegato finché, a sessant'anni, raggiunse i trent'anni di lavoro. La mia sorellina e io cominciammo a discutere con riluttanza se non fosse il caso di intervenire con la Mammottera perché intervenisse con il vecchio e lo costringesse a farsi vedere da qualcuno».

«Voi, non vi era possibile andare da lui».

«Morí poco prima del suo compleanno. Morí nella sua poltrona completamente reclinata mentre guardava un episodio nel quale Alan Alda/Occhio di Falco non riesce a smettere di fare il sonnambulo e ha una paura terribile di impazzire finché un terapista militare lo rassicura, mi ricordo».

«Anch'io ho visto la replica di questo episodio quand'ero bambino».

«Tutto quello che riesco a ricordarmi è il professionista militare che dice ad Alda di non preoccuparsi, perché se fosse davvero pazzo dormirebbe come un neonato, come il famoso Burns/Lanville».

«Mi ricordo che il personaggio Burns dormiva veramente bene».

«Il manoscritto del libro segreto riempiva decine di blocchi. Ecco che cosa erano tutti quei blocchetti. Si dovette forzare un armadietto nel suo rifugio. Saltarono fuori tutti i blocchi. Il tutto era scritto in una specie di codice che sembrava un codice militare-medico, però era indecifrabile – io, mia sorella e il suo primo marito passammo un po' di tempo a cercare di decifrarli. Dopo la sua morte nella poltrona».

«Il suo squilibrio gli era costato la vita. Un programma televisivo altrimenti innocuo lo uccise, a causa di una ossessione che lo aveva consumato. Questo è il tuo aneddoto».

«No. Fu un infarto. Gli fece completamente saltare un ventricolo. C'erano dei precedenti in tutta la sua famiglia: per il cuore. Il patologo disse che c'era da meravigliarsi che avesse vissuto cosí a lungo».

Marathe scosse le spalle. «I posseduti sono duri a morire».

Steeply scosse la testa. «Deve essere stato un inferno per la povera vecchia Mammottera».

«Non si era mai lamentata, comunque».

Il sole era già alto e pulsava. La luce inondava tutto di un giallo malato. Gli uccelli e gli animali stavano già zitti, storditi dal gran calore, e le grandi macchine dai colori vivaci non si erano ancora messe in movimento. Tutto era calmo. L'ombra di Steeply sul ripiano era tozza e tarchiata, già piú corta della figura vera di Steeply che si sporgeva in avanti per trovare un punto molto piú in basso dove buttare un pacchetto accartocciato di sigarette belghe che finalmente non avrebbe piú fumato.

Marathe tirò fuori l'orologio dalla tasca del suo impermeabile.

Steeply scosse le spalle. «Credo che tu abbia ragione, c'è sia l'orrore sia l'attrazione. Quando sono a est e penso al laboratorio di Flatto sento di essere tentato».

«Dall'Intrattenimento di adesso».

«E riesco quasi a immaginarmi Hank Hoyne nella vecchia poltrona reclinabile del mio vecchio, tutto curvo a scarabocchiare febbrilmente».

«In codice militare».

«Gli occhi, ce li hanno in quel modo anche loro, come quelli del mio vecchio, come quelli di Hoyne. A periodi».

Anche il calore cominciò a tremolare, dal suolo del deserto color manto di leone. La mesquite e i cactus oscillavano, e Tucson Az riprese ancora una volta l'aspetto di un miraggio, come era apparsa quando Marathe era appena arrivato e aveva trovato la sua ombra cosí affascinante per dimensione e portata. Il sole della mattina non aveva lame radiali di luce. Appariva brutale e severo e dannoso da guardare. Marathe si permise un paio di secondi di distrazione per osservare le ombre sempre piú grosse delle Montagne di Rincon sciogliersi lentamente alla base delle Montagne di Rincon. Steeply si raschiò la gola e sputò, tenendo ancora in mano l'ultimo pacchetto accartocciato di Flanderfume.

«Il mio tempo è troppo limitato per trattenermi ancora», disse Marathe. Ogni suo cambiamento di posizione portava dei piccoli cigolii di pelle e metallo. «Ti sarei grato se te ne andassi per primo».

Steeply si immaginò che Marathe non volesse fargli capire come era riuscito ad arrivare fin lí. Per nessun motivo particolare; solo per orgoglio. Steeply si accovacciò per aggiustarsi i lacci dei suoi tacchi alti. Le sue protesi non erano ancora del tutto allineate. Parlò con la voce fioca e affannata degli uomini grossi che cercano di piegarsi:

«Va bene. Rémy, non credo che l'espressione di Dick Willis "privi di intenzione" renda l'idea. Degli occhi. Hoyne, l'internista arabo. Il mio vecchio. Non quegli occhi».

«Vorresti dire che non cattura l'espressione di questi occhi».

Il guardare in su mentre si accovacciava fece sembrare grosso il collo di Steeply. Osservò qualcosa dietro Marathe, verso lo scisto. Disse: «L'espressione sembrava quasi – cazzo, come definirla. Cazzo», disse Steeply tutto concentrato.

«Pietrificata», disse Marathe. «Ossificata. Inanimata».

«No. Non inanimata. Piuttosto l'opposto. Era come se fosse... *bloccato* in qualche modo».

Anche il collo di Marathe era rigido perché era molto tempo che si sporgeva in avanti per guardare in basso e in avanti. «Cosa vorresti dire con questo? Incollato?»

Steeply stava facendo qualcosa allo smalto rotto di un'unghia dei piedi. «Bloccato. Fisso. Catturato. Intrappolato. Come se fosse rimasto intrappolato in mezzo a qualcosa. Tra due cose. Tirato contemporaneamente in due direzioni diverse».

Gli occhi di Marathe cercarono nel cielo già troppo blu per i suoi gusti, appannato da una specie di pellicola trasparente di calore. «Vuoi dire tra due desideri diversi di grande intensità, vuoi dire questo?»

«Non tanto desideri. Era qualcosa di piú vuoto. Come se fosse rimasto bloccato a metà di un pensiero. Come se avesse dimenticato qualcosa».

«Qualcosa fuori posto. Che aveva perso».

«Fuori posto».

«Perso».

«Fuori posto».

«Come vuoi».

13 NOVEMBRE
ANNO DEL PANNOLONE PER ADULTI DEPEND

Ore 0245h, Ennet House, quando le ore sono veramente piccole. Eugenio M., che si è offerto di prendere il posto di Johnette Foltz per la Guardia dei Sogni, è in ufficio a giocare con un giochino di quelli che si tengono in mano e cinguettano e fanno bip. Kate Gompert e Geoffrey Day e Ken Erdedy e Bruce Green sono in salotto con quasi tutte le luci spente e il vecchio visore Dec acceso con le immagini che saltano. Le cartucce non sono ammesse dopo le ore 0000h, per incoraggiare il sonno. I tossicodipendenti che stanno disintossicandosi dalla cocaina e da altri stimolanti dormono abbastanza bene dopo il secondo mese, gli alcolizzati dopo il quarto. I tossici da erba e tranquillanti possono scordarsi di dormire per tutto il primo anno. Anche se Bruce Green sta dormendo e violerebbe la regola del non-ci-si-sdraia-sul-divano se non avesse le gambe incrociate e i piedi sul pavimento. Il visore della Ennet House riesce a prendere solo la Disseminazione Spontanea della InterLace, e dalle 0200h alle 0400h InterLace Nne scarica file per il giorno dopo e cancella tutte le trasmissioni fuorché quattro disseminazioni di seguito del «Programma di Mr Bouncety-Bounce», e quando Mr Bouncety-Bounce appare sullo schermo con il suo vecchio pannolone con lo spillo di sicurezza e la sua maschera da neonato non è certo una figura rassicurante né piacevole per l'adulto insonne. Ken Erdedy ha iniziato a fumare e sta seduto a fumare facendo dondolare una pantofola di pelle. Kate Gompert e Geoffrey Day sono sul divano non-di-pelle. Kate Gompert è seduta sul divano con le gambe accavallate e la testa tutta in avanti e si tocca i piedi con la fronte. Sembra quasi una posizione spiritualmente avanzata dello yoga o un esercizio di stretching, ma è solo il modo in cui Kate Gompert è stata seduta sul divano tutte le notti dopo il grandissimo casino di mercoledí notte di Lenz e Gately nella stradina, cosa che ha scosso tutti fin nel profondo, e nessuno alla Ennet si è ancora ripreso. I polpacci nudi di Day sono completamente privi di peli e hanno un aspetto assurdo con le scarpe da cerimonia e i calzini neri e un accappatoio di velluto, ma Day ha dimostrato una resistenza quasi ammirevole nel fregarsene di cosa pensano gli altri, in un certo senso.

«Come se ti importasse davvero». La voce di Kate Gompert è senza tono e difficile da comprendere perché viene fuori dal cerchio formato dalle sue gambe accavallate.

«Non c'entra nulla se ti importa o no», dice Day con calma. «Volevo solo dire che io mi identifico fino a un certo punto».

Lo sbuffo d'aria sarcastico della Gompert solleva una parte della sua frangia non lavata.

Bruce Green non russa, sebbene abbia il naso rotto e incerottato di nastro bianco. Né lui né Erdedy li ascoltano.

Day parla piano e non incrocia le gambe per inclinarsi su un fianco verso di lei. «Quando ero un bambino—»

La Gompert sbuffa di nuovo.

«—ero solo un ragazzino con un violino e un sogno e facevo dei giri strani per andare a scuola per evitare che dei ragazzi mi prendessero la custodia del violino e se la passassero sopra la mia testa, un pomeriggio d'estate ero al piano di sopra nella camera da letto che dividevo con il mio fratello piú piccolo, da solo, e facevo esercizi con il violino. Era molto caldo, e c'era un ventilatore elettrico alla finestra che soffiava fuori l'aria, funzionava come un aspiratore».

«Conosco gli aspiratori, credimi».

«Il punto non è la direzione del flusso d'aria. Era acceso, e la sua posizione sulla finestra faceva vibrare in qualche modo il vetro del pannello in alto. Faceva una strana vibrazione alta, invariabile e costante. Di per sé era strano ma innocuo. Ma quel pomeriggio la vibrazione del ventilatore si combinò ai gruppi di note sulle quali mi stavo esercitando con il mio violino, e le due vibrazioni produssero una risonanza che fece succedere qualcosa nella mia testa. Veramente è impossibile da spiegare, ma era una certa qualità di questa risonanza che l'aveva provocato».

«Qualcosa».

«Quando le due vibrazioni si univano, era come se una grande forma nera si gonfiasse in un angolo della mia mente. Non posso essere piú preciso nel descriverla: era *grande*, *scura*, una *forma* e si gonfiava; venne fuori fluttuando da qualche profondità della mia psiche che io non avevo la piú pallida idea che esistesse».

«Ma comunque era dentro di te».

«Katherine, Kate, era un orrore assoluto. Era solo orrore dappertutto, distillato, e aveva preso una forma. Cresceva in me, da me, generato chissà come dalla strana confluenza di un ventilatore e di quelle note. Cresceva e diventava sempre piú grande e diventava opprimente e piú orribile di quanto sarò mai in grado di spiegare. Lasciai cadere il violino e corsi via dalla stanza».

«Era triangolare? La forma? Quando dici che si gonfiava, vuoi dire che era come un triangolo?»

«Era senza forma. Il fatto che fosse senza forma era una delle cose orribili. Riesco a dire solo *forma*, *scura*, e o *si gonfiava* o *si agitava*. Ma siccome l'orrore iniziò a diminuire dal momento in cui lasciai la stanza, in pochi minuti era diventato irreale. La forma e l'orrore. Sembrava fosse stata la mia immaginazione, qualche casuale pezzetto di flatulenza psichica, un'anomalia».

Una risata malinconica venne dalla caviglia. «Alcolizzato Anomalo».

Day non ha spostato le gambe e non si è mosso, e non guarda né l'orecchio di lei né il suo scalpo, che sono in vista. «Proprio come un bambino si tocca una ferita o si stuzzica una crosta, poco dopo ritornai nella stanza del ventilatore e ripresi in mano il violino. E immediatamente produssi di nuovo la risonanza. E immediatamente la forma nera si levò un'altra volta nella mia mente. Era un po' come una vela, o una piccola parte di un'ala di una cosa troppo grande per essere vista nella sua completezza. Era un orrore psichico totale: morte, decadimento, dissoluzione, uno spazio vuoto, solitario, malevolo, nero, freddo e vuoto. Era la cosa peggiore con la quale mi sia mai confrontato».

«Ma te ne dimenticasti un'altra volta e tornasti indietro e lo richiamasti di nuovo. Ed era dentro di te».

In modo del tutto incongruo Ken Erdedy dice: «La sua testa ha la forma di un fungo». Day non ha idea a cosa si riferisca o di cosa parli.

«Liberata non si sa come dalla risonanza-di-un-solo-giorno del violino e del ventilatore, la forma scura cominciò a crescere da sola in un angolo della mia mente. Lasciai cadere di nuovo il violino e di nuovo corsi fuori dalla stanza con la testa stretta tra le mani, ma stavolta non se ne andò».

«L'orrore triangolare».

«Era come se lo avessi svegliato e ora era attivo. Continuò ad andare e venire per un anno intero. Da bambino vissi nel terrore per un anno perché non sapevo mai quando incominciava a gonfiarsi cancellando completamente la luce. Dopo un anno scomparve. Credo di avere avuto dieci anni. Ma non completamente. Lo avevo risvegliato. Ogni tanto. Ogni due o tre mesi cresceva dentro di me».

Non è un vero dialogo o una conversazione. Non sembra che Day si stia rivolgendo a qualcuno in particolare. L'ultima volta che crebbe di nuovo fu nel mio secondo anno di college. Frequentavo la Brown University a Providence Ri laureato *magna cum laude*. Una notte quando ero al secondo anno venne fuori dal niente, la forma nera, per la prima volta dopo molti anni».

«Ma provavi una sensazione di inevitabilità, quando arrivava».

«È la sensazione piú orribile che abbia mai immaginato e tanto meno provato. Non è assolutamente possibile che la morte possa essere cosí tremenda. Crebbe di nuovo. Ora che ero piú grande era anche peggio».

«Dimmi tutto quello che puoi».

«Pensai di buttarmi di sotto dalla finestra del dormitorio. Non riuscivo a vivere con quella sensazione, ecco tutto».

La testa della Gompert non è completamente sollevata, ma ora è sollevata quasi per metà; la sua fronte ha un grosso segno rosso fatto dall'osso della caviglia. Sta guardando circa a metà strada tra dritto davanti a sé e Day accanto a lei. «E c'era quest'idea sotto sotto che tu lo avevi provocato, che lo avevi svegliato. Eri tornato indietro dal ventilatore la seconda volta. Era come se ti disprezzassi per averlo svegliato».

Day guarda davanti a sé. La testa di Mr Bouncet-Bounce non ha assolutamente la forma di un fungo, anche se è grossa e – con la maschera di gomma da neonato – fatta per sembrare grottesca allo spettatore adulto. «Un ragazzo che io conoscevo appena nella stanza sotto la mia mi aveva sentito barcollare e piangere con tutto il fiato che avevo nei polmoni. Venne su e si sedette con me finché la cosa non se ne andò. Ci volle quasi tutta la notte. Non parlammo; non cercò di confortarmi. Parlò molto poco, stette con me e basta. Non diventammo amici. Quando mi laureai mi ero dimenticato il suo nome e la sua facoltà. Ma quella notte era come se fosse stato il pezzo di corda a cui mi attaccavo per non precipitare nell'inferno sotto di me».

Nel sonno Green grida qualcosa che sembra «Per grazia di Dio no Sig. Ho non accenderlo!» I suoi occhi neri gonfi e i *non sequitur* del Rem, oltre al neonato di 130 chili che fa le capriole sul visore, Day e la Gompert che fanno conversazione guardando tutti e due nel vuoto, il sottofondo dei blurp e degli wonk del giochino di Gene M. nell'ufficio dànno al salotto un'atmosfera da sogno quasi surreale.

Finalmente Day distende le gambe e cambia posizione. «Non è mai tornato. Da piú di vent'anni. Ma non ho dimenticato. E i momenti in cui mi sono sentito peggio da allora sono stati come una giornata dalla manicure paragonati a come mi sentivo con quella vela nera o ala che cresceva dentro di me».

«Che si gonfiava».

«Le palle no, per carità, le *palleee* nooo».

«Quel giorno d'estate in camera mia e quella notte nel dormitorio dell'università capii il significato della parola *inferno*. Capii cosa la gente voleva dire con la parola *inferno*. Non volevano dire la vela nera. Volevano dire i sentimenti associati».

«O l'angolo dal quale venne fuori, dentro, se si vuole indicare un posto». Ora Kate Gompert lo sta guardando. La sua faccia non ha un aspetto migliore ma diverso. Ha il collo rigido perché è stata in una posizione contorta.

«Da quel giorno, anche se forse non riuscivo a spiegarlo in modo soddisfacente», dice Day tenendo il ginocchio della gamba appena accavallato, «ho capito a livello intuitivo come mai la gente si uccide. Se avessi dovuto sopportare quella sensazione per un certo periodo di tempo mi sarei sicuramente ucciso».

«Il tempo all'ombra dell'ala della cosa troppo grande da vedere, che cresce».

«Oh, Dio, ti prego», dice Green, e questo si capisce bene.

Day dice: «Non c'è modo che uno si possa sentire peggio».

11 NOVEMBRE

ANNO DEL PANNOLONE PER ADULTI DEPEND

Sembra che fosse stato uno dei superiori a mandare fuori Mary Esther Thode con la sua Vespa gialla con l'ordine per la partita; aveva avvicinato Stice e Wayne, proprio mentre superavano il minigolf di Hammond, Hal correva piú di mezzo km dietro di loro con gli sgraziati Kornspan e Kahn. Schtitt era imperscrutabile su questa cosa. La partita non era valida per la classifica; Stice e Hal erano in due diverse categorie di età quest'anno. La partita era piú un'esibizione, e dal secondo set in poi, via via che la gente era uscita dalla sala pesi e dalle docce, fu guardata come tale. La partita. Helen Steeply di «Moment», che sicuramente possedeva un certo fascino malandrino ma di certo non era la spaccapericardio che aveva descritto Orin a Hal, si guardò tutta la partita, il primo set con Aubrey deLint prima che Thierry Poutrincourt gli rubasse il posto sulla gradinata. Era la prima volta che assisteva a una partita tra juniores di un certo livello, disse l'imponente giornalista. Giocavano sul 6, il migliore tra i Campi da Show della parte orientale. E anche la scena di una parte della terribile carneficina del recente Eschaton. Era un giorno dedicato agli allenamenti pesanti, il tabellone degli incontri era quasi vuoto. Nubi di fumo eruttavano continuamente dal gabbiotto di vedetta di Schtitt in alto al di sopra delle teste, e certe volte si sentiva la bacchetta da meteorologo battere meccanicamente sul ferro della balaustra. L'unica altra partita nelle vicinanze era giú al 10, una sfida tra ragazze Under 14, due pallettare che si scambiavano parabole da un campo all'altro: con le code di cavallo, un'aria da logoramento da fondocampo, l'arco disegnato dalla palla era pesante come uno sputo. Shaw e Axford erano lontani sul 23 che si stavano riscaldando. Nessuno faceva caso a loro e alle ragazzine. Le gradinate dietro il campo continuavano a riempirsi. Schtitt aveva chiesto a Mario di riprendere tutto il primo set dall'alto, e lui si era sporto parecchio in avanti sopra la ringhiera della balaustra con Watson che lo teneva per il gilet da dietro, e lo sprone di Mario sporgeva e proiettava una strana ombra aguzza inclinata a nordest della rete del Campo 9.

«È il primo vero incontro che ho visto, dopo aver sentito tanto parlare del circuito juniores», disse Helen Steeply a deLint cercando di accavallare le gambe sulla gradinata stretta a poche file dalla cima. Il sorriso di Aubrey deLint era notoriamente brutto, la faccia che sembrava doversi frantumare, del tutto privo di allegria. Era quasi una smorfia. Gli ordini che deLint tenesse sempre sott'occhio la giornalista gigantesca erano stati espliciti ed enfatici. Helen Steeply aveva un blocco per gli appunti, e deLint stava riempiendo delle schede di rendimento con i nomi dei due giocatori che Schtitt non avrebbe mai lasciato vedere a nessuno.

Il pomeriggio si stava trasformando da un freddo mezzogiorno coperto di nuvole a un glorioso blu autunnale, ma nel primo set faceva ancora molto freddo, il sole era pallido e sembrava tremare come se non ricevesse abbastanza energia. Hal e Stice non avevano bisogno di fare stretching e riscaldarsi, dopo la corsa. Si erano cambiati senza espressione. Stice era tutto vestito di nero, Hal con la tuta dell'Eta con il gonfiore sulla parte superiore della scarpa stretto dal tutore AirStirrup.

Ortho Stice, nato per stare a rete, giocava con una specie di liquida, rigida grazia, come una pantera con un busto ortopedico. Era piú basso di Hal ma era fatto meglio e piú rapido di gambe. Un mancino con la W stampata sulla Wilson Pro Staff.

Anche Hal era mancino, il che complicava enormemente la strategia e le percentuali, disse deLint alla giornalista seduta accanto a lui.

Il movimento del servizio del Tenebra seguiva la tradizione McEnroe-Esconja, gambe divaricate, piedi paralleli, una figura presa da un fregio egizio, con il fianco rivolto cosí tanto verso la rete da essere quasi voltato dall'altra parte. Tutte e due le braccia ben tese e rigide all'inizio del movimento del servizio. Hal oscillò sui talloni mentre aspettava. Stice iniziò il movimento del servizio a piccoli segmenti – sembrava quasi un brutto cartone animato – poi fece una smorfia, lanciò la palla per aria, si lanciò verso la rete e serví con un *bang* forte e piatto in profondità sul diritto di Hal, facendolo spostare molto. La fine dell'avvitamento di Stice lo portò naturalmente a rete per inerzia, seguendo il servizio. Hal si allungò per rispondere, tirò una risposta corta di diritto lungo linea e tornò verso il centro del campo. La risposta fu fortunata, una palla debole che superò appena il nastro della rete, cosí lenta che Stice dovette fare una demi volée sulla linea del servizio mentre era ancora in movimento, con il rovescio a due mani che non è adatto per le demi volée; dovette quasi tirarla su e colpirla piano per non farla volare troppo in profondità. Assioma: il giocatore che deve alzare la palla sopra la rete viene sicuramente passato. E la demi volée di Stice andò a finire molliccia e lenta sul diritto di Hal che la stava aspettando. La racchetta di Hal era di nuovo pronta per un diritto, in attesa, ci fu un momento di attività mentale mentre la palla era là appesa. Da un punto di vista statistico ci si aspettava che Hal tirasse un passante incrociato a un mancino venuto a rete su una palla cosí matura, anche se lui amava molto un bel pallonetto umiliante in topspin, e la possibilità frazionale che Stice aveva di salvare il punto stava nell'indovinare cosa avrebbe fatto Hal – Stice non poteva lanciarsi a rete perché Hal gli avrebbe tirato un pallonetto; si mise a un paio di racchette di distanza dalla rete aspettando un passante. Tutto sembrava appeso, disteso nell'aria cosí chiara che pareva lavata, dopo le nuvole. Le persone sulle gradinate sentivano che Hal capiva che Stice aveva ormai lasciato il punto, dentro di sé, pensava che fosse ormai perduto, sapeva che poteva solo tirare a indovinare e sperare. C'era poca speranza che Hal facesse una cazzata: Hal Incandenza non sbaglia i passanti sulle demi volée debolucce. La direzione del diritto di Hal era mascherata bene, poteva essere un lob o un passante. Quando colpí la palla cosí forte la muscolatura del suo avambraccio venne tutta fuori, ed era un passante ma non incrociato; aveva tirato un diritto piatto con tutta la forza che aveva, dal centro della linea di fondo verso il centro del campo di Stice. Il quale Stice alla fine aveva deciso dall'inizio del colpo che sarebbe stato un pallonetto e si era quasi girato per correre indietro dove sarebbe finita la palla, e il passante lo prese di sorpresa; non poté far altro che starsene lí immobile a guardare la palla che andava a finire un metro piú in là per riportare Hal in parità nel quinto gioco. Ci fu un applauso spontaneo di trenta mani per il punto nel suo complesso, era stato impeccabile e fantasioso, sorprendente. Sarebbe apparso sulla cartella di deLint come uno dei pochi colpi ispirati di Incandenza. Le facce dei due giocatori non si mossero quando un paio di persone incitarono Hal. La tribuna Usar standard[265] a dieci livelli della Universal Bleacher Co. era proprio dietro il campo. All'inizio c'erano solo quelli del personale e gli A che stavano correndo lí vicino quando Thode portò a Stice e Hal l'ordine di giocare. Ma le gradinate si erano gradualmente riempite quando negli spogliatoi si era saputo che Il Tenebra stava giocando alla pari contro l'A-2 Under 18 nel primo set di una partita che Schtitt aveva fatto convocare apposta da un prorettore in motorino. Quelli dell'Eta sulle gradinate erano piegati in avanti e si scaldavano le mani nella piega tra i tendini del ginocchio e i polpacci, o avevano i guanti ed erano tutti imbacuccati e allungati in avanti con teste e sederi e tacchi su tre livelli diversi mentre guardavano sia il cielo sia il gioco. Le losanghe dell'ombra dalla rete di recinzione del campo si allungavano mentre il sole compiva il suo arco da sudovest a ovest. Diversi gruppi di gambe e di scarpe da ginnastica erano appesi ciondoloni dall'architrave di sopra. Mario si dilettò nel riprendere piú volte le reazioni da parte dello staff e dei tifosi sulle gradinate. Aubrey deLint passò tutto il set con la giornalista che aveva intervistato il punter, che pur ammettendo di essere venuta a vedere Hal solo in relazione a Orin, non riuscí a convincere Charles Tavis a farle incontrare Hal, anche insieme a qualcuno dell'Accademia, e le ragioni della reticenza di Tavis erano troppo particolari perché le capisse Helen Steeply, forse, che guardava l'incontro dalla fila piú in alto delle gradinate, china su un blocco per appunti, in testa un cappello da sci fucsia con una specie di cresta di gallo invece di un pon pon, e si soffiava nel pugno, e il suo peso faceva piegare la gradinata sotto di lei e inclinava stranamente deLint verso di lei. Per gli spettatori non arrampicati sul trespolo in alto i giocatori sembravano come grigliati dalla rete a losanghe della recinzione. I paraventi verdi che rovinavano la visuale venivano usati solo in primavera nelle settimane subito dopo lo smontaggio del Polmone. DeLint non aveva mai smesso di parlare nell'orecchio della grossa signora.

Tutti i giocatori dell'Eta amavano i Campi da Show 6-9 perché amavano essere guardati, e allo stesso modo odiavano i campi da Show perché l'ombra del gabbiotto copriva le metà campo a nord verso mezzogiorno e per tutto il pomeriggio si spingeva gradualmente verso est come la presenza gigantesca di un'ombra incappucciata che si muoveva minacciosa. Certe volte anche solo la vista dell'ombra della testina di Schtitt poteva raggelare uno dei ragazzini piú giovani sui campi da Show. Quando Hal e Stice erano al settimo gioco il cielo era ormai senza nuvole e l'ombra monolitica dell'architrave, nera come l'inchiostro, faceva venire i brividi a tutti mentre si allungava lungo le reti, oscurando completamente Stice quando seguiva il servizio a rete. Un altro svantaggio del Polmone era che non permetteva di avere una visuale dall'alto, il che era un ulteriore motivo perché il personale aspettasse il piú possibile prima di tirarlo su. Non sembrava che Hal la vedesse, l'ombra, mentre era piegato ad aspettare Stice.

Il Tenebra stava con le gambe divaricate sulla linea di fondocampo, e procedeva lentamente a scatti nel suo movimento di servizio. Il primo servizio era lungo e Hal lo sfiorò per mandare la palla fuori del campo, poi fece due passi avanti per la seconda palla. Stice colpí forte anche la seconda palla e la mandò in rete, e strinse le sue labbra carnose mentre si avvicinava all'ombra della rete per recuperare la palla, e Hal corricchiò alla recinzione dietro il campo vicino per riprendere la palla che aveva allontanato. DeLint stava facendo un geroglifico peggiorativo in uno spazio sulla cartella con il nome di STICE.

Proprio in questo momento, a 1200 metri a est giú per la collina e un livello sottoterra, Don Gately del personale residente della Ennet House giaceva profondamente addormentato con la sua mascherina per il sonno da Lone-Ranger, e il suo russare faceva vibrare i tubi non isolati lungo il soffitto della sua stanzina.

Quattro gradi scarsi a nordovest nella toilette per gli uomini della Armenian Foundation Library, vicino al Watertown Arsenal dalla cupola a forma di cipolla, Povero Tony Krause era seduto ingobbito su un cesso con le sue bretelle orribili e il berretto che aveva rubato, i gomiti sulle ginocchia e la faccia tra le mani, e stava acquisendo una prospettiva completamente nuova sul tempo e i suoi vari passaggi e le figure del tempo.

M.M. Pemulis e J.G. Struck, con i capelli bagnati dopo le corse del pomeriggio, erano riusciti a entrare nella Scuola di Farmacia della Bu dopo qualche moina al custode della biblioteca, 2,8 gradi giú per la Commonwealth sulla Comm. e Cook St. ed erano seduti a un tavolo nella Sala di Consultazione, Pemulis si era tirato indietro il berretto da barca per far posto alle sopracciglia e si leccava il dito per girare pagina.

La berlina verde di H. Steeply con la pubblicità nevralgica della Nunhagen su un fianco era parcheggiata in un posto per gli Ospiti Autorizzati nel parcheggio dell'Eta.

Tra un appuntamento e l'altro[266], in un ufficio dalle cui finestre occidentali non si riusciva a vedere l'incontro, Charles Tavis aveva appoggiato la testa contro la sponda del suo divano imbottito, il braccio sotto la gala grigia e rossa a cercare avanti e indietro il pesapersone da bagno che tiene là sotto.

Le coordinate spaziali di Avril Incandenza in questo intervallo di tempo erano ignote.

Proprio in questo momento Orin Incandenza stava abbracciando ancora una volta una certa modella di manicure svizzera davanti a una finestra grande quanto una parete in una suite a un piano diverso in un albergo diverso (rispetto al precedente) a Phoenix Az. La luce dalla finestra era di un calore feroce. Molto piú sotto i tetti delle macchine minuscole sfolgoravano di una luce riflessa cosí abbagliante che oscurava i loro colori. I pedoni si piegavano in avanti e sprintavano tra una zona d'ombra e refrigerazione e l'altra. Il contorno della città di vetro e di metallo luccicava ma sembrava diventare piú piccolo – tutta la visuale sembrava in qualche modo stordita. L'aria fredda fischiava dalle bocchette di ventilazione della stanza. Avevano posato i loro bicchieri ghiacciati e si erano avvicinati in piedi e si erano abbracciati. L'abbraccio non era un abbraccio qualsiasi. Non parlavano – i soli rumori erano i ventilatori e il loro respiro. Il ginocchio velato di lino di Orin toccò l'inforcatura dei deltoidi delle gambe divaricate della modella. Lasciò che la donna «svizzera» afferrasse la muscolatura del ginocchio della sua gamba buona. Erano cosí vicini adesso che tra loro non passava uno spiraglio di luce. Lei sbatté le ciglia; lui aveva gli occhi chiusi; i loro respiri sembravano codificati. Di nuovo quel languore tattile concentrato dell'atteggiamento sessuale. Di nuovo si spogliarono l'un l'altra fino alla vita e lei, con quel balzo da ballerina pazza di cui non avevano fiato per ridere, gli saltò addosso e inforcò le gambe sopra le sue spalle allo stesso modo e si inarcò all'indietro finché il braccio di lui non fermò la sua caduta e la tenne cosí, la sua mano sinistra su cui campeggiava un antico callo in fondo alla schiena setosa di lei, cosí la teneva.

Certe volte è difficile credere che il sole sia lo stesso sole in tutte le parti del pianeta. Il sole del New New England in questo momento era del colore della maionese e non riscaldava. Tra un punto e l'altro Hal e Stice prendevano lo strumento con la mano destra e s'infilavano la mano sinistra sotto un'ascella per impedire di perdere sensibilità per il freddo. Stice stava facendo piú doppi falli del normale perché cercava di forzare la seconda palla per poterla credibilmente seguire a rete. Le stime sulla scheda di deLint davano un doppio fallo per Stice ogni 1,3 giochi e il rapporto tra ace e doppi falli[267] era un discreto 0,6, ma lui, deLint, disse a Helen Steeply di «Moment», che stava tutta allungata vicino a lui sulla terza fila dall'alto e usava la stenografia di Gregg, deLint disse a questa Sig.na Steeply che Stice era comunque saggio a forzare la seconda palla di servizio e accettare il doppio fallo quando capitava. Stice era cosí rigido quando serviva, il suo movimento cosí contorto e seriale che la giornalista disse a deLint che le sembrava che Stice avesse imparato a servire studiando nelle foto le diverse fasi del movimento, senza offesa per nessuno. Fino alla fine non c'era niente di quella liquida fluidità di un movimento ad alta velocità, fino al momento in cui Stice ruotava il busto verso la rete e sembrava quasi cadere sul campo, con la racchetta da tennis che gli ruotava dietro la schiena e saltava su per aria per colpire la palla gialla appesa lassú nel punto piú alto in cui possa essere raggiunta, e si sentiva un solido *pock* mentre questo Stice la colpiva piatta sul fratello di Orin, ammanettando Hal a una tale velocità che il movimento della palla si vedeva solo come immagine residua, la cremosa traccia retinica di qualcosa troppo veloce da percepire. La risposta goffa di Hal aveva troppo *slice*, e fluttuò nell'aria, e Stice si precipitò in avanti per colpirla al volo all'altezza del petto, stoppandola ad angolo acuto in mezzo al campo e chiudendo il colpo. Ci fu

un debole applauso. DeLint invitò Helen Steeply a notare che Il Tenebra aveva vinto quel punto grazie al servizio. Hal Incandenza andò
a rete per recuperare la palla, impassibile, mentre si asciugava il naso
con la manica della felpa; vantaggio interno. Hal era in vantaggio 5-4
nel primo e aveva salvato tre vantaggi sul quinto gioco di servizio di
Stice, due per doppio fallo; ma deLint continuava a sostenere che Stice faceva bene.

«Nel suo ultimo anno qui Hal è arrivato a un punto in cui l'unica
possibilità che ha il suo avversario è di spingere al massimo, attaccare di continuo, aggredire il servizio, portare il culo a rete, assumere
il ruolo dell'aggressore».

«Herr Schtitt ha gli occhi truccati?» gli chiese Helen Steeply. «Mi
sembrava».

«Se giochi di fondocampo con questo ragazzino Hal e cerchi di prevedere i suoi pensieri e farlo correre, lui ti farà correre avanti e indietro
come un matto e ti mangerà vivo e poi ti sputerà fuori e camminerà sulle tue ossa. Ci sono voluti degli anni per farlo arrivare a questo punto.
Nessuno riesce piú a stare a fondocampo e controllarlo, Incandenza».

Fingendo di girare pagina, Helen Steeply lasciò cadere la penna,
che cadde sulle strutture e i sostegni delle gradinate e fece il rumore
che solo una cosa che cade su un'impalcatura di gradinate di metallo
può fare. Il rumore prolungato fece fare dei rimbalzi extra a Stice prima di servire. Lui fece rimbalzare la palla parecchie volte, piegandosi in avanti, con le gambe divaricate e allineate da una parte. Iniziò
il suo avvitamento strano e frammentato; Helen Steeply tirò fuori
un'altra penna dalla tasca del suo giaccone imbottito di fibra; Stice
colpí la palla piatta nel mezzo della racchetta, cercando un ace al centro. Passò accanto a Hal e non c'era verso di dire se fosse dentro o
no. Non ci sono giudici di linea durante le partite interne dell'Eta.
Hal guardò la riga nel punto in cui la palla aveva rimbalzato ed era
volata via, fermandosi un attimo a pensare prima di indicare la sua
chiamata, con la mano sulla guancia per far vedere che stava riflettendo. Scosse le spalle e la testa e alzò una mano aperta davanti a sé
per far capire a Stice che per lui il servizio era buono. Il che significava gioco per Stice. Il Tenebra si stava avvicinando alla rete, toccandosi il collo e guardando verso il punto in cui Hal si era fermato.

«Possiamo giocare due palle», disse Stice. «Non l'ho vista neanch'io».

Hal si stava avvicinando a Stice perché stava andando al cambio
di campo per prendere l'asciugamano. «Non stava a te vederla». Aveva un'aria infelice ma si sforzò di sorridere. «Hai colpito troppo forte per vederla, ti meriti il punto».

Stice scrollò le spalle e annuí, masticando. «Allora ti prendi la prossima». Colpí leggermente di taglio due palle in modo che finissero vicino alla linea di fondocampo opposta, dove Hal poteva usarle per servire. Il Tenebra continuava a fare dei vistosi movimenti mandibolari sul campo anche se gli era stato proibito di masticare la gomma durante il gioco da quando aveva ingoiato la gomma accidentalmente e il suo avversario aveva dovuto fargliela sputare con una manovra Heimlich nelle semifinali dell'Easter Bowl della scorsa primavera.

«Ortho sta dicendo che la prossima palla discutibile va subito a Hal; non si gioca due palle», disse deLint, annerendo un mezzo quadratino su tutte e due le carte.

«Due palle?»

«Rifare il punto. Rigiocarlo. Due servizi: un punto». Aubrey deLint era un uomo un po' butterato con i capelli gialli e spessi pettinati a elmetto come un conduttore televisivo e un rossore da iperteso, e gli occhi, ovali e vicini e senza luce, che sembravano un altro paio di narici. «Fai molto sport per il "Moment", vero?»

«Allora sono sportivi», disse Steeply. «Generosi e leali».

«Questo lo inculchiamo come una priorità in questo posto», disse deLint, facendo dei gesti vaghi allo spazio intorno, con la testa piegata sulle sue schede.

«Sembra che siano amici».

«L'angolazione da dare per il "Moment" potrebbe essere buoni-amici-fuori-dal-campo-e-nemici-senza-pietà-e-rimorso sul campo».

«Voglio dire che sembrano amici anche quando giocano», disse Helen Steeply mentre guardava Hal asciugare l'impugnatura di pelle con un asciugamano bianco e Stice saltellare sul posto nella sua Parte di campo, una mano sotto l'ascella.

La risata di deLint suonò nell'orecchio acuto di Steeply come la risata di un uomo molto piú vecchio e meno atletico, la risata mucoidale di un vecchio che si tira i pugni sul petto mentre sta seduto con la coperta sulle ginocchia su una sedia da giardino nel suo cortile pieno di ghiaia a Scottsdale Az, mentre ascolta suo figlio e sua moglie urlare che non lo riconoscono piú. «Non scherzare, dolcezza», sbottò deLint. Le gemelle Vaught un po' piú sotto guardarono in su per fargli capire di stare zitto, con un ghigno sulla faccia, e deLint fece loro quella cattiva lama fredda di sorriso mentre Hal Incandenza faceva rimbalzare la palla tre volte e iniziava il suo movimento del servizio.

Parecchi bambini piccoli erano occupati a mettersi in fila lungo le pareti del piccolo sottopassaggio di servizio ventisei metri sotto i Campi da Show.

Dalla faccia di Steeply sembrava che la giornalista stesse cercando

di pensare a immagini precise per descrivere un movimento non eccezionale ma fluido come il servizio di Hal Incandenza. All'inizio forse poteva sembrare un violinista in attesa di iniziare a suonare con la
testa lustra piegata in avanti e la mano con la palla alla gola della racchetta come se fosse un archetto. L'andare giú insieme e su insieme
del movimento verso il basso e poi del lancio potevano essere quelli
di un bambino che pattina a volo d'angelo sotto la neve, le guance
rosse e gli occhi al cielo. Ma la faccia di Hal era pallida e non assomigliava assolutamente a quella di un bambino, il suo sguardo si esten-
deva solo a mezzo metro davanti a sé. Non assomigliava per niente al
punter. Il movimento di mezzo del servizio poteva essere un uomo
davanti a un precipizio, che ci cadeva dentro cedendo dolcemente al
suo peso, e la parte terminale del servizio e l'impatto un uomo con un
martello, il chiodo proprio al massimo della sua possibile estensione.
Ma tutte queste erano solo parti, e facevano sembrare segmentato il
movimento quando invece era il ragazzo piú piccolo con la mascello-
na e i capelli tagliati a spazzola che aveva il movimento balbuziente,
l'uomo delle parti. Steeply aveva giocato a tennis solo un paio di volte, con sua moglie, e si era sentito inadeguato e scimmiesco. I discorsi
del punter sul gioco erano stati prolissi ma non molto utili. Era improbabile che nell'intrattenimento ci fosse anche un gioco.

La prima palla di Hal fu un colpo tatticamente aggressivo anche se
non fu immediatamente identificabile come tale. Stice voleva servire cosí forte da poter chiudere la palla nel colpo successivo, a rete.
Sembrava che il servizio di Hal scatenasse un meccanismo molto piú
complicato, che si rivelava aggressivo solo dopo molti scambi.

La prima palla non aveva la velocità di quella di Stice ma era
profonda, e in piú aveva un effetto topspin che Hal dava alla palla
inarcando la schiena e spazzolando leggermente la palla sul dietro, il
che faceva curvare visibilmente la palla in aria, con la classica forma
a uovo del topspin, e la faceva finire profonda in campo e poi saltare
alta, tanto che Stice non poté fare altro che rispondere con un rovescio tagliato profondo all'altezza della spalla, e poi non riuscí a seguire
a rete una risposta che aveva perso tutta la velocità. Stice si spostò al
centro della linea di fondocampo mentre il colpo tagliato tornava indietro fluttuante verso Hal. La torsione di Hal lo portò a muoversi a
destra in modo da riuscire a colpirla di diritto[268], un altro colpo tra-
sudante topspin che andò a finire proprio nello stesso angolo in cui
aveva servito, e Stice dovette fermarsi e scattare di nuovo verso il
punto da cui era venuto. Stice tirò un forte rovescio lungo linea sul
diritto di Hal, un vero e proprio razzo che fece trattenere il fiato al
pubblico, ma quando l'altro figlio del regista del *samizdat* scivolò di

qualche passo a sinistra Steeply capí che ora aveva tutto il campo aperto per colpire incrociato, anche perché Stice aveva colpito la palla cosí forte che aveva fatto qualche passo indietro sul colpo e ora arrancava per tornare al centro del campo, e Hal tirò un perfetto diritto incrociato nel campo verde del tutto libero, forte ma non fortissimo, e la diagonale della palla la portò a continuare la sua traiettoria dopo essere rimbalzata sulla riga laterale di Stice, allontanandosi ancora di piú dal ragazzo vestito di nero con la racchetta protesa, e per un secondo sembrò che Stice riuscisse in qualche modo a mettere le corde sulla palla, ma la palla rimase fuori dalla sua portata e continuò ad andare sulla diagonale, e superò la racchetta di Stice di mezzo metro, e l'inerzia di Stice lo portò quasi a metà dell'altro campo. Stice rallentò e corricchiando andò a recuperare la palla. Hal era in posizione al centro del campo, e aspettava che Stice tornasse per servire di nuovo. DeLint, la cui visione periferica molto acuta e celata era diventata leggendaria all'Eta, osservò la giornalista mordicchiare la punta della penna per un secondo e poi buttar giú nient'altro che l'ideogramma di Gregg per *carino*, scuotendo il suo cappello fucsia.

«Non è stato carino», disse lui gentilmente.

Steeply frugava per cercare un fazzoletto. «Non esattamente».

«Hal è essenzialmente un torturatore, se vuoi sapere che tipo di giocatore è, invece di un vero killer come Stice o Wayne, il canadese», disse deLint. «È per questo che non si può stare indietro e giocare tranquilli contro Hal. Ti sembra sempre di arrivare sulla palla, e ci provi, e corri. Ti fa correre come un matto. È sempre due o tre colpi in anticipo. Ha vinto il punto su quel diritto profondo dopo il servizio – nel secondo ha fatto sbagliare l'appoggio a Stice per aprirsi l'angolo. Però ha impostato tutto con il servizio, e senza affannarsi troppo. Il ragazzo non ha bisogno di affannarsi, lo abbiamo aiutato a capirlo».

«Quando potrei avere la possibilità di parlare con lui?»

«C'è voluto molto per educare Incandenza. Prima non riusciva ad avere il suo gioco completamente sotto controllo per fare quello che fa ora. Taglia il campo in sezioni e interstizi, poi tutto a un tratto vedi la luce in uno di quegli interstizi e capisci che stava preparando quell'angolo dall'inizio del punto. Ti fa pensare agli scacchi».

La giornalista si soffiò il naso rosso. «Gli scacchi di corsa».

«Mi piace questa definizione».

Hal iniziò il movimento del servizio.

«Gli studenti giocano a scacchi?»

Una risata poco allegra. «Non c'è tempo».

«Tu giochi a scacchi?»

Stice colpí un rovescio vincente sul servizio di Hal; applauso tiepido.

«Non ho tempo di giocare a niente», disse deLint riempiendo un quadratino.

Si capiva dal rumore che le corde dell'altro ragazzo erano piú tese di quelle di Hal.

«Quando mi è permesso incontrarmi di persona con Hal?»

«Non lo so. Non penso che potrai farlo».

Il rapido movimento della testa della giornalista diede una nuova configurazione alla carne del suo collo. «Scusa?»

«Non spetta a me decidere. Mi immagino che non potrai farlo: non te l'ha già detto il Dott. Tavis?»

«Veramente non potrei dire quello che mi ha detto».

«Qui non abbiamo mai permesso che un ragazzino venisse intervistato. Il Fondatore vi lasciava fuori, e Tavis ha già fatto un'eccezione a farti entrare».

«Sono qui solo per raccogliere delle informazioni su un vostro ex alunno, il punter».

DeLint aveva messo le labbra come se stesse fischiando anche se non veniva fuori nessun fischio. «Non abbiamo mai permesso a nessuno di fare un'intervista a nessuno dei ragazzi mentre sono in fase di allenamento e di inculcamento».

«Allora il ragazzo non ha alcuna voce in capitolo e non può decidere con chi vuole parlare e perché. E cosa succederebbe se il ragazzo volesse parlare con me del passaggio di suo fratello dal tennis al football?»

DeLint continuava a guardare con concentrazione la partita e la scheda in modo da far capire che non aveva molta attenzione da dedicare ad altro. «Parlane con Tavis».

«Sono stata là dentro per piú di due ore».

«Impari dopo un po' a capire come devi rivolgerti a lui. Devi mettere Tavis all'angolo con le spalle al muro in modo che alla fine ti debba rispondere solo un Sí o un No. Ci vogliono circa venti minuti se sei furba. Dopotutto è il tuo mestiere, tirare fuori le risposte dalla gente. Non sono io che devo dare una risposta ufficiale, ma scommetto che sarà un No. I ragazzi della stampa di Boston si fanno vedere dopo un avvenimento importante, gli diamo i risultati degli incontri, i dati fisici dei ragazzi e le città di nascita e niente di piú».

«"Moment" è una rivista a livello nazionale per un pubblico eccezionale e parla di persone eccezionali, niente a che fare con i giornalisti sportivi con il sigaro in bocca e un articolo da scrivere subito».

«È una decisione di chi comanda, dolcezza. Non sono io che comando. So che ci dicono di insegnare che questo è un posto dal quale si osservano gli altri invece di essere osservati».

«Sono qui solo per capire la prospettiva umana di un ragazzo di talento nei confronti del passaggio coraggioso di un suo fratello anche lui talentuoso a uno sport importante in cui ha dimostrato di avere ancora piú talento. Un fratello eccezionale che parla di un altro fratello. Hal non è al centro del profilo».

«Metti Tavis nell'angolo giusto e ti dirà tutto sull'osservare e sull'essere osservati. Questi ragazzini, i migliori di loro sono qui per imparare a osservare. Il punto di Schtitt consiste in un'autotrascendenza attraverso il dolore. Questi ragazzini—» e indicò Stice che stava correndo come un matto per colpire una drop volley che era rimbalzata molto prima della linea di metà campo; un debole applauso «—sono qui per perdersi in qualcosa di molto piú grande di loro. Per far rimanere il gioco piú grande di loro, come era all'inizio, quando hanno cominciato a giocare. Perché quando iniziano a far vedere che hanno talento, e iniziano a vincere e a diventare i grandi pesci nei piccoli stagni delle loro città, smettono di riuscire a perdersi nel gioco e *vedere*. Rovina molti giocatori juniores, il talento. Pagano un sacco di dollari per venire qui e ridiventare pesci piccoli e farsi trattare male e sentirsi piccoli e poter vedere e migliorarsi. Per non essere al centro dell'attenzione per qualche anno e capire cosa riescono a fare senza gli occhi di tutti puntati addosso. Non sono venuti qui perché si scrivesse di loro in qualche rivista di pettegolezzi o di informazione. Bambola».

DeLint interpretò l'espressione di Steeply come una specie di tic. Un ciuffetto minuscolo di peli le sporgeva da una narice, e deLint la trovò una cosa repellente. Disse: «Hanno mai scritto qualcosa su di te, come giocatore?»

DeLint sorrise freddamente alle sue schede. «Non ho mai avuto una classifica tale da dovermi porre questo problema».

«Ma alcuni di loro ce l'hanno. Il fratello di Hal l'aveva avuta».

DeLint si toccò il contorno del labbro con la matita, starnutí. «Orin era bravino. Come giocatore Orin aveva una sola arma. E rimanga tra me e te e la rete, era uno che non ci stava con la testa. Quando smise di giocare qui era già in calo. Invece suo fratello ha un futuro nel tennis se lo vuole davvero. E Ortho. Wayne di sicuro. Un paio di ragazze – la Kent, Caryn e Sharyn che sono qui», indicando la coppia-Vaught sotto di loro. «Quelli veramente dotati, quelli che quando escono di qui sono ancora in ascesa, se riescono a entrare nello Show—»

«Vuoi dire se diventano professionisti».

«Nello Show avranno tutto quello che vorranno: saranno trasformati in statue che tutti guarderanno e indicheranno e tutti parleranno di loro, e altro ancora. Per ora sono qui per diventare quelli che osservano e guardano e per dimenticarsi di essere stati osservati, per ora».

«Ma anche tu lo chiami "lo Show". Saranno degli intrattenitori».

«Ci puoi scommettere il culo che lo saranno».

«Allora l'unica cosa importante sarà il pubblico. Perché non prepararli anche allo stress di dover intrattenere un pubblico, abituarli a essere osservati?»

I due ragazzi erano al cambio di campo. Stice si stava soffiando il naso in un asciugamano. DeLint fece il gesto di mettere giú il blocco. «Immagina per un attimo e per errore che io possa parlare per la Enfield Acadcmy. Tu non capisci. La cosa principale per noi qui è di inculcare nei ragazzini migliori l'idea che l'essere osservati non conta mai. Mai. Se capiscono questo, lo Show non li rovinerà, questo pcnsa Schtitt. Se riescono a dimenticarsi di tutto e a pensare solo al tennis mentre tutti voi al di là della rete riuscite a vedere solo loro e volete solo loro e il gioco è secondario, per voi è una questione di spettacolo e personalità, in pratica è la statua, ma se faremo un buon lavoro loro non saranno mai schiavi della statua, non si monteranno mai la testa dopo aver vinto un torneo se vinceranno e non si butteranno mai dalla finestra del terzo piano quando smetteranno di essere additati e intervistati, quando cominceranno a sfiorire. Che lo facciate apposta o no, bambina, voi li divorate».

«Divoriamo le statue?»

«Che lo facciate apposta o no. Voi, "Moment", "World Tennis", "Self", InterLace, il pubblico. Il pubblico Italiano li divora *letteralmente*. È la natura del gioco. È la macchina nella quale tutti muoiono dalla voglia di buttarsi dentro. Non conoscono la macchina. Ma noi sí. Gerhardt insegna loro a vedere la palla da un posto dentro di loro che non può essere divorato. Ci vuole tempo e una concentrazione completa. Quell'uomo è un fottuto genio. Intervista Schtitt, se vuoi intervistare qualcuno».

«E non mi sarà permesso neanche di chiedere agli studenti com'è questo posto interiore che nessuno può divorare. È un posto segreto».

Hal sbagliò una seconda palla di servizio e la steccò facendola finire dove le ragazzine si scambiavano urletti e pallonetti, e a questo punto Stice gli aveva strappato il servizio e stavano sul 6-5, e i mormorii sulle gradinate erano come quelli in un tribunale subito dopo una rivelazione inattesa. DeLint piegò le labbra in una O ed emise un suono bovino in direzione di Ortho Stice. Hal allontanò le palle che aveva in mano e si aggiustò leggermente le corde mentre cambiava campo. Un paio dei ragazzini piú maligni applaudirono un po' la steccata di Hal.

«Puoi fare la sardonica con me quanto vuoi. Ho già detto che la decisione finale non spetta a me. Comunque, non farei la sardonica con Tavis».

«Ma se spettasse a te. Decidere».

«Signorina, se era per me saresti ancora al cancello con il naso tra le sbarre. Sei entrata in una parte di spazio e/o tempo che è stato ritagliato apposta per proteggere i ragazzini di talento proprio da quelle attività che i tipi come te vengono a fare qui. E poi, perché Orin? Appare quattro volte in una partita, non viene mai toccato, non ha neanche l'imbottitura. È uno che sa fare una cosa sola. Perché non John Wayne? Una storia drammatica, di geopolitica, privazione, esilio, dramma. Gioca anche meglio di Hal. È molto più completo. È programmato per arrivare allo Show come un missile, forse nei primi cinque se non fa cazzate e non si brucia prima. Wayne è proprio il bocconcino ideale per te. E per questo ti terremo lontana da lui finché starai qui».

L'intervistatrice osservò gli scalpi e le ginocchia sulle tribune, le borsone e un paio di incongrue lattine di cera per mobili. «E da dove avete ritagliato, poi, questo posto?»

Helen Steeply
Giornalista
«Moment» Magazine
13473 Blasted Expanse Blvd.
Tucson, Az, 857048787/2

Sig. Marlon K. Bain
Saprogenic Greetings, Inc.
Bpl-Waltham Bldg.
1214 Totten Pond Road
Waltham, Ma, 021549872/4
Novembre Apad

Caro Sig. Bain,
    mi trovavo a Phoenix per altri impegni di lavoro e ho avuto la fortuna
di incontrare il suo giovane amico, il Sig. Orin J. Incandenza, e la sua conoscenza mi ha fatto pensare alla possibilità di scrivere un profilo sulla famiglia Incandenza e sui successi di questa non solo nello sport ma in campi molto diversi tra cui il cinema indipendente nella Boston del passato e
del presente.
    Le scrivo per chiederLe se può collaborare con me rispondendo ad al-
cune domande per scritto, dato che sono stata informata dal Sig. Orin Incandenza che Lei non ama incontrare nessuno fuori dalla sua casa e dal
suo ufficio.
    Spero di ricevere una risposta a questa mia richiesta quando Le sarà
possibile,
    Ecc. ecc. ecc.

Saprogenic Greetings*
SE CI TIENI DAVVERO, FALLO DIRE DA UN PROFESSIONISTA

*membro della Famiglia ACMÉ, Scherzi e Motti,
Emozioni preconfezionate, Scherzi, Sorprese e Maschere divertenti

Sig.na Helen Steeply
E cosí via
Novembre Apad

Cara Sig.na Steeply,
vada al diavolo.

D.S.,
Mk Bain
Saprogenic Greetings/ACMÉ

Helen Steeply
Giornalista
«Moment» Magazine
13473 Blasted Expanse Blvd.
Tucson, Az, 857048787/2

Sig. MK Bain
Saprogenic Greetings Inc.
Bpl-Walthaln Bldg.
1214 Totten Pond Road
Waltham, Ma, 021549872/4

Egregio Sig. Bain,
D, D, D, (D, D [D], D, D, D,) D, D (D), D, D.[269]

I numerosi tunnel dell'Eta sono stati scavati nell'argilla sedimentaria e nel granito ferroso e nella comune terraccia morfica – piú o meno nello stesso periodo in cui la punta della collina venne spianata e appiattita e messa a livello per poterci giocare a tennis. Ci sono gallerie di accesso e gallerie che sono vere e proprie sale, con stanze e laboratori e il collegamento per la Stanza delle Pompe del Polmone da entrambe le parti, gallerie di servizio e gallerie di deposito e piccole gallerie che collegano le gallerie ad altre gallerie. Forse ci sono circa sedici gallerie in tutto, di forma piú che altro ovoidale.

11/11, 1625h, Lamont Chu, Josh Gopnik, Audern Tallat-Kelpsa, Philip Traub, Tim («Sleepy T.P.») Peterson, Carl Whale, Kieran McKenna – buona parte dei ragazzini Under 14 in grado di camminare dopo Eschaton – oltre al decenne Ken Blott – si trovano a 26 metri di profondità proprio sotto il campo da Show in cui si sta giocando la partita tra Hal e Il Tenebra, armati di sacchetti per la spazzatura Glad con il Manico[270] e torce elettriche compatte al mercurioa bassa diffusione Bp. Inoltre Chu ha un portablocco con una penna attaccata con lo spago. Il rumore del movimento delle scarpe da tennis e delle grida degli spettatori sulle gradinate in superficie, filtrato da vari metri di terraccia compressa e cemento polimerizzato sopra il soffitto della galleria appena imbiancato da una mano di gesso, arriva a sembrare lo zampettare arido e furtivo di roditori in fuga. E questo aumenta l'eccitazione che è parte della ragione per cui i ragazzi sono qua sotto.

Una parte della ragione per cui sono qua sotto è che sembra che i ragazzini Usa abbiano il feticcio dello scendere nelle fondamenta sotto le cose – gallerie, cave, basi dei ventilatori, quei posti orrendi sotto i portici di legno – proprio come ai ragazzi Usa piú grandi piacciono le grandi altezze prospettiche e le viste spettacolari su distese enormi di territorio, e quest'ultimo feticcio fa sí che la cima della collina dell'Eta sia una carta vincente nella guerra dei reclutamenti contro Port Washington e altre accademie della East Coast.

L'altra parte della ragione è una cazzata semipunitiva per la quale alcuni giocatori – giudicati implicati nella recente débâcle per combattimento non-strategico di Eschaton, ma illesi[271] e di certo non nelle pessime acque in cui si trovano i Fratelloni presenti sulla scena – sono stati mandati per punizione sottoterra nei turni del pomeriggio a svolgere una mansione che dovrebbe essere spiacevole, e consiste nel perlustrare e indicare il percorso nelle gallerie che i professionisti della TesTar All-Weather Inflatable Structures Co. dovranno fare per trasportare dalla Stanza del Deposito del Polmone tutte le strutture in fibra di vetro e le intelaiature e i battenti di dendriuretano che compongono il

Polmone, per l'erezione del Polmone, quando l'amministrazione
dell'Eta finalmente deciderà che il tempo di fine autunno è ormai troppo severo anche per ogni tentativo di formazione-del-carattere ed è diventato un impedimento allo sviluppo del gioco e al morale. Il che av-
verrà molto presto. Siccome i prorettori vivono proprio vicino alle gallerie piú grandi e la Fabbrica Fisica di F.D.V. Harde si trova qui e i
ragazzi della Manutenzione hanno gli uffici e gli attrezzi qua sotto, e
siccome i vecchi impianti ottici e di montaggio del Dott. James Incandenza sono proprio qui sotto vicino alle gallerie principali e vengono
usati per le lezioni di Leith/Ogilvie sulla produzione di intrattenimento e i corsi sulla scienza ottica ecccetera, e siccome un paio di gallerie secondarie di uscita vengono usate come depositi temporanei per i giocatori seniores che non riescono a portar via in una volta sola tutta la
roba accumulata per piú di otto anni – specialmente se partono per qualche circuito Satellite professionistico estivo, il che significa viaggiare
in aereo, due borse piú la borsa della roba per giocare, al massimo – nella stagione calda qualche galleria è letteralmente piena di robaccia sparsa tipo spazzatura. E certe volte ci sono delle cose che strabuzzano fuori dalle piccole gallerie di deposito del corridoio dei prorettori che hanno tutta l'aria di essere molto voluminose. I ragazzini piú piccoli sono
perfetti per le ricognizioni nelle gallerie basse e strette dove si passa a
malapena perché sono bloccate da roba buttata lí, e anche se non è un
segreto all'Eta che i ragazzi piú piccoli passano un bel po' di tempo giú
nelle gallerie, un aspetto retributivo consiste nel conferire a questa abitudine l'aura della ricognizione facendo prendere ai ragazzini dei sacchetti della Spazzatura con il Manico che si Chiude per raccogliere fogli sparsi e moduli del laboratorio, batterie delle calcolatrici e bucce di
banana e scatole di latta di tabacco Kodiak e spirali di corde sintetiche
per le racchette e i sigari spenti e schifosi di quelli della Manutenzione
– Sleepy T.P. trova due pacchetti di Trojan appena fuori dalla galleria
del corridoio dei prorettori, e poi un paio di metri piú avanti sul pavimento il luccichio vermiforme di un vero e proprio preservativo, e da
qui si sviluppa un dibattito animato per stabilire se il preservativo sia
usato o no, e alla fine il buon vecchio Ken Blott viene incaricato di rac-
coglierlo e di metterlo nel sacchetto della spazzatura, proprio perché
potrebbe essere un preservativo usato – e le scatole vuote di roba da
tennis data in omaggio dalle case produttrici, e scatole piene di roba
frocesca e poco assorbente che nessuno vuole, e i contenitori per le lattine Habitant, e i calzoncini da adulti e frigoriferini da camera eccetera; e devono anche spostare tutte le scatole che possono sollevare, toglierle dal tragitto che quelli della TesTar devono fare dal Deposito del
Polmone e dalle Stanze delle Pompe; e Lamont Chu è incaricato di pren-

dere nota della posizione di qualsiasi scatola o oggetto troppo voluminoso perché loro possano spostarlo, e alcuni custodi muscolosi saranno
mandati a sistemarli dove e come vogliono.

Questo è il motivo per il quale un bel numero dei maschi piú piccoli dell'Eta non vedono Stice strappare un set a Hal Incandenza e quasi batterlo, è che sono stati mandati qui sotto da Neil Hartigan subito dopo le docce postallenamento.

Come già notato, non è che siano troppo dispiaciuti di stare qui
sotto, ora sono in una delle gallerie con il diametro a misura di bambino tra il corridoio dei prorettori e la Stanza del Deposito del Polmone. Gli Eschatoniani comunque vengono spesso qui sotto. Infatti, storicamente, quelli dell'Eta sotto i 14 anni hanno una specie di
Club della Galleria. Come molti club di ragazzini il motivo che tiene
unito il Club della Galleria è piuttosto vago. Le attività del Club della Galleria comportano quasi esclusivamente il riunirsi in modo informale nella gallerie principali meglio illuminate e raccontarsi bugie sulle loro vite e carriere prima dell'Eta, e fare il resoconto dell'ultimo
Eschaton (in genere solo cinque a semestre); e l'unica attività formale del club è stare seduti intorno a una copia ingiallita delle *Regole di
Robert* e rifinire e modificare le regole su chi può e non può fare parte del Club della Galleria. L'unica vaga raison d'être del Club della
Galleria, che è riservato ai maschi, ha a che fare con l'esclusione. Il
punto fondamentale del Niente-Ragazze è l'unica parte ferrea dello
statuto del Club della Galleria[272]. A eccezione di Ken Blott, tutti i ragazzi qua sotto in questo frangente sono Eschatoniani e membri del
Club della Galleria. Ken Blott, che non può giocare a Eschaton perché è un tipo piú umanistico e non ha ancora affrontato l'Algebra del
Quadrivio, ed è escluso dal Club sotto ogni incarnazione dei requisiti di idoneità fino a oggi, è qua sotto solamente perché a pranzo era
stato sentito dire che stamattina, mentre si trovava nella parte nord
della galleria principale tra gli spogliatoi dell'amministrazione e la lavanderia sotterranea perché aveva preso la scorciatoia per tornare nella sua stanza nella West House dopo gli allenamenti e una sauna, aveva visto di sfuggita, mentre correva con la sua torcia verso una delle
gallerie secondarie che portano ai subdormitori C e D e ai Campi Est
e a questa stessa zona della galleria dove si trovano ora – aveva avvi-
stato qualcosa che doveva essere un ratto o, aveva detto, qualcosa che
somigliava ancora di piú a un criceto selvatico della Concavità. Gli
Eschatoniani sono molto eccitati di essere qua sotto per una possibile ricognizione di roditore, a verifica di quello che ha detto Blott, e
si sono portati giú con loro un Blott che è o molto nervoso o molto
eccitato, per fare le stesse strade che a quanto dice Blott avrebbe po-

tuto fare il roditore mentre riempiono i loro sacchetti e prendono nota degli oggetti pesanti che incontrano durante il percorso, e anche per poter immediatamente circondare Ken Blott e disciplinarlo nel caso in cui si scoprisse che si diverte a prendere in giro la gente.

Oltretutto fanno portare a Blott i sacchetti pieni e gli fanno legare insieme le maniglie di plastica e lui se li deve trascinare dietro fino a dove è partita la spedizione – l'ingresso grande e liscio della galleria principale vicino alla sauna dei ragazzi – dato che a nessuno di loro piace trascinarsi dietro i sacchetti pieni nelle gallerie buie con il rumore tipo roditore che fanno le partite e gli spettatori sopra di loro. Chu tiene tra i denti una luce fatta a penna e scrive un sacco di roba. Hanno riempito molti sacchetti e spostato le cose piú leggere tanto che sono riusciti a creare un passaggio stretto per tutto il percorso fino alla Stanza delle Pompe, nella quale Stanza si sente stagnare uno strano odore di bruciato dolce e stantio che nessuno di loro riesce a riconoscere. L'applauso per Hal Incandenza, che a malapena riesce a vincere il primo set, qui sotto sembra il rumore di una pioggia lontana. La galleria di uscita è buia come una tasca, ma calda e secca, e stranamente c'è poca polvere. I dotti e i coassiali che corrono lungo il soffitto basso fanno sí che Whale e Tallat-Kepsa debbano camminare accovacciati mentre spostano le scatole e cercano senza successo di spostare i frigoriferini per liberare il passaggio. Ci sono molti pesantissimi frigoriferini da camera della Maytag, quel tipo di cose che nessun diplomato si porta via, rivestiti di plastica che sembra legno scuro, alcuni sono modelli vecchi con le spine a tre punte invece dei caricatori. Alcuni frigoriferini vuoti sono stati puliti superficialmente e hanno gli sportelli un po' aperti e puzzano di muffa. Gran parte dell'inventario di Chu per la rimozione da parte degli adulti muscolosi consiste in frigoriferini o cassepanche chiuse a chiave piene di quelle che sembrano riviste e otto anni di accumulazione di monete. Lo squittire topesco delle scarpe da tennis sopra le loro teste eccita i ragazzi del Club della Galleria e li rende nervosi. Philip Traub continua a fare degli urletti striduli e a toccare di nascosto con la punta delle dita la nuca di qualcuno, provocando una grande eccitazione e un sacco di fermate e partenze e rapide e improvvise giravolte, finché Kieran McKenna illumina con la sua torcia P.B. Traub che tocca il collo di Josh Gopnik e Gopnik tira un pugno a Traub sul nervo radiale, e Traub si stringe il braccio e piange e dice che vuole tornare di sopra – Traub è il ragazzino piú piccolo a parte Blott ed è in prova come lanciatore in seconda in quasi tutti gli Eschaton – e devono fermarsi perché Chu deve annotare due frigoriferini buttati via mentre Peterson e Gopnik cercano di distrarre Traub e lo fanno ridere per farlo rimanere invece di farlo tornare indietro da Nwangi e piantare un gran casino.

Frigoriferini buttati via, scatole vuote, casse inamovibili con indirizzi complicati, cerotti usati e bende Ace, qualche bottiglia vuota di Visine (che Blott nasconde nel marsupio della sua felpa, per la prossima gara di Mike Pemulis), rapporti del laboratorio di Ottica I e II, le macchine sparapalle rotte e le palle da tennis vecchie troppo sgonfie anche per la macchina per la ripressurizzazione, cartucce Tp rotte o buttate di riprese d'allenamento o intrattenimenti vecchi, un paio anomalo di occhiali parfait, bucce di frutta e involucri delle barrette energetiche AminoPal che proprio quelli del Club avevano lasciato qui dopo gli incontri, riccioli di vecchi manici di racchetta e corde, parecchie barrette strane, molti apparecchi televisivi vecchi che i ragazzini piú grandi tenevano accesi per vedere l'effetto neve e, lungo il bordo tra il muro e il pavimento, gusci friabili di Pledge a forma di arto, distese di braccia e di gambe già quasi decomposti in polvere fragrante – è questa la sporcizia di qua sotto, e ai ragazzini non dispiace esaminarla e inventariarla e infilarla nei sacchi, perché le loro menti sono distratte da qualcos'altro molto piú eccitante, una specie di possibile raison d'être per il Club, a meno che Blott non li abbia presi per i fondelli, nel quale caso stai attento Blott, pensano tutti.

Gopnik a Traub che tira in su col naso, mentre Peterson illumina il portablocco di Chu con la sua torcia: «Mary aveva un agnellino, la sua lana era elettrostatica | e da qualsiasi parte andasse, le luci diventavan matte».

Carl Whale fa finta di essere immensamente grasso e si muove lungo il muro con una camminata dondolante a gambe aperte da vero ciccione.

Peterson a Traub, mentre Gopnik tiene in mano la torcia: «Il diciottenne John Wayne, in vetta alle classifiche | ha fatto sesso con Schtitt sul treno | e lo ha fatto molte volte davvero | e davvero davvero davvero», che i ragazzini leggermente piú grandi trovano piú divertente di quanto non lo sia per Traub.

Kent Blott chiede perché a un piagnucolone col pisello minuscolo come Phil è permesso di stare nel Club mentre la sua richiesta di ammissione è stata bocciata, e Tallat-Kelpsa lo fa stare zitto facendogli qualcosa al buio che lo fa strillare.

È completamente buio esclusi i dischi grandi un dime delle loro Bp a bassa diffusione, perché hanno lasciato spente delle lampadine nella galleria, in quanto Gopnik, che viene da Brooklyn e conosce bene i roditori, dice che solo un cretino totale e mangiacaccole andrebbe a caccia di topi a luce accesa, e sembra ragionevole pensare che anche i criceti selvatici abbiamo fondamentalmente un atteggiamento tipo topo riguardo alla luce.

Chu chiede a Blott di provare a sollevare un vecchio forno a microonde voluminoso e senza sportello che è appoggiato su un fianco vicino a un muro, e Blott ci prova e riesce a malapena a sollevarlo di qualche centimetro, e frigna, e Chu si segna che anche il forno deve essere spostato dagli adulti e dice a Blott di metterlo giú, invito che Blott prende alla lettera, e il tonfo e il rumore di ferraglia fa infuriare Gopnik e McKenna, che dicono che andare a caccia di roditori con Blott è come pescare a mosca con un epilettico, il che tira un po' su Traub.

I criceti selvatici – che nei terrificanti racconti notturni della Concavità fanno un po' la parte dell'orco insieme a bambini alti un miglio, fantasmi senza cranio, flora carnivora, e gas di palude che ti corrodono la faccia e lasciano esposta la tua muscolatura facciale grigia e rossa per il resto della tua vita da paria mostruoso – vengono avvistati di rado a sud delle mura di Lucite e dei posti di blocco dell'Athscme che delimitano la Grande Concavità, e soltanto una volta ogni luna piena a sud nel borgo di frontiera di Methuen Ma, che la locale Camera di Commercio definisce «La Città Ricostruita dalla Interdipendenza» e comunque, *pace* Blott, difficilmente si vedono da soli poiché sono creature rapaci che si muovono in massa come le locuste e che gli agronomi canadesi chiamano i «Piranha delle Pianure». Un'invasione di criceti selvatici sul territorio ricco di rifiuti di Boston, per non parlare del sottosuolo tutto forato da gallerie dell'Eta, sarebbe un disastro per la salute pubblica di una portata quasi enorme, provocherebbe girotondi senza fine di persone adulte e molti si mangerebbero le mani, e i giocatori dell'Eta consumerebbero megacalorie di maldiretto stress preadolescenziale. Tutti i bambini con le orecchie ritte e i sacchetti in mano nella galleria oggi pomeriggio sperano molto di vedere un criceto, a eccezione di Ken Blott, che spera semplicemente e fervidamente di avvistare una qualsiasi specie di roditore che gli impedisca di essere appeso per punizione a testa all'ingiú in un cesso a urlare finché qualcuno del personale non lo trova. Fa presente a quelli del Club della Galleria che non è che abbia detto di aver visto la cosa andare proprio in *questa* direzione, l'aveva solo vista scappare via in un modo che sembrava suggerire una *tendenza* o anche una *probabilità* che andasse in questa direzione.

Una scatola su un fianco con il nastro adesivo tagliato ha rovesciato parte del suo contenuto di vecchie cartucce Tp senza etichetta sul pavimento della galleria in una strana forma a ventaglio, e Gopnik e Peterson si lamentano che gli angoli puntuti delle custodie delle cartucce bucano i sacchetti Glad, e Blott viene mandato indietro con tre sacchi di cartucce e bucce di frutta, tutti e tre pieni solo per metà, fino al vestibolo illuminato fuori all'entrata della galleria di Com. & Amm., dove si sta cominciando ad ammucchiare una grossa pila di sacchi con il loro puzzo fragrante.

Chu e Gopnik e «S.T.P.» Peterson concordano che oltretutto un avvistamento confermato di un criceto selvatico potrebbe distrarre l'ufficio del Preside da rappresaglie post-Eschaton contro i Fratelloni Pemulis, Incandenza e Axford, che la fazione Eschatoniana del Club non vuole vedere vittime di una rappresaglia, anche se l'opinione generale è che a nessuno dispiacerebbe molto vedere la malefica Ann Kittenplan appesa da qualche parte a essiccare per un po'. Oltretutto le incursioni di criceti potrebbero essere considerate responsabili dell'apparizione occulta di grossi e incongrui oggetti Eta in posti inappropriati, cosa che era iniziata in agosto con le migliaia di palle da allenamento trovate sparse sulla moquette blu del salone d'ingresso e la mirabile piramide di barrette energetiche AminoPal trovata sul Campo 6 durante gli allenamenti mattutini a metà settembre, e aveva poi acquistato inerzia in un modo sorprendente – è noto che, per qualche ragione, i criceti selvatici si portano dietro le cose che non riescono a mangiare e poi organizzano in una certa loro disposizione – cosí da allentare la quasi-isteria collettiva che gli oggetti hanno causato tra il personale di servizio aborigeno e tutti gli Eta sotto i 16 anni. Il che probabilmente farebbe dei ragazzi del club della Galleria una specie di eroi.

Si muovono lungo la galleria mentre le loro luci al mercurio fanno delle X separandosi e formando angoli frastagliati, lievemente tinti di rosa.

Ma anche la conferma di un topo sarebbe un colpo. Il Decano degli Affari Interni, Sig.ra Incandenza, ha una fobia violenta per gli animali nocivi, i rifiuti, gli insetti e in generale tutti i servizi igienici, e uomini della Orkin con gli stomaci gonfiati dalla birra e carte da gioco con foto di ragazze nude in tacchi alti sul retro (sostiene McKenna) irrorano di spray tutti i sotterranei dell'Eta due volte a semestre. Nessuno dei ragazzi piú giovani all'Eta – che oltre che per i sotterranei e per i club esclusivi vanno matti anche per gli animali strani – nessuno di loro è mai riuscito da queste parti a vedere o a catturare un topo o uno scarafaggio, e neanche un moscon d'oro. Cosí il consenso tacito è che un criceto sarebbe ottimale ma si accontenterebbero anche di un topo. Basterebbe un topo pidocchioso per dare al Club una *raison* legittima, una ragione valida per riunirsi sottoterra – tutti si sentono un po' a disagio per il fatto che gli piace riunirsi sottoterra senza nessun motivo valido o evidente.

«Sleepy, pensi che potresti sollevarlo e trasportarlo?»

«Chu, non mi sogno neanche di avvicinarmi a qualsiasi cosa sia quell'affare, tanto meno toccarlo».

I passi di Blott e il suo fischiettare stonato si sentono da lontano mentre torna indietro, e anche il cigolio distante delle scarpe sopra le loro teste.

Gopnik si ferma e la sua luce fa una panoramica, giocando sulle facce. «Va bene. Qualcuno ha scoreggiato».

«Che cos'è quell'affare lí accanto, Sleepy?» Chu arretra per allargare il fascio della luce su qualcosa di largo, tozzo e scuro.

«Ragazzi, potete farmi luce qui?»

«Perché qualcuno ne ha *sbombata* una in questo posto piccolo e non ventilato?»

«Chu, è un frigo da camera, tutto qui».

«Ma è piú grande di un frigo da camera».

«Ma non è grande come un frigo vero».

«È una via di mezzo».

«Devo dire che sento puzzo di qualcosa, Gop, davvero».

«*C'è* puzzo. Se qualcuno ha scoreggiato, lo dica».

«Comunque c'è *puzzo* di qualcosa».

«Non cercare di descriverlo».

«Sleepy, non ho mai sentito una scoreggia umana cosí».

«È troppo forte per essere una scoreggia».

«Forse Teddy Schacht ha avuto uno strizzone e si è fiondato qua sotto e ne ha sbombata una».

Peterson dirige la sua luce su quel frigo marrone di taglia media. «Non vorresti dire per caso che...»

Chu dice: «Non è possibile. Non è possibile».

«*Cosa*?» dice Blott.

«Non ci pensare neanche», dice Chu.

«Non credo che un *mammifero* potrebbe fare una scoreggia cosí puzzolente, Chu».

Peterson sta guardando Chu, le loro facce sono pallide nella luce al mercurio. «Non è *possibile* che qualcuno possa diplomarsi e andare via e portare il suo frigo qua sotto senza portarsi via la roba da mangiare».

Blott dice: «È questo il puzzo?».

«Questo non era il frigo di Pearson lo scorso anno?»

Sleepy T.P. si volta. «Chi puzza come una... come una cosa che si sta decomponendo?»

Le luci illuminano il soffitto della galleria per via delle mani che si alzano.

«Quorum sull'odore di decomposizione».

«Perché non controlliamo?» dice Chu. «Ci potrebbe essere il criceto di Blott là dentro».

«Che sta divorando qualcosa di indescrivibile, forse».

«Vorresti aprirlo?»

«Pearson aveva un frigo piú grande di quelli normali».

«*Aprir*lo?»

Chu si gratta dietro l'orecchio. «Io e Gop faremo luce, Peterson lo apre».

«Perché io?»

«Sei il piú vicino, Sleepy. Trattieni il respiro».

«Cristo. State parecchio indietro, cosí posso schizzare via se vola fuori qualcosa».

«Nessuno può essere cosí stupido. Chi può andarsene e lasciare un frigo pieno?»

«Mi allontano volentieri, il piú lontano possibile», dice Carl Whale, e la sua luce diventa piú piccola.

«Neanche Pearson potrebbe essere cosí scemo da lasciare la roba da mangiare in un frigo spento».

«Questo potrebbe spiegare il fatto dei roditori e anche altro».

«Ora state attenti... pronti?... *hmmmph*».

«Oh! Esci!»

«Puntagli la lu— oh, Cristo».

«Hiiiii».

«Huuu».

«Oh, *Cristo*!»

«Blaaaaarr».

«Che puzzo che sento!»

«C'è la *maionese*! Ha lasciato la *maionese*!»

«Perché c'è quel rigonfio sul tappo?»

«Un cartone gonfio di succo d'arancia!»

«Qua dentro non ci resisterebbe nessuno, neanche un roditore».

«Allora perché la carne del panino si sta muovendo?»

«Larve?»

«Sono larve!»

«Chiudilo! Sleepy! Chiudi la porta!»

«Questa è la distanza minima che terrò sempre da oggi in poi tra me e questo frigo, Chu».

«C'è sempre piú puzzo!»

«Lo sento da qui!»: la vocina distante di Whale.

«Non mi diverto per nulla».

«Questa è la Morte. Dolore su coloro che osservano la Morte. La Bibbia».

«Cosa sono le larve?»

«Perché non scappiamo a tutta velocità?»

«Per me va bene».

«Questo è di certo il puzzo che ha sentito il topo o il criceto», azzarda Blott.

«Scappa!»

Le urla si allontano, le luci sobbalzano, la luce di Whale davanti a tutte.

Dopo che Stice e Incandenza avevano vinto un set per uno e Hal si era fiondato negli spogliatoi durante il cambio di campo per mettersi il collirio negli occhi che gli stavano dando fastidio e deLint aveva fatto un rumore tremendo sulle gradinate quando era sceso giú per dire qualcosa a Stice, che era accovacciato accanto al paletto della rete ad asciugarsi il braccio sinistro che teneva alzato come fosse un chirurgo stanco, il posto di deLint vicino a Helen Steeply fu occupato dalla prorettrice delle ragazze Thierry Poutrincourt, appena uscita dalla doccia, la faccia lunga, da cittadina non-Us, era un'alta ex professionista canadese del Circuito Satellite con gli occhiali senza montatura e un cappello da sci violetto di una tonalità appena diversa dal cappello della giornalista, tanto che alla gente dietro di loro veniva da tapparsi gli occhi per il contrasto di colori. La cacciatrice di notizie si presentò e chiese alla Poutrincourt chi fosse il ragazzino con le sopracciglia folte in fondo alla tribuna dietro di loro, quello tutto piegato in avanti che gesticolava e si parlava dentro il pugno vuoto.

«James Troeltsch di Philadelphia; è meglio lasciarlo in pace da solo a giocare a fare il telecronista. È un ragazzo strano e infelice», disse la Poutrincourt, che con la sua faccia lunga e le guance scavate non sembrava molto felice neanche lei. Le sue impercettibili scrollate di spalle e il modo che aveva di guardare da un'altra parte mentre parlava non erano molto diverse da quelle di Rémy Marathe. «Quando abbiamo sentito che sei una giornalista di una rivista di moda patinata e profumata ci hanno detto di essere scortesi, ma io, io penso di voler essere cortese». Aveva un sorriso sghembo e una dentatura piuttosto confusa. «Anche quelli della mia famiglia sono grossi. È difficile essere grossi».

La decisione che Steeply aveva preso prima di accettare questo compito era di ignorare ogni riferimento alle sue dimensioni come se nell'adolescenza avesse sviluppato la capacità di non farci assolutamente caso. «Sicuramente il suo Sig. deLint si tiene a distanza».

«DeLint, quando a noi prorettori viene suggerito di fare una cosa, lui si chiede solo: come posso fare alla perfezione questa cosa in modo che i superiori sorrideranno con piacere a deLint?» L'avambraccio destro della Poutrincourt era quasi il doppio di quello sinistro. Portava scarpe da ginnastica bianche e una tuta Donnay di un blu neutrone lucido che cozzava orrendamente con i loro cappelli.

Anche le occhiaie sotto i suoi occhi erano blu.

«Perché vi sono state date istruzioni di essere scortesi?»

La Poutrincourt dondolava sempre la testa in cenno di assenso un attimo prima di rispondere a qualsiasi cosa, come se le cose dovessero attraversare vari circuiti di traduzione. Annuí e si grattò la lunga mascella, pensando. «Sei qui per fare pubblicità a un ragazzo giocatore, una delle nostre *étoiles*²⁷³, e il Dott. Tavis, lui è come si dice quantificato—»

«In quarantena. Sospettoso. Controllato».

«No...»

«Confuso. Dibattuto. In imbarazzo».

«*Imbarazzo*, ecco come. Perché questo è un posto buono, e Hal è buono, meglio di prima adesso, forse ora lui è *étoile*». Scosse le spalle. Hal riapparve dall'Edificio Com. & Amm. e, caviglia fasciata o no, trottò con la scioltezza di un purosangue lungo il padiglione e le gradinate fino al cancelletto della recinzione sud del 12, come se nessuno lo guardasse dalle gradinate, e batté l'uno contro l'altro due racchettoni per sentire la tensione delle corde, poi scambiò qualche parola indifferente con deLint che era con Stice sul bordo dell'ombra dell'architrave, Stice ridacchiò di qualcosa ruotando la racchetta mentre tornava al suo posto per servire e Hal recuperava una palla lungo la recinzione nord. Tutte e due le racchette dei giocatori avevano la testa grossa e la cornice spessa. Thierry Poutrincourt disse: «E per natura chi non desidera attenzione brillante, che le riviste con la colonia dentro le pagine dicano questo è un'*étoile*, la Enfield Tennis Academy è buona?»

«Sono qui per fare un profilo delicato e inoffensivo su suo fratello, e Hal verrebbe nominato solo come membro di una famiglia americana eccezionale per molti versi. Non capisco cosa ci sia che possa mettere in imbarazzo il Dott. Tavis in tutto questo». Quel piccoletto grassottello zelante che sembrava aver sempre un telefono infilato sotto il mento, uno di quei tipi frenetici e superdisponibili che sono il peggior incubo di un intervistatore tecnico come Steeply; il monologo dell'ometto aveva fatto al cervello di Steeply quello che una lampadina fa agli occhi, e se gli aveva esplicitamente negato l'accesso al fratello, quel rifiuto era stato infilato nel discorso quando Steeply era già stremato.

Si sentí un leggero tremolio delle gradinate quando deLint salí per tornare al suo posto, le schede strette contro il petto come i libri di una scolaretta, sorrise alla giocatrice del Québec seduta al suo posto come se non l'avesse mai incontrata prima e si mise pesantemente a sedere all'altro fianco di Steeply, dando un'occhiata alle note tra parentesi della giornalista sui suoni che fa una palla colpita dalle corde in una giornata fredda: *cut, king, ping, pons, pack, cop, tuà, tuat.*

L'altro figlio del regista dell'Intrattenimento *samizdat* tagliò una risposta che prese il nastro, si fermò per un attimo e poi cadde nella sua parte di campo.

«*Veux que nous nous parlons en français? Serait plus facile, ça?*» Questo invito era motivato dal fatto che gli occhi della Poutrincourt si erano socchiusi nel momento in cui la persona di deLint li aveva raggiunti.

La Poutrincourt ebbe una scrollata di spalle blasé: i francofoni non si meravigliano mai che qualcun altro possa parlare francese. «Molto bene allora guarda:» disse (la Poutrincourt, nel dialetto del Québec), «le stelle pubescenti non sono nuove in questo sport. Lenglen, Rosewall. Nel 1887 a.S. una ragazzina di quindici anni vinse Wimbledon, fu la prima. La Evert in semifinale agli Usa Open a sedici anni, nel '71 o nel '72. Austin, Jaeger, Graf, Sawamatsu, Venus Williams. Borg. Wilander, Chang, Treffert, Medvedev, Esconja. Becker negli anni Ottanta. Ora questo nuovo argentino Kleckner».

Steeply accese una Flanderfume che fece contorcere la faccia di deLint in un'espressione di disgusto. «Tu confronti come ginnastica, pattinaggio artistico, nuoto agonistico».

La Poutrincourt non fece commenti sulla sintassi di Steeply.

«Proprio cosí, allora. Bene».

Steeply si aggiustò la lunga gonna folk e accavallò le gambe per allontanarsi da deLint, fissando una specie di neo traslucido sulla lunga guancia della Poutrincourt. Gli occhiali spessi senza montatura della Poutrincourt erano come quelli di una suora terribile. Era davvero molto maschile, alta e dura e senza seno. Steeply cercò di espirare lontano da tutti. «Il tennis a livello mondiale non richiede la stazza né i muscoli dell'hockey o del basket o del football americano, per esempio».

La Poutrincourt annuí. «Ma sí, e neanche la precisione millimetrica del battitore di baseball, o, come dicono gli italiani, il concetto del *senza errori*, la continuità nel non sbagliare che impedisce ai giocatori di golf di essere davvero padroni del gioco prima dei trenta anni o anche piú». Solo per un momento la prorettrice ritornò all'inglese, forse a beneficio di deLint: «Il vostro francese è parigino ma possibile. Io, il mio è dialetto del Québec».

Ora Steeply doveva fare la stessa acida, gallica scrollata di spalle. «Mi stai dicendo che il tennis serio non richiede niente che un adolescente non possieda già, se è particolarmente dotato per questo sport».

«I medici dello sport sanno bene che cosa richiede il tennis ai massimi livelli», disse la Poutrincourt, di nuovo in francese. «Troppo bene, e queste cose sono l'agilità, i riflessi[274], la velocità negli scatti brevi, l'equilibrio, una certa coordinazione tra la mano e l'occhio, e molta resistenza. Un po' di forza, specialmente per i maschi. Ma tutte queste cose sono raggiungibili nel periodo della pubertà, per alcuni. Ma sí, aspetta», disse mettendo una mano sul blocco mentre Steeply cominciava a fare finta di scrivere. «La cosa che mi hai posto come domanda. Questo è il motivo dell'imbarazzo. I giocatori giovani hanno il vantaggio psicologico, anche».

«Il vantaggio della mentalità», disse Steeply cercando di ignorare il ragazzo che si parlava nella mano molti posti sopra di loro. DeLint sembrava ignorare qualsiasi cosa intorno a lui, tutto preso dalla partita e dalle statistiche. Le mani della prorettrice canadese si muovevano facendo dei piccoli cerchi davanti a sé come a indicare impegno nella conversazione. Le mani americane durante una conversazione sono quasi sempre immobili come pezzi di pasta, gli aveva fatto notare una volta Rémy Marathe.

«Ma sí, allora, il formidabile vantaggio mentale che consiste nel fatto che la loro psiche non è ancora adulta da nessun punto di vista – quindi, allora, non sentono l'ansia e la pressione come la sentono i giocatori adulti. Questa è la storia di tutti i teen-ager che arrivano dal nulla a sconfiggere l'adulto famoso nello sport professionistico – gli efebici, non sentono la pressione, possono giocare con abbandono, sono senza paura». Un sorriso freddo. La luce del sole brillava sulle sue lenti. «All'inizio. All'inizio sono senza pressione o paura, e sembrano *saltar fuori* dal nulla sul palcoscenico professionistico, *étoiles* istantanee, fenomenali, senza paura, immuni dalla pressione, insensibili all'ansia – da principio. Sembrano giocatori adulti ma sono meglio di loro – meglio nelle emozioni, piú abbandonati, non umani nei confronti dello stress o della fatica o delle continue trasferte aeree, della pubblicità».

«L'espressione inglese è quella del bambino nel negozio di dolciumi».

«Sembra che non sentano la solitudine, l'alienazione e tutti vogliono qualcosa dall'*étoile*».

«Anche il denaro».

«Ma presto si vedono i segni di scoppiamento che un posto come il nostro spera di scongiurare. Ti ricordi della Jaeger, bruciata a sedici anni, la Austin a venti. Arias e Krickstein, Esconja e Treffert, troppo infortunati per continuare a giocare a vent'anni. La grande promessa Capriati, la tragedia che conoscono tutti. Pat Cash dell'Australia, quarto al mondo a diciotto anni, sparito poco dopo i venti».

«Senza parlare dell'enorme quantità di soldi. Le sponsorizzazioni e le apparizioni sui media».

«È sempre cosí, per la giovane *étoile*. E ora, che gli sponsor non hanno la televisione per fare pubblicità, è anche peggio. Ora l'efebo che è un'*étoile* famosa, che appare sulle riviste e sui notiziari sportivi *aux disques*, è destinato a diventare il Cartellone Pubblicitario che Cammina. Usa questo, indossa questo, per denaro. Ti buttano addosso i milioni prima che tu abbia l'età per guidare le macchine che ti compri. La testa si gonfia come un palloncino, perché no?»

«E la pressione può esser lontana?» disse Steeply.

«Molte volte succede la stessa cosa. Si vincono due o tre partite importanti e improvvisamente ti senti amato, tutti si rivolgono a te come se ci fosse amore. Ma poi succede sempre la stessa cosa. Perché allora ti rendi conto che sei amato solo perché vinci. Le due o tre vittorie ti hanno creato, per la gente. Non è che le vittorie gli hanno fatto conoscere qualcosa che esisteva ma era ignota prima di queste vittorie importanti. Sembra che l'arrivare dal nulla e vincere ti *abbiano creato*. Devi continuare a vincere per conservare l'esistenza dell'amore e delle sponsorizzazioni e delle riviste patinate che vogliono scrivere il tuo profilo».

«Subentra la pressione», disse Steeply.

«Una pressione tale da non potersela neanche immaginare, ora che per mantenere la tua posizione devi vincere. Ora che tutti *si aspettano* che tu vinca. E sei tutto solo, negli alberghi e sugli aerei, e qualsiasi altro giocatore con cui parli della pressione vuole batterti, vuole essere ed esistere sopra di te e non sotto di te. O gli altri, che vogliono da te solo la vittoria che però avrai solo se giochi con abbandono».

«Ed ecco i suicidi. Gli esaurimenti. Le droghe, l'indulgenza, il viziarsi».

«Che istruzione diamo se forgiamo l'efebo per diventare un atleta che vince senza la paura di essere amato e non lo prepariamo per il momento in cui la paura arriverà, ti sembra?»

«Ecco il perché della pressione terribile qua dentro. Vengono temprati. Induriti».

Hal serví angolato e questa volta lo seguí a rete, il servizio, ma esitò sulla riga del servizio. Il corpo di Stice sembrò allungarsi per raggiungere la palla e riuscí a rispondere con un diritto. Hal tirò una volée troppo corta e fece un paio di passi per allontanarsi dalla rete mentre Stice veniva avanti per tirare un passante facile. Hal tirò a indovinare la direzione e partí a sinistra, Il Tenebra gli tirò un pallonetto che lo superò e batté il palmo della mano sulle corde quando Hal si fermò a metà campo, con quel gesto Stice non voleva prendere in giro Hal, ma solo incitarsi. Hal sudava molto piú del giocatore del Kansas, ma la faccia di Stice era tanto arrossata da essere quasi marrone. Tutti e due i giocatori ruotavano la racchetta nella mano mentre Hal andava a recuperare la palla. Stice si mise in posizione per rispondere, tirandosi su i calzini.

«Eppure è intelligente da parte di Hal seguire a rete il servizio una volta ogni tanto», disse deLint nell'orecchio di Steeply.

E veramente irritante era quel ragazzino con le sopracciglia folte arrossate, James Troeltsch, sull'ultima fila in alto della gradinata, che si parlava nel pugno, avvicinandoselo alla bocca prima da una parte e poi dall'altra, fingendo di essere due persone:

«Incandenza che controlla. Incandenza, il tattico.

«Uno sbaglio tecnico raro per Incandenza, scendere a rete quando ha appena iniziato a controllare il gioco da fondocampo.

«Guardate Incandenza mentre aspetta che Ortho Stice la finisca di giocherellare con i calzini per poter servire. La sua somiglianza con le statue di Augusto a Roma. Il portamento regale, la posizione della testa, la faccia impassibile che emana un'espressione di comando. Gli occhi blu di ghiaccio.

«Quella gelida, rettilea pellicola di concentrazione, nei suoi freddi occhi blu, Jim.

«Il nostro Halster ha qualche problema a controllare le volée.

«Personalmente, Jim, penso che giocherebbe meglio con il suo vecchio strumento midsize di grafite invece che con quel racchettone che si è fatto convincere a usare da quel cretino di rappresentante della Dunlop.

«Stice è il giocatore piú giovane, lui ci è cresciuto con il racchettone. Il Tenebra non conosce altro che il racchettone.

«Vuoi dire che Stice è nato con il racchettone in mano, e Incandenza è uno che ha adattato il suo gioco al racchettone.

«La carriera di Hal inizia prima che le tue resine policarbonate cambiassero tutta la matrice della forza del gioco juniores, Jim.

«È che giorno per il tennis.

«È stato un giorno di grande divertimento per tutta la famiglia.

«Questa Bud è per tutta la famiglia. È la Partita Bud della Settimana. Offerta a voi dalla Bud.

«Incandenza ha anche cambiato impugnatura, e tutto questo per adattarsi al racchettone.

«E dalla famiglia Multiphasix delle resine policarbonate a grafite rinforzata, Ray.

«Jim, Ortho Stice – è impossibile anche solo visualizzare Stice senza il suo fedele racchettone.

«Non conoscono altro, questi ragazzini».

DeLint appoggiò un gomito all'indietro sulla gradinata di sopra e disse a James Troelsch di abbassare il volume o si sarebbe interessato personalmente a vederlo soffrire.

Hal fece rimbalzare la palla tre volte, la lanciò per aria, si piegò indietro sul lancio e schiacciò il servizio nel vero senso della parola, senza giro e molto angolato, Stice fu colto di sorpresa, grottescamente fuori equilibrio, colpí di rovescio con il braccio rattrappito e ne uscí un lungo linea poco profondo. Hal si avvicinò alla linea del servizio per prenderlo, piegato in avanti, la racchetta alta dietro di sé, e sembrava quasi un insetto. Stice si fermò in mezzo alla linea di fondocampo e non poté farci niente quando Hal accorciò il colpo e lo incrociò poco sopra la rete, con una traiettoria distorta in backspin che fece finire la palla nel mezzo metro di spazio che l'acutezza dell'angolo permetteva.

«Hal Incandenza ha un grande cervello per il tennis», la Poutrincourt disse in inglese.

Hal fece un ace al centro e andò 2-1 o 3-2 al terzo.

«La cosa che devi sapere su Hal, dolcezza, è che ha un gioco completo», disse deLint mentre i ragazzi cambiavano campo, e Stice teneva due palle davanti a sé sulla testa della racchetta. Hal tornò di nuovo al suo asciugamano. I bambini nella fila piú alta si piegavano a sinistra e poi a destra in tandem, per divertirsi. L'apparizione con le lenti e la sbarra di metallo era sparita, sopra di loro.

«Quello che devi sapere per guardare gli juniores a questo livello», dice deLint, ancora appoggiato indietro su un gomito tanto che la parte superiore del suo corpo era invisibile, e lui era solo gambe e una voce nell'orecchio infreddolito di Steeply. «Hanno tutti dei punti di forza diversi, parti del gioco che fanno meglio, e si impazzisce a descrivere una partita o un giocatore in base ai diversi punti di forza e alla quantità di punti di forza individuali».

«Non sono qui per fare un profilo al ragazzo», disse Steeply, ma di nuovo in francese.

DeLint lo ignorò. «Non sono solo i punti di forza o la quantità dei punti di forza. È se questi punti messi insieme fanno un gioco. Se un ragazzino è piú o meno completo. Se ha un suo gioco. Devi incontrare questi ragazzini a pranzo».

«Ma non posso parlargli».

«Il ragazzino con il cappello da idiota, Pemulis, Mike fa delle volée magnifiche, davvero magnifiche, è nato per giocare a rete, grande coordinazione mano-occhio. L'altra forza di Mike è che ha il migliore lob tra gli juniores della East Coast. Questi sono i suoi punti di forza. Il motivo per cui tutti e due i ragazzini che stai guardando in questo momento possono stracciare Pemulis è che i punti di forza di Pemulis non gli dànno un gioco completo. Le volée sono un colpo d'attacco. Il lob è l'arma di un giocatore da fondocampo. Non si può fare un lob da rete o una volée da fondocampo».

«Vuol dire che le abilità di Michael Pemulis si annullano a vicenda»[275], gli disse la Poutrincourt nell'altro orecchio.

DeLint fece il piccolo salaam di iterazione. «Le forze di Pemulis si annullano a vicenda. Per esempio Todd Possalthwaite, il ragazzino piú piccolo con il naso fasciato perché è scivolato sul sapone nella doccia, anche Possalthwaite ha un grande lob, e mentre Pemulis ora lo batte grazie alla sua età e alla potenza, Possalthwaite è un giocatore tecnicamente superiore e ha un futuro migliore, perché Todd si è costruito un gioco completo intorno al suo lob».

«Questo deLint sbaglia», disse la Poutrincourt nel dialetto del Québec sorridendo a deLint attraverso Steeply.

«Perché Possalthwaite non va mai a rete. Possalthwaite rimane indietro a ogni costo, e a differenza di Pemulis lavora per sviluppare i colpi da fondo per poter stare dietro e fare scendere l'avversario e usare il suo lob velenoso».

«Il che significa che a quattordici anni il suo gioco, ecco, non cambierà mai e non crescerà, e se si rafforzerà fisicamente e vorrà attaccare non ne sarà mai capace», disse la Poutrincourt.

DeLint mostrava cosí poca curiosità per le parole della Poutrincourt che Steeply si domandava se per caso sapesse il francese di nascosto, e disegnò un ideogramma per ricordarselo. «Possalthwaite è uno stratega puramente difensivo. Ha una gestalt. I termini che usiamo qui per indicare un gioco completo sono *gestalt* o *gioco completo*».

Stice tirò di nuovo un ace angolato, e la palla rimase impigliata in un diamante interstiziale nella rete della recinzione e Hal dovette mettere giú la racchetta e usare tutte e due le mani per tirarla fuori con la forza.

«Forse per il tuo articolo, però, le informazioni su questo ragazzino, il fratello del punter – i lob di Hal non valgono neanche la metà di quelli di Possalthwaite, e paragonato a quello di Ortho e di Mike il suo gioco a rete è mediocre. Ma a differenza di suo fratello quando era qui, capisci, i punti di forza di Hal hanno cominciato a riunirsi. Ha un grande servizio, una grande risposta al servizio, e dei fantastici colpi da fondo, davvero grandi, ha un grande controllo e un gran tocco, grande proprietà di tocco e di uso dell'effetto; e può battere un giocatore difensivo facendolo correre come una trottola con il suo grande controllo, e può battere un attaccante usando contro di lui il suo stesso ritmo».

Hal tirò un passante lungo linea sul rovescio di Stice e sembrava che la palla fosse buona, poi proprio all'ultimo secondo virò e rimbalzò fuori dal campo, fece una curva improvvisa e stretta e atterrò fuori dalle righe laterali come se una bizzarra folata di vento fosse arrivata dal nulla e l'avesse soffiata via, e Stice sembrava ancora piú sorpreso di Hal.

La faccia del fratello del punter non fece trasparire niente mentre stava fermo nell'angolo del vantaggio e si aggiustava le corde.

«Ma forse uno riesce a farcela, a vincere. Immaginati. Diventi proprio quello che hai desiderato per tutta la vita di essere. Non solo molto bravo ma il migliore. La nostra filosofia e quella di Schtitt – credo che questa filosofia di Enfield sia piú canadese che americana, cosí puoi capire che ho un pregiudizio – dice che devi anche sapere – per un momento lascia da parte il talento e tutto il lavoro per diventare il migliore – che sei condannato[276] se non hai dentro di te anche la capacità di trascendere lo scopo finale, trascendere il successo del migliore, se arrivi a esserlo».

Steeply poteva vedere, vicino al parcheggio dietro l'abominevole cubo gonfio neogeorgiano dell'Edificio Comunità & Amministrazione, diversi ragazzini piccoli che portavano e trascinavano dei sacchetti bianchi di plastica fino al gruppo di cassonetti a ridosso degli abeti sul retro del parcheggio, i bambini erano pallidi e avevano gli occhi spauriti e parlavano animatamente tra di loro e gettavano sguardi ansiosi verso la folla sul campo da Show.

«Allora», disse la Poutrincourt, «e per quelli che diventano davvero le *étoiles*, i fortunati sui quali vengono scritti degli articoli e sono fotografati per i lettori e per la religione degli Usa *ce l'hanno fatta*, devono avere qualcosa di costruito dentro di loro lungo il cammino che li aiuterà a trascendere il tutto, oppure sono condannati. Lo sappiamo per esperienza. Lo si riscontra in tutte le culture basate sull'ossessione del raggiungimento di uno scopo. Guarda i *japonois*, i tassi di suicidi dei loro ultimi anni. Questo compito che abbiamo noi alla Enfield è ancora piú delicato, con le *étoiles*. Perché se raggiungi il tuo scopo e non riesci a trovare il modo di trascendere l'esperienza che quello scopo raggiunto sia tutta la tua esistenza, la tua *raison de faire*[277], allora, dopo, succederà una delle due cose che vedremo».

Steeply doveva continuamente respirare sulla penna perché la punta non si seccasse.

«Una, una è che tu raggiungi il tuo scopo e ti rendi conto della certezza sconvolgente che il raggiungimento dello scopo non ti completa e non ti redime, non rende la tua vita un successo come la tua cultura ti aveva insegnato a pensare. E allora affronti questo fatto che ciò che avevi sempre pensato avrebbe avuto un significato che in realtà non ha, e sei impalato dallo shock. Ce ne sono stati di suicidi nella storia quando le persone arrivano a queste vette; i bambini qui conoscono bene quella che noi chiamiamo la saga di Eric Clipperton».

«Con due *p*?»

«Proprio cosí. O l'altra possibilità della catastrofe, per le *étoiles* che raggiungono lo scopo. Raggiungono lo scopo, allora, e mettono nella celebrazione del loro successo la stessa passione che avevano messo nel cercare tale successo. Questa qui da noi viene chiamata la Sindrome del Party Infinito. La celebrità, il denaro, il sesso, le droghe e le sostanze. Il luccichio. Diventano celebrità invece di giocatori, e poiché sono celebrità solo finché soddisfano la fame della cultura-dello-scopo per il *farcela*, per il vincere, sono condannati, perché non si può celebrare e soffrire, e il gioco è sempre sofferenza, proprio cosí».

«Il nostro ragazzo migliore è piú bravo di Hal, lo potrai vedere giocare domani, se vuoi, John Wayne. Nessun legame con il vero John Wayne. È compatriota della nostra Terry». Aubrey deLint sedeva appoggiato all'indietro accanto a loro, il freddo gli aveva arrossato le guance butterate regalandogli due ovali febbricitanti da Arlecchino. «John Wayne ha una gestalt perché molto semplicemente Wayne ha tutto, e tutto ciò che ha possiede quel tipo di rapidità che uno con il tocco d'artista e il cervello di Hal non riesce ad affrontare».

«Questa era anche la filosofia del Fondatore, della condanna, il padre del punter Incandenza, che a quanto mi hanno detto si dilettava con la cinematografia nel tempo libero?» Steeply chiese alla canadese.

La scrollata di spalle della Poutrincourt potrebbe aver significato troppe cose per prenderne nota. «Sono arrivata dopo. M. Schtitt, il suo obiettivo per le *étoiles* è quello di aiutarle a non cadere in nessuna di queste due possibilità». Steeply non riusciva a notare i passaggi della donna da un dialetto all'altro. «Indicare una strada tra l'aver bisogno del successo e farsi gioco del successo».

DeLint si piegò in avanti. «Wayne ha tutto. La forza di Hal è di aver cominciato a capire di non avere tutto e di costruirsi un gioco tirandolo fuori sia da quello che gli manca sia da quello che ha».

Steeply fece finta di mettersi a posto il cappello ma in realtà si stava aggiustando la parrucca. «Sembra tutto cosí tremendamente astratto per una cosa cosí fisica».

La scrollata di spalle della Poutrincourt le fece sollevare leggermente gli occhiali. «È contraddittorio. Due personaggi, uno dei quali non c'è. M. Schtitt, quando il Fondatore dell'Accademia morí...»

«Il padre del punter, che si dilettava a fare film». Il maglione di raglan di Steeply era stato di sua moglie.

Annuendo gentilmente, la Poutrincourt: «Questo Fondatore dell'Accademia, M. Schtitt dice che questo Fondatore era uno studioso dei vari tipi di vista».

DeLint disse: «Gli unici limiti possibili di Wayne sono anche la sua forza, la sua volontà all'acciaio-tungsteno e la decisione, l'insistenza nell'imporre il suo gioco e la sua volontà sul suo avversario, l'essere del tutto contrario a cambiare il ritmo del suo gioco se non

sta andando bene. Wayne avrebbe il tocco e i lob per rimanere a fondocampo in una giornata-no, ma non lo fa – se è giú e le cose non gli
vanno bene, lui picchia piú forte. Il suo ritmo è cosí irresistibile che
può farcela senza scendere a compromessi sull'attacco contro tutti gli
juniores dell'America del Nord. Ma nello Show, e forse Wayne diventerà professionista già dal prossimo anno, nello Show la flessibilità è piú importante, e se ne accorgerà. Come la chiamate, l'umiltà».

Sembrava quasi che la Poutrincourt stesse guardando fisso Steeply
senza preoccuparsi di essere scortese. «Lo studio non riguardava tanto
il modo in cui uno vede una cosa, ma la relazione tra la persona e le cose che vede. Tradusse questo in vari modi in campi diversi, dice M.
Schtitt».

«Il figlio ha descritto suo padre come, cito, "disforico dei generi"».

La Poutrincourt tirò su la testa. «Non sembra una frase di Hal Incandenza».

DeLint tirò su col naso. «Ma il vantaggio principale della gestalt di
Wayne su Hal è la sua testa. Wayne è forza pura. Non sente paura,
pietà, rimorso – quando un punto è finito, potrebbe anche non essere
mai accaduto. Per Wayne. In realtà Hal ha dei colpi da fondocampo
migliori di quelli di Wayne, e potrebbe avere il ritmo di Wayne se volesse. Ma la ragione per cui Wayne è il numero Tre continentale e Hal
è il numero Sei è la testa. Hal in campo sembra quasi morto, ma è piú
vulnerabile da un punto di vista, diciamo, emotivo. Hal si ricorda i punti, sente la tendenza della partita. Wayne no. Hal è suscettibile alle flut-
tuazioni. Allo scoraggiamento. Ha dei vuoti di concentrazione che durano un set. Certi giorni si vede Hal entrare e uscire dalla partita, come se qualche parte di lui se ne andasse e gli aleggiasse sopra per un po'
e poi tornasse».

Troeltsch disse: «Santa *patata*».

«Cosí si sopravvive qui per poi, dopo, riuscire a evitare tutte e due
le condanne», disse con calma Thierry Poutrincourt in un inglese quasi senza accento, come se parlasse a se stessa.

«Questa suscettibilità emotiva per il dimenticare è una cosa piú femminile che maschile. Io e Schtitt pensiamo che sia una questione di volontà. Le volontà suscettibili sono piú comuni nelle nostre ragazze piú
forti. La vediamo nella Longley, la vediamo in Millie Kent e in Frannie Unwin. Non c'è questa volontà di dimenticare nelle Vaught o nella Spodek, che puoi vedere giocare se vuoi».

Troeltsch disse: «Lo possiamo rivedere di nuovo, Ray, che ne dici?

Steeply osservava un lato della faccia della Poutrincourt mentre
deLint dall'altra parte diceva: «Ma quello in cui la vediamo di piú è
Hal».

14 NOVEMBRE
ANNO DEL PANNOLONE PER ADULTI DEPEND

Il *Man o' War Grille* sulla Prospect: Matty era seduto nel punto piú rumoroso del ristorante portoghese con le mani in grembo e lo sguardo nel vuoto. Un cameriere gli portò la sua zuppa. Il cameriere aveva delle macchie di sangue o di zuppa sul grembiule, e per qualche oscura ragione aveva un fez in testa. Matty mangiava la zuppa senza fare rumore. Era sempre stato quello che mangiava con piú garbo nella sua famiglia. Matty Pemulis si prostituiva e oggi compiva ventitre anni.

Il *Man o' War Grille* è su Prospect Street a Cambridge e le sue vetrate si affacciano sulla zona di grande traffico pedonale tra Inman e Central Square. Mentre Matty stava aspettando la zuppa, aveva visto fuori dalla vetrata davanti un'anziana barbona con vari strati di stracci addosso alzarsi la gonna e accosciarsi sul marciapiede e svuotarsi gli intestini proprio là in bella vista davanti ai passanti e ai clienti del ristorante, poi aveva riunito tutte le sue borse di plastica e se n'era andata stolidamente. Il mucchietto era proprio lí sul marciapiede e fumava leggermente. Matty aveva sentito dire ai ragazzini del college seduti al tavolo accanto al suo che non sapevano se essere completamente disgustati o completamente sconvolti.

Era un ragazzino bello grosso con le gambe lunghe, un faccione a punta e i capelli cortissimi e un gran sorriso e una mascella da radersi due volte al giorno da quando aveva quattordici anni. Cominciava a stempiarsi sulla fronte già molto alta. Aveva sulle labbra un sorriso fisso come di uno che cerca sempre di trattenersi ma non ci riesce. Il suo Papi gli aveva sempre detto di Smetterla con quel Sorriso.

Inman Square: Little Lisbon. Nella zuppa ci sono dei pezzi di calamaro che gli fanno flettere i muscoli della faccia quando li mastica.

Ora ci sono due brasiliani con i pantaloni scampanati e le scarpe alte sul marciapiede al di là dalla vetrina sopra la testa della gente seduta nel ristorante, sembra una rissa, uno cammina in avanti e l'altro cammina indietro, e si guardano in viso mentre si muovono, tutti e due mancano il mucchietto di merda sul marciapiede, parlano a voce alta in un portoghese da strada attutito dalle vetrine e dai rumori del ristorante, ma tutti e due si guardano intorno e puntano il dito verso il proprio petto dicendo: «Mi stai dicendo queste stronzate *a me*?» Poi una spinta improvvisa di quello che cammina in avanti li porta entrambi oltre la cornice destra della vetrina.

Il Papi di Matty era arrivato a Lenster da Louth su una barca nel

1989. Matty a quel tempo aveva tre o quattro anni. Il Papi aveva lavorato alle banchine Sud del porto, arrotolava delle corde lunghissime grandi come pali del telefono su delle specie di coni, ed era morto quando Matty aveva diciassette anni per problemi di pancreas.

Matty alzò lo sguardo dal crostino che stava immergendo nella zuppa e vide due ragazze sottopeso di razze diverse che attraversavano la vetrina, una negra, nessuna delle due aveva neanche guardato la merda a cui tutti sembravano camminare intorno; e poi un paio di secondi dietro di loro Povero Tony Krause, che Matty non aveva neanche riconosciuto come Povero Tony Krause con quei pantaloni e con quel cappello finché non aveva guardato in basso e poi di nuovo in alto: Povero Tony Krause aveva un aspetto veramente orribile: sembrava come risucchiato da quanto era magro, gli occhi infossati, malato fradicio, pronto per la fossa, la pelle della faccia di quel bianco verdastro delle creature degli abissi, sembrava piú non-morto che vivo, si riconosceva che era il povero vecchio Povero Tony solo dal boa e dal cappotto di pelle rossa e dal quel modo in cui si teneva la mano alla gola quando camminava, quel modo che Equus Reese diceva sempre che gli ricordava le stelline del bianco e nero che scendevano grandi scalinate curve in un gran gala, e non sembrava che Krause camminasse quanto piuttosto sembrava fare una serie infinita di grandi entrate in spazi piccolissimi, una frocesca alterigia ora disgustosa e terrificante al tempo stesso per via dell'aria spettrale di Krause mentre passava davanti alla vetrina del *Grille*, lo sguardo diretto o alle due ragazze scheletriche che camminavano faticosamente davanti a lui o direttamente attraverso loro, mentre le seguiva fuori dalla parte destra della vetrina.

Il Papi di Matty aveva cominciato a inculare Matty quando Matty aveva dieci anni. *Ti fotto nel culo.* Matty si ricorda benissimo tutto quello che era successo. Aveva visto che a volte le persone alle quali erano accadute cose spiacevoli da piccoli riuscivano a cancellare la cosa spiacevole dalla testa quando erano adulti, e a dimenticarla. Non era successo lo stesso a Matty Pemulis. Si ricordava ogni istante e ogni piccola cosa di tutte le volte che era successo. Suo padre fuori dalla stanzina nella quale dormivano Mat e Mickey, tardi di notte, la lingua di luce del corridoio illuminato era come l'occhio di un gatto quando passava dalla fessura della porta che il Papi aveva aperto, i cardini ben oliati che si aprivano con la lentezza implacabile di una luna che sorge, l'ombra del Papi che si allungava sul pavimento e poi l'uomo, proprio lui, che si infila dietro di lui attraversando il pavimento illuminato dalla luna con i calzini rammendati e quell'odore che piú tardi Matt aveva saputo era whisky ma a quell'età Mat e Mickey lo chiamavano con un altro nome, quando lo sentivano. Matty stava sdraiato e faceva finta di dor-

mire; non sapeva perché stanotte faceva finta di non sapere che quell'uomo era lí; aveva paura. Anche la prima volta. Micky aveva solo cinque
anni. Tutte le volte era lo stesso. Il Papi ubriaco. Che camminava a zigzag nella camera. Con un'aria furtiva. Cercava in qualche modo di non
rompersi il collo sui camion giocattolo e sulle macchinine sparse sul pavimento, lasciate lí per caso quella prima volta. Si sedeva sul bordo del
letto e il suo peso cambiava l'inclinazione del letto. Un uomo grosso
che puzzava di tabacco e di qualcos'altro, e ansimava quando era ubriaco. Stava seduto sul bordo del letto. Che scuoteva Matty perché si svegliasse finché Matty doveva far finta di svegliarsi. Chiedeva se dormiva, se stava dormendo. Tenerezza, carezze che oltrepassavano il confine del vero affetto paterno della etnia irlandese, la generosità emotiva
di un uomo senza carta verde che tutti i giorni si rompeva la schiena
per procurare il cibo alla propria famiglia. Carezze che oltrepassavano
quel limite e il limite della generosità emotiva di qualcos'altro, ubriaco, quando tutte le regole dell'umore erano sospese e non sapevi mai se
da un minuto all'altro ti avrebbe baciato o picchiato – era impossibile
dire come o persino capire come stessero oltrepassando quei confini.
Ma li oltrepassavano, quelle carezze. La tenerezza, le carezze, quel respiro che puzzava caldo, basso e leggero, stucchevole, dolce di scuse per
il ricordo improvviso di una cattiveria o una punizione della giornata.
Quel modo di appoggiare la conca della mano sulla guancia calda di cuscino e la mascella, il ditone rosa che tracciava il solco tra la gola e la
mascella. Matty si rannicchiava per allontanarsi da lui: siamo vergo-
gnosi figliolo siamo impauriti? Matty si rannicchiava per allontanarsi
anche dopo quando sapeva che la paura che lo faceva rannicchiare non
faceva altro che aizzarlo ancora di piú, perché il Papi si arrabbiava: di
chi abbiamo paura allora? Allora cosa siamo, un figliolo che ha cosí paura del suo Papi? Come se il Papi che tutti i giorni si rompeva la schiena fosse uno qualsiasi. Allora un Papi non può dimostrare un po' di
amore per suo figlio senza essere scambiato per uno qualsiasi. Come se
Matty avesse il diritto di starsene con la pancia piena sotto le coperte
che lui ha pagato e pensare che il suo Papi non fosse meglio di uno qualsiasi. Allora hai paura che sia qui per incularti? Pensi che un Papi che
viene per parlare con il suo figliolo e lo abbraccia come un Papi pensi
solo a incularlo? Come se il figliolo fosse una di quelle puttane da quaranta dollari che stanno vicino al porto? Come se il Papi fosse uno qualsiasi. Per chi mi hai preso? Per chi mi hai preso? Matty si rannicchia
contro il cuscino tutto schiacciato che il suo Papi ha comprato per lui,
le molle del letto che si ripiega cantano per la sua paura; tremava. Perché allora vediamo allora sto proprio pensando di darti quello di cui hai
paura. Essere quello che credi sia. Presto Matty capí che la sua paura

alimentava la cosa in un certo senso, faceva venire voglia al suo Papi. Non ce la faceva a non avere paura. Cercava di riuscirci, cercava di farcela, si malediceva perché si sentiva codardo e diceva che se lo meritava, poteva fare tutto ma non doveva farlo sentire uno qualsiasi. Ci vollero molti anni prima che giungesse alla conclusione che il suo Papi lo avrebbe *fottuto nel culo* qualsiasi cosa avesse fatto. Che il fatto era compiuto prima che la prima linguetta di luce dalla porta si allargasse, e non sarebbe stato diverso se Matty avesse provato un altro tipo di sentimento e lo avesse fatto vedere. Il vantaggio di non aver cancellato tutta quella storia è che puoi giungere alle conclusioni piú tardi, con una prospettiva piú matura; arrivi a capire che nessun figliolo sulla terra si merita una cosa simile, per nessuna ragione al mondo. Piú tardi a un certo punto Matty iniziò a rimanere sdraiato quando il suo Papi lo scuoteva e faceva finta di continuare a dormire, anche quando le scosse gli facevano battere i denti in bocca, con la bocca che aveva sempre un certo sorrisino perché Matty si era convinto che tutte le persone che dormivano veramente ce l'avevano. Quanto piú suo padre lo scuoteva, tanto piú Matty stringeva gli occhi e faceva quel sorrisino e aumentava lo stridore del suo russare da cartone animato che alternava con i fischi dell'espirazione. Mickey sulla brandina vicino alla finestra stava muto come una tomba, su un fianco, con la faccia al muro e nascosto. Tra di loro avevano solo parlato delle possibilità che avevano di essere baciati o di essere picchiati. Alla fine poi il suo Papi gli afferrava tutte e due le spalle e gli saltava sopra con un suono di disgusto e di frustrazione. Matty pensava che anche solo l'odore della paura fosse abbastanza per meritarselo, finché (piú tardi) acquistò una prospettiva piú matura. Si ricordava il rumore ovale del tappo che veniva via dal barattolo di vaselina, quel rumore tipo sasso-in-uno-stagno del tappo della Vaseline (un tappo senza Sicurezza-Bambini anche in un momento in cui tutti i tappi avevano la Sicurezza-Bambini), il suo Papi che borbottava quando se la metteva, quando sentiva quel dito terribile e freddo come il ghiaccio mentre il suo Papi la spalmava sul bocciolo di rosa di Matty, la sua stella nera.

Solo la prospettiva piú matura degli anni e dell'esperienza aveva fatto trovare a Matty qualcosa di cui essere grato, perché il suo Papi per lo meno aveva usato un lubrificante. Le origini della dimestichezza che l'uomo dimostrava di avere con quella roba e l'uso che ne faceva di notte non erano state illuminate neanche da una prospettiva adulta, e Matty non c'era arrivato neanche ora, che aveva ventitre anni.

Quando uno sente dire *cirrosi* e *pancreatite acuta*, si immagina che la persona che ce l'ha si stringa il petto come un attore in un vecchio film e sprofondi dolcemente nel riposo eterno con le palpebre chiuse e la faccia composta. Il Papi di Mat morí soffocato per avere respirato sangue, una vera e propria fontana del sangue piú nero che si possa immaginare, Matty tutto spruzzato di uno spray color ruggine mentre teneva il polso giallo dell'uomo e la Mamma correva lungo la corsia in cerca di una squadra con un carrello per le emergenze. Le particelle aspirate erano cosí fini, quasi atomizzate, e rimanevano sospese nell'aria come se fossero l'aria stessa sopra il letto con le sbarre mentre l'uomo spirava, con gli occhi spalancati gialli come quelli di un gatto e la faccia contorta nella smorfia di dolore piú terribile, i suoi ultimi pensieri (se li aveva avuti) del tutto inconoscibili. Ancora oggi Matty brindava all'ultimo ricordo che aveva di suo padre con il suo primo brindisi, ogni volta che decideva di bere[278].

11 NOVEMBRE
ANNO DEL PANNOLONE PER ADULTI DEPEND

Dopo cena Hal passa subito dalla stanza di Schtitt vicino al salone d'ingresso di Com. & Amm. per andare a farsi dire cosa gli era andato cosí terribilmente male contro Stice. Forse anche per avere una qualche idea sul perché aveva dovuto giocare contro Il Tenebra in pubblico, quando mancava cosí poco tempo al WhataBurger.

Cioè cosa avrebbe dovuto significare quella esibizione. Questa tensione infinita dei ragazzi dell'Eta per sapere cosa gli allenatori pensano di loro, come giudicano i loro progressi – le tue azioni stanno salendo o scendendo. Ma l'unica persona là dentro è A. deLint che sta lavorando a una specie di scheda su un foglio piú grande del normale, disteso supino e senza camicia sul pavimento nudo con il mento appoggiato a una mano e un Magic Marker dall'odore pungente, e dice che Schtitt è uscito da qualche parte con la bici, ma di mettersi a sedere comunque. Molto probabilmente intende dire su una sedia. Cosí Hal deve sorbirsi vari minuti di riflessioni di deLint sulla partita, insieme alle statistiche partorite dal prorettore. La schiena di deLint è pallida e costellata di cicatrici rosse di vecchi foruncoli, anche se la sua schiena non è niente in confronto alle schiene di Struck o di Shaw. Ci sono una sedia di bambú e una sedia di legno. Lo schermo a cristalli liquidi del portatile di deLint pulsa in modo sinistro sul pavimento vicino a lui. La stanza di deLint è troppo illuminata e non c'è nemmeno un granello di polvere da nessuna parte, neanche negli angoli. Le spie dell'impianto stereo di Schtitt sono accese ma non c'è nessun suono. Né Hal né deLint parlano della presenza dell'intervistatrice di Orin sulle tribune durante la partita, né tanto meno della lunga conversazione che quella donna grossa ha avuto con la Poutrincourt, una cosa davvero notevole. Ci sono i nomi di Stice e di Wayne in vetta alle schede enormi sul pavimento, ma il nome di Hal non c'è. Hal dice che non sa se ha fatto qualche errore tattico di base o se semplicemente non era nella giornata giusta oggi pomeriggio o forse c'era qualche altra cosa.

«Non ci sei mai stato oggi, ragazzino», commenta deLint. Ha fatto delle operazioni matematiche su certe cifre per confermarlo, questo suo non esserci. I vocaboli che ha scelto fanno venire la pelle d'oca a Hal.

Dopo di che, durante le Ore di Studio Pomeridiane che dovrebbero essere obbligatorie, e nonostante i tre capitoli di Preparazione agli esami che deve fare per il suo programma di Preparazione, Hal siede da solo nella Sala Proiezioni 6 con la gamba dolorante allungata sul divano di fronte a lui, e flette pigramente la caviglia infortunata tenendosi al petto il ginocchio dell'altra gamba, e stringe una palla con la mano con la quale non gioca, mastica tabacco Kodiak e sputa direttamente in un cestino senza sacchetto, ha un'espressione neutra e guarda qualche cartuccia degli ultimi intrattenimenti di suo padre. Chiunque lo vedesse là dentro stasera penserebbe che Hal è depresso. Guarda molte cartucce una dietro l'altra. Guarda *Il secolo americano visto attraverso un mattone* e *Accordo prenuziale di Inferno e Paradiso* e poi una parte di *Il coupon pregiato è stato rimosso*, che è una cosa da diventare matti perché è tutto un monologo di uno piccolino con gli occhiali contemporaneo di Miles Penn e Heath Pearson che infestava le produzioni di Lui in Persona quasi quanto Reat e Bain, e Hal non riesce proprio a ricordarsi come si chiamava. Guarda parti di *Morte a Scarsdale* e *L'unione delle persone pubblicamente celate di Lynn* e *Varie fiammelle e tipi di dolore*. La Sala Proiezioni ha dei pannelli isolanti dietro la carta da parati ed è praticamente insonorizzata. Hal guarda metà di *La Medusa contro l'Odalisca* ma toglie bruscamente la cartuccia quando la gente del pubblico inizia a essere trasformata in pietra.

Hal si tortura immaginandosi dei tipi sospetti e scuri di carnagione che minacciano di torturare vari suoi cari se lui non riesce a ricordarsi il nome del ragazzino di *Coupon pregiato* e *Educazione civica a bassa temperatura* e *Fai ciao ciao al burocrate*.

Ci sono due cartucce sugli scaffali di vetro della Sala 6 con Lui in Persona che viene intervistato in vari forum artistoidi sull'Accesso Comunitario Via Cavo, che Hal decide di non vedere.

Il leggero tremolio della luce e il sottile cambiamento di pressione nella stanza è dato dall'accensione delle fornaci dell'Eta giù nelle gallerie sotto la palazzina di Com. & Amm. Hal si muove scomodamente sul divano, e sputa nel bidone dei rifiuti. Anche il leggerissimo odore di polvere bruciata viene dalla fornace.

Una breve cartuccia minore e didattica che a Hal piace molto e decide di vedere due volte di seguito è *Fai ciao ciao al burocrate*. Un burocrate in un complesso di uffici sterile con la luce fluorescente lavora con una efficienza fantastica quando è sveglio, ma ha il problema terribile di svegliarsi la mattina, e arriva sempre tardi al lavoro, il che in una burocrazia significa idiosincrasia e disordine ed è assolutamente inaccettabile, e si vede questo burocrate che viene chiamato a rapporto nel cubicolo con il vetro zigrinato del suo supervisore, e il supervisore, che indossa un abito decisamente datato con il colletto bianco che gli spunta fuori da tutte e due le parti del risvolto della giacca color ruggine, dice al burocrate che è un buon lavoratore e un'ottima persona, ma i suoi ritardi cronici al mattino non possono continuare e se succede un'altra volta il burocrate dovrà trovarsi un altro complesso di uffici con la luce fluorescente dove andare a lavorare. Non è un caso che in una burocrazia licenziamento si dica «terminazione», come nella cancellazione ontologica, e quando il burocrate si allontana dal cubicolo del suo supervisore è giustamente molto scosso. Quella notte lui e sua moglie cercano nel loro appartamento Bauhaus tutte le sveglie che hanno, e sono tutte elettriche e digitali ed estremamente precise, e ci agghindano la camera con queste sveglie, tanto che ci sono una dozzina di sveglie digitali tutte settate per scattare alle 0615h. Ma quella notte manca la corrente, e tutti gli orologi perdono un'ora o si fermano e continuano a lampeggiare ooooh, e per questo il burocrate non si sveglia in tempo neanche la mattina dopo. Si sveglia tardi, rimane sdraiato per un momento a guardare le ooooh che lampeggiano.

Grida, si mette le mani tra i capelli, si mette addosso i vestiti sgualciti, si lega le scarpe nell'ascensore, si rade in macchina, passa con il rosso per tutto il tragitto fino alla stazione. Il treno delle 0816h entra nel livello inferiore della stazione proprio mentre l'auto impazzita del burocrate si ferma con grande stridore di freni nel parcheggio della stazione, e dal parcheggio scoperto il burocrate riesce a vedere il tetto del treno fermo. Questo è l'ultimo treno che può prendere per arrivare in tempo: se il burocrate perde questo treno sarà di nuovo in ritardo, e verrà terminato. Parcheggia in un posto per handicappati e lascia la macchina lí ad angolo, scavalca il cancelletto rotante, fa le scale a sette scalini alla volta. La gente urla e si scansa per farlo passare. Mentre scende le lunghe scale di gran carriera tiene fissi i suoi occhi da pazzo sulle porte aperte del treno delle 0816h, pregando che stiano aperte solo un altro po'. Alla fine, in un rallentatore glaciale, il burocrate salta dal settimo scalino e si lancia verso le porte aperte del treno, e a metà del salto va a sbattere a capofitto contro un ragazzino con la faccia seria e gli occhiali spessi e il cravattino e i pantaloncini corti da scolaretto secchione che sta trotterellando lungo il binario con le braccia piene di pacchetti ben confezionati. Bum, entrano in collisione. Burocrate e ragazzino barcollano indietro per l'impatto. I pacchetti del ragazzino volano dappertutto. Il ragazzino si rimette in equilibrio e rimane lí imbambolato, gli occhiali e il cravattino storti[279]. Il burocrate sposta freneticamente lo sguardo dal ragazzino ai pacchetti sparsi al ragazzino alle porte del treno, che sono ancora aperte. Il treno fischia. L'interno del treno è illuminato da una luce fluorescente ed è pieno di impiegati, burocrati ontologicamente sicuri. Si sente l'altoparlante della stazione che annuncia qualcosa di metallico e di incomprensibile sulla partenza. Il flusso del traffico dei piedi sul binario si apre attorno al burocrate, al ragazzo imbambolato e ai pacchetti sparsi per terra. Una volta Ogilvie aveva tenuto tutta una serie di lezioni sul personaggio del ragazzo come esempio della differenza tra antagonista e deuteragonista nel dramma morale; aveva nominato un sacco di volte il nome dell'attore bambino. Hal si schiaffeggia varie volte proprio sopra l'occhio destro per far uscire il nome. Gli occhi spalancati del burocrate del film continuano ad andare avanti e indietro tra le porte aperte del treno e il ragazzino che continua a guardarlo fisso, come se lo studiasse, con i suoi occhi grandi e liquidi dietro le lenti. Hal non si ricorda neanche chi faceva la parte del burocrate, ma è il nome del ragazzino che lo fa diventare matto. Il burocrate si piega in avanti, inclinato verso le porte del treno come se ogni sua cellula fosse attirata in quella direzione. Ma continua a guardare il ragazzino, e i regali, lottando con se stesso. È un chiaro momento di conflitto interno, uno dei pochi nei film di Lui in Persona. Improvvisamente gli occhi del burocrate tornano al loro posto dentro le orbite. Distoglie lo sguardo dalle porte fluorescenti e si piega verso il ragazzino e gli chiede se sta bene e dice che andrà tutto bene. Pulisce gli occhiali del ragazzino con il suo fazzoletto da tasca, raccoglie i pacchetti del ragazzino. A metà della raccolta dei pacchetti l'altoparlante trasmette qualcosa di finale e le porte del treno si chiudono con un sibilo pressurizzato. Il burocrate consegna gentilmente tutti i pacchetti al bambino, spolverandoli. Il treno esce dalla stazione. Il burocrate guarda senza espressione il treno che si allontana. Nessuno sa cosa sta pensando. Raddrizza il cravattino del bambino, inginocchiandosi come fanno gli adulti quando accudiscono un bambino, e gli dice che gli dispiace della botta e che ora va tutto bene. Si volta per andarsene. Il binario ora è quasi tutto vuoto. Ora arriva il momento strano. Il ragazzino sporge il collo dai pacchetti e lo guarda mentre lui inizia a camminare per andarsene.

«Signore?» dice il bambino. «Tu sei Gesú?»

«Non lo vorrei», dice l'ex burocrate voltando la testa verso il bambino mentre se ne va, e il bambino sposta i pacchetti e libera una manina per fare ciao ciao alla schiena del cappotto del burocrate mentre la macchina da presa, che ora si capisce che è montata sul retro del treno delle 0816h, si allontana dal binario e acquista velocità.

Fai ciao ciao al burocrate rimane il film favorito di Mario tra tutti quelli di loro padre, forse per la sua serietà cosí poco di moda. Anche se a Mario ha sempre detto che è troppo mieloso, piace anche a Hal, la cartuccia, e gli piace proiettarsi con l'immaginazione nel personaggio dell'ex burocrate mentre guida piacevolmente verso casa e verso la cancellazione ontologica.

Come per una specie di strana autopunizione, Hal sta pensando di sorbirsi gli orribili *Divertimento coi denti* e *Ritratti di celebri dittatori da bambini*, e poi alla fine uno dei successi postumi di Lui in Persona, una cartuccia dal titolo *Blood Sister*: una Suora Tosta che ha sempre trovato troppo complicato e di una cattiveria gratuita, ma Hal non si immagina che questo pezzo di intrattenimento in effetti era germinato da una esperienza breve e spiacevole di James O. Incandenza con gli Aa di Boston, a metà degli anni Novanta a.S., quando Lui in Persona li aveva frequentati per due mesi e mezzo e poi si era allontanato gradualmente, deluso da tutte le storie semplicistiche su Dio e dai dogmi nascosti. Disperatamente senza Bob Hope, ora Hal sputa molto piú del solito, e gli piace anche avere vicino il bidone dei rifiuti nel caso dovesse vomitare. Quel pomeriggio aveva una specie di nausea cinestetica: non riusciva a sentire la palla sulla racchetta. La nausea non c'entra con il guardare le cartucce di suo padre. Nell'ultimo anno il suo braccio era stato un'estensione della sua mente e la racchetta un'estensione estremamente sensibile del suo braccio. Ogni cartuccia è un dischetto nero con un'etichetta attaccata con cura; sono tutte registrate sul blocchetto vicino alla libreria ovoidale di vetro e sistemate nelle apposite fessure e aspettano di essere caricate dal visore per essere digitalmente decodificate.

14 NOVEMBRE
ANNO DEL PANNOLONE PER ADULTI DEPEND

P.T. Krause: Nord Cambridge: quella famosa e ingannevole sensazione di benessere del dopo-crisi. Quella sensazione esultante che si prova dopo un episodio neuroelettrico, che è un po' come quando all'improvviso senti che ti è passata la febbre o ti è cambiata in meglio la fortuna. Povero Tony Krause si svegliò nell'ambulanza senza le lucertole sulla pelle e continente e si sentiva benissimo. Stava disteso a flirtare con i paramedici con la mascella blu piegati su di lui, e fece vari sottintesi osceni su espressioni tipo *segni vitali* o *dilatazione* finché il paramedico si mise in contatto radio con il Pronto Soccorso del Cambridge City per annullare la procedura d'urgenza all'arrivo. Muoveva le braccia scheletriche in una parodia del Mambo Minimale, mentre stava sdraiato là sopra. Prendeva per il culo il paramedico che lo avvertiva che le sensazioni di benessere postcrisi erano notoriamente ingannevoli e transitorie.

Poi anche il vantaggio poco menzionato di essere un indigente e di possedere una Carta Sanitaria scaduta che non è neanche a tuo nome: gli ospedali ti dimostrano una specie di rispetto a rovescio; un posto come il City Hospital di Cambridge si inchina alla tua volontà di non farti ricoverare; tutto a un tratto si rimettono alla tua conoscenza diagnostica soggettiva sulla tua condizione, che senti aver preso una svolta verso il miglioramento: si piegano alla tua volontà donchisciottesca: sfortunatamente non è un ospedale libero ma è un Paese libero: rispettano i tuoi desideri e ti fanno i complimenti per il tuo mambo e ti dicono Va' con Dio.

È una buona cosa che tu non possa vedere come sei ridotto, comunque.

E la serendipità del fatto che il City Hospital di Cambridge si trova solo a otto isolati a est su Cambridge St. e poi a sud sulla Prospect, una camminata attraverso l'aria autunnale che sa di mentolo, attraverso Inman Square e su verso l'Antitoi Entertainment, forse il solo posto dove un giovane di sesso disforico appena rimesso a nuovo, nel dopocrisi, nettamente in via di miglioramento anche se ancora un po' tremante, può ancora aspettarsi di trovare un minimo di gentilezza, di credito farmacologico, dalle storie con Wo c la Coplcy Library e il cuore.

L'ospedale di mattoni dietro Krause nella luce violetta del tramonto sembra un grosso pezzo di torta. Il ticchettio secco dei tacchi sul lastricato, un boa portato in modo semiformale sulle spalle e giú lungo le braccia, la mano che si tiene chiuso sulla gola il colletto rosso di pelle, la testa ritta che sembra stia su da sola, gli occhi fissi che incrociano con dignità blasé gli occhi di quelli che passano. La dignità dell'uomo che è risorto dalle ceneri dell'Astinenza con la forza di volontà e ora è sulla strada giusta e sa dove andare e ha un incontro importante con dei canadesi. Una creatura che in un futuro non troppo distante sarà di nuovo affascinante e potenzialmente bellissima e dotata delle armi necessarie per poter guardare di nuovo negli occhi i passanti di Inman Square, e si sta allontando con passo deciso dal puz-

zo dei cessi degli uomini e del vomito della metropolitana, dalle ceneri è stato salvato e dalle ceneri è risorto e adesso si sente meravigliosamente bene. Uno spicchio di luna è appeso di sbieco sopra la
chiesa con quattro guglie. E le stelle nascenti sembrano yo-yo, dopo
una crisi. Povero Tony pensa che potrebbe prima oscurarle e poi tirarle fuori di nuovo a suo piacere, se volesse.

  Povero Tony Krause, Lolasister e Susan T. Cheese erano diventati
mercenari aggiunti a un qualcosa che l'arcigno Bertraund Antitoi aveva chiesto loro di chiamare *Front-Contre-Onanisme* quando, per potersi dividere in sei un bel mucchio di roba tagliata bene, Lolasister, Susan T. Cheese, P.T. Krause, Bridget Tenderhole, Equus Reese, e il defunto Stokely («Dark Star») McNair avevano dovuto indossare lo stesso
identico cappotto di pelle rossa e delle parrucche castane e i tacchi a
spillo e aggirarsi nel salone d'ingresso dell'*Hotel Sheraton Commander*
in Harvard Square insieme a sei donne dall'aria maschile con le stesse
parrucche e gli stessi cappotti mentre un ribelle androgino del Québec
che riempiva il suo cappotto di pelle rossa in un modo che faceva ro-
dere Bridget Tenderhole dalla rabbia e affondare le unghie nei palmi
passava dalle porte girevoli del *Commander* ed entrava con decisione
nella Sala da Ballo *Epaulet* piena di gente e versava da un barilotto in
miniatura uguale a quelli della rimozione dei rifiuti uno schifoso rifiuto semiliquido violetto in faccia al Ministro Canadese del Commercio
Inter-Onan, che stava tenendo una conferenza per la stampa Usa da un
podio a forma di foglia d'acero. Poi le comparse dovevano cominciare
a urlare istericamente nel salone, tutte e dodici, e uscire dalle porte girevoli e disperdersi in una dozzina di vettori diversi mentre l'androgino attentatore del Québec se la dava a gambe dalla Sala da Ballo *Epaulet* e dal salone d'ingresso inseguito da uomini vestiti di bianco con gli
auricolari e le Cobray M-11 semiautomatiche, e a questo punto quelli
della sicurezza vedevano tredici identiche figure zampettare via sui tacchi alti e non sapevano piú chi inseguire. Susan T. Cheese e Povero
Tony avevano incontrato i fratelli Antitoi – dei quali solo uno poteva
o voleva parlare, e che erano stati incaricati di dirigere gli aspetti di-
versivi dell'operazione allo *Sheraton Commander* ed erano chiaramente
subordinati ad altri esponenti del Québec di quoziente intellettivo molto piú alto – Krause e S.T.C. li avevano incontrati alla *Ryle Tavern* di
Inman Square, dove c'era una Serata per i Disforici Sessuali ogni secondo mercoledí del mese, e attirava un bel po' di gente allegra, e Povero Tony stava passandoci proprio ora davanti (alla Ryle), subito dopo il *Man o' War Grille*, solo a un isolato dalla vetrina del negozio di roba di vetro e cianfrusaglie degli Antitoi, e ora non si sentiva tanto male
di nuovo, ma molto stanco, dopo solo cinque isolati – quella fatica che

uno sente dopo la febbre, che senti fin dentro le cellule e ti fa venire voglia di dormire per una settimana – e sta decidendo se farsi o no le borsette di due donne giovani e non belle che stanno camminando un paio di passi davanti a lui con le borse che ciondolano dalle loro spalle a gruccia con quei lacci fragilissimi e sottili come quelli dei vestiti da sera, le due sono di razze diverse, caso raro e inquietante nella metropoli di Boston, la ragazza nera che parla come una radiolina e quella bianca che non risponde e cammina con un passo stanco, pesante e imperturbabile e una disattenzione che sembra quasi richiedere uno scippo, tutte e due con l'aria di essere vittime croniche, e quella specie di stanchezza demoralizzata che Povero Tony sapeva che garantiva sempre una dose minima di protesta e inseguimento – anche se la ragazza bianca indossava un paio di formidabili scarpe da corsa sotto la gonna scozzese. Povero Tony Krause era cosí intento a riflettere sulla logistica e le implicazioni del rubare le borsette che era come se fosse davanti a Dio – come sarebbe stato diverso arrivare dagli Antitoi con dei soldi liquidi, a chiedere una transazione invece della carità, come se la sua fosse una visita sociale invece di un piagnisteo da Astinenza – era cosí concentrato mentre evitava un mucchio impressionante di cacate di cane e passava di fronte alla vetrina del *Man o' War* che non vide neanche il suo vecchio ex compagno Mad Matty Pemulis, una fonte sicura di compassione, che lo guardava dalla vetrata e poi abbassava lo sguardo e poi lo alzava di nuovo, scosso dal vedere Povero Tony Krause cosí com'era diventato.

Geoffrey Day notò che la maggior parte dei residenti maschi della Ennet House usano dei nomignoli speciali per i loro genitali. Ad esempio «Bruno», «Jake», «Zanna» (alla menta), «Il Monaco con un Occhio Solo», «Fritzie», «Russel il Muscolo dell'Amore». Crede che questa cosa sia ben poco di classe: né lui né Ewell né Ken Erdedy hanno mai dato un nome alle loro Unità. Come Ewell, anche Day inserisce un certa quantità di dati comparativi nel suo diario. Doony Glynn chiama il suo pene «Povero Richard»; Chandler Foss confessò che lo chiamava «Bam Bam», Lenz aveva chiamato la sua Unità «il Cinghiale Tremendo», Day sarebbe morto prima di ammettere che gli mancavano Lenz e i suoi frequenti soliloqui sul Cinghiale. Il pene in questione era di quelli stranamente piú scuri di due o tre tonalità rispetto alle altre parti del corpo di Lenz, come certe volte succede con il pene delle persone. Lenz lo brandiva ai suoi compagni di stanza tutte le volte che voleva sottolineare qualcosa. Era corto, tozzo e spuntato, e Lenz descriveva il Cinghiale come il tipico esempio di quella che chiamava la Maledizione Polacca, vale a dire che la lunghezza non era notevole ma la circonferenza pareggiava i conti: «Non arriva in fondo ma intorno spac-

ca tutto, fratello». Questa era la sua descrizione della Maledizione Polacca. Una quantità sorprendente del Diario dei Ricoveri del Giorno è
piena di annotazioni da parte di R. Lenz. In seguito all'allontanamento di Lenz l'avvocato fiscalista Tiny Ewell era stato spostato di sopra
nella Stanza da 3 degli Uomini con Day. Ewell era la persona con cui
si poteva parlare di qualsiasi cosa anche vagamente profonda, per questo Day si sentí sconcertato quando scoprí dopo un paio di lunghe notti che Lenz quasi gli mancava, la sua ossessione per il tempo, il suo scal-
piccio, il suo modo di appoggiarsi contro la parete a testa all'ingiú in
mutande, o quando brandiva il suo Cinghiale.

E in riferimento alla residente della Ennet House Kate Gompert
e al problema relativo alla sua depressione:
Alcuni pazienti psichiatrici – oltre a una certa percentuale di persone che per sentirsi bene sono diventate cosí dipendenti dalle sostanze chimiche che quando queste sostanze devono essere abbandonate
subiscono un trauma molto profondo che va a toccare il nucleo vitale
della loro anima – queste persone hanno imparato sulla loro pelle che
esistono vari tipi di «depressione». Un tipo di depressione è leggero e
certe volte viene chiamato *anedonia*[280] o *melanconia semplice*. È una specie di torpore spirituale per cui si perde la capacità di provare piacere
o interesse per cose che un tempo si ritenevano importanti. Il fanatico
giocatore di bowling smette di andarci e passa le serate a casa a guardare cartucce di kickboxing. Il bongustaio non mangia piú. Il sensuale
scopre che la sua amata Unità tutto a un tratto è diventata una pendula cartilagine insensibile. La moglie e madre devota all'improvviso si
trova a pensare alla sua famiglia con la stessa emozione che le potrebbe dare il teorema di Euclide. È una specie di novocaina emotiva, questa forma di depressione, e anche se non è dolorosa la sua vacuità è sconcertante e... ecco, deprimente. Kate Gompert ha sempre pensato a questo stato anedonico come a una specie di astrazione radicale da tutto,
uno svuotamento di cose che un tempo avevano un contenuto affettivo. Termini che la persona non depressa usa comunemente nel loro pieno senso – *felicità, joie de vivre, preferenza, amore* – sono scarnificati
all'osso e ridotti a idee astratte. Hanno una denotazione ma non una
connotazione. L'anedonica è ancora in grado di parlare di felicità e di
significato, ma è diventata incapace di sentire qualcosa dentro, o di
comprenderli davvero, o di avere speranze su di loro, o di credere che
esistano se non come concetto. Tutto diventa un contorno. Gli oggetti diventano schemi. Il mondo una mappa del mondo. Un'anhedonica
può navigare, ma non ha un luogo. Cioè un'anedonica, nel gergo degli
Aa di Boston, diventa Incapace di Identificarsi.

È importante notare che, tra i piú giovani dell'Eta, si attribuisce all'anedonia il suicidio del Dott. J.O. Incandenza. Questo è forse dovuto al fatto che l'anedonia viene spesso associata alle crisi che affliggono le persone molto competitive che a una certa età si trovano ad aver ottenuto tutto o piú di ciò che volevano. La tipica crisi del tipo cosa-significa-tutto-questo che colpisce gli americani di mezza età. In realtà questo non è assolutamente il motivo che uccise Incandenza. Infatti il pensiero che lui avesse raggiunto tutto quello che si era prefisso solo per scoprire che questo raggiungimento non gli dava nessuna gioia e non aggiungeva significato alla sua vita è piú tipico di uno studente dell'Eta che non del padre di Orin e di Hal: ancora molto piú imbevuti delle filosofie carota-e-bastone alla deLint degli allenatori delle loro città di nascita piuttosto che della scuola piú paradossale di Schtitt/Incandenza/Lyle, gli atleti piú giovani che non riescono a non giudicare il loro valore se non per mezzo della loro posizione in classifica usano come giustificazione psichica l'idea che si possano raggiungere gli scopi prefissati e scoprire che il senso di inutilità è ancora lí come un mattone sullo stomaco, questo si dicono quando si fermano ad annusare i fiori lungo i vialetti dell'Eta mentre vanno ad allenarsi all'alba. L'idea che il raggiungimento di qualcosa non conferisca automaticamente un qualche valore interiore è, per loro, ancora, a questa età, un'astrazione, come l'idea che un giorno dovranno morire – «Caio è Mortale» e cosí via. In fondo tutti loro considerano ancora la carota come il Graal. Quasi tutti fingono di avere l'anedonia. Bisogna ricordarsi che sono bambini piccoli. Ascolta una conversazione in bagno o in fila alla mensa di questi ragazzini Under 16: «Ciao, come stai?» «Questa settimana sono il numero otto, ecco come sto». Tutti adorano ancora la carota. A esclusione del tormentato LaMont Chu sono ancora tutti convinti che il quattordicenne n. 2 nella classifica continentale valga esattamente il doppio del n. 4.

E, illusi, o no, è sempre una fase fortunata della vita. Anche se è temporanea. Potrebbe anche essere che i ragazzini piú in basso in classifica all'Eta siano proporzionalmente piú felici dei ragazzini che stanno piú in alto, poiché sappiamo (noi che non siamo piú bambini) che è piú stimolante *desiderare qualcosa* piuttosto che *averla*, almeno sembra. Anche se forse questo non è altro che l'inverso della stessa illusione.

Hal Incandenza, anche se non è ancora riuscito a capire come mai suo padre mise la testa dentro un forno a microonde durante l'Anno della Saponetta Dove in Formato Prova, è del tutto sicuro che non fu per la comune anedonia Usa. Lo stesso Hal non prova nessuna vera emozione tipo intensità-di-vita-interiore da quando era molto piccolo; pensa a termini come *joie* e *valore* come alcune delle molte variabili di equazioni rarefatte, e lui può manipolarle con abilità in modo da soddisfare chiunque a eccezione di se stesso che è lí dentro, dentro il proprio guscio, come essere umano – in realtà lui è molto piú robotico di John Wayne. Uno dei suoi problemi con la Mami consiste nel fatto che Avril Incandenza crede di conoscerlo a fondo come essere umano, e pensa che sia una persona interiormente molto ricca, mentre invece dentro Hal non c'è quasi nulla, e lui lo sa bene. La sua Mami Avril sente i suoi echi dentro di lui e pensa che quello che sente sia lui, e questo fa capire a Hal la sola cosa che negli ultimi tempi riesce a sentire davvero: capisce di essere solo.

Risulta piuttosto interessante notare che il mondo delle arti degli Usa di fine millennio considera fighe e giuste l'anedonia e il vuoto interiore. Si tratta forse delle vestigia della glorificazione romantica del *Weltschmerz*, che significa la noia-del-modo o l'*ennui* giusta. Forse è perché gran parte delle arti viene prodotta da persone anziane annoiate e sofisticate, e poi consumata da persone piú giovani che non solo consumano arte ma la studiano per capire come essere fichi e giusti – e bisogna tenere presente che per i ragazzini e per i giovani essere giusti e fichi equivale a essere ammirati e accettati e fare parte di un gruppo e quindi a Non Essere Soli. Lasciamo perdere la pressione-dei-coetanei. Si tratta piuttosto di *fame*-dei-coetanei. No? Entriamo nella pubertà spirituale quando giungiamo alla conclusione che il grande orrore trascendente è la solitudine, l'esclusione, l'ingabbiamento dell'anima. Una volta arrivati a questa età, daremo e accetteremo qualsiasi cosa, indosseremo qualsiasi maschera per essere a posto, per far parte di qualcosa, per non essere soli, noi giovani. Le arti Usa sono la nostra guida per essere ammessi nel gruppo. Un manuale. Ci viene insegnato come portare maschere di *ennui* e ironia logora quando siamo giovani, quando la faccia è abbastanza elastica da assumere la forma di qualsiasi maschera si indossi. E poi ci rimane attaccato, quel cinismo stanco che ci salva dal sentimento sdolcinato e dall'ingenuità non sofisticata. Il sentimento equivale all'ingenuità in questo continente (per lo meno a partire dalla Riconfigurazione). Una delle cose che gli spettatori sofisticati hanno sempre apprezzato in *Il secolo americano visto attraverso un mattone* di J.O. Incandenza è la sua tesi grossolana che l'ingenuità è l'ultimo vero terribile peccato nella teologia dell'America del millennio. E dato che il peccato è quel tipo di cosa di cui si può parlare solo figurativamente, è naturale che la piccola e oscura cartuccia di Lui in Persona si sviluppasse quasi tutta su un mito, quel mito Usa stranamente persistente che vuole che il cinismo e l'ingenuità si escludano a vicenda. Hal, che è vuoto di sentimenti ma non è scemo, ha una sua teoria secondo la quale ciò che passa per una cinica ed elegante trascendenza del sentimento non è altro che una specie di paura di essere veramente umano, dato che essere veramente umano (almeno per come lo concettualizza lui) vuol dire essere inevitabilmente sentimentale e ingenuo e portato alle sdolcinatezze e generalmente patetico, significa essere in un certo modo infantile dentro, una specie di bambinone un po' strano che si trascina qua e là anacliticamente con grandi occhi umidi e la pelle molliccia come quella delle rane, un cranio enorme, e sbava. Una delle cose veramente americane di Hal è forse il modo in cui disprezza la causa del suo essere solo: questo orribile io interiore, incontinente di sentimenti e affetti, che frigna e si contorce sotto una maschera vuota e fichissima, l'anedonia[281].

L'immagine piú famosa di *Il secolo americano visto attraverso un mattone* è la corda di un piano che vibra – sembrerebbe un re alto – che vibra e il suono è davvero una sola nota molto dolce e disadorna, e poi entra nell'inquadratura un piccolo pollice, un piccolo tondo, umidiccio, pallido eppure nerastro pollice, con della roba disdicevole incrostata in uno degli angoli dell'unghia, piccolo e senza peli, chiaramente il pollice di un bambino piccolissimo, e appena tocca la corda del piano il suono alto e dolce muore immediatamente. E il silenzio che segue è straziante. Piú tardi nel film, dopo molte panoramiche intense e didattiche sul mattone, eccoci di nuovo alla corda del piano, e il pollice non c'è piú, e il suono alto e dolce ricomincia, assolutamente puro e solo, eppure ora in qualche modo, mentre il volume aumenta, ora c'è qualcosa di marcio sotto, qualcosa di troppo dolce e troppo maturo e potenzialmente putrido nel re alto e chiaro mentre il volume aumenta, e il suono diventa piú puro e piú forte e piú disforico finché dopo solo un paio di secondi ci troviamo in mezzo a un suono puro e fortissimo e speriamo e forse preghiamo che il pollice del bambino ritorni, per farlo smettere.

Hal non è ancora abbastanza vecchio per sapere che questo accade perché l'essere vuoti e insensibili non è il peggior tipo di depressione. L'anedonia da sguardo spento non è che una remora sul fianco di un vero predatore, il Grande Squalo Bianco del dolore. Il termine che le autorità usano per indicare questa condizione è *depressione clinica* o *depressione involutiva* o *disforia unipolare*. Invece di una semplice incapacità nel provare i sentimenti, un'agonia dell'anima, la depressione predatoria che Kate Gompert ha sempre provato quando cerca di disintossicarsi dalla marijuana segreta è essa stessa un sentimento. Viene chiamata con molti nomi – *angoscia*, *disperazione*, *tormento*, vedi la *melanconia* di Burton e la piú autoritaria *depressione psicotica* di Evtušenko – ma Kate Gompert, giú in trincea da sola con questa cosa, la chiama semplicemente *La Cosa*.

La Cosa è un livello di dolore psichico completamente incompatibile con la vita umana come la conosciamo. *La Cosa* è un senso di male radicale e completo, e non è una caratteristica ma piuttosto l'essenza dell'esistenza cosciente. *La Cosa* è un senso di avvelenamento che pervade l'io ai livelli piú elementari. *La Cosa* è una nausea delle cellule e dell'anima. È l'intuire che il mondo è molto ricco e animato, ma anche completamente doloroso e maligno e antagonistico nei confronti dell'io, e *La Cosa* gonfia l'io depresso e lo fa coagulare e lo avvolge nelle sue pieghe nere e lo assorbe in *Se stessa*, tanto che si costituisce un'unità quasi mistica con un mondo di cui ogni parte causa dolore e danno all'io. Il *Suo* carattere emotivo, il sentimento che descrive la Gompert forse non si può descrivere se non come una specie di doppio legame in cui ciascuna/tutte le alternative che associamo con l'azione umana – stare seduti o in piedi, agire o riposare, parlare o stare zitti, vivere o morire – non sono solo spiacevoli ma letteralmente orribili.

La Cosa è anche sola in un modo che non si può spiegare. Non c'è modo per Kate Gompert anche semplicemente per cercare di spiegare a qualcuno come ci si sente con la depressione clinica, neanche a un'altra persona che sia in depressione clinica, perché una persona in un simile stato è incapace di empatia per qualsiasi altra cosa vivente. Anche questa Incapacità anedonica a Identificarsi è parte integrale della *Cosa*. Se una persona che prova un dolore fisico non riesce a fare altro che provare il proprio dolore[282], una persona clinicamente depressa non può neanche concepire un'altra persona o una cosa come indipendente dal dolore universale che la sta inghiottendo cellula dopo cellula. Tutto fa parte del problema, e non c'è soluzione. È un inferno privato.

Il termine usato dai medici, *depressione psicotica*, fa sentire Kate Gompert particolarmente sola. Soprattutto la parola *psicotica*. Cercate di capire. Due persone stanno urlando dal dolore. Una di loro viene torturata con la corrente elettrica. L'altra no. Quella che urla perché è torturata con la corrente elettrica non è psicotica: le sue urla sono appropriate alla circostanza. La persona che urla senza essere torturata, invece, è psicotica, dato che le persone esterne che stanno facendo la diagnosi non vedono nessun elettrodo o un amperaggio misurabile. Una della cose meno piacevoli dell'essere in depressione psicotica in una corsia piena di pazienti con depressione psicotica è giungere alla conclusione che nessun paziente è veramente psicotico, e le loro urla sono decisamente appropriate a certe circostanze che non possono essere scoperte da nessuno. Da qui la solitudine: è un circuito chiuso: la corrente è applicata dal dentro e viene ricevuta dentro.

La persona che ha una cosiddetta «depressione psicotica» e cerca di uccidersi non lo fa aperte le virgolette «per sfiducia» o per qualche altra convinzione astratta che il dare e l'avere della vita non sono in pari. E sicuramente non lo fa perché improvvisamente la morte comincia a sembrarle attraente. La persona in cui l'invisibile agonia della *Cosa* raggiunge un livello insopportabile si ucciderà proprio come una persona intrappolata si butterà da un palazzo in fiamme. Non vi sbagliate sulle persone che si buttano dalle finestre in fiamme. Il loro terrore di cadere da una grande altezza è lo stesso che proveremmo voi o io se ci trovassimo davanti alla stessa finestra per dare un'occhiata al paesaggio; cioè la paura di cadere rimane una costante. Qui la variabile è l'altro terrore, le fiamme del fuoco: quando le fiamme sono vicine, morire per una caduta diventa il meno terribile dei due terrori. Non è il desiderio di buttarsi; è il terrore delle fiamme. Eppure nessuno di quelli in strada che guardano in su e urlano «No!» e «Aspetta!» riesce a capire il salto. Dovresti essere stato intrappolato anche tu e aver sentito le fiamme per capire davvero un terrore molto peggiore di quello della caduta.

E quindi l'idea che una persona tra le grinfie della *Cosa* sia legata da una specie di «Contratto di Suicidio» che certe case di recupero dall'abuso di Sostanze le abbiano fatto firmare è semplicemente assurda. Perché un simile contratto bloccherà quella persona solo finché le circostanze psichiche che hanno reso il contratto necessario in primo luogo non prevarranno esse stesse, in modo invisibile e indescrivibile. Il fatto che il personale della casa di recupero non riesca a capire l'infinito terrore della *Cosa* farà sentire ancora piú solo il residente depresso.

Un paziente anche lui in depressione psicotica che Kate Gompert aveva conosciuto all'ospedale Newton-Wellesley a Newton due anni prima, era un uomo di cinquant'anni. Era un ingegnere civile con l'hobby dei trenini – come quelli della Lionel Trains Inc. eccetera – e per questi trenini costruiva sistemi incredibilmente complicati per lo scambio delle rotaie che riempivano la sua stanza per il tempo libero in cantina. Sua moglie gli portò in corsia d'isolamento le fotografie dei treni e della rete di tralicci e binari per aiutarlo a ricordare. Cuomo disse che soffriva di depressione psicotica da diciassette anni, e Kate Gompert non aveva nessun motivo per non credergli. Era tarchiato e scuro di carnagione con i capelli radi e quando stava seduto teneva le mani immobili in grembo. Vent'anni prima era scivolato su una chiazza d'olio di marca *3 in 1* che usava per i binari dei suoi modellini e aveva battuto la testa sul pavimento di cemento della sua stanza per il tempo libero a Wellesley Hills, e quando si era svegliato al Pronto Soccorso si era sentito depresso al di là di ogni sopportazione umana, ed era rimasto cosí. Non aveva mai tentato il suicidio, neanche una volta, anche se confessava di non desiderare altro che una eterna perdita di coscienza. Sua moglie gli era molto devota e lo amava molto. Andava alla Messa Cattolica tutti i giorni. Era molto devota. Anche l'uomo con la depressione psicotica andava alla Messa tutti i giorni prima di essere internato. Pregava per poter guarire. Aveva ancora il suo lavoro e il suo hobby. Andava a lavorare regolarmente, e prendeva dei permessi per motivi medici solo quando il tormento invisibile diventava troppo terribile per fidarsi di se stesso, o quando c'era una nuova cura radicale che gli psichiatri volevano fargli provare. Avevano provato i Triciclici, i Maoi, il coma da insulina, gli Inibitori-di-Assunzione-di-Serotonina-Selettiva[283], i nuovi Quadriciclici con tutti i loro effetti collaterali. Aveva passato allo scanner i suoi lobi e le matrici affettive per trovare lesioni e cicatrici. Niente aveva funzionato. Neanche l'elettroshock ad alto amperaggio lo aveva un po' sollevato dalla *Cosa*. A volte succede. Alcuni casi di depressione sono fuori dalla portata degli aiuti umani. Il caso dell'uomo fece molta paura a Kate Gompert. L'idea di quest'uomo che andava a lavorare e alla Messa e costruiva reti ferroviarie in miniatura giorno dopo giorno dopo giorno mentre si sentiva ancora peggio di come si sentiva Kate Gompert in quella corsia era semplicemente al di là di ogni sua capacità d'immaginazione. La parte razionale-spirituale di lei sapeva che quest'uomo e sua moglie dovevano avere un coraggio immenso. Ma nella sua anima intossicata Kate Gompert sentiva solo un orrore che la paralizzava all'idea dell'uomo con lo sguardo spento che stava tutto accovacciato ad allineare in silenzio i suoi binari giocattolo nella sua stanza per il tempo libero con le pareti di legno, in un silenzio totale fatta eccezione per il rumore dei pezzi di binario che venivano oliati e attaccati e messi uno dopo l'altro, e la testa dell'uomo piena di veleno e di vermi e ogni cellula del suo corpo urlava per essere salvata da fiamme invisibili dalle quali nessuno poteva salvarlo.

L'uomo con la depressione psicotica permanente alla fine fu trasferito in un posto a Long Island per valutare se fosse il caso di sottoporlo a un nuovo tipo di chirurgia radicale al cervello con la quale sembra che ti entrino dentro e tirino fuori tutto il sistema limbico, che è la parte del cervello che provoca tutti i sentimenti e le sensazioni. Il sogno piú caro dell'uomo era l'anedonia, il completo intorpidimento psichico. Vale a dire la morte nella vita. La prospettiva di un intervento chirurgico al cervello era la carota che secondo Kate dava alla vita dell'uomo quel tanto di significato che bastava perché lui continuasse a stare attaccato al davanzale con le unghie annerite dalle fiamme. Per quello e per sua moglie: sembrava che amasse sinceramente sua moglie, e lei lui. Andava a letto tutte le notti stringendola, piangendo che tutto finisse, mentre lei pregava o faceva quella cosa devota con il rosario.

I due si erano fatti dare l'indirizzo della madre di Kate Gompert e avevano mandato a Kate una cartolina di Natale negli ultimi due anni, il Sig. e la Sig.ra Ernest Feaster di Wellesley Hills Ma, dicendo che lei era nelle loro preghiere e augurandole tutta la gioia possibile. Kate Gompert non sapeva se il sistema limbico del Sig. Ernest Feaster era stato estratto oppure no. Se era riuscito a raggiungere l'anedonia. Le cartoline di Natale erano dei piccoli strazianti acquerelli di locomotive. Non poteva neanche sopportare di pensare a loro, neanche nei momenti migliori, e ora non era uno di quei momenti.

14 NOVEMBRE
ANNO DEL PANNOLONE PER ADULTI DEPEND

Il primo giorno della Sig.na Ruth Van Cleve dopo i tre giorni di Restrizione Totale dei nuovi residenti. Adesso ha il permesso di frequentare gli incontri fuori Enfield se accompagnata da un residente piú anziano che il personale giudica fidato. Ruth Van Cleve con i tacchi a spillo cammina sulla Prospect accanto a Kate Gompert in depressione psicotica appena a sud di Inman Square a Cambridge, sono da poco passate le 2200h, e chiacchiera senza prendere fiato.

Ruth Van Cleve sta diventando un tormento per Kate Gompert. Ruth Van Cleve viene da Baintree sulla South Shore, è molti chili sotto peso, sulle labbra ha un rossetto color ottone, e i suoi capelli sono phonati come andava di moda qualche decina di anni fa. La faccia ha l'aspetto tipico dei tossici di Ice[284] all'ultimo stadio, le guance incavate e la mascella lunga da insetto. I suoi capelli sono una nuvola secca e aggrovigliata, e sotto ci sono occhietti minuscoli e zigomi e un becco sporgente. Joelle V.D. aveva detto che sembrava che fosse la testa di Ruth Van Cleve a crescere dai capelli e non viceversa. I capelli di Kate Gompert sembrano tagliati dalla mannaia di un macellaio ma per lo meno hanno un colore riconoscibile.

Kate Gompert non dorme da quattro notti, e il suo incedere di traverso sul marciapiede della Prospect assomiglia al pigro scarrocciare di una barca che non ha fretta. Ruth Van Cleve le parla senza interruzione nell'orecchio destro. Sono circa le 2200h di sabato e le luci al sodio della strada continuano a spegnersi e poi accendersi di nuovo con un ronzio balbettato, qualche collegamento deve essersi allentato da qualche parte. Ci sono molti pedoni, e i non-morti e gli ubriaconi che vivono nelle strade attorno a Inman Square affollano i bordi del marciapiede, e se Kate G. guarda le immagini dei passanti nelle vetrine oscurate dei negozi diventano (i pedoni e gli artisti del borseggio non-morti) nient'altro che teste che sembrano galleggiare davanti alle vetrine, non collegate a niente. Come delle teste galleggianti senza corpo. Sulle soglie delle porte dei negozi ci sono persone incomplete sulle sedie a rotelle con dei contenitori creativi dove dovrebbero essere gli arti e dei cartelli scritti a mano che invocano aiuto.

Inizia a emergere una narrazione orale. La Sig.na Ruth Van Cleve era stata rimandata alla Ennet House dal Dipartimento della Sicurezza Sociale e dal Tribunale della Famiglia dopo che il suo bambino appena nato era stato scoperto in un vicolo di Baintree Ma, avvolto nei manifesti pubblicitari della WalMart che reclamizzavano gli Sconti Speciali di Fine Estate scaduti 01/11, una domenica. Ruth Van Cleve aveva scioccamente lasciato al polso del neonato abbandonato il braccialetto di identificazione dell'ospedale con la data di nascita del bambino, il suo nome e il numero della sua tessera sanitaria. Sembra che il neonato adesso si trovi in un'incubatrice di un ospedale della South Shore, attaccato a delle macchine che riducono la Clonidina[285] che il neonato aveva ricevuto in utero dalla dipendenza della madre da sostanze che Kate Gompert può solo provare a immaginare[286]. Il padre del bambino di Ruth Van Cleve, a quanto dice lei, si trova sotto la protezione e cura dell'Autorità Correzionale della Contea di Norfolk, in attesa di giudizio per qualcosa che Ruth Van Cleve aveva definito varie volte come «dirigere un'azienda farmaceutica senza licenza».

La cosa piú notevole di Kate Gompert è che sembra capace di avanzare senza una volontà cosciente di muoversi in avanti. Mette il piede sinistro davanti al piede destro poi il piede destro davanti al piede sinistro, e si muove in avanti, anche se riesce solo a concentrarsi prima su un piede e poi sull'altro. Le teste scivolano via nelle vetrine oscurate. Qualche maschio latino nelle vicinanze fa una specie di apprezzamento sessuale quando passano – anche se è sotto peso e ha i capelli tutti sfibrati come una strega, i modi di Ruth Van Cleve, il suo abbigliamento e i suoi capelloni proiettano un'immagine tutta sesso e sessualità.

Una cosa negativa per chi sceglie di riabilitarsi con gli Na invece che con gli Aa è la disponibilità e i luoghi degli incontri. In altre parole ci sono meno incontri Na. Se di sabato sera ti trovassi sul tetto della Ennet House a Enfield avresti difficoltà a non sputare su qualche luogo di riunione degli Aa. Mentre l'incontro piú vicino degli Na di sabato sera è dal Gruppo dei Puliti e Sereni a Cambridge Nord,

molto noto per le discussioni animate e le sedie volate in aria, e il fatto è che l'Incontro dei Principianti dura dalle 2000h alle 2100h e quello regolare dalle 2100h alle 2200h, volutamente tardi per compensare
l'attrazione per il sabato notte di cui tutti i tossici soffrono in settimana, dato che il sabato è ancora la speciale mitica Serata per le Feste anche per chi ormai da tempo non fa che Feste, 24/7/365. Ma tornare da Inman Square alla Ennet House è un viaggio allucinante – a
piedi su per la Prospect fino a Central Square e poi prendi la Linea
Rossa fino alla stazione di Park Street e poi il treno B della Linea Verde verso Comm. Ave. a ovest – e ora sono le 2215h passate, il che significa che Kate Gompert ha 75 minuti per riportare a casa prima del
Coprifuoco se stessa e questa orribile, disperante, troiesca e spacca-
palle di nuova arrivata. Il continuo ciarlare di Ruth Van Cleve sembra
considerare del tutto irrilevante l'interesse dell'ascoltatore, e le ricorda Randy Lenz, che era stato invitato ad assumere Sostanze e ammazzare animali da un'altra parte, e se n'era andato, e questo era successo chissà quanti giorni o settimane fa.
     Le due entrano ed escono dai coni di luce epilettica dei lampioni.
Kate Gompert cerca di non tremare quando Ruth Van Cleve le chiede se sa dove si può trovare un buon spazzolino che costi poco. Tutta l'energia spirituale e l'attenzione di Kate Gompert sono concentrate prima sul suo piede sinistro e poi sul suo piede destro. Una delle teste che non vede, a galleggiare nelle vetrine insieme alla sua e alla
nuvola di capelli di Ruth Van Cleve, è la testa spettrale con gli occhi
infossati di Povero Tony Krause, che è a pochi passi dietro di loro e
segue passo passo il loro tragitto serpentino, gli occhi fissi sui lacci
delle borsette che s'immagina contengano qualcosa di più degli spiccioli per la metropolitana e il portachiavi dei Nuovi Arrivati degli Na.

     Il vaporizzatore sbuffa e ribolle e fa gocciolare le finestre della stan-
za mentre Jim Troeltsch inserisce una cartuccia di wrestling nel suo piccolo visore di Tp e indossa la sua giacca più vistosa e si pettina i capelli bagnati in modo da farli sembrare un toupet e si accomoda sul suo
lettino, circondato dalle bottiglie di Seldane e fazzoletti di carta a due
strati, pronto a commentare. I suoi compagni di stanza avevano capito da un po' quello che stava per succedere e se l'erano filata.

     In punta di piedi nel corridoio curvo del Subdormitorio B, con
l'aiuto del manico di una racchetta da tennis tenuta per la testa, mentre apre e chiude sovrapensiero la zip della fodera di vinile della racchetta, Michael Pemulis solleva dolcemente uno dei pannelli sul soffitto e lo muove sulla sua struttura di alluminio, il pannello, portan-

do la sua posizione sulla struttura da una forma quadrata a una a diamante, sempre molto attento a non farlo cadere.

Lyle fluttua a gambe incrociate un paio di mm sopra il distributore di asciugamani nella sala pesi non illuminata, dei suoi occhi si vede solo il bianco, le sue labbra si muovono appena e non emettono alcun suono.

L'allenatore Schtitt e Mario si lanciano giú a rotta di collo dalla Commonwealth West sulla vecchia Bmw di Schtitt, diretti verso le confezioni a Bassa Temperatura Evangeline nel centro di Newton, in fondo a quella che normalmente viene chiamata la Collina Spaccacuore, Schtitt con la faccia concentrata e piegato in avanti come uno sciatore, la sciarpa bianca che gli sbatte attorno al collo e schiaffeggia la faccia di Mario, nel sidecar, anche lui tutto piegato in avanti nel loro volo in discesa, pronto a gridare quando arriveranno in fondo.

La Sig.ra Avril Incandenza, che in qualche modo sembra avere tre o quattro sigarette accese contemporaneamente, si è fatta dare dal Servizio Informazioni il telefono e l'e-mail di un giornale di Tucson Est sul Blasted Expanse Blvd., poi inizia a comporre il numero usando il tappo di un pennarello blu per premere i tasti sulla consolle.

«AIYEE!» grida l'uomo mentre corre verso la suora, che ha un attrezzo elettrico in mano.
La tostissima suora urla anche lei «AIYEE!» mentre gli tira un calcio da esperta, e le gonne del suo abito le si attorcigliano al corpo. I combattenti si studiano con cautela girando l'uno intorno all'altro nel magazzino abbandonato e tutte e due ringhiano. La veste della suora è storta e sudicia; sul dorso della sua mano chiusa a pugno in una perfetta posa da arti marziali c'è un pezzo di un tatuaggio scolorito, un uccello predatore con degli artigli terribili. La cartuccia comincia cosí, in un violento *medias res*, poi si congela a metà di un calcio in volo della suora, e il titolo, *Blood Sister: una suora tosta*, si dissolve sbiadendosi e sanguina una terribile luce color sangue sui titoli che scorrono sullo schermo. Bridget Boone e Frances L. Unwin sono entrate senza essere state invitate e si sono messe con Hal nella Sp 6 sdraiate sui braccioli dell'altro divano nella stanza, i loro piedi si toccano alle suole, la Boone sta mangiando senza permesso un frozen yogurt da un cartone cilindrico. Hal ha abbassato il reostato e i titoli del film illuminano di rosso le loro facce. Bridget Boone porge lo yogurt a Hal per invitarlo ad assaggiarlo, e Hal rifiuta indicando la guancia gonfia di

Kodiak e fa vedere che si piega in avanti per sputare. Sembra che stia studiando con molta attenzione lo scorrere dei titoli.

«Allora che cos'è?» dice Fran Unwin.

Hal si gira verso di lei molto lentamente, poi ancora piú lentamente solleva il braccio destro e indica il monitor con la mano che stringe una palla da tennis, dove c'è ancora il titolo in corpo 50 della cartuccia che sta gocciolando di rosso sui titoli di testa e sulla scena congelata.

Bridget Boone gli dà un'occhiata. «Che cazzo hai oggi?»

«Mi sto isolando. Sono venuto qui per stare da solo».

Lei ha questo modo che ha sempre irritato Hal di prendere lo yogurt al cioccolato con il cucchiaio e poi di rovesciare il cucchiaio, cosí che le entra sempre in bocca rovesciato e la lingua sente subito lo yogurt senza la mediazione del cucchiaio freddo, e per qualche motivo questa cosa ha sempre fatto effetto a Hal.

«Allora avresti dovuto chiudere la porta a chiave».

«Solo che non ci sono serrature nelle porte della Sp²⁸⁷, come sai bene».

Frannie Unwin con la faccia tonda dice «Sshhh».

Poi certe volte la Boone gioca con il cucchiaio pieno, se lo fa svolazzare davanti alla faccia come l'aeroplano di un bambino prima di rovesciarlo e infilarselo in bocca. «Forse perché questa è una stanza pubblica, per tutti, e se ci avessi pensato un attimo non avresti scelto di venire a isolarti proprio qui».

Hal si sporge in avanti per sputare e si lascia pendere lo sputo dalle labbra per un po' prima di lasciarlo andare, cosí da farlo lentamente distendere.

La Boone ritira fuori il cucchiaio pulito altrettanto lentamente. «Al di là di quanto uno possa essere arrabbiato e imbronciato per il suo gioco o per una quasi-sconfitta davanti a un sacco di gente, a quanto ho sentito».

«Bridget, mi sono dimenticato di dirti che ho visto dei saldi pazzeschi sugli emetici alla Rite Aid. Fossi in te ci andrei di corsa».

«Sei schifoso».

Bernadette Longley infila la sua testa lunga e quadrata dentro la porta e vede Bridget Boone e dice: «Mi *era sembrato* di sentire la tua voce qua dentro» ed entra senza essere stata invitata con Jennie Bash a rimorchio.

Hal piagnucola.

Jennie Bash guarda il grande schermo. Il tema musicale della cartuccia è un coro femminile molto pesante e ironico sulle melodie. Bernadette Longley guarda Hal. «Lo sai che c'è una signora veramente enorme che gira dappertutto in cerca di te, con un taccuino e un'espressione molto determinata».

La Boone fa dondolare il cucchiaio avanti e indietro. «Voleva isolarsi da tutti. Non risponde a nessuno e tira degli sputi superdisgustosi».

Jennie Bash dice: «Non avete una relazione enorme per l'ora di Thierry domani? Si sentivano dei lamenti dalla stanza di Struck e di Shaw».

Hal appiattisce il tabacco con la lingua. «L'ho fatta».

«Figurati», dice Bridget Boone.

«Fatta, rifatta, formattata, stampata, controllata, esaminata, spillata».

«Controllata fino all'ultima riga», dice la Boone, facendo avvitare il cucchiaio. Hal capisce che si è fatta qualche tirata da una canna. Hal guarda davanti a sé verso lo schermo alla parete e stringe la palla con una tale forza che il suo avambraccio continua a gonfiarsi.

«Ho anche sentito dire che il tuo migliore amico sulla terra ha fatto una cosa molto divertente oggi», dice la Longley.

«Vuol dire Pemulis», dice Fran Unwin a Hal.

Bridget Boone fa il rumore di un bombardiere e fa picchiare il cucchiaio.

«Dev'essere una storia troppo bella per essere raccontata, mi sembra meglio aspettare che la mia voglia di sentirla cresca e cresca finché non ce la farò piú e arriverò al punto che se qualcuno non me la dice morirò».

«Che cazzo ha oggi?» chiede Jennie Bash a Fran Unwin. Fran Unwin è una di quelle ragazze fatte come i totem, col tronco lungo il doppio delle gambe e uno stile di gioco veloce, vagamente scimmiesco. Bernadette Longley indossa dei pantaloni al ginocchio color canna da zucchero e una maglia di felpa a rovescio con il pelino fuori. Tutte le ragazze ora sono in calzini. Hal nota che le ragazze sembrano togliersi sempre le scarpe ogni volta che assumono un atteggiamento da spettatrici. Otto paia di scarpe da ginnastica bianche sono vuote e mute a terra, tutte rivolte verso punti diversi della stanza, leggermente affondate nel pelo della moquette. Non ci sono due scarpe rivolte nella stessa direzione. I giocatori maschi, invece, non se le tolgono quando entrano e si siedono da qualche parte. Le ragazze incarnano letteralmente l'idea di mettersi a proprio agio. I maschi, quando entrano da qualche parte e si siedono, proiettano un'aria di transitorietà. Rimangono pronti e mobili. Succede la stessa cosa quando Hal entra e si siede da qualche parte dove ci sia già della gente. Si rende conto che loro capiscono che in qualche modo lui è là solo in senso tecnico, e ha l'aria di chi è proprio lí lí per andarsene. La Boone porge il cartone di Tcby[288] verso la Longley invitandola a servirsi, e lo tentenna avanti e indietro per invogliarla. La Longley gonfia le guance e butta fuori l'aria facendo capire di essere molto stanca. Almeno tre diverse colonie e creme per la pelle lottano per la supremazia qua dentro. Le scarpe La Gear di Bridget Boone sono tutte e due su un lato perché per toglierle le ha praticamente calciate via. Lo sputo di Hal fa un rumore sul fondo del cestino dei rifiuti, Jennie Bash ha le braccia piú grosse di quelle di Hal. Nella Sala Proiezioni c'è una debole luce rossastra. La Bash chiede alla Unwin cosa stanno vedendo.

Blood Sister: una suora tosta, uno dei pochi successi commerciali di Lui in Persona, non avrebbe fatto i soldi che ha fatto se non fosse uscito proprio quando InterLace stava iniziando ad acquistare le prime visioni per i suoi menu di noleggio e a lanciarle con un'unica programmazione in Disseminazione Spontanea. Era uno di quei film furbetti e forti che sarebbe rimasto non piú di due settimane nelle multisale da 8 schermi e piú e poi sarebbe finito dritto nelle scatole marroni senza etichetta del limbo dei video magnetici. L'opinione critica di Hal sul film è che Lui in Persona, quando in certi momenti bui pensava che le questioni teorico-astratte gli consentissero una fuga dalle difficoltà della creazione di cartucce che avessero un qualche fondo di verità o interesse umano, aveva fatto dei film commerciali di genere che esageravano in modo cosí grottesco le rigide formule dei generi da diventare ironiche parodie metacinematiche dei generi stessi: «sub/inversioni dei generi», le chiamarono i cognoscenti. L'idea stessa della parodia metacinematica era distante e troppo raffinata per il modo di pensare di Hal, e Hal non apprezza il modo in cui Lui in Persona sembrava sempre sedotto dalle formule decisamente commerciali che stava cercando di invertire, specialmente le formule seduttive della vendetta violenta, cioè il bagno di sangue catartico, l'eroe che cerca con ogni fibra della sua forza di volontà di fuggire dal mondo generico dei bastoni e dei pugni, ma per una serie di circostanze ingiuste viene respinto di nuovo verso la violenza, verso il bagno di sangue catartico finale che il pubblico è portato ad applaudire invece che a disprezzare. Il migliore di Lui in Persona in questa vena era *La notte porta un sombrero*, un metawestern alla Lange ma anche un bel western, con delle ambientazioni di interni rivestiti di chintz alla meglio, ma degli esterni da togliere il fiato girati vicino a Tucson Az, la storia di un figlio ambivalente che alla fine si vendica che si svolge contro cieli del colore della polvere e grandi angoli di montagne color carne, con minimo spargimento di sangue, uomini colpiti che si stringono il petto e cadono deliziosamente su un fianco, e cappelli che rimangono sempre in testa. *Blood Sister: una suora tosta* doveva essere una satira ironica dei film sui religiosi-sanguinari-e-vendicativi degli ultimi anni Novanta, a.S. E Lui in Persona certo non si fece degli amici né di qua né di là dalla Concavità, cercando di girare il film in Canada.

Hal cerca di immaginarsi Lui in Persona con la sua figura alta, gobba, tremante e cicognesca piegata per ore a un angolo osteoporotico sopra un'attrezzatura digitale per il montaggio, a cancellare e inserire codici, a montare *Blood Sister: una suora tosta* secondo i canoni della sovversione/inversione, e non riesce a farsi la piú pallida idea di quello che Lui in Persona deve aver pensato mentre lavorava pazientemente. Forse questo era proprio il punto di tutta la metastupidaggine della cosa, che non si doveva provare assolutamente niente[289].

Jennie Bash ha lasciato accostata la porta della Sp 6, e Idris Arslanian e Todd («Postal Weight») Possalthwaite e Kent Blott entrano tutti dentro e si siedono come gli indiani in un emisfero non completo sulla moquette alta tra il divano delle ragazze e il divano di Hal, e piú o meno sono abbastanza calmi. Hanno tutti le scarpe ai piedi. Il naso di Postal Weight è una cosa massiccia e proboscidale tutta piena di bende. Kent Blott porta un cappellino da pesca sportiva con una tesa decisamente lunga. Il vago odore di hot dog che sembra seguire Idris Arslanian comincia a insinuarsi nell'odore di colonie della stanza. Non si tiene piú sugli occhi il fazzoletto di rayon, ma al collo; nessuno gli chiede niente su questa cosa. Tutti i ragazzini piú piccoli sono spettatori consumati e vengono immediatamente risucchiati dallo svolgimento della narrativa di *Blood Sister*, e sembra che le ragazze piú grandi prendano quasi spunto dai ragazzini piú piccoli e si arrendono anche loro, e guardano finché dopo un po' Hal è l'unica persona nella stanza a non essere assorbita al 100 per cento.

Il film inizia con una ragazza dura tipo pupa-del-motociclista dei bassifondi di Toronto che viene trovata in overdose, pestata, violentata e derubata della sua giacchetta di pelle fuori dal cancello di un convento del centro e viene soccorsa e curata da una suora piú vecchia anche lei con l'aspetto da dura che diventa sua amica, sua guida spirituale e finisce per convertirla – «*salvata*» è il debole sottinteso che compare spesso nei dialoghi del primo atto – e le racconta (la suora tosta) che anche lei era stata salvata da una vita di Harley, spaccio e tossicodipendenza da una suora ancora piú tosta e piú vecchia di lei, che *a sua volta* era stata salvata da una suora tosta ex motociclista e cosí via. L'ultima motociclista diventa una suora tosta che, proprio come le altre, conosce bene la vita di strada, e nei bassifondi viene chiamata Blood Sister, e tonaca o non tonaca continua ad andare con la sua Hawg di parrocchia in parrocchia e conosce ancora l'akido e con lei è meglio non scherzare, si dice in strada.

Il punto cruciale della motivazione in tutta questa storia sta nel fatto che questo intero ordine di suore è composto da suore salvate dai bassifondi di Toronto da altre suore piú vecchie e piú toste che a loro volta erano state salvate dai bassifondi. E allora, moltissime novene piú tardi, Blood Sister sente questo desiderio spirituale transitivo di uscire fuori e di trovare anche lei un'adolescente da «salvare» e portare in convento, cosí da ripagare il debito di coscienza che ha nei confronti della suora piú anziana che aveva salvato *lei*. Con dei mezzi piuttosto misteriosi (un elenco delle adolescenti problematiche di Toronto ancora salvabili?, sentenzia Bridget Boone), Blood Sister s'imbatte in un'adolescente punk di Toronto con delle cicatrici da ustioni e dei grossi problemi, una tipa chiusa e ragionevolmente tosta ma anche vulnerabile ed emotivamente tormentata (la faccia rosa coperta di ustioni della ragazza si contorce in una smorfia ogni volta che crede che Blood Sister non la stia guardando) dalle terribili depredazioni che ha sopportato come conseguenza della sua violenta e incrollabile dipendenza dal crack, del tipo che devi convertire e cuocerti da sola, e con l'etere, che è altamente infiammabile e la gente lo usava prima che qualcuno scoprisse che il bicarbonato di sodio e un flusso di temperatura facevano la stessa cosa, il che data il film ancor piú della pettinatura viola e stelliforme[290] della dura e torturata ragazza punk.

Ma Blood Sister riesce a fare uscire la ragazza dalla droga prendendosi cura di lei durante tutto il periodo dell'Astinenza nella sacrestia chiusa a chiave; e la ragazza diventa – per gradi quasi udibili – sempre meno chiusa, e smette di cercare di forzare la serratura dell'armadietto del vino per i sacramenti, smette di scoreggiare di proposito durante il mattutino e i vespri, smette di andare dai trappisti che girano per il convento a chiedere che ore sono e altre stupidaggini del genere per ingannarli e farli parlare a voce alta eccetera. Un paio di volte la faccia della ragazza si contorce in una smorfia di tormento emotivo e vulnerabilità anche *mentre* Blood Sister la sta guardando. La ragazza si fa fare un taglio di capelli cortissimo e vagamente lesbico, e le radici dei capelli si rivelano castano chiaro. Blood Sister, mostrando dei gran bicipiti, batte la ragazza a braccio di ferro; ridono; si mostrano vicendevolmente i tatuaggi: questo segna l'inizio di un montaggio brutalmente prolisso del tipo Imparo-A-Conoscerti-E-A-Fidarmi-di-Te, una convenzione di genere tipica, e il montaggio include varie cavalcate sulla Harley a una tale velocità che la ragazza deve tenere la mano sulla testa di Blood Sister per impedire alla veste di B.S. di volare via, lunghe passeggiate in gran-

dangolo di loro due che parlano, interminabili, e giochi di sciarada
con degli imbattibili trappisti, qualche scena veloce di Blood Sister
che trova nel cestino le Marlboro della ragazza e un accendino a forma di cazzo, la ragazza che svolge docilmente le faccende domestiche sotto lo sguardo di approvazione di B.S., le lezioni sulle scrittu-
re a luce di candela con il dito della ragazza sotto ogni parola che legge, la ragazza che taglia con cura le ultime punte viola rimaste dei
capelli castano chiari, le suore piú anziane e toste che tirano pugni
sulla spalla di Blood Sister in segno di approvazione mentre gli occhi
della ragazza iniziano ad avere quella scintilla di conversione imminente e poi, alla fine, Blood Sister e la ragazza con la mascella ustio-
nata e la fronte glabra e prometeica che vanno a comprare l'abito da
suora illuminate dalla luce del sole in una scena– il tutto accompagnato da – non scherzo – *Getting to Know You*, che Hal immagina la
Cicogna giustificasse a se stesso in quanto saccarina sovversiva. Il
tutto dura circa mezz'ora. Bridget Boone, dell'arcidiocesi di Indianapolis, comincia a parlare con enfasi della tesi ironica e anticattoli-
ca contenuta in *Blood Sister: una suora tosta* – che in questo caso il
«salvataggio» della ragazza tossicodipendente e deforme sembrava
semplicemente lo scambio di un «abito» che oblitera la volontà per
un altro, la sostituzione di una qualche strana acconciatura della testa con un'altra – e si becca un pizzicotto da Jennie Bash e quasi tutti gli altri le dicono di stare zitta a eccezione di Hal, che potrebbe
sembrare addormentato se non fosse per i brevi movimenti in avanti per sputare, e in effetti sta vivendo una di quelle radicali mancan-
ze totali di concentrazione che accompagnano l'astinenza da Thc, e
sta pensando a un'altra familiare cartuccia di J.O. Incandenza anche
se sta guardando questa con gli altri dell'Eta. Quest'altro oggetto che
attira la sua attenzione in questo momento è la cosiddetta «inversione» di Lui in Persona del genere corporativo-politico, *Educazione
civica a bassa temperatura*, una soap-opera dirigenziale piena di giochi
di potere, faide, adulteri timidi, martini, e dirigenti donne maligna-
mente belle vestite con bellissimi tailleur attillati che si mangiano a
colazione le loro grasse e confuse controparti maschili. Hal sa che
Ecbt non era né un'inversione né una satira, ma veniva direttamente dal periodo oscuro degli anni Ottanta a.S. quando Lui in Persona
aveva cambiato lavoro ed era passato dal servizio governativo all'im-
prenditoria privata, e un'improvvisa infusione di soldi per i diritti
sui suoi brevetti lo avevano precipitato in una fase anedonica post-
carota ed esistenzialmente alla deriva, cosí Lui in Persona si era preso un intero anno di vacanza che aveva passato a bere Wild Turkey
e guardare le soap-opera di ricconi trasmesse dalla televisione via ete-

re tipo *Dynasty* di Lorimar e altri in una stazione termale sulla costa nordovest del Canada, dove si dice che incontrò e strinse amicizia con Lyle, ora nella sala pesi dell'Eta.

Ciò che è interessante ma ignoto a tutti nella Sp 6 è che l'interpretazione di Boone del lavoro di Lui in Persona come la sostituzione di una stampella con un'altra, e cioè della devozione cattolica al posto della dipendenza chimica, è molto simile al modo in cui molti Nuovi-non-completamente-disperati vedono gli Aa di Boston, uno scambio tra una dipendenza abietta dalla bottiglia/pipa a una dipendenza abietta da riunioni e slogan banali e pietà robotica, e usano questa idea che si tratta comunque di una dipendenza abietta per non tentare la strada degli Aa di Boston e tornare alla dipendenza originale da Sostanze, finché quella dipendenza non li fa precipitare in una tale disperazione che alla fine ritornano con le guance che gli pendono dalla faccia e implorano che gli si dica quali cazzate devono gridare e quanto forte.

Alcune persone con una dipendenza da Sostanze, comunque, sono già cosí stroncate quando vengono che non si interessano di roba tipo le sostituzioni e le banalità, e darebbero la palla sinistra per scambiare la loro dipendenza originaria per tutte le insulsaggini robotiche e i saluti da raduno degli invasati. Sono quelli alla revolverata, quelli che Rimangono e Continuano a Venire. Resta da stabilire se Joelle Van Dyne, la cui prima apparizione in un progetto di James O. Incandenza avvenne proprio in *Educazione civica a bassa temperatura*, sia una di quelle persone che è arrivata agli Aa/Na cosí stroncata da rimanerci, ma sta iniziando a Identificarsi sempre piú con gli Oratori degli Impegni che dicono di essere arrivati cosí malridotti che o ritornavano sulla retta via oppure morivano. Solo un chilometro e mezzo giú dalla collina dell'Eta, Joelle sta partecipando all'incontro del Gruppo di La Realtà È Per Le Persone Che Non Usano Droga, un incontro di un'ala scissionista degli Na detta dei Cocainomani Anonimi[291], soprattutto perché l'incontro si tiene nell'Auditorium Grand Rounds dell'ospedale St. Elizabeth, solo un paio di piani sotto la camera in cui Don Gately, che lei è appena andata a visitare e ad asciugargli la grande fronte incosciente, è ricoverato in brutte condizioni nel Reparto di Traumatologia. Gli incontri dei Ca hanno un lungo preambolo e molte piccole formalità fotocopiate che non finiscono mai e vengono lette a voce alta all'inizio, ed è per questo che Joelle evita i Ca, ma quando lei arriva la roba di apertura è appena finita e lei entra e prende un caffè che sa di bruciato dal fondo di una caraffa e si trova un posto vuoto. Le sole sedie vuote sono nelle file in fondo alla sala – il «Corridoio del Rifiuto», come vengono abitualmente chiamate le file di dietro – e Joelle è circondata

dai nuovi arrivati catessici che accavallano e disaccavallano le gambe
ogni tre secondi e tirano su con il naso compulsivamene e sembrano
avere addosso tutto quello che hanno. In piú c'è la fila di quelli che
stanno in piedi – nelle confraternite di Boston ci sono sempre quei tipi con la faccia da duri che rifiutano di mettersi a sedere durante gli incontri – quelli che stanno in piedi dietro le file in fondo, con le gambe
divaricate e le braccia incrociate e parlano l'uno con l'altro muovendo
solo gli angoli della bocca, e lei scommetterebbe che quegli uomini in
piedi stanno cercando di guardarle le ginocchia e fanno dei brevi commenti sulle ginocchia e sul velo. Pensa con paura[292] a Don Gately, con
un tubo infilato nella gola, dilaniato dalla febbre e dalla colpa e dal dolore alla spalla, e medici benintenzionati e ignari gli offrono il Demerol, e lui entra ed esce dal delirio, devastato, convinto che degli uomini con dei cappelli gli abbiano fatto il malocchio, e guarda il soffitto
della sua stanza quasi privata come se avesse paura di essere mangiato
se abbassa la guardia. La grossa lavagna nera sul palco dice che il Gruppo di La Realtà È Per Le Persone Che Non Usano Droga dà il benvenuto agli oratori degli Impegni di questa sera, il Gruppo dell'Entrata
in Autostrada di Mattapan, che si trova proprio in mezzo alla parte nera di Boston dove è concentrata la maggior parte dei Cocainomani Anonimi. L'oratore che sta iniziando a parlare dal podio quando Joelle si
siede è un uomo di colore alto e giallognolo con un fisico da sollevato-
re di pesi e gli occhi terribili, la pelle color tannino. Dice che fa parte
dei Ca da molti mesi. Salta tutte le storie-di-guerra da macho dei dro-
gologhi dei Ca e arriva subito al Punto, quando stava per saltare giú.
Joelle pensa che si vede che quest'uomo sta cercando di dire la verità e
non recita come molti Ca fanno di solito. La sua storia è piena di idio-
mi colorati e di quei piccoli e irritanti movimenti delle mani della gente di colore, ma Joelle ha l'impressione che la cosa ormai non le dia piú
noia. Riesce a Identificarsi. La verità ha una specie di attrazione inconscia irresistibile durante gli incontri, al di là del colore di chi parla
o del suo gruppo. Anche quelli del Corridoio del Rifiuto e quelli in piedi sono completamente assorti ad ascoltare la storia dell'uomo di colore. L'uomo di colore dice che aveva una moglie e una bambina piccola
a casa sua ai Perry Hill Projects, a Mattapan, e stava arrivando un altro bambino. Era riuscito a mantenersi il lavoro di assistente saldatore
alla Universal Bleacher proprio dall'altra parte della strada qui a Enfield perché la sua dipendenza dal crack non era una cosa giornaliera;
fumava solo per fare baldoria, in genere nei week-end. Però erano festini bestiali, da psicopatico, di quelli che azzerano il conto in banca.
Era come essere legato a un missile Raytheon e non puoi fermarti finché il missile non si ferma, Jim. Dice che sua moglie aveva trovato un

lavoro temporaneo come domestica, ma quando lavorava dovevano mettere la bambina al nido che praticamente le costava quasi tutta la paga
del giorno. Per questo il suo salario era tutto il loro fondo cassa e le sue
baldorie del fine settimana con le pipe di vetro li portavano in una continua Insicurezza Finanziaria, che lui tra l'altro non riesce neanche a
dire correttamente. Il che lo porta alla sua ultima baldoria, al Fondo,
che, prevedibilmente, avvenne in un giorno di paga. Quell'assegno *doveva* servire per la roba da mangiare e per l'affitto. Erano in arretrato
di due mesi, e in casa non c'era un cazzo di nulla da mangiare. Durante una pausa per la sigaretta alla Universal Bleacher aveva deciso di
comprarsi una sola fiala, solo dieci dollari, per la domenica sera dopo
un fine settimana di astinenza e roba da mangiare e di tempo passato
insieme alla moglie incinta e alla figlioletta. Doveva incontrarsi dopo il
lavoro con la moglie e la figlioletta proprio alla fermata dell'autobus davanti alla Best Savings di Brighton, proprio sotto il grande orologio,
perché lei «lo aiutasse» a depositare la paga subito là dentro. Aveva lasciato che sua moglie fissasse l'appuntamento alla banca perché sapeva, ed era disgustato dalla possibilità che potesse risuccedere quel tipo
di incidente con l'assegno dello stipendio, per tutte le baldorie che aveva fatto in passato, e la loro Insicurezza Finanziaria in questo momento era oltre *la merda più nera*, e sapeva *benissimo* che questa volta non
poteva fare cazzate.

Dice che è così che lo chiamava: fare cazzate.

Dopo la sirena non riuscí neanche ad arrivare alla fermata dell'autobus. Altri due Holmes[293] a Riveting avevano tre fiale ciascuno, e
gliele avevano *brandite contro* e lui si era fatto la sua unica fiala perché solo un fottuto imbecille del tutto fuori dal cogliere-l'attimo poteva tirarsi indietro dall'opportunità di farsi due fiale e una terza ora
invece di una cazzo di fiala la domenica sera. In poche parole era la
familiare situazione di avere i soldi in tasca e nessuna difesa contro il
desiderio, e il pensiero della sua donna con in braccio la sua bambina con un cappellino e i guantini di maglia fatti a mano ad aspettar-
lo sotto il grande orologio all'imbrunire in quella fredda giornata di
marzo non sparí del tutto, si ridusse solo al formato di una minuscola fotografia da medaglione al centro di una parte di sé che lui e i suoi
compari Holmes avevano deciso di uccidere, con la pipa.

Racconta che non riuscí mai ad arrivare all'autobus. Si passarono
una bottiglia di whisky dentro la vecchia Ford Mystique di uno dei
suoi compari, e si fecero, in macchina, e dopo che si fu fatto e aveva
dei $ in tasca la donna grassa con l'elmetto con le corna si mise *a can-
tare*, Jim[294].

Le mani dell'uomo tengono stretti i lati del podio e si appoggia con il peso sulle braccia con i gomiti serrati al corpo in un modo che comunica abiezione e al tempo stesso audacia. Invita i Ca a stendere un velo pietoso sopra il resto della scena di quella notte, che dopo una fermata per cambiare l'assegno diventò piuttosto nebuloso comunque; quando, alla fine, la mattina dopo tornò a casa a Mattapan, era sabato mattina, si sentiva male e aveva la faccia giallo-verde, e gli era presa l'incazzatura postcrack e voleva farsene ancora ed era pronto a uccidere per farsi ancora e allo stesso tempo era cosí mortificato e pieno di vergogna di avere rifatto quella grande cazzata (di nuovo) che solo prendere l'ascensore fino al loro appartamento era forse la cosa piú coraggiosa che avesse fatto fino a ora nella sua vita.

Erano circa le 0600h di mattina e loro non c'erano. Non c'era nessuno a casa, ed era come se la casa vuota pulsasse e respirasse. C'era una busta da parte dell'Ufficio dell'Edilizia Popolare di Boston[295] infilata sotto la porta, non era quella salmone dell'ordine di Sfratto, era quella verde dell'Ultimo Avviso in rif. all'affitto. E andò in cucina e aprí il frigo, odiando se stesso per avere sperato di trovarci una birra. Nel frigo c'era un vasetto quasi vuoto di marmellata d'uva e una mezza scatola di latta di biscotti misti, e quello, insieme a un odore acido di frigo vuoto, era tutto quello che c'era, Jim. Tutto quello che c'era nella cucina era un vasettino di plastica con del burro di arachidi senza etichetta della Food Bank che era cosí vuoto che i lati erano stati grattati con un coltello e una scatolina di sale accagliato.

Ma quello che lo fece sentire veramente di merda e che gli spezzò il cuore fu quando vide il pentolino vuoto sul fornello e il pezzetto di plastica della chiusura salva freschezza del burro di arachidi in cima al mucchio di rifiuti nel cesto della spazzatura. La fotografia formato medaglione in fondo alla testa si gonfiò e si mise a fuoco: c'erano sua moglie e la bambina e il bambino non ancora nato che mangiavano quello che lui stava vedendo ora che dovevano aver mangiato, la notte precedente e stamattina, mentre lui era fuori a ingoiarsi tutta la roba da mangiare e l'affitto. Questo era stato la cima del burrone, la sua intersezione personale della scelta, mentre si trovava in piedi in mezzo alla cucina, con il dito che scorreva nel pentolino pulito dove non c'era rimasto neanche un briciolo di biscotto. Si sedette sul pavimento a piastrelle della cucina con gli occhi chiusi, pieni di paura, ma vedeva ancora la faccia della sua bambina. Avevano mangiato il burro di noccioline sui biscotti innaffiato con l'acqua del rubinetto e una smorfia.

Il loro appartamento era al sesto piano nel Palazzo 5 di Perry Hill. La finestra non si apriva ma poteva essere rotta con una rincorsa.

Racconta che comunque non si uccise. Si alzò e uscí fuori. Non lasciò neanche un biglietto a sua moglie. Niente di niente. Se ne andò e camminò fino allo Shattuck nella Jamaica Plain. Era sicuro che sarebbero state meglio senza di lui. Disse che non sapeva perché non si era ucciso. Ma non lo fece. Pensa che Dio ci avesse messo lo zampino, quando era seduto lí sul pavimento. Decise subito di andare allo Shattuck e di Arrendersi e di rimettersi a posto e di non avere mai piú nella testa la smorfia della sua bambina, James.

E allo Shattuck che normalmente aveva una lista di attesa da marzo finché non diventava caldo avevano – per pura coincidenza – buttato fuori uno stronzo che aveva defecato nella doccia e avevano preso lui, l'oratore. Chiese subito di poter partecipare a un incontro dei Ca. E uno del personale dello Shattuck chiamò un afroamericano con un sacco di tempo di sobrietà alle spalle, e l'oratore fu accettato al suo primo incontro dei Ca. Questo accadeva 224 giorni fa da stasera. Quella notte, quando il Coccodrillo di colore dei Ca lo riportò allo Shattuck – dopo che aveva pianto davanti agli altri di colore al suo primo incontro e aveva raccontato a quella gente che non poteva pensare al grande orologio e alla pipa di vetro e allo stipendio e ai biscotti e alla faccia della bambina – e dopo che era tornato allo Shattuck e aveva sentito il campanello della cena, era saltato fuori – per pura coincidenza – che la cena del sabato sera allo Shattuck consisteva in un caffè e panini con il burro di noccioline. Era la fine della settimana e il cibo che veniva dalla beneficenza era tutto finito, avevano solo del burro di noccioline su del pane bianco del cazzo, di quello da poco, e caffè istantaneo Sunny Square, quella schifezza che non costa niente e che non si scioglie mai.

Possiede quel modo di parlare da autodidatta con le pause che creano cmozione e dramma che non sembrano esagerate. Joelle passa l'unghia sul bordo della tazza di polistirolo del caffè e decide di credere che non è esagerato, il dramma emotivo della storia. Le sembra di avere la sabbia negli occhi perché si è dimenticata di battere le palpebre. Ti succede sempre quando non te lo aspetti, quando ti trascini a un incontro e sei sicura che non ti appassionerà per niente. La faccia dell'oratore ha perso il colore, la forma e qualsiasi altra cosa che la contraddistingue. Qualcosa le ha stretto forte lo stomaco e gli ha fatto fare tre giri. Per la prima volta si sente sicura che vuole stare a posto qualsiasi cosa debba affrontare. Non importa se Don Gately prende il Demerol e va in prigione e la rifiuta se lei non accetta di mostrargli la sua faccia. È la prima volta dopo tanto tempo – stasera, il 14/11 – che Joelle prende in considerazione il fatto di poter mostrare la faccia a qualcuno.

Dopo la pausa l'oratore dice a tutti gli altri figli di puttana dispiaciuti dello Shattuck che sono lí dentro che sicuramente si chie-

deranno che cosa sia questa merdata dei panini al burro di noccioline per cena. L'oratore dice che lui aveva ringraziato in silenzio proprio per quel panino che aveva preso in mano e che aveva masticato,
innaffiandolo con il caffè renoso della Sunny Square, proprio quella
cosa era diventata il suo Potere Superiore. Adesso sono piú di sette
mesi che lui è pulito. La Universal Bleacher lo aveva buttato fuori,
ma aveva un lavoro stabile al Logan, è nel terzo turno delle pulizie, e
anche un suo compare che è nella sua stessa squadra fa parte del Programma – per pura coincidenza. Aveva scoperto che sua moglie, che
era incinta, era andata in un Rifugio per Ragazze Madri con Shantel,
quella notte. Era ancora là. Il Dipartimento dei Servizi Sociali non
gli permetteva ancora di fare appello alla Libertà Condizionata di sua
moglie per vedere Shantel, ma era riuscito a parlare con la sua bambina per telefono lo scorso mese. E ora è pulito, perché ha smesso ed
è entrato a far parte del Gruppo dell'Accesso Libero ed è diventato
Attivo e ha accettato i consigli dei Cocainomani Anonimi. Sua moglie dovrebbe avere il bambino intorno a Natale. Disse che non sapeva che cosa sarebbe successo a lui e alla sua famiglia. Ma dice che
quelli della sua nuova famiglia – quelli del Gruppo del Libero Accesso dei Cocainomani Anonimi – gli hanno fatto delle promesse – e per
questo prova dei sentimenti di vaga speranza nei confronti del futuro, dentro di sé. Non aveva concluso facendo quei riferimenti d'obbligo alla Gratitudine o a nessuna di quelle stronzate, quando prendono in mano la Bibbia e la scuotono, e dice di aver capito solo il mese scorso che la scelta che aveva fatto sul pavimento della cucina era
stata la scelta giusta, parlando da un punto di vista personale.

Per quanto riguardo la spettacolarità, le cose precipitano rapidamente nel bagno di sangue non appena la ragazza tosta che sembrava
che fosse stata salvata da Blood Sister viene trovata livida e morta
nella sua branda da novizia, con le tasche interne dell'abito piene di
tutti i tipi di sostanze e di aggeggi e con il braccio che sembra una vera e propria foresta di siringhe. Inquadrature serrate da prima della
Sponsorizzazione, la faccia che diventa rossa mentre guarda fissa la
ex ex punk. Sospettando un brutto tiro invece di un recidivismo spirituale, Blood Sister, fregandosene della pietà del Porgi l'Altra Guancia prima e degli appelli appassionati poi e poi degli ordini diretti della Vice Madre Superiora – che per l'appunto ora è la suora tosta che
aveva salvato Blood Sister, molto tempo prima – comincia a tornare
ai modi da centaura tosta di quando frequentava i bassifondi di Toronto prima di essere salvata: tira fuori la sua Harley Hawg da sotto
i teloni di copertura, ritrova nell'armadio un vecchio giacchetto di

pelle da motociclista scolorito dal tempo e coperto di mota e vi s'infila dentro strizzandosi l'abito rigonfio sui pettorali, toglie i cerotti dai suoi tatuaggi piú sconci, scuotendo degli ex chierichetti per avere informazioni, facendo cadere i motociclisti che si mettono sulla sua strada, incontrando vecchie conoscenze di strada in saloon bui, buttando giú cicchetti anche con i piú cirrotici, facendo a pugni, minacciando, colpendo di akido, disarmando i criminali da armi improprie, vendicando la ragazza che lei aveva salvato e che avevano ucciso, decisa a dimostrare che la morte della ragazza non era stata un incidente o uno scivolone, che Blood Sister non aveva fallito con l'anima che aveva deciso di salvare per scaricare la sua anima dal debito nei confronti della vecchia Vice Madre Superiora, tosta anche lei, che aveva salvato lei a sua volta, Blood Sister, tanti e tanti anni fa. Dopo molti criminali acrobati e innumerevoli litri di tiocianite di potassio[296] la verità viene fuori: la ragazza novizia era stata assassinata dalla Madre Superiora, il capo dell'ordine e la suora piú tosta di tutte. Questa Madre Superiora è la suora che aveva salvato la Vice Madre Superiora che aveva salvato Blood Sister, il che significa, ironicamente, che la prova di cui Blood Sister ha bisogno per provare che il suo debito di salvezza era stato veramente ripagato è anche la prova nemica agli interessi legali della suora tosta alla quale la salvatrice di Blood Sister è obbligata, cosí Blood Sister si tortura sempre di piú al pensiero e diventa sempre piú intrattabile via via che la prova della colpevolezza della Madre Superiora prende forma. In una scena dice *vaffanculo*. In un'altra dondola un incensiere come una mazza e spacca la testa a un vecchio sagrestano che è uno dei tirapiedi della Madre Superiora, staccandogli di netto la testa con la bocca senza denti. Poi, nell'Atto III, una vera e propria orgia di punizione segue l'emergere della verità nuda e cruda: sembra che l'anziana Vice Madre Superiora, tosta anche lei, e cioè la suora che aveva salvato Blood Sister, in realtà non fosse stata salvata veramente – infatti, dopo piú di 20 anni passati a dire novene e a preparare dolcetti, aveva sofferto di una specie di malattia dell'anima, qualcosa di nascosto, degenerativo e recidivo, e aveva ricominciato, la Vice Madre Superiora, proprio nel momento in cui Blood Sister aveva indossato la tonaca per dedicarsi completamente alla vita di monastero, aveva non solo ricominciato con la dipendenza dalle sostanze ma aveva anche incominciato a spacciare grosse quantità della cosa che a quel tempo era piú redditizia (che dopo piú di 20 anni non era piú l'eroina marsigliese ma il Bing Crosby colombiano freebase) per pagarsi il suo vizio segreto, dirigendo di nascosto un'operazione di vendita con un volume di affari molto alto fuori dai confessionali poco usati della Missione di Sal-

vezza della Comunità dell'ordine. La superiora di questa suora, la suora Madre Superiora, quella piú tosta di tutte, avendo scoperto per caso l'operazione della droga dopo che il sagrestano, ora decapitato,
l'aveva informata che un numero sospetto di limousine scaricava persone tutte piene di catene d'oro che non avevano l'aria di essere dei
penitenti nella Missione di Salvezza della Comunità dell'ordine, e
completamente incapace di radunare un sentimento di pia umiltà per
accettare il fatto di aver fallito, questo è quanto sembrava, nel salvare veramente e completamente la ex spacciatrice della cui salvezza la
Madre Superiora aveva bisogno per sdebitarsi con la suora ora ot-
tuagenaria e in pensione che a sua volta l'aveva salvata – proprio questa Madre Superiora è quella che aveva ucciso la novizia ex punk di
Blood Sister, per far stare zitta la ragazza. Quello che poi viene fuori è che il posto dove la ragazza tossicodipendente ex punk di Blood
Sister si procurava la roba, quando era Là Fuori prima di essere salvata, era stato proprio la tristemente famosa Missione della Salvezza
della Comunità della Vice Madre Superiora. In altre parole, la suora
che aveva salvato Blood Sister ma che non era stata salvata a sua volta, anche se questa cosa era segreta, era stata la spacciatrice di Bing
della ragazza tosta, e questo era il motivo per il quale la ragazza tosta
non cattolica era stata cosí misteriosamente devota al *Confiteor*. La
Madre Superiora dell'ordine si era immaginata che sarebbe stata solo una questione di tempo prima che la conversione e la salvezza della ragazza avessero raggiunto quel culmine spirituale che l'avrebbe
portata a rompere il suo silenzio vigile per raccontare la verità a Blood
Sister, l'altra faccia della medaglia, della suora che lei (Blood Sister)
pensava l'avesse salvata (Blood Sister). Tanto che lei (la Madre Superiora) aveva eliminato per sempre la ragazza – aveva detto (la Madre Superiora) alla sua luogotenente, la Vice Madre Superiora, per
salvarla (la Vice Madre Superiora) dallo smascheramento e dalla sco-
munica e forse anche da qualcosa di peggio, se la ragazza non fosse
stata messa a tacere[297].

   Tutta questa storia, prolissa da un punto di vista narrativo e molto intricata, viene chiarita a un volume quasi da Kabuki durante un
tremendo tana-libera-tutti nell'ufficio della Madre Superiora che non
aveva redento la Vice Madre Superiora che aveva redento Blood Sister, con le due suore piú anziane – che erano state toste e irredente
ai loro tempi nell'Ontario quando gli uomini erano uomini e lo erano
anche le motocicliste tossiche – che si schierano contro Blood Sister
e la prendono a calci nel culo, la scena del combattimento è una visione confusa di tonache e arti marziali vere sullo sfondo illuminato
con lo spot di un enorme crocifisso in mogano attaccato al muro, con

Blood Sister che dà una bella prova di se stessa ma che non riesce ad avere la meglio e alla fine, dopo molti calci rotanti alla fronte, inizia a dare l'addio alla sua vita corporale e si affida alle braccia di Dio; finché la Vice Madre Superiora, che non era redenta e che era una recidiva e che aveva redento Blood Sister, levandole il sangue dagli occhi dopo che ha picchiato la testa e vedendo che la Madre Superiora sta per decapitare Blood Sister con un souvenir di un'ascia dell'èra di Champlain che la suora di Huron che era stata redenta dalla fondatrice dell'ordine di Toronto per la redenzione delle ragazze toste aveva usato per decapitare i missionari gesuiti prima che lei (la suora tosta di Huron) fosse stata redenta, vedendo l'ascia di guerra sollevata con entrambe le mani davanti alla faccia della vecchia Madre Superiora che di solito aveva un'espressione pia negli occhi – una faccia che adesso aveva un aspetto indescrivibile per la mancanza di umiltà e la passione di mettere a tacere la verità che si sommava al male puro e radicale – vedendo adesso l'accetta sollevata e la faccia indemoniata della Madre Superiora, la Vice suora non redenta ha un momento epifanico e antirecidivo di chiarezza spirituale, e sventa la decapitazione di Blood Sister facendo un salto da una parte all'altra dell'ufficio e colpendo in testa la Madre Superiora con un grosso oggetto cristiano decorativo di mogano che è cosí ovvio da un punto di vista simbolico che non c'è neanche bisogno di nominarlo, la mancanza di finezza simbolica dell'oggetto fa rabbrividire sia Hal che Bridget Boone. Adesso Blood Sister ha in mano l'accetta dell'èra di Champlain, e la suora non redenta che l'aveva salvata ha in mano un oggetto che non è stato nominato e siccome è fatto di mogano non si può usare contro un'accetta, e stanno una di fronte all'altra sopra il groviglio di sottane della Madre Superiora in posizione prona, con il respiro affannoso, e la Vice Madre Superiora fa un'espressione sotto la veste messa di traverso che vuole dire *Vieni avanti, chiudi il cerchio di punizione recidiva contro la suora che credevi ti avesse redenta e che invece alla fine non è riuscita neanche a redimere se stessa, completa il circuito di errori* o qualcosa di simile. Si fissano per molti fotogrammi, sul muro dell'ufficio dietro di loro c'è la forma di un crocifisso pallido dove prima era appeso l'oggetto che non è stato nominato. Poi Blood Sister scrolla le spalle in segno di rassegnazione e lascia cadere l'ascia di guerra, e si volta e con una piccola riverenza ironica esce fuori dalla porta dell'ufficio della Madre Superiora e attraversa la piccola sacrestia e passa accanto all'altare e cammina giú per la piccola navata del convento (gli stivali da motociclista fanno eco sulle piastrelle, enfatizzando il silenzio) ed esce dalle grandi porte il cui timpano sopra è inciso con una spada e un vomere e una siringa e un ramaiolo per la zuppa e il motto CONTRARIA SUNT COMPLEMENTA, che è talmente pesante che fa rabbrividire Hal e tocca alla Boone fare la traduzione a Ken Blott che ha chiesto cosa vuol dire[298]. Sullo schermo stiamo ancora seguendo la suora tosta (o ex suora). Il fatto che l'accetta che ha fatto cadere con rassegnazione abbia inferto un bel colpo alla Madre Superiora in posizione prona viene presentato come chiaramente accidentale... perché lei (Blood Sister) sta ancora uscendo dal convento, si muove in modo enfatico in un'immagine che diventa gradualmente piú profonda. Zoppicando da persona tosta verso est nell'alba luccicante di Toronto. La sequenza di chiusura della cartuccia mostra la suora in sella alla sua Hawg in una strada dei bassifondi di Toronto. Sta per ricadere? Sta ricadendo di nuovo nel modo di vita che conduceva prima della redenzione? La cosa non è chiara ma al tempo stesso è ricca di significati: nella migliore delle ipotesi la sua espressione è agnostica, ma si vede un cartello enorme di un rivenditore discount per i teloni delle Harley proprio all'orizzonte verso il quale lei si sta dirigendo con il motore rombante. I titoli di coda sono dello stesso colore verdognolo degli insetti sul parabrezza.

È difficile stabilire se l'applauso della Boone e della Bash sia sarcastico. C'è quel trambusto di cambiamenti di posizione e di arti che si stirano e di critiche che si sente di solito dopo uno spettacolo. Tutto a un tratto, non si sa come, Hal si ricorda: Smothergill. Possalthwaite dice che lui e l'uomo-identificazione hanno portato dentro Blott a parlare con Hal di qualcosa di fastidioso che avevano trovato durante quella merdata disciplinare nella galleria quel pomeriggio. Hal alza la mano per dire ai ragazzini di stare fermi un attimo, mentre scorre tra le custodie delle cartucce per vedere se lí dentro c'è *Educazione civica a bassa temperatura*. Tutte le custodie hanno il nome scritto chiaramente su un'etichetta.

L'apparizione diventava sempre piú piccola, il rosso del suo cappotto si rimpiccioliva contro la prospettiva oscillante di Prospect Street, l'asfalto e i cassonetti della spazzatura e gli ingressi dei negozi che si vedevano in lontananza, anche Ruth Van Cleve e la sua coda lurida diventavano sempre piú piccole, i pezzi di urla del gergo urbano erano ingoiati piú che indeboliti. Kate Gompert si teneva la testa dolorante tra le mani e la sentiva ronzare. L'inseguimento di Ruth Van Cleve era stato reso piú lento dalle sue braccia che continuavano ad agitarsi mentre lei urlava; e l'apparizione faceva dondolare le loro borsette per farsi largo sul marciapiede. Kate Gompert vedeva i pedoni che si scostavano da una parte molto prima che arrivasse per evitare di essere colpiti. Tutta la scena sembrava tinta di viola.

Una voce sotto una tenda da sole lí vicino da qualche parte disse: «L'ho visto!»

Kate Gompert si piegò di nuovo in avanti e posò la mano sulla parte della testa intorno agli occhi. Si sentiva bene che l'occhio era gonfio e chiuso, e tutto quello che vedeva era viola. Si sentiva un rumore nella testa come di un ponte levatoio che viene sollevato, con le carrucole che ruotano implacabili e cigolano. Un liquido caldo le riempiva la bocca e lei continuava a inghiottire contro la nausea.

«L'ho visto! Ci posso scommettere la tua *vita* del cazzo che l'ho visto!» Una specie di gargolla sembrò staccarsi dalla vetrina davanti di un negozio di ferramenta e muoversi, i suoi movimenti erano stranamente a scatti come in un film dove mancano alcuni fotogrammi. «Ho visto tutto!» disse, poi lo ripeté. «Sono un testimone!» disse.

Kate Gompert appoggiò l'altra mano a un palo della luce e si aiutò a tenersi in piedi, mentre lo guardava.

«Sono testimone di tutta questa scena del *cazzo*!» disse. Nell'occhio che era chiuso per il gonfiore la cosa prese una certa risoluzione nella forma di un uomo con la barba con un giaccone militare e un gilet militare sopra il giaccone, con degli sputacchi sulla barba.

In un occhio sentiva come un sistema di arterie scoppiate. L'uomo tremava come una vecchia automobile. C'era anche un certo odore. Il vecchio si avvicinò molto a lei tanto che i pedoni dovevano curvare per evitarli entrambi. Kate Gompert sentiva l'occhio che le pulsava.

«Testimone! Testimone *oculare*! Di tutta la scena!» Ma lui stava guardando da qualche altra parte, come se stesse guardando la gente che passava. «L'avete visto? Eccomi qua, *sono io*!» Non si capiva bene a chi stesse urlando. Non era lei, e i passanti le rivolgevano quella non-attenzione tipicamente urbana quando si avvicinavano e si dividevano attorno a loro passando ai lati del lampione e poi riformavano un tutto unico. Kate Gompert pensava che l'appoggiarsi al lampione le avrebbe permesso di non vomitare. *Concussione* è un altro termine che viene usato quando uno ha picchiato la testa. Lei cercava di non pensarci, che l'impatto forse le avesse fatto picchiare una parte del cervello contro la scatola cranica, e che adesso la parte si stesse gonfiando con un livido violaceo, schiacciato contro le pareti interne della sua testa. Il lampione al quale si stava appoggiando era la cosa contro la quale aveva battuto.

«Hai bisogno di qualcuno? *Sono io* quello che ti può aiutare. Un testimone? Io ho visto tutto!» E il vecchio teneva il palmo della mano tremolante proprio sotto la faccia di Kate Gompert, come se volesse che lei ci vomitasse dentro. Il palmo della mano era violaceo, con macchie di qualche tessuto putrefatto per qualche fungo della pel-

le e con delle linee scure che si ramificavano al posto delle linee rosa
del palmo della mano delle persone che non vivono dentro i cassonetti della spazzatura, e Kate Gompert dette un'occhiata distratta al
palmo della mano, e al biglietto GIGABUCKS[299] scolorito dalla intemperie che era per terra lí sotto. Le sembrò che il biglietto si rimpiccio-
lisse in una nebbia violacea e poi ritornò com'era. I pedoni li guardavano appena e poi rivolgevano il loro sguardo impegnato da qualche
altra parte: una ragazza pallida che sembrava ubriaca e un barbone
da strada che le stava mostrando qualcosa che aveva in mano. «Sono
testimone di tutto il fatto che è stato commesso», sottolineò l'uomo
a un passante con un cellulare alla cintura. Kate Gompert non riusciva a mettere insieme la forza per dirgli di andare a farsi fottere.
Questo è quello che si diceva quaggiú, nella città vera, Vai a farti fottere, con un piccolo gesto svelto del pollice. Non riusciva neanche a
dire Vattene, anche se il puzzo che emanava dall'uomo la faceva stare peggio, aumentava la nausea. Le sembrava tremendamente importante non vomitare. Sentiva pulsare l'occhio che aveva sbattuto sul
palo. Come se lo sforzo nel vomitare potesse aggravare quella parte
spugnosa e livida del suo cervello che aveva sbattuto sul palo. Questo pensiero le fece venire voglia di vomitare nel palmo schifoso di
quella mano che non riusciva a stare ferma. Cercò di ragionare. Se
l'uomo aveva visto tutta la scena allora come poteva pensare che lei
avesse degli spiccioli da mettergli in mano. Ruth Van Cleve stava facendo una lista degli pseudonimi piú simpatici del padre del suo bambino che era in prigione quando Kate Gompert aveva sentito una mano afferrarle la schiena e infilarsi sotto il laccio della sua borsa. Ruth
Van Cleve aveva urlato mentre l'apparizione della donna meno attraente che Kate Gompert avesse mai visto era piombata in mezzo a
loro, buttandole da una parte. Il laccio della borsa di vinile di Ruth
Van Cleve si era rotto subito, ma il laccio sottile di pizzo macramé
molto fitto aveva tenuto alla sua spalla e lei era stata trascinata in
avanti da uno strattone dell'apparizione che aveva l'aspetto di una
donna mentre cercava di scappare di corsa su per Prospect Street, e
la figura rossa che sembrava una strega era stata strattonata indietro
perché appunto il laccio della borsa di pizzo francese macramé di cotone Filene aveva retto, e Kate Gompert aveva sentito una zaffata di
qualcosa di piú rancido delle fogne municipali piú rancide e aveva in-
travisto quella che sembrava la crescita facciale di cinque giorni di
una faccia da strega mentre Ruth Van Cleve, una che in strada sa il
fatto suo, aveva afferrato il suo (di lei o di lui) cappotto rosso di pelle, urlando che il ladro era un figlio di mafun ho. Kate Gompert stava barcollando in avanti cercando di fare uscire il suo braccio dal lac-

cio. Si muovevano tutte e tre in avanti in questo modo. L'apparizione girava intorno con violenza per cercare di scrollarsi di dosso Ruth Van Cleve, e in questo suo (di lei/di lui) girare con la borsa fece fare un giro a Kate Gompert, che era attaccata per il laccio e che non pesava molto (ebbe un lampo di reminiscenza del «Colpo di Frusta» di quando era bambina al Club di Pattinaggio di Wellesley Hills nella pista dell'Ora dei Principianti), la quale prese una certa velocità: e poi un lampione della luce con i cordoli laterali arrugginiti arrivò ruotando addosso a lei, anche questo aveva preso velocità, e il rumore fu una via di mezzo tra un *bonk* e un *clang*, e il cielo e il marciapiede si scambiarono di posto, e un sole violaceo le esplose davanti, e tutta la strada diventò viola e cominciò a dondolare come una campana che suona; e ora era sola e senza borsa e guardava quelle due che diventavano sempre piú piccole, e sembrava che tutte e due urlassero per chiedere aiuto.

14 NOVEMBRE
ANNO DEL PANNOLONE PER ADULTI DEPEND

Uno svantaggio della cocaina ingerita dal naso è che a un certo punto dopo che è passata l'ondata di euforia – se non ti è rimasto neanche un po' di buon senso per fermarti e cavalcare l'onda, invece di continuare a tirare su dal naso – ti porta in regioni di un freddo interstellare e di intorpidimento nasale. I seni nasali di Randy Lenz erano congelati contro il suo cranio, intorpiditi e appesi come fossero cristalli di ghiaccio. Si sentiva come se le gambe gli finissero alle ginocchia. Stava seguendo due donnette cinesi, piccoline, che trasportavano delle sporte enormi di carta con la spesa dirette verso est sulla Bishop Men Drive sotto la Central. Il suo cuore batteva come una scarpa nell'asciugatrice che era nella cantina della Ennet House. Il suo cuore faceva tutto quel rumore. Le donne Cinesi viaggiavano a una velocità impressionante considerate le loro dimensioni e le dimensioni delle loro borse. Erano le 2212:30-40h circa, proprio nel mezzo di quello che un tempo era l'Intervallo della Risoluzione dei Problemi.

Le donne cinesi non camminavano quanto piuttosto si muovevano velocemente con una rapidità da insetti e a Lenz il cuore batteva forte sia perché doveva tenere il loro passo sia perché doveva dare l'impressione di fare una passeggiata, con le narici e le gambe dal ginocchio in giú intorpidite. Girarono su Prospect Street due o tre isolati sotto Central Square in direzione di Inman Square. Lenz le seguiva dieci o trenta passi dietro, gli occhi sulle maniglie intrecciate

delle borse per la spesa. Le donne cinesi erano alte come gli idranti
per gli incendi e si muovevano come se avessero una quantità maggiore di gambe, parlando nella loro lingua da scimmie alta di tono e
ansiosa. L'evoluzione testimoniava che le lingue orientoidi erano piú
vicine alla lingue primitive. All'inizio, sui marciapiedi di mattoni nel
pezzo di Mass. Avenue tra la Harvard e la Central, Lenz aveva pensato che fossero *loro* a seguire *lui* – a suo tempo l'avevano seguito un
sacco di volte, e come il famoso Geoffrey D., che molti hanno letto,
sapeva bene che i pedinamenti piú temibili venivano fatti da persone insospettabili e che ti seguivano camminandoti di fronte con degli specchietti attaccati alle stanghette degli occhiali o con dei sistemi elaborati di comunicatori cellulari per fare il rapporto al Centro di
Comando – oppure anche con gli elicotteri, che volavano troppo alti
per esseri visti, il rumore dei rotori soffocato dal battito del tuo cuore. Ma dopo che era riuscito con successo a seminare le donne cinesi
per due volte – la seconda volta gli era riuscito cosí bene che si era
spaccato il culo per le stradine e aveva saltato gli steccati di legno per
riprenderle di nuovo un paio di isolati a nord sulla Bishop Men Drive, che camminavano veloci e parlavano fitto fitto – a questo punto
si era convinto su chi stesse inseguendo chi. E a questo punto aveva
anche capito chi avesse la situazione sotto controllo. L'espulsione dalla Ennet, espulsione che all'inizio gli era sembrata come il bacio di
una sentenza di morte, poi si era rivelata la cosa piú giusta. Lo avevano messo alle strette, lo avevano messo alla prova e poi lo avevano
mandato via senza pensarci su; aveva dato il meglio di sé, e quasi sempre aveva fatto proprio bene; ed era stato mandato Via, Solo, e per
lo meno ora poteva nascondersi apertamente. R. Lenz viveva grazie
alla sua arguzia là fuori, sempre mascherato, per le strade anonime di
Cambridge Nord e di Somerville, non dormiva mai, era sempre in movimento, si nascondeva alla luce del giorno e alla vista del pubblico,
l'ultimo posto dove Loro avrebbero pensato di trovarlo.

Lenz indossava un paio di pantaloni da sci gialli fosforescenti, la
giacca leggermente lucida di uno smoking con le code, un sombrero con
dei piccoli pon pon di lana attaccati al bordo, degli enormi occhiali di
tartaruga che diventavano scuri quando c'era troppa luce, un baffo nero lucido preso dal labbro superiore di un manichino di Lechmere a
Cambridgeside – l'insieme era il risultato di varie operazioni Prendi e
Scappa su e giú lungo il Charles di notte, quando era uscito per la prima volta in superficie a nordest dopo essere arrivato da Enfield molti
giorni prima. Il nero assoluto dei baffi del manichino – che erano stati
attaccati molto bene con la colla Krazy Glue ed erano diventati ancora piú lucidi per lo scarico del naso di Lenz che lui non sentiva colare

– dava al suo pallore un aspetto quasi spettrale all'ombra portatile del sombrero – un altro vantaggio e allo stesso tempo svantaggio della cocaina sniffata è che il mangiare diventa ozioso e opzionale, e uno se ne dimentica per periodi piuttosto lunghi, di mangiare – nel suo vistoso pastiche di travestimento passa tranquillamente per uno dei senzatetto della metropoli di Boston e per un matto vagante, il morto che cammina e che sta morendo, e dal quale tutti quelli che passano girano alla larga. Lui ha scoperto che il trucco sta nel non-dormire e non-mangiare, essere sempre sveglio e in movimento, sempre attento a ciò che viene dalle sei direzioni e dirigersi verso il riparo di una stazione di metropolitana o un centro commerciale al coperto tutte le volte che il tambureggiare cardiaco di rotori invisibili tradivano un pedinamento dall'alto.

In poco tempo era diventato molto esperto della rete di vicoli, architravi e cortili sul retro usati come depositi della spazzatura della Little Lisbon, e della sua popolazione (che continuava a diminuire) di gatti e cani selvatici. La zona era piena di orologi delle banche e delle chiese, che dettavano i suoi movimenti. Portava il suo Browning X444 a serramanico nella fondina da spalla legata dentro un calzino proprio sopra le ghette delle calzature formali che aveva preso dalla solita vetrina di A Formal Affair Ltd., come la giacca dello smoking. Il suo accendino era nella tasca fluorescente che si poteva chiudere con la zip; nei cassonetti si potevano trovare un mucchio di sacchetti della spazzatura di buona qualità e le Chiatte di Terra si fermavano ai semafori. Teneva i *Principî di James sulle lezioni di Gifford* nella mano che aveva infilato sotto il braccio, e il contenitore ritagliato nel mezzo con il rasoio era quasi vuoto e Lenz si sentiva a disagio al solo pensiero. E le donne cinesi camminavano velocemente come dei centopiedi affiancati a due a due, e tenevano le borse mastodontiche una con la mano destra e l'altra con la mano sinistra in modo che le borse erano una di fianco all'altra in mezzo a loro. Lenz stava accorciando la distanza dietro di loro, ma gradualmente e con una certa nonchalance furtiva, considerando che era difficile camminare furtivamente dato che non si sentiva i piedi e dato che gli occhiali gli si oscuravano automaticamente tutte le volte che passava sotto un lampione e poi ci voleva del tempo perché tornassero chiari, dopo, e per questo non meno di due dei sensi vitali di Lenz erano disorientati; ma nonostante tutto riusciva lo stesso a mostrare nonchalance e a essere furtivo allo stesso tempo. Non si rendeva conto dell'aspetto che aveva. Come molti matti itineranti della metropolitana di Boston il piú delle volte confondeva il girare alla larga con l'essere invisibile. Le borse della spesa sembravano pesanti ed erano davvero notevoli, il loro peso faceva piegare le donne cinesi leggermente l'una verso l'altra. Diciamo che erano le 2214:10h. Le donne cinesi e poi Lenz passarono tutti accanto a una donna con la faccia grigia che era accovacciata dietro due cassonetti della spazzatura, con tutti gli strati delle gonne tirati su. Le automobili erano ammucchiate con i parafanghi che si toccavano lungo il bordo del marciapiede e ce n'erano anche una miriade parcheggiate in doppia fila. Le donne cinesi passarono accanto a un uomo disteso sul bordo del marciapiede con un arco giocattolo e le frecce, e quando gli occhiali si schiarirono pure Lenz lo vide quando gli passò accanto anche lui – quel tipo aveva addosso un vestito color topo e stava scagliando una freccia con la ventosa sul lato di un palazzo In Affitto e poi si alzò e disegnò con il gesso un cerchio in miniatura sul mattone attorno alla freccia, e poi un altro cerchio intorno al cerchio, e cosí via, come nel gioco che parola è. Le donne non gli rivolsero la loro attenzione orientoide. Anche la cravatta del vestito era in una tonalità che dava sul marrone, a differenza della coda di un topo. Il gesso sul muro dava piú sul rosa. Una delle donne disse qualcosa con un tono di voce alto, come un'esclamazione rivolta all'altra. Le esclamazioni nella vostra lingua scimmiesca hanno un suono esplosivo, con un colpo di rimbalzo. Come se ci fosse una componente di *boing* in ogni parola. Per tutto questo tempo da una finestra in alto dall'altra parte della strada si era sentita *The Star-Spanned Banner*. L'uomo portava un cravattino e dei guantini senza dita, e si allontanò dal muro per esaminare i suoi cerchi rosa e quasi si scontrò con Lenz, e si guardarono e scossero entrambi la testa come per dire Guarda questo povero figlio di puttana con il quale mi sono scontrato.

Era universalmente risaputo che gli orientoidi medi si portavano sempre dietro la somma totale dei loro beni terreni personali. Se li tenevano addosso quando andavano a giro. La religione orientoide proibiva le banche, e Lenz aveva visto troppe borse della spesa gigantesche con le maniglie intrecciate portate dalle mani troppo minuscole delle donne cinesi per non avere intuito che le donne cinesi usavano le borse della spesa per trasportare tutti i loro beni personali. Ora sentiva che l'energia necessaria per un prendi-e-scappa aumentava passo dopo passo, per questo si avvicinava sempre piú con nonchalance, ora era in grado di distinguere le varie forme nelle bandiere tipo plastica con le quali si coprivano i capelli. Le donne cinesi. Il battito del suo cuore si era accelerato e ora era un galoppo regolare che dava calore. Incominciò a sentirsi i piedi. L'adrenalina per quello che sarebbe accaduto tra poco gli seccò il naso e aiutò la sua bocca a fermarsi invece di muoversi continuamente per tutta la faccia. Il Cinghiale Tremendo non era e non sarebbe mai stato intorpidito, e adesso si drizzava leggermente nei pantaloni da sci per l'eccitazione e per la tensione della caccia. Non pensava piú al pedinamento d'avanguardia: aveva il piede sull'altra staffa: le inconsapevoli donne orientali non sapevano assolutamente con chi avessero a che fare, dietro di loro, non pensavano assolutamente che lui fosse là dietro e che le pedinasse e che stesse accorciando la distanza con nonchalance, a parte il fatto che inciampava tutte le volte che passava da un lampione della strada. Aveva completamente la situazione sotto controllo. E loro non sapevano neanche che ci fosse una situazione. Gli occhi di un toro. Lenz si raddrizzò i baffi con un dito e si intaccò in *Yellow-Brick-Road* che era una canzoncina che stava cantando semplicemente per mantenere il controllo, la sua adrenalina era invisibile a tutti.

C'erano due modi per procedere e *Les Assassins des Fauteuils Rollents* erano pronti a seguirli entrambi. La strada indiretta era la meno giusta: il pedinamento e l'infiltrazione di associati tra quanti erano sopravvissuti all'*auteur* dell'Intrattenimento, la sua attrice e l'attore tanto chiacchierato, i parenti – se necessario, prelevandoli e sottoponendoli a interviste tecniche, che potessero condurre alla cartuccia originale dell'*auteur* dell'Intrattenimento. Il che comportava rischi ed esposizioni ed era tenuto *abeyant* finché la strada piú diretta – localizzare e assicurarsi una copia Master dell'Intrattenimento – non si fosse esaurita. Era questo il modo che adesso stavano seguendo nel negozio degli Antitoi di Cambridge, per – *comme on dit* – rivoltare tutte le pietre.

14 NOVEMBRE
ANNO DEL PANNOLONE PER ADULTI DEPEND

Povero Tony Krause sapeva che il segreto per sprintare con i tacchi alti era di correre in punta di piedi, molto piegati in avanti, e si doveva stare piegati in avanti a tal punto che si potesse stare bene sulle punte e i tacchi non dovessero entrarci nulla. Evidentemente anche la Creatura disgraziata dietro di lui conosceva questo segreto del mestiere. Procedevano di gran carriera su per la Prospect, la mano della Creatura pronta ad afferrare a soli pochi mm dalla fine del boa. Povero Tony teneva le due borse insieme infilate sotto il braccio su un fianco proprio come si tiene un pallone da football nel football americano. I pedoni si scansavano con maestria, c'erano abituati perché facevano molta pratica. Povero Tony vedeva molto bene le facce di due pedoni, e il suo odore lo precedeva come un'onda d'urto. Un uomo con un cappotto fece la faccia di uno che ha sentito puzzo e fece una specie di veronica

complicatissirna per far passare i due che andavano di gran carriera. Il
respiro di Povero Tony arrivava con dei grossi rantoli esausti e irregolari. Non aveva messo in conto l'inseguimento da parte delle vittime.
Sentí la mano della Creatura afferrare quello che era rimasto del boa.
Il cappello Donegal gli volò via e non fu rimpianto. Anche il respiro
della Cosa era esausto, ma le oscenità che urlava le venivano ancora
fuori dal diaframma con convinzione e vigore. L'altra Cosa era andata
a sbattere contro un palo con un rumore di carne spiacciata che aveva fatto rabbrividire Tony quando l'aveva sentito. Suo padre si era spaccato la testa e le spalle quando aveva pianto suo figlio morto simbolicamente. Nel momento subito dopo l'impatto e quando il laccio aveva
ceduto Tony si era sollevato sulle punte ed era partito a tutta birra, non
pensando all'inseguimento da parte dell'altra, la Creatura nera che urlava e che gli stava proprio alle calcagna. Per i primi isolati, circa un
paio, la Creatura aveva urlató *Aiuto* e *Fermate quella figlia di puttana*, e
Povero Tony, che allora aveva un vantaggio decente, aveva risposto urlando anche lui *Aiuto!* e *Per carità di Dio, fermatela*, confondendo qualsiasi cittadino. Quello era un vecchio trucco del mestiere delle squadre
di Harvard Square. Ma ora la Creatura nera era solo a pochi mm, e ora
era riuscita davvero ad afferrare il suo boa mentre tutte e due procedevano di gran carriera correndo sulle punte a tutta velocità, e Krause
si tolse quell'affare sventolando via e sacrificò il boa alla Cosa, ma la
mano della terribile Creatura gli arrivò subito dietro, stringendo l'aria
sopra il suo colletto di pelle, il respiro affannoso nel suo orecchio, e gli
mandava gli accidenti. Povero Tony si addolorò al pensiero che senza
dubbio la Cosa avesse buttato il boa da una parte nella strada o in un
rigagnolo di scolo. Le punte dei loro piedi producevano ritmi complessi e variabili sull'asfalto; certe volte i loro passi erano sincronizzati, altre volte no. La Cosa gli stava proprio dietro agonizzante. Mentre passava vide dei cartelli con delle scritte in stampatello POLLI APPENA UC-
CISI e DISTRUZIONE COMPLETA che si accendevano e si spegnevano;
l'Antitoi Entertainment era a solo due isolati di distanza in direzione
nord-sud. Krause e la sua inseguitrice attraversarono senza guardare un
incrocio intasato dal traffico. Povero Tony gridava *Aiuto!* e *Per favore!* La mano e il respiro che fischiava proprio dietro di lui erano come
uno di quei sogni semplicemente orribili nei quali una cosa inimmaginabile ti sta rincorrendo da molti km e poco prima che i suoi artigli si
chiudano sul dietro del tuo colletto ti svegli mettendoti seduto sul letto come un fulmine; con la sola differenza che questa terribile scena
della Creatura con la mano che cerca di afferrarti andava avanti senza
fermarsi, di fronte ai negozi e sui bordi dei marciapiedi e faceva saltare i pedoni che si raggruppavano alla periferia della distanza dovuta. La

discreta porta sul retro del negozio degli Antitoi era accessibile da un
vicolo per il parcheggio che tagliava la Prospect a ovest poco prima della Broadway e si allungava verso ovest fino ad attraversare un vicolo
che andava da nord a sud piú piccolo e pieno di cassonetti della spazzatura, uno dei quali (nel quale qualche volta Povero Tony aveva dormito, quando si era trovato fuori di notte e senza i soldi per il biglietto
del treno) era a un tiro di schioppo dall'uscita posteriore dei fratelli canadesi. Povero Tony, con le borse sotto il braccio e l'altra mano attaccata saldamente alla parrucca, aveva calcolato che, se riusciva a prendersi una distanza ragionevole dalla Creatura prima di entrare nel vicolo piú piccolo, i cassonetti non avrebbero permesso alla Cosa di vedere
in quale porta sul retro P.T. avrebbe cercato un rifugio umano gentile
e normale. Fece una finta intorno a uno stand sul marciapiede per l'esposizione della frutta di una bodega e diede un'occhiata dietro veloce, sperando che la Creatura andasse a schiantarsi sul mucchio di frutta. Non
lo fece. Era ancora là dietro, si sentiva il suo respiro. Inciampò malamente mentre girava intorno a due file di cartoni di mirtilli del Capo e
si sentí scoraggiato. Era chiaro che questa Cosa aveva inseguito altre
persone prima d'ora. Il suo respiro era esausto ma allo stesso tempo sembrava implacabile. Era chiaro che si era cacciata in questa storia per andare fino in fondo. Non gridava piú *Fermati* o altre oscenità da strada.
Povero Tony si sentiva il respiro in fiamme. Sembrava quasi che stesse
piangendo. Cercò di gridare Aiuto! e non ci riuscí; non aveva piú un
respiro; vedeva delle macchie nere che gli galleggiavano davanti agli occhi e che andavano verso l'alto; solo alcuni lampioni funzionavano; il
battito del suo cuore faceva *zuckungzuckungzuckung*. Povero Tony saltò
una strana apparecchiatura di cartone che doveva essere per le sedie a
rotelle e sentí che anche la Creatura la saltava e atterrava con leggerezza sulle punte. Le sue tomaie non avevano i lacci e non si piegavano come le belle Aigners; Tony si sentiva il sangue sui piedi. L'entrata al vicolo per il parcheggio a ovest si trovava tra un Consulente per il Pagamento delle Tasse e qualcos'altro; doveva essere proprio da queste parti;
Krause dette uno sguardo furtivo; le macchie nere erano degli anelli minuscoli con il centro opaco e galleggiavano verso l'alto davanti a suoi
occhi come dei palloncini, stancamente; Povero Tony era appena tornato da un viaggio, era infermo, per non parlare dell'Astinenza; il respiro gli veniva su a pezzi e quasi a singhiozzi; riusciva a malapena a
stare sulle punte dei piedi; non aveva messo in bocca del cibo da prima
della storia nel gabinetto degli uomini della biblioteca, che era stato
molti giorni fa; controllò le vetrine dei negozi sfocate che gli passavano accanto; una persona anziana cadde facendo rumore quando la Creatura lo afferrò con il braccio rigido; da qualche parte arrivò il suono di

un fischio per lo stupro; il Consulente per le Tasse aveva uno strano annuncio sulla porta del negozio ON PARLE LE PORTUGAIS ICI. Il dito della mano toccava il bordo del colletto di pelle di Tony ogni volta che la Cosa faceva un salto avanti con tutti e due i piedi e Povero Tony sentí le dita nei capelli dello chignon che teneva fermo sulla testa con una mano. Il padre di Povero Tony era solito tornare a casa al 412 di Mount Auburn Street a Watertown alla fine di una lunga giornata di cesarei e si metteva a sedere su una sedia nella cucina che si stava facendo buia, grattandosi la testa dove i lacci della maschera verde gli avevano lasciato il segno. Le sue dita, che sicuramente erano zozze e con le unghia lunghe, si stavano aggrappando ai capelli della parrucca per trattenerlo quando arrivarono davanti al Consulente per le Tasse e Tony fece una curva secca a destra, rompendo il perno del tacco ma acquistando molti passi di vantaggio mentre la Creatura veniva portata dalla velocità al di là dell'ingresso del vicolo. Krause piagnucolò di sfinimento e fuggí in direzione ovest, sulle punte dei suoi piedi insanguinati, sentiva il suo respiro che rimbombava sulle pareti del vicolo, mentre cercava di scansare i vetri rotti e i barboni supini e sentiva molti passi dietro di lui un urlo con l'eco Fermati Figlio di Puttana *Fermati!*, e uno di quelli in posizione supina che Krause aveva saltato alzò la testa marcia dalla strada per contribuire con un *Vai*.

Pur avendo concluso – dopo la strenua intervista tecnica dell'eccentrico specialista in dolori cranio-facciali rintracciato grazie alla intervista tecnica purtroppo fatale del giovane scippatore[300] che aveva dimostrato una tolleranza agli stimoli elettrici notevolmente piú bassa di quella del suo computer – pur avendo concluso che c'erano molte possibilità di trovare una copia nel negozio dello sfortunato Antitoi, c'erano poi voluti molti giorni agli Afr per trovarlo lí, il vero Intrattenimento.

Il capo della cellula statunitense degli Afr, Fortier, il figlio di un soffiatore di vetro di Glen Almond, non aveva permesso che nessuno degli specchi venisse rotto o smontato. Per il resto la ricerca era stata metodica e accurata. Era stata una ricerca pulita e anche ordinata, si erano presi il loro tempo. Siccome il visore del negozio aveva delle disfunzioni, era stato acquistato un Tp ed era stato montato per la visione volontaria nello sgabuzzino sul retro del negozio. Ogni cartuccia che si trovava sulle capienti scaffalature del negozio era stata esaminata da un volontario, poi buttata in uno degli enormi *coffre d'amas* di metallo nel vicolo fuori dalla porta sul retro. A uno di loro era stato assegnato il compito di avvolgere i fratelli Antitoi ormai estinti con un telone di plastica per le costruzioni e metterli in uno sgabuzzino sul retro. Questo per motivi igienici. A un altro era stato assegnato il compito di procurare una tela cerata da mettere dietro il vetro della porta d'ingresso e anche dei cartelli stampati che dicessero CHIUSO, ROPAS e RELACHE. Cosí nessuno aveva bussato alla porta dopo le prime ore.

Subito, il primo giorno, in una scatola di liquori bagnata e puzzolente, avevano trovato un esempio delle cartucce da esposizione in strada della rivale Flq, con la stampa grossolana della faccia da smile e con la scritta IL NE FAUT PLUS QU'ON PURSUIVRE LE BONHEUR stampato sopra in rilievo. Il giovane Tassigny, con uno dei suoi caratteristici atti di valore, si offrí volontario e venne spinto nello sgabuzzinoe legato, per verificare la cosa, e Fortier diede il suo consenso. Tutti avevano fatto un brindisi a Tassigny e avevano promesso di prendersi cura del suo vecchio padre e delle sue trappole per gli animali da pelliccia, e M. Fortier aveva abbracciato il giovane volontario e lo aveva baciato su tutte e due le guance mentre veniva spinto dentro e M. Broullîme gli metteva i cavi Eeg e lo legavano davanti al visore piazzato nello sgabuzzino.

Poi invece venne fuori che la cartuccia dell'esposizione stradale era vuota, non c'era niente. Poi ne tirarono fuori un'altra dalla stessa scatola, anche questa bagnata: anche questa vuota. Due vuote. *Donc. D'accord.* Fortier, come un filosofo, diede consigli contro la delusione o il danno di una frustrazione – lui e Marathe avevano detto spesso che le esposizioni dell'Intrattenimento da parte degli Flq. con l'uomo di cartone sulla sedia a rotelle erano solo un imbroglio, terrorismo. Il fatto che gli espositori rappresentassero uomini sulle sedie a rotelle, un vero e proprio colpo ai testicoli degli Afr, venne ignorato. Gli Afr volevano solo ritornare in possesso di questa copia dell'Intrattenimento. E anche, soprattutto, stabilire: forse anche la copia di DuPlessis era stata copiata? Questa era il vero obiettivo: una cartuccia Master[301]. A differenza degli Flq, *Les Assassins des Fauteuils Rollents* non erano interessati al ricatto o alle estorsioni cartografiche in rappresaglia per la Convessità. E neanche nella re-Riconfigurazione dell'Onan e neppure nel dissolvimento della sua carta costituzionale. Gli Afr erano interessati soltanto a una specie di *frappe* testicolare agli interessi degli Usa che avrebbe reso il Canada del tutto indisposto ad affrontare la rappresaglia statunitense che ne sarebbe seguita – se gli Afr potevano entrare in possesso, copiare e disseminare l'Intrattenimento, Ottawa non solo avrebbe permesso al Québec di secedere, ma addirittura gli avrebbe imposto di affrontare con i suoi mezzi la rabbia di un vicino ferito dalla propria incapacità di dire *Non* ai piaceri fatali[302].

Fortier pregò gli Afr di continuare la ricerca con metodo. Alcuni volontari piú giovani vennero spinti a rotazione nella stanza del ma-

gazzino per vedere le varie serie di cartucce. A parte qualche bistic-
cio sulla pornografia portoghese, la rotazione procedette con valore
e rispetto. I cadaveri involtati nella plastica cominciarono a gonfiarsi, ma la plastica manteneva adeguate condizioni igieniche per la visione delle numerose cartucce nello sgabuzzino. La ricerca e l'inventario procedevano in modo lento e accurato.

M. Fortier dovette assentarsi per un certo periodo nel bel mezzo
della ricerca per sovrintendere alle operazione nel Sudovest, poiché si
pensava che quel parente dell'*auteur* (cosí diceva Marathe) sapesse qualcosa o addirittura fosse in possesso di una copia duplicabile. C'era motivo di pensare che M. DuPlessis avesse ricevuto le sue copie originali
da questo parente, un atleta. Marathe pensava che l'Usbss pensasse che
questa persona poteva essere responsabile per gli episodi di Berkeley e
Boston, Usa. L'operativo sul campo degli americani, con le sue protesi, stava attaccato a questa persona come un cattivo odore.

La nazione Usa trattava le persone sulle sedie a rotelle con la sollecitudine che è la debole sostituta del rispetto. Come se lui, Fortier, fosse un bambino malaticcio. Gli autobus si abbassavano, delle rampe lisce fiancheggiavano le scale, gli inservienti lo spingevano sugli aerei sotto gli sguardi pieni di sollecitudine di quelli che si reggevano sulle
proprie gambe. Fortier possedeva delle gambe che poteva attaccare ai
moncherini, erano fatte di resine polimere color carne e i loro circuiti
interni rispondevano agli stimoli neurali dai moncherini, e con l'aiuto
di stampelle di metallo assicurate i polsi gli permettevano la parodia di
una specie di perambulazione. Ma Fortier usava le protesi raramente,
comunque non negli Usa, e mai quando doveva muoversi in pubblico.
Preferiva la condiscendenza, la pretesa di una «sensibilità» istituzionale per il suo «diritto» di «uguale accesso»; affilava la lama del suo
scopo. Come tutti loro, Fortier era disposto a sacrificarsi.

14 NOVEMBRE

ANNO DEL PANNOLONE PER ADULTI DEPEND

Dopo tanto tempo senza che le importasse di nulla, ora che le importava di qualcuno era scivolata in una preoccupazione ossessiva, da
sobria. Un paio di giorni prima della rissa in cui Don Gately si era
fatto male, Joelle aveva cominciato a preoccuparsi ossessivamente dei
suoi denti. Fumare la cocaina freebase mangia i denti, corrode i denti, attacca direttamente lo smalto. Chandler Foss le aveva spiegato
tutto a cena, mostrandole i suoi monconi corrosi. Ora teneva nella

sua borsa latina di tessuto uno spazzolino da viaggio e un dentifricio costoso con azione rivitalizzante dello smalto e anticorrosiva. Molti residenti della Ennet House che avevano toccato il fondo con la pipa di vetro non avevano denti o ce li avevano neri, quasi disintegrati; la vista dei denti di Wade McDade o Chandler Foss faceva venire la pelle d'oca a Joelle piú di ogni altra cosa che vedeva o sentiva durante gli incontri. Quel dentifricio poteva essere acquistato come medicinale da banco solo da poco, ed era decisamente troppo potente e caro per la pulizia dentale dei fumatori medi.

Mentre è sdraiata su un fianco vicino al lettino vuoto di Kate Gompert, il bordo del velo stretto tra cuscino e mascella, con Charlotte Treat che dorme con la luce accesa dall'altra parte della stanza, Joelle sogna che Don Gately, illeso e con un accento del Sud, si sta occupando dei suoi denti. Ha una mascherina di un bianco dentale e canticchia dolcemente, le sue grandi mani sono abili quando prende gli strumenti dal vassoio luccicante che si trova al lato della sedia. La sua sedia da dentista è reclinata indietro, la sua faccia rivolta verso quella di lui, le gambe strette e allungate davanti a lei. Gli occhi del Dott. Don hanno un'espressione gentile ma distratta, preoccupata per i suoi denti; e le sue grosse dita, quando mette le cose nella sua bocca per tenerla aperta, sono senza guanti e sanno di caldo e di buono. Perfino la luce sembra sterilizzata e pulita. Non c'è nessun assistente; il dentista è solo, piegato su di lei, e canticchia mentre lavora. La sua testa è massiccia e vagamente quadrata. Nel sonno lei è preoccupata per i suoi denti e sente che Gately condivide la sua preoccupazione. Le piace che lui non chiacchieri e che probabilmente non sappia neanche il suo nome. C'è pochissimo contatto visivo. Lui è completamente impegnato con i suoi denti. È lí per aiutarla, se è possibile, questo è il messaggio che le invia con il suo comportamento. La sua mascherina è attaccata a una catenina di palline di acciaio e non potrebbe essere piú bianca, alla sua testa è attaccato con una fascetta un disco di metallo lucido che gli sta proprio sopra gli occhi, è uno specchietto minuscolo di acciaio inossidabile, pulito come gli strumenti del vassoio; la sensazione di calma docile e fiduciosa del sogno è minata solo dalla vista della faccia di lei nello specchietto, il disco è come un terzo occhio nella fronte ampia e pulita di Gately: perché lei riesce a vedere la sua faccia, convessa e distorta nello specchio e devastata da anni di cocaina e di mancanza di cure, la faccia con gli occhi di fuori e le guance scavate, delle ombre nere sotto le orbite; e mentre le grosse dita calde del dentista le tengono indietro le labbra, lei vede nello specchio sulla testa di lui una lunga serie di denti canini, affusolati e aguzzi, e dietro altre file di canini, di riserva. Le innumerevoli file di denti sono tutte aguzze e forti e non

annerite ma hanno le punte di un rosso strano, come di sangue rag-
grumato, i denti di una creatura che sbrana la carne. Questi sono denti che hanno fatto cose di cui lei non sa niente, cerca di dire con le dita nella bocca. Il dentista mormora qualcosa, mentre li osserva. Nel sogno Joelle guarda in su nello specchio dentale sulla fronte di Don Gately
e viene presa dalla paura per i suoi denti, un vero e proprio terrore, e
quando la sua bocca aperta si apre ancora di piú per urlare di paura,
nel piccolo specchio rotondo lei vede solo una serie infinita di denti
macchiati di rosso che si allontanano verso una gola nera e profonda,
e l'immagine di queste file di denti nello specchio oscura la facciona
buona del dentista che continua a lavorare con uno strumento e le assicura che questi possono essere salvati.

Poi, prima che Fortier riuscisse a tornare al negozio smantellato,
trovarono una terza cartuccia con uno smile stampato a rilievo e una
frase che incoraggiava l'inseguimento della felicità, e, dopo alcune dolorose perdite, si erano assicurati la cartuccia *samizdat* dell'Intrattenimento che era stata rubata alla morte di DuPlessis.

La storia venne raccontata a Fortier. Era arrivato il turno del giovane Desjardins nella visione a rotazione, e si era seduto nello sgabuzzino con il giovane Tassigny nelle prime ore del mattino a visio-
nare le cartucce non catalogate che avevano trovato nei sacchi della
spazzatura nello stesso stanzino in cui continuavano a gonfiarsi i cadaveri degli Antitoi. Solo alcuni minuti prima Desjardins si era lamentato per il tempo perso con le cartucce del coffre d'amas.

Tassigny, che era stato nella stanza del deposito con Desjardins,
fu salvato dal bisogno di lasciare la stanza per cambiare il sacchetto
della sua colostomia parziale. Ma, come aveva raccontato Marathe,
avevano perso Desjardins e anche il piú anziano e prezioso Joubet,
che ignorando gli ordini si era spinto nello sgabuzzino per vedere come mai Desjardins non mandava fuori dei nastri per poterne vedere
altri. Li avevano persi tutti e due. Non ne avevano persi di piú solo
perché qualcuno aveva pensato di svegliare Broullîme, che Fortier
aveva istruito con cura sulle procedure da seguire nel caso fosse stato trovato il vero Intrattenimento durante queste visioni. Ma due erano stati perduti – Joubet, il cavallo da soma con la barba rossa che si
divertiva a impennare la sedia a rotelle, e il giovane Desjardins, cosí
pieno di idealismo e cosí giovane da sentire ancora il dolore fantasma
nei moncherini. Rémy Marathe gli aveva raccontato che i due erano
stati messi a loro agio, e gli era stato permesso di rimanere nello sgabuzzino chiuso a chiave e guardarsi di continuo l'Intrattenimento, e
non si erano sentiti rumori dietro quella porta se non quando le sen-

tinelle udirono grida di impazienza mentre il lettore riavvolgeva il nastro. Marathe aveva raccontato che avevano rifiutato di uscire per acqua e cibo, e Joubet – che era diabetico – per l'insulina. M. Broullîme pensava che ormai dovesse essere una questione di ore per Joubet, forse un giorno o due per Desjardins. Fortier aveva detto tristemente «Bof» e si era stretto nelle spalle: tutti sapevano dei sacrifici che sarebbero stati necessari: tutti i gruppetti si erano presi un rischio casuale nella visione a rotazione.

Al ritorno di Fortier, Marathe gli comunicò anche la cattiva notizia del ritrovamento: non c'era ancora bisogno di un duplicatore superveloce: la copia ritrovata era Read-Only[303].

Fortier ricordò filosoficamente agli Afr che era incoraggiante sapere che un Intrattenimento con un tale potere esisteva davvero, ed era loro, e ben lungi dal far crollare le speranze di assicurarsi la copia Master, questo doveva aumentare il loro coraggio e la loro forza d'animo per arrivare ad assicurarsi il Master originale, la cartuccia dell'*auteur*, dalla quale tutte le copie Read-Only erano state presumibilmente copiate.

Cosí, disse, ora arrivava il compito piú arduo e rischioso di fare delle interviste tecniche alle persone che in qualche modo erano state collegate con l'Intrattenimento e localizzare la copia Master duplicabile del produttore originale. Niente avrebbe valso il rischio se non avessero stabilito proprio ora, attraverso il sacrificio eroico di Joubet e di Desjardins, che lo strumento per portare alla sua finale conclusione la logica autodistruttiva dell'Onan era ormai alla portata delle loro capaci mani.

Fortier diede numerosi ordini. Il plotone degli Afr rimase nel negozio chiuso degli Antitoi, dietro la tenda trilingue sulla vetrina. La sorveglianza dell'odiato *bureau centrale* dell'Flq nell'indisciplinata casa sulla Rue de Brainerd di Allston, quella venne sospesa, il personale degli Afr richiamato e ricollocato nel negozio requisito di Inman Square, dove Fortier e Marathe e M. Broullîme coordinavano le fasi di attività della prossima e piú ardua e indiretta fase, rivedendo anche le tattiche.

I colleghi e i parenti del defunto *auteur* erano tenuti sotto continua sorveglianza. La loro concentrazione in un luogo lo rendeva un compito facile. Era stato arruolato un impiegato della Enfield Tennis Academy che si era unito all'istruttrice canadese e allo studente già infiltrati per sorvegliare ancora piú strettamente. Nel Deserto, la temibile M.lle Luria P—— stava guadagnandosi i necessari consensi con la sua abituale alacrità. Una fonte molto costosa nell'ex reparto del Soggetto all'interno della Mit University aveva dato notizie sull'ultimo posto di lavoro conosciuto della probabile attrice dell'Intrattenimento – la piccola stazione radio di Cambridge che Marathe e Beausoleil avevano pronunciato *Weee* – dove aveva indossato il velo della deformità dell'Onan.

Si doveva concentrare l'attenzione sull'attrice della cartuccia e sull'Accademia di Tennis dell'*auteur*. Il fatto che i giocatori dell'Accademia dovessero giocare contro una selezione provinciale del Québec avrebbe potuto essere sfruttato meglio se gli Afr avessero avuto un giocatore di tennis dotato di talento e delle estremità inferiori. Alcune fonti di stanza a Papineau stavano indagando sulla composizione e il viaggio della squadra del Québec.

Il giorno del ritorno di Fortier era stato anche acquisito l'ingegnere tecnico della radio che lavorava al programma dell'attrice, questo per mezzo di una operazione pubblica ma poco rischiosa il cui successo aveva aumentato le speranze per l'acquisizione di persone piú direttamente collegate con l'Intrattenimento nella fase successiva. Questa persona della radio Usa aveva divulgato tutto quello che diceva di sapere alla sola descrizione delle procedure di un'intervista tecnica. Marathe, il migliore giudice laico della veridicità americana della cellula, credeva nella veridicità dell'ingegnere; ma nonostante tutto si era proceduto con un'intervista tecnica formale, giustificata dal bisogno di una verifica. La versione del giovane coperto di eruzioni si era rilevata coerente ben due livelli sopra la sopportazione media degli uomini Usa, la sola variante riguardava curiose affermazioni sul fatto che al Massachusetts Institute of Technology fossero scarsi a letto.

Oggi quindi Fortier in persona, e Marathe, il giovane Balbalis, R. Ossowiecke – tutti quelli che parlavano meglio l'inglese – stavano facendo il giro di tutti i centri di riabilitazione per Problemi-con-le-Sostanze negli ospedali, istituti psichiatrici, e *demi-maisons* entro un raggio di 25 km. Si erano anche preformulate le procedure necessarie per espandere il raggio dell'inchiesta per fattori di due e tre, riunite le squadre, provati i metodi d'azione. Poi Joubet e Desjardins erano morti ed erano stati trasportati a nord su un camioncino insieme ai resti dei resti degli Antitoi. Allo studente Usa di Radioingegneria, la veridicità delle cui limitate affermazioni sulla posizione del Soggetto era stata verificata da Broullîme entro il limite di +/-(0,35) di certezza toccato molto prima di raggiungere livelli di interrogatorio incompatibili con la continuazione dell'esistenza fisica, erano state accordate varie ore per riprendersi, poi era entrato in servizio come primo Soggetto per le verifiche sul campo della portata motivazionale della cartuccia del *samizdat*. La stanza del deposito venne di nuovo utilizzata per questo. La testa gli venne immobilizzata con dei lacci, e il Soggetto per la verifica aveva preso visione dell'Intrattenimento due volte, senza l'applicazione di nessuna indagine motivazionale. Per l'indagine nel grado della motivazione che la cartuccia induceva, M. Broullìme si era spinto dentro la stanza del deposito bendato, con in mano una sega ortopedica, e aveva informato il Soggetto del test che, a partire da ora, ogni visione successiva dell'Intrattenimento avrebbe avuto il prezzo di un dito preso dalle estremità del Soggetto. E aveva anche consegnato al Soggetto la sega ortopedica in questione. La spiegazione di Broullìme a Fortier era che in questo modo sarebbe stato possibile creare una matrice per calcolare il rapporto statistico tra (n) il numero delle volte che il Soggetto riguardava l'Intrattenimento e (t) la quantità del tempo che impiegava per decidere di tagliarsi un dito per ogni visione successiva (n + I). Lo scopo era confermare con sicurezza statistica che il desiderio del Soggetto di vedere e rivedere era insaziabile. Non ci poteva essere nessun indice di diminuzione della soddisfazione come nelle econometrie degli oggetti di uso quotidiano negli Usa. Perché il fascino dell'Intrattenimento del *samizdat* fosse macropoliticamente letale, il nono dito delle estremità doveva essere tagliato con la stessa velocità e la stessa intensità di volontà del secondo. Personalmente Broullìme era un po' scettico su questa cosa. Ma questa era la funzione di Broullìme nel gruppo: la competenza combinata con uno scetticismo *de coeur*.

Poi naturalmente si sarebbe reso necessario un numero maggiore di Soggetti per la verifica sul campo, per provare che le risposte di questo Soggetto non fossero puramente soggettive e tipiche solo di una certa sensibilità di consumatore di intrattenimento. Il finestrino dell'autobus rendeva di Fortier un'immagine sfocata, spettrale, e attraverso quell'immagine sfocata le luci della vita della città fuori dall'autobus. La persona responsabile dell'amministrazione della Phoenix House a Somerville, Massachusetts, Usa, aveva ascoltato lo sfogo di Fortier dimostrando una grande compassione, poi aveva spiegato con pazienza che non potevano ammettere tossicodipendenti che non fossero di madrelingua inglese. *D'accord*, anche se finse delusione. Fortier era riuscito a vedere i tossicodipendenti ammessi alla Phoenix House che si riunivano nel salotto fuori dalla porta dell'ufficio: nessuno di loro indossava un velo che gli nascondesse la faccia, e cosí *c'est ça*. In questo momento quattro piccole squadre si stavano spingendo per le stradine e i vicoli dello spiacevole quartiere in cui si trovava l'edificio degli Antitoi, con lo scopo di acquisire altri Soggetti per M. Broullìme per quando il Soggetto avesse speso tutte le sue dita. Per andare bene i Soggetti dovevano essere abbastanza passivi e indifesi per essere acquisiti in pubblico senza troppo rumore, e comunque non dovevano avere danni cerebrali né dovevano trovarsi sotto l'effetto dei molti composti tossici popolari in quel quartere. Gli Afr erano ben addestrati a essere pazienti e disciplinati.

L'autobus che fa il servizio in direzione sud, vuoto e (cosa che detestava) illuminato da una luce fluorescente, sale su per una collinetta vicino a Winter Park, a nord di Cambridge, diretto verso le piazze Inman e Central. Fortier guarda fuori le luci che passano. Sente col naso che sta arrivando la neve; nevicherà presto. Vede nella sua immaginazione i due terzi della piú grande città urbana del Nord-Nordest inerti, in una trance sibaritica, fermi a guardare, senza nessun movimento corporeo, irremovibili da casa, a smerdare i loro divani e le loro sedie reclinabili. Vede le torri striate dei palazzi di uffici e appartamenti di lusso, perché in due piani su tre le luci sono spente e appaiono terribilmente neri. Qua e là il tremolio bluastro dei costosi apparecchi digitali brilla attraverso le finestre buie. S'immagina M. Tine che tiene la mano che tiene la penna del Presidente J. Gentle mentre il Presidente dell'Onan firma la dichiarazione di Guerra. S'immagina il leggero tintinnio delle tazze da tè in mani tremanti nei santuari interni del santuario del potere di Ottawa. Si aggiusta il bavero del giaccone sopra la maglia e si liscia i capelli ondulati che tendono a gonfiarsi, piú secchi, intorno alla calvizie. Guarda la nuca dell'autista dell'autobus mentre l'autista guarda diritto davanti a sé.

Ovviamente le cinesine erano leggerissime e non avevano offerto nessuna resistenza, erano volate da parte come bambole, i loro sacchi invece erano pesanti come un tesoro, difficili da portare; ma quando Lenz aveva girato a sinistra giú per il vicolo che andava da nord a sud aveva tenuto davanti a sé i sacchetti con le maniglie intrecciate, cosí che il loro peso quasi lo trascinasse avanti. I vicoli cruciformi attraverso gli isolati tra la Central e la Inman nella Little Lisbon erano una specie di seconda città. Lenz correva. Il respiro gli veniva bene e si sentiva dalla testa ai piedi. Cassonetti verdi e rossoverdi erano allineati lungo i muri e rendevano stretto il passaggio. Saltò due figure color kaki sedute a terra nel vicolo che si stavano dividendo una lattina di Sterno. Scivolò nell'aria malsana tra quei due, intoccato. I rumori dietro di lui erano l'eco dei suoi passi sul ferro dei cassonetti e delle scale antincendio. Sentiva un dolore piacevole alla mano sinistra perché teneva sia il manico di un sacchetto sia il suo libro a grossi caratteri. Un cassonetto piú avanti era stato attaccato a un camion dell'Ewd ed era stato lasciato in quel modo: ora di pausa. I ragazzi dell'Empire avevano un sindacato incredibile. Dietro una sbarra del predellino una piccola luce blu tremò e poi si spense. Questo succedeva una dozzina di cassonetti piú avanti. Lenz rallentò fino ad andare a passo svelto. Il giaccone gli era scivolato leggermente dalle spalle ma non aveva una mano libera per rimetterlo a posto e non voleva perder tempo a posare un sacchetto per terra. Sentiva un crampo alla mano sinistra. Erano circa intorno alle 2224h e le 2226h. Il vicolo era buio come il fondo di una tasca. Da qualche parte a sud nella ragnatela di vicoli si sentí un lieve fracasso che era Povero Tony Krause che gettava un bidone di latta tra i piedi di Ruth Van Cleve che ci inciampava contro. La piccola fiamma blu si riaccese, rimase ferma, tremolò, si mosse, si fermò di nuovo, e si spense. Il suo bagliore era blu scuro contro il retro dell'enorme camion dell'Ewd. I camion della Empire erano inespugnabili, i predellini avevano valore ma erano chiusi con un aggeggio Kryptonite che si tagliava solo con gli attrezzi da saldatore. Si sentivano rumori venire da dietro i predellini. Quando l'accendino si accese di nuovo Lenz gli era quasi addosso, due ragazzi sul predellino e due ragazzi accovacciati davanti a loro, erano quattro, una scala antincendio estesa e sospesa sopra di loro. Nessuno dei ragazzi doveva avere piú di dodici anni. Usavano una bottiglia di M. Fizzy invece di una pipa, e c'era un odore di plastica bruciata misto all'odore dolciastro e nauseante del crack troppo tagliato con anidride carbonica. I ragazzi erano tutti piccoli di statura e magrolini e o neri o portoricani, tutti avidamente curvi sulla fiamma; sembravano topi. Lenz li tenne sotto controllo con la coda dell'occhio mentre gli passava accanto a passo svelto, le borse in mano, la schiena diritta a comunicare la dignità di uno scopo. La luce si spense. I ragazzi sul predellino adocchiarono le borse di Lenz. I ragazzi accovacciati girarono la testa per guardare. Lenz li teneva sotto controllo con la coda dell'occhio. Nessuno di loro aveva un orologio. Uno portava un cappellino di maglia e lo guardava fisso. Con lo sguardo incontrò l'occhio sinistro di Lenz, piegò le dita a fare una pistola, fece finta di prendere la mira. Come se stesse recitando per gli altri. Lenz gli passò accanto con dignità urbana, come se li vedesse e non li vedesse. L'odore era quello intenso e molto caratteristico, locale, del crack e della bottiglia. Dovette compiere una curva per non sbattere contro lo specchietto laterale del camion dell'Empire. Li sentí dire qualcosa mentre la griglia del camion cadeva per terra dietro, poi una risata scortese e qualcosa detto nella lingua di una minoranza che non conosceva. Sentí la pietrina dell'accendino. Pensò dentro di sé Rottinculo. Stava cercando un posto solitario e un po' piú illuminato per vedere cosa c'era dentro le borse. E piú pulito di questo vicolo che puzzava di spazzatura marcia e di carne in decomposizione. Avrebbe separato la roba di valore dalla roba non di valore e avrebbe messo tutta la roba di valore in una borsa sola. Avrebbe venduto i valori non negoziabili a un ricettatore di Little Lisbon per riempire la cavità nel suo dizionario medico, e avrebbe comprato un paio di scarpe piú belle. Nel vicolo non c'erano gatti e roditori; non si fermò a riflettere perché. Un sasso o un pezzo di mattone, gentile concessione dell'associazione di drogati juniores là dietro, gli cadde proprio dietro e schizzò via e andò a sbattere contro qualcosa, e qualcuno gridò forte, una figura asessuata sdraiata contro una sacca da viaggio o uno zaino, appoggiata contro un cassonetto con una mano che si muoveva furiosamente all'altezza dell'inguine e i piedi allungati in direzione del vicolo e puntati all'infuori come i morti, le scarpe spaiate, i capelli una massa aggrovigliata attorno alla faccia, e alzò gli occhi a guardare Lenz che gli passava accanto nell'inizio di luce flebile che veniva dall'incrocio con un vicolo piú largo, piú avanti, e sussurrò dolcemente qualcosa che a Lenz sembrò una cosa tipo «Carino, carino, carino» mentre lui passava sopra le sue gambe che puzzavano di marcio. Lenz sussurrò tra sé e sé «Gesú, quanti fottuti bastardi *falliti* del cazzo».

«Nel nostro culto si bruciavano i soldi come carburante».
«Vuoi dire banconote».
«Si usavano i pezzi da Uno. Il Semidivino predicava il risparmio. Li portavamo da Lui alla stufa. C'era una stufa. Li dovevamo portare a Lui in ginocchio e nessuna parte dei nostri piedi doveva assolutamente toccare il pavimento. Lui stava seduto vicino alla stufa con le nostre coperte e ci buttava dentro i nostri pezzi da Uno. Ci guadagnavamo una pacca extra se la banconota era nuova».
«Vuoi dire nuova di zecca».
«Era una purificazione. C'era sempre qualcuno che suonava un tamburo».
«Il Capo della nostra setta, il Prescelto dalla Divinità, andava in giro con una Rolls. In folle. Lo spingevamo da qualsiasi parte venisse Chiamato. Non l'accendeva mai. La Rolls. Mi ero fatto dei muscoli pazzeschi».
«Poi in estate ci facevano strisciare sulla pancia. Dovevamo abbracciare la nostra natura di serpenti. Era una purificazione».
«Proprio come strisciare per terra».
«Strisciare davvero. Prendevano delle funi e ci legavano le braccia e le gambe».
«Spero che non fosse del filo spinato».
«Poi finalmente mi sentii troppo purificato per rimanere».
«Vuoi dire troppo puro, riesco a Identificarmi completamente».
«C'era troppo amore da prendere».

«Sento l'Identificazione dappertutto, è come—»

«Oltretutto ero arrivato a tre bustine al giorno, alla fine».

«Poi le Squadre dell'Amore del Prescelto dalla Divinità ci face-vano tagliare la legna con i denti quando faceva freddo. Quando era sotto zero in inverno».

«I tuoi ti hanno fatto tenere i denti?»

«Solo quelli per masticare. Vedi?»

«Cazzo».

«Solo quelli per masticare».

Rémy Marathe era seduto con il velo e la coperta sulle ginocchia nel salotto troppo affollato dell'incontro della sera alla Ennet, la Casa per il Recupero da Droga e da Alcol, l'ultima *demi-maison* della sua porzione di lista per oggi. Le colline di Enfield alta erano di una difficoltà *de l'infere*, ma la *demi-maison* per fortuna aveva una rampa. Nell'Ufficio una persona di autorità stava facendo dei colloqui per occupare alcuni posti resi vacanti di recente, la porta chiusa a chiave dell'ufficio era visibile dal posto in cui era seduto. Marathe e gli altri furono invitati a sedersi in salotto con una tazza di caffè sgradevole. Fu invitato a fumare se voleva. Tutti gli altri fumavano. Il salotto puzzava come un posacenere, e il soffitto era giallo come le dita di un fumatore incallito. Anche di sera il salotto assomigliava a un formicaio stuzzicato con un bastoncino; era troppo pieno di gente, tutti inquieti e chiassosi. C'erano pazienti della *demi-maison* che guardavano una cartuccia di un incontro di arti marziali, ex pazienti e persone della zona alta di Enfield che dividevano gli stessi divani e conversavano tra loro. Una donna impedita, anche lei su una *fauteuil de rollent* come Marathe, era accasciata *inutile* vicino al visore delle cartucce, mentre un uomo di un pallore spettrale mimava i calci e i colpi dell'arte marziale in direzione della sua testa immobile, cercando di farla muovere o gridare. C'era anche un uomo senza mani e senza piedi che cercava di scendere le scale. Altre persone, probabilmente tossicodipendenti, stavano aspettando nella stanza per cercare di essere ammessi alla Casa di Recupero. Nella stanza c'erano rumore e caldo. Marathe sentí vomitare sui cespugli fuori della finestra uno di quelli che cercavano di essere ammessi. Marathe aveva messo il fermo alla sedia vicino al braccio di un divano e proprio davanti a una finestra. Gli sarebbe piaciuto che la finestra fosse piú aperta di uno spiraglio. Sulla moquette di un colore indefinito c'era un uomo che sembrava tormentato che stava scappando come un gambero mentre due hooligan vestiti di pelle gli saltavano addosso crudelmente. C'era gente che leggeva i fumetti e si tingeva le unghie delle mani e dei piedi. Una donna con i capelli phonati si portò il piede alla bocca per soffiarsi sulle dita. Gli sembrò che un'altra ragazzina si togliesse un occhio e se lo mettesse in bocca. Nessun altro nella sala portava il velo dell'organizzazione Udri dell'attrice dell'Intrattenimento. Il puzzo delle sigarette Usa penetrava attraverso il suo velo e faceva lacrimare gli occhi di Marathe, e pensava che avrebbe anche vomitato. C'erano altre due finestre aperte, ma nella stanza mancava l'aria.

Per tutto il tempo che rimase là seduto molte persone si avvicinarono a Marathe per sussurrargli «Fai le carezze ai cani». Oppure «Non dimenticarti di carezzare i cani». Nella sua conoscenza dell'idioma Usa Marathe non aveva mai incontrato questa espressione idiomatica.

Gli si avvicinò anche una persona con la pelle della faccia che sembrava che si stesse decomponendo e gli chiese se lui, Marathe, era stato *mandato dal tribunale*.

Marathe era una delle poche persone che non fumava. Notò che nessuna delle persone nella stanza sembrava guardare il velo che aveva sopra la faccia come se fosse qualcosa di inusuale o curioso. Il vecchio giaccone che portava sopra un maglione a collo alto di Desjardin gli dava un aspetto piú formale degli altri che avevano fatto domanda di ammissione. C'erano due pazienti attuali della *demi-maison* Ennet House che avevano la cravatta, comunque. Marathe continuava a far finta di starnutire; non sapeva perché. Era seduto vicino a un divano di finto velluto e sull'estremità accanto a lui erano sedute due donne che prima avevano cercato di curarsi dalla dipendenza entrando in certe sette religiose e ora che si erano conosciute stavano parlando delle loro esistenze infelici in quelle sette.

A chiunque si avvicinasse Marathe recitava con diligenza le righe di presentazione che lui e M. Fortier avevano buttato giú velocemente: «Buonasera, sono un tossicodipendente e sono impedito fisicamente, sto richiedendo di essere ammesso come residente in cura per la dipendenza, disperatamente». Le risposte della gente a queste righe di presentazione erano difficili da interpretare. Uno dei due uomini piú anziani con la cravatta che gli si era avvicinato, gli aveva dato un buffetto sulla guancia e aveva risposto: «Oh, che bello, sono contento per te», e Marathe aveva notato un certo sarcasmo. Le due donne con l'esperienza nelle sette erano piegate l'una verso l'altra sul divano ed erano molto vicine. Non facevano che toccarsi le braccia in una specie di eccitazione durante la conversazione. Quando ridevano divertite sembravano masticare l'aria. Nella risata di una si sentiva anche un suono tipo sbuffo. Un acciottolio di tegami e due strilli: venivano da una parte in fondo al salotto, sullo stesso piano della *demi-maison* c'era una grande cucina. I rumori furono poi seguiti da un nuvola di vapore che venne fuori, con oscenità ripetute di persone invisibili. La risata di un uomo nero, grosso e calvo con una maglietta di cotone bianca diventò una tosse che non smetteva piú. I due pazienti in cravatta e la ragazza che si poteva togliere l'occhio parlavano intensamente e udibilmente in fondo a un altro divano.

«Ma considera questa possibilità di essere trasportabile nei confronti, diciamo, di una macchina. La macchina è portatile? Se si pensa a una macchina forse è piú giusto dire che *io* sono portatile».

«Sono portatili quando sono su uno di quei rimorchi dove si mettono le macchine nuove tutte in fila con il prezzo sul finestrino e ce ne sono circa una dozzina su quei rimorchi del cazzo che dondolano per tutta la strada sulla I-93, e sembra sempre che le macchine comincino a cadere giú sulla strada quando ti viene l'idea di sorpassarli».

Quello grasso che aveva fatto l'ironico con Marathe, lui annuiva: «Oppure, diciamo, nei confronti di un carro attrezzi o di un carro gru, se hai un guasto. Si potrebbe dire che una macchina disattivata può essere portatile, ma nei confronti di una macchina che funziona sono io che sono portatile».

L'annuire della ragazza le fece ruotare orribilmente l'occhio nell'orbita. «Questa mi torna, Day».

«Se si vogliono mettere i puntini sulle i riguardo alla parola *portatile*, questo è quanto».

L'altro uomo si strusciava continuamente le scarpe con un fazzolettino di carta, tanto che la sua cravatta toccava il pavimento.

Questi che parlavano formavano una triade su un divano di plastica color pelle che pendeva tutto dall'altra parte della stanza, in cui ora c'era ancora meno aria per il vapore che si era infiltrato dalla cucina. Proprio di fronte a Marathe su una sedia gialla appoggiata contro il muro vicino a quelli che parlavano sul divano c'era un tossicodipendente che sperava di essere ammesso per essere curato. Sembrava avere tante sigarette accese contemporaneamente. Teneva in grembo un posacenere di metallo e dondolava con vigore lo stivale della gamba accavallata. Per Marathe non era difficile ignorare il fatto che il tossico lo stesse fissando. Lo aveva notato, e non capiva cosa avesse l'uomo da guardare, ma non ne era preoccupato. Marathe era pronto a morire di morte violenta in qualsiasi momento, il che lo rendeva libero di scegliere tra le emozioni. M. Steeply del Bss statunitense aveva verificato che gli statunitensi non riuscivano a capire questa cosa e non l'apprezzavano; era un qualcosa di estraneo a loro. Il velo concedeva a Marathe la libertà di fissare a sua volta il tossicodipendente senza che l'uomo lo sapesse, e Marathe scoprí che questa cosa gli piaceva. Marathe si sentiva male per il fumo della stanza. Una volta Marathe, quando era bambino, con le gambe, si era messo

in ginocchio e aveva rivoltato un ceppo che stava marcendo nella foresta della regione del Lac des Deux Montaignes della sua infanzia a
quattro arti, prima di *Le culte du prochain train*[304]. Il pallore delle cose che si dimenavano e si muovevano sotto il ceppo bagnato era lo
stesso pallore di questo tossico, che aveva una striscia quadrata di peluria facciale tra il labbro inferiore e il mento e una spilla infilata nella carne in cima a un orecchio, e questa spilla luccicava e non luccicava in rapida successione quando vibrava insieme al dondolio dello
stivale. Marathe lo fissava con calma attraverso il velo mentre si ripassava nella testa le poche parole che si era preparato. Sarebbe piú
giusto dire che la spilla dondolava in simpatia con il dondolio dello
stivale, che era nero opaco e con il tacco quadrato, lo stivale da mo-
tocicletta di quelli che non avevano la moto ma che portavano gli stivali di quelli che ce l'avevano.

Il tossicodipendente si alzò lentamente e portò con sé il posacenere fumante mentre si avvicinava a Marathe cercando di inginocchiarsi. I suoi blue jeans Levi's 501 erano stranamente bucati e sfilacciati in alcuni punti e lasciavano intravedere il pallore delle sue ginocchia; dalla taglia e dal perimetro dei buchi Marathe capí che erano
stati fatti da una pallottola di grosso calibro sparata da una pistola.
Marathe stava memorizzando mentalmente ogni dettaglio di tutte le
cose, per i suoi due rapporti. Il tossicodipendente che si era inginocchiato di fronte a lui si piegò in avanti avvicinandosi di piú, mentre
cercava di togliersi qualcosa che credeva di avere sul labbro. Da vicino dovette correggere la sua impressione sugli occhi dell'uomo, se attraverso il velo gli era sembrato che lo fissassero, ora vedeva chiaramente che i suoi occhi avevano la vuota intensità di chi è morto di
morte violenta.

L'uomo sussurrò: «Sei vero?» Marathe guardò attraverso il velo
la sua faccia quadrata. «Sei vero?» sussurrò di nuovo l'uomo. Tutte
le volte si piegava sempre di piú in avanti, lentamente.

«Lo so che sei vero», sussurrò l'uomo. Guardò velocemente dietro di sé verso la stanza rumorosa prima di piegarsi ancora di piú. «Allora ascolta».

Marathe teneva con calma le mani in grembo, la sua pistola era
nella fondina attaccata al moncherino destro sotto la coperta. Le dita dell'uomo che sussurrava lasciavano dei pezzettini di sporco sulle
sue labbra.

«Questi poveri stronzi», l'uomo fece un gesto veloce indicando la
stanza, «la maggior parte di loro non sono veri. Stai attento al tuo
sei. La maggior parte di questi stronzi sono—: di metallo».

«Io sono svizzero», disse Marathe per vedere che effetto faceva.

Era la seconda frase di presentazione.

«Vanno in giro e ti fanno credere che sono vivi». Il tossicodipendente aveva quel modo di guardare tutto intorno a sé che Marathe associava alle spie professioniste. In uno dei suoi occhi era esplosa una vena. «Ma quella è solo la superficie», disse. Si sporse cosí avanti che Marathe riusciva a vedere i suoi pori attraverso il velo. «C'è un microstrato di pelle. Ma sotto c'è il metallo. La testa è piena di pezzi. Sotto uno strato organico che è microsottile». Gli occhi di chi è morto di morte violenta sono anche gli occhi di un pesce nel ghiaccio tritato di una bancarella, che studiano il niente. Il puzzo dell'uomo faceva venire in mente il bestiame in un giorno caldo, un puzzo caprino che s'imponeva anche sul fumo nella stanza. L'acido trans-3-metil-2exenoico era un prodotto, come gli aveva spiegato M. Broullîme per passare il tempo durante lunghi turni di sorveglianza, era un prodotto chimico che si trovava nel sudore di chi aveva delle gravi malattie mentali. Marathe, da parte sua, non ebbe problema a sincronizzare il suo respiro cosí da espirare insieme al tossicodipendente, che si era avvicinato ancora di piú.

«C'è un sistema per capirlo», disse. «Andarci proprio vicino. Proprio vicino vicino: si sente un ronzio. Microdebole. Questo ronzare. Sono i meccanismi del processore. È il loro difetto. Le macchine ronzano sempre. Sono macchine perfette. Possono abbassare il ronzio. Ma non riescono – non riescono – a eliminarlo».

«Sono svizzero, cerco di essere ammesso come residente per la cura, sono disperato».

«Non ci riescono, non sotto uno strato di tessuto microsottile». Se lo sguardo non fosse stato vuoto sarebbe stato sinistro, impaurito. Marathe si ricordò vagamente l'emozione della paura.

«Hai sentito cosa ha detto?» disse l'uomo ironico sul divano ridendo. «*Potabile* significa che si può bere. Non è neanche la stessa *radice*. Hai sentito quello che ha detto?»

Il fiato dell'uomo puzzava anche quello di acido trans-3-metilico. «Ti sto avvisando», sussurrò l'uomo. «Sono là per farti passare da stupido. Quelli veri come noi li fanno passare da *stupidi*. Il novantanove per cento delle volte». La pelle delle ginocchia attraverso i buchi nei blue jeans era del bianco dei cadaveri. «Ma tu, sono sicuro che sei vero». Indicò il velo. «Non c'è lo strato microsottile. Quelli di metallo – hanno le facce». Il fumo della sua sigaretta nel posacenere saliva con il movimento di un cavatappi. «Il che spiega come mai», toccandosi il labbro, «come mai quelli sulla metropolitana o nella strada – non ti fanno avvicinare. Prova. Non vogliono che tu ti avvicini. È il loro programma. Sanno come fare a sembrare impauriti e come di-

882 DAVID FOSTER WALLACE

re – offesi e si allontanano indietro e si spostano in un altro posto.
Quelli piú avanzati ti dànno perfino degli spiccioli, per stargli lontano. Prova. Vagli vicino – cosí – vicino». Marathe stava seduto calmo
dietro il velo, sentiva che il velo si muoveva per il fiato dell'uomo, e
aspettava paziente prima di inspirare. Le donne con l'esperienza nelle sette avevano annusato il puzzo del trans-3 e si erano spostate piú
lontano sul divano. L'uomo sorrise con una parte della bocca, a indicare l'allontanamento delle donne. Era cosí vicino che il suo naso
toccò il velo quando Marathe finalmente si decise a respirare. Marathe era pronto alla morte di ogni specie. L'odore era di trans-3-me-
til-2 e di formaggio digerito e di puzzo sotto le ascelle, e veniva dalla pelle della faccia. Marathe ignorò l'impulso di impalargli gli occhi
con due dita. L'uomo teneva la mano all'orecchio come a mimare il
fatto che stesse ascoltando da molto vicino. Il suo sorriso rivelò qualcosa che una volta dovevano essere stati i suoi denti. «Niente», sorrise. «Lo sapevo. Neanche un rumore».
    «Gli svizzeri, siamo persone tranquille, e riservate. Oltretutto ho
una deformità».
    L'uomo mosse la sigarette con impazienza. «Ascolta. Questo è il
motivo. Tu sei come me quando sono arrivato qui. Credevo fosse l'abitudine. Ti fanno passare da *stupido*». Si grattò il labbro. «Sono qui
per dirtelo. Ascolta. Tu non sei qui».
    «Sono emigrato qui dal mio paese natale, la Svizzera».
    Ancora sussurrando: «Non sei *qui*. Questi stronzi sono di *metallo*.
Noi – noi che siamo veri – non ce ne sono molti – ci stanno facendo
passare da *stupidi*. Siamo tutti in una stanza. Quelli veri. Per tutto il
tempo in una stanza. Tutto viene pro-iettato. Lo fanno con le macchine. Pro-iettano. Per farci passare da stupidi. Le figure sulle pareti
cambiano cosí noi pensiamo che ci stiamo muovendo. Qua e là, questo e quello. Non fanno altro che cambiare le pro-iezioni. È sempre lo
stesso posto, per tutto il tempo. Ti imbrogliano con le macchine per
farti credere che ti stai muovendo, che stai mangiando, che stai cucinando, che fai questo e quello».
    «Sono venuto qui disperato».
    «Il mondo vero è una stanza. Queste persone, cosiddette perso-
ne», di nuovo una metafora, «le conosci tutte. Le hai incontrate prima, centinaia di volte, con facce diverse. Ce ne sono 26 in tutto. Interpretano personaggi diversi, che tu credi di conoscere. Indossano
facce diverse con figure diverse che pro-iettano sulla parete. Mi hai
capito?»
    «Questa Casa di Recupero mi era stata molto raccomandata».
    «Mi segui? Conta. Una coincidenza? Ce ne sono 26 qui, contan-

do quello senza piedi sulle scale. Una coincidenza? Un caso? Queste sono le macchine che hanno interpretato tutti quelli che hai incontrato. Mi stai ascoltando? Ci stanno imbrogliando. Prendono le macchine nella stanza sul retro e fanno – come—»

La porta chiusa dell'Ufficio visibile dal salotto si aprí e un paziente tossicodipendente venne fuori con una persona responsabile che teneva in mano una cartellina. Il paziente tossicodipendente zoppicava ed era tutto piegato da una parte, anche se poteva essere giudicato un tipo attraente nello stereotipo del biondo della cultura dell'immagine Usa.

«—*li cambiano*. I sottili strati organici. Tutte le persone che conosci. Come si dice. Sono le *stesse macchine*».

«Lo straniero con dei problemi fisici e un nome impronunciabile!» disse la persona responsabile con la cartellina in mano.

«Mi hanno chiamato», disse Marathe, piegandosi per togliere i fermi dalle ruote della *fauteuil*.

«—perché mi trovo in questa pro-iezione, per avvisarti. In modo che tu sappia».

Marathe girò la *fauteuil* verso destra spingendo sulla fidata ruota sinistra. «Mi deve scusare perché devo chiedere di essere curato».

«Vacci proprio vicino».

«Buonanotte», disse. Gli sembrò che la donna *inutile* facesse un lieve fremito nella sua pesante *fauteuil* quando lui le passò accanto.

«Credi solamente di andare da qualche parte!» urlò il tossico, ancora mezzo inginocchiato.

Marathe si spinse il piú lentamente possibile fino al responsabile, tutto ingobbito nel giaccone e zigzagando pateticamente. La donna grossa con la cartellina in mano sembrò non fare caso al velo dell'Udri, il che era significativo. Marathe stese la sua grande mano per salutarla, facendola tremare. «Buonasera».

L'uomo che puzzava urlò ancora: «Ricordati di carezzare i cani!»

A Joelle un tempo piaceva molto farsi e poi pulire. Ora stava scoprendo che le piaceva solo pulire. Spolverò il piano del cassettone di fiberplastica che divideva con Nell Gunther. Spolverò la sommità ovale della cornice dello specchio del cassettone e pulí lo specchio come meglio poté. Usava dei Kleenex e l'acqua di un bicchiere vicino al letto di Kate Gompert. Stranamente non se la sentiva di mettersi calzini e zoccoli per andare giú in cucina a prendere la vera roba per pulire. Sentiva i rumori postincontro dei residenti e degli ospiti e di chi cercava di essere ammesso. Sentiva le loro voci nel pavimento. Quando l'incubo dei denti l'aveva fatta svegliare all'improvviso aveva la bocca aperta per urlare, ma l'urlo era di Nell G. giú nel salotto, che quando rideva sembrava sempre che la sventrassero. Nell aveva svuotato l'urlo di Joelle. Allora Joelle si era messa a pulire. Forse pulire è una forma di meditazione per i tossici che hanno appena iniziato la cura e non riescono a stare seduti e fermi. Sul pavimento di legno tutto graffiato della Stanza da 5 delle Donne c'era talmente tanta polvere che avrebbe potuto spazzarne un mucchio con un adesivo da paraurti mai attaccato che aveva vinto al Bype, poi poteva usare dei Kleenex umidi per afferrare e buttare via il mucchio di polvere. Aveva acceso solamente la lampadina sul comodino del letto di Kate G., e non ascoltava i nastri della Yyy per riguardo a Charlotte Treat che si sentiva poco bene e con il permesso di Pat non era andata all'Incontro Vivace del Sabato Sera e ora dormiva con una mascherina sugli occhi ma senza i tappini di schiuma espansa. I tappini di schiuma espansa venivano forniti a tutti i nuovi residenti della Ennet per motivi che avrebbero capito ben presto, dicevano quelli del personale, ma Joelle non sopportava di metterseli – annullavano il rumore esterno ma ti facevano sentire il battito in testa, e il tuo respiro sembrava quello di qualcuno dentro una tuta spaziale – e tutte, Charlotte Treat, Kate Gompert, April Cortelyu, e anche la ex Amy Johnson la pensavano allo stesso modo. April diceva che i tappini di schiuma le davano fastidio al cervello.

Era incominciato con Orin Incandenza, il pulire. Quando i rapporti erano tesi o era assalita dall'ansia per la serietà e la possibile instabilità della cosa nell'appartamento della Back Bay, il farsi e pulire diventò un esercizio importante, come una visualizzazione creativa, una previsione della disciplina e dell'ordine con i quali sarebbe riuscita a sopravvivere da sola se si fosse arrivati a questo. Si faceva e poi si immaginava da sola in un posto incredibilmente pulito, tutte le superfici erano splendenti, tutti gli oggetti al loro posto. Si vedeva mentre poteva raccogliere, diciamo, i pop-corn caduti sul tappeto e metterseli in bocca senza problemi. Un'aura di indipendenza d'acciaio la circondava quando ripuliva l'appartamento, anche se quando puliva in alto le uscivano dalla bocca corrugata dei lamenti e dei gemiti ansiosi. Il posto le era stato procurato quasi gratis da Jim, che parlava sempre cosí poco con Joelle durante i loro primi incontri che Orin doveva continuare a ripeterle che non era perché lui la disapprovasse – a Lui in Persona mancava quella parte del cervello umano che permetteva di essere abbastanza cosciente delle altre persone per disapprovarle, aveva detto Orin – o non le piacesse. Era solo che La Cicogna Matta era cosí. Orin si riferiva a Jim come «Lui in Persona» o «La Cicogna Matta», nomignoli che gli avevano dato in famiglia, e che le davano i brividi anche allora, a Joelle.

Era stato Orin che le aveva fatto conoscere i film di suo padre. Il suo Lavoro era cosí oscuro a quel tempo che neanche gli studenti del luogo che studiavano cinematografia seria lo conoscevano. Il motivo per cui Jim continuava a formare le proprie compagnie di distribuzione era per assicurarsi che le opere venissero distribuite. Non era diventato famoso finché Joelle non lo aveva incontrato. A quel punto si era avvicinata a Jim piú di quanto gli si fosse mai avvicinato Orin, e parte di ciò causava parte delle tensioni per cui l'appartamento del condominio di mattoni era sempre cosí terribilmente pulito.

Erano quattro anni che non pensava consciamente a nessuno degli Incandenza prima di incontrare Don Gately, che per qualche motivo glieli faceva tornare in mente di continuo. Era la seconda tra le famiglie piú tristi che Joelle avesse mai incontrato. Orin pensava che Jim lo detestasse con la stessa intensità con la quale lo ignorava. Orin le aveva parlato a lungo della sua famiglia, quasi sempre di notte. Di come tutto il suo successo come punter non potesse cancellare la macchia psichica del fatto di non essere amato da suo padre, che non lo guardava neanche e non s'interessava a lui. Orin non immaginava quanto fossero banali e normali i suoi problemi con il genitore del suo stesso sesso; lui pensava che fossero una cosa tremendamente eccezionale. Joelle sapeva che sua madre ce l'aveva avuta con lei dal momento in cui il suo Babbo personale le aveva detto che preferiva portare Pokie al cinema da sola. Molte cose che Orin aveva detto della sua famiglia erano noiose e diventate stantie dopo tutti quegli anni in cui non aveva avuto il coraggio di dirle. Attribuí a Joelle uno strano tipo di generosità per non aver urlato e non essere scappata via dalla stanza quando le aveva confidato quella roba banale. *Pokie* era il soprannome di famiglia di Joelle, anche se sua madre l'aveva sempre chiamata solo Joelle. L'Orin che conosceva pensava che sua madre fosse il cuore e il centro della famiglia, un raggio di luce incarnato, con un amore cosí profondo e un interesse materno cosí evidente da compensare un padre che quasi non esisteva, come genitore. La vita interiore di Jim per Orin era un buco nero, diceva Orin, la faccia di suo padre la quinta parete di ogni stanza. Joelle ce l'aveva messa tutta per stare sveglia e attenta ad ascoltare mentre Orin tirava fuori tutta quella roba ammuffita. Orin non sapeva cosa pensasse o provasse suo padre su niente. Pensava che Jim avesse sulla faccia quell'espressione opaca e vuota che sua madre a volte chiamava scherzando in francese *Le Masque*. Quell'uomo si celava in modo cosí assoluto e irrecuperabile che alla fine Orin aveva pensato a lui come a un autistico, quasi catatonico. Jim si apriva solo con sua madre. Tutti loro lo facevano, raccontava Orin. Era lí per tutti loro, da un pun-

to di vista psichico. Era la luce e il cuore e il centro della famiglia che
li teneva uniti. Joelle riusciva a sbadigliare a letto senza far vedere
che stava sbadigliando. Il loro soprannome per la mamma era «la Mami». Suo fratello piú giovane era un ritardato senza speranza, aveva
detto Orin. Orin si ricordava che la Mami gli diceva che gli voleva
bene almeno un centinaio di volte al giorno. Riusciva quasi a compensare lo sguardo vuoto di «Lui in Persona». Il ricordo d'infanzia
piú comune che Orin aveva di Jim era uno sguardo senza espressione
da una grande altezza. Anche sua madre era molto alta, per essere una
donna. Aveva detto che gli era sempre sembrato strano che nessuno
dei suoi fratelli fosse piú alto. Suo fratello ritardato era alto piú o meno quanto un idrante, raccontava Orin. Joelle puliva dietro il radiatore sudicio che c'era nella stanza fin dove riusciva ad arrivare, facendo attenzione a non toccare il radiatore. Orin descriveva la madre della sua infanzia come il suo sole emotivo. Joelle ricordava lo zio
di suo padre T.S. che raccontava quello che il suo Babbo personale
diceva di sua madre: «Lei Faceva Spuntare la Dannata Luna», come
diceva lui. I radiatori dalla parte delle donne della Ennet House stavano accesi tutto il tempo, 24/7/365. All'inizio Joelle aveva pensato
che forse l'amore materno ad alto voltaggio della Sig.ra Avril Incandenza avesse danneggiato Orin mettendo ancora piú in rilievo il remoto isolarsi di Jim, che poteva sembrare, a paragone, noncuranza o
mancanza di amore. E questo forse aveva reso Orin troppo emotivamente dipendente da sua madre – altrimenti perché avrebbe dovuto
essere cosí traumatizzato quando all'improvviso era arrivato un fratello minore estremamente handicappato dalla nascita e bisognoso di
ancor maggiori attenzioni materne di Orin? Una volta, la notte tardi sul futon del loro appartamento, Orin aveva raccontato a Joelle di
quando era entrato in camera di nascosto portandosi dietro un cestino dei rifiuti e lo aveva rovesciato vicino alla culla speciale di suo fratello neonato, e aveva alzato sopra la testa una pesante scatola di
Quaker Oats e stava per tirarla in testa al bambino. Il semestre precedente Joelle aveva preso un A in Psicologia dello Sviluppo. E sembrava che Orin fosse pure dipendente psicologicamente, o anche me-
tafisicamente – Orin diceva di essere cresciuto prima in una casa normale a Weston e poi nell'Accademia di Enfield, e di aver imparato a
dividere il mondo umano tra le persone che erano aperte, e leggibili
e degne di fiducia, e quelle che erano cosí chiuse e distanti che non
riuscivi a capire cosa pensassero di te ma potevi benissimo immaginare che non fosse niente di bello altrimenti perché non lo avrebbero manifestato? Orin aveva raccontato che aveva iniziato a vedersi
diventare chiuso e distante e vuoto anche come giocatore di tennis,

verso la fine della sua carriera juniores, nonostante tutti i tentativi disperati della Mami di non permettergli di chiudersi in sé. Joelle aveva pensato al boato di aperto incoraggiamento delle 30 000 voci del Nickerson Field della Boston University, il rumore che aumentava con il salire del suo calcio fino a diventare una specie di pulsazione amniotica di puro suono positivo. Contro l'applauso posato e riservato del tennis. Era anche troppo facile immaginarsi tutto questo e vederlo, allora, e ascoltare Orin, amarlo e intenerirsi per lui, povero piccolo ricco ragazzo-prodigio – tutto questo avveniva prima che lei conoscesse Jim e la sua Opera.

Joelle pulí il quadrato scolorito delle impronte delle dita intorno all'interruttore della luce finché il Kleenex bagnato non si disintegrò in tante cispine.

Non fidarti mai di un uomo quando parla dei suoi genitori. Per quanto alto e grande possa essere da uomo, continuerà comunque a vedere i suoi genitori dalla prospettiva di un bambino piccolo, e sarà sempre cosí. E quanto meno felice sarà stata la sua infanzia, tanto piú bloccata sarà la sua prospettiva su di essa. Lei questo l'ha imparato con l'esperienza.

Cispine era la parola che sua madre usava per i pezzettini di roba appiccicosa che si trovano la mattina agli angoli degli occhi. Il suo Babbo personale le chiamava le caccole degli occhi e di solito gliele levava con l'angolo del fazzoletto.

Comunque non ci si può neanche fidare dei genitori quando si ricordano dei loro figli.

Il vetro scadente della lampada attaccata al soffitto era nero perché era pieno di sporco e di insetti morti. Qualche insetto sembrava appartenere a una di quelle specie estinte da tanto tempo. Il solo lerciume avrebbe riempito una scatola di Carefree. Per le incrostazioni piú ostinate ci sarebbe voluto una spugnetta abrasiva e dell'ammoniaca. Joelle mise da una parte il vetro della lampada per quando sarebbe andata giú in cucina per buttare via varie scatole piene di sudiciume e Kleenex bagnati e avrebbe preso da sotto l'acquaio qualche spugna di quelle che puliscono a fondo.

Orin le aveva detto che era la terza tra le persone piú fissate per la pulizia che conoscesse dopo sua madre e un suo ex compagno di doppio che aveva la Sindrome Compulsivo-Ossessiva, una diagnosi duplice comune a molti membri dell'Udri. Ma a quel tempo le era sfuggita la cosa piú importante. A quel tempo non le era mai venuto in mente che l'attrazione di Orin verso di lei potesse avere qualcosa a che fare con sua madre, sia a vantaggio che a sfavore. La sua preoccupazione maggiore era che Orin fosse attratto da lei solamente per

il suo aspetto fisico, perché il suo Babbo personale le aveva spiegato
che lo sciroppo piú dolce attrae le mosche peggiori, e quindi di stare
attenta.

Orin non somigliava in nulla al suo Babbo personale. Non si era
mai sentita sollevata quando Orin usciva da una stanza. Quando lei
era a casa, sembrava che il suo Babbo non stesse mai fuori dalla stanza in cui era lei per piú di qualche secondo. Sua madre diceva di non
provare neanche a rivolgergli la parola quando la sua Pokie era a casa. Era come se la seguisse da una stanza all'altra, pateticamente, parlando di mazze da majorette e di chimica a basso pH. Era come se
quando lei espirava lui inspirasse e viceversa. Era ovunque. Era sempre molto presente. La sua presenza penetrava in una stanza e ci rimaneva anche quando lui usciva. L'assenza di Orin, quando usciva
per una lezione o per allenarsi, svuotava l'appartamento. Il posto sembrava pulito con l'aspirapolvere e sterile ancor prima che iniziassero
le pulizie, quando lui se ne andava. Non si sentiva abbandonata in
quel posto senza di lui, ma si sentiva sola, e capiva cosa volesse dire
stare da sola, e lei, che di certo non era scema[305], cominciò subito a
crearsi delle difese.

Fu Orin, naturalmente, a presentarli. Aveva avuto questa idea
ostinata che Lui in Persona avrebbe potuto usarla. Nel suo Lavoro.
Era troppo bella per non sfruttarla, catturarla. Meglio Lui in Persona che qualche accademico con il mento sfuggente. Joelle aveva protestato. Come ogni ragazza bella e intelligente, non aveva un buon
rapporto con la sua bellezza e gli effetti che aveva sulla gente, una
prudenza intensificata dai ripetuti avvertimenti del suo Babbo personale. E comunque, i suoi interessi filmici stavano dietro la macchina da presa. Certo che avrebbe attirato la gente, grazie tante. Lei voleva fare delle cose, non apparirci dentro. Aveva quel vago disprezzo
per gli attori di tutti gli studenti di cinematografia. E poi, il peggio
era che il vero progetto di Orin era quello di arrivare a suo padre attraverso lei. Perché si immaginava di fare delle pensose conversazione a mani intrecciate con lui, riguardo all'aspetto e alla recitazione di
Joelle. Un legame a tre. Questa cosa la metteva veramente a disagio.
Pensava che Orin inconsciamente sperasse che lei potesse mediare tra
lui e Lui in Persona, proprio come sembrava avesse fatto sua madre.
Si sentiva a disagio per l'eccitazione con cui Orin le aveva predetto
che suo padre non sarebbe stato capace di *resistere a usarla*. Si sentiva estremamente a disagio per il modo in cui Orin si riferiva a suo padre come Lui in Persona. Le sembrava che manifestasse penosamente un arresto nel suo sviluppo. Oltretutto si sentiva – solo un po' meno di quanto lo manifestasse, sul futon, la notte, mentre protestava

– si sentiva a disagio all'idea di un qualsiasi legame con quell'uomo che aveva fatto cosí male a Orin, un uomo cosí mostruosamente alto e freddo e remotamente chiuso. Joelle sentí un urlo e un tonfo dalla cucina, seguiti dalla risata tubercolotica di McDade. Per due volte Charlotte Treat si era messa a sedere nel sonno, febbricitante, e aveva detto con una voce piatta da morta una cosa che le era sembrata «Trance nelle quali lei non respirava», e poi si era buttata giú di nuovo. Joelle stava cercando di individuare un odore strano di cannella rancida che veniva da dietro un armadio pieno di valigie. Era molto difficile pulire quando non avevi il permesso di toccare la roba degli altri residenti.

Avrebbe dovuto capirlo dal suo Lavoro. Il Lavoro di quel tipo era roba da dilettanti, lo aveva visto quando Orin si era fatto prestare da suo fratello – quello non ritardato – alcune delle copie Read-Only della Cicogna Matta. *Dilettantesco* forse non era la parola giusta. Era piuttosto il lavoro di un ottico e di un brillante tecnico che era un assoluto dilettante nel campo della comunicazione. Era tecnicamente splendido, il Lavoro, si vedeva che le luci e le angolazioni erano studiate prima delle inquadrature. Ma era stranamente vuoto, senza un senso di *avvicinamento* drammatico – non c'era un movimento narrativo verso una vera storia; non c'era un movimento emotivo verso il pubblico. Era come parlare per telefono con un carcerato al di là di una parete di plastica, aveva detto l'aristocratica Molly Notkin delle prime opere di Incandenza. Joelle le vedeva piú come una persona molto intelligente che parlava con se stessa. Rifletté sul significato del nomignolo Lui in Persona. Freddo. *L'accordo prenuziale di Inferno e Paradiso* – mordente, sofisticato, volgare, chic, cinico, tecnicamente fantastico; ma anche freddo, dilettantistico, chiuso: nessun rischio di empatia per il protagonista simile a Giobbe, e lei sentiva che il pubblico l'avrebbe visto come uno seduto in cima a un serbatoio dell'acqua. La parodia dei generi «invertiti»: straordinariamente divertente e certe volte introspettiva ma un po' approssimativa, come gli esercizi per riscaldarsi le dita di un pianista promettente che si rifiuta però di mettersi davvero a suonare qualcosa che giustifichi quelle promesse. Già prima della laurea Joelle si era convinta che i parodisti non sono migliori degli epigoni ironici, e che in genere di solito le satire sono il lavoro di chi non ha niente di nuovo da dire[306]. *La Medusa contro l'Odalisca* – freddo, allusivo, chiuso in se stesso, ostile: verso il pubblico solo disprezzo, poiché le persone del metapubblico nella sala del teatro vengono presentate come oggetti ancor prima di essere trasformate in pietre.

Ma c'erano stati dei flash di qualcos'altro. Anche nelle prime opere, prima che Lui in Persona facesse il salto verso un melodramma narrativamente anticonfluenziale ma non ironico del quale lei aveva aiutato a prolungare lo sviluppo, in cui aveva abbandonato i fuochi pirotecnici della tecnica e aveva cercato di far muovere i personaggi, anche se in modo sconclusionato, dimostrando un gran coraggio, Lui in Persona aveva abbandonato tutto quello che faceva bene e aveva volontariamente rischiato di apparire dilettantesco (come infatti era accaduto). Ma anche nei suoi primi Lavori – c'erano i lampi di qualcosa. Molto nascosti e rapidi. Quasi furtivi. Riusciva a notarli solo quando li guardava da sola, senza Orin e il suo graduatore del reostato, con le luci del salotto accese come piaceva a lei, le piaceva vedersi e vedere tutte le altre cose nella stanza, oltre al visore – a Orin piaceva stare seduto al buio e s'immedesimava in quello che vedeva, un vero bambino della Tv via cavo multicanale. Ma Joelle incominciò – dopo visioni ripetute il cui scopo originale era studiare come lui aveva abbozzato le scene per un corso Avanzato di Storyboard nel quale si era buttata a capofitto – incominciò a vedere dei piccoli flash di qualcosa. I tre tagli veloci di *M. c. O.* delle riprese di lato delle splendide facce delle combattenti, contorte oltre ogni identificazione da una specie di tormento. Ogni stacco sull'immagine veloce del volto pieno di dolore era seguito dal tonfo di uno spettatore pietrificato che cadeva dalla sedia. Tre secondi appena, niente di più, di barlumi di una faccia che provava dolore. E non il dolore per le ferite – non si toccavano mai, con tutto il roteare di specchi e di lame; le difese di entrambe erano impenetrabili. Era piuttosto come se quei flash facessero capire che la loro bellezza mangiava vivi gli spettatori attirati a guardarle, là sul palcoscenico. Ma solo tre lampi, cosí veloci da essere quasi subliminali. Un caso? Ma non c'era una ripresa o un taglio in tutto quel film freddo e bizzarro che fosse accidentale – era tutto studiato, inquadratura dopo inquadratura. Deve averci impiegato centinaia di ore. Un'analità tecnica impressionante. Joelle continuava a cercare di mettere in Pausa la cartuccia sui flash di quelle facce tormentate, ma erano i primi giorni delle cartucce InterLace, e la Pausa distorceva ancora lo schermo quel tanto che bastava per impedirle di vedere ciò che avrebbe voluto studiare. Oltretutto provava quella sensazione irritante che lui avesse aumentato la velocità del film in quei pochi fotogrammi di umanità, proprio per impedire quel genere di studio. Era come se non avesse resistito a metterci dentro quei lampi di umanità, ma li avesse voluti piú veloci possibili e quindi meno studiabili, come se potessero in qualche modo comprometterlo.

Orin Incandenza era stato il secondo ragazzo ad avvicinarla nel modo in cui i maschi avvicinano le femmine[307]. Il primo era stato uno con il mento umido e ubriaco perso di Everclear, un lineman dei Biting Shoats di Shiny Prize quando lei stava ancora a Shiny Prize nel Kentucky, a un barbecue in cui i giocatori avevano invitato le majorette e le ragazze pon pon; e il lineman le era sembrato un ragazzino timido quando, per scusarsi di averle quasi vomitato addosso, aveva confessato che lei era troppo bella, cosí bella da pietrificare la gente, e l'unico modo per trovare il coraggio di avvicinarla era quello di ubriacarsi cosí tanto da non sentire piú la paura. Il lineman le aveva confessato che tutta la squadra aveva un terrore paralizzante per la bellezza della migliore majorette della squadra, Joelle. La memoria di quel pomeriggio liceale era ancora molto forte. Poteva sentire ancora l'odore del fumo di mesquite e dei pini blu e dello spray YardGuard, riusciva a sentire i rumori della carne che avevano macellato e ripulito come preparazione simbolica per la partita di apertura contro i Rivermen della N. Paducah Technical H.S. Lo vedeva ancora oggi, il lineman in estasi, confessarsi con le labbra umide e tenersi in piedi appoggiandosi a un pino blu ancora giovane finché il tronco del pino blu non aveva ceduto con uno schiocco e un tonfo.

Fino a quel barbecue e a quella confessione aveva sempre pensato che fosse il suo Babbo personale a scoraggiare in qualche modo i suoi appuntamenti e gli approcci dei ragazzi. Quell'episodio era stato strano, e unico, finché non era stata abbordata da Orin, che non aveva tenuto segreto il fatto di avere le palle di ferro quando si trattava di avere a che fare con le ragazze orribilmente belle.

Ma non era neanche un'identificazione soggettiva che sentiva quando guardava il film, quella per i flash e gli apparenti non sequitur che tradivano qualcosa di piú della fredda astrazione tecnica. Come per esempio l'inquadratura immobile di 240 secondi dal basso dell'*Estasi di santa Teresa* di Gianlorenzo Bernini, che – sí – portava il movimento drammatico dell'*Accordo prenuziale*... a una noiosa sosta e non aggiungeva niente piú di quanto non avrebbe aggiunto la stessa inquadratura tenuta per 15 o 30 secondi; ma alla quinta o alla sesta volta che lo vedeva Joelle incominciò a capire che l'inquadratura immobile di quattro minuti era importante per quello che mancava: tutto il film era il PdV[308] di un venditore di buste per panini alcolizzato, e il venditore di buste per panini alcolizzato – o meglio la sua testa – era sempre inquadrata sullo schermo, anche quando lo schermo era diviso in due e nell'altra metà c'era la titanica maratona celestiale di una partita di Tarocchi – gli occhi che gli ruotavano nelle orbite e le tempie e il rosario del sudore sul labbro superiore venivano continuamente imposti allo spettatore sullo schermo... a eccezione dei quattro minuti di narrativa durante i quali il venditore di

buste per panini alcolizzato si trovava nella stanza di Vittorio Bernini, e la statua riempiva lo schermo in un crescendo e veniva premuta
contro tutti e quattro gli angoli. La statua, la presenza sensuale della
cosa, faceva sí che il venditore di buste di panini alcolizzato potesse
fuggire da se stesso; e l'ubiquità fastidiosa della sua testa involuta,
ora lei lo capiva, era il centro del film. I quattro minuti di inquadratura immobile non erano forse un gesto di arte eccelsa o un'arringa
nei confronti del pubblico ostile? La liberazione dalla propria testa,
dal proprio inevitabile PdV – Joelle cominciava a vedere ora, tanto
obliqua da essere quasi invisibile, una spinta emozionale, dato che la
trascendenza mediata dell'io era solo ciò che la statua apparentemente
decadente della suora orgasmica chiedeva per sé. Ecco che, dopo aver
studiato la cosa attentamente e averla rivista tante volte (cosa alquanto
noiosa), si scopriva una tesi non ironica e quasi morale in quella cartuccia volgarotta e fredda e astratta: la stasi della statua nel film presentava il soggetto teoretico come l'effetto emozionale – autocancellante come il Graal – e – in un gesto coperto quasi moralistico, pensava Joelle mentre fissava lo schermo della stanza illuminata, molto
illuminata, la bocca corrugata mentre spolverava – in pratica presentava l'autocancellazione dell'alcol come inferiore a quella della reli-
gione/arte (dato che il consumo di bourbon faceva gonfiare progressivamente e orrendamente la testa del venditore, finché alla fine del
film non entrava piú nell'inquadratura, e lui si ritrovava nella situazione spiacevole e umiliante di doverla far passare in qualche modo
dalla porta d'ingresso del Vittorio).
    Comunque tutto questo non ebbe piú grande importanza dopo che
lei conobbe la sua famiglia. Il Lavoro di lui e l'aver visto e rivisto i
suoi film le avevano già fatto intravedere qualcosa – in genere con
l'ausilio di piccoli pezzettini di coca che l'aiutavano a vedere piú in
profondità e con maggiore attenzione anche le cose non obiettivamente e immediatamente accessibili nel Lavoro di lui – una specie di
intuizione di pancia che le storie sul danno che il padre aveva fatto al
figlio erano limitate e infantili e forse anche non vere.
    Con Joelle senza trucco e sobria come un sasso e i capelli sporchi
raccolti in una crocchia, la cena di presentazione con Orin e Lui in
persona al *Legal Seafood* su a Brookline[309] non rivelò niente se non il
fatto che il regista sembrò decisamente capace di resistere a «usare»
Joelle – vide quell'uomo alto rannicchiarsi e farsi piccolo quando Orin
gli disse che la Piú Bella Ragazza Di Tutti I Tempi si era specializzata in E&C[310] – Jim le aveva detto poi che gli era sembrata di una bellezza troppo convenzionale e commerciale per pensare di poterla usare nei suoi Lavori di quel periodo, con i quali voleva scagliarsi contro

le convenzioni di bellezza commerciale Usa – e che Orin era cosí teso alla presenza di «Lui in Persona» che non c'era posto per nessun'altra emozione al tavolo, e a poco a poco Orin iniziò a riempire i silenzi con chiacchiere vuote a ripetizione e sempre piú veloci, finché Joelle e Jim non si erano sentiti imbarazzati dal fatto che il calciatore non aveva neanche toccato la sua cernia al vapore e non aveva dato spazio a nessuno per una sola parola di risposta.

Piú tardi Jim disse a Joelle che non sapeva neanche come parlare con i suoi figli sani senza la presenza e la mediazione della loro madre. Non c'era verso di far chetare Orin, e Hal era cosí chiuso alla presenza di Jim che i silenzi erano atroci. Jim diceva che aveva il sospetto che lui e Mario stessero cosí bene insieme solo perché il ragazzo era cosí ritardato che non era riuscito a parlare fino a sei anni, e cosí lui e Jim avevano avuto la possibilità di sentirsi a proprio agio quando stavano tutti e due in silenzio, anche se l'interesse che Mario aveva per le lenti e per i film non aveva niente a che fare con il padre o con il desiderio di fargli piacere, e quindi questo suo interesse era qualcosa che veramente potevano condividere, loro due; e anche quando a Mario era stato permesso di lavorare nella troupe di qualcuno dei lavori piú recenti di Jim, non era stato a causa di quella spinta a interagire o a legare per mezzo del film che invece c'era stata con Orin e Hal e il tennis, nel quale Jim (l'aveva informata Orin) era sbocciato in ritardo come juniores ma era diventato molto forte al college.

Jim chiamava «intrattenimenti» i vari film del suo Lavoro. Quasi metà delle volte lo faceva con ironia.

Nel taxi (che Jim aveva chiamato per loro), mentre tornavano a casa dal *Legal Seafood*, Orin aveva sbattuto ripetutamente la sua bella fronte sul divisorio di plastica e aveva pianto perché non riusciva a comunicare con Lui in Persona senza la presenza e la mediazione di sua madre. Non era chiaro come facesse la Mami a mediare o facilitare la comunicazione tra i diversi membri della famiglia. Ma lo faceva. Disse piangendo che non aveva la minima idea di cosa cazzo pensasse Lui in Persona del fatto che avesse lasciato dieci anni di tennis per il football. O che Orin fosse, finalmente, davvero bravo nel football, in qualcosa. Ne era orgoglioso, oppure minacciato, o geloso, o non gli piaceva che Orin avesse lasciato il tennis, o cos'altro?

I materassi della Stanza da 5 delle Donne erano troppo striminziti per le reti, e le sbarrette delle reti tra le stecche erano tremendamente piene di polvere, e c'erano dei capelli di donna impigliati e intricati nella polvere, tanto che ci volle un Kleenex solo per bagnare quella roba e molti Kleenex asciutti per tirare via quello schifo. Charlotte Treat era stata malata ed erano diversi giorni che non si faceva la doccia, e non si riusciva ad avvicinarsi alla rete e alle stecche del suo letto.

Al primo interfaccia di Joelle con l'intera triste unità familiare – Giorno del Ringraziamento, Casa del Preside, Eta, su per la Comm. Ave. a Enfield – la Mami di Orin, la Sig.ra Incandenza («Ti prego, chiamami Avril, Joelle») era stata carina, dolce e attenta senza intromettersi troppo, e aveva fatto del suo meglio per far sentire tutti a loro agio e facilitare la conversazione, e per far sentire Joelle la benvenuta in quella riunione familiare – c'era qualcosa in quella donna che faceva contrarre e poi distendersi ogni follicolo del corpo di Joelle. Non era per il fatto che Avril Incandenza era la donna piú alta che Joelle avesse mai visto, e decisamente la piú alta bella donna anziana con un portamento impeccabile che avesse mai incontrato (il Dott. Incandenza pendeva malamente su una parte). Non era perché la sua sintassi era cosí schietta e fluida e solenne. Né la pulizia quasi sterile della casa al piano di sotto (la tazza nella stanza da bagno sembrava non solo pulita a fondo ma lucidata a cera). E non perché la gentilezza di Avril era finta o convenzionale. Joelle impiegò molto tempo prima ancora di cominciare a capire cosa le dava i brividi della madre di Orin. La cena stessa – niente tacchino; c'era una specie di battuta politico-familiare sul niente tacchino per il giorno del Ringraziamento – era deliziosa senza essere grandiosa. Non si sedettero neanche prima delle 2300h. Avril beveva lo champagne da una piccola flûte il cui livello sembrava non scendere mai. Il Dott. Incandenza (aveva notato che nessuno l'aveva pregata di chiamarlo Jim) beveva da un bicchierone a tre facce qualcosa che faceva tremare leggermente l'aria sopra di sé. Avril mise tutti a loro agio. Orin fece delle imitazioni credibili di vari personaggi famosi. Lui e il piccolo Hal si divertivano a prendere in giro la pronuncia canadese di Avril su alcuni dittonghi. Avril e il Dott. Incandenza facevano a turno a tagliare il salmone di Mario. Joelle ebbe una bizzarra visione di Avril che prima alzava il suo coltello e lo affondava nel petto di Joelle. Hal Incandenza e due altri ragazzi della scuola di tennis con la muscolatura asimmetrica mangiavano come profughi e venivano osservati con uno sguardo divertito ma benevolo. Avril si puliva le labbra dopo ogni morso, come i patrizi. Joelle indossava dei vestiti da ragazza, la scollatura del vestito era molto alta. Hal e Orin si assomigliavano vagamente. Avril rivolgeva un commento su quattro a Joelle per includerla nella conversazione. Il fratello di Orin, Mario, era ritardato e di una deformità complessa. C'era una ciotola per cani immacolata sotto il tavolo, ma non c'era nessun cane, e nessuno parlò mai di un cane. Joelle notò che Avril rivolgeva un commento ogni quattro anche a Orin, a Hal e a Mario, in una specie di ciclo di equa inclusione. C'era un bianco di New York e lo champagne dell'Alberta. Il Dott. Incandenza beveva la sua bibita invece del vino, e si alzò varie volte per riempirsi il bicchiere in cucina. Un enorme sistema di piante pensili dietro le sedie di Avril e di Hal proiettava ombre complesse nella luce Uv che faceva brillare le candele sulla tavola di uno strano colore bluastro e brillante. Il regista era così alto che sembrava non finirla mai di alzarsi, quando si alzava con il suo bicchierone. Joelle provava una sensazione stranissima e indifendibile che Avril le volesse del male; sentiva che varie parti dei suoi peli continuavano a drizzarsi. Tutti le dicevano Prego e Grazie nel modo che era proprio dei Wasp Yankee. Dopo il secondo viaggio in cucina il Dott. Incandenza modellò la sagoma di una intricata città futuristica con le patate cotte due volte in forno e cominciò all'improvviso a parlare animatamente del collasso del 1946 del sistema monolitico degli Studios di Hollywood e della successiva nascita degli attori di Metodo tipo Brando, Dean e Clift eccetera, sostenendo che tra le due cose c'era un rapporto di causa. La sua voce aveva un tono medio ed era pacata e senza accento. La Mami di Orin doveva essere alta più di due metri, molto più alta del Babbo personale di Joelle. Joelle aveva l'impressione che Avril fosse una di quelle donne che da ragazzine erano scialbe e poi erano sbocciate tardi, ma che fosse diventata davvero bella solo dopo, sui trentacinque anni. Aveva deciso che il Dott. Incandenza assomigliava a una gru avvelenata dall'inquinamento ambientale, gli aveva detto più tardi. La Sig.ra Incandenza metteva tutti a proprio agio. Joelle la immaginava con in mano una bacchetta da direttore d'orchestra. Non raccontò mai a Jim che Orin lo chiamava La Cicogna Matta o La Cicogna Triste. Il tavolo del Giorno del Ringraziamento era leggermente inclinato verso Avril, molto leggermente, in modo quasi impercettibile, come gli eliotropi. Joelle scoprì che lo stava facendo anche lei, d'inclinarsi verso Avril. Il Dott. Incandenza continuava a coprirsi gli occhi per proteggerli dalla luce Uv delle piante con un gesto che assomigliava a un saluto. Avril si riferiva alle sue piante come alle sue Bambine Verdi. A un certo punto, tutto a un tratto, il piccolo Hal Incandenza, che forse aveva dieci anni, annunciò che l'unità base dell'intensità luminosa è la Candela, che definì per nessuno in particolare l'intensità luminosa di 1/600 000 di un metro quadrato di una cavità al punto di congelamento del platino. Tutti gli uomini al tavolo indossavano giacca e cravatta. Il più grosso dei due compagni di tennis di Hal offrì degli stimolatori dentali a tutti, e nessuno lo prese in giro. Il sorriso di Mario le sembrò osceno e sincero al tempo stesso. Hal, per il quale Joelle non impazziva, continuava a chiedere se qualcuno gli avrebbe chie-

sto qual era il punto di congelamento del platino. Joelle e il Dott. Incandenza si trovarono a fare una piccola conversazione su Bazin, un
teorico cinematografico che Lui in Persona detestava, e faceva una
faccia disgustata tutte le volte che sentiva quel nome. Joelle incurio-
sí lo scienziato ottico e regista spiegando la disapprovazione di Bazin
nei confronti dell'espressione autocosciente del regista perché storicamente legata al Realismo neotomista dei *Personalistes*, una scuola
estetica che ebbe grande influenza sugli intellettuali cattolici francesi nel 1930-40 circa – infatti molti degli insegnanti di Bazin erano stati degli importanti *Personalistes*. Avril incoraggiò Joelle a descrivere
il Kentucky rurale. Orin fece una lunga imitazione del defunto astro-
nomo-pop Carl Sagan che esprimeva stupore televisuale alla scala del
cosmo. «Miliardi e miliardi», diceva. Uno degli amici del tennis fece
un rutto orribile, e nessuno sembrò reagire al suono in alcun modo.
Orin diceva «*Miliardi* e *miliardi* e *miliardi*» con la voce di Sagan. Avril
e Hal fecero una breve pacata discussione sul fatto che il termine circa potesse essere associato a un intervallo o solo a un anno specifico.
Poi Hal chiese vari esempi di qualcosa che si chiamava Aplologia. Joelle continuava a combattere contro la voglia di prendere a scappellotti
quel ragazzino secco e rompipalle ed esibizionista, fino a fargli girare
il cravattino. «L'Universo», continuò a lungo Orin dopo che l'umorismo della cosa ormai si era ridotto ai minimi termini, «è freddo, immenso, incredibilmente universale». Gli argomenti tennis, majorette
e punter non vennero mai fuori: non si parlò mai di sport organizzati. Joelle notò che nessuno, a parte lei, guardava direttamente il Dott.
Incandenza. Una strana cupola bianca e floscia simile a una mammel-
la copriva una parte dei terreni dell'Accademia fuori dalla finestra della sala da pranzo. Mario infilò la sua forchetta speciale nella sagoma
della città fatta di patate del Dott. Incandenza, con un applauso generale e certe battute acide alla parola *decostruzione* pronunciata dal
ragazzino insopportabile, Hal. I denti di tutti splendevano alla luce
della candela e della Uv. Hal asciugò il muso di Mario che sembrava
gocciolare continuamente. Avril invitò in tutti i modi Joelle a fare una
telefonata alla sua famiglia nella campagna del Kentucky per il giorno
del Ringraziamento se lo desiderava. Orin disse che anche la Mami veniva dalla campagna del Québec. Joelle era al settimo bicchiere di vino. Il fatto che Orin toccasse continuamente con un dito il suo mezzo Windsor sembrava sempre piú un segnale per qualcuno. Avril pregò
il Dott. Incandenza di trovare il modo di inserire Joelle in una produzione, dato che era una studentessa di cinematografia e ora era piú che
calorosamente benvenuta nella famiglia. Mario, mentre si allungava
per prendere l'insalata, cadde dalla sedia e venne aiutato a tirarsi su

da uno dei giocatori di tennis in mezzo all'ilarità generale. Le deformità di Mario sembravano molteplici e a vari livelli ed erano difficili da nominare. Joelle pensò che assomigliava a un incrocio tra una marionetta e uno di quei carnivori con la testa grossa di quelle vecchie orge di effetti speciali di Spielberg sui rettili. Hal e Avril discutevano sul fatto se *maldetto* fosse un parola corretta o no. La testa lunga e stretta del Dott. Incandenza continuava a inclinarsi verso il piatto e poi si rialzava lentamente come quella di qualcuno che o medita o è sbronzo. Il grande sorriso del deforme Mario era cosí costante che avresti potuto attaccargli qualcosa agli angoli della bocca. Imitando un accento da bella-del-Sud che chiaramente non voleva essere una stoccata contro Joelle, pareva piú un accento tipo Rossella O'Hara, Avril disse di voler confessare che lo champagne dell'Alberta le faceva sempre venire « i vapori ». Joelle notò che quasi tutte le persone sedute al tavolo avevano dei grandi sorrisi fissi, e i loro occhi brillavano alla luce strana delle piante. Notò che lo stava facendo anche lei; cominciavano a farle male i muscoli delle guance. L'amico piú grosso di Hal continuava a fare delle pause per usare lo stimolatore dentale. Nessun altro usava lo stimolatore, ma tutti lo tenevano cortesemente in mano, come se fossero pronti a usarlo. Di tanto in tanto Hal e i due amici facevano degli strani movimenti spasmici con una mano, come se stringessero qualcosa. Sembrava che non li notasse nessuno. Neanche una volta alla presenza di Orin qualcuno pronunciò mai la parola tennis. Era stato sveglio metà della notte prima a vomitare per l'ansia. Ora sfidava Hal a dirgli il punto di congelamento del platino. Joelle non riusciva proprio a ricordarsi nessuno dei nomi di quelle cose con i dinosauri di celluloide fatti al computer dal povero vecchio Spielberg, anche se il suo Babbo personale l'aveva portata a vederli tutti. A un certo punto il padre di Orin si alzò per prendersi nuovamente da bere e non tornò piú.

Poco prima del dessert – che era alla fiamma – la Mami di Orin aveva chiesto a tutti se potevano magari prendersi per mano per un solo momento e semplicemente ringraziare di essere tutti insieme. Chiese in modo speciale a Joelle di unirsi a quella stretta di mani. Joelle teneva la mano di Orin e la mano dell'amico piú piccolo di Hal, che era cosí callosa da sembrare una specie di buccia. Per dessert c'erano le Ciliegie Jubilee con il gelato speciale del New Brunswick. Nessuno parlò dell'assenza dal tavolo del Dott. Incandenza, che sembrava fosse passata quasi inosservata. Sia Hal che l'amico che non si stava stimolando i denti implorarono per avere un po' di Kahlua, e Mario picchiò la mano sul tavolo in un'imitazione patetica. Avril fece la scena di guardare Orin con finto orrore quando tirò fuori un sigaro e un ta-

glierino. C'era anche un biancomangiare. Il caffè era decaffeinato e
fatto con la cicoria. Quando Joelle lo guardò di nuovo, Orin aveva
messo via il sigaro senza accenderlo.

La cena finí in una specie di esplosione di cordialità.

A Joelle sembrava quasi di impazzire. Non riusciva a trovare niente di falso nella grazia e nella benevolenza della signora verso di lei,
nella sua cordialità. E allo stesso tempo sentiva nelle budella che quella donna si sarebbe potuta mettere a sedere davanti a lei e avrebbe
potuto tagliare il pancreas e il timo di Joelle e tritarli insieme e poi si
sarebbe preparata delle animelle e le avrebbe mangiate fredde e si sarebbe pulita la bocca senza battere ciglio. E senza farlo vedere a tutti quelli che si inclinavano verso di lei.

Mentre tornavano a casa, sul taxi di una società il cui numero di telefono Hal si era ricordato frugando nella sua memoria, Orin mise la
sua gamba sulle gambe incrociate di Joelle e disse che se c'era qualcuno su cui contare per fare in modo che la Cicogna usasse joelle in qualche modo, quel qualcuno era la Mami. Chiese due volte a Joelle se le
era piaciuta. I muscoli delle guance di Joelle le facevano un male tremendo. Quella sera, quando tornarono all'appartamento nel palazzo di
mattoni nell'ultimo giorno del Ringraziamento ante-Sponsorizzazione,
fu la prima volta nella storia che Joelle si fece volontariamente qualche
riga di cocaina per non dormire. Orin non poteva prendere niente durante la stagione, anche se avesse voluto: alle squadre della Bu venivano fatti dei test casuali. Cosí era ancora sveglia alle 0400h, a pulire per
la seconda volta dietro il frigorifero, quando Orin urlò in un incubo che
in qualche modo Joelle sentí avrebbe dovuto fare lei.

Facendo crollare la fiducia nel suo giudizio su queste persone, quella che Marathe aveva creduto fosse una tossicodipendente disperata
si rivelò come la responsabile della *demi-maison* della Ennet. La donna con il blocco in mano non era che una subalterna. A Marathe non
capitava quasi mai di sbagliare sulle persone e sui loro ruoli.

La responsabile era negativa al telefono. «No, no, no», diceva al
telefono. «No».

«Mi scusi», disse a Marathe senza mettere la mano sulla cornetta
del telefono. «Non avrà una seconda occasione. No, lei non può,
Mars. Le promesse non c'entrano. L'ha già promesso prima. Non so
quante volte. No. Mars, perché alla fine ci farà di nuovo del male e
darà a lei la possibilità di rifarlo». La voce dell'uomo dall'altra parte
si sentiva forte, e la responsabile fermò un singhiozzo con il dietro
del polso, poi si irrigidí. Marathe la guardava senza espressione. Era
molto affaticato, e in quelle situazioni il suo inglese peggiorava. C'era-

no dei cani sul pavimento. «Lo so, ma no. Per oggi no. La prossima volta che ti chiama, dille di chiamarmi qui. Sí».

Disattivò la trasmissione e fissò il piano della scrivania per un momento. C'erano due cani sdraiati per terra tra la sua sedia e la *fauteuil* di Marathe, uno dei quali si stava leccando i genitali. Marathe si trattenne dal rabbrividire e tirò leggermente su la coperta, curvandosi per sminuire la muscolatura da persona sana della parte superiore del suo busto.

«Buonanotte...» cominciò a dire Marathe.

«No, non te ne andare», esclamò all'improvviso la responsabile come se si svegliasse da un triste sogno a occhi aperti, ruotando la sedia per guardarlo in faccia. Cercò di sorridere nel modo professionale tipico Usa. «Dopo che hai aspettato tutto quel tempo là fuori. Ti ho visto condividere con Selwyn. Selwyn si fa vedere tutte le volte che facciamo delle ammissioni di gruppo».

«Me, io penso che soffra di malattia mentale». Marathe notò che una gamba della donna era molto piú sottile dell'altra. Si distraeva anche per questa sua abitudine di fare finta di starnutire. Non sapeva proprio da dove venivano fuori, questi falsi starnuti.

Accavallò le gambe. I clacson di due auto suonarono forte su per il viale dietro la finestra concava della sua scrivania.

«Questo Selwyn, mi ha consigliato di accarezzare le tue bestie, cosa che, mi scuso, ma non farò».

La donna sorrise tranquillamente e si piegò in avanti sulle gambe accavallate. Oltretutto uno dei cani soffriva di flatulenza. «Hai scritto di essere cittadino svizzero».

«Sono un alieno residente ed eroinomane e chiedo disperatamente di essere curato in questa residenza».

«Ma hai un permesso di residenza? La Carta Verde? Un Codice di Residenza dell'Utnai[311]?»

Dal giaccone Marathe tirò fuori i documenti che M. DuPlessis aveva preparato molto tempo prima con grande lungimiranza. «Sono anche disabile. E anche deforme», disse Marathe, e scosse stoicamente le spalle, inclinando il velo verso la moquette scura.

La donna stava esaminando i documenti dell'Utnai con la bocca stretta e la faccia da poker delle autorità dell'Onan. Una delle sue mani era storta come se fosse un artiglio. «Quando arriviamo qui abbiamo tutti dei problemi, Henry», disse.

«Henri. Pardon. Hen*ri*».

Una donna proprio fuori dalla porta dell'ufficio, vicino alla porta d'ingresso della *demi-maison*, rideva come una pistola automatica. Si sentivano dei rumori come di bagnato venire da sotto la zampa di dietro del cane che si stava leccando i genitali, e il capo della bestia era nascosto sotto la zampa sollevata. La responsabile dovette appoggiare le mani sulla scrivania per alzarsi dalla sedia e aprí e sollevò lo sportello di un armadietto di metallo nero chiuso a chiave che si trovava sopra il suo Tp e la consolle della scrivania. Lo sportello di vecchio metallo nero si alzava verso l'esterno. Marathe memorizzò i numeri del modello del teleputer, che era indonesiano e costava poco.

«Bene, Henri, qui alla Ennet House, negli anni nei quali sono stata qui nel personale, abbiamo avuto stranieri, stranieri residenti, il cui inglese era di gran lunga peggiore del tuo». Stava in piedi appoggiata sulla gamba piú grossa per frugare dentro l'armadietto alla ricerca di qualcosa. Marathe approfittò della sua disattenzione per memorizzare tutti i dettagli dell'ufficio. Sopra la porta c'era una decorazione con un triangolo dentro un cerchio, e non c'era un catenaccio ma semplicemente una triste, scadente chiusura nel pomo della porta. Da nessuna parte si vedeva la piccola spia di un allarme a microonde standard a 10,525 Ghz. Non si vedevano fili intorno alle cornici delle grandi finestre. Questo lasciava la possibilità che ci fosse un allarme a contatto con i magneti, che era difficile da disinnescare ma non impossibile. Marathe sentí che gli mancava tantissimo sua moglie, e quello era un segnale di grande sfinimento. Starnutí due volte.

La donna continuava a parlargli dentro l'armadietto: «...ti faccio firmare delle deleghe in modo che possiamo fare delle copie dei documenti Utnai e farci mandare per fax un permesso di Dimissione dal centro dove eri andato a disintossicarti che era il...?»

«La Fattoria per la Riabilitazione Chit Chat della Pennsylvania State. Lo scorso mese», il contatto per le informazioni degli Afr a Montréal aveva promesso di occuparsi di tutte le pratiche senza perdere tempo.

«E dov'è, a Wernersdale, o qualcosa di simile?»

Marathe piegò leggermente la testa velata. «Wernersberg della Pennsylvania».

«Bene, conosciamo la Chit Chat, alcuni diplomati della Chit Chat sono passati di qui. Ne abbiamo un grande... rispetto». Aveva la testa dentro l'armadietto e anche un braccio. Sembrava che le rimanesse difficile frugare dentro l'armadietto e allo stesso tempo tenersi in equilibrio. Dopo aver deciso che le finestre sulla baia erano il migliore accesso all'ufficio, se fosse stato necessario, Marathe guardò i tentativi della donna di mantenersi in equilibrio e il vecchio armadietto. Poi chiuse gli occhi lentamente. Nell'armadietto si vedevano, su file gemelle di fronte all'armadietto aperto, molte cartucce di intrattenimento per il Tp.

La donna disse: «E siamo sempre stati Accessibili ai Disabili, fin dall'inizio. Una delle pochissime Case nella zona metropolitana che siano completamente equipaggiate per accettare clienti disabili, penso che te l'abbiamo detto alla Chit Chat». La parete rimbombava per il fracasso nella stanza fuori, e c'era qualcuno che rideva o stava male. Marathe starnutí. La donna continuava a parlare: «...il perché mi sono decisa a venire qui all'inizio. Perché anch'io sono arrivata su una sedia a rotelle, originariamente, la prima volta». Si scostò dall'armadietto vacillando con in mano una cartellina. «E andavo in giro a dire che ero troppo disabile per inginocchiarmi e pregare, per darti un'idea di come stavo». Rise divertita. Era attraente.

«Me», rispose Marathe, «io cercherò di pregare al momento dell'ordine». Con lo stratagemma della richiesta di ammissione lui e Fortier avevano scoperto che la cura dei tossicodipendenti negli Stati Uniti aveva una natura quasi paramilitare. C'erano gli ordini e l'obbedienza agli ordini. Gli Afr avevano visionato alcune cartucce di antiche programmazioni Usa che avevano avuto la fortuna di trovare nell'inventario degli Antitoi, e avevano imparato molte cose. E mentre lo diceva Marathe alzò la sua faccia velata e cosí riuscí a leggere le costole delle custodie di plastica delle cartucce. Tra i titoli a caratteri piccoli come I parametri della lunghezza focale dalla X alla XI e Drop Valley Ex. II c'erano due custodie di plastica marrone, senza nessuna scritta, se non – e comunque il problema era il velo, rimaneva tirato su per troppo tempo e si preoccupava che la responsabile se ne accorgesse – se non – ma sicuramente era difficile esserne sicuri, perché la luce dell'ufficio era quella mortuaria fluorescenza tipica negli Usa, e l'apertura dell'armadietto era nell'ombra e il tulle del velo non gli permetteva di mettere bene a fuoco – se non forse qualche faccina tonda di smile. Marathe si sentí improvvisamente eccitato – l'espressione di M. Hugh Steeply per questo stato d'animo era dal nulla blu.

La responsabile disse anche: «Per non parlare dei membri dell'Udri, vorrai saperne di piú». Fece un gesto verso il velo di Marathe senza comunque nominarlo. La donna cercò di attaccare con una graffetta un foglio stampato con poco toner a un cartellone. «Infatti proprio in questo momento abbiamo un membro dell'Udri che è arrivato da poco». Marathe strizzò gli occhi due volte. Disse: «Io sono deforme, me».

«Potrebbe aiutarti a sistemarti, a trovare la tua identità. Sarebbe utile anche per lei».

Marathe aveva iniziato a immagazzinare ogni dettaglio nella memoria Ram dal momento in cui era entrato nella demi-maison Ennet House. In una parte del suo cervello stava pensando se avrebbe fatto prima un rapporto fedele a M. Fortier oppure allo Steeply dell'Usbss, il cui numero di contatto aveva sempre il prefisso 8000, aveva detto scherzando. Con un'altra parte pensava se doveva fingere di essere impaziente d'incontrare l'attrice dell'Intrattenimento qui ora, una compagna con il velo. Pensare come pensava un tossicodipendente disperato. Mentre rifletteva su tutto questo Marathe continuava a fare dei gran sorrisi alla donna, dimenticando il fatto che lei non poteva vederli. «Questo è felice», disse alla fine.

«I problemi che hai con la tua faccia—» disse la donna piegandosi sopra le gambe accavallate. «Sono collegati con l'uso e l'abuso che hai fatto? Quelli della Chit Chat hanno lavorato sulla progressione e sul Yet[312] e sulle loro conseguenze?»

Marathe ora aveva un po' di fretta di andarsene per tornare *chez* Antitoi. Usò tutta la sua abilità nel recitare frasi complicate di storie false sulla dipendenza mentre allo stesso tempo ripassava tutte le facce e le posizioni delle persone che aveva incontrato alla Ennet House. Perché qui ci sarebbero venuti, gli Afr, e forse i Servizi Senza Specificità di Steeply e anche Tine. Aveva la capacità di dividere i suoi pensieri e indirizzarli lungo diversi binari paralleli.

«Le gambe – faccio un'overdose a Berne, che è la mia casa in Svizzera, mentre sono solo, e cado giú faccia all'ingiú mentre le mie gambe rimangono come si dice impigliate, s'impigliarono nella sedia dove mi ero fatto questa iniezione, questa puntura. Uno stupido. Sto per terra senza coscienza o non mi muovo per molti giorni, e le mie gambe, loro – *comment-on-dit?* – sono addormentate, perdono la circolazione, mi viene la cancrena, e mi viene l'infezione». Marathe starnutí e allo stesso tempo scosse le spalle in modo stoico. «Anche il naso e la bocca, dallo schiacciamento della faccia a stare a faccia in giú in una posizione di incoscienza per giorni. Io sono quasi morto. Tutto viene amputato, per la mia vita. Io ho crisi di astinenza con l'eroina, e con l'H, ne *l'infirmière*. Un risultato dell'abuso della droga».

«Questa è la tua storia. È il tuo primo passo».

Marathe scosse le spalle. «Le mie gambe, il mio naso e la mia bocca. Tutto come una conseguenza della progressione. Alla Chit Chat, ammetto tutte le cose, mi rendo conto che sono un tossico disperato». Marathe stava cercando di decidere se trovare un modo per far uscire la responsabile dall'ufficio per qualche minuto, cosí che Marathe potesse arrampicarsi rapidamente a braccia sull'armadietto per controllare da vicino le custodie delle cartucce con gli smile prima che l'armadietto venisse chiuso a chiave. O se invece doveva ritornare con il pretesto di rimanere e fermarsi nel salotto per le persone in attesa, per riuscire a dare un'occhiata alla residente con il velo dell'Udri di cui avevano parlato; perché questo è il compito che aveva ordinato di svolgere M. Fortier nelle *demi-maisons*. Marathe avrebbe potuto riferire il fatto delle cartucce a Fortier e la ragazza con il velo a Steeply, o l'opposto. Si sentiva di nuovo affaticato. Ma si immaginava che Steeply, prima di impegnarsi in un'azione allo scoperto, avrebbe voluto la conferma che quella roba nell'armadietto fosse il vero Intrattenimento e non le schermate vuote e beffarde degli Flq. Gli sembrò di sentire davvero un debole ronzio che veniva dalla testa. L'arma di Marathe era nella fondina sotto il sedile, nascosta dalla coperta di lana a quadri che aveva sulle ginocchia. Aveva deciso che uccidere la responsabile a questo punto era *inutile* perché non aveva ancora visto la ragazza e c'erano troppi testimoni. La *fauteuil* di Marathe poteva viaggiare a 45 km all'ora in piano su una distanza breve. Alla responsabile piaceva passarsi tra i capelli lucidi la mano deforme fatta ad artiglio. Stava dicendo a Marathe, il falso tossicomane, che trovava incoraggiante la sua onestà e gli diceva di firmare questi moduli per il permesso. Mentre Marathe firmava lentamente con il nome di un amministratore deceduto dei Benefici Sanitari alla *Caisse de Dépôt et Placement*[313], la donna cominciò a chiedere a Marathe fino a che punto credeva di riuscire ad arrivare.

Il fatto che tutta la famiglia fosse piena di segreti, aveva deciso, era uno dei motivi della tristezza a quella cena-senza-tacchino. L'uno per l'altro, con tutti loro, con loro stessi. Uno grosso davvero era fingere che un'evidente eccentricità corrispondesse alla sincerità. Per esempio che fossero tutti «pazzi proprio come sembravano» – era una frase del punter.

Joelle sapeva che siamo tutti molto piú intuitivi nei confronti delle famiglie dei nostri fidanzati di quanto non lo siamo con le nostre. La faccia di Charlotte Treat era paonazza; le cicatrici profonde che aveva sulla guancia erano di un rosso piú violento della carne circostante. Si cominciavano a vedere spuntare le costole sotto la T-shirt bagnata della Michelob Dry, il suo collo aveva quell'aspetto scheletrico e sottile tipico della catessia. Sembrava un uccello spennato. Il letto di Kate Gompert non era rifatto, la copia di un libro in edizione economica con la copertina gialla dal titolo *Il buonumore* era aperta a faccia all'ingiú sul materasso e cominciava a piegarsi. Joelle aveva questa strana paura che la Gompert, che rendeva Joelle estremamente nervosa anche nei suoi giorni migliori, sarebbe arrivata a casa e l'avrebbe trovata a pulire con un fazzoletto in testa e il velo umido ciondoloni. Usò l'ultimo Kleenex che c'era nella stanza per spolverare i cinque comodini, pulendo tutt'intorno agli oggetti che non poteva toccare.

Ci fu qualche complicazione quando la donna della *demi-maison* offrí di trovare subito un posto per Marathe. Il tossicomane disperato, Henri lo Svizzero, poteva dormire sul convertisofà nell'ufficio sul retro questa sera stessa, disse, se non gli davano fastidio la confusione e gli insetti che certe volte c'erano nell'ufficio sul retro. Marathe capí che la donna aveva una dose spiccata di *sympathique* per i disabili. La situazione era delicata e Fortier non aveva preparato nessuna frase per rimandare l'offerta dell'inizio immediato della cura nella *demi-maison*. La responsabile disse sorridendo che dal modo in cui giocava con le ruote della *fauteuil* capiva che il tossicomane stava combattendo tra la disperazione e il rifiuto. Marathe stava rapidamente valutando se fingere di accettare per rimanere qui una notte e poter vedere con i suoi occhi la paziente con il velo dell'Udri, oppure se uscire e spingere la sedia fino al posto piú vicino dove avrebbe potuto fare una telefonata privata per avvertire gli Afr al negozio che qui nella *demi-maison* c'era la possibilità che ci fossero della cartucce vere dell'Intrattenimento, forse addirittura anche un Master duplicabile o la cartuccia antidoto anti-*samizdat* di cui parlavano gli Flq, per poi ritornare *chez* Antitoi e ritornare piú tardi in forza alla *demi-maison* e prendersi sia le cartucce sia l'attrice con il velo, se risultava che la paziente con il velo era l'attrice mascherata. L'ingegnere della radio aveva parlato in modo volubile del velo di questa persona e dello schermo. E stava valutando anche se telefonare non al negozio degli Antitoi ma al numero verde di M./M.lle Steeply e comunicare invece la stessa informazione, per primo, al *Bureau des Sérvices sans Spécificité*, scommettendo sull'Onan e contro Fortier, e mettere alla fine il suo destino nelle mani di una sola parte, e far trasferire sua moglie restenotica e i suoi figli affamati di spettacolo dalle lande distrutte dai rifiuti della zona della Convessità di St.-Remid'Amherst, e farli vivere con lui per il resto della loro vita nella confusione delle scelte degli Usa, chiedendo una protezione nascosta a Steeply e cure mediche costose per i problemi al cuore e alla testa della sua amata Gertraude.

Oppure dire a questa figura di autorità medica di guardarsi alle spalle perché c'era un grosso ragno e a quel punto spezzarle il collo sottile con una mano e usare la consolle del telefono del suo ufficio per chiamare Fortier e un gruppo scelto di Afr e farli venire subito a questa *demi-maison*. Oppure chiamare direttamente Steeply e le forze dell'Onan vestite di bianco. La responsabile incrociò le dita delle mani sotto il mento e osservò la testa china di Marathe con uno sguardo di rispetto e compassione ma non di sollecitudine, che fece sembrare triste a Marathe la scelta di spezzarle il collo con una mano. Fece finta che fosse necessario starnutire. I Signori Fortier e Broullîme, gli altri degli Afr che aveva conosciuto bene fin dai giorni in cui si erano trovati insieme con i nervi a fior di pelle davanti a molti treni che passavano, sotto la luna del cielo – nessuno di loro aveva mai pensato che questo tipo di lavoro facesse impazzire Marathe. Che Marathe avesse dovuto combattere la nausea quando aveva spinto il manico appuntito della scopa *manche à balai* nelle interiora di Antitoi durante l'interrogatorio tecnico di Antitoi, e dopo avesse vomitato di nascosto nel vicolo. Uno dei cani dell'Ufficio si mordicchiava la coscia interna con ferocia, miseramente. Negli Usa dell'Onan, M./M.lle Hugh/Helen Steeply dell'Usous/Usbss clandestino avrebbe nascosto la famiglia di Marathe in oscuri luoghi dei suburbi, avrebbe dato loro documenti di identificazione falsificati da specialisti irreprensibili e al di sopra di ogni sospetto; e Marathe, la sua familiarità con l'insurrezione del Québec sarebbe stata ricompensata lautamente non appena il *Notre Rai Pays* avesse compiuto la secessione provocando il furore di Gentle, lo *chanteur-fou*. Il trionfo della disseminazione dell'Intrattenimento letale da parte degli Afr avrebbe assicurato il benvenuto a Marathe da parte di Gentle e allo stesso tempo le cure per il ventricolo e la testa senza cranio della sua cara moglie. Marathe si immaginava Gertraude con un elmetto e un uncino d'oro, a respirare senza fatica per mezzo di costosi tubi. La variabile dei suoi calcoli stava tra quanto tempo doveva rimanere a lavorare per la disseminazione e quando doveva saltare per salvarsi nelle braccia americane. L'ira di Fortier sarebbe stata implacabile nei confronti di Marathe, «*perdant son coeur*»[314], e forse era molto piú saggio aspettare finché il Québec non fosse stato sfrattato e gli Afr completamente impegnati per rivelare la sua quadruplicazione per l'Onan, quella di Marathe.

Una ragazzina senza denti bussò alla porta dell'Ufficio ed entrò allo stesso tempo, irradiando il freddo che c'era fuori della *demi-maison*, sporgendo solo con la parte superiore del corpo dalla porta che aveva aperto.

«Devo montare di turno, capo?» dichiarò la ragazzina con quel tono nasale tipico di Boston Usa.

La responsabile le rispose sorridendo. «Ho ancora due colloqui, Johnette, poi ho finito».

«Che palle».

«Puoi fare entrare la gente dal ricovero quando arrivano per la Sig.ra Lopate?»

La ragazzina piegata in avanti fece di sí con la testa esile. In una narice era *transpercée* una di quelle spille da balia, che luccicò alla luce fluorescente quando fece di sí con la testa. «E Janice dice che si leva dalle scatole ora e vuole sapere se c'è qualche messaggio per lei prima di andarsene». La responsabile fece di no con la testa in risposta. La ragazzina alla porta guardò in basso verso Marathe e disse qualcosa come «Hey» o «Eh» in un saluto neutro di emozioni. Marathe sorrise con disperazione e fece finta di starnutire. L'odore del fumo visibile entrò attraverso la porta dal salone rumoroso che c'era dietro. Marathe si convinse fermamente che durante questa visita non avrebbe spezzato il collo a nessuno, perché c'era tutta questa gente che all'improvviso sporgeva nell'ufficio la parte superiore del corpo. Il torso della persona cominciò a ritirarsi mentre la responsabile tutto a un tratto guardò in su e disse: «Ehi, Johnette?»

La porta si riaprí di nuovo mentre il busto rispondeva «Oh».

«Mi fai un favore? Clenette H. ha portato giú un po' di cartucce di beneficenza dall'Eta oggi pomeriggio».

«Fammi indovinare».

«Gli indigeni sono agitati». La responsabile rise forte. «Che novità».

Anche il busto rise. «Hai visto che McDade continua a guardare *ancora* quella cosa coreana?»

«Potresti guardarle dopo che le luci sono spente? Cerca di guardarne molte per controllare che siano giuste».

«Niente carne, niente sostanze, solo qualche drink leggero», disse la ragazzina come se stesse ripassando una lezione.

«Guardane il piú possibile e lasciale sulla scrivania di Janice, e le dirò di metterle fuori subito domattina appena arriva per il suo turno».

La ragazzina aiutante della responsabile fece un cerchio curioso nell'aria con due dita mentre era ancora sulla porta. Una specie di segnale con la mano alla responsabile capo. Aveva un anello diverso per ogni dito della mano. «Gli indigeni saranno contenti, una volta tanto».

«Sono nell'armadietto con le schede di accettazione», le disse la responsabile.

«Le guarderò durante la Guardia dei Sogni, finché ho tempo».

«Ehi, Johnette?»

Il busto si sporse in avanti ancora una volta.

La responsabile disse: «E stai attenta che Emil e Wade non tormentino David K., ti dispiace?»

Marathe fece un gran sorriso quando la porta si chiuse completamente e la responsabile fece un piccolo gesto di scusa per essere stati interrotti. «Non capisco le parole *beneficenza* e *indigeni*, se posso chiedere», disse. «E neanche *etier*».

Fece una risata amichevole. Marathe ebbe l'impressione che fosse una persona felice. «La roba in beneficenza è roba che ci viene re-

galata. Ne dipendiamo piú di quanto non vorremmo. I residenti e gli
ex pazienti stanno sempre in guardia. Certe volte chiamiamo i residenti gli indigeni; è un modo bonario di prenderli in giro. Quella era
Johnette, che è una delle persone residenti[315]. Ci sono due membri del
personale che vivono qua dentro, ex pazienti. Uno è indisposto, ma
Johnette è – ti piacerà Johnette. Johnette è una custode. Eta sono delle lettere, E.T.A.».

Marathe fece finta di ridere forte. «Mi scuso, perché avevo capito *etier* con la mia pronuncia svizzera».

La responsabile rise comprensiva. «L'Eta è una scuola privata.
Spesso mandiamo dei residenti lassú per dei lavori part-time. È sulla
collina». Vedendo il velo che gli si avvicinava parecchio alla bocca per
l'inspirazione che aveva fatto, la responsabile espresse un certa sorpresa e disse: «Lo sapevi, vero, che la Ennet è una casa dove si lavora? Normalmente i residenti hanno un mese per trovarsi un lavoro».
Mentre espirava con attenzione, Marathe fece un lieve cenno per far
capire che Naturalmente lo sapeva.

11 NOVEMBRE

ANNO DEL PANNOLONE PER ADULTI DEPEND

Una parte del girato del documentario di Mario sull'Eta che gli hanno permesso di fare questo autunno consiste in Mario che va a spasso
in varie zone dell'Accademia con la sua telecamera Bolex H64 assicurata alla testa con delle cinghie e collegata al pedale con un cavo coassiale, con una mano la tiene ferma contro il maglione all'altezza del petto e con l'altra la manovra. Alle 2100h fuori fa freddo. I Campi Centrali sono ben illuminati, ma solo un campo è occupato, Gretchen Holt
e Jolene Criess stanno ancora cercando di finire una specie di maratona iniziata questo pomeriggio, le mani che stringono l'impugnatura
sono bluastre e i capelli sudati ghiacciati sembrano tante lance elet-
trizzate; le due si fermano tra un punto e l'altro per soffiarsi il naso
con le maniche, hanno indosso cosí tanti strati di felpe da sembrare
barilotti, e Mario non si preoccupa del cambio di velocità del film di
cui avrebbe bisogno per riprenderle dalla finestra appannata della
stanza di Schtitt, dove si trova. Il rumore della stanza è assordante.

La stanza dell'allenatore Schtitt è la 106, vicino al suo ufficio al
primo piano dell'Edificio Com. & Amm., dopo l'ufficio della Dott.ssa
Rusk e giú per il corridoio dal salone d'ingresso.

È una grande stanza vuota, fatta per lo stereo. Un pavimento di
legno che avrebbe bisogno di essere sabbiato, una sedia di legno e una

di bambú, una branda militare. Un tavolino basso sul quale ci sta solo il portapipe di Schtitt. Un tavolino da gioco pieghevole piegato e
appoggiato contro la parete. Rivestimento antiacustico su tutte le pareti e nessun oggetto decorativo appeso o attaccato al muro. Rivestimento antiacustico anche sul soffitto, e una lampadina appesa al soffitto con una catena lunga, collocata su un ventilatore sudicio con una
catena corta. Il ventilatore non gira mai ma certe volte fa un rumore
come se ci fosse qualcosa che non va nell'impianto. Nella stanza c'è
un leggero odore di Magic Marker. Niente è rivestito di tessuto, nessun cuscino sul letto, niente di morbido che assorba o devii il suono
dell'impianto sul pavimento, la nera germanicità di un costoso impianto stereo, una cassa grande quanto Mario in ogni angolo della
stanza, ciascuna senza il rivestimento di tessuto cosí che i coni dei
woofer sono a vista e vibrano con forza. La stanza di Schtitt è insonorizzata. Le finestre si affacciano sui Campi Centrali, con l'architrave e l'osservatorio immediatamente sopra di essa, a straziare le ombre delle luci dei campi. La finestra è proprio sopra il radiatore, che
quando lo stereo è spento fa degli strani suoni vuoti metallici, come
se qualcuno sotterra picchiasse sulle tubature con un martello. La
finestra fredda sul radiatore è appannata e trema leggermente con i
bassi wagneriani.

Gerhardt Schtitt è addormentato sulla sedia di bambú in mezzo alla stanza vuota, con la testa all'indietro e le braccia che gli penzolano,
le mani solcate da una ragnatela di arterie che mostrano il lento battito di lui. I piedi sono stolidamente piantati per terra, le gambe molto
allargate nel modo in cui Schtitt si siede di solito per colpa del varicocele. La bocca è un po' aperta e la pipa gli ciondola pericolosamente da un angolo. Mario lo riprende per un po' mentre dorme, vecchio,
bianco e fragile e allo stesso tempo terribilmente in forma. La musica
che fa tremare la finestra e riunire le goccioline di condensa e le fa
scendere giú per il vetro in righine dritte è un duetto che diventa sempre piú intenso e denso di emozione: un secondo tenore tedesco e un
soprano tedesco sono o molto felici o infelici o tutte e due le cose. Le
orecchie di Mario sono particolarmente sensibili. Schtitt riesce a dormire solo con l'Opera Europea a un volume altissimo. Ha raccontato
a Mario tante storie diverse delle sue terribili esperienze d'infanzia in
una Akademie austriaca per il «Controllo Qualità» sponsorizzata dalla Bmw per spiegare la singolarità dei suoi Rem. Il soprano lascia il ba-
ritono e si cimenta in un re alto e si ferma lí, sospeso, in un momento
di esplosione o di estasi. Schtitt non si scuote, neanche quando Mario
cade a terra due volte facendo molto rumore mentre cerca di arrivare
alla porta con le mani sopra le orecchie.

La rampa delle scale dell'Edificio Comunità e Amministrazione è stretta e spartana. Le ringhiere rosse di ferro freddo sono rosse per il minio. I gradini e le pareti sono di cemento grezzo. Rimandano quella specie di eco sabbiosa che ti fa salire le scale il piú velocemente possibile. La pomata fa un rumore che sembra una specie di risucchio. I corridoi al piano di sopra sono vuoti. Si sentono delle voci basse e si vedono luci sotto le porte del secondo piano. Le 2100h sono ancora Ora di Studio obbligatorio. Non si sentono dei movimenti veri e propri fino alle 2200h, quando le ragazze si spostano da una stanza all'altra per riunirsi e fare quello che fanno i gruppi di ragazze in vestaglia e ciabatte di pelo la notte tardi, finché intorno alle 2300h deLint spegne tutte le luci del dormitorio dall'interruttore principale del dormitorio. Un movimento isolato: una porta giú nel corridoio si apre e si chiude, le gemelle Vaught stanno camminando nel corridoio perché vogliono andare nel bagno in fondo, hanno indosso un asciugamano enorme, una ha i bigodini in testa. Una delle cadute nella stanza di Schtitt è stata sul fianco bruciato, e la pomata spiaccicata sta incominciando a penetrare la fasciatura e a scurire il velluto dei pantaloni su quella parte pelvica, anche se non c'è nessun dolore. Si sentono tre voci agitate dietro la porta di Carol Spodek e Shoshana Abram, un elenco di gradi e di lunghezze focali, uno studio di gruppo per l'esame di domani sulle «Riflessioni sulla Rifrazione» del Sig. Ogilvie. La voce di una ragazza da una stanza ignota dice molto chiaramente «La discesa della spiaggia calda sul mare» per due volte, poi sta zitta. Mario è appoggiato con la schiena alla parete del corridoio e fa delle panoramiche. Felicity Zweig appare dalla sua porta vicino alla tromba delle scale con una saponetta in mano e un asciugamano annodato all'altezza del seno, come se avesse un seno, e cammina verso Mario mentre va in bagno. Allunga le mani davanti alla testa di Mario, sembra volerlo tenere a distanza mentre passa dicendo:

«Ho solo un asciugamano addosso».

«Capisco», dice Mario, e usa le mani per girarsi e puntare la lente verso la parete nuda.

«Ho solo un *asciugamano* addosso».

Suoni controllati di conati di vomito da dietro la porta di Diane Prins. Mario riprende per un paio di secondi la Zweig che zampetta via con il suo asciugamano, fa dei passetti da uccellino e sembra terribilmente fragile.

La tromba delle scale puzza come il cemento di cui è fatta.

Dietro la 310, la porta di Ingersoll e di Penn, si sente il lieve cigolio gommoso di qualcuno che si muove con le stampelle. Qualcuno nella 311 sta gridando «Hai sparato una cazzata! Hai sparato una caz-

zata!» Gran parte del terzo piano è per i ragazzini sotto i quattordici anni. La moquette del corridoio è piena di macchie che sembrano
ectoplasmi, gli spazi di muro tra le porte sono pieni di poster di giocatori professionisti che indossano i completi dei loro sponsor.

Qualcuno ha disegnato un pizzo e le zanne su un vecchio poster
della Donnay di Mats Wilander, e il poster di Gilbert Treffert è sfigurato da insulti anticanadesi. Sul cartellino della porta di Otis Lord
c'è scritto *Infirmary* accanto al suo nome. Anche sul cartellino della
porta di Penn c'era scritto *Infirmary*. Si sente il rumore di qualcuno
che parla sottovoce a qualcuno che sta singhiozzando dalla stanza di
Beak, Whale e Virgilio, e Mario resiste all'impulso di bussare. La porta di LaMont Chu è completamente coperta con delle foto di colpi di
campioni prese dalle riviste. Mario si sta piegando all'indietro per riprendere la porta quando LaMont Chu esce dal bagno alla fine del
corridoio con un accappatoio di spugna e le ciabattine infradito e i capelli bagnati, letteralmente fischiettando *Dixie*.

«Mario!»

Mario lo riprende in basso, i suoi polpacci muscolosi e senza peli,
i capelli bagnati che gocciolano sulle spalle dell'accappatoio a ogni passo. «LaMont Chu!»

«Che cosa è successo?»

«Non è successo nulla».

Chu si ferma a portata di conversazione. È solo lievemente piú alto di Mario. Un porta giú nel corridoio si apre e spunta una testa che
guarda a destra e a sinistra e poi si ritira.

«Bene». Chu raddrizza le spalle e guarda nella telecamera sulla testa di Mario. «Vuoi che dica qualcosa per i posteri?»

«Vai».

«Cosa devo dire?»

«Puoi dire quello che vuoi».

Chu raddrizza la schiena e il suo sguardo è penetrante. Mario controlla il misuratore alla cintura e usa il pedale per accorciare la lunghezza focale e aggiustare l'angolo delle lenti della telecamera verso
il basso, verso Chu, e si sentono dei rumorini di aggiustamento dalla
Bolex.

Chu è ancora fermo là in piedi. «Non so cosa dire».

«A me succede tutte le volte».

«Nel momento in cui il tuo invito è diventato ufficiale la mia mente si è svuotata».

«Può succedere».

«Adesso c'è solo vuota statica lí dentro».

«So esattamente cosa vuoi dire».

Stanno là in silenzio, il meccanismo della cinepresa emette un piccolissimo ronzio.

Mario dice: «Si vede che sei appena uscito dalla doccia».

«Stavo parlando con il buon vecchio Lyle al piano di sotto».

«Lyle è fantastico!»

«Stavo per entrare nelle docce ma negli spogliatoi c'è, diciamo, un po' di odore».

«È sempre bello parlare con il buon vecchio Lyle».

«Allora sono venuto qui».

«Tutto ciò che dici va molto bene».

LaMont Chu sta fermo un momento e guarda Mario che sta sorridendo e Chu capisce che vorrebbe fare di sí con la testa, ma non può, perché deve tenere ferma la Bolex. «Cosa stavo facendo? Stavo informando Lyle su cosa era successo nel casino di Eschaton, gli stavo dicendo che non si sa molto, ci sono in giro delle voci contraddittorie, sembra però che la Kittenplan e alcuni Fratelloni verranno puniti. Ci saranno provvedimenti disciplinari nei confronti dei Fratelloni».

«Lyle è davvero una persona eccezionale quando uno ha delle preoccupazioni», dice Mario, cercando con tutto se stesso di non fare di sí con la testa.

«La testa di Lord e la gamba di Penn, il naso rotto di Postman. Che cosa succederà a Incster?»

«Sei davvero naturale. Va molto bene».

«Ti sto chiedendo se Hal ti ha detto cosa gli faranno, se verranno puniti da Tavis. Mi posso immaginare Pemulis e la Kittenplan, ma non riesco a farmi un'idea di Struck o di tuo fratello che vengono puniti per quello che è successo. Non hanno fatto altro che guardare quello che succedeva. La Sorellona della Kittenplan è la Spodek, e lei non c'era neanche».

«Sarai contento di sapere che sto riprendendo tutto».

Ora Chu sta guardando Mario, il che è strano per Mario perché lui sta guardando attraverso il mirino di un occhio di pesce, il che significa che quando Chu guarda in basso per guardare Mario, a Mario sembra che lui stia guardando qualche punto del torace di Mario, molto piú giú.

«Mario, ti sto chiedendo se Hal ti ha raccontato cosa faranno a tutti».

«Lo stai dicendo o me lo stai chiedendo?»

«Te lo sto chiedendo».

La faccia di Chu sembra leggermente ovale e convessa attraverso l'obiettivo a occhio-di-pesce, e sembra sporgere. «Allora cosa succede se voglio usare quello che stai dicendo per un documentario che mi hanno chiesto di fare?»

«Cristo, Mario, usa quello che vuoi. Sto dicendo che ho dei problemi di coscienza al pensiero di Hal e di Troeltsch. E Struck non sembrava neanche conscio durante tutto il casino».

«Vorrei dire a questo punto che mi sembra tu stia tirando fuori tutto il vero LaMont Chu».

«Mario, a parte la cinepresa, sono qui in piedi tutto gocciolante per chiederti le impressioni di Hal su quando Tavis li ha chiamati, cioè per sapere se ti ha detto le sue impressioni. Van Vleck a pranzo ha detto che ieri ha visto Pemulis e Hal uscire dall'ufficio di Tavis con il tipo dell'urina dell'Associazione che li teneva tutti e due per un orecchio. Van Vleck ha detto che la faccia di Hal era del colore del Kaopectato».

Mario dirige la lente verso le infradito di Chu in modo da poter cosí guardare Chu sopra il mirino. «Lo stai dicendo tu, oppure è successo davvero?»

«Lo sto chiedendo *a te*, Mario, se Hal ti ha detto quello che è successo».

«Capisco quello che stai dicendo».

«Allora mi hai chiesto se te lo stavo chiedendo, e sí, te lo sto chiedendo».

Mario fa una zoomata molto stretta: il colore della pelle di Chu è una specie di verde cremoso e non si vede un follicolo. «LaMont, da quanto sei bravo, d'ora in poi ti cercherò e ti dirò tutto quello che mi dice Hal».

«Allora hai parlato con Hal?»

«Quando?»

«Cristo, Mario, certe volte quando si parla con te è come parlare al muro».

«Vai veramente molto bene!»

Qualcuno sta facendo i gargarismi. Sembra la voce di Guglielmo Redondo, quella che dice il rosario dietro la porta della stanza che divide con Esteban Reynes. Si ricorda che davanti alla Clipperton Suite nella East House c'era stato un nastro giallo fosforescente della polizia di Boston per piú di un mese. Nella Clipperton Suite era incollata una foto di Ross Reat che baciava l'anello di Clipperton, a rete. Il ruggito di uno sciacquone e il cigolio di una porta del cesso. L'impianto idraulico dell'Accademia è ad alta pressione. Mario mette di piú a scendere le scale che a salirle. Il minio rosso gli macchia la mano, perché deve stringere molto forte la ringhiera.

Il fruscio speciale della moquette del salone d'ingresso, l'odore delle sigarette Benson & Hedges nella zona della reception dopo il salone. Le porticine dell'ingresso che sono sempre chiuse ma mai a chiave. Il rivestimento di gomma sulle maniglie. Le Benson & Hedges costano 5,60 $ Onan al pacchetto alla tabaccheria Father & Son giú in fondo alla collina. La luce della targhetta DANGER: THIRD RAIL sulla scrivania di Alice Moore la Laterale non è accesa, e il suo computer è coperto dalla sua copertina di plastica opaca. Sulle sedie blu è rimasta l'impronta leggera dei sederi delle persone. La sala d'attesa è vuota e scura. C'è un po' di luce dai campi illuminati fuori. Da sotto la doppia porta dell'ufficio della Presidenza si vede la luce di una lampadina, molto attenuata dalla doppia porta, ma Mario decide di non esplorare; in presenza di Mario Tavis si innervosiva sempre cosí tanto da imbarazzare tutti[316]. Se si chiedesse a Mario se va d'accordo con suo zio C.T. lui risponderebbe: Certamente. Il misuratore della luce della Bolex indica Niente da Fare. Gran parte della luce disponibile nella sala d'attesa viene dall'ufficio senza porte del Decano delle Ragazze. Il che significa che c'è dentro la Mami.

La moquette con il pelo lungo è particolarmente insidiosa per Mario quando ha tutto l'equipaggiamento addosso. Avril Incandenza, fissata com'è per la luce, tiene accesa tutta una serie di luci sul soffitto, due piantane e alcune lampade da scrivania, e una sigaretta B&H nel grande posacenere di terracotta che Mario aveva fatto per lei alla Rindge and Latin School. Sta seduta sulla sua sedia girevole rivolta verso la grande finestra dietro la scrivania, ascolta qualcuno al telefono, tiene la cornetta sotto il mento a mo' di violino e allo stesso tempo guarda una spillatrice per controllare se è carica. Lo skyline della sua scrivania è fatto da inserti ammucchiati e cartelline e libri disposti con caotica precisione; niente vacilla. Il libro aperto di fronte a Mario è la seminale *Introduzione alla semantica di Montague*[317] di Dowty, Wall e Peter, un libro con delle illustrazioni davvero affascinanti che ora Mario non inquadra e cerca invece di riprendere da dietro la testa ritta della Mami e l'antenna allungata del telefono contro la nuvola dei suoi capelli, prendendola di spalle, ignara.

Ma il rumore di Mario che entra in una stanza anche con la moquette alta è inconfondibile, e oltretutto lei vede il suo riflesso nella finestra.

«Mario!» Le sue braccia si aprono a formare una V, con la spillatrice aperta in mano, mentre continua a guardare la finestra.

«Mami!» Si trova a dieci metri abbondanti dal tavolo delle conferenze e dal visore e dalla lavagna portatile, dall'altra parte dell'ufficio rispetto alla scrivania, e ogni passo sulla moquette alta è precario, Mario sembra un vecchietto dalle ossa delicate o qualcuno che porta un carico di roba fragile giú per una discesa scivolosa.

«Ciao!» Lei si rivolge al riflesso di Mario nella finestra divisa in quattro, osservandolo mentre appoggia con cura il pedale sulla scrivania e lotta con lo zaino che porta sulla schiena. «Non dicevo a te», dice Avril al telefono. Rivolge la spillatrice verso l'immagine della Bolex sull'immagine della testa di lui. «Siamo in onda?»

Mario ride. «Ti piacerebbe?»

Dice al telefono che è ancora lí, che Mario è entrato nella stanza. «Non voglio disturbare la tua telefonata».

«Non essere assurdo». Parla oltre il telefono, rivolta verso la finestra. Ruota la sua sedia girevole per guardare Mario, l'antenna del ricevitore descrive una mezzaluna e ora punta verso la finestra dietro di lei. Ci sono due sedie blu come quelle della zona reception di fronte alla sua scrivania; non fa segno a Mario di sedersi. Mario sta piú comodo in piedi appoggiato allo sprone che sta cercando di staccare dalla sua pettorina di tela e di abbassare, mentre allo stesso tempo si sta togliendo lo zaino dalla schiena. Avril lo guarda come la madre stellare che prova gioia solo a guardare il suo bambino. Non si offre di aiutarlo a togliersi la base di piombo dello sprone dallo zaino perché sa perfettamente che lui si sentirebbe del tutto a suo agio a chiederle aiuto se ne avesse bisogno. È come se sentisse che questi due figli sono le persone nella sua vita con cui non c'è bisogno di dirsi le cose importanti, e lei ama molto questo. Con la Bolex e la struttura di sostegno sopra la testa e il mirino sopra gli occhi Mario sembra un subacqueo. Quando sistema lo sprone e ci si appoggia, i suoi movimenti sono al tempo stesso privi di grazia e molto abili. I Campi Centrali illuminati, ora vuoti, sono visibili dalla parte sinistra della finestra di Avril se ci si sporge molto in avanti. Qualcuno ha dimenticato una borsa e un mucchio di racchette vicino alla rete del Campo 17.

I silenzi non li mettono a disagio. Mario non sa se la persona al telefono sta ancora parlando o se Avril s'è scordata di riattaccare il telefono muto. Tiene ancora in mano la spillatrice nera. Le fauci della spillatrice sono aperte e ha un che di coccodrillesco nella mano di lei.

«Sei passato da queste parti per farmi in saluto? Oppure stasera sono un personaggio?»

«Puoi essere un personaggio, Mami». Gira il testone con grande fatica. «Mi sono stancato di tenere quest'affare in testa».

«È pesante. L'ho tenuto anch'io».

«Però funziona».

«Mi ricordo quando lo fece. Ci mise talmente tanta cura. Credo sia stata l'ultima volta che si è divertito a fare qualcosa, davvero».

«È fantastico!»

«Gli ci vollero delle settimane per finirlo».

Gli piace guardare anche lei, avvicinarsi e farle capire che gli piace guardarla. Sono le persone meno imbarazzabili che tutti e due conoscano. È raro che lei rimanga qui fino a tardi; ha un grande studio nella CdP. La sola cosa che fa capire che Avril è stanca è quell'enorme, bianco ciuffo ribelle, come un cavallone di capelli, che le viene solo da una parte, la parte dove tiene il telefono, e questo ciuffo bianco si alza e tocca l'antenna. I suoi capelli sono stati bianchi immacolati da quando Mario la vide per la prima volta che lo guardava dal vetro dell'incubatrice. Nelle foto si vede che i capelli del padre di lei sono uguali ai suoi. Le cadono giú nel mezzo della schiena contro la sedia poi giú lungo le braccia, e scendono giú dalle braccia all'altezza del gomito. Dove li divide si vede il cuoio capelluto rosa. Tiene sempre i capelli molto puliti e ben pettinati. Ha uno dei fischietti del Sig. deLint attorno al collo. Il grosso ciuffo ribelle pròietta un'ombra curva sul davanzale della finestra. Ci sono una bandiera con la foglia di acero e una bandiera Usa a 50 stelle appese ad aste di ottone ai lati della finestra; nell'angolo piú lontano ci sono dei pennoni con il fleur-de-lis su dei sostegni alti appuntiti e ben lucidati. Nell'ufficio di C.T. c'è una bandiera dell'Onan e una bandiera Usa a 49 stelle[318].

«Ho fatto una conversazione di qualità con LaMont Chu al piano di sopra. Poi ho ripreso Felicity, quella ragazza magrissima – si è arrabbiata. Ha detto che aveva solo l'asciugamano addosso».

«Le passerà a Felicity. E cosí ti stai facendo un giro. Riprese peripatetiche». Si rifiuta di stare attenta alla sintassi, di parlargli facile, anche se quando la gente lo fa, di parlar facile a Mario, sembra che a lui non dia noia.

Non gli chiederà neanche della bruciatura al bacino a meno che non sia lui a parlarne per primo. Sta attenta a non entrare nel discorso della salute di Mario a meno che non sia lui a entrarci, perché non vorrebbe mai sembrare impicciona o asfissiante.

«Ho visto la luce. Perché la Mami è ancora qui?, mi sono detto». Lei fece come per stringersi la testa. «Non dirmi nulla. Oppure incomincerò a piagnucolare. Domani sarà una giornata terribilmente piena». Mario non la sentí salutare la persona al telefono quando riattaccò, e ora l'antenna era puntata verso il petto di Mario. Sta spegnendo la Benson & Hedge contro il posacenere a forma di cresta di gallo che lui aveva fatto strizzando l'argilla con le mani e colpendola di taglio come i karateka e fissandola al centro della ciotola quando lei aveva detto che voleva che fosse un posacenere. «Sapessi che piacere mi fa vederti qui, tutto equipaggiato per il lavoro», disse. «*In cerca di preda*». Spegne alcuni pezzetti di cenere accesa della sigaretta nella ciotola. Pensava che Mario si preoccupasse a vederla fumare,

anche se lui non le aveva mai detto niente in questo senso o nell'altro.
«Ho un appuntamento per colazione alle 0700h, il che significa che
devo sgobbare ora per le lezioni di domani mattina, cosí sono semplicemente rimasta qui invece di portarmi tutto avanti e indietro».

«Sei stanca?»

Lei sorrise solamente.

«È spento». Disse Mario indicando la sua testa. «L'ho spento».

Guardandoli non avresti mai detto che queste due persone fossero parenti, una seduta e l'altro in piedi tutto piegato in avanti.

«Mangerai con noi? Non avevo pensato per niente alla cena finché
non ti ho visto. Non so neanche cosa ci possa essere per cena. Tante
Meraviglie[319]. Cartilagine di tacchino. Il tuo sacco è vicino alla radio.
Rimarrai anche stasera? Charles è ancora impegnato con delle persone, credo, per lo meno cosí mi ha detto».

«Per il pasticcio con Eschaton e il naso di Postman?»

«Una persona di una rivista è venuta per fare un pezzo di reportage su tuo fratello. Charles sta parlando con lei al posto di qualsiasi
altro studente. Potresti parlarle tu di Orin se ti fa piacere».

«Ortho mi ha detto che quella sta *dando la caccia* a Hal».

Avril ha un modo particolare di piegare la testa quando parla con lui.

«Il povero Zio Charles è stato con Thierry e con questa della rivista per tutto il pomeriggio».

«Tu gli hai parlato?»

«Sto cercando di beccare tuo fratello. Non è nella tua stanza. Quel
tipo, Pemulis, è stato visto da Mary Esther mentre prendeva il loro camioncino prima dell'ora di Studio. Pensi che Hal sia con lui, Mario?»

«Non ho visto Hal dall'ora di pranzo. Ha detto che aveva una cosa ai denti».

«Fino a oggi non sono neanche riuscita a sapere se si è visto con
Zeggarelli».

«Mi ha chiesto come andava la bruciatura al bacino».

«Cosa che io non ti avrei chiesto a meno che tu non volessi parlarne».

«Va bene. Poi Hal mi ha detto che sperava che io tornassi a dormire laggiú».

«Gli ho lasciato due messaggi e gli ho chiesto di farmi sapere come andava il dente. Amore, sto male se penso che non ero con lui.
Hal e il suo dente».

«C.T. ti ha detto quello che è successo? Era arrabbiato? Eri al telefono con C.T. per caso?» Mario non sa dire perché la Mami avesse
chiamato C.T. per telefono quando lui era dall'altra parte del corridoio,
poco oltre la porta. Quando non fumava il piú delle volte teneva una

penna in bocca; Mario non sapeva perché. Nella tazza del suo college, sulla sua scrivania, c'erano per lo meno un centinaio di penne blu. Le piaceva raddrizzare la schiena nella sedia, stare seduta con la schiena bella dritta e afferrare i braccioli della sedia in una posizione di comando. Quando fa cosí assomiglia a qualcosa che Mario non riesce a individuare. Continua a pensare alla parola *tifone*. Sa bene che lei cerca sempre consciamente di non assumere un'aria di comando con lui.

«Voglio sapere come ti è andata questa giornata».

«Cosa, Mami?»

«Ho stabilito molti anni fa che avrei dato la massima fiducia ai miei figli, e non mi interessano i pettegolezzi riportati da terze persone quando le linee di comunicazione con i miei figli sono cosí aperte e libere da pregiudizi come fortunatamente sono state fino a ora».

«Il che mi sembra un atteggiamento molto giusto. Vero, Mami?»

«Per questo non ho nessun problema ad aspettare di sentirmi raccontare da tuo fratello di Eschaton, dei denti e dell'urina, e lui verrà da me nel momento in cui riterrà opportuno venire da me».

«Giusto, Mami».

«Io sono qui, A-more?

Tycoon* è la parola che gli fa venire in mente il suo modo di stare a sedere, con le mani sui braccioli, un penna stretta tra i denti come il sigaro di un uomo d'affari. C'erano altre impronte sulla moquette a pelo lungo.

«Mami?»

«Sí?

«Ti posso chiedere una cosa?»

«Fa' pure».

«Questa è spenta», indicando di nuovo l'apparecchio silenzioso che aveva sulla testa.

«Allora si tratta di una cosa confidenziale».

«Non è un segreto. La mia giornata è andata che mi sono chiesto una cosa. Ci ho pensato oggi».

«Sono sempre qui per te a qualsiasi ora, giorno e notte, Mario, come tu lo sei per me, come lo sono per Hal e come lo siamo tutti gli uni per gli altri». Muove le mani in un modo difficile da descrivere. «Sono qui».

«Mami?»

«Sono qui e la mia attenzione è completamente concentrata su di te».

---

* Gioco di parole con «tifone» (*typhoon*) di prima. *Tycoon* sta a rappresentare un uomo molto ricco, un magnate, spesso malevolo e con un sigaro in bocca [*N.d.T.*].

«Come si capisce quando qualcuno è triste?»

Un sorriso veloce. «Vuoi dire se qualcuno è triste?»

Un sorriso di risposta, ma sempre serio. «Cosí è molto meglio. Se qualcuno è triste, come si riesce a capirlo per essere davvero sicuri?»

I suoi denti non sono macchiati; va continuamente a farseli pulire dal dentista per il fumo, un vizio che lei disprezza. Hal ha ereditato i problemi con i denti da Lui in Persona; Lui in Persona aveva dei problemi terribili con i denti; metà dei denti erano ponti.

«Eppure tu sei una persona sensibile, A-more», gli dice.

«Cosa succede quando, per esempio, hai solo un sospetto che qualcuno sia triste. Come si fa a rafforzare questo sospetto?»

«Come confermarlo?»

«Sí. A te stesso». Vede che alcune delle impronte nella moquette sono di scarpe, e altre sono diverse, sembrano come di nocche. La sua posizione lordotica lo rende un acuto osservatore per cose come le impronte sulla moquette.

«Vuoi dire che vorresti sapere come farei io a confermarlo se avessi il sospetto che qualcuno è triste?»

«Sí. Proprio cosí. Giusto».

«Bene, quella persona potrebbe disperarsi, singhiozzare, piangere, oppure, in alcune culture, lamentarsi e strapparsi i vestiti di dosso».

Mario fa di sí con la testa come per incoraggiarla, e la strumentazione che vi tiene sopra sbatte un po'. «Ma diciamo nel caso in cui non piangono e non si strappano i vestiti di dosso. Ma hai comunque il sospetto che sono tristi».

Usa una mano per girarsi la penna in bocca come se fosse un buon sigaro. «In alternativa lei o lui potrebbero sospirare, fare il broncio, corrugare la fronte, sorridere senza voglia, apparire giú di corda, guardare il pavimento piú del normale».

«E se non fanno niente di tutto questo?»

«Bene, lui o lei possono comportarsi come se fossero distratti, come se avessero perso l'entusiasmo per le cose che prima li interessavano. Quella persona potrebbe dimostrare qualcosa che potrebbe sembrare pigrizia, fatica, indolenza, un certa riluttanza passiva a impegnarsi. Torpore».

«Che altro?»

«Possono sembrare insolitamente mansueti, calmi, letteralmente "giú"».

Mario appoggia tutto il suo peso sullo sprone, il che gli fa sporgere la testa, e la sua è un'espressione combattuta, che esprime perplessità, un tentativo di capire qualcosa di difficile. Pemulis la chiamava la Faccia di Mario in Data-Search, il che piaceva a Mario.

«Cosa succede se certe volte si comportano come se non fossero tanto piú giú del normale? Ma tu continui ad avere questi sospetti in testa».

Lei da seduta è alta quanto Mario in piedi e appoggiato allo sprone. Ora nessuno dei due sta guardando l'altro, fissano tutti e due il vuoto un paio di gradi piú in là. Avril si batte la penna sugli incisivi. La luce del telefono lampeggia, ma non squilla. L'antenna dell'aggeggio portatile è ancora puntata verso Mario. Le sue mani non sembrano avere la sua età. Sposta leggermente indietro la poltrona da dirigente per accavallare le gambe.

«Ti sentiresti a tuo agio a dirmi se stiamo parlando di una persona in particolare?»

«Cosa Mami?»

«C'è una persona specifica nella quale hai intuito una certa tristezza?»

«Cosa Mami?»

«Stai parlando di Hal? Forse Hal è triste per qualcosa di cui non riesce ancora a parlare?»

«Voglio solo sapere in generale come si fa a essere sicuri».

«E non hai idea dove sia andato stasera o se quando è andato via era triste?»

Il pranzo di oggi era esattamente lo stesso pranzo di ieri: pasta con tonno e aglio, pane integrale casareccio a fette grosse, l'obbligatoria insalata, e latte o succo di frutta, e pere sciroppate. La Sig.ra Clarke si era presa un Permesso per Malattia per tutta la mattina perché quando era arrivata stamattina, aveva detto Pemulis a pranzo, quando era arrivata molto presto per accendere il fuoco sotto la pentola della polenta aveva sentito dire da una delle ragazze della colazione che c'erano delle scope messe a X sulla parete, e nessuno sapeva da dove fossero arrivate, solo che erano sulla parete, e il fatto che nessuno sapesse come ci fossero arrivate quelle scope, o perché, o chi ce le avesse incollate aveva sconvolto i nervi della Sig.ra Clarke, che era con gli Incandenza da molto prima che ci fosse l'Eta, e si era molto innervosita.

«Non ho visto Hal dall'ora di pranzo. Si era tagliato una mela a spicchi e ci metteva sopra il burro di noccioline, invece di mangiare le pere sciroppate».

Avril annuí con vigore.

«Anche LaMont non lo sapeva. Il Sig. Schtitt sta dormendo sulla sedia nella sua stanza. Capito, Mami?»

Avril Incandenza può spostare una Bic da una parte all'altra della bocca senza usare le mani; non si rende conto di farlo quando lo fa. «Allora dimmi se stiamo parlando di qualcuno in particolare».

Mario le sorride.

«Ipoteticamente, allora, certe volte si può notare in qualcuno un certo tipo di tristezza molto strana che sembra una specie di dissociazione da se stesso, forse, A-more».

«Non so cosa vuol dire *dissociazione*».

«Va bene, amore, ma capisci la frase "Non essere te stesso" – "Oggi non è lui", per esempio», e continua a muovere le dita come ad aprire virgolette per racchiuderci quello che dice, cosa che adora. «Esistono, apparentemente, delle persone che hanno una profonda paura delle loro emozioni, soprattutto di quelle dolorose. Dolore, dispiacere, tristezza. Soprattutto la tristezza, forse. Dolores dice che queste persone temono di essere obliterate, annullate dalle emozioni. Come se qualcosa che sentono veramente e completamente non dovesse avere una fine o un fondo. Come se diventasse infinita e li annientasse».

«*Annientare* significa *obliterare*».

«Voglio dire che queste persone in genere hanno un'idea molto fragile del loro essere persone. O della loro stessa esistenza. Questa interpretazione è "esistenziale", Mario, il che significa che è vaga e leggermente incompleta. Ma credo che possa essere vera in certi casi. Mio padre mi raccontava delle storie di suo padre, che aveva una fattoria per la coltivazione delle patate a St. Pamphile ed era molto piú grande di quella di mio padre. Una stagione mio nonno aveva fatto un raccolto meraviglioso e voleva investire dei soldi. Questo accadeva nei primi anni Venti, quando si potevano fare un sacco di soldi su aziende appena nate e sui nuovi prodotti americani. Sembra che avesse ristretto il campo a due scelte – il Punch Delaware, o un oscuro surrogato del caffè, dolce e frizzante, che veniva venduto alla spina nelle farmacie e si diceva contenesse quantità minuscole di cocaina, e questo fece nascere parecchie controversie, a quei tempi. Il padre di mio padre scelse il Punch Delaware, che sembra avesse il sapore del succo di mirtillo rancido, e la compagnia che lo produceva andò in fallimento. Poi i due raccolti successivi di patate furono decimati dai parassiti, e lui fu costretto a vendere la fattoria. Ora la Coca-Cola è la Coca-Cola. Però mio padre diceva che suo padre mostrava molta poca emozione o rabbia o tristezza per tutta questa storia. Che per qualche ragione non ci riusciva. Mio padre diceva che suo padre era di ghiaccio e che provava emozioni solo quando era ubriaco. Sembra che si ubriacasse quattro volte all'anno, piangeva sulla sua vita, scaraventava mio padre dalla finestra del salotto e spariva per molti giorni a girovagare nella campagna della Provincia de L'Islet, ubriaco e furibondo».

Per tutto questo tempo non ha guardato Mario, anche se Mario la sta guardando.

Lei sorrise. «Naturalmente anche mio padre riusciva a raccontare questa storia solo quando era ubriaco anche *lui*. Non scaraventò mai nessuno fuori dalle finestre. Rimaneva a sedere sulla sedia, beveva birra e leggeva il giornale, per ore, finché cadeva dalla sedia. Poi un giorno cadde dalla sedia e non si rialzò piú, e fu quello il modo in cui morí il tuo nonno materno. Non sarei mai riuscita ad andare all'Università se lui non fosse morto quando ero una ragazzina. Credeva che l'educazione fosse uno spreco per le ragazze. Era tipico dei suoi tempi; non era colpa sua. La sua eredità pagò l'università a me e a Charles».

Ha continuato a sorridere dolcemente per tutto il tempo, e intanto svuotava le cicche del posacenere nel cestino, puliva con un Kleenex l'interno del posacenere, sistemava i mucchi di cartelline che aveva sulla scrivania. C'erano un paio di strane strisce di carta lunghe e spiegazzate di un rosso acceso a penzolare dal cestino che di solito era completamente vuoto e pulito.

Avril Incandenza è quel genere di donna bella e alta che non è mai stata di quella bellezza assoluta, da rivista di moda, ma ha raggiunto abbastanza presto un punto piuttosto in alto nella scala della bellezza e lí è rimasta anche quando è invecchiata, mentre un mucchio di altre donne belle sono invecchiate peggio e ora sono molto meno belle. Ha 56 anni, e ancora oggi Mario s'incanta a guardare il suo volto. Lui sa che lei non crede di essere bella. Sia Orin sia Hal hanno preso un po' della sua bellezza, anche se in modi diversi. A Mario piace guardare Hal e sua madre e cercare di capire quali sono le sottili differenze di spazio tra i lineamenti che rendono la faccia di una donna diversa dalla faccia di un uomo, nelle persone belle. Cos'è che rende una faccia maschile o femminile. Avril pensa di essere troppo alta per essere bella. Sembrava molto meno alta quando era accanto a Lui in Persona, che era davvero alto. Mario porta delle piccole scarpe speciali quasi perfettamente quadrate, con i pesi nei tacchi e gli strap di Velcro invece dei lacci, e un paio di pantaloni di velluto che Orin Incandenza aveva portato alle elementari e sono ancora oggi i preferiti di Mario che se li mette sempre invece dei pantaloni nuovi che gli comprano, e una calda felpa girocollo con le strisce tipo ape.

«Voglio dire che certe persone sono terrorizzate perfino all'idea. di infilare l'alluce nel vero rimpianto o nella vera tristezza, oppure di arrabbiarsi. Questo vuol dire che hanno paura di vivere. Penso che siano imprigionate in qualcosa. Sono di ghiaccio dentro, da un punto di vista emotivo. Il perché questo avvenga. Nessuno lo sa, Amore. Certe volte viene chiamata *soppressione*», e con le dita chiude ancora le virgolette. «Dolores pensa che sia dovuta a un trauma nell'infanzia, ma io sospetto che non sia sempre cosí. Ci possono essere persone che sono nate imprigionate. L'ironia, naturalmente, sta nel fatto che questo stesso essere imprigionati che inibisce l'espressione della tristezza deve essere anch'esso intensamente triste e doloroso. Per la persona ipotetica di cui stiamo parlando. Ci possono essere delle persone tristi proprio qui all'Accademia che sono cosí, Mario, e forse anche tu sei sensibile a questa cosa. Non sei insensibile per niente quando si tratta delle persone».

Mario si gratta di nuovo il labbro.

Dice: «Sai cosa farò», piegandosi in avanti per scrivere qualcosa su un Post-it con una penna diversa da quella che ha in bocca, «scriverò per te le parole *dissociazione*, *annientamento*, e *soppressione*, che metterò accanto a un'altra parola, *repressione*, con una sottolineatura diversa, perché denotano cose completamente diverse e non dovrebbero essere considerate dei sinonimi».

Mario si sposta leggermente in avanti. «Certe volte mi impaurisco quando dimentichi che devi parlarmi in un modo piú facile».

«Ecco, allora mi dispiace di questa cosa e al tempo stesso ti ringrazio che tu me lo abbia detto. È vero che mi dimentico le cose. Soprattutto quando sono stanca. Me ne dimentico e continuo ad andare avanti». Allinea i bordi e piega a metà il bigliettino adesivo e poi di nuovo a metà e lo getta nel cestino senza dover guardare dov'è. La sua sedia è una bella sedia girevole da dirigente, ma cigola un po' quando lei si sporge avanti o indietro. Mario capisce che sta cercando di non guardare l'orologio, il che non sarebbe un problema.

«Allora, Mami?»

«Allora le persone che sono tristi, ma non permettono a loro stesse di essere tristi, e non la esprimono, la tristezza, sto parlando davvero come una cretina, queste persone possono colpire le persone sensibili e sembrare a loro che siano in qualche modo assenti. Non Presenti. Vuote. Distanti. Mute. Distanti. *Suonate* è una parola americana con la quale siamo cresciuti. Di legno. Morte. Disconnesse. Distanti. O magari bevono alcol o prendono droghe. Le droghe riescono al tempo stesso a smussare la tristezza vera e a dare una possibilità d'espressione a una forma contorta di tristezza, come buttare qualcuno fuori dalla finestra del salotto nelle aiole che erano state rimesse a posto con grande cura dopo l'ultimo lancio».

«Mami, penso di aver capito».

«Va meglio cosí invece del mio solito farfugliamento?»

Si è alzata per versarsi l'ultimo goccio di caffè rimasto nel recipiente di vetro. In questo modo gli dà quasi completamente la schiena mentre è in piedi vicino al tavolino. In cima agli armadietti degli archivi accanto alla bandiera ci sono un vecchio paio di pantaloni da football americano ben piegati e un elmetto. È il suo ricordo di Orin, che non parla con loro e non li cerca mai. Avril ha una vecchia tazza con un personaggio dei cartoni piccolo e lontano in prospettiva in un campo di grano o di orzo che gli arriva al ginocchio, e sulla tazza c'è scritto A UNA DONNA CHE EMERGE NEL SUO CAMPO. Una giacca blu perfettamente stirata con uno stemma dell'Onanta è appesa a una gruccia di legno che pende dal braccio di metallo di un attaccapanni nell'angolo della stanza. Ha sempre bevuto il caffè nella tazza CHE EMERGE NEL SUO CAMPO, anche quando erano a Weston. Non c'è nessuno al mondo che appende la roba, tipo le camicie e le giacche, precise e senza pieghe come la Mami. Sulla tazza c'è un'incrinatura marrone sottile come un capello che va tutta giù da una parte, ma non è né sporca né macchiata, e lei non lascia mai il rossetto sul bordo come fanno le altre donne sopra i cinquanta.

Mario è stato incontinente fino ai primi anni dell'adolescenza. Suo padre e Hal lo avevano cambiato per anni, senza mai esprimere un giudizio o fare smorfie o mostrarsi tristi o arrabbiati.

«Ma allora, Mami?»

«Sono sempre qui».

Avril non poteva cambiare i pannolini. Una volta era arrivata da lui piangendo, aveva sette anni, e glielo aveva spiegato e si era scusata. Non ce la faceva a cambiare i pannolini. Proprio non ce la faceva. Aveva singhiozzato e gli aveva chiesto di perdonarla e di rassicurarla che lui aveva capito che non significava che lei lo trovava repellente e anzi lei gli voleva tutto il bene del mondo.

«Si può essere sensibili a qualcosa di triste anche se non lo è quella persona?»

Le piaceva molto tenere la tazza del caffè con tutte e due le mani. «Cosa hai detto, scusa?»

«L'hai spiegato molto bene. Mi è stato molto di aiuto. È solo che... cosa succede se queste persone sono come... *più* loro stessi del normale? Di quanto non erano prima? Se non sono vuoti o morti. Se uno è ancora di più se stesso dopo che è successa una cosa triste. Che cosa vuol dire se succede questo e tu continui a pensare che lui è ancora triste, dentro, comunque?»

Una cosa che le succede da quando ha superato i cinquant'anni è che quando non ti segue le viene una piccola riga rossa di traverso sulla pelle tra gli occhi. Anche alla Sig.na Poutrincourt viene la stessa righina, e lei ha solo ventotto anni. «Non ti seguo. Com'è possibile che uno sia troppo se stesso?»

«Credo che questo è quello che voglio chiederti».

«Stiamo parlando dello Zio Charles?»

«Cosa Mami?»

Si tira dei colpetti sulla testa facendo finta di essere un po' ottusa. «Mario A-more, sei *tu* triste, per caso? Stai cercando di capire se io mi sono accorta che *tu* sei triste?»

Lo sguardo di Mario continua ad andare da Avril alla finestra dietro di lei. Può azionare il pedale della Bolex con le mani se è necessario. I torreggianti piloni della luce dei Campi Centrali proiettano in alto e nella notte un alone strano. Nel cielo c'è vento, e nuvole scure alte e sottili si muovono in una specie di trama contorta. Tutto questo è visibile al di là dei deboli riflessi della stanza illuminata e delle piccole luci del tennis che vanno a incrociarsi sul campo.

«Anche se naturalmente il mio sole sparirebbe dal cielo se non pensassi che tu verresti subito da me a dirmelo, se ti sentissi triste. Non dovrei aver bisogno di capirlo da sola».

E a est, dopo tutti i campi, si vedono alcune luci nelle case del complesso dell'Enfield Marine piú in basso sulla collina, e al di là i fanali delle auto sulla Commonwealth e le luci dei negozi e della statua illuminata della signora con il vestito che guarda in basso in cima all'ospedale St. Elizabeth. Lontano sulla destra a nord sopra un mucchio di luci diverse si vede la punta rossa rotante del trasmettitore della Wyyy, e il suo anello rosso si riflette nel fiume Charles, il Charles gonfio di pioggia e di neve fusa, illuminato a chiazze dalle luci sulla Memorial e sulla Storrow 500, il fiume che si snoda, gonfio e pieno di curve, un mosaico di arcobaleni d'olio e rami morti, di gabbiani addormentati o alla cova, che si muovono a scatti, la testa sotto l'ala.

Il buio annullava ogni distanza. Invece del soffitto potevano esserci le nuvole.

«Skkkk».

«Booboo?»

«Skk-kkk».

«Mario?»

«Hal!»

«Stai dormendo, Boo?»

«Non credo».

«Perché se stavi dormendo non ti volevo svegliare».

«È ancora buio o sembra a me?»

«Il sole non si alzerà ancora per un po', credo».

«Cosí è buio, allora».

«Booboo, ho appena fatto un sogno bruttissimo».

«Hai detto "Grazie, Signore, potrei averne un altro?" parecchie volte».

«Scusami, Boo».

«Numerose volte».

«Scusami».

«Credo di aver continuato a dormire».

«Cristo, si sente Schacht che russa. Ti senti la spina vibrare quando russa».

«Io ho continuato a dormire. Non ti ho neanche sentito entrare».

«Che bella sorpresa rientrare e vedere che la sagoma del buon vecchio Mario con tutti i suoi guanciali è di nuovo nel suo lettino».

«...»

«Spero che non ti sia trasferito qui solo perché ti sembrava che io avrei potuto chiedertelo».

«Ho trovato qualcuno con i nastri della vecchia Psychosis, finché lei non ritorna. Ho bisogno che tu mi dica come devo fare a chiedere a qualcuno che non conosco di prestarmi i nastri, se siamo tutti e due ammiratori di lei».

«...»

«Allora Hal?»

«Booboo, ho sognato che stavo perdendo i denti. Ho sognato che i miei denti erano marciti ed erano diventati di argilla e si frantumavano quando mangiavo o quando parlavo, e io sputavo i frammenti dappertutto, e c'era una lunga scena in cui chiedevo il prezzo delle dentiere».

«La notte scorsa per tutta la notte continuava a venire gente a chiedere dov'è Hal, hai visto Hal, che cosa è successo con C.T. e il dottore delle urine e l'urina di Hal. La Mami mi ha chiesto dov'è Hal, e io mi sono meravigliato perché lei dice sempre che non vuole intromettersi».

«Poi, senza alcun filo logico nel sogno, sono seduto in una stanza fredda, nudo come un baco, su una sedia antifiamma, e continuo a ricevere fatture per posta per via dei denti. Un fattorino continua a bussare alla porta ed entra e mi porge dei conti per i denti».

«Lei vuole farti sapere che ha sempre fiducia in te e tu sei troppo degno di stima perché lei si preoccupi e debba controllarti».

«Solo che non si tratta dei miei denti, Boo. I conti sono per i denti di *qualcun altro*, non per i miei, e sembra che io non riesca a convincere il fattorino di questa cosa, che non sono per i miei denti».

«Ho promesso a LaMont Chu che gli avrei raccontato qualsiasi informazione mi riferirai, perché era cosí preoccupato».

«I conti sono in quelle bustine con le finestre plastificate che mostrano l'indirizzo della persona. Me le metto sulle ginocchia finché il mucchio diventa cosí grande che cominciano a scivolare dalla cima e cadono sul pavimento».

«LaMont Chu e io abbiamo fatto un bel dialogo sulle sue preoccupazioni. LaMont Chu mi piace un sacco».

«Booboo, per caso ti ricordi di S. Johnson?»

«S. Johnson era il cane della Mami. Quello che morí».

«Allora ti ricordi come morí».

«Allora, Hal, ti ricordi quel periodo a Weston quando eravamo piccoli e la Mami non andava da nessuna parte senza S. Johnson? Se lo
portava dietro a lavorare, e aveva quel seggiolino nella macchina solo
per lui quando aveva la Volvo, prima che Lui in Persona avesse l'incidente con la Volvo. Il seggiolino era della Fisher-Price. Andammo
all'inaugurazione di *Tipi di luce* di Lui in Persona alla Hayden[320] dove
non facevano passare le sigarette e i cani e la Mami portò S. Johnson
con un collare con le briglie dei cani da ciechi che gli stava tutto intorno al petto con la barra quadrata su quella specie di guinzaglio e la Mami portava quegli occhiali da sole e guardava per tutto il tempo in alto
e a destra e cosí sembrava che lei fosse davvero cieca cosí lasciarono entrare S. Johnson alla Hayden con noi, perché doveva esserci anche lui.
E Lui in Persona disse che fu una bella serata alla Hayden».

«Continuo a pensare a Orin e a come se ne stava lí in piedi e le
mentiva su come aveva eliminato S. Johnson».

«Lei era triste».

«Ho pensato compulsivamente a Orin da quando C.T. ci ha chiamato tutti. Cosa pensi quando pensi a Orin, Boo?»

«La migliore fu, ti ricordi, quando lei doveva prendere l'aereo e
non voleva metterlo in quella specie di gabbia e sull'aereo non le permettevano di portare neanche un cane per i ciechi, e allora dovette
lasciare S. Johnson e lo lasciò legato alla Volvo e aveva fatto mettere
un telefono a Orin con l'antenna tirata su vicino a dove S. Johnson
era legato alla Volvo e lei telefonava e lasciava squillare il telefono vicino a S. Johnson perché diceva che S. Johnson riconosceva il suo
squillo unico personale al telefono e avrebbe sentito lo squillo e avrebbe saputo che lei stava pensando a lui e gli voleva bene anche se era
lontana, aveva detto cosí?»

«Mi ricordo che era veramente di fuori per quel cane. Gli comprava cibo esoterico. Ti ricordi quante volte gli faceva il bagno?»

«...»

«Che cosa c'era tra lei e quel cane, Boo?»

«E il giorno che noi eravamo fuori a tirarci le palle nel vialetto e
c'erano anche Orin e Marlon e S. Johnson era disteso lí sul vialetto
legato al paraurti con il telefono vicino e il telefono continuava a suonare e Orin rispose e abbaiò come un cane e riattaccò e lo spense?»

«...»

«Cosí lei avrebbe pensato che era S. Johnson? E Orin aveva pensato che fosse un bello scherzo?»

«Cristo, Boo, non mi ricordo niente di questa storia».

«E disse che ci avrebbe fatto le bruciature indiane su tutte e due le braccia se non avessimo fatto finta di non sapere di cosa stesse parlando quando ci avrebbe chiesto qualcosa dell'abbaio al telefono quando sarebbe tornata a casa?»

«Delle bruciature indiane me ne ricordo bene».

«Ci aveva detto di scuotere le spalle e di guardarla come se le mancassero delle rotelle, ti ricordi?»

«Orin riusciva a dire le bugie con una intensità davvero patologica, crescendo, è quello che mi ricordo».

«Ci faceva ridere da morire un sacco di volte, comunque. Mi manca».

«Io non so se mi manca o no».

«Mi manca il Family Trivia. Ti ricordi quelle quattro volte che ci fece stare lí a sedere quando giocavano a Family Trivia?»

«Hai una memoria fenomenale per questa roba, Boo».

«...»

«Forse stai pensando che io mi chieda perché non mi chiedi della storia con C.T. e Pemulis e delle urine prelevate all'improvviso dopo il casino di Eschaton, quando l'urologo ci ha portato nel cesso dell'amministrazione ed è stato lí a guardare personalmente mentre riempivamo i bicchierini, è rimasto lí mentre entrava nei bicchierini, l'urina, per esserc sicuro che fosse davvero la nostra».

«Credo di avere una memoria specialmente fenomenale per le cose che mi ricordo che mi erano piaciute».

«Me lo puoi chiedere se ti va».

«Cosa Hal?»

«L'informazione chiave è che il tipo dell'Onanta non ha davvero preso i nostri campioni di urina. Siamo riusciti a tenerla, la nostra urina, come senza dubbio la Mami sa benissimo, non ti sbagliare».

«Penso di avere una memoria fenomenale per le cose che mi fanno *ridere*, soprattutto».

«Pemulis, senza umiliarsi o ammettere niente di compromettente, è riuscito a convincere quel tipo a darci trenta giorni – l'Esibizione per la Raccolta di Fondi, il WhataBurger, la vacanza del Giorno del Ringraziamento, e poi io, Pemulis e Axford pisceremo come cavalli da corsa in qualsiasi contenitore di qualsiasi dimensione, ecco l'accordo che abbiamo fatto».

«Riesco a sentire Schacht, hai ragione. Anche i ventilatori».

«Boo?»

«Mi piace il rumore dei ventilatori di notte. A te? È come se qualcuno molto grosso dicesse da lontano: è okèokèokèokèok, di continuo. Da molto lontano».

«Pemulis il fifone, l'artista del mal di stomaco strategico, il nostro Pemulis ha dimostrato di avere le palle quadre, davanti a quell'urinatoio. Quel tipo dell'Onanta se l'è suonato come un violino. Mi sentivo quasi orgoglioso di lui».

«...»

«Potresti pensare che mi stia chiedendo come mai non mi chiedi perché trenta giorni, perché era cosí importante riuscire a strappare trenta giorni a quel tipo con la giacca blu prima di un controllo Gc/Ms. Potresti anche chiedermi che cosa c'era da aver paura».

«Hal, io so soltanto che ti voglio bene e sono contento di avere un fratello eccezionale sotto ogni aspetto, Hal».

«Cristo, certe volte parlare con te è come parlare con la Mami, Boo».

«Cosa Hal?»

«Solo che si sente che tu lo pensi davvero».

«Sei appoggiato su un gomito. Sei su un fianco e sei rivolto verso di me. Vedo la tua ombra».

«Certe volte mi chiedo come fa uno con la tua costituzione panglossiana a capire quando ti dicono una bugia, Booboo. Tipo quale criterio usi. Intuizione, induzione, riduzione, quale?»

«Diventi sempre difficile da capire quando stai su un fianco e ti appoggi sul gomito in questo modo».

«Forse non ti viene neanche in mente. Neanche la possibilità. Forse non ti è mai passato per la testa che qualcosa possa essere inventato, travisato, distorto. Nascosto».

«Cosa Hal?»

«E forse questa è la chiave. Forse allora tu credi cosí completamente a tutto quello che ti viene detto che, in pratica, diventa vero in transito. Vola nell'aria verso di te, inverte il suo spin e quando arriva a te è vero, per quanto fosse mendace quando era uscito dall'altra persona».

«...»

«Sai, Boo, ho scoperto che la gente mente in vari modi, ma sempre in modi ben precisi. Forse non riesco a cambiare lo spin come ci riesci tu, ma cerco di crearmi una specie di guida per riconoscere tutti i modi».

«...»

«Per quello che ho visto, alcune persone, Boo, quando dicono le bugie, diventano molto calme e concentrate e il loro sguardo è molto concentrato e intenso. Cercano di dominare la persona a cui mentono. La persona alla quale stanno mentendo. C'è un altro tipo di persone che si agitano e diventano insicure e accentuano le loro bugie con i movimenti e i rumori di chi si autocommisera, come se credere loro fosse come averne pietà. Altre ancora sotterrano la loro bugia in cosí tante digressioni e divagazioni che è come se cercassero di infilare la bugia in mezzo a tutte quelle informazioni estranee, come un insetto minuscolo che passa attraverso la retina delle finestre».

«Solo che Orin finiva per dire la verità anche quando non pensava di dirla».

«Non sarà mica una caratteristica di tutta la famiglia, Boo?»

«Forse se lo chiamiamo lui viene al WhataBurger. Lo puoi vedere se hai voglia e se glielo chiedi, forse».

«Poi ci sono quelli che chiamerei i bugiardi-kamikaze. Ti dicono una bugia surreale e fondamentalmente incredibile, poi fanno finta di avere una crisi di coscienza e ritrattano la bugia originale, e poi ti offrono la bugia che vogliono farti bere davvero, cosí la bugia vera sembrerà quasi una concessione, un compromesso con la verità. Questi sono i piú pietosamente facili da smascherare».

«La bugia pietosa».

«Poi ci sono quelli che elaborano troppo la bugia, la rimpinzano di formazioni rococò piene di dettagli e di correzioni, e lo capisci da quello che è una bugia. Avevo sempre pensato che Pemulis facesse parte di questo gruppo fino alla sua performance davanti all'orinatoio».

«*Rococò* è una bella parola».

«Poi ho inventato una sottospecie degli elaboratori. Sono quei bugiardi che un tempo erano elaboratori ma poi si sono accorti che le elaborazioni rococò li smascheravano sempre, e allora hanno cambiato e ora mentono limpidamente, senza fronzoli, hanno quasi l'aria di essere annoiati a dirlo, come se quello che dicono fosse cosí ovviamente vero che non è il caso di perderci tempo».

«...»

«Ho deciso che questo è una specie di sottogruppo».

«Sembra che comunque tu riesca sempre a capirlo».

«Pemulis avrebbe potuto vendergli dei terreni a quell'urologo là dentro, Boo. È stato un momento di tensione incredibile. Non avevo mai pensato che avrebbe potuto fare una cosa cosí. Ha mantenuto i nervi saldi e lo stomaco non l'ha tradito. Irradiava una specie di stanco pragmatismo che l'urologo non è riuscito a controbattere. La sua faccia era una maschera di bronzo. Faceva quasi paura. Gli ho detto che non l'avevo mai creduto capace di una prestazione simile».

«La Psychosis alla radio leggeva sempre una brochure della linea di bellezza Eve Arden nella quale Eve Arden diceva: "L'importanza di una maschera sta nell'incrementare la tua circolazione", chiuse le virgolette».

«La verità è che nessuno riesce a capirlo *sempre*, Boo. Qualcuno è davvero troppo bravo, troppo complicato e idiosincratico; le sue bugie sono troppo vicine al cuore della verità perché si riesca a capire che sono bugie».

«Io non riesco a capirlo mai. Lo volevi sapere. Hai ragione. Non mi passa mai per la testa».

«...»

«Credo di essere uno di quelli che avrebbe comprato i terreni».

«Ti ricordi di quella mia fobia tremenda per i mostri quando ero un ragazzino?»

«Certo che me la ricordo».

«Boo, credo di non credere piú ai mostri tipo le facce sul pavimento o i neonati selvatici o i vampiri o quella roba lí. A diciassette anni penso di credere che i soli veri mostri sono quei bugiardi che non si riesce a smascherare. Quelli che non si tradiscono mai».

«Ma come riesci a capire che sono dei mostri, allora?»

«Sto cominciando a pensare che la mostruosità sia proprio questa, Boo».

«Cavolaccio».

«Che camminano in mezzo a noi. Insegnano ai nostri bambini. Sono imperscrutabili. Hanno la faccia di bronzo».

«Ti posso chiedere come è stare su quella cosa?»

«Cosa?»

«*Hai capito*. Non fare lo *stupido* per *imbarazzarmi*».

«Una sedia a rotelle è una cosa che: la preferisci o non la preferisci, non c'è distanza. Differenza. Stai sulla sedia anche se non la preferisci. Allora è meglio che la preferisci, no?»

«Non ci posso credere che *sto davvero bevendo*. Ci sono tutte queste persone dentro questa Casa che hanno paura di ricominciare a *bere*. Io sono qui dentro per la *droga*. Non ho *mai* bevuto piú di una birra in *vita mia*. Sono venuta qui solo per vomitare dopo che mi hanno *aggredita*. Uno per strada mi aveva offerto di fare da testimone e *non* mi voleva lasciare stare. Non avevo soldi. Sono venuta qui per *vomitare*».

«So cos'è quello che tu vuoi dire».

«Ridimmi come ti chiami».

«Mi chiamo Rémy».

«Hester direbbe che è una *cosa bella*. Non mi sento piú da schifo. Ramy mi sento *meglio* di sempre, meglio di come mi sia mai sentita non so da *quanto tempo*. È come la *novocaina dell'anima*. Mi dico: perché ho passato tutto quel tempo a farmi le canne quando *questo* mi fa davvero stare *meglio*».

«Noi, io non prendo droga. Io bevo di tanto in tanto».

«Be', devo dire che ti stai *rifacendo del tempo perso*».

«Quando bevo ne bevo tanti. Questo è quello che fa la mia gente».

«Mia mamma non lo teneva neanche in *casa*. Diceva che aveva portato *nella tomba* suo padre e aveva spazzato via *tutta la sua famiglia*. E io sono stufa di sentirlo dire. Sono venuta qui – che posto è questo?»

«Questo, è il Jazz Club di Ryle su Inman Square. Mia moglie sta morendo a casa nella regione dove sono nato».

«C'è questa roba nel *Librone* che ci fanno leggere tutte le domeniche, e ci dobbiamo *buttare giú* dal letto *all'alba* e ci dobbiamo mettere a sedere in cerchio e leggerla a voce alta e quasi la metà della gente non riesce neanche a *leggere* e ascoltarli è una cosa *tremenda*».

«Dovresti abbassare la voce, perché quando non suonano il jazz vogliono che la gente parli a bassa voce, vengono qui per stare tranquilli».

«E la sai quella del venditore di automobili che sta cercando di smettere di bere, è una barzelletta su quella che chiamano la pazzia del primo, del primo bicchiere – entra in un bar e chiede un panino e un bicchiere di latte – hai fame?»

«Non».

«Volevo dire che non ho *soldi*. Non ho neanche la *borsa*. Questa roba ti fa diventare stupido ma ti fa anche sentire un po' *migliore*. Non pensava di bere e poi, tutto a un tratto, pensa di bere. Questo tipo».

«Dal nulla blu, in un istante».

«*Esattamente*. Ma la pazzia è che dopo tutto questo tempo negli ospedali e dopo aver perso il *lavoro* e la *moglie* perché beveva, all'improvviso si mette in testa che un drink non gli farà niente di male se lo versa in un bicchiere di *latte*».

«Un pazzo scatenato».

«Allora quando questo personaggio assolutamente *rettileo* dal quale mi hai *salvato* venendo qui o spingendo la tua sedia, o come si dice. *Scu-sa*. Quando dice che mi vuole pagare da bere mi viene in mente il libro e come se mi sentissi *dentro* quella barzelletta ho ordinato Kamua e latte».

«Io, io vengo qui le notti che sono stanco, dopo che hanno messo via la musica, per la calma. Uso anche il telefono qui, certe volte».

«Voglio dire che anche prima di essere rapinata stavo camminando da sola da sobria e cercavo di decidere come fare a uccidermi, e allora mi sembra un po' sciocco preoccuparmi del fatto che ora sto bevendo».

«In qualche espressione assomigli a mia moglie».

«Tua moglie sta *morendo*. Cristo, io sono qui seduta a *ridere* e tua moglie sta *morendo*. Credo di non essermi sentita *decente* non so da quanto *cazzo* di tempo, capisci cosa voglio dire? Non dico star bene, non dico provare *piacere*, non è che miri cosí in alto, ma per lo meno sentirsi a *zero*, anche, cioè Non Sentire Dolore».

«Conosco questo significato. Ho passato un giorno intero a trovare qualcuno che i miei amici uccideranno, per tutto il tempo aspetto il momento di tradire i miei amici, e vengo qui e telefono per tradirli e vedo questa persona tutta ammaccata che assomiglia molto a mia moglie. Penso: Rémy, è giunto il momento di bere tanto».

«Ecco, io penso che sei *carino*. Penso che mi hai appena salvato la *vita*. Ho passato quasi nove settimane a sentirmi cosí male che volevo solo *uccidermi*, roba o non roba. Il Dott. Garton non mi aveva mai parlato di questo. Parlava un sacco dello *shock*, ma non ha mai neanche nominato il Kahlua con il latte».

«Katherine, ti racconterò una storia sul sentirsi tanto male e sul salvare una vita. Non ti conosco ma siamo ubriachi insieme ora, e vuoi sentire questa storia?»

«Non riguarda il Toccare il Fondo se uno prende una Sostanza e poi cerca di Arrendersi, vero?»

«La mia gente, noi non tocchiamo il fondo delle donne. Io sono, diciamo, svizzero. Le mie gambe, sono andate perdute quando ero un adolescente perché sono stato colpito da un treno».

«Deve essere stata una *furbata*».

«Avrei la tentazione di dirti che non puoi capire. Ma sento che sai cosa vuol dire stare male».

«Tu non lo *sai*».

«A poco piú di vent'anni, senza gambe. Molti miei amici anche: senza gambe».

«Deve essere stato un incidente ferroviario *terribile*».

«Anche mio padre: morto quando il suo pacemaker Kenbeck si è trovato troppo vicino a una chiamata sbagliata di un telefono cellulare laggiú lontano nelle Trois Rivières, in un singolare episodio di tragedia».

«Mio papà ci abbandonò per andare a stare a Portland, in Oregon, con la sua terapista».

«Anche in questo tempo, la mia nazione svizzera, siamo persone forti ma non una nazione forte, circondati da nazioni forti. C'è molto odio dei nostri vicini, e ingiustizia».

«Tutto cominciò quando la mia mamma trovò una fotografia della terapista nel suo portafoglio e disse: Che cosa ci fa *questa* qui dentro?».

«Per me, che sono debole, è cosí doloroso essere senza gambe quando ho appena vent'anni. Uno si sente grottesco per la gente; la tua libertà è limitata. Non ho possibilità di lavoro ora nelle miniere della Svizzera».

«Gli svizzeri hanno le miniere d'oro».

«Proprio cosí. E un territorio molto bellissimo, che le nazioni piú forti al tempo di quando ho perso le gambe commisero atrocità di carta alla terra della mia nazione».

«*Bastardi* del cazzo».

«È una storia lunga questo lato della storia, ma la mia parte della nazione svizzera al tempo che ho perso le gambe viene invasa e spogliata dalle nazioni vicine piú forti e piú malvage e piú odiate, che dicono come nell'*Anschluss* di Hitler che loro sono amici e non stanno invadendo la Svizzera ma ci stanno facendo un regalo di alleanza».

«*Stronzi* totali».

«È cosí, ma per me e i miei amici svizzeri senza gambe è un periodo nero di ingiustizia e di disonore, e di dolore terribile. Alcuni dei miei amici si spingono sulla sedia a rotelle per combattere contro l'invasione di carta, ma io, ma io ho troppo dolore perché mi importi di combattere. Per me la battaglia sembra senza senso: i nostri capi svizzeri sono stati corrotti e dicono che l'invasione è un'alleanza; noi pochi giovani senza gambe non possiamo respingere un'invasione; non possiamo neanche far ammettere al nostro governo che è un'invasione. Io sono debole e, nel dolore, vedo che tutto è inutile: non capisco il significato di scegliere di combattere».

«Sei *depresso*, ecco cosa sei».

«Non capisco il senso e non lavoro e non appartengo a niente; sono solo. Penso alla morte. Non faccio che bere spesso, vado in giro con la sedia per la campagna spogliata, a volte mi tocca scansare i proiettili vaganti di un'invasione, pensando alla morte, piangendo la depredazione della terra svizzera, in grande dolore. Ma piango me stesso. Sento dolore. Non ho gambe».

«Riesco a Identificarmi completamente con quello che stai raccontando, Ramy. Mio *Dio*, cosa *ho detto?*»

«E noi, la nostra campagna svizzera è molto collinosa. La *fauteuil* è dura da spingere su per tante colline, poi uno deve frenare con tutta la forza per non perdere il controllo e volare giú per la collina».

«Certe volte ti succede anche quando cammini».

«Katherine, io sono, in inglese, *moribondo*. Non ho gambe, non ho onore svizzero, non ho capi che combatteranno per la verità. Non sono vivo, Katherine. Mi spingo da una rifugio di montagna a una taverna, spesso bevendo, da solo, sperando di morire, chiuso dentro con il mio dolore nel cuore. Spero di morire ma non ho il coraggio di fare azioni per causare la morte. Due volte cerco di spingermi su un lato di un'alta collina svizzera ma non ci riesco. Mi maledico per la codardia e per l'inutilità. Mi spingo qua e là, sperando di essere colpito da un veicolo di qualcun altro, ma all'ultimo minuto mi spingo fuori dalla corsia dei veicoli sulle Autoroutes, perché non sono capace di volere la mia morte. Piú c'è dolore in me stesso, piú io sono chiuso dentro me stesso e non riesco a volere la mia morte, credo. Mi sento che sono incatenato in una gabbia dell'anima, per il dolore. Incapace di pensare o di scegliere qualcosa fuori di lí. Incapace di vedere qualcosa o di sentire qualcosa al di fuori del mio dolore».

«L'ala nera che si gonfia e sventola. Mi sto Identificando cosí tanto che non è neanche *divertente*».

«La mia storia era un giorno in cima a una collina che da ubriaco avevo faticato per molti minuti per spingermi fino alla cresta, e guardando giú dalla collina per la discesa vedo un donnina curva con una cosa che credo sia un cappello di metallo molto lontano in basso, che cerca di attraversare l'Autoroute svizzera provinciale in fondo, nel mezzo dell'Autoroute provinciale, questa donna, che sta ferma e guarda con terrore uno dei camion odiati, lunghi e luccicanti con tutte quelle ruote dei nostri invasori di carta, che le corre incontro ad alta velocità nella fretta di venire a spogliare parte della terra svizzera».

«Come uno di quegli elmetti svizzeri di metallo? E lei sta correndo come una pazza per togliersi di mezzo?»

«È là in piedi ferma pietrificata dal terrore del camion – identica a me che non ho fatto un movimento e sono pietrificato dal terrore dentro di me, incapace di muovermi, come uno di quei molti alci della Svizzera pietrificato dai fanali di uno dei molti camion pieni di tronchi della Svizzera. La luce del sole si sta riflettendo da matti sul suo cappello di metallo mentre lei sta scuotendo la testa di terrore e si sta tenendo – scusami, ma il suo petto di donna, come se il cuore di lei esplodesse dal terrore».

«Ma tu pensa, *cazzo*, che bello, sto ascoltando un'altra storia orribile e poi mi sentirò male un'altra volta, anche per questo».

«Ma il grande regalo di questa volta in vetta alla collina sopra l'Autoroute provinciale è che non penso a me. Non conosco questa donna e neppure l'amo, ma senza pensare sblocco i miei freni e mi sto buttando giú per la collina, quasi faccio derapate in molti punti della discesa della collina, e come diciamo noi in Svizzera io *schüssch* abbastanza veloce per raggiungere mia moglie e caricarla al volo sulla sedia e attraversare l'Autoroute provinciale fino all'argine proprio di fronte al muso del camion, che non aveva rallentato».

«Appendimi a testa all'ingiú e fottimi in tutte e due le *orecchie*. Ti sei tirato fuori da una depressione clinica facendo l'*eroe* del cazzo».

«Ci siamo spinti e siamo cascati giú dall'argine del lato lontano dell'Autoroute, facendo rovesciare la mia sedia e facendomi male a un moncherino, e facendo saltare via il suo cappello di metallo».

«Cazzo, Ramy, hai salvato la *vita* di una persona. Darei la mia palla sinistra per avere la possibilità di tirarmi fuori dall'ombra dell'ala in quel modo, Ramy».

«Non capisci tutto. Era questa donna ghiacciata dal terrore, lei ha salvato la mia vita. Perché questo mi ha salvato la vita. Questo momento ha rotto le mie catene moribonde, Katherine. In un istante e senza pensare mi sono permesso di scegliere che qualcosa era piú importante che il mio pensare alla mia vita. Lei, lei ha permesso questa volontà senza pensare. Lei con un colpo ha spezzato le catene della gabbia di dolore del mio mezzo corpo e della mia mezza nazione. Quando ero strisciato dietro la mia *fauteuil* e avevo messo in piedi la *fauteuil* che si era rovesciata ed ero di nuovo seduto mi sono reso conto che il dolore dentro non mi doleva piú. Sono diventato, allora, adulto. Mi ero permesso di lasciare la pena della mia perdita e il dolore in cima al Mont Papineau della Svizzera».

«Perché improvvisamente hai guardato la ragazza senza il cappello di metallo e hai sentito un impeto di passione e ti sei innamorato come un pazzo tanto da sposarti e andare insieme a lei nel—»

«Non aveva cranio, questa donna. Piú tardi ho saputo che era stata tra i primi bambini svizzeri della Svizzera sudoccidentale a essere nata senza cranio, per via delle tossicità associate all'invasione di carta del nostro nemico. Senza il contenimento del cappello di metallo la testa le penzolava dalle spalle come un palloncino mezzo sgonfio o una borsa vuota, gli occhi e la cavità orale erano tutti distesi da questo penzolare, e i suoni che uscivano da questa cavità erano difficili da ascoltare».

«Eppure qualcosa in lei ti spinse a innamorarti follemente di lei. La sua gratitudine e l'umiltà e la rassegnazione e quella specie di quieta dignità delle persone orribilmente handica— delle persone con dei difetti dalla nascita».

«Non era una cosa pazza. Avevo già scelto. Sbloccare i freni della *fauteuil* e *schüssch*are verso l'Autoroute – questo era amore. Ave-

vo scelto di amarla piú delle mie gambe perdute e di questa metà di
me stesso».

«E lei guardò i tuoi arti che non c'erano e non li vide nemmeno e
a sua volta ti scelse subito – risultato: amore appassionato».

«Per questa donna sull'argine non c'era nessuna scelta possibile.
Senza l'elmetto contenitore tutte le energie in lei erano impegnate a
dare alla cavità orale una forma che le permettesse di respirare, che
era un compito di grande enormità, perché nella sua testa non aveva
neanche muscoli né nervi. Il cappello speciale si era ammaccato da
una parte e io non avevo l'abilità di mettere la testa di mia moglie in
una forma che potesse far entrare il sacco della sua testa nel cappello, e scelsi di portarla sulle spalle spingendomi a grande velocità all'hôpital svizzero piú vicino specializzato in deformità di grave natura.
Lí mi hanno detto degli altri problemi».

«Penso che mi andrebbero un altro paio di Kahlua e latte».

«C'era il problema del tubo digerente. C'erano anche degli attacchi. C'erano le progressive degradazioni della circolazione e dei vasi,
che si chiamano restenosi. C'era una quantità maggiore dello standard di occhi e di cavità in varie fasi di sviluppo e in varie parti del
corpo. C'erano gli stati di fuga e di ira e la frequenza del coma. Era
scappata via da un istituto pubblico di beneficenza di cura svizzero.
La cosa peggiore da scegliere per innamorarsi erano i fluidi cerebro-
spinali che gocciolavano continuamente dalla cavità orale distesa».

«Eppure l'amore appassionato che provavate l'uno per l'altra
asciugò quella bava cerebro-spinale e gli attacchi e c'erano dei cappelli che la facevano sembrare cosí bella che ti faceva impazzire d'amore? Non è vero?»

«Garçon!»

«Adesso arriva la parte dell'amore scatenato?»

«Katherine, anch'io avevo creduto che non c'era amore senza passione. Piacere. Questa era una parte del dolore del non avere gambe,
questa paura che per me non ci sarebbe stata passione. La paura del
dolore è molte volte peggiore del dolore del dolore, n'est ce—?»

«Ramy, non penso proprio di avere l'impressione che questa sia
assolutamente una storia che mi farà sentire meglio».

«Cercai di lasciare la donna con la testa morbida e incontinente
di fluidi cerebro-spinali, m'epouse au future, dietro l'ospedale di grave natura e di spingermi via con la mia sedia nella mia nuova vita senza gabbia di accettazione e di scelta. Sarei andato nel centro della battaglia per la mia nazione spogliata, per ora non vedevo il senso di vincere ma semplicemente di combattere. Ma non mi ero allontanato che
qualche rivoluzione della fauteuil quando la vecchia disperazione di

prima di avere scelto questa creatura senza cranio era sorta di nuovo dentro di me. Entro poche rivoluzioni non c'era piú senso di nuovo e non c'erano gambe, e solo paura del dolore che non mi faceva scegliere. Il dolore mi spinse indietro da questa donna, mia moglie».

«Stai dicendo che questo è *amore*? Questo non è amore. Sai quando è amore perché lo *senti*. Non ha niente a che fare con il fluido della spina dorsale o con la disperazione, credi *a me*, tonno. I tuoi occhi si incrociano con quelli di lei e ti cedono le ginocchia e da quel secondo in poi sai che non sarai piú *solo* e all'*inferno*. Non sei neanche la metà del ragazzo che mi eri sembrato all'inizio, Ray».

«Dovevo affrontare: avevo scelto. La mia scelta, questa era amore. Credo che avevo scelto la via d'uscita dalle catene della gabbia. Avevo bisogno di questa donna. Senza scegliere lei invece di me, c'era solo dolore e niente scelta, spingermi in giro ubriaco e avere fantasie di morte».

«E questo è amore? È come se fossi stato *incatenato* a lei. È come se, appena cercavi di andare avanti con la tua vita, il dolore della depressione clinica fosse tornato di nuovo. È come se la depressione clinica fosse la canna di una pistola che ti spingeva verso l'altare. Ma c'è stato l'altare? Lei riuscí almeno ad arrivare all'altare?»

«L'elmetto di nozze di mia moglie era del nichel piú prezioso, estratto e fuso dai miei amici nelle miniere di nichel della Svizzera sudoccidentale. Tutti e due, ci spinsero all'altare con dei trasportatori speciali. Il suo aveva dei contenitori speciali e dei drenaggi, per i fluidi. Fu il giorno piú felice per me, dal giorno del treno. Il prete mi chiese se avevo scelto questa donna. Ci fu un lungo momento di silenzio. Tutto il mio essere si trovò sulla lama del rasoio in quell'istante, Katherine, mentre la mia mano teneva teneramente l'uncino di mia moglie».

«L'*uncino*? Un *uncino* al posto della mano?»

«L'avevo saputo fino dalla prima notte di nozze che la sua morte stava arrivando. La sua restenosi del cuore era irreversibile. Adesso la mia Gertraude, lei è in uno stato comatoso e vegetativo da quasi un anno. Non c'è uscita da questo coma, hanno detto. Il Cuore Artificiale Esterno Jaarvik IX è stato detto dai cardiologi degli ospedali pubblici della Svizzera che è la sua possibilità di vivere. Con quello che dicono mia moglie può vivere per molti anni ancora in uno stato comatoso e vegetativo».

«Allora sei qui per spingere il tuo caso con quelli dello Jaarvik IX a Harvard o in qualche altro posto».

«È per lei che io ho tradito i miei amici e il mio gruppo, la causa della mia nazione, e ora che quella vittoria e l'indipendenza dei vicini è possibile io li sto tradendo».

«Stai facendo la spia e stai tradendo la Svizzera per cercare di tenere in vita qualcuno con un uncino e il liquido spinale e senza cranio in coma irreversibile? E io pensavo di avere delle turbe. Mi stai
facendo completamente ripensare al mio concetto di *turbe*, amico».

«Non lo sto dicendo per farti star male, povera Katherine. Sto raccontando del dolore e di aver salvato una vita, e dell'amore».

«Va bene, Ray, io non ci capirò niente, ma qui l'amore non c'entra: c'entra la poca di stima di sé e il volersi fare del male e l'Accon-
tentarsi di Poco, scegliere un coma al posto dei tuoi compagni. Sempre che tu non stia mentendo per portarmi a *letto* o per fare un'altra
cazzata da pazzoide con le turbe come questa».

«Questa—»

«E te lo voglio proprio dire, dirmi che ti *ricordo* lei non è proprio
il modo migliore per conquistarmi, capisci cosa voglio dire?»

«Questa è la cosa difficile da dire. Chiedere a una persona qualsiasi di capire. Non è una scelta. Non è scegliere Gertraude al posto
degli Afr, dei miei compagni. Al posto della causa. Scegliere Gertraude per amarla come moglie è stato necessario per le altre, per le
altre scelte. Senza la scelta della sua vita non ci sono altre scelte. Ho
cercato di andarmene all'inizio. Ho fatto solo un paio di rivoluzioni
delle ruote della *fauteuil*».

«A sentirla cosí sembra piú una *pistola puntata alla testa* che una
scelta. Se non puoi scegliere in un altro modo, allora non c'è scelta».

«No, ma questa scelta, Katherine, io l'ho fatta. Mi incatena, ma
le catene le ho scelte io. Le altre catene no. Le altre sono state catene senza scegliere».

«Hai un gemello che è appena arrivato e si è seduto alla tua sinistra e si sta sovrapponendo a te per un terzo?»

«Sei completamente ubriaca. Succede velocemente se non sei abi-
tuata all'alcol. Spesso è accompagnato anche dalla nausea. Non ti al-
larmare se si sdoppia la visuale, perdi l'equilibrio, e ti viene la nausea
di stomaco».

«Il prezzo che si paga ad avere un tratto digestivo umano normale e completo. Io vomitavo tutte le mattine senza bere. Con la pioggia e con il sole».

«Tu pensi che non c'è amore senza piacere, le necessità senza scelta della passione».

«Ho apprezzato i *drinks* e tutto, ma non credo che terrò, diciamo,
a mente una lezione sull'*amore* da uno che sposa una con il liquido cerebrale che gli esce dalla *bocca*, senza offendere nessuno».

«L'hai detto. Le mie opinioni sono solo che l'amore di cui parlate
voi di questo Paese non porta nessuno dei piaceri che cerchi nell'amo-

re. Tutta questa idea che il piacere e il sentirsi bene è quello da sceglicre. Darsi via per questo. Che tutta la vostra scelta per voi porta là – questo piacere di non scegliere».

«Non rovinarmi questo momento che mi sento bene, Ray, testa di cazzo, pezzo di merda, testa di cazzo di uno svizzero».

«...»

«È meglio vomitare subito o cercare di aspettare prima di vomitare, Signor Esperto?»

«Sto pensando: che cosa faresti se dicessi che potremmo andarcene e ti potrei portare solo a tre strade da qui e farti vedere qualcosa con questa promessa: sentiresti piú piacere e benessere di quanto non hai mai sentito prima: non sentirai mai piú tristezza o pietà o dolore delle catene o della gabbia di non scegliere. Sto pensando a questa offerta: mi risponderesti cosa?»

«*Ti rispoonderei che* questa l'ho già sentita, testa di cazzo, e da... da ragazzi con un po' piú di roba sotto la cintura, non so se mi spiego».

«Non capisco».

«Risponderei che sono una *scopata di merda*. Intendo come *partner a letto*. Ho fatto sesso due volte, e tutte e due le volte è stato tremendo, e Brad Anderson quando lo chiamai e gli chiesi perché non hai piú chiamato Brad Anderson lo sai cosa disse? Disse che ero una *scopata schifosa* e che il mio buco era troppo grande per una con un *culo cosí piatto*, disse Brad Anderson».

«No. No. Non capisci».

«L'ho appena detto».

«Vorrebbe dire No Grazie, vuoi dire, ma perché non crederesti a quello che dico».

«...»

«Se quello che dico fosse vero, diresti sí, Katherine, giusto?»

«...»

«Sí?»

«Ora non sei piú su un fianco, Hal, ti vedo. Quando sei sulla schiena non hai l'ombra».

«...»

«Cosa Hal?»

«Sí, Mario».

«Mi dispiace se sei triste, Hal. Mi sembri triste».

«Io fumo in segreto del Bob Hope resinoso, da solo giú nella Stanza della Pompa in fondo al tunnel secondario della manutenzione. Uso il Visine e il dentifricio alla menta e mi faccio la doccia con l'Irish Spring per nasconderlo a quasi tutti. Solo Pemulis lo sa».

«...»

«Non sono quello che C.T. e la Mami vorrebbero. Non sono quello che sospettano. Pemulis ha imbottito pubblicamente il suo avversario a Port Washington. Era impossibile non accorgersene. Il ragazzino era un Mormone. Non era possibile non accorgersi di quella dose. Viene fuori che si sono accorti della vendita di bottiglie di Visine piene di urina preadolescente prima dei test trimestrali, e hanno stabilito che fosse opera di Pemulis».

«Vende le bottiglie di Visine?»

«Ovviamente io sarei immune all'espulsione, perché sono parente della Mami. Ma sono sospettato solo di una sconsiderata paralisi morale nel Giorno dell'I. Le mie urine e quelle di Axhandle servono solo per stabilire un contesto di obiettività per le urine di Pemulis. È Pemulis che vogliono. Sono quasi sicuro che daranno il Calcio a Pemulis alla fine del semestre. Non so se Pemulis lo sa».

«Allora, Hal?»

«Normalmente cercano steroidi, sintetici endocrini, 'drine leggere, quando fanno i test. Il tipo dell'Onanta ci ha detto che questa sarà un'analisi a spettro totale. Cromatografia gassosa seguita da un bombardamento di elettroni, con letture spettrometriche sui frammenti di massa risultanti. L'esame vero. Quello che usano nello Show».

«Allora, Hal?»

«Mike se ne sta là fermo e chiede cosa succederebbe se, per ipotesi, qualcuno fosse trovato positivo alle sostanze e fosse smascherato e cosí via. Racconta una cosa vaga su una ciambellina con i semi di papavero. Assolutamente non una delle solite bugie rococò alla Pemulis. Questa aveva una specie di stanca onestà. Il tipo con la giacchetta disse che ci avrebbe dato trenta giorni prima di un'analisi completa. Mike aveva fatto notare che stava per arrivare una signora enorme del "Moment" che avrebbe ficcato il naso dappertutto, e quello sarebbe stato proprio un momento poco adatto per un possbile scandalo. Era come se quel tipo non avesse bisogno di grandi spinte per darci il tempo di ripulire i nostri sistemi. L'Onanta non vuole prendere nessuno, in verità. Un divertimento sano e pulito e cosí via e cosí via».

«...»

«La cosa ingegnosa della bugia era che quel tipo pensava che la grazia dei trenta giorni fosse per Pemulis. Che ne avesse bisogno Pemulis. Pemulis avrebbe potuto passare un test delle urine appeso a testa all'ingiú con il vento forte. Anche se c'era quello a guardare. Lui ha tutta una tecnica di cateterizzazione molto spiacevole della quale è meglio non parlare. L'ha sperimentata. E sembra che il Tenuate sia la Formula 1 delle 'drine, dice lui; la sua urina diventa chiara e pura con due giorni soli di preavviso, ovviamente se sta lontano da Bob».

«...»

«Ma Booboo, i trenta giorni erano per me, e Mike mi ha fatto stare lí in piedi con il coso di fuori senza dire niente mentre vendeva all'urologo i terreni e abbonamenti alle riviste e i coltelli Ginsu. Lo faceva per me, e io non sono neanche quello che vogliono beccare».

«Puoi dirmi tutto quello che hai detto».

«Mike mi ha detto che per ripulirmi da quello che mi sono fatto di nascosto non ci vogliono piú di trenta giorni. Succo di mirtillo, tè Calli, aceto nell'acqua. Piú o meno un paio di giorni. Il Bob Hope che mi sono fumato di nascosto, Boo, è solubile nel grasso. Rimane lí, nel grasso del corpo».

«La Sig.ra Clarke ha detto a Bridget che il cervello umano è pieno di grasso, ha detto Bridget».

«Mario, se mi beccano. Se vengo fuori con le urine sporche di fronte all'Onanta, che cosa farebbe C.T.? Non è solo il fatto che perderei il mio anno pari negli Under 18. Mi dovrebbe buttare fuori se ci fosse di mezzo l'Onanta. E che cosa ne sarebbe della memoria di Lui in Persona? Io sono un parente diretto di Lui in Persona. Per non parlare di Orin. E nel frattempo c'è questa donna del "Moment" che gira intorno alla ricerca dei panni sporchi di famiglia».

«Troeltsch dice che lei non vuole far altro che ammorbidire il profilo di Orin».

«La cosa schifosa è tutto il casino che succederebbe se io dovessi scazzare un'urina. L'Onanta sarebbe danneggiata pubblicamente. Di conseguenza anche la memoria di Lui in Persona, e Lui in Persona stesso».

«...»

«E la Mami ne *morirebbe*, Mario. Sarebbe un colpo terribile per la Mami. Non tanto per il fatto di Hope. Per la *segretezza* della cosa. Per il fatto che lo abbia tenuto nascosto a lei. Che lei capirebbe che ho dovuto nasconderglielo».

«Allora Hal?»

«Succederà qualcosa di terribile se lei scopre che gliel'ho tenuto nascosto».

«Trenta giorni sono un mese di calendario di tè Calli e di succo, stai dicendo questo».

«Di tè e di aceto e di astinenza totale. Di nessun tipo di sostanza. Di improvvisa e totale crisi d'astinenza mentre io cerco di giustificare la mia testa di serie al WhataBurger e forse vengo dato in pasto a

Wayne all'Esibizione per la Raccolta di Fondi. E poi c'è il tuo compleanno tra due settimane».

«Allora, Hal?»

«Cristo, e poi c'è il Sat a dicembre, dovrò finire la preparazione per gli Esami e fare gli Esami mentre sarò ancora in crisi d'astinenza completa».

«Prenderai una votazione stupenda. Tutti scommettono che prenderai una votazione fantastica. L'ho sentito dire».

«Meraviglioso. È proprio quello che avevo bisogno di sentire».

«Allora, Hal?»

«E naturalmente, Boo, anche tu sei offeso perché ho cercato di nasconderti tutto».

«Non sono per niente offeso, Hal».

«E naturalmente ti stai chiedendo perché non te l'ho detto quando naturalmente tu lo sapevi già, sapevi qualcosa, per tutte le volte che stavo appeso a testa all'ingiú nella stanza dei pesi e Lyle che non mi si avvicinava neanche. Tu stavi là seduto e mi lasciavi dire che ero solo molto molto stanco e angosciato».

«Io credo sempre che tu mi dica la verità. Me lo dici tu quando è giusto dirla».

«Meraviglioso».

«Mi sembra che tu sia l'unico che sa quando è giusto dirla. Io non posso saperlo, allora perché dovrei essere offeso?»

«Sii un *essere* umano una volta tanto, Boo. Divido la stanza con te e ti ho nascosto qualcosa e ho lasciato che ti preoccupassi e ti offendessi perché stavo cercando di nascondertelo».

«Non sono offeso. Non voglio che tu sia triste».

«Hai tutto il diritto di offenderti e di essere arrabbiato con la gente, Boo. Hai quasi diciannove anni, ragazzino. Vuol dire che sei un uomo. Ti puoi arrabbiare con qualcuno e questo non vuol dire che quella persona se ne andrà via. Non devi fare come la Mami e avere totale fiducia in tutti e perdonare tutti. Un bugiardo basta e avanza».

«Hai paura che la tua pipí possa fare cilecca anche dopo un mese».

«Cristo, è come parlare con un poster di uno che sorride. C'è qualcuno là *dentro*?»

«E non puoi usare una bottiglia di Visine piena di urina perché quell'uomo ti starà di fronte a guardarti il pene, e i peni di Trevor e di Pemulis».

«...»

«Il sole sta pensando di venire su nella finestra. Si vede».

«Sono senza Hope da quaranta ore e mi sembra già d'impazzire dentro e non riesco a dormire senza fare sogni tipo film dell'orrore. Mi sento come se fossi incastrato a metà nella cappa di un camino».

«Hai battuto Ortho e ti è passato il mal di denti».

«Pemulis e Axhandle dicono che un mese basterà. La sola preoccupazione di Pemulis è se questo Dmz che ha preso per il Whata-Burger lascia tracce. Andrà in biblioteca e controllerà. Lui è molto attivo ed efficiente[321]. Con me è diverso, Boo. Mi sento un buco. Tra un mese sarò un buco enorme. Un buco molto piú grande di Hal».

«Allora cosa pensi di fare?»

«E il buco diventerà ogni giorno piú grande finché io scoppierò in varie direzioni. Scoppierò a mezz'aria. Scoppierò nel Polmone, o a Tucson a 200 gradi di fronte a tutta quella gente che conosceva Lui in Persona e crede che io sia diverso da lui. Quelli a cui ho mentito, e mi è piaciuto farlo. Verrà fuori tutto comunque, piscia pulita o no».

«Allora, Hal?»

«E lei ne morirà. So che succederà. Ho paura che morirà stecchita, Booboo».

«Allora, Hal? Che cosa farai?»

«...»

«Hal?»

«Mi sono appoggiato al gomito un'altra volta, Booboo. Dimmi cosa credi che dovrei fare».

«Io dire a te?»

«Sono tutt'orecchie, Boo. Ti ascolto. Perché non so cosa devo fare».

«Hal, se ti dico la verità, ti arrabbi e mi mandi a fare in culo?»

«Ho fiducia in te. Sei intelligente, Boo».

«Allora, Hal?»

«Dimmi cosa dovrei fare».

«Penso che tu lo abbia già fatto. Cosa dovresti fare. Credo che tu lo abbia già fatto».

«...»

«Hai capito cosa voglio dire?»

17 NOVEMBRE
ANNO DEL PANNOLONE PER ADULTI DEPEND

A causa dell'assenza per malattia di Don Gately, Johnette F. era stata per cinque notti di turno alla Guardia dei Sogni ed era nell'ufficio dopo le 0830h a scrivere il Rapporto della notte precedente, cercando di trovare dei sinomini per *noia* e infilando di tanto in tanto

un dito nel caffè rovente per stare sveglia, in piú ascoltava gli sciac-
quoni dei cessi e i sibili delle docce e i residenti che ciabattavano addormentati in cucina o in sala da pranzo e cose simili, quando qualcuno tutto a un tratto inizia a bussare alla porta principale della Ennet, il che voleva dire che era uno nuovo o un estraneo, dato che i
residenti della comunità della Ennet House sanno che la porta davanti non è chiusa a chiave dalle 0800h ed è sempre aperta a tutti, a
parte la Legge, dalle 0801h.

In questi giorni tutti i residenti sanno che non devono rispondere a chi bussa alla porta.

All'inizio Johnette F. pensava che potesse essere un'altra volta quella gente della polizia[322] con la giacca e la cravatta che viene per far deporre altri residenti come testimoni per tutto il casino di-Lenz-e-di-Ga-
tely-e-dei-canadesi; e Johnette tirò fuori la cartellina con i nomi di tutti i residenti che avevano dei problemi legali irrisolti e dovevano essere
nascosti al piano di sopra prima di far entrare la polizia. Un paio di residenti sulla lista erano in bella vista nella sala da pranzo, a mangiare
cereali e fumare. Johnette teneva la cartellina come una specie di simbolo di autorità mentre si avvicinava alla finestra vicino alla porta davanti per vedere chi stava bussando e tutto il resto.

Ma il ragazzino alla porta non poteva essere un poliziotto o un
ufficiale giudiziario, e Johnette aprí la porta non chiusa a chiave e
lo fece entrare, senza preoccuparsi di spiegare che nessuno doveva
bussare. Era uno di quei ragazzini ricchi dell'età di Johnette o forse un po' meno, che tossí nella coltre mattutina di fumo nell'ingresso
e disse che voleva parlare in quello che poteva dirsi privato con chi
era responsabile di questo posto, disse. Questo ragazzino aveva quella specie di lucentezza d'alluminio che hanno i ragazzini ricchi, un
ragazzino che aveva o una strana abbronzatura o uno strano arros-
samento per il vento sopra l'abbronzatura, e le scarpe Nike piú bianche che Johnette avesse mai visto, e i jeans stirati, cioè con la piega
davanti, e uno strano giacchetto color bianco-lana con la scritta
A.T.E. rossa su una manica e grigia sull'altra, e i capelli neri bagnati
e lucidi e tirati indietro per la doccia e non per la brillantina, ed erano mezzi gelati, i capelli, per il freddo del mattino là fuori e le stava davanti tutto diritto e congelato, e la sua faccia scura sembrava
piccolina. Sembrava che le orecchie gli prendessero fuoco per il freddo. Johnette lo squadrò da capo a piedi con freddezza, con il mignolo infilato nell'orecchio. Stava guardando la faccia del ragazzo
quando arrivò David Krone strisciando come un granchio e guardò
il ragazzo dalla testa ai piedi un paio di volte e salí su per le scale
con la fronte che gli tentennava a ogni scalino. Era chiaro che il ra-

gazzo non era un familiare o il fidanzato di una residente venuto per portarla a lavorare o roba simile. Il suo aspetto e il suo portamento e il suo modo di parlare e tutto il resto irradiavano un'idea di vita facile e privilegi e scuole in cui nessuno girava armato, un pianeta privilegiato molto lontano dal pianeta di Johnette Marie Foltz di South Chelsea e poi della Casa di Correzione Edmund F. Heany per Ragazze Decisamente Incorreggibili di Brockton; e nell'ufficio di Pat, con la porta chiusa solo a metà, Johnette si mise sulla faccia quell'espressione blandamente ostile che assumeva con i ragazzi ricchi senza tatuaggi e tutti i denti che fuori dagli Na non avrebbero dimostrato nessun interesse per lei e avrebbero considerato il fatto che lei non aveva denti davanti e uno spillo nel naso come la prova che loro erano meglio di lei e cosí via, in un certo senso. Comunque venne fuori che questo ragazzino non aveva la capacità emozionale di essere interessato a giudicare e a notare nessuno. Parlava gorgogliando perché aveva troppa saliva in bocca e Johnette questa cosa la conosceva anche troppo bene, era uno che aveva smesso di recente di usare la pipa e/o il bong. Al calore dell'ufficio di Pat i capelli del ragazzino cominciarono a sciogliersi e a gocciolare e ad appiattirsi sulla sua testa come una gomma squarciata, e facevano sembrare piú grossa la sua faccia. Il ragazzo se ne stava lí in piedi ben diritto con le mani dietro la schiena e disse che abitava lí vicino e da un po' di tempo aveva cominciato a pensare che sarebbe stato interessante, a livello del tutto speculativo, fare un salto a qualche incontro degli Anonimi delle Sostanze o qualche cosa di simile, proprio per fare qualcosa, e diceva le stesse comunissime stronzate di Rifiuto che dicevano quelli senza denti, e disse che non sapeva dove fossero, questi Incontri, o quando ci fossero, e sapeva solo che La Ennet House[323] era lí vicino e aveva a che fare direttamente con le organizzazioni Anonime di questo tipo, e si chiedeva se magari avrebbe potuto avere – o prendere in prestito e fotocopiare e rimandarlo subito per e-mail o per fax o per posta espressa, come preferivano loro – appunto, gli orari di questi incontri. Si scusò per essersi presentato cosí e disse che non sapeva a chi altro rivolgersi. Quel tipo di ragazzo che, come Ewell e Day e lo spocchioso Ken E. non-ti-guardo-neanche-se-non-sei-una-modella-che-va-sulle-copertine, sanno come fare ad andare a capo e usare i pronomi relativi ma non riescono a trovare una cosa sulle Pagine Gialle.

Molto piú tardi, alla luce degli eventi successivi, Johnette F. si sarebbe ricordata chiaramente di quel ragazzo con i capelli congelati che gli andavano lentamente a posto da soli, dei suoi pronomi relativi, e della saliva trasparente e ricca e inodore che quasi gli colava dal labbro inferiore mentre cercava disperatamente di pronunciare le parole senza inghiottire.

324

Quelli che svolgono le interviste tecniche sotto il Capo dei Servizi Non Specificati R. («the God») Tine[325] in realtà fanno questo, si portano dietro una lampada portatile ad alto voltaggio e l'infilano nella spina e aggiustano lo stelo in modo che la luce cada direttamente sulla faccia della persona sotto interrogatorio alla quale, dietro gentile ma enfatica richiesta, sono stati tolti cappello e sopracciglia che avrebbero potuto riparare dal riverbero. E fu proprio questo, la luce accecante sulla sua faccia postmarxista, prima ancora del torchio dell'interrogatorio *noir* di R. Tine jr e dell'altro intervistatore tecnico, che convinse Molly Notkin, la professoressa Abd-Ph.D. del Mit, appena arrivata con un treno ad alta velocità da New New York City, seduta sulla poltrona dirigenziale a forma di Sidney Peterson in mezzo alle valigie lasciate cadere per terra nel salotto oscurato del suo appartamento in cui erano entrati forzando la serratura, per farle vuotare il sacco, mangiare la foglia, cantare come un usignolo e farle sputare tutto quello che credeva di sapere[326]:

– Molly Notkin racconta ai funzionari dell'Usous che per quanto ne sa lei il letale *Infinite Jest* (V o VI) dell'Auteur après-garde J.O. Incandenza rappresenta Madame Psychosis come una specie di incarnazione materna della figura archetipica della Morte, ed è seduta nuda, il corpo stupendo, fantastica, enormemente incinta, la faccia orribilmente deforme è o velata o coperta da pixel di colore ingranditi al computer o anamorfizzata fino a diventare irriconoscibile da obiettivi molto inusuali, e sta seduta lí nuda a spiegare con parole molto semplici a chiunque sia la persona rappresentata dalla macchina da presa che la Morte è sempre femmina, e che la femmina è sempre materna. Per esempio, la donna che ti uccide è sempre la madre della tua prossima vita. Questa, che anche a Molly non era sembrata molto sensata quando l'aveva sentita, sembrava essere la sostanza della cosmologia di Morte che Madame Psychosis doveva comunicare allo spettatore in un monologo, mediata da queste lenti molto speciali. Poteva avere o non avere in mano un coltello durante questo monologo, e il grande espediente tecnico del film (i film dell'Auteur avevano sempre un qualche espediente tecnico) consisteva nell'uso di una lente singola molto inusuale sulla torretta della Bolex H32[327], e il fatto che Madame Psychosis sembrasse incinta era di sicuro un effetto speciale, perché la vera Madame Psychosis non era mai stata visibilmente incinta, Molly Notkin l'aveva vista nuda[328], e a vederla nuda si capisce subito se una donna è stata incinta anche solo per tre mesi[329].

– Molly Notkin racconta loro che anche la madre di Madame Psychosis si era uccisa in un modo veramente orrendo con un tritarifiuti da cucina la sera del Giorno del Ringraziamento nell'Anno dei Cerotti Medicati Tucks, solo quattro mesi prima che l'Auteur del film si uccidesse anche lui, anche lui con un elettrodomestico da cucina, anche lui in modo orrendo, ed eventuali collegamenti tipo Lincoln-Kennedy tra i due suicidi avrebbero dovuti investigarli per conto loro, dato che a quanto ne sapeva Molly Notkin i due non sapevano neanche l'uno dell'esistenza dell'altra.

– Che la cinepresa digitale della cartuccia letale, la Bolex H32 già di per sé un amalgama Rube-Goldberghesca di varie modifiche e adattamenti digitali della classica Bolex H16 Rcx 5 a sua volta già notevolmente modificata – una macchina canadese, comunque, che era stata sempre la preferita dell'Auteur in tutta la sua carriera perché la sua torretta andava bene per tre diversi tipi di lenti con la montatura a C – per *Infinite Jest* (V) o (VI) era stata equipaggiata con certe lenti molto strane ed estrusive e tra una ripresa e l'altra veniva appoggiata sul pavimento, o anche su una brandina o su un letto, la cinepresa, con Madame Psychosis nella parte della Madre Morte piegata sopra di essa, partoriente e nuda, che le parlava dall'alto – in tutti e due i sensi, il che da una prospettiva critica introdurrebbe nel film una specie di doppio sottinteso sinestetico che coinvolge sia la prospettiva orale sia quella visuale della soggettiva – e spiegava alla macchina da presa in quanto sineddoche del pubblico che questa era la ragione per cui le madri amavano i loro figli in modo cosí ossessivo, distruttivo di sé, inarrestabile eppure in qualche modo anche narcisistico: le madri cercano freneticamente di fare ammenda per un omicidio che nessuno – né loro né i figli – riescono a ricordare.

– Molly Notkin dice loro che lei potrebbe essere molto piú utile a loro e il suo racconto ancora piú dettagliato se solo spegnessero quella lampada bestiale o la puntassero da qualche altra parte, ma secondo R. Tine jr questa è una bugia da faccia di bronzo e viene liquidata come tale, e la luce rimane sulla faccia glabra e infelice di Molly Notkin.

– Che Madame Psychosis e l'Auteur del film non erano legati da un'intesa sessuale, e questo per motivi che vanno al di là del fatto che l'Auteur credeva che il numero delle possibili erezioni mondiali fosse finito e che questo lo rendesse sempre o impotente o tormentato dai sensi di colpa. Che in effetti Madame Psychosis aveva amato ed era stata legata da intesa sessuale solo con il figlio dell'Auteur, che, anche se Molly Notkin non lo aveva mai incontrato personalmente e Madame Psychosis non aveva mai parlato di lui in sua presenza, era chiaramente e semplicemente un piccolo cialtrone come tanti e rientrava perfettamente nello standard del maschio bianco in quanto a codardia morale, volgarità emotiva, e marciume.

– Che Madame Psychosis non era stata presente né al suicidio né al funerale dell'Auteur. Che non era andata al funerale perché il suo passaporto era scaduto. Che Madame Psychosis non era stata neanche presente alla lettura del testamento dell'Auteur, nonostante fosse una dei beneficiari. Che Madame Psychosis non aveva mai parlato del destino o della situazione attuale della cartuccia mai distribuita dal titolo *Infinite Jest* (V) o *Infinite Jest* (VI), e l'aveva descritta solo dalla prospettiva dell'esperienza di avervi recitato, nuda, ma non l'aveva mai vista, e stentava a credere che potesse essere appassionante, tanto meno cosí appassionante da essere letale, e le era sempre sembrata niente di piú che il lamento appena velato di un uomo al termine del suo guinzaglio esistenziale – sembra che l'Auteur fosse stato molto legato a sua madre, durante l'infanzia – e di certo la considerava cosí anche l'Auteur stesso – che, anche se non era esattamente la persona psichicamente piú equilibrata, ciononostante era un acuto lettore e critico dell'arte cinematografica, ed era di certo capace di distinguere una vera essenza filmica da quei patetici lamenti contrabbandati come film e, anche se l'ago della sua bussola girava ormai all'impazzata, avrebbe di sicuro distrutto la Cartuccia Master dell'opera mal riuscita, proprio come aveva distrutto i primi quattro o cinque tentativi mal riusciti della stessa opera, che avevano visto come protagoniste attrici di molto minore misticità e avvenenza.

– Che il funerale dell'Auteur si era svolto di proposito nella Provincia de L'Islet del Nouveau Québec, dove era nata la vedova dell'Auteur, e si era proceduto con un interramento e non con una cremazione.

– Che lungi da lei il pensare di poter dire all'Ufficio dei Servizi Non Specificati degli Usa cosa dovrebbe fare, ma non era meglio rivolgersi direttamente alla vedova di J.O.I. e verificare direttamente l'esistenza e l'ubicazione della cartuccia in questione?

– ...

– Che a lei, Molly Notkin, sembra piuttosto improbabile che la vedova dell'Auteur avesse qualche collegamento con dei gruppi antiamericani, o cellule, o movimenti, al di là di quello che gli archivi potevano riferire sulla sua gioventú inquieta, perché a quanto sapeva Molly Notkin la donna si interessava solo ai suoi propri problemi neurotici, anche se si era dimostrata tutta dolce e carina nei confronti di Madame Psychosis. Che Madame Psychosis aveva confessato a Mol-

ly Notkin che la vedova le aveva dato l'impressione di essere veramente la Morte incarnata – il suo sorriso costante la smorfia di un
qualche personaggio tanatoptico – e che a Madame Psychosis era sembrato strano che fosse lei, Madame Psychosis, a essere stata scelta
dall'Auteur in varie incarnazioni femminili della Morte quando lui
aveva l'originale proprio sotto il naso, e oltretutto era anche molto
fotogenica, la futura vedova, una di quelle bellezze che facevano am-
mutolire i ristoranti anche se era oltre la quarantina già da un po'.

– Che l'Auteur aveva smesso di ingerire distillati alcolici dopo che
Madame Psychosis l'aveva posta come condizione per apparire in
quella che lei sapeva sarebbe stata la sua ultima apparizione in una
cartuccia ma non sapeva che invece sarebbe stata l'ultima di J.O.I.,
e pare che l'Auteur incredibilmente[330] avesse mantenuto la sua parte
di promessa – forse perché era stato cosí commosso dal fatto che M.P.
acconsentisse ad apparire di nuovo davanti alla telecamera anche dopo il suo terribile incidente e la deformazione e dopo che il cialtrone
del figlio aveva vergognosamente troncato la loro relazione accusan-
do Madame Psychosis di essere sessualmente coinvolta con il loro –
qui Molly Notkin disse che lei naturalmente voleva dire *suo* – padre,
l'Auteur appunto. E sembra che l'Auteur non avesse bevuto alcolici
nei tre mesi e mezzo che seguirono, dal Natale dell'Anno dei Cerotti Medicati Tucks al primo aprile dell'Anno della Saponetta Dove in
Formato Prova, la data del suo suicidio.

– Che il problema di un uso di droga che lei aveva tenuto completamente segreto e nascosto, lo stesso che aveva fatto finire Madame Psychosis in una clinica privata d'élite per la cura della tossicodipendenza che era cosí d'élite che neanche gli amici piú cari di M.P.
sapevano dove fosse se non che era lontana da qualche parte, molto
molto lontana, che il problema del suo abuso di sostanze avrebbe potuto essere una conseguenza della colpa terribile che Madame Psychosis provava per il suicidio dell'Auteur, e costituiva una chiara compulsione inconscia a punirsi con lo stesso abuso di sostanze che lei
aveva costretto l'Auteur a interrompere, solo che lei aveva usato i narcotici invece del Wild Turkey, che come Molly Notkin poteva testimoniare era un liquore dal gusto piuttosto ruspante.

– No, che la colpa di Madame Psychosis nei confronti del *felo de
se* dell'Auteur non aveva niente a che fare con il fantomatico e letale
Infinite Jest (V) o (VI), che per quanto Madame Psychosis aveva potuto capire dalle riprese stesse era poco piú di una olla podrida di concetti deprimenti tenuti insieme da una grande abilità tecnica e da una
novità prospettica. Che, no, l'Auteur aveva smesso di ingerire sostanze alcoliche per via della condizione che lei aveva imposto e non

per un senso di colpa, solo che, come poi si era resa conto M.P., era il bere che aveva tenuto insieme quell'uomo, tanto che senza di esso non era riuscito a sopportare la pressione psichica che l'aveva spinto oltre il precipizio in quella che lei e l'Auteur certe volte avevano chiamato aperte virgolette «autocancellazione».

– Che non le sembrerebbe improbabile, a Molly Notkin, che l'edizione speciale limitata della bottiglia-regalo a forma di tacchino di Wild Turkey, quella con il nastro-regalo di vellutino color ciliegia intorno al collo e il fiocco infilato sotto i bargigli che si trovava sul bancone della cucina vicino al forno a microonde prima che il corpo dell'Auteur fosse ritrovato orrendamente piegato, fosse stata messa lí dalla futura vedova dello sposo – che poteva benissimo essersi infuriata perché l'Auteur non aveva mai accettato di rinunciare agli alcolici aperte virgolette «per lei» ma sembrava che avesse accettato di rinunciarvi aperte virgolette «per» Madame Psychosis e la sua apparizione nuda nella sua opera finale.

– Che Madame Psychosis, che a detta di tutti era eccezionalmente attraente, aveva subito un trauma facciale irreparabile nello stesso Giorno del Ringraziamento in cui sua madre si era uccisa con un elettrodomestico da cucina, lasciando lei (Madame Psychosis) deforme in modo repellente e del tutto improbabile, e che il suo associarsi all'organizzazione di autoaiuto in 13 Passi detta Unione delle Deformità Repellenti e Improbabili non era assolutamente né una metafora né uno scherzo.

– Che lo stress intollerabile che aveva portato all'autocancellazione dell'Auteur probabilmente non riguardava tanto il film o l'arte digitale – Molly Notkin aveva sempre pensato che l'approccio anticonfluenziale al medium di questo Auteur fosse piuttosto distaccato e cerebralmente tecnico, e ingenuamente postmarxista nella sua combinazione autoincensante di frammentazione anamorfica e stasi narrativa antipicaresca[331] – o l'aver creato un qualche angelico mostro di gratificazione pubblica – qualsiasi persona dotata di sistema nervoso che avesse visto qualche sua opera avrebbe capito che il divertimento e l'intrattenimento si trovavano molto in basso nella graduatoria delle priorità del regista – ma quasi certamente il fatto che la sua futura vedova stringeva legami sessuali con qualsiasi essere dotato di cromosoma Y, e questo accadeva da molti anni, incluso forse il figlio dell'Auteur e amante codardo di Madame, quando era un bambino, e sembrava che il piccolo cialtrone avesse avuto un rapporto cosí scabroso con sua madre da far mormorare tutta Vienna per un bel po' di tempo.

– Che perciò – visto che la colpa prometeica come causa scatenante del suicidio dell'Auteur veniva messa seriamente in dubbio – la

Dott.ssa Notkin non aveva dubbi che tutto il mito dello spettacolo-per-fetto-come-*Liebestod* che circondava la cartuccia finale che si diceva fosse letale, non fosse altro che una dimostrazione classica della funzione antinomicamente schizoide del meccanismo capitalista postindustriale, la cui logica presentava i beni di scambio come la fuga-dalle-ansie-della-mortalità-la-quale-fuga-è-essa-stessa-psicologicamente-fatale, come descritta con abbondanza di dettagli nell'opera postuma *L'incesto e la vita della morte nello spettacolo capitalista* di M. Gilles Deleuze, che lei sarebbe stata felice di prestare a quelle figure in piedi dietro la luce bianca della lampada, una delle quali picchiettava in modo decisamente irritante contro il paralume conico di metallo, se loro avessero promesso di restituirglielo senza sottolineature.

– Che – in risposta alla rispettosa ma energica richiesta di dare risposte che si attenessero ai fatti e di risparmiare loro tutte le astrazioni intellettuali – il trauma che aveva sfigurato Madame Psychosis, nella sua combinazione di coincidenza e di intenzione malefica, sembrava uscire direttamente dai film catastrofici piú orribili e irrisolti e protoincestuosi dell'Auteur, tipo *La notte porta il sombrero*, *Digita C per Concupiscenza*, e *Lo sfortunato caso di me stesso*. Che Madame Psychosis, figlia unica, era stata estremamente e calorosamente legata a suo padre, che faceva il chimico del pH basso per un'azienda di reagenti del Kentucky, e doveva essere stato anche lui molto legato a sua madre con la quale aveva avuto quel rapporto da figli unici in cui si guardano sempre i film insieme, e sembra che avesse ristabilito lo stesso rapporto con Madame Psychosis, che portava al cinema quasi tutti i giorni, nel Kentucky, e l'accompagnava in macchina a tutte le gare di majorette juniores che c'erano nel Mid-South mentre sua moglie, la madre di Madame Psychosis, una donna devotamente religiosa ma malata e nevrastenica con una fobia per i luoghi pubblici, restava a casa nella fattoria della famiglia, a mettere le conserve nei vasi e controllare l'amministrazione della fattoria eccetera. Ma sembra che quel rapporto diventò prima strano e poi sgradevole quando Madame Psychosis entrò nella pubertà; sgradevole perché il padre chimico sembrava comportarsi come se Madame Psychosis diventasse piú piccola invece che piú grande: la portava sempre piú spesso a vedere film per bambini al Cineplex della zona, si rifiutava di parlare di mestruazioni e di seni in crescita, scoraggiava decisamente ogni tipo di corteggiamento eccetera. E tutto questo era complicato dal fatto che Madame Psychosis emerse dalla pubertà come una giovane donna di una bellezza quasi aliena, soprattutto in una parte degli Stati Uniti in cui la dieta povera e l'indifferenza nei confronti della dentizione e dell'igiene rendevano la bellezza fisica una condizione estremamen-

te rara e quasi sconcertante, e non era per niente condivisa dalla madre di Madame Psychosis, senza denti e dalla forma di idrante, che
non disse una parola quando il padre di Madame Psychosis le vietò
tutto, dai reggiseni al Pap-test, e cominciò a rivolgersi alla nubile Madame Psychosis in un baby-talk che diventava sempre piú puerile e
continuava a usare i suoi soprannomi di bambina tipo *Pookie* o *Putti*
mentre cercava di dissuaderla dall'accettare una borsa di studio all'Università di Boston, il cui Corso di Studi sui Film e i Film in Cartuccia
era, cosí le diceva, pieno di aperte virgolette Cosacce Puzzone Puz-
zelme Brutte e Cattive, chiuse virgolette, qualsiasi cosa apparentemente peggiorativa sembrasse voler dire.

– Che – per far capire che si doveva tagliar corto, chi faceva le domande teneva ora le mani sui fianchi e aveva fatto sostituire la lampada con un'altra a ben piú alto voltaggio – come spesso succede, fu
solo quando Madame Psychosis andò al college che riuscí gradualmente ad acquisire una certa distanza psichica e del materiale per qualche paragone, cosí da iniziare a capire quanto fosse insana la regressione del suo Babbo chimico, e fu solo quando l'autografo di una star
dello sport professionistico su un pallone sgonfiato ispirò piú sospetto e sarcasmo che gratitudine nei messaggi e-mail che le arrivavano
da casa nel Kentucky che lei iniziò a sospettare che la sua mancanza
di una vita sociale nella pubertà potesse avere a che fare sia con lo
scoraggiamento intrusivo del suo Babbo sia con il fascino atteonizz-
zante della sua pubescenza. Che – dopo avere fatto una breve pausa
atteonizzante per sillabare – la merda colpí il ventilatore psichico intergenerazionale quando Madame Psychosis portò il piccolo cialtrone figlio dell'Auteur a casa nella fattoria nel Kentucky per la terza
volta, nel Giorno del Ringraziamento dell'Anno dei Cerotti Medicati Tucks, e divenne evidente la condotta infantile che il suo Babbo
teneva con lei, e il muto compulsivo cucinare e invasare conserve di
sua madre, per non parlare della tensione tremenda che venne a crearsi quando Madame Psychosis cercò di spostare alcuni dei suoi animali
di peluche dalla sua camera per fare posto al figlio dell'Auteur, in breve rivivere casa sua e il suo Babbo attraverso il filtro comparativo del
suo coinvolgimento emotivo con il figlio dell'Auteur portò Madame
Psychosis alla crisi che precipitò col Dire l'Indicibile; e questo successe durante il Pranzo del Ringraziamento, a mezzogiorno del 24 novembre dell'Acmt, quando il Babbo a basso pH non solo iniziò a tagliare il tacchino del piatto di Madame Psychosis ma lo schiacciò con
i denti della forchetta fino a farlo diventare poltiglia, il tutto sotto lo
sguardo comparativo e accigliato del figlio dell'Auteur, fu in quel momento che Madame Psychosis finalmente pronunciò la domanda che

non aveva mai fatto e chiese perché, dato che ormai era maggioren-
ne e viveva con un uomo e non faceva piú la majorette e stava cercando di farsi una carriera adulta da una parte e potenzialmente anche dall'altra parte della macchina da presa, perché il suo Babbo pensava che lei avesse ancora bisogno di aiuto per masticare? La versione
di seconda mano di Molly Notkin sulle eruzioni emotive che seguio-
rono non è dettagliata, ma lei crede di poter affermare con certezza
che con ogni probabilità si trattò del caso tipico di un sistema che è
stato sotto una enorme e silente pressione per molto tempo, cosí che
quando il sistema alla fine scoppia, la pressione accumulata è tale che
quasi sempre si verifica un'eruzione su grande scala. Sembra che lo
stress enorme del Babbo a basso pH fosse eruttato proprio lí sul tavolo, mentre schiacciava tra i denti della sua forchetta la carne bianca della figlia ormai cresciuta, e disse che lui l'amava in segreto e in
silenzio da molto, molto tempo; che il suo era stato un amore vero,
puro, mai confessato, senza tempo, impossibile; che lui non l'aveva
mai toccata, non l'avrebbe mai fatto, né le avrebbe mai dato a inten-
dere niente, non tanto per paura di essere uno di quei padri del Sud
che toccavano o tentavano le figlie quanto piuttosto per la purezza
del suo amore infelice e sfortunato per quella ragazzina che aveva accompagnato al cinema con l'orgoglio del fidanzato, tutti i giorni; che
reprimere e mascherare il suo amore puro non era stato difficile quando Madame Psychosis era una bambina non ancora sviluppata, ma
con lo sbocciare della pubertà la pressione era diventata cosí grande
che lui era riuscito a compensarla solo facendo regredire mentalmente sua figlia all'età dell'incontinenza e delle pappe, e che il suo saper
bene quanto dovesse essere sembrato insano quel suo negare la maturazione di lei – anche se né la figlia né la madre, che anche ora masticava una patata dolce candita senza aprire bocca, gliel'avevano mai
fatto notare, quel rifiuto e quella morbosità, anche se i suoi amati
pointer cominciavano a guaire e a grattare alla porta quando il suo rifiuto diventava particolarmente assurdo (gli animali sono molto piú
sensibili degli uomini alle anomalie emotive, secondo l'esperienza di
Molly Notkin) – aveva aumentato la pressione del suo sistema limbico a livelli quasi intollerabili, e aveva cercato di resistere per piú di
dieci anni, ma ora che aveva dovuto assistere allo spostamento di
Pooky e dell'orso Urgle e di tutti gli altri peluche dalla sua stanza con
la carta da parati con le ballerine per fare posto a un maschio adulto
che non era loro parente il cui vigore fisico aveva spiato dal buco della serratura e aveva dovuto esercitare ogni grammo della sua forza di
volontà tremante per cercare di non fare un buco con il trapano nella parete del bagno proprio sopra lo specchio sul lavandino le cui tu-

bature facevano rumori in coincidenza del punto del muro su cui si appoggiava la testiera del letto di Madame Psychosis e attraverso il quale ipotetico buco, di notte tardi – dopo aver detto alla Mamma che ci dovevano essere dei gatti a mangiare gli avanzi della festa – tutto gobbo in cima al lavandino, ogni notte da quando Madame Psychosis e il figlio dell'Auteur erano arrivati e avevano dormito insieme nel suo letto da bambina da cui erano stati tolti gli animali di peluche, attraverso il quale si sarebbe torturato per la purezza del suo amore impossibile per la—

– Che era stato a questo punto che la forchetta della madre di Madame Psychosis e poi tutto il piatto erano caduti a terra, e che in mezzo al rumore dei pointer sotto il tavolo che si litigavano il piatto scoppiò la pressione del sistema di rifiuto della madre, che andò via di testa e annunciò pubblicamente a tavola che lei e il Babbo non si erano piú conosciuti come uomo e donna da quando Madame Psychosis aveva avuto la prima mestruazione, che lei si era accorta che stava succedendo qualcosa di terribilmente morboso ma lo aveva negato, aveva evacuato i sui sospetti e li aveva messi sotto pressione nella scatola del suo rifiuto perché, ammette – probabilmente *ammette* è meno giusto di qualcosa tipo *strilla* o *sbraita* o *farfuglia* – che suo padre – un predicatore itinerante – aveva molestato lei e sua sorella per tutta la loro infanzia, le aveva tentate e toccate e aveva fatto di peggio, ed era per questo che lei si era sposata a soli sedici anni, per fuggire, e ora le era chiaro che aveva sposato lo stesso genere di mostro, il tipo che respinge la moglie che gli è stata consacrata e vuole sua figlia.

– Che aveva detto che forse era lei, lei la madre, a essere il mostro, e che se era cosí, era stanca di nasconderlo e di apparire falsa davanti a Dio e agli uomini.

– Che a quel punto se n'era andata dal suo posto barcollando e aveva saltato tre pointer ed era corsa giú in cantina nel laboratorio degli acidi del Babbo, per sfigurarsi con l'acido.

– Che il Babbo aveva una collezione unica al mondo di vari acidi in fiaschette di Pyrex sugli scaffali di legno nella cantina.

– Che il Babbo, il cialtrone del figlio, e alla fine una Madame Psychosis molto scossa dallo shock, erano tutti corsi giú per le scale dietro la madre ed erano arrivati nella cantina proprio nel momento in cui la madre aveva tolto il tappo da una fiaschetta di Pyrex con un teschio enorme mezzo sciolto da una parte, che insieme al pezzetto scarlatto di una cartina al tornasole che ci galleggiava dentro voleva dire che quello era un acido molto corrosivo con un pH molto basso.

– Che il vero nome di Madame Psychosis era Lucille Duquette e che quello di suo padre era o Earl o Al Duquette dell'estremo Sudest del Kentucky, giú vicino al Tennessee o alla Virginia.

– Che, nonostante tutte le professioni di autorecriminazione del piccolo cialtrone per aver permesso che la tragedia accadesse e la rivendicazione che i vorticanti sistemi di colpa e di orrore e di perdono misto a rifiuto rendessero un rapporto con Madame Psychosis sempre piú insostenibile, non era necessario un esperto in disturbi o debolezze caratteriali per immaginarsi come mai il tipo aveva scaricato Madame Psychosis dopo qualche mese dall'incidente che l'aveva sfigurata.

– Che proprio al culmine isterico, quando la rabbia internalizzata può facilmente tramutarsi in rabbia esternalizzata, la madre aveva lanciato la fiaschetta di acido contro il Babbo, che si era abbassato per riflesso; e che anche il cialtrone, un certo *Orin*, subito dietro lui, un ex campione di tennis con straordinaria rapidità muscolare nella parte superiore del corpo, si era istintivamente abbassato anche lui, lasciando Madame Psychosis – stordita e resa bradicinetica dall'esternazione improvvisa di cosí tanti sistemi repressivi familiari sotto pressione – a essere colpita in pieno volto, e a trovarsi con una traumatica deformità. E il fatto che nessuno l'accusasse aveva reso la madre intoccabile dalle autorità del Kentucky del Sudest, e le aveva permesso di tornare di nuovo a casa, nella sua cucina dove, sembra in preda a una crisi di sconforto, si era suicidata infilando le sue estremità nel tritarifiuti – prima un braccio e poi, miracolosamente se ci pensate bene, l'altro.

332

L'Incontro pomeridiano piú distante e oscuro del martedí che c'era nel librettino bianco delle Opzioni³³³ di Recupero dell'Area Metropolitana di Boston che la ragazza senza incisivi e con il piercing al naso giú alla Ennet House gli aveva dato sembrava essere un incontro per soli uomini alle 1730h a Natick, quasi a Framingham, in un posto che si trovava sulla Route 27 che il librettino Oramb segnalava soltanto con la sigla «Srq-32A». Hal, che non aveva lezioni alle ultime ore, si affrettò nelle incombenze del pomeriggio liquidando Shaw 6-1 6-3 mentre negli altri incontri del pomeriggio i giocatori si stavano ancora riscaldando, saltò tutti gli esercizi per la gamba sinistra in sala pesi e rinunciò anche al pollo al limone con le patate che c'era per cena, tutto questo per precipitarsi a Natick in tempo per vedere com'era questa cosa dell'Incontro-dei-Gruppi-anti-Sostanze. Non era sicuro del perché voleva andarci, dato che il problema non era certo una insopportabile incapacità di astenersi non si era fatto neanche un milligrammo di nessuna Sostanza di nessun tipo dal condono urologico di 30 giorni della scorsa settimana. Il punto era la sensazione orribile in testa, che aumentava da quando aveva Abbandonato Ogni Speranza[334] dall'oggi al domani. Non si trattava solo di incubi e di saliva. Era come se la sua testa rimanesse appollaiata tutta la notte sul letto e nelle prime terribili ore del giorno, quando gli occhi di Hal si aprivano immediatamente con uno scatto, dicesse Sono Contenta che Ti Sei SVEGLIATO Avevo Voglia di PARLARTI e poi non lo lasciasse in pace per tutta la giornata, e lo sbranasse come una motosega ben oliata per tutto il giorno finché finalmente poteva cercare di perdere conoscenza, rannicchiato sulla sua brandina ad aspettare di fare qualche brutto sogno. 24/7 di disgrazia e disperazione.

Il crepuscolo arrivava velocemente. Hal firmò al cancello e si precipitò giú per la collina e guidò il carro attrezzi su per Comm. Ave. fino al Bacino Cc e poi a sud verso Hammond, lo stesso mortale tragitto della corsa di riscaldamento dell'Eta, solo che quando arrivò a Boylston St. girò a destra e si diresse verso ovest. Passata West Newton, Boylston St. diventava la Route 9, la piú importante strada alternativa usata dai pendolari dei suburbi ovest invece di suicidarsi sulla I-90, e la 9 evitava a serpentina tutti i suburbi e arrivava fino a Natick e alla Route 27.

Hal avanzava molto lentamente nel traffico su una strada molto trafficata che un tempo era stata un sentiero per le mucche. Appena ebbe raggiunto Wellsley Huls l'arancio-combustione del cielo si era scurito diventando il porpora infernale degli ultimi tizzoni di un fuoco. Il buio cadde con un colpo sordo subito dopo, e con il buio cadde anche lo spirito di Hal. Si sentiva patetico e assurdo anche solo a vedere cos'era questa cosa dell'Incontro dei Narcotici Anonimi.

Tutti lampeggiavano al carro attrezzi perché i suoi fari erano collocati insensatamente in alto nella mascherina del camion.

Il lettore portatile per i dischi era stato staccato da Pemulis o da Axford e non era stato rimesso. La Wyyy era un filo spettrale di jazz contro un mare di statica. Sull'Am c'era solo rock commerciale e notiziari sul fatto che l'amministrazione Gentle aveva programmatoe poi annullato un appello speciale alla nazione per Disseminazione Spontanea su argomenti sconosciuti. Su Npr c'era una specie di tavola rotonda su vari argomenti – la protesi della laringectomia di George Will gli dava una voce terribile. Hal preferí il silenzio e i rumori del traffico. Mangiò due dei tre muffin di farina integrale da 4,00 $ che aveva preso di corsa a un forno-gourmet di Cleveland Circle, e faceva le smorfie mentre ingoiava perché si era dimenticato di prendere una bibita gassata per buttarli giú, poi si mise in bocca una presa mastodontica di Kodiak e cominciò a sputare periodicamente nel suo bicchiere speciale Nasa, che stava perfettamente nel portabicchiere in basso vicino al cambio, e passò gli ultimi quindici minuti di guida monotona considerando il probabile percorso etimologico della parola *Anonimo*, dall'origine che lui supponeva fosse l'Eolico ονυγα, poi il riferimento di Thynne dell'anno 1580 a.S. alle *anonymall Chronicals*; e se era stato o no legato per la radice sassone all'inglese Antico *on-áne*, che molto probabilmente voleva dire Tutto in Uno o Come un Sol Corpo e che poi era diventata l'inversione standard di Cynewulf al classico *anon*, forse. Poi richiamò sul suo schermo mnemonico la storia dello sviluppo del gruppo iniziale degli Aa dall'anno 1935 a.S., sul quale aveva trovato un voce esaustiva sull'*Oed Discorsivo* tanto che non aveva dovuto cercare nessun altro tipo di informazione esterna per sentirsi piú o meno preparato a piombare all'interno di una delle sue schegge, gli Na appunto, e dare per lo meno un'occhiata alla cosa. Hal riesce a richiamare alla mente una specie di Xerox mentale di tutto ciò che ha letto, e a rileggerla un'altra volta, quando vuole, e questa capacità (per il momento) non è stata ancora compromessa dall'Abbandono di Ogni Speranza, in quanto gli effetti dell'astinenza sono stati soprattutto emotivi e salivali-digestivi.

Ci sono rocce su ogni lato della strada quando la 27 passa attraverso colline di roccia ricavate con l'esplosivo, le frange della penombra del Berkshire, che sono granito o gneiss.

Per un po' Hal si esercita a dire «Mi chiamo Mike». «Mike. Salve». «Ciao, io mi chiamo Mike», eccetera, nello specchietto retrovisore.

Quando mancano circa 15 minuti di strada per Natick in direzione est risulta chiaro che la sigla *Srq* sul libretto sta per un posto che si chiama Sistema di Recupero Quabbin, che è facile da trovare, perché dei cartelli pubblicitari ai lati della strada cominciano ad annunciarlo già a diversi km di distanza, ogni cartello un po' diverso e studiato per formare una specie di piccola storia della quale l'arrivo all'Srq rappresenterebbe il culmine. Anche il defunto padre di Hal era troppo giovane per ricordarsi i cartelli del Burma Shave.

Il Sistema di Recupero Quabbin è piuttosto lontano dalla Route 27 su una strada tortuosa piena di ghiaino fiancheggiata per tutto il percorso da lanterne molto eleganti stile antico con i vetri sfaccettati come i piatti da dolci e sembrano messe lí piú per creare un'atmosfera che per illuminare. Poi il vialetto di accesso all'edificio è una stradina ancora piú tortuosa che diventa quasi una galleria sotto dei pini meditativi e dei pioppi lombardi male in arnese. Una volta usciti dall'autostrada la scena notturna qui fuori nell'exurbia – i posti piú piacevoli di Boston – sembra spettrale e circospetta. Le gomme di Hal sgretolano pigne sulla strada. Un qualche tipo di uccello fa la cacca sul parabrezza. Il vialetto si allarga gradualmente come in un delta e poi si vede un parcheggio di ghiaia color menta e bianco, e l'Srq nella sua fisicità si trova proprio lí, cubico e meditabondo. L'edificio è uno degli ultimi modelli di edificio a forma di cubo non deformato di mattoni grezzi e cunei di granito. Illuminato dal basso con altre lanterne eleganti sembra il blocco di un edificio preso dal cesto dei giochi di un titano bambino. Le finestre hanno i vetri marrone oscurati di quelli che alla luce del giorno diventano specchi scuri. Il padre defunto di Hal aveva pubblicamente ripudiato questo tipo di vetri per le finestre in un intervista su «Lenti & Pannelli» quando uscirono sul mercato. Ora, illuminate da dentro, le finestre sembrano quasi insanguinate, contaminate.

Su due terzi buoni dei posti del parcheggio c'è scritto RISERVATO PER IL PERSONALE, che a Hal sembra una cosa strana. Il carro attrezzi fa fumo e sbuffa quando si spegne il motore, e alla fine si ferma con una scoreggia che lo fa tremare tutto. C'è un gran silenzio a eccezione del sibilo del traffico giú sulla 27, al di là degli alberi. A Natick vivono solo quelli che lavorano col Tp o i pendolari-maratoneti. O qui fa molto piú freddo oppure è arrivato un fronte di aria fredda mentre Hal era in viaggio. L'aria del parcheggio profuma di pino e ha il sentore pungente ed etilico dell'inverno.

Anche le grandi porte e l'architrave dell'Srq sono fatte con i vetri antiriflesso. Non si vede campanello, ma le porte non sono chiuse a chiave. Si aprono nel modo pressurizzato delle porte degli edifici istituzionali. L'ingresso color savana è ampio e silenzioso e ha un vago odore medico/dentistico. La moquette è di un Dacronyl marroncino e fitto che attutisce i rumori. C'è una postazione con un bancone alto e circolare da infermiera che potrebbe essere anche un banco per il ricevimento, ma non c'è nessuno.

Dappertutto c'è tanto silenzio che Hal riesce a sentire il sangue che gli scorre nella testa.

Molto probabilmente il 32A che segue Srq nel librettino bianco della ragazza è il numero di una stanza. Hal indossa una giacca senza la scritta E.T.A. e tiene in mano il bicchiere Nasa in cui sputa. Dovrebbe sputare anche se non avesse niente da masticare; il Kodiak è piú una copertura o una scusa.

Nella sala d'ingresso non si vedono né una piantina né una di quelle indicazioni del tipo Voi-Siete-Qui. Il calore della sala è intenso e vicino ma come poroso; è impegnato in una specie di difficile battaglia contro il freddo che si irradia da tutti i vetri oscurati dell'ingresso.

Le lampade fuori nel parcheggio e giú per il vialetto sono blob di luci seppiate attraverso il vetro. Dentro, un'illuminazione invisibile tra pareti e soffitto produce una luce indiretta che non fa ombra e sembra levarsi direttamente dagli oggetti della stanza. È la stessa luce e la stessa moquette color leone che Hal trova nel primo lungo corridoio in cui entra. I numeri delle stanze salgono fino al 17 e poi dopo un angolo acuto ricominciano da 34A. Le porte delle stanze sono di finto legno biondo ma sembrano spesse e riservate, eleganti nelle loro cornici. Si sente anche l'odore di caffè stantio. Il colore delle pareti sta tra il pulce e il melanzana matura, ed è veramente nauseante sul marrone sabbia della moquette. In tutti gli edifici che hanno qualche rapporto con la salute c'è questo sottile subodore nauseante, dolciastro e dentale. Sembra che nel sistema di ventilazione dell'Srq venga immesso anche uno di quei deodoranti per gli ambienti, che però non riesce a coprire del tutto il puzzo dolciastro da studio medico o l'odore acido e blando del cibo degli ospedali.

Hal non ha sentito neanche un rumore umano da quando è entrato. Il silenzio di questo posto ha il suono scintillante del silenzio assoluto. Non si sente il rumore dei suoi passi sul Dacronyl. Si sente furtivo, ladro, e tiene il bicchiere Nasa giú su un fianco e piú in alto il libretto degli Na, con la copertina rivolta verso l'esterno come una specie di documento di identificazione. Ci sono dei paesaggi ritoccati al computer attaccati alle pareti, tavolini bassi con degli opuscoli con le copertine lucide, una stampa incorniciata dell'*Arlecchino seduto* di Picasso, e altre cazzate istituzionali, vera Muzak visiva. Senza sentire il rumore dei propri passi è come se le porte gli scivolassero accanto. La quiete contiene una specie di minaccia. A Hal sembra che tutto l'edificio a forma di cubo contenga la minaccia in tensione di una cosa vivente che ha scelto di non far rumore. A chiedere a Hal di descrivere i suoi sentimenti mentre cerca la stanza 32A, avrebbe risposto che sperava di essere da qualche altra parte e non sentirsi come si sentiva. La sua bocca continua a produrre sputo. Il bicchiere è pieno per due terzi e gli pesa in mano e non è molto bello da vedere. Ha mancato il bicchiere un paio di volte e ha macchiato la moquette marrone con della saliva scura. Dopo aver girato due volte un angolo a 90° è chiaro che il corridoio traccia un quadrato perfetto tutto intorno al pianterreno del cubo. Non ha visto nessuna scala né ingressi per le scale. Vuota il bicchiere Nasa nella terra di un alberello di plastica dentro un vaso. L'edificio dell'Srq potrebbe essere uno di quei cubi tipo Rubik che non sembra topologicamente deforme, ma è praticamente impossibile girarci dentro. Ma i numeri dopo il terzo angolo iniziano dal 18, e ora Hal riesce a sentire il rumore distante di voci molto attutite. Si tiene di fronte il libretto degli Na come un crocifisso. Possiede circa 50 $ statunitensi e altri 100 $ Onan, con l'aquila, la foglia e la scopa, perché non sa quanto possa costare la prima seduta. Di certo non è stato con la buona volontà e l'altruismo che l'Srq ha comprato diversi acri di terra molto appetibile a Natick e pagato i servigi di un architetto Geo-Minimalista della Scuola di São Paulo.

La porta di finto legno venato della stanza 32A era empaticamente chiusa come tutte le altre, ma c'erano delle voci attutite proprio dietro questa porta. Nel libretto c'era scritto che l'Incontro iniziava alle 1730h e ora erano solo le 1720h circa, e Hal pensò che le voci potessero voler dire che c'era una qualche introduzione di orientamento prima dell'incontro per le persone che venivano per la prima volta, per provare, per capire cos'era tutta questa storia, e per questo non bussa.

Ha ancora questa abitudine inaccettabile di fare un movimento come per raddrizzarsi la cravatta prima di entrare in una stanza estranea.

E, a parte un sottile rivestimento di gomma, le maniglie delle porte del Sistema di Recupero Quabbin sono uguali a quelle dell'Eta – delle sbarre piatte di ottone applicate con un tassello ad alette al meccanismo di apertura, perciò si deve spingere verso il basso la maniglia invece di dover girare qualcosa, per aprire la porta.

Ma sembra che l'incontro sia già iniziato. Non è cosí frequentato da creare quella sensazione di anonimità o la possibilità della presenza di spettatori casuali. Ci sono nove o dieci maschi adulti di classe media nella stanza tiepida, seduti su sedie di plastica arancione con le gambe di tubo di acciaio modellato. Hanno tutti la barba, e tutti indossano pantoloni di tela kaki e un maglione, e stanno tutti seduti allo stesso modo, con le gambe incrociate tipo indiani con le mani sulle ginocchia e i piedi sotto le ginocchia, e hanno tutti i calzini, e non si vedono né scarpe né giacconi. Hal aiuta la porta a chiudersi e striscia lungo la parete verso una sedia vuota, sempre brandendo il librettino degli Incontri. Sembra che le sedie non siano in nessun ordine particolare, e il loro arancione contrasta aspramente con i colori della stanza, le pareti e il soffito sono del colore della salsa Thousand Island – uno schema di colore che Hal non riesce ad associare a niente, e con la moquette di Dacronyl color pelle di leone. E l'aria calda nella 32A è piena di CO_2 e si sente anche l'aroma spiacevole dei corpi morbidi di questi maschi di mezza età senza scarpe, un odore stantio come di formaggio che fa ancora piú schifo di quello che c'è nello spogliatoio dell'Eta dopo la fiesta tex-mex della Sig.ra Clarke.

L'unico che vede entrare Hal è in fondo alla stanza, un uomo che Hal definirebbe quasi morbidamente rotondo, il corpo quasi della stessa misura di quello di Leith e globularmente tondo con in vetta il globo piú piccolo ma sempre grosso di una testa, ha i calzini a quadri e le

sue gambe non sono incrociabili completamente, tanto che sembra dover cadere disastrosamente indietro nella sedia da un momento all'altro, e sorride con calore al cappotto invernale di Hal e al suo bicchiere
Nasa mentre Hal striscia lungo la parete e si mette seduto e sprofonda
nella sedia. La sedia dell'uomo rotondo si trova sotto una piccola lavagna bianca di plastica Magic Marker, e tutte le altre sedie piú o meno
gli stanno di fronte, e l'uomo tiene in una mano un pennarello Magic
Marker e con l'altra si stringe al petto una cosa che sembra un orsetto
di peluche, ed è vestito con i pantaloni di tela di cotone color kaki e un
maglione tipo norvegese di lana grossa del colore del pane tostato. I capelli sono biondi come la cera, e ha le sopracciglia bionde e le ciglia
bionde e la faccia violentemente paonazza di un vero biondo norvegese, e il suo pizzetto imperiale è cosí curato e incerato da sembrare una
stella mozzata. Il biondo c tondo e morbido norvegese è chiaramente
il capo dell'Incontro, forse un alto ufficiale della Narcotici Anonimi, e
Hal gli si potrebbe casualmente avvicinare per chiedere informazioni
su trattati e testi da comprare e studiare, dopo.

Un altro uomo di mezza età sta piangendo, e anche lui stringe al
petto qualcosa che potrebbe essere un orso.

Le sopracciglia bionde si alzano e si abbassano quando il capo dice:
«Vorrei suggerire a tutti noi uomini di stringere forte i nostri orsi e lasciare che il Cucciolo Dentro di Noi ascolti senza pregiudizio il Cucciolo Dentro Kevin mentre ci racconta il suo dolore e la sua sconfitta».

Ognuno di loro è seduto a un'angolatura diversa rispetto a Hal,
che è sprofondato giú nella sedia vicino alla parete nella penultima fila, ma dopo avere tirato su il collo casualmente un paio di volte si rende conto che tutti questi tipi del ceto medio che devono avere almeno trent'anni stanno stringendo ai loro petti degli orsetti di peluche
– e gli orsetti sono tutti identici, gonfi e marroni con le zampe aperte e una piccola lingua di velluto rosso che gli esce dalla bocca e li fa
sembrare tutti stranamente strozzati. Ora il silenzio nella stanza è
quasi minaccioso se si esclude il sibilo dei bocchettoni del riscaldamento e i singhiozzi di Kevin, e lo sgocciolio della saliva di Hal che
cade sul fondo del bicchiere vuoto molto piú rumorosamente di quanto vorrebbe.

La nuca del collo del tipo che piange sta diventando sempre piú
rossa mentre stringe il suo orsacchiotto e si dondola sui suoi prosciutti.

Hal siede con la gamba accavallata e la caviglia buona sul ginocchio e giocherella con le sue scarpe bianche e si guarda il pollice calloso e ascolta Kevin che singhiozza e tira su con il naso. Questo tipo
si asciuga il naso con il dorso della mano come i Fratellini dell'Eta.
Hal si immagina che le lacrime e gli orsacchiotti abbiano qualcosa a

che fare con lo smettere di drogarsi, e l'Incontro sia sul punto di cominciare ad affrontare esplicitamente l'argomento droga e come smettere di drogarsi per un certo periodo senza sentirsi indescrivibilmente disperati e disgraziati, o almeno dare qualche dato su quanto tempo deve passare prima che si attenui la tragedia dell'astinenza e il vecchio sistema nervoso e le ghiandole salivari tornino alla normalità. Anche se il concetto del *Cucciolo Dentro di Noi* si avvicina in modo sconfortante all'odioso *Bambino Dentro di Noi* della Dott.ssa Rusk, Hal vorrebbe poter scommettere che non è altro che un nomignolo dei Narcotici Anomini per indicare «il componente limbico del Cns» oppure «la parte della nostra corteccia che non è del tutto rovinata e fino a oggi ci ha fatto andare avanti, in segreto» o qualche altra affermazione incoraggiante tipo questa. Hal si sforza di essere obiettivo e di non dare nessun giudizio prima di avere dei dati precisi, sperando disperatamente in un qualche sentimento di speranza.

Il leader biglobulare ha fatto una gabbia con le dita delle mani e le ha appoggiate sulla testa dell'orsacchiotto e respira lentamente e ritmicamente mentre guarda benevolo Kevin da sotto le sue sopracciglia bionde, e sembra proprio una specie di Buddha-surfista californiano. Il capo inspira dolcemente e dice: «Le energie che sento nel gruppo sono energie di amore incondizionato e di accettazione nei confronti del Cucciolo Dentro Kevin». Nessun altro dice niente, e il capo non sembra aspettarsi che qualcuno dica qualcosa. Guarda alla gabbia di dita sull'orso e continua a cambiare leggermente la forma della gabbia. Kevin, la cui nuca ora non è solo rossa come un peperone ma anche lucida per il sudore dell'imbarazzo tra il collo della camicia e l'attaccatura dei capelli, singhiozza ancora piú forte all'affermazione di amore e sostegno nei suoi confronti. La voce roca del capo rotondo aveva lo stesso tono didattico e gentile della Rusk, come se stesse parlando a un bambino non troppo intelligente.

Dopo qualche altro gioco con la gabbia e dei bei respironi, il capo alza lo sguardo e si gira intorno e annuisce e dice: «Forse potremmo esprimere i nostri sentimenti per Kevin e fargli capire proprio ora quanto vogliamo bene a lui e al suo Cucciolo, ora che sta soffrendo». Vari tipi barbuti a gambe incrociate dicono:

«Ti voglio bene, Kevin».

«Non ti sto giudicando, Kevin».

«So bene quello che provi e cosa prova il Cucciolo Dentro di Te».

«Mi sento molto vicino a te».

«Ti voglio davvero bene in questo momento, Kevin».

«Stai piangendo anche per me, amico».

«Kevin Kevin Kevin Kevin Kevin».

«Non penso che il tuo pianto sia poco virile o patetico, amico mio».

È a questo punto che Hal comincia a perdere tutta l'obiettività e la disponibilità mentale che si era sforzato di mantenere e si fa un'opinione personale del tutto negativa nei confronti di questo Incontro dei Narcotici Anonimi (Na), che ormai gli sembra già iniziato da un pezzo e non è neanche lontanamente come si era immaginato potesse essere un incontro utile a combattere la droga. Sembra piú un incontro di psicologia cosmetica. Fino a ora non hanno nominato né una Sostanza né un sintomo provocato dalla privazione della Sostanza. E nessuno di questi signori sembra aver avuto a che fare con qualcosa di piú forte di un wine-cooler ogni tanto.

L'umore di Hal diventa ancora piú torvo quando l'uomo rotondo si sporge in avanti molto precariamente e si abbassa e apre una specie di scatola dei giochi sotto la lavagna vicino alla sua sedia e tira fuori un lettore Cd portatile di quelli di plastica e lo appoggia sulla scatola dei giochi, e comincia una di quelle musichine d'ambiente che si sentono nei centri commerciali, soprattutto violoncello con delle sporadiche arpe e campanellini. Questa robaccia si spande nella stanzina tiepida come burro fuso, e Hal sprofonda ancora piú giú nella sua sedia arancione e guarda fisso il simbolo dello spazio e dell'astronave sul bicchiere Nasa.

«Kevin?» dice il capo parlando piú forte per far sentire la sua voce sopra la musica. «Kevin?» L'uomo singhiozzante si tiene sulla faccia una mano che sembra un ragno, e solleva lo sguardo solo dopo che il capo gli ha detto varie volte molto dolcemente: «Kevin, te la senti di guardare gli altri del nostro gruppo?»

Sul collo rosso di Kevin compaiono delle grinze quando alza lo sguardo verso il capo biondo e lo guarda attraverso le dita.

Il capo ha di nuovo fatto la gabbia con le dita sulla testa schiacciata del povero orso. «Te la senti di condividere con noi quello che stai provando, Kevin?» dice. «Puoi dargli un nome?»

La voce di Kevin è ovattata dalla mano dietro la quale si nasconde. «Sento che il Cucciolo Dentro di Me si sente abbandonato, molto abbandonato, Harv», dice squassato dai singhiozzi. Le sue spalle color malva tremano. «Sento che il Cucciolo Dentro di Me è in piedi, attaccato alle sbarre della culla e guarda attraverso le sbarre... le sbarre della culla e chiama la sua Mamma e il suo Papà perché vuole essere preso in braccio e coccolato». Kevin singhiozza due volte come se fosse in apnea. Con un braccio stringe cosí forte il suo orso che a Hal sembra di vedere uscire un po' di imbottitura dalla bocca dell'orso intorno alla lingua, e una stalattite di quel muco trasparente che esce dal naso quando si piange gli penzola a solo pochi mm dalla testa dell'orso strozzato. «E non arriva *nessuno*!» singhiozza. «Non arriva nessuno. Mi sento solo con il mio orso e l'aeroplanino di plastica e l'apparecchio sui denti».

Tutti annuiscono a esprimere dolore e comprensione. Non ci sono due barbe della stessa pienezza e forma. Si sentono un paio di altri singhiozzi nella stanza. Gli orsi di tutti fissano il vuoto davanti a sé.

Il capo annuisce lentamente e sembra meditare. «E ora te la senti di condividere con il gruppo i tuoi bisogni, Kevin?»

«Ti prego Kevin, condividi», dice un tipo magro seduto vicino a un armadietto nero che siede all'indiana sulle sedie di plastica dura come un veterano.

C'è ancora quella musica del tutto inconcludente, tipo Philip Glass dopo che ha preso il Quaaludes.

«Il lavoro che dobbiamo fare», dice il capo parlando sopra la musica, una mano pensosamente appoggiata a un lato del volto, «consiste nel lavorare sulla nostra passività disfunzionale e sulla tendenza che abbiamo di aspettare in silenzio che qualcuno soddisfi per magia i bisogni del Cucciolo Dentro di Noi. L'energia che sento nel gruppo in questo momento è che il gruppo ora sta chiedendo a Kevin di coccolare il suo Cucciolo dicendo chiaramente a voce alta quali sono i suoi bisogni e condividendoli con il gruppo. E sono sicuro che tutti siamo coscienti di quanto sia difficile e rischioso ora per Kevin dichiarare quali siano questi bisogni». Tutti sembrano prendere la cosa molto seriamente. Ce ne sono un paio che carezzano la pancia dei loro orsi. La sola vera cosa Cucciolesca che Hal sente dentro di sé è il gorgoglio inguinale dei due muffin integrali che ha ingoiato velocemente senza berci niente dietro. La candela di muco dal naso di Kevin trema e dondola. Il tipo magro che ha pregato Kevin di condividere ora gioca con le braccia dell'orsacchiotto in un modo davvero infantile. Hal sente un'onda di nausea invadergli la bocca insieme alla saliva.

«Ti stiamo dicendo che vogliamo sapere cosa vuole il Cucciolo Dentro di Te più di ogni altra cosa al mondo», sta dicendo il capo a Kevin.

«*Vuole essere amato e abbracciato!*» strilla Kevin, singhiozzando ancora più forte. Ora il muco lacrimale è una candela sottile d'argento che collega il suo naso con la cima della testa pelosa dell'orso. L'espressione dell'orso sembra più agghiacciante ogni secondo che passa. Hal si chiede quale sia l'etichetta negli Na quando qualcuno vuole alzarsi e andarsene nel bel mezzo della rivelazione dei bisogni di un Cucciolo. Nel frattempo Kevin sta dicendo che il Cucciolo Dentro di Lui aveva sempre sperato che un giorno la sua Mamma e il suo Papà sarebbero andati da lui e l'avrebbero preso in braccio e l'avrebbero amato. Dice che però loro non erano mai andati da lui e avevano lasciato lui e suo fratello con le balie ispaniche mentre loro si dedicavano al loro lavoro e a vari tipi di psicoterapia e gruppi di sostegno. Gli ci vuole un po' per raccontare questa cosa, per via degli starnuti e degli spasmi. Poi Kevin dice che quando ormai lui aveva otto anni loro se n'erano andati tutti e due, morti, schiacciati da un elicottero di una stazione radio che trasmetteva le notizie sul traffico ed era disfunzionalmente caduto sulla Jamaica Way proprio mentre loro due stavano andando da un Consulente Matrimoniale.

A questo punto la testa di Hal si drizzò, la bocca ovale per l'orrore. Tutto a un tratto si rese conto che questo ragazzo seduto a un angolo tale che Hal era riuscito a vedere solo una porzione molto obliqua del suo profilo era in effetti Kevin Bain, il fratello più grande di Marlon Bain, il vecchio compagno di doppio all'Eta e poi di monellerie chimiche di suo fratello Orin, Kevin Bain, di Dedham Ma, del quale Hal sapeva che si era preso il suo Mba a Wharton e aveva fatto fortuna con una catena di sale giochi per la Realtà Simulata che aveva aperto lungo tutta la South Shore durante il momento di gran voga della Realtà Simulata negli anni ante-Sponsorizzazione, prima che i visori InterLace e le cartucce digitali fornissero una Simulazione personalizzata a domicilio e la gran voga finisse[335]. Quel Kevin Bain il cui hobby dell'infanzia era imparare a memoria le tabelle di deprezzamento del capitale dell'Irs, e quando da adulto voleva veramente scatenarsi[336] aggiungeva un po' di marshmallow alla sua cioccolata della sera, e non avrebbe riconosciuto la droga neanche se quella si fosse alzata in piedi e gli avesse infilato un dito nell'occhio. Hal comincia a guardare se ci sono altre vie di uscita. La sola porta era quella dalla quale era entrato, che si vedeva bene da ogni parte della stanza. Non c'erano finestre.

Hal è raggelato da varie considerazioni. Questo non è un incontro degli Na e degli altri gruppi anti-Sostanze. Questo è uno di quegli Incontri Per Uomini sui Problemi degli Uomini del Movimento-degli-Uomini a cui partecipava il patrigno di K.D. Coyle e Coyle si divertiva a imitarli e a farne la parodia durante gli allenamenti, quando si faceva spuntare tra le gambe l'impugnatura della racchetta e gridava «Coccolami questo! Onorati di entrare in contatto con questo!» Kevin Bain si sta asciugando il naso con la testa del povero orsacchiotto e dice che non sembrava che il Cucciolo Dentro di Lui avrebbe mai realizzato il suo desiderio. Il violoncello della musica sdolcinata sembrava una mucca che muggiva di sconforto.

Ovviamente, l'uomo rotondo, la cui mano ha lasciato un'impronta sulla sua guancia soffice, chiede al povero vecchio Kevin Bain di onorare e dare voce comunque al desiderio ferito del suo Cucciolo, e dire a voce alta «Vi prego, Mamma e Papà venite ad abbracciarmi, venite ad amarmi» molte volte, e Kevin Bain lo fa davvero, dondolandosi un po' sulla sedia, con la voce che ora fa filtrare una punta di sano vecchio adulto mortificato imbarazzo, insieme ai singhiozzi squassanti. Un paio dei presenti nella stanza si asciugano con le braccia dei loro orsacchiotti gli occhi intensamente bianchi e da non-drogati. Hal pensa con dolore ai rari sacchetti Ziplocs di marijuana idroponica di Humboldt County che di tanto di tanto Pemulis riusciva a farsi arrivare per Federal Express dalla sua controparte mercantile della Rolling Hills Academy, quei bozzolini marroni cosí grossi e pieni di resina Delta 9 che gli Ziplocs sembravano le braccia di quegli orsacchiotti di peluche. I suoni umidi dietro di lui erano provocati da un uomo anziano che mangiava yogurt in una tazza di plastica. Hal continua a ricontrollare le informazioni relative all'Incontro sul librettino Oramb che gli aveva dato la ragazza. Nota che su molte pagine del librettino ci sono grosse impronte di pollici sporchi di cioccolata, e due pagine sono rimaste appiccicate per qualcosa che Hal teme sia una vecchia caccola secca, e si accorge solo ora che la copertina del libretto è datata gennaio dell'Anno dei Prodotti Caseari dal Cuore dell'America, vale a dire quasi due anni fa, e non è del tutto impossibile che la ragazza blandamente ostile senza denti della Ennet l'abbia voluto fregare dandogli un libretto Oramb datato e inutile.

Kevin Bain continua a ripetere «Vi prego, Mamma e Papà, venite ad abbracciarmi, venite ad amarmi» in una specie di patetico monotono. Sembra che la lisca sempre piú evidente in *Prego* sia una specie di invocazione recitativa del Cucciolo Dentro di Lui. Lacrime e altri liquidi scorrono e cadono giú. Anche gli occhi del rotondo e pacioso capo Harv sembrano ora essere di un blu un po' piú umido. Ora il violoncello sul lettore Cd si sta cimentando in una specie di pizzicato semijazz che sembra un ossimoro in confronto all'atmosfera della stanza. Hal continua a sentire zaffate di una puzza schifosa pungente e dolciastra che significa che qualcuno ha dei problemi di funghi ai piedi con cui confrontarsi, sotto i calzini. Oltretutto è incongruo che la 32A non abbia finestre, vista tutta quella finestratura marrone fumé che Hal aveva visto all'esterno del cubo dell'Srq. La barba di quello che mangia lo yogurt è una di quelle barbette rettangolari che è facile tener lontane dai bordi delle tazze. Sul dietro e da una parte i capelli di Kevin Bain si sono riuniti in due ciocche appuntite fradice di sudore per il caldo della stanza e per le emozioni del Cucciolo.

Per tutta la sua infanzia Hal era stato continuamente abbracciatoe cullato e gli era stato detto a voce alta che lo amavano, e aveva

quasi voglia di dire al Cucciolo Dentro Kevin Bain che essere abbracciato non vuol dire automaticamente che diventerai una persona emotivamente sana e non interessata alle droghe. Hal scopre piuttosto di invidiare molto chi sente di avere qualcosa che può spiegare tutte le sue cazzate, dei genitori a cui dare la colpa. Neanche
Pemulis dava la colpa al suo defunto padre, il Sig. Pemulis, che comunque non doveva essere stato il Fred MacMurray dei padri statunitensi. E comunque Pemulis non si sentiva un imbecille e neanche un drogato.

Mentre coccola sulle ginocchia il suo orso, il biondo simil-Buddha
Harv con il maglione di lana pesante chiede con calma a Kevin Bain
se il Cucciolo Dentro di Lui crede davvero che la sua Mamma e il suo
Papà appariranno alla sua culla per realizzare il suo desiderio.

«No», dice Kevin con molta calma. «No, non lo crede, Harv».

Il capo continua a muovere le braccia spalancate del suo orso, e
cosí sembra che stia o salutando qualcuno o arrendendosi. «Pensi che
saresti capace di chiedere a qualcuno che è nel gruppo stasera di amarti e abbracciarti, Kevin?»

La nuca di Kevin non si muove. Tutto il tratto digerente di Hal
si contorce all'idea di vedere due maschi adulti con la barba e i maglioni, in calzini, abbracciarsi in un surrogato di un abbraccio Cuc-
ciolesco. Comincia a chiedersi come mai non fa finta di avere un terribile attacco di tosse e scappa via dalla 32A dell'Srq con il pugno davanti alla bocca.

Ora Harv sta dondolando avanti e indietro le braccia dell'orso e
parla in falsetto come il personaggio di un cartone animato, e fa finta che il suo orso chieda all'orso di Kevin Bain se magari se la sente
di indicare l'uomo nel gruppo dal quale Kevin vorrebbe essere abbracciato e coccolato e amato *in loco parentis*. Hal sputa con calma
sulla parete del suo bicchiere e rimugina disperato sul fatto di aver
guidato per cinquanta chilometri e saltato la cena per ascoltare quest'uomo globulare con i calzini a quadri che finge che il suo orsacchiotto parli latino, ma quando poi alza lo sguardo dal bicchiere rimane di ghiaccio a vedere che Kevin Bain si è girato sulla sedia e,
sempre a gambe incrociate come un indiano, sta tenendo il suo orso
sotto le ascelle, proprio come un padre solleva un bambino piccolo
per fargli vedere uno spettacolo o una parata, e lo fa girare per fargli
vedere bene tutta la stanza, all'orso mezzo strozzato – mentre Hal si
copre la faccia con una mano fingendo di grattarsi le sopracciglia e
prega di non essere riconosciuto – e alla fine muove il braccio dell'orso in modo che la mano gonfia marrone pelosa senza dita dell'orsetto indichi proprio nella direzione di Hal. Hal si piega in due per uno

spasmo di tosse che è solo in parte finto, e intanto ripassa rapidissi-mamente vari alberi decisionali per trovare il modo di scappare.

Proprio come suo fratello piú piccolo Marlon, Kevin Bain è un uo-mo basso e massiccio con la faccia dalla carnagione scura. Sembra una specie di troll troppo cresciuto. E ha la stessa continua e incredibile capacità di sudorazione che aveva sempre fatto pensare a Hal che Marlon Bain, sia dentro sia fuori dal campo, assomigliasse a un rospo acquattato fermo nell'ombra umida senza mai sbattere gli occhi. So-lo che i piccoli e brillanti occhi alla Bain di Kevin Bain sono anche rossi e gonfi per aver pianto in pubblico, ed è veramente molto stem-piato e sembra non riconoscere un post-pubescente Hal, e sta pun-tando la mano rotonda del suo orso, Hal se ne accorge dopo aver qua-si ingoiato la sua presa di Kodiak, non verso di lui ma verso il tipo an-ziano con la barbetta squadrata dietro di lui, che tiene un cucchiaio pieno di yogurt rosa di fronte alla bocca aperta del suo orso toccan-dogli appena la lingua di velluto rosso e finge di imboccarlo. Con mol-ta disinvoltura Hal si mette il bicchiere Nasa tra le gambe e infila tut-te e due le mani sotto la seduta della sua sedia e l'alza e la sposta cen-timetro dopo centimetro per farla uscire dalle linee di vista e passaggio tra Kevin Bain e l'uomo dello yogurt. Harv, seduto davanti, sta fa-cendo dei segnali complicatissimi all'uomo dello yogurt perché stia zitto e non si muova dalla sua sedia arancione nella fila di fondo qual-siasi cosa succeda; e poi, quando Kevin Bain si gira sulla sedia sem-pre tenendo le gambe incrociate e guarda di nuovo verso di lui, Harv trasforma con abilità il segnale della mano in un movimento come per lisciarsi i capelli. Poi il movimento diventa sincero e meditativo men-tre il capo inspira profondamente un paio di volte. La musica è tor-nata alla narcosi originale.

«Kevin», dice Harv, «dato che questo è un esercizio di gruppo in passività e bisogni del Cucciolo Dentro di Noi, e dato che tra i mem-bri del gruppo hai scelto che sia Jim a darti qualcosa, abbiamo biso-gno che tu chieda a Jim a voce alta se vuole soddisfare le tue neces-sità. Chiedigli di alzarsi e di abbracciarti e amarti, dato che i tuoi ge-nitori non verranno mai. Neanche una volta, Kevin». Kevin Bain emette un suono mortificato e si rimette di nuovo una mano davanti alla faccia grossa e scura.

«Fatti sotto, Kev», grida qualcuno vicino al poster di Bly.

«Siamo tutti con te e ti sosteniamo», dice quello vicino all'arma-dietto dell'archivio.

Ora Hal comincia a ripassare una lista alfabetica di posti lonta-nissimi dove preferirebbe essere in questo momento. Non è arrivato neanche ad Addis Abeba quando Kevin Bain acconsente e comincia con molta delicatezza ed esitazione a chiedere a Jim, che ha messo da una parte lo yogurt ma non ha mollato l'orso, se potrebbe per favore andare da lui e abbracciarlo e amarlo. E mentre Hal si immagina rotolare dalle Cascate Americane al confine sudoccidentale della Concavità in un vecchio bidone arrugginito per i rifiuti tossici, Kevin Bain ha chiesto a Jim per undici volte, a voce sempre piú alta, di avvicinarsi e coccolarlo e abbracciarlo, senza nessun risultato. L'uomo anziano rimane lí fermo ad abbracciare il suo orso con la lingua sporca di yogurt, con un'espressione a metà strada tra il buono e il vuoto.

Prima d'ora Hal non aveva mai visto nessuno piangere a fontana nel vero senso della parola. Le lacrime di Bain escono dagli occhi e vengono proiettate in avanti per vari cm prima di cadere. La sua espressione facciale è quella imbronciata di un bambino piccolo veramente addolorato, ha le corde del collo in fuori e la faccia sempre piú scura, e comincia ad assomigliare a un guantone da baseball. Un lucido promontorio di moccio è appeso al suo labbro superiore, e il labbro inferiore sembra avere una specie di attacco epilettico. Hal pensa che l'espressione di un adulto che fa le bizze sia quasi affascinante. A un certo punto il dolore isterico diventa indistinguibile a livello facciale dalla gioia isterica, sembra. Hal si immagina di guardare Bain piangere su una spiaggia bianca, attraverso un binocolo, dal balcone di una fresca e ombreggiata stanza di albergo, ad Aruba.

«Non vuole *venire*!» strilla Kevin Bain al capo.

Harv il capo annuisce, si gratta un sopracciglio e conferma che anche lui ha avuto la stessa impressione. Finge di grattarsi sorpreso il pizzo imperiale e chiede retoricamente che problema c'è, perché Jim non è venuto automaticamente quando è stato chiamato.

Kevin Bain sta quasi vivisezionando il suo povero orso per la frustrazione e la mortificazione. Ora sembra proprio il Cucciolo Dentro di Lui, e Hal spera davvero che questa gente abbia delle procedure per farlo ritornare per lo meno a sedici anni prima che debba rientrare a casa in auto. A un certo punto si è sentito entrare un timpano nella musica del Cd, e una cornetta impertinente, e finalmente la musica ha cominciato un po' a muoversi verso quello che potrebbe essere o il culmine o la fine del disco.

A questo punto varie persone nel gruppo hanno iniziato a urlare a Kevin Bain che i desideri del Cucciolo Dentro di Lui non sono stati esauditi, che se continuava a stare passivamente seduto ad aspettare che qualcuno gli volesse bene non sarebbe riuscito a soddisfare i suoi bisogni, che Kevin doveva decidersi a trovare un qualche modo per soddisfare i bisogni del suo Cucciolo, glielo doveva. Qualcuno gridò «Onora quel Cucciolo!» Qualcun altro «Dàgli soddisfazione!»

Nella sua testa Hal sta camminando per la via Appia nella luce accecante dell'Eurosole, mangia cannoli, fa girare le sue racchette Dunlop come fossero pistole a sei colpi, si gode il sole e il silenzio cranico e un normale flusso salivare.

Molto presto le esortazioni di sostegno si sono allargate a tutti i presenti nella stanza a eccezione di Harv, Jim e Hal, e ora tutti stanno urlando «Dàgli Soddisfazione! Dàgli Soddisfazione!» con la stessa cantilena delle folle maschili quando urlano «Tieni la linea!» o «Blocca quel calcio!»

Kevin Bain si asciuga il naso sulla manica e chiede al suo rigonfio capo Harv che cosa deve fare per soddisfare i desideri del Cucciolo Dentro di Lui se la persona che ha scelto per soddisfare questi desideri non ne vuole sapere di andare da lui.

Il capo ha incrociato le mani sulla pancia e si è appoggiato allo schienale e sorride a gambe incrociate, ma non parla. L'orso siede sulla sporgenza della pancia con le gambette gonfie e diritte, come fosse su una mensola. Hal ha l'impressione che l'O_2 nella 32A venga consumato a un ritmo feroce. Siamo molto lontani dalle brezze fresche odorose di pecore dell'Isola dell'Ascensione nell'Atlantico del Sud. Gli uomini nella stanza stanno ancora cantando «Dàgli soddisfazione!»

«Stai dicendo che io devo andare attivamente da Jim e chiedergli di abbracciarmi», dice Kevin Bain, stropicciandosi gli occhi con le nocche.

Il capo sorride.

«Invece di cercare passivamente di convincere Jim a venire da me», dice Kevin Bain che finalmente ha quasi smesso di piangere, ed è bagnato di un sudore che ha acquistato la brillantezza vischiosa di quando si suda per paura.

Si scopre che Harv è una di quelle persone capaci di sollevare un sopracciglio solo. «Ci vorrebbe davvero un grande coraggio e amore e impegno al Cucciolo Dentro di Te per correre il rischio di andare attivamente da qualcuno che potrebbe darti quello di cui il Cucciolo Dentro di Te ha bisogno», dice tranquillamente. A un certo punto il lettore di Cd ha incominciato a suonare una versione strumentale tutta violoncello di *I Don't Know (How to Love Him)* da una vecchia opera che a volte Lyle ascoltava di notte nella sala pesi quando si faceva prestare da qualcuno il lettore Cd. Hal si ricorda che Marlon Bain e Lyle erano stati molto vicini.

Il trimetro del canto degli uomini si è ridotto a un basso, unico «*Dài, Dài, Dài, Dài, Dài, Dài*» mentre un esitante Kevin Bain disincrocia lentamente le gambe e si alza dalla sedia arancione, voltandosi a guardare Hal e il tipo immobile dietro di lui, questo Jim. Bain comincia a muoversi lentamente verso di loro con i passi torturati di un mimo che sta lottando contro un tornado. Hal s'immagina nuotare pigramente sul dorso alle Azzorre, mentre soffia acqua cristallina dalla bocca in un pennacchio citologico. Si sta quasi sporgendo fuori dalla sedia per allontanarsi il piú possibile dal tragitto di Kevin Bain, mentre studia la sospensione marrone in fondo al bicchiere. La sua preghiera di non essere riconosciuto da un Kevin Bain regredito è la prima preghiera veramente disperata e sincera che Hal si ricorda di aver fatto da quando ha smesso di mettersi il pigiama con i piedini.

«Kevin?» Harv lo chiama dolcemente dalla sua posizione in cima alla stanza. «Sei tu che ti stai avvicinando a Jim, oppure dovrebbe essere il Cucciolo Dentro di Te a farlo, perché ne ha bisogno?»

«*Dài, Dài, Dài*», dice il canto dei barbuti, e qualcuno alza ritmicamente un pugno ben curato.

Lo sguardo di Bain passa tra Harv e Jim, tra Jim e Harv, mentre si morde un dito, indeciso.

«Pensi che sia cosí che un Cucciolo si muove per raggiungere ciò di cui ha bisogno, Kevin?» dice Harv.

«Avanti, Kevin!» urla uno con la barba piena.

«Fai uscire *fuori* il Cucciolo!»

«Fai camminare il Cucciolo, Kev».

E cosí il ricordo piú vivido e colorato che rimane a Hal di un Incontro non-anti-Sostanze per il quale aveva guidato per sbaglio per cinquanta chilometri di ipersalivazione sarà quello del fratello maggiore del compagno di doppio di suo fratello maggiore che va gattoni a quattro zampe su una moquette di Dacronyl, con difficoltà perché con una mano si teneva l'orso al petto, e per questo si abbassava e si alzava mentre gattonava su tre arti verso Hal e colui che doveva soddisfare i suoi bisogni seduto dietro Hal, e le ginocchia di Bain lasciavano due tracce gemelle e pallide sulla moquette, e la testa gli barcollava sul collo quando guardava in alto oltre Hal, e la sua faccia aveva un'espressione indicibile.

○

Il soffitto respirava. Si gonfiava e si allontanava. Si gonfiava e poi tornava al suo posto. La stanza era nel Reparto di Traumatologia dell'Ospedale St. Elizabeth. Ogni volta che lo guardava, il soffitto si gonfiava e poi si sgonfiava, lucido come un polmone. Quando Don era un enorme bambino piccolo sua madre lo aveva portato ad abitare in una delle casette dietro le dune di una spiaggia pubblica a Be-

verly. La casa non costava molto perché c'era un grosso buco irregolare nel soffitto. L'origine del buco era sconosciuta. La culla fuori misura di Gately stava nel salottino della casa sulla spiaggia, proprio sotto il buco. Il proprietario della casa aveva inchiodato una lamina di
poliuretano spesso e trasparente sul soffitto della stanza. Era un tentativo di riparare il buco. Il poliuretano si gonfiava e tornava al suo
posto per il vento della North Shore e sembrava un vacuolo mostruoso
che inspirava ed espirava direttamente sul piccolo Gately, che stava
lí sotto a occhi spalancati. Quando l'inverno avanzava e i venti diventavano piú forti era come se il vacuolo di poliuretano che respirava sviluppasse un suo carattere e una sua personalità. Gately, a quattro anni, considerava il vacuolo come una cosa vivente, e lo chiamava Herman, e ne aveva paura. Non si sentiva la parte destra del torso.
Non poteva muoversi nel vero senso della parola. La stanza dell'ospedale aveva quella nebulosità delle stanze dei febbricitanti. Gately stava sdraiato sulla schiena. Figure spettrali si materializzavano alla periferia del suo campo visivo e stavano appese lí intorno e poi si sma-
terializzavano. Il soffitto si gonfiava e indietreggiava. Gately sentiva
male alla gola quando respirava. Si sentiva come se gli avessero violentato la gola. La figura sfocata nel letto accanto al suo stava seduta
immobile sul letto e sembrava avere una scatola sulla testa. Gately
continuava a fare questo terribile sogno ricorrente etnocentrico che
lui stava svaligiando la casa di un Orientale e lo aveva legato a una
sedia e stava cercando di bendarlo con uno spago da pacchi postali
che aveva preso da un cassetto sotto il telefono di cucina dell'Orientale. L'Orientale vedeva lo stesso nonostante lo spago e continuava a
fissare Gately e a battere gli occhi in modo imperscrutabile. Oltretutto l'Orientale non aveva né naso né bocca, solo un pezzo di pelle
liscia nella parte inferiore della faccia, e indossava una vestaglia di seta e dei sandali terrificanti, e non aveva peli sulle gambe.

Quelli che Gately percepiva come cicli di luce ed eventi senza nessun tipo di ordine cronologico non erano altro che Gately che perdeva e riprendeva coscienza. Gately non se ne rendeva conto. Gli sembrava quasi di risalire per prendere aria e poi essere spinto sotto la superficie di qualcosa. Una volta quando Gately tornò su per l'aria vide
il residente Tiny Ewell seduto su una sedia vicino al suo letto. La piccola mano esile di Tiny era appoggiata alle sbarre tipo culla del letto,
e il suo mento era appoggiato sulla mano, e la sua faccia era davvero
vicina. Il soffitto si gonfiava e si allontanava. La sola luce nella stanza era quella che filtrava di notte dal corridoio. Le infermiere scivolavano lungo il corridoio e passavano davanti alla porta con delle scarpe subsoniche. Una figura alta, curva e spettrale apparve alla sinistra

di Gately, dietro il letto del ragazzo seduto e sfocato con la testa qua-drata, una figura curva e tremolante che sembrava appoggiare l'osso sacro sul davanzale della finestra scura. Il soffitto si gonfiò di nuovo arrotondandosi verso di lui e poi si rimise a posto, piatto. Gately girò gli occhi verso Ewell. Ewell si era rasato il pizzetto bianco. Aveva i capelli cosí puliti e bianchi che riflettevano una debole sfumatura ro-sa dalla pelle rosa del cranio di sotto. Ewell gli stava parlando da una quantità di tempo imprecisabile. Fu la prima notte piena di Gately nel Reparto di Traumatologia dell'Ospedale St. Elizabeth. Non sa-peva che notte della settimana fosse. Il ritmo circadiano era stato l'ul-timo suo ritmo personale a essere strapazzato. Si sentiva come se tut-ta la sua parte destra fosse imprigionata dentro il cemento caldo. E una pulsazione insana in quello che gli sembrava essere il dito di un piede. Pensò debolmente che forse doveva andare al gabinetto, ma, se poteva, quando? Ewell stava parlando. Gately non riusciva a ca-pire se Ewell stesse sussurrando. Le infermiere scivolavano attraver-so la luce della porta. Le loro scarpe da ginnastica erano cosí silen-ziose che le infermiere sembravano muoversi su ruote. L'ombra sto-lida di qualcuno con un cappello si allungava obliqua sul pavimento a piastrelle del corridoio proprio fuori dalla stanza, come se una figura stolida fosse seduta proprio fuori dalla porta, contro il muro, con un cappello in testa.

«La parola che usa mia moglie per indicare l'anima è *personalità*. Come quando dice "C'è qualcosa di incorreggibilmente oscuro nella tua personalità, Eldred Ewell, e il Dewars lo fa venire fuori"».

Il pavimento del corridoio era proprio di piastrelle bianche che avevano una lucentezza nebulosa e troppo cerata nella fluorescenza di là fuori. C'erano strisce rosse o rosa che correvano giú nel centro del corridoio. Gately non riusciva a capire se Tiny Ewell pensava che lui fosse sveglio o cosciente o che altro.

«Fu durante il semestre autunnale quando facevo la terza da bam-bino che mi trovai in un brutto giro. C'era un gruppo di ragazzini ir-landesi tosti figli di operai che arrivavano a scuola in autobus dagli East Watertown Projects. Con il moccolo al naso, i capelli tagliati in casa, i polsini logori, di cazzotto facile, patiti per lo sport e sopratut-to per l'hockey giocato sull'asfalto con le scarpe da ginnastica», dis-se Ewell, «eppure, stranamente, io che non ero stato capace di fare neanche una flessione nel Test di Idoneità Fisica del Presidente di-ventai in poco tempo il capo della banda che fondammo. Tutti i ra-gazzi figli di operai mi ammiravano per qualche attributo che non era ben chiaro. Formammo una specie di club. La nostra uniforme era un cappellino grigio. La sede del club era la panchina di un diamante della Lega Minore che era caduto in disuso. Il nostro club si chiamava il Club dei Ruba-Soldi. Dietro mio suggerimento decidemmo per un nome descrittivo invece che un eufemismo. Il nome fu una mia idea. I ragazzini irlandesi acconsentirono. Mi vedevano come il cervello delle operazioni. Li tenevo in una sorta di assoggettamento. Questo soprattutto per la mie capacità retoriche. Anche i ragazzi irlandesi piú tosti e brutali rispettano uno che ci sa fare con la lingua. Il nostro club si era formato espressamente con lo scopo di portare avanti una truffa. Andavamo di casa in casa dopo la scuola, suonavamo il campanello e chiedevamo di fare un'offerta per il Progetto Speranza dell'Hockey Giovanile. Che naturalmente non esisteva. Il contenitore delle offerte era una lattina di Chock Full o'Nuts con la scritta PROJECT HOPE YOUTH HOCKEY su una striscia di nastro attaccato tutto intorno alla lattina. Il ragazzo che aveva fatto il contenitore aveva scritto PROJECT con la G sulla prima lattina. Lo presi in giro per l'errore, e tutti quelli della banda lo avevano preso in giro e avevano riso di lui. Molto brutalmente». Ewell continuava a fissare il quadrato blu e la croce inclinata che Gately si era tatuati sugli avambracci, in prigione. «Le uniche credenziali visibili che avevamo erano le ginocchiere e le mazze che avevamo rubato nel deposito del Pe. Per mio ordine venivano impugnati con attenzione cosí da nascondere la scritta PPTY W. WTTN ELEM SCH che era stampata sul lato di ogni mazza. Uno dei ragazzi aveva una maschera da portiere sotto il cappellino, gli altri avevano le ginocchiere e impugnavano con attenzione le mazze. Le ginocchiere venivano portate da rovescio per la stessa ragione. Io non sapevo neanche pattinare, e mia madre mi aveva assolutamente proibito i giochi duri sull'asfalto. Io portavo la cravatta ed ero sempre ben pettinato. Ero il portavoce. La dentiera, mi chiamavano quei ragazzacci. Erano tutti irlandesi cattolici. Da est a ovest Watertown è cattolica, armena e mista. Tutti i ragazzi dell'Eastside non facevano che inginocchiarsi di fronte al mio talento nel raccontare stronzate. Ero eccezionalmente bravo con gli adulti. Suonavo i campanelli e i ragazzi si sistemavano dietro di me sul portico. Parlavo di ragazzi svantaggiati e di spirito di squadra e di aria fresca e del significato di competizione e delle alternative alle cattive compagnie nel doposcuola. Parlavo di madri con le calze elastiche e fratelli maggiori feriti di guerra con delle protesi complicate che portavano alla vittoria col loro incitamento i ragazzi sfortunati anche quando giocavano contro squadre molto migliori della loro. Scoprii che ero dotato nel risvegliare il fascino emotivo della retorica adulta. Era la prima volta che sentivo un potere personale. Non provavo mai, ero creativo e commovente. Gli uomini tosti che venivano alla porta in canottiera con la bottiglia di

birra in mano e i capelli rasati ed espressioni di carità davvero minima spesso piangevano senza ritegno quando ce ne andavamo. Mi dicevano che ero un bravo ragazzo, un bambino buono e l'orgoglio di
Mamma e Papà. Mi scompigliavano cosí spesso i capelli che dovevo
portarmi dietro uno specchio e un pettine. La lattina del caffè diventò
pesante da trasportare fino alla panchina, dove ci nascondevamo dietro un sostegno. A Halloween avevamo già racimolato piú di un centinaio di dollari. Che era una cifra di tutto rispetto a quei tempi».

Tiny Ewell e il soffitto continuavano ad allontanarsi e poi a riav-
vicinarsi, cosí gonfi da apparire quasi tondi. Figure che Gately non
conosceva continuavano ad apparire e scomparire in diversi angoli
della stanza. Lo spazio tra il suo letto e l'altro sembrava distendersi
e poi contrarsi con una specie di lento rimbalzo. Gli occhi di Gately
continuavano a girargli nelle orbite, aveva un baio di sudore sopra il
labbro superiore. «E mi divertivo molto a fare questa truffa, a scoprire di avere un talento», stava dicendo Ewell. «Mi sentivo il corpo
invaso dall'adrenalina. Avevo assaporato il potere, la manipolazione
verbale dei cuori umani. I ragazzi mi chiamavano il leccaculo dotato.
Ben presto la frode di primo grado non mi bastava piú. Di nascosto
cominciai a rubacchiare il contenuto della lattina della banda. Prendevo i soldi per me. Convinsi i ragazzi che era troppo rischioso tenere la lattina nella panchina, all'aperto, e presi in custodia la lattina
personalmente. La tenevo nella mia camera da letto e convinsi mia
madre che conteneva dei regali legati al Natale e non doveva per nessuna ragione al mondo guardare cosa c'era dentro. Ai miei subalter-
ni del club avevo raccontato che prendevo le monete e le depositavo
su un conto ad alti interessi che avevo aperto per noi a nome Franklin W. Dixon. In realtà mi compravo Pez e Milky Ways e le riviste
"Mad" e la macchina per i mostri Creeple Peeple Deluxe Oven-and-
Mold Set con sei diversi colori di gelatina. Erano i primi anni Settanta. All'inizio ero discreto. Grandioso ma discreto. All'inizio il pe-
culato era controllato. Ma il potere aveva fatto nascere qualcosa di
oscuro nella mia personalità, e l'adrenalina lo faceva aumentare. Ben
presto la lattina del caffè della banda era vuota alla fine di ogni week-
end. Il bottino della settimana veniva speso in sabati di incontrolla-
te baldorie di consumi puerili. Pontificavo di favolosi estratti conto
della banca da mostrare al club, nella panchina. Con loro diventai piú
loquace e arrogante. A nessuno dei ragazzi passava neanche per la testa di mettere in dubbio quello che dicevo o il Magic Marker viola
degli estratti conto della banca. Sapevo di non avere a che fare con
dei titani dell'intelletto. Non avevano altro che malizia e muscoli, erano i peggiori dei cattivi elementi della scuola. E io li comandavo. Li

avevo al laccio. Avevano cieca fiducia in me e nel mio talento retorico. Pensandoci ora probabilmente non riuscivano neanche a concepire il fatto che uno di terza sano di mente con gli occhiali e la cravatta li potesse defraudare, date le inevitabili brutali conseguenze.
Uno di terza *sano di mente*. Ma io non ero piú sano. Vivevo solo per
nutrire quella cosa oscura nella mia personalità, che mi diceva che
qualsiasi conseguenza poteva essere prevenuta dal mio talento e dalla mia grande aura personale.

«Poi naturalmente cominciò ad appropinquarsi il Natale». Gately
cerca di fermare Ewell e chiedergli «appropinquarsi?» ma scopre con
orrore che non riesce a emettere nessun suono. «Ora i ragazzacci ner-
boruti della Eastside cattolica volevano attingere dal loro inesistente
conto Franklin W. Dixon per comprare calze elastiche e canottiere
per le loro famiglie operaie. Li trattenni il piú a lungo possibile con
chiacchiere pedanti sulle penalità da pagare sugli interessi e sugli anni fiscali. Il Natale cattolico irlandese non è una cosa su cui si può
scherzare, però, e i loro occhi scuri cominciarono per la prima volta
a stringersi quando mi guardavano. A scuola le cose si fecero sempre
piú tese. Un pomeriggio, il piú grosso e scuro di loro prese il controllo della lattina con un colpo di Stato. Dopo quella botta la mia autorità non riuscí piú a riprendersi. Cominciai ad avere una paura tremenda: non riuscivo piú a negare: mi resi conto che piano piano avevo rubato cosí tanti soldi che non sarei mai riuscito a rifonderli. A
casa, a cena, cominciai a parlare dei vantaggi delle scuole private. L'in-
casso settimanale della lattina diminuí sensibilmente via via che le
spese natalizie prosciugavano i portamonete e la pazienza dei padroni di casa. Alcuni ragazzi piú scuri della banda davano a me la colpa
di questo calo degli incassi. L'intera banda cominciò a mugugnare, in
panchina. Imparai che si può sudare a gocce anche su una panchina
all'aperto, con un freddo glaciale. Poi, il primo giorno dell'Avvento,
il ragazzo che era diventato responsabile della lattina tirò fuori delle
cifre scritte con una calligrafia infantile e annunciò che tutti quelli
della banda volevano la loro parte del bottino accumulato nel conto
Dixon. Io presi tempo alludendo vagamente alle firme disgiunte e al
libretto che avevo messo da qualche parte. Arrivai a casa con i denti
che mi battevano e le labbra esangui e fui costretto da mia madre a
prendere l'olio di pesce. Ero consumato di paura puerile. Mi sentivo
piccolo e debole e cattivo e consumato dalla paura di quello che mi
sarebbe successo quando si sarebbe scoperto che avevo rubato. Per
non parlare delle brutali conseguenze. Dissi che avevo dei disturbi intestinali e smisi di andare a scuola. Il telefono cominciò a squillare nel
bel mezzo della notte. Sentivo mio padre che diceva «Pronto? *Pron-*

to?» Io non dormivo. Al lato oscuro della mia personalità erano spuntate due ali coperte di piume e un becco e ora si rivoltavano contro di me. C'erano ancora diversi giorni prima delle vacanze di Natale. Io stavo sdraiato sul letto in preda al panico durante le ore di scuola in mezzo a mucchi di riviste "Mad" e le figurine di Creeple Peeple comprate con soldi sporchi e ascoltavo i solitari campanacci a mano dei Babbo Natale dell'Esercito della Salvezza che passavano giú in strada e pensavo a sinonimi di *angoscia* e *destino*. Cominciai a conoscere la vergogna, e a capire che è l'aiutante di campo della grandiosità. Continuavo a trascinarmi la mia malattia digestiva non specificata, e gli insegnanti mi mandavano cartoline e bigliettini preoccupati. Certi giorni il campanello suonava dopo le ore di scuola e mia madre veniva di sopra e diceva «Che *carini*, Eldred», perché alla porta c'erano dei ragazzi scuri di carnagione ma visibilmente buoni di cuore con dei cappelli grigi che le avevano chiesto di me e avevano detto che proprio *non vedevano l'ora* che tornassi a scuola. Cominciai a mangiare la saponetta del bagno la mattina per convincere tutti che dovevo rimanere ancora a casa. Mia madre si preoccupò per la quantità enorme di bolle che vomitavo e disse che forse era il caso di consultare uno specialista. Io mi sentivo sempre piú vicino all'orlo di un dirupo e a quel punto sarebbe venuto fuori tutto. Avrei voluto abbracciare mia madre e piangere e confessare tutto. Ma non ci riuscivo. Per la vergogna. Tre o quattro dei ragazzi piú duri della banda dei Ruba-Soldi tutti i pomeriggi prendevano posizione accanto al presepe del cortile della chiesa di fronte a casa mia e guardavano fisso verso la finestra della mia camera, e battevano i pugni sul palmo della mano. Cominciai a capire come si sentivano i protestanti a Belfast. Ma in prospettiva la cosa che mi terrorizzava di piú non erano i cazzotti dei cattolici irlandesi, ma il fatto che i miei genitori avrebbero scoperto che la mia personalità aveva un lato oscuro che mi aveva portato a una grandiosa malvagità e poi mi aveva lasciato lí».

Gately non sa cosa possa pensare Ewell di lui che non risponde, fose non gli piace o non lo nota nemmeno, o cosa. Riesce a respirare bene, ma qualcosa nella sua gola violentata non permette di vibrare a quelle cose che dovrebbero vibrare quando si parla.

«Alla fine, il giorno prima dell'appuntamento con il gastroenterologo, quando mia madre era giú nella strada a una specie di festa astrologica, sgattaiolai giú dal mio letto di malato e scesi al piano di sotto e rubai piú di un centinaio di dollari da una scatola da scarpe con sopra scritto I.B.E.W. LOCAL 517 PETTY SLUSH che stava nel nascondiglio nell'armadio di mio padre. Prima di quel momento non mi ero mai sognato di ricorrere a quella scatola da scarpe. Rubare ai miei genitori. Per restituire i soldi che avevo rubato a quei ragazzi scemi insieme ai quali li avevo rubati ad adulti ai quali avevo mentito. I miei sentimenti di paura e di meschinità aumentarono. Ora mi sentivo male davvero. Vivevo e mi muovevo all'ombra di qualcosa di oscuro che mi volteggiava sulla testa. Adesso vomitavo senza bisogno degli emetici, ma di nascosto, cosí potevo tornare a scuola; non ce la facevo ad affrontare la prospettiva di passare tutte le vacanze di Natale con delle sentinelle dalla pelle scura sotto casa a picchiarsi i pugni sulle mani. Cambiai le banconote del sindacato di mio padre in monete e pagai quelli del Club dei Ruba-Soldi e venni pestato lo stesso. Sembra per qualche principio da ragazzacci. Scoprii la rabbia latente nei seguaci, il destino del capo che cade dalle grazie della plebaglia. Mi pestarono ben bene e mi appesero a un gancio nello spogliatoio dove rimasi per molte ore, gonfio e mortificato. E andare a casa era ancora peggio; non era piú un rifugio. Era la scena di un crimine di terzo grado. Di un furto al cubo. Non riuscivo a dormire. Mi agitavo e mi rigiravo. Furono notti di terrore. Non riuscivo a mangiare, anche se mi facevano stare a tavola per ore dopo cena. Piú i miei genitori si preoccupavano per me e piú mi vergognavo. Sentii una vergogna e un disprezzo di me che nessun ragazzino di terza avrebbe dovuto provare. Le vacanze non furono allegre. Ripensavo all'autunno e stentavo a riconoscere una persona di nome Eldred K. Ewell jr. Non si trattava piú di un problema di pazzia o di lati oscuri dentro di me. Avevo rubato ai miei vicini, ai bambini poveri e alla mia famiglia, e mi ero comprato dolci e giocattoli. Ero cattivo. Ma da quel momento decisi di stare sulla strada della virtú. La vergogna e l'orrore erano troppo tremendi: dovevo rinascere a nuova vita. Decisi che avrei fatto di tutto pur di vedermi di nuovo buono, rinato. E da quella volta non ho mai piú commesso un crimine. Riuscii a seppellire nella mia memoria l'intervallo ignobile del Club dei Ruba-Soldi. Don, avevo dimenticato tutto. Fino all'altra notte. Don, l'altra notte, dopo la rissa e la tua dimostrazione riluttante di *se offendendo*[337], dopo che sei stato ferito e tutti gli strascichi... Don, ho risognato di nuovo tutto quel periodo di perfidia grandiosa in terza elementare. Era tutto molto vivido. Quando mi sono svegliato, non avevo piú il mio pizzetto e i miei capelli avevano la riga nel mezzo, ed erano quarant'anni che non me li pettinavo piú cosí. Il letto era bagnato fradicio, e nella mia mano c'era un pezzo del sapone speciale antiacne di McDade che sembrava masticato».

Gately comincia a ricordarsi che al Pronto Soccorso gli avevano subito offerto il Demerol per endovena per calmare il dolore della ferita del colpo di pistola e poi gli era stato offerto per altre due volte da dei dottori di turno che non si erano preoccupati di leggere la scrit-

ta PASSATA DIPENDENZA DA NARCOTICI. NON DARE MEDICINALI C-IV. che
Gately aveva fatto giurare a Pat Montesian di scrivere in stampatello
sulla sua cartella o scheda o grafico. L'intervento chirurgico di urgenza della notte precedente non era stato estrattivo, perché sembra che
la pallottola di grosso calibro si fosse frammentata al momento dell'impatto e avesse trapassato i metri di muscoli che circondavano la spalla di Gately, mancando l'osso ma facendo vari e grandi danni ai tessuti. Lo specialista in Traumi del Pronto Soccorso aveva prescritto il
Toradol-Im[338] ma lo aveva avvertito che una volta esaurito l'effetto
dell'anestesia dell'intervento il dolore sarebbe stato inimmaginabile.
Poi Gately si svegliò al piano di sopra in una stanza del Reparto di
Traumatologia che tremava alla luce del sole e un Dott. diverso stava
spiegando a Pat M. o a Calvin T. che il corpo estraneo invasivo doveva essere stato trattato con qualcosa di sporco, prima, probabilmente,
perché a Gately era venuta una fortissma infezione, e lo tengono sotto controllo per paura di qualcosa che gli è sembrato si chiami *Noxzema* ma è in realtà la toxemia. Gately voleva anche protestare che il suo
corpo era americano al 100 per cento, ma per il momento sembrava
incapace di articolare. Piú tardi era già notte e c'era Ewell lí con lui
che continuava a parlare. Poi era notte e c'era Ewell che parlava. Non
si riusciva davvero a capire cosa volesse Ewell da Gately o perché avesse scelto questo particolare momento per raccontargli le sue cose. La
spalla destra di Gately era grande quasi quanto la sua testa, e doveva
voltare gli occhi in su come una mucca per vedere la mano di Ewell
sulle sbarre del letto e la sua faccia che vi galleggiava sopra.

«E come mi comporterò al Nono Passo quando arriverà il momento di fare ammenda? Come potrò cominciare a riparare i danni? Anche se mi ricordassi le case dei cittadini che derubammo, quanti abite-
ranno ancora lí, e quanti saranno ancora vivi? I ragazzi della banda saranno sicuramente finiti nei quartieri bassi, in povertà. Mio padre perse
l'incarico dell'Ibew[339] sotto l'amministrazione Weld e morí nel 1993.
Se mia madre venisse a sapere la verità ne morirebbe. Mia madre è molto fragile. Usa il bastone per camminare e l'artrite le ha torto quasi completamente la testa sul collo. Mia moglie protegge gelosamente mia madre da tutti i fatti spiacevoli che mi riguardano. Dice che qualcuno deve farlo. Mia madre crede che proprio in questo momento io sia in
Alsazia a un simposio di nove mesi sul diritto tributario sponsorizzato
dalla Banque-de-Genève. Dalla casa di riposo continua a mandarmi maglioni da sci fatti a mano che non mi stanno.

«Don, quel periodo di tempo che avevo seppellito e il peso che ho
portato da allora possono avere influenzato tutta la mia vita. Perché
sono stato attratto dallo studio del diritto tributario e ho aiutato i ric-

chi dei quartieri residenziali a trovare delle scappatoie per pagare meno tasse. Il mio matrimonio con una donna che mi guarda come se
fossi una macchia scura dietro i pantaloni di suo figlio. Tutta la mia
discesa nel bere-piú-del-normale può essere stata un tentativo istintivo di sotterrare quei sentimenti di meschinità che mi portavo dietro
dai tempi della terza elementare, e sommergerli in un mare ambrato.

«Non so cosa fare», disse Ewell.

Gately aveva preso cosí tanto Toradol-Im che gli fischiavano le
orecchie, oltre a una flebo salina con il Doryx[340].

«Non voglio piú ricordarmi meschinità che non posso riparare. Se
questo è un esempio del fatto che Ti Sarà Rivelato Molto di Piú, allora voglio fare un reclamo. Mi sembra che alcune cose sia meglio lasciarle sommerse, non ti pare?»

E tutta la sua parte destra andava a fuoco. Il dolore stava diventando un dolore da emergenza, come quando si mette la mano su una
stufa e si urla e si tira via la mano mezza carbonizzata. Alcune parti
di lui continuavano a mandare lampi di emergenza ad altre sue parti,
e non poteva né muoversi né chiedere aiuto.

«Sono impaurito», sentí dire da qualche punto sopra la sua testa
che si stava allontanando, e quella fu l'ultima cosa che Gately sentí
sussurrare a Ewell mentre il soffitto si gonfiava verso di loro. Gately
voleva dire a Tiny Ewell che lui si Identificava totalmente con i sentimenti di Ewell e che se lui, Tiny, poteva aspettare un attimo e portare quel sacco ancora per un po' e mettere un scarpina lucida di fronte all'altra tutto sarebbe finito bene, che il Dio che si era scelto Ewell
avrebbe trovato qualche modo perché le cose andassero bene, e poi
poteva lasciare semplicemente perdere quelle sensazioni di meschinità invece di allogarle con il Dewars, ma Gately non riusciva ancora a collegare l'impulso di parlare con il parlare vero e proprio. S'im-
pegnò per cercare di raggiungere la sua mano sinistra dall'altra parte
e appoggiarla sulla mano di Ewell sulle sbarre del letto. Ma lui era
troppo grosso per arrivarci. E poi il soffitto bianco scese giú e fece diventare tutto bianco.

Gli sembrò di dormire. Fece un sogno febbricitante in cui le nuvole nere di una tempesta si contorcevano scure e passavano urlando
sulla spiaggia di Beverly Ma, il vento aumentava sulla sua testa finché Herman, il vacuolo di poliuretano, scoppiava per la forza lasciando
delle fauci straziate che inspiravano e cercavano di azzannare la maglietta Dott. Dentons Xxl di Gately. Un brontosauro di pezza blu fu
risucchiato fuori dalla culla e scomparve dentro le fauci ruotando su
se stesso. Un uomo con un bastone da pastore stava picchiando a sangue sua madre in cucina e lei non poteva sentire le disperate grida

d'aiuto di Gately. Riuscí a passare dalle sbarre della culla rompendole con la testa e corse alla porta d'ingresso e uscí fuori. Le nuvole nere sopra la spiaggia si abbassavano e si intorbidivano alzando la sabbia in tanti mulinelli, e mentre Gately le guardava, una tromba d'aria emerse dalle nuvole e subito sotto di esse. Era come se le nuvole stessero partorendo o cacando. Gately corse attraverso la spiaggia fino all'acqua per sfuggire alla tromba d'aria. Corse in mezzo ai cavalloni impazziti fino a dove l'acqua era calda e profonda e andò sotto e rimase lí finché gli mancò l'aria. Non sapeva piú se era il piccolo Bimmy o il grande Don. Continuava a venire a galla per qualche secondo per prendere un bel respiro e poi tornava sotto dove c'erano caldo e tranquillità. Il tornado si era fermato in un punto sulla spiaggia, si gonfiava e si sgonfiava, urlava come il motore di un jet, la sua apertura erano fauci che respiravano, i fulmini uscivano dalla tromba d'aria dritti come capelli. Riusciva a sentire i brevi suoni smozzicati di sua madre che lo chiamava. Il tornado era proprio vicino alla casa sulla spiaggia e la casa tremava tutta. Sua madre venne fuori dalla porta principale con i capelli tutti arruffati e in mano un coltello Ginsu insaguinato, e chiamava il suo nome. Gately cercò di chiamarla per dirle di raggiungerlo dove l'acqua era profonda, ma neanche lui riusciva a sentire le sue grida contro l'urlo della tempesta. Lei fece cadere il coltello e si mise le mani sulla testa mentre l'imbuto indirizzava la sua bocca puntuta verso di lei. La casa sulla spiaggia esplose e sua madre volò in aria verso l'imboccatura dell'imbuto, e batteva le braccia e le gambe come se nuotasse nel vento. Svaní nelle fauci e venne spinta in alto nel vortice del tornado. Assi e tavole di legno la seguirono. Non c'era nessuna traccia del bastone da pastore dell'uomo che l'aveva picchiata. Il polmone destro di Gately gli bruciava in un modo terribile. Vide sua madre per l'ultima volta quando il fulmine illuminò il cono dell'imbuto. Roteava intorno come qualcosa in uno scarico, e si alzava sempre piú, sembrava nuotasse, in una luce blu che veniva da dietro di lei. Lo scoppio del fulmine fu il bianco della stanza illuminata dal sole quando salí per respirare e aprí gli occhi. L'immagine minuscola di sua madre che ruotava sbiadí contro il soffitto. Quello che sembrava un respiro affannoso era lui che cercava di gridare. Le lenzuola sottili del suo letto erano inzuppate e lui aveva assolutamente bisogno di pisciare. Era giorno e la sua parte destra non era assolutamente intorpidita, e subito sentí nostalgia per la sensazione di cemento caldo di quando lo era. Tiny Ewell se n'era andato. Ogni pulsazione era un assalto alla parte destra. Pensò che non ce l'avrebbe fatta a sopportarlo neanche un secondo di piú. Non sapeva cosa sarebbe successo, ma non credeva di poterlo sopportare.

Piú tardi qualcuno che era Joelle Van D. o un'infermiera del St. Elizabeth con un velo dell'Udri gli stava passando un panno freddo sul volto. La sua faccia era cosí grossa che ci volle un po' di tempo per inumidirla tutta. Sembrava un tocco troppo leggero per essere quello di un'infermiera, ma poi Gately sentí il tintinnio delle bottiglie delle flebo che venivano cambiate o manipolate in qualche punto in alto dietro la sua testa. Non riusciva a chiedere di cambiare le lenzuola o di andare in bagno. Dopo poco che la signora velata se n'era andata, lui si arrese e lasciò andare la piscia, e invece di un calore bagnato sentí il suono metallico di qualcosa che si stava riempiendo da qualche parte vicino al letto. Non poteva muoversi per alzare le lenzuola e vedere a cosa era agganciato. Le veneziane erano alzate, e la stanza era cosí bianca e luminosa alla luce del sole che tutto sembrava candeggiato e sterilizzato. Il tipo con la testa quadrata oppure con una scatola sulla testa era stato portato via da qualche parte, il suo letto era disfatto e una parte della gabbia era abbassata. Non c'erano figure spettrali né figure annebbiate. Il corridoio non era piú luminoso della stanza, e Gately non riusciva a vedere nessuna ombra di qualcuno con il cappello. Non sapeva neanche se la notte prima l'aveva vista davvero. Il dolore continuava a fargli tremare le palpebre. Non aveva piú pianto per il dolore da quando aveva quattro anni. Il suo ultimo pensiero prima di lasciare le palpebre chiuse contro il bianco brutale della stanza era che forse era stato castrato, che era ciò che aveva sempre pensato quando sentiva la parola *cateterizzato*. Sentiva l'odore dell'alcol e una specie di puzzo di vitamina, e il suo odore.

A un certo punto una Pat Montesian forse reale entrò nella stanza e gli mise i capelli in un occhio quando lo baciò sulla guancia e gli disse che poteva stare lí tranquillo e concentrarsi a guarire e tutto sarebbe andato bene, che tutto era tornato normale alla Ennet, piú o meno, e che andava tutto bene, e le dispiaceva da morire che lui avesse dovuto affrontare una situazione come quella da solo, senza nessun aiuto o consiglio, e lei si rendeva perfettamente conto che Lenz e quei delinquenti canadesi non gli avevano dato il tempo di chiamare nessuno, che lui aveva fatto il massimo in quella situazione e non doveva sentirsi da schifo per essersi lasciato andare, che la sua violenza non era stata la violenza recidiva di chi ne cerca il brivido, e lui aveva semplicemente fatto del suo meglio in quel momento per cercare di salvare se stesso e un residente della Ennet. Pat Montesian era vestita di nero come sempre, ma stavolta era vestita in modo piú formale, come quando accompagnava qualcuno in tribunale, e i suoi vestiti neri formali sembravano quelli di una vedova messicana. Aveva detto davvero le parole *delinquente* e *schifo*. Disse di non preoccuparsi, la Ennet era una comunità e doveva riuscire a badare a se stessa. Continuava a chiedergli se aveva sonno. Il rosso dei suoi capelli era un rosso diverso e meno radiante del rosso dei capelli di Joelle Van D. Il lato sinistro della sua faccia era molto dolce. Gately capiva molto poco di ciò che stava dicendo. Era un po' sorpreso che gli sbirri non fossero ancora venuti da lui. Pat non sapeva niente del magistrato senza rimorsi o del Boscaiolo soffocato: Gately si era sforzato di raccontare apertamente lo sfacelo del suo passato, ma gli sembrava un suicidio raccontare certe cose. Pat disse che Gately aveva dato una grande prova di umiltà e di forza di volontà a tenere duro nella sua decisione di non volere prendere niente di piú forte degli analgesici non-narcotici per calmare il dolore, ma sperava che lui si fosse ricordato di non poter fare niente se non mettersi nelle mani del suo Potere Superiore e seguire i dettami del suo cuore. La codeina o forse il Percocet[341] o forse anche il Demerol non sarebbero stati una ricaduta a meno che il suo cuore di leone che conosceva i suoi motivi non volesse che lo fossero. I capelli rossi gli stavano giú e sembravano spettinati e schiacciati da una parte; dava l'impressione di essere stanca. Gately voleva chiedere qualcosa a Pat sulle conseguenze legali della rissa della scorsa notte. Si rese conto che lei continuava a chiedergli se aveva sonno perché i suoi tentativi di parlare sembravano sbadigli. La sua incapacità a parlare era la stessa di quando non si riesce a parlare negli incubi, ti manca l'aria e ti senti da cani, da schifo.

Quello che rese forse irreale il colloquio con Pat M. fu che alla fine senza motivo Pat M. scoppiò in lacrime, e senza motivo Gately si sentí cosí imbarazzato che finse di svenire e dormí di nuovo, e forse sognò.

Quasi certamente sognò e di certo irreale fu l'intervallo quando Gately si riebbe tutto a un tratto e vide la Sig.ra Lopate, l'objay dart dello Shed che certi giorni installavano vicino al visore della Ennet House, che stava seduta là su una sedia a rotelle color canna di fucile, la faccia contorta, la testa piegata, i capelli lunghi e radi, e non guardava lui ma tutto l'apparato di bottiglie delle flebo e i monitor appesi sopra e dietro il suo grande letto a gabbia, e non gli rivolgeva la parola e non lo guardava neanche ma in un certo senso era lo stesso lí *con* lui, in qualche modo. Anche se non era possibile che lei potesse essere stata davvero lí, era la prima volta che Gately si rendeva conto che la catatonica Sig.ra L. era la stessa signora che aveva visto toccare l'albero nel prato di fronte all'Unità 5 a notte tarda, certe notti, quando aveva appena iniziato il suo lavoro come membro del personale. Erano la stessa persona. E il fatto che questa cosa che aveva capito era reale anche se la presenza della signora nella stanza non lo era, e la complessità della cosa gli fece di nuovo roteare gli occhi e perdere i sensi.

Poi a un certo punto, piú tardi, Joelle Van Dyne era seduta proprio accanto alle sbarre del letto, velata, e indossava pantaloni di felpa e una maglia che si stava togliendo, un velo bordato di rosa, e non
diceva niente, forse lo guardava, forse pensava che non fosse cosciente
anche se aveva gli occhi aperti, o che delirasse per la Noxzema. Tutta la parte destra gli faceva cosí male che ogni respiro era come una
decisione difficile da prendere. Voleva piangere come un bambino. Il
silenzio della ragazza e il niente del suo velo gli fecero paura, dopo
un po', e avrebbe voluto chiederle di tornare piú tardi.

Nessuno gli aveva offerto qualcosa da mangiare, ma lui non aveva fame. C'erano i tubi della flebo che gli entravano nel dorso di tutte e due le mani e nell'incavatura del gomito sinistro. Altri tubi gli
uscivano piú in basso. Non voleva sapere. Continuava a chiedere al
suo cuore se la codeina sarebbe stata una ricaduta, ma il suo cuore rifiutò di fare commenti.

Poi a un certo punto l'ex paziente della Ennet e consulente anziano Calvin Thrust entrò come una tempesta e alzò una sedia e ci si
sedette sopra al contrario come una spogliarellista, fece pendere le
braccia lungo lo schienale della sedia, gesticolò con una sigaretta spenta mentre parlava. Disse a Gately che, cazzo, sembrava proprio che
gli fosse passato sopra un camion. Ma disse che Gately avrebbe dovuto vedere gli altri ragazzi, i Boscaioli con le camicie polinesiane.
Thrust e la Sovrintendente della Ennet erano arrivati prima che quelli della Sicurezza dell'Enfield Marine convincessero gli sbirri a non
fare le multe di mezzanotte per la sosta vietata sulla Comm. Ave. Lenz
e Green e Alfonso Parias-Carbo avevano trascinato/portato dentro
Gately, che era svenuto, e lo avevano messo sdraiato sul divano nero di vinile nell'ufficio di Pat, dove Gately aveva ripreso conoscenza
e gli aveva detto che non voleva andare in ambulanza e di fargli il favore di svegliarlo tra cinque minuti, poi era svenuto sul serio. Sembra che a Parias-Carbo sia venuta una leggera ernia intestinale per
aver trascinato/portato Gately, ma si era comportato da uomo e al
Pronto Soccorso aveva rifiutato la codeina e aveva espresso la sua gratitudine per questa esperienza che l'aveva fatto crescere, e comunque
il gonfiore al torace andava diminuendo. L'alito di Calvin Thrust puzzava di fumo e di vecchie uova strapazzate. Una volta Gately aveva
visto una cartuccia clandestina di Calvin Thrust giovane che faceva
sesso con una donna con un braccio solo su un affare che sembrava
un trapezio fatto in casa. La luce della cartuccia e la qualità della produzione erano davvero terribili, e Gately aveva preso il Demerol, ma
era sicuro al 98 per cento che quello fosse Calvin Thrust da giovane.
Calvin Thrust raccontava che proprio davanti a Gately svenuto

nell'ufficio Randy Lenz aveva incominciato a fare la femminuccia e a dire che naturalmente avrebbe preso lui, Randy Lenz, la colpa per quello che era successo a Gately e ai canadesi stroncati e perché non si toglievano subito il pensiero già che c'erano e non lo sbattevano subito fuori senza l'ipocrisia di una delibera? Bruce Green aveva sbattuto Lenz contro gli armadietti di Pat e lo aveva scosso come un Margarita, ma si era rifiutato di fare la spia su Lenz o dire perché dei canadesi furibondi pensavano che uno stronzo senza palle come Lenz avesse fatto fuori un loro amico. C'era un'indagine in corso, ma Thrust confessò una certa ammirazione per il rifiuto di Green di fare la spia. Brucie G. si era rotto il naso nella scazzottata e aveva tutti e due gli occhi neri. Calvin Thrust disse che sia lui, Calvin Thrust, sia la Sovrintendente, appena arrivati, avevano capito subito che Lenz era sotto l'effetto della coca o pieno di 'drine fino agli occhi, e Thrust disse che c'era voluto ogni Oreida dell'autocontrollo che la sua sobrietà gli aveva regalato, ma era rimasto calmo e aveva portato Lenz fuori dall'ufficio e lo aveva fatto entrare nella camera da letto speciale per i Disabili lí accanto, e mentre Burt F. Smith tossiva e sputava pezzettini di polmone nel sonno, aveva lasciato la scelta a Lenz se rinunciare subito e volontariamente alla sua residenza alla Ennet oppure consegnargli immediatamente un campione di urine e accettare che venisse perquisita la sua stanza e tutte le sue cose, oltre a essere interrogato dagli sbirri, che quasi sicuramente ora erano già per strada con una flotta di ambulanze per i Boscaioli. Nel frattempo, disse Thrust – gesticolando con il mozzicone e sporgendosi in avanti di tanto in tanto per vedere se Gately era ancora cosciente e dirgli che aveva veramente un aspetto di merda, nel frattempo – Gately era rimasto là svenuto, e gli avevano messo contro due armadietti pieni di fogli per non farlo rotolare dal divano perché era piú grosso del divano, e sanguinava parecchio, e nessuno sapeva come, diciamo, *apporre* un laccio a una spalla, e la ragazza nuova con il bel corpo e la maschera di velo stava piegata sul bracciolo del divano e tamponava la ferita di Gately con degli asciugamani, e la sua vestaglia parzialmente aperta faceva vedere uno spettacolo che fece avvicinare perfino Alfonso P.-C. che era ripiegato in posizione fetale sul pavimento per il dolore all'ernia, e Thrust e la Sovrintendente facevano a turno a Chiedere Aiuto per sapere cosa dovevano fare con Gately, perché tutti sapevano che era in Libertà Condizionata per una storia molto seria e, con tutto il dovuto rispetto e la fiducia per Don, dalle forme massacrate dei canadesi in diverse posizioni prone non si capiva bene chi avesse fatto cosa a chi per legittima difesa o no, e gli sbirri in genere sono molto interessati ai tipi enormi che arrivano al Pronto Soccorso con delle brut-

te ferite di arma da fuoco, quando pochi minuti piú tardi arrivò Pat
M. sgommando con la sua Aventura e si mise a urlare come una pazza contro Thrust perché non aveva già portato Don Gately al St. Elizabeth di sua iniziativa. Thrust disse che le urla di Pat M. gli erano
scivolate addosso come l'acqua su un'oca, e gli rivelò che Pat M. era
molto stressata perché aveva dei grossi problemi a casa. Disse che comunque Gately era troppo pesante da svenuto per portarlo in braccio per piú di qualche metro, anche se la ragazza con la maschera aveva preso il posto di Parias-Carbo, ed erano riusciti solo a portarlo fuori con ancora la sua camicia da bowling tutta bagnata addosso e lo
avevano steso per un attimo sul marciapiede e lo avevano coperto con
il telone di pelle nera della macchina di Pat mentre Thrust faceva manovra con la sua adorata Corvette per avvicinarsi a Gately il piú possibile. Il suono delle sirene su tutta la Comm. Ave. si mescolava al rumore dei canadesi pestati di brutto che riprendevano conoscenza o
quello che i Boscaioli chiamano conoscenza e chiedevano *medecins*, e
al rumore da scoiattolo impazzito di Lenz che cercava di far partire
la sua Duster marrone tutta arrugginita, che aveva un solenoide guasto. Avevano issato Gately a peso morto sulla Corvette e Pat M. si
era messa davanti a guidare come una pazza la sua Aventura turbo-
compressa. Pat aveva fatto venire con lei la ragazza con la maschera
perché la ragazza non smetteva di chiederle di lasciar venire anche
lei. La Sovrintendente della Casa rimase sul posto a rappresentare la
Ennet House per la Sicurezza dell'Enfield Marine e per gli sbirri molto meno ingannabili della Polizia di Boston. Le sirene diventavano
sempre piú vicine, il che aggiunse confusione perché i residenti senili e vegetali dell'Unità 4 e dello Shed erano stati attirati fuori sui prati gelati da tutto il casino, e il mix di diversi tipi di sirene non gli fece un granché bene, e cominciarono a battere le mani e a urlare e a
correre da tutte le parti e ad aggiungere confusione alla confusione
medica di tutta la scena, che al momento della partenza sua e di Pat
era davvero un grandissimo, infinito casino. Thrust fa una domanda
retorica e chiede a Don quanto cazzo *pesa*, comunque, perché per spostare i seggiolini davanti fino a dove li mettono i nani e infilare la car-
cassa di Gately sul sedile di dietro della Corvette c'erano volute tutte le mani disponibili e perfino i moncherini di Burt F.S., era stato
come cercare di far entrare qualcosa di enorme attraverso una porta
molto piú piccola di quella cosa enorme, ecco com'era stato. Di tanto in tanto Thrust dava dei colpetti alla cicca come se credesse che
fosse ancora accesa. Le prime volanti erano arrivate in controsterzo
dall'angolo della Warren con la Comm. proprio mentre loro uscivo-
no dal vialetto dell'Em e si immettevano nella Warren. Pat nella sua

auto davanti a tutti aveva fatto un gesto con un braccio che poteva essere un saluto casuale agli sbirri che passavano oppure si era messa le mani nei capelli con un gesto disperato. Thrust chiese se aveva parlato del sangue di Gately. Gately aveva sanguinato su tutto il divano di vinile di Pat e sugli armadietti degli archivi e sulla moquette, nella stradina dell'Em, sul marciapiede, sul telone di pelle nera della macchina di Pat M., sui giubbotti di tutti i presenti, e sull'adorato rivestimento interno dell'adorata Corvette di Thrust, il cui rivestimento interno, come Thrust aggiunse, era nuovo, e costoso. Ma aveva detto di non preoccuparsi, aveva detto Thrust: il fottuto sangue era il problema minore. A Gately non piaceva per niente quella storia, e per attirare la sua attenzione cominciò a fargli l'occhiolino come una specie di rozzo messaggio in codice, ma Thrust non lo notò neanche oppure pensò che fosse un tic postoperatorio. I carrelli di Thrust erano sempre pettinati all'indietro come quelli di un mafioso. Thrust diceva che al Pronto Soccorso del St. Elizabeth quelli del Pronto Soccorso erano stati veloci e ingegnosi a far uscire Gately dalla Corvette su una barella doppia, anche se poi avevano avuto dei problemi a sollevare la barella per sistemargli le gambe con le ruote sotto e poterlo trasportare cosí che quei ragazzi vestiti di bianco lo avevano spinto insieme ad altri ragazzi vestiti di bianco che camminavano velocemente accanto a lui e si piegavano sopra di lui e gli misuravano la pressione e abbaiavano quegli ordini brevi in codice come fanno sempre nei Pronto Soccorso e in quei posti lí, nelle emergenze. Thrust dice di non aver capito se si erano accorti subito che era una brutta ferita da arma da fuoco, nessuno disse mai la parola con la P. Thrust aveva balbettato qualcosa su un sega elettrica mentre Pat annuiva come una pazza. Le due cose principali che Gately cercava di farsi dire battendo gli occhi ritmicamente erano: alla fine c'era stato qualche morto, tra i Boscaioli?; una certa figura tipo magistrato che portava sempre il cappello era venuta dalla Contea di Essex oppure aveva dato segno di sapere dove fosse Gately e cosa gli fosse successo?; e – erano tre cose – qualcuno dei residenti della Ennet House che erano stati presenti sulla scena dall'inizio alla fine era abbastanza rispettabile sulla carta per avere credibilità come testimone legale? E poi non gli sarebbe dispiaciuto sapere che cazzo aveva in testa Thrust quando aveva terrorizzato Lenz e l'aveva fatto scappare nella notte lasciando Gately da solo a prendersi la colpa. Gran parte dell'esperienza legale di Calvin Thrust si basava sui film e sui reati minori. Poi Thrust racconta che una delle trovate geniali della Sovrintendente della Casa era stata controllare subito sul Tp quali residenti tra quelli che erano fuori a far casino in strada con i catatonici avevano problemi legali ancora in sospeso e dunque dovevano essere chiusi in un'area protetta della Ennet quando gli sbirri del Boston Police Department sarebbero arrivati sulla scena. Dice che per come la vede lui Gately è fortunato (Gately) a essere un figlio di puttana cosí grosso e ad avere cosí tanto sangue, perché anche se Gately aveva perso enormi quantità di sangue sul rivestimento delle macchine della gente ed era sotto shock eccetera quando lo avevano caricato sulla barella doppia, con la faccia del colore del formaggio e labbra blu e blaterava tutte le cose che si dicono quando si è sotto shock, comunque ora era ancora lí (Gately), e anche se di certo non era pronto per la copertina di «GQ», aveva comunque salvato la pelle. Thrust disse che nella sala d'attesa del Pronto Soccorso dove non permettevano a nessuno di fumare, disse che l'arrogante ragazza nuova con il velo bianco si era alzata e aveva criticato Thrust per aver lasciato che Lenz desse le dimissioni e levasse le tende prima che si potesse accertare la sua parte nell'imbroglio legale che attendeva Gately, e Pat M. era stata molto carina ma si vedeva bene che anche lei non era entusiasta delle tattiche di Thrust e cosí via. Gately sbatteva furiosamente gli occhi per far capire che era pienamente d'accordo con Joelle. Calvin Thrust gesticolò stoicamente con la sigaretta e disse che aveva detto la verità a Pat M.: lui diceva sempre la verità, anche se era spiacevole per lui, come in questo caso: disse che le aveva detto che aveva incoraggiato Lenz a levarsi subito dalle scatole perché altrimenti aveva paura che lui (Thrust) avrebbe fatto fuori Lenz sul posto, per la rabbia. E il motorino d'avviamento di Lenz doveva avere dei grossi problemi perché la mattina dopo, molto presto, la nuova residente Amy J. aveva visto la Duster rugginosa portata via da un carro attrezzi perché era in divieto di sosta davanti all'Unità 3, la quale Amy J. tornava a quell'ora tutta barcollante e sbronza per prendere una borsa Hefty piena di tutte le sue cazzate perché era stata cacciata, e sembrava che Lenz avesse lasciato lí la macchina e fosse scappato a piedi in mezzo a tutto il casino e le discussioni tra gli sbirri e gli autisti delle autoambulanze che, e chi poteva dargli torto, non volevano caricare i canadesi per via dei terribili moduli che avrebbero dovuto riempire per i rimborsi sanitari dei Boscaioli. La Sovrintendente della Casa era arrivata a piantarsi davanti alla porta d'ingresso della Ennet chiusa a chiave, a gambe e braccia enormi spalancate, e dichiarava a ogni sbirro che cercava di entrare che la Ennet House era protetta dal Commonwealth del Massachusetts, e per entrare era necessario un Ordine del Tribunale e tre giorni lavorativi per permettere alla Ennet di compilare un ricorso e poi si doveva aspettare la sentenza, e cosí era riuscita a tenere a bada gli sbirri e quei babbei mangiacaccole della Sicurezza dell'Enfield

Marine, lei da sola, e Pat M. stava pensando di ricompensare il sangue freddo della Sovrintendente promuovendola alla carica di Assistente del Direttore il prossimo mese quando l'attuale Assistente del
Direttore se ne sarebbe andato per iniziare a lavorare alla manutenzione dei motori dei jet alla East Coast Aerotech grazie al Programma di Riabilitazione.

Gately continua a roteare gli occhi verso l'alto, solo in parte per
il dolore.

A meno che non abbia davvero una sigaretta accesa in mano, Calvin Thrust sembra sempre essere solo tecnicamente nel posto in cui
è. È sempre come avvolto in questa sensazione di partenza imminente,
come se gli stesse per suonare il beeper. Per lui una sigaretta accesa è
una specie di zavorra fisica o qualcosa di simile. Ogni cosa che diceva a Gately pareva l'ultima prima di guardare l'orologio, tirarsi una
botta sulla fronte e scappare.

Thrust disse che la pistola di quel Boscaiolo doveva essere una cosa seria perché c'erano pezzi della spalla di Gately e della sua camicia
da bowling sparsi un po' dappertutto nella stradina. Thrust indicò la
fasciatura enorme e gli chiese se gli avevano già spiegato cosa gli era
rimasto della spalla e del braccio mutilati. Gately scoprí che gli unici
suoni che riusciva a fare sembravano i miagolii di un gattino investito. Thrust menzionò che Danielle S. era stata al Mass Rehab con Burt
F.S. e gli aveva raccontato dei veri e propri miracoli che si riuscivano a fare al giorno d'oggi con le prosfeci. Gately continuava a ruotare gli occhi ed emetteva dei patetici brevi terrorizzati suoni aspirati
mentre si immaginava con un uncino e un pappagallo e la benda a urlare come un pirata dal podio degli Aa. Aveva la netta certezza che
tutta la rete del sistema nervoso che connetteva l'apparato vocale al
cervello umano e permetteva alla gente di fare domande importanti
su questioni legali e mediche dovesse passare per la spalla destra. Tutti quegli interscambi del cazzo e le pazzesche interconnessioni con i
nervi, lo sapeva. Si immaginava con una di quelle prosfeci vocali a
cellula solare tipo rasoio elettrico che devi tenere vicino alla gola (forse con l'uncino), a Trasmettere il Messaggio dal podio con quell'aggeggio, la sua voce uguale a quella dei bancomat o dell'interfaccia degli audio-Rom. Gately voleva sapere che giorno fosse e se qualcuno
dei Boscaioli di Lenz fosse stato fatto fuori e quale fosse la carica ufficiale di quel tipo con il cappello che era seduto fuori dalla porta della sua stanza la notte scorsa o la notte prima, quando l'ombra del suo
cappello proiettava una specie di parallelogramma attraverso la soglia
aperta, e se quel tipo era ancora lí, ammettendo che la visione dell'ombra del tipo con il cappello fosse stata reale e non fantasmatica, e poi

si chiedeva come si fa a mettere le manette a uno con una spalla mutilata e grossa quanto la sua testa. Se Gately provava a fare un respiro un po' piú profondo sentiva una fitta di dolore lancinante scendergli giú lungo la parte destra. Anche il suo modo di respirare assomigliava a quello di un gattino malato, era piú un sussulto che un respiro. Thrust disse che apparentemente Hester Thrale era sparita a un certo punto della rissa e non era piú tornata. Gately si ricordava di averla vista mentre correva urlante nella notte urbana. Thrust disse che l'Alfa Romeo di Hester era stata portata via dal carro attrezzi la mattina dopo insieme alla sgangherata Duster di Lenz, e la sua roba era stata messa in un sacco sul portico come si fa sempre in questi casi. Thrust disse che avevano trovato una quantità misteriosamente enorme di ottimo Irish Luggage durante la perquisizione della stanza di Lenz, e ora la Ennet è a posto in quanto a sacchi per l'immondizia e sfratti per tutto il prossimo anno fiscale. La roba insaccata dei residenti che vengono buttati fuori rimane sul portico per tre giorni, e da questo Gately sta cercando di risalire alla data di oggi. Thrust dice che Emil Minty si è beccato una Restrizione Totale perché è stato visto prendere degli indumenti intimi dalla borsa di Hester Thrale sul portico, per ragioni che nessuno si sente di indagare. Sembra che Kate Gompert e Ruth Van Cleve siano andate a un incontro Na in Inman Square e siano state aggredite, derubate e separate, e poi alla Ennet sia tornata solo Ruth Van Cleve, e Pat ha fatto una richiesta di arresto per la Gompert per tutti i suoi problemi psichici e i suoi tentativi di suicidio. Gately scopre che non gli importa nulla di sapere se qualcuno ha pensato di avvertire Stavros L. allo Shattuck, il lavoro che Gately fa di giorno. Thrust si lisciò i capelli e disse che altro c'è vediamo. Per il momento i turni di Gately li ha fatti Johnette Foltz e gli aveva detto di dirgli che lui è sempre nelle sue preghiere. Chandler Foss aveva finito i suoi nove mesi e si era diplomato ma la mattina dopo era tornato e si era fermato a fare la Meditazione del Mattino, un buon segno per la sobrietà del vecchio Chandulator. Jennifer Belbin era poi stata accusata davvero per quell'assegno a vuoto dal Tribunale di Wellfleet, ma le lasceranno finire il periodo di residenza alla Ennet prima di farle il processo, e il suo avvocato d'ufficio aveva detto che se riesce a diplomarsi alla Ennet le dimezzano la pena di sicuro. L'Assistente del Direttore aveva accompagnato la Belbin in tribunale nel suo tempo libero. Doony Glynn è ancora sdraiato in posizione fetale per quella diverite e non possono buttarlo giú dal letto con la forza, e la Sovrintendente stava facendo di tutto per convincere quelli della Sanità ad ammetterlo al St. Elizabeth anche se sulla sua fedina penale c'è una frode all'assicurazione, uno dei suoi vecchi disastri. Un ragazzo che era stato alla Ennet insieme a Thrust ed era rimasto sobrio negli Aa per quattro anni pieni, all'improvviso ci era ricascato e si era fatto la Prima Bevuta lo stesso giorno della rissa di Lenz, e si era messo nella merda ed era caduto dal pontile di Fort Point – come se volesse letteralmente fare una lunga camminata su un pontile corto – ed era andato giú come un sasso, e il funerale è oggi, e per questo Thrust deve scappare tra un secondo, dice. Il ragazzino nuovo, Tingley, viene fuori dall'armadio della biancheria per un'ora alla volta e ha accettato del cibo solido e Johnette ha smesso di darsi da fare per farlo rinchiudere al Met State. C'è un ragazzo ancora piú nuovo che è venuto al posto di Chandler Foss che si chiama Dave K. e la sua storia è davvero triste, gli assicura Thrust, era uno dei dirigenti giovani alla Athscme Air Displacement, un ragazzo ricco con una casa e dei bambini e una moglie preoccupata con i capelli cotonati, e questo Dave tocca il fondo quando si scola mezzo litro di Cuerva a un festa dell'ufficio nel Giorno dell'Interdipendenza e da ubriaco si mette a fare una stupida sfida di limbo con un altro dirigente suo rivale e cerca di passare sotto una scrivania o una sedia o qualcosa di tremendamente basso, e si fotte la schiena che gli rimane bloccata nella posizione del limbo, forse in maniera permanente: e quindi questo ragazzo nuovo ora va in giro come un granchio nel salotto della Ennet House, con la testa che gli spazza il pavimento e le ginocchia che gli tremano per lo sforzo. Danielle S. pensa che Burt F.S. abbia l'ammonia battorica o qualcosa di cronico ai polmoni, e Geoff D. sta cercando di far firmare una petizione agli altri residenti perché Burt venga bandito dalla cucina e dalla sala da pranzo perché, ovviamente, non può mettersi la mano davanti alla bocca quando tossisce. Thrust dice che Clenette H. e Yolanda W. devono mangiare nelle loro stanze e hanno avuto l'ordine di non scendere e non avvicinarsi alle finestre per quello che era successo al Boscaiolo che avevano pestato. Gately miagola e sbatte gli occhi come un matto. Thrust dice che tutti hanno cercato di sostenere Jenny B, e l'hanno incoraggiata a mettere l'accusa del Wellfleet nelle mani del suo Potere Superiore. Certe mattine quelli del personale dello Shed spingono la sedia a rotelle della signora catatonica fino alla Ennet, e Thrust dice che Johnette ha dovuto fare un rapporto a Minty e a Diehl perché ieri hanno messo sulla testa paralizzata della signora catatonica una di quelle frecce di gomma che si piegano nel mezzo e sembra che uno abbia una freccia piantata in testa e l'hanno lasciata in quel modo vicino al Tp tutto il giorno. E anche le mutande di Thrale; quindi in dodici ore Minty si è trovato che gli manca solo un'altra infrazione per essere Buttato Fuori, e Thrust si sta già lucidando la punta delle sue scarpe piú a punta. La cosa piú grossa all'Incontro Reclami di inizio settimana è stata che Clenette H. aveva portato questo sacco enorme rigonfio pieno di cartucce che lei aveva detto che quei puzzoni della scuola di tennis sulla collina dove lei lavora stavano per buttare via nella spazzatura, e lei le aveva raccolte e le aveva portate alla Ennet, e i residenti si sono incazzati perché Pat dice che il personale deve previsionare le cartucce per vedere se sono adatte e se c'è sesso prima di poterle dare liberamente ai residenti, e i residenti si lamentano perché dicono che cosí ci vorrà una vita e che quei cazzoni del personale si accaparrano tutti gli intrattenimenti nuovi quando lo stesso Tp della Ennet chiede in ginocchio di poter mostrare dei nuovi intrattenimenti. McDade ha detto che se gli tocca di vedere ancora una volta *Nightmare XXII: la senescenza* si mette a pisciare dal tetto della Ennet.

In piú Thrust dice che Bruce Green non ha detto una parola a quelli dello Staff su cosa pensa di fare per il casino di Lenz e Gately; sta seduto ad aspettare che qualcuno gli legga nel pensiero; i suoi compagni di stanza si sono lamentati perché nel sonno si dibatte e urla qualcosa sulle noci e sui sigari.

Calvin Thrust, sobrio da quattro anni, seduto a cavalcioni di una sedia, continua a inclinarsi in avanti nell'atto di chi sta per alzarsi da un momento all'altro e andarsene. Racconta che, spiritualmente parlando, sembra che qualcosa nel profondo di quell'arrogante senza speranza di «Tiny» Ewell si sia rotto o sciolto; si è tagliato quella barba da pollo, l'hanno sentito piangere nel bagno della Stanza da 5, e Johnette l'ha visto portar via di nascosto la spazzatura anche se il suo Compito della settimana erano le Finestre dell'Ufficio. Da sobrio Thrust aveva scoperto il piacere della buona tavola, e ha un inizio di pappagorgia. I suoi capelli sono sempre tirati indietro con della roba inodore, e ha una piaga quasi permanente sul labbro superiore. Per qualche motivo Gately continua a immaginarsi Joelle Van Dyne vestita da Madame Psychosis seduta su una seggiolina nella Stanza da 3 che mangia una pesca e guarda fuori dalla finestra il crocifisso in cima al tetto dell'ospedale St. Elizabeth. Il crocifisso non è grande, ma è cosí in alto che lo si può vedere da quasi ogni parte di Enfield-Brighton. Vede Joelle alzarsi delicatamente il velo per farci passare sotto la pesca. Thrust dice che il numero di cellule-T di Charlotte Treat è basso. Sta ricamando una specie di centrino per Gately su cui c'è scritto MIGLIORA UN PO' OGNI GIORNO PERCHÉ QUESTA È LA VOLONTÀ DI DIO, ma il lavoro sta andando a rilento perché alla Treat è venuta una specie di infezione appiccicosa all'occhio, legata al Virus, e non fa che sbattere contro i muri, e la sua consulente Maureen N. durante la riunione del Personale ha chiesto a Pat di valutare la possibilità di trasferirla in un centro per i malati di

Hiv a Everett dove ci sono anche dei tossici in via di recupero. Parlando di cellule-T, Morris Hanley ha cucinato dei biscottini alla crema di formaggio per Gately come gesto di alletto, ma poi quelle puttane delle infermiere del Reparto di Traumatologia li avevano, come dire, *confiscati* a Thrust quando era arrivato, ma lui se n'era mangiati un paio per strada nella sua Corvette tutta insanguinata e poteva garantire a Don che per i biscotti di Hanley valeva la pena ammazzare la mamma. Gately sente una fitta improvvisa di ansia quando pensa a chi cucina la cena della Ennet in sua assenza, tipo lo sapranno di mettere i cornflakes nel polpettone per dargli piú consistenza. Pensa che Thrust sia insopportabile e vorrebbe che si fosse già tolto dalle palle, ma deve ammettere che è meno conscio del dolore terribile quando c'è qualcuno, anche se è perché il panico soffocante di non poter fare domande e il fatto di non riuscire ad aggiungere niente a ciò che gli dicono sono cose cosí tremende da smorzare il dolore, in qualche modo. Thrust si mette la sigaretta non accesa dietro l'orecchio, e Gately pensa che la sua lozione per capelli la renderà infumabile, si guarda dietro le spalle con aria da cospirazione, si sporge in avanti cosí che la sua faccia sta tra due sbarre del letto e inonda la faccia di Gately con il puzzo di uova rancide e di fumo e dice tranquillamente che a Gately farà piacere sapere che tutti i residenti presenti alla rissa – a eccezione di Lenz e Thrale e quelli che non sono legalmente in grado di farsi avanti eccetera, dice – dice che si sono fatti avanti quasi tutti e hanno testimoniato, che gli sbirri del Bpd e qualche strano federale con dei capelli a spazzola antichi, probabilmente coinvolti per via dell'elemento inter-Onan dei Boscaioli – qui il grande cuore di Gately ha un tuffo e affonda – sono venuti e sono stati fatti entrare dentro, su autorizzazione scritta di Pat, e hanno preso le testimonianze, che è come testimoniare per scritto, e tutte le testimonianze sembrano essere al 110 per cento in favore di Don Gately e sostengono un giustificabile scenario di autodifesa oppure di difesa di Lenz. Molte testimonianze dicono che i Boscaioli avevano dato l'impressione di essere sotto l'influenza di una qualche Sostanza di quelle che rendono aggressivi. L'unico grosso problema in questo momento, dice Thrust che ha detto Pat, è che non si trova piú il Ferro. Cioè che non si sa dove sia la .44 che ha sparato a Gately, dice Thrust. L'ultimo residente a testimoniare di averla vista è Green, che dice di averla presa al Boscaiolo che era stato pestato dalle ragazze negre, dopodiché lui, Green, dice di averla buttata sul prato. Dopodiché sembra che sia scomparsa dall'occhio della legge. Thrust dice che dal suo punto di vista legale il Ferro è ciò che fa la differenza tra un inattaccabile scenario di autodifesa e una semplice rissa gigante durante la quale Gately è stato misteriosamente colpito a un certo momento non ben definito mentre a mani nude stava facendo polpette di un paio di canadesi. A sentir parlare di federali coi capelli a spazzola Gately si sente calare il cuore fino ai suoi stinchi nudi e pelosi. L'ennesimo tentativo da parte sua di chiedere a Thrust se ha davvero ucciso qualcuno sí o no sembra ancora il miagolio del gattino investito. Il dolore del terrore è insopportabile, e lo aiuta ad arrendersi e a smettere di provare, e finalmente rilassa le gambe e decide che Thrust dirà quello che vuole dire, in questo momento lui è muto e non ha nessun potere su di lui. Thrust si sporge in avanti e abbraccia lo schienale della sedia e dice che Clenette Henderson e Yolanda Wulis sono in Restrizione Totale nella loro stanza perché non scendano e magari si fottano legalmente da sole mentre testimoniano. Perché il Boscaiolo con il cappello scozzese e i paraorecchie e il Ferro che non si trova piú era spirato sul posto con un tacco a spillo infilzato nell'occhio destro mentre veniva calpestato a sangue come solo le donne negre sanno calpestare a sangue e tutto il resto, e Yolanda Willis aveva lasciato molto intelligentemente la sua scarpa destra con il tacco a spillo e un fottio di impronte delle dita dei piedi che usciva dalla testa del canadese, e cosí trovare il Ferro era anche nei suoi interessi legali, dice Thrust. Thrust dice che Pat è andata zoppicando a parlare personalmente con ogni residente, e tutti si sono sottoposti, piú o meno volontariamente, alla perquisizione della loro camera e dei loro effetti personali, e il Ferro di grosso calibro non era stato trovato lo stesso, anche se la collezione di coltelli orientali che Nell Gunther teneva nascosta non aveva fatto una gran bella impressione. Thrust sostiene che sarebbe decisamente nell'interesse legale e giudiziario di Gately frugarsi ben bene in testa per capire dove aveva visto la pistola per l'ultima volta, e chi ce l'aveva. Ora il sole iniziava a tramontare sulle colline di West Newton attraverso le finestre doppie, e tremava lievemente, e la luce della finestra sul muro opposto era di un ocra insanguinato. Il bocchettone dell'aria calda continuava a fare il rumore di un genitore distante che diceva di far piano. Quando comincia a diventare buio il soffitto comincia a respirare. E tutto il resto.

Un po' piú tardi, di notte, con la luce del corridoio che la illumina da dietro, c'è la sagoma del residente Geoffrey Day a sedere dove era stato seduto Thrust, ma con la sedia girata dalla parte giusta e le gambe accavallate per bene e sta mangiando un biscottino alla crema di formaggio che, dice, dànno gratis a tutti al banco delle infermiere. Day dice che Johnette F. non è certamente Don Gately nell'arena culinaria. Day dice che lei deve aver preso qualche bustarella dai pro-

duttori dello Spam. Potrebbe essere una notte completamente diversa. Il soffitto notturno non si gonfia piú convessamente con i respiri
leggeri di Gately, e i suoni che riesce a fare si sono evoluti passando
dal felino al bovino. Ma la parte destra continua a fargli cosí male che
riesce appena a capire quello che gli dicono. È passato da un dolore
atroce a un dolore freddo come la morte, profondo e secco, accompagnato da uno strano sapore di perdita. Dentro di sé sente il suo dolore ridere dei 90 mg di Toradol-Im che gli hanno messo nella flebo.
Come con Ewell, quando Gately esce dal sonno non sa da quanto tempo sia arrivato Day, e perché sia lí. Day si è impantanato in una storia lunga che sembra riguardare il rapporto che aveva con suo fratello minore mentre tutti e due crescevano. Gately ha difficoltà a immaginarsi che Day abbia dei legami di sangue con qualcuno. Day dice
che suo fratello aveva qualche problema dello sviluppo. Aveva enormi labbra sporgenti rosse umide e portava degli occhiali cosí spessi
che i suoi occhi sembravano gli occhi di una formica. Parte del problema del fratello sembrava essere la sua fobica terribile paura delle
foglie. Le foglie normali, quelle degli alberi. Day è tormentato dal ricordo emerso in sobrietà di quando abusava emotivamente del suo
fratellino semplicemente minacciandolo di toccarlo con una foglia.
Day ha questo modo di tenersi le guance e la mascella mentre parla
che in certe foto lo fa sembrare il defunto J. Benny. Non è del tutto
evidente perché Day abbia scelto di condividere questa roba con un
Gately muto e semincosciente per la febbre. Sembra che Don G. sia
diventato molto piú popolare come confidente da quando è completamente paralizzato e muto. Il soffitto si sta comportando bene, ma
nel grigio della stanza Gately riesce ancora a distinguere un'alta sagoma spettrale e incorporea che appare e scompare nella nebbia della periferia del suo campo visivo. C'era una relazione strana tra le posizioni della sagoma e lo scivolare senza rumore delle infermiere che
passano. La sagoma sembrava preferire decisamente la notte al giorno, anche se a questo punto Gately poteva benissimo essere di nuovo sprofondato nel sonno, mentre Day cominciava a descrivere i vari tipi di foglie che faceva vedere a suo fratello.

Un brutto sogno ricorrente di Gately da quando aveva smesso di
bere ed era entrato negli Aa e aveva rigato dritto riguarda una donna orientale piccolina con la faccia piena di cicatrici dell'acne che lo
guarda dall'alto. Non succede nient'altro; lei lo guarda e basta. Le cicatrici dell'acne non sono poi cosí terribili. Il fatto è che è piccolina.
È una di quelle anonime donne orientali piccoline che si vedono dappertutto a Boston e sembrano sempre portare un gran numero di sacchetti della spesa. Ma nel sogno ricorrente lei lo guarda *dall'alto*, dal-

la prospettiva di Gately lui guarda in su e lei guarda in giú, il che significa che Gately nel sogno è a) sdraiato sulla schiena a guardarla, in
posizione molto vulnerabile, o b) è ancora piú incredibilmente minuscolo della donna. Coinvolto nel sogno in modo altrettanto minaccioso c'è anche un cane dietro la donna orientale, a un certa distanza, immobile e rigido, di profilo, fermo e ritto come un cane giocattolo. La donna orientale non ha nessuna espressione particolare e non
dice niente, anche se le cicatrici sulla sua faccia hanno come un disegno, come se volessero dire qualcosa. Quando Gately apre di nuovo
gli occhi Geoffrey Day se n'è andato, e il suo letto d'ospedale con le
sbarre e le bottiglie delle flebo sui treppiedi sono stati spostati proprio vicino al letto della persona che è nell'altro letto della stanza,
chiunque sia, cosí è come se Gately e questo paziente sconosciuto fossero una vecchia coppia asessuata che dorme insieme ma in letti separati, e Gately spalanca la bocca e gli occhi gli si sbarrano per l'orrore, e lo sforzo di gridare gli fa cosí male da svegliarlo, e le sue palpebre si aprono di colpo e sbattono come vecchi rotolanti, e il suo
letto è tornato dov'era sempre stato, e un'infermiera sta facendo al
tipo anonimo nell'altro letto un'iniezione di quelle che si fanno a tarda notte, e si capisce che è un narcotico, e il paziente, che ha una voce molto profonda, sta piangendo. Poi, un paio d'ore prima della sinfonia del cambio di parcheggio di mezzanotte su Washington Street, c'è
un altro sogno spiacevolmente particolareggiato in cui la sagoma spettrale che è apparsa e scomparsa in vari punti della stanza finalmente
si ferma in un punto per un po' di tempo e cosí Gately può guardarla
bene. Nel sogno è la sagoma di un uomo molto alto con il petto incavato, gli occhiali con la montatura nera, una felpa sopra un paio di vecchi pantaloni di cotone tutti macchiati, e sta disinvoltamente appoggiato con l'osso sacro alla griglia del ventilatore che fischia sotto il davanzale della finestra, le lunghe braccia penzoloni sui fianchi e le
caviglie incrociate, e Gately può notare che i pantaloni di tela spettrali sono corti, di quelli che i ragazzini dell'infanzia di Gately chiamavano «Acqua in Casa» – un paio degli amici piú cattivi di Bimmy
Gately si divertivano a chiudere in un angolo del cortile qualche ragazzino con il collo sottile come una matita che aveva quel tipo di
pantaloni troppo corti e gli dicevano: «Ehi, fratello, dov'è l'*inondazione* del cazzo?» e poi gli tiravano uno scappellotto o un colpo sul
petto per sentire il violino, perché c'era sempre un violino, sbattere
e capovolgersi dentro la custodia nera. Certe volte il braccio della figura spettrale sembrava sparire e poi riapparire all'altezza del naso, a
spingersi indietro gli occhiali con uno stanco gesto annoiato e involontario proprio come facevano sempre quei ragazzini con i pantalo-

ni con l'acqua in casa, con quella stessa aria stanca che faceva venire voglia anche a Gately di mollargli uno spintone furibondo sul petto. Nel sogno Gately sentí un'improvvisa fitta dolorosa adrenalinica di rimorso e intravide la possibilità che la figura rappresentasse uno di quei ragazzini-violinisti della North Shore che lui non aveva mai salvato dagli spintoni dei suoi compagni, e ora tornava in uno stato adulto mentre Gately era vulnerabile e muto, per saldare i conti in qualche modo. La figura spettrale scosse le spalle sottili e disse che No, assolutamente, era solo un normalissimo vecchio spettro, non aveva nessun rancore e nessun piano particolare, era solo un generico spettro da giardino. Nel sogno Gately pensò sarcasticamente Oh, bene, allora se era solo uno *spettro* da giardino, cazzo, che *sollievo*. La figura-spettro sorrise come per scusarsi e si strinse nelle spalle spostando leggermente l'osso sacro dalla griglia sibilante. Nel sogno i suoi movimenti possedevano una strana qualità: erano di velocità normale, questi movimenti, ma sembravano segmentati e voluti, come se per farli ci volesse un grande sforzo. Poi Gately pensò che in effetti nessuno sapeva che cosa era necessario o normale per uno spettro autoproclamatosi generico in un sogno delirante. Poi pensò che questo era anche l'unico sogno che avesse mai fatto in cui anche nel sogno sapeva di essere in un sogno, e addirittura si metteva a speculare sulla qualità del sogno che stava sognando. In un attimo tutto diventò cosí multistratificato e confuso che gli occhi gli si rovesciarono all'indietro. Lo spettro fece un gesto stanco e indispettito come se non volesse entrare in una di quelle confuse controversie sognocontro-realtà. Il fantasma disse che Gately avrebbe fatto meglio a smettere di cercare di capire e semplicemente trarre profitto dalla sua presenza, dalla presenza del fantasma nella stanza o nel sogno, in entrambi i casi, perché Gately, nel caso se ne fosse accorto, per lo meno non doveva parlare a voce alta per interfacciarsi con la figuraspettro; e la figuraspettro disse anche che gli ci voleva una pazienza incredibile e una grande forza d'animo (al fantasma) per rimanere fermo in una stessa posizione abbastanza a lungo perché Gately potesse vederlo e interfacciare con lui, e lo spettro non poteva promettere niente perché non sapeva quanti altri mesi avrebbe resistito dato che la fermezza d'animo non era mai stata una delle sue doti migliori. Dalla finestra vedeva le luci notturne della città tingere il cielo della stessa tonalità di rosa scuro che si vede quando si chiudono gli occhi, aggiungendo cosí ambiguità al sogno-dentro-il-sogno. Nel sogno Gately provò a fingere di perdere conoscenza per vedere se il fantasma se ne andava, e poi mentre fingeva di essere senza conoscenza si addormentò davvero, per un po', nel sogno, perché tornò la donnina orientale a guardarlo dall'alto senza dire una parola, e anche l'inquietante cane rigido. Poi il paziente narcotizzato nel letto accanto risvegliò Gately di nuovo, nel sogno originale, con un gorgoglio da narcotizzato o una russata piú forte, e la cosiddetta figura-spettro era ancora lí, visibile, solo che ora era in piedi sulla gabbia del letto di Gately, e lo guardava da un'enorme altezza, la sua piú quella della gabbia del letto, e doveva esagerare la naturale incurvatura delle spalle per non toccare il soffitto. Gately vide chiaramente un gran cespuglio di peli mentre guardava in su nelle narici del fantasma, e anche le ossa delle caviglie magrissime sotto i calzini marroni che spuntavano sotto i pantaloni di tela con l'acqua in casa. Proprio come sentiva che le spalle, il polpaccio, le dita dei piedi e tutta la sua parte destra gli facevano male, con la stessa forza Gately si rese conto che in genere non ci si mette a pensare a quanto sono alti i fantasmi o gli spettri, se sono curvi, di che colore hanno i calzini. O tantomeno se hanno i peli sporgenti dentro le narici. C'era una certa *specificità* nella figura del suo sogno che Gately trovava fastidiosa. E non gli piaceva neanche che *dentro* questo sogno ci fosse il sogno della vecchia sgradevole donna orientale. Cominciò a sperare ancora di poter chiamare qualcuno o di svegliarsi. Ma ora non riusciva neanche a muggire o a miagolare, poteva solo *ansimare* forte, come se l'aria gli mancasse completamente nell'apparato vocale o il suo apparato vocale fosse stato messo del tutto fuori uso dal danno nervoso alla spalla e ora fosse lí appeso tutto risecchito come un vecchio nido di calabroni mentre l'aria usciva fuori dalla gola di Gately sfiorandolo. La sua gola non andava ancora bene. Gately capí che era la stessa soffocata incapacità di parlare che si ha nei sogni, negli incubi. Questo era sia terrificante sia rassicurante, in qualche modo. Era una prova per l'elemento-sogno e via e via e via. Lo spettro lo guardava dall'alto e annuiva comprensivo. Lo spettro poteva empatizzare totalmente, aveva detto. Lo spettro diceva che Anche uno spettro-da-giardino poteva spostarsi alla velocità dei quanta ed essere ovunque in ogni momento a sentire i pensieri degli uomini animati, ma non poteva influire su nessuno e niente che fosse solido, e non poteva parlare normalmente con nessuno, uno spettro non ha una sua voce propria udibile e deve usare la voce interna mentale di qualcun altro se vuole cercare di comunicare qualcosa, ed è per questo che i pensieri e le intuizioni di uno spettro ti sembra che siano tuoi, che vengano da dentro la tua testa, se uno spettro cerca di interfacciarsi con te. Lo spettro dice Per esempio pensa ai fenomeni come le intuizioni o le ispirazioni o le sensazioni, o quando qualcuno dice che ha sentito una «vocina dentro» che gli ha detto di fare questo-e-quello. Ora Gately non riesce a fare piú di un terzo di un respiro normale senza che gli venga voglia di vomitare dal dolore. Lo spettro si stava spingendo in su gli occhiali e diceva che Oltretutto ci voleva uno sforzo incredibile di disciplina e forza d'animo e pazienza per star fermo in un posto per un tempo abbastanza lungo perché un uomo animato possa vedere uno spettro e in qualche modo esserne influenzato, e c'erano pochi fantasmi che avevano qualcosa di importante su cui interfacciarsi e se la sentivano di stare immobili per tutto questo tempo, perché in genere preferivano sfrecciare in giro all'invisibile velocità dei quanta. Lo spettro dice Non è necessario che Gately sappia cosa vuol dire il termine *quanta*. Dice che gli Spettri in linea di massima esistono (allarga le braccia lentamente e fa un rapido movimento con le dita a indicare le virgolette quando dice *esistono*) in una dimensione heisenberghiana in cui il tempo scorre a una velocità totalmente diversa. Per esempio, continua, a uno spettro sembra che le azioni normali degli uomini animati e i loro movimenti avvengano alla stessa velocità della lancetta delle ore, e siano altrettanto interessanti da guardare. Gately stava pensando che cazzo di storia era questa, anche negli incubi del delirio la gente si mette a raccontargli i suoi problemi, ora che Gately non può scappare e neanche ribattere. Non era mai riuscito a convincere Ewell o Day a mettersi a sedere con lui e condividere con lui onestamente i loro e i suoi sentimenti, e ora che è completamente muto e inerte e passivo all'improvviso tutti lo considerano una persona capace di ascoltare e capire i loro problemi, una specie di orecchio empatico, o forse non una persona *vera*, un orecchio vero, quanto piuttosto una statua di legno o la statua di un orecchio. Un confessionale vuoto. Don G. come un enorme confessionale vuoto. Lo spettro scompare e riappare immediatamente in un angolo lontano della stanza, e gli fa Ciao con la mano. Gli ricordava vagamente le repliche di *Vita da strega* di quando era bambino. Lo spettro scompare un'altra volta e ancora una volta riappare all'improvviso, e ha in mano una delle foto di celebrità tagliate e attaccate con lo scotch nella sua camera da letto pulciosa nel sottosuolo della Ennet House, questa è una vecchia foto del Capo di Stato degli Usa Johnny Gentle, il Famoso Cantante Confidenziale, in scena, con un vestito di velluto, che fa roteare il microfono dal suo filo al tempo in cui non si era ancora messo il toupet color rame; quando usava lo strigile invece del lettino-flash a raggi Uv ed era solo un cantante di Las Vegas. Lo spettro scompare di nuovo e riappare subito con in mano una lattina di Coca con il consueto colore rosso e bianco e i vecchi caratteri svolazzanti alla francese arricciolati in una scritta strana tipo orientale invece delle parole *Coca-Cola* o *Coke*. La scritta strana sulla lattina di Coca è forse il momento peggiore di tutto il sogno. Lo

spettro cammina a scatti con grande attenzione attraverso la stanza e
poi su una parete, certe volte scompare e poi riappare, come nella nebbia, e finisce a testa all'ingiú sul soffitto della stanza d'ospedale, proprio sopra Gately, si tiene un ginocchio contro il petto incavato e inizia a fare quelle che Gately riconoscerebbe come piroette se avesse
visto il balletto almeno una volta, e poi le piroette diventano piú veloci e piú veloci sempre piú veloci e poi sono cosí veloci che lo spettro non è che un lungo stelo di luce del colore della felpa e della lattina di Coca che sembra venire fuori dal soffitto; e poi, in un attimo
che rivaleggia in spiacevolezza con il momento della lattina di Coca,
dentro la mente personale di Gately, con la voce della mente di Gately e una forza ruggente e non voluta, arriva la parola PIROETTA, a
lettere maiuscole, che Gately non ha idea di cosa voglia dire o non ha
nessuna ragione per pensarla con quella forza ruggente, e per questo
la sensazione non è solo inquietante ma anche violenta, una specie di
stupro lessicale. Gately comincia a pensare che questo sogno spera-
bilmente non ricorrente sia ancora piú spiacevole del sogno della donnina Orientale tascabile, tutto considerato. Altri termini e parole che
Gately sa di non conoscere assolutamente gli si abbattono in testa con
la stessa orribile forza intrusiva, per esempio ACCIACCATURA* e ALAM-
BICCO, LATRODECTUS MACTANS e PUNTO DI DENSITÀ NEUTRALE, CHIA-
ROSCURO** e PROPRIOCEZIONE e TESTUGGINE e ANULARE e BRICOLAGE
e CATALESSI e MANIPOLAZIONE DI COLLEGI ELETTORALI e SCOPOFILIA e
LAERTE – e all'improvviso vengono in mente a Gately quei termini
che ha già pensato, i vari STRIGILE e LESSICALE – e LORDOSI e IMPOSTA
e SINISTRO e MENISCO e CRONAXIA e POVERO YORICK e LUCULUS e CE-
RISE MONTCLAIR e poi DE SICA NEOREALE CRANE e DOLLY e AMBIENTE-
CIRCOSTANTEDRAMMATROVATOMATRIMONIOLEVIRATO e poi altri termini lessicali e altre parole che gli arrivano a tutta velocità e poi ELIA-
TO e poi c'è un rumore come di una zanzara che ha preso l'anfetamina
e Gately cerca di stringersi tutte e due le tempie con una mano e urlare, ma non gli viene fuori niente. Quando lo spettro riappare è seduto in alto dietro di lui e Gately deve alzare gli occhi per guardarlo,
e si scopre che il cuore di Gately è tenuto sotto controllo con un monitor e lo spettro è seduto sul monitor del cuore in una strana posizione a gambe accavallate con il fondo dei pantaloni tirato su tanto
che Gately vede la vera carne senza peli sopra il calzino delle caviglie
secche dello spettro brillare un po' alla luce del corridoio del Reparto di Traumatologia. La lattina della Coca orientale ora è sulla fron-

* In italiano nel testo [N.d.T.].
** In italiano nel testo [N.d.T.].

te piatta e spaziosa di Gately. È fredda e ha un odore un po' strano
come di bassa marea, la lattina. Ora si sentono dei passi e il rumore
di gomma masticata in corridoio. Un inserviente infila la luce di una
pila dentro la stanza e la punta su Gately e sul suo compagno di stanza narcotizzato e un po' tutt'intorno, e annota qualcosa su una cartellina mentre fa una piccola bolla arancione con la gomma. Non che
la luce passi attraverso lo spettro, niente di spettacolare – lo spettro
semplicemente sparisce nel momento in cui la luce illumina il monitor e riappare nel momento in cui si sposta da lí. I sogni spiacevoli di
Gately normalmente non comprendono un colore specifico di gomma da masticare e un intenso disagio fisico e l'invasione di termini
lessicali a lui sconosciuti. Gately comincia a pensare che non sia impossibile che lo spettro-da-giardino sul monitor del cuore, anche se
non convenzionalmente reale, possa essere una specie di visita epifanica da parte di quella idea confusa e del tutto personale che Gately
ha di Dio, un Potere Superiore o qualcosa di simile, forse qualcosa tipo la leggendaria Luce Pulsante Blu che il fondatore degli Aa Bill W.
vide storicamente durante la sua ultima disintossicazione, che poi si
rivelò essere Dio che gli dava consigli su come fare a rimanere sobrio
fondando gli Aa e Diffondendo il Messaggio. Lo spettro sorride tristemente e dice qualcosa come Non è questo che speriamo tutti e due,
mio giovane signore. Il corrugar di fronte di Gately quando rovescia
gli occhi all'indietro fa barcollare la fredda lattina straniera: naturalmente c'è anche la possibilità che lo spettro alto curvo ed estremamente veloce possa essere il Sergente Istruttore, il Disagio, che si approfitta delle blande misure di sicurezza della mente di Gately confusa dalla febbre e si prepara a fregarlo e persuaderlo ad accettare il
Demerol solo per una volta, l'ultima, per lo scopo legittimo e medico
di calmare il dolore. Gately prova a immaginare come sarebbe poter
andare istantaneamente in qualsiasi posto alla velocità dei quanta e
stare in piedi sui soffitti e probabilmente rubare come nessun ladro
si è mai sognato di fare, ma non poter avere effetto su niente e non
poter interfacciarsi con nessuno, e nessuno sa che ci sei, e le vite af-
fannate di tutti i giorni delle persone normali ti sembrano i movimenti
dei pianeti e delle stelle, e devi star fermo e paziente a sedere immobile in un posto per molto tempo perché anche un solo povero disgraziato figlio di puttana tossico cominci a baloccarsi con l'idea che
forse sei lí. Sarebbe sentirsi liberi, ma incredibilmente soli. Gately
pensa di sapere un paio di cose sulla solitudine. Lo *spettro* è come un
fantasma, cioè è morto? È un messaggio sulla sobrietà e sulla morte
da parte di un Potere Superiore? Come ci si sente a voler parlare con
qualcuno e quella persona pensa di avere ascoltato soltanto i propri

pensieri? Forse Gately riuscirebbe a Identificarsi, fino a un certo punto. Questa è l'unica volta in cui si è trovato completamente muto a eccezione di quando si era beccato una breve ma fortissima laringite pleu-
ritica a ventiquattro anni, quando dormiva al freddo sulla spiaggia di
Gloucester, e non gli piace per niente essere completamente muto. Riguardo ai sentimenti, è un po' una combinazione tra invisibilità ed essere sepolto vivo. È come essere strangolato in un punto profondo dentro di te, piú profondo della gola. Gately si immagina con un uncino da
pirata, incapace di parlare agli Impegni perché gli riesce solo gorgogliare
e ansimare, destinato a una vita Aa fatta di posacenere e urne. Lo spettro si abbassa e toglie la bibita non-americana dalla fronte di Gately e
assicura Gately di riuscire perfettamente a Identificarsi con i sentimenti
di im*potenza* comunicativa e muto strangolamento di un uomo animato. I pensieri di Gately diventano agitati quando cerca di gridare mentalmente che non ha mai parlato di impotenza, cazzo. Ora s'è fatto
un'idea ancora piú chiara e diretta di quanto desiderasse della situazione estrema dei peli delle narici dello spettro. Lo spettro solleva assente la lattina e dice che se ha ventotto anni Gately dovrebbe essere
abbastanza vecchio, probabilmente, per ricordarsi le vecchie sit-com
della televisione via etere degli anni Ottanta e Novanta a.S. Gately
non può far altro che sorridere dell'ingenuità dello spettro: dopotutto Gately è un fottuto tossico, e la seconda relazione piú significativa di un tossico è sempre quella con la sua unità di intrattenimento
domestico, Tv/Vcr o Hdtp. Anzi lui è del tutto convinto che il tossico è forse l'unico esemplare umano a possedere una visione a Controllo Verticale. E Gately, anche se convalescente, riesce ancora a ricordarsi a memoria un sacco di pezzi non solo dei vari *Seinfeld* e *Ren
e Stimply* e *Chi è lui quando è a casa?* e *Quelli del Nord* della sua adolescenza di tossico, ma anche delle repliche di *Vita da strega* e *Hazel* e
dell'ubiquo M*A*S*H davanti ai quali era cresciuto fino a diventare
un bambino di dimensioni mostruose, e soprattutto *Cheers!*, il cui cast era stato reclutato proprio tra la gente della sua città, sia la versione dell'ultimo periodo dei network con la brunetta con le tette, sia le
repliche piú vecchie con la bionda senza tette perché, anche dopo il
passaggio a InterLace e alla Disseminazione Hdtp, Gately aveva sempre sentito di avere un rapporto speciale e personale con *Cheers!*, non
solo perché tutti nel telefilm avevano sempre un bicchiere di birra
ghiacciata in mano proprio come nella vita reale, ma anche perché il
grande vanto dell'infanzia di Gately era stata la sua bizzarra somiglianza con Nom, l'enorme ragioniere senza collo con le sopracciglia
scimmiesche che piú o meno sembrava vivere dentro il bar, ed era
scortese ma non cattivo, e beveva una birra dietro l'altra senza mai

picchiare la Mamma di nessuno o cadere dallo sgabello o svenire nel vomito che qualcun altro poi doveva pulire, e rassomigliava bizzarramente – per l'enorme testa quadrata, le sopracciglia da uomo di Neandertal e i pollici grossi come palette – a D.W. («Bim») Gately, il grosso bambino senza collo e timido sempre a cavallo del manico della scopa, il Cavaliere Osis di Thuliver. E lo spettro capovolto sul monitor del cuore guarda giú verso Gately con un'aria pensierosa e gli chiede se Gately si ricorda della miriade di comparse nel suo ornato *Cheers!*, per esempio, non i protagonisti, Sam e Carla e Nom, ma i clienti senza nome che stavano sempre ai tavoli e facevano gli avventori nel bar, vere concessioni al realismo, sempre relegati dietro a fare da sfondo o a passare sfocati davanti alla macchina da presa; sempre impegnati in conversazioni silenziose: le loro facce si animavano e le bocche si muovevano realisticamente, ma senza suono; solo le stelle famose potevano farsi udire. Lo spettro dice che questi attori frazionali, scenografia umana, erano visibili (ma non udibili) in molti intrattenimenti filmati. E Gately se le ricorda le comparse nelle scene nei luoghi pubblici, soprattutto nelle scene dei bar e dei ristoranti, o meglio si ricorda di non ricordarli, capisce che la sua mente confusa non ha mai pensato a quanto fosse surreale che quelle bocche si muovessero ma non venisse fuori nulla, e che lavoro miserabile da ultima ruota del carro del cazzo dovesse essere quello per un attore, fare l'arredamento umano, lo spettro dice che si chiamano *figuranti* queste mute presenze surreali sullo sfondo la cui presenza faceva capire che la telecamera, come ogni occhio, ha un angolo di percezione, un triage che stabilisce chi è abbastanza importante da essere visto e sentito e chi invece deve essere solo visto. Un termine che deriva dal balletto, *figurante*, spiega lo spettro. Lo spettro si spinge in su gli occhiali con il gesto a paletta del ragazzino che è appena stato schiaffeggiato in cortile e dice che una grande porzione della sua vita animata precedente lui l'ha passata a fare il figurante, un soprammobile alla periferia del campo visivo degli occhi di chi gli stava piú vicino, ed era un modo davvero ignobile di trascorrere la vita. Gately, la cui crescente autocommiserazione lascia poco spazio o pazienza per l'autocommiserazione degli altri, cerca di sollevare la mano sinistra e muovere il dito mignolo per .indicare la piú piccola viola al mondo che suona il tema tratto da *Il dolore e la pietà*, ma solo a muovere la mano sinistra si sente quasi svenire. E, o lo dice lo spettro o lo pensa Gately, non si può apprezzare il pathos drammatico di un figurante finché non ci si rende conto di quanto sia *intrappolato* e *ingabbiato* nel suo muto status periferico, perché se ad esempio uno dei figuranti del bar di *Cheers!* avesse improvvisamente deciso di non farcela piú e si

fosse alzato e avesse iniziato a gridare e a sbracciarsi come un matto
per avere un po' di attenzione e uscire dal suo stato periferico all'interno dello spettacolo, Gately se ne rende conto ora, una delle star
dello spettacolo sarebbe piombata in mezzo alla scena e gli sarebbe
saltata addosso e gli avrebbe fatto la Manovra Heineken o l'Anti-
Soffocamento, avrebbe finto che il figurante che continuava a sbracciarsi in silenzio stesse soffocando per una nocciolina o qualcosa di simile, e poi per tutto il resto di quell'episodio di *Cheers!* si sarebbero
raccontate barzellette sul gesto eroico della star che aveva salvato la
vita a quel poveraccio, oppure lo si sarebbe preso in giro per la cazzata di aver fatto la Manovra Heineken a qualcuno che non stava
soffocando per una nocciolina. Non c'è modo che un figurante possa
vincere. Il figurante ingabbiato non può avere una voce e non può essere messo a fuoco dalla telecamera. Gately riflette brevemente sulle
statistiche di suicidio tra gli attori che fanno la gavetta. Lo spettro
scompare e poi riappare sulla sedia vicino alle sbarre del letto, si sporge in avanti con il mento tra le mani appoggiate sulla gabbia in quella che ormai Gately considera la posizione classica di chi sta per rac-
contare-i-suoi-problemi-al-paziente-del-reparto-di-traumatologia-che-
non-può-interrompere-e-non-può-scappare. Lo spettro dice che anche
lui, lo spettro, quando era animato, si era occupato di filmografia,
cioè di farle, le cartucce, questo lo diceva per beneficio d'inventario
di Gately, che ci credesse o no, ma negli intrattenimenti che aveva
fatto lo spettro in persona, lui dice che o erano muti o se non lo erano
poteva star sicuro che si sentivano le voci di tutti gli attori, anche se si
trovavano alla periferia cinematografica o narrativa; e non era il dialogo autoconsapevolmente sovrapposto di un poseur come Schwulst o
Altman, cioè non era solo un'imitazione sapiente di caos uditivo: era il
blaterio vero ed egualitario della vita reale delle folle senza figuranti,
della vera agorà del mondo animato, il blaterio[342] di una folla ogni membro della quale era il protagonista centrale e distinto del suo intrattenimento. A Gately viene in mente che non ha mai fatto un sogno dove qualcuno dice una cosa tipo *grande porzione*, e ancor meno *agorà*, che
Gately interpreta come un tipo di maglia molto costosa. Era per questo, continua lo spettro, il completo ed egualitario realismo uditivo sen-
za-figuranti era la ragione per cui i critici da salotto avevano sempre
scritto che le scene nei luoghi pubblici degli spettacoli dello spettro erano incredibilmente noiose e autocompiacenti e irritanti, che non riuscivano mai a sentire le conversazioni narrative centrali davvero significative per via di tutto quel blaterio non filtrato delle comparse peri-
feriche, e pensavano che il blaterio(/babele) fosse una posa autoriale
d'arte alta ostile allo spettatore e autocompiacente, invece d'essere rea-

lismo radicale. Il sorriso triste del fantasma scompare quasi prima di apparire. Dal sorrisino a denti stretti di Gately si può capire che non sta ascoltando. Ora ricorda che un tempo fingeva con se stesso che Nom, il ragioniere non violento e sarcastico di *Cheers!*, fosse il padre organico di Gately, e teneva in braccio il piccolo Bimmy e lo lasciava disegnare con le dita negli anelli di condensa sul bancone del bar, e quando si arrabbiava con la madre di Gately faceva delle simpatiche battute sarcastiche invece di buttarla a terra e picchiarla in quel modo scientifico e orribile della Marina Militare che faceva un male bestia ma non lasciava ferite o lividi. La lattina di Coca straniera gli ha lasciato un segno tondo sulla fronte piú freddo della pelle febbricitante intorno, e Gately cerca di concentrarsi sul freddo dell'anello invece che sul freddo morto totale che sente su tutto il suo lato destro – DESTRORSO – o il ricordo da sobrio dell'uomo di sua madre, la Sig.ra Gately, l'ex Poliziotto Militare con gli occhi piccoli, in mutande e camiciola color kaki, completamente ubriaco e curvo sul taccuino dove tiene il conto delle Heineken che si è fatto, la lingua all'angolo della bocca e gli occhi strizzati mentre cerca di vederne uno solo, di taccuino, per poterci scrivere sopra, e la madre di Gately sul pavimento che tenta di strisciare senza fare rumore verso il bagno per potersi chiudere dentro a chiave cosí che il Pm non la noti di nuovo.

Lo spettro dice Tanto per dare un'idea a Gately, lui, lo spettro, per poter apparire visibile e interfacciarsi con lui, Gately, lui, lo spettro, è rimasto seduto, fermo come una radice, sulla sedia vicino al letto di Gately per un tempo-spettrale di *tre settimane*, e Gately non si può neanche immaginare cosa voglia dire. A Gately viene in mente che nessuna delle persone che sono passate da lui per raccontargli i loro problemi si è preoccupata di dirgli da quanti giorni si trova nel Reparto di Traumatologia, o che giorno sarà quando sorgerà il sole, e cosí Gately non ha idea di quanti giorni siano passati senza che lui sia andato a una riunione degli Aa. Gately spera che compaia il suo sponsor Francis G. Il Feroce, invece di gente dello Staff della Ennet che ha voglia di parlare di prosfeci e residenti che vengono solo a condividere le loro tragedie con qualcuno che non credono possa sentirli; come i ragazzini che si confidano con il loro cane. Non vuole neanche chiedersi come mai non siano ancora venuti a trovarlo gli sbirri o i federali con i capelli a spazzola se è vero che ormai è qui da un po' di tempo, e soprattutto se si sono già intrufolati dappertutto alla Ennet come criceti sulla paglia, come gli aveva raccontato Thrust. L'ombra seduta di qualcuno con un cappello è ancora là nel corridoio, ma se tutto l'interludio era davvero un sogno allora l'ombra non c'è e non c'è mai stata, si rende conto Gately, e strizza un po' gli occhi per essere sicuro che l'ombra sia davvero quella di un cappello e non di un estintore sulla parete del corridoio o qualcosa di simile. Lo spettro si scusa e scompare e poi riappare due istanti piú tardi, sempre nella stessa posizione. «E c'era bisogno di chiedere scusa per quello?» Gately pensa acidamente al fantasma, e quasi gli viene da ridere. La fitta di dolore per la quasi-risata gli fa di nuovo rovesciare gli occhi all'indietro. Lo chassis del monitor del cuore non sembra grande abbastanza neanche per reggere il culo di uno spettro. Il monitor del cuore è uno di quelli silenziosi. Si vede la riga bianca che si muove in orizzontale e fa dei grandi veloci picchi per le pulsazioni di Gately, ma non si sente il beep sterile dei monitor dei telefilm negli ospedali. Gately riflette sul fatto che i pazienti nei telefilm ospedalieri erano spesso figuranti privi di conoscenza. Lo spettro dice che aveva fatto un saltino quantico alla vecchia casetta immacolata a due piani di Brighton di un certo Francis Gehaney Il Feroce, e dall'impegno con cui si rasava e dalla T-shirt bianca pulita che si stava mettendo, dice lo spettro, prevede che presto F.F. verrà in visita al Reparto di Traumatologia per offrire a Gately la sua incondizionata empatia e solidarietà e la sua aspra consulenza Coccodrillesca. A meno che questo non l'abbia pensato Gately per cercare di darsi un minimo di speranza, pensa Gately. Lo spettro si spinge in su gli occhiali con aria triste. Non si pensa mai a uno spettro in termini di tristezza o non-tristezza, ma questo spettro-di-sogno sfoggia tutta la gamma delle emozioni. Gately sente i clacson e le voci concitate e i cigolii delle inversioni a U sulla Wash, il che significa che sono circa le ooooh, l'ora del cambiamento di lato. Si chiede cosa possa sembrare un suono breve come un colpo di clacson a un figurante che deve rimanere immobile per tre settimane per poter essere visto. Gately voleva dire uno spettro, non un figurante, si corregge. Sta lí sdraiato a correggere i suoi pensieri come fossero parole. Si chiede se la sua voce della mente parli abbastanza veloce per lo spettro, o tra una parola e l'altra lui batta i piedi e guardi l'orologio. Ma sono davvero parole se sono soltanto nella tua testa? Lo spettro si soffia il naso in un fazzoletto che chiaramente ha conosciuto momenti migliori e dice, lo spettro, che quando era vivo nel mondo degli uomini animati aveva visto un suo figlio personale, il piú giovane, un maschio appunto, quello che piú gli assomigliava e lo entusiasmava di piú ma che pure lo terrorizzava, diventare un figurante, verso la fine. Lo spettro chiarisce, verso la sua fine, non quella di suo figlio. Gately si chiede se lo spettro si offenda quando certe volte si rivolge a lui mentalmente con il pronome neutro. Lo spettro apre il fazzoletto usato e ne esamina il contenuto proprio come una persona viva che non riesce a farne a meno e dice Nessun orrore sulla terra o in altri luoghi può eguagliare la vista di tuo figlio che apre la bocca e non ne esce niente. Lo spettro dice che questa cosa gli sciupa il ricordo della fine della sua vita animata, vedere suo figlio ritirarsi alla periferia dell'inquadratura della vita. Lo spettro confessa che a un certo punto aveva anche incolpato la madre del ragazzo, per il suo silenzio. Ma quelle cose non servono a nessuno, disse, facendo un movimento indistinto che poteva essere stato come stringersi nelle spalle. Gately si ricorda l'ex Pm che dice alla madre di Gately che era colpa sua se lui aveva perso il suo lavoro alla ditta di zuppa di pesce. «Il Risentimento è l'offesa Numero 1» è un altro luogo comune degli Aa di Boston in cui Gately aveva cominciato a credere. Quel tipo di colpa è come una bomba. Comunque non gli dispiacerebbero un paio di minuti in una stanza senza porta con Randy Lenz, quando sarebbe stato di nuovo in piedi e in forze.

Lo spettro riappare tutto accasciato sulla sedia con il peso sull'osso sacro e le gambe elegantemente accavallate alla Erdedy. Dice Immaginati l'orrore di passare tutta la tua adolescenza solitaria e itinerante, dal Sudovest alla West Coast, a tentare invano di convincere tuo padre che esisti, a cercare di fare qualcosa abbastanza bene da poter essere ascoltata o vista ma non cosí bene da diventare uno schermo per le sue (del padre) proiezioni del suo fallimento e del suo odio per se stesso, e quindi non riesci mai a farti davvero vedere mentre gesticoli come un matto attraverso la foschia distillata, tanto che da adulto ti porti ancora dietro il peso umido e flaccido del fallimento di non essere neanche riuscito a farti sentire mentre gli *parlavi*, e te lo porti dietro per tutti gli anni della tua vita su spalle che si piegano sempre di piú – solo per scoprire poi, verso la fine, che anche tuo figlio si è spento, si è rinchiuso in se stesso, non parla, ti terrorizza, è muto. Cioè che suo figlio era diventato ciò che lui (lo spettro) aveva temuto di essere quando era bambino (lo spettro). Gli occhi di Gately si rovesciano all'indietro. Il ragazzo, che faceva tutto bene e con la naturale grazia non-curva che allo spettro in persona era sempre mancata, e che lo spettro non aveva mai mancato di guardare e ascoltare per fargli capire (al figlio) che lui lo guardava e lo ascoltava, il figlio era diventato un ragazzo sempre piú *chiuso*, verso la fine della vita del fantasma; e nessun altro nel nucleo familiare dello spettro e del ragazzo se n'era accorto, che quel ragazzo cosí meraviglioso e pieno di grazia stava scomparendo davanti ai loro occhi. Lo guardavano, ma non si accorgevano che era invisibile. E lo ascoltavano, ma non sentivano gli avvertimenti dello spettro. Gately fa di nuovo quel sorrisetto assente a denti stretti. Lo spettro racconta che il suo nucleo familiare aveva pensato che lui (lo spettro) fosse instabile e stesse confondendo il ragazzo con se stesso adolescente, o con il padre del padre dello spettro, un uomo vuoto e legnoso che a quanto raccontavano le leggende di famiglia aveva «spinto» il padre dello spettro verso la «bottiglia», la non-realizzazione del suo potenziale e una prematura emorragia cerebrale. Verso la fine aveva cominciato a temere in segreto che suo figlio stesse provando le Sostanze. Lo spettro continuava a tirarsi su gli occhiali. Lo spettro dice quasi con amarezza che quando si era alzato in piedi e aveva cercato di attirare la loro attenzione sbracciandosi per far capire che il suo figlio piú giovane e promettente stava scomparendo, tutti avevano pensato che la sua agitazione fosse dovuta al Wild Turkey che si era scolato e che, ora piú che mai, doveva assolutamente smettere di bere.

Questa cosa cattura l'attenzione di Gately. Alla fine ci potrebbe essere un qualche senso al sentimento di disagio e di confusione del sogno. «Hai cercato di smettere di bere?» pensa, alzando gli occhi verso lo spettro. «Ci hai provato piú di una volta? L'hai fatto alla White-Knuckle?[343] Oppure ti sei Arreso e sei Entrato?»

Lo spettro si carezza la lunga mascella e dice che aveva passato da sobrio gli ultimi novanta giorni della sua vita animata a cercare senza tregua di trovare un mezzo con il quale lui e suo figlio muto potessero semplicemente *parlare*. A inventare qualcosa che il ragazzo talentuoso non riuscisse subito a controllare e superare. Qualcosa che al ragazzo sarebbe piaciuta cosí tanto da indurlo ad aprire la bocca e uscire *fuori* – anche solo per chiederne ancora. I giochi non c'erano riusciti, i dottori non c'erano riusciti, impersonare dei dottori non aveva funzionato. La sua ultima risorsa: l'Intrattenimento.

Fare qualcosa cosí tremendamente interessante da riuscire a invertire la spinta della caduta del giovane nel grembo del solipsismo, nell'anedonia, nella morte-in-vita. Come un giocattolo magicamente divertente da agitare davanti al bambino che era ancora vivo da qualche parte dentro il ragazzo, per fare brillare i suoi occhi e aprire inconsciamente la bocca senza denti, per ridere. Per trascinarlo «fuori da se stesso», come si dice. Il grembo poteva essere usato in entrambi i modi. Un modo per dire MI DISPIACE, MI DISPIACE DAVVERO e far sí che lui lo *sentisse*. Un sogno lungo una vita. Gli studiosi e le Fondazioni e i disseminatori non avevano capito che il suo desiderio piú grande era: *divertire*.

Gately non è troppo agonizzante e febbricitante per non riconoscere l'autocommiserazione quando ne sente cosí tanta, spettro o non spettro. Come nello slogan «Poor Me, Poor Me, Pour Me A Drink»*.

* «Povero me, povero me, versatemi da bere» [N.d.T.].

Con tutto il dovuto rispetto è difficile credere che questo spettro avrebbe potuto stare sobrio, se ne avesse avuto bisogno, con tutta quella mistura tra astrazione e atteggiamento da incompreso che mostra, nel sogno.

Era riuscito a stare sobrio per 89 giorni, proprio alla fine della sua vita, afferma lo spettro, ora di nuovo sul monitor silenzioso, anche se il fanatismo evangelico e privo di umorismo degli Aa di Boston aveva reso saltuaria la sua partecipazione alle riunioni. E non aveva mai sopportato i loro slogan insipidi e il loro disprezzo per l'astrazione. Per non parlare del fumo di sigarctta. Gli pareva che l'aria nelle stanze delle riunioni fosse quella di una sala da poker all'inferno. Lo spettro si ferma e dice che scommette che Gately sta lottando per nascondere la sua curiosità di chiedergli se era riuscito o no a inventare uno spettacolo senza figuranti che fosse cosí interessante da far ridere e chiedere il bis perfino a un ragazzo-figurante chiuso in se stesso.

Parlando di figure paterne, in questi pochi ultimi mesi da sobrio Gately aveva cercato di allontanare i ricordi delle orribili conversazioni e interscambi che aveva avuto con il Pm.

Lo spettro sul monitor ora si piega molto in avanti all'altezza della vita, cosí in avanti che la sua faccia capovolta è a soli pochi cm dalla faccia di Gately – la faccia dello spettro è grossa circa la metà della faccia di Gately, e non ha odore – e risponde con veemenza che No! No! *Ogni* conversazione o interscambio è meglio di niente, gli dia retta, che persino l'interfacciamento intergenerazionale piú straziante e stridente è meglio di quando una parte si ritira o si chiude in se stessa. Sembra che lo spettro non riesca a distinguere la differenza tra quando Gately pensa tra sé e sé e quando invece usa la voce della sua mente per rivolgere il suo pensiero *al* fantasma. All'improvviso sente una fitta di dolore alla spalla cosí nauseante che Gately ha paura di cacarsi addosso. Lo spettro ansima e quasi cade dal monitor come se potesse empatizzare totalmente con la fitta destrorsa. Gately si chiede se lo spettro debba sopportare lo stesso suo dolore per poter sentire la sua voce mentale e fare conversazione con lui. Anche in un sogno, sarebbe il prezzo piú alto mai pagato da nessuno per parlare con D.W. Gately. Forse il dolore ha il compito di dare un po' di credibilità allo spettro quando parlerà in favore del Demerol. In un certo senso Gately si sente troppo imbarazzato e stupido per chiedere al fantasma se è venuto lí per conto del Potere Superiore o del Disagio, forse, quindi invece di pensare allo spettro si concentra solo sul fingere di domandarsi come mai lo spettro sta sprecando dei probabili mesi di tempo spettrale aggregato a svolazzare qua e là in una camera di ospedale a fare dimostrazioni di piroette con in ma-

no le foto di un cantante confidenziale e la lattina di una bibita straniera sul soffitto di un tossicodipendente che non conosce neanche
invece di andare alla velocità dei quanta dovunque sia questo figlio
minore e tenere duro per mesi e mesi di tempo spettrale pur di interfacciarsi con questo suo *figlio* del cazzo. Anche se, forse, pensare di
vedere il proprio padre organico defunto sotto forma di fantasma o
di spettro potrebbe far sbiellare questo figlio minore, forse, e questo
potrebbe essere un motivo. Da quel che gli aveva raccontato lo spettro, il figlio non doveva essere uno tra i piú fermi di mano sul joystick
della mente, per cosí dire. Naturalmente ammesso che il figlio-figu-
rante muto esistesse davvero, ammesso che tutto questo non fosse un
trucco del Disagio per iniziare a chiacchierare con Gately e poi convincerlo ad arrendersi a una iniezione di Demerol. Cerca di concentrarsi su questo invece di ripensare alla calda vampata di assoluto benessere che gli darebbe il Demerol, invece di ricordarsi il suono
confortevole del suo mento che gli sbatteva sul petto. O invece di ricordarsi dei suoi interscambi con il Pm in pensione che viveva con
sua madre. Uno dei prezzi piú alti della sobrietà si paga quando si
smette di essere capaci di non pensare piú alle cose che non si vogliono
ricordare, vedi per esempio Ewell e la cosa fraudolenta-grandiosa della sua infanzia assurda. L'ex Pm chiamava i bambini piccoli «topini
striscianti». Che non era un termine burbero ma affettuoso. Il Pm
mandava un Don Gately bambino a riportare i vuoti delle Heineken
al deposito lí vicino e poi lo faceva tornare indietro a rotta di collo
con i soldi del deposito e lo cronometrava con un cronometro speciale della Marina. Non gli aveva mai messo le mani addosso, a quanto
ricordava Gately. Ma lui aveva paura lo stesso del Pm. Il Pm picchiava
sua madre quasi tutti i giorni. Il momento piú rischioso per la madre
di Gately era tra l'ottava e la decima Heineken. Quando il Pm la buttava per terra e s'inginocchiava su di lei con un'aria molto impegnata,
decideva con attenzione dove picchiare e la colpiva forte, con impegno, come un pescatore di aragoste che tira la rete. Il Pm era leggermente piú basso della Sig.ra Gately, ma era grosso e molto muscoloso, e orgoglioso dei suoi muscoli, quando era possibile stava senza maglietta. Oppure portava quelle magliettine militare color kaki senza
maniche. In casa aveva sbarre e pesi e panche, e aveva insegnato a Don
Gately bambino i fondamenti dell'allenamento con i pesi, mettendo
particolare enfasi sul controllo e sulla forma del movimento e non sul
semplice sollevare piú peso possibile. I pesi erano vecchi e unti e pre-
metrici. Il Pm era molto preciso e controllato nell'affrontare le cose,
e in qualche modo Gately ha finito per associare questa prerogativa agli
uomini con i capelli biondi. Quando Gately, a dieci anni, aveva co-

minciato a fare la panca con piú peso del Pm, il Pm non l'aveva presa bene e cominciò a non stargli piú alle spalle durante le ripetizioni. Il Pm annotava con molta precisione tutti i pesi e le ripetizioni su un blocchetto, e faceva una pausa dopo ogni serie per scrivere. Leccava sempre la punta della matita prima di scrivere, un'abitudine che Gately tuttora trova schifosa. In un altro blocchetto il Pm annotava la data e l'ora di ogni Heineken che consumava. Era una di quelle persone che pensavano che annotare le cose con incredibile precisione equivalesse ad averne il controllo. In altre parole era per natura un contastronzi. Gately si era reso conto di questo da piccolo, e capiva che era una cazzata, una cosa da pazzi. Era molto probabile che il Pm fosse pazzo. Le circostanze della sua uscita dalla Marina Militare erano, come dire, nebulose. Quando ora Gately si ricorda involontariamente del Pm si ricorda anche – e si domanda perché, e lo fa stare male – di non aver mai chiesto a sua madre del Pm e perché cazzo stesse con loro e se lei lo amasse davvero, e perché lo amasse quando lui tutti i giorni la buttava per terra e la picchiava, da anni. I colori rosa che si intensificano dietro le palpebre chiuse di Gately sono le luci della camera d'ospedale che si accendono via via che la luce fuori dalla finestra diventa color liquerizia, prima dell'alba. Gately è disteso sul letto sotto il monitor del cuore non-occupato, e russa cosí forte che le sbarre di tutti e due i lati del letto tentennano e fanno rumore. Quando il Pm dormiva o era fuori casa, Don Gately e la Sig.ra Gately non parlavano mai di lui, neanche una volta. Questo lo ricorda bene. Non solo non avevano mai parlato di lui, dei suoi blocchetti, dei pesi, del cronometro e di quando pestava la Sig.ra Gately. Il nome del Pm non veniva neanche pronunciato. Il Pm lavorava molto di notte – faceva l'autista su un camion per le consegne di formaggio e di uova della Cheese King Inc., fino a che non lo licenziarono perché aveva rubato delle forme di Stilton e le aveva vendute, poi aveva lavorato per un po' a una catena di inscatolamento quasi tutta automatizzata, dove doveva tirare una leva che faceva cadere zuppa di pesce da un centinaio di bocche dentro un centinaio di scatolette senza coperchio con un indescrivibile suono tipo plop – e casa Gately era un altro mondo quando il Pm lavorava o era fuori: era come se anche l'idea del Pm uscisse dalla porta con lui, lasciando Don e sua madre da soli, insieme, di notte, lei sul divano e lui sul pavimento, a perdere lentamente conoscenza tutti e due davanti agli ultimi programmi delle ultime stagioni della Tv via etere. Ora Gately cerca con tutte le sue forze di non investigare sul perché non gli era mai venuto in mente di mettersi in mezzo e tirar via il Pm da sua madre, soprattutto dopo che riusciva a sollevare piú peso di lui. Per qual-

che strana ragione empatica, quei precisi pestaggi quotidiani non gli
erano mai parsi affar suo. Quando lo guardava picchiarla, non sentiva quasi nulla. Il Pm non si vergognava per niente di picchiarla di
fronte a Gately. Era come se tutti fossero tacitamente d'accordo che
quella storia non riguardava Bimmy. Gli sembra di ricordarsi che
quando era piccolo scappava dalla stanza e piangeva. A una certa età,
comunque, non faceva altro che alzare il volume della televisione senza neanche preoccuparsi di dare un'occhiata al pestaggio mentre guardava *Cheers!* Certe volte usciva dalla stanza e andava in garage ad alzare pesi, ma quando usciva dalla stanza non era mai come se stesse
scappando. Quando era piccolo certe volte la mattina aveva sentito
il rumore delle molle e altri suoni venire dalla loro stanza da letto e
aveva avuto paura che il Pm la stesse picchiando sul letto, ma a un
certo punto, senza che nessuno lo prendesse da una parte e gli spie-
gasse nulla, aveva capito che quei rumori non volevano dire che lei
sentiva dolore. Comunque lo disturba molto, ora, la somiglianza tra
i suoni di quando lei sentiva dolore in cucina e in salotto e quelli di
quando faceva sesso, e cerca di non pensarci, da sveglio.

In estate il Pm stava seduto al tavolo di cucina senza maglietta –
pallido, con la mancanza di affinità con il sole tipica degli uomini biondi – i piedi ben piantati sulle piastrelle in finto legno venato, una bandana patriottica intorno alla testa, e annotava le Heineken sul suo
blocchetto. Un inquilino precedente aveva buttato qualcosa di pesante contro la finestra della cucina, una volta, e lo schermo antinsetti si era rovinato e non era piú del tutto pari, e le mosche entravano e uscivano quando volevano. A volte Gately, da piccolo, stava in
cucina con il Pm; le piastrelle erano meglio della moquette bitorzoluta per le sospensioni delle sue macchinine. Mentre è sull'orlo del
dormiveglia, nel dolore, Gately si ricorda il modo preciso e speciale
con cui il Pm si liberava delle mosche che entravano in cucina. Non
usava lo schiacciamosche e nemmeno l'«Herald» arrotolato. Aveva le
mani veloci, il Pm, grosse e bianche e veloci. Le colpiva quando si po-
savano sul tavolino di cucina. Le mosche. Ma in modo controllato.
Non cosí forte da ucciderle. Era molto controllato e concentrato. Le
colpiva abbastanza forte da stordirle. Poi le prendeva in mano con
molta precisione e gli staccava o un'ala o una zampetta, qualcosa di
importante per la mosca. Portava l'ala o la zampetta al bidone beige
della spazzatura e con molta calma alzava il coperchio con il pedale e
depositava l'ala minuscola o la zampetta dentro il bidone, piegandosi all'altezza della vita. Questo ricordo non era stato richiesto ed è
molto chiaro. Il Pm si lavava le mani nel lavello di cucina, con un normale sapone liquido per i piatti, verde. Ignorava la mosca mutilata e

la lasciava girare sulla tavola descrivendo dei cerchi impazziti finché non rimaneva bloccata in una macchia appiccicosa o cadeva giú dal tavolo sul pavimento della cucina. La conversazione con il Pm, che Gately rivive nei piú minimi dettagli del sogno, consisteva nel Pm che, alla quinta Heineken, spiegava che mutilare una mosca era molto piú efficace che uccidere una mosca, per le mosche. Una mosca era rimasta impigliata in una macchia appiccicosa di Heineken secca e agitava le ali mentre il Pm spiegava che una mosca mutilata bene emetteva delle minuscole urla-di-mosca di dolore e paura. Gli esseri umani non potevano sentire le urla della mosca mutilata, ma potevi scommettere il tuo culetto grasso da topino strisciante che le altre mosche le sentivano, e le urla delle loro colleghe mutilate le tenevano lontane. A questo punto il Pm appoggiava la testa sulle sue braccia grosse e pallide e, a occhi strizzati, afferrava una bottiglia di Heineken tra quelle che stavano sulla tavola riscaldata dal sole dove spesso c'erano diverse mosche intrappolate nell'appiccicume o intente a disegnare cerchi sulla tavola, certe volte facevano dei piccoli salti e cercavano di volare con un'ala soltanto o senza ali. Dovevano essere in fase di Rifiuto, queste mosche, riguardo alla loro condizione. Gately si abbassava su quelle che cadevano sul pavimento e, a quattro zampe, metteva il suo grosso orecchio rosso il piú vicino possibile alla mosca, per ascoltare, con la sua grossa fronte rosa corrucciata. E ora a Gately dispiace, mentre inizia a cercare di svegliarsi nella luce color limone della mattina vera in ospedale, di non ricordarsi di avere mai tolto le mosche mutilate da quella condizione miserevole, mai, neanche dopo che il Pm perdeva conoscenza, non riesce a vedersi mentalmente mentre le spiaccica con un piede o le avvolge nella carta e le butta nel cesso e tira lo sciaquone o qualcosa di simile, ma sente che avrebbe dovuto farlo; gli sembra importantissimo riuscire a ricordarsi di aver fatto qualcosa di piú che stare lí seduto senza fare niente in mezzo alle sue macchinine Transformer a cercare di capire se riusciva a sentire i loro minuscoli strilli di agonia, mentre ascoltava concentratissimo. Ma non riesce in nessun modo a ricordarsi di aver fatto niente di piú che cercare di ascoltare, e lo sforzo puramente cerebrale di sforzarsi a trovare un ricordo piú nobile deve averlo svegliato, insieme al dolore dalla parte destra; ma non si sveglia del tutto nella grande culla finché il sogno realistico del ricordo scolora in un malvagio sogno romanzesco in cui lui ha in testa il cappotto di lana di Lenz e si piega con molta concentrazione e precisione sulla figura prona del Boscaiolo con la camicia hawaiana a cui ha sbattuto ripetutamente la testa contro il parabrezza, e sta appoggiato con tutto il peso sulla mano sinistra contro il caldo cofano sussultante, curvo e vicinissimo alla testa mutilata, l'orecchio vicino alla faccia sanguinante, e ascolta concentrato. La testa apre la sua bocca rossa.

Quando finalmente Gately si sveglia sente una fitta gialla di dolore nella spalla destra e lungo il fianco che lo fa quasi gridare alla luce della finestra. Per circa un anno quando aveva vent'anni, a Malden, aveva dormito quasi tutte le notti nella soffitta bassissima del dormitorio in cui stavano gli studenti di un corso per infermieri a Malden, e lui dormiva con una studentessa di questo corso per infermiere diplomate, lei era una tossica, dormivano in questa soffitta, e ci voleva una scala a cinque gradini per arrivarci e il soffitto era alto solo pochi centimetri, e tutte le mattine Gately si svegliava per qualche brutto sogno e si metteva a sedere sul letto con un salto e urtava la testa contro il soffitto finché dopo un po' di tempo c'era una concavità permanente nel soffitto e un punto piatto nella curva della sua fronte, in alto, e riesce ancora a sentirlo mentre è sdraiato in questo letto con gli occhi quasi chiusi e si tiene la testa con la mano sinistra, quella buona. Per un secondo, mentre sbatte gli occhi tutto rosso nella febbre del mattino, crede di vedere Francis G. Il Feroce nella sedia vicino al suo letto, con la faccia appena rasata e dei puntolini di Kleenex qua e là, stolido, e i capezzoli delle sue ciondolanti tette da vecchio che gli si stanno rizzando lentamente sotto la T-shirt bianca pulita mentre sorride arcigno tra i tubi blu, ha una sigaretta spenta tra i denti e dice «Bene, ragazzo, per lo meno sei ancora dei nostri, penso che si dovrebbe dire qualcosa di simile. Sei riuscito a rimanere sobrio, allora?» dice disinvolto il Coccodrillo, poi scompare e non riappare neanche dopo che Gately sbatte gli occhi diverse volte.

Le figure e il rumore nella stanza vengono da tre della Bandiera Bianca che Gately non ha mai conosciuto, ma forse si sono fermati qui mentre andavano a lavorare, per mostrare empatia e appoggio, Bud O. e Glenn K. e Jack J. Glenn K. durante il giorno indossa la tuta grigia con la cintura complicata dei tecnici della refrigerazione.

«E chi è il tipo con il cappello lí fuori?» sta chiedendo.

Gately grugnisce in un modo frenetico che fa venire in mente il fonema *ü*.

«Alto, ben vestito, l'aria da duro, gli occhi porcini e un cappello in testa. Sembra un funzionario statale. Calzini neri e scarpe marroni», dice Glenn K. indicando fuori verso la porta dove certe volte c'era stata l'ombra inquietante di un cappello.

Gately sente in bocca il sapore dei denti che non lava da tanto.

«Sembra che si sia sistemato per starci un bel po', è circondato da riviste sportive e contenitori di fast food di varie culture, ragazzo», dice Bud O. – la leggenda narra che abbia picchiato cosí forte sua moglie durante il black-out che poi l'aveva fatto Venire dagli Aa da romperle il naso e spiaccicarglielo sulla faccia, e poi le aveva chiesto di non farselo mettere a posto perché gli ricordasse tutti i giorni gli abissi in cui l'aveva fatto sprofondare l'alcol, e cosí la Sig.ra O. era andata in giro con il naso spiaccicato sulla guancia sinistra – Bud O. le aveva tirato un gancio sinistro – finché l'Udri. l'aveva mandata dagli Al-Anon, dove si erano presi cura di lei e l'avevano incoraggiata a dire a Bud O. di andare a prenderselo in culo sulla luna e a farsi mettere a posto il naso e poi alla fine lei lo aveva lasciato per uno degli Al-Anon che andava in giro con i sandali Birkenstock. Gately si era sentito sciogliere gli intestini dall'angoscia: si ricorda troppo bene le scarpe marroni, gli occhi da maiale, lo Stetson con le piume di un certo Assistente Procuratore Distrettuale di Revere, l'uomo senza rimorso che andava pazzo per il cibo del Terzo mondo. Continua a grugnire pateticamente.

Non sapendo bene come fare a tirarlo su per un po' i tre della Bandiera Bianca cercano di sollevargli il morale raccontandogli delle barzellette sulla Cvp. «Cvp» è la sigla che si usa per Al-Anon, che è conosciuta tra gli Aa di Boston come la «Chiesa della Vendetta Perpetua».

«Sapete cos'è una Ricaduta per uno degli Al-Anon?» chiede Glenn K.

«È una fitta di compassione», dice Jack J., che ha una specie di tic facciale.

«Ma che cos'è un Saluto per uno degli Al-Anon?» gli chiede a sua volta Jack J.

Si fermano tutti e tre, poi Jack J. mette il dorso della mano alla fronte e sbatte le ciglia guardando il soffitto con un'espressione da martire. Ridono tutti e tre. Non sanno che se Gately ridesse davvero gli si strapperebbero i punti sulla spalla. Una parte della faccia di Jack J. si contorce in una smorfia da torturato che non influenza minimamente l'altra parte, ed è una cosa che ha sempre dato i brividi a Gately. Bud O. sta facendo di no con il dito a Glenn K., per far vedere come fanno gli Al-Anon a stringersi la mano. Glenn K. fa una lunga imitazione di una mamma Al-Anon che guarda il suo bambino alcolizzato marciare in una parata e si arrabbia sempre di piú perché tutti vanno fuori tempo eccetto lui. Gately chiude gli occhi e alza e abbassa il petto un paio di volte come se ridesse per cortesia, cosí che loro pensino di avergli tirato su il morale e si tolgano dalle palle. I piccoli movimenti con il torace gli fanno sentire un dolore terribile alle sue parti destrorse, da mordersi le mani. È come se un grosso mestolo di legno continuasse a spingerlo sotto la superficie del sonno e poi lo riportasse su per farlo assaggiare da qualcosa di enorme, continuamente.

19 NOVEMBRE
ANNO DEL PANNOLONE PER ADULTI DEPEND

Dopo che Rémy Marathe e Ossowiecke, e anche Balbalis, riferirono tutti di non aver trovato traccia di questa attrice velata, M. Fortier e Marathe decisero di mettere in atto la piú drastica delle operazioni per l'individuazione del Master dell'Intrattenimento. Cioè acquisire membri diretti della famiglia dell'*auteur*, forse in pubblico.

Marathe fu incaricato di occuparsi dei dettagli dell'operazione, perché M. Broullîme era stato incaricato di eliminare i nuovi problemi tecnici che erano nati dagli ulteriori test di volontà visiva; perché si scoprí che uno dei soggetti acquisiti di recente – un uomo senza-casa molto irritante e vestito in modo eccentrico, con una parrucca bianca e delle grosse borse piene di pentole e tegami stranieri e indumenti intimi da donna di taglia molto piccola – aveva tagliato e spinto sotto la porta chiusa dello sgabuzzino le dita del secondo soggetto che avevano acquisito di recente – un uomo travestito molto indebolito e forse tossicodipendente vestito con gli abiti di una donna di cattivo gusto, che aveva diverse borsette di natura sospetta – invece delle sue, mandando del tutto in malora le statistiche dell'esperimento di Broullîme, tanto che M. Fortier fu costretto a decidere se permettere o no a Broullîme di sottoporre il soggetto con la parrucca che aveva scambiato le dita a una letale intervista tecnica per ragioni di pura rabbia. Effettivamente un'intervista tecnica molto piú importante doveva esser fatta nella città di Phoenix, dall'altra parte degli Usa, a sud, una città il cui nome aveva sempre fatto ridere Fortier, che partí prima dell'arrivo di una tempesta per fare da assistente a M.lle Luria P—— in questa operazione, lasciando il fidato Rémy Marathe a decidere i dettagli dell'acquisizione preliminare.

Marathe, che aveva preso la sua decisione e aveva fatto la sua telefonata, fece quello che poté. Un assalto diretto all'Accademia di Tennis era impossibile. Gli Afr non temono niente in questo emisfero a eccezione delle colline alte e ripide. Il loro attacco non doveva essere diretto. Perciò il preliminare fu acquisire e sostituire i giocatori di tennis juniores del Québec, che gli Afr sapevano che erano in questo momento in viaggio verso gli Usa per un incontro di gala contro i giovani giocatori di questa Accademia. Marathe scelse il giovane Balbalis, che aveva ancora tutte e due le gambe – anche se paralizzate e spiacevolmente risecchite – per dirigere sul campo l'operazione di intercettamento dei giocatori provinciali. Marathe, lui stava nel negozio di Cambridge degli Antitoi, e spesso si ritirava per le serate jazz nel ristorante di Ryle lí vicino. Balbalis guidò il furgoncino Dodge modificato verso nord, in mezzo a una tempesta di neve che diventava sempre piú forte. Passarono il Checkpoint Pongoa Methuen Ma. Avrebbero messo un grosso specchio nella strada deserta per ingannare l'autobus che sarebbe andato fuori strada per evitare l'impatto; i suoi stessi fari lo avrebbero ingannato. Un vecchio trucco dell'Flq. Due squadre nel retro del furgone dovevano assemblare i pezzi dello specchio. Balbalis non gli permise di fermarsi per questo assemblaggio; la neve era ancora piú fitta nella Convessità per via dei ventilatori che stavano a sud. Quella che un tempo era Montpelier nel Vermont si trovava ora tra le griglie Ewd, ma si prendeva tutta la neve della regione di Champlain ed era del tutto deserta e bianca di neve spettrale. A Montpelier Balbalis concesse una breve fermata per le ultime delicate operazioni finali dell'assemblaggio e per cambiare i sacchetti di chi era incontinente. Balbalis andò di gran carriera fino a un luogo che un tempo era St. Johnsbury, dove installarono lo specchio sulle corsie verso sud della Interstatale 91. Balbalis non si lamentò che non c'erano tracce da seguire sulla neve che copriva la strada. Lui non si lamentava mai. Arrivarono molto presto a sud del posto di blocco dopo il quale l'Autoroute provinciale 55 diventava l'Interstatale 91. Ci fu qualche attimo di tensione quando si accorsero che le lenti per la visione notturna per i binocoli non si trovavano piú. Balbalis si mantenne calmo e alla fine si trovarono. Il piano consisteva nell'intercettare la squadra di giocatori e al loro posto fare arrivare all'Accademia gli Afr. Marathe promise di escogitare una buona scusa per spiegare le sedie a rotelle e le barbe adulte dei finti giocatori. Nessuno fumava nel furgone mentre aspettavano che i ragazzini giocatori di tennis del loro paese apparissero al posto di blocco. L'autobus fu tenuto fermo al posto di blocco per molti minuti. L'autobus era grosso, noleggiato, e sembrava molto caldo dentro. Sul rettangolo illuminato della destinazione sul parabrezza c'era la parola inglese per charter. Se l'autobus fosse sopravvissuto alla sterzata per via dello specchio sull'autostrada e fosse stato in grado di ripartire dopo l'incidente, l'avrebbe guidato Balbalis. Ci fu una breve discussione su chi avrebbe dovuto guidare il furgone, perché Balbalis si rifiutava di lasciare lí il furgone anche se l'autobus fosse stato operativo. Se l'autobus non fosse stato operativo, sul furgone non sarebbero potuti salire piú di sei ragazzini sopravvissuti. Agli altri sarebbe stato permesso di morire per *leur rai pays*. Riguardo alle due soluzioni, Balbalis non aveva preferenze.

Gately sognò di essere con la residente della Ennet House Joelle Van Dyne in un motel del Sud il cui ristorante aveva un cartello autoritario che diceva solo EAT, nel Sud degli Usa, in piena estate, con un caldo brutale, il fogliame fuori dallo schermo antinsetti della stanza di un kaki sbiadito, l'aria vetrosa per il caldo, la pala del ventilatore sul soffitto che ruotava lenta, e nella stanza c'era un sontuoso letto a baldacchino alto e molle con le lenzuola arruffate e Gately supino con il fianco che gli brucia e la nuova arrivata Joelle V.D. si solleva appena il velo per leccargli il sudore sulle palpebre e sulle tempie e sussura qualcosa che fa fluttuare il velo e gli fa vento e gli promette un pomeriggio di piacere quasi terminale e si spoglia in fondo al vecchio letto alto, lentamente, i suoi vestiti leggeri e ampi bagnati di sudore cadono sul pavimento nudo e rivelano un incredibile corpo di donna, un corpo non umano, uno di quei corpi che Gately ha visto solo con una puntina da disegno sull'ombelico, un corpo come il premio di una lotteria; e sul letto a baldacchino sorge come una quinta colonna, si fa per dire, la quale colonna eretta che dormiva da tanto tempo diventa cosí alta da oscurare la figura nuda della nuova arrivata; e poi quando lei si muove ed esce dall'ombra pulsante per avvicinarsi e toccare intimamente la faccia di lui con il volto di quel corpo non umano lei si toglie il velo, e su questo corpo bello da morire c'è la faccia storica svelata del fottuto Winston Churchill, completa di sigaro e guancione cadenti e sguardo torvo da bulldog, e l'orrore dello shock fa irrigidire il resto del corpo di Gately, e sente un dolore cosí forte che lo sveglia e lo spinge a mettersi a sedere di scatto, e allora sí che sente un dolore tanto lancinante da farlo quasi svenire di nuovo e cosí rimane sdraiato con gli occhi che gli si rovesciano nelle orbite e la bocca spalancata.

Gately non riesce a bloccare i suoi ricordi di una vecchia signora loro vicina di casa di quando lui e sua madre dividevano letto e desco con il Pm. Una certa Sig.ra Waite. Non c'era un Sig. Waite. La finestra rotta del piccolo garage vuoto dove il Pm teneva i suoi pesi era proprio vicino al giardino trascurato e pieno di rovi della Sig.ra Waite, nella stretta striscia di terra tra le due case. La casa della Sig.ra Waite era tenuta con, diciamo, negligenza. La casa della Sig.ra Waite faceva sembrare la casa di Gately il Taj Mahal. C'era qualcosa di strano nella Sig.ra Waite. Nessuno dei genitori diceva cosa fosse, ma nessuno dei ragazzini poteva andare a giocare nel suo cortile o tantomeno suonare il suo campanello a Halloween. Gately non riuscí mai a capire cosa ci fosse che non andava in lei, ma la psiche del piccolo povero vicinato fremeva per qualcosa di terribile riguardo alla Sig.ra Waite. I ragazzi piú grandi passavano in bici sul suo prato e le gridavano cose cattive che Gately non riusciva mai a capire, di notte. I ragazzini piú piccoli pensavano di saperlo: la Sig.ra Waite era una strega. Sí, un po' somigliava a una strega, ma quale donna non somiglia

un po' a una strega, dopo i cinquanta? Ma la cosa grossa davvero era
che teneva della roba vegetoide senza nome verde-marrone e vischiosa
dentro vecchi vasetti di maionese sugli scaffali di acciaio nel suo piccolo garage, con i coperchi arrugginiti e un dito di polvere. I ragazzini piú piccoli c'entrarono dentro e ruppero alcuni vasetti e ne ruba-
rono uno e corsero via con una paura da morire per andare a romperlo
da un'altra parte e poi scappare. Si sfidavano a passare sul suo prato
con le bici, e tracciavano microdiagonali sui bordi del prato. Si raccontavano tra loro di aver visto la Sig.ra Waite con un cappello a punta che arrostiva i bambini dispersi fotografati sui cartoni del latte e
poi metteva il loro succo nei vasetti. I piú grandi dei ragazzini piccoli avevano anche provato lo scherzo inevitabile di mettere un sacchetto di carta pieno di cacca di cane sulla sua veranda e poi dargli
fuoco. Un'ulteriore aggravante per la Sig.ra Waite era che non si lamentava mai. Non usciva quasi mai di casa. La Sig.ra Gately non aveva mai detto cosa c'era che non andava nella Sig.ra Waite ma aveva
proibito a Don nel modo piú assoluto di fare lo scemo con lei. Come
se la Sig.ra Gately avesse potuto far rispettare un qualche divieto.
Gately non fece mai lo scemo con i vasetti della Sig.ra Waite e non
attraversò mai il suo prato con la bici, e non gli interessava granché
la storia che fosse una strega, perché chi aveva bisogno di streghe da
temere e odiare quando c'era il buon vecchio Pm seduto al tavolo di
cucina? E nonostante tutto lui aveva paura di lei. Quando una volta
un pomeriggio aveva visto la sua faccia bitorzoluta alla finestra rotta
del garage quando aveva lasciato il Pm a picchiare la Sig.ra Gately ed
era andato lí a sollevare pesi, aveva fatto un urlo tremendo e gli era
quasi caduta la sbarra del bilanciere sul pomo d'Adamo. Ma durante
la sua lunga e poco stimolante infanzia nella North Shore, piano piano Gately costruí una specie di flebile rapporto con la Sig.ra Waite.
Non che le piacesse troppo; lei non era una di quelle deliziose vec-
chiette incomprese, e non è che lui corresse nella sua casa fatiscente
per confidarsi con lei. Ma una o due volte, forse, c'era andato, in circostanze che aveva dimenticato, si era messo a sedere in cucina e aveva parlato un po' con lei. Era lucida, la Sig.ra Waite, e sembrava continente, e non c'erano cappelli a punta da nessuna parte, ma la sua casa puzzava, e la Sig.ra Waite aveva le caviglie gonfie e piene di vene
e quei pezzettini bianchi di bava secca agli angoli della bocca e circa
un milione di giornali ammucchiati e ammuffiti in cucina, e quella
vecchia irradiava una qualche miscela di spiacevolezza e vulnerabilità
che faceva venire voglia di essere crudeli con lei. Gately non fu mai
crudele con lei, ma non le voleva bene o roba simile. Gately andò da
lei un paio di volte quando il Pm era a inscatolare zuppa di pesce e

sua madre era svenuta nel vomito che si aspettava pulisse qualcun altro, e probabilmente voleva dimostrare la sua rabbia di bambino facendo una cosa che la Sig.ra Gately aveva pateticamente cercato di
proibirgli. Non mangiò mai molto di quello che gli offrí la Sig.ra Waite. Non gli offrí mai roba vischiosa da uno dei vasetti. Non ricorda
di cosa parlarono. Alla fine s'impiccò, la Sig.ra Waite – cioè si uccise – e poiché era autunno e freddo fu trovata solo diverse settimane
dopo. Non fu Gately a trovarla. Fu uno che leggeva i contatori che
la trovò qualche settimana dopo l'ottavo o il nono compleanno di Gately. Per un caso, il compleanno di Gately era nella stessa settimana
di quello di altri ragazzini del vicinato. Di solito Gately festeggiava
il suo compleanno con qualche altro bambino che compiva gli anni e
faceva una festa. Cappelli e Girotondi, video degli X-Men, dolci sui
piatti Chinette eccetera. Un paio di volte la Sig.ra Gately riuscí a mettersi un po' in ordine e venire anche lei. Ripensandoci, i genitori degli altri bambini facevano la festa di compleanno anche a Gately perché gli faceva pena, e se n'è reso conto solo ora, involontariamente.
Ma alla festa di uno dei vicini sobri, parte della quale era per il suo
ottavo o nono compleanno, si ricorda che la Sig.ra Waite era uscita
di casa ed era venuta a suonare il campanello dei vicini sobri e aveva
portato una torta di compleanno. Per il compleanno. Un gesto di buon
vicinato. Gately le aveva spifferato della festa di compleanno di massa durante un loro interscambio al tavolo di cucina. Il dolce non era
uniforme, e leggermente inclinato da una parte, ma era alla cioccolata, scuro, e decorato con quattro nomi in corsivo, chiaramente fatto
con cura. La Sig.ra Waite aveva risparmiato a Gately l'umiliazione di
mettere solo il suo nome sul dolce, come se fosse solo per lui. Ma lo
era. La Sig.ra Waite aveva risparmiato per un bel po' di tempo per
permettersi di fare il dolce, Gately lo sapeva. Lui sapeva che lei fumava come una ciminiera e aveva smesso di fumare per settimane pur
di risparmiare qualcosa; non gli aveva detto per quale cosa; aveva cercato di far brillare i suoi occhi terribili quando non aveva voluto dirgli per quale cosa; però lui aveva visto un vasetto di maionese pieno
di quarti di dollaro su una pila di giornali e aveva lottato con se stesso perché gli era venuta voglia di rubarlo, e aveva vinto. Ma c'erano
solo nove candeline sulla torta quando la mamma del bambino della
festa la fece vedere ai bambini, e gli altri due ragazzini che compivano gli anni ne compivano dodici, e da quello si capiva per chi era la
torta. La mamma del bambino che faceva la festa aveva preso il dolce sulla porta e aveva detto Grazie ma non aveva fatto entrare la Sig.ra
Waite. Durante il Girotondo in garage Gately vide la Sig.ra Waite
che attraversava la strada per tornare a casa sua, lenta ma dritta e di-

gnitosa. Un sacco di ragazzini andarono alla porta del garage per guardare: la Sig.ra Waite era stata vista fuori casa solo molto di rado, e mai fuori dalla sua proprietà. La mamma sobria portò la torta nel garage e disse che era un Gesto Toccante da parte della Sig.ra Waite che abitava di fronte; ma non lasciò mangiare un pezzo della sua torta a nessun bambino, e non li lasciò nemmeno avvicinare abbastanza per spegnere le nove candeline. Che non erano tutte uguali. E furono lasciate consumare, tanto che si sentí puzzo di glassa bruciata prima che si spegnessero. La torta inclinata rimase da una parte, sola, in un angolo del garage pulito. Gately non sfidò la mamma sobria o i ragazzini mangiandone un pezzo; non ci pensò nemmeno. Non si uní alle deliziose discussioni sussurrate su che tipo di medicinale scaduto o che parte di bambino arrostito ci fosse dentro la torta, ma non si alzò neanche in piedi a litigare con gli altri ragazzini. Prima che la festa arrivasse al culmine e i bambini che avevano ricevuto dei regali li aprissero, la mamma sobria aveva portato la torta in cucina, quando pensava che nessuno la vedesse, e l'aveva buttata nel secchio della spazzatura. Gately si ricorda che la torta doveva essere atterrata capovolta, perché nel secchio della spazzatura si vedeva la parte senza glassa quando lui era entrato in cucina e ci aveva guardato dentro. La Sig.ra Waite era scomparsa di nuovo dentro la sua casa molto prima che la mamma buttasse via il dolce. Non era possibile che avesse visto la mamma buttare nella spazzatura la sua torta non mangiata. Un paio di giorni piú tardi Gately aveva rubato un paio di pacchetti di Benson & Hedges 100 da uno Store 24 e li aveva messi nella cassetta della posta della Sig.ra Waite, dove già si ammucchiavano bollette e ciarpame pubblicitario. Suonò il campanello ma non la vide. Si ricorda che il suo campanello era un campanello elettrico di quelli che ronzavano, non un campanello vero. Venne ritrovata da un lettore di contatori frustrato dopo un numero indefinito di settimane. Le circostanze della sua morte e la sua scoperta divennero una leggenda ancora piú misteriosa per i bambini piú piccoli. Gately non si torturava al pensiero che la torta non mangiata e buttata via fosse in qualche modo collegata al fatto che la Sig.ra Waite si fosse impiccata. Tutti avevano dei problemi personali, gli aveva spiegato la Sig.ra Gately, e anche a quell'età lui era riuscito a capire quello che voleva dire. Non aveva pianto la morte della Sig.ra Waite, e non gli era mancata, e non aveva pensato a lei neanche una volta in tutti questi anni.

E quel che è peggio, il successivo e ancor piú spiacevole sogno delirante su Joelle Van Dyne si svolse in quella che era, inevitabilmente e senza ombra di dubbio, la cucina della Sig.ra Waite in ogni dettaglio, perfino la lampada al soffitto piena di insetti secchi, i posace-

nere colmi, la colonna dei «Globe» ammucchiati, il gocciolio follemente aritmico del lavello della cucina e il puzzo – una miscela di spazzatura e frutta marcia. Gately è seduto sulla sedia di cucina con lo
schienale tipo scala, quella con una sbarra rotta sulla quale si sedeva
di solito, e la Sig.ra Waite è sulla sua sedia di fronte a lui, seduta su
una cosa che allora lui credeva fosse una strana ciambella rosa invece
di un cuscino per le emorroidi, solo che nel sogno i piedi di Gately
arrivano fino alle piastrelle fredde del pavimento, e la Sig.ra Waite è
impersonata dalla residente velata Udri della Ennet, Joelle Van D.,
solo che non ha il velo, e oltretutto è anche senza vestiti, completamente nuda, splendida, con lo stesso corpo incredibile dell'altro sogno solo che stavolta non ha la faccia guanciuta del Primo Ministro
Britannico, ma il volto di una donna angelo, non sexy ma angelico,
come se tutta la luce del mondo si fosse riunita insieme e avesse preso la forma di un volto. O qualcosa di simile. Assomiglia a qualcuno,
la faccia di Joelle, ma Gately non riesce davvero a capire a chi, e non
perché è distratto dal quel corpo nudo inumanamente stupendo che
è sotto la faccia, perché il sogno non è un sogno erotico. Perché in
questo sogno, la Sig.ra Waite, che è Joelle, è la Morte. La personifi-
cazione della Morte, la Morte incarnata. Nessuno si fa avanti a dirglielo; è sottinteso: Gately è seduto qui in questa cucina deprimente
a interfacciarsi con la Morte. La Morte sta spiegando che la Morte
avviene molte volte, si vivono molte vite, e alla fine di ognuna (vita,
si intende) è una donna che ti uccide e ti accompagna nella tua vita
successiva. Gately non riesce a capire se quello è un monologo o se
lui fa delle domande e lei risponde. La Morte dice che questa donna
che ti uccide è sempre tua madre nella tua vita successiva. Funziona
cosí: non lo sapeva? Nel sogno sembra che tutti al mondo lo sappiano a eccezione di Gately, tipo che lui era assente a scuola il giorno
che l'avevano spiegato, e allora la Morte si deve mettere a sedere qui
nuda e angelica e spiegarglielo con molta pazienza, piú o meno come
ai corsi di recupero alla Beverly High School. La Morte dice che la
donna che ti uccide volontariamente o involontariamente è sempre
qualcuno che ami, ed è sempre tua madre nella tua vita successiva.
Ed è per questo che le Mami amano cosí ossessivamente, e si sforzano cosí tanto di amarti nonostante i loro problemi personali o le loro
dipendenze da qualche Sostanza, e per loro conta piú il tuo benessere del loro, e c'è sempre una specie di leggera sfumatura di egoismo
nel loro ossessivo amore-di-madre: stanno cercando di fare ammenda
per un assassinio che nessuno di voi due ricorda, se non forse in sogno. Mentre la spiegazione della Morte sulla Morte va avanti, Gately
capisce sempre piú cose importanti che prima erano vaghe, e piú le

capisce e piú triste diventa, e piú triste diventa e piú sfocata e confusa diventa la sua visione della Morte-Joelle seduta nuda sull'anello di plastica rosa, finché alla fine è come se la vedesse attraverso una specie di nuvola di luce, un filtro lattiginoso uguale alla visione sfocata del neonato che vede la faccia di un genitore piegato sulla sua culla, e lui comincia a piangere cosí forte che gli fa male il petto, e chiede alla Morte di lasciarlo libero ed essere sua madre, e Joelle scuote la sua meravigliosa testa sfocata, o forse annuisce, e dice: Aspetta.

20 NOVEMBRE
ANNO DEL PANNOLONE PER ADULTI DEPEND
GAUDEAMUS IGITUR

Ero in uno zoo. Non c'erano né animali né gabbie, ma era comunque uno zoo. Era quasi un incubo e mi svegliò prima delle 0500h. Mario dormiva, illuminato dolcemente dalle lucine minuscole giú per la collina che si vedevano dalla finestra. Era sdraiato completamente immobile e silenzioso come sempre, le sue povere mani giunte al petto come se aspettassero un giglio. Mi misi in bocca una presa di Kodiak. I suoi quattro cuscini facevano poggiare il mento di Mario sul suo petto, quando dormiva. Stavo ancora producendo saliva e il mio unico cuscino era cosí umido che non mi andava di accendere la luce per controllare. Non mi sentivo per niente bene. Una specie di nausca della testa. Quella sensazione era ancora peggio quando la sentivi la mattina appena sveglio. Quasi per una settimana mi ero sentito come se avessi bisogno di piangere per qualche motivo ma per qualche ragione le lacrime si fermavano a pochi millimetri dagli occhi e rimanevano lí. E cosí via.

Mi alzai e passai vicino ai piedi del letto di Mario per andare alla finestra, dove rimasi fermo su un piede solo. Sembrava che a un certo punto nella notte avesse iniziato a nevicare forte. DeLint e Barry Loach mi avevano ordinato di stare sul piede sinistro per quindici minuti al giorno come terapia per la caviglia. Gli innumerevoli piccoli aggiustamenti necessari per stare in equilibrio su un piede solo facevano lavorare muscoli e legamenti della caviglia che con la terapia normale non potevano essere raggiunti. Mi sentivo sempre un po' scemo a stare in piedi su un piede solo, al buio, senza fare niente.

La neve a terra aveva una sfumatura porpora, ma quella che cadeva turbinando era bianca immacolata. Il bianco dei cappelli da barca. Rimasi sul piede sinistro per cinque minuti al massimo. Gli esami e gli Ap[344] erano a tre settimane da domani alle 0800h nell'auditorium Cbs[345] della Boston University. Sentivo un custode del turno di notte che spingeva un secchio per le pulizie da qualche parte su un altro piano.

Questa doveva essere la prima mattina senza allenamenti all'alba dal Giorno dell'Interdipendenza, e tutti erano stati invitati a dormire fino all'ora di colazione. Non ci sarebbero state lezioni per tutto il fine settimana.

Mi ero svegliato troppo presto anche ieri. Nel sonno continuavo a vedere Kevin Bain che strisciava verso di me.

Rifeci il letto e misi sotto la parte bagnata del cuscino e indossai un paio di pantaloni di felpa puliti e dei calzini che non puzzavano troppo.

Il suono piú simile al russare che Mario riesce a fare è un suono sottile che gli viene dal fondo della gola. È come se ripetesse di continuo la parola *key*. Non è un suono spiacevole. Stimai ci fossero almeno 50 cm buoni di neve per terra, e ne veniva giú ancora tanta. Nella semiluce porpora le reti dei Campi Ovest erano mezze sepolte. La metà superiore tremava per un vento terribile. In tutto il subdormitorio sentivo le porte scuotersi leggermente negli stipiti, come succedeva solo quando c'era vento forte. Il vento dava alla neve che cadeva l'aspetto di un turbine diagonale. La neve colpiva l'esterno delle finestre con un rumore sabbioso. Il paesaggio fuori dalla finestra sembrava quello di un fermacarte ben scosso – quelli con il diorama di Natale e i pallini bianchi tipo neve. Le file di alberi, le siepi e gli edifici sembravano giocattoli miniaturizzati. In effetti era difficile distinguere la neve nuova che cadeva dalla neve già caduta che veniva sollevata dal vento. Solo allora mi venne in mente di chiedermi se e dove avremmo giocato l'incontro di esibizione di oggi. Il Polmone non era stato ancora tirato su, ma in ogni caso i sedici campi sotto il Polmone sarebbero bastati solo per far giocare le squadre A. Una specie di fredda speranza si accese dentro di me perché mi resi conto che questo poteva essere un tempo da annullamento. La reazione a questa speranza fu una sensazione ancora peggiore di quella di prima: non mi ricordavo di aver mai sperato di non dover giocare, prima d'ora. In realtà era molto tempo che non ricordavo di aver provato una sensazione forte riguardo al tennis.

Io e Mario avevamo preso l'abitudine di tenere la consolle del telefono accesa di notte, ma di spegnere la suoneria. Il registratore digitale della consolle aveva una luce che pulsava una volta per ogni messaggio registrato. Il doppio lampeggiare della luce del registratore faceva un interessante effetto di interferenza con la luce rossa della batteria del rivelatore di fumo sul soffitto, le due luci si accendevano in sincronia ogni sette lampeggi del telefono e poi si dividevano lentamente in un Doppler visivo. Pensavo che una formula sul rapporto temporale tra due lampi di luce non sincopati si sarebbe tradotta spazialmente nella formula algebrica di un'ellisse. Per due settimane Pemulis mi aveva infilato in testa una quantità terribile di matematica pratica pre-Esami, sacrificando il suo tempo senza chiedere niente in cambio, un gesto cosí generoso da destare qualche sospetto. Poi, dopo il casino con Wayne, le ripetizioni erano finite e anche Pemulis si era visto poco, aveva perso due pranzi e aveva preso il carro attrezzi per molto tempo senza informarsi prima sui nostri bisogni-carro attrezzi. Non provai neanche a cercare il fattore del rapido singolo lampeggio del display dell'unità di alimentazione del telefono sul lato del Tp; sarebbe diventata una cosa da calcolo integrale e anche Pemulis aveva ammesso che non ero portato per le cose al di là dell'algebra e delle sezioni coniche.

Ogni novembre, tra il Giorno dell'I. e il WhataBurger a Tucson Az, l'Accademia organizzava una serie di partite di esibizione semipubblica a «beneficio» dei sostenitori dell'Età, degli ex alunni e degli amici della zona di Boston. L'esibizione è seguita da un cocktail semiformale e un ballo nella sala da pranzo, dove i giocatori devono arrivare dopo aver fatto la doccia e in abbigliamento semiformale e con un atteggiamento disponibile verso i sostenitori dell'Accademia.

Qualcuno ci controlla i denti. Lo scorso anno Heath Pearson era arrivato al gala con un abito rosso e il cappello con la coda di castoro e un organino, poi aveva chiesto ai sostenitori di suonare l'organo mentre lui saltellava tutto intorno a chiacchierare. La cosa non divertí C.T. L'Esibizione per la Raccolta di Fondi è un'innovazione di Charles Tavis. C.T. è molto piú bravo nelle pubbliche relazione e a raccogliere fondi di Lui in Persona. L'esibizione e la serata di gala sono forse il culmine di tutto l'anno amministrativo di C.T. Aveva stabilito che la metà di novembre fosse il periodo migliore per la Raccolta di Fondi, quando la stagione non è ancora brutta e l'anno fiscale sta per finire ma la stagione delle vacanze Usa, con il suo drenaggio di risorse, non è ancora iniziata. Negli ultimi tre anni fiscali i soldi raccolti durante la Raccolta di Fondi sono bastati solo per pagare il tour primaverile nel Sudest e il festival Europeo della *terre-batu* di giugno-luglio.

L'incontro di esibizione impegnava le squadre A e B di entrambi i sessi ed era sempre contro una squadra juniores straniera, per dare a tutto l'affare della Raccolta di Fondi un sapore patriottico. Tavis raccontava la storiella che per la squadra straniera l'incontro era solo una parte di un vago tour Usa, ma la verità era che C.T. pagava il biglietto aereo agli stranieri, e la cosa ovviamente gli costava. In pas-

sato avevamo incontrato squadre di Galles, Belize, Sudan, e Mo-
zambico. I piú cinici potrebbero notare l'assenza di nazioni con grandi tradizioni tennistiche tra i nostri avversari. L'incontro con i Mo-
zambicani dello scorso anno fu davvero un tiro al piccione, 70 a 2, e
tra alcuni spettatori e sostenitori si era avvertito un brutto atteggiamento xenorazzista, un paio di loro avevano allegramente paragonato l'incontro ai carri armati di Mussolini che passavano sopra gli eser-
citi etiopici armati di lance. Gli avversari dell'Apad dovevano essere
i giocatori juniores delle squadre del Québec che giocavano la Coppa
Davis Juniores e la Coppa Wightman Juniores, e il loro arrivo dall'Aeroporto Internazionale D'Orval di Montréal[346] fu annunciato con
grande eccitazione da Struck e Freer, i quali ci spiegarono che le ragazze della Wightman del Québec vivevano come recluse e andavano molto di rado in posti dove c'erano anche dei ragazzi e sarebbero
state disponibili per ogni tipo di nuove relazioni interculturali.

Era però improbabile che fosse possibile atterrare all'aeroporto Logan con tutta quella neve.

Il vento produceva anche un lamento desolato in tutti i condotti di
ventilazione. Mario diceva «key» e certe volte «ski». Mi resi conto
che senza la prospettiva di una canna da fumarmi da solo nel tunnel
mi svegliavo al mattino senza aspettarmi nulla, e niente sembrava avere significato. Rimasi ritto su un piede per qualche altro minuto, sputando in una lattina per il caffè che avevo lasciato sul pavimento vicino al telefono dalla notte prima. La domanda implicita, allora, era se
Bob Hope era diventato non solo il punto piú alto della giornata ma
anche il suo unico significato. La cosa sarebbe stata davvero spaventosa. La Penn 4 che era la mia palla da strizzare per rafforzarmi la mano nel mese di novembre era sul davanzale contro la finestra. Non mi
ero portato dietro la palla e non l'avevo strizzata da molti giorni. Nessuno sembrava averlo notato.

Mario mi ha ceduto il pieno controllo sul telefono e sulla segreteria telefonica, poiché ha dei problemi a tenere in mano il ricevitore e
i soli messaggi che riceve sono Interni e della Mami. Mi divertivo a
lasciare in segreteria dei messaggi sempre nuovi. Ma mi rifiutavo di
mettere in sottofondo musica o pezzi di intrattenimento alterati al digitale. Nessuno dei telefoni dell'Eta aveva il video – un'altra decisione di C.T. Sotto C.T. la lunghezza del manuale dell'Accademia
con i codici d'onore, le regole e le procedure era quasi triplicata.

Forse il messaggio migliore che avevamo mai avuto in camera nostra era quello di Ortho Stice che faceva il verso a C.T., e ci metteva 80 secondi a fare la lista delle possibili ragioni per cui io e Mario
non potevamo rispondere al telefono e spiegava le nostre probabili

reazioni a tutte le possibili emozioni di chi chiamava e constatava la nostra indisponibilità. Ma dopo un po' di tempo 80 secondi diventavano meno incisivi. Il nostro messaggio di questa settimana era una cosa tipo «Questa è la voce disincarnata di Hal Incandenza, il cui corpo in questo momento non può...» e cosí via, poi l'invito standard a lasciare un messaggio. Dopotutto era la settimana dell'onestà e dell'astinenza, e mi sembrava un messaggio molto piú vero del pedestre «Sono Hal Incandenza...» dato che chi chiamava avrebbe ovviamente sentito una mia registrazione digitale, e non me. Per questa osservazione ero indebitato con Pemulis, che per anni e con molti compagni di camera diversi ha sempre mantenuto lo stesso messaggio ricorsivo – «Questa è la segreteria telefonica della segreteria telefonica di Michael Pemulis; la segreteria telefonica di Mike Pemulis è spiacente di non poter registrare un messaggio di prim'ordine a Mike Pemulis, ma se lascerete un messaggio di second'ordine quando sentirete battere le mani, la segreteria telefonica di Mike Pemulis sarà...» e cosí via, ma ormai è un messaggio tanto vecchio che quasi nessuno degli amici o clienti di Pemulis riesce a sopportare di ascoltare tutta quella roba noiosa per lasciare un messaggio, il che è perfetto per Pemulis, poiché nessuna delle persone importanti per lui sarebbe tanto scema da lasciare il proprio nome sulla segreteria di Pemulis, comunque.

Poi un'altra cosa da paura è che quando l'effulgenza del volto diventa il bianco sterilizzato del soffitto del Reparto di Traumatologia mentre lui riprende i sensi perché gli manca l'aria, la vera Joelle Van D. apparentemente non-oinnica e curva sulle sbarre del letto e sta bagnando con una pezza fresca la grande fronte di Gately e le sue labbra arrotondate dall'orrore, indossa un paio di pantaloni di felpa e una specie di camicione largo di broccato, di un color lavanda quasi uguale al bordo del suo velo trasparente. Lo scollo del camicione è troppo alto perché si possa vedere qualcosa mentre si piega su di lui, il che per Gately è forse una grazia. I due biscottini che Joelle tiene nell'altra mano (e le sue unghie sono mangiate fino alla carne viva, proprio come quelle di Gately) lei dice di averli rubati dalla postazione delle infermiere e averli portati lí per lui, dato che Morris H. li aveva fatti per lui e quindi sono a pieno diritto suoi. Dice di rendersi conto che lui però non è in condizioni di ingoiare niente. Profuma di pesche e di cotone, e c'è anche un leggero odore maligno delle sigarettacce canadesi da poco che fumano molti residenti, e sotto quegli odori Gately riesce a sentire che si è messa un po' di profumo[347].

Per farlo divertire lei dice *And Lo* molte volte. Gately alza e abbassa rapidamente il torace per farle capire che si sta divertendo. Si rifiuta di muggire o miagolare davanti a lei, per l'imbarazzo. Sta-mattina il suo velo ha un leggero color porpora intorno al bordo, e i capelli che incorniciano il velo sembrano di un rosso piú scuro e cu-po di quello che aveva quando era arrivata alla Ennet il primo giorno e si era rifiutata di mangiare carne. Gately non si era mai interessato molto alla Wyyy e a Madame Psychosis, ma a volte aveva incontrato persone che invece la seguivano – uomini Organici, in gran parte, che si facevano soprattutto di oppio o eroina e bevevano quello schifoso vino aromatizzato – e sopra il dolore febbrile e la morbosità dei so-gni tipo spettro-anfetaminico e Joelle-con-la-faccia-di-Winston-Chur-chill e Joelle-Morte-Angelica-e-Materna sente dentro di sé uno stra-no brivido a essere considerato e forse anche ammirato da una cele-brità underground locale del tipo intellettuale/artistico. Non sa come spiegarlo, come se il fatto che lei sia un personaggio pubblico lo ren-desse in qualche modo fisicamente piú attivato, piú presente, piú at-tento a come tiene la faccia, e non gli va di emettere suoni da anima-le da cortile, e addirittura respira dal naso per non farle sentire l'odo-re dei denti che non si è piú lavato. Si sente in imbarazzo con lei, Joelle lo capisce, ma la cosa ammirevole è che lui non ha idea di quanto sem-bri eroico e persino romantico, con la barba lunga e intubato, enorme e indifeso, ferito in servizio per qualcuno che non lo meritava, mezzo di fuori per il dolore eppure continua a rifiutare i narcotici. L'ultimo e il solo uomo che Joelle si era permessa di ammirare romanticamente se n'era andato e non aveva neanche voluto spiegare perché, e invece si era costruito una patetica scusa di gelosia per i rapporti tra Joelle e il suo povero padre, il cui unico interesse per Joelle era stato estetico prima e antiestetico poi.

Joelle non sa che chi è sobrio da poco tempo è enormemente vul-nerabile alla convinzione che chi è sobrio da molto piú di lui sia ro-mantico ed eroico invece che insicuro e terrorizzato, e con l'acqua al-la gola ogni giorno come tutti gli altri negli Aa (eccetto, forse, i fot-tuti Coccodrilli).

Joelle dice che questa volta non può rimanere molto: tutti i resi-denti che non lavorano devono farsi vedere per l'incontro di medita-zione del mattino, come Gately sa fin troppo bene. Lui non capisce bene cosa voglia dire lei con «questa volta». Gli descrive la strana po-stura-limbo del nuovo residente, e gli dice che Johnette Foltz deve ta-gliare la cena di questo Dave e imboccarlo pezzettino per pezzettino come un uccello con il suo piccolo. Quando lei alza il volto verso il soffitto il velo si conforma ai suoi lineamenti, ora ha la bocca spalan-cata per imitare un pulcino. Il camicione con lo scollo tondo fa sem-brare scuri i riccioli sciolti dei suoi capelli e pallide le sue mani e i polsi. La pelle delle sue mani è tesa e piena di lentiggini e ramificata di vene. Le sbarre di metallo del suo letto non permettono a Gately di vedere niente piú a sud del torace di lei finché Joelle smette di rinfrescarlo con la pezza e si ritira vicino al bordo dell'altro letto, che a un certo punto è diventato vuoto e la cartella del tipo che piangeva è stata portata via e le sbarre del letto sono state tirate giú, e lei siede sul bordo del letto e accavalla le gambe, e appoggia il tacco delle sue Huarache sulla saldatura delle sbarre, e sotto le Huarache color carne ha dei calzini bianchi e dei vecchi pantaloni di felpa troppo grandi per lei, di un color verde abete con la scritta B.U.M. giú su una gamba, che Gately è sicurissimo di aver visto all'Incontro del Grande Libro della domenica mattina indosso a Ken Erdedy, e appartengono a Ken Erdedy, e lui sente una fitta di qualcosa di sgradevole al pensiero che lei indossi i pantaloni di quel fichetto. Fuori la luce del mattino è passata dal bianco-giallo del sole a una specie di grigio-moneta, deve tirare un gran vento.

Joelle mangia i biscotti alla crema di formaggio che Gately non può mangiare e tira fuori dalla borsa ampia di stoffa un affare tipo blocco per gli appunti. Racconta dell'incontro della sera prima al Saint Columbkill[348], dove sono andati tutti senza supervisore perché Johnette F. doveva rimanere a dare un'occhiata a Glynn che è malato e anche a Henderson e a Willis, che erano in quarantena legale al piano di sopra. Gately perlustra la sua Ram per ricordarsi quale cazzo di giorno sia l'incontro al St. Columbkill. Joelle dice che la sera prima sono andati al format mensile del Saint Collie, dove invece del solito Impegno avevano fatto quella discussione collettiva in cui uno doveva parlare per cinque minuti e poi scegliere tra il pubblico chi doveva parlare dopo di lui. C'era stato uno del Kentucky, Gately si ricordava che anche lei era del Kentucky, vero? Quel nuovo arrivato del Kentucky, Wayne o qualcosa di simile, era un ragazzo dall'aspetto davvero rovinato che veniva dallo Stato dell'Erba Blu ma di recente aveva vissuto in un condotto di drenaggio disconnesso dall'impianto centrale della riserva d'acqua giú a Allston Spur, cosí aveva detto. Joelle raccontava che questo ragazzo diceva di avere diciannove anni o giú di lí ma ne dimostrava piú di 40, aveva dei vestiti che sembravano decomporglisi addosso mentre parlava dal podio, puzzava di fogna cosí tanto che fino alla quarta fila tutti respiravano attraverso i fazzoletti, e aveva spiegato quell'odore ammettendo che il suo condotto residenziale era in effetti «quasi sempre» disconnesso, cioè veniva usato poco. La voce di Joelle non sembra la sua vuota e risonante voce-radio, e usa molto le mani per parlare, cercando di ricreare tutta la storia per Gately. Cerca di dargli un po' di quell'incontro, Gately lo ca-

pisce e sorride a denti stretti perché non riesce a credere di non riuscire neanche a ricordarsi lo schema degli orari degli incontri per capire che giorno è oggi.

Qualcuno di quelli del St. Columbkill aveva detto che era il black-
out piú lungo di cui avessero mai sentito parlare. Questo tipo, Wayne, diceva di non ricordarsi quando, come e perché era finito a Boston
dieci anni dopo il suo ultimo ricordo. La cosa visivamente piú incredibile era che Wayne aveva in faccia un solco profondo in diagonale
che andava dal sopracciglio destro all'angolo del labbro sinistro – Joelle traccia lungo il velo la lunghezza e l'angolatura con un dito con l'unghia rosicchiata – e gli passava sul naso e sul labbro superiore e lo rendeva cosí strabico che sembrava rivolgersi contemporaneamente ai due
angoli opposti della prima fila. Questo povero Wayne aveva raccontato che il suo sbrego facciale – che Wayne chiamava «il Difetto» e
l'aveva indicato come se la gente avesse bisogno d'aiuto per capire di
che cosa stesse parlando – gli era stato fatto dal suo personale Babbo
allevatore di polli bevitore e alcolizzato che, mentre era nella morsa
degli Orrori postbevuta e vedeva insetti nocivi da tutte le parti, un
giorno aveva colpito dritto in faccia con un'accetta Wayne che a quel
tempo aveva nove anni, perché Wayne non aveva saputo dirgli dove
era stata nascosta il giorno prima una boccia di liquore distillato, per
far sparire gli Orrori. C'erano solo lui e il suo Babbo e la sua Mamma
– «che era debole» – e 7,7 acri di fattoria per l'allevamento di polli,
aveva detto Wayne. Wayne disse che il Difetto si era appena rimar-
ginato bene con l'aria fresca e tanto esercizio fisico, quando il suo Babbo, mentre un lunedí pomeriggio stava finendo un tardo pranzo di polenta di granturco e sciroppo, si alzò e si prese la testa tra le mani, e
diventò rosso e poi blu e poi viola, e morí. Il piccolo Wayne gli aveva
pulito la bocca sporca di polenta, aveva trascinato il corpo morto sotto il portico della fattoria, lo aveva avvolto nei sacchi di Mangime per
Polli Purina, e aveva detto alla sua Mamma debole che il Babbo era
andato a ubriacarsi. Sembra che poi il bambino, con la sua bella tac-
ca diagonale, fosse andato a scuola come sempre, avesse sparso un po'
la voce e si fosse portato a casa un gruppo di bambini diversi tutti i
giorni per quasi una settimana, facendoli pagare un cinque a testa per
sgattaiolare sotto il portico e vedere un uomo morto vero. Il venerdí
sera tardi, aveva raccontato, era partito con un bel po' di soldi per
andare alle sale da biliardo dove c'erano i negri[349] che vendevano le
bottiglie di distillato al suo Babbo che era morto, pronto per «ubriacarsi secco come un gallo sullo stramonio». E poi questo Wayne dice
di ricordarsi solo di essersi svegliato in questo condotto parzialmente disconnesso del New New England, piú vecchio di un decennio

millenario e con dei problemi medici «veramente tosti» che il tempo ormai scaduto non gli permette di condividere in dettaglio.

E questo povero Wayne si era alzato e aveva indicato Joelle perché parlasse dopo di lui. «Quasi come se sapesse. Come se avesse intuito nelle viscere una certa analogia, un'affinità di origine».

Gately borbottò tra sé e sé. Pensò che uno con un black-out di dieci anni che vive in un condotto probabilmente può contare solo su quelle intuizioni di pancia. Sapeva che doveva ricordarsi che questa strana ragazza era pulita solo da tre settimane e trasudava ancora Sostanza da tutti i pori della pelle ed era ancora del tutto indifesa, ma non gli piaceva ricordarsene. Joelle teneva il libro grosso e piatto sulle ginocchia e si stava guardando il pollice mentre lo fletteva, lo guardava flettersi. La cosa sconcertante era che quando abbassava la testa il velo pendeva allo stesso angolo verticale di quando aveva la testa alzata, solo che ora era perfettamente liscio e senza effetto di trama, uno schermo bianco e liscio con niente dietro. Un altoparlante giú nel corridoio fece quei tintinnii da xilofono che Dio solo sa cosa vogliano dire tutte le volte.

Quando la testa di Joelle si rialzò, le collinette e le vallate rassicuranti dei suoi lineamenti velati riapparvero dietro lo schermo. «Tra un secondo dovrò scappare via», disse. «Potrei tornare dopo, se vuoi. Posso portarti tutto ciò che vuoi».

Gately sollevò un sopracciglio per farla sorridere.

«Siccome ti è calata la febbre, i dottori hanno detto che tra poco decideranno che sei fuori pericolo e ti leveranno quel coso, finalmente», disse Joelle, guardando la bocca di Gately. «Deve essere doloroso, e Pat ha detto che ti sentirai meglio quando potrai iniziare a, cito, condividere quello che senti».

Gately sollevò tutte e due le sopracciglia.

«E mi potrai dire cosa vuoi che ti porti. Chi vorresti che ti venissea trovare. E insieme a chi».

Muovere il braccio sinistro a nord lungo il petto e la gola per riuscire ad alzare la mano sinistra e toccarsi la bocca gli fece urlare di dolore tutta la parte destra. Un tubo di plastica riscaldato dalla pelle veniva da destra ed era attaccato con il cerotto alla guancia destra e gli andava in bocca e gli scendeva giú per la gola oltre il punto in cui arrivano le dita quando uno se le mette in bocca. Non era riuscito a sentirselo in bocca e neanche che gli scendeva in gola e non voleva sapere fino a dove gli arrivasse, e non aveva sentito neanche il cerotto sulla guancia. Aveva avuto questo tubo in bocca per tutto il tempo e non se n'era neanche accorto. Era lí da cosí tanto tempo che quando aveva bisogno d'aria ci si era abituato inconsciamente e non si era ac-

corto che ci fosse. Forse era un tubo per l'alimentazione. Forse era
per via del tubo che riusciva solo a muggire e miagolare. Forse non
aveva subito danni permanenti alla voce. Grazie a Dio. Pensò con le
maiuscole e Ringraziò Dio parecchie volte. Si immaginò su un podio
elegante, a una specie di convention degli Aa, a raccontare con grande disinvoltura qualcosa che si guadagnava una risata enorme.

O Joelle aveva qualche problema con il pollice oppure era semplicemente molto interessata a guardare il suo pollice fletersi e girarsi.
Stava dicendo: «È strano, non sapere quello che ti verrà fuori, e poi
stare lí a parlare. A persone che non conosci. Cose che non so di pensare finché non le dico. In trasmissione sapevo molto bene cosa pensavo, prima di dirlo. Ora non è cosí». Sembrava che stesse parlando
con il pollice. «Ho preso una pagina dal tuo manuale o ho condiviso il
mio reclamo sulla frase "Per la Grazia di Dio" e avevi ragione, loro si
sono messi a ridere. Eppure... non l'avevo capito finché non mi sono
ritrovata a dire che ora non credevo piú che "Un Giorno per Volta" e
"Pensa a Questo Giorno" fossero delle banali frasi fatte. Come delle
prese per il culo». Gately ha notato che lei parla ancora delle cose del
Recupero con un certo rigido tono intellettualoide che non usa per parlare di altre cose. È il suo modo di tenerlo a una certa distanza. Come
un pollice mentale che fa finta di guardare mentre parla. Non c'era
niente di strano; all'inizio Gately, per tenere la cosa a una certa distanza, aveva usato un braccio vero. Si immaginò che lei avrebbe riso
se le avesse raccontato questa storia, e il velo avrebbe ondeggiato avanti e indietro. Sorrise intorno al tubo, e Joelle prese la cosa come un incoraggiamento. Disse: «E perché Pat continua a consigliarmi di costruire un muro intorno a ogni individuale periodo di 24 ore e di non
guardarmi mai indietro. E di non contare i giorni. E anche quando ti
dànno la medaglietta dopo 14 giorni o 30 giorni, di non sommarle mai.
Quando lei mi dà i suoi consigli, io sorrido e faccio di sí con la testa.
Per cortesia. Ma quando ero lí in piedi la sera scorsa, questo però non
lo dissi a voce alta, improvvisamente mi resi conto che era questa la
ragione per cui non ero mai riuscita a stare lontano dalla roba per piú
di un paio di settimane. Mi ero sempre arresa, guardavo sempre indietro. Alla coca freebase». Lo guarda. «Fumavo la freebase, sai? Lo
sapevi. Guardi tutti i moduli di Ammissione».

Gately sorride.

Lei disse: «Ecco perché non sono mai riuscita a uscirne e a starne
fuori. Proprio come dice lo slogan. Letteralmente non pensavo a un
giorno per volta. Nella mia testa tenevo il conto dei giorni in cui ero
riuscita a stare pulita». Sporse il capo verso di lui. «Hai mai sentito
parlare di Evel Knievel? Quello che saltava con la moto?»

Gately abbozza un cenno di assenso con la testa, facendo attenzione al tubo che ora riesce a sentire. Ecco perché sentiva quella sensazione in gola come se fosse stata violentata. Il tubo. Ha anche un vecchio ritaglio di una foto presa da un vecchio numero di «Life» di questo mitico Evel Knievel in azione, con una tuta di pelle bianca alla Elvis, per aria, sospeso, illuminato dai riflettori, in piedi su una moto, una fila di camion tirati a lucido sotto di lui.

«Al Saint Collie ne avevano sentito parlare solo i Coccodrilli. Il mio Babbo personale lo seguiva, ritagliava le sue foto, da ragazzino». Gately capisce che ride sotto il velo. «Ma io cosa facevo, buttavo via la pipa e scuotevo i pugni al cielo e dicevo *Dio mi è fottuto testimone, non lo farò MAI PIÚ, da questo minuto IO SMETTO PER SEMPRE*». Ha anche l'abitudine di picchiettarsi la testa con una mano mentre parla, senza pensarci, proprio dove ci sono i fermagli e le mollette che le tengono a posto il velo. «E mi chiudevo in casa con le mani strette e le nocche bianche e non prendevo nulla. E contavo i giorni. Ero orgogliosa di ogni giorno che riuscivo a starne fuori. Ogni giorno sembrava essere la prova di qualcosa, e li contavo. Li sommavo. Li mettevo in fila uno dietro l'altro. Lo sai?» Gately lo sa molto bene ma non fa di sí con la testa, lascia che lei butti fuori tutto quello che ha dentro. Lei dice: «E poco dopo diventava... improbabile. Come se ogni giorno fosse una macchina che Knievel doveva saltare. Una macchina, due macchine. Quando mi rendevo conto che ero arrivata, diciamo, a 14 macchine, cominciava a sembrarmi un numero esorbitante. Saltare sopra 14 macchine. E poi il resto dell'anno, guardando in avanti, centinaia e centinaia di macchine, e io nell'aria che cercavo di saltarle». Smise di toccarsi la testa e l'abbassò. «Chi avrebbe potuto farcela? Come avevo anche solo potuto pensare di farcela in quel modo?»

Gately si ricordava certe sue maligne disintossicazioni personali del cazzo. Al verde a Malden. Malato di pleurite a Salem. Nella prigione di Billerica durante un isolamento di quattro giorni che lo aveva preso alla sprovvista. Si ricordava di aver Scalciato l'Uccello per settimane sul pavimento di una cella di un Penitenziario di Revere grazie al buon vecchio Assistente Procuratore Distrettuale di Revere. Chiuso in una cella, un secchio per gabinetto, la cella era calda ma c'era uno spiffero d'aria gelata a terra, vicino al pavimento. Il Tacchino Freddo. L'Astinenza Improvvisa. L'Uccello. Sentire che non ce la fai e devi farcela per forza, in una cella. Una gabbia del Penitenziario di Revere per 92 giorni. Sentire il dolore di ogni secondo che passava. Vivere un secondo alla volta. Suddividere il tempo in tante microunità. L'astinenza. Ogni secondo: si ricordava: il pensiero di sentirsi come si sentiva in questo secondo per altri 60 di questi secondi – non poteva farcela. Non poteva farcela. Doveva costruire un muro intorno a ogni secondo per sopportarlo. Le prime due settimane sono ridotte telescopicamente nella sua memoria a un secondo – anzi meno: lo spazio tra due battiti del cuore. Un respiro e un secondo, la pausa tra le contrazioni. Un'Ora senza fine che allunga le sue ali di gabbiano dentro il battito del suo cuore. E prima di quel momento non si era mai sentito cosí dolorosamente vivo, e neanche dopo. Vivere nel Presente tra due battiti. Lo dicono quelli della Bandiera Bianca: vivere completamente nel Momento. Un giorno alla volta gli sembrava una sciocchezza, quando Arrivò. Perché aveva Resistito all'Uccello.

Ma questo Presente intrabattito, questo senso di un'Ora senza fine – era sparito nel Penitenziario di Revere con i conati di vomito e i brividi di freddo. Era ritornato in sé, si era seduto sul bordo del letto, e aveva smesso di Resistere perché non ce n'era piú bisogno.

Il dolore che sente alla parte destra è insopportabile, ma non è niente in confronto al dolore dell'Uccello. Si chiede, certe volte, se questo è ciò che vogliono da lui Francis Il Feroce e gli altri: Resistere ancora tra due battiti; cerca di immaginare che salto impossibile si dovrebbe fare per vivere sempre in questo modo, per scelta, sobri: nel secondo, nell'ora, chiuso e contenuto in lenti battiti del cuore. Lo sponsor di Francis Il Feroce, quello quasi morto che spingono alla Bandiera Bianca sulla sedia a rotelle e chiamano Sarge, lo dice tutte le volte: l'Ora è un dono: è il vero dono degli Aa: non a caso lo chiamano *Il Presente*.

«Eppure non l'avevo capito finché quel poveraccio nuovo del Kentucky che vive in un condotto mi ha indicata e mi ha fatta salire sul podio e io l'ho detto», disse Joelle. «Non *devo* farlo in quel modo. Posso scegliere come farlo, e loro mi aiuteranno ad attenermi alla mia scelta. Non credo di averlo capito prima che potevo – che posso farcela davvero. Lo posso fare per un giorno senza fine. Posso farlo. Don».

Il suo sguardo voleva tipo convalidare la sua scoperta e dire sí sí che poteva, poteva riuscirci finché continuva a sceglierlo. Lei lo stava guardando ora, Gately lo sentiva. Ma nel pensare questo sentí un forte brivido personale dappertutto. Poteva fare la stessa cosa con il dolore destrorso: Resistere. Nessun singolo istante di quel dolore era insopportabile. Eccolo qua un secondo: lo aveva sopportato. Insopportabile era il pensiero di tutti gli istanti in fila, uno dietro l'altro, splendenti. E la proiezione della paura futura nei confronti dell'Apd, chiunque fosse stato quello là fuori con un cappello in testa a mangiare fast food del Terzo mondo; la paura di essere condannato per avere massacrato un Boscaiolo, o soffocato un Vip; di una vita seduto sul bordo della sua branda nel carcere di Walpole, a ricordare. È troppo. Non riesce a Resistere. Ma niente di tutto questo è vero, ora. Ora sono veri il tubo e la Noxzema e il dolore. E loro possono essere sconfitti come aveva sconfitto il Vecchio Uccello Freddo. Poteva accovacciarsi nello spazio tra due battiti di cuore e fare di ogni battito un muro e vivere là dentro. Non permettere alla sua testa di guardare sopra il muro. La cosa insopportabile è cosa ne penserebbe la sua testa. Cosa potrebbe raccontargli la sua testa se guardasse al di là del muro. Ma potrebbe scegliere di non ascoltarla; potrebbe trattare la sua testa come trattava G. Day o R. Lenz: un rumore senza senso. Questo non l'aveva capito bene prima d'ora, che non si trattava solo di superare i desideri per le Sostanze: tutto ciò che era insopportabile era nella testa, era la testa che non Resisteva al Presente e saltava il muro e faceva una ricognizione e poi tornava con delle notizie insopportabili a cui credevi subito. Se Gately riusciva a farcela, decise, avrebbe staccato la foto di Knievel dalla parete e l'avrebbe incorniciata e l'avrebbe data a Joelle, e avrebbero riso insieme, e lei lo avrebbe chiamato Don o Bimster eccetera.

Gately gira gli occhi verso destra per vedere ancora Joelle, e lei sta usando tutte e due le mani pallide per tenere il grosso libro aperto sulle sue ginocchia felpate. La luce grigia dalla finestra fa brillare i fogli di plastica trasparente che sembrano piccoli laminati dentro quell'affare.

«...l'idea di tirarla fuori la scorsa notte e di guardarla. Volevo farti vedere il mio Babbo personale», dice. Tiene un album di foto davanti a lui, aperto, come una maestra d'asilo quando racconta le favole. Gately fa come per stringere gli occhi. Joelle si avvicina e appoggia il grosso album sul cancello del letto di Gately, poi si sporge sopra l'album per guardare e indica una foto con la cornicetta quadrata.

«Eccolo qui il mio Babbo». Davanti alla ringhiera bassa di un portico bianco c'è un uomo normale asciutto e anziano con le rughe intorno al naso perché il sole gli fa strizzare gli occhi e il sorriso composto di uno a cui hanno detto di sorridere. Un cane tutto pelle e ossa al suo fianco. Gately è più interessato al modo in cui l'ombra di chi ha scattato la foto si intromette nella foto e scurisce metà del cane.

«E quello è uno dei cani, un pointer che venne investito subito dopo la foto da un camion dell'Ups sulla 104», dice. «Dove nessun animale con un briciolo di buon senso dovrebbe mai andare. Il mio Babbo non dà mai nomi ai cani. Quello si chiama il cane investito dal camion dell'Ups». La sua voce è ancora diversa.

Gately cerca di Resistere e guardare ciò che lei gli indica. Quasi tutte le altre fotografie nella pagina sono di animali da fattoria dietro staccionate di legno, con lo sguardo delle cose che non possono sorridere e non sanno che una macchina fotografica le sta inquadrando. Joelle disse che il suo Babbo personale era un chimico del pH basso, ma il Babbo di sua madre, che era morta, gli aveva lasciato una fattoria, e il Babbo di Joelle li aveva trasferiti lí e si trastullava con la fattoria, solo per avere una scusa per tenere molti animali e infilare nel suolo la sua roba a pH basso.

Qui a un certo punto entra un'infermiera di quelle veloci e impegnate e armeggia con le bottiglie delle flebo, poi si accovaccia e cambia il ricettacolo del catetere sotto il letto, e per un secondo Gately vorrebbe morire per l'imbarazzo. Joelle sembra non far neanche finta di non accorgersene.

«E questo qui è un toro che noi chiamavamo il Sig. Uomo». Il suo pollice sottile si muove da un'immagine all'altra. La luce del sole del Kentucky sembra piú giallo-brillante di quella del New New England. Gli alberi sono di un verde piú cattivo e hanno della roba verde e muschiosa che penzola. «E questo qui è un mulo che si chiamava Chet che saltava la staccionata e mangiava i fiori di tutti lungo la Route 45 finché il Babbo dovette abbatterlo. Questa è una mucca. Questa qui è la mamma di Chet. È una cavalla. Non mi ricordo che avesse un nome, mi ricordo solo che la chiamavamo "la mamma di Chet". Il Babbo la prestava ai vicini che facevano davvero gli agricoltori, come per compensare il danno dei fiori».

Gately annuisce serioso a ogni foto, cercando di Resistere. Non ha piú pensato allo spettro o al sogno dello spettro da quando si è svegliato dal sogno in cui Joelle era la Sig.ra Waite e una figura materna della Morte. La Mamma di Chet nella prossima vita. Spalanca gli occhi per chiarirsi le idee. Il capo di Joelle è abbassato, guarda da sopra l'album aperto. Il suo velo pende libero e dritto, cosí vicino che potrebbe sollevare la mano sinistra e alzarlo se volesse. Il libro aperto fa venire in mente a Gately un'idea che non può credere non gli sia venuta in mente prima. Solo che si preoccupa perché non è mancino. Cioè SINISTRORSO. Joelle ha messo il pollice su una vecchia strana fotografia seppiata del culo e della schiena piegata di uno che si sta arrampicando sulla pendenza di un tetto. «Lo zio Lum», dice, «il Sig. Riney, Lum Riney, il socio del Babbo al negozio, che respirò un'esalazione strana al negozio quando ero piccola, e diventò strano, e ora cerca sempre di arrampicarsi dappertutto, se lo lasci fare».

Sobbalza al dolore di muovere il braccio sinistro per mettere una mano sul polso di lei per attirare la sua attenzione. Il suo polso è sottile nella parte superiore ma stranamente profondo, quasi spesso. Gately riesce a farle girare lo sguardo verso di lui e toglie la mano dal suo polso e la usa per mimare goffamente nell'aria una scritta, mentre gli occhi gli roteano un po' per il dolore. Questa è la sua idea. Indica lei e poi fuori dalla finestra e fa un cerchio con la mano per tornare da lei. Si rifiuta di grugnire o muggire per enfatizzare la cosa. Il suo indice è il doppio del pollice di lei mentre mima ancora di tenere un oggetto in mano e scrivere in aria. Fa questa cosa con grandi lenti ovvi gesti perché non riesce a vedere gli occhi di lei per essere sicuro che capisca.

Se una donna appena attraente fa tanto di sorridere a Don Gately quando gli passa accanto in una strada affollata, Don Gately, come quasi tutti i tossicodipendenti eterosessuali, nello spazio di un paio di isolati le ha già confessato eterno amore nella sua mente, l'ha scopata, si è sposato e ha avuto figli da quella donna, tutto nel futuro, tutto nella sua testa, e sta coccolando un piccolo Gately sulle ginocchia mentre questa Sig.ra G. mentale spolvera in giro con un grembiule addosso che certe notti indossa senza niente sotto. Quando arriva dove doveva andare, il tossicodipendente ha già divorziato dalla donna e si sta battendo come un leone per la custodia dei figli oppure è ancora mentalmente felice insieme a lei negli anni del tramonto, seduti insieme in mezzo ai nipotini con le teste grosse sotto il portico su un dondolo speciale modificato per sostenere la mole di Gately, lei con le calze elastiche e le scarpe ortopediche, ancora maledettamente bellissima, e non hanno bisogno di parlare per capirsi, e si chiamano «Mamma» e «Papà», sapendo che tireranno il calzino a poche settimane l'uno dall'altra perché nessuno dei due può assolutamente vivere senza l'altro, e questo è il legame che li unisce dopo tutti questi anni.

La proiezione dell'unione mentale di Gately e Joelle («M.P.») Van Dyne continua tuttavia a crollare sull'immagine di Gately che tiene sulle ginocchia un bambino o una bambina con un enorme velo bordato di rosa o di celeste. O quando lui toglie con dolcezza le mollette dal velo di Joelle alla luce della luna durante la loro luna di miele ad Atlantic City e scopre che lei ha un occhio solo in mezzo alla fronte o una faccia orribile da Churchill o qualcosa di simile[350]. Cosí la fantasia mentale a lunga scadenza del tossico traballa, ma comunque non può fare a meno di immaginarsi di Xare con Joelle ben velata che grida forte *And Lo!* con quella irresistibile voce vuota nel momento dell'orgasmo – il piú vicino che Gately era andato a Xare una celebrità era con quella ragazza che studiava per diventare infermiera nella soffitta bassissima in cui picchiava sempre la testa, quella che assomigliava in modo incredibile a Dean Martin da giovane. Dato che Joelle gli ha fatto vedere delle sue storiche foto personali la mente di Gately supera la parete di quel secondo e si immagina Joelle, innamorata cotta dell'eroico Don G., che si offre di tirare un colpo sulla testa al tipo con il cappello che sta fuori dalla stanza e portar via di nascosto Gately con tanto di tubo e di catetere dal St. E. su un carrello della biancheria o qualcosa di simile, salvandolo dagli sbirri della Bpd o dai federali con i capelli a spazzola o da qualsiasi altra atroce rappresaglia legale possa rappresentare il tipo con il cappello; oppure che si offre con altruismo di dargli il suo velo e un vestito da donna enorme e gli fa mettere il catetere sotto la gonna e gli dice di uscire camminando piano piano mentre lei si raggomitola sotto le coperte e impersona Gately mettendo romanticamente in pericolo il suo recupero e la sua carriera alla radio e la sua libertà legale, tutto questo per un amore assoluto tipo *Liebestod* per Gately.

Si vergogna per quest'ultima fantasia, da quanto è vile. E anche il solo pensare a una storia romantica con una ragazza appena arrivata è davvero vergognoso. Negli Aa di Boston l'azione di sedurre una appena arrivata viene chiamata il 13mo Passo[351], ed è considerata l'ultima spiaggia. Come predare. I nuovi arrivano cosí malridotti e insicuri e terrorizzati, il loro sistema nervoso ancora al di fuori dei loro corpi e scosso dalla disintossicazione, e cosí disperati da voler fuggire da se stessi e mettere la responsabilità della propria vita ai piedi di qualcosa altrettanto seducente e annientante della loro vecchia amica la Sostanza. Da evitare lo specchio che gli Aa gli mettono di fronte. Da non voler ammettere il tradimento della loro vecchia amica, la Sostanza appunto, e da non soffrirne. Senza contare i problemi con specchio-e-vulnerabilità di una nuova che ha il velo dell'Udri. Uno dei consigli piú forti degli Aa di Boston è che i nuovi evitino qualsiasi relazione amorosa per un periodo di almeno un anno. Quindi se uno con un minimo di tempo di sobrietà va a caccia di una nuova e cerca di sedurla è come se la violentasse, questa è l'opinione comune a Boston. Non che non succeda. Ma chi lo fa non raggiunge mai quel tipo di sobrietà che ti fa rispettare e invidiare dagli altri. Uno che inciampa al Passo 13 sta ancora fuggendo dalla sua immagine riflessa nello specchio.

Senza contare che se uno del personale seduce una ragazza nuova che invece dovrebbe aiutare si troverebbe molto nella merda con Pat Montesian e con la Ennet House.

Gately capisce che forse non è un caso che le sue fantasie piú vivide su Joelle coincidano con le fantasie di fuga-dagli-sbirri-e-dalla-responsabilità-legale. Che la fantasia vera che ha in testa è che questa ragazza lo aiuti a fuggire, a correre via, e poi lo raggiunga diciamo nel Kentucky sotto un portico con un dondolo speciale. È nuovo anche lui, dopotutto: e vuole che sia qualcun altro a occuparsi dei suoi casini, a liberarlo dalle sue varie gabbie. In fondo è la stessa illusione che si prova per la Sostanza. Gli occhi gli si rovesciano all'indietro per il disgusto che prova per se stesso, e rimangono lí.

Camminai lungo il corridoio per andare a sputare il tabacco e lavarmi i denti e lavare la lattina Spiru-Tein che aveva una crosta sgradevole lungo i bordi. I corridoi del subdormitorio erano curvi e non avevano angoli, ma si possono vedere al massimo tre porte e lo stipite della quarta da un punto qualsiasi del corridoio prima che la curvatura chiuda la visuale. Mi chiesi se era vero che i bambini piccoli credevano che i loro genitori potessero vederli dietro gli angoli e le curve.

Il gemito forte del vento e il rumore delle porte si sentivano di piú nel corridoio senza moquette. Sentivo i suoni deboli dei pianti mattutini in certe stanze oltre la mia vista. Molti dei giocatori migliori iniziano la mattinata con un breve pianto, e poi sono allegri e concentrati per il resto della giornata.

Le pareti dei corridoi dei subdormitori sono blu-verdi. Le pareti delle stanze sono gialline. Tutte le parti in legno sono scure e verniciate, come il guilloche che corre sotto i soffitti dell'Eta; e l'odore predominante nei corridoi è sempre un misto di vernice e di tintura di benzoina.

Qualcuno aveva lasciato una finestra aperta vicino ai lavandini del bagno dei ragazzi, e c'era una montagnola di neve sul davanzale, e sul pavimento sotto la finestra vicino all'ultimo lavandino, i cui tubi dell'acqua calda gemevano, c'era una spolverata parabolica di neve, già un po' sciolta in cima. Accesi le luci e si accese anche l'aspiratore; per qualche motivo non potevo sopportarne il rumore.

Quando misi la testa fuori dalla finestra capii che il vento arrivava da nessuna parte e da tutte le parti, e faceva volteggiare la neve in mulinelli e vortici, e nella neve c'erano dei minuscoli granellini di ghiaccio. Era un freddo brutale. Oltre i Campi Est non si vedevano piú i vialetti e i rami degli abeti erano quasi orizzontali sotto il peso della neve. L'architrave e la torre di osservazione di Schtitt avevano un'aria minacciosa; era ancora buio e non c'era neve sul lato sottovento rivolto verso l'Edificio Com. & Amm. Una delle cose piú belle da vedere durante l'inverno dalla nostra collina sono gli enormi volumi di aria mista a neve spinti verso nord dai distanti ventilatori dell'Athscme, ma la visibilità era troppo scarsa per poter distinguere i ventilatori, e il fischio liquido della neve troppo forte per capire se i ventilatori erano accesi. La Casa del Preside non era che una montagnola stagliata contro la fila degli alberi a nord, ma riuscivo a immaginarmi il povero C.T. alla finestra del salotto con le pantofole di pelle e una vestaglia scozzese di lana, che sembrava andare avanti e indietro anche da fermo, alzava e abbassava l'antenna del telefono che aveva in mano dopo aver già fatto parecchie telefonate all'Aeroporto Logan, all'Aeroporto D'Orval di Montréal, all'aggiornamento registrato del WeatherNet-9000, a vari pezzi grossi dell'ufficio Onanta del Québec. La fronte di C.T. era un'asse per lavare e le labbra si muovevano senza emettere suoni mentre si lambiccava il cervello per raggiungere lo stato di Preoccupazione Totale.

Rimisi la testa dentro quando non mi sentii piú la faccia. Feci le mie piccole abluzioni. Non avevo avuto bisogno di andare in bagno sul serio per tre giorni.

Sul display digitale in alto vicino all'interfono sul soffitto si leggeva 11-18-EST0456.

Quando i tonfi della porta del bagno diminuirono udii una voce calma con uno strano tono piú avanti dietro la curva del corridoio. Scoprii che il buon vecchio Ortho Stice si era messo a sedere su una sedia della sua camera da letto davanti a una finestra del corridoio. Era rivolto verso la finestra. La finestra era chiusa, lui teneva la fronte appoggiata contro il vetro e stava parlando oppure canticchiando tra sé e sé con molta calma. Tutta la parte inferiore della finestra era annebbiata dal suo respiro. Mi misi dietro di lui, ad ascoltare. La sua nuca era di quel color grigio-bianco tipo pancia-di-squalo che viene a tagliarsi i capelli cosí corti da far intravedere il cuoio capelluto. Piú o meno ero proprio dietro la sua sedia. Non riuscivo a capire se stava parlando tra sé o cantando qualcosa. Non si voltò neanche quando sbattei lo spazzolino da denti dentro il bicchiere Nasa. Aveva la sua classica tenuta da Tenebra: felpa nera, pantaloni di felpa neri con la scritta grigio-rossa E.T.A. su tutte e due le gambe. Era a piedi nudi sul pavimento freddo. Io ero in piedi proprio accanto alla sua sedia, e non mi aveva ancora guardato.

«Chi c'è ora?» disse, continuando a guardare davanti a sé attraverso la finestra.

«Ciao, Orth».

«Hal. Ti sei alzato presto».

Feci un po' di rumore con lo spazzolino per indicare un'alzata di spalle. «Lo sai. Presto e bene».

«Che cos'hai?»

«Perché?» chiesi.

«La tua voce. Spara, stai piangendo? Che cosa c'è?»

La mia voce era stata neutrale e un po' preoccupata. «Non sto piangendo, Orth».

«Bene allora». Stice respirò sulla finestra. Si grattò i capelli a spazzola dietro la testa senza muoversi. «Presto e bene. Andiamo a giocare con i pellicciai oggi o cosa?»

Negli ultimi dieci giorni mi ero sempre sentito peggio la mattina presto, prima dell'alba. C'era qualcosa di orribile ed elementare nello svegliarsi prima dell'alba. La finestra non era oscurata sopra la linea-di-respiro del Tenebra. La neve non faceva i mulinelli e non sbatteva contro la finestra come sul lato est dell'edificio, ma l'assenza del vento faceva vedere la forza della nevicata. Era come una tenda bianca che scendeva giú senza fine. Il cielo si stava illuminando sulla parte est di grigio-bianco piú pallido non molto diverso dal colore della testa di Stice. Mi resi conto che dalla sua posizione poteva vedere solo la condensa del suo respiro sulla finestra, nient'altro. Gli feci un paio di smorfie buie con gli occhi in fuori dietro le spalle. Mi fecero sentire peggio.

Feci rumore con lo spazzolino. «Comunque, se giochiamo, non giocheremo là fuori. La neve è arrivata fino al nastro delle reti sui campi ovest. Dovranno cercare di portarci al coperto, da qualche parte».

Stice respirò. «Non esiste un posto al coperto con trentasei campi, Inc. Il Winchester Club ne ha dodici, ed è forse quello che ne ha di piú. Il Mount Auburn del cazzo ne ha solo otto».

«Ci dovranno dividere in vari posti. È una rottura di palle, ma Schtitt lo ha già fatto altre volte. Penso che l'unica cosa da chiedersi è se i ragazzi del Québec sono riusciti ad arrivare al Logan ieri sera prima che cominciasse questa tempesta».

«Vuoi dire che il Logan è chiuso».

«Ma penso che l'avremmo saputo se fossero arrivati ieri sera. Mario ha detto che Freer e Struck dicevano di aver controllato il link della Faa* ieri sera a cena».

«Quei ragazzi sperano di essere Xati da qualche ragazzina straniera un po' lenta di comprendonio e le gambe pelose, o *cosa*?»

«Io credo siano rimasti bloccati al Dorval. Scommetto che C.T. ci sta lavorando sopra, in questo momento. Ci faranno un annuncio a colazione, probabilmente».

Questo era un chiaro invito al Tenebra perché facesse una breve imitazione di C.T. che si chiedeva a voce alta al telefono con l'allenatore del Québec se lui, C.T., avrebbe dovuto spingerli a noleggiare un autobus da Montréal oppure invitarli a non rischiare un viaggio attraverso la Concavità durante una simile tempesta con un gesto cosí generoso e deluso che l'allenatore del Québec avrebbe pensato che viaggiare per 400 km in autobus fino a Boston durante un blizzard sarebbe stata una sua generosa idea, e C.T. si sarebbe dimostrato molto disponibile, e avrebbe usato tutte le varie strategie psicologi-

* Federal Aviation Administration [N.d.T.].

che per mettere alla prova l'allenatore, mentre sentiva in sottofondo
il frenetico sfogliar pagine del vocabolario francese-inglese dell'allenatore. Ma Stice rimase seduto con la fronte contro la finestra. I suoi
piedi battevano una specie di ritmo sul pavimento. Il corridoio era gelato, e le dita dei suoi piedi erano di un colore leggermente bluastro.
Soffiò fuori l'aria dalle labbra con un sospiro tirato, e le sue guance
grasse sbatterono un po'; lo chiamavano il suo verso del cavallo.

«Stavi parlando da solo o stavi cantando, o cosa?»

Seguí un momento di silenzio.

«Senti questa barzelletta», disse Stice finalmente.

«Sentiamo».

«La vuoi sentire?»

«Mi farebbe bene una bella risata, ora, Tenebra», gli dissi.

«Anche tu?»

Seguí un altro silenzio. Due persone diverse piangevano su tonalità
diverse dietro le porte chiuse. Si sentí tirare uno sciacquone al secondo piano. Uno di quelli che piangeva quasi strideva, era un lamento non
umano. Non era possibile dire chi fosse tra i maschi dell'Eta, dietro
quale porta e quale curva.

Il Tenebra si grattò di nuovo la nuca senza muovere la testa. Le
sue mani sembravano quasi luminose contro le maniche nere.

«Ci sono tre statistici che vanno a caccia di anatre», disse. Fece
una pausa. «Sono statistici di mestiere».

«Fino a qui ci sono».

«E se ne sono andati a caccia di anatre, e sono accovacciati nel fango dove si nascondono le anatre, per dargli la caccia, con gli stivaloni di gomma e i cappelli e tutto il resto, con i loro Winchester ultimissimo modello doppia canna, e cosí via. E fanno il verso delle anatre con uno di quegli affari che usano sempre i cacciatori di anatre».

«I richiami», dissi io.

«Proprio quelli», Stice cercò di annuire contro la finestra. «Bene,
ed ecco che arriva quest'anatra che vola sopra le loro teste».

«La loro preda. L'oggetto del loro essere lí».

«Proprio quello, il loro *raisin-debt** o come cavolo si dice, e si preparano a far esplodere quell'anatra del cazzo in un mucchio di penne
e frattaglie», disse Stice. «E il primo statistico alza il suo Winnie e
spara, e il rinculo lo butta giú con il culo spiacciato nel fango, e non
ha preso neanche l'anatra, troppo basso. E allora il secondo statistico si alza e spara, e anche lui va giú con il culo per terra, questi Win-

---

* Forse Stice voleva dire *raison d'être* [N.d.T.].

nie hanno proprio un rinculo tremendo, e insomma va giú con il culo per terra anche il secondo, per lo sparo, e vedono che il suo colpo
va troppo alto».

«Neanche lui prende l'anatra».

«Non la prende perché tira troppo in alto. Al che il terzo statistico comincia a gridare e a saltare su e giú felice e urla a piú non posso: L'abbiamo presa, ragazzi, l'abbiamo presa!».

Qualcuno stava urlando per un brutto sogno e qualcun altro gridava di fare silenzio. Non feci neanche finta di ridere. Non sembrava che Stice si aspettasse che ridessi. Si strinse nelle spalle senza muovere la testa. La sua fronte non si era mai staccata dal vetro freddo.

Rimasi accanto a lui in silenzio con il bicchiere Nasa in mano con
lo spazzolino dentro e guardai fuori sopra la testa di Stice dalla metà
superiore della finestra. La neve scendeva giú con grande intensità, e
sembrava di seta. Il telone verde del tetto del padiglione dei Campi
Est si era abbassato minacciosamente, la scritta bianca GATORADE non
si vedeva piú. C'era una figura là fuori, non al riparo del padiglione
ma seduta sulle gradinate dietro i Campi Est, appoggiata all'indietro
con i gomiti su un gradino e il sedere su quello sotto e i piedi appoggiati sul gradino ancora sotto, senza muoversi, e aveva addosso una
cosa che era gonfia e lucida e aveva tutta l'aria di essere una specie di
cerata, ma veniva sommersa dalla neve, seduta là fuori. Non era possibile capire l'età o il sesso di quella persona. Le guglie della chiesa di
Brookline si scurivano via via che il cielo si illuminava dietro di loro.
Attraverso la neve la luce dell'alba sembrava lunare. Giú per la Commonwealth Avenue c'erano molte persone a raschiare il ghiaccio dai
parabrezza delle loro vetture. Le loro immagini erano minuscole e scure e tremolanti; la fila delle auto parcheggiate lungo il viale e sepolte
sotto la neve sembravano tanti igloo uno dietro l'altro, tipo le case
popolari degli esquimesi. Non era mai nevicato cosí a metà novembre. Un treno B coperto dalla neve arrancava in salita come una lu-
maca bianca. Era chiaro che presto la metropolitana avrebbe sospeso
il servizio. La neve e l'alba gelida davano al panorama un aspetto come confezionato. La sbarra tra il viale d'ingresso e il parcheggio era
sollevata per metà, forse per non farla gelare chiusa. Non riuscivo a
vedere chi fosse nel gabbiotto della sicurezza alla sbarra. I sorveglianti
andavano e venivano continuamente, molti di loro venivano dalla Ennet House, per cercare di «recuperare». Le due bandiere sull'asta si
erano congelate dritte, e invece di sbattere al vento giravano rigide
da una parte all'altra, come le persone con il collare di sostegno. Sopra la cassetta della posta fisica dell'Eta appena dentro la sbarra c'era
una striscia di neve al centro tipo capigliatura mohawk. Tutto il pae-

saggio aveva un pathos indescrivibile. La nebbia del respiro di Stice mi impediva di vedere le cose che erano piú vicine a noi della cassetta delle poste e dei Campi Est. La luce stava iniziando a diffrangersi nei vari colori lungo il perimetro della nebbia del respiro di Stice sulla finestra.

«Schacht ha sentito questa barzelletta in quel posto Craniale da uno della Boston University con un dolore terribile alla faccia, ha detto», disse Stice.

«A questo punto te lo devo chiedere, Tenebra».

«È una barzelletta sulle statistiche. Devi conoscere i mezzi mediali e i vari metodi».

«La barzelletta l'ho capita, Orth. La domanda è come mai hai tenuto la fronte contro la finestra tutto questo tempo se il respiro non ti fa vedere niente? Cosa stai cercando di vedere? E la fronte non ti si sta congelando?»

Stice non annuí. Fece di nuovo il verso del cavallo. Aveva sempre avuto la faccia di un grasso sul fisico asciutto di un atleta. Non avevo mai notato prima che aveva come un'escrescenza strana della pelle grande quanto una lacrima in basso sulla guancia destra, come un pezzettino di pelle che aspirava a diventare un neo. Disse: «Non sento piú freddo alla fronte da un paio d'ore, da quando ho perso completamente la sensibilità».

«Sei seduto qui a piedi nudi con la fronte contro la finestra da un paio d'*ore*?»

«Piú di quattro ore, credo».

Sentii uno di quelli delle pulizie del turno di notte ridere e sbatacchiare un secchio proprio sotto di noi. Solo uno stava ridendo.

Erano Kenkle e Brandt.

«Allora la mia prossima domanda è decisamente ovvia, Orth».

Scosse un'altra volta le spalle in quel modo goffo che non coinvolgeva la testa. «Ecco, è un po' imbarazzante, Inc», disse. Fece una pausa. «Si è appiccicata, ecco».

«La tua fronte si è appiccicata alla finestra?»

«Ricordo bene che mi sono svegliato subito dopo le 0100h, quel Coyle del cazzo ha la diarrea un'altra volta e non c'è modo di dormire, credimi».

«Mi sento male a pensarci, Orth».

«E Coyle naturalmente non accende neanche la luce, tira fuori un lenzuolo pulito dalla roba sotto il suo letto e ricomincia a russare come una motosega. E a questo punto io sono completamente sveglio e allora non riuscivo piú a ridargli sotto».

«Non riuscivi piú a dormire».

«C'è qualcosa di sbagliato, davvero», disse Il Tenebra.

«Nervoso prima della Raccolta di Fondi? Il WhataBurger che si avvicina? Ti senti vicino a salire di livello, cominci a giocare come speravi di riuscire a giocare un giorno quando sei arrivato qui, e una parte di te non ci crede, sente che c'è qualcosa che non va. Ci sono passato anch'io. Credimi, ti posso—»

Stice cercò di scuotere la testa con un gesto automatico e fece un piccolo grido di dolore. «Non quello. Niente di tutto questo. È una lunga storia del cazzo. Non sono neanche sicuro di volere che qualcuno mi creda. Dimentica quello che ho detto. Il punto è che sono lí – sono disteso tutto sudato e mi fa caldo e sono nervoso. Salto giú dal letto e prendo una sedia e la porto qua fuori per mettermi dove c'è fresco».

«E dove non devi stare a contemplare il lenzuolo di Coyle che marcisce lentamente sotto il letto», dissi, rabbrividendo un po'.

«E fuori è appena cominciato a nevicare. Forse sono le 0100h. Ho pensato che mi potevo mettere a sedere e guardare la neve per un po' e calmarmi e poi prendere qualche sacco a pelo giú nella Sp». Si grattò un'altra volta la nuca che stava diventando rossa.

«E mentre guardavi, hai appoggiato sovrappensiero la testa contro il vetro per un secondo».

«Ecco fatto. Mi sono dimenticato di avere la fronte tutta sudata. Bingo. Fottuto da solo. Proprio come successe, ti ricordi?, quando Rader e gli altri fecero toccare il palo della rete con la lingua a Ingersoll l'anno scorso il primo dell'anno? Sono rimasto attaccato come quella lingua, Hal. E la parte attaccata è molto piú grande di quella di Ingersoll, Hal. Lui si era perso solo quel pezzettino di punta. Inc, ho cercato di staccarla verso le 0230h, e ho sentito questo cazzo di... *rumore*. Questo rumore e la sensazione che la pelle cedesse prima dell'attaccatura, di sicuro. Attaccata per il gelo. E io non ho voglia di dire addio a tutta questa pelle». La sua voce era poco piú che un sussurro.

«Cristo, e sei stato rimasto seduto qui per tutto questo tempo».

«Per forza, cazzo, mi vergognavo. E non ho mai sentito male da urlare. Continuavo a pensare se mi fa piú male mi metterò a urlare. E poi verso le 0300h ho perso completamente la sensibilità alla fronte».

«Sei stato qui a sedere sperando che arrivasse qualcuno. A canticchiare piano per farti coraggio».

«Pregavo come non so cosa che non fosse Pemulis. Dio solo sa che cosa avrebbe pensato di farmi quel figlio di puttana ora che sono tutto indifeso e immobilizzato. E Troeltsch russa come una motosega sotto quella porta là, con quel microfono del cazzo e il cavo e le sue ambizioni. Ho pregato che non si svegliasse. E non parliamo neanche di quel figlio di puttana di Freer».

Guardai la porta. «Ma quella è la singola di Axhandle. Cosa ci fa Troeltsch a dormire nella stanza di Axhandle?»

Ortho si strinse nelle spalle. «Credimi, Inc, ho avuto un mucchio di tempo per ascoltare e identificare il russare della gente».

Guardai Stice e poi la porta di Axford e poi lo guardai di nuovo. «Allora sei stato qui seduto ad ascoltare i rumori della gente che dorme e a guardare il tuo respiro che si allarga e si gela sulla finestra?» dissi. Solo immaginarlo era insopportabile: io seduto lí, attaccato, molto prima del sorgere del sole, da solo, troppo imbarazzato per chiamare qualcuno, con le mie esalazioni che appannano la finestra e m'impediscono perfino di distrarre la mia attenzione dall'orrore. Stavo là inorridito ad ammirare la calma coraggiosa del Tenebra.

«C'è stata una mezz'ora veramente brutta quando il mio labbro superiore è rimasto attaccato anche lui, con il respiro, quando anche il respiro si era congelato. Ma con il fiato sono riuscito a staccarlo, quel labbro bastardo. Ho respirato velocemente e piú caldo che potevo. Quasi andavo in iperventilazione. Ci sono andato maledettamente vicino. Avevo paura che se svenivo cadevo in avanti e mi restava attaccata tutta la faccia. Mi basta questo cazzo di fronte».

Appoggiai lo spazzolino e il bicchiere Nasa sul modulo del condizionatore che sporgeva. I ventilatori nelle stanze erano incassati, quelli nei corridoi erano sporgenti. Il sistema di riscaldamento anulare produceva un ronzio lubrificato che avevo smesso completamente di avvertire già da vari anni. La Casa del Preside aveva ancora il riscaldamento a gasolio; sembrava che ci fosse un maniaco a tirare martellate alle tubature giú in basso.

«Tenebra, preparati mentalmente», dissi. «Ti aiuterò a staccarti». Stice sembrò non sentirmi. Per essere un uomo sigillato occlusivamente a una finestra gelata sembrava stranamente preoccupato.

Si toccava la nuca con molto vigore, faceva cosí quando era preoccupato. «Ci credi a quella roba, Hal?»

«Quale roba?»

«Non lo so. Quella roba da bambini. Telechinizione. Fantasmi. La roba parabnormale».

«Mi metto proprio dietro di te e tiro forte e ci libereremo subito», dissi.

«Qualcuno è venuto prima», disse. «C'era qualcuno in piedi dietro di me forse un'ora fa. Ma è rimasto lí fermo e basta. Poi lui è andato via. O forse... esso». Tremò con tutto il corpo.

«Sarà come quando stacchi l'ultimo pezzettino di cerotto. Daremo uno strattone cosí forte e veloce che non sentirai niente».

«Continuo a pensare al ricordo molto spiacevole di quel pezzo di lingua di Ingersoll che rimase sul palo della rete del Nove fino a primavera».

«Questo non è un caso di saliva e metallo sottozero, Tenebra. È uno strano tipo di attaccatura occlusiva. Il vetro non conduce il calore come conduce il calore il metallo».

«Di sicuro non c'è un granché di calore in questa finestra, ora, te le posso assicurare, amico».

«E non sono sicuro di capire bene cosa vuoi dire, *paranormale*? Io credevo ai vampiri quando ero piccolo. Lui in Persona diceva a tutti di vedere lo spettro di suo padre su certe scalinate, a volte, ma poi verso la fine cominciò anche a vedersi le vedove nere nei capelli, e diceva che io non parlavo quando ero seduto accanto a lui e gli parlavo. Allora pensammo di lasciar perdere. Orth, non so cosa pensare sulle cazzate paranormali».

«E poi credo che qualcosa mi abbia morso. Qui, dietro la testa, qualche insetto che sapeva che non potevo fare nulla e non potevo vederlo». Stice scavò di nuovo nella zona rossa dietro l'orecchio. C'era una specie di gonfiore in rilievo in quel punto. Non era in un'area del collo collegabile ai vampiri.

«E il buon vecchio Mario dice che ha visto delle figure paranormali, e non scherza, e Mario non dice bugie», dissi. «Allora sinceramente non so cosa pensare. Le particelle subadroniche si comportano come spettri. Credo di voler evitare ogni pregiudizio su questa roba».

«Va bene, allora. Sono contento che tu sia passato di qui».

«La cosa piú difficile sarà irrigidire il collo, Tenebra, per evitare il colpo di frusta. Ti tirerò fuori come un tappo da una bottiglia di Moët».

«Tirami fuori il culo di qui, Inc, e ti farò vedere una roba paranormale che ti farà venire la cacarella davvero», disse Stice, preparandosi allo strattone. «Non ho detto niente a nessuno di questa cosa, solo a Lyle, e mi sono rotto di tenere il segreto. So che non hai pregiudizi, Inc».

«Andrà tutto bene», dissi. Mi misi dietro Stice e mi piegai leggermente e gli misi un braccio attorno al torace. La sedia di legno scricchiolò quando ci puntellai contro il ginocchio. Stice cominciò a respirare forte e velocemente. Le guance da parotite si scuotevano un po' mentre respirava. Le nostre guance erano quasi schiacciate una contro l'altra. Gli dissi che avrei tirato al Tre. Invece tirai al Due, cosí che non si irrigidisse troppo. Tirai piú che potei, e dopo un attimo di resistenza Stice mi venne dietro.

Si sentí un rumore terribile. La pelle della fronte si distese quando gli tirai indietro la testa. Si allungò e si distese tanto che c'era una sporgenza di pelle della fronte lunga mezzo metro che andava dalla testa alla finestra. Il rumore fu quello di una specie di elastico infernale. Il derma della fronte di Stice era ancora attaccato, ma tutta l'abbondante pelle della faccia da bulldog di Stice si era sollevata e ammucchiata in un punto per distendersi e unire la sua testa alla finestra. E per un attimo vidi quella che poteva essere considerata la vera faccia di Stice, i suoi lineamenti come sarebbero stati se non fossero avvolti in un mucchio di carne guanciosa e ciondoloni: poiché ogni millimetro di carne di scorta era stato tirato su fino alla fronte e allungato, vidi un attimo l'immagine di Stice dopo un radicale lifting alla faccia: un volto stretto con i lineamenti fini e lievemente da topo, acceso da una qualche rivelazione, che guardava fuori dalla finestra da sotto la visiera rosa della pelle di scorta distesa.

Tutto questo avvenne in meno di un secondo. Per un istante rimanemmo lí, a tirare indietro e a sentire il rumore tipo Rice-Krispie dei suoi depositi di collagene che si distendevano e scoppiettavano. La sua sedia era inclinata molto indietro su due zampe. Poi Stice gridò di dolore: «Gesú Dio, rimettila *a posto!*» Gli occhi blu della piccola seconda faccia sporgevano come gli occhi dei cartoni animati. La piccola seconda bocca delicata con le labbra sottili era una moneta tonda di dolore e di paura.

«Rimettila a posto rimettila a posto rimettila a posto!» urlò Stice.

Non potevo lasciarlo andare, però, perché avevo paura che l'elastico teso della pelle proiettasse in avanti Stice e lo facesse finire con la faccia sul vetro. Lo aiutai a tornare in avanti, guardando le zampe davanti della sedia scendere lentamente sul pavimento; e la tensione della pelle della fronte diminuí, e sulla piccola seconda faccia riapparve la facciona piena e tonda di Stice, e la coprí, e lo aiutammo ad andare avanti finché a prova di quell'orribile stiramento rimasero solo un paio di centimetri di pelle de-collagenata della fronte che gli penzolavano all'altezza delle ciglia.

«Gesú Dio», disse Stice ansimando.

«Sei davvero veramente attaccato forte, Orth».

«Cazzo *sui pattini* che male ho sentito».

Cercai di farmi schioccare una spalla ruotandola. «Dobbiamo staccarla di lí, Tenebra».

«Nessuno si avvicinerà alla mia fronte con una sega, amico. Preferisco rimanere qui fino a primavera».

Poi alla porta di Axford proprio sopra la spalla curva di Stice apparve il ciuffo ritto e poi la faccia e poi il pugno di Jim Troeltsch. Stice aveva ragione. Essere nella camera di un altro dopo che avevano spento le luci era un'infrazione; starci per tutta la notte era una cosa cosí grossa da non essere neanché contemplata nel regolamento. «Al Centro Informazioni del Testimone Oculare è giunta la notizia che sono state sentite delle grida», disse Troeltsch parlando nel pugno chiuso.

«Levati dalle palle, Troeltsch», disse Stice.

«*Staccare con l'acqua calda*, Ortho. Riscaldare la finestra. Con l'acqua bollente. Dissolvere l'adesione. Qualcosa di caldo. La borsa dell'acqua calda dell'ufficio di Loach o qualcosa di simile».

«La porta dell'ufficio di Loach non si apre senza chiave», disse Stice. «Non lo svegliare cosí presto nel giorno della Raccolta di Fondi».

Troeltsch estese ilpugno. «Notizie di acute grida hanno portato il sottoscritto sulla scena di una crisi drammatica, e adesso cercheremo di scambiare qualche parola con il ragazzo al centro degli avvenimenti».

«Digli di andare in culo e di tirare indietro quella mano e aiutami, Hal, Cristo».

«Il Tenebra ha appoggiato incidentalmente la fronte contro questa finestra quando era bagnata, e si è congelata e lui è rimasto qui attaccato tutta la notte», dissi a Troeltsch, ignorando il grosso pugno che mi teneva vicino alla faccia. Strinsi la spalla di Stice. «Vado da Brandt a chiedergli di trovare qualcosa di caldo».

Sembrava essersi instaurato il tacito accordo di non parlare del fatto che Troeltsch era in camera di Axford o dov'era Axford. Era difficile capire cosa mi disturbasse di piú, che Axford non fosse stato in camera sua per tutta la notte o che fosse lí dietro la porta socchiusa, il che voleva dire che Troeltsch e Axford avevano passato la notte in una stanzina singola dove c'era un letto solo. Sembrava che l'universo si fosse allineato in modo che il solo riconoscere questa cosa avrebbe violato una legge tacita. Troeltsch sembrava non curarsi dell'improprietà delle apparenze o di possibilità impensabili. Era difficile immaginare che potesse essere cosí sgradevole se avesse fatto qualcosa di cui vergognarsi. Stava in punta di piedi per guardare sopra la condensa del respiro sulla finestra, con una mano sopra l'orecchio come se tenesse una cuffia. Fischiò piano. «In piú arrivano notizie al Centro Informazioni di una nevicata del tutto eccezionale».

Afferrai il mio spazzolino e il bicchiere Nasa dalla sporgenza del condizionatore; dopo quello che è successo al Betel Caper[352] solo i piú ingenui dei coglioni lasciano in giro lo spazzolino all'Eta. «Dài un'occhiata a Stice e al mio bicchiere Nasa, Jim, per favore».

«Ha qualche commento da fare sul mix di sensazioni di dolore, freddo, imbarazzo? E sulle condizioni atmosferiche ha qualcosa da dire, Sig. Stice, si chiama cosí vero?»

«Non lasciarmi qui immobilato con Troeltsch, Hal, amico. Vuole che parli nella sua mano».

«Si sta svolgendo un dramma la cui causa è da collegarsi alle attuali condizioni atmosferiche e ha per protagonista un uomo in stato di grande imbarazzo perché intrappolato dalla sua stessa fronte», stava dicendo Troeltsch nel pugno mentre guardava la sua immagine riflessa nella finestra e con l'altra mano cercava di schiacciarsi il ciuffo ribelle, mentre io trottai in calzini e mi fermai con una scivolata poco oltre la porta delle scale.

Kenkle e Brandt avevano quell'essiccatezza dei bidelli che non consentiva di capire quanti anni avessero, solo di immaginarli tra i trentacinque e i sessanta. Erano inseparabili e fondamentalmente non impiegabili. Alcuni anni fa la noia ci aveva portati a sbirciare nei file criptoprotetti degli impiegati di Alice Moore la Laterale, e nel file di Brandt il suo Quoziente Intellettivo era classificato tra Semiritardato e Ritardato. Era calvo, e allo stesso tempo sovrappeso e magro. Aveva delle cicatrici frastagliate e rosse di origine chirurgica su tutte e due le tempie. La sua gamma di espressioni consisteva in sogghigni di varie intensità. Viveva con Kenkle in un appartamento all'ultimo piano a Roxbury Crossing le cui finestre si affacciavano sul cortile recintato e sorvegliato della Madison Park High School, diventato famoso per quei casi di mutilazioni rituali mai risolte nell'Anno del Pollo Perdue Wonderchicken. Il debole che Kenkle aveva per lui si spiegava con il fatto che Brandt non se ne andava né interrompeva mai Kenkle quando parlava. Già sulle scale riuscivo a sentire Kenkle che parlava dei loro progetti per il giorno del Ringraziamento e dirigeva il lavoro di spazzolone di Brandt. Kenkle era tecnicamente nero, nel senso di negroide, anche se era piú del colore della terra di Siena bruciata, come una zucca andata a male. Ma i suoi capelli erano i capelli di un nero, e li portava acconciati in dreadlock cosí spessi da sembrare una corona di sigari bagnati. Per la accademica del malfamato Roxbury Crossing, si era laureato a ventun anni all'Università del Massachusetts in Fisica delle basse temperature e aveva iniziato una sinecura prestigiosa all'Ufficio di Ricerca Navale degli Usa, poi a ventitre anni era stato cacciato dall'Ufficio con una sentenza della Corte marziale per reati diversi ogni volta che glieli chiedevi. Qualche evento accadutogli tra i ventuno e i ventitre anni doveva averlo colpito forte in vari punti strategici, e se n'era andato da Bethesda per tornare sulle scale del palazzo del suo vecchio appartamento di Rox-

bury Crossing, dove leggeva testi Ba'hai dei quali copriva la copertina con fogli di giornali piegati in un modo complicato, e sputava parabole spettacolari di catarro tremolante in New Dudley Street. Aveva le lentiggini scure e la pelle foruncolosa e una ipersecrezione di catarro. Sparava degli sputi incredibili, e raccontava che gli incisivi che
gli mancavano gli erano stati tolti per «facilitare il processo di espet-
torazione». Noi tutti avevamo il sospetto che fosse ipomaniaco o 'dri-
nedipendente o tutte e due le cose. Aveva sempre un'espressione molto seria. Parlava ininterrottamente con il povero Brandt e usava gli
sputi come una specie di congiunzione tra le frasi. Parlava a voce alta perché tutti e due portavano tappi di schiuma espansa nelle orecchie – le urla degli incubi dei ragazzi gli facevano venire i brividi. La
loro tecnica consisteva in Kenkle che sputava con una mira eccezionale sulle superfici che poi Brandt doveva pulire e Brandt gli trotterellava dietro come un buon cane da caccia da sputo a sputo, ascoltando e grugnendo, e rideva quando era appropriato. Si stavano allontanando da me nel corridoio verso la finestra est del secondo piano,
Brandt che faceva grandi archi lucidi con lo spazzolone, Kenkle che
spingeva il secchio canna-di-fucile e tirava dei notevoli lob di catarro
sopra la schiena curva di Brandt.

«E poi la stagione natalizia, Brandt, amico mio Brandt – Natale la
mattina di Natale – Qual è l'essenza della mattina di Natale se non
l'equi-valente infantile di un interfacciamento venereo, per un bambino? – Un regalo, Brandt – Qualcosa che non ti sei guadagnato e prima non ti apparteneva ora ti ap-partiene – Riesci a sostenere che non
esiste alcuna rela-zione simbolica tra il gesto di scartare un regalo di
Natale e quello di spogliare una giovane signorina?»

Brandt si muoveva a scatti e dava lo straccio per terra, incerto se
ridere o no.

Lui in Persona aveva incontrato Kenkle e Brandt sulla metropolitana (sembra che Kenkle e Brandt andassero in metropolitana di notte, per passare il tempo), mentre cercava di tornare a Enfield dalla
Back Bay con la Linea Arancione[353], ed era davvero conciato male.
Non solo Kenkle e Brandt l'avevano messo sul treno del colore giusto e l'avevano aiutato a stare in piedi lungo tutta l'eternità della
Comm. Ave., ma l'avevano anche accompagnato giú per le scale di
ferro ripide della fermata delle metropolitana e gli avevano fatto attraversare la strada e l'avevano portato su per il viale serpentino fino
alla sbarra, e alle 0200h erano stati invitati da Lui in Persona a continuare la conversazione sulle basse temperature che lui e Kenkle stavano facendo mentre Brandt portava Lui in Persona sulle spalle come i pompieri (Kenkle si ricorda che la discussione di quella notte ri-

guardava se il naso umano poteva considerarsi un organo erettile, ma di certo era stata una conversazione a senso unico); e il duo era finito nel cast di *Cerimonia del tè a gravità zero* di Lui in Persona come inservienti con il velo nero in stile Noh, e da allora erano stati impiegati all'Eta come bidelli, anche se sempre nel turno di notte, perché il Sig. Harde odiava Kenkle con grande passione.

Kenkle si raschiò la gola e colpí una piccola striscia di polvere nella fessura tra il battiscopa e il pavimento che l'arco dello straccio aveva mancato. «Perché io sono un missionario, Brandt, ecco cosa sono – Brandt – il che vuol dire o mi dài l'in-terfaccia venereo speciale del congresso missionario oppure non mi dài proprio nulla – capisci cosa voglio dire? – Dimmi cosa pensi sulle posizioni alternative, Brandt – Brandt – Per me, per lo meno per quanto mi riguarda, dico nix e nihil all'en-trata posteriore, che si chiama anche l'interfaccia del cane o canina che è la preferita nelle capanne, nelle cartucce blu, nelle acqueforti tan-triche – Brandt, è animal-istica – Perché? – Cosa dici? – È un modo trop-po *ingobbito* di avere un rapporto – Lei si ingobbisce, tu ti ingobbisci su di lei – Veramente troppo ingobbimento, a mio modo di—»

Fu Brandt a sentirmi mentre arrivavo dietro di loro camminando in calzini, cercando di passare sui punti piú asciutti. Scivolai quasi per due volte. Nevicava ancora forte fuori dalla finestra rivolta a est.

«Otto Brandt!» mi disse Brandt, allungando una mano, anche se ero ancora lontano molti metri.

I dreadlock di Kenkle uscivano fuori da un cappello di lana a quadri. Si voltò insieme a Brandt e sollevò la mano per salutarmi come gli indiani. «Buon Principe Hal. Già alzato e vestito all'alba».

«Mi permetta di presentarmi», disse Brandt. Gli strinsi la mano.

«Con i calzini e lo spazzolino. Il rampollo dell'Eta, Brandt, che secondo me s'ingobbisce molto di rado».

«Il Tenebra ha bisogno di voi ragazzi il prima possibile», dissi, cercando di asciugarmi un calzino sulla gamba dei pantaloni. «La faccia del Tenebra è attaccata alla finestra e lui sente un dolore terribile e non siamo riusciti a staccarla e ci vorrà dell'acqua bollente, ma non troppo bollente». Indicai il secchio ai piedi di Kenkle. Notai che Kenkle aveva una scarpa diversa dall'altra.

«Possiamo chiedere cosa c'è di tanto divertente?» chiese Kenkle.

«Mi chiamo Brandt e mi fa molto piacere conoscerla», disse Brandt, con la mano di nuovo tesa. Passò lo spazzolone nel punto indicato da Kenkle.

«Troeltsch è con lui ora, ma Il Tenebra sta male», dissi, stringendo la mano di Brandt.

«Ci muoviamo subito», disse Kenkle, «ma perché questa ilarità?»
«Quale ilarità?»
Kenkle mi guardò e poi guardò Brandt e poi mi guardò un'altra
volta. «Quale ilarità mi chiede. La tua faccia è una faccia da ilarità.
È ilare. All'inizio mi sembrava solo di-vertita. Ora è chiara-mente la
faccia di uno che si sganascia. Sei quasi piegato in due. Non ti vengono le parole. Ti manca solo di tirarti le pacche sulle ginocchia. *Quella* ilarità, buon Principe rampollo Hal. Credevo che tutti voi giocatori foste compadremundos nella vita civile».
Brandt sorrideva mentre tornava indietro per il corridoio. Kenkle
spinse indietro il cappello a quadri per grattarsi una specie di eruzione all'attaccatura dei capelli. Raddrizzai la schiena e cercai di fare
l'espressione piú seria possibile. «E ora?»
Brandt aprí con la chiave il ripostiglio. Si sentí il rumore di un secchio di metallo riempito al rubinetto del ripostiglio.
Kenkle si rimise il cappello a posto e strinse gli occhi per guardarmi. Si avvicinò. Sulle palpebre aveva dei pezzettini di roba gialla tipo fiocchi. Erano cisti facciali come quelle di Struck, in varie fasi di
sviluppo. L'alito di Kenkle puzzava sempre vagamente di insalata con
l'uovo. Si toccò la bocca per un attimo come se stesse riflettendo e
disse: «Ora è una via di mezzo tra divertita e sganasciata. Allegro,
forse. Gli occhi socchiusi. Le fossette dell'allegria. Le gengive esposte. Potremmo sentire anche cosa ne pensa Brandt, se—»
Proprio sopra le nostre teste si sentí un «GYAAAAAA» di Stice che
fece tremare il soffitto. Mi toccai la faccia. Si aprirono alcune porte
nel corridoio, vennero fuori delle teste. Brandt aveva riempito tutto
il secchio di metallo e stava cercando di correre alle scale, con il peso
del secchio che gli faceva piegare la spalla e rovesciare acqua bollente
sul pavimento pulito. Si fermò con la mano sulla porta delle scale e
girò la testa per guardarci, riluttante ad andare avanti senza Kenkle.
«Ho deciso che la parola piú giusta è *allegra*», disse Kenkle, e mi
strizzò leggermente la spalla mentre mi passava accanto. Lo sentii dire varie cose diverse alle teste affacciate alle porte su tutto il corridoio.
«Cristo», dissi. Calzino o no mi addentrai nella zona veramente
bagnata e cercai di vedere l'espressione della mia faccia nella finestra
est. Ora però era tutto troppo chiaro, fuori, con tutta quella neve. Mi
sembrava di essere un disegno, sbiadito, incerto e spettrale contro
tutto quel bianco abbagliante.

TRASCRIZIONE PARZIALE DELL'INCONTRO
RITARDATO A CAUSA DEL MALTEMPO TRA:
1) IL SIG. RODNEY TINE SR, CAPO DEI SERVIZI
NON SPECIFICATI E CONSIGLIERE DELLA CASA BIANCA
PER LE RELAZIONI INTERDIPENDENTI;
2) LA SIG.NA MAUREEN HOOLEY, VICEPRESIDENTE
DELL'INTRATTENIMENTO PER BAMBINI, INTERLACE
TELENTERTAINMENT, INC.; 3) IL SIG. CARL E. YEE («BUSTER»),
DIRETTORE DEL MARKETING E DELLA PERCEZIONE
DEL PRODOTTO, DELLA GLAD CORPORATION;
4) SIG. R. TINE JR, COORDINATORE REGIONALE DELL'UFFICIO
DEI SERVIZI NON SPECIFICATI DEGLI USA;
E 5) IL SIG. P. TOM VEALS, DELL'AGENZIA PUBBLICITARIA
VINEY E VEALS, UNLTD., OTTAVO PIANO DELLA STATE HOUSE
ANNEX A BOSTON MA USA
20 NOVEMBRE – ANNO DEL PANNOLONE PER ADULTI DEPEND

SIG. TINE SR Tom. Buster. Mo.
SIG. VELAS Rod the God.
SIG. YEE: Rod.
SIG. TINE SR Ragazzi.
SIG. TINE JR Buon pomeriggio, capo!
SIG. TINE SR Mmmmph.
SIG.NA HOOLEY Sono felice che alla fine ce l'hai fatta ad arrivare, Rod. Vorrei dire che siamo tutti molto eccitati, da parte nostra.
SIG. TINE SR Mai vista una neve come questa. Qualcuno di voi ha mai visto una neve anche lontanamente simile a questa?
SIG. VELAS [Starnutisce] Città di merda.
SIG. YEE È come una dimensione extra là fuori. Non sembra un elemento, ma una nuova dimensione.
QUALCUNO [Le scarpe stridono sotto il tavolo].
SIG. YEE Con le sue regole, le sue leggi. Ispira terrore. È terribile.
SIG. VELAS Fredda. Umida. Bagnata. Scivolosa. Mi sembra più appropriato.
SIG. TINE JR [Batte il bordo di un righello sul piano del tavolo] La loro limousine che arrivava dal Logan ha fatto un giro di 180 gradi sulla Storrow. Il Sig. Yee ci stava raccontando—
SIG. TINE SR [Batte una a piccola asta telescopica da meteorologo contro il bordo del tavolo] Allora. Cosa succede. L'informazione riservata. Di cosa stiamo parlando?
SIG.NA HOOLEY Lo spot è pronto per essere visionato. Abbiamo bisogno del suo via. Sono appena arrivata da Phoenix via New New York.
SIG. YEE Io dall'Ohio. Sono arrivato in elicottero da Nny con Mo.
SIG.NA HOOLEY La copia master dello spot è nel laboratorio di postproduzione giú alla V&V. È tutto pronto, a parte qualche piccolezza di ottimizzazione alla fine.

SIG. VELAS   Maureen dice che abbiamo bisogno del tuo ok e di quello di Buster per disseminare.

SIG.NA HOOLEY   Dopo che tu e lo sponsor principale avrete dato il vostro ok, potremmo avere un prodotto disseminabile entro questo fine settimana.

SIG. VELAS [Starnutisce]   Sempre che questa neve del cazzo non faccia saltare la corrente.

SIG. TINE SR [Fa cenno con la bacchetta da meteorologo allo stenografo dell'Usns di trascrivere verbatim]   Lo hai già visto Buster?

SIG. YEE   Negativo, Rod. sono appena arrivato con loro. Il Kennedy era completamente bloccato dal maltempo. Mo ha dovuto noleggiare un elicottero. Sono qui ma non ho visto nulla.

SIG. TINE JR [Batte il bordo del righello sul piano del tavolo]   Come avrebbe fatto ad arrivare fino a qui, signore, se posso?

SIG. TINE SR   La montagna che va a Maometto, vero Tom?

SIG. VELAS   Com'è possibile che io abbia fatto solo due chilometri per arrivare e sia l'unico con questo raffreddore del cazzo?

SIG. TINE JR   Ero anch'io qui a Boston.

SIG. VELAS [Controlla i collegamenti sul Lettore e Visore Digitale Infernatron 210-Y]   Allora vogliamo cominciare?

SIG. TINE SR   Va bene, andiamo. Mo. Target demografico?

SIG.NA HOOLEY   Dai sei ai dieci anni, con efficacia marginalmente ridotta da quattro a sei e da dieci a tredici. Diciamo che il nostro target è da quattro a dodici, bianchi, lingua madre inglese, reddito medio e superiore, capacità di tre o piú di tre sulla scala di Astrazione Kruger. [Consulta gli appunti] Tempo di attenzione pubblicitaria di sedici secondi, con caduta geometrica a partire da tredici.

SIG. TINE SR   Durata dello spot?

SIG.NA HOOLEY   Trenta secondi con un grafico traumatico a quattordici.

SIG. VELAS [Sputa].

SIG. YEE   Veicolo di inserzione proposto, Mo?

SIG.NA HOOLEY   Il *Mr Bouncety-Bounce Show*, disseminazione spontanea alle 1600h per il Fuso Principale e alle 1500h per quello Centrale e le Montagne. La crema della crema, share di 82 di ricezioni spontanee in quella fascia oraria.

SIG. YEE   Qualche dato sulla percentuale di visione Spontanea rispetto alle Cartucce Registrate in quella fascia oraria?

SIG.NA HOOLEY   Abbiamo avuto un 47 per cento piú o meno due nell'Anno del Yushityu 2007. Che è l'ultimo anno del quale abbiamo dati certi.

SIG. TINE SR   Allora diciamo un 40 per cento sul totale degli spettatori per lo spot.

SIG. YEE   Piú o meno. Impressionante.

SIG. TINE SR   Allora, controlliamo, controlliamo, controlliamo. E i costi?

SIG. YEE   La produzione ha già superato il mezzo milione. La postproduzione—

SIG. VELAS   150mila dollari prima dell'ottimizzazione.

SIG. YEE   Potrei aggiungere che Tom sta sovvenzionando la sua parte della produzione.

SIG. VELAS   Allora siete tutti pronti a vederlo o no?

SIG.NA HOOLEY   Dato che *Mr B.-B*. per contratto non è un veicolo di spot-di-servizio-pubblico, il costo di disseminazione sarà intorno ai 180mila dollari per fascia oraria.

SIG. YEE   E tutti siamo ancora del parere che sia un po' troppo.

SIG. TINE JR   L'anno che sta arrivando è l'anno di Glad, Buster. L'hai voluto tu. Vuoi che l'Anno di Glad sia l'anno in cui metà della nazione smetterà di fare qualsiasi cosa fuorché guardare a occhi sgranati una certa sinistra cartuccia mentre delle piccole spirali gli girano negli occhi finché non muoiono di fame nel bel mezzo dei loro escr—?

SIG. TINE SR   Stai zitto, Rodney. E smettila di picchiettare con quel righello, sono sicuro che Buster è perfettamente cosciente del potenziale incredibile che già oggi si sta accumulando da questa loro orgogliosa sponsorizzazione dello spot di servizio pubblico piú importante mai realizzato, data la minaccia potenziale in gioco.

SIG. VELAS   [Starnutisce due volte di seguito]. [Commenta in modo incomprensibile].

SIG. TINE SR   [Sbatte la bacchetta da meteorologo sul bordo del tavolo] Muoviamoci allora. Lo spot, allora, la cosa iconica dell'oggetto-parlante. È ancora il Kleenex che canta?

SIG. YEE   Come si chiamava. Frankie, il Fazzolettino No Grazie, che avvertiva i bambini di dire No Grazie a tutte le cartucce senza etichetta o etichettate in modo sospetto.

SIG.NA HOOLEY   [Si schiarisce la voce] Tom?

SIG. TINE JR   [Batte il righello sul bordo del tavolo].

SIG. VELAS   [Sputa] No. Abbiamo dovuto cestinare la stronzata del Kleenex che ballava dopo aver analizzato i dati del test sul gruppo di risposta. C'erano vari problemi, La frase «No Grazie» era considerata troppo arcaica. Molto poco ganza. Roba da adulti marci, Troppo New England o qualcosa di simile. Faceva venire in mente un vecchio con le rughe e una tuta. Distoglieva l'attenzione da ciò a cui dovevano rispondere No Grazie. Poi i dati di riconoscimento-parola erano molto sotto i parametri minimi.

SIG.NA HOOLEY   C'erano problemi anche con l'icona.

SIG. VELAS   [Soffiandosi una narice per volta] I bambini odiavano Frankie il Fazzolettino. Siamo ben oltre l'ambivalenza. Associavano il fazzolettino con il moccio, fondamentalmente. Continuava a venire fuori la parola caccola. La canzoncina non serviva a migliorare la cosa.

SIG.NA HOOLEY   E per questo dobbiamo ringraziare il test del gruppo di risposta.

SIG. YEE   Questo lavoro ti farà invecchiare.

SIG. VELAS   Ho dovuto ricominciare da zero.

SIG. YEE   Non sentite uno strano odore di fiore agrumato?

SIG.NA HOOLEY   I ragazzi di Tom ci hanno lavorato sopra 24/7. Siamo molto contenti del risultato.

SIG. VELAS   Si può guardare ma è ancora da rifinire. Non è ancora perfetto. Nei primi digitali di Phil c'era un difetto.

SIG. TINE JR   Phil?

SIG. VELAS   Un difetto piccolo, ma tremendo. Scorie di un turbovirus nel codificatore grafico. La testa di Phil continuava a staccarsi e volar via in alto a destra. Non era davvero un bell'effetto, dato il messaggio che vogliamo trasmettere.

SIG. YEE   Come i fiori d'arancio, ma con un sentore dolce-marcio.

SIG.NA HOOLEY   Oh, Dio.

SIG. VELAS   [Starnutisce] Per eliminare il difetto siamo rimasti indietro con i ca-

ratteri, per questo dovrete usare un po' di immaginazione. Su questa unità 210
è stata scaricata l'ottimizzazione schematica?

SIG. TINE JR   Scusatemi. Chi è Phil?

SIG. VELAS   Vi presento Phil, il somaro rampante Perfettamente Funzionale.

SIG.NA HOOLEY   È piú simile a un mulo, un burro. Un burro.

SIG. TINE JR [Picchiando il righello come un matto]   Un somaro?

SIG.NA HOOLEY   I personaggi-cavallo sono sotto il copyright della Childsearch.
Gli spot di «Patch, il Pony che dice di No agli Estranei».

SIG. TINE JR   Un somaro rampante?

SIG.NA HOOLEY   La percezione d'ingenuità e goffaggine dell'icona-mulo ha suscitato un sentimento di solidarietà nei gruppi di risposta. Phil non ne esce
fuori come una figura-autoritaria-guastafeste. Sembra quasi un loro coetaneo.
E quindi la cartuccia che lui consiglia di non vedere non ha quella spinta tipo
frutto-proibito che invece avrebbe se venisse sconsigliata da una figura autoritaria.

SIG. VELAS   Oltretutto il mercato dei bambini è un disastro. Quasi tutte le specie hanno il copyright. Garfield. McGruff il cane poliziotto. Sam il tucano.
L'uccello rapace dell'Onan. Non parliamo poi degli orsi o dei coniglietti. La
scelta era tra un asino e uno scarafaggio. Non voglio avere mai piú a che fare
con il mercato dei bambini, Dio mi è testimone. [Starnutisce].

SIG.NA HOOLEY   Appena ci siamo decisi per il burro, Tom ha optato per l'ac-
centuazione del fattore goffaggine-incompetenza. Quasi per ironizzare l'icona. Denti radi, occhi storti—

SIG. VELAS   Storti in un modo particolare. Come se fosse stato picchiato con un
calzino pieno di spiccioli. La risposta agli occhi è andata alle stelle.

SIG.NA HOOLEY   Le orecchie non gli stanno su. Le gambe che diventano di gomma e gli si intrecciano quando cerca di impennarsi.

SIG. VELAS   Ma s'impenna.

SIG. YEE   Ma di certo non si presenterà come un asino. Di certo non si impen-
nerà e dirà: «Credetemi, sono un somaro».

SIG. VELAS   Un somaro *perfettamente funzionale*.

SIG.NA HOOLEY   Tom ha insistito con molta intelligenza sull'aspetto della funzionalità. L'energia e la verve contro la passività. Non è mai Phil e basta. È
sempre Phil, Perfettamente Funzionale. È un turbine di attività bambine-
sche – scuola, gioco, interfaccia-teleputer, capricci. Tom ha scritto un mucchio di storyboard per una serie di piccole avventure di trenta secondi piene di
attività. È goffo, un bambino iconico, ma è *attivo*. È il simbolo dell'attrazione
della capacità, dell'azione, della scelta. In contrasto con il personaggio adulto del
cartone animato che vediamo su una poltrona con lo schienale reclinabile mentre sta guardando la cartuccia canadese, con le spirali che gli girano negli occhi
mentre sembra che il suo corpo si sciolga e la testa cominci a crescere e allungarsi finché l'immagine dello spettatore adulto passivo non è altro che una testa
enorme sulla poltrona, con le orbite enormi che girano.

SIG. TINE JR [Batte il righello sul bordo del tavolo].

SIG. VELAS   Facciamoglielo vedere, Mo.

SIG. TINE SR   Devo dire che prevedo qualche problema a vendere a un certo Comandante in Capo un asino rampante invece di un Kleenex che canta.

SIG.NA HOOLEY   Il messaggio di Phil è che non è detto che ogni cartuccia in commercio là fuori sia un buon prodotto sicuro e preapprovato della InterLace

TelEntertainment. Phil dirà che durante le sue divertenti attività giornaliere di grande funzionalità gli è giunta voce che ci sia in giro una cartuccia molto malvagia e insidiosa che ha perfino una faccia di smile sull'astuccio e appena inizi a guardarla sembra piú divertente di qualsiasi cosa tu abbia mai desiderato mentre guardi le stelle cadenti o spegni le candeline della torta di
compleanno. In un fumetto-pensiero che diventa visibile quando le orecchie
di Phil scendono giú di nuovo—

SIG. VELAS [Starnutisce]   Non del tutto ottimizzata comunque—

SIG. TINE SR   Lo sai cosa pensa del Kleenex.

SIG.NA HOOLEY   —ci sarà l'immagine di un astuccio di una cartuccia iconica con
uno smile e le braccine e le gambine del piccolo indifeso Pillsbury Doughboy.

SIG. YEE [Sbottonandosi il colletto]   Non proprio i codici di animazione veri registrati degli arti iconici del vero Pillsbury.

SIG. VELAS   Rilassati. È solo un riferimento. Un'allusione alle sue forme rotonde e morbide. Devono essere arti grassocci e incapaci di fare del male.

SIG. TINE JR [Batte sul bordo del tavolo con il righello].

SIG. TINE SR[Indica il righello con la bacchetta meteo]   Sei vicino a perderla quella mano, ragazzo.

SIG.NA HOOLEY [Riferendosi alle note]   Poi Phil alza gli occhi e fa scoppiare il fumetto-pensiero con un ago e dice che non è altro che una Bugiarda, questa cartuccia che ride, una cosa malvagia, bugiarda, come lo sconosciuto che si sporge dalla macchina e ti offre di portarti a casa dalla tua Mamma e dal tuo Babbo ma invece vuole prenderti e metterti una mano sudata sulla bocca e chiuderti
a chiave in macchina e portarti lontano con lui dove non vedrai piú la tua Mamma e il tuo Babbo, e nemmeno Mr Bouncety-Bounce.

SIG. VELAS   E qui il grafico impressionante al quattordicesimo secondo, un altro fumetto-pensiero con il bordo scuro sopra Phil in cui gli arti della cartuccia sono diventati quelli di uno scaricatore di porto, è una cartuccia con i denti gialli e le unghie lunghe, con un cappello di lana a quadri e una tuta che si
allontana in macchina con un bambino animato che urla terrorizzato con la
faccia appiccicata al vetro posteriore della macchina, e le spirali iniziano a girargli negli occhi. Aspettate di vederlo.

SIG.NA HOOLEY   È talmente pauroso che ti fa rimanere inchiodato.

SIG. VELAS [Starnutisce due volte]   È la sostanza stessa degli incubi.

SIG. YEE   Urgle. Urgle. Splarg. *Kaa*. [Cade dalla sedia].

SIG. TINE JR   Santa patata.

SIG. TINE SR   Buster. Buster.

SIG.NA HOOLEY   Il Sig. Yee è epilettico. È molto grave. Incurabile. È già successo due volte sull'elicottero. Gli prende quando è stressato o imbarazzato.
si riprenderà tra un minuto. Fate finta di niente quando si riprende.

SIG. YEE [Sbatte i tacchi sul pavimento di piastrelle a mosaico della state House
Annex] Ack. Kaa.

SIG. TINE SR   Cristo.

SIG. TINE JR [Batte il righello sul bordo del tavolo]   Gesú Cristo.

SIG. TINE SR [Si alza, indica il righello con la bacchetta meteo telescopicamente
allungata al massimo]   Bene, Diodiddio. Dammi quell'affare. Dammelo subito.

SIG. TINE JR   Ma capo—

SIG. TINE SR   Mi hai sentito, Diodiddio. Lo sai che mi fa incazzare. Te lo riprendi quando abbiamo finito. Mi fa diventare pazzo. È sempre stato cosí. Non capisco che cazzo ci trovi in quel righello.

SIG.NA HOOLEY   Si riprende subito. Non si ricorderà della crisi. Non gliene parlate. Altrimenti l'imbarazzo gliela farebbe tornare un'altra volta. Ecco perché è successo due volte sull'elicottero. Alla fine l'ho capita.

SIG. YEE   Splar. Kak.

SIG. VELAS [Sputa]   Dio santo.

SIG.NA HOOLEY [Consulta le note]   Mentre la cartuccia nella macchina nel fumetto-pensiero porta via il bambino schiacciato contro il vetro, Phil s'impenna un po' e avverte che non sappiamo neanche di cosa parli la cartuccia dalla quale dobbiamo stare in guardia. Avverte che la polizia sa soltanto che è qualcosa che ti fa venire *davvero* voglia di guardarla. Dice che tutto quello che sappiamo è che *sembra* davvero divertente. Ma che in *realtà* non vuole altro che portarti via tutte le tue funzionalità. Dice che sappiamo che è... *canadese*.

SIG. VELAS   Ecco perché il cappello di lana a quadri nel grafico traumatico. I risultati delle reazioni mostrano che ilcappello di lana a quadri con il paraorecchie ricorda il Grande C a piú del 70 per cento del target dello spot. La tuta non fa altro che confermare l'associazione.

SIG.NA HOOLEY   Poi al diciannovesimo secondo, Phil il somaro Perfettamente Funzionale balla la Danza Ammonitrice, una cosa tra nativo-americano e break-dance che speriamo avrà successo tra i ballerini piú giovani. Il suo significato retorico è di stare sempre funzionali e sicuri e di controllare insieme alla Mamma e/o il Babbo prima di guardare *qualsiasi* cartuccia che non avete mai visto prima. Per esempio di non accettare nessuna Disseminazione spontanea e non guardare nessuna cartuccia spedita per posta senza prima farla vedere a una persona adulta.

SIG. TINE JR   Ma lo dice come se fosse un loro coetaneo. È come se dicesse: «Questo è quello che farei io se volessi rimanere perfettamente funzionale».

SIG. YEE [Di nuovo a sedere sulla sedia]   Qualcuno ha parlato di prodotti abbinabili tipo orecchie ciondoloni e denti di plastica?

SIG. TINE JR   Cristo, Sig. Yee, è sicuro di stare bene?

SIG.NA HOOLEY   Rieccoci.

SIG. YEE [Sudato fradicio, si guarda intorno]   Cosa voleva dire? Non voleva dire che...?

SIG. TINE SR   Accidenti a te, Rodney.

SIG. YEE   Urg, splarg. [Cade dalla sedia].

SIG.NA HOOLEY [Si schiarisce la gola]   E alla fine la cosa spaventevole – posso definirla cosí?

SIG. VELAS   Questo succede a 25,35 secondi.

SIG.NA HOOLEY   Phil avvisa con enfasi che se hanno visto la Mamma e/o il Babbo seduti nella stessa posizione di fronte al visore di casa per un periodo di tempo stranamente lungo—

SIG. VELAS   —Senza parlare. Senza rispondere agli stimoli.

SIG.NA HOOLEY   —o se si comportano in modo strano o distratto o sinistro nei confronti di un intrattenimento sul visore—

SIG. VELAS   Abbiamo tagliato *sinistro* nell'ultimo passaggio.

SIG. YEE   Sklag. Nnngg.

SIG.NA HOOLEY   —che il bambino in pieno possesso delle sue funzioni non tenti mai di svegliarli da solo, e Phil si avvicina in un primo piano con il gran-

dangolo e dice che «Asssso-lu-tamennnnte *no*» lui non sarebbe mai tanto scemo da guardare passivamente neanche per un secondo ciò che i suoi genitori
stanno guardando in silenzio, cosí assorbiti, ma se ne andrebbe subito da quel
posto e si impennerebbe per andare il piú velocemente possibile a cercare un
poliziotto, che saprà staccare la corrente e aiutare la Mamma e il Babbo.

SIG. VELAS   La sua espressione preferita è «Assso-lu-ta-mennnnte *no*». La dice di
continuo.

SIG. TINE JR   È il suo equivalente del «No grazie» di Kleenex.

SIG. TINE SR   Penso che siamo pronti per vederlo.

SIG. YEE [Di nuovo seduto, con la cravatta intorno al collo come la sciarpa di un
aviatore]   stiamo ancora discutendo i prodotti abbinabili con la Hasbro e tutto il resto.

SIG. VELAS   Siamo pronti per iniziare.

SIG. TINE SR   Guardiamoci questa cazzata.

SIG.NA HOOLEY   Dato che Tom è troppo modesto per dirlo, vorrei dire che Tom
ha già messo giú lo storyboard molto eccitante e diretto agli adolescenti di una
versione di Phil Perfettamente Funzionale per video musicali e disseminazioni soft-core, in cui Phil fa un'autoparodia molto piú ironica, e in questa versione lo slogan che abbiamo registrato è «È il *tuo* culo*, amico».

SIG. TINE JR   Allora guardiamoci questo bastardo.

SIG. TINE SR   Ragazzo, d'ora in poi non devi fare altro che tenere la bocca chiusa, eh—?

SIG. YEE   Mi è stato chiesto di dire ufficialmente che la Glad Corporation è molto orgogliosa, in questo momento potenzialmente molto grave, di—

SIG. VELAS [Rivolto verso il visore Infernatron 210]   Spegni quelle luci proprio
sopra di te, ragazzo.

SIG. TINE JR   Il trascrittore avrà problemi a trascrivere, immagino.

SIG. YEE   In questo spot non ci sono impulsi ottici lampeggianti o roba del genere, vero?

SIG. VELAS   Siamo tutti pronti?

SIG. TINE SR   Allora le luci.

I ricordi di Gately del Nom di *Cheers!* ora sono piú chiari e vividi di
quelli del sogno-del-fantasma o del fantasma svolazzante che diceva che
la morte era solo un rallentamento di tutto ciò che è fuori di te. L'implicazione che potrebbero esserci in qualsiasi momento e in qualsiasi
stanza sciami di spettri che svolazzano nell'ospedale impegnati in compiti che non possono influenzare la vita di nessuno, tutti troppo veloci
per essere visti, per i quali il petto di Gately si alza e si abbassa con il
moto delle stelle, niente di tutto ciò è penetrato cosí in profondità dentro di lui da sconvolgerlo, non dopo la visita di Joelle e le sue fantasie
di amore e salvataggio, e la vergogna che era seguita. Ora sente il suono sabbioso del nevischio sudicio e scivoloso portato dal vento contro
la finestra della stanza, il sibilo del riscaldamento, il rumore dei colpi

* *Ass*, «asino», vuol dire anche «culo» [*N.d.T.*].

di pistola e delle bande di ottoni dai visori di cartucce accesi nelle altre stanze. L'altro letto nella stanza è ancora vuoto e rifatto alla perfezione. L'intercom trilla per tre volte ogni minuto; si chiede se non lo facciano solo per dare noia alla gente. Il fatto che non sia neanche riuscito a finire *Ethan From* durante le ore di Inglese del decimo anno e non abbia mai capito cosa significassero parole-fantasma tipo SINISTRORSO o LIEBESTOD e tanto meno OMMATOFORICO sta iniziando a filtrare nella sua consapevolezza quando sente una mano fredda sulla spalla buona e apre gli occhi. Per non parlare di *parole-fantasma*, che è una parola esoterica. Sta di nuovo galleggiando sotto il velo del sonno. Joelle Van D. se n'è andata. La mano è quella dell'infermiera che gli ha cambiato il sacchetto del catetere. Ha un'aria scocciata e per niente serena, uno zigomo sporge piú dell'altro, e la bocca a fessura ha delle rughe verticali tutto intorno perché la tiene sempre chiusa e stretta, un po' come la defunta Sig.ra G.

«Quella che è venuta a farti visita ha chiesto che ti portassi questo, per via del tubo». È un blocchetto per stenografare e una Bic. «Sei mancino?» L'infermiera vuole dire *sinistrorso*. È fatta come un pinguino e odora di sapone da poco. Il blocchetto è di quelli per STENOGRAFARE perché le pagine si girano in alto invece che da una parte. Gately muove la testa piano piano e apre la mano sinistra per prendere la roba. Lo fa sentire di nuovo bene che Joelle avesse capito quello che lui voleva dirle. Non era venuta solo per raccontare i suoi problemi a qualcuno che non riusciva a emettere suoni di giudizio umano. Muovendo la testa lentamente riesce a vedere cosa c'è dietro il fianco bianco dell'infermiera. Francis Il Feroce è seduto nella sedia in cui si erano seduti lo spettro e Ewell e Calvin Thrust, con le gambe secche non accavallate, il viso rugoso e i capelli a spazzola e gli occhi chiari dietro gli occhiali e totalmente rilassato, con in mano il suo serbatoio per l'O_2, il petto che si alza e si abbassa al ritmo degli squilli di un telefono, e guarda intensamente l'infermiera che esce sculettando nervosamente. Gately riesce a vedere una T-shirt bianca pulita sotto i bottoni aperti della camicia di flanella di Francis Il Feroce. F.F. tossisce per dire ciao.

«Vedo che respiri ancora», dice Francis Il Feroce quando gli è passata la tosse, assicurandosi di avere ancora i tubicini blu attaccati con il cerotto sotto il naso.

Gately si dà da fare con una mano per aprire il blocchetto e girare la prima pagina e scrivere «YO!» in stampatello. Solo che non c'è niente contro cui appoggiare il blocchetto e scrivere; deve in qualche modo tenerlo piatto su una coscia, e in questo modo non riesce a vedere quello che sta scrivendo, e a scrivere con la mano sinistra si sente come un infartuato, e al suo amico e sponsor fa vedere piú o meno un

ϗ𝑃

«Hai pensato che Dio avesse bisogno di un po' di aiuto la notte scorsa, vero?» dice Francis piegandosi tutto su una parte per tirare fuori un fazzoletto rosso tipo bandana dalla sua tasca posteriore. «A quanto ho sentito dire».

Gately cerca di fare una scrollata di spalle, non ci riesce, sorride debolmente. La sua spalla destra è fasciata cosí stretta che sembra una testa con il turbante. Il vecchio si fruga in una narice e poi esamina il fazzoletto con interesse, proprio come lo spettro del sogno. Le sue dita sono gonfie e storte e le unghie lunghe e squadrate e del colore del guscio di una vecchia tartaruga.

«Un povero bastardo malato che va in giro ad accoltellare le bestie degli altri ha accoltellato la bestia della persona sbagliata. Questo è quello che ho sentito dire».

Gately vuole dire a Francis Il Feroce che ha scoperto che nessun secondo di dolore-non-sedato-di-un'infezione-post-traumatica è insopportabile. Che lui può Resistere, se deve. Vuole dividere questa esperienza con il suo Coccodrillo sponsor. E in piú, ora che è con qualcuno di cui si fida, Gately vuole piangere per il dolore e raccontare com'è terribile questo dolore, e che non pensa di poterlo sopportare neanche un secondo di piú.

«Ti sentivi responsabile. Pensavi di dovertene occupare. Volevi proteggere il tuo compagno dalle conseguenze. Chi era questo povero stronzo malato verde della Ennet House?»

Gately si dà da fare per cercare di tirare su il ginocchio per poter vedere che scrive «LENZ. PARRUCCA BIANCA. SEMPRE A NORD. SEMPRE AL TELEFONO». Comunque è ancora una cosa cuneiforme, illeggibile. Francis Il Feroce si soffia una narice e rimette a posto il tubicino. Il serbatoio che ha sulle ginocchia non fa nessun rumore. Ha una piccola valvola ma niente manometri o aghi.

«Ho sentito dire che ti sei fatto avanti contro sei hawaiani armati. Piano Marshall. Capitani Coraggiosi. Lo Shane personale di Dio». A F.F. piace buttare fuori l'aria attraverso i tubi che ha nel naso con un sospiro mesto, una specie di antirisata. Il suo naso è grosso e a forma di cocomero e punteggiato di pori aperti, e si può vedere quasi tutto il suo sistema circolatorio. «Glenny Kubitz mi chiama e mi descrive la cosa cazzotto per cazzotto. Dice che dovrei vedere gli altri. Mi dice che un hawaiano si è rotto il naso cosí male che dei pezzi d'osso gli sono andati su nel cervello. Il vecchio colpo a mano rigida, dice. Don G. è una belva satanica figlio di puttana duro come il sasso: questo mi ha detto. Ha detto che ha sentito dire che da come ti battevi sembravi nato durante una rissa da bar. Ho detto a Glenny che te l'avrei detto e che ti avrebbe fatto piacere».

Gately stava impegnandosi follemente con la mano sinistra per scrivere «FERITO? QUALCHE MORTO? FINITO? CHI COL CAPPELLO IN CORRIDOIO?» ma ne viene fuori un disegno piú che una scritta, quando senza preavviso irrompe nella stanza uno dei medici del Reparto di Traumatologia del turno di giorno, irradiando vera salute e allegria senza pensieri. Gately si ricorda di aver già parlato con questo dottore qualche giorno fa, nella nebbia grigia postoperatoria. Questo dottore è indiano o pakistano e ha la pelle scura e lucida ma una faccia stranamente tipica da bianco, una di quelle da mettere di profilo sulle monete, e in piú ha dei denti cosí splendidi da fare luce. Gately lo odia.

«Allora rieccomi di nuovo con te in questa stanza!» Quando parla è come se cantasse. Il nome ricamato in oro sul camice bianco ha una D e una K e un mucchio di vocali. Gately aveva dovuto quasi tirarsi su e dargli un cazzotto dopo l'intervento per impedirgli di attaccare una flebo di Demerol. Questo diciamo quattro o otto giorni fa. È forse per la Grazia di Dio che il suo Coccodrillo sponsor Francis Il Feroce sia seduto qui a guardarlo, ora, quando è arrivato il dottore pakistano.

In piú hanno tutti questo modo fiorito da dottore di tirar su la cartella di Gately da un punto all'altezza della vita e leggerla. Il pakistano stringe le labbra e sbuffa assente e succhia un po' la penna.

«Toxemia al secondo grado. Infiammazione sinoviale. Il dolore del trauma è molto peggio oggi, sí?» dice il dottore rivolto alla cartella. Alza lo sguardo, gli spuntano fuori i denti. «Infiammazione sinoviale: male male. Nella letteratura medica il dolore dell'infiammazione sinoviale è paragonato al calcolo renale e al travaglio ectopico». In parte è la carnagione scura della sua faccia classica a far sembrare cosí luminosi i denti. Il sorriso si allarga continuamente senza che vengano a mancargli nuovi denti da esporre. «E allora adesso ci permetterai di somministrarti il livello di analgesia necessario al tuo trauma invece del Toradol, che è un semplice ibuprofene per il mal di testa, perché nel tuo caso questi farmaci sono come dei bambini che fanno il lavoro di un adulto, lo sai, vero? Ci hai ripensato? Sí?»

Gately sta scrivendo una vocale enorme sul blocchetto, con grande attenzione.

«Ti faccio notare che esistono degli analgesici sintetici anapiretici che non superano la Categoria C-III[354], in quanto a dipendenza». Gately si immagina il dottore con un sorriso incandescente che tiene in mano un bastone da pastore. Questo tipo parla con la cantilena dei selvaggi magri con i perizoma che nei film vivono sulle montagne. Gately sovrappone mentalmente un grande teschio e due ossa incrociate su quella faccia lucida. Tiene sollevata in mano una A tremolante lunga tutta la pagina e la brandisce contro il dottore e poi rimette giú il blocchetto e lo rialza subito, e cerca di pronunciarla, immaginandosi che Francis Il Feroce si intrometterà e sistemerà una volta per tutte questo sponsor del Disagio, cosí che Gately non dovrà piú avere a che fare con questa specie di tentatore pakistano senza che magari la prossima volta ci sia un aiuto presente. C-III un cazzo. Anche il *Talwin* è un C-III.

«Per esempio, la Oramorph Sr. È molto sicura e dà molto sollievo. Un sollievo immediato».

È solfato di morfina con un bel nome commerciale, Gately lo sa. Questo pezzente non sa con chi ha a che fare, e di cosa parla.

«Ora devo dire che la mia prima scelta sarebbe un idromorfone idrocloride titolato, in questo caso—»

Cristo, il Dilaudid. Merda. Il Monte del Destino di Fackelmann. E anche il burrone dove era finito Kite. La morte al *Ritz*. Il Blue Bayou. Il killer di Gene Fackelmann, in poche parole. E Gately si ricorda anche il buon vecchio Nooch, l'alto e magro Vinnie Nucci della spiaggia di Salem, che aveva scelto il Dilaudid e aveva passato piú di un anno senza mai togliersi il laccio dal braccio, e arrivava da loro appeso a una fune attraverso le luci della città di Osco con il laccio già stretto sopra il gomito, Nucci che non mangiava mai e diventava sempre piú magro fino a diventare due zigomi alzati a una grande altezza silenziosa, e alla fine anche il bianco dei suoi occhi era diventato dello stesso blu del Bayou; e Fackelmann che era stato fatto fuori dopo la pazzesca truffa a Sorkin e le due notti disastrose di Dilaudid, quando Sorkin aveva—

«—anche se devo dire che, sí, in realtà è un medicinale C-II, e desidero rispettare tutti i tuoi desideri e le tue preoccupazioni», cantilena il dottore piegato alla vita sulle sbarre del letto di Gately mentre esamina da vicino la fasciatura della spalla con l'aria di non volerla neanche toccare, le mani dietro la schiena. Ha il culo praticamente sulla faccia di Francis Il Feroce, che è seduto lí zitto. Il dottore non sembra neanche essersi reso conto che Francis Il Feroce, sobrio da ben 34 anni, è lí. E Francis non apre bocca.

A Gately viene anche in mente che esoterico è un'altra parola-fantasma che lui non ha nessun diritto di usare, mentalmente.

«Perché io sono musulmano, e anch'io mi astengo, per le regole della mia religione, da ogni composto che porti dipendenza», dice il dottore. «Eppure se ho subito un trauma, o se il dentista mi propone di sottopormi a un intervento doloroso, mi sottometto come musulmano all'imperativo del mio dolore e accetto il sollievo, perché il Dio di nessuna religione conosciuta pretende una sofferenza inutile da parte dei Suoi figli».

Gately ha fatto due A piú piccole e tremolanti sulla pagina successiva e sta pugnalando con enfasi il foglio con la Bic. Spera che, se proprio
non vuole chetarsi, almeno il dottore si muova, cosí che Gately possa
lanciare un'occhiata disperata tipo Vieni-Qui-Subito a Francis Il Feroce. Il problema della droga non c'entra nulla con gli Dèi conosciuti.

Il dottore ballonzola un po' mentre si sporge in avanti, la sua faccia si avvicina e poi si allontana. «Il tuo è un trauma di Secondo Grado. Lascia che ti spieghi che la sensazione spiacevole che senti in questo momento non farà che intensificarsi quando i nervi sinoviali cominceranno a rianimarsi. Le leggi dei traumi dicono che il dolore si
intensifica quando inizia il processo di guarigione. Sono un professionista nel mio lavoro, signore, e un musulmano. Idrocodone bitar-
trato[355] – C-III. Levorphanol tartrato[356] – C-III. Oximorfina idrocloride[357] – sinceramente, sí, un C-II, ma decisamente indicata a questo
livello di sofferenza del tutto inutile».

Gately sente Francis Il Feroce che si soffia il naso di nuovo dietro
il dottore. La bocca di Gately si riempie di saliva al ricordo del gusto
dolciastro-nauseante da antisettico dell'idrocloride che si spande in
bocca dopo un'iniezione di Demerol, lo stesso gusto che aveva fatto
venire voglia di vomitare a Kite e alle scassinatrici lesbiche e perfi-
noa Equus Reese («Mi Infilerò Qualsiasi Cosa In Qualsiasi Parte Del
Corpo»), e che invece il povero vecchio Nooch e Gene Fackelmann
e Gately avevano amato, erano proprio arrivati ad amarlo come la mano calda di una madre. Gli occhi di Gately tremano e la lingua viene
fuori da un angolo umido della bocca mentre disegna una siringa roz-
za e un braccio e il laccio e poi prova a disegnare un teschio con le ossa sopra tutta quella roba tremolante, ma il teschio assomiglia piú alla faccia del buon vecchio smile. Lo solleva verso l'estraneo comunque. Il dolore alla parte destra è cosí forte da fargli venir voglia di
vomitare, tubo-in-gola o no.

Il dottore studia i disegni da paralitico, e annuisce nello stesso identico modo in cui Gately annuiva ad Alfonso Parias-Carbo, il cubano
totalmente incomprensibile. «Un composto di oxicodonenalaxone[358]
con una emivita breve ma di gradazione C-III in quanto a dipendenza». Non è possibile che questo qui parli davvero con questa cantilena; deve essere per forza il Disagio di Gately. Il Ragno. Gately si immagina il suo cervello che lotta dentro un bozzolo di seta. Continua
a ripensare alle storielle di disintossicazione che Francis Il Feroce racconta dal podio degli Impegni, di quando gli dettero il Librium[359] per
aiutarlo a superare l'Astinenza, e lui lanciò lontano il Librium, per
fortuna, e da allora quella fortuna non l'ha mai abbandonato.

«Cosí come l'ormai collaudato pentazocine lattato, che sono in grado di offrirti con assoluta certezza nel mio ruolo di professore di traumatologia musulmano, vicino a te di persona, a fianco del tuo letto».

Il pentazocine lattato è il Talwin, il numero 2 tra le robe standard preferite da Gately quando era Là Fuori, e 120 mg di Talwin a stomaco vuoto ti fanno sentire come se galleggiassi nell'olio alla stessa esatta temperatura del tuo corpo, proprio come il Percocet[360], solo senza quel terrible prurito dietro il bulbo oculare che gli rovinava sempre l'effetto del Percocet.

«Abbandona la tua coraggiosa paura della dipendenza e lasciaci fare il nostro lavoro, ragazzo», conclude il pakistano in piedi vicino al suo letto, dalla parte sinistra, il suo camice da laboratorio che nasconde F.F., le mani dietro la schiena, il luccichio opaco dell'angolo di metallo della cartella di Gately appena visibile tra le gambe, perfettamente eretto, che lo guarda sorridendo amichevolmente, il bianco degli occhi impossibilmente bianco quanto il bianco dei suoi denti. Il ricordo del Talwin gli fa sbavare parti del corpo che Gately non credeva potessero sbavare. Sa cosa succederà dopo, Gately lo sa bene. E se il pakistano va avanti e gli offre il Demerol un'altra volta, Gately non resisterà. E chi cazzo potrà biasimarlo, dopotutto. Perché dovrebbe resistere? Ha sofferto un trauma sinoviale destro di non sa quale grado. È stato colpito da una .44 modificata da un professionista. Ora è nel post-trauma, sente un dolore insopportabile, e tutti hanno sentito quello che ha detto questo tipo: peggiorerà, il dolore. Questo tipo era un professionista di traumi con un camice bianco che gli assicurava che era giusto prendere un narcotico. Gehaney lo aveva sentito: che cazzo vogliono da lui quelli della Bandiera? Non era davvero come sgattaiolare nell'Unità 7 con una siringa e una bottiglia di Visine. Questa volta era una misura temporanea, di brevissimo termine, il probabile intervento di un Dio pietoso che non giudica. Uno schizzetto di Demerol – forse due o tre giorni di flebo con il Demerol, forse anche uno solo, e avrebbero attaccato la flebo a un coso di gomma che lui avrebbe tenuto in mano per Autosomministrarsi il Demerol solo in Caso di Bisogno. Forse era il Disagio stesso a dirgli che doveva avere paura che anche uno schizzetto medico necessario come quello avrebbe premuto di nuovo tutti i suoi grilletti, l'avrebbe messo di nuovo in gabbia. Gately si immagina mentre cerca di mandare in cortocircuito un allarme a contatto magnetico con una mano e un uncino. E di certo se Francis Il Feroce pensasse che quello schizzetto di breve periodo e consigliato da un medico fosse in qualche modo sospetto, quel vecchio rettile bastardo direbbe qualcosa, farebbe il suo dovere di Coccodrillo e di sponsor, invece di starsene là a giocare con il tubicino non invasivo che ha infilato nelle narici.

«Ragazzo, mi levo dalle palle e ti lascio sistemare questa cazzata e

torno piú tardi», gli arriva la voce di Francis, pacata e neutrale e vuota di significato, e poi sente lo stridere delle gambe della sedia e l'insieme dei grugniti che accompagna sempre F.F. quando si alza da una
sedia. I suoi capelli bianchi a spazzola sorgono come una luna lenta
sopra la spalla del pakistano, il cui unico segno di aver notato Francis è un improvviso appoggiare il mento nell'incavo della spalla, come un violinista, e sono queste le parole con cui si rivolge allo sponsor di Gately per la prima volta:

«Allora forse, Sig. Gately sr, non Le dispiacerà aiutarci ad aiutare
il suo figliolo cosí preoccupato e coraggioso, che però sottovaluta con
questo suo atteggiamento spavaldo il livello di dolore che sopraggiun-
gerà e sarà del tutto non-necessario, gli dica di lasciarsi aiutare, signore», canta il pakistano con il mento nella spalla rivolto verso Francis Il Feroce, come se fossero gli unici adulti nella stanza. Pensa che
Francis Il Feroce sia il padre organico di Gately.

Gately sa che un Coccodrillo non si prende mai la briga di correg-
gerc le impressioni sbagliate di qualcuno. È a metà strada verso la porta, si muove con la solita lenta e insopportabile attenzione, come se
stesse camminando sul ghiaccio, ed è tutto storto e sembra zoppicare
con tutte e due le gambe ed è cosí senza culo da spezzare il cuore, con
quegli informi pantaloni di velluto da vecchio consumati nel punto della seduta che si mette sempre addosso, la nuca del collo rosso striata
di rughe intricatissime, e se ne va, alzando una mano in un gesto di riconoscimento e rifiuto della richiesta del dottore:

«Non spetta a me dire una cosa o l'altra. Il ragazzo farà quello che
decide sia meglio per se stesso. È lui che sente il dolore. È lui l'unico che può decidere». Si ferma o rallenta ancora di piú quando arriva alla porta aperta, e guarda indietro verso Gately senza però incontrare i suoi occhi spalancati. «Fatti coraggio, ragazzo, e piú tardi
porterò qualche figlio di puttana a trovarti». Dice anche: «In caso dovessi Avere Bisogno di Aiuto per decidere». La fine di questa frase
viene dal corridoio bianco mentre la testa lucida del pakistano si avvicina di nuovo, questa volta con il sorriso tirato di una pazienza messa alle strette, e Gately lo sente inspirare per prepararsi a dire che in
genere per i traumi di Secondo Grado gravi come questo la cura che
normalmente viene indicata è sicuramente di categoria C-II, ed è facile svilupparne una dipendenza ma è insuperabile per efficacia e semplicità di somministrazione, basta una compressa di 50 mg diluita in
una flebo con soluzione salina ogni 3-4 ore di mep—

La mano sinistra di Gately, quella buona, si spella una nocca mentre si proietta tra le sbarre del cancello del letto e s'infila sotto il camice da laboratorio del dottore e gli afferra le palle e le tira giú. Il far-

macologo pakistano urla come una donna. Non è rabbia o desiderio di far male, ma il solo modo di impedire a quel bastardo di offrirgli qualcosa che Gately sa di non poter rifiutare in questo momento. Lo sforzo improvviso manda attraverso Gately una fitta di dolore blu-verde che gli fa rovesciare indietro gli occhi mentre strizza le palle del pakistano, ma non cosí forte da schiacciargliele. Il pakistano fa un inchino profondo e si piega in avanti mentre afferra la mano di Gately e gli mostra tutti i suoi 112 denti e urla sempre piú forte finché arriva a una nota altissima strappata come quelle delle signore dell'opera con gli elmetti da vichingo, cosí alta da far tremare le sbarre del letto e il vetro della finestra e svegliare di soprassalto Don Gately, il cui braccio sinistro infilato tra le sbarre viene piegato dalla forza del suo tentativo di mettersi a sedere di scatto, e il dolore gli fa urlare quasi la stessa nota alta del dottore straniero del sogno. Il cielo fuori della finestra era bellissimo, del colore del Dilaudid; la stanza era piena della vera luce del mattino; niente nevischio sulla finestra. Il soffitto fremeva un po' ma non respirava. L'unica sedia per le visite era di nuovo vicino al muro. Guardò in basso. O il blocchetto da stenografo e la penna erano cascati giú dal letto o anche loro erano fatti di sogno. Il letto accanto era ancora vuoto e in ordine. Ma le sbarre che aveva tirato giú Joelle Van D. per sedersi sul lettino quando aveva i pantaloni di felpa di quel testa di cazzo di Erdedy erano ancora tirate giú, e le altre sbarre erano no su. Allora c'era la prova almeno di una cosa, lei c'era stata davvero, e gli aveva fatto vedere le fotografie. Gately rimise con cautela la mano spellata dentro le sbarre e si toccò per assicurarsi che ci fosse davvero un grosso tubo invasivo che gli entrava in bocca, e c'era davvero. Riusciva ad alzare gli occhi e vedere il monitor del suo cuore che accelerava silenzioso. Il sudore gli veniva fuori da tutto il corpo, e per la prima volta da quando era nel Reparto di Traumatologia sentí di aver bisogno di cacare, e non sapeva come si fossero organizzati per farlo cacare ma gli venne il sospetto che la cosa non fosse per niente allettante. Un secondo. Un altro secondo. Stava cercando di Resistere. Non c'era un secondo che non potesse essere sopportato. L'intercom trillò tre volte. Si sentivano davvero i rumori dei Tp delle altre stanze, e di un carrello portavivande trascinato in corridoio, e dell'odore metallico del cibo dei pazienti che potevano mangiare. Non vedeva niente in corridoio che potesse sembrare l'ombra di un cappello, ma poteva essere tutta quella luce.

La vividezza del sogno poteva essere dovuta alla febbre o al Disagio, ma in ogni caso aveva davvero scosso le sbarre della sua gabbia. Sentiva quella voce cantilenante che gli diceva che il dolore sarebbe stato sempre piú forte. La spalla gli batteva come un cuore

enorme, e il dolore era piú nauseante che mai. Nessun secondo era
insopportabile. Gli venivano in mente i ricordi del buon vecchio Demerol, e volevano che lui li Intrattenesse. Negli Aa di Boston cercano di insegnarti ad accettare le voglie occasionali, i pensieri improvvisi alla Sostanza; ti dicono che i desideri improvvisi di Sostanza spunteranno non invitati nella mente di un vero tossico come le
bolle nella vasca da bagno di un bambino. È un Disagio che dura tutta la vita: non puoi impedire ai pensieri di venire a galla. La cosa che
cercano di insegnarti è di Lasciarli Andare, i pensieri. Lasciali venire quando vogliono, ma non li *Intrattenere*. Non devi invitare il pensiero o il ricordo della Sostanza a entrarti nella testa, non devi offrirgli un'acqua tonica e la tua poltrona preferita, e non devi parlare con lui dei vecchi tempi. La cosa che ti fregava del Demerol non
era solo l'effetto tipo caldo utero materno di un narcotico bello forte. Era piú simile a, a cosa?, forse all'estetica dell'effetto. Gately
aveva sempre pensato che il Demerol con un po' di Talwin desse un
bell'effetto, liscio e ordinato. Un effetto in qualche modo deliziosamente *simmetrico*: la mente galleggia proprio nel centro esatto del
cervello che galleggia protetto da un cranio caldo che a sua volta sta
perfettamente al centro di un cuscino di aria soffice a una certa distanza dalle spalle, senza nessun bisogno di un collo, e dentro tutto
questo c'è un ronzio sonnolento. Il petto si alza e si abbassa da solo, in lontananza. Lo stridore del sangue nella testa è come il rumore delle molle del letto sentito da una piacevole distanza. Il sole stesso sembra sorridere. E quando ti addormenti dormi come un uomo
di cera, e ti svegli nella stessa posizione in cui ti ricordi di esserti addormentato.

E tutti i tipi di dolore diventano una teoria, una notizia che viene
dai lontani climi piú freddi ben oltre l'aria calda dentro la quale c'è
il ronzio, e provi soprattutto gratitudine per quella distanza astratta
da qualsiasi cosa non sieda dentro cerchi concentrici e non ami quello che sta succedendo.

Gately approfitta del fatto di avere lo sguardo già rivolto verso il
soffitto per Chiedere Aiuto sul serio, contro questa ossessione. Cerca di pensare intensamente a qualcos'altro. Quando andava con il-
vecchio Gary Carty nel puzzo pre-alba della bassa marea a mettere le
trappole per le aragoste, a Beverly. Il Pm e le mosche. Sua madre che
dormiva con la bocca spalancata sul divano di chintz. L'angolo piú
lercio dello Shattuck Shelter. Il bordo del velo della ragazza con il velo. Le gabbiette di sbarre incrociate delle trappole, gli steli degli occhi delle aragoste che spuntavano attraverso i quadrati delle sbarre
per guardare sempre verso il mare aperto. O gli adesivi sul paraurti

della vecchia Ford del Pm – CIAAAOOO! e SE MI VIENI TROPPO VICINO
TI TIRO UNA CACCOLA SUL PARABREZZA! e MIA: DIMENTICATI e NON FAC-
CIO SESSO DA COSÌ TANTO CHE NON RICORDO PIÙ CHI DEVE ESSERE LE-
GATO! Il pesce che chiede cos'è l'acqua. L'infermiera con uno strano
accento tedesco, il naso aquilino, le guance tonde e gli occhi morti
che voleva vendere a Gately delle bottigliette-campione di sciroppo
di Demerol della Sanofi-Winthrop, 80 mg a bottiglia, con un sapore
schifoso di banana, poi si sdraiava sulla schiena con quegli occhi morti e Gately la Xava, quasi senza respirare, in un appartamento senza
aria di Ipswich con le persiane di uno strano marrone che lo illumi-
navano di una luce del colore del tè chiaro. Si chiamava Egede o Eget-
te, una volta iniziò a raccontare a Gately che non riusciva neanche ad
avvicinarsi a venire se lui non la bruciava con una sigaretta, e fu quello il primo momento in cui Gately decise per la prima volta di cercare seriamente di smettere di fumare.

Ora irrompe un'infermiera nera del St. E. che sembra un outside
linebacker esterno e controlla le sue flebo e scrive qualcosa sulla cartella e gli punta contro l'artiglieria della sue tette per chiedergli come
sta, e lo chiama «Baby», che è una cosa carina se te la dice un'enorme infermiera di colore. Gately indica l'addome basso nella zona del
colon e cerca di fare un grande gesto esplosivo con un solo braccio,
solo poco meno mortificato di farlo davanti a lei e non a un'infermiera
bianca di taglia umana.

A Gately capitò di imbattersi nel Demerol a ventitre anni, quando
alla fine il prurito intraoculare lo costrinse ad abbandonare il Percocet e a esplorare nuovi paesaggi. Il Demerol era molto piú caro al milligrammo di quasi tutti i narcotici sintetici, ma anche piú facile da re-
perire poiché era il medicinale preferito dai medici per il dolore postoperatorio. Gately non ricorda assolutamente con chi fosse e neppure
dove fosse quando, a Salem, fu iniziato alle Pebbles e alle Bam-Bam,
come i ragazzi della North Shore chiamano le compresse di Demerol
da 50 e da 100 mg, dischetti rispettivamente minuscoli e piccoli di un
bianco gessoso con impresso D/35 da una parte e dall'altra il marchio
della Sanofi-Winthrop Co. che ben presto gli diventò molto caro, una
specie di 🖊, quella stessa slanciata 🖊 che perforò l'involucro quadrato della sua vita a occhi stropicciati della North Shore. E anche
solo ricordarsi del D/35 lo fa sentire come se stesse Intrattenendo la
sua ossessione. Si ricorda che successe poco tempo dopo il funerale di
Nooch, perché era solo e senza la sua banda quando qualcuno invece
di quello che voleva lui gli aveva offerto due compresse da 50 mg che
sembravano veramente minuscole nelle sue mani enormi, e quel qualcuno aveva riso quando Gately aveva detto Chè cazzo è questa roba,

e Sembra Bufferin per formiche, e dopo aver riso gli aveva detto: Fidati di me.

Doveva essere stata la sua ventitreesima estate Là Fuori, perché si ricorda che non aveva la maglietta addosso e guidava sulla 93 quando finí tutto quello che aveva e si fermò nel parcheggio della Biblioteca Jfk per prenderle, ed erano cosí piccole e senza sapore che dovette guardarsi bene la bocca aperta nello specchietto retrovisore per essere sicuro di averle buttate giú. E si ricorda che non aveva la maglietta perché si era messo a studiare il suo grosso petto nudo e senza peli per un bel po' di tempo. E da quel pomeriggio sonnolento nel parcheggio della Biblioteca Jfk in poi era stato un fedele seguace al tempio della dea Demerol, fino alla fine.

Gately si ricorda di essere andato in giro – per lunghi periodi sia dell'èra-Percocet che dell'èra-Demerol – con due altri tossicodipendenti da narcotici della North Shore, con uno di loro Gately c'era cresciuto e con l'altro aveva spezzato le dita di molta gente per conto di Whitney Sorkin, l'allibratore con il mal di testa. Non erano ladri questi ragazzi, nessuno di loro: Fackelmann e Kite. Fackelmann aveva un'esperienza in assegni creativi, oltre ad avere accesso a un macchinario per la produzione di Carte d'Identità, e Kite era stato un mago del computer alla Salem State prima di essere cacciato per aver addebitato sul conto Wats dell'università le bollette del telefono di alcuni ragazzi in guai seri per via della loro passione per le telefonate a luci rosse e cosí, naturalmente, i due cominciarono ad andare in giro insieme, F. e K., e crearono insieme la loro truffa poco ambiziosa ma elegante al quale Gately partecipò solo in modo marginale. Fackelmann e Kite si fornivano di un'identità e di un credito sufficiente da permettergli di affittare un appartamento di lusso ammobiliato, poi affittavano un sacco di elettrodomestici di lusso da posti tipo Rent-A-Center o Rent 2 Own a Boston, poi vendevano gli elettrodomestici e i mobili di lusso a uno dei loro ricettatori di fiducia, portavano nell'appartamento i loro materassi ad aria e i sacchi a pelo e le sedie di tela e il piccolo Tp legittimamente comprato e il visore e gli altoparlanti e si accampavano nell'appartamento di lusso vuoto, e si facevano ben bene con i profitti netti della vendita degli elettrodomestici presi in affitto finché non arrivava il secondo Sollecito di Pagamento dell'affitto; allora si procuravano un'altra identità e si spostavano e lo facevano di nuovo. Venne anche il turno di Gately di farsi un bel bagno e radersi e rispondere a un annuncio per l'affitto di un appartamento di lusso vestito con abiti da yuppie che aveva preso in prestito e incontrare quelli dell'agenzia immobiliare e fargli una fantastica impressione con la sua carta d'identità e il suo credito bancario, e scrivere un nome falso sul contratto d'affitto; e poi si sistemava nell'appartamento e si faceva insieme a Fackelmann e Kite, anche se lui, Gately, aveva già la sua carriera di spezzapollici e poi di ladro, e i suoi ricettatori di fiducia, e tendeva sempre piú a rubare da solo e procurarsi i suoi Percocet e piú tardi i Demerol.

Sdraiato lí, impegnato a Sopportare e a non Intrattenere, Gately si ricorda di quando il buon vecchio sventurato Gene Fackelmann – che per essere un tossico da narcotici era in possesso di una libido veramente scatenata – si divertiva a portare a casa un sacco di ragazze negli appartamenti che di volta in volta depredavano, e di come il vecchio Fax apriva la porta e si guardava con finto stupore a vedere l'appartamento di lusso vuoto e senza tappeti e gridava «Cazzo, ci hanno derubati!»

Fackelmann e Kite dicevano di Gately che era un tipo in gamba (per essere un tossico da narcotici, il che pone dei limiti alla fiducia razionale) e affidabile, un grande e fedele amico e compagno di avventure, ma davvero non riuscivano a capire come mai Gately avesse scelto di prendere i narcotici, perché avesse scelto proprio quelle Sostanze visto che quando non le prendeva era un bravo ragazzone allegro, ma quando prendeva una Pebble o roba simile diventava una persona taciturna e distante, quasi-morta, dicevano sempre, un Gately completamente diverso che stava seduto per ore sulla sua sedia di tela, praticamente sdraiato su questa sedia con la tela allentata e le gambe piegate, e non apriva bocca oppure diceva solo una parola indispensabile o due, e quando parlava non sembrava nemmeno che aprisse bocca. Faceva sentire soli tutti quelli che si facevano con lui. Diventava davvero, diciamo, interiore. Il termine usato da Pamela Hoffman-Jeep era «Diretto-ad-Altro». Ed era peggio quando si iniettava qualcosa. Dovevi quasi sollevargli il collo dal petto. Kite diceva che sembrava sempre che Gately si iniettasse cemento invece che narcotici.

McDade e Diehl arrivano verso le 1100h dopo aver visitato Doony Glynn che è al piano di sotto da qualche parte nel Reparto di Gastroenterologia e cercano per scherzo di dare un arcaico vecchio e fuorimoda cinque alla mano sinistra di Gately e dicono che quelli del Reparto Budella hanno fatto a Glynn una megaflebo di un preparato di codeina Levsin[361] antidiverticolite, e Doon sembrava avesse avuto una specie di esperienza spirituale con questo preparato, e non faceva altro che dare loro esuberanti cinque e dire che i Primari della Pancia dicevano che c'era la possibilità che la sua condizione fosse inoperabile e cronica e D.G. dovesse prendere quel preparato per tutta la vita, con un aggeggio di gomma per l'Autosomministrazione, e Doon che prima viveva ripiegato in posizione fetale ora stava sempre seduto nella posizione del loto e sembrava davvero molto felice. Gately emette dei suoni patetici intorno al suo tubo orale mentre McDade e Diehl iniziano a interrompersi l'un l'altro scusandosi perché sembra proprio che probabilmente non saranno in grado di deporre legalmente a favore di Gately come invece vorrebbero tanto fare per via di varie questione legali che pesano ancora sulle loro teste e i loro avvocati, rispettivamente non d'ufficio e d'ufficio, dicono che per loro entrare volontariamente nel Tribunale del Distretto di Norfolk a Enfield equivarrebbe a una specie di suicidio giudiziario e penale, cosí gli è stato detto.

Diehl guarda McDade e poi dice che ci sono anche notizie spiacevoli sul Ferro .44, che nella ricostruzione finale degli eventi sembra sempre piú verosimile che possa esser stato Lenz ad aver raccattato il Ferro dal prato quando era scappato dal complesso dell'Enfield Marine subito prima della Madama. Perché quella pistola del cazzo è sparita, non c'è nessuno che l'ha nascosta e non vuole tirarla fuori sapendo cosa è in gioco per il buon vecchio G-Man in tutto quest'affare. Gately fa un rumore completamente nuovo.

McDade dice che la notizia migliore è forse che Lenz è stato visto, che Ken E. e Burt F. Smith avevano visto qualcuno che poteva essere R. Lenz o C. Romero dopo una malattia devastante mentre tornavano da un incontro a Kenmore Square al quale Ken E. aveva spinto Burt F.S. sulla sedia a rotelle, l'avevano visto quasi sempre di schiena, con uno smoking con uno spacco di dietro e un sombrero con le palle pendule, e aveva tutta l'aria di esserci ufficialmente ricaduto, di nuovo Là Fuori, ubriaco fradicio, barcollava e non si reggeva proprio sulle gambe e camminava come contro un uragano, e si aggrappava da un parchimetro all'altro. A questo punto Wade McDade pensa di aggiungere che la notizia confermata è che l'Enfield Marine si sta preparando ad affittare l'Unità 3 a un'agenzia di salute mentale che prende in cura a lungo termine gli alletti da agorafobia inabilitante, e tutti alla Ennet stanno riflettendo sul fatto che *quello* sí diventerà un posto costantemente affollato, soprattutto considerando l'estrema rigidità dell'inverno che sta arrivando. Diehl dice che riesce sempre a capire quando sta per nevicare per via della sua sinusite, e la sua sinusite prevede per lo meno una bufera non piú tardi di stanotte. Non pensano mai di dire a Gately che giorno è. Il fatto che Gately non riesca a comunicare neanche la piú semplice delle richieste gli fa venire voglia di urlare. McDade, in quella che è una confessione confidenziale o una pugnalata a uno del Personale che non è in condizione di imporsi su nulla, gli confida che lui ed Emil Minty stanno preparando con Parias-Carbo – che lavora per un benefattore della Ennet House alla tipografia All-Bright vicino alla scuola Jackson-Mann – degli eleganti inviti formali per tutti i malati di agorafobia dell'Unità 3 perché escano fuori e li raggiungano alla Ennet House per una bella rumorosa e affollata festa di Benvenuto all'aperto. E ora Gately sa per certo che erano stati McDade e Minty a mettere il cartello CERCASI AIUTO sotto la finestra della signora dell'Unità 4 che chiede sempre aiuto. Il livello generale di tensione nella stanza aumenta. Gavin Diehl si schiarisce la gola e dice che tutti gli hanno detto di dire a Gately che sentono tantissimo la sua mancanza alla Ennet e tutti gli hanno detto di dirgli «Come va?» e sperano che il G-Man possa presto tornare a prenderli a calci in culo; e McDade tira fuori dalla tasca una Cartolina di Guarigione non firmata e la infila con cura tra le sbarre del letto, vicino al braccio di Gately, e la cartolina comincia ad aprirsi dopo essere stata piegata e infilata in tasca. È chiaro che è stata rubata.

Forse è per quella patetica cartolina piegata, calda e non firmata, ma Gately viene improvvisamente colpito dal calore di un'ondata di autocommiserazione e risentimento non solo per la cartolina ma per la prospettiva che questi due pagliacci mangiacaccole non testimonieranno per il suo *se offendendo* dopo che lui non ha fatto altro che il suo lavoro per aiutare uno di loro e ora è disteso in un letto a sopportare un livello di dolore destrorso che questi bastardi rammolliti non riuscirebbero mai a immaginarsi, e dovrà prepararsi a dire di no a un pakistano sorridente che vuole dargli la sua droga preferita di quando aveva il Disagio, con un tubo in gola e senza un blocchetto d'appunti dopo che ne ha chiesto uno, e ha bisogno di cacare e sapere che giorno è e non si vede neanche l'ombra dell'infermiera nera grassa, e non riesce a muoversi – improvvisamente sembra da idioti totali credere che il corso degli eventi sia la prova della protezione e dell'amore di un Potere Superiore – è un po' difficile capire come mai un aperte le virolette *Dio Benevolo* l'avrebbe fatto passare dal tritacarne dello smettere di drogarsi e del rimettersi in riga per poi farlo finire sdraiato a letto con tutto questo dolore e costringerlo a dire di no ai medici che gli consigliano di prendere le Sostanze e alla fine farlo finire in prigione solo perché Pat M. non ha il coraggio di costringere questi stronzi egoisti rottinculo a deporre per lui e fare la cosa giusta una volta nella vita. Il risentimento e la paura fanno venire le corde al collo paonazzo di Gately, che sembra furibondo e per niente allegro. – Perché cosa succede se Dio è davvero quel figurante crudele e vendicativo che gli Aa di Boston giurano e spergiurano che non sia, e ti aiuta a smettere solo perché tu possa sentire al massimo tutti gli spigoli e le lame delle punizioni speciali che ha preparato per te? – Perché cazzo allora dovrebbe dire di no all'aggeggio di gomma per l'autosomministrazione del ronzio sonnolento del Demerol, se sono queste aperte virgolette le ricompense per la tua sobrietà e per essere stato Attivo negli Aa? Il risentimento, la paura e l'autocommiserazione sono quasi narcotizzanti. Molto peggio dei pugni e delle pistolettate di quei canadesi sfortunati. Era uno di quegli improvvisi impotenti furori da Giobbe che facevano ricadere indietro in se stessi tutti gli ex tossici sobri, come il fumo su per un camino. Diehl e McDade si stavano allontanando da lui. Potevano fare quel che cazzo che volevano. Gately si sentiva la testa calda e fredda, e i battiti registrati dal monitor sopra la sua testa cominciavano ad assomigliare alle Montagne Rocciose.

I residenti, tra Gately e la porta, con gli occhi spalancati, improvvisamente si divisero per lasciar passare qualcuno. All'inizio Gately vide in mezzo a loro solo un contenitore di plastica a forma di fagiolo e una cosa cilindrica simile a una bottiglia di ketchup con in cima un beccuccio tipo siringa e la scritta verde FLEET da una parte. Gli ci volle un secondo per capire cosa fosse. Poi vide l'infermiera che veniva avanti con quella roba in mano e il suo cuore infuriato si placò subito. Diehl e McDade borbottarono dei rumori tipo saluto-cordiale e si dileguarono dalla porta con l'alacrità vaga dei tossici stagionati. L'infermiera non era un pinguino con una fessura al posto della bocca, né una enorme mami. Questa infermiera sembrava uscita dalla foto di un catalogo di abbigliamento da infermiere, una cosí fica che all'ora di pranzo deve camminare chilometri per non passare davanti ai cantieri dove ci sono gli operai in pausa. L'immagine proiettata dell'unione tra Gately e questa infermiera splendida prese forma e divenne subito grottesca: lui prono con il culo in fuori sul dondolo sotto il portico, lei con i capelli bianchi e angelica che porta via qualcosa in una padella a forma di fagiolo e la butta in un mucchio torreggiante dietro il villino in cui si sono ritirati. Tutta la rabbia in lui evaporò mentre si preparava a morire di mortificazione. L'infermiera era lí in piedi e fece roteare la padella su un dito e piegò un paio di volte il lungo cilindro del Fleet e fece sprizzare dalla punta un arco di liquido trasparente che sembrò rimanere sospeso nella luce della finestra, come un pistolero che ruota la sua sei-colpi con nonchalance, e tutto questo con un sorriso che spezzò in due la spina di Gately. Cominciò a recitare mentalmente la Preghiera della Serenità. Quando si mosse sentí il suo puzzo acido. Per non parlare del tempo che gli ci volle e del dolore che sentí a rotolarsi sul fianco sinistro e a esporre il culo e a tirare le ginocchia al petto reggendole con un braccio – «Qui diciamo Abbracciati le ginocchia come se fossero la tua ragazza», disse l'infermiera e appoggiò una mano terribilmente soffice e fredda sul culo di Gately – senza urtare il catetere o le flebo, o il grosso tubo che gli andava giú per la gola Dio solo sa fin dove.

Stavo per tornare di sopra per sapere della defenestrazione di Stice, dare un'occhiata a Mario e cambiarmi i calzini ed esaminare la mia espressione nello specchio per non cedere a una ilarità non intenzionale, ascoltare i messaggi telefonici di Orin e poi l'aria della morte-protratta dalla *Tosca*, una o due volte. Non esiste una musica che eguagli la *Tosca* per disperazione assoluta.

Stavo camminando per il corridoio umido quando mi colpí. Non so da dove venisse. Era una variante di quel panico telescopicamente autoconsapevole che in partita può essere devastante. Non mi ero mai sentito in questo modo fuori dal campo. Non era del tutto spiacevole. Il panico ingiustificato acuisce i sensi in modo quasi insopportabile. Ce l'aveva insegnato Lyle. Riesci a percepire le cose molto intensamente. Il consiglio di Lyle era stato di rivolgere la percezione e l'attenzione sulla paura stessa, ma ci aveva fatto vedere solo come fare questa cosa in campo, durante il gioco. Tutto sembrava accadere a troppi fotogrammi al secondo. Tutto aveva troppi aspetti. Ma la cosa non mi disorientava. L'intensità non era incontrollabile. Era solo molto intensa e vivida. Non era come quando mi facevo, ma era sempre molto: *lucido*. Improvvisamente il mondo sembrava quasi commestibile, pronto per essere ingerito. La sottile buccia di luce sulla vernice del battiscopa. La crema del rivestimento acustico del soffitto. Le venature longitudinali marrone-camoscio del legno piú scuro sulle porte delle stanze. Il bagliore opaco dell'ottone delle maniglie. Senza la qualità astratta e cognitiva del Bob o della Star. Il rosso del segnale luminoso con la scritta EXIT sulle scale. Sleepy T.P. Peterson venne fuori dal bagno in un fantastico accappatoio a quadri, la faccia e i piedi color salmone per la doccia calda, e sparí nella sua stanza attraverso il corridoio senza vedermi appoggiato al muro verde menta del corridoio.

Ma c'era anche il panico, endocrino, paralizzante, e aveva un elemento ipercognitivo tipo bad-trip che non ricordavo negli attacchi di paura viscerale che ti prendono in campo. Qualcosa simile a un'ombra si affiancava alla vividezza e alla lucidità del mondo. La concentrazione dell'attenzione lo modificava. Ciò che non sembrava fresco e non familiare improvvisamente pareva vecchio come pietra. Tutto questo in pochi secondi. La familiarità della routine dell'Accademia acquisí uno schiacciante aspetto cumulativo. Il numero totale delle volte che mi ero trascinato su per gli scalini di cemento grezzo delle scale, che avevo visto il mio debole riflesso rosso sulla vernice della porta antincendio, fatto i 56 passi giú per il corridoio per arrivare alla nostra stanza, aperto la porta e poi accompagnata gentilmente nel chiudersi per non svegliare Mario. Rivissi il numero totale dei passi, dei movimenti, dei respiri e delle pulsazioni di tutti questi anni. Poi tutte le volte che avrei dovuto ripetere gli stessi gesti, giorno dopo giorno, in ogni tipo di luce, finché mi sarei diplomato e sarei andato via e avrei ricominciato lo stesso estenuante processo di uscita e ritorno in qualche dormitorio di qualche università tennistica da qualche altra parte. Forse la parte peggiore di quella conoscenza riguardava il volume incredibile di cibo che avrei consumato per il resto della mia vita. Pasto dopo pasto, e in piú gli spuntini. Giorno dopo giorno dopo giorno. L'esperienza di questo cibo nella sua totalità. Bastava il pensiero della carne. Un megagrammo? Due megagrammi? Vidi con grande chiarezza l'immagine di una stanza ampia, fresca e ben illuminata piena fino al soffitto dei filetti di pollo leggermente impanati che avrei consumato nei prossimi sessant'anni. Il numero di polli vivisezionati per la carne di tutta una vita. Le quantità di acido idrocloridrico e di bilirubina e di glucosio e di glicogeno e di gloconolo prodotte e assorbite e prodotte nel mio corpo. E un'altra stanza, piú buia, piena della massa crescente degli escrementi che avrei prodotto, la porta d'acciaio della stanza chiusa a doppia mandata che si gonfiava per la pressione crescente... Dovetti appoggiare una mano contro il muro e rimanere lí ingobbito finché il peggio non fu passato. Guardai il pavimento che si asciugava. Il suo bagliore opaco brillava dietro di me alla luce della neve dalla finestra est. Il celestino della parete era intessuto con una filigrana intricata di bozzoli e grumi di vernice. Un catarro di Kenkle su cui lo straccio non era passato era vicino all'angolo della soglia della porta della Sp 5 e tremolava leggermente mentre la porta si scuoteva nella cornice. Si sentivano botte e colpi dal piano di sopra. Stava ancora nevicando di brutto.

Mi sdraiai sulla schiena sulla moquette della Sala Proiezioni 5, sempre al secondo piano, combattendo la sensazione di non esserci mai stato prima o di averci passato intere esistenze. Tutta la stanza era pannellata con un materiale freddo giallo luccicante che si chiamava Kevlon. Il visore occupava quasi la metà della parete sud ed era morto e grigio-verde. Anche il verde della moquette somigliava a questo colore. Le cartucce educative e motivazionali erano su una grossa libreria di vetro le cui mensole centrali erano lunghe, mentre quelle sopra e sotto si restringevano fino ad arrivare al niente. La forma della libreria faceva venire in mente la parola ovoide. Tenevo in equilibrio sul petto il bicchiere Nasa con dentro lo spazzolino. Si alzava ogni volta che espiravo. Avevo il bicchiere Nasa da quando ero bambino, e la decalcomania delle figurine con gli elmetti bianchi che salutavano con aria autoritaria dai finestrini di uno shuttle-prototipo erano scolorite e incomplete.

Dopo un po' di tempo Sleepy T.P. Peterson mise dentro la testa
bagnata e appena pettinata e disse che Lamont Chu voleva sapere se
quello che stava succedendo fuori poteva essere definito un blizzard.
Ci volle piú di un minuto di silenzio da parte mia perché se ne andasse. I pannelli sul soffitto erano dettagliati in modo grottesco. Sembravano inseguirti come uno dei patrocinatori invadenti dell'Eta che
alla feste ti spingevano contro il muro per parlare. La caviglia mi batteva un po' per la bassa pressione della bufera di neve. Rilassai la gola e lasciai semplicemente che l'eccesso di saliva tornasse postnasal-
mente indietro e giú. La mamma della Mami era del Québec, suo padre anglo-canadese. L'espressione usata nella «Rivista per gli Studi
sull'Alcol» di Yale per un uomo come lui era *bevitore-da-festino*. I miei
nonni erano tutti deceduti. Il secondo nome di Lui in Persona era
Orin, il nome del padre di suo padre. Le cartucce di intrattenimento
della Sp erano sistemate sulle mensole di polietilene translucido lunghe tutta la parete. Tutti gli astucci delle cartucce erano di plastica
trasparente oppure nera lucida. Il mio nome completo è Harold James Incandenza, e sono alto 183,6 cm in calzini. Lui in Persona aveva disegnato l'illuminazione indiretta dell'Accademia, che è ingegnosa
e quasi a spettro totale. Nella Sp 5 c'era un grande divano, quattro
sedie reclinabili, una sedia a sdraio di dimensioni medie, sei cuscini
di velluto verde per gli spettatori ammucchiati in un angolo, tre tavoli e un tavolino da fumo di mylar con i sottobicchieri. L'illuminazione dall'alto in ogni stanza dell'Eta veniva da un faretto in carbon-
grafite rivolto in alto verso un piatto riflettente fatto di una lega complessa. Non c'era bisogno di reostato; un piccolo joystick controllava
la luminosità modificando l'angolo di incidenza sul piatto della luce
del faretto. I film di Lui in Persona erano sistemati sulla terza mensola della libreria. Il nome completo della Mami è Avril Mondragon
Tavis Incandenza, E.D., Ph.D. È alta 197 cm con i tacchi bassi eppure arrivava soltanto all'orecchio di Lui in Persona quando lui si rad-
drizzava e stava eretto. Per quasi un mese in sala pesi Lyle aveva ripetuto che il livello piú avanzato di Vaipassana o meditazione «Interiore» consisteva nello stare seduti a contemplare consapevolmente la
propria morte. Avevo fatto delle Sessioni Fratelloni nella Sp 5 per tutto il mese di settembre. La Mami era cresciuta senza un secondo nome. L'etimologia del termine *blizzard* è essenzialmente sconosciuta. Il
sistema d'illuminazione a spettro totale era stato un dono di amore di
Lui in Persona alla Mami, che aveva acconsentito a lasciare Brandeis
e a guidare i docenti dell'Accademia e provava un terrore etnico tutto canadese per la luce fluorescente; ma quando il sistema fu installato e collaudato, la gestalt della luminofobia della Mami si era estesa a

ogni tipo di illuminazione dall'alto, e lei non usò mai il sistema fa-
retto-piatto del suo ufficio.

Petropolis Kahn mise dentro la sua grossa testa arruffata e chiese
cosa fosse tutto il casino al piano di sopra, i colpi e le grida. Chiese
se sarei andato a fare colazione. Le voci sulla colazione parlavano di
surrogato di salsiccia e succo d'arancia con polpa palpabile. Chiusi gli
occhi e mi ricordai che conoscevo Petropolis Kahn da tre anni e tre
mesi. Kahn se ne andò. Sentii la sua testa che si ritirava dalla porta:
una suzione molto leggera nell'aria della stanza. Avevo bisogno di scoreggiare ma fino a ora non avevo scoreggiato. Il peso atomico del carbonio è 12,01 e spiccioli. Una sorvegliatissima partitina di Eschaton
prevista per metà mattinata con Pemulis (secondo le voci) maestro di
campo sarebbe stata sicuramente annullata a causa della neve. Mentre tornavo da Natick, martedí, mi era venuto in mente che se avessi dovuto scegliere tra continuare a giocare a tennis a livello agonistico e continuare a farmi non ce l'avrei fatta, non sarei mai riuscito
a scegliere. Il distante terrore che avevo provato al solo pensarci mi
terrorizzava. Il fondatore del Club della Galleria degli Under 14 era
stato Heath Pearson quando era piccolo. La notizia che Pemulis in
persona si sarebbe messo il cappello con l'elica nel prossimo Eschaton era venuta da Ken Blott; Pemulis mi aveva evitato da quando ero
tornato da Natick martedí – come se avesse capito qualcosa. La scorsa notte la donna dietro la cassa alla stazione di servizio della Shell
aveva fatto uno scossone quando mi ero avvicinato con la carta prima di mettere benzina, come se anche lei avesse visto qualcosa nella
mia faccia che non sapevo ci fosse. Sul *North American Collegiate Dictionary* si leggeva che ogni tempesta di neve «molto intensa» con venti «molto forti» poteva essere definita un blizzard. Lui in Persona,
nei due anni prima di morire, aveva questa illusione di silenzio quando parlavo: io credevo di parlare e lui credeva che non stessi parlando. Mario diceva che Lui in Persona non lo aveva mai accusato di non
parlare. Cercai di ricordarmi se avevo mai discusso dell'argomento
con la Mami. La Mami si preoccupava di apparire sempre disponibile a discutere di tutto eccetto di Lui in Persona e quello che era successo tra lei e Lui in Persona mentre Lui in Persona si chiudeva sempre piú in se stesso. Lei non aveva mai proibito che si facessero domande sulla cosa; ma faceva subito una faccia cosí sofferente e insicura
che ti sentivi crudele solo per averlo chiesto. Mi domandavo se la cessazione delle ripetizioni di matematica di Pemulis non fosse un'affermazione obliqua, tipo Sei Pronto. Pemulis comunicava spesso con
una specie di codice esoterico. Era anche vero che da martedí ero rimasto quasi sempre da solo in camera. L'*Oxford English Dictionary*

condensato, in un raro esempio di florida imprecisione, definiva *blizzard* «una furiosa folata di vento ghiacciato e neve accecante spesso causa di morte per uomini e bestie», e sosteneva che la parola fosse o un neologismo o una corruzione del francese *blesser*, coniato in inglese da un cronista per il «Northern Vindicator» dell'Iowa nel 1864 a.S. Nell'Acmt Orin sostenne che quando la mattina prendeva la macchina della Mami, certe volte c'erano impronte di piedi umani nudi sull'interno del parabrezza. La griglia del bocchettone dell'aria calda nella Sp 5 faceva un sibilo sterile. Per tutto il corridoio si sentivano i rumori dell'Accademia che ritornava alla vita, abluzioni competitive, sbuffi d'ansia e lamentele per il possibile blizzard là fuori – i ragazzi volevano giocare. Si sentiva un gran traffico di piedi nel corridoio sopra di me al terzo piano. Orin stava attraversando un periodo in cui era attratto solo da madri giovani con figli piccoli. La posizione era quella ingobbita: lei si ingobbisce, tu ti ingobbisci. John Wayne aveva avuto una violenta reazione allergica a un decongestionante e si era impadronito del microfono della Weta e si era messo pubblicamente in ridicolo durante il programma del martedí di Troeltsch, ed era stato tenuto una notte al St. Elizabeth in osservazione, ma si era rimesso subito e nella corsa di allenamento del mercoledí aveva battuto anche Stice. Io mi ero perso tutta la cosa e me l'aveva raccontata Mario al mio ritorno da Natick – sembrava che Wayne avesse detto cose spiacevoli su vari membri del personale e dell'amministrazione dell'Eta, nessuna delle quali era stata presa sui serio da chi conosceva Wayne e sapeva cosa voleva dire per l'Accademia. Dai racconti di tutti emergeva che il sollievo di sapere che Wayne stava bene era di gran lunga l'emozione dominante, per tutti; addirittura sembrava che la Mami fosse stata al fianco di Wayne fino a notte fonda al St. Elizabeth, e Booboo pensava che fosse una cosa molto apprezzabile e del tutto tipica di lei. Immaginare il numero di volte che il mio petto si sarebbe alzato e abbassato e alzato. Se cerchi la specificità prescrittiva bisogna andare dagli specialisti: il *Dizionario di Scienze Ambientali* di Sitney e Schneewind dice che sono richiesti 12 cm all'ora di nevicata continua, venti almeno a 60 km orari, e una visibilità inferiore ai 500 metri; e solo se queste condizioni sussistono per piú di tre ore allora si può parlare di blizzard; se sussistono per meno di tre ore allora si ha una «Burrasca di Quarto Grado». La dedizione e l'energia continua che sono necessarie a ottenere la vera perspicacia e la competenza erano estenuanti solo a pensarci.

A volte negli ultimi tempi mi sembrava quasi una specie di miracolo nero che qualcuno potesse tenere tanto a un argomento o a un'impresa, e potesse continuare a tenerci tanto per anni. Che potesse de-

dicarvi tutta la vita. Mi sembrava ammirevole e patetico allo stesso
tempo. Forse non vediamo l'ora, tutti, di dedicare la nostra vita a
qualcosa. Dio o Satana, politica o grammatica, topologia o filatelia –
l'oggetto sembrava puramente incidentale rispetto a questo desiderio
di dedicarsi completamente a qualcosa. Ai giochi o agli aghi, o a qualche altra persona. C'era qualcosa di patetico. Una fuga-da sotto forma di un tuffarsi-in. Ma esattamente una fuga da cosa? Queste stanze piene zeppe di escrementi e carne? A che scopo? Ecco perché qui
ci facevano iniziare da piccolissimi: perché ci dedicassimo completamente a qualcosa prima dell'età in cui spuntano becchi e artigli alle
domande *perché* e a *cosa*. Ci facevano una gentilezza, in un certo senso. Il tedesco moderno è meglio equipaggiato per combinare gerun-
divi e preposizioni del suo cugino bastardo. Il significato originario
del termine *addiction* implicava avere degli obblighi, essere fedele, legalmente e spiritualmente. Dedicare la propria vita a qualcosa, tuf-
farvisi dentro. Avevo fatto delle ricerche, su questa cosa. Stice mi
aveva chiesto se credevo ai fantasmi. Mi era sempre sembrato un po'
assurdo che Amleto, con tutti i suoi dubbi paralizzanti su tutto, non
avesse mai messo in dubbio la realtà del fantasma. Non si fosse mai
domandato se la sua pazzia in realtà non fosse non-fittizia. Stice aveva promesso di farmi vedere una cosa terrificante. Cioè, se Amleto
facesse solo finta di fingere. Continuavo a pensare al soliloquio finale
del professore di Film e Cartucce nell'opera incompiuta di Lui in Persona *Begli uomini in piccole stanze che usano ogni centimetro di spazio
disponibile con efficienza impressionante*, l'acida parodia degli accademici che la Mami aveva preso come un'offesa personale. Continuavo
a pensare che sarei dovuto andare al piano di sopra a vedere come stava Il Tenebra. Sembravano esserci cosí tante implicazioni al solo pensiero di mettersi a sedere e alzarsi e uscire dalla Sp 5 e compiere un
numero variabile di passi dipendente dall'ampiezza della falcata per
arrivare alla porta delle scale, che il solo pensiero di alzarmi mi rendeva felice di essere sdraiato sul pavimento.

Ero sul pavimento. Sentivo la moquette verde Nilo con il dorso delle mani. Ero completamente orizzontale. Ero a mio agio sdraiato, perfettamente immobile, a guardare il soffitto. Mi piaceva il fatto di essere un oggetto orizzontale in una stanza piena di roba orizzontale. Forse Charles Tavis non ha un vero legame di sangue con la Mami. La
madre della Mami, una franco-canadese estremamente alta, morí quando lei aveva otto anni. Un paio di mesi dopo suo padre lasciò la fattoria di patate per un «viaggio d'affari», e stette via molte settimane. Faceva cose di questo tipo con una certa frequenza. Un bevitore-da-festino. Poi arrivava una telefonata da qualche lontana provincia o Stato

Usa, e uno dei braccianti partiva per andare a pagargli la cauzione. Da questa scomparsa però ritornò con una nuova moglie della quale la Mami non aveva mai saputo niente, una vedova americana di nome Elizabeth Tavis, che nella foto del suo pomposo matrimonio nel Vermont sembra essere quasi certamente una nana – la grossa testa quadrata, il tronco relativamente lungo in confronto alle gambe, il setto nasale infossato e gli occhi sporgenti, le braccia focomeliche striminzite intorno alla coscia destra del giovin signore Mondragon, una guancia beige affettuosamente premuta contro la fibbia della sua cintura. C.T. era il figlio neonato che lei aveva portato a questa nuova unione, il padre era uno sfaticato morto in uno stupido incidente con le freccette in una taverna di Brattleboro proprio mentre venivano sistemate le starle ostetriche per il travaglio e il parto della acondroplastica Sig.ra Tavis. Secondo Orin, comunque, C.T. e la Mami dicono che la Sig.ra T. non era una vera omodonte come – ad esempio – Mario è un vero omodonte. Ogni dente di Mario è un secondo bicuspide. Quindi era tutto molto incerto. Il racconto della scomparsa, dell'incidente con le freccette, e dell'incongruità dentale viene da Orin, che diceva di aver dedotto il tutto da una lunga conversazione a senso unico che aveva avuto con un C.T. sconvolto nella sala di attesa del Reparto Ostetricia/Ginecologia dell'Ospedale Femminile Brigham mentre la Mami stava partorendo prematuramente Mario. Orin aveva sette anni; Lui in Persona era in sala parto, e la nascita di Mario fu in pratica una toccata-e-fuga. Il fatto che Orin fosse la nostra unica e sola fonte di informazioni avvolgeva la cosa di ulteriore ambiguità, secondo me. L'esattezza nei particolari non era mai stata il forte di Orin. Naturalmente la foto del matrimonio era disponibile per consultazione, e confermò che la Sig.ra Tavis aveva la testa enorme ed era bassissima. Né Mario né io avevamo mai fatto domande alla Mami su questo argomento, forse per paura di riaprire le ferite psichiche di un'infanzia che doveva esser stata molto infelice. Io di certo non le avevo mai chiesto nulla sull'argomento.

Da parte loro, la Mami e C.T. si erano sempre definiti estremamente vicini ma non parenti.

Improvvisamente l'attacco di panico e l'ultimo spasmo del fuoco profilattico mi assalirono con l'intensa orizzontalità che era tutto intorno a me nella Sala Proiezioni – il soffitto, il pavimento, la moquette, il piano dei tavoli, la seduta delle sedie e le mensole subito sopra gli schienali delle sedie. E ancora – le tremule righe orizzontali nel tessuto di Kevlon alle pareti, la lunghissima parte superiore del visore, i margini della porta, i cuscini, la parte inferiore del visore, la base e la parte superiore del basso lettore di cartucce nero e i piccoli controlli che ne sporgevano come lingue mozzate. L'orizzontalità apparentemente senza fine del divano, delle sedie e della sdraio, ogni linea delle mensole alle pareti, la mensolatura orizzontale di lunghezza variabile della libreria ovoide, due dei quattro lati di ogni contenitore di cartucce, e cosí via. Stavo sdraiato nel mio piccolo stretto sarcofago di spazio. L'orizzontalità si accumulava tutt'intorno a me. Ero il prosciutto nel panino della stanza. Mi sentii come risvegliato a una dimensione fondamentale che avevo ignorato in tutti quegli anni di movimento in posizione eretta, di stare in piedi e correre e fermarsi e saltare, di camminare continuamente da una parte all'altra del campo. Per anni mi ero sentito fondamentalmente verticale, uno strano stelo forcuto di ciccia e sangue. Ora mi sentivo piú denso; mi sentivo composto di materia piú solida, ora che ero orizzontale. Atterrarmi era impossibile.

Il nomignolo di Gately mentre cresceva e andava alla scuola pubblica era stato Bim o Bimmy, o Bimulator eccetera, dall'acronimo B.I.M. («Big Indistructible Moron»). Tutto questo accadeva nella North Shore di Boston, ma soprattutto a Beverly e a Salem. La sua testa era enorme, anche da bambino. Quando arrivò alla pubertà, a dodici anni, la sua testa sembrava larga una yard. In testa a lui un elmetto regolamentare per il football sembrava un cappellino da carnevale. I suoi allenatori dovevano ordinargli degli elmetti speciali. Valeva la pena spendere soldi per Gately. Tutti gli allenatori dopo le elementari gli dicevano che avrebbe potuto giocare a football per un college di prima categoria se si impegnava e non perdeva di vista il traguardo finale. I ricordi di una mezza dozzina di allenatori senza collo, coi capelli a spazzola e preinfartuati si condensano in un'enfasi rauca sul continuare a impegnarsi e sulle previsioni di un futuro radioso per Don G., Bimmy G., finché non smise di andare a scuola nel terzo anno di liceo.

Gately sapeva fare di tutto – il fullback in attacco, l'outside linebacker in difesa. Era grosso abbastanza per fare le mischie, ma la sua velocità sarebbe andata sprecata. Anche se pesava già 230 libbre e ne sollevava ancora di piú sulla panca, alle medie Gately riuscí a correre le 40 yard in 4,4 secondi, e la leggenda dice che l'allenatore della Beverly Middle School corse ancora piú forte mentre andava negli spogliatoi a masturbarsi sul cronometro. E il suo punto di forza era la sua testa immensa. Di Gately. La sua testa era indistruttibile. Quando avevano bisogno di guadagnare terreno, i suoi compagni si spostavano e facevano in modo da isolare Gately contro un solo difensore e gli davano la palla e lui abbassava la testa e caricava, gli occhi fissi a terra. Con quel suo elmetto speciale era come vedersi venire addosso il pa-

ravacche di un treno. Da quella testa rimbalzavano via difensori, imbottiture, elmetti e laccini, spesso in direzioni diverse. E la testa non
aveva paura di niente. Era come se non avesse terminazioni nervose
o recettori del dolore o cose simili. Gately faceva divertire i suoi compagni di squadra facendosi chiudere sulla testa le porte degli ascensori. Si faceva rompere in testa degli oggetti vassoi da mensa, custodie
dei violini di ragazzini con gli occhiali, mazze da lacrosse. Dai tredici
anni non aveva piú avuto bisogno di pagarsi le birre: scommetteva con
qualche ragazzino una confezione da sei che gli poteva tirare in testa
quello che voleva. Il suo orecchio sinistro è accartocciato in maniera
permanente per gli impatti delle porte d'ascensore, e Gately si tiene i
capelli in una specie di caschetto alla Prince Valiant un po' allungato
sulle tempie per coprirsi l'orecchio malandato. Su uno zigomo ha ancora un irregolare segno viola da quando alla fine delle medie un ragazzino di North Reading a una festa scommise con lui una confezione da dodici che non si sarebbe fatto colpire con un calzino pieno di
nichelini, e poi invece che sulla testa lo colpí sotto l'occhio. Ci volle
tutta la linea offensiva della Beverly per staccare Gately da quello che
era rimasto del ragazzino. I ragazzi della scuola pensavano che fino a
un certo punto Gately era un tipo davvero divertente e tranquillo e
bonaccione, ma se superavi quel punto era meglio per te se riuscivi a
correre le 40 yard in meno di 4,4.
    Era sempre stato un beniamino dei ragazzi. In lui c'era un'allegra
ferocia che spaventava le ragazze. E non sapeva cosa fare con le ragazze se non cercare di impressionarle facendole guardare mentre
qualcuno gli spaccava qualcosa in testa. Non era mai stato un don-
naiolo. Alle feste era sempre in mezzo a quelli che bevevano invece
di ballare.
    Data la mole e la situazione familiare di Gately era sorprendente
che non fosse un bullo. Non era gentile o eroico o un difensore dei
deboli; non è che si facesse avanti per proteggere i piagnucoloni e i
debolucci dagli assalti dei bulli. Era solo che brutalizzare i deboli non
gli interessava. Non ha ancora capito se questa era una cosa che gli
faceva onore o no. Le cose sarebbero andate diversamente se il Pm
avesse provato a picchiare Gately invece di concentrare tutta la sua
attenzione sulla sempre piú debole Sig.ra G.
    Fumò la sua prima duBois a nove anni, uno spinello sottile come
un ago che aveva comprato dai negri del liceo e si era fumato con tre
altri giocatori del suo anno in una villetta estiva vuota della quale uno
di loro aveva le chiavi, mentre guardava alla televisione dei negri furibondi che stavando dando alle fiamme L.A. Ca, dopo che certi Sbirri erano stati ripresi con una telecamerina mentre pestavano a sangue

un negro. La prima vera sbornia venne un paio di mesi dopo, quando lui e i giocatori conobbero un uomo di Orkin che si divertiva a sbronzare i ragazzini a forza di screwdrivers e nel tempo libero si metteva camicie marroni e stivali militari e gli dava lezioni su Zog e i *Turner Diaries* mentre loro bevevano la vodka e il succo d'arancia che lui gli comprava e lo guardavano tranquilli e, tra di loro, roteavano gli occhi. Ben presto nessuno dei giocatori di football che andavano in giro con Gately ebbe altro interesse che farsi, fingere di suonare la chitarra durante le canzoni rock, pisciare piú lontano degli altri, dilungarsi in gran chiaccherate teoriche su come Xare certe ragazze coi capelli gonfi della North Shore, e pensare a cosa rompere sulla testa di Gately. Anche loro avevano problemi familiari. Gately era l'unico veramente interessato al football, forse perché gli era stato detto di continuo che aveva un vero talento e un futuro senza limiti. Fin dai primi anni di scuola lo avevano definito Carente nella Concentrazione e bisognoso di Educazione Speciale, con particolari problemi soprattutto nel Linguaggio, ma questo era dovuto almeno in parte al fatto che la Sig.ra G. sapeva appena leggere e Gately non voleva farla sentire ancor piú a disagio. E comunque non gli mancava la Concentrazione per la palla, le birre fredde e gli screwdrivers e le desBois piene di resina, e soprattutto per la farmacologia applicata, dopo che a tredici anni prese il suo primo Quaalude[362].

Proprio come il ricordo che ha Gately della sua iniziazione allo screwdriver si riduce telescopicamente a una gran pisciata di succo d'arancia nell'Atlantico (lui e i tonti giocatori crudeli del Beverly e i bulli se ne scolavano interi cartoni in un sorso solo di succo d'arancia mentre stavano nella sabbia fino alle caviglie su una spiaggia della North Shore, rivolti a est, e poi sparavano lunghi archi di piscio giallo sui cavalloni impetuosi che arrivavano e spumavano intorno ai loro piedi, e la schiuma era calda e gialla di piscio – un po' come sputare controvento – una volta Gately aveva detto dal podio che si era pisciato addosso sin dall'inizio, con l'alcol), allo stesso modo i due anni prima che scoprisse i narcotici orali, e cioè il periodo 13-15 anni in cui era stato un fedele del Quaalude e della birra Hefenreffer, collassano e si amalgamano in ciò che ancora oggi ricorda come «L'Attacco dei Marciapiedi Assassini». I Quaalude e le Hefenreffer segnarono anche l'entrata di Gately in un nuovo gruppo sociale della Bms decisamente piú sinistro e meno sportivo di cui faceva parte Trent Kite[363], un vero secchione smidollato con il laptop sempre in mano, privo di mascella ma dotato di un naso da tapiro, e forse l'ultimo fanatico ammiratore dei Grateful Dead sotto i quaranta in tutta la East Coast degli Usa, il cui posto d'onore nella scena tossica della Beverly Middle School era dovuto interamente al suo dono per riuscire a trasformare in un rudimentale laboratorio farmaceutico la cucina della casa di chiunque avesse i genitori in vacanza, e usava le bottiglie di salsa Bbq come Fiasche di Erlenmeyer e i forni a microonde per ciclizzare OH e carbonio in composti a tre legami, e sintetizzava essenze psichedeliche di metilenediossina[364] dalla noce moscata e dall'olio di sassofrasso, l'etere dalla diavolina per accendere il fuoco, la metamfetamina dal Tryptophan e dall'L-Histidine, certe volte usando solo un fornello a gas e i Farberware paterni, e riusciva persino a tirare fuori concentrazioni utilizzabili di tetraidrofruan dallo Stasatubi Pvc – perché a quel tempo ci voleva un culo spaventoso a ordinare del tetraidrofruan a qualsiasi azienda chimica dei 48 Stati/6 province contigue senza che qualcuno della Dea in giacca e cravatta e occhiali a specchio non venisse a suonarti al campanello – per poi usare il tetraidrofruan e l'etanolo e un qualsiasi catalizzatore capace di legare le proteine per trasformare il vecchio e tranquillo Sominex in qualcosa a cui mancava solo una molecola di H_3C per essere il buon vecchio metaqualone bifasico, cioè l'intrepido Quaalude. Kite aveva chiamato i suoi isotopi-di-Quaalude «Quovadis», ed erano subito diventati i preferiti del Bimmy G. dei 13-15 anni e di tutto il suo sinistro gruppo di vagabondi con i capelli ritti che buttavano giú Lude e Quovadis innaffiandoli con le Hefenreffer, cancellando cosí quasi del tutto ogni ricordo di quell'intervallo di due anni – lo stesso intervallo durante il quale l'ex Pm si trovò un'altra, una divorziata di Newburyport che apparentemente reagiva alle botte un po' piú sportivamente della Sig.ra G., e se la filò con la borsa da marinaio e il giaccone nella sua Ford piena di adesivi – e cosí quell'intervallo è diventato nei ricordi sobri di Gately solo la vaga era dell'Attacco dei Marciapiedi Assassini. I Quaalude e le Hefenreffer da 16 once fecero vedere chiaramente a Gately e ai suoi nuovi drughi la malvagità di solito invisibile ma in realtà sempre in agguato dei marciapiedi pubblici, che invece sembravano tanto innocenti. Non c'era bisogno di avere il cervello di Trent Kite per capire l'equazione (Quaalude) + (neanche troppe birre) = picchiare un tonfo sul marciapiede piú vicino – cioè tu cammini tranquillamente su un marciapiede e a un certo momento il marciapiede ti salta addosso: TONFO. Succedeva di continuo. A un certo punto nessuno della banda voleva piú andare in giro a piedi sotto l'effetto dei Quovadis ma non potevano evitarlo perché nessuno aveva ancora l'età per la patente di guida, il che rende l'idea della somma totale del Qi che era al lavoro sul problema degli Attacchi. Un minuscolo segno permanente dentro l'occhio sinistro e una specie di fossetta sul mento sono tutto quello che è rimasto a Gately del periodo prima di passare al Percocet, e uno dei vantaggi di salire ai narcotici orali piú forti era che il Percocet + le Hefenreffer non ti lasciavano abbastanza mobilità eretta da renderti vulnerabile alla malvagità dei marciapiedi sempre in agguato.

Era sorprendente che tutta questa roba non peggiorasse il rendimento di Gately nel football, ma in quei giorni vi si dedicava tanto quanto si dedicava ai narcotici orali. Per lo meno per un certo tempo. Si era imposto delle regole di disciplina personale. Assumeva Sostanze solo di notte, dopo gli allenamenti. Niente piú di una frazione di boccale di birra tra le 0900h e le 1800h durante i periodi in cui si allenava e giocava, e aveva stabilito di concedersi una sola duBois la sera del giovedí prima delle partite. Per tutto il campionato di football si comandava con il pugno di ferro fino al tramonto, poi si abbandonava alla mercé dei marciapiedi e del ronzio sonnolento. Approfittava delle lezioni per recuperare il sonno Rem. Al terzo anno di liceo iniziò la stagione con i Minutemen della Beverly-Salem, ma era sotto esame per scarso rendimento accademico. Quasi tutti quelli della sua banda erano stati espulsi per assenze ingiustificate o traffico di stupefacenti o peggio prima del secondo anno. Gately riuscí ad andare avanti in quel modo fino a diciassette anni.

Ma i Quaalude e i Quovadis e i Percocet sono letali se devi fare i compiti, soprattutto se innaffiati con le Hefenreffer, e ancora peggio se vai male a scuola e sei classificato Carente nella Concentrazione e già usi ogni particella della tua autodisciplina per proteggere il football dalle Sostanze. E – sfortunatamente – al liceo, al contrario che all'università, l'influenza degli allenatori sportivi sui professori è molto bassa in termini di voti di sufficienza per gli atleti. Kite aiutò Gately in matematica e nelle materie scientifiche dell'Educazione Speciale, e la professoressa di Francese strabica venne trombata e ritrombata dall'abbronzato Coordinatore dell'Attacco dei Minuteman, che si sacrificava per Gately e per un tight-end semiritardato. Ma l'Inglese lo uccideva, Gately. Tutti e quattro gli insegnanti di Inglese con i quali il Dipartimento Sportivo lo aveva fatto provare avevano questa idea da *sieg-heil* che fosse in qualche modo crudele passare un ragazzo che non conosceva la sua lingua. E quando il Dipartimento Sportivo faceva loro notare che Gately aveva una situazione familiare particolarmente difficile e che bocciare Gately e impedirgli di continuare a giocare avrebbe significato eliminare l'unica ragione che aveva di rimanere in quella scuola – si dimostravano inamovibili. L'Inglese era il suo vero grosso problema da dentro-o-fuori, e a quei tempi lo chiamava la sua «Water Lou». Le relazioni riusciva a farsele fare; l'allenatore di football aveva diversi secchioni alle sue dipendenze. Ma i compiti in classe e i test lo uccidevano, e a Gately non rimaneva molta forza di volontà dopo il tramonto per scegliere tra l'infinitamente noioso *Ethan From* e i Quovadis e le Hefenreffer. Oltretutto a quel punto tre autorità di tre diverse scuole lo avevano convinto che, comunque, era scemo. Ma il problema erano soprattutto le Sostanze. Un secchione che il Dipartimento Sportivo della Beverly-Salem High School gli aveva messo a disposizione per dargli ripetizioni d'Inglese passò tutte le sere del mese di marzo del secondo anno in compagnia di Gately, e a Pasqua questo ragazzo pesava 95 libbre e aveva un anello al naso e i tremori alle mani e fu richiuso dai suoi terrorizzati genitori funzionali in una clinica per il recupero giovanile, dove il secchione passò tutta la prima settimana di Astinenza in un angolo a recitare ad alta voce *Howl* nell'inglese di Chaucer. A maggio Gately fu bocciato in Composizione Inglese del secondo anno e perse la possibilità di entrare nel corso autunnale e si ritirò da scuola per un anno per non perdere anche il primo anno. E a quel punto, senza l'unica altra cosa a cui era stato fedele, il suo freno a mano psichico si ruppe e il sedicesimo anno di Gately è ancora oggi una specie di grigio nulla, a parte il nuovo divano-per-la-Tv di chintz rosso di sua madre, e l'amicizia che fece con un accomodante assistente farmacista della Rite-Aid con un eczema che gli sfigurava il volto e grossi debiti di gioco. E poi il ricordo di un terribile prurito dietro l'occhio e di un'alimentazione fatta di robaccia surgelata comprata ai discount e delle verdure che rubava dalla vodka di sua madre appena lei si addormentava. Quando alla fine tornò a scuola per il suo secondo anno di lezioni e il suo terzo di football, a diciassette anni e 284 libbre, Gately era svuotato, moscio, sembrava narcolettico e aveva bisogno di bere 15 mg ogni tre ore di buon vecchio idrocloride di oxicodone dalla bottiglia di Tylenol che teneva in tasca, per non tremare. In campo era come un enorme gattino confuso – il suo allenatore gli fece fare una Tomografia a Emissione di Positroni perché aveva paura dell'Ms o del morbo di Lou Gehrig – e ormai anche la versione a fumetti di *Ethan From* era al di là delle sue possibilità; e il buon vecchio Kite se ne andò l'ultimo settembre del Tempo Non Sponsorizzato, ammesso prima del tempo a un Corso di Scienza dei Computer alla Salem State University, il che voleva dire che ora Gately doveva cavarsela da solo in Matematica e Chimica. E come se non bastasse Gately perse il suo posto da titolare alla terza partita, sostituito da una matricola bella grossa con gli occhi chiari che l'allenatore diceva avesse un potenziale quasi illimitato. Poi alla fine di ottobre alla Sig.ra Gately venne l'emorragia cirrotica e quella cosa con il sangue cerebrale, poco prima degli esami di metà anno che Gately si stava preparando a non passare. Dei tipi con gli occhi annoiati vestiti di cotone bianco la caricarono su un'ambulanza masticando la gomma e la portarono senza accendere la sirena prima all'ospedale e poi all'Lti Medicaid[365], che sta dopo tutta la Yirrel Beach, a Port Shirley. Gately aveva troppo prurito dietro gli occhi per riuscire a stare in piedi sugli scalini della scaletta rossa butterata e guardarla e dirle addio. Quel giorno fumò la sua prima sigaretta, una 100 dal pacchetto mezzo finito di sua madre. Non tornò mai piú alla Beverly Salem High School, neanche per togliere la roba dal suo armadietto. Non giocò mai piú a football.

Forse sonnecchiai. Altre teste entrarono e aspettarono una risposta e se ne andarono. Forse avevo sonnecchiato. Pensai che non ero obbligato a mangiare se non avevo fame. La cosa si presentò quasi come una rivelazione. Non avevo fame da una settimana. Mi ricordavo quando avevo sempre fame, continuamente fame.

Poi a un certo punto sulla porta apparve la testa di Pemulis, e lo strano ciuffo a due punte che aveva sempre al mattino si mosse a scatti quando si guardò dietro a ogni spalla, lungo il corridoio. Aveva l'occhio destro un po' chiuso, forse gonfio per il sonno; c'era qualcosa che non andava in quell'occhio.

«Ciao», disse.

Finsi di coprirmi gli occhi. «Come va, straniero?»

Non è da Pemulis chiedere scusa o dare spiegazioni o preoccuparsi che qualcuno possa pensar male di lui. In questo mi ricordava Mario. Questa regale mancanza d'insicurezza è difficile da conciliare con la sua nevrastenia inabilitante quando è in campo.

«Che c'hai?» disse senza muoversi dalla soglia.

M'immaginai che chiedergli dove era stato tutta la settimana avrebbe portato a moltissime possibili risposte diverse e ad altrettante domande, e questa prospettiva mi sgomentò cosí tanto che riuscii solo a dire che avevo voglia di stare sdraiato sul pavimento.

«Sono qui sdraiato, ecco tutto», gli dissi.

«Questo me l'hanno detto», disse. «Il Petropulatore ha parlato di isteria».

Era quasi impossibile stringersi nelle spalle stando sdraiato su una moquette a pelo lungo. «Lo vedi da te», dissi.

Pemulis entrò dentro del tutto. Divenne la sola cosa nella stanza a poter essere considerata fondamentalmente verticale. Non aveva un bell'aspetto; la sua pelle non aveva un bel colore. Non si era fatto la barba, e gli spuntavano una dozzina di piccoli peli neri dalla punta del mento. Dava l'impressione di masticare una gomma anche se non la masticava.

Disse: «Stai pensando?»

«L'opposto. Profilassi del pensiero».

«Ti senti un po' giú?»

«Non mi posso lamentare». Girai gli occhi verso di lui.

Fece un acuto verso glottale. Si mosse verso la periferia del mio campo visivo e si sistemò alla giuntura delle due pareti dietro di me; lo sentii scivolare in quella posizione accovacciata con la schiena appoggiata al muro che a volte gli piaceva.

Il Petropulatore era Petropolis Kahn. Stavo pensando alla lezione filmica finale nel film *Begli uomini in piccole stanze...* e poi alla disavventura di C.T. al funerale di Lui in Persona. La Mami aveva fatto seppellire Lui in Persona nel suo tradizionale terreno di famiglia nella regione de L'Islet. Sentii un grido e due schianti proprio sopra la mia testa. La mia gabbia toracica si contrasse e si espanse.

«Incster?» disse Pemulis dopo un po' di tempo.

Una cosa notevole fu che il mucchio di terra sopra una tomba appena riempita sembra pieno d'aria e gonfio e morbido, come la pasta per il pane.

«Hal?» disse Pemulis.

«Javol».

«Noi due dobbiamo interfacciarci seriamente, fratello».

Non dissi niente. C'erano troppe risposte potenziali, sia furbe sia serie. Sentii i ciuffi di Pemulis strusciare su tutte e due le pareti mentre si guardava intorno, e il lieve rumore di una zip con la quale giochicchiava.

«Sto pensando che potremmo andare in un posto discreto e interfacciarci sul serio».

«Sono un'antenna orizzontale perfettamente sintonizzata su di te».

«Volevo dire che potremmo andare da qualche parte».

«Come mai tutta questa urgenza tutto a un tratto?» Cercavo di fare l'intonazione da madre ebrea, quel melodico giú-su-giú. «Per tutta la settimana: né una telefonata, né una cartolina. Ora che urgenza c'è?»

«Hai visto la tua Mami di recente?»

«Non l'ho vista per tutta la settimana. Sicuramente starà aiutando C.T. a trovare un altro posto per giocare». Feci una pausa. «Non ho visto neanche lui per tutta la settimana, ora che ci penso», dissi.

«Eschaton è fuori discussione», disse Pemulis. «La mappa là fuori è un vero casino».

«Faranno presto un annuncio riguardo ai ragazzi del Québec, me lo sento», dissi. «Sono perfettamente sintonizzato, in questa posizione».

«Perché non saltiamo il surrogato di salsiccia e andiamo a mangiare da *Steak 'n Sundae*?»

Ci fu una lunga pausa mentre scorrevo con la mente le possibili risposte. Pemulis apriva e chiudeva qualcosa con una zip corta. Non sapevo decidermi. Alla fine dovetti scegliere quasi a caso. «Sto cercando di smettere di andare nei posti che hanno nel nome la 'n».

«Ascoltami». Sentii le ginocchia scricchiolargli mentre si piegava in avanti verso la mia testa. «Riguardo al *tu-savez-quoi*—»

«L'Eeday Emmay Eezay. Il baccanale sintetico. Non se ne parla neanche, Mike. Stavi appunto parlando di mappe incasinate».

«Infatti quella è una delle cose per cui dobbiamo interfacciarci, se ti decidessi a muovere letteralmente il culo di lí».

Passai un minuto a guardare il bicchiere Nasa che si abbassava e si alzava. «Non cominciare nemmeno, M.M.».

«Cominciare cosa?»

«Siamo in astinenza, ti ricordi? Dobbiamo vivere come susulmani sciiti per i trenta giorni che sei miracolosamente riuscito a farci dare da quel tipo con le tue chiacchiere».

«Il fatto che è le chiacchiere non c'entrano, Inc».

«E ora, quanti ne mancano?, ancora venti. Eravamo d'accordo di fargli avere un'urina da figlio di mullah».

«Non è questo—», iniziò a dire Pemulis.

Scoreggiai, ma senza far rumore. Ero annoiato. Non riuscivo a ricordarmi neanche una volta in cui Pemulis mi aveva annoiato. «E non ho bisogno che tu cominci con la retorica della tentazione», dissi.

Keith Freer apparve sulla soglia, appoggiandosi allo stipite con le braccia nude incrociate. Aveva ancora quella strana tuta che usava per dormire e lo faceva assomigliare a uno che strappava in due l'elenco del telefono nei circhi.

«C'è qualcuno che riesce a spiegarmi come mai c'è della carne umana sulla finestra nel corridoio al piano di sopra?» disse.

«Non vedi che stiamo *parlando*», gli disse Pemulis.

Mi misi quasi a sedere. «Carne?»

Freer guardò in basso verso di me. «Penso che non ci sia niente da ridere, Hal. Giuro su Dio che al piano di sopra c'è una striscia di pelle della fronte di un uomo sulla finestra nel corridoio, con due cosí che sembrano sopracciglia, e dei pezzettini di naso. E Tall Paul mi ha detto che Stice è stato visto uscire dall'infermiera che sembrava Zorro».

Pemulis era completamente verticale, di nuovo in piedi; avevo sentito il rumore delle sue ginocchia quando si era alzato. «Questo è una specie di tête-à-tête, fratello. Ci siamo rinchiusi qui, mano a—»

«Stice è rimasto attaccato alla finestra», spiegai, ributtandomi giú.

«Kenkle e Brandt lo dovevano staccare con l'acqua calda di un secchio per pulire i pavimenti».

Disse Pemulis: «Come si fa a rimanere attaccati a una finestra?»

«Comunque sembra che gli abbiamo staccato metà faccia», disse Freer toccandosi la fronte e rabbrividendo un po'.

Il piccolo volto porcino di Kieran McKenna apparve nello spazio sotto un braccio di Freer. Aveva ancora in testa quella stupida fasciatura completa perché diceva di essersi sbucciato. «Avete per caso visto Il Tenebra, ragazzi? Gopnik ha detto che sembra un pezzo di pizza quando si toglie tutta la mozzarella. Gopnik ha detto che Troeltsch fa pagare due dollari per guardarlo». Corse via verso le scale senza aspettare una risposta, con le tasche che gli tintinnavano follemente. Freer guardò Pemulis e aprí la bocca, poi apparentemente ci ripensò e seguí l'altro giú per il corridoio. Si sentirono un paio di fischi sarcastici per la tuta di Freer.

Pemulis riapparve in cima al mio campo visivo; si vedeva bene che l'occhio destro gli sbatteva incontrollatamente. «Ecco cosa volevo dire quando dicevo di andare in un posto appartato. Ti ho mai chiesto di poter parlare con te con urgenza, Inc?»

«Sicuramente no negli ultimi giorni, Mike, questo è certo».

Ci fu una lunga pausa. Sollevai le mani sopra la faccia e guardai la loro forma contro le luci indirette.

Alla fine Pemulis disse: «Bene, voglio essere sicuro di aver mangiato prima di vedere Stice senza fronte».

«Fatti un surrogato anche per me», dissi. «Fammi sapere se dicono qualcosa sull'incontro. Se devo giocare mangerò».

Pemulis si leccò il palmo della mano e cercò di mettersi a posto i ciuffi. Era in alto sopra di me e capovolto. «Allora prima o poi di deciderai ad alzarti e andare di sopra e vestirti e a stare su un piede solo con addosso quell'affare da opera lirica? Perché potrei mangiare e poi venire su da te. Potremmo dire a Mario che abbiamo bisogno di stare da soli».

Ora avevo chiuso le mani a gabbia e ci guardavo la luce attraverso mentre le ruotavo. «Mi faresti un favore? Tirami fuori *Begli uomini in piccole stanze che usano ogni centimetro di spazio disponibile con efficienza impressionante.* Mi sembra sia la dodicesima cartuccia sulla destra sul terzo scaffale in basso nella libreria dell'intrattenimento. Mandalo avanti finché il contatore non è a 2300, forse 2350. Gli ultimi cinque minuti piú o meno».

«Il terzo scaffale in basso», dissi mentre cercava, battendo un piede.

«Hanno messo tutta la roba di Lui in Persona sul terzo scaffale».

Lo stava cercando. «*Ritratti di celebri dittatori da bambini? Diver-*

timento coi denti? La fusione anulare è nostra amica? Metà di questa roba di tuo padre non l'avevo neanche mai sentita nominare».

«*Amica* non *Nemica*. O lo hanno scritto male oppure l'etichetta si è sciupata. E dovrebbero essere in ordine alfabetico. Dovrebbe essere accanto a *Flusso in uno spazio chiuso*».

«E io che uso il laboratorio di questo poveruomo», disse Pemulis. Mise la cartuccia dentro il lettore e accese il visore, le ginocchia gli schioccarono di nuovo quando si accovacciò per mandarlo avanti fino a 2350. Lo schermo enorme fece un ronzio basso che saliva sempre piú mentre si riscaldava e diventava del blu lattiginoso dell'occhio di un uccello morto. I piedi di Pemulis erano nudi e gli guardavo i calli sui talloni. Buttò la custodia della cartuccia su un divano o sulla sedia dietro di me e guardò in basso. «Di che cazzo parla *Divertimento coi denti?*»

Cercai di stringermi nelle spalle nonostante le frizione della moquette. «Soprattutto di quello che dice il suo titolo». Il funerale aveva avuto luogo il 5 o il 6 aprile a St. Adalbert, una cittadina costruita attorno ai silos per le patate a meno di cinque chilometri a ovest dalla Grande Concavità. In aereo dovemmo passare sopra Terranova per il gran numero di lanci di smaltimento-rifiuti di quella primavera. Allora le compagnie aeree non avevano ancora nessun dato sui livelli di diossina ad alta quota al di sopra della Concavità. Banchi di nuvole ci impedirono di vedere gran parte della costa del New Brunswick, che mi dissero fu un bene. Quello che successe durante il servizio funebre fu semplicemente che un gabbiano che volava in cerchio lasciò andare un bel colpo bianco sulla spalla della giacca blu di C.T., e quando lui aprí la bocca per la sorpresa del colpo, una grossa mosca blu volò proprio dentro la sua bocca e non fu facile tirarla fuori. Molte persone si misero a ridere. Non fu una cosa enorme o drammatica. La Mami forse rise piú di tutti gli altri.

Il Tp vibrò e fece click, e il visore si accese. Pemulis aveva indosso i pantaloni da paracadutista e un berretto scozzese tondo con il pon pon e gli occhiali senza lenti, ma niente scarpe. La cartuccia iniziò vicino alla parte che volevo controllare, la lezione finale del protagonista. Paul Anthony Heaven, 50 chili, che stringe il leggio con tutte le due le mani cosí che si vedeva che non aveva piú i pollici, i tristi ciuffi di capelli tinti adagiati sopra la calvizie chiaramente visibile perché teneva la testa abbassata, e leggeva con quella monotona cadenza accademica che Lui in Persona amava tantissimo. Il monotono era la ragione per la quale Lui in Persona usava sempre Paul Anthony Heaven, un non professionista che immetteva dati nei computer per la Ocean Spray, nei ruoli che richiedevano una presenza istituzionale mortalmente noiosa – Paul Anthony Heaven aveva fatto anche la parte del supervisore minaccioso in *Fai ciao-ciao al burocrate*, il Commissario dello Stato del Massachusetts per la Sicurezza del Mare e delle Spiagge in *Navigare sicuri non è un caso*, e il revisore di conti parkinsoniano in *Educazione cvica a bassa temperatura*.

«Perciò la vera conseguenza del Diluvio è il disseccamento, intere generazioni di idrofobia su scala pandemica», leggeva il protagonista ad alta voce. *La gabbia* di Peterson veniva proiettata su un grande schermo dietro il leggio. Poi una serie di inquadrature di studenti con le teste appoggiate sui banchi, che leggevano tranquillamente la posta, facevano origami di animali, si stuzzicavano la faccia con vuota intensità, faceva capire che la lezione fondamentale non doveva essere poi cosí fondamentale per quel pubblico dentro il film. «Perciò diventiamo, nell'assenza della morte in quanto fine teologica, anche noi essiccati, privati di un fluido essenziale, aridamente cerebrali, astratti, concettuali, poco piú che allucinazioni di Dio», l'accademico legge con la sua nenia monotona, i suoi occhi non si staccano mai dal testo. I critici e gli studiosi delle cartucce d'arte fanno notare la presenza frequente di platee nei film di Lui in Persona, e sostengono che il fatto che le platee siano quasi sempre poco sveglie e non interessate oppure vittime di qualche astuto scherzo di metaintrattenimento tradisce ben piú di una lieve ostilità da parte di un *auteur* tecnicamente dotato ma narrativamente incapace di costruire trame e statico e in sostanza non divertente – e queste argomentazioni accademiche sembrano anche giuste, ma non spiegano il pathos incredibile di Paul Anthony Heaven che legge la sua tesi a una folla di ragazzini con gli occhi spenti che si dànno i pizzicotti e tratteggiano disegnini di aeroplani e genitali sui loro blocchi per gli appunti, mentre lui legge roba stupefacentemente turgida[366] – «Perché mentre *clinamen* e *tessera* cercano di far rivivere o di rianalizzare il loro antenato defunto, e mentre *kenosi* e *demonizzazione* agiscono per reprimere la coscienza e la memoria dell'antenato defunto, solo l'*askesis* artistica alla fine riesce a rappresentare il giusto contesto, la battaglia-alla-morte con l'amato defunto» – la sua è una voce monotona e narcotizzante come se venisse dalla tomba eppure piange per tutto il tempo, Paul Anthony Heaven, mentre un emiciclo di ragazzini legge la posta, e l'insegnante del film non singhiozza e non si pulisce il naso sulla manica di tweed ma piange in silenzio, continuamente, e le lacrime gli scendono giú dalla faccia magra e si raccolgono sul suo mento allungato e spariscono dall'inquadratura cadendo appena luccicanti sotto il leggio. Poi anche questo cominciò a sembrare familiare.

All'inizio non aveva rubato, Gately, quando era diventato un tossico a tempo pieno, anche se a volte aveva preso dei piccoli oggetti di valore dagli appartamenti delle infermiere che si facevano con lui e che poi lui Xava e gli fregava i campioni. Dopo aver lasciato la scuola, per un certo periodo Gately lavorò per un po' a tempo pieno per un bookmaker della North Shore, uno che aveva diversi club di spogliarello lungo la Route 1 a Saugus, Whitey Sorkin, che Gately aveva in qualche modo conosciuto quando giocava ancora a football ad alto livello. Il suo rapporto professionale con Whitey Sorkin continuò part-time anche dopo che Gately scoprí la sua vera vocazione per la Rapina con Scasso, mentre cercava di indirizzarsi sempre piú verso crimini non violenti.

Comunque dai diciotto ai ventitre anni Gately e il già nominato Gene Fackelmann – un tossico altissimo e bizzarramente priapistico con le spalle a gruccia, i fianchi larghi e la panciona prematura che sembrava averc un'attrazione congenita per il Dilaudid, dotato tra l'altro anche di un baffo da tricheco che sembrava avere vita propria – questi due erano una specie di operativi sul campo per Whitey Sorkin, prendevano le scommesse e le telefonavano a Saugus, consegnavano le vincite, e riscuotevano i debiti. Gately non capí mai perché Whitey Sorkin era chiamato cosí*, dato che passava un sacco di tempo sotto le lampade ultraviolette per via di una cura esoterica contro il mal di testa localizzato ed era sempre dello stesso colore lucido di una saponetta scura, aveva quasi lo stesso colore e profilo-classico-tipo-moneta del giovane dottore pakistano allegro che aveva detto a Gately all'ospedale della Nostra Signora della Consolazione a Beverly di essere Dabbero Sbiagente che la cirrosi e il colpo cirrotico avessero ridotto la Sig.ra G. allo stesso livello neurologico di un cavoletto di Bruxelles, e poi gli aveva dato informazioni su quale mezzo pubblico prendere per arrivare all'Lti di Point Shirley.

Eugene («Fax») Fackelmann, uscito a soli dieci anni dal sistema scolastico di Lynn Ma, aveva incontrato Whitey Sorkin grazie allo stesso assistente farmacista eczematico con la passione per il gioco che aveva fatto conoscere Sorkin a Gately. Nessuno chiamava piú Gately Bimmy o Doshka. Adesso lo chiamavano Don, senza soprannome. A volte Donny. Sorkin diceva che Gately e Fackelmann erano le sue Torri Gemelle. Piú o meno erano i suoi uomini d'ordine. Solo che non facevano quello che fanno gli uomini d'ordine dei personaggi importanti del crimine nell'intrattenimento popolare. Non stavano im-

* *Whitey* si può tradurre con «Bianchino» [N.d.T.].

passibili accanto a Sorkin durante le riunioni della malavita e non gli accendevano il sigaro e non lo chiamavano «Boss» o cose simili. Non erano le sue guardie del corpo. In effetti non gli stavano molto intorno fisicamente; parlavano con Sorkin e con il suo ufficio di Saugus e la sua segretaria con i beeper e i telefoni cellulari[367].

E anche se riscuotevano i debiti per Sorkin, anche quelli difficili (specialmente Gately), non è che Gately andasse in giro a rompere le rotule ai debitori. Anche la minaccia di violenza coercitiva era piuttosto rara. Un po' perché la massa di Gately e Fackelmann quasi sempre bastava a tenere sotto controllo i problemi. E poi anche perché in genere si conoscevano tutti tra loro – Sorkin, gli scommettitori e i debitori, Gately e Fackelmann, altri tossici (che certe volte scommettevano, o il più delle volte trattavano con Gately e Fackelmann per i ragazzi che avevano scommesso), e anche gli sbirri della North Shore, molti dei quali scommettevano con Sorkin perché faceva ai poliziotti degli sconti speciali in quanto servitori della società. Era come una comunità. Di solito il compito di Gately con i debiti difficili o i mancati pagamenti era di andare a trovare il debitore nel bar in cui vedeva di solito lo sport via satellite e informarlo semplicemente che il debito stava minacciando di sfuggire di mano – diceva sempre che era il debito a non rispettare i patti, non il giocatore – e Whitey era preoccupato per questa cosa, e insieme al ragazzo organizzava un piano di pagamento. Poi il giovane Gately andava nel cesso del bar e telefonava a Sorkin con il cellulare e si faceva dare l'ok per il piano di pagamento che avevano discusso. Gately era tranquillo e affabile e non aveva mai problemi con nessuno, quasi mai. E neanche Whitey Sorkin: molti dei suoi scommettitori erano vecchi clienti abituali, e le linee di credito rimanevano nel territorio. Gran parte dei rari problemi che rendevano necessarie la massa e la coercizione li davano i ragazzi con i problemi di gioco, figure patetiche e furtive dipendenti dal brivido della scommessa, che si ficcavano in un buco e poi facevano la mossa suicida di cercare di tirarsi fuori dal buco continuando a scommettere, e scommettevano con diversi allibratori contemporaneamente, e mentivano e si accordavano su piani di pagamento che fin dall'inizio non avevano nessuna intenzione di rispettare, scommettendo che avrebbero potuto tenere in sospeso tutti i loro debiti finché non si sarebbero rimessi in carreggiata con il colpo grosso che erano sempre sicuri fosse dietro l'angolo. Erano i peggiori, perché in genere Gately li conosceva, i debitori, e loro si approfittavano del fatto che lui li conoscesse e lo pregavano e piangevano e si appellavano al buon cuore di Gately e di Whitey Sorkin con dei racconti lacrimosi di famiglie in difficoltà e malattie devastanti. Si mettevano a sedere e guardavano negli occhi Gately e gli raccontavano bugie e credevano alle loro bugie e Gately doveva riportare a Sorkin le bugie dei debitori e le loro storie strappalacrime e farsi dire esplicitamente da lui se crederci o no e cosa fare. Queste persone furono le prime a mostrare a Gately il concetto di dipendenza e cosa può fare a una persona; lui non aveva ancora collegato il concetto alle droghe, a parte i cocati marci e i bucati fissi, che a quei tempi gli sembravano furtivi e patetici come i fissati per il gioco, anche se a loro modo. Queste storie strappalacrime tipo datemi-l'ultima-possibilità causavano enormi problemi emotivi a Whitey Sorkin, perché gli facevano venire i mal di testa localizzati e delle terribili nevralgie cranio-facciali, e a un certo punto Sorkin cominciò ad aggiungere dei sovraprezzi (sui pagamenti in ritardo, sulla sua percentuale, e sugli interessi) per il suo fabbisogno di capsule di Cafergot[368] e sedute Uv e visite alla Fondazione Nazionale per il Dolore Cranio-Facciale di Enfield Ma. L'uso dei pugni grossi come roastbeef di Gately e di Fackelmann come mezzo coercitivo diventava necessario solo quando le bugie e il buco in cui si era infilato il debitore compulsivo diventavano cosí grossi da convincere Sorkin a rinunciare a qualsiasi rapporto futuro con quella persona. A questo punto l'obiettivo finale di Whitey Sorkin diventava indurre in qualche modo il debitore a coprire i debiti che aveva con Sorkin prima di coprire quelli che aveva con gli altri, il che significava che Sorkin doveva dimostrare al debitore di essere il buco meno accogliente di quelli in cui si era infilato e che era molto importante per lui uscirne il prima possibile. E qui entravano in azione le Torri Gemelle. La violenza doveva essere attentamente controllata e progressiva, come se si procedesse per fasi. Il primo giro di incentivazione – qualche cazzotto, forse uno o due dita rotte – di solito era compito di Gene Fackelmann, non solo perché per natura era il piú crudele delle Torri Gemelle e gli piaceva molto infilare dita degli altri nelle portiere delle macchine, ma anche perché aveva la capacità di controllo che mancava a Gately: Sorkin scoprí che quando Gately partiva fisicamente su qualcuno era come se qualcosa di feroce e incontrollabile si liberasse dentro quel ragazzo e cominciasse a rotolare lungo una discesa, e a volte Gately non riusciva a fermarsi da solo prima che il debitore fosse ridotto in una condizione tale da non farcela nemmeno ad alzare la testa, per non parlare di rendere i soldi, e a quel punto non solo Sorkin doveva cancellare il debito ma quel bambinone di Donny si sentiva cosí in colpa e pieno di rimorso da triplicare la sua assunzione di droga e rendersi del tutto inutilizzabile per una settimana. Sorkin imparò a usare le Torri per massimizzare il loro rendimento. A Fackelmann spettava il primo giro di coercizione leggera, ma Gately era piú bravo di Fax a negoziare accordi con i ragazzi senza arrivare alla violenza. E poi c'erano i casi piú difficili, quelli che facevano stare sveglio Sorkin a letto per giorni con lo stress e il dolore cranio-facciale perché riguardavano giocatori compulsivi che erano fuori di cosí tanti soldi o si erano infilati in cosí tanti buchi che la leggera crudeltà di Fackelmann non risolveva la situazione. In alcuni di questi casi certe volte si arrivava al punto estremo in cui Sorkin decideva di lasciar perdere non solo gli affari futuri con quel debitore, ma anche i soldi che gli spettavano; a un certo punto lo scopo diventava cercare di minimizzare *altri* futuri casi difficili rendendo molto chiaro il fatto che W. Sorkin non era il tipo di bookmaker che ti lascia tranquillo nel buco e si fa raccontare cazzate un mese dopo l'altro senza una riconfigurazione facciale di quelle dure. E anche in questi casi la discesa interna verso la ferocia incontrollata di Gately si rivelava superiore al facile e superficiale sadismo di Fackelmann[369].

W. Sorkin, come la maggior parte dei nevrotici psicosomatici, era malvagio con i nemici e piú che generoso con gli amici. Gately e Fackelmann si beccavano il 5 per cento ciascuno sul 10 per cento che Sorkin prendeva su ogni scommessa, e Sorkin riusciva a fare piú di 200 000 $ la settimana nella North Shore solo con il football, e 1000 $ e piú a settimana sarebbe stato un gran bel vivere per la maggior parte dei giovani americani non diplomati, ma non bastava nemmeno a coprire il 60 per cento del rigido programma giornaliero di fabbisogno fisico di narcotici delle Torri Gemelle. Gately e Fackelmann avevano un secondo lavoro, e per un po' lo fecero separatamente – Fackelmann aveva la sua attività di carte d'identità false e assegni creativi personali, Gately faceva da guardia a certe grosse bische e in piccole consegne di droga – ma anche prima di mettersi a lavorare in coppia ogni tanto rubavano insieme, e una volta al mese anche con il povero vecchio V. Nucci, che Gately aiutava ogni tanto reggendogli la fune durante le sue missioni notturne sui tetti dei vari Osco e RiteAid, e questo segnò formalmente il suo esordio nelle rapine vere e proprie. Il fatto che Gately fosse un fedele del Percocet e delle Bam-Bam e Fackelmann del Dilaudid faceva sí che tra loro ci fosse una grande fiducia riguardo alle scorte personali. Gately si faceva con il Blues, che doveva essere iniettato, solo quando non riusciva a rimediare nessun narcotico orale e si trovava faccia a faccia con l'inizio dell'Astinenza. Gately temeva e disprezzava gli aghi ed era terrorizzato dal Virus, che a quei tempi stroncava a destra e a sinistra quelli che si bucavano. Fackelmann riscaldava la roba per Gately e gli metteva il laccio e faceva vedere bene a Gately che tirava via gli involucri di plastica di una siringa e di un ago nuovi che Fackelmann riusciva a farsi dare con un falso tesserino Iletin[370] della Medicaid per il diabete mellito. La cosa peggiore per Gately quando prendeva il Dilaudid era che il transito dell'idromorfina attraverso la membrana che portava al sangue del cervello gli faceva venire una terribile allucinazione mnemonica di cinque secondi durante la quale lui era un bambino gargantuano di pochi mesi e stava dentro una culla Xxl della Fisher-Price in un campo sabbioso sotto un cielo pieno di nuvole minacciose che si gonfiava e si sgonfiava come un grosso polmone grigio. Fackelmann allentava il laccio e si allontanava da lui e guardava Gately mentre i suoi occhi si rovesciavano all'indietro e veniva inondato da un sudore malarico e guardava in aria verso il cielo respirante dell'allucinazione e le sue manone enormi strizzavano l'aria come quelle di un bambino piccolo che si attacca alle sbarre del suo lettino. Poi dopo circa cinque secondi il Dilaudid si spostava da qualche altra parte e faceva effetto, e il cielo smetteva di respirare e diventava blu. Una botta di Dilaudid teneva Gately zitto e intontito per tre ore.

A parte il prurito tremendo dietro gli occhi, a Fackelmann non piacevano i narcotici orali perché diceva che gli facevano venire una voglia terribile di assumere zuccheri, e quella era una voglia che il suo enorme corpo flaccido non poteva permettersi. Fackelmann, che non era di certo la nave piú veloce della flotta di Sua Maestà riguardo a materia grigia, non si convinceva nemmeno quando Gately gli faceva notare che anche il Dilaudid faceva venire al Faxman una voglia terribile di mangiare i dolci, che quasi tutto gli faceva venire voglia di mangiare dolci. La verità era che a Fackelmann il Dilaudid piaceva.

Poi il buon vecchio Trent Kite venne buttato fuori dalla Salem State, che lo informò che non avrebbe mai piú fatto il ricercatore nell'industria, e Gately portò Kite nella banda, e Kite portò un po' di Quovadis come ai vecchi tempi per una piccola rimpatriata, e Fackelmann fece provare a Kite il Dilaudid farmaceutico, e Kite trovò un nuovo amico per la vita, disse; e Kite e Fackelmann iniziarono quasi subito con la truffa dei documenti-falsi-credito-bancario-appartamenti-di-lusso, nella quale Gately entrò quasi per hobby, perché a lui piaceva piú rubare merce di notte che truffare la gente, perché per truffare dovevi incontrare la gente che poi derubavi, e questa cosa a Gately era sempre parsa viscida e ripugnante.

Gately era disteso nel Reparto di Traumatologia con un dolore terribile per l'infezione e cercava di Resistere al desiderio di farsi dare un calmante ricordandosi un pomeriggio bianco accecante, subito dopo Natale, quando Fackelmann e Kite erano usciti a disfarsi dei mobili di uno degli appartamenti ammobiliati e Gately cercava di passare il tempo nell'appartamento plastificando patenti di guida false

dello Stato del Massachusetts ordinate d'urgenza da qualche ragazzino ricco della Philips Andover Academy[371] per quello che sarebbe stato l'ultimo fine anno del Tempo Non-Sponsorizzato. Era in piedi all'asse da stiro nell'appartamento ormai quasi non piú ammobiliato e sti-
rava le foderine di plastica sulle patenti false e guardava la vecchia
Boston University giocare contro Clemson nel Ken-L-Ratio-Magna-
vox-Kemper-Insurance Forsythia Bowl su un ingombrante Hdv InterLace della prima generazione appeso alla parete vuota, poiché il visore ad alta definizione era sempre l'ultimo pezzo di mobilia di lusso
che veniva portato ai ricettatori. La luce invernale attraverso le finestre dell'attico era abbagliante e andava a cadere proprio sul grosso
schermo piatto del visore, e i giocatori sembravano scoloriti e spettrali.
Attraverso le finestre in lontananza si vedeva l'O. Atlantico, grigio e
opaco di sale. Il punter della Boston University era un ragazzo di Boston e gli annunciatori continuavano a ripetere la storiella che non aveva mai giocato a football finché non era andato al college e ora era già
uno dei migliori punter nella storia della Ncaa e aveva tutto il potenziale per fare una carriera da professionista senza limiti se si impegnava davvero e teneva gli occhi fissi sulla carota. Il punter della Boston
University aveva due anni meno di Don Gately. Le grosse dita di Gately quasi non entravano nell'impugnatura ergonomica del ferro da stiro, e a stare piegato sull'asse da stiro gli doleva la schiena e da una settimana mangiava solo roba fritta che tirava fuori da involucri di plastica lucida, e il puzzo della plastica sotto il ferro puzzava maledettamente,
e la sua grossa faccia quadrata si intristí sempre piú a guardare la spettrale immagine digitale del punter finché non iniziò a piangere come un
bambino. Questa cosa gli venne fuori all'improvviso da qualche inson-
dabile nulla emotivo, e si ritrovò a piangere per aver smesso di giocare
a football, il suo unico talento e il suo secondo amore, perché era stupido e non aveva saputo disciplinarsi, per quel bastardo succhiacazzi di
Ethan From, per il Sir Osis di sua madre e perché lei era diventata un
vegetale e lui in quattro anni non era mai andato a farle visita, e tutto
a un tratto si sentí piú schifoso della merda, in piedi davanti a quelle
copertine di plastica calda e ai quadratini delle Polaroid e alle letterine
adesive Dmv per quei ragazzi ricchi e biondi, nell'accecante luce invernale, a piagnucolare in mezzo a un puzzo schifoso e alle sue lacrime
vaporizzate. Due giorni piú tardi lo beccarono per aver assalito un buttafuori con il corpo privo di sensi di un altro buttafuori, a Danvers Ma,
e tre mesi dopo quel fatto si ritrovò nel carcere di Billerica.

     È diretto verso il magazzino e si guarda intorno e dietro con gli oc-
chi che sbattono senza controllo mentre supera la curva del corridoio

del Subdormitorio B, Michael Pemulis, con in mano un bastoncino e il piccolo sgabello a forma di tronco, e vede che per lo meno otto pannelli del soffitto sono stati in qualche modo staccati dalla struttura di alluminio e ora sono sul pavimento – alcuni rotti in quel modo incompleto e irregolare in cui si rompe la roba fatta in parte di tessuto – e tra questi anche il pannello fondamentale. Sul pavimento manca una vecchia scarpa da ginnastica. Sposta i pannelli per piazzare il suo sgabello, si mette tra i denti la potentissima minitorcia Bentley-Phelps e guarda in alto nel buio del lattice delle strutture.

Vista la storica inclinazione di Fax per le truffe, Gately si meravigliò di non essersi mai accorto che Fackelmann aveva fregato fin dall'inizio in tanti piccoli modi anche Whitey Sorkin, e di non avere scoperto nulla fino alla truffa di certo non da poco fatta a Bill Anni Ottanta e Bob Anni Sessanta che avvenne durante i tre mesi in cui Gately era in libertà provvisoria grazie alla cauzione che Sorkin aveva generosamente pagato. A quel tempo Gately se la faceva con due lesbiche tossiche di cocaina di grado farmaceutico che aveva incontrato in una palestra mentre eseguivano le flessioni capovolte alla sbarra (le lesbiche, non Gately, che era fedele alla panca, al curling e allo squat). Queste vigorose fanciulle avevano un'attività piuttosto interessante di pulizie-domestiche-e-copie-di-chiavi-di-casa-e-furti a Peabody e Wakefield, e Gately aveva cominciato a lavorare per loro quando c'era bisogno di sollevare roba pesante e di rubare 4x4, passando ai veri furti dopo che gli era diminuita la voglia anche solo di minacciare di violenza la gente per via del rimorso per il danno fatto al buttafuori di quel bar di Danvers dopo sette sole Hefenreffer e un commento innocente sulla inferiorità dei Minutemen della Beverly-Salem High School rispetto ai Roughriders della Danvers; insomma Gately stava lasciando sempre piú il lavoro di pagamento-e-riscossione per Sorkin a Fackelmann, che a quel punto era tornato ai narcotici orali per paura del Virus e aveva smesso di resistere alla voglia di dolci che associava ai narcotici orali ed era diventato cosí grasso e flaccido che il davanti della sua camicia sembrava una fisarmonica quando si metteva a sedere a mangiare noccioline M&M prima di farsi e andar via di testa, e a un altro ragazzo nuovo di quelli tosti che Sorkin aveva conosciuto negli ultimi tempi e aveva subito preso a lavorare, un tipo punk di Harvard Square robusto come un tronco, con i capelli fucsia e degli occhi tondi e neri che non sbatteva mai, uno di strada che si bucava alla vecchia maniera e rispondeva al nomignolo di Bobby C o semplicemente «C», e gli piaceva molto far male alla gente, il solo eroinomane-per-endovena che Gately avesse mai incontrato a cui pia-

cesse davvero la violenza, senza labbra, con i capelli viola riuniti in
tre grosse punte ritte e delle chiazzettine senza peli sugli avambracci
– vi provava di continuo la lama del coltello – e un giacchetto di pelle con molte piú zip di quanto sia mai possibile aver bisogno, e un
orecchino pre-elettrico che gli ciondolava basso e raffigurava uno scheletro urlante in mezzo a fiamme placcate d'oro.

Venne fuori che per anni Gene Fackelmann aveva truffato le scommesse di Whitey Sorkin in tanti piccoli modi dei quali Gately e Kite
(a quanto diceva Kite) non sapevano nulla. In genere si trattava di roba tipo Fax che prendeva scommesse molto azzardate da clienti marginali che Sorkin non conosceva bene e non avvisava per telefono la
segretaria di Sorkin e poi, quando questi perdevano la scommessa az-
zardata, incassava la somma e la percentuale[372] del bookmaker e teneva tutto per sé. Quando lo venne a sapere, Gately pensò che quello fosse un rischio suicida perché, se qualcuno avesse davvero vinto
una di queste scommesse azzardate, Fackelmann sarebbe stato responsabile di fare incassare la vincita del cliente da «Whitey» – cioè
se Fackelmann non avesse tirato fuori i $ di tasca propria per darli al
cliente il cliente si sarebbe lamentato con Sorkin – e le spese farma-
cologiche della banda costringevano tutti loro a vivere con la minima
possibile liquidità, per lo meno cosí avevano sempre pensato Gately
e Kite (a quanto diceva Kite). E fu solo dopo la presumibile cancellazione dalla faccia della terra di Fackelmann e il ritorno di Kite dal
suo lungo viaggio, quando Gately e Kite si misero a frugare tra la roba del fu Fackelmann in cerca di oggetti di valore, che Gately trovò
– attaccati con lo scotch sotto la scatola dove Fackelmann teneva tutte le sue cartucce porno – piú di 22 000 $ in banconote nuove Onan,
e solo in quel momento capí che Fackelmann si era tenuto con volontà di ferro una riserva di emergenza per pagare una di quelle scommesse azzardate se le cose fossero andate male. Gately divise a metà
con Trent Kite i $ di Fackelmann, ma poi andò a portare la sua metà
a Sorkin e gli disse che era tutto quello che avevano trovato. Non lo
fece per paura – Sorkin lo avrebbe fatto eliminare da C e dalla sua
banda di canadesi e travestiti insieme a Fackelmann se avesse pensato che Gately faceva parte della truffa di Fax – ma perché si sentiva
in colpa a non essersi accorto che l'altra Torre Gemella fregava Sorkin
dopo che Sorkin era stato cosí nevrastenicamente ultragerneroso con
loro due, e anche perché il tradimento di Fackelmann aveva fatto stare malissimo Sorkin, che era stato assalito da un dolore psicosomati-
co cosí forte da tenerlo a letto al buio per una settimana, a Saugus,
con la mascherina per dormire tipo Lone Ranger, a bere Vo e Cafergot e stringersi il cranio e la faccia traumatizzati, e insomma si senti-

va tradito e abbandonato e gli era crollata ogni fiducia nella creatura umana, così aveva detto tra le lacrime a Gately al telefono cellulare dopo che era venuto fuori tutto. Alla fine Gately aveva dato a Sorkin la sua metà dei $ segreti di Fackelmann soprattutto per cercare di tirarlo su. Per fargli sapere che qualcuno si preoccupava per lui. Lo fece anche in memoria di Fackelmann, perché era addolorato per la morte cruenta di Fax ma allo stesso tempo lo malediva per essere stato un bugiardo e un grandissimo stronzo.

Era un periodo di confusione morale per Don G., e dare a Sorkin la sua metà dei $ post mortem gli sembrò la cosa migliore da fare, un bel gesto. Non spifferò mai che Kite aveva l'altra metà, che Kite spese in bootleg dei Grateful Dead e in una unità portatile di refrigerazione di semiconduttori per la motherboard del suo Dec 2100 che ne aumentò la capacità di computazione fino a 32 mb^2 di Ram, quasi la stessa di una substazione di Disseminazione InterLace o di un switchnet cellulare della Nne Bell; anche se poi, neanche due mesi dopo, Kite impegnò il suo Dec per iniettarselo nelle braccia, e a quel punto andava così a rotta di collo lungo la ripida discesa del Dilaudid che quando firmò per diventare il nuovo socio di fiducia di Gately in tutte le loro Rapine con Scasso dopo che Gately era uscito da Billerica, l'un-tempo-grande Kite non riusciva neanche più a disattivare un sistema d'allarme o cortocircuitare un contatore, e così Gately si trovò a essere il cervello della squadra, e il fatto che questo non lo rendesse per niente nervoso era un chiaro indice anche del suo evidente declinare.

L'Infermiera che gli aveva irrigato il colon mentre Gately piangeva di vergogna ora è tornata nella sua stanza con un Dottore che Gately non ha mai visto prima. Lui è sdraiato sul letto con gli occhi che gli vorticano per il dolore e lo sforzo di Resistere con i ricordi. In un occhio ha una specie di vischiosa pellicola di cispa che non va via quando strizza l'occhio o si stropiccia. La stanza è piena della luce triste e metallica dei pomeriggi d'inverno. Il Dottore e l'Infermiera bellissima stanno facendo qualcosa all'altro letto della stanza, gli attaccano una cosa complicata di metallo che hanno tirato fuori da un grosso astuccio non molto diverso dagli astucci dell'argenteria buona, con dentro delle forme di velluto viola per le barre di metallo e due semicerchi d'acciaio. L'intercom trilla. Il dottore ha un beeper alla cintura, un oggetto che evoca ulteriori associazioni spiacevoli. Gately non ha dormito nel vero senso della parola. Il calore della febbre postoperatoria gli tira la pelle della faccia, come quando si sta troppo vicini al fuoco. Il dolore alla parte destra si è stabilizzato in un dolore malsano tipo calcio nelle palle. La frase preferita di Fackelmann era *Questa è una maledetta bugia!* La usava come risposta a tutto. I suoi baffi sembravano sempre sul punto di strisciargli via dal labbro. Gately aveva sempre disprezzato ogni tipo di pelo facciale. L'ex Pm aveva due grandi baffi giallo-grigi che si appuntivano a corna di bue con la brillantina. Il Pm teneva molto ai suoi baffi e passava un sacco di tempo a spuntarli e pettinarli e imbrillantinarli. Quando il Pm sveniva, Gately si avvicinava piano piano e gli piegava dolcemente ad angoli strani le punte rigide dei baffi imbrillantinati. Il nuovo terzo agente-operativo-sul-campo di Sorkin si vantava di fare collezione di orecchie e di avere una collezione di orecchie. Bobby C con gli occhi senza luce e la testa piatta senza labbra, come un rettile. Il Dottore era uno di quei giovani Dottorini che fanno pratica e sembrava avere dodici anni, tutto pulito e pettinato e roseo. Irradiava quella allegria animata che insegnano a irradiare ai Dottori. Aveva un taglio di capelli da ragazzino, con il tirabaci, e il suo collo sottile sguazzava nel colletto del camice bianco; il proteggitasca per le penne che teneva nel taschino del camice e gli occhiali da gufo che continuava a tirarsi su, insieme a quel colluccio, diedero a Gately l'improvvisa certezza che la maggior parte dei medici e magistrati e avvocati, le figure autoritarie che il tossico teme di piú nella sua vita, tutta questa gente viene dalle fila di ragazzini frignosi senza mento e col collo secco che i tossici disprezzavano e malmenavano quando facevano i buffi, da bambini. L'Infermiera era cosí attraente da sembrare quasi grottesca in quella luce grigia e attraverso la pellicola appiccicosa di cispa. Aveva delle tette cosí sode e alte che le si vedeva un piccolo spiraglio di scollatura anche sotto l'uniforme da infermiera, che di certo non aveva una scollatura profonda. La fenditura lattiginosa che suggeriva quelle tette tipo due palle lisce di gelato di vaniglia che probabilmente hanno tutte le ragazze belle e sane. Gately è costretto a considerare il fatto di non essere stato neanche una volta con una ragazza veramente sana, e di non essere neanche mai stato con nessuna ragazza di nessun tipo, da sobrio. E poi quando lei si piega in avanti per svitare un dado con le alette da una specie di piastra d'acciaio sul muro sopra il letto vuoto, il bordo della sua uniforme si alza verso nord e mostra in silhouette le ricche curve da violino dell'interno delle sue gambe abbracciate da calze bianche di FILO DI SCOZIA, e uno SPIRAGLIO della triste luce esterna passa tra le sue gambe. La grezza e sana sensualità di tutta la cosa fa soffrire Gately di desiderio e pietà per se stesso, e vorrebbe poter voltare la testa per non vedere. Anche il giovane Dottore sta guardando il piegamento flessuoso e il bordo dell'uniforme che sale, e non fa neanche finta di aiutarla con il tassello, e sbaglia la mira mentre cerca di tirarsi su gli occhiali e si dà una ditata in fronte. Il Dottore e l'Infermiera si scambiano varie frasi in un vero linguaggio

medico tecnico. Il Dottore fa cadere il blocco due volte. L'Infermiera non nota la tensione sessuale nella stanza o perché ha passato tutta la sua vita nell'occhio di un ciclone di tensione sessuale, oppure
finge di non notarla. Gately è quasi sicuro che il Medico si sia già ma-
sturbato pensando a questa Infermiera, e gli fa schifo di empatizzare
cosí tanto con il Dottore. Sarebbe una tensione sessuale CIRCUMAM-
BIENTALE, ecco la giusta parola-fantasma. Per via dell'imbarazzo Gately non aveva mai permesso neanche alla femmina meno sana e piú
fatta di entrare in un bagno dopo che ci aveva cacato, neanche un'ora
dopo, e ora questa creatura di assoluta e quasi-nauseante bellezza cir-
cumambientale con una siringa di Fleete le sue belle mani morbide
aveva fatto uscire una patetica cacata sciolta dall'ano di Bimmy Gately, il quale ano aveva dunque visto aprirsi, e cacare.
   Gately non si era neanche reso conto che fuori stava nevischiando
finché non aveva smesso di guardare l'Infermiera. Il soffitto ansimava un po', come i cani quando hanno caldo. L'Infermiera gli aveva detto, da dietro, che il suo nome era Cathy o Kathy, ma Gately vuole pensare a lei solo come all'Infermiera. Sente di puzzare come la carne di
un panino lasciato al sole, e dallo scalpo gli esce copioso un sudore unto, e si sente il mento non rasato contro la gola, e il tubo che ha infilato in bocca è sporco della bava del sonno. Il cuscino sottile è caldo e
non ha modo di girarlo per appoggiarsi dalla parte fresca. È come se
alla spalla fossero spuntati dei testicoli e ogni volta che il suo cuore
batte ci sono degli omini piccini piccini che li prendono a calci, i testicoli. Il Dottore vede gli occhi aperti di Gately e dice all'Infermiera
che il paziente colpito dall'arma da fuoco è ancora in uno stato di se-
micoscienza, e può essere sottoposto a qualsiasi tipo di medicazione
pomeridiana. Nevischia leggermente; come se qualcuno lanciasse piccole manciate di sabbia contro la finestra da molto lontano. L'Infermiera meravigliosa sta aiutando il Medico a bloccare una strana cosa
tipo braccio di metallo con un affare che sembra un'aureola di metallo che hanno montato con i pezzi che erano dentro il grande astuccio,
e aggancia quell'affare al capo del letto e a certe piccole piastre di acciaio sotto il monitor del cuore – sembra quasi la parte superiore di una
sedia elettrica, pensa Gately – l'Infermiera guarda in basso mentre è a
metà di un allungamento e dice Ciao Sig. Gately e dice il Sig. Gately
è allergico e prende solo degli antipiretici e del Toradol in flebo Dott.
Pressburger, non è vero mio povero Sig. Gately allergico e coraggioso.
La sua voce fa subito pensare a lei che viene Xata e le piace tanto. Gately ha orrore di sé all'idea di aver cacato di fronte a un'Infermiera come questa. Il nome del Dottore era «Pressburger» o «Prissburger», e
ora Gately è sicuro che il povero ebreuccio si era preso dei bei calci in

culo tutti i giorni dai futuri tossici, quando era un bambino. Il Dottore suda per la sessualità ambientale dell'Infermiera. Dice (il Dottore)
Allora perché lo hanno intubato se è cosciente e respira da solo e ha la
flebo. Questo mentre il Dottore sta cercando di fissare l'aureola di metallo in cima a quell'affare tipo braccio con le viti, ha un ginocchio sul
letto e si allunga tanto che dalla cintura gli spunta la rosea parte superiore del culo, e non riesce ad avvitare quell'aggeggio, e scuote l'aureola di metallo come se fosse colpa dell'aureola, e anche da sdraiato
Gately capisce che il ragazzo sta svitando la vite dalla parte sbagliata.
Arriva l'Infermiera e mette la sua mano fredda e morbida sulla fronte
di Gately e la fronte vorrebbe morire di vergogna. Gately capisce che
lei dice al Dott. Pressburger che temevano che Gately potesse avere
un frammento del proiettile invasivo dentro o vicino alla parte inferiore della Trachea poiché aveva avuto un trauma a quella cosa-con-
sei-sillabe-che-inizia-con-*Sterno*, poi disse che i risultati della radiolo-
gia erano poco chiari e sospetti, e qualcuno che si chiamava Pendleton
aveva ordinato che gli somministrassero 4 ml di Mucomyst[373] al 20 per
cento con un nebulizzatore sifuncolare da 16 mm per due ore di fila
per scongiurare il pericolo di emorragia o flusso mucoidale, tanto per
non correre rischi. A Gately non interessano neanche le parti che riesce a seguire. Non vuole neanche sapere che il suo corpo *ha* una fottuta roba con sei sillabe. L'Infermiera favolosa asciuga la faccia di Gately con la mano come meglio può e dice che cercherà di prepararlo per
un bagno con la spugna prima di smontare di turno alle 1600h, al che
Gately si irrigidisce per l'angoscia. La mano dell'Infermiera profuma
di Kiss My Face, la Lozione Organica Mani e Corpo che usa anche Pat
Montesian. Dice al povero Dottore di lasciarla provare a sistemare il
sostegno cranico, che queste cose sono sempre difficili da avvitare. Le
sue scarpe sono le scarpe subaudibili da Infermiera che non fanno rumore, e invece di camminare lei sembra scivolare via dal letto di Gately. Le sue gambe non si vedono finché non si è allontanata un po'.
La scarpa sinistra del Dottore squittisce debolmente. Il Dottore ha la
faccia di uno che non dorme bene da un anno. Secondo Gately quel tipo puzza di 'drine farmaceutiche. Si avvicina squittendo ai piedi del letto di Gately mentre guarda l'Infermiera girare le viti nel verso giusto e
si spinge in su gli occhiali da gufo e dice che Clifford Pendleton, anche
se a golf non ha handicap è un coglione post-traumatico, che il Mucomyst nebulizzato è adatto in casi di muco post-traumatico anormale,
viscido o indurito (e qui si capisce dalla voce che recita a memoria, come per far vedere quanto è bravo), ma non va bene per potenziali emorragie o edemi, e la intubazione sifuncolare di 16 mm nel caso specifico
è stata screditata come profilassi contro l'edema intratracheale sul pe-

nultimo numero di «Morbid Trauma Quarterly» perché è cosí diametralmente invasiva che rischia di esacerbare invece che alleviare l'emottisi, secondo qualcuno che lui chiama «Laird» o «Layered». Gately sta ascoltando senza capire niente con la scrupolosa attenzione di un bambino che ascolta i genitori discutere una cosa molto complicata da adulti sull'educazione dei bambini. La condiscendenza con cui Prissburger si degna di aggiungere che emottisi significa una cosa che si chiama «emorragia pertossiva», come se Kathy l'Infermiera non fosse abbastanza capace da fargli risparmiare l'inserimento di qualche piccola spiegazione tecnica, fa sentire Gately triste per lui – è ovvio che lui pensa pateticamente di farsi apprezzare con queste cazzate mosce e accondiscendenti. Gately deve comunque ammettere che anche lui avrebbe provato a farsi bello con lei se non si fossero conosciuti mentre lei teneva una padella a forma di fagiolo sotto il suo ano. Nel frattempo l'Infermiera sta finendo di montare le parti dell'aggeggio che il Medico non era riuscito ad attaccare. Mentre se ne andavano lei diceva al Medico che le era parso veramente preparato sulla metodologia di qualcosa che si chiamava 2R, e Gately si accorse che il Dottore non aveva capito che lei faceva un po' la sarcastica. Il Dottore si stava sforzando di portare la custodia dell'aggeggio, che per Gately pesava al massimo 30 chili. Per la prima volta gli viene in mente che Stavros L. prende a fare le pulizie allo Shattuck quelli che escono dai centri di recupero perché cosí gli può dare una miseria, e che lui (Don G.) questa cosa l'aveva sempre saputa su un certo livello ma Rifiutava di accettare che Stavros il maniaco-delle-scarpe glielo stesse mettendo in culo, e che la parola *spiraglio* era sicuramente un'altra parola-fantasma invasiva, e poi ora capiva anche che nessuno stava scapicollandosi per portargli la carta e la penna che gli sembrava di aver mimato con successo a Joelle Van D., e perciò forse la visita di Joelle con le foto e tutto era stata anche quella un'allucinazione della febbre come il fantasma-figurante, e ormai non nevischiava piú ma era chiaro che tra poco le nuvole là fuori avrebbero scaricato l'inferno su Brighton e Allston, e se la visita intima di Joelle V.D. con l'album delle foto era un'allucinazione allora per lo meno voleva dire che era un'allucinazione anche il fatto che lei aveva addosso i pantaloni della tuta di quel fottuto Ken Erdedy, e la tristezza dell'angolo molto acuto della luce di quel pomeriggio nuvoloso voleva dire che dovevano essere quasi le 1600h e forse Per Grazia di Dio riusciva a non farselo rizzare mentre l'orribilmente bella K/Cathy lo lavava con la spugna, e anzi forse il bagno a questo punto glielo avrebbe fatto la sua sostituta linebacker, perché aveva addosso un terribile puzzo di carne, e allora sarebbe riuscito a non farselo rizzare se il bagno glielo faceva l'infermiera con il neo peloso e le calze speciali che lavo-

rava dalle 1600h alle 2400h e per la quale l'ano di Gately era un oggetto estraneo. In piú alle 1600h iniziava la Disseminazione Spontanea di Mr Bouncety-Bounce, il personaggio malato di mente del programma per bambini che era sempre piaciuto a Gately che cercava sempre di essere a casa in tempo e ben sveglio per vederlo insieme a Kite
e al povero Fackelmann, e nessuno neanche una volta si era mai offerto di accendere il visore Ad che è appeso vicino alla stampa da miopi di un falso Turner con barca-e-nebbia sulla parete di fronte ai letti
di Gately e dell'altro ragazzo, e nessuno gli aveva mai dato un telecomando per accendere il Tp alle 1600h o chiedere a qualcun altro di accenderlo. E senza un blocco e una penna non poteva comunicare a nessuno nemmeno le domande e i concetti piú basilari – era come la vittima vegetale di un colpo emorragico. Senza un blocco e una penna
non riusciva neanche a far capire di volere un blocco e una penna; era
come intrappolato dentro la sua enorme testa ciarlante. A meno che,
gli fece notare la sua testa, la visita di Joelle Van Dyne non fosse stata reale e lei avesse capito il suo gesto per chiedere un blocco e una
penna, ma qualcuno con un cappello in testa là fuori nel corridoio o
nell'ufficio del Presidente dell'Ospedale o al banco delle infermiere
dove c'erano i dolcetti di M. Hanley che gli erano stati proibiti avesse proibito anche che gli venisse fornito del materiale per scrivere, su
esplicita richiesta della Madama, cosí che lui non potesse spiegare la
sua storia a nessuno prima che venissero a prenderlo, e insomma era
tutta una specie di ammorbidimento pre-interrogatorio, lo lasciavano
intrappolato in se stesso, un figurante, muto e immobile e vuoto come la umidiccia pallida signora catatonica della Ennet accasciata nella sua sedia o la sorella vegetale della ragazza adottata del Gruppo dei
Valori Fondamentali, o tutto il gruppo dei catatonici dell'Unità 5
dell'Enfield Marine, muti e con la faccia morta anche quando toccavano un albero o stavano in piedi sul prato in mezzo ai petardi che
esplodevano. Oppure il ragazzino inesistente dello spettro. Devono
essere le 1600h passate, a giudicare dalla luce, a meno che non ci siano le nuvole basse. La visibilità ora è quasi allo 0 per cento a guardar
fuori dalla finestra incrostata di nevischio. La luce dalla finestra si sta
scurendo fino a diventare del colore tipo Kaopectato che segna sempre l'inizio di quel momento-prima-del-tramonto che aveva sempre angosciato Gately (e la maggior parte dei tossici), e allora lui abbassava
l'elmetto e caricava gli altri giocatori con ancor piú cattiveria per bloccarla (l'angoscia della fine del giorno) oppure buttava giú Quovadis o
narcotici orali o alzava a tutto volume Mr Bouncety Bounce o si dava
da fare con il suo stupido cappello da cuoco nella cucina della Ennet
House o faceva in modo di essere a un Incontro e seduto cosí in avan-

ti da vedere i pori dei nasi della gente, per bloccarla (l'angoscia della fine del giorno), l'angoscia della luce grigia di fine pomeriggio, ed era sempre peggio d'inverno, l'angoscia, nella luce scolorita dell'inverno – proprio come il terrore segreto che lo prendeva sempre quando qualcuno se ne andava da una stanza e lo lasciava solo, un terrore terribile che gli prendeva lo stomaco e forse risaliva a quando si trovava da solo nel lettino Xxl sotto Herman il Soffitto che Respira.

A Gately viene in mente che ora è proprio come quando era bambino e la sua Mamma e il suo compagno erano svenuti o peggio: per quanto sia impaurito o terrorizzato anche ora non riesce a far venire nessuno da lui, o dirlo o comunque farlo *sapere* a qualcuno in qualche modo; il tubo screditato che doveva impedire sanguinamenti maligni nella sua Trachea sospetta lo rendeva completamente Solo, molto peggio di un bambino che almeno può frignare e strillare e scuotere le sbarre del box quando ha paura che nessuna persona alta sia in grado di sentirlo. E poi in questo momento angoscioso di grigia luce debole della fine del giorno, proprio in questo momento era apparso lo spettro triste e vestito male, ieri. Se era ieri. Se era un vero spettro. Ma lo spettro, con la sua Coca cinese e le sue teorie sulla velocità post mortem era riuscito a interfacciare con Gately senza l'aiuto della parola o dei gesti o di una Bic, e Gately aveva dovuto ammettere a se stesso che doveva essere stata un'illusione, un sogno per la febbre. Ma in fondo la cosa gli era piaciuta. Il dialogo. Il dare-e-prendere. Il modo in cui il fantasma era sembrato entrargli dentro. Il modo in cui aveva detto che i migliori pensieri di Gately erano communiqués di un morto paziente e Resistente. Gately si chiede se forse il suo padre organico operaio è morto e ogni tanto lo passa a trovare e si mette immobile per un bel po' di tempo e gli lancia un communiqué. Si sentiva un po' meglio. Il soffitto della stanza non respirava. Era piatto come un foglio di stucco, e si increspava leggermente per i fumi tipo petrolio della febbre e del puzzo di Gately. Poi, venuti a galla da chissà dove, all'improvviso si trova davanti ai ricordi molto nitidi del decesso finale di Gene Fackelmann e del coinvolgimento di Gately e di Pamela Hoffmann-Jeep nel decesso di Fackelmann.

Prima di andare dentro per rapina, Gately ebbe una storia disastrosa lunga diversi mesi con una certa Pamela Hoffmann-Jeep, la sua prima ragazza con un trattino nel cognome, una benestante di Danvers molto sbandata e pallida e poco sana e incredibilmente passiva che lavorava agli Acquisti per un'azienda di forniture per ospedali di Swampscott ed era un'alcolizzata vera che nel tardo pomeriggio si metteva a bere drink colorati con gli ombrellini dentro i club sulla Route 1 finché non perdeva i sensi e cadeva a terra con un rumore

sordo. Lei lo chiamava cosí – *perdere i sensi*. Perdere i sensi e cadere
a terra con un rumore sordo perché la sua testa sbatteva contro il tavolo erano in genere una cosa notturna, e Pamela Hoffmann-Jeep si
innamorava automaticamente di ogni uomo che, come diceva lei, era
abbastanza «cavalleresco»³⁷⁴ da portarla in braccio fino al parcheggio
e accompagnarla a casa in macchina senza violentarla, e violentare
una ragazza priva di conoscenza con la testa che le ciondola lei lo chiamava *Approfittarsi della Situazione*. Gately le venne presentato da
Fackelmann quella volta che lui era andato nel parcheggio di un bar
sportivo che si chiamava *Pourhouse* per parlare con un debitore di
Sorkin e aveva visto Fackelmann andare in giro barcollando con questa ragazza svenuta in braccio, e sembrava tenere una mano un po'
troppo in su sotto la gonna di taffetà della ragazza di quanto servis-
se per tenerla in braccio, e Fackelmann disse a Gately che se Don poteva accompagnare questa fica a casa avrebbe riscosso lui il pagamento, e poiché Gately non aveva piú il cuore di fare le riscossioni
accettò subito lo scambio, sempre che Fackelmann gli garantisse che
lei non avrebbe emesso nessun tipo di fluido interno nella 4x4. E fu
Fackelmann a dirgli, mentre gli metteva tra le braccia quel corpo minuscolo e floscio ma per il momento ancora continente nel parcheggio del *Pourhouse*, di stare molto attento, Gately, e di violentarla almeno un po' perché questa fica era come una di quelle fiche dei Mari
del Sud che se Gately la portava a casa e lei si svegliava non violentata sarebbe stata sua per tutta la vita. Ma Gately ovviamente non aveva nessuna intenzione di violentare una persona svenuta, né tanto meno di mettere la mano sotto la gonna di una ragazza che avrebbe potuto sganciare fluidi da un momento all'altro, e questo lo incastrò nella
storia. Pamela Hoffmann-Jeep chiamava Gately il suo *Guardiano della Notte* e si innamorò passivamente del suo rifiuto di Approfittarsi
della Situazione. Gene Fackelmann, gli confidò, non era un gentiluomo come lui.
      La cosa che contribuí a rendere disastrosa la loro storia fu che Pa-
mela Hoffmann-Jeep era sempre o cosí ubriaca da non reggersi in piedi o cosí passivamente svenuta che ogni tipo di sesso con lei sarebbe
stato classificato come Approfittarsi della Situazione.
      Questa ragazza era la persona piú passiva che Gately avesse mai
conosciuto. Non riuscí mai a vedere P.H.-J. andare da un posto a un
altro con le sue forze. Aveva sempre bisogno di qualcuno che fosse
cosí cavalleresco da prenderla in braccio e portarla in giro e lasciarla
da qualche parte 24/7/365. Era una specie di papoose sessuale. Passava la maggior parte della sua vita svenuta e addormentata. Quando dormiva era bella, una gattina, serena, non sbavava mai. Faceva

sembrare belle la passività e l'incoscienza. Anche sul lavoro, all'azienda di forniture ospedaliere, Gately se la immaginava orizzontale, raggomitolata in posizione fetale su qualcosa di morbido, con la calorosa abbandonata intensità facciale di un bambino che dorme. Gately si immaginava i suoi superiori e i colleghi passare bisbigliando in punta di piedi davanti all'Ufficio Acquisti per non svegliarla. Non si sedette mai una volta sul sedile davanti di qualsiasi veicolo Gately usasse per riportarla a casa. Ma non diede mai di stomaco e non si pisciò mai addosso e non si lamentò mai, sorrideva e sbadigliava quegli sbadiglini lattei dei bambini e si accoccolava ancora di piú nel posto dove l'aveva accoccolata Gately. Gately cominciò a gridare che erano stati derubati quando la portava negli appartamenti di lusso che i tre avevano svaligiato. P.H.-J. non era quella che si direbbe una gran bellezza, ma Gately pensava che fosse incredibilmente sexy quando era priva di sensi, perché aveva sempre l'espressione di una che è stata Xata cosí tante volte di seguito da essere in uno stato di totale rilassamento muscolare. Trent Kite disse a Fackelmann che secondo lui Gately aveva perso la testa. Fax aveva notato che anche Kite non era esattamente un W.T. Sherman con le donne, anche con le troie fatte di coca e le studentesse-infermiere narcotizzate e le streghe da bar con le facce tinte che penzolavano dal cranio. Fackelmann diceva che aveva cominciato a tenere un Registro per annotarsi le frasi di quando Kite tentava di rimorchiare qualcuna – frasi infallibili tipo «Sei la seconda donna piú bella che abbia mai visto, la piú bella è l'ex Primo Ministro Britannico Margaret Thatcher», e «Se tu venissi a casa con me sono stranamente sicuro che riuscirei ad avere un'erezione», e diceva che se Kite non era ancora vergine a ventitre anni e mezzo era sicuramente per qualche grazia divina.

Certe volte Gately si riprendeva da una crisi di Demerol e guardava la pavida passiva Pamela che dormiva bellissima e gli veniva una di quelle chiaroveggenze di un attimo e la vedeva perdere il suo aspetto di ventenne mentre la sua faccia cominciava a staccarsi dal cranio e ad appoggiarsi sul cuscino che abbracciava sempre come fosse un peluche, e davanti ai suoi occhi Pamela diventava una orrenda strega da bar. Quella visione gli faceva piú compassione che orrore, ma Gately non pensò mai che questa cosa lo rendesse una persona perbene.

Le due cose che a Gately piacevano tanto di Pamela Hoffmann-Jeep erano: quando usciva dallo svenimento e si portava le mani alle guance e rideva istericamente ogni volta che Gately le faceva attraversare tra le braccia la soglia di un appartamento svaligiato e urlava che erano stati derubati; e quei guanti bianchi lunghi di lino e l'abito di taffetà con le spalle nude che la facevano sembrare una debuttante di buona famiglia della North Shore che si era fatta mescere troppi mestoli di punch e pregava che qualche ragazzaccio povero e tatuato si Approfittasse della Situazione – mentre era sdraiata dove l'aveva appoggiata Gately lei faceva una specie di gesto languido molto al rallentatore con il polso avvolto nel lungo guanto bianco e diceva smorfiosa con un'inflessione da ragazza bene «Don, Tesoro, porta un highball alla Mamma» (i drink li chiamava highball); venne fuori poi che quella era una orribile imitazione della sua Mamma, e che questa signora faceva sembrare la Mamma di Gately una Santa, in quanto a bere: Gately incontrò quattro volte la Sig.ra H.-J., e sempre in case di cura o al pronto soccorso.

Gately è sdraiato con gli occhi sbarrati per l'ansia e i sensi di colpa nel sibilare e picchiettare del nevischio, nella penombra della stanza del Saint Elizabeth, intorno a lui quell'aggeggio-lucido-con-braccio-e-aureola-per-il-cranio attaccato come un esoscheletro al letto vuoto, di cui certe giunture brillano; Gately cerca di Resistere, e si aiuta con i ricordi. Era stata Pamela Hoffmann-Jeep che alla fine aveva fatto capire a Gately tutti i vari piccoli modi in cui Gene Fackelmann aveva sempre storicamente fregato Whitey Sorkin, e lo avvertí del crepaccio suicida in cui si era infilato Fackelmann per via di una certa scommessa sbagliata che gli era scoppiata in faccia. Anche Gately si era accorto che qualcosa non andava: era da due settimane che Fackelmann stava accovacciato fradicio di sudore in un angolo del salotto ormai svaligiato, proprio di fronte alla camera da letto di lusso dove stavano Gately e Pamela, accovacciato là fuori davanti al suo fornellino Sterno e a due incredibili collinette gemelle di Dilaudid celeste e M&M multicolori, non parlava molto e non rispondeva e non si muoveva e sembrava non aver voglia neanche di bucarsi, stava lí seduto tutto gobbo e tondo e luccicava come un rospo, con i baffi che gli sbattevano sul labbro. La situazione doveva davvero essere preoccupante se Gately cercava di ottenere notizie coerenti da P.H.-J. Il fatto sembrava essere che uno degli scommettitori che di solito scommetteva con Sorkin tramite Fackelmann era un tipo che Gately e Fackelmann conoscevano solo come Bill Anni Ottanta, uno tutto curato che portava sempre le bretelle rosse sotto un abito elegante di Zegna e gli occhiali con la montatura di tartaruga e le Docksiders, un finanziere d'assalto e gestore di patrimoni piuttosto vecchiotto, sui cinquanta, con un ufficio in Exchange Place e un adesivo FREE MILKEN sul paraurti della Bmw – era una notte di molti highball e P.H.-J. faceva la papoose e Gately doveva continuamente darle dei colpetti sulla testa per mantenerla cosciente e farle ricordare tutti i dettagli – e ormai al quarto matrimonio con la terza istruttrice di aerobica, e gli piaceva scommettere solo sulle partite di pallacanestro tra le università della Ivy League, ma quando lo faceva – di scommettere – scommetteva cifre cosí enormi che Fackelmann doveva sempre chiedere l'approvazione di Sorkin prima di accettare la scommessa e poi richiamava Bill Anni Ottanta, e cosí via.

Ma – secondo Pamela Hoffmann-Jeep – questo Bill Anni Ottanta, che è un ex allievo di Yale insolitamente attaccato a quello che Pamela H.-J. dice ridendo Fackelmann chiamava il suo «al*m*ometro»* – ecco, questa volta in particolare sembra che un uccellino anche lui tutto curato abbia sussurrato qualcosa nell'orecchio peloso di Bill Anni Ottanta, perché questa volta Bill Anni Ottanta vuole scommettere 125K $ su Brown U. contro Yale U., cioè contro il suo almometro, solo che vuole anche la sconfitta per -2 punti invece della sola vittoria come offrono tutti gli altri allibratori sopra la linea di Atlantic City. E Fackelmann deve telefonare con il cellulare a Saugus per avere l'approvazione di Sorkin, solo che Sorkin è a Enfield alla Fondazione Nazionale per il Dolore Cranio-Facciale a prendersi il suo bombardamento settimanale di raggi Uv e a fare il pieno di Cafergot dal Dott. Robert (Bob Anni Sessanta) Monroe – il settuagenario dottore della Fndc-F con gli occhiali rosa e la giacca alla Nehru specializzato nella cura del mal di testa ergotico-vascolare che ai vecchi tempi lavorava alla Sandoz e aveva fatto parte del circolo originale degli amici di T. Leary che prendevano l'acido a piene mani nella casa ormai leggendaria di T. Leary a West Newton Ma, ed è diventato ora (B.A. 60) amico intimo di Kite, perché Bob Anni Sessanta è un fan dei Grateful Dead forse ancor piú sfegatato di Kite, e a volte si ritrovava con Kite e qualche altro fedele dei Dead (gente che ora viaggia con bastone e bombola di O_2) per scambiarsi cianfrusaglie e souvenir storici tipo occhi di tigre e panciotti a disegni cashmere e pantaloni patchwork e lava-lamps e bandane e sfere al plasma e poster a luce-nera di disegni geometrici involuti, e discutevano su quale concerto e quale bootleg dei Dead fosse il migliore di tutti i tempi nei vari aspetti, e insomma si divertivano come matti. B.A. 60, un accanito collezionista e trafficante di cazzate, a volte si portava dietro Kite nelle sue spedizioni per quei curiosi negozietti eclettici dove vendevano paraphernalia dei Dead, e ogni tanto faceva anche da ricettatore per Kite (e indirettamente anche Gately), ricoprendo di $ Kite quando il rigido programma di fabbisogno di Kite non gli dava il tempo di trovare un ricettatore piú formale, poi Bob Anni Sessanta barattava quel-

---

* Gioco di parole con «alma mater», cioè l'università in cui ci si è laureati [*N.d.T.*].

la roba in vari negozietti eclettici per cazzate anni Sessanta che non voleva nessuno. Un paio di volte Gately dovette pescare con il dito un cubetto di ghiaccio da un bicchiere di highball e infilarlo sotto il décolleté del vestito da ballo di P.H.-J. per non farle perdere il filo del discorso. Come la maggior parte delle persone passive, la ragazza faceva una gran fatica a separare i dettagli dalle cose veramente importanti di una storia, e per questo nessuno le chiedeva mai di raccontare nulla. Ma il punto è che non fu Sorkin a prendere la telefonata di Fackelmann per la mastodontica scommessa di Bill Anni Ottanta su Yale-Brown, ma la segretaria di Sorkin, la vecchia Gwendine O'Shay con le tettone tipo howitzer senza Carta Verde, ex bambola dell'Ira che era stata colpita troppo spesso in testa dai manganelli dei Bobbie senza-dio di Belfast quando viveva ancora nell'Old Sod, e la cui testa ora era (secondo la terminologia di Fackelmann) morbida come la merda di un cagnetto sotto la pioggia, ma aveva quell'aria un po' cialtrona da nonna distratta che la rendeva perfetta quando si portava alle guance le mani rosse e ossute e squittiva di aver vinto un premio alla lotteria del Massachusetts ogni volta che Whitey Sorkin e i suoi amici allo Stato del Ma facevano comprare a qualche Sorkinita un biglietto misteriosamente vincente della lotteria del Massachusetts in uno degli innumerevoli negozi di cui Sorkin e compagni erano proprietari attraverso società fasulle in tutta la North Shore, e che, poiché non solo era l'unica persona che a detta di Sorkin riusciva a fare un massaggio cervicale decente a ovest delle Terme di Berna e a scrivere al computer alla velocità di 110 parole al minuto – in piú era stata grande amica della cara Mamma defunta di Whitey Sorkin, anche lei dell'Ira, ai tempi di Belfast – era il capo amministrativo di Whitey, e rispondeva ai cellulari quando Sorkin non c'era o era indisposto.

Ma il punto era, e Gately per farlo tirar fuori a P.H.-J. dovette quasi spaccarle la testa a forza di scappellotti: Gwendine O'Shay, che conosceva Bill Anni Ottanta e il suo attaccamento sentimentale per i Bulldogs di Yale oltre ad avere il cranio moscio come l'uva passa, la O'Shay *sbagliò* a prendere la telefonata di Fackelmann pensando che Fackelmann avesse detto che Bill Anni Ottanta voleva scommettere 125K con -2 punti su *Yale* vincente invece che su *Brown*, poi mise in attesa Fackelmann con un sottofondo di Muzak irlandese e chiamò una talpa al Dipartimento Sportivo di Yale prendendo il numero dal file TALPE nel database protetto di Sorkin, dalla quale talpa venne a sapere che all'ala alta fuoriclasse dei Bulldogs di Yale era stato diagnosticato un disturbo neurologico molto raro chiamato Vestibulite Post-coitale[375], e per diverse ore dopo un rapporto sessuale il ragazzo

soffriva di una perdita di propriocezione cosí vertiginosa da non riuscire letteralmente piú a riconoscersi il culo dal gomito, lasciamo perdere fare mosse autoritarie verso il canestro. Dopodiché la seconda
telefonata della O'Shay alla talpa atletica di Sorkin alla Brown (un
inserviente di spogliatoio che tutti credono sordo) rivela che sono state reclutate molte incantevoli ragazze tra le piú attaccate all'università, provinate e rese edotte del problema neurologico dell'ala alta di
Yale (anche *interrogate* a fondo, dice Pamela Hoffmann-Jeep ridacchiando, e mentre ridacchia fa fremere le spalle come una ragazzina
che viene solleticata da una figura autoritativa e finge che non le piaccia), e poi piazzate in punti strategici – le aree di servizio sulla I-95,
l'alloggiamento ruote di scorta dell'autobus dei Bulldogs, il boschet-
to di sempreverdi subito fuori l'entrata delle squadre del Pizzitola
Athletic Center a Providence, gli anfratti concavi lungo il tunnel del
Pizzitola che va dall'entrata speciale allo spogliatoio degli Ospiti, persino nell'armadietto accanto a quello dell'ala alta nello spogliatoio degli Ospiti, e tutte pronte – come anche le ragazze pon pon di Brown,
convinte a esibirsi durante la partita senza mutande e a esagerare con
le spaccate per contribuire a dare all'ambiente di gioco dell'attaccante una pirotecnica atmosfera ghiandolare – pronte a fare il penultimo
sacrificio per la squadra, la scuola e i membri influenti del Club dei
Bruins della Associazione degli Ex Alunni di Brown. Cosí Gwendine O'Shay si ricollega con Fackelmann e dà il suo ok alla scommessa
mastodontica e ai -2 punti, e chi non l'avrebbe fatto con quei racconti
delle talpe sull'imbroglio in corso di lavorazione. Solo che lei ha preso la scommessa al contrario, cioè la O'Shay pensa che Bill Anni Ottanta ora abbia puntato 125K su Yale con uno scarto di due punti,
mentre Bill Anni Ottanta – che sta facendo il Cavaliere Bianco nella
lotta per il controllo della maggioranza delle azioni della Federated
Funnel and Cone Corp. di Providence, il piú grande produttore di
contenitori a forma di cono di tutta l'Onan e sa bene che l'amministratore delegato della Ff&C è un importante ex alunno di Brown e
un tifoso cosí accanito dei Bruins da mettersi in testa una gigantesca
ringhiante testa d'orso durante le partite, di conseguenza Bill Anni
Ottanta si prepara a baciargli il culo alla grande, aggiunge P.H.-J.,
spiegando che era stato Bill Anni Ottanta a fare la soffiata allo staff
dei Bruins sulla notizia del vas deferens di Achille dell'ala alta – Bill
Anni Ottanta crede ragionevolmente di aver scommesso 125K sulla
vittoria di Brown e anche la sua sconfitta con 2 punti di scarto.
    Però a Providence nessuno ha messo in conto l'apparizione ai can-
celli principali del Pizzitola Athletic Center, e proprio all'inizio della partita, dell'intera Falange Dworkinita di Prevenzione e di Prote-

sta contro l'oggettificazione Femminile della Brown University al
completo, con tanto di picchetti e di pugni di ferro, due Fdppof per
Harley, che sfondano i cancelli filigranati come fossero Kleneex bagnati e fanno irruzione nel palazzetto, mentre un gruppo delle piú co-
raggiose studentesse non ancora diplomate di Brown appartenenti al
Now* durante il primo time-out esegue un movimento a tenaglia spo-
standosi dai posti piú economici e lontani ai posti migliori nel preciso istante in cui la prima manovra a piramide delle ragazze pon pon
di Brown finisce in una spaccata a mezz'aria che fa cadere all'indietro sui controlli del segnapunti l'addetto al tabellone elettronico del
Pizzitola e riportare a zero i punteggi delle due squadre sul tabellone, proprio mentre le Harley stubate delle Fdppof sferragliano per i
corridoi interni del palazzetto ed entrano malevole sul terreno di gioco; e nella mischia che ne viene fuori non solo le ragazze pon pon, ma
anche le majorette e tutte le sirene di Brown vengono o atterrate a
forza di randellate con i cartelli dei picchetti o caricate scalcianti e urlanti sulle spalle muscolose delle militanti Fdppof e portate via sulle
rombanti Harley, lasciando intatto anche se un po' surriscaldato il delicato sistema nervoso dell'ala alta di Yale; mentre due Bruins titolari della squadra di Brown, un centro e una guardia con un gran tiro –
tutti e due troppo stremati e confusi dalla sconvolgente settimana di
provini e collaudi delle avvenenti sirene per avere il buon senso di
scappare via come daini allo scoppio della mischia sul parquet del Pizzitola – vengono abbattuti rispettivamente dal pugno di ferro di una
Fdppof e da un arbitro disorientato ma esperto di arti marziali; e cosí quando alla fine il campo viene sgombrato e le barelle vengono portate via e si riprende a giocare, Yale U. batte Brown U. con piú di 20
punti di scarto.

   Allora Fackelmann chiama Bill Anni Ottanta e si mette d'accordo per andare a ritirare la somma dovuta, che è di 137 500 $ con la
percentuale del bookmaker, e B.A.O. glieli consegna in banconote
pre-Onan di grosso taglio dentro una borsa sportiva con una grossa
scritta GO BROWN BRUINS che si era portato alla partita per farla vedere dal Ceo con la testa di orso seduto accanto a lui e ora ha ancora
meno senso di prima, e insomma Fackelmann riceve la somma nel centro città e sfreccia a tutto gas sulla Route 1 fino a Saugus per consegnare la somma e prendersi subito la sua percentuale sulla percentuale
(625 $ Us) perché ha un bisogno terribile di farsi di Blues eccetera.
In piú Fackelmann si immagina che forse ci sarà un piccolo bonus o

* National Organization of Women [N.d.T.].

per lo meno un riconoscimento emotivo da parte di Sorkin per avergli procurato una scommessa cosí mastodontica e prontamente pagata. Ma quando arriva allo strip-bar sulla Route 1, sul retro del quale
ci sono gli uffici amministrativi di Sorkin dietro una porta antincendio senza scritte e ricoperta da una carta da parati che vuol sembrare una pannellatura di legno, Gwendine O'shay indica senza dire una
parola la porta dell'ufficio privato di Sorkin dietro la sua postazione
con un gesto sbrigativo che secondo Fackelmann non si addice per
niente all'allegria dell'occasione. Sulla porta c'è un grosso poster di
R. Limbaugh di prima dell'assassinio. Sorkin sta lavorando là dentro
al computer con degli speciali occhialini che filtrano il riflesso del monitor. Le lenti degli occhialini sulle lunghe stanghette sporgenti sembrano occhi di aragosta sugli steli. Gately e Fackelmann e Bobby C
non rivolgevano mai la parola a Sorkin finché lui non parlava per primo, non per un riguardo da leccapiedi ma perché non sapevano mai
in quale situazione vascolare cranio-facciale fosse Sorkin e se era in
grado o no di sopportare i suoni finché non verificavano che era in
grado di sopportare i propri (di suoni).

Quindi l'alto e flaccido e sudato e pavido G. Fackelmann, simile
per forma e colore a un uovo sodo sgusciato, aspetta senza dire una
parola per consegnare la somma riscossa da Bill Anni Ottanta. Quando Sorkin alza un sopracciglio alla vista della borsa con la scritta GO
BRUINS e dice che proprio gli sfugge l'ilarità della situazione, il baffo
di Fackelmann decolla dal suo labbro superiore e lui si prepara a dire
quello che dice sempre quando è confuso, e cioè che con tutto il dovuto rispetto tutto quello che gli hanno detto è una maledetta bugia.
Sorkin salva i dati e spinge indietro la sedia dalla scrivania fino a raggiungere il cassetto a prova d'incendio. Gli occhialini speciali sono
quelli usati da chi lavora nelle società di immissione dati e costano un
deca. Sorkin grugnisce mentre tira fuori un enorme vecchio scatolone della Lotteria del Massachusetts di quelle da bancone di bar e lo
appoggia sulla scrivania, oscenamente gonfia e piena di 112,5K Us –
ci sono 112,5 fottuti K là dentro, tutti in pezzi da uno, 125 000 $ me-
no la percentuale del bookmaker, quella che Sorkin crede sia la vincita di Bill Anni Ottanta dopo quanto gli ha riferito la O'Shay, tutti
in biglietti di piccolo taglio, perché Sorkin è incazzato e non ce la fa
a tenerlo nascosto. Fackelmann non dice niente. I suoi baffi si afflo-
sciano e la sua macchina mentale comincia ad attivarsi. Mentre si massaggia le tempie, Sorkin si rivolge a Fackelmann con gli occhiali speciali, in tutto simile a un granchio in un vasca, e dice che non può
prendersela né con Fax né con la O'Shay, che lui stesso avrebbe dato l'Ok alla scommessa, con la soffiata che avevano avuto sul proble-

ma neurologico dell'ala alta di Yale. Chi poteva prevedere che delle nazifemmine criminali avrebbero mandato tutto a puttane. Mormora qualcosa in gaelico che Fackelmann non capisce ma presume sia qualcosa di fatalistico. Tira via sei biglietti da cento e uno da 25 dollari dell'Onan da un mucchio di soldi delle dimensioni di una bomba a mano e li spinge sulla scrivania di metallo verso Fackelmann, la sua percentuale sulla percentuale. Dice E Che Cazzo (Sorkin), prima o poi questo sentimentalismo irrazionale per Yale finirà per fregarlo, quel ragazzino di Bill Anni Ottanta. I bookmaker veterani diventano statisticamente filosofici e pazienti. Fackelmann non si preoccupa neanche di domandarsi come mai Sorkin chiami Bill Anni Ottanta «ragazzino» quando hanno piú o meno la stessa età. Ma una lampadina luminosa sta lentamente iniziando a diventare incandescente sopra la testa umida di Fackelmann. Cioè il Faxter comincia a concettualizzare il concetto generale di cosa deve essere successo. Non ha ancora detto niente, sottolinea Pamela Hoffmann-Jeep. Sorkin guarda Fackelmann e gli chiede se ha messo su qualche chilo asimmetrico, là. La tetta sinistra di Fackelmann sembra notevolmente piú grossa della destra, sotto il giaccone, per via della busta con i 137 pezzi da 1000 $ e uno da 500 $, la somma riscossa da Bill Anni Ottanta che credeva di aver perso. E Sorkin invece pensava che B.A.O. avesse *vinto*. Il lieve gemito nella stanza che Sorkin pensa sia il suo lettore Infernatron è in realtà la mente di Fackelmann che lavora ad Alta velocità. I baffi gli si induriscono come un frustino mentre lavora sul foglio di calcolo dentro la sua mente. 250K tutti insieme volevano dire 375 grammi azzurro-cielo di idromorfone idrocloride[376] oppure 37 500 compresse solubili da 10 mg di quella merda, disponibili da un avido ma discreto trafficante di oppiacei di Chinatown che trattava narcotici sintetici in grossi lotti di almeno 100 grammi – e il tutto si traduceva, ammettendo che fosse possibile convincere Kite a prendere il suo Dec 2100 e trasferirsi subito il piú lontano possibile con Fackelmann per aiutarlo a mettere su una matrice di distribuzione su strada in qualche altro lontanissimo mercato urbano, in qualcosa che si avvicinava diciamo a 1,9 milioni di $ di valore di vendita in strada, e con quella somma Fackelmann e in misura minore anche il suo socio di minoranza Kite avrebbero potuto tenere il mento appoggiato al torace per tutto il resto della loro vita senza dover svuotare un altro appartamento, falsificare un altro passaporto, rompere un altro dito. Tutto questo se Fackelmann continuava a tenere la bocca chiusa sulla cazzata Yale/Brown/Brown/Yale della O'Shay, farfugliava qualcosa su un adulterante endovenoso che gli aveva causato un improvviso e temporaneo gigantismo a una tetta, e si precipitava fuori

di là e lungo la Route 1 verso l'Emporio del Tè Freddo Hung Toy del
Dott. Wo e Associati, a Chinatown.

A questo punto Pamela Hoffmann-Jeep aveva ceduto agli high-
balls e al suo tepore da neonato ed era irreversibilmente svenuta,
ghiaccio o non ghiaccio, e contraeva le sinapsi e mormorava a un certo Monty che di sicuro con lei non si era comportato da gentiluomo.
Ma Gately poteva ricostruire da solo il resto della grande scivolata
nella merda di Fackelmann. Quando Fackelmann lo avvicinò con una
borsa con la scritta GO BROWN piena del migliore Dilaudid del Dott.
Wo e lo invitò a togliere le tende con lui e organizzare una matrice di
distribuzione per il loro impero della droga il piú lontano possibile,
Kite barcollò inorridito di fronte all'ignoranza di Fackelmann che ovviamente non sapeva che Bill Anni Ottanta altro non era che *il figlio
di Bob Anni Sessanta*, cioè l'emicraniologo di fiducia di Whitey Sorkin,
di cui Sorkin aveva la massima fiducia e con il quale si confidava apertamente e completamente dopo ogni dose di Cafergot per endovena,
e sicuramente Sorkin gli avrebbe raccontato tutto dell'enorme vincita di suo figlio su Yale, e anche se il padre non era esattamente il simbolo dell'amore paterno, Bob Anni Sessanta non lo era, naturalmente controllava a distanza il figlio, e avrebbe certamente saputo che in
realtà B.A.O. aveva scommesso su Brown nel tentativo di ingraziar-
si l'amministratore conico, e di certo avrebbe capito che c'era stato
un qualche errore; e anche se (Kite continuava a barcollare inorridito mentre spiegava), anche se Sorkin non fosse venuto a sapere della
perdita di Bill Anni Ottanta e dell'imbroglio di Fackelmann da Bill
Anni Sessanta, il piú nuovo e selvaggio degli uomini d'ordine Usa di
Sorkin, Bobby («C») C, l'eroinomane all'antica, era un compratore
abituale di vecchia eroina organica Burmese da questo Dott. Wo, e
sarebbe venuto a sapere di sicuro dei 300 grammi e + di Dilaudid
comprati da un certo Fackelmann che era collega di C presso Sorkin...
e quindi Fackelmann, che quando arrivò da Kite con la proposta era
già in possesso di una borsa di Brown piena di 37 500 Dilaudid da 10
mg e vuota dei 250K di Sorkin – oltre a un capitale di soli 22K come
assicurazione contro le scommesse suicide che piazzava da solo, come Gately venne a sapere dopo – era già morto: Fackelmann era un
Uomo Morto, gli disse Kite, indietreggiando inorridito davanti
all'idiozia di Fax; Kite disse che sentiva già il puzzo di Fackelmann
che biodegradava. Morto stecchito, aveva detto a Fackelmann, e già
si preoccupava di essere visto con lui nello strip-bar in cui erano quando Fax gli aveva fatto la proposta. E Gately, mentre guardava dormire P.H.-J., non solo si immaginava ma si Identificava del tutto con
Fackelmann e capiva perfettamente come mai lui, quando Kite gli

aveva detto che puzzava di morto e perché, come mai Fackelmann, invece di prendere la borsa piena di Blues e attaccarsi una barba finta e fuggire immediatamente in un posto dove non avevano mai nemmeno *sentito parlare* della North Shore di Boston, aveva fatto quello che avrebbe fatto ogni drogato in possesso della sua Sostanza preferita se costretto ad affrontare una notizia fatale e il conseguente terrore: Fackelmann era andato dritto nell'appartamento di lusso svaligiato che era il suo focolare domestico dove si sentiva al sicuro e si era messo a sedere per terra e aveva acceso il fornellino Sterno e si era riscaldato la roba, si era legato il braccio e si era bucato e si era inchiodato il mento al torace con delle spaventose quantità di Dilaudid, cercando di cancellare la realtà del fatto che sarebbe stato fatto fuori se non si fosse deciso ad agire subito per trovare un rimedio risolutivo alla cosa. Perché, come Gately capí anche allora, è questo il modo fondamentale di affrontare i problemi per i drogati, farsi della buona vecchia Sostanza per cancellare del tutto il problema. E forse cercava anche di medicare il suo terrore riempiendosi di noccioline M&M, il che spiegherebbe tutti i sacchetti sparsi sul pavimento intorno all'angolo dal quale non si era mai mosso. Ed è per questo che Fackelmann è rimasto accovacciato per giorni nell'angolo del salotto proprio fuori dalla loro camera, muto e sudato; questo spiega la contraddizione apparente tra l'impressionante quantità di Sostanza che Fackelmann aveva nella borsa accanto a sé e il suo sguardo da rospo-in-trappola tipico dell'uomo in preda al terrore per l'Astinenza. Mentre rifletteva e pensava, tamburellando distrattamente con le dita sulla testa priva di sensi di P.H.-J., Gately capí che poteva piú che empatizzare con la fuga di Fackelmann nel Dilaudid e nelle M&M, ma ora si rende conto che fu quella la prima volta in cui gli apparve chiaro che in fondo un drogato è una creatura vile e patetica: una cosa che non fa altro che nascondersi.

La cosa piú sessuale che Gately fece mai con Pamela Hoffmann-Jeep era aprire il suo bozzolo di coperte e intrufolarsi dentro e avvinghiarsi a lei e riempire con la sua massa tutti i suoi morbidi posti concavi, e poi addormentarsi con la faccia sulla sua nuca. A Gately disturbava questo suo empatizzare con il desiderio di Fackelmann di nascondersi e cancellarsi, ma nella retrospettiva del ricordo ora lo disturba ancor di piú non essere rimasto sdraiato accanto a quella ragazza comatosa a sentirsi disturbato per qualche altro minuto prima di sentire il desiderio familiare che cancella ogni turbamento, ed aver aperto quella notte il loro bozzolo di coperte ed essersi alzato cosí automaticamente al servizio di quel desiderio. E si sente ancora peggio perché era uscito dalla camera e aveva barcollato goffamente in jeans e cintura nel salotto poco illuminato dove Fackelmann era ingobbito tutto sudato e con la bocca impiastricciata in un angolo accanto a una montagna di Dilaudid da 10 mg e una ciotola di acqua distillata e il kit per la preparazione e il fornellino Sterno, perché Gately era uscito dalla camera e aveva barcollato automaticamente fino da Fackelmann con il pretesto – mentendo anche a se stesso, era questa la cosa peggiore – il pretesto di andare a vedere come stava il povero vecchio Fackelmann, per cercare forse di convincerlo a fare qualcosa, a presentarsi penitente da Sorkin o fuggire nei Mari del Sud invece di nascondersi in quell'angolo con la mente in folle e il mento sul torace e una stalattite di bava alla cioccolata che gli si allungava penzolando dalle labbra. Perché sapeva che la prima cosa che avrebbe fatto Fackelmann se Gately avesse lasciato in camera P.H.-J e si fosse fatto vedere nel salotto svuotato sarebbe stato armeggiare nel suo kit di GoreTex per tirare fuori una siringa nuova ancora nell'involucro di fabbrica e invitare Gately a mettersi giú con lui e a riconciliarsi con il pianeta. Cioè farsi un po' di questa montagna di Dilaudid, per fare compagnia a Fackelmann. Cosa che, per quanto ora se ne vergogni, Gately fece davvero, e non parlarono mai della realtà della discesa nella merda di Fackelmann e della necessità di fare qualcosa, da quanto erano intenti a farsi cullare dal ronzio sonnolento delle Blues, a cancellare tutto mentre Pamela Hoffmann-Jeep dormiva nell'altra stanza tutta avvolta nelle coperte e sognava damigelle e torri – Gately lo aveva lasciato fare, se lo ricorda perfettamente, aveva lasciato che Fackelmann li sistemasse tutti e due, e si era detto che lo faceva per fare compagnia a Fackelmann, che era come quando si fa compagnia a un amico malato, e (ancora peggio) aveva creduto che fosse vero.

È come se piccoli intermezzi di sogni febbricitanti interrompessero i ricordi e i momenti in cui è cosciente. Sogna di essere diretto a nord su un autobus dello stesso colore del fumo di scappamento, e passa sempre di fronte alle stesse casette malmesse e a una distesa di mare gonfio, e piange. Il sogno continua cosí, senza arrivare a una risoluzione o a un finale, e lui piange e suda, sdraiato, incastrato nel sogno. Gately si sveglia all'improvviso quando sente sulla fronte una linguetta ruvida – non molto diversa dalla linguetta esitante del gattino Nimitz del Pm, quando il Pm aveva ancora il gattino, prima di quel periodo misterioso in cui il gattino sparí e il tritarifiuti non funzionò bene per qualche giorno e il Pm rimase seduto con la testa bionda tra le mani e i postumi della sbronza davanti al suo blocchetto al tavolo di cucina, non si mosse neanche per diversi giorni, e in quei giorni la Mamma di Gately andava in giro pallidissima per la casa senza avvicinarsi all'acquaio della cucina, ed era scappata in bagno quando Gately alla fine aveva chiesto che cosa era successo al tritarifiuti e dov'era Nimitz. Quando Gately riesce a staccare le palpebre, comunque, la lingua non è assolutamente quella di Nimitz. Lo spettro è tornato, vicino al letto, vestito come prima e sfocato ai bordi nella luce del corridoio che proietta l'ombra di un cappello, solo che questa volta con lui ce n'è un altro, piú giovane, uno spettro molto piú atletico con dei pantaloncini da ciclista finocchio e una canottiera Us che si sporge sul cancellino del letto di Gately e... *lecca la fronte di Gately* con una linguetta ruvida, e mentre Gately di riflesso gli tira un cazzotto in faccia – nessun uomo lecca D.W. Gately e sopravvive – ha appena il tempo di accorgersi che il respiro dello spettro non ha calore né odore prima che i due spettri svaniscano e un fulmine forcuto blu di puro dolore per il cazzotto tirato all'improvviso lo faccia ricadere sul cuscino caldo con la schiena inarcata e un urlo strozzato dal tubo, e gli occhi gli si rovesciano indietro nella luce color colomba di quello che di certo non è sonno.

La sua febbre è molto piú alta, ora, e i frammenti dei suoi sogni hanno un aspetto cubista molto frammentato che lui associa ai ricordi di quando prendeva l'influenza, da bambino. Sogna di guardare in uno specchio e non vede niente e cerca di pulire lo specchio con la manica. Un sogno è fatto solo del colore blu, ma troppo vivido, come il blu di una piscina. Sente un sapore sgradevole venirgli su dalla gola. È dentro una borsa e allo stesso tempo la tiene in mano. Della gente continua a venire a fargli visita, ma mai Francis Il Feroce o Joelle Van D. Sogna che ci sono delle persone nella stanza, ma lui no. Sogna di essere con un ragazzino molto triste in un cimitero a scavare per tirare fuori la testa di un morto ed è molto importante, è una specie di Emergenza Continentale, e Gately è quello che scava meglio ma ha una fame tremenda, una fame irresistibile, e comincia a mangiare a quattro palmenti pescando in un grosso sacco formato-famiglia di patatine e quindi non può scavare, e intanto diventa sempre piú tardi e il ragazzino triste cerca di urlare a Gately che la cosa importante era stata sepolta nella testa del morto e per evitare l'Emergenza Continentale bisogna tirare fuori la testa del morto prima che sia troppo tardi, ma il ragazzino muove la bocca e non viene fuori nulla, e appare Joelle Van D. con le ali e senza mutande e gli chiede se lo conoscevano, il morto della testa, e Gately comincia a raccontare che lui lo conosceva anche se dentro di sé è pieno di panico perché non sa di chi sta parlando, mentre il ragazzino triste prende per i capelli qualcosa di terribile e fa la faccia di qualcuno che urla terrorizzato: *Troppo Tardi.*

Era uscita dalle porte del Saint E. e aveva svoltato a destra per tornare a piedi alla Ennet quando un'enorme donna grottesca con le calze piene di bozzi e la faccia e la testa quattro volte piú grosse di quelle della donna piú grossa che Joelle avesse mai visto le aveva artigliato il braccio all'altezza del gomito e le aveva detto che le dispiaceva di dover essere lei a dirglielo ma anche se non lo sapeva si trovava in un terrificante pericolo di vita.

A Joelle ci volle un bel po' per squadrarla tutta: «E questa sarebbe una novità?»

Comunque il mattino dopo quella notte aveva trovato Gately e Fackelmann ancora là nell'angolino di Fackelmann con i lacci stretti intorno alle braccia, le braccia e i nasi arrossati da quanto se li erano grattati, che ancora si facevano come pazzi, scaldavano la roba e se la iniettavano e mangiavano le M&M, quando riuscivano a trovarsi la bocca con le mani, e si muovevano come fossero sott'acqua, le teste che ciondolavano sui loro colli senza forza, il soffitto azzurrocielo della stanza vuota che si gonfiava e sotto il soffitto appeso al muro sopra le loro teste alla loro destra il visore Tp di lusso dell'appartamento mostrava una infinita ripetizione al rallentatore di una roba assurda che piaceva a Fackelmann e cioè riprese seriali di fiamme, fiamme di accendini di ottone, fiammiferi da cucina, luci di segnalazione, candeline di compleanno, candele votive, becchi Bunsen eccetera, che Fackelmann aveva avuto da Kite, che poco prima dell'alba era apparso tutto vestito e aveva declinato di farsi con loro e aveva tossito nervosamente e annunciato che doveva partire per qualche giorno per una mostra-mercato di software «fondamentale» e imperdibile in una zona con un altro prefisso telefonico, senza sapere che Gately ora sapeva che lui sapeva che ormai Fackelmann era morto, e Kite cercava di andarsene con discrezione con tutto il suo hardware in braccio, incluso il Dec non-portatile, lasciandosi dietro una scia di cavi. Un po' piú tardi, quando la luce della mattina si fece di un giallo piú intenso e sia Gately sia Fackelmann rimpiansero di aver staccato e venduto anche le tende, mentre continuavano a sedere ingobbiti a scaldare la roba e bucarsi, piú o meno alle 0830h si svegliò Pamela Hoffmann-Jeep e cominciò a vomitare e a mettersi la mousse nei capelli per affrontare la giornata di lavoro, a chiamare Gately Tesoro e Guardiano della Notte e a chiedere se la notte prima aveva fatto qualcosa che oggi doveva spiegare a qualcuno – una specie di routine mattutina nella loro relazione, poi si mise il fard e bevve la sua solita colazione[377] antisbornia e guardò i menti di Fackelmann e Gately alzarsi e abbassarsi a diverse velocità sottomarine. L'odore del suo profumo e delle mentine aleggiò nella stanza vuota per molto tempo dopo i suoi due Ciao Bello*. Quando il sole della mattina si alzò ancora e diventò intollerabile, invece di fare qualcosa e inchiodare una coperta o altro sopra la finestra, decisero di obliterare la realtà di quella luce che bruciava gli occhi e darci davvero dentro con le Blues e di flirtare con l'Od. Attinsero a piene mani al Monte Dilaudid di Fackelmann. Fackelmann era uno di quelli che andava a esaurimento. Gately era piú un tipo da mantenimento. Era raro che si infilasse in uno di quei festini classici in cui ci si piantava in un posto con un mucchio enorme di roba e ci si faceva di continuo per lunghi periodi senza neanche muoversi. Ma quando cominciava davvero a farsi non riusciva ad avere piú nessun controllo sulla durata e l'intensità del festino. Fackelmann azzannava la montagna di Blues da 10 mg come se non esistesse un domani. Ogni volta che Gately provava a chiedere come aveva fatto il Faxter a mettere le mani su un carico cosí enorme di Sostanza blu – forse per indurre Fackelmann ad affrontare la realtà del suo problema descrivendolo – Fackelmann lo interrompeva con un sommesso «È una maledetta bugia». Fackelmann non diceva altro quando era fatto, anche se rispondeva a delle domande. Immaginate degli scambi verbali lentissimi e strani, come se il tempo fosse miele:

«Non so proprio come hai fatto a trovare un mucchio di roba bella come questa, eh, Fa—»

«È una maledetta bugia».

«Amico. Amico. Spero soltanto che oggi al telefono rispondano Gwendine o C, amico. Invece di Whitey. Oggi non penso proprio che tu o io lavore—»

«È una maledetta bugia».

«Certo, Fax».

«Una maledetta bugia».

«Fax. Il Faxter. Il Conte Faxula».

«Maledetta *bugia*».

Dopo un po' in tutto quel rilassamento questa cosa cominciò a diventare una battuta. Gately alzava la sua testona e sosteneva la rotondità del pianeta, la tridimensionalità del mondo fenomenico, il nero dei cani neri—

«È una maledetta bugia».

Cominciò a sembrargli sempre piú divertente. Dopo ogni scambio di battute come questo ridevano e ridevano. Ogni esalazione di risa-

* In italiano nel testo [N.d.T.].

te sembrava durare parecchi minuti. Il soffitto e la luce della finestra si allontanavano. Fackelmann si bagnò i pantaloni; cosa ancora piú divertente. Guardarono la pozza di urina allargarsi sul parquet, cambiare forma, dividersi in rivoli, esplorare il bel pavimento di quercia. Le salite e le valli e le piccole giunture. Doveva essere diventato buio e poi di nuovo mattina presto. La miriade di fiammelle della cartuccia si rifletteva nella pozza che si allargava, tanto che presto Gately riuscí a vederla senza sollevare il mento dal torace.

Quando il telefono suonava era solo un fatto. Lo squillo era piú parte dell'ambiente che un segnale. Il suo squillare diventò sempre piú astratto. Qualsiasi cosa potesse significare un telefono che squillava veniva totalmente annullata dalla schiacciante certezza del suo squillare. Gately lo fece notare a Fackelmann. Fackelmann negò la cosa con vecmenza.

A un certo punto Gately cercò di alzarsi in piedi e fu colpito duramente dal pavimento, e si pisciò nei pantaloni.

Il telefono squillava e squillava.

In un altro momento cominciarono a divertirsi a lanciare M&M di vari colori nelle pozze di urina e a guardare il colore del rivestimento corrodersi e lasciare una pallina di M&M color bianco-vampiro immersa in un nembo di tinta brillante.

Suonò il campanello dell'intercom del complesso dell'appartamento di lusso, sorprendendo tutti e due per il fatto del suo suonare. Suonò e suonò. Discussero sul fatto che gli sarebbe piaciuto smettesse di suonare, un po' come quando si dice che sarebbe bello se smettesse di piovere.

Diventò l'Icbm* dei festini. La Sostanza sembrava inesauribile; il Monte Dilaudid cambiava forma ma non sembrava mai diminuire visibilmente. Fu la prima e l'unica volta che Gately si iniettò cosí tanta roba nello stesso braccio da esaurirne tutte le vene e dover passare all'altro. Fackelmann non aveva piú la coordinazione per aiutarlo a stringere il laccio e spararsi la roba in vena. A Fackelmann continuava a scendere dalle labbra un filo di bava al cioccolato che si allungava quasi fino al pavimento. L'acidità della loro urina stava corrodendo la finitura del pavimento di legno dell'appartamento. Alla pozzanghera erano spuntate molte braccia, come una divinità Indu. Gately non riusciva a capire se l'urina si era spinta fino ai loro piedi o se c'erano già seduti dentro. Fackelmann voleva vedere quanto riusciva ad andare vicino alla superficie del laghetto delle loro urine mischiate con la punta del fi-

* Inter Continental Ballistic Missile [N.d.T.].

lo di bava prima di risucchiarlo dentro la bocca. Il giochino aveva un'aura intossicante di pericolo. La rivelazione che alla maggior parte delle persone piace l'*idea* di giocare al pericolo ma non il pericolo reale colpí Gately come un'epifania. Gli ci vollero galloni di tempo vischioso per cercare di articolare questo pensiero a Fackelmann cosí che Fackelmann potesse dargli l'imprimatur del suo diniego.

Alla fine il campanello smise di suonare.

Anche la frase «Piú tatuaggi che denti» continuava a passare per la testa di Gately mentre continuava a muoversi (la testa), anche se non capiva da dove venisse quella frase o a chi si riferisse. Non era ancora finito a Billerica; era in libertà provvisoria grazie alla cauzione che aveva pagato Whitey Sorkin.

Le M&M non riuscivano a smorzare il sapore dolciastro e medicinale dell'idromorfone nella bocca di Gately. Guardava la corona della fiamma blu di un vecchio fornellino da cucina tremolare nel luccichio dell'urina.

Durante un tramonto ocra Fackelmann ebbe una lieve convulsione e si cacò nei pantaloni e Gately non aveva la coordinazione per avvicinarsi a Fackelmann durante l'attacco, per aiutarlo e stargli vicino. Provò quella sensazione da incubo che ci fosse qualcosa di importante che doveva fare ma aveva dimenticato cosa. Le iniezioni da 10 mg di Blue Bayou tenevano a distanza quella sensazione per periodi sempre piú brevi. Non aveva mai sentito dire che a qualcuno fossero venute le convulsioni per una Od e invece sembrava che Fackelmann ci fosse cascato in pieno.

Il sole fuori dalle grandi finestre sembrava andare su e giú come uno yo-yo.

Finirono l'acqua distillata che Fackelmann teneva nella ciotola, e Fackelmann prese un pizzico di cotone e lo inzuppò nell'urina color caramella sul pavimento e ci preparò la roba. A Gately questa cosa sembrò schifosa. Ma provare a raggiungere la cucina svuotata per prendere la bottiglia dell'acqua distillata era fuori discussione. Gately doveva stringersi il laccio al braccio destro con i denti, ora, perché il sinistro era completamente inutilizzabile.

Fackelmann puzzava molto.

Gately precipitò in un sogno in cui era su un autobus della linea Beverly-Needham con questa scritta sulle fiancate: PARAGON BUS LINES: THE GRAY LINE. Nel ricordo delirante di quattro anni dopo al St. E. capisce che è l'autobus del sogno che non finisce mai e non arriva da nessuna parte, ma è assalito dalla nausea quando si rende conto che il collegamento tra i due autobus è esso stesso un sogno, o è *in* un sogno, ed è in quel momento che la febbre gli si alza di nuovo e la linea del suo cuore del monitor fa come un piccolo buffo strappo tipo dentellatura al primo e al terzo nodo, il che fa lampeggiare una lucina color ambra nella postazione delle infermiere giú nel corridoio.

Quando il campanello elettrico suonò di nuovo stavano guardando il video delle fiamme ed era notte tardi. Ora sentivano la voce della povera Pamela Hoffmann-Jeep che veniva dal citofono. L'intercom e il bottone per aprire la porta d'ingresso del complesso dell'appartamento era dall'altra parte del salotto vicino alla porta d'ingresso. Il soffitto si gonfiava e si sgonfiava. Fackelmann aveva piegato una mano a forma di artiglio e studiava l'artiglio alla luce delle fiamme del Tp. Il Monte Dilaudid era stato molto scavato da una parte; c'era la possibilità di una disastrosa valanga nel Lago Urina. Dalla voce P.H.-J. sembrava ubriaca come un Boscaiolo. Chiedeva che la facessero entrare. Diceva che sapeva che erano in casa. Usò diverse volte la parola *party* come verbo. Fackelmann stava sussurando che era una bugia. Gately si ricorda che aveva dovuto premersi la vescica per capire se aveva bisogno di andare in bagno. Si sentiva l'Unità piccola e gelida contro la gamba dentro i jeans bagnati. Il puzzo di ammoniaca dell'urina e il soffitto che respirava e la voce di una donna ubriaca in lontananza... Gately si sporse nel buio per raggiungere le sbarre del suo box, le afferrò con i pugni tozzi, riuscí a tirarsi su e mettersi in piedi. Piú che alzarsi gli sembrò che fosse il pavimento ad abbassarsi. Barcollava come un bambino. Il pavimento dell'appartamento sotto di lui fece una finta a destra, poi a sinistra, gli girava intorno per trovare un'apertura per attaccarlo. Le finestre di lusso erano piene di stelle. Fackelmann aveva trasformato l'artiglio in una specie di ragno e ora il ragno stava scalando il suo toracc. La luce delle stelle era sfocata; non se ne distingueva neanche una. Tutto ciò che stava oltre il cono di luce del visore era nel buio piú assoluto. Il campanello sembrava infuriato, la voce patetica. Gately mise il piede in avanti in direzione del campanello. Sentí Fackelmann dire al ragno-artiglio della sua mano che sarebbe stato testimone della nascita di un impero. Poi quando Gately mise giú il piede non c'era niente sotto. Il pavimento scansò il suo piede e gli si gettò addosso, riuscí a lanciare uno sguardo verso il soffitto che si gonfiava e poi il pavimento lo colpí sulla tempia. Sentí suonare le campane. Il suo impatto sul pavimento scosse tutta la stanza. Una scatola di bustine di plastica traballò e cadde e le bustine trasparenti si sparsero su tutto il pavimento bagnato. Il visore cadde dalla parete e proiettò fiamme ocra sul soffitto. Il pavimento premeva forte su Gately, e lui svenne con la faccia schiacciata verso Fackelmann e la finestra dietro di lui, mentre Fackelmann teneva il ragno a mezz'aria davanti a sé per poterlo osservare bene.

«Oh, allora, Cristo.

«Io ero in due scene. Cos'altro ci sia io non lo so. Nella prima scena io entro in una porta girevole. In una di quelle porte girevoli di vetro, e mentre sto girando per entrare c'è qualcuno che sta girando per uscire, è qualcuno che conosco ma apparentemente non vedo da molto tempo perché quando lo riconosco faccio una faccia sciocca, e la persona mi vede e anche lei fa una faccia egualmente sciocca – forse una volta eravamo molto intimi e non ci siamo visti per tantissimo tempo, e ora ci incontriamo per puro caso. E invece di entrare io continuo a girare nella porta per seguire la persona che sta uscendo, la quale persona sta anche lei girando nella porta per seguirmi, e giriamo come trottole nella porta per parecchi giri».

«D.»

«L'attore era un uomo. Non era uno di quelli che Jim usava di solito. Ma il personaggio che riconosco nella porta è epiceno».

«D.»

«Ermafrodita. Androgino. Non era ovvio che il personaggio dovesse essere un personaggio maschile. Penso che tu possa Identificarti.

«Nell'altra scena la macchina da presa era dentro un passeggino o una culla di vimini. Io indossavo un vestito bianco incredibile lungo fino ai piedi di un materiale che fluttuava e mi piegavo verso la macchina da presa dentro la culla e mi scusavo».

«D.»

«Mi scusavo. Erano diverse battute. "Mi dispiace tanto. Mi dispiace tantissimo. Mi dispiace davvero davvero tanto. Ti prego, cerca di capire che mi dispiace tanto, tanto davvero". Durava molto tempo. Dubito che l'abbia usato tutto, dubito fortemente che l'abbia usato tutto, ma c'erano almeno venti minuti di variazioni sul tema "Mi dispiace"».

«D.»

«Non proprio. Non proprio velata».

«D.»

«La prospettiva era dalla culla, sí. Un occhio che guarda dalla culla. No, non ero io a guidare la scena. Sulla macchina da presa era montato un obiettivo con qualcosa dentro che Jim chiamava, mi sembra, autotremolio. Un tremolio oculare, qualcosa di simile. Un giunto a incastro con una palla dietro il supporto che faceva tremare un po' la lente. Mi ricordo che faceva uno strano piccolo rumorino tipo un ronzio».

«D.»

«Il supporto è l'obiettivo. Il supporto è dove sono sistemati gli elementi delle lenti. Questo supporto della lente della culla sporgeva molto piú degli obiettivi convenzionali, ma non era grande come una lente catadiottrica. Assomigliava piú a un occhio messo in cima a un peduncolo o a una lente speciale per vedere di notte, invece che a un obiettivo. Era lungo e secco e sporgente, con questo leggero tremolio. Non ci capisco molto di obiettivi, a parte i concetti fondamentali come lunghezza e velocità. Ma le lenti erano il punto forte di Jim. La cosa non dovrebbe essere una sorpresa. Ne aveva sempre una valigia piena. Era piú attento alle lenti e alla luce che alla macchina da presa. L'altro suo figlio le portava in una valigia speciale. Leith pensava alle telecamere, suo figlio alle lenti. Jim diceva che le lenti erano il suo vero contributo a tutta l'impresa. Del fare film. Di se stesso. Le faceva tutte da sé».

«D.»

«Ecco, non ci ho mai avuto molto a che fare. Ma so che sembra che ci sia qualcosa di strano e tremolante nella loro visione, dicono. Credo che piú piccoli sono, piú vedono con questo tremolio. E una sfocatura lattiginosa, anche, credo. Nistagmo neonatale. Non so dove ho sentito questo termine. Non mi ricordo. Potrebbe essere stato Jim. Potrebbe essere stato il figlio. Quello che so personalmente sui neonati potreste – potrebbe essere stata una lente astigmatica. Credo non ci siano dubbi sul fatto che la lente dovesse riprodurre un campo visivo infantile. Era lei che veramente guidava la scena. La mia faccia non era importante. Non ebbi mai l'impressione che dovesse essere catturata in modo realistico dalla lente».

«D.»

«Non l'ho mai visto. Non ne ho idea».

«D.»

«Furono seppelliti con lui. I Master di tutto ciò che non era stato distribuito. Per lo meno cosí era scritto nel testamento».

«D.»

«Non aveva niente a che fare con l'uccidersi. Meno di niente».

«D.»

«No, non ho mai visto il suo testamento del cazzo. Me lo aveva detto lui. Mi raccontava le cose.

«Alla fine non si ubriacava piú. Fu quello a ucciderlo. Non ce la faceva ma aveva fatto una promessa».

«D.»

«Non so se abbia mai neanche avuto un Master finito. Questa è la *vostra* versione. Non c'era niente di insopportabile o schiavizzante in nessuna delle mie scene. Niente a che fare con quelle voci tipo perfezione-assoluta. Sono voci messe in giro dagli accademici. Lui parlava di fare qualcosa di – cito – troppo perfetto. Ma *scherzava*. Era fissato con l'intrattenimento, lo criticavano perché i suoi intrattenimenti non intrattenevano la gente ed erano statici. Quando parlava dei suoi lavori li chiamava *intrattenimenti*. Ma era una cosa ironica. E neanche per scherzo parlò mai di un'antiversione o di un antidoto, Dio Cristo. Non è mai arrivato fino a quel punto. Era uno scherzo».

«…»

«Quando diceva che questa cosa era – cito – "un intrattenimento perfetto" appassionante a livello terminale – era sempre ironico – lo faceva per tirarmi una frecciatina. Io andavo in giro a dire che il velo serviva a coprire la mia letale perfezione, che ero troppo letalmente bella. Era una specie di scherzo che avevo preso da uno dei suoi intrattenimenti, quella cosa della Medusa e dell'Odalisca. Perché io mi nascondevo anche nell'Udri, rifiutavo la deformità. E allora Jim prese un pezzo che non gli era venuto bene e mi disse che era troppo perfetto per essere distribuito – avrebbe paralizzato la gente. Era del tutto chiaro che era uno scherzo ironico. Fatto a me».

«D.»

«L'umorismo di Jim era un umorismo *caustico*».

«D.»

«Se è stato fatto e nessuno l'ha visto, il Master, allora è lí dentro con lui. Sepolto. È solo un'impressione. Ma ci scommetterei».

«…»

«La consideri una scommessa *educata*».

«D.»

«…»

«D., D., D.»

«Quella è la parte dello scherzo che lui non conosceva. Il posto dove è sepolto è *anch'esso* sepolto. È nella vostra zona di anulazione. Non è neanche nel vostro *territorio*. E ora se la volete quella cosa – credo che gli sarebbe piaciuto tanto questo scherzo. Oh, cazzo, sí, davvero tanto».

Per una coincidenza piuttosto strana venne fuori che nella nostra stanza anche Kyle Dempsy Coyle e Mario stavano guardando uno dei vecchi lavori di Lui in Persona. Mario si era messo i pantaloni e stava usando il suo arnese speciale per tirarsi su la zip e abbottonarsi. Coyle sembrava stranamente traumatizzato. Era seduto sul bordo del mio letto, aveva gli occhi spalancati e il suo corpo tremolava leggero come le cose appese alla punta di una pipetta. Mario mi salutò chiamandomi per nome. La neve continuava a turbinare e girare vorticosamente fuori dalla finestra. Non era possibile determinare la posi-

zione del sole. I pali delle reti erano sommersi quasi fino al punto dove erano attaccati i segnapunti. Il vento stava ammucchiando la neve contro tutti gli angoli retti dell'Accademia e poi la picchiava e la
modellava in forme inusuali. Il panorama visto dalla finestra aveva
quella sgranatura grigiastra delle brutte foto. Il cielo sembrava malato. Mario utilizzava il suo arnese con grande pazienza. Spesso gli ci
volevano molti tentativi per agganciare le pinze dell'arnese alla linguetta della zip. Coyle, che aveva ancora in bocca il paradenti antiapnea, fissava il piccolo visore della nostra stanza. La cartuccia era
Complice! di Lui in Persona, un breve melodramma con Cosgrove
Watt e un ragazzo che nessuno aveva mai visto prima e nessuno aveva piú visto dopo.

«Ti sei svegliato presto», disse Mario, alzando gli occhi dalla patta dei pantaloni e sorridendo. Il suo letto era rifatto con le lenzuola
tese come tamburi.

Sorrisi. «Sembra non sia l'unico».

«Sembri triste». Sollevai verso Coyle la mano con il bicchiere Nasa.

«Un piacere inaspettato, K.D.C».

«Thtithe fickn meth», disse Coyle.

Misi il bicchiere e lo spazzolino sul cassettone e raddrizzai il centrino che c'era sopra. Presi in mano delle magliette e cominciai ad an-
nusarle per dividerle tra mettibili e non mettibili.

«Kyle dice che Jim Troeltsch ha strappato una parte della faccia di
Ortho mentre cercava di tirarlo via da una finestra alla quale gli si era
incollata la faccia», disse Mario. «E poi Jim Troeltsch e il Sig. Kenkle
hanno cercato di mettergli della carta igienica sulle parti ferite come
quando Tall Paul a volte mette dei pezzettini di Kleneex sui taglietti
che si fa nel farsi la barba, ma la faccia di Ortho era conciata molto peggio di quando uno si taglia quando si fa la barba, e hanno usato un rotolo intero, e ora la faccia di Ortho è coperta di carta igienica, e la carta si è appiccicata e Ortho non riesce a toglierla, e a colazione il Sig.
dcLint era furioso con Ortho perché si era fatto mettere la carta igienica sulle ferite, e Ortho era scappato di corsa nella stanza sua e di Kyle e aveva chiuso la porta a chiave, e Kyle non ha piú la chiave dal giorno dell'incidente con la vasca per idromassaggio».

Aiutai Mario con il suo giubbotto con lo sprone e gli chiusi il Velcro bello stretto. Il torace di Mario è cosí fragile che riuscivo a sentire
il tremolio del battito del suo cuore attraverso il giubbotto e la felpa.

Coyle si tolse il paradenti antiapnea. Quando lo tirò fuori com-
parve del bianco materiale orale notturno tra la bocca e l'apparecchio.
Guardò Mario. «Raccontagli la parte peggiore».

Stavo osservando Coyle con molta attenzione per vedere cosa aveva intenzione di fare con quel nauseante apparecchio che teneva in mano.

«A proposito, Hal, ci sono dei messaggi sul telefono, ed è passato Mike Pemulis e ha chiesto se eri sveglio e dove eri».

«Non gli hai raccontato la parte peggiore della storia», disse Coyle.

«Non pensare nemmeno ad appoggiare quell'affare sul mio letto, Kyle, per favore».

«Lo tengo lontano da tutto, non ti preoccupare».

Mario usò il suo arnese per tirare su la lunga zip curva del suo zainetto. «Kyle mi ha detto che c'è stato di nuovo un problema con una scarica—»

«L'ho sentito dire», dissi.

«—e Kyle dice che si è svegliato e Ortho non c'era, e non c'era neanche il letto di Ortho, allora ha acceso la luce—»

Coyle fece un gesto con l'apparecchio: «Ed ecco che, questa è grossa davvero».

«Sí ed *ecco che*», disse Mario, «il letto di Ortho è lassú in alto sul soffitto della stanza. In qualche modo durante la notte il telaio del letto si è sollevato e si è inchiodato al soffitto senza che Kyle abbia sentito niente».

«Fino alla scarica, cioè», dissi.

«Questo è troppo», disse Coyle. «Prima la storia delle lattine e che io gli sposto la roba. Ora vado da Alice la Laterale per farmi cambiare camera come Troeltsch. Questa è la *goccia*».

Mario disse: «E il letto è ancora sul soffitto, e se cade sfonda il pavimento e va a finire nella stanza di Graham e Petropolis».

«Ora lui è là dentro tutto mummificato con la carta igienica, incazzato nero, con il letto attaccato al soffitto, la porta chiusa a chiave, e io non posso neanche prendere la roba per pulire il mio apparecchio antiapnea», disse Coyle.

Non avevo sentito dire nulla di Troeltsch che si era scambiato di camera con Trevor Axford. Un gigantesco cuneo di neve scivolò giú da una parte ripida del tetto sopra la nostra finestra e cadde oltre la finestra e si schiantò a terra con un tonfo fortissimo. Per qualche motivo il fatto che una cosa importante come uno scambio di camere a metà semestre potesse essere avvenuta senza che io lo sapessi mi riempí di angoscia. Vedevo di nuovo i bagliori di un possibile attacco di panico incipiente.

Sul comodino di Mario c'era un tubetto mal strizzato di pomata per la sua bruciatura all'inguine. Mario stava guardando la mia faccia. «Sei triste perché non giocherai se quelli del Québec non verranno?»

«E poi per finire in bellezza la nottata è rimasto con la faccia incollata a una finestra», disse Coyle disgustato.

«Congelata», lo corressi.

«Solo che non sai la spiegazione di Stice».

«Fammi indovinare», dissi.

«Per il letto sospeso in aria».

Mario guardò Coyle. «Hai detto che era avvitato».

«Ho detto che *probabilmente* era avvitato ecco cosa ho detto. Ho
detto che l'unica spiegazione razionale è che ci siano delle viti».

«Lasciami indovinare», dissi.

«Lascialo indovinare», disse Mario a Coyle.

«Il Tenebra pensa siano stati i fantasmi». Coyle si alzò e venne
verso di me. I suoi occhi non erano proprio allineati. «La spiegazione di Stice che mi fece giurare di non dire a nessuno ma questo prima del letto sul soffitto era che lui crede di essere stato per qualche
ragione selezionato o scelto per essere perseguitato o posseduto da
qualche fantasma benigno o custode che risiede e/o si manifesta negli oggetti fisici normali, e vuole insegnare al Tenebra a non sottovalutare gli oggetti piú semplici e a elevare il suo gioco a un livello tipo
sovrannaturale, per farlo migliorare». Un occhio era leggermente piú
basso dell'altro e inclinato a un angolo diverso.

«O peggiorare il gioco degli altri», dissi.

«Stice ha dei problemi di testa», disse Coyle, continuando ad avvicinarsi. Io stavo attento a rimanere fuori dal raggio del suo alito
mattutino. «Continua a fissare le cose con le vene delle tempie che
gli pulsano e cerca di farle muovere con la forza di volontà. Ha scommesso con me 20 svanziche che riusciva a stare in piedi sulla sedia
della sua scrivania e sollevarla allo stesso tempo, e poi non mi ha fatto annullare la scommessa quando ha visto che dopo mezz'ora mi sentivo imbarazzato per lui, in piedi su quella sedia a flettere le tempie».

Continuavo a tenere d'occhio anche il suo apparecchio orale.
«Avete sentito che per colazione c'erano surrogato di salsiccia e spremuta d'arancia vera?»

Mario mi chiese ancora se ero triste.

Coyle disse: «Io *c'ero*. La faccia di Stice aveva fatto passare l'appetito a tutta la sala. Poi deLint ha iniziato a urlargli». Mi guardava
con una faccia strana. «Non capisco cosa ci sia di divertente, amico».

Mario si buttò sul letto di schiena e si infilò i lacci dello zainetto
con l'agio dell'abitudine.

Coyle disse: «Non so se dovrei andare da Schtitt, o dalla Rusk, o
da chi. Forse da Alice la Laterale. E se lo portano via da qualche parte, ed è colpa mia?».

«Però nessuno può negare che Il Tenebra abbia fatto grandi progressi in questo autunno».

«Ci sono anche dei messaggi di segreteria sulla segreteria, Hal», disse Mario mentre gli tenevo le mani con attenzione e lo tiravo su.

«E se fosse stata la sua deformazione mentale a elevare il suo gioco?» disse Coyle. «Sarebbe ancora da considerarsi una deformazione?»

Cosgrove Watt era stato uno dei pochi attori professionisti usati da Lui in Persona. Lui in Persona preferiva i dilettanti; voleva che leggessero le loro battute con la semplicità e la legnosa autoconsapevolezza dei dilettanti dai cartelloni che Mario o Disney Leith tenevano molto spostati rispetto al punto in cui il personaggio avrebbe dovuto guardare. Fino all'ultima fase della sua carriera, Lui in Persona sembrava essere dell'opinione che la rigidità e la pomposità dei non professionisti contribuisse a cancellare la perniciosa illusione del realismo e ricordasse al pubblico che stava guardando degli attori che recitavano, e non persone vere. Diceva che a lui, come al francese-parigino Bresson che ammirava tanto, non interessava imbrogliare il pubblico con un realismo illusorio. L'apparente ironia del fatto che ci volessero dei *non*attori per raggiungere la rigida artificiale certezza che *si stava recitando* era una delle poche cose nei primi progetti di Lui in Persona che aveva suscitato l'interesse dei critici accademici. Ma la verità vera era che all'inizio Lui in Persona non voleva che una recitazione capace o credibile si intromettesse nelle idee astratte e nelle innovazioni tecniche delle sue cartucce, e in questa cosa mi era sempre parso piú vicino a Brecht che a Bresson. Comunque l'inventiva concettuale e tecnica non interessava molto al pubblico dei film o degli intrattenimenti, e alla fine Lui in Persona abbandonò l'anticonfluenzialismo, come si può vedere nei suoi ultimi progetti, quando ormai tentava disperatamente di fare qualcosa che il pubblico medio Us potesse trovare interessante e divertente e auto-obliante[378], e lasciava libero sfogo alle emozioni sia degli attori professionisti sia dei dilettanti. Tirare fuori emozioni dagli attori o dal pubblico non mi era mai parso uno dei punti di forza di Lui in Persona, anche se mi ricordavo di lunghe discussioni con Mario che mi diceva che non riuscivo proprio a leggerli, quei lavori.

Cosgrove Watt era un professionista, ma non era molto bravo, e prima che Lui in Persona lo scoprisse la carriera di Watt si era svolta soprattutto nelle pubblicità televisive a livello regionale. Raggiunse la sua piú grande visibilità commerciale in una serie di spot pubblicitari per una catena di cliniche endocrinologiche della East Coast nei panni della Ghiandola Ballerina. Si metteva un bulboso costume bianco e una parrucca bianca e ai piedi, a seconda se doveva interpretare la

Ghiandola-Prima o la Ghiandola-Dopo, aveva una palla con la catena o le scarpe bianche da tip tap. Durante una di queste pubblicità Lui in Persona aveva urlato Eureka davanti al nostro Sony Hd ed era andato personalmente fino a Glen Riddle in Pennsylvania, dove Watt viveva con sua madre e i gatti di lei, per ingaggiarlo. Per diciotto mesi usò Cosgrove Watt in quasi ogni suo progetto. Watt per un po' fu per Lui in Persona quello che DeNiro era per Scorsese, McLachlan per Lynch, Allen per Allen. E finché il problema che Watt aveva al lobo temporale non rese intollerabile la sua presenza in pubblico, Lui in Persona aveva messo Watt, la madre e i gatti in una grande suite con stanze comunicanti che poi diventò le stanze dei prorettori vicino al tunnel principale dell'Eta; la Mami si era dimostrata acquiescente ma aveva dato istruzione a Orin, Mario e me di non rimanere mai per nessun motivo soli in una stanza con Watt.

Complice! è una delle ultime interpretazioni di Watt. È una cartuccia triste e semplice, e cosí corta che alla fine il Tp riavvolge il nastro in un attimo. Il film si apre con un giovane bellissimo prostituto triste fragile ed epiceno e cosí biondo che perfino le sue sopracciglia e le ciglia sono bionde che viene avvicinato in un bar della stazione dei Greyhound da un vecchio flaccido e disgustoso con i denti grigi e le sopracciglia circonflesse ed evidenti problemi al lobo temporale. Cosgrove Watt interpreta l'uomo vecchio e depravato che porta il ragazzo nel suo appartamento lercio ma elegante, in realtà il posto che Lui in Persona aveva affittato per O. e la Piú Bella Ragazza Di Tutti I Tempi e aveva arredato con varie gradazioni di lerciume per usarlo come interno in quasi tutti i suoi ultimi progetti.

Il bel ragazzo triste dall'aspetto ariano accetta di darsi al vecchio disgustoso, ma solo a condizione che l'uomo si metta un profilattico. Il ragazzo non parla ma riesce a rendere estremamente chiare le sue condizioni. Sesso Sicuro o Niente Sesso, mima mentre tiene in mano una bustina di carta di alluminio vagamente familiare. L'orribile vecchiaccio – che ora indossa la giacca di uno smoking e al collo ha un fazzolettino di seta color albicocca e fuma con un lungo bocchino bianco alla Franklin Delano Roosevelt – si offende, pensa che il giovane lo veda come un vecchio cosí depravato e dissoluto da poterlo anche avere, l'Hiv. I suoi pensieri sono rappresentati con dei fumetti tipo cartoni animati, cosa che nella seconda metà della sua carriera Lui in Persona aveva sperato che il pubblico potesse trovare al tempo stesso apertamente non illusoria e molto divertente. Il vecchio interpretato da Watt sogghigna con i suoi denti grigi e gli pare di essere affascinante mentre prende la bustina di carta d'alluminio e si toglie dal collo il fazzolettino con una movenza che gli pare sensuale... ma dentro il fumetto del suo pensiero si vedono gli spasmi lobo-temporali di una rabbia sadica contro il ragazzo biondo e triste che l'ha creduto un pericolo per la sua salute. L'ovvio rischio sanitario viene indicato, sia oralmente sia nel fumetto, semplicemente con il pronome. Per esempio: «Questo piccolo bastardo pensa che io sia un depravato e faccia queste cose da cosí tanto tempo che potrei aver*lo* preso», pensa il vecchiaccio, e la bolla del pensiero trema dalla rabbia.

Allora il vecchio flaccido, dopo soli sei minuti dall'inizio della cartuccia, infatti il contatore è sul 510, prende il bel ragazzo triste nel classico modo (smodatamente ingobbito) degli omosessuali sul letto a baldacchino del suo volgare boudoir: il giovane maschio assume diligente la posizione ingobbita e omosottomessa perché il vecchio finocchio gli ha fatto vedere di essersi messo il preservativo. Il giovane prostituto, che viene inquadrato (ingobbito) solo dalla parte sinistra durante l'amplesso, sembra bello nella sua fragilità, con i fianchi ossuti e le costole sporgenti, mentre il vecchio ha il culo moscio e le tettine a punta di un uomo reso grottesco da anni di depravazione. La scena del rapporto è molto illuminata, senza raffinate sfocature né sottofondi di light-jazz per alleggerire l'atmosfera di distacco clinico.

Quello che il triste sottomesso ragazzo biondo non sa è che il vecchio dissoluto aveva segretamente nascosto nel palmo della mano uno di quei vecchi rasoi affilati solo da una parte quando era andato nel suo bagno rivestito di piastrelle bordeaux a fare i gargarismi con il collutorio alla cannella e mettersi la colonia al Muschio Feromonico di Calvin Klein sui polsi flaccidi, e mentre s'ingobbisce bestialmente sopra il ragazzo tiene la parte affilata del rasoio vicino all'ano del ragazzo triste mentre se lo gode, cosicché a ogni colpo la parte affilata della lama taglia il preservativo e il fallo eretto, e il vecchiaccio schifoso non si cura del sangue e del dolore dei tagli mentre, ancora ingobbito e inculante, si toglie il preservativo come fosse la pelle di una salsiccia. Il giovane prostituto remissivo e ingobbito sente il preservativo staccarsi e poi il sangue, e inizia a dibattersi come un condannato a morte, cercando di allontanare da sé il vecchio flaccido sanguinante e senza preservativo. Ma il ragazzo è gracile e delicato, e il vecchio non ha problemi a tenerlo giú con il peso del suo corpo flaccido e moscio finché alla fine fa una smorfia e grugnisce perché è arrivato alla fine del suo piacere. Sembra essere una convenzione delle scene esplicite di sesso omosessuale che l'attore nella posizione ingobbita/sottomessa non rivolga mai la faccia verso la macchina da presa mentre il fallo del partner dominante è dentro di lui, e Lui in Persona rispetta questa convenzione, anche se un irritante sottotitolo in basso sottolinea che la scena rispetta una convenzione. Il prostituto volge lo sguardo in agonia verso la macchina da presa solo dopo che il vecchio omosessuale depravato ha estratto da lui il suo fallo sanguinolento e ormai ammosciato dopo l'orgasmo, volta verso sinistra la faccia con le sopracciglia bionde e guarda il pubblico con un grido muto mentre cade in avanti col suo petto delicato sulle lenzuola di seta, le braccia aperte e il culo violato rivolto in alto, e dentro la piega del culo e sui tendini di un ginocchio si vede una chiazza porpora piú violenta di qualsiasi livido, con otto tentacoli aracnoidi che si irradiano dalla chiazza e rappresentano, come rivela l'inorridito fumetto del vecchio, l'inconfondibile segno chiazza-a-otto-gambe-tipo-livido del Sarcoma di Kaposi, il marchio piú universale di *Quello*, e il ragazzo singhiozza che il vecchio omosessuale depravato ha fatto di lui – un prostituto – un assassino, e i singhiozzi del ragazzo fanno dimenare il suo culo sfondato di fronte alla faccia inorridita del vecchio mentre il ragazzo singhiozza nel satin e continua a urlare *Assassino! Assassino!*, tanto che quasi un terzo di *Complice!* è dedicato alla ripetizione strangolata di questa parola – che dura un tempo molto piú lungo di quello necessario al pubblico per assorbire l'imprevisto sviluppo della storia e tutte le sue possibili implicazioni e significati. Di questo discutevamo io e Mario. Per come la vedo io, anche se la fine della cartuccia vede i due personaggi sfogare le loro emozioni da ogni poro, il progetto essenziale di *Complice!* rimane astratto e autoriflessivo; si finisce nell'emotività e non viene da pensare ai personaggi ma alla cartuccia stessa. Quando la ripetitiva immagine finale si oscura fino a diventare solo una silhouette e i titoli di coda iniziano a scorrervi sopra e la faccia del vecchio smette di contorcersi di orrore e il ragazzo si cheta, la vera tensione della cartuccia si risolve nella domanda: c'è una ragione per cui Lui in Persona ha deciso di sottoporci a 500 secondi di ripetizione del grido «Assassino!», cioè lo sconcerto e poi la noia e poi l'impazienza e poi il tormento e poi la quasi-rabbia provocate nel pubblico da questo finale ripetitivo e statico vengono suscitate per qualche scopo teoretico-estetico, oppure Lui in Persona era semplicemente un pessimo montatore dei suoi lavori?

Fu solo dopo la morte di Lui in Persona che i critici e i teorici iniziarono a considerare potenzialmente importante questa domanda. Una donna alla University of California-Irvine si era guadagnata una cattedra con un saggio in cui sosteneva che il dibattito ragione/non-ragione su ciò che era non-divertente nel lavoro di Lui in Persona illuminava i conundra centrali della cinematografia après-garde di fine millennio, gran parte dei quali, nell'età teleputerizzata dell'intrattenimento solo-casalingo, riguardavano la questione sul perché tanti film esteticamente ambiziosi fossero cosí noiosi e perché l'intrattenimento commerciale, merdoso e riduttivo com'era, fosse cosí divertente. Il saggio era ampolloso al punto di essere illeggibile, oltre a usare *co-nundra* come plurale di *conundrum**[379].

Dalla mia posizione orizzontale sul pavimento della camera da letto riuscivo a fare praticamente tutto con il telecomando del Tp all'infuori di togliere e inserire cartucce. Ora la finestra della stanza era un coagulo traslucido di neve e vapore. La Disseminazione Spontanea di InterLace per il New New England riguardava solo le condizioni del tempo. Con il nostro tipo di abbonamento l'Eta riceveva parecchie tracce Spontanee orientate ai grandi-mercati. Ogni traccia forniva un angolo leggermente diverso sulle condizioni atmosferiche. Ogni traccia metteva a fuoco qualcosa di leggermente diverso. I notiziari dalla North e South Shore di Boston, Providence, New Haven e Hartford-Springfield servivano a stabilire un consenso generale sul fatto che era caduta una quantità impressionante di neve, e che questa neve continuava a cadere portata dal vento e si accumulava. Si vedevano macchine abbandonate in strada, e le universali forme bianche tipo Maggiolino Volkswagen di tutte le macchine sepolte dalla neve. Bande di adolescenti con i caschi neri erano mostrate mentre scorrazzavano per le strade di New Haven con le slitte a motore in cerca di guai certi. I pedoni erano tutti piegati in avanti e si muovevano goffamente; i cronisti sul campo cercavano di avvicinarli in maniera altrettanto goffa per chiedere le loro impressioni e qualche commento. A Quincy sulla South Shore un cronista goffo scomparve all'improvviso in una specie di buco nella neve eccetto una mano che continuava a reggere eroicamente il microfono; poi si videro le schiene piegate dei tecnici che si allontanavano goffi dalla telecamera per portargli soccorso. Chi aveva uno spalaneve ad aria compressa fu ripreso dentro il suo piccolo blizzard privato. Un pedone venne ripreso mentre batteva una culata spettacolare. Macchine alle angolazioni piú improbabili venivano riprese con le ruote che giravano a vuoto, frementi nella stasi. Una traccia continuava a mostrare l'immagine di un uomo che cercava senza fine di pulire con il tergicristauo un parabrezza che ridiventava subito bianco dopo ogni passata di tergicristallo. Un autobus si era infilato con il muso in un mostruoso mucchio di neve. Fecero vedere i ventilatori dell'Athscme in cima al muro a nord di Ticonderoga Nny che creavano in aria dei cicloni orizzontali di neve. Donne sobriamente imbellettate negli studi InterLace erano d'accordo nel dire che questo era il peggior blizzard a colpire la regione dal 1998 a.S. e il secondo in ordine di gravità dal 1993 a.S. Fecero vedere un uomo sulla sedia a rotelle che osservava sen-

---

* *Conundrum* vuol dire «indovinello», o «enigma», o «mistero» [N.d.T.].

za battere ciglio un mucchio di neve alto due metri sulla rampa della State House. Le carte satellitari dell'Onan orientale e centrale mostravano un'irsuta formazione bianca a spirale che sembrava avere gli artigli. Non veniva dal Nordest. Un fronte caldo e umido dal Golfo del Messico e uno freddo dall'Artico erano entrati in collisione sulla Concavità. La foto satellitare della tempesta era sovraimpressa sul diagramma a quella del disastro del 1998, ed erano quasi identiche. È tornata una vecchia conoscenza poco gradita, disse una donna bellissima con i capelli lisci neri e il rossetto vivace, sorridendo sobriamente. Un'altra traccia ripeteva: non viene dal Nordest. Forse sarebbe stato meglio dire «sorridendo senza espressione». Lo sguardo fisso e perso dell'uomo che raschiava impotente il ghiaccio dal parabrezza doveva essere un'immagine visiva importante; varie tracce continuavano a riproporla. Si rifiutava di accettare l'esistenza dei giornalisti e delle loro domande. La sua era la faccia allucinante e glaciale di chi si mette a raccogliere i vetri per strada dopo l'incidente in cui sua moglie decapitata è rimasta impalata dal volante. La giornalista del notiziario di un'altra traccia era una bella donna di colore con il rossetto porpora e un taglio da marine sulle tempie e i capelli lunghi e ritti sulla parte superiore della testa. Le notizie sulla neve arrivavano da tutte le parti. Dopo un po' smisi di contare il numero delle volte che veniva ripetuta la parola *neve*. Presto furono esauriti tutti i sinonimi di *tempesta di neve*. C'erano degli spericolati senza casco sulle slitte a motore che facevano a pallate in Copley Square. Barboni ingobbiti quasi coperti di neve sulle soglie dei portoni respiravano attraverso boccagli fatti con i giornali arrotolati. Jim Troeltsch, ora apparentemente un residente della B-204, si divertiva a fare la buffissima imitazione di una conduttrice di Inter-Lace mentre aveva un orgasmo. Una delle slitte a motore degli spericolati perse il controllo e s'infilò in un mucchio di neve, e la telecamera rimase sul mucchio per vari minuti senza che ne emergesse niente. Era stato dato ordine di riunirsi alla Riserva della Guardia Nazionale del Connecticut, ma non avevano potuto riunirsi perché in Connecticut era impossibile spostarsi. Tre uomini in uniforme con i caschi grigi inseguivano due uomini con i caschi bianchi, tutti su slitte a motore, per motivi che il giornalista sul posto aveva indicato come non ancora identificati. I cronisti sul posto usavano parole del tipo *identificabile, individuale, sospettato, utilizzare*, e *sviluppo*. Ma tutto questo frasario impersonale era preceduto dal nome proprio del conduttore, come se il racconto fosse parte di una conversazione privata. Un fattorino di Inter-Lace venne ripreso mentre consegnava le cartucce registrate su una slitta a motore e venne gratificato dell'appellativo di audace. Giovedí Otis P. Lord era stato sottoposto a un intervento per rimuovere il monitor

Hitachi, aveva detto Lamont Chu. Io non avevo mai guidato una slitta a motore, mai pattinato, mai sciato: l'Eta lo scoraggiava. DeLint diceva che praticare gli sport invernali voleva dire mettersi in ginocchio e pregare di farsi male. Le slitte a motore sul visore facevano il rumore di quelle piccole motoseghe che per compensare il fatto di essere piccole dovevano essere molto efficienti. Fecero vedere le immagini di uno spazzaneve bloccato a Northampton. «Le persone che non hanno motivo di emergenza per viaggiare» (*sic*) erano ufficialmente scoraggiate dal farlo da un poliziotto a cavallo con cappello e sottogola. Un uomo di Brockton con un parka Land's End fece una caduta troppo burlesca per non essere preparata.

Mi ricordavo appena il blizzard del '98. L'Accademia era stata aperta da pochi mesi. Mi ricordo che i bordi della collina rasata erano ancora squadrati e ripidi e mostravano le linee dei vari strati sedimentari, poiché la conclusione dei lavori era stata ritardata da una spiacevole controversia legale con l'ospedale di sotto. La tempesta arrivò urlando dal Sudest del Canada, in marzo. Dwight Flechette e Orin e gli altri giocatori erano stati portati nel Polmone legati con una fune l'uno all'altro, in fila indiana, con Schtitt in testa con in mano un fuoco di segnalazione da autostrada. Ci sono un paio di foto nella sala d'attesa di C.T. L'ultimo ragazzo legato alla fune spariva in uno sconsolante turbinio grigio. Il pallone nuovo del Polmone dovette essere sgonfiato e riparato perché il peso della neve lo aveva sfondato da una parte. Si fermò anche la metropolitana. Mi ricordo che qualcuno dei giocatori piú giovani aveva pianto e giurato a destra e a sinistra che il blizzard non era colpa sua. Il cielo color grafite sfornò neve di continuo per giorni e giorni. Lui in Persona era rimasto quasi sempre seduto su una sedia con lo schienale stretto alla stessa finestra del salotto che ora C.T. usa durante lo stato di preoccupazione avanzata, e aveva puntato una serie di telecamere non digitali sulla neve che si accumulava. Orin diceva che dopo anni in cui la sua terribile ossessione era stata la fondazione dell'Eta, Lui in Persona si era preso la fissazione per il cinema subito dopo gli inizi dell'Accademia. Orin diceva che la Mami aveva pensato che la cosa per i film fosse una cosa passeggera. All'inizio sembrava che a Lui in Persona interessassero soprattutto le lenti e i rasters[380], e le conseguenze delle loro modificazioni. Rimase seduto su quella sedia per tutta la durata della tempesta, a sorseggiare brandy, con le lunghe gambe non completamente coperte da un plaid a quadri. A quei tempi le sue gambe mi sembravano di una lunghezza quasi infinita. Sembrava sempre sul punto di venire fuori con qualcosa. Il suo passato dimostrava che rimaneva ossessionato da una cosa finché non la padroneggiava, poi trasferiva la sua ossessione su qualcos'altro. Dall'ottica militare all'ottica anulare all'ottica imprenditoriale alla pedagogia tennistica ai film. Durante il blizzard aveva tenuto accanto alla sedia vari tipi di telecamere e una grossa valigia di pelle. All'interno della valigia c'erano file e file di lenti. Permetteva a me e a Mario di avvicinare le lenti agli occhi e strizzare gli occhi per fare il verso a Schtitt.

Una delle spiegazioni della durata della sua ossessione per i film è che Lui in Persona non ebbe mai successo con i suoi film e non ne fu mai appagato. Questa era un'altra cosa su cui io e Mario c'eravamo detti d'accordo nel non essere d'accordo.

Ci volle quasi un anno per completare il trasloco da Weston all'Eta. La Mami aveva molte amicizie a Weston e la tirò molto per le lunghe. Io ero molto piccolo. Mi sdraiai sulla schiena sulla moquette della mia stanza e cercai di ricordarmi qualche particolare della nostra casa a Weston mentre giocherellavo con il pollice sul comando del Tp. Non ho la testa di Mario per i dettagli. Una traccia di disseminazione si limitava a fare una panoramica del cielo di Boston e dell'orizzonte dalla vetta della torre Hancock. Sulla banda Fm la Wyyy faceva il suo notiziario sul tempo via mimesi, trasmettendo statica grezza mentre di certo gli studenti/programmatori si facevano con il bong per celebrare la tempesta e poi andavano a pattinare sul tetto cerebrale dell'Unione. La panoramica della telecamera sulla Hancock includeva il sincipite dell'Unione del Mit, le circonvoluzioni del tetto che si riempivano di neve prima del resto dell'edificio, raccapriccianti filigrane di bianco contro il grigio scuro del tetto.

L'unico tappeto nella nostra cameretta di subdormitorio era una copia ingrandita e mal riuscita della pagina dei tappeti dai Vangeli di Lindistairne, e se si guardava da vicino si vedevano le minuscole scene pornografiche nella trama bizantina intorno alla croce. Avevo comprato quel tappeto vari anni prima in un periodo di grande interesse per la pornografia bizantina, ispirato da un solleticante riferimento che avevo trovato sull'*Oed*. Anch'io avevo attraversato molte fissazioni seriali, da bambino. Aggiustai la mia angolazione sul tappeto. Stavo cercando di conformarmi a un certo tipo di granatura del mondo che riuscivo appena a sentire, da quando Pemulis e io avevamo smesso. Voglio dire la granatura, non il mondo. Mi resi conto che non riuscivo a distinguere tra i miei ricordi visivi della casa di Weston e il ricordo dei racconti dettagliati dei ricordi di Mario. Ricordo una casa tardo-vittoriana a tre piani in una strada bassa e tranquilla di olmi, prati iperfertilizzati, case alte con finestre ovali e portici chiusi. Una delle case lungo la strada aveva sul tetto una specie di fiore cruciforme di ananas. Solo la strada stessa era bassa; i lotti erano cosí sopraelevati e le case cosí alte che la strada nonostante fosse ampia sembrava comunque compressa, una specie di gola scavata da qualche affluente. Mi sembrava che fosse sempre estate o primavera, ricordavo la voce della Mami che veniva dall'alto e ci chiamava mentre scendeva il crepuscolo e le lunette sopra le porte delle case si accendevano in una specie di sincronia lineare. O il nostro vialetto o quello di qualcun altro era delimitato da sassi bianchi a forma di perle o gocce. Il giardino complicato della Mami in un cortile sul retro delimitato da una siepe di alberi. Lui in Persona sul portico, che girava il gin tonic con un dito. Il cane della Mami, S. Johnson, non ancora castrato e confinato per psicosi in una specie di grosso box recintato collegato al garage, che correva tutto intorno al box quando c'erano i tuoni. L'odore di Noxzema: Lui in Persona dietro Orin nel suo bagno al piano di sopra, torreggiante, mentre gli insegnava a radersi contropelo. Ricordo S. Johnson che si alzava sulle zampe posteriori e si appoggiava alla recinzione con le zampe quando Mario si avvicinava al recinto: il suono della sua catena che scorreva sul filo. Il cerchio di terra nuda dell'orbita di S.J. nel recinto quando tuonava o passavano gli aeroplani. Lui in Persona sedeva sempre su sedie basse, e poteva accavallare le gambe e tenere comunque tutti e due i piedi sul pavimento. Quando ti guardava si teneva sempre il mento con una mano. I miei ricordi di Weston sembravano tableaux. Piú fotografie che film. Uno strano ricordo isolato di moscerini estivi che svolazzavano sopra la testa arruffata di un animale scolpita nella siepe di un vicino. I nostri cespugli tondi che la Mami potava piatti come tavoli. Altre cose orizzontali. Il chiacchiericcio delle macchinette per spuntare le siepi, i loro fili arancione acceso. Dovevo ingoiare saliva quasi a ogni respiro. Mi ricordavo salire con il passo pesante del bighellone gli scalini di cemento della stretta casa tardo-vittoriana con il tetto a forma di garretto, che aveva degli scalini cosí ripidi da darmi sempre l'impressione d'esser fatta di un liquido denso che si allungava penzolando: i cornicioni vistosi, le tegole ondulate dipinte di rosso scrostato, le grondaie di zinco che erano tenute pulite dagli studenti laureati della Mami. Una stella blu nella finestra davanti e le parole BLOCK MOTHER che mi avevano sempre fatto pensare a una donna rettangolare o a una specie di incitamento da pubblico di football. Dentro era fresco e in penombra e c'era odore di Lemon Pledge. Non avevo un ricordo visivo di mia madre senza capelli bianchi; cambiava solo la loro lunghezza. Un telefono a toni con il filo che entrava nel muro messo su una superficie orizzontale in una nicchia vicino alla porta d'ingresso. I pavimenti di sughero e una scaffalatura premontata di un legno che odorava di legno. La stampa incorniciata di Lang che dirigeva *Metropolis* nel 1924[381]. Un enorme torace nero con giunture di ottone. Un paio di vecchi e pesanti trofei di tennis di Lui in Persona come fermalibri sulla scaffalatura. Un'étagère piena di vecchi video magnetici nelle loro custodie chiassose, un assembramento di statuine di Delfi bianche e blu sul piano piú alto dell'étagère che si era molto ridotto perché, una dopo l'altra, per via di inciampi e scossoni, Mario le aveva buttate giú tutte. Sedie bianche e blu con la foderina di plastica che faceva sudare le gambe. Un divano fatto di una specie di lana iraniana tipo tela di sacco del colore della sabbia mischiata con la cenere – questo può darsi fosse il divano di un vicino. Bruciature di sigaretta sulla stoffa dei braccioli del divano. Libri, videocassette, barattoli da cucina – tutti in ordine alfabetico. Tutto dolorosamente pulito. Molte sedie con lo schienale stretto realizzate in legno di vari alberi da frutto. Un ricordo surreale di uno specchio di gabinetto appannato con un coltello conficcato nel vetro. L'enorme consolle di un televisore stereo con un occhio grigioverde che mi faceva paura quando il televisore era spento. Alcuni ricordi devo essermeli immaginati o sognati – la Mami non avrebbe mai tenuto un divano con delle bruciature.

Una finestra panoramica che dava verso est, in direzione di Boston, con figure color vino e un sole blu, tutte sospese in una ragnatela di piombo. L'alba estiva color caramella attraverso quella finestra mentre guardavo la televisione molto presto di mattina.

Quell'uomo alto magro e calmo, Lui in Persona, con i taglietti del rasoio e gli occhiali piegati e i pantaloni troppo corti, il collo lungo ed elegante e le spalle a gruccia, che si appoggiava sgraziato al davanzale della finestra rivolta a est nella luce dell'alba caramellata e frullava mite con il dito un bicchiere di qualcosa mentre la Mami lo affrontava e gli diceva che aveva abbandonato da tempo ogni ragionevole speranza che lui ascoltasse quello che lei gli diceva – questa figura silenziosa della quale mi ricordo soprattutto le gambe senza fine e l'odore della crema da barba Noxzema sembra, ancora oggi, impossibile da conciliare con la sensibilità di qualcosa come *Complice!* Era impossibile immaginarsi Lui in Persona che scriveva di sodomia e rasoi, anche a livello teorico. Ero sdraiato là e stavo quasi per ricordarmi di una cosa quasi commovente che una volta Orin mi disse gli aveva detto Lui in Persona. Qualcosa che aveva a che fare con *Complice!* Il ricordo è sospeso da qualche parte appena fuori dalla mia portata conscia, e la sua inaccessibilità da punta-della-lingua mi sembrava molto simile alla prefazione di un altro attacco. Lo accettai: non riuscivo a ricordarmela. Lungo la strada di Weston c'era una chiesa con un cartello sul prato di fronte – lettere di plastica bianche su una superficie nera – e almeno una volta io e Mario ci eravamo fermati a guardare un essere dall'aspetto caprino che cambiava le lettere e di conseguenza l'annuncio. Una delle prime volte che ricordo di aver letto qualcosa era proprio su quel cartello, ed era l'annuncio:

LA VITA È COME IL TENNIS
VINCE CHI SERVE MEGLIO

con le lettere tutte spaziate proprio cosí. Una grande chiesa del colore del cemento fresco, con abbondanza di vetro, non ricordo il nome ma era costruita in quello stile che negli anni Ottanta a.S. forse passava per moderno – una forma parabolica di cemento che si gonfiava e si alzava come un'onda sul punto di abbattersi. Suggeriva l'idea che da qualche parte soffiasse un vento paranormale capace di gonfiare il cemento come se fosse una vela.

Nella nostra stanza del subdormitorio ci sono tre di quelle vecchie sedie di Weston con lo schienale che ti sbuccia la schiena se non stai attento a metterti tra due stanghe. Abbiamo un cesto di vimini per la biancheria che non viene usato e ci mettiamo dentro dei cuscini di velluto come quelli delle Sale Proiezioni. Sulla parete sopra il mio letto ci sono le piante di Hagia Sophia e San Simeone a Qal'at Si'man, sopra le sedie c'è la parte veramente pruriginosa della *Consumazione dei Levirati*, anch'essa dei tempi del mio vecchio interesse per gli oggetti bizantini. Qualcosa riguardo alla smantellata rigidità del porno alla *maniera greca**: persone fatte a pezzi che cercano di rimettersi insieme eccetera. Ai piedi del letto di Mario c'è un enorme baule militare dove tiene il suo equipaggiamento cinematografico e una sedia di tela da regista a cui appoggia sempre lo sprone, i pesi di piombo e il giubbetto per la notte. Un carrello di compensato per il Tp compatto e il visore, e una sedia da stenografo per poter scrivere con il Tp. Un totale di cinque sedie in una stanza dove nessuno si siede mai sulle sedie. Come in tutte le stanze del subdormitorio e lungo i corridoi, una cornice di gesso corre sulle pareti a mezzo metro dal soffitto. I nuovi dell'Eta diventano matti a contare i cerchi intersecanti dentro la cornice sui muri della loro stanza. La nostra stanza ne ha 811 e pezzi tronchi del dodicesimo e tredicesimo, due metà sinistre appiccicate come parentesi aperte nell'angolo sudovest in alto. Quando avevo fra i tredici e i quindici anni possedevo un calco di plastica di un fregio costantinopolitano piuttosto impudico, era l'imperatore con un organo iperemico e un'espressione impura, e lo tenevo appe-

---

* In italiano nel testo [*N.d.T.*].

so con due ganci al bordo inferiore della cornice. Ora non riesco a ricordarmi cosa ne è stato di quel fregio, o quale serraglio bizantino era stato decorato dall'originale. C'era stato un tempo in cui dati come questo erano disponibili all'istante.

Nel salotto di Weston c'era una delle prime versioni dell'illuminazione concava a spettro completo di Lui in Persona, e un caminetto elevato in pietra con una grossa cappa di rame che era un perfetto tamburo spaccatimpani per i mestoli di legno, e mi ricordo una donna adulta, una straniera che non riconoscevo, con le mani alle tempie che ci pregava di *Smettere*. La giungla delle Bambine Verdi della Mami aveva invaso la stanza partendo da un angolo, i vasi delle piante collocati su alzate di varie altezze, appesi a nidi di spago e attaccati con dei morsetti, sistemati ad altezza d'occhio su reticolati di ferro dipinto di bianco, tutti immersi nel bagliore ultramondano di un tubo di luce ultravioletta incappucciato di bianco e appeso al soffitto con delle catenelle. Mario si ricorda le foglie smerlate delle felci illuminate di viola e il luccichio umido e carnoso delle foglie dell'albero della gomma.

E un tavolino da fumo di marmo nero venato di verde, troppo pesante per essere spostato, sul cui angolo Mario si ruppe un dente dopo quella che Orin giurò esser stata una spinta del tutto accidentale.

I polpacci varicosi della Sig.ra Clarke ai fornelli. Il modo in cui la sua bocca scompariva quando la Mami riorganizzava qualcosa in cucina. La muffa che avevo mangiato e la Mami tutta arrabbiata perché l'avevo mangiata – questo era il ricordo di Orin che raccontava la storia; non ho nessun ricordo infantile di aver mai mangiato muffa.

Il mio fido bicchiere Nasa era ancora appoggiato sul mio torace, e si sollevava insieme alla mia cassa toracica. Quando mi guardai in tutta la mia lunghezza, la bocca tonda del bicchiere era una sottile fessura. Era per via della mia prospettiva ottica. C'era un termine conciso per *prospettiva ottica* che ancora una volta non riuscivo a ricordare.

Era davvero molto difficile ricordare il salotto della nostra vecchia casa perché parecchie cose di quel salotto ora si trovavano nel salotto della Casa del Preside, le stesse eppure alterate, e non solo da una diversa sistemazione. Il tavolino da fumo di onice sul quale era andato a cadere Mario (*speculare* è una parola che si riferisce a prospettiva ottica; mi era venuta in mente dopo che avevo smesso di cercare di ricordarla) ora ospitava compact disc e riviste di tennis e un vaso con un eucalipto essiccato a forma di violoncello, e la base di acciaio rosso del supporto dell'albero di Natale di famiglia, quando era la stagione. Il tavolo era stato un regalo di matrimonio della madre di Lui in Persona, morta di enfisema poco prima della nascita a sorpresa di Mario. Orin racconta che assomigliava a un barboncino imbalsamato, tutta tendini del collo e corti riccioli bianchi e occhi che erano tutti pupille. La madre naturale della Mami era morta d'infarto nel Québec quando lei – la Mami – aveva otto anni e suo padre era al secondo anno di college a McGill, in circostanze sconosciute a tutti. L'idrantesca Sig.ra Tavis era ancora viva da qualche parte in Alberta, mentre la fattoria di patate nell'Islet ora faceva parte della Grande Concavità ed era perduta per sempre.

Orin e Bain e altri a giocare a Family Trivia durante il terribile blizzard di quel primo anno, Orin che imitava l'urlo senza fiato della Mami «Mio figlio ha mangiato quell'affare! Dio, per favore!», e non si stancava mai di farla, quell'imitazione.

A Orin piaceva anche ricreare per noi la terrificante gobba cifotica della madre di Lui in Persona che dalla sedia a rotelle gli faceva cenno di avvicinarsi con una mano ad artiglio, quel suo essere come avvolta intorno al suo torace incavato, quasi fosse stata infilzata da una lancia proprio lí. Intorno a lei c'era sempre una sensazione di profonda disidratazione, diceva Orin, come se assorbisse per osmosi l'umidità di quelli che le si avvicinavano. Gli ultimi anni della sua vita li visse nell'elegante casa di mattoni di Marlboro Street che avevano prima che nascessimo io e Mario, accudita da un'infermiera gerontologa che Orin diceva somigliasse moltissimo alle foto di tutti i delinquenti affisse negli uffici postali. Quando l'infermiera non c'era, sembrava che le attaccassero un piccolo campanellino d'argento a uno dei braccioli della sedia a rotelle, e lei doveva suonarlo quando non riusciva a respirare. Un allegro tintinnio argentino doveva annunciare che al piano di sopra qualcuno stava soffocando. La Sig.ra Clarke impallidiva ancora oggi quando Mario le chiedeva di parlargli di lei.

È diventato piú facile notare i cambiamenti climaterici nel fisico della Mami da quando ha iniziato a confinarsi sempre piú nella Casa del Preside. Cominciò tutto dopo il funerale di Lui in Persona, ma per fasi – il graduale ritirarsi, la riluttanza sempre piú grande a lasciare l'accademia, e i segni dell'invecchiamento. È difficile notare quello che vedi tutti i giorni. Nessun cambiamento fisico è stato drammatico – le gambe nervose da ballerina sono diventate dure e fibrose, i fianchi piú stretti e la sua vita si è come inspessita. La sua faccia sta ora un po' piú in basso sul cranio rispetto a quattro anni fa, c'è un leggero raggrinzimento sotto il mento e un chiaro potenziale per la futura emersione dell'effetto prugna-secca sulla pelle intorno alla bocca.

La parola che definisce nel modo migliore il perché la bocca del bicchiere sembrava una fessura era probabilmente *vista di scorcio*.

L'Infantilista del Qrs di certo si unirebbe al vecchio terapista-del-dolore nel chiedere come ci si sente a vedere invecchiare la propria

Mami. Domande come questa diventano quasi koan: sei costretto a mentire quando la verità è che non Provi Assolutamente Niente, perché questa risposta è considerata la classica bugia da libro di testo per il modello terapeutico. Le domande piú brutali sono quelle che ti *costringono* a mentire.

O la nostra vecchia cucina o la cucina di uno dei nostri vicini aveva le pareti di noce e alle pareti erano appesi stampi di rame per il pâté e rametti di erbe varie. Una donna non identificata – non Avril e neanche la Sig.ra Clarke – era in piedi in quella cucina con dei pantaloni larghi rosso ciliegia, o con i mocassini o a piedi nudi, dondolava un mestolo e rideva di qualcosa con una cometa di farina sulla guancia.

Allora mi venne in mente con una certa forza che non avevo voglia di giocare oggi pomeriggio, anche se riuscivano a organizzare questa esibizione al coperto. Non avevo nessuna incertezza sull'argomento. Al cento per cento avrei preferito non giocare. Cosa avrebbe detto Schtitt, cosa Lyle. Non riuscii a soffermarmi abbastanza a lungo su quel pensiero per immaginare la risposta di Lui in Persona al mio rifiuto di giocare, se ne avesse data una.

Ma questo era l'uomo che aveva fatto *Complice!*, la cui sensibilità aveva forgiato l'hard-core-etero *Nastri di Möbius* e il sado-periodontale *Divertimento coi denti* e molti altri progetti altrettanto osceni e morbosi.

Poi mi venne in mente che potevo uscire fuori e trovare il modo di fare un capitombolo, o sgattaiolare dalla finestra sulle scale dietro la Casa del Preside e cadere per molti metri sul ripido terrapieno che c'era lí sotto, e fare apposta ad atterrare sulla caviglia malata e farmi male, cosí non avrei giocato. Che potevo pianificare con attenzione una caduta dall'architrave di osservazione sui campi dell'accademia o dalla galleria per gli spettatori del club dove C.T. e la Mami ci avrebbero mandati a giocare per la Raccolta di Fondi, e cadere cosí studiatamente male da rompermi tutti i legamenti della caviglia e non giocare mai piú. Non dover mai piú giocare, non poter mai piú giocare. Potevo essere la vittima innocente di un incidente stupido e dover lasciare il tennis mentre ero ancora in piena ascesa. Diventare l'oggetto di un dolore compassionevole invece che di una grande delusione.

Non riuscii a soffermarmi abbastanza a lungo su questa linea di pensiero fantastico per capire di chi fosse la delusione che ero disposto ad azzopparmi pur di evitare.

E poi dal nulla mi ritornò in mente, quella cosa commovente che Lui in Persona aveva detto a Orin. Riguardava i film «per adulti», che a giudicare da quelli che ho visto io sono troppo tristi per essere davvero osceni, o persino interessanti, anche se *adulti* è un termine per lo meno improprio.

Orin mi aveva raccontato che una volta lui e Smothergill, Flechette e credo anche il fratello maggiore di Penn riuscirono a entrare in possesso di un video magnetico di un vecchio film porno – *La porta verde* o *Gola profonda*, uno dei quei film pieni di cellulite e ansiti. Vennero fatti dei piani concitati per ritrovarsi nella Sp 3 e guardarlo di nascosto dopo le Luci Spente. A quel tempo nelle Sale Proiezione c'erano le televisioni via etere e i Vcr magnetici, le videoriviste educative della Galloway and Braden eccetera. Orin & company avevano tutti quindici anni a quel tempo, ed erano caricati a mille dalle loro ghiandole – gli uscivano gli occhi dalle orbite all'idea di un vero porno. C'erano delle regole precise sui tipi di video che i ragazzini potevano vedere, ma Lui in Persona non era un gran patito della disciplina, e Schtitt non aveva ancora deLint – fuori dal campo la prima generazione dell'Eta faceva praticamente quello che voleva, se lo faceva con discrezione.

Comunque si sparse la voce di questo film per «adulti», e qualcuno – forse Ruth, la sorella di Mary Esther Thode, a quei tempi una delle piú grandi e una persona davvero insopportabile – spifferò i piani dei ragazzi a Schtitt, che andò da Lui in Persona. Orin disse che fu lui l'unico a essere chiamato da Lui in Persona nell'ufficio della Presidenza che in quei giorni aveva solo una porta, e Lui in Persona chiese a Orin di chiuderla. Orin si ricordava il solito disagio che accompagnava i tentativi di Lui in Persona di far rispettare una rigida disciplina. Invece Lui in Persona invitò Orin a sedersi e gli diede una limonata e rimase in piedi davanti a lui, piegandosi leggermente in avanti cosí da potersi appoggiare con l'osso sacro al bordo frontale della sua scrivania. Lui in Persona si tolse gli occhiali e si massaggiò delicatamente gli occhi chiusi – le sue vecchie palle degli occhi, il suo tesoro – in quel modo che faceva capire a Orin che Lui in Persona era pensieroso e triste. Una o due domande rilassate servirono a far venire fuori tutta la storia. Non si poteva mai mentire a Lui in Persona; per qualche ragione non si riusciva mai a trovare il coraggio. Invece per Orin mentire alla Mami era diventato quasi uno sport olimpico. Comunque Orin confessò subito tutto.

Poi Orin mi disse qual era la cosa commovente che gli aveva detto Lui in Persona. Lui in Persona aveva detto a Orin che non avrebbe proibito loro di guardare quella cosa se davvero volevano vederla. Ma per favore di farlo con un minimo di discrezione, solo Bain e Smothergill e gli amici piú cari di Orin, nessuno dei piccoli, e nessuno di quelli che l'avrebbero raccontato ai genitori, e per amor del cielo di non far sapere nulla a tua madre. Disse che Orin era abbastanza grande per prendere le sue decisioni sull'intrattenimento, e se decideva di voler guardare quella cosa... E cosí via.

Ma Lui in Persona disse che se Orin voleva sapere qual era il suo personale consiglio paterno, invece di quello da Preside, allora lui, come padre di Orin – anche se non glielo avrebbe proibito – preferiva che Orin non guardasse un film porno, non ancora. Lo disse con una tale gravità che Orin non si sentí di chiedergli come mai. Lui in Persona si carezzò la mascella e poi si spinse varie volte gli occhiali sul naso e si strinse nelle spalle e alla fine disse che temeva che il film desse a Orin un'idea sbagliata riguardo al sesso. Disse che personalmente avrebbe preferito che Orin aspettasse di trovare qualcuna di cui fosse cosí innamorato da volerci fare sesso, e farlo; che aspettasse di provare di persona che cosa profonda e molto, molto commovente poteva essere il sesso prima di guardare un film in cui il sesso era presentato solo come un fatto di organi che entravano e uscivano da altri organi, senza emozione, una cosa terribilmente triste e solitaria. Disse che aveva paura che un film come *La porta verde* potesse dare a Orin un'idea povera e solitaria della sessualità.

Per il povero O. la cosa commovente era il fatto che Lui in Persona lo credesse ancora vergine. La cosa che invece aveva fatto sentire triste me per Orin era che era del tutto ovvio che questo non c'entrava niente con quello che Lui in Persona stava cercando di dirgli. Non avevo mai sentito dire che Lui in Persona si fosse aperto cosí tanto con qualcuno, e mi sembrava una cosa davvero tristissima che avesse sprecato questa cosa con Orin. Io non avevo mai avuto una conversazione cosí aperta o intima con Lui in Persona. Il mio ricordo piú intimo di Lui in Persona era la sua barba che mi bucava e l'odore del suo collo quando mi addormentavo a cena e lui mi portava di sopra a letto. Il suo collo era sottile ma aveva un buon odore di pelle calda; ora per qualche ragione lo associo all'odore della pipa dell'Allenatore Schtitt.

Cercai fugacemente di immaginare Ortho Stice che solleva la sua brandina e la imbullona al soffitto senza svegliare Coyle. La porta della nostra stanza era rimasta socchiusa da quando Mario era uscito con Coyle per trovare qualcuno con una chiave doppia. Le teste di Yardguard e Wagenknecht si affacciarono per un attimo e mi dissero di andare a guardare la faccia rovinata del Tenebra e si ritirarono quando non risposi. Il secondo piano era piuttosto tranquillo; erano ancora quasi tutti a gingillarsi con la colazione, aspettavano un annuncio sul tempo e le squadre del Québec. La neve sbatteva contro le finestre con un rumore come di sabbia. Il vento inclinato faceva una specie di fischio sfiorando uno degli angoli del subdormitorio, e il fischio andava e veniva.

Poi sentii i passi di John Wayne fuori nel corridoio, leggeri e regolari e lisci, i passi di un ragazzo con dei polpacci stellari. Sentii il suo respiro lieve. Poi, anche se la porta era proprio dietro di me, per un momento o due ebbi la chiara sensazione che John Wayne avesse infilato la testa dentro la porta aperta. Era una sensazione cosí chiara da essere quasi dolorosa. Guardava in basso verso di me sdraiato sul tappeto Lindistairne. Non c'era la tensione che si accumula quando una persona deve decidere se dire qualcosa o no. Sentivo tutto l'apparato della gola muoversi quando ingoiavo. Io e John Wayne non avevamo mai molto da dirci. Non c'era neanche ostilità tra di noi. Ogni tanto cenava con noi alla CdP perché lui e la Mami erano molto legati. La Mami non si sforzava di nascondere il suo attaccamento per Wayne. Ora il suo respiro dietro di me era lieve e molto regolare. Nessuno spreco, completa utilizzazione di ogni inspirazione[382].

Di noi tre era Mario quello che aveva passato piú tempo con Lui in Persona, e spesso andava con lui quando girava in esterni. Non riuscivo a immaginare di cosa parlassero, o quanto apertamente. Nessuno di noi aveva mai forzato Mario a dirlo. Mi venne da pensare al perché di questa cosa.

Mi decisi a tirarmi su ma in realtà non mi tirai su. Orin era convinto che Lui in Persona fosse vergine quando incontrò la Mami, ed era quasi vicino ai quaranta. Faccio fatica a crederci. Orin giura anche che non c'è dubbio che Lui in Persona fu fedele alla Mami fino alla fine, e che il suo attaccamento per la fidanzata di Orin non aveva scopi sessuali. Ebbi un'improvvisa e lucida visione della Mami e John Wayne avvinghiati in un qualche tipo di abbraccio sessuale. John Wayne era stato sessualmente coinvolto con la Mami piú o meno dal secondo mese dopo il suo arrivo. Erano tutti e due degli espatriati. Non ero ancora riuscito a identificare un mio sentimento forte verso questa relazione, e neanche verso Wayne, a parte il fatto che ammiravo il suo talento e la sua dedizione totale al tennis. Non sapevo se Mario sapesse della relazione, senza parlare del povero C.T.

Per me era impossibile immaginare Lui in Persona e la Mami impegnati in un atto sessuale esplicito. Scommetto che è cosí per quasi tutti i figli. Invece il sesso tra la Mami e C.T. l'immaginavo come qualcosa di frenetico e faticoso, con un sapore come di eterna, faulkneriana condanna. Mi immaginavo la Mami con gli occhi aperti a fissare il soffitto con lo sguardo assente per tutto il tempo. Mi immaginavo C.T. non chetarsi mai un momento, sempre a commentare quello che facevano. Il coccige mi si era intorpidito per la pressione del

pavimento attraverso il tappeto sottile. Bain, gli studenti già laureati, i colleghi professori di Grammatica, i coreografi-di-lotta giapponesi, Ken N. Johnson con le spalle pelose, il dottore islamico che Lui
in Persona trovava particolarmente torturante – erano tutti incontri
immaginabili ma in qualche modo generici, fatti soprattutto di atle-
ticità e flessibilità, di diverse configurazioni degli arti, e pervasi da
uno spirito di cooperazione piuttosto che di complicità o passione.
Tendevo a immaginare la Mami con lo sguardo fisso sul soffitto per
tutto il tempo. La passione complice sarebbe venuta dopo, probabilmente, con il suo bisogno di esser sicura che l'incontro fosse nascosto. Allusioni a Peterson a parte, mi domandavo se ci fosse qualche
nebuloso collegamento tra questa passione per la segretezza e il fatto
che Lui in Persona avesse fatto cosí tanti film intitolati *Gabbia*, e che
l'attrice dilettante a cui si affezionò cosí tanto fosse la ragazza velata, l'amore di Orin. Mi chiesi se era possibile stare supini e vomitare
senza aspirare vomito e soffocare. Lo spruzzo piumato di una balena.
Il tableau di John Wayne e mia madre nella mia immaginazione non
era molto erotico. L'immagine era completa e a fuoco ma sembrava
artefatta, come composta. Lei sdraiata su quattro cuscini, inclinata a
un angolo tra il seduto e il supino, lo sguardo rivolto verso l'alto, immobile e pallida. Wayne, snello e con gli arti abbronzati, i muscoli lisci, anche lui completamente immobile, sdraiato su di lei, il culo non
abbronzato ritto in aria, la sua stretta faccia vuota tra i seni di lei, i
suoi occhi non sbatton o e la lingua sottile gli sporge dalla bocca come quella di una lucertola tramortita. Stanno fermi cosí.

Non era scema – si immaginò che probabilmente l'avevano lasciata
libera solo per vedere dove sarebbe andata.
Andò a casa. Andò alla Ennet. Prese uno degli ultimi treni prima
che chiudessero la metropolitana, probabilmente. Ci volle un'eternità
a camminare nella neve con gli zoccoli e la gonna dalla Comm. Ave.
fino all'Enfield Marine, e la neve inzuppava il velo e lo faceva aderire alla faccia. Era stata sul punto di togliersi il velo per poter scappare da quella federale che pareva una linebacker. Ora Joelle sembrava
una versione di se stessa fatta di lino pallido. Ma non c'era nessuno
a camminare nella neve. Pensò che, se parlava con Pat M., forse sarebbe riuscita a convincerla a farsi mettere in quarantena con Clenette e Yolanda per non farsi beccare. Poteva raccontare a Pat delle
sedie a rotelle, cercare di convincerla a far smantellare la rampa. La
visibilità era cosí scarsa che non la vide finché non superò lo Shed, la
macchina della Sceriffo della Contea di Middlesex, con le sue feroci
gomme da neve, le luci che giravano blu, parcheggiata a motore ac-

ceso nella stradina fuori dalla rampa, il tergicristallo che si muoveva a intermittenza, un uomo in uniforme al volante che si toccava la faccia sovrappensiero.

Dice: «Sono Mikey, sono un alcolizzato e un tossico e un testa di cazzo, capito?»

E quelli ridono e urlano «Si vede, non ti preoccupare» mentre lui sta lí in piedi e fa dondolare leggermente il podio, un po' sfocato attraverso il lino, e si imbratta un lato della faccia con una mano da lavoratore mentre cerca di pensare a cosa dire. È un altro di quegli incontri in cui si parla tutti, a turno, e quelli che parlano poi scelgono il prossimo tra i presenti nella sala fumosa, e questo prossimo arriva corricchiando al podio di cartonfibra e intanto cerca di pensare a cosa dire, e come, nei cinque minuti che gli spettano. La persona seduta al tavolo vicino al podio ha un orologio e un gong comprato in un negozio di curiosità.

«Bene», dice, «bene, allora ieri ho visto un po' del vecchio Mikey tornare fuori, capite cosa voglio dire? Mi sono cacato addosso dalla paura a rivederlo. Cos'è successo, volevo portare il bambino a giocare un po' a bowling. Con il mio bambino. Che gli hanno appena levato il gesso. Allora sono tutto contento, no, mi prendo un giorno libero, vedo il bambino. Posso passare un po' di tempo da sobrio con il mio bambino. E cosí via. Allora mi sento davvero contento e tutto il resto, di vedere il bambino, capite cosa voglio dire? Allora, che succede, allora chiamo la stronza di mia sorella. Lui vive con loro, con la mia Mamma e mia sorella, allora chiamo mia sorella per dire posso venire a prendere il bambino alla tale ora e cosí via. Perché il giudice ha detto che devo avere il permesso del cazzo di una di loro anche solo per vedere il mio bambino. Capito? Per l'ordine di restrizione che avevano dato al vecchio Mikey, da prima. Devo avere il loro permesso. E io, che faccio, accetto questa cosa, dico ok, e allora chiamo tutto per bene e accetto tutto e sono davvero contento e chiedo il permesso a mia sorella, e lei da quanto è buona mi fa aspettare perché dice che deve sentire la Mamma. E poi dicono di sí, alla fine. E io che faccio, accetto questa cosa, capito? E dico che vado lí alla tale ora e cosí via, e mia sorella dice come, non le ringrazio neanche? Con quell'aria, capite cosa voglio dire? E io dico, e che cazzo, che vorresti, una fottuta medaglia del cazzo perché mi fai vedere il mio bambino? E quella stronza mi *attacca* il telefono in faccia. *Oh*, cazzo. Da quando il giudice ha dato l'ordine, fanno sempre cosí, la stronza e la Mamma, tutte e due. Allora dopo che lei mi attacca il telefono in faccia inizia a venire fuori un po' del vecchio Mikey e va laggiú e va bene, devo essere

onesto, parcheggio sull'erba del loro prato del cazzo e vado alla porta
e la vedo e le dico Vaffanculo Stronza, e la Mamma è nel corridoio dietro di lei sulla porta, io dico perché cazzo mi hai attaccato quel telefono
in faccia, dovresti andare da uno psicologo del cazzo, capito? E a loro due non piace troppo questo commento verbale, giusto? La stronza inizia quasi a ridere e dice, come, *io* mi permetto di dire a *lei* di andare da uno psicologo?»

La gente ride.

«Voglio dire, non è che sono andato là con anni e anni di sobrietà,
giusto? E lo accetto. Ma la stronza tiene la mano sulla porta e dice chi
cazzo sei *tu* per dire a *me* di andare da uno psicologo di merda dopo
quella cazzata che avete fatto tu e quella *puttanella* con quel bambino
che si è appena tolto il gesso? Oh, e non si vede neanche l'ombra del
bambino del cazzo, da nessuna parte. Dalla porta si vedono solo lei e
la Mamma, con quell'atteggiamento lí. E ora mi dicono di togliermi
dai coglioni dal loro portico, No, mi dicono, tipo Permesso Rifiutato,
il permesso di vedere il bambino è stato *rifiutato*. E la stronza è ancora in vestaglia dopo mezzogiorno, e la Mamma dietro di lei è già metà
nella fossa e sta attaccata al muro. Capito? E dico: Sí, ciao! E dico
stronze *maledette*, sono qui per il mio bambino del cazzo. E ora mia
sorella dice che sta andando a prendere il telefono per chiamare qualcuno, e la Mamma dice Vaffanculo, vattene affanculo Mikey. E forse
ho già detto che non c'era neanche l'ombra del bambino, e io non posso nemmeno *toccare* la porta senza il loro permesso. E muoio dalla voglia di ammazzare qualcuno, capito? E mia sorella tira su l'antenna del
telefono, e allora io dico va bene, vaffanculo, vado via, ma mi prendo
in mano le palle e dico a tutte e due Leccatemi l'uccello, capito? Perché ora è tornato fuori il vecchio Mikey, e ora girano le palle anche a
me. Vorrei dare fuoco a mia sorella e non ci vedo piú dalla rabbia e
monto sul camioncino e vado via. E allora e allora insomma sto tornando a casa, e sono cosí incazzato che tutto a un tratto cerco di pregare. E prego, mentre guido, e mi viene in mente che anche se hanno
avuto quell'atteggiamento del cazzo con me devo tornare indietro e
chiedere scusa lo stesso, per essermi preso le palle in mano davanti a
loro, perché cosí lo facevo prima. Vedo che per la mia stessa sobrietà
devo tornare indietro e cercare di dire che mi dispiace. Il solo pensiero mi fa quasi venire voglia di vomitare, capito – ma torno indietro e
parcheggio il camioncino sulla strada e prego e torno sul portico, e mi
scuso, e vado da mia sorella per favore posso per lo meno vedere il
bambino per vedere come sta senza gesso, e la stronza mi dice Vaffanculo, levati dalle palle, non le vogliamo le tue scuse del cazzo. E
non c'è l'ombra della Mamma, e non c'è neanche l'ombra del bambi-

no, allora devo accettare quello che mi dice e non so neanche se il gesso gliel'hanno tolto davvero. Ma la cosa che mi ha fatto paura è che avevo bisogno di raccontarlo a qualcuno. Mi sono fatto paura, capite cosa voglio dire? Sono andato dallo psicologo dopo e gli ho detto che dovevo trovare il modo di tenere sotto controllo questo carattere di merda oppure mi ritrovo un'altra volta davanti a quello stronzo di giudice perché ho dato fuoco a qualcun altro, capito? E Dio non voglia, potrebbe essere qualcuno della mia famiglia, perché ci sono passato già troppe volte. E gli dico sono pazzo, dottore, o che? Ho un desiderio di morte o cosa? Capito? Gli hanno tolto il gesso solo ora e io vorrei dare fuoco alla stronza che deve darmi il *permesso* di avvicinarmi al bambino a meno di cento metri? È che mi sto *preparando* a rifarmi un drink oppure cos'è che mi succede con questo carattere del cazzo, se sono sobrio? Ho smesso di bere proprio per le incazzature e per il giudice. E allora che cazzo è questa roba? Be', vaffanculo. Sono contento di esser riuscito a sputarla fuori, questa storia. Ce l'avevo in testa, mi occupava spazio, capito? Vedo che Vinnie si sta preparando a battere su quel gong del cazzo. Voglio sentire parlare Tommy E. laggiú in fondo appoggiato al muro. Ehi, *Tommy*! Che fai, ti stai smanettando là dietro, o cosa? Ma sono contento di essere qui. Volevo solo far uscire un po' di questa merda».

La piega dei pantaloni dell'uomo scompariva al ginocchio e il suo cappotto Cardin era cosí grinzoso che sembrava ci avesse dormito dentro.

«Ha fatto bene a farmi entrare».

Pat M. cercò di riaccavallare le gambe e si strinse nelle spalle. «Ha detto che non era qui in veste ufficiale».

«Ha fatto bene a credermi». Il cappello dell'Assistente Procuratore Distrettuale della quarta Circoscrizione della Contea di Suffolk vicino alla North Shore era un bello Stetson con una piuma nel nastro. Lo teneva sulle ginocchia e lo ruotava lentamente muovendo le dita lungo il bordo. Aveva accavallato le gambe già due volte. «Ci eravamo incontrati con Mars alla Regata di Marblehead per quella cosa della McDonald's House per i bambini, non questa estate e neanche l'est—»

«So chi è lei». Il marito di Pat non era una celebrità ma conosceva un sacco di celebrità locali per via del suo giro di macchine-sportive-di-lusso-usate-e-rimesse-a-nuovo.

«Ha fatto bene. Sono qui per uno dei suoi residenti».

«Ma non in veste ufficiale», disse Pat. Non era una domanda o una specie di verifica. Pat era fredda come l'acciaio quando si trattava di proteggere i residenti e la Ennet. Poi a casa sua diventava una specie di guscio disintegrato.

«Francamente non so perché sono qui. Siete proprio vicino all'ospedale. In questi tre giorni non ho fatto altro che entrare e uscire dal Saint Elizabeth. Forse ho solo bisogno di dirlo a qualcuno. I ragazzi del quinto Distretto – quelli della Polizia – parlano bene di questo posto. Di questa Ennet House. Forse avevo solo bisogno di condividere questa cosa, per darmi coraggio. Il mio sponsor non mi è di aiuto. Lui dice solamente che devo farlo se voglio avere una speranza che le cose migliorino».

Chiunque non fosse un incrocio tra una decisa professionista e una veterana degli Aa avrebbe per lo meno aggrottato le sopracciglia a sentire uno dei piú potenti e spietati superpoliziotti di tre contee pronunciare la parola *sponsor*.

«Faccio parte dei Fobici e Compulsivi Anonimi», disse l'Assistente del Procuratore Distrettuale. «Sono andato a Choices[383] lo scorso inverno e da allora sto lavorando su un programma di recupero nei Fob-Comp-Anon di un giorno alla volta, al meglio delle mie capacità».

«Capisco».

«È per Tooty», disse l'Assistente. Fece una pausa con gli occhi chiusi e poi sorrise, ancora con gli occhi chiusi. «Si tratta, piuttosto, di me e delle mie fissazioni riguardo alla... condizione di Tooty».

I Fob-Comp-Anon erano un'ala scissionista in 12 Passi staccatasi dieci anni fa dagli Al-Anon, e si occupavano dei problemi di codipendenza di persone che avevano i loro cari vittime di fobie inabilitanti e compulsioni, o tutte e due.

«È una storia lunga e neanche particolarmente interessante, sono sicuro», disse l'Assistente. «Basti dire che Tooty è tormentata da un problema di violazione orale-dentale-igienica che affonda le sue radici, lo scopriamo ora, in certi episodi di una adolescenza la cui disfunzionalità noi – ecco, diciamo che lei è stata in fase di rifiuto per molto tempo. Non importa riguardo a cosa. È il mio programma di recupero, non il suo. Nasconderle le chiavi della macchina, tagliarle il credito con vari dentisti, controllare il cestino anche cinque volte in un'ora per cercare involucri di spazzolini nuovi – l'incapacità è mia e sto facendo del mio meglio, ogni giorno, per lasciar andare e staccarmi dalla cosa per amor suo».

«Penso di capire».

«Sto lavorando sul Nono, adesso».

Pat disse: «Sul Nono Passo».

L'Assistente invertí la rotazione del cappello muovendo le dita lungo il bordo nella direzione opposta.

«Sto cercando di fare ammenda diretta per riparare i torti fatti alle persone che ho scoperto di aver danneggiato durante il Quarto e l'Ottavo Passo, a parte i casi in cui le mie ammende farebbero del male a loro o ad altri».

Un piccolo scivolone emotivo da parte di Pat sotto forma di un sorriso ironico. «Anch'io ho una certa esperienza con il Nono».

L'Assistente sembrava da un'altra parte, con gli occhi fissi e dilatati. La spietata angolazione della sopracciglia che Pat aveva sempre visto nelle sue foto era completamente capovolta. Ora le sopracciglia formavano una specie di tetto appuntito di pathos.

«Uno dei suoi residenti», disse. «Un certo Sig. Gately, rinviato a giudizio dalla quinta Circoscrizione, credo Peabody. Deve essere un consulente del personale, o un ex residente, uno con una carica».

Pat fece una faccia esageratamente innocente tipo questo-nome-forse-mi-ricorda-qualcuno-forse.

L'Assistente disse: «Non importa. Mi rendo conto dei suoi obblighi. Non voglio che mi dica niente di lui. Ma è lui che sono andato a trovare al Saint Elizabeth».

A questa notizia Pat si permise di allargare leggermente una narice.

L'Assistente si sporse in avanti, con il cappello che gli ruotava sulle cosce e i gomiti sulle ginocchia nella strana posizione defecatoria che gli uomini usano per comunicare la gravità di ciò che confessano. «Mi hanno detto – io devo – delle scuse – al Sig. Gately. Ho bisogno di chiedere scusa al Sig. Gately». Alzò lo sguardo. «Anche per lei – questo rimane tra queste mura, io non sono qui. Va bene?»

«Sí».

«Non importa sapere per cosa. Lo avevo incolpato – avevo del risentimento nei confronti di questo Gately per un incidente del quale lo ritenevo responsabile ed era stato questo incidente a riaccendere la fobia di Tooty. Non importa. I fatti specifici, o il fatto che lui potesse essere incolpato o sottoposto a un'azione legale per l'incidente – sono giunto a credere che queste cose non hanno importanza. Ho covato a lungo questo risentimento. La foto di questo ragazzo è stata sulla lavagna delle mie Priorità insieme due foto di persone che costituivano una minaccia obiettivamente molto piú rilevante per la comunità. Ho contato i minuti, in attesa di acciuffarlo. Questo ultimo incidente – no, non lo dire, non hai bisogno di parlarne – sembrava solo l'inizio. La mia ultima possibilità è passata in mano ai federali e poi è svanita».

Pat si permise di aggrottare molto lievemente la fronte.

L'uomo agitò il cappello. «Non importa. L'ho odiato, ho *odiato* quest'uomo. Sa che Enfield è nella Contea di Suffolk. Questo incidente con l'aggressione canadese, l'arma da fuoco che non si trova, i testimoni che non possono deporre perché non possono esporsi in prima persona... Il mio sponsor, tutto il mio Gruppo – mi dicono che se agisco spinto dal risentimento sarò segnato per sempre. Non avrò mai piú pace. Non aiuterò Tooty. Le labbra di Tooty rimarranno carne bianca per via del perossido, e il suo smalto rimarrà a pezzi per quel costante e irrazionale spazzolio di lei che si lava i denti e se li lava e se li *lava e*—» si tappò la bocca con una bella mano pulita e fece un verso acuto che fece venire i brividi a Pat, mentre una palpebra gli sbatteva furiosamente.

Prese vari respiri. «Ho bisogno di lasciar andare questa cosa. Sono giunto a crederlo. Non solo all'azione legale – quella è la parte piú facile. Ho già buttato via il file, anche se i danni civili di... del Sig. Gately sono un'altra cosa, che non mi riguarda. È una dannata *ironia*. Quello se la cava cosí a buon mercato da una sicura violazione della libertà vigilata e un conseguente processo in base a tutte le sue vecchie accuse per le quali sarebbe stato *sicuramente* condannato perché io devo mollare il caso per il bene del mio recupero, io che non desideravo altro che vedere quell'uomo rinchiuso in cella insieme a uno psicopatico per il resto della sua vita naturale, io che avevo alzato il pugno al soffitto e *giurato*—» e di nuovo quel rumore acuto, questa volta attutito peggio dal suo bel cappello, e lo sbattere furibondo dei suoi tacchi sul pavimento che fece alzare la testa ai cani di Pat che lo guardarono perplessi, e a quello epilettico gli venne un breve, piccolo attacco.

«Lei ha detto che è molto difficile, ma ormai ha deciso di farlo».

«Peggio ancora», disse l'Assistente, tergendosi la fronte con un fazzoletto ancora stirato. «Devo chiedere scusa, mi ha detto il mio sponsor. Se voglio ottenere quella crescita che porta al vero sollievo. Devo chiedergli scusa direttamente, tendere la mano e dire che mi dispiace e chiedere perdono per la mia incapacità a perdonare. Questo è l'unico modo che ho per riuscire a perdonarlo. Non riuscirò mai a staccarmi con la forza dell'amore dalla compulsione fobica di Tooty se non perdono quel bast— l'uomo che in cuor mio ho incolpato per tutta questa storia».

Pat lo guardò negli occhi.

«Naturalmente non posso dire di aver buttato via il file del caso dei canadesi, mi hanno detto che non c'era bisogno di arrivare a tanto. Mi avrebbe causato un conflitto di interesse – l'*ironia* – e questa cosa potrebbe danneggiare Tooty, e mettere a rischio la mia posizione. Mi hanno detto che posso lasciarlo bollire nel suo brodo finché non passa un po' di tempo e non succede niente». Alzò lo sguardo. «Il che significa che neanche lei può dirlo a nessuno. Rifiutarsi di perseguire qualcuno per motivi personali e spirituali – in un lavoro come il mio – sarebbe una cosa difficile da far capire agli altri. Ecco perché sono venuto da lei a farle esplicitamente questa confidenza».

«Ho ascoltato la sua richiesta e la rispetterò».

«Ma ascolti. Non posso farlo. Non posso. Sono stato seduto fuori dalla sua stanza all'ospedale a dire di continuo la Preghiera della Serenità, e a pregare di trovare la forza di volontà di pensare ai miei interessi spirituali e a sforzarmi di credere che chiedere scusa significa fare la volontà del mio Potere Superiore, che lo faccio per la mia crescita, ma non sono riuscito a entrare. Ci vado e rimango paralizzato a sedere fuori dalla stanza per diverse ore e poi vado a casa e porto via di forza Tooty dal lavandino. Non riesco ad andare avanti. Devo guardare in faccia quel lurido – no, *malvagio*, in cuor mio ne sono convinto, quel figlio di puttana è una persona *malvagia* e si *merita* di essere rimosso dalla comunità. E io devo entrare lí dentro e porgergli la mano e dirgli che volevo il suo male e davo a lui la colpa e poi devo chiedergli di perdonarmi – *a lui* – se lei *sapesse* che cosa *malata, perversa, sadica e malvagia e malata* ci ha fatto, che ha fatto a lei – e chiedergli di perdonarmi. Che lui mi perdoni o no non conta. Devo ripulire la mia parte di strada».

«Sembra una cosa molto, molto difficile», disse Pat.

Il bel cappello quasi girava vorticosamente tra i polpacci dell'uomo, e gli orli dei suoi pantaloni erano stati cosí alzati dalla posizione defecatoria in cui stava che gli si vedevano calzini che non erano fatti, pareva, dello stesso filo di lana. I calzini spaiati parlarono al cuore di Pat piú di qualsiasi altra cosa.

«Non so neanche perché sono venuto qui», disse. «Forse perché non ce la facevo ad andarmene un'altra volta dall'ospedale e tornare a casa. Ieri si è grattata la lingua con uno di quei vecchi aggeggi Linguascraper della NoCoat finché non le è uscito il sangue. Non posso andare a casa e vedere di nuovo una cosa cosí finché non ho sistemato le mie cose».

«La capisco».

«E lei era proprio lí vicino, giú per collina».

«Capisco».

«Non mi aspetto nessun aiuto o consiglio da lei. Sono già convinto di doverlo fare. Ho accettato l'ordine di farlo. So di non avere scelta. Ma non posso farlo. Non sono riuscito a farlo».

«Forse non vuole farlo».

«Finora non ho voluto farlo. Finora. Vorrei sottolineare *finora*».

20 NOVEMBRE
ANNO DEL PANNOLONE PER ADULTI DEPEND
SUBITO PRIMA DELLA FESTA DELL'ESIBIZIONE
PER LA RACCOLTA DI FONDI
GAUDEAMUS IGITUR

Quando nel posto in cui vivi c'è una grande festa, di solito il divertimento sta soprattutto nel guardare le persone che arrivano – i Warshaver, i Garton e i Peltason e i Prine, i Chin, i Middlebrook e i Gelb, un Lowell, i Buckman nella loro Volvo color vino novello guidata da un figlio silenzioso che si vede solo quando porta in giro in macchina Xirk e Binnie Buckman. Il Dott. Hickle e il suo inguardabile nipote. I Chawaf e gli Heaven. I Reehagen. La paralizzata ma ricchissima Sig.ra Warshaver, con i suoi bastoni da passeggio firmati. I fratelli Donagan della Svelte Nail. Ma in genere non riusciamo mai a veder arrivare gli amici e i benefattori dell'Eta nel giorno dell'esibizione e del gala per la Raccolta di Fondi. Di solito quando arrivano e vengono accolti da Tavis noi siamo tutti giú negli spogliatoi a vestirci e fare stretching, a prepararci per l'esibizione. Con Loach che ci rade e ci fascia eccetera.

Deve essere una situazione piuttosto insolita anche per gli ospiti perché nelle prime ore loro ci guardano giocare – sono il nostro pubblico – poi a un certo punto mentre gli ultimi incontri stanno finendo cominciano ad apparire quelli con le giacchette bianche e i vassoi nella palazzina Com. & Amm. e inizia il ricevimento, e a quel punto sono gli ospiti a diventare i partecipanti, loro a esibirsi.

Vestirsi e fare lo stretching, fasciare i manici con il Gauze-Tex o riempire un sacchetto di argilla smettica (Coyle, Freer, Stice, Traub) o di segatura (Wagenknecht, Chu), essere fasciati, quelli già nella pubertà essere rasati e fasciati. Un rituale. Perfino la conversazione, di solito, ha un suo aspetto cerimoniale senza tempo. John Wayne era ingobbito come sempre sulla panca davanti al suo armadietto con l'asciugamano sulla testa come fosse un cappuccio, e giocava a farsi scorrere una moneta sul dorso delle dita. Shaw si appinzava la carne tra pollice e indice, la sua agopressione contro il mal di testa. Tutti avevano messo il pilota automatico. Le scarpe di Possalthwaite inclinate all'infuori sotto e al di là dello scanno del cesso. Kahn cercava di far girare una palla da tennis sul dito come fosse un pallone da basket. Al lavandino Eliot Kornspan si soffiava il naso con l'acqua calda e nessuno aveva il coraggio di avvicinarsi a quel lavandino. Si sentivano circolare varie notizie isteriche pre-gara sulla Squadra Juniores del Qué-

bec e sulle condizioni proibitive del tempo e venivano smentite e poi
cambiavano antigeni e ritornavano. L'alto registro del vento si sentiva anche da qui. Il ragazzino Csikszentmihalyi stava facendo uno strano movimento con le ginocchia che gli battevano sul petto per stirarsi i flessori del bacino. Troeltsch era seduto con la schiena appoggiata
al suo armadietto vicino a Wayne, aveva in testa una cuffia scollega-
ta e faceva la telecronaca anticipata della sua partita. C'erano accuse
e smentite di aver scoreggiato. Rader colpiva con l'asciugamano Wagenknecht, che si divertiva a rimanere per lungo tempo piegato con la
testa tra le ginocchia. Arslanian stava immobile in un angolo, bendato con una cosa che poteva essere una sciarpa o una cravatta molto inconsueta, la testa piegata come la tengono i ciechi. Non si sapeva ancora se le squadre B avrebbero giocato; nessuno sapeva quanti campi
coperti ci fossero all'Unione del Mit. C'erano voci contrastanti. Michael Pemulis non era stato piú visto dalle prime ore di questa mattina, quando Anton Doucette diceva di averlo visto «aggirarsi furtivamente» intorno ai cassonetti della spazzatura della West House con
un'aria «ansiosa e depressa».

Poi da alcuni giocatori si levò un breve ma univoco grido di saluto
quando Otis P. Lord apparve sulla porta scortato dal suo cadaverico
padre, e anche se pallidissimo e ancora in convalescenza ricominciava
a somigliare a se stesso, aveva solo attorno al collo una sottile fasciatura di garza tipo collana di quando gli avevano tolto il monitor dalla
testa e una strana ellisse di pelle rossa e secca attorno alla bocca e due
narici. Entrò e strinse qualche mano e usò il cesso vicino a quello di
Postal Weight e se ne andò; oggi non giocava.

J.L. Struck si spalmava una crema astringente su certe zone della
mascella.

Una notizia isterica che i giocatori del Québec era stati avvistati
mentre scendevano da una rampa dell'autobus-charter nel parcheggio principale e non sembravano proprio le squadre Jdc e Wc del Québec ma una specie di contingente di giocatori adulti su sedie a rotelle per le Olimpiadi Speciali – questa notizia si diffuse immediatamente negli spogliatoi e poi si affievolí quando un paio di ragazzini
Under 14 che bruciavano energia nervosa scorrazzando ovunque in
cerca di notizie scorrazzarono fuori dagli spogliatoi e su per le scale
per controllare la notizia e non tornarono indietro.

Dall'altra parte della parete nello spogliatoio delle Donne si sentivano chiaramente la Thode e Donni Stott che invocavano Camilla, la
dea della velocità e del passo leggero. La Thode aveva avuto un attacco isterico dopo colazione perché la Poutrincourt non si era presentata alla riunione pre-partita dello Staff femminile e risultava dispersa.

Loach e gli altri avevano applicato a Ted Schacht una ginocchiera molto complicata con delle fasce accoppiate di alluminio che scendevano
su tutte e due le parti del ginocchio e un buco grande come una moneta nell'elastico sopra la rotula per la ventilazione dermale, e ora Schacht andava in giro tra i cessi e lo spogliatoio con le braccia in avanti e
il peso sui talloni dicendo di essere Frankenstein. Molti parlavano tra
sé davanti ai loro armadietti. Barry Loach era piegato su un ginocchio
a radere la caviglia sinistra di Hal per fasciarla. Un paio di noi fecero
notare che Hal non mangiava la sua solita barretta di Snickers o AminoPal. Hal teneva le mani sulle spalle di Loach mentre lui lo fasciava.
Una fasciatura da partita consiste in due giri orizzontali subito sopra
l'osso-noce del malleolo, poi dritto giú e quattro volte intorno al tarso
davanti all'articolazione cosí da lasciare lo spazio per poterla flettere
ed essere allo stesso tempo una fasciatura compatta e di sostegno. Poi
Loach mette sopra la fasciatura un sottocalza e un calzino, ci infila dentro il piccolo aggeggio gonfiabile Aircast, lo gonfia alla pressione giusta controllando la pressione con un piccolo manometro e stringe la fasciatura con il Velcro per ottenere il massimo sostegno dell'articolazione e garantire la massima flessione. Hal stava sulla panchina con le
mani sulle spalle di Loach per tutto il tempo di questa piccola routine.
Prima o poi tutti mettevano le mani sulle spalle di Loach. La fasciatura e la rasatura di Hal durano quattro minuti. Per il ginocchio di Schacht e il problema al tendine di Fran Unwin ci vogliono piú di dieci minuti ciascuno. Il quarto di dollaro di Wayne sembrava danzare sulle
sue nocche. Per via dell'asciugamano sopra la testa si vedeva solo una
sottilissima sezione ovale della sua faccia, come una mandorla dritta
sulla punta. Wayne teneva nell'armadietto un piccolo lettore di Cd, e
c'era la musica di Joni Mitchell, ma nessuno si lamentava mai perché
lo teneva molto basso. Stice faceva una bolla viola con la gomma da
masticare. Frecr cercava di toccarsi le punte dei piedi. Traub e Whale, anche loro sulla panca delle fasciature, dissero poi che Hal era strano. Tipo che chiese a Loach se lo spogliatoio nel pre-gara non gli aveva mai dato una strana sensazione, come di essere occluso, elettrico,
come se tutto fosse già stato fatto e detto cosí tante volte da darti l'impressione di essere una registrazione, e tutti loro lí dentro in fondo esistevano come Transforms di Fourier di atteggiamenti e piccole routine, chiusi e catalogati e pronti ad essere ritrasmessi a ore prefissate.
Traub ha capito *Transforms di Fourier*, mentre Whale *Transforms Piú
Pelose**. Ma, di conseguenza, erano anche cancellabili, aveva detto Hal.

---

* Nel testo originale, «*Furrier Transforms*» [*N.d.T.*].

Da parte di chi? Di solito Hal prima di un incontro aveva sempre gli occhi sbarrati dall'ansietà ingenua di chi non si era mai trovato prima in una situazione neanche lontanamente simile. Oggi la sua faccia aveva assunto varie espressioni che andavano dalla ilarità distesa alla smorfia contratta, espressioni che sembravano del tutto disconnesse dall'ambiente circostante. Si diceva che Tavis e Schtitt avessero affittato tre autobus per portare le squadre in un posto al coperto che la Sig.ra Inc aveva ottenuto chiedendo un mastodontico favore all'ex alunno Corbett Th-Thorp – un gran numero di campi che non venivano quasi mai usati nella parte piú profonda del tessuto cerebrale della Student Union del Mit – e che tutto il ricevimento sarebbe stato spostato alla Student Union, e che la squadra del Québec e gran parte degli ospiti erano stati contattati sul cellulare per avvisarli dell'annullamento dell'annullamento precedente e del cambiamento di luogo, e che gli ospiti che non era stato possibile contattare avrebbero viaggiato con l'autobus dei giocatori e del personale, e alcuni di loro, probabilmente, sarebbero stati vestiti da sera, gli ospiti. Traub dice anche di aver sentito Hal usare la parola *moribondo*, ma Whale non poteva confermarlo. Schacht entrò in un cesso e spinse il paletto della serratura facendo un suono pregno di significato che generò nello spogliatoio il silenzio di quando un pistolero entra in un saloon. Nessuno lí vicino poté affermare di aver sentito Barry Loach rispondere in qualche modo due strane cose umorali che Hal diceva mentre Loach gli fasciava la caviglia per una partita importante. Sembrava che Wagenknecht avesse scoreggiato davvero.

L'opinione comune tra quelli dell'Eta è che il Capo degli Allenatori Barry Loach assomigli a una mosca senza ali – brusco e scattante eccetera. È tradizione dell'Eta che i Fratelloni raccontino ai nuovi o ai Fratellini molto giovani la saga di Loach e di come era finito a fare il Capo Allenatore anche se non ha un diploma ufficiale di Allenatore o qualcosa di simile del Boston College, che è il posto dove era andato a scuola. A grandi linee la saga dice che Loach era il figlio piú giovane di un'enorme famiglia cattolica, che i suoi genitori erano cattolici molto rigidi della vecchia scuola del cattolicesimo intransigente, e che il desiderio piú fervente della Sig.ra Loach (della mamma) era che uno dei suoi innumerevoli figli entrasse nel clero della Chiesa di Roma, ma il maggiore dei Loach aveva firmato per due anni in Marina ed era stato ucciso quasi subito durante l'azione congiunta Onan/Onu in Brasile nell'Acmt; dopo poche settimane dal suo funerale il secondogenito dei Loach era morto di avvelenamento da ciquatossina dopo aver mangiato una cernia contaminata; la terza figlia dei Loach, Therese, in seguito a una serie di disavventure adolescenziali era finita ad Atlantic City Nj con un body di lustrini e i tacchi alti a mostrare cartelloni numerati tra le riprese degli incontri di boxe, cosí affievolendo notevolmente ogni speranza di vederla mai nelle carmelitane; poi il Loach seguente si innamorò perdutamente e si sposò subito dopo il liceo, e quello dopo ambiva solo a suonare i piatti in un'orchestra filarmomica di prima categoria (ora picchia sui tamburi con gli Houston Po). E cosí via finché rimase solo un altro figlio maschio Loach e poi Barry Loach, che non solo era il piú giovane ma anche emotivamente succube della Sig.ra L.; e il giovane Barry aveva fatto un gran respiro di sollievo quando il fratello piú grande – un ragazzino che era sempre stato pio e contemplativo e di gran cuore, traboccante d'amore astratto e di fede innata nella bontà insita nell'anima di tutti gli uomini – cominciò a mostrare i segni di una vera vocazione spirituale a una vita di servizio nel clero della Chiesa di Roma, e poi entrò in un seminario gesuita togliendo un peso enorme dalla psiche del fratello piú giovane perché il giovane Barry – da quando attaccò per la prima volta un Band-Aid su un bambolotto degli X-Men – aveva sentito che la sua vocazione non era per il sacerdozio ma per il ministero di unguenti-e-cerotti agli atleti professionisti in allenamento. Chi può spiegare i perché e i percome della vera vocazione di un uomo? E allora Barry cominciò a specializzarsi in educazione fisica o come si chiama al Boston College, e procedeva in modo del tutto soddisfacente verso il diploma quando suo fratello, ormai quasi sul punto di ricevere gli ordini o la tonaca o quello che si mettono i gesuiti, all'età di venticinque anni visse un improvviso e aspro declino spirituale, e la sua fede nella bontà innata degli uomini ebbe come una combustione spontanea e scomparve – per nessun motivo apparente o drammatico; sembrava che il fratello avesse improvvisamente contratto una prospettiva spirituale nera e misantropica proprio come certi venticinquenni contraggono l'atassia di Sanger-Brown o l'Ms, una specie di degenerativo Morbo di Lou Gehrig dello spirito – e il suo interesse a servire con i metodi dei gesuiti l'uomo e Dio-nell'uomo e custodire il Cristo che vive nella gente subí un crollo comprensibile, e lui cominciò a non fare altro che stare seduto nella sua stanza del dormitorio del Seminario di St. John – per pura coincidenza molto vicino alla Enfield Tennis Academy, su Foster Street a Brighton vicino alla Comm. Ave., accanto al Quartier Generale dell'Arcidiocesi o come si chiama – a tirare carte da gioco dentro un cestino in mezzo al pavimento, e non andava piú alle lezioni e ai vespri, e non leggeva alle Ore Canoniche, e parlava con franchezza di mollare la storia della vocazione, e tutta questa storia aveva quasi prostrato la Sig.ra Loach per la tremenda delusione e improvvisamente ricaricato di angoscia e ansietà il giovane Barry, perché se suo fratello fuggiva dal clero sarebbe stato quasi inevitabile per Barry, l'ultimo dei Loach, dover abbandonare la sua vera vocazione per le steccature e le flessioni ed entrare lui stesso in seminario per impedire che la sua pia e amata mamma morisse di delusione. E allora cominciò una serie di conversazioni personali con il fratello spiritualmente necrotico, con Barry che doveva mettersi dall'altra parte del cestino delle carte per riuscire a ottenere l'attenzione del fratello e cercare di convincerlo a scendere dalla scogliera di misantropia spirituale sulla quale era salito. Il fratello ammalato nello spirito fu piuttosto cinico sulle ragioni per cui Barry cercava di persuaderlo, dato che tutti e due sapevano bene che in tutta questa storia erano in gioco anche i sogni di carriera di Barry; e dunque sorrideva sardonico e diceva che ormai dagli esseri umani non si aspettava molto di piú di un autointeressato egoismo, soprattutto dopo che la sua pratica del gregge umano dei luoghi piú infidi di Boston – l'impossibilità di cambiare condizione sociale, l'ingratitudine dei branchi di disgraziati tossicodipendenti senza tetto malati di mente che aveva servito, la totale mancanza di pietà e di aiuto da parte della cittadinanza in generale nel corso di tutti i suoi sforzi da gesuita – aveva ucciso qualsiasi scintilla di fede ispirata avesse mai avuto nelle piú alte possibilità e nella perfettibilità dell'uomo; e quindi, opinava, cosa mai avrebbe dovuto aspettarsi sia dal suo fratellino minore sia dal piú freddo dei pendolari che passava noncurante davanti alle mani tese dei senza tetto e dei bisognosi alla stazione di Park Street, se non l'unica e anche troppo umana preoccupazione di nutrire e far prosperare il proprio ego? Poiché ora la totale assenza di empatia e di compassione e della volontà di tendere la mano verso gli altri gli sembravano una parte ineluttabile del carattere umano. Barry Loach era comprensibilmente in difficoltà sul terreno teologico dell'Apologia e della redimibilità dell'uomo – anche se riuscí a eliminare un piccolo difetto nella tecnica di lancio del fratello che faceva contrarre il muscolo *flexor carpi ulnaris* nel braccio che lanciava le carte, cosí aumentando di molto la percentuale delle carte infilate nel cestino – ma non stava solo cercando disperatamente di preservare allo stesso tempo il sogno di sua madre e le sue indirette ambizioni atletiche, Barry era anche un ragazzo spiritualmente molto vivo che non vedeva chiaro nell'improvvisa disperazione del fratello per l'apparente assenza di pietà e calore nelle creature che Dio aveva forgiato a sua immagine e somiglianza, e riuscí a impegnare il fratello in discussioni piuttosto accalorate ed elevate sulla spiritualità e sul potenziale dell'anima, discussioni non molto diverse dalle conversazioni di Alëša e di Ivan nel buon vecchio *Fratelli K.*, anche se forse i due Loach non erano altrettanto eruditi e letterari, e sopratutto dal fratello maggiore non veniva niente che si avvicinasse neanche lontanamente all'acerbità cancerogena dello scenario da Grande Inquisitore di Ivan.

Alla fine si arrivò a questo: un Barry Loach disperato – con la Sig.ra L, che ormai prendeva 25 mg di Ativan[384] al giorno e aveva praticamente messo le tende di fronte all'abside dove stavano i ceri nella chiesa parrocchiale dei Loach – sfida suo fratello a lasciargli dimostrare in qualche modo – rischiando il proprio tempo, quello di Barry, e forse anche la propria incolumità – che l'uomo in fondo non è cosí non empatico e necrotico come la condizione attuale di depressione del fratello lo aveva portato a pensare. Dopo un paio di proposte e rifiuti di scommesse troppo sbavate anche per la disperazione di Barry Loach, i fratelli finalmente si misero d'accordo su una, diciamo, sfida sperimentale. Il fratello spiritualmente avvilito in pratica sfida Barry Loach a non farsi la doccia e non cambiarsi i vestiti per un po' di tempo, ad arrivare ad assumere l'aspetto di un sinistro barbone pidocchioso e chiaramente bisognoso di carità umana, mettersi in piedi davanti alla stazione della metropolitana di Park Street sul bordo del Boston Common proprio in mezzo alla comunità dei lumpen che stanno sempre fuori dalla stazione della metropolitana a mendicare soldi, allungare la sua mano lercia e invece di mendicare soldi chiedere semplicemente ai passanti di toccarlo. Solo di toccarlo. Cioè mostrare un minimo di calore umano e contatto. E Barry accetta la sfida. Lo fa. I giorni passano. Il suo ottimismo spirituale comincia a prendere colpi al plesso solare. Non capisce se è colpa del suo aspetto verminoso; quel che è certo è che il semplice stare fuori dalle porte della stazione con la mano tesa e chiedere alla gente di toccarlo faceva sí che toccarlo fosse l'ultima cosa che veniva in mente a qualsiasi passante sano di mente. Era possibile che i cittadini rispettabili con le loro borse di libri e i cellulari e i cani con i gilet di lana rossa pensassero che stendere la mano e gridare «Toccami, toccami soltanto, *per favore*» fosse un nuovo gergo da accattone per chiedere «Avete degli spiccioli?», perché Barry Loach si trovò a racimolare una impressionante cifra giornaliera di $ – molto piú di quello che guadagnava con il suo lavoro di studente-lavoratore a fasciare caviglie e sterilizzare le protesi dentali dei giocatori di lacrosse del Boston College. Evidentemente i cittadini trovavano la sua richiesta cosí toccante da fargli la carità; ma il fratello di B. Loach – che stava spesso appoggiato allo stipite di plastica dell'uscita della stazione della metropolitana, in borghese e tutto piegato in avanti a mischiare il suo mazzo di carte con un sorrisetto compiaciuto – era sempre pronto a far notare la delicatezza spastica di quei rapidissimi movimenti a frusta di chi deve raccattare qualcosa da un fornello acceso con i quali i bene-

fattori facevano cadere gli spiccioli o le banconote nella mano di Barry
Loach senza mai toccarlo, e quasi mai interrompevano la loro camminata o lo guardavano negli occhi mentre gli facevano l'elemosina, né
tantomeno avvicinavano mai la mano per toccare la mano non rispettabile di B.L. Non senza ragione il fratello bocciò il contatto accidentale di un pendolare che era inciampato mentre lanciava un quarto di
dollaro e aveva preso la mano di Barry per frenare la sua caduta, per
non parlare della barbona con il problema bipolare che afferrò Barry
Loach per la testa e cercò di strappargli un orecchio a morsi verso la fine della terza settimana della Sfida. Barry L. si rifiutò di accettare la
sconfitta e la misantropia, e la Sfida si trascinò una settimana dopo l'altra, e il fratello piú grande alla fine si stancò e smise di andare da Barry
e tornò nella sua stanza e aspettò che l'amministrazione del Seminario
di St. John gli consegnasse i fogli per andarsene, e Barry Loach si prese un Incompleto nei corsi di Allenamento del semestre e venne licenziato dal suo lavoro di studente perché non si era fatto piú vivo, e passò settimane e poi mesi di personale crisi spirituale mentre un passante dopo l'altro interpretava il suo appello per un contatto fisico come
richiesta di denaro e gli dava degli spiccioli astratti invece di un ge-
nuino contatto carnale; e alcuni degli altri accattoni della stazione della metropolitana furono incuriositi dalla frase di Barry – per non dire
delle somme che riceveva – e cominciarono anche loro ad adottare il
grido di «Toccatemi, per favore, per favore, *qualcuno* mi tocchi!», cosa che compromise ulteriormente le possibilità di Barry Loach che qualche cittadino interpretasse alla lettera la sua richiesta e tendesse pietosamente e umanamente la mano verso di lui; e nell'anima di Loach
cominciarono a crescere delle piccole macchie di marcio necrotico, e il
suo ottimismo nei confronti della cosiddetta normale e rispettabile razza umana fu sottoposto a una profonda revisione; e quando gli altri de-
relitti accattoni cominciarono a trattarlo come un loro compare e a parlargli come si fa con un collega e a offrirgli cicchetti dalle loro bottiglie
avvolte nei sacchetti di carta gialla, lui si sentí troppo disilluso e geli-
damente solo per rifiutare, e cosí cominciò a cadere nel fango assoluto
nel fondo dello stagno-delle-anatre socio-economico di Boston. E quello che successe al fratello maggiore spiritualmente infermo e se ce la fece a riprendersi e cosa successe alla sua vocazione sono domande che
non trovano mai risposta nella storia di Loach che si tramanda all'Eta,
perché ora tutta l'attenzione si rivolge su Loach e come era ormai vicinissimo a dimenticare – dopo tutti questi mesi in cui non aveva ricevuto che repulsione dai cittadini e comprensione e aiuto empatico
solo dai barboni tossici mendicanti – cosa fosse una doccia o una lavatrice o una manipolazione dei legamenti, per non menzionare le ambi-

zioni di carriera o il suo fondamentale ottimismo per la bontà insita in ogni essere umano, e infatti Barry Loach era pericolosamente vicino a scomparire per sempre nella feccia della vita di strada di Boston e passare tutta la sua vita adulta senza una casa e pieno di pidocchi ad accattonare nel Boston Common e a bere dalle bottiglie avvolte nei sacchetti di carta gialla, quando verso la fine del nono mese della Sfida il suo appello – e in effetti anche gli appelli di un'altra dozzina di cinici accattoni che si trovavano accanto a Loach, tutti con la mano tesa a pregare che una mano li toccasse – quando tutti questi appelli furono presi alla lettera e ricevettero in risposta una calda stretta di mano – e solo gli accattoni piú fortemente intossicati, oltre a Loach, non indietreggiarono di fronte a chi voleva stringer loro la mano – da parte di Mario Incandenza dell'Eta, che era stato mandato di corsa dalla casa sulla Back Bay dove suo padre stava girando una cosa con degli attori vestiti da Dio e Diavolo che si giocavano a poker l'anima di Cosgrove Watt con le carte dei Tarocchi e usavano per fiches dei gettoni della metropolitana, insomma Mario era stato mandato di corsa a prendere un altro rotolo di gettoni alla stazione piú vicina, che per via di un cassonetto che aveva preso fuoco vicino all'ingresso della stazione di Arlington Str. era proprio quella di Park Street, e Mario, solo e quattordicenne e del tutto all'oscuro delle strategie difensive antiaccattone fuori dalle stazioni della metropolitana, privo della compagnia di un adulto o di una qualsiasi persona un minimo smaliziata che potesse spiegargli perché le richieste di quegli uomini con le mani tese che chiedevano una semplice stretta di mano o un cinque non dovessero essere automaticamente esaudite, Mario aveva allungato la sua mano ad artiglio e aveva toccato e stretto con calore la mano fuligginosa di Loach, il che portò Barry Loach, per una serie di circostanze estremamente intricate ma molto toccanti e capaci di rianimare la fede di un uomo sul punto di perderla, a conseguire un lavoro di Assistente Allenatore all'Eta anche senza un diploma ufficiale, un lavoro dal quale fu promosso solo pochi mesi dopo, quando l'allora Capo Allenatore rimase vittima del terrible incidente le cui conseguenze furono l'eliminazione di ogni tipo di serratura dalle porte delle saune dell'Eta e la decisione di fissare la massima temperatura delle saune a non piú di 50°.

Il bicchiere capovolto aveva le dimensioni di una gabbia o di una piccola cella di prigione, ma era comunque un bicchiere da bagno di quelli per i gargarismi o per sciacquarsi la bocca dopo essersi lavati i denti, solo che era enorme e capovolto, e stava sul pavimento, con lui dentro. Il bicchiere doveva essere una specie di oggetto d'arredamento; una di quelle cose speciali fatte apposta per qualcuno. Il vetro era verde e il fondo del bicchiere sopra la sua testa era zigrinato e la luce dentro era il danzante verde acquoso delle grandi profondità oceaniche.

C'era una specie di feritoia o una ventola in alto, su un lato del bicchiere, ma non ne usciva aria. E non ne entrava. E anche l'aria dentro l'enorme bicchiere era molto limitata perché sulle pareti c'era già vapore di CO_2. Il vetro era troppo spesso per essere spaccato a calci, e gli sembrava di essersi già rotto un piede a forza di provare.

C'erano delle facce verdi distorte che vedeva attraverso il vapore sulle pareti del bicchiere. La faccia all'altezza degli occhi era quella del suo ultimo Soggetto, la destra e abile e adorante modella di manicure svizzera. Era in piedi e lo guardava, con le braccia incrociate, fumava esalando fumo verde dal naso, poi guardò in basso per conferire con un'altra faccia che sembrava fluttuare piú o meno all'altezza della vita, che era quella del timido fan handicappato che O. si era accorto che aveva lo stesso accento svizzero del Soggetto.

Il Soggetto dietro il vetro fissava gli occhi di Orin ma sembrava non accorgersi di lui o delle cose che urlava. Quando aveva cercato di spaccare il vetro a calci, in quel momento si era reso conto che il Soggetto guardava *i suoi occhi* e non *dentro* i suoi occhi come faceva prima. Ora sul vetro c'erano impronte indistinte di piede.

Ogni paio di secondi Orin toglieva il vapore del suo respiro dal vetro spesso per vedere cosa facevano le facce.

Il piede gli faceva davvero male, e il resto della roba che lo aveva fatto dormire lo faceva star male di stomaco, e insomma ormai era chiaro che questa esperienza non era uno dei suoi soliti brutti sogni, ma Orin, n. 71, rifiutava di accettare che non fosse un sogno. Era come se nel momento in cui si era svegliato e si era trovato dentro un enorme bicchiere capovolto avesse deciso di pensare: questo è un sogno. La voce inumana e amplificata che veniva periodicamente dalla feritoia o ventola sopra di lui e voleva sapere Dove È Sepolto il Maestro* era surreale e bizzarra e incomprensibile al punto da rallegrarlo: era proprio quel tipo di veemente surreale incomprensibile sconvolgente domanda da incubo che viene rivolta spesso nei brutti sogni. In piú c'era la bizzarra ansietà di non riuscire a far capire al Soggetto adorante quello che diceva attraverso il vetro. Quando lo schermo dell'altoparlante scivolò indietro, Orin spostò lo sguardo dalle facce sul vetro e guardò in alto, immaginando che stesse per accadere qualcosa di ancora piú surreale e veemente che avrebbe defini-

---

* Nel testo originale, *Where Is The Master Buried?*, cioè «Dov'è sepolta la copia Master?» [N.d.T.].

tivamente confermato l'innegabile status di sogno di tutta quell'esperienza.

M.lle Luria P——, che non sopportava gli aspetti piú sottili delle interviste tecniche e aveva piú volte chiesto un paio di guanti di gomma e due o tre minuti da sola con i testicoli del Soggetto (e che in realtà non era svizzera), aveva previsto correttamente quale sarebbe stata la risposta del Soggetto quando si sarebbe aperto lo schermo dell'altoparlante e i neri e lucidi scarafaggi di fogna avrebbero cominciato a scendere giú lungo le pareti, e quando il Soggetto si schiacciò contro la parete del bicchiere e premette cosí forte la faccia contro la parete di quell'assurdo bicchiere fino a farla diventare bianca candida e con voce molto attutita gridò «Fatelo a lei! *Fatelo a lei*!», Luria P—— inclinò la testa e ruotò gli occhi verso il leader degli Afr, che ormai da molto tempo considerava un buffone.

Esseri umani vennero e se ne andarono. Un'Infermiera gli toccò la fronte e tirò indietro la mano con un guaito. Qualcuno in corridoio farfugliava e piangeva. A un certo punto sembrò che Chandler F., il venditore di pentole antiaderenti appena diplomato alla Ennet, fosse nella stanza nella classica posizione del residente-confiteor, con il mento sulle mani appoggiate alle sbarre del letto. La luce della stanza era di un grigio radiante. C'era la Sovrintendente della Ennet House che si toccava nel punto dove era stato il suo sopracciglio e stava cercando di spiegare che Pat M. non era venuta perché lei e il Sig. M. avevano dovuto cacciare di casa la ragazzina di Pat perché aveva preso un'altra volta della roba sintetica, e lei si trovava in condizioni spirituali troppo instabili per poter uscire di casa. Gately si sentiva fisicamente piú caldo di sempre. Gli sembrava di avere il sole dentro la testa. Le sbarre del letto si assottigliavano in alto e tremolavano appena, come fiamme. Si immaginò sul vassoio di alluminio della Ennet con una mela in bocca, la pelle glassata e croccante. Il Dottore che dimostrava dodici anni apparve con altre persone avvolto nella nebbia e disse Arrivate Fino a 30 q 2 e Proviamo con Doris[385], questo povero figliolo prende fuoco. Non diceva a Gately. Il Dottore non si rivolgeva a Don Gately. Il solo pensiero cosciente di Gately era Chiedere Aiuto per rifiutare il Demerol. Cercava continuamente di dire la parola *tossicodipendente*. Si ricordò di quando era piccolo in cortile e diceva a Maura Duffy di guardarsi dentro la camicetta e sillabare la parola *attico*. Qualcun altro disse Bagno di Ghiaccio. Gately sentí qualcosa di ruvido e freddo sulla faccia. Una voce che sembrava la sua voce cerebrale con l'eco disse di non cercare mai di sollevare un peso maggiore del tuo. Gately pensò che forse stava per morire. Non si sentiva calmo e pieno di pace come pensava. Era come quando cerchi di sollevare qualcosa piú pesante di te. Sentí il defunto Gene Fackelmann dire prendi un po' di questa roba. Tutti si affannarono intorno al suo letto. Le bottiglie delle flebo tentennarono sopra la sua testa. Uno sciacquettare di sacche. Nessuna delle voci sopra la sua testa si rivolgeva a lui. Il suo parere non era richiesto. Una parte di lui sperava che gli stessero mettendo il Demerol nella flebo senza dirglielo. Gorgogliò e muggí per dire *tossicodipendente*. Che era la verità, lui era davvero un tossico, lo sapeva. Il Coccodrillo che si metteva sempre le magliette Hanes, Lenny, dal podio diceva sempre «La verità alla fine vi renderà liberi, ma solo dopo avervi sistemati ben bene». La voce nel corridoio piangeva da spezzare il cuore. Si immaginò l'Assistente Procuratore Distrettuale con il cappello in mano a pregare fervidamente che Gately non morisse per poterlo mandare nella prigione di Walpole. Il vicino rumore secco che sentí era il nastro attorno alla sua bocca non rasata che veniva strappato cosí velocemente che lo sentí appena. Cercò di evitare di immaginarsi il male che avrebbe sentito alla spalla se avessero cominciato a picchiarlo sul petto come fanno a quelli che stanno per morire. L'altoparlante suonò tranquillamente. Sentiva persone parlare nel corridoio davanti alla porta aperta, fermarsi per un secondo a guardare dentro, e continuare a parlare. Gli venne in mente che se fosse morto tutti gli altri avrebbero continuato a esistere e andare a casa e mangiare e Xare le loro mogli e andare a letto. Una voce alla porta rise e disse a qualcun altro che oggigiorno era sempre piú difficile distinguere gli omossessuali da quelli che pestano gli omossessuali. Era impossibile immaginarsi il mondo senza lui dentro. Si ricordò due suoi compagni di squadra della Beverly che picchiavano un ragazzino cosiddetto omosessuale mentre Gately si allontanava perché non voleva schierarsi. Disgustato da tutte e due le parti in conflitto. Si immaginò di dover diventare omosessuale a Walpole. Si immaginò andare a un incontro a settimana con un bastone da pastore e un pappagallo sulla spalla e a giocare a cribbage per una sigaretta a punto; si immaginò sdraiato su un fianco nella branda della sua cella con la faccia verso il muro a farsi le seghe al ricordo delle tette. Vide l'Assistente con il capo piegato e il cappello contro il petto.

Qualcuno sopra di lui chiese a qualcun altro se erano pronti, e qualcun altro fece un commento sulla testa di Gately e afferrò la testa di Gately, poi lui senti in profondità dentro di sé un movimento verso l'alto cosí orribile e personale che si svegliò. Poteva aprire un occhio solo perché l'impatto con il pavimento aveva chiuso e gonfiato come una salsiccia l'altro. Tutta la sua parte frontale era fredda perché era

sdraiato sul pavimento bagnato. Fackelmann da qualche parte dietro
di lui borbottava qualcosa che consisteva solo di *g*.
Dall'occhio aperto vedeva la finestra dell'app. di lusso. Fuori era
l'alba, un grigio radiante, e gli uccelli avevano molto da dire sugli alberi nudi; alla grande finestra c'era una faccia e un mulinare di braccia. Gately cercò di aggiustare la tenuta verticale della visione. Pamela Hoffmann-Jeep era alla finestra. Il loro app. era al secondo piano del palazzo di lusso. Lei era su un albero davanti alla finestra, in
piedi su un ramo, e guardava dentro, e o gesticolava follemente o cercava di mantenersi in equilibrio. Gately sentí un'ondata di preoccupazione perché temeva che lei cadesse dall'albero e si stava preparando a chiedere al pavimento se per favore poteva allentare la presa
per un secondo e lasciarlo andare, quando improvvisamente la faccia
di P.H.-J. cadde e sparí dal fondo della finestra e fu sostituita dalla
faccia di Bobby («C») C. Bobby C portò lentamente due dita a una
tempia in un saluto impassibile e beffardo mentre passava lo sguardo
sulle tracce del festino disseminate per tutta la stanza. Fissava con
particolare attenzione il Monte Dilaudid e annuiva a qualcuno ai piedi dell'albero. Si spostò in avanti sul ramo fino ad arrivare alla finestra e spinse sulla cornice con una mano per cercare di aprire la finestra chiusa. Il sole che sorgeva dietro di lui proiettava l'ombra della
sua testa sul pavimento bagnato. Gately chiamò Fackelmann e cercò
di rotolare e mettersi a sedere. Si sentiva le ossa piene di vetri rotti.
Bobby C teneva in mano una confezione da sei di Hefenreffer e la
dondolava invitante per farsi aprire. Gately era appena riuscito a mettersi quasi seduto quando il pugno di C racchiuso in un guanto senza
dita entrò nella stanza spruzzando dappertutto i doppi vetri della finestra. Lo schermo del Tp caduto mostrava ancora immagini di fiammelle, Gately le vedeva bene. Il braccio di C entrò nella stanza e cercò
a tentoni la serratura e alzò la finestra. Fackelmann belava come una
pecora ma non si muoveva; una siringa che non si era preoccupato di
sfilarsi gli penzolava dall'incavo del gomito. Gately vide che Bobby
C aveva i capelli viola pieni di pezzi di vetro e una vecchia Taurus-Pt
9 mm infilata nella cintura chiodata. Gately rimase stolidamente seduto mentre C si arrampicava dentro e si aggirava in punta di piedi
tra le varie pozzanghere e spingeva all'indietro la testa di Fackelmann
per controllargli le pupille. C schioccò la lingua e lasciò che la testa di
Fackelmann ricadesse indietro contro il muro, mentre Fax continuava a belare piano. Piroettò leggero sul tacco di uno stivale e attraversò la stanza verso la porta d'ingresso, mentre Gately stava lí seduto
a guardarlo. Quando arrivò da Gately seduto sul pavimento con le
gambe bagnate curve a parentesi davanti a lui come una specie di enor-

me bambinone pre-verbale, C si fermò come per dire una cosa che si
era appena ricordato, guardò in basso verso Gately con un ampio sorriso e, mentre Gately notava che C aveva un incisivo nero, lo colpí
sopra l'orecchio con la Taurus-Pt e lo ributtò giú. Il colpo sulla nuca
che Gately prese dal pavimento fu molto piú forte di quello del calcio della pistola. Le orecchie gli scampanavano. Non erano stelle, le
cose che vedeva. Poi Bobby C gli tirò un calcio nelle palle, il metodo
standard di tenere giú un uomo, e Gately portò le ginocchia al petto
e girò la testa e vomitò sul pavimento. Sentí la porta dell'app. che si
apriva e il suono giocoso degli stivali di C che scendevano le scale verso la porta del palazzo. Tra gli spasmi del dolore Gately incitò Fackelmann a scappare dalla finestra il piú velocemente possibile. Fackelmann era afflosciato con la schiena contro il muro; si guardava le gambe e diceva che non si sentiva le gambe, che era completamente
insensibile dalla testa in giú.

C tornò poco dopo a capo di un entourage di persone che non piacque per niente a Gately. C'erano Desmonts e Pointgravé, quei piccoli delinquenti canadesi di Harvard Square che Gately conosceva appena, gente che lavorava in proprio, troppo canadesemente scemi e
adatti solo ai lavori piú brutali. Gately non fu felice di vederli. Avevano addosso delle tute che si accordavano malissimo con le loro camicie di flanella. Dietro di loro c'era il povero assistente farmacista eczematico, con una borsa nera da dottore. Gately era sdraiato sulla
schiena e pedalava con le gambe per aria, cioè faceva ciò che chiunque
abbia fatto uno sport a livello agonistico sa di dover fare, dopo essersi preso un calcio nelle palle. L'assistente farmacista si fermò dietro C
e si mise a guardare i suoi Weejuns. Entrarono tre grosse ragazze non
familiari, con i cappotti di pelle rossa e le calze smagliate. Poi la povera Pamela Hoffmann-Jeep, con il vestito di taffetà strappato e macchiato e la faccia grigia dallo shock, fu portata dentro di peso da due
punk orientali coi giubbotti di pelle lucida. Le tenevano le mani sotto
il culo e la portavano come fosse seduta, con una gamba in fuori e un
osso che le usciva dallo stinco, e lo stinco era davvero messo male. Gately vide tutto questo capovolto, e continuò a pedalare con le gambe
finché riuscí a tirarsi su. Una delle ragazze grosse aveva in mano un
vecchio bong Graphix e un sacchetto della spazzatura Cinch-Sak della Glad. Pointgravé o Desmonts – Gately non si ricordava mai chi era
uno e chi era l'altro – portavano una cassa di liquori invecchiati. C
chiese a tutti se era lí la Festa. La stanza si illuminò con il sorgere del
sole. La stanza stava riempiendosi. Un'altra ragazza fece dei commenti
negativi a proposito dell'urina sul pavimento. Fackelmann nell'angolo cominciò a dire che era tutta una maledetta bugia. C si rispose in

falsetto e disse Sí davveroperdavvero è Qui la Festa. A questo punto entrò un tipo da college molto normale, tutto pettinato, aziendale, con una cravatta Wembley e una scatola della TaTung Corp. e la mise giú vicino all'assistente farmacista, e questo tipo aziendale riappese il teleplayer alla parete e tolse dal Tp la cartuccia delle fiammelle, lasciandola cadere sul pavimento bagnato. I due sgherri orientali portarono Pamela Hoffmann-Jeep in un angolo lontano del salotto e lei urlò quando la lasciarono cadere dentro uno scatolone di bustine di plastica contraffatte del Commonwealth del Ma. Erano piccoli, gli orientali, e guardavano in basso verso di lui, ma nessuno dei due era butterato. Per ultima entrò una donnina arcigna con uno chignon grigio tutto tirato e delle scarpe molto belle e chiuse la porta dell'app. dietro di sé. Lentamente Gately si rotolò e si mise in ginocchio e poi si alzò in piedi, ancora leggermente curvo, senza muoversi, con un occhio ancora gonfio e chiuso. Sentiva Fackelmann che cercava di rialzarsi. P.H.-J. smise di gridare e svenne e scivolò giú finché il mento le si appoggiò sul torace e il culo era mezzo fuori dalla scatola. Nella stanza c'era puzzo di Dilaudid e urina e vomito di Gately e degli escrementi di Fackelmann e dei meravigliosi cappotti di pelle delle ragazze. C gli si avvicinò e mise il braccio attorno alle spalle di Gately e rimase un po' lí con lui mentre due delle ragazze toste con il cappotto cominciavano a tirare fuori bottiglie di bourbon dalla cassa e a distribuirle. Gately riusciva a mettere a fuoco meglio se strizzava gli occhi. Il sole della mattina era appeso alla finestra, in alto dietro l'albero, e stava ingiallendo. Le bottiglie erano quelle squadrate con l'etichetta nera che volevano dire Jack Daniels. La campana di una chiesa in piazza batté le sette o le otto. A quattordici anni Gately aveva avuto una brutta esperienza con il Jack Daniels. Il tipo aziendale-aziendale tutto pettinato aveva infilato una nuova cartuccia nel Tp e ora stava tirando fuori un lettore di Cd portatile dalla scatola TaTung mentre l'assistente farmacista lo guardava. Fackelmann disse che qualsiasi cosa fosse era una maledetta bugia totale. Pointgravé e Desmonts presero la bottiglia che C aveva preso dalle ragazzone e la passarono a Gately. Le ombre dei rami degli alberi disegnavano ragnatele sul pavimento inondato di luce. Le ombre di tutti quelli che erano nella stanza si muovevano sulla parete ovest. Anche C aveva in mano una bottiglia. Ben presto quasi tutti ebbero la loro bottiglia individuale di Jack. Gately sentí Fackelmann chiedere a qualcuno di aprire la sua perché era senza sensibilità fino alla punta dei capelli e non si sentiva le mani. La donnina arcigna con l'aria da bibliotecaria si avvicinò a Fackelmann e si tolse la borsa dalla spalla. Gately stava pensando a cosa poteva dire in difesa del povero Faxter quando sarebbe arrivato Whitey Sorkin. Fino a quel momento aveva pensato che fosse la festa di C, e non era il caso di rompere le palle a C senza una buona ragione. Sembrava che gli ci volesse molto tempo a formulare dei pensieri mentali. Lo stinco di Pamela Hoffmann-Jeep sembrava carne macinata. C alzò la sua bottiglia squadrata e chiese il permesso generale di proporre un brindisi. Le labbra di P.H.-J. erano blu per lo shock. Gately si sentiva in colpa perché non aveva avuto neanche una preoccupazione romantica per lei dopo che era caduta dall'albero. Non sprecò tempo a chiedersi se era stata lei a cantare, se aveva portato lei Bobby C da loro o viceversa. Almeno una delle ragazze con i cappotti di pelle rossa aveva un pomo d'Adamo piuttosto grosso per essere una ragazza. C indirizzò bruscamente le spalle di Gately verso Fackelmann nell'angolo e brindò ai vecchi amici e ai nuovi amici e al grande grandissimo sballo di Gene Gene the Fax Machine, viste le dimensioni del mucchio di Dilaudid e tutte le prove di un grande festino che si potevano vedere, e odorare. Tutti bevvero dalla loro bottiglia. La donnina arcigna dovette aiutare Fackelmann a trovarsi la bocca con la bocca della bottiglia. Tutte e tre le donnone misero in mostra i loro pomi d'Adamo quando buttarono la testa indietro per bere. La gentile sorsata di Jack fece quasi ansimare Gately. Il Ferro alla cintura di C premeva contro la coscia di Gately, e anche le punte delle borchie. Anche Desmonts e Pointgravé avevano Ferri S&W nelle fondine sotto le ascelle. I punk orientali non mostravano armi, ma avevano tutta l'aria di quelli che da disarmati non fanno neanche la doccia; Gately si immaginò che avessero di sicuro almeno quegli strani cosi appuntiti che si tirano addosso alla gente. Molti del gruppo di C si scolarono tutta la loro bottiglia. Una delle ragazzone scagliò la bottiglia contro la parete ovest, ma non si ruppe. Perché quando ti tirano un calcio nelle palle te lo senti nello stomaco e non nelle palle? Gately si voltava e guardava nella direzione in cui lo faceva voltare il braccio di C. La faccia contorta sul visore appena riappeso e sintonizzato sulla cartuccia del tipo aziendale era quella di Whitey Sorkin, un ritratto che Sorkin si era fatto fare da un pittore nevralgico mentre era in preda a un mal di testa localizzato alla Fondazione Nazionale per il Dolore Cranio-Facciale e faceva parte della serie di ritratti che poi vennero usati come pubblicità per l'aspirina. Sembrava che la cartuccia fosse un unico continuo fermo immagine del ritratto, e cosí in un certo senso Sorkin sembrava presiedere la riunione dalla parete, silenzioso e addolorato. La donnina tipo bibliotecaria stava infilando il filo in un ago per cucire, con la bocca strettissima. L'assistente farmacista perdeva scaglie di pelle sulla borsa di pelle nera mentre era chino sulla borsa a estrarne molte siringhe e riempirle da una fiala da 2500-Iu e passarle agli altri. Nel quadro della Fndc-F c'era un pugno rosso che tirava fuori una manciata di cervello dal cranio di Sorkin mentre Sorkin guardava verso il pubblico con il classico sguardo superintenso e piú meditativo che sofferente dell'uomo che soffre di mal di testa. Un ragazzino orientale si era accovacciato alla cinese nell'angolo a bere Jack e l'altro spazzava le foderine di plastica sparse sul pavimento usando un lembo della scatola TaTung come paletta. Gately pensò che i cinesi sanno spazzare. Un'altra ragazza lanciò la bottiglia contro la parete. C non lo stava nemmeno voltando verso di loro, ma in quel momento Gately capí che le ragazze con i cappotti e le calze sdrucite erano finocchi vestiti da donna, cioè tipo travestiti. Bobby C sorrideva. Il primo brivido di paura Gately l'ebbe quando si rese conto che queste persone sembravano piú che altro gente del gruppo personale di Bobby C, che Sorkin non avrebbe mandato questa gente se avesse voluto mandare i suoi uomini per poi arrivare anche lui, che il quadro di Sorkin alla parete era simbolico del fatto che Sorkin non sarebbe venuto, e che Sorkin aveva dato carta bianca a Bobby C in tutta questa dolorosa faccenda. L'assistente farmacista tirò fuori dalla borsa due siringhe già piene, e aprí il loro scricchiolante involucro di plastica. C disse con molta calma a Gately che Whitey gli aveva detto di dirgli che lui lo sapeva che Donnie non c'entrava niente nella truffa di Fackelmann per fottere Sorkin e Bill Anni Ottanta. Che doveva solo fare un passo indietro e godersi la festa e lasciare Fackelmann ai cazzi suoi e non farsi coinvolgere in questa storia da qualche cazzata da diciannovesimo secolo tipo difendere i deboli e gli stronzi. C disse che gli dispiaceva per il calcio, ma doveva essere sicuro che Gately non cercasse di fare uscire Fackelmann dalla finestra mentre lui andava giú ad aprire la porta. E sperava che Gately non gli avrebbe serbato rancore perché lui non aveva niente contro Gately e non voleva litigarci, dopo. Disse tutto questo con molta calma e grande intensità mentre i due finocchi con le parrucche che avevano cercato di rompere le bottiglie erano seduti su uno scatolone a riempire l'enorme vaso da festa Graphix con l'erba che tiravano fuori dal sacchetto Glad, che conteneva erba.

Desmontes era seduto sulla sedia da regista. Tutti gli altri bevevano dalle loro bottiglie quadrate e stavano in piedi nella stanza piena di sole nelle posizioni goffe di quando nelle stanze ci sono piú persone che sedie. Le loro braccia erano pallide e senza peli. I due sgherri orientali si stringevano il laccio l'un l'altro. Lo spiffero dal buco del cazzotto nella finestra faceva rabbrividire Gately. L'altro finocchio faceva come dei commenti sul fisico di Gately. Gately chiese con calma a C se lui e Fackelmann non potevano essere ripuliti in fretta per andare tutti insieme da Sorkin cosí Whitey e Gene potevano ragionare insieme e trovare un accordo. Fackelmann ritrovò la voce e chiese a voce alta se qualcuno voleva scalare il monte Dilaudid e farsi veramente alla grande. Gately trasalí. Bobby C sorrise a Fackelmann e disse che secondo lui Fackelmann si era già fatto abbastanza. Ma allo stesso tempo l'assistente con la psoriasi si avvicinò a Fackelmann e gli controllò le pupille con una microtorcia a forma di penna e poi gli fece una iniezione con una delle siringhe preriempite in un'arteria del collo. La nuca di Fackelmann sbatté molte volte contro la parete, e la faccia gli si arrossò con violenza nella reazione clinica standard al Narcan[386]. Poi il farmacista si avvicinò a C e a Gately. Il lettore di Cd portatile attaccò con la povera Linda McCartney mentre C teneva fermo Gately e l'assistente farmacista gli stringeva intorno al braccio un laccio di gomma di quelli che usano i medici. Gately stava in piedi ingobbito. Fackelmann faceva il rumore di uno che è stato sott'acqua per molto tempo e viene su per prendere fiato. C disse a Gately di allacciarsi le cinture. L'urina aveva sciolto e sbiancato parte della finitura del parquet dell'app. di lusso, rendendola come saponosa. Il Cd era quello che C sentiva sempre in macchina tutte le volte che Gately era stato in macchina con lui: qualcuno aveva preso un vecchio disco di McCartney e i Wings – il McCartney storico dei Beatles – lo aveva preso e rimixato con un Kurtzweil e aveva chiuso ogni pista delle canzoni eccetto le piste in cui la povera Sig.ra Linda Mccartney cantava nel coro e suonava il tamburello. Quando i finocchi chiamarono l'erba «Bob» ci fu un po' di confusione perché loro chiamavano Bob anche C. La povera Sig.ra Linda McCartney proprio non sapeva cantare, e sentire la sua tremula vocina stonata estratta dall'arrangiamento elegante di quel commerciale suono multipista e pompata fino a farla diventare un assolo era per Gately un'esperienza indicibilmente deprimente – la voce di lei sembrava cosí persa mentre cercava di nascondersi e seppellirsi sotto le voci delle coriste professioniste; Gately si immaginò la Sig.ra Linda McCartney – nella foto appesa alla parete della stanza del Personale era una specie di bionda con la faccia scavata – se la immaginò là in piedi persa nel mare del suono professionale di suo marito, a considerarsi una nullità mentre bisbigliava stonata senza sapere quando suonare il tamburello: il deprimente Cd di C andava oltre la crudeltà, era quasi sadico, come fare un buco con un trapano nella parete di un bagno per handicappati. Due travestiti ballavano nel centro della stanza appena spazzato; l'altro teneva un braccio di Fackelmann mentre il tipo aziendale con la cravatta Wembley metteva il laccio all'altro braccio di Fackelmann e lo schiaffeggiava leggermente mentre il Dilaudid combatteva contro il Narcan. Avevano messo Fackelmann a sedere nel suo angolo nella speciale sedia-per-il-Demerol di Gately. Le palle di Gately gli battevano allo stesso ritmo del cuore. La faccia dell'assistente farmacista era vicinissima a quella di Gately. Le sue guance e il mento erano un casino di scaglie argentate, e un sudore oleoso sulla fronte catturava la luce del sole che veniva dalla finestra mentre sorrideva a Gately con la bocca stretta.

«Sono già abbastanza a posto, C, dopo quel calcio nei coglioni», disse Gately, «non c'è bisogno di sprecare il Narcan».

«Oh ma questo non è Narcan», disse C dolcemente, tenendo il braccio di Gately.

«Ci siamo», disse l'assistente, e tolse il cappuccio alla siringa.

C disse: «Tieniti forte». Diede un colpetto sulla spalla dell'assistente. «Diglielo».

«È Sunshine farmaceutico[387]», disse l'assistente, tastandogli il braccio per trovare una vena buona.

«Tieniti molto forte», disse C guardando l'ago entrare nella pelle. Il farmacista lo fece scivolare dentro da esperto, orizzontale e a filopelle. Gately non si era mai fatto con il Sunshine. Era quasi introvabile fuori dagli ospedali canadesi. Guardò il suo sangue tingere di rosso il siero mentre il farmacista allungava il pollice per spingere giú lo stantuffo. L'assistente farmacista sapeva fare le pere. C aveva la lingua all'angolo della bocca mentre guardava. Il tipo aziendale aveva legato stretto il braccio di Fackelmann e un travestito lo teneva per il mento e per i capelli da dietro la sedia mentre la signora con i capelli grigi si inginocchiava davanti a lui con l'ago e il filo. Gately non riusciva a distogliere lo sguardo dalla roba che entrava dentro di lui. Non ci fu dolore. Per un istante si domandò se non gli avessero fatto un'overdose: gli sembrava un grande spreco di energie se volevano farlo fuori. L'unghia del pollice dell'assistente farmacista era incarnita. C'erano un paio di scaglie da eczema del farmacista sul braccio di Gately. Dopo un po' la vista del tuo sangue finisce per piacerti. Il farmacista gliene aveva iniettata metà quando Fackelmann cominciò a urlare. L'urlo diventava sempre piú forte mentre gli usciva dalla bocca. Quando Gately riuscí ad alzare gli occhi dalla sua iniezione vide la donna tipo bibliotecaria che stava cucendo le palpebre di Fackelmann alla pelle sopra le sopracciglia. Cioè cucivano gli occhi del Conte Faxula per farglieli tenere aperti. Un ragazzino nel cortile dove giocava da bambino si rigirava le palpebre di fronte alle ragazze, proprio come stavano facendo ora al povero vecchio Faxter. Gately fece un movimento istintivo verso di lui, e C lo abbracciò stretto con un braccio solo.

«*Cal*mo», disse C molto dolcemente.

Il sapore dell'idrocloride nel Sunshine era lo stesso, delizioso, il

sapore dell'odore di ogni studio di dottore del mondo. Non si era mai
fatto con il Talwin-Px. Non c'era verso di procurarsi la ricetta per il
Px, era una miscela canadese; nel Talwin[388] Usa c'erano 0,5 mg di na-
loxone, per ridurre l'effetto, ecco perché Gately si faceva con l'Nx
solo dopo aver preso le Bam-Bam. Capí che avevano dato a Fackelmann un antinarcotico per fargli sentire l'ago mentre gli cucivano gli
occhi. Si ricordò che *crudele* si scrive con la *u*. I due orientali uscíro-
no dalla stanza su ordine di C. La voce di Linda McC. era al limite
della psicosi. La donnina con i capelli grigi era molto veloce. L'occhio
già cucito sporgeva oscenamente. Tutti nella stanza eccetto C e il tipo aziendale e la signora arcigna cominciarono a farsi con le siringhe.
Due finocchi avevano gli occhi chiusi e le facce al soffitto come se
non sopportassero di guardare cosa stavano facendo al loro braccio.
Il farmacista stava mettendo il laccio al braccio di Pamela Hoffmann-
Jeep svenuta, cioè becca e bastonata. Si potevano osservare diversi
stili e gradi di abilità nelle iniezioni. La faccia di Fackelmann era ancora una faccia-da-urlo. Il tipo aziendale versava gocce di liquido da
una pipetta nell'occhio cucito-aperto di Fackelmann mentre la signora rinfilava l'ago. Gately aveva l'impressione di avere già visto la storia del liquido-nell'occhio in una cartuccia o in un film che il Pm guardava sempre quando lui Gately era ancora Bim che giocava a palla sul
divano di chintz nel mare quando il Sunshine attraversò la barriera
delle vene e partí.

Si capisce perché negli Us avevano ridotto l'effetto. L'aria nella
stanza diventò superchiara, del bagliore della glicerina, i colori si il-
luminarono terribilmente. Come se prendessero fuoco. Si diceva che
il Talwin-Px, un C-II, fosse intenso ma breve, e molto costoso. Non
si sapeva niente della sua interazione con massicce quantità residue
di Dilaudid per endovena. Gately cercò di pensare finché poteva. Se
avessero voluto eliminarlo con un'overdose avrebbero usato qualcosa di molto meno caro. E se quella della biblioteca gli avesse cucito
gli occhi aperti. Gately stava cercando di pensare. Non avrebbero ammazzato anche lui. Lui. Volevano solo che stesse fermo.

L'aria stessa della stanza si gonfiava. Come un pallone. Le grida
di Fackelmann sulle bugie si alzavano e cadevano, era difficile sen-
tirle contro il rombo del Sunshine nelle arterie. La McC. cercò di
smorzare un colpo di tosse. Gately non si sentiva le gambe. Sentiva
il braccio di C che doveva sostenere sempre piú peso. I muscoli del
braccio di C si ingrossavano e si indurivano: questo riusciva a sentirlo. Le sue gambe stavano, diciamo, uscendo di scena. L'attacco dei
pavimenti e dei marciapiedi. C iniziò a metterlo giú pian piano. Un
ragazzo duro che si allenava forte allo squat. In genere quasi tutti gli

eroinomani vanno ko a fargli le boccacce. C: c'era della gentilezza in
lui, per essere un ragazzo con gli occhi di lucertola. Lo stava facendo
scendere pianino pianino. C avrebbe protetto Bimmy Don dall'assalto del pavimento cattivo. Lo svenimento controllato faceva girare Gately, e C gli si muoveva intorno come un ballerino per rallentare la
caduta. Gately ebbe una visione rotatoria di tutta la stanza in cui tutto era insopportabilmente a fuoco. Pointgravé vomitava pezzi di qualcosa. Due finocchi stavano scivolando dal muro a cui appoggiavano
la schiena. I loro cappotti rossi erano di fuoco. La finestra che gli passò davanti esplodeva di luce. Oppure era Desmontes che vomitava e
Pointgravé stava tirando giú dalla parete il Tp e allungava il suo cavo fibroide verso Fackelmann appoggiato al muro. Uno degli occhi di
Fax era aperto quanto la sua bocca, e si vedeva molto piú occhio di
quanto si possa sopportare. Non lottava piú. Guardava fisso davanti
a sé come un pirata. La bibliotecaria stava avviando a cucire l'altro
occhio. Il tipo aziendale aveva una rosa nel risvolto della giacca e si
era messo gli occhiali con le lenti metalliche ed era strafatto e con il
contagocce mancava l'occhio di Fax una volta su due, mentre diceva
qualcosa a Pointgravé. Un travestito aveva alzato il bordo sdrucito
del vestito di P.H.-J. e aveva messo una mano tipo ragno sulla sua coscia color carne. La faccia di P.H.-J. era grigia e blu. Il pavimento si
sollevava lentamente. La faccia tozza di Bobby C sembrava quasi bella, tragica, mezza illuminata dalla finestra, infilata sotto la spalla roteante di Gately. A Gately non sembrava di essere fatto, si sentiva
piú tipo disincarnato. Era oscenamente piacevole. La testa gli si staccò
dalle spalle. Gene e Linda urlavano tutti e due. La cartuccia con gli
occhi tenuti-aperti a forza e il contagocce era quella sull'ultraviolen-
za e sul sadismo. Una delle preferite di Kite. Gately crede che *sadismo* si scriva «saddismo». L'ultima immagine roteante fu quella dei
cinesi che rientravano dalla porta, e tenevano in mano dei grossi quadrati splendenti della stanza. Mentre il pavimento si sollevava e la
presa di C si allentava, l'ultima cosa che vide Gately fu un orientale
che si abbassava verso di lui con un quadrato in mano e lui guardò
dentro il quadrato e vide chiaramente il riflesso della sua enorme pallida testa quadrata con gli occhi che si chiudevano mentre il pavimento si avventava su di lui. E quando si riebbe era disteso sulla schiena su una spiaggia di sabbia ghiacciata, e pioveva da un cielo basso,
e la marea era molto lontana.

O

NOTE ED ERRATA CORRIGE

[1] Cloridrato di metanfetamina, detta anche crystal meth.

[2] A proposito, Orin non è mai entrato nello studio di un terapeuta di nessun tipo, dunque la comprensione che ha dei propri sogni è in genere piuttosto superficiale.

[3] L'Eta è disposta come un cardioide, con i quattro principali edifici rivolti all'interno, convessamente arrotondati sul retro e sui lati a produrre una curva cardioide, mentre i campi da tennis e i padiglioni al centro e i parcheggi di staff e studenti sul retro di Com. & Amm. formano la piccola incavatura da sfondamento che, a vederla dall'alto, dà all'intero impianto l'aspetto da cuoricino di San Valentino trafitto, che pure non sarebbe ancora realmente cardioide se tutte le protuberanze convesse degli edifici stessi non derivassero da archi dello stesso r; un'impresa straordinaria dato il terreno non uniforme e la superficie murale richiesta dalle condutture elettriche e idriche molto diversa per i dormitori, gli uffici amministrativi e il Polmone poliresinoso, realizzabile probabilmente da un solo uomo in tutta la East Coast, l'originario architetto dell'Eta, il vecchio e carissimo amico di Avril, l'Übermensch dell'applicazione delle curve chiuse alla topologia mondiale, A.Y. («Campo Vettoriale») Rickey della Brandeis University, che entusiasmava Hal e Mario a Weston sfilandosi il gilet senza prima togliersi la giacca del vestito, cosa che anni piú tardi di M. Pemulis ha denunciato come mero trucchetto da prestigiatore da quattro soldi, una misera applicazione di certe caratteristiche basilari delle funzioni continue, rivelazione che è dispiaciuta a Hal nel modo tipo Babbo-Natale-non-esiste mentre Mario ha semplicemente ignorato il tutto e ha preferito considerare pura magia la faccenda del gilet.

[4] Quei membri piú giovani dello staff che svolgono la duplice mansione di istruttori accademici e atletici sono noti, per convenzione delle accademie tennistiche nordamericane, come «prorettori».

[5] Comunemente note come 'drine – cioè acidi leggeri: Cylert, Tenuate*, Fastin, Preludin, a volte perfino Ritalin. Vale la pena di inserire una nota: che a differenza di Jim Troeltsch o di Bridget Boone, che è una fan del Preludin, Michael Pemulis (forse in virtú di un qualche strano codice d'onore proletario) raramente ingerisce 'drine prima di una partita, e le serba per la ricreazione – alcune persone continuano a divertirsi a prendere le 'drine, trovandosi con il cuore che sbarella e la vista che si annebbia.

* Marchio commerciale del dietilpropione cloridrato, Marion Merril Dow Pharmaceuticals, tecnicamente un farmaco antiobesità con prescrizione medica obbligatoria, apprezzato da alcuni atleti per le sue proprietà lievemente euforizzanti e ottimizzanti senza il rinserrarsi della mascella e quell'odioso crollo post-effetto che causano le 'drine piú potenti come Fastin e Cylert, anche se con una frustrante tendenzaa lasciare la gente con il nistagmo oculare. Nistagmo o non nistagmo, Tenuate è il superfavorito di Michael Pemulis il quale, per uso personale, raccoglie tutte le capsule bianche da 75 mg di Tenuate su cui riesce a mettere le mani, e non le scambia né le vende se non, a volte, al compagno di stanza Jim Troeltsch, che lo tormenta per averle e in piú va a frugare nel cappellino da marinaio di Pemulis e segretamente ne frega un po', un paio alla volta, convinto che aiutino la sua loquacità da commentatore ufficiale delle partite, e di tutto questo Pemulis non è certo all'oscuro, e sta solo aspettando l'occasione buona per una rappresaglia.

[6] Tranquillanti leggeri: Valium-III e Valrelease, il buon vecchio fidato Xanax, Dalmane, Buspar, Serax, perfino Halcion (da non credersi, ancora legalmente disponibile in Canada); per i ragazzi inclini ad andare piú sul pesante: barbiturici, Meprospan, «Happy Patch» si-

stemi transcutanei, Miltown, Stelazine, Darvon, solo con ricetta. Non durano mai piú di un paio di stagioni per l'ovvia ragione che i tranquillanti seri possono far sembrare troppa fatica perfino il respirare, ecco la causa dell'attribuzione ufficiosa da parte del personale dei Pronto Soccorso di una consistente percentuale di morti connesse ai tranquillanti a «Pp» o «Pigrizia Polmonare».

[7] I migliori giocatori juniores ci vanno quasi tutti piano con l'alcol, in genere perché le conseguenze fisiche di un'assunzione massiccia – come nausea e disidratazione e un'incerta coordinazione mano-occhio – rendono quasi impossibile una performance d'alto livello. A dire il vero, pochissime altre sostanze standard causano postumi proibitivi a breve termine, per quanto anche solo una serata di cocaina sintetica renda davvero molto spiacevoli gli Allenamenti del mattino del giorno seguente, il che spiega come mai cosí pochi fra gli ossi duri dell'Eta tirino coca, senza dimenticare il fattore costo: benché molti all'Eta siano figli di gente facoltosa, i figli di per sé raramente traboccano di $, visto che il soddisfacimento di pressoché ogni esigenza fisica è o garantito o proibito dall'Eta stessa. Può valere la pena notare che le stesse persone che hanno il chiodo fisso di divertirsi con le 'drine ricreative tendono anche a gravitare intorno alla cocaina e alla metadrina e ad altri eccitanti, mentre un'altra vasta classe di personaggi coi nervi piú naturalmente a fior di pelle tende verso le Sostanze che smussano gli angoli: tranquillanti, cannabis, barbiturici e – sí – alcol.

[8] Cioè: psilocibina; Happy Patch[a]; Mdma/stasy (cattive notizie, però, l'X); varie rozze manipolazioni artigianali dell'anello di benzene in psichedelici della classe metox eccetera, di solito preparabili in casa; ultime ruote del carro sintetiche come Mmda, Dma, Mmm, 2Cb, para-Dot I-VI eccetera – ma attenzione, questa classe non include e non deve includere i Cns, come Stp, Dom, il tristemente noto «Gravi Lesioni Personali» della West Coast americana (acido gamma idrossibutilossidico), Lsd-25 o -32, o Dmz/Mp. L'entusiasmo per questa roba parrebbe indipendente dal genere neurologico di appartenenza.

[a] Sistemi transcutanei fatti in casa, normalmente Mdma o mescalina, con Ddms o Dmso – quest'ultimo da banco – come convettori transcutanei.

[9] Altrimenti nota come Lsd-25, spesso con l'aggiunta di una punta di 'drina, è chiamata Stella Nera perché a Boston tutto l'acido disponibile si trova in quadratini di cartoncino sottile formato chip con sopra una stella nera fatta a stencil, proveniente da un certo oscuro centro smistamento di New Bedford. Tutto l'acido e il «Gravi Lesioni Personali», come anche la cocaina e l'eroina, giungono a Boston per la maggior parte da New Bedford Ma, che a sua volta riceve la maggior parte delle sue forniture da Bridgeport Ct, autentico intestino crasso dell'America del Nord, Bridgeport, tenete a mente, doveste mai passarci.

[10] Come la maggior parte delle accademie sportive, l'Eta sostiene la pia menzogna che il 100 per cento dei suoi studenti si sia iscritto di propria ambiziosa volontà e non per quella, per esempio, dei genitori, alcuni dei quali (genitori tennisti, come le madri di spettacolo delle leggende hollywoodiane) sono una vera spina nel fianco.

[11] Gioco femminile arabo molto complicato, fatto con piccole conchiglie e un tabellone trapuntato, una specie di mahjongg senza regole, a detta dei mariti medici e diplomatici.

[12] Cloridrato di meperedina e cloridrato di pentazocina, Gruppo Terapeutico C-II e C-IV[a] narcotici analgesici, rispettivamente, entrambi prodotti da quella brava gente della Sanofi Winthrop Pharm-Labs, Inc.

[a] Seguendo il Continental Controlled Substance Act dell'Acmt, la gerarchia onandea di analgesici/antipiretici/ansiolitici classifica i medicinali in gruppi, dalla Categoria-II alla Categoria-IV; quelli della C-II (p. es. Dilaudil, Demerol) vengono giudicati i piú pesanti in termini di assuefazione e possibile abuso e si scende fino alla C-IV, potenti all'incirca quanto un bacio sulla fronte della Mami.

[13] Per quanto mascherato nella foto segnaletica e mai venduto né nominato da Gately a chicchessia, si può presumere sia stato un certo Trent («Quovadis») Kite, vecchio amico un tempo brillante di Gately dai tempi della sua fanciullezza a Beverly Ma.

[14] Il piccolo marchio di fabbrica personale di questo Apd era l'eterno cappello Stetson da uomo d'affari, anacronistico ma di grande qualità, con una penna decorativa infilata nel nastro; spesso nelle situazioni tese l'Apd toccava la tesa del cappello o ci giocherellava.

[15] L'Ufficio Alcol/Tabacco/Armi da Fuoco, al tempo sotto l'egida temporanea dell'Ufficio dei Servizi Non Specificati degli Stati Uniti d'America.

[16] Successivi sviluppi estremamente spiacevoli correlati a cartucce & rivoluzionari québechiani rendono evidente che si trattava (ancora una volta) di Trent («Quovadis») Kite.

[17] Del tipo senza codeina, però – quasi il primo dato fisico che Gately registrò nell'orribile shock procuratogli dall'accendersi della luce nella camera da letto occupata, tanto per darvi un'idea della profondità d'indagine psichica di un uomo assuefatto ai narcotici orali.

[18] Sopra il contenuto più negoziabile della cassaforte retromarina, a sua volta in cima a un bellissimo e nuovissimo Tp/visore InterLace ultimo modello su una specie di consolle multiripiano in legno massiccio con antina scorrevole, caricatore di cartucce e drive a doppia testina in uno scompartimento sottostante chiuso da porticine con eleganti pomelletti in ottone a forma di foglia d'acero, aerano diversi ripiani straripanti di aristocratiche cartucce film apparentemente d'arte che praticamente fecero sbavare il suddetto collega di Don Gately su tutto il parquet al pensiero del loro potenziale valore – quelle sí che potevano fare la differenza fra un ricettatore e l'altro – nel caso fossero rare o trasferite da celluloide o non disponibili sulla Rete Distributiva di Disseminazione InterLace.

[19] *Une personne de l'importance terrible*, presumibilmente.

[20] La fluorescenza è stata bandita nel Québec, cosí come sono stati banditi i solleciti telefonici computerizzati, quelle piccole cartoline pubblicitarie che, cadendo dalle riviste, costringono il lettore a osservarle e raccoglierle prima di gettarle nella spazzatura, e il riferimento a feste religiose di qualunque credo al fine di vendere qualsiasi prodotto o servizio: questa è solo una delle ragioni per le quali il suo volontario trasferimento quaggiú è stato altruistico.

[21] Vedi nota 211 *infra*.

[22] Marchio commerciale della terfenadina, Marion Merrell Dow Pharmaceuticals, l'arma nucleare tattica degli antistaminici che non inducono sonnolenza e degli essiccatori mucoidali.

[23] Office of Naval Research (Dipartimento per la Ricerca Navale), Usdd.

[24]

JAMES O. INCANDENZA: UNA FILMOGRAFIA[a]

Il seguente elenco è completo al meglio delle nostre possibilità. Poiché i dodici anni dell'attività di regia di Incandenza hanno coinciso con epocali modificazioni nella prospettiva filmica – dai cinema d'essai alle registrazioni magnetiche Vcr alla disseminazione laser della InterLace TelEntertainment e cartucce laser riproducibili e salvabili su disco – e poiché la produzione stessa di Incandenza comprende opere industriali, documentarie, concettuali, promozionali, tecniche, parodistiche, drammatiche non commerciali, non drammatiche («anticonfluenziali») non commerciali, non drammatiche commerciali, e drammatiche commerciali, la carriera di questo cineasta costituisce un'ardua sfida sul piano dell'archiviazione. Tale sfida è resa più impegnativa da fattori aggiuntivi: prima di tutto, per ragioni concettuali, Incandenza evitò sia la registrazione della Library of Congress sia una datazione formale delle sue opere fino all'avvento dell'Èra Sponsorizzata; in secondo luogo, la sua produzione si è costantemente incrementata fino agli ultimi anni della sua vita, durante i quali Incandenza ha avuto di frequente in produzione diversi lavori nello stesso momento; terzo, la sua società di produzione ha subito almeno quattro diversi cambi di nome aziendale; infine l'agenda di alcuni dei progetti altamente concettuali prevedeva che i lavori venissero titolati e sottoposti alla critica ma mai filmati, il che ha reso oggetto di controversia lo status di film degli stessi.

Di conseguenza, benché le opere vengano qui elencate in quello che dagli archivisti è ritenuto il loro probabile ordine di completamento, desideriamo far presente che l'ordine e la completezza dell'elenco rimangono a tutt'oggi non definitivi.

Ciascun titolo è seguito: o dall'anno di completamento o dalla dicitura «A.S.» che designa un completamento non datato Avanti Sponsorizzazione; dalla società di produzione; dagli attori protagonisti, se accertati; dalle unità di misura del mezzo espressivo (pellicole) impiegate; dalla lunghezza dell'opera, arrotondata al minuto; dall'indicazione bianco e nero o colore o entrambi; dall'indicazione muto o sonoro o entrambi; da (ove possibile) una breve sinopsi o panoramica critica; e dall'indicazione del mezzo espressivo dell'opera: pellicola di celluloide, video magnetico, Disseminazione Spontanea InterLace, cartuccia InterLace Tp-compatibile o distribuzione privata dalla(le) società di Incandenza. L'indicazione NON DISTRIBUITO compare per quelle opere che non hanno mai avuto alcuna forma di diffusione e sono ora indisponibili al pubblico o perdute.

ᵃ Da Comstock, Posner e Duquette, *I patologi ridenti: opere esemplari dell'anticonfluenziale aprés garde: alcune analisi del movimento in direzione stasi nel cinema concettuale nordamericano (incl. Beth B., Vivienne Dick, James O. Incandenza, Vigdis Simpson, E. e K. Snow)*, Annuario onanita di studi cinematografici e su cartuccia, vol. 8, nn. 1-3 (Anno dei Pc dal C. dell'A.), pp. 44-117.

*Cage (Gabbia)*ᵇ. Datato unicamente «Avanti Sponsorizzazione». Meniscus Films, Ltd. Cast non accertato; 16mm; 0,5 minuti; bianco e nero; sonoro. Parodia soliloquizzata di una pubblicità radiotelevisiva di shampoo, che utilizza quattro specchi convessi, due specchi planari, e un'attrice. NON DISTRIBUITO

ᵇ Con la possibile eccezione di *Gabbia III – Free Show*, la serie *Gabbia* di Incandenza non ha relazione evidente con il classico *La gabbia* di Sidney Peterson del 1947.

Kinds of Light (Tipi di luce). A.S. Meniscus Films, Ltd. Nessun cast; 16mm; 3 minuti; colore; muto. 4444 singole inquadrature ognuna delle quali mostra luci di diversa origine, lunghezza d'onda e intensità in candele, riflesse sulla stessa targa di metallo non lucidata e che disorientano alla normale velocità di proiezione per la velocità iperretinale alla quale passano. CELLULOIDE, DISTRIBUZIONE LIMITATA ALL'AREA METROPOLITANA DI BOSTON, RICHIEDE PROIEZIONE SU NORMALE DRIVE DA 0,25

Dark Logics (Logiche oscure). A.S. Meniscus Films, Ltd. Attori non citati. 35mm; 21 minuti; colore; muto con assordante colonna sonora Wagner/Sousa. Tributo a Griffith, parodia di Iimura. Mano di dimensione infantile ma affetta da grave tremore volta le pagine di manoscritti incunabolari di matematica, alchimia, religione e finta autobiografia politica, in ogni pagina c'è qualche articolazione o difesa dell'intolleranza e dell'odio. Dedica del film a D. W. Griffith e Taka Iimura. NON DISTRIBUITO

Tennis, Everyone? (Tennis, per tutti?). A.S. Heliotrope Films, Ltd./Usta Films. Cast da documentario con narratore, Judith Fukuoka-Heam; 26 minuti; 35mm; colore; sonoro. Produzione di pubbliche relazioni/promozionale per la United States Tennis Association in collaborazione con la Wilson Sporting Goods, Inc. VIDEO MAGNETICO

There Are No Losers Here (Qui non ci sono perdenti). A.S. Heliotrope Films, Ltd./Usta Films. Cast da documentario con narratore, P.A. Heaven; 35mm; colore; sonoro. Documentario sul Campionato di Tennis Nazionale Juniores Usta del 1997 A.S., Kalamazoo Mi e Miami Fl, in collaborazione con la United States Tennis Association e la Wilson Sporting Goods, Inc. VIDEO MAGNETICO

Flux in a Box (Flusso in uno spazio chiuso). A.S. Heliotrope Films, Ltd./Wilson Inc. Cast da documentario con narratore, Judith Fukuoka-Heam; 35mm; 52 minuti; bianco e nero/colore; sonoro. Storia documentaria del tennis in spazi chiusi, piattaforme, erba e cemento dalla Corte del Dauphin del XVII secolo ai giorni nostri. VIDEO MAGNETICO

Infinite Jest (I) (Lo scherzo infinito, I). A.S. Heliotrope Filmss, Ltd. Judith Fukuoka-Heam; 16/35 mm; 90(?) minuti; bianco e nero; muto. Primo tentativo di Incandenza di intrattenimento commerciale, non finito e non visto. NON DISTRIBUITO

Annular Fusion Is Our Friend (La fusione anulare è nostra amica). A.S. Heliotrope Films, Ltd./Sunstrand Power & Light Co. Cast da documentario con narratore, C.N. Reilly; Interpretato in Linguaggio Gestuale per i Non Udenti; 78mm; 45 minuti; colore; sonoro. Produzione di pubbliche relazioni/promozionale per la Sunstrand Power & Light del New England, una spiegazione non tecnica dei pro-

cessi del ciclo Dt per la fusione anulare al litio e le sue applicazioni nella produ-zione di energia domestica. CELLULOIDE, VIDEO MAGNETICO
Annular Amplified Light: Some Reflections (Luce amplificata anulare: alcune riflessio-ni). A.S. Heliotrope Films, Ltd./Sunstrand Power & Light Co. Cast da documen-tario con narratore, C.N. Reilly; Interpretato in Linguaggio Gestuale per i Non Udenti; 78mm; 45 minuti; colore; sonoro. Seconda infopromozione per la Sun-strand Co., una spiegazione non tecnica delle applicazioni del laser a fotoni raf-freddati nel ciclo Dt della fusione anulare al litio. CELLULOIDE, VIDEO MAGNETICO
Union of Nurses in Berkeley (L'unione delle infermiere di Berkeley). A.S. Meniscus Films, Ltd. Cast da documentario; 35mm; 26 minuti; colore; muto. Documen-tario e interviste con sottotitoli a Infermiere Professionali e Infermiere Abilita-te con problemi di udito durante i disordini per la riforma sanitaria nella Baia di San Francisco del 1996. VIDEO MAGNETICO, PRIVATAMENTE DISTRIBUITO DA ME-NISCUS FILMS, LTD.
Union of Theoretical Grammarians in Cambridge (L'unione dei grammatici teorici di Cambridge). A.S. Meniscus Films, Ltd. Cast da documentario; 35mm; 26 minu-ti; colore; muto, con uso di distorsione computerizzata nei primi piani. Docu-mentario e interviste sottotitolate ai partecipanti al dibattito pubblico Steven Pinker-Avril M. Incandenza riguardo alle implicazioni politiche della grammati-ca prescrittiva durante la tristemente nota convenzione dei Grammatici Militanti del Massachusetts a cui si addebita l'incitamento delle rivolte linguistiche al Mit del 1997 a.S. NON DISTRIBUITO CAUSA CONTROVERSIA LEGALE
Widower (Vedovo). A.S. Latrodectus Mactans Productions. Cosgrove Watt, Ross Reat; 35mm; 34 minuti; bianco e nero; sonoro. Esterni girati a Tucson Az, pa-rodia delle commedie casalinghe trasmesse in televisione, un padre cocainomane (Watt) guida il figlio (Reat) attraverso la loro proprietà deserta immolando ragni velenosi. CELLULOIDE, RIDISTRIBUZIONE SU CARTUCCIA INTERLACE TELENT N. 357-75-00 (APPW)
Cage II (Gabbia II). A.S. Latrodectus Mactans Productions. Cosgrove Watt, Di-sney Leith; 35mm; 120 minuti; bianco e nero; sonoro. Autorità penali sadiche collocano un prigioniero cieco (Watt) e uno sordomuto (Leith) insieme in cella d'isolamento, e i due uomini cercano di trovare dei modi di comunicare. LIMI-TATE COPIE IN CELLULOIDE; RIDISTRIBUITO SU VIDEO MAGNETICO
Death in Scarsdale (Morte a Scarsdale). A.S. Latrodectus Mactans Productions. Co-sgrove Watt, Marlon R. Bain; 78mm; 39 minuti; colore; muto con sottotitoli. Parodia di Mann/Allen, un dermatologo endocrinologo di fama mondiale (Watt) sviluppa un'ossessione platonica per un ragazzo (Bain) in cura presso di lui per eccessiva traspirazione, e comincia a sua volta a soffrire di eccessiva traspirazio-ne. NON DISTRIBUITO
Fun with Teeth (Divertimento coi denti). A.S. Latrodectus Mactans Productions. Herbert G. Birch, Billy Tolan, Pam Heath; 35mm; 73 minuti; bianco e nero; mu-to con strilli e grugniti non umani. Parodia di Kosinski/Updike/Peckinpah, un dentista (Birch) esegue sedici interventi senza anestesia sul canale radicolare di un accademico (Tolan) che sospetta abbia una relazione con sua moglie (Heath). VIDEO MAGNETICO, PRIVATAMENTE DISTRIBUITO DA LATRODECTUS MACTANS PROD.
Infinite Jest (II) (Lo scherzo infinito, II). A.S. Latrodectus Mactans Productions. Pam Heath; 35/78mm; 90 (?) minuti; bianco e nero; muto. Tentativo di remake di *Lo scherzo infinito (I),* non finito e non visto. NON DISTRIBUITO
Immanent Domain (Dominio immanente). A.S. Latrodectus Mactans Productions. Cosgrove Watt, Judith Fukuoka-Heam, Pam Heath, Pamela-Sue Voorheis, Her-bert G. Birch; 35mm; 88 minuti; bianco e nero con microfotografia; sonoro. Tre neuroni mnemonici (Fukuoka-Heam, Heath, Voorheis, con costumi in poliure-tano) nella circonvoluzione del lobo frontale del cervello di un uomo (Watt) lot-tano eroicamente per non essere sostituiti da nuovi neuroni mnemonici quando

l'uomo si sottopone a psicoanalisi intensiva. CELLULOIDE, RIDISTRIBUZIONE SU CARTUCCIA INTERLACE TELENT N. 340-03-70 (APPW)

Kinds of Pain (Tipi di dolore). A.S. Latrodectus Mactans Productions. Cast anonimo; 35/78mm; 6 minuti; colore; muto. 2222 inquadrature in primo piano di maschi bianchi di mezza età sofferenti di quasi ogni immaginabile tipo di dolore, da un'unghia incarnita alla nevralgia cranio-facciale alla neoplasia colo-rettale inoperabile. CELLULOIDE, DISTRIBUZIONE LIMITATA ALL'AREA METROPOLITANA DI BOSTON, RICHIEDE PROIEZIONE SU DRIVE NORMALE DA 0,25

Various Small Flames (Varie fiammelle). A.S. Latrodectus Mactans Productions. Cosgrove Watt, Pam Heath, Ken N. Johnson; 16mm; 25 minuti con loop per il replay automatico; colore; muto con suoni di coito umano presi da e citati nei titoli alla Caballero Control Corp. Adult Videos. Parodia delle pellicole strutturaliste neoconcettuali di Godbout e Vodriard, n-inquadrature di miriadi di varietà di fiammelle domestiche, dagli accendini e dalle candeline di compleanno ai fuochi dei fornelli e frammenti d'erba incendiati dalla luce del sole attraverso una lente d'ingrandimento, inframmezzate da sequenze antinarrative di un uomo (Watt) seduto al buio a bere bourbon mentre sua moglie (Heath) e un incaricato dell'Amway (Johnson) si uniscono in coiti acrobatici nell'atrio illuminato sullo sfondo. NON DISTRIBUITO CAUSA CONTROVERSIA LEGALE CON L'ARTISTA CONCETTUALE AMERICANO DEGLI ANNI SESSANTA ER RUSCHA, REGISTA DI *VARIOUS SMALL FIRES (VARI FUOCHERELLI)* – RIDISTRIBUZIONE SU CARTUCCIA INTERLACE TELENT N. 330-54-94 (ASDFP)

Cage III – Free Show (Gabbia III – Free Show). A.S. Latrodectus Mactans Productions/Infernatron Concetti d'Animazione, Canada. Cosgrove Watt, P.A. Heaven, Everard Maynell, Pam Heath; parziale animazione; 35mm; 65 minuti; bianco e nero; sonoro. La figura della Morte (Heath) presidia l'entrata principale di un'attrazione da luna park i cui spettatori guardano attori piegarsi a indicibili degradazioni cosí grottescamente interessanti che gli occhi degli spettatori si dilatano sempre piú fino a che gli spettatori stessi si trasformano in giganteschi bulbi oculari, mentre sull'altro lato del tendone la figura della vita (Heaven) usa un megafono per invitare il pubblico a vedere un'esibizione nella quale, se il pubblico acconsentirà a piegarsi a indicibili degradazioni, potrà vedere persone normali trasformarsi in giganteschi bulbi oculari. CARTUCCIA CINEMATOGRAFICA INTERLACE TELENT N. 347-65-65

The Medusa v. The Odalisque (La Medusa contro l'Odalisca). A.S. Latrodectus Mactans Productions. Cast non accertato; olografia laser per galvanizzazione zonale a opera di James O. Incandenza e Urquhart Ogilvie jr; coreografia olografica del combattimento di Kenjiru Hirota per gentile concessione da Sony EntertainmentAsia; 78mm; 29 minuti; bianco e nero; muto con rumori dal pubblico presi da vari programmi televisivi. Ologrammi mobili di due figure femminili mitologiche visivamente letali impegnate in duello, con superfici riflettenti sul palcoscenico che trasformano gli spettatori in statue di pietra. COPIE IN NUMERO LIMITATO IN CELLULOIDE; PRIVATAMENTE RIDISTRIBUITO SU VIDEO MAGNETICO DA LATRODECTUS MACTANS PRODUCTIONS

The Machine in the Ghost: Annual Holography for Fun and Prophet (La macchina nello spirito: olografia anulare per divertimento e profeta). A.S. Heliotrope Films, Ltd./National Film Board of Canada. Narratore P.A. Heaven; 78mm; 35 minuti; colore; sonoro. Introduzione non tecnica alle teorie del perfezionamento anulare e della galvanizzazione zonale e le loro applicazioni nel campo dell'olografia laser ad alta risoluzione. NON DISTRIBUITO CAUSA TENSIONI DIPLOMATICHE USA/CANADA

Homo Duplex. A.S. Latrodectus Mactans Productions. Narratore P.A. Heaven; Super-8mm; 70 minuti; bianco e nero; sonoro. Parodie degli «antidocumentari poststrutturali» di Woititz e Shulgin, interviste con quattordici americani che si chiamano John Wayne ma non sono il leggendario attore cinematografico del XX secolo John Wayne. VIDEO MAGNETICO (DISTRIBUZIONE IN COPIE LIMITATE)

Zero-Gravity Tea Ceremony (Cerimonia del tè a gravità zero). A.S. Latrodectus Mactans Productions. Ken N. Johnson, Judith Fukuoka-Heam, Otto Brandt, E.J. Kenkle; 35mm; 82 minuti; bianco e nero/colore; muto. L'intricata Ocha-Kai è condotta a 2,5 m da terra nella camera di simulazione a gravità zero del Johnson Space Center. CELLULOIDE, RIDISTRIBUZIONE INTERLACE TELENT N. 357-40-01 (APPW)

Pre-Nuptial Agreement of Heaven and Hell (Accordo prenuziale di Inferno e Paradiso). A.S. Latrodectus Mactans Productions/Infernatron Concetti d'Animazione, Canada. Animato con voci non citate 35mm; 59 minuti; colore; sonoro. Dio e Satana giocano a poker con le carte dei Tarocchi per l'anima di un uomo-sandwich alcolista ossessionato da *L'estasi di santa Teresa* del Bernini. DISTRIBUZIONE PRIVATA SU CELLULOIDE E VIDEO MAGNETICO DA LATRODECTUS MACTANS PRODUCTIONS

The Joke (La beffa). A.S. Latrodectus Mactans Productions. Pubblico come cast riflesso; 35mm x 2 telecamere; lunghezza variabile; bianco e nero; muto. Parodia degli «eventi specifici del pubblico» di Hollis Frampton, due videocamere Ikegami Ec-35 riprendono nella sala il pubblico del «film» e proiettano sullo schermo le immagini risultanti – il pubblico della sala che guarda se stesso guardare se stesso mentre comprende la «beffa» e si mostra sempre piú imbarazzato e a disagio e ostile, comprendendo di far parte dell'involuto flusso «antinarrativo» del film. Il primo progetto veramente controverso di Incandenza, la Film & Kartridge Kultcher di Sperber disse che «suonava inconsapevolmente la campana a morto del cinema postpoststrutturale in termini di puro fastidio». VIDEO MAGNETICO NON REGISTRATO PROIETTABILE UNICAMENTE IN SALA, ORA NON DISTRIBUITO

Various Lachrymose Us Corporate Middle-Management Figures (Varie figure lacrimose di quadri aziendali americani). Non finito. NON DISTRIBUITO

Every Inch of Disney Leith (Ogni pollice di Disney Leith). A.S. Latrodectus Mactans Productions/Medical Imagery of Alberta. Ltd. Disney Leith; 35mm/v 2 m ingrandito al computer; 253 minuti; colore; muto. Telecamere miniaturizzate, endoscopiche e microinvasive attraversano per intero l'interno e l'esterno di un membro dello staff tecnico di Incandenza seduto su un serape ripiegato nel Boston Common ad ascoltare un dibattito pubblico sulla uniforme metricizzazione nordamericana. DISTRIBUZIONE PRIVATA SU VIDEO MAGNETICO DA LATRODECTUS MACTANS PRODUCTIONS, RIDISTRIBUZIONE INTERLACE TELENT N. 357-56-34 (APPW)

Infinite Jest (III) (Lo scherzo infinito, III). A.S. Latrodectus Mactans Productions. Cast non citato; 16/35mm; colore; sonoro. Remake non finito e non visto di *Lo scherzo infinito (I), (II)*. NON DISTRIBUITO

Found Drama I (Dramma trovato I).

Found Drama II (Dramma trovato II).

Found Drama III (Dramma trovato III). ...concettuali, concettualmente non filmabili. NON DISTRIBUITI

The Man Who Began to Suspect He Was Made of Glass (L'uomo che cominciò a sospettare di essere fatto di vetro). Anno del Whopper. Latrodectus Mactans Productions. Cosgrove Watt, Gerhardt Schtitt; 35mm; 21 minuti; bianco e nero; sonoro. Un uomo sottoposto a psicoterapia intensiva scopre di essere fragile, vuoto e trasparente per gli altri, e diventa o trascendentalmente illuminato o schizofrenico. CARTUCCIA CINEMATOGRAFICA INTERLACE TELENT N. 357-59-00

Found Drama V (Dramma trovato V).

Found Drama VI (Dramma trovato VI). ...concettuali, concettualmente non filmabili. NON DISTRIBUITI

The American Century as Seen Through a Brick (Il secolo americano visto attraverso un mattone). Anno del Whopper. Latrodectus Mactans Productions. Cast da documentario con narrazione a cura di P.A. Heaven; 35mm; 52 minuti; colore con filtro rosso e oscillofotografia; muto con narrazione. Le strade della storica Back Bay di Boston, Usa, vengono spogliate dei mattoni e rilastricate con cemento polimerizzato, e viene seguita la conseguente carriera di uno dei mattoni rimossi, da art trouvé in una installazione temporanea alla dislocazione per mezzo di una catapulta Ewd in una miniera di rifiuti nel Québec meridionale, all'uso nelle sommosse anti-Onan del gennaio dell'Anno del Whopper fomentate dalla Flq, il tutto inframmezzato da ambigue riprese delle alterazioni di un pollice umano nello schema d'interferenza di una corda pizzicata. PRIVATAMENTE DISTRIBUITO SU VIDEO MAGNETICO DA LATRODECTUS MACTANS PRODUCTIONS

The Onantiad (L'Onanteide). Anno del Whopper. Latrodectus Mactans Productions/©Infernatron Animation Concepts, Canada (per le sequenze d'azione in Claymation). Cosgrove Watt, Pa. Heaven, Pam Heath, Ken N. Johnson, Ibn-Said Chawaf, Squyre Frydell, Marla-Dean Chumn, Herbert G. Birch; Everarà Meynell; 35mm; 76 minuti; bianco e nero/colore; sonoro/muto. Obliquo, ossessivo e non molto divertente triangolo amoroso in claymation sullo sfondo della messa in scena animata degli albori dell'Interdipendenza Nordamericana e Riconfigurazione Continentale. PRIVATAMENTE DISTRIBUITO SU VIDEO MAGNETICO DA LATRODECTUS MACTANS PRODUCTIONS

The Universe Lashes Out (L'universo si scaglia). Anno del Whopper. Latrodectus Mactans Productions. Cast da documentario con narratore Herbert G. Birch; 16mm; 28 minuti; colore; muto con narrazione. Documentario sull'evacuazione di Atkinson, Nh/Nuovo Québec all'inizio della Riconfigurazione Continentale. VIDEO MAGNETICO (DISTRIBUZIONE IN COPIE LIMITATE)

Poultry in Mation (Pollame in movimento). Anno del Whopper. Latrodectus Mactans Productions. Cast da documentario con narratore P.A. Heaven; 16mm; 56 minuti; colore; muto con narrazione. Documentario sul tentativo dei rinnegati allevatori di tacchini di North Syracuse Ny di evitare la gassazione dell'intera produzione per il Giorno del Ringraziamento, requisendo lunghi e lucenti camion dell'Onan per trasferire al Sud, a Ithaca, oltre 200 000 pennuti affetti da pertosse. VIDEO MAGNETICO (DISTRIBUZIONE IN COPIE LIMITATE)

Found Drama IX (Dramma trovato IX).

Found Drama X (Dramma trovato X).

Found Drama XI (Dramma trovato XI). ...concettuali, concettualmente non filmabili. NON DISTRIBUITI

Möbius Strips (Nastri di Möbius). Anno del Whopper. Latrodectus Mactans Productions. «Hugh G. Rection», Pam Heath, «Bunny Day», «Taif Appel»; 35mm; 109 minuti; bianco e nero; sonoro. Parodia della pornografia, forse omaggio parodico a *All That Jazz* di Fosse, nel quale un fisico teorico («Rection») riesce ad avere intuizioni matematiche creative solo durante il coito, e immagina la Morte come una donna letalmente bella (Heath). CARTUCCIA CINEMATOGRAFICA INTERLACE TELENT N. 357-65-32 (AW)

Wave Bye-Bye to the Bureaucrat (Fai ciao ciao al burocrate). Anno del Whopper. Latrodectus Mactans Productions. Everarà Maynell, Phillip T. Smothergill, Paul Anthony Heaven, Pamela-Sue Voorheis; 16mm; 19 minuti; bianco e nero; sonoro. Possibile parodia/omaggio del ciclo di annunci a.S. su reti pubbliche della Chiesa di Gesú Cristo dei Santi dell'Ultimo Giorno[e], un frettoloso pendolare viene scambiato per Cristo da un bambino che ha investito.

[e] Vedi Romney e Sperber: *James O. Incandenza ha prodotto anche solo una volta qualcosa di autenticamente originale o non sottratto o non derivato*, in «Gazzetta delle Cartucce Cinematografiche Post-Millennium», nn. 7-9 (Autunno/Inverno, Appw), pp. 4-26.

Blood Sister: One Tough Nun (Blood Sister: una suora tosta). Anno dei Cerotti Medicati Tucks. Latrodectus Mactans Productions. Telma Hurley, Pam Heath, Marla Dean-Chumm, Diane Saltoone, Soma Richardson-Levy, Cosgrove Watt; 35mm; 90 minuti; colore; sonoro. Parodia del genere d'azione vendicativa/recidivante, il fallimento di una suora (Hurley) ex delinquente nel redimere una giovane delinquente (Chumm) conduce a una spirale di vendetta recidivante. DISSEMINAZIONE D'IMPULSI INTERLACE TELENT 21 LUGLIO ACMT, CARTUCCIA N. 357-87-04

Infinite Jest (IV) (Lo scherzo infinito, IV). Anno dei Cerotti Medicati Tucks. Latrodectus Mactans Productions. Pam Heath (?), «Madame Psychosis» (?); 78mm; 90 minuti (?); colore; sonoro. Tentativo non finito e non visto di completare *Infinite Jest (III)*. NON DISTRIBUITO

Let There Be Lite (Che light sia). Anno dei Cerotti Medicati Tucks. Poor Yorick Entertainment Unlimited. Cast da documentario con narratore Ken N. Johnson; 16mm; 50 minuti (?); bianco e nero; muto con narrazione. Documentario non finito sulla nascita dell'industria del bourbon dietetico. NON DISTRIBUITO

Untitled (Senza titolo). Non finito. NON DISTRIBUITO

No Troy (Niente più Troy). Anno del Whopper. Latrodectus Mactans Productions. Nessun cast; olografia a superficie liquida di Urquhart Ogilvie jr; 35mm; 7 minuti; colore accentuato; muto. Ricostruzione olografica in scala del bombardamento di Troy Ny da parte di veicoli Dislocamento Rifiuti mal indirizzati, e sua conseguente eliminazione dai cartografi Onan. VIDEO MAGNETICO (DISTRIBUZIONE PRIVATA LIMITATA A NEW BRUNSWICK, ALBERTA, QUÉBEC). Nota: Gli archivisti del Canada e della West Coast Usa non includono *No Troy* ma riportano i titoli *The Violet City* e *The Violet Ex-City*, il che induce gli studiosi a concludere che la stessa pellicola sia stata distribuita con titoli diversi.

Untitled (Senza titolo). Non finito. NON DISTRIBUITO

Valuable Coupon Has Been Removed (Il coupon pregiato è stato rimosso). Anno dei Cerotti Medicati Tucks. Poor Yorick Entertainment Unlimited. Cosgrove Watt, Phillip T. Smothergill, Diane Saltoone; 16mm; 52 minuti; colore; sonoro. Possibile parodia dello psicodramma scandinavo, un ragazzo aiuta il padre divenuto alcolista per le delusioni e la madre dissociata a smontare il loro letto in cerca di roditori, poi intuisce la futura realizzabilità del ciclo Dt della fusione anulare al litio. CELLULOIDE (NON DISTRIBUITO)

Baby Pictures of Famous Dictators (Ritratti di celebri dittatori da bambini). Anno dei Cerotti Medicati Tucks. Poor Yorick Entertainment Unlimited. Cast da documentario o non accertato con narratore P.A. Heaven; 16mm; 45 minuti; bianco e nero; sonoro. Bambini e adolescenti fanno un gioco quasi incomprensibile di strategia nucleare con attrezzatura da tennis sullo sfondo reale o olografico (?) di torri di dislocamento atmosferico Athscme 1900 sabotate, che esplodono e crollano durante l'Emergenza Chimica del New New England dell'Aw. CELLULOIDE (NON DISTRIBUITO)

Stand Behind the Men Behind the Wire (In piedi dietro gli uomini dietro il filo). Anno dei Cerotti Medicati Tucks. Poor Yorick Entertainment Unlimited. Cast da documentario con narratore Soma Richardson Levy; Super-8mm; 52 minuti; bianco e nero/colore; sonoro. Esterni girati a nord di Lowell Ma, documentario sulla spedizione del Dipartimento dello Sceriffo della Contea di Essex e del Dipartimento dei Servizi Sociali del Massachusetts per rintracciare, verificare, catturare o propiziarsi l'enorme bambino-bestia sospettato di aver schiacciato, o masticato, o sollevato e lasciato cadere più di una dozzina di residenti di Lowell nel gennaio dell'Acmt. CARTUCCIA INTERLACE TELENT N. 357-12-56

As of Yore (Come un tempo). Anno dei Cerotti Medicati Tucks. Poor Yorick Entertainment Unlimited. Cosgrove Watt, Marlon Bain; 16/78mm; 181 minuti; bianco e nero/colore; sonoro. Un istruttore di tennis di mezza età che si prepara ad allenare suo figlio, si ubriaca nel garage di famiglia e sottopone il figlio a un monologo sconnesso mentre il figlio piange e suda. CARTUCCIA INTERLACE TELENT N. 357-16-09

The Clever Little Bastard (Il piccolo furbo bastardo). Non finito, non visto. NON DISTRIBUITO

The Cold Majesty of the Numb (La fredda maestà di chi è stordito). Non finito, non visto. NON DISTRIBUITO

Good-Looking Men in Small Clever Rooms That Utilize Every Centimeter of Available Space With Mind-Boggling Efficiency (Begli uomini in piccole stanze che usano ogni centimetro di spazio disponibile con efficienza impressionante). Non finito causa ospedalizzazione. NON DISTRIBUITO

Low Temperature Civics (Educazione civica a bassa temperatura). Anno dei Cerotti Medicati Tucks. Poor Yorick Entertainment Unlimited. Cosgrove Watt, Herbert G. Birch, Ken N. Johnson, Soma Richardson-Levy, Everard Maynell, «Madame Psychosis», Phillip T. Smothergill, Paul Anthony Heaven; 35mm; 80 minuti; bianco e nero; sonoro. Parodia di Wyler in cui quattro figli (Birch, Johnson, Maynell, Smothergill) ordiscono intrighi per il controllo di una società che produce sacchetti di carta dopo che il loro padre dirigente (Watt) ha un incontro estatico con la Morte («Psychosis») e diventa irreversibilmente catatonico. DISSEMINAZIONE NAZIONALE PER LA SERIE INTERLACE TELENT *CAVALCATA DEL MALE* – GENNAIO/ANNO DELLA SAPONETTA DOVE IN FORMATO PROVA – E CARTUCCIA INTERLACE TELENT N. 357-89-05

(At Least) Three Cheers for Cause and Effect [(Almeno) Tre urrà per causa ed effetto]. Anno dei Cerotti Medicati Tucks. Poor Yorick Entertainment Unlimited. Cosgrove Watt, Pam Heath, «Hugh G. Rection»; 78mm; 26 minuti; bianco e nero; sonoro. Il Preside di un'accademia sportiva ad alta quota di nuova costruzione (Watt) sviluppa un'ossessione nevrotica per una controversia legale riguardo al danno involontariamente arrecato dalla costruzione a un ospedale di veterani molto piú in basso, come modo per distrarsi dalla malcelata tresca di sua moglie con il topologo/matematico famoso in ambito accademico che ricopre il ruolo di architetto del progetto («Rection»). CELLULOIDE (NON DISTRIBUITO)

(The) Desire to Desire (Il, Desiderio di desiderare). Anno dei Cerotti Medicati Tucks. Poor Yorick Entertainment Unlimited. Robert Lingley, «Madame Psychosis», Marla-Dean Chumm; 35mm; 99 minuti (?); bianco e nero; muto. Un patologo ospedaliero (Lingley) si innamora sia di uno splendido cadavere femminile («Psychosis») sia della sorella paralizzata del cadavere (Chumm). Lo splendido cadavere è cadavere per aver cercato di salvare la sorella dall'attacco di un enorme bambino-bestia. Indicato da alcuni archivisti come non finito. NON DISTRIBUITO

Safe Boating Is No Accident (Navigare sicuri non è un caso). Anno dei Cerotti Medicati Tucks (?). Poor Yorick Entertainment Unlimited/Fotografia a Raggi x e Infrarossi a cura di Shuco-Mist Sistemi Medici Pressurizzati, Enfield Ma. Ken N. Johnson, «Madame Psychosis», P.A. Heaven. Parodia di Kierkegaard/Lynch (?), un istruttore claustrofobico di sci d'acqua (Johnson), in lotta con la sua coscienza romantica dopo che il volto della sua fidanzata («Psychosis») viene grottescamente dilaniato dal propulsore di un fuoribordo, rimane intrappolato nell'ascensore affollato di un ospedale insieme a un monaco trappista spretato, due azzimati missionari della Chiesa di Gesú Cristo dei Santi dell'Ultimo Giorno, un enigmatico guru del fitness, il Commissario dello Stato del Massachusetts per la Sicurezza di Spiagge e Acque, e sette ottici fortemente ebbri con sciocchi cappelli e sigari esplosivi. Indicato da alcuni archivisti come finito l'anno successivo, Asdfp. NON DISTRIBUITO

Very Low Impact (Impatto bassissimo). Anno dei Cerotti Medicati Tucks. Poor Yorick Entertainment Unlimited. Marla-Dean Chumm, Pam Heath, Soma Richardson-Levy-O'Byrne; 35mm; 30 minuti; colore; sonoro. Un'istruttrice di aerobica narcolettica (Chumm) lotta per nascondere la sua condizione a studenti e datori di lavoro. DISTRIBUZIONE POSTUMA A.L.S.M., CARTUCCIA INTERLACE TELENT N. 357-97-29

The Night Wears A Sombrero (La notte porta un sombrero). Anno dei Cerotti Medicati Tucks (?). Ken N. Johnson, Phillip T. Smothergill, Dianne Saltoone, «Madame Psychosis»; 78mm; 105 minuti; colore; muto/sonoro. Parodia di/omaggio a Rancho Notorious di Lang, un apprendista mandriano miope (Smothergill) giura vendetta per lo stupro da parte di un pistolero (Johnson) di quella che lui (il mandriano) crede erroneamente essere la materna proprietaria di un bordello (Saltoone) di cui è segretamente innamorato, ma perde le tracce del pistolero dopo aver letto male un cartello stradale e si ritrova in un sinistro ranch messicano dove pistoleri afflitti da complesso di Edipo vengono ritualmente accecati da una misteriosa suora velata («Psychosis»). Indicato da alcuni archivisti come finito l'anno precedente, Aw. CARTUCCIA INTERLACE TELENT N. 357-56-51

Accomplice! (Complice!). Anno dei Cerotti Medicati Tucks. Poor Yorick Entertainment Unlimited. Cosgrove Watt, Strokely «Dark Star» McNair; 16mm; 26 minuti; colore; sonoro. Un pederasta stagionato si mutila per amore di un prostituto stranamente tatuato. CARTUCCIA INTERLACE TELENT N. 357-10-10 ritirato dalla disseminazione dopo che i recensori di Cartridge Scene definirono *Complice!* «...il prodotto piú stupido, brutto, meno sottile e montato peggio di una carriera pretenziosa e rovinosamente incostante». ORA DISTRIBUITO

Untitled (Senza titolo). Non finito. NON DISTRIBUITO

Untitled (Senza titolo). Non finito. NON DISTRIBUITO

Untitled (Senza titolo). Non finito. NON DISTRIBUITO

Dial C for Concupiscence (Digita C per Concupiscenza). Anno della Saponetta Dove in Formato Prova. Poor Yorick Entertainment Unlimited. Soma Richardson-Levy-O'Byme, Marla-Dean Chumm, Ibn-Said Chawaf, Yves Francoeur; 35mm; 122 minuti; bianco e nero; muto con sottotitoli. Tributo parodico in stile noir a *Les anges du peché* di Bresson, un'operatrice di telefoni cellulari (Richardson-Levy-O'Byrne), scambiata da un terrorista québechiano (Francoeur) per un'altra operatrice di telefoni cellulari (Chumm) che per errore l'Flq aveva tentato di assassinare, scambia i suoi (di Francoeur) erronei tentativi di scusarsi per tentativi di assassinarla (Richardson-Levy-O'Byrne) e fugge in una bizzarra comunità religiosa islamica i cui membri comunicano fra di loro per mezzo di segnali con le bandiere; qui si innamora di un attaché medico mediorientale privo di braccia (Chawaf). DISTRIBUITO PER LA SERIE INTERLACE TELENT DI CINEMA UNDERGROUND *GRIDA DAL MARGINE* MARZO/ASDFP. CARTUCCIA N. 357-75-43

Insubstantial Country (Paese incorporeo). Anno della saponetta Dove in Formato Prova. Poor Yorick Entertainment Unlimited. Cosgrove Watt; 16mm; 30 minuti; bianco e nero; muto/sonoro. Un impopolare cineasta aprés-garde (Watt) o viene colpito da un blocco dei lobi temporali e diventa muto oppure è vittima della fissazione collettiva che il blocco dei suoi lobi temporali l'abbia reso muto. CARTUCCIA DISTRIBUITA PRIVATAMENTE DA POOR YORICK ENTERTAINMENT UNLIMITED

It Was A Great Marvel That He Was in the Father Without Knowing Him (Fu una grande meraviglia che egli fosse nel padre senza conoscerlo). Anno della Saponetta Dove in Formato Prova. Poor Yorick Entertainment Unlimited. Cosgrove Watt, Phillip T. Smothergill; 16mm; 5 minuti; bianco e nero; muto/sonoro. Un padre (Watt) affetto dalla fissazione che il figlio etimologicamente precoce (Smothergill) finga di essere muto, si spaccia per «conversazionalista professionista» per stanare il ragazzo. DISTRIBUITO PER LA SERIE INTERLACE TELENT DI CINEMA UNDERGROUND *GRIDA DAL MARGINE* MARZO/ASDFP. CARTUCCIA N. 357-75-50

Cage IV – Web (Gabbia IV – Ragnatela). Non finito. NON DISTRIBUITO

Cage V- Infinite Jim (Gabbia V- Jim infinito). Non finito. NON DISTRIBUITO

Death and the Single Girl (La morte e la ragazza single). Non finito. NON DISTRIBUITO

The Film Adaptation of Peter Weiss's «The Persecution and Assassination of Marat as Performed by the Inmates of the Asylum at Charenton Under the Direction of the Marquis de Sade» (Adattamento cinematografico di «La persecuzione e l'assassinio di Marat rappresentati dai pazienti del manicomio di Charenton sotto la direzione del Marchese de Sade» di Peter Weiss). Anno della Saponetta Dove in Formato Prova. Poor

Yorick Entertainment Unlimited. James O. Incandenza, Disney Leith, Urquhart Ogilvie jr, Jane Ann Prickett, Herbert G. Birch, «Madame Psychosis», Marla-Dean Chumm, Marlon Bain, Pam Heath, Soma Richardson-Levy-O'Byrne-Chawaf, Ken N. Johnson, Dianne Saltoone; Super-8mm; 88 minuti; bianco e nero; muto/sonoro. «Documentario interattivo» romanzato sull'allestimento teatrale bostoniano del dramma dentro il dramma del xx secolo di Weiss, in cui il regista del documentario (Incandenza), intossicato dall'abuso di farmaci, interrompe ripetutamente la pantomima dei pazienti e i dialoghi di Marat e Sade per dissertare incoerentemente sulle implicazioni del Metodo di recitazione Brando e del Teatro della Crudeltà di Artaud nell'intrattenimento cinematografico nordamericano, irritando l'attore che recita il ruolo di Marat (Leith) a tal punto da procurargli un'emorragia cerebrale che lo fa crollare al suolo in scena ben prima della morte di Marat secondo copione, al che il regista miope del dramma (Ogilvie), scambiando l'attore che recita il ruolo di Sade (Johnson) per Incandenza, scaraventa Sade nel bagno medicamentoso di Marat e lo soffoca a morte, al che la figura extradrammatica di Morte («Psychosis») discende *deus ex machina* per portar via Marat (Leith) e Sade (Johnson), mentre Incandenza dà di stomaco su tutto il pubblico della prima fila del teatro. CELLULOIDE 8MM IN PROIEZIONE SINCRONIZZATA. NON DISTRIBUITO CAUSA CONTROVERSIA LEGALE, OSPEDALIZZAZIONE

Too Much Fun (Troppo divertimento). Non finito. NON DISTRIBUITO

The Unfortunate Case of Me (Lo sfortunato caso di me stesso). Non finito. NON DISTRIBUITO

Sorry All Over The Place (Del tutto spiacente). Non finito. NON DISTRIBUITO

Infinite Jest (V?) (Lo scherzo infinito, V?). Anno della Saponetta Dove in Formato Prova. Poor Yorick Entertainment Unlimited. «Madame Psychosis»; nessun altro dato definitivo. Problema spinoso per gli archivisti. È l'ultimo film di Incandenza, poiché morí durante la postproduzione. La maggior parte degli archivisti lo indicano come non finito, non visto. Alcuni lo dànno come completamento di *Infinite Jest (IV)*, per il quale Incandenza aveva già utilizzato «Psychosis» e quindi includono il film nella produzione di Incandenza nell'Anno dei Cerotti Medicati Tucks. Anche se non esistono sinopsi accademiche né resoconti della visione, due brevi saggi in numeri diversi della Cartridge Quarterly East definiscono il film «straordinario»[d] e «di gran lunga il lavoro piú divertente e avvincente [di James O. Incandenza]»[e]. Gli archivisti della West Coast indicano l'unità di misura della pellicola come «16... 78... *n* mm», basando l'unità di misura su allusioni critiche[f] a «radicali esperimenti nella prospettiva ottica degli spettatori e nel contesto» che sarebbero la caratteristica principale di *IJ (V?)*. Benché l'archivista canadese Tête-Bêche indichi il film come completato e privatamente distribuito dalla Pyeu in conformità a disposizioni postume sul testamento del cineasta, ogni altra filmografia riporta il film come non finito o NON DISTRIBUITO, e la cartuccia master come distrutta o messa in una cassetta di sicurezza *sui testator*.

[d] E. Duquette, *Grato per la visione: ottica e desiderio in quattro pellicole aprés gard*, in «Cartridge Quarterly East», vol. 4, n. 2, Alw-qm, pp. 35-39.

[e] Anonimo, *Vedere contro Credere*, «Cartridge Quarterly East», vol. 4, n. 4, Alw-Qm, pp. 93-95.

[f] *Ibid.*

[25] Piú da luglio a ottobre per la verità.

[26] Encefalina sinteticamente arricchita, un pentapeptide simile agli oppiacei o la cosiddetta endorfina prodotta nella spina dorsale umana, uno dei composti principalmente responsabili del famigerato scandalo *Cadaver-Gate* che fece dimettere tanti direttori di case di onoranze funebri nell'Anno del Pollo Perdue Wonderchicken.

[27] Termine gergale bostoniano subdialettale – di origine sconosciuta – per cannabis, fumo, erba, marjiuana, canna, Maria, svuotino, cioccolato, cannone, marocco eccetera; «Bing Crosby» designa la cocaina e le metatox organiche ('drine) mentre – inesplicabilmente – «Doris» sta per le porcate sintetiche, gli psico e i fenili.

[28] Inibitori della monoamino-ossidasi, una venerabile classe di antidepressivilansiolitici, della quale il Parnate – nome commerciale della SmithKline Beecham per la tranflcipromina solfato – fa parte. Lo Zolofi è sertralina cloridrato, un inibitore del reuptake della serotonina (Sri) non molto diverso dal Prozac, prodotto da Pfizer-Roerig.

[29] Terapia Elettro-Convulsiva.

[30] Un impacco di acido borico neutro, una specie di super Visine, un farmaco da banco della Wyeth Labs., con in dotazione la sua bella coppetta di plastica blu-farmacia che è bellissima quando la si tiene controluce davanti a una finestra.

[31] Nomignolo di Schtitt per il Sig. A. deLint, che tecnicamente significa «anima gemella» oppure «sposo», ma che nel caso di deLint non ha nessuna implicazione sessuale, possiamo esserne certi.

[32] Grosso modo: «Ti Possono Uccidere, Ma Gli Adempimenti Di Legge Per Mangiarti Sono Molto Piú Complicati».

[33] Ovvero «Avanti Sponsorizzazioni», o l'inizio del calendario lunare sponsorizzato onanita sotto il Presidente Gentle, vedi *infra*.

[34] Altrimenti nota come «Del» (Dinamica Extra-Lineare), quel germoglio ancora verde dal ramo puro della matematica che tratta sistemi e fenomeni il cui caos va perfino al di là delle Strane Equazioni e degli Attrattori Casuali della matematica di Mandelbrot, è una reazione contro le Teorie del Caos di meteorologi e analisti entusiasti dei frattali, la Del, i cui teoremi e dimostrazioni di non esistenza post-Gödeliani non sono che ammissioni di sconfitta molto lucide ed eleganti, mani sollevate in segno di resa con una completa giustificazione deduttiva. Incandenza, il cui interesse per il fallimento in grande scala si era mantenuto inossidabile nel corso di quattro diverse carriere, si sarebbe lanciato nella Dinamica Extra-Lineare, se fosse sopravvissuto.

[35] Cioè, presumibilmente, «di-Georg-Cantor», ove Cantor era un teorico degli insiemi dell'èra del ventesimo secolo (tedesco, per di piú) e piú o meno il fondatore della matematica transfinita, l'uomo che dimostrò che certi infiniti erano piú grandi di altri infiniti, e la cui Prova Diagonale del 1905 (anno piú anno meno) dimostrò che ci può essere un'infinità di cose fra due cose indipendentemente da quanto sono vicine fra loro le due cose, la quale Prova D. influenzò profondamente l'intuizione del Dott. J. Incandenza sull'estetica trans-statistica del vero tennis.

[36] Basso-Bavarese sta per qualcosa come «vagare da soli per territori desolati e inquietanti, oltre ogni limite cartografico e segnale di direzione», presumibilmente.

[37] Sedia a rotelle.

[38] Fenomeno spettrale di ombre di luce mostruose caratteristico di certe montagne; vedi, p.e., la Parte I del *Faust* di Goethe, la danza a sei dita di Walpurgisnacht sull'Harz-Bröcken, ove si trova descritto un classico «Bröckengespenstphänom». (*Gespenst* significa «spettro» o «fantasmi»).

[39] Il superiore di Marathe all'Afr[a], leader della cellula Usa degli Assassini sulle Sedie a Rotelle, ed ex amico d'infanzia dei defunti fratelli maggiori di Rémy Marathe, entrambi colpiti e uccisi da treni[b].

[a] *Les assassins des fauteuils rollents*, altrimenti noti come Assassini delle Sedie a Rotelle, la cellula terrorista quebéchiana anti-Onan decisamente piú temuta e feroce.

[b] Vedi nota 304 *infra*.

[40] In altre parole, M. Fortier e l'Afr (a quanto ne sapeva Marathe) credevano che Marathe agisse come un «triplo agente» o «doppio agente» venduto – per ordine di Fortier Marathe aveva finto di avvicinare il Bss per barattare informazioni sulle attività anti-Onan dell'Afr in cambio di protezione e cure mediche per l'orribile malattia della moglie (di Marathe) – *soltanto* (a quanto ne sa Marathe) Marathe e pochissimi agenti Bss sanno che Marathe sta solo fingendo di fingere di tradire, che M. Steeply è pienamente al corrente del fatto che Marathe risponde agli ordini del Bss con quella che M. Fortier crede essere la sua (di Fortier) piena conoscenza, che M. Fortier non sa (a quanto Marathe e Steeply possono ragionevolmente supporre) che Steeply e il Bss sanno che Fortier è al corrente degli incontri

di Marathe con Steeply, e che la morte violenta di Marathe non sarebbe che il piú piccolo dei suoi problemi (di Marathe) se i suoi connazionali di Mont-Tremblant giungessero a sospettare la somma dispari delle sue finali lealtà.

[41] In gergo intra-Onan, nomignolo per «fare il doppio gioco»; analogamente per «triplicare», e cosí via.

[42] La «cosa d'importante» sembra essere che i superiori di Marathe all'Afr credono che lui stia solo fingendo di tradirli al fine di garantire alla moglie la tecnologia avanzata Us nelle protesi cardiache; ma che lui nei fatti li sta davvero tradendo (i superiori, il suo Paese) – probabilmente proprio per quella tecnologia medica – e perciò sta solo fingendo di fingere solamente.

[43] Infiammazione cronica dell'ileo terminale e tessuti adiacenti, cosí chiamata in discutibile onore di un certo Dott. Crohn nel 1932 a.S.

[44] Eufemismo professionale per l'interrogatorio involontario, con o senza costrizioni fisiche.

[45] Vedi nota 304 *infra*.

[46] Sostanza da banco per uso topico per la corticatizzazione della pelle, la tintura di benzoina facilita il formarsi del tipo di callo che non crea sotto di sé vesciche sanguinolente. Infinitamente piú comune e universale fra i giocatori seri del Lemon Pledge. Trovando nauseante l'odore della t. di b., alcuni giocatori juniores preferiscono applicare uno strato di amido di mais oppure di borotalco, che poi rende piú facile lavare via la t. di b., ma lascia anche piccole impronte bianche su qualunque cosa tocchi.

[47] *Le Front de la Libération de la Québec*, una cellula piú giovane, male organizzata, e meno implacabile dell'Afr, che adotta simbolicamente certi costumi culturali, musiche e motivi associati con le Hawaii, probabilmente un ammiccamento ironico all'idea che anche il Québec è ora una specie di territorio annesso agli Usa, una provincia canadese solo sulla carta, separata dalla sua vera nazione sequestratrice da distanze di spazio e cultura che sono incolmabili.

[48] Il progressivo restringimento asimmetrico di una o piú cavità cardiache; può essere arteriosclerotica oppure neoplastica; rara prima dell'interdipendenza continentale; oggi la terza causa di morte fra gli adulti del Québec e del New Brunswick, e la settima fra gli adulti degli Usa nordoccidentali; associata all'esposizione cronica a basso livello a composti della 2,3,7,8 Tetraclorodibenzo-P-Di- e -Triossina.

[49] Proprio cosí.

[50] Detti militanti sono anche noti, nel vecchio circolo Aa del fondatore, il Gruppo della Bandiera Bianca di Enfield Ma, come «I Coccodrilli».

[51] Sintassi *sic*, elemento che ha aiutato a guidare la Sig.ra Avril Incandenza – non avendo a quanto pare le sue Lettere Aperte e formali rimostranze sortito effetto alcuno ai vari livelli politici – ad aiutare a fondare i Grammatici Militanti del Massachusetts, da quel momento una spina nel fianco di pubblicitari, corporazioni, e chiunque si comportasse con troppa disinvoltura verso l'integrità della lingua nel discorso pubblico – vedi *infra*.

[52] La Gascromatografia/Spettrometria di Massa utilizza un bombardamento di particelle cariche positivamente lette da uno spettrometro. È il test di media portata preferito per le grandi società e le federazioni atletiche, molto meno dispendioso della scissione cromosomatica dei campioni di capelli ma – a patto che i controlli ambientali sull'hardware siano strettamente osservati – piú esauriente e affidabile delle vecchie prove delle urine Emit e Abuscreen/Ria.

[53] Eschaton è una versione con partecipanti in carne e ossa su campi da tennis modificati del gioco di conflagrazione nucleare Endstat® su Cd-Rom.

[54] Cioè, Grammatica Prescrittiva (10° Grado), Grammatica Descrittiva (11°) e Grammatica e Significato (12°).

[55] Hal, che personalmente ritiene che la parola da usare in questo caso sarebbe invitato e non indotto – a meno che il chiamante non fosse lui pure un ufficiale di polizia – si tiene tuttavia il parere per sé e, in nome dei buoni rapporti, chiude un occhio su questo punto.

[56] ...o il Pma, il «Gravi Lesioni Personali», la miristicina della noce moscata, o l'ergina dei semi della rosa selvatica nana delle Hawaii, o l'ibogaina dell'iboga africano, l'armalina dello yage... o il ben noto muscimole dell'amanita muscaria, al quale il Dmz derivato dal fitviavi somiglia chimicamente piú o meno quanto un F-18 assomiglia a un Piper...

[57] Nella letteratura sull'argomento i racconti degli sperimentatori sulle conseguenze del Dmz nella percezione temporale sono, a parere di Pemulis, vaghi e rozzi e mistici tipo il *Libro tibetano dei Morti* per intenderci, e non certo rigorosi e sufficientemente chiari da fungere da riferimento; una testimonianza che Pemulis non capisce completamente ma della quale riesce almeno a cogliere il gusto neurotitillante è la citazione in una delle monografie tratta a casaccio da un litografo italiano che dopo aver preso il Dmz aveva realizzato una litografia nella quale paragonava se stesso a una specie di scultura futurista lanciata ad alta velocità espressa in nodi attraverso il tempo stesso, cinetico anche nella stasi, sollevando spruzzi e onde fatte di tempo.

[58] Consulente Abilitato (dal Commonwealth del Massachusetts) per l'Abuso di Sostanze.

[59] Oxicodone cloridrato con acetaminofene, Classe C-II, Du Pont Pharmaceuticals.

[60] Che sostituisce il vecchio Centro Studentesco neogeorgiano J.A. Stratton, dietro la Mass. Ave., distrutto dal C4 durante le cosiddette Rivolte Linguistiche del Mit di dodici anni fa.

[61] Un movimento digitale après-garde, noto anche come «Parallelismo Digitale» e «Cinema della Stasi Caotica» caratterizzato da un ostinato e forse intenzionalmente irritante rifiuto di fondere diversi filoni narrativi in una qualunque forma di confluenza significante; la scuola derivava in qualche modo dal bradicinetismo narrativo di Antonioni e dal formalismo disassociativo di Stan Brakhage e Hollis Frampton, e includeva fasi delle carriere del defunto Beth B., dei fratelli Snow, di Vidgis Simpson e del defunto J.O. Incandenza (periodo centrale).

[62] Allo zenith del movimento dell'auto-aiuto, alla metà degli anni Novanta a.S., i movimenti fondati sul metodo dei Passi negli Usa erano stimati essere oltre 600 del tutto distinti e separati, ma ognuno modellato, per quanto ereticamente o eccentricamente, sui «12 Passi» degli Alcolisti Anonimi. Entro l'Apad il numero era precipitato a circa un terzo.

[63] (Analogia dello studente/ingegnere).

[64] Non c'è chiarezza al 100 per cento su questo punto, ma il senso generale è che il T e il Q sono i due corsi di studio basilari che storicamente hanno condotto all'equivalente settecentesco di un diploma di liceo e di una laurea in discipline umanistiche, o forse di un dottorato, rispettivamente, in centri di veneranda classicità quali le università di Oxford e di Cambridge ai tempi di Samuel Johnson – una sorta di primigenio osso duro nell'area grammato-lessical-pedagogica – e che il trivio ti fa fare grammatica, logica e retorica, e se poi sei ancora in piedi ti aspetta il quadrivio di matematica, geometria, astronomia e musica, e che nessuno dei corsi – comprese le potenzialmente facili astronomia e musica – era facile, e questa è una delle possibili ragioni per cui tutti questi Dottori in Lettere e in Filosofia di Oxford e di Cambridge hanno sempre nei ritratti un aspetto cosí pallido e sciupato e ossessionato e triste. Per non parlare del fatto che l'unico giorno senza lezioni per quelli dell'Eta è la domenica, in parte per compensare tutto il tempo passato fuori dalle classi quando sono in trasferta; e tornando all'Eta, le domeniche senza lezioni sono giornate di tre sessioni sui campi, ognuna delle quali sembra quasi fanaticamente brutale a chi non ha familiarità con l'accademia. Per una pedagogia piú generale su quest'argomento si veda l'opera un po' datata di èra a.S. *Revival delle discipline umanistiche nell'istruzione americana* di P. Beesley, o, meglio ancora, la sua versione aggiornata a opera della Dott.ssa A.M. Incandenza, in cui la prosa è stata aggiornata, i refusi tolti, e la tesi di fondo estrapolata con maggiore immediatezza, disponibile su Cd-Rom attraverso il @cornup3.com dell'InterLace o in edizione specialistica economica pubblicata dalla Cornell University Press, 3ª edizione © Anno dei Cerotti Medicati Tucks.

[65] Nomignolo Eta per la Casa del Preside.

[66] Alcuni studenti del Mit sono fissati per registrarsi i programmi su nastro per ria-

scoltare le musiche e cercare di rintracciarle nei negozi e negli archivi universitari, un po'
come i loro genitori che avevano passato serate intere a cercare di capire i testi sui nastri
dei R.E.M. e dei Pearl Jam.

[67] Due degli Agenti di Sicurezza dell'ospedale Pubblico Enfield Marine conoscono Hal
Incandenza dell'Eta per aver incontrato suo fratello Mario al tempo in cui furono ingaggia-
ti da James O. Incandenza come comparse di poliziotti sullo sfondo per *Digita C per Concupiscenza* e per *Almeno tre urrà per Causa ed Effetto*. Gli agenti dell'Em a volte sono al pub
The Unexamined Life nelle notti del Buttafuori Cieco, quando ci si può trovare anche Hal,
magari con Axford, perché Hal frequenta il *Life* molto meno spesso di Axford, Struck e
Troeltsch, immancabili in una serata a tema Porta-La-Tua-Carta-d'identità-in-Braille al *Life* e sembrano in grado di funzionare negli allenamenti mattutini anche dopo molte Mudslides con tanto di ombrellino oppure la Specialità della Casa, i Blue Flames a base di co-
gnac che vanno spenti prima di essere sorseggiati dai loro bicchierini bordati di blu. Entrambi i poliziotti dell'Em sono ottusi ragazzotti bostoniani grandi e grossi senza nessuna
velleità di diventare colletti bianchi (anche letteralmente), tackle di football ai tempi della
scuola superiore ora rammollitisi, le mascelle grattate dal rasoio e violacee di gin, e a volte
intrattengono piacevolmente i membri dell'Eta con storielle riguardanti alcuni degli esemplari piú pittoreschi fra quelli che sono pagati per sorvegliare all'ospedale Em. C'è qualcosa di vagamente compulsivo nel particolare interesse dei poliziotti per i catatonici cronici
della n. 5, soprattutto. I poliziotti dell'Em chiamano l'Unità n. 5 «La Rimessa», a loro dire perché i suoi residenti non vi sembrano tanto alloggiati quanto *immagazzinati*. I poliziotti dell'Em pronunciano la parola *immagazzinati* «in-magatzinati». Ai catatonici cronici si riferiscono definendoli «obgete dart», un'altra delle cose che Don G., la n. 6, non è mai riuscito a capire. Quando hanno trincato i Mudslides spesso raccontano gustosi aneddoti su
numerosi obgete dart della Rimessa, e una delle ragioni per cui intrattengono i membri Eta
solo quando c'è anche Hal al *Life* è che Hal è l'unico Eta a sembrare veramente interessato, e questa è una cosa che il poliziotto veterano fuori servizio sa sempre riconoscere. Per
esempio, uno degli obgete dart da cui sono molto presi è quella signora che resta seduta completamente immobile con gli occhi chiusi. I poliziotti spiegano che la signora non è catatonica nel vero senso della parola *catatonico* ma piuttosto «D.F.», che nel gergo delle strutture di igiene mentale sta per *Debilitativamente Fobica*. A quanto pare il suo guaio consiste nel
terrore psichico della possibilità di essere cieca o paralizzata o entrambe le cose. Allora, ad
esempio, raccontano che la signora tiene gli occhi serrati 24/7/365 secondo la logica che fintanto tiene gli occhi serrati può trarre speranza dalla possibilità di vedere qualora decidesse di aprirli; ma se dovesse poi aprirli e scoprire che non può vedere., dice lei, avrebbe perso quel prezioso margine di speranza che forse non è cieca. I poliziotti ipotizzano vi sia un
ragionamento analogo dietro la sua assoluta immobilità per la fobia di essere paralizzata.
Dopo ciascun aneddoto/fiaba (i poliziotti Em hanno una specie di routine degli aneddoti) il
piú basso degli agenti di Sicurezza dell'Em usa la lingua per trasferire il piccolo ombrellino
verde da un lato della bocca all'altro mentre stringe con tutte e due le mani il bicchiere, poi
ritrova l'armonia fra le mandibole e, annuendo, afferma che la cosa terribile consiste nel fatto che il comune sintomo unificante per la maggior parte degli obgete dart alla Rimessa è un
terrore cosí terrificante che in qualche modo fa diventare reale l'oggetto del terrore stesso,
osservazione che immancabilmente fa rabbrividire tutti e due i grossi lavoratori ottusi con
un brivido identico e apparentemente delizioso, poi spingono i capelli indietro e scuotono
le teste guardando i loro bicchieri mentre Hal spegne il fuoco del secondo Blue Flame che
gli hanno offerto, e prima di soffiare esprime un desiderio.

[68] Il nomignolo «Il Vichingo» è un'invenzione dello stesso Freer che è anche l'unico a
utilizzarlo dal momento che tutti gli altri lo definiscono piú semplicemente «Freer» e considerano una classica mossa patetica alla Freer il fatto che lui se ne vada in giro cercando
di convincere la gente a chiamarlo «Il Vichingo».

[69] Na = Narcotisti Anonimi; Ca = Cocainomani Anonimi. In alcune città ci sono anche gli Psichedelici Anonimi, i Nicotomani Anonimi (a loro volta chiamati Na, generando
confusione), gli Impasticcati Anonimi, gli Steroidei Anonimi, e perfino (soprattutto a

Manhattan e dintorni) una cosa chiamata i Prozac-dipendenti Anonimi. In nessuna di queste organizzazioni Anonime è possibile evitare il confronto con la faccenda di Dio.

[70] Per non parlare, secondo alcune rigorose scuole di pensiero 12-Passi, di yoga, lettura, politica, masticazione di gomma da masticare, cruciverba, solitario, intrighi romantici, opere di carità, attivismo politico, affiliazione all'Nra, musica, arte, pulizia, chirurgia plastica, vedere cartucce anche a distanze normali, la lealtà di un cane, lo zelo religioso, la disponibilità implacabile, l'implacabile stesura dell'inventario morale degli altri, la fondazione di rigorose scuole di pensiero 12-Passi, praticamente ad infinitum, incluse le stesse associazioni a 12-Passi, al punto che leggende sussurrate girano a volte nella comunità Aa di Boston riguardo a certi soggetti incredibilmente avanzati e rigorosi in fase di recupero che rinunciano a una fuga potenziale dopo l'altra fino a quando, secondo quelle storie, finiscono col restare seduti su una scomoda sedia, nudi, in una stanza priva di mobili, senza muoversi ma anche senza dormire o meditare o astrarsi, troppo avanzati per accogliere il pensiero della potenziale fuga emozionale del fare alcunché, e rimangono seduti immobili e incapaci di fuggire fino a quando, molto tempo dopo, tutto quello che si ritrova sulla sedia vuota è una compostissima spolverata di ceneri color avorio, facilmente eliminabile con una sola passata di carta da cucina inumidita.

[71] Lo slogan degli Aa di Boston in riferimento a questo fenomeno è «Non Si Può Tornare Indietro».

[72] E su questo dirigente pakistano, i suoi antenati, i suoi piccoli baffi da topo e il suo modo di lavorare, McDade avrebbe una o due cosette colorite da dire.

[73] Uno dei compiti minori dei prorettori consiste teoricamente nella perlustrazione dei vari piani dei Subdormitori e ispezionare le stanze per verificare per esempio se i letti siano stati rifatti a pelle di tamburo, con piccoli e spiacevoli esercizi extra da aggiungere al rifare il letto e riavvitare il tappo del dentifricio, anche se pochi fra i prorettori hanno la combinazione analità/determinazione necessaria a vagare per le camere loro assegnate armati di lista di controllo, con l'eccezione di Aubrey deLint, Mary Esther Thode e Tony Nwangi, il keniano dai lineamenti affilati che sottopone continuamente a meticolosissimo scrutinio la suite di Pemulis/Troeltsch/Schacht.

[74] La Coppa Davis è maschile, la Wightman è femminile.

[75] Il terrore segreto di Hal è che, per il gusto di ex alunni e benefattori, Tavis possa chiedergli di immolare muso e dignità agonistiche a John («N.R.») Wayne che contro Hal non ha mai perso piú di tre game in un set – alle esibizioni del gala di Raccolta di Fondi di novembre, anche se è piuttosto improbabile subito prima del WhataBurger, quando Hal dovrà affrontare comunque Wayne in semifinale, e Schtitt non vuole di certo che Hal sia massacrato pochi giorni prima di un evento importante.

[76] Per qualche tempo intorno ai 2-3 anni si era pensato che Hal Incandenza fosse affetto da una forma di Disturbo da Deficit dell'Attenzione – in parte per la rapidità con cui leggeva e per il pochissimo tempo passato per salti di livello nei diversi videogame pre-Cd-Rom, in parte perché allora quasi ogni ragazzino di classe sociale elevata che fosse anche solo lievemente a dritta o a babordo dell'acme della curva a campana veniva considerato affetto da Dda – e per un po' c'era stato un certo viavai specialistico, e molti di quegli specialisti erano veterani di Mario ed erano naturalmente precondizionati a considerare menomato anche Hal, ma grazie al buon senso del Centro di Sviluppo Infantile di Brandeis i giudizi di menomazione non furono soltanto ritirati ma anche convertiti nel loro contrario, all'estremo opposto del continuum Menomato-Prodigio, e per la maggior parte della sua glabra infanzia Hal fu classificato come una via di mezzo fra «Vicino al Prodigio» e «Prodigio» – per quanto si debba ammettere che parte di questo alto piazzamento cerebrale era dovuta alla tendenza dei test diagnostici del Centro di Sviluppo Infantile a non andare tanto per il sottile nella distinzione fra il puro talento neurologico e l'interesse e lo sforzo ossessivo monomaniacale del giovane Hal, impegnato nel tentativo di compiacere una o piú persone come se da questo dipendesse la sua stessa vita, anche se nessuno aveva mai accennato al fatto che la sua vita dipendesse dall'apparire prodigioso o precoce o anche soltanto eccezionalmente compiacente – e quando ebbe mandato a memoria interi di-

zionari e software di controllo grammaticale e manuali di sintassi ed ebbe trovato alcune occasioni per recitare brevi estratti di ciò che si era inculcato nella Ram per una madre orgogliosamente impassibile o perfino per un padre ormai del tutto fuori di testa, in questi momenti di pubblico spettacolo e piacere – il Distretto Scolastico di Weston Ma all'inizio degli anni Novanta a.S. aveva organizzato gare interscolastiche ortograficamente ossessionanti sui livelli di lettura e memorizzazione chiamate «Battaglia dei Libri», che avevano rappresentato per Hal una prova del fuoco pubblica e un tripudio di approvazione – quando aveva estratto quanto desiderato dalla memoria pronunciandolo impeccabilmente di fronte a certe persone, aveva sentito quasi la stessa dolce aura pallida data da uno strascico di bagliore da Lsd, una corona lattea, quasi un'aureola di grazia ricevuta, resa infinitamente piú lattea dall'ineccepibile nonchalance di una Mami pronta a dichiarare con fermezza che il valore del figlio non era contingente alla vincita del primo o perfino del secondo premio, figuriamoci.

[77] D'accordo, Pemulis durante l'estate (lui rimane all'Eta durante l'estate ma non si è qualificato per la trasferta Europea sin dall'Appw) aveva realizzato e distribuito (al prezzo di costo) alcune copie di un divertentissimo gioco a basso ingombro di memoria per Tp la cui grafica riproduceva un'immagine di deLint e un simulacro del pannello infernale del trittico di H. Bosch *Il giardino delle delizie*, un gioco da Tp che continua a godere di un certo ristretto favore notturno fra gli Under 16.

[78] (Salvo ratificazione da parte del Ministero Onan – Comitato di Controllo Pesi e Misure del contratto finale fra la Gfr Co., Zanesville Oh, e il Dipartimento di Approvazione Royalties, Organizzazione dei Servizi non Specificati degli Stati Uniti, Vienna Va, 15 dicembre Apad)

[79] Né, tantomeno, uno di quei messaggi di suicidio videoregistrati o gli addii strazianti dei malati terminali, saluti digitali dall'oltretomba che, dopo un breve periodo di voga videofonica, entro l'Anno della Saponetta Dove in Formato Prova venivano utilizzati soltanto dai burini e da quelli che vivevano nelle roulotte, e la palma della volgarità andava a quelli che per trasmettere i loro estremi saluti usavano Tableux raffiguranti celebrità tipo Elvis/Carson.

[80] Orin Incandenza sapeva che Joelle Van Dyne e il Dott. James O. Incandenza non erano amanti; la Sig.ra Avril Incandenza non sapeva che non erano amanti anche se, al tempo in cui Joelle e Jim si frequentavano, Jim non era già piú in condizione di essere l'amante di nessuno, neurologicamente parlando, per quanto non sia chiaro a Joelle se Avril ne fosse al corrente poiché Jim e Avril non si trovavano in intimità coniugale da molto tempo, sebbene Jim non avesse compreso la ragione precisa per cui Avril mostrasse una simile sanguigna determinazione nell'impedire l'intimità a partire dall'incidente della Volvo, quando a quanto sembra Avril era con qualcuno (Orin non aveva voluto dire chi né se sapesse chi) e aveva distrattamente – e disastrosamente, l'avesse o no fatto con intenzione inconscia – e presumibilmente nella fase postcoito scritto il nome di battesimo di quella persona sul finestrino appannato dell'automobile, nome che era svanito con il vapore ma poi ricomparso la volta successiva che il finestrino si era appannato, cioè mentre James stava raggiungendo la stessa casa di mattoni per filmare con le sue lenti sfarfallanti Joelle nello strano monologo materno «Sono-cosí-tremendamente-spiacente», l'ultima cosa che aveva fatto senza mai fargliela vedere, e poi aveva disposto che la cartuccia fosse messa nella bara d'ottone insieme a lui, e su quello stesso testamento aveva lasciato a Joelle un assurdo (e pericoloso per i problemi di droga di lei) vitalizio, che Avril non si era mai abbassata a contestare, ma che difficilmente poteva evitare di rafforzare l'apparenza che fossero stati amanti, Joelle e Jim.

[81] *Teoria e pratica nell'uso del rosso di Peckinpah*, Studi di Cartucce Classiche, vol. IX, nn. 2 & 3, At2007Mpcvarmfdiupstpi/1, Pc, U, Om(s).

[82] Forse come forma di reazione psichica alla mania di pulizia compulsiva della Mami, sia Orin quando era all'Eta sia adesso Hal sono due sciattoni tremendi. Nel caso di Hal la cosa è facilitata dal fatto che il prorettore del Subdormitorio C al terzo piano è l'incredibilmente indifferente e rilassato Corbert Thorp, che tartaglia e spesso tenta sciocchi espe-

rimenti motivazionali sui giocatori piú giovani, ma non è mai stato visto in giro con guanto bianco e bloc notes. Mario non manca mai di rifarsi il letto, ma bisogna tener conto che non ha poi molto altro da fare. Hal ha lenzuola su misura di flanella Bean-Jarnes River verdi e nere che s'intonano con il plaid nero Night Watch, e come trapunta usa un sacco a pelo invernale verde imbottito di origine e prezzo ignoti perché gli è stato regalato per Natale e quindi sono state fatte sparire tutte le etichette.

[83] Boston Police Department.

[84] Disponibile su Rom via InterLace@deltad3.COM oppure su carta in edizione economica (presso i Remainder's) dalla divisione Delta/Deltacorte della Bantam-Doubleday-Dell-Little, -Brown, a sua volta una divisione di Bell Atlantic/Tci.

[85] = nessuna affiliazione accademica.

[86] Il circuito juniores dell'Onanta consente l'uso di ossigeno ai cambi di campo fino dallo sfortunato caso di embolia a Raleigh Nc, Alsm.

[87] Vedi nota 24 *infra*.

[88] Dopo numerose dichiarazioni di continue e misteriose rotture, una volta un rappresentante della Dunlop, che passava da Allston mentre si allontanava da Boston dopo essere stato all'Eta, aveva visto non uno ma ben tre ragazzi a tre diversi angoli di strada che vendevano racchette Dunlop nuove fiammanti. Era un caso, secondo le accuse della Dunlop, quasi di Cospirazione a fini di Frode, vedi At2007Mpcvarmfdiupstpi/1, Pc, U, Om (s).

[89] Il fatto che nel tran tran quotidiano non sia affatto chiaro per cosa stiano i termini *cosa* e *importanza*, o come si possa pensare di attribuire grande importanza a qualcosa e allo stesso tempo non attribuirne alcuna; che enormi quantità di energia psichica interiore vengano spese nel tentativo di giungere a un grado accettabile di comprensione di tutta questa faccenda, in particolare dai 16 fino ai 18 anni grosso modo; tutto questo, nell'opinione di Schtitt, non è accidentale né può considerarsi una falla nella pedagogia dell'Eta, anche se un rilevante contingente di studenti Eta considera Schtitt fuori di testa ed essenzialmente un uomo di paglia e sceglie di orientarsi secondo la cartelletta e le statistiche riduttive del prorettore capo deLint, che perlomeno dànno un'idea chiara della propria posizione rispetto agli altri, in ogni momento.

[90] Per es.:

BRANI SELEZIONATI DALLE ORE DI INTERFACCIA INFORMALE
DI D.W. GATELY, MEMBRO INTERNO DELLO STAFF, CON I SINGOLI
RESIDENTI DELLA ENNET HOUSE CASA DI RECUPERO DA DROGA E ALCOL,
ENFIELD MA, PRESI TRA LA FINE DELL'INCONTRO DEI GIOVANI AA
DI BROOKLINE E LE 2329H CIRCA, MERCOLEDÍ 11 NOVEMBRE APAD

«Temo di dover semplicemente negare l'insinuazione che vi sia slealtà o ingratitudine nel trovarsi in difficoltà rispetto a certe incongruenze davvero *lampanti* in questo magistrale virgolette Programma chiuse virgolette del quale sembrate tutti aspettarvi da parte nostra che lo accettiamo tutto cosí com'è, ciecamente, e poi ci mettiamo ad andare in giro con lo sguardo vitreo e le braccia stese in avanti ripetendo le cose a pappagallo».

«Geoff – Geoffrey, senti, penso che nessuno sta cercando di insinuare qualcosa su di te, fratello. Per me, io so che non ci sto provando per niente».

«No, infatti, tu resti semplicemente seduto là con le braccia incrociate a fare sí con la testa, con quell'incrollabile pazienza che comunica accondiscendenza e giudizio senza esporti alla responsabilità di insinuare qualcosa ad alta voce».

«Forse quando ti sembro paziente in realtà sto cercando di essere paziente con me stesso, perché non ho finito la scuola eccetera e perciò ora fatico a starti dietro».

«Questa tattica Aa di mascherare l'accondiscendenza dietro l'umiltà…»

«Direi che mi dispiace solo che ti senti frustrato dal Programma oggi».

Ci sono un mucchio di giorni in cui capita anche a me. Perciò non so cosa dirti che possa essere d'aiuto, tranne quello che dicevano a me, solo di tenere duro».

«Giorno per Giorno per Giorno».

«Fratello, è tutto quel che posso dirti che ha funzionato per me. Per me so che non me ne frega niente se ci sono dei giorni che cazzo lo *odio*. Devo farlo e basta. E non è che aiuta me né nessun altro se me ne vado in giro a spargere negatività sui nuovi arrivati o a cercare di tirar fuori i miei problemi incasinandogli la testa con gli indovinelli su Dio».

«Sig. Gately, signore, questa sera mi sono trovato a partecipare a un ennesimo Incontro degli Alcolisti Anonimi il cui Messaggio centrale consisteva nell'importanza di partecipare ad altri Incontri degli Alcolisti Anonimi. È irritante questa cosa dell'asino con la carota insito nell'andare agli Incontri solo per sentirsi dire che bisogna trascinarsi ad altri Incontri».

«Già».

«Cioè, voglio dire, che cosa potrà mai essere comunicato a questi *futuri* incontri ai quali vengo esortato ad andare che non potrebbe semplicemente essere comunicato *adesso*, a *questo* incontro, al posto delle vitree cantilene di esortazioni a partecipare a questi vaghi futuri incontri rivelatori?»

«Sto facendo del mio meglio per starti dietro, Day, fratello».

«E questa sera mi accomodo su un'ennesima sedia traballante, con quel passivo stato mentale, vitreo e spettatoriale, che è *chiaramente* quel che stanno cercando di ispirare nell'efebo, mi accomodo accanto a un Emil M. fortemente *olezzante* e provo a tenere aperta la mia povera mente confusa e gravata di Negazione con ogni mezzo disponibile, e mi tocca sentire questo devastato ex studente di Yale coi pantaloni gialli che riferisce nel dettaglio episodi di tremens il cui orrore interdice ogni possibile Identificazione—»

«Mi viene in mente che ho sentito Pat dirti che pensare che la gente che ti cammina davanti ti sta in realtà seguendo è una forma di Dt piuttosto grave, fratello».

«E io l'ho *informata* del fatto che esiste una ben nota tattica di pedinamento conosciuta come box che implica che certi membri dell'azione di pedinamento stiano *davanti* al soggetto».

«Solo che non mi ricordo quando le hai spiegato perché un insegnante di Sociologia che va da un bar all'altro dovrebbe essere così importante che ben quattro uomini di una specie di cospirazione innominata dovrebbero metter su questo complicatissimo pedinamento».

«...»

«Solo che ho interrotto il discorso che stavi condividendo, lo so, e mi dispiace».

«Le tue buone maniere di fondo sono la ragione per cui sei quello cui affido i miei pensieri, Don. Lo sai».

«Questo mi fa piacere, Day».

«Cioè, a chi altro potrei parlare? La ragazza che si leva l'occhio e lo carezza? Il povero Ewell con quell'ossessione per le statistiche dei tatuaggi? *Lenz*?»

«Mi fa piacere che pensi che sono uno a posto con cui si può parlare. È questa la ragione per cui sono qui. Avevo un gran bisogno di parlare anch'io, all'inizio. Ti ricordi dove volevi andare a parare prima che mi sono in— che ti ho interrotto?»

«Qualcosa che questo rovinato dell'Ivy League ha detto, una di quelle facezie Aa. Ha detto che solo a un nuovo arrivato su un milione capita davvero di trascinarsi a un Incontro Chiuso degli Alcolisti Anonimi e di scoprire che quello non è il suo posto».

«Cioè viene fuori che non ha il Disagio, vuoi dire».

«Sí. Poi ha detto che virgolette se *Tu* – guardando *proprio* il sottoscritto, apparentemente, con quell'espressione paziente e stancamente divertita nella quale evidentemente tutti vi allenate davanti allo specchio – ha detto che solo un nuovo arrivato su un milione scopre che quello non è il suo posto, e se virgolette *Tu* pensi di essere quell'uno su un milione, allora questo è *senza dubbio* il *Tuo* posto. E tutti sono scoppiati in un tripudio d'ilarità, hanno pestato i piedi a terra e sprizzato caffè dal naso e si sono asciugati gli occhi con il dorso della mano e si sono dati le gomitate in segno d'intesa. Un tripudio d'ilarità».

«Ma tu invece non ci trovavi niente da ridere».

«E tutti etichettano come Negazione o ingratitudine quel che è in realtà *orrore*, Don. L'*orrore* di ammettere che a quanto sembra hai davvero un problema con i sedativi leggeri e il Chianti, e vuoi davvero dare una ragionevole chance a un trattamento che milioni di persone possono giurare li ha aiutati davvero».

«Stai parlando degli Aa».

«Desideri ardentemente di crederci, e ci provi, e poi scopri con *orrore* che il Programma è infarcito di tutti questi idioti sofismi e *reductia ad absurdum* che—»

«Credo che dovrò chiederti di provare a ripetere con parole che riesco a seguire, Geoffrey, se vuoi che sia proprio qui al tuo fianco con te. E scusami se ti sembra degradante».

«Don, sono sincero quando dico che mi *spavento* a scoprire che ci sono cose riguardo alla dottrina di questo presunto Programma miracoloso che semplicemente non vanno. Non seguono una logica. Non hanno il benché minimo senso razionale».

«Qui ti seguo, fratello».

«Prendiamo l'esempio di questa sera dell'uno su un milione. Don, rispondi a questa domanda, Don. In tutta onestà. Perché ogni essere umano non dovrebbe fare parte degli Aa?»

«Ora di nuovo non ti seguo piú, Geoffrey».

«Don, perché ogni bipede privo di piume sulla terra non dovrebbe avere i requisiti per gli Aa? Secondo il ragionamento degli Aa, perché non siamo tutti alcolisti?»

«Be', Geoffrey, fratello, ammettere il Disagio è una decisione totalmente privata, nessuno può andare da un altro uomo e dirgli—»

«Ma seguimi un attimo. Secondo la logica professata dagli stessi Aa tutti dovrebbero essere negli Aa. Se hai un problema con una qualunque Sostanza, allora il tuo posto è negli Aa. Ma se dici di *non* avere un problema di Sostanza, in altre parole *se neghi* di avere un problema di Sostanza, be', allora per definizione sei in *Negazione*, e quindi apparentemente hai bisogno del Supporto anti-Negazione degli Aa anche piú di chi ammette di avere un problema».

«…»

«Non mi guardare in quel modo. Mostrami l'errore nel mio ragionamento. Ti prego. Mostrami perché non dovrebbero esserci tutti negli Aa, dato quello che dicono gli Aa su chi pensa di non doverci andare».

«…»

«E adesso non sai che cosa dire. Non c'è nessun luogo comune che si applichi in questo caso».

«Lo slogan che ho sentito che potrebbe funzionare qui è *Analisi-Paralisi*».

«Oh, stupendo. Oh, meraviglioso. Qualunque cosa succeda, non pensare alla validità di quello che dicono sia il centro della tua vita. Oh non chiedere che cos'è. Non chiedere se non è da folli. Spalanca la bocca e aspetta il cucchiaio, nient'altro».

«Per me, lo slogan significa che non c'è un modo prefissato di tirar fuori argomenti intellettualoidi contro il Programma. Arrenditi Per Vincere, Rinuncia a Qualcosa Per Ottenerla, Dio Come Lo Puoi Capire Tu. Non puoi pensarci come fosse una roba intellettuale. Credimi perché ci sono passato, amico. Puoi analizzarlo fino a quando ti riduci a spaccare tavoli con la fronte e trovi una buona ragione per andartene, tornare Là Fuori, dove c'è il Disagio. Oppure puoi restare e tenere duro e fare del tuo meglio».

«La risposta degli Aa a una domanda riguardo ai suoi assiomi, allora, è quella di invocare un assioma che affermi l'inammissibilità di domande del genere».

«Io non sono gli Aa, Day, amico. Nessun individuo può rispondere per gli Aa».

«Ti sembro fuori dalle righe se ci vedo qualcosa di totalitario? Non c'è qualcosa, mi spingo a dire, di antiamericano nell'interdire una domanda fondamentale sulla dottrina invocando una dottrina contro il domandare? Non era proprio questo l'orrore che terrorizzò i madisoniani nel 1791? Il Primo e Nono Emendamento? La mia Vertenza viene respinta perché la mia Petizione per ottenere Giustizia è interdetta a priori dall'inammissibilità di qualunque Petizione?»

«Ci manca poco che mi doppi, cazzo, da quanto ti sono rimasto indietro. Onestamente non vedi che c'è qualcosa di un po' sballato in quel che dici della Negazione?»

«Penso che il tuo modo sfuggente di evitare un'argomentazione sulla domanda stessa possa significare o che ho ragione, e l'intera matrice Ammissione-controNegazione degli Aa è costruita su una logica di sabbia, nel qual caso è *orrore*, oppure significa che, per qualche ragione difficile da capire, sei inebetito dalla pietà condiscendente per me, indubbiamente per via della Negazione, nel qual caso l'espressione sul tuo volto in questo momento è la stessa stanca pazienza che mi fa venir voglia di *urlare* agli incontri».

«E allora urla. Non possono sbatterti fuori».

«Quant'è confortante».

«Questa è una cosa che so. Non possono sbatterti fuori».

[91] *Mordicuscino* è un'espressione della North Shore, familiare a Gately fin dall'infanzia, e ancora oggi, insieme alla parola con la *f*, l'unica che lui conosce per gli omosessuali maschi.

[92] Diane Prins, Perth Amboy Nj.

[93] Un festival dell'ansia ben sintetizzata dai poster formato striscione che deLint faceva attaccare ogni autunno da D. Harde sulla sezione di armadietti riservata agli studenti dell'ultimo anno negli spogliatoi di tutti e due i sessi con sopra scritto I VINCITORI NON MOLLANO MAI, fino a quando alcuni degli altri prorettori andarono da Schtitt e costrinsero deLint a farli rimuovere.

[94] Di certo è già stato chiarito che i prorettori insegnano un corso marginale per ogni semestre e fungono da assistenti sul campo a Aubrey deLint, il *Lebengefährtin* di Schtitt, e la loro esistenza all'Eta è marginale e di scarso prestigio e la loro condizione spirituale rispetto a questo status irrevocabilmente modesto sta a metà fra l'amarezza e l'accettazione, e per molti degli studenti Eta piú nevrastenici i prorettori sono repellenti come le persone orribilmente vecchie, poiché ricordano loro il destino purgatoriale e di scarso presti-

gio che attende i giocatori juniores con un basso piazzamento; e se un paio di prorettori è temuto, nessuno di loro è granché rispettato, e vengono evitati e fanno gruppo fra loro e si tengono in disparte e nel complesso sembrano tristi, con quella sensazione di adolescenza arrestata e fuga dalla realtà che ha ogni corso postlaurea.

[95] *Pink* è il primo Dos post-Windows della Microsoft Inc., rapidamente upgradato in Pink2 quando l'InterLace fece diventare tutto interattivo e digitale al 100 per cento; ormai, nell'Apad, è un dinosauro, ma resta l'unico Dos che riesce a far girare un programma Mathpak/Endstat senza doversi fermare a ricompilare ogni pochi secondi.

[96] Una specie di triste incarico similprotettoriale all'Amministrazione degli Sport Amatoriali del minuscolo College Provinciale Throppinghamshire di Fredericton Nb, la scuola prelaurea di C.T.

[97] È certo perverso ma anche comprensibile che ottenere da un college una borsa di studio di cui pochissimi etani (e certamente non Orin Incandenza) hanno una reale esigenza economica sia comunque di enorme importanza per l'autostima, dal momento che optare per la via del tennis universitario è già di per sé una specie di ammissione di sconfitta e un abbandono dei sogni gelosamente custoditi di arrivare allo Show.

[98] E per tenere d'occhio a distanza ma in modo stranamente ossessivo Mario, dalla cui lordotica presenza in una qualsiasi stanza Tavis rifuggiva proprio come Avril sfuggiva alla tentazione di pressare troppo su Orin riguardo alla Bu, tanto che, per alcuni giorni, quando Orin e Mario entravano nella stessa stanza si sentiva il rumore di una tremenda collisione all'altra uscita per l'incrocio dei vettori di fuga di C.T. e di Avril.

[99] Ma Dept. of Revenue ovvero Ufficio Erariale del Massachusetts.

[100] Il modo in cui un membro della Bandiera Bianca formula la cosa è, per esempio, che il 99,9 per cento di quello che succede nella vita di qualcuno non è controllabile, e il restante 0,1 per cento sotto l'effettivo controllo personale consiste perlopiú nell'opzione se accettare o negare l'inevitabile impotenza sull'altro 99,9 per cento, un assioma che, solo a cercare di capirlo, fa diventare viola la fronte di Don Gately.

[101] Alcuni dei loro primissimi appuntamenti si erano risolti nell'andare a vedere film commerciali ad alto budget, e una volta, senza alcuna premeditazione, Orin le disse che gli pareva strano guardare film commerciali con una ragazza molto piú bella di tutte le donne nel film, e lei gli aveva dato un bel pugno sul braccio in un modo che l'aveva fatto impazzire.

[102] Fratellanza Internazionale dei Lavoratori di Banchine, Pontili e Dock.

[103] Un virgolette «episodio di eccessiva scarica neuronale manifestata da disfunzioni di carattere motorio, sensoriale e/o [psichico], con o senza stati di incoscienza c/o [movimenti] convulsivi», piú rovesciamento degli occhi all'indietro e inghiottimento della lingua.

[104] Affinché le accademie Onanta possano qualificarsi come scuole a tutti gli effetti e non solo come camps sportivi a permanenza prolungata, è necessario che tutti gli istruttori e prorettori, a eccezione dell'Allenatore Capo, figurino come docenti accademici con funzioni collaterali di prorettorato.

[105] Un'organizzazione dworkinita piuttosto estrema le cui aderenti nella East Coast americana erano nell'ordine delle cinque cifre fino ai Disordini Pizzitola di Providence Ri, nell'Alsm, che screditarono le Fppof e le fecero scindere.

[106] C'è una Sala Proiezioni per ogni piano di subdormitorio, e i Tp da scrivania con consolle telefonica e (se desiderato dallo studente) modem sono una fornitura standard, ma solo gli etani del terzo e quarto anno ottengono veri e propri visori di cartucce nelle loro stanze di subdormitorio – una concessione amministrativa nata due anni fa il cui merito va riconosciuto in gran parte a Troeltsch, il quale aveva perseguitato cosí tanto Charles Tavis da costringerlo infine a cedere solo per evitare che il ragazzo continuasse ad appostarsi nella sala d'attesa del suo ufficio, parlando nel pugno e fingendosi cronista delle «fiamme di controversia che circondano i diritti individuali che si propagano con sempre maggior violenza qui, nella pacifica e pittoresca Enfield» – e nessuno di questi visori (cosí come le unità delle Sale Proiezioni) può contenere schede motherboard per le Disseminazioni Spontanee InterLace o per i giochi su Rom, poiché sia le trasmissioni televisive sia i giochini figli dei

videogame incoraggiano una passività letargica che la filosofia dell'Eta ritiene dannosa a tutto l'insieme di motivi per i quali i ragazzi si iscrivono all'Accademia.

[107] Per es., si dice che il WhataBurger Invitational sarà registrato per un pubblico specialistico e acquistabile solo su ordinazione verso la fine di questo mese.

[108] A volte, soprattutto a inizio autunno e a fine primavera, questo può significare un buco di parecchie settimane; la Weta non trasmette quando la maggior parte dei ragazzi si trova fuori sede per un torneo, e spesso anche le lezioni del sabato vengono cancellate – ed è cosí che si spiega la scelta della Sig.ra Ami di relegare al sabato quasi tutti i corsi dei prorettori.

[109] A quanto sembra il Parti Q. è provinciale, intraquébechiano; il Bloc è la sua controparte federale, con membri in Parlamento, e via discorrendo.

[110] Per riferimento si veda qui ciò che accade quello stesso giorno, 7/11, mentre Hal Incandenza siede svestito sul bordo del letto non rifatto, con la gamba buona, la destra, ripiegata e la caviglia malata a bagno in un secchio delle pulizie contenente una soluzione di sali Epsom, e rovista in una delle vecchie scatole da scarpe Hush Puppy di Mario piena di lettere e istantanee. Il sabato prevede lezioni, allenamenti e partite pomeridiane, ma niente corse di riscaldamento e sedute in sala pesi. Squilibrate sfide pomeridiane sui Campi Centrali sotto un invariabile cielo metallico e senza sole. L'aria ancora umida della pioggia caduta all'ora di pranzo. Il match mal assortito di Hal era stato interrotto quando l'avversario della squadra C, Hugh Pemberton, si era preso una palla nell'occhio proprio sotto rete e aveva cominciato a vagare per l'area del servizio in cerchi irregolari. Hal aveva saltato il giretto in Sala Pompe e aveva avuto le docce quasi tutte per sé nello spogliatoio principale. La cena comunitaria dell'indomani all'Eta, per il Giorno dell'Interdipendenza, è un grande evento che prevede un cappello particolare, specificamente scelto da ciascuno, piú un dolce coi fiocchi, un filmato postprandiale realizzato da Mario, e qualche volta un coro collettivo. Hal e Pemulis, Struck, Axford, Troeltsch e Schacht e a volte Stice seguono un loro speciale rito privato pre-Giorno dell'Interdipendenza, con cena fuori e visitina al gala-abbuffata offerto dall'*Unexamined Life*, dal momento che la domenica è giorno interamente dedicato alle obbligatorie due R, Riposo & Rilassamento. Le partite non interrotte procedono là fuori, Hal se ne accorge a orecchio. Finalmente esce il sole, appena in tempo per cominciare a calare. Parte il gemito e il canto dei tubi di Com. & Amm. che segnala l'inizio dell'affollamento di ragazzini alle docce. Le pallide ombre proiettate dalla rete cominciano ad allungarsi trasversalmente ad angolo acuto sulle linee di fondo della parte nord dei campi. Si può dire che Mario sia l'archivista *ex officio* della famiglia Incandenza. È rimasto tutto il giorno nello stanzino insieme a Disney Leith a preparare il materiale per il gala e il festival cinematografico postprandiale della domenica. Il telefono giace muto in cima ai cavi della segreteria telefonica con l'unità di alimentazione della console. L'antenna è retratta e l'apparecchio sta là, trasudando la vaga minaccia repressa dei telefoni muti. La suoneria emette una specie di pigolio anziché un vero squillo. L'alimentatore della console del sistema solo audio è avvitato a un contenitore sistemato sul lato del Tp di Hal e Mario, e il led rosso che segnala l'accensione lampeggia a intermittenza al liquido passo lento di un trasmettitore radio. Telefono e segreteria telefonica sono lasciti di Orin, dal tempo della sua permanenza all'Eta, vecchi modelli di plastica trasparente che lasciano a vista gli spaghetti di cavi a quattro colori e i chip e i dischi di metallo. L'unico messaggio trovato da Hal al suo arrivo lo aveva lasciato Orin alle 1412h. Orin diceva di aver chiamato solo per chiedere a Hal se per caso si fosse mai reso conto che tutta Emily Dickinson – Emily Dickinson, la Belle di Amherst, la canonica poetessa agorafobica – che ogni singola poesia canonica della Sig.na Dickinson poteva essere cantata senza alcuna perdita o distorsione sillabica sulla musica di *The Yellow Rose (of Texas)*. «Be-cause I could not stop for Death He kindly stopped for Me», aveva cantato Orin a titolo illustrativo nel messaggio. «I hope the Father in the skies Will lift his little Girl». Canticchiato, piú che altro. Sullo sfondo si sentivano rumori da spogliatoio di professionisti – antine degli armadietti che sbattono, voci di basso riecheggianti fra piastrelle e acciaio, stereo personali, sibili di antitraspirante e gel per i capelli. La strana eco rinchiusa degli spogliatoi di tutto il mondo, juniores o professionisti. «On my volcano grows the Grass A meditative spot», e co-

sí via. Lo schiocco sordo di un asciugamano professionalmente schioccato su pelle adulta. La risata in falsetto di un nero. La voce registrata di Orin diceva di aver colto al volo il primo attimo insolitamente libero per chiedere alla segreteria di Hal un parere in proposito.

Hal sputa succo di tabacco Kodiak in un vecchio bicchiere Nasa con un missile disegnato sopra che tiene sul comodino, scorrendo nel frattempo, distrattamente e senza una ragione particolare, il fitto pacchetto di lettere piegate in sei e allineate in verticale, una specie di schedario multifunzione di diversi ricordini e corrispondenza postale che Mario aveva recuperato da cestini per la carta, contenitori di riciclaggio e cassonetti e, senza farne parola con nessuno, aveva conservato nelle scatole da scarpe. Per Mario non è un problema se Hal ficca il naso nel suo armadio. L'armadio di Mario ha una striscia di stoffa al posto della maniglia. Per andare proprio bene, ci vorrebbe anche un secchio di acqua freddissima, e Hal sposterebbe piú volte la caviglia malandata da un secchio all'altro. Dai Campi Ovest delle ragazze risuona un fischio. Uno dei piccoli davanti alla porta chiusa grida «No, riprova!» a qualcun altro un po' piú avanti nel corridoio. Nessuna delle lettere cartacee nella scatola Hush Puppy sono per o di Mario. Il suo letto è rifatto sommariamente, senza troppe storie. Quello di Hal non è rifatto per niente. La madre di Hal e Mario aveva scritto una tesi da Menzione Accademica al McGill sull'uso di trattini, lineette e due punti in E. Dickinson. L'acqua epsomata gli sbianca i calli. È circondato da un mare di lenzuola non lavate. Il telefono pigola. *Am*ple *make this bed*, oppure *Am*ple *make* this *bed*. Il telefono pigola un'altra volta.

UN ESEMPIO COMMOVENTE DEL GENERE DI POSTA CARTACEA
CHE LA SIG.RA AVRIL INCANDENZA HA MANDATO AL FIGLIO MAGGIORE ORIN
A PARTIRE DAL SUICIDIO DEL DOTT. J.O. INCANDENZA, IL GENERE DI SPENSIERATA
POSTA QUOTIDIANA CHE – ECCO LA PARTE COMMOVENTE – SEMBREREBBE IMPLICARE
UN CONTESTO DI REGOLARE COMUNICAZIONE FRA LE PARTI, NONOSTANTE TUTTO

20 giugno Alsm

Caro Filibert[*],
è stata una settimana tranquilla qui al Monte DimenticatodaDio[b] – oggi il caldo è esiziale, senza una bava di vento, una giornata piú quieta di una tomba, ridente e graziosa. Ogni unità floreale del giardino ha pistilli eretti e petali tremanti in modo davvero inverecondo, considerando le api che girano. L'intera collina ronza sonnolenta. Ieri tuo Zio Charles è stato avvicinato sul sentiero nord da un bombo a suo dire cosí gigantesco da produrre lo stesso rumore di un bassotuba, perciò ha chiamato a raccolta il Sig. Harde e tutto lo staff di giardinieri armati di fucili per il tiro al piattello, e ha ordinato loro di «...abbattere quell'insetto grosso come un Sikorski». Ti risparmierò il dettaglio delle conseguenti disavventure a carico dello staff di giardinieri, due dei quali sono ormai in via di completa guarigione.

L'attuale penuria di decibel è dovuta in parte alla partenza, ieri, di tutte e sei le squadre A per Milano, con Gerhardt, Aubrey, Carolyn e Urquhart al timone pedagogico. Sembra siano passate poche lune da quando vedemmo te, Marlon, Ross e gli altri agli Europei su terra battuta. Ricordo come premeva il becco materno contro la vetrata del terminal cercando di individuare il mio Filibert dietro uno degli oblò crudelmente piccoli dell'aereo. Ogni volta piangevo come una stupida, e l'ho fatto anche ieri, ovviamente imbarazzando tutti tranne Mario, il quale piangeva a sua volta.

Quanto a me, ho sgobbato e sudato tutta la mattina, attivando il videofono di tuo Zio Charles e cercando di persuadere i redattori di varie pubblicazioni di settore dei supermercati a dare diffusione all'ultima petizione avanzata dai Gmm[c] affinché il *Max. 10* in quelle !*#!*# Casse Veloci venga emendato in *Massimo 10*. Un redattore vecchio stile mi ha detto che sarebbe stato lieto e onorato di potermi aiutare, ma che il suo foglio era dedicato esclusivamente a questioni di presentazione promozionale. Quando ho suggerito che una piccola divagazione scherzosa nella forma nel suo bollettino, in cui si dichiarasse che da x si passa a ss, poteva non essere fuori luogo, lui ha ridacchiato. Ridacchiare va bene. Ci piace ridacchiare. In ogni caso, sono riuscita a sfondare (piú difficile da farsi per telefono di quanto non si potrebbe pensare) le resistenze di *Produce Weekly*, *Quarterly Register* di Star Market, e *Shelf and Cart* di Pricechopper, per cui le ruote della giustizia linguistica continuano, seppur scricchiolando, a girare.

L'ultima chicca di notiziario Accademico è che tuo Zio Charles si è fatto fare la prova del colesterolo alla fine della scorsa settimana. Benché il verdetto finale si sia limitato a un «Da Normale a Superiore al Normale» (*sic*), piuttosto inintelligibile per la verità, il penultimo aggettivo, come puoi ben immaginare, ha causato un gran numero di passi in tondo e lamenti pieni di decibel, unitamente a voti di eterna xerofagia da adesso e per sempre. Già da qualche mese tuo Zio Charles ha preso l'abitudine di ingoiare tre cucchiaini di olio di fegato di merluzzo subito prima di catapultare lo scheletro amministrativo in posizione orizzontale per la notte. Nelle serate noiose i tuoi fratelli si fanno un'escursione fin qui solo per l'entusiasmo di vedere le facce che fa Charles mentre quella roba gli scende nell'esofago. Il giorno in cui sono arrivati i risultati ho ordinato elettronicamente al poveretto un libro di ricette senza grassi come regalo di solidarietà, e tuo Zio Charles si è già immerso nella lettura, infilando un segnalibro su svariate ghiottonerie. Questa sera ci tocca uno studio approfondito sulle polpette di cavolo, perché noi siamo gente che parte in quarta. Credo proprio che il poveretto troverà un modo di incorporare nel suo dentifricio la crusca di riso[d] prima che quest'accesso d'ansia si smorzi. Lunga vita al suo cuore – e cosí sia!

Mamma mia, questa macchina incoraggia il farfuglio incoerente. Sarà meglio che torni a tormentare i venditori di alimentari. Una delle matricole di quest'autunno[e] è figlio di un uomo che a quanto pare avrebbe accumulato un'immensa fortuna come Teledroghiere[f] nel Midwest, perciò non è detto che il Rapido Forestierismo delle Parole non possa scomparire anche da quelle parti.

Va da sé che continui a portare sempre la tua aureola e il paradenti e mangi un ortaggio verde a foglia al giorno.

Oh – è stato *mera*viglioso sentire dell'arbitrato e del contratto. Il Sig. deLint ne ha letto un resoconto dettagliato e ci ha riferito ogni cosa. Fiera, come sempre, di conoscerti.

Mi Manchi e Ti Amo Tanto,
     & c.

E UN ESEMPIO DELL'INVARIABILE RISPOSTA
CHE QUESTO GENERE DI LETTERA HA SEMPRE PROVOCATO

Cara___Sig.ra Incandenza_____

In conseguenza della grossa mole di posta che i New Orleans Saints® sono tanto fortunati da ricevere da ogni parte della 2ª Griglia InterLace®, siamo spiacenti di comunicar_le_ che __ORIN INCANDENZA N. 71__ non può rispondere alla sua lettera di persona, tuttavia, per conto dei New Orleans Saints®, __«ORIN»__ mi ha chiesto di Ringraziar_la_ per il messaggio di sostegno, e di salutar_la_ cordialmente.

___La___ prego di accettare la speciale fotografia in azione allegata, a colori, di centimetri 20 x 25, personalmente autografata da __ORIN INCANDENZA N. 71__.

È il nostro modo di esprimer_le_ la nostra gratitudine e dir_le_ quanto abbia significato per noi la _sua_ lettera.

Cordialmente,

Jethro Bodine

Assistente all'Ufficio Pubbliche Relazioni

&c.

«Poooronto».

«Ecco a voi la Strategia di Seduzione Rapida Numero 7».

«Orin. Buona Vigilia dell'Interdip. E Unibus Pluram e cosí via. Ancora occupato a scappare dai disabili?»

«Puoi farci completo affidavit, Hallie: la Numero 7 non sbaglia mai».

«E non tutte le poesie della Dickinson sono cantabili sulla musica di *Yellow Rose*, O. Spiacente di deluderti. Ad esempio prendi «*Ample make* this *bed* – *Make* this *bed* with *awe*» non è neppure giambico, né tanto meno tetrametro/trimetro».

«Era solo una teoria. L'ho detto tanto per lasciare qualcosa in segreteria».

«Una pratica da incoraggiare. Sfortunatamente questa particolare teoria è un fiasco. E poi non credo che intendessi dire proprio *affidavit*».

«Però la Numero 7 resta un approccio che non può andar male. Prova a immaginare. Ti procuri un anello. Cioè una fede nuziale. Quindi ti presenti al Soggetto come visibilmente sposato».

«Sai che detesto queste telefonate di Strategia».

«Naturalmente funziona anche se sei sposato davvero. Nel qual caso l'anello ce l'hai già».

«Sono seduto con la caviglia a mollo, O.».

«Lo scopo è presentarti al Soggetto come sposato, cioè felicemente sposato, e cominciare una conversazione nella quale ti dài un mucchio da fare per farle sapere quanto sei pazzamente innamorato di tua moglie, quanto sia meravigliosa, tua moglie, come la luce pilota della passione arda ancora, azzurra e chiara, nel sistema di riscaldamento centralizzato del tuo amore per lei, tua moglie, anche dopo tutti questi anni».

«Sto qui seduto a rovistare in una vecchia scatola di lettere per far passare i pochissimi minuti prima che un gruppo di noi salti sul carro attrezzi per la banda annuale previgilia dell'Interdipendenza di Pemulis».

«Ma mentre racconti queste storie al Soggetto, i tuoi modi indicano che nonostante tutto sei attratto da lei».

«Mi sembra significativo che tu usi sempre la parola *Soggetto* quando invece intendi l'esatto contrario».

«Ma non stai flirtando o facendo cose liscive, non ci provi. Piú che altro sembri fortemente, involontariamente attratto. Quasi come se fossi ipnotizzato contro la tua volontà. I tuoi modi possono segnalare tutto questo semplicemente seguendo i gesti del Soggetto durante la conversazione o i suoi cambiamenti di posizione e di espressione con quella specie di sguardo vuoto e intenso col quale un affamato guarda chi sta mangiando. Seguendo i movimenti della forchetta come fossi mesmerato. Senza dimenticare, naturalmente, gli occasionali guizzi di doloroso conflitto che ti attraversano gli occhi, perché ti trovi involontariamente mesmerato da una persona diversa dalla tua serafina moglie, e il punto—»

«Tempo. Yo. Penso che tu voglia dire *serafica*. E comunque penso che tu voglia dire *lascive* e *mesmerizzato*».

«Sai qual è il tuo problema, Hallie?»

«Ne ho uno solo?»

«Ma aspetta un attimo e vedrai che la 7 vale la pena di non farmi divagare. Perché il punto è spingerti abbastanza in là da suggerire che è già un incredibile tributo al prorompente fascino femminile del Soggetto il fatto che riesci anche soltanto a *vederla*, dal momento che sei cosí tanto innamorato di tua moglie che a stento riesci a vedere la maggior parte delle donne come femmine, ormai, senza parlare poi dell'essere involontariamente attratto dal Soggetto, e ancor meno avere magari il pensiero dell'infedeltà che attraversa, per quanto involontariamente, la tua mente fedele. E non è neppure il caso che tu comunichi tutto questo direttamente. Il Soggetto lo capisce da sé. Qui sta lo scopo dei guizzi conflittuali nei tuoi occhi mesmerati, o al piú un involontario lamento tormentato, un rapido morso sulla nocca dell'indice».

«Un palmo della mano sulla fronte o qualcosa del genere».

«Devi rendere i tuoi modi attanagliati dal conflitto al punto giusto, e allora sarà il Soggetto che comincerà a cavarti fuori la verità, quest'attrazione involontaria cosí dolorosa per te e cosí lusinghiera e beatificante per lei».

«Perciò aspetta. È in una conversazione qualunque che metti in scena tutto questo guizzare e lamentarsi? Tipo una chiacchierata amichevole a una festicciola pomeridiana? Oppure brandisci il tuo anello fasullo a una qualsiasi ragazza alla fermata dell'autobus e cominci un tributo tormentato alla tua serafica moglie?»

«Va bene dappertutto. Il luogo del convegno è modulabile. La 7 è portatile e infallibile. Il gioco sta nel manovrare la questione del tuo fedele, attratto, conflittuale dolore fino al punto in cui tu sembri quasi crollare e allora puoi chiedere al Soggetto in tutta tormentata sincerità se lei crede che notare involontariamente in lei tanta visibile femminilità e fascino faccia di te un cattivo marito. Sii vulnerabile e chiedile di valutare la tua purezza di cuore. Mostrati disperato. Scosso nell'intera concezione sposata che hai di te stesso. Praticamente implora il Soggetto di rassicurarti del fatto che non sei un cattivo marito. Prega il Soggetto di rivelarti che cosa pensa ci possa essere nel suo fascino che ti sappia scacciare, anche solo momentaneamente, la serafina moglie dal cuore. Devi presentare l'attrazione che senti per il Soggetto sotto forma di una involontaria crisi d'identità, di quelle che segnano l'anima per sempre, e rispetto alla quale hai un bisogno disperato del suo aiuto, del Soggetto, da uomo a donna».

«Sembra assai commovente».

«E se poi sei davvero sposato, il vantaggio aggiuntivo al picco piú alto della 7 è che sia tu sia il Soggetto, per quanto brevemente, ci credete. Al picco. All'involontario, appassionato picco del destino, una cosa da cavaliere errante».

«E naturalmente, O., si dà il caso che anche il Soggetto sia sposata, spesso con bambini piccoli, il che la scaraventa direttamente nella tua tela».

«Si tratta di capire qual è la personale preferenza di vocabolario, che non incida né in un modo né nell'altro sull'infallibilità della 7. È il crollo involontario e conflittuale del brav'uomo-segnato-dal-destino, al quale nessun Soggetto può ragionevolmente resistere».

«...»

«Voilà».

«Be', O., la cosa è morbosa. Perfino piú morbosa della 4. Era la 4? Quella che dicevi ispirata da Loach, per la quale dovevi dire di aver abbandonato proprio quel giorno il seminario gesuita, dopo anni morigerati di celibato convinto, a causa di pulsioni carno-spirituali che non avevi mai neppure identificato come tali fino a quando, proprio in quel preciso momento, non avevi posato gli occhi sul Soggetto? Quella col breviario e il collare preso in affitto?»

«Quella era la 4, sí. Anche la 4 è una bella ginecopia, ma applicabile entro una gamma psicologica di potenziali Soggetti un po' piú ristretta. Guarda che non ho mai detto che la 4 fosse infallibile».

«Be', devi andarne fiero. Questa è anche piú morbosa. L'anello fasullo e la sposa finta. In pratica inventi una persona da amare solo per indurne un'altra ad aiutarti a tradirla. È cosí. È come corrompere qualcuno per farti aiutare a profanare una tomba che quel qualcuno non sa che è vuota».

«È questa la ricompensa per aver trasmesso impagabili frutti di dura esperienza a chi ancora pensa che farsi la barba sia eccitante».

«Dovrei andare. Ho un punto nero di cui occuparmi».

«Non mi hai chiesto perché ho richiamato subito. Perché ti sto telefonando nelle ore di punta».

«E poi mi sta cominciando il mal di denti, ed è il fine settimana, e voglio vedere Schacht prima della scorpacciata di pasticcini della Sig.ra Clarke domani sotto il sole. E poi sono nudo».

«Sono perfino sorpreso che ci fossi. Di persona. Mi aspettavo la Voce Disincarnata e ti avrei chiesto di richiamarmi al piú presto. Che ore sono lassú, le 1600h? Perché non sei fuori a farti il culo in campo? Non dirmi che Schtitt si è messo a cancellare i pomeridiani alla Vigilia dell'Interdip.».

«Ho centrato questo Pemberton nell'occhio, era proprio sotto rete. È stato involontario. Eravamo solo al quarto game. Ha tirato un colpo di avvicinamento morbido e svolazzante come un budino e io stavo cercando di ammanettarlo. Gliel'ho tirato addosso solo per ammanettarlo. Non ha neppure sollevato lo strumento. L'ho preso dritto nell'orbita sinistra. Ha fatto un rumore da tappo di champagne. Un prorettore di nome Corbett Thorp ha detto che secondo lui Pemberton potrebbe aver riportato un distacco della retina. Qualcosa si è staccato di sicuro. Si è messo a camminare in cerchi concentrici come se fosse stato colpito da un maglio».

«Sembri proprio divorato dal rimorso».

«A scherzare con il fuoco ci si brucia, O. Mi sono preso le mie belle pallate qua e là. E da dove vengono tutto d'un tratto quelle bizzarre teorie metriche su Emily Dickinson, a proposito? E come procede con i loschi figuri in sedia a rotelle?

«Quest'anno sei balzato nella Top-Ten degli strumentomani juniores, Hallie, e Schtitt non trova niente di meglio da fare che darti in pasto un damerino come Hugh Pemberton?»

«Te lo ricordi?»

«Come si fa a dimenticare un ragazzo che sembra fare una riverenza ogni volta che serve? Con la visiera bianca e gli occhiali ambrati? Quel poveretto si aggrappa con le unghie al primo piolo della scala da quando aveva nove anni».

«La carneficina dura da una settimana. Schtitt sta schierando le squadre C contro le A. È per la crescita della C, dice Donnie. E anche perché dai vertici è filtrata voce che, secondo alcuni membri dello staff, certi giocatori di A non sono sembrati troppo determinati contro la Port Wash».

«E loro la disprezzano, l'indeterminatezza».

«Penso che ci vogliano molto vicini all'arroganza per la Raccolta di Fondi e poi per il WhataBurger, dove Wayne avrà l'opportunità di strappare la palma a questo Veach».

«E non dimentichiamoci di te, H. Se ti serve un incentivo penso di poterci essere almeno per le semi del WhataBurger, se ci arrivi».

«Vuoi dire di persona, O.?»

«Si dice che adesso valga la pena vederti».

«Si dice?»

«Tengo l'orecchio incollato al cemento, Hallie».

«Almeno quando i Soggetti sono particolarmente bassi, immagino».

«Partiamo per il Patriots' Day quel venerdí, cos'è, il 27 o il 28, ma la partita è di sabato pomeriggio. Potrei essere là nella tarda mattinata di domenica, se sarai ancora nella mischia».

«Probabilmente dovrai portare un cartello intorno al collo, cosí saprò che sei tu».

«...»

«Perciò sarai lassú proprio mentre noi saremo quaggiú, tutti e due a giocare. Strano».

«Va da sé che me lo diresti prima se per caso qualcuno che non voglio vedere decidesse di partire con voi».

«Questa faccenda della C contro la A è stata piú grottesca che produttiva riguardo alla fiducia in se stessi. Lo stress spunta fuori nei modi piú contorti. Struck ha battuto Gloeckner in 40 minuti e poi ha platealmente rivelato che sotto le calze aveva pesi di tre chili attaccati alle caviglie. Wayne ha fatto piangere Van Slack di fronte a tutti».

«Si dice che Wayne vada sempre al massimo».

«Poi giovedí Coyle si è fatto legare il polso sinistro alla caviglia destra e nonostante questo stava battendo quello nuovo, Stockhausen, quando Schtitt ha mandato giú Tex Watson per dirgli di darci un taglio».

«Ma veniamo alla vera ragione della mia chiamata, Hallie».

«E ti sento evasivo riguardo alla paura dei disabili. Quei loschi individui in agguato sulle sedie a rotelle».

«Non vedo una sola rotella da giorni. Penso che si trattasse di un timidissimo fan club di gente senza gambe che guarda a me—»

«Intuizione grottesca, O.».

«—come alla gamba per antonomasia. Usano diversi stratagemmi per seguirmi dappertutto, ma non si avvicinano mai né dicono una parola perché il fatto di non avere gambe li rende molto timidi. Perciò ora la mia mente riposa tranquilla».

«Sí, se solo le paure di scarafaggi, ragni e altezze si calmassero, potresti davvero camminare a testa alta».

«Allora, la ragione della chiamata».

«Già ti ho detto che ti avrei fatto sapere quando e se. Nessun giornalista all'orizzonte. Nessuna profilatrice di "Moment"».

«Per la verità sono contento di averti trovato di persona. Ti avrei chiesto di chiamarmi a razzo».

«Sarò lieto di chiamarti arazzo se ti fa piacere, O.».

«Questa non ti fa onore. E poi sento che continui a masticare quella schifezza. Quella merda ti farà cadere la mascella di botto. L'ho visto succedere quaggiú, credimi. E poi ti chiedi da dove vengono all'improvviso tutti quei problemi con i denti».

«Il tabacco stimola la saliva. A dirla tutta migliora l'igiene orale, se si considera la pulizia dentale extra. Le carie sono un'eredità di Lui in Persona. Lo sai. Lui in Persona, le cui devitalizzazioni mettevano i ragazzi del Dott. Zegarelli in viaggio verso Andover».

«La mia chiamata essenzialmente non di cortesia, H., nasce dal bisogno di un tuo parere su alcune questioni emerse nel corso della mezza dozzina o giú di lí di conversazioni molto complesse, viscerali e ad ampio raggio che mi hanno visto impegnato con un certo Soggetto».

«Di certo non la persona nella casa mobile».

«Un Soggetto di tutt'altra parrocchia. La teoria sulla Dickinson, devo ammettere, è il frutto di una di queste conversazioni».

«Una signora profonda, si direbbe».

«Multistratificata e multidimensionale. Abbiamo avuto una bella serie di scambi verbali davvero intensi. La poetica Trascendentalista è solo una delle questioni viscerali su cui ci siamo soffermati. Questo Soggetto dà pane ai miei denti cerebrali».

«La Dickinson è Trascendentalista piú o meno quanto Poe. Secondo fiasco su due per il tuo Soggetto».

«Tutto questo è marginale rispetto alla chiamata. Ho detto al Soggetto che avrei considerato certe questioni con molta attenzione prima di rispondere».

«Il che significa che avresti cercato di capire quello che vuole sentirsi dire e come rifilarglielo fino a quando non ti implora di andare a letto con lei».

«Pertanto ho bisogno di risposte oculate a due domande fondamentali».

«Perché questa voglia malata di rendermi complice delle tue battute di caccia Strategiche quando sai che mi sembrano deviate e morbose? È come chiedere a qualcuno di aiutarti a coltivare l'antrace o qualcosa del genere».

«Solo due domande, tutto qui».

«Adesso riesco quasi a sentire le pulsazioni nel dente, sembra che l'infezione stia raccogliendo le forze a tutta velocità».

«Primo, che cosa significa questa parola che non riesco a trovare sul dizionario: s-a-m-i-z-d-a-t?»

«*Samizdat*. Nome composto russo. Espressione idiomatica sovietica del xx secolo. *Sam* – radice: "auto"; *izdat* – verbo indeclinato: "pubblicare". Ritengo che la connotazione letterale sia tecnicamente arcaica: la disseminazione segreta di materiali di rilevanza politica censurati al tempo in cui il Cremlino d'epoca eschatoniana si metteva a censurare le cose.

Per estensione, viene oggi genericamente utilizzato per indicare qualunque genere di stampa politicamente underground o ai margini della cultura dominante e quanto da questa pubblicato. Non esiste un vero samizdat negli Usa in quanto tale, in conformità al Primo Emendamento, non credo. Suppongo che le pubblicazioni di albertani e québechiani ultraradicali possano essere considerate samizdat onaniti».

«Però».

«Non solo pamphlet Séparatisteur, bada bene. Dovrebbe trattarsi di qualcosa di piú incendiario. Materiale che incita all'uso della violenza, alla distruzione di proprietà, allo smantellamento delle Griglie, terrorismo anti-Onan e cosí via. Non credo che tecnicamente l'Onan disponga censure in quanto tali, non credo, però la Poutrincourt ha detto che gli Rcmp sono autorizzati a confiscare carta stampata e perfino editoria da tavolo e hardware InterLink eccetera senza alcun mandato».

«Rcmp».

«Poliziotti canadesi a cavallo, O.».

«Quei tizi stile Nelson Eddy con i cappelli cretini e gli stivali da cavallerizzo».

«Ci sei quasi. Prossima domanda».

«Perciò non hai idea del perché il nome della Cicogna Folle potrebbe emergere in relazione a qualcuno che dice *samizdat*».

«È questa la seconda domanda?»

«Diciamo 1(a)».

«Non nel senso stretto della parola. Immagino che non si possa escludere da parte di alcuni Séparatisteurs una lettura in chiave anti-Riconfigurazione di pellicole come *L'Onanteide* o *Mattone*. Al limite anche roba come *Pollame in movimento*. E in piú molte delle cose di Lui in Persona erano autodistribuite. E, secondo una delle possibili interpretazioni, *Dominio immanente* sarebbe un'allegoria sulla Concavità, anche se questa versione sembra ignorare il fatto che Gentle non era neppure Presidente quando uscí il film. Ma puoi dire al tuo Soggetto che l'opera di Lui in Persona era tutta assertivamente americana. Il suo interesse per la politica era subordinato alla forma. Sempre. E neppure una delle sue cose è stata censurata. Tutto quello che si trova ancora sotto menu InterLace è inter-Griglia: *L'Onanteide* si può ordinare a Manitoba, a Vera Cruz, dappertutto».

«Parlando di Separatismo Québechiano, a proposito».

«Perché avverto la pungente sensazione che stiamo entrando nella 1(a)-punto-uno o qualcosa del genere? Che ne dici se ti richiamo domani cosí possiamo chiacchierare quanto ci pare. Sarò qui a leggere per gli Esami fino all'Eschaton delle 1400h. E le tariffe nei festivi sono basse».

«Guarda che sto pagando io».

«Oppure potresti chiamare direttamente la persona piú indicata per chiacchierare di questioni canadesi, O.».

«Spiritoso».

«Passiamo subito alla domanda 2 allora – i miei sali Epsom si stanno raffreddando».

«Il punto fondamentale è questo: che cosa avresti da dire se un Soggetto spettacolare e ingegnoso ti chiedesse che cosa hai da dire su come tutti i Séparatisteurs Boscaioli lassú, dal Bloc Québecois e i Fils de Montcalm giú giú fino alle frange settarie e le cellule terroristiche—»

«Temo che dovrò obiettare all'uso della parola *Boscaioli*, O.».

«Chiedo scusa. La questione è come mai tutta la collezione di Séparatisteurs québechiani da quelle parti ha mandato a picco come un sasso l'obiettivo originario dell'indipendenza per il Québec e, apparentemente da un giorno all'altro, ha dirottato tutte le energie in attività tumultuose contro l'Onan e la Riconfigurazione nel tentativo di forzare fl rientro della Concavità nella nostra carta geografica».

«O., questa è politica onanita. Se fossi in te guarderei il mio Soggetto nei begli occhioni azzurri e le direi senza mezzi termini che la sfera d'indagine della nanomicroscopia non è ancora abbastanza avanzata per misurare i miei interessi nelle complessità della politica onanita. Il corso della Poutrincourt è già sufficientemente inquietante. Sgradevole, arido, ripetitivo e perlopiú banale. Thevet però ha una specie di avvincente matassa romantico-storica da dipanare, rispetto a—»

«Dico sul serio. Almeno tu hai qualche nozione di base. L'unico prorettore Boscaiolo che la mia classe abbia mai avuto insegnava ceramica».

«Però sei tu quello con i classici della Pléiade e il 5 sulla tabella dei Risultati di Francese e la capacità di far vibrare la *R*».

«Quello è parigino. E ormai non guardo neppure i resoconti sportivi, figuriamoci la roba politica. Provaci solo per un secondo. Questo Soggetto ha sollevato argomenti che sfuggono alla mia capacità di penetrazione».

«Troppo incoerente perfino per essere una metafora mista, O. Mi stai davvero dicendo che ti piacerebbe approfondire la tua penetrazione? O stai solo cercando un riassuntino per poter incorporare l'impressione di penetrazione in una nuova campagna di rimozione mutandine? Intendi dirle che hai studiato politica onanita dai gesuiti?»

«La faccenda è stata estremamente rischiosa. Sono stato costretto a dire al Soggetto che dovevo pensarci e ponderare la cosa, che mi prendevo sempre del tempo per ponderare bene le faccende anziché buttar là un'opinione inconsulta».

«E non dirmi: questa è la tua intervistatrice di "Moment"? La tua biografa personale? È questo lo scopo della sua visita? Era tutta una scusa la storia del profilo storico-familiare della scorsa settimana? Davvero ci si aspetta da me che io mi metta a sedere con lei e ti dipinga come un ex seminarista versato nella politica e sposato a una donna che soltanto una dea di proporzioni epiche potrebbe indurti a tradire? Perché, è meglio che te lo dica subito, Schtitt non permetterà a nessuno di noi di parlare con l'inviata di una robaccia di bassa lega come "Moment" senza che lui stesso o deLint siano presenti. Sono passati i bei tempi in cui Lui in Persona non badava a tutti i giornalisti che infestavano questo posto in cerca di rivelazioni sensazionali tipo chi-è-la-prossima-Venus-Williams. Adesso è Schtitt che decide chi parla con chi. In appendice al suo Manuale d'Ammissione, deLint ha una sezione durissima riguardo allo sviluppo juniores e le esagerazioni tossiche».

«Helen ce la farà a entrare?».

«Schtitt non mi consentirà di rilasciare rivelazioni sensazionali sulla tua acutezza politica o la tua pseudomoglie o qualcos'altro. Ha fatto in modo che C.T. consideri questo posto una specie di profilattico contro l'attenzione commerciale. Lui pensa che l'attenzione commerciale rivolta agli juniores sia teratogena. Adesso il Manuale ci invita a considerare noi stessi in un utero e gli scoop pubblicitari come talidomide. Schtitt la farà entrare e la chiuderà in una stanza insieme a C.T. e lascerà che lui la arringhi finché lei non si getterà dalla finestra come quel giornalista della Condé Nast lo scorso autunno».

«Lascia stare il profilo. Parlale oppure non parlarle. Questo è un fatto personale».

«Cioè hai scoperto che ha bambini piccoli e magari un matrimonio che puoi devastare».

«Quello che dici non mi tocca neppure. Helen è un genere di Soggetto del tutto differente. In lei ho scoperto strati e dimensioni che non hanno niente a che vedere con i profili».

«Cioè è una tipa tosta. Cioè hai disposto la tua tela e lei non ci è caduta. E sa che non sei sposato e neppure un gesuita tormentato. È resistente alle Strategie perché la sa troppo lunga per farsi infinocchiare da una falsa identità».

«Valutiamo questa cosa insieme per un istante, se hai finito. Fermami in qualunque momento. Intervieni quando ti pare. Sia per l'estrema sinistra che per l'estrema destra il traguardo piú ambito è sempre stato la secessione del Québec, storicamente, no? Dico bene? Il Fronte Libération e cosí via? I Fils de Montcalm. O si dice *du*? Sono loro che vanno in giro in Spandex e trucco da pancake?.Le gigantesche crostate sganciate su Ottawa dopo il terzo Accordo di Meech Lake?»

«...»

«Parizeau & c. e cosí via. Non farti problemi a fermarmi o intervenire. Il punto è sempre stato quello di far uscire il Québec dal Canada, giusto? Le rivolte di Meech Lake e Charlottetown. L'assassinio Crétien. "Notre Rai Pays". Terroristi con le camicie di flanella a quadri. Canada francese ai francofoni. Sionismo Acadiano. "La Québecois Toujours". "On ne parle d'anglais ici"».

«E il terrorismo era diretto in modo particolare a Ottawa, pressioni su Ottawa e il Canada. "Permettez Nous Partir, Permettez Nous Être". Oppure facciamo saltare il Frontenac. Oppure irradiamo Winnipeg. Oppure conficchiamo un chiodo da rotaia nell'occhio di Crétien. Non siamo esattamente all'acme della penetrazione, O.».

«Sí, poi però improvvisamente tutto cambia quando Ottawa, cedendo alla forza o meno, si consegna alle mani chirurgicamente sterili dell'Onan, con l'avvento dell'Onan, Gentle, virgolette chiuse virgolette Experialismo».

«A quanto pare non ti servono le mie imbeccate su tutta questa storia, O.».

«Ma insomma a quel punto all'immediato unisono tutti i vari gruppi separatisti mandano a picco la secessione e l'indipendenza e trasferiscono il loro risentimento rivoltoso verso l'Onan e gli Usa, e ora insorgono contro l'Onan in difesa di quello stesso Canada che per decenni avevano considerato il nemico. Non sembra un tantino strano tutto questo?

«...»

«Non sembra un po' strano tutto questo, Hallie?»

«Per la verità non sono il giusto parente di sangue al quale rivolgersi riguardo alle complessità dell'ideologia canadese radicale, O. Se ci pensi bene, abbiamo una parente di sangue che ha la doppia cittadinanza. La quale, sono certo, sarebbe piú che entusiasta di valutare con te il flusso ideologico del Separatismo finché vuoi e anche oltre. Ne sono certo. Sempre che la sua mascella guarisca dallo scardinamento dovuto all'estasi che tu abbia chiamato davvero».

«Mi sto battendo non una ma tutte e due le ginocchia per la spiritos—»

«Sapevi che non mi ha mai chiesto se io o Booboo abbiamo tue notizie? Neppure una volta. Una specie di spaventoso orgoglio. Si vergogna perfino di soffrirci, per—»

«Scherzi a parte. Dico sul serio. Riguardo alla stranezza della cosa. Sai che rispetto i tuoi lobi frontali, Hallie. Ti sto chiedendo di aiutare la mia capacità di penetrazione, non una perizia».

«Vedo che hai ignorato il succo di tutto quello che ho appena detto. Ti comporti come un vecchio. Con lo strano udito selettivo di un vecchio».

«Questa dal cieco all'orbo sulla consapevolezza selettiva non intendo raccoglierla. Per dimostrarti che la mia è una telefonata seria. Perché tutti quanti, apparentemente con un solo scopo, hanno mutato obiettivo?»

«E il Québec d'improvviso si è messo in difesa di tutto il Canada, è questo che vorresti ti venisse spiegato. Oppure vuoi soltanto che ti confermi che è strano?»

«Il Soggetto ha citato i risultati di un sondaggio, quando ancora si prendevano la briga di fare sondaggi da quelle parti, secondo il quale piú di quattro quinti di tutti i canadesi volevano uscire dall'Onan e auguravano al Presidente Gentle un drammatico incidente nella sua cabina-solarium, e cosí via».

«Perciò la seconda e ultima domanda riguarda il passaggio dal nazionalismo québechiano anticanadese al nazionalismo canadese anti-Onan».

«Quel che stavo pensando è, non può essere che questo sia un caso da manuale della teoria di Johnny Gentle tipo trova-un-nemico-da-accusare-e-odiare-per-riunire-una-nazione-divisa? Non è che il Québec abbia trovato un modo di serrare le fila insieme all'Alberta e a tutte le altre province al cospetto di un nemico comune?»

«...»

«Hal?»

«Potresti sempre far notare all'intervistatrice che c'è una certa ironia nel fatto che la strategia di Gentle abbia finito per riunire il Canada a nostre spese, quando l'intento originale era piuttosto chiaramente quello di riunire noi a spese del Canada».

«Ma a sentirti si direbbe che secondo te la risposta piú profonda e ponderata sia un'altra».

«Tutto quello che so è un po' di storia a livello molto elementare appresa nel corso della Poutrincourt. E qualche informazione tratta da scambi occasionali con la Mami».

«Spara».

«I dati storici rivelano che l'unico e solo nazionalismo nell'anima québechiana è il nazionalismo québechiano. È sempre stato "Nous contre la plupart toujours', ed è sempre piú cosí man mano che ci si sposta verso le frange piú estreme. Direi che i Séparatisteurs non considerano il Québec un'autentica parte del Canada piú di quanto il Lesotho si veda parte di Sudaf. La Poutrincourt continua a ribadire che non c'è valido confronto fra il Québec e il nostro Sud anteguerra. Perché pensi che sia fallito il Meech Lake III[h]? È perché in fondo non si sono mai considerati niente piú che ostaggi di Ottawa e delle province anglofone. Perfino un Séparatisteur moderato come Parizeau ha parlato della resa finale sulle Plains of Abraham come di una specie di forzoso trasferimento di proprietà, e di tutta la guerra originaria come di un evento nel quale i franco-canadesi non furono tanto i perdenti quanto il bottino. La preda».

«Tutto questo torna perfetto con la versione del Soggetto».

«La mia impressione è che l'odio del Québec per il Canada anglofono trascenda qualunque cosa possano mai escogitare contro l'Onan. Prova solo a nominare il 1759 e le labbra della Mami scompaiono. Axford e Pemulis continuano a entrare presto la mattina e scrivere un grosso 1759 in caratteri gotici sulla lavagna prima di G&M solo per il gusto di vedere le labbra della Mami scomparire alla vista di quella data».

«La mia impressione è che il Soggetto concordi sulla tesi dell'odio. Si vogliono fuori, l'hanno sempre voluto. Al diavolo l'assistenza sanitaria e il Nafta. È per questo che hanno sabotato tutti e tre gli Accordi di Meech Lake, dice lei. Mi ha anche detto che secondo lei la faccenda dell'anti-Onan non è altro che un anomalo stratagemma, una cosa del genere».

«Devo confessare che adesso nutro una certa curiosità nei confronti di questa intervistatrice che appena una settimana fa ti stavi preparando a eludere sul tema di Lui in Persona. Senza contare che la paragonavi a un defensive lineman. I Soggetti alla Rubens non sono mai stati il tuo tipo, cosí credevo».

«E poi un Soggetto per il quale ti dài tanta pena a trasmettere l'impressione di capacità di penetrazione. È molto piú lavoro di quanto il tuo Soggetto medio richieda di solito, vero?»

«…»

«Ed ecco un'altra cosa in cui non ti riconosco. Tu non sei mai stato propriamente timido nel parlare dei tuoi Soggetti con me».

«La cosa è complessa. Mi sta prendendo la mano».

«Dev'essere quel certo *modo* che ha di prendere appunti sulle tue delucidazioni circa i punt nell'Angolo della Morte».

«È complicato. C'è molto piú di quanto ti stia dicendo. Lei ha molti strati. Ci sono strati e dimensioni in lei di cui all'inizio ignoravo l'esistenza».

«Oh, O., *ti prego*, fa' che non sia che hai scoperto che è sposata e ha bambini piccoli. Non è che per caso è questo? Ti prego, fa' che sia qualcosa di diverso dai bambini piccoli».

«…»

«Fa' che sia qualcosa di diverso dalle orde di altri Soggetti delle quali da questa sedia mi è toccato ascoltare sadici resoconti Strategici minuziosamente dettagliati punto per punto. Orin «Rovina-Famiglie» Incandenza, è cosí che ti chiama la squadra, diciamo per scherzo? Bambino malato che non sei altro».

«*Io*, un bambino malato? Sarei *io* quello malato?»

«…che vuole dare la colpa a lei, non lo ammette, per forza, non lo ammette, dà a lei la colpa della relazione con Lui in Persona, non l'affronta direttamente o peggio si comporta come se non esistesse, s'infastidisce anche perché lei perdona cose come tu e Marlon Bain che ammazzate il suo cane—»

«—un automobilista di quelli che non si fermano, anzi fanno retromarcia e schiacciano di nuovo... te l'ho detto e ripe—»

«—finge di incaricare il piú ritardato uomo delle Pubbliche Relazioni di inviare grottesche risposte sgrammaticate e pseudoimpersonali alle sue patetiche lettere. Jethro Bodine, O.? Jethro *Bodine*?»

«Uno scherzetto fra noi. Lei non ci arriverebbe mai».

«La ripudia — peggio, ancora piú malato, le dice di essersi convinto che lei non esiste, come se non fosse mai esistita, però per qualche strana combinazione ha una passione smaniosa per le giovani madri sposate che riesce strategicamente a convincere a tradire il marito magari rovinando per sempre i figli, e ha questa necessità compulsiva ancora piú smaniosa di chiamare un parente di sangue che non vede da quattro anni e raccontargli tutto riguardo a ogni Soggetto e Strategia, colpo per colpo, in teleselezione, con dettagli nanomicroscopici. Fermiamoci e consideriamo questo per un momento, O., che ne dici?»

«Tutto questo mi scivola addosso come acqua sul vetro. È chiaro che è il dente a farti parlare cosí. Oltre a tutto lo stress di quel posto, che ricordo bene. Tutto quel che posso dire è che devi fidarti di me: questo Soggetto di "Moment" è lontanissima dalle tue accuse. Strati e circostanze non sono quelli che sei cosí ansioso di chiamare smaniosi. Non posso dire altro a questo punto».

«E come mai allora sospetto che hai semplicemente cercato di bombarla e lei non c'è stata e questo ha svegliato il tuo interesse? Durante il mio momento di gloria con le unghie mi hai raccontato che i giganteschi *linemen* facevano commenti sul suo sedere, su come fosse tanto grosso e morbido da poterlo infilzare ripetutamente con l'antenna di un'auto senza farle male».

«Hallie, non ho mai detto una cosa del genere. Dove cazzo l'hai presa questa? E sarei *io* il malato?»

«Hai detto che era obesa».

«Ho detto che era una ragazza e mezzo in ogni direzione. E che all'improvviso ci vedevo un modo per superare le differenze culturali: ho avuto questo flash di comprensione sul perché alcune culture considerano erotica l'abbondanza. Ce n'è di piú da amare. Senza contare quant'è stranamente intensa e vitale e vibrante».

«E ha rifiutato un'avance casuale, e ti ha mostrato le foto dei suoi enormi bambini, e tu hai drizzato le antenne».

«Con una faccina graziosa da spezzare il cuore, Hal, lievitata come una pesca matura, da bella bambina cresciuta».

«Dovrò tenerla lontana dal nostro Ortho Stice qui, perché lui sí che è un vero Rubensofilo. Nel tardo pomeriggio quando ci sediamo in cerchio comincia con i seni enormi e le pance gonfie e i ventri tremolanti e non la smette piú fino a quando non siamo tutti a far smorfie e grattarci il naso e qualunque cosa tu volessi dire non era certo *lievitata*».

«Il quarterback di riserva che mi sta accanto in questa benedetta pagliacciata volante in costume prima della partita ha detto una cosa che mi è piaciuta. Helen gli è passata davanti negli spogliatoi e lui – vuoi sentirla questa?»

«Lei era negli spogliatoi?»

«È la legge. L'ambiente professionisti non è un gulag per Pr. Ha detto che il suo viso potrebbe spezzare il cuore a te e anche a chiunque si gettasse in tuo soccorso vedendoti crollare a terra con le mani sul petto».

«Questa è buona, O.».

«Ma per adesso siamo d'accordo sulla stranezza, si direbbe. Se i radicali continuano a volere il Québec sganciato dal Canada, ed è sempre stata questa la perla delle perle, perché dissiparsi nel tentativo di seminare distruzione quaggiú quasi nello stesso istante in cui viene dichiarata l'Interdipendenza? "ce pas"?»

«Penso che concorderò sul fatto che è un problema spinoso e poi passerò ad asciugarmi la caviglia e a cercare una camicia pulita e a farmi dare da Schacht un po' di anestetico Anbesol prima di montare sul carro attrezzi».

«Giusto? E vanno d'accordo fra loro tutti questi gruppi diversi, le varie frange separatiste?»

«Non secondo la Poutrincourt, no».

«E allora perché tutt'a un tratto il passaggio collettivo da Giú Le Mani Dal Québec o infileremo i coltelli negli occhi dei Vip canadesi e lanceremo enormi torte su Rue Sherbrooke nel Giorno di San Giovanni Battista, a Giú Le Mani Dal Canada altrimenti faremo esplodere le torri dell'Athscme e semineremo specchi lungo le autostrade Us e appenderemo striscioni fleur-de-lis ai monumenti Us e disturberemo gli impulsi InterLace e scriveremo oscenità boscaiole nei cieli di Buffalo e sputtaneremo le catapulte per le capsule di rifiuti cosí da far piovere merda d'alce su New Haven e spareremo ai Vip onaniti su suolo Us e a stento riuscirete a impedirci di iniettare tossine anaerobiche nei barattoli di noccioline Planters?»

«Però la Pioggia Marrone su New Haven era tanto per ridacchiare, devi ammetterlo».

«Ridacchiare va bene. Ci piace ridacchiare. Ma qual è la motivazione politica del voltafaccia? Forniscimi una spiegazione su questo punto. Deve sembrare un pensiero lungamente ponderato».

«Orin, sto cercando di conciliare la tua serietà indiscutibilmente sincera sulla faccenda con la scelta della mia persona in veste di coponderatore».

«Tutto—»

«Sono un maschio bianco Us diciassettenne e privilegiato. Studio in un'accademia tennistica che si considera un profilattico. Mangio, dormo, evacuo, sottolineo le cose con l'evidenziatore giallo e colpisco palle. Sollevo cose e faccio ondeggiare cose e corro in ampi cerchi all'aperto. Nessuno è piú apolitico di me. Mi tengo volutamente fuori da ogni giro tranne uno. Sono seduto con la caviglia in un secchio, nudo. Che cos'è esattamente che speri di ottenere da me su questa questione? Continua a non essermi troppo chiaro se stai cercando una linea di discorso che sembri penetrante e sia in grado di facilitarti il compito di bombare questo enorme Soggetto oppure se in qualche modo sei stato sedotto a credere che valga davvero la pena di ponderare il flebile meccanismo di pensiero degli estremisti canadesi. Delle frange di *qualunque* nazionalità. Quanto ti paiono coerenti gli obiettivi del *Neuvo Contras* brasiliano? Del *Noie Störkraft*? Di *Sendero Luminoso*? Dei Ccc belgi? Delle squadre d'assalto Per La Vita? Dell'*Ez-ed-Dean-el-Qassan*? Gli obiettivi degli incendiari del Peta quelli che dànno fuoco agli allevamenti di animali da pelliccia? E quelli di Gesú, Gentle e il povero Ppusa[k]?»

«Del povero Ppusa?»

«Perché non limitarsi a scuotere le spalle sobriamente, invocare il termine pazzi e non andare oltre? Perché non dirle che sei un giovanotto un po' squilibrato e radicalmente semplice che per vivere calcia palle fino in cielo?»

«Tutto quel—»

«Perché non dire semplicemente chi se ne frega? Questa roba non ci riguarda. C'è una persona alla quale questa roba riguarda ed è quella che dici di aver cancellato dalla Ram per sempre. Perché non dire la maledetta verità per una volta?»

«Io dire la verità? Io mentire?»

«Cos'è, questa reporter da riviste da cesso pubblico ti fa una specie di Esame d'Ammissione sull'estremismo francofono? Un esame di gino-ammissione? Devi raggiungere un certo punteggio perché lei ti consenta di bombarla sul pavimento della nursery, proprio accanto alla culla? Chi stai cercando di prendere in giro? Con chi pensi abbia a che fare tutto questo? Puoi essere cosí squilibrato da non riuscire neppure ad ammetterlo al *telefono* del cazzo?»

«...»

«O che?»

«...»

«Mi dispiace, O. Ti chiedo scusa».

«Non ci pensare. So che non volevi».

«Odio quando perdo il controllo».

«Non mi sembra che tu stia bene, Hallie. Mi sembri superstressato».

Hal si frega l'occhio con un dito. «Questi attacchi di denti mi fanno sentire come quello che urla e si contorce nella litografia di Munch».

«Tutto quel masticare ti divorerà le membrane. È un vizio deleterio. Devo proprio insistere. Chiedi a quel tuo amico, Schacht».

Michael Pemulis apre di poche dita la porta di Hal e lentamente infila la testa e una spalla nella stanza, senza dire una parola. Si è già fatto la doccia ma è ancora paonazzo, e il suo occhio destro sfarfalla in quel certo modo che segnala gli effetti postumi di due o tre Tenuate. Ha il cappellino da marinaio e le spalline dorate con finte spighette navali, e a un orecchio un cerchio d'oro da pirata che si accende in sincronia con le pulsazioni. Tenendo la testa nella porta accostata, solleva il braccio da dietro come se non fosse suo, ferma la mano chiusa ad artiglio proprio sopra la testa e fa finta che l'artiglio lo ritrascini indietro nel corridoio. Gli occhi ruotano in espressione di finto terrore.

Hal è curvo su se stesso e si controlla il dito con il quale si è appena pulito l'interno-occhio. «E allora ci siamo tanto scaldati e abbiamo trascurato la risposta piú ovvia, O. La tua risposta per l'esame, cosí poi posso andare ad asciugarmi la caviglia». Oltre la porta semichiusa, piú giú nel corridoio, sente che Pemulis sta chiedendo qualcosa a Petropolis Kahn e Stephan Wagenknecht.

«Penso di aver già provato con la risposta ovvia, però spara».

«Pemulis ha appena fatto il primo passo e poi ha lasciato la porta spalancata. Sono seduto nella corrente di una porta aperta, nudo, trascurando il fatto, forse ingannevolmente ovvio, che qualcosa come tre quarti del confine settentrionale della Concavità confina con il Québec».

«Exactamundo».

«E allora chi se ne importa se Ottawa non ha formalmente annesso la Concavità a nessuna regione in particolare. Proprio un grande favore, ne sono certo. Perché la mappa parla chiaro. A parte alcuni segmenti del New Brunswick occidentale e una scheggia di Ontario, la Concavità – nella sua consistenza fisica e con le sue conseguenze – è un problema del Québec. Qualcosa come 750 chilometri di confine lungo la Concavità, con il trasudamento, tutto per il Notre Rai Pays».

«Sí, e in piú l'impatto dei rifiuti aerolanciati dalle torri Athscme, piú la condizione di provincia che viene bersagliata quando i veicoli Ewd mancano la Concavità. È questo che ho provato a rifilarle».

«E cosa c'è che non torna? Mettiti nei panni del Québec. Ancora una volta si ritrovano col lato appiccicoso del lecca-lecca canadese. Adesso sono i ragazzini del Québec occidentale a essere grossi come una Volkswagen e andare in giro senza cranio. E sono i québechiani ad avere la cloracne e i tremori e le allucinazioni olfattive e i bambini nati con un occhio solo in mezzo della fronte. Ed è il Québec orientale a vedere i tramonti verdi e i fiumi indaco e i cristalli di neve grottescamente asimmetrici e i praticelli che vanno tagliati con il machete per poter rivedere il vialetto d'ingresso. E poi le incursioni di criceti selvaggi e le razzie dei bambini-bestia e le nebbie corrosive».

«Anche se neppure nel New Brunswick e sul Lago Ontario si può dire che la gente accorra in massa. E le Athscme costiere soffiano il fenolo marittimo sopra Fundy, e a quanto si dice le aragoste laggiú sembrano i mostri dei vecchi film giapponesi, e a quanto sembra la Nova Scotia risplende di notte, nelle foto dal satellite?»

«E ancora, e per finire, O., dille che è stato il Québec a pagare lo scotto di quel che il Canada aveva da perdere. Un'altra volta, dal loro punto di vista, ricordatene. C'è poco da meravigliarsi che la mentalità degli estremisti lassú sia violentemente anti-Onan. Dev'essere diffusa la sensazione da ultima goccia nel vaso».

La porta si spalanca del tutto e va a sbattere contro il muro. Michael Pemulis ha finto di aprirla con un calcio. «Che il buon Dio ci protegga, egli è ignudo?» dice entrando nella stanza e chiudendosi dietro la porta per meglio controllarsi le spalle. Hal solleva una mano per dirgli di aspettare un momento.

«Solo che qui sta il punto», dice Orin. Pemulis rimane in piedi su una parte sgombra di roba della metà di pavimento di Hal, in attesa, e molto platealmente si guarda il polso, come se avesse un orologio. Hal annuisce e tiene un dito sollevato.

«Solo che qui sta il punto», sta dicendo Orin.

«La questione che lei solleva è: c'è anche una sola speranza realistica che il Québec riesca a indurre Gentle a far sí che l'Onan inverta la Riconfigurazione? Riprendersi la Concavità, spegnere i ventilatori, farci riconoscere che i rifiuti sono fondamentalmente americani».

«Be', probabilmente no, ovvio». Hal solleva lo sguardo su Pemulis e a sua volta fa la mano ad artiglio, gesticolando verso il telefono. Pemulis vaga nevroticamente per la stanza, aprendo e chiudendo tutto ciò che è dotato di cerniera lampo, una delle abitudini di Pemulis che Hal detesta di piú. «Ma eccola di nuovo a pretendere una logica realistica e coerente dal sistema di pensiero delle frange».

«Ma Hallie, seguimi un momento. Tutto il Canada messo insieme non potrebbe opporsi all'Onan. Non lo farebbe mai. Ormai Ottawa c'è dentro al punto che non direbbe merda neppure se ne avesse tre volte tanta. Di merda in bocca, intendo». Pemulis indica con veemenza il parcheggio al di là della finestra ovest, dove si trova il carro attrezzi, facendo nel contempo una serie di teatrali smorfie masticatorie alla Enrico VIII. I suoi occhi, sotto l'effetto in dissoluzione degli stimolanti pomeridiani, non sembrano felici o vitrei. Si fanno solo minuscoli e spenti e anche piú vicini del solito sul viso stretto, come una seconda coppia di narici. Il leggero sfarfallio dell'occhio destro non va in sincronia con le pulsazioni dell'orecchino.

Si sente che Orin cambia mano sulla cornetta. «Perciò ti giro la domanda che lei retoricamente poneva: i piccoli gesti dimostrativi e le patetiche campagne anti-Onan dei Separatisti e delle cellule estremiste qui da noi sono da considerarsi davvero senza speranza e patetiche?»

«Va a fondo la merda di pesce, O.? Come potrebbe vederla diversamente, se è piena di buon senso come dici?» Hal sfila il piede bianco e cotto dal secchio delle pulizie e lo asciuga con un lenzuolo appallottolato. Indica un paio di mutande accanto alle scarpe di Pemulis, che le raccoglie dal pavimento con due dita e le getta a Hal fingendo di rabbrividire.

«Perciò è tutto simbolico, è cosí?»

Hal si lascia cadere all'indietro cercando di infilare le gambe nelle mutande con una sola mano.

«Assumi l'aria piú pensosa che hai e poi dille semplicemente sí, O. O., qui c'è Pemulis che ha già il cappello addosso e fa finta di suonare il campanello della cena. Grossi fili di saliva lucente gli colano dal labbro inferiore». Per la verità Pemulis sta eseguendo una complessa serie di movimenti che indicano contemporaneamente il procedimento di rollare una canna e l'ora tarda. A partire dagli ultimi due anni, Hal, Pemulis, Struck e Troeltsch, e qualche volta B. Boone, mettono in atto il piccolo rituale di sgattaiolare fino alla stretta spianata riparata dietro i cassonetti del parcheggio della West House e condividere una canna dalle oscene dimensioni di un sigaro prima della spedizione e della cena della Vigilia del Giorno dell'I., mentre Schacht e a volte Ortho Stice siedono nel carro attrezzi, le facce illuminate di verde nel riflesso della strumentazione del veicolo, e lo scaldano. Hal si mette a sedere e si dimena per indicare a Pemulis andate-avanti-voi.

«Ma ce l'hai tu il... Sig. Hope?» suggerisce Pemulis in un soffio.

«Un momento, per favore». Hal sigilla la cornetta con una mano, poi copre mano e cornetta con due cuscini e qualche coperta, e bisbiglia di rimando: «E dov'è finita la tua parte del signor H? Perché dobbiamo farci uno zeppelin con la mia parte di Bob Hope che ho comprato da te meno di tre giorni fa?»

Il nistagmo rende la rotazione degli occhi ancora piú losca. «Un anticipo. Possiamo aggiustare dopo. Nessuno ti vuole sfruttare».

E poi è difficile estrarre mano e cornetta. «O., devo essere fuori di qui fra un secondo».

«Solo questo. Considera questo per me e cerca di restare in piedi fino a quando puoi richiamarmi. Questo è stato l'input chiave del Soggetto. Puoi chiamare a carico mio, se vuoi».

«Non devo rispondere», dice Hal.

«Esatto».

«Devo solo ascoltare e poi chiudo la comunicazione».

«E mi richiami questa notte o domani prima di pranzo, a carico mio se il Giorno dell'I. è a tariffa piena».

«Devo solo restare seduto qui un istante e poi la conversazione è finita e possiamo andare». Tutto questo è diretto soprattutto a Pemulis, che cammina a lunghe falcate reggendo fra le mani il busto di Costantino, che esamina con attenzione mentre scuote la testa.

«A posto? Questo è quanto. Sei pronto?»

«Da un pezzo».

«La sua ipotesi suona cosí. Se lo scopo principale dei Separatisti è da sempre la secessione, se hanno piú o meno una bolla di sapone di possibilità di riuscire davvero a far sí che l'Onan venga de-Riconfigurata, e se praticamente tutti i canadesi disprezzano Gentle e il trasferimento della Concavità e tutto il panino alla merda imperialista, ma soprattutto la Concavità, il fatto cartografico della Concavità sulla nostra mappa e di una nuova Convessità sulla loro, che adesso secondo le mappe è suolo canadese, quest'area intossicata: ammettiamo che tutto questo sia ovviamente vero; allora perché i Separatisti québechiani non sfruttano l'evidente orrore dato dalla Concavità per infilarsi una parrucca e andare al Parlamento di Ottawa e dire al resto del Canada: Sapete che c'è, procediamo con la secessione e noi ci prenderemo la Concavità quando secediamo, sarà un problema nostro, non vostro, sulle mappe verrà considerata québechiana e non canadese, sarà la nostra macchia e la nostra spina del dissenso con l'Onan, e l'onta canadese sarà lavata, e la patetica posizione del Canada all'interno dell'Onan e della comunità mondiale ne risulterà riabilitata nell'onore per il modo ingegnoso col quale il parlamento di Ottawa avrà raddrizzato la stortura della mappa onanita senza gravare direttamente sugli Usa? Perché non questo? Perché non vanno a Ottawa a dire Cuibono, e poi Cosí tutti vincono? Noi otteniamo il Notre Rai Pays e voi vi levate dalla mappa la spina nel fianco della Concavità. Il Soggetto si chiede perché i Boscaioli non vedano il disgusto della Concavità come probabilmente il migliore vantaggio mai capitato per persuadere il Canada a lasciar andare il Québec. La sua sparata è: Perché i Boscaioli militanti piú intelligenti non potrebbero usare la Concavità come merce di scambio per l'indipendenza, perché dovrebbero volere che l'Onan si riprenda l'unica cosa cosí disgustosa da essere merce di scambio?»

«Con chi mai starai parlando da non poterlo richiamare?» dice Pemulis ad alta voce, misurando la stanza avanti e indietro con piccoli dietro-front da soldatino, mentre il cerchio all'orecchio lampeggia all'impazzata.

Hal abbassa la cornetta senza coprirla. «È Orin, che vuole sapere perché il Québec e l'Flq e affini non hanno provato a trattare con l'amministrazione canadese, offrendo l'adozione cartografica della Concavità da parte del Québec in cambio della Separazione». Hal inclina leggermente la testa su un lato. «Potrebbe essere questo il vero significato della cosiddetta Separazione e Ritorno della Poutrincourt, adesso che ci penso».

«Orin cioè tuo fratello, quello con la gamba?»

«È tutto eccitato sulla politica onanita».

Pemulis dispone le mani a megafono.

«Digli a chi cazzo gliene frega! Digli di andarsi a leggere un libro! Digli di guardare in una delle dozzine di database sulla Rete! Digli che sei sicuro ce la possa fare!» Le mani di Pemulis sono affusolate e arrossate sulle nocche e le sue dita sono lunghe e vagamente falcate. «Digli che senti il motore del camion andare su di giri con impazienza mentre in una delle nostre pochissime serate totalmente libere i nostri amici si preparano ad andarsene senza di te. Ricordagli che dobbiamo mangiare in orario quaggiú o sveniamo. Digli che noi leggiamo libri e infaticabilmente accediamo ai database e ci spacchiamo il culo a correre tutto il giorno da queste parti, e abbiamo bisogno di mangiare perché noi non stiamo soltanto in piedi ad alzare una gamba di continuo per uno stipendio a sette cifre».

«Di' a Penisless di sedersi su qualcosa di appuntito», dice Orin.

«O., ha ragione, comincio a sentire il mio corpo che si autoalimenta. Hai detto che potevo pensarci e richiamarti. Userò il tuo beeper se preferisci».

Pemulis ha usato un piede per farsi strada fra il bucato sporco, i dischetti, i libri e l'attrezzatura e arrivare fino alla finestra esposta a ovest, dove fa ampi gesti a una o piú persone sulla strada sottostante che il grande davanzale impedisce a Hal di vedere. Le mutande di Hal sono in diagonale sul suo bacino. Al telefono Orin sta dicendo:

«Immagina questo e vedi che cosa ne pensi. Pensa. L'Flq e le altre varie cellule separatiste improvvisamente dirottano le loro energie terroristiche dal Canada e mettono su una campagna d'insurrezione contro gli Usa e il Messico. Ma il fatto è che insorgono terroristicamente e platealmente contro l'Onan per conto di tutto il Canada. Trovano perfino il modo di coinvolgere anche gli albertani di estrema destra, piú altre frange provinciali, perciò l'Onan ha l'impressione che tutto il Canada nel suo complesso partecipi all'insurrezione».

«Non occorre che me lo immagini. È proprio quello che sta succedendo. La Fcpc[1] fa incursioni contro il Montana puntuali come un orologio. Lo scorso giugno c'è stato quell'orribile intasamento di impulsi InterLace e la sostituzione di programmi per bambini con film porno nell'area di Duluth, ed era stato quel quintetto di psicopatici dell'Ontario del Sudovest. Le Interstatali a nord di Saratoga sono ancora considerate non percorribili dopo il tramonto».

«Esattamente».

«Ora bisogna salti fuori con la massima urgenza quello che devo ponderare, Orin».

«Il punto è che sono stato retoricamente invitato dal Soggetto a immaginare che la questione sia interamente imputabile ai Boscaioli. Che l'idea pancanadese sia solo un espediente. I Separatisti in qualche modo tutti uniti nella pianificazione dell'anti-Onanismo. La domanda retorica si risolve nell'immaginare questo e poi chiedersi: Perché lo fanno?»

«E qui ci andiamo a impantanare nella solita melma, O. È perché la Concavità pesa soprattutto sul Québec».

«No, intendo dire che lei si chiedeva perché ci tengono tanto a insorgere per conto di tutto il *Canada* e spingersi cosí tanto in là per orchestrare l'apparenza di un anti-Onanismo pan*canadese*».

«E poi, a giudicare dai precedenti, il Soggetto ha dato una risposta ipotetica alla sua stessa domanda. Sei riuscito a pronunciare una parola nei tempi morti durante tutta questa specie di interrogatorio, O.?»

«E se i Separatisti Boscaioli sapessero benissimo che nell'ipotesi che l'amministrazione Onan vedesse il Canada come una mosca schifosa nel miele, Gentle e i ragazzi in bianco dei Servizi Non Specificati potrebbero riunirsi con lo Stato fantoccio vichyficato del Messico e rendere le cose *davvero* spiacevoli per Ottawa? Potrebbero fare del Canada il capro espiatorio e la pecora nera di tutta l'Onan. Si può immaginare poco di peggio che essere il Paese di una Anschluss continentale a tre contro il quale gli altri due Paesi si uniscono per rendergli le cose davvero spiacevoli».

«*Vichyficato? Anschluss?* Questo non è l'Orin che conosco. Questo è gergo politico spinto. Che razza di fulminante giornalista rubensiana da scoop alla "Moment" è mai questa, che sei cosí deciso a—?»

«Non è poi cosí difficile farsi un quadro della spiacevolezza. I vettori Ewd possono facilmente essere ricalibrati verso nord, questa potrebbe essere la minaccia di Gentle. Le nostre risorse di rifiuti sono inesauribili. Proprio a dir poco, potrebbe dir loro, dei bei pezzettoni di Canada verrebbero Concavitizzati».

«Devo andare. Pemulis si è accasciato contro la parete con le mani sullo stomaco e sta scivolando verso il pavimento, pallido e tremante».

«Medita sul quadro delle unghie parlamentari mangiate fino alla carne viva mentre i Boscaioli orchestrano il terrorismo cosí da farlo sembrare sempre piú una faccenda del Canada contro l'Onan».

Hal si trova in pantaloni, un calzino normale e uno da tennis, e solleva dal pavimento diverse camicie nel tentativo di identificarne con l'olfatto una pulita. «Ma tutto questo è—» «Kiiiaaa!» Pemulis attraversa con un balzo un angolo del letto di Hal e cerca di artigliare l'antenna del telefono trasparente con l'intenzione di reciderla. Hal si volta per proteggere il telefono con la spalla, e frusta Pemulis con una felpa.

Orin sta dicendo: «Quel che ti chiedo di considerare è: potrebbe essere alla fine che il Québec, dopo aver seminato un bel po' di distruzione quaggiú e aver scaricato la responsabilità su tutto il Canada, le Province del Québec o qualcuno di rispettabile s'imparrucca e va a Ottawa e propone questo affare: il Parlamento s'impegna a far sí che il governo e il Primo Ministro convincano le altre province a lasciare secedere il Québec, separarsi, *aller*, *partir* – e in cambio il Québec impugnerà l'insurrezione e le molestie anti-Onan contemporaneamente rinunciando alla messinscena che altre province siano implicate e che sia l'intero Canada a insorgere, e renderà pubblicamente chiaro che il Québec e il Québec soltanto è la reale nemesi dell'Onan. Dicono a Ottawa che come motivazione offriranno la prossimità della Concavità e da lí in avanti devolveranno ogni granello di energia terroristica in loro possesso all'Onan e a Gentle, assumendosi la totale paternità di ogni azione. Offrendo se stessi come i colpevoli e la de-Riconfigurazione come obiettivo».

«Quindi la tua giornalista multistrato ipotizza una specie di metaestorsione». Hal sente Pemulis ansimare. «La Separazione continua a essere il vero obiettivo degli insorti québechiani, e la loro insurrezione anti-Onan non è quello che sembra». Hal è chino nell'antro buio sotto la scrivania su un angolo della quale sono impilati il Tp estraibile, i drive, la console telefonica e il modem; circondato da nidi di cavi, cerca di trovare l'altra scarpa. «Accendere l'ira dell'Onan contro il Canada non è stato altro che uno stratagemma per consentire ai québechiani di usare il Messico e gli Usa per far leva su Ottawa».

«Pianificato in modo tale che il Canada sarà piú che felice di dissociarsi», dice Orin. «E sto dicendo che non ho né conoscenze né cervello adatti per sapere se mi stia prendendo in giro, testando la mia profondità».

«Hai sempre nutrito un terrore particolare per i test in profondità».

«Che ne dici di darmi Bob, e io e Axhandle scendiamo a preparare tutto e ti aspettiamo», sussurra Pemulis al fondo dei pantaloni di Hal, praticamente l'unica parte in vista da quella posizione sotto la scrivania. La mano di Hal emerge dal vano per le gambe con il medio alzato, poi lo scuote leggermente per dare maggiore enfasi. Pemulis è accanto al piccolo visore del Tp – che si regge in piedi come una grande fotografia appoggiato a un sostegno pieghevole sul retro – e al drive dischi & cartucce, e le due cose insieme occupano meno di un quarto del piano della scrivania, mentre la console telefonica e l'alimentatore sono avvitati a un apposito contenitore sul lato del drive.

La voce di Hal giunge attutita e ha il tono acuto e stridulo di chi stia cercando di sbrogliare nidi polverosi di cavi per trovare qualcosa. «Solo che, Orin, non ci vedo gran che su cui meditare. Finora l'intera insurrezione anti-Onan è stata troppo sfortunata e insignificante perché la teoria della giornalista funzioni. Il curioso bombardamento di torte ed escrementi, gli specchi disposti lungo strade solitarie, perfino la festa fatta agli agenti e l'occasionale botulinizzazione di barattoli di noccioline. Questo non è il tipo di cose che può mettere qualcuno con le spalle al muro. Niente di tutto ciò fa del Canada o del Québec una minaccia seria».

Michael Pemulis, il cappellino spinto disinvoltamente all'indietro e le labbra arricciate come per fischiare, ma senza farlo, passa la mano sul drive e l'alimentatore della console, come per ammazzare il tempo spolverando distrattamente. Con l'altra mano fa tintinnare le monetine che ha in tasca. Un rumore segnala che Hal ha sbattuto la testa contro la scrivania. Il suo sedere è ossuto e la sua cintura ha mancato due passanti. L'interruttore a bascula dell'alimentatore si trova accanto a un gioiellino di lucina rossa che lampeggia alla stessa intermittenza di un allarme antifumo quando l'interruttore è su On.

Hal starnutisce due volte. Pemulis esegue un piccolo galoppo anapestico tamburellando con le dita sulla superficie dell'alimentatore. La voce di Orin fa pensare che stia seduto impettito. «Hallie, fratellino, adesso sí che ci sei. È qui che i tuoi lobi entrano in funzione, perché è stata proprio questa la mia risposta, che non c'era niente di piú di un fastidio da moscerino nelle varie forme di insurrezione, ed è qui che lei ha superato la mia capacità di penetrazione ritornando al punto 1(a), se ti ricordi, quando ha tirato fuori la parola *samizdat* in relaz—»

[a] Meglio non chiedere.

[b] *Ibid.*

[c] Ovvero, i Grammatici Militanti del Massachusetts, un Cap, o Comitato di Azione Politica per l'integrità sintattica fondato da Avril e due o tre dei suoi colleghi e amici piú cari nell'area metropolitana di Boston.

[d] Ultima moda in fatto di cibi miracolosi antisclerotizzanti per l'Anno della Lavastoviglie Silenziosa Maytag.

[e] L'allora scheletrico Eliot Komspan, prima che Loach e Freer se lo lavorassero.

[f] High-tech e allo stesso tempo un po' atavistici, i servizi di Teledrogheria consentono di ordinare dal proprio Tp e poi ricevere la merce direttamente a casa propria da fattorini con l'aria di studenti universitari, spesso nell'arco di poche ore, evitando all'acquirente lo stress e la scocciatura fluorescente dello shopping alimentare pubblico. Nell'Apad la pratica è ancora molto diffusa in certe aree e non lo è affatto in altre. Addirittura, il primo servizio di Teledrogheria non è stato lanciato a Boston città che nell'At2007Mcpvarmfdiupstpi/I, Pc, U, Om (s), e rimane tuttora a Boston quasi esclusiva prerogativa delle classi operaie o comunque socialmente svantaggiate, stranamente.

[g] L'InterLace serve praticamente tutta l'Onan abitabile; a ciascuna nazione corrisponde (grosso modo) una «Griglia» di disseminazione intrattenimenti.

[h] Dopo Meech Lake I, Charlottetown I e II e Meech Lake II, questo fu il quinto e ultimo tentativo di Ottawa di placare il Québec con un emendamento costituzionale che sanciva il diritto della provincia gallica a «preservare e promuovere» una «società e una cultura distinta».

[i] La Guerra franco-indiana, nota ai québechiani come *«La Guerre des Britanniques et des Sauvages»*, c. 1754-60 a.S., alle cui battaglie finali, alle Plains of Abraham nel '59 e a Montréal nel '60, gli inglesi e gli americani li hanno presi a cinghiate e i québechiani, la cui memoria per gli oltraggi subiti è leggendaria, non se ne sono mai dimenticati. Anche l'astuto Arnherst era presente, a Ticonderoga e Montréal, con le sue fedeli coperte al vaiolo.

[j] Grammar and Meaning.

[k] Il Ppusa, di Johnny Gentle, Famoso Cantante Confidenziale.

[l] La Falange Calgariana procanadese.

[111] Termine di Hal, anzi termine della famiglia Incandenza, a dire il vero non inappropriato in questo contesto dal momento che, come la maggior parte dei termini della famiglia Incandenza introdotti nell'uso familiare da Avril, espatriata québechiana, *whinge* è una forma idiomatica del Canada orientale che designa una lamentela a gran voce, quasi un frignare ma con una nota semantica di legittimità riconosciuta alla lagnanza.

[112] La presto anche troppo nota e terribile *Assassins des Fauteuils Rollents* della regione di Papineau del Québec Sudoccidentale, inghirlandata di ricettacoli Ewd.

[113] Una materia tendinea descritta dallo specialista ostetrico nel suo Dictachart come «grigio neurale».

[114] © MCMLXII a.S., The Glad Flaccid Receptacle Corporation, Zanesville Oh, sponsor dell'ultimissimo anno di Tempo Sponsorizzato Onanita (v. nota 78). Tutti i Diritti Riservati.

[115] La contrattura di Volkmann è una forma di grave deformazione serpentina delle braccia a seguito di una frattura curata o composta male o quando agli arti sia stato consentito di rimanere malamente introflessi durante la guarigione; la *bradiauxesi* indica la crescita rallentata di una o piú parti del corpo rispetto al resto – grazie a Mario, Lui in Persona e la Mami giunsero ad avere grande familiarità con questo genere di termini connessi alla disabilità congenita e con molti altri, in particolare con le possibili variazioni della radice medica *bradi*, dal greco *bradys* che significa lento, quali ad esempio bradilessia (che riguarda la lettura), bradifrenia (capacità di risoluzione di problemi pratici), bradipnea notturna (respiro pericolosamente lento durante il sonno, ragione per cui Mario usa un minimo di quattro cuscini), bradipedonismo (ovvio), e soprattutto bradicinesi, un *lentissimo* quasi gerontologico nella maggior parte dei movimenti di Mario, una lentezza esagerata che ricorda e al tempo stesso permette un'attenzione estremamente lenta e concentrata a qualunque cosa lui stia facendo.

[116] Praticamente la Bmw dei cartuccia-registratori digitali a 16mm, lanciata sul mercato in numero limitato dalla Paillard Cinématique di Sherbrooke, Québec, Canada, poche settimane prima che i suoi stabilimenti di produzione subissero iperflorazione anulare e la compagnia si trovasse in brache di tela.

[117] ...mi sono perso il punto in cui menzionare che la testa di Mario – in perversa opposizione al suo problema con le braccia – è *iper*auxetica, e due o tre volte la dimensione del consueto insieme testa + volto da elfo/fantino.

[118] Si potrebbe pensare che Mario sia grande amico degli operai addetti a custodia, cucina, impianti sportivi e terreni, eppure, stranamente, fra lui e loro non sembra mai esserci gran che da dire, e, con rare eccezioni, nessuno all'Eta, compreso Mario, instaura un rapporto personale durante i nove mesi di permanenza previsti con i lavoratori part-time della casa di recupero, i quali per lo piú ramazzano e lavano i pavimenti, svuotano i bidoni della spazzatura e caricano i piatti nelle lavastoviglie dei refettori, e trasudano una specie di bieca riservatezza all'apparenza assai piú scontrosa e ingrata che timida.

[119] ...mi sono perso anche il punto in cui aggiungere che Mario è un omodonte: tutti i suoi denti sono bicuspidi e identici, sia quelli anteriori che posteriori, come quelli delle focene; questo è fonte di eterna lotta per Ted Schacht, che cerca di evitare Mario perché ogni volta che se lo trova intorno deve lottare contro l'impulso di fargli aprire la bocca e sottoporlo a meticolosa analisi, cosa che, Schacht può facilmente immaginare, ferirebbe i sentimenti del ragazzo: nessuno vuole essere oggetto di un simile interesse clinico.

[120] Questo fenomeno fondamentale viene chiamato «Coscienza Storica» dagli adulti post-hegeliani piú capaci di astrazione.

[121] Le operazioni che precedono e seguono Eschaton sono cosí complicate che al massimo viene disputata una partita al mese, quasi sempre la domenica, ma nonostante questo non tutti i dodici ragazzini dello stesso anno riescono ad avere delle ore libere per giocare, e questo è il motivo per il quale i giocatori sono sempre in sovrannumero.

[122] Serie Cartografica dell'Onan per le Scuole W-520-500-268-6^W-9^W-9^W-14^{W4}, © Anno 1994 a.S., Rand McNally & Company.

[123] Qui Pemulis sta dettando la cosa a Inc, che può starsene seduto a fare un cannocchiale con le dita e appoggiarselo alle labbra e non prendere appunti e aspettare e trascriverlo [sic] in qualche momento della prossima settimana ricordandoselo parola per parola, quello stronzetto. Usare la formula del Valore Medio per dividere il megatonnellaggio disponibile tra i Combattenti le cui proporzioni tra Pil/Militare // Militare/Materiale Atomico variano da Eschaton a Eschaton permette di non avere bisogno di elaborare tutte le volte una nuova proporzione per ciascuna Combattente, in piú permette di multiregredire i risultati in modo che le Combattenti siano ricompensate per la precedente munificenza termonucleare (le occasionali fioriture verbali sono di Hal – Hji). La formula può essere verificata con il Teorema del Valore Estremo, e si può verificare anche il Teorema del V.E., che è sicuramente la cosa piú complicata in tutta la differenziazione applicata, ma vedo che Hal sta facendo una smorfia e per questo ci atterremo al punto, anche se questa cosa è davvero interessante, se ti interessa l'argomento.

Diciamo che hai una Combattente e hai a disposizione i dati relativi alle proporzioni precedenti tra Pil/Militare // Militare/Materiale Atomico. Vogliamo dare alla Combattente la media esatta di tutti i megatoni che ha avuto in precedenza. La media esatta è chiamata il «Valore Medio»*, il che dovrebbe strapparci qualche risatina, vista l'ostilità del contesto in questo caso.

Allora diciamo che A sta per il Valore Medio di una proporzione costantemente fluttuante della Combattente e quindi dell'altrettanto costantemente fluttuante megatonnellaggio iniziale. Vogliamo trovare A e dare alla Combattente esattamente A megatoni. Il modo per farlo è piuttosto elegante, e tutto quello di cui hai bisogno sono due soli dati: la proporzione maggiore e la proporzione minore. Questi due dati [sic] sono chiamati i Valori Estremi della funzione cn-n per la quale A rappresenta il Valore Medio, comunque.

Allora diciamo che *f* è una funzione continua non negativa (cioè una proporzione) sull'intervallo [a, b] (cioè la differenza tra la proporzione minore e la proporzione maggiore e tutto il resto). Queste piccole spiegazioni stanno forse peggiorando le cose? Inc mi sta

---

* *Mean* oltre che «medio» vuol dire anche «malvagio», per cui anche «valore malvagio» [*N.d.T.*].

guardando come gli avessi detto che il burro può ghiacciare. È difficile capire cosa dare per compreso e cosa devi spiegare. Sto cercando di essere il più chiaro possibile [*sic*]. E ora mi sta guardando come se stessi facendo una digressione. Perché non mi ridài quell'affare, Inculatore. E così abbiamo *f* e abbiamo [a, b]. E supponiamo che r e R siano i valori rispettivamente più piccolo e più grande della funzione *f*(x) nell'intervallo [a, b]. Ora controlliamo i rettangoli dell'altezza di r e dell'altezza di R rispetto all'intervallo [a, b] nel diagramma che noi chiameremo, diciamo, PEEMSTER:

PEEMSTER

A questo punto il Valore Medio che stiamo cercando, A, può essere espresso integralmente come l'Area di un rettangolo intermedio la cui altezza è più alta [*sic*] di r ma più bassa [*sic*] di R. D'ora in poi è una sciocchezza. Abbiamo bisogno di una costante. C'è sempre bisogno di una costante. Inc annuisce in modo sarcastico come se io pensassi che sto dicendo una cosa saggia. Diciamo che d è una costante qualsiasi, per motivi di calcolo è meglio se si avvicina il più possibile a 1, così diciamo che d è la grandezza dell'Unità di Hal.

L'Appendice di Hal Incandenza: in metri.

La Ripresa da parte di Michael Pemulis: molto divertente. Allora, osserviamo il diagramma PEEMSTER lassù che non è molto ben illuminato, puoi notare che l'Area che noi vogliamo:

$$A = \int_a^b f(x)dx \quad \cdot$$

sarà maggiore dell'area del rettangolo con altezza in r e anche minore dell'area del rettangolo con altezza in R. Una ragione puramente mentale [*sic*] *impone*, allora, che [*sic*] in qualche punto tra r e R ci sia un'altezza esatta, *f*(x'), tale (devo dire che qualsiasi dimostrazione di teoremi statistici prevede un sacco di *osserviamo, diciamo* e di *tale che*, soprattutto perché uno si diverte da morire quando li dice) che il rettangolo di questa altezza *f*(x') rispetto all'intero intervallo [a, b] abbia *esattamente* l'Area che noi vogliamo, il Valore Medio di tutte le proporzioni di spendimento [*sic*] della storia; in altre parole in forma astratta:

$$f(x)dx = f(x') \, (b - a)$$

dove (b – a) corrisponde alla misura dell'intervallo. E ora diamo un'occhiata al diagramma'rivelatore che indicheremo come HALSADICK*;

HALSADICK

* «Cazzo di Hal» [*N.d.T*].

E *funziona*. Non devi metterti a elaborare tutte le volte una nuova proporzione per ogni Combattente per distribuire le armi e le munizioni. Ti basta tirare fuori le proporzioni piú alte e piú basse dai dati degli Eschaton precedenti che quello con il Cappellino con l'Elica registra volta per volta. È davvero *fico*. È fottutamente *elegante*. Notiamo che (*Notiamo che* è un'altra espressione quasi obbligatoria [*sic*]) notiamo che il Valore Medio del megatonnellaggio della Combattente cambierà, leggermente, da Eschaton a Eschaton, esattamente nel modo in cui la media stagionale di un battitore cambierà un po' da battuta a battuta, il che dipende completamente da quello che ha fatto nel suo ultimo viaggio alla base eccetera. Notiamo anche che possiamo usare questo Valore Medio che ci fa risparmiare tempo con qualsiasi cosa che varia entro una serie (*definibile*) di limiti eccetera – come le linee, o le righe del campo da tennis, forse anche con una serie di livelli di droga nell'urina che variano da Chiara a Regalmente Presente. Come esercizio, se ti interessa, gioca per tre ore a tennis a un livello agonistico molto top [*sic*] al livello dei migliori juniores e poi calcola il Valore Medio delle proporzioni tra i primi servizi e le discese a rete e le discese a rete e i punti vinti; per uno che batte e va a rete, questo è il modo per stabilire quanto il rendimento della sua partita dipenda dal servizio. De-Lint fa questo esercizio tutte le mattine seduto sul cesso. Sarà interessante vedere se [*sic*] Hal, che pensa di essere troppo furbo per descrivere a grandi linee Eschaton nel tempo della terza persona [*sic*] come quei vecchi Escatologisti con le mandibole sporgenti e le toppe di pelle sui gomiti [*sic*], se Inc è in grado di trasporre [*sic?*] la matematica senza l'aiuto della sua cara Mammottera. Piú tardi.

P.S. Allston Regna.

[124] Sia EndStat che Mathpak sono marchi di fabbrica registrati dalla Aapps Inc., ora una divisione di InterLace TelEntertainment.

[125] I secchi per la lavanderia di rete di plastica devono essere trasportati con due mani e ti impediscono di raccogliere altre palle alzandole da terra con la faccia del tuo strumento; i secchi delle pulizie hanno le dimensioni di un cestino per la carta straccia di misura media, ma hanno una maniglia di acciaio molto resistente e la loro composizione di polimero resistente è fatta per durare a lungo. Fu proprio in un secchio simile a questi che Pemulis vomitò per paura di un sospetto V.D. a Port Washington.

(Varie aziende che producono attrezzi vendono dei recipienti appositamente disegnati per tenere le palle con vari nomi tipo «Serbatoio delle Palle» o «Banca delle Palle» – l'opinione generale dell'Accademia è che questi aggeggi siano per i dilettanti e i finocchi).

[126] Essendo del tutto impossibile che il presente non abbia alcuna influenza su una giocosa e bambinesca Coscienza Storica, spesso i canadesi finiscono per interpretare ruoli confusionari e malvagi nelle Situazioni Scatenanti di Eschaton.

[127] Un mucchio di queste aggiunte e abbellimenti sono di Inc che si diverte, non fanno parte della Situazione Scatenante di Otis, che è uno serio al 100 per cento.

P.S. I Ragni del Lupo Regnano sulla Terra.

[128] Most Valuable Lobber ovvero «Il Miglior Tiratore di Pallonetti».

[129] M. Pemulis è, secondo la migliore tradizione di Allston Ma, un amicone e un nemico delle cattive notizie, e anche quelli dell'Eta ai quali Pemulis non piace stanno molto attenti a non fare o dire niente che potrebbe finire in un regolamento di conti, perché Pemulis è un gourmet della vendetta fredda e non si tira indietro quando c'è da adulterare l'acqua nella caraffa di qualcuno o attaccare la corrente elettrica alle maniglie delle porte o scrivere qualcosa di orribile nella tua cartella medica dell'Eta o manipolare lo specchio sopra la cassettiera nella parte piú intima della stanza del tuo subdormitorio in modo che quando ti guardi allo specchio la mattina per pettinarti o per strizzarti un punto nero o roba simile vedi una cosa che ti fissa e non riuscirai mai piú a dimenticarla, e a M.H. Penn gli ci vollero due anni e dopo non raccontò mai quello che aveva visto ma disse di avere smesso tutto a un tratto di radersi, e, tutti sono d'accordo, da quel momento non è piú stato lo stesso.

[130] Pemulis non dice esattamente «la vera essenza».

[131] Prima dei normali incontri dei Gruppi di Boston in cui si parla in pubblico, ci sono degli Incontri di Discussione per Principianti, che spesso si svolgono a porte chiuse e durano una mezz'ora, dove quelli che sono arrivati da poco possono parlare liberamente del loro essere vuoti, deboli e disperati in una calda e privata atmosfera di conforto.

[132] La parola *Gruppo* nel *Gruppo degli Aa* è sempre maiuscola perché gli Aa di Boston pongono una grande enfasi al fatto di unirsi a un Gruppo e potersi identificare come membro di questa cosa piú grande, il Gruppo appunto. Per lo stesso motivo la lettera maiuscola viene usata in espressioni del tipo *Impegno, Darla Via* eccetera.

[133] La piccola camera di Gately nel sottosuolo umido della Ennet House è tutta tappezzata su ogni parte di muro asciutta abbastanza da poterci appiccicare il nastro adesivo con le foto di celebrità variegate ed esoteriche del passato e del presente, che vengono cambiate quando i residenti buttano le riviste nei cassonetti dell'Enfield Marine e spesso selezionate perché le celebrità a volte sono grottesche; è una specie di abitudine irrefrenabile che Gately ha dai tempi della sua infanzia piuttosto disfunzionale nella North Shore, quando era fissato·con il ritagliare e attaccare.

[134] E se sei nuovo nuovo, se ad esempio sono i primi tre giorni, e quindi hai una obbligatoria e non punitiva Restrizione dentro la Ennet – come Joelle Van Dyne, la ragazza con il velo, che è entrata alla Ennet proprio oggi, l'8/11, il Giorno dell'Interdipendenza, dopo che il medico del Pronto Soccorso all'ospedale Femminile Brigham la notte scorsa l'aveva riempita di Inderal[a] e nitro e aveva visto la sua faccia senza velo ed era rimasto letteralmente scioccato, e l'aveva presa a cuore, e per questo motivo, dopo che Joelle era rinvenuta e aveva ricominciato a parlare, il medico aveva fatto una telefonata a Pat Montesian, che il medico aveva curato per lo stesso colpo alcolico paralizzante nello stesso Pronto Soccorso sette anni prima, e l'aveva presa a cuore e il cui caso aveva seguito nello stesso modo, tanto che ora era diventato amico della ormai sobria Pat M. e faceva parte del Consiglio dei Direttori della Ennet House, e con la sua telefonata a casa di Pat un sabato notte era riuscito a far portare subito Joelle alla Ennet, appena dimessa dall'ospedale la mattina del Giorno dell'Interdipendenza, saltando a piè pari dozzine di persone in lista d'attesa e inserendo Joelle nel programma intensivo per i residenti della Ennet prima che lei si rendesse conto di cosa le stesse succedendo, e a guardare la cosa in retrospettiva può essere stata la sua fortuna – se sei cosí nuovo, in teoria il Personale non deve mai perderti di vista, anche se in pratica questa regola viene sospesa quando devi andare alla toilette delle donne e quello del Personale è un maschio, o viceversa.

[a] Idrocloride di propanolo, della Wyeth-Ayerst, un beta bloccante contro l'ipertensione.

[135] Dopo un po' di tempo questa è una convinzione comune a tutti quelli che Rimangono con gli Aa riassunta nello slogan «I Miei Migliori Pensieri Mi Hanno Portato Qui».

[136] Nome di fabbrica Fastin, della ®SmithKline Beecham Inc., una 'drina di bassa potenza non dissimile dal Tenuate, anche se è accompagnata da una maggiore tendenza a digrignare i denti.

[137] Nessuna di queste espressioni è di Don Gately.

[138] Ad esempio a Boston: unisciti al Gruppo, sii Attivo, prendi i numeri di telefono, cercati uno sponsor, chiama il tuo sponsor tutti i giorni, partecipa agli incontri tutti i giorni, prega come un pazzo per liberarti dal Disagio, non prenderti in giro e non pensare di poterti ancora comprare le bocce nel negozio di liquori o uscire con la nipote del tuo spacciatore o pensare per un solo secondo che puoi ancora stare nei bar a giocare a freccette e bere solo Millennial Fizz o beveroni alla vaniglia eccetera.

[139] Eugenio M. («Gene»), il Consulente Volontario, predilige i traslati entomologici e le analogie, che hanno particolarmente effetto sui nuovi residenti reduci da safari soggettivi nel Regno degli Insetti.

[140] Il termine nel gergo della North Shore di Don Gately per indicare trito/banale è *floscio*.

[141] Allo stesso modo il suo termine personale per indicare una persona di colore è *negro*, e sfortunatamente è ancora l'unico che conosce.

[142] In realtà la ragazza che parla non usa i termini *al riguardo, sicuramente*, o *sistema deambulatorio funzionante*, anche se precedentemente ha usato davvero l'espressione *ceppo dei cordati*.

[143] *Sic.*

[144] Per es. vedi Ursula Emrich-Levine (Università della California-Irvine), Guardi l'Erba Che Cresce Mentre Sei Ripetutamente Colpito Alla Testa Da un Oggetto Appuntito: Frammentazione e Stasi nel *Vedovo, Divertimento coi denti, Cerimonia del tè a gravità zero* e *Accordo prenuziale di Inferno e Paradiso*, di James O. Incandenza, «Art Cartridge Quarterly», vol. III, nn. 1-3, Anno del Pollo Perdue Wonderchicken.

[145]

FRAMMENTO TRASCRITTO DA UNA SERIE DI INTERVISTE
PER IL PROFILO SOFT DEL GIOCATORE DI FOOTBALL PROFESSIONISTA
DEI PHOENIX CARDINALS O.J. INCANDENZA SULLA RIVISTA PUTATIVA
«MOMENT» DELLA SCRITTRICE DI PROFILI SOFT DELLA RIVISTA PUTATIVA «MOMENT»,
HELEN STEEPLY, 3 NOVEMBRE DELL'APAD

«D.»

«Be', ci sono strane consolazioni nel vedere una persona impazzire progressivamente davanti ai tuoi occhi, come quando per esempio La Cicogna Matta dava di fuori su qualcosa ed era quasi divertente. Pensavamo tutti che fosse buffo per gran parte del tempo.

«Devi tenere presente che lui arrivò all'intrattenimento da un interesse per le lenti e la luce. La maggior parte dei registi con pretese artistiche diventano piú astratti con il passare degli anni. Con lui era l'opposto. Molte delle sue cose piú divertenti erano astratte. Quegli orecchini sono di rame, vero? Riesci a portare orecchini di rame, vero?»

«D.»

«Ricordati che lui venne fuori da tutti quei vecchi registi artistoidi che erano veramente *ne pas à la mode* al momento in cui lui si fece notare, non solo Lang e Bresson e Deren ma gli astrattisti anti-New Wave come Frampton, Boscaioli mezzi matti come Godbout, registi anticonfluenziali come Dick e gli Snow, che non solo avrebbero dovuto stare in una stanza dipinta di rosa da qualche parte, ma che erano anche capaci di essere sorpassati, con tutti quei film pesanti che volevano essere dei grandi gesti artistici sul cinema e sulla consapevolezza e sulla diffrazione e la stasi eccetera. Le donne piú belle che conosco si lamentano che quando portano il rame vero si ritrovano con una crosta verde che pizzica. Cosí i critici e gli opportunisti che avevano salutato questo nuovo Neorealismo Ortocromatico del millennio come la vera novità d'avanguardia si mantenevano il posto stroncando Dick e Godbout e i fratelli volanti Snow e La Cicogna per aver cercato di essere avant-garde quando in realtà stavano cercando di essere il piú *après*-garde possibile. Non sono mai riuscito a capire cosa voglia dire esattamente *Ortocromatico*, ma era molto di moda. La Cicogna Matta parlava molto di atavismo intenzionale e retrogradismo e stasi. Gli accademici che lo odiavano odiavano i suoi set artificiali e l'illuminazione a chiaroscuro, perché La Cicogna aveva un feticismo totale per le lenti strane e per il chiaroscuro.

«Dopo l'uscita di quella roba sulla Medusa e l'Odalisca, e *Lo scherzo*, e dopo che tutti i teorici-finocchi del cinema istituzionale si tappavano il naso e dicevano che Incandenza era ancora impantanato nel formalismo autoreferenziale noioso e nell'astrazione non realistica, dopo qualche tempo Lui in Persona, La Cicogna, con quel suo modo di fare sempre piú strambo, decise di vendicarsi. Progettò il tutto quando si trovava all'ospedale McLean, a Belmont, dove a quei tempi Lui in Persona aveva quasi una camera riservata per lui. Inventò un genere che considerava il definitivo Neorealismo e riuscí a far pubblicare degli editti tipo proclama sull'argomento ad alcuni giornali specializzati, e convinse Duquette al Mit, e un paio di altri critici piú giovani, che aveva messo al corrente di tutto, a cominciare a fare dei riferimenti sulla cosa e scrivere degli articoli brevi sui giornali o sulle pubblicazioni trimestrali e parlarne alle inaugurazioni artistiche e nei teatri avanguardisti e alle prime dei film per alimentare la cosa fin dal nascere e inneggiare a questo nuovo movimento che fu chiamato il Dramma Trovato, che si diceva sarebbe stato l'ultimo Neorealismo e secondo tutti loro sarebbe stato il futuro del dramma e dell'arte cinematografica eccetera.

«Perché sto pensando che se ti piacciono le cose di rame e i piccoli soli aztechi c'è un negozietto a Temple di cui conosco il padrone che ha delle cosine di rame incredibili, potremmo passarci e dare un'occhiata. La mia teoria è che bisogna avere una pelle incredibilmente naturale per portare i metalli di base, anche se può essere solo una cosa legata a una qualche allergia, il modo in cui alcune donne reagiscono e altre no».

«D.»

«Il Dramma Trovato era – e devi considerare che Duquette e un critico di Brandeis che aveva un nome tipo Posener contribuirono alla sua vendetta, si beccarono un premio mastodontico per questa storia, e La Cicogna Matta ne prese due piú piccoli da qualche parte, di premi, perché avevano partecipato a corsi di cinema postlaurea in giro per il Paese e avevano fatto delle conferenze tremendamente serie e turgidamente teoretiche su questo Dramma Trovato, e poi alla fine erano tornati a casa a Boston e La Cicogna e i due critici, sempre ubriachi persi, avevano inventato delle nuove teorie sul Dramma Trovato e si erano fatti delle risate incredibili fino a che non si accorsero che Lui in Persona doveva andare un'altra volta a disintossicarsi».

«D.»

«Era un nomignolo che gli avevamo dato in famiglia. Hal e io lo chiamavamo Lui in Persona o La Cicogna Triste. La Mamma fu la prima a chiamarlo *Lui in Persona*, che penso sia una cosa canadese. Hal lo chiamava quasi sempre Lui in Persona. Dio solo sa come lo chiamava Mario. Chi lo sa. Prima volevo dire *Matta*, La Cicogna Matta».

«D.»

«No, vedi, *non esistevano* delle vere e proprie cartucce o opere del Dramma Trovato. Si trattava di uno scherzo. Il tutto consisteva nel fatto che tu e un paio di amiconi come Leith e Duquette tiravate fuori un elenco telefonico dell'area metropolitana di Boston e strappavate una pagina a caso e l'attaccavate al muro con una puntina da disegno e poi La Cicogna, dall'altra parte della stanza, tirava una freccetta. Sulla pagina. E il nome che viene colpito diventa il soggetto del Dramma Trovato. E tutto quello che succede al protagonista con il nome che è stato colpito con la freccetta per un'ora e mezzo circa da quel momento diventa il Dramma. E quando l'ora e mezzo finisce, esci a bere qualcosa con i critici che si congratulano con te e ridacchiano per aver raggiunto l'apice nel Neorealismo».

«D.»

«Puoi fare quello che vuoi durante il Dramma. Non sei lí. Nessuno sa cosa stia facendo il nome nell'elenco».

«D.»

«La teoria dello scherzo è che non c'è un pubblico e non c'è un regista e non c'è né un palcoscenico né un set perché, questo è quanto sostenevano La Cicogna Matta e i suoi amiconi, nella Realtà queste cose non esistono. E il protagonista non sa di essere il protagonista del Dramma Trovato perché nella Realtà nessuno pensa di vivere in un Dramma».

«D.»

«Quasi nessuno. Hai ragione. Quasi nessuno. Voglio correre il rischio e ti confesso che a questo punto mi sento un po' imbarazzato».

«D.»

«Non vorrei che la cosa possa sembrare sessista o offensiva. Prima d'ora ho avuto a che fare con donne molto, molto belle, ma non sono abituato al fatto che siano anche acute e pungenti e politicamente avvedute e penetranti e multidimensionali e cosí intelligenti da intimidire. Mi dispiace se tutto questo può sembrare sessista. Andrò avanti e ti dirò semplicemente la verità e correrò il rischio che tu possa credere che io sia lo stereotipo dell'atleta di Neandertal o un pagliaccio sessista».

«D.»

«Assolutamente no, no, non registrarono e non filmarono nulla. La Realtà non ha bisogno di macchine da presa, e voglio sottolineare ancora che era tutto uno scherzo. Nessuno venne mai a sapere cosa avesse fatto quello dell'elenco telefonico, nessuno seppe mai cosa fosse il Dramma. Anche se si divertivano a fare delle congetture quando uscivano per prendersi qualcosa da bere e fingevano di commentare come era andato il Dramma. Di solito Lui in Persona si immaginava che il tipo fosse seduto a guardarsi delle cartucce, o a contare i disegni sulla carta da parati, o a guardare fuori dalla finestra. Non era improbabile che il nome che avevi colpito con la freccetta fosse di qualcuno morto nel corso dell'anno e l'elenco non fosse aggiornato, ed ecco che ti capitava che il morto e un nome a caso sull'elenco diventavano il loro argomento di conversazione per qualche mese – fino a che Lui in Persona non pensò di essersi vendicato abbastanza e non ce la faceva piú a fare finta di niente di fronte ai critici, perché i critici avevano proclamato – ovviamente non i critici che facevano parte dello scherzo, ma quei veri bastardi e opportunisti che venivano pagati per valutare e stroncare e gridare al fenomeno – avevano proclamato la cosa come il nuovo sussulto del Neorealismo avanguardista, e dicevano che forse La Cicogna doveva essere rivalutata, per questo Dramma senza pubblico e attori improbabili e ignari che potevano aver traslocato o essere anche morti. La Cicogna Matta si beccò due premi per questa trovata e piú tardi si fece un sacco di nemici perché si rifiutò di restituirli dopo che la beffa fu, diciamo, svelata. La cosa fu veramente pazzesca. Distribuí i soldi che aveva avuto con i premi del Dramma Trovato a delle compagnie locali che facevano improvvisazione. Non si tenne i soldi. Non è che ne avesse bisogno. Penso che soprattutto gli piacesse l'idea che la star dello spettacolo potesse essersi trasferita da qualche parte o fosse morta da poco e non ci fosse modo di saperlo».

[146] Vedi per esempio la prima collaborazione narrativa di Incandenza con la Infernatron-Canada, l'animato *Accordo prenuziale di Inferno e Paradiso*, realizzato all'apice del periodo anticonformista – a.S. Pubblicazione Privata, Lmp.

[147] La concessione in questo caso era dovuta principalmente al fatto che sia lui sia Gerhardt Schtitt erano rientrati troppo tardi dopo aver fatto delle presentazioni dell'Eta in vari circoli tennistici e non erano stati informati del disastroso epilogo di Eschaton e non sapevano niente delle gravi ferite riportate da Lord, Ingersoll e Penn; l'allenatore Barry Loach e il prorettore Rik Dunkel lo avevano raccontato ad Avril, e a Schtitt devono raccontarlo o Nwangi o deLint, il primo dei due che si fa venire il coraggio, e il problema di raccontarlo a Tavis viene lasciato ad Avril, come ci si può immaginare, e Avril – siccome Tavis ha già perso molte ore di sonno a prepararsi emozionalmente e retoricamente per l'imminente arrivo della giornalista di «Moment», «Helen» Steeply, che Avril lo ha convinto a far entrare nell'accademia dicendogli che la redazione di «Moment» ha promesso che la pubblicità inevitabile dell'intervista riguarda solo uno degli ex allievi dell'Eta (Avril ha dimenticato di dire a Tavis che era sicura si trattasse di Orin) e un po' di pubblicità per l'Eta da parte di un giornale diciamo soft non poteva nuocere né al reparto per la raccolta di fondi né a quello del reclutamento – e Avril certamente aspetterà la mattina per dirlo a Tavis (che è in un umore troppo festaiolo per notare che tre o quattro dei ragazzi piú piccoli sono assenti dalla cena di gala, cosa alquanto strana), se il pover'uomo avrà la possibilità di dormire un po' per davvero (e darà ad Avril il tempo per pensare a come fare rotolare le teste dei grandi, come deve necessariamente accadere, visto tutto il caos e le ferite da fine stagione che si sono verificate sotto la sorveglianza diretta dei Fratelloni, senza che quelle teste includano quella di Hal, che – a differenza di John, grazie a Dio – era stato identificato sulla scena con quel Pemulis). Hal capisce dalla gestalt emozionale della sala da pranzo che Schtitt e Tavis non sanno niente di Eschaton, ma è quasi impossibile capire cosa sappia la Mami, e Hal non saprà se le hanno raccontato della débâcle fino a che non riuscirà a portare via Mario da Anton Doucette («Il Caccola») e farsi dire tutto quello che sa la Mami direttamente da Booboo, dopo il film.

[148] Troeltsch indossa un cappellino da baseball InterLace Sports, e Keith Freer un elmetto vichingo con le corna e un gilet di pelle, e Fran Unwin un fez, e il piccolo e tosto Josh Gopnik il cappellino bianco con l'elica e il segno delle ruote del carrello dalla battaglia di oggi pomeriggio. Tex Watson indossa uno Stetson scuro con una corona molto alta, e la piccola Tina Echt un berretto di lana scozzese incredibilmente grande che le coprí metà della testina, le gemelle Vaught una bombetta strana con due cupole e una sola tesa, Stephan Wagenknecht una celata di plastica – vado a caso; i cappelli sono tanti, una topografia completa di cappelli – e Carol Spodek ha un cappello da imbianchino con la marca della vernice, e Bernadette Longley un colbacco che ostruisce la vista a quelli dietro di lei. Duncan Van Slack

indossa un archibugio con fibbia. Forse è il caso di dire anche che Avril indossa una maschera Fukoama per la microfiltrazione, sebbene per lei sia ancora troppo presto per cenare. Ortho Stice indossa una calotta e la M/N Millicent Kent una fedora nera messa di sbieco e Tall Paul Shaw, molto indietro, un elmetto e un escudo da conquistadores, e Mary Esther Thode un pezzo di cartone appoggiato sulla testa con scritto sopra HAT. Un laccio intorno al collo tiene in posizione lo spettacolare sciaccò di pelle d'orso di Idris Arslanian.

[149] (Cioè Vocalisti vestiti di seta che schioccano le dita e dicono al pubblico dei casinò quante donne meravigliose ci sono stasera, però, quando arriva il momento in cui dovrebbero iniziare a cantare le loro canzoni confidenziali, le labbra dei Cantanti si muovono ma non viene fuori niente di Vellutato, il suono viene trattenuto, una Protesta sul Lavoro resa ancora piú agghiacciante dall'abilità con la quale i Frank e i Tony muovono le labbra sincronicamente nel piú completo silenzio – e dal modo in cui la bella gente del pubblico dei casinò, colpita nel profondo, in qualche modo, ma chiaramente, rispose con sentimenti di privazione e di abbandono quasi psicotici, si trasformò in una banda di teppisti, distrusse quasi i saloni, rovesciò i tavolini, lanciò le bibite gratis piene di ghiaccio; in pratica il pubblico migliore si comportò come bambini disfunzionali o non abbastanza coccolati dai genitori).

[150] Gli anni intorno alla fine del millennio furono un periodo veramente terribile per gli Stati Uniti in materia di rifiuti, per l'ozono e le discariche abusive e la diossina smaltita in modo del tutto vergognoso, con il ciclo Dt della fusione anulare arrivato al punto in cui le quantità-enormi-generate-di-rifiuti-R erano molto maggiori del consumo-dei-rifiuti-stessi-in-un-processo-nucleare-i-cui-rifiuti-erano-il-carburante-per-la-prima-fase-del-circolo-della-reazione.

[151] Il termine che viene usato in questo caso è *deprimenti*.

[152] Dato che una sala pesi senza luce, di notte, non è esattamente il posto in cui si pensa ai cognomi.

[153] Certe volte arriva perfino a consigliare a qualcuna di dare al proprio fidanzato la sberla di diritto che lei ha segretamente avuto voglia di dargli da quando una volta lui l'aveva presa in giro perché si era messa dei cerotti sulle punture di insetti che aveva sul petto.

[154] = l'anticonfluenziale *Gabbia III – Free Show*; v. nota 24 *supra*.

[155] La Medusa indossa una specie di vestito da sera tipo cotta di maglia con la schiena scoperta e sandali ellenici, l'Odalisca un vestito da Vedova Allegra.

[156] Lo spettacolo di marionette di Mario calca forse troppo la mano sull'insinuazione che lo sponsor del gruppo di sostegno della «Sindrome Ossessivo-Compulsiva» prima e il responsabile della campagna del Partito Pulito degli Stati Uniti poi, ora Capo dell'Usns, Rodney P. Tine, sia la vera eminenza grigia dietro la Riconfigurazione e la eliminazione del New England e il trasferimento della Grande Concavità, e che Johnny Gentle, il Famoso Cantante Confidenziale, sia sempre stato e rimanga una figura un po' rigida ma fondamentalmente geniale e confusa, che si accontenta di giocherellare con il suo microfono e immolare la sua epidermide a patto che il suo ufficio sia pulito e il suo cibo assaggiato prima che lui lo mangi, e che c'è sempre stato Tine dietro l'analità geopolitica del Ppusa e dell'Experialismo, e che è stato Tine a manovrare i fili di Gentle nella creazione del Ministero della Concavità e la successiva Riconfigurazione e il trasferimento di massa. In effetti questa è semplicemente una teoria e un'indicazione per trovare un colpevole, e tende a colare a picco per il problema non risolto di cosa avrebbe motivato Tine a fare tutto questo, dato che è provato che la sua Sindrome Ossessivo-Compulsiva sia meditativa piú che igienica, per non parlare poi del fatto che è innamorato cotto di Luria P., che viene dal Québec – *L'Onanteide* di J.O. Incandenza, pur essendo riservata a un pubblico adulto, era molto piú contenuta e ambigua sull'idea di Tine-come-forza-oscura.

[157] Un piccolo tributo obliquo di Mario alla Mami; infatti a questo punto ogni anno Avril, che siede al tavolo del Preside, si toglie il cappello da strega e lo tiene per la tesa e lo fa roteare tre volte sopra la testa in un cerchio entusiasta.

[158] Nel campionato juniores degli Stati Uniti normalmente gli arbitri sono presidi delle scuole superiori in pensione la cui unica remunerazione è la possibilità di esercitare ancora una lieve autorità sui ragazzi.

[159] Clipperton ha perfezionato la tecnica di buttare la palla in aria con la stessa mano con cui si serve, quella usata la prima volta dallo specialista sudafricano di doppio Colin Van der Hingle, dopo che un terribile incidente con la turbo-elica-di-un-aereo-charter gli aveva portato via di netto il braccio destro, l'orecchio e la basetta durante il suo secondo anno di carriera nello Show, a Durban.

[160] Esistono altre riprese veramente forti del suicidio di Clipperton che sono state dichiarate – insieme a una mezza dozzina di altre cartucce Master impressionanti da un punto di vista emotivo e professionale – «Inguardabili» per codicillo regolamentare e, per quanto ne sanno Hal e Orin, sono racchiuse in una specie di caveau al quale solo gli avvocati di Lui in Persona e Avril hanno accesso. Per quanto ci è dato sapere, solo quegli avvocati, Avril, Disney Leith e forse Mario sanno che invece quelle cartucce furono sotterrate insieme al corpo morto di J.O. Incandenza[a], insieme alla valigia con le lenti speciali, e nella bara di bronzo c'era posto solo perché l'estrema altezza di Incandenza aveva richiesto una bara così grande da non poter essere completamente riempita dal suo fisico sottile né in larghezza né in profondità.

[a] (nella tomba di famiglia dei Mondragon del Cimetière du St. Adalbert nell'ora lussureggiante zona di coltivazione di patate, appena usciti dall'Autoroute Provincial 204 nella Provincia de L'Islet, Québec, proprio al di là del confine di quella che ora è la Concavità orientale, e infatti il funerale fu ritardato e poi fatto di corsa per rientrare nei cicli di anulazione).

[161] L'altra era quell'invocazione profetica per un eroe catatonico, anche questa scritta per la seconda sessione del corso di Ogilvie sullo Spettacolo.

[162] Tutti quelli intervistati dalla Nielsen risposero mostrando una certa repulsione neurale nei confronti dei quadri. Ce n'era uno di una donna con tutti gli attrezzi da carpentiere conosciuti che le spuntavano dalla faccia. Un altro di un uomo giovane con fascio di luce scarlatta che gli attraversava la tempia destra e veniva fuori dall'altra parte. Una donna con la testa tra le zanne di una qualche specie di squalo talmente grande che non entrava nella cornice. Una donna con la faccia da nonna con il cranio scoperchiato dal quale uscivano a mo' di serpenti delle rose, mani, una matita, e altri tipi di flora lussureggiante. Una testa che veniva fuori come un nastro da un tubetto di crema strizzato; un Talmudista con la barba fatta di aghi; un papa baconiano con il cappello in fiamme. C'erano tre o quattro di quelli sui denti che facevano accapigliare la gente che si precipitava nel bagno per passarsi il filo interdentale fino a che le gengive non sanguinavano. Un quadro, che aveva particolarmente impressionato Hal quando aveva nove anni e gli aveva fatto ingoiare una quantità tale di Nunhagen che le orecchie gli avevano cominciato a fischiare e non avevano smesso per quasi una settimana, era quello di un uomo con un aspetto vagamente familiare e benestante, con un'abbronzatura da istituto di bellezza, e un pugno senza corpo gli tirava fuori una manciata di cervello dall'orecchio sinistro mentre la sua faccia da ragazzo sano, come gran parte delle facce della pubblicità, aveva uno sguardo strano di intensa e infelice concentrazione, un'espressione di dolore più meditativa di quella convenzionale.

[163] Alla fine la Nocoat Inc. occupò il posto numero 346, proprio quello lasciato vacante dalla Cbs della Hoechst, notò Hal con una mancanza di ironia sorprendente.

[164] È ovvio che tutto questo materiale viene semplificato in un modo alquanto grossolano nel resoconto efebico di Hal; Lace-Forché e Veals sono in effetti dei geni trascendenti di quella specie complessa che riesce sempre a trovarsi al posto giusto nel momento giusto, e il loro successo all'interno di un'ideologia americana che si incarnasse nella *apparenza della libertà* fu del tutto irresistibile.

[165] È ovvio, con buona *pace* dei critici, che questo avvenne anche per prevenire i reclami alla Corte di Appello da parte del Consiglio per la Diffusione della Televisione Via Cavo per il fatto che InterLace stesse praticamente saltando sullo Sherman Act del 1890 a.S. con i tacchi a spillo.

[166] I «Reduced Instruct-Set Computers», discendenti dei «Power Pc» della Ibm/Apple, con un tempo di risposta pari a quello dei computer professionali e 0,25 terabyte di Dram e numerose slot di espansione per varie applicazioni killer.

[167] Un paio dei primi e più accessibili documentari di Incandenza furono acquistati dal-

la InterLace su una base di contingenza legata alla distribuzione, ma a eccezione di uno piuttosto piatto che pareva della Pbs sui principî laici dell'anulazione Dt, non riuscirono mai a fruttare alla Meniscus/Latrodectus piú di una frazione degli interessi sugli interessi della fortuna che Lui in Persona aveva fatto con il suo specchietto retrovisore. In seguito InterLace opzionò soltanto i diritti di alcune sue produzioni piú impegnate per «Grida dai Margini», una linea di prodotti con una prospettiva di ascolto molto basso, quando Lui in Persona era ancora vivo; il grosso della sua roba non fu mai inserito in un menu InterLace fino a dopo la sua morte prematura.

[168] Certamente non giovò molto alla campagna intensiva di J. Gentle che nella ultraliberale Enfield uno dei suoi primi seguaci portabandiera fosse stato proprio Gerhardt Schtitt dell'Eta, che fino a quel momento era stato cosí schierato all'estrema destra che perfino le persone che non avevano l'orologio facevano finta di guardarlo e blateravano vagamente di un appuntamento tutte le volte che gli occhi di Schtitt diventano blu scuri e lui pronunciava parole tipo *America, decadenza, Stato* o *Legge*; ma Mario I. era forse l'unico a cui era stato spiegato che l'attrazione di Schtitt per Gentle aveva piú a che fare con la mania di Schtitt per il tennis di qualsiasi altra cosa: l'Allenatore era stato affascinato dalle implicazioni atletico-wagneriane delle proposte di Gentle riguardo ai rifiuti, l'idea di allontanare da noi stessi quello che vorremmo che non tornasse mai indietro.

[169] La triaminotetralina, un allucinogeno sintetizzato la cui alta bioaccessibilità transdermica lo rende un ingrediente popolare negli «Happy Patches» cosí in voga nell'Ovest e nel Sudovest americani del Tempo Sponsorizzato – il *Pharmochemical Quarterly* 17, 18 (Primavera, Anno della Saponetta Dove in Formato Prova) fornisce un rapporto dettagliato della sintesi e della fisiochimica transdermica delle aminotetraline in generale.

[170] Francese del Québec: «faceva salire la pressione».

[171] «Casareccio. Pronto per essere servito».

[172] «Perseguire la felicità».

[173] Vedi nota 304 *infra*.

[174] «Niente teste rotte», molto probabilmente.

[175] Risulta difficile immaginarsi completamente la logistica delle due mani piene, ma il realismo non era lo scopo dell'immagine per gli amareggiati ragazzi della Brigata.

[176] Questo è il punto in cui Mario attinge maggiormente da Lui in Persona, la cui *Onanteide* era piú imperniata sull'acclamazione dell'idillio segnato dal destino piuttosto che sul commento politico, anche se la storia d'amore nel film di Incandenza sr non si svolge tra Tine e la donna fatale del Québec ma rappresenta una relazione segnata dal destino e mai consumata tra il Presidente J. Gentle e la moglie del «Ministro Canadese dell'Ambiente e delle Imprese per lo Sviluppo delle Risorse», una donna ugualmente ossessionata dall'igiene e dai germi, la relazione viene presentata come voluta dal destino ma non consumata perché il Ministro ingaggia un perfido giovane medico canadese specializzato in *Candida albicans* per provocare nella moglie un'infezione grave e piú o meno permanente che porta sia la moglie sia Gentle a un esaurimento nervoso provocato dal desiderio ardente in contrapposizione alla neurosi igienica, esaurimento durante il quale la moglie si butta sulle rotaie durante il passaggio di un treno-razzo del Québec e Gentle decide di vendicarsi su scala macrocartografica. Sicuramente *L'Onanteide* non fu l'impegno piú significativo di Lui in Persona, e quasi tutti all'Eta sono d'accordo nel dire che la parodia-spiegazione di Mario sulla Riconfigurazione è piú divertente e piú accessibile di quella di Lui in Persona, anche se tratteggiata con mano un po' piú pesante.

[177] Il termine ufficiale per fare accettare al Canada di prendere il territorio degli Stati Uniti e permetterci di scaricarci sopra ogni genere di immondizia che non vogliamo è la *Riconfigurazione territoriale*. *Grande Concavità* e *Grand Convexité* sono espressioni gergali usate negli Stati Uniti e in Canada che poi vennero adottate e generalizzate dai media.

[178] Un epigramma piú astratto ma piú vero che i veterani di sobrietà della Bandiera Bianca a volte preferiscono a questo è: «Non preoccuparti di entrare in contatto con i tuoi sentimenti, saranno loro a contattare te».

[179] Molto probabilmente agli incontri degli Aa della North Shore, ma Gately non si ri-

corda di avere mai sentito la parola *Aa*; l'unica cosa che ricorda di aver sentito nominare in quel periodo sono «gli Incontri» e una Diagnosi che aveva immaginato fosse qualcosa di cavalleresco.

[180] Ma Avril aveva convinto l'ex numero 1 del Singolare Maschile del Mit, Corbett Thorp, ad accompagnare Mario con la macchina a quell'edificio cerebrale che è l'Unione degli Studenti di V.F. Rickey, dove Thorp aveva usato il vecchio documento di identità di quando era studente (con il pollice sopra la data di scadenza) per passare dalla signora della Sicurezza al *Rectus Bulbi* per raggiungere il sottosuolo tinteggiato di rosa dello studio dell'Yyy, dove si moriva di freddo e la sola persona che non parlava come un cartone animato furioso era un uomo foruncoloso al mixer del suono, che non fece altro che indicare un paravento pieghevole in tre parti sottile come un velo di cipolla, che stava piegato sotto un orologio a muro senza lancette, il che probabilmente voleva dire che l'assenza non poteva essere tanto lunga se la persona assente aveva dimenticato il suo fedele paravento. Mario non aveva mai pensato che M.P. usasse un paravento mentre era in onda. Fu in quel momento che iniziò ad agitarsi.

[181] Il nomignolo di Corbett Thorp tra i ragazzi meno gentili è «Th-th-th-th».

[182] Conosciute anche come «Vomitose».

[183] Quelli di metallo opaco della Kenkle & Brandt, non i secchi di plastica bianca per i solventi industriali associati con Eschaton e con la débâcle di ieri.

[184] Il muoversi velocemente in una direzione quando la palla va nell'altra e dover cercare di fermarsi e cambiare direzione molto velocemente viene chiamato anche «contropiede» o *contre-pied* ed è la causa di molti infortuni alle ginocchia e alle caviglie dei giocatori juniores; è abbastanza curioso che Hal, dopo l'esplosione, sia considerato il vero maestro all'Eta, nel piazzamento e nel far girare a vuoto l'avversario e nel vecchio *contre-pied*. Qui è doverosa la breve aggiunta che Dennis Van der Meer, padre di «Da Parte a Parti», era un professionista di basso livello emigrato dall'Olanda che era diventato uno dei migliori allenatori professionisti e un guru nella teoria didattica del tennis, allo stesso livello di un Harry Hopman o di un Vic Braden.

[185] I genitori di Stice, leggendariamente disfunzionali, sono in Kansas, ma Stice ha due zie o prozie vergini vagamente lesbiche che stanno a Chelsea e gli portano in continuazione roba da mangiare che il personale non gli permette di mangiare.

[186] I veri giocatori di tennis juniores non raccattano mai le palle con le mani. In genere i ragazzi si piegano in avanti e tirano su le palle colpendole con la faccia dei loro strumenti. Le ragazze e alcuni dei maschi piú piccoli non amano piegarsi e bloccano la palla tra la scarpa e la racchetta e tirano su il piede con uno strappo veloce, e la racchetta porta su anche la palla. I ragazzi bloccano la palla con la parte interna della scarpa, le ragazze con la parte esterna della scarpa, il che è piú femminile. Lo snobismo al contrario all'Eta non ha mai raggiunto il punto in cui qualcuno si sia piegato a raccattare le palle con le mani, che, come portare la visiera, viene considerato il segno distintivo del novellino o della schiappa.

[187] N.B.: gli europei e gli australiani si riferiscono alle schiacciate con il termine *smash*, mentre i sudafricani certe volte le chiamano anche *pointers*.

[188] Il budget non permette cene per la comunità durante il fine settimana, e spesso il menu settimanale sotto SAB e DOM riporta la parola foraggio, che alla fine per una certa percentuale dei residenti di questo autunno è da prendersi alla lettera.

[189] Completamento della nota 12: il Demerol è una meperidina idrocloride, classificata nella categoria C-II dei narcotici sintetici, commercializzato dai Sanofi Winthrop Laboratories nello sciroppo al gusto di banana; nelle fialette per iniezioni da 25, 50, 75 e 100 mg/ml; e (le piú usate da D.W.G.) le compresse da 50 e 100 mg rispettivamente conosciute sulla costa anche come Pietrine e Bam-Bam.

[190] Se qualcuno muore durante un crimine, anche se muore per via di un pacemaker difettoso o perché colpito da un fulmine, il criminale deve rispondere dell'accusa di Omicidio di Secondo Grado e deve scontare un periodo di detenzione che non può essere patteggiato, per lo meno nello Stato del Massachusetts, una norma statutaria terribile per la maggior parte dei tossicodipendenti attivi, poiché seppure i loro crimini non hanno come

scopo la violenza, l'efficienza e la coscienza dei margini di sicurezza non sono esattamente le caratteristiche che contraddistinguono i crimini da dipendenza, che tendono a essere
impulsivi e studiati in modo molto approssimativo, nel migliore dei casi.

¹⁹¹ Conosciuti anche come «Casi Archiviati nel Fascicolo Blu», il che significa che per
un certo tempo vengono messi in una specie di limbo giurisdizionale e possono essere ria-
perti («Casi Archiviati nel Fascicolo Rosso») in qualsiasi momento dal Pubblico Ministero o dal Consiglio che giudichi l'accusato non in grado di fare «progressi soddisfacenti».

¹⁹² Non aveva usato davvero l'espressione *tempesta di merda*.

¹⁹³ Gately non è venuto a conoscenza di questa storia da Pat Montesian; è piú esatto
dire che questa storia fa parte della mitologia della Ennet House, mentre i dettagli piú rea-
listici gli erano stati riferiti da Gene M. e da Calvin Trust, e tutti e due pensano che Pat
M. facesse finta.

¹⁹⁴ Una cosa completamente diversa dalla contrattura di Volkmann (vedi nota 155).

¹⁹⁵ Perciò dovette pagare un Risarcimento del cazzo per ripararla, e fortunatamente il
quasi Coccodrillo Sven R. era un falegname rifinitore e aggiustò volontariamente il danno
con una strana resina tipo finto legno, cosí Gately dovette pagare solo il tubetto della resina invece di un tavolo nuovo.

¹⁹⁶ Per es.: «Ragazzo, la sobrietà è come avere il cazzo duro; appena ce l'hai, hai voglia di scopare»; farfugliavano questo genere di cose; ne sapevano un milione come questa.

¹⁹⁷ (Ancora non ha mai controllato il lato di una scatola di pasta per vedere se c'erano
istruzioni).

¹⁹⁸ Progetto Mk-Ultra, Cia/Usa inizio 4/3/'53 a.S.: «L'attività principale del programma Mk-Ultra consisteva nel condurre e finanziare la sperimentazione sul lavaggio del cervello per mezzo di droghe pericolose o altre tecniche [*sic*] usate su persone non volontarie
reclutate tra gli impiegati, gli agenti e i fornitori del Reparto del Servizio Tecnico della
Cia» – Azione Civile n. 80-3163, *Orlikow e al. contro gli Stati Uniti d'America*, 1980 a.S.

¹⁹⁹ L'Alprazolam, la sfida della Upjohn Inc. nella grande bagarre delle benzodiazepi-
ne, classificata nella Categoria C-IV ma in grado di creare una dipendenza molto grave,
con sintomi spiacevoli in caso di improvvisa interruzione.

²⁰⁰ È l'analisi di Chandler Foss, quasi un ex della Ennet House, sicuramente fatta quando Gately non era a portata d'orecchio.

²⁰¹ Un'altra reliquia: Gately nota subito automaticamente le sbarre e le reti, il foglio di
metallo e i piccoli contatti magnetici degli allarmi nelle case residenziali, i ganghi dei cardini eccetera.

²⁰² Forma dialettale locale per indicare la Storrow Drive, che si snoda lungo il Charles
dalla Back Bay fino a Alewife, con piú corsie e una segnaletica escheriana e rampe di immissione e di uscita appiccicate l'una all'altra, nessun limite di velocità e improvvise bifor-
cazioni e l'esperienza di guida là sopra è cosí snervante che è scritto espressamente nel contratto della Polizia metropolitana che i poliziotti non devono neanche avvicinarvisi.

²⁰³ Che sia un errore d'inglese o un solecismo del Québec, *sic*.

²⁰⁴ I vibratori da stretta di mano Jolly-Jolt®, i cuscini Whoopy Daisy® (pubblicizzati da
una celebrità), i sigari Blammo®, i cubetti di ghiaccio di plastica con la mosca Oh, Wai-
ter!®, gli occhiali con le lenti a raggi X Vedo Londra!® eccetera di solito trasportati per camion insieme alle carte di auguri sdolcinate e alle cartoline postali della Saprogenic Gree-
tings®, prodotti dalla Waltham della Acmé Inc., conosciuta anche come «La Famiglia Acmé,
Scherzi e Motti, Emozioni Preconfezionate, Scherzi, Sorprese e Maschere Divertenti», a
un prezzo notevolmente scontato e politicamente motivato, dato che l'azienda è di proprietà di un oscuro finanziatore dell'Alberta simpatizzante della causa del Québec, che era
stato protagonista della campagna contro la Cadc, e circa un decennio prima aveva sfruttato il momento difficile dell'azienda, ai tempi di proprietà americana, in seguito a problemi di Pr e cash-flow subito dopo le tragedie seriali con i Sigari Blammo per compiere
una scalata ostile e comprarsi la società a circa il 30 per cento del suo valore reale.

²⁰⁵ Gli sprovveduti Antitoi non lo sanno, ma non è detto che siano necessariamente

vuote. Le cartucce riproducibili, cioè i Master, necessitano di un visore o di un Tp con una potenza di 585 giri/min., e su un sistema convenzionale a 450 giri/min. mostrano solo statica, e quindi sembrano vuote. Vedi anche nota 301 *infra*.

[206] Essendo fuori dalla iterazione sociolinguistica, L.A. non ha modo di sapere che «sentire un cigolio» è il piú oscuro degli eufemismi canadesi contemporanei per indicare un assassinio improvviso e violento.

[207] Dato che L.A. intuisce giustamente che dire *va chier, putain!* non sarebbe una buona idea in questo contesto.

[208] Dal capitolo 16, *La nascita del mio interesse nei Sistemi Anulari*, estratto da *Il brivido dell'ispirazione: Reminiscenze spontanee dei diciassette pionieri della fusione anulare litiumizzata del ciclo Dt*, ed. Prof. Günther Sperber, Institut für Neutronenphysik und Reaktortechnik, Kernforschungszentrum Karlsruhe, Rft, disponibile in inglese solo in una edizione in hardcover ferocemente cara, © Acmt, della Springer-Verlag, Wien Nny.

[209] Per es.: Ted Schacht che si aggiusta i polsini e la fascia. Carol Spodek che si allunga per una volée a rete, tutto il corpo disteso, una smorfia sulla faccia e i nervi a tirare. Una vecchia di Marlon Bain che accompagna un diritto, una corona di sudore che gli brilla intorno, il suo braccio piú grosso incrociato di fronte alla gola. Ortho Stice che fa una verticale. Yardguard mirabilmente piegato su un rovescio basso. Wayne quest'estate che scivola sulla fine terra di Roma, una nuvola rossa che nasconde tutto quello che è sotto il ginocchio. Pemulis e Stice con le braccia incrociate contro la luce del deserto e una rete. Shaw senza i suoi stupidi baffi spelacchiati alla pseudo Newcombe. Le foto sono sbiadite da quanto sono state guardate. Hal al culmine del suo lancio di palla, le ginocchia piegate piú di quanto vorrebbe. Wayne che mostra un piatto d'argento. I maschi del contingente europeo di tre estati fa tutti in fila fuori da un pullmino con il volante dalla parte sbagliata, qualcuno con due o tre dita sopra la testa di Axford. Schtitt che si rivolge a dei ragazzini dei quali si vede solo la schiena. Todd Possalthwaite che stringe la mano di un ragazzino nero a rete. Troeltsch che fa finta di intervistare Felicity Zweig. Le gemelle Vaught che si dividono un hot dog lungo un piede di fronte a un chiosco al Torneo Open Juniores del Bronx Usa. Todd Possalthwaite a rete con un ragazzino del Pwta. I muscoli a tirare della gamba di appoggio di Arny Wingo mentre si allunga al massimo su un rovescio. E cosí via. Non sono in fila; sono disposti caoticamente. Heath Pearson, ex azionista del carro attrezzi ora a Pepperdine, che guarda da un'altra parte rispetto alla macchina, sotto la luce del Polmone, mentre corre. I campi dell'Accademia Palmer che sembrano squagliarsi per il gran caldo. Molte delle foto sono di Mario. Peter Beak che cade malamente dopo un allungo su una volée, con i piedi sollevati da terra su un terreno che sembra l'erba sintetica di Longwood. Le foto circondate da nuvole e cielo non identificabili. Freer sulle gradinate a Brisbane con le infradito e la canottiera che fa il segno della pace verso la macchina fotografica. Il Polmone quasi montato con Pearson e Penn e Vandervoort e Mackey e il resto dei giocatori seniores di quell'anno seduti sulle sedie rivestite di tessuto fuori dal padiglione, con i piedi in alto al fresco, che dànno consigli gratuiti a Hal e Schacht e agli altri ragazzini mentre portano della roba. Una delle cuoche della Sig.ra Clarke con la retina sulla testa che mescola qualcosa con un pestello grosso come un braccio in una ciotola che tiene inclinata. Non ci sono fotografie né di Mario né di Orin. Un battaglione di ragazzini tutti sudati che fanno gli scatti su per la collina piena di neve, due o tre molto indietro e ignobilmente piegati in due. Alcuni rettangoli blu chiari dai quali le foto sono state tolte e non ancora sostituite. Freer senza maglietta che gioca a microtennis con Lori Clow. Un primo piano di Gretchen Holt con gli occhiali che guarda incredula un giudice di linea. Wayne e uno del Manitoba con le magliette con la foglia d'acero che guardano verso nord. Kent Blott con una bocca tipo boomerang e un'espressione schifata e il naso che viene fuori da un sospensorio che è ficcato sulle orecchie e sul naso e Traub e Lord addosso a lui non si sa se per le risate o per lo schifo. Hal e Wayne a rete nel doppio, tutti e due lanciati verso sinistra come se il campo fosse inclinato.

[210] Da molto tempo Hal e Mario hanno dovuto accettare[a] il fatto che Avril, a + di 50 anni, è ancora endocrinologicamente appetibile per gli uomini.

---

[a] Naturalmente «accettare» non equivale a «esserne contenti».

²¹¹ Come con la cosa neurogastrica, solo Ted Schacht e Hal sanno che il piú grande timore di Pemulis è di subire un provvedimento di espulsione per motivi disciplinari o accademici, e di essere costretto a scendere giú per la Comm. Avenue e prendere un diploma a Allston come i figli degli operai, e ora, durante il suo ultimo anno all'Eta, la paura si è ingigantita, e questa è una delle ragioni per cui Pemulis prende tutte quelle precauzioni elaborate nelle attività extrascolastiche tipo farsi invitare in modo esplicito da un cliente della Sostanza eccetera – ed è per questo che Hal e Schacht per il suo ultimo compleanno gli hanno regalato un poster che hanno messo sopra una mensola della stanza di Pemulis, e nel poster c'è un re divorato dalle preoccupazioni con una grande corona in testa che siede sul trono e si gratta il mento e rimugina, con una didascalia: SÍ, SONO PARANOICO – MA SONO ABBASTANZA PARANOICO?

²¹² Anche se nessuno lo dice, tutti nella sala d'attesa, a eccezione di Ann Kittenplan, sanno bene che Lord e Postal Weight sono sotto la responsabilità di Pemulis, e Penn e Ingersoll sotto quella di Axhandle; oltretutto né Struck né Troeltsch sembrano esser stati convocati per un eventuale provvedimento disciplinare.

²¹³ Dato che i campi da tennis sono uno accanto all'altro e vi giocano esseri umani che picchiano forte e non sono infallibili, succede che dei colpi steccati o rimbalzati sui pali della rete e anche sulle reti di recinzione vadano a finire negli altri campi. Normalmente a partire dai quarti di finale dei tornei importanti ci sono i raccattapalle che vanno a riprenderle. Ma nei primi turni e durante gli allenamenti l'etichetta dice che si debba smettere di giocare e riprendere la palla che è arrivata rotolando e spararla di nuovo sul campo dal quale è arrivata. Il modo in cui si segnala la richiesta di aiuto consiste nell'urlare «Scusi» o «Un piccolo aiuto dal Campo 3» o qualcosa di simile. Hal e Axford sembrano costituzionalmente incapaci di fare questo, di chiedere aiuto per i colpi sbagliati. Devono sempre avere la situazione sotto controllo e vanno di corsa sull'altro campo, fermandosi sui campi che attraversano ad aspettare la fine del punto in gioco, per riprendersi la loro palla. È una curiosa incapacità a chiedere aiuto che neanche i commenti negativi di Tex Watson o Aubrey deLint sono riusciti a correggere.

²¹⁴ Cioè-un-festival-del-dolore-tipo-non-riesci-a-schiacciare-e-corri-fino-alla-riga-di-fondo-campo-dopo-un-lob-offensivo-poi-torni-indietro-e-colpisci-il-cordino-della-rete-con-lo-strumento-proprio-mentre-Nwangi-o-Thode-ti-fanno-un-altro-lob-offensivo-sopra-la-testa-e-devi-tornare-indietro-di-corsa-e-riuscire-a-ritornare-alla-rete-o-ti-rifilano-piú-lob-di-quanti-ne-preveda-la-tua-razione-regolare.

²¹⁵ Una leggenda dal livello di quella di Clipperton riguarda un bambino piccolo dell'Eta che ormai se n'è andato da tanto tempo e nell'Alsm si era appellato al Dipartimento dei Servizi Sociali del Massachusetts e aveva chiesto che le Vomitose disciplinari fossero riconosciute come abuso sui minori, il che provocò l'apparizione alla sbarra d'ingresso di due signore del Dss con la bocca cucita e per nulla spiritose che stavano in giro tutto il giorno e obbligarono Schtitt a confinare deLint nella sua stanza perché era viola di rabbia contro il bambino che aveva fatto la spia.

²¹⁶ Non si sa perché.

²¹⁷ Hal aveva mancato quelli sull'erba, sulla terra rossa, e sulle superfici dure del Grande Slam Juniores perché uno strano svantaggio di chi frequenta una qualsiasi accademia dell'America del Nord consiste nel fatto che le regole dell'Onanta per il Grande Slam Juniores ammettono un solo partecipante per accademia in ciascuna fascia d'età, e John Wayne aveva avuto la meglio.

²¹⁸ Lo sviluppo da parte della Meniscus Optical Products Ltd. del fu James Incandenza di quegli strani specchietti laterali a grandangolo per le automobili che rimpiccioliscono talmente le macchine dietro che una legge federale ha richiesto che sugli specchietti venisse stampata la seguente dicitura: «Objects In Mirror Are Closer Than They Appear»*, e Incandenza aveva trovato cosí sconcertante quella scritta che rimase scioccato quando i pro-

* «Gli oggetti nello specchietto sono piú vicini di quanto sembrino» [N.d.T.].

duttori di autoveicoli statunitensi e gli importatori acquistarono i diritti sugli specchietti, tanto tempo fa, per il primo sconvolgente compenso di Incandenza come imprenditore – all'Eta piace pensare che gli specchietti fossero stati ispirati da Charles Tavis, che sembra sempre rimpicciolirsi.

[219] Un ospite decisamente fastidioso nei programmi per bambini a Disseminazione Spontanea di InterLace.

[220] Un attrezzo per il Fitness della ®Cardiomed – la quarta generazione di un attrezzo tipo Stairmaster con la sola differenza che assomiglia di piú a una scala mobile che viene fatta girare a una velocità incredibilmente sadica, tanto che chi usa l'attrezzo si trova a dover correre come se la sua vita fosse in pericolo, se non vuole essere scagliato lungo tutto l'ufficio dalla macchina, il che giustifica il grande materassino quadrato della sala pesi che è stato attaccato alla parete vuota del muro dell'ufficio di fronte alla parte posteriore della macchia – che Tavis ha voluto cambiare con il suo Stairmaster dopo aver visto il risultato disastroso di un'analisi per il colesterolo, e all'inizio aveva avuto dei problemi, tanto che dovette anche mettersi il busto ortopedico.

[221] Il giocatore professionista del circuito Satellite al quale Hal era riuscito a strappare un set, un lettone con un torace enorme che pensava che Hal si chiamasse All.

[222] È necessario sottolineare ancora una volta che la lingua madre di Marathe non è quel buon vecchio idioma contemporaneo del francese parigino europeo, bensí il francese del Québec, che equivale al basco in termini di difficoltà ed è pieno di termini strani e ha delle caratteristiche grammaticali sia inflesse che non inflesse, un dialetto incestuoso e indisciplinato, nel quale infatti Steeply non era mai riuscito a ottenere piú di un «Accettabile» agli esami tecnici durante le esercitazioni dell'Uso a Vienna/Falls Church Va, e che non consente una facile traduzione letterale in inglese.

[223] Vale a dire all'allusione alla storia anticonfluenziale e metaspettacolare e molto ologrammatica della Medusa contro l'Odalisca, di colui che si sospetta essere anche l'autore del *samizdat*, e in effetti la parte della scena della battaglia dentro il film può essere scomposta nella scrie delle cosiddette «Trasformazioni Rapide di Fourier», anche se nessuno sa cosa diavolo voglia dire ALGOL, a meno che non sia un acronimo ma un termine contemporaneo nel dialetto del Québec, *l'algol*, ma se fosse cosí non si troverebbe in nessun dizionario o su nessuna fonte lessicale on linc nella seconda o terza griglia dell'Il/In.

[224] Vedi William James su «...quel processo latente di preparazione inconscia che spesso precede una improvvisa presa di coscienza sul fatto che il danno ormai fatto è irreparabile», è la riga che fece veramente aprire gli occhi a Lenz su quello che stava facendo quando gli capitò di leggerla su una edizione a caratteri grandi di un libro che aveva trovato dietro uno scaffale per libri sulla parete nord del salotto della Ennet e s'intitolava *I principî di psicologia e le lezioni di Gifford sulla religione della natura*, scritto da William James (ovviamente), disponibile nella edizione Ezc a caratteri grandi della Microsoft/Nal-Random House-Ticknor, Fields, Little, Brown and Co , ⓢ Acmt, un volume che ora ha un enorme valore per Lenz.

[225] Divisione Plastica dei Prodotti per il Consumatore della ®Mobil Chemical Co. di Pittsford Nny.

[226] ®*Ibid.*

[227] Altrimenti conosciuto come Haloperidol della McNeil Pharmaceutical, in siringhe già pronte per l'uso da 5mg/ml: immaginate di bere molte tazze di tè alla cannella *Calma celestiale*, seguite da un colpo di manganello di piombo dietro la testa.

[228] Agenzia Nazionale per la Sicurezza, che ha assorbito la Atf e la Dea, la Cia e l'Onr e il Servizio Segreto nell'ambito dell'Ufficio dei Servizi Non Specificati.

[229] La Aaaao è la divisione piú élitaria e meno specifica dei Servizi Non Specificati, quella che paga il salario dell'ultimo incarico sul campo a Hugh Steeply, anche i suoi assegni e i soldi per i suoi travestimenti sono inoltrati attraverso un ufficio chiamato la «Fondazione per la Libertà Continentale», che c'è solo da sperare che sia uno scherzo/schermo.

[230] Espressione comunemente usata a Charleston per indicare i metri.

[231] Vitamina B12 in polvere, decisamente amara e della stessa consistenza del talco, che Lenz ha sempre preferito al Manitol per tagliare la roba perché il Manitol gli provoca una reazione allergica e gli vengono delle minuscole bollicine rosse con la punta chiara sulla punta delle dita.

[232] L'idrolisi è un processo metabolico per mezzo del quale la cocaina organica viene suddivisa in benzolecgonina, metanolo, ecgonina e acido benzoico, e un motivo per il quale non tutti riescono a provare una sensazione piacevole a prendere il Bing è perché il processo è essenzialmente tossico e in alcuni sistemi può provocare spiacevoli cadute neurosomatiche: per esempio nel sistema nervoso di Don Gately, angiomi a ragnatela e una tendenza a esfoliarsi della pelle sul dorso delle mani a causa della quale ha sempre temuto e odiato la cocaina e quasi tutti i cocainomani; nel sistema di Bruce Green, il nistagmo binoculare e un sentimento di depressione opprimente anche al picco dell'effetto della droga che è responsabile della tendenza a crisi di pianto durante le quali si nasconde la faccia da nistagmatico dietro il gomito piegato del suo grosso braccio destro; in Ken Erdedy una rinorragia inarrestabile che lo ha spedito al Pronto Soccorso tutte e due le volte che si è fatto di cocaina; in Kate Glompert blefarospasmo e adesso anche emorragia cerebrale istantanea perché è sotto Parnate, un antidepressivo che inibisce il Mao; in Emily Minty un ballismo così incontrollabile che si è fatta di coca solo una volta. Gli emispasmi labiali sono un effetto comune dell'idrolisi della coca, ma sono così leggeri che anche chi ne soffre continua a prendere coca; lo spasmo può variare da una smorfia con digrignar di denti come in Lenz, Thrale, Cortilyu e Foss fino a una serie alterna di contorsioni espressive alla Edvard Munch-Jimmy Carter-Paliacci-Mick Jagger così evidenti da mettere in imbarazzo tutte le persone nella stessa stanza con il soggetto. Nell'ex cocainomane Calvin Thrust l'idrolisi provocava un priapismo che lo aveva influenzato quando si era trovato a scegliere la sua prima carriera. Anche Randy Lenz ha cominciato a soffrire di nistagmo, ma solo all'occhio destro, e anche di costrizione vascolare, forte diuresi, fosfenismo, inarrestabile digrignar di denti, megalomania, fotofobia, ricordi euforici, deliri di persecuzione e/o invidia omicida, sociosi, scolo postnasale, un leggero priapismo che rende la diuresi un rischioso esercizio ginnico, occasionale acne rosacea e/o rinofima, e – specialmente in sinergia con un pacchetto intero di Winston senza filtro e quattro tazze di caffè Byp così forte e alcalino da far rizzare i capezzoli – tendenza alla confabulazione in concomitanza con una loquacità maniaca che gli provoca tendinite alla lingua e una completa inabilità ad allontanare dalla sua presenza chiunque sembri in qualche modo disposto ad ascoltarlo.

[233] Altrimenti conosciuta come lignocaina, xilocaina-I., un composto dietilamino-oxilide usato come anestetico negli interventi di chirurgia dentistica e maxillofacciale, in assoluto il modo migliore di tagliare il Bing perché intorpidisce e produce un sentore amaro proprio come il Bing migliore, e inoltre aumenta temporaneamente l'effetto della coca per endovena, anche se fumata non ha assolutamente il sapore della coca oxidizzata, ed è anche più cara del Manitol o della B12, e più difficile da trovare perché deve essere prescritta, e quindi l'ortodontista doveva avere molti amici tra gli spacciatori.

[234]

FRAMMENTO TRASCRITTO DA UNA SERIE DI INTERVISTE PER IL PROFILO SOFT DEL GIOCATORE DI FOOTBALL PROFESSIONISTA DEI PHOENIX CARDINALS O.J. INCANDENZA SULLA RIVISTA PUTATIVA «MOMENT», DELLA SCRITTRICE DI PROFILI SOFT DELLA RIVISTA PUTATIVA «MOMENT» HELEN STEEPLY NOVEMBRE DELL'APAD

«Non dirò come mai non parlo più con la Mami».

«D.»

«E neanche delle avventure della Cicogna Matta nell'ospizio per malati mentali».

«D.»

«Questo inizio non mi piace, signora, anche se lei è veramente uno schianto con quei calzoncini».

«D.»

«Perché la domanda non vuol dire nulla, ecco perché. Matto è solo una parola che fa effetto, ma non descrive niente, e non è una ragione per niente. Negli ultimi tre anni della sua vita La Cicogna era un alcolista completamente scoppiato e matto, e infatti infilò la testa nel microonde, e parlando di cose spiacevoli devi essere matto per ucciderti in un modo cosí doloroso. Lui era davvero matto. Negli ultimi cinque anni della sua vita mise insieme un'accademia di tennis e mise insieme uno staff di allenatori di calibro nazionale e ottenne l'accredito e il benestare da parte dell'Usta, e il finanziamento dal multi-Griglia, e iniziò le procedure per una sovvenzione statale per l'Eta, e venne fuori con un nuovo vetro per finestrini che non si annebbia e non si sporca se la gente lo tocca o se ci respira sopra e se ci disegna delle faccine con le dita imbrattate di olio, poi lo vendette alla Mitsubishi, e gestiva anche gli introiti di tutti i suoi brevetti precedenti, oltre, naturalmente, a sbronzarsi a morte tutti i giorni dopodiché aveva bisogno di stare per almeno due ore nudo a sbattere i denti sotto una coperta ruvida, e se ne andava in giro facendo finta di svolgere chissà quale professione medica nei periodi in cui credeva di essere un medico, quando gli venne il delirio di carriera tipo delirium tremens, e nel tempo libero produceva documentari di approfondimento e una dozzina di film d'autore sui quali la gente continua a scrivere tesi di dottorato. Allora era davvero pazzo? È vero, il tipo del "New Yorker", il critico che prese il posto del tipo che aveva preso il posto di Rafferty, come si chiamava?, è vero, continuava a dire che i suoi film erano l'elaborazione della psiche piú psicotica del pianeta che buttava la sua merda proprio lí sullo schermo e ti chiedeva anche di pagare per guardarlo. Ma devi tenere presente che quel tipo si prese una bruciatura di terzo grado da tutto l'imbroglio del Dramma Trovato. Quel tipo era uno di quei grandi critici che avevano scritto che Incandenza aveva fatto fare alla rappresentazione tre o quattro salti in avanti con un solo salto visionario, dopodiché La Cicogna non riuscí piú a fare finta di niente e spifferò tutto alla radio Npr durante un convegno di drammaturgia *Aria Fresca* e il tipo del "New Yorker" non scrisse piú per un anno e quando tornò ce l'aveva a morte con Lui in Persona, il che è comprensibile».

«D.»

«Quello che avevo iniziato a dire è che se aperte le virgolette chiuse le virgolette le fonti che non puoi nominare sostengono che la ragione per cui non ho piú rapporti con la Mami è perché sostengo che lei sia *matta*, allora, in quel caso cosa vuol dire *matta*? Ho fiducia in lei o no? Voglio avere qualche tipo di rapporto con lei o no? – e la risposta è negativa. Penso che sia matta come un cavallo? Una delle sue migliori amiche è la consulente dell'Eta, la Rusk, che è laureata in Sessuologia e Deviazioni. Forse lei pensa che la Mami sia completamente di fuori?»

«D.»

«I criteri che stavo spiegando con delle anologie per La Cicogna funzionano anche per la Mami. E la Mami funziona e anche di piú. La Mami passa le giornate come se avesse il turbo, e in quinta. C'è il Rettorato all'Eta. C'è l'impegno dell'insegnamento. Ci sono i rapporti degli accrediti e la pianificazione del quadrivium e del trivium tre anni prima dell'inizio di ogni anno. Ci sono i libri di linguistica prescrittiva da scrivere che escono ogni trentasei mesi e ci puoi regolare l'orologio. Ci sono le conferenze e i convegni sulla grammatica per i quali non lascia piú l'accademia ma ai quali partecipa sempre per videofono che piova o ci sia il sole. Ci sono i Grammatici Militanti del Massachusetts dei quali è cofondatrice insieme a un paio di virgolette bene amati amici accademici, anche loro matti come cavalli, e i Gmm vanno in giro nei supermercati del Massachusetts e riprendono il direttore se il cartello della cassa veloce dice 10 PEZZI O MENO invece di FINO A UN MAX DI 10 PEZZI e cosí via. L'anno prima della morte della Cicogna Matta quelli dell'Orange Crush avevano fatto una pubblicità sulle affissioni e sulle cartoline che si staccano dalle riviste che diceva CRUSH HA UN GUSTO CHE È TUTTO SUO, e giuro che quelli della squadra dei Gmm ci persero la testa; la Mami andò per cinque settimane avanti e indietro a Nny City, organizzò due diverse spedizioni in Madison Avenue che presero una brutta piega, fu l'avvocato di se stessa nella causa che quelli della Crush avevano aperto, non dormí mai, non dormí neanche una notte, visse di sigarette e di insalate, insalate enormi che mangiava sempre la notte tardi, la Mami ha la fissazione di non mangiare mai fino a che non è tardi».

«D.»

«Sembra sia il rumore, non sopporta il rumore della città, ecco perché Hallie dice che non ha mai messo il suo piede-nella-scarpetta-di-vetro fuori dai Terreni – dovreste chiederlo a Hallie. La Volvo era già ferma immobile quando ero al college in centro. Ma so che è andata al funerale della Cicogna, che era fuori dai Terreni. Ora ha un trimodem e un videotelefono, anche se so che non userebbe mai un Tableau».

«D.»

«Certo, mi sembra ovvio dato che già quando eravamo a Weston la Mami soffriva di Sindrome Ossessivo-Compulsiva, Soc. La sola ragione per cui non le è mai stata diagnosticata e non è mai stata curata è che la Sindrome non le impedisce di funzionare regolarmente. Conta solo continuare a funzionare. Schtitt sostiene che si cambia argomento per carattere. Un ragazzo con il quale ero stato in confidenza per vari anni all'Eta aveva sviluppato quel tipo di Soc invalidante che dev'essere curata – Bain perdeva un sacco di tempo con tutta una serie innumerevole di rituali quando si lavava, si ripuliva, controllava le cose, camminava, doveva tenere una squadra in campo per assicurarsi che tutte le corde della sua racchetta si intersecassero a 90°, passava da una porta solo dopo aver carezzato tutto intorno alla cornice della porta, carezzava la cornice chissà perché, e poi era del tutto incapace di fidarsi delle sue percezioni e doveva ricontrollare la porta che aveva appena controllato. Prima dei tornei dovevamo trascinare Bain con la forza fuori dagli spogliatoi. Veramente eravamo stati molto vicini per tutta la vita, anche se Marlon Bain è la persona che suda di piú al mondo ed è meglio stargli un po' lontani. Credo che la Soc sia iniziata come risultato di questa sudorazione eccessiva, e la sudorazione era iniziata dopo che i suoi genitori erano rimasti uccisi in un incidente stradale grottesco, ridicolo, i genitori di Bain appunto. A meno che lo stress dei continui rituali e di tutte le preoccupazioni non provocasse la traspirazione. La Cicogna usò Marlon in *Morte a Scarsdale*, se vuoi sapere tutto sulla traspirazione. Ma lo staff dell'Eta era indulgente sulla patologia di Bain riguardo alle porte perché il mentore di Schtitt era stato patologicamente devoto all'idea che siamo ciò da cui passiamo. È cosí bello riuscire a finire una frase con una preposizione quando è piú semplice. Cristo, sto pensando di nuovo all'uso. Ecco perché evito l'argomento della Mami. Questo argomento mi infetta. Mi ci vogliono dei giorni per levarmelo di dosso. Secondo Schtitt si cambia argomento per carattere. Ci vuole un certo tipo di donna per stare cosí bene in calzoncini. Ho sempre—»

«D.»

«Credo che il punto è che quando hai a che fare con un caso vero e proprio di Sindrome Ossessivo-Compulsiva non puoi fare altro che stare a guardare la vita del tuo ex compagno di doppio che arriva a fermarsi con un grande stridore di freni perché gli ci vogliono tre ore per farsi la doccia e poi altre due per uscire dalla porta della doccia. Si trovava in una specie di paralisi dei movimenti compulsivi che non gli faceva svolgere nessun tipo di funzione. Invece la Mami riesce a funzionare con le compulsioni perché è anche compulsivamente efficiente e pratica riguardo alle sue compulsioni. Chi può dire se questo la rende piú pazza di Marlon Bain o meno pazza di Marlon Bain? Per fare un esempio, la Mami ha risolto molti dei problemi che ha con l'idea di soglia eliminando le porte su tutto il primo piano della CdP, cosicché le stanze sono tutte divise per mezzo di angoli o pareti divisorie o piante. La Mami si attiene a un orario prussiano per il bagno e in questo modo non può passare delle ore là dentro a lavarsi le mani fino a spellarsi come faceva Bain, che aveva dovuto indossare i guanti di cotone per tutta l'estate prima di lasciare l'Eta. Per qualche tempo la Mami fece installare delle telecamere per poter controllare ossessivamente se la Sig.ra Clarke lasciava il forno acceso o il modo in cui venivano disposte le sue piante o se gli asciugamani del bagno erano tutti allineati con i peneri a posto senza dover controllare di persona; aveva una piccola parete di monitor nel suo studio nella Casa del Preside; La Cicogna sopportava le telecamere ma ho l'impressione che a Tavis non piaccia molto l'idea di essere continuamente ripreso nel bagno o da qualsiasi altra parte, e quindi forse lei ha dovuto trovare un'altra soluzione[a]. Puoi andare a vedere tu stessa laggiú. Quello che sto cercando di dire è che lei è compulsivamente efficiente anche con le sue ossessioni e le sue compulsioni. Quelle della Mami. Puoi andare da lei e chiederle cosa voglio dire. È cosí compulsiva che è riuscita a organizzare in modo cosí efficace anche le sue compulsioni e cosí riesce a fare tutto e ad avere anche molto tempo da dedicare ai figli. Loro sono un continuo prelievo dalle sue batterie. Deve tenere la testa di Hal legata a sé senza farlo vedere apertamente, per impedirgli di cercare di staccarsi da lei. Il ragazzo è ancora ossessionato dalla sua approvazione. Vive solo per i suoi applausi. A diciassette anni cerca ancora di primeggiare, solo per lei, nella sintassi e nel vocabolario, come quando ne aveva dieci. Il ragazzo è cosí chiuso in se stesso che parlargli è come tirare un sasso in uno stagno. Non riesce neanche a capire che c'è qualcosa che non va. Inoltre la Mami è ossessionata da Mario, da tutte le sfide e le tribolazioni di Mario e tutte le cose patetiche che fa e adora Mario e pensa che Mario sia una specie di martire secolare per tutte le cazzate che lei ha fatto nella sua vita adulta, e nello stesso tempo deve mantenere la sua facciata di tranquillo laissez-faire con la quale finge di lasciare che Mario vada per la sua strada e faccia quello che vuole».

«D.»

«Non voglio parlarne».

«D.»

«No, e non offendere la mia intelligenza, non dirò perché non voglio parlarne. Se questo deve essere un articolo per "Moment", Hallie lo leggerà, e poi lo leggerà a Booboo, e io non parlerò della morte della Cicogna e della stabilità della Mami in una cosa che loro leggeranno e leggeranno un rapporto di come io ho vissuto la cosa invece di rapportarsi da soli con questa cosa. Si dice con questa o con questa? No, con questa».

«…»

«Probabilmente dovranno aspettare tutti e due di uscire di là prima di potersi rendere conto di quello che sta succedendo, che la Mami è completamente e irrimediabilmente fuori di testa. Tutti questi termini che sono diventati scontati – *rifiuto, schizogenico, famiglia patogenica come sistemi* e cosí via e cosí via. Un vecchio conoscente diceva che La Cicogna Matta diceva sempre che i luoghi comuni si sono guadagnati il loro status di luoghi comuni perché sono cosí palesemente veri».

«…»

«Non li ho mai visti litigare, loro due, neanche una volta nei miei diciotto anni passati in famiglia e all'Accademia, è tutto quello che dirò sull'argomento».

«D.»

«La Cicogna fu vittima del piú mostruoso scherzo pratico mai fatto, secondo me. È tutto quello che dirò sull'argomento».

«…»

«Va bene, racconterò un antidoto[b] che potrebbe rivelare di piú sullo stato emozionale della Mami di quanto farebbe un aggettivo. Cristo, lo vedi, comincio a riferirmi in modo esplicito ad alcune parti del discorso pensando a tutta la storia. La verità sulle persone veramente matte: sono dei mostri di bravura nel far credere alle persone che li circondano di essere *loro* i matti. Nella scienza militare questo processo viene chiamato Op-Psi, per tua informazione».

«D.»

«Scusa, puoi ripetere? Va bene, allora. Una sola cosa che spieghi meglio. Cosa posso scegliere? Ho l'imbarazzo della scelta. Ne prenderò una a caso. Credo di aver avuto dodici anni. Mi sembra che stavo giocando con gli Under 12 nei tornei estivi. Anche se giocavo con i dodicenni quando avevo ancora dieci anni. Quando avevo dai dieci ai tredici anni mi consideravano dotato, con un futuro nel tennis. Iniziai a calare quando dovevo essere nella pubertà. Diciamo che avevo dodici anni. La gente parlava del Nafta e di qualcosa che si chiamava virgolette Tangenziale dell'Informazione e c'era ancora la televisione via etere, anche se noi avevamo il satellite. L'Accademia non era ancora nella mente di nessu-

no. La Cicogna spariva ogni tanto quando arrivavano i soldi. Credo che continuasse ad andare da Lyle in Ontario. Diciamo che avevo dieci anni. Vivevamo ancora a Weston, nota anche come Volvoland. La Mami aveva una fissazione per l'orto quando eravamo là. Era un'altra di quelle cose che *doveva* fare. Aveva il chiodo fisso. Non era ancora passata alle piante per interni. Chiamava le piante coltivate in giardino le sue Bambine Verdi. Non ci faceva mangiare gli zucchini. Non li raccoglieva mai, diventavano dei mostri e seccavano e si staccavano e marcivano. Che divertimento. Ma la fissazione maggiore era preparare il giardino ogni primavera. Iniziava a fare delle liste e mettere i prezzi alle sementi e fare schemi a gennaio. Ti avevo già detto che suo padre era stato un coltivatore di patate, a un certo punto un contadino milionario, una specie di barone delle patate, nel Québec? Allora siamo agli inizi di marzo. Sono gli orecchini elettrici o sei tu? Com'è possibile che fino a ora non avessi visto quegli orecchini? Sapevo che le donne che riescono a portare orecchini di rame non portano nient'altro che rame. Ti dovresti vedere con questa luce. La fluorescenza non va bene per tutte le donne. Devi essere un tipo eccezionale per—»
    «D.»
    «Nel podere di famiglia della Mami, St. Quelquechose Québec o qualcosa di simile. Non ci sono mai stato. Il suo testamento diceva solo più lontano possibile dal podere di suo padre. Proprio vicino al Maine. Nel cuore della Concavità. La città natale della Mami è stata spazzata via dalla cartina geografica. Cattivi cicli ecologici, terra da machete. Vorrei ricordarmi il nome della città. Ma così allora così la Mami è fuori nell'orto freddo. È marzo ed è *freeeddo*. Ho già parlato di questa storia. Ho raccontato questo incidente a molti professori, e nessuno è riuscito a controllare le proprie sopracciglia. Si tratta di quel genere di antidoti che fanno alzare le sopracciglia a tutti i professori-di-sistemi-patogenetici e le sopracciglia gli si alzano sulle teste e scompaiono giù dietro il collo».
    «...»
    «Allora diciamo che ho tredici anni, il che significa che Hallie ne ha quattro. La Mami è nell'orto nel cortile di dietro a dissodare il suolo del New England che è una vera pietraia infame con un Rototiller preso in affitto. La situazione è ambigua: infatti non si riesce a capire se è la Mami che guida il Rototiller o viceversa. La vecchia macchina, piena di miscela che avevo versato con un imbuto – la Mami è segretamente convinta che i prodotti a base di petrolio facciano venire la leucemia, e la sua soluzione è di fingere con se stessa di non sapere cosa c'è che non va quando l'aggeggio non funziona e se ne sta là con le mani in mano e permette a un tredicenne desideroso di farsi ben volere di gonfiare il petto come un tacchino perché è in grado di diagnosticare il problema, e quindi sono io a mettere miscela. Il Rototiller è molto rumoroso e difficile da controllare. Ruggisce e sbuffa e sgroppa e mia madre gli sta dietro e assomiglia a una che cammina dietro un sanbernardo non addestrato, e lascia dietro di sé delle orme da ubriacone barcollante nel terriccio dietro quell'aggeggio. È una vista ben strana quella di una donna molto ma molto alta che cerca di guidare un Rototiller. La Mami è incredibilmente alta, sempre un bel pezzo più alta di tutti a eccezione della Cicogna che torreggiava anche sulla Mami. Naturalmente sarebbe inorridita se qualcuno le avesse fatto ammettere che aveva convinto un bambino a maneggiare il carburante che lei pensava potesse essere cancerogeno; non *sa* neanche di avere una fobia per il carburante. Indossa due paia di guanti da lavoro e dei sacchetti di plastica tipo chirurgo sopra le espadrilles, che erano le sole scarpe con le quali riusciva a lavorare nell'orto. E una maschera Fukoama per la microfiltrazione antinquinamento, ti ricorderai che erano tipiche in quel periodo. Le dita dei piedi sono blu nei sacchetti di plastica sporchi. Io sono un paio di metri davanti alla Mami, incaricato della rimozione preventiva di sassi e zolle. Quella era l'espressione che usava. Rimozione preventiva di sassi e zolle.
    «Adesso seguimi bene, cerca di vedere la cosa. Nel bel mezzo di questa operazione di dissodamento ecco arrivare il mio fratellino Hallie che forse aveva quattro anni all'epoca e indossava uno di quei pigiami rossi di pellicetta e un giacchettino sopra, e le ciabatte che avevano sulle punte quelle terribili facce di smile gialle. Stavamo lavorando forse da un'ora e mezzo, e il terreno dell'orto era già quasi tutto dissodato, quando Hal viene fuori e scende dal portico di legno e cammina con passo sicuro e severo verso il confine del giardino che la

Mami aveva recintato con dei paletti e della corda. Ha una manina alzata, tiene in mano qualcosa di piccolo e di scuro e sta camminando verso l'orto mentre il Rototiller sbuffa e procede rumorosamente dietro di me, trascinandosi la Mami. Man mano che si avvicina si capisce che la cosa che ha in mano non ha assolutamente un bell'aspetto. Io e Hal ci guardiamo. Lui ha un'espressione molto seria anche se il labbro di sotto sta per avere una specie di attacco epilettico, il che significa che si sta preparando a piangere forte. Mi ricordo che l'aria era grigia di polvere e la Mami aveva gli occhiali. Tiene la cosa in mano e l'avvicina alla Mami. Io chiudo gli occhi. L'affare che copre il palmo della sua mano e sporge è un pezzo di fungo a forma di rombo. Un pezzo grosso e stantio di muffa che ha trovato in casa. Sottolineo *grosso* e *vecchio*. Deve essere venuto fuori da qualche angolo nascosto e caldo della cantina, uno di quelli che devono essere sfuggiti al lanciafiamme dopo l'allagamento di ogni gennaio con il disgelo. Sollevo una zolla o un sasso, lo sto guardando, ogni follicolo sul mio corpo è intirizzito. Si poteva palpare la tensione, era come essere nella Sunstrand Plaza quando fecero partire i trasformatori, ogni follicolo si drizza. Era una cosa di colore verdastro come il moccio del naso, macchiato di nero, con la peluria come quella delle pesche. E delle chiazze arancio. Un pezzo di muffa di quelle veramente schifose. Hal mi guarda in tutto quel rumore, con il labbro di sotto che non sta fermo. Guarda la Mami, che è concentrata sulla traiettoria del Rototiller dritta come un filo a piombo. Il fatto è che quella cosa sembra stranamente incompleta. E improvvisamente ho un'illuminazione, Helen, è come se fosse stata morsa. E con gli occhi quasi chiusi vedo che della roba schifosa coperta di peluria è ancora appiccicata sui denti davanti del bambino e la sua bocca è tutta sporca di peluria.

«Ascoltami bene, Helen. Cerca di vedere le nuvole wagneriane che si addensano. Hallie ha sempre detto che quando era bambino con la Mami aveva sempre questa sensazione che tutto il cosmo stesse per esplodere e trasforrnarsi in nuvole di gas primordiale in ebollizione e fosse tenuto insieme solo grazie a un eroico esercizio di forza di volontà e ingenuità da parte della Mami.

«Tutto diventa mooolto piú lento. Lei si avvicina con la macchina alla fine di un solco e vede Hallie fuori al freddo con indosso le sue ciabattine felici, il che normalmente sarebbe già abbastanza per far esplodere il cosmo, per quanto la riguarda. Adesso si vede che il Rototiller viene spento quando lei si piega giú dove le ho fatto vedere che è l'aria. La macchina scoppietta e sputa un po' di fumo blu. La macchina risucchia dentro di sé il pezzo della fune per l'avviamento. Riesco ancora a sentire la tensione come se fossi lí. Il tremolio diminuisce dopo il baccano. C'è il tentativo di un uccello di cinguettare. La Mami si avvicina a Hal che se ne sta lí fermo con il suo pigiamino rosso. Lei sta rinfilando un ciuffo di capelli sotto l'elastico della sua culla speciale di plastica. I suoi capelli a quei tempi erano castano scuro, si rivolge a lui, lo chiama con un nomignolo incredibilmente umiliante che per pietà di lui rivelerò mai a nessuno.

«Comunque lei si sta avvicinando. Hal è lí fermo. Le porge con la mano quell'orribile pezzo di fungo. All'inizio la Mami vede solo il suo bambino che tiene in mano qualcosa, e come tutte le mamme cablate per la maternità tende la mano per prendere qualsiasi cosa il bambino le stia offrendo. L'unico caso in cui non avrebbe controllato prima di prendere in mano qualcosa che le veniva offerto».

«D.»

«Comunque ora la Mami si ferma appena dentro il recinto di paletti e fili e strizza gli occhi per guardare meglio, ha gli occhiali impolverati, e inizia a vedere e a cercare di capire cosa le stia portando il bambino. La sua mano è tesa per aria sopra i fili dell'orto e si ferma.

«Hallie fa un passo avanti, con il braccio alzato come se stesse facendo il saluto nazista. Dice "L'ho mangiato".

«La Mami dice come per favore.

«Helen, sei tu a decidere. Ma devi tenere presente la fragilità di controllo di una persona affetta da ossessione compulsiva. Le fobie terribili che dominano tutta la vita. I suoi quattro cavalieri dell'Apocalisse: essere rinchiusa, imprecisione comunicativa, e mancanza di pulizia, e non c'è niente di meno pulito della muffa nelle cantine».

«D.»

«Il quarto cavaliere si nasconde, naturalmente, come in tutte le escatologie di qualità, è la carta coperta, celata fino al momento di entrare in azione».

«D.»

«"L'ho mangiato", dice Hal, tiene la cosa nella mano alzata, non sta piangendo, ha un'espressione severa e clinica nei confronti della cosa, come se la muffa fosse stato un compito e lui dovesse portarglielo. E vuoi sapere se lei la toccò?»

«D.»

«Improvvisamente mi è venuto in mente che se vuoi sapere qualcosa sulla Mami e sulla Cicogna Matta potresti metterti in contatto con Bain. Praticamente viveva con noi a Weston. Come fonte secondaria. Sono sicuro che sarà disposto a discutere con te delle fobie della Mami. Comunque lui sta ancora portando il crocifisso. La sua azienda di biglietti di auguri è stata da poco comprata da un gruppo enorme che produce gadget, e sono sicuro che sarà nella sua grande stanza sdraiato a farsi sventolare con le palme e a farsi tergere il sudore dalla fronte, si sentirà pieno di soldi e volubile. Credo che preferirei tu non gli chiedessi delle mie manie, ma è una fonte veramente inesauribile sull'argomento della Mami e della Doc. Non esce mai di casa, e per casa s'intende una stanza, la Stanza di Lettura dei Bambini di quella che un tempo era la Biblioteca Pubblica di Waltham, cioè tutto il terzo piano. Ha imparato dalla Mami a minimizzare il numero di porte da attraversare. Non penso sia raggiungibile tramite Internet e ha una fobia Doc anche per l'e-mail. Il suo indirizzo postale è Marlon K. Bain, Saprogenic Greetings Inc., Bpl-Waltham Bldg., 1214 Totten Pond Road, Waltham Ma, 021549872/4. Sarebbe meglio che tu evitassi anche di nominargli il numero 2. Ha dei problemi con il numero 2. Non so se il suo non uscire di casa sia uguale al non uscire di casa della Mami. Era da un sacco di tempo che non pensavo cosí tanto alla Mami, a essere onesto con te. Hai questo modo di tirarmi fuori le cose. Sembra che tu non faccia altro che startene seduta lí con quella sigaretta e sei tutto quello che vedo e non voglio fare altro che piacerti. È come se non potessi evitarlo. Questo vuol dire essere dei buoni giornalisti, Helen?»

«...»

«O forse c'è qualcosa di piú in questa situazione, qualche strano legame che sento tra noi che in un certo senso spezza tutti i confini della mia vita normale e personale e mi rende completamente aperto nei tuoi confronti? Devo solo sperare che tu non te ne approfitti. Ha un senso tutto questo ragionamento? Forse se avesse un senso il ragionamento reggerebbe. Credo che vorrei riuscire a essere piú soave. Non riesco a fare nient'altro se non dirti quello che sta succedendo dentro di me, anche se il ragionamento non regge. Non ho assolutamente idea di quello che stai pensando su tutto questo».

«...»

«"Aiuto! Mio figlio ha mangiato questo affare!" Continuava a urlare la stessa cosa, tenendo in mano il rombo di muffa come se fosse una torcia, e correva intorno al recinto mentre io e Hallie correvamo dietro di lei inciampando continuamente, letteralmente inciampando, eravamo letteralmente sbalorditi dietro di lei, assaporavamo per la prima volta l'apocalisse, un angolo di universo improvvisamente si squarciava a rivelare cosa ribolliva là fuori subito oltre la pulizia e l'ordine. Cosa c'era a nord dell'ordine.

«"Aiuto! Mio figlio ha mangiato questo affare! Mio figlio l'ha mangiato! Aiuto!" continuava a urlare, e correva in piccoli cerchi dentro questo recinto perfetto di corda, e vedo la faccia della Cicogna Matta alla porta di vetro sul portico, dietro le dita messe in modo da formare un'inquadratura, e l'altro mio fratello, Mario, vicino a lui come sempre all'altezza delle sue ginocchia, la faccia spiaccicata contro il vetro che sorregge il suo peso, il loro respiro che si allarga sulla finestra, alla fine Hal era entrato nel recinto e cercava di seguirla piangendo, non è improbabile che anch'io piangessi un po', solo per lo stress contagioso, e quei due che guardavano dalla finestra della porta di vetro, e quel cazzone di Booboo che cercava anche lui di fare l'inquadratura con le mani, e alla fine fu il Sig. Reehagen della casa accanto, un suo "amico", che venne lí fuori e attaccò la pompa dell'acqua».

---

[a] Questa potrebbe essere una bugia – nessuno all'Eta ha mai saputo di telecamere nella cucina, nel bagno della CdP ecc.
[b] *Sic.*

[235] Aveva sistemato le foto lei stessa sulla toeletta, prendendole dalla borsetta; non aveva dovuto chiederle se era stata lei; aumentava il senso di pietà sincronica, una gentilezza cosmica che compensava l'uccello morto della Jacuzzi e la giornalista frigidamente invadente.

[236] Abbreviazione usata all'Eta: Traiettoria/Angolazione/Spinta/Spin.

[237] L'angolo nordovest/nordest nella ex Montpelier Vt non è esattamente un angolo di 90°, anche se ci manca poco. Comunque il triangolo Syracuse-Ticonderoga-Salem è uno di quei triangoli con la base infinita 25-130-25 che hanno un aspetto terribile quando vengono proiettati su uno dei mappamondi distorti di Corbett Thorp nella Trigonometria Cubolare del Trivium.

[238] Vedi qui il cap. 7: «Tutto iniziò con una Neoplasia Collaterale, un'Apertura alle Manifestazioni Comunicative della Grazia Divina, un Tipo Male in Arnese che Sollevava la Sedia sulla quale era Seduto in Pubblico, e Quella Era Chiaramente Una Manifestazione», il *Il brivido dell'ispirazione: reminiscenze da parte di diciassette pionieri della fusione anulare litiumizzata del ciclo Dt*, ed. Prof. Dott. Günther Sperber, Institut für Neutronenphysik und Reaktortechnik, Kernfroschungszentrum Karlsruhe, Rtf, disponibile in inglese nella edizione supercostosa con la copertina rigida, © Acmp, della Springer-Verlag, Wien Nny. (N.B. che mentre la cura anulare delle metamalattie è decisamente efficace sui cancri in metastasi, si è rivelata un vero e proprio fallimento sui virus dello spettro Hiv dato che anche l'Aids è una metamalattia).

[239] Siccome giurato di mantenere il segreto, Green non dice a Lenz che Charlotte Treat gli aveva confidato che suo padre adottivo un tempo era stato Presidente del Consiglio Regionale del Nordest degli Anestesisti Dentisti, ed era stato piuttosto liberale con l'uso del vecchio N_2O e del sodio tiopentale nella loro casa di Revere Ma, per ragioni personali ed estremamente malsane.

[240] ®The Mauna Loa Macadamia Nut Corp., Hilo Hi – «UN ALIMENTO A BASSO CONTENUTO DI SODIO».

[241] Gruppi famosi di hard rock commerciale, anche se si capisce dove è iniziato il vero e proprio declino psichico di Bruce Green perché, a esclusione dei Tba5, questi gruppi sono stati veramente grandi due o tre anni fa, e adesso sono decisamente passé, con i Choosy Mother ormai divisi per esplorare direzioni creative individuali.

[242] Questo è uno dei motivi per i quali lui acconsente di stare appeso per aria all'architrave di Schtitt a filmare le partite sorretto da un prorettore che lo tiene saldamente di dietro per lo sprone, e i giocatori che vedono Mario fuori dal gabbiotto di vedetta, che assomiglia a uno sciatore durante un salto, lo trovano incredibilmente terrificante e audace e grintoso, e per tutta la durata delle riprese Avril non ce la fa neanche a uscire dalla CdP.

[243] Questo anche se Avril non si è mai confidata con Mario e non gli ha mai parlato delle sue preoccupazioni per la sua sicurezza di notte, perché non vuole che lui pensi che lei si preoccupa in modo particolare della sua menomazione e della sua vulnerabilità o non vuole sembrare incoerente quando permette a Mario di andare dove vuole di notte, per farla breve non vuole assolutamente inibire il senso di autonomia e di libertà di Mario facendolo preoccupare per le sue preoccupazioni – cosa che lui fa, e anche molto, si preoccupa delle preoccupazioni che Avril prova nei suoi confronti. Non so se tutto questo ha senso.

[244] Mario, come suo zio materno Charles Tavis, non sopporta le illuminazioni fluorescenti.

[245] Vale a dire: «Ti senti meglio?»

«Mi passerà tra poco».

«Che cosa vuol dire? Vuol dire qualcosa?»

«Niente. Decisamente niente».

[246] Un nuovo deprimente Club dei Sobri in Davis Square a Sommerville dove gli Aa e gli Na – quasi tutti nuovi e giovani – si bamboleggiano e ballano come dei matti e tremano con la bramosia sessuale dei sobri e girellano qua e là con in mano una Coca o una Millennial Fizzy e continuano a ripetersi l'un l'altro com'è bello essere in un posto cosí inten-

so socialmente parlando ed essere capaci di sentire tutte le tue inibizioni che ti urlano nella testa senza bisogno di medicine. Anche i sorrisi sono atroci da vedere in posti simili.

[247] La Restrizione consiste nel non potere uscire fuori per tutta la settimana e nell'assegnazione di Lavori extra; la Restrizione significa anche che devi rientrare un'ora dopo il lavoro e dopo gli incontri serali; la Restrizione Totale è quando non puoi allontanarti dalla Ennet se non per lavorare o per partecipare gli incontri, e hai 15 minuti per rientrare, e non puoi uscire neanche per comprarti da fumare o per comprare un giornale, e non puoi neanche andare nel prato a prenderti una boccata di ossigeno, e anche solo una violazione comporta l'Allontanamento; alla Ennet la Rt è la versione del Buco, ed è molto temuta.

[248] La Ennet House porta le urine alla clinica del metadone, che serve clienti che devono sottoporre ogni settimana le proprie urine al tribunale o a qualche programma, e la clinica fornisce gratis il servizio sulle urine alla Ennet infilandole nel mucchio che la clinica manda tutte le settimane a una clinica Emit di Natick, e in cambio ogni tanto Pat riceve una telefonata da parte di un assistente sociale sgobbone che assomiglia a un troll a capo dell'Unità 2 che la informa che c'è qualcuno che ha deciso di smetterla anche con il metadone, e Pat infilerà quel cliente in cima alla lista dei Colloqui e gli farà un colloquio e generalmente lo ammetterà – Calvin T. e Danielle S. sono stati ammessi alla Ennet House in questo modo, e cioè attraverso l'Unità 2.

[249] Forse è significativo il fatto che Don Gately non si è mai rifiutato di pulire il vomito o l'incontinenza che sua madre lasciava dappertutto quando era sbronza o quando sveniva, anche quando era veramente stufo o disgustato o quando si sentiva male: mai una volta.

[250] (che ha una LincoIn, Henderson, di origini sconosciute e sospette)

[251] Tutto questo è per Ragioni di Assicurazione, il foglio del Personale sul quale Gately non capisce tutte le parole e che mette paura.

[252] È contro le regole nella Ennet fumare nelle camere al piano di sopra – anche questo per Ragioni di Assicurazione – e se ti beccano scatta automaticamente una Restrizione di una settimana, e Pat è fissata per questa regola, ma Gately ha talmente paura di tutta quella roba che c'è scritta sul Foglio di Assicurazione che fa sempre finta di non vedere niente quando vede qualcuno fumare di sopra, dato che quando era un residente talvolta in verità fumava anche lui *nel sonno* e questa sensazione era cosí intensa che certe volte si svegliava e scopriva di avere di nuovo acceso una cicca e la stava filmando davvero e tutto questo quando dormiva, giú nel letto nella sua segreta del Personale in cantina.

[253] (sono molto pochi gli abiti presi dalle ceste dei vestiti donati in beneficenza alla Ennet che vanno bene a Gately)

[254] Gately ha promesso a se stesso di non correre mai piú, una volta che si fosse rimesso a posto.

[255] Gergo del New New England per indicare qualsiasi tipo di rivoltella.

[256] (Erdedy tiene ancora le mani in alto, con le chiavi

[257] (Regione del New New England, sforzandosi di non irritare Tine sr con la sua agitazione)

[258] (Regione del Deserto del Sudovest, minimizzando sull'enorme gonna da contadina e sui tacchi non proprio bassi)

[259] Registrati da un bel numero di aziende, sono la versione enorme dei piccoli attrezzi che hanno a disposizione nelle stazioni di servizio per lavare il parabrezza, un manico di una scopa industriale con in fondo una lama di gomma inclinata, usata per spargere le pozze d'acqua in modo che si asciughi il piú velocemente, in alcune accademie sostituito con l'Ez-Dri, un rotolo di spugna fitta che gira su cardini, e all'Eta non viene adoperato perché il rotolo di spugna si ammuffisce subito e manda cattivo odore.

[260] La Sig.ra Incandenza dà sempre i voti con l'inchiostro blu.

[261] Un fenomeno non sconosciuto, vale a dire gli impiegati che si occupano delle pulizie e quelli che fanno i turni rovistano tra i rifiuti accumulati all'Eta alla ricerca di oggetti di valore gettati via, il che è permesso dall'amministrazione e dal Sig. Harde, o piuttosto non si cerca di scoraggiarli in modo deciso, dato che «la spazzatura di ciascuno...» e co-

sí via, con la sola richiesta di una certa discrezione visiva quando vengono portati via i rifiuti, semplicemente perché la cosa è un po' imbarazzante per tutti.

[262] Cioè la Women Tennis Association, l'equivalente femminile dell'Atp.

[263] *Sic*, forse sta per Betamax (®Sony).

[264] *Sic*, è del tutto scontato quello a cui Marathe si riferisce in questo caso.

[265] Unità per lo Spettacolo di Alluminio Rinforzato.

[266] Alcuni genitori ricchi furono visti uscire da Com. & Amm. e attraversare dietro la recinzione sud dei Campi Occidentali fino allo spazio asfaltato e c'erano anche le auto che erano senza dubbio di quei genitori, riconoscibili per i pneumatici gonfiati a dovere e gli steli delle antenne cellulari e la mancanza di quei sorrisi che si disegnano nella polvere sul lunotto posteriore o sui finestrini laterali. Charles Tavis aveva passato la mattinata a colloquio con i genitori di quei ragazzini dell'Eta feriti durante il disastroso Eschaton del Giorno dell'I. Alice Moore la Laterale aveva ascoltato, per divertimento, Tavis e i parenti con le cuffiette, mentre batteva a macchina, invece delle sue collezioni favorite di aerobica. Struck e Pemulis erano passati di lí prima di pranzo e l'avevano convinta con un po' di moine a commutare l'altoparlante delle comunicazioni interne per un paio di minuti. Qualche volta dovreste sentire C.T. rinchiuso a parlare con i genitori. C'erano solo alcuni genitori – il babbo di Todd Possalthwaite era in luna di miele alle Azzorre, e la madre di Otis P. Lord aveva qualche cosa all'interno dell'orecchio e i Lord non potevano volare. Ma Pemulis e Struck erano d'accordo che chiunque abbia un po' di amministrazione nel sangue dovrebbe sentire il Preside dell'Eta con i genitori e la missione di placare, un esperto di fascino di grande calibro, un Houdini nel manipolare i fatti, i colloqui delle vere e proprie seduzioni senza fluido magico – Pemulis diceva che gli era mancata la vocazione per essere un venditore – tutti dopo sentirono il bisogno di fumare una sigaretta, i genitori andarono via piangendo, stringendo forte le mani di Tavis – un genitore per mano – praticamente implorandolo di accettare i loro ringraziamenti e le loro scuse per avere solo osato *pensarlo*, anche per un solo *momento*. Poi, sostenendosi a vicenda, facendosi strada sopra la terza rotaia di Alice la Laterale passarono accanto ai ragazzi estremamente *cortesi* vicino alla sua scrivania e uscirono fuori attraverso le porte di vetro pressurizzato del salone d'ingresso e giú lungo il portico di colonne bianche neogeorgiane e passati i campi e le gradinate salirono sulle loro auto ben tenute e uscirono dal cancello e scesero molto lentamente giú per la collina lungo la strada a mattoncini prima di rendersi conto di essersi dimenticati di passare a salutare il loro bambino ferito, dare un'occhiata al suo colorito, sentirgli la fronte, dirgli Ciao.

[267] Per es. il rapporto ace/doppio fallo è piuttosto simile al rapporto tra gli strike e le corse per un lanciatore.

[268] Era come se Steeply non avesse mai visto tanti mancini: Hal Incandenza e il ragazzo vestito di nero erano tutti e due mancini, una delle due ragazzine quattro campi piú sotto era mancina, deLint stava riempiendo la scheda con la mano sinistra. Anche Rémy Marathe, il voltagabbana degli Afr, e Luria P—, il triplo operativo del Québec, erano mancini, anche se Steeply si rese conto che la cosa poteva non avere alcun significato.

[269]

Saprogenic Greetings*
SE CI TIENI DAVVERO, FALLO DIRE DA UN PROFESSIONISTA

* membro della famiglia ACMÉ, Scherzi e Motti
Emozioni Preconfezionate, Scherzi, Sorprese e Maschere Divertenti

Sig.na Helen Steeply
E cosí via
Novembre Apad

...(1) Io e Orin Incandenza abbiamo giocato insieme, ci siamo allenati insieme, e ci siamo divertiti insieme per quasi tutto il periodo che a quel tempo ci sembrava essere quello della nostra formazione. Ci conoscemmo perché io continuavo a incontrarlo dall'altra parte della rete durante i tornei locali di tennis che giocavamo nella zona metropolitana di Boston per i Ragazzi di 10 anni. Eravamo i migliori giocatori maschi Under 10 di Boston. Presto diventammo compagni di allenamento, le nostre mamme ci accompagnavano in macchina tutti i pomeriggi dei giorni feriali a un programma di allenamento per juniores all'Auburndale Tennis Club a West Newton. Dopo che i miei genitori morirono orribilmente una mattina sulla Jamaica Way in un pazzesco incidente con un elicottero di una stazione radio che dava le notizie sul traffico, divenni una specie di ospite fisso nella casa degli Incandenza a Weston. Quando J.O.I. fondò l'Accademia, io fui una delle prime matricole. Io e Orin fummo inseparabili fino a circa 15 anni di età, quando raggiunsi il mio zenit in quanto a pubertà precoce e promesse atletiche, e cominciai a batterlo. La prese male. Non eravamo piú inseparabili. Passammo ancora un po' di tempo insieme per un paio di mesi l'anno successivo, in un periodo durante il quale facemmo molti esperimenti con diverse sostanze ricreative. Finimmo entrambi per perdere l'entusiasmo per le sostanze dopo un paio di anni, Orin perché alla fine era entrato anche lui nella pubertà e aveva scoperto il sesso piú debole e aveva scoperto di aver bisogno di tutte le sue facoltà e della sua astuzia, io perché un paio di esperienze metoxi-psichedeliche molto negative mi lasciarono con certe Incapacità che ancora oggi fanno sí che per me la vita normale sia una sfida eccezionale, e attribuisco la colpa di tutto ciò all'essermi fatto con gli allucinogeni pesanti quando ero a un livello larvale di sviluppo psicologico, a un'età in cui a nessun adolescente nordamericano dovrebbe essere permesso di usare allucinogeni. Queste Incapacità portarono alla mia dipartita dalla Enfield Tennis Accademy a 17 anni, prima del diploma, e al mio ritiro dal tennis juniores agonistico e dalla vita contemporanea come la conosciamo. Orin era del tutto bruciato per il tennis a 17 anni, anche se nessuna mente sana avrebbe mai immaginato una sua futura defezione per il football americano organizzato.

Un balletto di grugniti e schianti di omoerotismo represso, il football, Sig.na Steeply, per come lo vedo io. L'ampiezza esagerata delle spalle, lo sradicamento mediante una maschera della personalità facciale, l'enfasi sul contatto invece che sul non-contatto. I vantaggi da guadagnarsi con la penetrazione e la resistenza. I pantaloni aderenti che accentuano i glutei e le cosce. Il passaggio radicale ma lento alla «superficie artificiale», all'«erba artificiale». E li guardi, tutti questi uomini a darsi pacche sul culo dopo la partita. È come se Swinburne si fosse messo a inventare uno sport organizzato in una delle notti piú scure della sua anima. E lasci perdere Orin quando dice che il football è un sostituto rituale di un conflitto armato. Il conflitto armato è già molto rituale di per sé, e dato che noi ce li abbiamo già i conflitti armati (faccia un giro per Roxbury o Mattapan, una di queste sere) non c'è nessun bisogno di un sostituto. Il football è una pratica per omofobici repressi, e non permetta a Orin di dirle qualcosa di diverso.

...(3c) Non posso esserle molto di aiuto con i fatti relativi al suicidio del Dott. Incandenza. So che ha eliminato ogni traccia di sé in un modo orrendo. Mi è stato detto che nell'anno della sua morte il Dott. Incandenza abusava di alcol etilico tutti i giorni e stava lavorando a un nuovo tipo di film su cartuccia che Orin a quel tempo diceva stesse portando alla pazzia il Dott. Inc.

...(3e) Si pensa che la causa della loro separazione sia dovuta al fatto che il Dott. Incandenza incominciò a usarla sempre di piú nel suo lavoro e alla fine le chiese anche di recitare nel soprannominato nuovo genere completamente radicale di intrattenimento filmico che sembrava portarlo verso un esaurimento nervoso. Sembra che divennero molto intimi, James e Jo-Ellen, anche se Orin a mio giudizio non è una fonte attendibile di informazioni riguardo alla loro relazione.

L'unica cosa che so – e non sono venuto a saperla da Orin ma da una mia innocente parente di sesso femminile che si trovò (per poco tempo) a interfacciarsi con il nostro punter in un modo intimo e aperto come è impossibile tra maschi eterosessuali – è che accadde un incidente nella Volvo degli Incandenza che aveva a che fare con uno dei finestrini e con una parola – tutto quello che mi è dato di sapere è che O. racconta che nei giorni prima del felo de se del Dott. Incandenza, una certa «parola» apparve su un «finestrino» «appannato» della Volvo giallina della Sig.ra Inc, e la parola gettò una nube sul matrimonio da tutti i punti di vista. Questo è quanto.

...(5) L'«avvertimento valato» (un semplice errore di battitura?) nella mia risposta postale significa semplicemente che Lei deve prendere quello che dice Orin nel modo in cui prenderebbe qualcosa ad alto contenuto di sodio. Non sono sicuro di voler additare Orin come l'esempio classico del bugiardo patologico, ma lei dovrebbe osservarlo in certe sue azioni per capire che può esistere una *sincerità motivata*. Non conosco che tipo di relazione lei abbia con Orin e quali siano i suoi sentimenti nei suoi confronti – e se Orin lo desidera ho paura di poter preannunciare che i suoi sentimenti per lui saranno molto intensi cosí le dirò soltanto che per esempio ai tempi dell'Eta ho visto Orin nei bar o ai balli dopo i tornei alzarsi e andare da una ragazza che voleva rimorchiare e usare questa infallibile, trasversale Strategia per rimorchiare che prevedeva un inizio del tipo «Dimmi che tipo di uomo preferisci, e io assumerò il comportamento di quell'uomo». Che in un certo senso è un modo di essere aperti e sinceri a livello quasi patologico verso l'impresa di rimorchiare qualcuno, ma possiede anche la qualità di dire Guardami-Sono-Completamente-Aperto-e-Sincero-Nei-Tuoi-Confronti-Mi-Elevo-Sopra-Tutto-L'-Atteggiarsi-Che-Si-Usa-Per-Attrarre-Qualcuno, E-Trascendo-La-Comune-Falsità-Della-Plebaglia-Da-Bar-In-Un-Modo-Giustissimo-E-Arguto-, E-Se-Ti-Farai-Rimorchiare-Non-Solo-Continuerò-A-Essere-Cosí-Giusto-E-Straordinariamente-Aperto, Ma-Ti-Porterò-In-Questo-Mondo-Di-Trascendenza-Dalla-Falsità-Sociale, cosa che naturalmente non può fare perché tutta la storia del comportamento aperto è di per sé una falsità sociale intenzionale; è la posa di fingere di non avere una posa; Orin Incandenza è *l'uomo meno aperto* che io conosca. Passi un po' di tempo con lo zio di Orin, Charles Tavis, altrimenti conosciuto come «Gretel, la Mucca da Latte a Sezione Trasversale», se vuole vedere in azione la vera apertura, e capirà che l'apertura genuina e patologica è seducente quanto la sindrome di Tourette.

Non è che Orin sia un bugiardo, ma credo che in fondo lui consideri la verità come qualcosa di *costruito* invece che *raccontato*. È arrivato a questa idea per la sua educazione, non voglio aggiungere altro. Ha studiato per quasi diciotto anni ai piedi del piú abile fotti-cervello che abbia mai incontrato, e anche ora è cosí confuso da pensare che il solo modo per sfuggire all'influenza di quella persona sia rifiutarla e odiarla, quella persona. Definirsi in opposizione a qualcosa significa essere ancora anaclitico nei confronti di quella cosa, giusto? Io sono sicuro che sia cosí. E gli uomini che pensano di odiare ciò di cui in realtà *hanno paura* di *aver bisogno* non sono molto interessanti, credo io.

...Voglio nuovamente ricordarle che Io e Orin in questo momento non siamo particolarmente vicini, per questo alcuni dei miei giudizi possono apparire un po' crudi.

Una ragione per cui Orin non è un bugiardo nel vero senso della parola è che Orin non è un bugiardo particolarmente dotato. Le poche volte in cui l'ho visto cercare di mentire coscientemente sono state patetiche. Questa è una delle ragioni per cui la sua fase giovanile di sostanze chimiche ricreative era passata cosí velocemente in confronto ad alcuni dei nostri colleghi dell'Eta. Se vuoi fare uso di droghe serie quando sei ancora minorenne e vivi con i tuoi genitori, dovrai mentire spesso, e mentire bene. Orin era un bugiardo stranamente stupido. Mi ricordo un pomeriggio, la Sig.ra Clarke era in permesso e la Sig.ra Inc doveva andare a iperfunzionare da qualche parte, in cui Orin doveva fare il baby-sitter a Mario e a Hal, che avevano quell'età pazzerella in cui si sarebbero fatti sicuramente male se non venivano sorvegliati a vista, e io ero da loro, e io e Orin decidemmo di fiondarci nella sofftta sopra il garage della casa di Weston per fumarci un po' di Bob Hope, cioè la marijuana ad alta resina, e in soffitta, completamente fatti, ci infilammo disastrosamente in quel labirinto mentale pseudofilosofico in cui s'infila sempre chi fuma Bob Hope, e vi rimanemmo intrappolati e perdemmo un'enorme quantità di tempo* dentro una stanza intellettuale dalla quale non riuscivamo piú a trovare l'uscita, e ci rimanemmo fin quando, a problema astratto ancora non risolto, ci venne come sempre una gran fame, e allora abbandonammo il problema astratto e ci rotolammo giú dalla scala di legno della soffitta, solo che a quel punto il sole era dall'altra parte del cielo, sopra Wayland e Sudbury, ed era passato tutto il pomeriggio senza che Hal e Mario fossero stati sorvegliati; e Hal e Mario in qualche modo sopravvissero a quel pomeriggio, ma quando la Sig.ra Incandenza ritornò quella sera e chiese a Orin cosa avessero fatto i due bambini tutto il pomeriggio, Orin mentí e disse che eravamo stati tutti lí, loro a giocare e noialtri a sorvegliarli, e la Sig.ra Incandenza espresse la sua perplessità a Orin perché disse che aveva cercato di chiamare a casa molte volte quel pomeriggio ma non era mai riuscita a parlare con nessuno, e Orin rispose che mentre li sorvegliava aveva scortato con molta attenzione i bambini nelle stanze dove c'erano le prese del telefono e aveva fatto varie telefonate ed era stato al telefono molte volte per un bel po' di tempo per una cosa o per un'altra, ed era per questo che lei non era riuscita a parlare con nessuno, al che la Sig.ra Incandenza (una donna davvero molto alta) aveva sbattuto gli occhi varie volte ed era sembrata molto confusa e aveva detto che però il telefono non era mai stato occupato, suonava e suonava e non rispondeva nessuno. È in situazioni del genere che si distinguono gli uomini dai ragazzi, dico io. E Orin, gli occhi sbarrati, in puro stile da Giardino delle Rose, riuscí solo a dire: «Non so cosa rispondere». E per settimane ridemmo di quella risposta incredibilmente stupida, soprattutto perché la Sig.ra Incandenza *non dava mai punizioni* e si comportava come se non credesse neanche lontanamente possibile che i suoi figli dicessero le bugie, e accettò una bugia esplosa come un mistero cosmico insolubile, invece che come una bugia esplosa.

L'esempio peggiore dell'idiozia mendace di Orin e dell'incapacità della Sig.ra Incandenza di riconoscere come tale una bugia idiota si verificò in una giornata orribile subito dopo che Orin aveva finalmente preso la patente. Io e O. avevamo un pomeriggio libero durante un fine settimana di agosto dopo aver perso ai primi turni in un torneo sull'erba sintetica a Longwood, e Hal era ancora in tabellone negli Under 10, cosí una buona parte di quelli dell'Eta erano ancora a Longwood, inclusi Mario e la Sig.ra Incandenza, che, mi ricordo, si era fatta accompagnare in macchina da un signore con la pelle scura che sembrava straniero, una specie di medico che lei aveva presentato come «un vecchio e caro amico» senza spiegare come si erano conosciuti, e quel giorno il Dott. Incandenza era indisposto e non in condizione di obiettare, ricordo, e io e Orin avevamo quasi tutta l'Eta solo per noi, e non c'era nessuno di guardia al cancello, e il cancello era aperto, e dato che eravamo all'acme del nostro interesse per quelle cose prendemmo subito un qualche tipo di sostanza ricreativa, non ricordo cosa fosse ma era qualcosa di particolarmente forte, decidemmo comunque di non essere abbastanza di fuori e quindi potevamo andare con la macchina giú per la collina in uno di quei locali malfamati sulla Commonwealth Avenue dove vendono alcolici e accettano la parola d'onore come prova dell'età, e saltammo sulla Volvo e ci catapultammo giú per la collina e giú per la Commonwealth Avenue, completamente di fuori, e ci chiedemmo astrattamente come mai sembrava che le persone sui marciapiedi della Commonwealth ci facessero dei segni con le mani e si mettessero le mani nei capelli e ci indicassero e saltassero su e giú come dei matti, e Orin cominciò a salutarli anche lui e a mettersi le mani nei capelli come per imitarli amichevolmente, ma solo quando arrivammo giú al bivio tra la Commonwealth e la Brighton Ave. fummo colpiti dalla orribile rivelazione: spesso nelle giornate estive la Sig.ra Incandenza teneva il cane adorato da tutta la famiglia Incandenza, S. Johnson, legato col guinzaglio al retro della Volvo con la sua acqua e le ciotole della Science Diet, e io e Orin eravamo partiti sgommando senza pensare a controllare se S. Johnson fosse attaccato. Non cercherò neanche di descrivere cosa trovammo quando entrammo in un parcheggio e ci trascinammo fino al retro della macchina. Diciamo che era un pezzo di roba. Diciamo che trovammo un guinzaglio, un collare e un pezzo di roba. A quanto ci dissero un paio di testimoni che riuscirono a spiccicar parola, S. Johnson aveva dato una valorosa prova di sé cercando di tenerci dietro per almeno un paio di isolati giú per la Commonwealth, ma a un certo punto era inciampato o si era messo l'anima in pace e aveva capito che era arrivato il giorno di uscire di scena, e si era arreso, e aveva urtato l'asfalto, dopo di che la scena descritta dai testimoni si faceva indicibile. C'era del pelo, o meglio del materiale, per cinque o sei isolati sulla corsia interna in direzione est. All'Accademia riportammo solo un guinzaglio, un collare con delle piastrine che descrivevano le sue allergie a certi medicinali e i cibi che gli procuravano irritazione, e un pezzo di, chiamiamolo materiale, che era rimasto attaccato.

Il punto è che la sfido a immaginarsi come ci sentimmo piú tardi quel giorno a stare con Orin nel salotto della CdP di fronte alla Sig.ra Incandenza che piangeva pietosamente, prostrata, ad ascoltare Orin che cercava di costruire una versione degli eventi in cui lui e io avevamo capito in qualche modo che S. Johnson moriva dalla voglia di fare una bella camminata di buon passo quel giorno di agosto e camminavamo con lui giú per la Commonwealth[b], lui le disse che stavamo passeggiando tranquilli sul marciapiede con il buon vecchio S. Johnson quando uno di quei pazzi che in macchina mettono sotto la gente e scappano non solo era salito sul marciapiede e aveva investito il cane ma poi aveva messo la marcia indietro e l'aveva investito di nuovo e aveva rimesso la prima e l'aveva investito ancora una volta, e ancora una volta e ancora una volta,e quindi non era uno che metteva sotto la gente e poi scappava, era uno che li *polverizzava* e poi scappava, mentre io e Orin eravamo rimasti impietriti, troppo paralizzati dall'orrore e dal dolore da pensare di notare che macchina fosse, e di che colore, né tanto meno avevamo preso la targa di quella belva. La Sig.ra Incandenza era inginocchiata (c'è qualcosa di surreale in una donna molto alta in ginocchio), e piangeva e si stringeva il collo con una mano ma annuiva a conferma di ogni sillaba con la quale Orin tesseva questa bugia patetica, mentre O. teneva in mano il guinzaglio e il collare e il pezzo di roba) come la Prova A, con me accanto che mi asciugavo la fronte e speravo che il pavimento di legno tutto lucido, immacolato e sterilizzato si aprisse a ingoiare tutta la scena.

...(7) Sig.na Steeples, a mio modo di pensare, la parola «abuso» è vacua. Chi può definire «abuso»? La difficoltà nei casi di abuso veramente interessanti è che l'ambiguità dell'abuso diventa parte dell'abuso stesso. Grazie ai decenni di esercizio energico della sua professione, Sig.na Steeply, abbiamo sentito le varie Acda e AlaTeens e Acona e Acog e Whiners raccontare casi lampanti di diversi tipi di abuso: pestaggi, abusi sessuali, violenze sessuali, deprivazioni, prepotenze, umiliazioni, cattività, torture, critiche eccessive o anche completo disinteresse. Ma almeno le vittime di questo genere di abusi possono, quando riescono ad accettarlo tirandolo fuori dai ricordi dell'infanzia, chiamarlo confidenzialmente «abuso». Esistono, invece, dei casi piú ambigui. Piú difficili da definire, si direbbe. Come chiamerebbe un genitore cosí nevrastenico e depresso che ogni opposizione alla sua volontà di genitore lo fa sprofondare in una specie di depressione psicotica per la quale non si alza dal letto per molti giorni e non fa altro che stare lí seduto a pulire la sua rivoltella, tanto che il bambino è terrorizzato di opporsi alla sua volontà e farlo sprofondare nella depressione e forse causare il suo suicidio? Definiresti questo caso come un «abuso» sul bambino? O un padre che è cosí fissato con la matematica che quando aiuta il suo bambino a fare i compiti di algebra viene talmente preso dalla cosa che finisce per dimenticarsi del bambino e fa tutto da solo tanto che il bambino prende un A nelle frazioni ma in effetti non le ha mai imparate? O anche diciamo un padre cosí abile a fare i lavori di casa e sa aggiustare tutto e si fa aiutare da suo figlio ma è talmente assorbito dai suoi progetti (il padre) che non pensa mai di spiegare al figlio come vengono svolti i progetti, tanto che l'«aiuto» del figlio non va mai oltre il semplice passare al padre una chiave specifica o prendergli una limonata o delle viti con la testa Phillips fino al giorno in cui il padre viene trasformato in gelatina sulla Jamaica Way e tutte le possibilità di istruzione transgenerazionale sono perse per sempre, e il figlio non impara mai a essere altrettanto abile nei lavori di casa e quando c'è qualcosa che non funziona nel suo monolocale deve chiamare degli operai presuntuosi con le unghie sudicie per aggiustarla, e si sente terribilmente disadatto (il figlio), non solo perché non è capace di aggiustarla ma perché questa capacità di aggiustare le cose gli pareva sembrasse al padre tutto ciò che era indipendente e virile e non-handicappato in un maschio americano. Griderebbe «Abuso!» se fosse il figlio incapace, a ripensarci? Ancora peggio, riusciresti a chiamarlo abuso senza sentirti un patetico cacasotto, con tutti i veri casi di abusi emotivi e fisici da far rizzare i capelli che vengono diligentemente riportati e analizzati tutti i giorni da giornalisti coscienziosi?

Non so se lo definirebbe un abuso, ma quando ero (molto tempo fa) all'estero nel mondo degli astemi vedevo genitori in genere benestanti ed educati e talentuosi e pratici e bianchi, pazienti e amorevoli e disponibili e preoccupati e impegnati nella vita dei loro figli, prodighi di complimenti e diplomatici con le loro critiche costruttive, capaci di pronunciamenti di amore incondizionato e ammirazione per i loro figli, conformi fino in fondo alla definizione che si dà di un buon genitore, vedevo genitori impeccabili dopo genitori impeccabili allevare bambini a) emozionalmente ritardati o b) letalmente indulgenti con se stessi o c) cronicamente depressi o d) al limite della psicosi o e) consumati dall'autodisprezzo narcisistico o f) nevrotici/tossici o g) psicosomaticamente disabili in vari modi o h) con qualche permutazione congiuntiva di (a)... (g).

Perché questo accade? Perché molti genitori, che sembrano inesorabilmente propensi a generare figli che loro pensano saranno persone giuste e meritevoli d'amore, nei fatti generano figli che crescono pensando di essere persone schifose che non meritano amore e hanno solo avuto la fortuna di avere dei genitori meravigliosi che li amano anche se sono schifosi?

È forse un segno di abuso se una madre cresce un figlio che non crede di essere bello e amabile e non crede di meritare una madre meravigliosa e amorevole ma pensa invece di essere un figlio schifoso e assolutamente non amabile che ha solo avuto la fortuna di avere una madre cosí stupenda? Forse no.

Ma allora una madre cosí può essere *davvero* una madre stupenda, se suo figlio pensa questo di sé?

Non sto parlando di mia madre, che era stata decapitata dalla lama di un rotore in caduta libera molto prima di poter esercitare un qualsiasi tipo di effetto su mio fratello maggiore, la mia innocente sorellina minore e me.

In realtà, Sig.ra Starkly, sto parlando proprio della Sig.ra Avril M.-T. Incandenza, anche se quella donna ha una personalità cosí sfaccettata e a prova di incriminazione che risulta difficile sentirsi tranquilli accusandola univocamente di qualcosa. È solo che c'era qualcosa che *non andava*, è l'unico modo di dirlo. Qualcosa *di morboso*, anche se installato su una superficie culturale stellare. Per esempio, dopo che Orin aveva chiaramente ucciso il suo amato cane S. Johnson in un modo veramente orrendo anche se accidentale, e poi aveva cercato di scansare ogni responsabilità con una bugia che un genitore molto meno intelligente di Avril avrebbe potuto facilmente smascherare, la risposta della Sig.ra Incandenza non fu solo non abusiva da un punto di vista convenzionale, ma sembrò anche troppo incondizionatamente amorosa e compassionevole e altruista per essere vera. La sua risposta alla bugia patetica di Orin dell'automobilista-che-polverizza-e-scappa non fu tanto il fatto di comportarsi come se ci credesse, ma piuttosto di far finta che quel racconto grottesco non le fosse mai stato detto. La sua risposta alla morte del cane fu bizzarramente biforcuta. Da una parte mostrò di essere profondamente addolorata per la morte di S. Johnson, raccolse con molta tenerezza il guinzaglio e il collare e il pezzo di roba canina rimasta e organizzò una bella funzione e un funerale, inclusa una piccola bara in legno di ciliegio che spezzava il cuore, e per settimane pianse sí in privato, ma fece anche in modo che tutti la sentissero eccetera. Ma l'altra metà delle sue energie emotive furono impegnate nell'essere anche troppo premurosa e cortese nei confronti di Orin, aumentò la dose giornaliera di complimenti, fece inserire i suoi piatti preferiti nei pasti dell'Eta, fece apparire per magia nel suo letto e nel suo armadietto negli spogliatoi gli accessori per il tennis che preferiva con attaccati dei bigliettini amorosi, in pratica fece le migliaia di piccoli gesti per cui un genitore tecnicamente stellare può far sentire suo figlio particolarmente apprezzato' – e tutto questo per la preoccupazione che Orin potesse pensare che lei aveva del risentimento nei suoi confronti per la morte di S. Johnson o che lo incolpasse lui o lo amasse meno per via dell'incidente. Non solo non ci fu nessuna punizione e neanche un po' di irritazione visibile, ma il bombardamento di amore e sostegno *aumentò*. E tutto questo andava di pari passo con le elaborate macchinazioni per tenere nascosti a Orin il lutto e i preparativi per il funerale e i momenti dolorosi della commemorazione del cane, per paura che lui potesse vedere che la Mami era addolorata e di conseguenza potesse sentirsi male o in colpa, e cosí in sua presenza la Sig.ra Incandenza divenne ancora piú allegra e ciarliera e arguta e intima e benevola, e suggerí anche in maniera indiretta che in qualche modo ora la vita senza il cane era quasi *meglio*, che in qualche modo un certo tipo di inconoscibile albatros le era stato tolto dal collo.

Che cosa pensa di tutta questa storia un'analista che come Lei è allenata a fare tutti quei contorni di profili, Sig.ra Starksaddle? È una impressionante dimostrazione di amore e di sostegno o c'è qualcosa di... *morboso* in tutto questo? Facciamo allora una domanda piú perspicua: la generosità quasi patologica con cui la Sig.ra Incandenza rispose a suo figlio che le aveva preso la macchina quando era completamente di fuori e aveva trascinato il suo amato cane fino a provocarne la morte grottesca e poi aveva cercato di mentire per non essere incolpato, secondo lei questa generosità era per il bene di Orin, o per quello di Avril? Stava forse salvaguardando la fiducia di Orin in se stesso, o la sua visione di se stessa come la Mami piú stellare che qualsiasi figlio umano potesse mai sperare di meritarsi?

Quando Orin imita Avril – cosa che secondo me né lei né altri riusciranno mai piú a fargli fare, anche se era una cosa molto popolare alle feste di quando eravamo all'Accademia – fa un enorme sorriso amorevole e viene verso di te fin quando è cosí vicino che la sua faccia è spiaccicata contro la tua e i vostri respiri si mischiano. Se potrà fare questa esperienza – dell'imitazione – cosa le sembrerà piú spiacevole: la vicinanza soffocante o l'impeccabile calore e l'amore con cui viene effettuata?

Per qualche motivo ora stavo riflettendo su quella specie di filantropo che sembra repellente sul piano umano non malgrado la sua carità, ma per via di essa: a un certo livello si capisce che lui vede coloro che ricevono la sua carità non come persone, ma piuttosto come strumenti attraverso i quali può sviluppare e dimostrare la sua virtú. La cosa schifosa e repellente è che questo genere di filantropo ha chiaramente *bisogno* delle privazioni e delle sofferenze per andare avanti, poiché è la propria virtú che gli interessa, e non i fini verso i quali la sua virtú sembra essere diretta.

Tutta la vita della madre di Orin è sempre terribilmente ordinata e polivalente. Ho il sospetto che da bambina sia stata oggetto di terribili abusi. Non ho nessuna prova concreta a sostegno di questa mia affermazione.

Ma se lei, Sig.na Bainbridge, ha concesso le sue grazie a Orin, e se Orin le è sembrato un amante particolarmente dotato e generoso – e per certi versi lo è davvero – non solo abile e sensuale ma incredibilmente generoso, empatico, premuroso, amoroso – se le è sembrato che lui, davvero, provi il massimo piacere a darle piacere, dovrebbe forse riflettere sobriamente su questa immagine di Orin che imita la sua cara Mami: una persona che si avvicina a braccia aperte, sorridente.

[a] Certe volte questa tendenza a un'astrazione involuta viene chiamata «Pensiero-Marijuana»: e comunque, la cosidetta «Sindrome Demotivazionale» conseguente a un consumo massiccio di Bob Hope è un termine improprio perché non è che i fumatori di Bob Hope perdono interesse nello svolgimento della vita regolare quanto piuttosto il Pensiero-Marijuana li porta in labirinti di astrazione riflessiva che mettono in dubbio la stessa possibilità di svolgere qualsiasi funzione della vita pratica, e la fatica mentale di trovare una via d'uscita consuma tutta l'attenzione disponibile e fa sembrare intorpidito da un punto di vista fisico il fumatore di Bob Hope e allo stesso tempo lo fa sembrare apatico e amotivato, quando invece sta cercando con le unghie e con i denti di trovare il modo di uscire dal labirinto. Si noti che la fame tremenda (chiamata anche «sgranocchiante») che accompagna l'intossicazione da cannabis può essere anche un meccanismo di difesa naturale contro questa perdita di funzionalità pratica, dato che non dà piú la possibilità di svolgere nessuna operazione pratica a eccezione dell'ingozzarsi di cibo.

[b] Orin non aveva mai portato a passeggio S. Johnson. A Orin non stava neanche tanto simpatico S. Johnson, perché cercava sempre di accoppiarsi con la sua gamba sinistra. E comunque, S. Johnson era soprattutto il cane della Sig.ra Incandenza, e di solito veniva portato fuori solo dalla Sig.ra Incandenza, e a orari molto precisi.

[c] Sí – va bene – forse comincia a venire fuori: non «apprezz*abile*» ma «apprezz*ato*».

[270] ®The Glad Flaccid Receptacle Corporation, Zanesville Oh.

[271] (incluso K. McKenna, che dice di avere una sbucciatura in testa ma in realtà non ce l'ha)

[272] È questa la ragione per cui Ann Kittenplan, molto piú colpevole di tutti gli altri ragazzini per il danno di Eschaton, non è qua sotto nella spedizione punitiva di pulizia, che di fatto è diventata un'operazione del Club della Galleria. LaMont Chu era stato incaricato di dirle che poteva non andare e loro l'avrebbero segnata presente lo stesso, il che era perfetto per Ann Kittenplan, perché anche le ragazzine piú toste non hanno questo feticcio protomaschile per andare a esplorare sotto le cose.

[273] = Stelle, stelle nascenti, stelle cadenti.

[274] La Poutrincourt usa la parola boscaiola *réflechis* invece della piú corretta *réflexes*, e in effetti ha un suono molto piú canadese, anche se il suo accento non ha i lunghi lamentosi suffissi di Marathe, ma comunque è sicuro che una certa «giornalista» farà un e-mail a Falls Church Va sulla linea inintercettabile Uso perché sia fatta un'indagine negli archivi non espurgati su una certa «Poutrincourt, Thierry T.».

[275] Usa *s'annuler* invece del verbo piú québecois *se détruire*.

[276] Lei usò apposta il vocabolo del dialetto del Québec *transperçant*, la cui connotazione idiomatica di destino infelice la Poutrincourt non avrebbe mai potuto pensare sarebbe stata compresa da Steeply, che parlava un francese parigino, e fu questa la svista che fa capire alla Poutrincourt che Steeply non è una giornalista che scrive profili soft né tanto meno una donna, cosa che probabilmente la Poutrincourt ha capito da quando Steeply ha acceso la sua Flanderfume con il gomito della mano che teneva l'accendino *in fuori* invece che *in dentro*, cosa che fanno solo gli uomini e le lesbiche molto mascoline, e rappresenta l'unico vero punto debole del personaggio operativo insieme all'irritazione dell'elettrolisi, e richiederebbe una persona quasi professionalmente vigile e sospettosa per notarne il significato.

[277] Termine usato nella regione delle Trois-Rivières, e significa fondamentalmente «la ragione per alzarsi dal letto la mattina».

[278] Dove diavolo fosse la *Sig.ra* Pemulis durante tutto questo tempo, a notte fonda, quando il caro vecchio Papà P. scuoteva Matty per svegliarlo finché non gli battevano i denti e il piccolo Micky era tutto rannicchiato contro la parete opposta, e respirava piano piano, silenzioso come la morte, ecco, vorrei proprio saperlo.

[279] Hal continua a non ricordarsi il nome del ragazzino che prima era all'Eta, e questo lo tortura. Hal è da un anno che non passa ventiquattr'ore senza farsi di nascosto, e non si sente per nulla bene, e il fatto di non ricordarsi il nome del ragazzino lo fa davvero infuriare.

[280] Sembra che il termine *anedonia* sia stato coniato da Ribot, un francese del Continente, che nel suo *Psychologie des sentiments* del diciannovesimo secolo afferma che quel termine significa l'equivalente psicologico di *analgesia*, che è la soppressione neurologica del dolore.

[281] Questa era stata una delle astrazioni piú profonde e intense di Hal, e gli era venuta in mente una volta che si era fatto di nascosto nella Stanza delle Pompe. Che tutti soffriamo per qualcosa che ci manca, ma non sappiamo cosa sia. Altrimenti com'è possibile spiegare quel sentimento strano che lui continua a provare, e che è come se gli mancasse qualcuno che non ha mai conosciuto? Senza questa astrazione universalizzante questo sentimento non avrebbe alcun senso.

[282] (la ragione principale per cui le persone che provano dolore sono cosí assorbite in se stesse e sgradevoli da avere accanto)

[283] Gli Inibitori di Assunzione di Serotonina Selettiva dei quali lo Zoloft e il disgraziato Prozac erano gli antenati.

[284] Una forma grezza e poco costosa di metedrina combustibile, che incontra i favori dei tossici che sniffano i vapori della benzina o ricoprono l'interno di un sacchetto di carta con colla per aerei e si mettono il sacchetto sulla faccia e respirano finché non cadono per terra con le convulsioni.

[285] Deve trattarsi di uno sbaglio di pronuncia o di una catacresi da parte di R.V.C., dato che la Clonidina – 2-(2,6 Dicloroanilina)-2-imidazolina – è un antipertensivo di forza tale da essere indicato solo per le persone adulte; il neonato avrebbe dovuto avere la stazza di un giocatore dell'Nfl per tollerarla.

[286] Kate G. non si è mai fatta di Ice o crack/freebase, e neanche di cocaina o di 'drine leggere. I tossicodipendenti tendono a dividersi in vari gruppi: quelli che preferiscono i momenti «down» e Bob Hope difficilmente gradiscono gli stimolanti, mentre gli adepti di coca e 'drine in genere aborriscono la marijuana. Questa è un'area di studio potenzialmente fruttuosa nella tossicodipendenza. Notate, comunque, che quasi ogni gruppo di tossicodipendenti ama il bere.

[287] Dallo scorso inverno, quando un odore stantio, involucri di stimolatori dentali e un unico magro mozzicone insalivato avevano rivelato che un certo ragazzo di quelli grandi aveva fumato a notte fonda nella Sala Proiezioni 3.

[288] The Continent's Best Yogurt®.

[289] Invece, cosa del tutto ignota a Hal, *Bs :Ust* era in realtà una triste esternazione di auto-odio da parte di Lui in Persona, un'allegoria velata del concetto di consigliere e del

disgusto di Lui in Persona per i sorrisi vuoti e le banalità riduttive degli Aa di Boston che i medici e i suoi consulenti continuavano a rifilargli.

[290] Nel film non si spiega mai esplicitamente se le bruciature orrende che la ragazza ha sulla faccia sono il risultato di un incidente con la freebase. Bernadette Longley dice che in un certo senso spera sia cosí perché altrimenti quelle cicatrici sarebbero simboli di qualche ferita/malvagità ancora piú profonda e piú spirituale, e l'equazione simbolica deformità fisica/deformità morale sembra una cosa terribilmente stucchevole e pesante e banale a tutti quelli che nella stanza hanno piú di tredici anni.

[291] Dopo un momento di euforia dell'auto-aiuto durante il periodo premillennio, i Ca ridiventarono una scheggia degli ancora enormi Narcotisti anonimi; e mentre Pat Montesian e quelli del personale della Ennet House non hanno niente contro il fatto che certi residenti che hanno avuto problemi con la cocaina partecipino qualche volta agli incontri dei Ca, suggeriscono vivamente che i residenti frequentino soprattutto gli Aa o gli Na e non varie schegge tipo Ca o gli Impasticcati Anonimi, principalmente perché queste schegge in genere hanno pochi Gruppi e fanno pochi incontri – e alcune non esistono proprio in certe zone degli Usa – e perché il loro concentrarsi su una specifica Sostanza tende a restringere l'apertura della guarigione e si concentra troppo sull'astinenza da una Sostanza invece che sulla sobrietà completa e su un nuovo sistema spirituale di vita in toto.

[292] Con paura in parte perché il personale della Ennet House scoraggia vivamente i residenti dal nutrire qualsiasi tipo di attaccamento sentimentale a membri del sesso opposto durante il periodo di residenza di nove mesi[a], e ancora piú l'attaccamento nei confronti dei membri del personale.

[a] Questo è un corollario del suggerimento degli Aa di Boston in base al quale i nuovi che siano single non devono impegnarsi sentimentalmente nei loro primo anno di sobrietà. La ragione principale per questo, che gli Aa di Boston spiegheranno via via con il tempo, se messi allo corde, è che l'improvvisa rimozione delle Sostanze lascia un enorme buco lacerato nella psiche del nuovo arrivato, ed è bene che il dolore che ne deriva sia provato dal nuovo arrivato, che si deve mettere in ginocchio e pregare che questo buco venga riempito dagli Aa di Boston e dal Potere Superiore, mentre i coinvolgimenti romantici intensi offrono un illusorio analgesico per il dolore causato dal buco, e tendono a fare appiccicare l'uno all'altro i coinvolti come isotopi affamati di covalenza, e a fare a turno gli incontri e le Attività di Gruppo e le Rese, e poi, se il coinvolgimento non ha successo (il che avviene molto spesso tra i nuovi arrivati), entrambe le persone coinvolte sono devastate e sentono ancor piú di prima il dolore per il buco, solo che ora non hanno piú la forza che viene dal duro lavoro con gli Aa per farcela a superare la devastazione senza ritornare alla Sostanza. Gli aforismi relativi a questi casi sono: «I Tossici Non Hanno Relazioni, Prendono Ostaggi» [sic] e «Un Alcolizzato È un Missile in Cerca di Sollievo». E cosí via. La storia del non farsi coinvolgere tende a essere la Waterloo di tutti i suggerimenti, per i nuovi arrivati, e il celibato spesso è il motivo che separa quelli che Rimangono da quelli che tornano Là Fuori.

[293] Sembra che sia il termine usato attualmente dalle persone di colore per indicare altre persone di colore. Joelle Van Dyne, comunque, era stata educata in una parte degli Usa dove le espressioni verbali verso i neri sono datate e inconsciamente derisorie, e sta facendo davvero del suo meglio – dicendo *di colore* – e cosí via e comunque è un esempio di sensibilità razziale se paragonata al tipo di cultura in cui Don Gately era stato educato.

[294] Joelle ha osservato in modo sociologico neutrale che è uso dei bostoniani di colore durante gli Impegni fare di ogni discorso una protratta dichiarazione a un certo assente «Jim».

[295] Boston Housing Authority.

[296] Si mischia 5/1 con il cloro ferrico per produrre «Sangue A + B», un classico degli effetti speciali nei film splatter a basso budget.

[297] L'enfasi ripetitiva della cartuccia sul desiderio della Madre Superiora di mettere a tacere la novizia porta B. Boone – studentessa pigra ma ragazza molto intelligente – a opinare che i trappisti silenziosi con il cappuccio marrone che si sono visti qua e là superfluamente ai margini del filtri come un muto coro greco svolgano una funzione simbolica e non narrativa, il che sembra a Hal una cosa molto perspicace.

[298] È anche un'arguta frecciatina diretta a Schtitt, naturalmente, che sta per qualcosa tipo Siamo Ciò Che Insultiamo o Siamo Ciò Da Cui Fuggiamo e Distogliamo Lo Sguardo Il Piú Velocemente Possibile, anche se quando Schtitt menziona il motto non ci attacca mai nessuna connotazione morale, e non lo traduce nemmeno, permettendo ai prorettori e ai Fratelloni di adattare le loro traduzioni ai bisogni del momento pedagogico.

[299] © the Commonwealth of Ma's Lottery Authority.

[300] Che era stato trovato senza difficoltà quando aveva preso in pegno un M. Café®, la Macchina Cordless per il Café-au-Lait nel negozio di pegni di Brookline, perché Fortier e Marathe e gli Afr conoscevano bene la passione di M. DuPlessis per il café-au-lait a colazione.

[301] Dato che nel programma del suo Mba c'erano lezioni sulle controversie tra i produttori musicali e i produttori di cassette-nastri, e tra le compagnie di produzione cinematografica e le catene di noleggio di videocassette, Noreen Lace-Forché aveva pensato bene di proteggere i diritti d'autore della gallina dalle uova d'oro, alias InterLace, specificando che tutte le cartucce al laser compatibili con il Tp e dirette ai consumatori dovessero essere programmate come copie di Sola Lettura – le cartucce Master riproducibili hanno bisogno di speciali codici So e di apparecchiature speciali[a], e sono necessarie delle licenze sia per i codici sia per le apparecchiature, il che tiene lontana la maggior parte dei consumatori dal business delle cartucce clandestine, ma non è un ostacolo difficile da superare se hai delle risorse finanziarie e un incentivo politico (per esempio, fregare una copia Master).

[a] La Nl-F aveva perfino fatto in modo che le copie Master dovessero essere lette a 585 giri al minuto invece dei regolari 450 del lettore-cartucce di un normale Tp come quelli che hanno in genere i consumatori.

[302] Grazie al tradimento di Marathe, l'Ufficio dei Servizi non Specificati è a conoscenza di questo programma di pura cattiveria, anche se non è impossibile che Fortier abbia deliberatamente permesso a Marathe di passare questa informazione, pensa Marathe, nella speranza di instillare ancora piú paura nel *Sans-Christe* Gentle e nei suoi *chiens-courants* dell'Onan. Fortier pensa di far vedere con la forza l'Intrattenimento a Marathe prima che i piani per la disseminazione delle copie da una copia Master siano in piena esecuzione, e questo Marathe lo sospetta ma non ne ha la certezza. Questo non perché Fortier sospetti minimamente che lei possano provocare per lei possano provocare il suo tradimento del *Leur Rai Pays* – Fortier aveva sovrinteso a entrambi i *jeux du prochain train*[a] durante i quali i fratelli maggiori di Marathe erano stati investiti e uccisi, e Fortier ha avuto a lungo il sospetto che Marathe voglia in qualche modo vendicarsi.

[a] Vedi nota 304 *infra*.

[303] Anche se la speranza sgorga eterna dai loro petti, Broullîme e Fortier si erano aspettati questa notizia dal momento in cui avevano visto i fratelli attivi nel negozio. Perché una cartuccia Master non sarebbe mai stata tenuta in un sacco o in uno scatolone umidiccio: perfino i due fratelli Antitoi, se avessero visto la custodia diversa e leggermente piú grande di una Master, l'avrebbero messa da parte in un posto speciale, e si sarebbero organizzati con un apparecchio a 585 giri per vederla e verificare il suo valore speciale, e ne sarebbero caduti vittima molto prima.

[304] Vedi l'11 novembre dell'Anno del Pad alle ore 2030h, Subdormitorio 308 B, della Enfield Tennis Academy, dove James Albrecht Lockley Struck jr è seduto tutto accasciato, con il mento sulle mani, la fronte spalmata di $(C_2H_5Co)_2O_2$[a], i gomiti appoggiati sulle macchie chiare e minuscole sul piano della scrivania, il Tp che mugola, il convertitore con il programma di videoscrittura inserito nella sua presa con la luce verde, lo schermo ad alta definizione messo sopra il chassis del visore di cartucce sul suo supporto pieghevole come la foto di una persona cara, la tastiera tirata fuori dal caos dell'armadietto e messa su Heavy Touch, il cursore che lampeggia delicatamente nella parte superiore sinistra dello schermo davanti a Struck piegato con l'aria stanca su quella che, si inizia a capire, è una quantità indigeribile di materiale di ricerca per il suo elaborato post metà trimestre per quella cosa del corso della Sig.na Poutrincourt sulla Storia delle Spiacevolezze Canadesi. Mentalmente Struck si riferisce sempre alle sue lezioni con il termine «cose». Da un punto di vista emozionale le speranze che nutriva in principio di dare un'angolatura originale all'argomento trattato sono ormai svanite da tempo. Alla fine uno scopre sempre che tanto piú impegnativa è l'angolatura dell'argomento scelto, maggiore è il numero delle persone che ci sono arrivate prima di te e ci hanno lasciato le loro impronte con i loro articoli da oscuro giornale accademico da assorbire e, come dire, sintetizzare. Su questa cosa Struck

ha lavorato per piú di un'ora, e la vista gli si è notevolmente abbassata. Si è sentito un po' giú di corda tutto il giorno, con quella sensazione infallibile di quando avverte che sta arrivando un temporale e si sente pieno e rappreso per la sinusite e ha come un cerchio alla testa e la testa gli pulsa insieme al cuore, e ora sta cercando di trovare qualche nuova fonte nelle pile di fogli che sia abbastanza oscura e dilettantesca da poterla riprendere e semiplagiare senza doversi preoccupare che la Poutrincourt l'abbia già letta o che ci senta dentro puzza di topo morto.

«Dei tristemente famosi Separatisti del Québec del Sudovest chiamati Assassini sulle Sedie a Rotelle (*Les Assassins des Fauteuils Rollents* o Afr) è dato sapere molto poco di definitivo da un punto di vista accademico, come ormai viene accettato per assiomatico il fatto che ci siano branchi di Neonati Selvatici di dimensioni enormi che si dice abitino alcuni settori periodicamente inabitabili delle foreste orientali della Riconfigurazione».

Una ricerca da database dell'Archfax B.Pi sulle parole connesse agli Afr, come *sedia a rotelle*, *fauteuil rollent*, *Quebec*, *Québec*, *Separatismo*, *terrorista*, *Experialismo*, *storia* e *setta*, che dovrebbe restringere di molto la scelta, riportò piú di 400 voci, articoli, saggi ed elaborazioni, da *Il Continente* a *Noi*, da *Affari esteri* a una roba che si chiama *Pensieri selvaggi*, una triste piccola pubblicazione arcaica e marginale fatta al computer e scritta in un posto che si chiama Bayside Community College sulla I-93 a Medford, che non si trova vicino a nessuna baia ed è edita dallo stesso tipo che ha scritto il saggio sugli assassini delle sedie a rotelle *Pensieri selvaggi*, e Struck, dopo aver letto la prima frase varie volte prima di capirne il senso, ha deciso di essere abbastanza sicuro da rubare poiché non è possibile che la Poutrincourt abbia passato il tempo a leggersi saggi scritti in un Americano Accademiese cosí insopportabile:

«...che i precedentemente nominati neonati di dimensioni oltre la norma esistono davvero, sono anomali ed enormi, crescono ma non si sviluppano, si cibano delle cose commestibili che sono rese disponibili in abbondanza dal fenomeno anulare nei periodi di supercrescita della vegetazione che si verificano nella regione, depositano escrementi davvero titanici, e certe volte si spingono a sud delle linee murarie di recinzione e si addentrano nelle zone popolate del New New England». A differenza dell'abituale situazione di plagio, in questo caso la cosa piú difficile per Struck consiste nell'epurare la prosa di quest'affare dello scrittore di *Pensieri selvaggi*, o per lo meno nel portare i verbi e i modificatori al livello dell'ozono, dato che questo saggio accademico nel suo insieme ha un tono che secondo Struck si avvicina a quella megalograndiosità da bava alla bocca che lui associa con i Quaaludes e il vino rosso e poi al Preludin per uscire dalla picchiata di grandiosità del Quaaludes e del vino rosso. Senza contare oltretutto il lavoro per sistemare le transizioni a ruota libera; la Poutrincourt ha una specie di mania per le transizioni.

«Gli enormi neonati selvatici, creati dalla tossicità e sostenuti dall'anulazione, sono comunque, dalla prospettiva popolare di questo Anno della Lavastoviglie Silenziosa Maytag, essenzialmente icone passive della gestalt Experialista. Lo stesso per i tristemente famosi *Assassins des Fauteuils Rollents*». Struck si vede già la Poutrincourt mettere un QUOI? sottolineato tre volte con il pennarello rosso sotto una transizione cosí torturata e libera. Struck si immagina lo scrittore di *Pensieri selvaggi* colpire come una mitragliatrice sul piano della sua scrivania tutta spruzzata di saliva. «Perché i proclami di irriducibile attività delle cellule dei tristemente famosi Separatisti del Quebec Afr prevedono quanto segue. Gli Assassini senza gambe del Quebec, anche se senza gambe e costretti su una sedia a rotelle, nonostante tutto sono riusciti a sistemare dei grossi strumenti riflettenti su molte autostrade a numero dispari di tutti gli Stati Uniti con lo scopo di disorientare e di mettere in pericolo gli americani diretti a nord, hanno fatto esplodere vari condotti tra le stazioni di trasformazione della rete della fusione anulare nella Riconfigurazione orientale, sono stati collegati a vari tentativi di danneggiamento sistematico degli impianti di lancio e ricezione della semifederale Empire Waste Displacement su entrambi i lati del confine intracontinentale della Riconfigurazione, e, forse ancor piú spregevolmente, si sono guadagnati questo nomignolo nella vox populi — Assassini sulle Sedie a Rotelle — per via della pratica di assassinare eminenti funzionari canadesi che sostengono e tollerano quello che loro — gli Afr, come vengono a volte chiamati negli infrequenti comunicati ufficiali —

considerano *in toto* come la «sudetizzazione» sia del Quebec sia del Canada da parte della — come la definiscono gli Afr — Organizzazione delle Nazioni dell'America del Nord, dominata dagli Usa, che ha forzato un intero territorio a diventare ecologicamente distorto e probabilmente mutagenico — la nazione del Canada, e piú specificatamente e intensamente la provincia del Quebec — sotto la loro egida nell'Anno del Whopper appena inaugurato...» – Struck, seduto leggermente di sbieco sulla sedia della scrivania per lo sviluppo anormale della parte destra del suo corpo, sta anche cercando di tagliare le frasi di questo tipo per renderle meno lunghe e piú contenute per dar loro un tono piú serio e pubescente, come quello di qualcuno che sta veramente lottando per raggiungere la verità invece di spruzzarti la fronte di sputo mentre blatera alla grande – «...gli Assassini sulle Sedie a Rotelle si materializzano a questi assassinii pubblici ormai tristemente familiari aperte le virgolette come se uscissero dal nulla chiuse le virgolette, sono maestri di furtività, ispirano terrore nei cuori di eminenti canadesi, non dànno alcun tipo di preavviso se non il cigolio delle loro ruote lente, colpiscono velocemente e senza alcun preavviso, assassinano eminenti canadesi e poi si dissolvono di nuovo nella notte buia» – per distinguerla da una notte con la luce? Struck fa uscire dell'aria dal naso pieno producendo un suono basso e derisorio simile a un clacson – «colpiscono sempre di notte, ed è una specie di firma d'autore, il colpire solo di notte, lasciando dietro di sé solo una rete sinuosa di tracce doppie e sottili nella neve, sull'erba bagnata di rugiada, sulle foglie o sulla terra come firme, tanto che un segno a forma di doppia S sinuosa sopra il motivo tradizionale del *fleur-de-lis* del Separatismo del Quebec è diventato comune nel gruppo degli Afr, il loro stemma o "simbolo", se si vuole, nei comunicati, non molto frequenti e sempre ostili alle autorità del Canada e dell'Onan. Tanto che virgolette Sentire il cigolio chiuse le virgolette è diventata una locuzione eufemistica sottintesa tra gli alti ufficiali degli organi di potere del Quebec, del Canada e dell'Onan, e sta per morte istantanea, orribile e violenta. E anche per i mass media. Come per esempio, virgolette "Di fronte a molte migliaia di sottoscrittori scioccati, il leader appena eletto del Bloc Quebecois, Gilles Duceppe, e un suo assistente, che erano protetti da non meno di una dozzina di unità dell'élite a cavallo dei Cuirassiers del Domestic Detail, nonostante tutto ha sentito il cigolio la scorsa notte durante un comizio in disseminazione spontanea in una località di villeggiatura sul lago di Pointe Claré"[4]».

Struck si stringe la testa con una mano e cerca la parola *eufemistico* sul dizionario del Tp.

«...Le affiliazioni, certe volte supposte, tra il Gruppo Radicale di *Les Assassins* da una parte e le organizzazioni piú estremiste e violentemente sovversive dei *Séparatisteurs* del Quebec dall'altra — il *Fronte de la Libération de la Quebec*, i *Fils de Montcalm*, il visnú antiriconfigurativo di ultradestra del *Bloc Quebecois* — tendono, comunque, a essere contraddette sia dai programmi dichiarati — le falangi dei Separatisti convenzionali chiedono solo la secessione indipendente della provincia del Quebec e l'eliminazione dei parenti angloamericani dagli affari pubblici, mentre gli obiettivi dichiarati degli Afr riguardano niente meno che la totale restituzione all'amministrazione americana dei territori Biconfigurati, la cessazione dello smaltimento aereo dei rifiuti da parte della Ewd e dell'attività rotatoria di smaltimento delle masse di aria da parte dell'ATHSCME entro 175 chilometri dal suolo canadese, la rimozione di tutte le scorie di fissionilfusioni annulari a nord del 42° parallelo nord, e la secessione del Canada *in toto* dall'Organizzazione delle Nazioni dell'America del Nord — e dal fatto che troppe figure di spicco nella storia sociale recente del movimento separatista — per es. Schnede, Charest, Remillard, Bouchards padre e figlio — hanno, negli ultimi 24 mesi — soprattutto nell'autunno sanguinoso e violento dell'Anno della Saponetta Dove in Formato Prova — "sentito il cigolio"».

I file Lex del dizionario interno del piccolo Tp di Struck confermano *visnú*, almeno quello. Oltretutto esiste un lato quasi selvaggio nell'incoerenza dell'articolo che a Struck comincia quasi a piacere un po': continua a immaginarsi la piccola parentesi di ruga tra le sopracciglia della Poutrincourt tutte le volte che non riesce a seguire qualcosa e non capi-

---

[4] Cbc/PATHÉ 1200h-0000h. Cartuccia Sommario 911-24-04, 4 maggio Appw, © Appw, PATHÉ Nouvelle Toujours, Ltd.

sce se la colpa è del suo o del nostro inglese. «Prima dell'Atto sulla Libertà di Speculazione dell'Anno del Whopper, alcuni dati sociostoricamente credibili che individuavano le origini e l'evoluzione di *Les Assassins des Fauteuils Rollents* da oscuro Gruppo Radicale adolescente e nichilista fino a diventare uno dei gruppi piú temuti negli annali dell'estremismo canadese erano purtroppo frammentari e dipendevano dal sentito dire di fonti la cui attendibilità accademica era di un'integrità che a volte era meno che impeccabile». Struck qui si immagina la Poutrincourt, alla quale certe volte viene quella ruga di confusione annoiata anche davanti alle relazioni piú lucide, abbassare la lunga testa e lanciarsi contro una parete. Un seno nasale sembra notevolmente piú grosso dell'altro seno, e c'è qualcosa di non perfetto nel suo collo per via di tutto quello star seduta gobba, e lui ucciderebbe dei parenti per potersi fare una DuBois veloce.

«*Les Assassins des Fauteuils Rollents* del Quebec sono essenzialmente seguaci di una setta, e individuano sia la loro *raison d'être* politica sia il loro *dasein* filosofico dentro l'intervallo sociostorico dell'America del Nord di intensiva, speciale diffrazione di interesse che precedette — no, si dovrebbe avere il coraggio di dire che si pose in integrale relazione causale riguardo a — le inaugurazioni quasi simultanee del governo dell'Onan, dell'Interdipendenza continentale, e della sponsorizzazione commerciale del calendario lunare dell'Onan. Come gran parte delle estensioni sette canadesi, comunque, gli Assassini delle Sedie a Rotelle e le loro derivazioni si sono dimostrati sostanzialmente piú fanatici, meno benevoli, meno ragionevoli e sostanzialmente piú malevoli — insomma, piú difficili da anticipare, controllare, interdire delle bande Usa piú estremiste. Questo saggio accademico concorda sotto molti aspetti essenziali con la tesi che i Gruppi Radicali Canadesi o altri non-americani, in contrasto con tutto ma che Phelps e Phelps sostengono essere sacche isolate di stelliformismo americano antistorico, persistono in modo cosí bizzarro a dirigere la loro reverente lealtà verso principî, virgolette, "spesso non solo isomorfici ma attivamente *opposti* al piacere individuale del seguace, al suo benessere, *cui bono*, o al divertimento, tanto da essere fuori dall'esperienza conoscitiva dei sofisticati modelli di anticipazione degli eventi della scienza psicosociale e dalla comprensione rudimentale della ragione umana"[5]».

Tutta questa parte costa a Struck una grossa fatica per tirarne fuori il succo e poi riproporlo in una prosa meno elegante e piú adatta allo studente di base. Per due volte nel corridoio fuori dalla stanza sua, di Shaw e di Pemberton, Rader e Wagenknecht e qualche altro ragazzino che dalla voce sembra avere 16 anni vanno giú per il corridoio e cantano tutti insieme «*E, ah, ii, oo, ah, er, ah, ii...*», e cosí via. «È un fatto accettato che il Gruppo Radicale di *Les Assassins*, nel modo tipico di quelli i cui oggetti sono staccati dallo sviluppo razionale dell'interesse individuale, adotta, per i suoi riti e per la personalità, rituali intimamente legati con *Les jeux pour-memes*, giochi formali di competizione il cui fine non è una qualche specie di "premio" quanto piuttosto un modo di acquistare un'identità di base: per esempio, cioè, "gioco" come ambiente metafisico e locus psicostorico e gestalt». Il padre storico di Struck, durante l'infanzia di Jim a Rancho Mirage, era un bevitore inveterato di vino-rosso-con-tranquillanti, di notte faceva telefonate a persone che non conosceva molto bene e faceva affermazioni che piú tardi doveva ritrattare con molta fatica, finché alla fine una notte d'autunno il Babbo era uscito fuori barcollante e aveva tentato un avvitamento e mezzo nella piscina della famiglia Struck nel cortile di dietro, piscina che non si era ricordato di aver fatto svuotare, ed era finito con una collare da portare per tutta la vita che gli aveva fatto terminare la sua carriera di golfista con handicap di 80, il che gli aveva provocato un'amarezza incredibile e un trauma familiare, prima che il piccolo J.A.L.S. jr fosse spedito alla Rolling Hills Academy.

---

[5] di Phelps e Phelps, *I culti dell'irremovibile I: Una guida pratica ai culti della speculazione valutaria, Melanina, Fitness, Bioflavonoidi, dell'Assistere, Assassinio, Stasi, Proprietà, Agorafobia, Reputazione, Celebrità, Acrafobia, Rendimento, Amway, Successo, Infamia, Deformità, Scopofobia, Sintassi, Tecnologia Rivolta al consumatore, Scopofilia, Presleyismo, Hunterismo, Cuccioli dentro di noi, Eros, Xenofobia, Chirurgia estetica, Retorica motivazionale, Dolore cronico, Solipsismo, Sopravvivenza, Preterintenzione, Movimenti antiabortisti, Kevorkianismo, Allergie, Albinismo, Sport, Chiliasmo, e Teleintrattenimento nell'America del Nord pre-Onan*, © Appw.

«Viene, per esempio, largamente concesso che la relegazione di *Les Assassins* sulle loro epitetiche sedie a rotelle può trovare la sua origine nel famoso gioco rurale pre-Experialista del Sudovest del Quebec *Le jeu du prochain train*, e lo stesso Gruppo Radicale degli Afr era composto per la maggior parte o forse interamente da devoti veterani e praticanti di questo selvaggio, nichilista *jeu pour-meme*.

«"Si pensa che *La culte du prochain train*", spesso tradotto come "Il culto del prossimo treno, abbia avuto origine per lo meno una decina di anni prima della Riconfigurazione tra la discendenza maschile dei minatori di amianto, nichel e zinco della regione desolata di Papineau nell'estremo Sudovest del Quebec. L'agghiacciante competizione del gioco e il culto che ne derivò si diffusero presto per tutta la rete delle linee ferroviarie non ionizzate e precedenti all'Interdipendenza che portavano i materiali greggi verso sud a Ottawa e ai porti dei Grandi Laghi degli Stati Uniti». Sulla piccola scrivania di Struck è appeso un modello di aeroplano fatto interamente con parti diverse di lattine di birra. Mentre Inc amava molto tutte le storie oscene del terrorismo-degli-specchi sulle autostrade dei primi anni dell'Onan, e il punto centrale del saggio di Schacht consisteva nelle violente proteste dei cattolici francesi contro la fluorizzazione municipale sotto Mulroney, Struck aveva scelto la connessione tra gli Afr e la storia-del-culto-di-saltare-davanti-a-un-treno, e ci era rimasto attaccato con la stessa tenacia che lo teneva attaccato alla squadra 18-A nonostante un servizio che deLint descriveva come l'inchino di una debuttante. L'aereo aveva lattine appiattite come ali, lattine appallottolate come ruote, parte di una lattina doppia come fusoliera e muso.

«Come in molti giochi, *Le jeu du prochain train* era di per sé sostanzialmente piú semplice dell'organizzazione della competizione». Sorrisino di Struck. «Veniva giocato dopo il tramonto in luoghi specifici, come *les passages à niveau de voie ferrée* che segnavano ogni incrocio delle strade rurali del Quebec con un binario ferroviario. Nell'Anno del Whopper c'erano piú di duemila (2000) incroci simili nella sola regione di Papineau, anche se non tutti erano cosí transitati da permettere le complessità della vera competizione.

«Sei ragazzi, figli di minatori, di età approssimativamente tra i dieci e i sedici anni, in grado di parlare solo il dialetto del Quebec, si allineavano su sei sporgenze delle traversine appena fuori dai binari. Ci sono duecentosedici (216) ragazzi — né uno di piú né uno di meno — a giocare nei gironi iniziali, in gruppi di sei, e ogni gruppo di sei si cimenta con un treno diverso, aspettando in piedi sulle sporgenze consecutive appena fuori dal binario, tesissimi, come ad attendere l'arrivo di una sposa terribile. L'orario dei frequenti passaggi notturni dei treni è noto solo all'episcopato di *les directeurs de jeu* di *Le jeu du prochain train* — ragazzi piú grandi, postadolescenti, veterani di *les jeux* precedenti, molti dei quali senza gambe e sulla sedia a rotelle oppure — i figli dei minatori di amianto, molti dei quali orfani e disperatamente poveri — su carretti a ruote. I giocatori non possono portare l'orologio e sono sotto l'assoluto comando dei *directeurs* del gioco, le cui decisioni sono finali e vengono spesso fatte rispettare con la forza. Stanno tutti in silenzio ad ascoltare il suono del fischio del motore, un suono triste e crudele allo stesso tempo, mentre il rumore si avvicina e comincia piano piano a subire l'effetto Doppler. Tendono i muscoli delle loro gambe pallide sotto i pantaloni di velluto di seconda mano mentre l'unico occhio bianco del prossimo treno compie la curva del binario e piomba sui ragazzi in attesa».

Struck continua a impantanarsi in queste parti dove gli sembra che chi scrive abbia completamente abbandonato il tono accademico, e forse cominci anche a inventarsi dettagli allucinanti che Jim Struck non avrebbe mai potuto sapere, e continua a fare con la penna dei segni blu di cancellatura un po' dappertutto, oltre a strizzare gli occhi e a darsi colpi sulla fronte, sono queste le sue due risposte allo stress creativo.

«*Le jeu du prochain train* è di una semplicità sconvolgente. L'obiettivo: essere l'ultimo del tuo girone di sei a saltare da una parte dei binari all'altra — cioè attraverso i binari — prima che passi il treno. I tuoi veri avversari sono gli altri cinque del tuo gruppetto di sei. Il treno non è mai considerato un avversario. Il treno urlante viene piuttosto considerato come il confine di *le jeu*, la sua arena, e la sua ragion d'essere. La sua stazza, la velocità giú per la discesa estremamente graduale da nord verso sud di quello che allora era il Sudovest del Quebec, e le precise specifiche meccaniche di ogni treno dell'orario — che i *directeurs* conoscono — rappresentano le costanti del gioco, le cui variabili sono le rispettive volontà dei sei ragazzi in fila lungo i binari e la loro stima della volontà degli altri di rischiare tutto per vincere».

Struck traspone cosí questo materiale chiaramente non adolescenziale: «La variabile del gioco non dipende dal treno ma dal coraggio e dalla volontà del giocatore».

«Gli ultimi istanti, rapidissimi a svanire, in cui il giocatore può scagliarsi oltre il binario, attraverso le traversine di legno, il puzzo di creosoto, la ghiaia e il ferro graffiato, in mezzo all'urlo assordante del fischio, e sente l'enorme spinta dell'aria spostata dai paramucche o dai nasi arrotondati degli espressi, gli ultimi istanti buoni per lanciarsi sulla ghiaia dall'altra parte dei binari e rotolare e vedere ruote e mozzi, sbarre di acciaio che si accoppiano e si separano, il furioso avanti e indietro delle assi trasversali, sentire la condensa del vapore del fischio nebulizzata tutto intorno — questi pochi secondi i ragazzi del gioco li conoscono come il battito del loro cuore». Ora Struck si è quasi infilato il palmo della mano nell'occhio e l'ha premuto, tanto che ora vede una specie di girandola ectoplasmatica rossa. I treni che c'erano prima dei treni-proiettili avevano ancora le ruote e i paramucche e i fischi a vapore?

Per un lapsus disastroso Struck copia alla lettera l'espressione *scagliarsi oltre*, che non è un'espressione verbale tipica di Struck.

«...dato che la vera variabile che rende le *Jeu du prochain train* una gara e non semplicemente un gioco riguarda il coraggio, il cuore e la volontà di rischiare tutto dei cinque che aspettano con te sul binario. Per quanto tempo riusciranno ad aspettare? Quando si decideranno? Quante monete con la faccia della Regina valgono stanotte le loro vite e le loro gambe? Molto piú radicale del gioco automobilistico del Pollo dei giovani americani al quale il suo principio viene spesso paragonato (cinque, non una, diverse volontà da giudicare, oltre alla tua, senza fare neanche un movimento che ti distragga dalla tensione di aspettare immobile prima di muoverti, e devi aspettare mentre a uno a uno gli altri cinque sono presi dalla paura e si salvano, saltano per battere il treno...» e poi la frase finisce senza che si chiuda la parentesi, anche se Struck, che è molto scaltro per questo genere di cose, sa che l'analogia con il Pollo è proprio quello che ci vuole per la sua ricerca.

«Comunque si racconta che i migliori nella storia di *Le jeu* ignorino completamente i cinque avversari e concentrino tutta la loro attenzione a stabilire l'ultimo istante possibile per saltare, perché considerano gli unici veri loro avversari del gioco la loro volontà, il loro coraggio e la loro intuizione di riuscire a determinare l'ultimo istante possibile in cui saltare. Questi pochi con i nervi davvero saldi, i migliori di *Le jeu* — molti dei quali diventeranno *directeurs* dei futuri *jeux* (se non, spesso, membri di *Les Assassins* e delle sue schegge stelliformi) — questi virtuosi dai nervi saldi e il forte autocontrollo non vedono mai i ritiri o i tic dei loro avversari o le macchie scure sulle patte dei loro pantaloni di velluto, non vedono nessuno di questi normali segni di defezione di volontà dei giocatori piú scarsi — perché i migliori giocatori del gioco spesso tengono gli occhi chiusi mentre aspettano, si fidano della vibrazione delle traversine e dell'intensità del fischio tanto quanto della loro intuizione, e del destino, e di qualsiasi altra influenza divina che sia scritta nel loro destino». In certi punti Struck si immagina di poter prendere per il bavero lo scrittore di *Pensieri selvaggi* con un mano e schiaffeggiarlo ripetutamente e selvaggiamente con l'altra – diritto, rovescio, diritto.

«Il principio del gioco è semplice. L'ultimo dei sei a saltare prima del treno e atterrare integro dall'altra parte vince il girone. Quelli dal secondo al quinto hanno perso ma si sono comportati bene.

«Il primo in un girone ad avere paura e a saltare torna a casa a piedi, da solo sotto la luna, in disgrazia e pieno di vergogna.

«Ma anche il primo a saltare, quello piú pauroso, ha saltato. Oltre a essere assolutamente proibito, non saltare è considerato impossibile. *Perdre son cœur* e non saltare è fuori dai limiti di *Le jeu*. Questa possibilità semplicemente non esiste. È impensabile. Solo una volta, nella lunga storia orale di *Le jeu du prochain train*, il figlio di un minatore non aveva saltato, aveva perso il cuore ed era rimasto fermo immobile sulla traversina quando era passato il treno. In seguito questo giocatore annegò. L'espressione *Perdre son coeur*, quando viene usata, viene talvolta sostituita dall'espressione *faire un Bernard Wayn*, per onorare in modo alquanto dubbio questo figlio di un minatore di amianto, l'unico a non aver saltato, del quale si sa poco oltre al fatto che annegò nel Bacino di Baskatong, e il suo nome viene collegato a una figura ridicola e disgustosa nel linguaggio comune della regione di Papineau». Sfortunatamente Struck, in modo del tutto sconsiderato, ricopia anche questa roba senza che nemmeno una lampadina in miniatura gli si accenda da qualche parte sopra la testa.

«L'obiettivo del gioco consiste nel saltare e atterrare dall'altra parte mantenendo le gambe.

«Gli espressi viaggiano a una velocità superiore di 30 km all'ora rispetto ai treni-merci, ma i paramucche straziano. Un ragazzo investito da un treno si riduce come se gli avessero sparato una cannonata, viene schizzato fuori dalle scarpe, descrive un impressionante arco e poi ricade e viene portato a casa in un sacco di tela ruvida. Il giocatore che rimane sotto le ruote in genere viene spiacciato per un centinaio di metri sui binari insanguinati e viene portato a casa su varie pale cerimoniali delle miniere di amianto e di nichel che vengono fornite dai *directeurs* del *Jeu*, piú anziani e spesso senza arti.

«Mentre, come spesso accade, il ragazzo che riesce a saltare piú della metà del binario prima di essere investito perde una o piú gambe — sia sul posto, se è fortunato, o piú tardi, sotto anestesia, mentre vengono adoperate seghe ortopediche su masse irriconoscibili di carne pestata e torta ad angoli strani». Il paradosso in questo caso per Struck in veste di plagiario, che per ricopiare ha bisogno di qualcosa abbastanza dettagliato da essere poi rimaneggiato, è che questa roba qui è forse troppo dettagliata, e troppo sanguinolenta; non sembra neanche tanto accademica; sembra piuttosto che quello di *Pensieri selvaggi* si sia fatto prendere la mano fino a inventarsi un sacco di cose, come per es. i pezzi di carne a brandelli eccetera.

La cosa interessante per Hal Incandenza nei vari Struck, Pemulis, Evan Ingersoll, e altri, è che il plagiario congenito fa piú fatica a camuffare il plagio di quanta ne farebbe a scrivere di suo pugno. Spesso si ha l'impressione che quelli che copiano non siano pigri, ma piuttosto impauriti dall'idea di navigare da soli. Hanno dei problemi a navigare senza una mappa dettagliata che gli assicuri che qualcuno ha già fatto questa strada prima di loro. Sull'attenzione incredibile e scrupolosa che pongono nel nascondere e camuffare il loro plagio – se si tratti di disonestà o di una specie di ricerca del brivido cleptomaniaco o qualcosa di simile – Hal non è riuscito ancora a farsene un'idea.

«È paurosamente semplice e diretto. Certe volte l'ultimo a saltare dei sei viene investito; allora il penultimo saltatore diventa l'ultimo e vince, e passa il turno, ogni vincitore letteralmente "sopravvive" ed entra nel turno successivo, una specie di semifinale sestupla, sei gironi di sei ragazzi canadesi ciascuno: aperte virgolette, i *Les Trente-Sei* della sera. Ai ragazzi del primo turno — quelli che non sono stati né gli ultimi né i disgraziati primi — viene permesso di rimanere a *le passage à niveau de voie ferrée*, e diventano il pubblico silenzioso delle semifinali. È usanza che tutto *Le jeu du prochain train* si svolga in silenzio». In una serie di lapsus disastrosi o forse inconsciamente autodistruttivi, Struck rimette a posto la prosa ma mantiene un sacco della allucinatoria roba descrittiva specifica, senza note a piè di pagina, anche se ovviamente non può fare finta di essere stato presente.

«I perdenti sopravvissuti di *Les Trente-Six* ingrossano le file della galleria silenziosa mentre i sei vincitori dai nervi saldi — i finalisti, quelli che stanotte *attendants longtemps ses tours* — alcuni sanguinanti o grigi dallo shock dopo essere sopravvissuti per un pelo a due salti dell'ultimo momento, gli occhi fissi nel vuoto o chiusi, le bocche piene di un sapore orribile, aspettano l'Espresso 2359 della notte, l'ultraionizzato *Le train de la foudre* da Mont Tremblant a Ottawa. Salteranno all'ultimo momento attraverso le rotaie davanti al suo muso velocissimo, tutti cercando di essere l'ultimo a saltare e salvarsi la pelle. Non è raro che molti dei finalisti di *Le jeu* vengano investiti». Struck cerca di capire se non sia poco realistico o incoscientemente realistico continuare a usare il suo nome* come verbo – uno che non avesse niente da camuffare, userebbe il suo nome come verbo?

---

* Nel testo, «investiti» viene sempre reso con *struck* [*N.d.T.*].

«...che molti tra i sopravvissuti di *La culte du prochain train* e i direttori organizzativi continuarono e fondarono *Les Assassins des Fauteuils Rollents* è ormai assodato da un punto di vista sociostorico, anche se la precisa relazione ideologica tra i tornei selvaggi e allo stesso tempo cavallereschi e nichilisti del Culto del Treno dell'èra Avanti Sponsorizzazione, e l'attuale gruppo degli estremisti anti-Onan rimane il soggetto dello stesso dibattito accademico che si sviluppa intorno all'evoluzione di *La culte de baiser sans fin* del Quebec del Nord nella cellula non particolarmente terribile ma molto capace di promuoversi dei *Fils de Montcalm*, ai quali fu accreditato il lancio da un elicottero di una torta di 12 metri ripiena di rifiuti umani sul palco del secondo Discorso Inaugurale del Presidente degli Usa Gentle.

«Come per *La culte du prochain train* il Culto del Bacio Senza Fine delle regioni delle miniere di ferro che circondano il Golfo di San Lorenzo si sviluppò intorno a una gara periodica tipo torneo alla quale partecipavano 64 adolescenti canadesi dei quali una metà dovevano essere donne[6]. In questo modo il primo turno vedeva contrapporsi 32 coppie, ciascuna delle quali consisteva in un ragazzo e una ragazza del Quebec». Struck sta cercando di telefonare a Hal, ma gli risponde il messaggio noioso della segreteria telefonica nella sua stanza; si può dire *contrapporsi* senza mettere *contro* da qualche parte nella frase? Struck si immagina lo studioso del *Pensiero selvaggio* duramente colpito a questo punto, con gli occhi incrociati e la testa che gli ciondola e deve coprirsi un occhio con una mano per vedere uno schermo solo, e batte a macchina con il naso. Ma con la ovvia credulità autodistruttiva che caratterizza molti copioni anche se sono talentuosi, Struck va avanti e mette *contrapporsi* senza complemento, e continua a immaginare uno schiaffo a rovescio e uno diritto. «Di ciascuna coppia, una delle due metà, che viene tirata a sorte, si riempiva completamente i polmoni d'aria mentre l'altra espirava al massimo per svuotare i propri. Poi le loro bocche venivano sistemate l'una sull'altra e sigillate velocemente con del nastro adesivo da uno degli organizzatori della setta, che poi usava con abilità il pollice e l'indice di entrambe le mani per sigillare le narici dei combattenti. In questo modo si dava inizio alla battaglia del Bacio Senza Fine. L'intero contenuto dei polmoni del giocatore a cui la sorte aveva imposto di inspirare veniva poi espirato per via orale nei polmoni svuotati del suo o della sua avversaria, che a sua volta espirava l'inspirazione nel suo proprietario originale, e così via, avanti e indietro, la stessa aria veniva passata dall'uno all'altra, con le proporzioni di ossigeno e di anidride carbonica che diventavano sempre più spartane, fino a che l'organizzatore incaricato di controllare ufficialmente le loro narici chiuse dichiarava uno degli avversari *evanoui*, oppure "svenuto", che fosse caduto/a per terra o ancora in piedi. La teoria della gara si presta a una valutazione delle pazienti, logoranti tattiche di consunzione dei tradizionali *Séparisteurs* del Quebec come *Les Fils de Montcalm* e del *Fronte de la Libération du Québec*, che contrastano con la cattiveria e la rischiosità del modus operandi degli credi disabili del Gruppo Radicale di *Le prochain train*. L'oggetto figurativo della gara del *Baisser* ci sembra coinvolgere — secondo Phelps e Phelps — l'uso della massima efficienza e sopportazione personale prima di espellerlo verso chi ce l'ha mandata, un esempio stoico di utilizzazione dei rifiuti che i Phelps impiegano in un modo quasi cavalleresco per spiegare la relativa indifferenza dei *Montcalmistes* nei confronti di una Riconfigurazione continentale che costituisce invece la *raison de la guerre outrance*[b] di *Les Assassins des Fauteils Rollents*».

[a] Crema per i brufoli.

[b] «Motivo di guerra incondizionata», che Struck inserisce senza neanche preoccuparsi di controllarne la definizione che Day era stato tropppo annebbiato per dare, il che è di per sé quasi suicida, dato che la Poutrincourt sa esattamente quanto sia bravo Struck in francese, o meglio quando non lo sia.

[305] (pensò lei a quel punto)

[306] Una delle discussioni migliori tra lei e Jim era stata sulle connotazioni di «Ognuno è un critico», che a Jim piaceva ripetere con tutte le varie sfumature e le intonazioni dell'ironia a doppio taglio.

[307] Sia Joelle Van Dyne sia Orin Incandenza ricordano di essere andati per primi l'una

[6] A eccezione di alcune variazioni molto esoteriche del gioco.

dall'altro. Non si capisce bene chi dei due abbia ragione, anche se è da tenere presente che questa è l'unica delle sole due volte in cui Orin si sia sentito rimorchiato, l'altra volta era stata quella con la «modella di manicure svizzera» sul cui fianco nudo ha disegnato furiosamente il simbolo dell'infinito durante l'assenza del Soggetto di «Moment».

[308] = punto di vista.

[309] Nel Centro Commerciale di Chestnut Hills sulla Boylston/Route 9, davanti al quale la squadra A dell'Eta passa di corsa piena di desiderio diverse volte alla settimana – è una catena di ristoranti ma molto raffinata, e al *Legal* di Brookline mettono quelle belle tovaglie stile marina, e l'oste sembrava conoscere il Dott. Incandenza e lo chiamava per nome, e gli portò un doppio whisky senza che lui glielo chiedesse.

[310] In gergo: Studi su Film/Cartucce.

[311] Uffcio Trilaterale Nordamericano per l'Immigrazione.

[312] Nel gergo degli Aa di Boston *Yet* sta per «You are Eligible Too», un antirifiuto per quelli che paragonano le condizioni drammatiche degli altri alla loro, cioè per farti capire che il tipo in strada con i calzini al posto dei guanti che beve Listirine alle 0700h di mattina è solo un po' più giú nella tua stessa strada, quando Vieni. O qualcosa di simile.

[313] L'ufficio per le pensioni del Québec, che aveva deliberato contro il fornire qualcosa di meglio di un pacemaker Kenbeck usato al padre di Marathe, ora deceduto.

[314] Vedi nota 304 *supra*.

[315] Quello che Marathe ha capito invece del personale residente.

[316] Come per esempio le volte che C.T. e la Mami arrivavano all'aeroporto Logan a prendere Mario e Lui in Persona che rientravano da un viaggio per delle riprese, Mario era carico di valigie, Lui in Persona sudato e pallido per la pressione della cabina e perché non c'era abbastanza spazio per le gambe, con le tasche del giaccone che gli tintinnavano piene di bottigliette di plastica con i tappi che non si potevano aprire, e in auto verso Enfield lo zio di Mario si cimentava in uno di quei monologhi pazzi di chiacchiere a vanvera che facevano digrignare cosí tanto i poveri denti di Lui in Persona che quando si fermavano sulla corsia di emergenza e Mario girava intorno all'auto per aprire la porta e far vomitare Lui in Persona c'era della polvere bianca nel vomito, ed era di origine dentale, da quanto li aveva digrignati.

[317] © Anno 1981 a.S., Routledge & Kegan Paul Plc, Londra Uk, edizione rilegata assurdamente cara, non disponibile su disco.

[318] Ricorderete che il Maine era andato perduto del tutto.

[319] Espressione tipica della famiglia Incandenza per indicare gli avanzi.

[320] La biblioteca principale del Mit, East Cambridge.

[321] Vedi come esempio di conferma giovedí 12 novembre Apad, ore 1930h, Stanza 204 Subdormitorio B:

«No, si tratta ancora dell'Asse Ortogonale. La derivata è l'inclinazione della tangente a un certo punto della funzione. Non importa a che punto finché non te lo dànno nel compito».

«Ce la metteranno anche negli Esami Finali questa roba? Andranno oltre la trigonometria?»

«Questa è trigonometria, cazzo. Ti daranno dei problemi che possono avere a che fare con i cambiamenti di quantità – qualcosa sull'accelerazione, un voltaggio, l'inflazione della valuta dell'Onan sulla valuta statunitense. Metà delle volte ti salverà la differenziazione, tutti questi triangoli dentro i triangoli per le dimostrazioni trigonometriche. Dimostrare la trigonometria è un bel casino. Le derivate non sono altro che trigonometria con un po' d'immaginazione. Immaginati i punti che si muovono inesorabilmente l'uno verso l'altro fino a che in pratica diventano un unico punto. L'inclinazione di una linea specifica diventa l'inclinazione di una tangente rispetto a un punto».

«Un punto che in effetti è due punti?»

«Usa quel cazzo di *immaginazione*, Inc, e un paio di limiti prescritti. Sono sicuro che sui limiti non ti possono stroncare al compito generale, fidati. Questa roba è veramente una stronzata in confronto ai calcoli di Eschaton. Muovi i due punti che hai sull'Asse Ortogonale fino a che sono vicinissimi l'uno all'altro in modo infinitesimale e alla fine ti ritrovi con una formula».

«Ora ti posso raccontare il mio sogno e poi continueremo a sfruttare la sua inerzia per andare avanti con questa roba?»

«Scrivitelo sul polso o su qualche altra cosa. Funzione x, esponente n, la derivata sarà $nx + x^{n-1}$ per ogni tipo di tasso di aumento di primo grado. Il che prevede un limite definibile, naturalmente, e per questo non ti prenderanno in castagna sui limiti agli Esami Finali del cazzo».

«È stato un sogno-Dmz».

«Lo capisci come devi fare ad applicare questa roba a uno di quei problemini che ti faranno fare sul tasso di aumento?»

«Aveva a che fare con il tuo soldato sperimentale, la dose massiccia».

«Allora fammi chiudere la porta».

«Era il detenuto Leavenworth. Quello che avevi detto che se n'era andato dal pianeta. Quello che cantava Ethel Merman a squarciagola. È stato orribile, Mikey. Nel sogno io ero il soldato».

«Allora vorresti dirmi che un'esperienza vera tipo "sai cosa mi è successo" assomiglierebbe all'esperienza di un incubo?»

«Aha. Perché incubo? Perché pensi che sia stato un incubo? Ho forse usato la parola *incubo*?»

«Hai usato la parola *orribile*. Ho pensato che non sia stata proprio una passeggiata».

«Nel sogno la cosa orribile era che io non stavo davvero cantando *There's No Business Like Show Business*. Chiedevo aiuto. Stavo urlando "Aiuto! Sto chiedendo aiuto e tutti mi guardano come se stessi cantando le cover di Ethel Merman! Sono io! Sono io, e chiedo aiuto!"»

«È un sogno da Rusk, Inc. Un sogno standard del tipo nessuno-mi-capisce. Il Dmz e Merman erano solo casuali».

«C'era una certa *solitudine*, però. Non avevo provato mai niente di simile. Io che chiedo aiuto invece di cantare la canzoncina di uno spettacolo e tutti gli infermieri e i dottori mi stanno intorno e schioccano le dita e ballano».

«Ti ho mai detto che il Dmz non si vede negli esami Gc/Ms? L'ha scoperto Struck in una oscura nota del Digestive-Flora. È la base di muffa fitviavi. Quella roba viene fuori come un leggero squilibrio nei lieviti».

«Pensavo che i lieviti li avessero solo le ragazze».

«Cazzo, Inc, non essere così ingenuo. L'informazione numero due è che Struck è a metà strada nel provare che l'idea originale dietro questa roba era indurre quelle che venivano chiamate, aperte virgolette, esperienze trascendenti negli alcolizzati cronici degli anni Sessanta all'Ospedale Prostestante Verdun a Montréal».

«Come mai questo autunno, da qualsiasi parte mi giri, sembra che all'improvviso tutti parlino del Québec in contesti radicalmente diversi l'uno dall'altro? Orin continua a chiamarmi per dirmi di una sua prolungata ossessione per i québechiani anti-Onan».

«...Tavis prende e annuncia che le vittime dell'Esibizione per la Raccolta di Fondi di quest'anno sono del Québec. La tua Mami è del Québec».

«E proprio in questo semestre ho scelto il corso della Poutrincourt sulle insurrezioni, che in pratica è una maratona sul Québec».

«Oh, se fossi in te sospetterei *di sicuro* una cospirazione o una trappola. È ovvio che tutto è studiato per farti finire in una cella a cantare le cazzate della Merman. Inc, credo che i tuoi cardini stiano iniziando a cigolare. Secondo me questo è l'effetto di fare così tanti progressi tennistici. Credo che per i tuoi cardini un buon falegname ti ordinerebbe un significativo trascendente interludio non-uremico con il Dmz. Ti aiuterebbe a non ricominciare a fumare Bob Hope un giorno sí e un giorno no dopo che avrai fatto il test. Quella merda ti rovinerà i polmoni. Quella merda ti farà ingrassare, ti farà diventare morbido, umido e pallido, Inc. L'ho visto succedere. Hai bisogno di qualcosa di piú di 30 giorni di astinenza. Il *tu-sais-que* potrebbe ridarti la riconfigurazione che ti serve per fare altre cose, lasciar perdere Bob Hope, cercare qualcosa che ti puoi portare al college o allo Show e non rimanere paralizzato. Prima o poi quella merda ti paralizzerà, Inc. L'ho visto succedere un sacco di volte, quando ero a casa mia. Ragazzi promettenti che passano il tempo davanti al Tp a mangiare Nutter Butters e masturbarsi in un calzino vecchio. La fata di merda arriva con le valigie e non se ne va piú, Inc. Piú indeciso? Non hai mai visto niente di indeciso finché non hai visto un ragazzo con le tette sprofondato in una sedia al suo decimo anno ininterrotto di Bob Hope. Non è un bello spettacolo. Incster, amico mio, non è assolutamente un bello spettacolo. Un'esperienza trascendente con me e Axhandle potrebbe essere proprio il toccasana per i tuoi cardini arrugginiti. Stai un po' con qualcuno, tanto per cambiare. Non farmi rimanere lí da solo con Axhandle che blatera di Yale. Lascia a casa la Visine».

«Che cosa vuol dire *trascendente*? Quella parola è un'invenzione di Struck o sbaglio? Non si dice *trascendentale*?»

«Non c'è differenza, cazzo».

«Mike, cosa diresti se ti dicessi che ho idea di fare piú di un mese di astinenza?»

«Abbandonare tutte le Speranze". È proprio quello di cui stavo parlando».

«Voglio dire forse prendere una decisione. Una volta per tutte. Che cosa succederebbe se lo facessi sempre di piú e mi divertissi sempre meno e continuassi a farlo sempre di piú, e il solo modo per diminuire sarebbe dirgli addio per sempre con un fazzolettino bianco».

«Mi congratulo con te. Un po' di trascendentalismo a basso rischio con me e l'Accetta Umana potrebbe proprio essere l'impotenza per un—»

«Ma sarebbe tutto. Le Blue Flames, le 'drine. Anche se mi facessi di tutto quello che conosco poi tornerei da Bob. Vi lascerei con Madame Psychosis e tutti i miei buoni propositi svanirebbero e vi pregherei frignando di farmi abbeverare alla sorgente eterna di Hope».

«Sei talmente ingenuo, Inc. Sei acuto per certe cose e per altre sei come un neonato senza capelli con le gambe grassocce che si è perso nel bosco. Credi di poterlo fare all'improvviso Pronti Via Ho Deciso, ti decidi, e inverti completamente la spinta e lasci perdere tutto?»

«Ho detto cosa succederebbe se».

«Hal, sei mio amico, e ti sono stato sempre amico, in tanti modi dei quali tu nemmeno ti immagini. Allora tieniti pronto per un bel momento di crescita. Vuoi smettere perché stai cominciando a capire che è meglio per te, e—»

«È proprio cosí. Peems, pensa come sarebbe orribile se uno dovesse farlo *perché ne ha bisogno*. E non perché gli *piace* tantissimo. Quando uno lo deve fare per forza allora diventa tutta un'altra cosa... Mi sembra tremendo. Mi sembra la stessa differenza che c'è tra amare davvero qualcosa o essere—»

«Di' quella parola, Inc».

«...»

«Perché sai cosa? Che cosa succede se è vera? Quella parola. Che succede se sei cosí? Allora la risposta è semplicemente andarsene? Se sei dipendente ne *hai bisogno*, Hallie, e se ne *hai bisogno* che cosa pensi che succeda se alzi la bandiera bianca e cerchi di andare avanti senza di lei, senza niente?»

«...»

«Perdi la testa, Inc. Muori dentro. Cosa succede se cerchi di viaggiare senza una cosa di cui la macchina *ha bisogno*? Cibo, liquidi, sonno, ossigeno? Cosa succede alla macchina? Pensaci».

«Fino a poco fa applaudivi l'idea di Abbandonare Tutte le Speranze. Hai tirato fuori un'immagine di me con le tette grasse, che mi masturbo in lavanderia, con le ragnatele tra il culo e una sedia».

«Questo è quello che succede con *Bob*. Non mi sono sentito dire *tutto*. Se hai bisogno del Bob, Inc, riesci a lasciarlo solo se passi a qualcos'altro».

«Droghe piú pesanti. Come in quei vecchi filmini in cui si vedeva che l'erba apriva la porta alle droghe piú forti, e il grillo parlante—»

«Vaffanculo. Non devono essere piú forti. Basta che sia qualcosa. Conosco dei ragazzi che hanno smesso con l'eroina, con la cocaina. Come? Hanno deciso di fare il passo strategico di scolarsi una cassetta al giorno di Coors. O sono passati al metadone. Conosco dei ragazzi che bevevano forte, Inc, e ne sono usciti cominciando a farsi di Bob Hope. Anch'io, l'hai visto, cambio di continuo. Il trucco è cambiare al momento giusto. Sono convinto che una bella sparata con me e Axford dopo l'Esibizione della Raccolta di Fondi potrebbe aiutarti a farti vedere le cose piú chiaramente, ti farebbe smettere di parlare come un bambino e ti toglierebbe tutte quelle stronzate dalla testa perché se non fai cosí non ci riesci e non riesci a prendere in pugno la situazione per riuscire davvero a smettere con quella roba di Bob, e io sono pienamente d'accordo che tu smetta con quel Bob, Inc, non è roba per te, stavi incominciando ad avere lo sguardo di uno che alla fine si ritrova con le tette».

«Allora mi stai sottilmente spingendo a farmi con il Dmz, dicendomi che non credi che io riesca semplicemente a smettere. Dato che sicuramente tu non stai pensando di smettere. Con quell'occhio sinistro che ti balla. Non sei riuscito neanche a smettere di prendere il Tenuate. "I vincitori non devono mai smettere" e tutte le cazzate di deLint—»

«Non mi sono sentito dire cose cosí. E credo che probabilmente ce la faresti a smettere e basta. Per un po'. Non sei un femminuccia. Lo so che hai le palle. Ci scommetto che ce la faresti».

«Hai detto per un po'».

«E allora cosa pensi che succederebbe dopo un po'? Senza qualcosa di cui *hai bisogno*?»

«Cosa, stai dicendo che mi piegherei in due e mi butterei in ginocchio? Mi stringerei la testa con le mani nel mezzo di un allenamento e morirei di un aneurisma come quella ragazza lo scorso anno a Atwood?»

«No. Ma moriresti dentro. Forse anche fuori. Quello che ho visto io, se sei davvero come dico io e se ne *hai* davvero *bisogno* e smetti tutto insieme, è che muori dentro. Perdi la testa. L'ho visto succedere. Lo chiamano il Tacchino Freddo, l'Uccello. Le Nocche Bianche. Persone che hanno smesso all'improvviso perché c'erano troppo dentro e quando hanno smesso completamente sono morte».

«Vuoi dire come Clipperton? Vuoi dire che Lui in Persona si uccise perché era diventato sobrio? Perché non era sobrio? C'era una bottiglia di Wild Turkey sul bancone vicino al forno del cazzo dove si era fatto scoppiare la testa. Non cercare di fottermi con *lui*, Mike».

«Inc, tutto quello che so su tuo Padre potrebbe essere scritto con un pastello spuntato sul bordo di un bicchiere rotto. Sto parlando di gente che *conosco*. I Wolf Spider. Dei ragazzi di Allston che hanno smesso. È vero, qualcuno ha fatto come Clipperton. Qualcuno è andato a finire al Manicomio Marriott. Qualcuno ce l'ha fatta perché ha iniziato a frequentare gli Na o una setta o qualche chiesa da grulli e se ne va a giro in cravatta a parlare di Gesú o di Arrendersi, ma tutte quelle stronzate non funzionerebbero con te perché sei troppo intelligente per bere tutta quelle stronzate sulla Squadra di Dio. A molti non successe nulla, molti di quelli che smisero all'improvviso. Si alzavano e andavano a lavorare e tornavano a casa e mangiavano e andavano a letto e si alzavano, un giorno dopo l'altro. Ma erano morti. Come macchine; se guardavi bene gli vedevi le chiavi nella schiena. Li guardavi in viso e vedevi che qualcosa se n'era andato. Morti che camminano. Amavano cosí tanto quella cosa da averne bisogno e hanno smesso e ora aspettavano di morire. Si era spento qualcosa, dentro».

«La loro *joie de vivre*. Il fuoco dentro».

«Hal, quanti giorni sono per te, due giorni e mezzo che sei senza? Tre giorni? Come ti senti là dentro fratello?»

«Sto bene».

«Ah, *ah*. Caro il mio Inc, so solo che sono tuo amico. Lo sono davvero. Se non vuoi accomunarti con la Madame, puoi tenere le borse per me e Axhandle. Fai quello che vuoi e dimmi se qualcuno ti dice di fare diversamente. Ti sto solo dando il consiglio di guardare un po' piú avanti di quel secondo in cui hai preso una decisione sulla quale non ti permetterai di tornare indietro».

«Una parte vitale della mia personalità morirebbe se non prendessi piú niente. È cosí che la pensi».

«Certe volte non vuoi ascoltare, piccolo Hal. Va bene. Cerca di immaginarti questo *bisogno*. Cerca di capire quale parte di te *ha bisogno*, pensaci».

«Stai dicendo che quella parte di me morirà».

«Proprio quella parte che *ha bisogno* della cosa che tu hai pensato di toglierle».

«Vuoi dire la parte che ne dipende, la parte incompleta. La parte *tossicodipendente*».

«È solo una parola».

ª Vedi nota 334 *infra*.

³²² Johnette F., la cui prima matrigna era stata un ufficiale di polizia di Chelsea Ma, era stata condizionata fin da molto piccola a chiamare la polizia «polizia» o «la Legge», dato che quasi tutti quelli del personale del Bpd trovano inappropriato il termine popolare la Madama.

³²³ Le persone che stanno fuori la comunità degli Aa di Boston usano l'articolo La e dicono La Ennet House; questo è uno dei modi per capire quando una persona è nuova o non appartiene alla comunità.

³²²

17 NOVEMBRE – ANNO DEL PANNOLONE PER ADULTI DEPEND

Certe volte in certi strani orari strani del giorno lo spogliatoio maschile dell'Eta al piano di sotto nell'Edificio Com. & Amm. è vuoto, e puoi entrarci dentro e girare un po' e ascoltare lo sgocciolio delle docce o i gorgoglii delle fognature. Riesci a percepire quella strana stolidità dei posti affollati quando sono vuoti. Puoi metterci tutto il tempo che vuoi a vestirti, puoi guardarti i muscoli di fronte al grande specchio piatto sopra il lavandino; lo specchio ha degli specchietti laterali che vengono in fuori cosí che ti puoi controllare i bicipiti da tutte e due le parti, puoi vederti la mascella di profilo, puoi fare le smorfie, cercare di avere un'espressione naturale o stravolta per vedere come ti vedono di solito le altre persone. L'aria nello spogliatoio è pesante e puzza di ascelle, deodorante, benzoina, talco canforato, puzzo di piedi, vapore vecchio. Puzza anche di Lemon Pledge e c'è un leggero odore elettrico di bruciato che viene dagli asciugacapelli troppo usati. Sulla moquette blu tracce di talco e argilla smetticaª che sono andate troppo in profondità per toglierle senza usare il vaporizzatore. Puoi prendere un pettine dal grande vaso Barbicide sulla mensola vicino al lavandino, e un asciugacapelli calibro .38, e provare. È lo specchio migliore di tutta l'Accademia, illuminato in un modo molto complicato da tutte le prospettive. Il Dott. J.O. Incandenza conosceva i suoi adolescenti. Nei momenti morti certe volte ci puoi trovare dentro il capo dei custodi, Dave («F.D.V.») Harde, che fa un sonnellino su una delle panchine di fronte agli armadietti perché dice che le panchine sono una specie di palliativo per i funicoli della sua spina dorsale. Piú spesso ci trovi uno dei bidelli di Dave, incredibilmente vecchi e intercambiabili, che passano la scopa elettrica sulla moquette o spruzzano disinfettante industriale negli orinatoi. Puoi andare nella zona delle docce e non aprire l'acqua e cantare, e lasciarti andare davvero. A Michael Pemulis sembra di avere qualità canore da vero professionista, ma solo quando è circondato dalle piastrelle della doccia. Certe volte quando è tutto vuoto lí dentro puoi sentire le voci e il rumore intrigante delle funzioni igieniche femminili che viene dallo spogliatoio femminile dall'altra parte del muro dello spogliatoio.

La maggior parte delle volte durante la giornata gli juniores dell'Eta di costituzione piú delicata usano le docce private e i lavandini dei subdormitori e cercano in tutti i modi di evitare lo spogliatoio affollato. L'uomo occidentale non avrebbe mai dovuto concepire l'idea di infilare cessi e docce nello stesso posto affollato. Comunque T. Schacht riesce a sgombrare uno spogliatoio affollato quando si precipita dentro un cesso e chiude il chiavistello con una certa forza.

I prorettori hanno le docce in una specie di saletta vicino alle loro stanze nel sottopassaggio secondario, con un Visore e le poltrone reclinabili e un frigoriferino e una porta antiscasso.

Quando M.M. Pemulis scese giú a vestirsi per gli allenamenti del pomeriggio alle 1420h circa[b], le sole persone nello spogliatoio erano l'impareggiabile campione di pallonetti Under 14 Todd Possalthwaite che piangeva piegato in due e Keith Freer, che doveva giocare contro Pemulis e non sembrava aver fretta di vestirsi e uscire a giocare, ed era molto probabilmente il motivo delle lacrime di Postal Weight. Il «Vichingo», come lo chiamavano tutti, era senza camicia e aveva un asciugamano intorno al collo ed era allo specchio che si guardava la pelle. Aveva i capelli ritti, duri e biondi e il collo e la mandibola molto muscolosi, che sporgevano a un angolo tale da far sembrare affusolata la parte superiore della faccia. Hal Incandenza diceva che i suoi capelli gli ricordavano sempre un'onda congelata. Todd Possalthwaite era quasi nudo e piegato in avanti sulla panchina sotto il suo armadietto, la faccia tra le mani, le bende bianche sul naso che si vedevano attraverso le dita aperte della mano, e piangeva piano, con le spalle che gli tremavano.

Pemulis, che era il Fratellone di Postal Weight e una specie di suo mentore per lob ed Eschaton e oltretutto il ragazzino gli stava molto simpatico, buttò la sua roba a terra e finse di tirargli un uno-due che è un gesto di affetto tra ragazzi. «È per il naso, Todd?» Come tutti anche Pemulis riusciva a fare la combinazione del suo armadietto *a sentita*, dopo mesi e anni di combinazioni. Si stava guardando intorno per tutta la stanza. Freer fece un leggero rumore quando Pemulis chiese al Postino se c'era qualcosa che poteva fare per lui.

«Non è vero niente», singhiozzò Postal Weight, con la voce attutita dai palmi delle mani, dondolando leggermente sulla panchina. Il suo armadietto era aperto e tutto buttato all'aria come fanno sempre i ragazzini piccoli. Indossava solo una camicia di flanella sbottonata e un sospensorio jr della Johnson & Johnson, aveva dei minuscoli piedini bianchi[e] e le dita dei piedi erano bianche e delicate come conchiglie.

«Cos'è, terrore metafisico a tredici anni?» Pemulis rivolge la domanda al riflesso dell'occhio del Vichingo nello specchio. La schiena di Freer è ben fatta e muscolosa e per essere la schiena di un giocatore di tennis è molto ben definita ma è leggermente chiazzata dalle continue applicazioni ed esfoliazioni di Pledge, infatti Freer fa un uso molto intenso di Pledge perché è ossessionato dal suo aspetto e da quella pelle da nordico che si spella invece di abbronzarsi. Pemulis vede che non si è ancora tolto i jeans e i mocassini. Pemulis continua ad aspettare l'ormai noto crescere della sua personalità dopo le due capsule di Tenuate che prende sempre prima di una partita[d]. L'armadietto di Pemulis è pieno ma anche molto ordinato, quasi sistemato in ordine alfabetico, come il baule di un marinaio esperto. In precedenza il righello graduato, gli armamentari vari e le sostanze che alterano lo stato di coscienza venivano nascoste nelle nicchie della scaffalatura portatile dotata di uno speciale sistema di nicchie nascoste che Pemulis aveva installato quando aveva 15 anni. Oltre a piccoli pacchettini di stoffa di pepe di Cayenna, per confondere i sempre-possibili-anche-se-remoti cani da fiuto, quando era un giovincello imberbe. Tutto questo prima della scoperta del nascondiglio definitivo sopra il doppio soffitto del corridoio del Subdormitorio B dei maschi.

«È deluso per qualcosa». Il sorriso di Freer è quasi sempre senza gioia. «Quello che ero riuscito a farmi dire prima che si aprissero le cateratte è che il vecchio di Postal Weight gli ha promesso questo e quello se lui riusciva a fare qualcosa». Non si capiva bene quando parlava perché si stava gonfiando una guancia con la lingua e si stava mettendo della crema color pelle su un possibile brufolo. «E al nostro Capo Postino sembra di avere mantenuto la promessa, ma ora sembra che Papi voglia fare marcia indietro».

Le spalle di Possalthwaite continuavano a tremare mentre piangeva con le mani sul viso.

«In altre parole stai dicendo che il Papi si sta rimangiando la parola», disse Pemulis a Freer.

«Mi sembra di capire che il Papi tutto a un tratto sta cercando di ristrutturare l'accordo originale».

Pemulis si sganciò la cintura. «Gli hanno fatto sparire la carota, tanto per coniare una massima».

«Ha detto qualcosa di Disney World, prima di cominciare a frignare».

Pemulis si tolse le scarpe non-da-tennis spingendo sul tallone di una scarpa con la punta dell'altra mentre guardava la tenera piccola radura nel centro dei capelli di Possalthwaite. Non sarebbe mai stato tanto efebico da chiedere verbalmente a Freer se aveva intenzione di vestirsi cosí da poter uscire di lí; non avrebbe mai fatto pensare a Freer di avere uno spazio nella sua mente prima della partita. «È per l'incidente di Eschaton, Postino? È per il naso? Perché posso prendere la cornetta e dire a Postal Weight sr che non daranno la colpa a nessuno di quelli sotto i 17 anni, ormai è sicuro, dovresti dirglielo, Todd. C'è una bella quantità di merda ma nessuno la spruzzerà nella vostra direzione, questa notizia ti dovrebbe sollevare».

«*Non è vero niente*», gridò Possalthwaite senza guardare in su, la voce attutita dalle mani, i capezzoli piatti, del tutto privo di grasso sulla giovane pancia, i piedi spettrali sotto le gambe abbronzate, e si dondolava, scuoteva la testa e sembrava terribilmente giovane, innocente e vulnerabile, quasi premorale. Dei piccoli nastri di bende, di quelle messe dopo l'apocalisse del Giorno dell'I., spuntavano fuori dalle estremità dei palmi delle mani.

«È vero, non c'è molto di *giusto*, comunque», ammise Pemulis. Il Vichingo fece un rumore rivolto a se stesso.

Pemulis si chiama sulla scena il padre di Postal Weight. Un imprenditore edile dell'area di Minneapolis. Centri commerciali, parchi aziendali, posti pieni di gente accanto alle tangenziali piene di traffico. Quasi cinquant'anni, magro, con un'abbronzatura anche troppo curata, un po' troppo attento al vestire, con un fascino da vero venditore motivato dai seminari. Un Babbo elegante, con i baffi a punta e le scarpe di pelle lucidissima. Cercò di evocare l'immagine di questa figura paterna che colpiva Keith Freer sulla zucca con un mattarello e un bernoccolo tipo cartone che veniva fuori dalla testa di Freer. (Pemulis calcola che battere Freer e forse anche solo andarci al terzo gli assicurerebbe un posto sull'aereo per il WhataBurger, ecco perché ha deciso di violare una specie di codice d'onore personale e prendere del Tenuate prima della partita, che pur avendo una curva di eliminazione di 36 ore è piuttosto rischioso, dato che lui e Inc erano sfuggiti ad analisi istantanee dell'urina solo perché Pemulis aveva detto alla Sig.ra Incandenza che avrebbe detto all'Incster che Avril aveva un certo tipo di interludio sportivo con John Wayne, e Avril è uno di quei personaggi amministrativi con i quali è meglio non scherzare, e insieme con C. [«Gretel, la Mucca da Latte a Sezione Trasversale»] Tavis non esattamente un'ammiratrice di Pemulis, soprattutto dall'incidente della maniglia elettrica della Rusk e della successiva causa. Gli sembrava che le 'drine non gli facessero effetto. Invece dell'ondata di verve competitiva calma-stomaco, Pemulis sentiva solo un leggero senso di vuoto piuttosto spiacevole e una specie di sensazione di secchezza forzata negli occhi e nella bocca come se gli soffiasse in faccia un vento caldo.) Pemulis aveva sempre visto suo Babbo con una T-shirt Hanes bianca che era diventata gialla sotto le ascelle.

«Niente è giusto perché niente è *vero*». Possalthwaite piangeva con la faccia tra le mani. Le piccole spalle tremavano sotto la camicia di flanella.

Qualcosa di vecchio in uno degli scarichi della doccia sospirò e gorgogliò, un suono nauseante.

«Coraggio». Pemulis stava prendendo tutte le cose che potevano servirgli durante la partita e le stava ripiegando con precisione militare nella sua borsa Dunlop non-data-in-omaggio. Mise un piede sulla panchina e guardò velocemente da tutte e due le parti. «Perché se è quello il tuo problema, allora non ti preoccupare, Codice Postale: certe cose sono vere come la roccia».

Freer teneva le dita a pinza e si era spostato sull'altra guancia. «Lascialo piangere. Lascia che il bambino faccia le bizze. Ha tredici anni, cazzo. Un tredicenne che non ha ancora mai avuto a che fare con una vera delusione. Non ha mai neanche messo gli occhi su una delusione vera e sulla frustrazione e sul dolore. A tredici anni il dolore è qualcosa di cui si è sentito parlare. Come si dice. L'angoscia. Il bambino non riconoscerebbe l'angoscia vera neanche se gli sbattesse contro e lo prendesse per la testa».

«Non quell'angoscia vera che magari ti fa venire i foruncoli sulle guance, Vike, vero?»

«Lascialo fare e stai a cuccia, Pemulis», senza neanche guardarlo. Hal avrebbe notato che sia Pemulis sia Freer aveva pronunciato dura la *g* di *angst*. Il Vichingo contorse la bocca e sollevò il suo grande mento per guardarsi la pelle della mascella, girandosi leggermente per usare anche gli specchi laterali.

Pemulis sorrise soddisfatto cercando di immaginarsi Keith Freer seduto con una camicia di forza nella posizione del loto, a guardare nel vuoto mentre canta a voce molto alta *No Business Like Show Business*, e gli inservienti maschili con i camici bianchi di bucato e le infermiere con i cappellini piegati da una parte che gli stanno intorno schioccando le dita, e le loro scarpe da ginnastica bianche e scadenti da ospedale che ballano senza far rumore per tutta l'eternità. Si stava togliendo i pantaloni di cotone e i piedi nudi erano leggermente abbronzati. Decise di indossare una T-shirt blu con un ragno-lupo nero sopra invece di una T-shirt che per pura coincidenza era rossa e grigia e aveva una scritta in russo che diceva «La Vodka È Nemica della Produzione». Le sue quattro racchette buone della Dunlop erano ammucchiate sulla panchina alla sinistra di Possalthwaite. Ne scelse due e controllò la tensione dell'incordatura colpendo le corde di una con la testa dell'altra e ascoltando le corde, poi si cambiò di mano le racchette e ripeté la stessa procedura. La tensione esatta ha un suo suono ben preciso. Le midsize Dunlop Enqvist Tl Composites. Prezzo al pubblico Us $ 304,95. Le corde di budello vero hanno un puzzo dolciastro quasi di dentista. Il logo con il punto circonflesso. Non guardava Possalthwaite. Scelse la maglietta cirillica con il glifo della bottiglia. L'arrotolò e mise prima la testa nel buco alla maniera antica, proprio come faceva suo nonno. Tutti i ragazzi ricchi qui mettevano dentro prima le braccia. Poi infilavano la testa. Riesci a capire quali sono i ragazzini con la borsa di studio perché per qualche motivo si infilano prima un calzino e una scarpa poi l'altro calzino e l'altra scarpa. Vedi Wayne per esempio, che era stato nella loro stanza proprio dopo pranzo quando Pemulis aveva deciso di farsi un po' di Tenuate prima della partita. La stanza di Wayne era proprio lí vicino e lui era lí sopra il comodino farmacopico di Troelsch al lato del letto, senza maglietta e con i capelli bagnati, con gli occhi appiccicosi e le narici umide per averle spalmate di idratante. Il Vichingo stava stringendo una palla da tennis sgonfia con la mano sinistra mentre si toccava la fronte alla ricerca di qualcosa. La controstrategia psichica di Pemulis era di fare finta di non avere fretta di vestirsi e fare un po' di stretching e poi uscire fuori. Pemulis – che temeva e odiava le persone non autorizzate che entravano nella sua stanza, e stava sempre addosso a Schacht perché si dimenticava di chiudere a chiave quando se ne andava, e non era intimidito dal talento e dal successo di Wayne ma stava attento quando era vicino a lui, John Wayne, proprio come un predatore formidabile non sarebbe intimidito ma semplicemente attento alla presenza di un altro predatore formidabile, soprattutto dopo la prestazione virtuosistica e tesa di una settimana fa in un certo ufficio dell'amministrazione, di cui nessuno dei due aveva fatto parola – aveva chiesto freddamente a Wayne se poteva aiutarlo, e Wayne, altrettanto freddamente, non l'aveva neanche guardato e aveva continuato ad armeggiare con la roba sul tavolino accanto al letto di Jim Troeltsch e aveva detto che era entrato per vedere se trovava il Seldane^e di Troeltsch, e infatti Pemulis a colazione aveva sentito Troeltsch dire a un Wayne dal naso gocciolante che gli antistaminici non dànno sonnolenza e non impediscono funzioni che richiedono un alto livello di concentrazione. Pemulis si aggiustò i lacci di dietro del sospensorio, cercando di ricordare quello che Wayne aveva detto. Wayne aveva detto che voleva avere la testa a posto e voleva che i polmoni gli funzionassero bene perché doveva giocare contro quel Siriano del Satellite in una esibizione informale alle 1515h. Wayne non aveva detto questo; Pemulis l'aveva capito guardando la bacheca della posta elettronica. Una ragione per cui Pemulis era stato prudente riguardo alla presenza non autorizzata di Wayne nella sua stanza era il volantino, che a causa di un certo incidente in un ufficio Wayne poteva avere il sospetto avesse ideato Pemulis, il volantino scritto con il carattere Olde English appeso in varie bacheche e poi inserito anche nella bacheca elettronica comune del Tp dell'Eta, quello che annunciava per il giorno 14/11 una presentazione aritmetica congiunta John Wayne/Dott.ssa Incandenza ai ragazzi Under 14 pre-Quadrivio su come il 17 stia nel 56 piú di 3294 volte. Il punto era che Wayne era semivestito, con un piede nudo e l'altro con calzino e scarpa. Pemulis scosse leggermente la testa e guardò in basso verso Possalthwaite e si preparò a sputare.

L'altoparlante in alto accanto all'orologio nel corridoio di cemento vicino alla sauna si fece vivo gracchiando per annunciare l'inizio del Weta settimanale, con la musica spaccabicchieri di Joan Sutherland. Pemulis mise le sue scarpe da ginnastica sulla mensola delle scarpe non tennistiche. «Coraggio, T.P. È solo uno spasmo dell'angoscia. Ti girano per una momentanea sfuriata paterna. La verità filosofica viene fuori da tutte le parti. Disney World o no. Naso o no. Eschaton sopravvivrà, credimi. Anche in clandestinità. Tu hai la vocazione, hai talento. Un uomo missile del tuo calibro. Tirati su, bambolotto mio».

Possalthwaite si era tolto le mani dalla faccia e guardava in alto qualcosa oltre Pemulis, con lo sguardo fisso e le labbra che si muovevano nel suo solito riflesso succhiante che tutti prendevano in giro. La sua faccia aveva quell'aspetto rosa stropicciato di un bambino che ha pianto molto. Le mani gli avevano lasciato sulle guance delle ragnatele marroni di benzoina. Aveva due piccole chiazze livide sotto gli occhi. Starnutí forte con il naso ancora ricoperto di strisce orizzontali di nastro chirurgico. «Dod sodo ud bamboloddo».

«Questo lo dicono tutti i bambolotti, ragazzino», disse il Vichingo con calma mentre si toglieva qualcosa da una narice con delle pinzette. Pemulis si sentiva le narici come un'autostrada a quattro corsie e il suo odorato era molto piú acuto di quanto non si potesse desiderare in uno spogliatoio. L'armadietto di Freer vicino a quello di Gloeckner vicino a quello del buon vecchio Inc era spalancato, si vedevano il colposcopio che luccicava sotto le luci sul soffitto e la nauseante fluorescenza arancione West Coast dei racchettoni Fox con il marchio Fox sulle corde.

Possalthwaite si grattò un piede con le unghie dell'altro piede. «Se non ci si può fidare neanche dei genitori...»

«Ti voglio confermare e ricordare che tutto questo problema è solo emozionale, e non si basa sui fatti».

Possalthwaite aprí la bocca.

«Stavi per dire che se non si ha fiducia nel proprio padre che chiaramente ti vuole bene allora non si deve avere fiducia in nessuno, e se non si ha fiducia nella gente allora di che cosa ci si deve fidare, se si vuole qualcosa che non ci abbandoni mai, Postal Weight, ho ragione?»

«Oh Gesú Cristo degli Alberi di Natale, eccolo qui», disse il Vichingo al riflesso della sua fronte.

Pemulis si stava mettendo un calzino e una scarpa, con la bocca abbassata vicino all'orecchio di Postal Weight. «Non è una stronzata. Ti stai confrontando con un bel casino emozional-filosofico. Credo sia un buon segno che tu sia venuto da me invece di tenerti tutto dentro».

«Ma chi è venuto da te?» Freer girò la faccia da una parte e dall'altra. «Lui era già qua dentro a farsi la sua frignatina».

Pemulis cercò di immaginarsi Keith Freer messo bocconi sulla rete da beduini con turbanti viola che lo sodomizzavano a turno, e lui faceva i rumori dello storico Jackie Gleason del bianco e nero di Leith quando sentiva dolore. Stava dicendo a Possalthwaite: «Perché io mi ricordo di avere passato proprio quello che stai passando tu, anche se per un motivo piú filosofico che emotivo».

Freer disse: «Non chiedergli cosa vuol dire, ragazzino».

Poi entrarono un paio di ragazzi di 16 anni, G. Rader («Yardguard») e un ragazzino slavo di secondo piano che si chiamava Zoltan ma nessuno riusciva a pronunciare il suo cognome, e ignorarono il consiglio di Freer di scappar via subito se ci tenevano alla pelle perché il buon Dott. Pemulis aveva di nuovo deciso di aver bisogno di medicine e tra poco avrebbe cominciato a farneticare, e buttarono la loro roba per terra e presero degli asciugamani puliti dal distributore vicino alle docce e incominciarono a fustigarsi a vicenda.

«Cosa vuoi dire?» disse Possalthwaite.

«Il laccio si chiude, la trappola si chiude, eccolo».

Rader si arrotolò le maniche e attorcigliò l'asciugamano per quello che chiamavano il massimo dolore. Il Vichingo si voltò e disse che se solo sentiva una minima brezzolina per via degli asciugamani erano tutti e due morti. Pemulis stava tirando fuori le racchette. I maschi di 16 anni dell'Eta erano un gruppo chiuso in se stesso, cospiratorio, ghiandolare, legato da luoghi comuni. Escludevano tutti quelli che in qualche modo non rientravano nei loro schemi. Avevano tecniche e stratagemmi di esclusione molto piú avanzati di quelli di 18 o 14 anni. (In genere escludevano Stice, soprattutto perché divideva la stanza con Coyle e un sacco di volte si allenava con quelli di 18 anni, e si mescolava a loro, e di recente avevano incominciato a escludere anche Kornspan soprattutto perché era cretino e crudele e ora quasi tutti si erano convinti che avesse torturato e ucciso due gatti senza collare i cui corpi bruciati erano stati trovati sulla collina durante gli scatti prima dell'allenamento un paio di settimane prima). Avevano il loro gergo e i loro codici, battutine dentro battutine[f] che solo loro potevano capire. E all'Eta, solo quelli di 16 anni si fustigavano con gli asciugamani, e solo per un anno o due, ma la facevano come per vendetta, la fustigazione con gli asciugamani, una breve calorosa genuflessione allo stereotipo del goliardo, un palcoscenico dove c'è questa passione scimmiesca per farsi i culi rossi dentro stanze piene di vapore. Erano in quell'età in cui si guarda giú dal burrone per sapere non Se c'è qualcosa di vero, ma Io sono vero, Chi sono io, Che cos'è questa cosa, e questo li fa sentire strani.

Poi Duncan Van Slack, un diciottenne B/C che gioca a rete, e si porta sempre dietro una chitarra che non suona mai, e dice sempre di no quando gli chiedono di suonare a notte tarda nelle riunioni in camera di qualcuno, ed era sospettato di non saperla suonare per niente, e si diceva che suo Papà fosse un formidabile elaboratore genetico a Savannah, insomma lui infilò la sua testa e il collo della chitarra dentro la porta e disse loro di *venire presto* e poi ritirò la testa prima che qualcuno avesse potuto chiedere cosa stava succedendo.

«Se tu non fossi stato cosí bravo con un vettore di lancio non sarei stato sicuro che tu fossi pronto a sentire questa cosa, Scala Postale».

«Ho capito che è questo il vero talento del tuo vecchio noioso: il talento di prendere la gente al laccio», dice il Vichingo. «Scappa finché sei in tempo, ragazzino».

Possalthwaite si soffiò il naso nell'incavo del gomito e lasciò tutto lí.

Pemulis, che usava ancora le corde di budello vero, chiuse la cerniera delle fodere delle due racchette Dunlop che aveva scelto. Appoggiò una scarpa di quelle ad alto sostegno dell'arco del piede sulla panchina vicino al culo di Postal Weight, guardò velocemente a destra e a sinistra:

«Todder, ti puoi fidare della matematica».

Freer disse: «L'hai sentito dire qui per la prima volta».

Pemulis continuava a chiudere e aprire la cerniera di una delle fodere senza accorgersene. «Fatti un giro, Keith. Todd, devi avere fiducia nella matematica. Come nei compiti di Matematica, la Matematica E. La logica predicata di primo ordine. Non ti delude mai. Le quantità e i rapporti tra di loro. Gli indici di cambiamento. Le statistiche di Dio o il loro equivalente. Quando tutto il resto ti delude. Quando il masso è scivolato giú fino in fondo. Quando quelli senza testa ti dànno la colpa. Quando non sai che strada prendere. Ti puoi ritirare e riordinare le idee con la matematica, la cui verità è deduttiva. Indipendente dai sensi o dalle emozioni. Il sillogismo. L'identità. *Modus Tollens.* Transitività. La colonna sonora del paradiso. La luce notturna sulla parete scura della vita. Il libro delle ricette del paradiso. La spirale di idrogeno. Il metano, l'ammoniaca, la H_2O. Gli acidi nucleici. A e G, T e C. L'inabivitalità. Caio è mortale. La Matematica non è mortale. È quello che è: ascolta: è vera».

«Tutto questo da un uomo sotto sorveglianza accademica da praticamente sempre».

Qualcosa che riguardava Freer e un pungolo per il bestiame bagnato di acqua salina si rifiutava di gelificare nella sua mente. Non c'era ancora traccia della verve e del benessere che in genere gli dava il Tenuate, sentiva solo un mugolio nella testa e le narici gli sembravano due gallerie del vento. Normalmente Pemulis era uno che respirava con la bocca. Il Vichingo sollevò una gamba per scoreggiare verso Pemulis come al vaudeville, incassando una risata da Csikszentmihalyi e Rader, che si erano spogliati e seduti sulla panca davanti a quella di Pemulis e Postal Weight, e tenevano in mano asciugamani che si stavano srotolando e lo guardavano a ogni tanto, per divertirsi, molto a cuor leggero, facevano finta di preparare a fustigarsi l'un l'altro.

«Il mio Papà mi dice che io non vado molto d'accordo con la matematica», disse Postal Weight. Ancora una volta il naso gli fece venire fuori *dod* e *bado* e *badebadica*. Csikszentmihalyi fece finta di fare un affondo e poi fece davvero un affondo e ci fu una breve ventata di spugna.

Pemulis aprí la cerniera della fodera. «L'assioma. Il lemma. Ascolta: "Se due gruppi diversi di equazioni parametriche rappresentano la stessa curva J, ma la curva è tracciata in direzioni opposte nei due casi, allora i due gruppi di equazioni producono dei valori per una linea integrali su J che sono negativi l'uno verso l'altro". Non dice "Se questo e quello". Non dice "*a meno che* un agente immobiliare di Boardman Mn con i suoi mocassini Banfi da 400 $ non cambi idea". È sempre cosí e non cambierà mai. Come quando si mette la *a* davanti nell'espressione *a priori*. Un lampo onesto nel nero piú nero, caro il mio ToddlePoster».

Si sentivano voci e rumori di piedi che correvano come se fosse successo il finimondo. McKenna infilò dentro la testa e guardò come un pazzo da tutte le parti e si ritirò senza dire niente. Csikszentmihalyi lo seguí. Sia Freer che Rader dissero Che cazzo c'è. Pemulis aveva solo un bottone della patta dei pantaloni abbottonato e stava indicando il soffitto con un dito:

«...Solo che alcune volte come in questo caso, quando hai perso la strada in un bosco fitto, fidati della deduzione astratta. Quando sei in ginocchio, inginocchiati davvero e riverisci il doppio S. Leap come un cavaliere della fede nelle braccia di Peano, Leibniz, Hilbert, L'Hôpital. Ti sentirai portare in alto. Fourier, Gauss, LaPlace, Rickey. Rinato. Mai lasciarsi cadere. Wiener, Reimann, Frege, Green».

Csikszentmihalyi tornò indietro con Ortho Stice, tutti e due rossi in viso.

Pemulis chiude e apre compulsivamente le cerniere dei pantaloni senza rendersene conto, ed è per questo che porta solo jeans e pantaloncini da tennis con i bottoni.

Cs/yi disse: «C'è espressione. Dovete venire immediatamente».

Freer si voltò dallo specchio, tutte e due le mani su un pettine. «Cosa cazzo sta succedendo?»

«John Wayne sta follemente esprimendo in pubblico i suoi pensieri piú privati».

«Non fidarti mai del padre che puoi vedere», disse Pemulis a Possalthwaite.

Stice stava già uscendo fuori e disse voltandosi: «Troeltsch ha Wayne in diretta e Wayne ha perso la testa».

[a] È come l'argilla secca, molto assorbente, usata da alcuni per l'attrito sulle impugnature, evitata da altri perché contiene molti silicati di alluminio e il panico dei «casi di impotenza da alluminio» dell'Acmt pesa ancora molto sulle menti dei giocatori pubescenti.

[b] Gli orari di molti dei giocatori piú grandi non prevedono lezioni alla fine della giornata, o hanno delle ore di Studio Individuale alla fine della giornata, e quando due di questi piú grandi – per esempio Pemulis & Freer – devono giocare una partita nel pomeriggio, iniziano alle 1430h invece che alle 1515h, e normalmente finiscono presto, il che è una bella pacchia poiché arrivano in sala pesi e negli spogliatoi nei periodi morti, quando sono vuoti.

[c] Un vantaggio di essere mediocre a livello agonistico è che puoi sederti in tribuna e prenderti un sacco di sole sui piedi e sul petto, perché sei buttato fuori dal torneo subito al secondo turno. Ne deriva, grottescamente, che i piedi bianchi sono una specie di perverso segno di competitività, forse come l'essere senza denti nell'hockey o qualcosa di simile.

[d] Elaborato proprio per reagire molto velocemente con l'enzima idrolitico esterase e in questo modo essere completamente fuori dai tessuti entro 36 ore.

[e] Vedi nota 22 *supra*.

[f] Per esempio, durante il primo mese del viaggio per l'Euroclay della scorsa estate, a un certo segnale prestabilito i maschi di 16 anni si ingobbirono tutti e cominciarono a saltare con le nocche per terra, in cerchio, e a colpirsi il petto continuando a ripetere suoni tipo «*Er ah ee oo ah*», fino a che il prorettore N. Hartigan aveva perso la pazienza quando lo avevano fatto di nuovo mentre erano in fila alla Dogana dell'aeroporto di rly ed era diventato enormemente isterico per essere cosí alto, e la storia finí tanto misteriosamente come era iniziata.

[325] (le cui teorie sulla scoperta e l'interrogatorio sono fortemente influenzate dai film in bianco e nero che a Tine piaceva tanto vedere la notte tardi da bambino sulla televisione locale via etere, e gli mancano tanto)

[326] (e poi altre)

[327] I modelli Bolex H64, -32 e -16 sono disponibili con una torretta compatibile con tre lenti con la montatura C, che dà ai modelli un aspetto tipo alieno con tanti occhi.

[328] (anche se non si era mai tolta il velo)

[329] (che generalmente non è altro che una vera e propria stronzata, ma è presa per buo-

na dai funzionari dell'Ous, che sono piuttosto furbi quando si tratta di scegliere le loro battaglie euristiche)

[330] (visto quanto aveva bevuto fino ad allora)

[331] È del tutto ovvio che l'aggettivo *Picaresco* in questo caso si riferisce alla tradizione comica Surrealista degli avanguardisti della Bay Area come Peterson & Broughton, dato che la roba di Peterson del *Salmo in scatola* sulla madre-e-Morte e l'imprigionamento craniale di *La gabbia* e gli occhi staccati dalle orbite sono pietre di paragone piuttosto ovvie in molte delle produzioni piú parodiche e slapstick di Lui in Persona.

[332]

17 NOV. APAD

«Povero me», disse Pemulis e si afferrò la caviglia della gamba che aveva accavallato perché il piede non gli tremasse.

«Ora la Rusk e Charles e la Sig.ra Incandenza sono con lui. Anche Schtitt è andato su a vederlo. Loach gli ha controllato i riflessi. John Wayne si rimetterà presto».

«Grazie a Dio ci siamo levati tutti un peso dal cuore», disse Pemulis.

C'erano Pemulis, deLint, Nwangi e Watson nell'ufficio del Decano per gli Affari Interni. Il ventilatore della Sig.ra Inc sibilava e c'era qualcosa là dentro che ronzava un po'. DeLint era dietro la scrivania e sembrava un bambino cattivo. Nessuno sapeva se sarebbe arrivato qualcun altro piú importante di deLint. Pemulis non capiva se era un buon segno o no.

«Cerchiamo di mettere un po' di ordine in questa storia, con parole vostre». Nwangi e Watson stavano facendo pretattica. Era lo show di deLint. Sembrava che la faccia gli si dividesse quando sorrideva. «Senza sapere che c'era qualcosa che non andava siete usciti dallo spogliatoio e vi siete fermati in corridoio con molti altri studenti, e in quel momento siete venuti a sapere per la prima volta che c'era qualcosa che non andava con Wayne». Pemulis pensò che nessuno degli amministratori avesse sentito niente; chiudevano sempre le loro porte insonorizzate alle 1435h; Pemulis non aveva assolutamente idea di quello che aveva detto Wayne, o Jim Troeltsch, che con molta prudenza non si è piú fatto vedere nella loro stanza dopo l'apocalittica trasmissione. Quando era a metà strada nella sua corsa verso la B-204, Pemulis aveva capito cos'era succcsso, e poi aveva avuto conferma trovando nella bottiglietta di Seldane le pasticche di Tenuate che aveva rubato. Pemulis era rabbrividito a immaginare l'impatto delle 'drine con il vergine sangue rosso cilicgia di Wayne. Il leggero ronzio della sua corteccia cerebrale che lavorava al massimo della velocità era mascherato dal sibilo del ventilatore e dal rumore dei fischi e del gioco e del megafono di Schtitt che si sentivano venire da fuori.

«Sono là a prepararmi mentre aspetto Freer e sto consolando il mio Fratellino Possalthwaite in crisi nera ed ecco chc arrivano Zoltan e Il Tenebra in preda agli spasmi e mi dicono che Troeltsch aveva convinto il Duca a parlare liberamente per il programma della Weta».

«Hanno detto cosa, che Troeltsch aveva raggirato Wayne e l'aveva fatto parlare liberamente senza che lui sapesse che la storia era trasmessa in tutte le stanze dalla Weta?»

Pemulis si rese conto della stupidità della domanda, cioè era ovvio che Wayne doveva essersi seduto insieme a Troeltsch davanti a quel piccolo vecchio microfono grigio metallizzato, alla scrivania curva di Alice Moore la Laterale. Aveva già sentito dire da Alice la Laterale che Wayne era entrato di forza e aveva spinto da una parte Troeltsch e aveva afferrato il microfono e aveva cominciato a farneticare mentre Troeltsch e Alice Moore la Laterale lo guardavano terrificati; e Dave Harde, che era sdraiato a terra a fare dei lavori di manutenzione alla terza rotaia disattivata di Aml, era rimasto cosí sconcertato da crollare in avanti narcoepilettticamente e rimanere con la faccia nella moquette blu e il culo per aria per quasi un'ora, e per lo stress Alice la Laterale aveva subito un aggravamento della sua cianosi cronica al punto che teneva ancora la faccia blu tra le ginocchia quando Pemulis le si era avvicinato.

«Era piú una specie di impressione generale che forse posso aver frainteso nell'agitazione dei ragazzi. In piú Wayne non sembrava assolutamente Wayne, chi avrebbe potuto dire quella stronzata se non fosse stato convinto di essere solo con Troelsch e Alice, Wayne no di certo, perché come tutti sanno è la riservatezza in persona».

Le narici di deLint si allargarono e sbiancarono, Pemulis lo sapeva, come quando sentiva puzzo di cazzata e sapeva che lo sapevi anche tu. Pemulis sa che deLint sta aspettando di incastrarlo dall'incidente con il ragazzo della Pwta che aveva incominciato a barcollare e poi a farneticare quando erano alla Pwta, il che era però una storia completamente diversa. L'ironia era che Wayne aveva preso il Tenuate per sbaglio e Pemulis non c'entrava proprio niente, se doveva essere colpa di qualcuno allora era di Troeltsch, ma la sua corteccia cerebrale non riusciva a individuare nessun modo per spiegarlo senza ammettere di essere in possesso di una 'drina, il che, vista la situazione farmacologica piuttosto instabile dopo Eschaton e l'urologo dell'Onanta, sarebbe equivalso a Clippertonizzarsi. Nwangi faceva vedere i suoi denti accecanti da Terzo mondo ma non diceva niente. Gli occhi di Watson avevano quella pellicola nittitante di stupidità, piú ottusi che morti, tipo la lucina del portico accesa a indicare che non c'era nessuno in casa Watson. Pemulis vide il volantino su Wayne e sulla Sig.ra I. e una deviante divisione nei fogli che deLint aveva in mano.

«E stai dicendo che questa è la prima volta in cui ti sei accorto di qualcosa di strano riguardo a Wayne?

«La prima volta è stata quando sono uscito dagli spogliatoi mentre stavo ancora cercando di dare dei consigli al Postino e tutto a un tratto sento Wayne all'altoparlante che, a detta di Keith, fa una specie di imitazione del Dott. Tavis».

Era stata una cosa strana. Aveva fatto sembrare Stice un dilettante. Wayne aveva detto a Troeltsch di fare finta di essere una ragazzina adolescente, e lui avrebbe fatto Tavis adolescente che le doveva chiedere un appartamento; Pemulis rabbrividí; non ricordava tutti i manierismi che Wayne doveva aver preso direttamente da Tavis quando gli sedeva accanto e gli parlava ininterrottamente in tutti i viaggi in autobus di ritorno dalle trasferte, ma in poche parole si trattava del piccolo Chuck Tavis che si avvicinava a una ragazza pon pon canadese e le diceva che sarebbe stato sincero nei suoi confronti: aveva una paura terribile di essere rifiutato; le stava dicendo sinceramente che domani le avrebbe chiesto di uscire con lui e la pregava di non rifiutare apertamente la sua proposta se non voleva uscire con lui, ma di pensare a qualche scusa plausibile – anche se naturalmente disse che si rendeva conto che quello che diceva avrebbe reso poco credibile la scusa stessa, dato che le chiedeva apertamente di inventarne una.

«Dopo di che tutta l'Accademia sente il Sig. Troeltsch incitare Wayne a criticare pubblicamente i suoi compagni e gli istruttori».

«Devo dire che sembrava che Troeltsch avesse orchestrato tutta la storia, in un certo senso, signore, questa era la mia impressione».

«Ha detto che Corbett Thorp è un—» finse di far scorrere i fogli cosí da far vedere molte volte a Pemulis il volantino del 17 nel 56 mentre li scorreva.

«Credo che l'espressione fosse; un "cretino paralitico"», disse Nwangi a deLint.

«Sí, "cretino paralitico". E poi di Francis Unwin che "in campo ha lo sguardo di un roditore messo all'angolo". E di Disney R. Leith: "uno di quelli che ti si siedono accanto durante le funzioni civiche". Della Sig.na Richardson-Levy-O'Byrne-Chawaf come la segretaria di un comitato che si occupava del problema "Tette Piccine Piccine". Sull'allenatore Schtitt ha detto che "Sembrava mancare dalla nascita di qualche fondamentale liquido interno". Del nostro Sig. Nwangi qui presente citando brevemente, se mi è permesso di citare, "uno di quei tipi che viene al ristorante cinese con te e non ti fa assaggiare niente e non vuole scambiare i piatti con nessuno"».

«Cioè una persona maldisposta». Nwangi buttò indietro la testa e sorrise come se fosse cieco. La cosa allucinante era che, nella scena di Wayne, Tavis riesce davvero, a quanto dice Wayne, a sedurre la ragazza pon pon canadese o quello che era, anche se poi durante l'appuntamento è assolutamente onesto con lei e dice che l'averle deliberatamente detto di avere paura di essere rifiutato era solo una strategia per farsi vedere diverso dagli altri ragazzi, piú onesto e aperto, e insomma c'era cosí tanta onestà ovunque che lei alla fine si era sdraiata e si era fatta Xare solo per farlo stare zitto. Solo che lui non aveva smesso di parlare.

«—inclusa una specie di imitazione di un monologo del Dott. Tavis durante l'atto del rapporto sessuale», disse deLint, cercando di trovarlo nel fascio di fogli. «Di Bernadette Longley: "a Bernadette Longley sembra che la testa sia cresciuta sui capelli invece del contrario". Su Mary Esther Thode: "ha la faccia che sembra un pancake". Sul defunto Fondatore dell'Accademia e marito del Decano degli Affari Interni: "cosí pieno di sé che avrebbe potuto cacare braccia e gambe". Sul suo compagno di doppio, Hal Incandenza: "uno assuefatto a tutto ciò che non è inchiodato a terra, corre piú veloce di lui, ed è infilabile in bocca"».

«Mi ricordo la parola *inseribile*». Pemulis si tirò mentalmente un calcio negli stinchi. La storia del pancake era durata quindici secondi, perché Wayne aveva descritto la faccia della Thode circolare, bruciata, piena di lentiggini e crateri, simile alla pasta, lucida, molliccia e cosí via. La cosa ancora piú agghiacciante era che Pemulis aveva saputo da Inc che lo stratagemma dello pseudo-Tavis di Wayne, «vivo-nella-paura-di-essere-rifiutato», era in effetti una delle prime cinque o dieci «Strategie» che Orin, il fratello punter di Inc, aveva raccontato a Hal di usare per Xare le giovani donne sposate.

«Ci viene detto che Donni Stott ha "la pelle tipo quella di una borsa per documenti e sarebbe perfetto per una pubblicità-progresso sulla necessità della protezione solare". Io stesso sono, cito, "uno che non presterebbe un quarto di dollaro a sua madre per comprarsi una punta di gomma per la sua stampella"».

«La fine della storia è che tutta questa storia comprometterà la mia partecipazione al WhataBurger?»

Nwangi si piegò in due e si dette una pacca sul ginocchio. La sua faccia sembrava davvero un'accetta molto scura. Tex Watson raggiunse la consolle che era subito dietro di lui e prese il cappello da marinaio di Pemulis e lo dondolò come si fa con i cani quando si vuole che saltino. Da sotto la sedia di Nwangi vennero tirate fuori due bilance farmaceutiche, diverse lenti d'ingrandimento da gioielliere, la scorta della bottiglie vuote e sterili di Visine che era dentro il carro attrezzi, e tutte le bottiglie che erano sul comodino di Troeltsch, e divenne ovvio che Troeltsch aveva fatto la spia come nessuno mai.

Pemulis si sentí in bocca il consueto sapore metallico dell'ansia allo stomaco. «Chiedo di vedere il Decano degli Affari Interni prima che questa storia vada oltre».

«E ancora abbiamo la Sig.na Heath, oggi forse la piú gettonata, che viene definita "una di quelle persone che piangono ai giochi con le carte". Abbiamo un Rik Dunkel che "non riuscirebbe a trovarsi il sedere con le mani e un compasso nautico di grande precisione". Abbiamo poi un altro interessamento nei confronti della Sig.na Heath che viene descritta come "sempre sull'orlo di un vasto continente di isteria mestruale". Abbiamo il nostro amato Tex, seduto qui con noi, che sembra avere "una protuberanza minuscola piena di liquido in cima alla spina dorsale"».

«Ragazzi, non scherzate: ho qualcosa di urgente di cui devo parlare con la Sig.ra Inc. Ditele che riguarda i rapporti tra Stati Uniti e Canada».

Nwangi fece una gran risata, con quel leggero sibilo tipo teiera che hanno le risate di tutti gli uomini di colore grossi in ogni parte del mondo. «Il Decano mi ha detto di dirti che ti manda i suoi *saluti*». Si tirò tre pacche sul ginocchio.

DeLint sembrava un po'meno contento perché era evidente che non sapeva di cosa stessero parlando e non gli piaceva fare il messaggero di messaggi in codice, ma sembrava ancora abbastanza contento: «Michael Mathew Pemulis, il Decano degli Affari Interni dell'Accademia mi ha detto di dirti che l'amministrazione è ovviamente troppo preoccupata per lo stato di salute di uno dei nostri due giocatori piú talentuosi, al quale è stato chiaramente somministrato uno stimolante artificiale proibito dalla legge federale, dai regolamenti dell'Onanta, e dalle Specifiche del Codice d'Onore della Enfield Tennis Academy sulle Sostanze Artificiali, per avere il piacere di porgerti personalmente i suoi saluti e il suo augurio che "possa la strada davanti a te portarti nei luoghi dei tuoi futuri viaggi"». DeLint si toccò l'orecchio. «Piú o meno ha detto cosí».

Pemulis diventò molto freddo, la sua faccia era impassibile. Respirava dal naso, e l'aria dell'ufficio sembrava mentolata. Dentro di lui tutto diventò molto freddo e formale e trasparente come la glicerina. «Ragazzi, prima che tutto venga scolpito nella pietra, tutti noi, lo prometto a voi e alla Sig.ra Inc, tutti noi avremo a pentirci—»

DeLint disse: «Mi è stato fatto capire che hai la possibilità di finire l'anno per prendere il tuo credito solastico oppure andartene a cercar fortuna con il tuo cappellino da barca pieno di tasche attaccato a un bastone come se fosse una bandana e andare a bussare alla porta di qualche altro istituto dell'Onanta e vedere se prendono uno della tua età senza nessuna referenza positiva, che è poi la posizione dell'amministrazione riguardo alle tue referenze».

Tex Watson disse qualcosa a proposito dell'urina.

Pemulis accavallò di nuovo le gambe. DeLint guardò Nwangi:

«Penso che il ragazzo sia rimasto senza parole».

«Credo che non abbia niente da dire».

«Non ci credo».

«E sei pregato di urlare tutto ciò che minacciavi di urlare contro l'amministrazione dalla collina piú alta che riuscirai a trovare, che molto presto non sarà piú questa».

Nwangi riuscí a dire tra le risate: «E la Sig.ra Inc mi ha detto di dirti che le maniglie delle porte dell'amministrazione sono state ricoperte di gomma e messe a massa, tutti i file amministrativi sono stati recriptografati, tutti gli specchi nelle stanze reanodizzati e sigillati con il Plastic Wood».

Il frullare tipo mazzo di carte delle ali della Fata della Merda, che lui si immagina privatamente come un incubo violetto con lo sguardo vuoto di suo padre. Pemulis si grattò vicino all'orecchio, molto calmo. «E questo potrebbe peggiorare le mie possibilità di andare al WhataBurger?» DeLint disse a Pemulis che lo aveva davvero fatto morire dal ridere, mentre Watson guardava le facce di tutti e Nwangi si dondolava e ansimava e si tirava le pacche sulle ginocchia, e Pemulis, che a bocca chiusa respirava dal naso con grande facilità, trovò il loro buon umore quasi contagioso.

[333] Pubblicato dalla Mass Division della Sas, con la lista di tutti gli incontri dei Programmi in 12 Passi, esclusi i gruppi piú estremi e lunatici, che si tengono in città, periferia e fuori città, fino alla North e alla South Shore, al Cape e a Nantucket.

[334] Espressione di Hal ispirata da Pemulis a indicare lo smettere di farsi giornalmente e in segreto di Bob Hope, che era iniziata come una specie di acida oscura battuta sarcastica e ora, dopo una settimana, è diventata il modo usato da Hal per indicare l'astinenza, che a qualsiasi Alcolista Anonimo di Boston parrebbe un modo non molto promettente di pensare alla cosa, riguardo l'autocommiserazione.

[335] A eccezione, naturalmente, di certi fissati con la pornografia e l'onanismo, che hanno dato vita a un paio di comunità assolutamente sgradevoli organizzate anch'esse in Passi.

[336] (a quanto diceva di lui il suo sudatissimo e agora-compulsivo fratello piú giovane, M. Bain)

[337] Strafalcione latino per il *se defendendo* che indica l'autodifesa, da qui il *sic*, che potrebbe essere sia un confuso pasticcio di un termine legale oppure uno scivolone postfreudiano, oppure (meno probabile) una stoccata molto obliqua e sottile rivolta a Gately da parte di un Ewell che conosce bene la scena del cimitero di Amleto.

[338] Ketorolac trometamina, un analgesico non narcotico, poco piú di un Motrin con ambizione – ®Syntex Labs.

[339] International Brotherhood of Electrical Workers (Confraternita Internazionale degli Elettricisti).

[340] Doxiciclina iclata, un antibiotico I.V. – ®Parke Davis Pharmaceuticals.

[341] Oxicodone idrocloride + acetaminofene, un narcotico orale analgesico C-III – ®Du-Pont Pharmaceuticals.

[342] O forse *la babele*.

[343] Uno slogan degli Aa di Boston che significa tentare di smettere di usare Sostanze che dànno dipendenza senza frequentare nessun programma di Recupero.

[344] I test «Advanced Placement Standardized Subject» dell'Ets*, che Hal Incandenza darà sia in inglese sia in francese (parigino).

---

* Educational Testing Service, Princeton, New Jersey.

[345] La palazzina del College of Basic Studies (Cbs) sulla Commonwealth e la Granby, circa 3 km a est/sudest dall'Eta.

[346] L'Aeroporto Internazionale D'Orval di Montréal, dato che Cartierville è limitato ai voli intra-Québec.

[347] (In realtà non se l'è dato, ma se l'era dato l'ultima volta che si era messa quel camicione).

[348] Una chiesa cattolica romana vicino al centro di Brighton.

[349] *Sic.*

[350] Oppure una smorfia di disgusto involontario alla vista di Don Gately senza braccia e con l'uncino.

[351] C'è una barzelletta degli Aa che è una specie di combinazione tra il Primo e il Dodicesimo Passo: «La mia vita è impossibile e vorrei dividerla con te».

[352] Riferimento al gennaio-febbraio dell'Apad, quando una persona o un gruppo di persone di cui non si conosce l'identità misero su alcuni spazzolini da denti dei Ragazzi e delle Ragazze Under 16 della roba che alla fine si scoprí essere estratto di noce di betel, e il fatto causò il panico e un insieme di accuse reciproche che sfociarono in una serie di trattamenti ossidanti da parte del Dott. E. Zegarelli per una dozzina di ragazzi dell'Eta fino a che le manomissioni di spazzolini terminarono improvvisamente cosí come erano iniziate; e ancora oggi, nove mesi dopo, nessuno ha la piú pallida idea su chi fosse il colpevole e perché.

[353] Che va non a Enfield-Brighton, ma a Roxbury e Mattapan, posti in cui è un bel casino trovarsi, di notte, se sei bianco e sbronzo.

[354] Vedi nota 12.

[355] Anexsia – ®SmithKline Beecham Laboratories.

[356] Levo-Dromoran – ®Roche Laboratories.

[357] Numorphan, una specie di Dilaudid annacquato – ®DuPont Pharmaceuticals.

[358] Perwin Nx – ®Boswell Medications Ltd., Canada – che rientra in C-III, perché tutti sanno che i canadesi sono notoriamente insani quando si tratta di prevedere il potenziale di abuso di una sostanza.

[359] Altrimenti conosciuto come Chlordiazepoxide idrocloride – ®Roche Inc. – un tranquillante blando tipo Valium.

[360] Un C-III, ma una specie di narcotico orale per principianti, i cui effetti collaterali e la scarsa potenza spesso portano coloro che ne abusano a salire ai C-II.

[361] Altrimenti conosciuto come ioscamina solfata – ®Schwarz Pharma Kremers Urban, Inc. – un antispastico adatto per tutto, dalla colite alla Sindrome dell'Intestino Irritabile.

[362] Altrimenti conosciuto come metaqualone, ora prodotto fuori dalla giurisdizione dell'Onan con il nome di Parestol.

[363] Piú tardi diventò un terzo del gruppo di quelli che affittavano e svaligiavano gli appartamenti di lusso, e ancora piú tardi il collega fidato di Gately in alcune delle sue piú disastrose e sventurate incursioni nelle case altrui, inclusa quella di un certo G. DuPlessis, della quale Kite finí per pentirsi esponenzialmente piú di Gately, quando poi lo beccarono gli Afr.

[364] Mda, Mdma (*X*), Mmda-2 (*Love Boat*), Mmda-3a (*Eva*), Dmmda-2 (*Notte stellata*) eccetera.

[365] Long Term Institution (Istituto di Lungadegenza).

[366] Sembrerebbero gli studi turgidi del Professor H. Bloom sull'*influenza* artistica – anche se non è chiaro quale possa essere il collegamento delle discussioni su Floode sugli antenati morti nel classico di S. Peterson *La gabbia*, che mostra piú che altro un occhio peripatetico che si muove, se non il fatto che O.J. Incandenza amava questo film e ne attaccava dei pezzetti nei suoi film oppure lo citava ogni volta che poteva; forse il punto* del discorso sta proprio nella «disgiunzione» o «disconnessione» tra il filtri sullo schermo e la discussione scolastico-artistica del professore.

* (Ammettendo ovviamente che ce ne sia uno).

367 Anche se spesso, proprio come si vede fare ai criminali degli intrattenimenti popolari, cambiavano i telefoni cellulari per evitare la possibilità di eventuali intercettazioni – Sorkin comprava telefonini e tessere nuove, mentre Gately piú spesso prendeva in prestito i cellulari degli studenti e poi glieli restituiva dopo qualche giorno. Una delle piú grosse sfide di Gately in questa carriera era ricordarsi tutti i numeri di telefono del cazzo e gli indirizzi dell'appartamento di lusso di quella settimana mentre era pieno di Bam-Bam dalla mattina alla sera.

368 Cimetidine – ®SmithKline Beecham Pharmaceuticals – compresse da 800 mg per il dolore generalizzato craniovascolare (derivato, cosa piuttosto interessante, dalla stessa muffa di segale cornuta dalla quale si produce l'Lsd).

369 Per eliminare fisicamente le due persone insieme durante questo periodo, è opportuno notare che Sorkin aveva evitato le due Torri e si era invece rivolto a due delinquentelli muscolosi del Québec, Desmontes e Pointgravé, che non erano leali né legati a nessuna comunità in particolare, ma si prestavano a fare il recupero crediti per gli scommettitori e i grossi strozzini delle due Shore. Gately aveva ucciso una persona nell'esercizio della sua professione di esattore, ma era stato un incidente – il debitore era stato biondo, e beveva Heineken, e quando le cose si erano messe sul piano fisico aveva schizzato il Mace in faccia a Gately, e Gately ci aveva visto rosso dalla rabbia e quando era tornato in sé la testa del debitore era stata girata di 180° e la lattina di Mace gli era stata infilata su per una narice, e Gately non era mai rimasto cosí professionalmente sconvolto, fino a quella storia con il *Pit* canadese soffocato, che comunque successe molto tempo dopo, quando Gately era molto piú portato verso la non-violenza.

370 Un'insulina di maiale purificata in una sospensione di zinco – ®Lilly Pharmaceuticals.

371 Un liceo privato di élite vicino al saliente di Methuen.

372 Di sicuro i termini *skit* e *vig*, che indicano rispettivamente il debito e la percentuale automatica spettante all'allibratore sulla scommessa (in genere il 10 per cento tolto dalla vincita o aggiunto al debito) non sono termini usati solo nell'area metropolitana di Boston.

373 Altrimenti conosciuto come Acetilcisteina-20 – ®Bristol Laboratories – una profilassi con nebulizzatore contro la formazione post-traumatica di muco anormale, viscido e inspessito.

374 Con il *c* duro che caratterizza la pronuncia della North Shore, in parole tipo *Chicago* e *champagne*.

375 I residenti di neurourologia le hanno dato il nome molto meno delicato di «Malattia del Cazzo con le Vertigini» e a volte semplicemente «3-D» (Dizzy Dick Disorder).

376 Il buon vecchio Dilaudid dei laboratori Knoll – $ 666,00 al grammo all'ingrosso e $ 5 al milligrammo in strada secondo valutazione Alsm.

377 Uno «Screwdriver Phillips», vodka e latte di magnesia, che Gately trova nauseante e in privato chiama *lowball*.

378 (In quanto opposto di autocosciente, presumibilmente).

379 Vedi nota 144 *supra*.

380 Il rettangolo 1,3:1 scansionato da raggi di elettroni nelle immagini video ora sostituito dalle immagini digitali Hd multi-interlace ᵃ e solid-field.

ᵃ Perché il nome dell'azienda seminale di Noreen Lace-Forché era una specie di gioco di parole: l'Interlace 2:1 era il termine televisivo pre-Hd per la divisione dell'immagine in due campi da 262,5 righe per il percorso di scansione standard a 525 righe... Uno scherzo fatto per piacere alle stesse Quattro Grandi che in quel momento la Noreen L.-F. stava corteggiando.

381 Piú probabilmente doveva essere l'anno 1926 a.S., secondo l'Archivio Fotografico del Museo d'Arte Moderna di Nny. In piú N.B. che la stampa – Hal si ricorda bene che Avril l'aveva sempre odiata ᵃ – risaliva a molto tempo prima che J.O.I. avesse mai preso in mano una cinepresa.

ᵃ Era quindi relativamente strano che la stampa fosse ancora appesa nel salotto della CdP quattro anni dopo il *felo de se* di Incandenza – di sicuro nessuno le aveva chiesto di tenerla lí.

[382] Sia che ci giochi contro in singolo o insieme in doppio, quando Hal è in campo con Wayne ha sempre quella sensazione sgradevole che Wayne controlli non solo il suo sistema nervoso centrale ma anche le sue pulsazioni e la pressione, il diametro delle sue pupille eccetera, e non è solo una sensazione sgradevole, ma lo distrae e si aggiunge alla tensione di giocare con Wayne.

[383] La struttura di Winter Park in Florida per tutti i Problemi legati all'irretimento, alla codipendenza e alla compulsione.

[384] Altrimenti conosciuto come Lorazepam – ®Wyeth-Aherst Labs – un venerabile tranquillante ansiolitico, del quale 25 mg al giorno sono abbastanza per tranquillizzare un Clydesdale di buona stazza.

[385] Forse si riferisce al Doryx, un doxicicline iclato della Parke Davis, il missile Cruise degli antibiotici gram-negativi.

[386] Idrocloride nalaxone, il missile Exocet degli antagonisti narcotici – ®DuPont Pharm. – siringhe già pronte con soluzione salina da 2 ml/20 ml.

[387] Il Sunshine, terza sostanza in termini di potenza nell'area metropolitana di Boston dopo l'oppio grezzo vietnamita e l'incredibilmente potente Dmz, è pentazocina idrocloride e acido mefenamico* – ®Sanofi Winthrop, Canada, Inc. – con il nome commerciale di Talwin-Px – un siero di colore giallo-Day-Glo, in siringhe già pronte con soluzione salina da 2 ml/20 mi.

* Un analgesico non narcotico distribuito negli Stati Uniti con il nome di Ponstel ®Parke Davis – usato soprattutto, e stranamente, per la dismenorrea, una specie di Mydol di grado atomico.

[388] Talwin-Nx – ®Sanofi Winthrop Usa.

Stampato per conto della Casa editrice Einaudi
presso ELCOGRAF S.p.A. - Stabilimento di Cles (Tn)

C.L. 17872

Edizione							Anno			
12	13	14	15	16	17		2014	2015	2016	2017